洗澡 ◆ 洗澡之后 ● 小阳春 ◆ “大笑话”

洗澡

杨绛全集 |

杨绛

著

人民文学出版社

图书在版编目(CIP)数据

杨绛全集:全十册/杨绛著. -- 北京:人民文学出版社,2024
ISBN 978-7-02-018336-4

Ⅰ.①杨… Ⅱ.①杨… Ⅲ.①中国文学—当代文学—作品综合集 Ⅳ.①I217.2

中国国家版本馆 CIP 数据核字(2023)第 212322 号

责任编辑 **樊晓哲 张欣宜**
责任印制 **苏文强**

出版发行 **人民文学出版社**
社　　址 **北京市朝内大街 166 号**
邮政编码 **100705**

印　　刷 **三河市中晟雅豪印务有限公司**
经　　销 **全国新华书店等**

字　　数 **2628 千字**
开　　本 **880 毫米×1230 毫米 1/32**
印　　张 **129.875 插页 70**
印　　数 **1—3000**
版　　次 **2022 年 4 月北京第 1 版**
印　　次 **2024 年 9 月第 1 次印刷**

书　　号 **978-7-02-018336-4**
定　　价 **550.00 元(全十册)**

| 1934年，摄于北京，时肄业于清华大学研究院

| 1978年，摄于三里河寓所。自本年11月起，重又开始业余创作短篇小说

| 1978年秋，时《洗澡》定稿

| 1978年，摄于三里河寓所

| 1980年，摄于三里河家中

| 1980年，于三里河家中，业余创作，间隙读书

| 1981年，与钱锺书和钱瑗摄于三里河寓所。当时工作时间写论文，业余时间创作小说，《干校六记》《倒影集》正相继出版

1981年，与钱瑗和外甥女何肇琛摄于三里河寓所

| 1986年11月，摄于三里河寓所，时正在创作长篇小说《洗澡》

| 2003年年底，摄于三里河寓所

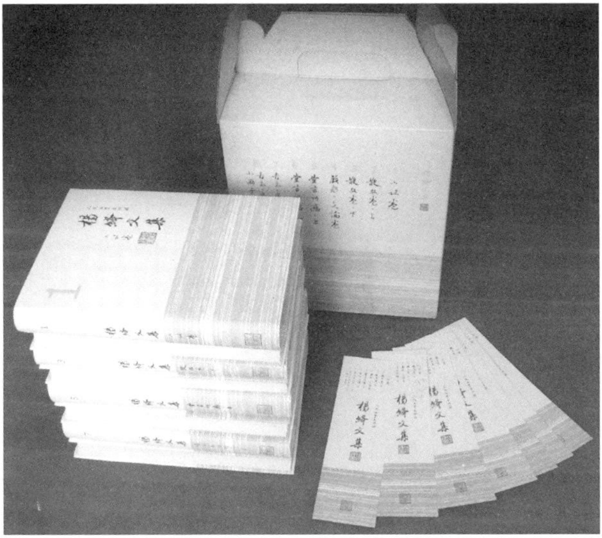

| 《杨绛文集》，人民文学出版社2004年5月首版

| 《洗澡》，台湾时报出版公司版

| 《洗澡》英文版（精装本），香港大学出版社

| 《洗澡》英文版（平装本），香港大学出版社

|《洗澡》(精装本)，人民文学出版社2013年1月首版

| 摄于2013年

出版说明

杨绛先生是中国当代著名作家、学者、外国文学研究者和翻译家。她创作的散文、小说、戏剧、文论等别具特色，在读者中产生很大影响。这些跨度长达八十年的作品，从一个侧面反映了我们时代的演进轨迹，也展示了一个爱国知识分子的心路历程。杨绛先生的文学创作以散文为主，兼及小说、戏剧和文学评论等。她的长篇小说《洗澡》和散文《干校六记》《我们仨》等出版以来长销不衰，已成为二十世纪中国文学经典，并被译成多国文字出版。她翻译的外国古典文学名著《堂吉诃德》是我国第一部自西班牙语原文翻译的中文本，译文忠实流畅，神形兼具，迄今已印行一百余万套。一九七八年六月，西班牙国王卡洛斯二世偕皇后索菲亚访问中国，邓小平同志把杨绛翻译的《堂吉诃德》作为国礼送给西班牙贵宾。杨绛翻译的《吉尔·布拉斯》，在法国文学史上不算经典之作，可是她的译文优美传神，很为读者喜爱。《小癞子》是流浪汉体小说的鼻祖，杨绛先生先后从英法译本和西班牙语原文翻译了三次，每个译本都受到欢迎。《斐多》，翻译出版于二〇〇〇年，是杨绛先生九十高龄之际，根据勒勃经典丛书版《柏拉图对话集》原文与英文对照本转译的。为了译文的忠实性，她特地参阅了多部重要论著，力求了解文中每个字每句话的原意，进而把这部文辞奥博的对话译成流利畅达的家常话。波恩大学莫芝宜佳教授在为此书所作的序言中称“在西方文化中，论影响的深远，几乎没有另一本著作能与《斐多》相比。因信念而选择死亡，历史上这是第一宗”。

鉴于杨绛先生在文学创作和外国文学研究与翻译中的巨大成就，人民文学出版社于二〇〇四年五月出版了《杨绛文集》（八卷本）。《文集》一经出版立即在读书界引起热烈反响，同年九月即获重印。在此后的二〇〇九年六月、二〇一〇年五月、二〇一三年六月和九月又先后重印四次，总印数达一万六千套，这在同类大型套书中是少见的。

《杨绛文集》二〇〇四年出版时，杨绛先生已九十三岁，令人敬佩的是，此后至今的十年中，杨绛先生又有多篇（部）新作问世。二〇〇七年，她出版了《走到人生边上——自问自答》，这是一个耄耋老人独自在生命的“边缘”，面对死亡，探讨“生、老、病、死”这一人生规律，思索人生价值和灵魂有无的作品。作者以渊博的学识和丰富的阅历为基础，诚实幽深地自问自答，让读者从中也得到深刻的启迪和感悟，被人誉为百年中国文学史上“绕不过去”的一部著作。

二〇一一年七月，杨绛先生在她百岁寿辰前夕，又以答问形式发表的《坐在人生的边上》，可视为《走到人生边上》的姊妹篇。同样是“人生边上”，一个是“走到”，一个是“坐在”，显示出境界的微妙差别，似乎作者已进入到一个更为从容的境界。此外，这些年中杨绛先生还写作了几百上千字不等的散文佳作十余篇，《魔鬼夜访杨绛》，《俭为共德》，体现出杨绛先生对现实的关怀，《汉文》推崇文字传承的重要性，《锺书习字》以及《忆孩时》中“五四运动”“张勋复辟”等五篇，保持了杨绛一贯的灵思妙喻、言简意远的风格。其中，“人生边上”“魔鬼夜访”这些题目，读者还可以体会出和钱锺书先生作品的互文性。

小说《洗澡之后》，是作者九十八岁后为长篇小说《洗澡》所写的续作，人物依旧，事情不同，读者可看到小说《洗澡》中有着纯洁感情的男女主角有了一个称心如意的结局。杨先生在前言中说，她“特意要写姚宓和许彦成之间那份纯洁的友情……假如我去世以后，有人擅写续集，我就麻烦了。现在趁我还健在，把故事结束了吧。”这部四万五千字的续作，就是她对她喜爱的角色一个“敲钉转角”的命运的交代和分配。由于高龄，这部作品一直处于没有最后完成的修订状态中，此次收入《全集》，是杨绛先生的心意，也是第一次公开发表，读者能得阅一部百岁老人的小说，也是幸事。

此外，还有做《文集》时尚未收入的作品多篇，如《〈宋诗纪事〉补订手稿影印本说明》，诗作，书信，以及本世纪初同西班牙语文学研究界就翻译理论问题讨论的相关文章等。尤为重要的是，我们找到了作者于四十年代创作的剧本《风絮》和翻译的理论专著《一九三九年以来英国散文作品》这样两个孤本。《风絮》创作于一九四五年，讲的是一个有志青年带着叛逆的富家小姐妻子到农村发展教育，最终失败的故事。杨绛先生除了《称心如意》《弄真成假》两个喜剧和这个悲剧外，还有一个“三幕闹剧”，名叫《游戏人间》，可惜今已无处寻觅，只剩下该剧上演时印制的说明书封面和一段文字说明的图片两帧。《一九三九年以来英国散文作品》出版于一九四八年，为一个英国文学评论家的专著，论述第二次世界大战期间英国散文创作的状况及其发展趋势。

基于上述多篇新作的问世和两部重要作品(译作)的复现,为反映作者文学创作和外国文学研究与翻译的全貌,我们在二〇一四年推出了《杨绛全集》(九卷本)。该书已重印了八次。

杨绛先生去世后,我们又发现了过去遗漏的一篇佚文。在清理她的遗物时,还发现了她翻译的《董贝父子》部分手稿。为此,我们决定对她的全集进行修订。

二〇〇四年出版《杨绛文集》时,杨绛先生写有"作者自序"一篇,二〇一四年出版《杨绛全集》,我们觉得那篇"自序"同样适合《杨绛全集》,于是征得先生同意,将原"作者自序"置放于《全集》卷首。作者在"自序"中简要介绍了自己文学创作的立场、观点及方法,这对于读者阅读和理解她的作品将是大有裨益的。

我们相信,经过修订、调整和充实的《杨绛全集》,必将受到读者的加倍欢迎和喜爱。

人民文学出版社

二〇二二年三月

作者自序

我不是专业作家；文集里的全部作品都是随遇而作。我只是一个业余作者。

早年的几篇散文和小说，是我在清华上学时课堂上的作业，或在牛津进修时的读书偶得。回国后在沦陷的上海生活，迫于生计，为家中柴米油盐，写了几个剧本。抗日战争胜利后，我先在上海当教师；解放战争胜利后，我在清华大学当教师，业余写短篇小说和散文，偶尔翻译。“洗澡”（知识分子改造）运动后，我调入文学研究所做研究工作，就写学术论文；写论文屡犯错误，就做翻译工作，附带写少量必要的论文。翻译工作勤查字典，伤目力，我为了保养眼睛，就“闭着眼睛工作”，写短篇小说。一九七九年社科院近代史研究所因我父亲是反清革命运动的“人物之一”，嘱我写文章讲讲我父亲的某些观点。我写了《一份资料》。胡乔木同志调去审阅后，建议我将题目改为《回忆我的父亲》；我随后又写了另一篇回忆。我又曾记过钱锺书的往事，但不是我的回忆而是他本人的回忆。我在研究和写学术论文的同时，兼写小说和散文，还写了一部长篇小说。一九八七年退休后，我就随意写文章。钱锺书去世后，我整理他的遗稿，又翻译了一部作品，随事即兴，又写了长长短短各式各样的散文十来篇。

全部文章,经整理,去掉了一部分,把留下的部分粗粗分门别类。一半是翻译,一半是创作。创作包括戏剧、小说和散文。散文又有杂忆杂写等随笔以及由专题研究、累积了心得体会的文论。文章既是“随遇而作”,分门别类编排较为方便。

不及格的作品,改不好的作品,全部删弃。文章扬人之恶,也删。因为可恶的行为固然应该“鸣鼓而攻”,但一经揭发,当事者反复掩饰,足证“羞恶之心,人皆有之”;我待人还当谨守忠恕之道。被逼而写的文章,尽管句句都是大实话,也删。有“一得”可取,虽属小文,我也留下了。

我当初选读文科,是有志遍读中外好小说,悟得创作小说的艺术,并助我写出好小说。但我年近八十,才写出一部不够长的长篇小说;年过八十,毁去了已写成的二十章长篇小说,决意不写小说。因为我生也辰,不是可以创作小说的人。至于创作小说的艺术,虽然我读过的小说不算少,却未敢写出正式文章,只在学术论文里,谈到些零星的心得。我写的小说,除了第一篇清华作业,有两个人物是现成的,末一篇短篇小说里,也有一个人物是现成的,可对号入座,其余各篇的人物和故事,纯属虚构,不抄袭任何真人实事。锺书曾推许我写小说能无中生有。的确,我写的小说,各色人物都由我头脑里孕育出来,故事由人物自然构成。有几个短篇我曾再三改写。但我的全部小说,还在试笔学写阶段。自分此生休矣,只好自愧有志无成了。我只随笔写了好多篇文体各别的散文。承人民文学出版社几位资深编辑的厚爱,愿为我编辑文集,我衷心感谢,就遵照他们的嘱咐,写了这篇序文,并详细写了一份“杨绛生平与创作大事记”。

二〇〇三年七月二十七日

目录

✣ 短篇小说

✣ 长篇小说

✣ 中篇小说

短篇小说

璐璐，不用愁！[①]

天漆黑，风越刮越大，宿舍都有点震动。璐璐坐在灯下发愁，咬着一股打卷儿的鬓发，反复思忖，不知怎么好。随手扯了四方小纸，把心事写上，揉成团儿，两手捧着摇，心里默默祷告：四个纸团，包含两个问题；如神明——不管是洋教的上帝或土教的菩萨——有灵，该一个问题拈着一个解答。璐璐把纸团撒在桌上，恭恭敬敬，拈了两个。打开看，第一个是“答应汤宓”。璐璐嘴角往上一掀，漾出一丝微笑。再打开第二个，却是“不答应汤宓”。神明也决不定？还是没明白璐璐的意思？璐璐咬着嘴唇，再把纸团摇乱，重新默默祝告一遍，再拈两个。这回是“汤宓明天来”，“汤宓明天不来”。璐璐可不耐烦了，一顿把纸团扯碎，伏在桌上赌气。听听风，那么大，天更冷了，汤宓明天还冒着风出城来看她？昨天电话里，不该那样决绝。

忽然门上重重敲了两下，把璐璐吓了一跳。伺候女学生的

---

① 这是我一九三四年秋第一次试作的短篇小说。当时我在清华大学研究院外文系肄业，选修了中文系朱自清先生的“散文习作”。一九三五年夏，我把这个短篇（原题是《璐璐，不用愁！》）作为“习作”交卷。承朱先生鼓励后学，为我投入《大公报·文艺副刊》发表，后由林徽因先生选入《大公报丛刊小说选》（题目改为《璐璐》，署的是我的学名）。那时我在国外，萧乾同志寄了书来，我才知道。一九四九年我回清华任教，朱先生已去世；我首次遇见林徽因先生，还承她提及这篇东西。

林妈莽撞地推门进来说：

“张小姐，王先生找。”

可是璐璐已洗过脸，涂了满面润肤油，眉都抹掉了；况且心上也不耐烦。

林妈赔笑说：“张小姐，请您下去吧，王先生一脸都是血呢。”

璐璐听说了吃一大惊，赶忙擦脸画眉，慌慌张张走到楼梯边，才发现自己还穿着拖鞋，又急忙回屋里换鞋。

小王摔跤了。天黑、风大，郊外道路不平，洋车翻身，小王磕掉了两个门牙，颊上磕破三处，满脸泥和血，嘴唇又紫又肿。璐璐慌了手脚没办法。还是小王自己勉强打电话找了留校当助教的老朋友来，送他上校医院。璐璐陪去乱了好一阵，闷闷回宿舍。

小王在离北京不远的地区工作，只为急切赶来看璐璐，摔了那么一大跤。他那位朋友看着他点头叹气。璐璐怎么不觉得，这分明是可怜小王受了她玩弄。璐璐本来也可怜小王，就为这一声叹息，心头愤愤，有点恨小王。谁请他来了？谁请他来了??可是璐璐到底又心软，小王像小孩子似的心实。璐璐好像也喜欢他，只嫌他略矮些；自己是个长条儿，跟他走在一起，娘带儿子似的，人家笑。

璐璐觉得自己好像更喜欢汤宓。他不知怎么的叫人撇不下。可是家里嫌他穷。母亲说学化学的一辈子不能做官。小王是学政治的，他父亲现是个大官，家里又有钱，小王脾气又好。据算命的说，璐璐和她母亲一样，都是官太太的命。璐璐自己也想，如果嫁汤宓，就好比和命运作对，不行。况且璐璐还想出洋呢。等美国的免费学额到手(璐璐正等着回音),路费和零用钱是父亲早答应了的。出了洋,谁还说得定——!

璐璐和小王差点儿订婚。小王曾不远千里到璐璐家去见过她父亲;她父亲看了还中意,只嫌他不够气概。她母亲说不要紧,将来到三四十岁,留上胡子就神气了。璐璐喜欢他有趣,和他一起玩,不会厌倦。他们是大学同学,小王比她高两班;两人原是溜冰场上玩熟的。小王毕业那年,他们一起玩了一暑假,照了好些像。小王在照片背面,细细密密记了许多不告诉第三人的回忆。璐璐觉得小王真心;他矮,璐璐也忘了。可是一开学,汤宓又来找璐璐。不知怎么的,汤宓就叫人撇不下。小王又待她这么好。真是愁死了璐璐。怎么办呢?留心把他们分开:这个周末跟汤宓玩,下个周末跟小王玩,他们还尽吃醋。这个周末该小王来,可是璐璐心上有事,正等着汤宓。

因为上礼拜她跟汤宓吵架了。也不是吵架——汤宓又向璐璐求婚,璐璐还是回答"不知道"——璐璐真是不知道自己愿意不愿意。汤宓说璐璐要他,问了两年总说"不知道";不爱他,就别理他,大家撒开手。璐璐哭了。她说:"又没请你来!"汤宓静静地等璐璐哭完,客客气气告辞一声,就走了。汤宓总是这样的,叫人又恨他,又怕他。过几天,他又连连打电话说要来——汤宓从不肯请罪。璐璐赌气,说有事,不要他来。不过——如果骂他、不要他来,他还来,不显得他更痴心吗?所以璐璐在等。

第二天风更大了。璐璐没精打采,胭脂也懒得擦,胡乱抹些粉,也不穿高跟鞋,随便穿双青缎面薄底绣花鞋,懒洋洋地下楼去弹琴。不想才下半楼,就看见汤宓高大的背影;他正和林妈说话。他来了,璐璐倒又不高兴见他,扭转身想上楼。林妈却嚷道:“可不是张小姐下来了!”接着汤宓也回过身来。璐璐想起前星期的事不免又生气,把她那双善于瞪人的大眼瞪了汤宓两眼,无限委屈似的一步步挨下楼来。

汤宓冷冷地说:“有事吧?”

璐璐不理。两人默然进了会客室。璐璐坐下看着地毯,汤宓坐在旁边看着璐璐的侧面,大家不说话。窗外呼呼的大风,震得窗户格棱格棱地响。璐璐心想,小王为她摔掉了牙,满脸紫肿,见不得人,她却陪着汤宓玩,心里七上八下地不安。面对着这一个,却觉得对不住那一个。心上一乱,胃里又隐隐作痛。璐璐委屈地想:“你说我要你,你知道我为你们添了多少烦恼,吃不下饭,睡不着觉。我说胃气痛,你还笑,说我是孩子,哪来这大人的病——”汤宓的脚尖在地毯上轻轻打着拍子。璐璐回过脸,汤宓的目光正锋利地射着她。璐璐最爱他的眼睛,会说话;也最怕他的眼睛,能放出冷刺来直刺到她心上。因此她避开他的目光,垂下眼皮弄手绢儿。汤宓偏会赌气,尽看她,尽不说话。璐璐更怕他不说话。她不肯照例问“看我什么”,心上乱乱的,好像有许多蚂蚁在爬。

又是林妈推门进来:“张小姐,王先生电话。”

璐璐站起身。汤宓是醋罐子,也站了起来。

“对不起,打搅了。”他拿起帽子,躬躬身,一阵风走了。

璐璐满肚子气,手抖抖地拿起听筒。对方却是女人声音,是小王的表妹,怒冲冲地通知璐璐“小王在发烧”,又气急声促地问:

“小王摔得那么厉害,怎么回事儿?”

“怎么回事儿!我知道吗?”璐璐大怒,砰一下按上听筒,愤愤回房，躺着生气。

汤宓竟一去不回。有这种没道理的人！巴巴地冒着大风出城来，一句话不说又走了。这一走，一辈子也别再来！——只怕真的不来了。璐璐越想越气恼，又怨汤宓无情，又愁他真的从此不理她。她想起小王这位表妹，恨得牙痒痒地。暑假造谣说她跟小王订婚了，说她图小王有钱，大概就是她——一定是她！这会子又要她从城里赶来，管闲事讨好。

不到五分钟，林妈又跑来送个便条儿，小王在医院写的，请璐璐去瞧瞧他。璐璐只怕那位表妹还没走，又盼着汤宓回来，可是不理小王吧，又说不过去。她起来拢拢头发，失魂落魄地到医院去。

那表妹已经走了。小王靠在软枕上，拉璐璐在床头矮凳上坐下，捉住她的手，喃喃诉苦。璐璐看他没了门牙的嘴，紫肿的唇，颊上贴了纱布橡皮膏，一张脸着实可笑。小王数落着抽抽噎噎地哭起来，简直像孩子，怪可怜的。可是璐璐又忍不住要笑，又怕给人撞见，怪不好意思的。看着他哭，觉得自己心太硬，眼睛里挤不出半滴水，只好干抱歉。好容易小王不哭了，璐璐忙给他倒了一杯白水。小王接了杯子，感激地望着璐璐笑。两人很快乐地消磨了一个上午。

回来问问林妈，汤宓竟没有再来；等他电话，也没有。一天，两天，毫无音信。一个铅坨子压在璐璐心上，挪移不开。小王走，她也没送。第三天，汤宓寄来了双挂号的小包。璐璐脸色一变，拿了包飞跑上楼，锁上房门。完了！一切完了！汤宓把她的信全部退还了。拆开看，果然。英文信、中文信总共一二十封。璐璐不爱写信；写，也只寥寥几语。她看看包里只是自己的旧信,心直往下沉,身子疲软,伏在枕上,呜呜咽咽哭起来。许多亲密的往事又兜上心来。汤宓粗暴得可爱;奇怪的是他又能体贴入微。她去年病后回家,汤宓为她整理的小皮包,药棉、纱布、药水、药片……样样俱全。完了,现在都完了,剩下的只是一个空空洞洞的心。大颗眼泪源源不断地滚出来,把枕头湿了碗大一块。她起来照照镜子,可怜,几天寝食不安,脸都黄瘦了。汤宓涮了她!不理她了!失恋……悲剧的主角……璐璐对着镜子又悲泣起来。她带着满面泪痕翻看自己寄出的金边洋信纸,看见写的称呼,又忍不住滚下泪来。狠心狠心的汤宓!璐璐由怨而恨,拿出他的小照,剪个粉碎;可是两张大的却舍不得剪,叹了一声,塞在抽屉底里。可怜璐璐,伤心得饭也不想吃。

下一天是星期日。璐璐清早就起来,洗了脸,对着镜子,擦了两层粉,仔细匀上胭脂,画好眉,涂上口红,换一件深红色的衬绒袍,进城去看表姐。表姐和汤宓是同学,汤宓和璐璐认识就是表姐介绍的。

璐璐到了表姐那儿,表姐照例打电话找汤宓。汤宓冷冷地回说有事。璐璐嗔怪表姐打了电话。表姐盘问璐璐怎么回事,璐璐就瞪着大眼生气。表姐再打电话给汤宓,那边回说他有事出去了。表姐没办法,回房和璐璐对坐着,闷闷地嗑人家送给表姐的苏州薄荷瓜子。

一会儿,老妈子上来通知,汤宓在会客室等着她们。表姐笑着把璐璐拉下楼,推进会客室;自己不进去,站在门口,听见璐璐抖声说:“我不懂,你算什么意思?”接着汤宓过来轻轻关上门。表姐就回房,写自己的情书去。

好久好久,璐璐轻快的脚步上楼,小鸟儿似的飞进房来,两颊添了红晕，嘴角抖着余笑。问她话，支支吾吾不肯说，躺上床去装睡。半晌，璐璐坐起来，告诉表姐明天要回家。

“回南？”

璐璐点头。表姐对她看了好久，疑疑惑惑地说：“反正也弄不明白你们的事——几时回来？要请我们吃蜜糕了吧？”

璐璐嘴角往上一掀，满脸笑。停一会儿，很正经地说：“家里要是通不过，我不出来了。”

表姐说：“别装蒜了！姑夫什么不依你！姑妈不赞成，也不过嘴里说说。你一定要，他们又怎么样！况且他们又没见过你的心上人儿；见一面，准会中意！不过，哼！璐璐，你的洋可出不成了！”

璐璐认真了，睁大了眼睛。表姐说：“少瞪眼吧！将来出了洋，把那群留学生都瞪糊涂了，把你当奶油点心吞下肚去！汤宓准不肯放你出洋！”璐璐心上快活，啐了一声，又掀起嘴角笑了。明天汤宓要送她上车，约定她到家就写信给他。

晚上八点，璐璐回宿舍，林妈说王先生来了几趟，留下两包东西送她。一包是一盒糖，另一包是一大块百果糕。璐璐想明天回家，这块糕还是送人吃了吧，就叫林妈搁在厨房里，蒸了请王小姐、李小姐吃，她明天要回家呢。正说着，林妈向她身后努嘴，回头一看，原来是小王站在背后摆手，一脸的笑。

“璐璐你好！约定了今天吃饭的，怎么躲了？”小王嘴已不肿，只是牙没镶好，说话有点漏风。

真的！怎么忘了？璐璐不好意思，瞪瞪眼说：“谁答应你了？人家有事。”说着话，两人已进了会客室。

“研究 $C_6H_{12}O_2$ 去了？”小王上下打量着她，话里酸酸的。

璐璐瞪了他一眼:“我看表姐。”

“你明天回家?”

“谁说的?”

“刚才不是你在说吗?”

璐璐不能抵赖,忍笑把脸一板:“回家有事。”

“什么事?能问吗?”

璐璐说:“大事。”

“一个人走吗?那位‘表姐’送?”

璐璐知道“表姐”指谁,赌气说一个人走,没人送。

“小姐,我能送您吗?”小王开玩笑,半站起,半弓着身子,眼里的表情像讨肉吃的小狗。璐璐看他笑得鼻子眼睛都挤到一处,嘻着没有门牙的嘴,心里起了一阵说不出的感觉,不由自主地坐远了些,不耐烦地请他别送,说有李小姐陪她进城呢。

“那么我到车站等你。”

扭缠不过,璐璐只得告诉他上午十点的车走,不过再三再四请他不要送。他们俩说了一会儿闲话,小王叫璐璐早点儿睡,满面笑容地走了。

第二天,小王买了好些水果、点心、糖食、罐头,到车站等候。左等右等,不见璐璐的影子;看看表,只差六七分钟就开车了。他心里焦急,又怕璐璐早已上车,叫脚夫拿着东西进车厢去找。找遍头、二等,不见璐璐。难道她乘三等?火车轮子已经动了一下。小王想,还是补票到丰台吧。他自己抱着盒儿罐儿,提着两大蒲包水果,打算从火车第一节找到末一节。三等车里他碰到一个老同学,说是和璐璐同汽车进城的,看见璐璐在××大学下的车。××大学!不是去看汤宓吗?小王细细一想,恍然大悟,倒抽了一口冷气，下车就回他工作的地方去了。

璐璐是乘下午五点的车动身的。

回家以后，父母都很奇怪，璐璐也不知怎样开口，只说回家过旧历年。转眼一星期过去，璐璐也不知道怎样写信告诉汤宓，愁得没办法。幸亏汤宓连着来了两封信，母亲看见××大学的信封就问："你还跟那个学化学的来往吗？"这样谈起了璐璐的问题。

父亲还是上次的见解：女儿如果看清楚了喜欢谁，他并不反对，只要不是糊里糊涂地着了迷，分不清好歹。母亲也是这样说。她说有那种男人会迷人；给迷昏了，觉得他一举一动都是好的，将来看穿了一辈子受气。况且璐璐是吃惯用惯的。她那次手边没多带钱，没让璐璐吃冰，璐璐回家不还发了半天脾气吗？这是终身大事，别昏了头，懊悔也来不及。

璐璐回家多天，心里渐渐清醒，听了母亲的话更清醒了。她可不是给迷糊涂了？汤宓有什么好？图他些什么？真的，她越想越觉得自己糊涂。小王的性格就比汤宓好得多，以前功课不错，现在做事也很能干，将来和他一块儿过，一定顶舒服、顶随心的。不像汤宓那样脾气大，爱使性子。璐璐对父亲母亲说，将来要远着汤宓了。新学期就要开始，不能多逗留，而且突然离校，耽搁久了怕招人议论，她打了个电报叫表姐接，冒着冷，再不远千里赶回学校。

车站上只汤宓一人在接；表姐叫他接的。汤宓意定事情圆满，喜冲冲地一把捏紧了璐璐的手，埋怨她不早点儿写信。璐璐避开了他的目光，局促不安。汤宓忙忙地招呼脚夫搬东西到汽车上去，扶璐璐上车，问她累得怎样，坐舒服没有。璐璐心不在焉,勉强敷衍。汤宓只当她累得没精神。汽车快要到学校的时候,璐璐照父亲教她的话对汤宓说:“请不要再来看我,那些问题都谈不到,我还要念书呢。”汤宓呆了,手都冷了,半晌,叹了口气,想说什么又咽下了,脸上结了一层冰,两人都默然。直到车停,汤宓帮她搬出东西,强笑着点点头说:“祝你幸福!”转身就走了。

璐璐心上惭愧;再想想,许多事也对不住小王,也许小王要怪她呢。回到房里,想不到桌上信堆里赫然有小王的笔迹。“一定埋怨我车站迟到了——只说我误了车。”她微笑着拆开信封。怪极了!怪极了!真有这事?小王和他表妹订婚了。真是不要脸的东西!抢人家的!怪道要造她的谣言。璐璐恨恨地把那张订婚帖子扯成四片。“人心是这样难测!所以爸爸老说我太老实。”又气又羞又恨,璐璐愤愤地滚出泪来。想想方才汤宓的细心体贴,想想自己对他说的话,十分懊悔,不该早说的。汤宓的脾气绝不肯再来就她。璐璐觉得浑身没了着落,悬在半空中。定定神,再仔细想想,越觉得无边无际的空虚,思前想后,活着只是没趣。璐璐怔怔地坐着,长叹一声,再把桌上的信一一过目。

璐璐的手指又抖了。美国的来信!呀!她请求免费学额成功了!璐璐快活得心怦怦跳。她对镜掠掠头发,照照自己的脸。镜里一对大眼,似笑非笑地瞪着自己,好像不懂事地那样瞪着;能使懂事的人也不懂事。璐璐嘴角往上一掀,满脸甜笑。璐璐,不用愁!不用愁!

璐璐笑着,轻轻舒了一口气。

一九三四年九月十九日

ROMANESQUE

叶彭年把舅妈的一只钻戒、一只细钻石镶成的镯子去掉盒儿,包上些棉花,塞进一个旧信封,很谨慎地放在贴身口袋里。隔着外衣再摸摸,走近穿衣镜照照,衣服并不鼓起。他把领带拉拉直,一溜烟跑下楼去。客堂外面,抬头喊一声:"我不吃晚饭了!"不等有谁答应,逃也似的干他的要紧事去。

拐了两个弯,彭年想起陈家不远,几天没见令仪了,几分钟也好,这事要告诉她。

令仪好像正等着他。她穿一件淡青衣裳,越显得纤瘦苍白。彭年总不懂令仪为什么只讲穿衣服鞋袜的贵重雅致,从不肯把自己打扮打扮。彭年自愧是俗物,喜欢令仪别那么淡。她在宴会上或逢喜庆大事,略施脂粉,显得清秀端妍;换上柔滑的颜色衣裳,衬出细软婀娜的身材,并不像平时瘦硬。也许她的美,是珍藏着有事用用,不肯家常消耗的。这时她夹着一本青面白线的书,站在阶石上笑,问彭年忙些什么,跑得满头是汗。

彭年没工夫上楼,只能在下面客堂里略坐一会儿。他很了不起地告诉令仪:舅妈赌输了,托他卖东西。

彭年专替亲戚朋友们跑腿。他不爱读书,不会对付抽象问题。可是处理事情,他有天才;又生成一副忠厚心肠,肯替人出力,不怕被利用。近来他偷做了几次生意,认识的人愈多,胆子也愈大了。叶太太直为儿子担忧,人长得比父亲都高大,心地却老实得像孩子。看他相貌俊秀,不像笨,却不肯念书,近来生意上认识了各等各色的人,舞场赌窟,时常走动,难保不被坏女人引诱上斜路。她希望彭年快和令仪结婚,别等毕业。可是彭年并不想结婚,虽然他跟令仪很要好。他们世交,不知从几时起,早有不成文法,规定他们俩是一对。彭年崇拜令仪聪明高雅,自愧不如,只希望将来能赚钱供养她过顶闲适的日子,让她能继续作诗填词画画弹琴,并且希望他们的孩子,别像他庸俗,而能像令仪一般聪明爱读书——只要令仪不嫌弃他。可笑彭年,他从不知道令仪对他的热情,只把她当做一个娴静的小姊姊,只要常看见她,把所做的事都告诉她,就很满意了。结婚,还太早。

舅妈这事是瞒人的。不过令仪当然例外。彭年告诉令仪,已经有个姓钱的有意思要这两件首饰。介绍的朋友姓朱。他一会儿就要到朱家去,因为已约了那姓钱的,他先要看看货。今晚上他们俩请吃晚饭。

"你几时认识了这些朋友?"令仪的口气中,包含着另一句话:"跳舞场里的新相识?"

彭年红了脸道:"喝咖啡时人家介绍的。"

令仪不放心他带了东西晚上跑。彭年说,原先约定今天下午在朱家会那姓钱的,怕我有课,所以改在晚上。

令仪把书卷着卷着,装作不介意地笑道:"少喝酒啊!可别让人家抢了去。"

彭年大笑道:"多大一堆宝贝,人家还绑我的票呢!"

令仪懊悔又说他喝酒,彭年不爱听,她不好意思再提这事。闲话了几句,彭年忙着要走了。他笑着叫令仪放心:姓朱的朋友不是流氓;他有房子,有家眷,绝对靠得住。

彭年还是第一次拜访朱家。应门的是个十分修饰的中年胖太太,声音软腻得调着糨糊一般。她迎出来便问:“可是叶彭年先生?我们先生才来电话,说有要紧事给绊住了。请您稍为等一等。”她连声道歉,把彭年让进客堂。

他们住的是公寓房子。这间客堂布置得很讲究,只是头顶上三四尺长的太阳灯太亮,把这位太太脂粉下的原形都显了出来。皱纹不用说,那两弯细细的眉毛下面,乌青青两道浓阔眉痕,上面一根两根劫余的残毛都看得清楚。彭年觉得不好意思抬眼看她,只低着眼。妙在这位太太毫不自觉,只把指上的钻戒耀着光发亮。她应酬了几句,自己殷勤地送茶送烟,又忙去料理别的事。彭年坐在沙发上,翻看旁边堆置的画报。

忽然一阵脚步声,风也似的扫进一个穿深紫衣裳的女人;随着她飘过一阵香。彭年抬头,只看见她的侧影:苗条而又丰腴的身体;一头鬈发,很工整地梳成一个个松松的大圈儿。耳朵上戴着三四圈细金丝大耳环。腕上也戴着四五只细丝金镯子。彭年暗想,看这打扮,不知又是怎么个蠢女人,却生成这么美的身体。

门外软腻的声音轻轻唤了一声“梅”,紫衣女郎立即转过身来。彭年不觉呆了,摄去了神。没料到面前是个光艳照人的女孩子,站在强烈的灯光下,耀得人眼花。她看见了彭年,惊诧地对他打量一两眼,很快地走出客堂,随着门外软腻的笑声,掩入另一个门后去了。

彭年呆瞪着门外,用力要收留住眼前的印象,却已经像筛子盛水,都漏掉了。他只约略记得她肩颈腰肢间绰约的风姿,眼角眉梢的妩媚,和顾盼间流动的光彩。还记得她颔下深深一个窝,把脸衬得怪孩子气的惹人怜爱。彭年很见过些漂亮小姐,还比她打扮得高贵雅致。可是这女人有本事嵌进他心里去。这不相干的人,彭年心上并不要留她。他乱翻着画报,觉得焦躁不安。

外面电话丁零零地响。那主妇去接了,过来请叶先生听朱先生电话。彭年站在电话机前,注意到旁边门缝里,有人在张望他。他觉得很窘,说话都不自在,只连说"好,好,好"。朱先生说:他这时不能脱身,问他东西带了没有。带了?很好。他就约那姓钱的直接上饭馆去,叫彭年也去吧。彭年挂上电话。看见半开的门后面,那紫衣裳女郎毫不客气地正注视着他。

一路上,彭年狠狠地责骂自己是俗物。可是,何必雅呢!令仪就太雅些。她像她所爱喝的苦涩的清茶。彭年从未坦白承认自己不能欣赏清茶风味,可是他老老实实爱喝咖啡,爱咖啡的浓郁。

他才进饭馆,劈面碰到一个招风耳朵龅牙齿的瘦长汉子,穿着簇新的西装,一见彭年,便好似碰见了久别的老友,一手来拉彭年,一手拍着他肩膀,笑道:"嗨,老叶!吃饭?"彭年一愣,觉得面善,却记不起姓名,忙含糊着笑笑点点头。那人却拖住不放道:"我们就在下面大桌上,回头过来说话。"又问彭年在哪一号房间。彭年说等人,一抬头看见面前黑牌子上写着朱先生七号,便问堂倌朱先生来了没有。"朱先生么?楼上。"堂倌殷勤地领他上楼。

七号里坐着一个青蛙似的人,穿一身淡青西装,紧绷绷的,鼓着肚子在抽烟。见了彭年,他就像扳动了弹簧机关的小泥人儿,立刻跳了起来。烟卷儿地下一扔,脚一踹,呼噜噜吐了一口痰,对彭年上下打量了几眼,笑道:"叶先生么?敝姓钱。"彭年忙和他招呼，看见他指上戴着肥肥的透绿翡翠戒指，胸前露出一条小指头粗细的赤金链。他说了一大堆倾倒仰慕的话：夸彭年是好学问，又能干；大少爷，又精明。他大声使唤堂倌换热茶，点香烟，又掏出记事簿，查出两个号头，叫堂倌去打电话；一面向彭年道歉，说糟蹋了你们大学生的宝贵光阴。

一会儿堂倌上来说，两个地方都没这人。彭年想他大概在路上了。钱先生也说，一定快到了，他们不妨先点起菜来。好在两人谈得挺热闹。钱先生满肚子商业新闻，小报消息，杂拌着对彭年的恭维，称他是未来的经理、厂长、行长，又问他几时留洋，问他某某“大亨”近来怎么，好像彭年已经是“大亨”之一。彭年虽觉有些儿反胃，却不过他的好意，并且谦虚得也累了，只把他太肥厚的恭维大口地吞。

菜来了，朱先生还没到。两人正踌躇，门口探进一个头来。不是朱先生，却是方才的瘦长汉子。

“嘿！老俞！”钱先生也认得他。

俞先生笑得一口牙齿闪着光。“你们俩！”

彭年忙又跟他招呼。俞先生看着热气腾腾的菜，忙说：“吃呀，吃呀，我不耽搁你们。”

彭年和钱先生同声说：“不忙，我们还等人。”他们说，朱先生立刻就来了，再等他一会儿。

“朱栋臣么？”俞先生哈哈大笑了，“等他呀！你们还是先吃吧！”他附着钱先生耳朵说了几句话，回过脸对彭年跷起食指，挤挤眼睛道：“对不起啊，不敢教坏了你！”惹得彭年不好意思，像幽居深闺的小姐听见了粗话，讪讪地红起脸来。

钱先生一脸正经，正经得一对青蛙眼睛越发凸出了。他十分慨叹地摇摇头嘿了一声。又问那瘦子:“你看见的?”

“嗳!我才打那儿来!”

钱先生皱着眉头,好像很失望。他强打精神似的对自己说了声“好,好”,举起筷子,对彭年道:“咱们趁热吧。”筷子夹,匙子舀,斟酒,换茶——忙着让叶先生吃,“今天能认识你叶先生,就够快活的。生意经,忙什么!”他又鼓起兴致来。俞先生又凑热闹,说他们那边桌上有好酒,这儿菜又做得好,今天大家开怀喝个痛快。桌上本来摆着三份碗筷,俞先生强不过钱先生的盛意,就留下抵了缺。

彭年能喝两斤黄酒,不醉。今晚还没喝满斤半,酒都装在头里似的,已觉重得载不起。昏昏沉沉,右太阳穴一条筋微微抽搐得痛。他们俩还尽灌他,又一杯,又一杯——两人勒起西装袖子,大声猜拳。彭年觉得自己沉浮在热腾腾的烟雾中,一阵阵闹哄哄的声音,像浪头,一浪又一浪,把他越打越远。远远的隔着烟雾,他看得见钱先生的两眼泡一鼻尖闪亮着灯光,俞先生的一排牙齿在光里闪烁。彭年的头直往椅背上沉,还听得他们犬吠也似的嚷,怪声的笑。他心里想,认真我会醉?他合上了眼睛。模模糊糊,记得他们俩扶他下楼,扶他上双人的三轮车,又在什么地方给他喝茶,再以后便完全不知道了。

彭年睁开眼,发现自己躺在一间空屋的地上。太阳光从一扇天窗里照下来,斜斜的一柱灰尘,悠闲地在飞舞。屋子收拾得还干净,空洞洞没一件家具,只有一条草褥,一床被。被,居然也干净,红点子洋布面,白布被单。旁边一个大热水壶。一方报纸上有一个面包。彭年立刻清醒了。赶忙坐起来摸摸口袋里的戒指手镯,当然没有了。旧手表还在腕上,停在四点半。皮夹没有了,皮鞋也给脱了。

对面暗陬里,两扇窗虚掩着。彭年先去推窗。开窗子,三四尺外有一道高墙挡着,和旁边的墙,砌成一个褊狭的深井,有六七层楼那么深。他伸出头往下叫喊一声试试。那声音却回上来,轰隆隆的。他回头看看那扇门,明知打不开,不死心还去试试。门非但锁着,门钮上生满了锈,好像几十年没人摸过了。门缝里张出去,外面亮,隐约可见堆着许多废铁。好像有一个升降机的铁栅门,门口堆满了生锈尘封的铁条。显然这栅门是久废不用的。彭年回到草褥上坐下,拍着袜底的灰,忍不住笑起来。太奇怪了!这算怎么一回事呢!笑声落在空洞的房里,立刻被静寂吞没了。彭年忽然害怕起来。

虽然是白天,只觉四周阴森森的,除了那一柱阳光中悠闲飞舞的轻尘,好像亲切地和他做伴。彭年看着阳光,不知道是上午下午。也不觉得饿。热水壶里的水,不烫也不冷。他抱起瓶子,喝了几口。背靠着墙,手抱着膝,细细盘算:难道一个戒指一只镯子值得人家费这些心思把他关起来么?难道他有什么仇人么?难道他父亲竟那么阔,值得绑他票么?除了已经结婚的哥哥姐姐,他还有五个弟弟妹妹。绑他干吗?

想了一会儿,渐渐平静些,彭年觉得还头晕,又喝了些水,心上想:“怕他们!总不成要害死我!与其坐牢似的闷守着,不如睡觉。”彭年本来会睡,这时候费了大劲儿才清醒,一不费劲,放倒头、闭上眼就睡熟了。

彭年做了许多乱七八糟的梦。忽然一个念头,从睡梦中透入他的意识,快刀似的把他的梦割断。“我不从窗里进来,不从门里进来,难道从墙里进来的?”他这样想着,睁开眼睛。

屋里漆黑；染黑了的静寂，有斤两似的压着他。彭年立刻觉得屋子里还有别人。他屏住呼吸，尖着耳朵听。没一点声息。黑暗变成了活的，黑暗生着眼睛，守着他。彭年从没有这般害怕过。他动都不敢动，只把两手抓紧了身上的被，大睁着眼睛。

过了好一会儿。彭年想："是我自惊自怕么？"他扪着墙坐起身，鼓足勇气，使大劲咳嗽一声。黑暗里，一声轻轻的咳嗽答应他。彭年一跳站了起来，挑战似的再咳一声。听见轻轻一笑，是女人的笑声。彭年厉声道："谁?!"

"哦！好凶呀！"柔和的声音，带些讥讽。

"你是谁?"

"来救你的。"

这不是开玩笑么？彭年冷笑了。他说："多谢。我这儿很舒服。"

脚步移近了，暗中飘来一阵香。一只手摸索着碰到彭年的肩膀。这人两手抱住他胳臂，小声说："我说的是真话。"

彭年好像记得这香味。他伸手去摸她的手腕，光光的，并不戴一丝镯子。她立刻捉住了彭年的手，低声道："别动。"又把嘴唇贴近彭年的耳朵道，"当心！这里还有别人！"彭年还以为是防别人知道他们要逃走，没提防自己一双手被这女人紧紧地缚住了。待要挣扎，记起她的话："还有别人。"原来这是恫吓。也罢，听她安排吧。手缚住了，又叫他闭上眼睛。她用温软的手心抚摩他的眼皮，按上一块绒布似的东西，一个膏药贴上左眼。同样，右眼也贴没了，还替他戴上一副遮风眼镜。她捧住彭年的头，很关切地问："觉得怎么样?"

彭年没好气得只能笑了。他说："舒服极了！"平心说，彭年有几分感激她。

她掖着彭年走了几步，摸索一会儿，叫他坐下。彭年预备坐下地去，却撞在一张凳上。他没有跨过门槛，没有踢到任何障碍，难道已经走出了这间空屋子？女人蹲下去替他拉挺了袜子，替他拂拭袜底的灰土，然后替他穿上皮鞋，系好鞋带，扶起彭年，很高兴地笑道："走吧。"

他们走了些平路，渐渐难走了。女人一手扶住他胳膊，一手围住他腰，叫他跨，叫他低一级，高一级，拐了许多弯。后来她停步说："慢，这是楼梯。"很陡的楼梯，每十几级便拐个弯，转得彭年头发晕，脚一滑，差些儿摔下去。那女人一把拉住他，两人都坐下地，免得往下滚。那女人喘息着笑起来。彭年恶狠狠地问道："那么乐么？"她不回答，也不再笑，站起来扶着彭年，慢慢地往下爬。

好容易跨下末一级楼梯，踏着破碎的水泥地，高一脚，低一脚，转东又转西。后来他们跨出了门槛，走在泥地上。晚风吹在脸上，好像已经走出了房子，路又平了。彭年这时又注意到这女人身上的香。挨近了，辨得出发香粉香。紧偎着她的身体，彭年能觉到温软。他忽然停步道："我知道你是谁。"女人轻轻地笑了，笑得真乐。彭年不耐烦道："叫你领我搬家？还是叫你送我回去？"女人止了笑，拍着他手背道："别响。后面有人。"彭年不信后面有人。他没听见后面有什么声响。可是他不冒险，也不必跟这种人说话。两人紧挨着慢慢地走，像一对情人。

走了不知多少路，女人站住了说："好吧，这儿分手。"她把一包东西塞在彭年口袋里，笑着拍拍那口袋说："别追究了。"彭年想："好便宜！"他鼻子里笑了一声。女人凑近耳朵，低声急促地说:“后天下午五点,公园门口电车站等我。别招呼。”

“我又不认识你。”彭年说。

女人不回答,只轻轻一笑。她抽开缚住彭年双手的带子的结,叫他慢慢儿自己解,别嚷也别动,一面扳下彭年的脸,把自己的脸颊一偎,转身便跑了。

彭年把两手扭着扯着,渐渐儿带子松了,脱出手来,拉下眼镜,揭下膏药,舒服得像脱了一层壳。彭年发现自己在一条僻静的小街上,站在一堵高墙外面。他定一定神,随脚跑了一段路,就转入热闹些的街上,还有三轮车载着客人在街上跑。

口袋里摸到自己的皮夹,还有一个纸包,软的裹着硬的。难道是原物?越摸越像。他这时像惊弓之鸟,不敢在街上抖开看。走了些路,雇到一辆三轮车,坐上车,战战兢兢地摸出来,撕开些纸,剥开棉花。昏黑中,光闪闪的,可不是原物!他将信将疑。难道他们已经假造了同样的一对?可是他们何必假造?彭年越想越不明白。难道真是那女人救了他?那么,她不是同党,又怎么会拿到这些东西呢?要是东西换了假的,怎么向舅妈交账?更要紧的,这事怎么向家里说?彭年不会撒谎,没开口先就脸红。怎么办呢?离家不远。他忽然想到眼圈儿上准有膏药的黑痕,忙摘些棉花,耐心地把眼圈擦了又擦,免得带了幌子回去。

到家已经半夜两点多。家里人除了几个小的孩子谁都没睡。他们听见声响,见是彭年回家,都七嘴八舌的急要知道究竟。彭年一听他们问话,就知道事情已经闹开了。失踪了一天一晚,当然令仪要把实情说出来。于是彭年的父亲立刻报了捕房。他母亲立刻通知舅舅。(可见姑嫂间的敌意!)舅舅舅妈吵得要离婚。彭年忙把口袋里的纸封当众解开。灯光下,这戒指,这手镯,谁都认识。大家惊喜地问怎么回事。彭年要开口,忽觉得不能据实说。他预先想不出一句谎话,这时好像现成在口边。他笑道:“那些混蛋!想把我灌醉了,哄我贱卖。我就装醉,睡他一天一夜!他们还看住我不放走。我趁他们打牌,溜了回来。”父亲放了心,狠狠地训了他一顿:“不是真醉,何必睡一天一夜?”彭年也不辩。母亲已经急慌了,幸喜只是一场虚惊。她庆幸不已,再没心肠埋怨儿子了。彭年发现这个谎话意外地成功。

第二天吃完饭,彭年说要去看令仪。但是他先找到朱家。那家人很奇怪,说不姓朱。主人主妇都在家,他们是多年老房客,并不知道什么姓朱的。彭年没奈何,一肚子纳闷,去看令仪。他好容易应酬完了陈伯母,便把经过从头到尾告诉令仪,问她这算怎么一回事。

令仪道:“一个很普通的骗局。”

彭年觉得扫兴,强笑道:“当然——可是,为什么又把东西还我呢?”

“也许害怕了。”

彭年摇头说不会。他想来想去,没有别的解释。照他猜想,那个女人,大概是个女侦探,讲侠义的那类人。

令仪噗嗤一笑,手里一杯茶,都泼溅在身上,忙用手绢去拂拭。彭年羞恼了,赌气说:“你笑,你笑。天下奇怪的事多着呢!我一个同学的姊姊就是要学做侦探的。学骑机器脚踏车,开手枪,跳电车,化装,盯梢,和坏人混在一起!……”

令仪淡淡一笑道:“romanesque!”

“什么?”彭年不爱听她卖洋文,“洋文儿不懂。”他使气说。

“不是么？不像浪漫故事么？”令仪抿不上嘴，又笑起来。

彭年不服气，愤愤地争辩：“我亲身经历的事，我哄你不成！你自己没经过，就说是假的！浪漫故事！”他气恼得坐不定，站起身，大踏步走到窗口，又跨大步回到原处，气呼呼地坐下。令仪笑着解释，并不是不信他，不过那女人要不是同党，为什么蒙他眼睛？这句话彭年回答不来。他所说的也不过是猜想，无论如何，经过的都是事实。不料人生能这般新奇有趣。令仪书虫，难道新奇事只能在浪漫故事里找吗？他不甘心。电车站约会的事，彭年不愿意告诉她，免得她再笑他“浪漫故事调儿”。他随口说声：“老时候再见。”带三分赌气回家。

巴不得到了约会的时候，彭年早在电车站等了。正是最拥挤的下午五点钟。公事房出来的职员，下课的先生学生，疲倦又焦急，站立不定地等车来。彭年很退让地看电车载走一批，又是一批。他心虚怕人家看透他在等人。（他自己还确不定等谁。）东西张望，只见转角处过来一个十六七岁的女学生。可不就是她！穿着深裥藏青短裙子，白西装衬衫，短袜子，平跟鞋。她夹着两本书，雪白的皮肤，不搽一些脂粉，嘴唇也不涂红。她毫无兴趣地对彭年看看，站在一个胖女人旁边。彭年偷眼看她，越看越疑惑起来。是她么？只十六七岁？她头发随便地披着，她的嘴弯弓一般，她眼睛是这般沉静的么？都记不真了。好像她颔下有个窝，可是她略略别转了头，似乎觉察彭年在偷看。假如约彭年的就是她，为什么不撇个眼风？可是第一眼见她，彭年毫无疑惑地认识。

车来了。这女孩子很轻捷地挤上车。彭年不及思索，忙也挤上去，却又立刻后悔，怕跟错了人。约他的，会是个十六七岁的女学生么？过了四五站路，车还没停，她挤近门口去，看见彭年还看着她。她垂下眼皮，弯弓似的嘴角微微一动，像笑不是笑。彭年心上万分狐疑，不由自主地又跟她下车。

她从热闹的大街转入稍为僻静的小街，走入一家小小的饭店，直往楼上跑。女学生这时不回家，上饭馆？彭年大了胆子，立刻跟上楼去。她掀起布帘子，走进一间仅有的小房间。彭年跟脚也盯进去。这女学生回过身，把两本书往桌子上一扔，对彭年眉一掀，眼一亮，很乐地笑起来。彭年记得这笑声。她演戏似的对彭年一鞠躬说："请问先生贵姓？"彭年先给她搅傻了，听她这一问，也想着了回答。他说："小姐，好像哪儿见过。"她两眼跳闪着顽皮的笑，皱起精致的小鼻梁，做个怪可爱的鬼脸。两人都笑起来。

这时堂倌进来倒茶，问吃什么。女孩子立刻敛了笑容，很斯文地坐下。这是个尴尬时候，点心太迟，晚饭太早。店里一个客人都没有。彭年问她吃什么，她说这里头一次到，不知有什么可吃。两人胡乱点了几道菜，打发走了堂倌，对坐在小桌子两面。

彭年替她斟杯茶，看定了她的眼睛笑道："现在咱们认识了么？"

她摇头半笑半正经地说："怕你认错了，当我坏人。"

彭年急道："我那么糊涂么？我要疑心你，会一个人来么？"说着，他忽然想，她不肯招呼，是怕他疑心？怕他会带了别人去捉她吧？他心上疑惑起来。

"可是，你为什么来了？"她微微眯上眼，猫候耗子似的看着彭年。

"第一，要谢谢你。第二，我不明白——"

她嘴一堵，双肩微微一耸，受了冤屈似的睁着怨望的眼睛道：“我明白么？我不过偶然多事。你要真心谢我，就别对我追究。除非是疑心我。”

彭年不很真实地说：从来没疑心她，只是事情太离奇了。女孩子说：“你相信我，就听我这一句话：管他离奇不离奇，别再问；别再找上那些人。他们再碰见你，不饶你。”

彭年道：“当然。”他心里想：“我也不饶他们呢！”

“并且，人家要是知道你东西没丢，知道我混在里面，你就对不起我了。”她诚恳得脸上老了十年。

彭年好像明白了，暗想：“是她把东西偷给我的？”彭年不想再追究了。他很爽气地说：“好，我听你的话。”

“一定？”

“我再也不问。我再不找那些人。再也不！”

她立刻笑了，伸出手，摊开手心。彭年不明白她的意思。她作势向手心唾了一口，和彭年拍一掌。彭年忍不住笑了，她也笑，两个人孩子似的乐。不知谁把一杯茶碰翻了，女孩子用手把桌上汪着的茶抹下地去；湿手不用手绢儿擦，只对手心吹气，要吹干它。彭年掏出大手绢来把她这只手裹住乱揉，问干了没有。她要缩回手，彭年捉住不放，涎着脸道：“我冒昧得很，还没问过尊姓。”她笑笑不回答。“可是我知道芳名。”彭年调皮地笑着说，“梅，梅小姐。”

她立刻缩手道：“谁说的？”

“那天，在那间客堂里头一次见你——”

“噢！”她放下了心，“可是并不是梅花的梅。是五月的梅：M—A—Y。”

"洋名儿!"彭年又奇怪她在哪儿念书,她的确像一个学生,"先生起的?"

她点点头。彭年想:这孩子一定背着家里在外面胡闹,也许跟他一样,不安分读书,交些不三不四的人。他好奇地问:"在什么学校念书?"

她笑笑。不肯说话的时候,她总是笑笑。

彭年要看她的书。她抢过书坐在身下说:"要查问我功课么?我考零。"

这时堂倌已经送进饭菜来。布帘子外面,好像有了一两个顾客。他们也觉得饿了。梅抢做主人,夹菜让彭年。彭年抢做主人,道歉菜不好。两人痴笑乱谈,把饭菜都吃个精光。彭年说,从没吃得那么香。梅说,从来没那么乐。他们互相看着,毫无掩饰地各从各人眼里望到心里。笑渐渐凝成爱恋,停滞在两人眼睛里。

梅全无羞涩,眨眨眼笑了。她问彭年:"今天乐么?"彭年不觉叹了一口气。梅觉得他可笑,问他干吗?彭年也说不上干吗,只问她几时可以再见。

梅想了一会儿,脸上的孩子气全没有了,微皱着眉,也叹了一声,慢慢地说出一个地名。下礼拜今天,下午三点半,彭年可以去找她。那是她好朋友家。可是别的时候切切不能去。并且别去得太早。彭年问:"能通信么?"她摇头。"能通电话么?"她又摇头。彭年站到她旁边直逼着问:"为什么?"她回过脸,看着地下。"那么,"彭年说,"你至少可以打电话或是写信给我。"他说出自己的地名和电话号码,叫她写下。梅说不用写,她记得。

这时候外间屋里很热闹了。梅先掀起帘子张张,对彭年说:

“我要走了。让我先走十分钟,你再出去,行么?”彭年当然答应。梅斟了两杯茶,两人碰碰杯子,喝酒似的一饮而尽。她放下杯子,挨近一步,手搭在彭年肩上,抬起脸,闭上眼睛,微笑着等待。彭年本能地立刻接受了她的请求。左颊,右颊,左眼,右眼,下颌窝儿上,嘴唇上。梅两腕渐渐勾紧了他的脖子,分不清是谁吻谁。

梅突然放开手,挣脱身,灵活地扁着身子挨出布帘,走了。彭年心乱跳,差些儿疯狂地追出去。他定定神,自己再斟杯茶喝了,看见梅座上两本书没拿,心上一喜,想她还会回来。随手翻开书:一本是破残的安全戒烟奇方,剩了后半本,都是些药店的广告;另一本完整些,是佛学会的因果报应劝善篇,都包着簇新的书面。

堂倌打帘子进来抹桌子收碗筷,账早已付清了。

彭年闷闷地回到家里。半楼梯,令仪正慢慢地一步步下来,还扭过头去对楼上说话。彭年不愿意碰见任何人,尤其是令仪。他要关上门一个人静静地想想。他有想不通的事情,想不完的回味。可是令仪已经看见他了,落落地说:“好,彭年,我可要走了。”

彭年随口敷衍:“那么忙!”

令仪忍不住说:“不忙,再等你半天!”她头也不回地出了门。彭年才记起今天是所谓“老时候”。令仪每星期这一天到俄国人家学琴回来,总在彭年家里吃点心说闲话的。他忘得影儿都没了。

彭年从不失眠,这一夜却醒了大半夜,想来想去,这女人蹊跷。假如神秘对别人有吸引,彭年最受不了。分明是坏人,假装什么女学生？她行踪诡秘地安着什么心？并且，在她面前，彭年会没了主意，什么都听她信她。他对自己都不放心了。下次约会，决计不该去。彭年想出一个办法：明天看令仪，对她赔罪，并且挑和梅约会的日子，约令仪看话剧。这样就可以保证自己不赴约。可是要不要告诉令仪梅的约会呢？彭年不愿意。他对自己说："不必了。反正我决心忘记她了。"

下了这个决心，彭年对自己很满意，沉沉地睡熟了。梦中迷糊断续，只和梅在一起。醒来觉得甜蜜；再清醒些，又觉惭愧，不该梦她。穿衣起来，茫茫若失，悒悒不欢，自己没个摆布处。

访令仪，看话剧，上课，吃饭，睡觉。日子特别长，因为无聊。日子又像短，因为没意思。他现在和梅断绝了（她没来信，也没电话），不妨恣意想念。怎么能疑心她呢？无论她行踪多诡秘，彭年只能感激她。即使她是贼是强盗，她还是可爱；并且彭年断定她绝不是。人家对他一片真心，为什么怕她？

百般无聊，彭年用功读起书来。这天黄昏，他想找同学做一道算题。他走错了路，走上一条又脏又挤的小街。人行道一半塌陷成高低不平的泥地。三轮车急急忙忙地乱闯。走路的人，快的杂着慢的，在街中间和两旁乱挤乱推。彭年一会儿闪东，一会儿闪西，在车隙里钻。前面的人，故意拦他似的又不向前，又不让开。彭年正焦躁，看见前面隔着几个人有两个奇装异服的小姐，很闲散的勾着手在散步，说说笑笑，旁若无人。（在这么挤的街上！）一个穿西装长裤，花上衣，蓬松着粗黑的头发。一个穿猩红短大衣，看不清什么衣裳，微带棕黄的细软头发，很工整地梳成一个个大圈儿。彭年立刻认得了，这是梅。

彭年心乱跳，想追上去招呼。再一想，不，他且跟着她们走。

她们才买了东西。梅手里抱着一个大面包，还提一包油渍的纸裹，慢慢地踱进一条很脏的弄堂。弄口几个灰色头发、棕色头发的瘦白孩子在玩“造房子”。一个孩子尖声叫“梅”。穿西装裤的抛给他们一把花生。两人同走进一个后门。门口一个灰色脸的混血胖女人在洗衣裳。彭年站在垃圾箱旁等着，一会儿看见穿西装裤的女人又走出来。她俏丽年轻，皮肤带些灰绿，眼睛比梅的还大。她抬头向楼窗上嚷一声“Bye—bye”。上面照样回答一声，是梅的声音。

彭年站了一会儿，打不定主意，怕人家注意，又跑出弄堂去。他想，绝没有到人家乱闯的道理。他记住了地名，打算写信。可是，睡上了床，他直怪自己怯懦。有什么大不了的？便是走错人家，便是被人赶出来，又有什么了不得！

第二天黄昏，彭年找到这地方。棕色头发、灰色头发的瘦白孩子们还在弄口玩。灰色脸的胖女人还在后门口洗衣裳。彭年跨进门，挤过胖女人的身体，她并不理会。昏暗中摸着楼梯，正对前面厨房。羊肉味，洋葱味，融化的麦淇淋味，浓厚得黏住人挥洒不开。彭年很小心地拾级上楼。第一个拐弯处忽然轰的冒出一尺多高的火来。他忙停步。原来是亭子间里人家在生打气炉，他们居然还有洋油。生火的一个中年男人见有人来，就把炉子搬过一边，让他上去，对上楼的人毫无兴趣，继续忙他自己的事。彭年要问讯，看他那么忙，想还是自己上去看吧。

又跑上几级，是二楼正房，门关着。彭年正迟疑，闻到浓厚的鸦片味。抬头看见上面亭子间的门半开着。他悄悄地跑上去张望。这亭子间裱糊着粉红花纸，圆屋顶，像一间小小的船舱。里面铺着一张大床，床前一张方桌，床上叠着红红绿绿的很脏的绸被。一个大白圆脸的女人，脱了鞋，半跪半坐在床沿上，对着桌上的镜子画眉毛。另一个瘦女人，脸背着他，在搅弄凳子上一小锅鸦片。彭年忙闪过身，蹑足又往上跑。他想，人家熬鸦片，好意思闯进去么？他后悔冒失，想还是回去吧。看见了那一间船舱似的房间，他很明白这是个什么地方了。

再往上八九级便是三楼的正房。彭年走上了五六级，眼前忽然一亮，上面的门砰地开了，随着吵骂声、顿脚声、摔东西声跌撞出一个女人来。她嘴里还在嚷："倒让大家来评评理！是我错待了你！是我错待了你！"她和彭年撞了个满怀。

"哎？"她站定脚，"你找谁？"

同时门口跑出一个红衣裳女人。可不是梅么！两手叉腰，正预备接口吵架，看见彭年，她愣住了。彭年没来得及开口说话，早被梅一把拉上几级楼梯，直拉进屋里，砰的把门踢上，忙又锁上门。她两手扯住彭年的西装衣领，脸埋在他胸前，又是笑，又是哭，疯了醉了一般。

门外的女人不得进来，把门踢得咚咚响。

彭年看见满屋凌乱。地下乱摔着雪花膏瓶子，拖鞋，高跟鞋，衣裳，丝袜子，衣架，鞋撑。地下、桌上、凳上都是纸牌。梅看看屋里自己的战绩，又看看傻站着的彭年，奇怪起来。"你怎么来了？"她使劲拧自己胳膊上的肉，怕是做梦。

"这是你的家么？"彭年走近一步，低声问。

"不是也是！我偏要住！我偏不走！"她声音越嚷越高，顿着脚。

踢门的声音突然停了。那女人在偷听吧？梅看看门，立刻住了声。一手扯住彭年，把他拉到相连的浴室里，小声急切说：

“你怎么来了？你这儿不能来呀!”她紧捏住彭年的手，很不相连地继续道：“我天天想你，天天想得你要死。”说着，眼睛里立刻汪满了泪。彭年不能回答，只把她拉在怀里。

于是他告诉梅，昨天怎么看见她和另一个女孩子。梅说那就是她的朋友。两人都联想到上次的约会。梅叹了一声说：“我知道，有一天要看不见你的。想不到今天——”

彭年搂紧了她说：“不让你再躲起来，这回找到你的窝了。”

“这是莉莉的房。”她指指门外。门外又继续在踢打。

“她是你的谁？”

“我妈。”她说着忽然笑了，抬脸看着彭年说，“你现在都知道了？你还理我？”她笑得有些凄苦。

彭年吻她头发说：“该早告诉我。”

“我要早知道，你正是我心上想的你——”她难得羞涩起来，只说了半句。

外面的女人嚷了：“梅！怎么的？”

梅低声匆忙对彭年说：“走吧，千万别再来了。她会去告诉。”

“告诉谁？”

“明天细细讲。明天，吃了饭，三点半，还是到我朋友屋里——你知道那地方。”

彭年说记得。

“你一定去？一定一定去？”

彭年看着她恳求的脸，惭愧地说：“一定。”梅说，等她一开门，立刻出去，头也别回，快走，省得麻烦。

门外的女人发狠了。背靠着门，咚咚咚，把脚往后蹬。梅无声地把钥匙一转，拉开了门。莉莉顺势跌进房来。彭年侧着身子在旁一溜溜出门，就听得门关上了。他头也不回直往下走，好像在做梦。

第二天，梅坦直地告诉彭年，她父亲是外国水兵，母亲早死了，是莉莉把她带大的。亭子间里的女人都是朋友。她今年十八岁，五月生的。不知谁起的名字，都叫她梅，没有姓，也用不着，因为她没进过学堂。她认得几个字，可是不会写。

彭年捧住她的脸仔细认认，她像十五六岁，又像二十八岁还不止。

梅讲起骗彭年钻戒的事。那些人她都认识。姓朱的这几天躲了。住那房子的也是他们同伙。反正他们做事，节节脱空，活些。

原定的计划很简单：灌醉了他，送他回家，路上就夺了他的东西。可是离开饭店的时候，彭年不能太醉，至少扶住了得站得直。想不到彭年醉了还有几分明白，虽然自己不知道，他扎手舞脚地把自己护得很紧。天还不太晚，同车的瘦子原是个说大话没脑袋的人，不会叫车夫绕冷路（车夫也是他们自己人），却把彭年弄到他们的一个地方，灌了他一杯药。彭年睡得死了一样，车夫当然不肯送他回家了。他们黑夜把他运到那间空屋里。两个糊涂蛋自遮面子，说彭年家有钱，在他身上还可以出豁一笔。后来李永贵知道了——李永贵就是头脑——大发火，于是梅说：“我就打圆场，我说我来放你。”

“你跟他们那么熟么？”

梅凄然笑道：“永贵要了我好久了。我没肯，因为他不是好人。镯子和戒指是他送我的。”静默一会儿又叹道：“我本来不要他的。我从来没要过他什么。——他肯白给么?”

彭年没料到他为舅妈无聊的热心,会叫梅赔上这么大的牺牲。

“因为我替你着急。”梅的解释很简单。她从没问过自己,为什么要替彭年如此着急,甘心为他接受“不是好人”的东西。

彭年说不出话,紧握着梅的手。

“他还有别的女人呢,可是——”她颧上现出两朵红,愤恨地说,“我不爱跟他好,他偏要跟我好,一时一刻不放松,防我。”

“怕你出卖他?”

“也有些。可是他的事我并不知道多少。他冤我和别人好——”她怯怯地抬眼看看彭年道,“因为我从前有别人。”

彭年点头。

“别人也不是我自愿的。况且,他们谁敢!莉莉都不肯留我。——他要看见咱们在一起,我就完了。”她两眼注视着鞋头,眉间隐隐三条皱纹,像个饱经忧患的中年女人。

彭年忽然道:“你不能逃走么?”

“逃哪儿去?除非逃出上海。”

“容易,我带你上天津。”

梅喜得跳起来。彭年告诉她,有个朋友在天津办厂,召过他帮忙。两人认真把这事细细商量,越讲越乐,谈得不着边际了。还是梅记起了时候,急忙要回去。彭年说,他今天立刻进行计划。明天再当面和她约逃走的步骤。梅有些踌躇,不敢相会得太勤。“怕什么!”彭年乐观地笑着说,“明天后天大后天,咱们就走了!”他们太高兴了,很大意地一同走出大门才分手。

彭年筹划了一个夜晚,奔走了整一上午。他吃完饭,兴冲冲地便去会梅。梅的朋友住的那房子，二房东是白俄。每间房连家具租给有职业的单身男女住，多半是白俄和混血儿。吃完饭这段时候，整宅房子沉静得没一点声息。梅小心，锁上了门，两人舒舒畅畅地谈。彭年很乐观，因为他事情办得很顺手。梅也乐观，因为"他"昨天只随便问了几句话，今天出来，也没为难。"不过，"梅很紧张地说，"昨天出门，我好像看见那位'朱太太'，你也见过的。我心虚得要命。后来想想，不会那么巧。她要看见了咱们，早去告诉了，我哪还能出来！"彭年也笑她心虚，绝没有这样不巧的事。

正谈着心虚不心虚，门钮忽然轻轻地转动，有人在外面，很小心地想开门进来。他们本来还不会留心，因为没听见脚步声。门钮也许已经转动了几下了。梅说起心虚，才不由自主地把眼光移到门上。她先还以为是错觉。接着，门外轻轻地敲了几下，又重重地敲几下。两人紧拉着手，恐慌地对看着，气都不敢出。屋里小床小桌小橱小椅，没个可躲的地方，除非从窗口跳出去。可是他们在三楼。彭年想，外面人要是破门而入，他就跳上去一把卡住他的脖子——彭年觉得人生愈来愈像浪漫故事了。

敲门的人等了一会儿，就走了。彭年忽想笑。梅对他尽摇手，侧着耳朵听。脚步声一级级下去，她才舒了口气，无力地在床沿上坐下。彭年笑道："虚心事真不好做，咱们非得赶紧。"梅摇头说，糟极了，她不该把钥匙塞在洞里。外面一定知道里边有人。彭年扶着她肩膀笑了。这么心虚，离神经病还远么？"别忘了这不是你的房间呀！人家没朋友来看她么？也许她在房里睡觉，不高兴开门呢？"梅只是心魂不安。还是彭年讲到了未来，怎么安排，怎么着手，梅才慢慢地定下心，承认自己是神经病。

“你不知道我多怕他。”梅承认。

彭年很英雄气概地拍胸说:“有我护着你了,还怕么?”

梅抬头看着彭年,一脸感激。彭年告诉她,家里兄弟姊妹多,不在乎他一个。将来他们俩做个小小的窝,一个看家,一个找食。“好么? 乐么?”彭年指头按在她颌下的窝儿上,扳起她的脸来,“从今以后,人家问你姓什么,你就姓叶。——好吧?答应,对我笑一笑。”

梅笑得像哭。嘴角抖着,好容易,噙着泪笑出来。她说:“我乐得笑不动。”

他们约定了后天怎么走,很轻易地分了手,满以为以后能常在一起了。可是彭年永远没再碰见她。

火车站白等了一天,全没有梅的影子。冒失地找她那朋友,也说很奇怪,找不到她。彭年请她有了消息,打电话通知。什么消息都没有。彭年更冒失地去找莉莉。莉莉搬走了。谁都不知道梅的下落。

电话总是令仪打来的:“彭年么? 别忘了,老时候——”

一九四六年

小 阳 春

其实是秋天，俞斌博士心上只觉得像春天。谁说他老了！四十岁正是壮年有为，他皮底下还流着青年的血。他的兴致，像刚去了盖的汽水瓶里的泡沫，咕嘟嘟直往上冒。他推开满书桌乱堆着的政治思想社会问题的世界名著。什么研究！什么著作！他只觉得一对脚尖儿，着了魔似的站立不定，不由自主地想跳舞。而俞斌从没工夫学跳舞。他哼哼了一会儿，发现唯一会哼的半个调子——他小儿子唱的“小耗子”上半节——太单调些，不够传达胸中生意。跑向窗口，望望楼底下大门前的一小方草地：虽然绿得憔悴，还没枯黄。白石盆里的兰花，正晒在夕阳里，阳光中的绿叶，好像对他会心微笑。俞斌立刻决定要出去散散步。

他还没转身，听见太太的脚步声，便喊：“小宝贝呢？”

俞太太忙接口喊：“小弟！爸爸叫。”

俞斌听见她进来了，灵巧地用跳舞步伐把身子一旋——在一个四十岁稍微发胖的从不运动的人，实在灵活得出人意料。他转过身子，拦腰一把，把太太搂住，在她丰腴的颊上，扑地贴上一个大肥吻，笑道：“这宝贝儿不认得自己！”

俞太太不耐烦地挣脱身，半嗔半恼瞅他一眼道：“你干吗？”一面抽出小手绢儿来擦脸。

俞斌觉得没意思。推开他也罢了,还用手绢儿擦脸,不是分明嫌他?可是他这时的大圆脸儿,连皮带肉都在笑,没处容纳恼怒,只涎着脸道:“秋胡戏妻呀!”不等她回口,忙又拉住她说:“咱们出去走走。”

“走哪儿去?回头裁缝要来,我想把你那件丝绵袍重翻一翻。还有半斤丝绵,不知搁哪儿了。”她忙着开橱开柜子开抽屉——这屋是他们的卧室。俞斌喜欢在这里用功,比楼下兼做客厅的书房亮。

看光景,太太不会肯出门。俞斌故意大声怨叹道:“好!好!我是个老鳏夫,没人陪伴的!”一面跑到太太的梳妆台前去打扮自己。他笨拙地打开太太的杏仁蜜瓶,把瓶盖滚得老远。

“唉!你尽看中我的杏仁蜜!”俞太太捡起瓶盖,过来盖上。看丈夫跷着十个指头,两手心捧着脸颊搽蜜,不禁笑了。“好个老鳏夫!太美了!”

俞斌端详着镜中的自己,很满意地说:“也蛮漂亮呀!也不算老呀!”

太太说:“本来谁说你老!”

俞斌刷着头发,叹道:“不过头发略为秃些,略为!”他故意对镜挤眉弄眼,表示自己很幽默。

太太笑道:“什么秃,越显得脑门子高大呀!”她不耐烦地抢过刷子,替丈夫刷整齐了头发,又给他换一块干净手绢儿,便催他快走。

下了楼,出门之先,他抬头看看卧室的窗口,再叫一声:“蕙芬!”(这回不再叫什么小宝贝了)太太探出头问什么事,俞斌只笑着对她挥挥手说:“回头见。”太太怒道:“人家有事呢!”缩进头就不见了。俞斌头上好像淋了一杯冷水。

表示不屈精神,他脚底下的弹簧,弹力越发振足。他不顾道上行人看他笑他,挺着脖子,挺着肚子,撅呀撅的走得真起劲。可是拐了两个弯,兴致泄了一半,像掉在沟水里的泄了气的皮球,泄掉几分气,灌进几分污水。俞斌渐渐觉得心上重滞得浮不大起。没趣么?真没趣!当然,蕙芬是好太太,头等好太太。可是,一个女人,怎么做了太太便把其他都忘了?太太,便不复是情人,不复是朋友,多没趣!她这样就满足了。做个好太太,称心满意地发了胖,准备老了!俞斌觉得自己的发胖,全是太太传染给他的。难道胖不会传染吗?她心气平和,感情懒怠,影响了自己,便也发胖了。俞斌真不愿意胖呀!没人知道他多么嫌恨肥人。"给我瘦的!全身是筋的瘦人!"他指女人。皮肤白的他也不喜欢。"白有什么好?生面粉似的!给我太阳晒熟的颜色。宁可晒焦,不要生的!"这是俞斌的择妻条件。像一切开列了择妻条件的男人,他恰恰选择了和条件绝对相反的太太。俞斌并没有什么不满于太太的,虽然和他的条件相反。只是有时候,对于现实不满,模糊地希冀着什么——譬如这时候,他就因发胖而联想到皮肤的黑白:"白是没感情的颜色。黑,表示涵蕴着太阳的热——或者——像一朵乌云,饱含着电。"俞斌微微地笑了,知道自己在颂赞谁。反正,胡想想,又不是当了胡若蕖小姐的面恭维她!

他已经顺脚进了公园,在僻静的乱石小道上,踏着树影,慢慢地走,做着梦——也不是做梦,不过在想着那俏丽轻健的身体,薄薄脸儿,灵巧的口鼻,修镊得细而弯的黑眉,浓黑的睫毛,乌黑的眼珠,一笑一亮——俞斌脚下一绊,险的摔跤。他就势坐在树下石条上，自己嘲笑自己：想不得！危险！——咄，想她！她眼睛生在头顶上呢！男同学哪一个在她眼睛里呀！从前还虚心常上门向自己讨教，现在把先生都不放在眼睛里了——放在眼睛里又怎么？一个秃了顶的老头子——一阵风过，俞斌觉得冷。原来太阳不知什么时候已经下去了。满地斜长的树影儿都不见了，只剩些半青半黄的落叶，显得冷落可怜。他不觉连叹了两声气。"老了，老了，老了。"他无限感叹地踱回家去。

吃晚饭的时候，太太忽然说："刚才一个女学生来找你。"

小弟立刻道："胡若蕖！"

俞太太说："你知道什么，快吃饭。"

大哥很老成地说："是她。"

俞斌只觉热烘烘的，不知是心上，还是脸上。他装作满不在乎地问道："她来干吗？"

俞太太毫无兴趣地说："谁知道她！"

"你没问问她？"

"我说你刚出门。"太太索然说。

俞斌再要追问，又觉得没什么可问的。看看太太的脸，找不出一丝表情，只得扯淡道："小弟怎么都认识？"小弟和大哥都忙着啃鸭翅膀。太太微笑道："我就一辈子也分不清谁叫什么，只记得一个乌黑乌黑的锅底脸，一脸黑毛，说话哼呀哼，像要哭出来似的。"

俞斌大声诧怪道："胡若蕖么？何至于像你说的那样！"

"也不知道胡若蕖不胡若蕖，就是刚才来的一个。"太太很冷静地放下筷子，起来洗脸。

俞斌满心愤慨。胡小姐黑是黑，可是离锅底还远着。她汗毛重些,又何曾一脸黑毛!人家年轻小姐一股子娇劲儿,怎么是“哼呀哼”!真真的女人全不懂审美,只把自己做标准。俞斌瞪视着热气腾腾的热毛巾后面的太太尊容:鼻子、嘴、脸颊、眼泡,全是油光光的嫩粉红色,半根毛都没有,连眉毛都没有。一个赤裸裸的胖大的嫩粉红脸儿。当然,蕙芬平时并不整个脸儿嫩红。谁都承认她相貌好。不过“美”也有休息的时候,俞斌不是不讲理的男人,一定要太太每一分钟都好看。可是说人家一脸黑毛,叫他不由自主地注意到她那无毛的脸,她真该照照镜子!

恰好这时候,门铃响,张妈开门请进来一位小姐,不是别人,正是那位“满脸黑毛”的胡若蕖。

俞斌丢下饭碗,哑着声急促地赶两个孩子:“快,快,上去吧,上去。”因为他们吃饭的“饭厅”,不过是会客室凸出的一小四方。让客气的客人看见,俞斌总觉得很不体面。孩子们果然放下碗要跑了。可是俞太太很坚定地叫大哥小弟坐下慢慢吃。她高声请胡小姐坐坐,自己却坐在饭桌旁看孩子吃饭,替他们夹菜。

俞斌拿湿毛巾抹了一下嘴,忙迎过去。只见胡小姐站在灯底下,穿一件墨红夹呢旗袍,罩一件深灰色狭腰身的夹大衣。她黑得静、软、暖和,像一朵堆绒的墨红洋玫瑰花苞儿。她扇动浓密的睫毛,半含羞、半撒娇地笑道:“我又来了。”

俞斌忙道歉方才失迎,请胡小姐坐,问胡小姐脱大衣么?胡小姐吃了晚饭么?他匆忙得一句句话都互相磕碰,意思都撞乱了;一阵不自在,忙搭讪着回头叫“蕙芬”。可是俞太太不知和孩子谈着什么乐呢,押着他们俩说笑着上楼去了。

胡小姐慢慢地脱下大衣,一面撑起眉头,嘟起小嘴,如怨如慕地看着俞斌道:“我真过意不去 ,一次两次来打搅俞太太。”俞斌只顾说:“哪里哪里”,也没辨明人家是在道歉,还是在告状。她接着很矜持地说:她是负着使命来的,要不然,绝不敢一次两次上门。她在编辑级刊,一定要俞先生大文,以光篇幅。俞斌得意地嘻着嘴道歉:“没有好稿子。”胡小姐歪着脸怪调皮地笑着说:“只怕太好。”俞斌翻着抽屉,踌躇了半天。胡小姐站到抽屉旁边,偷望着宝藏,更顽皮地说:俞先生舍不得,她就抢了。俞斌挑了一篇旧文章,自谦“不好”。胡小姐捧着就读,读着坐下沙发。可是她知道俞先生在读她的脸。顶坏的俞先生!她收起稿子,很正经地道谢。于是——两人忽然觉得没什么话说了。俞斌便问胡小姐近来看什么书?忙得怎样?胡小姐便问俞先生,近来有何新作?说完,两人更觉得没话说了。可是,胡小姐并不想起身,俞斌也生怕她告辞。

此时无言胜有言!俞斌只觉得这时会客室里,充满了“饱含着电的乌云”里流散出来的阴阳电子。他自己活像一支颤巍巍的铜丝,等候着触电。忽然,他灵机一动,拍着腿笑道:“对了!胡小姐请坐一坐——”他起身太急,差点儿踹在胡小姐脚上,忙移开脚尖,身子一倾,正跌在胡小姐坐的沙发上。她立刻两手扶住,没说什么,大家眼对着眼笑了一笑。俞斌这时真是触了电,道歉都忘了。他像个害羞的女孩子,逃也似的往楼上跑。

冲进房间就喊蕙芬,问她:“小弟的糖呢?”俞太太正坐在梳妆台前拢头发,镜子里,看见丈夫兴奋的脸。她手停在半空,也不回头,只看住了镜中的丈夫。她平时吃过饭不再打扮,今晚非但搽粉画眉,还涂了胭脂。不过俞斌并没留意。他不等太太回答,便去开橱门取小弟的糖匣,知道两兄弟都在三楼玩,不会来抵抗。可是俞太太赶过来把他一把推开，关上橱门，再把身子倚在橱门上。她坚定地说："小弟的！"

想不到太太会这般小气。俞斌赔笑道："我买还他一匣。"

太太越发铁青了脸："谁要你还！"她索性锁上橱门，自己下楼。

这又算什么呢！为一匣糖！俞斌怪冤屈地跟下去。

太太的脸变得真快。她已经满脸堆笑，对胡小姐道歉："简慢胡小姐了，不能早来奉陪。"胡小姐怪甜醇地笑着，也一再道歉："打扰了俞太太。"俞斌忽然发现俞太太在笑的空隙中，两只眼睛里，放射着刀枪剑戟似的目光，在剁人刺人。"胡小姐真能干啊！"——一刀。

"哪里，俞太太！"她满不在乎地笑着，垂下浓密的睫毛做盾牌。

"您真是能者多劳！"——一枪。

"您笑话了，俞太太。"

"啊！！"俞斌恍然大悟。"怪不得！！胡小姐不来，是太太得罪了她。"他不由自主地对太太起了敌意。看她那敛了笑容的脸，实在替胡小姐难堪。人家那么个骄傲的人，为老师一篇文章，平白无故地受怠慢，看颜色。俞斌感愧之余，更增添了对胡小姐的怜惜。她睫毛掩映着乌黑发亮的眼珠，装作不知不觉。难道她会不知觉！这么个活泼伶俐的脸！比了她，太太的脸，真呆滞黯淡得无光无色——俞斌把眼光转向太太，才觉得太太的眼光，一刀一枪地搠向自己脸上来了。俞斌既没本事和她交战，也没浓长的睫毛做盾牌，只把眼睛看着鼻子，不敢再欣赏胡小姐抵御的艺术。听太太小姐技巧纯熟地交换恭维，又插不进话去。

呆坐着,傻笑了两次,不知这般局面如何打破。

胡小姐准备告辞了,一只手慢慢地拿起大衣。唉,真对不起人家。

她还没起身,楼上两个孩子,一递一声地高叫着"妈妈",越叫越响。胡小姐站起来说:"该走了。"太太也站起来,忙得不及留她,匆匆说再见,她得上去看看那两个吵闹的孩子。就这样她先告辞退场。俞斌很抱歉地说:"不再坐会儿?"胡小姐只疲乏地摇头,自己披上夹大衣。

俞斌送她出门,懊悔没帮她穿外衣。他又抱愧太太简慢,无从表白自己,只能利用洋规矩,临别热诚地握一握手。还不知是他太热诚了些,捏痛了胡小姐的手;还不知是他们没行惯这种洋礼貌,时间握得太长了——也不知是怎么一回事,胡小姐一缩手,俞斌还不及放开,她往前一栽,恰好撞在俞斌怀里,俞斌恰好吻着了这位堆绒的墨红花儿小姐。

俞太太打发两个孩子睡了觉,等着等着,怎么丈夫还不上来?她悄悄地蹑足下楼。只见客堂里雪亮的灯下,俞斌独自痴呆呆地坐着。半晌半晌,他没动一动。

钟打十下,俞斌如梦初醒地跳起来。方才打的"补血针"或"刺激针"反应已过,药力已到。他浑身轻健地两步并作一步,哼着"小耗子,上灯台……"跑进房间,只见太太呆呆地坐在镜台前,看他进来了,才忙着拆散头发,拿起刷子,慢慢地刷。俞斌吓了一跳。怎么回事?她知道了么?

他假装打两个呵欠,先表白一句:"我看书看得眼睛都合下来了。"

太太不理。

“胡小姐对你楼窗上招手，看见么？”他再试探一句。

“没看见。”太太非常冷淡。

俞斌越发狐疑了，不敢再多问，怀着鬼胎到洗脸室去洗脸漱口，等待太太发作。可是太太只说：“今儿暖和，少盖一床被吧。”难道这句话是双关？

他躺上床，合眼装睡。在半醉情绪中，一会儿就睡着了。沉沉一觉，醒来已天亮。睁眼一看，向来晚起的太太，已经不在房里。忙看钟，还不过七点。怪么？俞斌一奇怪，便想起昨晚所有的事。恰如酒醒后回味，觉得没意思。假如蕙芬为他气得一夜没睡，怎么对得起她。当初，他们俩不是恋爱而结婚的吗？半老的人了，还跟年轻小姐们胡闹什么？他的春天已经过去了。春天是别人的了。

俞斌披衣起来，一面下决心，一面又觉悲凄。春天是别人的了。自己的春天已经过去了。就没知觉怎么过去的。挣扎着，挣扎着，为生活，为学问。人生真和流水一般，不舍昼夜。他现在是有声望有成就的俞博士。可是，才站定脚跟，才有闲暇睁眼望望这世界，这世界已经枯黄憔悴，变了颜色。

这时，太太进来拿东西。她脸上有些浮肿，却粉刷得很鲜艳。俞斌关切地忙问：“怎么一清早就起来了？”太太很高兴的样儿说：“睡得熟，就起得早。”

“你也不叫我一声？”

太太笑道：“让你多做几个好梦呀！”她头也不回地一直出去了。

俞斌忙叫：“蕙芬！蕙芬！”太太又折回来，脸上冰冷。刚才的笑容原来是勉强的。她一双冰冷的眼睛，打着问号，停在他脸

上。俞斌没看见太太这般冷过,很不舒服地避开了脸,强笑道:

“我说,假如我做的好梦,不跟你——”

太太甩手道:“有你的自由。”

“你不吃醋?”

太太像一块冒着气的冰。冰冻的眼睛里,腾腾地冒出愤怒。“我从来不爱吃醋。”她坚定地只说了这一句,紧抿着嘴,好像真有人要灌她喝醋似的。俞斌讨了老大没趣。原想借此招认求饶的,太太既然拒人于千里之外,叫他也无从亲近了。况且,俞斌想:“她在乎么?她还爱他么?她不过占有着丈夫罢了!逼他一同老,不许他再有春天,不许他在别人的春天里分一份。”

“该放心了!”太太看他半天不说话,心上抱歉起来,忙笑着补上这一句。

俞斌不答理,也没看见太太赔笑的脸。他自言自语地说:“她才不在乎。”

太太赌气也不答理。趁他转背,忙从自己枕头底下挖出一团皱结成一块的手绢儿,拿去浸在水盆子里。

这一天俞斌不上学校。第二天到校,却不见胡小姐。他心上纳罕,她生气了么?好糊涂!现在不能指望胡若蕖上门请教,该自己先看她去!两天浸沉在墨红堆绒花儿的回味中,饥渴着要再看见她。不知道再见她时,该怎么个态度。她在避不见面么?恼了么?俞斌不安得很,打定主意要冒昧到胡小姐家里去一次。

胡小姐住在某街某弄,他早在无意中留心过。这天上完课,且不回家,先到理发店去剃头刮面。修饰整洁了,鼓足勇气到胡小姐家去。借口是:上次那篇稿子有几处要修改——假如需要借口。他找到了弄堂,找到了出入的后门,可是应门的女佣说:“这儿是丁家。”俞斌忙退出来,心想:“糟了!搞错门号了。”那女佣却很伶俐地打量着俞斌道:

“您找胡小姐么?”

俞斌忙应:“是。”

“您贵姓啊?”

俞斌说了姓俞,那女佣越发把他细细地上下端详了好几眼,笑道:

“您是俞博士先生啊?胡小姐不在家,可是有一封信给您的。”她进去拿信,俞斌莫名其妙地站在厨房里等着。一会儿,那女佣拿着一封信来了;信面上没有地名,只有“俞斌先生台启”几个字。

“是您吗?胡小姐没在家。”她再申说一遍。

俞斌很失望。人家不请他进去坐,总不成强赖在厨房里。退出后门,再抬头向楼窗上望望,希望看见胡小姐伸头看他,可以证实他的疑心。但是胡小姐即使偷望,绝不肯让他看见。俞斌怏怏地走出弄堂。

他对于情书早已不感兴趣。好几年前,偶然看到自己结婚前给蕙芬的信,他脸上发烧,身上起鸡皮疙瘩,不敢想蕙芬之外有谁偷看过;趁太太不在家,一顿火烧个干净。叫他再干这一套傻事,他可没本事了。不过他怕胡若蕖的这封信还不是情书,十之八九是埋怨他或是和他决绝的信。

信很简短:“俞先生:我不知道该快活还是该害怕。请你教我。——若蕖。某月某日”月日旁边,名字底下,两行细字:“这位小姐今晚没洗脸就睡了,猜,为什么?”

为什么？俞斌步出弄堂，恍然大悟。“啊！她怕擦掉了——她愿意留着——”羞愧感激，俞斌恨不能把她搂在怀中挤挤。这孩子可爱，“美人才调太玲珑”，正是为她说的。俞斌又抽出信来，看看日期，正是那天晚上。好糊涂，两天冷搁了她，这孩子一定气坏了。“该快活还是该害怕？”这句话他不喜欢。“请你教我。”语气是严冷的还是撒娇？总觉得有些咄咄逼人。并且，她怎么料定他会上门去取这信？

俞斌对于恋爱，恰像老年人对于生命，只企求安逸的享受，懒得再赔上苦恼挣扎。“我亦阴符满腹中”，可是要他再运用机智，太麻烦些。然而胡小姐这信不能不复。他得搁开正经，费神好好儿回复她。

对着太太写信不方便，借端一人在楼下写。偏偏的太太不识趣，说是节省电灯，抱了一包绒线活儿来坐在对面。俞斌对着手不停织的太太，一个字都落不下纸。

床上翻腾着，又觉写信太落痕迹，不如写一首诗，飘忽，灵动，还可以缚住胸中捉拿不定的情感。他闭上眼睛，抓住这个字，嵌下那个字，把半个恬静的夜，涂抹成一幅字迹模糊的诗稿。末后，合上的眼睛前也模糊了。诗稿像白布幕上的电影，停了电，只剩下一幅白布。俞斌睡着了。

醒来立刻记起，难题还未解决。还是当面讲吧，比动笔省力。可是俞斌虽然有机会看见胡若蕖，却从没机会跟她说半句话。在俞斌面前，她眼皮儿都不抬一抬，分明是恼了。怎么办呢？明知是自寻烦恼，那天晚上他不应该——可是，那是不可避免的偶然呀！

俞斌毕竟是个有学问的人，知道哪里去找参考书本。像学生做论文,他抄袭修改,制成了很长的一封情书,这般交了卷。

第二天早上,夫妇俩正吃早饭——孩子们早已吃了上学了——忽然前门有人按铃,女佣接进来一封俞先生的信。俞斌一看笔迹,就知道是谁的。信封上也分明写着胡缄。他只觉一颗心直往下沉,然后又左右上下乱撞乱跳。这孩子太莽撞,还是她故意捣乱? 忙抢过信。觉得脸在发烧,不知怎么好,硬装出一阵咳嗽。下文如何,还没想出来,只得咳个不停,假咳变成了真咳。太太放下筷子问:"怎么了? 米到了鼻子里去了?"他借此抓了信直咳到楼上,把信妥藏在里面口袋里,忙在自己书桌上另拿一封同样信封的旧信,一路看下来,一面笑着说:

"我要紧说话,偏罚我说不出话来。可不是一颗粥米跑到鼻子里去了!"

"谁的信?"太太样子很随便。

"没关系的。"他把信一扬,随便放在一旁。

太太偷偷儿斜过眼去看信,于是她问:"你刚才要说什么?"

"忘了。"他把指头擦着太阳穴,笑道:"忘得一干二净。"他拍拍胸口,表示还咳得痛。

太太要说什么,一顿,没说,继续吃她的早饭。俞斌疑疑惑惑放下半个心。

哄过了太太么? 他不敢探问,只忙忙地吃完上楼,换了衣裳出门。怀了信,躲到公园僻静处,准备在到校之前把这信细读一过。

信却短得不经一读,只两句:"谢谢你的信。我今天下午在家。你的——"

"你的"下面一竖,使他反复玩味,把各式称呼填嵌进去,俞斌试填了几种，觉得是自哄自，觉得失望、无趣，他更怀疑她故意送信上门，是对他太太宣战。可是，除了他家，叫她往哪儿寄信呢。

当天下午，胡小姐在丁家客堂里接待他：很自然，很大方，不太冷，也不太热。她穿着一件软绸夹袍，很清楚地衬出浑身轮廓。怪精致的脚，穿一双半新的绣花鞋。这般动人的打扮，使俞斌局踏不安，不敢看她。她却自在地酬答，告诉他许多细碎的事，同时，放任他吹牛并谈他"自己"。她说，她笑，她静听，她谄媚：好像他们中间从没有过那晚的事——那事好像是俞斌的幻想，他背了人做的梦，只在临别时，胡若蕖把她瘦小的手，钻入俞斌肥厚的手掌中，俞斌心醉地捏紧了这一只可怜的彷徨的小手，又跑进了那晚的梦境。可是门外的脚步声，把俞斌从那梦中直拖出来。他笨拙地站起来告辞。胡小姐好像什么都很自然。她送俞斌出门，请他再来。

原来胡小姐课余在丁家处馆。她自己的家在乡下。胡小姐和东家相处得好，能随时借用客厅。俞斌从此做了这客堂里的惯客。这里，幻想是实在，梦是真，白水是酒，谈笑是诗。"你们平庸人，忠实的丈夫，循规蹈矩的公民，你们知道什么叫人生！什么是恋爱！"俞斌胜利地自觉不平凡。他非但年轻了，并且尝到了人生真滋味。他常在图书馆"写稿子"，他从胡小姐那儿收到的"稿子"，藏在贴身衬衣口袋里的，也愈积愈厚。

俞斌整个人，已经从"散文"改变成"诗"。因此，常嫌恨他的"稿子"（俞太太奇怪丈夫近来灵感之富，写那么多稿子）不配传达自己。诗，还嫌有文字的渣滓，最好用音乐。可是他不能抱一堆音乐送人，所以俞斌到花店去选了一大束紫红玫瑰，买了一大匣非常体面的巧克力糖，等不及胡小姐指定的日期，兴冲冲地去寻他的“梦”、他的“幻想”。

照规矩从常开着的后门进去，穿过厨房进客堂。俞斌一只脚才踏进客堂，便冻结在门口。套着青布套的长沙发上，胡若蕖扭着腰扬着脸坐着，恰好是他看惯的姿势。只是，离她脸不到三寸的另一个脸，不是俞斌的。这位先生，正是俞斌的另一个得意高足陈谦。

胡小姐立刻跑过来，两手护着花，把脸颊偎上去嗅着笑道：“好美的花儿！”

陈谦把礼貌都忘了，只方方正正地坐着，一脸威严，两眼义愤，把俞斌收缩成一个束手就擒的小偷儿。

所谓情急智生，俞斌捏着花不放手，笑道：“不错吧？这是送我内人的生日礼物。”

胡小姐立刻改演另一角色，顽皮地笑道：“师母生日么？啊呀，俞先生，不请我们吃面！陈谦，咱们立刻买了寿礼盯着俞先生回去！”陈谦咕噜了一声不知什么话。俞斌紧捏着花儿，挟着糖匣，也不坐下，只含糊说：

“我路过，进来通知你一声，稿子排好了，让我自己校样。”

胡小姐踢踢陈谦的脚道：“听见没有？”

陈谦懒怠地移动一下座位，眼看着地下道：“好吧。”

胡小姐礼貌周到地送老师出门，陈谦也懒拖拖地跟着送出来。俞斌捧着花，挟着糖匣，尴尬地笑着告辞回去。

可怜俞斌，活像一只雨淋的大公鸡。快到家了，才想起手里的东西怎么处置。扔了？舍不得。送别人？没别人送。好在上面并没写胡若蕖名字，尽可以将错就错，送给太太。只是老夫妇忽然送起花来，未免突兀。而且做家的太太，一定还要怪他不买便宜的菊花，却买珍贵的玫瑰；不买称磅散装的糖，却买匣子。她一定埋怨一顿，留下糖匣送人情。

俞太太非但不嫌突兀，也没怪他浪费。傻女人，傻得不可思议。你以情人待她，她便情人自居；珍重地接过这一束玫瑰，嗅嗅，笑笑，还摘下一朵，戴在鬓上。她抱着糖匣，脸上糖一般甜蜜。这不是丈夫向自己请罪的意思么！俞太太懊悔连日心上冷淡了丈夫，把他撇得老远。原来他都觉得，原来他跟自己还是好好的，是自己太小心眼儿，冤他厌弃自己。其实，还不是自己冷落了他！俞太太怪有意思地看了丈夫一眼，打开糖盒子，自己先吃一块——不像太太，不像母亲，小女孩儿一般。她咬着糖——俞斌偷看太太，确定她不在赌气，才放心陪吃，也叫孩子们来分享。

胡若蕖原约俞斌明晨大清早在公园僻静处等她。昨天没取消这约会，当然他还得赴约。他急要听胡小姐的解释。她有许多男朋友，俞斌早知道。可是他并不必吃醋争风，因为胡若蕖对他的感情，只安慰了他，增添了他的自信，觉得自己原来远在这群追随者之上。可是胡若蕖没欺哄他么？她不过是帮助自己欺哄陈谦么？她没有误会自己的花和糖的原意么？俞斌心上像有蚂蚁在爬。天没亮他就起来了，惊醒了太太。

“起来了？”

“好天气，想到公园走走去——你去不去？看菊花？”俞斌拿定太太绝不肯去，万不料太太吃了情人糖也变成了情人，她一骨碌从被窝里钻了出来。俞斌忙按住她，叫她再睡一会儿。可是，他越体贴，太太越巴结：立刻下床，立刻梳洗，立刻穿衣打扮。俞斌偷不出一分钟的空隙，能让他思索个对付良策。大哥小弟还没吃早饭,他们夫妇俩已经并肩出门了。

俞斌心里直在着急:“糟糕!糟糕!”嘴里却不停地和太太说话。太太今天的话偏多,兴致偏好。她要到池边去看鱼,她要站在桥上照水看自己的影子,她要走那条小路,看青苔多厚……

胡小姐远远看见,实在不能相信自己的眼睛。他们迎面走近来了。可不是俞先生,臂上挂着个鲜妍愉快的俞太太!这分明是俞先生对自己的侮辱。她迎上去笑道:

“俞先生,俞太太,你们早呀!”

俞太太再想不到,他们夫妇游园,正好让“她”瞧见,太称心满意了!她满脸骄傲地笑道:“您也早啊!”

“在等人。”胡小姐说。

俞太太不愿意为胡小姐耽搁,她笑着一点头,扯扯丈夫的衣袖。俞斌没说一句话,傻笑着给太太带走了。走过几步,俞太太鄙夷地说:“一老清早,在等什么情人呢?”一面不由自主地回过头去看她。恰好胡小姐也在回头。她忙回过脸来恶笑着道:“她在看你呢!”

俞斌掏出大手绢来,抹着汗道:“咱们到那边儿看菊花去。”

“哼!”太太想,“这回开了眼吧!人家在等人!”俞太太的胜利,满了一百分。

她哪里知道,情人间的误会,好比木柴上的根节,着了火,燃烧得分外旺。两汪泪,一个吻,俞斌和胡若蕖的交情,又斩进一关。俞太太还自满自傲地兀坐在“太太”宝座上。

这个建筑在错误上的快活,也依照盈虚消长的原则,满了就亏损。她这天偶然尽心,在丈夫换下的衬衣口袋里掏摸一下,防里面有遗忘的钞票。没想到袋里厚厚一大叠纸,正是胡小姐的

"稿子"。她饿鹰抓小鸡似的攫取了这叠情书,看了一封又一封,简直不能相信。她怕丈夫赶回来抢,又怕张妈撞来看见,索性躲进浴室,锁上了门。

假如她读到丈夫的"稿子",也许会伤心。可是,读到胡小姐写给自己丈夫的信,只使她无限鄙夷,几次对信纸狠狠地"啐!"一下。"不要脸的贱女人!讲神圣的爱情呢!讲心!讲灵魂!偏有这种糊涂下流男人把她当真,反把太太蒙在鼓里。"她气愤地倚坐在浴缸边上。事实渐渐沁入意识,她一下子发现自己完全孤独,她被欺骗,她被遗弃了。她成了无人需要的多余的东西。没有一滴眼泪润泽她心上的干枯烦躁,只觉自己是脱了仁的壳,去了酒的渣滓。

"好哇!跟你那黑毛女人去吧!我稀罕!"真的,有了这么个好太太而不知珍贵,他也只配跟那黑毛女人混去!可是,俞太太切实的头脑,立刻又把这话推翻。"为什么?倒让她!没那么容易!我做弃妇免她做姘妇!"单为了不让人家称心,她也绝不退让,得实行《伊索寓言》中占据马槽的恶狗。并且,她还得为孩子们着想啊。

忽然,她敏锐地听得下面开门声。是丈夫记起情书赶回来了么?俞太太警告自己,千万留心,装不知道,别跟他闹。胡小姐不妨当她是个没头脑的当家女人,她可有她的心眼儿,才不闹离婚便宜别人。俞太太很快地把一叠信塞进原来的口袋,扭开水龙头,把脏衣裳连带情书冲了又冲,再在口袋上用力乱捏,让水进去,把那叠肉麻东西融成一块墨糕。这是件快意的事。她擦着手,恶笑着开了浴室的门。

她等待着,故意捡起绒线活,闲闲地编织。只听得张妈滞缓的脚步声一级级上楼,说卖酱油的来问要不要送酱油。打发了张妈下去,俞太太觉得紧张后的松弛,挟着无限烦厌。做一个太太有什么好?还怕别人抢了地盘去?她得占住这地盘,把自己搅拌在柴米琐碎中间。丈夫的世界,她走不进。孩子的世界,她走不进。用剩了,她成了累赘。俞太太觉得不服气。什么地方错了?也许错的是她自己,女人自己。

可是俞太太没力量理论,只觉得无限烦倦。厨下饭菜的味儿在往上浮。一会儿孩子们就回家了,丈夫也就要回来了。俞太太忽然觉得不愿意看见他们。她要独自一个人。已经十一点了。她也不打扮,披上大衣,拿了钱袋,下楼告诉张妈她不在家吃饭,一个人走出门去。

哪儿去呢?出了门又踌躇。一阵风来,冷得很。俞太太抬头看看天,像要下雨。早晨的太阳冷冷淡淡,这时完全给黑云遮没了。她无目的地走了一会儿,买了点儿东西,觉得乏了,便到平日丈夫常带她吃点心的地方去吃饭,赌气自己款待一下。可是她把菜单读了半天,只叫了一碗面;对着一碗面,没缘由地伤心起来,簌簌地眼泪直抛。这时不愿意哭,偏又泪多。勉强怂恿自己,一个人看戏去。无聊无赖地在街上闲荡了一阵,跑进戏院去呆等。上了戏,看了一半,觉得实在没味,没看完便出来了。外面,天已黑沉沉的下雨了。斜斜的细雨,下得很认真。俞太太只能雇了车回家,一路上冷得直哆嗦。

大哥小弟早已吃完热点心,在偷空玩儿。丈夫呢?"刚回家,"张妈笑着说,"先生淋得一身是水。"她正忙着打热水。

俞斌光着一双脚坐在床上,地下是湿了的鞋袜,头发上全是雨水。他瞪着自己的两个大脚指头,在发呆。

“该死！你要着冷了！”俞太太还是习惯地怜惜丈夫。

俞斌抬起脸。从雨湿模糊的眼镜里，雾中看花似的看着太太。他有几分心虚，却厚皮涎脸地笑着说：“我说，蕙芬，咱们到杭州去。”

“杭州去？”俞太太眼睛都睁圆了，她只想破口骂他发疯，可是管束住自己，掩饰着心上的怀疑，假装冷静地问道：“干吗？”

“玩儿去。”俞斌偷看着太太，把两个大脚趾对碰着。

“杭州去？玩儿？跟谁？”

“咱们俩啊！”

俞太太冷笑了，“咱们俩！到杭州！看菊花去吧？”提起这事，她一肚子怨愤，再也按捺不住。“当我不知道！我跟你上杭州！听你们星呀月呀灵魂儿呀的谈神圣的恋爱去！”

俞斌尴尬着脸在笑。他回家吃饭时，已经发现了那块墨糕了。他手扳着脚，往后一倒，滚了一个元宝。

俞太太越发生气了。原先决定假作痴聋的决心都撇开，她一连串地冷笑道：

“你乐呀！带了你的姘头新娘子度蜜月去，何必再拿我开心！”

俞斌床上爬起来道：“你说谁？”

“说谁？还要人家多说几遍你心上人儿的芳名？说谁？我就知道有红莲白莲青莲紫莲，就没听见过黑荷花！”

俞斌认真大笑了：“你说胡若蕖么？你放心，人家已经订了婚了。”

“跟谁？跟你？”

“跟陈谦。”

俞太太不言语，猜疑地看着丈夫，然后恍然道："所以气得你失魂落魄，把自己弄成个雨淋鬼似的。"

俞斌骄矜地自夸道："我气么！就是我劝她的。"

"为什么要你劝！"太太冷笑了，"你是她的谁？"

"我，我，我绝不肯对不起你——我怎么能够呢。"他一把拉过太太，"你不相信么？我——"

太太摔开手，背过脸去。俞斌赤脚下地又拉她回来。

"她自己要跟我谈，她说陈谦对她怎么怎么有意思，我就劝她——我——我劝她——"他想起方才胡小姐探问他时眼睛里的表情，听了他的劝告伏在桌上呜咽哭泣，使他觉得自己真是个懦夫，对不起胡小姐。幸而事情都过去了，不愿意再想起，便大声唤张妈怎么热水还不来。

张妈等他们夫妇间风平浪静了，立刻提了热水上去。俞斌手指微微在抖，眼看着鼻子，正襟危坐地洗脚。太太挂好自己的大衣，呆站着，长长地吐口气。张妈走了，俞斌强笑着问道："怎么？"

"什么怎么？"

"我说，咱们杭州去玩儿呀。只许年轻人乐，咱们不乐！"

俞太太强笑着应道："好呀。"

"咱们明后天就走。"

俞太太叹了一声说："好呀。"可是她知道，他们绝不会去。

因为毕竟是深秋天气了。十月小阳春，已在一瞬间过去。时光不愿意老，回光返照地还挣扎出几天春天，可是到底不是春天了。窗外的风雨，直往屋里打。俞太太觉得冷，她一手护着肩，过来关上了窗子。

四十年代

“大 笑 话”

一

从前,北京西南郊有个温贝子坟园。园很大。国民党时期,洛氏基金生物研究所占用了西南角的坟堂、祠堂一带房子。有个法政学社占用了东北角的三馀堂、藏书楼一带房子。两个机构为了前途发展,都要独占这座坟园,各不相让。不久,法政学社也请得洛氏基金的补助,两家就合并为一,增设了几个科学、人文科学的研究室,修葺并兴建了许多房屋,改名平旦学社。

社员名额控制很严,须有学位,有著作,由指定的名流推荐,经专设的委员会批准。学社的经费充足,社员生活优裕,家眷住在园内,称为温家园。里面设备应有尽有,自成天地。社员定期还出国休假。谁进得温家园,仿佛蛆虫钻入奶酪,够钻一辈子的,所以往往忘了园外还有一个世界。

不过,社员资格要求虽严,标准很难捉摸。譬如副社长蔡胖子蔡逵先生,尽管有学位、有著作,却是不学无术出了名的。他是国民党一位大官僚的姑爷,夫人是有名的朱三小姐朱丽。社里也有些知名的学者,如专研近代史的程涣、专研民法的林子瑜、生物学家章润之等。抗日战争前夕,平旦学社大搬家迁入后方,和其他机构合并,从此消失了独立存在,它的名字也许只会在《近代中国学术史》等书里出现，它留下什么成绩，也只在那些书里记载；但有件小事，当时的园中人至今还偶尔谈起。爱嚼舌的，只当做笑话讲。认真的人，当做一个谜，从各方推测。也有些人，心上留下了很深的刻痕。

当时陈倩刚三十岁。她十年前的几张新娘照片——含情凝睇的半身照、亭亭玉立的全身照、和王世骏博士的新婚俪影，平旦学社的社员几乎都瞻仰或鉴赏过。结婚照上不仅新娘是画中人，连新郎都风度翩翩。大家不禁说："唷！王世骏博士真是俊啊！"心上却不免怀疑他那位夫人是否真像照片上那么美。他们俩的一见生情、新娘子的温柔和顺，曾是温家园里流传的佳话。那都是王世骏自己讲的。他无论在谁家，或在办公室里，坐上沙发，点上烟卷，就讲他那位留在上海的夫人，总说要接她北来。可是他的安排无限周到，他的顾虑与日俱增，结婚了七八年，他突然血中毒去世，他那位夫人还在上海，当时流产住院，只有王世骏的姐姐——一位眼科大夫北来参加丧礼，带走了骨灰。谁料王世骏去世将近两年，暑假将尽，他的寡妇夫人忽翩然临社了。

沈凤消息最灵通。人家说她熟悉行情，不愧为金融专家的夫人。她昨晚看见生物研究室主任褚家麟的太太接了这位远客回家，当时不便就去察看，所以清早守在办公大楼后面的大槐树下；那里是主妇们每晨聚会的地方。因为附近就是银行、邮局、合作社和进城班车的停车处，旁边几间旧屋连一个院子是园内的菜市。太太们尽管家里有老妈子，都喜欢亲自出来领领市面。沈凤看见矮胖的褚太太鹅行鸭步而来，忙迎上去，凑在她那花白的鬓边嘁嘁喳喳了一会儿。她是褚太太的亲戚，前年嫁给《上海金融史》著者王亚孚做了续弦，是北院宿舍里最年轻的太太。褚太太听着话，两眼直瞪起来。说：

“什么？给她做媒？怎么我倒不知道？”

沈凤圆睁一双白多黑少，可是黑白分明的大眼，高高掀起两弯新月样的纤眉，抿着嘴得意地点头。“有好戏看了吧？”可是她忙又严肃地叮咛：“林太太的妙计，千万不能泄露啊！”

褚太太点头沉吟说：“好倒是好——昨晚冯太太陪我到车站去接的，她知道吗？”

“哦！是冯太太陪你去接的！那就对了！她是林太太的军师，当然知道。”

褚太太忽然笑道：“你知道家麟怎么说？昨晚临睡，他一本正经告诉我：‘那陈倩原来是一碗高汤。’”

褚家麟专看显微镜，看得一只眼几乎瞎了，另一只眼也模糊得厉害，除了显微镜里的微生物，其他有生、无生之物都视而不见。沈凤听他如此品评美人，忍不住大笑。沈凤虽然没见过陈倩，她妹妹和陈倩的表妹是朋友，对陈倩略有所知，颇感兴趣。她正要追问究竟，忽见朱丽穿着她那件红红绿绿、叫人看了头晕的花纱旗袍，撑着小花阳伞，挎着个花篮似的菜篮跑来。沈凤立刻止笑，撞了褚太太一肘说：

“奶油咖喱汤来了！”她临时想出这个绰号很得意。朱丽眼里没有她，她也瞧不上这种活一年、小一岁的女人。蔡逵已经五十出头，她亲生的儿女都上中学了，她至少也该有三十七八了吧，还恨不得把自己扮成十七八岁的小姑娘呢。但她是官小姐，又吃过洋面包，又当过官太太，目前是平旦学社副社长夫人。她轻蔑的眼风扫过，叫人不大好受。沈凤瞧她直奔褚太太，就抽身走了。

朱丽果然是找褚太太,她招着手袅娜而来。

“说是你家来远客了?”

“是啊。”

“左不来,右不来,怎么这会儿来了呀?”

褚太太解释说:生物研究室里还留着王世骏一套狗脑子的切片;王世骏的姐姐——王大夫那次拿了骨灰盒,拿不了那一大盒切片,又不能和别的行李一起慢运,研究室里还要借用,就搁下了。现在王大夫要,叫陈倩来取的。

朱丽说:“王世骏的家具还在你那儿吧?我看中他那张书桌,不知那个陈倩打算怎么处理。”

褚太太也看中那张书桌。她说:“我一直没好意思问,回头以为我多嫌那些东西,或者以为我想图她的呢。”

朱丽脖子一扭,脸一扬道:“总不成老搁着呀!图她的也得花钱问她买呀!”

褚太太觉得话里有刺,却不知怎么回敬,只说:

“你自己问她吧。家麟因为王先生向来住在我们家,这回又是自己研究室里的事,所以接他太太在我们家住。我们不认识她,也没有交情。”

朱丽耸耸肩,摊开两手,做了个洋姿势,笑说:“反正你有便问一声就是了——真的,那位太太是什么个样儿?和照片上像吗?”

褚太太记着沈凤说的事,林太太做媒,不正是对付朱丽吗?她思索半晌,句斟字酌地说:“有点儿像吧。”

朱丽不知这是经过一番苦思的外交辞令,又恼又笑道:“真废话！没点儿像还叫相片吗？”

“你也废话，人都来了，还问什么相片！”褚太太回敬了这一句心上舒服些。

朱丽转着挂在小指上的团扇道：“我听说，王博士不死，早离了。”

“你信他们胡说！”褚太太忙着要回去陪陈倩拜访冯家，没工夫闲聊；而且对这位蔡太太向来有三分畏惧，急着要脱身。

朱丽笑道：“咳！你们俩真是好一对！什么也不看见、也不听见。难道你没听说过——”她未说先笑，挥着团扇驱除恶臭似的说：“博士一身烟臭，含着一口痰去吻他的新娘子，新娘子急得哭了。”

褚太太笑道：“谁编的？——倒也像。王世骏就爱含着一口痰，一会儿又咽了。”

“谁编呀！你不问问，谁不知道！新娘子第一个孩子是在娘家生的，博士只寄了十块钱！你真的都不知道？博士死了，你们研究室里‘那个人’哭红了眼睛，陈倩却没有来呀。”

褚太太最忌讳人家提这套话。她不愿意人家说褚家麟不知本研究室的事。况且王世骏多年住在他们家，难道他们夫妇倒一无所知！几年前她听到闲话，曾问过王世骏。他红了脸一口否认；当时褚太太确也动了疑心。可是不久“那个人”就和别人结婚了，可见并无其事。她正色说：

“冯先生——还是冯太太？——上海有个亲戚，是王大夫的老病号。上次王大夫来了，冯家不还请她吃饭了吗？王大夫亲口告诉冯太太，陈倩接到电报，急着要去买车票，下楼一滑，从半楼梯直滚下来，就流产了。冯太太亲口告诉我的，我总不会骗你吧?”

冯彦猷是平旦学社的总务长,最一板三眼;冯太太又是最稳重、最识大体的,他们的话当然可靠。不过他们向来“逢人只说三分话”,不必向人传播的事也不会去告诉褚太太。王大夫在冯太太探问下曾坦率地告诉她,世骏三心二意,那次回上海原是准备办离婚的,却又让陈倩怀孕了。王大夫把弟弟狠狠训了一顿。王世骏很后悔,答应和他那位助手决裂——确也决裂了。反正事情都已过去,何必再惹陈倩气恼,这事就瞒着了。其实王大夫是忙人,草草收拾了弟弟的遗物运回上海,没看见他女友原封退还世骏的末一封信就插在箱盖的袋里。王世骏没再拆开,只在信封背面抖抖索索写了一个日期。那封信陈倩细读了。

陈倩料想平旦学社里知道这事;这一次满不愿意来。可是王大夫对她说:有人要那套切片,恰逢暑假,顺便可以处理寄存的家具。陈倩不知道姐姐早知弟弟的事,不便推却,只好硬着头皮跑这一趟。她哪会想到这是林子瑜太太周逸群为了平旦学社的声誉、为了朋友的前途、为了照顾丈夫同事的寡妇,精心策划的大好事呢。冯太太是参与机要的。她虽然知道逸群的用心,也承认是好事,所以由她写信给上海那位亲戚,和王大夫商妥办法,把陈倩撮弄了来。可是冯太太见到陈倩之后,忽生疑虑,匆匆吃完早点,忙去找周逸群。

冯太太是个干瘦的小个子,梳着个鬏儿,虽然才四十出头,只比逸群大两岁,看来老十年不止。逸群发胖了,像一朵开翻的月季花。她薄施脂粉,淡描着两撇柳叶眉,看见冯太太来,忙问:

“怎么样?”

冯太太笑道:“我真荒唐死了。褚太太糊涂,以为我见过陈倩。我可更糊涂，看熟了陈倩的照片，忘了自己还没见过她本人。你想，上火车站去接几年前照片上的人，哪儿去找啊！”

“没接到吗？”

“后来碰巧在问讯处看见个单身女客，带着些上海的盒儿罐儿，一问果然是陈倩。”

“老了？不像了？”逸群有点儿担忧。

冯太太慢慢地摇头说：“倒不老，好像还比照片上年轻些呢；眉眼也比照片上清秀；鼻子瘦些，牙齿有一个不很齐；身材不错，顶有风头；皮肤太白些，没一点血色，也不搽胭脂粉；头发也不烫，不像照片上那么时髦——哦！大概是发型像中学生，短短的，斜挑，所以显年轻了。她不像上海客人：旗袍不长，领子不高，袖子不短，开衩不深，穿一双平底鞋。”

逸群忙问：“邋遢吗？”

“不，太干净些，有点矜持似的。我只怕她不惹眼。而且王世骏和那助手的事，王大夫是瞒她的。你说她知道不知道？会不会古董脑筋，什么从一而终，要守节一辈子呢？”

周逸群瞧冯太太那么认真担忧，忍不住哈哈大笑道：“我不信谁会对王世骏那么多情！他的‘那个人’没等他死就嫁人了。”

“我怕事情不成，空叫人恨得咬你肉。”

逸群说：“我只问你，她比朱丽怎样？”

“另是一样——你以为赛过朱丽就行吗？她——我指陈倩那方面，就没问题？”

逸群说：“你放心。她对王世骏都一见倾心呢！”

林子瑜急要到办公室去。可是冯太太来讲陈倩的事，他不好意思听都不听。他给冯太太倒了一杯冰水，又开了电扇；坐了一会儿，起身转了两圈，又坐了一会儿，这时忍不住插嘴道：

“有意思就有，没意思就罢！”

逸群恼道：“要你不耐烦！你甭管，蔡逵不会怨你！”

林子瑜笑说：“朱丽怨你，蔡逵不怨我？”

逸群没好气说：“朱丽气死了，蔡逵也不会怨你！”

冯太太笑道：“那倒说不定——反正陈倩一会儿要到我们家去，你们撞来看看，怎么样？”

林子瑜说他有事。逸群说：“哪就忙得这样！”她自信会探口风，准有本事套出陈倩的话来，要林子瑜同去，“多一双眼睛帮我看看，多两只耳朵帮我听听。”

林太太驾驭丈夫的本领和林先生的怕老婆是名满温家园的。林子瑜直言不讳，还说他不仅怕自己的老婆，谁家老婆他都怕。同事太太倒不生气，只当做笑话。他这时一心想去写他的讲稿——他兼任城里一个大学的法政系民法教授，正虚拟各种各样的案件，供学生公平审判。学生对他的课很有兴趣。尽管蔡逵背后笑他纸上谈兵，他自己也知道事实上没有这种公平，可是他很固执，认为心目中有这个观念，总比没有强。他这暑假正在搜集些资料，要使那些假设的案件五花八门。逸群的策划他不感兴趣，只嫌她多事；不过管不了她，“免淘气”吧，他懒得为这种细事争执。

二

林氏夫妇到冯家，客堂里不仅有陈倩和褚太太，还有沈凤和程涣的夫人程太太。她们都是要看看陈倩,不约而同都到褚家去扑了个空,就合伙找到冯家来。冯彦猷早已到办公大楼去了,只冯太太在陪客。陈倩穿一件淡青色细白条子的纱旗袍,平底白麂皮凉鞋。她起身和林氏夫妇握手寒暄,风度很斯文。

林太太热情地拉着她说:“啊呀,陈老师,我们不但久闻久仰,也久盼了!”

陈倩带些腼腆,笑说:“不敢当,我不是老师,叫我陈倩吧。”

程太太爽直地说:“我可不客气,就叫她陈倩——陈倩,你不怪我卖老吧?”

她和林太太、冯太太都比陈倩年长十岁左右呢。

陈倩微笑。林子瑜注意到她笑时不喜开嘴,也不像逸群一笑两酒窝。她嘬着上唇,不露牙齿,那样儿并不很大方,可是有几分小女孩儿的娇气,倒也不讨厌。而且她的笑都留在眼里,一双眼睛很活泼顽皮。

程太太接着说:“咱们虽然初见,名字早听熟了。”

逸群“咳”了一声,感叹说:“可不是早听熟了！年年盼着‘陈倩’、‘陈倩’——”她成功地模仿王世骏的腔调——“现在陈倩来了,世骏却不在了!”

程太太颇怪逸群失言,怕触动陈倩伤心,忙偷看陈倩一眼;只见她静静的,脸上毫无表情,也默不作声。大家都像空谷回声:

“唉!”

“真想不到!”

“真可惜。”

褚太太说:“我们真是一年年的盼哪!”

沈凤埋怨说:“你怎么不早来?”

陈倩低着眼皮,脸上泛出红晕,顿了一下说:“是啊,年年说来,总是来不了。”她好像谈别人的事,也不再多说。

林子瑜想把话漾开去。他说:“北方比不上江南好。”

逸群立即把话扭回来说:“南方人秀气,受不了北方的风沙。”

褚太太老实,重述了王世骏常说的话:“学校出来,没管过家事,一下子又要当家,又要带孩子,也受不了。”

冯太太说:“这里离城远,什么都不方便。”

周逸群接口说:“而且土里土气,你到了这里,就好比城里人下乡来了,怎么过得惯呀!”

陈倩笑道:“哪就那么娇!我从前住王大夫家一个亭子间,后来搬到学校去住。我们那儿,街上死掉的叫花子,雨里淋一天也没人理会。我们学校在弄堂口,后面挨挨挤挤都是小房子。邻居争吵,小孩子哭闹,人静了好像就在耳边。尤其夜里听着小贩叫卖、叫花子讨饭,心上直不安。你们温家花园就是世外桃源了。”

林子瑜说:“坟园,不是花园。”

陈倩满眼是笑,道歉说:“对不起,‘温家园’——我老爱说‘温家花园’。”

沈凤使劲说:“那你为什么不来呀?”

陈倩诧怪地看了她一眼,咬一下嘴唇说:

“我先是有孩子了——”

周逸群说:“啊呀,谁家没孩子!”

陈倩不理会,接着说:“后来我又有工作了。”

褚太太说:“有了孩子,还工作?”

陈倩也不答理,接着说:“孩子又病。”

大家七嘴八舌,关切地问那孩子是怎么病的,怎么死的,全不理会这也许是陈倩悲痛不忍提的事。她们在关怀的幌子下,无耻地好奇,无礼地盘问。陈倩很有点恼怒的意思,两颊红晕,双目放光,只顾咬嘴唇。大家为那孩子直埋怨她不该工作。她索性坦率说:

“我还有个生病的爸爸,家里还有妈妈、弟弟、妹妹,不成都叫世骏负担。”

逸群笑道:“你管了他的孩子,他管不了你的父母?况且你负担得了多少!他的收入,一人也花不完呀!”

陈倩干脆说:“他留学不是官费,还背着债呢。”

沈凤说:“你不是从小跟你外婆吗?——他们家顶阔——”她看见陈倩眼睛睁得很大,带点儿虚怯说,“你外婆不管你妈妈?”

陈倩约束住自己,只说:“外婆没了。”

她们问到外婆。她声音带哽,不像说到王世骏时平静,也不像说到死掉的孩子时沉着。她们也就不便再多问。

褚太太叹了一声说:“其实,你若来了,添置家具呀,搬房子呀,找老妈子呀,我们都能帮忙。”

陈倩耐着心说:“是啊,我留在上海,本来是暂时的。我也早想来。老扔世骏一人在这边,我也不大放心——”

褚太太忙说:“王先生顶老实,人家闲话你别听。”

陈倩满不是那个意思,脸上越添了红晕。偏偏程太太一片好心,还帮着解释,愤然说:

“有人就是吃了闲饭没事干，专爱捕风捉影，胡说八道。你早来了，闲话就没了。”

冯太太忙打岔说：“陈倩，你这回来了，北京的名胜该去看看，我陪你一处处逛去。”

陈倩说，她打算耽搁一两天就走。她是学校里打杂儿的，开学前最忙。大家哗然说，哪有老远来了，一两天就走的！冯太太说，让陈倩今天休息一下，明晚给她接风，会会几个朋友。逸群说，后晚到她家吃饭。沈凤未及邀请，程太太说时候不早了，当场要拉她家去便饭；程先生带了自己的孩子连同林家的两个儿子到秦皇岛度假，她只一人在家。褚太太说，家里已经准备了午饭。程太太说，让陈倩晚上回去吃，不由分说，硬要拉陈倩一同家去。陈倩却不过情，就和她一起告辞。别的客人也各自辞归。

林子瑜这才舒了一口气。他代逸群一伙人直惭愧，觉得她们简直把陈倩当个口袋似的翻了一个个儿，把她的老底都翻出来了。

冯太太没料到陈倩脸一红、眼一亮，比照片上美得多，她顾虑全消，瞧着逸群点头微笑。逸群凭刚才的盘问，证实自己猜测得不错。她非常满意，颇有把握地说：“行！”

三

陈倩没睡好，清早一人出来走走。褚家在南院宿舍，东边花树丛密，她正站在一簇花前低头沉思，忽见前面添了个高高的影子，回脸一看，是林子瑜站在旁边。她昨天没很注意他，这时瞧他衣服虽然笔挺，身材并不呆板，长手长脚，很潇洒自如。他倒挂眉毛,眉短而毛长,配着和善的眼神,有点可怜相;鼻子是高高的,嘴角往上勾,笑时脸容很滑稽。他问陈倩要不要看看他们的图书楼,他的办公室就在楼下,他正要到那里去,顺便可以带她看看“温家花园”。

陈倩欣然跟着同走。林子瑜约略指点了几处:往南是科学实验楼;园中央苍松翠柏间是办公大楼,往东隔着个小树林子是东院宿舍,那里添造了好些西式平房,冯家、林家都在那院里;北面是新建的图书楼,后面还有北院宿舍;医院和警卫室都在西边。林子瑜指点完毕,带着陈倩绕过办公大楼往北去,好像忘了身边有客,只顾迈着大步走路,陈倩得紧跟着才不致落在后面。他到了图书楼,带她转入楼下一条长廊,拐了个弯,在一个门口停下,掏出钥匙开了门。里面有一张大书桌,还有几张椅子和沙发,沿两壁的书橱里满满是书。屋里很阴凉;他开了窗子,请陈倩坐在书桌旁的沙发上,自己坐在书桌前的转椅上,对陈倩说:

“王太太,我是请你来谈几句话。”

陈倩抗议说:“叫我陈倩吧,谁也不叫我王太太。”

林子瑜听而不闻、视而不见地望着她,好像有话不知从何开口。陈倩料想他是替老婆做说客——可是为什么要他来说呢?昨天程太太把包袱底儿都向陈倩抖搂了。程太太并非周逸群的密友,她是从沈凤那里得知的消息。她对逸群策划的事十分赞成,唯恐朱丽和逸群互相攻击,破坏了好事,所以把事情的底里仔细告诉了陈倩。她请陈倩别笑她“直筒子”,她自己就喜欢陈倩那样坦率的人。她说这里的太太们心眼儿多,嘴又贫,惯爱造谣污蔑,显得只有自己第一。她希望陈倩来了就此留下,她可以有个好朋友。她没有讲到林子瑜。

林子瑜单刀直入说:“北京有个很不错的大夫,叫赵守恒,你听见过吧?”

陈倩点头。王世骏的病就是他诊断的。

“这赵大夫和我们这里许多人是老朋友。他常说不愿娶女护士或女医生,不要家庭变成医院。他立意要娶一位会弹钢琴的夫人,并且要‘像王世骏太太那样的美人’。他今年三十七了,还没有结婚——”他看见陈倩嘬着嘴笑,自己也笑了。“我大概像个媒婆,可是我并非做媒。逸群和冯太太想做媒,你们姐姐——王大夫也同意,所以打发你来了。当然,王大夫只听到媒人一面之词。我认为做媒该双方公平对待,不能单为一方考虑。彼此的长处短处,该全摊在桌面上,尽管不明说做媒,该让对方心里也有个数。你这里无亲无故,我怕你是蒙在鼓里;我不愿意逸群对你不起。”

陈倩看着他和善恳切的脸,心上感激,脱口说:

“昨天程太太全告诉我了。”

“她怎么说?”林子瑜很诧异。

陈倩笑了。

“她叫我别听信人家造谣胡说。”

林子瑜听了陈倩的口气,看了她讥诮的神色,料想王世骏的事她都知道,所以对程太太所谓“谣言”,自有她的认识。他微微点头说:“程太太是头等好人、头等天真。”接着迟疑了一下,笑道:“那我就不用‘造谣胡说’了。”

陈倩笑说:“我很感激你的意思,不过说不说都一样,冯太太、林太太很不必多此一举。况且——我昨天也跟程太太说了,我既非美人,也说不上会弹钢琴;我不过跟着表妹学过一点,连世骏都不知道,那准是沈凤说的。"

林子瑜说:"逸群就为听了沈凤这句话,记起赵大夫常称赏照片上的王世骏太太,才起意做媒的。赵大夫的长处,程太太想必都对你讲了。"

陈倩含笑点头。林子瑜看出这笑对守恒不利,忙为他辩护说:"赵守恒是个热心的好大夫,不是拿架子、弄钱的那种。可是他太讨人喜欢——太讨女人喜欢;他又太软弱。这样下去很危险。守恒自己也知道。他如果娶了一位称心如意的夫人,也许从此就专心一意了——我这么希望。可是逸群至少该让你听到些'造谣胡说',让你心里有底,自己把握;而且事先也该透个风,不该蒙着,叫你没一点准备。"

陈倩笑说:"做媒都这样,先让一方看看,中意,再介绍。如果说在前里,对方看了没意思,那一方不丢脸吗?"

林子瑜勾起嘴角,舒坦地往后一靠,放心地笑了。他如释重负。昨天看陈倩脸上红一阵、白一阵,心上怪可怜她。谁料她这么老练,他大可不必为她担心。他老实说:"我直不安,又怕害了人,又怕破坏了好事。"

陈倩敛去笑容,认真地说:"我实在是非常感激。可是我——我也不是十年前了。"

林子瑜坦率地说:"我希望你这次能冷静点儿。"

陈倩苦笑道:"我上次不是不冷静,倒是太冷静——世骏都说我是图他的钱呢。"

林子瑜掀起眉头,眉毛全倒挂下来。他和冯彦猷曾私下讲究:王世骏大概对自己的婚姻有所不足,所以老爱吹卖;也许事实不符理想,后来又失望了。看来两种猜测都对。林子瑜总觉

得王世骏对不起老婆,这时听了陈倩的话,添了义愤,睁大眼睛问道:

“他这么说吗?”

“没这么说。”陈倩不愿提他给女友的末一封信,撒谎道:“我是后来看到了他的日记。——这两年来,我仔细想想,他的话确也不错。那时我外婆没了;我不懂事,却自以为懂事。舅舅家给我介绍了一个可以靠托终身的丈夫,我就同意了。尽管他没拿现钱来买我,我还不是为了他的学问、地位,能够赚钱养家吗?尽管他没有当面说我,他的心思我还是很明白的。我除了一次,没再向他要过钱。不过我毕竟还是花了他的钱。说得难听点,就算我出卖了自己。卖一遭也够多,我不想再卖了。”她顿了一顿强笑说:“程太太直怕我错过好主顾,一再叮嘱我今晚务必好好打扮,压倒朱丽。她生怕主顾看不上眼。”

林子瑜代程太太解释道:“她是怕你太素淡——”

这个“淡”字,触动了陈倩的一个疑团。她在褚家常听到他们讲“高汤”,好像指人不指物。昨晚吃饭时,他们小弟拿匙对她做了一个舀汤的姿势说:“妈妈,我喝高汤。”褚先生瞪出近视眼,差点儿要打他,褚太太涨红了脸很不好意思。她这时心上一亮,高汤是淡而无味的,显然是指她。她这么一想,脸上烘烘发热,林子瑜的下半句话都没听。

林子瑜以为她听到当面恭维不好意思,下半句吞掉没说。瞧她双颊嫣红,眼里添了光亮,暗想赵守恒准会着迷,只不知女人烧盘儿是否像开电灯似的能自己控制。他打算几时问问逸群——也许得拐着弯儿问。

陈倩不愿多坐,说认得归路,想各处随意溜达,不要林子瑜陪送,自己一人走了。

四

当晚冯家宴会出了两桩意外——其实都该是意中事。

林氏夫妇到得最早。逸群帮冯太太做鸡茸,林子瑜和冯彦猷同在书房里看吴楷从国外寄来的信。吴楷原是生物研究所所长。成立了平旦学社,他就是社长。去年休假,全家出国已经一年有余。

林子瑜说:"我看他是在另做打算,不想回来呢。"

冯彦猷叹口气说:"我常听他开口激昂慷慨,总怀疑他是个做官的。他那时候别那么圆,稍为硬些,顶一顶,蔡胖子就挤不进来。"

林子瑜说:"蔡胖子荐的修缮科长,后来怎么了?"

冯彦猷说:"我不答应,卡住了。吴楷若老不回来,蔡胖子还会有文章。他荐那种王八蛋来,不贪污才怪。可是现任的修缮科长太无能,恐怕他手下人也靠不住——油水多,招苍蝇。"

林子瑜说:"吴楷不回来,我就走了。"

冯彦猷瞪着眼说:"你走哪儿去?这里若不是靠了洋人的规章——"

正说着,电话铃响。冯太太接完电话,喊了逸群同到书房,大声说:

"你们听见吗?蔡逵谢我'赏饭',说朱丽也许要迟到几分钟,可是一定来,先谢谢!"

四人面面相觑。

冯太太摇头说:“我看朱丽是疯了! 可是逸群,她怎么知道的呢?”

逸群气得鼻子都尖了,恨恨说:“守恒死没出息!”

逸群的鼻子本来是尖的,靠两颊笑窝的温软,像猫爪子藏在毛里,平时隐而不显。她脸一铁青,鹰嘴似的鼻子就伸出来了。逸群大守恒四岁,现年四十一。七年前,她虽然已经不如二十多岁时鲜妍美丽,身段还很苗条,脸盘儿也还不嫌肥大。那时候,赵守恒曾对她有非礼之求。逸群拒绝了他的身体,却霸占了他的心。从那以后,守恒结交什么新相好,得把他们的关系向逸群一一交代。逸群以姊姊的身份责备或警戒,只要守恒毫无隐瞒,她并不吃醋,守恒也乐于从命。反正他们认为这和林子瑜无关,林子瑜也不问他们的账。尽管也有人说他们俩的闲话,逸群自己觉得不同凡俗;知情的朋友也承认她“纯洁”。可是赵守恒自从和朱丽相好,渐渐变了态度,说话不仅不实,甚至把从前承认和朱丽的关系都赖个干净,好像他们俩的交情,也像他和逸群的关系一样“纯洁”。逸群听他有些话分明是朱丽教的;也许他反把逸群的话都告诉了朱丽呢。逸群不仅失去了霸占多年的心,她自谓“纯洁的友谊”也给朱丽拉到污泥里去。她这回煞费苦心,好不容易把他心许的美人和理想夫人老远找来,他却又去告诉朱丽,怎不叫人气恨呢。

紧接着刚才的电话,程太太又来电话问冯太太:“刚才是蔡逵的电话吗? 他们也来吗?”

冯太太问:“你怎么知道?”

“我胃病发了,想告诉你,拿起听筒,听见你们说话呢。我一算,一桌恰恰十三个人。我干脆饭后来吧。”

冯太太说:“不相干,你旁边坐着,我给你准备牛奶。”

冯太太向大家转述了程太太的话,对冯彦猷说:“咱们园里的电话线得好好修理呢,老这么乱! 拿起听筒先得听旁人啰嗦。”

冯彦猷说:“去年刚修理过。这得彻底来,不是几条电线的问题,是人的问题。”

冯太太说:“保不定朱丽也是电话里听来的。我不信守恒会告诉她。我只不懂她今天闯来存什么心。”

她和逸群如临大敌,只顾推测。朱丽向例是最后光临的贵宾,这次却一反常态。冯太太和逸群还直在议论她,忽听得她和沈凤的笑声,蔡逵夫妇、王亚孚夫妇已经一同跑进院子来,朱丽勾着沈凤。她穿一件紧紧贴身的深红间银丝的蕾丝纱旗袍,银色高跟鞋,还戴着耳环钻戒,衬得身边的沈凤非常朴素。沈凤得意自己的真眉像假眉,朱丽的假眉却赛过了她的真眉。朱丽眼睛不大,特把眉毛修镊描画得又长又弯又细又黑。她下颌稍尖,嘴稍阔,要和长眉呼应,总把嘴唇涂泽得丰满浓艳。她身材适中,富有曲线。蔡逵和王亚孚还在院子里看冯彦猷栽的花,朱丽勾着沈凤先进客厅。

逸群一见朱丽,暗想:“哦! 她‘赛新娘’来了!”故意扫她的兴说:“啊呀! 朱丽,你哪里找出这么一件衣服来! 看着就烘烘发热。”

朱丽笑道:“老啦! 胖啦! 衣服深色点儿,遮丑呀!”逸群穿的是浅雪青色。

冯太太忙问沈凤和朱丽:“你们约齐了来的?”她们虽然同住北院,平时极少来往。

沈凤两手端着朱丽的胳膊肘儿，笑说："我一步步扶她来的！"

朱丽横了她一眼，正要开口，蔡逵和王亚孚也进来了。王亚孚短小精悍，唇上留着一撮牙刷胡子，脸刮得干干净净，虽然只小蔡逵两岁，看来并不比他的年轻夫人大。蔡逵比他高得有限，却胖得多，满面红光，笑呵呵地接口说：

"我们顺道找了他们同来的。"

原来蔡逵真以为冯家请他们夫妇作陪。他有他的一套应酬经，照例要打那么个电话接受邀请，又照例先要探听一下主客的底细；所以先去找王亚孚的夫人沈凤，问问陈倩的来历。朱丽今晚闯席有点心虚，也愿意找个女伴同来。她刚才和周逸群交锋了一下，余忿未平。幸亏程太太来了，话题转到胃病上去。

一会儿听得一辆汽车在侧柏围篱外停下。逸群立刻说："守恒来了！"想迎出去，忙又止住。

赵守恒打扮得非常整齐漂亮。他迎头看见朱丽，愣了一下，几乎要退出去，硬着头皮进来见了主人和其他朋友。朱丽瞅了他一眼，爱理不理地退到一边去，对林子瑜说：

"你看见他们的盆景石榴吗？结了真不少！"

林子瑜很熟悉。他说四盆石榴连大带小总共五十六个。朱丽不信，要一一去数。他们慢慢出来，刚到窗口，只见陈倩打扮得花枝招展，一人急急慌慌跑来。她没看见林子瑜，含羞带窘地直跑进去找冯太太说：

"对不起，我来迟了。"

冯太太不见褚家麟夫妇，忙问："他们呢？"

陈倩说："我就为等他们，等晚了。后来我去催褚太太，她说他们不来,叫我替他们谢谢。"

逸群"咳"了一声说:"地道是他们俩!"

冯彦猷也笑说:"地道是他们!"一面过来和陈倩握手。

林子瑜虽然是远远望去,加上刚才的一瞥,看出陈倩是全副盛装。她穿一件水绿色的乔其纱旗袍,长得拖地,新的高跟鞋,身上好像还戴着些首饰,脸上还涂抹着脂粉。他想到昨天亲耳听她讲的话,瞧她这副打扮,大出意外;又看到赵守恒两手捧着她一手,好久没放下,觉得可笑,又有点反胃。他回脸看见朱丽一手紧抓住自己胸前的衣服,直瞪着赵守恒。他好像窥见人家隐私,不大好意思,转过头去,发现沈凤正在偷看朱丽。他避开沈凤的眼光,低声对朱丽说:

"你还没见过这位王太太吧?"

朱丽好像没听见,也不回答。林子瑜就不声不响,靠在窗槛上,看陈倩飘飘然在那里和这个握手、那个说话。一会儿看见大家往饭间走,就推朱丽说:"吃饭了,咱们过去吧。"

冯太太推陈倩坐首席,陈倩红着脸不肯。

逸群说:"你是远客——汽车来的是第二远客。"她推守恒坐在陈倩左边。

冯彦猷说,圆桌不分上下,推蔡逵坐在陈倩右边。朱丽忙抢了离赵守恒两个空座的椅子坐下。冯太太给她介绍陈倩,她只遥遥点头,坐着不肯动身。结果沈凤坐在赵守恒左边,林子瑜坐在沈凤、朱丽之间。王亚孚最仰慕朱丽,欣然坐在她的左边。逸群坐在蔡逵右边,下首是主人,再下是主妇。赵守恒站在陈倩椅后为她挪近椅子,若即若离地扶她坐下。程太太不肯入席,笑说大夫监视着她呢,馋了不好偷吃。她傍着沿墙的茶几坐下,举着一杯牛奶说：

“祝你们一桌十人十全十美！”

大家领会她含蓄笨拙的言外之意，不禁笑了；只陈倩佯作不解。

大家喝酒欢迎陈倩，蔡逵摇头晃脑说：

“陈倩女士，我在上海见过你舅舅，你们母校的校长我也认识，你们的钢琴老师不是珀莉小姐吗？——”他向赵守恒说，“陈倩女士家学渊源，而且名师出高徒。”

陈倩直不好意思。赵守恒却得意地听着，一点不嫌肉麻。他亲切地问长问短，殷勤地为她夹菜。程太太凑趣插话，沈凤也在旁附和。朱丽虽然笑得勉强，也两三次站起来为陈倩夹菜；陈倩欠身道谢。逸群向来喜欢大说大笑，这时看冯太太一面张罗应酬，好像还直怕朱丽半途杀出来，也就带着几分戒心，和冯彦猷低声说话。她看陈倩喝了点酒添了妩媚，害羞似的别过脸只和蔡逵酬对；赵守恒却对陈倩心醉得把身边的沈凤全忘了。林子瑜得左右照顾两位太太。逸群不时向对面的朱丽偷偷瞥一眼。王亚孚为朱丽夹的菜堆满了一碟，她都没吃。逸群踌躇满志，暗想：“老啦！尽管不发胖，深红色也遮不了丑！”可是朱丽今晚分明是输在她手里了；她不妨宽宏大量，不予计较。

朱丽饭后特地过来和陈倩握手，还应酬了几句。然后，她又要林子瑜陪她到院子里去数石榴。林子瑜说，只怕暮色昏沉数不清，不过他也不耐烦听酒醉饭饱后的废话，尤其对陈倩很反感，借此在外面闲散一下，又在阳台上坐了一会儿。只听得里面说笑得很热闹。一会儿又听得逸群胜利地哈哈大笑，大家随着大笑。陈倩好像在央求，大家笑着叫逸群别理她。林子瑜起身向窗里望了一眼;朱丽只懒洋洋地坐着。阳台上很凉快,他们坐了好一会儿,朱丽就进去找了蔡逵辞谢主人回家。

陈倩坚辞不要赵守恒送。程太太也住南院,她们俩一同辞出。王亚孚夫妇接着也走了。冯太太和逸群就问赵守恒:

“怎么样?”她们都不提朱丽。

赵守恒表示十分满意。他明晚有事,预约后天晚上由林家做东,请个精致的家常晚饭,只他们五人再加上陈倩,大家可以谈得亲近些。

周逸群在她和林子瑜回家路上说:“陈倩一打扮可真有风头!朱丽是一败涂地了!”

林子瑜鼻子里冷气直冒。他说:“何必那么臭打扮!”

“啊呀,我们直怕她小寡妇似的清清淡淡,真像一碗高汤。你瞧朱丽,今晚竟会闯席做不速之客!简直是疯了!就这么情不自禁!她跑了来,可气傻了!——她和你谈什么呢?”

林子瑜说:“数了五十六只石榴。她说要买王世骏遗下的家具,说是褚太太也要,不知陈倩怎么打算。问我多少价钱行不行——我怎么知道。”

逸群说:“陈倩留着那些家具干吗呀!结婚当然再买新的。褚家专爱打小算盘。瞧他们俩!临时又不来,就怕还席呢!你借她敲朱丽一下竹杠,说褚家愿意出多少,反正比朱丽说的价钱再高些,朱丽绝不输这口气;你就叫她付现款成交。”

林子瑜说:“我才不管她们的闲事!”

“这是陈倩的事呀。”

“那我更管不了。她一会儿卖,一会儿又不卖呢?”

“她当然卖。刚才你没听见吗?她忙着要回上海,今天不知乘了哪班车一人悄悄儿进城，预买了车票。我假装不信，叫她拿出来给我瞧。她真从小提包里掏出来；我就势把票抢来了。我说：'你的事还没了呢。'她说都了了：王世骏的那套切片已经送到褚家；世骏的几件家具，她可以托褚太太处理。"

"她真的买了车票？"

"在我这儿呢！"逸群得意地拍拍自己的手提袋说，"明天叫人给她退掉。"

林子瑜说："她真要走，就让她走。她假要走，不用你留。"

逸群说："怎么叫'假要走'呀！她算是来取东西的；取到了东西还不该走吗！"

林子瑜瞧逸群那么兴头，没再开口。

五

林子瑜在他的办公室里写讲稿，听见门上轻轻敲了两下，进来的是陈倩。她还穿着他初见时那件细白条儿淡青纱衣，脸色苍白，两手捏着一把小阳伞，迟疑地说：

"对不起——"

林子瑜不欢迎她来打搅，半抬起身子敷衍说："回来了？"

这一清早，逸群和冯太太带着冯家的三个孩子，陪陈倩进城游北海划船去了。

"刚回来，她们都在休息。"

林子瑜并不请她坐，只勉强说："你不歇歇？"

"我买了车票，明天下午动身。可是林太太把我的票拿去了，不肯还我。"

她瞧林子瑜不回答，迟迟疑疑地央求说：

“能不能请林先生帮帮忙？”

林子瑜放下笔说：“那是你们的事。”

“我明天得回去。”

林子瑜记得明天是他家请陈倩和赵守恒吃晚饭的日子。

他说：

“你明晚不是还——”

“我没答应，我早说要回去的。”

林子瑜不耐烦道：“你们的事我不清楚，没法儿管。”

他拿起笔，低着眼只顾在纸上乱画；再抬眼时，陈倩已转身往外跑。他目送她悄悄出去，又轻轻关上门。

林子瑜放下笔，想了一想，又拿起笔来，继续写他的讲稿；可是给陈倩扰乱了思绪，很没好气。他起身翻了一会儿书，在屋里转了两圈，坐下还觉烦躁，就出门去洗个手。他回来看见陈倩在长廊尽头面窗而立。她等什么？还在等他吗？

林子瑜有点儿厌烦。可是他立即吃了一惊。陈倩虽然乍看好像站着闲望窗外，她的身体在微微震动。是哭吗？——是的；憋不住地直在抽噎呢。林子瑜最怕的是女人哭。他不胜厌恶，走近几步，粗声大气地喊了一声“陈倩！”她索性不加抑制地抽噎起来。他更厉声喊“陈倩！”又怕人听见，就赶上几步，不客气地拉了她胳膊，拦腰一扫，把她直扫到自己办公室里。他说：

“你要哭，也可以找个合适的地方。”说完自己退出，关上门。

他在长廊里慢慢儿踱了一个来回。暑假期间的下午，大家休息呢，没碰见一个人。他回去悄悄开了一缝门，瞧哭完没有；

只见陈倩坐在他的转椅上,一面拭泪,一面看他的讲稿。他含怒直冲进去。

陈倩忙起身让开,打算立即出门去,一面道歉说:"林先生,对不起,打搅了你。"

林子瑜没好气说:"该我道歉,是我无礼。"

陈倩说:"我不是怪林先生,我是和自己生气,昨晚我不该赌气,因为不甘心做'高汤'。"

"——?"

"那不是我的绰号吗?"

林子瑜忙问:"程太太告诉你的吗?"

陈倩虽然泪光满面,听林子瑜老实招认,不禁好笑。她说:"我听了你的话自己想出来的。"她抬眼看到林子瑜惊佩的目光,嘬着嘴笑了。

林子瑜心上好像解开了一个大疙瘩。他往转椅里一坐,往后一靠,说:

"自己想出来,太聪明;赌气,太笨!"他声音的严厉,掩不了眼睛里怜惜的神情。

陈倩好像浸浴在和煦的阳光里,心上很舒坦,不等主人邀请,自己在书桌旁的沙发里坐下说:

"我做事总没个得当。姐姐——王大夫嘱咐我带两件新衣,说做客保不定得打扮打扮。我本来以为不必。昨晚赌气,实在是我太虚荣。'高汤'又怎么?现在倒好像是我有意撩人。可是——蔡先生顶恶心,我还是宁愿敷衍他,也没跟赵大夫说几句话呀。"

林子瑜说:"也许那样更撩人呢。"

陈倩涨红了脸，默然半晌道："那就是活该我了！"她站起身，指指林子瑜的稿子说："你讲的公平，我还没看见过。我相信世界上没有公平，只有活该！"

林子瑜叫她坐下，和悦地解释："我没说你活该，谁也没说，何必跟自己生那么大气？"

陈倩赧然说："假如为了世界上的不公道动义愤，可以理直气壮；自己受了委屈，可以豁达大度；可是做了错事，就只好活该！后悔是最窝囊、最没意思的。"

林子瑜笑道："理直气壮有什么用？豁达大度又谈何容易！错也有个轻重大小，况且'来者可追'。"

陈倩摇头说："我只恨活一辈子不能先打个草稿。"

林子瑜安慰她说："谁没错！后悔至少是知道该怎样、不该怎样。还有不知后悔的呢——只要是自己干的，总没错。"

陈倩低头想了一下，点头说："给你这么一讲，我心上好过些。"她深长地叹口气，站起来说："那我不打搅了。"走近门又回头说：

"林先生，我请你原谅。我从来不爱哭。刚才不知怎么的忽然一下子忍不住了，没有准备，来不及找地方。"

林子瑜看着她的脸，忽然着急说："你这个脸，怎么见人呢！你有梳子吗？"

陈倩摇头。林子瑜过来笨拙地代她掠了一下头发，又不愿再动手碰她，就问："你有镜子吗？"

陈倩只有一块泪湿的小手绢。

林子瑜客观地端详着她，不禁笑起来。陈倩有点不好意思，可是还等他有什么办法。后来林子瑜指指书橱上的玻璃说：

“你照照玻璃吧。”

陈倩料想自己眼肿发乱，玻璃里也照不清。她勉强掠掠头发，擦擦眼角说：“不要紧，我撑着伞呢。——林先生不生我的气了吧？”

林子瑜忽悟到自己确是生她的气。陈倩太鬼，给她看透了；而且她分明是为此才大哭的。他没有回答，只慈厚地看了她一眼。陈倩惬意微笑，不需他再回答。林子瑜指着沿墙的沙发说：

“我看，你且坐一会儿——‘时间是最好的治疗’。”他把书桌整理一番，过来坐在旁边说：

“我告诉你，陈倩，你的家具，不用托褚太太，我会给你料理。车票呢，听说已经退了，车钱大概交给褚太太了，你可以问问。你一定要走，我托人给你再买。”

陈倩感激点头。

林子瑜说：“其实，你何必急着回去打杂儿呢？打些什么杂儿？”

陈倩说，她是校长的秘书，校长是个老姑娘。她给校长写写信——有中文信，也有英文信——帮她记着些该办的事；教师缺席，没请代课，就由她代——什么课都代。林子瑜又问薪水多少，陈倩告诉了他。

林子瑜说：“打杂儿是没完没了的，这多少年了，还只那么一点薪水？”

陈倩说：“林先生，我是中学都没毕业的，还差一年，就结婚了。假如我外婆在，也许我不致那么糊涂。我爹妈向来不大管我，没有谁为我打算。我那堆杂事，几年来也做熟了，都少不了我了。”

林子瑜说:“这叫价廉物美。你就没想换个工作?”

陈倩说:“不是老准备到这儿来吗?”

林子瑜暗想:假如起初是陈倩不热心北来,往后分明是王世骏不要她来。他惋叹说:

“你那事没有前途。我看,——”他顿了一下慢慢说,“你若在这里找个事——程涣的研究室里,用得着一个整理资料的,要懂外文,中文也通顺,我想你能胜任——我且给你问问。”

陈倩高兴地说:“问问程太太行吗?”

林子瑜忙说:“千万别和她讲。她知道了准热心帮忙,事情就糟了。我告诉你,程涣是个做学问的。做学问的一般只知道爱惜时间,不爱揽权。揽权的有几个能为国家爱惜人才!用一个人,是培植自己一份力量。程涣是不管事的,而且很受排挤,谁是他的来头,准没希望。”

陈倩点头说:“我们那么个小小弄堂中学,芝麻绿豆的权力,也抢得厉害呢。”

林子瑜说:程涣那研究室里他有熟人;另几个研究室里,他也有人可以问问。他为陈倩打着算盘。陈倩毫无掩饰地把她过去、现在的境况一一告诉;林子瑜有许多牢骚感慨,两人谈得很相投。他觉得陈倩的眼睛并不说话,却善于听话,静静地把他没说出来的话都听进去。他们直谈到日暮,把时间都忘了。

朱丽进城忙了一天,晚饭前回家,将近图书楼看见林子瑜和陈倩并肩而来,且说且走,旁若无人;朱丽迎面过来他们都没看见。她忙闪在树后,看他们一路过去,简直情人似的;她从没看见林子瑜和哪个女人这样亲密。他们走过石子小道上一块塌败的地方,林子瑜好像怕陈倩绊脚,还搂了她一把。朱丽骇异得睁大眼睛,眨了好几下。

她躺在床上还直在捉摸。昨晚林子瑜对陈倩够冷淡的,那是怎么回事呢?吃醋?她只恨当时天还不黑,不便跟上去听听他们说什么话。

六

第二天,陈倩由程太太和沈凤陪着游览了故宫,在城里午饭。她回来休息了一下,把王世骏的那盒切片仔细包好,正写信给王大夫。忽见帘外人影一晃,林子瑜来了。她出乎意外,高兴得满脸是笑。林子瑜一手掖在衣袋里,洋洋得意,滑稽的笑容带着几分淘气,好像忽然返老还童,变成了顽皮孩子。他进门就在书桌旁的椅上一坐,看见桌上有半袋糕点之类,倒挂着眉说:

"我饿了。"

陈倩笑问:"真的饿?还是假的饿?"

林子瑜认真想了一想说:"也许是假饿,因为看见这儿有吃的。"

那是火车上吃剩的一点蛋糕,陈倩说已经干了,她另有几片薄脆饼干,也许还好吃些。她像哄孩子似的一一摆出来,含笑看他吃,又要跑到褚太太那边去给他倒水,因为屋里没有水瓶。林子瑜忙摇手悄悄说:

"我刚在褚太太那儿喝过水。"

陈倩住的这间厢房是王世骏从前住的,在小院子门口,里面单独有一套简陋的卫生设备,和褚家一溜正房不相连。

林子瑜低声说:"我只算是来点家具的——我给你卖掉

了。”他从衣袋里掏出一叠钞票，放在桌上说：“我没让朱丽杀贱。”

他按逸群的妙计行事，这时拿了朱丽的现款，又假意来找褚太太，说朱丽愿出多少价钱；褚太太果然表示愿意让给朱丽。他把两边交涉的经过偷偷告诉陈倩。陈倩又要笑，又抱歉，又感激。她说：

“好意思吗？——我上次说过这两把硬木椅子送给褚家，你给我留下没有？”

“留下了，刚才和褚太太也说了。她没有想到，很高兴。我和朱丽讲好，等你走了交货。”

他掏出大手绢来抹抹嘴，起身要走，忙又坐下说：“我刚才跑了几家——问你那事，看来很有希望。可是你先别说——连逸群、冯太太一个也别告诉，免得事情还没有眉目，就传遍了全园。我刚才打电话只说不回家吃饭。”

“啊呀！那你是没吃饭呀！”

林子瑜拍拍肚子说：“这会儿吃了——我现在回家吃西瓜。”他看看陈倩的随身衣服说：

“你这会儿和我一起家去吗？还是待会儿我来接你？”

陈倩说：“昨天划船回来，已经到过你们家，我认得路，不用接；你已经跑得够累了。”

林子瑜确是跑得累了。他说：“那么我就在家里等你了，早点来！”

他一走，陈倩忽觉得很寂寞，许多不愿想的事都兜上心来。她不愿意再见赵守恒，可是无法推掉今晚的晚饭。人家没明说为她做媒，她怎么表白自己无意呢？既然无意，又怎么好意思受人款待，流连不走呢？即使她谋到了这里的事，也得先回上海，把旧事交代妥帖。她写完信，故意挑了一件最朴素的白夏布旗袍换上，一路投了信，就到林家。

冯彦猷夫妇已经先在。逸群迎出来说：

“我叫子瑜来接你，他说你说的，你认得路，不用接。有这样的主人！”

陈倩笑说：“我是认得！连你们的后门都认得了！”原来林家后门上的撞锁坏了，键不住，外面从门缝里用头发夹子一拨就开。这是他家的秘密，只有相熟的几个人知道。逸群贪方便，不愿修理，昨天划船回家就是拨开了锁进去的。

逸群哈哈大笑，一面端详着陈倩对冯太太说：

“瞧她一脸喜气！穿了这么素净的衣裳，就像出水芙蓉。”她顺手摘了盆里一个玫瑰骨朵给陈倩簪在鬓边。陈倩看见林子瑜在旁偷眼看她，好像很欣赏。她脸上泛出红晕，乖乖地戴着花，打算等赵守恒来再摘掉。

林子瑜倒了一杯冰水给陈倩，告诉逸群说：

“好像陈倩屋里连水瓶都没一个。”

冯太太说：“陈倩，我昨天不是跟你说，住到我家来吗？”

逸群说：“搬我这儿来。”

林子瑜说：“住哪间呢？”

逸群偷偷瞪了他一眼，笑说：“陈倩，你听听！知道的，说他是关心；不知道的，准以为他不要你来，表示没房间呢！”

冯彦猷知道林子瑜最怕逸群留客住宿，捧着烟斗忍不住笑。

陈倩心虚得不敢抬眼。她说：“那套切片，我都包好了。我已经和褚太太讲过，买到车票就回上海。我想明天去买票。”

逸群笑道:“你放心,我们买票有门路,只要一个电话,车票就随着班车来了,还用你自己买去!”

冯太太忽然灵机一动说:“彦猷,你们的宋翩不是明天早车到上海去吗?那盒切片可以托他带去呀。怪沉的,陈倩哪里拿得动。”

冯彦猷立即打电话。逸群按住陈倩说:“你不用客气,我们给你安排。”

冯彦猷掩住听筒,问东西送到哪里。冯太太问了陈倩,代她说了地址。冯彦猷打完电话说:

“没问题,他马上到褚家去拿。”他叫陈倩放心,宋翩是他手下能干的人,绝不误事。

逸群说:“你让朱丽把家具搬走,明天你就搬来,好好多住几天。近郊的名胜,你一处都没去呢。”

陈倩急红了脸说:“一客不烦二主,我马上就要走的,已经有信通知姐姐了。”

冯太太悄悄拉了她说:“我的客房空着,早就准备你来住的。”她以为陈倩看透林子瑜不欢迎她。

林子瑜拿了陈倩还没喝完的水杯说:“我给你换些冰凉的。”

陈倩忙跟过去说:“谢谢,我自己倒。”

林子瑜低声说:“陈倩,你别走,我有话跟你说呢——一大堆话。”

陈倩说:“我也有一大堆话,可是我得走。”她接过杯子,忙着回来。

林子瑜在她耳边恳求说:“陈倩,你别走。”他慢慢地关上冰箱,慢慢地跟过来。

大家说着闲话等赵守恒。逸群越等越焦躁,直说:"怎么还不来。"等到七点多,赵家老太太来了电话,说守恒有急诊,临走嘱咐七点打电话给林家,请别等他,给他留点饭菜,他能来就来。

逸群很失望,说再等会儿吧。林子瑜倒挂着眉,苦着脸,两手捧着肚子。他原是偷偷做给陈倩看的,却给冯太太看见了。她忍笑说:

"饿了吗?"

陈倩关心地说:"林先生饿了。"

逸群看了子瑜一眼说:"咳! 子瑜,你怎么办呢!"说着自己也笑了,赌气说:"别等了,咱们吃吧。"

逸群把每一道菜都留下一份温着,不时地看表。幸亏林子瑜谈笑风生,颇能做主人。饭后大家回到客堂喝茶。逸群叫子瑜去洗果子,请陈倩监督,说子瑜洗不干净。她支使开陈倩,悄悄问冯太太:

"你觉得这里有鬼吗?"

"你说朱丽?"

冯彦猷说,好像这两天老看见朱丽进城。冯太太怪他怎么不说。冯彦猷说:"谁管得了她的闲事!"他劝她们别忙着瞎猜,做医生的向例吃不到安顿饭,除非是没饭吃的。她们两个却不放心,只顾捉摸。

林子瑜和陈倩洗果子的水池子,在饭间和厨房之间的过道里,老妈子出出进进收碗碟、抹桌子,他们没机会讲话。林子瑜只能断断续续地说:"陈倩——你别走——你搬来——"

他们吃完果子,聊了半天,赵守恒始终没影儿。逸群打电话到赵家去问,赵老太太反问守恒来了没有。逸群说,等赵大夫回家,请他来个电话。

陈倩先告辞。逸群因为赵守恒没到,非常抱歉。她要等电话,叫子瑜带个手电送送。因为冯家在东,褚家在西南,而且冯家近,他们夫妇还要多坐会儿呢。

到褚家去是小道,四周花树繁密,又没有路灯。林子瑜扶着陈倩说:"小心,这里的树根最爱绊脚。"两人一路走去,林子瑜又说:

"陈倩,你别走,你搬来住。"

陈倩笑道:"你的一大堆话,就这一句吗?"

林子瑜说:"一大堆话并作一句,就是叫你别走。"

陈倩笑道:"今天大好运气,赵大夫来不了。我还特地待着等他!"

林子瑜说:"医生最被动,自己做不了主。守恒总是自己开个汽车,有空就来,约他不容易。所以逸群愿意你来住着,守恒有空,可以常来。"

陈倩说:"可是我又不想常和他见面。"

"见见面怕什么!也许彼此熟了——"

陈倩笑说:"我觉得他好像倒喜欢生,不稀罕熟。他和朱丽的那副样儿,你没看见吗?假如他们那样的交情,见我一面就变了,那样的人,你说——"

林子瑜说:"我确是怕他不能爱惜你、了解你。逸群是为守恒打算。可是,你不愿意,她也不能怪你。过些时,等你事情成了,再回上海结束你那边的事。你本人在这里,事情好办些。"

"这话也对。可是我除非没打定主意,待在你家还说得过去——所以我的一大堆话,并作一句是‘我得走’。你再仔细想想,我能不走吗?”

林子瑜说:“好,我再仔细想想,可是我的话也有道理,你也再仔细想想。明天我来找你,好不好?”

陈倩同意。他们已到褚家院子门口。

林子瑜说:“那么明天见,你等着我。”

他走了一段路,回头看见陈倩还在门口站着。两人遥遥招手;林子瑜看陈倩进了院子才回身。

七

林子瑜回家路上,好像瞥见朱丽往北院去,料想是从城里回来,并未放在心上。

朱丽这几天没有闲着。

冯家为陈倩接风是星期二晚上。星期三清早,朱丽乘第一班车进城,直入赵守恒卧房。赵守恒一脸肥皂沫,正对镜剃胡子。朱丽靠门站着,无限怨屈地看了他一眼,叹气说:

“守恒,你就急得这样!我跟你讲的周小姐,你决计不考虑了?”

赵守恒心上惭愧,幸有肥皂沫遮脸。

朱丽说:“温家园里没有秘密,我都知道。我不怕人家嫌,亲自为你去相了相人。你也见过点世面,怎么千挑万挑,挑上个三十岁的穷寡妇!娶一个,就娶了她们一家子!而且十足的寡妇相!你眼睛花了吗?你至少也先看看那一位,比一比再说呀!——人家是对付我,不惜牺牲你。我可不愿意为了我,害了你。”

几句话,说得赵守恒全听她摆布。她没等守恒吃早点,也没见赵老太太,就匆匆走了。

她马上去看张太太。张太太是恒丰银行的经理太太,最慕风雅,专爱结交名流学者,和温家园里许多太太有来往,和朱丽尤其亲密。朱丽说起明晚想借她家请几个城里的客人,张太太一口答应;等朱丽邀定客人,明天上午通知她。朱丽随即到周家——她亲戚家去。她所说的周小姐是有名的大学校花,赵守恒久慕芳名,朱丽说是她的亲戚。这位小姐未必看中赵大夫,朱丽也无意介绍。她去探了一下周太太的口风,透露了一点意思,说哪天带周小姐看张家的金鱼去,因小姐本人不在,没定日期。她打算先稳住赵守恒再说。可是她那天晚饭前回家,将近图书楼看见林子瑜和陈倩并肩喁喁密谈的情景,晚上躺着左思右想,忽然心上开窍,变了主意。

星期四早上,林子瑜为陈倩那几件家具的事去找朱丽。朱丽狡猾地探问了几句,瞧他一片忠心为陈倩卖力,越发坚定了昨夜新打的主意。她本来要再看看那几件家具,可是忙着要进城,就全权委托林子瑜。林一诺无辞,好像陈倩的事他全做得主。他向来最不屑过问这等事,这回却甘心代她去送款子,并和褚太太交涉。朱丽暗暗好笑,立即再进城去找张太太。

张太太说,她丈夫到天津去了,他答应托人明天带些螃蟹来;怕还不饱满,没敢多要,反正够朱丽请客的。朱丽说,她的客人没有邀定,温家园里的太太都爱吃螃蟹,如不多,何不单请女客,不请男客,来个洋人所说的“母鸡会”。张太太欣然听她调度。那天,朱丽就在张家吃午饭;晚上,周逸群痴等赵守恒的时候,朱丽和守恒正在馆子里同吃晚饭,商量怎样约会周小姐而不着痕迹。

朱丽晚饭后末班车回园,心上得意,很想看看逸群是否还在呆等。她下了班车,不往北去,故意往东绕。东院各家的院子只围着矮矮的侧柏,客堂开了灯,外面望得见里面。可是她还没到林家,就看见花树丛中隐约有一对男女缓缓向南院走去,凭身材姿态,看得出是林子瑜和陈倩。她听不见说话,可是两人挽手缓步和依依惜别的情景,都落在她的眼里。

星期五上午,朱丽得了张太太邀吃螃蟹的电话,料想周逸群抓不到赵守恒,上午准进城去。她闪在大槐树附近,果然窥见周逸群和冯太太一起上了班车。她暗暗得意,立即去找林子瑜。

林子瑜本要去找陈倩,偏偏逸群要他打电话找赵守恒。逸群刚走,朱丽来了。他说:

"嘿,朱丽,找我吗?"

"找你们二位,不知赏脸不赏脸?"

"哟!请我们吃什么好东西?"

朱丽笑道:"林子瑜,你可算得一个玻璃人儿,可惜还不是水晶心肝;我们哪有好东西!我请你们吃冰,今天下午四点,好不好?"她家有电冰箱,她做的冰淇淋是温家园里有名的。

林子瑜诧怪说:"啊呀,贵友张太太不是请你们各位母鸡吃螃蟹吗?"

"谁说?现在才几月?——哦!北方的团脐该饱满了。我可看不上这种螃蟹——反正我去不了。"

林子瑜说:"她不是请了你吗?"

"不知道呀。我一早出来了还没家去呢。她们谁去?"她听林子瑜说了，一歪身坐下，丧气地说："怎么办呢？主客已经邀定了。"

"谁主客？"

朱丽很神秘："不能告诉你，来了就知道，反正不是生人。逸群她们来不了，你就非来不可，不能拆我的台。"

林子瑜推辞有事。朱丽摆出霸王请客的姿态，用洋文说："我不接受任何推诿！"她抬身就走，一面回脸说：

"现在我得登门去请那一位主客。"

林子瑜一听，料想是陈倩；已经约定的那一位主客，难道是赵守恒吗？他满处打电话找守恒不到，朱丽又是什么时候约的呢？他冒她一句，问道：

"你是什么时候邀的守恒？"

朱丽并不遮掩是守恒，只说是老蔡邀的。

林子瑜说："朱丽，你既然要我陪客，总得告诉我陪谁呀。"

朱丽耍无赖道："我的客人是老虎！吃了你！你放心，我自己去请，我自己会去接，不用你操心。"说得林子瑜反不好意思再问，因为那位客人是谁，已经很分明。

林子瑜不知朱丽捣什么鬼，想不去，又不放心。朱丽既要登门去请，又要亲自去接，他就不便上那门去。他想抢先打个电话给陈倩，话又很难说，电话保不定有人旁听。他送走了朱丽直焦躁不安，却无法和陈倩通消息。

陈倩直在自己屋里呆等，还到褚太太那边借书借报跑了两次，没听说有什么电话。她由失望而气恼而自觉好笑，心想那盒切片既已带回上海，她一身轻轻便便，不必预买车票，随时可走，留在这里等什么呢。正转念，不料朱丽掀帘进来。陈倩以为她是要看家具，忙起身让座。朱丽一手扶着椅背，目光四扫，把满屋子的东西看了一遍，笑说：

“不坐了，我顺带谢谢你的家具，占了你的便宜；不过我是特来请你，今天下午到我家吃冰去。”

陈倩辞谢。朱丽说：“又不费事，不过是我亲手做的冰淇淋。也算是名牌货呢！你来尝尝。”

陈倩说：“只好心领了，我今天就要回上海去。”

朱丽把嘴一撇，笑道：“别哄我，我刚从林家来；褚太太也说你不走呢。——只几个老朋友聚聚，又不是什么请客——也许我该向你道歉，今天顶不热闹——”她讲了城里张太太请的“母鸡会”，“我说改期吧，又怕你要走；想想人少也好，静静地说说话，别宴会似的大家尽客套。”

陈倩还要辞谢，朱丽假装生气了，一扭身说：“我本来想托人代邀，怕不够郑重，巴巴地亲自跑来。瞧！就是没面子！”

陈倩盛情难却，只好答应。

朱丽立即回嗔作喜，笑弯了眼说：

“那么，回头见！我让林子瑜接了你一起来。”她忙着走了。

朱丽回家就打电话给张太太，托故辞谢了“母鸡会”；又利用温家园里电话走漏消息，叫通了一位专爱传布谣言的太太，假装和别人说话，如此这般，暗示了一个地点、一个时间。蔡逵饭后就要出门，老晚也不会回来；孩子在家反正不相干。朱丽全盘计划都布置妥善，仔细检查，觉得很完密，没一点漏洞。

八

陈倩午睡起来，就洗了脸，换了衣服，等林子瑜来。她心上直纳闷：他分明在家，为什么一上午不来找她，也没个电话；昨晚约她的话全忘了吗？她也想不明白朱丽为什么这样殷勤，要亲手做冰淇淋请她。

她直等到四点，来了个穿短褂的人，说："蔡太太让我来接您，她说林先生一直到她那儿去了。"

陈倩不知那人身份，不便多问。

蔡家住一所四合院，中式房子，西式布置。冯家、林家都不像褚家邋遢，可是和蔡家一比，又简陋多了。蔡家院子里绿荫一片，进屋踩上厚软的地毯，就觉和别家不同。朱丽为她开了风扇，倒上一大杯冰汽水，请她先歇歇；又要为她放唱片，问她爱萧邦还是贝多芬；又拿出一叠照片簿，是自己历年的美术照相，供她赏鉴。她开了唱机说：

"林先生来了，你请他先等等，我还得洗个脸才见得人呢。"

其实她已经从窗里瞥见林子瑜一面看表，忙忙地进院来。她躲在门后偷看。

林子瑜一进客厅，看见陈倩独坐在长沙发上翻看照片簿，就赶上去说：

"哎！陈倩！我简直没法儿和你通消息！"

朱丽在门后一缩脖子，差点儿笑出来。

陈倩对他摆摆手。林子瑜忙举目四看，然后坐在她旁边说："你等急了吧？"

陈倩合上照片簿，放在一边，两人低声说话。朱丽听不见讲些什么，因为正放着音乐，只看见他们话真多，见面就说个没完。朱丽故意让他们说去。

林子瑜讲了他为什么不能去找陈倩，也不便打电话。

陈倩说："可是她说叫你来接我的呀。"

"没那话。她压根儿没肯说客人是谁，只说了赵守恒。逸群如果知道，今天准不肯进城。"

"她没提赵守恒——"

"她没明说有你，只说自己接你去。"

陈倩形容了去接她的人。林子瑜说，也许那是替各家打杂儿的老汪——反正供她使唤的人多的是。两人讲完彼此一天来的焦躁等待，唱片已经快到尽头。陈倩等片子开完，起身关上唱机，回来坐在侧面的单人沙发上。静寂的客厅里，只有呼呼的电扇声，两人的话，简略到一字两字，彼此只会心地点头微笑。

朱丽系上一条洋娃娃式的贴花小围单，故意放重脚步，咚咚地跑出来，高兴地对林子瑜说：

"啊呀，谢天谢地，你来了！老蔡这家伙！我叫他找了赵守恒早点来，这时候还没影儿。"

她又进去，亲自倒了冰汽水给林子瑜说：

"你代我招待陈倩吧，我打个电话去。"

陈倩跑到窗口，假装看院子里的花树。林子瑜跟过去，脸半朝里、半朝外。

陈倩说："我恨不得马上就走！"

林子瑜笑了笑，转脸向窗说："我可以打赌，今天守恒绝不来。"

“不来就不来,干吗老叫我等他!”

林子瑜听朱丽在里间正大声打电话——也许是假装打电话,忙悄悄说:“你又笨了!我知道守恒。他绝不是不愿意来。他或是来不了,或是压根儿不知道。我告诉你吧,朱丽在演戏呢!叫你瞧瞧,守恒对你无意。”

“也许他确是表示生气。”

“他哪里生气!决计是朱丽演戏。”

陈倩说:“好吧,咱们就看她演。”

朱丽进来说:“大概快来了吧,赵大夫不在诊所,咱们还等一会儿吗?”

陈倩不置可否;林子瑜说再等等。朱丽陪着说了一会儿闲话。她发现他们俩背着她话可真多,当着她却不言不语,得她想出话来,他们才勉强敷衍。

朱丽出出进进忙了一会儿,说:“咱们先吃吧,别等了。”

老妈子端出几盘精致的什锦小酥饼,放在沙发前的矮几上。朱丽亲自用银盘捧出三银杯粉红色的冰淇淋,上浇绿色的法国薄荷酒。她直道歉简慢了客人,说那些小饼饼还是香港来的,怕不新鲜了;薄荷酒只怕太甜些,可是她知道陈倩不喝茅台。

林子瑜忙对陈倩说:“你别上当,这种酒甜虽甜,也够凶。”

朱丽心想:“要你这么护着!”她差点儿对林子瑜横一眼。

陈倩微笑,只客气地称赞朱丽调味恰到好处。朱丽殷勤地要他们吃完再添,至少添些甜酒,免得胃里寒冷。

吃罢,撤掉杯盘,她从照片簿底下抽出一大本装潢精致的西洋名画影印集,放在矮几上,供陈倩和林子瑜并坐赏鉴;又为他们开了唱机,说抱歉得很,她要再去打电话。

陈倩还是坐在侧面的单人沙发上。林子瑜拿起画册翻看了两页,都是古典裸体画。陈倩瞥了一眼,忽想起方才在一个小红门口看见老妈子抱的一个半裸体的胖孩子。她笑说:

"离这儿不远有个小红门,门外有一棵大杨柳,那是王亚孚家吧?我看见一个孩子活像沈凤。滚胖的男孩子,一张脸却和沈凤一模一样。"

林子瑜说:"没错儿,那是王亚孚家。"他想到那孩子忍不住就笑。"那小子丢不了,谁看见都知道是沈凤的儿子。"

"沈凤是瘦瘦的,那小胖子怎么和妈妈那么像!"

两人都笑。林子瑜合上画册,放在几上。陈倩又看了一遍手表,悄悄说:"咱们可以走了吧?"

可是朱丽久久不出。好半天,她脱了围单出来说:"你们今晚在这儿吃晚饭,都准备好了。"

陈倩说:不行,褚家要等她的。林子瑜说:他家张妈的婆婆有病,这几天每晚回家,他得早早回去。

朱丽说:"放心,早给你们打过电话了。因为老蔡刚来了电话,说他们马上回来吃晚饭——"她还待撒她的一大套谎。

陈倩站起身,客客气气道谢一番,然后放下脸说:"林先生再坐会儿吧。我有点要紧事,不能耽搁。"她不待主人许可,只顾走了。

朱丽本来要他们吃了晚饭才放走,没料到这一着。她急忙对林子瑜说:"不好了,陈倩生气了!我刚才是撒谎,电话还没打呢。你家去有饭吃。快给我送送她,代我道歉。"

林子瑜巴不得这一说,忙脱身出来。只见陈倩走得飞快。她经过王亚孚家,向院里望一眼,才看见林子瑜在后赶来,就停步等了他同走，一面说：“怎么？你也来了！”

林子瑜倒挂着眉说：“赔了冰淇淋，还要赔晚饭，这出戏演得太蠢了！”

陈倩说：“当初就不该赏脸！反正我明天就要走的。”

林子瑜说：“你该赌气不走！她这出戏骗不过我。守恒昨晚不来，准也是她捣鬼！不信你等两天瞧瞧。也许一会儿逸群回来就有分晓。”

陈倩说：“我才不赌这个气！我已经把你的话仔细想过。你说吧，我能不走吗！”

“我认为你对逸群没什么抱歉的。不过，也许在你想来，好像不合适。我尊重你的意思。”

两人默然走了一段路，林子瑜叹了口气，强笑道：“我承认自己有点儿返老还童了。我记得小时候得了第一支气枪，舍不得放一放手，睡觉也抱着，生怕再睁眼就不见了。”

陈倩默然，过一会儿，也轻轻叹了一声说：“我从前听世骏讲温家园，觉得里面都是超人一等的享福人。可是我不羡慕。也许只因为我来不了——是‘酸葡萄’，也许因为我是做穷亲戚长大的，当然同情和我同样的人；你们的日子，我过了心不安，不会舒服——你大概不能理解。”

“谁说！你怎么知道我不能理解？我还有许多事没跟你讲过。”

陈倩笑道：“是我胡说。我很想听你讲。——我若能换到一个有前程的工作，我是很希望的。可是再想想，假如到头来，也不过是自己能过好日子，那和嫁一个赵守恒又有多大分别呢！”

林子瑜叹息说:“是啊。这类事,你来了我有许多要和你讲究的。”

陈倩笑说:“好吧,希望你为我谋的事成功,我回去了就来——你说我还会来吗?”

林子瑜只把陈倩的胳膊紧紧地掖一下,以示鼓励,也借以坚定自己的希望。两人默然走到分路处。陈倩说:“咱们都得赶紧回去,你不要送我了。”

她声音虽然冷静坚定,林子瑜看见她满眼依恋。他但愿这条路走不完,可是他也得赶早回家,只能相看一眼,点头分手。

朱丽换上平底鞋跟出来远远瞭望,要坐实自己的估计。她没忘记林子瑜说的张妈要回家,以为陈倩不肯留下吃晚饭另有缘故。万不料他们分头各自回去。这是她没有预计的一个大漏洞。幸亏发觉得早,还有补救。

九

陈倩晚饭后回房,看见门缝里夹着个字条,上面说:“倩:晚饭后来我家谈谈,我在卧房等你。逸群、即日。”陈倩忙忙洗完澡,向褚太太说了一声,就到林家去。

林家客堂里电灯亮着,敲门却没人答应。她免得惊动林子瑜,就绕到后门去,用头发夹子拨开锁,很顺利地进去了。

厨房漆黑,下房也漆黑。她穿过后院,走进通连卧房的盥洗室,看见卧房有灯光。她一面进屋去,一面低声喊:“林太太!”

林子瑜特地亮了客堂的灯等逸群回来,知道她带着钥匙呢。他浴后换了一身破麻纱睡衣,光着脚,正歪在床上看书;听见脚步声,以为是逸群,一听是陈倩的声音,吃惊地立即坐起来。他急要穿拖鞋,却把一只拖鞋踢进床底下去,只好坐在床沿上。

陈倩很窘,站在门口说:“林太太呢?”

“她还没回来,末班车还有二十来分钟吧?怎么?有什么事吗?”

陈倩说是逸群留了字条。林子瑜很诧怪,问她要来看。陈倩说,没带着,在屋里呢。

林子瑜不好起身,只叫陈倩过来,反复细问字条上怎么写的。陈倩一字字背给他听。

林子瑜皱着眉头想了一会儿,忽然抬头说:

“我明白了!朱丽对我们报仇呢!可是把你赔在里面,太不公道了!”他瞧陈倩还莫名其妙,拉她坐下,悄悄说:“朱丽下流,想叫逸群抓住咱们俩,闹出来——”

他摸着陈倩的手冰凉,觉得她浑身在哆嗦,忙说:“不怕,你回去找了那字条,明天拿来,咱们瞧瞧笔迹——逸群还不回来呢,你定定神,别慌。”

“你还叫我搬这儿来——我永远也不该再来了。”她簌簌滚下泪来。两人都想到刚才说的:“只怕一放手,再睁眼就不见了。”

逸群还得二十来分钟才会回来。可是程太太胃病没好,没到张家去吃螃蟹。她下午找陈倩不见,晚饭后又去,看见桌上的字条,就直闯到逸群的卧房来,因为林家后门的秘密她是知道的。她看见了卧房里的林子瑜和陈倩,吓得回身就跑,把一块洗衣板都撞倒了。

两人只听见砰的一响,都以为是逸群呢,却听得脚步声直往外跑。

陈倩惊慌地抬起泪眼说："咱们落网了。"

林子瑜赤脚拉着陈倩穿过客厅，开了大门，悄悄说："快走！碰到人，堂而皇之，别躲。"他用衣袖拭净陈倩脸上的泪——有她的，也有他的——看她轻快地下了台阶，才慢慢地关上门。

陈倩并没有碰见人，只听见程太太的声音说："吓死我了！我还以为是他们两口子呢！"和她说话的好像有两个人，却不知是谁。陈倩一口气跑回家去找那张字条，遍觅不见；程太太随手拿走了，哪里去找呢。陈倩想，幸亏撞来的是程太太，又想到自己出门前还特地告诉了褚太太，心上稍安。

她第二天起床又找那字条，白找了半天。她等褚氏夫妇各自出门，就去打电话通知林子瑜。刚叫通，只听得传来一阵哈哈大笑，一个声音说：

"大笑话！要抢人家的情人，给偷掉了自己的丈夫！"

"谁说的？"

"程太太涨红了脸死不肯说。她若不亲眼看见，还不信呢。"

"正在什么阶段？"

"你想吧，程太太干吗涨红了脸！"

陈倩气得放下听筒，不知林家是否也听见了，只自幸褚太太不在旁边。她不知褚太太到了菜场，比电话里更详细的新闻都听见了。逸群那里，更不愁没人传话。

她呆了半晌，再叫林家的电话。才"喂"了一声，只听见逸群的声音说："林子瑜不在家。"电话就挂上了。她又打电话到林子瑜的办公室，只听见电铃响，却没人接。她不死心，过一会儿再打过去，还是没人接；再打到林家，还是逸群的声音，她一定听出是陈倩,一句话不问,只说:“林子瑜不在家。”电话又挂上了。

陈倩想,她还找谁解释呢。她的旅行包早已整理好,半空的,很轻。她开发了褚家老妈子的赏钱,听说褚太太在沈凤家。她得去找褚太太面辞一声,也打算向冯太太辞辞行,不管卧车票能否买到,反正她马上动身了。

陈倩到沈凤家,听见里面大说大笑,十分热闹。她刚一露脸,大家立即鸦雀无声,沈凤脸上的笑容还未敛尽。褚太太呆着脸迎上来,冯太太也在那里。陈倩硬着头皮,老着面皮,向她们辞行道谢,说种种搅扰了她们。冯太太说:“待会儿我们送送你。”陈倩辞谢,含糊说还要进城买点东西,她们并不坚持要送。她刚转身出来,客厅里那群人就哄然大笑,冯太太的“嘘”也禁压不住,像个大炮似的把陈倩直轰出来,陈倩踉踉跄跄跑回褚家,取了东西,赶上班车。

她上了火车只觉得身心俱惫。忽见一人高高的个子,穿一身浅灰西装,好像在远处找人。难道是找她吗?她料想不可能有谁找她。车已经开动,她只怕会有人找她,忙伸出头去,向那边挥手绢儿;反正认错了人,人家也不认识她。她缩回脑袋,擦掉眼角的泪,自觉可笑。全列火车的轮子,有节奏地齐声说:

“大笑话!大笑话!大笑话!”

刚才那阵笑声,一路直追着她。

但温家园里所见不一。有人说:“周逸群发神经病。”有人说:“朱丽是造谣专家。”有人说:“‘猪屎拌牛屎’。你知道谁是谁非?你管它谁是谁非!”有人直截了当,悄悄儿去问程太太。程太太总矢口否认,可是制不住又涨红了脸。

一九七七年

“玉　人”

一

宝宝和贝贝在临街的铁门内、大门外等候爸爸回家。一九四三年的上海，街上汽车稀少，来往的除了无轨电车，只有双人或单人的三轮。他们等着等着，果然看见爸爸和妈妈合坐一辆三轮来了；姑夫坐一辆单人的跟在后面。

宝宝忙回屋大叫：“姑姑！爸爸回来了！”

贝贝忙学舌：“嘟嘟！爸爸孩呀呀！”他比哥哥小三岁，才两岁半，舌头还转动不灵。

宝宝睁着大眼看妈妈和姑夫把爸爸扶下三轮，姑姑抢出门去，帮着扶进门，扶上沿墙搭的铺板床。宝宝虽曾跟着妈妈或姑姑到医院去瞧过爸爸，却没注意到他的大石膏腿，这番见了有点害怕，对爸爸也有点陌生，只远远站着，呆呆地看。贝贝却挨在床前，几番差点儿被姑夫撞到。

姑姑觉得屋里挤满了人，三轮车夫帮着提进来的东西都乱放在门口地下，两个孩子碍手碍脚，忙抱起贝贝，又牵了宝宝，大声对姑夫打招呼说：

“我们出去遛一遛就回来。你有事，先回去，别等我。”

她带着两个孩子从后门走了。那条石膏腿好容易安放停当，姑夫也告辞出门。田晓把一个个塞满宝宝贝贝冬衣的枕头垫在靠窗的墙头。郝志杰靠稳了，瞧着自己那条雪白、簇新的石膏腿，没好气地说：

“我就是不服！都还说我好运气！”

“啊呀！还不是好运气！”田晓几乎噙着眼泪，“你那辆自行车都压成铁饼子了。我还直想不明白你是怎么摔的，只断了一根骨头！”

志杰忍气瞪着眼睛：“你还要我摔断多少骨头？”

田晓心想：“若给那辆卡车撞死又怎样。”可是她不忍提这话，只耐心说：

“假如火车票不是在你身上，老方把咱们的行李都结了票，剩咱们一家子光身留在上海，你想想吧。”

这话正碰上志杰的气恼。他说：“正因为半路发现车票在身边，心上着慌，想赶紧把那辆车骑到老张家去交还了他，好搭电车上火车站结票。你想想，拐弯儿只几步路就到他家了。”

田晓说：“若不是老张跑到门口等你——咳，我们直在车站傻等呢。”

志杰不服气道：“当然，多亏你带足现款，到医院来拍胸脯，把我送进头等病房。”

“可不是吗？不住头等，哪来头等大夫马上给你动手术！而且到头来，不还是兴隆洋行赔偿了医药费？你还要怎样呢？”

“我没撞他们的卡车，是他们的卡车撞了我——这就是我的好运气！现在咱们的家呢？拆了！咱们的饭碗呢？砸了！咱们最得力的朋友呢？走了！”

这倒是实话。他们拆掉的那个家，还是三六年志杰结婚以前搬的房子。那时他父母都还健在。志杰和田晓结婚、宝宝出世、志杰的父亲去世、母亲中风瘫痪、贝贝出世,直到最近志杰的母亲去世,全都在那个家里。房子虽然旧式,地段也偏僻,离学校又远,但究竟是他们的家,他们的窝儿。这回是志杰立意不要那个家了,田晓还舍不得。现在他们就像原始森林里失去巢穴的小动物,只觉得四周都是眈眈而视的鸷鸟猛兽。

郝志杰十年前大学毕业,就在二乐中学教高中英文。田晓是二乐附小兼初中一年级的数学老师。二乐的校长一再挽留,说现在行路难;到了大后方,也同样是教书。但他知道田晓家人在抗战初期就随机关转入后方,郝志杰是为了他瘫痪的妈才留在上海的;这回没有牵绊了,又有个新大学聘作讲师,肯留下不走吗!他另聘的英语教师在大学兼课,架子大,从不改课卷,学生很不满意。田晓的课由本校一位职员暂代。那位先生只会用代数方法解四则题;有个学生怎么也不懂,发脾气就此要换学校。校长觉得这对二乐的声名很不好。他听说老郝给卡车撞伤,忙上医院探望,说希望他们夫妇回去,甚至答应把一间储藏室腾出来供他家住。田晓说,早知道,就不用找房子了。可是志杰坚决不肯回去,他说再过三四个月,断骨养好了,还是要走;如果住进那间储藏室,他就一辈子卖给二乐中学了。他只愁聘请他当讲师的大学等不及,又另聘别人。

志杰的同窗老友方谦受,因为他任职的广告公司正需人去后方;他那位胆小的夫人怕上海遭轰炸,撺掇丈夫带着全家老少和郝家结伴同行。那天老张赶到车站,找到田晓,报告老郝出了事。老方上有老太太,下有三个孩子,夫人多病无能,而且行李都结了票,他已经身不由己。田晓跟着老张赶到医院去了。火车马上要开。车站上只剩志杰的姊姊带着宝宝贝贝守着大堆行李。老方临行匆匆,只留下个名片,写了地名,介绍田晓找房子。田晓居然找到这间住房,不用金条顶,十分自幸。志杰性命无忧,未成残废,而且不是当初猜测的双折骨,田晓觉得真是天大的好运。她瞧志杰还只顾发他的"牛脾气",就扬着脸说:

"那就怪你的'玉人'吧!"

"'玉人'? 和'玉人'有什么相干?"

"你不是去找你的'玉人'吗?"

这就没什么可说的了。郝志杰闭上嘴巴。

二

说起"玉人"志杰觉得委屈,可是和田晓无理可喻。

田晓初来二乐,人家叫她小甜,或甜俏,或小黑俏。她并不美:狭长脸儿,弯眉毛,细眼睛,右嘴角有个又深又细的笑窝;也许因为她犬牙稍稍凸出,笑时有一副涎皮赖脸的腔。她身躯娇小,细胳膊长腿,穿上高跟鞋,脸上稍加脂粉,确还俏丽。当时颇有人看中她。她最善讲解四则题,难题经她讲解,就明白易晓。她对生活上的困难,也像解答算题一样有兴趣。例如她婆婆半身瘫痪了,她就给床屉开个洞,铺上能开能合的褥子,病人便溺不必下床。家里什么东西坏了,她能修理;缺什么,她会变出来。奶粉罐能变成小炭炉;一对大蛤蜊壳,装进两片破碗屑,用彩色布条糊上,就成了孩子的玩意儿。旧衣破裤,经她一剪裁,都成了孩子的新装。志杰身后靠的垫子就是她临时变出来的。不过她只有这一类的发明和创造,自惭是个俗物。她爱慕风雅,看重郝志杰有才学,尤其怜惜他一双大眼睛忧忧郁郁,像怀才不遇的诗人。他们不久就成了眷属。

志杰确有“诗人”之称,不过那是他的绰号。英语课本上选的英诗,他朗读时感情丰富,几乎饱含着眼泪。学生就送了他这个雅号。他确也有一肚子诗情诗意,只是表达不出,常叹恨自己像不能人言的哑动物,或出水的鱼,张口喘气却吐不出话。他有时也做做歪诗打油,例如他的《自嘲》:

老郝好先生,
教书死卖命,
天天粉笔灰,
年年冷板凳。

又如他说田晓眉眼距离远,是快乐相,赠诗一首,题目是《算算》:

眉是初二月,
眼是月初三,
二十四小时,
等于一寸半。

田晓不解后两行什么意思。志杰说:“初二到初三不是二十四小时吗?中间距离一寸半。你这个算术老师!怎么算不出来?”田晓笑着特地拿了一支短尺,对镜自量。这种歪诗,她倒欣赏。偏偏他难得写出一首得意之作,却使田晓气伤了心。

那时宝宝已经快三岁了,田晓正怀着贝贝。郝志杰忽感到生活的压力:上有病母,下面将有两个孩子。他想到他父亲常感叹自己像推磨的老牛,蒙着眼,驾在磨上,踏着旧脚印,转一圈,又一圈,走了一辈子,没迈前一步。他是个银行小职员,勤勤恳恳,只保住饭碗,嫁掉了一个女儿,培养志杰这晚年的独子上了大学。志杰在大学的时候,觉得自己前途不知多么远大,多么光明。谁料一转眼,他也快成推磨的老牛了。他年轻时候也算得漂亮:身材不高不矮、眼大、鼻直、口方。虽然鼻骨稍露些,耳朵招风些,下颌略短些,整齐的门牙稍长些,到渐入中年才渐觉显眼。志杰发觉自己的相貌也更像父亲了,因此他对田晓感叹说:他和爸爸同是老牛,一代又一代驾在磨子上,转了多远的路,哪儿都没到。

田晓说:"我宁可老老实实做牛做马,不羡慕人家吹吹牛、拍拍马,就飞上天去。"

志杰说:"我不是要飞黄腾达。不过老驾在磨上当老牛,什么意思?却又由不得自己,我心不甘。"

田晓说:"牛就牛;你发牛脾气也没用,还是得推磨。反正做牛也罢,做马也罢;拉车也好,推磨也好,我只要和你在一起,都好。"

志杰当然也感激她的情意。可是他常有找不到归宿、寻不到出路的彷徨苦闷;田晓既不能体会,只好闷在肚里,有时很感寂寞。他常记起大学二年的暑假在老方家里过夏的快乐。老方的妈妈在苏州租了刘家花园里的几间房子养病,嫌园大人少阴气重,叫儿子带个朋友来陪陪热闹。那时候他年纪多轻,兴致多高呀!园主家的枚枚小姐大概是十五六或十六七岁吧?常随着她妈妈过来做客,"方家哥哥"、"郝家哥哥"叫得很亲热。他闭眼还能看到她新鲜的脸容、轻盈的体态。约莫一年以后,老方忽有一次对他说:

“刘太太问起你呢。”

志杰惊喜地问：“枚枚好吗？”

“唔。刘太太想要你陪她的枚枚出洋去。”

志杰说：“高攀不上呀！”他嘴里这么说，两眼却企望地看着老方。老方一笑，没有接口，随就顾左右而言他，从此再没有提起这话。他看破志杰思慕这位小姐，故意撩逗他吗？老方不是这种人。他把志杰的话当真吗？老方也不至于这么死心眼儿。可是老方既然绝口不再提起，志杰总不好意思追问，因为确是高攀不上。枚枚的父亲是大官僚，枚枚是刘太太的独生女。但他深悔当时回答得太草率。他自己也不明白，怎么脱口而出地就这么回答。老方的话实在也太出人意料。假如——有时他偷偷儿在“假如”后面生出许多幻想。他怀念过去无忧无虑的岁月，似有如无的情意，写了一首诗：

玉人何处

常记那天清晨，
朝霞未敛余晕，
她在篱旁采花，
花朵般鲜嫩！
冰雪般皎洁！
白玉般莹润！
如初升的满月，
含苞的青春，
美好的想望，
蠢动的欢欣！

几度星移月转，
往事皆已成尘，
伊人今复何在？
空自怅惘怆神。

他读了两遍，自觉不妥。他和那位小姐虽然见过面，说过话，还曾为她攀折过篱笆高处的月季花，彼此究竟没什么交情。可是他押了那几句韵，又舍不得扔掉，便拿来夹在书里，没想到会给田晓看见。

半夜，他醒来忽听得枕席上"滴"一声、"答"一声，一伸手摸到田晓满眼是泪，吓了一跳。

"怎么了？甜？"

田晓一骨碌起来，远远地坐在床尾说：

"别管我！你找你的玉人去！"

志杰才知道作诗出了岔子，又急又窘，忙赔笑解释，"那不过是作诗呀！"

他竭力想把"玉人"解释为乌有，指出那首诗只好比古人的"无题"，一再申说：读诗不能死心眼儿。

田晓不屑寻根究底，只齆着鼻子、哽着声音说："随她是谁，反正她不是我。你的心到了别处去，就是泼出的水了。哪天你找到你的玉人，你就跟了她去，孩子都归我就行。我现在就休了你了！"若不是她声音哽咽得可怜，志杰骇异得简直要笑。

志杰不敢多说，怕闹醒小床上的宝宝和相隔一板壁的妈妈。他直惶恐了半夜。第二天，田晓没事人一般，并不再提"休他"的话。志杰自幸一场风波已经平息；可是他渐渐感觉到田晓变了。她有时带些生硬，有时很冷淡。她不再像往常那样打扮完毕、扭头笑着叫他品评。她也不再执意和他争辩什么问题。志杰怎么说，她就照办，好像他的事她管不着似的；尽管有时也指出什么不便，那不过是尽责。譬如这次破釜沉舟的远行，她很不赞成。她正想安顿一下，喘一口气。可是，该说的她都说了。她说："又不是名牌大学。你去了还得打出个新天地。也许人家瞧不起你这个中学教员；你教得好，说不定人家又忌你。"但志杰一意要去，她就不再反对。志杰原是好性子，但有时爱发个"牛脾气"。田晓不复像先前那样温言劝慰，只用"玉人"作棍子打他一下："你找你的'玉人'去吧！"或"谁像你的'玉人'呢！"或"我们不过是你的眼前人，不比你的心上人！"

"玉人"越长越大，一切非现实的想望，都成了"玉人"；一切不满现状的情绪，都是为了"玉人"。这回他要到后方大学去当讲师，也是去找他的"玉人"。这还有什么可说的呢！

志杰由累积的经验，学得一个最好的对策，就是不予理睬。他的不理睬，渐渐由自卫变成进攻，好比是说："对！我确是想我的'玉人'！"今天志杰自仗是死里逃生的伤员，越发闭了眼睛，加上一声长叹。这就好比说："'玉人'哪里去找！"

田晓没有余闲，也没有心情和志杰斗气。她好强，不过也讲理。她既然不合志杰的理想，她并不强求；这不能勉强。不过她当初并没有冒充什么花容月貌的美人去勾引志杰，所以她也不用抱歉。反正你想你的"玉人"，我尽我的本分。她尽管不是理想夫人，却是日常生活里少不了的实际妻子。她的感情也不全在孩子身上，对志杰还是非常尽忠的。她早答应宝宝贝贝等爸爸回家，要庆祝一番，给他们吃大块大块的红烧肉；贝贝已经念叨了几次"红叉叉"。厨房里煤炉上炖的肉已经开始喷出肉香，她忙着要去加料调味。

姑姑带了孩子回来，没肯留下吃晚饭，只帮田晓把小饭桌挪到志杰床前。他们一家子吃了一餐团圆晚饭。饭后田晓洗净锅碗，洗净孩子和病人，安排他们睡下，自己搭上帆布床，倒头就睡熟了。

志杰独在铺板上转侧。路灯光里，照见这间沿马路的底层房间多么简陋。临街南窗下是他撇在姊姊家的旧书桌，沿东墙是他的床，床尾三只箱子拼成的铺，宝宝贝贝各睡一头。田晓的帆布床搭在旁边，防孩子滚下来。沿北墙整整齐齐堆放着未打开的行李。沿西墙对着大门是不知何处借来的一只长柜，上面放着瓶儿、罐儿、热水瓶和碗碟之类。北窗临后院，窗下是姊姊家借来的小饭桌，旁边是面对楼梯、通往厨房的门。他陷在什么泥坑里了？“找你的玉人去!”哪里去找呀？“玉人”！那是多么遥远的梦！他不禁长吁一声。

三

志杰转侧好久，正待蒙眬睡去，忽听得后院门外一个带苏州语音的女人声音，急不能待地催促说：

“快点！快点！尿急杀哉!”

志杰不禁暗笑，料想这就是他家里人到医院探望时经常痛骂的房东太太——贝贝所谓“猴屁屁”。

姑姑向来厚道，从不品题人，可是对这位房东太太实在看不顺眼，“猴儿屁股”这个绰号是她取的。她一再说：“胭脂也不用搽得那么红呀。”田晓比姑姑眼睛尖，她说：“那么红还不够，压不下脸上那股黑气。”她说那女人准是抽大烟的，至少上过瘾，还没戒净。房东家里经常摆一两桌麻将；有时夫妇俩黄昏出门，半夜三更回来，据说是上赌场。一次他们家的沈妈漏出一句话：“麻将不比轮盘；‘小姐’发过誓：再也不赌轮盘了。”据他们家的大丫头巧娣说，沿马路一溜十来幢房子都是他们家的，大部分顶掉了，有两幢卖了。据说那位姓许的少爷——巧娣称“少爷”，沈妈有时称“姑爷”——是做交易所的；他有本事只赚不亏，打麻将也只赢不输。可是，他们家为什么还穷得那么刮皮呢？

巧娣曾警告田晓：晚上说话要当心，她家少奶奶爱掩在门后偷听。今晚她高跟鞋的脚步，噔噔噔一口气赶上楼去。后门轻轻关上，滞重的男人脚步声也跟着上楼。

好像就在志杰头顶上，男人咕咕哝哝不知说什么话。只听得澡房兼厕所的门砰的一声，女人尖声争辩。显然是吵架。开始听不清吵些什么。女人嗓子尖，声音越来越大。她朗朗地说：

“你吃的是我家的饭！住的是我家的房！花的是我家的钱！”

男人汹汹然抗议。

女人打断他说：“哦！多亏你！这幢房子是你保下来的！”

男人咕哝了一大串，末了发狠说：“拉倒！我不管！”

“不管？不管也得管！我就吃住你！给我把这家子赶出去！撑拐杖断腿的，知道他们几时走！”

男人的声音也提高了：“当初是谁要出租？叫你别答应，你却贪图房钱和押租。”

女的抢着说：“你的裁缝账老不还行吗？人家王师父坐了包车上门来讨账，还亏我面皮老，只说美金兑不开，改天吧。今天对付过去，明天怎么说？你的钱呢？”

“裁缝账是我的？衣服谁穿的？”

“饭谁吃的？吃到狗肚子里去了？”

“屎谁拉的？也会赖在别人头上！”

田晓不知什么时候已经醒来；听到这句话，轻轻笑了一声，又发恨说：“害我兑了一只金戒指。”

“怎么回事？”志杰不明白。

楼上的吵架牵涉到他们家，田晓听得正关心。“待会儿讲给你听。”

可是楼上两人忽然放低了声音。吵架并没停止，声音一会儿又高上来。

男的粗声嚷：“都是你的主意！房子只卖不顶了，不是你自己说的？”

女人也嚷：“我错了吗？自己的房子，倒眼看着别人家靠它赚钱。”

“租了房客，还卖得出钱？”

“所以叫你赶呀！我又没叫你自己动手，只叫你到写字间去催催。”

两人的声音又低下去。可是一会儿又高上来。女人连声冷笑说：

“你是大贤大德！我是没有人心、人肚肠的！我还是贼！谁叫你买的煤球不发火？一桌子客人等着吃饭呢！夹他们几块钢炭又怎么了？他们不靠我这房子，行李堆在火车站，他们破箱子里尽是金子银子，也给人偷光！几块炭，咱们不烧，他们自己不也烧了！”

男人还低声说个不了。女人尖着嗓子大嚷：

“哟！哟！哟！你的面子！你有面子！我为的是怕蒸破了咱们的细瓷碗；他们家的是粗碗，破了也只是粗碗！胳膊折了往里弯，你倒派起我的不是来了！”

男的声音更小。

女人说：“对！我就是有理！没理还跟你讲理？”

男人的话，声音虽小，却伤了女人不知什么要害，她竟哭闹起来。

“亏你说得出！姆妈倒是我气走的！我的姓，你都听不顺耳；我的儿子女儿，你还容得下？姆妈看透你！她不放心，才带着他们走了！是我不好？对！是我不好！顺了你！狗咬吕洞宾！你这个狼心狗肺！倒抬出姆妈来气我！”

男人冷笑了几声，底下的话又多又急，滔滔不绝。

忽听得高跟鞋一阵乱蹬，哐啷一声，摔了一个不知什么东西，把两个孩子同时惊醒。

贝贝像他妈妈，闭眼就能睡着，睁眼就很清醒。他张眼说：“猴屁屁。”

男人的皮鞋脚狠狠地顿了两下。

宝宝还蒙蒙眬眬，吓得带哭说：“妈妈，楼顶会掉下来吗？”

贝贝说：“倒呀呀——爸爸——打——猴屁屁——屁屁。”

田晓说：“别胡说，闭上眼睛。”

贝贝睡在妈妈头侧。他伸手拉过妈妈一只手，握住一个指头，闭上眼就睡着了。宝宝在脚边，摸索着把手搭在妈妈腿肚子上。

志杰说：“每晚这样吵吗？”

田晓说："不是每晚——经常闹——没今晚凶。"

"贝贝说的什么？"志杰离家多日，听不懂贝贝的话了。

宝宝翻译说："楼顶掉下来，就让爸爸打猴儿屁屁的屁屁。"他能连串说这许多"屁"字，十分得劲。

田晓说："别多嘴，快睡，贝贝都睡着了。"

楼上的高跟鞋一路顿着脚上了三楼。笨重的皮鞋脚来回踱了几趟，也跟上三楼。田晓和志杰都不说话，等宝宝睡熟。然后志杰诧怪说：

"老方哪里去认识的这种人家？"

"我不是跟你说过吗？不干老方的事，我自己撞上的。"

"会自己撞上？有那么巧的事？"

"你没听见？他们不是穷急了要钱吗？老方介绍的是吴老太太，还有个王太太。这家没有老太太，猴儿屁屁是许太太。"

"刚才不是说'姆妈'吗？"

"谁家没个'姆妈'。"

"也许就是吴老太太呢？"

"那么王太太呢？"

"你不是说猴儿屁屁结婚还不到一年吗？刚才说什么儿子女儿，以前准嫁过人。"

田晓想了一下说："对了——我记得巧娣说过，那姓许的不愿意沈妈称姑爷、小姐，要称少爷、少奶奶，说他不是逆赘女婿——是不是从前有个姑爷——下次写信问问老方。他来过一个电报，我也回了一个电报。他还没来信呢。"

"还等你写信去问！人家都要赶动身了。"

田晓很镇定地说："没那么容易——"

她发现宝宝并没有睡着，还在悄悄转侧。她脱下贝贝的手，搬过枕头换一头睡，对宝宝又呵又哄，一面小声对志杰说："睡了，明天讲。"

四

楼上那位少奶奶大概一夜没睡，天没亮就在二楼客堂里大声嘘气。每次吵架后照例如此。楼下全家也老早都醒了。

贝贝说："猴屁屁，啊嗷！啊嗷！"他学着嘘气的怪声。

宝宝问："妈妈，她干吗老那么叫？"

妈妈说："她生病了。"

宝宝听那声音好像病得很凶险，担心地问："妈妈，她会死吗？"

贝贝忙学舌："妈妈，她黑喜吗？"

田晓一起床就忙个不了，只叫孩子别胡说，也不许学那怪声。

尽管志杰还不便行动，有他在家，田晓可以放心把两个孩子撇在临街铁门内，让他们看马路消遣，不必寄放姑姑家去。她也不必挤时间到医院去探望志杰。这天是星期日，她也不用当补习老师。她从卧房到厨房出出进进忙着家务杂事，一面就断断续续把她兑掉金戒指的事讲给志杰听。

田晓租定了那间房，立即把寄存车站库房的行李搬入新居，独单一人去打扫整理了两天。孩子还寄在姑姑家，晚上她也回姑姑家住。第三天早晨，她置备了一些日用必需的东西带往新居；刚转入后门弄堂，就闻到臭气触鼻。她用钥匙开了后门，邻

居一人赶过来,怒气冲冲地指着门外横流的粪水,对田晓说:

“瞧瞧! 瞧瞧!”

另二人直闯入后院内的厕所,嚷道:

“可不是! 压着块砖呢!”

一人用棍撬起砖,粪水就漫上来;再一拉水箱的链子,立刻粪水流溢,满地都是,直流出后门去。

一人讲理说:“这个坑,是三家合用的。你压上一块砖,你家的马桶不漫水,就算不堵了? 淘粪坑就没你家的事了?”

田晓忙解释她是刚搬来的新房客。一个邻居愤然说:“你们房东说了,这个马桶是你们一家独用的。你压上一块砖——”

田晓再次说她没压上砖,马桶是和房东公用的。她请两邻略等等,让她和房东说去。

最愤怒的那人站在后院不肯走,只反复说:

“倒好! 压上一块砖!”

田晓又解释自己是新房客,还没来住呢。旁人把那人劝开,让田晓关上后门。

田晓早发现那马桶堵了,不知谁为什么又压上一块砖。她忙上楼敲亭子间的门,一面喊巧娣。

巧娣打着哈欠,只说不知道。

沈妈说:“马桶是你们家的。”

田晓听见那位少奶奶在二楼客堂里大声噫气。当时她还是第一次听到,很惊讶。巧娣在沈妈背后只顾做鬼脸向那边努嘴,示意叫她上去。她就三脚两步跑上那七八级楼梯,去打二楼客堂的门;没人答应,就自己推开了门。

许太太胸口焐着个热水袋，半合着眼倚在长沙发的靠垫上。绣花鞋一只穿在脚上，一只掉在地下。田晓探进半身，说了马桶的事。许太太坐起身，慢慢儿套上地下的那只鞋。田晓乘间进了客堂，可是许太太并不请她坐，只对她叫了一声“田师每”——上海人对秀才娘子不称“太太”，也不称“老板娘”，只称“师母”，读如“师每”。她说：

“我这间房子本来是不出租的。可是——田师每，我们世世代代是书香人家，喜欢和读书人打交道——读书人懂道理。而且，我租这间房给你们，不是凭空一句话，是写字间里订了合同的；白纸黑字，有凭有据。”

田晓曾把合同仔细读过，没看到这间厕所由她一家独用。她忙问：“厕所是我家独用的吗？”

许太太说：“你家能不用厕所吗？”

“可是我们还没来住呢。况且全宅的粪都流进一个坑，不是哪一个马桶的问题。”

许太太说：“有什么问题，你自己找我们的房地产公司讲去，我从来不管这些事。他们吃什么饭，管什么事。能不用他们，我省多着呢！他们汽车洋房，哪里来的？还不是羊毛出在羊身上！可是不靠他们行吗？上海滩上，都是枪刀头上舔血吃！田师每，你们住现成房子的，哪里知道做房主的苦！”

后门外不等这位少奶奶发完牢骚，早又在打门叫嚷。

田晓一面暗打主意，一面问许太太：“照你说，这间厕所是我们一家独用的？”

“由你们一家管。”许太太不耐烦地说。

田晓说：“你白纸黑字给我写上行吗？”

许太太一摆手说:“不是早订了合同吗?”

后门外吵成一片。田晓想:“合同上没说厕所一家独用。许太太口风很紧,绝不肯平白添上这一项。淘粪的钱,看来她是不肯出的。”田晓绝不错失时机,笑说:“由我们一家独用,就由我们一家管。我把你这话写在纸上,贴在门上,行吗?白纸黑字,有凭有据。”

“你写你的。”

“许太太,你说这间厕所归我们一家独用,你这句话算数吗?”

许太太嘴硬,说:“怎么不算数!”

“好!那我就写下,贴在门上,一言为定。”

许太太并不抗议。田晓忙出后门去,承担了三分之一的淘粪费。淘粪工人只等她一句话,就动手干活。刚才火气最大的邻居这时变为最和好的一个。他恨恨地指着二楼对田晓说:

“就只她家!没一次爽爽气气!”

那天田晓把房间整理完毕,又收拾了厕所,冲洗了后院。她找出一对鸡脚钉在厕所门上,加上一把大锁;又在门上贴个字条,写明这间厕所归楼下住户独用。淘粪的钱很可观,可是能有一间独用的厕所是意外收获,田晓兑了金戒指也心甘情愿。她当时没告诉志杰,免得他担心破产。

第二天,她就带了孩子住进新居。可是一进后门,只见厕所门大开。她的锁虽大,鸡脚却不够坚固,断了一只。马桶里还有粪便没冲掉。许家少奶奶正睡觉呢。田晓想找沈妈质问,巧娣却鬼头鬼脑地叫她低声。她悄悄说:

“你换上一把撬不开的锁。”

"谁弄断了我的鸡脚?"

"少奶奶叫我用榔头敲断的。——我们巴不得这扇门打不开;我们用二楼的马桶多方便!"

"是啊,为什么不用二楼的呢?"

"少奶奶不答应啊。那一间好比是她的小厨房。她的精致好小菜都在里面那只绿纱橱里。还有小电炉——煨莲子桂圆的——她不让说——怕你们不肯多摊电费。她自己的屎是香的!我们放个屁就熏臭了她的火腿、熏鱼、肉松、香肠。还怕我们偷嘴呢!——你可别说,我和沈妈都帮你。"

田晓回房去,找出一具旧的弹簧锁,又找出她的一盒子工具——锤子、钳子、锥子、钉子,什么都有。她安排两个孩子在大门外、铁门里玩,自己收拾了厕所,就在厕所门上安装那具锁。她已经安上了一半,正在试那钥匙。忽见房东少奶奶未涂脂粉就下楼来看,笑说:

"田师母,不是我说你,上马桶是风火事,哪有谁要上马桶了,还找钥匙——还把钥匙插进窟窿眼儿——拧开锁——拔出钥匙——"

田晓说:"许太太,你昨天亲口说过,这间厕所归我家独用,你的话是算数的,怎么又把我的锁撬了?"

"啊呀,田师母,巧娣她们在厨房里,急了要用个马桶,总不能叫人家撒在裤子里!"她一面动手翻看田晓的工具盒,问这问那,一面恭维田师母手巧,夸她能干,粗粗细细,件件来得。

田晓回房点数钥匙,记得有四个,找来找去,只有三个。是她记错了吗?后来巧娣告诉田晓,少奶奶偷了一个钥匙,又配了两个。巧娣和沈妈一人一个白钥匙,少奶奶手里有个黄钥匙。

二楼厕所仍是少奶奶的小厨房，不让巧娣和沈妈使用。少奶奶叫她们用小马桶；下午田晓带了孩子出门，她们就开了后院厕所倒马桶、倒痰盂。这事巧娣不说，田晓也能料到。因为她尽管每天把厕所收拾干净，出门回来总发现又臭又脏。一次宝宝坐了一屁股痰，田晓为他洗了两遍，裤子都换过，他还嫌腻得哭个不完。

田晓对志杰说："我要等你回来了，收回那三个钥匙。"

"她肯还你？"

"我告诉你，三个钥匙得同时收回；若留下一个，她可以再配。"

"你不能换个锁吗？"

"说得容易！那扇门上再也找不出一块能安锁的地方；木头不结实了。"

"可是我有什么用呢？她也不肯交还给我呀。"

"你听我说。我已经和巧娣讲好，我三个钥匙都拿到手，就送她一块花洋布料——我嫌太花的那块。"

田晓怕沈妈狡猾，只和巧娣暗打交道。巧娣已经把沈妈的那个钥匙偷来交给田晓。沈妈找钥匙的时候，巧娣撒谎说，刚在哪里见过，一面慷慨地把自己的钥匙借给她。她又说：钥匙不敢带在身上，怕掉了；藏在针线匣里，又找不到了。她老问少奶奶借用。可是少奶奶防她丢失，等田晓和孩子出门，总亲自用钥匙给她们开厕所的门。田晓曾打算带孩子从后门出去之后，偷偷儿从前门回家——她只要带着铁门内大锁的钥匙。可是她每天得把孩子交给姑姑，得上医院看一下志杰，然后还得到学生家补习。她不愿放弃上医院探望，更怕误了她同事介绍的临时职业。

而且她孤单单带着两个孩子，不敢和房东太太闹翻脸。她心上已经有个主意，只等志杰回来立即实行。

她说：“我今天既不用上医院，也不用到姑姑家去，也不用去补习。可是我还在老时候带着两个孩子从后门出去，过了马路走一段路，再偷偷儿过马路绕回来，从前门回家。猴儿屁屁在楼上只看见我出去，看不见我回来。我先悄悄儿把你扶进厕所，你坐在马桶上等着。她一开门，我就跟上去抢那把钥匙，说是你插在门上的，忘了拔出来。”

“我坐在马桶上，让女人进来，好意思吗？”

“你连裤子坐着呀。”

志杰躺在医院里，老听家里人痛骂猴儿屁屁而自己无能为力，今天能帮一手来对付她，不禁童心复萌，高兴地说：“我就用拐棍狠狠地杵她一下。”

田晓忙说：“那不必。”

“我扮成个恶鬼吓她一下。”

田晓笑了。可是她说：“不行。她真以为见了鬼，忙叫巧娣把小马桶里的尿屎往你头上泼，你不吃了眼前亏？”

志杰想了想说：“她又没见过我，开门忽见马桶上坐着个人，以为是鬼，就把小马桶、痰盂罐都往我头上淋，怎么办？”

田晓说：“不会。”可是再想想，说：“有了，你压根儿不用进那厕所。要悄悄扶你进去就不容易。你只要坐在临后院的北窗前。我不是挂着个布窗帘吗？外面看不见你。你守在帘子后面，瞧她开了厕所门，你就把窗子砰一下推开，大喝一声。我趁她不备，就去拔那钥匙。”

事到临头，志杰又迟疑说：“人家都要赶搬家了；拿回三个钥匙有什么用。”

田晓说：“赶搬家？没那么容易！我先拿到了钥匙，再要和这个猴儿屁屁斗两个回合呢！瞧她有本事把你和这条石膏腿搬到马路上去！”

他们吃午饭的时候，一切都已计议停当。志杰连午觉都没睡，不时地清嗓子，准备砰一下推开窗子，大喝一声。

五

猴儿屁屁喝下烟佛手煎的汤，胃气渐渐平复，不复噫气。楼上已经平静。田晓只愁这位少奶奶午睡不醒，耽误了她按计行事。

两个孩子记着妈妈的叮嘱，悄悄从前门回家后，一声儿不响。田晓没等多久，果然听到巧娣和少奶奶下楼。窗帘缝里，张见巧娣端着小马桶和痰盂跟在许太太背后，许太太掏出钥匙开了厕所的门。志杰立即把窗子砰一下推开；田晓立即赶入后院，掩在许太太身后。

“啊呀——啊呀！——郝家哥哥！！”

志杰未及大喝一声，却哑声说：“枚枚吗？”

许太太回身就往里走。田晓一颗心全在那个钥匙上，听见许太太嘤然作声，并未注意到“郝家哥哥”和“枚枚”的称呼，只以为她仓皇逃跑了呢。田晓抢前去拔下门上的黄钥匙，一面伸手向巧娣要了她的白钥匙，得意地向她笑笑、点点头。她没料到许太太闯进她家，忙也跟进去。

许太太好像他乡逢故知，尽管志杰不是苏州人，她却是一口吴侬软语：

“喔唷！郝家哥哥呀！！方家哥哥说啥个‘田先生’，落里想到就是倷！！”

志杰坐在窗前的藤椅里，一只石膏脚搁在凳子上；窗没关，窗槛上那支拐棍的头还直指着厕所。

田晓进来关上窗，请许太太坐。许太太挑个背光的地方坐下，斜对着志杰。志杰指着田晓说：

“是她姓田。”

“哦！田师——”她赶忙改口，“郝家嫂嫂。”

志杰说：“老方当时还不知我的死活呢。他大概急昏了头，把刘伯母说成吴老太太。”

许太太叹了口气说：“唉，讲起来话长。我爹爹看上了一个野女人。要和她正式结婚，请了律师讲条件，把刘太太让给她做，姆妈姓娘家的姓——当然，我还姓刘，我的一男一女生下来就姓刘……”她说到这里，急忙收住 ，口风一转，笑着说：

“田师每——郝家嫂嫂，你真是好福气！我姆妈常说：郝家哥哥好脾气，要他方就方，要他扁就扁，人才又好，又有出息，真是打了灯笼也没处找！”

志杰涨红了脸，问老伯母现在哪里，身体可好。

“她不喜欢上海，带了我的大毛和香囡回苏州，和王福卿的姆妈住在一起……”许太太忙又收住口。

志杰记得枚枚的表哥王福卿。志杰在方家过夏的时候，常看见他到刘家去。他和老方很熟。

“啊，王福卿！他好吗？”志杰话刚出口，立即想到这人准是枚枚的前夫，觉得不好意思。

许太太悠然说:“他好——郝家哥哥,你倒还是这个样。”

田晓陪坐一旁,不时伸手到衣袋里去盘弄刚到手的两个钥匙。姑姑曾说:“‘猴儿屁股’其实长得还蛮端正的。”今天田晓第一次看见她的笑脸。背着光,只见她眼波欲流,还颇有几分姿媚,料想这就是志杰的“玉人”了。她起身泡了一杯茶端上。

许太太欠身连说:“折杀”,然后端起茶杯,又放下说:“真想不到,原来是郝家哥哥家里!咱们自己人,好说话。当初我只是看方家哥哥面上,想到人家遭了难,尽管不认得,也该帮帮忙。你看,郝家哥哥,我这幢房子原是自己住的。三楼是姆妈的房;她人走了,她一房红木家具我不能动。我只好把自己新房里一套新式柚木家具贱价扔了出去;我搬上三楼,客堂挪上二楼。田师每——”她忙道歉改口:“郝家嫂嫂,我知道你着急,马上给你腾出房子,我是为你应急,我没有对不起方家哥哥。”

志杰正要道谢,给田晓看了一眼,就没开口。

许太太接着扯谎说:“前不久,有人要我这幢房子。我就让了人了。郝家哥哥,郝家嫂嫂,上海滩上是人吃人的世界。买房子的都有来头:认得日本鬼子,认得巡捕房,认得白相人;咱们是干不过人家的。我看郝家哥哥这条腿,一时还不能上路吧?”

田晓说:“医生说,至少还得养半年。”

“是啊,所以我趁早说明白,让你们先想想办法,或是到姑太太家去挤挤吧,免得人家来赶。你们吃了眼前亏,我也对不起你们。”

田晓笑道:“我们租这房子,也不是凭空一句话,白纸黑字订着合同呢。谁买这房子,就连我们这家房客一并买下来了。许太太,你让掉了房子,就不用再管我们的事。”

许太太忙说:“我是为了大家的好。郝家哥哥只有一条腿,郝家嫂嫂瘦小伶仃,能有多少力气?你打得过人?”

田晓笑道:“我们也有点来头,也认识些人:东洋人、南洋人、巡捕房、包打听……”

许太太一双眼睛,灵活地在田晓脸上打转,不知她几分是真、几分是假。

志杰好像和房东有了交情,情况都变了。他老实说:“许太太,正是你说的:‘自己人,好说话。’我没处搬。养半年不必,三四个月却少不了。”

田晓看了他一眼说:“别打如意算盘!一年八个月还怕养不好呢!我们一家四口,姑太太家里实在挤不下,所以我顾不得房价辣,还要出两个月的押租……”

许太太忙说:“你们马上搬,押租可以退还。”

田晓说:“许太太,你难道不晓得,现在的钱,一天是一个价吗?”

“你们真是搬出去,好商量,给你们硬币折价。”

志杰听了田晓的话怪不好意思,只软商量说:“我现在没处搬;过三四个月——三个月吧——我腿没完全养好也走。”

许太太斩截地说:“若是我家的房子,住三年也不要紧;可是让了人了,由不得我……”

田晓笑说:“许太太,你放心。自己人呢,好说话。不是自己人呢,我也会不好说话!叫他们等着瞧吧!”

志杰却负气说:“许太太,你不用操心,我们总有办法!不靠你这间房!”

许太太满面堆笑说:“郝家哥哥,谢谢你!你是最通情达理的，我知道你说一是一，靠得住！我心上放下了一块石头。”她说了一堆好话，才告辞出去。

田晓怒得闭紧嘴唇一声不响。

两个孩子给田晓安排在爸爸床前玩儿。他们没什么可玩儿，听着大人说话的口气似懂非懂，各有见解，直在小声吵架。贝贝只顾骂“猴屁屁”；他瞪着眼，咬着牙，顿脚说：“透屁屁！打喜她！”宝宝只觉得“猴屁屁”不复是“猴屁屁”了，不许贝贝骂。其实贝贝的话，外人也不懂。

宝宝告状说：“妈妈，贝贝说猴屁屁、臭屁屁，打死她！”

田晓转怒为笑说：“不打死。贝贝跟妈妈出去买糖吃。”

宝宝也要去。田晓带了两个孩子要出门，回头问志杰：“你刚才的话，就是答应她了？”

志杰气愤愤说：“和那种女人有什么可说的？”

“你的‘玉人’吧？”

志杰发狠说：“你的玉人！”

“我的？”田晓忍不住笑了。她看看志杰气恼的脸，对宝宝和贝贝说：“你们在家陪着爸爸的‘白白腿’，叫爸爸讲个《大老虎》。妈妈一人去买糖。”

她出外转了一圈。“玉人”原来如此！田晓不复酸溜溜地委屈。她带着胜利者的大度，买糖回家。

晚饭后两个孩子吃了糖乖乖地睡了。志杰专等着田晓发话，可是她不说什么。志杰假装睡熟，却直在思忖捉摸。忽然他心上一亮，解了一个谜。

他记起方伯母向来不喜欢刘家的枚枚，常说她不要好，不肯念书，只贪玩；又说，这样娇纵的小姐，将来谁娶了一辈子倒霉。

他当时只以为方伯母防儿子看中枚枚。现在想来，准是刘老太太看中自己“好脾气”，要他做女婿；准是方老太太一力反对，不准老方做这个媒。也地道是老方：刘老太太要他传话，他就传到；方老太太不赞成这门亲，他就凭志杰的话回绝了刘老太太——据老方后来回信，确是这么回事。但当时志杰不用证实，深信自己没猜错。

他躺着思前想后，听听田晓好像还醒着呢，就说：“你没睡着吗？”

她说：“呣，我说呀——”

“我专等着你的话呢。”

田晓笑了一声说：“不是你等着的话。”

“你说呢。”

“我在想——我倒错怪你的‘玉人’抢了我的丈夫——原来是我抢了她的！”

“胡说八道！”志杰愤然；可是他心上有点惭愧。

“假如你娶了她——”

“早离了！”

“也不见得。假如她有个好爸爸，就不会让她老早结婚；假如她结了婚称心，就不会赌钱；假如不赌，大概不会抽大烟——你瞧她那脸色，我怀疑她是抽了大烟——假如——”

志杰代她接口说：“假如她不抽大烟，脸上没那股黑气，就不用搽成猴儿屁屁——”

“仍然是你的玉人！”

“别废话！我现在承认自己确是好运气，天大的好运！明天你到二乐去一趟，咱们搬去住那间储藏室吧。我不走了。”

“哟！为了你的‘玉人’，甘心一辈子卖给二乐了！”

志杰躺在医院里，曾一再想起田晓劝阻他去大后方的话。他郑重声明：“我是想明白了。我原是驯良的牛马，不是吃人的老虎狮子——或臭虫跳蚤。走千家不如守一家。吉凶悔吝生于动。一动不如一静。反正我到了后方，照样还是推磨。推磨是我的活儿，推磨也顶好。”

田晓说：“你不走是一回事，我可不怕你那位‘玉人’！我出了好大代价换来的厕所，还得享用一下；让她的熏鱼火腿熏得臭烘烘，我也开心！”

许太太的小厨房当然只好开放。不过她居然找到了买房子的主顾，买主急要租户出屋，直接和田晓交涉，很慷慨地按硬币折算了那笔押租。志杰家不久就搬入二乐中学的储藏室。他们搬家那天，许太太把脸搽得比往常更红，娇滴滴一口苏州话说：

“郝家哥哥，郝家嫂嫂，有空来白相相，搓两圈小麻将。”但她家将搬到哪里去呢？志杰夫妇当然没问。

志杰不免还要发他的“牛脾气”，田晓照旧还说：“找你的‘玉人’去吧！”于是她嘴角的细酒窝一现，加上一句苏白：“有空来白相相，搓两圈小麻将。”

志杰气呼呼地说：“好了，好了，你那位‘玉人’已经砸得粉碎了！”

“我那位‘玉人’也许是砸碎了；你的‘玉人’却砸不碎，好比水里的月亮，碎了又会抟上。”

一九七八年

鬼

一

胡彦说他遇见过一个真的鬼。

人家问他:“怎么叫真的鬼呢?”

“着着实实的,不是影子,也不是心里想出来的。”

“就是说,你真的见鬼了?”

胡彦固执地说:“不是,我遇见过一个真的鬼。”

胡彦并不逢人诉说遇鬼的事,怕人家不信。他只在自己结婚之后,才和亲人和知友当做一件自己也不信的奇事来讲。他对自己的老婆讲得尤其仔细,因为对别人讲来还有不便。

那是在一九三二年秋天,他大学刚毕业。

他是物理系的高才生,自以为已经内定留校当助教,谁知以善吹、善拍、善钻绰号“三宝”的同班生,竟把他满以为拿稳的职位占去。胡彦坐实这项消息之后,再求人荐事,已经晚了。

他爸爸直唉声叹气,他妈妈直埋怨:

“没到口的馒头,怎么就拿稳了?”

胡彦的那位“她”,当然也是“没到口的馒头”。可是他曾对两个妹妹夸下海口,说等八月中秋,准带“她”给她们看看。他不得留校,“她”忽然变得非常冷淡,三封信去,没一字回音。胡彦不仅觉得前途渺茫，不仅觉得无颜在家坐吃，还怕到了中秋佳节，不识趣的家里人会扫他面子。他经人介绍，得了一个补习英文的馆地。他自以为可以胜任，暑假里忙赶去就业，打算等谋到合适的事，随时脱身。

馆地离他家居的上海不远。学生姓王，是个多病的大少爷，因寡母姑息，从未上过学，只延师在家课读，英文还是初学。

王家少爷拜门的先生，都是名师宿儒，只胡彦到他家处馆。因为王家少爷认为英语教师起码要上海来的才够洋，本地的太土。胡彦不过是个大学毕业生，王太太不屑请上大厅待茶，只带着儿子到安顿先生的外书房来见见。她是个端重的胖太太，五十多年纪，冷静的目光，把先生一览无余，然后慢吞吞地转文说："小儿寿楠生来单弱，在家有养无教，只怕朽木不可雕，屈抑了先生大才。"又说她家的老门房赵荣年迈耳聋，打杂的阿福是个傻小子，伺候不周，还请先生海涵。那位少爷却一言不发，只嘻嘴笑着连连鞠躬。他是个长脸的瘦高个儿，背微驼，头发乌黑油亮，眉淡目秀，很像女人，只是那狭长的下巴和"一"字形的宽嘴若生在女人脸上就怪了，生在王少爷脸上还可以。他笑时露出疏疏的短牙，那副露齿的笑，给他脸上添了几分稚气。他跟着王太太走出书房，还回脸对胡彦嘻嘴点头。

胡彦站在门口，目送他们母子穿过轿厅①进里面去。他转身继续整理自己的房间。这间外书房在轿厅西侧，很大，还连着个厢房。厢房朝东，一排明角窗，外临轿厅前铺黄石的大院，窗

---

① 旧时官邸大厅外面的一进是轿厅，歇官轿，搁置"肃静"、"回避"的头行牌以及×府大灯笼等。

下摆着书桌和椅子;面窗壁上挂着字画,沿墙一溜是茶几、椅子、书箱、书架。朝北又有一排明角窗,靠东墙铺一张床,挂着夏布帐子。这是给先生铺设的床,床尾还摆着脸盆架等日用什物。

北窗尽西头一扇的关插坏了,只虚掩着。推开一看,窗外是个极幽静的死院子,三面高墙,遍地青苔,成片的白海棠,从西到东蔓延了大半个院子。北墙正中是一堵水磨砖砌的门楼,下面两扇紧闭的大黑门。黑门后面想是王家内院,但静寂得没半点声息。

破落的轿厅虽是出入必经之处,也阒无人声。西边歇一顶旧的绿呢大轿,遮着些黄不黄、灰不灰的帆布。东边歇一辆簇新的包车。靠东墙歪歪斜斜竖着些“肃静”“回避”的头行牌,还有好些大灯笼,上面有“王府”两个很大的红字,都是些保存着的清朝官绅家排场的遗迹。

胡彦踱过轿厅,步入后轩,伸出头去,望见一个铺青石的大院,前面想是大厅。关闭的门窗和四周游廊的柱子、栏杆,油漆犹新。大厅前廊,东、西两头都有门。西头的门是锁着的;东头的门是开的,大概通里面内室。胡彦又慢慢踱回来,站在轿厅前面的台阶上,望望铺黄石的大院。这个院子的出口不在南而在东,是个大圆洞门。洞门以外是门房赵荣、车夫阿二、小打杂阿福的世界,他们乘凉都不进洞门。胡彦觉得自己的领域很安静,大可偷闲读书。

一日三餐,送饭的总是赵荣。胡彦问他黑门后面是不是他们家。那老头儿自己耳聋,却怕人家听不见,大声说:“白海棠!”

胡彦指点黑门说:“那后面——”

老头儿更大声说:“就是秋海棠!”

胡彦不便再问。

收碗碟的总是阿福。胡彦问他几岁了。他一目斜视,瞪着不一致的两眼,嘻嘻笑着说:

“七、八、十几岁。”说完逃也似的端起食盘就走。

胡彦想起少爷嘻着的嘴。少爷也是个傻小子吗?

少爷到外书房来上课,不像拜见先生的时候那样缄默。他彬彬有礼,问先生起居如何;又问先生住这屋里怕不怕。

“怕什么呢?”

“一个人,不怕吗?”

少爷坦白承认怕鬼,他深信凡是他感到怕惧的地方,一定有鬼,只是肉眼不见罢了。他掉转话题,向先生问这问那,一面介绍自己,说英文也学过,到上海逃难的时候,跟外国人都说过话。胡彦想不到他几句洋泾浜很漂亮,口音比自己的正确。

胡彦问:“逃什么难?”

“呀,数不清啊! 奉直之战,齐鲁之战……”

胡彦觉得他一蹙眉、一定神的表情很老成,像他妈妈,远不是什么傻小子。他请问少爷“多少贵庚”。

“三十。”

胡彦吃了一惊,少爷光光的脸,看来好像十八九岁,想不到比自己还大着七八岁呢。

“结婚了吧?”

“十年了。”少爷很老成地说。

“多少孩子了呢?”

“啊!”少爷笑着叹息说,“这是我不孝之大焉者。”

胡彦觉得问错了话,改口问他为什么要学英文。

“有用啊! 我和家母所见不同,我是个不肖子!”他嘻着嘴笑,笑得像阿福。

他对课本毫无兴趣,只叮着问上海的生活、上海的金融市场、跑马厅、跑狗场、回力球场、电影院等等。他知道的事真不少,胡彦自愧不如。两人胡聊了半天,无所不谈。胡彦只抱愧没教他英文,打算明天从文法入手。

少爷走了,胡彦想起没问问黑门后面是哪里。饭后,轿厅前后寂无一人,胡彦悄悄跳出北窗,踏过青苔,就门缝张望。两门中间有缝,但后面有竖闩挡住;门和墙之间,左右都有空隙。他从东边张到西边,只看见地下的白海棠和一所关着门窗的房子。过一天少爷来了,胡彦问他黑门后面是不是他们家。少爷说,那边是他家的祠堂,祠堂前面是个死院子。

胡彦诧异道:“那边也是死院子?”

少爷点头:“也是个死院子。”

胡彦想了想:“祠堂是南北开门的? 或者东、西还有门?”

“不,祠堂北面是墙,没有门,东、西都没有门。”

“那院子怎么进去呢?”

少爷笑了。他说:“大厅前廊的西头有门出入,不过经常锁着,过节向祖先上供才开。那个院子就好比是个死院子。”

“哦!”胡彦见过大厅前廊西头那两扇锁着的门。

当晚他写信给妹妹夸口,说他一人享用的房子、院子,比他全家人住的大七八倍不止。

少爷不爱文法,上一两堂课要病三五天。胡彦闲时居多,就坐在厢房书桌前用功,看自己带来的物理学书本。开窗正对圆洞门，他看得见住外面的男用人进去，里面的丫头、老妈子出来。她们或到门房去吩咐什么事，或出门上街。有一个年轻的不像丫头，也不像老妈子，好像也从不上街，只到门房就回里面去。胡彦猜想她大概就是少奶奶。胡彦想认认她，可惜自己有点儿近视，还没钱配一副好眼镜，远远望去看不清，而且也不敢放肆看人家内眷。他的处境，从没像当前这样宽畅清闲的，可是他却感到从来没有的寂寞无聊，因为成天只一个人。他要用功而心不能专，只无聊无赖，看着窗口解闷。

他凄凄凉凉，独在王家外书房过了中秋节。十六晚上，月亮比中秋晚上的还圆。只是天上有白云，也有乌云，又有风，使一轮满月不得安定，忙忙地直在云后疾驰：一会儿隐入乌云，一会儿裹着轻罗也似的白云，一会儿又滑进黝黑的深潭，清光四射，照出碧蓝的天空。

胡彦在西厢看月，心情恰似那轮月亮时明时昏。他妹妹来信劝他投考留学；那位“她”还是不理他。胡彦正对月伤感。忽听得北窗外有声响，好像滞重的大黑门在开阖。他向来胆壮，立即赶到窗前去；从虚掩的窗缝张望，只见月光下一个浑身雪白、没头没脸的怪，站在黑门前。胡彦身上的汗毛一根根竖立起来。一晃眼，那怪变成了一个女人，浮浮荡荡直向窗前飘来。胡彦忙闪到床前。虚掩的窗咿呀一声自己开了，那怪已跳上窗台，原来是个艳装少女——不是女人，是一具艳尸。死白的粉脸，两颊鲜红胭脂；嘴下唇印着个樱桃大小的血红点儿，比圆规画的还圆。她不是时装，也不是古装，穿一身浅妃色钉黑花边的袄裤，上截是大圆角的紧身，下截是大腿裤，像多年前烟草公司月份牌上的美人。脚上一双白布底的绣花鞋，分明是棺材里死人穿的。说时迟，那时快，她在窗台上一扭身，轻盈地跳下地来。

胡彦厉声大喝道："谁?!"

"不认得我吗?"细小的声音，嘤嘤然不像人声。

真所谓"人怕鬼、鬼也怕人"，那女鬼听了胡彦厉声呵叱，彷徨畏怯，转身就要逃跑，给胡彦冲上去一把揪住。

不揪时万事全休。这一揪啊，他立即着了鬼迷。他刚接触那只鬼手的时候，还觉得彻骨冰冷。一碰之后，却感到了温软。看她回眸一笑，只觉楚楚可怜，柔媚动人。她不像艳尸，像个艳丽的少女。

胡彦回忆中最可怕的是着了鬼迷，使他失掉理智，失掉意志，完全不由自主。他就像《聊斋》里的书生一样，把鬼拥入帐中。

他告诉自己的老婆："她和你一样一样。"

他老婆说："也许她压根儿不是什么鬼呢?"

胡彦保证说："我不是个见神见鬼的，你听下去就知道。她若不是鬼，定是妖，也许是海棠花妖。"

胡彦天明醒来，床上空无所有。枕上被里，没留下脂粉的余香，只隐约有点草木的生腥味和刺鼻的凉气。那扇北窗还虚掩着；两扇紧闭的大黑门，照样好好儿关着。满地青苔潮润润的，海棠叶上还带着水滴，好像下过雨了。死院子里，不见有践踏的痕迹。胡彦想，主人家中秋夜里上供后，大厅前廊西头的门没上锁吗？他悄悄走出轿厅去侦察。只见那两扇门关得严严的，广漆的门闩和光亮的铜锁上蒙着一层轻尘，谁要碰过，准留下手迹。

他回到床前细细回忆。忽见床脚边半幅花笺，捡起一看，上面淡墨写着两行细字："西厢看月上，北窗待我来。"字迹稚嫩，墨淡得快要没有了。胡彦只怕那几个字会渐渐变浓，或渐渐隐没不见。他看到这两行字，忽记起昨夜耳边听到的话。她说："我是跟定你的了。水里火里，我也跟着你。"她说："我马上再会来看你，等着我。"对了，她还说："我会墙里过来，谁也挡不住我。"当时他都没想想，血肉之躯，能从墙里过来吗！

赵荣送上早饭，先生还没有刮脸。早饭后，阿福撤走食盘，他还在发呆。怪道少爷问他怕不怕，他可真有点怕了。倒不是怕鬼，怕的是又着鬼迷。他瞪着那几个淡墨的细字，想划根火柴烧掉了一干二净。再一想又觉不妥，烧纸怕会把鬼又招来。忽记起书架顶上有一只研朱砂的砚台，据中国旧迷信，鬼怕这件东西。他上过洋学堂，又知道十字架能压邪。他小时也曾模仿道士驱鬼，会把五个手指绾成个驱鬼的"王灵官结"。这时他土洋并用，把那半幅花笺拿到书桌上，取下朱砂砚，右手绾成"王灵官结"，中指蘸些剩茶，染上朱砂，在那半幅花笺的周围画上无数的十字，然后用朱砂砚镇在桌上，料想过一会儿纸上的淡墨会消失无存。

他觉得书房里阴森森地待不住，可巧看见阿福又出来，就想抓住他说说话。

阿福照例又是来找车夫阿二；阿二就把包车拉出去。胡彦常看见阿二把空车拉出去、又拉回来，不知干什么，向来也没有理会。这时他就跑出来问阿福：拉一辆空车出去干什么。

"少爷上茶馆。"

"少爷呢？"

阿福回身往里指指。

胡彦想了一想，恍然说：“到后门去接他？”

阿福瞪着一只斜眼，一只正眼，嘻着嘴使劲点头。

当然，他早该知道，少爷不过是称病，不好意思当着先生坐车出门。胡彦心想：“我傻了吗！我在这里着了鬼迷，少爷只嫌我碍着道儿！他最近索性十来天没上课，这碗闲饭吃不了多久，难道还等人家来辞我？三十六计，走为上计！”他回房收拾了自己几件衣物，留下个条儿给少爷，托门房转交，只说家有急事，召他回去，自己叫个车就上车站了。

胡彦从此没有再回这间外书房。王家由介绍人转给胡先生一笔“车马费”，没有再请他回去。他始终不知道自己为王家立了多大的功劳；也不知道王家给了他多么优厚的报答。

二

王家少爷结婚十年没生孩子。早在四五年前，太太就对少奶奶说：“少奶奶，你总不能眼看我们王家断了香烟。”

少奶奶满面含笑、满口应承说：“只要妈妈‘相’中了人，寿楠愿意，马上讨来，生了儿子，和她姐妹相称。”

少奶奶从不顶撞人。她说的话和她的笑容一样甜软。她是正室夫人的独生女，继母没生孩子就死了，弟弟都是姨娘生的；太太那番大道理，她哪有不懂的。可是每逢亲友家有姨太太进门，她总“勒令”少爷再一次发誓：“绝不讨小。”少爷发誓都发腻了，常另出心裁，结合当时娶小老婆的人，发个别开生面的誓。比如说：

“我若讨小，就变成一只秃头胖乌龟。”

少奶奶笑得把一杯茶都泼翻了。她说："我倒愿你讨一个来，让我瞧瞧你变成什么样儿。"

太太虽然听不到小两口子的私房话，也能料定儿子受少奶奶的牵制。他们每次"相"了人，少奶奶的品评总和太太的一致，少爷却另唱一调：不是太单薄，就是太壮硕；不是太轻浮，就是太粗蠢。他还提出要好人家的女儿，还要识字的。他一方面又提醒太太：不论他顶几房香烟，重婚都犯法；买卖人口也犯法。太太总不露声色，安详地说："没有死法有活法。"或说："慢慢挑，总有合适的。"

胡先生来处馆的那年春天，果然挑到一个合适的。她出身没落的书香门第，还上过几年学，据说人才不错，而且性情和婉。王家约定地点，"相"过那姑娘，确是相貌端正，身材适中，更难得的是举止很大方。少爷无可挑剔，就嫌她面黄肌瘦？

太太说："啊呀，要像少奶奶这样好皮肤、好颜色，打着灯笼也找不到第二个呀！"

少奶奶说："人家给哥哥嫂子逼得要投井上吊，天天眼泪拌饭吃，哪得不面黄肌瘦？"

少爷说："脸黄不要紧，怕的是有病。"

太太沉吟不语，半晌说："只怕她本人还不愿意呢。"

这件事暂又搁下不谈了。

原来那姑娘的妈妈是个无能的"才女"，丈夫一死，只为没有儿子，家产全被过继的儿子占去，连她箱笼里的私蓄都给儿媳偷光。她不知是气死的，还是吃了什么藤黄花青。那姑娘如今虚岁十八，嫂子要把她嫁给自己娘家一个不成才的独眼侄儿，哥哥贪图财礼，要她嫁个老头儿当续弦。据说那姑娘想投井，又怕井底寒森森；想上吊，又怕吐出舌头。有个好心肠的远房姑妈说这孩子可怜，听说王家在物色一个二房，就介绍了她。

那位姑娘果然不愿意。她说："做丫头老妈子都行，小老婆可不做。"

做媒的姑妈说："也该看看是什么人家、少爷什么人才。人家好，人才好，做二房胜如给老头儿做填房，胜如给混蛋做花烛夫妻。他家少奶奶身体虚弱，不生育；你生了孩子，就是你大了。"

哥嫂听说王家愿出三百聘金，不要一文钱的陪嫁，而且和娘家断绝关系，都千肯万肯，只怕姑娘闹别扭。对付这位姑娘并不容易。人家只说她是受气包，不知她是个惹气精。哥嫂在屋里关着门说私房话，她总会听见。一事不随心，就眼泪汪汪，饭也不吃。当着哥嫂，装得稳嘴善面，背后却会逢人哭诉，东告状、西告状。以前她同学来家，都对她嫂子瞪眼睛。后来不让她上学，同学朋友都渐渐断了。可是东邻西舍、亲戚朋友在她哥嫂面前背后，常说些批评哥嫂的话，不都是她捣的鬼！甚至有人唆使她找律师和哥嫂打官司呢。所以非趁早打发她不可。幸亏她年纪还轻，胆子还小，哥嫂也摸透她的脾气。当面的好话，她是一句不听的；背后骂她，却有意想不到的效力。哥嫂不肯放过王家的亲事，关了门在屋里一吹一唱。

哥哥说："真想不到，一贞倒交上狗运了！哎，也就算我们吴家的体面吧。"——那姑娘原名懿贞，哥哥改为一贞。

嫂嫂说："别胡说，我们侄儿没死心呢。她有了这样阔人家，还肯嫁我们侄儿！——我告诉你，有些话你千万不能说，你记着。你千万别说王家少爷顶两房香烟，她是去做二房奶奶。

千万别提大少奶奶的话:什么‘姊妹相称’。千万别说王家太太厚道,少奶奶脾气好。”

哥哥说:“不说不说。”

“就算我侄儿不要她,我也不输她这口气!她飞上高枝儿,倒远比我好了!哼!休想!”

哥哥说:“我看她就没这么大福气。”

一贞的家,是哥嫂的家了。她孤独无援;不偷听,怎能知道自己的处境?怎么保护自己呢?可是她毕竟年幼,还是受了哥嫂的操纵。她把姑妈和哥嫂的话告诉她相熟的裁缝娘子和西邻的大丫头阿桂。

裁缝娘子说:“贵妃娘娘、西施娘娘、昭君娘娘,哪一个不是小老婆?我朱大嫂倒是大老婆呢!怎么样?”

阿桂说:“依我看,大老婆是拴死的,跑也跑不掉;跑了还可以抓回来。小老婆却是活的:好就好,不好就逃走。”

那姑娘急要跳出哥嫂的手心,听了各方的议论,就答应了。做媒的姑妈说她脸色不正,还带她到医院去看了一次病。

王太太拿出医院证明,说吴家姑娘身体健康,毫无疾病。少爷一时上竟没话可说。太太打铁趁热,说吴家哥嫂既然那么混账,不该让那姑娘尽受气受欺,还是叫她赶早过门,再挑好日子圆房;衣服首饰,等进了门慢慢添置。这样,王家就“讨”来了一个“贞姑娘”。

少奶奶偷偷儿哭了两场。她是哭自己命苦,自小没了亲娘,有委屈没处告诉。她心里最明白:少爷便是讨十八个“小”,也生不出一个儿子来。讨了“小”再不生孩子,眈眈虎视的自族兄弟就要开口立嗣子了。况且她和少爷至少是亲密的伴侣;少爷讨“小”，扫她的面子。圆房的吉日选定后，她借故到上海的亲戚家去回避了十来天，因为照她当时的心情，实在不愿回娘家。

少爷对于娶小老婆一点不热心。少奶奶是戚友间公认的美人；虽然近年来身体发福，仍然是个雍容华贵的美人。少爷并不讲究什么用情专一，不过他对别的女人从来不感兴趣。他的心意另有所属。

少爷是三十岁的人了。王家的田地房产都在他名下。王太太觉得她过世的丈夫虽然无能，还守得住家业；她看透这个儿子是不能守的。所以她把家产抓得死紧，尽管不放心经管账房从中私肥，也不敢让少爷插手，连小夫妇的月费她都交给少奶奶管。少奶奶自己有奁田，有房产，有存款，可是她也把拳头攥得一缝不漏。少爷常劝说她卖掉些家产，搬到上海去住。他说：“家产死搁着，白养肥了经管的人。变了活钱，我拿点儿来给你开个馄饨铺，也稳给你发财。”

少奶奶笑得甜软，主意却拿得坚固。她只见少爷钱到手就光，不信他会赚钱。少爷手里不名一文，成天盘算的只是怎样弄钱。人家并不知道他的底里。他凭自己的身份，对产业买卖等事经常打听行情，议论价钱，各方比较；碰到关键问题，他就刹住口或避而不谈。人家觉得他倒有一手算盘。他在茶馆结识的三朋四友，什么人都有。有想做掮客图回扣的；有想借钱的；有想合股同谋的。太太看不顺眼，吩咐门房一概回答“少爷不在家”。尽管这些人不能上门，少爷在外边门路很广。少奶奶娘家常派车来接姑奶奶家去听说书——她姨娘在家里请着个说书的。少爷同去，倒不是去听说书。他和少奶奶家的经租账房等人混得很熟。少奶奶有个叔叔在上海工商界做事，她娘家常有上海来往的人;少爷爱和他们谈生意经。假如少爷手里有钱,说不定早已上了不少当。可是他只在“模拟演习”,打“假想战”。他忙着演习种种交易,多年来倒也累积了不少学问,略略识透了些人。

少奶奶到了上海去,少爷可苦了。他没钱上茶馆,少奶奶家也不来接他去听书。少奶奶常带他出去吃个小馆子,看个电影。她走了,他只好成天闷在家里。平时太太要他每天临帖、读古文,他却只要看看白话小说;连小说都不大爱看。他对黄瘦的贞姑娘毫无情意;贞姑娘讲她娘家的琐碎,他更不耐烦听。好容易盼到少奶奶回家,他简直快活得又哭又笑,两口子谈了半夜体己。

贞姑娘住在祠堂后面的西小院里。那儿一溜三间房:西头一间是少爷的书房,中间全是书柜、书箱,东头一间是贞姑娘的房,和少爷少奶奶的卧房后厢通连。少爷和少奶奶夜间私语,贞姑娘当然很关心。她至少听到了大半。他们说到她,照常还称“黄面丫头”。少爷说的有几句话听不清,大概不是好话,是糟蹋她。他还冤枉她说:“黄面丫头想要我给她买胭脂粉。”贞姑娘气得恨不能抗声辩白。她当时不过说:她嫂子连胭脂花粉都没给她买一点。

少奶奶问:“你怎么说呢?”

“我说我们王家不兴得搽胭脂抹粉;我们家没有胭脂粉。”少爷说的是真话。因为王太太是青年守寡的,少奶奶爱惜自己的好皮肤,怕脂粉伤皮肤;她只用西洋货的什么油、什么蜜。

“咳!你也真是!”少奶奶笑着埋怨,“我来给她买!”

少爷说:“哼!瞧妈妈不说你嫌她脸黄!”

少奶奶笑说："黄是黄，不过她顶老实，不声不响的，像个可怜巴巴的养媳妇儿。"

他们一点没想到那个不声不响的、可怜巴巴的"黄面丫头"，正在黑地里偷听。贞姑娘在王家，日子过得不错。太太慈厚，少奶奶和善；可是她希望依靠终身的少爷却无情无义，私下里只叫她"黄面丫头"。她觉得自己上不上、下不下，仍然是最孤独的人。她是什么心情，谁也不知道，谁也不理会。

三

祠堂的北墙上爬满薜荔。祠堂和大厅之间有一条一尺来宽的"落水"，两边墙上也爬满薜荔，掩合了墙缝。贞姑娘问丫头阿土：缝里是否走得通，出去又是哪里。阿土对这事从没注意过。她说，问张妈就知道。可是贞姑娘绝不敢问张妈。张妈睡在太太卧房外间放箱子什物的房里，她什么细事都报告太太。贞姑娘曾想和阿土一起探个险，钻一次试试。不过阿土虽然只比贞姑娘小两岁，却是个小正经。她已有婆家，动不动说："婆婆家不喜欢的。"她绝不肯胡闹，而且她是个矮胖子，也许挤不过去。

西小院三间屋全归贞姑娘收拾，那边是她的天地。有一天，她特地起个早，偷偷钻了一次墙缝。只要闭着气、扁着身子横走，很容易过，因为祠堂只有大厅一半的进深。钻出墙缝就是祠堂前的院子，满地白海棠，南墙正中是一堵雕花水磨砖砌的门楼。两扇大黑门不但有竖闩上下顶住，还有个大横闩，左右有铁圈套住。竖闩上有个大铁搭，攀住横闩，上面锁着一把大铜锁。

钥匙挂在门旁钉上;贞姑娘踮起脚就够得着,只是她没工夫开锁。门两侧的缝里,张得见前面也是个满地海棠的院子,贞姑娘不知那边是哪里。直到胡先生来处馆前不久,太太叫她帮张妈去布置外书房,推开北窗,才知道窗外那个海棠院子就是她门缝里张见的。

贞姑娘当时对这项发现并不在意。可是不久以后,她就老在想着这条通路。

少爷常和少奶奶笑话那位先生的英语口音,说他把英文单数的“你”字读成“杂污”——就是江浙土语的“拉屎”。又形容他塌鼻子、厚嘴唇,却多情得很,正在失恋伤心。

贞姑娘借故出轿厅去,望见那位先生粗眉大眼,相貌不错。

少爷还告诉少奶奶,胡先生把女朋友的照片带在身上,看看,叹叹气。

少奶奶说:“女学生漂亮吧?”

“我看了照片。一对小眼睛凑得很近,嘴巴却很大,脸形像只梨。”

少爷接着说:“我就安慰安慰他,叫他再找个更漂亮的。可是他说,他对恋爱早已看破,而且再也不找女学生了。他只要找个老老实实的当家女人,吃得苦、耐得穷就行;女学生心大眼高,没有情分。”

贞姑娘觉得自己正是那位先生要找的人,而且拿定自己比他的女友美——只要他别瞧她脸黄而不屑一顾。她几次到门房去,发现那先生已经注意到她,常隐在窗后偷偷看她。有时贞姑娘独在房里,他忽然会闯到她心上来。贞姑娘就怀疑是那先生在想她。他大概老在想她,直在她身边打转,赶都赶不开。贞姑娘为太太抄《地藏经》，给他缠扰得连连写错字，只好放下笔来做针线。他甚至睡梦里都跑来，还不老实，要调戏她。贞姑娘想正色告诫先生不要那样。她在王家不过是个“黄面丫头”，并没给王家拴死，尽可以和他光明正大做夫妻。她进了王家的门，看明自己先前的种种希望全是妄想；只有阿桂的话最中肯，她经常放在心上一再思索，打算哪一天和先生从长计议。

八月节太太给少爷的拜门老师都送了节敬。太太和少奶奶商量，给胡先生送礼？还是送钱？她们认为该送钱；只是少了不好看，多了又怕先生当做每月的薪水。她们打算过些时一总送。这次过节，王家只给胡先生添了菜，还送了一盘月饼。

少爷说：“不如把钱送我，把胡先生送回家。”

太太说：“当初要学英文，也是你的花样。”

贞姑娘听在耳里，担心胡先生待不久了。她不敢再迟疑，决计大着胆子，过去找他谈谈。

八月十五祠堂里要上供。她得过了节才能过去。十六日饭后，贞姑娘趁大家歇午，悄悄挨过墙缝。她本想马上和先生隔窗谈心。可是时间太匆促，又保不住先生那边会有人撞去，而且她还想把自己打扮得美些。所以她先去开辟道路，准备晚上和他细谈。她开了锁，把钥匙挂在原处，把锁放在门臼旁边。她脱下横闩，靠在门左边墙上；然后抱住竖闩往上一顶，松脱了臼，抱过去靠在门右边墙上。大黑门很重。她慢慢儿轻轻、轻轻地推开一缝，扁着身子挨进门，蹑足走过院子，直到外书房的北窗下。她记得西尽头的窗走扇，窗缝里张见先生躺在床上，大概睡得正熟。她拿出口袋里的半幅花笺再看一遍：是她学做的对句，不知通不通；纸是捡少爷写残的；墨太淡，因为她匆匆忙忙，只蘸水在砚上滗了两下。她把纸条送进窗缝,忙抽身回房。

她已经准备好当夜穿着的衣服和鞋子。少奶奶曾叫她拆一套旧衣裤,因为上面的花边还有用,衣服已经过时,而且小得不能再穿。贞姑娘偷偷试穿,衣服恰恰合身,裤子略长些,提高点就行。她镜中自照,觉得俏丽极了,所以那套衣服还舍不得拆。鞋是她为少奶奶绣的。她还特地做了一双布底,用簇新的白布包了边,亲自绱了鞋。因为少爷不信贞姑娘会自己绱鞋。她一来要卖弄本领,二来是要讨好少奶奶——少奶奶说过,布底鞋比皮底鞋舒服。少奶奶试穿了这双鞋直笑,说"好极了"。可是背后她偷偷儿问沈妈:"像不像死人下棺材穿的?"少奶奶是沈妈带大的。沈妈嫌这话不吉利,沉着脸责怪少奶奶"胡说!"她自作主张把鞋给了贞姑娘,只说少奶奶嫌紧些——其实她们脚寸相仿。

贞姑娘一天事毕,故意还在张妈屋里坐了一会儿,因为张妈睡得最晚。沈妈和其他女用人睡在下房,贞姑娘不用提防。她回房先铺好床,放下帐门,洗过脸,就对镜理装,细细致致地搽脂抹粉。她把一堆夜来香的花子一一剥了壳,研去皮,搓成粉,一层又一层往脸上抹。要抹得匀净不容易,好在那只是粉底。她留着些擦银器的牙粉,这时匀匀地敷在脸上,灯光下照着,觉得一张脸粉团儿也似,没一点黄色。厨房里有的是胭脂棉,因为糕团上印红点儿要用胭脂水。贞姑娘扯了些胭脂棉,这时蘸水匀在掌心,拍在颊上。然后她撕了一块包赏钱的大红纸,剪成樱桃大小的圆形,贴在下唇,舐上唾沫,过一会儿揭下,唇上便印着一颗樱桃——她妈妈出门就这样打扮。她还学她妈妈烧些杨柳炭,描了眉毛;因为她把眉毛都糊白了。她对着镜子浅笑轻颦,转侧自看，非常满意。得这样雪白的脸，才配得上那套浅妃色的衣服。

她换上衣裤，穿上绣花鞋，放下帐门，把换下的黑布鞋端端正正放在床前，然后拿了一条被单，准备裹着过墙，免得沾脏衣服。她掩上门，站在阶下。事到临头，不免犹豫。可是人家在等着她呢。天上一轮满月，在云后疾驰，没一刻停留，贞姑娘看着心上也着忙起来。她把白单子兜上脑袋，浑身裹住，一纳头钻入墙缝。

她简直生了翅膀似的飞落在那位先生面前。这还是第一次和他相近，只觉他完全陌生，并不是她闭眼常见的模样。她几乎想回身逃跑。可是他认出她来了。他确是看中她的！显然他就是睡里梦里常来纠缠她的人。贞姑娘满肚子的话都不用开口说，彼此都已心照。以后事情怎么安排，也就好商量。

可是倒也不好商量，因为他睡着了；睡得烂熟，便把他身下的褥子抽掉，他也不会醒。贞姑娘不忍搅扰他，又不敢逗留，反正她还得再来呢。她推开窗。觉得风里寒飕飕地带些潮润。月亮刚从云后出来，照见满地海棠叶上湿漉漉闪着水光。不知什么时候下过雨了。她跳下窗台，轻轻掩上窗，蹑足找没有花叶的地方走。

她背着窗走向大黑门的时候，背后还好像有人护着。可是挨过门缝，转身摸到门环，拉上了大黑门，背后就寒凛凛地没了保障。当初她来的时候，不知是哪儿来的一股子劲，竟没想到害怕；她卸下笨重的横闩，竖闩，也不知是哪儿来的力气，竟没觉得沉重。这时抱起那根竖闩，真不知有几千百斤。月亮恰隐在轻云后面，她找不到上下的臼，只狠命往上乱顶。上面忽然落臼，下面却撞死了，再也挪移不动。她没奈何，且去抱那横闩，用力托起，居然把一头套入铁圈。可是竖闩既没有落位，横闩就不肯服帖。她正挣扎着想把那一头纳入右边的铁圈，月亮忽然全给乌云盖没。一阵风过，只听得墙缝里的薜荔稀里哗啦乱响，远近的门窗，有的咯噔咯噔震动，有的咿咿呀呀叫。她冷汗直冒，一失手，把横闩没套上的那头掉下地去。她蹲下去把横闩扛起，正伸手去摸索右边的铁圈，忽觉冰冷的一只手搭在腕上，吓得失声惊叫，把扛起的那一头又跌落地下。她这才发现贴在腕上的，不过是一角沾湿的被单——她蹲下时沾湿的。她觉得背后不知多少鬼在笑她；祠堂里的祖宗都在那里指指点点。她连打两个寒噤，浑身冰冷，两腿发软，顾不得横闩还倾斜在地，忙把被单蒙在头上，直往墙缝逃跑。她一阵乱窜乱撞，挣扎出墙缝，身后的那一群鬼还盯着不放。她喘着气甩掉被单，连揪带扯地脱下衣服，一头钻进帐子，把被蒙上脑袋，才松了一口气，开始发起抖来。这一阵抖是她硬撑着忍住的，这时开了头，咬着牙也收不住，直抖得骨头都疼。好久好久才渐渐抖定，觉得热烘烘浑身发烧。贞姑娘昏沉沉失去知觉。

四

沈妈早在灶上为贞姑娘打好热水，只等她去提。水都快凉了，还不见她出来，沈妈到西小院看看贞姑娘怎么回事。只见她房门也没关，一条被单横拖在地下，少奶奶叫她拆的一套软缎衣裤撂在床前凳上，一双泥污的绣花鞋一颠一倒落在黑布鞋旁边，贞姑娘在帐子里哼哼呢。沈妈掀起帐门，吃了一惊。贞姑娘抹着个大花脸，两手撂在被外，手心也搽得鲜红，额头、身上，摸来滚热沸烫。沈妈出门，看见一路泥脚印，由浅到深，从贞姑娘床前直到墙缝。

沈妈背着张妈，悄悄告诉了太太，陪着太太同到西小院来。太太看了，半晌不语，只低声问："张妈知道吗？"

沈妈说："没告诉她。"

太太点头说："很好。"她顿了一下，吩咐沈妈："你给收拾了吧。"

等张妈知道贞姑娘发烧、跑来探望的时候，贞姑娘乱扔的被单、衣服、鞋子都已收好，她的大花脸和泥脚印都擦洗干净了。

贞姑娘昏睡到黄昏醒来，热还没退清，心里却明白。她睁眼看看屋里一切如常，暗想：难道她只做了一场梦吗？

阿土端来半碗粥汤，问她怎么病了。贞姑娘装傻，反问阿土，自己是怎么病的。阿土说："沈妈说你没给少爷奶奶提洗脸水，发烧了。"

贞姑娘略为放心。沈妈不爱多话，很可能她把少奶奶的东西一一收好了。至于泥脚印，贞姑娘压根儿没想到。她只惦着大黑门没闩好——可是她还得过去呢。她还不知道胡先生叫什么名字；还得问明他家的住址。她想，最好别跟他同跑，各走各的，比较妥当。太太和少奶奶给的首饰和历次得的见面钱、赏钱，都由少奶奶给她收着，她打算一件不拿，一文不要。她在王家半年，别的不说，针线活儿也做了不少，没白吃他家的饭。她准备只穿自己的一身旧衣服动身，料想胡先生不会嫌她光身。

第二天大清早，她不顾头重脚轻，急急忙忙又挨过墙缝去。大黑门关得好好的。一个竖闩，一个横闩，一具铜锁，都和原先无异。难道她只是做了一场梦吗？可是她一抬眼，钉上不见了钥匙。她明明挂在钉上的，难道她没挂好吗？她在花叶间找了一番，不敢耽搁，又回房躺下。

她要侦察的事正多，不能孤零零躺在床上生病。她硬撑着起来；到了厨房，就知道胡先生已经回家。据张妈说，太太说的，胡先生回家成亲去了。据赵荣说，胡先生的家信是前几天来的。阿土估计说，先生是要领了节礼再回家。

贞姑娘仿佛心上扎了一刀。假如他们讲的是实，胡先生就是一个大混蛋。贞姑娘心上的伤口里，含着一大包血泪。

可是胡先生说家去成亲，安知不就是打算娶她呢？他也得和家里人先谈谈，做点准备再来接她同去。这样一想，她又欣喜得心怦怦跳。

可是外书房都锁上了，床也拆了。太太大概是趁此把先生辞了。胡先生怎样再和她通消息呢？他能想到她连他的名字都不知道吗？他知道她的名字吗？其实他可以假意写信给少爷，开上自己的详细地址；他会有这心眼儿吗？

可是少奶奶的那套衣裤，还有给了她的那双绣花鞋又哪里去了呢？贞姑娘始终没敢问。大黑门怎么又闩好了呢？钥匙哪儿去了呢？听见太太和少奶奶商量，要托人给先生送一点车马费。先生结婚，该送贺礼呀！看来先生是给太太赶走的。——假如先生是赶走的，她贞姑娘就会没事儿？

她像蜗牛似的伸着触角，四向探索。她有时怒，有时喜，有时忧虑，有时希冀，有时怕惧；一颗心只在这种种感情的漩涡里浮沉打转，弄得茶饭无心，梦魂不安，一天天越见黄瘦。

一天清早，她到厨房打热水，一阵头晕恶心，吐了两口酸水，恰给张妈撞见。张妈忙把腌桂花用的制酸梅拿来，掰了一块给贞姑娘含在嘴里，问她觉得怎样。贞姑娘觉得舒服些，闭着眼含笑点头。她歇了一下，提水回上房。

张妈悄悄儿把贞姑娘的情况报告太太。她说："太太恭喜！贞姑娘有喜了！"太太却皱着眉，半晌才郑重吩咐说："张妈，别乱说。"

张妈想是太太顾虑到少奶奶突然听到这个消息不好受。她答应了太太，忙就悄悄告诉沈妈。沈妈说："太太说得是，咱们都别说。"

沈妈立即背了人告诉少奶奶。贞姑娘不规矩的事，她早告诉少奶奶了。少奶奶因为贞姑娘是太太"讨"的人，太太自己没告诉她，她就只作不知。这会儿听沈妈讲了，她呆呆地坐着，眼里滚下泪来。沈妈肚里直为少奶奶叫屈；看她流泪，自己也心酸。她说："不能让！小姐，我倒有个主意。"她把自己的主意向少奶奶讲了。少奶奶咬着手指不响，但是她并不反对。

沈妈得空就找了太太说：张妈告诉她，贞姑娘有喜了。

太太不言语。

沈妈试探着说："不论生下来是男是女，对咱们王家门里，总是好事——可是，少爷还不知道呢，就瞒着他吗？"

太太叹了一口气。沈妈也明白：家丑不可外扬；可是连少爷都瞒着，太太也对不起儿子。

"我说呀，太太，少爷不用瞒，也不用告诉；我有个主意。"

沈妈把她的主意告诉太太。太太听着听着，展开眉头，点了几下头。她十分赞许。

过一天下午，少爷跟少奶奶回她娘家了，太太叫张妈出去买一批南货,又叫阿土到厨房去剥莲子;然后把贞姑娘叫到自己屋里,问她是不是有喜了。

贞姑娘不敢回答。她正在疑惑,怀着鬼胎心魂不定呢。

太太问:“过期多少天了?”

贞姑娘还是低头不语。

沈妈不声不响从外屋进来,拿出一双泥污的布底绣花鞋,一张打着许多红黄色××的字条,上面那两行字,便烧成灰,贞姑娘也认得是自己的笔迹。

贞姑娘画着大花脸发烧那天,胡先生不辞而别。太太带着沈妈到书房去,一眼就看见了那张字条。她们打开大厅前廊西头的门,看见大黑门前倾斜的横闩,彼此会意地看了一眼。这件事,她们两人心照不宣。沈妈奉命把绣花鞋和纸条收藏在太太外屋里,她只偷偷儿告诉了少奶奶。

贞姑娘看了泥污的鞋和那张字条,吓得脸更黄了,簌簌地掉眼泪。

太太说:“你打算怎么样?”

沈妈补充说:“少奶奶听说你有喜,很高兴,只是——少爷跟前,怎么交代?”

怎么交代呢?贞姑娘无言可对。不过她已经横下一条心,如果赶她回娘家,她就上吊——她已经决定上吊比跳井好,至少是干的。

沈妈沉静地催促说:“问你有什么打算。”

贞姑娘哽咽道:“吃点儿毒药把它——把胎——毒死,或者叫我死,都行,我可怎么也不回去!”

太太忙安慰说:“哪能有这种事!”

沈妈也安慰说:“你可以让少奶奶替你生。”

贞姑娘不懂怎么能替。沈妈对她细细解释,怎样叫少奶奶装假肚;又屈指计算着月份说:“目前不相干,冬天衣服宽大些也看不出。让少奶奶把穿不下的大肚皮衣服撩给你穿;你只说舍不得改小。到春天,你跟着张妈下乡去住一程。”

沈妈和太太商量过,这事瞒不过张妈,并且也要用到她;但不必向她露底,只说少爷定要自己的孩子是嫡妻正出,不是庶出,所以不说贞姑娘怀孕。

贞姑娘对沈妈的建议完全同意;她恨透了那个混蛋的胡先生,绝不愿为他生孩子。沈妈就点上香烛,叫贞姑娘对天发誓:她的胎给了少奶奶了,她绝不对少爷说破,绝不对任何别人说破,将来也绝不对孩子本人说破。贞姑娘很感激少奶奶给了她这条出路,一片诚心向天叩了头,发了誓。从此贞姑娘包扎起肚子,少奶奶就怀孕了。少奶奶也真会糊弄少爷,他认真相信。

张妈只是太爱拍马屁,人还是很热心的。她带着贞姑娘住在乡下的时候,代抱不平说:

“贞姑娘,你太老实。少爷也不讲理——我看还是沈妈的主意,她死护着少奶奶。孩子是你生的,或是少奶奶生的,有什么上下?一样是少爷的骨血。”

贞姑娘说:“到底还是做少奶奶的孩子体面。”

张妈说:“你只为着孩子,忘掉了自己。我只怕……”她忽然住口不说。

“你意思是,他们有了孩子,会把我撵走?”

“撵走也不会。太太总要好好儿打发你,给你找个好人家,再陪你一份嫁妆。”

贞姑娘自从对天发了那个誓，觉得肚里的孩子已经不是自己的，只等把孩子交还少奶奶，就可以一身轻。她对王家并不留恋。她也断定那个胡先生不是好人，她恨他，为什么把她的字条打满了肮里肮脏的××扔给王家。

贞姑娘产期将近，张妈带她回王家，给她裹着一床薄被，说是发疟疾。

沈妈看了张妈一眼，悄悄说："还不到秋天呢，发疟疾？"

张妈不买账，辩解说："贞姑娘有这个老毛病，你看她的脸色就知道。去年八月半，不就是犯了这个病？"

沈妈不得不承认，疟疾是很合适的病，不怕传染，也不惹麻烦。贞姑娘发疟疾，少奶奶就很顺利地生下一个大胖儿子。

"顺利"，全靠太太、张妈、沈妈等周密的策划。贞姑娘产前曾作过验查，一切正常。奶妈已选定，随叫随到；她奶着自己的新生孩子等待接替。接生婆是个富有经验的，不认得少奶奶，也不认得贞姑娘。那天黄昏时分，贞姑娘在少奶奶屋里生产，太太、张妈、沈妈都在屋里守着，都称她"少奶奶"。产妇头上蒙着一幅极讲究的花纱，遮去大半个脸，太太等人也留心不让接生婆看清产妇嘴脸。贞姑娘负痛哼哼。接生婆只管说："少奶奶，放开些，要大声叫喊；叫得越响，出得越快。"贞姑娘先还低声哼哼，后来她嘶声叫号，没叫多久，孩子就出来了。接生婆说声"恭喜！"太太也看到了，是个男孩！

王家款待接生婆吃茶点，太太开发了接生钱和赏钱，还让她到少奶奶床前，领取少奶奶亲手给的一个红包。少奶奶头上照样蒙着那幅花纱，这时露出了脸还有气无力地说了话。贞姑娘早由张妈、沈妈裹着被子包着头，挪入她自己屋里去了。这一出偷梁换柱的戏演得很成功。张妈奉太太命好好调理贞姑娘，还给她吃了什么偏方，干掉奶汁，免得奶胀生奶疮。

少爷快活得把他几个月来为儿子起的一大堆名字一一写在红纸上，请太太挑选，太太都嫌不雅，叫他浓墨工楷，写信求老师给娃娃取名。她自己只取了一个小名，叫“望”。因为是望了十年才来的，也是她一切希望的寄托。她当初指望少爷读书成名，虽然少爷才三十岁，她已知无望。现在靠这阿望，王家又有了读书种子。少爷呢，另有他的希望。他要阿望大了上大学，读洋书，还要送他出国留学。少奶奶得了这么个健硕的儿子，也非常得意。三朝戚友来看望，有的说娃娃像外公，有的说像祖母，有的说娃娃皮肤现在又红又皱，将来一定白嫩，像少奶奶。少爷早把阿望一再端详，断定阿望一副耳朵完全像他自己。

少奶奶的娘家和亲戚朋友，陆续不断地给少奶奶送月子。淡的白炖蹄髈，淡的白煮鸡汤，淡的鲜鲫鱼汤……少奶奶在人前总得呷两口；强不过少爷的关切，还得勉强吃点。她产前已有一星期不思饮食，产后吃这些淡而腻的东西，不胜其苦。她怀孕九个月，实在够吃力的。当然都是靠沈妈的艺术，可也难为她始终没露马脚，从“爱吃酸”到“只吃淡”，她的模仿都力求适合身份，谁也没觉察她不合真实。

天下事常出人预料，所谓“人有千算，天有一算”。往往说来万无此理的，却会真有其事。少奶奶装产妇装得太像，竟害“产褥热”去世。她只连发几天高烧，就昏迷不救。

少奶奶初发病，太太只以为她是寒暖不调，当着人捂得太热，背着人把被全掀掉，下床也不披上些。少奶奶平时小有病痛，总请她信任的老西医来家诊视。这九个月里，她硬撑着没请过一次医生,怕给他识破底里。九个月都熬过了,怎肯功亏一篑。所以她说那位老西医不是妇科,不请他。少爷请来一位素不相识的妇科大夫,断定少奶奶是产褥热。少奶奶几乎笑出来,竟把自己的病也看成笑话。太太不信西医,瞧少奶奶迷迷糊糊眼都不睁,热度只顾上升,忙请了熟识的中医来。大夫诊完脉,皱着眉沉吟半晌,脉案上虽然断为产后的病,太太略知医理,认为他用的药不是为产妇的,可是太太仍然怀疑大夫开错了药,或用药太轻。后来沈妈向太太透露:少奶奶从来不喝汤药。她也不公然抗拒,可是有本事变戏法似的把药变掉——经常是倒在毛巾里。所以少奶奶压根儿没有服药。也不知她害了什么病,一下子就送了命。

少奶奶年纪轻轻,才二十八岁,虽说身弱多病,其实并没什么病,只不过是娇些。好端端一个人,怎么一下子就没了。人人震惊,觉得世事无常,都慨叹"空得很"。事后大家纷纷揣测,都要说出个理来。烧饭的陈妈引一句老话说:女人生一个孩子,就是在开着盖儿的棺材边上走一圈。赵荣说:一个人不能太美满,少奶奶福气十全了,所以不能长久。张妈说少奶奶人中稍短,是短寿相。奶妈说,少奶奶太疼小宝宝,不顾自己身体,夜里听见宝宝哭,黑地里就赶到后厢房去,她还不该下床呢。少爷当时睡在太太的套间里,听了奶妈的话,认为少奶奶是撞到了鬼;他坚信家里空房太多,有鬼。

沈妈伤心得糊涂了,直哭少奶奶苦命。她说:"你们只见她笑得甜蜜蜜,谁知她心里肚里。"现在少奶奶人都没了,少奶奶有没有子息,和她沈妈还有什么相干。她在王家的地盘,不妨都让给张妈。她淌着眼泪,在老赵的聋子耳朵里大叫大嚷着口述了一封家信，请老赵代笔，叫女儿来接她回乡。少奶奶的棺材抬出大门没几天，沈妈就回老家了。

少爷像小孩子般号哭了几场，仍睡在太太的套间里，再不肯住自己原先的房，除非偶尔回去拿些东西。他帮着料理少奶奶的后事，心上老惦着阿望，怕奶妈不尽心，又怕太太事忙照顾不到，常抽空到后厢房去侦伺。贞姑娘已经“扶病”起床。她倒是顶关心，自己不吃饭，守着望宝，叫奶妈去吃饭；自己不睡午觉，叫奶妈好好歇午，晚间警醒些；还叫奶妈别睡歪了望宝的脑袋，喂奶小心，别挤塌了望宝的鼻子。

少爷都看在眼里。他告诉了太太，并说：

“贞姑娘倒顶有良心。”

太太说：“姨娘也是娘。”

少爷把贞姑娘叫来，当着太太嘱咐说：“少奶奶就这一点骨血，你好生照看，我们不会亏负你。太太在说呢，‘姨娘也是娘’。”

贞姑娘怀着鬼胎的时候，对肚里的孩子毫无情分。她暗暗希望孩子下地后，太太把她嫁出去。可是孩子出世之后，她刚能下床，就去看了宝宝，觉得他眉清目秀，很像她妈妈，也像她。她一片心都在孩子身上了。这个望宝是她唯一的亲人，她只怕太太要把她嫁出去。是少奶奶替她生了孩子，还是她替少奶奶生了孩子，这笔账她也算不清楚。反正少奶奶生的望宝，是她的骨血，她和王家连上了亲。太太封她做姨娘，她觉得有了靠傍，成了王家的人。贞姑娘从此安心做姨娘了。

一天，太太神色仓皇，问贞姑娘知不知，少爷把少奶奶的田地房产全卖了，她偶尔听见少奶奶娘家人说的。贞姑娘怎会知道呢。少爷那天一早出门,整天没回来。她们俩好像同遭了祸事,晚饭也无心吃,急要等少爷回来问个究竟。左等右等,到八九点钟,少爷才兴冲冲地回家,直嚷肚子饿;他还没吃晚饭,刚从上海回来。

太太等晚饭后才慢慢盘问少爷。他两手一拍,嘻着嘴说:"都送还少奶奶娘家了!"

太太铁青了脸说:"这是少奶奶留给阿望的家当。"

少爷说:"放心!没杀贱!昨天成交。今天我到上海去买下了一所两上两下的小洋房。咱们搬上海去!这里我不住了!"他早已肯定这宅子里有鬼。

太太说:"咱们这许多家具,这许多书,哪里搁?"

少爷头头是道。哪家书铺肯出多少价,哪个家具店收买哪些货。反正有用的留几件,多余的一概出脱,包括全部书和一套丛书的木版。少爷说:"留着喂蛀虫,干什么?"

太太一听书价出乎意外。她默默盘算,少爷的办法确也不错,没想到他倒是相当精明。少爷还说:撑着个空架子花冤钱,不如紧紧凑凑过舒服日子。他们这所房子太大,没买主。后园可卖给东邻,已经议过价。前面房子可分租五六家。卖书的钱可用做押金,他凭这笔押金可在上海弄到一只好饭碗……

"我们家的田租呢?"苏州人的田租是大厅上设柜台,佃户上门交租的。

少爷说:"大厅正好租给咱们家的账房,照常挂牌收租。"

太太愣了一下,再想想,实在拿不定是她儿子精明,还是她自己糊涂。好在房地契都在她手里呢。

贞姑娘给少爷去拿洗换的衣服,少爷跟过来,递给她一包东西。原来是香粉、胭脂、口红,都是名贵的外国货。贞姑娘这回坐月子,虽然没满月就下床,却替少奶奶吃了不少滋补品,已养得皮肤光润,颜色由黄转白。当然脂粉还是她喜爱的,可是她不客气地问少爷:

“我的首饰和钱,少爷也都花了?”

少爷拿出一串钥匙,挑了个最小的,开了少奶奶的小铁箱,拣出一个红绸小包,里面是贞姑娘的全部家当,还附有少奶奶记的一笔细账。然后他把少奶奶的首饰盒打开给贞姑娘看看,他说:“这些留给阿望娶亲用——你好好给他收着吧。后房一箱箱都是她的衣服,你也见过,她理得多整齐……”少爷含着眼泪把一串钥匙交给含着眼泪的贞姑娘。

贞姑娘紧紧握着这串钥匙。短短一年多,她已经眼看自己和旁人的许多希望,许多算计,都像肥皂泡似的吹出来又破灭了。这串钥匙虽是铜的、铁的,安知不也只像肥皂泡一样。可是少爷母子对她母子的这一片心,她只有感激惭愧,不知是她成全了少爷母子,还是少爷母子成全了她母子,因为放定她儿子已是一家之主了。假如儿子不认得妈妈,张妈肯定会悄悄儿告诉他。

一九七九年

事　业

一

她们聚在长走廊的灯底下，等着周默君先生——她们的“默先生”（其实该称周先生，可是从前还有她的母亲“周太先生”呢，做女儿的只称“默先生”）。有些人是来看情势的，因为大家都很关心。

五六十年前，私立求实女中的校舍还很小，没有校园可以散步；因此造成一个特殊传统，叫做“站弄堂”。大教室外面有条长走廊——本地人称为弄堂。正对教室门口挂着一盏昏暗的电灯。每天晚饭后、夜课前，校长、学生，偶尔也有部分住校教师总站在走廊灯下胡说乱道，什么话都说，师长没有架子，学生也没有顾忌。

这晚上“站弄堂”的只是几个初中学生。这伙十三四到十五六岁的姑娘，倒像落草的强盗，都有诨名。

“花生米”华绳以爱吃花生。她说将来死了，棺材里不用石灰，要满满垫上五香花生米，面上撒带壳儿花生——透气些。“花生米”和华绳以谐音，就叫开了。

“晨莺”是陈倚云自己取的。她最佩服红十字会的创始人弗萝伦斯·南丁格尔女士。她知道这个姓的意思是“夜莺”。

她姓陈，就取名晨莺，还杜撰了一个洋名字，叫莫宁格尔（Morningale），自以为和英文的夜莺（Nightingale）对仗很工，特地写在纸上，趁“站弄堂”的时候请教校长而兼任英语教师的默先生。默先生脸上似笑非笑——这就表示她肚里在呵呵大笑。她故意把字条儿在灯下横看竖看，皱着眉头一本正经地说：

“没见过这个字呀。是早起喝的什么啤酒吗？你改名陈酒了？”

大家哄然大笑。陈倚云急得一把抢过纸条来撕了。幸亏“晨莺”比“陈酒”语音更近原名，而且她那么认真地省下零用钱来买纱布药棉，为同学裹伤口、洗冻疮，这份痴心谁也不愿辜负，所以还是叫她“晨莺”，除非故意惹她才叫“陈酒”。

裘亦善是皮球脸，没有下巴颏儿，大家就叫她“皮球”，她可一点儿也不顽皮，非常老实，只是爱笑。越是上课不该笑的时候她偏爱笑，只好死命忍住，把一张嘴紧紧收住，两颊的笑窝逼得又深又圆，肚子里逼不住的笑把她坐的凳子震得噔噔噔噔响。她的笑最坏事，等于告发。老师看见她笑成那副模样，就知道有人在调皮捣乱。

国文老师方先生班上淘气事最多。一次华绳以在他班上“弹古琴”——一支打毛衣的钢针插在金属的缝里，能弹出高低不同的声音。方先生本来没注意，看见裘亦善低着头使劲儿忍笑，就听见了“琴”声，立即转着眼睛满教室寻找。幸亏罪证已及时销毁。方先生目光扫向年岁最小也最爱淘气的陈倚云身上，接着就停在华绳以脸上打转。白白胖胖的华绳以和不白而瘦的陈倚云是朋友。她们在班上并不坐在一起，可是能互相通气，彼此包庇。华绳以是透明人儿。别人犯了规，她就笑得眼睛眯成两弯细缝;自己犯了规,就眼观鼻、鼻观心、正襟危坐。老师一眼就知道她不是“正犯”就是“从犯”。陈倚云比她难捉摸。倚云有个“抹笑法”,经常和绳以一起练习。用手心从额上抹到颔下,凡是手心抹过的部分,笑容得抹净无余。倚云练习得很有功夫,再加她嘴角天生那么斩绝地坚决,她的“抹笑术”可得一百分;华绳以至多只能得七十分。当时倚云听到“古琴”声,也随着老师东看西望,偷眼瞧见华绳以销毁了罪证笑嘻嘻坐着,就睁着惊奇的大眼望着老师。方先生一时上给考倒了,没有追究。

有一次是在默先生班上。默先生教课最严厉,谁都不敢分心。她左耳微聋,上课就耳里插个助听的小管子。陈倚云坐在最前排,故意把个铅笔套塞在左耳里。裘亦善在后面看见了,紧闭着嘴,两个笑窝不断地隐现。默先生眼里什么都逃不过。她口不停讲,跑到倚云身边,把她耳里的笔套拔出来。裘亦善吓得一肚子笑都从半开的嘴里逃跑了。倚云却会撒赖。她大声埋怨说:“我要听得清楚点儿呀!”默先生把自己耳里的管子取出来,和铅笔套并放在手心里说:“瞧瞧! 傻子,我这是两头通的!”满堂紧张之余,都放心大笑。下课后裘亦善挨陈倚云打了两拳,可是亦善怎么也无法控制自己的笑。

刘霭青是“小霭”,她个儿最矮小;她比倚云大两岁,却矮半个头。“小霭”自然而然地成了“小矮”。她很在乎“霭”“矮”之分,叫错了她绝不答应;人家只在她背后叫“小矮”。可是倚云没心没肺,直嚷“小矮! 小矮! 你怎么不理我呀? 小矮!”霭青只好理她。这晚上她是倚云硬拉来的。倚云说:“你是好学生,帮我们说说好话。”可是霭青打定主意不开口。她知道说也没用;她向来不爱多话。

吴澍的绰号“呜呼”是强加于她的。“呜呼法”并不是她提倡的，是倚云的“发明”。吴澍比倚云、绳以等高一班，个儿也最高，年岁也较大。她能演讲，善作文。华绳以和陈倚云常偷了她的课卷来数双圈。倚云恍然说：“明白了！只要‘呜呼’，就有双圈。开头只要说：‘呜呼，人生在世……’或‘呜呼，光阴如箭……’或者到结尾说：‘古人云或孔子曰什么什么……呜呼，斯之谓欤——’”她这个“发明”，引起了作文课上一阵“呜呼潮”。方先生火冒三丈，拍着桌子说：“什么你也‘呜呼’、我也‘呜呼’，‘呜呼’可以当饭吃吗？”他当众把不通的“呜呼”一一列举。可是挨骂的人太多了，她们只厚皮老脸地笑。下了课华绳以悄悄问陈倚云：

“你‘呜呼’了吗？”

“我没有——我不敢。你呢？”

“我也不敢。只有吴澍是‘呜呼大王’。”

她们先是背后称吴澍是“呜呼”，也不知怎么的吴澍真成了“呜呼”，连她本人也承认了。

这时她们虽然在弄堂里，外面的风风雨雨还听得清楚。大家焦虑地等着。

忽一人说：“来了！来了！”

刘霭青猜得不错，默先生准是在厨房里和大师傅商量明天的包子。她是从饭堂那边过来的。

她们等她走近，一哄而上，同声喊：“默先生！”

默先生两手护着耳朵问：“怎么了？”

陈倚云涎皮赖脸说：“默先生！我们要跟你闹！”她末了一字说得特别使劲。

默先生看看手表说："今天没夜课，叫你们闹的？"

华绳以噘嘴说："我们睡不着。"

裘亦善规规矩矩说："我们在等你，默先生。"

"等我来闹？"

倚云软声说："不是——我们大伙儿齐声求求你——"她推吴澍说："'呜呼'，你说呀！你说呀！——'小矮'，你说——"

吴澍怪倚云开错了头，不愿接口。刘霭青最能察言观色。她乖觉地说："默先生有事呢。"

真的，默先生还等着带领春游的老师，要和她商谈些事；还有话嘱咐学生的领队。她还要掏出随身带的记事本子来查查，有没有遗忘什么该办的事。可是她两眼盯住陈倚云，耐心等着。

倚云急了。她说："默先生，一年好容易只有一次春游——"

默先生带些讥讽说："一辈子只有一个春天！"

倚云没听出默先生的语气，急切点头说：

"对呀！可是一阵雨就断送了我们的春游，我们不甘心！"

默先生说："天要下雨，有什么办法！"

倚云大嚷说："有办法！有！！"

华绳以说："只要多给一天假！明天下雨呢，春游别取消，改后天出发。"

吴澍委婉说："明天下雨，也许后天就晴了。"

裘亦善补充解释："明天晴了就不用多给假。"

倚云央求说："一天！只要一天！"

默先生说："对呀，只要一天！明天不晴等后天；后天不晴等大后天！"她不再多说。

倚云看着默先生的脸，觉得她们那套非常充足的理由，一下子全驳倒了，失望得发狠说："我做了校长，才不那么小气！"

默先生说："好，等你做了校长，天天放假。"

倚云把整个嘴都噘起来，表示不满。

默先生说："还不快回宿舍去准备准备，明天得早早起来打铺盖。"

倚云赌气说："我们早就打好了！"她话刚出口，知道说漏了嘴，转身一溜烟往楼上宿舍逃跑。绳以、亦善两个"从犯"不打自招，也跟着就跑。她们听见默先生在说：

"吴澍，别忘了你是小队长。谁打了铺盖得拆开。陈倚云今晚不好好睡，明天不许春游。"

倚云对两人做了个鬼脸。三人悄悄说：

"快！把铺盖藏掉。"

偷偷儿预先打好的铺盖不止一个。早有别人替她们把铺盖塞在床底下了。大家都在检点随身带的衣服，打成小包。有人用白纸剪了一个"扫晴娘"贴在门旮旯儿里。还有人剪了连成一串的七只乌龟，据说也有"扫晴"的功用，不过得点上独生女儿的血才灵验。

华绳以说："'皮球'，你是独生女，快挤点儿血出来，为我们大家牺牲。"

"牺牲"是求实女中的口头禅，因为默先生经常要求大家为什么什么事业做出牺牲。

亦善急得涨红了脸，亟口否认自己是独生女，因为她后母生的弟妹一大堆呢。可是倚云不由分说，一把抱住她大叫："'花生米'！拿个大针来！"

她抱得好紧,亦善挣不脱身,急得直叫。

绳以在抽屉里乱翻,一面说:“只有绣花针,行吗?”

倚云说:“多扎两下,也行。”

亦善叫得好像人家要宰她似的。

忽有人对倚云说:“你也是独生女呀! 你不是只有一个哥哥吗?”

“两个呢。小哥哥死了,剩一个大哥哥。”

“女儿只你一个呀。”

倚云很爽气,立即松了手,认真地问:

“我算独生女吗?”

绳以说:“也许比‘皮球’还‘独’些。”

倚云忙把左手中指挤成紫红,接过绣花针来就要扎血,一面抬头问:“假如我不是独生女,我算不算冒牌骗人呢?”

绳以说:“没骗人,骗乌龟。”

吴澍劈手夺掉倚云手里的针说:“别胡闹,你算什么独生女! 乌龟也不信!”

大家正笑吴澍自比乌龟,忽听得邻室欢呼。

“什么事?”

“听呀!”

“听什么?”

“听雨!”

原来雨停了。她们拥到窗口,伸出手去试探。雨果然停了。

裘亦善满面惊诧地说:“默先生竟是未卜先知。她怎么就知道天会晴? 她准是算定了,才叫厨房里做好咱们路上吃的包子呀。”

霭青说："也许大师傅知道。"

大家正在捉摸，全宿舍的电灯忽然熄灭，因为提早睡觉，明晨提前起床。可是谁都不想睡。分布各房间的朋友，趁熄灯就偷偷儿聚到一处来。照这次春游的规定，每人限带一床被，三人合打一个铺盖。预先打好铺盖的，就得挤在一处睡。所以这晚上全乱了套。各号房间的门也开着，黑地里大家直在说笑。

三号说："咱们默先生是诸葛亮！"

"女诸葛周默君！"

"不对！不是诸葛亮，默先生是万世师表！"说话的好像是吴澍。

六号说："咱们便宜了。我姐姐学校里春游得出好多钱呢。出不起只好不去。"

"咱们的钱哪儿来的？"

"膳余。"

"厨房不亏本？"

"你们可知道——我三妹念书的学校里，教师只和教师一起吃饭，伙食比学生的不知好多少；校长单独吃，顿顿像酒席——学生身上的油水不给捞光了吗？咱们的厨房不会亏本。"

四号传来一阵笑。

二号问："'皮球'，她们说什么呢？"

"'花生米'说，等默先生死了，咱们给她立铜像。"有人代裘亦善回答。

"'晨莺'要'呜呼'做墓志铭。"

"胡闹！立铜像要什么墓志铭！"

陈倚云仿着吴澍的调儿说:“呜呼,周默君先生岂非万世师表哉！鞠躬尽瘁,死而后已……”

“不通！孔夫子不是诸葛亮!”

二号说:“默先生还不鞠躬尽瘁？一天忙到晚,不拿一个钱的薪水——哎,默先生出不出饭钱?”

“当然出!”

“当然不出!”

“她就是个没工钱、白吃饭的?”

“求实女中是周太先生倾家创办的,默先生还不该吃一口白饭？和咱们一桌吃,又没吃好的。”

“你这是公私不分！默先生自己有钱;要不,怎么不拿薪水呢?”

“我说,她为什么不嫁人?”另一人问。

“真的,为什么？她又不丑……”

“她顶庄严……”

“‘庄严’？又不是庙宇!”

“反正咱们默先生该说是很好看的。”

“她不是等那位大博士第三次求婚吗？人家求了两次灰心了,没敢再求……”

“这套胡说早戳穿了。我问真的为什么?”

“太先生不让她嫁,要她办学校……”

“胡说！她自己愿意为事业牺牲！为咱们!”

“‘晨莺’！听见吗？该写在你的墓志铭里。”

倚云大嚷:“那是‘呜呼’的事儿!”

“嘘！嘘!”学生会会长睡在一号房,一号传出话来:“别闹了！睡吧！”

倚云假装正经说：“大家别闹！早睡早起！再闹，天又要下雨了！”

几间房里都传出压低的笑声。雨声虽已停止，大家还没放心。宿舍里渐渐静下来，可是还蠢动着希望和忧虑、欢欣和期待。默先生的反话说对了：一辈子只有一个春天。

二

倚云脱了鞋，抱膝坐在床上，背靠着蚊帐后面的板壁，感叹说：“真是‘呜呼光阴如箭、一转瞬间……’记得那年春游下雨吗？”

绳以靠着床前的书桌说：“那时候咱们还在老校舍里呢。”迁校后的求实女中，无论教室、礼堂、宿舍、校园，都规模宏大，远非昔比了。

裘亦善坐在对床，笑说：“那时候咱们还梳辫子……”

刘霭青说：“‘呜呼’还穿裙子。”

“还梳个‘牛屎头’。”

大家记得吴澍的头发又多、又长、又不服约束，梳的头像一堆牛屎。一次演讲会上她正讲得慷慨激昂，“牛屎”忽塌下一股。绳以和倚云在台下笑得肚子痛，因为不敢出声。吴澍现在已经上了大学，倚云大概和她一般儿高了。如果妇女没兴得剪发，没兴得穿旗袍，她们都该梳“头”并穿上裙子。

她们这时聚在陈倚云和刘霭青的房间里，打算理一理该温习的功课，准备毕业考试。可是她们上星期刚了却一桩大事——全班的大心事，人人肚里都有想说没说的话要在一起吐吐，像冒着气泡的汽水平静不下。连最用功的刘霭青都不能专心。

绳以知道倚云的心情，她笑了一声，接着倚云的话说："咱们都要为默先生立铜像呢。"

裘亦善说："咱们那时候，对默先生简直是崇拜。"

绳以扮个鬼脸，责问道："现在你不崇拜默先生了？只崇拜——"她假咳嗽两声。亦善涨红了脸。

倚云的脚尖在绳以的腿上轻轻踢了一下。人家是"父母之命"，亦善经不起取笑，又该哭了。她看了绳以一眼，眼里含着一句话；别人不理会，绳以却心里明白。倚云不赞成绳以再和她那位表哥通信——其实也不是什么表哥，是表姐的丈夫的朋友。倚云说那人的信愈来愈像情书，看着怪肉麻的，劝绳以别再理他。可是这天上午绳以又得了"表哥"的信，偷偷儿藏过了。倚云只作不见，不过绳以知道她已经看见，这时她眼里的话就是责备。

裘亦善红着脸解释道："崇拜还是崇拜，可是我不服气了——尽叫咱们'牺牲'，什么都是为了她的'求实'。"

绳以只怕自己脸红，忙附和说："我从前很感激她，好像她都是为咱们——"

霭青坐在倚云身边，笑说："可是她总不是为自己呀！她得了什么好处吗？还不都是为了'求实'！"

倚云说："'求实'是她变的！她就是'求实'，'求实'就是她！"

绳以说："'求实'是默先生扩大的自我！"绳以自从交了男

朋友,学问顿长,用的词儿不像倚云那么幼稚。

倚云说:“所以她叫人家为‘求实’牺牲,就是为她牺牲!——我现在懂了!——”她先心虚地笑了一笑,因为自知是偏激之谈:“她不拿薪水是苦肉计,就是叫大家都别拿薪水!‘小矮’,你明儿就得和她一样,一辈子为‘求实’牺牲!”

霭青家境不好,无力升学,默先生已经约定她留校教附小和初中的课,还表示要培养她。霭青虽说不抱幻想,还是抱着几分幻想。她很谨慎,不肯胡说乱道,只打官腔:

“能为‘求实’牺牲也是光荣啊!瞧,咱们‘求实’现在多神气!该说是全城第一流的女中了吧?”

倚云气呼呼地说:“当然第一流!毕业生可直升什么什么大学!曾考取什么什么大学!我明明不要进的大学,她偏要我考!我就给她考不取!”

“默先生拿定你不肯给她考不取!”霭青调皮地笑。

倚云赌气说:“只有‘求实’才是事业!”

绳以取笑道:“‘晨莺’有‘晨莺’的事业!开医院!上午给穷人看病,施诊施药;下午给阔人看病,叫他们出钱!”

倚云不服气说:“也不见得就是笑话!——难道只有‘求实’至上、‘求实’唯一!人家正要准备大考,还要考学校呢。可是不行!‘不要念死书’!得为‘求实’筹款!咱们上学没交学费吗?”——私立学校的学费是相当贵的。

绳以说:“还有杂费呢!——杂费做什么用?”

她们不知道,学费加杂费,可保持学校的收支平衡。

霭青别有见地,微笑着问:“可是,你们说吧,默先生叫咱们为‘求实’筹款了吗?”

大家搜索记忆,默先生从没提出过任何要求。是她们自己觉得该对母校有所贡献,留作纪念。默先生只禁止她们伸手向家里要钱。历届毕业生都送纪念品,而上一届的贡献尤其大。她们演了一场戏,募得好一笔款子,在校园里修筑了纵横两条路。开了这个例,叫后来的班不好办。她们也没忘记吴澍累了一身大汗,还气得大哭一场。

霭青很公平地说:"是'呜呼'自己觉得默先生好像说了她——说她爱出风头吧?其实默先生并没有那么说。"

绳以和倚云不明白是吴澍心眼儿多呢,还是默先生真的怪了她。反正她们班上没人能演戏,而且觉得吴澍演得并不好。所以她们挖空心思,想出开个"恳亲游艺会"。"恳亲会"当然不卖门票,可是走进她们的"游艺场",处处都非钱不行。那一排缀着纸花、飘着彩带的教室,进去都要钱。

她们是模仿别校的游艺会,稍加改头换面。例如一角钱一看的"穿心美人"。她们不愿借"美人"卖钱,招牌上大书"活捉得'穿心国'人一名,一角钱一看"。下面小字说:"加翻译费一角,可交谈三句话。"她们叫班上最瘦的人穿上宽大的衣服,化妆得神头鬼脸,穿心插一根管子——其实是从腋下穿过的,让看客从面前通过管子看到背后。华绳以当翻译。"穿心国"人叽里咕噜几声,绳以瞧问话的人是何身份,回答得或正经或胡闹;"交谈三句"的人个个满意而出。

"哈哈镜"是她们的创造。高中新考进一个善于模仿的学生,她们借她来做"镜子"。屋里架着一个大镜框,那学生站在镜框后面模仿照镜的人。门口招牌上写"哈哈镜!照三照,一角钱;看人照镜,二角钱"。可惜那个学生不会模仿生人,还老爱笑。全亏陈倚云板着脸在旁赞礼似的把来客"照三照"的表情和举动妄加形容,逗得照镜和看照镜的人笑声不断。例如一位中年太太来照镜,倚云就赞:"一照:哈,我说我还年轻呢!二照:可我是这副嬉皮赖脸吗?三照:行!反正哈哈镜里都不丑!"一位老先生来照镜,倚云就赞:"一照:咦?!二照:我原来是个姑娘家!三照:咳!人苦不自知!"许多人挤在门口,听见笑声,就问出来的人"说什么?说什么?"

有一间"非卖品展览室",她们借用了学校历年留成绩的字、画、绣片等。另外又有她们搜集的"业余工艺品",如一串串缠五色丝的小粽子,缠五色丝的铜钱,绣花的香袋,抽丝的桌布,彩线结的樟脑球袋等。一个角落拦着绳子,招牌上大书"西洋镜"。下面小字:"只供本校师生观看"——这也是她们的创造。进去当然又要另加门票。里面只一张桌子,桌上放一个纸盒,盒盖上有个铜元大小的圆孔,糊着一层红玻璃纸。刘霭青管这一摊。她让人隔着玻璃纸观看本校教师的一张张肖像:有漫画、有速写,显然不是一人的手笔。大部分是华绳以的杰作。她上课爱给老师画像,画得很神似。有些画像很拙劣,但多少都有些特殊标识,一望而知画的是谁。虽是"非卖品",每张都标着价,说是"赎价"。标价一般也不过六角、四角,方先生的肖像最多,所以最便宜,只五六个铜板一张。方先生嗤之以鼻,一张也没"赎"。只陈倚云画的默先生有题名:"我们最敬爱的默君先生";下署"晨莺特写"。这幅"特写"像七八岁小孩画的,但标价是"五元"。教师闻风赶来,有的笑,有的恼,都花钱把自己赎出。方先生虽然不"赎",也来看了。他觉得一撮胡子、一副眼镜并不代表自己,所以满不理会。默先生却欣然付高价"赎"出了她的像。小桌四周聚了一大群学生,家属只能好奇地远远观望。据说其中有袭亦善婆家的人。有人认识的说,她们看了亦善的绣片啧啧称好。亦善自幸她没管这一摊;她主管小吃部。

她们全班都出了大力,游艺会竟是意外地成功。霭青已把募得的款子结算清楚。将来建造什么"馆"、"室"、"轩"、"堂",只等方先生题名,由校方自作具体安排。她们都松了一口气。

不错,默先生确实没有命令或要求她们为"求实"募款。可是,她们不为"求实"做出贡献,行吗?

倚云负气说:"我敲了她一笔!"那幅"特写"标价五元,原是闹着玩的,没想到默先生会当真。

绳以笑说:"其实默先生很不必花钱来赎。画得又不丑,又不怪——而且也不像。"

亦善忽然说:"默先生要破产了。"

她们知道默先生靠很小一笔存款的利钱过日子,生活俭朴到极点。

倚云忙伸下她的长腿,穿上鞋。

霭青问:"你干什么?"

倚云站起身,又局促不安地坐下。

绳以忍不住笑了:"瞧'晨莺'这性急鬼!——你这会儿把钱还她去?"

倚云好半晌看着霭青的脸。她很认真地问:

"就说咱们算账的时候,发现写错了:五角写了五元。"

霭青说:"默先生会听你的!"

倚云像泄了气的皮球。她咕哝说:"反正她也愿意。都是为她的'求实'。"

裘亦善愣头愣脑地说:“所以我出了‘求实’的大门,再也不跨进来!”

绳以笑说:“你这个‘所以’,真是方老头儿说的‘糨糊也黏不上’。”

亦善只继续说她的话,“默先生太会利用人了!”

绳以和霭青异口同声说:

“干事业能不利用人?”

“不利用人,成得什么事!”

倚云点头说:“咱们的默先生呀,把自己牺牲得精光精光了……”

霭青说:“‘晨莺’,你说话老那么不通。什么‘精光精光’?”

“我说她弄得谁都不跟她好了。”

亦善说:“她就像个纵容孩子的妈妈。‘求实’好比是她的儿子,她不觉得自己孩子讨厌。”

倚云说:“那种妈妈也不知道自己讨厌。可是默先生不一样。她明知道人家不愿意,也有本事叫人家乖乖地顺着她的意思干去。随你恨她、嫌她,她害死了自己都不计较。”

绳以总结说:“反正只要对‘求实’有利,不管对自己有害!”

亦善愤愤说:“‘求实’最不是东西!”

绳以也学着她说:“所以我出了‘求实’……哼!我也不回来了!”

霭青叹口气:“我呢?”

倚云忙说:“小矮,你放心,我们当然得来看你!”

她们话又说回来,承认自己太自私自利,为“求实”尽了几分力,就满肚子冤屈似的。

正说着话,传来了晚饭的钟声。那口钟也是前届毕业生赠送的纪念品。默先生嫌钟太小;在发达的"求实"中学里,那口钟的声音已显得太单弱了。

她们一同向饭堂走去,互相警戒说:大家得收收心好好用功。可是她们的心早已收束不住;都挣脱了"求实"的羁绊,准备各奔前程。

三

求实女中刚发展到规模齐全,所在的城市被日寇占领了。

默先生并不像倚云所说的"精光精光"。学生和同事之外,她还有朋友。她有事到上海,就住在老朋友王太太家——一宅花园洋房里。这次她要"求实"在孤岛的上海复课,到王家住了二十来天,招了吴澍等几个在上海的校友连日商谈,分头办事。

王太太说:"默君,你们'求实'栽培了一批批贤妻良母,却没有给你栽培一个接班人。"

两人饭后在客堂闲聊。默先生的助听器已改用一个牛角式的铜喇叭,可拆成两截,盛在一只黑布口袋里。这时她把牛角尖塞入耳内,喇叭口朝着对方。

她说:"目前有用的还是吴澍、刘霭青这批人。再老的多半是贤妻良母,再年轻的资历不够——"

"你们有个出洋的陈什么——陈九?——"

"陈倚云——绰号晨莺——我叫她陈酒——她出去了才一年,我上次写信,叫她别忙着回国。"

"吴澍很能干,那老新娘子——刘什么——也不错。"

"刘霭青——她哪里老!矮一点——就叫'小矮'。"默先生想到向来不打扮的霭青现在电烫了头发,穿了高跟鞋,乐得直笑。"我这次要她当会计主任。可是不行,那位丈夫爱惜得不得了,说她身体虚——每天早起诊诊脉,临睡再诊诊,咳嗽一声就忙着开药处方——是个中医,大概除了自己的夫人没别的病人。这是第三个夫人了。"

"哟!别又把三夫人医死了!"

默先生呵呵大笑:"甘草薄荷医不死人。"

"前头有孩子吗?"

"两个女儿都出嫁了,还欠个儿子。——霭青当'求实'附小的主任很得用,不知谁给她做了这个媒,暑假结了婚就到上海来了。"

王太太不客气说:"谁愿意一辈子当'求实'的老师!"

默先生慨叹说:"有丈夫这么宝贝,就算是福气吧。"

"你们那个毕业就结婚、结婚就做寡妇的——教书怕脸红的——"

"哦!裘亦善——'皮球'。她一直在医院里当配药员——抱了个孩子——还在家乡。她倒也罢了。她同班的华绳以最糟糕。多年的朋友,什么表哥介绍的,结了婚水火不相容,闹了几年离婚,生了两个孩子,还在闹。据说他们夫妇没有随校内迁,也到上海来了。我却没敢找她。"

"吴澍嫁得称心吧?"

"她那丈夫比她要小两岁,比她矮,比她白,比她嫩。我只怕——"

正说着，女佣报道有客，正是吴澍。她已是熟客，跟脚就进来。

王太太听了默先生没说完的话，对吴澍添了兴趣，偷眼细看，发现她十分打扮。她历年在上海教会女中教国文，服装看似朴素却非常入时，质料也讲究。头发是自己做的，很自然。脸上不敷粉，两颊润润地晕出暗红色，和唇膏一色而略淡。她招呼了王太太，不及坐下就说："默先生，倚云回来了！"

"她毕业了？"

"她还毕什么业？"

"她没念学位？"

"李大夫休假，带她出去一年，念什么学位？"

"还是没学成医？"默先生把牛角尖往耳朵里更塞进些，把喇叭口朝着刚坐下的吴澍。王太太已抽身走了。

"她早从医预转了生物化学——默先生，你忘了吗？"

"我怎么忘！我说倚云傻。爸爸没了，可以叫大哥负担。她又不肯。李大夫不是那时候就看中她了吗……"

"啊呀，还没成朋友呢，就叫他负担她学医？倚云肯吗！"

"所以我说她傻。现在她那娃娃有她妈妈照管，她出去了不多学几年？非跟着丈夫一步不离！"

"没有一步不离。李大夫香港下船转内地，还回到他那个医院当内科主任去了。倚云前几天刚到上海，小矮去接的。"

默先生忙拔出牛角，好像是要把这句话留在耳里。她顿了一下，问吴澍："她还住在哥哥家吧？"

吴澍点头，又在她耳边嚷："霭青会约了她一起来看你。"

默先生虽又戴上牛角和吴澍谈复校的事，但没谈多久；送走了吴澍,跟脚也出门去。她虽然耳聋,也上了年纪,却十分灵敏,哪儿都去得,像个老上海。她立即找到陈倚云哥哥住的一宅弄堂房子里。

倚云背着门站在窗口,一回脸,默先生吃惊地看见她满眼是泪。她连连睒了几下眼睛,才惊讶说:"默先生!"然后像小孩子那样把两眼使劲一挤,挤净泪水,只睫毛上还有点儿湿。她右手扯过左臂的短袖来擦掉腮边的泪。

默先生记不起什么时候见过倚云哭,也没见过大人这般哭法,又笑又怜,不禁说:

"怎么了,陈酒?"她一面打开她的黑布口袋,戴上牛角式的喇叭。

倚云住在她妈妈和娃娃的房间里。她拉过一只椅子请默先生坐,又忙着倒茶,然后坐在自己的床上。

"我来接妈妈和娃娃,可是她们一个都不肯跟我走。"她脸上已经"雨过天晴"。她说:"小矮约我一起来看你——是她告诉你的吧?"

"我有耳报神,我先来看你了!"

"怎么敢当呢!"

"因为我有事求你。"默先生单刀直入。

"可是我马上就要离开上海的呀!"

默先生鼻子里出气说:"哦!你知道我求你什么事吗?"

倚云不好意思,哑口无言。

"你的娃娃呢?"

"跟我妈妈上公园去了。"

"你准备把她们扔下就走?"

倚云咬着嘴唇。

“我告诉你，你写信向李大夫请半年假……”

“我干吗要向他请假呀！”

“那就更好了——反正你知道了吧？‘求实’要在上海复课——”

倚云不响。

“我只要你帮一点点忙——半年。”

“可是我帮得了什么忙呢？”

“只要你扶一把——”

“我不会扶，默先生，真的，我不会……”

“霭青也斩钉截铁——好！好！——我白为‘求实’干了一辈子——到关键时刻，求校友伸手扶一把也休想！”默先生长叹一声，嘴角微抖，眼角好像有点润润的。

倚云这时才注意到默先生灰白的两鬓和枯瘦的面颊，惶恐说：“默先生，只要是我能做的事——”

“能不能只看你愿不愿呀！”

“我当然愿意，可是我能做什么呢？我又不会管事情。”

默先生立即说：“你放心，反正是你能做的事。你能什么、不能什么，我还不知道！——这就是说定了！”

倚云着急道：“没说定。”

“又反悔了？”

“不是，默先生，我也许能教一门两门课——”

默先生把手一挥说：“不用先开细账。我知道你最爽气。你说愿意，就是愿意了。这话你还收回吗？”

“只半年。”

“半年——你愿意了?”她看着倚云的脸,“好! ——你做什么事,只听我调度,你不用管。”

倚云笑道:“你调度吧! 你说,我能做什么?”

默先生从耳里拔出牛角,收入袋内,一面起身说:“咱们明天再谈,我这会儿还有事呢。”她留下自己的住址,约定时间,匆匆告辞。

倚云如约到王家,预料会碰到吴澍等许多人。可是她只见到王太太。王太太把她带到默先生住的客房里。倚云一看没别人,忙把带给默先生的一包礼物拿出来说:

“默先生,千里鹅毛,我的一点小意思。”

“什么东西?”默先生好像很有兴趣。

“两件羊毛衫。”

默先生笑说:“谢谢你,我心领了。——你该知道吧? 我从来不接受礼物。”

“这不是礼物,是学生的孝敬。”

“你不是常爱说,‘我做了校长就怎么怎么’吗? 你做了校长就接受学生的孝敬,我只能心领。”

“默先生,你就是不领情! 你这是魔鬼式的骄傲!”

默先生把手指在倚云额上点了两下说:“你才是魔鬼式的骄傲!”

倚云知道默先生是说她不要男朋友的资助——虽然男朋友后来成了丈夫。她觉得默先生为了自己认为有价值的事,可以不择手段;可是倚云只着重心意。她气呼呼地鼓着嘴。

默先生看看手表说:“咱们没工夫说废话,一会儿咱们还出去吃饭呢。”她看着倚云睁大的眼睛,一本正经说:“校董请你吃饭。”

“请我？我又不认识校董！我不去!”

“倚云,你不是听我调度吗?”

“可也不能专制呀!”

“你也不能一味孩子气。你听我说——吴澍呢,可以做个教务长;你呢——”

“只要不是‘长’,都行。”

默先生看看手表说:“倚云,我和你约法三章。第一,”她扳下左手大拇指:“我请你做的事是非你不可的。第二,”她不让倚云开口,又扳下第二指头,“也是你胜任愉快的。”

倚云也屈下了两个指头,捏着自己左手的中指说:“第三呢?”

“得听我调度。”

“可得讲理。”

“当然——现在校董会请你做校长。”

倚云急得大嚷:“啊呀！那怎么行！默先生自己不做！我怎么会做!”

“咱们已经约法三章。”

“这可完全不合约法呀！况且吴澍比我大,比我班次高,什么都比我行——”

“吴澍,她很热心。她已经帮我们干了许多事。校舍就是她找的。事情其实也办得差不多了。吴澍有自己的工作;教务长也不用她,有别人。目前就是欠一个校长——你听我说,校董的意思,这个时候,在孤岛上,我不宜自己出面。吴澍呢——资格还差些。”

"这不是气死人的话吗！我只比吴澍多坐了一趟大轮船。她不够格，我就够格了？"

"够不够格，是校董会决定的。"

"默先生别打官腔！谁是校董会呀！"

默先生正色说："董事长就在上海；还有部分校董——我昨天会见了他们——都同意你做校长。你记得最关心咱们'求实'的赵先生？他亲自到教育局立案去了。"默先生故意说得木已成舟，其实她只托了赵先生去办立案手续。"董事长一会儿放车来接咱们。"

"赵先生为什么自己不做呢？"

"又胡说！赵先生肯做'求实'的校长！——你是最合适的，没有别人。我不是说只要你扶一把吗？你不是答应了吗？有什么不会的？我在这儿教你呢！"

倚云低头想想。事情很明白：默先生要找个无名小子充当门面，实际上校长还是默先生自己。可是她全没想到，好比囫囵吞下了一个糯米团子。她还未及消化，汽车已经来接她们了。

饭后，倚云随默先生回到王家，陆续会见了几个"求实"的老同学和教职员。默先生得意地对倚云说："多半是你认识的吧？'求实'的旧人，有不少在上海呢！你瞧着，等你一招生，老学生都会来。"她再次"心领"了倚云的礼物，郑重退还。然后嘱咐倚云明天别出门，在家等着她。

倚云回家把经过告诉妈妈；妈妈很乐意，因为解决了她的难题，不用再考虑走不走。哥嫂下班回来，听说了都一口赞成。倚云气呼呼地说："校董一定想我是个妄人，不自量力，就想当校长。他们谁都不肯当!”可是她家的人只觉得倚云意外得了体统差使。

默先生到了倚云家,坐下就说:“咱们来看看,还有多少事。”她看见倚云也学她用个小记事本,不禁笑了,拿来和自己的对照,连连点头。

“对!教职员的班子——这些还落空。对!预算!将来招生多少、收费多少、薪水多少都是连着的。校长的薪水由校董会议定,教职员的还待教职员会议评定——其实是你校长定的。”默先生已经大致定下。“——看校舍——呣,你可以找吴澍陪你去。订约最好你亲自出马,因为对方也是学校,也是女校长。添置家具可以交给事务主任去办。”

默先生教倚云把该办的事都写在本子上;完一件,注销一件。她把自己的本子给倚云参看,又传授好些秘诀,例如怎样挑选教师,怎样约束教师,怎样教一门拿手课、取得威信等等。然后她交出“求实”的银行存折和钤记印章说:“归你全权处理。我就走了。”

这可是倚云没料到的。她急得说:“啊呀,事情刚刚开始,你怎么能走呢!”

默先生似笑非笑说:“我还不知道你的脾气!我在这里,你什么都不会!我走了,瞧你会不会!”她只叮嘱:“有事,给我来信——平常的事,教职员班子里的人都可以商量——还有,我说呀,刘霭青会答应你做会计主任。”

她当天就离开了上海。

四

吴澍的笑虽然勉强，她的话还是从心里出来的。她歪着脑袋端详着陈倚云对刘霭青说：

“很漂亮的一位年轻校长！”她和霭青同在饭馆为倚云接风。

倚云苦着脸说：“都是你，‘鸣呼’——”

霭青笑说：“得佩服咱们的默先生！她就像盘空的老鹰，看见你这只小鸡，呼一下，扑下来就抓住了。”

倚云叹气说：“我当时软了一软——”

霭青说：“我对你不也是软了一软？”

吴澍问：“会计主任你答应了？”

“我只怕‘晨莺’做了校长比默先生还厉害；她会缠人。”

“大概只有默先生能一硬到底。”

倚云摇头说：“也不见得。默先生是学物理的。她自己说：女学生很少学物理；还顶得意自己的成绩——她怎么改行了呢？还不是对太先生软了一软？”

吴澍笑说：“所以，‘晨莺’，你真是她的好学生；你确也可以学她的样儿，把头发梳成髻儿。”倚云下船后还没理发，她说不剪不烫，要学默先生的打扮，老成些。

霭青笑说：“你把自己打扮成个传道婆婆，也不够老成。”

倚云一本正经说：“我得再画一张默先生的特写，天天对着学——狗耕田吧，反正只半年。”

跑堂的送上菜单，问客人是否全了。

霭青忙说："'花生米'昨天给我通了电话，她今天不能来。"

她们吃着饭谈论起绳以的家庭纠葛。倚云说：

"其实'花生米'横横心，离了也罢。"

吴澍说："你懂个什么呀，事情就这么简单！过半年，看你对默先生横横心吧，你脱得了身我才不信！"

倚云只笑笑，觉得有言在先，"横横心"都不必。

可是半年之后，默先生接到倚云辞职的信就赶到上海，对她说："倚云，你怎么还尽孩子气！在社会上做事，哪有做半年就罢手的！至少也得做一年呀！"

"默先生，你言而无信。"

默先生得意地笑："你回忆回忆！我先是要求你'半年'，可是我答应你只干半年吗？"

倚云终究给默先生制伏。不过她着实和默先生讲定，到暑假，得让她辞职。

倚云防默先生作难，把暑假后、下学期的事都安排就绪，可以顺利交卸。大考前她又向默先生提出辞职。默先生立即赶到上海。

她当着王太太对倚云说："我已经摸出你的规律。最好是英文信：'亲爱的默先生'；其次是白话信：'默先生'；再其次是文言信：'默师'；假如文言而称'默君夫子大人'，那就是来寻事吵架的。"她压根儿不肯戴她的牛角喇叭，只说自己的话："我先问你，是我不信任你吗？同事不合作吗？学生不服你吗？还是有什么事不好办吗？——当然，李大夫是年轻一代的杰出人才，放定是头号名医！你只打算做个名医夫人了！坐在客堂里，应酬应酬各种名流夫人，请请客，吃吃饭，听听音乐，享福！"她随倚云在她耳边大嚷，只似笑非笑地不加理睬。她自己理由充足，却对倚云说：

“你只给我说出一个理由来！”

倚云强迫她戴上铜喇叭，然后说：“我是学生物化学的。”

“我是学物理的。”

“人各有志。我最——”她想说“最不喜欢校长”，却咽住说：“默先生你知道吗？我做了一年校长，没有训话一次。”

默先生呵呵大笑：“这就是你爱说的‘我做了校长怎么怎么……’——也由得你呀！”

“默先生，你明知有人比我做得好，也愿意做，你为什么偏不要呢？”

默先生强不过倚云，承认吴澍可以做代理校长——如果她愿意。倚云探问了吴澍，告诉默先生吴澍愿意。放了暑假，默先生答应召开校董会。这次所谓校董会，连董事长都没请，只有赵、钱、孙三位先生。孙令仪先生是女界泰斗，默先生的老朋友。“求实”的高才生她多半认识。这时她对倚云卖老说：“记得我一次到‘求实’授奖，倚云，你还像只‘长脚鸡’呢。”

默先生忽然问：“吴澍怎么还不来？”

“她等冯益先生的汽车接她和沃尔德先生一起来。”

“什么？”默先生眼睛都瞪圆了，“冯益和沃尔德？他们也来？”

“我听见吴澍问过你，要不要请他们，你说可以。”

“可是我没请他们呀！——坐他们的汽车来？”

当然那两位也是校董，但只是挂名的，默先生从不找他们决策事情。倚云知道“求实”的校董会和别校不同，不过是个门面，实权全在校长手里。

默先生立即和赵、钱、孙三位先生关在一间屋里密谈。然后赵、孙两位先生找倚云谈话。他们表示“局面”严重，要倚云合作。

赵先生说：“现在事情很尴尬。咱们自己人，有话好商量；可是怎么也不能在外国人面前丢脸。倚云，你得顾全默先生。”

倚云莫名其妙。

孙先生说：“倚云，你得听我们的话。你辞职，可以，我们让你辞。辞完了，我们留你，你可不许再开口。”

倚云睁大了眼睛。她对孙先生不敢像对默先生那样想说什么就说什么。

孙先生笑说：“你放心，倚云，过了今天，我保证，默先生一定让你辞。可是——今天，倚云，你得听我们的话。赵先生已经说了，咱们是自己人，当着外人，不能拆默先生的台。知道吗？——你辞——我们留你——你就不响了。”

楼梯上已传来吴澍的笑声和冯先生、沃尔德先生的脚步声和谈话声。

孙先生说：“倚云，你去做主人吧。我们的话——记着。”

赵先生只对她点头，表示叮嘱。

吴澍十二分打扮。她新换了发型，很有点贵妇人气派。脸上薄施脂粉，容光焕发。身上一件米色旗袍，虽然在汽车里的软垫上坐过，并不见一点皱纹。沃尔德先生是洋人，曾是吴澍的老师。洋人洋礼貌，扶着她上楼。

倚云只修炼过“抹笑法”，只会抹去笑容，没本事抹去窘态。她这时的脸，和她被委任校长那天同样尴尬。假如刚才是默先生吩咐她那些话，她准要问个为什么。可是两位校董那么郑重其事地叮嘱，再加时间匆促，不容她多问，也不容违拗。

吴澍微笑着瞧倚云不够老练地主持会议，并提出辞职。然后赵、钱、孙三位校董和默先生都把她夸赞一通，一致挽留。倚云低了头一声不响。冯益和沃尔德先生都是老于世故的；他们也附和了几声，散会后神色自若地送吴澍回家。倚云看着吴澍铁青的脸，衬着俏丽的打扮，不禁想起她演讲那次散塌的"牛屎头"。假如她对吴澍不是深切同情，假如华绳以也在场，她们俩会彼此捏一把，肚里忍笑。可是倚云没心情笑。她自觉丢脸，也代吴澍不平；散会后急要找默先生，默先生已走了。

吴澍的小家庭只夫妻两人。倚云一早去看吴澍，她丈夫已到银行办公，她还穿着睡衣呢。吴澍开门一见倚云，就指着她说：

"倚云！你把我耍着玩吗？"

倚云只觉得她和吴澍一起受了作弄，同有委屈。她气恼中没想到自己多么对不起吴澍。

她忙说："我——我——"怎么说呢？实在无法解释。她不能把默先生背后的决策说出来，而且吴澍知道了只会气上加气。

吴澍眼睛哭得肿肿的，满面气愤："你要他们挽留，要他们称赞，不用拿我来垫脚呀！"

倚云小声说："我向你赔罪——"

吴澍冷笑："我要你赔什么罪！"她并不请倚云坐，说自己生病呢。她重又上床躺着，背过了脸。

倚云站了一会儿，吞声叫"呜呼"，吴澍不理。倚云坐下又等了一会儿，吴澍背着身子一动不动。倚云悄悄起身，悄悄开了门；吴澍还是不理。倚云只好出去；才关上门，就听见吴澍下床跑过来，把弹簧锁使劲键上，分明表示决绝。

倚云慢慢下楼，到王家见了默先生。默先生满面疲倦，不耐烦地说："倚云，你还要和我闹？"她坚不肯戴听筒，只说："你妈妈又不想走。李大夫也舍不得让你一人带着娃娃上路。我实在不明白你为什么要辞职。你这一年的成绩就是不错的。我们都在夸你。可你就是一味任性。倚云，你该让我回去歇歇了；我是你一封信招来的。"

孙令仪先生住得不远。孙先生居然在家。她很勉强地招呼了倚云，直截了当，问她有什么事。

倚云说："默先生不让我辞。"

孙先生说："还为这事吗？"

倚云道歉说："孙先生保证她答应我辞的。"

孙先生呆着脸说："我也弄不清你和默先生的账；我实在无能为力了。对不起，我这会儿还有事，你自己再找她谈谈吧。"

倚云晚上没睡好，早起只胡乱喝了几口粥，这时又饿又累，急要找个地方歇歇，没劲儿赶回家吃饭。她也不愿回家，因为妈妈和哥哥都不赞成她辞职；嫂嫂嘴里不说，心上却以为她和默先生为什么事闹翻了呢。倚云只觉得自己是逆水行舟。谁都认为她没必要辞职。辞是千难万难，做下去是一顺百顺。可是倚云觉得这番是她和默先生斗法。若让默先生做了她的主去，她一辈子都不由自主了。她的心情，也许只有霭青和绳以可以了解。可是霭青已经和丈夫到普陀游玩去。绳以自己苦恼不堪，只怕没心情理会她。

倚云进了一家西菜馆，打个电话给华绳以探探，说饭后想去看她。绳以却意外地问倚云何不到她家吃饭。倚云告诉她自己在什么饭馆，邀绳以吃饭。想不到绳以高高兴兴，答应“就来！”倚云叫了一杯汽水，坐在电扇下慢慢儿喝。喝了几口，忽然心上开窍，自己对自己说：“我傻了吗！我还不够负责？不够守信？默先生临时变卦，倒害我背黑锅！我要走就走，何必等她批准！”她打定主意，气恼渐消，一面喝汽水，一面打着腹稿，准备回家就写信给“默君师座”，声明她马上要离开上海。默先生不愿出面当校长，让她自己再求吴澍去。

绳以跑来，她正捧着杯子出神呢。她起身高兴地说：“‘花生米’想不到你今天肯出来！”

“我自由了！”“花生米”坐下舒了一口气。

“离了？”

“离？那么容易！我上次不是跟你说，我妈妈要来吗？她把两个孩子带走了——孩子我要的！——我也好找事。”原来绳以的丈夫谋得上海一个私立大学的副教授，不肯随校内迁。绳以原是同校历史系的教师，换了新环境，给孩子和家务缠住身，一年来只干些临时的零活儿，例如为广告公司画画美人儿，为时装公司设计个时装——都是她业余的爱好。

“找到了事吗？”

“找到一个——等一会儿讲给你听。”

绳以说不想吃饭，只要吃个冰淇淋。

“我也不想吃饭，可是咱们得好好儿吃顿饭，我有一大堆笑话给你下饭呢。”

她们一起点了菜。绳以比以前瘦多了，可是她一笑两眼还眯成缝；笑话，她也还爱听。

“昨天校董会，我大出丑。今天早上，我到‘呜呼’家去，领了她一顿臭骂；跑到王公馆，给默先生推出来；又找到孙令仪先生府上，挨了她一下耳光。”

绳以笑得两眼成缝：“别胡说！”

“都是真的！差不多是真的。”

她们一面吃饭，倚云把事情一一告诉。

绳以点头说：“默先生是看中了你，要把‘求实’传给你。”

“不对。她因为我不肯做，就硬叫我做；‘呜呼’愿意，就偏不要她。”

“也不对。她因为‘呜呼’没出洋，怕低了‘求实’的名头；而且，她对‘呜呼’也许有点儿偏见。”

“也不对。她因为我是临时的，只怕‘呜呼’是永久的——”

“也不对。她要‘求实’是‘默君记’，不要‘吴澍记’。你是‘默君记’——至少是‘默莺记’。”

“我想，也许是为了那两位校董。默先生不要他们插手‘求实’的事。”

“‘呜呼’不该坐他们的车，好像投靠了他们。”

“咱们该请教‘小矮’，她准有讲究。我可弄不清这些微妙的心思。反正我不干就完了。”她把自己的主意告诉绳以，“我回去再写个信向‘呜呼’道歉：只说我一时窘了，不会说话了。她知道我无能，你说她会相信我吗？”

绳以想了一想，笑眯了眼：“她会相信！”

“我让她想想我在校董眼里多么愚蠢、多么可笑，她准会笑我。她就不生气了。”

“她不会老生你的气。”

“我的事就完了。”

“就走吗?”

“可走可不走。”

绳以不胜羡慕,长叹一声说:“我现在只要有个地方可走。”

“你找的事呢?”

“找是找到一个,没什么好,也没用。我不管什么事,只要有个地方可住——就这点困难。”

倚云忽然灵机一动说:“有啊!”

她为“求实”续订租约的时候,房东不同意事务主任住校,说假如是女先生,可以;男先生不便。

“你做校长吧!默先生知道你脱掉了牵绊,准会找你——我看她不会再找‘呜呼’。”

“她要用到‘呜呼’,还是会找她。”

“默先生有了你就不找‘呜呼’,我可以打赌!”倚云只怪绳以不早把孩子送走。

绳以说:“都像你这么现成吗?我妈妈添了两个外孙不知要添多少麻烦呢!所以我的事一直是瞒着的。我家里人多,不知道也就不关心;知道了呢,爸爸就生气,怪我;妈妈又生气,护我;别人就七嘴八舌。我已经够烦的,你说我受得了吗?可是这次我们到了上海,离家近了,我知道要瞒不住了。”绳以差点滚下泪来。“妈妈那天跑来,我们俩正吵得欢呢——”她含着泪忍不住又要笑,“现在孩子带走了,两个孩子就是我一人的负担了。”

倚云料想绳以不但急要有个地方可住,也急要有个正式的工作。她给“默君师座”的信上,透露了绳以的近况。

默先生果然来信嘱她找绳以问问,是否愿意接替倚云。但是信尾附了一句——是第二天早上写的,说她突然吐血了,要求倚云暂缓离开上海。下面又附一句,说她右手抬不起,梳头都不能。

倚云暗笑,心想:"分明是假的!如果单说吐血,也许还可信——我也不信!"

她回信只答应找绳以接替,然后敷衍说,希望默师保重身体。她取得主动非常得意,立即把默先生的信给绳以看。

五

默先生从来不病,这回却是真病。她在上海动身前只觉烦躁,回家来疲乏不堪,想不到自己会这样全身无力,鼓不起一点劲来;也不思饮食。

她日常的饭食也实在太糟。半碗豆瓣酱炖糠虾不知要吃多少天,蘸点儿咸味下饭罢了。法币跌价,默先生的存款已经不值几个钱了。她有几间房子;自己住了前后两间,多余的出租给人,收几个房钱。钱不值价,她的生活愈来愈清苦。她和房客却相处得和洽。默先生多亏房客家的母女时常照应,走做的女佣也是两家合用。

她那天回了倚云的信,觉得不舒服,没吃晚饭就睡了。醒来右肋刺痛,起床连吐了两口带泡沫的鲜血。她惊讶得瞪着痰盂直发呆。默先生小时候得过肺结核;十八九岁曾发过一次,可是没大口吐血。幸亏她只吐了几口,以后是痰里带上些。她给倚云的回信只好托房客家大嫂代她投邮,也拜托了她去通知裘亦善,嘱亦善在医院里代找个床位。

裘亦善却不在原医院工作了。据她婆婆说,她靠娘家什么人的大面子,改在一个设在风景区的疗养院工作。过了两天,亦善才赶来看默先生,特地雇了船接她到疗养院去。

“我住得起吗?”默先生先要问问清楚,怕付不起账。

亦善笑嘻嘻地说:“默先生,你不是病人。我已经托人和院长讲好,给你安排了职位。”

默先生烦躁得满面潮红,咳了两声,挣出一句:“我病得都要死了!”

亦善忙解释:“不是真的做事,是去看病、养病。那个疗养院——哎,你得看见了才会明白。反正放心! 不要钱!”亦善本来说不清话,着急了更说不清。

默先生恼怒地说:“我生了病要看病住院,又不是不想出钱;我不过先问问,我出得起、出不起。”

“默先生,你出得起。”亦善像哄孩子似的耐心说,“不贵的。”

默先生发了火自觉惭愧,可是她的脾气,向来一是一、二是二,有条有理,最厌恶这种糊涂账。她说:“我是穷人,可是还不用别人替我花钱治病呢!”

亦善涨红了脸说:“默先生别生气,是我讲得不明白。反正,默先生——船钱都由你自己出。”

默先生料想亦善也无力代她垫付医院的账。她平静下来,抱歉自己火气太旺。住院既然不贵,她就随亦善帮她挽上头发,由亦善和房客母女扶着出门,走几步就上船了,据说水路直达。

亦善让默先生靠舒服了,还给她打着一把大洋伞。小船悠

悠荡荡从内城河出去。亦善看到远处一带房子,忍不住说:

“默先生,瞧!柳树后面那一带房子是咱们‘求实’的校舍!”

默先生闭着眼睛。“求实”的校舍,她不用睁眼也历历如见。“求实”是她的创造,是她一生的心血凝成的。但“求实”好像只由砖瓦砌成,毫无情谊地蹲在那里,对创造它的默先生茫无感觉;她病也罢、死也罢,“求实”满不理会。

亦善担心地说:“别给日本人占去才好。”

默先生并不睁开眼睛,只说:“他们要占去,你有什么办法!”

默先生不再说话。她想到自己还得从水上到陆上、到房间里、到床上——不知该有多远,得攒起所有的力气来对付。可是也不过半天,她已安然躺在亦善单独一人住的房间里——亦善腾给她的。不一会儿就有医生、护士为她诊视,还照了X光。

默先生以为亦善捣鬼,让她住了特等病房,担忧这番出院,怎么付账。过了五六天,亦善经不起她一再追问,吐露了实话。默先生真有职务,不是住院的病人。疗养院长是她娘家的至亲,看情面为默先生在配药室挂了一个名;薪水很少,伙食却是哪儿都没那么好的。这所疗养院地点在风景区,收费高昂;不过有人肯花钱,不计较。这里的病房舒服,伙食非常讲究。肥鸡、火腿、鲜鱼、活虾任凭选择。医生、护士、管事人员吃得和病人一样好。病人究竟胃口差些;吃不了的,得有人帮着吃。疗养院的职员一大堆呢,多半是揩面子来的,人浮于事,默先生尽可躺着生病。

默先生躺不住,坐了起来。她拉下脸说:“亦善,我病了,求你帮我找个住院的地方。你怎么卖了我?”

亦善说:“我没用默先生的名字,我把这名字改成君珊——默先生不是行三吗?谁也不知道周君珊是谁——”

“我自己知道啊!我不肯和敌伪合作,倒靠着汉奸,揩油活命了!”

亦善委屈得哭了;她愣头愣脑地说:“我又没做汉奸,我不过是个配药员。一所疗养院没人配药行吗?配错了药是性命交关的。这里真有经验的配药员只有我和另外一两个人——反正默先生把自己的名誉看得比别人的性命还重!”

默先生倒笑起来:“我没说你不该当配药员,只说我不能冒充配药员。”

亦善抹着眼泪说:“我这两天一人顶着两人的事呢——因为另一个有经验的病了。我就算是替你干活吧。默先生你不过是睡在我屋里,给你看病的都是我的同事和朋友,该付的费用照职员的规章付,不就行了?”

默先生沉吟不语。亦善不知默先生在打什么算盘。她一面赌气不肯问,一面心虚不敢问。

第二天默先生忽然找到配药室,说躺着无聊,找点儿事干,要亦善教她配药。亦善不敢违拗。默先生稍经点拨,再加认真小心,很快就能帮着配。她工作半日,休息半日,不多几天就成了亦善的得力助手。她觉得这种事很简单,干一天也不累,渐渐延长了工作时间。

默先生对亦善声明,她不领薪水,帮着干点活儿吃口饭。亦善记起从前同学中间议论默先生是“没工钱、白吃饭的”,不禁暗笑。她一口赞成。可是过了一个月,亦善告诉默先生:她名下那份薪水没处可退;钱天天在跌价,不用退,放几天,那几个钱的薪水就和废纸一样了。

默先生说："反正我不要，随你怎么处置吧。"

亦善又愣头愣脑地说："领了薪水又怎么？默先生有本钱，可以清高；我们靠薪水吃饭的都是贪污！"

默先生向来瞧不大起裘亦善，觉得她思路不清，东牵西扯的。谁知她愣头愣脑的话，两次使她自觉理亏，并感到惭愧。她接受了薪水。亦善代她领来兑成硬币，准备她出院后能贴补一个时期的生活。默先生的工作简单，也不繁重，和同事又很和洽；她一面服药打针，天天牛奶鸡蛋，伙食又好，她的病渐渐地好了。

默先生当然放不下她的求实女中。

陈倚云的妈妈对倚云说："默先生若知道你没离开上海，校长不做，倒做个家庭补习教师，一定大生气。"

倚云说："她早知道了。反正那是我自己的事——她也不会再来找我。"倚云已由绳以接替；绳以已住在校内。

可是学期终了之前，一个星期天，默先生忽又来找倚云；见面就说："陈酒，你还理我不理？"

倚云道歉说："默先生，你上次假如只生一个病，没生两个病——"

默先生学着她的话说："两个病原是一个病呀！吐血、右肋痛、右胳膊抬不起——连着的。你以为是假的吗？"

倚云满心抱愧："我太浑了！我要早知道——"她忙咽住，心想："幸亏没知道！"一面改口说："可是绳以比我强，强多了。"

默先生把手一挥说："我无事不登三宝殿；咱们先谈正经。"

倚云睁大了眼睛。默先生看透她还心有余悸，故意郑重其事地说:“你知道吗?你这校长是教育局立了案的,总不能一年换一个——不是吗?”她瞧着倚云不安的神色,故意顿了一下,才慢条斯理说:“学生的成绩报告单上,将来的毕业文凭上,都得借用你的图章。我是正式来向你借图章的。”

倚云立即拿出自己的图章,交给默先生。

“你倒爽气!”

倚云说:“我就是爽气。”

默先生满面似笑非笑:“我就是不爽气!啊?”接着却很妩媚地说:“不爽气有用,就不爽气;不爽气没用,我也就爽气了!怎么样?咱们讲和了吧?”

默先生总有本事叫人认错抱歉。倚云心虚惭愧地笑,把娃娃的小椅子挪近默先生,挨着坐下,表示“讲和”,一面关切地问默先生的病。

“啊呀,倚云,我这回可享福了!我还以为要死了呢!”她把生病和治病的经过笑着讲了一遍,“我现在还是那个疗养院的配药员呢!亦善一定要我回去复查一遍,才放我正式离院。亦善不是瘦得笑窝儿都拉长了吗?现在又圆了,人也胖了——所以,倚云,我现在觉悟了……”

倚云认真地望着她,两眼里两个大问号。

默先生说:“我从此再也不要求人家为‘求实’牺牲了。‘求实’也算办得不错吧?可是‘求实’待人,不如一个腐败透顶的疗养院!——真是天地之大,无所不包,腐败也有腐败的用处!没那么个腐败的地方收容我,我哪儿养病去!我们这种人都等你陈酒开了医院来救济?你很不必费心,我糊里糊涂,也得了施医施药!”

倚云望着默先生的脸,觉得她那些话好比老虎的尾巴,在扫她——扫她的“大志”。她说:

“默先生,你灰心了?”

默先生把头一昂说:“我从来不灰心!”

她拔出耳里的牛角喇叭,拆成二截,套在一起,慢慢装入她的黑布口袋;一面看着倚云点头,讥诮的神色,分明是说:“瞧你的事业吧!”她拿了倚云的图章,不再听她开口就告辞走了。

一九八〇年

长篇小说

洗澡

新版前言

《洗澡》不是由一个主角贯连全部的小说，而是借一个政治运动作背景，写那个时期形形色色的知识分子。所以是个横断面；既没有史诗性的结构，也没有主角。

本书第一部写新中国不拘一格收罗的人才，人物一一出场。第二部写这些人确实需要“洗澡”。第三部写运动中这群人各自不同的表现。“洗澡”没有得到预期的效果，原因是谁都没有自觉自愿。

假如说，人是有灵性、有良知的动物，那么，人生一世，无非是认识自己，洗练自己，自觉自愿地改造自己，除非甘心与禽兽无异。但是这又谈何容易呢。这部小说里，只有一两人自觉自愿地试图超拔自己。读者出于喜爱，往往把他们看作主角。

人民文学出版社将首印《洗澡》，我趁便添补几句，是为“新版前言”。

杨　绛

二〇〇三年十月十五日

前　　言

这部小说写解放后知识分子第一次经受的思想改造——当时泛称“三反”，又称“脱裤子，割尾巴”。这些知识分子耳朵娇嫩，听不惯“脱裤子”的说法，因此改称“洗澡”，相当于西洋人所谓“洗脑筋”。

写知识分子改造，就得写出他们改造以前的面貌，否则从何改起呢？凭什么要改呢？改了没有呢？

我曾见一部木刻的线装书，内有插图，上面许多衣冠齐楚的人拖着毛茸茸的长尾，杂在人群里。大概肉眼看不见尾巴，所以旁人好像不知不觉。我每想起“脱裤子，割尾巴”运动，就联想到那些插图上好多人拖着的尾巴。假如尾巴只生在知识上或思想上，经过漂洗，该是能够清除的。假如生在人身尾部，那就连着背脊和皮肉呢。洗澡即使用酽酽的碱水，能把尾巴洗掉吗？当众洗澡当然得当众脱衣，尾巴却未必有目共睹。洗掉与否，究竟谁有谁无，都不得而知。

小说里的机构和地名纯属虚构，人物和情节却据实捏塑。我掇拾了惯见的嘴脸、皮毛、爪牙、须发，以至尾巴，但绝不擅用“只此一家，严防顶替”的货色。特此郑重声明。

一九八七年十一月九日

第一部　采葑采菲

第　一　章

解放前夕，余楠上了一个不大不小的当——至少余楠认为他是上了胡小姐的当。他们俩究竟谁亏负了谁，旁人很难说。常言道："清官难断家务事"，何况他们俩中间那段不清不楚的糊涂交情呢。

余楠有一点难言之苦：他的夫人宛英实在太贤惠了，他凭什么也没有理由和她离婚。他实在也不想离。因为他离开了宛英，生活上诸多不便，简直像吃奶的娃娃离开了奶妈。可是世风不古，这个年头儿，还兴得一妻一妾吗！即使兴得，胡小姐又怎肯做妾？即使宛英愿意"大做小"，胡小姐也绝不肯相容啊！胡小姐选中他做丈夫，是要他做个由她独占的丈夫。

胡小姐当然不是什么"小姐"。她从前的丈夫或是离了，或是死了，反正不止一个。她深知"如花美眷，似水流年"，所以要及时找个永久的丈夫，做正式夫人。在她的境地，这并不容易。她已到了"小姐"之称听来不是滋味的年龄。她做夫人，是要以夫人的身份，享有她靠自己的本领和资格所得不到的种种。她的条件并不苛刻，只是很微妙。比如说，她要丈夫对她一片忠诚，依头顺脑，一切听她驾驭。他却不能是草包饭桶，至少，在台面上要摆得出，够得上资格。他又不能是招人钦慕的才子，也不能太年轻，太漂亮，最好是一般女人看不上的。他又得像精明主妇雇用的老妈子，最好身无背累，心无挂牵。胡小姐觉得余楠具备她的各种条件。

胡小姐为当时一位要人（他们称为“老板”）津贴的一个综合性刊物组稿，认识了余楠。余楠留过洋，学贯中西，在一个杂牌大学教课，虽然不是名教授，也还能哄骗学生。他常在报刊尾巴上发表些散文、小品之类，也写写新诗。胡小姐曾请他为“老板”写过两次讲稿。“老板”说余楠稍有才气，旧学底子不深，笔下还通顺。他的特长是快，要什么文章，他摇笔即来。“老板”津贴的刊物后来就由他主编了。他不错失时机，以主编的身份结交了三朋四友，吹吹捧捧，抬高自己的身价。他捧得住饭碗儿，也识得风色，能钻能挤，这几年来有了点儿名气，手里看来也有点儿积蓄；相貌说不上漂亮，还平平正正，人也不脏不臭；个儿不高，正开始发福，还算得“中等身材”。说老实话，这种男人，胡小姐并不中意。不过难为他一片痴心，又那么老实。他有一次“发乎情”而未能“止乎礼仪”，吃了胡小姐一下清脆的耳光。他下跪求饶，说从此只把她当神仙膜拜。好在神仙可有凡心，倒不比贞烈的女人。胡小姐很宽容地任他亲昵，直到他情不自禁，才推开说：“不行，除非咱们正式结婚。”

余楠才四十岁，比胡小姐略长三四年。他结婚早，已有三个孩子。两个儿子已先后考上北平西郊的大学，思想都很进步，除了向家里要钱，和爸爸界限划得很清。女儿十六岁，在上海一个教会女中上学，已经开始社交。宛英是容易打发的。胡小姐和她很亲近，曾多方试探，拿定她只会乖乖地随丈夫摆布，绝不捣乱牵掣，余楠可以心无挂虑地甩脱他的家庭。可是余楠虽然口口声声说要和胡小姐正式结婚,却总拖延着不离婚。胡小姐也只把他捏在手心里,并不催促。反正中选的人已经拿稳了一个,不妨再观望一番。好在余楠有他的特点,不怕给别的女人抢走。

余楠非常精明,从不在女人身上撒漫使钱。胡小姐如果谈起某个馆子有什么可口的名菜,他总说:“叫宛英给你做个尝尝。”宛英得老太太传授一手好烹调,余楠又是个精于品尝的“专家”。他当了刊物的主编,经常在家请客。这比上馆子请客便宜而效益高。他不用掏腰包,可以向“刊物”报销。客人却就此和他有了私交,好像不是“刊物”请客组稿,而是余楠私人请的,并且由他夫人亲手烹调的。胡小姐有时高兴,愿意陪他玩玩,看个电影之类。余楠总涎着脸说:“看戏不如看你。”当然,看戏只能看戏里谈情说爱,远不如依偎着胡小姐诉说衷情。不过,胡小姐偶尔请他看个戏或吃个馆子,他也并不推辞。因为他常为胡小姐修改文章,或代笔写信。胡小姐请他,也只算是应给的报酬。有一次胡小姐请他看戏,散场出来,胡小姐觉得饿了,路过一家高级西菜馆,就要进去吃晚饭。余楠觉得这番该轮到自己做东了,推说多吃了点心,胃里饱闷,吃不下东西。胡小姐说,“我刚听见你肚里咕噜噜地叫呢”,一面说,就昂首直入餐馆。余楠少不得跟进去,只是一口咬定肚里作响是有积滞,吃不进东西。他愿意陪坐,只叫一客西菜,让胡小姐独吃。胡小姐点了店里最拿手的好菜;上菜后,还只顾劝余楠也来一份。余楠坚持“干陪”,只是看着讲究的餐具,急得身上冒汗;闻着菜肴的香味,馋得口中流涎。幸喜账单未及送到他手里,胡小姐抢去自己付了。胡小姐觉得他攥着两拳头一文不花,活是一毛不拔的“铁公鸡”。听说他屡遭女人白眼,想必有缘故。不过,作为一个丈夫呢，这也不失为美德。他好比俭啬的管家婆，绝不挥霍浪费。反正她早就提出条件，结了婚，财政权归她。余楠一口答应。在他，财政权不过是管理权而已，所有权还是他的，连胡小姐本人也是他的。

时势造英雄，也造成了人间的姻缘。“老板”嘴里说：“长江天险，共产党过不了江。夹江对峙是早经历史证实的必然之势。”可是他脚下明白，早采用了“三十六计”里的“上计”。他行前为胡小姐做好安排，给她的未来丈夫弄到联合国教科文组织的一个主任。这当然是酬报胡小姐的，只为她本人不够资格，所以给她的丈夫。余楠得知这个消息，吞下了定心丸，不复费心营求。他曾想跟一个朋友的亲戚到南美经商，可是那个朋友自己要去，照顾不到他。他又曾央求一个香港朋友为他在香港的大学里谋个教席。那个朋友不客气，说他的英语中国调儿太重，他的普通话乡音太浓，语言不通，怎么教书，还是另作打算吧。他东投西奔，没个出路。如今胡小姐可以带他到巴黎去，他这时不离婚，更待何时！

他对胡小姐说，家事早有安排。他认为乘此时机，离婚不必张扬，不用请什么律师，不用报上登什么启事，不用等法院判定多少赡养费等等，他只要和宛英讲妥，一走了之。胡小姐很讲实际，一切能省即省，她只要求出国前行个正式婚礼。余楠说，婚礼可在亲友家的客堂里举行，所谓“沙龙”结婚。胡小姐不反对“沙龙”结婚，不过一定要请名人主婚，然后出国度蜜月；“沙龙”由她找，名人也由她请。她只提出一个最起码的条件——不是索取聘礼。她要余楠置备一只像样的钻戒，一对白金的结婚戒指。余楠说，钻石小巧的不像样，大了又俗气，况且外国人已不兴得佩戴珍贵首饰,真货存在保险库里,佩戴的只是假货。至于白金戒指,余楠认为不好看,像晦暗的银子,还不如十八K的洋金。

胡小姐并不坚持,她只要一点信物。余楠不慌不忙,从抽屉深处取出一对椭圆形的田黄图章。他蘸上印泥,刻出一个阳文、一个阴文的"愿作鸳鸯不羡仙",对胡小姐指点着读了两遍,摇头晃脑说:

"怎么样?"

胡小姐满面堆笑说:"还是古董吧?"

胡小姐见识过晶莹熟糯的田黄。这两块石头不过光润而已。余楠既不是世家子,又不是收藏家,他的"古董",无非人家赠送他和宛英的结婚礼罢了。即使那两块田黄比黄金还珍贵,借花献佛的小小两块石头,也镇不住胡小姐的神仙心性呀!她满口赞赏,郑重交还余楠叫他好好收藏。她敛去笑容说,还有好多事要办,叫余楠等着吧。她忙忙辞出,临走回头一笑说:

"对了,戒指我也有现成的!"

用现在流行的话,他们俩是"谈崩了"。

胡小姐择夫很有讲究,可是她打的是如意算盘。不,她太讲求实际,打的是并不如意的算盘。她只顾要找个别的女人看不中的"保险丈夫",忘了自己究竟是女人。她看到余楠的小气劲儿,不由得心中大怒。她想:"倒便宜!我就值这么两块石头吗?我迁就又迁就,倒成了'大减价'的货色了!"那个洋官的职位是胡小姐手里的一张王牌,难道除了你余楠,就没人配当了!她现成有她爱恋的人,只为人家的夫人是有名的雌老虎,抱定"占着茅房不拉屎"主义,提出口号:"反正不便宜你,我怎么也不离！”胡小姐只好退而求其次，选中了余楠。多承余楠指点了她“一走了之”的离婚法和“沙龙”结婚法。她意中人的夫人尽管不同意，丈夫乘此时机一走出国，夫人虽然厉害，只怕也没法追去。反正同样不是正式的离、正式的结，何必委曲求全，白便宜你余楠呢！她在敛去笑容，叫余楠“等着吧”的时候，带些咬牙切齿的意味。他害自己白等了一两年，这会儿叫他白等几天也不伤天地。她临走回头说的一句话，实在是冷笑的口吻。她只是拿不稳她那位意中人有没有胆量担着风险，和她私奔出国。所以当时还用笑容遮着脸。

余楠哪里知道。他觉得胡小姐和他一样痴心，不然，为什么定要嫁他呢。

他“痴汉等婆娘”似的痴等着她的消息。不过也没等多久。不出十天，他就收到胡小姐的信，说她已按照他的主意，举行了一个“沙龙”婚礼，正式结婚。信到时，他们新夫妇已飞往巴黎度蜜月。行色匆匆，不及面辞，只一瓣心香，祝余楠伉俪白头偕老，不负他“愿作鸳鸯不羡仙”的心意。

第二章

这封信由后门送进厨房，宛英正在厨下安排晚饭。她认得胡小姐的笔迹，而且信封上明写着“南京胡寄”呢。胡小姐到南京去，该是为了她和余楠出国的事吧？宛英当然关心。她把这封信和一卷报刊交给杏娣，叫她送进书房去。她自己照旧和张妈忙着做晚饭的菜。

这餐晚饭余楠简直食而不知其味。他神情失常，呆呆地、机械地进食，话也不说。熏鱼做得太咸些，他也没挑剔。一晚上他只顾翻腾，又唉声叹气。余楠向来睡得死，从没理会到宛英睡得很轻，知道他每次辗转不寐的原因。第二天他默默无言地吃完早饭就出门了。宛英从字纸篓里找出那封撕碎又扭捏成一团的信——信封只撕作两半，信纸撕成了十几片。宛英耐心抚平团皱的碎片，一一拼上，仔细读了两遍。她又找出那一对田黄图章，发现已换了簇新的锦盒。

宛英不禁又记起老太太病中对她说的话："阿楠是'花'的——不过他拳头捏得紧，真要有啥呢，也不会。"西洋人把女人分作"母亲型"和"娼妓型"。"花"就相当于女人的"娼妓型"。不过中国旧式女人对于男人的"花"，比西洋男人对女人的"娼妓型"更为宽容。宛英觉得"知子莫若母"。显然这回又是一场空，证实了老太太所谓"真要有啥呢，也不会"。宛英和余楠是亲上做亲。余楠的母亲和宛英的继母是亲姐妹。宛英和余楠同岁，相差几个月。一个是"楠哥"一个是"英姐"。余老太太只有这个儿子。她看中宛英性情和婉，向妹妹要来做干女儿，准备将来做儿媳妇。宛英小时候经常住在余家，和余老太太一个床上睡，常半懂不懂地说自己是"好妈妈的童养媳妇"。她长大了不肯再这么说，不过她从小就把自己看作余家的人。她和余楠结婚后连生两个儿子，人人称她好福气，她也自以为和楠哥是"天配就的好一对儿"。她初次发现楠哥对年轻女学生的倾倒，初次偷看到他的情书，初次见到他对某些女客人的自吹自卖，谈笑风生，轻飘飘的好像会给自己的谈风刮走，全不像他对家人的惯态，曾气得暗暗流泪。她的胃病就是那个时期得的。她渐渐明白自己无才无貌，配不过这位自命为"仪表堂堂"的才子,料想自己早晚会像她婆婆一样被丈夫遗弃。她听说,她公公是给一个有钱的寡妇骗走的。她不知哪个有钱的女人会骗走余楠,所以经常在侦察等待。假如余楠和她离婚,想必不会像他父亲照顾他母亲那样照顾妻子。

余楠每月给老太太的零用钱还不如一个厨娘的工钱。宛英的月钱只有老太太的一半。宛英曾发愁给丈夫遗弃了怎么办。她想来想去只有一个办法。她可以出去做厨娘,既有工钱,还有油水,不称意可以辞了东家换西家。如果她不爱当厨娘,还可以当细做的娘姨。她在余家不是只相当于"没工钱、白吃饭"的老妈子吗!出去帮人还可以扫扫余楠的面子。不过宛英知道这只是空想,她的娘家和她的子女绝不会答应。

余楠"花"虽"花",始终没有遗弃她。老太太得病卧床,把日用账簿交给宛英说:"这是流水账,你拿去仔细看看,学学。"宛英仔细看了,懂了,也学了。老太太不过是代儿子给自己一份应给的管家费。宛英当然不能坏了老太太的规矩。余楠查账时觉得宛英理家和他妈妈是同一个谱儿。老太太病危,自己觉得不好了,趁神志还清,背着人叫宛英找出她的私蓄说:"这是我的私房,你藏着,防防荒,千万别给阿楠知道。"她又当着儿子的面,把房契和一个银行存折交给宛英,对儿子说:"你的留学费是从你爹爹给我的钱里提出来的,宛英的首饰,也都贴在里面了。这所房子是用你爹爹给我的钱买的。宛英服侍了我这许多年,我没什么给她,这所房子就留给她了。存折上是你孝敬我的钱,花不完的,就存上;没多少,也留给宛英了。""留给宛英"是万无一失地留在余家,因为余楠究竟是否会"有啥",老太太也拿不稳。

老太太去世后，宛英很乖觉地把老太太的银行存折交给余楠说：“房契由我藏着就是了。钱，还是你管。”余楠不客气地把钱收下说：“我替你经管。”其实宛英经常出门上街，对市面很熟，也有她信得过的女友，也有她自己的道路。不过她宁愿及早把存折交给余楠，免得他将来没完没了地算计她那几个钱。

宛英料定余楠这回是要和胡小姐结婚了。据他说，“老板”报酬他一个联合国教科文组织的什么职位。共产党就要来了，他得趁早逃走。尽管他儿子说共产党重视知识分子，叫爸爸别慌，他只说：“我才不上这个当！”不过他说宛英该留在国内照看儿女，他自己呢，非走不可。宛英只劝他带着女儿同走，因为他偏宠女儿，女儿心上也只有爸爸，没有妈妈，从不听妈妈一句话。余楠说，得等他出国以后再设法接女儿，反正家里的生活，他会有安排。宛英明白，余楠的安排都算计在留给宛英的那所房子上。不过，她也不愁，她手里的私房逐渐增长，可以“防防荒”。两个儿子对她比对爸爸好；女儿如不能出国，早晚会出嫁。宛英厌透了厨娘生活，天天熏着油气，熏得面红体胖，看见油腻就反胃，但愿余楠跟着胡小姐快快出洋吧，她只求粗茶淡饭，过个清静日子。

可是老太太的估计究竟不错。胡小姐还是和别人结婚了。宛英的失望简直比余楠还胜几分。这会影响余楠的出国吗？她瞧余楠惶急沮丧的神情，觉得未可乐观。他连日出门，是追寻胡小姐还是去办他自己的事呢？

黄金、美钞、银元日夜猛涨，有关时局的谣言就像春天花丛里的蜜蜂那样闹哄哄的乱。宛英忍耐了几天，干脆问余楠：“楠哥，你都准备好了吗？要走，该走了。听说共产党已经过江了。”

余楠长叹一声，正色说：“走，没那么容易！得先和你离了婚才行。你准备和我离婚吗？”

宛英不便回答。

余楠说：“我不知道出洋是个骗局，骗我和你离婚的。”

宛英说：“你别管我，你自己要紧呀！”

余楠说：“可是我能扔了你吗？”

宛英默然。她料想余楠出国的事是没指望的了，那个洋官的职位是“老板”照顾胡小姐的。

她不说废话，只着急说：“可是你学校的事已经辞了。南美和香港的事也都扔了。”——余楠对宛英只说人家请他，他不愿去；宛英虽然知道真情，也只顺着他说。

余楠满面义愤，把桌子一拍说：

“有些事是不能做交易的！我讨饭也不能扔了你呀！”他觉得自己问心无愧，确实说了真话。

宛英凝视着余楠，暗暗担忧。她虽然认为自己只是家里的老妈子，她究竟还是个主妇，手下还有杏娣和张妈。如果和楠哥一起讨饭，她怎么伺候他呢？

余楠接着说：“共产党来也不怕！咱们趁早把房子卖了，就无产可共。你炒五香花生是拿手，我挎个篮子出去叫卖，小本经营，也不是资本家！再不然，做叫花子讨饭去！”

宛英忽然记起一件事。二三月间，北平有个姓丁的来信邀请余楠到北平工作。余楠当时一心打算出国，把信一扔说：“还没讨饭呢！”宛英因为儿子都在北平，她又厌恶上海，曾捡起那封信反复细看，心上不胜惋惜。这时说起“讨饭”，她记起那封信来。她说：

“你记得北平姓丁的那个人写信请你去吗？你好像没有回信。”她迟疑说：“现在吃‘回头草’，还行吗？——不过，好像过了两三个月了。那时候，北平刚解放不久——那姓丁的是谁呀？”

余楠不耐烦说：“丁宝桂是我母校的前辈同学，他只知道我的大名，根本不认识。况且那封信早已扔了，叫我往哪儿寄信呀？”

宛英是余楠所谓“脑袋里空空的”，所以什么细事都藏得住。她说她记得信封上印就的是“北平国学专修社”几个红字，上面用墨笔划掉，旁边写的是“鹅鹁子胡同文学研究社”。

余楠知道宛英的记性可靠。他想了一想，灵机一动，笑道：“我打个电报问问。”

他草拟了电报稿子，立刻出去发电报。

宛英拼凑上撕毁的草稿。头上一行涂改得看不清了，下面几行是“……信，谅早达。兹定于下月底摒挡行李，举家北上”。他准是冒充早已写了回信。宛英惊讶自己的丈夫竟是个撒谎精。

电报没有退回，但杳无回音。不到月底，上海已经解放。她越等越着急，余楠却越等越放心，把事情一一办理停当。将近下月底，余楠又发一个电报，说三天后乘哪一趟火车动身。

宛英着急说：“他们不请你了呢？”

余楠说：“他们就该来电或来信阻止我们呀。”

宛英坐在火车上还直不放心。可是到了北平，不但丁先生亲自来接，社里还派了两人同来照料，宿舍里也已留下房子。宛英如在梦中，对楠哥增添了钦佩，同时也增添了几分鄙薄。

第　三　章

北平一解放，长年躲在角落里的北平国学专修社面貌大改。原先只是一个冷冷清清的破摊子，设在鹁鸪子胡同“东方晒图厂”大院内东侧一溜平房里。中间的门旁，挂着个“北平国学专修社”的长牌子，半旧不新，白底黑字，字体很秀逸，还是已故社长姚謇的亲笔。这里是办公室和图书室。后边还有空屋，有几间屋里堆放着些旧书，都是姚謇为了照顾随校内迁的同事，重价收购的。姚謇的助手马任之夫妇和三两个专修生住在另几间空屋里。

姚謇是一所名牌大学的中文系教授。北平沦陷前夕，学校内迁，姚謇患有严重的心脏病，没去后方。他辞去教职，当了北平国学专修社的社长。这个社也不知是什么时候建立的，好像姚謇辞职前早已存在。反正大院里整片房屋都是姚家的祖产。姚謇当时居住一宅精致的四合院连带一个小小的花园，这还是他的家产。此外，他家仅存的房产只有这个大院了。有人称姚謇为地道的败家子，偌大一份田地房屋，陆陆续续都卖光了。有人说他是地道的书呆子，家产全落在账房手里，三钱不值两钱地出卖，都由账房中饱私肥了。这个大院里的房子抵押给一个企业家做晒图厂，单留下东侧一带房子做“北平国学专修社”的社址。

社里只寥寥几人：社长姚謇，他的助手马任之和马任之的夫人王正，两三个“专修生”，还有姚謇请来当顾问的两三位老先生，都是沦陷区伪大学里的中文教师，其中一位就是丁宝桂。社的名义是“专修国学”，主要工作是标点并注释古籍；当时注释标点的是《史记》。姚謇不过是挂名的社长，什么也不管。马任之有个“八十老母”在不知哪里的“家乡”，经常回乡探亲。王正是大学中文系毕业生，是个足不出户的病包儿，可是事情全由她管。她负责指点那三两个“专修生”的工作，并派他们到各图书馆去“借书”、“查书”，或“到书店买书”。至于工作的成绩和进度，并无人过问。顾问先生们每月只领些车马费，每天至多来社半天；来了也不过坐在办公室里喝茶聊天。姚謇也常来聊天。

胜利前夕，姚謇心脏病猝发，倒下就没气了。姚太太是女洋学生的老前辈，弹得一手好钢琴。他们夫妇婚姻美满，只是结婚后足足十五年才生得一个宝贝女儿。姚太太怀孕期间血压陡高，女儿是剖腹生的，虽然母女平安，姚太太的血压始终没有下降。姚謇突然去世，姚太太闻讯立即中风瘫痪了，那是一九四五年夏至前夕的事。他们的女儿姚宓生日小，还不足二十岁，在大学二年级上学。正当第二学期将要大考的时候。她由账房把她家住房作抵押，筹了一笔款子，把母亲送入德国医院抢救，同时为父亲办了丧事。

姚太太从医院出来，虽然知觉已经回复，却半身不遂，口眼歪斜，神志也不像原先灵敏了。大家认为留得性命，已是大幸，最好也只是个长病人了。姚太太北平没有什么亲人，有个庶出的妹妹嫁在天津，家境并不宽裕，和姚家很少来往。姚宓的未婚夫大学毕业，正待出国深造。他主张把病人托付给天津的姨妈照管，姚宓和他结了婚一同出国。可是姚宓不但唾弃这个办法，连未婚夫也唾弃了。她自作主张，重价延请了几位有名的中医大夫，牛黄、犀角、珠粉等昂贵药物不惜工本，还请了最有名的针灸师、按摩师内外兼施，同时诊治。也真是皇天不负苦心人，姚太太神志复元，口眼也差不多正常了，而且渐渐能一瘸一拐下地行走。可是她们家的四合院连小小的花园终究卖掉了，账房已经辞走，家里的用人也先后散去。母女搬进专修社后面的一处空屋去居住。姚宓还在原先的大学里，不当大学生而当了图书馆的一名小职员，薪水补贴家用，雇街坊上一位大娘早来晚归照看病人。好在大院东侧有旁门，出入方便。

这时抗日战争已经胜利，马任之却一去无踪。专修生已走了一个。社长去世后并无人代理，专修社若有若无。王正照旧带领着一两个专修生工作，并派遣他们到各处图书馆和书店去"借书"、"查书"或"买书"。丁宝桂等几位老先生还照常来闲坐聊天，不过车马费不是按月送了。

北平解放后，马任之立即出现了。不仅出现，还出头露面，当了社长。不过这个社不仅仅专修国学了，社里人员研究中外古今的文学，有许多是专家和有名的学者。

马任之久闻余楠的大名，并知道他和丁宝桂是先后同学。据丁先生说，这余楠是个神童，没上高中就考取大学，大学毕业就出国留学。马任之对这种天才不大了解，不过听说他没有逃跑，还留在上海。他出于"统战"的原则，不拘一格收罗人才，就托丁宝桂写信邀请。余楠究竟什么时候写了回信，也许王正记得清楚，反正马任之并不追究，丁宝桂自认健忘，还心虚抱歉呢。

那时候社里人才济济。海外归来投奔光明的许彦成和杜丽琳夫妇是英国和美国留学的。在法国居住多年的朱千里是法国文学专家。副社长傅今是俄罗斯文学专家。他的新夫人江滔滔是女作家，著有长篇小说《奔流的心》，不久就要脱稿。还有许多解放区来的文艺干部，还有转业军人，还有大学毕业分配到社里来研究文学的男女毕业生。专修社的人员已经从七八人增至七八十人。

不出半年，专修社的房屋也修葺一新，整片厂房都收来改为研究室和宿舍。马任之夫妇搬出大院，迁入分配给他们的新居。姚太太母女搬到宿舍西尽头的一个独院去住。只有姚謇家藏的书还占着图书室旁边的一大间屋子，因为姚太太母女的新居没地方安放这一屋子书，姚宓只拿走了她有用的一小部分。姚宓已调到文学研究社，专管图书。

“北平国学专修社”的招牌已经卸下，因为全不合用了。社名暂称“文学研究社”，不挂牌，因为还未确定名称。

第　四　章

旧国学专修社的办公室已布置成一间很漂亮的会议室。一九四九年十月中旬，文学研究社就在这间会议室举行了成立大会。

大院里停放着一辆辆小汽车，贵宾陆续到会，最后到了一辆最大最新的车，首长都到了，正待正式开会。

余楠打算早些到场，可是他却是到会最迟的一个。他特地做了一套蓝布制服，穿上了左照右照，总觉得不顺眼。恰好他女儿从外边赶回来，看见了大惊小怪说：

“哟，爸爸，你活像猪八戒变的黄胖和尚了！”

余楠生气地说：“和尚穿制服吗？”

宛英说，她熨的新西装挂在衣架上呢，领带也熨了。

余楠发狠说，这套西装太新，他不想穿西装，尤其不要新熨的。

余楠的女儿单名一个“照”字。她已经进了本市的中学，走读。这时她是出了门忙又赶回来的。她解释说：

“我刚出去，看见‘标准美人’去开会。她穿的是西装。不识货的看着很朴素，藏蓝的裙子，白色长袖的上衣，披一件毛茸茸的灰色短毛衣，那衣料和剪裁可讲究，可漂亮呢！我忙着回来看看爸爸怎么打扮。”她说完没头没脑地急忙走了。

“标准美人”是回国投奔光明的许彦成夫人杜丽琳，据说她原是什么大学的校花，绰号“标准美人”。她是余照目前最倾慕的人。

余楠听了“黄胖和尚”之称很不乐意。经女儿这么一说，越觉得这套制服不合适，他来不及追问许彦成是否穿西装，忙着换了一套半旧的西服，不及选择合适的领带，匆匆系上一条就赶到会场，只见会场已经人满，各占一席，正待坐下。

中间一条长桌是几张长桌拼成的，铺着白桌布，上面放着热水瓶、茶杯茶碟和烟灰缸。沿墙四面排着一大圈椅子，都坐满了人。长桌四面都坐满了。面南的一排显然是贵宾、领导和首长的位子，还有空座。余楠惶急中看见傅今在这一排的尽头向他招手，把自己的位子让给他，自己坐在最尽头的空椅上。余楠不及推让，感激不尽地随着大众坐下。他看见丁宝桂就在近旁，坐在长桌侧面，下首就是许彦成。他还是平常装束，西装的裤子，对襟的短袄，不中不西，随随便便。“标准美人”披着“嘉宝式”的长发坐在长桌的那一侧面，和许彦成遥遥相对。

社长马任之站起来宣布开会。全室肃然。余楠觉得对面沿墙许多人的目光都射着他，浑身不自在，生怕自己坐错了位子。他伸头看看他这一排上还有什么熟人，只见那位法国文学专家朱千里坐在面南席上那一尽头，也穿着西装。他才放下心来——不仅放了心，也打落了长期怀在肚里的一个鬼胎。看来马任之并没有看破他捣鬼，当初很豪爽地欢迎他，并不是敷衍，而确是把他看作头面人物的。他舒了一口气，一面听社长讲话，一面观看四周的同事。

长桌对面多半是中年的文艺干部，都穿制服。他认识办公室主任范凡，中国现代文学理论专家黄土。年轻人都坐在沿墙椅上，不过他对面的那位女同志年纪不轻了，好像从未见过。她身材高大，也穿西装，紧紧地裹着一身灰蓝色的套服。她两指夹着一支香烟，悠然吐着烟雾。烟雾里只见她那张脸像俊俏的河马。俊，因为嘴巴比例上较河马的小，可是嘴形和鼻子眼睛都像河马，尤其眼睛，而这双眼睛又像林黛玉那样“似嗔非嗔”。也许因为她身躯大，旁边那位女同志侧着身子，好像是挤坐在她的怀抱里。余楠认识这一位是女作家江滔滔，傅今的新夫人，余楠的紧邻。她穿一件蓝底绿花的假丝绒旗袍，涂了两颊火黄胭脂。她确是坐在河马夫人的怀抱里，不是挤的。余楠忽然明白了，河马夫人准是他闻名已久的施妮娜，“南下工作”刚回来。她曾和前丈夫同在苏联，认识傅今。听说江滔滔是她的密友，傅今的婚事是她一手促成的。

马任之约略叙说文学研究社怎样从国学专修社脱胎发展，还有许多空白有待填补，许多问题有待解决。余楠一只耳朵听讲，两只眼睛四处溜达。他曾听丁宝桂说，社里最标致的还数姚小姐，尽管这几年来太辛苦，不像从前那样娇滴滴的了。余楠到图书室去过多次，从没有看见标致的小姐，难道姚小姐比“标准美人”还美？他眼光一路扫去。一个女同志眉眼略似他的胡小姐，梳着两橛小辫儿，身体很丰满，只管和旁边一个粉面小生式的人交头接耳，一面遮着脸哧哧地笑，一面用肩膀撞旁边的“小生”。难道她是姚小姐吗？那边还有个穿鹅黄色毛衣的年轻姑娘，白白的圆脸，一双亮汪汪的眼睛，余楠认识她是上海分配来的大学毕业生姜敏。两侧椅上挤坐着好些穿制服的。余楠不敢回过头去。他自信美人逃不过他的眼睛，可是他没有看见标致的小姐。

马任之简短地结束了他的开场白。他很实际地说，俗话“麻雀虽小，五脏俱全”，这个文学研究社还只是蛋里没有孵出来的麻雀呢。有一位贵宾风趣地插话，说文学研究社是个“鸵鸟蛋”，或者可称“凤凰蛋”，凤凰就是大鹏鸟。

一位首长在众人笑声中起立，接着“凤凰蛋”谈了他的期望，随即转入正题，说要团结一切可以团结的人，齐心协力，为新中国的文化做出贡献，为全人类做出贡献。他说：知识分子要发挥自己的一技之长，为人民服务；文武两条战线同样重要，而要促使全国人民同心协力，促使全世界人民同心协力，笔杆子比枪杆子的力量更大。

余楠觉得这倒是自己从未想过的，听了大为兴奋，并觉得老共产党员确像人家说的那样，像陈年老酒，味醇而厚。他忘掉了“最标致的小姐”，正襟危坐，倾听讲话。

丁宝桂却在伤感。这间会议室是他从前常来喝茶聊天的办公室。姚謇突然倒地，就在这间屋里——就在他目前坐着的地方。那时候姚謇才五十五岁。姚太太和他同岁,看来还很年轻很漂亮呢,现在却成了残废,虽然口眼不复歪斜,半边脸究竟呆木了,手不能弹琴,一只脚也瘸了。姚小姐当年是多么娇贵的小姐呀,却没能上完大学,当了一名图书室的职员,好好一门亲事也吹了。马任之那时候不过是姚謇的助手,连个副社长都不是,现在一跃而当了社长!那时候,他和丁宝桂最谈得投机。丁宝桂常常骂共产党煽动学生闹事罢课。另两位老先生谈到政治都有顾忌,只有马任之和他一吹一唱地骂。丁宝桂听说马任之当了社长,方知他原来是个地下党员,不觉骇然,见了马任之又窘又怕,忍不住埋怨说:"任之兄,你太不够朋友了。我说话没遮拦,你也不言语一声,老让我当着和尚骂贼秃。"他说完马上后悔失言,心想糟糕,马任之尽管不拿架子,他究竟是社长了呀,怎么还把他当做姚謇的助手呢!马任之只哈哈大笑说:"共产党不怕骂。你有什么意见,尽管直说,别有顾虑。"他还邀请丁宝桂到文学研究社来当研究员。据丁宝桂了解,研究员相当于大学教授呢,他原先不过是个副教授,哪有不乐意的。马任之对他还是老样儿,有时也和他商量事情(例如聘请余楠的事)。丁宝桂渐渐忘了自己原是反共老手,而多少以元老自居了。他的好饭碗是共产党给的,他当然感激。只是想到去世的姚謇和他的寡妇孤儿,不免凄恻。

他看见姚宓坐在沿墙的后排,和王正在一起。几个年轻人可能都是对她有意思的,也坐在近处。她在做记录,正凝神听讲。忽然她眼睛一亮,好像和谁打了一个无线电,立即低头继续写她的笔记。"呀!"丁宝桂别的事糊涂,对这种事却特别灵敏,"姚小姐不是随便给人打'无线电'的女孩子,她给谁打'无线电’呀?”他四顾寻找。坐在面南一排的余楠一脸严肃,他当然看不见后排的人。他旁边的许彦成呆呆地注视着他的“标准美人”。俊俏的河马夫人已经停止抽烟,和女作家仍挤坐在一处。那个粉面“小生”在打瞌睡。他一路看过去,都是他还不知姓名的中青年,看来并没有出色的人物。谁呢?丁宝桂未及侦察出任何线索,首长的讲话已在热烈的掌声中结束,来宾的自由发言也完了。傅今站起来请大家别动,先让来宾退席。他通知全体人员下星期开会谈谈体会。

文学研究社就此正式成立了。

第　五　章

我国有句老话:“写字是‘出面宝’。”凭你的字写得怎样,人家就断定你是何等人。在新中国,“发言”是“出面宝”。人家听了你的发言,就断定你是何等人。

傅今召集的会未经精心布置,没有分组,只好仍在会议室举行。大家济济一堂,彼此相熟的中青年或政治水平较高的干部就不发言了,专听几位专家先生发表高论。负责政治工作的范凡不肯主持这个会,只坐在一隅,洗耳旁听。

傅今坐在长桌面南的正中做主席。他是个广额高鼻、两耳外招的大高个儿,虽然眼睛小,下巴颏儿也往里缩,他总觉得自己的耳鼻太张扬,个儿也太高,所以常带些伛背,做主席也喜欢坐着。姚宓坐在他对面做记录。她到社较早,记得快,字又写得好,记录照例是她的事。

经过一番冷场,傅今点了余楠的名。余楠显然是早有准备的。他从自己听了首长的讲话如何受到鼓舞谈起，直谈到今后要发挥一技之长，和同志们同心协力，尽量做出贡献。他谈得空洞些，却还全面，而且慷慨激昂，因为他确信自己是爱上了社会主义，好比他确信自己绝不抛弃宛英一样。可惜他乡音太重，许多人听不大懂。那位居住法国多年的朱千里接着谈。他说同意余楠先生的话，接下就谈他几十年寒窗，又谈到他的种种牢骚，海阔天空，不知扯到了哪里去，也不知谈的是什么。许彦成但愿他把时间谈完，自己得以豁免。谁知朱先生忽然咳嗽两声说："扯得远了，就到这里吧。"大家舒了一口气。许彦成生怕傅今点他的名，只顾低着头。他觉得这种发言像小学生答课题。答得对，像余楠那样，他也觉得不好意思。答得不在点儿上，当然更可笑了。首长的话他不是没有仔细听；他还仔细想过，感慨很多。可是从何说起呢？在这个会上谈也不是场合。杜丽琳这次开会还是坐在许彦成对面，瞧他低着头不肯开口，就大大方方地接着谈了几点"粗浅的体会"，内容和余楠的相仿，只是口齿清楚，层次分明，而且简简短短。大家对这位十足的"资产阶级女性"稍稍刮目相看。许彦成看见傅今眼睛盯着他，对他频频点头，知道逃不过了。可是这一套正确的话又让杜丽琳说过一遍了，他怎么再重复呢？

他平日常在图书室翻书，又常和年轻同事们下棋打球，大家觉得他平易近人，和他比较熟；又因为他爱说笑，以为他一定会"发"一个很妙的"言"。谁知他只蚊子哼哼一般，嗡嗡地自己对自己说了一串话。大家带着好意并好奇，齐声嚷："听不见！"他急得抬头向着大家，结结巴巴吐出几句怪话来。他说："人、人、人类从从有历、历、历史以来，只是互相残、残、残杀，怎么能同、同、同心协、协、协力呢！谁都觉得自己的理是唯一的真、真、真理……”他说不下去，就把手心当擦脸的毛巾那样在脸上抹了一把。大家都笑起来。

杜丽琳笑着举手，请主席让她插句话。她替彦成说：“所以关键是要有正确的思想，要用马列主义为指针，统一思想，统一行动。”

余楠不示弱，忙也插话说，他们的重要任务是加紧学习马列主义。

施妮娜为了抽烟方便，带着江滔滔坐在长桌侧面。她这时忍耐不住，把她那双似嗔非嗔的眼睛闭了一闭，用低沉哑涩的声音，语重心长地说：

“首先是把屁股挪过来。”

余楠正坐在她近旁。他瞪着她的这个部分，肥鼓鼓地裹在西装裤子里稳稳地坐着。他竟不敢当众重复她用的名词，只好顿口无言。杜丽琳却不知轻重，笑说：

“我们万里迢迢赶回祖国，我们是整个人都投入了。”她忘了自己是一脑袋的资产阶级思想，浑身散发着资产阶级的气息呢。她的话引起会场上一段语言空白，接着是乱哄哄许多议论。傅今立刻掌握了会场，请许先生继续谈。

许彦成如梦初醒，惊跳一下，口吃都停止了，只傻乎乎地说：“忘了——哦，没有了，完了。”接着又赶忙说，“我同意大家的话。”大家又都笑了。

姚宓认真地想了一想，走笔如飞连写了好多行。许彦成不知她记录了什么，只看着她发怔。

经过这段插曲，会场活跃起来，很多人都围绕着刚才的论点阐发一句两句。丁宝桂坐在角落里，本来打定主意不说话的，这时也参加了“大合唱”。

傅今总结了这个会。他要求各研究人员本着首长讲话的精神，拟订自己的工作计划，并把自己前一段的工作写出小结。

杜丽琳随着散会的群众挤出会议室，站在门口等待许彦成，只见他还没出来，正在翻看姚宓的记录；看完后，他很有意思地一笑，把本子还给姚宓。姚宓背门而立，丽琳看不见她的脸，只看见彦成微笑着和姚宓点点头，才随着人流走向门口。

他们俩同回宿舍。丽琳装作不在意，随口问：“记录上把你的话都记上了吗？”

“都记上了。”

丽琳冷眼看着他说：“你好像很满意。”

彦成认真地说：“难为她，记得好极了。”他想着姚宓的记录，的确很满意，并没注意到丽琳的脸色和她的沉默。

丽琳看看左右没有旁人，才叹口气说：“说笑也该看看什么场合。范凡同志坐在一边听着呢，你就为了逗人笑，装起小丑来了。你什么时候学会了说话结结巴巴的呀？”

彦成委屈说：“我要是逗人笑，早不结巴了。小时候我妈妈打我，我就结巴。后来对老师也结巴。我伯父费了不少心思，我自己也下了好大功夫才纠正过来的。我又不是假装。他们笑我，我也没办法呀。”

丽琳也委屈说：“我拉你一把，帮你接上一句，你却当众给我没脸：‘忘了！没有了！完了！’”

“是完了呀。我开头说同心协力的重要。接下说，要促使全体人民同心协力，首先要彼此了解，相互同情，团结一致，不能为个人或个体的私利忘了全体的福利;因为一有私心,就看不清是非,分不出好歹,造成有史以来人类的互相残害——当然,这话也只是空话,可是,话没有错呀。”

丽琳睁大了一双美目,诧异说:“这套话,我怎么没听见呀?”

“我声音小了些,也谈得有点乱——可是你又不在听,你在看人。”

“我看人?”丽琳不怒而笑了,“倒说我看人!不知谁只顾看人,连话也不会说了。”

他们已到了家门口。两人都住嘴,免得女佣看见了以为他们吵架。

第 六 章

许彦成和杜丽琳结婚五年了。他们同在国外留学,一个在美国,一个却在英国,直到这番回国,才第一次成立家庭。这也许是偶然,也许并非偶然。据说,朋友的友情往往建立在相互误解的基础上。恋爱大概也是如此。

杜丽琳家在天津,是大资本家的小姐。她中学毕业后没考上天津的大学,爱面子,补习一年后再次投考,就撇开天津而考进了上海的一个教会大学。她身材高而俏,面貌秀丽,又善于修饰,长于交际,同学送了她一个“标准美人”的称号。据说追求她的人多于孔门成名弟子七十二。

许彦成家也在天津。他是遗腹子,寡母孤儿由伯父赡养;伯父是在天津开业的西医。彦成的寡母是了不起的人物——至少在她自己心目中是如此。因为她是一位举人老爷的小姐，而她听说，守节的寡妇抵得大半个举人。举人当然了不起，该享特权。她父母在世的时候，她是“最小偏怜女”。父母去世后哥嫂把她嫁了个短寿的姑爷，对得起父母和妹妹吗？他们凡事都让她三分，也是应该呀。至于许家，更不用说了。新郎是“寒金冷水”的命，“伤妻克子”，害得新娘子没做妈妈先成了寡妇，许家人凡事当然更让她七分。唯一不纵容她的是自己的不孝之子彦成，一两岁的娃娃时期就忤逆。妈妈要他吃甜的，他偏要吃咸的。甜藕粉糊喂到嘴里，他还不肯咽下去，“噗噗”地喷了妈妈一脸，气得妈妈一巴掌把他从凳上打得滚落在地，还放声大哭。伯母把他拣了去，他竟忘本不要妈妈，专和伯母好。他上小学的时候，放学回家只往伯母屋里跑。做妈妈的说：儿子是她生的，大房有大房的儿女，不该抢她的儿子。彦成上中学，伯父干脆让他寄宿在校，省些口舌。他妈妈寂寞，不知哪里去买了个小丫头来陪伴并伺候自己。彦成中学毕业，小丫头已十七八岁，长得也还不错。彦成的妈妈想叫儿子收了房，好让丫头死心塌地，更要紧的是趁早给她生下个孙子。彦成干脆不回家。他要到大后方去读大学。他妈妈当然死也不放，她认为大后方就是战场。伯父伯母说好说歹，讲定折中办法，让彦成到上海投考大学。他考进了一个有名的教会大学，和杜丽琳恰在一校，并且同在外文系。

杜丽琳比许彦成大一岁而低一班。她是个很要强的学生，十分用功而成绩只在中上之间，一心倾慕有学问的博士。她又像一般教会中学毕业的女学生，能阅读西洋小说，爱慕西洋小说里的男主人公：身材高，肤色深，面貌俊秀，举止潇洒。许彦成虽然不是博士,他学习成绩出人头地,杜丽琳认为他是博士的料。他虽然衣着不修边幅,在杜丽琳眼里,他很像西洋小说里的主人公。

许彦成有时也注目看看这位“标准美人”,觉得她只是画报上的封面女郎,对她并没有多大兴趣。他中学时期,周末怕回家,宁愿在图书室翻书,因而发掘到中外古典文学的宝藏,只可惜书不多。上了大学,图书馆里可读的书可丰富了,够他仔细阅读和浏览欣赏的。他性情开朗,脾气随和,朋友很多,可是没有亲密的朋友,也不交女朋友。这也许因为他有书可读,而且一心追寻着他认为更有意义的东西。

大学三年有一门必修课。那是一个美国哲学家讲授的伦理学。老师十分严厉,给的分数非常紧,学生都怕他。学期终了的大考,大家看做难关,因为不及格就不能毕业。可是许彦成大考前在图书馆看书,竟把考试忘了。等他记起,赶到考场,考试的时间已过了一半。老师生气,不让他考。彦成笑嘻嘻地说,他正在看一本书,思索一个伦理问题,想到牛角尖里去了。他一面说,一面自己动手从老师手里抽了一份考题,擅自到教桌上取了一份考卷,从容坐下,不停笔地写答题。他的笑容软化了老师的严厉。他交卷也不太晚。老师好奇地当场就看了他的考卷。比他后交卷的人告诉他说:“老头子对你的考卷好像很满意。”果然,那位老师不久就找彦成谈话,说他正在写一本有关中国伦理的书,要彦成做他的助手。约定一年后带他同到美国去。

杜丽琳偶见许彦成注目看她,以为是对她有意。彦成从不追求她,她认为这是彦成的自尊,自知是穷学生,不愿高攀有财有貌的出风头小姐。彦成不追求她,在她心目中就比所有追求她的人高出一头。她明显地当众表示她对彦成的仰慕,同学间因此常常起哄,弄得彦成看见她就躲了,越发使丽琳拿定他是看中自己的。她倒是很大方,见了彦成总笑脸相迎。彦成却显得很窘,甚至红了脸。转眼彦成在大学四年级的第一学期将要结束,过了阳历年就大考;再过一学期,彦成毕业就出国了。丽琳还有机会和他亲近吗?

新年一九四四年是闰年。按西洋风俗,每当闰年,女人可向男人求婚。男方如果不答应,得向求婚的女人赠送一套绸子衣料。杜丽琳拿定许彦成是怕羞而骄傲,虽然对她有意也不敢亲近。她凭自己的身份,不妨屈尊向彦成求婚。

那天飘着小雪,丽琳拿了一把大伞到图书馆去找彦成,说有事和他面谈。她叫彦成打着伞,自己勾着他的胳臂,带他走入校园的幽僻处,一面当笑话般告诉他闰年的规矩,然后就向他倾吐衷情。她满以为彦成会喜出望外,如痴如狂。可是许彦成却以为杜丽琳作弄他,苦着脸说:"我不会买衣料。"

她笑说:"你非买衣料不可吗?"

彦成急得口吃的老毛病几乎复发,结结巴巴说:"你你不是说,得送送送……"

她打断了他,干脆说:"你非拒绝不可吗?"

彦成那时候正给他妈妈逼得焦头烂额。他家那个小丫头已经跟人逃走,他妈妈自觉丢脸,不再提丫头收房的事。可是她自从知道儿子毕业了要出国,就忙着为他四处求亲,定要他先结了婚,生下个孙子再"远游"。她已求得好几份庚帖,连连来信催促儿子回家挑选一个,因为庚帖不兴得留过年,得在除夕以前退还人家。如果彦成再不答理,她决计亲自赶到上海来。许彦成对妈妈还应付不了，怎禁得半路上又杀出一个程咬金来！他苦着脸把自己的苦经倒核桃似的都倒出来。

丽琳却笑了，认为这都是容易解决的事。她问彦成："你就没跟你那些朋友谈谈吗？"

彦成说："这种事怎么跟他们谈呢？"

丽琳觉得彦成把这些话都跟她讲，就是把她看得超过了朋友。她既是求婚者，就直截了当，建议如此这般，解决一切问题。

彦成没想到问题可以这么解决，而丽琳竟是侠骨柔肠，一片赤心为自己排难解忧，说不尽的感激。但是他说：

"我怎么可以利用你来对付我妈妈呢？"

丽琳觉得他老实得可爱。她款款地说：

"别忘了我在向你求婚呀！我愿意这么办，因为我爱你。我对你没有别的要求，只要求你爱我。你爱我吗？"她问的时候不免也脉脉含羞。

他们俩同在一把伞下紧紧挨着。丽琳不复是画报上的封面女郎，而是一个暖烘烘的人。她大衣领上的皮毛，头上大围巾的绒毛，软软地拂着他的脸颊。彦成很诚恳地说：

"你待我这样好，我什么都应该对你老实说。我——我——"

丽琳凉了半截，以为彦成要拒绝她。可是他只说：

"我实在不知道，我从来没有经验。"

丽琳笑他傻，她自己也没有经验呀。在她的诱导下，谈话渐渐转入谈情的正轨。雪仍在飘，两人越谈越亲密。一个是痴心，一个是诚恳；一个是爱慕，一个是感激。丽琳说，她只爱他一个，永远永远只爱他一人，问彦成嫌她不嫌。彦成当然不嫌，可是他

很惶恐,只怕不配受她的爱重,只怕辜负了她。丽琳拉着他的手说:

“答应我,彦成,我只要你永远对我真诚,永远对我说实话。”

彦成一口答应。他们直谈到晚饭时,丽琳送彦成回宿舍。她的求婚算是成功了。

彦成都按丽琳的建议办事。寒假两人同回天津举行婚礼。两家都无异议,彦成的妈妈更是喜出望外。婚礼完毕,新人到北平度蜜月——其实不满一月,然后又同回学校。彦成毕业后出国,丽琳准备迟一年毕业后也出国。

可是丽琳没有毕业,因为她生了孩子,旷课太多了。她父亲年老多病,已把企业交付给两个儿子。丽琳的大哥在天津经营,二哥到了美国。二哥已为妹妹办好入大学的手续。丽琳母亲早亡,庶母没有孩子,很巴结丽琳兄妹。丽琳把孩子托给庶母,自己就到美国就学。彦成的妈妈因为丽琳生的只是个孙女,急要儿媳妇和儿子团聚,多生几个孙子,所以一力赞成。

彦成却已离开美国,到了英国。那位哲学家的书已经写完。有个英国汉学家要彦成和他合译《抱朴子》,为彦成弄到一笔伦敦大学的奖学金。彦成可以进修,还能省些余款寄家。彦成夫妇分居两地,只在假期同出旅行,延长了他们断断续续的蜜月。

一年来,一年去,丽琳已经得了一个普通的文学学士学位和一个教育硕士学位。她二哥在美国经营商业很成功,已把妻子儿女都接到美国。彦成如果愿意到美国去,二哥可帮他找到合适的工作。从前带他出国的美国哲学家已当上一个州立大学的校长,也召他去教书。丽琳只为等待彦成得一个响当当的博士,没有强他到美国和自己团聚。谁知彦成把学位看作等闲，一心只顾钻研他喜爱的学科。

祖国解放，丽琳的大哥大嫂和庶母等都已逃往香港。丽琳的父亲已于解放前夕去世。丽琳的女儿小丽早由许老太太接去。丽琳准备留在美国，设法把小丽接出来。彦成却执意要回国。他向来脾气随和，丽琳以为他都会依顺她，不料他却无情无义地说："你自己考虑吧。如果你不愿意回去，我绝不勉强。"他自己是打定主意要回国的，尽管回去后工作还没有着落。

丽琳跟他一同回国了，倒也并不后悔。丽琳在国内大学里有个要好的女同学，曾和傅今交过朋友，虽然没成眷属，傅今对那位女友还未能忘怀。他认识丽琳，偶尔在朋友家相逢，便把他们夫妇延请到文学研究社，并为他们留下了最好的房子。丽琳的姑妈从天津为侄女运来了她家早为她置备的整套卧房、书房、客堂的家具。丽琳布置了一个非常漂亮的新家。

第 七 章

杜丽琳认为彦成算得是一个模范丈夫。他忠心——从不拈花惹草；他尊重她，也体贴她，一般总依顺着她。例如他爱听音乐，丽琳爱看电影，他总放弃了自己的爱好，陪丽琳看电影。不过他们俩不免有点儿生疏。彦成对她界限分明，从不肯花她的钱；有时也很固执，把她的话只当耳边风。放着好好的机会可得博士，他却满不理会。祖国解放了，他也不看"风色"，饭碗还没个着落，就高兴得一个劲儿要回国。丽琳觉得夫妻不宜长期分居，常责怪自己轻易让他独去英国。现在他们有了自己的家，可以亲密无间了。

丽琳从小没有母亲，父亲对女儿不甚关心，家里有庶母，有当家的大哥大嫂，有不当家的二哥二嫂，加上大大小小的侄儿侄女，还有个离了婚又回娘家的姐姐。她在这个并不和谐的家庭里长大，很会“做人”，在学校里朋友也多，可是她欠缺一个贴心人。她一心追求的是个贴心的丈夫。她自幸及时抓住了彦成。可是她有时不免怀疑，她是否抓住了他。

他们布置新家，彦成听她使唤着收拾整理，十分卖力。可是他只把这个家看作丽琳的家。他要求丽琳给他一间“狗窝”——他个人的窝。他从社里借来些旧家具和一个铺板，自己用锯子刨子制成一张木板小床，床底下是带格子的架子，藏他最心爱的音乐片。丽琳原想把这间厢房留给四年不见的女儿小丽。她忙着要接她回家团聚。自从许老太太硬把这孩子从杜家接走，三年来没见过这孩子的相片儿。彦成对这个从未见面的孩子却毫无兴趣。他回国后一人去看了一趟伯父母和老太太，却不让丽琳去。理由是他对老太太撒了谎，说丽琳不在天津。为什么撒谎他也不说，只承认自己撒了谎。问他小丽怎样，他一句也答不上，因为小丽不肯叫他，也不理他；他觉得孩子长得像她奶奶，脾气都像。丽琳直在盘算，如有必要，得把老太太一起接来。彦成只叫她“慢慢再说”。

以前他和丽琳只是一起游玩，断断续续地度蜜月。现在一起生活了，丽琳感到他们之间好像夹着个硬硬的核；彦成的心是包在核里的仁，她摸不着，贴不住。以前，也许因为是蜜月吧，彦成从没使她“吃醋”。现在呢——也许是她多心，可是她心上总不舒服。

彦成天天跑图书室，有时带几个年轻同事来家，不坐客厅却挤在他那“狗窝”里，还放唱片。丽琳嫌他们闹，彦成就不回家而和他们在外边打球下棋。没有外客，他好像就没有说话的人了。

他从图书室回来，先是向丽琳惊讶“那管书的人”找书神速。后来又钦佩“那管书的人”好像什么书都看过。后来又惋惜“那管书的人”只不过中学毕业，家境不好，没读完大学。他惊诧地说：“可是她不但英文好，还懂法文。图书室里的借书规则，都是她写的，工楷的毛笔字，非常秀丽。”有一天，彦成发现了大事似的告诉丽琳：“那管书的人你知道是谁？她就是姚小姐！”

丽琳也听说过姚小姐，不禁好奇地问：

“怎么样儿的一个人？美吧？”

“美？”彦成想了半天，“她天天穿一套灰布制服，像个三十岁的人——不是人老，是样子老；看着也蛮顺眼的，不过我没细看。”

丽琳相信彦成说的是真话，可是她为了要看看姚小姐，乘彦成要到图书室去还一本到期的书，就跟着同去。这是她第一次到图书室。姚宓和她的助手郁好文同管图书出纳，姚宓抽空还在编目。丽琳看见两个穿灰布制服的，胖的一个大约是郁好文，她正在给人找书，看见又有人来，就叫了一声“姚宓”。另一个苗条的就站起来，到柜台边接过许彦成归还的书，为他办还书手续。丽琳偷眼看这姚宓。她长得三停匀称，五官端正，只是穿了这种灰色而没有式样的衣服，的确看老。姚宓见了丽琳，就一本正经地发给她一个小本子请她填写。她说：“这是借书证，您还没领吧？”她说完就回到后面去编目了，对他们夫妇好像毫无兴趣，只是例行公事。

丽琳放了心，回家路上说：“干吗穿那么难看的衣服呀！其实人还长得顶不错的。”她随就把姚宓撇开了。

研究社的成立大会上，丽琳看见彦成眼睛直看着她背后，又和不知谁打招呼似的眼睛里一亮，一笑。她当时没好意思回头，回家问彦成跟谁打招呼。彦成老实说，没跟谁打招呼。

“我看见你对谁笑笑。”

“我没笑呀。”彦成很认真地说。

“我看见你眼睛里笑一笑。”

彦成死心眼儿地说：“眼睛里怎么笑呀？得脸上笑了眼睛才笑呢。不信，你给我笑一个。”

丽琳相信彦成不是撒谎。彦成从不对她撒谎，只对他妈妈撒谎，撒了谎总向丽琳招认自己撒谎。可是，这回彦成看完姚宓的记录，眼睛里对她一笑，和研究社成立会那天的表情正是一样。

吃饭的时候，她试探着说：

“姚小姐真耐看；图书室那个旮旯儿里光线暗，看不清。”

彦成很有兴趣地问：“怎么耐看？”

“问你呀！你不是直在看她吗？”

彦成惶恐道：“是吗？”他想了一想说：“我大概是看了，因为——因为我觉得好像从来没看见过她。”

“你过不了三天两天就上图书室，还没看够？”

“我只能分清一个是郁好文，一个是姚宓。我总好像没看清过她似的。”

“没看清她那么美！看了还想看看。”丽琳酸溜溜地说。

“美吗？我没想过。”彦成讲的是老实话。可是他仔细一想，觉得丽琳说得不错。姚宓的脸色不惹眼，可是相貌的确耐看，看了想再看看。她身材比丽琳的小一圈而柔软；眼神很静，像清湛的潭水；眉毛清秀，额角的软发像小儿的胎发；嘴角和下颏很美很甜。她皮肤是浅米色，非常细腻。他惭愧地说：

“丽琳，下次你发现我看人，你提醒我。多不好意思呀。我成了小孩子了。”

丽琳心上虽然还是不大舒服，却原谅了彦成。

饭后她说：“彦成，你的工作计划拟好了吗？借我看看好不好？”

彦成说，拟好了没写下来，可是计划得各定各的，不能照抄。他建议和丽琳同到图书室去找些资料，先看看书再说。

图书室里不少人出出进进，丽琳想他们大概都是为了拟订工作计划而去查找资料的。他们跑到借书的柜台前，看见施妮娜也在那儿站着。江滔滔在卡片柜前开着抽屉乱翻。施妮娜把手里的卡片敲着柜台，大声咕哝说：

“规则规则！究竟是图书为研究服务，还是研究为图书服务呀？”

郁好文不理。她刚拿了另一人填好的书卡，转身到书架前去找书。姚宓坐在靠后一点的桌上打字编目。她过来接了许彦成归还的一叠书，找出原书的卡片一一插在书后。

施妮娜发话道：“哎，我可等了好半天了！”

姚宓问：“书号填上了吗？”

妮娜生气说：“找不到书号，怎么填？”

姚宓说："没有书号，就是没有书。"

"怎么会没有呢！我自己来找，又不让！"妮娜理直气壮。

姚宓接过她没填书号的卡片，念道：

"《红与黑》，巴尔扎克著。"她对许彦成一闪眼相看了一下。彦成想笑。

姚宓说："《红与黑》有，不过作者不是巴尔扎克，行不行？"

妮娜使劲说："就是要巴尔扎克！"

姚宓说："巴尔扎克的《红与黑》，没有。"

妮娜说："你怎么知道没有呢？这边书架上没有，那个书库里该有啊！"

"那个书库"就指姚謇的藏书室。

姚宓说："那是私人藏书室。"

"既然借公家的房子藏书，为什么不向群众开放呢？"

姚宓的眼睛亮了一亮，好像雷雨之夕，雷声未响，电光先照透了乌云。可是她只静静地说：

"那间房，还没有捐献给公家，因为藏着许多书呢。里面有孤本，有善本，都没有编目，有的还没有登记。外文书都是原文的，没有中文译本，也都没有登记，所以不能外借，也不开放。"

她在彦成的借书证上注销了他归还的书，坐下继续编目。

彦成看施妮娜干瞪着眼无话可答，就打圆场说："妮娜同志，你要什么书，我帮你找书号。"

妮娜气呼呼地对遥望着她的江滔滔一挥手说："走！"

她对彦成夫妇强笑说："算了！不借了！"她等着江滔滔过来，并肩一同走出图书室。

彦成夫妇借了书一起回家的时候，丽琳说：

"她真厉害！"

彦成并没有理会丽琳的"她"指谁，愤然说："那草包！不知仗着谁的势这么欺人！管图书的就该伺候她研究吗？"

"我说那姚小姐够厉害啊，两眼一亮，满面威光。"

彦成接口说："那草包就像鼻涕虫着了盐一样！真笑话！巴尔扎克的《红与黑》！不知是哪一本文学史上的！跟着从前的丈夫到苏联去待了两年，成了文学专家了！幸亏不和她在一组！谁跟她一起工作才倒霉！"

姚宓和彦成相看的一眼没逃过丽琳的观察，她说：

"让姚小姐抓住了她的错儿吧？"

"留她面子，暗示着告诉她了，还逞凶！"

丽琳想不到彦成这么热诚地护着姚宓。她自己也只知道《红与黑》的书名，却记不起作者的名字。她除了功课，读书不多，而她是一位教育硕士。

她换个角度说："这位姚小姐真严肃，我没看见她笑过。"

"她只是不像姜敏那样乱笑。"

丽琳诧异说："怎么样儿乱笑呀？"

"姜敏那样就是乱笑。"彦成的回答很不科学。

丽琳问："我呢？"

"你是社交的笑，全合标准。"

丽琳觉得不够恭维。她索性问到底："姚小姐呢？"

彦成漫不经心地说："快活了笑，或者有可笑的就笑。"

"她对你笑吗？"

彦成说:“对我笑干吗?——反正我看见她笑过。我看见她的牙齿像你的一样。”

这句话可刺了丽琳的心。她有一口像真牙一样的好假牙,她忘不了彦成初次发现她假牙的神情。

她觉得彦成是着迷了,不知是否应该及早点破他。

第 八 章

姚宓每天末了一个下班。她键上一个个窗户,锁上门,由大院东侧的小门骑车回家。从大院的东头到她家住的西小院并不远。这几天图书室事忙,姚宓回家稍晚。初冬天气,太阳下得早。沈妈已等得急了,因为她得吃完晚饭,封上火,才回自己家。

姚宓一回家就减掉了十岁年纪。她和姚太太对坐吃饭的时候,鬼头鬼脑地笑着说:

“妈妈,你料事如神,姜敏的妈真是个姨太太呀,而且是赶出门的姨太太。妈妈,你怎么探出来的?”

姚太太说:“你怎么知道的?”

“我也会做福尔摩斯呀!——姜敏的亲妈嫁了一个‘毛毛匠’——上海人叫‘毛毛匠’,就是洋裁缝。她不跟亲妈,她跟着大太太过。家里还有个二太太,也是太太。她父亲前两年刚死,都七十五岁了!妈妈,你信不信?”

姚太太说:“她告诉你的吗?”

“哪里!她说得自己像是大太太的亲生女儿,其实是伺候大太太眼色的小丫头。”

姚太太看着女儿的脸说:“华生!你这是从陈善保那儿探

来的吧？”

“妈妈怎么又知道了？”

可是姚太太好像有什么心事，她说：“阿宓，咱们今天没工夫玩福尔摩斯，我有要紧事告诉你呢。”

姚太太要等沈妈走了和女儿细谈，不料沈妈还没走，罗厚跑来了。

罗厚和姚宓在大学同班，和姚家还有点儿远亲。姚家败落后，很多事都靠他帮忙。解放前夕，他父亲继母和弟妹等逃往台湾，他从小在舅家长大，不肯跟去。舅舅舅妈没有孩子，他等于是舅家的孩子了。舅舅是民主人士，颇有地位，住一宅很宽畅的房子。可是舅舅舅妈经常吵架，他又是两口子争夺的对象，所以宁愿住在研究社的宿舍里。他粗中有细，从不吹他的舅舅。同事们只知道他父母逃亡，亲戚家寄居不便，并不知道他舅家的情况。罗厚没事也不常到姚家去。这时他规规矩矩先叫声伯母，问伯母好，接下就尴尬着脸对姚宓说：

“姚宓，陈善保——他——他……”

罗厚诨名“十点十分”，因为他两道浓眉正像钟表上十点十分的长短针，这时他那十点十分的长短针都失去了架势，那张顽童脸也不淘气了。他鼓足勇气说：

“陈善保问我，他——他——伯母，您听说过一个新词儿吗？……”

沈妈正要出门，站在门口不知和谁说了几句话，就大喊：“小姐，小姐，快来！”

姚宓急忙赶到门口。

罗厚巴不得她一走，立刻说：“陈善保问我是不是跟姚宓

‘谈’呢——‘谈’,您听到过吗?”

姚太太点头。

罗厚接着说:“我告诉他我和姚宓认识多年了,从来没‘谈’过。”

这确是真的。罗厚好管闲事爱打架,还未脱野男孩子的习性。他有鉴于舅家的夫妻相骂,而舅妈又娇弱,一生气就晕倒;他常诧怪说,一个人好好的结什么婚!他假如结婚,就得娶一个结结实实能和他打架的女人。他和姚宓同学的时候很疏远,觉得她只是个娇小姐。姚宓退学当了图书馆员,回家较晚,一次他偶然撞见街上流氓拦姚宓的自行车。他从此成了义务保镖,常遥遥护送,曾和流氓打过几架。他后来对姚宓很崇拜,也很爱护,也很友好,可是彼此并没有什么柔情蜜意,他从没有想到要和她“谈”。

他接下说:“善保对我说,你不谈,我就要谈了。伯母,我可怎么说呢?我怕姚宓回头怪我让他去找她谈的,我得先来打个招呼。”

姚太太抬头听听门口,寂无声息。

罗厚也听了听说:“我看看去,什么事。”

他回来说:“大门关上了(姚家的大门上安着德国式弹簧锁),一个人都没有。开门看看,也不见人。”他哭丧着脸说:“准是陈善保找她出去了。”

姚太太说:“不会,准有什么急事。”

“也许陈善保自杀了。”

姚太太忍不住笑了。

“人家转业军人,好好的,自杀干吗?——他还是团支部的宣传组长呢,是不是?”

罗厚说:“陈善保是头等好人,长相也漂亮,可是姚宓……”

姚太太说:“好像姜敏对他很有意思。”

“可不!她尽找善保谈思想,还造姚宓的谣……”罗厚说了忙咽住,深悔说了不该说的话。他瞧姚太太只笑笑,毫不介意,也就放了心,转过话题,讲图书室这几天特忙。他说:“那老河马自己不会借书,还拍桌子发脾气。幸亏那天我没在……”

“你在,就和她决斗吗?”她接着问是怎么回事。

“姚宓没告诉伯母?糟糕,我又多嘴。伯母,可惜您没见过那老河马,怎么长得跟河马那么像呀!她再嫁的丈夫像戏里的小生,比她年轻,人家说他是‘偷香老手’,也爱偷书。真怪,怎么他会娶个老河马!”

姚太太早听说过这位“河马”,她不问“河马”发脾气的事,只说:“罗厚,我想问问你,姚宓和姜敏和你,能不能算同等学力?”

“哪里止同等呀!她比我们强多了!”

姚太太说:“你的话不算。我是要问,一般人说起来,她能和大学毕业生算同等学力吗?当然,你不止大学生,你还是研究生呢。”

罗厚说:“姚宓当了大学里图书馆的职员,以后每次考试都比我考得好。”

“她考了吗?”

罗厚解释:“每次考试,她叫我把考题留给她自己考。我还把她的答卷给老师看过。老师说她该得第一名。可是,在图书馆工作就不能上课;不上课的不准考试,自修是不算的,考得再好也不给学分。图书馆员的时间是卖死的！学分是学费买的！”

他气愤愤地说着，一抬眼看见姚太太簌簌地流泪，不及找手绢，用右手背抹去脸上的泪水，又抖抖索索地抬起不灵便的左手去抹挂在左腮的泪。

罗厚觉得惶恐，忙找些闲话打岔。他说，听说马任之升官了；又说，傅今入党了，他的夫人正在争取。他又怕说错什么，看看手表说：“伯母要休息了吧？我到外边去等门。”他不敢撇姚太太一人在家。

姚太太正诧异女儿到了哪里去，姚宓却回来了，问沈妈有没有讲她到了谁家去。

原来沈妈在外边为姚宓吹牛，说她会按摩，每晚给她妈妈按摩，有什么不舒服，一经按摩就好了。那晚余楠到丁宝桂家吃晚饭，他们的女儿余照晚饭后不知到哪里去玩了。余太太忽然胃病发作，面如黄蜡，额上汗珠像黄豆般大。她家女佣急了，慌慌张张赶到姚家，门口碰到沈妈，就说：“我们家太太不好了，请你们小姐快来看看。”姚宓不知是请她当大夫，听到告急，赶忙跟着那女佣赶到余家，准备去帮帮忙。宛英以为女佣请来了大夫。她神志很清楚，说没什么，只因为累了，胃病复发了。姚宓瞧她的情况并不严重，按着穴位给她按摩一番，果然好了。宛英才知道这位“大夫”是早已闻名的姚小姐，又是感激，又是抱歉，忙着叫女佣沏茶。要不是姚宓说她妈妈在家等待，宛英还要殷勤款待呢。

姚宓笑着告诉妈妈：“我给她揉揉肚子，放了——”她当着罗厚，忙改口说：“气通了，就好了。”

罗厚说:“姚宓,你出了这个名可不得了呀!”

姚宓说:“我辟谣了——谢谢你,罗厚,亏得你陪着妈妈。沈妈真糊涂,也不对妈妈说一声就自管自走了。”

姚太太等罗厚辞走,告诉女儿:“今天午后王正来看我,对你的工作做了安排。据她讲,领导上已经决定,叫你做研究工作,你和姜敏一伙大学毕业生是同等学力。你原先的工资高,所以和罗厚的工资一样,比姜敏的高。她说,你这样有前途,在图书室工作埋没了你。”

姚宓快活得跳起来说:“啊呀,妈妈!太好了!太好了!”她看看妈妈的脸,迟疑地问:“怎么?不好吗?”

“我只怕人不如书好对付。他们会看不起你,欺负你,或者就嫉妒你,或者又欺负又嫉妒。不比图书室里,你和郁好文两人容易合作。”

姚宓说:“那我就不换工作,照旧管我的图书。”

姚太太说:“没那么简单。你有资格做图书室主任吗?图书室放定要添人的。将来派来了主任,就来了个婆婆,你这个儿媳妇不好当,因为你又有你的资格。假如你做副主任,那就更倒霉,你没有权,却叫你负责。”

“反正我不做副主任,只做小职员。”

姚太太摇头说:“由不得你。小职员也不好当——我看傅今是个爱揽权的,他夹袋里准有人。你也没有别的路。做研究工作当然好,我只怕你太乐了,给你泼点儿冷水。——还有,咱们那一屋子书得及早处理。这个图书室规模太小,规章制度定了也难行,将来保不定好书都给偷掉。”

“索性捐赠给规模大的图书馆。”

“我就是这个意思。你得抽空把没登记的书都登记下来。”

姚宓服侍妈妈吃了药，照常读她的夜课。可是时候已经不早，她听妈妈只顾翻腾，想到以后黑日白天都可以读书，便草草敷衍了自定的功课，上床睡在妈妈脚头，挨着妈妈的病腿，母女安稳入睡。

第　九　章

姚宓不知为什么，忙着想把她调工作的事告诉许彦成先生，听听他的意见，并请教怎样订她的工作计划。她觉得许先生会帮她出主意。他不像别的专家老先生使她有戒心。那位留法多年的朱千里最讨厌，叼着个烟斗，嬉皮赖脸，常爱对她卖弄几句法文，又喜欢动手动脚。丁宝桂先生倚老卖老，有时拍拍她的肩膀，或拍拍她的脑袋，他倒也罢了，“丁老伯”究竟是看着她长大的。朱千里有一次在她手背上抚摩了一下。她立刻沉下脸，抽回手在自己衣背上擦了两下。朱千里以后不敢再冒昧，可是尽管姚宓对他冷若冰霜，他的嬉皮赖脸总改不掉。余楠先生看似严肃，却会眼角一扫，好像把她整个人都摄入眼底。只要看他对姜敏拉手不放的丑相，或者对“标准美人”毕恭毕敬的奴相，姚宓怀疑他是十足的假道学。许先生不一样。他眼睛里没有那副馋相。是不是因为娶了“标准美人”呢？看来他的心思不在这方面。许先生即使注视她，也视而不见，只管在想别的事似的。他显然是个正派的人。

许先生曾探问姚宓的学历，对她深表同情，偶尔也考考她，或教教她。姚宓觉得许先生有学问，而许先生也欣赏姚宓读书不少，悟性很好。许先生常到图书室来翻书或借书，姚宓曾请他到她父亲的藏书室去看书。他们偶尔谈论作家和作品，两人很说得来；人丛里有时遥遥相见，他会眼神一亮，和她打个招呼。姚宓觉得许先生虽然客客气气，却很友好，准会关心她的事。不过那天是星期日，她不会见到他，得再等机会。

星期日姚家常有客来。姚宓母女商量好，免得陈善保来“谈”，姚宓趁早到她父亲的藏书室去登记书目。

姚宓未及出门，姜敏就来了。她穿一条灰色西装裤，上衣是墨绿对襟棉袄，胸口露出鲜红的毛衣，小鸟依人般飞了进来。姜敏身材娇小，白嫩的圆脸，两眼水汪汪地亮。她惯爱垂下长长的睫毛，斜着眼向人一瞄，大有勾魂摄魄的伎俩。她两眼的魅力，把她的小尖鼻子和参差不齐的牙齿都掩盖了。她招呼了姚伯母，便拉了姚宓说：

“我特来向你道歉——也许不用道歉，可是我做了一桩冒昧的事。我没有征求你的同意，我向傅今同志建议，调你做研究工作！别管什么图书了！你看怎么样？我是不是冒失了？”

姚宓说：“我有资格吗？”

姜敏说：“我叫他们大家都保证你有！”

姚宓笑说：“嗬！好大口气！大家都听你的！”

姜敏说：“反正大家都会同意。”

姚宓满不理会说：“姜敏，我要替妈妈去办点儿事，你陪妈妈坐会儿。”姚宓知道姜敏是来等善保的。善保来了，她会跟着一起走。

姚宓赶忙推着自行车出门。她骑车过大院中门，忽有个小孩儿蹿出来，拦着车不让走。姚宓急忙一脚下地，刹住了车。那孩子她从没见过，大约四五岁，穿一件和尚领的厚棉袄，开裆裤，脚上穿一双虎头鞋。头发前半面剪得像女式的童化头，后半面却像和尚头。

姚宓说："小妹，乖，让我走。"

那孩子拉着车不放，只光着眼睛看人，也不答理。

姚宓说："你是小弟吧？你是谁家的孩子？"

孩子一口天津话："我要骑车。"

门里赶出来的是许家的女佣。她说："小丽，不能街上乱跑呀！快进来！"她认识姚宓，解释说："昨晚老太太带着孙女儿来了。这孩子一刻也看不住。"她抓了孩子进去。姚宓忙又上车。

分房子的时候，她听说许家有个老太太，孙女儿是许先生的女儿吗？她名叫小丽，该是丽琳的女儿吧？怎么长得不像许先生，也不像杜先生。那一身打扮，更是古怪。

姚宓进了大院东侧的小门，推着车往图书室去，只见有个人在前廊踱步，正是许先生。

姚宓说："呀，许先生，今天星期日，图书室不开门的。阅览室要下午开呢。"

许彦成举手拍拍脑门子说："忘了今天星期日！我说怎么还不开门！可是，我不是要借书。"他看着姚宓诧怪说：

"你怎么来了呢？你值班儿？"

姚宓说了她的任务，许彦成吐一口气说："那么，对不起，让我进来躲一躲，我糟糕了。"

原来许彦成应付不了他妈妈的时候就撒谎，撒完谎他又忘了。他在国外的时候，每一两个星期会接到伯父母的信，里面总夹着他妈妈一纸信。伯母每次解释说，同样的信还有几张，因字大纸厚,内容相同,只寄一纸。信上翻来覆去只是一句话:“汝父仅汝一子,汝不能无后也。”然后急切问:“新妇有朵未?”(他妈妈看不起白话文,也从不承认自己会写错别字。“孕”字总写成“朵”字。)彦成知道伯父事忙,伯母多病,他免得妈妈常常烦絮,干脆回信说:“新妇已有朵。”过些时他妈妈又连连来信询问生了儿子还是女儿。他就回信说:生了儿子。他从未想到该把这些谎话告诉丽琳,也记不清自己生了多少孩子。他妈妈却连孩子的生日都记得,总共三个,都是男的。彦成回国,先独自去看望伯父母和母亲。他母亲问起三个孩子,彦成推说都在丽琳身边,没来天津。他撒完谎就忘了,直到丽琳要去看女儿,才想起无中生有的三个儿子。他觉得这种谎话太无聊,只告诉丽琳他撒了谎,阻止丽琳去看女儿,并未说明缘由。彦成打算稳住老太太仍在天津定居,每月尽多寄她家用钱。

丽琳的姑母为侄女儿运送了一批家具,最近偶逢许老太太,便告诉她,彦成夫妇已布置好新居。老太太立即带了孙女赶到北京来。彦成夫妇得到伯母打的电报,亲自到车站去接。老太太问起三个孙子,彦成说,都托出去了。丽琳一心在女儿身上,也没追究三个孙子是谁。她为小丽寄回一套套漂亮的洋娃娃式衣服,老太太嫌穿来不方便,又显然是女装,都原封藏着,这次带来还给丽琳。小丽那副不男不女的怪打扮,是象征“招弟”的。丽琳瞧她前半面像小尼姑,后半面像小和尚,又气又笑,又觉丢脸,管住她不让出门。老太太直念叨着三个孙子,星期六不接回家,星期天总该接呀。彦成事到临头,才向丽琳招供出他那三个儿子来。他这会儿算是出来接儿子的。

彦成跟着姚宓进书室,一面讲他的糟糕事。姚宓先还忍住不笑，可是她实在忍不住了，跨进她父亲的藏书室，打开了窗子，竟不客气地两手抱住肚子大笑起来。

在这一刹那间，彦成仿佛眼前拨开了一层翳，也仿佛笼罩着姚宓的一重迷雾忽然消散，他看清了姚宓。她凭借朴素沉静，装出一副老成持重的样儿，其实是小女孩子谨谨慎慎地学做大人，怕人注意，怕人触犯，怕人识破她只是个娇嫩的女孩子。彦成常觉得没看清她，原来她是躲藏在自己幻出来的迷雾里，这样来保护自己的。料想她是稚年猝遭家庭的变故，一下子失去依傍，挑起养家奉母的担子，少不得学做大人。彦成觉得满怀怜惜和同情，看着她孩子气的笑容，自己也笑起来。

姚宓忍住笑说："许先生，你可以说，孩子都在外国，没带回来，不结了吗？"

彦成承认自己没脑子，只图眼前。他实在是不惯撒谎的。他说：

"我也不知道儿子已经生了三个。一个还容易，只说死了。两个一起死吧，该是传染病。三个呢！分别死的？还是一起死的呢？没法儿谋杀呀。反正随丽琳怎么说吧，她会对付妈妈。"他长叹一声说："我心里烦得很。让我帮你干干活儿，暂时不去想它。"

姚宓讲了自己可能调工作，只是还不知事情成不成，也不知自己够不够格。

彦成大为高兴，把他的三个儿子都忘了，连声说："王正真好！该说，新社会真好！不埋没人！"他接下来一本正经告诉姚宓："你放心，你比人家留学的硕士强多了，怎会不够格！"

他帮姚宓登记书，出主意说："外文书凡是你有用的都自己留下，其余的不用一一登记书目，咱们分分类，记个数就行。”

姚宓也是这个意思，两人说着就干。英文书她早就留下了大部分，彦成帮她把法文书也挑出来，一面还向她介绍什么书易读，什么书难懂。彦成把姚宓需要的书从架上抽出，姚宓一叠堆在地下。其他的分类点数。两人勤勤谨谨地干活，直到姚宓觉得肚子饿了，一看表上已是十一点半。她问许先生饿不饿，要不要跟她家去吃饭。彦成在书堆里坐下说，先歇一会儿吧。两人对面坐下。

彦成说：“你妈妈看见我这种儿子，准生气。”

“不，我妈妈准喜欢你。”姚宓说完觉得不好意思，幸亏彦成并没在意。他把自己家的情况告诉姚宓，又说他的伯母待他怎么好。

他们歇了一会儿，彦成说，不管怎么样，他得回家去了，说着自己先站起来，一面伸手去拉姚宓。姚宓随他拉起来，她笑说：

“假如你不便回家，到我家来吃饭。”

彦成笑说：“我得回家看看我那群儿子去了。姚宓同志……”

“叫我姚宓。”

“好，姚宓，我得回家去了。”

姚宓因为藏书室冷，身上穿得很厚，看许彦成穿得单薄，担心说：“这个窗口没风，外边可在刮风了，许先生，你冷不冷？”

许彦成说：“干了活儿暖得很，趁身上还没凉，我先走吧。”他说声“再见”，匆匆离去。

姚宓回家，姜敏和善保都走了。姚太太对女儿说：“你调工作的事，王正准是和傅今谈妥了，傅今已经和别人说起，所以姜敏也知道了。”

姚宓说：“姜敏，她听了点儿风声就来居功。她就是这一套：当面奉承，背后挖苦，上面拍马，下面挤人。她专拍傅今的马屁，也拍江滔滔，也拍施妮娜，也拍余楠，也拍‘标准美人’；许彦成她拍不上，‘标准美人’顶世故，不知道吃不吃她的。”

接着她讲了许彦成的“三个儿子”和不男不女的女儿，姚太太乐得直笑。

第　十　章

宛英虽然早看破了余楠，也并不指望女儿孝顺她，可是免不了还要为他们生气；而且她对两个儿子太痴心，把希望都寄在他们身上。余家来北京后，两兄弟只回家了一次，从此杳无音信。宛英胃痛那天是星期六。她特意做了好多菜，预先写信告诉儿子，家里已经安顿下来了，她为他们兄弟布置了一间卧房，星期六是她的四十岁生日，她叫两兄弟回家吃一顿妈妈的寿面，住一宵再回校。他们没有回音。余家中午已吃过面，宛英左等右等，到晚上直不死心，还为他们留着菜。

余照早不耐烦说：“妈妈，你就是死脑筋，没法儿进步，该学学爸爸，面对现实，接受新事物呀！做什么好菜！还不是‘糖衣炮弹’！”她的语言表示她的思想近期内忽然大有进步了。

余楠附和说：“现在的大学生不但学习业务，还学习政治呢。你别扯他们的后腿。我叫你做两个菜给隔壁傅家送去，睦睦邻，你就是不听！”

“他们又不认识我。”

“啊呀，做了邻居，面也得送两碗！你亲自送去，不就认识了吗?”

宛英说:“现在还兴这一套吗？我是怕闹笑话。”

余楠使劲“咳”了一声说:“你睁眼瞧瞧，现在哪个‘贤内助’只管管油盐酱醋的！傅今是当权的副社长，恰好又是紧邻。礼多人不怪。就算人家不领情，你反正是个家庭妇女，笑话也不怕呀。”

他说完就到丁宝桂家去吃晚饭了。丁宝桂是他新交的酒友，经常来往，借此打听些社里的新闻和旧事。

余照直嚷肚子饿，催着开饭。她自管自把好的吃了个足，撂下饭碗，找人扶她学骑自行车去了。

宛英忙了一天，又累又气。她对两个儿子还抱有幻想，不料他们也丝毫不把她放在心上。她勉强吃下一碗饭，胃病大发。

她发现找来治病的不是大夫，而是听人说是为了妈妈丢了未婚夫的那位姚小姐。别瞧她十指纤纤，劲头却大，给她按摩得真舒服。她想到自己的女儿，不免对姚小姐又怜又爱，当时不便留她，过了几天，特地做了一个黄焖鸡，一个清蒸鳜鱼，午前亲自提着上姚家致谢。

她把菜肴交给沈妈，向姚太太自我介绍了一番说:“前儿晚上有劳姚妹妹了，又搅扰老伯母，心上实在过不去，特地做两个菜，表表心意。”她有私房钱，可以花来结交朋友。

姚太太说:“余太太，您身体不好，做街坊的应该关心，您太客气了。”

余太太忙说:“叫我宛英吧，我比老伯母晚一辈呢。”她知道姚太太已年近六十。

姚太太喜欢宛英和善诚恳，留她坐下说闲话，又解释她女儿只是看见大夫为她按摩，胡乱学着揉揉。

正说着，忽听门铃响。沈妈领来一位高高大大的太太，年纪五十左右，穿一件铁灰色的花缎旗袍，带着个四五岁的小女孩，鼓鼓囊囊地穿一身紫红毛衣，额前短发纠结成两股牛角，交扭在头顶上，系上个大红缎带的蝴蝶结子。后脑却是光秃秃的。姚太太拄着拐杖站起来迎接，问来客姓名。

那位客人说："您是姚太太吧？这位是余太太呀！我是许老太太。"

姚太太说："许太太请坐。"

"许老太太了！许太太是我们少奶奶，许彦成是我犬子。"

姚太太看了那女孩子的头发，记起姚宓形容的孩子，已猜到她们是谁。她一面让座，一面请问许老太太找谁，有什么事。

那孩子只光着眼珠子看人，忽然看见姚太太的拐杖，撒手过去，抢了拐杖，挥舞着跑出客厅，在篱笆上乱打。

许老太太也不管孩子，却笑着说：

"这孩子就是野！活像个男孩子，偏偏只是个女的。"她长叹一声说："也亏得是女的。她爷爷、她爸爸两代都是寒金冷水的命，伤妻克子，她要是个男孩子就招不住了，所以我也不指望她招弟弟了。"

宛英追出去，捉住了孩子说："小丽，手杖给我！你昨天砸了我们的花瓶，我还没告诉余伯伯找你算账呢！"

小丽不知余伯伯是谁，有点害怕，让宛英夺回手杖，给拉进客厅。

许老太太听说小丽砸了余家的花瓶，也不敢护着孩子，只说:“我也就是为了她呀！四岁了！女孩子嘛,都说女孩子最有出息是弹琴,这玩意儿得从小学起,所以三岁半我就叫她学琴了。我听说您家有架钢琴,现在没用了。我来商量商量,借我们孩子用用,或是让她过来弹,或是让我们把琴搬回去。”

姚太太说:“我的琴多年不用,已经坏了。”

许老太太说:“不要紧,找个人来修修,我花钱得了。反正或是出租,或是出借,总比闲搁着好。”

姚太太沉下脸说:“我这个琴,也不出租,也不出借。”

宛英捉不住小丽,忙说:“许老太太,你们小丽要回家呢——钢琴的事,我替您跟老伯母谈吧。”

许老太太并不是泼妇,也不是低能,只是任性别扭,只有自己,从不想别人。她碰了姚太太的钉子,看到宛英肯为她圆转,就见风扯篷,请宛英代她“说说理”,牵着孩子走了。

宛英叹气说:“这些孩子,就欠管教。可是,老伯母,不是我当面奉承,像姚妹妹这样的好女儿,不是管教出来的,是老伯母几世修来的——我听到她就佩服,见了她就喜欢。”她紧紧捏着姚太太的手说:“老伯母,我有缘和您做了街坊,以后有什么事,让沈大妈过来叫我一声,我是闲人。”

姚太太喜欢她真诚,请她有空常来坐坐。至于钢琴的事,姚太太说,不用再提了。

午饭时姚太太和女儿品尝着宛英做的菜,姚宓说:

“妈妈,咱们怎么还礼呢?”

姚太太说,不忙着“一拳来,一脚去”,人家是诚心诚意来交朋友的。她只追问女儿,傅今找她谈话没有。

姚宓上心事说:“还没有呢。可是那个陈善保看来直在想找我。幸亏我躲得快。但愿再躲几回,他知趣别来找我了。”

那天下午,天阴欲雪,陈善保好像在等机会和姚宓说话。正好许彦成到图书室来,对她说:

“姚宓,我有件事想问问你。咱们到外间去谈谈,可以吗?”

他们坐在阅览室的一个角落里,彦成低声说:

“我妈妈昨天早上到你们家去闯祸了,你知道吧?”

“知道——也不算闯祸。”

“余太太说得很委婉,可是我知道我妈妈准闯祸了。而且她的脾气是犟极了的,不达到目的就没完没了,准缠得你们厌烦。我呢,忽然想出个好办法,不知你赞成不赞成。”

他告诉姚宓,他从国外带回一只新式唱机和许多古典音乐唱片,可是他只可以闲搁着,因为丽琳嫌他开了唱机闹个没完。丽琳读书的时候怕搅扰,连手表都得脱下,包着手绢儿,藏在抽屉深处,免得“滴答”“滴答”的声音分心。他想姚太太准爱听音乐。

姚宓高兴说:“我懂你的意思了,交换,是不是?”

彦成点头说:“琴,搁在我们家客厅里做摆设。我负责保管。小丽压根儿没耳朵,唱个儿歌都走调,弹什么钢琴!我们送她上学就完了。唱片,你们可以听听,消遣消遣。”

“太好了!妈妈经常也看看书,可是大夫不让多看。她有时候叫我弹琴解闷儿,可是这几年来我哪有工夫练琴呀?指头都僵了。妈妈渴着要听点好音乐呢——你也可以到我们家来听。”

“可以吗?谢谢你。反正我闲搁着唱片不用,和你们的钢琴正是一样。今晚,丽琳要我和她一起到府上来向你妈妈道歉。

丽琳准也赞成我这个建议，不过我还没有告诉她，先问了你再说。”

姚宓看见善保守在一边。等他们谈完，善保却走了。

许彦成的建议得到丽琳赞成，也受到姚太太的欢迎。“交换”的事，双方很顺利地一下子就谈妥了。

彦成夫妇告辞出门。姚太太对女儿说：

“这位‘标准美人’看上去顶伶俐的，怎么竟是个笨蛋，听音乐嫌闹！她说她爱听静静的音乐。什么‘静静的音乐’呀，就是电影里的情歌。我看她实在有几分俗气，配不过她那位不标准的丈夫。”

姚宓不及答话，陈善保就来了。她无处可躲，只好硬着头皮等他“谈”。

陈善保说：“我等了你两天，只好等你们的客人走了再来，也许时间晚了。”

他接着就告诉姚宓，领导上调她做研究工作，叫她快制订自己的工作计划。她不用写小结，不过得把书目编完。他说，姚宓和他和姜敏都算同等学力，施妮娜、杜丽琳和许彦成大概也算同等学力吧？他不大知道。

“罗厚呢？”

“不清楚。他和江滔滔算是同等吧？以后施妮娜和江滔滔都到咱们外文组来了。”

“她们来干吗？——哦，施妮娜是苏联文学专家。江滔滔是什么学历、什么专业呀？她不是作家吗？她难道也和罗厚一样是研究院毕业的？”

“她原在现当代组，可是咱们这里需要她。她在不知什么学院的研究班上旁听过。”

姚宓说：“我的书目哪年才能编完呢？我干脆还是继续管图书吧，不用订什么研究计划了。”

善保做了个鬼脸说：“编目呀，你把手里的一本编完就算，留给施妮娜吧，你不管了。”

“什么？留给施妮娜？她不是在外文组吗？”

“她兼任图书室的什么主任。”

姚宓忍住没说什么。等陈善保一走，她苦着脸对妈妈说：“我怎么办呢？连退路都没有了。”

姚太太安慰她说：“研究工作总比管图书好些——而且，姜敏准对善保做了些工作，他找你只谈了公事。别多想了，过一天咱们一起听唱片。”

第十一章

余楠有意“睦邻”，伺得机会，向傅今倾吐钦佩之情，博得一声“有空请过来”。余楠就到傅家去请傅今夫妇吃个“便晚饭”。当时施妮娜在座，他知道妮娜和江滔滔的交情，顺口也邀请了妮娜“伉俪”，指望对方客气辞谢。不料施妮娜欣然一诺无辞。

请两个客人“便饭”是方便的，称得上“便饭”。四个客人，规模稍大，就不那么方便了。余楠只知道妮娜有丈夫，却不知那位丈夫在哪里工作，是何等人，是否和傅今夫妇合得来。四个客人，加上三个主人，八仙桌上还空一席。请客添双筷，乘机也把范凡请来。范凡和傅今合作得很紧密，两位都是当权派。这么一想，他觉得不方便也值得。他和宛英商定菜单，比酒席简单些，比“便饭”丰盛些。四冷盘可合成一拼盘。热炒只两个，一大碗汤加四大菜，这就行了。他等候机会也邀请了范凡，范凡并不辞谢。只是他女儿余照不肯陪客，胡乱吃了几口晚饭就往外跑。家里已经生火，外面又冷又黑，难道还学骑车？宛英怀疑她新交了什么男朋友。

傅今夫妇和施妮娜夫妇是结伴同来的。余楠没想到施妮娜的丈夫就是研究社成立大会上和梳两橛小辫儿、略像胡小姐的女人并肩而坐、窃窃密谈的那位“小生”。余楠说：

“这位见过，只是没请教尊姓大名。”

“区区姓汪名勃”——他简直像戏里“小生姓张名君瑞”或“小生柳梦梅”是一个腔调。他晃着脑袋说：“这是经过一番改革的名字。原名汪伯昕。‘伯’字有封建味儿。‘昕’字多余，不妨去掉。再加上点儿革命气息，就叫汪勃。”

江滔滔掩口而笑。施妮娜似嗔非嗔地瞅了他一眼，回脸对江滔滔说：

“滔滔，训他几句。”

傅今一本正经说：“汪勃同志其实是咱们古典组的，可是他只来报了个‘到’。他是一位能诗能文的大才子，又是《红楼梦》专家。他瞧不起古典组专管标点注释，所以至今还在学校讲课，从没到组里去过，怪不得余先生不熟。”

施妮娜说：“他是独木不成林，要等明年组成了班子才来呢。”

余楠忙向这位年轻才子致敬意。

汪勃涎着脸对宛英说：“不才的大才是做菜，今天特来帮忙，听余太太使唤的。调和五味是我的专长。”

江滔滔故意板着脸说："汪勃，少吹牛！"

施妮娜笑说："余太太，小心他会偷您的拿手本领。"

宛英只老实说她没有拿手本领，一面让座奉茶。

汪勃端详着她说："余太太，看来您是喜欢朴素的，衣服'带些黯淡大家风'。您如果请我做顾问，黯淡之中，还可以点染几分颜色，保管让您减去十岁年纪。"他不等余太太回答，指点着妮娜和滔滔说："瞧！她们俩都采用了区区的审美观，效果很明显。这位滔滔同志喜欢淡妆，衣服只穿青绿，胭脂不用大红。哎，滔滔西湖之水，'淡妆浓抹总相宜'啊！瞧她不是今日胜往昔吗？"

江滔滔已脱下簇新的驼色呢大衣。她穿一件深红色的薄丝棉袄，搽着深红色的胭脂和口红，果然比平日艳丽。傅今顾盼中也流露出他的赞许。

"滔滔穿上妮娜嫌瘦的衣服，多合适！我区区的小袄，妮娜穿了不也稳稳地称身吗！她这样'铅华淡淡妆成'，比她平日的浓妆不更大方吗！余太太，'画眉深浅入时无？'不用'笑问夫婿'，问我汪勃更在行！余先生不怪我狂妄吧？"

汪勃一张嘴像漏水的自来水龙头，滴滴答答不停地漏水。宾主间倒也不拘礼节地热闹起来。

一会儿范凡来了。汪勃抢着代宛英捧上茶，便跟着宛英同下厨房，把孙妈称为"大妈"，又用尊称的"您"，乐得孙妈一口一个汪先生，不知怎么巴结才好。汪勃确会帮忙。他很在行地替主妇装上拼盘，自己端出去，请大家就座，又给大家斟酒。他站着指点盘里的菜一一介绍。

宛英不知道自己是嫌恶汪勃，还是感谢他。他确会帮上一手，可是他不停嘴的废话，扰得她听不清客堂里宾主的高声谈话了。他们好像在谈论图书室的事。余楠朗朗地说："他！他怎么肯干图书室的事呢！他也太年轻些。这事还得傅今同志自己兼顾……"宛英不知"他"指谁，很为姚宓关心。

汪勃向余太太建议，两个热炒连着炒了一起上。他拉了宛英一同坐下喝酒吃菜。傅今不喝酒。范凡对主人一同举了举酒杯，笑说：

"余太太辛苦了！汪勃同志，你也辛苦了！"

汪勃扬着脸说："我呀，不但鼓吹男女平等，也实行男女平等。余先生大概是'大男子主义者'吧？"

施妮娜瞪了他一眼说："去你的！你就是'大男子主义者'！"

余楠一面请客人吃菜，一面以攻为守说：

"汪勃同志是'大女子主义者'！"

汪勃说："'大女子主义'我也反对！"他一面忙着吃，满口赞好，又转移目标，嬉皮赖脸对范凡说：

"范凡同志，您别生气啊，我看见您出门，您爱人抱着个包袱跟在后面。我说范凡同志还是'夫权至上'呢！"

范凡谦虚认错说："哎，我们农村里兴得这样。这是多年的老习惯了，一时改不过来。汪勃同志几时下乡去看看，农村里落后的地方还多着呢。"

江滔滔说："我和妮娜想参加土改去，范凡同志，我们先向您挂个号，等合适的时候下去。目前还得做好规划工作呢。"

汪勃喝了几杯酒，兴致愈高，废话愈多，大家杂乱地说笑。孙妈上了汤又端上四大菜，汪勃抢着为大家盛饭。

饭后，沏上新茶。范凡因为还要开个会，最先告辞。

施妮娜和江滔滔脸上都添了油光，唇上都退了颜色。

余楠忽然说："宛英，你不是说，要把你那支变色唇膏送给傅太太吗？那颜色可真是最合适不过的——哈，汪勃同志，你瞧啊，我可不是'大男子主义者'，我为太太服务，我拿去！"他笑着走进里屋，傅今好奇地等着。

宛英傻呆呆地不知她哪来什么变色唇膏。她只管做她的主妇，为客人斟茶，又为妮娜点烟。一会儿余楠出来，向江滔滔献上一支口红。江滔滔刚接在手里，汪勃抢过去，看看牌子说：

"嗬！进口的名牌儿货！"他脱下口红的帽子一看，说，"又是黄色，淡黄色！"

余楠得意说："不，这是变色的，擦上嘴唇就变玫瑰色。"汪勃把口红交给江滔滔，问余楠要镜子。宛英忙去拿出一面镜子。汪勃双手捧着镜子，矮着身子，站在江滔滔面前问：

"自己会上吗？"

江滔滔娇羞怯怯地对着镜子听汪勃指导：

"先画上唇，涂浓些，对！上下唇对着抿一下，印下个印儿，对！照着印儿也涂上，浓些！"他拍手说，"好！好极了！果然是玫瑰色，比妮娜那支深红的还鲜艳。太美了！太美了！"

傅今显然也十分欣赏。

余楠说："我内人早想把胭脂送与佳人，这回她如愿以偿了。"

宛英怪不好意思地站在一旁，不知怎么接口。

汪勃放下镜子说："滔滔，你就笑纳了吧！我替大家谢谢余太太，因为抹口红的人看不见自己的嘴巴，欣赏的却是旁人——

傅今同志,我这话没错吧?”妮娜瞟了他一眼说:“别尽疯疯癫癫的,看余太太笑话。”

宛英真不知汪勃是轻薄,还是疯疯癫癫。她只说:

“汪先生不见外,大家别拘束才好。”

江滔滔收下口红,谢了余太太。当晚宾主尽欢而散。

宛英料想口红是解放前余楠在上海买的。她很识趣,一字不问那支口红当初是为谁买的,只问余楠:“你刚才说谁不肯当图书室主任?”

余楠说:“我探探傅今的口气。图书室副主任已经定了施妮娜,可是正主任谁当呢?傅今说,他问过许彦成,许彦成推辞说没有资格。许彦成!他!他当然没有资格!当这个主任得懂行,中外古今的书籍都得熟悉。傅今当然也兼顾不了。这事只有我合适。”

“他请你了吗?”

“等着瞧吧,不请我请谁!”

宛英说:“你兼任啊?不太忙吗?”

余楠很有把握地笑着说:“能者不忙,忙者不能。许彦成准是嫌事情忙,官儿也不大。其实,官儿大小全看你怎么做呀。悄悄儿加上两个字,成立一个‘图书资料室’,规格不就高了吗!‘图书资料室’正主任,下面有个副主任,再设个‘秘书处’,用上正副两秘书,日常的事就都有人管了。目前先有一个秘书也行。”

“谁当秘书呢?”

“瞧谁肯听指挥,肯做事。”

宛英心想:“为什么姚小姐不当主任呢?她是内行,管了好几年图书了,而且听说图书室的不少书都是她家捐献的。难道她还得让这个施妮娜来管她吗?”她暗打主意,一定要把这事告诉姚太太,别让姚宓吃亏。

第十二章

姚家钢琴和许家唱机交换的事,没过两天就照办了。傍晚姚宓下班回家,姚太太自己开着唱机在听音乐呢。

姚宓惊喜说:“啊呀,妈妈,都搬完了?怎么我都不知道呀?”

“那位‘犬子’办事可利索。他上午先来看定放唱机的地方,帮沈妈出清了这个柜子,挪在这里。下午就叫人来搬运钢琴。来了六个人,稳稳地抬到门口车上。随后他把唱机和唱片运来,帮我整理好,教了我怎么使用。这会儿他刚刚走。美人来打了一个‘花胡哨’,接他一起走的。”

姚宓心里一动。杜丽琳是来监视丈夫吗?这完全是直觉。她总觉得杜丽琳对她有点心眼儿。不过这是毫无道理的感觉。姚宓第一次没把她的“福尔摩斯心得”拿出来和妈妈一同推理,只问妈妈为什么午饭的时候没把这事告诉她。

“你自己没看见柜子挪了地方呀!不过,也是那位‘犬子’叫我瞒着你的。他说他是擅用工作时间,是违法行为,你那边办公室里都是耳目。”她转述许彦成的话,显然只当做笑话。她是存心给女儿一个意外之喜。她关上唱机,问女儿搬到研究室去完事没有。

姚宓说:“没什么搬的。图书室的钥匙交掉了。外文组的办公室是里外相通的两间，我们年轻人在外间工作。姜敏、善保、罗厚各人一个书桌，还剩下一只旧桌子是没主儿的。罗厚和陈善保把里面套间里最新的书桌搬过来换了旧桌子。姜敏说，那只新书桌是施妮娜的，抽屉里还有她一本俄文本的《共产党宣言》呢。罗厚和善保都说，她又不来上班，把组长的大书桌给她和江滔滔'排排坐'不更好吗！他们就把她的书放在组长办公桌的抽屉里了。"

"你说什么了吗？"

"我只说，旧书桌一样，不用换。姜敏把她临窗的好位子让给我，我没要。"

她告诉妈妈，图书室调去两个新人。一个叫方芳，顶打扮，梳两橛小辫儿。还有一个叫肖虎，年纪大些，男的。

从此姚宓天天到办公室去上班了。她知道许彦成经常溜到她家去听音乐。她很有心眼儿，从不往家跑，尽管研究室里自由得很，不像在图书室不得空闲。反正她如要听音乐，回家后她妈妈会开给她听，她自己也学会了使用唱机。

姚宓预料得不错，她妈妈确是喜欢许彦成。最初她称"那位犬子"，过两天就"彦成"长，"彦成"短，显然两人很相契了。这也很自然。两人有相同的爱好，很说得来。两人又都很寂寞。彦成喜欢姚太太能了解，能同情；姚太太喜欢彦成真率、坦白。他们往往听罢唱片，就围炉坐着说闲话。（他们都喜欢专心听音乐，不喜欢一面听一面说话。）每天姚宓回家，姚太太总有些关于彦成的新鲜事告诉女儿。短短几天之内，彦成的身世以及他目前的状况姚太太几乎都知道了。

她常笑说："这不是福尔摩斯探出来的，这是当事人自己讲的。”不过她们往往从“当事人”自己讲的话里，又探索出“当事人”自己没讲的情况。譬如，姚太太谈了杜丽琳闰年求婚的故事，就说：“美人选丈夫是投资，股票市场上抢购‘有出息’的股份。可是彦成大概不会承认。他把他的‘美人’护得很紧，看来是个忠心的好丈夫。”姚宓却觉得许杜夫妇并不融洽。不过，她便在妈妈面前，也绝口不说这话。

姚宓自从在她爸爸藏书室里和许彦成一同理书之后，好多天没见到他，只是天天听她妈妈讲他。不知为什么，她心上怪想念的。接下的一个星期日，她独在藏书室里一面整理书，一面希望许彦成会闯来。他却没有来。姚宓觉得失望，又自觉可笑。转眼又是星期天了，她得把爸爸的遗书赶早登记完毕。她暗暗希望，这回许彦成该想到她了。真怪，许彦成好像知道她的希望，又在前廊来回踱步等待。

姚宓高兴地说：“许先生，好久没见你了。”

“我天天到你家去，总希望有一天看见你。”

姚宓笑说：“如果人家发现我们家开音乐会，只怕你就不能随意跑来了。”

彦成感激说：“真谢谢你想得周到——我今天想——我在希望，你星期天会到这儿来。”

“我也希望你今天会来。”姚宓说完自觉冒失，亏得彦成毫不理会，只说：

“我上星期天想来帮你，可是分身不开。你又来过吧？书登记得差不多了吗？”

姚宓说她上星期日一个人干的活儿不多，不过书也登记得差不多了。

两人进了藏书室,姚宓把窗户打开。彦成记起上次她打开窗户时,他见到笼罩着她的迷雾忽地消失,犹如在目前。这几天,他和姚太太经常会晤,增添了对姚宓的理解和关怀。他自己意识到,他对姚太太什么都讲,多少因为他愿意姚宓知道。有些事,自己是明白的,只是不愿深究,也不由自主。

他们理着书,彦成说:"姚宓,我想问你一句话,不知道你会不会生气。"

姚宓不知他要问什么,惊愕地看着他。

"伯母说,她毁了你的婚姻,是真的吗?"

姚宓眼睛看着鼻子,静默了好一会儿说:"许先生——"

"叫我彦成。"

"不,许先生。"她很固执,尽管许先生大不了她几岁,她不愿逾越这条界限。她说:"许先生,我很愿意跟你讲讲,听听你的判断。我妈妈和我从来没有争执。不过,她说毁了我的婚姻,就是她心上在为我惋惜。她总原谅我的未婚夫,好像是我负了他。我心上顶不舒服。我不承认自己有什么错。"

彦成说:"你讲,我一定公平判断。"

姚宓又沉默了一会儿才说:"妈妈都告诉你了吗?"

"伯母说,她和你爸爸五十双寿那年,你十五岁,比你的未婚夫小两岁,是吧?他跟着他父母来拜寿——故意来的吧?他家看中了你,你家也中意他。"

姚宓解释道:"我爸爸妈妈年纪都大了,忙着要给我订婚——我妈妈还说什么来着?"

"伯母说,那位少爷很文秀,是高才生,也是独生子——有两个姐姐都出嫁了。你们俩年貌相当,门户也相当,很现成地订了婚，常来往，也很亲密。”

姚宓说：“也相当客气，因为双方都是旧式家庭。”

彦成点头了解。他说：“所以他们家紧着要求结婚。”

姚宓轻轻叹了一声气：“我父亲还没去世的那年，他家提出等他毕业就结婚，我家提出再迟两年，等我也大学毕业。就在那年，抗战胜利的前夕，夏至前两天，我爸爸突然去世，我妈妈中风送进医院抢救。我的未婚夫当然来帮忙了。可是他什么忙也帮不上，因为我最艰难的是筹钱，我总不能向他们家开口要钱呀。他母亲要接我过去住。我也懂得些迷信，热孝里，不兴得上别人家的门。我只说，家里男女用人都还在，不能没个主人。那一段艰难的日子不去说它了。不久抗战胜利，我爸爸已经安葬，我妈妈已经脱险，我未婚夫已经大学毕业。他对我说，我妈妈没准儿还能拖上三年五年，甚至十年八年，叫我别死等了，还是早早结婚。我妈妈可以找个穷亲戚伺候。他说趁这时候出洋最方便，别错过机会。我不答应。”

“伯母也说了。”

姚宓说：“妈妈没有亲耳朵听见他说话的口气。我怕伤了妈妈的心，我没照样说——以下的事妈妈也说了吗？”

“伯母说，他硬逼着要和你结婚。”

“妈妈还是护着他。什么结婚！他卑鄙！”

彦成了解了几分，想了一想说：“他是未婚夫呀。”

姚宓犹有余愤。她要说什么，又制止了自己，慢慢儿绕到书架对面，才接着说：

“我家三个女用人走了一个，另一个又由她女儿接去过夏，要等我妈妈出院再回来。伺候我的是门房的老婆。她每天饭后回到门口南屋里去歇午。我的未婚夫趁这时候就引诱我。我不懂事,不过我反感了,就不答应。他先是求,说的话很难听;接着是骂,话更难听;接着就威胁说,‘你别后悔!要我的人多着呢!’再下去就要强迫我。我急了,抓起一把剪指甲的小剪子,我说:‘我扎你!我铰你!’他就给我赶走了——我都告诉妈妈的。妈妈没说吧?”

“伯母说了点儿。”

姚宓气呼呼地接着说:“第二天我没理他——我忙着许多事呢。第三天,我想想有点过意不去。我知道他是个娇少爷,爱面子,好胜,计较心很重。我怕自己过分了点儿。我就打了个电话给他,报告我妈妈的情况,一面请他别生气。他也请我原谅,随后又来看我。可是他还是想引诱我。我这回不糊涂了,立刻拒绝了他。他说,凭我对他的态度,分明是不爱他。我想到自己拿着把小剪子把他吓跑,简直想笑。可是,那时候在我面前威胁我的人是个完全陌生的人,完完全全是个陌生人。他说我不爱他,我觉得可能是真的。我只知道他是我的未婚夫,应当爱他,就没想过我是不是爱他。”

彦成默然听她说下去。

“他那天干脆对我说,我们该结婚了。明的不便,可以暗里结。我说,不能公然做的事,暗里也不做。我坚持妈妈病中我怎么也不离开她。他表示什么条件都可以依我,只要我依他这一个条件。他露骨地说:他要‘现的’,不要‘空头支票’。我觉得他的确是个陌生人。我们未婚夫妇之间,连起码的信义都没有。我就告诉他说:我们订婚的时候,双方家境相同,现在可大不相同了。我们的家产全卖了,连住房都押出去了。他先是不信,说绝不可能，准是账房欺我。我告诉他我已经请教过律师——罗厚的舅舅介绍的律师，很有名的。凭契约，抓不住账房的错。他就怪我爸爸糊涂。末了他说，那就更简单了，他又不贪图我的嫁妆，我们母女并到他家去就完了。我郑重告诉他，我和妈妈都不会叫他们家负担，我也没有力量出国。我们的婚事请他重做考虑。”

“他怎么呢？”

“他不肯干脆解约，可是一直坚持他的先决条件。我怎么能答应他呢！我妈妈当然也不能说我错，可是她总怪自己害了我。”

彦成问：“他现在呢？”

“他不久就和一位很有钱，据说也还漂亮的小姐结了婚，同到美国去了。听说还在美国。妈妈说他伤透了心，假如我和他结婚，他大概会回来。这不是护着他吗？好像是我对他不起，好像是我太无情。”

彦成说：“伯母绝不是怪你。谁也不能怪你。我想，伯母只是埋怨她自己。”

姚宓静默了一下，缓缓流下两行眼泪，忙偷偷儿抹了，半晌才说：“大概你的话不错。我妈妈是娇养惯的，恨不得也娇养我一辈子。她也羡慕留洋，希望我能出国留学。其实，我要不是遭逢这许多不顺当的事，哪会一下子看透我那位未婚夫的人品呢？假如我嫁了他，即使不闹翻，也一辈子不会快活。妈妈很不必抱歉。”

许彦成脱口说：“美满的婚姻是很少的，也许竟是没有的。”

“照你这话，就是我不该了。”

“不！不！不！不！不！”彦成急了，“你完全应该。我佩服你的明智。”

姚宓解释说：“我讲这些不光彩的事，为的是要分辨个是非。不对的，就是不该的，就是坏的。对的，就是应该的，就是好的。不管我本人吃亏占便宜，只要我没有错，心上就舒服了。”

彦成不禁又笑又怜，他说：“我认为你完全对——伯母也没有怪你不对。好，你该心上舒服了？”

姚宓舒了一口气说：“谢谢你。”

彦成忍不住说：“可是，你知道，许多人没有什么是非好坏，只凭自己做标准。”

姚宓猜想他指的是他妈妈，或者竟是“标准美人”。她不愿接谈，转过话题问：“许先生，你那三个儿子呢？”

“都化为乌有了。我妈妈不好对付，可是也好对付。她信命。丽琳告诉她，我命里没有儿子——也许她们真的算过命。反正她就服命了。可是她把小丽惯得不像话，而且她的教育和丽琳各有一套。丽琳教小丽喝粥别出声。小丽说，奶奶说的，要呼噜噜地喝，越响越乖。现在孩子不肯上学，也不肯学琴。我堂姐能弹琴，家里有琴，小丽算是跟她学的。其实是胡说，她只会乱打。我现在把琴锁上，把钥匙藏了。奶奶说，让她乱打打也好，打出滋味来，就肯学了。我撒谎说钥匙丢了。上星期支吾过去。今天这会儿我算是出来找钥匙的。”

他们已经快要把书理完了。姚宓问许先生是不是先回去。彦成说：“奶奶跟小丽一样，眼前对付过去，事情就忘了。”他不忙着回去，只问姚宓研究计划订好没有。

姚宓说：“善保告诉我，计划都没用了，得重来，咱们要开组会呢。许先生没听说要开组会吗?”

“好像听说了,我没放在心上。”

姚宓忽然记起一件事:“许先生,是不是傅今同志请你当图书室主任,你不肯?”

“你怎么知道?”

“余太太来讲的。”

“我当然不肯。我和施妮娜一正一副做主任,我才不干呢!余太太怎么知道呀?”

“我妈妈说,余楠在巴结傅今,想当正主任。”

“咱们开组会就为这个?还是为计划?”

“当然为计划,还要分小组。余楠想当图书室主任是背地里的勾当,又不等咱们选举。”

彦成说:“最好咱们能分在一个小组里。”

姚宓说:“我也希望咱们能在一个小组里。我瞧你的计划怎么变,我也怎么变。我跟着你。”

两人都笑了。姚宓又想起一件新闻。

“余先生的女儿看中了善保,余太太向我妈妈打听他呢。”

“陈善保不是看中另外一个人吗?”

姚宓知道指的是她,只笑说:“善保是很可爱的,可是太单纯,太幼稚了,配个小姑娘正合适。我就怕和他分在一组,让余楠把他拉去吧。”

彦成说:“我告诉你,姚宓,分小组的时候,咱们得机灵着点儿。”

姚宓说:“一定!一定!”

“今天下午你在家吗?”

“我为这一屋子书,得去找王正谈谈。”

彦成说:“反正星期天我不到你家来。要来,我得和丽琳一起来。”

姚宓笑了:“许先生快回去吧!杜先生要到我们家来找你了。”

彦成果然匆匆走了。姚宓慢慢地关上窗,键上,又锁上门。她一面想:“刚才怎么把那些话都告诉许先生,合适吗?”

可是她得到许先生的赞许,觉得心上踏实了。

第二部　如匪浣衣

第　一　章

外文组的两间办公室离其他组的办公室略远些。善保、罗厚、姜敏、姚宓同在外间。里间有组长的大办公桌,有大大小小新旧不同的书桌,还有一只空空的大书橱。不过那几位职称较高或架子较大的研究人员并不坐班,都在家里工作,只有许彦成常去走走。傅今有他自己的办公室,从没到过外文组。姚宓趁姜敏不在,早已请善保和罗厚把施妮娜占用的新书桌搬回原处。他们为她换了一张半新的书桌,按姚宓的要求,把书桌挪在门口靠墙的角落里。

这天是第一次召开外文组的组会,里外两间的炉子都生得很旺。外间的四个人除了姜敏都早已到了。许彦成吃完早点就忙着准备早早到会,可是丽琳临出门忽记起朱千里的臭烟斗准熏得她一身烟臭。她换了一件旧大衣,又换上一件旧毛衣,估计办公室冷,又添一件背心。彦成等着她折腾,一面默念着他和姚宓的密约:"咱们得机灵着点儿。""机灵"？怎么机灵呢？就是说:他们得尽量设法投在一个小组里,却不能让人知觉。他憬然意识到自己得机警,得小心,得遮掩。

他们夫妇到办公室还比别人早。罗厚、善保和他们招呼之后说:"许先生好久没来,我们这儿新添了人,您都不知道吧？"

彦成进门就看见了角落里的姚宓。他很“机灵”，只回头向她遥遥一点头，忙着解释家里来了亲人，忙得一团糟。丽琳过去欢迎姚宓，问她怎么坐在角落里。姜敏恰好进来，接口说：“姚宓就爱躲在角落里。”姚宓只笑说：“我这里舒服，可以打瞌睡。”

他们大伙进里间去，各找个位子坐下。善保还带两把椅子，姚宓也带了自己的椅子。丽琳注意到彦成和姚宓彼此只是淡淡的。彦成并不和她说话，也不注意她，好像对她没多大兴趣。丽琳觉得过去是自己神经过敏了，自幸没有“点破他”。

余楠进门就满面春风地和许杜夫妇招呼，对其余众人只一眼带过。他挨着组长的大办公桌坐下。朱千里进门看见姚宓，笑道：“哟！我是听说姚小姐也来我们组了！今天是开欢迎会吧？”他看见丽琳旁边有个空座，就赶紧坐下。姚宓沉着脸一声不响。朱千里并不觉得讨了没趣，只顾追问：“来多久了？”

姚宓勉强说：“四五六天。”

余楠跷起拇指说：“概括得好！”

正说着，施妮娜和江滔滔姗姗同来。妮娜曾到组办公室来过，并占用了新书桌。彦成并不知道，看见两人进来，就大声阻止说：“我们开会呢！”

丽琳在他旁边，忙轻轻推了他两下。

彦成却不理会，瞧她们跑进来，并肩踞坐在组长的大办公桌前，不禁诧怪说：“你们也是这一组？”

丽琳忙说：“当然啊！外文组呀！”

朱千里叼着烟斗呵呵笑着说：“一边倒嘛！苏联人不是外人，俄文也不是外文了！”

彦成不好意思了。他说：“我以为苏联组跟我们组合不到一处。”

施妮娜咧着大红嘴——黄牙上都是玫瑰色口红——扭着头，妩媚地一笑，放软了声音说：“分不开嘛！”她看看手表，又四周看了一眼，人都到齐了。她用笔杆敲着桌子说：“现在开会。”

彦成瞪着眼。丽琳又悄悄推他两下。

妮娜接着说：“傅今同志今天有事不能来，叫我代他主持这个会，我就传达几点领导的指示吧。”她掏出香烟，就近敬了余楠一支，划个火给余楠点上，自己也点上，深深吸了一口，两指夹着烟卷，喷出一阵浓烟。

朱千里拔出嘴里的烟斗，站了起来。他是个干干瘦瘦的小个子，坐着自觉渺小，所以站起来。他说：“对不起，我有个问题。我是第一次来这儿开会，许多事还不大熟悉。我只知道傅今同志兼本组组长，还不知其他谁是谁呢？施妮娜同志是副组长吗？”

妮娜笑得更妩媚了。她说：“朱先生，您请坐下——姚宓同志，你不用做记录。”

姚宓只静静地说：“这是我自己的本子。”

罗厚的两道浓眉从“十点十分”变成“十点七分”，他睁大了眼睛说：“领导的指示不让记吗？”

妮娜说：“哎，我不过说，组里开会的记录，由组秘书负责。我这会儿传达的指示，是供同志们讨论的。”

陈善保是组秘书，他扬扬笔记本问：“记不记？”

妮娜说：“我这会儿的话是回答朱先生的，不用记——朱先生，咱们的社长是马任之同志，这个您总该知道吧？他是社长兼古典文学组组长。傅今同志是副社长兼外国文学组组长。现当代组和理论组各有组长一人,没有副组长。古典组人员没全,几个工作人员继续标点和注释古籍,纯是技术性的工作,说不上研究。以前王正同志领导这项工作,现在她另有高就,不在社里了。古典组开会,马任之同志如果不能到会,丁宝桂先生是召集人。我今天呢,就算是个临时召集人吧。”她停顿了一下,全组静静地听着。

她接着郑重地说:“咱们这个组比较复杂。别的组都已经工作了一段时间了,只咱们组连工作计划还没定下来呢——各人的计划是定了,可是全组的还没统一起来。”

她弹去香烟头上的灰,吸了一口,用感叹调说:“一技之长嘛,都可以为人民服务。可是,目的是为人民服务呀,不是为了发挥一技之长啊!比如有人的计划是研究马拉美的什么《恶之花儿》。当然,马拉美是有国际影响的大作家。可是《恶之花儿》嘛,这种小说不免是腐朽的吧?怎么为人民服务呢!——这话不是针对个人,我不想一一举例了。反正咱们组绝大部分是研究资本主义国家的文学。什么是可以吸收的精华,什么是应该批判的糟粕,得严加区别,不能兼收并蓄。干脆说吧,研究资产阶级的文学,必须有正确的立场观点,要有个纲领性的指导。你研究这个作家呀,他研究那个作家呀,一盘散沙,捏不成团,结不成果。咱们得借鉴苏联老大哥的先进经验,按照苏联的世界文学史,选出几个重点,组织人力——组织各位的专长吧,这就可以共同努力,拿出成果来。我这是传达领导核心小组的意见,供大家参考讨论。”

朱千里的计划是研究马拉美的象征派诗和波德莱尔的《恶之花》。他捏着烟斗,鼻子里出冷气,嘟嘟囔囔说:

"马拉美儿！《恶之花儿》！小说儿！小说儿！"

可是没人理会他。大家肃然听完这段传达，呆呆地看着妮娜吸烟。

余楠问："领导提了哪几个重点呢？"

江滔滔娇声细气地说："莎士比亚，巴尔扎克，狄更斯，勃朗特姐。"

彦成等了一等，问："完了？"

江滔滔说："咱们人力有限，得配合实际呀！"

彦成这时说话一点不结巴，追着问："苏联文学呢？"

施妮娜慢慢地捺灭烟头，慢慢地说："许先生甭着急，苏联文学是要单独成组的，可是人员不足，一时上还没成立，就和古典组一样，正在筹建呢。"

江滔滔加上一个很有文艺性的注释："苏联文学，目前就融化在每项研究的重点里了。"

朱千里诧异说："怎么融化呀？"

滔滔说："比如时代背景是什么性质的，资产阶级的上升时期和下落时期怎么划分，不能各说各的，得有个统一的正确的观点。"

许彦成"哦"了一声，声调显然有点儿怪。丽琳又轻轻推他一下。他不服气，闪过身子，歪着脑袋看着丽琳，好比质问她"推我干吗"？窘得丽琳低眼看着自己的鼻子，气都不敢出。

朱千里却接过口来："就是说，都得按照苏联的观点。就是说，苏联的观点驾凌于各项研究之上。"

余楠纠正说："不是驾凌，是供我们依傍——我觉得这样就有个纲领性的指导，很好。照滔滔同志的解释，我们就是取四个重点……”

妮娜说:“对！取四个重点。分四个小组。”

余楠赶紧说:“我想——我——就研究莎士比亚吧。陈善保同志做我的助手,怎么样?”

姜敏没想到余先生挑了善保没要她。她估计了一下情势,探索性地说:“我跟杜先生研究勃朗特,杜先生要我吗?”

杜丽琳乖觉地说:“好呀,咱俩一起。”

彦成暗暗得意。他从容说:“我就研究狄更斯了。”

罗厚欣然说:“我也狄更斯。”

姚宓急忙说:“我也是狄更斯。”

朱千里看着姚宓,取笑说:“假如你是狄更斯,我就是巴尔扎克了!”他指望逗人一笑。可是谁也没有闲情说笑。

施妮娜说:“姚宓同志,你懂法文,你做朱先生的助手——就这样:咱们成立四个小组,四位小组长,四个助手。以后凡是指导性的讨论,只要组长参加就行。”

姚宓着急说:“我不是法文专业,法文刚学呢。”

朱千里说:“我教你。”

妮娜说:“专家是发挥专长,助手跟着学习。咱们好比师徒制吧,导师领导工作,徒弟从工作中提高业务。”

罗厚说:“我也懂点法文,我跟朱先生做徒弟。”

朱千里却说:“我的专业不是小说,我是研究诗歌戏剧的。”

妮娜卖弄学问说:“朱先生可以研究巴尔扎克的《人间喜剧》呀!”

朱千里使劲说:“我已经声明了,我的专业不是小说！我也懂英文,也研究过莎士比亚,我加入余楠同志的小组,做他的助手。”

江滔滔轻声嘟囔：“这不是捣乱吗？”

妮娜反问说：“那么巴尔扎克呢？总不能没有巴尔扎克呀！”

彦成忍不住说：“没有的还多着呢！且不提俄罗斯文学，不提德国文学、意大利文学，单讲法国英国文学，雨果呢？司汤达呢？福楼拜呢？莫里哀呢？拜伦、雪莱呢？斐尔丁呢？萨克雷呢？倒有个勃朗特！”

善保忍耐了一会儿，怯怯地说：“我水平低，莎士比亚太高深了，我——我——”

姜敏忙说：“我跟你换。”

丽琳笑说：“干脆取消了我们那个小组。我也跟余先生学习。”

余楠说：“我又不是莎士比亚专家！我向朱先生、杜先生学习。”

妮娜忙用笔杆敲着桌子说：“同志们，不要抱消极态度，请多提建设性的意见！”

朱千里说：“好啊！我建设！我女人——我爱人和我同在法国生活了十年，请她来做小组长，我向她学习！”

“您爱人是哪一位呀？”妮娜睁大了她那双似嗔非嗔的眼睛。

“她不过是个家庭妇女，无名无姓。”

江滔滔气愤地说：“这不是侮辱女性吗？”

罗厚乘机说：“该吃饭了，建议散会，下午再开。”

妮娜看看手表，确已过了午时。她把刚点上的烟深深吸了两口，款款地站起来说："咱们今天的会开得非常成功，同志们都畅所欲言，表达了各自的意见。我一定都向领导汇报。现在散会。"

"下午还开吗？"许多人问。

"对不起，我不是领导。"她似嗔非嗔地笑着，一手夹着烟卷，一手护着江滔滔，让近门的人先退。

第二章

姚宓午后到办公室，不见一人。里间的窗户大开着，不知谁开了没关。烟味倒是散了，大炉子已经半灭。姚宓关上窗，又关了分隔里外室的门，自幸善保和罗厚都不抽烟——至少在办公室不抽。

一会儿罗厚跑来，先向里屋看看，又看看门外，然后很神秘地告诉姚宓："他们开秘密会议呢。"

"他们谁？"

"老河马一帮——包括善保，上海小丫头，当然还有余大诗人。"

"许先生、杜先生呢？"

"没有他们。我在侦察，你知道吗，那老河马……"

姚宓打断他说："罗厚，你说话得小心点儿。什么老河马呀，小丫头呀，你说溜了嘴就糟了。"

罗厚不听她的训斥，笑嘻嘻地说："我不过这会儿跟你说说。你自己对朱先生也够不客气的。"

姚宓苦着脸："把我分在他手下，多别扭啊！"

“放心，”罗厚拍胸脯说，“我一定跟你对换，我保证。”

姚宓信得过罗厚，不过事情由得他吗？

姚宓说：“朱千里的臭烟斗就够你受的。”

罗厚一本正经说：“我告诉你吧，朱千里的学问比余楠好多着呢。他写过上下两大册法国文学史——也许没出版，反正写过，他教学当讲义用。他娶过法国老婆，法文总不错吧；在法国留学十来年，是巴黎大学的博士——大概是，因为他常恨自己不是国家博士，他瞧不起大学的博士。他回国当教授都不知多少年了。”罗厚自诩消息灵通，知道谁是谁。

“他夫人是法国人？没听说过呀。”

“他的法国夫人没来中国。现在的夫人还年轻，是家庭妇女。他家的宿舍紧挨着职工宿舍。听他们街坊说，那位夫人可厉害，朱先生在家动不动罚跪，还吃耳光，夫人还会骂街。”

“当小组长得会骂街吗？”

“咳，朱千里是故意损那老河马——该死该死，我真是说溜了嘴了。我说，朱先生刚才是故意捣乱，你不明白吗？他意思是老河马——妮娜女士不过是家庭妇女之流。朱千里认为自己应该当副组长。”

罗厚坐不定，起身说：“我溜了，打听了消息再来报告。”

罗厚不爱用功。他做学生的时候有个绝招，专能揣摩什么老师出什么考题，同班听信他的总得好分数。他自己却只求及格。他的零用钱特多，他又爱做“及时雨”，所以朋友到处都是。在研究社里他也是群众喜爱的。他知道的消息比谁都多。

姚宓一人坐着看书——其实她只是对着书本发呆。因为总有个影子浮上书面，掩盖了字句，驱之不散，拂之不去，像水面上的影子,打碎了又抖呀抖的抟成原形。姚宓觉得烦躁。她以前从没有为她的未婚夫看不进书。她干脆把椅背斜靠在墙上,暂充躺椅,躺着合上眼,东想西想。

也许她不该对他讲那些旧事。可是他也不该问呀。不过,他好像并没有嫌她,也没有瞧不起她。他不是还嘱咐她得机灵着点儿,争取同在一个小组吗!他为什么对她那么冷淡呢?准是他后悔了,觉得应该对她保持相当的距离。

姚宓忽然张开眼睛。她不该忘了人家是结了婚的!她可不能做傻瓜,也不能对不起杜丽琳。

她对自己说:"该记着!该记着!"可是她看了一会儿书又放下了。书里字面上的影子还像水面上的影子,打不破,驱不开。

许彦成对姚宓的冷淡也许过分了些。别人并不在意。杜丽琳先是受了蒙骗,可是她后来就纳闷:彦成对姚宓向来那么袒护,怎么忽然变得漠不关心似的?做妻子的还没有"点破他"呢,他已经在遮遮掩掩了?

彦成下午四点左右照例又出门去。他只对丽琳说:"我出去走走。"丽琳料想他又是到姚家去。彦成回来照例到他的"狗窝"里去用功,并不说明到了哪里,干了什么。丽琳曾经问过,他只说:"到姚家去了",此外就没有别的话。丽琳自觉没趣。他既然不说,她也争气不问,只留意他是往姚家的方向跑。她想姚宓在图书室呢,不会回家。这次开组会,丽琳才知道姚宓已调入研究组。她急切要知道姚宓是否下午回家;究竟是她自己多心,还是彦成做假。她等彦成出门,就跑到办公室去。

姚宓听见轻轻的脚步声,以为是姜敏回来了。她张眼看见杜丽琳,忙起身摆正了椅子,问杜先生找谁。

丽琳说:“问问几时开会。”

“还没通知呢。”

“就你一人上班?”

“只罗厚来了一下,又走了。”

丽琳掇一只椅子坐下,道歉说:“我打扰你了。”

“哪里!”姚宓笑着说,“我在做个试验,椅子这么靠着墙,可以充躺椅。”

丽琳很关心地说:“干吗不回家去歇歇呀?”

姚宓心里一亮,想:“哦!她是来侦察我的!”她很诚恳地回答说:“我上班的时间从不回家,养成习惯了。当然,在这里比在图书室自由些,可是家里我妈妈保不定有客人,在家工作不方便。我要是工作时间回家,妈妈准会吓一跳,以为我病了呢。”

丽琳指着三个空座儿问:“他们都像你这么认真坐班吗?”

“平常都来,今天他们有事。”

丽琳正要站起来,忽见姚宓无意间掀起的一角制服下露出华丽的锦缎。她不客气伸手掀开制服,里面是五彩织锦的缎袄,再掀起衣角,看见红绸里子半掩着极好的灰背,不禁赞叹说:“真美呀!你就穿在里面?”

姚宓不好意思,忙把制服掖好,笑说:“从前的旧衣服,现在没法儿穿了。”

丽琳是个做家的人,忍不住说:“多可惜!你衬件毛衣,不经磨得多吗?”

姚宓老实承认不会打毛衣。

“你这制服也是定做的吧?”

姚宓说,她有个老裁缝,老了,肯给老主顾做做活。她瞧杜先生不想动身,怕她再深入检查,就找话说:

“杜先生,您家来了老太太和小妹,不搅扰您吗?”

“走了! 昨天下午走的。我们老太太就像一阵旋风,忽然的来了,忽然的又走了。我想把小丽留下,可是孩子怎么也不肯。”她叹了一口气。

“反正天津近,来往方便。”

“谁知道呀!”丽琳又叹了一口气,“家家都有一本难念的经。我们的老太太是个‘绝’。就拿钢琴的事儿说吧,我打算给小丽买一架。老太太说:‘现成有,何必别处去买呢?’简直‘你的就是我的’。她忽然想来,信都没有一封,马上就来了。我只好让彦成睡在他的小书房里(姚宓从妈妈处知道那是彦成的‘狗窝’)。我们卧房里是一对大中床。我让老太太睡在我对床,让小丽跟我睡。可是孩子硬是要跟奶奶睡,而且要睡一个被窝。床又软,老的小的滚在一堆,都嫌垫子太厚。我想把我的书房给老太太布置一间卧房。她老人家一定要买一张旧式的大床——你知道,那种四个柱子带个床顶还有抽屉的床。哪儿去找啊? 我说是不是把她天津的大床运来。老太太说她住不惯北京;她天津的房子大,北京的房子太小。昨天小丽嘴角长口疮,她说是受热了。说走就走,一天也没留。我想把小丽留下,孩子怎么也不肯。她只认奶奶,爸爸妈妈都不认。奶奶对儿子是没一句话肯听的,对小丽却是千依百顺。”丽琳长叹一声说:“真没办法。孩子是我的,惯坏了还是我的孩子呀!”她克制了自己,道歉说:“对不起,尽说些啰嗦事,你听着都不耐烦吧?”

姚宓安慰她说:“孩子上了学会好。”

“彦成也这么说。他——他并不怎么在乎,只担心他妈妈回天津又去麻烦他的伯母。可是我——哎,我想孩子!”她眼里汪出泪来,擦着眼睛说:“我该走了。”

姚宓十分同情,正不知用什么话来安慰,丽琳已站起身,晃一晃披肩的长发,强笑说:

“我觉得女人最可笑也最可怜,结了婚就摆脱不了自己的家庭,一心只惦着孩子,惦着丈夫。男人——”她鼻子里似冷笑非冷笑地哼了一声,“男人好像并不这样。”她撇下这句话,向姚宓一挥手,转身走了,让姚宓自去细细品味她的“临去秋波那一转”。

杜丽琳那天临睡,有意无意地对彦成说:“你那位姚小姐可真是够奢侈的,织锦缎面的灰背袄,罩在制服下面家常穿。”

彦成一时上有好几句话要冲口而出。一是抗议姚小姐不是他的。二是要问问她几时看见了姚小姐制服下面的锦缎袄。三是姚小姐从前的衣服想必讲究,现有的衣服为什么不穿呢?四是穿旧衣不做新衣,也不算奢侈。可是他忍住没有开口。他好像是没有听见,又好像是不感兴趣,只心中转念:“丽琳准是又到办公室去了。去干吗?去侦察!不然为什么不说?”

丽琳低声自言自语:“毛衣都不会打。”

彦成又有话要冲口而出。他想说:“她早上有早课,晚上有晚课,白天要上班,哪来工夫打毛衣!”可是他仍然没做声,只是听了丽琳的末一句话,坐实了他的猜想:丽琳确是又到办公室去过。

丽琳也不多说了。彦成难道没听见她说话吗？他分明是不肯和她谈论姚宓。他和姚宓中间有点儿共同的什么，而她却是外人。

第　三　章

范凡承认自己对知识分子认识不深，不知应该怎么对待。所以这方面他完全依赖傅今了。傅今觉得评比知识分子不是易事，他们互有短长。就拿外文组的几位专家来说吧。论资历，余楠是反动政客的笔杆子，杂牌大学毕业，在美国留学不到两年，回国也是在杂牌大学教书。他补交的那份履历上填的是美国某校毕业，没说有学位。许彦成虽然也没有洋学位，却是国内名牌大学毕业的，傅今熟知他学生时期的才名。他曾在英国伦敦大学进修，伦敦大学是谁都知道的呀。而且他和美国学者、英国学者同出过书。回国后，他母校曾敦请他回校当教授。年纪虽轻，资格可不弱。杜丽琳呢，有两个响当当的洋学位呢。她家客厅里不挂着两张镶镜框的英文证书吗！一张学士证书，一张硕士证书，上面都有照片，可谓货真价实。夫妇俩都曾留学多年。至于朱千里，他是伪大学的教授，留学的年份更长，不知是法国什么大学的博士。博士当然比硕士又高，伪大学也不比杂牌大学差，他回国已当了多年教授。究竟谁高谁下，也许该看他们的“政治”了。那么，许彦成杜丽琳是投奔光明回来的，当然该数第一。可是论表现，谁比得过余楠呢？也数他最“靠拢”。最糟的是朱千里，觉悟不高，尽说怪话，说话着三不着两。他爱人压根儿没有文化，是家庭妇女。傅今听了外文组开会的汇报，觉得朱千里要他爱人当小组长的话很可能是挖苦施妮娜，因为妮娜在外国并没有学历，不过跟着从前的丈夫出国当太太罢了。好在"同等学力"的说法，不是他傅今提出来的。妮娜确也有她的才干。至于滔滔，她是女作家，以她的才华，在现当代组自有地位，只因为她是自己的爱人，他还有意压低了她的级别呢。反正目前且让大家发展专长，对他们注意平衡就是了。不过话又说回来，求得平衡，不是容易。这天傅今听过汇报，请来几个平日"靠拢"的人在自己家里随便谈谈，摸摸群众的底。

姜敏义愤填膺地说："朱先生太不应该了！"她忽又咽住，鼓着嘴，气呼呼的，像小孩儿受了委屈。

傅今说："随便讲呀。"

余楠说："我同意姜敏同志的看法。"

姜敏垂着睫毛，瞄了他一眼，好像是壮了胆。她赌气似的说："我觉得他是存心找碴儿。不能人人都是法国文学专家呀！波德莱尔的《恶之花》，不能要求人人都读过呀！把《恶之花》说成小说，也没什么相干，反正是腐朽的嘛！"

妮娜装作不介意，笑问："我说了那是小说吗？我好像没说啊！"

余楠忙说："没有，我没听说。"

善保说："您把朱先生计划上的两个人并成了一个。"

妮娜不认账，反问："是吗？我准是说急了。"

余楠说："我记得你有一句话说得顶俏皮。朱千里自称戏剧专家，你就指出巴尔扎克的小说是《人间喜剧》。"

可是余楠这下马屁也拍在痛疮上了。妮娜没想到《人间喜剧》倒是小说，只好假装故意说了俏皮话，一笑不答。

善保很老实地又补上一句:“该是勃朗特姐妹吧?滔滔同志只说了一个姐。”

余楠说:“也对呀,咱们要的是姐,没要妹。”

没人接口,大家静默了一会儿。

傅今说:“常识性的错误,得尽量避免。妮娜,你应当仔细对照各人原定的计划,写下底稿。拿不稳的先请教专家。”

妮娜说:“我有稿子,只是没有照念。讲的时候也许脱落了字句。”

滔滔咕嘟着嘴说:“我是照着念的,可是稿子上的字不清楚。”

妮娜说:“我们苏联组的人力太薄弱了。”

余楠好像经过一番深思熟虑,沉着地说:“依我看,苏联组虽然还没有独立,目前,单为了在我们组里起领导作用,任务就不轻。将来小组交出来的成果,只能是半成品,也许不过是一堆杂乱的资料,得她们两位加工重写,再交傅今同志总其成。这份工作太庞大些。”他叹了一声说,“可惜我不通俄语。不然,我倒是出了名的快手。以前我一个人主办一个刊物,缺什么稿子,我一气化三清,用几个笔名全部包了!要多少字,有多少字!”

妮娜说:“余先生到我们组里来帮一手吧。姜敏,你也可以来。”

姜敏说:“我正要学俄语呢,善保也想学。”

余楠不服老,忙说:“我也想呀!”

姜敏说,大学里正在开办俄语速成班,她有朋友在大学里当助教,她可以弄到教材。她说,他们还可以请妮娜同志当老师呢。

妮娜忙笑着摆手说:“你问我高深的倒好讲,初级的我可不会教。不信,问傅今同志吧。比如请大学教师去教小学一年的语文:‘羊’、‘大羊’、‘小羊’、‘大羊跑’、‘小羊跑’,一个字两个字就是一堂课,大学教授也不能对付呀!初学再加速成,那就更是专门的学问了。不过,不要紧,我爱人也进过俄语速成班,他懂。”

姜敏自愿担任班长,负责弄教材,议定每天在余家学习,有问题请妮娜的爱人来指导。他们越谈越认真,只傅今默不作声。因为他已经请余楠当了图书室主任,觉得不能太倒向一边。况且许杜夫妇究竟是他邀请来的。

过一天,他和范凡商谈之后,特到许彦成家访问,听取意见。傅今向许彦成杜丽琳委婉解释:四个小组里,杜丽琳的小组不是重点;两夫妇如果各踞一重点,力量太偏重,或许会导致旁人不满。许杜夫妇都表示赞成。傅今又亲自去拜访了朱千里,看见他住处偏远简陋,很过意不去,说以后得为他们调整。朱千里生活很简朴,倒并不计较房子。傅今亲来看望慰问,足见重视和关怀。他受宠若惊,一下子变得绵羊一般驯顺。傅今说,四个小组是并重的,巴尔扎克非但不输莎士比亚,还更有现实意义。朱千里很爽气地说,他没有意见,一切听从领导的安排。

原先的四个小组依然如旧,四个助手却略有更动。余楠还是要善保做助手。傅今不知他是相中了女婿,只以为他拘谨,不要女助手,当然一口答应。他对善保说:“你是培养的对象,该知难而进,不能畏难退缩。”善保很想跟许彦成,可是他只好乖乖地服从。罗厚已向范凡反映:朱太太是有名的醋罐子,家里来了女客,朱先生得罚跪,还保不定吃耳光。如果叫姚宓做朱先生的助手,准引起家庭风波。范凡告诉了傅今。他们认为罗厚的态度不错。他不计较自己是研究院毕业生,服服帖帖当学徒,只为顾全大局,愿和姚宓对换导师,当然完全同意。傅今拜访朱千里的时候,就顺带说起,让罗厚做他的助手,因为朱先生住得远,组里有什么通知,或是朱先生要借书还书,有个小伙子为他跑跑腿,比较方便。朱千里也很乐意,事情就这么安排停当了。

傅今召开了组会。他安排工作的时候,只杜丽琳提出一点修补意见。她说,勃朗特作品不多,也不如狄更斯重要,她的小组算个附属小组吧。傅今说:“两组都研究英文小说,算姊妹组吧,可分可合。”朱千里笑说:“姊妹有大小,夫妻却平等,妻者,齐也。该称夫妻组。”余楠敷衍性地笑了一声。傅今却不爱说笑,只一本正经说:“随你们自己结合吧。”

姚宓和许彦成当初只怕不能同在一个小组里,如今恰恰两人一小组,私下都不喜而惧,一致赞成两组合并。丽琳要求做附属小组当然有她的缘故,彦成和姚宓不约而同,都有相同的理解。另一方面,丽琳也怕驾驭不了姜敏。姜敏不愿意单独和杜丽琳拴在一起,却也不想单独和许彦成同一小组,因为许彦成对她从来不敷衍。所以两小组合并,四人都由衷赞成。怎么结合,当时没有细谈。

第　四　章

许杜夫妇早上到组办公室去找姜敏和姚宓开了一个小会。两位导师开了必读的书和参考书单,商谈怎么进行研究,怎么分工等等,谈完就散会了。姜敏把两张书单都抢在手里,亲亲热热地送杜丽琳出门。许彦成知道自己处于严密监视之下,保持“机灵”,对姚宓很冷淡,一散会就起身走了。姚宓牢记着她对自己的警戒,只站起身等候导师退出,并没敢送。她等了一会儿不见姜敏回来,猜想她或是送导师回家了。

自从分设了小组,善保常给余楠召回家去指导工作。罗厚呢,经常迟到。他这天过了十点才到办公室,看见屋里静悄悄的,只姚宓一人在那儿看书。他进屋说:

“嘿! 姚宓!”

姚宓抬头说:“你这会儿才来呀?”

罗厚不答,只问:“他们呢?”

姚宓说:“善保大概在余先生家。我们两个小组刚开完小组会,姜敏大概送他们回家了。我在这儿替你看书呢。”她曾答应替罗厚读一本巴尔扎克的小说,并代做笔记。

“不用了,姚宓。朱老头儿对我讲,我什么都不用干,他有现成的货。满满的好几抽屉呢,要什么有什么!”

“他就这样推你出门吗?”

“哪里! 老头儿人顶好,像小孩子一样,经不起我轻轻几下马屁,就给拍上了,把私房话都告诉我了——抽屉里的现成货是秘密,你可不能说出去。”

姚宓笑问马屁怎么个拍法。

罗厚说:“妙不可言,等有空再谈。咱们这会儿有要紧事呢——我问你,你爸爸藏书室有个后门,钥匙在你手里吗?”

“那扇门早用木板钉死了。”

“木板可以撬开呀。我只问你钥匙。”

姚宓说,钥匙在她手里。

罗厚叮嘱说:"你回家去把钥匙找出来,交给伯母,我会去拿。大院东侧门的钥匙我记得你有两个呢,也给我一个。"

他告诉姚宓,捐赠藏书的事已经和某图书馆谈妥。他手里虽然有书单,还得带人去估计一下:那一屋子书得用多少箱子装,去几辆卡车,得多少人搬运。他说,卡车可以停在大院东侧的门外,书从藏书室的后门出去,免得兴师动众。他打算一次搬完。两只大书橱留下,书架子他已经约定卖给一个中学了。

姚宓说:"还有我自己留的一堆书呢。"

罗厚说:"知道!你不是说,都堆在沿墙地下吗?我把那两个书橱给你留下,装你的那些书。问题是你家那间乱七八糟的小书房怎么布置?得预先挪出地方搁那两个大书橱——你懂吗?书橱得先进去,不然,就挤不进了。"

姚宓为难说:"满屋子都是土,沈妈老也不去收拾。"

罗厚很爽气地说:"得,你甭管了,我找人去收拾。不过书怎么整理,得你自己,我可是外行。"

姚宓笑说:"当然我自己来,不成还叫你整理!"

罗厚说:"你都甭管了,照常上你的班。反正你帮不了忙,我也误不了事。我这里面有一条妙计——闪电计!别让上海丫头知道了去报告老河马。"

"这又不是瞒人的事,也瞒不了呀。"

"哼!老河马准在算计那一屋子书呢!我就给她一个出其不备!——还有一句话,舅舅叫我转达的:给你们钱,别说不要。"

姚宓郑重声明:"书是捐赠的,妈妈绝不肯拿钱。"

"给的不是书价,有别的名目,反正你们收下就完了。我警告你,姚宓,你以后得多吃鸡鸭鱼肉,你再瘦下去,就变成鬼了。你太抠门儿,你在省钱给妈妈买补药。”

“你胡说。”

“我才不胡说呢!我告诉你,这么办正好叫老河马没话可说,不能埋怨你不把书留给本单位。哼!给重价收买了!家里穷!要钱!怎么着!”

姚宓忍笑说:“你把我当做老河马,练习吵架吗?”

罗厚昂然说:“练习吵架,不怕!即使当面是真的老河马,我也绝不会动手打她。”

他回身要走,姚宓叫住了问他朱千里是否真的什么都不要他干。

罗厚说:“当然真的。”

姚宓说:“那么,我替你看的书就不用做笔记了,我自己看着玩儿了。不过,我问你,你是怎么拍上他的?”

“咳,没做坏事,不过帮他捣鬼,瞒着他夫人为他汇了些钱给他乡下的外甥——他瞒着夫人在赚稿费。这都是秘密。”他不肯多说,忙着走了。

姚宓等着姜敏回来,她想看看书单。可是直到吃饭,姜敏也没有回办公室。

姚宓回家找出钥匙,向妈妈转述了罗厚的话。姚太太接过钥匙,放在镜台上,慢慢地说:

“刚才郁好文来,说姜敏借了许许多多书,施妮娜说研究用的书没有限制,她们把书不知藏在哪里了,没见姜敏拿出去一本书,只听见她们说占有资料,取得主动,小组里露一手,她又听见施妮娜反复叮嘱方芳:‘只说没有书,没有!就完了。’她说她们大概是对付你的。”

姚太太知道他们四个人的两小组，姚宓回家都向妈妈讲过。这时她吩咐女儿且别到图书室去讨没趣。

这天下午，罗厚跑来和姚太太商谈搬运藏书的事。恰好许彦成也来了。他和彦成是很相投的。上次许家搬运钢琴，姚太太事后知道就是罗厚帮彦成找的人。姚太太就对彦成讲了郁好文透露的消息。罗厚怒得竖起他的“十点十分”，摩拳擦掌。

彦成笑对罗厚说：“不用你打架的，我自有办法。”

办法很简单。他说，如此这般，把小组里需要的书集中在组办公室里。三人一商议，觉得没有问题。姚太太就和罗厚继续商谈搬运那一屋子书的事。

罗厚把拳头在自己膝盖上猛捶一下说：“我觉得更得‘闪电’！我准备半天搬完！”

彦成说：“办不到。”

罗厚瞪着眼说：“我跟你打赌！赌脑袋！”

姚太太责备似的看了他一眼，低声说：“罗厚！”

罗厚忙两手打拱说：“对不起，许先生，我说急了。不过，伯母放心，打赌，不是打人。”

姚太太也说办不到，而且没有必要。

罗厚又气又急，又不敢得罪姚伯母。他忍耐了一下说：

“伯母，善本、孤本，拿到手就有利可图，想占便宜的坏人多着呢。还有更坏的人，自己占不到便宜，捣捣乱，制造点儿麻烦他也高兴。公家是糊里糊涂的。你偷了他的，他也不知道，知道了也不心痛；越是白送的他越不当一回事。要办事，就得抓紧，得快!”

彦成说:“可是半天怎么行呢?”

罗厚很内行地说:“得有办法呀!要有准备,要有安排,最要紧是得力的人手。”

他有得力的人手。他待人慷慨,人家愿意为他效劳。他也懂得“重赏之下,必有勇夫”,从不惜小费。

他解释说:“成套的书都带书箱,好书都有书套。散的装木箱或纸箱,硬面的或是不怕挤压的可以装麻袋。我带人去估计现场,不会空着手去傻看。”姚太太说:“反正由你全权办理。”

罗厚得意地说:“好,我组织三路大军,三路进军。一路是主力,搬书;二路是把书架子运走;三路是把书橱和剩下的一些书悄悄儿搬往您家,谁也不让知道。”

姚太太说:“又不是偷!”

罗厚认真说:“可是人家知道了,就要来利用了。书啊!不能独占啊!得让大家利用啊!好!从此多事了。你借,我借,他又转借,借了不还,或者丢了——干脆悄悄儿藏着吧。”

姚太太说:“干脆也交公,交给图书室。”

罗厚着急说:“不行!都交给老河马?让她占有?那是许先生给姚宓挑出来的。”

彦成说:“谁家没有几本书,藏着就完了,不张扬也对。”

姚太太说:“好,罗厚,都照你说的办。”

罗厚说他马上找人来收拾姚宓的小书房;又问那间书房别人知道不知道。

“什么书房!只不过是一间储藏室罢了。”姚太太隔窗指点着小院对面的屋子,问许彦成:“那间房,看见吗?”

彦成说:“没注意过。”

罗厚得意地说,只有他知道。他拉彦成一起去看看将来书橱放在哪里合适。小书房挨近大门口,要经过一个长圆形的墙门洞。洞门后面堆着些什物:不用的火炉子,烟筒管,大大小小带泥的花盆之类。走过去还要上五六级台阶,才是一扇旧门,门上虚锁着铁锈的大锁。姚太太行走不便,从没进去过,只吩咐沈妈经常去打扫屋子,擦擦玻璃。天气冷,沈妈已多时不去打扫。屋里寒气逼人,灰尘扑鼻。他们看了一下,罗厚指点着说:“书橱这么搁。”彦成也同意,两人商量了一番,就忙着出来。

他们回到姚太太的客堂里,彦成不及和姚太太同听音乐,就要和罗厚同去办交涉,把研究资料集中在组办公室里。

罗厚临走对姚太太说:“伯母,您瞧啊,做研究工作也得打架,而且得挖空心思打!”

姚太太笑说:“好吧! 打吧。”她把藏书室后门的钥匙和东侧门的钥匙都交给罗厚,重又说:“告诉你舅舅,钱,我们是不领的。就算是愚忠,我们反正愚忠到底了。书架子随你去卖。”她看着罗厚不服气的脸,抚慰说:“你放心,罗厚,伙食是我管的,没克扣阿宓。”

罗厚心里嘀咕:“这姚宓! 她什么话都给我捅出来!”他嘴里却忙着辩解:“我不是这个意思! 不过,伯母,我还是不赞成您的愚忠。公家只是个抽象的词,谁是公家? 哼!”他不敢说下去,怕挨训,只妩媚地一笑说:“我是不懂公德的!”

姚太太不和他多说,只赶他说:“去吧,打架去吧!”

罗厚披上大衣,很有把握地说:“伯母,您等着瞧,我们一定胜利。”许彦成已经穿上大衣，围上围巾，戴上手套，站在一边等着罗厚。他心上却不像罗厚那么拿得稳。

第 五 章

许彦成想的办法的确很简便。他叫罗厚代表朱千里，随同他和杜丽琳去找傅今，建议为了工作方便，把研究用的书籍集中在组办公室里，那儿现成有空着的书橱。罗厚拍胸脯担保他能代表朱千里，而且他知道傅今什么时候在家。他们商定，如果江滔滔在家，让杜丽琳和她敷衍，稳住她，彦成就和傅今谈公事。

恰是天从人愿，他们三个跑到傅家，正好傅今在家，江滔滔却不在。他们三言两语就把事情讲明。彦成建议让罗厚到隔邻余家去把余楠请来，四小组一起商谈。

余楠完全同意他们三组的建议，不过他说，组办公室的书橱搁不下那么许多书，他那个小组的书不妨搁在他家的书橱里。(因为图书室新到一部版本最好的《莎士比亚全集》。他来北京的时候，把家里大部分的书都处理了，带来的不多，宛英买的书橱还空落落的，正需要几部装潢精美的名著装点门面。)

他说：“由我负责保管就是了。”

彦成迟疑说：“不方便吧？”他指的当然是对别人不方便。

余楠却慷慨地表示他不怕“不方便”。他说：“没关系！我多点儿事不要紧。”他说：“谁要看，到我家来看得了。况且莎士比亚不止一套，图书室有几个版本呢。”

傅今说：“社里添置了好些书橱和书架；办公室里的书橱不够用，可以取用。”

余楠连说不必,他家有书橱。“书由我保管,我们小组使用也方便。”

罗厚竖起他的“十点十分”,等着听傅今怎么说。他瞧傅今并不反对,好像是默许了,不免心头火起,故意问道:

“巴尔扎克都搬到朱先生家里去吗?”

傅今说:“书太分散,不好。”

余楠只图把他要的莎士比亚放在自己家里,并不主张把巴尔扎克送到朱千里家去,所以附和说:

“他家也没处放吧? 又住得那么远。”

罗厚露骨地说:“朱先生不会要把公家的书藏在自己家里的。”

余楠好像一点不觉得罗厚话中有刺儿,或许感到而满不理会,认为不值得理会。因为他知道罗厚全家逃亡,料想他出身不好;他又不像别的年轻人积极要求进步,只是吊儿郎当,自行其是,而且愣头愣脑。余楠对年轻人一般都很敷衍,对罗厚只大咧咧地说:

“负责保管公家的书,够麻烦的,而且责任重大。”凭他的口气,他还是为人民服务呢!

傅今那晚还要出去开会,他们不多耽搁,谈完公事一起辞出。余楠近在隔邻,大家顺道送他回家。

罗厚气愤愤地说:“图书资料室主任倒是自己方便,也与人方便。”

彦成叹口气说:“咱们总算达到目的了。”

丽琳只诧怪说:“那江滔滔晚饭也不回家吃吗?”

罗厚说:“准在老河马家呢。太好了! 太好了! 我只怕她在家，准两个一起在家，咱们今天就没这么顺利了。”

第二天早上，许彦成和杜丽琳同到办公室，正好四个助手都已到齐，罗厚刚到朱千里家去跑了一趟赶来。姚宓为杜丽琳搬了个椅子，丽琳说声谢谢就坐下了。彦成却不愿坐姜敏为他搬的椅子，善保同时也为他搬了把椅子，他倒不好意思坐了。他站在炉边，两手捧着烟筒管，从容说：

“昨天，我们……”

他刚说了这四个字，忽见余楠气喘吁吁撞进办公室，连说：“对不起，对不起，我来迟了！”他指指空椅子请彦成坐下。这姿态带些命令的意思，彦成傻乎乎地坐下了。余楠就站在彦成站的地方，两手也捧着烟筒管儿，咳嗽两声说：

“昨天，我们四个小组在傅今同志家开了一个小会。我们图书资料室为了保证研究工作的顺利进行，制定了一些规章。今天我来向大家宣布一下。”

彦成夫妇和罗厚都以为事情又有变卦。可是余楠宣布的只是昨天商定的办法。彦成恍然明白余楠只是来抢做主席，以图书资料室主任的身份来执行他的任务。他感到意外的高兴。觉得真是罗厚所说的“太好了！太好了！”

余楠接着轻描淡写地说，他们莎士比亚小组的书就集中在他家里，把书橱让给夫妻组。善保可以在他家里工作，他书房里为善保留着书桌呢。哪位同志要看他们小组的书，欢迎到他家去看。他又说，巴尔扎克小组的书大概书橱里还挤得下，挤不下的话，办公室里还可以搬进一个书架，反正他的小组一切退让，尽量把空余的地方让给别的小组。

罗厚举手说：“朱先生叫我说，他要求图书室把我们小组需要的书冻结起来,不出借——也不是绝对不出借,只要求我们小组有优先权,出借的书如果我们有需要,就得收回。”

余楠点头说:“好办法!也省事。”

罗厚说:“余先生,你们组也可以学样儿。”

余楠却不赞成。他说:“昨天是四个小组和傅今同志一起讨论之后,给图书室制定了各小组集中图书的办法。现在虽然四个小组都有人在这里,傅今同志却没有来。已经决定的事,不必再翻案了。各小组各有方便的办法,不妨灵活着点儿,不必一律求同。好,就这样了,你们照办吧。”

他大衣都没脱,说完就走了。

罗厚在姜敏背后缩着脖子做了一个大鬼脸。彦成假装没看见。

丽琳说:“怎么办?咱们就去把书都借来吗?”

善保和罗厚都愿意帮忙。

彦成考虑着说:“是不是让女同志干轻活儿,烦她们去办借书手续。我们小伙子搬运。书单在组里吧?”

姜敏万想不到余楠会忽然跑来下这么一道命令。他和妮娜没有接头吗?还是故意找妮娜的碴儿?她昨天已经把书单给姚宓看了。姚宓说:“你收着吧,别让我给丢了。”所以书单还在她手里。她借的书都暗暗藏在一只大纸箱里,纸箱藏在一个隐僻的地方。怎么办呢?

她赶忙说:“借书,我去!书单在我这儿呢。让善保帮我搬书吧,好不好?”

彦成很识趣地说:“姜敏同志去借,善保帮她搬,罗厚去借个小推车,我帮着把书一起都运过来,顺便还可以看看有什么书忘了借。丽琳，你和姚宓同志管上架，怎么样？”

姚宓建议先把书橱抹拭干净，她们俩就动手干活儿。

姜敏很想问问妮娜余楠宣布的规章是怎么回事。图书室新近隔出小小一间图书资料办公室，可是妮娜并不经常上班，那天她恰恰不在。幸亏姜敏藏书的纸箱太大，没存在妮娜的办公室里。姜敏对付善保绰有余力。她支使善保在借书柜台前等待，自己先把书从纸箱里三本五本地搬上柜台，然后叫善保往外间搬，等待装车。她暗藏的书没敢扣留一本，怕彦成会追根究底地找。

众人齐动手，他们两小组为进行研究所需要的书，凡是图书室所有的，当天都整整齐齐地排列在办公室的书橱里了。

彦成唯恐丽琳瞧破他为姚宓如此尽心，所以非常“机灵”，恰如其分地疏远，恰如其分地冷淡。姚宓呢，她牢记着自己的警戒。而且，假如只是为了“别对不起杜丽琳”，那么，说不定会辜负另一个人。如今姚宓看到彦成的疏远和冷淡，觉得自己只要做到“别做傻瓜”就行。虽然心上隐隐有些伤痛，她自己的“恰如其分”非常自然。丽琳开始相信自己确是神经过敏了，或者因为她警觉，已经及时制止了丈夫的心猿意马。

彦成说：“这些书都不准拿出去，就在办公室里使用。姜敏同志，你负责保管。”

姜敏心想：“好个体统差使！多承照顾了！”她并不推辞，也并不表示接受，只暗暗为自己打主意。

第　六　章

姜敏曾对姚宓说：“你觉得吗，姚宓，假如你要谁看中你，他就会看中你。”她自信有这股魅力。

姚宓只说：“我不知道。我也不要谁看中。”

姜敏觉得姚宓很不够朋友，说不上一句体己话。

姜敏在大学里曾有大批男同学看中她。不过，她意识到自己是个无依无靠的人，不能盲目谈爱情，得计较得失利害。在她斤斤计较的过程里，看中她的人或是看破了她，或是不愿等着被“涮”而另又看中旁人。转眼她大学毕业了，还没找到合格的人，只博得个“爱玩弄男性”的美名。姜敏为此觉得委屈，也很烦恼。谁有闲情逸致“玩弄”什么男性呀！她已经二十二岁，出身并不好，无论在旧社会或新社会都不理想。而离开了大学，结交男朋友的机会少了。她的自信也在减退。

她要善保看中她。可是善保这个新社会的好出身，不像旧社会的好出身，一点也不知情识趣，常使她感到“俏眉眼做给瞎子看”。当然，朴质是美德，可是太朴质就近乎呆木了。罗厚够呆的，还比善保机灵些。姜敏煞费苦心把善保拉在身边，管着他同学俄语，每天两人同背生字。善保很佩服她，也感激她。可是，自从余楠提出他们小组研究用的书集中在他家里，让善保在他家工作和学习，善保就忙着按余楠开的书单把书从图书室借出来，往余家送，连天没到办公室去。

姜敏几次去找妮娜，都没碰见。又过了几天才在妮娜的图书资料办公室见到她。妮娜正在那里生大气。

妮娜两天没到办公室，那天跑去，才知道姚家的藏书忽然一下子全搬空了。她觉得这是姚宓对付她的。她虽然嘀咕那些书占了一大间有用的房子，她只指望姚家早早把屋里的书供大家利用。她丈夫对那批书抱着好大的兴趣呢。谁料那么一屋子的书呢，忽然一本都没有了。这姚宓！够奸的！她正在对姚宓咬牙切齿。

姜敏来探问图书新规章的事，妮娜心不在焉，说余楠告诉她了，那是许彦成夫妇和罗厚一同去找了傅今提出来的。姜敏说，她怀疑这和姚宓有关，因为她怀疑图书室里有她的耳目。这句话恰好撩起了妮娜的愤怒。她愤愤说：

“你那位贵友实在太神出鬼没了！”她点上一支烟吸了一口，“咳”了一声说：“你知道吗？姜敏，把我吓了好大一跳啊！”

“怎么了？”

“她家那间藏书室不是老锁着的吗？她调到研究组去，就在门上又加上一道锁。昨天下午我跑来，他们都告诉我，那屋里的书全搬走了，屋子空了。我推开虚掩的门一看，可不是！里面空荡荡的，我都傻了。咱们图书室不是没有人啊。郁好文说那天上午好像听见点儿声响，当时没在意，后来也没声息了；下班出来看看，没见什么，也就不问了。方芳也听见的，以为那边闹鬼，吓得直往人多的地方躲，也没敢说。肖虎什么也没听见，因为他在那边工作，离得远。他们告诉我，昨天上午，你那位贵友……”

姜敏不承认“那位贵友”是她的。可是妮娜不理会她的抗议，继续说：“好神气啊！带着老傅和范凡一同进来，脱了锁，交出了那间空房，她就走了。老傅告诉大家，那屋里的书，按姚謇先生的遗命，已经捐赠给一个图书馆了，图书馆派了大卡车来拉书，都运走了。”

“准是高价出售了！”姜敏说。

“谁知道！连书架子也没留下一个！”

"为什么不捐赠给自己社里呢?"

"就是啊!我要知道了,我就不答应!所以她们家只敢鬼鬼祟祟呀!社里对她还照顾得不够吗?同等学力!同什么等?你也得拿出个名堂来呀!比如说,你是作家,有作品。比如说,你留洋进修了,有学问。左不过在图书室里编编书目!什么学力!"

她又深深吸一口烟,吐出一大团烟雾,同时叹出一大口气,说道:"现在是正气不抬头,邪魔外道还猖獗着呢!善本书偷偷儿拿出去卖钱,捐献一间空屋子也算是什么了不起的贡献呢!老傅够老实的,和范凡同志还特意一起到姚家去谢那位老太太呢。"

"听说这个大院儿全是她们家的。"

"是剥削来的,知道吗?剥削了劳动人民的血汗,还受照顾!"

姜敏听了这话很快意,因为伸张了她愤愤不平之气。她是货真价实的大学毕业生,可是受照顾的都和她"同等学力"了,这不是对她的不公平吗!她感慨说:

"反正一讲照顾,就没有公道。没有文凭,也算大学毕业生。"

妮娜觉得这话未免触犯了她,笑了半声,说道:"有文凭又怎么?还得看你的真才实学啊!"

姜敏觉得自己说错了话。不过话已出口,追不回来,只好用别的方式来挽救。她鼓着嘴,把睫毛映了两下,撒娇说:"妮娜同志,我跟你做徒弟,你收不收?"

妮娜莞尔而笑。她嘴角一放松,得忙着用手去接住那半截染着一圈口红的烟卷。烟灰簌簌地落在簇新的驼色绸子的丝绵袄上,落在紧裹着肚子的深棕色呢裤子上。她抬起那双似嗔非嗔的眼睛瞅了姜敏一下:

"怎么？夫妻组里你待着不舒服?"

"憋气!!"姜敏任性地说,"不是我狂妄,资产阶级的老一套,我们在大学里,还是外国博士亲自教的,不用请教二毛子三毛子！我就不信他们夫妻把得稳正确的立场观点。"

"哎,咱们都在摸索呢!"妮娜得意而自信地笑着。

"余先生至少还能虚心学习。"

妮娜说:"你愿意到他们小组里去吗？可是你们那边也少不了你呀。"

姜敏冷笑一声:"让咱们'那位贵友'发挥同等学力吧!"

妮娜把眼睛闭了一闭,厚貌深情地埋怨说:"姜敏,你当初不该退让,该自己抓重点。"

"可是重点还在我的手里呀！我说了,勃朗特的作品不多,英国十九世纪的时代背景等等都归我抓吧。那都是纲领性的。她只管狄更斯几部小说的分析研究。得等我先定下调子,她才能照着分析研究呀！我不动手,瞧她怎么办！我现在加班学俄语呢！脱产学俄语呢!"她看着妮娜会心地笑了。

"妮娜同志,你可得支持我！咱们说定了,你做我的导师,啊?"她半撒娇半开玩笑地伸出手掌,要妮娜和她拍掌成交。妮娜像对付小孩子似的在她掌心轻轻拍了一下。姜敏不敢多占妮娜的时间,笑着起身走了。她还忙着要到余先生家去分发俄语速成教材呢。善保已有两天没见面了。

她没进余家的门,就听到里面一阵阵笑声。走近去,她听出善保和余楠笑着抢背俄语生字，中间还有个女孩子的声音。原来是余照在教他们基础俄语。

余照是单眼皮，鼻子有点儿塌，嘴唇略嫌厚，笑起来有两个大酒窝，都像她的妈。体格该算健美，身材很俏，大约余太太年轻的时候也是细溜的。她有一副自信而任性的神态。姜敏见过余照。姜敏一进门，余照就说：

“嘿！班长来了！我们正在说你呢！”

“说我什么来着？”姜敏不好意思。

“说你要气死了！”

姜敏听着真有点气，可是她只媚笑着问：“为什么要气死呀？”

“我新收了两名徒弟。大徒弟名叫爸爸，二徒弟名叫陈哥儿。他们不当你的兵了！当我的徒弟了！”她又像开玩笑，又像挑衅。

余楠忙解释：“我们觉得欲速则不达，速成则不成，还得着着实实，一步步慢着走。”

善保说：“速成俄语太枯燥，学了就忘，不如基础俄语好学，也不忘记。”

姜敏强笑说：“好呀，我就做个三徒弟吧。”

余照一点不客气说：“你不行！你太棒，我教不了。我是现买现卖的。”

余楠帮着女儿说：“我们是跟不上，只好蹲班。你和我们一起学没意思，太冤枉了。你该赶在头里，加快学。等你速成班毕业，可以回过头来教我们。”

善保的话更气人。他说：“我们跟不上你，又得紧张。”

恰好孙妈端着一盘三碗汤团进来，姜敏看清楚是三碗。余照的大嗓门儿，难道余太太没听见？这不是逐客吗！

她忙说："那么，你们不用教材了，我就不打搅了。"她忙忙辞出，忍着气，忍着泪，慢慢地回办公室。

第 七 章

施妮娜在图书资料室的小办公室里和姜敏谈姚家那批书的时候，罗厚正在组办公室和姚宓谈同一件事。运书是前天的事。那天罗厚亲自押送那批书到图书馆，然后还得照着书单对负责接收的人一一点交，傍晚才把书单和收据连同两把钥匙送交姚太太。昨天他又到那边图书馆去了结些手续。今天再要回家去央求他舅舅，事情还没完。

他告诉姚宓："我巧施闪电计，吓倒老河马，倒是顶痛快的。可是替你们捐献，却献得我一肚子气。那批书偷偷儿从那间屋逃走，可以按我的闪电计。要把书送进那个了不起的图书馆，却不能随着我了。献给国家！我问你，怎么献？国家比上帝更不知在哪儿呢！"

姚宓说："你的意思我也懂，可是你连语法都不通了。"

"反正你懂就完了。我问你，你昨天把空屋交给社里了吗？"

"交了。妈妈说的，事情是你舅舅和马任之同志接洽的，社里不会知道，叫我去通知了他们，把空屋交出去。"

"老河马见了你，怎么样？"

"她没在。"

“等她知道，准唬得一愣一愣！”罗厚说到施妮娜，又得劲了。

“妈妈说你作弊了，不是半天搬完的，你们星期天偷偷儿进去干了一整天的活儿呢！”

罗厚说：“那是准备工作呀，不算的。搬运正好半天。第一批，是书。一箱箱也不太大，也不太小，顺序搬上卡车，鸦雀无声！是我押着走的。第二批，书架子。不过是些木头的书架子，好搬；当场点交了拉走了。那是二路指挥办的。第三批是你的东西，书橱大些，可是空的，才两只，书又不多。你的书房是老郝带人收拾的，都交给他了。他是殿后。”

姚宓笑说：“老郝说你们纪律严着呢，打喷嚏都不准。”

罗厚也笑了：“你调出了图书室，那间屋子大概没收拾过吧？积了些土。我们刚进去，大家都打喷嚏，幸亏那天这边图书室没人。”

“打喷嚏怎么能忍住不打呢？”

罗厚说：“谁叫你忍啊！打开窗子，扫去尘土，当然就不打了。我们约定不许出声的。老郝告诉我，他临走把连在门上的木板照旧掩上了，好像没人进去过一样。”

姚宓说：“我不懂，你收据都拿来了，还有什么手续呢？”

罗厚叹了一口气说：“我昨天把那边的感谢信交给伯母了，那只是一份正式收据。我还瞒着些事情没敢说。舅舅和马任之当初讲好的是把书专藏在一间屋里，不打散，成立一间纪念室，就叫姚謇遗书或藏书室，还挂上一张像。可是点收的人说没这个规矩，也办不到。我另找人谈，他以为我是讨价还价——姚宓，你知道，他们不了解为什么不要钱。我看了那几个人的嘴脸不舒服。献给国家，为的是献。可是接收的人，我觉得和老河马夫妻没多大分别。我心里不踏实，好像没献上。”

姚宓沉默了一会儿说：“纪念馆什么的就不用了，你也别再争。反正不要他们的钱就完了，随他们怎么想吧。”

“主要是，他们不懂为什么不要钱。姚宓，这话可别告诉伯母，等我舅舅再去找他们的头儿谈谈。我总觉得我没把事情办好。——你那间小书房，我也去看了。老郝没照我说的那样布置，可是他说照我的安排放不下。你等天暖了再去整理，纸箱出空了可以叠扁，交给沈妈收着……”他还没说完，很机警地忽然不说了，站起身要走。

原来是姜敏来了。她也不理人，嘴脸很不好看。罗厚也不理她，一溜烟地跑了。姜敏沉着脸说：“你们谈什么机密吗？”

姚宓赔笑说：“他得到朱先生家去当徒弟呀。”

姜敏没精打采地坐下，拿出俄语速成教材，大声念生字，旁若无人。生硬的俄语生字，像倾倒一车车砖头石块。姚宓暗想，她要是天天这样，可受不了。她以为善保不来，姜敏也不念了呢。他们两人一起念，轻声笑话，还安静些。姜敏念了一会儿，放下教材，换了一副脸问姚宓：

“听说你们家的书高价出卖了，是不是罗厚给你们跑腿的？”

姚宓静静地看着她，静静地问：“谁说的？”

这回是姜敏赔笑了：“好像听说呀。”

“谁听见的？听见谁说了？”姚宓还是那么静静地看着她。

姚宓这副神态，姜敏有点怕。她站起身说：“我不过问问呀！不能问吗？”她不等回答就跑了。

姚宓暗想："可惜不能告诉妈妈（她不愿招妈妈生气），经不起我们福尔摩斯和华生的推断，准是她和老河马造谣呢！"

姜敏那天受了余照的气，满处活动了一番，两天后兴冲冲地跑来找姚宓。

"姚宓，我请你帮个忙。你替我向咱们夫妻组长请个长假。"

"什么长假？"

"长假。领导上批准我脱产学习俄语——速成班的俄语。余楠和善保两个跟不上，半途退学了。因为只我一个跟了上去，而且成绩顶好，领导要我正式参加大学助教和讲师的速成班，速成之后再巩固一下，所以准了一个长假。两位导师都让你一人专利了！该谢谢我吧？"

"可是我怎么能替你请假呢？得你自己去请呀。"

姜敏说："假，不用请，早已准了。通知他们一下就行。"

"那也得你自己去通知呀。"

"你陪我去，帮我说说。"

姚宓说："领导都准了，还用我帮什么！"

姜敏斜睨着她说："可是你还这么拿糖作醋的，陪陪都不肯！"

"我从没到他们家去过。"

姜敏大声诧怪道："是吗？听说你们家的钢琴都卖给他们家了。"

"他们家老太太来问我妈妈借的，和我无关。"

"你这个人真是！上海人就叫'死人额角头'！我带你到他们家去看看，走！"

姚宓笑着答应了,跟姜敏一起到许家。

许彦成出来应门,把她们让进客堂,问有什么事。

姜敏说:“我是来请假的,姚宓是陪我来的。”

彦成说:“你该向你的小组长请假呀。”他喊丽琳出来,又叫李妈倒茶,自己抽身走了。

丽琳从她的书房里出来,满面春风地请两人坐。她听姜敏说了请假的理由,一口答应,还鼓励她快快学好俄语,回来帮大家做好研究工作。她说,两位难得来,请多坐会儿大家谈谈;还拿出“起士林”咖啡糖请她们吃。她仔细问了姜敏长假的期限,问她分内的工作是否让大家分摊等等。姜敏说她不能添大家的事,她窝的工,回来再补。

丽琳说:“领导上批准的假,当然不用我再去汇报,我只要告诉一声就行吧?”

姜敏说:“除非您反对。”

“我当然赞成,十分赞成。只是,姚宓同志,你要少一个伴儿了。”

她们说笑了几句,姜敏就和姚宓一同辞出。许彦成没再露面,送都没送。

过一天,姚宓傍晚回家,姚太太交给她一本苏联人编写的世界文学史的中文译本,说是彦成托她转交的,叫姚宓仔细读读。

姚宓心想:“我到了他家,他正眼也没瞧我一眼。可是,我们三人的谈话,也许他都听见,也许杜先生都搬给他听了,反正他是关心的,准也理解姜敏存心刁难,以为没有她就没法儿知道苏联的观点了。”她不知道自己心上是喜欢还是烦恼。

彦成照例下午到姚家去。丽琳好像怕姚宓一人寂寞,常到办公室去看她，因为她知道罗厚和善保都不常到办公室，尤其下午。姚宓是一个安静的伴侣，丽琳不和她说话，她就不声不响地只埋头看书写笔记。有一次，彦成竟到办公室来接丽琳了。他说："我知道你在这儿呢！回家吧。"他只对姚宓略一点头，就陪着丽琳回家。以后丽琳天天下午到办公室看书，许彦成来接，偶尔也坐下说几句话，不过恰如其分，只是导师的话。

转眼过了春节，天气渐渐转暖。姚宓趁星期天，想把小书房的书整理一下。她进门一看，吃了一惊。里面整整齐齐、干干净净。满地的纸箱都已出空，叠扁了放在角落里。书都排列在书橱里。原先架上乱七八糟的书也掸干净了放得整整齐齐。门后挂着一把掸子，一块干布，一块湿布。临窗那张小书桌前面添了一只小圆凳，原是客堂里的。是"他"干的事吧？打开抽屉，里面已垫上干净纸，几支断了头的铅笔都削尖了，半本拍纸簿还留在抽屉里，纸上却没有一个字。她难道指望"他"留一两句话吗？她呆了一下，出来问妈妈："谁到我的书房里去过了！"

姚太太说："彦成要求去看看书。他不怕冷，常去。我让他去的。他没弄乱你的书吧？"

姚宓装作不介意，笑说："我发现多了一只小圆凳。"她没敢说许先生为她整理了书，故意等过了两天才把纸箱交沈妈搬走，好像书是她自己整理的。

她看着整洁的书房，心上波动了一下，不过随即平静下来。因为她曾得到一点妙悟。她发现自己烦恼，并不是为自己，只为感到"他"在为她烦恼，"他"对她的冷淡只是因为遮掩对她的关切。这不是主观臆想吗？据她渐次推断，许彦成对她的冷淡很自然，并非假装。他的眼神不复射过来探索她的眼神。也许他看明了她的“误解”，存心在纠正她。可是，他为什么又悄悄地为她整理书房呢？也许是为了自己方便，也许是对她的一种抚慰，不然，为什么不留下一两句话呢？她本想在纸上写个“谢谢”，表示知感，可是她抑制了自己。她不需要抚慰。

自从小书房里的纸箱搬走以后，许彦成常拣出姚宓该读的书放在小书桌上，有时夹上几个小纸条，注明哪几处当细读。他是个严格的导师。姚宓一纳头钻入书里，免得字面上的影子时常打扰她。

大学放暑假的时候，研究社各组做了一个年中小结。傅今在全社小结会上表扬了各组的先进分子。姚宓因为超额完成计划，受到了表扬。

姚太太问女儿：“姜敏回来了吗？她该吃醋了。”

姚宓说：“也表扬她了，因为她学习俄语的成绩很好。她回来了，只是还没有回到小组里来。”

第　八　章

夏天过了。绿荫深处的蝉声，已从悠长的“知了”“知了”变为清脆而短促的另一种蝉声，和干爽的秋气相适应。许彦成家的老太太带着小丽在北京过完暑假，祖孙俩已返回天津。彦成夫妇松了一口气。正值凉爽的好秋天，他们夫妇擅自放假到香山去秋游并野餐。回家来丽琳累得躺在床上睡熟了。

照例这是彦成到姚家去听音乐的时候。可是他很想念姚宓。虽然他们除了星期日每天都能见面，却没有机会再像以前同在藏书室里那样亲切自在。丽琳总在监视着，他不敢放松警惕，不敢随便说话。姚宓又从不肯在上班的时候回家。她只是防人家说她家开音乐会吗？这会儿趁丽琳睡熟，他想到办公室去看看姚宓，他觉得有不知多少话要跟她说呢。

办公室里只姚宓一人。彦成跑去张望一下，只见她独在窗前站着。他悄悄进屋，姚宓已闻声回过头来。

"阿宓！"彦成听惯姚太太的"阿宓"，冒冒失失地也这么叫了一声。

姚宓并不生气，满面欢笑地说："许先生，你怎么来了？"

这就等于说："你怎么一个人来了？"她从心上扫开的只是个影子，这时袭来的却是个真人。

"我们今天去游了香山。"他看见姚宓小孩儿似的羡慕，立即后悔了，忙说："我现在到你家去，你一会儿也回去，好不好，破例一次。"

姚宓只摇摇头，不言语。然后她若有所思地说：

"香山还是那样吧？"说完自己笑了。"当然还是那样——你们上了'鬼见愁'吗？"

彦成叹气说："没有。我要上去，她走不动了，坐下了。"

姚宓说："我们也是那样——我指五六年前——我要上去，他却上不去了，心跳了。我呀，我能一口气冲上一个山头，面不红、心不跳、气不喘！'鬼见愁'！鬼才愁呢！"她一脸妩媚的孩子气，使彦成一下子减了十多岁年纪。

他笑说："你吹牛！"

"真的！不信，你——"她忙咽住不说了。

"咱们同去爬一次，怎么样？"

姚宓沉静的眼睛里忽放异彩。她抬头说："真的吗？"

“当然真的。”

“怎么去呢?”姚宓低声问。

办公室里没有别人,门外也没人。可是他们说话都放低了声音。

“明天我算是到西郊去看朋友——借一本书。你骑车出去给你妈妈配药——买西洋参。西直门外有个存车处……”

“我知道。”

“我在那儿等你。你存了车,咱们一同去等公共汽车。”

他们计议停当,姚宓就催促说:“许先生快走吧,咱们明天见。”

彦成知道她是防丽琳追踪而来,可是不便说破丽琳在睡觉呢——也说不定她醒了会跑来。他也怕别人撞来,所以匆匆走了。

姚宓策划着明天带些吃的,准备早上骑车出门的路上买些。她整个夏天穿着轻爽的旧衣,入秋才穿上制服。这回她很想换一件漂亮的旧衣裳,可是怕妈妈注意,决计照常打扮。她撒谎说:听说某药铺新到了西洋参,想去看看,也许赶不及回家吃饭。以前她至多只对妈妈隐瞒些小事,这回却撒了谎,心上很抱歉。可是她只担心天气骤变,减了游兴。

姚宓很不必担心,天气依然高爽。她不敢出门太早,来不及买什么吃的,只如约赶到西直门存车处,看见许彦成已经在那儿等待了。她下车含笑迎上去,可是她看见的却是一张尴尬的脸。许彦成结结巴巴地说:

“对对对不起,姚宓,我忘忘忘了另外还还有要要要紧的事,不能陪陪陪……”

姚宓唰的一下满脸通红，强笑说："不相干，我也有别的事呢。"可是她脸上的肌肉不听使唤，不肯笑，而眼里的莹莹泪珠差点儿滚出来。她急忙扶着车转过身去。

彦成呆站着看她推着车出去，又转身折回来。他忙闪在一旁。只见她还是存了车，一人走出城门，往公共汽车站的方向走。彦成悄悄跟在后面。她走到站牌下，避开一群等车的人，背着脸低头等车，并没看见彦成。彦成很想过去和她解释几句。可是说什么呢？昨晚他预想着和姚宓一同游山的快乐，如醉如痴，因而猛然觉醒：不好！他是爱上姚宓了；不仅仅是喜欢她，怜惜她，佩服她，他已经沉浸在迷恋之中。当初丽琳向他求婚的时候，问他是否爱她。彦成说他不知道，因为没有经验。这是真话。他们结婚几年了，他也从没有这个经验。近来他感觉到新奇的滋味，一向没有细细品尝和分辨。这回他忽然明白是怎么回事了。假如他和姚宓同上"鬼见愁"，他拿不定自己会干出什么傻事来。姚宓还只是个稚嫩的女孩子，他该负责，及早抽身。他知道自己那番推却实在不像话。可是怎么解释呢？

公共汽车开来了。彦成看见姚宓挤上了车。他不放心，忙从后门也挤上车。这辆车一路都很挤。到了终点站，姚宓下车又走向开往香山的公共汽车站。彦成不放心，还是遥遥跟着。他想劝她回家，又想陪她同游。姚宓仍是背着脸低着头等车，没看见彦成。开往香山的车来了，他们两人还是各从前后门上了车。彦成站在后面，看见姚宓在前排坐下了。这辆车不挤。他慢慢儿往前挨，心想，假如前去叫她一声，她会又惊又喜吗？可是他看见姚宓一直脸朝着窗外，不时拿手绢儿擦眼睛。彦成想到刚才看见她含着的泪，忙缩住脚，慢慢儿又退到后面去，不敢打搅她。

车到香山，他料定姚宓是前门下车。他从后门挤着下了车，急忙赶往前去找姚宓。可是车上的乘客从前后门全都下来了，却不见姚宓，想必早已下车，走向香山公园去了。彦成在人丛里寻找，直找到公园门口，不见踪迹。他退回来又在汽车的周围寻找，也不见踪迹。她大概已经进园，独自去爬“鬼见愁”了。彦成忙买了门票进园，忽忽若有所失。

往“鬼见愁”的游客较少，放眼望去，不见姚宓；寻了一程，也不见她的影儿。他颓然坐下，心想偌大一个香山，哪里去找姚宓呢。假如他等到天晚了回去，而姚宓还未到家，他怎么向姚太太交代呢？她一个人谅必不会多耽搁，或许转一转就回家了。如果她还没回家，早发现总比晚发现好。这么一想，他又急不能待，要赶回城里去。

彦成回城已是午后。他还空着肚子，却不觉得饿。他跑到姚家，看见姚宓的自行车靠在大门内过道里，心上放下一块大石头。姚宓反正是回家了。她准是看见了他而躲过了他。她还在家吧？没去上班吗？彦成见了姚太太，问起那辆自行车，知道姚宓照常回家吃过午饭，这时已去上班。据说她因为吃得太饱，要走几步路消消食，所以没骑车。

姚宓是快到香山临下车才看见彦成的。她原是赌气，准备一人独游；见了彦成，她横下心绝不和他同游。她挤在头里下车，一下车就急步绕过车头，由汽车身后抄到汽车后门口，看见彦成下了车急急往前去找她。她等后门口的乘客下完，忙一钻又钻上车去，差点儿给车门夹住。售票员埋怨说：“这里不上人，车掉了头才上人呢。”

姚宓央求说：她有病，让她早上来占个座儿。售票员看她和气又可怜，就没赶她下去，让她蜷坐在后排角落里，随着车拐了一个大弯。她这样就躲过了彦成。可是她心上又不忍，所以故意把自行车留在家里。

她上午就赶回办公室，不见一人。她觉得又渴又累，热水瓶里却是空的。她正要去打水，恰巧碰见勤杂工秀英。秀英是沈妈的侄女儿，抢着给她打水。姚宓做贼心虚，正需要有人看见她上班，就把热水瓶交给她，自己扶头独坐，暗下决心。她曾把心上的影儿一下子扫开，现在她干脆得把真人也甩掉。

她把罗厚求她校改的一份稿子整理好，准备交还他。她自己的一大叠稿子给善保借去了，因为她受到了表扬，善保借去学习的，可是至今还没有还她。她写了一个便条，托罗厚转交善保，催讨稿子，因为她自己要用了。然后她取出大叠稿纸，工工整整写下题目，写下一项项提纲，准备埋头用功。假如“心如明镜台”的比喻可以借用，她就要勤加拂拭，抹去一切尘埃。

可是过去的事却不容易抹掉。因为她低头站在开往香山的公共汽车站牌下等车的时候，有人看见她了。不但看见她，也看见了许彦成。

第 九 章

余照和陈善保已交上朋友，经常一起学习，一起玩笑。恰逢这般好秋天，两人动了游兴，约定同游香山。余照到了北京，只到过颐和园，还没游过香山呢。他们避免星期日游人太多，各请了一天假。宛英为他们置备了糕点水果等等，特地还煮了茶叶蛋。她和余楠老两口子看小女儿成对出游，满心欢喜。

余楠这个暑假也并不寂寞。他从妮娜处得知姜敏愿意加入他的小组，不胜得意。年中工作小结会上姜敏得了表扬，余楠就去贺她。姜敏一扭头似笑非笑说：

“我们不过是速成的呀！学完就忘了！”

“哎，”余楠拍着她的肩膀说，“学不进的才忘记。我不是早说了吗，希望你快快学成，回过头来教我们。老实告诉你吧，我慢班都没跟上，现在都退学了。”

他把姜敏邀到家里，满口称赞她，一面又探问她工作的计划。姜敏当然不会白喝他的米汤。她带着娇笑回敬的米汤，好比掺和了美酒，灌得余楠醉醺醺的。他兴致也高了，话也多了，自吹自卖，又像从前在上海时款待他喜爱的女学生那样。宛英只防姜敏媚惑善保，破坏余照的姻缘。现在余照和善保已经好上了，宛英不防她了。至于余楠，宛英是满不在乎的。余照和善保现在不在身边了，余楠觉得落寞，常到丁宝桂家去喝酒。如今来了个姜敏，平添了情趣。他们谈工作，谈批判，有时施妮娜和江滔滔也过来加入讨论。整个夏天，余楠很少出门，姜敏经常来。有时两人低声谈笑，有时热烈地讨论。宛英只听到他们反复提到什么“观点不正确”呀，“阶级性不突出”呀，什么“人性论”呀等等，也不知他们评论什么。她曾悄悄问过善保，善保茫然不知。一次她听见善保问姜敏，她和余先生讨论什么问题呢。姜敏说她是来帮余先生学习俄语，她自己也借此温温旧书。宛英觉得蹊跷，不信自己竟那么糊涂，连外国话和中国话都不能分辨。

余照和善保游山归来，宛英安排他们在饭间里吃点心。余楠和姜敏正在书房里谈论他们的文章，立即放低了声音。

余照大声说："妈，你知道我们碰见谁了？"

善保有心事似的不声不响。

宛英问："碰见谁了？"

"你猜！"

宛英说："我怎么知道呀。"

"姚宓啊！姚宓！！还有许彦成！！"

"你该称姚姐姐和许先生——还有谁？"

"就他们两个！！"

"别胡说！"宛英立即制止了余照，"你们哪儿碰见的？和他们说话了吗？"

"去香山的汽车站上，两人分两头站着！我们赶紧躲了。"

"你们准是看错人了。"宛英一口咬定。

"善保先看见，他拉拉我，叫我看。我们赶紧躲开，远远地看着他们一个前门、一个后门上了车。"

宛英说："干吗要一个前门、一个后门上车呢？"她不问情由，先得为姚宓辟谣。"远远看着像的，不知多少呢。像姚小姐那样穿灰布制服的很多，她怎么会和许先生一起游山呢！你们在香山看见他们两人了吗？"

余照不服气说："香山那么大，游客那么多，哪会碰见呢？"

"你们只远远看见一个人像姚小姐，又没近前去看，就躲开了，却把另一人硬说是和她一起的。你们准是看错了人。"

余照觉得妈妈的话也有道理，承认可能是看错了人。

善保却固执地说："是姚宓。我一眼就看出是她。我绝不会看错。"

余照听了这话不免动了醋意，因为她知道善保从前看中姚宓。她说："哦！是姚宓，你就不会看错！反正你眼睛里只有一个姚宓！穿灰制服的都是姚宓！"

善保不争辩，却不认错。宛英不许余照再争。余照哪里肯听妈妈的话，嘀嘀咕咕只顾和善保争吵。

他们的话，姜敏全听在耳里。她不好意思留在那里隔墙听他们吵嘴，借故辞别出来。

姜敏相信善保不会看错。她想到办公室去转转，料想姚宓不会在那里，不如先到姚家去看看。

她入门看见姚宓的自行车，就问开门的沈妈，姚宓是否在家。沈妈说："没回来呢。"姜敏自以为得到了证实，不便抽身就走，不免进去向姚伯母问好，说她回社后还没正式上班，敷衍了几句，有意无意地问："姚宓还不回家？"

姚太太说："她还没回来呢。"

姜敏暗想：不用到办公室去了，且到许彦成家去看看。她辞了姚太太又到许家。

许彦成从姚家回来，就闷闷地独在他的"狗窝"里躺着。李妈出来开门，遵照主人的吩咐，说"先生不在家"。杜丽琳一听是姜敏，忙出来接待。她恭喜姜敏学习成绩优异，又问她有没有什么事。

姜敏说：想问问几时开小组会。

丽琳说，没什么正式的会，他们小组经常会面，不过星期一上午他们都在办公室碰头，安排一星期的工作。她和姜敏闲聊了一会儿。姜敏辞出，觉得时间已晚，没有必要再到办公室去侦察。姚宓这时候即使跑到办公室去工作，也不能证实她没有游山。她拿定自己侦得了一个大秘密。不过她很谨慎,未经进一步证实,她只把秘密存在心里。

星期一,罗厚照例到办公室去一趟(别的日子他也常去转转,问问姚宓有没有什么事要他办的)。他跑去看见姚宓正在读他请姚宓看的译稿,就问:“看完了吧?看得懂吗?”

姚宓说:“懂,当然懂。可是你得附上原文,也让我学学呀。”

罗厚笑嘻嘻地说:“原文宝贵得很,是老头儿从法国带回来的秘本,都不大肯放手让我用。”

“那你怎么翻译呢?”

罗厚说:“不用我翻译呀。他对着本子念中文,我就写下来,这就是两人合译。我如果写得一塌糊涂,他让我找原文对对。我开始连原文都找不到,现在我大有进步了。”

“这也算翻译?他就不校对了?”

“校对?他才不耐烦呢!所以我请你看看懂不懂。”

“发表了让你也挂个名,稿费他一人拿?”

“名字多出现几次,我不也成了名翻译家吗?”

两人都笑了。

正说着,只见姜敏跑来。罗厚大声说:“哟!你怎么来了?你不是改在余先生家上班吗?”

姜敏横了他一眼:“谁说的?”

“还等傅今同志召开全体大会正式公布吗?”罗厚说着扮了个鬼脸。

姜敏装出无可奈何的样儿说:“他们拉我呀。”

姚宓微笑着说:“听说你天天教余先生俄语呢。”

姜敏忍不住了,立即回敬说:“听说你某一天陪某先生游香山了!”

姚宓的脸一下子转成死白,连罗厚都注意到了。可是姚宓很镇静地说:“我没有游香山。”

“没游香山,游了樱桃沟吧?”姜敏一脸恶笑。

姚宓说:“我没有游樱桃沟。我天天在这儿上班。”

这时候,姜敏等待着的许彦成和杜丽琳正好进门。姜敏只作不见,朗朗地说:“可是有人明明清清看见你们两人去游山了! 你,还有一个人……”

罗厚深信姚宓说的是实话,所以竖眉瞪眼地向姜敏质问:“你亲眼看见的?”

姜敏说:“有人亲眼看见了,我亲耳朵听见的。”

他们大家招呼了许先生和杜先生。

姜敏接着说:“星期五上午,在去香山的汽车站上,你们一个在这边,一个在那边,一个前门上车,一个后门上车……”她瞥见许彦成脸色陡变,杜丽琳偷眼看着彦成。

罗厚指着姜敏说:“你别藏头露尾的! 谁亲眼看见了? 我会去问! 我知道你说的是陈善保。善保告诉我的,他星期五和朋友一同去游香山。我会当面问他!”

姜敏鄙夷不屑地笑道:“我说了陈善保吗? 我一个字儿也没提到他呀! 反正姚宓在这儿上班呢,当然就是没有游山。游山自有游山的人。”她料定姚宓在撒谎。

许彦成和杜丽琳都已经坐下。丽琳笑着说:“姜敏同志,你说的是我们吧?”

“我说的是游山的人。”

丽琳说："就是我和彦成呀。我们俩，上班的时候偷偷出去游香山了。彦成自不量力，一人爬上了'鬼见愁'。挤车回来，有了座儿还只顾让我坐，自己站着，到家还兴致顶高。可是睡一宵，第二天反而睡得浑身酸痛，简直像个泄了气的皮球，力气全无。你来的时候他正躺着，我让李妈说他不在家，让他多歇会儿。谁看见我们的准是记错了日子。我们游山是星期四，不是星期五。"

姚宓仍静静地说："不论星期四、星期五，我都在这里上班。可以问秀英，她上下午都来给咱们打开水的。"

姜敏没料到她拿稳的秘密却是没有根，忙见风转舵说：

"罗厚，听见没有？人家说的准是星期四。假如是星期五，那就是陈善保和他的朋友。反正我听见人家说，亲眼看见咱们社里有人游香山了。我以为是姚宓，随便提了一句，你就这么专横！"

罗厚卷起自己的稿子，站起来说："你们是开小组会吧？我也找我的导师去。"

他出门听见姜敏在说："他们拉我加入他们的小组。我不知该怎么办好……"

罗厚不耐烦，夹着稿子直往余楠家跑。

第　十　章

罗厚气愤愤地到余楠家去找善保，正好是善保开的门。罗厚不肯进屋，就在廊下问善保："你香山玩儿得好吗？"

善保说："玩得顶好，可是回来就吵架了。"

罗厚不问吵什么架，只问："你碰见姜敏了吗？你跟她说什么来着？"

"什么也没跟她说呀。她在前屋和余先生讨论什么文章呢。"

"听她口气，好像是你告诉她游山看见了什么人。她没说你的名字。可是星期五游香山的，不就是你吗？她说，有人亲眼看见了谁谁谁。"

善保急忙问："她说了谁？"

"一个是姚宓，还有一个没指名。可是姚宓说，她每天上下午都上班，没有游山。"罗厚随即把姜敏、姚宓和杜丽琳在办公室谈的话一一告诉了善保。

善保说："姜敏准是听见我们吵架了——我说看见一个人像姚宓，还有一人像许先生——当然是我看错了。余照就说不可能。我太主观，不认错。给你这么一说，分明是我看错了人。其实我自己都没看清，也没让余照再多看一眼，我们赶紧躲开了。回来她说我看错人了。她使劲儿说我错，我就硬是不认错。哎，我这会儿一认错，觉得事情都对了，我浑身都舒服了。我现在服了，罗厚啊，一个人真是不能太自信的。可是姜敏不该旁听了我们吵架出去乱说，影响多不好啊！"

"她没想到我会追根究底，也没想到许先生恰好前一天和杜先生游了香山。她就趁势改口，说她说的是星期四。"

善保说："我一定去跟她讲清楚。这话我该负责。姜敏不应该乱传。可是错还是我错。而且错得岂有此理，怎么把姚宓和许先生拉在一起呢。看错了人不认错，还随便说，也没想到姜敏在那儿听着。真糟糕！我得了一个好大的教训。我实在太主观唯心了，还硬是不信自己会错。一会儿我得和姜敏谈谈，她太轻率。”

余楠在屋里伸着耳朵听他们说话。如果许彦成和姚宓之间有什么桃色纠纷，倒是个大新闻。可是他护着女儿，不愿意看到女儿向善保认错。现在听来，分明错在善保。善保已经满口认罪，他抱定“不痴不聋，不做阿姑阿翁”的精神，对善保和罗厚的谈话，故作不闻。他只顾专心干他自己的事。

余楠的书房和客堂是相连的一大间，靠里是书房，中间是客堂，后间吃饭。客堂的门是他家的前门。临窗近门处有一张长方小几，善保常在那里看书做笔记。余楠为他安排的书桌在后厢房，是余照的书桌。善保虽然享有一只抽屉，总觉得不是他的书桌，他自己的书桌还在组办公室里。他喜欢借用客堂里的小长方几。如有客来，外面看不见里面，他隔着纱窗却能看到外边亮处来的人，他可以采取主动。

罗厚走了不多久，姜敏就来了。善保立即去开了门，对她做了手势叫她在沙发上坐下。他自己坐在一只硬凳上，低声说：

“你有事吗？我有要紧话跟你说呢。”

姜敏对低头工作的余楠看了一眼，大声回答：“说吧，反正你的事总比别人的要紧。”

善保怕打搅余楠，说话放低了声音。姜敏却高声大气。只听得她说：

“我早知道呀！我知道罗厚准来挑拨是非了。”

善保低声不知说了什么话。她声音更高了：

“我说错了吗？星期四，许先生杜先生游了香山。星期五，你和你的对象去游了香山。工作时间，咱们社里的人游山去了！

这是我乱传的谣言吗？倒是我轻率了！”

善保又说了不知什么。她回答说：

“我扯上姚宓了！又怎么？她说了我一句，我不过还她一句罢了！她说我天天教余先生俄语，我就说她某一天陪某先生游山。”

善保说：“可是她没有陪某先生游山呀！”

姜敏说：“请问，我教余先生俄语了吗？”

善保的声音也提高了：“那是你自己说的呀！”

姜敏说：“她陪某先生游山，不也是你自己说的？”

善保大声说：“我在告诉你，是我看错了人。”

姜敏说：“我也告诉你，是我看错了事。我不知道余先生不学俄语了。你传我的话，是慎重！是负责！我传你的话，是轻率！是不负责任！”

善保气得站起来说：“咳！姜敏同志，你真是利嘴！你明明知道自己错了，却把错都推在我身上。你、你、你——简直可怕！”他忘了自己是在余先生家，气呼呼跑出门去，砰一下把门关上。

姜敏抖声说：“自己这么蛮横！倒说我可怕！”她咽下一口气，簌簌地掉下泪来。

余楠已放下笔，在她身边坐下。

姜敏抽噎着说：“他护着一个姚宓，尽打击我！”

余楠听她和善保说一句，对一句，虽然佩服，也觉得她厉害，善保这孩子老实，不是她的对手。可是看到她底子里原来也脆弱，不禁动了怜香惜玉的心。他不愿意派善保不是，只拍着姜敏的肩膀抚慰说：

"姜敏,别孩子气！他护不了姚宓！姚宓有错,就得挨批,谁也袒护不了！她的稿子在咱们手里呢！由得咱们一篇篇批驳！"

他把姜敏哄到自己的书房那边,一起讨论他们的批判计划。

且说陈善保从余家出来,心上犹有余怒。不过他责备自己不该失去控制,当耐心说理。对资产阶级的小姐做思想工作不是容易。他还不知道姚宓会怎样嗔怪呢。

善保发现姚宓一个人在办公室静静地工作。她在摘录笔记。善保找个椅子在她对面坐下说:

"罗厚告诉我,你气得脸都白了。我很抱歉……"

姚宓说:"我没有生气。事情都过去了,别再提了。"

"我太岂有此理,看见一个人像你,就肯定是你,而且粗心大意,没想想后果,就随便说。我以为和余照在她家里说话,说什么都不要紧,没想到还有人听着。"

姚宓说:"善保,你看见了谁,我不能说你没看见。可是我真的没有游山。"

"当然真的。我自己看错了人,心上顶别扭。听罗厚一说,才知道都是我错了。可是,姚宓,你没看见那个人,和你真像啊！我没看完一眼,就觉得一定是你,绝没有错,不但没看第二眼,连第一眼都没看完。"

姚宓又惭愧又放了心,笑个不了。她说:"也许真的是我呢！"

善保一片天真地跟着笑,好像姚宓是指着一只狗说"也许它真的是我"一样可笑。

接着善保言归正传,向姚宓道歉,说她要讨还的那份稿子还在余先生那里。

姚宓急得睁大了眼睛。“你交给余先生了？我以为你是拿回宿舍去看看。”

善保着急说:“要紧吗？他说我该向你学习,是他叫我问你借的。后来他也要看看,可是他拿去了那么久,也许还没看呢。我问他要了几回,他有时说,还要看,有时说,不在他手里,傅今同志在看。”

姚宓不愿意埋怨善保,也不忍看他抱歉,反安慰他说:“不要紧,反正你记着催催,说我要用。”她心上却是很不安,不懂余先生为什么扣着她的稿子不还,还说要给傅今看。这事,她本来可以和许先生谈谈,现在她只可以闷在心里了。

第十一章

杜丽琳和许彦成那天从办公室一路回家,两人没说一句话。吃罢一顿饭,丽琳瞧许彦成还是默默无言,忍不住长叹一声说:

“咳,彦成,我倒为你睁着眼睛说瞎话,你却一句实话都没有。”

“说我爬上‘鬼见愁’是瞎话。这句瞎话很不必说。”

“那就老实说你一老早出门看朋友去了?”

“我是看朋友去了。”

“得乘车到香山去看!”

“我的朋友不在香山。我看什么朋友,乘什么车,走什么路,有必要向那个小女人一一汇报吗?”

“可是她看见你们两人了,你怎么说呢?”

“她并没有看见。”

“有人看见了。一个你,一个她。”

“笑话!压根儿没说我。她点的人已经证明自己没去游山,你叫我怎么和她一起游山呢。”

“姜敏看透那位小姐在撒谎。”

“撒谎?除非她有分身法。有人看见她在办公室上班,怎么又能和我一起游山呢?”

“你很会护着她呀!可惜你们俩都变了脸色,不打自招了。我给你们遮掩,你还不知好歹。”

彦成叹气说:“随你编派吧。我说的是实话,你硬是不信,叫我怎么说呢。”

丽琳更深深地叹了一口气说:“你的心,我也知道。我知道自己笨,不像人家聪明。我是个俗气的人,不像人家文雅。我只是个爱出风头的女人,不像人家有头脑。”

“我几时说过这种话吗?”彦成觉得委屈。

“还用说吗?我笨虽笨,你没说的话,我还听得出来啊。”

彦成觉得丽琳真是个“标准女人”。他忍气说:“她怎么怎么,都是你自己说的,我只不过没跟你分辩,这会儿都栽到我头上来了。”

“都说在你心坎儿上了,还分辩什么!”

彦成觉得她无可理喻,闷声不响地钻入他的“狗窝”去。

丽琳在外用英语说:“我现在也明白了。你欠我的那三个字,欠了我五六年也不想还,因为你不愿意给我,因为我不配。现在你找到了配领你那三个字的人了。我恭喜你!”

彦成心上隐隐作痛。丽琳很会剖析他的心。他感觉到而不敢对自己承认的事，总由丽琳替他抉发出来。他脸色非常难看，耐着性子跑出来，对丽琳说："好容易妈妈她们走了，咱们才清静了几天，你又自寻烦恼，扯出这些没头没脑的话来。"

丽琳很不合逻辑又很合逻辑地说："感情是不能勉强的，我并不强求。我只要求你履行诺言。你答应我永远对我忠实，永远对我说真话。可是你说了哪一句真话呀！"她愤愤走入卧房，呜呜咽咽地哭了。

彦成最怕女人哭。像姚宓那样悄悄地流泪悄悄抹掉，会使他很感动。可是用眼泪作武器就使他非常反感，因为这是他妈妈的惯技。他迟疑了一下，还是耐着性子跟进卧房，悄悄地说："丽琳，你知道李妈在外边说的话吗？'先生太太说外国话，就是吵架了。'"

丽琳带着呜咽，冷笑一声说："你倒也怕人家闲话！"

彦成恳切地说："丽琳，我对你说的确实是真话。我并没有和别人去游山。"

丽琳扭头说："我不爱看你虚伪。"

她坐在镜台前，对着自己的泪脸，慢慢用手绢拭去泪痕，用粉扑拂去泪光。

彦成从镜子里看到丽琳很有节制，绝不像他妈妈那样任性。他忍住气，再次向她陈情：

"丽琳，我为的是对你真诚……"

丽琳睁着她泪湿的美目，注视着彦成，没好气地冷笑一声说："那么请你问问自己，我说你爱上了别人，我说错了吗？"

彦成以退为进说："你从来没有错！错的终归是我。"

丽琳转过身，背着镜子，一脸严肃地说："彦成，你听我讲。

我有一个大姐，一个二姐，我是最小的妹妹。我大姐夫朝三暮四……”

彦成笑说：“你意思是‘朝秦暮楚’吧？”

丽琳没一丝笑容：“对不起，我出身买办阶级，不比人家书香门第，家学渊源。我留学也不过学会了说几句英语，我是没有学问的人。谢谢你指点。‘朝秦暮楚’——我以前以为只有我姐夫那种人是那样的——我大姐向来睁一只眼，闭一只眼。香港美人多，我料想他们现在还是老样儿。我二姐离婚两次，现在带着个女儿靠在娘家，看来也不会再找到如心的丈夫。她知道自己是家里的背累，只是个多余的人，有气只往肚里咽。我看了她们的榜样，自以为学聪明了。我不嫁纨绔公子，不嫁洋场小开，嫁一个有学问、有人品的书生。我自己也争口气，不靠娘家，不靠丈夫。可是，唉，看来天下的乌鸦一般黑！至少，我们杜家的女儿，个个是讨人厌的……”

彦成打断她说：“何必这样大做文章呢？我又没有‘朝秦暮楚’，又没有和你离婚……”

“随你怎么说，反正我心里明白。我生着三只眼睛呢！闭上两只，还有一只开着！我也知道怎么保护自己，不会随人摆布！”她起身把彦成推出门，一面说：“钻你的狗窝去！想你的情人吧！”她把彦成关在门外。

彦成躺在他“狗窝”里的小板床上，独自生气。他当初情不自禁，约了姚宓游山。只为了丽琳，为了别对不起她，临时又取消了游山之约，几乎是戏弄了姚宓。想不到丽琳只图霸占着他，不容他有一点秘密，一点自由。他说的“真话”当然不尽不实，可是牵涉到第三者呢，他不能出卖了第三者呀。他并没有要求丽琳像姚宓那样娴静深沉，却又温柔妩媚，不料她竟这样生硬狰狞。他也知道丽琳没有幽默，可是一个人怎会这样没趣！

"好吧！"他愤愤地想，"你会保护自己，我也得保护自己！我也不会随你摆布！"

他交叉着两手枕在后脑下，细想怎样向姚宓请罪。不论她原谅不原谅，他必须请罪。

他起来写了一封信，夹在随身携带的记事本里，到姚家去听音乐，顺便到姚宓的小书房去翻书，就在小书桌上的书里夹一个签条，注明参看某书某页。他就把写给姚宓的信取出来，抚平了折成双折，夹在那本书的那一页里。信是这样写的：

姚宓：

我不敢为自己辩护，只求你宽恕。请容我向你请罪。

假如我能想到自己不得不取消游山之约，当初就不该约你。假如我能想到自己不得不尾随着你，我又不该取消这个约。约你，是我错；取消这个约，是我错；私下跟着你，是我错。你如果不能宽恕，那么我只求你不要生气，别以为我是戏弄你。因为我错虽错，都是不得已。

许彦成

你可以回答一声吗？或者，就请你把这张双折的信叠成四折，夹在原处，表示你不生我的气了，可以吗？

又及

彦成临走还对姚太太说："伯母，请告诉姚宓，她要参考的书，我拣出来了，在她的小书桌上。"

过了一天，彦成到了姚家，又到姚宓的小书房去，急忙找出那本书来，翻来翻去，那张双叠的信压根儿不见了。

彦成把小书桌抽屉里的拍纸簿撕下一页，匆匆写了以下一封短信。

姚宓：

我诚惶诚恐地等待着，请把这张纸双叠了，也一样。

彦 成

过一天，这张纸也没有了。彦成就擅自把一张白纸双折了夹在书里。又过一天，他发现这张白纸还在原处。他就在纸上写道：

姚宓：

纸虽然不是你折的，你随它叠成双折了，可以算是默许了吧？

彦 成

彦成自己觉得有几分无赖。果然惹得姚宓发话了。她已把信抽走，换上白纸，上面没头没尾的只写了八个字："再纠缠，我告诉妈妈。"

彦成觉得惭愧，仿佛看到姚宓拿着一把小剪刀说："我扎你！""我铰你！"

他不能接受这个威胁。他就在这张纸的背面草草写了几行字。

假如你告诉妈妈，那就好极了，因为我要和丽琳离婚，正想请她当顾问，又不敢打搅她。我离婚之前，不能畅所欲言，只能再次求你不要生气。急切等着你告诉伯母。

这回姚宓急着回答了。话只短短两句。

许先生：

请不要打搅我妈妈，千万千万。顾问可请我当。

姚　宓

彦成回信如下：

姚宓：

感谢你终于和我说话了。遵命不打搅伯母。那么，我们在什么地方可以会谈呢？你家从前藏书的屋子听说至今还空着。后门的钥匙还在你手里吗？

许彦成

彦成又在信尾写了几个小字：

顾问先生：我的信请替我毁了吧，谢谢。

他把信夹在书里，吐了一大口气，一片痴心等待姚宓回信。

第 十 二 章

姚宓简直没有多余的心情来关念她那份落在余楠手里的稿子。她不愿意增添善保心上的压力，也不愿意请教许先生该怎么对付，暂时且把这件事撇开不顾。

当初，年中小结会上姚宓受了表扬，余楠心上很不舒服，因为他的小组没有出什么成果。他叫善保把这份稿子借来学习，其实是他自己要看。他翻看了一遍。恰好施妮娜到他家去，他把善保支使出去,请施妮娜也看看。两人发现问题很多,都是当前研究西方文学的重要问题。

妮娜认为姚宓的主导思想不对头,所以一错百错,一无是处。应该说,他们那个小组出了废品。妮娜不耐烦细看,一面抽烟,一面推开稿子说:“该批判。”

余楠问:“你们来批吗?”他的“你们”指未来的苏联组。

“大家来,集体批。不破不立,破一点就立一点。”她夹着香烟的手在稿子上空画了一个圈说:“这是一块肥沃的土壤,可以绽放一系列的鲜花呢。将来这一束鲜花,就是咱们的成果。”

花当然可以变果。可是余楠有一点顾虑,不能不告诉妮娜。这份稿子是善保借来的,善保已经几次问他讨回。如要批判,就得瞒着善保。集体批,不能集体同时看一部稿子;稿子在集体间流通,就很难瞒人。他迟疑说:“滔滔同志要看看这部稿子吗?”

妮娜干脆说:“不用!姜敏闲着呢,叫她摘录了该批的篇章,复写两份或三份。反正我们俩只要一份。余先生你是快手,你先起个稿子,我们再补充。”“我们俩”和“我们”当然是指她和江滔滔。

“姜敏没来,得你去吩咐她,她不听我的指挥。”余楠乖巧地说。

妮娜把手一挥,表示没问题。他们暂时拟定的题目是“批判西洋文学研究中的资产阶级的老一套”(一)。题目上的“(一)”,表示还有(二)、(三)、(四)等一系列文章。

姜敏还未明确自己究竟属于余楠的小组,还是属于尚未成立的苏联组。她对妮娜自有她的估价,她自信自己能支配妮娜。妮娜这样指挥她,她很不乐意。不过她急要显显本领,而且是批判姚宓，所以很卖力。余楠摇动大笔，立即写出一篇一万多字的批判文章。妮娜认为基调不错，只是缺乏深度和学术性。她提出应该参考的书，江滔滔连抄带发挥补充许多章节，写成一篇洋洋洒洒四五万字的大文章。姜敏在俄语速成班上结识了好些大学里的助教和讲师，就由她交给他们去投给大学的学刊发表。因为是集体创作，四个作者的名字简化为三个字的假名："汝南文。"

他们盼了好久，文章终于发表了，只是给编者删去很多字，只剩了九千多字。江滔滔为此很生气。可是姜敏认为登出来已经不容易，还是靠她的面子。妮娜觉得幸好题目上的"（一）"字没有去掉，删节的部分下一篇仍然可用。他们自以为爆发了一枚炸弹。不料谁也不关心，只好像放了一枚哑爆仗。

姜敏给几个研究组都寄了一份，除掉外文组没寄，料想外文组一定会听到反响。图书室里也给了两份。可是好像谁都没看见，谁都不关心。江滔滔说："咱们该用真名字。"余楠也这么想。妮娜说："可能是题目不惊人。下次只要换个题目，'汝南文'慢慢儿会出名的。"姜敏却不愿意再写第二篇了。摘录，复写，誊清，校对，都是她。滔滔写的字又潦草难认，上下文都不接气，她一面抄，一面还得修改，还不便说自己擅自修改了。她本来以为读者都会急切打听谁是"汝南文"，现在看来，连姚宓本人都在睡大觉呢，谁理会呀！

她说："干脆来个内部展览，把姚宓的稿子分门别类展览出来，一个错误一个标题。红绿纸上写几个大字标题就行。从前姚謇的藏书室不是空着吗，放两排桌子就展开了。"

妮娜笑说："这倒有速效，展一展就臭了。"

姜敏说："不是咱们搞臭她，只是为了改正错误。改正了，大家才可以团结一致地工作呀。"

妮娜也赞成。可是隔着纱窗帘能看到余楠支使出去的善保回来了。他们约定下次再谈，就各自散去。

其实他们那篇文章确也有人翻阅的，不过并不关心罢了。关心的只有罗厚。他在文章发表了好多天之后，一个星期六偶然在报刊室发现的。新出的报刊照例不出借，他看见有两份，就擅自拿了一份，准备星期一上午给姚宓许彦成夫妇等人看了再归还。

这个星期天，姚家从前藏书的空屋里出了一件大事——或细事，全社立即沸沸扬扬地传开了。谈论的，猜测的，批评的，说笑的，无非是这一件事。人家见了面就问：

"听说了吗？"

"咳！太不像话了！"

"捉住了一双吗？"

"跑了一个，没追上，那一个又跑了。"

"那傻王八出来喊捉贼，把人家都叫出来了，他又扭住老婆打架。"

"在他们家吗？"

"不，在图书室。"

"哟！是图书室的人吧？"

"你说那傻王八吗？他是外头的，不住这宿舍。"

"我问的是奸夫。"

"遮着脸呢。说是穿一身蓝布制服，小个子，戴着个法国面罩。"

“什么是法国面罩呀?”

谁都不知道。

各种传闻和推测渐渐归结成一个有头有尾的故事。原来方芳每个星期日上午到图书室加班。她丈夫动疑,跟踪侦察,发现搬空的藏书室反锁着门,里面有笑声。他绕到后门,看出门上钉的木板是虚掩着的,闯进去,就捉住了一双。可是方芳抱住丈夫死也不放。那男的乘间从后门跑了。方芳的丈夫挣脱身追出去,一面喊“捉贼”。方芳穿好衣服,开了前门,悄悄儿溜出来,不防恰被大喊“捉贼”的丈夫看见,一把扭住了问她要人。夫妻相骂相打,闹得人人皆知。方芳脱身跑了,她丈夫还在指手画脚地形容那个逃跑的男人。究竟那人是谁,还是个谜,因为他很有先见,早已做了准备,听到有人进屋,立即戴上一个涂了墨的牛皮纸面罩,遮去面部。罩上挖出两个洞,露出眼珠子。他穿好衣服逃出门,当然就除去面罩,溜到不知哪里去了。

大家纷纷猜测,嫌疑集中在两人身上。一个是汪勃,因为方芳和汪勃亲密是人人知道的。虽然汪勃不穿蓝布制服,而且他是中等身材。可是穿上蓝布制服,也许会显得个儿小。不过据知情人说,方芳已经和汪勃闹翻,还打了他一个大耳光。关于这点,又是众说纷纭。有的说是因为汪勃又和别的女人好上了,有的说汪勃是“老实孩子”,虽然喜欢和女人打打闹闹,却有个界限,“游人止步”的地方他从不逾越。丁宝桂先生却摇头晃脑说:“非不为也,是不能也。他偏又喜欢玩儿恋爱,吃一下耳光正是活该。”另一个受嫌疑的是小个儿,也穿蓝布制服。他是社里一个稍有地位的人,人家只放低声音暗示一两个字。

朱千里只有灰布制服。那天他因为前夕写稿子熬夜,早上正在睡懒觉。他老婆上街回来,听说了"法国面罩"和"小个子",就一把耳朵把他从被窝里提溜出来,追究他哪里去了。

"我不是正睡觉呢吗?"

老婆不信,定要他交出法国面罩。朱千里在家说话,向来不敢高声。可是他老婆的嗓门儿可不小。左邻右舍是否听见,朱千里拿不稳。他感到自己成了嫌疑犯。他越叫老婆低声,她越发吵闹。朱千里憋了一天气,星期一直盼着罗厚到他家去,罗厚说不定会知道那男的是谁。可是左等右等不见罗厚,他就冒冒失失地找到办公室去。他要问出一个究竟,好向老婆交代。

办公室里,罗厚正同许彦成和杜丽琳说话。姚宓在看一本不厚不薄的刊物。

罗厚见了朱千里,诧异说:"朱先生怎么来了?"

朱千里想说:"你们正在谈傻王八吧?"可是他看着不像,所以改口说:"你们谈什么呢?"

罗厚把姚宓手里的刊物拿来,塞给朱千里,叫他读读。朱千里立即伸手掏摸衣袋里的烟斗。可是他气糊涂了,竟忘了带。他一目十行地把罗厚指着给他看的文章看了一遍,还给罗厚说:"全是狗屁!"

许彦成笑了。杜丽琳皱着鼻子问:"作者叫什么名字?"

朱千里说:"管他是谁!我两个脚指头夹着笔,写得还比他好些!"

罗厚翻看了作者的名字说:"汝南文。"

朱千里立即嚷道:"假名字!假之至!一听就是假的。什么'乳难闻',牛奶臭了?"

彦成问:"余楠的'楠'吗?"

罗厚说："去掉'木'旁。"

彦成问："三点水一个女字的'汝'吗？文章的'文'吗？"

罗厚点头。

姚宓微笑说："有了，都是半边。"

彦成钦佩地看了她一眼，忙注目看着丽琳。

罗厚说："对呀！老河挨着长江，'楠'字去'木'，'敏'字取'文'。"

朱千里傻头傻脑地问："谁呢？"

丽琳知道"老河"就是施妮娜，想了一想，也明白过来了。她说："哦！江滔滔的'水'，施妮娜的'女'，余楠的'南'，姜敏的'文'，四合一。"

朱千里呵呵笑道："都遮着半个脸！"

许彦成说："很可能这是背着傅今干的，不敢用真名字。矛头显然指着我们这小组。"

罗厚问："姚宓，你几时说过这种话吗？"

"你指他们批判的例证吗？那些片段都是我稿子里截头去尾的句子。"

"你的稿子怎么会落在他们手里呢？"罗厚诧异地问。

姚宓讲了善保借去学习，余楠拿去不还的事。

丽琳建议让姚宓写一篇文章反驳他们。

姚宓说："他们又没点我的名，我的稿子也没有发表过。他们批的是他们自己的话。随他们批去，理他们呢！"

彦成气愤说："这份资料是给全组用的。有意见可以提，怎么可以这样乱扣帽子，在外间刊物上发表了攻击同组的人呢！太不像话了！得把这篇文章给傅今看看，瞧他怎么说。"

罗厚竖起眉毛说:"先得把稿子要回来！倒好！歪曲了人家的资料,写这种破文章,暗箭伤人！他们还打算一篇篇连着写呢！咱们打伙儿去逼着余楠把稿子吐出来。"

朱千里几番伸手掏摸烟斗,想回家又不愿回家,这时忍不住说:"他推托不在手边,在傅今那儿呢。你们怎么办?"

彦成说:"还是让善保紧着问他要。咱们且不提'汝南文'的破文章,压根儿不理会。等有机会我质问傅今。"

姚宓不愿叫善保为难,也不要许先生出力,也不要罗厚去吵架。她忙说:"干脆我自己问余楠要去。假如他说稿子在傅今那儿,我就问傅今要。"

大家同意先这么办,就散会了。

朱千里看见大家要走,忙说:"对不起,我要请问一件事。你们知道什么是法国面罩吗?"

彦成说:"你问这个干吗?"

"戴面罩的是谁,现在知道了吗?"朱千里紧追着问。

罗厚说:"朱先生管这个闲事干吗?"

"什么闲事！我女人硬说是我呢！"

大家看着哭丧着脸的朱千里,忍不住都笑起来。

彦成安慰他说:"反正不是你就完了。事情早晚会水落石出。"

丽琳说:"朱先生,你大概对你夫人不尽不实,所以她不信你了。"

"谁要她信！她从来不信我！可是她闹得街坊都怀疑我了。人家肚子里怀疑,我明知道也没法儿为自己辩护呀！我压根儿没有蓝布制服,连法国面罩都没见过,可是人家又没问我,我无缘无故的，怎么声明呢?”

丽琳说:“咳，朱先生，告诉你夫人，即使她明知那人是你，她也该站在你一边，证明那人不是你。”

朱千里叹气说:“这等贤妻是我的女人吗！罗厚，我是来找你救命的。她信你的话。你捏造一个人名出来就行。”

罗厚说他得先去还掉偷出来的刊物，随后就到朱先生家去。他们两个一同走了。许杜夫妇也走了。姚宓默默地坐了一会儿，独自到余楠家去讨她的稿子。

第十三章

余楠知道每星期一许彦成、杜丽琳的小组在办公室聚会。他也学样，星期一上午在家里开个小会谈谈工作。其实善保压根儿没什么工作。他也在脱产学俄语，不过学习俄语之外，在余楠的指导下，对照着中译本精读莎士比亚的一个剧本。他不习惯待在余家，渐渐地又回到办公室去。所以一周一次的聚会也有必要。

姜敏并没有脱离许彦成和杜丽琳的小组。她觉得自己作为未来的苏联组成员，每个小组开会她都有资格参加。只是“汝南文”的批判文章发表之后，她有点儿心虚，怕原来的小组责问她或围攻她，所以也跑到余家去开会。开会只是随便相聚谈论。谈了一点工作，余楠又坐到自己的书桌前去干他自己的事，随姜敏和善保一起比较他们学习俄语的进程。

余楠隔着纱窗帘忽见姚宓走进他家院子。他非常警惕，立即支使善保到图书室去借书。善保刚出门，余楠对姜敏使个眼色，姜敏就跟出去。他们劈面碰见姚宓。姜敏说：“姚宓，找我们吗？”姚宓说她找余先生。姜敏回身指着屋里说：“余先生在家呢。”她催着善保说：“走吧，我也到图书室去。”余楠就这样把善保支使出去了。

余楠也许感到自己是从善保手里骗取了姚宓的稿子，所以经常防着善保。他却是一点也没有提防宛英。善保一次两次索取这份稿子，宛英都听见。余楠和施妮娜计划批判姚宓，余楠对姜敏说姚宓得挨批等等，宛英都听在耳里，暗暗为姚宓担心。后来又听说要办什么展览，搞臭姚宓，宛英更着急了。她想，假如能把稿子偷出来还给姚宓，事情不就完了吗。可是她满处寻找，找不到姚宓的什么稿子。假如她找到了，假如她偷出去还给姚宓，余楠追究，怎么说呢？

宛英想出一个对付楠哥的好办法。她也找到了姚宓的稿子。

她有一天忽然灵机一动，想起余楠那只旧式书桌的抽屉后面有个空处，余楠提防善保，很可能把姚宓的稿子藏在那里。她趁余楠歇午，轻轻抽出抽屉，果然发现一个牛皮纸袋，里面是一大叠稿子，第一页上姚宓写着自己的名字呢。她急忙把牛皮纸袋取出，塞在书架底层的报章和刊物底下。这是她按计划行事的第一步。

这天善保到余家开会，宛英有点担心，怕善保看见那个牛皮纸袋，说不定会横生枝节。善保和姜敏走了，她听见余楠请进一个客人，正是姚宓。

余楠开了门，满面堆笑，鞠躬说：“姚宓同志！请进！请进！请坐！不客气，请坐呀！”

姚宓不坐，进门站在当地说："余先生，我有一份资料性的稿子，善保说是余先生在看。余先生看完了吧？"

余楠说："姚宓同志，请坐，请坐下……"

姚宓说："不敢打搅余先生，余先生请把稿子还我就完了。"

余楠没忘记丁宝桂的话："最标致的还数姚小姐。"他常偷眼端详。她长得确是好，只是颜色不鲜艳，态度不活泼，也没有女孩子家的娇气。她笑的时候也娇憨，也妩媚，很迷人。可是她的笑实在千金难买。余楠往往白赔着笑脸，她正眼也不瞧，分明目中无人。余楠有点恨她，总想找个机会挫辱她一下。她既然请坐不坐，他做主人的也得站着不坐吗？

"姚宓同志，你不坐，我可得坐下了。"

"余先生请先把稿子还我。"

"姚宓同志，请坐下听我说。"他自己坐下了，随姚宓站着。"你的稿子，我已经拜读了，好得很。可是呢，也不是没有问题，所以傅今同志也要看看呢。"

"傅今同志要看，可以问我要。不过这份稿子只是半成品，得写成了再请领导过目。"

"你太客气了，怎么是半成品呢。年中小结会上，你们小组不是报了成绩吗？既然是你们小组的成绩，领导总可以审阅啊。"

"当然得请领导审阅。可是我还要修改呢，还没交卷呢。"姚宓还站着，脸上没一丝笑容。

余楠舒坦地往沙发背上一靠，笑说："姚宓同志，别着急，等领导审阅了，当然会还你。"

"可是余先生怎么扣着我的稿子不还呢？"姚宓不客气了。

余楠带些轻蔑的口吻说:“姚宓同志,你该知道,稿子不是你的私产,那是工作时间内产生的,我不能和你私相授受。”

姚宓冷静地看着余楠说:“稿子是我借给陈善保的。”

余楠呵呵笑着说:“别忘了,善保是咱们的组秘书啊!”

姚宓“哦”了一声,顿了一顿说:“那么我得问傅今同志要去了。再见,余先生。”

余楠也不起身,只说:“那是你的事。不过,我奉劝你,还是别着急。”

姚宓憋着一肚子气出门。她知道余楠和傅今勾结得很紧,傅今的夫人和她的密友对自己又不知道哪来的满腔敌意。她不敢冒冒失失地找傅今告状。她不愿告诉妈妈添她的烦恼。她这时也不便向许彦成求救。罗厚未必能帮忙。她只好听取余楠的劝告“不着急”,暂且忍着。

余楠和姚宓的一番话宛英听得清清楚楚,觉得事不宜迟。她已经扬言要找裁缝,预先把衣料和一件做样子的衣服用包袱包上。这天饭后,她等余楠上床午睡,立即把姚宓的一袋稿子塞入衣包,抱着出门。

她慌慌张张赶到姚家,沈妈正吃饭,开门的恰好是姚宓。宛英神色仓皇,关上门,就拿出那袋稿子交给姚宓说:“你要的是这个吧?”

姚宓点看了一下,喜出望外。她诧异地说:“余先生让您送来的吗?”

宛英向前凑凑,低声说:“我给你偷来的!千万千万,谁也别告诉;除了妈妈,谁也别告诉。”她看到姚宓迟疑,忙说:“你放心,我会对付,叫他没法儿怪人,谁也不会牵累。你好好儿藏着,别让他们害你。记着别说出去就是了。”

姚宓感激地把宛英抱了一抱,保证不说出去。宛英不敢耽搁,她卸掉贼赃,不复慌张,轻快地走了。

姚宓回房,姚太太问谁来了。姚宓紧张得好像自己做了贼,喘了两口气,才放下手里的稿子,把善保借看,余楠扣住不还等等,一一告诉。她也讲了“汝南文”的文章和宛英说的“别让他们害你”。

姚太太听完说:“怪道呢,我说你这一程子好像有什么心事似的。”她连声赞叹:“宛英真好!你只给她揉了几下肚子,她竟这样护着你!”她叫姚宓快把稿子藏好。

姚宓快活的是稿子回来了。可是她暗暗惭愧,也暗暗担心。妈妈看出她的心事!她的心事就为这一叠稿子吗?她说不出话,只把脸偎着妈妈。

且说宛英回家,余楠正拉出抽屉,伸手在空处摸索,又歪着脑袋,觑着眼向里张望。他对宛英说:

“我这里有一包东西不见了。”

宛英说:“一个牛皮纸袋儿吧?”

余楠忙问:“你拿了吗?”他舒了一口气。

宛英说:“那天我因为抽屉关不上,好像有东西顶着。我拉开抽屉,摸出个肮脏的纸袋,里面都是字纸——不是你的稿子,也不是信,大约是书桌的原主落下的……”

“你搁哪儿了?”

“搁书架底层了。”她说着就去找,把书架底层的报章杂志都翻了一遍。余楠也帮着找。

宛英说:“我拿了出来,放在这里的。”她用手拍着她塞那袋稿子的地方。

“你几时拿出来的?”

“是你的吗?有用的吗?”

余楠不愿回答。他的抽屉向来整齐,也不塞得太满,东西绝不会落到抽屉后面去。为什么那袋稿子会在抽屉后面呢?他不便说,只重复追问:“你几时拿出来的?”

宛英想了想:“好多日子了吧,都记不起了,是什么要紧东西吗?”

“当然要紧!”余楠遮盖不了他的满面怒色。

“哟!”宛英着急说,“别让孙妈当废纸卖了。”

原来余楠持家精明,废纸都卖了钱收起来。

宛英叫了孙妈来问。孙妈说:“没看见,不知道,反正都是先生扔在书架底层的,卖的钱都交给太太了。”

孙妈认为卖废纸的钱应该归她。东家连卖废纸的钱都收去,那么,她即使多卖了些废纸,她又没捞到什么油水,还不是东家自己得的好处吗!

宛英反倒埋怨说:“是什么要紧文件吗?啊呀,你怎么不告诉我一声。”

余楠不愿多说,只挥手把宛英和孙妈都赶走,自己耐心又把书架底层细细整理一过,稿子确实没有了。

他暗暗咒骂宛英,咒骂孙妈。以后善保再来追索这份稿子,他怎么推诿呢?妮娜要批判这份稿子,姜敏要展览这份稿子,他怎么说呢?他得动动脑筋。

第十四章

姚宓想：假如她约了人在她家从前的藏书室密谈，而方芳和她的情人由前门闯入，那该是多么尴尬的局面呀！不过她当时立即回信拒绝了许彦成，认为没有必要；当顾问，纸上谈也许比当面谈方便些。

接着她以顾问的身份说：

> 我妈妈常说："彦成很会护着他的美人。尽管两人性情不很相投，彦成毕竟是个忠诚的好丈夫。"如果你要离婚，妈妈一定说："夫妻偶尔有点争执，有点误会，都是常情，解释明白就好了，何至于离婚呢！"我也是这个意思。

（信尾她要求许先生别把信带出书房，请扔在书桌的抽屉里，她自会处理。）

彦成到办公室去接丽琳，经常见到姚宓。她总是那么淡淡的，远远的。彦成暗想："她只是我的顾问吗？她还在生我的气吗？"最初他们不甚相熟的时候，他们的眼神会在人丛中忽然相遇相识。现在他们的眼神再也不相遇了。她是在逃避，还是因为知道自己是在严密的监视下呢？

彦成得为自己辩解。他忙忙写了一封信。

> 姚宓：
>
> 你错了。我和丽琳之间，不是偶尔有点争执，有点误会，远不是。我自己也错了。我向来以为自己是个随和的人，只是性情有点孤僻，常闷闷不乐，甚至怀疑自己有忧郁

症，并且觉得自己从出世就是个错，一言一行，事后回想总觉不得当。我什么都错。为什么要有我这个人呢？

我现在忽然明白了一件大事。我郁郁如有所失，因为我失去了我的另一半。我到这个世上来是要找“她”，我终于找到“她”了！什么错都不错，都不过是寻找过程中的曲折。不经过这些曲折，我怎会找到“她”呢！我好像摸到了无边无际的快乐，心上说不出的甜润，同时又害怕，怕一脱手，又堕入无边无际的苦恼。我得挣脱一切束缚，要求这个残缺的我成为完整。这是不由自主的，我怎么也不能失去我的“她”——我的那一半。所以我得离婚。

（他照旧要求姚宓把信毁掉，也遵命把姚宓的信留在书桌的抽屉里。）

姚宓的回信只是简短的三个问句：

一、“杜先生大概还不知道你的意图，如果知道了，她能同意吗？”

二、“你的‘她’是否承认自己是你的‘那一半’？”

三、“你到这个世界上来，只是为了找一个人吗？”

彦成觉得苦恼。她好冷静呀！她还没有原谅他吗？他不敢敞开胸怀，只急忙回答问题。

姚宓：

你问得很对。我到这个世上来当然不是为了找一个人，我是来做一个人。可是我找到了“她”，才了解自己一直为找不到“她”而惶惑郁闷。没有“她”，我只能是一个残缺的人。

我把“她”称为自己的“那一半”是个很冒昧的说法。我心上只称她为“ma mie”(请查字典,不是拼音)。我还没有离婚,我怎能求“她”做我的“那一半”呢?

我还不知道丽琳是否会同意离婚。她求婚的事,你谅必知道。我没有按规矩说“我爱你”,因为我没有这个感情,她也没有勉强我,只要求我永远对她忠实,对她说真话。那么,我现在不就该老实把真话告诉她吗?假如我不告诉她,就是对她不忠实;假如老实告诉她,她难道就会觉得我忠实吗?

我当初不该随顺了她。可是,难道我这一辈子,就该由她做主吗?

许彦成

姚太太看出女儿有心事,正是姚宓收到这封信的时候。姚宓还是留心以顾问的身份回信。

许先生:

你的事,经我反复思考,答复如下。

说不说老实话,乍看好像是个进退两难的问题,其实早已不成问题。杜先生无非要求你对她忠实。你对她已不复忠实。而且,从她那天对朱先生说的话里,听得出她压根儿不信你的话了。你呢,也不是为了忠实而要告诉她真情,你只是为了要求离婚,不是吗?

我料想杜先生初次见到你的时候,准以为找到了她的“那一半”。她一心专注,把你当做她不可缺少的“那一半”。她曾为了满足你妈妈的要求,耽误了学业。她为了跟你回国,抛弃了亲骨肉。她一直小心周密地保卫着“她和你的整体”。你要割弃她，她就得撕下半边心，一定受重伤，甚至终身伤残。

你不会为了满足自己的要求而听不到自己对自己的谴责。你不是那种人。你会抱歉，觉得对不起她。你会惭愧，觉得自己道义有亏。你对自己的为人要求严格，你会为此后悔。后悔就迟了。

我作为你的顾问，不得不为你各方面都想到。我觉得除非杜先生坚持要离婚，你不能提出离婚。当然，这并不是说，你一辈子该由她做主。

姚　宓

彦成把姚宓的话反复思忖，不能不承认她很知心，说得都对，也很感激她把自己心上的一团乱麻都理清了。可是他没法儿冷静下来，只怨她“好冷静”。

他写信感谢姚宓为他考虑周到，承认自己的确会对丽琳抱歉，也会自己惭愧，也会鄙薄自己而后悔。但是他说：“我是从头悔起。”

他接着说了两句怨望的话：“可是，顾问先生，你好比天上的安琪儿，只有一个脑袋，一对翅膀。我却是个有血有肉的凡人，有一颗凡人的心。要我舍下‘她’——或者，要是‘她’鄙弃我，就是撕去我的半边心，叫我终身伤残。”

他又觉得不该胡赖，忙又转过来说：他知道人世间的缺陷无法弥补，可以修补的是人。他会修改自己来承受一切，只求姚宓不要责怪。随她有什么命令，他都甘心服从。

他到姚家去把信带在身上。他和姚太太同听音乐，心上只顾想着这封信，料想这是他和姚宓之间末一次通信了。他闷闷从姚家出来，往办公室去接丽琳，走到半路才想起忘了把信送入姚宓的书橱。他不便再退回去，心想反正立刻会见到姚宓，设法当面传递吧。

办公室里只有外间生个炉子，丽琳和姚宓同坐在炉边看书。彦成跑去站在一边，问问她们看的什么书，随即走入里间，从书橱里找出一本书，大声说："姚宓，你看了这本书吗？"他随就把信夹在书里交给姚宓。丽琳看见书里夹着些纸，伸手说："什么书？我也看看。"姚宓忙着点头，一面把指头夹在书里说："让我先记下页数，别乱了。"她把书拿到书桌上去，翻出纸笔记完，立即递给丽琳。彦成看见书里仍然夹着些纸，心想："糟了！糟了！"屋里并不热，他却直冒汗。可是他偷眼看见丽琳偷偷儿从书里抽出来的只是一张白纸。姚宓像没事人儿一样。彦成觉得姚宓真是个"机灵"的知心人；姚宓想必已经原谅他了。

过一天，他到了姚家，带着几分好奇，到书房去看看姚宓是否回信。他夹信的书里有一张纸条儿，上写"随你有什么命令，我也甘心服从"。

彦成想："她说得好轻松！她知道我对她服从，多么艰难痛苦吗？"他也有几分气恼，又有几分失望，觉得她不是个有血有肉的人。他憋不住从拍纸簿上撕下一页白纸，也写了一句话："假如我像你的未婚夫那样命令你，你也甘心服从吗？"他回家后自觉孟浪，责备自己不该使气。他只希望姚宓还没来得及看见，他可以趁早抽回。可是姚宓已把字条拿走了。

姚宓只为彦成肯接纳她的意思，对他深有同情。她写那句话，无非表示她很满意，并未想到其他。经他一点出，自觉鲁莽；可是仔细想想，她为了彦成，什么都愿意，什么都不顾，只求他不致“伤残”。所以她只简单回答一句话:“我就做你的方芳。”

彦成看到她的回答,就好像林黛玉听宝玉说了“你放心”,觉得“如轰雷掣电”,“比肺腑中掏出来的还恳切”。他记起他和姚宓第二次在那间藏书室里的谈话,如今她竟说愿意做他的方芳!他心上搅和着甜酸苦辣,不知是何滋味。不过他要求的不是偷情;他是要和她日夜在一起,永远在一起。

他回到自己的“狗窝”里去写回信,可是他几次写了又撕掉,只写成一封没头没尾的短信:“我说不尽的感激,可是我怎么能叫你做我的方芳呢。我心上的话有几里长,至少比一个蚕茧抽出的丝还长,得一辈子才吐得完,希望你容许我慢慢地吐。”

他和姚宓来往的信和字条儿,姚宓没舍得毁掉,都夹在一张报纸里,竖立在书橱贴壁。自从“汝南文”的批评文章出现后,姚宓不复勤奋工作,尽管她读书还很用功。她每天上班之前,总到她的小书房去找书。每天——除了星期日,总在办公室上班。看信写信,在办公室比在家方便。

第 十 五 章

余楠丢失了姚宓的稿子,有点心神不安。过了好多天之后,他的忧虑渐渐澄清。他觉得自己足智多谋,这点子小事是不足道的。善保容易打发。他如果再开口讨这份稿子,就说姚宓已经亲自向他索取。他不用说稿子还了没有,反正这事姚宓已经和他直接联系,不用善保再来干预。如果施妮娜或姜敏建议要批判或展览这部稿子,他只要说,姚宓亲自来索还了。他得留心别把话说死,闪烁其词,好像已经还了。如果姚宓自己再来索取呢,那就得费些周折。不过他看透这个姚宓虽然固执任性,究竟还嫩,经不起他一唬,就退步了。她显然没敢向傅今去要。对付她可以用各种方法推诿,或者说不记得放在哪儿,或者说,记得已经还了,或者,如果她拉下脸来,就干脆说,稿子已经归还,她不妨到他家来搜寻。看来她碰了一次钉子,不会再来。

他不知道姚宓和她妈妈商量之后,确是说,稿子已经归还她了。不然的话,罗厚会捏着拳头吵上门去,许彦成也会向傅今去告状。

姚宓的稿子即使没有丢失,余楠也懒得再写什么批判文章。他为那篇文章很气恼。因为施妮娜大手大脚,擅自把稿费全部给了姜敏,只事后通知余楠一声,好像稿费全是她施妮娜的。尽管没几个钱,余楠觉得至少半数应该归他。文章是他写的,江滔滔加上许多不必要的抄袭,结果害他余楠的原稿都给斫掉二三千字。事务工作姜敏是做了不少,施妮娜除了出出主意,却是出力最少的一个。“汝南文”四人里,姜敏是工资最低、最需要稿费的人。可是,如要把稿费都给姜敏,也该由他余楠来卖这个情面呀!可笑姜敏又小姐架子十足,好像清高得口不言钱,谢都没谢他一声。余楠觉得当初幸亏也没有用心写,因为是集体的文章,犯不着太卖力。现在他打定主意,关于姚宓的事,他能不管就撒手不管了。只是对施妮娜他不敢得罪,她究竟是傅今夫人的密友。

这天施妮娜来找他,他忙叫宛英沏上妮娜欣赏的碧螺春,一面拿出他最好的香烟来敬客。

施妮娜脸色不怎么好看,可是见到余楠的殷勤,少不得勉强

敷上笑容。她让余楠为她点上了烟,坐在沙发上叹了一口长气,说道:

“余先生,要年终总结了。我听了听老傅的口气,咱们图书资料室的事不用提了。”

“什么事?”余楠茫然。他只觉得图书资料室的事妮娜应该先和他谈。

“就是方芳闹的事,图书室是咱们管的。不过这是属于私生活的事,还牵涉到有面子的人呢,干脆不提了。老傅也同意我的意见。问题只在咱们外文组,报不出什么像样的成果。说来说去,只有姚宓那一份宝贝资料吗?”

“傅今同志对‘汝南文’的批评文章怎么说呢?”

“我叫滔滔给他看看。滔滔乖,先不说是谁写的。他一看不是什么最高学府的刊物,就瞧不起,看了几眼,说‘一般,水平不高’。滔滔就没说破‘汝南文’是谁。反正只那么一篇,不提就不提吧。没有成果也不要紧,只是得先发制人,别等人家来指摘,该自己先来个批评。”

“批评谁呢?”

“自我批评呀!该批评的就挨上了。你说吧,要是大家眼往一处看,劲儿往一处使,一部《简明西方文学史》早写出来了,至少,出一本《文学史大纲》没有问题。”

余楠附和说:“要大家一条心可不是容易啊。”

“依我说,也并不难,”她夹着香烟一挥手,烟灰掉了一地,“多一个心眼儿只是白费一份力气!苏联的世界文学史也不是每一部都顶用,出版的日期新,理论却是旧的!外行充不得内行。自作聪明,搞出来的东西少说也是废品!不展览也得批评。

老傅却说什么‘算了,不必多此一举了’。好！放任自流吗？让腐朽思想泛滥吗?”

余楠暗想,准是傅今没有采纳她的意见。他试探说:“做领导也不容易。”

“就是这个话呀！老傅现在是代理社长,野心家多的是,总结会上,由得他们提出这个缺点,那个错误。得要抓紧风向,掌握火势,烧到该烧的地方去,别让自己燎上。你不整人,人家就整你。老傅真是书生气十足,说什么‘你不整人,人不整你’。那是指方芳的事呀。姚宓他们那个小组也碰不得吗?”

余楠很有把握地说:“他们反正是走不通的。”

“完全脱离现实,脱离人民。抗美援朝,全国热火朝天,他们却死气沉沉。我和滔滔都在沸腾了。我对姜敏说:‘我要是做了你,我就投军去。不上前线,留在后方也可以审讯俘虏。’她,到底是娇小姐,觉悟不高。知识分子不投入火热的斗争,没法儿改造灵魂。我们俩可是坐不住了。我们打算下乡土改去,或者在总结前,或者总结以后。”

“你们不投军吗?”

妮娜笑了。“我老了,滔滔身体又那么弱,能上前线吗？留在后方审俘虏,我们不会说英语,不比姜敏呀。”

余楠笑说:“我行吗?”

妮娜大笑,笑得直咳嗽:“你得太太跟去伺候呢!”

他们转入说笑,妮娜的恼怒也消了。

余楠从妮娜的话里辨清风向,按自己的原计划,像模像样地写了一份小组工作的年终总结,亲自去交给傅今,傅今看了很满意。余楠顺便说起,姚宓的那份资料,好多人认为有原则性错误，应当批判。可是他认为已经肯定的成绩，不必再提，当做废品就完了。这只怪小组长把关不严，却不该打击年轻人的积极性。他建议傅今作为外文组的组长，在合适的时候，向小组长指出他的职责就行，不要公开批判，有伤和气——当然他不主张一团和气，可是外文组只是个很小的组，除了傅今同志，还没有一个有修养的党员，恐怕还不具备批评——自我批评的精神，目前是团结至上，尽量消除可以避免的矛盾。

一席话，说得傅今改容相敬，想不到他竟是个顾全大局的热心人。这就好比《红楼梦》里贾宝玉挨贾政毒打以后，王夫人听到了袭人的小报告，想不到这个丫头倒颇识大体。余楠自己大约也像袭人一样，觉得自己尽忠尽责，可以无愧于心。

傅今的年终总结会开得很成功，他肯定了成绩，例如基本上完成了什么什么工作，写出了多少字的初稿等；同时指出缺点，例如政治学习不勤呀，工作纪律松弛呀，思想上、生活上存在资产阶级思想的腐蚀呀等等。总的说来，欠缺出色的成果。因此他提出如何改进工作的几点建议和几点希望。会开得相当顺利，谁也没有非难他。

至于方芳的事，她曾在一个极小的小会上作了一个深刻的检讨，承认自己"情欲旺盛"而"革命意志薄弱"，和她的丈夫恰恰相反。以后她不能向自己的苦闷低头，要努力向她的丈夫学习。范凡认为她是诚恳而老实的。方芳也承认自己是主动的一方，所以被动的那方只写了一个书面检讨，范凡向他提出劝诫和警告，没有公开批评。傅今总结里所说的"生活上存在资产阶级的腐蚀"就指这件事。

倒霉的是朱千里，他没法向老婆证明自己不是方芳的情人，罗厚也没能确切证实是谁。不过朱千里自己说:“反正我也是虱多不痒了。不管哪个女人跟我说一句话,她就是我的姘头。”

新年以后,各组进一步明确了工作计划,大家继续按计划工作。只许彦成在春分前后接到天津家里的电报,说老太太病重。他和杜丽琳一同请假到天津去住了些时候。

第 十 六 章

罗厚记得姚宓有几本法文小说的英译本,想借来对照着读原文。姚宓却反对这样学外文,说罗厚偷懒,不踏实。她主张每个生字都得亲自查字典,还得认认这个字上面和下面有关的字,才记得住。罗厚不和她争辩,趁她不在家,私下见了姚伯母,就到姚宓的小书房去找书。自从他帮姚家搬书以来,他曾进去过几次,看见里面收拾得整齐干净,他并没在意。他没有站在书橱前浏览阅读的习惯,所以难得去。

他要的书没找到,却发现了许彦成和姚宓来往的信和字条儿,夹在折叠的报纸里,塞在书柜靠边。因为不像一般情书,他拿来就看了几页。原来两人秋游确有其事！他一口气读完,自己缩缩脖子,伸伸舌头。好家伙！姚宓疯了吗？要做方芳了！妈妈都不顾了！老许也疯了吗？要离婚！咳,这是从何说起呢？信上没有日期,看来后面还有长信,可是姚宓准是藏在别处了。姚家的事他向来关心,许彦成和他也够朋友,他该找姚宓切实谈谈,又觉得不好开口,还是等老许回来,男人和男人好说话。不过这种事,他能介入吗？

许彦成离京很匆促,他向领导请了假就急忙和丽琳同回天津。姚太太过了两天才接到他的信，说是他妈妈得了胃癌，正待开刀。他没留地址，只说过些时再写信。过了很久，他又来信，说他妈妈已经动过手术，很顺利。他每次给姚太太写信，也给领导写信，所以善保知道他的情况。外文组办公室里都知道。

许老太太安然出院，虽然身体虚弱，恢复得很快。她还是坚决不愿意到北京来。小丽还是不肯离开奶奶，也不肯离开她的姑姑，对父母总是陌生，不肯亲近。彦成夫妇不能再多耽搁，辞别了天津的家人又回北京。

他们是临晚到北京的。彦成当晚就要到姚家去送包子，丽琳说："咱们先得向领导销假，再看朋友。"彦成说，领导那里反正早有信续假了。丽琳说，这早晚姚太太该已休息了，不能为几个包子去打扰她。丽琳说的都对，彦成无可奈何。他已经多时不见姚宓，也无法通信，只能在给姚太太的信尾附笔问候一句，他实在想念得慌。他知道丽琳是存心不让他见到姚宓。如果明天白天去拜访姚太太，姚宓在上班呢，他见不到。

他们俩明早到傅今的办公室去向傅今销假。傅今问了许老太太的病情，就给他们看一份社里的简报。彦成还在和傅今谈话，丽琳看了简报，立即含笑向傅今道贺。原来他已由代理社长升做正社长了。范凡当了副社长。彦成接过简报看下去，古典组成立了《红楼梦》研究小组，由汪勃任小组长。另一个小组是"古籍标点注释小组"，丁宝桂是小组长。外文组由余楠和施妮娜分别担任正副组长，原先的四个小组完全照旧，傅今不再兼任组长。彦成看完用手指点着给丽琳看。

傅今正留意看他们夫妇的反应。他承认自己多少失去了点儿平衡，太偏向余楠了。可是余楠靠拢组织，接受新事物的能力也比较强，对立场观点方面的问题掌握得比较稳，和妮娜也合作得好。社里人事变更的时候正逢彦成夫妇请假，组长一职就顺顺当当由余楠担任了。不过傅今觉得这事还需解释一番，所以赔笑说：

“我考虑到许先生学问渊博，组长该由许先生当。可是我记得上次请许先生当图书资料室主任，许先生表示对行政工作不大感兴趣。余先生呢，对行政事务很热心。他年纪大些，人事经验也丰富些。我想，请许先生当组里的顾问或许更合适些，没事不打搅，有事可以请教。”

彦成说：“我现成是小组长，又当什么顾问呢？”

傅今说：“小组长只管小组，顾问是全组的。”

彦成笑说：“不必了，小小一个外文组，正副两个组长，再加四个小组长，官儿已够多，还要什么顾问！”

傅今偷看了他一眼，忙说：“这样：领导小组的扩大会议，请许先生出席。”他觉得女同志也得照顾，接下说：“社里现在成立了妇女会，正会长是一位老大姐，我想再加一位副会长，请杜先生担任。”

丽琳忙摇手说：“算了，我不配。我连小组长都要辞呢，单我一个人，成什么小组。不过我不懂，别的组只有一个组长，为什么我们组要一正一副呀？”

傅今忙解释：“研究外国文学得借重苏联老大哥的经验。苏联组因为缺人，还没成立单独的组，暂时属于外文组，当然该还它相当的地位。”

丽琳表示心悦诚服，不过她正式声明妇女会的副会长绝不敢担当，请傅今同志别建议增添什么副会长。许彦成郑重申明他不当组里的顾问,他如有意见,会向组长提出;领导核心小组的扩大会议如要他参加,他一定敬陪末座(他想:反正我旁听就是了)。傅今唯恐他们俩闹情绪,看样子他们不很计较,外文组的人事更动算是妥帖了。他放下了一件大心事,居然一反常态,向丽琳开玩笑说:“小组长你可辞不得。你们不是夫妻组吗?取消了妻权,岂不成了大男子主义呢!”

丽琳不愿多说,含糊着不再推辞。

他们俩回到家里,彦成长叹了一口气。

丽琳说:“趁咱们不在,余楠升了官,咱们在他管下了——也怪你不肯巴结,开会发言,只会结结巴巴。”

彦成只说:“傅今!唉!”他摇头叹气。

丽琳埋怨说:“请你当顾问,干吗推?”

彦成说:“这种顾问当得吗?”

“挂个名也好啊。”

彦成说:“你干吗不当妇女会的副会长呢?”

两人默然相对。丽琳叹息说:“这里待不下去了。”

彦成勉强说:“其实,局面和从前也差不多。”

“现在他们可名正言顺了!我说呀,咱们还是到大学里教书去,省得受他们排挤。”

“可是大学里当教师的直羡慕咱们呢。不用备课,不用改卷子,不用面对学生。现在的学生程度不齐,要求不一,教书可不容易!不是教书,是教学生啊。咱们够格儿吗?你这样的老师,不说你散布资产阶级毒素才怪!况且咱们教的是外国文学。学生问你学外国文学什么用,你说得好吗?”

“咱们也只配做做后勤工作,给人家准备点儿资料。”丽琳泄了气。“他们要怎么利用,就供他们利用。”

“他们两眼漆黑,知道咱们有什么可供利用的吗！只要别跟他们争就完了。咱们只管种植自己的园地。”

丽琳不懂什么“种植自己的园地”。彦成说明了这句话的出处,丽琳说她压根儿没有“自己的园地”。她呆呆地只顾生气。彦成在自己的“狗窝”里翻出许多书和笔记,坐在书堆里出神。

饭后三四点钟,丽琳跟着彦成去看望姚太太,并送些土仪。他们讲起外文组的新班子。姚太太说,据阿宓讲,余楠已经占用了办公室的组长办公桌,天天上午去坐班,年轻人个个得按时上班,罗厚只好收紧骨头了。丽琳问起姚宓,姚太太说她在乱看书,正等着你们两位回来呢。

彦成想多坐一会儿,等姚宓回家,因为他写了一个便条要私下交给她。他不能让姚太太转交,也没有机会去塞在小书房里;即使塞在小书房里,怎么告诉姚宓有个便条等着她呢。丽琳却不肯等待,急要回家。彦成不便赖着不走,只好怏怏随着她辞出。

可是他们出门就碰见姚宓骑着自行车回来。她滚鞍下车说:“许先生杜先生回来了!”她扶着车和他们说了几句话。

彦成趁拉手之便,把搓成一卷的便条塞给姚宓。丽琳的第三只眼睛并没有看见。

第 十 七 章

许彦成请姚宓星期日上午准十点为他开了大门虚掩着,请姚宓在小书房里等他。

天气已经和暖,炉火早已撤了,可是还没有大开门窗。他可以悄悄进门,悄悄到姚宓的书房里去。

姚宓惴惴不安地过了两天。到星期日早上,她告诉妈妈要到书房用功去,谁来都说她不在家。那天风和日丽,姚家的小院里,迎春花还没谢,紫荆花和榆叶梅开得正盛。她听见先后来了两个客人。将近十点,姚太太亲自送第二个客人出门。姚宓私幸没把大门开得太早。她从半开的一扇窗里,看见她妈妈送走了客人回来,扶杖站在院子里看花。姚宓直着急。如果妈妈站着不进屋,她怎么能去偷开大门呢?她不开门,叫许彦成傻站在门口,怎么行呢?

她跑出来说:“妈妈,别着凉!”

妈妈说:“不冷!这么好太阳,你也不出来见见阳光——陆姨妈特意挑了星期天来,为的是要看见你(陆姨妈是罗厚的舅妈),可是我替你撒谎了。”

姚宓一面听妈妈讲陆姨妈,一面焦急地等着一分钟一分钟过去。十点了,许彦成在门口吗?

姚宓假装听见了什么,抬头说:“谁按铃了吗?”她家门口的电铃直通厨房,院子里听不真。

姚太太说:“没有。你不放心,躲着去吧。”

姚宓说:“悄悄儿的,让我门缝里张张。”

她从门缝里一张,看见有人站在门外,当然是许彦成来了。她怕许彦成不知道她妈妈在院子里,一开门,就大声叫:“妈妈,许先生来了。”她关上门,自己回书房去,心上却打不定主意。她该出来陪客呢?还是在书房等待?许彦成也许以为她是故意借妈妈来挡他，那么，他就不会到书房来了。假如她出来陪客，她不是早对妈妈说过，什么客都不见吗？

姚太太带着彦成一同进屋。彦成礼貌地问起姚宓。

姚太太说："这孩子，变成个死用功了！她是好强？还是跟不上呀？"

彦成问："她在忙什么？"

姚太太说："一大早对我说，她要用功，谁来都说不在家。"

彦成想："她是在等我。"心上一块石头落地。他说："我看看她去，行不行？"

姚太太点头说："你是导师，叫她放松点儿吧。"

她拿起一本新小说，靠在躺椅里看。大概书很沉闷，她看不上几页就瞌睡了，也不知睡了多久，等她睁眼，眼前的人不是许彦成，却是杜丽琳。

丽琳惶恐说："伯母，把您吵醒了——沈大妈说彦成没有来，待会儿他如果来了，请伯母叫他马上回家去，有人等着他呢。"

姚太太说："彦成来了，在阿宓的书房里。"她指指窗外说："半开着一扇窗的那里。"她一面想要起身。

丽琳忙说："伯母不动，我找去。"

"你去过吗？靠大门口，穿过墙洞门，上台阶。"

丽琳说她会找，向姚太太连连道歉，匆匆告辞，独自找到墙洞门口。她曾看见墙洞门后有个破门，门上锁着生锈的大铁锁，书房想必就在那里。她轻悄悄穿过墙洞门，轻悄悄走上台阶，看见门上的铁锁不见了，就轻轻地开了门，轻轻地推开。

她站在门口，凝成了一尊铁像。

许彦成和姚宓这时已重归平静。他们有迫切的话要谈，无暇在痴迷中陶醉。不过他们觉得彼此间已有一千年的交情，他们俩已经相识了几辈子。

小书房里只有一张小小的书桌，一只小小的圆凳。这时许彦成坐在小书桌上，姚宓坐在对面的小圆凳上，正亲密地说着话儿。她的脸靠在他膝上，他的手搭在她臂上。彦成抬头看见了丽琳，姚宓回头一看，两人同时站起来。

姚宓先开口。她笑说："杜先生，请进来。"她笑得很甜，很妩媚。丽琳觉得那是胜利者的笑。

彦成说："我们有话跟你谈呢。"

丽琳走进书房铁青了脸说："谈啊。"

姚宓说："杜先生先请坐下，好说话。"她请丽琳坐在小圆凳上，彦成还坐在桌上，姚宓拉过带着两层台阶的小梯子，坐在底层上。她郑重说：

"杜先生，我只有一句话，请你相信我。我绝不走到你们中间来，绝不破坏你们的家庭。"

彦成说："我绝不做对不起你、对不起她、对不起姚伯母的事。我也请你相信我。"

丽琳没准备他们这么说。可是这种话纯是废话罢了。她不想和姚宓谈判，这里也不是她和彦成理论的地方。她一声不吭，只对彦成说："家里有人找你，姚伯母说，你在这里呢。"

"谁找我？"

"要紧的人，要紧的事，我才赶出来找你的。"

姚宓说："杜先生、许先生快请回吧。"

彦成还要去和姚伯母说一声。姚宓说："不用了，我会替你们说。”

丽琳说：“我已经告诉姚伯母了。”

彦成一出门就问丽琳：“真的有人找吗？”

丽琳冷笑说：“我是顺风耳朵千里眼？听到你们谈情说爱，看到你们 necking，就赶来了？”

彦成不服气说：“你看见我们了，是 necking 吗？”

“还有没看见的呢！从看到的，可以猜想到没看见的。”

“别胡说，丽琳，你亲眼看见了，屋子里还开着一扇窗呢。”

“可是书房比院子高出五六尺，开着窗，外边也看不见里边。况且开的是西头的窗，你们俩都在东头——真没想到，姚家还有这么一个幽会场所！”

彦成说：“我可以发誓，这是我第一次在那儿和姚宓见面。”

“见面！你们别处也见面啊！在那屋里，何止见面呀！”

彦成生气说：“哦！你是存心来抓我们的？”

丽琳说：“真对不起，打搅了你们。我要早知道，就识趣不来了——刚才是余楠来看我们。”

“他还等着我吗？”

“他亲自来请咱们吃饭，专请咱们俩。一会儿咱们到他家去。”

“你答应他了？”

“好意思不答应吗？他从前请过，你不领情。现在又不去，显得咱们闹情绪似的。组长赏饭，吃他的就完了。”

“有朱千里吗？”

“没说，大概没有。”

“哼，又是他的手段，拉拢咱们俩，孤立朱千里。”

他们说着话已经到家。丽琳一面找衣服,一面叹气说:“我真得向你们两位道歉,打断了你们的绵绵情话。可是,她已经走到咱们中间来了,你们还说那些废话干吗呢!”

“我们是一片至诚的话。”

“‘我们’!! 你们两个成了‘我们’了,我在哪儿呢?不是在你们之外吗?还说什么‘不走到你们中间来’!多谢你们俩的‘一片至诚’!我不用你们的‘一片至诚’!她想破坏咱们的家庭吗?叫她试试!你想做对不起人的事吗?你也不妨试试!我会去告诉傅今,告诉范凡,告诉施妮娜、江滔滔,叫他们一起来治你!”

彦成气得说:“你一个人去吃饭吧,我不去了。”

丽琳已经换好鞋袜,洗了一把脸,坐在妆台的大圆镜子前面,轻巧地敷上薄薄一层脂粉,唇上涂些天然色唇膏,换上衣服,对着穿衣镜扣扣子。她瞧彦成赌气,就强笑说:

“我都耐着气呢,你倒生我的气!咱们一家人不能齐心,只好让人家欺负了。”

“你不是和别人一条心吗?我等着你和别人一起来治我呢!”

“难道你已经干下对不起人的事了,怕得这样!你这会儿不去,算是扫我的面子呀?反正我的心你都当废物那样扔了,我的面子,你还会爱惜吗——还说什么对得起、对不起我!”

彦成心上隐隐作痛,深深抱愧,沉默了一会儿,他说:“我对不起你。”

丽琳觉得这时候马上得出门做客,不是理论的时候。况且他们俩的事,也不是三言两语就说得完的。说得不好,彦成再闹别扭,自己下不来台。她瞥了彦成一眼,改换了口气说:“你不用换衣裳,照常就行。”

彦成忽见丽琳手提袋里塞着一盒漂亮的巧克力糖,他诧怪说:“这个干吗?”

“他家有个女儿啊,只算是送她的。你好意思空手上门吗?”

彦成乖乖地跟着丽琳出门。他心上还在想着姚宓,想着他们俩的深谈。

第十八章

许彦成回来几天了。罗厚已经等待好久,准备他一回来就和他谈话。可是事到临头,罗厚觉得没法儿和许彦成谈,干脆和姚宓谈倒还合适些。

余楠定的新规章,每星期一下午,他的小组和苏联组在他家里聚会——也就是说,善保和姜敏都到他家去,因为施妮娜和江滔滔都下乡参与土改了。办公室里只剩了罗厚和姚宓两人。

罗厚想,他的话怎么开头呢?他不知从何说起,只觉得很感慨,所以先叹了一口气说:

“姚宓,我觉得咱们这个世界是没希望的。”

姚宓诧异地抬头说:“哟,你几时变得悲观了呀?”

“没法儿乐观!”

“怎么啦?你不是乐天派吗?”

“你记得咱们社的成立大会上首长讲的话吗?什么要同心协力呀,为全人类做出贡献呀,咱们的使命又多么多么重大呀……”

“没错啊。”

“首长废话!”

“咳,罗厚!小心别胡说啊!”

“哼!即小见大,就看看咱们这个小小的外文组吧。这一两年来,人人为自己打小算盘,谁和谁一条心了?除了老许,和你……”

姚宓睁大了眼睛,静静地注视着他。

“可是你们俩,只不过想学方芳!”

罗厚准备姚宓害臊或老羞成怒。可是她只微笑说:“哦!我说呢,你干吗来这么一套正经大道理!原来你到我书房里去过了。去乱翻了,是不是?还偷看。”

罗厚扬着脸说:“我才不偷看呢,我也没乱翻。我以为是什么正经东西。我要是知道内容,请我看都不要看。我是关心你们,急要知道是怎么回事。只怪我自己多事,知道了你们的心思又很同情。偏偏能帮忙的,只有我一人。除了我,谁也没法儿帮你们。我一直在等老许回来和他谈。现在他回来了,我又觉得和他谈不出口,干脆和你说吧。”

“说啊。可是我不懂你能帮什么忙,也不懂这和你的悲观主义有什么相干。”

“就因为帮不了忙,你们的纠缠又没法儿解决,所以我悲观啊!好好儿的,找这些无聊的烦恼干什么!一个善保,做了‘陈哥儿’,一会儿好,一会儿‘吹’,烦得要死。一个姜敏更花样了,又要打算盘,又要耍政治,又要抓对象。许先生也是不安分,好好儿的又闹什么离婚。你呢,连妈妈都不顾了,要做方芳了!”

姚宓还是静静地听着。

罗厚说："话得说在头里。我和你，河水不犯井水。我只是为了你，倒霉的是我。"他顿了一下说："我舅舅舅妈——还有你妈妈，都有一个打算——你不知道、我知道——他们要咱们俩结婚。你要做老许的方芳，只好等咱们结了婚，我来成全你们。我说明，我河水不犯你井水。"

姚宓看着他一本正经的脸，听着他荒谬绝伦的话，忍不住要大笑。她双手捧住脸，硬把笑压到肚里去。她说："你就做'傻王八'？"

"我是为你们诚心诚意地想办法，不是说笑话。"罗厚很生气。

姚宓并没有心情笑乐，只说："可你说的全是笑话呀！还有比你更荒谬的人吗？你仗义做乌龟，你把别人都看成了什么呢？——况且，你不是还要娶个粗粗壮壮、能和你打架的夫人吗？她不把我打死？"

罗厚使劲说："我不和你开什么玩笑，这又不是好玩儿的事。"

姚宓安静地说："你既然爱管闲事，我就告诉你，罗厚，我和许先生——我们昨天都讲妥了。我们当然不是只有一个脑袋、一对翅膀的天使，我们只不过是凡人。不过凡人也有痴愚的糊涂人，也有聪明智慧的人。全看我们怎么做人。我和他，以后只是君子之交。"

罗厚看了她半天，似信不信地说："行吗？你们骗谁？骗自己？"

"我们知道不容易，好比攀登险峰，每一步都难上。"

罗厚不耐烦说："我不和你打什么比方。你们明明是男人女人，却硬要做君子之交。当然，男女都是君子，可是，君子之交淡如水，你们能淡如水吗？——不是我古董脑袋，男人女人做亲密的朋友，大概只有外国行得。"

"看是怎么样儿的亲密呀！事情困难，就做不到了吗？别以为只有你能做英雄好汉——当然，不管怎样，我该感谢你。许先生也会感谢你。可是他如果肯利用你，他成了什么了呢！"

罗厚着慌说："你可别告诉他呀！"

姚宓说："当然，你这种话，谁听了不笑死！我都不好意思说呢。况且，'若要人不知，除非己莫为'，谁也帮不了忙。我认为女人也该像大丈夫一样敢作敢当。"

"你豁出去了？"罗厚几乎瞪出了眼睛。

姚宓笑说："你以为我非要做方芳吗？我不过是同情他，说了一句痴话。现在我们都讲好了。我们互相勉励，互相搀扶着一同往上攀登，绝不往下滑。真的，你放心，我们绝不往下滑。我们昨天和杜先生都讲明白了。"

"告诉她干吗？气她吗？"

姚宓不好意思说给她撞见的事，只说："叫她放心。"

罗厚说："啊呀，姚宓，你真傻了！她会放心吗？好，以后她会紧紧地看着你，你再也别想做什么方芳了！我要护你都护不成了。"

姚宓说："我早说了不做方芳，绝不做。你知道吗，'月盈则亏'，我们已经到顶了，满了，再下去就是下坡了，就亏了。"

罗厚疑疑惑惑对姚宓看了半晌说："你好像顶满足，顶自信。"

姚宓轻轻吁了一口气，摇摇头说："我不知道。我也没有自信。"

罗厚长吁短叹道："反正我也不懂，我只觉得这个世界够苦恼的。"

他们正谈得认真，看见杜丽琳到办公室来，含笑对他们略一点头，就独自到里间去看书，直到许彦成来接她。四个人一起说了几句话，又讲了办公室的新规章，两夫妇一同回去。

罗厚听了姚宓告诉他的话，看透许杜夫妇俩准是一个人监视着另一个。等他们一走，忍不住对姚宓做了一个大鬼脸，跷起大拇指说："姚宓，真有你的！不露一点声色。善保和姜敏假如也在这儿，善保不用说，就连姜敏也看不破其中奥妙，还以为他们两口子亲密得很呢！"他瞧姚宓咬着嘴唇漠无表情，很识趣地自己看书去了。

且说许杜夫妇一路回家，彼此并不交谈。

昨天他们从余楠家吃饭回家，彦成说了一句"余太太人顶好"。丽琳就冷笑说："余楠会觉得她好吗？"彦成就封住口，一声不言语。

丽琳觉得彦成欠她一番坦白交代。单单一句"我对不起你"，就把这一切岂有此理的事都盖过了吗？他不忠实不用说，连老实都说不上了。她等了一天。第二天他还是没事人一般。

彦成却觉得他和姚宓很对得起杜丽琳。姚宓曾和他说："咱们走一步，看一步，一步都不准错。走完一步，就不准缩脚退步，就是决定的了。"彦成完全同意。他们一步一步理论，一点一点决定。虽然当时她的脸靠在他膝上，他的手搭在她臂上，那不过是两人同心，一起抉择未来的道路。

彦成如果早听到丽琳的威胁,准照样回敬一句:“你也试试看!”她要借他们那帮人来挟制他,他是不吃的。他虽然一时心软,说了“我对不起你”,却觉得他和姚宓够对得起她的。姚宓首先考虑的是别害他辜负丽琳。丽琳却无情无义,只图霸占着他,不像姚宓,为了他,连自身都不顾。所以彦成觉得自己理长,不屑向丽琳解释。况且,怎么解释呢?

他到家就打算钻他的“狗窝”。

丽琳叫住了他说:“昨天的事,太突兀了。”

她向来以为恋爱掩盖不住,好比纸包不住火。从前彦成和姚宓打无线电,她不就觉察了吗。游香山的事她动过疑心,可是她没抓住什么,只怕是自己多心。再想不到他们俩已经亲密到那么个程度了!好阴险的女孩子!她那套灰布制服下面掩盖的东西太多了!丽琳觉得自己已经掉落在深水里,站不住脚了。彦成站在“狗窝”门口,一声不响。

丽琳干脆不客气地盘问了:“她到底是你的什么?”

“你什么意思?”彦成瞪着眼。

“我说,你们是什么关系?她凭什么身份,对我说那种莫名其妙的话?”

彦成想了一想说:“我向她求婚,她劝我不要离婚。”

“我不用她的恩赐!”丽琳忍着气。

彦成急切注视着她,等待她的下一句。可是丽琳并不说宁愿离婚,只干笑一声说:“我向你求婚的时候,也没有她那样嗲!”

彦成赶紧说:“因为她在拒绝我,不忍太伤我的心。”

“拒绝你的人,总比求你的人好啊!”丽琳强忍着的眼泪,簌簌地掉下来。

彦成不敢说姚宓并不是不愿意嫁他而拒绝他。他看着丽琳流泪,心上也不好受。他默默走进他的“狗窝”,一面捉摸着“我不用她的恩赐”这句话的含义。她是表示她能借外力来挟制他吗?不过他又想到,这也许是她灰心绝望,而又感到无所依傍的赌气话,心上又觉抱歉。

丽琳留心只用手绢擦去颊上的泪,不擦眼睛,免得红肿。她不愿意外人知道。她是爱面子的。不过彦成如要闹离婚,那么,瞧着吧,她绝不便宜他。

他们两人各自一条心,日常在一起非常客气,连小争小吵都没有,简直“相敬如宾”。彦成到姚家去听音乐,免得丽琳防他,干脆把她送到办公室,让她监守着姚宓。他从姚家回来就到办公室接她。不知道底里的人,准以为他们形影不离呢。

不过他们两人这样相持的局面并不长。因为“三反”运动随后就转入知识分子的领域了。

第三部　沧浪之水清兮

第　一　章

朱千里懵懵懂懂地问罗厚："听说外面来了个'三反'，反奸商，还反谁？"

"'三反'就是'三反'。"罗厚说。

"反什么呢？"

"一反官僚主义，二反贪污，三反浪费。"

朱千里抽着他的臭烟斗，舒坦地说："这和我全不相干。我不是官，哪来官僚主义？我月月领工资，除了工资，公家的钱一个子儿也不沾边，贪污什么？我连自己的薪水都没法浪费呢！一个月五块钱的零用，烟卷儿都买不起，买些便宜烟叶子抽抽烟斗，还叫我怎么节约！"

因此朱千里泰然置身事外。

群众已经组织起来，经过反复学习，也发动起来了。

朱千里只道新组长的新规章严厉，罗厚没工夫到他家来。他缺了帮手，私赚的稿费未及汇出，款子连同汇票和一封家信都给老婆发现。老婆向来怀疑他乡下有妻子儿女，防他寄家用。这回抓住证据，气得狠狠打了他一个大嘴巴子，顺带抓一把脸皮，留下四条血痕。朱千里没面目见人，声称有病，躲在家里不敢出门。

他渐渐从老婆传来的话里，知道四邻的同志们成天都在开会，连晚上都开，好像三反反到研究社来了。据他老婆说，曾有人两次叫他开会，他老婆说他病着，都推掉了。朱千里有点儿不放心。最近又有人来通知开紧急大会，叫朱先生务必到会。朱千里得知，忽然害怕起来，想事先探问一下究竟。

他脸上的伤疤虽然脱掉了，红印儿还隐约可见，只好装作感冒，围上围巾，遮去下半部脸，出来找罗厚。办公室里不见一人，据勤杂工说，都在学习呢。学习，为什么都躲得无影无踪了呢？他觉得蹊跷。

他和丁宝桂比较接近，想找他问问，只不知他是否也躲着学习呢。他跑到丁家，发现余楠也在。

朱千里说："他们年轻人都在学习呢。学习什么呀？学习三反吗？咱们老的也学习吗？"

丁宝桂放低了声音诧怪说："你没去听领导同志的示范检讨吗？"

朱千里说他病了。

余楠说："没来找你吗？朱先生，你太脱离群众了。"

朱千里懊丧说："我老伴说是有人来通知我的，她因为我发烧，没让我知道。"

余楠带些鄙夷说："明天的动员报告，你也不知道吧？"余楠和朱千里互相瞧不起，两人说不到一块儿。这时朱千里只好老实招认，只知道有个要紧的会，却不知道究竟是什么会。

丁宝桂说："老哥啊，三反反到你头上来了，你还在做梦呢！"

"反我？反我什么呀？"朱千里摸不着头脑，可是瞧他们惶惶不安的样儿,也觉得有点惶惶然。

据丁宝桂和余楠两人说,社里的运动开始得比较晚了些。不过,傅今和范凡都已经做过示范检讨。傅今检讨自己入党的动机不纯。他因为追求资产阶级的女性没追上,争口气,要出人头地,想入党做官。群众认为他检讨得不错,挖得很深,挖到了根子。范凡检讨自己有进步包袱,全国解放后脱离了人民,忘了本,等等。群众对两位领导的检讨都还满意。理论组的组长检讨自己自高自大,目无群众,又为名为利,一心向上爬。现当代组的组长检讨自己好逸恶劳,贪图享受。群众还在向他们提意见。后一个是不老实,前一个是挖得不深。古典组和外文组落后了,还没有动起来。因为丁宝桂不过是个小组长(古典组的召集人已由年轻的组秘书担任)。他也并没有意识到自己该做什么检讨。汪勃是兼职,运动一开始就全部投入学校的运动了。外文组的余楠是新任的组长,范凡并没有要求他做检讨。图书资料室也没动,施妮娜还和江滔滔同在乡间参加土改,一时不会回来。据说运动要深入,下一步要和大学里一个模式搞。所以要召开动员大会。

丁宝桂嘀咕说:“我又没有追求什么资产阶级女性,叫我怎么照模照样的检讨呢?我也没有自高自大,也不求名,也不求利,也不想做官……”余楠打断他说:“你倒是顶美的!你那一套是假清高,混饭吃!”

丁宝桂叹气说:“我可没本事把自己骂个狗血喷头。我看那两个示范的检讨准是经过什么‘核心’骂来骂去骂出来的。只要看看理论组组长和现当代组组长的检讨,都把自己骂得简直不堪了,群众还说是‘不老实’,‘很不够’。”

余楠原是为了要打听“大学里的模式”是怎么回事。丁宝桂有旧同事在大学教课，知道详情。可是丁宝桂只说：

“难听着呢！叫什么‘脱裤子，割尾巴’！女教师也叫她们脱裤子?!”

朱千里乐了。他说：“狐狸精脱了裤子也没有尾巴，要喝醉了酒才露原形呢。”

丁宝桂说：“哟！你倒好像见过狐狸精的！”

余楠不愿意和他们一起说怪话。和这一对糊涂虫多说也没用，还是该去探问一下许彦成夫妇。他觉得许彦成虽然落落难合，杜丽琳却还近情。上次他请了一顿饭，杜丽琳不久就还请了。他从丁家辞出，就直奔许家。

杜丽琳在家。如今年轻人天天开会，外文组的办公室里没人坐班了，余楠自己也不上班了。丽琳每天下午也不再到办公室去。她和彦成暂且除去前些时候的隔阂，常一同捉摸当前的形势，讨论他们各自的认识。

余楠来访，丽琳礼貌周全地让座奉茶，和悦地问好。余楠问起许彦成，丽琳只含糊说他出去借书了。余楠怀疑丽琳掩遮着什么。可是问到大学里的三反，她很坦率地告诉余楠，叫“洗澡”。每个人都得洗澡，叫做“人人过关”。至于怎么洗，她也说不好，只知道职位高的，校长院长之类，洗“大盆”，职位低的洗“小盆”，不大不小的洗“中盆”。全体大会是最大的“大盆”。人多就是水多，就是“澡盆”大。一般教授，只要洗个“小盆澡”，在本系洗。她好像并不焦心。

余楠告辞时谢了又谢，说如果知道什么新的情况，大家通通气。丽琳不假思考，一口答应。

彦成这时候照例在姚家。不过这是他末了一次和姚太太同听音乐。姚太太说：

“彦成，现在搞运动呢。你得小心，别到处串门儿，看人家说你‘摸底’，或是进行什么‘攻守同盟’。”

这大概是姚宓透露的警告吧？他心虚地问：“人家知道我常到这儿来吗？”

“总会有人知道。”

“那我就得等运动完了再来看伯母了，是不是？”

姚太太点头。

彦成没趣，坐了一会儿就起身说：“伯母，好好保重。”

姚太太说：“你好好学习。”

彦成怏怏辞出，默默回家。他没敢把姚太太的话告诉丽琳。不过，他听丽琳讲了余楠要求通通气，忙说：

“别理他。咱们不能私下勾结。”

丽琳说：“咱们又没做贼，又没犯罪。”

彦成说：“反正听指示吧。该怎么着，明天动员报告，领导会教给咱们。”丽琳瞧他闷闷地钻入他的“狗窝”，觉得他简直像挨了打的狗，夹着尾巴似的。

第　二　章

范凡做了一个十分诚挚的动员报告。大致说：

“新中国把旧知识分子全部包下来了，指望他们认真改造自我，努力为人民做出贡献。可是，大家且看看这一两年的成绩吧。大概每个人都会感到内心惭愧的。质量不高，数量不多，错误却不少。这都是因为旧社会遗留下来的封建思想和资产阶级思想使我们背负着沉重的包袱，束缚了我们的生产力，以致不能充分发挥作用，为当前的需要努力。大家只是散乱地各在原地踏步。我们一定要抛掉我们背负的包袱，轻装前进。

"要抛掉包袱，最好是解开看看，究竟里面是什么宝贝，还是什么肮脏东西。有些同志的旧思想、旧意识，根深蒂固，并不像身上背一个包袱，放下就能扔掉，而是皮肤上陈年积累的泥垢，不用水着实擦洗，不会脱掉；或者竟是肉上的烂疮，或者是暗藏着尾巴，如果不动手术，烂疮挖不掉，尾巴也脱不下来。我们第一得不怕丑，把肮脏的、见不得人的部分暴露出来；第二得不怕痛，把这些部分擦洗干净，或挖掉以至割掉。

"这是完全必要的。可是要做到这一点，首先得本人自觉自愿。改造自我，是个人对社会的负责，旁人不能强加于他。本人有觉悟，有要求，群众才能从旁帮助。如果他不自觉，不自愿，捂着自己的烂疮，那么，旁人尽管闻到他的臭味儿，也无法为他治疗。所以每个人首先得端正态度。态度端正了，旁人才能帮他擦洗垢污，切除或挖掉腐烂肮脏或见不得人的部分。"

他接下讲了些端正态度的步骤。他组织几位老知识分子到城里城外的几所大学去听些典型报告，让他们照照镜子，看看榜样。然后开些座谈会交流心声。然后自愿报名，请求帮助和启发。

动员大会是在大会议室举行的。满座的年轻人都神情严肃，一张张脸上漠无表情，显然已经端正态度，站稳立场。丁宝桂觉得他们都变了样儿：认识的都不认识了，和气的都不和气了。朱千里本来和大家不熟，只觉得他们严冷可怕。就连平日和年轻人相熟的许彦成，也觉得自己忽然站到群众的对立面去了。他们几个“旧社会过来的知识分子”觉得范凡的话句句是针对他们说的。这虽然不能表明他们知罪，至少可见那些话全都正确。他们还未及考虑自己是否问心有愧，至少都已觉得芒刺在背。

大会散场，丁宝桂不敢再和朱千里胡说乱道，怕他没头没脑地捅出什么话来。朱千里也有了戒心，对谁都提防几分。余楠更留心不和他们接近。他们这一伙旧社会过来的资产阶级知识分子驯服地按照安排，连日出去旁听典型报告。不仅听本人的自我检讨，也听群众对这些检讨提出来的意见。意见都很尖锐，“帮助”大而肯定少。他们还时时听到群众逢到检讨者“顽抗”而发出愤怒的吼声。这仿佛威胁着他们自己，使他们胆战心惊。

丁宝桂私下对老伴儿感叹说：“我现在明白了，一个人越丑越美，越臭越香。像我们这种人，有什么可检讨的呢。人越是作恶多端，越是不要脸，检讨起来才有话可说，说起来也有声有色，越显得觉悟高，检讨深刻。不过，也有个难题。你要是打点儿偏手，群众会说你不老实，狡猾，很不够。你要是一口气说尽了，群众再挤你，你添不出货了，怎么办呢？”

朱千里觉得革命群众比自己的老婆更难对付。他私赚了稿费，十次里八次总能瞒过。革命群众却像千只眼，什么都看得见。不过，守在他身边的老婆都能对付，革命群众谅必也能对付。兵来将挡，水来土掩，走着瞧吧。

余楠听了几个典型报告，十分震动，那么反动的思想，他们竟敢承认，当然是不得不承认了。他余楠可以把自己暴露到什么程度呢？他该怎么招供呢？

许彦成和杜丽琳认真学习，一面听报告，一面做笔记。每听完一个报告，先在笔记上写下自己的批语，如老实不老实，深刻不深刻等等。不过他们认为诚恳深刻的，群众总说不老实，狡猾。下一次再听这人重做检讨，总证实他确实不够坦白，的确隐瞒了什么。两人回家讨论，不免心服群众水平高，果然是眼睛雪亮。好在群众眼睛雪亮，可以信任他们。夫妇俩互相安慰说："反正咱们老老实实把包袱底儿都抖搂出来就完了。"

他们听了好些检讨和批判，范凡就召集他们开一个交流心得的座谈会。除了他们几个"老知识分子"，旁听的寥寥无几。

余楠第一个发言，说他看到资产阶级知识分子的丑恶，震撼了灵魂。他从没有正视过自己，不知道自己有多臭多脏。他愿意在群众的帮助下，洗个干净澡，脱胎换骨。

丁宝桂因为到会的人不多，而且不是什么检讨会，只是交流心得，所以很自在。他改不了老脾气，只注意人家字眼儿上的毛病，脱口说："哎，洗个澡哪会脱胎换骨呀！——我是说，咱们该实事求是。"

朱千里打圆场说："这不过是比喻，不能死在句下。洗澡是个比喻，脱胎换骨也是比喻。只是比在一起，比混了。我但愿洗个澡就能脱胎换骨呢！"

余楠生气说："我建议大家严肃些！咱们这时候还有心情开玩笑说这些无原则的话吗？"

杜丽琳忙插口表白自己和余楠有同样的感受，要求洗心革面，重新做人。

彦成很真诚地说："我常看到别人这样不好、那样不好，自己却是顶美的。现在听了许多自我检讨和群众的批判，才看到别人和我一样的自以为是,也就是说,我正和别人一样地这样不好、那样不对。我得客观地好好检查自己,希望能得到群众的帮助。”

丁宝桂忽然明白,这是个表态的会,忙也说,他赞成“洗心革面”的词儿,说他听了这许多检讨和批判,感到非常惶恐,自惭糊涂半生,一向没有认识自己,渴望群众给他帮助,让他自新。

朱千里忙也郑重声明:他需要群众的帮助和启发,让他能找到自新的途径。

范凡赞许了各位先生的觉悟,宣布散会。散会后,他和到会旁听的几人磋商一番,安排怎么给予帮助和启发。

第三章

也许丁宝桂的问题最简单,也许丁宝桂的思想最落后,他是第一个得到启发和帮助的人。

会仍在会议室开。到会的人不多,只坐满了中间长桌的周围。几个等待洗澡的“老先生”都到了。他们没看见一个同组的熟人。参加这个会的都只在大会上见过几面,大约都是些理论组和现当代组的进步干部。丁宝桂看着一个个半陌生的脸都漠无表情——不仅冷漠,还带些鄙夷,或者竟是敌意,不免惴惴不安。

主席是一位剃了光头的中年干部,丁宝桂也不知他的姓名。他说明这个会是应丁先生的要求,给他点儿启发和帮助的。丁宝桂对“帮助”二字另有见地。他认为帮助就是骂,就是围攻,所以像一头待宰的猪,抖抖索索地等待开刀。

经过一番静默，一个微弱的声音迟迟疑疑提出一个问题："丁先生对共产党是什么看法？"

丁宝桂暗暗松了一口气，忙回答说："共产党是全国人民的大救星。"

长桌四周一个个冷漠的脸上立刻凝出一层厚厚的霜。

丁宝桂以为自己回答得太简略，忙热情歌颂一番，连"推倒三座大山"都背出来。可是谁也不理他。谁都没有表情。

丁宝桂慌了。他答得对吗？"很不够"吗？他停顿了一下说："请再问吧。"好像他是面对着一群严峻的考官。

主席说："行了，丁先生显然不需要启发或帮助。散会。"

丁宝桂着急说："请不吝指教，给我帮助呀。"

主席说："丁先生，你还没有端正态度，你还在抗拒。"

长桌周围的人都合上笔记本，纷纷站起来。

丁宝桂好似丈八的金刚，摸不着头脑。他想："你们问我，我马上回答了，还是抗拒吗？该怎么着才算端正态度呀？"当然他只是心上纳闷，并不敢问。

余楠忙说："请在座的给我一点启发和帮助吧？"

杜丽琳也说："我们都等待帮助和启发呢。"

主席做手势叫大家坐下。

沉默了一会儿，一个声音诧怪说："听说有的夫妻，吵架都用英语。"

许彦成瞪着眼问："谁说的？"

没人回答。合上的笔记本压根儿没打开，到会的人都呆着脸陆续散出，连主席也走了。剩下五个肮脏的"浴客"面面相觑。

丽琳埋怨说:“彦成,你懂不懂? 这是启发。”

余楠也埋怨说:“瞧,好像我们都在抗拒似的。”

朱千里很聪明地耸耸肩,做了个法兰西式的姿势,表示鄙夷不屑。

五个人垂头丧气,四散回家。

过了一天,才第二次开会。这次是启发和帮助余楠。到会的人比帮助和启发丁宝桂的那次会上多。沿墙的椅子都坐满了。外文组的几个年轻人都出席,只是一个也没有开口。

主席仍旧是那位剃光头的中年干部。余楠表示自己已端正了态度,要求同志们给予启发和帮助。

第一个启发,和丁宝桂所得的一模一样。余楠点点头,在自己的笔记本上写下。

有人很谨慎地问:“余先生也是留美的?”

余楠好像参禅有所彻悟,又点点头记下。

“听说余先生是神童。”

余楠得意得差点儿要谦逊几句,可是他及时制止了自己,仍然摆出参禅的姿态,一面细参句意,一面走笔记下。

忽有人问:“余先生是什么时候到社的?”

余楠觉得一颗心沉重地一跳,不禁重复了人家的问句:“什么时候到社的?”

问的人不多说,只重复一遍:“什么时候到社的?”

余楠不及点头,慌忙记下。

好像给他的启发已经够多,没人再理会他。

就在这同一个会上,接下来受启发的是朱千里。很多人踊跃提问:“朱先生哪年回国的?”

“朱先生为什么回国?”

“朱先生有很多著作吧?”

“什么时候写的?”

“朱先生是名教授,啊?”

“朱先生对抗美援朝怎么看法?”

“朱先生还有个洋夫人呢,是不是?”

“朱先生的稿费不少吧?”

朱千里从容一一记下。他收获丰富,暗暗得意。

有人对许彦成和杜丽琳也提出一个问题,问他们为什么回国。

以后大家便不说话了。

丁宝桂哭丧着脸为自己辩解说:“我上次不是抗拒。”可是谁也不理他。

这天的会,就此结束。

许彦成回家说:“我还是不懂。当然我也没有开口。‘为什么回国?’这又有什么奥妙?夫妻吵架用英语,又怎么着?咱们这一程子压根儿没吵架。准是李妈听见咱们说英语,就胡说咱们吵架。”

丽琳说:“我想他们准来盘问过咱们的李妈。因为我听说他们都动员爱人帮助洗澡。他们没来动员我,大约咱们是同在一组,对我来问这问那,怕露了底。”

彦成皱眉说:“也不知李妈胡说了些什么。”

丽琳说:“他们要提什么问题,总是拐弯儿抹角地提一下,叫你好好想想。反正每一句话里,都埋着一款罪状,叫你自己招供。”

彦成忽有所悟:“我想,丽琳,‘吵架也用英语’和‘月亮也是外国的圆’一个调儿。就是说,咱们是‘洋奴’——这话我可不服!咱们倒是洋奴了!”

“留学的不是洋奴是什么?”

“洋奴为什么不留在外国呢?”

“留在外国无路可走,回国有利可图,还可以捞资本,冒充进步。”

彦成想一想说:“哦!进步包袱!”

他叹气想:“为什么老把最坏的心思来冤我们呢?”

丽琳说:“你不是要求客观吗?你得用他们的目光来衡量自己——你总归是最腐朽肮脏的人。”

“资产阶级没有好人。争求好,全是虚假,全是骗人!”彦成不服气。

丽琳忽然聪明了。“也许他们没错。比如我吧,我自以为美,人家却觉得我全是打扮出来的。这里描描,那里画画,如果不描不画,不都是丑吗?我自己在镜子里看惯了,自以为美。旁人看着,只是不顺眼。”

彦成听出她的牢骚,赌气说:“旁人是谁?”

丽琳使气说:“还是我自己的丈夫呢!”

“这可是你冤我。”

“我冤你!你不妨暂时撇开自己,用别人的眼光来看看自己呀。你是忠实的丈夫!你答应对我不撒谎的!可是呢……”

彦成觉得她声音太高,越说越使气,立刻改用英语为自己辩解。

丽琳没好气地笑说:“可不是吵架也用英语?”

彦成气呼呼地,一声不响。

过两天,在他们俩的要求下,单为他们开了一个小会,给了些启发和帮助。回家来彦成说:

"洋奴是奴定了。还崇美恐美——这倒也不冤枉。我的确发过愁,怕美国科学先进,武器厉害。"

丽琳说:"看来我比你还糟糕。我是祖祖辈辈吸了劳动人民的血汗,吃剥削饭长大的。我是'臭美',好逸恶劳,贪图享受,混饭吃,不问政治,不知民间疾苦,心目中没有群众……"

彦成说:"他们没这么说。"

"可我得这么认啊!"

"你也不能一股脑儿全包下来。"

"当然不,可是我得照这样一桩桩挖自己的痛疮呀。"

彦成忽然说:"我听人家议论,现当代组那个好逸恶劳的组长,检讨了几次还没通过,好像罪名也是什么资产阶级思想。他是好出身,又是革命队伍里的,哪来资产阶级思想呢?难道是咱们教给他的?"

丽琳想了想说:"不用教,大概是受了咱们这帮人的影响,或是传染……"

"这笔账怎么算呢?都算在咱们账上?"

两人呆呆地对看着。

第四章

朱千里回到家里,他老婆告诉他:"他们要我'帮助'你,我可没说什么。咱们胳膊折了往里弯!我只把你海骂了一通。"

“海骂？骂什么呢?”

“家常说的那些话呀。”

“哪些话?”

他老伴儿扭过头去,鼻子里出气。“瞧！天天说了又说,他都没听见。”

朱千里没敢再问。想来,稿费呀什么的,就是他老婆说的。

他虽然从群众嘴里捞得不少资料,要穿成一篇检讨倒也不是容易。他左思右想,东挖西掘,睡也睡不稳,饭也吃不下。他原是个瘦小的人,这几天来消瘦得更瘦小了。原先灰白的头发越显灰白,原来昏暗的眼睛越发昏暗,再加失魂落魄,简直像个活鬼。他平日写文章,总爱抽个烟斗,这会子连烟斗都不抽了。他老婆觉得事态严重,连“海骂”都暂时停止。

朱千里觉得怎么也得洗完澡,过了关,才松得下这口气。权当生了重病动手术吧,得咬咬牙,拼一拼。

专门帮助他的有两三人。他们找他谈过几次话。

“帮助”和“启发”不是一回事。“启发”只是不着痕迹地点拨一句两句,叫听的人自己觉悟。“帮助”却像审问,一面问,一面把回答的话仔细记下,还从中找出不合拍的地方,换个方向突然再加询问。他们对伪大学教授这个问题尤其帮助得多。他们有时两人,有时三人,有“红面”,也有“白面”。经过一场帮助就是经过一番审讯。

朱千里从审讯中整理出自己的罪状,写了一个检讨提纲,分三部分:

1. 我的丑恶。下面分:(1)现象;(2)根源。

2. 我的认识。

3. 我的决心。

他按照提纲，对帮助他的两三人谈了一个扼要。凭他谈的扼要，大体上好像还可以。也许还不大够格，不过他既有勇气要求在大会上做检讨，他们就同意让他和群众思想上见见面。他们没想到这位朱先生爱做文章，每个细节都不免夸张一番，连自己的丑恶也要夸大其词。

他先感谢革命群众不唾弃他，给他启发，给他帮助，让他能看到自己的真相，感到震惊，感到厌恶，从此下决心痛改前非。于是他把桌子一拍说：

"你们看着我像个人样儿吧？我这个丧失民族气节的'准汉奸'实在是头上生角，脚上生蹄子，身上拖尾巴的丑恶的妖魔！"

他看到许多人脸上的惊诧，觉得效果不错，紧接着就一口气背了一连串的罪状，夹七夹八，凡是罪名，他不加选择地全用上。背完再回过来，一项项细说。

"我自命为风流才子！我调戏过的女人有一百零一个。我为她们写的情诗有一千零一篇。"

有人当场打断了他，问为什么要"零一"？

"实报实销，不虚报谎报啊！一人是一人，一篇是一篇。我的法国女人是第一百名，现任的老伴儿是一百零一。她不让我再有'零二'——哎，这就说明她为什么老抠着我的工资。"

有人说："朱先生，你的统计正确吧？"

朱先生说："依着我的老伴儿，我还很不老实，我报的数字还是很不够的。"

有人笑出声来，但笑声立即被责问的吼声压没。

有人愤怒地举起拳头来喊口号:“不许朱千里胡说乱道,戏弄群众!”

群众齐声响应了一两遍。

另一人愤怒地喊:“不许朱千里丑化运动!”

群众齐声响应了三四遍。

接着是一片声的“打下去! 打下去!”

朱千里傻站着说不下去了。帮助他的那几个人尤其愤怒。一人把脸凑到他面前说:

“你是要我们玩儿吗?你知道我们为了研究你的问题,费了多少时间和精力吗?”

朱千里抱歉说:“我为的是不辜负你们的一片心,来一个彻底的交代呀。”

五年十年以后,不论谁提起朱千里这个有名的检讨,还当做笑话讲。可是当时的朱千里,哪会了解革命群众的真心诚意呢!哪会知道他们都经过认真的学习,不辞烦劳地搜集了各方揭发的资料,结合他本人的政治表现,来给予启发和帮助,叫他觉悟,叫他正视自己的肮脏嘴脸,叫他自觉自愿地和过去彻底决裂,重做新人。朱千里当时远没有开窍,以为使出点儿招数,就能过关。大火烧来,他就问罗刹女借一把芭蕉扇来扇灭火焰,没知道竟会越扇越旺的。他尽管自称来个彻底检查,却是扁着耳朵,夹着尾巴,给群众赶下来。

愤怒的群众说:“朱千里! 你回去好好想想!”

朱千里像雷惊的孩子,雨淋的蛤蟆,呆呆怔怔,家都不敢回。

第　五　章

余楠虽然没有跟着革命群众喊口号，或呵骂朱千里，却和群众同样愤怒。这样严肃的大事，朱千里跑来开什么玩笑吗？真叫人把知识分子都看扁了。

他苦思冥想了好多天。自我检讨远比写文章费神，不能随便发挥，得处处扣紧自己的内心活动。他茶饭无心，只顾在书房里来回来回地踱步。每天老晚上床，上了床也睡不着，睡着了会突然惊醒，觉得心上压着一块石头。他简直像孙猴儿压在五行山下，怎么样才能巧妙地从山石下脱身而出呢？

他听过几次典型报告之后，有一个很重要的心得。他告诉宛英，怎么也不能让群众说一声“不老实”，得争取一次通过。最危险的是第一次通不过再做第二次。如果做了一次又做一次，难保前后完全一致；如有矛盾，就出现漏洞了，那就得翻来覆去地挨骂，做好几次也通不过。

他很希望善保来帮助他。可是这多久善保老也不到他家来，远远看见他也只呆着脸。大概群众不让善保来，防他向善保摸底。他多么需要摸到个着着实实的底呀！可是他只好暗中摸索。帮助他的小组面无表情，只叫他再多想想。等他第三次要求当众检讨，他们没有阻挠。余楠自以为初步通过了。

帮助他的小组曾向宛英做思想工作，宛英答应好好儿帮助余楠检查，所以她很上心事，要余楠把检讨稿先给她看看。她看完竟斗胆挑剔说：

“你怎么出身官僚家庭呢？我外公的官，怎么到了你祖父头上呢?”

余楠不耐烦说:“你的外公,就等于我的祖父,一样的。你不懂。这是我封建思想、家长作风的根源。”

宛英说:“他们没说你家长作风。”

“可是我当然得有家长作风啊——草蛇灰线,一路埋伏,从根源连到冒出来的苗苗,前后都有呼应。”

他不耐烦和死心眼儿的宛英讨论修辞法,只干脆提出他最担心的问题。

“我几时到社的?当然是晚了些。为什么晚?问题就在这里。怎么说呢?”

“你不是想出洋吗?”宛英提醒他。

余楠瞪出了眼睛:“你告诉他们了?”

“我怎会告诉他们呢。”

“那就由我说。我因为上海有大房子,我不愿意离开上海。我多年在上海办杂志,有我的地盘。这都表现我贪图享受,为名为利,要做人上人——这又联到我自小是神童……”

余楠虽然没有像朱千里那样变成活鬼,却也面容憔悴,穿上蓝布制服,不复像猪八戒变的黄胖和尚——黄是更黄些,还带灰色,胖却不胖了,他足足减掉了三寸腰围。他比朱千里有自信,做检讨不是什么“咬咬牙”“拼一拼”。因为他自从到社以来,一贯表现良好,向来是最要求进步的。他自信政治嗅觉灵敏过人,政治水平高出一般。每次学习会上,他不是第一个开炮定调子,就是末一个做总结发言。这次他经过深刻反省,千稳万妥地写下检讨稿,再三斟酌,觉得无懈可击,群众一定会通过。他吩咐宛英准备点儿好酒,做两个好菜。今晚吃一顿好晚饭慰劳自己。

那次到会的人不少，可算是不大不小的“中盆澡”。余楠不慌不忙，摆出厚貌深情的姿态，放出语重心长的声调，一步一检讨，从小到大，由浅入深，每讲到痛心处，就略略停顿一下，好像是自己在胸口捶打一下。他万想不到检讨不到一半，群众就打断了他。他们一声声地呵斥：

“余楠！你这头狡猾的狐狸！”

“余楠！你把自己包裹得严严密密，却拿些鸡毛蒜皮来搪塞！”

“余楠休想蒙混过关！”

“群众的眼睛是雪亮的！”

“余楠！你滑不过去！”

“不准余楠捂盖子！”

余楠觉得给人撕去了脸皮似的。冷风吹在肉上只是痛，该怎么表态都不知道了。

忽有人冷静地问：“余楠，能讲讲你为什么要卖五香花生豆儿吗？”

余楠轰去了魂魄，张口结舌，心上只说：“完了，完了。”

他回到家里，犹如梦魇未醒。宛英瞧他面无人色，忙为他斟上一杯热茶。不料他接过来啪嚓一声，把茶杯连茶摔在地上，砸得粉碎。他眼里出火说：

“我就知道你是个糊涂蛋！群众来钓鱼，你就把鱼缸连水一起捧出来！”

宛英说：“我什么都没告诉他们，只答应尽力帮助你。”

“卖五香花生谁说的？除了你还有谁？”

宛英呆了一呆，思索着说：“你跟阿照说过吗？或者咱们说话,她在旁边听见了?"

余楠立即冷下来——不是冷静而是浑身寒冷。他细细寻思,准是女儿把爸爸出卖给男朋友了。人家是解放军出身,能向着他吗?非我族类呀!

他忽然想到今晚要庆祝过关的事,忙问宛英:"阿照知道你今晚为我预备了酒菜吗?"

宛英安慰他说:"不怕,只说我为你不吃不睡,哄你吃点儿东西,补养精神。"

余楠又急又怕,咬牙切齿地痛骂善保没良心,吃了他家的好饭好菜,却来揭他的底。他不知道该怪自己在姜敏面前自吹自擂闯下了祸。可怜善保承受着沉重的压力。姜敏怨恨他,说他是余楠选中的女婿,不但自己该站稳立场,还应该负责帮助余楠改造自我。她听过余楠的吹牛和卖弄,提出余楠有许多问题。她不知道详情,善保应该知道。善保只好探问余照。他和余照都是一片真诚地投入运动,要帮助余楠改造思想。余楠却是一辈子也没有饶恕陈善保。他始终对"年轻人""怕得要死,恨得要命",从来不忘记告诫朋友对"年轻人"务必保持警惕。善保终究没有成为他家的女婿,不过这是后话了。

余楠经宛英提醒,顿时彻骨寒冷。余照最近加入了青年团,和家里十分疏远。而且,余楠几乎忘了,他还有两个非常进步的儿子呢。卖五香花生的话,他们兄弟未必知道。可是他们知道些什么,他实在无从估计。

宛英亲自收拾了茶杯的碎片和地上一摊茶水。两口子说话也放低了声音。可怜余楠在宛英面前都矮了半截。

第　六　章

革命群众不断地号召资产阶级知识分子:别存心侥幸,观望徘徊,企图蒙混过关;应该勇敢地跳进水里,洗净垢污,加入人民的队伍;自外于人民就是自绝于人民,绝没有好结果。

杜丽琳虽然在大学里学习远远跟不上许彦成,在新社会却总比彦成抢前一步。该说什么,该做什么,她从不像彦成那样格格不吐,迟迟不前。她改不了的只是她那股子"帅"劲儿。她近来的打扮稍稍有所改变:不穿裙子而穿西装长裤,披肩的长发也逐渐剪短。她早已添置了两套制服,只是不好意思穿。帮助她"洗澡"的小组有一位和善的女同志,曾提问:"为什么杜先生叫人不敢接近?""为什么杜先生和我们中间总存着一些距离?"丽琳立即把头发剪得短短的,把簇新的制服用热肥皂水泡上两次,看似穿旧的,穿上自在些。小组的同志说她有进步,希望她表里如一。他们听过她的初步检讨,提了些意见,就让她当众"洗澡"。

丽琳郑重其事,写了个稿子,先请彦成听她念一遍,再给帮助她的小组看。

彦成听了她的开头:"我祖祖辈辈喝劳动人民的血,骑在他们头上作威作福,饭来开口,衣来伸手,只贪图个人的安逸,只追求个人的幸福,从不想到自己对人民有什么责任。我只是中国人民身上的一个大毒瘤;不割掉,会危害人民。"

彦成咬着嘴唇忍笑。

丽琳生气说:"笑什么? 这是真心话。"

“我知道你真心。可是你这个‘大毒瘤’和朱千里的‘丑恶的妖魔’有什么不同呢?”

“当然不一样。”

“不一样,至多是五十步与一百步的区别,都是夸张的比喻呀!”

“那么,我该怎么说呢?”

彦成也不知道。他想了想,叹口气说:“大概我也得这么说。大家都这么说,不能独出心裁。”

“又不是做文章。反正我只按自己的觉悟说真话。”

彦成说:“好吧,好吧,念下去。”

“我从没有意识到自己有什么对不起人民的地方。我觉得自己的享受都是理所当然。这是因为我的资产阶级出身决定了我的立场观点,使我只觉得自己有理,看不见自己的丑恶。”

彦成又笑了:“所以都不能怪你!”

“那是指我还没有觉悟的时候呀。我的出身造成了我的罪过。”

她继续念她的稿子:“我先得向同志们讲讲我的家庭出身和我的经历,让同志们不但了解我的病情,还知道我的病根,这就可以帮助我彻底把病治好。

“我祖上是开染坊的,父亲是天津裕丰商行的大老板,我是最小的女儿,不到两岁就没了母亲。我生长在富裕的家庭里,全不知民间疾苦,和劳动人民简直没什么接触,当然说不到对他们的感情了。我从小在贵族式的教会学校上学,只知道崇洋慕洋。我的最高志愿是留学外国,最美的理想是和心爱的人结婚,有一个美满的家庭。我可算都如愿以偿了。

“祖国解放前夕，我父亲去世，我的大哥——他大我十九岁——带着一家人逃往香港。我的二哥——他大我十七岁，早在几年前就到美国经商，很成功，已经接了家眷。我们夫妇很可以在美国住下来。那时候，我对共产党只有害怕的份儿，并不愿意回国。我也竭力劝彦成不要回国。可是他对我说：‘你不愿意回去，你就留下，我不能勉强你，我可是打定主意要回去的。’

“我抱定爱情至上的信念，也许还有残余的封建思想，‘嫁鸡随鸡，嫁狗随狗’吧——我当然不是随鸡随狗，丈夫是我自己挑的，他到哪里，我当然一辈子和他在一起。所以我抛下了我的亲人和朋友，不听他们的劝告，跟许彦成回国了。我不过是跟随自己的丈夫，不是什么‘投奔光明’。”

丽琳停下来看着彦成。“我说的都是实情吧？”

“人家耐烦听吗？”彦成有点儿不耐烦。

“这又不是娱乐，我是剖开真心，和群众竭诚相见。”

“好呀，说下去。”

丽琳看着彦成，故意说：“我回国后才逐渐发现，我的信念完全错误，我的理想全是空想。”

彦成正打了半个呵欠，忙闭上嘴，睁大眼睛。

丽琳接下去说：“爱情至上的资产阶级思想把我引入歧途。爱情是最靠不住的，欺骗自己，也欺骗别人，即使是真正的爱情，也经不了多久就会变，不但量变，还有质变，何况是勉强敷衍的爱情呢！而且爱情是不由自主的，得来容易就看得轻易，没得到的，或者得不到的，才觉得稀罕珍贵。”

彦成说：“你是说教？还是控诉？还是发牢骚？”

“我不过说我心里的话。”

“你对帮助你的小组也是这么说的吗？”

丽琳嫣然一笑说：“我这会儿应应景，充实了一点儿。”她把稿子扔给彦成，“稿子上怎么说，你自己看吧。”

彦成赌气不要看。他说：“你爱怎么检讨，我管不着。你会说心里话，我也会说心里话。”

丽琳说：“瞧吧，你老实，还是我老实。”

彦成气呼呼地不答理。可是他有点儿后悔，也有点儿不安，不知丽琳借检讨要控诉他什么话。他应该先看看她的稿子。

丽琳的检讨会上人也不少。主持会议的就是那位和善的女同志。她是人事处的干部，平时不大出头露面。她说了几句勉励和期待的话，大家静听杜丽琳检讨。

杜丽琳穿一套灰布制服，方头的布鞋，头发剪得短短的，脸色黄黄的。她严肃而胆怯地站起来，念她的检讨稿。开场白和她念给彦成听的差不多，只是更充实些。彦成眼睛盯着她，留心听她念。她照原稿直念到回国以后，她一字不说爱情至上的那一套，只说：

她看到新中国朝气蓬勃，和她记忆中那个腐朽的旧社会大不相同了。她得到了合适的工作，分得了房子，成立了新家庭，一切都很如意。可是她渐渐感到，她和新社会并不融洽。她感到旁人对她侧目而视，或另眼相看，好像带些敌意，或是带些鄙视。她凭一个女人的直觉，感到自己在群众眼里并不是什么美人，而是一个标准的“资产阶级女性”。她浅薄，虚荣，庸俗，浑身散发着浓郁的资产阶级气息。当然，并没有谁当面这么说，不过她相信自己的了解并没有错。因为她自己也看到了自己的浅薄、庸俗和虚荣。她也能看到朴素的、高尚的、要求上进的女同志是多么美，只是她不愿意承认。

彦成竖起了耳朵。

她却并不多加发挥，只接着说，外表体现内心。她的内心充满了资产阶级的信念，和她的外表完全一致。在她，工作不过是饭碗儿，工作的目的是为了赚钱，学识只是本钱。她上大学、留学、读学位都是为了累积资本，本钱大，就可以赚大钱。这都是说明自己是唯利是图的资产阶级，斤斤计较的都是为自己的私利。

彦成这时放松警惕，偷眼四看。他同组的几个年轻人：姜敏、罗厚、姚宓、善保挨次坐在后排，都满面严肃，眼睛只看着做检讨的人。

丽琳谈心似的谈。她说："我从没想到为谁服务。我觉得自己靠本事吃饭，没有剥削别人。我父亲靠经营资本赚钱也没有榨取什么血汗，许多人还靠他养家糊口呢。所以我总觉得不服气，心上不自在，精神上也常有压抑感。三反开始，我就从亲戚朋友那边听到好些人家遭殃了，有人自杀了。我心上害怕，只自幸不是资本家，而是知识分子。可是，三反运动又转向知识分子——要改造知识分子了。我又害怕，又后悔，觉得千不该、万不该，不该跟许彦成回来。当时他并没有勉强我，是我硬要跟着他的。现在可怎么办呢？我苦苦思索，要为自己辩护——就是说，我没有错，没有改造的必要。可是我想来想去，我的确是吃了农民种的粮食，的确是穿了工人织的衣料，的确是靠解放军保卫国家，保障了生活的安宁，而我确实对他们毫无贡献。我谋求的只是个人的安逸，个人的幸福。我苦恼了很久，觉得自己即使自杀了，也无法偿还我欠人民的债。

“我有一天豁然开朗，明白群众并不要和我算什么账，并不要问我讨什么债。他们不过是要挽救我，要我看到过去的错误，看明白自己那些私心杂念的可耻，叫我抛去资产阶级和封建社会留给我的成见，铲除长年累积在我心上的腐朽卑鄙的思想感情，投身到人民的队伍中来，一心一意为人民服务。”

她接着批判自己错误的人生观，安逸的生活方式等等，说她下定决心，不再迷恋个人的幸福，计较个人的得失，要努力顶起半边天，做新中国的有志气的女人。

彦成觉得丽琳很会说该说的话，是标准的丽琳。她确也说了真话，她的决心也该是真的，不过彦成认为只是空头支票。她的认识水平好像还很肤浅幼稚。她的检讨能通过吗？

主席说：“杜先生的检讨，虽然不够全面，却是诚恳的。她敢于暴露，因为她相信群众，也体会到党和人民要挽救她的一片苦心。能把错误的、脏的、丑的亮出来，就是因为认识到那是错误的，或是脏的丑的，而决心要抛弃它。尽管杜先生的觉悟还停留在表面阶段，她的决心还有待巩固，她能自愿改造自己是可喜的，值得欢迎。同志们有什么问题，不妨提出来给她帮助。”

有人说：“杜先生对过去虽有认识，批判却远远不够。”

有人说：“抽象的否定，不能代替切实的批评。”

有人说：“杜先生对于靠剥削人民发财的父亲和投机取巧的哥哥，好像还温情脉脉，并没有一点憎恨。”

有人问：“是不是脱去一套衣服，就改换了灵魂的面貌？”

主席让丽琳回答。

丽琳说：问题提得好！都启发她深思。她不敢撒谎，她对自己的亲人，仇恨不起来，足见她的思想感情并没有彻底改变。她只能保证,从此和他们一刀两断,划清界限。

她说着流下眼泪——真实的痛泪。这给大家一个很好的印象。她是舍不得割断,却下了决心,要求站稳立场。

主席总结说:"自我改造,不是一朝一夕的事,不是一下子就能改好的。我们人人都需要长期不懈地改造自己。杜丽琳先生决心要抛弃过去腐朽肮脏的思想感情,愿意洗心革面,投入人民的队伍,我们是欢迎的。让我们热烈鼓掌,表示欢迎。(大家热烈鼓掌)杜先生,谈谈你的感受吧。"

丽琳在群众的掌声中激动得又流下泪来。这回不是酸楚的苦泪而是感激的热泪。她说,第一次感受到群众的温暖,这给了她极大的鼓舞。希望群众继续关心她,督促她,她也一定努力争取不辜负群众的期望。

几个等待"洗澡"的"浴客"没有资格鼓掌欢迎,只无限羡慕地看她过了关。

第 七 章

帮助"洗澡"的几个小组召集"待浴"的几位先生开个小会,谈谈感想。

余楠仍是哭丧着脸。他又灰又黄,一点儿也不像黄胖和尚,却像个待处的囚犯。许彦成忧忧郁郁,不像往日那样嬉笑随和。朱千里瞪出两只大眼,越见得瘦小干瘪。丁宝桂还是惶惶然。不过他听了杜丽琳的检讨,大受启发。会上他摇头摆脑,表现他对自己的感受舔嘴咂舌的欣赏,觉得开了窍门。

他说:"我受了很深的教育。以前,我以为'启发'是提问题,‘帮助’是揭我的短,逼我认罪,或者就是‘衬拳头’,打我‘落水狗’。现在我懂了。帮助是真正的帮助。”他很神秘地不再多说,生怕别人抄袭了他独到的体会。他只说:“我现在已经了解群众对我的‘启发’,也接受了群众给我的帮助,准备马上当众洗个干净澡。”

朱千里瞪着眼,伸出一只手拦挡似的说:“哎,哎,老哥啊,我浑身湿漉漉的,精着光着,衣服都不能穿,让我先洗完了吧。”

彦成几乎失笑,可是看到大家都很严肃——包括朱千里,忙及时忍住。

余楠鄙夷不屑地说:“朱先生谈谈自己的感受呀。”

朱千里也鄙夷不屑地看了他一眼说:“感受嘛,很简单。咱们如果批判得不深刻,别人还能帮助。主要是自己先得端正态度,老实揭发问题。”

余楠气短,没敢回答。

但有人问:“朱先生上次老实吗?”

朱千里说:“我过于追求效果,做了点儿文章。其实我原稿上都是真话,帮助我的几位同志都看过的。我为的是怕说来不够响亮,临时稍为渲染了一点儿。我已经看到自己犯了大错误,以后决计说真话,句句真话,比我稿子上的还真。”

有人说:“这又奇了,比真话还真,怎么讲呢?”

朱千里耐心说:“真而不那么恰当,就是失真。平平实实,一分不多,一分不少,是我现在的目标。”

这次会上,许彦成只说自己正在认真检查。余楠表示他严肃检查了自己,心情十分沉重,看见杜先生洗完了澡,非常羡慕,却是不敢抱侥幸的心,所以正负痛抠挖自己的烂疮呢。

会后朱千里得到通知，让他继续做第二次检讨，并嘱咐他不要再做文章。

朱千里的第二次检讨会上，许多人跑来旁听。朱千里看见到会的人比上次多，感到自己的重要，心上暗暗得意。他很严肃地先感谢群众的帮助，然后说：

“我上次做检讨，听来好像丑化运动，其实我是丑化自己。我为的是要表示对自己的憎恨，借此激发同志们对我的憎恨，可以不留余地，狠狠地批判我。我实在应该恰如其分，不该过头。‘过犹不及’呀。我要增强效果，只造成了误会，我由衷向革命群众道歉。”

有人说：“空话少说！”

朱千里忙道：“我下面说的尽是实话了。我要把群众当做贴心人，说贴心的实话。”他瞪出一双大眼睛，不断地抹汗。

主席温和地说：“朱先生，你说吧。”

朱千里点点头，透了一口气说：“我其实是好出身。我是贫下中农出身——不是贫农，至少也是下中农。我小时候也放过牛。这是我听我姑妈说的，我自己也记不得了，只记得我羡慕人家孩子上学读书。我父亲早死，我姑夫在镇上开一家小小的米店，是他资助我上学的。我没能够按部就班地念书，断断续续上了几年学。后来我跟镇上的几个同学一起考上了省城的中学，可是我别说学费，到省城的路费都没有。恰巧那年我姑妈养蚕收成好，又碰到一个好买主，她好比发了一笔小财。”

有人说：“朱先生，请不要再编《一千零一夜》的故事了。”

朱千里急得说：“是真的，千真万真的真事！我就不谈细节吧，不过都是真事。不信，我现在为什么偷偷儿为我外甥寄钱呢！我老婆怀疑我乡下有前妻和儿女，防得我很紧。我只能赚些外快背着她寄。因为我感激我的姑夫和姑妈——他们都不在了，有个外甥在农村很穷。我想到他，就想到自己小时候，也就可怜他。”

“可是朱先生还自费留法呢？是真的吗？”有人提问。

朱千里说：“旧社会，不兴得说穷。我是变着法儿勤工俭学出去的。可是我只说自费留法。钱是我自己赚的，说自费还是真实的。我在法国三四年——不，不止，四五年吧？或是五六年——我从来记不清数字，数字在记忆里会增长——好像是五六年或六七年。我后来干脆说‘不到十年’，因为实在是不到十年。不过随它五年八年十年，没多大分别，只看你那几年用功不用功。我是很用功的。有人连法语都不会说，也可以混上十几年呢。”

又有人提问：“不懂法语，也能娶法国老婆吧？”

朱千里说：“对法国女人，只要能做手势比画，大概也能上手。说老实话，我没娶什么法国老婆，谁正式娶呀！不过是临时的。那也是别人，不是我。我看着很羡慕罢了。我连临时的法国姘头都没有。谁要我呀！”

“这是实话了。”

“是啊！我也从来没说过有什么法国老婆，只叫人猜想我有。因为我实在没有，又恨不得有，就说得好像自己有，让人家羡慕我，我就聊以自慰。我现在的老婆是花烛夫妻。她是我从前邻居的姑娘，没有文化，比我小好多岁。她也没有什么亲人，嫁了我老怀疑我乡下还有个老婆，还有儿子女儿，其实我只是个老光棍。”

“这都是实话吗?”

“不信,查我的履历。”

“履历上你填的什么出身?”

“我爹早死,十来岁我妈也没了。资助我上学的是我姑夫,他开米店,我填的是‘非劳动人民’。”

“可是你还读了博士!”

朱千里很生气,为什么群众老打断他的检讨,好像不相信他的话,只顾审贼似的审他。他又只好回答。

“我没有读博士,不过,我可以算是得了博士,还不止一个呢!我从来没说过自己是博士。假如你们以为我是博士,那是你们自己想的。我只表示,我自恨不是法国的国家博士。我又表示瞧不起大学的博士。也许人家听着好像我是个大学博士而不自满。其实呢,我并没有得过大学博士。”

“你又可以算是得了博士,还不止一个!怎么算的呢?”

“就是说,到手博士学位的,不是我,却是别人。”

“那么,你凭什么算是博士呢?”

“凭真本领啊!我实在是得了不止一个博士。我们——我和我的穷留学朋友常替有钱而没本领的留学生经手包写论文。有些法国穷文人专给中国留学生修改论文,一千法郎保及格,三千法郎保优等,一万保最优等。我替他们想题目,写初稿,然后再交给法国人去修改润色。我拿三百五百到六七百。他们再花上几千或一万,就得优等或最优等。有一个阔少爷花了一万法郎,还得了一笔奖金呢,只是还不够捞回本钱。当然,我说的不过是一小部分博士。即使花钱请人修改论文,口试还得亲自挨剋。法国人鬼得很,口试剋你一顿,显得他们有学问,当众羞羞你,学位终归照给。你们中国人学中国文学要靠法国博士做招牌,你们花钱读博士,我何乐而不给呢!”

有人插话:“朱先生不用发议论,你的博士,到底是真是假呢?”

朱千里直把群众当贴心人,说了许多贴心的真话,他们却只顾盘问,不免心头火起,发怒说:

“分别真假不是那么简单!他们得的博士是真是假呢?我只是没花钱,没口试,可是坐着旁听,也怪难受的,替咱们中国人难受啊。”

“朱先生不用感慨,我们只问你说的是句句真话呢?还是句句撒谎呀?”

“我把实在的情况一一告诉你们,还不是句句真话吗?”

“你不过是解释你为什么撒谎。”

“我撒什么谎了!”朱千里发火了。

“还把谎话说成真话。”

“你们连真假都分辨不清,叫我怎么说呢?”

“是朱先生分不清真假,还是我们分不清真假?告诉你,朱千里,群众的眼睛是雪亮的!”

朱千里气得说:“好!好!好个雪亮的群众!好个英明的领导!”

有人发问了:“朱千里,你怎么学习的?英明的领导是群众吗?你说说!”

朱千里嘟囔说:“这还不知道吗!共产党是英明的领导。”

有人忍笑问:“群众呢?”

“英明的尾巴!”朱千里低声嘟囔,可是存心让人听见。

有人高声喊:“不许朱千里诬蔑群众!”

“不许朱千里钻空子向党进攻!”

“打倒朱千里!”

忽有人喊:“打倒千里猪!”笑声里杂乱着喊声:

“千里猪? 只有千里马,哪来千里猪?”

“猪冒牌!”

“猪吹牛!”

“打倒千里猪! 打倒千里猪!!”许多人齐声喊。有人是愤怒地喊,有人是忍笑喊,一面喊,一面都挥动拳头。

朱千里气得不等散会就一人冲出会场。他含着眼泪,浑身发抖,心想:“跟这种人说什么贴心的真话! 他们只懂官话。他们空有千只眼睛千只手,只是一个魔君。”他也不回家,直着眼在街上乱撞,一心想逃出群众的手掌。可是逃到哪里去呢? 他走得又饿又累,身上又没几个钱;假如有钱,他便买了火车票也没处可逃呀。

他拖着一双沉重的脚回到家里,老婆并不在家。正好! 他草草写下遗书:“士可杀,不可辱! 宁死不屈! ——朱千里绝笔。”然后他忙忙地找出他的安眠药片,只十多片,倒一杯水一口吞下。他怕药力不足,又把老婆的半瓶花露水,大半瓶玉树油和一瓶新开的脚气灵药水都喝下(因为瓶上都有“外用,不可内服”字样),厨房里还有小半瓶烧酒,他模糊记得酒能帮助药力,也一口气灌下,然后回房躺下等死。

可是花露水、玉树油、脚气灵药水和烧酒各不相容,朱千里只觉得恶心反胃,却又是空肚子。他呕吐了一会儿,不住地干咽,半晌精疲力竭,翻身便睡熟了。

朱千里的老婆买东西回家，看见留下的午饭没动，朱千里倒在床上，喉间发出怪声，床前地下，抛散着大大小小的好些空瓶子，喊他又不醒，吓得跑出门去大喊大叫。邻居跑来看见遗书，忙报告社里，送往医院抢救。医院给洗了胃，却不肯收留，说没问题，睡一觉就好。朱千里又给抬回家来。

他沉沉睡了一大觉，明天傍晚醒来，虽然手脚瘫软，浑身无力，精神却很清爽。他睁目只见老婆坐在床前垂泪，对面墙上贴着红红绿绿的标语：

"朱千里！你逃往哪里去？"

"朱千里！休想负隅顽抗！"

"奉劝朱千里，不要要死狗！"

他长叹一声，想再闭上眼睛。可是——老婆也不容许他。

第　八　章

朱千里自杀，群众中有人很愤慨，说他"要死狗"。可是那天主持会议的主席却向范凡自我检讨，怪自己没有掌握好会场，因为他是被临时推出来当主席的，不知道朱千里的底细。他责备自己不该让朱千里散布混淆真假的谬论，同时也不该任群众乱提问题，尤其是"打倒千里猪"的口号，显然不合政策。关于这点，罗厚一散会就向主席提出抗议了。范凡随后召开了一个吸取经验的会，提请注意勿造成失误，思想工作应当细致。

丁宝桂看到朱千里的检讨做得这么糟糕，吓得进退两难。他不做检讨吧，他是抢先报了名的。小组叫他暂等一等，让朱千里先做。他不能临阵逃脱。做吧，说老实话难免挨剋，不说老实话又过不了关。怎么办呢？

丁宝桂是古典组唯一的老先生。他平时学习懒得细读文件，爱说些怪话。说他糊涂吧，他又很精明；说他明白吧，他又很糊涂。大家背后——甚至当面都称他“丁宝贝”。现当代组和理论组的组长都是革命干部，早都做了自我检讨。这位丁先生呢，召集人都做不好，勉强当了一个小组长。他也没想到要求检讨，所以自然而然地落单了，只好和外文组几个旧社会过来的知识分子一同“洗澡”。

他先还抗议，说自己没有资产，只是个坐冷板凳的，封建思想他当然有，可是和资产阶级挂不上钩，他家里连女婿和儿媳妇都是清贫的读书人家子女。年轻人告诉他：“既是知识分子，都是资产阶级知识分子。”这话他仿佛也学习过，可是忘了为什么知识分子都是资产阶级的，却又不敢提问，只反问：“你们‘洗澡’不‘洗澡’呢？”他们说：“大家都要改造思想，丁先生不用管我们。这会儿我们帮丁先生‘洗澡’。”

丁先生最初不受启发，群众把他冷搁在一边。他后来看到别人对启发的态度，也开了窍，忙向群众声明他已经端正了态度。以后他也学朱千里把群众启发的问题分门别类，归纳为自己的几款罪状。帮助他的小组看破他是玩弄“包下来”的手法，认为他不是诚心检查，说他“狡猾”。丁宝桂正不知如何是好。那天他听了杜丽琳的检讨和主席的总结，悟出一个道理：关键是不要护着自己，该把自己当做冤家似的挑出错儿来，狠狠地骂，骂得越凶越好。挑自己的错就是“老实”，骂得凶就是“深刻”。他就抢着要做检讨。可是朱千里检讨挨剋，他又觉得老实很危险，不能太老实。反正只能说自己不好，却是不能得罪群众。

他只好硬着头皮到会做检讨。他先说自己顾虑重重，简直没有胆量。“好比一个千金小姐，叫她当众脱裤子，她只好上吊啊。可是渐渐的思想开朗了。假如你长着一条尾巴，要医生动手术，不脱裤子行吗？你也不能一辈子把尾巴藏在裤子里呀！到出嫁的时候，不把新郎吓跑吗？我们要加入人民的队伍，就仿佛小姐要嫁人，没有婆家，终身没有个着落啊。”

他的话很有点像怪话，可是他苦着脸，两眼惶惶然，显然很严肃认真。大家耐着心等他说下去。

丁宝桂呆立半晌，没头没脑地说：“共产党的恩情是说不完的。只说我个人在解放前后的遭遇吧。以前，正如朱千里先生说的，教中文也要洋招牌。尽管十年、几十年寒窗苦读，年纪一大把，没有洋学位就休想当教授，除非你是大名人。可是解放以后，我当上了正研究员。这就相当于教授了，我还有不乐意的吗？我听说，将来不再年年发聘书，加入人民的队伍，就像聘去做了媳妇一样，就是终身有靠了。我还有不乐意的吗！我们靠薪水过日子的，经常怕两件事：一怕失业，二怕生病。现在一不愁失业，二不愁生病，生了病公费医疗，不用花钱请大夫，也不用花钱请代课。我们还有不拥护社会主义的吗！”

他又停了半晌，才说：“我的罪过我说都不敢说。我该死，我从前——解放前常骂共产党。不过我自从做了这里的研究员，我不但不骂，我全心全意地拥护共产党了。我本来想，我骂共产党是过去的事；现在不骂，不就完了吗？有错知改，改了不就行了吗？可是不行。说是不能偷偷儿改，一定得公开检讨。不过，我说了呢，又怕得罪你们。所以我先打个招呼，那是过去的事，我已经改了，而且承认自己完全错误。过去嘛，解放以前啊，我在这里国学专修社当顾问。姚謇先生备有最上好的香茶，我每天跑来喝茶聊天，对马任之同志大骂共产党。我不知道他就是个共产党员，瞧他笑嘻嘻的，以为他欣赏我的骂呢，我把肚肠角落里的话都骂出来了。”

他看见群众写笔记，吓得不敢再说。有人催他说下去。他战战兢兢地答应一声，又不言语。经不起人家催促，他才小心翼翼地又打招呼说：“这些都是糊涂话，混账话。我听信了反动谣言，骂共产党煽动学生闹事——这可都是混账话啊——我说，‘十年树木，百年树人’，人才是国家的根本；利用天真的学生闹事，不好好读书，就是动摇国家的根本，也是葬送青年人。我不知道闹风潮是为了革命，革命正是为了救国。现在当然谁都明白这个道理了。可是我那时候老朽昏庸，头脑顽固。咳，那时候姚謇先生劝我到大后方去，我对他说，我又不像你，我没有家产，我得养家糊口，我拖带着这么一大家人呢，上有老，下有小，挪移不动，伪大学里混口饭吃，蹲着瞧吧。我心上老有个疙瘩，怕人家骂我汉奸。我很感谢共产党说公平话，说不能要求人人都到大后方去，我不过在伪大学教教课，不是汉奸。好了，我心上也舒坦了。”

他接着按原先的计划做检讨。

“1. 我不好好学习。我学不进去，不是打瞌睡，就是思想开小差，只好不懂装懂，人云亦云，混到哪里是哪里。

“2. 因为不学习，所以改不好，满脑袋都是旧思想。封建思想不用说，应有尽有。资产阶级思想也够多的。我虽然是老土，也崇洋慕洋，看见洋打扮，也觉得比土打扮亮眼。再加我听信了反动宣传，对共产党怕得要命，虽然受了党的恩情，还是怕的。

特别怕运动,什么把群众组织起来呀,发动起来呀等等。这就好比开动了坦克车,非把我轧死不可。我这个怕,就和怕鬼一样。你说压根儿没鬼,可我还是怕。我现在老老实实把我的怕惧亮出来,希望以后可以别再怕了。

“3. 没有主人翁感。老话说:‘国家兴亡,匹夫有责。’我却是很实际——不是很实际,我是很——很没有主人翁感。我觉得我有什么责任呀!国家大事,和我商量了吗?我是老几啊!我就说:‘肉食者谋之矣。’譬如抗美援朝吧,我暗里发愁:咳!我们打了这么多年的仗,‘民亦劳止,迄可小休’,现在刚站稳,又打,打得过美国人吗?事实证明我不用愁,胜利是属于我们的。我现在对共产党是五体投地了。可是我承认自己确实没有主人翁感。我只要求自己做个好公民,响应党的号召,服从党的命令。

“4. 谨小慎微。我对自己要求不高,不求有功,但求无过,把自己包得紧紧的,生怕人家看破我不是好公民,响应党的号召是勉强,服从党的命令是不得已。我自称好公民是自欺欺人。

“总括一句话,我是个混饭吃的典型。”

丁宝桂坐下茫然四顾。像一个淹在水里的人,虽然脑袋还在水上,身子却直往下沉。

主席问:“完了吗?”

丁宝桂忙站起来说:“我的提纲上只写了这么几条,还有许许多多的罪,一时也数不清,反正我都认错,都保证改。我觉悟慢,不过慢慢地都会觉悟过来。”

主席说:“丁先生的检讨,自始至终,表现出一个‘怕’字。这就可见他与党和人民的距离多么远!只觉得共产党可怕,只愁我们要剋他。解放前骂共产党有什么罪呢！共产党是骂不倒的。解放以后，你改变了对共产党的看法，可见你还不算太顽固。你也知道忧国忧民，可见你也不是完全没有主人翁感。可是你口口声声的认罪，好像共产党把你当做仇人似的。丁先生这一点应当改正过来。应当靠拢党，靠拢人民。别忘了共产党是人民的党，你是中国的人民。你把自己放在人民的对立面，所以只好谨小慎微，经常战战兢兢，对人民如临大敌，对运动如临大难，好像党和人民要难为你似的。丁先生，不要害怕，运动是为了改造你，让你可以投入人民的队伍。我们欢迎一切愿意投入我们队伍的人，团结一切可以团结的力量，共同努力，为人民做出贡献。”

提意见的人不多。接着大家拍手通过了丁宝桂的检讨。

丁宝桂放下了一颗悬在腔子里的心，快活得几乎下泪。他好像中了状元又被千金小姐打中了绣球，如梦非梦，似醒非醒，一路回家好像是浮着飘着的。

第　九　章

丽琳瞧彦成只顾默默沉思，问他几时做检讨。她关心地问：“他们没有再提别的问题吗？没给你安排日子？”

彦成昂头大声说：“我不高兴做了！”

“不高兴？由得你吗？”

“我也不会像你们那样侃侃而谈。我只会结结巴巴——我准结结巴巴。”

丽琳很聪明地笑了。“你是看不起我和丁宝桂的检讨，像你看不起有些人的发言一样,是不是?你可以做个深刻的检讨呀,至少别像丁宝桂那么庸俗。”

彦成不答理,只说:“我越想越不服气了。帮助我‘洗澡’的人比我的年纪还大些呢,我倒成了‘老先生’,要他们帮助我‘洗澡’!笑话呀?谁不是旧社会过来的!”

“他们是革命干部吧?”

“可是咱们组里的年轻人呢?比我年轻多少呀?”

“谁叫你职位高呢。而且在外国待了那么多年。我不也受他们帮助了吗?他们自己也是要改造的——至少也得互相擦擦背吧?”

彦成摇摇头说:“我不是计较这些。我只是觉得这种‘洗澡’没用——白糟蹋了水。”

“好啊,让你来领导运动吧,你有好办法。”

“我没有办法。我看这就是没办法的事。丑人也许会承认自己丑,笨人也许会承认自己笨,可是,有谁会承认自己不好吗?——我指的不是做错了事‘不好’,我不指‘过失和错误’,我说的‘不好’就是‘坏’。谁都相信自己是好人!尽管有这点那点缺点或错误,本质是好人。认识到自己的不好是个很痛苦的过程。我猜想圣人苦修苦练,只从这点做起。一个人刻意修身求好,才会看到自己不好。然后,出于羞愧,才会悔改。悔了未必就会改过来。要努力不懈,才会改得好一点点。现在咱们是在运动的压力下,群众帮助咱们认识自己这样不好,那样不好;没法儿抵赖了,只好承认。所谓自觉自愿是逼出来的。逼出来的是自觉自愿吗?况且,咱们还有个遁逃。千不好,万不好,都怪旧思想旧意识不好,罪不在我。只要痛恨封建社会和资产阶级,我的立场就变了,我身上就干净了。”

丽琳大睁着她那双美丽的眼睛,呆呆地注视着他。她老实说:“我不懂你发这些牢骚什么意思。”

彦成想:“你是不会懂的。”他只叹气说:“‘牢骚’吗?我是‘发牢骚’?”

丽琳说:“反正我觉得现在不是发议论的时候。你的检讨还没做呢,他们为什么到现在还不安排你做?是不是你还隐瞒着什么问题?”

“我有什么隐瞒的问题呀?”彦成干脆不耐烦了。

“唉,我不过是帮助你。”她倒了一杯茶,一面喝,一面慢吞吞地说:“做导师的,带着徒弟去游山,给人撞见了,硬说是别人看错的——我还帮着你圆谎,你忘了吗?”

“我除了和你同游香山,没有和任何别人一同游山,我早已对你说过了。”

“亲眼看见的人如果问你,你也睁着眼睛说瞎话吗?我当时将信将疑,也没有再追根究底。可是凭后来的事情,不免叫我记起那次游山;看来没有冤枉你。那天,你们俩在她家小书房里的情景,我是亲眼目睹的。那个亲密劲儿,总该有个前奏啊!我一次两次问你,你就是死死地捂着盖子。你不说就没事了吗?你不怕人家会控诉你吗?”

彦成的眼睛越睁越大。他说:“哦!你去控诉我了?”

丽琳只接着说:“据你说,你在向那位小姐求婚。你是有妇之夫,你忘了吗?”

“是你控诉我了!”

“我控诉你?还没到时候呢!‘夫妻同林鸟’,现在正是患难与共的时候。我是在提醒你。”

“多谢费心了。”彦成站起身想钻“狗窝”去。

丽琳放下茶杯，指着沙发叫他坐下，一面说：“我是已经洗完澡的人，我知道的事总该比你多些吧？”

彦成有点儿心惊，不由自主地坐下了。

“你知道余楠卖五香花生豆儿的话是谁捅出来的？是他的宝贝女儿和善保，他们是真心诚意地帮助他。你虽然不服气自己是‘老先生’，你究竟和年轻人不一样了。他们经过学习，经过‘发动’，他们和平常的自己也不一样了。你那位小姐如果不自觉，旁人也会点拨她。姜敏是积极分子。我记得你们游山的事是她先说起的。你保得住她不再提吗？我听说有个女学生把老师写给她的情书都交出来了。你没有白纸黑字留下手迹吗？”

她的第三只眼睛盯住彦成，好像看到他脸上变了颜色。她说：“我是为你担忧。你又没什么别的问题，为什么到现在还不安排你做检讨呢？”丽琳是真的担忧。

彦成强笑说：“你放心好了。”他自己心上却很乱。可是他静下来想想，又放下心来。

丽琳却放不下心，她说：“你公开检讨之前，得把稿子给我看看。我也给你看的。”

“现在就可以给你看啊，左不过是那一套。”

“你已经写好了吗？”

彦成从“狗窝”里找出几张乱七八糟的稿子，有的纸大而薄，有的纸小而厚。丽琳整理之后，看到没头没脑的几条：进步包袱；个人主义；狂妄自大；崇美恐美；自由散漫；不守纪律；贪图享受等等。她说："就这点？你的恋爱呢？包括在哪一项下面呀？"

"我没有恋爱。"

"没有？你经得起检查吗？就说没有！"

"我和她已经检讨过了。"

"你和她！你们早订了攻守同盟吗？我正要问你，为什么你现在不到她家去了？"

"丽琳，帮助得够了。"他要站起身，丽琳仍叫他坐下。

"你该知道，攻守同盟不是铁板一块。你知道怎么粉碎攻守同盟吗？对这一个说，对方供出了什么什么；对另一方说，对方供出了什么什么。就这样，非常简单。彦成，我都是为你。为什么他们不叫你做检讨呢？因为你不老实，捂着盖子。假如下一个做检讨的还不是你，就证明我没错。"

彦成一声不响，退到了他的"狗窝"里去。

不久他们得到通知，下一个做检讨的是余楠。

第　十　章

向来温婉的宛英，忽然一改常态，使余楠很惊诧。她生气说："你不要脸了，可叫我什么脸见人呢？"

余楠放下手里的检讨稿说："怎么了？"他看着宛英的脸，扬扬他的稿子说："你看了？"

"你一声高，一声低，一声快，一声慢的演说，一会儿捶胸，一会儿顿脚的，我还听不见吗？"

余楠叹气说："是你引来了家贼呀！我不就地打滚，来一番惊人的坦白,我可怎么过关呢?”

宛英且不争辩“家贼”是他自己的宝贝女儿,女儿的朋友是他自己看中的。她只说:

“你会做文章啊!有的说成没的,没的说成有的。你就不能漂漂亮亮给自己做一篇好文章吗?”

“啊呀,宛英,你难道不知道现在是搞运动吗?我不对群众说实话,他们肯饶我吗?我不把心灵深处的烂疮暴露出来,我过得了关吗?我还能做人吗?”

“可是你说的全是假话呀!什么出身破落官僚家庭!你爹又是什么不负责任的风流才子!他赘给有钱的寡妇做了倒插门女婿,每月还津贴你们家用,还暗地里塞钱给你家,你妈妈亲自告诉我的。”

余楠慌忙问:“这话你和他们小辈说过吗?”

“告诉他们干吗?你可是知道的呀。”

余楠放了心,耐心解释道:“宛英,你不懂,事情有现象,有本质。现象上的细节,不是真实。真实要看本质。”

宛英不会争辩,只满面气恼地说:“我只问问你,我的本质是什么?”

她向来有气只背人暗泣,并不当着余楠淌眼抹泪。这回余楠看着她浮肿的脸上泪水模糊,也有点惶恐,忙辩解说:“我只检讨自己,没说你一句坏话,都是说你好。”

宛英不理,进房去收拾行李,说要回南去。余楠问她哪里去。她说:“三妹妹几次写信叫我去。不去她家,我还可以找个人家‘帮人’呢。”

余楠说她小题大做。她只流着泪说:“我这一去,再也不回来了。”

余楠一想,宛英走了,他可怎么做人呢?他检讨的话都站不住了。而且他怎么过日子呢?他也知道触犯宛英的是些什么话,所以他也一改常态,温言抚慰,答应修改他的检讨,删掉宛英所谓“把老婆当婊子”的话。余楠由此也证实了自己确确实实是个忠于妻子的好丈夫,他的检讨也都是肺腑之言。

他是一名组长。他洗的这个澡,在社里就算是大盆。会议室里挤满了人,好比澡盆不够大,水都扑出来了。

余楠虽然刮了胡子,却没有理发,配上他灰黄的脸色,颇有些囚首垢面的形象。不过这不足为奇,一般洗澡的人都那样。他穿一套旧西装,以前嫌太紧的,现在穿上还宽宽绰绰。他低着头,声音嘶哑,开始他的检讨。

他先讲自己早年的遭遇,讲他母亲被丈夫遗弃之后,常勉励他说:“阿楠啊,你要争气!”这句话成了他从小到大的指导思想。

“要争气”,加上“人不为己,天诛地灭”的资产阶级个人主义世界观,再加上资产阶级“爱情至上”的糊涂信念,使他成了国民党反动政客的走狗,重婚未遂的罪人。

大家都竖起耳朵,连不屑听余楠检讨的许彦成也看着他的脸听他往下说。

据余楠讲,他从小由母命订婚,留学回国就成了家,生两男一女。大家都说他是好福气。可是他学的是西洋文学。他研究的诗歌、戏剧、小说等等,主题几乎都是恋爱,不免使他深受影响。他当初是为了孝顺母亲而结了婚。他生平一大憾事是没有享受到自由的恋爱。当然,他的妻子是非常贤惠的,可是妻子是强加于他的。他看着别人自由恋爱，只有艳羡的份儿。

并不是没有女人看中他。他在学校里既有神童之名，当然就有女孩子对他钟情。他后来发表了一些新诗和散文，又赢得好些女读者的崇拜。她们或是给他写信，或是登门拜访。他当时很年轻，那些多情的小姐多半也很漂亮。不过他不敢拂逆他的母亲，也不愿背弃他温柔的妻子。后来他当了一个刊物的主编，来往的女作家很多，对他用情的也不少，有的还很主动，甚至表示"愿为夫子妾"。不过，资产阶级"爱情至上"的思想尽管深深地打动他，他想到自己的母亲和妻子，觉得万万不能步他父亲的后尘，做一个不负责任的风流才子。

他说，"要争气"，无非出人头地，光大自己。这和"人不为己，天诛地灭"的个人主义是一致的。这种思想导致他为名为利，一心向上爬，要为他的老母亲争气。可是"爱情至上"的观念却和封建道德背道而驰。英雄美人或才子佳人，为了恋爱就顾不得道德，也顾不得事业。他向来把道义看得比私情重。他要求做一个铁骨铮铮的男子汉，道义上无愧于心，事业上有所成就。他自信英雄难过的"美人关"，他已经突破了。想不到他竟会深深陷入爱情的泥淖，不能自拔。

他接下来轻描淡写地介绍了他主编的那个刊物和组稿的小姐，简约说明自己怎么由一个普通的撰稿人升为主编，刊物由反动政客资助，那位组稿的小姐就是他迷恋的美人。她真是"才调太玲珑"，她的绵绵情丝把他缠住了。他最初只在"心有灵犀一点通"的阶段陶醉，并没意识到堕入情网的危险。可是两心相通就要求两心相贴，然后就产生了更进一步的要求。这是最热烈、最迷人，也最痛苦的阶段。接下来几句话就是宛英斥为

“把老婆当婊子”的话，怪他“不要脸”。他认为自己用词隐晦，也力求文雅。可是宛英竟为此要出走，他只好把这段诚挚而出自内心深处的自白删掉，只说那位小姐守身如玉，她要求的是结婚，而他是有妇之夫。

他说，这时他已完全失去主宰，已把道义全都抛弃，他已丧尽廉耻。他把事业也都丢了，只求有情人成为眷属。他自以为想出了一个兼顾道义和爱情的两全法。他出国和那位小姐结婚，抛下妻子叫她留在国内照看儿女，算是让她照旧做一家之主。

余楠停下来长叹一声说：“可是爱情要求彻底的、绝对的占有。那位小姐不容许我依恋妻子儿女，一气而离开了我。”他伤心地沉默了一会儿，带几分哽咽说：“我不死心，还只顾追寻。我觉得妻子儿女跑不了是我的，可是她——她跑了，我就永远失去了她。”他竭力抑制了悲痛说：他虽然已经答应了本社的邀请，还赖在上海，等待那位小姐的消息。他想，即使为此失去这里的好工作，他卖花生过日子也心甘情愿。他直到绝望了、心死了才来北京的。

他接着讲本社成立大会上首长的讲话对他有多大的鼓舞。他向来只知道“手中一支笔，万事不求人”；他的笔可以用来“笔耕”，养家糊口。这回他第一次意识到手中一支笔可以为人民服务，而一支笔的功用又是多么重大。他仿佛一支蜡烛点上了火，心里亮堂了，也照明了自己的前途。从此他认真学习，力求进步，把过去的伤心事深深埋藏在遗忘中，认为过去好比死了，埋了，从此就完了。

“可是痛疮尽管埋得深，不挖掉不行。我的进步，不是包袱，而是痛疮上结的盖子。底下还有脓血呢，表面上结了盖子也不会长出新肉来；而盖子却碰不得，轻轻一碰就会痛到心里去。比如同志们启发我，问我什么时候到社的，我立即触动往事，立即支吾掩盖。我爱人对我说：‘你不是想出国吗？’我不敢承认，只想设法抵赖。我不愿揭开盖子。我怕痛。我只在同志们的帮助下才忍痛揭盖子。”

他揭下疮上的盖子，才认识到“两全的办法”是自欺欺人。他一方面欺骗了痴心要嫁他的小姐，一方面对不住忠实的妻子。他抠挖着脓血模糊的烂疮，看到了腐朽的本质。他只为迷恋着那位小姐，给牵着鼻子走，做了反动政客的走狗——不仅走狗，还甘心当洋奴，不惜逃离祖国，只求当洋官，当时还觉得顶理想。

余楠像一名化验师，从自己的脓血中化验出种种病菌和毒素，如“人不为己，天诛地灭”的个人主义思想呀，自高自大呀，贪图名利呀，追求安逸和享受呀，封建家长作风呀等等，应有尽有。他分别装入试管，贴上标签。（遗失姚宓稿子的事，因为没人提出，这种小事他已忘了。如有人提出，他就说忘了，或者竟可以怪在宛英身上，归在“家长作风”项下。）

他这番检讨正是丁宝桂所谓“越臭越香”、“越丑越美”的那种。群众提了些问题，他不假思索，很坦率地一一回答。大家承认他挖得很深很透，把问题都暴露无遗。他的检讨终于也通过了。

余楠觉得自己像一块经烈火烧炼的黄金，杂质都已炼净，通体金光灿灿，只是还没有凝冷，浑身还觉得软，软得脚也抬不起，头也抬不起。

第 十 一 章

彦成回家后慨叹说:“恋爱还有实用呢！倾吐内心深处的痴情,就是把心都掏出来了。”

丽琳说:“你有他的勇气吗？你还不肯暴露呢!”

“我不信暴露私情,就是暴露灵魂;也不信一经暴露,丑恶就会消灭。”

“可是,不暴露是不肯放弃。”丽琳并不赞许余楠,可是觉得彦成的问题显然更大。

彦成看着丽琳,诧异说:“难道你要我学余楠那样卖烂疮吗?”

“我当然不要你像他那样。可是我直在发愁。我怕你弄得不好,比他还臭。”

彦成不答理。

丽琳紧追着说:“你自己放心吗？我看你这些时候一直心事重重的,瞒不过我呀。”

“丽琳,说给你听你不懂。我只为爱国,所以爱党,因为共产党救了中国。我不懂什么马列主义。可是余楠懂个什么？他倒是马列主义的权威么？都是些什么权威呀!”

丽琳说:“彦成,你少胡说。”

彦成叹了一口气:“我对谁去胡说呢?”

丽琳只叫他少发牢骚,多想想自己的问题。

偏偏群众好像忘了许彦成还没做检讨。施妮娜和江滔滔土改回来,争先要报告下乡土改的心得体会。余楠的检讨会他们俩都赶来参加了。两人面目黧黑，都穿一身灰布制服，挤坐在一个角落里，各拿着笔记本做记录，好像是准备洗澡。

范凡很重视她们的收获。施妮娜讲她出身官僚地主家庭，自以为她家是开明地主，对农民有恩有惠。这次下乡，扎根在贫农家，和他们同吃同住同劳动。控诉会上听到他们的控诉，真是惊心动魄。她开始从感性上认识到地主阶级的丑恶本质。她好比亲自经历了贫下中农祖祖辈辈的悲惨遭遇。她举出一个个细节，证实自己怎样一寸一分地转移立场观点，不知不觉地走入无产阶级的行列。江滔滔讲她出身于小资产阶级，学生时代就向往革命，十七岁曾跟她表哥一同出走，打算逃往革命根据地去，可是没上火车就给家里人抓回去。她只有一颗要求革命的心，而没有斗争的经验，虽然是燃烧的心，却是空虚的，苍白的，抽象的；这次参加土改，比“南下工作”收获更大。她自从投入火热的实际斗争，她这颗为革命而跳跃的心才有血有肉了。可见一个作家如果没有生活，没有斗争，就不可能为人民写作。她热情洋溢，讲得比施妮娜长。主席认为她们都收获丰富。她们好像都已经脱胎换骨，不用再洗什么澡。大约她们还是在很小的澡盆里洗了洗，只是没有为她们开像样的检讨会。

朱千里在她们报告会的末尾哭丧着脸站起来，检讨自己不该和群众对抗，他已经知罪认错。帮助他的小组曾到人事处查究他的档案，他的确没有自称博士。据他出国和回国的年月推算，他在法国有五六年。他也没当汉奸，只不过在伪大学教教书。他检讨里说的多半是实话，只是加了些油酱。他们告诫朱千里别再夸张，也不要即兴乱说，只照着稿子一句句念。他的检查也通过了。他承认自己是个又想混饭吃、又想向上爬的知识分子,决心要痛改前非,力求进步,为人民服务。

彦成这天开完会吃晚饭的时候,忽然对丽琳说:“明天就是我了。”

“你怎么?”

“我做检讨呀。”

“叫你做的?”

“当然。”彦成没事人儿一般。

丽琳忙问是谁叫他做检讨。

“我不认识他。他对我说:‘明天就是你了。’”

“这么匆忙! 他说了什么时候来和你谈话吗?”

“他只说:‘明天就是你了。’”

“态度友好不友好呢?”

“没看见什么态度。”彦成满不在乎。

丽琳晚饭都没好生吃。她怕李妈吃罢晚饭就封火,叫她先沏上点儿茶头,等晚饭后有人来和彦成谈他的检讨。可是谁也没来。丽琳像热锅上的蚂蚁,坐立不安,直到临睡,还迟迟疑疑地问彦成:“你没弄错吧? 是叫你做检讨?”

彦成肯定没弄错。丽琳就像妈妈管儿子复习功课那样,定要彦成把他要检讨的问题对她说一遍。

彦成不耐烦地说:“进步包袱:我在旧社会不过是学生,在国外半工半读,仍然是学生,还不到三十岁。什么‘老先生’!”

“你怎么自我批判呢?”

“我受的资产阶级影响特别深啊。事事和新社会不合拍。不爱学习,不爱发言,觉得发言都是废话。”

丽琳纠正他说:“该检讨自己背了进步包袱,有优越感,不好好学习等等。”

彦成接下来说:“自命清高,以为和别人不同,不求名,不求利。其实我和别人都一样,程度不同而已。”

丽琳说:“别扯上别人,只批判你自己。”

彦成故意说:“不肯做应声虫,不肯拍马屁,不肯说假话。”

丽琳认真着急说:“胡闹!除了你,别人都是说假话吗?”

“你当我几岁的娃娃呀!你不用管我。别以为我不肯改造思想。我认为知识分子应当带头改造自我。知识分子不改造思想,中国就没有希望。我只是不赞成说空话。为人好,只是作风好,不算什么;发言好,才是表现好,重在表现。我不服气的就在这点。”

丽琳冷冷地看着他说:“你是为人好?”

彦成说:“我已经借自己的同伙做镜子,照见自己并不比他们美。我也借群众的眼睛来看自己,我确是够丑的。个人主义,自由散漫,追求精神享受,躲在象牙塔里不问政治,埋头业务不守纪律……”

“就这么乱七八糟的一大串吗?”丽琳实在觉得她不能不管。她怕彦成的检讨和余楠第一次检讨一样,半中间给群众喝住。

彦成说:稿子在他肚里,反正他绝不说欺骗的话,他只是没想到自己这么经不起检查,想不到他的主观客观之间有那么大的差距,他实在泄气得很。

丽琳瞧他真的很泄气,不愿再多说,只暗暗担心。

许彦成的检讨会是范凡主持的。他的问题不如别人严重,所以放在末尾。丽琳觉得很紧张。不过彦成虽然没有底稿,却讲得很好，也不口吃。做完大家就拍手通过了。他没说自己是洋奴，也没人强他承认。

范凡为这组洗澡的资产阶级知识分子做了短短的总结，说大家都洗了干净澡，也得到不同程度的提高，勉励大家继续努力求进。

年轻人互相批评接受教育，不必老先生操心。老先生的洗澡已经胜利完成。

第 十 二 章

发动群众需要一股动力，动力总有惰性。运动完毕，乘这股动力的惰性，完成了三件要紧事。

第一件是“忠诚老实”，或“向党交心”。年轻人大约都在受他们该受的教育。洗完澡的老先生连日开会，谈自己历史上或社会关系上的问题。有两人旁听做记录。其中一个就是那位和善可亲的老大姐。

丁宝桂交代了他几个汉奸朋友的姓名。朱千里也同样交代了他几个伪大学同事的姓名以及他自己的笔名，如“赤兔”、“撇尾”、“独角羊”、“朱骐”、“红马”等等。人家问“撇尾”的意思。他说不过是一“撇”加个“未”字，“独角羊”想必是同一意义，“未”不就是羊吗。其他都出自“千里马”。余楠也交代了他的笔名。他既然自诩“一气化三清”，他至少得交出三个名字。据他说，他笔名不多，都很有名。一是“穆南”，就是“木南”。一是“袁恧”，这是余楠两字的切音。一是“水生”，因为照五行来说，水生木。太反动的文章是他代人写的，他觉得不提为妙。他只交代了他心爱的小姐芳名“月姑”，以及他那位“老板”的姓名，不过他和他们早已失去联系。丽琳交代了她的海外关系，她已经决定和他们一刀两断了，只是她不敢流露她的伤心。彦成也交代了他海外师友的姓名，并申明不再和他们通信。一群老先生谈家常似的想到什么成问题的就谈，听了旁人交代，也启发自己交代。连日絮絮“谈心”，平时记不起的一桩桩都逐渐记起来。大家互相提醒，互相督促，虽然谈了许多不相干的琐碎，却也尽量搜索出一切不该遗忘的细节。他们不再有任何隐瞒的事。

第二件是全体人员填写表格，包括姓名、年龄、出身、学历、经历、著作、专长、兴趣、志愿等等。据说，全国知识分子要来个大调整。研究社或许要归并，或取消，或取消一部分，归并一部分。交上表格，大家就等待重新分配了。配在什么机构，就是终身从属的机构。有人把这番分配称为“开彩”，因为相当于买了彩票不知中什么彩。知识分子已经洗心革面，等待重整队伍。

第三件是调整工资。各组人员自报公议，然后由领导评定。各人按“德”、“才”、“资”三个标准来评定自己每月该领多少斤小米。这是关系着一辈子切身利益的大事，各组立即热烈响应。譬如余楠自报的小米斤数比原先的多二百斤。他认为凭他的政治品德，他的才学和资格经历，他原先的工资太低了。谁都不好意思当面杀他的身价。朱千里就照模照样要求和余楠同等。施妮娜提出姚宓工资太高，资格不够。罗厚说施妮娜的资格也差些。不过主要的是德和才。许彦成以导师的身份证明姚宓的德和才都够格，他自己却毫无要求。丽琳表示她不如彦成，可是彦成不输余楠。

姜敏说:“有的人,整个运动里只是冷眼旁观,毫无作为,这该是立场问题吧? 这表现有德还是无德呀?”

江滔滔立即对施妮娜会意地相看一眼,又向姚宓看一眼。

善保生气说:“我们中间压根儿没有这种人。”

罗厚瞪眼说:“倒是有一种人,自己的问题包得紧紧的,对别人的事,钻头觅缝,自己不知道,就逼着别人说。”

善保忙说:“关于运动的事,范凡同志已经给咱们做过总结,咱们不要再讨论这些了。”

姜敏红了脸说:“我认为经过运动,咱们中间什么顾忌都没有了,什么话都可以直说了,为什么有话不能说呢?”

姚宓说:“我赞成你直说。”

姜敏反倒不言语了。

余楠想到姜敏和善保准揭发了他许多事。他对年轻人正眼也不看。社里三反运动以来,这还是他第一次和年轻人一起开会。他对他们是“敬而远之”。

这类的会没开几次,因为工资毕竟还是由领导评定的,一般都只升不降。余楠加添了一百多斤小米,别人都没有加。朱千里气愤不平,会后去找丁宝桂,打听他们组的情况。

丁宝桂说:“咳! 可热闹了! 有的冷言冷语,讥讽嘲笑,有的顿脚叫骂,面红耳赤,还有痛哭流涕的——因为我们组里许多人还没评定级别——我反正不减价就完了。”

“你说余楠这家伙,不是又在翘尾巴了吗?”

丁宝桂发愁说:“你瞧着,他翘尾巴,又该咱们夹着尾巴的倒霉。”

他想了一想,自己安慰说:“反正咱们都过了关了。从此以后,坐稳冷板凳,三从四德就行。他多一百斤二百斤,咱们不计较。”

“不是计较不计较,洗了半天澡,还是他最香吗!”

丁宝桂说:“反正不再洗了,就完了。”

“没那么便宜!”朱千里说。

丁宝桂急了,“难道还要洗?我听说是从此不洗了。洗伤了元气了!洗螃蟹似的,捉过来,硬刷子刷,掰开肚脐挤屎。一之为甚,其可再乎!”

朱千里点头说:“这是一种说法。可是我的消息更可靠。不但要洗,还要经常洗,和每天洗脸一样。只是以后要‘和风细雨’。”

“怎么‘和风细雨’?让泥母猪自己在泥浆里打滚吗?”

丁宝桂本来想留朱千里喝两杯酒,他刚买了上好的莲花白。可是他扫尽了兴致。而且朱千里没有酒量,喝醉了回家准挨骂挨打。他也不想请翘尾巴的余楠来同喝,让他自己得意去吧。

余楠其实并不得意。他并不像尚未凝固的黄金,只像打伤的癞皮狗,趴在屋檐底下舔伤口。争得一百多斤小米,只好比争得一块骨头,他用爪子压住了,还没吃呢。他只在舔伤口。

杜丽琳对许彦成说:“看来‘你们俩’的默契很深啊!怎么你只怀疑我控诉你,一点儿不防她?她也不怕人家说她丧失立场,竟敢包庇你?”

彦成生气说:“丽琳,你该去打听了姜敏,再来冤我。”

洗澡已经完了,运动渐渐静止。一切又回复正常。

尾　声

星期天上午，彦成对丽琳说："我到姚家去，你放心吗？要陪我同去吗？"

丽琳还没有梳洗。她已稍稍故态复萌，不复黄黄脸儿穿一身制服。她强笑说："好久没到她们家去了。我该陪你去吧？等我换件衣服。"

丽琳忙忙地打扮，彦成默然在旁等待。他忽听得有客来，赶忙一人从后门溜了。

姚太太在家。彦成问了姚伯母好，就好像不关心似的问："姚宓上班了吗？"

姚太太笑说："你开会开糊涂了。今天礼拜，上什么班！她和罗厚一同出去了。"

彦成赶紧背过脸去。因为他觉得心上抽了几下，自己知道脸上的肌肉也会抽搐，刹那间仿佛听到余楠的检讨"爱情就是占有"，羞惭得直冒冷汗。

姚太太好像并没有在意，她说："彦成，我还没向你道喜呢，因为我不知道你们到底喜不喜。听说你们俩中了头彩了？你们高兴吧？"

彦成说他不知道中了什么彩。

"你们俩分到最高学府去了。昨晚的消息。你们自己还不知道?”

“别人呢?”

“朱千里分在什么外国语学院,姜敏也是。别人还没定。你们两个是定了的,没错。”

彦成呆了一会儿,迟疑说:“我填的志愿是教英语的文法,丽琳填的是教口语。不知道由得不由得自己做主。”

“为什么教文法呢?”

彦成羞涩地一笑说:“伯母,我曾经很狂妄。人家讲科学救国,我主张文学救国;不但救国,还要救人——靠文学的潜移默化。伯母,不讲我的狂妄了,反正我认识到我是绝对不配教文学的。如果我单讲潜移默化的艺术,我就成了脱离政治,为艺术而艺术。我以后离文学越远越好。我打算教教外系的英文,或者本系的文法。假如不由我做主,那就比在研究社更糟了。”

“阿宓填的是图书工作或翻译工作,”姚太太说,“罗厚的舅舅舅妈特地来看我,说要罗厚和阿宓填同样的志愿,将来可以分配在一处工作。可是我不知道罗厚填了什么志愿。”

彦成忙说:“罗厚是个能干人,大有作为的。他有胆量,有识见,待人顶憨厚,我很喜欢他。”

姚太太说:“他野头野脑,反正他自有主张。他可崇拜你呢!他向来不要人家做媒,总说他要娶个能和他打架的粗婆娘。最近,他舅妈来拜访以后,我问他粗婆娘找到没有,他说不找了,将来请许先生给他找个对象。”

彦成脱口说:“还用我吗!他不是已经有了吗?”

“你说阿宓吗?”姚太太微笑着,“我也问过她。她说她不结婚,一辈子跟着妈妈。”

“从前说的,还是现在说的?”

“从前也说,现在也说。”

彦成听了这话,心上好像久旱逢甘霖,顿时舒服了好些,同时却又隐隐觉得抽搐作痛。他说:“结了婚照样可以跟着妈妈呀。”

姚太太说:“反正我不干涉,随她。”

“他们不是一起玩儿得很好吗?”

姚太太抬头说:“他们不是一起玩儿,今天他们是给咱们俩办事去的。”

姚太太告诉彦成,三反初期,市上有许多很便宜的旧货,都是“老虎”抛出来卖钱抵债的。罗厚偶然发现一台簇新的唱机,和彦成的是同一个牌子。他买下来了。可是卖唱机的并没有出卖唱片,不知是什么缘故,也可能给别人买去了。罗厚陆续买了好多唱片,有的是彦成没有的,有的是相重的。现在他们想到彦成不久得搬家,姚太太说罗厚选唱片是外行,叫他们两个一同出去采购了准备分家的。

彦成说:“唱机唱片都留在伯母这里好了。”

姚太太说:“我老在替那只‘老虎’发愁,不知他是不是给关起来了?还是穷得不能过日子?阿宓说,省得妈妈成天为‘老虎’担忧,买来的新唱机给许先生吧,他的那只换给咱们。不知你同意不同意?”

彦成连说同意,自己也不知道心上是喜是悲。他不等姚宓回家就怏怏辞别了姚太太回家。姚太太叫他问问丽琳,几时方便,要请他们夫妇吃顿晚饭,一是为贺喜,二是为送行。姚太太说:“咱们不请外客,我有个老厨子还常来看我,叫他做几个干干净净的家常菜,咱们聚聚。"

到许家去的客人是报喜的,到了几批客人。丽琳正拿不定主意是否到姚家去接彦成。她听彦成回来讲了姚宓不在家以及姚太太请饭送行的事,很高兴,都忘了责怪彦成撇了她溜走。

许彦成夫妇不久得到调任工作的正式通知,连日忙着整理东西准备搬家。丽琳虽然很忙,总乐于陪彦成同到姚家去。姚家的钢琴已由许家送回。新唱机已经送往许家,唱片已由姚太太和许彦成暂时分作两份,各自留下了自己喜欢的。姚宓和许多人一样,工作还没有分配停当。她只顾担忧别再和余楠、施妮娜等人在一起。姚太太说,哪里都是一样,"莫安排"。

许彦成夫妇搬家的前夕,在姚家吃晚饭。女客只请宛英作陪,罗厚是彦成的陪客。姚宓听从妈妈的吩咐,换上一件烟红色的纱旗袍。她光着脚穿一双浅灰麂皮的凉鞋。八仙桌上,她和丽琳并坐一面,彦成和罗厚并坐一面,姚太太和宛英相对独坐一面。菜很精致,还喝了一点葡萄酒。饭后沏上新茶,聚坐闲谈,也谈到将来彼此怎么通信,怎么来往。

丽琳第一个告辞,她说还有些杂事未了,明天一早大板车就要来拉家具的。许彦成知道杂事都已安排停当,老实不客气地求她说:

"你先回去吧,我还坐一坐。"

丽琳只好一人先走。罗厚代主人送她到门口。

过一会儿,宛英告辞,罗厚送她回家,自己也回宿舍。

彦成赖着坐了一会儿,也只好起身告辞。姚太太说:"阿宓,你替我送送吧。"

他们俩并肩走向门口,彦成觉得他们中间隔着一道铁墙。

姚宓开了走廊的灯，开了大门。

彦成凄然说："你的话，我句句都记着。"

姚宓没有回答。她低垂的睫毛里，流下两道细泪，背着昏暗的灯光隐约可见。她紧抿着嘴点了点头，想说什么，没说出来，等彦成出门，就缓缓把门关上。

彦成急急走了几步，又退回来。他想说什么？他是要说："快把眼泪擦了。"可是，这还用他说吗？她不过以为背着灯光，不会给他看见；以为紧紧抿住嘴，就能把眼泪抿住。彦成在门口站了一会儿，然后绕远道回家。

姚宓在门里，虽然隔着厚厚的木门，却好像分明看见彦成逃跑也似的疾走几步，又缩回来，低头站在门前，好像想敲门进来，然后又朝相反方向走了。她听着他的脚步声一步步远去，料想是故意绕着远道回家的。

姚宓关上走廊的灯，暗中抹去泪痕，装上笑脸说：

"妈妈，累了吧？"

姚太太说不累。母女还闲聊了一会儿才睡。

姚宓想到彦成绕远回家的路上有个深坑，只怕他失魂落魄地跌入坑里，一夜直不放心。

第二天早上，罗厚抱着个镜框跑来，说老许他们刚走，他"狗窝"里有一张放大的照相忘了取下，临走才发现，叫他拿来送给姚伯母。他嬉皮赖脸地说：

"伯母不要就给我。"

那是许彦成大学生时期的照相。

姚太太说："拿来，我藏着，等你将来自己有了家再给你。"

姚宓忽然有一点可怕的怀疑。她刻意留心，把妈妈瞒得紧腾腾，可是，这位爱玩儿福尔摩斯的妈妈只怕没有瞒过吧？至少，没有完全瞒过。

罗厚坐下报告社里各人最新分配的工作。接受姚謇赠书的图书馆要姚宓去工作，还答应让她脱产两年，学习专业。他自己的工作也在那个图书馆。

当时文学研究社不拘一格采集的人才，如今经过清洗，都安插到各个岗位上去了。

中篇小说

洗澡之后

前　言

《洗澡》结尾，姚太太为许彦成、杜丽琳送行，请吃晚饭。饭桌是普通的方桌。姚太太和宛英相对独坐一面，姚宓和杜丽琳并坐一面，许彦成和罗厚并坐一面。有读者写信问我：那次宴会是否乌龟宴。我莫名其妙，请教朋友。朋友笑说："那人心地肮脏，认为姚宓和许彦成在姚家那间小书房里偷情了。"

我很嫌恶。我特意要写姚宓和许彦成之间那份纯洁的友情，却被人这般糟蹋。假如我去世以后，有人擅写续集，我就麻烦了。现在趁我还健在，把故事结束了吧。这样呢，非但保全了这份纯洁的友情，也给读者看到一个称心如意的结局。每个角色都没有走形，却更深入细致。我当初曾声明：故事是无中生有，纯属虚构，但人物和情节却活生生地好像真有其事。姚宓和许彦成是读者喜爱的角色，就成为书中主角。既有主角，就改变了原作的性质。原作是写知识分子改造思想；那群知识分子，谁是主角呀？我这部《洗澡之后》是小小一部新作，人物依旧，事情却完全不同。我把故事结束了，谁也别想再写什么续集了。

二〇一〇年六月十一日

第一部

第 一 章

姚宓正帮助妈妈整理四季的衣服,把衣服叠在床上,细心地分别装入姚太太的大皮箱,忽见罗厚抹着汗赶来,先叫了一声“姚伯母”,然后规规矩矩地等候姚宓放好了手里的衣服,才试探着说:“姚伯母,我舅舅、舅妈要请伯母和姚宓到我家去住,不知道伯母赏脸不赏脸。”

“你家?你家在哪儿呀?”姚太太笑着说。

“对不起,姚伯母,我在舅舅家住下了,就说成‘我家’了。还有更要紧的没说呢。舅舅说:这一带房子,地契上全是姚家的,公家征用了,要给一笔钱。舅舅只怕伯母又不要钱……”

姚太太说:“钱,我不要,我只求老来有个归宿的地方。阿宓卖掉的那个四合院,我倒常在记挂,阿宓,你还记得吗?咱们那宅四合院前一进是餐厅兼客厅,东西厢房家里用人住。咱们家那时有六个用人呢。男的住外面的一进。女的跟咱们一起,住里面的一进。”

姚宓想起往事,不胜感慨。她说:“当时为给妈妈治病,我急得没办法了,匆匆忙忙地卖了,现在还买得回来吗?”

罗厚说:“大概没问题,舅舅面子大,关系广,办法多,什么都好商量。只是怕姚伯母吃亏了。”

姚太太说:“吃亏不吃亏,我不计较,反正便宜的是公家。”

罗厚说:“伯母,您答应了?”姚宓笑说:“你舅舅、舅妈吵架,叫我们去劝架吗?”

罗厚说:“什么吵架呀,他们从来不吵架。我刚到文学研究社的时候,舅舅对我说:‘你舅妈爱生气,一生气就晕倒。你不理她,她过会儿自己会好;你要是理她,她就鼻涕眼泪的没完没了。你以后看到我们吵架,趁早躲开。’我想,我压根儿躲到文学研究社那集体宿舍去,只是星期天回家;如果看见舅舅、舅妈好像要吵架,就连忙回宿舍。现在我住舅舅、舅妈家了,听他们要吵架,我没处躲,只好躲在自己卧房里。”他哼了一声,接着说:“见鬼的吵架!舅妈哪敢吵呀。她一句话都没说就晕倒了。我等舅舅晚上出去开会,偷偷儿问舅妈。她果然鼻涕眼泪的哭了,哭得好伤心。我安慰她说:‘谁欺负你,我和他打架!’”

罗厚接着说:“嗐,舅妈哪里敢和舅舅吵呀。我从小听我爹妈说起舅妈,他们都瞧不起她。这些年来,他们信儿都没有,我好像是给了舅舅家了。”他顿住说:“伯母耐烦听吗?”姚太太说:“你讲下去。”罗厚就接着说:“陆舅妈是可怜人,她对我说:‘我哪里生气呀,我是伤心。我家穷,嫁给陆家是高攀。亲事是我爹定的。可是我妈妈很早去世了。我后妈要了陆家好大一笔聘礼,却没陪什么嫁妆。陆家人向来看不起我。’舅舅是最小的少爷,任性惯的。舅妈盼姚伯母到他们家一块儿住,舅舅就不好意思发少爷脾气了。”

姚太太说:“唷!”她从没想到陆舅舅家如此情况。

姚宓说:“你不是对陆舅妈说,谁欺负你,你就跟他打架吗?打过没有?”

罗厚嘻嘻笑着说:“我不过背后说说呀,我敢吗?”

姚太太和姚宓都笑了。接着姚太太叹了一口气说:“我住在西小院里,不过是图阿宓上班方便。你们那边,听说院子很大,比这儿大多了。”

罗厚说:“房子也不少,我一个人住一间房,还有一个书房。姚伯母愿意去那边住了?”

姚太太答道:“那边去住,愿意;只是我得有个后路。要不,我把这边住的西小院放弃了,我想收回的老四合院又收不回来,不就两头落空了吗?”

罗厚说:“伯母放心,舅舅肯定会想法把您那老四合院给买回来。”

罗厚觉得完成了任务,很高兴,笑嘻嘻地说:“伯母,我还要告诉您一件事。昨天余太太——余楠的太太叫我代她问您好。她告诉我说:‘余先生因为最高学府没要他,气得饭也不吃,发了两天脾气。他这会儿又在吹牛了,说他当了人民大学的什么主任了,说最高学府培养学生,人民大学却是培养管教学生的干部。’我家有电话,就把家里的电话号码告诉了她,有事可以给我打电话。余先生‘洗澡’瘦了一圈,据说现在又胖回来了。余太太却是又瘦又憔悴,比前次伯母请她吃晚饭的时候老多了。大概是搬家忙坏了。”

姚宓说:“罗厚,你可知道,她是我的大恩人!他们打算批判我的那份稿子,是她为我‘偷’出来的。不知她怎么‘偷’的。将来请她讲,一定好听。”

罗厚说:“哎,只她一个人忙搬家,别人都不帮忙,不过她能留在北京就很称心了。她舍不得离开那两个宝贝儿子。她还顶俏皮呢，说她那位‘香夹臭’的老公……”

“什么‘香夹臭’？”姚宓不懂。

“‘香夹臭’呀，我也不懂。我问了，余太太说：我说的上海话，你们不懂。打个比方好吧，狐臊臭的女人洒上香水，就是‘香夹臭’。”

姚宓想起了余楠的“洗澡”，姚太太也知道。母女俩都忍不住大笑。

罗厚说：“我只见余太太不声不响，忍气吞声，规规矩矩的，谁知她还顶俏皮。她把那位‘香夹臭’老公一定看得很透，伯母面前她不说笑，那天她笑得酒窝都出来了。她跟女儿长得很像。”

正说着，他忽然看看手表，忙说：“伯母，我得走了，叫姚宓送送我吧。”

姚宓送他到门口，他鬼鬼祟祟地说：“你劝伯母搬过来吧。许先生来了，你可以躲在我屋里；杜先生来找他，你就躲到陆舅妈屋里去，叫杜先生心痒难挠。”

姚宓沉下脸说：“我不是早说过，我不做方芳吗。况且许先生、杜先生连我们搬哪儿去都不知道呢。”

“真的，姚宓，你决定搬我舅舅家去吧。伯母可以和舅妈做伴儿，舅舅就不好意思发脾气了。舅舅家的厨子做菜很好，你家不用开伙，你也不用打扫卫生、拖地、擦玻璃了。对了，我想起上海小丫头了。伯母还不知道我不愿意做图书馆的工作，已经分配到外国语学院去了，我现在做朱千里先生的助教……”

“你又不懂法文。”姚宓打断他。恰好沈妈来做晚饭，罗厚忙忙地走了。

姚太太问:“阿宓,怎么说了这么长的话,又是秘密吗?”

姚宓说:“罗厚在外国语学院当助教呢,他和‘上海小丫头’同事了。”她也告诉妈妈,“罗厚说,搬陆舅舅家去,我们家就不用另外开伙。”

姚宓收拾了床上一叠叠衣服,母女俩从容商量搬家问题。她们决定搬到罗厚的舅舅家去。姚太太叫姚宓先写信问问王正、马任之,搬陆家去是否合适。王正、马任之是政治和生活经验都很丰富的老同志,考虑问题比较客观周全,姚家母女和王正、马任之是很亲密的。

王正特地去看了姚太太和姚宓,说马任之正挂念她们搬往哪儿去合适,就搬陆舅舅家去吧。

一个月后,罗厚拿了姚家老四合院的房契和钥匙交给姚太太,说他舅舅让手下办事人员买了一具结结实实的大锁,锁在四合院的门上了,这是钥匙。姚家的老四合院,已由舅舅派人同现在的房主商妥签约买回来了!姚太太就叫姚宓收好。姚宓把房契藏在妈妈的大皮箱箱底,把钥匙和妈妈另外几把重要的钥匙穿在同一个钥匙圈上。

姚太太心里踏实了,放放心心地收拾了家里的东西,搬往陆家去。

第　二　章

得姚家赠书的图书馆是博文图书馆,姚宓得到了通知,就到博文图书馆去报到。图书馆长亲自接见了她。

馆长面带笑容,却很严肃。他拿着一张姚宓亲自填写的表格，对姚宓端详了两眼，他问：

“你就是姚宓？”

姚宓忙回答：“我就是姚宓。”

“今年二十八岁？”

“快二十八岁了。”

“你是民盟陆先生的侄女？侄媳？”

姚宓摇头说：“我和他没有任何亲戚关系。”她只知道馆长姓朱，也懂得小辈对长辈不兴称名，她只称“朱馆长”。

馆长在沙发上坐了，也请姚宓坐。姚宓不敢和馆长并坐长沙发，拉过一张木椅，坐在馆长的斜对面。馆长觉得这个姑娘知礼，他脸上的笑容加深了一层。他慢吞吞地说：“当初令堂要求另设‘纪念室’，本馆从来没有个人的‘纪念室’，很抱歉。不过府上捐赠的善本、孤本，都有姚謇先生的印章，我们一律不出借的。请告诉令堂，请她放心。”

姚宓听馆长把她背后嘀咕的话都说出来了，很不好意思，红了脸说：“那是我私下嘀咕，家母并不知道。”她那副羞惭的容色，很妩媚可爱，可是馆长视而不见，只说他心上的话。他说：“你该知道，管理图书是专门之学。咱们国家从前曾经派送好多位专家出国学习，如今健在的只有梁思庄先生一人了。你虽是新来的一个最年轻的职员，却是我们打算培养的人。我们博文图书馆是为人民服务的，只有付出，没有收回，没有能力送你出国深造。目前燕京大学并入新北大了。燕京大学的编目属全国一流，每本书有两套卡片，一套以作者为主，一套以作品为主。查了作者卡，你就知道这位作者还有什么其他作品；查了作品卡，你就知道这件作品出自哪位作者。其他图书馆认为这是笨工作,都偷懒不肯费功夫了。清华、燕京相去不远,清华图书馆就只有一套卡片。你以后见见梁思庄先生,向她当面请教。燕京的宿舍,你挤不进去,我已经拜托你那位陆舅舅和清华的有关领导打过招呼,试试让你借住一下清华女生宿舍,也许没多大问题。”

姚宓心想在新北大进修不如留在本校宿舍方便,她自己想办法。

馆长接着问姚宓:“你通几门外语?”

姚宓说:“学过英文、法文。”

馆长说:“不行,凡是有代表性的文字,你都得学,也别忘了咱们本国的古文。”

姚宓说:“古文,家母也教过我。”

馆长说:“中文系李主任的课,你可以去旁听。”他概括说:“有一位杨业治教授,英文、德文、意大利文都好,不过,他现在只教德文,你可以旁听他的课。许彦成先生,你在文学研究社就由他指导,你可以旁听他的课。最高学府现在有哪位法文好,我不知道了。温德先生的法国文学不错,但是口音不行。俄文,你学过吗?”

姚宓说:“从没学过,只读过英文翻译的托尔斯泰的《战争与和平》,陀思妥耶夫斯基的《卡拉马佐夫兄弟》,还有《契诃夫全集》。”

馆长说:“译者是专译俄文的有名女专家,能读她的译文就行,你年纪也不小了,还要从‘阿、勃、勿、格、得’读起,也太累了。好,你到隔壁去,请赵明同志过来。”隔壁只隔着一片薄薄的木板,显然是特意这样隔的,这边的话,隔壁全听得清清楚楚。

姚宓把隔壁的赵明同志请了过来。馆长说:“这位赵明同志是博文图书馆员工班的主任。你业务学习,请梁馆长指教,政治学习,由赵明同志领导。”他说完,点点头就起身走了,姚宓对他深深鞠躬,他也没看见。

赵明同志笑着看姚宓向馆长的背后鞠躬,他说:“姚宓同志,你好大面子,馆长亲自接见。馆长的话你都听见了吧。我们这儿,每星期一上午政治学习,时间不长,顶多一上午,有时候两三个小时,别忘了。”

第 三 章

姚宓回家把博文图书馆馆长如何接待她告诉了妈妈。姚太太说:“既然你在学校已找好了住的地方,你就搬到学校去住吧,反正要带的东西不多。”姚宓就收拾了必要的东西准备到学校去。

这天下午,她找罗厚为她扛了铺盖卷儿,提了其他行李,她自己也拎了大包小裹乘公交车到学校,找到了女生宿舍。罗厚又不会什么客,他立即回家,让姚伯母知道女儿已经安然到校了。

姚宓同宿舍的学生帮姚宓把行李搬上三楼,同房间的是个高个儿的女孩子。她很热心,帮她打开铺盖卷儿,还帮她铺床,还带她到洗漱室安放了脸盆脚盆,并告诉姚宓厕所就在洗漱室旁边,洗澡有分隔的小间。她们俩回房,这女孩子又帮她整理书桌。

姚宓说:“我得到图书馆去报到吧?”

同房间的学生说："你向谁去报到呀？这会儿梁馆长又不在图书馆里。一会儿就要吃晚饭了，我带你上饭厅吃晚饭。你还没买饭票呢。不要紧，用我的就行。我叫小李。"

姚宓说："我叫姚宓。"

"叫你姚姐姐行吗？"

"我就叫你李妹妹。"

那女孩子说："我学名李佳，大家都叫我小李。我没有妹妹，我是独养女儿。我要有个妹妹多好啊！我就可以做李姐姐了！"

姚宓觉得她天真可爱。她跟小李同吃了晚饭，小李又为她画了一张学校的地图，带她上四楼屋顶一一指点：哪里是图书馆，哪里是大礼堂，哪里是教学楼等等。她忽然遥遥指着说："快看！快看！"

真是无巧不成书，姚宓看见杜丽琳挽着许彦成的胳膊，亲密地向校门走去。两人的脸色都很难看。姚宓暗想："他们准是又在吵架呢。"

她问小李："你认识他们？"

小李说："啊呀，姚姐姐，他们是新来的外语系教师，女的专教口语，咕噜咕噜一口英国话，还会说美国话。英国话、美国话不都是英语吗？她还有个分别，真了不起！她最洋，绰号'标准美人'，可是我爸爸不喜欢她，说她太'标准'。姚姐姐，你是天然美，你是一级，她只是二级。"

姚宓笑说："从没听说美人还有一级二级。你也是美人，一级还是二级？"

"我是野小子。我会跳高跳远，还会撑杆跳。妈妈怕我摔伤,爸爸警告我,千万不能做运动员——呀,该回屋了,你明天还得见梁馆长呢。”

姚宓确也累了,不过上了心事。许彦成是经常跑图书馆的人。她见了许先生,不管是许先生独自一人或是有杜丽琳陪着,她怎么说呢?她把陆家的地名夹在笔记本里,准备面交。

第　四　章

姚宓料得不差,许彦成和杜丽琳这夜确在吵架。杜丽琳逼许彦成交代他和姚宓的关系呢。经过了一番“洗澡”,又忙着搬了一个家,许彦成肯定自己没有对不起杜丽琳,是杜丽琳对不起姚宓。他冷气直冒,干脆不客气说:“你以为她是我的情人吗?”

杜丽琳冷笑两声,不搭理。

许彦成冷气换成了火气,使劲儿说:“无耻!”

“谁无耻?”

“这用问吗?”

“这是你对我说的?”

许彦成说:“去告诉你的党委书记大人,去告诉你新交的那几位名师吧!”杜丽琳气得眼泪直流,抖声说:“家丑不可外扬,你是要逼我闹离婚吗?”

“我逼你?你不是在逼我吗!”

杜丽琳改用英文说:“小声,别让阿姨听见了外面说去。你不顾我的脸面,我还要做人呢。咱们是新来的老师呀。”

许彦成一声不响,照例钻他的“狗窝”。他现在的“狗窝”却是一间很大的书房。杜丽琳独在客厅灯下哭泣。

姚宓看到杜丽琳勾着许彦成的那副亲密劲儿，确也窥到了亲密中的文章。

第二天早饭以后，她问小李："梁馆长哪儿去找？"

小李说："你到了图书馆，碰到随便谁，你就说要见梁馆长，他会带你去。"

姚宓见到一个学生，就请他带她去见梁馆长。据小李说，紧贴着图书馆，有一间馆长办公室。馆长是有名的女专家，顶和气的，她的办公室挨着借书处，很容易找。

姚宓刚到图书馆，就碰见了许彦成。她立即把那张抄着陆家地名的纸，塞给许先生，一面说："现在我就在这儿学习编目。今天我来向馆长报到。"

许彦成很出意外，他看了姚宓交给他的地址，点点头，随就领她到馆长办公室去，一面说："告诉姚伯母，这星期六准来看伯母。"他说完低着头走了。

馆长见了姚宓，笑说："姚宓，博文图书馆馆长早给我打过招呼，叫我照顾你。你的活儿很轻的，你就在这里学习编目。你得看些书。有关图书管理的各种主要学术论著，最好都熟悉一下。我这会儿先给你开个书目，你找几本来看了再说。"

她开了书目，对姚宓说："你不是我们图书馆的职员，你是来进修的，和学生一样，周末休息。"她亲自把姚宓送进书库。

姚宓忙去找书，忽见许彦成走到她身边说："阿宓，我好想你。"

姚宓吓了一跳。她说："这是书库呀。"

许彦成说："教师可以进书库。"这也等于说："以后我们可以天天见面。"

姚宓激动得书也不会找了，全是许彦成帮她找到的。幸亏这天书库里没几个人。

姚宓回宿舍吃饭，小李在等她。姚宓看了她的笑脸，不由得心上喜欢。她说：“小李啊，我真是好运气，能和你同房间。”

小李说：“哪里是好运气呀，是我挑的。这屋里原来是三个人住，派给你同房间的人不愿意和陌生人同住，我就和她交换了。”

“你不爱三个人一间？”

小李说：“我嫌她们闹。她们爱说说笑笑，我爱看书。”

姚宓说：“太好了，我也爱看书。”两个人都高兴得笑了。

小李带姚宓进了宿舍里的女生食堂，先为姚宓买了饭票，又要了两份饭，三样菜，找了个僻静的角落，俩人分端了饭和菜一同吃饭。

姚宓忍不住说：“小李，你真好！”

小李一团孩子气地说：“姚姐姐，你真美！我最崇拜美人。”

“你自己不也是美人吗？”

“我是野小子，谁也不赞我美。”

姚宓笑说：“我也没人赞我美呀。”

两人都笑了，很亲密地一同吃了午饭。

小李笑嘻嘻地说：“姚姐姐，我发现你的被子和衣服都特讲究，干吗罩着一件灰布制服呀？你是假装朴素吗？”

“为什么要假装呀？”

“我爸爸是这里中文系的主任，主任还没钱吗？不过这儿主任多着呢，孩子多了，就穷了。同学里有阔学生，吃穿都讲究，同学看不起她们，不跟她们好。”

姚宓笑说:"你会装穷,所以人人喜欢你?"

小李笑出两个深深的大酒窝。她说:"姚姐姐,我很会假装呢!"

这话引发了姚宓的孩子气。她说:"我就揭发你!"

小李说:"我嗅觉灵敏,嗅出了姚姐姐最可靠,不做对不起人的事。我还假装……不说了,咱们得吃饭了。"

姚宓看着小李单纯可爱,心里一动,有了一个好主意。周末回家,她要和妈妈谈一件要紧事。

这天下午四点左右,图书馆长又来看姚宓,看见她还认认真真地看书呢。她说:"你读完了?"

姚宓说:"都读完了,也许读得不够仔细,只粗粗地看过,知道一个大意。"馆长点点头说:"这样就行。照你这样进修专业,不用两年,一年就足够了。"

她拍拍姚宓的肩膀说:"还有一句话我忘了说。我不是答应照顾你吗,你星期六吃完午饭就可以回家,免得下班的时候,挤不上公交车。"

姚宓感激得站起身说:"谢谢馆长。"她恨不得对馆长鞠躬呢。馆长笑了,姚宓也笑了。

姚宓很愉快地回宿舍,和小李吃完晚饭,手挽着手,同到校园散步。

许彦成想到姚宓在本校图书馆进修,不能不告诉杜丽琳,她迟早会知道,准会怀疑他隐瞒着什么。但是杜丽琳到吃晚饭时才回家。

晚饭以后,阿姨在厨房洗碗。许彦成把姚宓在本校图书馆进修的事告诉了杜丽琳。

杜丽琳看了许彦成递给她的姚家的新地址，没说一句话。

许彦成说："我星期六进城去看姚伯母，你也同去吗？"

杜丽琳长叹一声说："你放心吧，我已经认命了，命里注定，我这一辈子是丈夫厌弃的妻子。感情是不能勉强的。我痴心等待你对我说的那三个字，你早已给了别人了。我何苦一辈子泡在醋里呢！你已经承认你们没有一点不正当关系。这种话何必多说呢。"

这个星期六午饭以后，姚宓不回从前文学研究社的西小院了，她直接到陆舅舅家去，她以前去过。姚太太正在那边等她呢。姚太太带着姚宓看了她们的新居，又带她去见了陆舅舅、陆舅妈。大家都很高兴。

第　五　章

姚宓和许彦成先后脚到姚家新居。姚宓刚和妈妈说："妈妈，我今晚有要紧话告诉妈妈呢。"许彦成跟脚就来了。他问了姚伯母好，说："丽琳有事不能来，叫我问伯母好"。

姚宓说："她不是教口语吗？她也集体备课？"

许彦成说："咳，她现在是系里的大红人。她结交了许多学校里走红的朋友，忙着呢！"

许彦成和姚太太谈了些别后的事，姚太太又介绍她见了罗厚的舅舅和舅妈，罗厚却不见人影儿。陆家舅舅、舅妈要留许先生吃饭。许彦成说："我说定要回家吃晚饭的，得走了。"他匆匆回校了。

姚太太问女儿："你的要紧事是关于许彦成的吗？"

她看到许彦成对阿宓留恋的情意，却好久没看到阿宓这么轻松愉快了。

姚宓说："和许先生不相干，是关于罗厚的，妈妈，从搬到了这里来，陆家舅舅、舅妈都把我看作未来的外甥媳妇了。就连罗厚，恐怕也这么想了。可是，我和罗厚性情不相投。他很能干，将来会成实业家，不过他毫无头脑，没有理想。我是喜欢有理想的人。"

"实干和理想也许相反相成呢。"

"不，妈妈。妈妈知道相反不一定相成。"

妈妈点头说："彦成是有理想的，可是他那位夫人很有点俗气。"

姚宓又轻快地笑了。她说："我是为罗厚找到了一个合适的伴侣，才和妈妈提这个话的。她天真、活泼、聪明、爱读书。"

妈妈还想听她说下去，阿宓却不肯多说了，只问妈妈："假如我嫁了罗厚，我会称心吗？"

妈妈想了一想，慢吞吞地说："你讲的确也有理，我早说过，我决不干涉你的婚事，决不勉强你。"

姚宓说："我这会儿跟妈妈声明了，心上舒服多了。"

姚太太好久没看见女儿轻快的笑容了。她想："阿宓和年轻女孩子一起生活，也活泼快乐了。"

母女还像从前一样，睡在一张床上。姚太太听女儿一会儿就睡得声息全无，她却反侧了好久才入睡。

姚宓一老早就乘公交车到校，小李正在食堂吃早饭呢。书桌很整齐，小李是爱整齐的女孩子，姚宓也是爱整齐的。她们的书桌上放着整整齐齐一叠版本很好的《左传》，不是图书馆借的。书架上却都是英文书，有诗歌，小说更多，也是家藏的。桌子上摊着一本笔记本儿，本儿上是小李摘录的《左传》。

小李吃完早饭上楼，看见姚宓正在看她的笔记，忙双手掩住笔记本儿说："姚姐姐，我的字太糟了。"

姚宓说："小家伙，你不是杜先生的学生吗？怎么又在用功读古书呀？"

小李笑得酒窝都出来了。她说："我是中文系的学生呀！偶然也旁听外文系的课。"

"哦，中文系的。我明白了。可那天吃饭的时候，你说了半句话，没说完，你说'你会假装'，你是中文系，却假装外文系，对不对？"

小李说："不对，我是名正言顺的中文系的学生。我爸爸说：'现在中学里只着重数理化和英文，学生对中国旧学，简直一窍不通。'所以叫我读中文系，补读些必读的旧书。我那天说的'假装'……"她忙咽住不说了，只说："不能说的，我对谁都不敢说。不过，姚姐姐，我嗅觉很灵敏，我是小狗，我闻得出人。姚姐姐和别人不一样，说给你听也不怕。"她却怕人听见似的附在姚宓的耳上，轻声说："我怕做运动员，我就假装晕倒，晕两次不够，我晕了三次。"她眨巴着眼睛对姚宓笑。"我妈妈还在找大夫开请假条儿，免我剧烈运动。"她接着说，"姚姐姐，你快上图书馆去吧，我今天第一堂没课。咱们吃完饭再讲。"

姚宓估计自己还不太晚，她缓步走到图书馆。她换了一件很考究的薄夹衣。许先生还没看见她从前的好衣服呢。她只对妈妈说“学校里没有人穿灰布制服了”,她带了几件好衣服到学校去,姚太太没注意。小李却立即看到了。她说:“姚姐姐,你的衣服真美。幸亏你只躲在书库里学习,要不,准有人要追你了。”

“有人追你吗?”

“没人敢。”

“为什么?”

“我假装不认识他是谁。别人指出了他,我就当众把信还给他,一面说:‘你敢把你写的那些肉麻话念给大家听吗?’别人就会把他的信抢去,念给大家听。他的脸都丢光了。”

“是你爸爸还是你妈妈教你的?”

“他们不管我的事,我自己想出来的。姚姐姐,肯定有人追过你。”

姚宓摇头说:“从来没有。”她说罢觉得自己不够老实。她也不能说没和谁通过信。她换个话题说:“自从我爸爸去世,我就得挣钱养家了。”

小李说:“有钱人家,哪会一下子就穷呀?”

姚宓说:“我讲的是真话。”她说了她父亲怎样耗尽了全部家产。

“我家也差不多。我们原先是官僚地主。一解放,我家忙把田地卖了,‘李氏义学’也捐给国家了。不过,你家可算无产阶级了吧?我家还是资产阶级。大学教授不都是资产阶级吗。我填成分的时候瞒了一点小事,这可是千万不能说的。”她顿住口好半天,不等姚宓追问,又说:“姚姐姐,我知道姚姐姐和别人不一样,告诉你也不要紧。我说我家是教师成分。”

“大学教授不是教师吗?”

小李放低了声音,在姚宓耳朵里说:“我爷爷是‘学老师’。你知道‘学老师’吗?‘学老师’是个官名。”

“‘学老师’,那是什么官呢?”

“你果然不知道。姚姐姐,你可千万不可以说出来的。我爷爷是个举人。举人做了‘学老师’吃朝廷的俸禄。我的再上一辈,是进士出身,做过很大的官。幸亏我们填成分不问上辈,我都隐瞒了。姚姐姐,我知道你不会戳穿我的。”

姚宓叫她放心。她们俩分享着许多秘密,两人更要好了,成了无话不说的好朋友。

第　六　章

小李告诉姚宓:“我爸爸很赏识许彦成先生。”她觉得姚姐姐一惊,好像脸都红了。她说:“姚姐姐认识许先生吗?”

姚宓只好说,许先生从前是她的老师。小李顶乖觉,她怀疑姚宓看中许先生,或是许先生看中姚宓。她说:“爸爸说,标准美人出风头,不稀奇。许先生淡定低调,装得自己庸庸碌碌,装成庸中之庸,很不容易啊!他老是忧忧郁郁的,肯定和那个标准美人合不到一处。”

姚宓装作不经意地说:“许先生和杜先生很要好的。”她急着要改个话题,就说:“你爸爸和妈妈一定很要好,他们爱说爱笑吗?”

小李说到她妈妈,不由得自豪地说:“我妈妈是奇女子!我妈小时候不肯裹脚,逃到了她姨妈家。姨妈还算疼她,可是姨夫很小气,把她当丫头使唤。有一晚,姨夫发现她一个人偷偷在灯下读书,就把她打了一顿。她十六七岁逃到北京,到人家帮佣。后来她考取了师范学校,毕业成绩第一名。她就做了商务印书馆的职员。她由商务印书馆的一位编辑做媒,介绍给爸爸的。爸爸说我性格像妈,相貌像他。"说着,她拿出一幅全家福的照片,问:"姚姐姐,你觉得我像爸爸吗?"

姚宓说:"很像。"

小李说:"我觉得我妈是天下最好看的女人,我不如爸爸好看。"

"你妈妈很严肃吗?"

"一点儿不,她很爱说笑。她穿衣服比爸爸和我讲究。"

姚宓说:"你妈妈算什么成分呢?"

"职员。"

姚宓说:"你妈妈真了不起!我真羡慕你。"她越发拿定主意要给罗厚介绍这个对象了。她也很想见见小李的妈妈。

她找了一张罗厚的照片给小李看,说:"这个人算是我的表哥,因为他是陆舅舅的外甥。"

小李说:"他好帅呀!可是他完全没有帅哥那种气派,他不臭美。"

姚宓拿着照片说:"送给你,要不要?"

小李摇摇头,可是她又拿来仔细看了,好像很喜欢。

姚宓回家对她妈妈说,自己同房间的女孩子非常可爱,下次带她来见见妈妈,行吗?姚太太果然很有兴趣。

姚宓打算邀请小李到她家去,她得见见小李的父母。她问小李:“我想请你到我家去,我是不是先得求得李先生和师母的准许呀?”

小李说:“得求得他们准许,因为我今年才十七岁,还没有成年呢。”

“我上大学时,比你大一岁。今年我快要二十八岁了。日子过得真快! 小李,这个星期日下午,我想到府上拜见李先生和师母,问问他们是否准许你到我家去。反正我只问个准许,不会耽误他们的工作。”

姚宓到李先生家拜见了老师和师母。师母非常清秀,比姚宓想象的美得多。她和小李一点儿也不像。小李的相貌完全像爸爸。她那两个深深的酒窝,在爸爸脸上却是两道深深的皱纹。

李师母早就听她女儿讲姚姐姐了。她已经准备了晚饭,要留她多坐会儿。她说:“晚饭后,我送你回家。”

姚宓说:“晚饭后我自己会回家。不过我得和妈妈通个电话,告诉一声。”

接电话的是陆舅舅。他说:“阿宓,你在哪里? 说得出地名吗?”

姚宓说了李先生家的地名。她说:“不远,舅舅放心。”

陆家舅舅说:“我派车来接。你别出门,等着车,免得两头跑个空。”他说完就挂上电话。

姚宓觉得不好意思,先悄悄告诉了小李。她说:“小李,你对妈妈说,我的陆家舅舅是‘汽车阶级’,他要派车来接。”

李师母已经听见了。她说:“嗐,我想送你回家,趁便见见你妈妈。既然你那位陆家舅舅要派车来,只好等以后再见面了。”

姚宓看到李家的陈设，远比陆家讲究。他家挂的字画都是名家手笔。房子也很好。虽然陈旧，门窗隔扇都非常精致。李家是举人，进士出身。“学老师”这官名她都不知道，她妈妈也许知道，回家得记着问问。她暗想：陆家舅舅不过是民主人士罢了。

李先生也知道陆家舅舅的大名。他毫无老师架子，对姚宓像慈父。姚宓记得自己家的四合院，比李先生家差多了。小李是住惯了这种房子，不知道自己家境多么优越。

他们四人一桌，菜也不多，都很可口。姚宓特爱喝他们的不知什么汤，没好意思问。她喝了满满一小碗汤，门上传进话来，陆家的汽车来了。

姚宓很有礼貌，认为车可以等人。她在李家谈完了话，才起身告辞。

姚宓到家，只她妈妈还在等她，别人都睡了。

姚宓问妈妈，什么是“学老师”。

妈妈说：“那是官名，中了举，才能当‘学老师’。你那个小李，脾气犟吗？厉害吗？”

姚宓细细地把小李的言谈举止一一向妈妈讲，又讲了李家的房子、家具、陈设等等。妈妈听得很有兴趣。她说，一定得把李家人都请来。她又问女儿：“李先生不常请客吧？”

姚宓想了一想说：“好像他从不请学校的人到他家去。”

妈妈点点头说：“你那位李先生很有道理。小李也很聪明，知道姚姐姐和别人不一样。”

姚宓存心要把罗厚介绍给小李。可是陆家人和她妈妈都把阿宓看成罗厚的未婚妻。姚宓虽然向妈妈声明罗厚和她性格不相投,但妈妈并未放弃这个打算。将来小李见了罗厚准以为姚姐姐给她介绍的是自己的未婚夫呢。她得趁早跟小李说说明白。

下周到学校之后,姚宓对小李说:"我要给你介绍一个男朋友,可以吗?"

小李急忙说:"不行,我还小,爸爸妈妈早说过,'进了大学可不许交男朋友,好好念书。'"

姚宓说:"不过认识认识,不是谈情说爱的,决不妨碍你学习。这个人,我家都看作我的未婚夫。可是我决计不会嫁给他的。"

小李调皮地说:"姚姐姐心上有一个人了。"

姚宓说:"对,可是我和他只是纯粹的朋友。我要给你介绍一个非常合适的朋友。这句话,你记在心上就行。我妈妈和陆家目前都想垄断我的婚姻呢。"

这个星期日上午,许彦成来拜访姚太太,知道了姚太太要请客,就说:"伯母,我就走了。"

姚太太说:"你是我多年的老朋友,阿宓说,李先生称赞你有学问、有见识。你该帮我招待客人。"

但许彦成还是客气地辞谢了。

陆家舅舅连最高学府的中文系主任都没听说过,可见李先生在学校多么低调。李先生一家由陆家的汽车接来了。一家人都很朴素,小李和平时一模一样,并没有打扮,只李太太穿得比较考究。

罗厚在门口接见了客人,把他们让到客厅里。小李见过了一位陆伯伯、一位陆伯母、一位姚伯母，没有和罗厚招呼。她悄悄地问姚宓："那一位，我怎么称呼？我总不能叫他罗厚同志呀。"

姚宓笑说："叫他猴儿哥。他小名就叫猴儿。"

"姚姐姐，我该叫罗哥哥吧？"

"骡子比猴儿更是畜生。"姚宓想了想说，"他是齐天大圣弼马温，叫他温哥哥吧。"

小李低声说了两遍"温哥"，觉得很顺口。

姚宓叫罗厚过来给他介绍说："这位是我的新朋友小李。你叫她李妹妹。你是齐天大圣弼马温，这名字太长，就叫温哥哥，怎么样？"

罗厚笑嘻嘻地叫了一声"李妹妹"，小李笑着叫了一声"温哥哥"，声音小得都听不见。姚宓看到罗厚对小李很喜欢，小李对温哥哥很仰慕。

姚太太看到这个大酒窝姑娘，酒窝里填满了甜软的笑，喜欢得搂在怀里说："这孩子太可爱了，认我做干妈吧！李师母，我的阿宓太一本正经，我不要她了。"

姚太太是何等聪明的人，她见了女儿这个小友，立刻完全明白了女儿的心意。她是要为罗厚找个对象，摆脱她自己。

李师母笑说："我这个没头没脑的傻孩子，姚伯母不嫌弃啊？我正羡慕姚姐姐又有学问，又有头脑，咱们交换，让我也认个干女儿吧！"

姚宓笑着过去挨在李师母身边，和她贴贴脸，表示亲热。

陆舅妈高兴说："认干亲是要送大礼的。"

姚太太说："我们是交换，一切俗礼全都免了！我是光棍无赖，舅妈休想从中取利！”

大家都哈哈笑。这天宾主尽欢而散。李家仍由陆家的汽车送回家。

第七章

姚宓注意到李家的房子虽然比她们家的好，却不像陆家有那么大的花园。李家四邻都是相仿而较小的四合院，李家杂在中间也不惹眼，只显得比别家旧。她想：这么大的房子原先准有个大花园。她第一次到李家是大白天，所以当时就注意到了。她想起小李的话，猜想花园准是归公了。

她到校问小李。小李说：“可不是吗！那时候地租很贵，实在交不起，只好归公了。我已经记事了，我家前前后后的房子，都是后来盖起来的。盖房子真闹人，近两年才安静下来。姚姐姐，你怎么什么都知道？”

“我家从前有一所两进深的四合院，虽然房子没你家的大，后面也有个花园。”

她接下说：“陆家有个很大的花园，不知原先是什么人家的。哪天我带你到花园去玩玩。下星期六，我叫你的温哥哥来接你，好不好？我妈妈想你呢！”

小李很高兴，她笑着说：“我也想我的干妈，你干妈也想你呢！”

据陆家司机说：他那天接送李先生一家，走了冤枉路。陆家的汽车特大，只好规规矩矩走大道，其实他们两家并不远，坐十六路公交车，至多六七站路，而且下车不用走几步路就到家了。

姚宓听了这话，拿定主意，再也不用陆家的汽车了，太招摇。她邀小李到她家玩，就请罗厚送李妹妹回去。

李先生在姚家宴会时注意到这个“敬陪末座”的青年人气度不凡，对他颇有兴趣。他猜想这人是姚宓的未婚夫，想亲自问问。所以他请罗厚到他家吃晚饭。他说：“只是便饭，别客气。”

罗厚下次送李妹妹回去，就在李家便饭了。李先生问他哪儿工作，他说，在外国语学院，毕业后留校当助教，现在是讲师。

李师母问起从前文学研究社的事，罗厚讲了朱千里“洗澡”的故事，逗得人人大笑。

客人走了，李先生对老伴说：“这孩子不俗。”

李太太更有兴趣，因为做妈妈的比较敏感，觉得女儿很崇拜他。她问女儿：“温哥哥是不是姚姐姐的未婚夫？”

小李不敢告诉妈妈，姚姐姐特地为她介绍温哥哥做朋友的，她只讲了温哥哥从前怎么保护姚姐姐，怎么和流氓打架的事。小李的爸爸妈妈觉得这个年轻人很侠义，对他更器重了。

小李说：“姚姐姐只把他当亲哥哥，亲哥哥怎么能做未婚夫呢！反正她怎么也不嫁给他的。”她附着妈妈的耳朵说：“告诉妈妈一个秘密，只有我知道的秘密。姚姐姐心上有一个人。”李太太听了这话，心上踏实了。她说：“放心，除了爸爸，我不会告诉别人。”她也附着李先生的耳朵，说了这个秘密。他们心上都踏实了。

第　八　章

姚宓拿定主意，她决不能让妈妈知道她和许先生天天在书库见面,也决不让许先生和她说话,因为保不定会有人看见。她妈妈只知道女儿在图书馆工作,图书馆的规模她也不全知道。李先生家藏书丰富,不用借图书馆的。至于杜丽琳,她是从不跑图书馆的,姚宓尽可放心。

一年以后,姚宓进修期满,又回到原先的博文图书馆。博文图书馆已并入市图书馆。市图书馆等待编目的书,一批又一批地送来。姚宓工作努力,效率特高,市图书馆为她评定的工资相当高,而且市图书馆离她家不远。她清早喝一杯鲜奶就赶去上班。中午吃食堂。五点下班。工作虽忙,她不像教师得准备功课,也不像图书馆其他员工,假期特忙,不得休息。她只在书库里编书目。当初博文图书馆馆长照顾她,星期六只上半天班。市图书馆照样照顾她,星期六也只上半天班。

姚宓回家后,可以读书到夜深。她夜夜还是抱着妈妈的病脚同睡一床。姚太太和陆家合伙,陆家只收她四分之一的伙食费,和自己家开伙相差无几。姚太太这两年开始有富余的钱让女儿买一双新鞋,或添一件新衣服之类。姚宓的古董衣服,料子原是上好的,配上新式点缀,让姚宓显得更年轻了。她在同事中交了些新朋友,也更活泼了。每星期六,她照旧和小李家来往。每星期天上午,许彦成总来看望姚伯母,当然也和姚宓相见。姚宓见了许先生,照常总那么淡淡的。

第 九 章

这年春分前后,许彦成忽得他伯父来电报,通知侄儿:妈妈病危。许彦成和杜丽琳忙向学校请假回天津。但是他们赶到天津,许彦成的妈妈已经走了。据他伯母说,他妈妈的胃癌加重,自己觉得不好,说肚里胀痛,只怕不行了,趁早叫彦成和丽琳回来见个面。想不到她去得很快,昨天晚上就去世了。

许彦成很伤心,觉得自己一辈子对不起妈妈,无法叫她称心,连她临终想见他一面,他也未能让她如愿。他大伯母安慰他说:去得快是她的福气。彦成还是很伤感。

杜丽琳想带女儿同回北京,小丽却连爸爸妈妈都不认了。她已经上幼儿园,只和姑姑好,对爸爸妈妈只像陌路人。她衣服很整洁,相貌也不错。许彦成说:“这孩子像谁呀?”

他伯母说:“就像你的父亲。”

许彦成是遗腹子,当然不知道父亲的相貌。他这位古怪的妈妈,不知出于什么迷信,连照片也没有留下一张。

杜丽琳不能哄女儿跟她回北京,痛哭了一场。

许彦成的伯父原是开诊所的,解放后,私家诊所取消了。伯父当了本地区医院的内科主任,每天忙得吃饭也没工夫,只好大口吞。幸亏晚上能回来休息,医院有值夜班的大夫。他这天老晚才到家,见到了彦成夫妇,他们好久没见面了。这晚上,他们一同商量怎么为彦成的妈妈办后事。老太太曾经对哥嫂说,留骨灰是骗人的,只给一点点,叫人家死了也不得全尸。埋在坟墓里呢,旁边坟里都是死人,死人都变了鬼了。她怕鬼,所以宁愿不留骨灰,她就干脆什么都没有了。许家就按照她的遗愿,办了她的后事。

杜丽琳有一枚陪嫁的钻戒,曾交许伯母保管。她这次回天津,就问许伯母讨还这枚钻戒。许伯母忙取出这枚钻戒还给丽琳。她对丽琳说:“这么大的钻石不多见的。”许伯母觉得带着钻戒上火车太惹眼,特为她细针密线缝在内衣口袋里。杜丽琳回北京后,也不敢放在那个没有关栏的宿舍里,只好缝一只小口袋,系上带子,挂在身上。她的钻戒一直是这么挂在身上的。直到后来再婚做新娘,才戴在手上。

杜丽琳失去了一个女儿。许彦成的妈妈虽然不喜欢他,他还是觉得失去了妈妈。两人都含悲回学校。

第二部

第 一 章

一九五七年早春,全国都在响应号召,大鸣大放,帮助党整风。陆舅舅很起劲,他对姚宓说:"阿宓啊,你瞧着吧,学生都动起来了,要上街了!"

姚太太和王正、马任之是很要好的。王正、马任之都亲耳听到党关于"敞开思想,大鸣大放"的动员报告,但他们是很理性的人,有他们自己的认识。他们来看姚太太,和姚太太交换过对整风运动的个人意见。姚太太和女儿私下讨论,姚宓说:"我不是党员,不用太积极,只求'安居中游'。不过,中游也不稳当,最好少发言,只说自己'觉悟不高','认识不足',总比多说话稳当。"

陆舅舅一度很兴奋,很热衷,觉着这是国家大事。

姚宓不敢把王正、马任之他们的意思说出来,可是爱护舅舅,还是劝了一句:"舅舅,说话小心啊!"

陆舅舅说:"你小孩子家懂什么,这可是国家大事啊!"姚宓就没再多说。

陆舅舅没想到早春天气,阴晴不定,第二天醒来,风向突转,气候大变。他的鸣放言论,让他犯了大错,受到猛批。他吓得不能睡,饭也吃不下,他病了。

姚太太有个庶出的妹妹,嫁在陈家,是姚宓的陈姨妈。她丈夫去世后,因媳妇不贤,她想投奔北京的姐姐。她从天津写信来问是否能留她住下。

陈姨妈不如姐姐美,身材高高的,也很俊俏。脾气性格和姐姐很相像。她和姐姐一样,很沉静,也很有主意,不过她特能干。姚太太是家里的宝贝,她一点儿不能干。

陈姨夫性情狷介,以前因为姚家阔,不愿攀附,所以姊妹也疏远了。这次姐妹暮年相见,都不免伤感,姚家老一辈的亲人,只有她们姐妹俩了。现在姚太太已经瘫痪,走路得拄着拐杖了;陈姨妈呢,相依为命的丈夫去世了。姊妹俩紧紧握着手,都凄然泪下。姚宓在旁想起自己父母双全时的情景,也不免泪下。

陈姨妈第一次来姐姐家,略显身手,做了几个好菜。陆舅舅已病了两天,顿顿稀饭咸菜,不免害了馋痨,吃到可口的好菜,便放怀大吃,一下子吃得过饱,半夜起床,中风倒地了。

他是个大胖子,瘦弱的陆舅妈扶不动他,只好去找罗厚,叫他帮着扶扶倒地的舅舅。

陆舅舅实在太胖了,扶不动,而且脸色已经变了。他瞪着两眼,伸着一个指头,不知指着什么东西,好像想说什么话,却一命呜呼了。

罗厚急了,说:“咱们找姚伯母吧。”

陆舅妈说:“胡闹! 她是中过风的。咱们千万不能找她,瞒她还怕来不及呢。”

陆舅妈向来是不动脑筋的,这时急了,忙想了想说:“我想起一个人来了。你陈姨妈不是老伴儿去世不久吗,咱们这会儿守着舅舅,明天一早,我悄悄地过去问问陈姨妈。”

陆家和姚家距离相当远。陆家住在花园深处,姚家却住在近门口处。罗厚没见过死人,陆舅舅面貌也实在可怕。罗厚和陆舅妈都觉得害怕,亮着灯在外间坐了一夜。第二天早上,罗厚告诉舅妈:“待在这屋里怪害怕的,让我过去找陈姨妈吧。”

罗厚跑到姚家,姚宓还没醒,姚太太还没起来,陈姨妈倒是起来了,正在洗脸漱口。她看见罗厚探头探脑,轻声问:“找阿宓吗?她还没醒呢。”

罗厚说:“陈姨妈,我舅舅不好了。”

“怎么不好?”

“我舅舅死了。”

姚太太耳朵特聪,在里间听见了。她很镇定,忙起来问罗厚:“舅舅怎么了?”

罗厚哭着说:“他走了,我怕吓坏了姚伯母。”

“舅妈呢?”

“她一人在家守着我舅舅呢。舅妈让我过来问问现在我们该怎么办?”

陈姨妈说:“你得先找街道红医站验看遗体,开死亡证明,然后到派出所在户口簿上注销你舅舅的名字,才能火化。他属什么单位,请他们来个人,帮着料理后事。”

姚太太一点儿经验都没有,因为她自己是中风。

罗厚急忙打了电话,通知了民主同盟。

姚宓已经起来了。姚太太由女儿扶着同到陆家去。陈姨妈也要过去,姚太太说:“你是刚来的客人,我们都要对遗体叩头行礼的,陆舅舅不能受你的礼,你只能算一个吊丧的客人,况且你刚下火车，该休息一下，你在这儿看家吧。”陈姨妈觉得姐姐说的不错，就留在姚家休息。

民盟机关反右斗争正在火热进行，接到电话后，答应派人来帮着料理后事。陆舅舅是犯有严重错误在受批判的对象，所以丧事从简，一切低调处理。

姚太太对陆舅妈、罗厚和姚宓等说：“单位上照例要问‘家属有什么要求’，咱们自己识趣吧，咱们还能提出什么要求呀！还有谁给他开追悼会吗！咱们就说：‘什么要求都没有，骨灰也不留。’我记得陆舅舅说着玩儿说过，他不留骨灰。陆舅妈也记得。”

姚太太又说：“咱们家里人，磕三个头送送就完了。”

她们母女和过来报丧的罗厚，一起到陆家，会合了陆舅妈，同向陆舅舅的遗体告别，磕了三个头。沈妈也跟了去的，她在两位太太、姚宓、罗厚等一一行礼之后，也跪下叩了三个头。

民主同盟的人很快就来了。陆舅妈把姚太太教她的一套话，结结巴巴地照说了一遍。姚太太姊妹也过来陪着招待单位派来的人。

民主同盟的办事人员很干练，很快就和有关各方交涉妥帖，为陆家雇了一辆运送遗体的车，付了焚化费。

陆舅舅由陆舅妈和罗厚给穿着得整整齐齐，装入纸棺，抬上运纸棺的车，送往火葬场。罗厚骑了车含泪陪着运送遗体的车同到火葬场。然后又飞快地骑车回家，找出陆舅舅最漂亮的照片给加急放大了，配上镜框，由家人帮着布置了灵堂。

不可一世的陆舅舅就这样走了，从此走了，去了，没有了。

姚太太对阿宓说:“咱们原先是两家同桌吃饭的,现在陆家只剩下陆舅妈和罗厚了;那边已布置了灵堂,咱们过去吃饭合适吗?”

姚宓说:“妈妈的意思我明白,咱们得请他们两个到咱们这边来。”

姚太太说:“我就是这么想。”

陆舅妈和罗厚到姚家来同吃了晚饭。晚饭以后,罗厚老实不客气说:“姚伯母,我不敢回那边去了,怎么办?”

陆舅妈虽然没说话,她也不敢回去了。

姚宓说:“咱们得请他们两个到咱们这边来吧?”

姚太太说:“我就是这么想。”紧接着,姚太太又说:“陆舅妈和罗厚干脆搬我们这边来同住,两家并作一家。”

姚宓说:“妈妈的主意真不错!”

陆舅妈和罗厚巴不得搬过来同住。当夜陆舅妈借了一条薄被,在姚太太的榻上睡了一宿。罗厚要了一条夹被,脱了鞋,就连着衣服睡在姚家客厅里的长沙发上。

第二天,他和陆舅妈大白天不那么害怕了,两人过去把日常需要的东西收拾收拾,请沈妈帮着一件一件搬过来。陈姨妈特能干,她使唤门房帮忙,帮着打扫屋子,准备陆家搬过来。

第　二　章

陆舅舅去世后,原单位派来的服务员全撤走了。陆家花园,没人收拾了。

姚太太、陆舅妈、陈姨妈、沈妈几个女眷住在偌大一座宅院里。日子久了,打开花园门一看,只见一片荒芜。沈妈伺候几位老太太吃饭,睡觉,够忙的。她每天一早出门买菜,晚上独自一人到大门口锁门,只觉得汗毛凛凛,怪害怕。姚太太嘴上不说,心上也觉着悲凉犯怵。原先茂盛漂亮的陆家花园已成了一个荒园。几位老太太要等姚宓、罗厚回家才稍稍感到些生机。可是姚宓住在学校里,杜先生反右挨批下乡劳动改造去了,罗厚陪许先生也住在学校宿舍里呢,他俩周末才回家。

姚太太是个有主意的人,凡事采取主动。她知道陆舅舅单位早晚会收回陆家花园,顶多给陆舅妈安置个小住处。姚太太打算早些搬入她家的老四合院,免得临时手忙脚乱。只是她那宅四合院,多年不住人,得好好收拾一番,才能搬进去住。于是又让姚宓去与马任之夫妇商量,向他们求助。

马任之和王正向来与姚太太母女很亲密,每有什么政治运动,马任之总叫王正过来跟她们母女打招呼,叫她们小心,别犯错误。他俩是负责文教工作的领导干部,学校归文教部门主管。

王正最近告诉姚伯母和姚宓,最高学府有些事没做对,说:"我问过党委有关负责人,杜丽琳一向紧跟领导,发言最正确,怎么会发右派言论?那位负责人说,她开会的时候说,她'同意方才那位同志的话'。我问:'杜丽琳自己说了什么呢?她同意大右派的言论,就是小右派吗?既然和大右派的言论相同,就该是大右派啊。'那位负责人说:'她结结巴巴,学舌也不会,只说:"听党的号召,响应号召,大鸣大放"。'我说:'她的右派言论呢?听党的话,没错呀!'可是那位领导只呆着脸。我想杜丽琳是凑数弄上去的,每个单位都有划右派的指标呀!我知道这位负责人得保全自己的面子，我也得顾全他的面子。我就笑笑说：‘谁叫她说错了话呢。错误既不严重，就对她从轻发落吧。’另外一个是政治经济系的叶丹。他不懂马列主义，他教政治经济学，肯定出毛病。可是上课说错了话，并不等于就是右派言论呀。还有历史系一个刘先生，也是讲课说错了话，也没有右派言论。他们三个同在一个地方劳动改造，都调回来了。”

王正接着说：“伯母，我对您是推心置腹的。我和任之当年在地下活动，全靠姚伯母和姚宓的掩护。白色恐怖最严重的时候，任之撤退了。我和几个地下党员还照常在文学社工作。伯母，您是我们地下党的大恩人呀。姚謇先生是阔公子，人家说他把家产都败光了。其实还不都是支援了地下党活动嘛。他是对新中国的建立有功的。”

王正又感叹说：“哎，生活在不断革命的时代，日子过得真快，一场斗争刚完，接着又是一场。任之和我满心想为伯母和姚宓做点什么，报答一下您一家人的恩情，却始终没能实行。现在你们那个陆家花园已被很体面的大人物看中了，你们可能也住不下去了。我们很高兴能为姚伯母整理一下四合院，帮助搬个家，让我们尽尽心意。”她提议这个周末就与任之陪姚宓同去看看那所四合院，不知房子多年不住人，荒成什么样儿了。

星期六下午，姚宓问妈妈要了大门的钥匙，和马任之夫妇、罗厚同去看姚家的四合院。大门是锁得好好的，锁上连尘土都没有，大约是每晚巡逻的人顺手拂拭干净了。开门一看，只见落叶遍地，杂草丛生，院子里的几棵树倒还好好的，只是多年没有修剪，都长得没样式了。

罗厚、姚宓和王正一群人说着话一同进去看房子。王正说："这棵枣树高得惹眼了，得截去一截，丁香、海棠多年没有修剪，枝叶乱长，不成模样了。围墙太矮，不安全，得加高，再围上铁丝网。后园里那口沤肥的大瓮头，还在原处，篱笆歪斜了，没倒，扶扶直就行。"他们看到篱笆上结得满满的丝瓜、扁豆，沿墙种的南瓜、老玉米，还有几畦菜，都枯死了。

王正叹了一口气又说："真还得感谢你们那位陆舅舅，总算把这个四合院买回来了。"罗厚想到了他死去的舅舅，也黯然泪下。大家都很感慨。

王正说："修理房子的事交给我和任之吧。这事由我们去办，房子收拾好了，我们也会找人来帮你们搬家。"

他们出门，又锁上大门，王正把钥匙放在自己的手提包里。

姚宓家的四合院，就交由王正、马任之派人去收拾了。王正带着马任之的办事人员，加高了围墙，又围上可以通电的铁丝网。房子还是好好的，因为油漆并未剥落，只是蒙上了一层尘土，因此不用修缮。他们已经吩咐办事人员打扫了一下，现在可以住人了。

约莫过了二十来天，就有人来为姚家安上电话。王正通知姚家准备搬家，并且已经叫大卡车到陆家花园去帮姚家、陆家一同搬回四合院了。王正对姚太太说："你家那四合院，都收拾妥当了，四合院大门上的钥匙交给帮你们搬家的老王了。好在房子没有油漆味儿，因为原来的漆并没褪色，洗刷一下就焕然一新。还有什么不满意的地方，吩咐老王就行。搬完了，给我来个电话，我家电话号码问老王就知道。"

罗厚早把卖家具的钱交给姚伯母，又把陆舅妈没用的衣服全卖了钱。他把陆舅舅的家当一一整理，发现有一只箱子里藏个存折，打开一看，好大一笔钱呢。陆舅妈说："钱的事我从来不管，交给姚伯母吧。"

姚太太打开一看，果真是好大一笔钱。她叫罗厚到银行去开个长期存折，把以前的和以后的利息都存上，她说："陆舅妈无儿无女，这笔钱就是她的养老金了。"她把陆舅妈的存折收入她的首饰盒里，和她珍贵的东西放在一处。

正值秋风送爽的好天气，姚太太说："咱们还等什么黄道吉日吗，房子既然可以住人了，咱们就搬家吧。"罗厚干脆请了两天假，许彦成不能干，姚太太只叫他随陈姨妈同到四合院去，听陈姨妈使唤。姚宓倒相当能干，姚太太带了姚宓和陆舅妈同到陆家花园去看看有多少东西要搬入四合院的。

陆舅妈跟着姚太太过日子，很称心愉快。这回临走不禁哽哽咽咽地哭了。姚太太也很感慨，姚宓也很伤心。他们只搬走一张陆家的大床，因为这张床特考究，床头床尾都有安放东西的地方。她们等大卡车搬走了大床，拣了些零碎物品和陆舅妈经常使用的缝纫机，另雇了一辆车回四合院。

许彦成觉得四合院里全是女眷，如果单留罗厚陪伴，他自己一人也没着落，所以他和罗厚就住在四合院里做义务男仆。他们有陈姨妈和罗厚做饭，沈妈买菜。他和罗厚同住在外面一进，和姚家一处吃饭。

他看到姚宓安静地和妈妈一起生活，阿宓近在咫尺，又远在天边。

第三章

姚家搬回四合院，姚太太不免触景生情，引发出对以往生活的回忆。姚太太曾对女儿说："阿宓，你记得吗？咱们从前家里用三个男用人，三个女的。男的只两个住咱们家，一个就是厨子，一个是看门的，另一个北京有家，每晚回家；女的呢，一个沈妈，每晚睡在我床后，有什么要茶要水的事，可以叫她；现在只剩下沈妈一人了，唉……"母女俩一想起姚謇先生去世后那段孤寂无助的日子，就黯然神伤，悲叹不已；如今幸得家中有陆舅妈、罗厚同住，能互相照应，心上宽慰许多。

这位同住家中的陆舅妈，有一次，无意中听到姚太太对女儿说："阿宓，你是不是太劳累了，睡着了直踢被子，我盖上你又踢开，害得我睡觉也不得安宁。"陆舅妈听在心里，就请教了阿宓每晚临睡怎么为妈妈按摩。其实那是很简单的，她学会了，就对姚太太说："阿宓白天劳累，让我抱着你的脚睡可以吗？我一个人睡怪害怕的，睡都睡不着，现在我也会按摩了，让我睡你的脚头，让姚妹妹一个人睡。我挨着你，我也睡得安稳。"她从此就和姚太太一床睡了。

姚太太不愿意自己的合婚床上睡个陆舅妈。她和陆舅妈同睡的是陆舅舅、舅妈的合婚床。那是一张非常考究的床，床头床脚都能安放有用的东西。床头呢，热水瓶、杯子，或有什么半夜要填肚子的点心之类，放在床头，不怕翻倒或滚落地下。床尾呢，脱下的衣裤或可以减的被子，都放得妥帖。这张床，因为考究，没有留在原处由罗厚出卖，却随着其他家具，一起搬入四合院了。

姚太太原有一张笨重的榻床,家里来了女客往往在这个榻上睡。姚宓自此每次由学校回家,就和陈姨妈同睡这个榻上,也不再睡姚太太房里了。

第　四　章

杜丽琳不幸划为右派,立即工资降了三级,限期下放劳动改造。她家阿姨,都看在眼里,不等东家辞她,她自己辞了东家。杜丽琳送了她两个月的工资。

杜丽琳心境不好,嘀嘀咕咕,嫌彦成不能干,她自己亲自出去置备行装。她买了六双棉纱袜子,三双黑,三双白;又买了两双帆布面的胶底鞋,好走路;又买两双方头"懒汉鞋",早晚穿。她收拾了一堆旧衣服,厚的薄的都有,出发前夕,塞在一只可以上锁的铺盖袋里,叫彦成卷作一卷,扛着方便。

那天晚上,杜丽琳蒙着头哭了一夜,哭得床都震动了。许彦成的床和她的床是并排着放的,当然也一起震动。许彦成陪着她一夜没睡。天蒙蒙亮了,彦成推她说:"丽琳,别哭了,哭红了眼睛,给人家看出来,不好意思。"不料她眼睛却不肿,原来她的眼睛是哭不肿的。可见她往常哭了,许彦成却不知道。

丽琳把脖子上挂的那只钻戒,脱下套在许彦成的脖子上,她说:"这只钻戒给你留个纪念吧。我这一去,死活不知,如果能活着回来,咱俩再做夫妻,我死了呢,就送给姚宓吧。说句平心话,她是个厚道的人,宁可自己伤心也不愿伤害我。"

彦成就把脖子上的钻戒塞进内衣。他深情地搂着丽琳,在她额上亲了一下说:“丽琳,你放心,我绝不乘人之危,绝不抛弃你。只是你得吃苦了,希望你好好当心自己,早回家。”

杜丽琳特别伤心,因为彦成的拥抱从没有像这次的温暖。她是一个爱面子的人,拭去眼泪,赶忙收拾了行李,和同伙到安徽和河南接壤处一个贫穷地带去劳动改造。许彦成扛着铺盖卷送行。人人觉得他们俩是标准的恩爱夫妻呢。

许彦成见了姚太太,把钻戒交给她说:“这是丽琳托我保管的,我不会保管,交给伯母行吗?”他把丽琳感谢姚宓的话告诉了姚伯母,叹气说:“这个杜丽琳啊,就是好出风头,爱跟风。当时伯母警告我们的话,我能告诉她吗?”

姚宓听了杜丽琳的“平心话”,很是感动,她噙着泪没说什么。姚太太收下了许彦成交给她的钻戒,对杜丽琳很是同情。

杜丽琳一群右派,随带队的人来到皖北一个荒僻的山村落户,初下乡就遇上了闹心事。那里家家墙上都画着大大的白圈。在行的人,就知道当地有狼。他们吃饭、住宿的两个席棚,又不在一处,大家心上寒凛凛地害怕。

有一个人发表了他的高见。他说:“一个村子也有好几户人家呢,狼是合群的。如果有狼群,早把村里人都吃光了,几个大白圈顶什么用呀!照我看,这里的狼只是失群的狼,准怕我们成群的人。咱们一群人也不少呢,寡不敌众,那一只两只失群的狼,咱们不用害怕,防着点就行。”

大家觉得这话有理,出了宿舍总结队同行。女同志都挨着壮硕而比较友好的男同志,指望他们保护。那时候,男同志还没有消瘦。一星期左右,女同志发现,女人比男人经得起折磨。她们胖的瘦的,都还如旧,胖的没瘦,瘦的也没有更瘦,男同志却开始消瘦了。也许男的劳动量比她们重吧。再往后,女同志也显得憔悴了。只有杜丽琳,虽然晒黑了些,还照样很美,因为她的劳动总是最轻的,带队的都偏护她。

很多人愿意走在她旁边保护她呢。她对这些人很少看得上眼的。有的两眼贼溜溜的,有的一双眼睛好像害了馋痨。她留心挑选,中意的只有两个人,一个比较壮硕,一个很文秀。文秀的就是那个断定村里没有狼群的人。他个子高些,比另一个瘦。他对杜丽琳最冷漠,好像对这位美人漠不关心。她常看见他捡起路上碎石块向远方投掷,好像在练什么本领。杜丽琳对这两人倒是很感兴趣。

天气渐热,这群劳改的知识分子连日连夜地盖房子,防失群的狼夜间把睡熟的人叼去吃掉。他们盖房子毫无经验,房子尽量盖得小,不至散架。先盖的是女宿舍,男宿舍就盖得大些了。女宿舍在西,男宿舍在东,中间有一段距离,防止男女之间出点什么事。

大家都穿上最风凉的薄衣服。

一次,丽琳中意的那个壮硕的男同志走在她旁边,他故意放慢脚步,落在一群人的最后面了。他站定了对丽琳说:"瞧,夕阳西下,多美啊！城市里倒是看不见的。"

他们不敢走远。附近有一个比较隐蔽的地方,在女宿舍西边的大树下。那儿有块大石头,可以坐两三个人。那人带了杜丽琳去坐在石上。他忽在杜丽琳胸口摸了一把。杜丽琳立即反手重重地打了他一巴掌,飞快逃回宿舍。她自己都惊奇,"我怎会这么泼辣呀!"她也警惕地对自己说:"黑地里男人会变相。

看上去老实的人,黑地里会变流氓。”

第二天,那个吃了大巴掌的人照样对杜丽琳殷勤保护,昨夜的事好像不曾发生。杜丽琳仔细观察,看出那人一双眼神有点油滑,不像那个文秀的凝重。

杜丽琳存心要试验一下,那个文秀的人黑地里是否也会变相。她故意和那人走在最后,模仿昨天那人的话说:“看,夕阳西下,城里是不多见的。”

那人说:“我早注意到了。乍一见,是很美,可这里太干燥,没有一点云彩,太阳一下,天就黑了,什么都看不见了。”

杜丽琳想把他领到那个隐蔽的大树下去坐坐。那人说:“那边不是好地方,说不定还会碰上失群的狼。”

他忽然很聪明地问:“你是不是去过了?”

丽琳撒谎说:“没去过。”

那人说:“那么我警告你,谁要带你去,你不要去,那人准是不怀好意。”他只送丽琳走近女宿舍,就急急回自己宿舍去了。

丽琳有许多话想问他,可是得另找机会了。这人叫叶丹,是本校政治经济系的教师。丽琳和他不熟,现在却心上念想着他。

有一天,丽琳看见叶丹捧着饭碗,在破席棚的一个风凉的角落里吃。丽琳走过去站在他旁边,悄悄地问:“叶丹,你结过婚吗?”

劳动队的同伙彼此之间表示亲密团结,只称名,不称姓,除非是单名。叶丹是单名。

叶丹说:“我没有,不过我有女朋友。”

“有许多吧?”

“只两个。”

“就没有第三个了?”

“没有了。”

“为什么呢?”

“第一个,不合我的理想,吹了。我又交了第二个,她也不合我的理想,也吹了。”

“还没找到第三个?”

“不找了。有过两次经验,懂事了。这种事,没意思。”

丽琳还想问,可是怕人注意,没敢多问。

他们俩没机会深谈,丽琳心上老在跟叶丹说话,老在想他。丽琳忽然明白,她是爱上叶丹了。她细细观察,同队来所有的人,数叶丹最聪明,人品亦好,是她最中意的人。她只恨自己是有夫之妇,不能追求他了。

她回想当年追求许彦成,只是为自己找个可以托付终身的丈夫,她从来没有为他魂思梦想。

同时,她也注意到,叶丹对她的淡漠是假装的。他常在偷偷儿看她。一个男人深情爱恋的目光,女人会感觉到的。她做大学生的时候,课堂上,如果觉得背后有人看她,就知道谁在看她。她从不敢回头,到下课时能看到后排的人,就知道自己感觉不错。不知道男人有没有这种敏感。她得小心。可是再想想,让他知道也好啊,单相思是很苦恼的。但是怎样才能让他知道呢?

有一天,叶丹忽然问丽琳:“你到了这里来,怎么没寄过家信?我妈已经给我来过四次信了。最近的信是八月中秋。”

丽琳到了这个劳改营,从没想念过许彦成,从未写过家信。他们这个劳动队允许每月写一次家信,但只限至亲。写信的时间很难得，不写家信的居半数。丽琳从没有写过家信。许彦成不知她的地址，怎能来信呢。丽琳经常感到自己的孤单。这时听了叶丹追问，不由得一阵心酸，眼泪簌簌地掉入饭碗。她没带手绢儿，只好用手背去抹。

叶丹是很聪明的人。心有灵犀一点通。丽琳爱他，他哪会不知道呢？可是丽琳对丈夫的情谊，他无从得知。下放那天，她丈夫不是扛着个大铺盖卷儿，提着其他行李，为她送行吗？丽琳是见异思迁吗？她觉得心上矛盾吗？她显然很痛苦。叶丹虽然不由自主地迷恋着丽琳，他却不愿拆散别人的家庭。如果他的猜想不错，就该及早退步抽身，他不是没人追的。

那天他看到丽琳簌簌落泪，当时他背着席棚，丽琳在他面前。她的眼泪，没有别人看见。他小声说："你赶快走吧，过一会儿人就多了。"

丽琳很听话，连泪吞下了剩饭。

叶丹说："丽琳，现在天越发长了，七点以后才天黑，你宿舍西头的大树底下，天黑了没人，今晚八点我在那儿等你。八点。"

丽琳点点头，急忙走了。

他们那儿五点晚饭。丽琳同屋共有三人。她们那间屋子是最先盖的，最简陋，也最小，铺板上至多挤三人。男宿舍里，一屋至少挤六七个人呢。同屋的以为美人就有优越感，拿架子。但丽琳向来会做人，一点没有架子，还顶会照顾人。所以三人过得很融洽。

那天晚饭以后，丽琳回屋，同屋两人已经回来了，坐在门口乘凉呢。丽琳和她们一起乘凉，到了七点半，丽琳说："天黑了，坐在门口危险,保不定会有狼来,咱们还是进屋去吧。”那两人同意,三人都进了屋,把门也关上。

丽琳忽然说:“不好,我闹肚子了,得出去拉野屎。”

同屋的人说:“能忍就忍吧,天黑了,野地里有狼。”

丽琳说:“不行,我忍不住了。”她拿了铺板底下藏着的棍子急急出门。

她赶到大树底下,叶丹也刚到。他们都准时。他们就在大树底下的大石头上坐下。

叶丹说:“我约你来,不是为了谈情说爱,我有要紧话问你。我们得把话缩得越短越好。这里很危险,如果给人知道了,咱们俩就永远不能见面了。”

丽琳点点头。

“我先问你,你和老伴儿感情很好吗?下乡那天,他不是扛着你的大铺盖卷儿送行吗?你是不是变心了?”

丽琳说:“他不过是可怜我罢了。他无情无义,我一片痴心地爱他,他只是嫌我。他有他的意中人。”

“那么,你应该和他离婚和我结婚。你愿意吗?”

“我不做女朋友。”

“当然,我现在好比跪着向你求婚。你答应了我,我就好比和你行了订婚礼,好比给你戴上了一个钻戒,从此你就是我的未婚妻了。你爱我吗?爱我,就说:‘叶丹,我爱你。’”

丽琳说:“叶丹,我爱你。”

叶丹紧紧抱住她,吻了她一下。这一吻,直吻到她心窝深处了。她是结婚多年的女人,却从没有体会过这种情味。

他们忽然看见一双碧绿的眼睛在黑地里看着他俩,真的是狼来了。

叶丹拾起一块石头,向黑地里那只狼投掷去。那只狼哀号了几声。

叶丹说:“快!快!快逃回宿舍去。”

丽琳虽然给他吻得浑身酥软,却很听话,一溜烟似的奔回宿舍,推开了门。同屋的两人,正等着她呢。见她神情异常,忙问:“怎么了?狼来了?”

丽琳说:“没什么,我害怕了。”她重重关上门,躺上铺去,一遍又一遍重温那一吻。

第二天,她见了叶丹,小声问:“你没事吗?那只狼没在那等你吗?”

叶丹说:“我也急忙逃回宿舍了。那只狼如果还等着我,我也没本领和它斗了。好在咱们要说的话都说完了。”

杜丽琳和叶丹私定终身之后没几天,主管他们劳动的头头,把丽琳、叶丹和同校一个历史系的刘先生叫到他办公的地方,对他们说:“你们来了快半年了吧?你们的学校召你们回去了。这里没一个大右派,都要回原单位了。你们三个是第一拨。你们赶紧把该办的手续办妥,带了自己的东西回北京吧。”他们临走无意向同伙告别,只丽琳和同屋伙伴儿有交情,她找了一张纸,简略地转述了那个头头的话,还留下了她自己家的地址。

他们一群人,当初是学校用大卡车送上火车的。这会儿,带出来的行李一大堆,怎么办呢?

叶丹说:“咱们那许多行李还带回去吗?我是不要了。”刘先生和杜丽琳也都表示不要了。可是主管他们劳动的头头叫他们带了自己的东西回北京。他们不敢违拗。三人各自把带来的行李扛在肩上,夹在夹肢窝里,提在手里,出了劳改营。他们居然雇到一辆黄包车,于是把东西都堆在车上,三人齐用力,帮车夫拉到火车站。他们不敢把大堆行李扔在车站,怕又退回,只好都结了票。他们这才轻松了,三人在车上各买了一碗汤面吃下,坐下打着盹,到了北京。他们互相商量,结票的行李,还带回去吗?杜丽琳是个当家的女人,她说,咱们既然千辛万苦带回北京了,就带回去吧,当破烂卖掉,也值几个钱呢。大家觉得有理,就准备把结票的行李领出来,各自带上各自的行李,乘黄包车回家。

在火车上,叶丹只怕刘先生看破他和杜丽琳的关系,就写了他家地址偷偷塞给丽琳。丽琳忙把叶丹的地址藏在手提包里。

车到北京,约莫是下午五点。三人一同下车,领了行李出站,正逢小雨。刘先生和叶丹城里有家,不住校。所以,三人就各乘黄包车,分路回家。

杜丽琳到校,正是黄昏时分,风凄雨寒,下课出校的学生不少。她一直把手提包遮着脑袋,没碰见认识的人。车夫一口气把车拉到许家门口,按了一下门铃,开门的是罗厚。他正在许彦成家陪伴独居的许先生呢。

杜丽琳问罗厚:“许先生呢?”

“出去了。”

“你怎么在这儿?”

“是姚伯母叫我来陪伴许先生的。啊呀,我家出了许许多多事。陆舅舅去世了,他差点儿成了大右派。杜先生还记得姜敏、老河马吧？都是大右派，姜敏自杀了，老河马不知到了哪里去了。”

他看到杜丽琳疲倦的脸，很知趣地说：“咱们要谈的事太多了，您且歇歇，我给您做饭去。”他先给坐在沙发里的杜丽琳沏了茶，倒了一杯，端给她。

杜丽琳没有心情关心那几个不相干的人。她喝了几口茶说：“我不想吃什么饭和菜，我只想喝热烫烫的小米粥，喝满满三大碗。”

她深深吸了一口气，闭着眼说：“哎！我总算回家了！”

第　五　章

一天早上，许彦成接到李先生打到姚宓四合院转来的电话，说校内传说你夫人和一同下放的两位先生明天傍晚要回北京了，你是不是到车站去接接。许彦成想到杜丽琳临走时对他说的“重做夫妻”，心里很不是滋味，苦着脸说：“姚伯母，我真不想去接她，叫罗厚替我去接接吧。”

姚宓耳朵和她妈妈一样聪，许彦成和妈妈说的话她都听见了。她接过话茬说：“许先生，你得把杜先生的钻戒还她呀，不然的话，她会以为咱们想私吞她的钻戒呢。”

许彦成一想不错，赶忙请姚伯母找出那枚钻戒，他带了一早赶回学校宿舍。他当初搬入四合院时，罗厚想得很周到，把宿舍屋子的窗户都开着一条缝，他说这样对房子和室内家具都有益。好在在校园里，不怕外贼撬窗。许彦成这时走进宿舍，室内果然没有一点儿尘土味儿。

他忙把窗户开了,一人草草收拾了一下。他把客房床上的被单撤下,抖了抖灰尘,反过来重又铺上,又把自己的被子和枕头都搬入客房,让杜丽琳独睡卧房。

中午,他到学校后门外的小饭馆去吃饭。他回校路上买了两个面包,睡了一个午觉,这午觉倒睡得相当熟。醒来后,又出去办了一趟事,回来就见到了已经吃饱喝足的杜丽琳。

许彦成把塞在裤兜里那枚系着带子的钻戒往杜丽琳的脖子上一套,对她说:"你的钻戒,快收好吧。丽琳,你怎么不写封信来告诉一声?"

他挨着杜丽琳,坐在她身边。她是刚下火车的人,身上又脏又臭,他不愿碰她。

杜丽琳对他看了半天,立即起身,坐得更远些,把她在火车上想好的话,一口气说了出来。她说:"许先生,请你解放了我,你有你的意中人,我也有我的意中人,我和你从此分手吧。"

许彦成心里快活,他抑制了自己,客客气气地说:"你的意中人是叶丹吧!"因为送行那天,看见这位帅哥和杜丽琳在卡车上坐在一处。

杜丽琳点点头,鄙夷地看着许彦成。

许彦成说:"我明天就走,让出这屋子给你将来和叶丹同住。"

杜丽琳说:"谢谢你,不过眼下不行,叶丹和我还有刘先生都还得监督劳动呢。况且我和你还没有离婚,咱们先得把离婚手续办了。"

许彦成知道丽琳不会做饭,所以照旧到经常吃饭的小饭馆去吃,然后又买两份饭,装在他自己带去的饭盒里,让傍晚回家的杜丽琳和叶丹煮煮热再吃。这样,他在学校宿舍又住了一段时日。

第 六 章

许彦成正要回四合院那天,罗厚忽然来了。彦成把他的喜讯告诉了罗厚,罗厚"嘣"一下坐在沙发里,又拍手,又跺脚,高兴得不知怎么好。许彦成说:"你来得正好,告诉你吧,我已经和杜丽琳办了离婚手续。"罗厚为许老师的最终解脱出了一口气。接下他说:"许先生可知道我怎么会来的?"

他看着许彦成的脸说:"陈姨妈家的儿子,新娶了一个贤惠娘子,两口子又搬了新房子。这儿子惦着妈妈,又怕妈妈赌气不肯回去,所以亲自来接了。我和沈妈跟陈姨妈最要好,都舍不得她走。可是那个贤惠媳妇说车票都买好了,明天下午的车。他们明天下午就走。我想,远客既然只住一宿,不用再动用干净的床被了。我体谅陆舅妈,同时也和许先生几日不见,很想你了。我说出城去看看许老师,两位远客就委屈住我和许先生的床吧。这样我就买了点许先生爱吃的鱼虾之类出城,也是乘机来看看许先生。"

他看着眼前的床位说:"啊呀,都没我睡觉的地方了,客房让了你了,我得睡你的书桌上了,你只要把客房里的被子分一条给我,我半垫半盖就行。"

他一面就把他的新闻,一一讲给许彦成听。

罗厚说:"朱千里娶了一个悍妇很运气。她厉害得很,谁来动员朱千里鸣放,她都赶出去。她说:'你们倒好,又来害人了!

我们先生的死活,你们就不顾了吗？不只苦了我啊！'朱千里只好一声不响,躲在家里,倒由此免了一场大祸。他要是鸣放,肯定放成大右派！"

许彦成听了也开怀大笑。罗厚就用他带来的海鲜为许彦成做了一餐好晚餐。他经常帮陈姨妈做饭炒菜,手艺也不输陈姨妈了。他帮许彦成做晚餐时,许彦成也帮了他一手。他们吃了一餐好晚饭,留了些饭菜给杜丽琳和叶丹。

这天晚上,罗厚细细形容了来四合院的远客,告诉许彦成说:"你能想象吗,那陈姨妈的儿子,形貌很像姚宓的亲兄弟,怪不得一个一个女人都愿嫁他呢！不过他一副精明相,和姚宓一点也不像。姚太太大约也注意到了,只管看他。陈姨妈家和姚太太家从来没有来往。我和他们非亲非故,何必夹在里面呢。陈姨妈叫我为她存的钱,我拿出来交还了她,请她点收。她来了姚家,没花过一文钱,你就知道姚太太对穷妹妹多么体贴周到。其实姚家后来并不如陈家阔了。"

许彦成当然知道,他只点点头说:"姚太太气派大,自己俭省,待人却从不小气。"

罗厚对许彦成说:"对呀,咱俩不是住在她家,吃在她家吗？她肯受咱们的钱吗？她那副气派,叫我口都不敢开。我舅妈是她养活的人,舅妈的钱,她不是都为她保管着,作为她的养老金吗？我舅妈只觉得有靠了。"许彦成笑着说:"我将来是姚家倒插门女婿,你是李家倒插门女婿;李家阔,不会要你费力,我可负担着姚家的生活呢,姚宓是最孝顺的好女儿。"

他们在厨下洗了碗碟,杜丽琳和叶丹就回来了。

第 七 章

罗厚涎皮赖脸地招呼了杜老师,问叶丹:“你们两位准备坐在饭厅里吃,还是就像我们站在厨房里吃呀?”杜丽琳说:“我们在图书馆里搬书,整理书架子,累得腰酸背折。我们俩把你们留下的好菜分了,坐在沙发里吃多舒服呀!”

罗厚对杜丽琳和叶丹说:“我们都担心你们下放要吃苦了,谁知道你们是去谈情说爱的,一个找到了如意郎君,一个找到了心爱的美人。”

杜丽琳马上接话说:“你们哪里知道我们这群倒霉蛋过的是什么日子,半死半活的天天受罪。说一句没良心的话,我们干脆死了,倒也不知不觉。人家还以为我们多浪漫呢,劳改劳改,倒是去谈情说爱了!”

许彦成问叶丹:“你爸爸是经济学院的主任吗?”

叶丹笑着说:“我爸爸不是主任,不过是穷教授罢了。”

杜丽琳恨恨地说:“我早打定主意了。我们俩要是留得性命回北京,再也不做倒霉的教书先生了。当然我们怕是也没有资格了。想当年,我做校花的时候,也是好一朵校花呀。做了教书先生,胭脂、粉都不敢用了。咳,现在竟变成犯人似的了。不过,即使是劳改犯,也有个刑满的日子,到我们劳动期满,我们就该滚蛋了,有什么脸做降了级的教书先生呀!我现在想想,从此我就隐姓埋名,哎,我当个大户人家的老妈子,多享福呀!”

叶丹说:“我也在想从此改行了,你当老妈子,我开饭馆,都能过日子。”

许彦成说：“别开什么饭馆，饭馆不是好开的，得和流氓、瘪三、混蛋打交道。我倒有个好主意，叫叶丹学照相，将来可以开个照相馆，把自己最美的照片摆出来做‘招牌’。”

杜丽琳说：“照相是叶丹的专长，不用学。”

罗厚说：“太好了！你们开照相馆吧，你们两个照一张漂亮的结婚照，放在橱窗里。你们专给明星照相，也照名人，说不定还有领导人来照标准相呢！”

杜丽琳看看许彦成：“也给名教授照相。”

许彦成笑说：“我只是普普通通的教书先生，一辈子不会出名，只是个穷教师。我预祝你和叶丹发大财！”

罗厚想不到许先生会有这么妙的好主意。忙说：“杜先生，先把你那钻戒卖了做本钱，买一只假钻戒戴在手上，不比装在口袋里挂在脖子上强多了吗！”

叶丹拍手叫好，他说：“我们这样也能过日子，只求后半生两个人能够厮守在一起足矣。”

许彦成没说什么，心里却充满感激，从今以后自己也能和相爱的人终身相伴。

罗厚直在旁边拍手道喜。

叶丹随即把他们半饥半饱，求生不能、求死不得的苦况向他们诉说。他吃着饭说，这么好吃的饭，像是一辈子都没吃过！你们过着好日子，世上苦人多，我们算是尝到点滋味了！可怜我们从没有闲工夫想想从前的日子！做不完的工，吃不完的苦，想到将来，只是一片漆黑。可是我们只怕死，只求活下去，求生的本能真强。妙的是我们活得那么苦，没一个生病的，而且大家团结一致，因为我们有公敌——失群的狼。

杜丽琳叹了一大口气说："穷人是穷惯的，我们却是忽然间从上面倒栽下去的，到现在头还没着地呢！"

叶丹说："大约等我们两个结了婚，成了家……"

大家默然。许彦成说："你们这会儿还觉得没有着地吗？"

杜丽琳说："我伸了胳膊，在四面探索，想抓到许先生建议的照相馆。"四人坐在客厅里谈到夜深。

第二天早上，许彦成醒来，罗厚已经为他们做好早饭，许彦成和他同在厨房里吃了。罗厚说："许先生啊，你是在伺候他们两个！你伺候杜先生也罢了，她毕竟是你多年的老伴儿。那位帅哥，又凭什么受你伺候呢？"

许彦成笑说："感谢他解放了我吧？"

罗厚说："我可看不惯，他们的劳动没个完呢，你就老陪着他们？陪到几时？我舅妈正忙着布置新房呢，你难道要等着和他们一对儿一起结婚吗？"

许彦成说："我不忍叫他们两个没饭吃呀。"

罗厚嘀咕说："许先生啊，你就是心肠太好。杜先生欺负得你还不够吗？你真是个扶不起的阿斗吗？我这会儿就为他们找个阿姨，要求住在东家吃一顿晚饭，白天为家家干活的阿姨肯定有。"

他说着就出门去找邻家的阿姨，邻家阿姨说："有，有，现成就有一个。我去叫她。"不一会儿，果然来了一个干干净净的林妈，她先看了自己的房间和厨房，都满意。罗厚就预付了半个月的工资，说明是伺候下乡劳改才回来的一对未婚夫妇。林妈把宿舍那间下房打开，看了被褥都干净。下房只有半墙高，透气的。她就要了一把大门的钥匙，罗厚吩咐她多买些小米儿，连带一天的小菜也让她随意买点回家。他把许先生的钥匙给了她。

他要和许先生一起回四合院。许彦成不肯，说要当面和杜丽琳、叶丹交代清楚，马上就回来。

罗厚说："你留下一封信就行了。他们一对儿情人没准儿趁你不在，就睡一床去，你管他们的闲账！"

许彦成说："别胡说，丽琳不过是俗气点儿，她不轻骨头，也不贱，别说这些胡话糟蹋她。"罗厚承认自己胡说了，他说，等许先生明天上午自己回去吧。

林妈洗了小米，煮了一大锅小米粥。就自己铺好了床，把带来的一包衣服，一件一件放在床前的矮柜子里。

杜丽琳和叶丹都回家了，他们问，罗厚呢？

许彦成说："罗厚为你们找了一个林妈，叫她为你们煮了一大锅小米儿粥，你们不是想吃三大碗小米粥吗？我不会洗米，只好叫你们帮我吃那又干又陈的面包。我也想喝小米粥了呢。"他介绍林妈见了杜丽琳和叶丹，彼此都表示满意。

许彦成说："已付了半个月的工资。"叶丹要还他，丽琳只说了声谢谢。彦成接着又说："明天一早上，我就走了，祝你们幸福快乐。"

许彦成就此和多年的老伴儿分手了。他临走利用学校热水方便洗了一个干净澡，好像把过去的事一股脑儿都冲洗掉了。

第　八　章

许彦成接到天津来的一封信。

信是许先生的伯父和伯母大人写来的。原来，许彦成和杜丽琳在婚姻登记处办了离婚手续，就给他家唯一健在的长辈大伯父母写信，禀告此事，并说他将和姚宓小姐结婚。

伯父恭喜侄儿终于甩掉了那个俗气美人。除了恭喜，还说为侄儿汇上一笔钱，不是贺仪而是侄儿的一份遗产。信是伯父亲笔。

信里还附有小丽的两张照片，照片上是小丽的近影。相貌活像许老师，和妈妈一点儿不像。小丽的照片用信纸包着，上面是许彦成伯父的附言，说孩子不愿称“小丽”，姑姑为她改“许玉林”，她也不愿意，因为玉林分明就是杜丽琳的“琳”字。她对妈妈一点情分都没有。

许伯父学历是正途出身，只是没有出洋而已。老大娶了那位性情古怪的夫人，他们简直无法理解。但是儿子历年寄给他们的钱，他们分文没用，想将来用做女儿的嫁妆。

许伯母的信最长，是写在宣纸上的，字很娟秀，许彦成从没见过。她信中说，她的女儿向来有个使命感，说自己是上天派来伺候爹妈工作并为他们养老的。她不嫁人，认小丽做了女儿，姑侄俩亲如母女。还说她见了许彦成寄来的姚小姐照片，赞叹说，真是幽娴贞静的大家闺秀，并说彦成从前那位夫人，相貌虽然端正，却俗在骨里，开水冲也冲不掉的。伯母的信最后说：“目前你伯父工作忙，等过两年退休了，我们才能得空来拜见亲家。彦成你先向亲家道喜并问好。”许伯母还附送了一份贺仪，说只是送姚小姐买一双鞋袜或喜糖之费。

罗厚说：“你们真是门当户对，我妈妈也是老式女人，字也写得不错，但是只会看信，不大会写，你伯母是洋式才女。”彦成高兴地把信揣在怀里，然后又郑重地交给罗厚，叫他带给姚伯母看。

姚太太看了许彦成托罗厚带给她过目的信，随后就收到天津许家汇来的一笔钱。她说："这是许先生家送的聘金，我还没有为阿宓办嫁妆呢！"

罗厚说："许先生是倒插门女婿呀！这笔钱是他的'陪嫁'。"

陆舅妈笑说："你将来也是倒插门的女婿呀！以后也像我一样没陪嫁！"

罗厚说："李妹妹还小呢，我到银行立个零存整取的存折，四五年后也该有一份'陪嫁'了。反正舅妈放心，我是有志青年，不指望舅妈为我办'嫁妆'的。"

第九章

许彦成见了姚太太，姚太太悄悄地问他："阿宓是不是只肯跟你做朋友，不愿和你做夫妻？她嫌你吗？"

许彦成说："不会吧！"他给姚伯母问得心慌了。他满以为阿宓会笑着投入他的怀抱。可她却是怯怯地直躲着他，紧跟着妈妈，寸步不离，也不抬眼看他。

许彦成急了，她不愿意和他结婚吗？他忙给王正打了一个电话，请王正到四合院儿，说有要事相商。

王正果然很快就和马任之到了四合院。他们说："我们来带你们上婚姻登记处去登记。"姚宓没有反对。

王正拣了一件秋香色的旗袍叫姚宓换上，她乖乖地换上了，又自己穿上一双半高跟的皮鞋。她和许彦成一起上了汽车，到婚姻登记处，人并不多，据那边的办事人员说，再过几天，就要大忙了，人人都要求八月中秋花好月圆的口彩，所以这两天比较闲，没人和他们抢先登记。

王正坐在姚宓旁边，觉得姚宓的手冰凉。马任之坐在司机旁边，许彦成坐在姚宓旁边，姚宓却贴近王正坐，尽量离许彦成远些。他们很快就登记完毕，马任之让罗厚去叫一桌上好的酒席。

他们回家，陆舅妈已经把新房都布置停当了。姚太太留给女儿的大床，已经铺上刚缝好的大红被子。姚太太大皮箱里藏了多年的喜事绣花枕头，也找出来放在新床上了。这是姚太太自己的结婚床，这张床也非常考究，因为喜事的床，总是男家买的。俗语说："先嫁床，后嫁郎。"一年三百六十五天，三分之一的时光躺在床上。所以姚太太把自己结婚的新床，留给女儿了。这张床很别致，四围是珠罗纱帐子，帐子里显得安全舒服。新房窗外搭着个窗帘，原先没挂，这会子也换了个新的挂上了，这是一间特别安适的新房。

姚宓看了一看，就逃出来了，仍是紧紧挨着妈妈。姚太太假装不知道马任之通知了李先生家请他们吃喜酒。李先生来不及买礼物，只买了大包喜糖，准备改日宴请。

许彦成换上了最好的新西服。罗厚会办事，请附近的好馆子来一位最高级的厨师，挑了担子到他们家去办喜事筵席。店家说："我们的厨师，再过几天家家抢。七月十五是鬼节，做阴寿的都挑那天。八月十五是人节，办喜事又是扎堆儿。现在是七月底八月初，恰好闲着。到人人抢的时候，就只有二等三等的厨师了。”

老厨师还记得这个姚家，他和姚家的厨师很哥们儿，不过不是一个师傅。头等厨师，不肯做私家厨子的。

姚太太和陆舅妈已经找了一件玫瑰红的旗袍叫阿宓试装，她一穿果然合身。姚太太的个儿没阿宓高，那个时期的旗袍做得长，阿宓个儿高，穿上正好，不长不短，恰恰合身。

姚太太就叫女儿洗澡，这是照例规矩。姚太太告诉许彦成，附近有澡堂。许彦成说：“妈妈，我恰巧今天早上在那边宿舍里洗了一个干净澡，连内衣也换了干净的。”姚太太点头满意。姚宓乖乖地洗完了澡，换上玫瑰红的旗袍，由陆舅妈为她装新，她让陆舅妈给她涂些她自己的胭脂。姚太太留着些不伤皮肤的好粉为她扑上。恰好小李来了，一见这个打扮好的姚姐姐，高兴地说：“姚姐姐呀，你简直是天上掉下来的美人儿，我从来没想到姚姐姐竟是这么美！”

许彦成登记回来，见了姚太太，就称“妈妈”，姚太太听了特称心。这时他进来迎姚太太母女去坐席。姚太太由陆舅妈扶着。姚宓不要许彦成扶，他便出去站在大圆桌前面等待。姚宓由李妹妹扶着出来，满桌客人都拍手欢迎。姚太太坐留给她的空位子，挨着她的就是姚宓，旁边是许彦成，对面是马任之和王正。马任之旁边是李先生，李先生旁边是李师母。李先生叫女儿出来斟酒，小李也换了一件红色的新衣，围着桌子，一一敬酒。姚太太座后是沈妈，她一年到头为姚家做饭。姚太太说，这回她也坐席坐个上上座儿，姚太太吃不了的请沈妈代吃。沈妈声明：她只代吃菜，不管喝酒。酒，她也爱，可是姚小姐的喜酒席上，她多喝了发酒疯不好。

王正看着姚宓那副害怕的样子，忍不住说："姚宓笑笑！干吗吓得傻乎乎的，谁要吃了你吗？"

姚宓苦着脸说："他……"

大家等她下文，姚宓反倒不响了。

王正说："他要吃了你吗？"

姚宓还是苦着脸不响。

满座哄然大笑，连姚太太也笑了。

马任之笑着说："老许啊，你是老师，该知道咱们孔老夫子的名言：夫子循循善诱！"

许彦成会意，他红了脸，当众轻轻地搂搂姚宓说："我保证，我永远是最温柔的好丈夫！"大家都又笑又拍手。

正好厨师端上第一道热菜，许彦成站起来，谢谢马任之和王正为他请这顿喜酒。他请大家放怀喝酒，品尝这个厨师的手艺。

李先生说："老许啊，今天最乐和的，该是你了，我先贺你喝三杯。"

姚太太把筷子打着碗说："老李啊，这话错了，今天最乐和的是我！我现在有儿有女，不再是孤寡老人了！"

李先生豪爽地认错，自己斟满了酒，连喝三杯。李师母和小李陪喝，马任之自己斟了酒也给王正斟了酒，也举杯祝贺姚太太。李师母很调皮地说："瞧丈母娘多会护女婿呀。"

姚太太举起一个指头，对她点了三点，意思是彼此彼此。李师母会意，自己也笑。大家在欢声笑语中吃完了酒席，大伙把一对新人送入洞房。

客散以后，罗厚独自一人，坐在门口，抬头只见一弯新月，满院寂寞得没法儿摆布。

他只好到厨房去刷洗了杯盘碗碟,又把剩下来的菜肴折在一处烧了一开,免得馊掉。他尝味儿倒不错。他想,这大概就是叫花子所谓的“折箩”了,从前酒席的剩余,酒家挑回店去,叫花子都来抢,酒家干脆并做一大锅,煮一煮施舍叫花子,称“折箩”。他这锅“折箩”,可供他家几天的荤菜,每天添些蔬菜就行了。他一个人刷盘洗碗,把厨房收拾得干干净净,忙得劳累了,回房一觉,睡到天亮。

一老早,他就进去向姚伯母道喜,只见姚宓和许彦成已经在姚伯母屋里问安。他说了昨天的寂寞,大家都笑了,许彦成说:“罗厚,以后我还是和你一起管大门。沈妈平常就爱忘,昨晚更忘得干干净净了。”

姚太太和女儿女婿,从此在四合院里,快快活活过日子。

结　束　语

中秋佳节，李先生预备了一桌酒席，一来为姚太太还席，二来也是女儿的订婚酒。时光如水，清风习习，座上的客人，还和前次喜酒席上相同，只是换了主人。

许彦成与姚宓已经结婚了，故事已经结束得“敲钉转角”。谁还想写什么续集，没门儿了！

杂忆与杂写 ◆ 书信三封 ● 诗六首

杂忆与杂写

杨绛全集 |

杨绛 著

人民文学出版社

| 1997年，摄于三里河家中

| 2001年9月，在清华大学“好读书奖学金”捐赠仪式上

2001年9月，在清华大学“好读书奖学金”捐赠仪式上

| 1996年，摄于钱瑗所住医院门外

| 摄于2010年10月

| 看见邹先生站在卖沙角菱的摊儿旁边，忙忙地吃沙角菱(《我在启明上学》，插图：高莽)

妈妈给我一枚崭新的银元（《我在启明上学》，插图：高莽）

有一次，我乘姆妈在楼上看不见我，就骑上栏杆，滑下末一折楼梯（《我在启明上学》，插图：高莽）

我爬秋千（《我在启明上学》，插图：高莽）

| 爸爸穿的是哔叽长衫，我的小手盖在他的袖管里。我们走不多远就到青年会了（《我在启明上学》，插图：高莽）

| 礼姆姆不放心，亲自带我到她的办公室，找出纱布，为我裹伤；一面问我痛不痛
（《我在启明上学》，插图：高莽）

我大着胆子踊身一跳，居然平稳落地（《我在启明上学》，插图：高莽）

依姆姆一面走路，一面十指忙忙编织，为我织了一副露出手指的手套（《我在启明上学》，插图：高莽）

钱瑗纪念文集，三联书店版

中秋

忽見窗前月玲瓏
心胸鬱結人知否
離合悲歡世間事
我今無意酬佳節

二〇一〇年九月

秋風竦竦吹病松
懷抱淒清誰與共
陰晴圓缺憑天公
但覺淒淒秋意濃

| 即兴诗一首

鍾書曾責我曰：「爾聰明靈活，何作字乃若此之笨滯？」予曰：「字如其人，我固笨實之徒也。我學《蘭亭》，應圓，而我作字却方，學褚遂良應方，而我作字却圓，我固笨滯之徒也。常言曰：『十個指頭有長短』，習字乃我短中之短，我亦無可奈何也。」

我抄《槐聚詩存》，筆筆呆滯，但求劃平竪直而已。設鍾書早知執筆之法，而有我之壽，其自寫之《詩存》可成名家法帖，予不禁自嘆而重爲鍾書惜也。

楊絳 二零一三年七月四日

前言

錢鍾書每日習字一紙，不問何人何體，皆摹仿神速。予曾請教鍾書如何執筆。鍾書細思一遍曰：「爾不問，我尚能寫字，經爾此問，我并寫字亦不能矣。」予笑謂鍾書如笑話中之百脚。有人問，爾有百脚，爬行時先用左脚抑先用右脚？百脚對曰：「爾不問，我行動自如，經爾此問，我并爬行亦不能矣。」

一 杨绛先生抄录《槐聚诗存》前言手迹

坐在人生的边上

——杨绛先生百岁答问

1

笔　会：尊敬的杨先生，请允许我以提问来向您恭祝百岁寿辰。

您的生日是1911年7月17日。仔细论起来，您出生时纪年还是清宣统三年，辛亥革命尚未发生。请问，7月17这个公历生日您是什么时候用起来的？

杨　绛：我父亲是维新派，他认为阴历是满清的日历，满清既已推翻，就不该再用阴历。

他说："凡物新则不旧，旧则不新，新旧年者，矛盾之辞也，然中国变法往往如是。旧法之力甚强，废之无可废，充其量不过增一新法，与旧法共存，旧新年特其一例而已。""今人相问，辄曰：'汝家过旧历年乎，抑或新历年乎？'答此问者，大率旧派。旧派过旧历年，新派过新历年。但此所谓过年，非空言度过之谓，其意盖指祭祖报神……今世年终所祭之神，固非耶教之上帝，亦非儒家之先圣先贤，不过五路财神耳。此所谓神，近于魔鬼，此所谓祭，近于行贿。"

7月17这个公历生日是我一岁时开始用起来的。我一岁时恰逢中华民国成立。我常自豪说："我和中华民国同岁，我比中华民国还年长一百天！"7月17日是我生日，不是比10月10日早一百天吗？

笔　会：您从小进的启明、振华，长大后上的清华、牛津，都是好学校，也听说您父母家训就是：如果有钱，应该让孩子受好的教育。杨先生，您认为怎样的教育才算"好的教育"？

杨　绛：教育是管教，受教育是被动的，孩子在父母身边最开心，爱怎么淘气就怎么淘气，一般总是父母的主张，说"该孩子该上学了"。孩子第一天上学，穿了新衣新鞋，拿了新书包，欣欣喜喜地"上学了！"但是上学回来，多半就不想再去受管教，除非老师哄得好。

我体会，"好的教育"首先是启发人的学习兴趣，学习的自觉性，培养人的上进心，引导人们好学，和不断完善自己。要让学生在不知不觉中受教育，让他们潜移默化。这方面榜样的作用很重要，言传不如身教。

我自己就是受父母师长的影响，由淘气转向好学的。爸爸说话入情入理，出口成章，《申报》评论一篇接一篇，浩气冲天，掷地有声。我佩服又好奇，请教秘诀，爸爸说："哪有什么秘诀？多读书，读好书罢了。"妈妈操劳一家大小衣食住用，得空总要翻翻古典文学，现代小说，读得津津有味。我学他们的样，找父亲的书来读，果然有趣，从此好（hào）读书，读好书入迷。

我在启明还是小孩，虽未受洗入教，受到天主教姆姆的爱心感染，小小年纪便懂得"爱自己，也要爱别人"，就像一首颂歌中唱的"我要爱人，莫负人家信任我；我便爱人，因为有人关心。"

我进振华，已渐长大。振华女校创始人状元夫人王谢长达太老师毁家办学，王季玉校长继承母志，为办好学校"嫁给振华"贡献一生的事迹，使我深受感动。她们都是我心中的楷模。

爸爸从不训示我们如何做，我是通过他的行动，体会到"富贵不能淫，贫贱不能移，威武不能屈"古训的真正意义的。他在京师高等检察厅厅长任上，因为坚持审理交通部总长许世英受贿案，宁可被官官相护的北洋政府罢官。他当江苏省高等审判厅厅长时，有位军阀到上海，当地士绅联名登报欢迎，爸爸的名字也被他的属下列入欢迎者的名单，爸爸不肯欢迎那位军阀，比自己有价值。我赖以成名的几出喜剧，能够和《围城》比吗？所以，他说想写一部长篇小说，我不仅赞成，还很高兴，我要他减少教课钟点，致力写作，为节省开销，我辞掉女佣，做"灶下婢"是心甘情愿的。握笔的手初干粗活免不了伤痕累累，一会儿劈柴木刺扎进了皮肉，一会儿又烫起了泡。不过吃苦中倒也学会了不少本领，使我很自豪。

钱锺书知我爱面子，大家闺秀第一次挎个菜篮子出门有点难为情，特陪我同去小菜场。两人有说有笑买了菜，也见识到社会一角的众生百相。他怕我太劳累，自己关上卫生间的门悄悄洗衣服，当然洗得一塌糊涂，빛得我重洗，他的体己让我感动。

诗人辛笛说钱锺书有"誉妻癖"，锺书的确欣赏我，不论是生活操劳或是翻译写作，对我的鼓励很大，也是爱情的基础。同样，我对钱锺书的作品也很关心、熟悉。1989年黄蜀芹要把他的《围城》搬上银幕，来我家讨论如何突出主题，我觉得应表达《围城》的主要内涵，立即写了两句话给她，那就是：

围在城里的人想逃出来，
城外的人想冲进去。
对婚姻也罢，职业也罢，
人生的愿望大都如此。

意思是"围城"的含义，不仅指方鸿渐的婚姻，更泛指人性中某些可悲的因素，就是对自己处境的不满。钱锺书很赞同我的概括和解析，觉得这个关键词"实获我心"。

我是一位老人，净说些老话。对于时代，我是落伍者，没有什么良言贡献给现代婚姻。只是在物质至上的时代潮流下，想提醒年轻的朋友，男女结合最最重要的是感情，双方互相理解的程度，理解深才能互相欣赏吸引、支持和鼓励，两情相悦。我以为，夫妻间最重要的是朋友关系，即使不能做知心的朋友，也该是能做得伴侣的朋友或互相尊重的伴侣。门当户对及其他，并不重要。

笔　会：您出生于1911年，1917年即产生了新文学革命。但您的作品，不论是四十年代写的喜剧，还是后来写的《洗澡》《干校六记》等，却没有一点通常意义上"现代文学"的气息。请问杨先生，您觉得您作品中和时代氛围的距离来自哪里？

杨　绛：新文学革命发生时，我年纪尚小；后来上学，使用的是政府统一颁定的文白参杂的课本，课外阅读进步的报章杂志作品，成长中很难不受新文学的影响。不过写作纯属个人行为，作品自然反映作者各自不同的个性、情趣和风格。我生性不喜趋时、追风，所写大都是心有所感的率性之作。我也从未刻意回避大家所熟悉的"现代气息"，如果说我的作品中缺乏这种气息，很可能是因为我太崇尚古典的清明理性，上承传统，旁汲西洋，背负着过去的包袱太重。

笔　会：创作与翻译，是您成就的两翼。特别是历经"大跃进"、"文革"等困难年代，最终完成《堂吉诃德》的翻译，已是名著名译的经典，曾作为当年邓小平送给西班牙国王的国礼。很难想象这个工作是您47岁自学西班牙语后开始着手进行的。您对堂吉诃德这位骑士有特别的喜爱吗？您认为好的译者，有良好的母语底子是不是比掌握一门外语更重要？

杨　绛：这个提问包含两个问题。我先答第一个。

我对这部小说确实特别喜爱。这也说明我为什么特地自学了西班牙语来翻译。堂吉诃德是彻头彻尾的理想主义者，眼前的东西他看不见，明明是风车的翅膀，他看见的是迎面而来的许多军队，难为他博学多才，能数说这许多军队来自哪些国家，领队的将军又是何名何姓，这等等都是象征性的。

我曾证明塞万提斯先生是虔诚的基督教徒，所以他的遗体埋在三位一体教会的墓园里；他被摩尔人掳去后，是三位一体教会出重金把他赎回西班牙的。虽然他小说里常有些看似不敬之辞，如说"像你妈妈一样童贞"，他也许是无意的，也许是需要表示他的小说不是说教，但他的小说确是他信仰的产物。

现在我试图回答第二个问题。

"作为好的译者，有良好的母语底子是不是比掌握外语更重要？"

是的。翻译是一项苦差，因为一切得听从主人，不能自作主张，而且一仆二主，同时伺候着两个主人：一是原著，二是译文的读者。译者一方面得彻底了解原著；不仅了解字句的意义，还需领会字句之间的含蕴，字句之外的语气声调。另一方面，译文的读者要求从译文里领略原文，译者得用读者的语言，把原作的内容按原样表达；内容不可有所增删，语气声调也不可走样。原文弦外之音，只能从弦上传出；含蕴未吐的意思，也只附着在字句上。译者只能在译文的字句上用功夫表达，不能插入自己的解释或擅用自己的说法。译者须对原著彻底了解，方才能够贴合着原文，照模照样地向读者表达，可是尽管了解彻底未必就能照样表达。彻底了解不易，贴合着原著照模照样的表达更难。

末了我要谈谈"信、达、雅"的"雅"字。我曾以为翻译只求亦信亦达，"雅"是外加的文饰。最近我为《堂吉诃德》第四版校订译文，发现毛病很多，有的文句欠妥，有的辞意欠醒。我都找到更恰当的文字或更恰当的表达方式，就觉得译文更信更达、也更好些。"好"是否就是所谓"雅"呢？（不用"雅"字也可，但"雅"字却也现成。）福楼拜追求"最恰当的字"（Le mot juste）。用上最恰当的字，文章就好。翻译确也追求这么一个标准：不仅能信能达，还要"信"得贴切，"达"得恰当——称为"雅"也可。我远远不能达到这个目标，但是我相信，一切从事文学翻译的人都意识到这么一个目标。

杨绛先生近影（摄于2011年4月）

笔会

目录

✤ 杂忆与杂写

✣ 书信三封

✣ 诗六首

杂忆与杂写

自　　序

我近来常想起十九世纪英国诗人蓝德(W. S. LANDOR)的几行诗:

我双手烤着
　　生命之火取暖;
火萎了,
　　我也准备走了。

因此我把抽屉里的稿子整理一下,汇成一集。

第一部是怀人忆旧之作。怀念的人,从极亲到极疏;追忆的事,从感我至深到漠不关心。我怀念的人还很多,追忆的事也不少,所记零碎不全。除了特约的三篇,都是兴来便写,不循先后。长长短短,共一十六篇,依写作年月为序。其中六篇曾在报刊发表。

第二部从遗弃的旧稿里拾取。有些旧稿已遗忘多年,近被人发掘出三数篇,我又自动拣出几篇,修修改改,聊凑七篇,篇目依内容性质排列。

"楔子"原是小说的引端,既无下文,便成弃物。我把"楔子"系在末尾,表示此心不死,留着些有余不尽吧。

大 王 庙

一九一九年——五四运动那年，我在北京女师大附属小学上学。那时学校为十二三岁到十五六岁的女学生创出一种新服装。当时成年的女学生梳头，穿黑裙子；小女孩子梳一条或两条辫子、穿裤子。按这种新兴的服装，十二三到十五六岁的女学生穿蓝色短裙，梳一条辫子。我记得我们在大操场上“朝会”的时候，老师曾两次叫我姐姐的朋友（我崇拜的美人）穿了这种短裙子，登上训话台当众示范。以后，我姐姐就穿短裙子了，辫梢上还系个白绸子的蝴蝶结。

那年秋天，我家从北京迁居无锡，租居沙巷。我就在沙巷口的大王庙小学上学。

我每和姐姐同在路上走，无锡老老少少的妇女见了短裙子无不骇怪。她们毫不客气的呼邻唤友：“快点来看呶！梳则辫子促则腰裙呶！”（无锡土话：“快来看哦！梳着辫子束着裙子哦！”）我悄悄儿拉拉姐姐说：“她们说你呢。”姐姐不动声色说：“别理会，快走。”

我从女师大附小转入大王庙小学，就像姐姐穿着新兴的服装走在无锡的小巷里一样。

大王庙小学就称大王庙，原先是不知什么大王的庙，改成一间大课堂，有双人课桌四五直行。初级小学四个班都在这一间大课堂里，男女学生大约有八十左右。我是学期半中间插进去的。我父亲正患重病，母亲让老门房把我和两个弟弟送入最近的小学。我原是三年级，在这里就插入最高班。

大王庙的教职员只有校长和一位老师。校长很温和，冻红的鼻尖上老挂着一滴清水鼻涕。老师是孙先生，剃一个光葫芦瓢似的头，学生背后称他“孙光头”。他拿着一条藤教鞭，动不动打学生，最爱打脑袋。个个学生都挨打，不过他从不打我，我的两个不懂事的弟弟也从没挨过打，大概我们是特殊的学生。校长不打学生，只有一次他动怒又动手了，不过挨打的学生是他的亲儿子。这孩子没有用功作业，校长气得当众掀开儿子的开裆裤，使劲儿打屁股。儿子嚎啕大哭，做爸爸的越打越气越发狠痛打，后来是“孙光头”跑来劝止了。

我是新学生，不懂规矩，行事往往别扭可笑。我和女伴玩“官、打、捉、贼”（北京称为“官、打、巡、美”），我拈阄拈得“贼”，拔脚就跑。女伴以为我疯了，拉住我问我干什么。我急得说：

“我是贼呀！”

“嗨，快别响啊！是贼，怎么嚷出来呢！”

我这个笨“贼”急得直要挣脱身。我说：

“我是贼呀！得逃啊！”

她们只好耐心教我：“是贼，就悄悄儿坐着，别让人看出来。”

又有人说：“你要给人捉出来，就得挨打了。”

我告诉她们：“贼得乘早逃跑，要跑得快，不给捉住。”

她们说：“女老小姑则”（即“女孩子家”）不兴得“逃快快”。逃呀、追呀是“男老小”的事。

我委屈地问：女孩子该怎么？

一个说：“步步太阳”（就是古文的“负暄”，“负”读如“步”）。

一个说：“到‘女生间’去踢踢毽子。”

大庙东庑是“女生间”，里面有个马桶。女生在里面踢毽子。可是我只会跳绳、拍皮球，不会踢毽子，也不喜欢闷在又狭又小的“女生间”里玩。

不知谁画了一幅“孙光头”的像，贴在“女生间”的墙上，大家都对那幅画像拜拜。我以为是讨好孙先生呢。可是她们说，为的是要“钝”死他。我不懂什么叫“钝”。经她们七嘴八舌的解释，又打比方，我渐渐明白“钝”就是叫一个人倒霉，可是不大明白为什么拜他的画像就能叫他倒霉，甚至能“拜死他”。这都是我闻所未闻的。多年后我读了些古书，才知道“钝”就是《易经》《屯》卦的“屯”，遭难当灾的意思。

女生间朝西。下午，院子里大槐树的影子隔窗映在东墙上，印成活动的淡黑影。女生说是鬼，都躲出去。我说是树影，她们不信。我要证明那是树影不是鬼，故意用脚去踢。她们吓得把我都看成了鬼，都远着我。我一人没趣，也无法争辩。

那年我虚岁九岁。我有一两个十岁左右的朋友，并不很要好。和我同座的是班上最大的女生，十五岁。她是女生的头儿。女生中间出了什么纠纷，如吵架之类，都听她说了算。小女孩子都送她东西，讨她的好。一次，有个女孩子送她两只刚出炉的烤白薯。正打上课铃，她已来不及吃。我和她的课桌在末排，离老师最远。我看见她用怪脏的手绢儿包着热白薯，缩一缩鼻涕，假装抹鼻子，就咬一口白薯。我替她捏着一把汗直看她吃完。如果“孙光头”看见，准用教鞭打她脑袋。

在大王庙读什么书，我全忘了，只记得国文教科书上有一课是：“子曰，父母之年，不可不知也……”“孙光头”把“子曰”解作“儿子说”。念国文得朗声唱诵，称为“啦”（上声）。我觉得发出这种怪声挺难为情的。

每天上课之前，全体男女学生排队到大院西侧的菜园里去做体操。一个最大的男生站在前面喊口令，喊的不知什么话，弯着舌头，每个字都带个“儿”。后来我由“七儿”“八儿”悟出他喊的是“一、二、三、四、五、六、七、八”。弯舌头又带个“儿”，算是官话或国语的。有一节体操是揉肚子，九岁、十岁以上的女生都含羞吃吃地笑，停手不做。我傻里傻气照做，她们都笑我。

我在大王庙上学不过半学期，可是留下的印象却分外生动。直到今天，有时候我还会感到自己仿佛在大王庙里。

一九八八年八月

我在启明上学

我十岁，自以为是大人了。其实，我实足年龄是八岁半。那是一九二〇年的二月间。我大姐姐打算等到春季开学，带我三姐到上海启明去上学。大姐姐也愿意带我。那时候我家在无锡，爸爸重病刚脱险，还在病中。

我爸爸向来认为启明教学好，管束严，能为学生打好中文、外文基础，所以我的二姑妈、堂姐、大姐、二姐都是爸爸送往启明上学的。一九二〇年二月间，还在寒假期内，我大姐早已毕业，在教书了。我大姐大我十二岁，三姐大我五岁。（大我八岁的二姐是三年前在启明上学时期得病去世的。）妈妈心上放不下我，我却又不肯再回大王庙小学，所以妈妈让我自己做主。

妈妈特地为我找出一只小箱子。晚饭后，妈妈说："阿季，你的箱子有了。来拿。"无锡人家那个年代还没有电灯，都点洋油灯。妈妈叫我去领箱子的房间里，连洋油灯也没有，只有旁边屋间透过来的一星光亮。

妈妈再次问我："你打定主意了？"

我说："打定了。"

"你是愿意去？"

"嗯，我愿意去。"我嘴里说，眼泪簌簌地直流，流得满面是泪。幸好在那间昏暗的屋里，我没让妈妈看见。我以前从不悄悄流泪,只会哇哇地哭。这回到上海去上学,就得离开妈妈了。而且这一去,要到暑假才能回家。

我自己整理了小箱子。临走,妈妈给我一枚崭新的银元。我从未有过属于我个人的钱,平时只问妈妈要几个铜板买东西。这枚银元是临走妈妈给的,带着妈妈的心意呢。我把银元藏在贴身衬衣的左边口袋里。大姐给我一块细麻纱手绢儿,上面有一圈红花,很美。我舍不得用,叠成一小方,和银元藏在一起做伴儿。这个左口袋是我的宝库,右口袋随便使用。每次换衬衣,我总留心把这两件宝贝带在贴身。直到天气转暖穿单衣的时候,才把那枚银元交大姐收藏,已被我捂得又暖又亮了。花手绢曾应急擦过眼泪,成了家常用品。

启明女校原先称"女塾",是有名的洋学堂。我一到启明,觉得这学校好神气呀,心里不断地向大王庙小学里的女伴们卖弄:"我们的一间'英文课堂'(习外语学生的自修室)比整个大王庙小学还大!我们教室前的长走廊好长啊,从东头到西头要经过十几间教室呢!长廊是花瓷砖铺成的。长廊下面是个大花园。教室后面有好大一片空地,有大树,有草地,环抱着这片空地,还有一条很宽的长走廊,直通到'雨中操场'(也称'大操场',因为很大)。空地上还有秋千架,还有跷跷板……我们白天在楼下上课,晚上在楼上睡觉,二层楼上还有三层……"可是不久我便融入我的新世界,把大王庙抛在九霄云外了。

我的新世界什么都新奇,用的语言更是奇怪。刚开学,老学生回校了,只听得一片声的"望望姆姆"。这就等于说:"姆姆,您好!"(修女称"姆姆")管教我们的都是修女。学校每月放假一天,住在本地的学生可由家人接回家去。这个假日称为"月头礼拜”。其余的每个星期日，我们穿上校服，戴上校徽，排成一队一队，各由姆姆带领，到郊野或私家花园游玩。这叫做“跑路”。学绘画得另交学费，学的是油画、炭画、水彩画，由受过专门教育的姆姆教。而绘画叫做“描花”。弹钢琴也土里土气地叫做“掐琴”。每次吃完早饭、午饭、点心、晚饭之后，学生不准留在课堂里，都得在教室楼前或楼后各处游玩散步，这叫“散心”。吃饭不准说话；如逢节日，吃饭时准许说话，叫做“散心吃饭”。孩子不乖叫做“没志气”，淘气的小孩称“小鬼”或“小魔鬼”。自修时要上厕所，先得“问准许”。自修室的教台上有姆姆监守。“问准许”就是向监守的姆姆说一声“小间去”或“去一去”，姆姆点头，我们才许出去。但监守的姆姆往往是外国姆姆，她自己在看书呢，往往眼睛也不抬就点头了。我有时“问准许”小声说：“我出去玩玩”，姆姆也点头。那“小间去”或“去一去”，往往是溜出去玩的借口。只要避免几个人同时“问准许”，互相错开些，几个小魔鬼就可以在后面大院里偷玩。

在我们小鬼心目中，全校学生分三种。梳“头发团”（发髻）穿裙子的，是大班生（最高班是第一班，也称头班）。另外有五六位女教师（包括我大姐）也是这等打扮。梳一条辫子穿裙子的（例如我三姐），是中班生。梳一条或两条辫子不穿裙子的是小班生。实际上，这是年龄的标识，并不是班次的标准。梳“头发团”的也可能上低班，不穿裙子的也可能上中班。

我头上共有四条辫子。因为照启明的规矩，学生整个脸得光光的，不准披散头发，头发得编在辫子里或梳在“头发团”里。我原有覆额的刘海；要把刘海结成辫子很不容易。两个姐姐每天早晨为我梳小辫，一左一右，把我的刘海各分一半，紧紧揪住，编成小辫,归入后面还不够长的大辫。我看她们费劲,只好乖乖地忍着痛做苦脸,让她们使劲儿揪,希望头发会越揪越长。梳四条辫子的小鬼,好像只我一个。

我们从早到晚有姆姆看管。一天分两半:晚上在楼上宿舍里,白天在楼下;下了楼就要到晚上才上楼,白天谁也不准上楼。每天都有刻板的规矩。不过我们生活得很活泼,自有方法摆脱姆姆的看管。这也丰富了我们的生活。可是一切都得努力,一天到晚的事都需克服困难。

每天六点打铃起床,铺床、梳洗。记不清是七点还是七点半打铃,排队下楼,到饭堂吃早饭。然后"散心",然后上课。课程天天一样;除了星期日要"跑路",星期三要洗澡,这两天的课程和平日不同,但每周都一样。午饭总是十二点,然后"散心",又上课。四点半吃点心,又"散心",上课。记不清是六点还是六点半晚饭,又"散心",然后上夜课。小鬼上夜课的时间很短。我们上楼之前,在自修室后面挨次上"小间",然后由姆姆看着排队上楼。楼上的卧房记不清是四五间还是五六间。早晚都有姆姆巡视。但我们小鬼可以像流寇般从这间溜到那间去。只是晚课以后,小鬼也忙着要睡了。

我们的卧房很大,叫"统房间",都一模一样。每间卧室分左右两半,床位的排列相同。床连床,一行四张床。房间的左右两半各有四行床。行间有相当宽的距离。每一间卧房里有一张单独的床,在靠墙处,由看管卧房的老师睡。我大姐就睡在这种单独的床上。我的床,面对着大姐的床,头连着我三姐的床。

我那时候穿皮袄、棉裤、罩衫、罩裤。穿衣服就够麻烦的,因为那时候裤腰没有松紧带,得打个大褶子再束上一条裤带。束太紧了，吃饱饭不舒服；太松了，会掉下来。稍为掉下一点，裤脚就太低了。大姐嫌我束的裤子总是歪的，每天要为我重束裤子。裤腿也不能一高一低，她还要把我的两个衣袖拉得一样长。

最困难的是铺床。我们的帐子白天都得撩上床顶。我们床前各有一张凳子。我先把凳子挪在床前正中，站上去，把帐子前面的两幅帐门搭上床顶，然后下地把左右两边帐子摺好，再爬上凳子，连同后面那幅平平整整地搭上床顶。我得把凳子搬到床头，又搬到床尾，上下好多次。我的帐子搭得特整齐，大家都夸我。我很得意。

撩完帐子就铺床。我每晚临睡铺一个小小的“被封筒”，因为人小，“封筒”特短，长了漏风。大班生和教师们都爱掀开我的帐子看看我的小“被封筒”，看了都笑。早起铺床，先得把被子一条条抖抖，铺得平平的，再盖上白线毯，线毯两边有穗儿。床两旁得垂下同样宽的边。我的床在一行四只的中间，从床前到床后得绕过另一只床（我三姐的床）。我爱整齐，也爱人家夸赞，所以每天早上要绕着床打好多个转转才铺得自己满意。

我们各有一个小衣柜和一套洗漱用具，各有一个冷水龙头。这套设备都沿墙连着。我和姐姐的衣柜差不多是连着的。我天天要和三姐比洗脸毛巾谁的白，因为三姐说我的毛巾黑了。我有一块洗澡用的粗肥皂，一块洗脸用的药水肥皂。我爸爸迷信一种老牌洋药皂最能杀菌。妈妈特为我和姐姐各买一块，可是妈妈大概没想到我天天用来洗脸。我大姐姐说我把脸上高的地方都洗亮了，低的地方还没洗到。我留心把脸上高高低低各处都洗到。然后洗耳朵，前面、后面和边边都洗到。然后洗脖子。我还学三姐，把手指连手指甲在打了肥皂的毛巾上来回来回擦，把指甲也洗干净。都洗完，脸上抹点儿蜜，就拆散头发，等两个姐姐为我梳四条辫子。我不知道别人用什么香皂或什么化妆品，反正我们姊妹连一面镜子都没有。我梳四条小辫的时期，不大有时间流窜到别的房间去玩。但排队下楼，我曾做过一次冒失的事。

我们的楼梯很宽，旁边的栏杆很漂亮。栏杆上面的扶手是圆鼓鼓、光溜溜的木板。我常想骑上这道木板滑下去。有一次，我乘姆姆在楼上看不见我，就骑上栏杆，滑下末一折楼梯。如果身子一歪，会跌到平地上去。地面是硬瓷砖，不像秋千架下是松松的沙土，跌不痛。我没敢再滑第二次，也没敢告诉姐姐。好在没人揭发，我不知道别人是否也干过这等事。

下楼后，每个学生都有个安身之处，就在我们的自修室里。全校有两间自修室。小的一间叫“中文课堂”，在长廊东头，只有大教室那么大。不学外文只学中文的学生在“中文课堂”自修。大的一间很大很大，也很亮，在长廊正中，叫“英文课堂”。学外文的，不管英文、法文，都在英文课堂自修。每个人的台板和座位都是固定的，几年也不变。我们的书和纸、墨、笔、砚以及手工课上的针线活儿，都收藏在台板里。这个座位连台板，相当于宿舍里的床和小衣柜。我们好比楼上有一个窝，楼下也有一个窝。英文课堂里共有一百多个座位。课堂也分左右两半，中间有个过道，上首有讲台讲座，由监守的姆姆坐。除了上课、吃饭、吃点心、散心，我们整天在自修室里盘桓。楼上宿舍的床位，楼下自修室的座位，饭堂里吃饭桌上的座位，都是固定不变的，所以我们放假后回校，就好像回到自己家里一样。

下楼第一件事是上饭堂还是上小间，我记不清了。反正都有姆姆看着。我们出入饭堂,从不一拥而入或零乱散出,总有秩序地排着队。队伍不按高矮,只是有次序。

吃早饭又是难事。饭堂也分左右两半。左一半,右一半,都是横着放的长饭桌。饭堂里共有二十来桌。每条长饭桌又分为左右两小桌,中间放两小桌共用的饭桶或粥桶和茶壶、茶杯等。一小桌坐四个人。我挨着大姐姐坐,对面是三姐和她的朋友。早饭是又稠又烫的白米粥,每桌四碟小菜。全饭堂寂静无声地吃粥。别人吃粥快,只有我吃得慢。粥又烫,大姐姐又一定要我吃两碗。姆姆在饭堂四周和中间巡行。谁都不许说话。我听到别人在嗑瓜子,就知道她们都吃完了。姆姆要等每个人都吃完才摇铃,让我们排队出去"散心"。我打算吃一碗算了,可是大姐姐不让我少吃。有一次她特地托人买了炼乳,为我搅在粥里减烫。我吃得几乎恶心呕吐。不过我还是乖乖地吃下两碗。其实,我很不必着急。因为学生只许在饭堂里吃东西。小鬼身上偷带着好吃的东西,姆姆不知道——也许假装不知道。许多学生有各式各样的好吃东西。住本地的学生都从家里带些菜肴到学校吃。凡是吃的东西,都收藏在饭堂两壁的食橱里,只许在饭堂吃。她们正好趁我吃得慢,可以多吃些闲食。我每次早饭总是末了一个吃完。

"散心"更不是容易事。我虽然很小就上学,我只是走读。走读可以回家,寄宿就无家可归。上课的时候坐在课堂里,不觉得孤单,可是一到"散心",两个姐姐都看不见了,我一个人在大群陌生孩子中间,无依无靠,觉得怯怯的。我流落在学校里了。

大姐姐老早就教了我一个乖。她说:"人家一定会来问你父亲是做什么的,你怎么回答?"

我说："做官的。"

大姐姐说："千万不能说。"

"为什么？"

大姐姐说："人家就会唱：'芝麻官，绿豆官，豆腐干，萝卜干，咸鱼干，鼻涕干，袜筒管，裤脚管。'（用上海话说来是顺口溜。）"

启明里尽是大官富商家的小姐。谁、谁、谁是某、某、某大官的女儿，谁、谁、谁是某、某、某富商的女儿，大家都知道。官儿都大着呢。我爸爸绝不是什么大官，这点我明白。姐姐教我回答说，父亲是"做事情的"。我就记住。果然有人问我了。我就说："做事情的。"没人盯住问做什么事。我闯过了做新学生的第一关。

我到"散心"的时候，就觉得第一要紧的是找个伴儿。我先看中一个和我一般小的女孩子，可是她比我低好多班，我们说不到一块儿。接下，有个比我年龄稍大的广东孩子常找我玩。她比我高大，也比我胖。她教我广东话。她衣袋里总藏着些好吃的东西，如鸭肫干、陈皮梅、牛奶糖等等。我们都在"英文课堂"里"自修"。不过她的座位在右半边，我在左半边。散课后她招我过去坐在她座旁，叫我闭上眼睛张开嘴，她放些东西在我嘴里，然后让我睁眼，叫我猜嘴里是什么东西。我嚼着辨味，我说是虾米。她拿出几个大甲虫，像大拇指面那么大，说我吃的是甲虫。我有点害怕，可是我不信。她就把甲虫的翅膀、脚都捋掉，摘去脑袋，果然露出虾米般的肉，还带些油，像咸鸭蛋黄里的油。我们两人分吃了这只甲虫，味道比虾米鲜嫩。她告诉我这叫龙虱。五十多年后，我在北京旧东安市场北门的稻香村南货店看到一罐龙虱，居然识货，就是那次领教的。她衣袋里的东西真多，老在吃这、吃那，我却什么都没有。看她吃，我有点馋。她有时也给我吃。她不给我吃，我看着馋；给我吃，我吃了心上又很不舒服，觉得自己成了讨饭叫化子了。我宁愿找别人玩，不肯跟她玩了。

有一个比我大很多岁的孩子，她班次比我低。她说我大姐姐是她的恩人。她做新学生的时候，大家都欺侮她，全靠我大姐保护了她，不让别的学生欺侮。所以她私下为自己取了一个名字，叫杨秀康。她有一帮比我年龄稍大的孩子做朋友。她很热心地找我和她们一起玩。我跟着她听到些非常奇怪的事。她家住在长江边上，住在一只破船里。船已经不能下水了，搬到岸上去了。她父亲有两个老婆，同住一船，经常拿刀动棒地打架。她妈妈是小老婆。她有两个亲姐姐都卖在堂子里，都嫁了很阔气的姐夫，都做了小老婆。她父亲又要把她卖到堂子里去。她是最小的妹妹。可是两个姐姐死也不让卖，硬是把她送入启明上学。她爱讲姐夫家怎么怎么阔气。我没人同玩，就找她们一帮。但是我对她们都不怎么喜欢，她们讲的事我没兴趣。

我终于找到一个朋友。她比我大一岁半，个儿比我高些。我们同班上英文，都是最低班。我们两个都是出色的学生。我虽然只是初学英文，倒很内行地知道自己不如她。我是中国孩子用正确的口音读英文，她却像外国人随便说话。她还会说俄文。她的保姆是白俄。也许因为她会说俄文，所以读英文也那么自然。我很佩服她。

我觉得她什么都比我灵。比如姆姆问："你如果掉了一根针，怎么拣？"我说指头上蘸些唾沫一粘就粘起来了。她说，把针尖一按，粗的一头会翘起来，就可以拣了。她的办法比我的利索。不过，如果拣很细的绣花针，我的办法更好。但她的中文只上最低班，我却已插入中班。其它如历史、物理（称“格致”）、算术等课我都上中班，她还上最低班。所以她也佩服我。后来她的英文跳了一班，又跳一班。我们两个一同跳班，不过我觉得我是陪着她跳的。音乐课我们也一同由小班跳上中班。然后她开始学弹钢琴。我姐姐说我的手太小又太硬，绷不开，而且我太专心，不会五官并用，所以我不配学钢琴。她音乐课又跳上一班。我不识乐谱，但是我能记乐调，所以也陪着跳上一班。我很羡慕她能弹琴。我们彼此佩服，很自然地成了朋友。“散心”有朋友，就不孤单了，可以一起玩得很开心。

我们每次餐后，一定得“散心”。时间有长有短。午饭以后最长，吃点心以后最短。大班生、中班生往往喜欢成群结队，有的还和监守的姆姆拉在一起散步。她们排成面对面的两大排，一排向前走，一排向后退，一面嘻嘻哈哈地说笑。也有三五成群的。小鬼最分散。有一伙小鬼喜欢钻在大操场的角落里玩“做小人家”。可是她们“做家家”的水平太低。比如，一个年龄不小而班次很低的大孩子，装作不会走路的小娃娃，让人在后面用带子拦腰拽着走；一个眼皮上结疤的小女孩装大女人，双手捏着一方手绢的两角，扭着脖子，把手绢儿一摔，带着哭声说苏州话：“姆妹啊，奴十八岁哉！要嫁哉！”我和我朋友从不加入她们一伙。我们宁可在乱草地里赶癞蛤蟆，只是不敢捉；或者挖一个小池塘，堆一座小土山，拣些煤渣子砌成假山，筑出弯弯曲曲的路，路旁拣些树枝做树。我们往往会招来一群合作的小伴儿。可是我们从自来水龙头下一捧一捧运送的水，放入池塘，就成了泥浆，也很扫兴。坐跷跷板、荡秋千都嫌太单调。我的朋友教我爬秋千。双腿绕着秋千绳索，两脚蹬，双手拉着绳索，一手一手往上拽。我能爬到秋千顶上（我们的秋千很高），然后双手握着绳子滑下来，有时把手心的皮都磨破。我朋友自己不爬，她比我文静。正规的游戏如拍皮球、跳绳、造房子，我们都和一大帮孩子同玩。反正越难越有趣。我们想出种种花样。比如拍皮球，要把死球（不动的球）拍成活的，我会。先轻轻地拍，拍着拍着皮球就活了。造房子有上海房子，南京房子，我的朋友还教我造俄国房子，各有一套规矩。跳绳的花样更多。跳着绳子拣铜板也好玩。最难的跳绳也是我朋友教的。得蹦得很高，绳子尽量缩短，身体也尽量缩短，绳子在双脚离地的顷刻间，快速绕过全身两周。一蹦连一蹦，每一蹦跳过两重绳子，中间没有间歇。我创下了最高纪录，连蹦十一下。我朋友只会连蹦三四下，她没我野。不过我们也常常很斯文地并肩散步，悄悄地说说话儿，讲讲彼此的家庭。我们有我们的小天地，别的孩子走不进。

小鬼们爱吵架，往往吵得全校小鬼分成两帮，各帮都有头头。两帮的小喽啰会来问我们帮哪一面。我说："都不帮。"我的朋友说："都帮。"我等问话的走了，认真问我朋友："都不帮，可以；都帮，怎么能两面都帮呢？"她只笑笑。我那时候虽说不懂事，也懂得自己太笨了，她乖。反正又不是真的帮吵架。都不帮，就和两面都不好了；都帮，就和两面都好。我承认她比我聪明，不过我很坚定地觉得自己没错，我是对的，比她更对。

每天我没到午饭就觉得饿了。同桌三姐的朋友有家里带来的菜，也放在饭桌上。我觉得她家的菜好吃。晚上大姐姐对我说，"你怎么老吃人家的菜？她都看了你好几眼了，你也不觉得?”我羞得以后筷子想伸到那只碗里去忙又拐弯儿。吃午饭的时间很长。我吃完了,人家还在吃呢。有几条长桌靠近后面的厨房,桌上常有热气腾腾的大蹄髈,整只的鸡鸭。我远远望去,看得很馋。我听得大姐和老师们议论这伙吃大蹄髈、整鸡、整鸭的学生,说她们都是“吃笨的”。人会吃笨吗?也真怪,这伙学生的学习成绩,确实都很糟。

到了“月头礼拜”,学生都由家人接回家去。她们都换上好看的衣服,开开心心地回家。留校的小鬼没几个。我们真是说不出的难受。管饭堂的姆姆知道我们不好过,把饭堂里吃点心剩余的半蒲包“乌龟糖”(一种水果糖)送给我们解闷。可是糖也安慰不了我们心上的苦,只吃得舌头厚了,嘴里也发酸了。直到回家的一批批又回学校,我们才恢复正常。

记不清又过了几个“月头礼拜”,大姐姐有一天忽对我说,要带我和三姐到一个地方去。她把我的衣袖、裤腿拉得特整齐。我跟着两个姐姐第一次走出长廊,走出校门,乘电车到了一个地方,又走了一段路。大姐姐说,“这里是申报馆,我们是去看爸爸!”

我爸爸已经病好了。如果我是在现代的电视里,我准要拥抱爸爸了。可是我只规规矩矩地站在爸爸面前,叫一声“爸爸”,差点儿哭,忙忍住了。

爸爸招呼我们坐。我坐在挨爸爸最近的藤椅里,听姐姐和爸爸说话。说的什么话,我好像一句都没听见。后来爸爸说:“今天带你们去吃大菜。”

我只知道“吃大菜”就是挨剋,不是真的吃菜,真的大菜我从没吃过。爸爸教我怎样用刀叉。我生怕用不好。爸爸看我担忧,安慰我说:“你坐在爸爸对面,看爸爸怎么吃,就怎么吃。”

我们步行到附近青年会去,一路上我握着爸爸的两个指头,走在两个姐姐后面。爸爸穿的是哔叽长衫,我的小手盖在他的袖管里。我们走不多远就到青年会了。爸爸带我们进了西餐室,找了靠窗的桌子,我背窗坐在爸爸对面,两个姐姐打横。我生平第一次用刀叉吃饭,像猴儿似的学着爸爸吃。不过我还是吃错了。我不知道吃汤是一口气吃完的。我吃吃停停。伺候的人想撤我的汤,我又吃汤了。他几次想撤又缩住手。爸爸轻声对我说,“吃不下的汤,可以剩下。”回家路上,爸爸和姐姐都笑我吃汤。爸爸问我什么最好吃。我太专心用刀叉,没心思品尝,只觉得味道都有点怪,只有冰激淋好吃。我们回到申报馆,爸爸带我们上四楼屋顶花园去歇了会儿,我就跟着两个姐姐回校了。我最近听说,那个屋顶花园,至今还保留着呢。

我见到了爸爸,心上不知是什么滋味。爸爸很瘦,他一个人住在申报馆里。妈妈呢?弟弟妹妹我都不想,我有时梦见妈妈。可是一天到晚很忙,没工夫想念。

暑假我跟着两个姐姐回到无锡家里,爸爸是否回家我记不得了。不多久我家迁居上海,每个“月头礼拜”我也可以回家了。我们也带些菜肴到学校去吃。我还记得妈妈做的红焖牛肉,还有煮在肉里的老鸡蛋。我不再像以前那样经常馋吃了。

午饭以后的“散心”很长,可以玩个足够。午饭后的课多半是复习,吃点心之后,多半是自修。姆姆也教我们写家信:“父母亲大人膝下,敬禀者……”这是一定的格式,小鬼们都学着用毛笔写家信。

大姐姐的台板虽然在我的旁边,她除了上午管我读十遍书,并不常在我身边。她的台板里满满的都是整整齐齐的书。我的台板里却很空。她有一本很厚的新书,借放在我的台板里。我一个人“自修”的时候,就翻来看看。书很有趣,只是书里的名字很怪。我囫囵吞枣地读了大半本,被大姐姐发现了,新书已被我看得肚皮都凸出来了。她着急说,“这是我借来的呀,叫我怎么还人呢?”我挨了一顿责怪。多年后,我的美籍女教师哄我上圣经课,读《旧约全书》,里面的故事,我好像都读过,才知道那本厚书是《旧约全书》的中译本。我还是梳四条辫子时期读的。

我记得家在上海的第一个暑假,妈妈叫我读《水浒》,我读到“林教头刺配沧州道”的一回,就读不下去。妈妈问我怎么不读了。我苦着脸说:“我气死了。”爸爸说:“小孩子是要气的。”叫我改读《三国演义》。我读《三国演义》,读了一肚子“白字”(错别字)。据锺书说,自己阅读的孩子都有一肚子“白字”,有时还改不掉。我们两个常抖搂出肚子里的白字比较着玩,很有趣。

缝纫课好像是星期三的课,我们小鬼学做“小布头”,一小方麻纱,我们学许多针法,包括抽丝挑花。洋缝纫从左到右缝,和写字一样,都和我们中国的方向相反,我缝得很整齐细密。跳上中班,学抽丝挑花。“自修”时可以做针线,可是“散心”的时候,针线也不许做。

小鬼的晚课很短。我们提前上楼;上楼之前,先挨次上“小间”,有姆姆看着。这也是一件难事。天黑了,“小间”里没有电灯,电灯在外边。“小间”的门顶上都有透亮的玻璃窗。学校有规矩:上“小间”不准开着门,也严禁两人同关在一个“小间”里。谁也不敢违犯这个规矩。我们只敢把门掩上,外面一人里面一人说着话陪伴。天黑了，我们小鬼都很胆小，临睡上“小间”是一件很可怕的事。英文课堂后面，不记得是六个还是八个“小间”。中文课堂后面，不记得是六个还是四个“小间”。两个自修室的孩子，分头由不同的楼梯上楼。姆姆陪上楼，巡视各卧房。我们用冷水洗手绢，洗袜子，也洗手，只是不洗脚，因为没有热水。我还会自己剪指甲，左右手都能。手、脚的指甲都得常剪。脚指甲长了会戳破袜子。袜子破了头，不留心脱落了鞋就出丑了。每星期三洗澡。沿着环抱大院的长廊旁边，有一长溜澡房。星期三有热水，每间澡房里有一只大缸，缸里凿个洞，塞上塞子，就是澡盆。小鬼都分批安排在同一时间洗。我听到左右邻室的孩子说：“唷，我脚跟上的泥好厚，抓也抓不尽！”我学给大姐姐听。姐姐说：“你呢？”我说，用毛巾多打些肥皂，使劲儿擦擦，就干净了。我洗澡不说话。大姐姐说我乖。

每晚，我们小鬼还没上床呢，中班、大班的学生就陆续上楼了。我和两个姐姐说话，多半在临睡或早上。每晚必定要洗袜子，每天必定要带一块手绢。没有手绢不能过日子。因为每次餐后，得用手绢抹抹嘴；洗了手，得用手绢擦手；哭了，得有手绢擦眼泪。有一次我哭了，手绢儿掉了，没有手绢擦泪，只好把我宝库里的宝贝红花手绢掏出来擦泪。我很舍不得，可是哭了，没办法。

我记不清我们每天早晨下楼之后先上“小间”呢，还是先上饭堂。应该是先上“小间”吧？我记得饭堂进门处有一条长桌专供热茶水，“散心”的时候可以去喝。可是我们从不把喝水当一回事。

我们每晚上楼，宿舍里总打扫得干干净净。每天下楼，课堂里总收拾得干干净净。宿舍里，肯定有人墩过地板，擦洗过门窗玻璃和床架。课堂里也准有人一间间打扫擦洗。我们小孩子从未理会过，所以我到今天也不知道这份繁重的工作是谁干的。

管教我们的修女里，有一个不称姆姆而称“阿姊”，她是混血儿，是私生女，没资格做姆姆。她个儿高，我们管她叫“长阿姊”。另外有五六位女教师，还有一位男老师，他就是白胡子邹先生，全校惟一的男人。我们小鬼最怕的是“长阿姊”，不过我们知道全校威望最高的是礼姆姆。

礼姆姆是法国人。她是校长，兼管法文教学。她大概只教大班的课。我大姐姐教小班，相当于礼姆姆的助手。大姐姐毕业时中文第一名，法文也是第一名。参加法语口试的法国公使（那时候没有法国大使，公使就是最高的使官）奖赏她一只长圆形的小金手表，还有能松能紧的表链。大姐姐经常戴着。表走得准，不用修。我很羡慕。

大姐姐该上大学了。可是我爸爸对国立或私立的中法大学都有偏见，法国教会办的震旦大学却又不收女生，所以大姐姐留在启明进修，边教边学。她不但学法文，还继续“描花”，只是不“掐琴”了。女教师里，只有她在英文课堂里占着一个座位。其他的女教师都在教员休息室里待着，大姐姐两处都有她的地盘。我的台板挨着她的，离礼姆姆的办公室最近。三姐姐的台板在前面好几排呢。

我们小鬼认为最非同小可的事，是礼姆姆请吃“大菜”。可是“大菜”我们从未见识过。礼姆姆想必是客客气气地“请吃”，因为她一点儿也不凶。她头发已经灰白，眼睛还很灵活。她成天忙忙碌碌的。我认为最忙的人就是她。不过小鬼摔了跤，哭了，她总会知道，总会赶到现场。她总说："Ah! pauvre petite!"（"啊，小可怜儿!"这句话后来都跑到《围城》里去了）然后她搀着摔跤的孩子到校长办公室，给一块糖吃。

我告诉大姐姐，我摔了不知多少跤，从没吃到过一块糖。大姐姐说："谁叫你不哭?"可是我摔了跤从没想到哭。我很少两个膝盖全都完好的时候。右膝盖伤处结了痂还未脱落，左膝又跌破了。有一次下雨，我们在雨中操场上体操课。每逢下雨，"散心"有走廊，有雨中操场，我们不淋雨。不过我雨天不穿布鞋穿皮鞋。皮鞋底滑，我滑了一跤，把右膝盖上新痂旧痂结成一个龟壳般的大痂摔脱了。我感觉到不是一般的痛，有点奇怪，掀起裤腿（那时候时行大裤腿），露出一个血淋淋的膝盖（我们称"青馒头"）。礼姆姆在观看我们体操，她看见了我的膝盖成了"红馒头"，忙叫一位老师给我裹伤。可是她又不放心，亲自带我到她的办公室，找出纱布，为我裹伤；一面问我痛不痛。我摇头说"不痛"。怎会不痛呢？可是我说不痛，又没哭，礼姆姆就没想到给我吃糖。她当时是叫我再去上体操呢，还是叫我坐在一旁休息呢，我全记不起了，只记得礼姆姆没有给我吃糖。

可是有一次我大哭了，不过并不是因为摔跤。那是下午温习英文的时候，我和我的朋友在课堂上说话，我受罚了。老师是我大姐姐的朋友。她叫我出来"立壁角"——就是罚我在墙角处站着示众。我认为说话明明有两个人，不该单罚我一个。我心里不服，跑出来背着墙角，对着全班，哇哇地大哭。老师大约觉得我这样哇哇地哭丢她的脸，叫我回去坐下。我不理，使劲儿哭。快下课了，老师又叫我："回去，坐下。"我还是不理。我哭成了一个泪人儿。下课了，老师走了，同班同学散了，我的朋友还静静地坐在原处陪我（我们同坐第一排）。有几个小鬼在课堂门口探头探脑。忽然礼姆姆来了。她搀了我的手，一面掏出她自己的大白手绢为我擦眼泪。我还从没看见她用自己的手绢给哪个孩子擦过眼泪。我记不起她对我说了什么话，她说了很多话呢。她那些话，就好像搂着我、抱着我似的，说得我心上好舒服。我止了哭，由她搀着手乖乖地走出课堂。她搀着我在长廊里走了好长一段路，觉得我已经平静了，才把我交给我的朋友，她自己回办公室。我的朋友一直跟在背后，她紧紧地勾住我的胳膊，我能感到她的同情。我打心眼儿里觉得我的朋友真好。我也打心眼儿里觉得礼姆姆好，我喜欢她。

晚上大姐姐问我为什么大哭。准是礼姆姆告诉她的。我就把罚"立壁角"的事告诉大姐姐，准备挨训。可是大姐姐没训我。如今我老来回忆旧事，我敢肯定：我比我的朋友放肆，罚我是应该的。我以后没敢再放肆。

我们星期日有一堂自修性质的课，一班学生学画地图。没有老师教。大概是"长阿姊"带一只眼睛看管。我完全忘了规矩，走出了自己的座位，指手划脚地教别人怎么画山脉。我说："山脉不用画。"因为像毛毛虫似的山脉，如果把一根一根刺儿都一笔一笔画，就太麻烦了。我说："山是要卷的。"就是用铅笔斜卧纸上，用一个指头按住笔头，一路卷过去，就卷出山脉的半边；对面再卷上另半边。我不知哪里学来的诀窍，正在神气活现地教人呢。"长阿姊"忽闯进教室，学着我的声音说："山是要卷的"，接下就很严厉地训了我一顿。我确实是犯规矩了，可是也不用骂得这么凶呀。我一下子眼泪迸流，觉得心里好苦，抽抽噎噎地哭了。我越哭越苦，越苦越哭。"长阿姊"骂完自己走了。

同学下课也都散了，剩我一人在课堂里抽抽噎噎地哭得好苦。忽然礼姆姆来了。她又掏出洁白的手绢为我拭泪。她很有意思地看着我，轻声对我说，体操老师在找我呢。她知道这句话对我有多大功效。我立即收了泪，急忙跟她上大操场去，生怕脸上还带有哭容。

因为体操老师喜欢我，我也喜欢她。我喜欢她的美，她是很美的美人。我也喜欢有美人喜欢我。她是白俄贵族，不会说中国话，教体操只会用英语喊口令。我们全校学生排成一大长队，最小的排在最前头。我不是最小的，我前头还有三四个小鬼比我的个儿稍微小些，年龄也小。她们听不懂老师的口令。我虽然不懂英语，老师的意思我全懂。她看出我懂，就挑我领队。我们先要排着队走许多花样：单行，双行，左右单行，左右双行，又合并成一行，又走成一个越转越紧的圈儿，又返回原样。其实，我只带领身后几个小鬼而已，中班生、大班生都懂得口令。可是我自以为在领队呢。走完，我们分排站定，每个人前后左右都有相当的距离。我们有时做棍棒操，有时做哑铃操，有时是空手做操。空手做操有一个难做的动作：双足并立，两手叉腰，蹦一下，蹦得很高，同时举起双手，拍一下，同时也双脚分开，拍一拍又合上，再落地，手脚还原。斯文的女学生不会做。我是个蹦蹦跳跳的小鬼，这个动作做得特好，老师叫我在全班面前示范。我挺得意。做完操，队伍颠倒过来，由大的学生领队，小的做尾巴，走出操场。老师总把她的一对棍棒或哑铃交给尾巴稍上的我，叫我替她还给保管这些器具的姆姆，还叫我替她说声谢谢（因为她自己不会说中国话）。她管我叫 Baby。小鬼们说我是她的“大零”（darling）（心爱的人）。她的“大零”我愿意做。我那次摔出一个血红的“青馒头”就是为了一心要做好“大零”，才失足滑跌。礼姆姆都看在眼里呢。体操老师在找 Baby，礼姆姆特来找我，我什么苦都忘了。

我们的台板是斜面，底下还有一道边缘，台板上的东西不会滑下去。台板上面有半尺宽的平面，可以放墨水瓶、砚台之类。我胳膊短，台板大，蘸墨水得把手伸得老远。墨水蘸多了，会滴在纸上；蘸少了，得一次一次伸长胳膊。不过坐着读书写字都很舒服。我洗净一个空墨水瓶，灌满清水，养一棵黄豆苗。我大概是学了植物学，要看看种子发芽抽苗。英文课堂虽然很明亮，豆苗却照不到阳光，所以长得又瘦又长。有一天大姐姐笑着问我：“豆苗长多高了？礼姆姆说你天天和豆苗比高低呢。”我才知道礼姆姆什么都看在眼里。

我做的坏事，想必也逃不过礼姆姆的眼睛，而且还有意外被发现的呢。有个小魔鬼是两广总督的七姨太的女儿，比我大一两岁。我们偶尔一起玩过。一次，她约我到中文课堂的后面去玩。两个课堂的前面是笔直的长廊，相离不远。课堂后面各有走廊，却是走不通的，得绕过大楼的后面，在空场上走好一段路。我们以为离英文课堂远，就很平安。两个课堂的后走廊都比地面高。我们站在平地上，走廊的地面恰恰齐胸，我们可以站着玩“抓子儿”（称“捉铁子”）。我们拣几颗小石子，就可以玩了。其实这也并不好玩，只因为是偷玩，就觉得好玩。我们两个都侧身站在走廊前面，我脸向中文课堂，她脸向英文课堂。我正在做“赶小猪”“蚕蜕壳”等花样，她忽然急忙地钻进“小间”去了。我觉得她太急相了。我一人抓着石子“称斤两”，玩着等她。她老也不出来。我一回头，不好了！那边礼姆姆正带着一群参观的贵宾从英文课堂后廊朝大操场慢慢走来。我急忙想钻入“小间”,可是,每一间都键着门呢。我和礼姆姆虽然隔着大片空地,可是大树太高,遮不了我这个小鬼。我只好假装洗手,走到水池边,开了水龙头。可是我为什么要到中文课堂后面去洗手呢？我肯定,礼姆姆已经看见我了。怎么办？怎么办？只有一法,赶紧逃回英文课堂去。我硬着头皮,在礼姆姆眼皮下,奔跑着逃回英文课堂,心里直打鼓。大姐姐并不在我座旁。我记不起那是上午还是下午,很可能是下午。我一人坐着很气愤,心里直在和那个小魔鬼理论:“你看见礼姆姆了,就不告诉我一声？你怕我抢你的‘小间’吗？你自己躲得快,就把我一人晾着!”再想想,她当然是抢先躲好,不能两人躲在一个“小间”里。她即使早告诉了我,我也不能变成一条虫子爬回英文课堂。我干了坏事反正遮盖不住。

晚上大姐姐对我说,礼姆姆在问,季康在中文课堂后面干什么呢？干吗奔跑？我就如实招供,准备大姐姐训我一顿。可是大姐姐什么也没说。我准备礼姆姆要请我“吃大菜”了,可是礼姆姆并没有追究。倒是我自己训了自己一顿。约我偷玩的小魔鬼太鬼了,太不够朋友了。可是她压根儿不是我的朋友,为什么她一招我就应她呢？

我和这位小魔鬼还有一段往事,记不起这件事和那件事的先后。另有一个小鬼,新得了一把小洋刀,可以把鸭肫干削着薄片儿吃。她和那个大官的女儿是朋友。她们俩找了我和我的朋友,一起躲在背人的地方。她把鸭肫干削成薄片,四人轮着吃。我们给一位老师发现了。那位老师大概觉得她一个人不够凶,还找了一位姆姆和另一两位老师,同坐在一间教室里,召“四个小魔鬼”去训斥。我第一个进去,我的朋友跟在末尾。我们站在教室侧面,一溜四个。我们是当场拿获的,不用审讯,虚心受训就行。她们训斥完毕,喝令“四个小魔鬼”回自修室去。我的朋友第一个退出。她哭了。我末一个退出。我看见姆姆、老师紧绷的脸已经绷不紧,都忍不住要笑了。我当时没有低头,都看见。我安慰我的朋友:“不要紧,她们都在笑呢。”不过这是我的独家消息,我不告诉另外两个小魔鬼。我已打定主意,不再跟她们一起玩了。

学校里谁是权威人物,小班孩子最明白。礼姆姆之外,就数列姆姆。列姆姆是苏格兰人,主管英语教学。她比礼姆姆瘦小,也比较年轻,礼姆姆的眼睛是温软的;列姆姆的眼睛是闪亮闪亮的。她爱笑,笑时露出整齐的牙齿,笑得很愉快。不过她没工夫对我们小鬼笑,除非笑我们小鬼。

每学年终了,大操场上总要搭上一个大舞台,台下摆满座位。学生像模像样地演几出戏,招待学生家长和贵宾。大班生和中班生演一出法文戏,一出英文戏。小班学生演的是英文戏,往往是边唱边演的歌剧。据我们小鬼的了解,所有的戏(包括舞台布景、服装等等)全都是列姆姆想出来的。列姆姆的助手就是“长阿姊”。演戏,她帮着排练;教课,由“长阿姊”教我们小班。弹钢琴也是列姆姆教,至少小班是她教。小班的唱歌是“长阿姊”教。

列姆姆不像礼姆姆经常看得见。她在三层楼上忙,不常出现。列姆姆总记着为我的朋友和我提供课外读物。书是四方形的薄本子,字很大,有插画。我跟着我的朋友第二次跳班之后,大考有一道题我答不出,呆呆地坐着。列姆姆监考。她过来看看我答不出什么问题,就走到班上最拔尖的学生旁边偷看,然后回来教我。我经她点拨,才交上答卷。

晚上我把这件事告诉大姐姐。我说:“列姆姆自己也答不出,她偷看了别人的考卷来教我。”大姐姐满面不屑地笑说:“反正谁也不会和你这种小鬼计较。”

列姆姆出来的时候,身边往往有个“长阿姊”;一个高高的,一个瘦小的。我们不怕列姆姆,只怕“长阿姊”。我记得“长阿姊”教我们唱英文歌。她教一句,我们鹦鹉学舌般学一句。一次,小鬼们学了几遍还学不好,她大喝一声“听!”小鬼们照模照样齐声喝一声“听!”(我和我的朋友是例外,我们没出声。我们唱得很好。)“长阿姊”好生气唷!她不知道对小鬼一味凶,并不管事。

我们星期三有一门课叫“格致”(“格物致知”,就是物理),我插在中班。教我课的姆姆总把我的名字叫作“同康”。这是我二姐的名字。我家孩子从不敢提这个名字,因为知道爸爸妈妈要伤心的。我记得我们还在北京的时候,二姐姐没有了。有一晚大风,我们一家人正围坐灯前说话。我妈妈忽然把手一抬,侧耳静听。妈妈说,她好像听见二姐姐在叫妈妈,再听又没有了。妈妈簌簌地流泪,爸爸和大姐姐都帮着妈妈前前后后地听。我们几个小孩子都屏着气不敢出声。后来不记得爸爸用什么办法叫我们孩子打乱了妈妈的心思。据大姐姐告诉我,二姐是这位姆姆最宠爱的学生。她叫我同康,我就肃然恭敬。我好比被神仙一指,小魔鬼变成了小天使。我在班上是最乖的好学生。

有一天,“长阿姊”拿了一份小考的考卷,直塞到我眼前,很严厉地说:“看看!看看!这是谁的卷子?”我看了,考卷是用钢笔蘸了墨水写的，一个个字都写得非常工整，没一个错字，没一滴墨水。每道题后有姆姆用红墨水批的分数，每道题都满分，总分是 100 分。我很惊奇地看到卷子上是我自己的名字。我简直不敢相信自己的眼睛。可是我不觉得骄傲而感到惭愧了，因为我的英文课卷从没有这么整洁的，少不了有二三滴墨水（滴上又吸干的），少不了有二三处写错又改的。我竟能写得没一个错字，没一滴墨水，简直是奇迹！怪不得“长阿姊”生大气呢！可是那位姆姆并没凶啊！

“长阿姊”凶虽凶，她的脸不凶，只是声音凶。她对我们孩子还是蛮好的。她曾为我缝过鞋，我至今还记着呢。

我上文说过，长廊下面有个大花园。这大花园只好看，不好玩，四周种着花树，园里铺着大片草坪，草坪不能践踏，远不如大楼后面空地尽头的乱草地好玩。草坪靠近走廊的一边，有一道很宽的碎石路。石块大概是打碎的花岗石，看着就知道硬。我曾想学燧人氏“钻木取火”，来一个击石取火，伙同小鬼们拣了碎石块，躲在黑地里把两石相击，想打出火来。但是不见火花，只能看到石头的薄边上现出红晕，好像要冒火的意思。可是只见红晕，从不见火花，我就没兴趣了。走在这种碎石上如果不老实，摔一跤不仅摔破膝盖，裤子也得摔破。脚底下踩着也并不舒服。所以我们“散心”的时候，不大在大花园里玩。

从长廊到碎石路，有两座台阶。一座小的在长廊中部，一座大的在长廊西尽头。长廊高出地面一米半，西尽头的台阶有一间小教室那么宽，整座石阶的坡面有一只床那么长，分十级。我一个人自己玩的时候，常在这里练习跳石阶，从石阶跳到碎石路，三级、四级，到六级、七级。这种游戏见本领，摔不得，石阶和碎石路都是不饶人的。有一次许多小孩一起玩,一般小孩能跳三到五级,能跳八级的只有两人,一个就是我。再高一级就没人敢跳了。我已跳得脚里有数,从第九级安然跳下来,一群小鬼很佩服。我还不甘心,再跨上一层,到了最高的一层。小鬼们屏息以待。我站定了先打量一下,脚下该加多少劲,身子该蹲得更低些。我大着胆子踊身一跳,居然平稳落地。但是两脚虽然落地,蹲着的身子止不住还往前冲,鞋底在碎石路上擦过一尺左右才停下。我站起身,一无损伤。我跳成了!跳成了也就是到顶了,我也不敢再跳。一群孩子都散到大楼后面的空场上去。

我大概是打算去找我的朋友。可是我觉得两脚跟凉飕飕的,鞋也松了。我回过头往脚后跟一看,糟了!我穿的是布鞋,鞋帮后跟原是细针密线缝上的,这回裂了大口子,两个后跟开了两只竖的眼睛。我脱下鞋,发现袜子后跟也磨破了,两个袜跟都一样破,露出两个“鸭蛋”(我们管露出的脚跟叫“鸭蛋”)。露出“鸭蛋”是丢丑的事,而且鞋太松了,走路也不便。

我凭自己穿的鞋,可以推定那时期是一九二〇年的秋季。因为我还穿家里做的布鞋,只是不用布底,而改用黄牛皮底,很结实,但味道不好闻,臭的。我检查自己鞋袜的时候,很可能已经给“长阿姊”看见了。我没走几步,劈面就碰到她。她一眼便看到了我的狼狈相。她叫我把鞋脱下给她,一面伸手在自己的大裙子的口袋里掏摸出针线和顶针。她穿上了线。我把鞋交给她。她很快地为我密密缝上,缝好了打上结子,还用牙齿去咬断线。又命我脱下另一只鞋。我一只脚有鞋,没鞋的一只脚不能踩在泥地上,我还尽力遮掩着我的“鸭蛋”。当时的窘态,至今还记得。“长阿姊”不嫌我的鞋臭,再次用牙咬断线。我心上很抱歉,也很感激。别的小鬼们怕她,骂她“杂种”,我却从没骂过。

主管中文教学的是依姆姆。她自己不教课,不知忙什么。依姆姆是高高个儿,又瘦又老,瘦削的长脸,戴一副高度近视眼镜。大家都知道我是依姆姆的“大零”。午饭,往往是依姆姆巡视饭堂。她必定要停在我旁边,把我的筷子拿过去,为我夹菜。她又叫我大姐姐买些毛线,她要为我织一副手套。大姐姐托人买了两股酱红色的毛线。依姆姆一面走路,一面十指忙忙编织,为我织了一副露出手指的手套。我整个冬天戴着这副酱红色小手套。

依姆姆没有助手。她聘请的邹先生是一位上海名士,五十年前,我还曾在何其芳同志的文章里见到他的名字。现在已看不到有谁提起他了。我只记得他别号“酒丐”,他的名字,连我这个做过他学生的也记不起了。

邹先生教大班生念四六文,还要做诗。三姐是中班生,我不知道她读什么书。我入学之前,曾经过一番考试,插入中班。我是邹先生教的最低班,读《孟子》,每段都要背。我们小鬼上午十点左右,都放出去玩一会。我因为上了几门中班的课,大姐姐不让我玩。我觉得很委屈,可是又愁背不出书。大姐姐说:“不用背,你只管读完十遍,就出去玩。”她为我做了一条记数的纸条,上面是1、2、3、4……到10。我把纸条压在书下,每读一遍,就把纸条抽过一个数字,读满十遍,姐姐就给我一粒水果糖,让我含着糖出去玩。我总老老实实读满十遍,第二天也居然能背。我至今还能背呢。

邹先生上课,总有个姆姆坐在课堂后面的角落里旁听,下午为我们复习。我坐在第一排正中，就在邹先生眼皮底下，后面还有姆姆监视，可是我还能私下偷玩。一条二尺长的细绳子，结成一圈，就够我玩的。现在回想，课堂上不听讲、偷玩，是我在启明养成的最坏的习惯。以后我换了学校，曾有好几位名师教语文，可是我总不听讲，总爱偷玩，现在后悔已来不及了。

邹先生班上作文，限在课堂上做。一次，题目是《惜阴》。我胡诌说："古之圣贤豪杰，皆知惜阴。"依姆姆看了课卷，满处称赞"小季康'明悟'好来！"（"明悟"又是启明的特殊语言；"好来"是上海话，指好得很。）害我挨了大姐姐好一顿训斥。大姐姐说："你别自以为聪明！"我哪会自以为聪明呢。我在邹先生班上，至多是七十分上下的学生。邹先生出的对句，两个字的我还能对，三个字就对不上了。有一次我把"星"字写错了，头上多了一撇。邹先生看我是最小的小鬼，不用对我客气。他挖苦了我一顿说："还没看见过'白'字头的星字呢！本来还可以给七十分，现在只好六十分了。"分数我满不在乎，我私下里的"课堂娱乐"他从未觉察过，所以我一点不嫌他。后来他更老了，上课总唉声叹气说："儿子不肖。"有一次，他脑门子上贴了纱布橡皮胶，说是给儿子用什么东西砸伤的。以后他不来教课了。换来一个年轻漂亮的男老师。我说不出什么缘故非常厌恶他。他教我们读韩愈。我没有任何理由要厌恶他，可是我对这位老师纯是厌恶，而且是强烈地厌恶。现在想来，可能因为他一双眼睛太精明，盯着每个学生，小女孩子会有反感。

有一次，"月头礼拜"我随两个姐姐回家，走向车站的半路上，看见邹先生站在卖沙角菱的摊儿旁边，忙忙地吃沙角菱，白胡须里沾了许多熟菱的碎屑。我心中恻然，觉得邹先生好可怜。

吃沙角菱有什么可怜呢？大概因为他不是坐着吃，也不是两人同吃，却是一个人冒着风忙忙地吃，好像偷吃似的。我想起邹先生，就想起这幅情景，觉得邹先生好可怜。

我常听到大姐姐和老师们议论依姆姆这不对、那不好，说她总是“不得当”。我听了觉得很不舒服，好像我应该护着依姆姆，因为她待我好。我听她挨骂而没能护她，好像是我没良心。我对依姆姆很感激。她神速地扭动着十个指头为我织手套，她为我夹菜，还动不动称赞我，我都记着呢。可是说实在话，我不怎么愿意做她的“大零”，因为我实在并不喜欢她。这句话，我不愿意告诉姐姐，我对谁也没说过。只是每想到依姆姆，我心上总感到抱歉。

还有一位珍姆姆，也是喜欢我的。她就是邹先生上课时坐在后排旁听，然后又为我们复习的那位。我们的历史课也由她教。我至今还记得她历史课上讲的“和珅跌倒，嘉庆吃饱”。不知为什么，学生都不喜欢她。她偶尔脸上长了几个红疙瘩，大家就管她叫“赤豆粽子”。并没有谁说我是她的“大零”。不过，她向我表示我是她的“大零”。

星期天的“跑路”，我总分在她带领的一群小孩子里（我和我的朋友不在一队）。一次，该是一九二一年的春天或秋天，我们“跑路”到一个私家花园去玩。这个花园我们常去，大概这家有儿女做了修士，捐赠给教会的。进园有个汽车房，园里有个干涸的池塘，泥面已龟裂。池上有石桥，池旁有假山，后面有厅堂。这位姆姆拉我和另几人坐在厅堂里陪她。我觉得很没趣。可是我也没有别的朋友。忽有两个孩子慌慌张张跑来告急，叫我出去，有事。据说有个孩子走入池塘，陷在泥里了。姆姆说：“‘呒志气'的孩子让她去。"我公然反抗说:"让她陷在泥里啊?"我不理姆姆的阻挡,跟着告急的孩子赶到现场。其实我并不比她们年长,只是班次比她们都高,所以她们向我求救。

那个走入池塘的孩子已经走过泥塘,正站在对面岸边哭呢。塘里的泥虽然是烂泥,却是半干的,只没及膝盖以上,衣服没沾泥,但裤腿上全是烂泥。她穿的鞋是搭袢皮鞋,一只鞋上的纽扣掉了,鞋落在泥里了。我到场的时候已有几个孩子找到了一枝长竹竿,正从池塘的一个脚印里挑出一只泥鞋,泥鞋正高高地挑在竹竿顶上,掉下来是一只装满烂泥的鞋。一群孩子都带着期望的眼光看着我。

我使劲儿想了一想。我想,泥虽是烂泥,不太湿,并未渗透到里面的裤子。皮鞋可以冲洗(汽车房里有水龙头),问题只在袜子。在我们那个年代,不穿袜子是万万不行的,等于不穿衣裤。我们早上穿衣服的时候,大家都掀开帐子,一来因为临睡脱下的衣服都放在床前凳子上,二来因为帐子里闷,我们都掀开了帐子穿衣服。我偶曾看见一人穿袜子套上两双,也听说常有人穿两双。我使劲想一想的时候,都想到了。我立即发号施令:

"把泥裤子往下反剥下来,泥袜子也倒剥下来,卷在剥下的裤子里。谁穿两双袜子的脱一双给她(指落难的孩子;果然有穿两双袜子的,有两人呢)。皮鞋到汽车房的水龙头下冲洗干净,大家都拿出手绢来给她擦干。"我顿时成了小鬼里的大王。

大家七手八脚照我说的办,很快就解决了一切问题,只是那双皮鞋经过冲洗,泡得很湿。我们先还找些破报纸把鞋擦拭干净,才用各人献出的手绢儿。手绢虽多,都是小的。鞋还没很干就带湿穿上了。吹哨子大家归队的时候,落难的孩子只不过没穿黑色校裤而穿一条绿花布夹裤，臂下夹着一卷黑校裤（反面没有泥）。她被姆姆训了几句“呒志气”就完了。

一群小鬼因为我顶撞了姆姆都为我担忧。回校后只顾计议怎样用一根草绳横经在长廊里，叫“赤豆粽子”滚一跤。我觉得她们太“小孩儿”了。不过我确有点不安，我没敢告诉姐姐。

我有事不告诉三姐姐。她上楼后总有朋友在一起。我早上等她为我梳头——四条辫子简为一大一小两条辫子后，大姐姐事忙，不管我了。三姐姐和朋友交换梳头，好半天也顾不上我。我披着头发，等得不耐烦，就学着自己编，先把小辫用头发夹子夹上，不用再编小辫，然后把头发分为三股，一手管一股，借牙齿当一只不活动的手，试着试着，自己也编成了辫子。三姐看了说：“不歪，也笔直的，行！”我就自己梳头了，我九岁就自己梳头，很自豪。

大姐姐因为我晚上最早上楼，托我帮她洗洗油画笔。冷水肥皂洗油画笔，很费事。她上楼的时候也往往有朋友在一起。我过了几天才把我和珍姆姆犟嘴的事告诉大姐姐。我问大姐姐，珍姆姆会不会向礼姆姆告状。大姐姐说：“她不敢。”这件事我不久也忘了。

可是我一下子被小鬼拥戴为大王，颇有点醉意。这帮小鬼拉我一起玩，我就跟着一起疯。我又跌破了膝盖，自觉没趣，和她们玩也无聊，我躲开她们，仍然找我的朋友一同“散心”。以后我也不再经常跌破膝盖了。

学校有个病房在三层楼上。看病的姆姆是外国人，有两道浓浓的黑眉毛。我们小鬼最怕她。谁如果牙痛，她叫张口，让她看看。没来得及闭口，她已经一钳子把牙拔掉了。喉痛，她也有办法,用一根棉花棍儿蘸些含碘的什么药水,在喉咙里一搅,很难受,可是很有效,很快就好了。如果有轻微的发烧,那就得受大罪,得吃蓖麻子油,还得喝水。生病的孩子只许吃咸橄榄,嫌咸,只好多喝水。我们小鬼从来不敢装病。

我在启明的末一学期,上夜课的时候常有一个梳“头发团”的学生哄我到她座旁去为她讲解英文信,还叫我替她起草英文信。大姐姐很奇怪,问我和那个人谈什么事。我就如实报告。大姐姐很有兴趣,我听见她笑着告诉三姐:季康在替人家写情书呢。启明学生的来往信件,都由校方指定的一位姆姆拆看。这位姆姆不懂英文。可是我至今也想不懂我讲解的英文信或起草写的回信里,什么话是“情书”。我未必能用英文替人家写情书,只可巧我是一个啥也不懂的孩子。比我年龄大的,她不敢信任。

一九二三年暑假,我家迁居苏州,我就在苏州上学了。后来我偶在大姐姐的抽屉里发现两件启明的纪念物。一件是一张剧照。演的是歌剧《主妇的一个礼拜》(星期一洗衣,星期二熨衣,星期三闲来无事,一边打毛衣,一边和邻家妇女闲聊家常……)。我演星期三的主妇。剧照上的我,打扮得像个洋娃娃,可是装作一个主妇,很滑稽。当时我一边唱一边演,自己看不见自己。我不大知道我在启明上学的时候,自己是什么个模样儿。看了姐姐留下的照片,很有兴趣。第二件东西是我的英文大考的考卷。启明的大考卷用很讲究的细格子大张纸。考题是由大班生用方头钢笔写成的粗黑体字。我看了自己的大考卷,也像我见了我“格致”课的小考卷一样惊奇。这次考试,就是列姆姆偷看了别人的考卷教我的。不过她只是悄悄儿点拨一下，字句都是我自己的。我想不到自己会写出这么像样的考卷，怪不得大姐姐特地讨来留下了。假如我继续在启明上学，我的外文该会学得更好些。

我在启明上学时的故事，我常讲给锺书听。他听了总感叹说："你的童年比我的快活得多。我小时候的事，不想也罢，想起来只是苦。在家里，我拙手笨脚，专做坏事，挨骂。我数学不好，想到学校就怕。"有时他叫我："写下来。"我只片片段段地讲，懒得写。现在没人听我讲了。我怀念旧事，就一一记下。

一九八七年，我曾收到母校一百二十周年校庆的纪念册。启明女校已改为上海市第四中学，原先的"女校"或"女塾"已完全消失了。纪念册上有学校建筑物的照相。教学大楼和长廊还保持原貌，我看了神往不已。但现在又十五年过去了，教学大楼和长廊还存在吗？我跳过的十级台阶，确实是十级吗？我还想去数数呢。

二〇〇二年三月二十三日定稿

记 杨 必

杨必是我的小妹妹,小我十一岁。她行八。我父亲像一般研究古音韵学的人,爱用古字。杨必命名“必”,因为“必”是“八”的古音:家里就称阿必。她小时候,和我年龄差距很大。她渐渐长大,就和我一般儿大。后来竟颠倒了长幼,阿必抢先做了古人。她是一九六八年睡梦里去世的,至今已二十二年了。

杨必一九二二年生在上海。不久我家搬到苏州。她的童年全是在苏州度过的。

她性情平和,很安静。可是自从她能自己行走,成了妈妈所谓“两脚众生”(无锡话“众生”指“牲口”),就看管不住了。她最爱猫,常一人偷偷爬上楼梯,到女佣住的楼上去看小猫。我家养猫多,同时也养一对哈叭狗,所以猫儿下仔总在楼上。一次,妈妈忽见阿必一脸狼狈相,鼻子上抹着一道黑。问她怎么了,她装作若无其事,只说:“我囫囵着跌下来的。”“囫囵着跌下来”,用语是幼稚的创造,意思却很明显,就是整个人从楼上滚下来了。问她跌了多远,滚下多少级楼梯,她也说不清。她那时才两岁多,还不大会说,也许当时惊魂未定,自己也不知道滚了多远。

她是个乖孩子,只两件事不乖:一是不肯洗脸,二是不肯睡觉。

每当佣人端上热腾腾的洗脸水,她便觉不妙,先还慢悠悠地轻声说："逃——逃——逃——"等妈妈拧了一把热毛巾，她两脚急促地逃跑，一迭连声喊"逃逃逃逃逃！"总被妈妈一把捉住，她哭着洗了脸。

我在家时专管阿必睡午觉。她表示要好，尽力做乖孩子。她乖乖地躺在摇篮里，乖乖地闭上眼，一动都不动，让我唱着催眠歌摇她睡。我把学校里学的催眠歌都唱遍了，以为她已入睡，停止了摇和唱。她睁开眼，笑嘻嘻地"点戏"说："再唱《喜旦娄》（Sweet and low，丁尼生诗中流行的《摇篮曲》）。"原来她直在品评，选中了她最喜爱的歌。我火了，沉下脸说："快点困！"（无锡话："快睡！"）阿必觉得我太凶了，乖乖地又闭上了眼。我只好耐心再唱。她往往假装睡着，过好一会儿才睁眼。

有时大家戏问阿必，某人对她怎么凶。例如："三姐姐怎么凶？"

"这是'田'字啊！"（三姐教她识字）

"绛姐怎么凶？"

"快点困！"

阿必能逼真地摹仿我们的声音语调。

"二伯伯（二姑母）怎么凶？"

"着得里一记！"（霹呀的打一下）

她形容二姑母暴躁地打她一下，也非常得神。二姑母很疼她，总怪我妈妈给孩子洗脸不得其法，没头没脑地闷上一把热毛巾，孩子怎么不哭。至于阿必的不肯睡觉，二姑母更有妙论。她说，这孩子前世准是睡梦里死的，所以今生不敢睡，只怕睡眠中又死去。阿必去世，二姑母早殁了，不然她必定说："不是吗？我早就说了。"

我记得妈妈端详着怀抱里的阿必，抑制着悲痛说："活是个阿同（一九一七年去世的二姐）！她知道我想她，所以又来了。"

阿必在小学演《小小画家》的主角，妈妈和二姑母以家长身份去看孩子演剧。阿必平时剪"童化"头，演戏化装，头发往后掠，面貌宛如二姐。妈妈抬头一见，泪如雨下。二姑母回家笑我妈妈真傻，看女儿演个戏都心痛得"眼泪嗒嗒滴"（无锡土话）。她哪里能体会妈妈的心呢。我们忘不了二姐姐十四岁病在上海医院里，日夜思念妈妈，而家在北京，当时因天灾人祸，南北路途不通，妈妈好不容易赶到上海医院看到二姐，二姐瞳孔已散，拉着妈妈的手却看不见妈妈了，直哭。我妈妈为此伤心得哭坏了眼睛。我们懂事后，心上都为妈妈流泪，对眼泪不流的爸爸也一样了解同情。所以阿必不仅是"最小偏怜"，还因为她长得像二姐，而失去二姐是爸爸妈妈最伤心的事。或许为这缘故，我们对阿必倍加爱怜，也夹带着对爸爸妈妈的同情。

阿必在家人偏宠下，不免成了个娇气十足的孩子。一是脾气娇，一是身体娇。身体娇只为妈妈怀她时身体虚弱，全靠吃药保住了孩子。阿必从小体弱，一辈子娇弱。脾气娇是惯出来的，连爸爸妈妈都说阿必太娇了。我们姊妹也嫌她娇，加上弟弟，大伙儿治她。七妹妹（家里称阿七）长阿必六岁，小姐妹俩从小一起玩，一起睡在妈妈大床的脚头，两人最亲密。治好阿必的娇，阿七功劳最大。

阿七是妈妈亲自喂、亲自带大的小女儿，当初满以为她就是老女儿了。爸爸常说，人生第一次经受的伤心事就是妈妈生下间的孩子，因为就此夺去了妈妈的专宠。可是阿七特别善良忠厚，对阿必一点不妒忌，分外亲热。妈妈看着两个孩子凑在一起玩,又心疼又得意地说:“看她们俩! 真要好啊,从来不吵架,阿七对阿必简直千依百顺。”

无锡人把“逗孩子”称作“引老小”。“引”可以是善意的,也可以带些“欺”和“惹”的意思。比如我小弟弟“引”阿必,有时就不是纯出善意。他催眠似的指着阿必说:“哦! 哭了! 哭了!”阿必就应声而哭。爸爸妈妈说:“勿要引老小!”同时也训阿必:“勿要娇!”但阿七“引”阿必却从不挨骂。

阿七喜欢画(这点也许像二姐)。她几笔便勾下一幅阿必的肖像。阿必眉梢向下而眼梢向上。三姑母宠爱阿必,常说:“我俚阿必鼻头长得顶好,小圆鼻头。”(我们听了暗笑,因为从未听说鼻子以“小圆”为美。)阿必常嘻着嘴笑得很淘气。她的脸是蛋形。她自别于猫狗,说自己是圆耳朵。阿七一面画,口中念念有词。

她先画两撇下搭的眉毛,嘴里说:“搭其眉毛。”

又画两只眼梢向上的眼睛:“豁(无锡话,指上翘)其眼梢。”

又画一个小圆圈儿:“小圆其鼻头。”

又画一张嘻开的大宽嘴:“薄阔其嘴。”

然后勾上童化头和蛋形的脸:“鸭蛋其脸。”

再加上两只圆耳朵:“大圆其耳。”

阿必对这幅漫画大有兴趣,拿来仔细看,觉得很像自己,便“哇”地哭了。我们都大笑。

阿七以后每画“搭其眉毛,豁其眼梢”;未到“鸭蛋其脸”,阿必就哭。以后不到“小圆其鼻”她就哭。这幅漫画愈画愈得神,大家都欣赏。一次阿必气呼呼地忍住不哭,看阿七画到“鸭蛋其脸”,就夺过笔,在脸上点好多点儿,自己说:“皮蛋其脸!”——她指带拌糠泥壳子的皮蛋,随后跟着大伙一起笑了。这是阿必的大胜利。她杀去娇气,有了幽默感。

我们仍以“引阿必”为乐。三姑母曾给我和弟弟妹妹一套《童谣大观》,共四册,上面收集了全国各地的童谣。我们背熟很多,常挑可以刺激阿必娇气的对她唱。可惜现在我多半忘了,连唱熟的几只也记不全了。例如:“我家有个娇妹子,洗脸不洗残盆水,戴花选大朵,要簸箕大的鲤鱼鳞,要……要……要……要……要……要十八个罗汉守轿门,这个亲,才说成。”阿必不娇了,她跟着唱,抢着唱,好像与她无关。她渐渐也能跟着阿七同看翻译的美国小说《小妇人》。这本书我们都看了,大家批评小说里的艾妹(最小的妹妹)最讨厌,接下就说:“阿必就像艾妹!”或“阿必就是艾妹!”阿必笑嘻嘻地随我们说,满不在乎。以后我们不再“引阿必”,因为她已能克服娇气,巍然不动了。

阿必有个特殊的本领:她善摹仿。我家的哈叭狗雌性的叫“白克明”,远比雄性的聪明热情。它一见主人,就从头到尾——尤其是腰、后腿、臀、尾一个劲儿的又扭又摆又摇,大概只有极少数的民族舞蹈能全身扭得这么灵活而猛烈,散发出热腾腾的友好与欢忻。阿必有一天忽然高兴,趴在二姑母膝上学“白克明”。她虽然是个小女孩,又没有尾巴,学来却神情毕肖,逗得我们都大乐。以后我们叫她学个什么,她都能,也都像。她尤其喜欢学和她完全不像的人,如美国电影《劳来与哈代》里的胖子劳来。她那么个瘦小女孩儿学大胖子,正如她学小狗那样惟妙惟肖。她能摹仿方言、声调、腔吻、神情。她讲一件事,只需几句叙述,加上摹仿,便有声有色,传神逼真。所以阿必到哪里,总是个欢笑的中心。

我家搬到苏州之后，妈妈正式请二姑母做两个弟弟的家庭教师，阿七也一起由二姑母教。这就是阿必“囫囵着跌下来”的时期。那时我上初中，寄宿在校，周末回家，听阿七顺溜地背《蜀道难》，我连这首诗里的许多字都不识呢，很佩服她。我高中将毕业，阿必渐渐追上阿七。一次阿必忽然出语惊人，讲什么“史湘云睡觉不老实，两弯雪白的膀子掠在被外，手腕上还戴着两只金镯子”。原来她睡在妈妈大床上，晚上假装睡觉，却在帐子里偷看妈妈床头的抄本《石头记》。不久后爸爸买了一部《元曲选》，阿七阿必大高兴。她们不读曲文，单看说白。等我回家，她们争着给我讲元曲故事，又告诉我丫头都叫“梅香”，坏丫头都叫“腊梅”，“弟子孩儿”是骂人，更凶的是骂“秃驴弟子孩儿”等等。我每周末回家，两个妹妹因五天不相见，不知要怎么亲热才好。她们有许多新鲜事要告诉，许多新鲜本领要卖弄。她们都上学了，走读，不像我住校。

“绛姐，你吃‘冷饭’吗？”阿必问。

“‘冷饭’不是真的冷饭。”阿七解释。

（默存告诉我，他小时走读，放晚学回家总吃“冷饭”。饭是热的，菜是午饭留下的。“吃冷饭”相当于吃点心。）

“绛姐，你吃过生的蚕豆吗？吃最嫩的，没有生腥味儿。”

“绛姐，我们会摘豌豆苗。”

“绛姐，蚕豆地里有地蚕，肥极了，你看见了准肉麻死！”她们知道我最怕软虫。

我妈妈租下贴邻一亩荒园，带着女佣开垦为菜园。两个妹妹带我到菜园里去摘最嫩的豆角，剥出嫩豆，叫我生吃，眼睁睁地看着我吃，急切等我说声“好”。她们摘些豆苗，摘些嫩豌豆，胡乱洗洗，放在锅里，加些水，自己点火煮给我吃。（这都是避开了大人干的事。她们知道厨房里什么时候没人。）我至今还记得那锅乱七八糟的豆苗和豆角，煮出来的汤十分清香。那时候我已上大学，她们是妹妹，我是姐姐。如今我这个姐姐还在，两个妹妹都没有了，是阿必最小的打头先走。

也不知什么时候起，她们就和我差不多大了。我不大看电影，倒是她们带我看，介绍某某明星如何，什么片子好看。暑假大家在后园乘凉，尽管天还没黑，我如要回房取些什么东西，单独一人不敢去，总求阿七或阿必陪我。她们不像我胆小。寒假如逢下雪，她们一老早便来叫我："绛姐，落雪了！"我赶忙起来和她们一起玩雪。如果雪下得厚，我们还吃雪；到后园石桌上舀了最干净的雪，加些糖，爸爸还教我们挤点橘子汁加在雪里，更好吃。我们三人冻红了鼻子，冻红了手，一起吃雪。我发现了爸爸和姑母说切口的秘诀，就教会阿七阿必，三人一起练习。我们中间的年龄差距已渐渐拉平。但阿必毕竟还小。我结了婚离家出国，阿必才十三岁。

一九三八年秋，我回上海看望爸爸。妈妈已去世，阿必已变了样儿，人也长高了。她在工部局女中上高中。爸爸和大姐跟我讲避难经过，讲妈妈弥留时借住乡间的房子恰在敌方炮火线上，四邻已逃避一空，爸爸和大姐准备和妈妈同归于尽，力劝阿必跟随两位姑母逃生，阿必却怎么也不肯离去。阿必在妈妈身边足足十五年，从没有分离过。以后，爸爸就带着改扮男装的大姐和阿必空身逃到上海。

逃难避居上海，生活不免艰苦。可是我们有爸爸在，仿佛自己还是包在竹箨里的笋，嵌在松球里的松子。阿必仍是承欢膝下的小女儿。我们五个姊妹(弟弟在维也纳学医)经常在爸爸身边相聚,阿必总是个逗趣的人,给大家加添精神与活力。

阿必由中学而大学。她上大学的末一个学期,爸爸去世,她就寄宿在校。毕业后她留校当助教,兼任本校附中的英语教师。阿必课余就忙着在姐姐哥哥各家走动,成了联络的主线。她又是上下两代人中间的桥梁,和下一代的孩子年龄接近,也最亲近。不论她到哪里,她总是最受欢迎的人,因为她逗乐有趣,各家的琐事细故,由她讲来都成了趣谈。她手笔最阔绰,四面分散实惠。默存常笑她"distributing herself"(分配自己)。她总是一团高兴,有说有讲。我只曾见她虎着脸发火,却从未看到她愁眉苦脸、忧忧郁郁。

阿必中学毕业,因不肯离开爸爸,只好在上海升学,考进了震旦女子文理学院。主管这个学校的是个中年的英国修女,名Mother Thornton,我女儿译为"方凳妈妈"。我不知她在教会里的职位,只知她相当于这所大学的校长。她在教员宿舍和学生宿舍里和教员、学生等混得相当熟。"方凳"知道杨必向往清华大学,也知道她有亲戚当时在清华任职。大约是阿必毕业后的一年——也就是胜利后的一年,"方凳"要到北京(当时称北平)开会。她告诉杨必可以带她北去,因为买飞机票等等有方便。阿必不错失时机,随"方凳"到了北京。"方凳"开完会自回上海,阿必留在清华当了一年助教,然后如约回震旦教课。

阿必在震旦上学时,恰逢默存在那里教课,教过她。她另一位老师是陈麟瑞先生。解放后我们夫妇应清华大学的招聘离沪北上,行前向陈先生夫妇辞行。陈先生当时在国际劳工局兼职,要找个中译英的助手。默存提起杨必,陈先生觉得很合适。阿必接受了这份兼职,胜任愉快。大约两三年后这个局解散了,详情我不清楚,只知道那里报酬很高,阿必收入丰富,可以更宽裕地“分配自己”。

解放后“方凳”随教会撤离,又一说是被驱逐回国了。“三反”时阿必方知“方凳”是“特务”。阿必得交代自己和“特务”的关系。我以为只需把关系交代清楚就完了,阿必和这位“特务”有什么不可告人的关系呢!可是阿必说不行,已经有许多人编了许多谎话,例如一个曾受教会照顾、免交学费的留校教师,为了表明自己的立场,说“方凳”贪污了她的钱等等离奇的话。阿必不能驳斥别人的谎言,可是她的老实交代就怎么也“不够”或“很不够”了。假如她也编谎,那就没完没了,因为编开了头也是永远“不够”的。她不肯说谎,交代不出“方凳”当“特务”的任何证据,就成了“拒不交代”,也就成了“拒不检讨”,也就成了“拒绝改造”。经过运动的人,都会了解这样“拒绝”得有多大的勇敢和多强的坚毅。阿必又不是天主教徒,凭什么也不必回护一个早已出境的修女。而且阿必留校工作,并非出于这位修女的赏识或不同一般的交情,只为原已选定留校的一位虔诚教徒意外地离开上海了,杨必凑巧填了这个缺。我当时还说:“他们(教会)究竟只相信‘他们自己人’。”阿必交代不出“方凳”当“特务”的证据,当然受到嫌疑,因此就给“挂起来”了——相当长期地“挂”着。她在这段时期翻译了一本小说。阿必正像她两岁半“囫囵着跌下”时一样的“若无其事”。

傅雷曾请杨必教傅聪英文。傅雷鼓励她翻译。阿必就写信请教默存指导她翻一本比较短而容易翻的书,试试笔。默存尽老师之责,为她找了玛丽亚·埃杰窝斯的一本小说。建议她译为《剥削世家》。阿必很快译完，也很快就出版了。傅雷以翻译家的经验，劝杨必不要翻名家小说，该翻译大作家的名著。阿必又求教老师。默存想到了萨克雷名著的旧译本不够理想，建议她重译，题目改为《名利场》。阿必欣然准备翻译这部名作，随即和人民文学出版社订下合同。

杨必的“拒不交代”终究获得理解。领导上让她老老实实做了检讨过关。全国“院系调整”，她分配在上海复旦大学外文系，评定为副教授。该说，她得到了相当高的重视；有些比她年纪大或资格好或在国外得到硕士学位的，只评上讲师。

阿必没料到自己马上又要教书。翻译《名利场》的合同刚订下，怎么办？阿必认为既已订约，不能拖延，就在业余翻译吧。她向来业余兼职，并不为任务超重犯愁。

阿必这段时期生活丰富，交游比前更广了。她的朋友男女老少、洋的土的都有。她有些同事比我们夫妇稍稍年长些，和她交往很熟。例如高君珊先生就是由杨必而转和我们相熟的；徐燕谋、林同济、刘大杰各位原是和我们相熟而和杨必交往的。有一位乡土味浓厚而朴质可爱的贾植芳，曾警告杨必：她如不结婚，将来会变成某老姑娘一样的“僵尸”。阿必曾经绘声绘色地向我们叙说并摹仿。也有时髦漂亮而洋派的夫人和她结交。也许我对她们只会远远地欣赏，阿必和她们却是密友。阿必身材好，讲究衣着，她是个很“帅”的上海小姐。一九五四年她因开翻译大会到了北京，重游清华。温德先生见了她笑说：“Eh，杨必！ smart as ever！”默存毫不客气地当面批评“阿必最 vain”，可是阿必满不在乎，自认“最虚荣”，好比她小时候自称“皮蛋其脸”一样。

爸爸生前看到嫁出的女儿辛勤劳累,心疼地赞叹说:“真勇!”接下就说阿必是个“真大小姐”。阿必心虚又淘气地嬉着嘴笑,承认自己无能。她说:“若叫我缝衣,准把手指皮也缝上。”家事她是不能干的,也从未操劳过。可是她好像比谁都老成,也有主意。我们姐妹如有什么问题,总请教阿必。默存因此称她为“西碧儿”(Sibyl,古代女预言家)。阿必很幽默地自认为“西碧儿”。反正人家说她什么,她都满不在乎。

阿必和我虽然一个在上海,一个在北京,但因通信勤,彼此的情况还比较熟悉。她偶来北京,我们就更有说不完的话了。她曾学给我听某女同事背后议论她的话:“杨必没有‘it’。”(“it”指女人吸引男人的“无以名之”的什么东西)阿必乐呵呵地背后回答:“你自己有就行了,我要它干吗!”

杨必翻译的《名利场》如期交卷,出版社评给她最高的稿酬。她向来体弱失眠,工作紧张了失眠更厉害,等她赶完《名利场》,身体就垮了。当时她和大姐三姐住在一起。两个姐姐悉心照料她的饮食起居和医疗,三姐每晚还为她打补针。她自己也努力锻炼,打太极拳,学气功,也接受过气功师的治疗,我也曾接她到北京休养,都无济于事。阿必成了长病号。阿七和我有时到上海看望,心上只是惦念。我常后悔没及早切实劝她“细水长流”,不过阿必也不会听我的。工作拖着不完,她决不会定下心来休息。而且失眠是她从小就有的老毛病,假如她不翻译,就能不失眠吗?不过我想她也许不至于这么早就把身体拖垮。

胜利前夕,我爸爸在苏州去世。爸爸带了姐姐等人去苏州之前,曾对我说:“阿必就托给你了。”——这是指他离开上海的短期内,可是语气间又好像自己不会再回来似的。爸爸说:“你们几个，我都可以放心了，就只阿必。不过，她也就要毕业了，马上能够自立了。那一箱古钱，留给她将来做留学费吧，你看怎样？”接着爸爸说：“至于结婚——”他顿了一下，“如果没有好的，宁可不嫁。”爸爸深知阿必虽然看似随和，却是个刚硬的人，要驯得她柔顺，不容易。而且她确也有几分“西碧儿”气味，太晓事，欠盲目。所以她真个成了童谣里唱的那位“我家的娇妹子”，谁家说亲都没有说成。曾几次有人为她向我来说媒，我只能婉言辞谢，不便直说阿必本人坚决不愿。如果对方怨我不出力、不帮忙，我也只好认了。

有人说：“女子结婚忧患始。”这话未必对，但用在阿必身上倒也恰当。她虽曾身处逆境，究竟没经历多少人生的忧患。阿必最大的苦恼是拖带着一个脆弱的身躯。这和她要好、要强的心志调和不了。她的病总也无法甩脱。她身心交瘁，对什么都无所留恋了。《名利场》再版，出版社问她有什么要修改的，她说：“一个字都不改。”这不是因为自以为尽善尽美，不必再加工修改；她只是没有这份心力，已把自己的成绩都弃之如遗。她用“心一”为笔名，曾发表过几篇散文。我只偶尔为她留得一篇。我问她时，她说：“一篇也没留，全扔了。”

“文化大革命”初期，她带病去开会，还曾得到表扬。到“清队”阶段，革命群众要她交代她在国际劳工局兼职的事。她写过几次交代。有一晚，她一觉睡去，没有再醒过来。她使我想起她小时不肯洗脸，连声喊“逃逃逃逃逃！”两脚急促地逃跑，总被妈妈捉住。这回她没给捉住，干净利索地跑了。为此她不免蒙上自杀的嫌疑。军医的解剖检查是彻底的，他们的诊断是急性心脏衰竭。一九七九年，复旦大学外语系为杨必开了追悼会。

阿必去世,大姐姐怕我伤心,先还瞒着我,过了些时候她才写信告诉我。据说,阿必那晚临睡还是好好的。早上该上班了,不见她起来。大姐轻轻地开了她的卧房门,看见她还睡着。近前去看她,她也不醒。再近前去抚摸她,阿必还是不醒。她终究睡熟了,连呼吸都没有了。姐姐说:“她脸上非常非常平静。”

一九九〇年六月

赵佩荣与强英雄

赵佩荣拿起电话听筒，不论是收听或打出去，必定先切实介绍自己：“我是庙堂巷杨家的门房。我叫赵佩荣。赵——就是走肖赵——走肖赵……”他的声调至今还在我耳朵里呢。我爸爸常在自己卧室的厢房里工作，电话安在厢房墙外。爸爸每逢佩荣再三反复地说“走肖赵——走肖赵……”就急得撂下正在做的事，往妈妈屋里躲，免得自己爆炸。我们听了佩荣的“走肖赵，走肖赵”又着急，又要笑；看到爸爸冒火，要笑又不敢笑。可是谁也不好意思告诉赵佩荣，他没有必要介绍自己。幸亏接电话不是他的任务，除非他经过那里恰逢电话铃响。不过，打电话向肉店定货等等是他的事。

赵佩荣是无锡安镇人，自说曾任村塾老师，教过《古文观止》，也曾在寺院里教和尚念经。他的毛笔字虽然俗气，却很工整。他能为人用朱笔抄佛经。

他五十来岁，瘦瘦的中等个儿，背微驼，脸容消瘦，嘴上挂着两撇八字胡子，“八”的一撇一捺都往下垂。他走路迈方步，每说话，总赔着抱歉似的笑，把嘴唇尖呀尖的，然后先说声“这个这个”——安镇土音是“过个是个……”。平时他坐在门房里，有客来，他只需叫经常在他身边的阿福到里面去通报，他只管倒茶。女佣买菜回来，坐在门房里请他记账。他有许多印得字细行密的小说，如《济公传》《包公传》《说岳》之类，闲时就戴上花镜看看。他什么事都能干。他为我们磨墨，能磨得浓淡适宜。打毛衣的竹针往往粗细不匀，他能磨得光滑匀称。他也能做蚊香的架子。他简直像堂吉诃德所形容的骑士那样，家常琐事件件都能。件件都能，其实也就是一无所长。他显然是个典型的平庸人。

夏天他买只新的藤躺椅，有抽屉能抽出搁脚，比我爸爸的旧躺椅讲究也舒服。他坐在外边大柏树大院里乘凉，隔着长廊是一片三十多棵梅树的院子，绿叶成荫，透着凉意。我两个弟弟喜欢跟佩荣一起乘凉，听他讲自己的往事。

佩荣说，他本姓强，叫强英雄。他是过继给赵家做儿子的。他可是个真正的“浪子回头金不换”。吓！他“从前的荒唐啊”，简直独一无二！往常抽大烟的不酗酒，酗酒的不抽大烟，他却又是烟鬼，又是酒鬼。吓！他“从前真是作尽了孽”！

我们听了弟弟的转述，不能相信。佩荣那么个好人，能作什么孽！我们怀疑他自愧窝囊而向往英雄，所以学着浪漫派的小说家，对着镜子把自己描绘成英雄，而且像浪漫主义的角色，卖弄自己并没有的罪过。我们教弟弟盘问他怎么荒唐，怎么作孽。

佩荣说：他喝醉了酒，夜深回家，在荒坟野地里走，把露出地面的棺材踩得嘎嘎地响，有些棺材板都给他踩穿了。

也许他当着我的弟弟，说话有顾忌，但我们只笑他想象有限，踩破几块棺材板算什么大不了的事呢！他就创造不出更离奇的荒唐史或作孽的事了。

他又讲起自己的儿子，更坐实了我们的怀疑——他在编故事。他说有四个儿子。大儿子是种田的，二儿子是木匠，三儿子当兵，四儿子做官，是个县知事，这个儿子最坏。他最喜欢当兵的老三。这种故事中国外国都很普通。

赵佩荣大概真的抽过大烟。一次，他告诉我爸爸：打官司的某某当事人准有烟瘾，在屏门前掉落一个烟泡。他把烟泡呈给我爸爸看，爸爸不在意，叫他扔了。佩荣哪里肯扔，他后来向家里女佣人承认，他倒杯茶把烟泡吞了。我妈妈背后笑说：这真是所谓“熟煤头一点就着”。可是他并不因此又想抽大烟。他连香烟都不抽，酒也不喝。

自从佩荣来我家当门房，我家的佣人逐渐都是安镇人了。他经常为镇上的倒霉人向妈妈求情：“太太，让他（或她）来干干活儿，给口饭吃就行。”他尽给我家招些没用的人。门口来了“强横叫化子”，他大把的铜板施舍——虽然不是他自己的钱。这类行径大概也带些浪子气息。可是他连“生病”二字都忌讳，他如果病了，只说“有点呒不力”（土话，没力气）。我们暗笑他真是好个“英雄”。

他在我家十多年，从没听说他和家里人有什么来往。直到日军入侵，苏州沦陷的前夕，他那个做官的儿子忽派人来接了他到任所去。当时我不在家。我一再问爸爸：“佩荣真有个做官的儿子吗？”爸爸说，确是真的，那儿子是一个小县的县知事。

想到赵佩荣的做官儿子，常使我琢磨“强英雄”是否也是真的？“英雄”这名字是谁给起的？大概浪漫故事总根据民间实事，而最平凡的人也会有不平凡的胸襟。

一九九〇年六月

阿福和阿灵

阿福也不知是十几岁,看来只像七八岁的小孩,因为从小挨饿,发育到此为止了。他家穷,爹死了,娘养不活大群孩子,就把最小的给别人家做儿子。可是收养他的人又死了;那家把他又给别家,后来收养他的人又死了。人人都说他是个苦命人。我家门房赵佩荣是他同乡,就向我妈妈说:"太太行个好事吧,收留了他,给口饭吃,叫他打打杂也好。"他就到我家来了。妈妈因他命苦,为他取名"阿福",借吉祥字儿去防御厄运。

不记得妈妈给了阿福什么好东西,他说要留给他娘。妈妈说这阿福是个好孩子,有良心,得了好东西就想到娘;所以妈妈处处护着他。妈妈平时吃什么东西,总留些给阿福吃,常说:"阿福,你放在嘴里吃了吧。"我们都笑妈妈:"不放在嘴里,叫他哪儿吃呀!"其实妈妈的意思很明显,无非说:这不过是一点点,一口两口就没了。

阿福在我家可乐了。赵佩荣有一副小型的木匠家具(可能是他那个木匠儿子给置备的):小斧子、小刨子、小锯子、小斜凿,一应俱全。阿福拣些硬木,锯呀,刨呀,做成大大小小的匣子,有的还带着匣盖,盖上还嵌一块玻璃。他玩得很有意思。如叫他后园去拔草,他就在后园捉蚱蜢,摘野花。阿福有个特殊的笑,不是嘻嘻哈哈,而是塌塌实实的傻笑,笑声如"格以啊"的切音，那是“阿福笑”。一次有客人来了。阿福进来通报完毕，就擅自去招待客人。我们偶在外面听见，他就像猪八戒见了妖精直呼“妖精”那样，大声说：“客人，你请坐呀”（他的乡音是“能请坐嘘”），说得字字着实，然后赔上一声“阿福笑”，得意而出。我们谁也没责怪他，不过那位客人一定很诧异。

妈妈要为阿福攒钱娶一房媳妇，还要教他学一门手艺。我们说阿福手巧，叫他学“小木匠”吧。“小木匠”不是盖房子的木匠，而是做木器家具的。苏州的小木匠有极精巧的工艺，阿福远不够格儿。他也永远没长大成人。他来我家几年后，只长大了一圈，仍然是个发育不全的孩子。

从前在人家帮佣，工钱之外，还有别的收入，例如节赏、年赏、送礼的脚钱、端茶送点心的赏钱等等。尖利的佣工往往抢干这类“巧宗儿”。我妈妈把这类的钱一律归公，过节时按劳分配。阿福虽呆，总也分得一份，加上工资，很快就攒满百把块银元了。可是阿福每逢他的财富将近百元，就要大病一场。从前的规矩，帮佣的人小病在东家休息，大病或长病就回家。阿福大病回家，钱用完，病就好，又回我家来。妈妈诧怪说：“阿福怎么这样命薄，连一百块钱都招不住。”

我家厨子结婚走了。妈妈就教阿福做厨子，让他上街买菜。他一下子攒了三百元。他在市上活动，结交了三朋四友，准是他向人炫耀了自己的财富，就有人要招他去当“小少爷”。妈妈叫他勿上当，他却执意要去做人家的“小少爷”。他怕妈妈拦阻，竟半夜跑到女佣住的楼上，掀起小阿妹的帐子，要上她的床。这分明是有人教唆的。妈妈没奈何，只好叫佩荣把阿福送到那家去做“小少爷”。

过了两三天，妈妈叫佩荣去看看。佩荣回来说，阿福穿了花缎袍子、黑缎马褂，戴着个红结子瓜皮帽，在做“小少爷”呢。

随后赵佩荣被他的小儿子接走了。随后我家也逃难下乡。但逃难前夕，忽收到阿福乡里人来信，信上是半通不通的文言，大意说：阿福的钱已全给骗光，身上的衣服也剥掉了，赶在地里干重活，阿福就此“生有神经之病”。看来阿福已被赶回乡去。我家也逃难出城了，竟不知阿福如何下落。

按童话故事的惯例，阿福那样混沌未凿的痴儿，往往特邀天佑。阿福不该落到如此下场。也许他混沌初辟，便热衷于做“小少爷”，以致我妈妈的回护都无用了。

阿灵是个极愚蠢的村妇。阿福比了阿灵，可算“灵童”了。阿灵身躯榔槺，面目黧黑，相貌远不如电视剧里的猪八戒那样“俊”。她一双昏昏的小眼睛，一张大嘴巴。她数数只能数到二。她生了个儿子，自己睡熟，把儿子压死了。因此丈夫也打她，公婆也打她，打得她无处容身。于是赵佩荣又来求妈妈：“做个好事收容了她吧。”阿灵就到我家来了。那时正当盛暑，她穿一身又厚又粗的蓝布衣裤。她不会扫地，叫她拔草，她就搬个小凳子坐在草丛里，两手胡乱抓把草揪揪。我们学妈妈为阿福取名的道理，就叫她阿灵。

厨房里都是她的同乡。她们教她扫地抹桌，还教她做一份最低贱的工作：倒马桶。她居然都学会了。苏州城里的小家小户，每晨等粪担来了就倒马桶。大户人家都有个大缸储粪。粪是值钱的。阿灵倒马桶，粪钱就全归她，别人不能分润。有一天早上，我妈妈偶到后园，只见后门大开，藏粪缸的屋门也大开，许多挑粪的抢也似的抢着挑。阿灵俨然主人，站在一旁看着。她很得意地告诉妈妈:“他们肯出十二个铜板一担,我说不行,我要一百个铜钱一担!”一百个铜钱只是十个铜板,怪不得那些担粪的忙不迭地担,几乎把那口大缸都挑空了。妈妈无法向她讲明她吃了亏。反正她很得意,把钱都交给妈妈为她收藏。

有一次,她听同伙传说,某家在物色一个姨娘,主要条件是要能生育。阿灵对我妈妈说:“我去吧。我会生。我生过。”大家笑她,她也不知有何可笑。

一次她忽听到买奖券中奖的事,一本正经告诉妈妈她要买奖券。妈妈说:“好啊,你有的是钱啊。”她说:“不,我要借太太的钱买。中了奖呢,是我买的;不中呢,就是太太买的。”妈妈笑说:“你要这么多钱干什么呀?”

她说:“横在枕头边,看看,数数,摸摸。”她倒好像挖苦守财奴呢。

一两年后,她丈夫来接她回去。她已学到些本领,起码的家务事都能干了,脸色也红润了,人也不像以前那么呆木了。妈妈已为她添了几套衣服,还攒下许多钱。阿灵回乡很风光,不再挨打。她简直像旧时代的“衣锦还乡”或近代的留学回国!

至于阿福阿灵两人的“后事如何”,我无从作“下回分解”了。

一九九〇年六月

记章太炎先生谈掌故

大约是一九二六年，我上高中一、二年级的暑假期间，我校教务长王佩诤先生办了一个“平旦学社”(我不清楚是否他主办)，每星期邀请名人讲学。我参与了学社的活动，可是一点也记不起谁讲了什么学。惟有章太炎先生谈掌故一事，至今记忆犹新。

王佩诤先生事先吩咐我说：“季康，你做记录啊。”我以为做记录就是做笔记。听大学者讲学，当然要做笔记。我一口答应。

我大姐也要去听讲，我得和她同去。会场是苏州青年会大礼堂。大姐换了衣裳又换鞋，磨磨蹭蹭，我只好耐心等待，结果迟到了。会场已座无虚席。沿墙和座间添置的板凳上挨挨挤挤坐满了人。我看见一处人头稍稀，正待挤去，忽有办事人员招呼我，叫我上台，我的座位在台上。

章太炎先生正站在台上谈他的掌故。他的左侧有三个座儿，三人做记录；右侧两个座儿，一位女士占了靠里的座位。靠台边的记录席空着等我。那个礼堂的讲台是个大舞台，又高又大，适于演戏。

我没想到做记录要上台，有点胆怯，尤其是迟到了不好意思。我撇下大姐，上台去坐在记录席上。章太炎先生诧异地看了我一眼，又继续讲他的掌故。我看到自己的小桌子上有砚台，有一叠毛边纸，一支毛笔。我看见讲台左侧记录席上一位是王佩诤先生，一位是我的国文老师马先生，还有一位是他们两位老师的老师金松岑先生，各据一只小桌。我旁边的小桌是金松岑先生的亲戚，她是一位教师，是才女又是很美的美人。现在想来叫我做记录大概是陪伴性质。当时我只觉得她好幸运，有我做屏障。我看到我的老师和太老师都在挥笔疾书，旁边桌上的美人也在挥笔疾书，心上连珠也似叫苦不迭。我在作文课上起草用铅笔，然后用毛笔抄在作文簿上。我用毛笔写字出奇地拙劣，老师说我拿毛笔像拿扫帚。即使我执笔能合规范，也决不能像他们那样挥洒自如地写呀。我磨了点儿墨，拿起笔，蘸上墨，且试试看。

章太炎先生谈掌故，不知是什么时候的，也不知是何人何事。且别说他那一口杭州官话我听不懂，即使他说的是我家乡话，我也一句不懂。掌故岂是人人能懂的！国文课上老师讲课文上的典故，我若能好好听，就够我学习的了。上课不好好听讲，倒赶来听章太炎先生谈掌故！真是典型的名人崇拜，也该说是无识学子的势利眼吧。

我那几位老师和太老师的座位都偏后，惟独我的座位在讲台前边，最突出。众目睽睽之下，我的一举一动都无法掩藏。我拿起笔又放下。听不懂，怎么记？坐在记录席上不会记，怎么办？假装着乱写吧，交卷时怎么交代？况且乱写写也得写得很快，才像。冒充张天师画符吧，我又从没画过符。连连的画圈圈、竖杠杠，难免给台下人识破。罢了，还是老老实实吧。我放下笔，干脆不记，且悉心听讲。

我专心一意地听，还是一句不懂。说的是什么人什么事呢？

完全不知道。我只好光着眼睛看章太炎先生谈——使劲地看，恨不得一眼把他讲的话都看在眼里，这样把他的掌故记住。我挨章太炎先生最近。看，倒是看得仔细，也许可以说，全场惟我看得最清楚。

他个子小小的，穿一件半旧的藕色绸长衫，狭长脸儿。脸色苍白，戴一副老式眼镜，左鼻孔塞着些东西。他转过脸来看我时，我看见他鼻子里塞的是个小小的纸卷儿。我曾听说他有"脑漏"的病。塞纸卷是因为"脑漏"吧？脑子能漏吗？不可能吧？也许是流鼻血。也许他流的是脓？也许只是鼻涕？……据说一个人的全神注视会使对方发痒，大概我的全神注视使他脸上痒痒了。他一面讲，一面频频转脸看我。我当时十五六岁，少女打扮，梳一条又粗又短的辫子，穿一件浅湖色纱衫，白夏布长裤，白鞋白袜。这么一个十足的中学生，高高地坐在记录席上，呆呆地一字不记，确是个怪东西。

可是我只能那么傻坐着，假装听讲。我只敢看章太炎先生，不敢向台下看。台下的人当然能看见我，想必正在看我。我如坐针毡，却只能安详地坐着不动。一小时足有十小时长。好不容易掌故谈完，办事人员来收了我的白卷，叫我别走，还有个招待会呢。反正大姐已经走了，我且等一等吧。我杂在人群里，看见主要的陪客是张仲仁、李印泉二老，李老穿的是宝蓝色亮纱长衫，还罩着一件黑纱马褂。我不知道自己算是主人还是客人，趁主人们忙着斟茶待客，我"夹着尾巴逃跑了"。

第二天苏州报上登载一则新闻，说章太炎先生谈掌故，有个女孩子上台记录，却一字没记。

我出的洋相上了报，同学都知道了。开学后，国文班上大家把我出丑的事当笑谈。马先生点着我说，“杨季康，你真笨！你不能装样儿写写吗？”我只好服笨。装样儿写写我又没演习过，敢在台上尝试吗！好在报上只说我一字未记，没说我一句也听不懂。我原是去听讲的，没想到我却是高高地坐在讲台上，看章太炎先生谈掌故。

一九九三年十一月十日于病中

“遇仙”记

事情有点蹊跷,所以我得把琐碎的细节交代清楚。

我初上大学,女生宿舍还没有建好。女生也不多,住一所小洋楼,原是一位美国教授的住宅。我第一年住在楼上朝南的大房间里,四五人住一屋。第二年的下学期,我分配得一间小房间,只住两人。同屋是我中学的同班朋友,我称她淑姐。我们俩清清静静同住一屋,非常称心满意。

房间很小,在后楼梯的半中间,原是美国教授家男仆的卧室。窗朝东,窗外花木丛密,窗纱上还爬着常青藤,所以屋里阴暗,不过很幽静。门在北面,对着后楼梯半中间的平台。房间里只有一桌两凳和两只小床。两床分开而平行着放:一只靠西墙,床头顶着南墙;一只在房间当中、门和窗之间,床头顶着靠门的北墙。这是我的床。

房间的门大概因为门框歪了,或是门歪了,关不上,得用力抬抬,才能关上。关不上却很方便:随手一带,门的下部就卡住了,一推或一拉就开;开门、关门都毫无声息。钥匙洞里插着一把旧的铜钥匙。不过门既关不上,当然也锁不上,得先把门抬起关严,才能转动钥匙。我们睡觉从不锁门,只把门带上就不怕吹开。

学期终了,大考完毕,校方在大礼堂放映美国电影。我和淑姐随同大伙去看电影。可是我不爱看,没到一半就独自溜回宿舍。宿舍的电灯昏暗,不宜看书。我放下帐子,熄了灯,先自睡了。

我的帐子是珠罗纱的,没有帐门,白天掀在顶上,睡时放下,我得先钻入帐子,把帐子的下围压在褥子底下。电灯的开关在门边墙上,另有个鸭蛋形的“床上开关”,便于上床后熄灯。这种开关有个规律:灯在床上关,仍得床上开,用墙上的开关开不亮。我向来比淑姐睡得晚,床上开关放在我的枕边。不过那晚上,我因为淑姐还没回房,所以我用墙上的开关熄了灯,才钻进帐子。

电影散场,淑姐随大伙回宿舍。她推门要进屋,却推不开,发现门锁上了。她推呀,打呀,叫呀,喊呀,里面寂无声息。旁人听见了也跟来帮她叫门。人愈聚愈多。打门不应,有人用拳头使劲擂,有人用脚跟狠狠地蹬,吵闹成一片。舍监是个美国老处女,也闻声赶来。她说:“光打门不行;睡熟的人,得喊着名字叫醒她。”门外的人已经叫喊多时,听了她的话,更高声大喊大叫,叫喊一阵,门上擂打一阵,蹬一阵,踢一阵,有人一面叫喊,一面用整个身子去撞门。宿舍里的女生全赶来了,后楼梯上上下下挤满了人。

曾和我同房间的同学都知道我睡觉特别警觉。她们说:“屋里有谁起夜,她没有不醒的,你从床上轻轻坐起来,她那边就醒了。”这时门都快要打下来了。门外闹得天惊地动,便是善睡的人,也会惊醒。况且我的脑袋就在门边,岂有不醒的道理,除非屋里的人是死了。如果我暴病而死,不会锁门;现在门锁着,而屋里的人像是死人,准是自杀。

可是谁也不信我会自杀。我约了淑姐和我的好友和另几个女伴儿，明晨去走城墙玩呢，难道我是借机会要自杀？单凭我那副孙猴儿“生就的笑容儿”，也不像个要自杀的人呀。自杀总该有个缘故，大家认为我绝没有理由。可是照当时的情形推断，我决计是死了。

有人记起某次我从化学实验室出来时说：“瞧，装砒霜的试管就这么随便插在架上，谁要自杀，偷掉点儿谁也不会知道。”我大约偷了点儿砒霜吧？又有人记起我们一个同学自杀留下遗书，我说：“都自杀了，还写什么遗书；我要自杀就不写了。”看来我准也考虑过自杀。

这些猜测都是事后由旁人告诉我的。她们究竟打门叫喊了多少时候，我全不知道，因为一声也没有听见。料想她们大家打门和叫喊的间歇里，足有时间如此这般的猜想并议论。

当时门外的人一致认为屋里的人已自杀身亡，叫喊和打门只是耽误时间了。舍监找了两名校工，抬着梯子到我们那房间的窗外去撬窗。梯子已经放妥，校工已爬上梯子。门外众人都屏息而待。

我忽然感到附近人喊马嘶，好像出了什么大事，如失火之类，忙从枕旁摸出床上开关；可是电灯不亮，立即记起我是在等待淑姐回房，特在墙上开关熄灯的。我忙把床上开关再按一下还原，拉开帐子，下地开了电灯。我拉门不开，发现门锁着，把钥匙转了一下，才把门拉开。门缝里想必已漏出些灯光。外面的人一定也听到些声响。可是她们以为是校工撬开窗子进屋了，都鸦雀无声地等待着。忽见我睡眼惺忪站在门口，惊喜得齐声叫了一声“哦！”

一人说:“啊呀！你怎么啦?”

我看见门外挤满了人,莫名其妙。我说:“我睡了。”

“可你怎么锁了门呀? 淑姐没回来呢。”

我说:“我没锁啊!”

屋里只我一人,我没锁,谁锁的呢? 我想了一想说:“大概是我糊涂了,顺手把门锁上了。”(可是,我“顺手”吗??)

“我们把门都快要打下来了,你没听见? 看看你的朋友!都含着两包眼泪等着呢!”

我的好友和淑姐站在人群里,不在近门处,大概是不忍看见我的遗体。

这时很多人笑起来,舍监也松了一大口气。一场虚惊已延持得够久了,她驱散众人各自回房,当然也打发了正待撬窗的校工。

时间已经不早,我和淑姐等约定明晨一早出发,要走城墙一周,所以我们略谈几句就睡觉。她讲了打门的经过,还把美国老姑娘叫唤我名字的声调学给我听。我连连道歉,承认自己糊涂。我说可能熄灯的时候顺手把门锁上了。

第二天,我们准备走城墙,所以清早起来,草草吃完早点,就结伴出发,一路上大家还只管谈论昨晚的事。

我的好友很冷静,很谨慎持重。男同学背后给她个诨名,称为“理智化”。她和我同走,和同伙离开了相当距离,忽然对我说:

“你昨晚是没有锁门。”

原来她也没看完电影。她知道我对电影不怎么爱看,从大礼堂出来望见星月皎洁,回宿舍就想找我出去散步。她到我门外,看见门已带上。我们那扇关不严的门带上了还留一条很宽的门缝,她从门缝里看见屋里没灯,我的帐子已经放下,知道我已睡下,就回房去了。

我说:"你没看错吗?"

"隔着你的帐子,看得见你帐子后面的纱窗。"——因为窗外比窗内亮些。如果锁上门,没有那条大门缝,决计看不见我的帐子和帐子后面的窗子。可是我什么时候又下床锁上了门呢?我得从褥子下拉开帐子,以后又得压好帐子的下围。这都不是顺手的。我怀疑她看惯了那条大门缝,所以看错了。可是我那位朋友是清醒而又认真的人,她决不牵强附会,将无作有。我又怀疑自己大考考累了,所以睡得那么死。可是大考对我毫无压力,我也从不"开夜车",我的同学都知道。

全宿舍的同学都不信一个活人能睡得那么死,尤其是我。大家议论纷纷,说神说鬼。

据传说,我们那间屋里有"仙"。我曾问"仙"是什么个样儿。有人说:"美人。"我笑说:"美人我不怕。"有人说:"男人看见的是美人,女人看见的是白胡子老头儿。"我说:"白胡子老头儿我也不怕。"这话我的确说过,也不是在我那间屋里说的。难道这两句话就说不得,冒犯了那个"仙"?

那天我们走完一圈城墙回校,很多人劝我和淑姐换个屋子睡一夜,反正明天就回家过暑假了。我先还不愿意。可是收拾好书籍衣物,屋里阴暗下来,我们俩忽然觉得害怕,就搬了卧具到别人屋里去胡乱睡了一夜。暑假后,我们都搬进新宿舍了。

回顾我这一辈子,不论多么劳累,睡眠总很警觉,除了那一次。假如有第二次，事情就容易解释。可是直到现在，只有那一次，所以我想大概是碰上什么“仙”了。

一九八八年八月

临 水 人 家

我在苏州上大学的时候,因学校近在城墙边,课余常上城墙去绕全城走一圈,观赏城内城外的景色。离葑门城楼不远,有一处河,河水清湛,岸上几棵古老的垂杨柳树,长条蘸拂水面。水边有一块石凳,从这里沿着土阶土坡,有个小门,有堵粉墙。我从城墙高处,可望见墙内整齐的青竹篱笆和一座建筑犹新的瓦房。我每过这里,总驻足遥望,赞赏"好个临水人家!"没想到我竟有缘走进这个人家,而且见识到自己向往之处,原来是唐僧取经路上的一个小西天。

当时我正自习法文。我大姐假期里教了我基本读音,开学后她有工作,叫我自习。我学文法,记生词,作练习,私心希望有老师指点指点。那时候苏雪林先生在我们大学教课。她和我大姐是好友,知道我有意求师,就给我介绍一位比利时夫人。据我大姐说,这比利时女人嫁了一个留学比利时的中国学生。这人回国当了一个玻璃厂的厂长。他大哥是一位将军,二哥是旅社的老板;三兄弟同居一宅。洋夫人不习惯大家庭生活,另立小家庭;平居寂寞,很愿意和女大学生来往。经苏雪林先生约定日子,我就按地址找到她家去相见。

我一人胆怯,撺掇了同房的朋友同去学法文。我们从学校侧门出去,没几步就走离城市的街道,走入乡间的泥土小径。我们以为迷失了道路，可是经村人指点，很顺利地找到了大门——不是大门，只是个小小的篱笆门。入门有两只大白鹅扬着脖子迎来，一面叫，一面挥着脑袋啄人。原来大白鹅可充看门狗！我走入院子，一看，呀！这不是我神往已久的临水人家吗！

主妇听到鹅叫就迎出来。她年轻时大概漂亮，可是苍白憔悴。我当时自己年轻，在我眼里，她就像三四十岁的中年妇女了；身材太瘦些，却还挺秀。她穿一件退色过时的花绸子洋服，脚上是一双中国土式布鞋。我们在院子里互相介绍了自己。

那里并不栽竹种花。篱内围着几畦不知什么菜。篱下种的想是瓜豆之类，青藤细叶还没爬上半篱笆高。我们进入堂屋，里面是泥土地，没有压平。堂屋里有一只旧方桌，几条白木板凳，几只旧椅子凳子，凳子也当茶几用。我们送上礼物，主妇摆出茶点——粗茶、粗点心，我当时只觉得别具风味。

洋夫人不会说中国话，也不通英语。我带去的教科书是英法文对照的，她不能用。我们又不会说法语。她大概也从没教过学生。我们的上课很滑稽。她指点着一件件东西说出法文名词，如“椅子”“茶杯”“茶壶”等。她说的“茶杯”实际上是小饭碗。她说的“茶壶”和法语的“茶壶”口音不同。我们只会说“谢谢”。

她有个刚会走路的女儿，很像妈妈，脸色也苍白，眼睛也蓝色，只是更淡些。她乖得叫人不觉得屋里有个她。我只记得这位洋夫人当着客人，端起女儿，在泥土地上把了一泡尿。我还从未见过这么老土的洋夫人。

一会儿她丈夫回家了。他非常和气，满脸堆笑——不是“堆”，他的笑深深嵌在皱纹里。他满面皱纹，不知是怎么使劲地笑，才会笑出这么深的褶子来。我觉得这位皱面先生该有四五十岁那么老了。他很热情地请我们参观他的玻璃厂，我们也很客气地接受了邀请。

我们每星期到洋夫人家去一两次，照例是下午；第三或第四次去，只上了半堂课，那位玻璃厂长就来迎我们到他的厂里去参观。洋夫人说，她一会儿要去送饭，让我们跟着厂长同去。我们一起步行了好一段路，过了一座桥，走进一堆乱七八糟的小房子；其中一间破陋的大屋，泥土地，三面有墙，上面有顶，就是玻璃厂。一个角落里堆着些破玻璃瓶、破玻璃杯、破玻璃片。厂长说，没有原料，只能用破碎的玻璃再生产。沿着左右二墙各有个炉子：一个闲着，一个烧得正旺，熬着一锅玻璃浆。据说这炉子昼夜不熄，工人得轮班看守。我记不清工人有三个或四个。他们像小孩子吹肥皂泡那样吹起一个大玻璃泡，我们看着那泡泡越吹越长，带着火红色。据厂长解释，这长圆形的泡泡定型后截去两端，就成为底部相连的两个洋灯罩。他立即指点我们看那底部相连的一双双灯罩，晾在泥土平地上，已经冷却。据说乡僻的村子里还都用洋灯，而出产洋灯的只此一家，销路很好。我们很想看看火红的玻璃泡如何定型，碎玻璃怎会熬成浆，脆薄的连体双灯罩又如何分割等等。也许这都是秘方，也许是偶尔不巧，我们未有机会看到。因为厂长夫人正伛着腰，拓开双臂，抱着个有小圆桌面大小的笼屉进来了。有人帮她把笼屉抬上屋内仅有的一只方桌。屉内是一个个匀匀的大馒头。洋夫人转身又提上一洋铁桶的粉丝汤。我和我的朋友连忙告辞。

我们在回校的路上，直猜测：这餐晚饭，厂长是和工人同吃？还是回家和夫人同吃？这一笼屉大馒头，是就近买现成的？还是自己发面做的？馒头和粉丝汤，是由水路运来？还是由陆路运来？搬运的也许只是一桶粉丝汤？反正这位厂长夫人是够辛苦、够劳累的。我们曾参观过些工厂，如苏州的火柴厂、砖瓦厂，却从未见过这么简陋的工厂。玻璃厂如此简陋，那么，厂长的大哥是怎么样的将军，二哥是怎么样的旅社老板，好像也可想而知。

我的朋友不想再跟洋夫人学法文。她说："下回你自己去吧，我不陪你了。"

以后我就抱了一本字典去上课。我能胡乱造几句不合文法的句子。洋夫人对我说话，一个字一个字说。我不懂就查字典，这个字不合用再另查一个。我们一面反反复复地讲，一面查字典，还手脚并用地比划，表达语言所不达的意思，居然也能通话。例如我说："你这儿很美。"她就有一肚子话要告诉我。她说："我不爱大家庭，""大家庭不好，奢侈，懒惰，不工作，一天到晚打麻将。"她说，她丈夫有个离了婚的夫人也住在大家庭里。她讲自己生了孩子，顿顿只吃粉丝汤（她家墙上就挂着两卷干粉丝，指一指我就明白）。不知虐待她的是哥哥嫂子，还是那位原配夫人，我没好意思盯着问；也记不起以上的话是一次或多次讲明的。

我曾注意到她左手无名指上的结婚戒指制作粗劣，金色不正。后来我看见上面有清清楚楚的"大联珠"三字。我知道"大联珠"香烟，这戒指是香烟牌子抽签中彩的头等或二等奖品吧？不是配着指头大小打造的，拉长了是一条，两端稍薄稍窄，可以随手指的大小合成一圈。洋夫人是戴着玩儿吗？不！她很郑重地老戴着。她耳上戴一副洋金镶宝的小耳环，右手戴一枚洋金镶宝的戒指,并不珍贵,却都制作精巧。她不是没见过金饰的。不知那位皱面先生怎样向洋夫人解释“大联珠”那三个字。

一次她说要给我看一件东西。她到卧房去取,我跟到卧房门口等待。卧房在堂屋东旁,门开在墙壁北头,北墙上有个朝北的小窗,投入阳光。我抬头看到门旁墙上挂着一副带镜框的大照片,照片的背景是一座洋房的侧面,正中是一大片草坪,前排椅上坐着几位年长的洋人,都很神气,后面站着许多年轻漂亮的男女青年。有个面颊丰润、眼波欲动的美丽姑娘,看来很像洋夫人。我等她出来了问她。她点头,一面指点说:这是她爸爸,这是妈妈,她指的就是她自己,其他是弟兄姊妹嫂子等;这一幅“合家欢”是她离家前照的。

据说,她父亲是玻璃厂厂长;她丈夫在比利时留学的时候,在她父亲的厂里实习。

照片上的洋夫人还是个很可爱的美丽姑娘。那时候,皱面先生大概面皮也还没皱吧?——至少没那么皱。他相貌原也不错。是厂长小姐看中了这位留学生?还是留学生迷上了洋姑娘?反正他们俩准是双双堕入情网,甜蜜得像蜜里的苍蝇,于是有情人终成眷属。女方父母是否同意这头婚事呢?合家欢的照片上没有皱面先生。洋夫人显然没带走任何嫁妆。不知这位留学生用什么仪式和姑娘行了婚礼。这位洋夫人是很虔诚的基督徒,也是很拘谨的女人,决不肯未行婚礼而跟人逃走,“在罪孽中生活”。而且她得嫁给同样信仰的人。皱面先生是天主教徒,或许就因为要娶她而进教的吧?天主教不准结婚,可是离过婚的人想必也准进教。

她给我看的是一小方旧报纸——只两节手指那么大小的一

个扁方块儿，上面是芝麻点儿似的细字，声明某某（皱面先生的大名）已与某某离婚。不知那是什么报纸，上面也没有年、月、日，显然是报纸末尾最没人注意的“寻人”或“招觅失物”栏目里的。

洋夫人想是要问，这小小一片报纸，是否是合法的证件。我不记得她怎么问，我怎么答。反正，我既然一看报纸就了解她的用意；那么，她看到我无心中流露的表情，当然也不用再等我回答。她必定在仔细观察。我不用自幸不会说法语。

我自从看清了那枚结婚戒指，看到了那幅合家欢的照片，看到了那一小方报纸上的离婚启事，觉得自己也参与了什么欺骗似的，心上不安，不愿再到洋夫人家去，我送了些礼物，撒谎说功课忙，就没再见她。

又过了不多久，大姐姐告诉我说，那比利时女人回国了。据说，皱面先生当着洋夫人对他们信奉的天主发誓：他如果欺骗她，天主降罚，让他们的女儿死掉。那个女儿果真死了。洋夫人不料这家伙竟敢亵渎神明，而且忍心把爱女作牺牲。她立即通知教会，请联系比利时驻中国领事馆。她就由领事馆送回家乡。

我设想她父母看到花朵儿似的女儿，变成了一片干叶子，孤单单一人回家，不知该多么心痛。我又设想，皱面先生准是经常的四面赔笑，才笑成满脸褶子。他大概得经常向赡养他原配夫人的哥嫂们赔笑，向自己的原配夫人赔笑，更得向洋夫人赔笑——使劲儿的赔笑又赔笑，可是还不行。他要洋夫人放心，只好横横心，发了那个誓。谁知道他那个苍白的乖女儿竟应声而死。他想必又赔着笑，和老妻重圆了——反正他们两口子压根儿没有离婚。那临水人家……到现在，不知还留下些什么痕迹。

我闭上眼睛，还能看见河岸上那几棵古老的垂杨、柳条掩映着那个临水人家——好一幅诱人神往的美景！

一九九四年四月一日

于病中

车过古战场

——追忆与钱穆先生同行赴京

读报得知钱穆先生以九十六岁高龄在台北逝世的消息，默存和我不免想到往日和他的一些接触，并谈起他《忆双亲》一书里讲他和默存父亲交谊的专章。那章里有一节讲默存，但是记事都错了。九月五日晚，我忽得台北《中国时报》《人间副刊》季季女士由台北打来电话（季季女士前曾访问舍间），要我追记钱穆先生和我“同车赴北京”（当时称“北平”）的事。虽然事隔多年，我还约略记得。我问季季女士：“我说他记错了事可以吗？”她笑说：“当然可以。”不过我这里记他，并不是为了辨错，只是追忆往事而已。

钱穆先生在一篇文章里提及曾陪“钱锺书夫人”同赴北京。他讲的是一九三三年初秋的事。我还没有结婚，刚刚“订婚”，还算不得“钱锺书夫人”。五十、六十年代的青年，或许不知“订婚”为何事。他们“谈恋爱”或“搞对象”到双方同心同意，就是“肯定了”。我们那时候，结婚之前还多一道“订婚”礼。而默存和我的“订婚”，说来更是滑稽。明明是我们自己认识的，明明是我把默存介绍给我爸爸，爸爸很赏识他，不就是“肯定了”吗？可是我们还颠颠倒倒遵循“父母之命，媒妁之言”。默存由他父亲带来见我爸爸，正式求亲，然后请出男女两家都熟识的亲友做男家女家的媒人，然后，（因我爸爸生病，诸事从简）在苏州某饭馆摆酒宴请两家的至亲好友，男女分席。我茫然全不记得“订”是怎么“订”的，只知道从此我是默存的“未婚妻”了。那晚，钱穆先生也在座，参与了这个订婚礼。

我那年考取清华大学研究院外文系，马上就要开学。钱穆先生在燕京大学任职，不日也将北上。我未来的公公在散席后把我介绍给“宾四先生”，约定同车北去，请他一路照顾。其实这条路我单独一人也走过一次，自以为够老练了。动身那天，默存送我到火车站和宾四先生相会，一同把行李结票，各自提着随身物件上车。

那时候从苏州到北京有三十七八个小时的旅程。轮渡还在准备中。到那年冬天，我从北京回苏州，才第一次由轮船载了车厢过江（只火车头不过江）。但那年秋天，火车到南京后，已不复像以前那样需换站到下关摆渡，再上津浦段的车。南北两站隔江相对。车厢里的人和货车里的货全部离开火车，摆渡过江。记得好像是货物先运过去，然后旅客渡江，改乘北段的火车。宾四先生和我同坐在站上的椅子里等待，看着站上人夫像蚂蚁搬家似的把大件、小件、软的、硬的各项货物（包括一具广漆棺材）抬运过去。宾四先生忽然对我说：“我看你是个有决断的人。”我惊问：“何以见得？”他说：“只看你行李简单，可见你能抉择。”我暗想，你没看见我前一次到北京时带的大箱子、大铺盖呢，带的全是无用之物。我这回有经验了。可是我并没有解释，也没有谦逊几句，只笑了笑。

我们买的是三等坐席，对坐车上，彼此还陌生，至多他问我答，而且大家感到疲惫，没什么谈兴。不过成天对坐，不熟也熟了。到吃饭时,我吃不惯火车上卖的油腻腻、硬生生的米饭或面条,所以带匣儿饼干和一些水果。宾四先生很客气,我请他吃,他就躲到不知哪里去了。后来我发现他吃的是小包的麻片糕之类,那是当点心的。每逢停车,站上有卖油豆腐粉汤之类的小贩。我看见他在那里捧着碗吃呢,就假装没看见。我是一个学生,向来胃口不佳,食量又小,并不觉得自己俭朴。可是看了宾四先生自奉菲薄,很敬重他的俭德。

车过了"蔚然而深秀"的琅玡山,窗外逐渐荒凉,没有山,没有水,没有树,没有庄稼,没有房屋,只是绵延起伏的大土墩子。火车走了好久好久,过了蚌埠,窗外景色还是不改。我叹气说:"这段路最乏味了。"宾四先生说:"此古战场也。"经他这么一说,历史给地理染上了颜色,眼前的景物顿时改观。我对绵延多少里的土墩子发生了很大的兴趣。宾四先生对我讲,哪里可以安营(忘了是高处还是低处),哪里可以冲杀。尽管战死的老百姓朽骨已枯、磷火都晒干了,我还不免油然起了吊古之情,直到泰山在望,才离开这片辽阔的"古战场"。

车入山东境,车站迫近泰山,山好像矗立站边。等火车开动,宾四先生谈风健了。他指点着告诉我临城大劫案的经过(可惜细节我已忘记),又指点我看"抱犊山"。山很陡。宾四先生说,附近居民把小牛犊抱上山冈,小牛就在山上吃草——我忘了小牛怎么下冈,大约得等长成大牛自己下山。

我对宾四先生已经不陌生了。不过车到北京,我们分手后再也没有见面。我每逢寒假暑假总回苏州家里度假,这条旅途来回走得很熟,每过"古战场",常会想到宾四先生谈风有趣。

一九八五年,苏州市举行建城二千五百年纪念大会。默存应主办单位的要求,给宾四先生写了一封信,邀请他回大陆观礼。默存的信写错了年份,把“明年”写成“今年”,把“二千五百年”写成“二千年”,主办单位把信退回,请他改正重写。我因而获得这封作废的信。我爱他的文字,抢下没让他撕掉(默存写信不起草稿,也不留这类废稿)。宾四先生没有回信,也没有赴请。如果他不忆念故乡,故乡却没有忘记他,所以我把此信附录于后。

一九九一年一月

附　录

钱锺书致钱穆书

宾四宗老大师道座：契阔暌违，忽五十载。泰山仰止，鲁殿岿存，远播芳声，时殷遐想。前岁获睹大著忆旧一编，追记先君，不遗狂简，故谊亲情，感均存殁。明年苏州市将举行建城二千五百年纪念大会。此间人士佥以公虽本贯吾邑，而梓乡与苏接壤，处廉让之间，又卜宅吴门，乃古方志所谓“名贤侨寓”。且于公钦心有素，捧手无缘，盛会适逢，良机难得，窃思届时奉屈贲临，以增光宠，俾遂瞻对。区区之私，正复齐心同愿。“旧国旧乡，望之畅然，而况于闻闻见见”，庄生至言，当蒙忻许，渴盼惠来。公家别具专信邀请，敬请片楮，聊申劝驾之微忱。衬拳边鼓，力薄而意则深也。即叩春安不备。

宗末锺书上

杨　绛同候

一九八五年二月三日

纪念温德先生

温德(Robert Winter)先生享年百岁,无疾而终。

五十多年前,我肄业清华研究院外文系,曾选修温德先生的法国文学课(他的专业是罗曼语系文学)。锺书在清华本科也上过他两年课。一九四九年我们夫妇应清华外文系之邀,同回清华。我们拜访了温德先生。他家里陈设高雅,院子里种满了花,屋里养五六只暹罗猫,许多青年学生到他家去听音乐,吃茶点,看来他生活得富有情趣。当时,温先生的老友张奚若先生、吴晗同志等还在清华院内,周培源、金岳霖先生等都是学校负责人。据他们说:温先生背着点儿"进步包袱",时有"情绪";我们夫妇是他的老学生,他和锺书两人又一同负责研究生指导工作,我们该多去关心他,了解他。我们并不推辞。不久,锺书调往城里工作,温先生就由我常去看望。

温先生的"情绪"只是由孤寂而引起的多心,一经解释,就没有了。他最大的"情绪"是不服某些俄裔教员所得的特殊待遇,说他们毫无学问,倒算"专家",月薪比自己所得高出几倍。我说:"你凭什么和他们比呢? 你只可以跟我们比呀。"这话他倒也心服,因为他算不得"外国专家",他只相当于一个中国老知识分子。

据他告诉我:他有个大姐九十一岁了,他是最小的弟弟;最近大姐来信，说他飘零异国，终非了局，家里还有些产业，劝他及早回国。我问："你回去吗？"温先生说："我是美国黑名单上的人，怎能回去。况且我厌恶美国，我不愿回去。我的护照已过期多年，我早已不是美国人了。"我听说他在昆明西南联大的时候，跟着进步师生游行反美。抗美援朝期间，他也曾公开控诉美国。他和燕京大学的美籍教师都合不来。他和美国大使馆和领事馆都绝无来往。换句话说，他是一个丧失了美国国籍的人，而他又不是一个中国人。

据温先生自己说：他是吴宓先生招请到东南大学去的；后来他和吴宓先生一同到了清华，他们俩交情最老。他和张奚若先生交情也很深。我记得他向我谈起闻一多先生殉难后，他为张奚若先生的安全担忧，每天坐在离张家不远的短墙上遥遥守望。他自嘲说："好像我能保护他！"国民党在北京搜捕进步学生时，他倒真的保护过个别学生。北京解放前，吴晗、袁震夫妇是他用小汽车护送出北京的。

温先生也许是最早在我国向学生和同事们推荐和讲述英共理论家考德威尔（Christopher Caudwell）名著《幻象和现实》（*Illusion and Reality*）（1937）的人。有一个同事在学生时代曾和我同班上温德先生的课，他这时候一片热心地劝温德先生用马列主义来讲释文学。不幸他的观点过于褊狭，简直否定了绝大部分的文学经典。温德先生很生气，对我说："我提倡马克思主义的时候，他还在吃奶呢！他倒来'教老奶奶嘬鸡蛋'！"我那位同事确是过"左"些，可是温德先生以马克思主义前辈自居，也许是所谓背了"进步包袱"。

三校合并，温德先生迁居朗润园一隅，在荷塘旁边。吴晗同志花三百元买了肥沃的泥土,把温德先生屋外的院子垫高一厚层。温德先生得意地对我说:“你知道吗?这种泥土,老农放在嘴里一嚼就知道是好土,甜的!”好像他亲自尝过。他和种花种菜的农民谈来十分投合。他移植了旧居的花圃,迁入新屋。他和修屋的工人也交上朋友,工人们出于友情,顺着他的意思为他修了一个天窗。温德先生夏天到颐和园游泳,大概卖弄本领(如仰卧水面看书),吸引了共泳的解放军。他常自诩“我教解放军游泳”,说他们浑朴可亲。

温德先生有一两位外国朋友在城里,常进城看望。他告诉我们他结识一位英国朋友,人极好。他曾多次说起他的英国朋友。那时候,我们夫妇已调到文学研究所,不和温德先生同事了。

一九五五年肃反运动,传闻温德先生有“问题”,我们夫妇也受到“竟与温德为友”的指摘。我们不得不和他划清界限。偶尔相逢,也不再交谈,我们只向他点个头,还没做到“站稳立场”,连招呼也不打。后来知道他已没有“问题”,但界限既已划清,我们也不再逾越了。

转眼十年过去。一九六六年晚春,我在王府井大街买东西,正过街,忽在马路正中碰到扶杖从对面行来的温德先生。他见了我喜出意外,回身陪我过街,关切地询问种种琐事。我们夫妇的近况他好像都知道。他接着讲他怎样在公共汽车上猛摔一跤,膝盖骨粉碎,从此只能在平地行走,上不得楼梯了。当时,我和一个高大的洋人在大街上说外国语,自觉惹眼。他却满不理会,有说有笑,旁若无人。我和他告别,他还依依不舍,仔细问了我的新住址,记在小本子上。我把他送过街,急忙转身走开。

不久爆发了“文化大革命”。温德先生不会不波及,不过我们不知道他遭遇的详情。十一届三中全会后,忽报载政府招待会上有温德教授,我们不禁为他吐了一口气,为他欣喜,也为他放心。温德先生爱中国,爱中国的文化,爱中国的人民。他的友好里很多是知名的进步知识分子。他爱的当然是新中国。可是几十年来,他只和我们这群“旧社会过来的知识分子”共甘苦、同命运。这回他终于得到了我们国家的眷顾。

去年,我偶逢戴乃迪女士,听说她常去看望温德,恍然想到温德先生所说的英国好友,谅必是她。我就和她同去看温德先生。自从王府井大街上偶然相逢,又二十年不见了。温德先生见了戴乃迪女士大为高兴,对我说:“这是我最好的朋友!”我猜得显然不错。至于我,他对我看了又看,却怎么也记不起我了。

一九八七年一月

记似梦非梦

这里我根据身经的感觉，写几桩想不明白的事。记事务求确实，不容许分毫想象。

我六七岁上小学的时候，清早起床是苦事，因为还瞌睡呢，醒都醒不过来。有一次，我觉得上下眼皮胶住了，掰也掰不开。我看见帐外满室阳光，床前椅上搭着衣服，桌上有理好的书包，还有三姐临睡吹灭的灯——有大圆灯罩的洋油灯。隔着眼皮都看得清清楚楚，只是睁不开眼。后来姐姐叫醒了我。我睁眼只见身在帐中，帐外的东西什么也看不见，因为帐子是布做的。我从未想到核对一下帐外所见和闭眼所见是否相同，也记不起那是偶然一次还是多次。只因为我有了以后的几次经历，才想到这个问题。

一九三九年夏，我住在爸爸避难上海时租居的寓所。那是两间大房间、一个楼面和一个盥洗室。朝南的一大间爸爸住。朝北的一大间我大姐和阿必住，我带着女儿阿圆也挤在她们屋里。房子已旧，但建筑的“身骨”很结实。厚厚的墙，厚厚的门，门轴两端是圆圆的大铜球，开门关门可以不出声响。

一次，阿必半夜到盥洗室去。她行动很轻，我并未觉醒——也许只醒了一半。我并未听见她出门，只觉得自己醒着。我看见门后有个黑鬼想进门，正在转动门球，慢慢地，慢慢地，慢慢地,这黑鬼在偷偷儿开门。于是门开了一缝,开了一寸、二寸、三寸、半尺、一尺,黑鬼挨身进门来了。我放声大叫,叫了才知道自己是从梦中醒来。大姐立即亮了灯。爸爸从隔室也闻声赶来。

我说:“看见门背后一个黑鬼,想进来,后来真进来了。”

阿必在门边贴墙站着,两手护着胸,怪可怜地说:“绛姐,你把我吓死了!我知道你警醒,我轻轻地、轻轻地……”

她形容自己怎么慢慢儿、慢慢儿转动门球,正像我看见的那样。黑鬼也正是阿必的身量。

爸爸对我说:“你眼睛看到门背后,太灵了,可是连阿必都不认识,又太笨了!”

大家失惊之余,禁不住都笑起来。爸爸放心回房,我们姊妹重又安静入睡。事后大家都忘了。

可是我想不明白。我梦中看见门背后的黑鬼,怎么正是黑地里的阿必呢?我看见黑鬼的动作,怎么恰恰也是阿必的动作呢?假如是梦,梦里的境界是不符真实的。假如不是梦,我怎么又能看到门的背后呢?

一九四二和一九四三年,锺书和我住在他叔父避难上海时租赁的寓所,我们夫妇和女儿阿圆住二楼亭子间。亭子间在一楼和二楼之间,又小又矮,夏天闷热,锺书和阿圆受不了,都到我婆婆的朝北大房间里打地铺去了。我一人睡大床。大床几乎占了亭子间的全部面积。床的一头和床的一侧都贴着墙壁。另一侧的床沿,离门框只有一寸之地。我敞着门,不停地挥扇,无法入睡。天都蒙蒙亮了。我的脸是朝门的,忽然看见一个贼从楼上下来。他一手提着个包裹,一手拿着一根长长的东西,弓着身子,蹑足一级一级下楼,轻轻地,轻轻地,怕惊醒了人似的。我看出他是要到我屋里来。我眼看着他一级一级下楼,眼看着他走到我的门口。他竟跨进房间,走到我床前来了。我惊骇失声,恍惚从梦中醒来,只听得锺书的声音说:“是我,是我,别吓着。”我一看,可不是他!一手提着个草芯枕头,一手拿着一卷席子。他睡了一觉来看看我。朝北的大房间,早上稍有凉意,他想回房在自己大床上躺会儿。可是想不到亭子间照样闷热,他还是待不住,带着枕席还是逃走了。

我躺在床上,一面挥扇,一面直在琢磨。我睡着了吗?我梦里看见的贼不正是锺书吗?假如我不是做梦,那么,我床头的那堵墙,恰好挡住楼道。楼梯有上下两折,下楼十几级,上楼七八级。亭子间墙外是楼梯转折处的一个小平台,延伸过来有一小方地,是打电话的立足之地。亭子间的门对着一小片墙,墙上安着电话机。我躺在床上,只能看到门外的电话机,无论如何看不见上楼下楼的人,除非我的眼睛能透过墙壁。我到底是做梦,还是醒着呢?我想不明白。

一九五四年夏,文化部召开全国翻译会议。我妹妹杨必以代表身份到北京开会,住在我家。我家那时住中关园的小平房。中间是客厅,东侧挡上一个屏风,算书房。西侧是朝南、朝北的两间卧房。当时朝南卧房里放一张大床,是我和锺书的卧房,朝北是阿圆的卧房。锺书怕热,我特为他买一张藤绷的小床,放在东侧书房里。阿必来了,我们很开心。我有个外甥女儿正在北京上大学,知道必阿姨来,也来趁热闹。她也是我们全家非常喜爱的人,大家叫她“妹妹”,阿圆称她“妹妹姐姐”。“妹妹”和阿必都是最受欢迎的人。她们俩都来欢聚,我家十分快乐。晚上“妹妹”也留宿我家。

“妹妹”有点儿发烧,不知什么病,体温高了一度左右。我让阿必睡在阿圆房里,叫“妹妹”睡在我的大床上,我便于照顾,同时也不怕传染那两个身体娇弱的阿必和阿圆。

天晚了,大家回房睡觉。各房的灯都已经灭了。“妹妹”央求说:“四阿姨,讲个鬼故事。”

我讲了一个。“妹妹”听完说:“四阿姨,再讲一个。”

我讲完第二个,就说:“得睡了,不讲了。”“妹妹”很听话。我们两人都静静躺着。

忽然,我看见锺书站在门外。我就说:“你要什么?”

他说:“还没睡吗?我怕你们睡了。”

他要的什么东西我记不得了,大约是花露水、爽身粉之类。我开了灯,起床开了门,把东西给他。然后关上门,又灭灯睡觉。

“妹妹”说:“四阿姨,四阿姨。”

我以为她还要我讲鬼故事,她却是认真地追问:“你怎么知道四姨夫在外面?”

我是看见的。可是我怎么能看见呢?不用说黑地里看不见,即使亮着灯也看不见,门上虽有玻璃,我挂着两重窗帘呢。因为这间是卧室,我不愿客厅里的人能望见卧室。

我想了想,自己给自己解释似的说:“大概我听见了脚步声。”

“没有声音。一点都没有。真的,四阿姨,没一点声音。”

穿了布底鞋在客厅的水泥地上轻轻地走,可以没有脚步声,可以没一点声音。我实验过。

“四阿姨,我觉得你睡着了。后来你一跳,就问四姨夫要什么。”

那么,是我做梦看见他了?可是他确实是站在门外啊。

当时我没法回答,只摆出长辈的架势,命令说:“不多话了,睡!”

“妹妹”乖乖地翻身朝里睡了。第二天她也忘了,没有追问。

我倒是问了锺书:“你在门口站了多久?”

他说:“才站一站,听听。”他也没追问我怎么知道他在门外。

我心上却时常琢磨自己的梦和醒的分界。我设想,大约我将醒未醒,将睡未睡的时候,感官不坚守岗位,而是在我的四周浮动。我记得一九三五年我没到清华放暑假就赶早回苏州老家,人未到家,爸爸午睡时忽然感觉到我回家了,也该是半睡半醒中感到的吧?只是我并不在他身边,我还在火车站,或是由车站回家的途中。我的心已飞回家中。爸爸称为“心血来潮”,和我以上所说的经验稍有不同。

这都是我想不明白的事,所以据实记下,供科学家做研究资料。

一九九三年十月二十一日

(时在病中)

小　吹　牛

我时常听人吹牛，豪言壮语，使我自惭渺小。我也想吹吹牛“自我伟大”一番，可是吹来却“鬼如鼠”。因为只是没发酵的死面，没一点空气。记下三则，聊供一笑。

第　一　则

我小时，在天主教会办的启明女塾上学，住宿在校。我们一群小女孩儿对嬷嬷（修女）的衣着颇有兴趣。据说她们戴三只帽子，穿七条裙子。我恨不能看看三只帽子和七条裙子是怎么穿戴的。

启明称为“外教学堂”，专收非教徒学生。天主教徒每年春天上佘山瞻礼，启明也组织学生上佘山。我两个姐姐都去，可是小孩子是不参加的。我当时九岁，大姐姐不放心扔下我一人在校，教我找“校长嬷嬷”去“问准许”——就是要求去，问准不准。校长嬷嬷很高兴，一口答应。我就跟着穿裙子的大同学同去。

带队的是年老的锦嬷嬷，她很喜欢我，常叫我“小康康”。我们乘小船到佘山，上山“拜苦路”等等，下山回船休息，第二天就回校。当晚沿着船舱搭铺，两人合睡一铺，锦嬷嬷带我睡。她等大伙都睡下，才在洋油灯下脱衣服。我装睡，眯着眼偷看。她脱下黑帽子，里面是雪白的衬帽，下面又有一只小黑帽。黑衣黑裙下还有一条黑衬裙，下面是雪白的衬衣衬裙，里面是黑衣黑裤。帽子真有三只，裙子却没有七条，至多三条。以后我就睡着了。

锦嬷嬷第二天关心地说："小康康跑累了，晚上直踢被窝，我起来给她盖了三次被子。"我有点心虚。我忍着困不睡，为的是要看她脱衣脱帽，她却直怜我累了。

事后我很得意。谁会跟嬷嬷一个被窝睡觉呢？只有我呀！

第 二 则

我刚进东吴大学，女生不多，排球队里我也得充当一员。我们队第一次赛球是和邻校的球队，场地选用我母校的操场。大群男同学跟去助威。母校球场上看赛的都是我的老朋友。轮到我发球。我用尽力气，握着拳头击过一球，大是出人意外。全场欢呼，又是"啦啦"，又是拍手，又是喜笑叫喊，那个球乘着一股子狂喊乱叫的声势，竟威力无穷，砰一下落地不起，我得了一分（当然别想再有第二分）。

当时两队正打个平局，增一分，而且带着那么热烈的威势，对方气馁，那场球赛竟是我们胜了。

至今我看到电视荧屏上的排球赛，想到我打过网去的一个球，忍不住悄悄儿吹牛说："我也得过一分！"

第 三 则

上海沦陷期间，我担任校长的中学停办，我在一所小学里当代课教师。我同伙的几个小学教师都二十来岁。我年长些，不过看来也差不多。我们都很要好，下学总等齐了一同乘有轨电车回家。那是第一站的空车，上车的只我们几个。司机淘气，故意把车开得摇摇晃晃，逗得我同伙又惊又叫又笑。我却是没有放下架子，端坐一旁，不声不响。这路车的头几站没有旁的乘客，司机和售票员和我的同伙有说有笑，我总是默默无言。有一次，售票员忍着笑，无限同情地讲他同事某某："伊肚皮痛啦"，一天找错了不知多少钱，又不能下车。我忽然觉得他们不是什么"开车的""卖票的"，而是和我一样的人。我很自然地加入了他们的圈子。他们常讲今天某人家里有什么事，待会儿得去替他；或是某人不善心算，老找错钱，每天赔钱；又讲查账的洋人怎么厉害等等。我说话不多，也许他们觉得我斯文些，不过我已成了他们的同伙。

这路车渐入闹市，过大马路永安公司是最热闹的一段。我有一次要到永安公司买东西，预先站在司机背后等下车。车到站，我却忘了下车；等车开了，我忽然"啊呀"一声。司机并不回头，只问"那能啦?"我说忘了下车。他说："勿要紧，送侬到门口。"永安公司的大门在交叉路口，不准停车的。可是司机把车开得很慢，到了那里，似停非停的停了一下。他悄悄儿把铁栅拉开一缝，让我溜下车，电车就开了。我曾由有轨电车送到永安公司门口，觉得大可自诩。

一九九一年三月

黑皮阿二

日军侵华,上海已沦陷。苏州振华女校特在上海开了个分校,在租界的孤岛上开学,挂上学校的牌子。我好比“狗耕田”,当了校长。我们的事务主任告诉我,凡是挂牌子的(包括学校),每逢过节,得向本区地痞流氓的头儿送节赏。当时我年纪未满三十,对未曾经历的事兴趣甚浓。地痞流氓,平时逃避都来不及,从不敢正面相看,所以很想见识见识他们的嘴脸。

恰逢中秋佳节,讨赏的来了一个又一个。我的模样既不神气,也不时髦,大约像个低年级的教师或办公室的职员,反正绝不像校长。我问事务主任:“我出去看看行不行?”他笑说:“你看看去吧。”

我冒充他手下的职员,跑到接待室去。

来人身材矮小,一张黑皱皱的狭长脸,并不凶恶或狡猾。

我说:“刚开发了某某人,怎么又来了?”

他说:“××啊? 伊是‘瘪三’!”

“前天还有个××呢?”

他说:“伊是‘告化甲头’。”

我诧异地看着他问:“侬呢?”

他翘起大拇指说:“阿拉是白相人啦!”接着一口气列举上海最有名的“白相人”,表示自己是同伙。然后伸手从怀里掏出一张名片。这张名片纸质精良，比通常用的窄四分之一，名字印在上方右侧，四个浓黑的字："黑皮阿二"。

我看着这枚别致的名片，乐得心上开花。只听他解释说："阿拉专管抢帽子、抢皮包。""专管"云云，可以解作专干这件事，也可以解作保管不出这种事。我当时恰似小儿得饼，把别的都忘了，没再多听听他的宏论，忙着进里间去向事务主任汇报，让他去对付。

我把这枚希罕的名片藏在皮包里，心想：我这皮包一旦被抢，里面有这张名片，说不定会有人把皮包还我。他们得讲"哥儿们义气"呀！可惜我几番拿出来卖弄，不知怎么把名片丢了。我也未及认清那位黑皮阿二。

一九八八年十二月

钱锺书离开西南联大的实情

一九三九年暑假，锺书由昆明西南联大回上海探亲，打算过完暑假就回校。可是暑假没过多久，他就接到他父亲来信，说自己年老多病，远客他乡，思念儿子，又不能回沪。当时他父亲的老友廖茂如先生在湖南兰田建立师范学院，要他父亲帮忙，他父亲就在兰田师范任职，并安排锺书到兰田师范当英文系主任，锺书可陪侍父亲，到下一年暑假，父子俩可结伴同回上海。锺书的母亲，弟弟，妹妹，连同叔父，都认为这是天大好事。有锺书陪侍他父亲，他们都可放心；锺书由他父亲的安排，还得了系主任的美差。这不就完善得“四角俱全”了吗？锺书不是不想念父亲。但是清华破格聘他为教授，他正希望不负母校师长的期望，好好干下去。他工作才一年，已经接了下一年的聘书，怎能“跳槽”到兰田去当系主任呢？他又不想当什么系主任。即使锺书这么汲汲“向上爬”，也不致愚蠢得不知国立清华大学和湖南兰田师院的等差。不论从道义或功利出发，锺书决没有理由舍弃清华而到兰田师院去。锺书没有隐瞒他的为难。可是家里人谁也不理睬，谁也不说一句话，只是全体一致，认为他当然得到兰田去，全体一致保持严肃的沉默。锺书从小到大，从不敢不听父亲的话（尽管学术上提出异议），他确也不忍拂逆老父的心愿。我自己的父亲很“民主”，从不“专孩子的政”，可是我们做儿女的也从不敢违抗父亲。现代的青年人,恐怕对这点不大理解了。锺书表示为难,已有倔强之嫌;他毕竟不敢违抗父命。他父亲为师院聘请的人,已陆续来找锺书。他父亲已安排停当;找这人那人,办这事那事。锺书在家人的压力下,不能不合作。可是就此舍弃清华,我们俩都觉得很不愿意。

我们原先准备同过一个愉快的暑假,没想到半个暑假只在抗衡不安中过去。拖延到九月中旬,锺书只好写信给西南联大外语系主任叶公超先生,说他因老父多病,需他陪侍,这学年不能到校上课了。(参看《吴宓日记》第七册 74 页"1939 年 9 月 21 日,8:30 回舍,接超[叶公超]片约,即至其宅,悉因钱锺书辞职别就,并谈商系中他事。")锺书没有给梅校长写信辞职,因为私心希望下一年暑假陪他父亲回上海后重返清华。

叶公超先生没有任何答复。我们等着等着,不得回音,料想清华的工作已辞掉。十月十日或十一日,锺书在无可奈何的心情下,和兰田师院聘请的其他同事结伴离开上海,同往湖南兰田。他刚走一两天,我就收到沈茀斋先生(梅校长的秘书长,也是我的堂姐夫)来电,好像是责问的口气,怪锺书不回复梅校长的电报。我莫名其妙。梅校长并没来什么电报呀!我赶紧给茀斋哥回了电报,说没接到梅校长的电报,锺书刚刚走。同时我立即写信告诉锺书梅校长发来电报,并附去茀斋哥的电报。信寄往兰田师院。

我曾在报纸上看到有人发表钱锺书致梅贻琦和沈履(即沈茀斋)信,我没见到过锺书这两封信,值得重抄一遍。钱锺书致沈履信如下:

茀斋哥道察:十月中旬去沪入湘,道路阻艰,行李繁重,万苦千辛，非言可尽，行卅四日方抵师院，皮骨仅存，心神交瘁，因之卧病，遂阙音书。十四日得季康书云，公有电相致云虽赴湘亦速复梅电云云，不胜惊怵。不才此次之去滇，实为一有始无终之小人。此中隐情，不堪为外人道。老父多病，思子欲痗，遂百计强不才来，以便明夏同归。其实情如此，否则虽茂如相邀，未必遽应。当时便思上函梅公，而怯于启齿。至梅公赐电，实未收到，否则断无不复之理。向滇局一查可知也。千差万错，增我之罪。静焉思之，惭愤交集。急作书向梅公道罪。亦烦吾兄婉为说辞也……昆明状态想依然。此地生活尚好，只是冗闲。不知明年可还我自由否。匆匆不尽。书已专函寄梅公矣。即颂

近安

小弟　锺书顿首　十二月五日

钱锺书致梅贻琦信如下：

月涵校长我师道察：七月中匆匆返沪，不及告辞。疏简之罪，知无可逭。亦以当时自意假满重来，侍教有日，故衣物书籍均在昆明。岂料人事推排，竟成为德不卒之小人哉。九月杪屡欲上书，而念负母校庇荫之德，吾师及芝生师栽植之恩，背汗面热，羞于启齿。不图大度包容，仍以电致。此电寒家未收到，今日得妇书，附茀斋先生电，方知斯事。六张五角，弥增罪戾，转益悚惶。生此来有难言之隐，老父多病，远游不能归，思子之心形于楮墨。遂毅然入湘，以便明年侍奉返沪。否则熊鱼取舍，有识共知，断无去滇之理。尚望原心谅迹是幸。书不尽意。专

肃即叩

钧安

门人　钱锺书顿首上　十二月五日

致沈履信所说“十四日得季康书”，当是十一月十四日，钱锺书到达兰田师院的日子，因为他路上走了三十四天。给梅校长信上的“今日”，当是泛说“现在”。他跋涉一个多月到达兰田，方知梅校长连着给了他两个电报。他不该单给叶先生写信而没给梅校长写信，这是他的疏失。梅校长来电促他回校，实在是没想到的“大度宽容”。不知前一个电报是由谁发的、什么时候发的。我们确实没有收到。不知校方是否查究过这个电报的下落。第二个电报偏又迟到了一两天。如果锺书及时收到任何一个电报，他是已经接了聘约的，清华没解聘，他就不能擅离本职另就他职。他有充分理由上禀父母。他可以设法去看望父亲而不必离开清华。命运就是这么别扭。工作才开始，就忙不迭地跳出去“高升”了，不成了一个“为德不卒”“有始无终”的“小人”吗！锺书所谓“难言之隐”“不堪为外人道”的“隐情”，说白了，只是“迫于严命”，而锺书始终没肯这么说。做儿子的，不愿把责任推给父亲，而且他自己也确是“毅然入湘”。锺书就是在这样的情况下，离开了西南联大。

一九九九年五月

怀念石华父

石华父是陈麟瑞同志的笔名。他和夫人柳无非同志是我们夫妇的老友。抗战期间，两家都在上海，住在同一条街上，相去不过五分钟的路程，彼此往来很密。我学写剧本就是受了麟瑞同志的鼓励，并由他启蒙的。

在我们夫妇的记忆里，麟瑞同志是最随和、最宽容的一位朋友。他曾笑呵呵指着默存对我说："他打我踢我，我也不会生他的气。"我们每想到这句话，总有说不尽的感激。他对朋友，有时像老大哥对小孩子那么纵容，有时又像小孩子对老大哥那么崇敬。他往往引用这位或那位朋友的话，讲来满面严肃，好像是至高无上的权威之论。后来那几位朋友和我们渐渐熟识，原来他们和麟瑞同志一样，并不以权威自居。他们的话只是朋友间随意谈论罢了，麟瑞同志却那么重视。他实在是少有的忠厚长者、谦和君子。

去年，我在报纸上读到一篇《陈麟瑞先生二三事》①，作者吴岩是麟瑞同志在暨南大学教过的学生；据说麟瑞同志是最认真、最严格的老师。我想，他的温厚谦虚，也许正出于他对待自己的严格认真。他对自己剧作的要求，显然比他对学生功课上的要

① 见《新民晚报》（一九八四年四月二十四日）。

求更加严格认真。

据吴岩同志的记述,一九六五年,某出版社要求重出他的剧本。他婉拒说,那些旧作还待修改后看看是否值得重版。又据说,他曾告诉学生,他在哈佛大学专攻戏剧,对喜剧尤感兴趣,可是他从未透露自己用石华父的笔名写戏。这都可见他对自己剧作的态度多么严谨。

最近《上海抗战时期文学丛书》要出版石华父的剧本选集。无非同志请柯灵同志选定剧目。选出的剧本有以下三种:《职业妇女》是创作,《晚宴》是由美国名剧改编的悲剧,《雁来红》是由英国名剧改编的喜剧。原先打算选入的《尤三姐》或《海葬》都是由小说改编的,可惜稿本遍觅不得,只好作罢。

《职业妇女》是轻巧的四幕喜剧,无非同志说是一九三九年左右写成的。剧里讽刺一个假道学的局长把女职员当作玩物,定下规章,只雇用未婚妇女,结婚就解雇。他挪用公款做投机买卖,牟取暴利,打算带着女秘书到香港去享用,船票都买好了。他的女儿看中一个有志青年,可是他管教很严,不许女儿交男友。他的女秘书其实已经结婚,丈夫就是那个有志青年的朋友。局长挪用公款的事差点儿败露,女秘书乘机对他施加压力,成全了他女儿的婚姻,并利用现成的船票,让那一对青年奔赴大后方。剧情演变自然,讽刺的人和事都是很可笑的。麟瑞同志熟谙戏剧结构的技巧,对可笑的事物也深有研究。他的藏书里有半架子英法语的"笑的心理学"一类的著作,我还记得而且也借看过。

《晚宴》和《雁来红》都是一九四二年以后上演的,那时上海已经沦陷。麟瑞同志在《晚宴》的序里说,他当时"心境非常恶步，除开改编，恐怕什么都写不出”。他读过很多英美的热门戏剧，这两个剧本的原作都曾风行一时。可是要把外国的剧情改得适合我国当时的社会，并不容易，还需运用精细的手法，来一番再创造。这两出戏都已经改得不像外国戏了。这里还保存着一份《晚宴》的演员表，上面的主角配角全都是第一流的名演员。由此可见剧本多么受重视，也可以料想演出多么成功。

我记得《尤三姐》演出后颇得好评，也记得麟瑞同志改编《海葬》很下功夫。舞台上末一幕里，大幅的蓝色绸子映着灯光幻成海浪，麟瑞同志看得非常欣赏。我希望将来这两个剧本还能找到。

我们下干校的前夕，风闻麟瑞同志“暴病”去世。我们从干校一回来就去看望无非同志，得知麟瑞同志在文化大摧残的时期，绝望灰心，“劈开生死路，退出是非门”。他生前常对我们讲，他打算写一部有关喜剧和笑的论著，还在继续收集资料。可是他始终没有动笔，如今连他已写成的作品都不齐全了。看到他残存的三个剧本，我们有无穷感慨；对他没有心绪写出的剧本和没有时间写出的著作，更有无限向往。

一九八五年

闯祸的边缘

——旧事拾零

珍珠港事变后，上海的“孤岛”已经“淹没”——就是说，租界也被日军控制。可是上海的小学校还未受管辖。我当时正在一个半日小学做代课先生；我贪图学校每月给的三斗米，虽然不是好米，却比当局配给的细砂混合的米粞强得多。我也贪图上课只下午半天，课卷虽多，我很快就能改完。可是学校在公共租界，很远，我家住法租界。我得乘车坐到法租界的边缘，步行穿过不属租界的好一段路，再改乘公共租界的有轨电车。车过黄浦江上的大桥，只许过空车，乘客得步行过桥。桥上有日本兵把守。车上乘客排队过桥，走过日本兵面前，得向他鞠躬。我不愿行这个礼，低着头就过去了，侥幸没受注意。后来改变办法，电车载着乘客停在桥下，由日本兵上车检查一遍，就开过桥去，免得一车人下车又上车。不过日本兵上车后，乘客都得站起来。

有一次，我站得比别人略晚了些，这也和我不愿鞠躬同一道理。日本兵觉察了，他到我面前，瞧我低头站着，就用食指在我颔下猛一抬。我登时大怒。他还没发话，我倒发话了。我不会骂人，只使劲咬着一字字大声说：“岂有此理！”

日本兵一上车，乘客就停止说话，车上原是静的。可是我这一发作，车上的静默立即升到最高度，地上如有蚂蚁爬，该也能听见声音。我自己知道闯祸了。假如日本人动手打我,我能还手吗?我看见日本兵对我怒目而视。我想,我和他如目光相触,就成了挑战。我怎能和他挑战呢。但事已至此,也不可示弱。我就怒目瞪着前面的车窗。我们这样相持不知多久,一秒钟比一分钟还长。那日本人终于转过身,我听他蹬着笨重的军靴一步步出去,瞥见他几次回头看我,我保持原姿态一动都不动。他一步步走出车厢,一级级走下车,电车又缓缓开动。同车厢的乘客好似冰冻的人一个个融化过来,闹哄哄地纷纷议论。

我旁边的同事吓呆了。她喘了口气说:“啊唷!啊唷!侬吓杀吾来!侬哪能格?侬发痴啦?”我半晌没有开口,一肚子没好气,恨不能放声大哭;也觉得羞惭,成了众人注目和议论的中心。车又走了好一段路,我才慢慢意识到自己侥幸没闯大祸。那日本兵想必不懂什么“岂有此理”,这话实在很书呆子气,不显得凶狠,连我的怒容也不够厉害,只是板着脸罢了。那日本兵也许年纪较小,也许比较老实,一时上不知怎么对付了。可是,我如果明天再碰见他,我就赶紧站起来恭候他吗?不,我明天决不能再乘这辆车,得换一条路线。

换一条路线道路较远,下车还得退回半站路,中间还得走过“大世界”一带闲人、坏人丛集的地段。我走过这段路,经常碰到流氓盯梢,得急急往前走,才能脱身。有一次一个流氓盯得很紧,嘴里还风言风语。我急了,干脆停步转身,迎着他当面站定。这流氓大约是专心要找个对象,看了我的嘴脸,显然不是他的对象,就扬长走入人群中去。我只怕流氓不见得个个都这么知趣,还是避开这条远路为妙。

我早央求我那位同事注意查车的日本兵换了没有。据她说，好像天天换人。我想，日本兵既没有固定的岗位，我换了路线保不定还会碰到他。可是每天车来车往，他又怎会记得我呢。一个多星期过去了，假如再相遇，我也不认识他了。我不妨仍走原路。我回复原路线的头几天心上还惴惴不安，只恨乘客不够拥挤。总算不久我教课的小学由日本人接管了，我也就辞职了。

一九八八年九月三日

客气的日本人

抗战后期，我和默存一同留在沦陷的上海，住在沿街。晚上睡梦里，或将睡未睡、将醒未醒的时候，常会听到沉重的军靴脚步声。我们惊恐地悄悄说："捉人！"说不定哪一天会轮到自己。

朋友间常谈到某人某人被捕了。稍懂门路的人就教我们，一旦遭到这类事，可以找某某等人营救；受讯时第一不牵累旁人，同时也不能撒谎。回答问题要爽快，不能迟疑，不能吞吞吐吐，否则招致敌人猜疑。谎话更招猜疑，可是能不说的尽量巧妙地隐瞒。

那时默存正在写《谈艺录》。我看着稿子上涂改修补着细细密密的字，又夹入许多纸条，多半是毛边纸上用毛笔写的。我想这部零乱的稿子虽是学术著作，却经不起敌人粗暴的翻检，常为此惴惴不安。

一九四五年四月间，一天上午九十点钟，默存已到学校上课。我女儿圆圆幼年多病，不上学，由我启蒙，这时正在卧房里做功课。我们的卧房是个亭子间，在半楼梯。楼下挨厨房的桌上放着砧板，摊着待我拣挑的菜——我正兼任女佣，又在教女儿功课。忽听得打门声，我就去应门；一看二位来客，觉得他们是日本人（其实一个是日本人，一个是朝鲜人，上海人称为"高丽棒子"）。我忙请他们进来，请他们坐，同时三脚两步逃上半楼梯的亭子间,把一包《谈艺录》的稿子藏在我认为最妥善的地方,随即斟了两杯茶送下去——倒茶是为藏稿子。

他们问:“这里姓什么?”

“姓钱。”

“姓钱? 还有呢?”

“没有了。”

“没有别家? 只你们一家?”

“只我们一家。”

他们反复盘问了几遍,相信我不是撒谎,就用日语交谈,我听不懂。

“有电话吗?”

我告诉他们电话在半楼梯(我们卧房的门口)。我就站在桌子旁边拣菜。

叔父在三楼,听日本人用日本话打电话,就下楼来。他走到我身边,悄声说:

“他们是找你。我看见小本子上写的是杨绛。你还是躲一躲吧。”

我不愿意躲,因为知道躲不了。但叔父是一家之主,又是有阅历有识见的人,他叫我躲,我还是听话。由后门出去,走几步路就是我大姐的朋友家。我告诉叔父“我在五号”,立即从后门溜走。

我大姐的朋友大我十五六岁,是一位老姑娘,一人带着个女佣住一间底层的大房间。我从小喜欢她,时常到她家去看看她。她见了我很高兴,说她恰恰有几个好菜,留我吃饭。她怕我家里有事,建议提早吃饭。我和她说说笑笑闲聊着等吃饭。饭菜有炒虾仁、海参、蹄筋之类。主人殷勤劝食，我比往常多吃了半碗饭。我怕吓着老人，一字未提家有日本人找，不过一面和她说笑，心上直挂念着该怎么办。

饭后，她叫我帮她绕毛线。我一面绕，一面闲闲地说起：家里有日本人找我呢，我绕完这一股，想回去看看。

她吃一大惊说："啊呀！你怎么没事人儿似的呀？"

我说："不要紧的，我怕吓了你。"

正说着，九弟（默存的堂弟）跑来了。他说："日本人不肯走，他们说嫂嫂不回去，就把我和多哥（默存的另一堂弟）带走。"

我知道这是叔父传话，忙说："我马上回来。你在大门口附近等着宣哥（默存），叫他别回家，到陈麟瑞先生家去躲一躲。"九弟机灵可靠，托他的事准办到。

我想：溜出门这半天了，怎么交代呢。一眼忽见一篮十几个大鸡蛋，就问主人借来用用。我提着篮子，绕到自己家大门口去敲门。我婆婆来开门。她吓得正连声噫气，见了我惶急说："你怎么来了？"我偷偷儿对她摆手，一面大步往里走，一面大声说："我给你买来了新鲜大鸡蛋！又大又新鲜！"说着已经上楼，到了亭子间门口。只见圆圆还坐在小书桌横头，一动不动，一声不响。柜子和书桌抽屉里的东西都倒翻在书桌上、床上和柜子上。那"高丽棒子"回身指着我大声喝问：

"杨绛是谁？"

我说："是我啊。"

"那你为什么说姓钱？"

"我嫁在钱家，当然姓钱啊！"

我装出恍然大悟的样儿说:“原来你们是找我呀？咳！你们怎么不早说?”我把篮子放在床上,抱歉说:“我婆婆有胃病,我给她去买几个鸡蛋——啊呀,真对不起你们两位了,耽搁了你们这么多时间。好了,我回来了,我就跟你们走。”

日本人拿出一张名片给我。他名叫荻原大旭,下面地址是贝当路日本宪兵司令部。

我说:“好吧,我跟你们一起去。”

日本人说:“这会儿不用去了。明天上午十点,你来找我。”

我问:“怎么找呢?”

“你拿着这个名片就行。”他带着“高丽棒子”下楼。我跟下去,把他们送出大门。

据家里人讲,我刚溜走,那两个客人就下楼找“刚才的妇女”。他们从电话里得知杨绛是女的,而我又突然不见,当然得追究。我婆婆说“刚才的妇女”就是她。她和我相差二十三岁,相貌服装全然不同。日本人又不是傻瓜。他们随即到我屋里去搜查,一面追问圆圆,要她交代妈妈哪里去了。圆圆那时八岁,很乖,随那两人吓唬也罢,哄骗也罢,她木无表情,百问不一答。

日本人出门之后,家里才摆上饭来。我婆婆已吓得食不下咽。我却已吃了一餐好饭,和默存通过电话,他立即回家。他也吃过饭了。我把散乱在桌上、柜上和床上的东西细细拣点,发现少了一本通信录,一叠朋友寄我的剪报,都是宣传我编的几个剧本的,还有剧团演员联名谢我的一封信。这个剧团的演员都很进步,我偶去参观他们排演,常看到《四大家族》之类的小册子。不过他们给我的信上并没有任何犯禁的话。他们都是名演员,不必看了信才知道名字。

那时候李健吾先生已给日本宪兵司令部拘捕多时，还未释放。我料想日本人找我，大约为了有关话剧的问题，很可能问到李先生。那么，我就一口咬定和他不熟，他的事我一概不知，我只因和李太太是同乡又同学，才由她认识了李先生（其实，我是由陈麟瑞先生而认识李先生的）。

听略有经验的人说，到日本宪兵司令部去的都要填写一份表格，写明自己的学历、经历等等。最关键的部分是社会关系。我想，我的通信簿既已落在他们手里，不妨把通信簿上女朋友的姓字填上几个，反正她们是绝无问题的；李太太的名字当然得填上。至于话剧界的人，导演是人人皆知的名人，剧团的头儿也是广告上常见的。如果问到，我只说个名字，有关他们的事，我和他们没有私交，一概不知。我像准备考试一般，把自己的学历经历温习一下，等着明天去顶就是了。所以我反而一心一意，上床就睡着了。半夜醒来，觉得有件大事，清醒了再想想，也没有什么办法，就把准备回答的问题在心上复习一遍，又闭目入睡。我平时不善睡，这一晚居然睡得相当平静。

明早起来，吃完早点就准备出门。穿什么衣服呢？不能打扮，却也不能肋腻。我穿一身半旧不新的黑衣黑鞋，拿一只黑色皮包。我听说日本人报复心很强。我害他们等了我半天，就准备他们叫我等待一天。我免得耗费时间，也免得流露出不安的情绪，所以带本书去看看。我不敢带洋书，带了一本当时正在阅读的《杜诗镜铨》。那是石印的线装书，一本一卷，放在皮包里大小正合适。我告诉家里：上午别指望我能回家，如果过了一夜不归，再设法求人营救。我雇了一辆三轮到日本宪兵司令部。

到那里还早十多分钟。我打发了三轮，在干净而清静的人行道上慢慢儿走了一个大来回，十点前三分，我拿着荻原大旭的名片进门。

有人指点我到一间大教室似的屋里去。里面横横竖竖摆着大小各式的桌子和板凳。男女老少各等各样的人都在那儿等待。我找个空座坐下，拿出书来，一门心思看书。不到半小时，有人来叫我，我就跟他走，也不知是到哪里去。那人把我领到一间干净明亮的小会客室里，长桌上铺着白桌布，沙发上搭着白纱巾，太阳从白纱窗帘里漏进来。那人让我坐在沙发上，自己抽身走了。我像武松在牢房里吃施恩家送的酒饭一样，且享受了目前再说，就拿出书来孜孜细读。

我恰好读完一卷，那日本人进来了。我放下书站起身。他拿起我的书一看，笑说：

“杜甫的诗很好啊。”

我木然回答“很好”。

他拿出一份表格叫我填写，随后有人送来了墨水瓶和钢笔。我坐下当着这日本人填写。填写完毕，不及再看一遍，日本人就收去了。他一面看，一面还敷衍说：“巴黎很美啊。”

我说：“很美。”

他突然问：“谁介绍你认识李伯龙的？”（李伯龙是同茂剧团的头头）

我说：“没人介绍，他自己找到我家来的。他要我的剧本。”（这是实情）

“现在还和他们来往吗？”

“我现在不写剧本,他们谁还来理我呢。”

忽然那“高丽棒子”闯进来,指着我说:

“为什么你家人说你不在家?”

“我不是去买鸡蛋了吗?”

“说你在苏州。”

“是吗?我父亲刚去世,我是到苏州去了一趟,不过早回来了。”

“可是他们说你在苏州。”

“他们撒谎。”

“高丽棒子”厉声喝问:“为什么撒谎?”

我说:“害怕呗。”

日本人说:“以后我们还会来找你。”

我说:“我总归在家——除非我出去买东西。我家没有佣人。”

“高丽棒子”问:“为什么不用佣人?”

我简单说:“用不起。”

我事后知道,他们找的是另一人,以为“杨绛”是他的化名。传我是误传,所以没什么要审问的,他们只强调以后还要来找我。我说我反正在家,尽管再来找。审讯就完毕了。日本人很客气地把我送到大门口。我回到家里,正好吃饭。

朋友间谈起这件事,都说我运气好。据说有一位女演员未经审问,进门就挨了两个大耳光。有人一边受审问,一边奉命双手举着个凳子不停地满地走。李健吾先生释放后讲起他经受的种种酷刑,他说,他最受不了的是“灌水”:先请他吃奶油蛋糕,吃饱以后,就把自来水开足龙头,对着他嘴里灌水,直灌到七窍流水,昏厥过去。我说,大概我碰到的是个很客气的日本人,他叫荻原大旭。

李先生瞪着眼说:“荻原大旭?他!客气!灌我水的,就是他!”

一九八八年八月

难忘的一天

一九四四年冬，上海盛传美军将对上海来一个“地毯式轰炸”。逃到上海避难的人，又纷纷逃出。我父亲带了我的大姐和三姐、三姐夫的全家老小，回到苏州庙堂巷的老家。我们夫妇和女儿阿圆，以及寄宿在校的小妹妹杨必；还有当眼科医生的弟弟，都还留在上海。

一九四五年三月二十六日午后五时左右，弟弟忽来电话，说接到大姐姐从苏州打来的长途电话，说爸爸有病，叫弟弟尽快回苏州。弟弟立即通知了我和阿必。那时上海沦陷在日军管辖下，买火车票很困难。我们无法买到二十七日的车票。要赶早回苏州，惟一的办法是乘长途汽车。经电话问讯，得知长途汽车不一定开往苏州，需当天去问，当天买票。

阿必到我家来住了一晚。二十七日清早，天蒙蒙亮，阴有小雨，我和阿必忙忙地吃了几口粥，各带一个小小的提包，临走还想到带了一个热水瓶和一小包饼干，撑着伞一同出门，乘三轮赶往约会的公共汽车站。弟弟也到得早，那时还不到七点钟。我们三个是赶早去买车票的。

站上陆陆续续来了不少人，都是要到苏州的；都不知有车没车，也不知何处买票。所谓汽车站，只是一大间汽车房前面的一片水泥地。满地泥泞，满地新痰旧痰。我提着一水瓶热水，只好提在手里，没个地方可放。手提包当然也只好拎着。

买票的越来越多，地下的痰涕又添了不少。卖票处还不知在哪里。一群人有的呆站着，有的团团转，个个焦急万状。将近八点，忽来了两三个人，把汽车房打开：售票了！只见车库门后有一张小桌子，那就是售票处。

大家知道我们三人到得最早，让我们挤向前去，买到了三张到苏州的车票。一大堆人虽然拥挤着买，却都买到了票；卖得相当快。然后车库里轰隆隆开出一辆破旧的大卡车。卡车有十个轮子。前后双轮，中间单轮，上有两片帆布盖顶。车顶上有几条由前到后的铁条，帆布搭在铁条上。卡车上共有四条长椅：卡车两侧各有一条长椅，中间相背着设两条长椅。乘客都一拥而上。我们忙收了伞，挤上车，居然在靠边长椅上找到了坐位。看着那一大堆人乱哄哄地一一往车上挤，担心一辆卡车挤得上那么多人吗？长椅坐满了，还有两条空道。长椅没有间隔，可以挤了再挤。两条空道里也可以挤了再挤。终于大堆的人都挤上了。两片帆布的隙缝里漏下雨来。卡车两侧飘进雨来。幸好只是间歇的小雨，不久就停了。大家总算都上了车，稍稍舒了一口气。

车摇晃了几下，好像开不动似的。再摇晃几下，居然动了。车就缓缓开出去。没开多远，车停了。还好不是车开不动，是有人送上两麻袋货物：一大麻袋臭咸鱼，一大麻袋糖，大概都是苏州城里走俏的货。麻袋塞在长椅底下，但是麻袋比椅子阔大，得占点中间的通道。乘客不得已，只好更挤挤。男客可以攀住顶上的铁条。女客身量矮，只好往坐着的乘客身上靠。坐客都斜过膝腿，多让出空间。有的女客扶着我的肩，有的扶着我椅后车侧的木板。车又开了。

颠呀颠呀颠，摇晃摇晃摇，只要车能开动就好。乘客的紧张稍稍放松，开始互相交谈。有人是奔丧，多半是亲人急病，只有一对未婚夫妻是回家结婚。车开出上海，走在荒郊野地里的公路上。我突然觉得失去了城市的保障。天上有日寇的飞机，随时可投下炸弹，不会有警报。路上也会有拦路打劫的土匪。我们满车乘客倒像是急难中的亲人了。

车走得很慢，我不时看看表。八点左右开的车，将近九点，我们还没走多远。人太多，车太重，别抛锚才好，真不知多早晚才能到苏州。我们三人总算占到了坐位，卡车颠颠簸簸，站着的都东倒西歪挣扎着站稳。

前面忽然出现一座木桥。车开得更慢了，没到桥，车就停下，叫乘客全部下车，步行过去。桥已遭日军破坏。司机和同伙一二人抬了长长短短的木条盖上破缺处，空车慢慢地开过桥，然后乘客又一拥而上。这回我们没有占到坐位，只好站着。

从上海到苏州，公路上不知多少桥呢，全是木头的，全都遭敌军破坏，只是破损的程度不同。反正每次过桥，都得下车，上了车有座没座，都是暂时的事了。大家疲劳地挤下车，又挤上车。有的急急惶惶，有的愁眉苦脸，有的心事重重，有的唉声叹气；说话也只是互相诉苦。只有那一对含羞带笑的未婚夫妻，散发出几分喜气，冲淡了笼罩全车的愁雾。

我和弟弟妹妹心上都在想着一件事：爸爸什么病？大姐姐要弟弟赶紧回去，我们料定是什么病，可是谁也不忍提。十二点左右，我们恰好占有座位，乘客都在吃糕点。我问阿必饿不饿，她说："给你一问，真饿了。"弟弟要喝水。我们用瓶盖分喝了热水，也分吃了饼干，继续那颠颠簸簸、断断续续的旅行。每过一桥,乱糟糟地大家下车;等卡车艰难地开过桥,又乱糟糟地挤上车,留心望着前面是否又有桥。

终于没有桥了。连桥架子都没有。路断了。时间是下午三点多,已到太仓。据当地人说,前面还有两处断桥。不论两处、三处,反正一处断桥,卡车就不能前行。太仓离苏州不远了,可是路已断,卡车还能往前开吗?

未婚夫妻的目的地就是太仓。火车不经过太仓,所以他们乘公共汽车。他们欢欢喜喜地下车了。许多人也下车,有的打算雇黄包车,有的打算找亲戚,也有人说自己走;他们乱纷纷下了车,还在卡车旁边打转。长途汽车已走了七个多小时,没闲工夫犹豫。司机声明立即返回上海。无路可走的只好留在车上。我们三人之外,还有四五个乘客。

我们估计回到上海,准要十点或十一点了。卡车夜间走在公路上,开着灯,敌机看见了准会投炸弹;不开灯,必撞入河浜里。假如黑地里下车过破桥,踩了个空,怎么办?假如不及赶上车,给甩下了,怎么办?车上倒是空了,坐得很宽舒。我坐在靠边长椅的最后面。

下车的乘客让开路,卡车带着未下车的乘客掉转头,一变来时风度,逃亡似的奋不顾身。它大摇大摆、大颠大簸地往回途奔驰,一会儿便开到桥边。但是车并不停,呼、呼、呼一阵子冲了过去。这座桥还算完整。司机抢命似的冲过一桥又冲一桥,压根儿不想停。当初过桥时也是空车,怎么那样艰难、那么谨慎啊?这时乘着一股子冲劲儿,很塌败的破桥也飞跃而过。我眼看成双的后轮四分之三都悬空。卡车如翻入河里浜里,我正好压在车下。车上每个人都提着心,吊着胆,屏着气,没人叫唤一声。

卡车没命地奔驰，颠簸颠簸、摇摆摇摆，呼、呼、呼，冲过一桥；颠簸颠簸，摇摆摇摆，呼、呼、呼，又冲过一桥。卡车上有臭咸鱼一大麻袋，糖一大麻袋，也许还有钱，卡车也值钱，车上还有四五个女人呢，随处可碰到拦路抢劫的土匪。一会儿天黑了，不能开灯，天上有打转的敌机。所以司机也只好没命地奔驰腾飞。意想不到，卡车竟平安无事地回到了满地痰涕的洋灰地车场上，还不到六点钟。

我们如在梦中。下了车，我们姐妹和弟弟分头雇车回家。我和阿必并坐在三轮车上，还惊魂未定。

到家了，我不记得是谁开的门。只记得我声带歇斯底里，如哭如笑地说："走了一天，又回来了！"

客厅里坐满了人，我婆婆、叔父、婶母，还有大大小小的孩子，都满面严肃，好像都在等待我们白走一天又回来。我怔住了。锺书过来牵着我的手，把我带到离他们一家人稍远的灯光昏暗处。阿必也跟了过来。锺书缓缓地轻声说："刚才苏州来了电话，爸爸已经过去了。"

悲恸结束了这紧张的一天，也是最无可奈何的一天。

二〇〇一年十月十日

怀念陈衡哲*

我初识陈衡哲先生是一九四九年在储安平先生家。储安平知道任鸿隽①、陈衡哲夫妇要到上海定居，准备在家里摆酒请客，为他们夫妇接风。他已离婚，家无女主，预先邀我做陪客，帮他招待女宾。锺书已代我应允。

锺书那时任中央图书馆的英文总纂，每月须到南京去汇报工作。储安平为任、陈夫妇设晚宴的那天，正逢锺书有事须往南京，晚饭前不及赶回上海。储安平家住公共租界，我们家住法租界，不仅距离远，而且交通很不便，又加我不善交际，很怕单独一人出去做客。锺书出门之前，我和他商量说："我不想去了。不去行不行？"他想了一想说："你得去。"他说"得去"，我总听话。我只好硬硬头皮，一人出门做客。我先挤无轨电车，然后改坐三轮到储家。

那晚摆酒两大桌，客人不少。很多人我也见过。只因我不会应酬，见了生人不敢说话，也记不住他们的名字，所以都报不

---

* 陈衡哲（1890—1976），我国新文学运动中最早的女学者、作家、诗人和散文家。文笔清新而时有凌厉峻峭的风格。

① 任鸿隽（1886—1961），字叔永，中国现代科学事业的倡导者和组织者，中国科学社的主要创始人，曾长期担任该社领导职务。晚年曾任上海图书馆馆长。

出名了。我只记得一位王云五,因为他席间常高声用上海话说“吾云五”。还有一位是刘大杰。因为他在储安平向陈衡哲介绍我的时候,跌足说:“咳! 今天钱锺书不能来太可惜了! 他们可真是才子佳人哪!”

我当不起“佳人”之称,而且我觉得话也不该这么说。我没有锺书在旁护着,就得自己招架。我忙说:“陈先生可是才子佳人兼在一身呢。”

陈衡哲先生的眼镜后面有一双秀美的眼睛,一眼就能看到。她听了我的话,立即和身边一位温文儒雅的瘦高个儿先生交换了一个眼色,我知道这一位准是任先生了。我看见她眼里的笑意传到了他的嘴角,心里有点着慌,自问“我说错了话吗? 我把这位才子挤掉了吗? 可是才子也可以娶才子啊。”我赧然和任先生也握了手。

那天的女客共三人。我一个,陈衡哲先生之外还有一位黄郛夫人。她们俩显然是极熟的朋友。入席后,她们并坐在我的对面。我面门而坐。另一桌摆在屋子的靠里一边。我频频听到那边桌上有人大声说“吾云五”,主人和任先生都在那边桌上,他们谈论中夹杂着笑声。我们这桌大约因为有女宾的缘故,多少有点拘束。主要是我不会招待,所以我们这边远不如那边一桌热闹,没有人大说大笑,大家只和近旁的人轻声谈话。

我看见陈衡哲先生假装吃菜,眼睛看着面前的碗碟,手里拿着筷子,偷偷用胳膊肘儿撞一撞黄夫人,轻声说话,却好像不在说话。她说一个字,停一停,又说一个字,把二寸短话拉成一丈长,每两个字中间相隔一寸两寸,每个字都像是孤立的。我联上了。她在说:“你看她,像不像一个人?”黄郛夫人隔着大圆桌面把我打量了几眼。她毫无掩饰,连声说:“像! 像! 像极了!”她们在议论我。我只好佯作不知。但她们的目光和我的偶尔相触时,我就对她们微微笑笑。

散席后,黄郛夫人绕过桌子来,拉着我的手说:“你和我的妹妹真像!”我不知该怎么回答,显得很窘。黄夫人立即说:“我妹妹可不像我这个样子的。我妹妹是个很漂亮的人物。”黄夫人端正大方,头发向上直掠,一点不打扮,却自有风度。我经她这么一说,越发窘了,因为不美的人也可以叫人觉得和美人有相似处;像不像也不由自己做主。幸好陈衡哲先生紧跟着她一起过来。她拉我在近处坐下,三个人挤坐一处,很亲近也很随便地交谈,多半是她们问,我回答。

解放后我到了清华,张奚若太太一见我就和我交朋友,说我像她的好朋友,模样儿像,说话也像,性情脾气也像。我和她相熟以后,问知她所说的朋友,就是黄郛夫人的妹妹,据说是一位英年早逝的才女。黄郛夫人热情地和我拉手,是因为看见了与亡妹约莫相似的影子。我就好比《红楼梦》里的“五儿承错爱”了。

黄郛夫人要送我回家。她乘一辆簇新的大黑汽车——当时乘汽车的客人不多。陈衡哲先生也要送我回去。经任鸿隽先生问明地址,任先生的车送我回家是顺路。我就由他那辆带绿色的半旧汽车送回家。黄郛夫人曾接我到她家一次。她住的是花园洋房。房子前面的墙上和墙角爬满了盛开的白蔷薇。她赠我一大捧带露的白蔷薇。我由此推断我初会陈衡哲先生是蔷薇盛开的春季。

抗战胜利后，锺书在中央图书馆有了正式职业，又在暨南大学兼任教授，同时也是《英国文化丛书》的编辑委员。他要请任鸿隽先生为《英国文化丛书》翻译一本有关他专业的小册子，特到他家去拜访。我也跟他同去，谢谢他们汽车送我回家。过两天他们夫妇就到我家回访。我家那时住蒲石路蒲园，附近是一家有名的点心铺。那家的鸡肉包子尤其走俏，因为皮暄、汁多、馅细，调味也好。我们就让阿姨买来待客。任先生吃了非常欣赏。不多久陈先生邀我们去吃茶。

他们家住贝当路贝当公寓。两家相去不远，交通尤其方便。我们出门略走几步，就到有轨电车站；有轨电车是不挤的，约三站左右，下车走几步就到他们家了。我们带两条厚毛巾，在点心铺买了刚出笼的鸡肉包子，用双重毛巾一裹，到他们家，包子热气未散，还热腾腾的呢。任先生对鸡肉包子还是欣赏不已。

那时候，我们的女儿已经病愈上学，家有阿姨，我在震旦女子文理学院教两三门课，日子过得很轻松。可是我过去几年，实在太劳累了。身兼数职，教课之外，还做补习教师，又业余创作，还充当灶下婢；积劳成病，每天午后三四点总有几分低烧，体重每个月掉一磅，只觉得疲乏，医院却验查不出病因。我原是个闲不住的人，最闲的时候，我总是一面看书，一面织毛衣。我的双手已练成自动化的机器。可是天天低烧，就病恹恹地，连看书打毛衣都没精神。我爸爸已经去世，我不能再像从前那样，经常在爸爸身边和姊妹们相聚说笑。锺书工作忙，偷空读书。他正在读《宋诗纪事》，还常到附近的合众图书馆去查书，我不愿打搅他。

恰巧，任鸿隽也比陈衡哲忙。陈衡哲正在读汤因比（Toynbee）①的四卷本西洋史，已读到第三册的后半本，但目力衰退，每到四时许，就得休息眼睛。她常邀我们去吃茶。（她称“吃tea”，其实吃的总是咖啡。）她做的咖啡又香又浓，我很欣赏。我们总顺路买一份刚出笼的鸡肉包子，裹在毛巾里带去。任先生总是特别欣赏。锺书和任先生很相投，我和陈先生很相投。“吃tea”几次以后，锺书就怂恿我一个人去，我也乐于一个人去。因为我看出任先生是放下了工作来招待的，锺书也是放下了工作陪我去的。我和陈衡哲呢，“吃tea”见面之外，还通信，还通电话。我一个人去，如果任先生在家，我总为他带鸡肉包子，但是我从不打扰他的工作。他们的客厅比较大，东半边是任先生工作的地方；西边连卧房。我和陈衡哲常在客厅西半边靠卧房处说话。

我为任先生带鸡肉包子成了习惯。锺书常笑说：“一骑红尘妃子笑”，因为任先生吃鸡肉包子吃出了无穷的滋味，非常喜爱。我和陈衡哲对鸡肉包子都没多大兴趣。

陈衡哲我当面称陈先生，写信称莎菲先生，背后就称陈衡哲。她要我称她“二姐”，因为她的小弟弟陈益（谦受）娶了我的老朋友蒋恩钿。但是陈益总要我称他“长辈”，因为他家大姐的大儿媳妇我称五姑。（胡适《四十自述》里提到的杨志洵老师，我称景苏叔公。五姑是叔公的女儿。）我当时虽然不知道陈衡哲的年龄，觉得她总该是前辈。近年我看到有关于她的传记，才

---

① 汤因比（1889—1975），英国历史学家，曾任伦敦大学教授，并出版过十二卷巨著《历史研究》。

知道她长我二十一岁呢。可是我从未觉得我们中间有这么大的年龄差距。我并不觉得她有多么老,她也没一点架子。我们非常说得来,简直无话不谈。也许她和我在一起,就变年轻了,我接触的是个年轻的陈衡哲。

她谈到她那一辈有名的女留学生,只说:“我们不过是机会好罢了。当时受高等教育的女学生实在太少了。”我不是“承错爱”的“五儿”,也不靠“长辈”“小辈”的亲戚关系;我们像忽然相逢的朋友。

她曾赠我一册《小雨点》。我更欣赏她的几首旧诗,我早先读到时,觉得她聪明可爱。我也欣赏她从前给胡适信上的话:“你不先生我,我不先生你;你若先生我,我必先生你。”我觉得她很有风趣。我不知高低,把自己的两个剧本也赠她请教。她看过后对我说:“不是照着镜子写的。”那两册剧本,一直在她梳妆台上放着。

我是他们家的常客,他们并不把我当作客人。有一次我到他们家,他们两口子正在争闹;陈先生把她瘦小的身躯撑成一个“大”字,两脚分得老远,两手左右撑开,挡在卧房门口,不让任先生进去。任先生做了几个“虎势”,想从一边闯进去,都没成功。陈先生得胜,笑得很淘气;任先生是输家,也只管笑。我在一边跟着笑。他们并不多嫌我,我也未觉尴尬。

有一个爱吹诩“我的朋友某某”的人对我和锺书说:“昨晚在陈衡哲家吃了晚饭,谈到夜深,就在他们客厅的沙发上睡了一晚。”过一天我见到陈衡哲就问她了。她说:“你看看我这沙发有多长,他睡得下吗?”当然,她那晚也没请人吃晚饭。她把这话说给任先生听,他们两个都笑,我也大长识见。

那时陈衡哲家用一个男仆，她称为“我们的工人”。这位“工人”大约对女主人不大管用，需要他的时候常不在家。她请人吃茶或吃饭，常邀我“早一点来，帮帮我”。有一次她认真地嘱我早一点去。可是她待我帮忙的，不过是把三个热水瓶从地下搬到桌上。热水瓶不是盛五磅水的大号，只是三磅水的中号。我后来自己老了，才懂得老人腕弱，中号的热水瓶也须用双手捧。陈衡哲身体弱，连双手也捧不动。

渐渐地别人也知道我和陈衡哲的交情。那时上海有个妇女会，会员全是大学毕业生。妇女会要请陈衡哲讲西洋史。会长特地找我去邀请。陈先生给我面子，到妇女会去作了一次讲演，会场门口还陈列着汤因比的书。

胡适那年到上海来，人没到，任家客厅里已挂上了胡适的近照。照片放得很大，还配着镜框，胡适二字的旁边还竖着一道杠杠（名字的符号）。陈衡哲带三分恼火对我说：“有人索性打电话来问我，适之到了没有。”问的人确也有点唐突。她的心情，我能领会。我不说她“其实乃深喜之”，要是这么说，就太简单了。

胡适的《哲学史大纲》我在高中和大学都用作课本，我当然知道他的大名。他又是我爸爸和我家亲友的熟人。他们曾谈到一位倒霉的女士经常受丈夫虐待。那丈夫也称得苏州一位名人，爱拈花惹草。胡适听到这位女士的遭遇，深抱不平，气愤说：“离婚！趁丰采，再找个好的。”我爸爸认为这话太孩子气了。那位女士我见过多次，她压根儿没什么“丰采”可言，而且她已经是个发福的中年妇人了。“趁丰采”是我爸爸经常引用的笑谈。我很想看看说这句话的胡适。

一次，我家门房奉命雇四头驴子。因为胡适到了苏州，要来看望我爸爸，而我家两位姑母和一位曾经“北伐”的女校长约定胡适一同骑驴游苏州城墙。骑驴游苏州城墙确很好玩。我曾多次步行绕走城墙一圈。城墙内外都有城河。内城河窄，外城河宽，走在古老的城墙上，观赏城里城外迥不相同的景色，很有意思。步行一圈费脚力，骑个小驴在城墙上跑一圈一定有趣。

可是苏州是个很保守的城市。由我家走上胥门城墙，还需经过一段街道。苏州街上，男人也不骑驴。如有女人骑驴，路上行人必定大惊小怪。我的姑母和那位“北伐”的女士都很解放，但是陪三位解放女士同在苏州街上骑驴的惟一男士，想必更加惹眼。我觉得这胡适一定兴致极好，性情也很随和，而且很有气概，满不在乎路人非笑。

我家门房预先雇好了四头驴，早上由四个驴夫牵入我家的柏树大院等候。两位姑母和两位客人约定在那儿上驴出发。我爸爸会见了客人，在院子里相送。

我真想出去看看。但是爸爸的客人我们从不出见。我不敢出去。姑母和客人都已出门，爸爸已经回到内室，我才从“深闺之中”出来张望。我家的大门和两重屏门都还敞着呢。我实在很想看看胡适骑驴。但是结集出发的游人，不用结队回来。路人惊诧的话，或是门房说的，或是二位姑妈回来后自己讲的。

胡适照相的大镜框子挂在任家客厅贴近阳台的墙上。不久后，锺书对我说：“我见过胡适了。”锺书常到合众图书馆查书。胡适有好几箱书信寄存在合众图书馆楼上，他也常到这图书馆去。锺书遇见胡适，大概是图书馆馆长顾廷龙（起潜）为他们介绍的。锺书告诉我，胡适对他说，“听说你做旧诗，我也做。”说着就在一小方白纸上用铅笔写下了他的一首近作，并且说，“我可以给你用墨笔写。”我只记得这首诗的后两句：“几支无用笔，半打有心人。”我有一本红木板面的宣纸册子，上面有几位诗人的墨宝。我并不想请胡适为我用墨笔写上这样的诗。所以我想，这胡适很坦率，他就没想想，也许有人并不想求他的墨宝呢。可是他那一小方纸，我也直保留到“文化大革命”，才和罗家伦赠锺书的八页大大的胖字一起毁掉。

陈衡哲对我说，“适之也看了你的剧本了。他也说，‘不是对着镜子写的’。他说想见见你。”

“对着镜子写”，我不知什么意思，也不知是否有所指，我没问过。胡适想见见我，我很开心，因为我实在很想见见他。

陈衡哲说：“这样吧，咱们吃个家常 tea，你们俩，我们俩，加适之。”她和我就这么安排停当了。

我和锺书照例带了刚出笼的鸡肉包子到任家去。包子不能多买，因为总有好多人站着等待包子出笼。如要买得多，得等下一笼。我们到任家，胡适已先在。他和锺书已见过面。陈衡哲介绍了我，随即告诉我说：“今天有人要来闯席，林同济和他的 ex-wife（前妻）知道适之来，要来看看他。他们晚一会儿来，坐一坐就走的。”

不知是谁建议先趁热吃鸡肉包子。陈衡哲和我都是胃口欠佳的人，食量也特小。我带的包子不多，我和她都不想吃。我记得他们三个站在客厅东南隅一张半圆形的大理石面红木桌子旁边，有人靠着墙，有人靠着窗（窗外是阳台），就那么站着同吃鸡肉包子，且吃且谈且笑。陈衡哲在客厅的这一边从容地为他们调咖啡，我在旁边帮一手。他们吃完包子就过来喝咖啡。胡适是这时候对我说他认识我叔叔、姑姑以及“你老人家是我的先生”等话的。

林同济不仅带了他已经离婚的洋夫人，还带了离婚夫人的女朋友（一个二十多岁的美国姑娘）同来。大家就改用英语谈话。胡适说他正在收集怕老婆的故事。他说只有日本和德国没有这类故事。他说：“有怕老婆的故事，就说明女人实际上的权力不输于男人。”我记不准这话是当着林同济等客人谈的，还是他们走了以后谈的。现在没有锺书帮我回忆，就存疑吧。闯席的客人喝过咖啡，礼貌性地用过点心，坐一会儿就告辞了。

走了三个外客，剩下的主人客人很自在地把坐椅挪近沙发，围坐一处，很亲近地谈天说地。谈近事，谈铁托，谈苏联，谈知识分子的前途等等。

谈近事，胡适跌足叹恨烧掉了他的书信。尤其内中一信是自称“你的学生×××”写的。胡适说，“这一封信烧掉，太可惜了。”

当时五个人代表三个家。我们家是打定主意留在国内不走的。任、陈两位倾向于不走，胡适却是不便留下的。我们和任、陈两位很亲密，他们和胡适又是很亲密的老友，所以这个定局，大家都心照不宣。那时反映苏联铁幕后情况的英文小说，我们大致都读过。知识分子将面临什么命运是我们最关心的事，因为我们都是面临新局面的知识分子。我们相聚谈论，谈得很认真，也很亲密，像说悄悄话。

那天胡适得出席一个晚宴，主人家的汽车来接他了。胡适忙起身告辞。我们也都站起来送他。任先生和锺书送他到门口。陈衡哲站起身又坐回沙发里。我就陪她坐着。我记得胡适一手拿着帽子，走近门口又折回来，走到摆着几盘点心的桌子旁边，带几分顽皮，用手指把一盘芝麻烧饼戳了一下，用地道的上海话说：“‘蟹壳黄’也拿出来了。”说完，笑嘻嘻地一溜烟跑往门口，由任先生和锺书送出门（门外就是楼梯）。

陈先生略有点儿不高兴，对我说：“适之 spoilt（宠坏）了，‘蟹壳黄’也勿能吃了。”

我只笑笑，没敢说什么。“蟹壳黄”又香又脆，做早点我很爱吃。可是作为茶点确是不合适。谁吃这么大的一个芝麻烧饼呢！所以那盘烧饼保持原状，谁都没碰。不过我觉得胡适是临走故意回来惹她一下。

锺书陪任先生送客回来，我也卷上两条毛巾和锺书一起回家。我回家和锺书说：“胡适真是个交际家，一下子对我背出一大串叔叔姑母。他在乎人家称‘你的学生’，他就自称是我爸爸的学生。我可从没听见爸爸说过胡适是他的学生。”锺书为胡适辩解说：胡适曾向顾廷龙打听杨绛其人；顾告诉他说，“名父之女，老圃先生的女儿，钱锺书的夫人。”我认为事先打听，也是交际家的交际之道。不过锺书为我考证了一番，说胡适并未乱认老师，只是我爸爸决不会说“我的学生胡适之”。

我因为久闻胡适大名，偶尔又常听到家里人谈起他，他还曾到过我家，我确是很想见见他。所以这次茶叙见面，给我留下了很深的印象。至于胡适，他见过的人很多，未必记得我们两个。他在亲密的老友家那番“不足为外人道”的谈论中，他说的话最多。我们虽然参与，却是说得少，听得多，不会叫他忘不了。以后锺书还参加了一个送别胡适的宴会，同席有郑振铎；客人不少呢，同席的人是不易一一记住的。据唐德刚记胡适评钱锺书的

《宋诗选注》时，胡适说，“我没见过他”，这很可能是“贵人善忘”。但是他同时又说，“大陆上正在‘清算’他”，凭这句话，我倒怀疑胡适并未忘记。他自己隔岸挨骂，可以不理会。但身处大陆而遭“清算”，照他和我们“吃 tea”那晚的理解，是很严重的事。他说“我没见过他”，我怀疑是故意的。其实，我们虽然挨批挨斗，却从未挨过“清算”。

有一次，任先生晚间有个应酬而陈先生懒得去，她邀我陪她在家里吃个“便饭”，只我们两个人。我去了。大概只有我可以去吃她的“便饭”，而真的“便”，因为我们的饭量一样小。我也只用小小的饭碗盛半碗饭。菜量也一样小。我们吃得少，也吃得慢。话倒是谈了很多。谈些什么现在记不起了。有一件事，她欲说又止，又忍不住要说。她问我能不能守秘密。我说能。她想了想，笑着说，“连钱锺书也不告诉，行吗？”我斟酌了一番，说“可以”。她就告诉了我一件事。我回家，锺书正在等我。我说，“陈衡哲今晚告诉我一件事，叫我连你也不告诉，我答应她了。”锺书很好，一句也没问。

既是秘密，我就埋藏在心里。事隔多年，很自然地由埋没而淡忘了。我记住的，只是她和我对坐吃饭密谈，且谈且笑的情景。

一九四九年的八月间，锺书和我得到清华大学给我们两人的聘约。锺书说，也许我换换空气，身体会好。我们是八月底离开上海的。我还记得末一次在陈衡哲家参加的那个晚宴，客人有一大圆桌。她要量血压，约了一位医生带着量血压器去。可是医生是忙人，不及等到客人散尽；而陈衡哲不好意思当着客人量血压，所以她预先和我商定，只算是我要量血压，她特地约了医生。到我量血压的时候,她就凑上来也量量。我们就是这样安排的。那晚锺书和我一同赴宴。

陈先生血压正常,我的血压却意外地高。陈先生一再叮嘱,叫我吃素,但不必吃净素。她笑着对我和锺书讲有关吃素的趣事。提倡素食的李石曾定要他的新夫人吃素。新夫人嘴里淡出鸟来,只好偷偷儿到别人家去开荤。李石曾住蒲园,和我们家是紧邻。解放军过河之前,他们家就搬走了,进驻了解放军。

我们到了清华,我和莎菲先生还经常通信,只是不敢畅所欲言了。"三反运动"(当时称"洗澡")之后,我更加拘束,拿着笔不知怎么写,语言似乎僵死了。我不会虚伪,也不愿敷衍,我和她能说什么呢?我和她继续通信是很勉强的。

随后是"三校合并",我们由清华大学迁入新北大的中关园小平房。锺书那时借调到城里,参加翻译毛选工作。有一天任鸿隽先生和竺可桢先生同来看锺书。锺书在城里。我以前虽然经常到任先生家去,我只为他带鸡肉包子,只和陈衡哲说话,我不会和名人学者谈话。那天,我活是一个家庭妇女,奉茶陪坐之外,应对几句就没话可说。锺书是等不回来的,他们坐一会儿就走了,我心上直抱歉。从此我没有再见到任先生。他是一九六一年去世的。我留下的是任先生赏我的墨宝,我征得他子女的同意,复印了作为本文附录,希望任先生的诗集能早日问世。

一九六二年八月,我家迁入干面胡同新建的宿舍大楼。夏鼐先生和我们同住一个单元。大约一两年之后,他一次出差上海归来,对我说,陈衡哲先生托他捎来口信,说她还欠我一封信,但是她眼睛将近失明,不能亲自写信了,只好让她女儿代笔了。我知道他们的孝顺女儿任以书女士是特地从美国回来侍奉双亲的。我后来和她通过一次或两次信。到“文化大革命”，我和陈先生就完全失去联系。在我们“流亡”期间，一九七六年一月，我们从报上得知她去世的噩耗。

我和陈衡哲经常聚会的日子并不长，只几个月，不足半年。为什么我们之间，那么勉强的通信还维持了这么多年呢。只因为我很喜欢她，她也喜欢我，我们之间确曾有过一段不易忘记的交情。我至今还想念她。

二〇〇二年三月二十日定稿

杜鵑聲裏杜鵑花誰可看花不憶
家記得江南春雨後馬頭遥認赤城
霞看花筑貴渝中一例春風卷
紅葉林是半山松翠裏臨崖放出
幾枝紅

縉雲山觀杜鵑 山在重慶
北碚抗戰期間兩次往遊

一水縈田一鷺鷥窺魚笑汝計何癡
莫為飛向青山去煙雨空濛也自奇
縣上人家秋意酣蘆花飛雪水拖藍
若為畫作江南道只欠丹楓點兩三

成渝道中書所見

季康夫人 哂正

鴻雋

花 花 儿

我大概不能算是爱猫的,因为我只爱个别的一只两只,而且只因为它不像一般的猫而似乎超出了猫类。

我从前苏州的家里养许多猫,我喜欢一只名叫大白的。它大概是波斯种,个儿比一般的猫大,浑身白毛,圆脸,一对蓝眼睛非常妩媚灵秀,性情又很温和。我常胡想,童话里美女变的猫,或者能变美女的猫,大概就像大白。大白如在户外玩够了想进屋来,就跳上我父亲书桌横侧的窗台,一只爪子软软地扶着玻璃,轻轻叫唤一声,看见父亲抬头看见它了,就跳下地,跑到门外蹲着静静等候。饭桌上尽管摆着它爱吃的鱼肉,它决不擅自取食,只是忙忙地跳上桌子又跳下地,仰头等着。跳上桌子是说:"我也要吃。"跳下地是说:"我在这儿等着呢。"

默存和我住在清华的时候养一只猫,皮毛不如大白,智力远在大白之上。那是我亲戚从城里抱来的一只小郎猫,才满月,刚断奶。它妈妈是白色长毛的纯波斯种,这儿子却是黑白杂色:背上三个黑圆,一条黑尾巴,四只黑爪子,脸上有匀匀的两个黑半圆,像时髦人戴的大黑眼镜,大得遮去半个脸,不过它连耳朵也是黑的。它是圆脸,灰蓝眼珠,眼神之美不输大白。它忽被人抱出城来,一声声直叫唤。我不忍,把小猫抱在怀里一整天,所以它和我最亲。

我们的老李妈爱猫。她说:“带气儿的我都爱。”小猫来了我只会抱着,喂小猫的是她,“花花儿”也是她取的名字。那天傍晚她对我说:“我已经给它把了一泡屎,我再把它一泡溺,教会了它,以后就不脏屋子了。”我不知道李妈是怎么“把”、怎么教的,花花儿从来没有弄脏过屋子,一次也没有。

我们让花花儿睡在客堂沙发上一个白布垫子上,那个垫子就算是它的领域。一次我把垫子双折着忘了打开,花花儿就把自己的身体约束成一长条,趴在上面,一点也不越出垫子的范围。一次它聚精会神地蹲在一叠箱子旁边,忽然伸出爪子一捞,就逮了一只耗子。那时候它还很小呢。李妈得意说:“这猫儿就是灵。”它很早就懂得不准上饭桌,只伏在我的座后等候。李妈常说:“这猫儿可仁义。”

花花儿早上见了李妈就要她抱。它把一只前脚勾着李妈的脖子,像小孩儿那样直着身子坐在李妈臂上。李妈笑说:“瞧它!这猫儿敢情是小孩子变的,我就没见过这种样儿。”它早上第一次见我,总把冷鼻子在我脸上碰碰。清华的温德先生最爱猫,家里总养着好几只。他曾对我说:“猫儿有时候会闻闻你,可它不是吻你,只是要闻闻你吃了什么东西。”我拿定花花儿不是要闻我吃了什么东西,因为我什么都没吃呢。即使我刚吃了鱼,它也并不再闻我。花花儿只是对我行个“早安”礼。我们有一罐结成团的陈奶粉,那是花花儿的零食。一次默存要花花儿也闻闻他,就拿些奶粉做贿赂。花花儿很懂事,也很无耻。我们夫妇分站在书桌的两头,猫儿站在书桌当中。它对我们俩这边看看,那边看看,要往我这边走,一转念,决然走到拿奶粉罐的默存那边去,闻了他一下脸。我们都大笑说:“花花儿真无耻,有奶便是娘。”可是这充分说明，温德先生的话并不对。

一次我们早起不见花花儿。李妈指指茶几底下说：“给我拍了一下，躲在那儿委屈呢。我忙着要扫地，它直绕着我要我抱，绕得我眼睛都花了。我拍了它一下，瞧它！赌气了！”花花儿缩在茶几底下，一只前爪遮着脑门子，满脸气苦，我们叫它也不出来。还是李妈把它抱了出来，抚慰了一下，它又照常抱着李妈的脖子，挨在她怀里。我们还没看见过猫儿会委屈，那副气苦的神情不是我们唯心想象的。它第一次上了树不会下来，默存设法救了它下来，它把爪子软软地在默存臂上搭两下，表示感激，这也不是我们主观唯心的想象。

花花儿清早常从户外到我们卧房窗前来窥望。我睡在离窗最近的一边。它也和大白一样，前爪软软地扶着玻璃，只是一声不响，目不转睛地守着。假如我不回脸，它决不叫唤；要等看见我已经看见它了，才叫唤两声，然后也像大白那样跑到门口去蹲着，仰头等候。我开了门它就进来，跳上桌子闻闻我，并不要求我抱。它偶然也闻闻默存和圆圆，不过不是经常。

它渐渐不服管教，晚上要跟进卧房。我们把它按在沙发上，可是一松手它就蹿进卧房；捉出来，又蹿进去，两只眼睛只顾看着我们，表情是恳求。我们三个都心软了，就让它进屋，看它进来了怎么样。我们的卧房是一长间，南北各有大窗，中间放个大衣橱，把屋子隔成前后两间，圆圆睡后间。大衣橱的左侧上方是个小橱，花花儿白天常进卧房，大约看中了那个小橱。它仰头对着小橱叫。我开了小橱的门，它一蹿就蹿进去，蜷伏在内，不肯出来。我们都笑它找到了好一个安适的窝儿，就开着小橱的门，让它睡在里面。可是它又不安分，一会儿又跳到床上，要钻被窝。它好像知道默存最依顺他，就往他被窝里钻，可是一会儿又嫌闷，又要出门去。我们给它折腾了一顿，只好狠狠心把它赶走。经过两三次严厉的管教，它也就听话了。

一次我们吃禾花雀，它吃了些脖子爪子之类，快活得发疯似的从椅子上跳到桌上，又跳回地上，欢腾跳跃，逗得我们大笑不止。它爱吃的东西很特别，如老玉米，水果糖，花生米，好像别的猫不爱吃这些。转眼由春天到了冬天。有时大雪，我怕李妈滑倒（她年已六十），就自己买菜。我买菜，总为李妈买一包香烟，一包花生米。下午没事，李妈坐在自己床上，抱着花花儿，喂它吃花生。花花儿站在她怀里，前脚搭在她肩上，那副模样煞是滑稽。

花花儿周岁的时候李妈病了；病得很重，只好回家。她回家后花花儿早晚在她的卧房门外绕着叫，叫了好几天才罢。换来一个郭妈又凶又狠，把花花儿当冤家看待。一天我坐在书桌前工作，花花儿跳在我的座后，用爪子在我背上一拍，等我回头，它就跳下地，一爪招手似的招，走几步又回头叫我。我就跟它走。它把我直招到厨房里，然后它用后脚站起，伸前爪去抓菜橱下层的橱门——里面有猫鱼。原来花花儿是问我要饭吃。我一看它的饭碗肮脏不堪，半碗剩饭都干硬了。我用热水把硬饭泡洗一下，加上猫鱼拌好，花花儿就乖乖地吃饭。可是我一离开，它就不吃了，追出来把我叫回厨房。我守着，它就吃，走开就不吃。后来我把它的饭碗搬到吃饭间里，它就安安顿顿吃饭。我心想：这猫儿又作怪，它得在饭厅里吃饭呢！不久我发现郭妈作弄它。她双脚夹住花花儿的脑袋，不让它凑近饭碗，嘴里却说："吃啊！吃啊！怎不吃呀？"我过去看看，郭妈忙一松腿，花花儿就跑了。

我才懂得花花儿为什么不肯在厨房吃饭。

花花儿到我家一二年后,默存调往城里工作,圆圆也在城里上学,寄宿在校。他们都要周末才回家,平时只我一人吃饭。每年初夏我总"疰夏",饭菜不过是西红柿汤,凉拌紫菜头之类。花花儿又作怪,它的饭碗在我座后,它不肯在我背后吃。我把它的饭碗挪在饭桌旁边,它才肯吃;吃几口就仰头看着我,等我给它滴上半匙西红柿汤,它才继续吃。我假装不看见也罢,如果它看见我看见它了,就非给它几滴清汤。我觉得这猫儿太唯心了,难道它也爱喝清汤!

猫儿一岁左右还不闹猫,不过外面猫儿叫闹的时候总爱出去看热闹。它一般总找最依顺它的默存,要他开门,把两只前爪抱着他的手腕子轻轻咬一口,然后叼着他的衣服往门口跑,前脚扒门,抬头看着门上的把手,两只眼睛里全是恳求。它这一出去就彻夜不归。好月亮的时候也通宵在外玩儿。两岁以后,它开始闹猫了。我们都看见它争风打架的英雄气概,花花儿成了我们那一区的霸。

有一次我午后上课,半路上看见它"嗷、嗷"怪声叫着过去。它忽然看见了我,立即回复平时的娇声细气,"啊,啊,啊"向我走来。我怕它跟我上课堂,直赶它走。可是它紧跟不离,直跟到洋灰大道边才止步不前,站定了看我走。那条大道是它活动区的边界,它不越出自定的范围。三反运动期间,我每晚开会到半夜三更,花花儿总在它的活动范围内迎候,伴随我回家。

花花儿善解人意,我为它的聪明惊喜,常胡说:"这猫儿简直有几分'人气'。"猫的"人气",当然微弱得似有若无,好比"人为万物之灵",人的那点灵光,也微弱得只够我们惶惑地照见自己多么愚昧。人的智慧自有打不破的局限,好比猫儿的聪明有它打不破的局限。

花花儿毕竟只是一只猫。三反运动后“院系调整”,我们并入北大,迁居中关园。花花儿依恋旧屋,由我们捉住装入布袋,搬入新居,拴了三天才渐渐习惯些,可是我偶一开门,它一道电光似的向邻近树木繁密的果园蹿去,跑得无影无踪,一去不返。我们费尽心力也找不到它了。我们伤心得从此不再养猫。默存说:“有句老话:‘狗认人,猫认屋’,看来花花儿没有‘超出猫类’。”他的《容安室休沐杂咏》还有一首提到它:“音书人事本萧条,广论何心续孝标,应是有情无着处,春风蛱蝶忆儿猫。”

一九八八年九月

控诉大会

三反运动期间,我在清华任教。当时,有的大学举办了资产阶级腐朽思想的图书展览,陈列出一批思想腐朽的书籍。不过参观者只能隔着绳索圈定的范围,遥遥望见几个书题和几个人名,无从体会书籍如何腐朽。我校举行的控诉大会就不同了。全校师生员工大约三千人都参加,大礼堂里楼上楼下坐得满满的。讲台上有声有色的控诉,句句都振动人心。

我也曾参与几个“酝酿会”。那就是背着被控诉的教师,集体搜索可资控诉的材料,例如某教师怎么宣扬资产阶级的生活方式,某教师怎么传布资产阶级的思想等等。

我当时教一门“危险课”。外文系的“危险课”原有三门:诗歌、戏剧、小说。后来这三门课改为选修,诗歌和戏剧班上的学生退选,这两门课就取消了。我教的是大三的英国小说,因为仍有学生选修,我只好开课。我有个朋友思想很进步,曾对我说,你那老一套的可不行了,得我来教教你。我没有虚心受教,只留心回避思想意识,着重艺术上的分析比较,一心只等学生退选。两年过去了,到第三年,有些大学二年的学生也选修这门课,可是他们要求精读一部小说,而大三的学生仍要求普遍的分析讨论。我就想乘机打退堂鼓。但不知谁想出一个两全法:精读一部小说,同时着重讨论这部小说的技巧。当时选定精读的小说是狄更斯的《大卫·科波菲尔》。狄更斯受到马克思的赞许，也受到进步评论家的推重，公认为进步小说家。他那部小说精读太长，只能选出部分，其余供浏览，或由老师讲述几句，把故事联上就行。

可是狄更斯的进步不免令人失望。比如主人公穷困时在工厂当擦皮鞋的小工，当然很进步，可是他公然说，他最痛苦的是日常与下等人为伍。把工人看作“下等人”，羞与为伍，我可怎么代作者装出进步面貌呢？最简便的办法是跳过去！小说里少不了谈情说爱的部分。我认为狄更斯喜剧性地描写中下层社会中年男女谈情，实在是妙极了，可是描写男女主人公的恋爱，往往糟得很，我干脆把谈恋爱的部分全部都跳过拉倒。

跳，有时有绊脚石。一次，精读的部分里带上一句牵涉到恋爱的话。主人公的房东太太对他说：“你觉也不睡，饭也不吃，我知道你的问题。”学生问：“什么问题？”我得解答：房东太太点出他在恋爱。我说：写恋爱用这种方式是陈腐的滥调。十八世纪菲尔丁的小说里，主人公虽然恋爱，照常吃饭，照常睡觉。十九世纪的狄更斯却还未能跳出中世纪骑士道的“恋爱准则”。我不愿在这个题目上多费工夫，只举了几条荒谬的例子，表示多么可笑。我这样踢开了绊脚石。

酝酿控诉大会的时候，我正为改造思想做检讨。我的问题，学生认为比较简单。我不属“向上爬”的典型，也不属“混饭吃”的典型，我只是满足于当贤妻良母，没有新中国人民的主人翁感。我的检讨，一次就通过了。开控诉大会就在通过我检查的当天晚饭后。我带着轻松愉快的心情，随我的亲戚同去听控诉。

我那位亲戚是活动家。她不知哪里听说我的检讨获得好评，特来和我握手道贺，然后和我同去开会，坐在我旁边。主席谈了资产阶级思想的毒害等等，然后开始控诉。

有个我从没见过的女孩子上台控诉。她不是我班上的学生，可是她咬牙切齿、顿足控诉的却是我。她提着我的名字说：

“×××先生上课不讲工人，专谈恋爱。

“×××先生教导我们，恋爱应当吃不下饭，睡不着觉。

“×××先生教导我们，见了情人，应当脸发白，腿发软。

“×××先生甚至于教导我们，结了婚的女人也应当谈恋爱。”

她怀着无比愤恨，控诉我的毒害。我的亲戚晚饭后坐在人丛里已开始打鼾，听到对我的这番控诉，戛然一声，停止打鼾，张大了眼睛。大礼堂里几千双眼睛都射着我。我只好效法三十年代的旧式新娘，闹房时戴着蓝眼镜，装作不闻不见，木然默坐。接下还有对别人的控诉，可是比了对我的就算不得什么了。控诉完毕，群众拥挤着慢慢散去，一面闹哄哄地议论。我站起身，发现我的亲戚已不知去向。

谁这么巧妙地断章取义、提纲上线的，确实为控诉大会立了大功。但我那天早上的检讨一字未及“谈恋爱”，怎么就没人质问，一致通过了呢？不过我得承认，这番控诉非常动听，只是我给骂得简直不堪了。

我走出大礼堂，恰似刚从地狱出来的魔鬼，浑身散发着硫磺臭，还带着熊熊火焰；人人都避得远远的。暗昏中，我能看到自己周围留着一圈空白，群众在这圈空白之外纷纷议论，声调里带着愤怒。一位女同志（大约是家庭妇女）慨叹说：“咳！还不如我们无才无能的呢！”好在她们不是当面批评，我只远远听着。

忽然我们的系主任吴达元先生走近前来，悄悄问："你真的说了那种话吗？"

我说："你想吧，我会吗？"

他立即说："我想你不会。"

我很感激他，可是我也谨慎地离他远些，因为我知道自己多么"臭"。

我独自一人回到家里。那个时期家里只有我和一个女佣，女佣早已睡熟。假如我是一个娇嫩的女人，我还有什么脸见人呢？我只好关门上吊啊！季布壮士，受辱而不羞，因为"欲有所用其未足也"。我并没有这等大志。我只是火气旺盛，像个鼓鼓的皮球，没法按下个凹处来承受这份侮辱，心上也感不到丝毫惭愧。我看了一会书就睡觉。明早起来，打扮得喜盈盈的，拿着个菜篮子到校内菜市上人最多的地方去招摇，看不敢理我的人怎样逃避我。

有人见了我及早躲开，有人佯佯不睬，但也有人照常和我招呼，而且有两三人还和我说话，有一人和我说笑了好一会。一星期后，我在大礼堂前稠人广众中看见一个老朋友，她老远的躲开了我。可是另有个并不很熟的女同志却和我有说有讲地并肩走了好一段路。避我只在情理之中，我没有怨尤。不避我的，我对他们至今感激。

不久《人民日报》上报道了我校对资产阶级腐朽思想的控诉大会，还点了我的名为例："×××先生上课专谈恋爱。"幸亏我不是名人，点了名也未必有多少人知道。

我的安慰是从此可以不再教课。可是下一学期我这门选修课没有取消，反增添了十多个学生。我刚经过轰轰烈烈的思想改造，诚心诚意地做了检讨，决不能再消极退缩。我也认识到大运动里的个人是何等渺小。我总不能借这点委屈就掼纱帽呀！我难道和资产阶级腐朽思想结下了不解之缘吗？我只好自我譬解：知道我的人反正知道；不知道的，随他们怎么想去吧。人生在世，冤屈总归是难免的。

虽然是一番屈辱，却是好一番锤炼。当时，我火气退去，就活像一头被车轮碾伤的小动物，血肉模糊的创口不是一下子就能愈合的。可是，往后我受批评甚至受斗争，总深幸这场控诉大大增强了我的韧劲。

一九八八年九月

“吾 先 生”

——旧事拾零

一九四九年我到清华后不久，发现燕京东门外有个果园，有苹果树和桃树等，果园里有个出售鲜果的摊儿，我和女儿常去买，因此和园里的工人很熟。

园主姓虞，果园因此称为虞园。虞先生是早年留学美国的园林学家，五十多岁，头发已经花白，我们常看见他爬在梯子上修剪果树，和工人一起劳动，工人都称他“吾先生”——就是“我们先生”。我不知道他们当面怎么称呼，对我们用第三人称，总是“吾先生”。这称呼的口气里带着拥护爱戴的意思。

虞先生和蔼可亲。小孩子进园买果子，拿出一分两分钱，虞先生总把稍带伤残的果子大捧大捧塞给孩子。有一次我和女儿进园，看见虞先生坐在树阴里看一本线装书。我好奇，想知道他看的什么书，就近前去和他攀话。我忘了他那本书的书名，只记得是一本诸子百家的书。从此我到了虞园常和他闲聊。

我和女儿去买果子，有时是工人掌秤，有时虞先生亲自掌秤。黄桃熟了，虞先生给个篮子让我们自己挑好的从树上摘。他还带我们下窖看里面储藏的大筐大筐苹果。我们在虞园买的果子，五斤至少有六斤重。

三反运动刚开始，我发现虞园气氛反常。一小部分工人——大约一两个——不称“吾先生”了，好像他们的气势比虞先生高出一头。过些时再去，称“吾先生”的只两三人了。再过些时，他们的“吾先生”不挂在嘴上，好像只闷在肚里。

有一天我到果园去，开门的工人对我说：

“这园子归公了。”

“虞先生呢？”

“和我们一样了。”

这个工人不是最初就不称“吾先生”的那派，也不是到后来仍坚持称“吾先生”的那派，大约是中间顺大流的。

我想虞先生不会变成“工人阶级”，大约和其他工人那样，也算是园子里的雇员罢了，可能也拿同等的工资。

一次我看见虞先生仍在果园里晒太阳，但是离果子摊儿远远的。他说：得离得远远的，免得怀疑他偷果子。他说，他吃园里的果子得到市上去买，不能在这里买，人家会说他多拿了果子。我几次劝他把事情看开些，得随着时世变通，反正他照样为自己培植的果树服务，不就完了吗？果园毕竟是身外之物呀。但虞先生说“想不通”，我想他也受不了日常难免的腌臜气。听说他闷了一程，病了一程，终于自己触电去世。

没几年果园夷为平地，建造起一片房屋。如今虞园旧址已无从寻觅。

一九八〇年九月二日

忆高崇熙先生

——旧事拾零

高先生是清华大学化工系教授，大家承认他业务很好，可是说他脾气不太好，落落难合。高太太善交际，所以我们夫妇尽管不善交际，也和他们有些来往。我们发现高先生脾气并不坏，和他很合得来。

大约一九五〇年，清华附近建立了一所化工厂，高先生当厂长。他们夫妇迁进工厂，住在简陋的办公室一般的宿舍里。我们夫妇曾到他新家去拜访过两次。

一九五一年秋，一个星期日，正是晴朗的好秋天，我们忽然高兴，想出去走走。我记起高太太送了我鲜花，还没去谢谢她。我们就步出南校门，穿过麦田，到化工厂去。当时三反运动已在社会上发动起来，但是还没有转为思想改造运动。学校里的知识分子以为于己无涉，还不大关心。

我们进了工厂，拐弯曲折，到了高氏夫妇寓所。高太太进城了，家里只高先生一人。他正独坐在又像教室又像办公室的客堂里，对我们的拜访好像出乎意外，并不欢迎。他勉强请我们坐，拿了两只肮脏的玻璃杯，为我们斟了两个半杯热水瓶底带水碱的剩水。他笑得很勉强，和我们酬答也只一声两声。我觉得来得不是时候，坐不住了，就说我们是路过，顺道看看他们，还要到别处去。我们就起身告辞了。

高先生并不挽留，却殷勤送我们出来：送出客堂，送出那条走廊，送出院子，还直往外送。我们请他留步，他硬是要送，直送到工厂的大门口。我记得大门口站着个看门的，他站在那人旁边，目送我们往远处去。

我们俩走入麦田。

我说："他好像不欢迎我们。"

"不欢迎。"

"所以我不敢多坐了。"

"是该走了。"

我说："他大概有事呢，咱们打扰他了。"

"不，他没事，他就那么坐着。"

"不在看书？"

"我看见他就那么坐着，也不看书，也不做什么事。"

"哦，也许因为运动，他心绪不好。"

"我问起他们厂里的运动，他说没什么事，快完了。"

"我觉得他巴不得我们快走。"

"可是他送了又送。"

这话不错。他简直依依不舍似的，不像厌恶我们。我说："也许他简慢了咱们又抱歉了。"

"他也没有简慢。况且，他送出院子不就行了吗？"

我们俩自作聪明地琢磨来琢磨去，总觉得纳闷。他也不是冷淡，也不是板着脸，他只是笑得那么勉强，那么怪。真怪！没有别的字可以形容。

过了一天，星期二上午，传来消息：化工厂的高先生昨天自杀了。据说星期一上午，工间休息的时候，高太太和厂里的一些女职工在会客室里煮元宵吃呢，回隔壁卧房看见高先生倒在床上，脸已变黑，他服了氰酸。

我们看见他的时候，他大约正在打主意，或者已经打定主意，所以把太太支使进城。事后回想，他从接待我们到送我们出工厂大门，全都说明这一件事，都是自然的。只恨我们糊涂，没有及时了解。

冤案错案如今正一一落实。高先生自杀后，高太太相继去世，多少年过去了，谁还记得他们吗？高先生自杀前夕，撞见他的，大概只有我们夫妇俩。

一九八八年九月一日

第一次观礼

——旧事拾零

一九五五年四月底，我得到一个绿色的观礼条，五月一日劳动节可到天安门广场观礼。绿条儿是末等的，别人不要，不知谁想到给我。我领受了非常高兴，因为是第一次得到的政治待遇。我知道头等是大红色，次等好像是粉红，我记不清了。有一人级别比我低，他得的条儿是橙黄色，比我高一等。反正，我自比《红楼梦》里的秋纹，不问人家红条、黄条，“我只领太太的恩典”。

随着观礼条有一张通知，说明哪里上大汽车、哪里下车，以及观礼的种种规矩。我读后大上心事。得橙黄条儿的是个男同志，绿条儿只我一人。我不认识路，下了大汽车，人海里到哪儿去找我的观礼台呢？礼毕，我又怎么再找到原来的大汽车呢？我一面忙忙开箱子寻找观礼的衣服，一面和家人商量办法。

我说：“绿条儿一定不少。我上了大汽车，就找一个最丑的戴绿条子的人，死盯着他。”

“干吗找最丑的呢？”

我说：“免得人家以为我看中他。”

家里人都笑说不妥：“越是丑男人，看到女同志死盯着他，就越以为是看中他了。”

我没想到这一层，觉得也有道理。我打算上了车，找个最容易辨认的戴绿条儿的人，就死盯着，只是留心不让他知觉。

“五一”清晨，我兴兴头头上了大汽车，一眼看到车上有个戴绿条儿的女同志，喜出望外，忙和她坐在一起。我仿佛他乡遇故知；她也很和气，并不嫌我。我就不用偷偷儿死盯着丑的或不丑的男同志了。

同车有三个戴大红条儿的女同志，都穿一身套服：窄窄腰身的上衣和紧绷绷的短裙。她们看来是常戴着大红条儿观礼的人物。下车后她们很内行地说，先上厕所，迟了就糟了。我们两个绿条子因为是女同志，很自然的也跟了去。

厕所很宽畅，该称盥洗室，里面薰着香，沿墙有好几个洁白的洗手池子，墙上镶嵌着一面面明亮的镜子，架上还挂着洁白的毛巾。但厕所只有四小间。我正在小间门口，出于礼貌，先让别人。一个戴红条儿的毫不客气，直闯进去，撇我在小间门旁等候。我暗想：“她是憋得慌吧？这么急！”她们一面大声说笑，说这会儿厕所里还没人光顾，一切都干干净净地等待外宾呢。我进了那个小间，还听到她们大声说笑和错乱的脚步声，以后就寂然无声。我动作敏捷，怕她们等我，忙掖好衣服出来。不料盥洗室里已杳无一人。

我吃一大惊，惊得血液都冷凝不流了。一个人落在天安门盥洗室内，我可怎么办呢！我忙洗洗手出来，只见我的绿条儿伙伴站在门外等着我。我感激得舒了一口大气，冷凝的血也给“阶级友爱”的温暖融化了。可恨那红条儿不是什么憋得慌，不过是眼里没有我这个绿条子。也许她认为我是僭越了，竟擅敢挤入那个迎候外宾的厕所。我还自以为是让她呢！

绿条儿伙伴看见那三个红条子的行踪，她带我拐个弯，就望见前面三双高跟鞋的后跟了。我们赶上去，拐弯抹角，走出一个小红门，就是天安门大街，三个红条子也就不知哪里去了。我跟着绿条儿伙伴过了街，在广场一侧找到了我们的观礼台。

我记不起观礼台有多高多大，只记得四围有短墙。可是我以后没有再见到那个观礼台。难道是临时搭的？却又不像新搭的。大概我当时竭力四处观望，未及注意自己站立的地方。我只觉得太阳射着眼睛，晒着半边脸，越晒越热。台上好几排长凳已坐满了人。我凭短墙站立好久，后来又换在长凳尽头坐了一会。可是，除了四周的群众，除了群众手里擎着的各色纸花，我什么也看不见。

远近传来消息："来了，来了。"群众在欢呼，他们手里举的纸花，汇合成一片花海，浪潮般升起又落下，想必是天安门上的领袖出现了。接下就听到游行队伍的脚步声。天上忽然放出一大群白鸽，又迸出千百个五颜六色的氢气球，飘荡在半空，有的还带着长幅标语。游行队伍齐声喊着口号。我看到一簇簇红旗过去，听着口号声和步伐声，知道游行队伍正在前进。我踮起脚，伸长脑袋，游行队伍偶然也能看到一瞥。可是眼前所见，只是群众的纸花，像浪潮起伏的一片花海。

虽然啥也看不见，我在群众中却也失去自我，融合在游行队伍里。我虽然没有"含着泪花"，泪花儿大约也能呼之即来，因为"伟大感"和"渺小感"同时在心上起落，确也"久久不能平息"。"组织起来"的群众如何感觉，我多少领会到一点情味。

游行队伍过完了，高呼万岁的群众像钱塘江上的大潮一般卷向天安门。我当然也得随着拥去，只是注意抓着我的绿条儿伙伴。等我也拥到天安门下,已是“潮打空城寂寞回”。天安门上已空无一人,群众已四向散去。我犹如溅余的一滴江水,又回复自我,看见绿条儿伙伴未曾失散,不胜庆幸,忙紧紧跟着她去寻找我们的大汽车。

三个红条儿早已坐在车上。我跟着绿条儿伙伴一同上了车,回到家里,虽然脚跟痛,脖子酸,半边脸晒得火热,兴致还很高。问我看见了什么,我却回答不出,只能说:

“厕所是香的,擦手的毛巾是雪白的。”我差点儿一人落在天安门盥洗室里,虽然只是一场虚惊,却也充得一番意外奇遇,不免细细叙说。至于身在群众中的感受,实在肤浅得很,只可供反思,还说不出口。

一九八八年三至四月

第一次下乡

一　受社会主义教育

我们初下乡，同伙一位老先生遥指着一个农村姑娘说：“瞧！她像不像蒙娜·丽莎？”

“像！真像！”

我们就称她“蒙娜·丽莎”。

打麦场上，一个三角窝棚旁边，有位高高瘦瘦的老者，撑着一支长竹竿，撅着一撮胡子，正仰头望天。另一位老先生说：

“瞧！堂吉诃德先生！”

“哈！可不是！”

我们就称他“堂吉诃德”。

那是一九五八年“拔白旗”后、“大跃进”时的十月下旬，我们一伙二十来人下乡去受社会主义教育，改造自我。可是老先生们还没脱下资产阶级知识分子的眼镜，反而凭主观改造农村人物呢！

据说四十五岁以上的女同志免于下乡。我不敢相信，也不愿相信。眼看年轻同志们“老张”“小王”彼此好亲近，我却总是个尊而不亲的“老先生”，我也不能自安呀！

下乡当然是“自愿”的。我是真个自愿，不是打官腔；只是我的动机不纯正。我第一很好奇,想知道土屋茅舍里是怎样生活的。第二,还是好奇。听说,能不能和农民打成一片,是革命、不革命的分界线。我很想瞧瞧自己究竟革命不革命。

下乡当然有些困难。一家三口,女儿已下厂炼钢,我们夫妇要下乡自我锻炼,看家的"阿姨"偏又是不可靠的。默存下乡比我迟一个月,我不能亲自为他置备行装,放心不下。我又有点顾虑,怕自己体弱年老,不能适应下乡以后的集体生活。可是,解放以前,艰苦的日子也经过些,这类鸡毛蒜皮算不得什么。

十月下旬,我们一行老老少少约二十人,由正副两队长带领下乡。我很守规矩,行李只带本人能负担提携的,按照三个月的需要,尽量精选。长途汽车到站,把我们连同行李撇在路旁。我跟着较年轻的同伙,掮起铺盖卷,一手拿提包,一手拿网袋,奋勇追随;可是没走几步,就落在后面,拼命赶了一程,精疲力竭,只好停下。前面的人已经不见了,路旁守着行李的几位老先生和女同志也不见了。我不敢放下铺盖卷,怕不能再举上肩头。独立在田野里,大有"前不见古人,后不见来者"之慨。幸喜面前只有一条路。我咬着牙一步步慢慢走,不多远就看见拐弯处有一所房屋,门口挂着"人民公社"的牌子,我那些同伙正在门口休息。我很不必急急忙忙,不自量力。后面几位老先生和女同志们,留一二人看守行李,他们大包小件扛着抬着慢慢搬运,渐渐地都齐集了。

那半天我们在公社休息,等候正副队长和公社干部商定如何安插我们。我们分成两队。一队驻在富庶的稻米之乡,由副队长带领;一队驻在贫瘠的山村,由正队长带领。我是分在山村的,连同队长共五男二女。男的都比我年长,女的比我小,可是比我懂事,我把她当姊姊看待。队长是一位谦虚谨慎的老党员。当晚我们在公社打开铺盖,胡乱休息一宵,第二天清晨,两队就分赴各自的村庄。“蒙娜·丽莎”和“堂吉诃德”就是我们一到山村所遇见的。

我们那村子很穷,没一个富农。村里有一条大街或通道,连着一片空场。公社办事处在大街中段,西尽头是天主教堂,当时作粮库用,东尽头是一眼深井,地很高,没有井栏,井口四周冻着厚厚的冰,村民大多在那儿取水。食堂在街以北,托儿所在街以南。沿村东边有一道没有水的沟,旁边多半是小土房。砖瓦盖的房子分布在村子各部。村北是陡峭的山,据说得乘了小驴儿才上得去。出村一二里是“长沟”,那儿有些食用品的商店,还有一家饭馆。

那时候吃饭不要钱。每户人家虽各有粮柜,全是空的。各家大大小小的腌菜缸都集中在食堂院子里,缸里腌的只是些红的白的萝卜。墙脚下是大堆的生白薯,那是每餐的主食。

村里人家几乎全是一姓,大概是一个家族的繁衍,异姓的只三四家。

二 “过五关,斩六将”

我们早有心理准备,下乡得过几重关。我借用典故,称为“过五关,斩六将”。

第一关是“劳动关”。公社里煞费苦心,为我们这几个老弱无能的人安排了又不累、又不脏、又容易的活儿,叫我们砸玉米棒子。我们各备一条木棍,在打麦场上席地坐在一堆玉米棒子旁边,举棒拍打,把玉米粒儿打得全脱落下来,然后扫成一堆,用席子盖上。和我们同在场上干活的都是些老大娘们,她们砸她们的,和我们也攀话谈笑。八点开始劳动,实际是八点半,十点就休息,称为"歇攀儿",该歇十分钟,可是一歇往往半小时。"歇攀儿"的时候,大家就在场上坐着或站着或歪着,说说笑笑。再劳动不到一个多钟头又"歇攀儿"了!大家拿着家具——一根木棍,一只小板凳或一方垫子,各自回家等待吃饭。这些老大娘只赚最低的工分。

有时候我们推独轮车搬运地里的秫秸杂草。我们学会推车,把稳两手,分开两脚,脚跟使劲登登地走,把袜跟都踩破。我能把秫秸杂草堆得高过自己的脑袋,然后留心推车上坡,拐个弯,再推下坡,车不翻。

有一次叫我们捆草:把几茎长草捻成绳子,绕住一堆干草,把"绳子"两端不知怎么的一扭一塞,就捆好了。我不会一扭一塞。天都快黑了,我站在乱草堆里直发愁。可是生产队副队长(大家称为"大个儿"的)来了,他几下子就把满地乱草全捆得整整齐齐。

有几次我们用小洋刀切去萝卜的缨子并挖掉长芽的"根据地",然后把萝卜搬运入窖。我们第一天下乡,就是干这个活。我们下乡干的全是轻活儿,看来"劳动关",对我们是虚掩着的,一走就"过",不必冲杀。

第二关是"居住关"。记得看过什么《清宫外史》,得知伺候皇上,每日要问:"进得好?出得好?歇得好?""进""出""歇"在乡间是三道重关。"歇"原指睡眠,在我们就指"居住";"进"和"出"就指下文的"饮食"和"方便"。

农民让出一个大炕，给五位老先生睡。后来天气转冷，村里腾出一间空房，由我们打扫了糊上白绵纸，买了煤，生上火，我们一伙就有了一个家。但我和女伴儿只是“打游击”。社里怕冻了我们，让我们睡在一位工人大嫂家。工人有钱买煤，她家睡的是暖炕。可是没几天，工人回家度假，党支部书记肖桂兰连夜帮我们搬走，在一间空屋里尘土扑鼻的冷炕上暂宿一宵，然后搬入公社缝纫室居住。缝纫室里有一张竹榻，还有一块放衣料什物的木板，宽三尺，长六七尺，高高架在墙顶高窗底下，离地约有二米。得登上竹榻，再蹬上个木桩子，攀援而上；躺下了当然不能翻身，得挨着墙一动不动，否则会滚下来。我的女伴说：“对不起，我不像你身体轻，我又睡得死，而且也爬不上；我只好睡下铺。”我想，假如她睡上铺，我准为她愁得彻夜不眠。所以，理所当然，我睡了上铺。反正我经常是半睡半醒地过夜。窗隙凉风拂面，倒很清新，比闷在工人大嫂家煤味、人味、孩子屎尿味的屋里舒服得多。每天清早，我能从窗里看到下面空场上生产队排队出发，高声唱着“社会主义好”。后不久，村里开办了托儿所。托儿所的教室里摆着一排排小桌子小凳子，前头有个大暖炕。我和女伴儿以及另单位的两个女同志同睡这个大炕。她们俩起得早，不及和我们见面就去劳动了。我每晨擂着拳头把女伴打醒，急急穿衣洗漱，一个个娃娃已站满炕前，目不转睛地瞪着我们看，我感到自己成了动物园里的猴子。同炕四人把铺盖卷上，沿墙安放。娃娃们都上炕游戏。一次，我女伴的铺盖卷儿给一个娃娃骑在上面撒了一大泡溺，幸亏没透入铺盖内部。四人睡这么一个大炕，够舒服的，尽管被褥有溺湿的危险。

第三关是“饮食关”。我们不属于生产队，吃饭得交钱。我们可以加入干部食堂，每日两餐，米饭、炒菜，还加一汤；如加入农民食堂，饭钱便宜些，一日三餐，早晚是稀的，中午是窝头白薯。我们愿意接近老乡们，也不惯吃两顿干饭，所以加入了农民食堂。老乡们都打了饭回家吃。我们和食堂工作人员在食堂吃。我们七人，正好一桌。早晚是玉米糙儿煮白薯块，我很欣赏那又稀又腻的粥。窝头也好吃，大锅煮的白薯更好吃。厨房里把又软又烂的白薯剥了皮，揉在玉米面里，做成的窝头特软。可是据说老乡们嫌“不经饱”。默存在昌黎乡间吃的是发霉的白薯干磨成的粉，掺合了玉米面做的窝头，味道带苦。相形之下，我们的饭食该说是很好了。厨师们因我喜爱他们做的饭食，常在开饭前拣出最软最甜的白薯，堆在灶台上，让我像贪嘴孩子似的站着尽量吃，我的女伴儿也同吃。可是几位老先生吃了白薯，肚里产生了大量气体，又是噫气，又是泄气。有一次，一位老先生泄的气足有一丈半长，还摇曳多姿，转出几个调子来。我和女伴儿走在背后，忍着不敢笑。后来我拣出带下乡的一瓶食母生，给他们“消气”。

我那时还不贪油腻。一次梦里，我推开一碟子两个荷包蛋，说：“不要吃。”醒来告诉女伴，她直埋怨我不吃。早饭时告诉了同桌的老先生，他们也同声怪我不吃，恨不得叫我端出来放在桌上呢！我们吃了整一个月素食，另一单位的年轻同志淘沟，捉得一大面盆的小活鱼。厨房里居然烧成可口的干炙小鱼，也给我们开了荤。没料到猫鱼也成了时鲜美味。我们吃了一个月粗粝之食，想到大米白面，不胜向往。分在稻米之乡的那一队得知我们的馋劲，忙买些白米，烦房东做了米饭请我们去吃。我像猪八戒似的一口一碗饭，连吃两碗，下饭只是一条罐头装的凤尾鱼

（我们在“长沟”共买得两罐）和半块酱豆腐。我生平没吃过那么又香又软的白米饭。

以后，我们一伙都害了馋痨——除了队长，因为他不形于色，我不敢冤他。他很体察下情，每一二星期总带我们到长沟的饭馆去吃一顿豆浆油条当早饭。我有时直想吃个双份才饱，可是吃完一份，肚子也填得满满的了。我们曾买得一只大沙锅，放在老先生住的屋里当炊具，煮点心用。秋天收的干鲜果子都已上市，我们在长沟买些干枣和山楂，加上两小包配给卖的白糖，煮成酸甜儿的酪，各人拿出大大小小的杯子平均分配一份。队长很近人情，和大家同享。我的女伴出主意，买了核桃放在火上烧，烧煳了容易敲碎，核桃仁又香又脆，很好吃。反正什么都很好吃。每晚灯下，我们空谈好吃的东西，叫做“精神会餐”，又解馋，又解闷，“吃”得津津有味。“饮食关”该算是过了吧？

第四关是“方便关”。这个关，我认为比“饮食关”难过，因为不由自主。我们所里曾有个年轻同事，下了乡只“进”不“出”，结果出不来的从嘴里出来了。泻药用量不易掌握，轻了没用，重了很危险，因为可方便的地方不易得。沤“天然肥”的缸多半太满，上面搁的板子又薄又滑，登上去，大有跌进缸里的危险，令人“战战栗栗，汗不敢出”——汗都不敢出，何况比汗更重浊的呢！

有一次，食堂供绿豆粉做的面条。我捞了半碗，不知道那是很不易消化的东西，半夜闹肚子了。那时我睡在缝纫室的高铺上。我尽力绥靖，胃肠却不听调停。独自半夜出门，还得走半条街才是小学后门，那里才有“五谷轮回所”。我指望闹醒女伴，求她陪我。我穿好衣服由高处攀援而下，重重地踩在她铺上。

她睡得正浓，一无知觉。我不忍叫醒她，硬着头皮，大着胆子，带个手电悄悄出去。我摸索到通往大厅的腰门，推一推纹丝不动，打开手电一看，上面锁着一把大锁呢。只听得旁边屋里杂乱的鼾声，吓得我一溜烟顺着走廊直往远处跑，经过一个院子，转进去有个大圆洞门，进去又是个院子，微弱的星光月光下，只见落叶满地，阒无人迹。我想到了学习猫咪，摸索得一片碎瓦，权当爪子，刨了个坑。然后我掩上土，铺平落叶。我再次攀援上床，竟没有闹醒一个人。这个关也算过了吧？

第五关是“卫生关”。有两员大将把门：一是“清洁卫生”，二是“保健卫生”。清洁卫生容易克服，保健卫生却不易制胜。

清洁离不开水。我们那山村地高井深，打了水还得往回挑。我记得五位老先生搬离第一次借居的老乡家，队长带领我们把他家水缸打满，院子扫净。我们每人带个热水瓶，最初问厨房讨一瓶开水。后来自家生火，我和女伴凑现成，每晚各带走一瓶，连喝带用。除了早晚，不常洗手，更不洗脸。我的手背比手心干净些，饭后用舌头舔净嘴角，用手背来回一抹，就算洗脸。我们整两个月没洗澡。我和女伴承老先生们照应，每两星期为我们烧些热水，让我们洗头发，洗换衬衣。我们大伙罩衣上的斑斑点点，都在开会时“干洗”——就是搓搓刮刮，能下的就算洗掉。这套“肮脏经”，说来也怪羞人的，做到却也是逐点熬炼出来。

要不顾卫生，不理会传染疾病，那就很难做到，除非没有知识，不知提防。食堂里有个害肺痨的，嗓子都哑了。街上也曾见过一个烂掉鼻子的。我们吃饭得用公共碗筷，心上嫌恶，只好买一大辫蒜，大家狠命吃生蒜。好在人人都吃，谁也不嫌谁臭，压根儿闻不到蒜臭了。有一次，我和女伴同去访问一家有两个重肺病的女人。主人用细瓷茶杯,沏上好茶待客。我假装喝茶,分几次把茶泼掉。我的女伴全喝了。她可说是过了关,我却只能算是夹带过去的。

所谓"过五关、斩六将",其实算不得"过关斩将"。可是我从此颇有自豪感,对没有这番经验的还大有优越感。

三　形形色色的人

我在农村安顿下来。第一件事,就是认识了一个个老大爷、老大妈、小伙子、大姑娘、小姑娘,他们不复是抽象的"农民阶级"。他们个个不同,就像"知识分子"一样的个个不同。

一位大妈见了我们说:"真要感谢毛主席他老人家!没有毛主席,你们会到我们这种地方来吗!"我仔细看看她的脸。她是不是在打官腔呀?

缝纫室里有个花言巧语的大妈。她对我说:

"呀!我开头以为文工团来了呢!我看你拿着把小洋刀挖萝卜,直心疼你。我说:瞧那小眉毛儿!瞧那小嘴儿!年轻时候准是个大美人儿呢!我说:我们多说说你们好话,让你们早点儿回去。"她是个地道的"劳动惩罚论"者。

有个装模作样的王嫂,她是村上的异姓,好像人缘并不好。听说她是中农,原先夫妇俩干活儿很欢,成立了公社就专会磨洋工,专爱嘀嘀咕咕。她抱怨秫秸秆儿还没分发到户,嚷嚷说:"你们能用冷水洗手,我可不惯冷水洗手!"我是惯用冷水洗手的,没料到农村妇女竟那么娇。

我们分队下乡之前,曾在区人民公社胡乱住过一宵。我们清出一间屋子，搬掉了大堆大堆的农民公费医疗证。因为领导人认为这事难行，农民谁个不带三分病，有了公费医疗，大家不干活，尽去瞧病了。这件事空许过愿，又取消了。我们入村后第一次开会，就是通知目前还不兴公费医疗。我们下乡的一伙都受到嘱咐，注意农民的反映，向上汇报。可是开会时群众哑默悄静，一个个呆着脸不吭一声。我一次中午在打麦场上靠着窝棚打盹儿，我女伴不在旁。有个苍白脸的中年妇女来坐在我旁边，我们就闲聊攀话。她自说是寡妇，有个十七岁的儿子。她说话斯文得出人意外。她叹息说："朝令夕改的！"（她指公费医疗吧？）"我对孩子说，你可别傻，什么'深翻三尺'！你翻得一身大汗，风一吹，还不病了！病了你可怎么办？"我不知该怎么回答。我的女伴正向场上跑来，那苍白脸的寡妇立即抽身走了。

有一位大妈，说的话很像我们所谓"怪话"。她大谈"人民公社好"，她说：

"反正就是好哙！你说这把茶壶是你的，好，你就拿去。你说这条板凳是你的，好，你就搬走。你现在不搬呢，好，我就给你看着呗。"

没人驳斥她，也没人附和。我无从知道别人对这话的意见。

有个三十来岁的大嫂请我到她家去。她悄悄地说："咳，家里来了客，要摊张饼请请人也不能够。"她家的糊窗纸都破了，破纸在风里瑟瑟作响。她家只有水缸里的水是满的。

有个老大妈初次见我，一手伸入我袖管，攒着我的手，一手在我脸上摩挲。十几天后又遇见我，又照样摩挲着我的脸，笑着惋叹说："来了没十多天吧？已经没原先那么光了。"我不知道她是"没心没肺"，还是很有心眼儿。

我们所见的“堂吉诃德”并非老者。他理发顺带剃掉胡子，原来是个三四十岁的青壮年，一点不像什么堂吉诃德。厨房里有亲兄弟俩和他相貌有相似处，大概和他是叔伯兄弟。那亲兄弟俩都是高高瘦瘦的，眉目很清秀，一个管厨房，一个管食堂。我上食堂往往比别人早。一次我看见管食堂的一手按着个碟子，一手拿着个瓶子在碟子上很轻巧地一转。我问他：“干什么呢？”他很得意，变戏法似的把手一抬，拿出一碟子白菜心。他说：“淋上些香油，给你们换换口味。”这显然是专给我们一桌吃的。我很感激，觉得他不仅是孝顺的厨子，还有点慈母行径呢。

食堂左右都是比较高大的瓦房，大概原先是他家的房子。一次，他指着院子里圈着的几头大猪，低声对我说：“这原先都是我们家的。”

“现在呢？”

他仍是低声：“归公社了——她们妯娌俩当饲养员。”

这是他对我说的“悄悄话”吧？我没说什么。我了解他的心情。

食堂邻近的大妈请我们去看她养的小猪。母猪小猪就养在堂屋里，屋子收拾得干干净净。母猪和一窝小猪都干净，黑亮黑亮的毛，没一点垢污。母猪一躺下，一群猪仔子就直奔妈妈怀里，享受各自的一份口粮。大妈说，猪仔子从小就占定自己的“饭碗儿”，从不更换。我才知道猪可以很干净，而且是很聪明的家畜。

大妈的脸是圆圆的，个儿是胖胖的。我忽然想到她准是食堂里那个清秀老头儿的老婆，也立即想到一个赶车的矮胖小伙子准是他们的儿子。考试一下，果然不错。我忙不迭地把新发现报告同伙。以后我经常发现谁是谁的谁：这是伯伯，这是叔叔，这是婶子，这是大妈，这是姐姐，这是远房的妹妹等等。有位老先生笑我是“包打听”，其实我并未“打听”，不过发现而已。发现了他们之间的亲属关系，好像对他们就认识得更着实。

“蒙娜·丽莎”的爸爸，和管厨房、食堂的两兄弟大概是贫穷的远房兄弟。他家住两间小土屋。“蒙娜·丽莎”的真名，和村上另几个年龄相近的大姑娘不排行。她面貌并不像什么“蒙娜·丽莎”。她梳一条长辫子，穿一件红红绿绿的花布棉袄，干活儿的时候脱去棉袄，只穿一件单布褂子，村上的大姑娘都这样。她的爸爸比较矮小，伛着背老是干咳嗽。据他告诉我：一次“毛主席派来的学生”派住他家，他把暖炕让给学生，自己睡在靠边的冷炕上，从此得了这个咳嗽病。我把带下乡的鱼肝油丸全送了他，可是我怕他营养不良，那两瓶丸药起不了多大作用。他的老伴儿已经去世，大儿子新近应兵役入伍了，家里还有个美丽的小女儿叫“大芝子”，“蒙娜·丽莎”是家里的主要劳动力。她很坚决地声明：“我不聘，我要等哥哥回来。”她那位带病的父亲告诉我：他当初苦苦思念儿子，直放心不下；后来他到部队去探亲一次，受到军官们热情招待，又看到儿子在部队的生活，也心上完全踏实了。

“大芝子”才八岁左右，比她姐姐长得姣好，皮肤白嫩，双眼皮，眼睛大而亮，眼珠子乌黑乌黑。一次她摔一大跤，脑门子上破了个相当大的窟窿，又是泥，又是血。我见了很着急，也心疼，忙找出我带下乡的医药品，给她洗伤、敷药，包上纱布。我才知道他们家连一块裹伤的破布条儿都没有。“蒙娜·丽莎”对我说：“不怕的，我们家孩子是摔跌惯了的，皮肉破了肿都不肿，一下子就长好。”大芝子的伤处果然很快就长好了，没留下疤痕。我后来发现，农村的孩子或大人，受了伤都愈合得快，而且不易感染。也许因为农村的空气特别清新，我国农民的血液是最健康的。

我有一次碰到个纤眉修目的小姑娘，很甜净可爱。她不过六七岁。我问她名字，她说叫“小芝子”。我拉着她的手问她是谁家的孩子。

“我是我们家的孩子。”

“你爸爸叫什么呀？”

“我管我爸爸叫爸爸。”

“你哥哥叫什么呢？”

“我管我哥哥叫哥哥。”

我这个“包打听”，认真“打听”也打听不出她是谁来，只能料想她和“大芝子”是排行。

大批萝卜急需入窖的时候，我们分在稻米之乡的分队也请来帮忙了。萝卜刚出土，带着一层泥，我们冻僵的手指沾了泥更觉寒冷。那个分队里一个较年轻的同伙瞧我和老乡们比较熟，建议我去向他们借只脸盆，讨一盆水洗洗手。我撞见个老大爷，就问他借脸盆洗手。他不慌不忙，开了锁，带我进屋去。原来是一间宽敞的瓦房，有个很大的炕，房里的家具都整齐。他拿出一只簇新的白底子红花的鼓墩式大脸盆，给我舀了半盆凉水。我正要端出门，他说：“你自己先洗洗”，一面就为我兑上热水。我把冻手渥在热水里，好舒服！他又拿出一块雪白的香皂，一条雪白的毛巾，都不是全新，可也不像家常天天使用的。我怕弄脏了他的香皂，只摸了两下；又怕擦脏了他的毛巾，乘他为我泼水，把没洗干净的湿手偷偷儿在自己罩衣上抹个半干，才象征性地使用了毛巾。主人又给舀了半盆冷水，让我端给大伙儿洗。他是怕那面盆大，水多了我端不动，或一路上泼泼洒洒吧？十几双泥手洗那半盆水，我直为泼掉的那大半盆热水可惜，只是没敢说。大家洗完了我送还面盆，盆底尽是泥沙。

村民房屋的质量和大小，大约标识着上一代的贫富；当前的贫富全看家里的劳动力。副队长“大个儿”家里劳动力多，生活就富裕，老乡们对他都很服帖。正队长家是新盖的清凉瓦屋，而且是楼房。老乡们对那座楼房指指点点，好像对这位队长并不喜欢；说到他，语气还带些轻鄙。他提倡节制生育，以身作则，自己做了绝育手术。村里人称他是“劁了的”。我不懂什么“劁”，我女伴忙拉拉我的衣襟不让我问，过后才讲给我听。我只在大会上听过他做报告，平时从不见面。大跃进后期，我们得了一个新任务：向村民讲解《农村十条》。生产队长却迟迟不传达。关于政策多少年不变以及自留地等问题，村民不放心，私下向我们打听，听了还不敢相信。我很惊奇，怎么生产队长迟迟不传达中央的文件，他是否怕有损自己的威信。

党支部书记肖桂兰是一位勤劳不懈的女同志，才三十七岁，小我十岁呢，已生了四个孩子，显得很苍老，两条大长辫子是枯黄色的。她又要带头劳动，又要做动员报告，又要开会，又要传达，管着不知多少事。她苦于不识字。她说，所有的事都得装在脑袋里。我和女伴儿的居住问题，当然也装在她的脑袋里。我们每次搬个住处，总是她及时想到，还亲自帮着我们搬。我女伴的铺盖很大，她自己不会打；我力气小，使足了劲也捆不紧。如果搬得匆忙，我连自己的小铺盖也捆不上了。肖桂兰看我们搬不动两个铺盖，干脆把一个大的掮在肩上，一个小的夹在腋下，在前领路，健步如飞。我拿着些小件东西跟在后面还直怕赶不上，心上又是感激，又是惭愧。肖桂兰直爽真挚，很可爱。她讲自己小时候曾贩卖布匹等必需品给解放军，经常把钱塞在炕洞里。一次客来，她烧热了炕，忘了藏着的钱；等她想到，纸币已烧成灰。她老实承认自己“阶级意识”不强，镇压地主时她吓得发抖，直往远处躲，看都不敢看。当了支书，日夜忙碌，自己笑说：“我图个啥呀？”她正是荧屏上表扬的“默默奉献”者。她大约“默默奉献”了整一辈子，没受过表扬。

村上还有个“挂过彩”的退伍军人。他姓李，和村上人也不是同姓。我忘了他的名字，也不记得他是否有个官衔。他生活最受照顾，地位也最高。他老伴儿很和气，我曾几次到过他家。这位军人如果会吹吹牛，准可以当英雄。可是他像小孩儿一样天真朴质，问他过去的事，得用“逼供信”法，“挤牙膏”般挤出一点两点。诱得巧妙，他也会谈得眉飞色舞。他常挨我的“逼供信”，和我是相当好的朋友。我离开那个村子一年后，曾寄他一张贺年片。他却回了我一封长信，向我“汇报”村上的情况。尤其可感的是他本人不会写信，特地央人代写的。

村里最“得其所哉”的是“傻子”。他食肠大，一顿要吃满满一面盆的食。好在吃饭不要钱，他的食量不成问题。他专管掏粪，不嫌脏，不嫌累，干完活儿倒头大睡。他是村里最心满意足的人。

最不乐意的大约是一个疯婆子。村上那条大街上有一处旁边有口干井，原先是菜窖。那老大娘不慎跌下干井，伤了腿。我看见她蓬头垢面，踞坐地上，用双手拿着两块木头代脚走路。两手挪前一尺,身子也挪前一尺。她怪费力地向前挪动,一面哭喊叫骂。过路的人只作不闻不见。我问:“她骂谁?”人家不答,只说她是疯子。我听来她是在骂领导,不知骂哪一位,还是“海骂”。骂的话我不能全懂,只知道她骂得很臭很毒。她天天早上哭骂着过街一趟,不知她往哪里去,也不知她家在哪里。

四　桩桩件件的事

有一天,我们分组到村里访病问苦,也连带串门儿。我们撞到了疯婆子家里。一间破屋,一个破炕,炕头上坐着个脸黄皮皱的老大妈,正是那“疯婆子”。我原先有点害怕,懦怯地近前去和她招呼。她很友好,请我们坐,一点不像疯子。我坐在炕沿上和她攀话,她就打开了话匣子。她的话我听不大懂,只知是连篇的“苦经”。我问起她的伤腿,她就解开裤腿,给我看伤疤。同组的两位老先生没肯坐,见那“疯婆子”解裤腿,慌忙逃出门去。我怕一人落单,忙着一面抚慰,一面帮她系上裤腿,急急辞出。我埋怨那两位老先生撇了我逃跑,他们只鬼头鬼脑地笑,说是怕她还要解衣解带。

下午我要求和女伴儿同组,又访问了几家。我们俩看望生肺病的女人就是那天。后来我们跑到僻远地区,听到个妇女负痛呼号。我很紧张。我的女伴说,没准儿是假装的。我们到了她家,病人停止了呼号勉强招待我们。她说自己是发胃病。我们没多坐,辞出不久又听到她那惨痛的叫号。我的女伴断定她是不愿出勤,装病。可是我听了那声音,坚信是真的。到底什么病,也许她自己都不知道。

我们又看望了一个患风湿病的小伙子。有一次大暑天淘井,他一身大汗跳下井去,寒气一逼,得了这个病,浑身关节疼痛,惟有虎骨酒能治。虎骨酒很贵。他攒了钱叫家人进城买得一瓶,将到家,不知怎么的把瓶子砸了,酒都流了。他说到这瓶砸掉的酒,还直心疼。但他毫无怨意,只默默忍受。我以后每见虎骨酒,还直想到他。

我们顺便串门儿,看望了不常到的几个人家。村上很少小伙子,壮健的多半进城当工人了。有个理发师不肯留在乡间,一心要进城去。但村上理发的只他一个,很赚钱,我们几位老先生都请他理发。那天他的老伴儿不在家,我们看见墙上挂的镜框里有很多她的小照片,很美,也很时髦,一张照上一套新装。我估计这对夫妇不久就要离村进城的。

有些老大妈爱谈东家长、西家短:谁家有个"破鞋",谁家有个"倒踏门"的女婿,谁家九十岁的公公溺了炕说是"猫儿溺的",谁家捉奸仇杀,门外小胡同里流满了血。我听了最惊心的是某家复壁里窝藏了一名地主(本村没有地主,想必是村上人的亲戚)。初解放,家家户户经常调换房屋:住这家的忽然调往那家,住那家的忽又调到这家。复壁里的人不知房子里已换了人家,早起上厕所,就给捉住了。

村里开办幼儿园,我们一伙七人是赞助者。我们大家资助些钱,在北京买了一批玩具和小儿书;队长命我做"友好使者"向村公社送礼。我不会说话,老先生们教了我一套。我记得村里还举行了一个小小的典礼接受礼物,表示感谢。村里的大妈起初都不愿把孩子"圈起来",宁可让孩子自由自在地"野"。曾招待我和女伴同炕睡觉的工人大嫂就表示过这种意见。可是幼儿园的伙食好，入园的孩子渐渐多起来。工人大嫂家的二娃子后来也入幼儿园了。我问她吃了什么好早饭，她说吃了“苟儿勾”（豆儿粥），我听了很馋。

扫盲也是我们的一项工作。“蒙娜·丽莎”等一群大姑娘都做出拿笤帚扫地的姿势，笑说：“又要来扫我们了！”她们说：“干活儿我们不怕，就怕‘扫’我们。干了一天活儿，坐下直瞌睡，就是认不进字去！”我曾亲身经历，领会到体力、脑力并不分家，同属于一个身体；耗尽体力，脑力也没有多余了。

我女伴儿和我得到一项特殊任务：专为党支书肖桂兰扫盲。因为她常说：“我若能把事情一项项写下来，不用全装在脑袋里，该多轻松啊！”可是她听到“扫盲”，就和村里的大姑娘们一样着急说：“又来扫咱们了！”她当然没工夫随班上课。我们的队长让我和女伴儿自动找她，随她什么时候方便，就“送货上门”式教她。我们已跟她说好，可是每到她家，总扑个空，我怀疑她是躲我们。

不知谁的主意，提倡“诗画上墙”。我们那个贫穷的山村，连可以题诗作画的白墙也没有几堵。我们把较为平整的黄土墙也刷白了利用。可是诗和画总不能都由外来受教育的知识分子一手包办啊。我们从本村的小学校里要了些男女学生的作文，虽有错别字，而且多半不完整，意思却还明白。我们把可用的作文变成“诗”，也就是“顺口溜”，署上作者的名字。每首“诗”都配上一幅“画”。有些墙上剩留些似画非画的图痕，我们添补成“画”，再配上一首“诗”。我们一队七个老人，没一人能画。村上有一个能画的小伙子，却又不是闲着没事的，只能乘他有空，请来画几笔。我和女伴儿掇一条长板凳，站在上面，大胆老面皮一同挥笔画了一棵果实累累的大树，表示“丰收”。村里人端详着说：“不赖。”这就是很好的鼓励了。天气严寒，捧着砚台、颜色缸的手都冻僵了，可是我们穿街走巷，见一堵平整的墙，就题诗作画，墙上琳琅满目，村子立即成了个“诗画村”。有一幅“送公粮”的画，大约出于那位能画的小伙子之手，我们配上了诗，却捏造不出作者的名字，就借用了一位村干部的大名。我们告诉了那位干部，并指点他看了“诗”“画”和署名。他喜得满面欢笑，宛如小儿得饼。我才知道不仅文人好名，老农也一个样儿。村里的小学校长命学生把墙上的“诗”抄在红红绿绿的纸上，贴在学校门口，算是他们那学校的成绩。我们有几位老先生认为那是“剽窃”。就算是“剽窃”，不也名正言顺吗！墙上都明写着作者的大名呢！有的村里汇集了几个村的“诗”，印成小册子。上面的顺口溜竟是千篇一律，都是什么“心里亮堂堂”呀，“卫星飞上天”之类。我自己编造的时候，觉得纯出“本店自造”，竟不知是抄袭了人——或者竟是别的村子抄袭了我们？不过这阵风不久就刮过了。

我们串门儿的时候，曾见到有几家的条桌上摆着一只钟，罩在玻璃罩下。可是一般人家都没有钟表。如要开会，说明八点开，至早要等到九点或九点半，甚至十点。有一次是在一个较远的礼堂开一个什么报告会。我们准时到会，从七点半直等到近十一点，又累又急又无聊又饿。不记得那次的会是否开成，还是草草走过场的；我怀疑这是否相当于“怠工”的“怠会”。一般学习会在食堂附近开，老乡们在一个多小时里陆续到齐，发言倒也踊跃。老大妈老大爷一个个高声嚷：“我说说！”说的全是正确的话，像小学生上课回答教师他学到了什么。如果以为他们的发言反映他们的意见,那就错了。他们不过表示:“你教的我明白了。”他们很简单地重复了教导他们的话,不把这句话做成花团锦簇的文章,也不参加自己的什么意见。“怪话”我只听到上文提起的那一次。也许是我“过敏”,觉得语气“不大对头”。我回京谈体会时,如实报导了那几句话,谁也没听出什么“怪话”,只说我下乡对农民有了感情,学他们的话也腔吻毕肖。我常怀疑,我们是否把农民估计得太简单了?

村子附近的山里出黏土,经火一烧,变得很坚硬,和一般泥土烧成的东西不同。黏土值钱,是村民增加收入的大财源。我们曾去参观他们挖掘。肖桂兰带着一群小伙子和大姑娘铲的铲,挖的挖,装在大筐里,背着倒在小车上堆聚一处。我们六个老人(我们的队长好像是有事到北京去了)象征性地帮着搬了几团泥块。这是挂过彩的那位退伍军人请我们去的。他还要款待我们吃饭,我们赶紧饿着肚子溜回自己的食堂。

我们还打算为这个山村写一部村史。可是挂过彩的军人和肖桂兰都是务实派,不善空谈。我的任务是“诱供”,另有几人专司记录。我一心设法哄他们谈过去的事,因此记不得他们谈了些什么。反正“村史”没有写成。

阳历元旦村里过节,虽然不是春节,村里也要演个戏热闹一番。我才知道这么个小小荒村里,也人才济济。嗓子好、扮相好的姑娘多得很。我才了解古代无道君王下乡选美确有道理。

五　整队回京

我们原定下乡三个月,后来减缩成两个月。

阳历年底,村上开始过节。我们不好意思分享老乡们过节的饭食,所以买了两只鸡、两瓶酒送给厨房。我又一次做送礼的"友好使者",向他们致谢意。那个村子出厨师,专给人家办酒席。他们平时"英雄无用武之地",这回厨房宰了猪,又加上两只鸡,就做出不少拿手好菜,有的竟是我们从未吃过的。例如把正方形的五花肉,转着切成薄薄的一长条,卷上仍是正方形,炖得稀烂,入口消融。我们连日吃白面馒头和花卷,都是难得的细粮,我们理应回避。这或许也是促成我们早归的原因吧?因为再过一个月就是春节了。

我们回京之前,得各自总结收获,互提意见。意见多半是芝麻绿豆,例如说我不懂民间语言等等,我不甚在意,听完就忘了。但有一句话是我最得意的:队长评语中说我能和老乡们"打成一片"。一位党外的"马列主义老先生"不以为然,说我不过是"婆婆妈妈"而已,并未能与农民在无产阶级的立场上打成一片。他的话也许完全正确。我理论水平低,不会和他理论。但是队长并未取消他的评语。我还是心服有修养的老党员,不爱听"马列老先生"的宏论。我觉得自己和农民之间,没什么打不通的;如果我生在他们村里,我就是他们中间的一个。我下乡前的好奇心,就这样"自以为是""自得其乐"地算是满足了。

下乡两个月,大体说来很快活,惟有一个阴影:那就是与家人离散,经常牵心挂肚。我同炕有个相貌端好的女伴,偶逢旁边没别人,她就和我说"悄悄话"。第一次的"悄悄话"是她对我说的。她凑近我低声问:

"你想不想你的老头儿?"

我说:"想。你想不想你的老头儿?"

她说："想啊！"

两人相对傻笑；先是自嘲的笑，转而为无可奈何的苦笑。我们眼睛里交换了无限同情。以后，见面彼此笑笑，也成安慰。她是我同炕之友，虽然我们说"悄悄话"的机会不多。

默存留在家里的时候，三天来一信，两天来一信，字小行密，总有两三张纸。同伙惟我信多，都取笑我。我贴身衬衣上有两只口袋，丝绵背心上又有两只，每袋至多能容纳四五封信（都是去了信封的，而且只能插入大半，露出小半）。我攒不到二十封信，肚子上左边右边尽是硬邦邦的信，虽未形成大肚皮，弯腰很不方便，信纸不肯弯曲，稀里哗啦地响，还有掉出来的危险。其实这些信谁都读得，既不肉麻，政治上也绝无见不得人的话。可是我经过几次运动，多少有点神经病，觉得文字往往像解放前广告上的"百灵机""有意想不到之效力"；一旦发生了这种效力，白纸黑字，百口莫辩。因此我只敢揣在贴身的衣袋里。衣袋里实在装不下了，我只好抽出信藏在提包里。我身上是轻了，心上却重了，结果只好硬硬心肠，信攒多了，就付之一炬。我记得曾在缝纫室的泥地上当着女伴烧过两三次。这是默存一辈子写得最好的情书。用他自己的话："以离思而论，行者每不如居者之笃"，"惆怅独归，其'情'更凄戚于踽凉长往也"。用他翻译洋人的话："离别之惆怅乃专为居者而设""此间百凡如故，我仍留而君已去耳。行行生别离，去者不如留者神伤之甚也。"（见《谈艺录》541 页）他到了昌黎天天捣粪，仍偷空写信，而嘱我不必回信。我常后悔焚毁了那许多宝贵的信。惟一的安慰是："过得了月半，过不了三十"，即使全璧归家，又怎逃得过丙丁大劫。况且那许多信又不比《曾文正公家书》之类，旨在示范同世，垂训后人,那是专写给我一个人看的。罢了,让火神菩萨为我收藏着吧。

村里和我友情较深的是“蒙娜·丽莎”和她的爸爸。我和女伴同去辞行。“蒙娜·丽莎”搀着大芝子送一程,又一程,末了她附着大芝子的耳朵说了一句话,大芝子学舌说:“想着我们哪!”我至今想着他们,还连带想到一个不知谁家的小芝子。

总结完毕,我们山村的小队和稻米之乡的小队一起结队回北京,我和许多同伙挤在一个拖厢里。我们不能像沙丁鱼伸直了身子平躺,站着也不能直立,因为车顶太低,屈的不能伸腰,因为挤得太紧。我坐在一条长凳尽头,身上压满了同伴的大包小包,两腿渐渐发麻,先是像针戳,后来感觉全无,好像两条腿都没有了。大伙挤上车不是容易,好半天曲屈着也不易忍耐,黄昏时分,我们终于安抵北京。我们乖乖地受了一番教育,毕业回家了。

一九九一年四月

老　王

我常坐老王的三轮。他登,我坐,一路上我们说着闲话。

据老王自己讲:北京解放后,登三轮的都组织起来;那时候他“脑袋慢”“没绕过来”“晚了一步”,就“进不去了”。他感叹自己“人老了,没用了”。老王常有失群落伍的惶恐,因为他是单干户。他靠着活命的只是一辆破旧的三轮车。他有个哥哥死了,有两个侄儿“没出息”,此外就没什么亲人。

老王不仅老,他只有一只眼,另一只是“田螺眼”,瞎的。乘客不愿坐他的车,怕他看不清,撞了什么。有人说,这老光棍大约年轻时候不老实,害了什么恶病,瞎掉一只眼。他那只好眼也有病,天黑了就看不见。有一次,他撞在电杆上,撞得半面肿胀,又青又紫。那时候我们在干校,我女儿说他是夜盲症,给他吃了大瓶的鱼肝油,晚上就看得见了。他也许是从小营养不良而瞎了一眼,也许是得了恶病,反正同是不幸,而后者该是更深的不幸。

有一天傍晚,我们夫妇散步,经过一个荒僻的小胡同,看见一个破破落落的大院,里面有几间塌败的小屋;老王正登着他那辆三轮进大院去。后来我坐着老王的车和他闲聊的时候,问起那里是不是他的家。他说,住那儿多年了。

有一年夏天,老王给我们楼下人家送冰,愿意给我们家带送，车费减半。我们当然不要他减半收费。每天清晨，老王抱着冰上三楼，代我们放入冰箱。他送的冰比他前任送的大一倍，冰价相等。胡同口登三轮的我们大多熟识，老王是其中最老实的。他从没看透我们是好欺负的主顾，他大概压根儿没想到这点。

"文化大革命"开始，默存不知怎么的一条腿走不得路了。我代他请了假，烦老王送他上医院。我自己不敢乘三轮，挤公共汽车到医院门口等待。老王帮我把默存扶下车，却坚决不肯拿钱。他说："我送钱先生看病，不要钱。"我一定要给钱，他哑着嗓子悄悄问我："你还有钱吗？"我笑说有钱，他拿了钱却还不大放心。

我们从干校回来，载客三轮都取缔了。老王只好把他那辆三轮改成运货的平板三轮。他并没有力气运送什么货物。幸亏有一位老先生愿把自己降格为"货"，让老王运送。老王欣然在三轮平板的周围装上半寸高的边缘，好像有了这半寸边缘，乘客就围住了不会掉落。我问老王凭这位主顾，是否能维持生活。他说可以凑合。可是过些时老王病了，不知什么病，花钱吃了不知什么药，总不见好。开始几个月他还能扶病到我家来，以后只好托他同院的老李来代他传话了。

有一天，我在家听到打门，开门看见老王直僵僵地镶嵌在门框里。往常他坐在登三轮的座上，或抱着冰伛着身子进我家来，不显得那么高。也许他平时不那么瘦，也不那么直僵僵的。他面色死灰，两只眼上都结着一层翳，分不清哪一只瞎、哪一只不瞎。说得可笑些，他简直像棺材里倒出来的，就像我想象里的僵尸，骷髅上绷着一层枯黄的干皮，打上一棍就会散成一堆白骨。我吃惊说："啊呀，老王，你好些了吗？"

他“嗯”了一声，直着脚往里走，对我伸出两手。他一手提着个瓶子，一手提着一包东西。

我忙去接。瓶子里是香油，包裹里是鸡蛋。我记不清是十个还是二十个，因为在我记忆里多得数不完。我也记不起他是怎么说的，反正意思很明白，那是他送我们的。

我强笑说：“老王，这么新鲜的大鸡蛋，都给我们吃？”

他只说：“我不吃。”

我谢了他的好香油，谢了他的大鸡蛋，然后转身进屋去。他赶忙止住我说：“我不是要钱。”

我也赶忙解释：“我知道，我知道——不过你既然来了，就免得托人捎了。”

他也许觉得我这话有理，站着等我。

我把他包鸡蛋的一方灰不灰、蓝不蓝的方格子破布叠好还他。他一手拿着布，一手攥着钱，滞笨地转过身子。我忙去给他开了门，站在楼梯口，看他直着脚一级一级下楼去，直担心他半楼梯摔倒。等到听不见脚步声，我回屋才感到抱歉，没请他坐坐喝口茶水。可是我害怕得糊涂了。那直僵僵的身体好像不能坐，稍一弯曲就会散成一堆骨头。我不能想象他是怎么回家的。

过了十多天，我碰见老王同院的老李。我问：“老王怎么了？好些没有？”

“早埋了。”

“呀，他什么时候……”

“什么时候死的？就是到您那儿的第二天。”

他还讲老王身上缠了多少尺全新的白布——因为老王是回民，埋在什么沟里。我也不懂，没多问。

我回家看着还没动用的那瓶香油和没吃完的鸡蛋，一再追忆老王和我对答的话，琢磨他是否知道我领受他的谢意。我想他是知道的。但不知为什么，每想起老王，总觉得心上不安。因为吃了他的香油和鸡蛋？因为他来表示感谢，我却拿钱去侮辱他？都不是。几年过去了，我渐渐明白：那是一个幸运的人对一个不幸者的愧怍。

一九八四年三月

林 奶 奶

林奶奶小我三岁,今年七十。十七年前,“文化大革命”的第二年,她忽到我家打门,问我用不用人。我说:“不请人了,家务事自己都能干。”她叹气说:“您自己都能,可我们吃什么饭呀?”她介绍自己是“给家家儿洗衣服的”。我就请她每星期来洗一次衣服。据我后来知道,她的“家家儿”包括很多人家。当时大家对保姆有戒心。有人只为保姆的一张大字报就给揪出来扫街的。林奶奶大咧咧的不理红卫兵的茬儿。她不肯胡说东家的坏话,大嚷“那哪儿成!我不能瞎说呀!”许多人家不敢找保姆,就请林奶奶去做零工。

我问林奶奶:“干吗帮那么多人家?集中两三家,活儿不轻省些吗?”她说做零工“活着些”。这就是说:自由些,或主动些;干活儿瞧她高兴,不合意可以不干。比如说吧,某太太特难伺候,林奶奶白卖力气不讨好,反招了一顿没趣,气得她当场左右开弓,打了自己两个嘴巴子。这倒像旧式妇女不能打妯娌的孩子的屁股,就打自己孩子的屁股。不过林奶奶却是认真责怪自己。据说那位太太曾在林奶奶干活儿的时候,把钟拨慢“十好几分钟”(林奶奶是论时计工资的),和这种太太打什么交道呢!林奶奶和另一位太太也闹过别扭。她在那家院子里洗衣服。雨后满院积水。那家的孩子故意把污水往林奶奶身上溅。孩子的妈正在院子里站着,林奶奶跑去告状,那位太太不耐烦,一扭脖子说:“活该!”气得林奶奶蹲下身掬起污水就往那位太太身上泼。我听了忍不住笑说:“活该了!”不过林奶奶既然干了那一行,委屈是家常便饭,她一般是吃在肚里就罢了,并不随便告诉人。她有原则:不搬嘴弄舌。

她倒是不怕没主顾,因为她干活儿认真,衣服洗得干净;如果经手买什么东西,分文也不肯沾人家的便宜。也许她称得上“清介”“耿直”等美名,不过这种辞儿一般不用在渺小的人物身上。人家只说她“人靠得住,脾气可倔”。

她为了自卫,有时候像好斗的公鸡。一次我偶在胡同里碰见她端着一只空碗去打醋,我们俩就说着话同走。忽有个小学生闯过,把她的碗撞落地下,砸了。林奶奶一把揪住那孩子破口大骂。我说:“孩子不是故意,碗砸了我赔你两只。”我又叫孩子向她道歉。她这才松了手气呼呼地跟我回家。我说:“干吗生这么大气?”她说孩子们尽跟她捣乱。

那个孩子虽不是故意,林奶奶的话却是真的。也许因为她穿得太破烂肮脏,像个叫化婆子。我猜想她年轻的时候相貌身材都不错呢。老来倒眉塌眼,有一副可怜相,可是笑起来还是和善可爱。她天天哈着腰坐在小矮凳上洗衣,一年来,一年去,背渐渐地弯得不肯再直,不到六十已经驼背;身上虽瘦,肚皮却大。其实那是虚有其表。只要掀开她的大襟,就知道衣下鼓鼓囊囊一大嘟噜是倒垂的裤腰。她系一条红裤带,六七寸高的裤腰有几层,有的往左歪,有的往右歪,有的往下倒。一重重的衣服都有小襟,小襟上都钉着口袋,一个、两个或三个:上一个,下一个,反面再一个,大小不等,颜色各别。衣袋深处装着她的家当:布票，粮票，油票，一角二角或一元二元或五元十元的钱。她分别放开，当然都有计较。我若给她些什么，得在她的袋口别上一二支大别针，或三支小的，才保住东西不外掉。

我曾问起她家的情况。林奶奶叙事全按古希腊悲剧的“从半中间起”；用的代名词很省，一个“他”字，同时代替男女老少不知多少人。我越听越糊涂，事情越问越复杂，只好“不求甚解”。比如她说：“我们穷人家嘛，没钱娶媳妇儿，他哥儿俩吧，就合有一个嫂子。”我不知是同时还是先后合娶一个嫂子——好像是先后。我也不知“哥儿俩”是她的谁，反正不是她的丈夫，因为她只嫁过一个丈夫，早死了，她是青年守寡的。她伺候婆婆好多年，听她口气，对婆婆很有情谊。她有一子一女，都已成家。她把儿子栽培到高中毕业。女儿呢，据说是“他嫂子的，四岁没了妈，吃我的奶。”死了的嫂子大概是她的妯娌。她另外还有嫂子，不知是否“哥儿俩”合娶的，她曾托那嫂子给我做过一双棉鞋。

林奶奶得意扬扬抱了那双棉鞋来送我，一再强调鞋是按着我脚寸特制的。我恍惚记起她曾哄我让她量过脚寸。可是那双棉鞋显然是男鞋的尺码。我谢了她，领下礼物，等她走了，就让给默存穿。想不到非但他穿不下，连阿圆都穿不下。我自己一试，恰恰一脚，真是按着我脚寸特制的呢！那位嫂子准也按着林奶奶的嘱咐，把棉花絮得厚厚的，比平常的棉鞋厚三五倍不止。簇新的白布包底，用麻线纳得密密麻麻，比牛皮底还硬。我双脚穿上新鞋，就像猩猩穿上木屐，行动不得；稳重地站着，两脚和大象的脚一样肥硕。

林奶奶老家在郊区，她在城里做零工，活儿重些，工钱却多，而且她白天黑夜地干，身上穿的是破烂，吃的像猪食。她婆婆已经去世，儿女都已成家，多年省吃俭用，攒下钱在城里置了一所房子，花一二千块钱呢。恰逢“文化大革命”，林奶奶赶紧把房“献”了。她深悔置房子“千不该、万不该”，却塌眉倒眼地笑着用中间三个指头点着胸口说：“我成了地主资本家！我！我!!”我说：“放心，房子早晚会还你，至少折了价还。”不过我问她：“你想吃瓦片儿吗？”她不答理，只说“您不懂”，她自有她的道理。

我干校回来，房管处已经把她置的那所房子拆掉，另赔了一间房给她——新盖的，很小，我去看过，里面还有个自来水龙头，只是没有下水道。林奶奶指着窗外的院子和旁边两间房说：“他住那边。”“他”指拆房子又盖房子的人，好像是个管房子的，林奶奶称为“街坊”。她指着“街坊”门前大堆木材说：“那是我的，都给他偷了。”她和“街坊”为那堆木材成了冤家。所以林奶奶不走前院，却从自己房间直通街道的小门出入。

她曾邀一个亲戚同住，彼此照顾。这就是林奶奶的长远打算。她和我讲：“我死倒不怕，”——吃苦受累当然也不怕，她一辈子不就是吃苦受累吗？她说，“我就怕老来病了，半死不活，给撂在炕上，叫人没人理，叫天天不应。我眼看着两代亲人受这个罪了……人说‘长病没孝子’……孝子都不行呢……”她不说自己没有孝子，只叹气说“还是女儿好”。不过在她心目中，女儿当然也不能充孝子。

她和那个亲戚相处得不错，只是房间太小，两人住太挤。她屋里堆着许多破破烂烂的东西，还摆着一大排花盆——林奶奶爱养花，破瓷盆、破瓦盆都种着鲜花。那个亲戚住了些时候有事走了，我怀疑她不过是图方便；难道她真打算老来和林奶奶做伴儿？林奶奶指望安顿亲友的另两间房里，住的是与她为仇的“街坊”。

那年冬天，林奶奶穿着个破皮背心到我家来，要把皮背心寄放我家。我说：“这天气，皮背心正是穿的时候，藏起来干吗？”她说：“怕人偷了。”我知道她指谁，忍不住说：“别神经了，谁要你这件破皮背心呀！”她气呼呼地含忍了一会儿，咕哝说：“别人我还不放心呢。”我听了忽然聪明起来。我说：“哦，林奶奶，里面藏着宝吧？”她有气，可也笑了，还带几分被人识破的不好意思。我说：“怪道你这件背心鼓鼓囊囊的。把你的宝贝掏出来给我，背心你穿上，不好吗？”她大为高兴，立即要了一把剪子，拆开背心，从皮板子上揭下一张张存款单。我把存单的账号、款项、存期等一一登记，封成一包，藏在她认为最妥善的地方。林奶奶切切叮嘱我别告诉人，她穿上背心，放心满意而去。

可是日常和仇人做街坊，林奶奶总是放心不下。她不知怎么丢失了二十块钱，怀疑“街坊”偷了。也许她对谁说了什么话，或是在自己屋里嘟囔，给“街坊”知道了。那“街坊”大清早等候林奶奶出门，赶上去狠狠地打了她两巴掌，骑车跑了。林奶奶气得几乎发疯。我虽然安慰了她，却埋怨她说：“准是你上厕所掉茅坑里了，怎能平白冤人家偷你的钱呢？”林奶奶信我的话，点头说：“大概是掉茅坑里了。”她是个孤独的人，多心眼儿当然难免。

我的旧保姆回北京后，林奶奶已不在我家洗衣，不过常来我家做客。她挨了那两下耳光，也许觉得孤身住在城里不是个了局。她换了调子，说自己的“儿子好了”。连着几年，她为儿子买砖、买瓦、买木材,为他盖新屋。是她儿子因为要盖新屋,所以“好了”;还是因为他“好了”,所以林奶奶要为他盖新屋?外人很难分辨,反正是同一回事吧?我只说:“林奶奶,你还要盖房子啊?”她向我解释:“老来总得有个窝儿呀。”她有心眼儿,早和儿子讲明:“新房子的套间——预定她住的一间,得另开一门。”这样呢,她单独有个出入的门,将来病倒在炕上,村里的亲戚朋友经常能去看看她,她的钱反正存在妥当的地方呢,她不至于落在儿子、儿媳妇手里。

一天晚上,林奶奶忽来看我,说“明儿一早要下乡和儿子吵架去”。她有一二百元银行存单,她儿子不让取钱。儿子是公社会计,取钱得经他的手。我教林奶奶试到城里储蓄所去转期,因为郊区的储蓄所同属北京市。我为她策划了半天,她才支支吾吾吐出真情。原来新房子已经盖好了。她讲明要另开一门,她儿子却不肯为她另开一门。她这回不是去捞回那一二百块钱,却是借这笔钱逼儿子在新墙上开个门。我问:“你儿子肯吗?”她说:“他就是不肯!”我说:“那么,你老来还和他同住?”她发狠说:“非要他开那个门不可。”我再三劝她别再白怄气,她嘴里答应,可是显然早已打定主意。

她回乡去和儿子大吵,给儿媳妇推倒在地,骑在她身上狠狠地揍了一顿,听说腰都打折了。不过这都只是传闻。林奶奶见了我一句没说,因为不敢承认自己没听我的话。她只告诉我经公社调停,捞回了那一小笔存款。我见她没打伤,也就没问。

林奶奶的背越来越驼,干活儿也没多少力气了。幸亏街道上照顾她的不止一家。她又旧调重弹“还是女儿好”。她也许怕女儿以为她的钱都花在儿子身上了,所以告诉了女儿自己还有多少存款。从此以后，林奶奶多年没有动用的存款，不久就陆续花得只剩了一点点。原来她又在为女儿盖新屋。我末了一次见她，她的背已经弯成九十度。翻开她的大襟，小襟上一只只口袋差不多都是空的，上面却别着大大小小不少别针。不久林奶奶就病倒了，不知什么病，吐黑水——血水变黑的水。街道上把她送进医院，儿子得信立即赶来，女儿却不肯来。医院的大夫说，病人已没有指望，还是拉到乡下去吧。儿子回乡找车，林奶奶没等车来，当晚就死了。我相信这是林奶奶生平最幸运的事。显然她一辈子的防备都是多余了。

林奶奶死后女儿也到了，可是不肯为死人穿衣，因为害怕。她说："她又不是我妈，她不过是我的大妈。我还恨她呢。我十四岁叫我做童养媳，嫁个傻子，生了一大堆傻子……"（我见过两个并不傻，不过听说有一个是"缺心眼儿"的）。女儿和儿子领取了妈妈的遗产：存款所余无几，但是城里的房产听说落实了。据那位女儿说，他们乡间的生活现在好得很了，家家都有新房子，还有新家具，大立柜之类谁家都有，林奶奶的破家具只配当劈柴烧了。

林奶奶火化以后，她娘家人坚持办丧事得摆酒，所以热热闹闹请了二十桌。散席以后，她儿子回家睡觉，忽发现锅里蟠着两条三尺多长、满身红绿斑纹的蛇。街坊听到惊叫，赶来帮着打蛇。可是那位儿子忙拦住说"别打，别打"，广开大门，把蛇放走。林奶奶的丧事如此结束。

锅里蟠两条蛇，也不知谁恶作剧；不过，倒真有点像林奶奶干的。

一九八四年四月

顺姐的“自由恋爱”

那天恰是春光明媚的好天气，我在卧房窗前伏案工作。顺姐在屋里拖地，墩布杵在地下，她倚着把儿，一心要引诱我和她说话。

“太太，(她很固执，定要把这个过时的尊称强加于我)你今晚去吃喜酒吗？”

我说：“没请我。”

“新娘子已经来了，你没看见吗？”

“没看。”

“新郎五十，新娘子才十九！”

我说：“不，新郎四十九。”我还是埋头工作。

顺姐叹息一声，没头没脑地说：“新娘子就和我一样呢！”

我不禁停下笔，抬头看着她发愣。人家是年轻漂亮、华衣美服的风流人物，顺姐却是个衣衫褴褛、四十来岁的粗胖女佣，怎么“一样”呢？

顺姐看出她已经引起我的兴趣，先拖了几下地，缓缓说：

“我现在也觉悟了呢！就是贪享受呢！”(顺姐的乡音：“呢”字用得特多)

我认为顺姐是最勤劳、最肯吃苦的人。重活儿、脏活儿她都干，每天在三个人家帮佣，一人兼挑几人的担子。她享受什么？

顺姐曾告诉我，她家有个“姐姐”。不久我从她的话里发现：她和“姐姐”共有一个丈夫，丈夫已去世。“姐姐”想必是“大老婆”的美称。随后我又知道，她夫家是大地主——她家乡最大的地主。据她告诉我，她是随她妈妈逃荒要饭跑进那个城市的。我不免诧怪：“姐姐”思想解放，和顺姐姐妹相称了？可是我后来渐渐明白了，所谓“姐姐”，只是顺姐对我捏造的称呼，她才不敢当面称“姐姐”。

我说：“你怎么贪享受啊？”

她答非所问，只是继续说她自己的话：

“我自己愿意的呢！我们是自由恋爱呢！”

我忍不住要笑。我诧异说：“你们怎么自由恋爱呢？”我心想，一个地主少爷，一个逃荒要饭的，哪会有机会“自由恋爱”？

她低头拖几下地，停下说：

“是我自己愿意的呢。我家里人都反对呢。我哥哥、我妈妈都反对。我是早就有了人家的，可是我不愿意——”

“你定过亲？怎么样的一个人？”

“就那么个人呢。我不愿意，我是自由恋爱的。”

“你怎么自由恋爱呢？”我想不明白。

“嗯，我们是自由恋爱的。”她好像怕我不信，加劲肯定一句。

“你们又不在一个地方。”

“在一块儿呢！”她立即回答。

我想了一想，明白了，她准是在地主家当丫头的。我没有再问，只觉得很可笑：既说“贪享受”，又说什么“自由恋爱”。

我认识顺姐，恰像小孩子玩“拼板”：把一幅图板割裂出来的大小碎片凑拼成原先的图面。零星的图片包括她自己的倾诉,我历次和她的问答,旁人的传说和她偶然的吐露。我由这一天的谈话,第一次拼凑出一小部分图画。

她初来我家,是我们搬到干面胡同那年的冬天。寒风凛冽的清早,她拿着个隔宿的冷馒头,顶着风边走边吃。这是她的早饭。午饭也是一个干冷的馒头,她边走边吃,到第二家去,专为这家病人洗屎裤子,因为这家女佣不肯干这事。然后她又到第三家去干一下午活儿,直到做完晚饭,洗过碗,才回自己家吃饭。我问她晚上吃什么。她说"吃饭吃菜"。什么菜呢?荤的素的都有,听来很丰盛。

"等着你回家吃吗?"

她含糊其辞。经我追问,她说回家很晚,家里已经吃过晚饭了。

"给你留着菜吗?"

她又含含糊糊。我料想留给她的,只是残羹冷炙和剩饭了。

我看不过她冷风里啃个干馒头当早饭。我家现成有多余的粥、饭、菜肴和汤汤水水,我叫她烤热了馒头,吃煮热的汤菜粥饭。中午就让她吃了饭走。这是她和我交情的开始。她原先每星期的上午分别在几家做,逐渐把每个上午都归并到我家来。

她家人口不少。"姐姐"有个独生女,最高学府毕业,右派分子,因不肯下乡改造,脱离了岗位。这位大小姐新近离婚,有一个女儿一个儿子,都归她抚养,离异的丈夫每月给赡养费。顺姐自己有个儿子已高中毕业,在工厂工作;大女儿在文工团,小女儿在上学。

我问顺姐:"你'姐姐'早饭也吃个馒头吗?"

“不,她喝牛奶。”

“白牛奶?”

“加糖。”

“还吃什么呢?”

“高级点心。”

那时候还在“三年困难”期间,这些东西都不易得。我又问别人吃什么,顺姐支吾其辞,可是早饭、午饭各啃一个冷馒头的,显然只顺姐一人。

“你的钱都交给‘姐姐’?”

“我还债呢。我看病花了不少钱呢。”

我当时没问她生什么病,只说:“她们都不干活儿吗?”

她又含含糊糊,只说:“也干。”

有一天,她忽从最贴身的内衣口袋里掏出一个破烂的银行存折给我看,得意地说:

“我自己存的钱呢!”

我一看存折是“零存零取”,结余的钱不足三元。她使我想起故事里的“小癞子”把私房钱藏在嘴里,可惜存折不能含在嘴里。

我说:“你这存折磨得字都看不清了,还是让我给你藏着吧。”

她大为高兴,把存折交我保管。她说,她只管家里的房租、水电、煤火,还有每天买菜的开销;多余的该是她的钱。她并不花钱买吃的,她只想攒点儿钱,梦想有朝一日攒得一笔钱,她就是自己的主人了。我因此为她加了工资,又把过节钱或大热天的双倍工资等,都让她存上。她另开了一个“零存整取”

的存单。

每逢过节，她照例要求给假一天。我说："你就在我家过节不行吗？"她又大为高兴，就在我家过节，还叫自己的两个女儿来向我拜节。她们俩长得都不错，很斯文，有点拘谨，也带点矜持。顺姐常夸她大女儿刻苦练功，又笑她小女儿"虚荣呢"，我给顺姐几只半旧的手提包，小女儿看中一只有肩带的，挂在身上当装饰。我注意到顺姐有一口整齐的好牙齿，两颊两笑涡，一对耳朵肥厚伏贴，不过鼻子太尖瘦，眼睛太混浊，而且眼睛是横的。人眼当然是横生的，不知为什么她的眼睛叫人觉得是横的，我也说不明白。她的大女儿身材苗条，面貌秀丽；小女儿是娇滴滴的，都有一口好牙齿。小女儿更像妈妈；眼神很清，却也横。

顺姐常说我喝水太多，人都喝胖了。

我笑问："你胖还是我胖？"

她说："当然你胖啊！"

我的大棉袄罩衣，只能作她的紧身衬衣。我瞧她裤子单薄，给了她一条我嫌太大的厚毛裤，她却伸不进腿去，只好拆了重结。我笑着拉了她并立在大镜子前面，问她谁胖。她惊奇地望着镜子里的自己，好像从未见过这个发胖的女人。我自从见了她的女儿，才悟到她心目中的自己，还像十几岁小姑娘时代那么苗条、那么娇小呢。

我为她攒的钱渐渐积到一百元。顺姐第一次见到我的三姐姐和七妹妹，第一句话都是"太太给我攒了一百块钱呢！"说是我为她攒的也对，因为都是额外多给的。她名义上的工资照例全交给"姐姐"。她的存款逐渐增长，二百，三百，快到四百了，她家的大小姐突然光临，很不客气，岸然进来，问：

“我们的顺姐在你家做吧?”

她相貌端庄,已是稍为发福的中年人了,虽然家常打扮,看得出她年轻时准比顺姐的大女儿还美。我请她进来,问她有什么事。

她傲然在沙发上一坐,问我:“她每月工钱多少?”

我说:“你问她自己嘛。”

“我问她了,她不肯说。”她口齿清楚斩截。

我说:“那么,我没有义务向你报告,你也没有权利来调查我呀。”

她很无礼地说:“唷!你们倒是相处得很好啊!”

我说:“她工作好,我很满意。”

她瞪着我,我也瞪着她。她坐了一会,只好告辞。

这位大小姐,和顺姐的大女儿长得比较相像。我因此猜想:她们的爸爸准是个文秀的少爷。顺姐年轻时准也是个玲珑的小丫头。

据顺姐先后流露,这位大小姐最厉害,最会折磨人。顺姐的“姐姐”曾给她儿子几件新衬衫。大小姐想起这事,半夜三更立逼顺姐开箱子找出来退还她。顺姐常说,她干活儿不怕累,只求晚上睡个好觉。可是她总不得睡。这位大小姐中午睡大觉,自己睡足了,晚上就折腾顺姐,叫她不得安宁。顺姐睡在她家堆放箱笼什物的小屋里。大小姐随时出出进进,开亮了电灯,翻箱倒柜。据同住一院的邻居传出来,这位小姐经常半夜里罚顺姐下跪、打她耳光。我料想大小姐来我家调查顺姐工资的那天晚上,顺姐准罚跪并吃了耳光。可是她没有告诉我。

顺姐常强调自己来北京之前,在家乡劳动多年,已经脱掉地主的帽子。据她后来告诉我，全国解放时，她家大小姐在北京上大学，立即把她妈妈接到北京（她就是个逃亡地主婆）。她丈夫没有被镇压，只是拘捕入狱，死在监牢里了。顺姐顶缸做了地主婆。当时她的小女儿出生不久，她下地劳动，得了子宫高度下垂症。这就是她治病花了不少钱的缘故。她虽然动了手术，并没有除净病根。顺姐不懂生理学，只求干脆割除病根，就可以轻轻松松干活儿。她还得了静脉曲张的病，当时也没理会，以为只需把曲曲弯弯的筋全部抽掉就行。

我常夸顺姐干活勤快利索，可当劳模。她叹气说，她和一个寡妇亲戚都可以当上劳模，只要她们肯改嫁。她们俩都不肯。想娶顺姐的恰巧是管她劳动的干部，因为她拒绝，故意刁难她，分配她干最重的活儿，她总算都顶过来了。我问她当时多少年纪。她才三十岁。

她称丈夫为“他”，有时怕我不明白，称“他们爹”或“老头子”。她也许为“他”开脱地主之罪，也许为了卖弄“他”的学问，几次对我说，“他开学校，他是校长呢！”又说，她的“公公”对待下人顶厚道，就只“老太婆”厉害。（顺姐和我逐渐熟了，有时不称“姐姐”，干脆称“老太婆”或“老婆子”）这位太太是名门之女，有个亲妹妹在英国留学，一直没有回国。

有一天，顺姐忽来向我报喜，她的大女儿转正了，穿上军装了，也升了级，加了工资。我向她贺喜，她却气得淌眼抹泪。

“一家人都早已知道了，只瞒我一个呢！”

她的子女，一出世就由大太太抱去抚养；孩子只认大太太为“妈妈”，顺姐称为“幺幺”（读如“夭”），连姨娘都不是。他们心上怎会有什么“幺幺”啊！

不久后，她告诉我，她家大小姐倒运了，那离了婚的丈夫犯下错误，降了级，工资减少了，判定的赡养费也相应打了折扣。大小姐没好气，顺姐难免多受折磨。有一天，她满面忧虑，又对我说起还债，还给我看一份法院的判决书和一份原告的状子。原来她家大小姐向法院告了一状，说自己现在经济困难，她的弟弟妹妹都由她抚育成人，如今二人都已工作，该每月各出一半工资，偿还她抚养的费用。这位小姐笔头很健，状子写得头头是道。还说自己政治上处于不利地位，如何处处受压。法院判令弟妹每月各将工资之半，津贴姐姐的生活。我仔细看了法院的判决和原告的状子，真想不到会有这等奇事。我问顺姐：

“你的孩子是她抚养的吗？”

顺姐说，大小姐当大学生时期，每年要花家里多少多少钱；毕业后以至结婚后，月月要家里贴多少多少钱，她哪里抚养过弟弟妹妹呢！她家的钱，她弟弟妹妹就没份吗？至于顺姐欠的债，确是欠了。她顶缸当地主婆，劳累过度，得了一身病；等到脱掉地主的帽子，她已经病得很厉害，当时丈夫已经去世，她带了小女儿，投奔太太和大小姐。她们把她送进医院，动了一个不小的手术，花了不少钱——这就是她欠的债，天天在偿还。

顺姐叙事交代不清，代名词所指不明，事情发生的先后也没个次序，得耐心听，还得费很多时间。经我提纲挈领地盘问，知道她在地主家当丫头时，十四岁就怀孕了。地主家承认她怀的是他们家的子息，拿出三十元给顺姐的男家退婚，又出三十元给顺姐的妈，把她买下来。顺姐是个“没工钱、白吃饭的”。她为主人家生儿育女，贴身伺候主人主妇，也下地劳动。主人家从没给过工资，也没有节赏，也没有月例钱，只为她做过一身绨料的衣裤。(这大约是生了儿子以后吧?)她吃饭不和主人同桌,只站在桌旁伺候,添汤添饭,热天还打扇。她是个三十元卖掉终身的女奴。我算算她历年该得的最低工资,治病的费用即使还大几倍,还债还绰有余裕。她一天帮三家,赚的钱(除了我为她存的私房)全供家用开销。抚育她儿女的,不是她,倒是她家的大小姐吗?

看来,大小姐准料定顺姐有私蓄,要逼她吐出来;叫她眼看儿女还债,少不得多拿出些钱来补贴儿女。顺姐愁的是,一经法院判决,有案可稽,她的子女也就像她一样,老得还债了。

我问顺姐,"你说的事都有凭有据吗?"

她说:"都有呢。"大小姐到手的一注注款子,何年何月,什么名目,她历历如数家珍。

我说:"顺姐,我给你写个状子,向中级人民法院上诉,怎么样? 我也能写状子。"

她快活得像翻译文章里常说的"不敢相信自己的耳朵"。

我按她的意思替她上诉。我摆出大量事实,都证据确凿,一目了然。摆出了这些事实,道理不讲自明。中级法院驳回大小姐的原诉,判定顺姐的子女没有义务还债;但如果出于友爱,不妨酌量对他们的姐姐给些帮助。

我看了中级法院的判决,十分惬意,觉得吐了一口气。可是顺姐并不喜形于色。我后来猜想:顺姐为这事,一定给大小姐罚跪,吃了狠狠的一顿嘴巴子呢。而且她的子女并不感谢她,他们自愿每月贴大姐一半工资。

我设身处地,也能体会那位大小姐的恚恨,也能替她暗暗咒骂顺姐:"我们好好一个家! 偏有你这个死不要脸的贱丫头,眼睛横呀横的，扁着身子挤进我们家来。你算挣气，会生儿子！我妈妈在封建压力下，把你的子女当亲生的一般抚养，你还不心足？财产原该是我的，现在反正大家都没有了，你倒把陈年宿账记得清楚？”

不记得哪个节日，顺姐的儿女到我家来了。我指着顺姐问他们：“她是你们的生身妈妈，你们知道不知道？”

他们愕然。他们说不知道。能不知道吗？我不能理解。但他们不知道，顺姐当然不敢自己说啊。

顺姐以后曾说，要不是我当面说明，她的子女不会认她做妈。可是顺姐仍然是个“幺幺”。直到“文化大革命”，顺姐一家（除了她的一子二女）全给赶回家乡，顺姐的“姐姐”去世，顺姐九死一生又回北京，她的子女才改口称“妈妈”。不过这是后话了。

顺姐日夜劳累，又不得睡觉，腿上屈曲的静脉胀得疼痛，不能站立。我叫她上协和医院理疗，果然有效。顺姐觉得我花了冤钱，重活儿又不是我家给她干的。所以我越叫她休息，她越要卖命。结果，原来需要的一两个疗程延伸到两三个疗程才见效。我说理疗当和休息结合，她怎么也听不进。

接下就来了“文化大革命”。院子里一个“极左大娘”叫顺姐写我的大字报。顺姐说：写别的太太，都可以，就这个太太她不能写。她举出种种原因，“极左大娘”也无可奈何。我陪斗给剃了半个光头（所谓阴阳头），“极左大娘”高兴得对我们邻居的阿姨说：“你们对门的美人子，成了秃瓢儿了！公母俩一对秃瓢儿！”那位阿姨和我也有交情，就回答说：“这个年头儿，谁都不知道自己怎样呢！”顺姐把这话传给我听，安慰我说：“到这时候,你就知道谁是好人、谁是坏人了。不过,还是好人多呢。”我常记着她这句话。

红卫兵开始只剪短了我的头发。顺姐为我修齐头发,用爽身粉掸去头发楂子,一面在我后颈和肩背上轻轻摩挲,摩挲着自言自语:

“‘他’用的就是这种爽身粉呢。蓝腰牌,就是这个牌子呢。”

大约她闻到了这种爽身粉的香,不由得想起死去的丈夫,忘了自己摩挲的是我的皮肉了。我当时虽然没有心情喜笑,却不禁暗暗好笑,又不忍笑她。从前听她自称“我们是自由恋爱”,觉得滑稽,这时我只有怜悯和同情了。

红卫兵要到她家去“造反”,同院住户都教她控诉她家的大小姐。顺姐事先对我说:“赶下乡去劳动我不怕,我倒是喜欢在地里劳动。我就怕和大小姐在一块儿。”那位大小姐口才很好,红卫兵去造反,她出来侃侃而谈,把顺姐一把拖下水。结果,大小姐和她的子女、她的妈妈,连同顺姐,一齐给赶回家乡。顺姐没有控诉大小姐,也没为自己辩白一句。

“文革”初期,我自忖难免成为牛鬼蛇神,趁早把顺姐的银行存单交还她自己保管。她已有七百多元存款。我教她藏在身边,别给家人知道,存单的账号我已替她记下,存单丢失也不怕,不过她至少得告知自己的儿子(她儿子忠厚可靠,和顺姐长得最像)。我下干校前曾偷偷到她家去探看,同院的人说,“全家都给轰走了。”我和顺姐失去了联系。

有一天,我在街上走,忽有个女孩子从我后面窜出来,叫一声“钱姨妈”。我回脸一看,原来是顺姐的小女儿,她毕业后没升学,分配在工厂工作。据说,他们兄妹三个都在工作的单位寄宿。我问起她家的人,说是在乡下。她没给我留个地址就走了。

我从干校回京,顺姐的两个女儿忽来看我,流泪说:她们的妈病得要死了,“那个妈妈”已经去世,大姐跑得不知去向了。那时,他们兄妹三个都已结婚。我建议她们姐妹下乡去看看(因为她们比哥哥容易请假),如有可能,把她们的妈接回北京治病。她们回去和自己的丈夫、哥嫂等商量,三家凑了钱(我也搭一份),由她们姐妹买了许多赠送乡村干部的礼品,回乡探母。不久,她们竟把顺姐接了出来。顺姐头发全都灰白了,两目无光,横都不横了,路也不能走,由子女用自行车推着到我家。她当着儿女们没多说话。我到她住处去看她,当时家里没别人,经我盘问,才知道她在乡间的详细情况。

大小姐一到乡间,就告诉村干部顺姐有很多钱。顺姐只好拿出钱来,盖了一所房子,置买了家具和生活必需品,又分得一块地,顺姐下地劳动,养活家里人。没多久,“姐姐”投水自尽了。大小姐逃跑几次,抓回来又溜走,最后她带着女儿跑了,在各地流窜,撂下个儿子给顺姐带。顺姐干惯农活,交了公粮,还有余裕,日子过得不错。只是她旧病复发,子宫快要脱落,非医治不可。这次她能回京固然靠了礼品,她两个女儿也表现特好,虽然从没下过乡,居然下地去劳动。顺姐把房子连同家具半送半卖给生产队,把大小姐的儿子带回北京送还他父亲。村干部出一纸证明,表扬顺姐劳动积极,乐于助人等等。

顺姐在乡间重逢自己的哥哥。哥哥诧怪说:“我们都翻了身,你怎么倒翻下去了呢?”村干部也承认当初把她错划了阶级,因为她并非小老婆,只是个丫头,当地人都知道的。这个地主家有一名轿夫、一名厨子还活着，都可作证。“文革”中，顺姐的大女儿因出身不好，已退伍转业。儿子由同一缘故，未得申请入党。儿女们都要为妈妈要求纠正错划，然后才能把她的户口迁回北京。

他们中间有“笔杆子”，写了申请书请我过目。他们笔下的顺姐，简直就是电影里的“白毛女”。顺姐对此没发表意见。我当然也没有意见。他们为了纠正错划的阶级，在北京原住处的居委会和乡村干部两方双管齐下，送了不少“人事”。儿子女儿还特地回乡一次。但事情老拖着。村干部说：“没有问题，只待外调，不过一时还没有机会。”北京街道上那位大娘满口答应，说只需到派出所一谈就妥。我怀疑两方都是受了礼物，空口敷衍。一年、两年、三年过去，事情还是拖延着。街道上那位大娘给人揭发了受贿的劣迹；我也看到村里一个不知什么职位的干部写信要这要那。顺姐进医院动了手术，病愈又在我家干活。她白花了两三年来攒下的钱，仍然是个没户口的“黑人”。每逢节日，街道查户口，她只好闻风躲避。她叹气说：“人家过节快活，就我苦，像个没处藏身的逃犯。”

那时候我们住一间办公室，顺姐住她儿子家，每天到我家干活，早来晚归。她一天早上跑来，面无人色，好像刚见了讨命鬼似的。原来她在火车站附近看见了她家的大小姐。我安慰她说，不要紧，北京地方大，不会再碰见。可是大小姐晚上竟找到她弟弟家里，揪住顺姐和她吵闹，怪她卖掉了乡间的房子家具。她自己虽是“黑人”，却毫无顾忌地向派出所去告顺姐，要找她还账。派出所就到顺姐儿子家去找她。顺姐是积威之下，见了大小姐的影子都害怕的。派出所又是她逃避都来不及的机关。

可是逼到这个地步,她也直起腰板子来自卫了。乡间的房子是她花钱造的,家具什物是她置备的,“老太婆”的遗产她分文未取,因为“剥削来的财物她不要”。顺姐虽然钝口笨舌,只为理直气壮,说话有力。她多次到派出所去和大小姐对质,博得了派出所同志的了解和同情。顺姐转祸为福,“黑人”从此出了官,也就不再急于恢复户籍了。反正她在我们家,足有粮食可吃。到“四人帮”下台,她不但立即恢复户籍,她错划的阶级,那时候也无所谓了。

我们搬入新居,她来同住,无忧无虑,大大发福起来,人人见了她就说她“又胖了”。我说:“顺姐,你得减食,太胖了要多病的。”她说:“不行呢,我是饿怕了的,我得吃饱呢!”

顺姐对我不再像以前那样爱面子、遮遮掩掩。她告诉我,她随母逃荒出来,曾在别人家当丫头,可是她都不乐意,她最喜欢这个地主家,因为那里有吃有玩,最自在快活。她和同伙的丫头每逢过节,一同偷酒喝,既醉且饱,睡觉醒来还晕头晕脑,一身酒气,不免讨打,可是她很乐。

原来她就是为贪图这点“享受”,“自由恋爱”了。从此她丧失了小丫头所享受的那点子快活自在,成了“幺幺”。她说自己“觉悟了”,确也是真情。

她没享受到什么,身体已坏得不能再承受任何享受。一次她连天不想吃东西。我急了。我说:“顺姐,你好好想想,你要吃什么?”

她认真想了一下,说:“我想吃个‘那交’(辣椒)呢。”

“生的?还是干的?”

“北阳台上,泡菜坛子里的。”

我去捞了一只最长的红辣椒,她全吃下,说舒服了。不过那是暂时的。不久她大病,我又一次把她送入医院。这回是割掉了胆囊。病愈不到两年,曲张的静脉裂口,流了一地血。这时她家境已经很好,她就告老回家了。

现在她的儿女辈都工作顺利,有的是厂长,有的是经理,还有两个八级工。折磨她的那位大小姐,“右派”原是错划;她得到落实政策,飞往国外去了。顺姐现在是自己的主人了,逢时过节,总做些我爱吃的菜肴来看望我。称她“顺姐”的,只我一人了。也许只我一人,知道她的“自由恋爱”;只我一人,领会她“我也觉悟了呢”的滋味。

一九九一年一月

方五妹和她的“我老头子”

方阿姨是“钟点工”（按钟点计工资的佣工），高高个子，很麻利，力气特大。她举重若轻，干活儿勤勤谨谨，不言不语。十多年前她初到我家，已经五十岁出头，可是看来只像四十。介绍人曾警告我：“你就是别跟方五妹说话，一说话就完了。”

我看她笑容醇厚，有一天忍不住和她说话了。她立即忘了干活，和我说个没完。

她是江苏一个小山村里的农民，多年在上海和北京帮佣。大跃进后，她丈夫饿死。“文革”中，她又嫁个北京老头子。她说话南腔北调。改不掉的乡音，如“蛋”说成“大”，“饭碗”说成“法瓦”，加上她自己变化出来的北京话，如“绒布”叫“浓布”，“肉丝”叫“洛死”，往往没人能懂。她常用来泄忿的话是“小（休握切）丫个”。问她是否骂人的脏话，她说不是，反正她自己也不明白。她三句不离口的是南腔北调的“我老头子”。

我曾说：“五妹啊，你哥哥是烈士，你妹妹是劳模，你要是在农村，准也是劳模。”

“劳模值个啥？不就是一块毛巾、两块肥皂！”她神情是不屑，胸中却犹有余愤，“我挑塘泥上坡下坡，小伙子都赶不上我。他们说：‘我们举方五妹做劳模。’那几个小丫个背后说：‘我们举插秧能手×××。’插秧，她插得过我？她们晚上一家家去说：不举我，举她。小丫个！也不过一块毛巾、两块肥皂，就这么鬼头鬼脑，半夜三更的一家家说去！”

据她说，她腆着个大肚子，插了不少不少秧。孩子下地恰好分田，孩子就取名阿田。可是她插了大量的秧，连工分都不给。一怒之下，她跑到上海当奶妈去了。

东家是个精明的宁波人。她又当奶妈又烧饭，又洗衣服又收拾房间，日夜没得休息，半夜奶完孩子还得纳鞋底。她光吃白米饭，奶水又多又好，孩子长得白白胖胖，长大了，那家就辞她了。

她回家一趟，又生个孩子，又出去当奶妈。孩子寄养乡间，糟蹋死一个。她总共养大两个儿子一个女儿。

她在上海偶被一位解放军军官夫人看中，带到北京，上了户口，先后在几个军官家工作。“文化大革命”，东家“斗私批修”，赶她回乡。她不得已，只好再嫁人。她常说：“我要是早到了你们家，我也不嫁老头子了喂。”

她管我叫“阿娘”。我听不懂，问锺书和圆圆。她们忍笑说：“大约是阿娘。”我问她本人。她说：“钱先生和大姐不都叫你阿娘吗？”我就成了她的“阿娘”。

她说，还记得她弟弟是三十四块钱卖掉的。当时她九岁，已经许了人家，不好卖她了。她妈妈把三十四块钱买几尺花布，给她做一身新衣，送到婆家当童养媳妇。

她叹气说：“没办法喂。”这也是她的常用辞，听起来好像口头语，细味之下，或者过来人听到，会了解那是一句富有哲理的话。

她不肯为我家买菜，因为不会算账，赔钱赔够了。我说，不用赔,也不用算账。我把钱放在钱包里,花完给添上,很省事。

她买了菜,硬是要几分几角的向我报账。我“嗯、嗯”地答应,没听。第二天,她跑来气愤愤地责问:

“我昨夜和我老头子算了一夜的账。阿娘,你不老实。我不会算账,你是会算的喂!”

原来我少要了她一分钱。我不知怎样为自己辩解。恰好她装钱的钱包就在手边,顺手一抖,倒出一分硬币。

“我说,这不是?”

她看见钱有下落,就满意了,并不想想那一分钱也可能是我故意栽赃的。她渐渐习惯于我的不算账,可是记起自己算错了账,还是不顾一切要追究。有一次回家,刚放下菜篮子,着急说,错了几角几分。我说:“算了,便宜了卖菜人吧。”她早像一匹斗牛似的直冲出去,我不给她撞倒就算便宜,哪还拦挡得住。过一会儿她健步如飞地跑上楼,钱追回来了。我不便提醒她,她的时间比那几角几分贵。

她买东西常常付了钱忘拿东西。有时追不回来,气得大骂“小丫个”,还得我们去安慰她。她对某店的女售货员意见特大,她们说不懂什么叫“鸡大”。五妹向我讲述并形容:

“我说:‘我们叫鸡谷谷,谷谷谷谷嘎,(她一手放在身后作鸡下蛋式)这个你们叫什么?’她们龇着个牙说:‘鸡(读如 zi)大’(她刻意要模仿的‘蛋’字仍读成‘大’)。”她们准是戏弄她。

五妹来我家就提出要求,她得早早回家,家里有个老头子等着她呢。那老头子是退休的理发工。理发店后来改成饭店,还叫老头子看夜,让他包一餐午饭。他每天等五妹回家给他做晚饭,吃了上晚班。五妹常说:“今天答应给我老头子包饺子(或馄饨,或做薄饼等等)。”

五妹,在我家工作的时间渐渐加多,也为我们包饺子,包馄饨,做薄饼,做得很细巧。她为我包的馄饨最小最少,为钱先生包的略大略多,为大姐包的更大更多。馄饨不分大小,一齐下锅。煮熟了,我的都不知去向了,先生的一塌糊涂,大姐的也黏黏糊糊。这地道是五妹干的事。她可是“抢手货”,谁家都要她,谁家都不肯放走。看来家家都明白,五妹是不易多得的人。

有一天,她好像存心要问我什么事。她说:

“阿娘,你说我老头子神经不神经?我那年给阿田也盖了房子娶了亲,我回乡去看我妈妈,住了两三四个月。我老头子唷,急死了,说我跑了,另嫁了一个老头子了。他也不想想我女儿就嫁在北京,我跑哪里去?我回家,胡同里正好碰见他。我在这边走,他从那边来。他一见我,吓得唷,你没看他那样子,就好比看见活鬼出现了。”

他们两个一同回家后,老头子的脸色还像死人一样灰白灰白。

她随后吐出她梗在心上的话:老头子把她的箱子撬了,箱子里有她的银行存单。

“存单还你了吗?”

“他替我收着呢。”

“存单上都换上他的名字了?”

“阿娘,你怎么知道的?——我老头子说的,我的名字,他的名字,都一样。”

“那么,用你的名字不也一样吗?”

她忙解释:“我老头子最老实。我选中他就为他老实。当初有个转业的解放军要我。他是有钱的，家里有个躺在炕上的老爸爸。我嫁了他，只好伺候病人、伺候他了喂。我是要出去工作，挣钱养活我那几个孩子的。我找个最穷的，先和他讲好，我得在外边工作，等孩子都成了家，我才和他一起过。我老头子最老实，他都答应。"

"可是他把你的箱子撬了，存单偷了。"

五妹生气说："阿娘，你怎么倒来挑拨呀？别人呢，说说好话，和拢和拢。"

我不客气说："你老头子还不是偷了你的钱？看见你回来，就吓得见了活鬼似的。"

"天气冷了，他要找衣服穿啊。"

"他衣服藏你箱子里，你不给他留把钥匙？"

"他的衣服怎会在我箱子里呢！我的箱子里没他的东西。"说完忙转换立场，"我老头子是顶老实的。他问我有几张存单，我哪里知道！我就瞎说一个数。我说七张。咦！他两手背着，当着我的面，拿出来正好七张！"

"那就是假的。"

"怎么能假呢？他背着手拿着存单，站在我面前呢。我一说，他立刻拿出来了，不多不少，恰好就是七张。"

五妹想起当时情景，忍不住还笑。她说："我老头子真坏，他还考我，总共多少钱。我哪里知道！"

我叹气说："五妹啊，你真是个糊涂'大'。"不过我想她其实并不糊涂。她心上老有那么个疙瘩，要我给她解开，或为她排除。我问她："你的钱都交给老头子吗？"

"他从来不问我要，他只说：'藏在你的围兜里吧。'——这是他逗我的,他从来不掏我的围兜。”

五妹知道自己爱掉东西,钱都交给她老头子保管。她有个千层围单,底子是我家的蓝布围裙,她添上一层又一层,面上一层是黑色的,里面每层布上都有一个口袋。我记得有一层是人家寄茶叶的白布,上面还有没洗掉的地址和“钱锺书先生收”。我笑说:“五妹,你把自己丢了,会有人拣到了送我这儿来。”

有一次,她到了我家又像斗牛似的冲出去,比往常冲得更猛。我只听得她说:“围兜掉车上了。”

我想:“车早开走了,哪里去找啊。”

不一会儿,她笑吟吟地回来,手里拿着她的千层围兜。原来她那围兜给人扔出车外,撂在停车的路边。谁要这乱七八糟的一堆破布呢!她及时捡回来,摸一摸,再掏出钱来数数,数字还不小呢。

她爱掉东西,可也常会拣到东西。有一次,她对我叹气说:“我把你家的东西都洗晒了,我自己家的东西脏得要死,哪有工夫啊。”我特地放她半天假——就是白给工资不用她工作,让她回家收拾家里的衣物。第二天我问她洗晒没有。她说:“咳!我老晚老晚才回家。”原来她在公共汽车里拣得一只手表,她认为很贵重的表,料想丢表的人一定很着急,就站在车站上死等。

我说:“你交给车上就行。掉了表的人自己还没知道呢,你哪里找去?”

她说:“我硬是等(‘硬是’也是她南腔北调的常用辞儿,表示她的牛劲),真等着了!那人好高兴啊!直谢我,还要给我钱。路上人都说,这个老太太该表扬。”

她对“表扬”就和对待“劳模”一样不屑。“表扬!我拾到了更值钱的东西都没要表扬。”她说，有一天晚上（她当时在某军官家带孩子），抱着孩子看电影。散场发现孩子丢了一只鞋。她满地找，没找到小鞋，却拣到了一只饱满的大钱包。包里有布票、粮票、很多人民币，还有外汇，还有存单。后来失主要谢她，她说：“要人谢干吗？这又有什么可表扬的！”

我私下和锺书下结论：一个人的道德品质，和智力不成正比。五妹认字、学加法都不笨，只是思维逻辑太别致，也该是智力问题吧？

五妹很得意地告诉我：“我老头子攒钱呢。”

那老头子每月的退休金那时候不足一百。可是他在自己名下，每月存一百元。五妹的工资比他多二三倍，日用开销全由五妹负担。她自己非常省俭，连一根冰棍儿都舍不得买，可是供养她老头子却不惜费用。她说：“我老头子变‘修’了喂，早点非要华夫饼干……阿娘，像你这么一匣，他一顿就光了；大把的香蕉，两顿三顿就吃完；不喝白水，喝饮料，喝啤酒。”五妹常为他大块大块的煮肉。她诧怪说：“北方人吃东西只会大口吞。好大一块肉，也不咬，也不嚼，一口就吞了。一个包子只一口，分两口也来不及。”五妹只看他吃，虽然她说“我也吃”，显然只看不吃，至多是象征性的陪吃。

五妹听了我的话，向老头子提出要求，存款也该用用她的名字。老头子居然答应。有一张到期的千元存单，户主改为方五妹，五妹很满意。可是刚存上就给老头子的女儿小青借去了。五妹常说小青心眼最多。她这个月还二百，过几个月还一百，又还一百，就不还了。

五妹叹气说：“没办法喂。小青说的，‘从前一千元值多少？

现在一千元值多少?'"

她说到这里,只好把隐情和盘托出。当初她给小儿子阿田寄钱,说造房子的一千元是老头子给的。阿田成亲后生了孩子,过了两年了,忽然想到写封信感谢老头子。"我老头子得意死溜!把信给儿子看,给女儿看。"

老头子的儿子"上山下乡",娶了外地人,仍在外地,但经常出差回北京。小青在个什么店里当"经理"。老头子常得意说:"总算我们史家出了一个史青!"她丈夫是个工人,业余站在路边向来往行人推销假手表,很赚钱。他们兄妹看了阿田的感谢信,大闹,说:"爸爸倒有钱给人家造房子。"

我说:"你该把事情说清楚呀。"

五妹觉得事情太分明了,还用说吗!"我嫁老头子的时候,他穷得唷,只有一块铺床,小青和他同睡那块铺板,只有一条破被。结婚问人家借了一床被。家里什么都没有,只有他单位的'福利金'借条,好大一叠,有三寸来厚。他前头的那一个(指前妻)成天躺在床上生病,新蒜苗上市就买来吃,以后二十多天只好借钱吃窝头。他哪来钱!我存的那些钱,我女儿的财礼银子都在里面呢。"

我慨叹说:"你老头子真是死要面子不要脸。他的儿子、女儿,还是糊涂,还是胡赖呀?"

"谁知道他们!"

"那你得当着老头子的面,把事情说清楚。"

五妹说:"说了,他要气的喂。气出病来怎么办?他拿了阿田的信,好得意啊!你没看见他那得意哦!"

我把事情告诉锺书和阿圆。他们都很气愤。五妹诧怪说:

“你们生什么气！我都不气！我从来不生气。说给你们听是出出气喂！扫扫我老头子的面子喂！”

可是她感激老头子多年让她在外面工作赚钱，总说她老头子又正派，又老实。也许，绝大多数的人都像她老头子那样，觉得自己又正派，又老实。五妹经常听到的，当然就是她老头子的自我表白。所以五妹觉得他不但正派、老实，一切美德，应有尽有。如果我说起某人整洁，她就说：“我老头子就是这样。我老头子可不像钱先生这样随便。他领子里总衬着雪白的假领，两肩还垫着垫肩，吃得又白又胖。”

“他知道是谁喂得他又白又胖吗？”

“他常说的，前生烧了柱子般粗的香。”

五妹特地带了她老头子的照片给我看。我看到一个迷迷糊糊的脸，想到“又白又胖”，赶紧把照片还她，手指好像碰了肥蛆似的。我等阿圆回家，讲给她听。她笑说：“妈妈还不明白，老头子是五妹的‘白马王子’呀！”

我平心想想，老头子凭什么不配充当“白马王子”呢？他撬了箱子，拿了存单，忽见五妹回家，吓得面无人色，足见他还有天良。有的人竟是面不红、心不跳的呢！五妹不计较，把钱交他保管，那些存单不是他们夫妻共有的吗？何况他以后每月都存钱。他大半辈子借债过日子，一旦有人来信感谢他给了大笔的钱，他还不得意忘形！他穷饿了大半辈子，吃到大块大块的红烧肉，怎能不大口吞？他尝到生平没尝过的美味，自幸娶得好老婆，说是“前生烧了柱子般粗的香”，可见他也还知道感激。他天天等五妹回家，还要“逗”她，还要“坏”，不是很多情吗？“白马王子”早该从宫殿里、英雄美人的队伍里走入寻常百姓家了。

老头子有职业病，静脉曲张，烂腿。他出门坐轮椅，由五妹推往浴室去扦脚。五妹说："我一身大汗，站在外面风地里，吹了风直咳嗽，他倒坐在里面顶舒服，半天也不出来。我现在自己给他扦，也省了钱。"可是五妹常带些抱歉告诉我，她又给老头子扦破了皮。她有时包烂腿包得太紧，"我老头子唷，痛了一天。"

我说："他又没烂掉手，不会自己解开吗？"

"他弯个腰都不会，只对我伸出一只脚。"

我不爱听，不理。

一次她请假要送老头子上医院看病。五妹最不信医院。用她的话："这个窗口排队，那个窗口排队，上楼，下楼，转了半天，见到大夫，说一句半句不知什么，开些贵药，又一次次排队，交钱，小丫个！药又不灵！"她有病痛，只找"大姐"或"阿娘"做赤脚医生，我们总买些常用药备用。但这次老头子牙痛，不能间接请我们医治。据五妹说，她家门口来了个镶牙的，摇晃着一口雪白的假牙。她看到那口假牙又白又整齐，就叫他给老头子镶牙。那人在老头子牙上抹了些不知什么东西，就要多少多少钱。老头子生气，要把那人扭送居委会。五妹怕气坏了老头子，忙塞些钱给那镶牙的，叫他赶紧逃跑。老头子当晚就牙痛，"痛死了唷！得上医院。"

到了医院——当然是老头子坐着，她一次次排队，上楼、下楼，然后扶老头子看大夫。大夫说，他牙上糊着水泥呢，没法治，得去了水泥才能治。老头子牙上的水泥经过不知多久的磨擦才除掉，除掉了也不需找大夫了。

有一天，五妹跑来，脸又紫又肿，像个歪茄子。她说是气得牙痛了。我和阿圆做她的赤脚医生,细细明白原因。据说,老头子上山下乡的儿子,要送一个女儿回北京上学;学费、生活费等等,都要老头子负担。五妹又从这个十四五岁的小姑娘嘴里得知,老头子经常给儿子寄钱。那边家里大立柜、冰箱、彩电等大件,一应俱全。老头子这边呢,冰箱、彩电等都是五妹的女儿给买的。五妹气得和老头子吵架了。"我老头子说:'人人都有私心喂!'"

老头子的私心是护自己的儿女,五妹的私心只是护着老头子。五妹觉得太不公道了,赌气说:"小丫个!不干了!"

我和锺书和阿圆都很同情,异口同声,赞成她的"不干"。

五妹使劲说:"我明天不来了!"

我们三个目瞪口呆,面面相觑。没想到五妹对老头子的那口怨气,全发泄在我们身上。

我记起她从前对我讲的话:"我这个人最没有良心。我在那宁波人家奶大的孩子又白又胖又大;回到家乡,一看我那阿田,又黑又瘦又小,气得我,把阿田死打一顿,狠狠地打;他越哭,我越打。"

如今她不愿为老头子挣钱,就一下子撇下我们不管了。她说不来,就是不来了。

我对锺书叹气说:"看来一个人太笨了,不能是好人。"

锺书问:"为什么?"

"是非好歹都分辨不清,能是好人吗?"

"谁又分辨得清?"

我得承认,笨不笨,我和五妹之间也不过五十步和一百步的差距。做事别扭,也不等于为非作歹。我自己对这点儿"是非好歹”就不大清楚，却向五妹“横扫”！

我记得那是一九八七年，五妹已在我家帮了三年，我们都懒散惯了。可是我们不靠五妹，也能过日子。我买一架全自动洗衣机，我管洗。圆圆管买菜、做菜。她平时如果在家，喜欢为我们做菜，五妹只是个帮手。我管煮粥、煮饭。上楼、下楼、拿报、拿信，向来是锺书的事。他的耳朵好比警犬的鼻子，邮递员远远叫一声他就听到，脚步又快，我总抢不过他。有时我和锺书一起上菜市买菜，洗碗是阿圆的事。反正我们齐动手，配合着干，日子也过得很愉快。没有五妹，也省掉好些絮烦。

例如五妹看了电视剧，总要向我们细讲故事。她看了钱先生的《围城》，也对钱先生讲个没完，什么“鲍小姐把苏小姐的手绢儿扔海里去了”等等。她看了《唐明皇》就对我讲历史。我说：“行了，五妹，这些事，我知道。”

她说：“你看的是书上的，我看的是真的喂。”她硬是要讲。

她家住在城市的旮旯里，交通非常不便。她虽然识得几个字，还是文盲。公共车辆改了路线，她硬是要走原路。她出门磨磨蹭蹭，每天迟到。晚上她又怕天黑了路上不安全，老头子要盼她。我们催她早走。晚饭后，阿圆刷锅洗碗，锺书把碗碟搬往厨房，我抹桌子收东西，她却找了一块破抹布，千针万针地缝。她说：“我要走，还不‘浓’易，站起来就走了喂。可是你们用了我干什么的？你们都忙，我倒走了！”又说：“早出去，不也是等车吗？”我们说好说歹说通了她，临走，总还要问：“手表带了吗？月票拿了吗？东西拿全了吗？”她一前一后背着两只口袋，手里又提个口袋，走了。可是我们刚锁上门，她又回来了，忘了什么东西。天天如此。早上来，总说：“我老头子急死了，接我没接到，走岔了路。”

她的犟劲儿也够大的。她拖地不计两次、三次，却不爱扫地。我扫出了垃圾，她觉得是鸡蛋里挑出来的刺。原因是她看电视看得眼前一片黄，只觉得地上很干净。我自己扫，她还不高兴。锺书叫我千万别和她生气，那是鸡蛋撞岩石。我只好把五妹当作我的“教练”。

过了大约半年，五妹又回来了。她问：“你们找人了吗？还没找？我回来了，要我吗？”

她说回老家去了一趟。也许是真的。我们觉得家务事很烦琐，五妹回来正好。

看来五妹对老头子仍是“不干”精神，不积极为他挣钱，她只做我们一家了。不知哪天，她把镶嵌着她妈妈照片的镜框子也挂在我家厨房里了。

锺书悄悄对我说：“她把‘家堂神’也挪这儿来了。”

我叫五妹把蒙在照片上的透明纸揭开，看了她妈妈的照片——一个很瘦小的老人。五妹对我说：“我真羡慕大姐，天天和妈妈在一起。我白天人在这里，晚上就在我妈妈那边，天天晚上做梦和妈妈在一起——我妈妈真可怜，哥哥死了，她哭啊哭啊，哭瞎了眼睛。一个人住在猪圈旁边的小屋里，吃些猪食；一双小脚，天天还上山砍柴。”

“她是烈士的妈妈呀！”我说。

“没用，都在侄孙媳妇手里。”乡间女人少，那侄孙媳妇有点儿不称心就会跑走。五妹叹气说：“没办法喂。”我想：确也没办法，女儿不能住在一起，写信寄钱都没用。后来她妈妈冻饿而死，死后几天才被人发现。

五妹过不了几年又和老头子生大气。这回的矛盾更大了。老头子的儿子、儿媳妇，连同一个孙子，由小青拉关系，全家户口都迁进北京，儿子、儿媳妇的工作都安排好了。小青早就问老头子要钱送礼。“礼物要‘见金’。”不知她什么神通，外地那伙人立刻就要来北京和老头子同住了。

老头子为了会见儿媳，忙着要做一件呢大衣风光风光。他说，别人都穿呢大衣，他一辈子没穿过，枉做了一世人。他和女儿忙忙碌碌，欢欢喜喜，准备祖孙三代大团圆。五妹发现，大团圆里她不仅是多余的人，还是个障碍物。

她家只有两间屋。她和老头子至多只能腾出一间。小青把五妹攒积的“财宝”当垃圾扔。“他们”认为有用的，如白糖、肥皂、油等等都留作“他们”的。

终于“他们”都到了北京，老头子穿上呢大衣，祖孙三代大团圆了。可是事情总不能尽如人意。外地的儿媳妇不懂得“北京规矩”，见了公公理都不理，更别说叫“爸爸”。儿子、孙女儿跟着她也不理不叫了。反正儿媳妇看不上这个公公。

老头子所属的饭店，嫌他看夜只睡觉，不要他了，也不让包饭了。五妹叹气说：“我老头子最正派，谁都怕他。他看夜，没人敢偷东西。大家都嫌他喂！包饭也只为他多要了一两碗肉，那端菜的小伙子小丫个，碗里撒把盐，齁咸齁咸，喝多少水也解不了渴，我老头子也不敢再要了。”

“他们”全家“像住娘家似的”，饭食由老头子供应，也就是由五妹供应。长期下去怎么办？五妹建议分炊。老头子是一家之主，他说：“父子怎能分炊？我老来还要儿子养活呢！”争议结果，五妹让出她的炉、灶、锅、碗等供“他们”使用。老头子把他的伙食包给儿媳妇，每月交饭钱。五妹不愿多付钱，就没饭吃，也没有做饭的地方，一日三餐只好都依赖我家。

老头子先是挤到儿子屋里去吃饭，儿媳妇就把肉、香肠、鸡蛋等埋在儿女的饭碗底里，桌上只一碟子菜帮子或黄瓜、萝卜丝。以后他们干脆不让老头子进屋，说挤不下，把饭送到他自己屋里独吃。早饭是一个馒头或一角烙饼，午饭是又粗又硬的面条，包子或饺子是土豆馅儿。五妹发现，他们自己吃的是肉馅儿。老头子不敢嫌，只说咬不动，都剩给五妹吃。反正他的早饭是华夫饼干，可是大块大块的肉就没有了。据我观察，五妹有她的原则，她决不利用我家煤火为老头子炖肉。

我问五妹："你天天吃他剩的，又掏钱给他买好的？"

五妹悄悄对我说："现在是他给我钱，我一个钱都不给他了。"老头子每月给五妹一百元，后来又减些。钱，反正五妹都花在老头子身上。其余的退休金全给儿子，老头子自己花存款的利钱。有一个时期利钱很高，所以老头子"阔死了"！茶叶要喝几百一两的，又吃上了松子；哈拉的便宜，一买二斤，大把大把吃。他说："不吃白不吃，枉做了一世人。"那几张存单"你看，我看，你数，我数，都摸烂了"。他们说："还有八千多。"五妹早就看破，这八千多没她的份儿了。

五妹开始又自己存钱，存单自己藏着。据说"他们"把沙发垫子都拆开了，哪儿哪儿都翻过几遍，想找她的钱。

她得意说："我藏钱的地方，谁都找不着。"

我和阿圆料想她准藏在屋顶或墙里，警告她说，你家屋子可能给大风刮倒，可能失火。我又说："藏了钱，总该另有一人知道。"

五妹说："我老头子也这么说——可是我妈妈教我的，藏钱，右手也不能让左手知道。"她当然不肯藏在我这里，更不让我记下账户号码，记下就泄漏天机了。

后来她的存单到期了。恰好她的大儿子来北京探亲。五妹已不像从前那样，什么事都依顺老头子。她背着老头子，在女儿家母子团聚，把几张存单换了现款，交给自己的儿女。阿田吃过她毒打，她给了个上上份儿。

五妹居然没等存款到期，就把机密告诉我。她说："存单藏在扁扁的铁匣里，压在屋梁下。谁也够不到，谁也托不起屋梁。"她把老头子赶上公厕，站上桌子，就可以拿出她的铁匣。

五妹的儿女都不缺钱。两个儿子已经由民工转为包工头，女儿也富裕，都愿意家里有个妈妈，甚至愿意把老头子也接去。五妹"硬是"不愿意受供养，认为那就是"白吃饭，没工钱"。她要求自己工作，自己挣钱。她只怕老头子一旦病倒，她就不能工作。有一次我听见她在电话里对她的女儿说："我不是怕他，我是怕他生病。"

五妹不用再为儿女挣钱，就买许多老头子爱吃的东西，和老头子一同享受。可是老头子看到好吃的东西，就想到"他们"，食不下咽。等五妹一转背，就把五妹的东西往"那边"送。五妹惯爱忘事，每次出了门，总得又回去，回去就发现老头子把她的东西往儿孙那边送。五妹气得说："小丫个！总背着我送！当着我送不还好些？"

我说："五妹啊，你最快活的事就是和你的老头子一同坐在床上，吃吃东西，打打扑克，看看电视。"五妹点头说："就是喂。"

我说："老头子最快活的事，就是把你的东西，送给儿子、孙子他们吃。”

五妹叹气说：“没办法喂。”

我说：“你这个自私自利的死老头子！”说完忙补上一句：“放心，你的老头子骂不死，越骂越长寿。死老头子！！”

五妹觉得我又给老头子添了寿，又为她泄了恨，满面喜笑，嘴巴都张开了，恨不得把我这串话都吃下去。她诉苦说：“我老头子还埋怨呢，娶了老婆什么用，家里事不管，成天在外边。他还想要我给‘他们’做饭呢！”

据说，一个人最担心的事，往往最可能实现。五妹只怕她老头子中风，她老头子就中风了。总算儿女帮着办了手续，老头子住进医院。他享受公费医疗。

电话里，我问五妹：“你陪住，睡哪里？是不是睡病床底下？”因为听说有的医院里确是那样。

“阿娘，我一辈子也没现在这么高级！面对面，两张床；中间还有个床头柜！”

她家的大木床是我给的。老头子做夜班，两人轮着睡，靠里半床堆东西。老头子不做晚班，他就占了五妹的床。五妹半身睡沙发，半身睡椅子，因为沙发的另半边也堆满东西。

“不嫌你睡脏了病床？”

“我老头子睡的就是脏床。一个病人刚走，他就睡上去了。”

“你睡那床得花钱吧？”

“花！小青说的，钱花得越多，越上算。”

老头子自从中风瘫痪，就完全属于五妹一人了。儿子女儿也出出主意，也帮帮忙，他们都是旁人。

五妹忧虑得不错,老头子病了就完全由她负担了,她自己也不能工作了。

老头子的病倒是不重。病人好些,医院赶他们回家。八千元已经花光,儿媳妇也不管包饭了。五妹只争得使用炉灶的一半权利。两人靠老头子的退休金生活。

我问五妹:“钱够花吗?”

“够!一月三四百呢,够花的。”

“你给他们做饭了吗?”

“一顿也没做!”

我安慰她说:“你不是指望老两口子做做伴儿,一起过日子吗?你称心了,享福了。”

她说:“就算是享福哩喂!没办法喂。”

一九九七年五月十九日

狼和狈的故事

前言：我有个亲戚是地质勘探队员，以下是他讲的亲身经历。

我们地质勘探队分好多组，我属钻机组。一次，我们的钻头坏了，几个钻头都坏了，组长派我到大队去领钻头。大队驻扎在一个大镇上，离我们那个小组相当远。我赶到大队所在的镇上，领了四个钻头，装在一只大口袋里，我搭上肩头就想赶回小组去。从大镇出发，已是黄昏时分。当时天气寒冷，日短夜长，背着沉甸甸的四个钻头，只怕天黑以前赶不回去。但是我怕耽误组里的工程，匆匆吃了些东西就急急赶路。

我得走过一个荒凉的树林。林子不大，但是很长，都是新栽的树苗；穿过这一长片树苗林，再拐个弯，再爬过一座小小的山头，前面就是村庄。过村庄就是大道了。

我走得很快。将要走出树林的时候，忽觉得身后有什么家伙跟着。这地带有狼。我怕是狼，不敢回头。我带着一根棍子，也有手电筒。不过狼不怕手电。我不愿惹事，只顾加紧脚步往前走。走出树林，看见衔山的太阳正要落下山去。太阳一下山，余光很短。我拐了弯上山不久，山里就一片昏黑。我指望拐弯的时候甩掉身后跟着的家伙，可是我仍然觉得背后有个家伙跟着。我为了壮胆,走一段路,就放开嗓子轰喝一声,想把背后那家伙吓走。我走上山头,看见月亮已经出来了;下山的时候,月亮已经升上天空。我快步跑着冲下山坡,只觉得跟在身后的家伙越逼越近了。月光明亮,斜过眼睛瞄一瞄,就能看见身边的影子。我身后跟着的不是一头狼,是一个狼群!

前面就是村庄。我已经看见农家的场地了。我忙抛下肩上的大口袋,没命地飞奔,一面狂喊“救命!”一群狼就围着我追上来。

村里人正睡得浓,也许是风向不顺,我喊破嗓子也没个人出来。月光下,只见场地上有个石碾子,还有一座和房子般高的柴草垛子。我慌忙爬上柴垛,一群狼就把柴垛团团围住。狼跳不高,狼腿太细,爬不上柴垛。我喘着气蹲在柴垛上,看着那群狼围着我爬柴垛,又爬不上。过了一会儿,有一两只狼就走了,接着又走了两只。我眼巴巴等待狼群散去,但是剩下的狼并不走,还在柴垛周围守着。

过了一会儿,我看见两只狼回来了,同时还来了一只很大的怪东西,像一头大熊。仔细一看,不是熊,是两只狼架在一起:一只狼身上架着另一只很大的狼。几只狼把那头架在上面的大狼架上石碾子。大狼和其他三四只狼几个脑袋聚在一起,好像在密商什么事。那只大狼显然是发号施令的。一群狼随即排成队,一只狼把柴垛的柴草衔一口,放在另一处,后一只狼照样也把柴垛的柴草衔一口,放在另一处。每只狼都挨次一口一口的衔。不一会儿,那柴垛就缺了一块,有倾斜的危险。我着急得再次嘶声叫喊救命!村子里死沉沉地,没一点儿动静。

一只只狼一口一口又一口地把柴草衔开去。柴垛缺了一块又缺一块，倾斜得快要倒了。我自料柴垛一倒，肯定是这群狼的一顿晚餐了。那头大狼真有主意。狼爬不上柴垛，可是狼能把柴垛攻倒。我叫喊无应，又不能插翅飞上天去，惶急中习惯性地想掏出烟斗来吸口烟。我伸手摸到了衣袋里的打火机。狼是怕火的。反正我也顾不得自身安全了。我脱下棉袄，用打火机点上火，在风里挥舞，那件棉袄就烘烘地着火燃烧了。我把燃烧着的棉袄扔在柴垛上，柴垛也烘烘地燃烧起来。这时候大约已是午夜三点左右，我再次向村里叫喊，“救火呀！救火呀！着火了！着火了！”

火光和烟气惊醒了村民。他们先先后后拿着盆儿桶儿出来救火。一群狼全逃跑了。只有石碾上的那头大狼没跑，给村民捉住。原来它两条前脚特短，不能跑。它不是狼，是狈。

柴垛的火很快就扑灭了。我拣回了那一口袋四个钻头，没耽误小组的工程。那头狈给村民送给河北动物园了。我们经常说“狼狈为奸”，好像只是成语而已，因为狈很少见。没想到我亲眼看到了“狼狈为奸”。狈比狼刁猾，可是没有狼的支持，只好进动物园。

二〇〇〇年九月二十四日

陈光甫的故事二则

亲手创建上海商业银行的陈光甫先生和我爸爸是无话不说的好朋友。他们同在美国费城宾夕法尼亚大学进修。我爸爸属法学院，陈光甫属商学院。我在家里曾听爸爸讲“陈光甫的皮鞋”和陈光甫讲述的另一桩事。现转述如下。

陈光甫的皮鞋

陈光甫从家乡到了上海（这是多年前事，地点我已记不清楚），下火车先去买了一双新皮鞋。皮鞋装在纸匣里，有绳子十字形扎结停当，他拎了皮鞋就到经常投宿的亲戚家去。

亲戚见了他很高兴。晚饭后，大家谈笑了一番，各自归寝。这间房是他常住的。他把皮鞋放在床尾桌上，解衣睡下。那是大冬天。他睡在被窝里只觉得说不出的害怕，害怕得怎么也睡不着；他辗转反侧，害怕得简直受不了。

约莫十二点左右，他闻到些儿“布毛臭”（就是布着火的气味），立即不害怕了，恍然自己“哦”了一声：“就是为了这件事！”

失火了！他迅速穿衣起床，唤起亲戚一家人。火是大片的火，从邻家延烧过来的。火势很猛。亲戚家只抢得几件珍贵细软，全家逃得性命，家具衣服被褥连同房子，全都烧光；只陈光甫那双皮鞋由主人拎在手里,很轻便地逃离了这场大火。

母女俩的故事

有母女两个相依为命,家里只母女两人。平时各居一室,很安顿。有一晚,两人都说不出的害怕,害怕得不敢分开,害怕得不敢灭灯睡觉,只好整夜开着电灯,两人相守着。到天蒙蒙亮的时候,忽闻邻家喊捉贼。邻家人多,贼给捉住了。据这个贼招供,他因为看见母女家晒皮衣,打算偷她们家。他一夜直蹲在对面屋脊上等候母女灭灯就下手。他等了一夜,不得机会,没奈何就去偷人口众多的邻家。

对面屋顶上一个贼眈眈看伺,母女会觉得害怕,我们能理解。未来的一场火灾,陈光甫事先觉得害怕,我们觉得很微妙;但那是他的亲身经历。

二〇〇三年四月八日

剪辫子的故事

我常记起我上中学时,听爸爸讲留日学生把留日学生监督的辫子剪下,系在长竹杠上示众的故事。故事很有趣,可是爸爸只不过讲讲而已,并没有写文章记下这件事。他讲的活灵活现,好像他当时在座客中亲眼目见的。其实他这个时期正和同在日本留学的雷奋、杨庭栋创办介绍先进思想的《译书汇编》呢。(参看朱正《鲁迅图传》——广东教育出版社二〇〇四年版26页)

剪辫子的故事很可能是我自己记的。文章从未发表,稿子却不知去向了。要寻找失去的稿子,白费工夫,不如重新记述一遍。说不定失物在不找的时候,往往意外发现。

我细细想来,故事好像是章宗祥讲的。他是当时的稳健派,我爸爸是激烈派。但他们两人一直是同窗好友,直到章宗祥订立了二十一条卖国条约以后,爸爸才和他疏远。当时有资格参加这个宴会的,该是专和官方结交的章宗祥。

这大约是一九〇二年的故事。原留日学生的监督任满回国,显然还要升官。接任的监督当然要设宴欢送。而这次接任的新监督,恰恰又是旧监督的亲信。这位亲信又和旧监督的如夫人有私情。筵席进行得十分酣畅,满堂欢声笑语。离任监督的如夫人忽盛装出场,当着满堂贵客,向离任监督叩了个头,说:

“恭喜老爷高升了！小妾（我记不真她是否自称‘小妾’）跟老爷来此多年，习惯了当地的人情风俗，舍不得离去。求老爷就把小妾赏给新任老爷吧。”离任的监督虽很意外，毕竟是老官僚了，极为老练世故，立即满面笑容，命新任监督和他的如夫人双双对他叩头成礼。

留日学生得知此事，愤慨说：“他倒便宜，既得美缺，又得美妾，该给他点儿颜色看看。”他们开会策划，定下办法，分头执行。他们每组二人，共三组。第一组负责买一把锋利的大剪刀。第二组买一枝长竹竿，以便把新任监督的辫子系在竹竿顶上。第三组负责在天亮之前，把系着辫子的竹竿竖立在官邸大门前。

这三组学生当夜要混入官邸，想必事先贿赂了官邸的管事人员。这件事最关键的是剪辫子。剪辫子由张继动手。我当时年幼，只记得张继一人的名字。别的名字都不知道了。这群学生一到日本，就改穿西装和皮鞋了。剪辫子的一组，先在新任监督卧房外脱了皮鞋、悄悄掩入卧室。新婚的一对新人香梦正浓，张继的同伴揪出长官的辫子，张继手拿锋利的大剪刀，一下子把辫子剪下。两人拿了辫子，赶紧溜出卧室，准备把剪辫子的剪刀及早藏在没人能找到的地方。张继的同伴却很好奇，要回卧室再看一眼。他们不及脱鞋，就穿了皮鞋大模大样地在寝室门外再看一眼，只见这位总督大人正照着镜子哭呢！如夫人在旁安慰。辫子立即交给第二组，又转交第三组。天蒙蒙亮的时候，新任监督的辫子已竖立在官邸大门前了。当然也立即被官邸的办事人员拔掉了。

这件事，日本人会一无所知吗？但他们一定不便公布。而留日学生竟敢对管束他们的监督如此无理，满清政府必不会轻饶。

中国社会科学院近代史所说，我父亲一九〇二年回无锡创立了励志社。我认为这事不可能。因为我父亲是一九〇二年卒业的，怎么在卒业前夕回国。近代史所说，他们有确切的证据，没有错。我至今不知他们有什么确切的证据。这是国家大事，无论在日本或国内，必有可查的档案。我记得是幼年在家里听到的故事，没有资格要求调查档案。但愿有关方面还是查究一番。当时闹事的学生一定受到满清政府的惩罚，不参加的学生也不会豁免。那群留日学生很可能都被召回国内受训斥，我父亲或是回国以后无事可做，就创立了“无锡励志社”。

二〇〇九年二月

收　脚　印

听说人死了，魂灵儿得把生前的脚印，都给收回去。为了这句话，不知流过多少冷汗。半夜梦醒，想到有鬼在窗外徘徊，汗毛都站起来。其实有什么可怕呢？怕一个孤独的幽魂？

假如收脚印，像拣鞋底那样，一只只拣起了，放在口袋里，揹着回去，那么，匆忙的赶完工作，鬼魂就会离开人间。不过，怕不是那样容易。

每当夕阳西下，黄昏星闪闪发亮的时候；西山一抹浅绛，渐渐晕成橘红，晕成淡黄，晕成浅湖色……风是凉了，地上的影儿也淡了。幽僻处，树下，墙阴，影儿绰绰的，这就是鬼魂收脚印的时候了。

守着一颗颗星，先后睁开倦眼。看一弯淡月，浸透黄昏，流散着水银的光。听着草里虫声，凄凉的叫破了夜的岑寂。人静了，远近的窗里，闪着一星星灯火——于是，乘着晚风，悠悠荡荡在横的、直的、曲折的道路上，徘徊着，徘徊着，从错杂的脚印中，辨认着自己的遗迹。

这小径，曾和谁谈笑着并肩来往过？草还是一样的软。树荫还是幽深的遮盖着，也许树根小砖下，还压着往日襟边的残花。轻笑低语，难道还在草里回绕着么？弯下腰，凑上耳朵——只听得草虫声声的叫，露珠在月光下冷冷的闪烁，风是这样的冷。飘摇不定的转上小桥，淡月一梳，在水里瑟瑟的抖。水草懒懒的歇在岸旁，水底的星影像失眠的眼睛，无精打采的闭上又张开。树影阴森的倒映水面，只有一两只水虫的跳跃，点破水面，静静的晃荡出一两个圆纹。

层层叠叠的脚印，刻画着多少不同的心情。可是捉不住的已往，比星、比月亮都远，只能在水底见到些儿模糊的倒影，好像是很近很近的，可是又这样远啊！

远处飞来几声笑语。一抬头，那边窗里灯光下，晃荡着人影，啊！就这暗淡的几缕光线，隔绝着两个世界么？避着灯光，随着晚风，飘荡着移过重重脚印，风吹草动，沙沙的响，疑是自己的脚声，站定了细细一听，才凄惶的惊悟到自己不会再有脚声了。惆怅地回身四看，周围是夜的黑影，浓淡的黑影。风是冷的，星是冷的，月亮也是冷的，虫声更震抖着凄凉的调子。现在是暗夜里伶仃的孤魂，在衰草冷露间搜集往日的脚印。凄惶啊！惆怅啊！光亮的地方，是闪烁着人生的幻梦么？

灯灭了，人更静了。悄悄地滑过窗下，偷眼看看床，换了位置么？桌上的陈设，变了么？照相架里有自己的影儿么？没有……到处都没有自己的份儿了。就是朋友心里的印象，也淡到快要不可辨认了罢？端详着月光下安静的睡脸，守着，守着……希望她梦里记起自己，叫唤一声。

星儿稀了，月儿斜了。晨曦里，孤寂的幽灵带着他所收集的脚印，幽幽地消失了去。

第二天黄昏后，第三天黄昏后，一夜夜，一夜夜：朦胧的月夜，繁星的夜，雨丝风片的夜，乌云乱叠、狂风怒吼的夜……那没声的脚步，一次次涂抹着生前的脚印。直到那足迹渐渐模糊，渐渐黯淡、消失。于是在晨光未上的一个清早，风带着露水的潮润，在渴睡着的草丛落叶间，低低催唤。这时候，我们这幽魂，已经抹下了末几个脚印，停在路口，撇下他末一次的回顾。远近纵横的大路小路上，还有留剩的脚印么？还有依恋不舍的什么吗？这种依恋的心境，已经没有归着。以前为了留恋着的脚印，夜夜在星月下彷徨，现在只剩下无可流连的空虚，无所归着的忆念。记起的只是一点儿忆念。忆念着的什么，已经轻烟一般的消散了。悄悄长叹一声，好，脚印收完了，上阎王处注册罢。

一九三三年

附记：这是我在朱自清先生班上的第一篇课卷，承朱先生称许，送给《大公报·文艺副刊》，成为我第一篇发表的写作。留志感念。

阴

一棵浓密的树,站在太阳里,像一个深沉的人:面上耀着光,像一脸的高兴,风一吹,叶子一浮动,真像个轻快的笑脸;可是叶子下面,一层暗一层,绿沉沉地郁成了宁静,像在沉思,带些忧郁,带些恬适。松柏的阴最深最密,不过没有梧桐树胡桃树的阴广大。疏疏的杨柳,筛下个疏疏的影子,阴很浅。几茎小草,映着太阳,草上的光和漏下地的光闪耀着,地下是错杂的影子,光和影之间那一点儿绿意,是似有若无的阴。

一根木头,一块石头,在太阳里也撇下个影子。影子和石头木头之间,也有一片阴,可是太小,只见影子,觉不到有阴。墙阴大些,屋阴深些,不像树阴清幽灵活,却也有它的沉静,像一口废井、一潭死水般的静。

山的阴又不同。阳光照向树木石头和起伏的地面,现出浓浓淡淡多少层次的光和影,挟带的阴,随着阳光转动变换形态。山的阴是散漫而繁复的。

烟也有影子,可是太稀薄,没有阴。大晴天,几团浮云会投下几块黑影,但不及有阴,云又过去了。整片的浓云,蒙住了太阳,够点染一天半天的阴,够笼罩整片的地,整片的海,造成漫漫无际的晦霾。不过浓阴不会持久;持久的是漠漠轻阴。好像谁望空撒了一匹轻纱,荡飏在风里,撩拨不开,又捉摸不住,恰似初识愁滋味的少年心情。愁在哪里？并不能找出个影儿。

夜，掩没了太阳而造成个大黑影。不见阳光，也就没有阴。黑影渗透了光，化成朦朦胧胧的黎明和黄昏。这是大地的阴，诱发遐思幻想的阴。大白天，每件东西遮着阳光就有个影子，挨着影子都悄悄地怀着一团阴。在日夜交接的微光里，一切阴都笼罩在大地的阴里，蒙上一重神秘。渐渐黑夜来临，树阴、草阴、墙阴、屋阴、山的阴、云的阴，都无从分辨了，夜吞没了所有的阴。

一九三六年

风

为什么天地这般复杂地把风约束在中间？硬的东西把它挡住，软的东西把它牵绕住。不管它怎样猛烈的吹；吹过遮天的山峰，洒脱缭绕的树林，扫过辽阔的海洋，终逃不到天地以外去。或者为此，风一辈子不能平静，和人的感情一样。

也许最平静的风，还是拂拂微风。果然纹风不动，不是平静，却是酝酿风暴了。蒸闷的暑天，风重重地把天压低了一半，树梢头的小叶子都沉沉垂着，风一丝不动，可是何曾平静呢？风的力量，已经可以预先觉到，好像蹲伏的猛兽，不在睡觉，正要纵身远跳。只有拂拂微风最平静，没有东西去阻挠它：树叶儿由它撩拨，杨柳顺着它弯腰，花儿草儿都随它俯仰，门里窗里任它出进，轻云附着它浮动，水面被它偎着，也柔和地让它搓揉。随着早晚的温凉、四季的寒暖，一阵微风，像那悠远轻淡的情感，使天地浮现出忧喜不同的颜色。有时候一阵风是这般轻快，这般高兴，顽皮似的一路拍打拨弄。有时候淡淡的带些清愁，有时候润润的带些温柔；有时候亢爽，有时候凄凉。谁说天地无情？它只微微的笑，轻轻地叹息，只许抑制着的风拂拂吹动。因为一放松，天地便主持不住。

假如一股流水，嫌两岸缚束太紧，它只要流、流、流，直流到海，便没了边界，便自由了。风呢，除非把它紧紧收束起来，却没法儿解脱它。放松些，让它吹重些吧；树枝儿便拦住不放，脚下一块石子一棵小草都横着身子伸着臂膀来阻挡。窗嫌小，门嫌狭，都挤不过去。墙把它遮住，房子把它罩住。但是风顾得这些么？沙石不妨带着走，树叶儿可以卷个光，墙可以推倒，房子可以掀翻。再吹重些，树木可以拔掉，山石可以吹塌，可以卷起大浪，把大块土地吞没，可以把房屋城堡一股脑儿扫个干净。听它狂嗥狞笑怒吼哀号一般，愈是阻挡它，愈是发狂一般推撞过去。谁还能管它么？地下的泥沙吹在半天，天上的云压近了地，太阳没了光辉，地上没了颜色，直要把天地捣毁，恢复那不分天地的混沌。

不过风究竟不能掀翻一角青天，撞将出去。不管怎样猛烈，毕竟闷在小小一个天地中间。吹吧，只能像海底起伏鼓动着的那股力量，掀起一浪，又被压伏下去。风就是这般压在天底下，吹着吹着，只把地面吹成了一片凌乱，自己照旧是不得自由。末了，像盛怒到极点，不能再怒，化成恹恹的烦闷懊恼；像悲哀到极点，转成绵绵幽恨；狂欢到极点，变为凄凉；失望到极点，成了淡漠。风尽情闹到极点，也乏了。不论是严冷的风，蒸热的风，不论是哀号的风，怒叫的风，到末了，渐渐儿微弱下去，剩几声悠长的叹气，便没了声音，好像风都吹完了。

但是风哪里就吹完了呢。只要听平静的时候，夜晚黄昏，往往有几声低吁，像安命的老人，无可奈何的叹息。风究竟还不肯驯伏。或者就为此吧，天地把风这般紧紧的约束着。

四十年代

流　浪　儿

古人往往用不同的语言，喻说：人生如寄，天地是万物的逆旅。我自己呢，总觉得我这个人——或我的躯体，是我心神的逆旅。我的形骸，好比屋舍；我的心神，是屋舍的主人。

我只是一间非常简陋的小屋，而我往往“魂不守舍”，嫌舍间昏暗逼仄，常悄悄溜出舍外游玩。

有时候，我凝敛成一颗石子，潜伏涧底。时光水一般在我身上淌泻而过，我只知身在水中，不觉水流。静止的自己，仿佛在时空之外、无涯无际的大自然里，仅由水面阳光闪烁，或明或暗地照见一个依附于无穷的我。

有时候，我放逸得像倾泻的流泉。数不清的时日是我冲洗下的石子。水沫蹴踏飞溅过颗颗石子，轻轻快快、滑滑溜溜地流。河岸束不住，淤泥拉不住，变云变雾，海阔天空，随着大气飘浮。

有时候，我来个“书遁”，一纳头钻入浩瀚无际的书籍世界，好比孙猴儿驾起跟头云，转瞬间到了十万八千里外。我远远地抛开了家，竟忘了自己何在。

但我毕竟是凡胎俗骨，离不开时空，离不开自己。我只能像个流浪儿 倦游归来，还得回家吃饭睡觉。

我钻入闭塞的舍间。经常没人打扫收拾，墙角已结上蛛网，满地已蒙上尘埃，窗户在风里拍打，桌上床上什物凌乱。我觉得自己像一团湿泥，封住在此时此地，只有摔不开的自我，过不去的时日。这个逼仄凌乱的家，简直住不得。

我推门眺望，只见四邻家家户户都忙着把自己的屋宇粉刷、油漆、装潢、扩建呢。一处处门面辉煌，里面回廊复室，一进又一进，引人入胜。我惊奇地远望着，有时也逼近窥看，有时竟挨进门去。大概因为自己只是个“棚户”吧，不免有“酸葡萄”感。一个人不论多么高大，也不过八尺九尺之躯。各自的房舍，料想也大小相应。即使凭弹性能膨胀扩大，出掉了气，原形还是相等。屋里曲折愈多，愈加狭隘；门面愈广，内室就愈浅。况且，屋宇虽然都建筑在结结实实的土地上，不是在水上，不是在流沙上，可是结实的土地也在流动，因为地球在不停地转啊！上午还在太阳的这一边，下午就流到那一边，然后就流入永恒的长夜了。

好在我也没有“八面光”的屋宇值得留恋。只不过一间破陋的斗室，经不起时光摧残，早晚会门窗倾欹，不蔽风雨。我等着它白天晒进阳光，夜晚透漏星月的光辉，有什么不好呢！反正我也懒得修葺，回舍吃个半饱，打个盹儿，又悄悄溜到外面去。

四十年代

喝　茶

曾听人讲洋话,说西洋人喝茶,把茶叶加水煮沸,滤去茶汁,单吃茶叶,吃了咂舌道:“好是好,可惜苦些。”新近看到一本美国人做的茶考,原来这是事实。茶叶初到英国,英国人不知怎么吃法,的确吃茶叶渣子,还拌些黄油和盐,敷在面包上同吃。什么妙味,简直不敢尝试。以后他们把茶当药,治伤风,清肠胃。不久,喝茶之风大行,一六六〇年的茶叶广告上说:“这刺激品,能驱疲倦,除恶梦,使肢体轻健,精神饱满。尤能克制睡眠,好学者可以彻夜攻读不倦。身体肥胖或食肉过多者,饮茶尤宜。”莱登大学的庞德戈博士(Dr Cornelius Bontekoe)应东印度公司之请,替茶大做广告,说茶“暖胃,清神,健脑,助长学问,尤能征服人类大敌——睡魔”。他们的怕睡,正和现代人的怕失眠差不多。怎么从前的睡魔,爱缠住人不放;现代的睡魔,学会了摆架子,请他也不肯光临。传说,茶原是达摩祖师发愿面壁参禅,九年不睡,天把茶赏赐给他帮他偿愿的。胡峤《饮茶诗》:“沾牙旧姓余甘氏,破睡当封不夜侯。”汤况《森伯颂》:“方饮而森然严乎齿牙,既久而四肢森然。”可证中外古人对于茶的功效,所见略同。只是茶味的“余甘”,不是喝牛奶红茶者所能领略的。

浓茶搀上牛奶和糖,香冽不减,而解除了茶的苦涩,成为液体的食料,不但解渴,还能疗饥。不知古人茶中加上姜盐,究竟什么风味。卢同一气喝上七碗的茶，想来是叶少水多，冲淡了的。诗人柯立治的儿子，也是一位诗人，他喝茶论壶不论杯。约翰生博士也是有名的大茶量。不过他们喝的都是甘腴的茶汤。若是苦涩的浓茶，就不宜大口喝，最配细细品。照《红楼梦》中妙玉的论喝茶，一杯为品，二杯即是解渴的蠢物。那么喝茶不为解渴，只在辨味。细味那苦涩中一点回甘。记不起哪一位英国作家说过，“文艺女神带着酒味”“茶只能产生散文”。而咱们中国诗，酒味茶香，兼而有之，“诗清只为饮茶多”。也许这点苦涩，正是茶中诗味。

法国人不爱喝茶。巴尔扎克喝茶，一定要加白兰地。《清异录》载符昭远不喜茶，说：“此物面目严冷，了无和美之态，可谓冷面草。”茶中加酒，使有“和美之态”吧？美国人不讲究喝茶，北美独立战争的导火线，不是为了茶叶税么？因为要抵制英国人专利的茶叶进口，美国人把几种树叶，炮制成茶叶的代用品。至今他们茶室里，顾客们吃冰淇淋喝咖啡和别的混合饮料，内行人不要茶；要来的茶，也只是英国人所谓“迷昏了头的水”（bewitched water）而已。好些美国留学生讲卫生不喝茶，只喝白开水，说是茶有毒素。代用品茶叶中该没有茶毒。不过对于这种茶，很可以毫无留恋地戒绝。

伏尔泰的医生曾劝他戒咖啡，因为“咖啡含有毒素，只是那毒性发作得很慢”。伏尔泰笑说：“对啊，所以我喝了七十年，还没毒死。”唐宣宗时，东都进一僧，年百三十岁，宣宗问服何药，对曰，“臣少也贱，素不知药，惟嗜茶”。因赐名茶五十斤。看来茶的毒素，比咖啡的毒素发作得更要慢些。爱喝茶的，不妨多多喝吧。

四十年代

听话的艺术

假如说话有艺术，听话当然也有艺术。说话是创造，听话是批评。说话目的在表现，听话目的在了解与欣赏。不会说话的人往往会听说话，正好比古今多少诗人文人所鄙薄的批评家——自己不能创作，或者创作失败，便摇身一变而为批评大师，恰像倒运的窃贼，改行做了捕快。英国十八世纪小诗人显斯顿（Shenstone）说："失败的诗人往往成为愠怒的批评家，正如劣酒能变好醋。"可是这里既无严肃的批判，又非尖刻的攻击，只求了解与欣赏。若要比批评，只算浪漫派印象派的批评。

听话包括三步：听、了解与欣赏。听话不像阅读能自由选择。话不投机，不能把对方两片嘴唇当作书面一般拍的合上，把书推开了事。我们可以"听而不闻"，效法对付嚣张的厌物的办法："装上排门，一无表示"，自己出神也好，入定也好。不过这办法有不便处，譬如搬是弄非的人，便可以根据"不否认便是默认"的原则，把排门后面的弱者加以利用。或者"不听不闻"更妥当些。从前有一位教士训儿子为人之道："当了客人，不可以哼歌曲，不要弹指头，不要脚尖拍地——这种行为表示不在意。"但是这种行为正不妨偶一借用，于是出其不意，把说话转换一个方向。当然，听话而要逞自己的脾气，又要不得罪人，需要很高的艺术。可是我们如要把自己磨揉得海绵一般，能尽量收受,就需要更高的修养。因为听话的时候,咱们的自我往往像按在盒里的弹簧人儿(Jack in the box),忽然会“哇”的探出头来叫一声“我受不了你”。要把它制服,只怕千锤百炼也是徒然。除非听话的目的不为了解与欣赏,而另有作用。十九世纪英国诗人台勒爵士(Sir Henry Taylor)也是一位行政能员,他在谈成功秘诀的“政治家”(The Satesman)一书中说:“不论‘塞壬’(Siren)的歌声多么悦耳,总不如倾听的耳朵更能取悦‘塞壬’的心魂。”成功而得意的人大概早就发现了这个诀窍。并且还有许多“塞壬”喜欢自居童话中的好女孩,一开口便有珍珠宝石纷纷乱滚。倾听的耳朵来不及接受,得双手高擎起盘子来收取——珍重地把文字的珠玑镶嵌在笔记本里,那么“好女孩”一定还有更大的施与。这种人的话并不必认真听,不听更好,只消凝神倾耳;也不需了解,只需摆出一副欣悦钦服的神态,便很足够。假如已经听见、了解,而生怕透露心中真情,不妨装出一副笨木如猪的表情,“塞壬”的心魂也不会过于苛求。

听人说话,最好效陶渊明读书,不求甚解。若要细加注释,未免琐细。不过,不求甚解,总该懂得大意。如果自己未得真谛,反一笔抹煞,认为一切说话都是吹牛拍马撒谎造谣,那就忘却了说话根本是艺术,并非柴米油盐类的日用必需品。责怪人家说话不真实,等于责怪一篇小说不是构自事实,一幅图画不如照相准确。说话之用譬如衣服,一方面遮掩身体,一方面衬托显露身上某几个部分。我们绝不谴责衣服掩饰真情,歪曲事实。假如赤条条一丝不挂,反惹人骇怪了。难道一个人的自我比一个人的身体更多自然美?

谁都知道艺术品的真实并不指符合实事。亚里士多德早说过:诗的真实不是史实。大概天生诗人比历史家多。(诗人,我依照希腊字原义,指创造者。)而最普遍的创造是说话。夫子"述而不作",又何尝述而不作!不过我们看戏听故事或赏鉴其他艺术品,只求"诗的真实"(Poetic truth),虽然明知是假,甘愿信以为真。珂立支(Coleridge)所谓:"姑妄听之"(Willing suspense of disbelief)。听话的时候恰恰相反:"诗的真实"不能满足我们,我们渴要知道的是事实。这种心情,恰和珂立支所说的相反,可叫做"宁可不信"(Unwilling suspense of belief)。同时我们总借用亚里士多德"必然与可能"(The inevitable and probable)的原则来推定事实真相。举几个简单的例。假如一位女士叹恨着说:"唉,我这一头头发真麻烦,恨不得天生是秃子。"谁信以为真呢!依照"可能与必然",推知她一定自知有一头好头发。假如有人说:"某人拉我帮他忙,某机关又不肯放,真叫人为难。"他大概正在向某人钻营,而某机关的位置在动摇,可能他钻营尚未成功,认真在为难。假如某要人代表他负责的机关当众辟谣,我们依照"必然与可能"的原则,恍然道:"哦!看来确有其事!"假如一个人过火的大吹大擂,他必定是对自己有所不足,很可能他把自己也哄骗在内,自己说过几遍的话,便信以为真。假如一个人当面称谀,那更需违反心愿,宁可不信。他当然在尽交际的责任,说对方期待的话;很可能他看透了你意中的自己。假如一个人背后太热心的称赞一个无足称赞的人,可能是最精巧的谄媚,准备拐几个弯再送达那位被赞的人,比面谀更入耳洽心;也可能是上文那位教士训儿子对付冤家的好办法——过火的称赞,能激起人家反感;也可能是借吹捧这人,来贬低那人。

听话而如此逐句细解，真要做到“水至清则无鱼”了。我们很不必过分精明。虽然人人说话，能说话的人和其他艺术家一般罕有。辞令巧妙，只使我们钦慕“作者”的艺术，而拙劣的言词，却使我们喜爱了“作者”自己。

说话的艺术愈高，愈增强我们的“宁可不信”，使我们怀疑，甚至恐惧。笨拙的话，像亚当夏娃遮掩下身的几片树叶，只表示他们的自惭形秽，愿在天使面前掩饰丑陋。譬如小孩子的虚伪，哄大人给东西吃，假意问一声“这是什么？可以吃么？”使人失笑，却也得人爱怜。譬如逢到蛤蟆般渺小的人，把自己吹得牛一般大，我们不免同情怜悯，希望他天生就有牛一般大，免得他如此费力。逢到笨拙的谄媚，至少可以知道，他在表示要好。老实的骂人，往往只为表示自己如何贤德，并无多少恶意。一个人行为高尚，品性伟大，能使人敬慕，而他的弱点偏得人爱。乖巧的人曾说：“你若要得人爱，少显露你的美德，多显露你的过失。”又说：“人情从不原谅一个无需原谅的人。”凭这点人情来体会听说话时的心理，尤为合适。我们钦佩羡慕巧妙的言辞，而言词笨拙的人，却获得我们的同情和喜爱。大概说话究竟是凡人的艺术，而说话的人是上帝的创造。

四十年代

窗　帘

人不怕挤。尽管摩肩接踵，大家也挤不到一处。像壳里的仁，各自各。像太阳光里飞舞的轻尘，各自各。凭你多热闹的地方，窗对着窗，各自人家，彼此不相干。只要挂上一个窗帘，只要拉过那薄薄一层，便把别人家隔离在千万里以外了。

隔离，不是断绝。窗帘并不堵没窗户，只在彼此间增加些距离——欺哄人招引人的距离。窗帘并不盖没窗户，只隐约遮掩——多么引诱挑逗的遮掩！所以，赤裸裸的窗口不引人注意，而一角掀动的窗帘，惹人窥探猜测，生出无限兴趣。

赤裸裸，可以表示天真朴素。不过，如把天真朴素做了窗帘的质料，做了窗帘的颜色，一个洁白素净的帘子，堆叠着透明的软纱，在风里飘曳，这种朴素，只怕比五颜六色更富有魅力。认真要赤裸裸不加遮饰，除非有希腊神像那样完美的身体，有天使般纯洁的灵魂。培根(Bacon)说过："赤裸裸是不体面的；不论是赤露的身体，或赤露的心。"人从乐园里驱逐出来的时候，已经体味到这句话了。

所以赤裸裸的真实总需要些掩饰。白昼的阳光，无情地照彻了人间万物，不能留下些幽暗让人迷惑，让人梦想，让人希望。如果没有轻云薄雾把日光筛漏出五色霞彩来，天空该多么单调枯燥！

隐约模糊中，才容许你做梦和想象。距离增添了神秘。看不见边际，变为没边没际的遥远与辽阔。云雾中的山水，暗夜的星辰，希望中的未来，高超的理想，仰慕的名人，心许的“相知”，——隔着窗帘，惝恍迷离，可以产生无限美妙的想象。如果你嫌恶窗帘的间隔，冒冒失失闯进门、闯到窗帘后面去看个究竟，赤裸裸的真实只怕并不经看。像丁尼生（Tennyson）诗里的“夏洛特女郎”（The Lady of Shalott），看厌了镜中反映的世界，三步跑到窗前，望一望真实世界。她的镜子立即破裂成两半，她毁灭了以前快乐而无知的自己。

人家挂着窗帘呢，别去窥望。宁可自己也挂上一个，华丽的也好，朴素的也好。如果你不屑挂，或懒得挂，不妨就敞着个赤裸裸的窗口。不过，你总得尊重别人家的窗帘。

四十年代

读书苦乐

读书钻研学问,当然得下苦功夫。为应考试、为写论文、为求学位,大概都得苦读。陶渊明好读书。如果他生于当今之世,要去考大学,或考研究院,或考什么“托福儿”,难免会有些困难吧?我只愁他政治经济学不能及格呢,这还不是因为他“不求甚解”。

我曾挨过几下“棍子”,说我读书“追求精神享受”。我当时只好低头认罪。我也承认自己确实不是苦读。不过,“乐在其中”并不等于追求享受。这话可为知者言,不足为外人道也。

我觉得读书好比串门儿——“隐身”的串门儿。要参见钦佩的老师或拜谒有名的学者,不必事前打招呼求见,也不怕搅扰主人。翻开书面就闯进大门,翻过几页就升堂入室;而且可以经常去,时刻去,如果不得要领,还可以不辞而别,或者另找高明,和他对质。不问我们要拜见的主人住在国内国外,不问他属于现代古代,不问他什么专业,不问他讲正经大道理或聊天说笑,都可以挨近前去听个足够。我们可以恭恭敬敬旁听孔门弟子追述夫子遗言,也不妨淘气地笑问“言必称‘亦曰仁义而已矣’的孟夫子”,他如果生在我们同一个时代,会不会是一位马列主义老先生呀?我们可以在苏格拉底临刑前守在他身边,听他和一伙朋友谈话;也可以对斯多葛派伊匹克悌忒斯(Epictetus)的《金玉良言》思考怀疑。我们可以倾听前朝列代的遗闻逸事，也可以领教当代最奥妙的创新理论或有意惊人的故作高论。反正话不投机或言不入耳，不妨抽身退场，甚至砰一下推上大门——就是说，啪地合上书面——谁也不会嗔怪。这是书以外的世界里难得的自由！

壶公悬挂的一把壶里，别有天地日月。每一本书——不论小说、戏剧、传记、游记、日记，以至散文诗词，都别有天地，别有日月星辰，而且还有生存其间的人物。我们很不必巴巴地赶赴某地，花钱买门票去看些仿造的赝品或"栩栩如生"的替身，只要翻开一页书，走入真境，遇见真人，就可以亲亲切切地观赏一番。

说什么"欲穷千里目，更上一层楼"！我们连脚底下地球的那一面都看得见，而且顷刻可到。尽管古人把书说成"浩如烟海"，书的世界却真正的"天涯若比邻"，这话绝不是唯心的比拟。世界再大也没有阻隔。佛说"三千大千世界"，可算大极了。书的境地呢，"现在界"还加上"过去界"，也带上"未来界"，实在是包罗万象，贯通三界。而我们却可以足不出户，在这里随意阅历，随时拜师求教。谁说读书人目光短浅，不通人情，不关心世事呢！这里可得到丰富的经历，可认识各时各地、多种多样的人。经常在书里"串门儿"，至少也可以脱去几分愚昧，多长几个心眼儿吧？我们看到道貌岸然、满口豪言壮语的大人先生，不必气馁胆怯，因为他们本人家里尽管没开放门户，没让人闯入，他们的亲友家我们总到过，自会认识他们虚架子后面的真嘴脸。一次我乘汽车驰过巴黎赛纳河上宏伟的大桥，我看到了栖息在大桥底下那群捡垃圾为生、盖报纸取暖的穷苦人。

不是我眼睛能拐弯儿，只因为我曾到那个地带去串过门儿啊。

可惜我们“串门”时“隐”而犹存的“身”，毕竟只是凡胎俗骨。我们没有如来佛的慧眼，把人世间几千年积累的智慧一览无余，只好时刻记住庄子“生也有涯而知也无涯”的名言。我们只是朝生暮死的虫豸（还不是孙大圣毫毛变成的虫儿），钻入书中世界，这边爬爬，那边停停，有时遇到心仪的人，听到惬意的话，或者对心上悬挂的问题偶有所得，就好比开了心窍，乐以忘言。这个“乐”和“追求享受”该不是一回事吧？

一九八九年

软红尘里·楔子

女娲还只顾勤勤恳恳炼她的五色石。太白星君从云端里过，招呼说：

“娲皇，还在忙呀？”

女娲忙也招呼：“上公，您好！”她叹气说：“咳！只是白忙。”

“没完没了吗？”

“怎么得了啊！天，穿了窟窿，臭氧层破裂了。地，总是支不稳：这里塌，那里陷，这里喷火，那里泥石流，再加上捣乱的暴风，随处闯祸。兵者不祥之器，威力却日见强大。从未偃息的战火，放定是愈烧愈烈。瘟疫的种类，现在也愈出愈奇。机械发达，把江湖海洋全都污染了。芸芸众生蒙在软红尘里，懵懵懂懂，还只管争求自己的幸福。我这片小天地，看来破败得不堪收拾了。”

太白星君说：“人间原本如此。我看你这片天地还经得起好几劫呢。”

女娲说：“反正我也只是尽力而为。瞧这伙自以为万能的小人儿，哪天飞到您那儿去定居吧。他们发明创造的能力确也可观。”

太白星君呵呵笑道：“他们还远没有认识我呢！东方人说我是白胡子老头儿，西方人说我是爱神美女维纳斯！他们要到我那儿去定居啊，还早哩！”

女娲也笑了。“他们的先遣小分队，已经到您那儿去窥探了，不是吗？”

“等着瞧吧。娲皇，我劝您且偷工夫休息会儿，别太认真。”

“也许我该撒手了。我常是惶惶惑惑，却又不敢懈怠。上公，您既然驾临，我倒要麻烦您帮我拿个主意呢。”

“我有什么主意呀？”

“我要您帮我瞧瞧，我是不是该撒手不管了？”

“凭什么该撒手呀？管，您又要管什么呀？”

女娲烦恼地叹息一声，“咳！这群小人儿！聪明精巧有余，却不懂得寻求大智慧。”

太白星君笑道：“人生一世，草生一秋。您要他们求得多大的智慧呀？”

“我不要求过多，只愿他们一代代求得的智慧，能累积下来，至少一脉流传，别淤塞，别枯竭。只求他们彼此之间，能沆瀣一气，和谐一致，大家同心同德，把这个世界收拾得完整些，美好些。可是，当今的一代鄙弃过去的一代，亿万人又有亿万个心。说起来倒是目标相同，都为了救济世界，造福人类。可是道不同不相为谋。那伙自封的英雄豪杰，一个个顶天立地，有我就没有你。请瞧吧，古往今来，只见你挤我，我害你。个人之间，是人与人的互相倾轧；集体与集体之间，是结了帮、合了伙的互相倾轧。大家永远停留在彼此排挤、互相伤害的阶段上，能有什么成就可说呢？他们活一辈子，只在愚暗中挣扎，我又何苦为他们操心呢？”

太白星君安慰说：“娲皇，您也别操之过急，见其一不见其二，您那里的仁人志士，声闻九天，都像您说得那么没出息吗?”

女娲说:“我只怕寡不敌众，正不压邪;是非善恶，红尘世界里不那么容易分辨。”

她说着用手掌前后左右扇开几处红尘，遥指着说:

“您不妨到处看上两眼，也不妨盯着几个人看看:即小见大，由一知十。”

太白星君凝神观看了一番，点头说:

“嗨，嗨，希望都在后头呢!”

“后头? 还是前面?”

太白星君笑了:“‘瞻之在前，忽焉在后。’娲皇，听我说，您再耐烦等待一番吧，且不要撒手不管。”

他避免对方追问，忙着告辞一声，驾云走了。

女娲望着他的后影，半嗔半笑，自言自语说:“真可谓‘问道于——’滑头。”她带着一丝苦笑，拣起工具，继续自己的工作。

亲爱的读者，太白星君凝神观望的一刹那，人间已经历许多岁月。过去的事，像海市蜃楼般都结在云雾间，还未消散。现在的事，并不停留，衔接着过去，也在冉冉上腾。他所见种种，写下来可成一本书。您如有意，不妨一读。

一九九〇年

一块陨石

一九三四年夏，我由清华回家度暑假。一家人在后园花厅南廊下坐着闲话。爸爸指着花厅角落里一个西瓜模样的东西说："看看，那是什么？"我看着像个西瓜。爸爸既问我"那是什么"，想必不是西瓜。我反问，"那是什么？"爸爸说："你给我搬过来。"我跑去搬，不料那东西出乎意外的重，休想搬动。我把那东西拨翻在地，只见上部光溜溜的，现深绿色，像西瓜皮；下部却很粗糙，像折断的铁矿石，颜色如黄锈的铁。爸爸告诉我说：城外荒野里，一夜落下几块陨石。农民拿进城来卖，爸爸收买了最大的一块。我所谓光溜溜的上部，该是陨石的下部，经大气层的摩擦而光润了。

我弟弟由维也纳大学毕业回国后，我们姐妹弟弟随爸爸回苏州安葬妈妈。我们回上海前，把这块陨石连同秋千、荡木架上拆下的一大堆粗铁链藏得严严密密。我们说："可别给日本人拿走。"因为铁链可供敌人拿去做兵器，而这块硕大陨石，该由国家博物馆收藏。

可是当我们再回苏州安葬爸爸的时候，这大堆铁链和这块陨石都不见了。我想念爸爸妈妈和苏州的老家，就屡屡想到这块陨石，不知现在藏在什么人的家里呢，还是收入什么博物馆了。

一九九一年三月三十一日

不官不商有书香

解放前钱锺书和我寓居上海。我们必读的刊物是《生活周刊》。寓所附近有一家生活书店。我们下午四点后经常去看书看报;在那儿会碰见许多熟人,和店里工作人员也熟。有一次,我把围巾落在店里了。回家不多久就接到书店的电话:“你落了一条围巾。恰好傅雷先生来,他给带走了,让我通知你一声。”傅雷带走我的围巾是招我们到他家去夜谈;嘱店员打电话是免我寻找失物。这件小事唤起了我当年的感受:生活书店是我们这类知识分子的精神家园。

生活书店后来变成了三联书店。四五十年后,我们决定把《钱锺书集》交三联出版,我也有几本书是三联出版的。因为三联是我们熟悉的老书店,品牌好,有它的特色。特色是:不官不商,有书香。我们喜爱这点特色。

二〇〇四年四月一日

“天上一日，人间一年”*

——在塞万提斯纪念会上的发言

我今天有幸，能来参加塞万提斯逝世三百六十六周年报告会。我忍不住要学桑丘·潘沙的样说一句成语。我们中国人有句老话：“天上一日，人间一年”——就是说，天上的日子愉快，一眨眼就是一天，而人世艰苦，日子不那么好过。我们一年有三百六十五天或三百六十六天。在我们人世，塞万提斯去世已三百六十六年，可是他在天上只过了三百六十六天，恰好整整一年。今天可以算是他逝世的“一周年”。我们今年今日纪念他，最恰当不过。

塞万提斯说他自己“与其说多才，不如说多灾”（más versado en desdichas que en versos）。尽管他的《堂吉诃德》广受读者欢迎，当时文坛上还是没有他的地位。他一生没有受到重视。我们到现在只知道他在一五四七年十月九日受洗礼，而不知道他的生日；只知道他一六一六年四月二十三日去世，而不知道他的坟墓所在。我们看到的几幅画像是真是假，有很多争论。我最近读到新出版的权威著作《西班牙文学史》上说，那些画像全

---

* 1982年4月23日我国对外文委、西班牙驻华大使馆和北京大学西语系联合举办纪念塞万提斯逝世三百六十六周年报告会，本文系作者在这个报告会上的发言。

是假的。有一幅画像,一九一〇年以来一直认为是塞万提斯的真容,挂在西班牙国家学院的大厅里,现在证明那也是假的。惟一可靠的画像,是塞万提斯在《模范故事》(*Novelas ejemplares*)的前言里对他自己的写真;①我们只能从这段文字里想象他的模样。可是三百六十六年过去了,我们非但没有忘记他,也忘不了他,而且更热切地要求对他有更深、更透的了解。因为塞万提斯虽已离开人间,他头脑里诞生的儿子堂吉诃德骑着他那匹瘦弱的"驽骍难得"却马不停蹄,这多少年来已走遍了全世界,受到全世界的重视。

塞万提斯早在一六一五年告诉我们,中国的大皇帝急着要他把堂吉诃德送往中国,因为中国要建立一所教西班牙语文的学院,用堂吉诃德的故事作课本,还请塞万提斯做那个学院的院长。可惜我们中国的大皇帝太糊涂,忘了送他旅费。塞万提斯因此没来做咱们中国西班牙语学院的院长。但是他的堂吉诃德是最忠诚的骑士,一九七八年知道西班牙国王和王后要来中国访问,就抢先赶到中国来迎接国王和王后陛下。这是真事,我和塞万提斯一样没有撒谎。我给叙述堂吉诃德故事的那位摩尔人阿默德·贝南黑利先生补习了中文,又尽力教堂吉诃德和桑丘说中国话。可惜他们没有教我写西班牙文,也没有教我说西班牙语;我至今不会写,也不会说,这是很大的遗憾。

堂吉诃德先生的老乡参孙学士预言,将来每个国家、每种语言,都会有《堂吉诃德》的译本。这句预言已经实现了。当初堂

① 阿尔博格(Juan Luis Alborg)著《西班牙文学史》(*Historia de la literatura Española*)(1981马德里版)第2册34页。塞万提斯形容自己的那段文字见本文附录。

吉诃德听说他的传记印行了一万二千册，已经很得意。可是在我们中国，一版就印了十万册，很快就销完；再版又十万册，也很快销完，还有许多读者要买而买不到。现在第三版将要付印了。世界各国对小说作比较研究的学者，都离不了《堂吉诃德》。譬如前不久来我国讲学并访问的两位美国哈佛大学比较文学教授勒文（Harry Levin）和吉延（Claudio Guillen），都把《堂吉诃德》作为比较各国小说的中心或主脑。① 堂吉诃德知道了，该多么得意呀！

《堂吉诃德》是我非常喜爱的书。我原先并不是一个翻译者。我写过些剧本、散文和短篇小说；翻译是我的练习——练习翻译，也练习写作。近代法国小说家普鲁斯特（Marcel Proust）曾经说过，翻译可以作为写作的练习（le devoir et la tache d´un ecrivain），我翻过西班牙小说《小癞子》（*la vida de Lazarillo de Tormes*）和法国小说家勒萨日（Le Sage）的《吉尔·布拉斯》（*Gil Blas*），这两部小说都有一些读者。我的领导对《堂吉诃德》这部举世闻名的杰作十分重视，急要介绍给我国读者，就叫我来翻译。我出于私心爱好，一口应承，竟没有考虑自己是否能够胜任。

把原文的《堂吉诃德》译成中文，远不是堂吉诃德所谓“翻译相近的语言”那么现成，远不是抄写文章那样“抄过来就是翻译”。我相信，西班牙文和中文的距离，比西班牙文和希腊文、拉丁文的距离还大。塞万提斯本人对翻译不大瞧得起。他借堂吉诃德的嘴说，他“不是轻视翻译；有些职业比这个还糟，赚的

---

① 例如勒文《比较的根据》（1972）224—243 页，甚至提出了“吉诃德原则”。

钱还少”。他认为一般翻译好比弗兰德斯的花毯翻到背面来看，图样尽管还看得出，却遮着一层底线，正面的光彩都不见了。① 译文不免失去原文的光彩，这句话是不错的。再加我们的排印工作，经过“文化大革命”，大大地退步了，外文的拼法和符号上的错误多得改不尽。我只能希望，我们的翻译，还比我们的印刷好一点点吧。

《堂吉诃德》——正像一切原著一样，是惟一的，它的译本却多得数不清。我的翻译是从西班牙文译出的第一个中文本，可是绝不是末一本。将来西班牙和我国的交流会更多，我国对西班牙文学的研究会更有增进，准会有具备条件的翻译者达到更高的水平，更接近塞万提斯所要求的标准，叫读者分不出哪是原作、哪是译本。因为在我们社会主义的新中国，翻译者不必谋利，不必为生活担忧，可以一心一意追求译文的完美，不怕费多少心力、多少时间。这一点，只怕塞万提斯做梦也没有想到。他如果知道，也许会对翻译者改变他那轻蔑的看法吧？

附　　录

塞万提斯的《模范故事》一六一三年出版，前言里有一段作者对自己的描写。那时候他六十六岁。他形容自己“高鼻型的脸；头发栗色；脑门子光滑而开朗；眼睛灵活；鹰嘴鼻，不过长得很匀称；银白色的胡须，二十年前还是金黄的呢；唇上两撇大胡子；小嘴；牙齿不小也不大，只剩六只了，都已经腐蚀，而且位置不当，没一只配得上对

① 《堂吉诃德》中译本下册第62章。

儿;身材适中,不高也不矮;面色红活,皮肤不算黑,该说是白的;背略有些驼,脚步也不大轻健了”。

一九八二年四月

《堂吉诃德》译余琐掇

一 “焦黄脸儿”

明代天启癸亥(1623)年,耶稣会的意大利神父艾儒略(Pere Giulio Aleni)用中国文言撰写了《职方外纪》,记述“绝域风土”。[①] 书上许多西方人名、地名,以及没有同义字的官职和学科的名称,都用音译,读来很费猜测。例如讲到西班牙的一节:“国人极好学,有共学在撒辣蔓加与亚尔加辣二所,远近学者聚焉。高人辈出,著作甚富,而陡禄日亚与天文之学尤精。古一名贤,曰多斯达笃者,居俾斯玻之位,著书最多,寿仅五旬有二。所著书籍,就始生至卒计之,每日当得三十六章,每章二千余言,尽属奥理。后人绘彼像,两手各执一笔,章其勤敏也。”两所“共学”想必指撒拉曼加(Salamanca)和阿尔加拉(Alcala)两所大学。可是“陡禄日亚”和“俾斯玻”的原文是什么呢?从出生到死,每日撰写七万多字的“名贤”又是谁呢?

---

① 《四库全书总目提要》卷七十一:“《职方外纪》五卷,明西洋人艾儒略撰。其书成于天启癸亥,自序谓‘利氏赍进《万国图志》,庞氏奉命翻译,儒略更增补以成之。’盖因利玛窦、宠迪我旧本润色之,不尽儒略自作也。所记皆绝域风土,为自古舆图所不载,故曰《职方外纪》……所述多奇异不可究诘,似不免多所夸饰。然天地之大,何所不有;录而存之,亦足以广异闻也。”

我记起堂吉诃德曾说到一个人名很像“多斯达笃”。果然在《堂吉诃德》第二册第三章里找到一位托斯达多(el Tostado);顺藤摸瓜,考证出他是阿维拉(Avila)主教堂阿朗索·李贝拉·台·马德里加尔(Don Alonso Ribera de Madrigal)(1400?—1455)。原来“俾斯玻”就是主教(obispo)的译音,“陟禄日亚”是神学(teología)的译音。据说此人生平著作有对开页的十五大本。他能使盲人也见到光明。堂吉诃德所说的这位多产作家,显然就是《职方外纪》里那位著作等身的“名贤”了。在我国,托斯达多的名气远不如堂吉诃德,要不是堂吉诃德提到他,读者也许很难考出他究竟是谁。

“托斯达多”是绰号,我不译音而译意,译作“焦黄脸儿”。可是他为什么绰号“焦黄脸儿”,我无从查考,总觉不放心。

去年十一月,我随社会科学院代表团到西班牙访问。旅店的早餐桌上,备有各式面包的盘里,照例有两片焦黄松脆的面包干,封在玻璃纸里,纸上印有“Pan tostado”二字。我想“焦黄脸儿”的颜色,大概就是这种焦黄色。可是西班牙人的肤色一般是白的,不是焦黄色。

我们游览托雷多古城的时候,承市政府盛情招待,派了一位专为外国元首来访时做导游的人为我们讲解。他讲得非常清楚,有问必答。我们参观大教堂,旁边一间屋里陈列历任主教的像。我问:“阿维拉主教的像也在这里吗?”他说:“不,在阿维拉呢。这里只有托雷多的主教。”我问起阿维拉主教托斯达多。他立即告诉我,托斯达多的著作叠起来有他本人一样高,这个绰号通常用来称呼多产作家。又说,这位主教血统里混有吉卜赛人的血,面色焦黄,所以绰号“焦黄脸儿”。我得知“焦黄脸儿”

的缘由，出乎意外的高兴。“焦黄脸儿”（“多斯达笃”）是我国文献里最早出现的西班牙作家。我们也许不熟悉他的著作，可是西班牙文学史上都提到过这位作家和他的绰号。①

二　塞万提斯的三封信

我们访问塞维利亚的时候，参观了印第安总档案馆（Archivo general de Indias），②看见陈列的塞万提斯亲笔信一页。馆长特将原件复制一份赠我留存。那是一五九〇年塞万提斯呈送国王斐利普二世的申请书，自陈曾为国家效力，想在美洲殖民地谋个官职，那里还有三四个空缺呢。这封信提交塞维利亚管理印第安事务的办公室处理，搁置多年。后世发现了这个文件，存入档案馆。原件是手写稿，字迹不易辨认，不过可以看到塞万提斯的亲笔签名。

我在英国访问的时候，偷得一周多时间在大英博物馆阅览些国内看不到的书籍和稿本，无意间看到塞万提斯谋求美洲官职的另一封信。那是阿尔维瑞斯·德兰女士（Concepcion Alverez Terán）从西曼加斯总档案馆（Archivo General de Simancas）发现而抄录的，由阿梅素阿（Agustín de Amezúa）加以标点，一九五四年在西班牙皇家学院公报（Boletín del Real Academia Española）（马德里）第三十四册上发表，题目是《最新发现而首

① 例如狄艾斯·博尔盖（Jose María Díez Borque）主编的《西班牙文学史》（1980 马德里版）第 1 册 189，207—208，517 页；阿尔博格（J. L. Alborg）《西班牙文学史》（1981 马德里版）第 1 册 341，365 页。

② “印第安”原文 Indias，指南北美洲。

次刊出的塞万提斯书信一件》(*Una carta desconocida e inédita de Cervantes*)。当时权威性的有关塞万提斯的文献提要上没提到这封信。据阿尔维瑞斯·德兰女士考证,信尾确是塞万提斯的签名,只是少了他平日常用的第二个姓氏萨阿维德拉(Saavedra)。这封信早于前信八年,是一五八二年二月十七日塞万提斯从马德里寄往里斯本,给印第安事务大臣安东尼欧·台·艾拉索(Antonio de Eraso)的。西班牙刚征服葡萄牙,这位大臣随国王斐利普二世同在里斯本。原信如下:

大人阁下:

瓦尔马塞达(Valmaseda)秘书长已经把有关我向您干求的事通知我。您的帮忙和我的营谋都抵不过我的厄运,这个职位皇上已经取消,只好再等邮船的消息,瞧是否另有空缺。据瓦尔马塞达先生说,目前已经无缺可补——我确实知道他曾为我打听过。敬请大人向为我出力的各位代致谢意;这无非向您表明,我不是一个不知感激的人。

我正继续撰写前曾向您说起的《伽拉苔亚》(*Galatea*),写成当呈上请教。敬祝身体健康,事业顺利。

米盖尔·台·塞万提斯

一五八二年二月十七日于马德里

塞万提斯究竟谋求什么职位,信上没有说明。《伽拉苔亚》何年撰写是个有争议的问题。一说一五七五年以前已经动笔,[①]一说写于一五八二至一五八三年,一说写于一五八一至一

① 塞万提斯1575年被俘,在阿尔及尔五年半,1580年获释回国。

五八三年。这部牧歌体的传奇一五八五年三月出版，献辞里提到他父亲刚去世。那是在一五八四年八月一日。阿梅素阿根据这封信考订，认为《伽拉苔亚》写于一五八一至一五八四年。

一八六三年西班牙文献目录公报（*Boletín bibliográfico española*）第九期发现过塞万提斯一封更早的亲笔信，是他在阿尔及尔做俘虏的第二年写给西班牙国务大臣马特奥·瓦斯盖斯（Mateo Vazquez）的诗简——八十首三行诗，加一首四行诗。信上追忆雷邦多战役的胜利、他所乘的战艇被俘并描述他的同伙俘虏所遭受的残暴的虐待。信末呼吁国王解救前后陷落虏营的二万名西班牙基督徒。这封信写得非常动人，塞万提斯大概指望斐利普二世会亲眼看到这封信。可是国王并没看到。这封信是后世从论斤出卖的废纸里发现的。塞万提斯想必料到这封信已如石沉大海，他一五八五年出版的戏剧《在阿尔及尔的遭遇》（*El Trato de Argel*）第一幕采用了这封信末最后的六十七行。

塞万提斯一生困顿不遇，这是大家都知道的，也许并不需要以上三信来作证明。假如他如愿以偿，做了美洲殖民地的官员，他还写不写《堂吉诃德》呢？

塞万提斯的戏言

——为塞万提斯铜像揭幕而作

塞万提斯去世前一年(1615)说过几句开玩笑的话。三百七十年后,他的戏言变成了事实。

他当年穷愁潦倒,虽然出版了风靡全国的《堂吉诃德》第一部,并未解决生活问题。高雅的文坛上没有他的地位。有人公然欺侮他,擅自出版了《堂吉诃德》续集,书上还骂他是又老又穷的伤残军人。塞万提斯因此急急把《堂吉诃德》第二部赶完,并把这部书献给尊重他而周济他的一位贵人,表示感谢。他在《前言》中庄严地驳斥了侮辱他的人;献词里却只用谈笑的口吻来答谢这位贵人。他说,各地催促着要他把堂吉诃德送去。最急切的是中国大皇帝,竟专差送信,请他到中国去当西班牙语文学院的院长,并把《堂吉诃德》作为课本。可是中国皇帝没想到送他盘费。他又老又病,没有力气走那么迢迢长路。幸好他自有赡养并庇护他的人呢,不希罕做什么学院院长,所以谢绝了中国钦差。

虽然是几句戏言,却不是无因无由。据传,明神宗万历四十年(1612)曾托传教士带给西班牙国王一封信。所以塞万提斯心目中,在那遥远的地方,有个愿和西班牙交往的中国。塞万提斯在《堂吉诃德》第二部里,曾假借一位硕士的话说:“这部传记已经出版了一万二千册。预料将来每个国家、每种语言都会有译本。”塞万提斯《献词》里开玩笑的话，多少也流露了他的一个遥远的希望或梦想：《堂吉诃德》将会有中译本；中国人也将奉他为师。

一九八五年，马德里和北京结为友好城市。一九八六年十月，马德里市长带领代表团，把中国大皇帝请不动的塞万提斯先生伴送到北京大学，同时还携带一批西班牙书籍赠送给大学图书馆。北京市长、北京大学校长带领其他人士郑重迎候。北京大学的校园里筑起一座高台，专等塞万提斯先生大驾光临。

马德里市长先生为塞万提斯铜像揭幕典礼致词，风趣地重述了塞万提斯《献辞》里的那段戏言；因为三四百年前的戏言，如今都到眼前来了。塞万提斯虽然不是到北京来做什么学院的院长，他在中国的地位以及他受到的尊重，远在区区一个院长之上。他的《堂吉诃德》没有用作学习西班牙文的课本，但是从西班牙文翻译的译本，第一版第一次印刷就是十万册，远远超过了他生前自诩的一万二千；过年第二次印刷又是十万册。可见这部书广受读者喜爱，不比教科书只是强迫性读物。

塞万提斯铜像是和真人一般大小的复制铜像，兀立在北京大学校园的树丛中。我看了这尊铜像，不禁记起塞万提斯家乡阿尔加拉的那一尊。那尊铜像立在闹市里，四周是熙熙攘攘的市民，附近就是塞万提斯故居。那是他小时候居住的房子，有上下两层，很矮小，大门也矮。进门是个小小的天井，抬头可见楼上四周狭长的过廊。楼下厨房里还保留着当年的炊具。楼上塞万提斯父母的卧房里铺着小小的双人床。据导游说，那个年代的人，个儿小，所以房子矮小。这话未必可信。难道那个时代只有居住高堂大厦的王公贵人身材魁伟么！看来只因为是寻常百姓家，不免屋浅檐低。孩子长成，就离开老家，出外寻找生路。塞万提斯走出家门，离开家乡的时候，外边的世界可真大呀！他在意大利当兵，在阿尔及尔当了多年俘虏，回国后到处奔走谋生，指望到美洲新大陆找工作，始终没去成。至于中国，还不知在什么天涯地角呢。可是如今的世界，由马德里到北京只不过十几小时的旅程而已。“天涯若比邻”，北京和马德里已结为友好城市，塞万提斯也在北京大学清幽的校园里落户了。

一九八六年十月

记我的翻译

我在清华做研究生时，叶公超先生请我到他家去吃饭。他托赵萝蕤来邀请，并请赵萝蕤作陪。我猜想：叶先生是要认认钱锺书的未婚妻吧？我就跟着赵萝蕤同到叶家。

叶先生很会招待。一餐饭后，我和叶先生不陌生了。

下一次再见到叶先生时，他拿了一册英文刊物。指出一篇，叫我翻译，说是《新月》要这篇译稿。我心想：叶先生是要考考钱锺书的未婚妻吧？我就接下了。

我从未学过翻译。我虽然大学专攻政治学，却对政论毫无兴趣。叶先生要我翻译的是一篇很晦涩、很沉闷的政论：《共产主义是不可避免的吗？》我读懂也不容易，更不知怎么翻译。我七翻八翻，总算翻过来了。我把译稿交给叶先生，只算勉强交卷。叶先生看过后说"很好"，没过多久就在《新月》上刊登了。

这是我生平第一次翻译。

译文肯定很糟，原文的内容我已忘得一干二净。"文化大革命"中，我交代"罪行"，记起了这篇翻译。单凭题目就可断定是反动的。所以我趁早自动交代；三十多年前的译文，交代了也就没事了。

抗战胜利后，储安平要我在他办的《观察》上写文章。我正在阅读哥尔德斯密斯（Oliver Goldsmith 1730—1774）的散文《世界公民》，随便翻译了其中一小段。我把 Beaou Tibbs 译作“铁大少”，自己加个题目：《随铁大少回家》。这就是博得傅雷称赏的译文。我未留底稿，译文无处可寻了。

锺书大概觉得我还能翻译，就让我翻译一个小册子：《一九三九年以来英国散文作品》（《英国文化丛书》之一）。我很拘谨，因为还从未翻过书（小册子可算是书），结果翻得很死。小册子里介绍的许多新书，包括传记、批评、历史、政治、宗教、哲学、考据等，我都没读过。翻译书题最易出错。所以我经常向我们的一位英国朋友麦克里维（H. McAleavy）请教。例如《魔鬼通信》（*The Screwtape Letters*）就是由他讲解内容而译出的。他和锺书都是这部丛书的编委。这个小册子由商务印书馆发行。出版后，锺书为我加了一个详尽的注，说明 Screwtape 乃写信魔鬼之名，收信魔鬼名 Wormwood，皆地府大魔鬼之“特务”。这条注解只留在我仅存的本子上。因为小册子未再版。

我到清华后，偶阅英译《小癞子》，很喜欢。我就认真地翻译了这册篇幅不大的西班牙经典之作。后来我得到了法文和西班牙文对照的法译本，我又从法译本重译一遍。我译完《堂吉诃德》，又从西班牙原文再译一遍。小癞子偷吃的香肠，英、法译本皆译为“黑香肠”，读了西班牙原文，才改正为“倒霉的香肠”。我由此知道：从原文翻译，少绕一个弯，不仅容易，也免了不必要的错误。

抗日战争胜利后，全国解放之前，我们的女儿得了指骨节结核症，当时还没有对症的药。医嘱补养休息，尽量减少体力消耗。我们就哄女儿只在大床上玩，不下床。

锺书的工作很忙，但他每天抽空为女儿讲故事。他拿了一本法文小说《吉尔·布拉斯》,对着书和她讲书上的故事。女儿乖乖地听爸爸讲,听得直咽口水。

我业余还兼管全部家务,也很忙,看到锺书讲得眉飞色舞,女儿听得直咽口水,深恨没有工夫旁听。我记起狄更斯《大卫·科波菲尔》里曾提到这本书,料想是一本非常有趣的书。

锺书讲了一程,实在没工夫讲,就此停下了。女儿是个乖孩子,并不吵闹着要求爸爸讲故事,只把这本书珍惜地放在床头,寄予无限的期待与希望。

我译完《小癞子》,怕荒疏了法文,就决心翻译《吉尔·布拉斯》。我并未从头到尾读一遍,开头读就着手翻译。

我的翻译原是私下里干的,没想到文学所成立会上,领导同志问我正在干什么,我老实说正在翻译《吉尔·布拉斯》。我的"私货"就出了官。

我应该研究英国文学,却在翻译法文小说,而研究所的任务不是翻译。我很心虚,加把劲将这部长达四十七万字的小说赶快译完。一九五四年一月起,在《世界文学》分期发表,还受到主编陈冰夷同志的表扬。但是我自己觉得翻译得很糟,从头译到尾,没有译到能叫读者流口水的段落。

我求锺书为我校对一遍。他答应了。他拿了一枝铅笔,使劲在我稿纸上打杠子。我急得求他轻点轻点,划破了纸我得重抄。他不理,他成了名副其实的"校仇",把我的稿子划得满纸杠子。他只说:"我不懂。"我说:"书上这样说的。"他强调说:"我不懂。"这就是说,我没把原文译过来。

我领悟了他的意思,又再译。他看了几页改稿,点头了,我也摸索到了一个较高的翻译水准。我的全部稿子,一九五五年才交出版社。

人民文学出版社的法文责编是赵少侯。一般译者和责编往往因提意见而闹别扭,我和赵少侯却成了朋友。因为他的修改未必可取,可是读来不顺,必有问题,得再酌改。《吉尔·布拉斯》是一九五六年一月出版的。一九六二年我又重新校订修改一次。我现在看了还恨不得再加修改。译本里有好多有关哲学和文艺理论的注是锺书帮我做的。很好的注,不知读者是否注意到。

多年后,我的女儿对我说:“妈妈,你的《吉尔·布拉斯》我读过了,和爸爸讲的完全不一样。”原来锺书讲的故事,全是他随题创造,即兴发挥的。假如我把这部小说先读过一遍,未必选中这本书来翻译。这部小说写世态人情,能刻画入微;故事曲折惊险,也获得部分读者的喜爱。但不是我最欣赏的作品。

这部翻译曾获得好评,并给我招来了另一项翻译任务。“外国古典文学名著丛书编委会”要我重译《堂吉诃德》。这是我很想翻译的书。

我在着手翻译《堂吉诃德》之前,写了一篇研究菲尔丁(Fielding)的论文。我想自出心裁,不写“八股”,结果挨了好一顿“批”。从此,我自知脑筋陈旧,新八股学不来;而我的翻译还能得到许可。翻译附带研究,恰合当时需要,所以我的同事中,翻译兼研究的不止我一个。

我接受的任务是重译《堂吉诃德》,不论从英译本或法译本转译都可以。我从手边能找到的译本中,挑了两个最好的法译本:一是咖达雅(Xavier de Cardaillac)和拉巴德(Jean Labarthe)合译的第一部;拉巴德去世后,咖达雅独译的第二部;二是维亚铎(Louis Viardot)的译本。我又挑了三种英译本:一是奥姆斯贝(John Ormsby)的译本;二是普德门(Samuel Putman)的译本;三是寇恩(J. M. Cohen)的译本。

我把五个本子对比着读,惊奇地发现:这许多译者讲同一个故事,说法不同,口气不同,有时对原文还会有相反的解释。谁最可信呢?我要忠于原作,只可以直接从原作翻译。《堂吉诃德》是我一心想翻译的书,我得尽心尽力。

那时候全国都在"大跃进",研究工作都停顿了。我下决心偷空自学西班牙语,从原文翻译。

我从农村改造回京,就买了一册西班牙语入门(*Primeras Lecciones de Español*,系 C. Marcial Dorado 和 Maria de Laguna 合著),于一九六〇年三月二十九日读毕;又买了一部西班牙文的《堂吉诃德》备翻译之用。每天规定一个时间习西班牙文。背生字、做习题,一天不得间断,因为学习语言,不进则退。

我是正研级的研究员,我的任务是研究工作,学西班牙语只能偷工夫自习。我也没有老师。我依靠好的工具书,依靠阅读浅易的西班牙文书籍,渐渐地,我不仅能阅读《堂吉诃德》原文,也能读通编注者注解,自信从原文翻译可以胜任。

我问锺书:"我读西班牙文,口音不准,也不会说,我能翻译西班牙文吗?"他说:"翻译咱们中国经典的译者,能说中国话吗?"

他的话安了我的心。会说西班牙语,未必能翻译西班牙文。我不是口译者,我是文学作品的译者。我就动笔翻译,并把《堂吉诃德》作为我的研究项目,阅读各图书馆一切有关作者塞万提斯的书籍,也读了他的其他作品。

我买到的《堂吉诃德》原文，上下集共八册。一九六六年“文化大革命”，我翻到第七册的半中间，我的译稿被红卫兵没收了，直到一九七〇年六月才发还。但这几年间，我没有荒疏西班牙文。

稿子发还后我觉得好像是一口气断了，接续不下，又从头译起。一九七六年底全稿译毕。当时是十年浩劫之后，人民文学出版社里“掺沙子”，来了一批什么也不懂的小青年。他们接过我亲手交上的译稿，只惊奇地问我是否译者。《堂吉诃德》未经西语编辑审阅，只我自己校了四遍清样，于一九七八年三月出版。

九年后我又校订一次。我怕我所根据的版本已经陈旧，找了几个新版本，做了一番校勘工作，发现我原先的版本还是最好的版本。至于我的翻译，终觉不够好。最近我又略加修改，但我已年老，只寄希望于后来的译者了。

我曾翻译过哥尔斯密斯的喜剧 *She Stoops to Conquer*（副题《一夜间的错误》），我把正副二题合一，译作《将错就错》。我没有少费工夫，而且翻了两次。但是要把英国喜剧化作中国喜剧，我做不到。风土人情不同，“笑”消失了；“笑”是最不能勉强的。我横横心把两份稿子都撕了。我原想选译英国皇室复辟时期三个有名的风俗喜剧，就此作罢。

我的遗憾是没有翻译英文小说，而英文是我的第一外国语。可是我不能选择。凡是我所喜爱的英国小说，都已有中文译本，我只好翻狄更斯（Charles Dickens）的《董贝父子》（*Dombey and Son*）。我爱读狄更斯，但对这一部小说并不很喜爱。而我翻译西班牙文时，查字典伤了目力，眼里出现飞蚊。我就把刚开了一个头的《董贝父子》托给所内的“年轻人”薛鸿时君，请他接手。

锺书去世后，我从英文本转译了一篇柏拉图的对话录《斐多》，但原文不是英文，也不是文艺作品。

二〇〇二年十月七日

为无锡修复钱氏故居事，向领导陈情

《光明日报》二〇〇二年一月十日，有一篇《钱锺书无锡故居开始修复》的报导，说钱氏故居近日正式启动，修复后明年对外开放。无锡市计划依托故居筹备“钱锺书文学馆”，筹办“钱锺书生平事迹展”等三大陈列展。我读后不胜惶惑。

我曾以为建立钱锺书纪念馆的事已经圈上句号。因为早在一九九六年七月三十日，钱锺书病中曾为此事嘱我写信答复无锡市管文物的副市长王竹平同志，表示不同意建馆。因为按照国家政令，应严控这种不必要的纪念馆，而他本人认为他在无锡的旧居远不止一处，没有必要在旧居建立纪念馆。此后，无锡市领导就没再向我们提起这件事。

钱锺书去世将近三年后，二〇〇一年十二月十二日，无锡市博物馆负责人陈瑞农同志来信，说无锡市委、市政府决定修复钱锺书故居，筹建钱锺书文学馆，对外开放，教育众人。此事由博物馆具体担任。他要求我予以关心和帮助，为文学馆资料的征集提供方便。

我得信后为之惊愕。为某一人建立纪念馆，先应得到他本人或家属的同意，不能不尊重他本人的意愿。为什么本人并不同意，家属尚未知情，就启动工程呢？我立即和原副市长王竹平同志取得联系,知道他已不复担任原职。他应我之求,把我和钱锺书辞谢建馆的信和某些名流联名呼吁建馆的信都复制寄我。呼吁建馆的信上说,钱锺书是“无形资产”,可资“实用”,为旅游业创汇。这项建议,对当今的商业社会,对富有企业精神的无锡人,想必很有说服力。据我不久后看到的二〇〇一年十二月二日《无锡日报》报导,当时格于国家严控为活着的人建纪念馆,而钱锺书尚未去世,所以建馆之议搁浅了。我以为已作罢论的事,其实只是搁浅了。

我同时也和博物馆负责人陈瑞农同志通了电话。他说建文学馆等等是为了宣扬钱锺书为人之道和治学精神。我向他说明钱锺书对建立钱锺书文学馆、陈列他生平事迹等是决计不同意的。我也告诉他,擅自征集钱锺书的书信文物,会触及法律上有关侵权的问题。我请他将钱锺书的意愿和我的意见向上级领导反映。他迄今未有回音,而《光明日报》上二〇〇二年一月十日登出了上述消息。我不知是无锡市领导人没有了解钱锺书的意愿,还是不予置理,反而扩大宣传。我觉得有必要把钱锺书的意愿表达得更清楚些。

钱锺书连自己的骨灰都不愿保留,何况并不属于他的钱氏故居!他愿意保留的,只是他奉献于后人的几部著作。他的著作,除了个别例外,不具普及性;能保留也只是冷门。他不求外加的力量为他推广或保存。他的生平很平常,一份履历就足以包括一生,没什么值得展览的。他曾看到一本编造钱锺书生平事迹的《传稿》,斥为“胡说八道!”深叹浮名为累,“我成了一块烂肉,苍蝇都可以在我身上撒蛆!”这是很痛心的话。他郑重嘱咐我,在他身后,勿举行任何纪念仪式。他也明明白白地说:

"我不进现代文学馆。"所以我如他所嘱,写信给现代文学馆舒乙先生,请撤出馆内陈列的钱锺书。二〇〇一年九月七日,我代表已去世的钱锺书、钱瑗以及我自己,向清华大学捐赠的奖学金,不用钱锺书之名,而称为"'好读书'奖学金"。钱锺书言行如一,不喜名利。无锡市建立钱锺书文学馆,展览他的生平事迹等等,都是他坚决反对的。假如无锡市领导要把钱锺书作为"无形资产",作为招徕旅游的招牌,那是对钱锺书"淡泊名利"的莫大讽刺。假如无锡市领导是出于爱重而要为他建馆纪念,那就首先应当尊重钱锺书,尊重他的意愿。用他坚决反对的方式来纪念他是不合适的。

杨 绛

二〇〇二年元月十五日

向林一安先生请教

半年内，我接连读到林一安先生批评我翻译作品的两篇文章：前一篇《堂吉诃德及其坐骑译名小议》，载二〇〇三年三月五日《中华读书报》；后一篇《莫把错译当经典》，载二〇〇三年八月六日《中华读书报》。前者已有读者为我辩诬，我再补充几句。林一安说堂吉诃德的坐骑，我译为“驽骍难得”受到赞赏，实际这个译名为他们北京外国语学院西班牙语专业四年级学生所创，经老师修改而成。并举他们师生以“西四”的笔名发表在一九五九年《译文》第六期上的一篇译文《马德里之夜》为证。意思是我抄袭了他们师生协力翻出的译名。但经查证：林一安所说的一九五九年《译文》第六期所载《马德里之夜》，他们所译堂吉诃德的坐骑名字并不是“驽骍难得”，而是“洛稷喃提”！看过杨译本《堂吉诃德》的读者会注意到，我所译“驽骍难得”是有依据的，原文 Rocinante，分析开来，rocin 指驽马，ante 是 antes 的古写，指“以前”，也指“在前列”，“第一”等。（见《堂吉诃德》上卷第一章倒数第三段的注释）

林君诬我抄袭他们师生翻出的译名，这对读者是欺蒙和愚弄，对我是诬蔑。不过，我认为，这是林君的个人品德问题，我可以不予置理（参见纪红《在不疑处有疑》载二〇〇三年三月二十六日《中华读书报》）。至于后一篇《莫把错译当经典》，林君强调名家译作的失误乃至败笔,是应该而且“必须指出并加以改正的”。林君此举的确是对名家更大的尊重和爱护,也是对读者的高度负责,这种态度值得赞扬。但是,“错误乃至败笔”,究竟是否错误乃至败笔,涉及学术问题,我怎么翻,自有我的道理。我的西班牙文是自习的,没有老师指导,故在翻译中唯以勤查字典和细读原文本的注解为要。下面仅以林一安所举“错误例证”为例,求教于林君。

De pelo en pecho 这句成语,按西班牙大词典有二义:一为 valiente, 指某人不畏危险和艰难;二是指某人对别人的痛苦或恳求无动于衷。这里我取第一义,valiente。我所据马林编注本的注释指出,桑丘用这句成语形容那位姑娘时含有三层意思,都带着男人气味,用于男人合适,用在女人身上就不那么合适,如译为“勇敢”,女人可以和男人同样勇敢,所以我不取这个词义;亦可译作“有男子汉的气概”或“有大丈夫气概”,但是在桑丘嘴里,按成语直译,更加切合桑丘的口吻。“胸口生毛”,是男子汉的具体形象,成语,指的是男子汉的气概,是男子汉的抽象概念,按字面直译不失原意,而在桑丘嘴里,会显得更现成,更自然,也更合适。我曾核对英法译文,确有译者译作“胸口生毛”。如果这是歪曲了原意的败笔,那么,毕竟是国家培养出来的“后起之秀”,怎么会像我一样“望文生义”,重复我歪曲原意的败笔呢?

林君认为“成语切不可按字面直译”,否则会闹出外国人看了莫名其妙的大笑话,诸如此类的习语还有一个曰 tomar el pelo。按西班牙大词典,诸如此类的习语何止一个,有四五十个呢。其中不可直译的有好些,例如 venir a pelo, gente de pelo, en pelo 等,如按字面翻译就成笑话。但是,可以按字面翻译的也不少，这里不举例了。单说我“望文生义”的败笔吧，紧挨着前一“望文生义”又一“望文生义”，都在原文的同一句里。林君竟视而不见。Sacar la barba del lodo a uno 也是成语，指“困难中能予帮助”，这句成语也是具体形象的概括。按字面直译能把意思表达得更为具体生动，桑丘的趣谈就越加有声有色。“成语切不可按字面直译”吗？我希望林君能说出“切不可”的定律有何根据。林君俨然以大权威自居，一口断定我“对原文的理解，后起之秀中已有多人超越”。显然，林君便是其中之一，或竟是其中佼佼者。据他的说法，我中文根底还行，理解原文的能力却不如人，因为我毕竟不是“国家培养出来的高质量的宝贵的西班牙语人才”（而他自己毕竟是这种人才）。所以我难免有错失，他举出的一个错误就证明我不识成语，望文生义，以致歪曲原文而译出错误或败笔来。林君“斗胆直言”，把自学西班牙语的人理解原文的能力一笔抹杀，未免也太夜郎自大了吧？我向来是一个虚心的译者，愿向西语界专家求教。如果确系错误，我应当改正；不仅心悦诚服，还深深感激。如果林君认为我对西班牙文的理解还不如他，他却说我“堪称大师级的翻译家”，不是开玩笑吗？

编者说明：杨绛先生曾就林一安对她翻译方式的批评，在接受报纸一记者访谈后于二〇〇三年八月二十五日写成此文，但未正式发表，现在征得作者同意，将其收入《杨绛全集》。

尖兵钱瑗

钱瑗和她父母一样,志气不大。她考上了北京师范大学,立志要当教师的尖兵。尖兵,我原以为是女儿创的新鲜词儿,料想是一名小兵而又是好兵,反正不是什么将领或官长。她毕业后留校当教师,就尽心竭力地当尖兵。钱瑗是怎么样的尖兵,她的同学、同事和学生准比我更了解。

我们夫妇曾探讨女儿的个性。锺书说:“刚正,像外公;爱教书,像爷爷。”我觉得这话很恰当。两位祖父迥不相同的性格,在钱瑗身上都很突出。

钱瑗坚强不屈,正直不阿。北师大曾和英国合作培养“英语教学”研究生。钱瑗常和英方管事人争执,怪他们派来的专家英语水平不高,不合北师大英语研究生的要求。结果英国大使请她晚宴,向她道歉,同时也请她说说她的计划和要求。钱瑗的回答头头是道,英大使听了点头称善。我听她讲了,也明白她是在建立一项有用的学科。

有一天,北师大将招待英国文化委员会派来的一位监管人。校内的英国专家听说这人已视察过许多中国的大学,脾气很大,总使人难堪,所以事先和钱瑗打招呼,说那人的严厉是“冲着我们”,叫钱瑗别介意。钱瑗不免也摆足了战斗的姿态。不料这位客人和钱瑗谈话之后非常和气,表示十二分的满意,说“全中国就是北师大一校把这个合作的项目办成功了”，接下慨叹说：“你们中国人太浪费，有了好成绩，不知推广。”钱瑗为这项工作获得学校颁发的一份奖状。她住进医院之前，交给妈妈三份奖状。我想她该是一名好的小兵，称得上尖兵。

钱瑗爱教书，也爱学生。她讲完课晚上回家，得挤车，半路还得倒车，到家该是很累了。可是往往到家来不及坐定，会有人来电话问这问那，电话还很长。有时晚饭后也有学生来找。钱瑗告诉我：她班上的研究生问题最多，没结婚的要结婚，结了婚的要离婚。婚姻问题对学习影响很大，她得认真对待。所以学生找她谈一切问题，她都耐心又细心地一一解答，从不厌倦。我看出她对学生的了解和同情。

早年的学生她看作朋友，因为年龄差距不大。年轻的学生她当作儿女般关爱。有个淘气学生说：“假如我妈能像钱瑗老师这样，我就服她了。”

钱瑗教的文体学是一门繁重而枯燥的课，但她善用例句来解释问题，而选择的例句非常精彩，就把文体学教得生动有趣了。她上高中二年级时曾因病休学一年，当时我已调入文学研究所的外文组（后称社科院外文所），她常陪我上新北大（旧燕京）的图书馆去借书还书。她把我借的书读完一批又读一批，读了许多英国文学作品，这为她选择例句提供了丰富的资料。可惜这许多例句都是她备课时随手拣来的，没留底稿。我曾看过她选的例句，都非常得体，也趣味无穷。钱瑗看到学生喜欢上她的课，就格外卖力，夜深还从各本书里找例句。她的毕业生找工作，大多受重视也受欢迎，她也当作自己的喜事向妈妈报喜。

钱瑗热心教书，关怀学生，赢得了学生的喜爱。她为人刚正,也得到学生和同事的推重。她去世的告别会上,学生和同事都悲伤得不能自制。钱瑗的确也走得太早了些。

如今钱瑗去世快七年半了。她默默无闻,说不上有什么成就,也不是名师,只是行伍间一名小兵。但是她既然只求当尖兵,可说有志竟成,没有虚度此生。做父母的痛惜"可造之材"未能成材,"读书种子"只发了一点儿芽芽,这只是出于父母心,不是智慧心。我们夫妇常说:但愿多一二知己,不要众多不相知的人闻名。人世间留下一个空名,让不相知、不相识的人信口品评,说长道短,有什么意思呢。钱瑗得免此厄,就是大幸;她还得到许多学生、同事、同学友好的爱重缅怀,更是难得。我曾几次听说:"我们不会忘记钱瑗",这话并非虚言。"文革"期间钱瑗的学生张君仁强,忽从香港来,慨然向母校捐赠百万元,设立"钱瑗教育基金",奖励并培养优秀教师。张君此举不仅得到学校的重视,也抚慰了一个妈妈的悲伤。他的同学好友是名编辑,想推出"纪念钱瑗小辑",他们两人相约各写一篇。钱瑗的学生和同事友好闻讯后,纷纷写文章纪念钱瑗,没几天就写出好多篇。我心上温暖,也应邀写了这篇小文。

二〇〇四年八月二十日

请别拿我做广告

编者的话：

本报3月26日《阅读周刊》刊出的《〈一代才子钱锺书〉再版，九旬杨绛含泪增补家事感人至深》，系根据出版社提供的材料改写，未向杨绛先生本人核对。文章见报后接到杨先生致电，认为有些内容不实，为此她专门给本报撰写了一篇短文表明自己的态度。现将杨先生的意见和文章一并照登在此，并对杨绛先生及读者表示深深的歉意。

我近年闭门谢客，因来日无多，还有许多事要做呢。记者采访也一概辞谢。今年2月18日忽见上海《文汇读书周报》2月16日头版头条大幅报道《杨绛谈热门题材"钱锺书"，亲自校订〈第一才子钱锺书〉但不写序言》，令我震惊。我从未见过那位记者，电话都没通过。不知这份报道从何而来。我于当日致电该报郑重声明"我从来没有向任何记者谈热门题材'钱锺书'，我也从未亲自校订《第一才子钱锺书》"，要求该报刊出更正声明，并向我和读者道歉。据该报记者称，他是根据出版社提供的宣传材料"改编"的。

不知该报出于何种考虑，将更正声明改为"启事"，以细字小幅于2007年3月2日在该报二版右下角1.5方寸面积刊出，若非仔细查找,很难发现,一些收到出版社同样宣传材料的其他媒体未能引以为鉴,继续拿我为该书做广告,忽而“含泪”,忽而“含笑”“亲自校订”“精心修改”,反复炒作。

出版社要卖书,做广告可以理解,但在未征得本人同意的情况下,强加于人,做不实的宣传,不仅是对当事人的不尊重,对读者也有欺骗之嫌。

我希望当今这个商业化的社会,不要唯利是图,在谋取利益的时候,还要讲点道义和良心。

(说明:本文原载2007年4月2日《中国青年报》,作者就该报同年3月26日刊出的《〈一代才子钱锺书〉再版》一文内容不实而写。按语为《中国青年报》编者所作。此次原样收入《杨绛全集》,是对出版该书的上海人民出版社和相关报纸不实报道的警示,同时也对《中国青年报》编者的真诚致歉一表谢意。——本书编者)

“杨绛”和“杨季康”

——贺上海纪念话剧百年

六十四年前，我业余学写的话剧《称心如意》，由戏剧大师黄佐临先生导演，演出很成功。一夜之间，我由杨季康变成了杨绛。这年秋天，我第二个喜剧《弄真成假》上演，也很成功。抗战胜利后，我改行做教师，不复写剧本，但是杨绛在上海戏剧界还没有销声匿迹。

解放后到了北京，杨绛就没有了。杨季康曾当过“四害”里的“苍蝇、蚊子”之类，拍死后也没有了。都到哪里去了呢？我曾写过一篇“废话”《隐身衣》，说隐身衣并非仙家法宝，人世间也有：身处卑微，人人视而不见，不就没有了吗？我不合时宜，穿了隐身衣很自得其乐。六十多年只是一瞬间，虽然杨绛的大名也曾出现过几次，这个名字是用水写的，写完就干了，干了也就没有了。英国诗人济慈（John Keats，1795—1821）慨叹自己的名字是用水写的。他是大诗人啊！我算老几！

想不到戏剧界还没忘掉当年上海的杨绛。中央戏剧学院表演系2004级3班的同学，为了纪念中国话剧百年诞辰，选中了六十四年前杨绛处女作《称心如意》，于今年六月三日至十日，在中央戏剧学院北剧场演出。十一月间，上话剧艺术中心和上海滑稽剧团又将在上海话剧艺术中心演出杨绛的《弄真成假》。

这两个喜剧,像出土文物,称“喜剧双璧”了！我惊且喜,感激又惭愧,觉得无限荣幸,一瓣心香祝演出成功。承他们抬举,还让我出头露面,说几句话。可是我这件隐身衣穿惯了,很称身;一旦剥去,身上只有“皇帝的新衣”了。我慌张得哪还说的出话呀！好在话剧上演自有演员说话,作者不必登场。请容我告饶求免吧。

谢谢!

二〇〇七年九月二十七日

介绍莫宜佳翻译的《我们仨》

钱锺书最欣赏莫宜佳的翻译。他的小说有多种译文，唯独德译本有作者序，可见作者和译者的交情，他们成了好朋友。她写的中文信幽默又风趣，我和女儿都抢着看，不由得都和她通信了。结果我们一家三口都和她成了友。

我女儿和我丈夫先后去世，我很伤心，特意找一件需我投入全部身心的工作，逃避我的悲痛；因为这种悲痛是无法对抗的，只能逃避。我选中的事是翻译柏拉图《对话录》中的《斐多》。莫宜佳知道了我的意图，支持我，为我写了序文。她怜我身心交瘁中能勉力工作来支撑自己，对我同情又关心，渐渐成了我最亲密的一位好友。

莫宜佳不是一般译者，只翻译书本。她爱中国文化，是中国人的朋友。她交往的不仅知识分子，还有种地的农民，熟识的也不止一家。她知道农家的耕牛是一家之宝，过年家家吃饺子，给家里的耕牛也吃一大盘饺子。她关注中国人民的风俗习惯、文化传统。我熟悉的只是知识分子。至于学问，我压根儿不配称赞。单讲中国文学的水平吧，我嫌钱锺书的《管锥编》太艰深，不大爱读，直到老来读了好几遍，才算读懂。莫宜佳读后就出版了《管锥编和杜甫》，当时钱锺书已重病住入医院，我把莫宜佳这本书带往医院，钱锺书神识始终清楚，他读了十分称赞。

我只爱阅读英、法、西班牙等国的小说、散文等;即使是中文小说,我的学问也比不上莫宜佳。她对中国小说能雅俗并赏,我却连通俗小说也不如她读得广泛。因为我出身旧式家庭,凡是所谓“淫书”,女孩子家不许读,我也不敢读。她没有这种禁忌,当然读得比我全面了。这是毫无夸张的实情。

我早年有几本作品曾译成英语、法语。在国外也颇受欢迎。我老来不出门了,和以前经常来往的外国朋友绝少来往。梦想不到的是钱锺书早年朝气蓬勃的《围城》,和我暮年忧伤中写成的《我们仨》,今年同在法兰克福书展出现!这是莫宜佳的荣誉,我们夫妇也与有荣焉。因为我们两个能挨在一起,同时也因为译文同出于莫宜佳的大手笔。希望德国读者在欣赏莫宜佳所译《围城》的同时,也同样喜欢《我们仨》。

二〇〇九年五月三十一日

钱锺书生命中的杨绛*

我原是父母生命中的女儿，只为我出嫁了，就成了钱锺书生命中的杨绛。其实我们两家，门不当，户不对。他家是旧式人家，重男轻女。女儿虽宝贝，却不如男儿重要。女儿闺中待字，知书识礼就行。我家是新式人家，男女并重，女儿和男儿一般培养，婚姻自主，职业自主。而钱锺书家呢，他两个弟弟，婚姻都由父亲作主，职业也由父亲选择。

钱锺书的父亲认为这个儿子的大毛病，是孩子气，没正经。他准会为他娶一房严肃的媳妇，经常管制，这个儿子可成模范丈夫；他生性憨厚，也必是慈祥的父亲。

杨绛最大的功劳是保住了钱锺书的淘气和那一团痴气。这是钱锺书的最可贵处。他淘气，天真，加上他过人的智慧，成了现在众人心目中博学而有风趣的钱锺书。他的痴气得到众多读者的喜爱。但是这个钱锺书成了他父亲一辈子担心的儿子，而我这种“洋盘媳妇”，在钱家是不合适的。

但是在日寇侵华，钱家整个大家庭挤居上海时，我们夫妇在

---

* 《听杨绛讲往事》繁体字版于 2008 年冬在台湾出版后，受到读者欢迎，台湾学界朋友有意组织座谈，议题之一即为“钱锺书生命中的杨绛”，并希望杨先生能赴台湾与读者见面。杨先生因年事已高没成行，却以此为题写了这篇短文，未交出。近日整理旧作时不意发现，遂收入《全集》。

钱家同甘苦、共患难的岁月，使我这“洋盘媳妇”赢得我公公称赞“安贫乐道”；而他问我婆婆，他身后她愿跟谁同住，答：“季康”。这是我婆婆给我的莫大荣誉，值得我吹个大牛啊！

我从一九三八年回国，因日寇侵华，苏州、无锡都已沦陷，我娘家婆家都避居上海孤岛。我做过各种工作：大学教授，中学校长兼高中三年级的英语教师，为阔小姐补习功课。又是喜剧、散文及短篇小说作者等等。但每项工作都是暂时的，只有一件事终身不改，我一生是钱锺书生命中的杨绛。这是一项非常艰巨的工作，常使我感到人生实苦。但苦虽苦，也很有意思，钱锺书承认他婚姻美满，可见我的终身大事业很成功，虽然耗去了我不少心力体力，不算冤枉。钱锺书的天性，没受压迫，没受损伤，我保全了他的天真、淘气和痴气，这是不容易的。实话实说，我不仅对钱锺书个人，我对所有喜爱他作品的人，功莫大焉！

二〇〇九年六月二日

魔鬼夜访杨绛

昨夜我临睡要服睡药，但失手把药瓶掉了，只听得“格登”一声，药瓶不见了。我想瓶子是圆形，会滚，忙下床遍寻，还用手电筒照着找，但不见踪迹，只好闹醒阿姨，问她要了一板睡药。她已经灭灯睡了，特为我开了灯，找出我要的药，然后又灭了灯再睡。

我卧房门原是虚掩着的，这时却开了一大角，我把门拉上，忽见门后站着个狰狞的鬼，吓了一大跳，但是我认识那是魔鬼，立即镇静了。只见他斜睨着我，鄙夷地冷笑说：

“到底你不如你那位去世的丈夫聪明。他见了我，并没有吓一跳！”

我笑说：“魔鬼先生，您那晚喝醉了酒，原形毕露了。您今晚没有化装，我一见就认识，不也够您自豪的吗？”

他撇撇嘴冷笑说：“我没有那么浅薄。我只问你，你以为上帝保佑，已把我逐出你的香闺，你这里满屋圣光，一切邪恶都消灭无踪了？”

我看他并不想走，忙掇过一把椅子，又放上一个坐垫，我说：“请坐请坐，我知道尊腚是冷的，烧不坏坐处。您有什么指教，我洗耳恭听。”

魔鬼这才乐了，他微笑着指着我说：“你昏聩糊涂，你以为你的上帝保佑得了你吗？可知他远不是我的对手哩！你且仔细想想，这个世界，属于他，还是属于我？”他指指自己的鼻子说，“我是不爱敷衍的。”

我仔细想了想说：“您的势力更嚣张。不是说：‘道高一尺，魔高一丈’吗？如今满地战火，您还到处点火。全世界人与人、国与国之间，不都在争权夺利吗？不都是您煽动的吗？不过我也不妨老实告诉您，我嫉恶如仇，终归在我的上帝一边，不会听您指挥。我也可以对您肯定说：世上还是好人多。您自比上帝，您也无所不在，无所不能，那么，您还忙个啥呀？据我看，这个世界毁灭了，您也只能带着崇拜您的人，到月球上抢地盘去！不过谁也不会愿意跟您下地狱、喝阴风的。魔鬼先生，我这话没错吧？”

魔鬼冷笑说：“你老先生不是很低调很谦虚吗？原来还是够骄傲的！你自以为是聪明的老人了！瞧着吧，你能有多聪明！”

我笑说：“领教了！也请勿再加教诲了！我已经九十九高龄。小时候，初学英文，也学着说：‘I will not fear, for God is near.’其实我小时候是害怕的。上帝爱护我，直到老来才见到您，可是我绝不敢自以为聪明的。魔鬼先生，领教了。”

魔鬼冷笑说：“这是逐客令吧？”

我笑说：“也是真正领教了，不用再加教诲了。”

魔鬼说：“One word to the wise is enough.”他拿起我遍寻不见的睡药瓶子，敲敲我的梳妆台说，“瓶子并未掉地下，只掉在台灯旁边，请看看。”

魔鬼身上的荧荧绿光渐渐隐去，我虽然看不见他，却知道他还冷眼看着我呢。

第二天早上，我刚从床上坐起，就发现我遍寻不见的药瓶，真的就在我台灯旁边，并未落地。魔鬼戏弄我，并给了我一顿教训，我应该领受。以前我心目中的确未曾有他。从此深自警惕，还不为迟。

（原载《文汇报·笔会》二〇一〇年二月二十四日）

俭为共德

余辑先君遗文，有《说俭》一篇，有言曰“昔孟德斯鸠论共和国民之道德，三致意于俭，非故作老生常谈也，诚以共和国之精神在平等，有不可以示奢者。奢则力求超越于众，乃君主政体、贵族政体之精神，非共和之精神也。”（见《申报》一九二一年三月二十九日）

近偶阅清王应奎撰《柳南随笔·续笔》，有《俭为共德》一文。有感于当世奢侈成风，昔日“老生常谈”今则为新鲜论调矣。故不惜蒙不通世故之讥，摘录《俭为共德》之说，以飨世之有同感者：

“俭，德之共也。共，同也，言有德者，皆由俭来也。《司马公传家集训俭篇》云……‘俭，德之共也’；顾仲恭《秉烛斋随笔》有言云，‘共之为义，盖言诸德共出于俭。俭一失，则诸德皆失矣……’凡人生百行未有不须俭以成者，谓曰‘德之共’，不亦信乎！”

（原载《文汇报》二〇一〇年三月十日）

汉　文

汉文是最古老的文字,也是最盛行的文字。近世发明渐多,证明中华古国的存在,比前人的估计还要推前二三千年。

用武力征服大片领域的,首推成吉思汗,但他只如一阵狂风,没留下任何文化。毛主席不是说过吗,“一代天骄,成吉思汗,只识弯弓射大雕。”风过就没有了。

七八十年前,我和钱锺书出洋留学,船上遇一越南人,他知道我们两个也是汉人,但他不能说中国话,只好用英语。他说:“我也是汉族,法国人要占据越南为殖民地,先灭了我们的文字,我们就不复是汉人了,我姓吴。”他嘴里发出一个奇怪的声音,是越南语的“吴”。安南自秦汉以后就是我国藩属,一八八五年,成了法国殖民地,从此安南人不是中国人了。

一九九六年,朝鲜要出朝鲜文的《围城》。朝鲜是箕子之后,是中华古国的骨肉至亲呀!改用了拼音,我一字不识,幸第一页前面有出版社名。当时钱锺书病重住医院,在东城我女儿也病重住入医院,在西山山脚下,我忙忙碌碌就用英文写了回信,但未订合约,亦不记对方送了多少稿酬,也不知曾否再版。本是同一种族的人,却相逢不相识了。

日本也改用拼音了,日本只是小国,全国语言相同,很方便。

中国地域既大,居民种族繁多,方言错杂,无法统一。幸方言不同而文字相同。我国典籍丰富，如改用简体，意义就不同，好在香港台湾还保持中华古国的文字，没改用简体。

假如欧洲人同用一种公共文字，各国各用本国的语言读，那么，如有什么新发明，各国都可以同享了！

（原载二〇一〇年七月四日香港《大公报》）

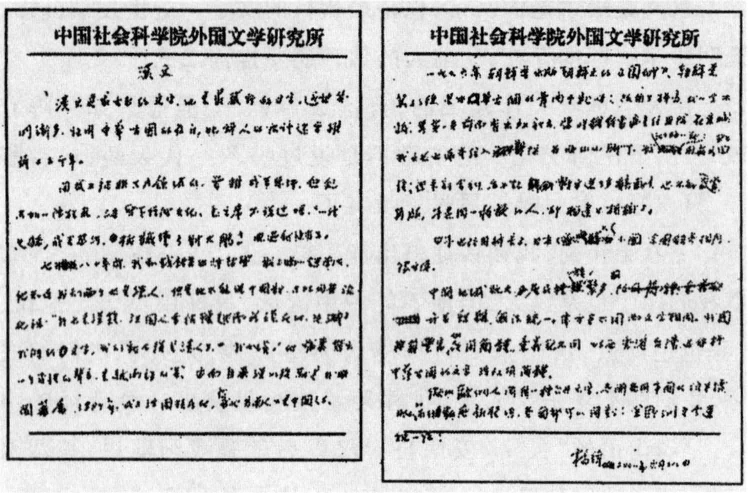

中国社会科学院外国文学研究所

汉文

中国社会科学院外国文学研究所

《汉文》手稿

漫谈《红楼梦》

我早年熟读《红楼梦》，解放后分配在文学研究所专攻西洋文学。我妄想用我评价西洋文学的方式来评论《红楼梦》，但读到专家、权威的议论以后，知道《红楼梦》不属我能评论的书。我没有阶级观念，不懂马列主义，动笔即错，挨了一二次批斗之后，再不敢作此妄想，连《红楼梦》这本书也多年不看了。

世移事易，我可以用我的方式讨论《红楼梦》了。但我已年迈，不复有此兴致，现在只随笔写几点心得体会而已，所以只是“漫谈”。

近来多有人士，把曹雪芹的前八十回捧上了天，把高鹗的后四十回贬得一无是处。其实，曹雪芹也有不能掩饰的败笔，高鹗也有非常出色的妙文。我先把曹雪芹的败笔，略举一二，再指出高鹗的后四十回，多么有价值。

林黛玉初进荣国府，言谈举止，至少已是十三岁左右的大家小姐了。当晚，贾母安排她睡在贾母外间的碧纱橱里，贾宝玉就睡在碧纱橱外的床上。据上文，宝玉比黛玉大一岁。他们两个怎能同睡一床呢？

第三回写林黛玉的相貌：“一双似喜非喜含情目。”深闺淑女，哪来这副表情？这该是招徕男人的一种表情吧？又如第七回，“黛玉冷笑道：‘我就知道么，别人不挑剩的，也不给我呀。’”

林姑娘是盐课林如海的女公子,按她的身份,她只会默默无言,暗下垂泪,自伤寄人篱下,受人冷淡,不会说这等小家子话。林黛玉尖酸刻毒,如称刘姥姥“母蝗虫”,毫无怜老恤贫之意,也有损林黛玉的品格。

第七回,香菱是薛蟠买来做妾的大姑娘,却又成了不知自己年龄的小丫头。

平心而论,这几下败笔,无伤大雅。我只是用来反衬高鹗后四十回的精彩处。

高鹗的才华,不如曹雪芹,但如果没有高鹗的后四十回,前八十回就黯然失色,因为故事没个结局是残缺的,没意思的。评论《红楼梦》的文章很多,我看到另有几位作者有同样的批评,可说“所见略同”吧。

第九十七回,林黛玉焚稿断痴情,多么入情入理。曹雪芹如能看到这一回,一定拍案叫绝,正合他的心意。故事有头有尾,方有意味。其他如第九十八回,苦绛珠魂归离恨天,黛玉临终被冷落,无人顾怜,写人情世态,入木三分。

高鹗的结局,和曹雪芹的原意不同了。曹雪芹的结局“落了片白茫茫大地真干净”,高鹗当是嫌如此结局,太空虚,也太凄凉,他改为“兰桂齐芳”。我认为,这般改,也未始不可。

其实,曹雪芹刻意隐瞒的,是荣国府、宁国府的具体位置之所在。它们不在南京而在北京,这一点,我敢肯定。因为北方人睡炕,南方人睡床。大户人家的床,白天是不用的,除非生病。宝玉黛玉并枕躺在炕上说笑,很自然。如并枕躺在床上,成何体统呢!

第四回,作家刻意隐瞒的,无意间流露出来了。贾雨村授了

"应天府"。"应天府",据如今不易买到的古本地图,应天府在南京,王子腾身在南京,薛蟠想乘机随舅舅入京游玩一番,身在南京,又入什么京呢？当然是——北京了!

苏州织造衙门是我母校振华女校的校址。园里有两座高三丈、阔二丈的天然太湖石。一座瑞云峰,透骨玲珑;一座鹰峰,层峦叠嶂,都是帝王家方有而臣民家不可能得到的奇石。苏州织造府,当是雍正或是康熙皇帝驻跸之地,所以有这等奇石。

南唐以后的小说里,女人都是三寸金莲。北方汉族妇女多是小脚,乡间或穷人家妇女多天足。《红楼梦》里不写女人的脚。农村来的刘姥姥显然不是小脚。《红楼梦》里的粗使丫头没一个小脚的。这也可充作荣府宁府在北京不在南京的旁证吧。

《红楼梦》刻意不写的是女人的脚。写女人的鞋倒有几处。第三十一回史湘云在大观园住着,宝钗形容她"把宝兄弟的靴子也穿上"。第四十九回,"黛玉换上掐金挖云红香皮小靴"……从姊妹都穿同样打扮的靴。史湘云"脚下也穿着鹿皮小靴"……这种小靴,缠脚的女人从来不穿的。

满族人都是天足。曹雪芹给书中人物换上了古装。

"漫谈"是即兴小文,兴尽就完了。

二〇一〇年元月十日

锺书习字

钱锺书每日习字一纸，不问何人何体，皆摹仿神速。我曾请教锺书如何执笔？锺书细思一过曰："尔不问，我尚能写字，经尔此问，我并写字亦不能矣。"予笑谓锺书如笑话中之百脚。有人问，尔有百脚，爬行时先用左脚抑先用右脚？百脚对曰，尔不问，我行动自如。经尔此问，我并爬行亦不能矣。

锺书曾责我曰："尔聪明灵活，何作字乃若此之笨滞？"予曰："字如其人，我固笨实之徒也。我学'兰亭'应圆，而我作字却方，学褚遂良应方，而我作字却圆，我固笨滞之徒也。常言曰：'十个指头有长短'，习字乃我短中之短，我亦无可奈何也。"

我抄《槐聚诗存》，笔笔呆滞，但求划平竖直而已。设锺书早知执笔之法，而有我之寿，其自写之《诗存》可成名家法帖，我不禁自叹而重为锺书惜也。

（原载二〇一三年七月十七日《文汇报·笔会》，
收入本全集时文字略有改动）

忆 孩 时（五则）

回忆我的母亲

我曾写过《回忆我的父亲》《回忆我的姑母》，我很奇怪，怎么没写《回忆我的母亲》呢？大概因为接触较少。小时候妈妈难得有工夫照顾我。而且我总觉得，妈妈只疼大弟弟，不喜欢我，我脾气不好。女佣们都说："四小姐最难伺候。"其实她们也有几分欺我。我的要求不高，我爱整齐，喜欢裤脚扎得整整齐齐，她们就是不依我。

我妈妈忠厚老实，绝不敏捷。如果受了欺侮，她往往并不感觉，事后才明白，"哦，她（或他）在笑我"，或"哦，他（或她）在骂我"。但是她从不计较，不久都忘了。她心胸宽大，不念旧恶，所以能和任何人都和好相处，一辈子没一个冤家。

妈妈并不笨，该说她很聪明。她出身富商家，家里也请女先生教读书。她不但新旧小说都能看，还擅长女工。我出生那年，爸爸为她买了一台胜家名牌的缝衣机。她买了衣料自己裁，自己缝，在缝衣机上缝，一忽儿就做出一套衣裤。妈妈缝纫之余，常爱看看小说，旧小说如《缀白裘》，她看得吃吃地笑。看新小说也能领会各作家的风格，例如看了苏梅的《棘心》，又读她的

《绿天》,就对我说:“她怎么学着苏雪林的《绿天》的调儿呀?”我说:“苏梅就是苏雪林啊!”她看了冰心的作品后说,她是名牌女作家,但不如谁谁谁。我觉得都恰当。

妈妈每晚记账,有时记不起这笔钱怎么花的,爸爸就夺过笔来,写“糊涂账”,不许她多费心思了。但据爸爸说,妈妈每月寄无锡大家庭的家用,一辈子没错过一天。这是很不容易的,因为她是个忙人,每天当家过日子就够忙的。我家因爸爸的工作没固定的地方,常常调动,从上海调苏州,苏州调杭州,杭州调回北京,北京又调回上海。

我爸爸厌于这类工作,改行做律师了。做律师要有个事务所,就买下了一所破旧的大房子。妈妈当然更忙了。接下来日寇侵华,妈妈随爸爸避居乡间,妈妈得了恶疾,一病不起,我们的妈妈从此没有了。

我想念妈妈,忽想到怎么我没写一篇《回忆我的母亲》啊?

我早已无父无母,姊妹兄弟也都没有了,独在灯下,写完这篇《回忆》,还痴痴地回忆又回忆。

三姊姊是我“人生的启蒙老师”

我三姐姐大我五岁,许多起码的常识,都是三姐讲给我听的。

三姐姐一天告诉我:“有一桩可怕极了,可怕极了的事,你知道吗?”她接着说,每一个人都得死;死,你知道吗?我当然不知道,听了很害怕。三姐姐安慰我说,一个人要老了才死呢!

我忙问,“爸爸妈妈老了吗?”

三姐说："还远没老呢。"

我就放下心，把三姊的话全忘了。

三姐姐又告诉我一件事，她说："你老希望早上能躺着不起床，我一个同学的妈妈就是成天躺在床上的，可是并不舒服，很难受，她在生病。"从此我不羡慕躺着不起来的人了，躺着不起来的是病人啊。

老、病、死，我算是粗粗地都懂了。

人生四苦："生老病死"。老、病、死，姐姐都算懂一点了，可是"生"有什么可怕呢？这个问题可大了，我曾请教了哲学家、佛学家。众说不一，我至今该说我还没懂呢。

太先生

我最早的记忆是爸爸从我妈妈身边抢往客厅，爸爸在我旁边说，我带你到客厅去见个客人，你对他行个鞠躬礼，叫一声"太先生"。

我那时大约四五岁，爸爸把我放下地，还搀着我的小手呢，我就对客人行了个鞠躬礼，叫了声"太先生"。我记得客厅里还坐着个人，现在想来，这人准是爸爸的族叔（我称叔公）杨景苏，号志洵，是胡适的老师。胡适说："自从认了这位老师，才开始用功读书。"景苏叔公与爸爸经常在一起，他们是朋友又是一家人。

我现在睡前常翻翻旧书，有兴趣的就读读。我翻看孟森著作的《明清史论著集刊》上下册，上面有锺书圈点打"√"的地方，都折着角，我把折角处细读，颇有兴趣。忽然想起这部论著的作者名孟森，不就是我小时候对他曾行鞠躬礼，称为“太先生”的那人吗？他说的是常州话，我叔婆是常州人，所以我知道他说的是常州话，而和爸爸经常在一处的族叔杨志洵却说无锡话。我恨不能告诉锺书我曾见过这位作者，还对他行礼称“太先生”，可是我无法告诉锺书了，他已经去世了。我只好记下这件事，并且已经考证过，我没记错。

五四运动

一九一九年五四运动，现称青年节。当时我八岁，身在现场。现在想来，五四运动时身在现场的，如今只有我一人了。当时想必有许多中外记者，但现在想来，必定没有活着的了。作为一名记者，至少也得二十岁左右吧？将近一百二十岁，谁还活着呢？

闲话不说，只说说我当时身经的事。

那天上午，我照例和三姐姐合乘一辆包车到辟才胡同女师大附属小学上课。这天和往常不同，马路上有许多身穿竹布长衫、胸前右侧别一个条子的学生。我从没见过那么高大的学生。他们在马路上跑来跑去，不知在忙什么要紧事，当时我心里纳闷，却没有问我三姐姐，反正她也不会知道。

下午四点回家，街上那些大学生不让我们的包车在马路上走，给赶到阳沟对岸的泥土路上去了。

这条泥土路，晴天全是尘土，雨天全是烂泥，老百姓家的骡车都在这条路上走。旁边是跪在地下等候装货卸货的骆驼。马路两旁泥土路的车辆，一边一个流向，我们的车是逆方向，没法前进，我们姐妹就坐在车里看热闹。只见大队学生都举着小旗子，喊着口号："打倒日本帝国主义！""抵制日货！（坚持到底）""劳工神圣！""恋爱自由！"（我不识恋字，读成"变"。）一队过去，又是一队。我和姐姐坐在包车里，觉得没什么好看，好在我们的包车停在东斜家附近，我们下车走几步路就到家了，爸爸妈妈正在等我们回家呢。

张勋复辟

张勋复辟是民国六年的事。我和民国同年，六岁了，不是小孩子了，记得很清楚。

当时谣传张勋的兵专要抢劫做官人家，做官人家都逃到天津去，那天从北京到天津的火车票都买不到了。

但外国人家门口有兵看守，不得主人许可，不能入门。爸爸有个外国朋友名 Bolton（波尔登），爸爸和他通电话，告诉他目前情况，问能不能到他家去避居几天。波尔登说："快来吧，我这里已经有几批人来了。"

当时我三姑母（杨荫榆）一人在校（那时已放暑假），她心上害怕，通电话问妈妈能不能也让她到波尔登家去。妈妈就请她饭后早点来，带了我先到波尔登家去。

妈妈给我换上我最漂亮的衣裳，一件白底红花的单衫，我穿了到万牲园（现称动物园）去想哄孔雀开屏的。三伯伯（编注：即前文所说的三姑母，姑母旧亦呼伯伯）是乘了黄包车到我家的，黄包车还在大门外等着我们呢。三伯伯抱我坐在她身边。到了一个我从没到过的人家，熟门熟路地就往里走，一手搀着我。她到了一个外国人的书房里，笑着和外国人打了个招呼，就坐下和外国人说外国话，一面把我抱上一张椅子，就不管我了。那外国人有一部大菱角胡子，能说一口地道的中国话。他说："小姑娘今晚不回家了，住在我家了。"我不知是真是假，心上很害怕，而且我个儿小，坐椅子上两脚不能着地，很不舒服。

好不容易等到黄昏时分，看见爸爸妈妈都来了，他们带着装满箱子的几辆黄包车，藏明（我家的老佣人）抱着他宝贝的七妹妹，藏妈（藏明的妻子）抱着她带的大弟宝昌，三姐姐搀着小弟弟保俶（他的奶妈没有留下，早已辞退），好大一家人都来了。这时三伯伯却不见了，跟着爸爸妈妈等许多人都跑到后面不知哪里去了，我一人站在过道里，吓得想哭又不敢哭。等了好一会，才看见三姐姐和我家的小厮阿袁来了（"小厮"就是小当差的，现在没什么"小厮"了）。三姐姐带我到一个小院子里，指点着说："咱们住在这里。"

我看见一个中国女人在那儿的院子里洗脸，她把洗脸布打湿了把眉毛左右一分。我觉得很有道理，以后洗脸也要学她了。三姐姐把我衣角牵牵，我就跟她走进一间小小的客厅，三姐姐说："你也这么大了，怎么这样不懂规矩，光着眼睛看人，好意思吗？"我心里想，这种女人我知道，上不上，下不下，是那种"搭脚阿妈"，北京人所谓"上炕的老妈子"，但是三姐姐说的也不错，我没为自己分辩。

那间小客厅里面搭着一张床，床很狭，容不下两个人，我就睡在炕几上，我个儿小，炕几上睡正合适。

至于那小厮阿袁呢，他当然不能和我们睡在同一间屋里。他只好睡在走廊栏杆的木板上，木板上躺着很不舒服，动一动就会滚下来。

阿袁睡了两夜,实在受不了。而且伙食愈来愈少,大家都吃不饱。阿袁对三姐说,“咱们睡在这里,太苦了,何必呢?咱们回家去多好啊,我虽然不会做菜,烙一张饼也会,咱们还是回家吧。”

三姐和我都同意,回到家里,换上家常衣服,睡在自己屋里,多舒服啊!

阿袁一人睡在大炕上,空落落的大房子,只他一人睡个大炕,他害怕得不得了。他打算带几张烙饼,重回外国人家。

忽然听见噼噼啪啪的枪声,阿袁说,“不好了,张勋的兵来了,还回到外国人家去吧。”我们姊妹就跟着阿袁逃,三人都哈着腰,免得中了流弹。逃了一半,觉得四无人声,站了一会,我们就又回家了。爸爸妈妈也回家了,他们回家前,问外国人家我们姊妹哪儿去了。外国人家说,他们早已回家了。但是爸爸妈妈得知我们在张勋的兵开枪时,正在街上跑,那是最危险的时刻呀,我们姊妹正都跟着阿袁在街上跑呢,爸爸很生气。阿袁为了老爷教他读书识字,很苦恼,很高兴地离了我们家。

(原载二〇一三年十月十五日《文汇报·笔会》)

书信三封

致徐伟锋转舒乙同志信

我得知中国现代文学馆中有我一席地，就打电话给馆中工作人员，要求撤出。该馆徐同志来信说：绝大多数作者都争着想进入馆中，我是惟一自动放弃的，像我这样“坦陈己见的、特立独行的，全中国也没几个”。我回信如下——

伟锋同志：并请转呈舒乙馆长同鉴：

您两位好！

来信及附件皆收到。我的意愿能得到尊重，我十分感激。但是请不要忘记，还有一个钱锺书也是不愿入馆的。他和我，地位不同，不能相提并论，上次电话里，我是分别提出陈请的。我自觉自愿，不妨直说。他呢，不像我这么无足轻重，我第一是怕引起误会——以为他态度不好，不合作（我们和舒乙同志向来是友好的）；第二也是怕引起误会——我会有挟以自重之嫌。所以我只好婉转其辞。不过，说白了，他就是不愿进文学馆。他曾明明白白说过，他不愿进中国现代文学馆。他从不厕身大师之林，他也向来不识抬举，这是大家都知道的。如果我不向馆长说明他本人不愿、恳切请求把他撤出文学馆，我就对不起钱锺书了。

希望他的意愿,同样也能得到尊重。

专复,即致

敬礼!

杨 绛上

二〇〇一年一月九日

致文联领导同志信

柳秀文女士：并请转呈高占祥、陈晓光等文联领导同志钧鉴：

您各位好！

一九九六年十二月，钱锺书曾由中国文联主席团决定聘为中国文联荣誉委员，并颁发景泰蓝盒装金质证章一枚，当时钱锺书病重住医院，证章由我代领携往医院，向钱锺书一一交代。钱锺书神识甚清，他听我讲了一言不发，只将双目一闭，表示拒绝。我知道他生平从不接受国内外任何荣誉勋章、奖章、荣誉学位等等。他是个狷介谨厚的书生，自分受之有愧的荣誉，他一概辞谢不受。文联的荣誉证章，我当时不能不收下转交；以后却又无法退还，多年来我心上很不安。

最近得柳秀文女士通知，说要将文联荣誉委员巨幅照相，制成豪华纪念册，嘱我提供钱锺书十寸照相。我因此十分为难。钱锺书嘱咐我的后事，我都尽力而为，不能因为他已作古人，就违反他的心意。所以我不能为文联荣誉委员纪念册提供照片。希望领导同志能予谅解。钱锺书名下的荣誉证章等珍贵物品，该如何处置，我听候领导同志的指示。

专复，并致敬礼！

杨　绛　谨上

二〇〇一年三月十九日

致汤晏先生信

汤晏先生：

昨天收到您十月十五、十六日二信及附件，谢谢！您的《钱锺书传》快要出版了，我向您贺喜。您孜孜矻矻为他写传，不采用无根据的传闻，不凭“想当然”的推理来断定过去，力求历史的真实；遇到不确切的事，不惮其烦地老远一次次来信问我，不敢强不知以为知。我很佩服您这种精神。但是，我只对您提出的问题作了答复，却未能从头至尾细读原稿；对于您所采用的某些资料是否可靠，我不知道。所以，我不敢应命为您写序。而且您和我的观点也不相同。钱锺书不愿去父母之邦，有几个原因。一个重要的原因是他深爱祖国的语言——他的 mother tongue，他不愿用外文创作。假如他不得已而只能寄居国外，他首先就得谋求合适的职业来维持生计。他必需付出大部分时间保住职业，以图生存。凭他的才学，他准会挤出时间，配合职业，用外文写出几部有关中外文化的著作。但是《百合心》是不会写下去了。《槐聚诗存》也没有了。《宋诗选注》也没有了。《管锥编》也没有了。当时《宋诗选注》受到批判，钱锺书并没有“痛心疾首”。因为他知道自己是一个“旧知识分子”。他尽本分完成了一件工作，并不指望赞誉。赞誉会带来批判。批判多半是废话。废话并不能废掉他的成果。所以他心情很平静，还只顾补订他的《宋诗纪事》呢。这部书不久就要出版，有十多本。他的读书笔记和心得，作为《钱锺书手稿集》，已交商务印书馆扫描印行，明年年底也可出版，大约有四十五大本。此外，我也许还能为他整理出一些作品。但是钱锺书在创作方面，的确没能够充分发挥他的才华。“发短心长”，千古伤心事，不独钱锺书的创作。您的设想属浪漫派，我的设想较现实。反正同是设想而已。我耄耋之年，没力量为您写序很抱歉，只好写封信谢谢您对钱锺书的器重，也谢谢您对我的信任。祝愿您的书有许多许多读者。

杨　绛　谨上

二〇〇一年十月二十八日

诗六首

中　秋　二〇一〇年九月

忽见窗前月玲珑
秋风竦竦吹病松
心胸郁结人知否
怀抱凄清谁与共
离合悲欢世间事
阴晴圆缺凭天公
我今无意酬佳节
但觉凄凄秋意浓

哀圆圆 九月二十九日

圆圆去世已多年
老母心犹恨绵绵
学校尽责又尽义
家人相思不相见
昔日灯前共笑语
今朝彼此各一天
不由自主真可怜
堪叹往事已如烟

忆锺书 十月二日

与君结发为夫妻
坎坷劳生相提携
何意忽忽暂相聚
岂已缘尽永别离
为问何时再相见
有谁能识此天机
家中独我一人矣
形影相吊心悲凄

自　嘲　十月十三日

双颊肥满面团团
两眼小如花椒丸
老友相见不相识
杨绛面貌怎这般

悲王季玉先生　十月十五日

一

状元宰相之夫人
毁家兴学事可珍
继往开来待阿谁
广大教化有先生
小过何辜遭重罚
一帚扫出如轻尘
含冤悒悒意莫伸
嗟夫天地胡不仁

二

季玉先生心已寒
欲归不能徒心酸
实验室里日月长
虚度人世瞬息间
忽闻文化遭大劫

溜回学校立门前
左右石狮兀无恙
手抚旧物泪阑干

注:有学生见季玉先生手抚石狮潸然流泪。

我们仨 ◆ 走到人生边上 ● 坐在人生的边上

我们仨

杨绛全集 |

杨绛 著

人民文学出版社

1999年夏，正整理钱锺书笔记《容安馆札记》

| 1983年11月，于伦敦泰晤士河畔

1979年11月，于英国

| 1948年冬，与钱锺书摄于上海

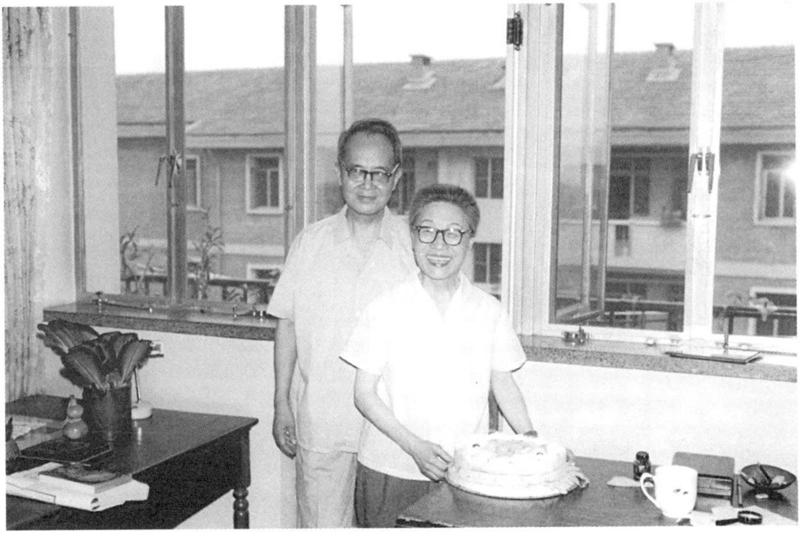

| 1981年7月，七十岁生日与钱锺书在三姐闰康赠给的生日蛋糕前合影

1983年，与钱锺书在家中

| 1983年夏，与钱锺书摄于三里河寓所院内

| 杨绛绘像（高莽　作）

| 钱锺书与围城（高莽　作）

钱锺书与杨绛（高莽 作）

別れの儀式
楊絳と銭鍾書
ある中国知識人一家の物語
楊絳 著
Yang Jiang
桜庭ゆみ子 訳
Sakuraba Yumiko
家族の愛と生、そして死を、
ユーモアを交えた
静謐な文体で描きだす
日中戦争、文化大革命にいたる様々な政治運動を乗り越え、
したたかに、しなやかに生き抜いた一家三人の物語。
中国稀代のエッセイスト・楊絳のベストセラー、待望の邦訳。
勉誠出版

|《我们仨》日文版

| 《我们仨》台湾时报出版公司版

| 《我们仨》汉德双语本

| 2011年4月，于三里河寓所

2007年冬，在家中与清华大学“好读书奖学金”得奖学生欢聚

北京师范大学的敬师松。学生将钱瑗的骨灰埋在松树下以寄托对老师的哀思。

目录

✤ 我们仨

✤ 走到人生边上——自问自答

我们仨

抗戰胜利後，约1946年，摄於上海

Mom
Pop

1950年清華校庆日，攝於清華大学新林院宿舍。我家住這宅房子的西側，小門内是我们三人的卧室，窗内是客厅。我抱的是小猫"花花兒"，刚满月不久。陽台下是大片空地。

1980年. 錢瑗在英國Lancaster大学進修二年後回家. 在國外学會烹調, 正做了拿手菜孝敬父母.

錢書贈我十絶句，作於一九五九年。「二十六年前」即一九三三年。他曾將自己早年的詩，手寫自訂成册贈我。

第三首引用北齊崔氏靧面辭：

取紅花，取白雪，與兒洗面作光悦；
取白雪，取紅花，與兒洗面作妍華；
取花紅，取雪白，與兒洗面作光澤；
取雪白，取花紅，與兒洗面作華容。

第六首指我寫的劇本。

第七首有自註：余小說「圍城」出版後，頗多癡人說夢者。

第一部　我们俩老了

有一晚，我做了一个梦。我和锺书一同散步，说说笑笑，走到了不知什么地方。太阳已经下山，黄昏薄暮，苍苍茫茫中，忽然锺书不见了。我四顾寻找，不见他的影踪。我喊他，没人应。只我一人，站在荒郊野地里，锺书不知到哪里去了。我大声呼喊，连名带姓地喊。喊声落在旷野里，好像给吞吃了似的，没留下一点依稀仿佛的音响。彻底的寂静，给沉沉夜色增添了分量，也加深了我的孤凄。往前看去，是一层深似一层的昏暗。我脚下是一条沙土路，旁边有林木，有潺潺流水，看不清楚溪流有多么宽广。向后看去，好像是连片的屋宇房舍，是有人烟的去处，但不见灯火，想必相离很远了。锺书自顾自先回家了吗？我也得回家呀。我正待寻觅归路，忽见一个老人拉着一辆空的黄包车，忙拦住他。他倒也停了车。可是我怎么也说不出要到哪里去，惶急中忽然醒了。锺书在我旁边的床上睡得正酣呢。

我转侧了半夜等锺书醒来，就告诉他我做了一个梦，如此这般；于是埋怨他怎么一声不响地撇下我自顾自走了。锺书并不为我梦中的他辩护，只安慰我说：那是老人的梦，他也常做。

是的，这类的梦我又做过多次，梦境不同而情味总相似。往往是我们两人从一个地方出来，他一晃眼不见了。我到处问询，无人理我。我或是来回寻找，走入一连串的死胡同，或独在昏暗的车站等车，等那末一班车，车也总不来。梦中凄凄惶惶，好像只要能找到他，就能一同回家。

锺书大概是记着我的埋怨，叫我做了一个长达万里的梦。

第二部　我们仨失散了

这是一个“万里长梦”。梦境历历如真，醒来还如在梦中。但梦毕竟是梦，彻头彻尾完全是梦。

一　走上古驿道

已经是晚饭以后，他们父女两个玩得正酣。锺书怪可怜地大声求救：“娘，娘，阿圆欺我！”

阿圆理直气壮地喊：“Mummy娘！爸爸做坏事！当场拿获！”（我们每个人都有许多称呼，随口叫。）

“做坏事”就是在她屋里捣乱。

我走进阿圆卧房一看究竟。只见她床头枕上垒着高高一叠大辞典，上面放一只四脚朝天的小板凳，凳脚上端端正正站着一双沾满尘土的皮鞋——显然是阿圆回家后刚脱下的，一只鞋里塞一个笔筒，里面有阿圆的毛笔、画笔、铅笔、圆珠笔等，另一只鞋里塞一个扫床的笤帚把。沿着枕头是阿圆带回家的大书包。接下是横放着的一本一本大小各式的书，后面拖着我给阿圆的长把“鞋拔”，大概算是尾巴。阿圆站在床和书桌间的夹道里，把爸爸拦在书桌和钢琴之间。阿圆得意地说：“当场拿获！！”

锺书把自己缩得不能再小，紧闭着眼睛说：“我不在这里！”

他笑得都站不直了。我隔着他的肚皮,也能看到他肚子里翻滚的笑浪。

阿圆说:“有这种 alibi[①] 吗?”

我忍不住也笑了。三个人都在笑。客厅里电话铃响了几声,我们才听到。

接电话照例是我的事(写回信是锺书的事)。我赶忙去接。没听清是谁打来的,只听到对方找钱锺书去开会。我忙说:“钱锺书还病着呢,我是他的老伴儿,我代他请假吧。”对方不理,只命令说:“明天报到,不带包,不带笔记本,上午九点有车来接。”

我忙说:“请问在什么地点报到?我可以让司机同志来代他请假。”

对方说:“地点在山上,司机找不到。明天上午九点有车来接。不带包,不带笔记本。上午九点。”电话就挂断了。

锺书和阿圆都已听到我的对答。锺书早一溜烟过来坐在我旁边的沙发上。阿圆也跟出来,挨着爸爸,坐在沙发的扶手上。她学得几句安慰小孩子的顺口溜,每逢爸爸“因病请假”,小儿赖学似的心虚害怕,就用来安慰爸爸:“提勒提勒耳朵,胡噜胡噜毛,我们的爸爸吓不着。”(“爸爸”原作“孩子”。)

我讲明了电话那边传来的话,很抱歉没敢问明开什么会。按说,锺书是八十四岁的老人了,又是大病之后,而且他也不担任什么需他开会的职务。我对锺书说:“明天车来,我代你去报到。”

锺书并不怪我不问问明白。他一声不响地起身到卧房去,

---

① 英文,不在犯罪现场的证据。

自己开了衣柜的门，取出他出门穿的衣服，挂在衣架上，还挑了一条干净手绢，放在衣袋里。他是准备亲自去报到，不需我代表——他也许知道我不能代表。

我和阿圆还只顾捉摸开什么会。锺书没精打采地干完他的晚事（洗洗换换），乖乖地睡了。他向例早睡早起，我晚睡晚起，阿圆晚睡早起。

第二天早上，阿圆老早做了自己的早饭，吃完就到学校上课去。我们两人的早饭总是锺书做的。他烧开了水，泡上浓香的红茶，热了牛奶（我们吃牛奶红茶），煮好老嫩合适的鸡蛋，用烤面包机烤好面包，从冰箱里拿出黄油、果酱等放在桌上。我起床和他一起吃早饭。然后我收拾饭桌，刷锅洗碗，等他穿着整齐，就一同下楼散散步，等候汽车来接。

将近九点，我们同站在楼门口等待。开来一辆大黑汽车，车里出来一个穿制服的司机。他问明钱锺书的身份，就开了车门，让他上车。随即关上车门，好像防我跟上去似的。我站在楼门口，眼看着那辆车稳稳地开走了。我不识汽车是什么牌子，也没注意车牌的号码。

我一个人上楼回家。自从去春锺书大病，我陪住医院护理，等到他病愈回家，我脚软头晕，成了风吹能倒的人。近期我才硬朗起来，能独立行走，不再需扶墙摸壁。但是我常常觉得年纪不饶人，我已力不从心。

我家的阿姨是钟点工。她在我家已做了十多年，因家境渐渐宽裕，她辞去别人家的工作，单做我一家。我信任她，把铁门的钥匙也分一个给她拴在腰里。我们住医院，阿圆到学校上课，家里没人，她照样来我家工作。她看情况，间日来或每日来，我都随她。这天她来干完活儿就走了。我焖了饭,焐在暖窝里;切好菜,等锺书回来了下锅炒;汤也炖好了,焐着。

等待是很烦心的。我叫自己别等,且埋头做我的工作。可是,说不等,却是急切地等,书也看不进,一个人在家团团转。快两点了,锺书还没回来。我舀了半碗汤,泡两勺饭,胡乱吃下,躺着胡思乱想。想着想着,忽然动了一个可怕的念头。我怎么能让锺书坐上一辆不知来路的汽车,开往不知哪里去呢?

阿圆老晚才回家。我没吃晚饭,也忘了做。阿姨买来大块嫩牛肉,阿圆会烤,我不会。我想用小火炖一锅好汤,做个罗宋汤,他们两个都爱吃。可是我直在焦虑,什么都忘了,只等阿圆回来为我解惑。

我自己饭量小,又没胃口,锺书老来食量也小,阿圆不在家的日子,我们做晚饭只图省事,吃得很简便。阿圆在家吃晚饭,我只稍稍增加些分量。她劳累一天,回家备课、改卷子,总忙到夜深,常说:"妈妈,我饿饭。"我心里抱歉,记着为她做丰盛的晚饭。可是这一年来,我病病歪歪,全靠阿圆费尽心思,也破费工夫,为我们两个做好吃的菜,哄我们多吃两口。她常说:"我读食谱,好比我查字典,一个字查三种字典,一个菜看三种食谱。"她已学到不少本领。她买了一只简单的烤箱,又买一只不简单的,精心为我们烤制各式鲜嫩的肉类,然后可怜巴巴地看我们是否欣赏。我勉强吃了,味道确实很好,只是我病中没有胃口(锺书病后可能和我一样)。我怕她失望,总说:"好吃!"她待信不信地感激说:"娘,谢谢你。"或者看到爸爸吃,也说:"爸爸,谢谢你。"我们都笑她傻。她是为了我们的营养。我们吃得勉强,她也没趣,往往剩下很多她也没心思吃。

我这一整天只顾折腾自己,连晚饭都没做。准备午饭用的一点蔬菜、几片平菇、几片薄薄的里脊是不经饱的。那小锅的饭已经让我吃掉半碗了,阿圆又得饿饭。而且她还得为妈妈讲许多道理,叫妈妈别胡思乱想,自惊自扰。

她说:“山上开会说不定要三天。”

“住哪儿呢?毛巾、牙刷都没带。”

她说:“招待的地方都会有的。”还打趣说:“妈妈要报派出所吗?”

我真想报派出所,可是怎么报呢?

阿圆给我愁得也没好生吃晚饭。她明天不必到学校去,可是她有改不完的卷子,备不完的功课。晚上我假装睡了,至少让阿圆能安静工作。好在明天有她在身边,我心上有依傍。可是我一夜没睡。

早起我们俩同做早饭,早饭后她叫我出去散步。我一个人不愿意散步。她洗碗,我烧开水,灌满一个个暖瓶。这向例是锺书的事。我定不下心,只顾发呆,满屋子乱转。电话铃响我也没听到。

电话是阿圆接的。她高兴地喊:“爸爸!!”

我赶紧过来站在旁边。

她说:“嗯……嗯……嗯……嗯……嗯。”都是“嗯”。然后挂上电话。

我着急地问:“怎么说?”

她只对我摆手,忙忙地抢过一片纸,在上面忙忙地写,来不及地写,写的字像天书。

她说:“爸爸有了!我办事去。”她两个手指点着太阳穴说:

“别让我混忘了,回来再讲。”

她忙忙地挂着个皮包出门,临走说:“娘,放心。也许我赶不及回来吃饭,别等我,你先吃。”

幸亏是阿圆接的电话,她能记。我使劲儿叫自己放心,只是放不下。我不再胡思乱想,只一门心思等阿圆回来,干脆丢开工作,专心做一顿好饭。

我退休前曾对他们许过愿。我说:“等我退休了,我补课,我还债,给你们一顿一顿烧好吃的菜。”我大半辈子只在抱歉,觉得自己对家务事潦草塞责,没有尽心尽力。他们两个都笑说:“算了吧!”阿圆不客气说:“妈妈的刀工就不行,见了快刀子先害怕,又性急,不耐烦等火候。”锺书说:“为什么就该你做菜呢?你退了,能休吗?”

说实话,我做的菜他们从未嫌过,只要是我做的,他们总叫好。这回,我且一心一意做一顿好饭,叫他们出乎意外。一面又想,我准把什么都烧坏了,或许我做得好,他们都不能准时回来。因为——因为事情往往是别扭的,总和希望或想象的不一致。

我的饭做得真不错,不该做得那么好。我当然失望得很,也着急得很。阿圆叫我别等她,我怎能不等呢。我直等到将近下午四点阿圆才回家,只她一人。她回家脱下皮鞋,换上拖鞋,显然走了不少路,很累了,自己倒杯水喝。我的心直往下沉。

阿圆却很得意地说:“总算给我找着了!地址没错,倒了两次车,一找就找到。可是我排了两个冤枉队,一个队还很长,真冤枉。挨到我,窗口里的那人说:‘你不在这里排,后面。’他就不理我了。‘后面’在哪里呢?我照着爸爸说的地方四面问人,都说不知道。我怕过了办公时间找不到人,忽见后面有一间小屋，里面有个人站在窗口，正要关窗。我抢上去问他：‘古驿道在哪儿？’他说：‘就这儿。’唷！我松了好大一口气。我怕忘记错了，再哪儿找去。”

“古驿道？”我皱着眉头摸不着头脑。

“是啊，妈妈，我从头讲给你听。爸爸是报到以后抢时间打来的电话，说是他们都得到什么大会堂去开会，交通工具各式各样，有飞机，有火车，有小汽车，有长途汽车等等，机票、车票都抢空了，爸爸说，他们要抢早到会，坐在头排，让他们抢去吧，他随便。他选了没人要的一条水道，坐船。爸爸一字一字交待得很清楚，说是‘古驿道’。那个办事处窗口的人说：‘这会儿下班了，下午来吧。’其实离下班还不到五分钟呢，他说下午二时办公。我不敢走远，近处也没有买吃的地方。我就在窗根儿底下找个地方坐等，直等到两点十七八分，那人才打开窗口，看见我在原地等着，倒也有点抱歉。他说：‘你是家属吗？家属只限至亲。’所以家属只你我两个。他给了那边客栈的地址，让咱们到那边去办手续。怎么办，他都细细告诉我了。”

阿圆说：“今天来不及到那边儿去办手续了，肯定又下班了。妈妈，你急也没用，咱们只好等明天了。”

我热了些肉汤让阿圆先点点饥，自己也喝了两口。我问：“‘那边’在哪儿？”

阿圆说：“我记着呢。还有啰啰嗦嗦许多事，反正我这儿都记下了。”她给我看看自己皮包里的笔记本。她说：“咱们得把现款和银行存单都带上，因为手续一次办完，有余退还，不足呢，半路上不能补办手续。”

我觉得更像绑架案了，只是没敢说，因为阿圆从不糊涂。我重新热了做好的饭，两人食而不知其味地把午饭、晚饭并作一顿吃。

我疑疑惑惑地问："办多长的手续呀？带多少行李呢？"

阿圆说："洗换的衣服带两件，日用的东西那边客栈里都有，带了钱就行，要什么都有。"她约略把她记下的啰啰嗦嗦事告诉我，我不甚经心地听着。

阿圆一再对我说："娘，不要愁，有我呢。咱们明天就能见到爸爸了。"

我无奈说："我怕爸爸要急坏了——他居然也知道打个电话。也多亏是你接的。我哪里记得清。我现在出门，路都不认识了，车也不会乘了，十足的饭桶了。"

阿圆缩着脖子做了个鬼脸说："妈妈这只饭桶里，只有几颗米粒儿一勺汤。"我给她说得笑了。她安慰我说："反正不要紧，我把你安顿在客栈里，你不用认路，不用乘车。我只能来来往往，因为我得上课。"

阿圆细细地看她的笔记本。我收拾了一个小小的手提包，也理出所有的存单，现款留给阿圆。

第二天早餐后，阿圆为我提了手提包，肩上挂着自己的皮包，两人乘一辆出租车，到了老远的一个公交车站。她提着包，护着我，挤上公交车，又走了好老远的路。下车在荒僻的路上又走了一小段路，只见路旁有旧木板做成的一个大牌子，牌子上是小篆体的三个大字："古驿道"。下面有许多行小字，我没戴眼镜，模模糊糊看到几个似曾见过的地名，如灞陵道、咸阳道等。阿圆眼快，把手一点说："到了，就是这里。妈妈，你只管找号头，311，就是爸爸的号。"

她牵着我一拐弯走向一个门口。她在门上一个不显眼的地方按一下，原来是电铃。门上立即开出一个窗口。阿圆出示证件，窗口关上，门就开了。我们走入一家客栈的后门，那后门也随即关上。

客栈是坐南向北的小楼，后门向南。进门就是柜台。

阿圆说："妈妈，累了吧？"她在柜台近侧找到个坐处，叫妈妈坐下，把手提包放在我身边。她自己就去招呼柜台后面的人办手续。先是查看种种证件，阿圆都带着呢。掌柜的仔细看过，然后拿出几份表格叫她一一填写。她填了又填，然后交费。我暗想，假如是绑匪，可真是官派十足啊。那掌柜的把存单一一登记，一面解释说："我们这里房屋是简陋些，管理却是新式的；这一路上长亭短亭都已改建成客栈了，是连锁的一条龙。你们领了牌子就不用再交费，每个客栈都供吃、供住、供一切方便。旅客的衣着和日用品都可以在客栈领，记账。旅客离开房间的时候，把自己的东西归置一起，交给柜台。船上的旅客归船上管，你们不得插手。住客栈的过客，得遵守我们客栈的规则。"他拿出印好的一纸警告，一纸规则。

警告是红牌黑字，字很大。

（一）顺着驿道走，没有路的地方，别走。

（二）看不见的地方，别去。

（三）不知道的事，别问。

规则是白纸黑字，也是大字。

（一）太阳落到前舱，立即回客栈。驿道荒僻，晚间大门上闩后，敲门也不开。

（二）每个客栈，都可以休息、方便、进餐，勿错过。

（三）下船后退回原客栈。

掌柜的发给我们各人一个圆牌，上有号码，背面叫我们按上指印，一面郑重叮嘱，出入总带着牌儿，守规则，勿忘警告，尤其是第三条，因为最难管的是嘴巴。

客栈里正为我们开饭，叫我们吃了饭再上路。我心上纳闷，尤其那第三条警告叫人纳闷。不知道的事多着呢，为什么不能问？问了又怎么样？

我用手指点红牌上的第三条故意用肯定的口气向掌柜的说："不能用一个问字，不能打一个问号。"我这样说，应该不算问。可是掌柜的瞪着眼警告说："你这话已经在边缘上了，小心！"我忙说："谢谢，知道了。"

阿圆悄悄地把我的手捏了一捏，也是警告的意思。饭后我从小提包里找出一枚别针，别在手袖上，我往常叫自己记住什么事，就在衣袖上别一枚别针，很有提醒的作用。

柜台的那一侧，有两扇大门。只开着一扇，那就是客栈的前门。前门朝北开。我们走出前门，顿觉换了一个天地。

二　古驿道上相聚

那里烟雾迷蒙，五百步外就看不清楚；空气郁塞，叫人透不过气似的。门外是东西向的一道长堤，沙土筑成，相当宽，可容两辆大车。堤岸南北两侧都砌着石板。客栈在路南，水道在路北。客栈的大门上，架着一个新刷的招牌，大书"客栈"二字。道旁两侧都是古老的杨柳。驿道南边的堤下是城市背面的荒郊,杂树丛生,野草滋蔓,爬山虎直爬到驿道旁边的树上。远处也能看到一两簇苍松翠柏,可能是谁家的陵墓。驿道东头好像是个树林子。客栈都笼罩在树林里似的。我们走近临水道的那一岸。堤很高,也很陡,河水静止不流,不见一丝波纹。水面明净,但是云雾蒙蒙的天倒映在水里,好像天地相向,快要合上了。也许这就是令人觉得透不过气的原因。顺着蜿蜒的水道向西看去,只觉得前途很远很远,只是迷迷茫茫,看不分明。水边一顺溜的青青草,引出绵绵远道。

古老的柳树根,把驿道拱坏了。驿道也随着地势时起时伏,石片砌的边缘处,常见塌陷,所以路很难走。河里也不见船只。

阿圆扶着我说:"妈妈小心,看着地下。"

我知道小心,因为我病后刚能独自行走。我步步着实地走,省得阿圆搀扶,她已经够累的了。走着走着——其实并没走多远,就看见岸边停着一叶小舟,赶紧跑去。

船头的岸边,植一竿撑船的长竹篙,船缆在篙上。船很小,倒也有前舱、后舱、船头、船尾;却没有舵,也没有桨。一条跳板,搭在船尾和河岸的沙土地上。驿道边有一道很长的斜坡,通向跳板。

阿圆站定了说:"妈妈,看那只船艄有号码,311,是爸爸的船。"

我也看见了。阿圆先下坡,我走在后面,一面说:"你放心,我走得很稳。"但是阿圆从没见过跳板,不敢走。我先上去,伸手牵着她,她小心翼翼地横着走。两人都上了船。

船很干净,后舱空无一物,前舱铺着一只干净整齐的床,雪白的床单,雪白的枕头,简直像在医院里,锺书侧身卧着,腹部匀匀地一起一伏，睡得很安静。

我们在后舱脱了鞋，轻轻走向床前。只见他紧抿着嘴唇，眼睛里还噙着些泪，脸上有一道泪痕。枕边搭着一方干净的手绢，就是他自己带走的那条，显然已经洗过，因为没一道折痕。船上不见一人。

该有个撑船的艄公，也许还有个洗手绢的艄婆。他们都上岸了？（我只在心里琢磨。）

我摸摸他额上温度正常，就用他自己的手绢为他拭去眼泪，一面在他耳边轻唤“锺书，锺书”。阿圆乖乖地挨着我。

他立即睁开眼，眼睛睁得好大。没有了眼镜，可以看到他的眼皮双得很美，只是面容显得十分憔悴。他放心地叫了声“季康，阿圆”，声音很微弱，然后苦着脸，断断续续地诉苦：“他们把我带到一个很高很高的不知哪里，然后又把我弄下来，转了好多好多的路，我累得睁不开眼了，又不敢睡，听得船在水里走，这是船上吧？我只愁你们找不到我了。”

阿圆说：“爸爸，我们来了，你放心吧！”

我说：“阿圆带着我，没走一步冤枉路。你睁不开眼，就闭上，放心睡一会儿。”

他疲劳得支持不住，立即闭上眼睛。

我们没个坐处，只好盘膝坐在地下。他从被子侧边伸出半只手，动着指头，让我们握握。阿圆坐在床尾抱着他的脚，他还故意把脚动动。我们三人又相聚了。不用说话，都觉得心上舒坦。我握着他的手把脸枕在床沿上。阿圆抱着爸爸的脚，把脸靠在床尾。虽然是古驿道上，这也是合家团聚。

我和阿圆环视四周。锺书的眼镜没了，鞋也没了。前舱的四壁好像都是装东西的壁柜,我们不敢打开看。近船头处,放着一个大石礅。大概是镇船的。

阿圆忽然说:“啊呀,糟糕了,妈妈,我今天有课的,全忘了!明天得到学校去一遭。”

我说:“去也来不及了。”

“我从来没旷过课。他们准会来电话。哎,还得补课呢。今晚得回去给系里通个电话。”

阿圆要回去,就剩我一人住客栈了。我往常自以为很独立,这时才觉得自己像一枝爬藤草。可是我也不能拉住阿圆不放。好在手续都已办完,客栈离船不远。

我叹口气说:“你该提早退休,就说爸爸老了,妈妈糊涂了,你负担太重了。你编的教材才出版了上册,还有下册没写呢。”

阿圆说:“妈妈你不懂。一面教,一面才会有新的发现,才能修改添补。出版的那个上册还得大修大改呢——妈妈,你老盼我退休,只怕再过三年五年也退不成。”

我自己惭愧,只有我是个多余的人。我默然。太阳已经越过船身。我轻声说:“太阳照进前舱,我们就得回客栈,如果爸爸还不醒……”我摸摸袖口的别针,忙止口不问。

“叫醒他。”阿圆有决断,她像爸爸。

锺书好像还在沉沉酣睡。云后一轮血红的太阳,还没照到床头,锺书忽然睁开眼睛,看着我们,安慰自己似的念着我们的名字:季康、圆圆。我们忙告诉他,太阳照进前舱,我们就得回客栈。阿圆说:“我每星期会来看你。妈妈每天来陪你。这里很安静。”

锺书说:“都听见了。”他耳朵特灵,他睡着也只是半睡。这时他忽把紧闭的嘴拉成一条直线,扯出一丝淘气的笑,怪有意思地看着我说:“绛,还做梦吗?”

我愣了一下,茫然说:“我这会儿就好像做梦呢。”嘴里这么回答,却知道自己是没有回答。我一时摸不着头脑。

阿圆站起身说:“我们该走了。爸爸,我星期天来看你,妈妈明天就来。”

锺书说:“走吧。”

我说了声:“明天见,好好睡。”我们忙到后舱穿上鞋。我先上跳板,牵着阿圆。她只会横着一步一步过。我们下船,又走上驿道。两人忙忙地赶回客栈,因为路不好走,我又走不快。

到了客栈,阿圆说:“妈妈,我很想陪你,但是我得赶回家打个电话,还得安排补课……妈妈,你一个人了……”她舍不得撇下我。

我认为客栈离船不远,虽然心上没着落,却不忍拖累阿圆。我说:“你放心吧,我走得很稳了。你来不及吃晚饭,干脆赶早回去,再迟就堵车了。”

我们一进客栈的门,大门就上闩。

阿圆说:“娘,你走路小心,宁可慢。”我说:“放心,你早点睡。”她答应了一声,匆匆从后门出去,后门也立即关上。这前后门都把得很紧。

我仍旧坐在楼梯下的小饭桌上,等开晚饭。我要了一份清淡的晚餐,坐着四顾观看。店里有个柜台,还有个大灶,掌柜一人,还有伙计几人,其中有一个女的很和善。我们微笑招呼。我发现柜台对面有个窗口,旁边有一个大转盘,茶水、点心、饭菜都从这个转盘转出去。窗口有东西挡着,我午饭时没看见。我对女人说："那边忙着呢，我不着急。"那女人就向我解释，外面是南北向的道路上招徕顾客的点心铺，也供茶水、也供便饭。我指指楼上，没敢开口。她说，楼上堆货，管店的也住楼上。没别的客人。

楼上，我的客房连着个盥洗室，很干净。我的手提包已经在客房里了。我走得很累，上床就睡着。

我睡着就变成了一个梦，很轻灵。我想到高处去看看河边的船。转念间，我已在客栈外边路灯的电杆顶上。驿道那边的河看不见，停在河边的船当然也看不见，船上并没有灯火。客栈南边却是好看，闪亮着红灯、绿灯、黄灯、蓝灯各色灯光，是万家灯火的不夜城，是北京。三里河在哪儿呢？转念间我已在家中卧室窗前的柏树顶上，全屋是黑的，阿圆不知在哪条街上，哪辆公交车上。明天我们的女婿要来吃早点的，他知道我们家的事吗？转念间我又到了西石槽阿圆的婆家。屋里几间房都亮着灯。呀！阿圆刚放下电话听筒，过来坐在饭桌前。她婆婆坐在她旁边。我的女婿给阿圆舀了一碗汤，叫她喝汤，一面问：

"我能去看看他们吗？"

"不能，只许妈妈和我两个。"

她婆婆说："你搬回来住吧。"

阿圆说："书都在那边呢，那边离学校近。我吃了晚饭就得过那边去。"

我依傍着阿圆，听着他们谈话，然后随阿圆又上车回到三里河。她洗完澡还不睡，备课到夜深。我这个梦虽然轻灵，却是万般无能，我都没法催圆圆早睡。梦也累了。我停在自己床头贴近衣柜的角落里歇着，觉得自己化淡了。化为乌有了。

我睁眼，身在客栈的床上，手脚倒是休息过来了。我吃过早饭，忙忙地赶路，指望早些上船陪锺书。昨天走过的路约略记得，可是斜坡下面的船却没有了。

这下子我可慌了。我没想想，船在水里，当然会走的。走多远了呢？身边没个可以商量的人了。一人怯怯地，生怕走急了绊倒了怎么办，又怕错失了河里的船，更怕走慢了赶不上那只船。步步留心地走，留心地找，只见驿道左侧又出现一座客栈，不敢错过，就进去吃饭休息。客栈是一模一样的客栈，只是掌柜和伙计换了人。我带着牌子进去，好似老主顾。我洗了手又复赶路，心上惶惶然。幸好不多远就望见驿道右边的斜坡，311 号的船照模照样地停在坡下。我走过跳板上船，在后舱脱鞋，锺书半坐半躺地靠在枕上等我呢。

他问："阿圆呢？"

"到学校去了。"

我照样盘腿坐在他床前，摸他的脑门子，温度正常，颈间光滑滑地。他枕上还搭着他自己的手绢，显然又洗过了。他神情已很安定，只是面容很憔悴，一下子瘦了很多。

他说："我等了你好半天了。"

我告诉他走路怕跌，走不快。

我把自己变了梦所看到的阿圆，当作真事一一告诉。他很关心地听着，并不问我怎会知道。他等我已经等累了，疲倦得闭上眼睛。我梦里也累，又走得累，也紧张得累。我也闭上眼，把头枕在他的床边。这样陪着他，心上挺安顿。到应该下船的时候，我起身说，该回去了，他说："明天见，别着急，走路小心。"我就一步步走回客栈。

但是，我心上有个老大的疙瘩。阿圆是否和我一样糊涂，以为船老停在原处不动？船大概走了一夜，星期天阿圆到哪个客栈来找我呢？

客栈确是“一条龙”，我的手提包已移入另一个客栈的客房。我照模照样又过了一夜，照模照样又变成一个梦，随着阿圆打转，又照模照样，走过了另一个客栈，又找到锺书的船。他照样在等我，我也照样儿陪着他。

一天又一天，我天天在等星期日，却忘了哪天是星期日。有一天，我饭后洗净手，正待出门，忽听得阿圆叫娘，她连挂在肩上的包都没带，我梦里看见她整理好了书包才睡的。我不敢问，只说：“你没带书包。”

她说不用书包，只从衣袋里掏出一只小钱包给我看看，拉着我一同上路。我又惊讶，又佩服，不知阿圆怎么找来的，我也不敢问，只说：“我只怕你找不到我们了。”阿圆说：“算得出来呀。”古驿道办事处的人曾给她一张行舟图表，她可以按着日程找。我放下了一桩大心事。

我们一同上了船，锺书见了阿圆很高兴，虽然疲倦，也不闭眼睛，我虽然劳累，也很兴奋，我们又在船上团聚了。

我只在阿圆和我分别时郑重叮嘱，晚上早些睡，勿磨蹭到老晚。阿圆说：“妈妈，梦想为劳，想累了要梦魇的。”去年爸爸动手术，她颈椎痛，老梦魇，现在好了。她说：“妈妈总是性急，咱们只能乖乖地顺着道儿走。”

可是我常想和阿圆设法把锺书驮下船溜回家去。这怎么可能呢！

我的梦不复轻灵，我梦得很劳累，梦都沉重得很。我变了梦,看阿圆忙这忙那,看她吃着晚饭,还有电话打扰,有一次还有两个学生老晚来找她。我看见女婿在我家厨房里,烧开了水,壶上烤着个膏药,揭开了,给阿圆贴在颈后。都是真的吗?她又颈椎痛吗?我不敢当作真事告诉锺书。好在他都不问。

堤上的杨柳开始黄落,渐渐地落成一棵棵秃柳。我每天在驿道上一脚一脚走,带着自己的影子,踏着落叶。

有一个星期天,三人在船上团聚。锺书已经没有精力半坐半躺,他只平躺着。我发现他的假牙不知几时起已不见了。他日见消瘦,好像老不吃饭似的。我摸摸他的脑门子,有点热辣辣的。我摸摸阿圆的脑门子,两人都热辣辣的,我用自己的脑门子去试,他们都是热的。阿圆笑说:"妈妈有点凉,不是我们热。"

可是下一天我看见锺书手背上有一块青紫,好像是用了吊针,皮下流了血。他眼睛也张不开,只捏捏我的手。我握着他的手,他就沉沉地睡,直到太阳照进前舱。他时间观念特强,总会及时睁开眼睛。他向我点点头。我说:"好好睡,明天见。"

他只说:"回去吧。"

阿圆算得很准,她总是到近处的客栈来找我。每星期都来看爸爸,除了几次出差,到厦门,到昆明,到重庆。我总记着她飞机起飞和降落的时刻。她出差时,我梦也不做,借此休息。锺书上过几次吊针,体温又正常,精神又稍好,我们同在船上谈说阿圆。

我说:"她真是'强爹娘、胜祖宗'。你开会发言还能对付,我每逢开会需要发言,总吓得心怦怦跳,一句也不会说。阿圆呢,总有她独到的见解,也敢说。那几个会,她还是主持人。"

锺书叹口气说:"咱们的圆圆是可造之材,可是……"

阿圆每次回来，总有许多趣事讲给我们听，填满了我不做梦留下的空白。我们经常在船上相聚，她的额头常和锺书的一样热烘烘，她也常常空声空气地咳嗽。我担心说："你该去看看病，你'打的'去，'打的'回。"她说，看过病了，是慢性支气管炎。

她笑着讲她挎着个大书包挤车，同车的一人嫌她，对她说："大妈，您怎么还不退休？"我说："挤车来往费时间，时间不是金钱，时间是生命，记着。你来往都'打的'。"阿圆说："'打的'常给堵死在街上，前不能前，退不能退，还不如公交车快。"

我的梦已经变得很沉重，但是圆圆出差回来，我每晚还是跟着她转。我看见我的女婿在我家打电话，安排阿圆做磁共振、做CT。我连夜梦魇。一个晚上，我的女婿在我家连连地打电话，为阿圆托这人，托那人，请代挂专家号。后来总算挂上了。

我疑疑惑惑地在古驿道上一脚一脚走。柳树一年四季变化最勤。秋风刚一吹，柳叶就开始黄落，随着一阵一阵风，落下一批又一批叶子，冬天都变成光秃秃的寒柳。春风还没有吹，柳条上已经发芽，远看着已有绿意；柳树在春风里，就飘荡着嫩绿的长条。然后蒙蒙飞絮，要飞上一两个月。飞絮还没飞完，柳树都已绿叶成荫。然后又一片片黄落，又变成光秃秃的寒柳。我在古驿道上，一脚一脚的，走了一年多。

三　古驿道上相失

这天很冷。我饭后又特地上楼去，戴上阿圆为我织的巴掌手套。下楼忽见阿圆靠柜台站着。她叫的一声"娘"，比往常更温软亲热。她前两天刚来过，不知为什么又来了。她说："娘，我请长假了，医生说我旧病复发。”她动动自己的右手食指——她小时候得过指骨节结核，休养了将近一年。“这回在腰椎，我得住院。”她一点点挨近我，靠在我身上说：“我想去看看爸爸，可是我腰痛得不能弯，不能走动，只可以站着。现在老伟（我的女婿）送我住院去。医院在西山脚下，那里空气特好。医生说，休养半年到一年，就会完全好，我特来告诉一声，叫爸爸放心。老伟在后门口等着我呢，他也想见见妈妈。”她又提醒我说，“妈妈，你不要走出后门。我们的车就在外面等着。”店家为我们拉开后门。我扶着她慢慢地走。门外我女婿和我说了几句话，他叫我放心。我站在后门口看他护着圆圆的腰，上了一辆等在路边的汽车。圆圆摇下汽车窗上的玻璃，脱掉手套，伸出一只小小的白手，只顾挥手。我目送她的车去远了，退回客栈，后门随即关上。我惘惘然一个人从前门走上驿道。

驿道上铺满落叶，看不清路面，得小心着走。我想，是否该告诉锺书，还是瞒着他。瞒是瞒不住的，我得告诉，圆圆特地来叫我告诉爸爸的。

锺书已经在等我，也许有点生气，故意闭上眼睛不理我。我照常盘腿坐在他床前，慢慢地说：“刚才是阿圆来叫我给爸爸传几句话。”他立即张大了眼睛。我就把阿圆的话，委婉地向他传达，强调医生说的休养半年到一年就能完全养好。我说：从前是没药可治的，现在有药了，休息半年到一年，就完全好了。阿圆叫爸爸放心。

锺书听了好久不说话。然后，他很出我意外地说：“坏事变好事，她可以好好地休息一下了。等好了，也可以卸下担子。”

这话也给我很大的安慰。因为阿圆胖乎乎的，脸上红扑扑的，谁也不会让她休息；现在有了病，她自己也不能再鞭策自己。趁早休息，该是好事。

我们静静地回忆旧事：阿圆小时候一次两次的病，过去的劳累，过去的忧虑，过去的希望……我握着锺书的手，他也握握我的手，好像是叫我别愁。

回客栈的路上，我心事重重。阿圆住到了医院去，我到哪里去找她呢？我得找到她。我得做一个很劳累的梦。我没吃几口饭就上床睡了。我变成了一个很沉重的梦。

我的梦跑到客栈的后门外，那只小小的白手好像还在招我。恍恍惚惚，总能看见她那只小小的白手在我眼前。西山是黑地里也望得见的。我一路找去。清华园、圆明园，那一带我都熟悉，我念着阿圆阿圆，那只小小的白手直在我前面挥着。我终于找到了她的医院，在苍松翠柏间。

进院门，灯光下看见一座牌坊，原来我走进了一座墓院。不好，我梦魇了。可是一拐弯我看见一所小小的平房，阿圆的小白手在招我。我透过门，透过窗，进了阿圆的病房。只见她平躺在一只铺着白单子的床上，盖着很厚的被子，没有枕头。床看来很硬。屋里有两张床。另一只空床略小，不像病床，大约是陪住的人睡的。有大夫和护士在她旁边忙着，我的女婿已经走了。屋里有两瓶花，还有一束没解开的花，大夫和护士轻声交谈，然后一同走出病房，走进一间办公室。我想跟进去，听听他们怎么说，可是我走不进去。我回到阿圆的病房里，阿圆闭着眼乖乖地睡呢。我偎着她，我拍着她，她都不知觉。

我不嫌劳累，又赶到西石槽，听到我女婿和他妈妈在谈话，说幸亏带了那床厚被，他说要为阿圆床头安个电话，还要了一只冰箱。生活护理今晚托清洁工兼顾，已经约定了一个姓刘的大妈。我又回到阿圆那里，她已经睡熟，我劳累得不想动了，停在她床头边消失了。

我睁眼身在客栈床上。我真的能变成一个梦，随着阿圆招我的手，找到了医院里的阿圆吗？有这种事吗？我想阿圆只是我梦里的人。她负痛小步挨向妈妈，靠在妈妈身上，我能感受到她腰间的痛；我也能感觉到她舍不得离开妈妈去住医院，舍不得撇我一人在古驿道上来来往往。但是我只抱着她的腰，缓步走到后门，把她交给了女婿。她上车弯腰坐下，一定都很痛很痛，可是她还摇下汽车窗上的玻璃，脱下手套，伸出一手向妈妈挥挥，她是依恋不舍。我的阿圆，我唯一的女儿，永远叫我牵肠挂肚的，睡里梦里也甩不掉，所以我就创造了一个梦境，看见了阿圆。该是我做梦吧？我实在拿不定我的梦是虚是实。我不信真能找到她的医院。

我照常到了锺书的船上，他在等我。我握着他的手，手心是烫的。摸摸他的脑门子，也是热烘烘的。锺书是在发烧，阿圆也是在发烧，我确实知道的就这一点。

我以前每天总把阿圆在家的情况告诉他。这回我就把梦中所见的阿圆病房，形容给他听，还说女婿准备为她床头安电话，为她要一只冰箱等等。锺书从来没问过我怎么会知道这些事。他只在古驿道的一只船里，驿道以外，那边家里的事，我当然知道。我好比是在家里，他却已离开了家。我和他讲的，都是那边家里的事。他很关心地听着。

他嘴里不说，心上和我一样惦着阿圆。我每天和他谈梦里所见的阿圆。他尽管发烧，精神很萎弱，但总关切地听。

我每晚做梦，每晚都在阿圆的病房里。电话已经安上了，就在床边。她房里的花越来越多。睡在小床上的是刘阿姨，管阿圆叫钱教授，阿圆不准她称教授，她就称钱老师。刘阿姨和钱老师相处得很好。医生护士对钱瑗都很好。她们称她钱瑗。

医院的规格不高，不能和锺书动手术的医院相比。但是小医院里，管理不严，比较乱，也可说很自由。我因为每到阿圆的医院总在晚间，我的女婿已不在那里，我变成的梦，不怕劳累，总来回来回跑，看了这边的圆圆，又到那边去听女婿的谈话。阿圆的情况我知道得还周全。我尽管拿不稳自己是否真的能变成一个梦，是否看到真的阿圆，也许我自己只在梦中，看到的只是我梦中的阿圆。但是我切记着驿站的警告。我不敢向锺书提出任何问题，我只可以向他讲讲他记挂的事，我就把我梦里所看到的，一一讲给锺书听。

我告诉他，阿圆房里有一只大冰箱，因为没有小的了。邻居要借用冰箱，阿圆都让人借用，由此结识了几个朋友。她隔壁住着一个“大款”，是某饭店的经理，入院前刷新了房间，还配备了微波炉和电炉；他的夫人叫小马，天天带来新鲜菜蔬，并为丈夫做晚饭。小马大约是山西人，圆圆常和她讲山西四清时期的事，两人很相投。小马常借用阿圆的大冰箱，也常把自己包的饺子送阿圆吃。医院管饭的大师傅待阿圆极好，一次特为她做了一尾鲜鱼，亲自托着送进病房。阿圆吃了半条，剩半条让刘阿姨帮她吃完。阿圆的婆婆叫儿子送来她拿手的“妈咪鸡”，阿圆请小马吃，但他们夫妇只欣赏饺子。小马包的饺子很大，阿圆只能吃两个。医院里能专为她炖鸡汤，每天都给阿圆炖西洋参汤。我女婿为她买了一只很小的电炉，能热一杯牛奶……

我谈到各种吃的东西,注意锺书是否有想吃的意思。他都毫无兴趣。

我又告诉他,阿圆住院后还曾为学校审定过什么教学计划。阿圆天天看半本侦探小说,家里所有的侦探小说都搜罗了送进医院,连她朋友的侦探小说也送到医院去了。但阿圆不知是否精力减退,又改读菜谱了。我怕她是精力减退了,但是我没有说。也许只是我在担心。我觉得她脸色渐变苍白。

我又告诉锺书,阿圆的朋友真不少,每天病房里都是鲜花。学校的同事、学生不断地去看望。亲戚朋友都去,许多中学的老同学都去看她。我认为她太劳神了,应该少见客人。但是我听西石槽那边说,圆圆觉得人家远道来访不易,她不肯让他们白跑。

我谈到亲戚朋友,注意锺书是否关切。但锺书漠无表情。以前,每当阿圆到船上看望,他总强打精神。自从阿圆住院,他干脆都放松了。他很倦怠,话也懒得说,只听我讲,张开眼又闭上。我虽然天天见到他,只觉得他离我很遥远。

阿圆呢?是我的梦找到了她,还是她只在我的梦里?我不知道。她脱了手套向我挥手,让我看到她的手而不是手套。可是我如今只有她为我织的手套与我相亲了。

快过了半年,我听见她和我女婿通电话,她很高兴地说:医院特为她赶制了一个护腰,是量着身体做的;她试过了,很服帖;医生说,等明天做完CT,让她换睡软床,她穿上护腰,可以在床上打滚。

但是阿圆很瘦弱,屋里的大冰箱里塞满了她吃不下而剩下的东西。她正在脱落大把大把的头发。西石槽那边,我只听说她要一只帽子。我都没敢告诉锺书。他刚发过一次高烧，正渐渐退烧，很倦怠。我静静地陪着他，能不说的话，都不说了。我的种种忧虑，自个儿担着，不叫他分担了。

第二晚我又到医院。阿圆戴着个帽子，还睡在硬床上，张着眼睛，不知在想什么。刘阿姨接了电话，说是学校里打来的让她听。阿圆接了话筒说："是的，嗯……我好着。今天护士、大夫，把我扛出去照CT，完了，说还不行呢。老伟来过了。硬床已经拆了，都换上软床了。可是照完CT，他们又把软床换去，搭上硬床。"她强打欢笑说："穿了护腰一点儿不舒服，我宁愿不穿护腰，斯斯文文地平躺在硬床上；我不想打滚。"

大夫来问她是否再做一个疗程。阿圆很坚强地说："做了见好，再做。我受得了。头发掉了会再长出来。"

我听到隔壁那位"大款"和小马的谈话。

男的问："她知道自己什么病吗？"

女的说："她自己说，她得的是一种很特殊的结核病，潜伏了几十年又再发，就很厉害，得用重药。她很坚强。真坚强。只是她一直在惦着她的爹妈，说到妈妈就流眼泪。"

我觉得我的心上给捅了一下，绽出一个血泡，像一只饱含着热泪的眼睛。

锺书高烧之后剃成一个光头，阿圆帽子底下也是光头。两人的头型和五官都很相像，只不过阿圆的眼皮不双。

锺书高烧退了又渐渐有点精神。我就告诉他阿圆的病情：据医生说，潜伏几十年后又复发的结核病比原先厉害，还得慢慢养；反正她乖乖地躺着休养，休养总是好的。我说："我看你们两个越看越像。一样的脑袋，一样的脸型。惟独和爸爸的双眼皮不像,但眼神完全像爸爸。可阿圆生了病就变成双眼皮了。”

锺书得意地说:“‘方凳妈妈’第一次见到阿圆就说,她眼睛像爸爸。‘方凳’眼睛尖。”

我的梦很疲劳。真奇怪,疲劳的梦也影响我的身体。我天天拖着疲劳的脚步在古驿道上来来往往。阿圆住院时,杨柳都是光秃秃的,现在,成荫的柳叶已开始黄落。我天天带着自己的影子,踏着落叶,一步一步小心地走,没完地走。

我每晚都在阿圆的病房里。一次,她正和老伟通电话。阿圆强笑着说:“告诉你一个笑话。昨晚我做了一个梦,梦见妈妈偎着我的脸。我梦里怕是假的。我对自己说,是妖精就是香的,是妈妈就不香。我闻着不香,我说,这是我的妈妈。但是我睁不开眼,看不见她。我使劲儿睁开眼,后来眼睛睁开了——我在做梦。”她放下电话,嘴角抽搐着,闭上眼睛,眼角滴下眼泪。她把听筒交给刘阿姨。刘阿姨接下说:“钱老师今天还要抽肺水,不让多说了。”接下是她代阿圆报告病情。

我心上又绽出几个血泡,添了几只饱含热泪的眼睛。我想到她梦中醒来,看到自己孤零零躺在医院病房里,连梦里的妈妈都没有了。而我的梦是十足无能的,只像个影子。我依偎着她,抚摸着她,她一点不觉得。

我知道梦是富有想象力的。想念得太狠了,就做噩梦。我连夜做噩梦。阿圆渐渐不进饮食。她头顶上吊着一袋紫红色的血,一袋白色的什么蛋白,大夫在她身上打通了什么管子,输送到她身上。刘阿姨不停地用小勺舀着杯里的水,一勺一勺润她的嘴。我心上连连地绽出一只又一只饱含热泪的眼睛。有一晚,我女婿没回家,他也用小勺,一勺一勺地舀着杯子里的清水,润她的嘴。她直闭着眼睛睡。

我不敢做梦了。可是我不敢不做梦。我疲劳得都走不动了。我坐在锺书床前,握着他的手,把脸枕在他的床边。我一再对自己说:“梦是反的,梦是反的。”阿圆住院已超过一年,我太担心了。

我抬头忽见阿圆从斜坡上走来,很轻健。她稳步走过跳板,走入船舱。她温软亲热地叫了一声“娘”,然后挨着我坐下,叫一声“爸爸”。

锺书睁开眼,睁大了眼睛,看着她,看着她,然后对我说:“叫阿圆回去。”

阿圆笑眯眯地说:“我已经好了,我的病完全好了,爸爸……”

锺书仍对我说:“叫阿圆回去,回家去。”

我一手搂着阿圆,一面笑说:“我叫她回三里河去看家。”我心想梦是反的,阿圆回来了,可以陪我来来往往看望爸爸了。

锺书说:“回到她自己家里去。”

“嗯,回西石槽去,和他们热闹热闹。”

“西石槽究竟也不是她的家。叫她回到她自己家里去。”

阿圆清澈的眼睛里,泛出了鲜花一样的微笑。她说:“是的,爸爸,我就回去了。”

太阳已照进船头,我站起身,阿圆也站起身。我说:“该走了,明天见!”

阿圆说:“爸爸,好好休息。”

她先过跳板,我随后也走上斜坡。我仿佛从梦魇中醒来。阿圆病好了!阿圆回来了!

她拉我走上驿道，陪我往回走了几步。她扶着我说："娘，你曾经有一个女儿，现在她要回去了。爸爸叫我回自己家里去。娘……娘……"

她鲜花般的笑容还在我眼前，她温软亲热的一声声"娘"还在我耳边，但是，就在光天化日之下，一晃眼她没有了。就在这一瞬间，我也完全省悟了。

我防止跌倒，一手扶住旁边的柳树，四下里观看，一面低声说："圆圆，阿圆，你走好，带着爸爸妈妈的祝福回去。"我心上盖满了一只一只饱含热泪的眼睛，这时一齐流下泪来。

我的手撑在树上，我的头枕在手上，胸中的热泪直往上涌，直涌到喉头。我使劲咽住，但是我使的劲儿太大，满腔热泪把胸口挣裂了。只听得噼嗒一声，地下石片上掉落下一堆血肉模糊的东西。迎面的寒风，直往我胸口的窟窿里灌。我痛不可忍，忙蹲下把那血肉模糊的东西揉成一团往胸口里塞；幸亏血很多，把滓杂污物都洗干净了。我一手抓紧裂口，另一手压在上面护着，觉得恶心头晕，生怕倒在驿道上，踉踉跄跄，奔回客栈，跨进门，店家正要上闩。

我站在灯光下，发现自己手上并没有血污，身上并没有裂口。谁也没看见我有任何异乎寻常的地方。我的晚饭，照常在楼梯下的小桌上等着我。

我上楼倒在床上，抱着满腔满腹的痛变了一个痛梦，赶向西山脚下的医院。

阿圆屋里灯亮着，两只床都没有了，清洁工在扫地，正把一堆垃圾扫出门去。我认得一只鞋是阿圆的，她穿着进医院的。

我听到邻室的小马夫妇的话："走了，睡着去的，这种病都是睡着去的。”

我的梦赶到西石槽。刘阿姨在我女婿家饭间尽头的长柜上坐着淌眼泪。我的女婿在自己屋里呆呆地坐着。他妈妈正和一个亲戚细谈阿圆的病，又谈她是怎么去的。她说：钱瑗的病，她本人不知道，驿道上的爹妈当然也不知道。现在，我们也无从通知他们。

我的梦不愿留在那边，虽然精疲力竭，却一意要停到自己的老窝里去，安安静静地歇歇。我的梦又回到三里河寓所，停在我自己的床头上消失了。

我睁眼身在客栈。我的心已结成一个疙疙瘩瘩的硬块，居然还能按规律匀匀地跳动。每跳一跳，就牵扯着肚肠一起痛。阿圆已经不在了，我变了梦也无从找到她；我也疲劳得无力变梦了。

驿道上又飘拂着嫩绿的长条，去年的落叶已经给北风扫净。我赶到锺书的船上，他正在等我。他高烧退尽之后，往往又能稍稍恢复一些。

他问我：“阿圆呢？”

我在他床前盘腿坐下，扶着床说：“她回去了！”

“她什么？？”

“你叫她回自己家里去，她回到她自己家里去了。”

锺书很诧异地看着我，他说：“你也看见她了？”

我说：“你也看见了。你叫我对她说，叫她回去。”

锺书着重说：“我看见的不是阿圆，不是实实在在的阿圆，不过我知道她是阿圆。我叫你去对阿圆说，叫她回去吧。”

“你叫阿圆回自己家里去，她笑眯眯地放心了。她眼睛里泛出笑来，满面鲜花一般的笑，我从没看见她笑得这么美。爸爸叫她回去，她可以回去了，她可以放心了。”

锺书凄然看着我说：“我知道她是不放心。她记挂着爸爸，放不下妈妈。我看她就是不放心，她直在抱歉。”

老人的眼睛是干枯的，只会心上流泪。锺书眼里是灼热的痛和苦，他黯然看着我，我知道他心上也在流泪。我自以为已经结成硬块的心，又张开几只眼睛，潸潸流泪，把胸中那个疙疙瘩瘩的硬块湿润得软和了些，也光滑了些。

我的手是冰冷的。我摸摸他的手，手心很烫，他的脉搏跳得很急促。锺书又发烧了。

我急忙告诉他，阿圆是在沉睡中去的。我把她的病情细细告诉。她腰痛住院，已经是病的末期，幸亏病转入腰椎，只那一节小骨头痛，以后就上下神经断连，她没有痛感了。她只是希望赶紧病好，陪妈妈看望爸爸，忍受了几次治疗。现在她什么病都不怕了，什么都不用着急了，也不用起早贪黑忙个没完没了了。我说，自从生了阿圆，永远牵肠挂肚，以后就不用牵挂了。

我说是这么说，心上却牵扯得痛。锺书点头，却闭着眼睛。我知道他心上不仅痛惜圆圆，也在可怜我。

我初住客栈，能轻快地变成一个梦。到这时，我的梦已经像沾了泥的杨花，飞不起来。我当初还想三个人同回三里河。自从失去阿圆，我内脏受伤，四肢也乏力，每天一脚一脚在驿道上走，总能走到船上，与锺书相会。他已骨瘦如柴，我也老态龙钟。他没有力量说话，还强睁着眼睛招待我。我忽然想到第一次船上相会时，他问我还做梦不做。我这时明白了。我曾做过一个小梦，怪他一声不响地忽然走了。他现在故意慢慢儿走，让我一程一程送，尽量多聚聚，把一个小梦拉成一个万里长梦。

这我愿意。送一程，说一声再见，又能见到一面。离别拉得长，是增加痛苦还是减少痛苦呢？我算不清。但是我陪他走得愈远，愈怕从此不见。

杨柳又变成嫩绿的长条，又渐渐黄落，驿道上又满地落叶，一棵棵杨柳又都变成光秃秃的寒柳。

那天我走出客栈，忽见门后有个石礅，和锺书船上的一模一样。我心里一惊。谁上船偷了船上的东西？我摸摸衣袖上的别针，没敢问。

我走着走着，看见迎面来了一男一女。我从没有在驿道上遇见什么过客。女的夹着一条跳板，男的拿着一支长竹篙，分明是锺书船上的。

我拦住他们说："你们是什么人？这是船上的东西！"

男女两个理都不理，大踏步往客栈走去。他们大约就是我从未见过的艄公艄婆。

我一想不好，违反警告了。一迟疑间，那两人已走远。我追不上，追上也无力抢他们的东西。

我往前走去，却找不到惯见的斜坡。一路找去，没有斜坡，也没有船。前面没有路了。我走上一个山坡，拦在面前的是一座乱山。太阳落到山后去了。

我急着往上爬，想寻找河里的船。昏暗中，能看到河的对岸也是山，河里漂荡着一只小船，一会儿给山石挡住，又看不见了。

我眼前一片昏黑，耳里好像能听到哗哗的水声。山里没有路，我在乱石间拼命攀登，想爬向高处，又不敢远离水声。我摸到石头，就双手扳住了往上跨两步；摸到树干，就抱住了歇下喘口气。风很寒冷,但是我穿戴得很厚,又不停地在使劲。一个人在昏黑的乱山里攀登,时间是漫长的。我是否在山石坳处坐过,是否靠着大树背后歇过,我都模糊了。我只记得前一晚下船时,锺书强睁着眼睛招待我;我说:"你倦了,闭上眼,睡吧。"

他说:"绛,好好里(即'好生过')。"

我有没有说"明天见"呢?

晨光熹微,背后远处太阳又出来了。我站在乱山顶上,前面是烟雾蒙蒙的一片云海。隔岸的山,比我这边还要高。被两山锁住的一道河流,从两山之间泻出,像瀑布,发出哗哗水声。

我眼看着一叶小舟随着瀑布冲泻出来,一道光似的冲入茫茫云海,变成了一个小点;看着看着,那小点也不见了。

我但愿我能变成一块石头,屹立山头,守望着那个小点。我自己问自己:山上的石头,是不是一个个女人变成的"望夫石"?我实在不想动了,但愿变成一块石头,守望着我已经看不见的小船。

但是我只变成了一片黄叶,风一吹,就从乱石间飘落下去。我好劳累地爬上山头,却给风一下子扫落到古驿道上,一路上拍打着驿道往回扫去。我抚摸着一步步走过的驿道,一路上都是离情。

还没到客栈,一阵旋风把我卷入半空。我在空中打转,晕眩得闭上眼睛。我睁开眼睛,我正落在往常变了梦歇宿的三里河卧房的床头。不过三里河的家,已经不复是家,只是我的客栈了。

第三部　我一个人思念我们仨

1934年，鍾書在上海光華大学教英語，當時二十四歲。大約是他的得意照。所以多年後特揀出贈圓女。

一九三八年攝於巴黎卢森堡公園

一九三六年冬，錢鍾韓来牛津小住，为我们俩攝於牛津大学公園的桥上和桥下。

當時我们租居的房子，门對大学公園。

1938年回國途中。在 Athos II 船上攝。

圓〻五歲

錢瑗二十歲

攝於新北大

中關園26号

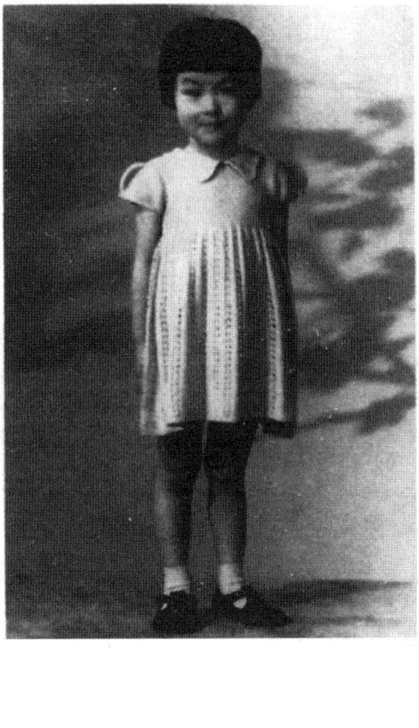

1990年，钱瑗在英国Newcastle大学当客座教授.

我们俩争读女儿自英国寄来的家信.

钱瑗和爸爸最"哥们"，
钟书爱说女儿像他。

我們三人各自工作，各不相扰，鍾書正在
添補他的韋氏大辭典。

我们觉得终於有了一个家。

1981年攝於三里河寓所。

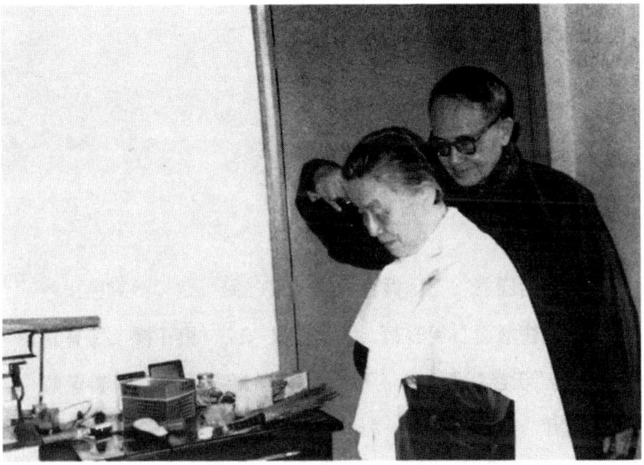

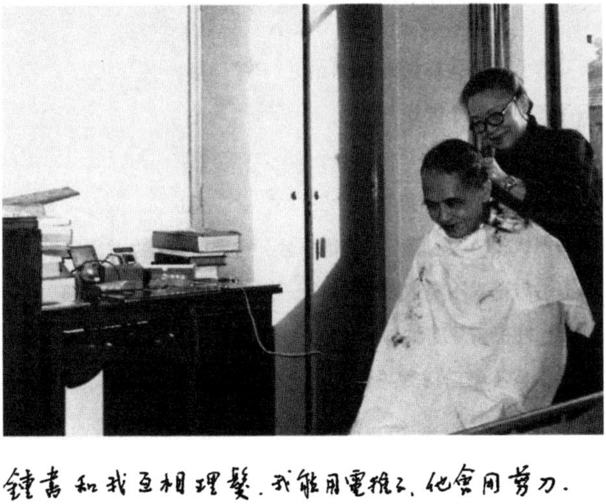

鍾書和我互相理髮。我能用電推子，他會用剪刀。

三里河寓所，曾是我的家，因为有我们仨。我们仨失散了，家就没有了。剩下我一个，又是老人，就好比日暮途穷的羁旅倦客；顾望徘徊，能不感叹“人生如梦”、“如梦幻泡影”？

但是，尽管这么说，我却觉得我这一生并不空虚；我活得很充实，也很有意思，因为有我们仨。也可说：我们仨都没有虚度此生，因为是我们仨。

“我们仨”其实是最平凡不过的。谁家没有夫妻子女呢？至少有夫妻二人，添上子女，就成了我们三个或四个五个不等。只不过各家各个样儿罢了。

我们这个家，很朴素；我们三个人，很单纯。我们与世无求，与人无争，只求相聚在一起，相守在一起，各自做力所能及的事。碰到困难，锺书总和我一同承当，困难就不复困难；还有个阿瑗相伴相助，不论什么苦涩艰辛的事，都能变得甜润。我们稍有一点快乐，也会变得非常快乐。所以我们仨是不寻常的遇合。

现在我们三个失散了。往者不可留，逝者不可追；剩下的这个我，再也找不到他们了。我只能把我们一同生活的岁月，重温一遍，和他们再聚聚。

一

一九三五年七月，锺书不足二十五岁，我二十四岁略欠几天，我们结了婚同到英国牛津求学。我们离家远出，不复在父母庇荫之下，都有点战战兢兢；但有两人做伴，可相依为命。

锺书常自叹"拙手笨脚"。我只知道他不会打蝴蝶结，分不清左脚右脚，拿筷子只会像小孩儿那样一把抓。我并不知道其他方面他是怎样的笨，怎样的拙。

他初到牛津，就吻了牛津的地，磕掉大半个门牙。他是一人出门的，下公共汽车未及站稳，车就开了。他脸朝地摔一大跤。那时我们在老金（Mr. King）家做房客。同寓除了我们夫妇，还有住单身房的两位房客，一姓林，一姓曾，都是到牛津访问的医学专家。锺书摔了跤，自己又走回来，用大手绢捂着嘴。手绢上全是鲜血，抖开手绢，落下半枚断牙，满口鲜血。我急得不知怎样能把断牙续上。幸同寓都是医生。他们教我陪锺书赶快找牙医，拔去断牙，然后再镶假牙。

牛津大学的秋季始业（Michaelmas Term）在十月前后。当时还未开学。我们下船后曾在伦敦观光小住，不等学期开始就到牛津了。锺书已由官方为他安排停当，入埃克塞特（Exeter）学院，攻读文学学士（B. Litt）学位。我正在接洽入学事。我打算进不供住宿的女子学院（Home Students），但那里攻读文学的学额已满，要入学，只能修历史。我不愿意。

我曾毫不犹豫地放弃了美国韦斯利女子学院（Wellesley College）的奖学金，因为奖学金只供学费。我的母校校长以为我傻,不敢向父亲争求。其实我爸爸早已答应我了。我只是心疼爸爸负担重,他已年老,我不愿增加他的背累。我指望考入清华研究院,可以公费出国。我居然考上了。可是我们当时的系主任偏重戏剧。外文系研究生没一个专攻戏剧。他说清华外文系研究生都没出息,外文系不设出国深造的公费学额。其实,比我高一级的赵萝蕤和我都是获得奖学金的优秀生;而清华派送出国的公费生中,有两人曾和我在东吴同学,我的学业成绩至少不输他们,我是获得东吴金钥匙奖的。偏我没出息?我暗想:假如我上清华外文系本科,假如我选修了戏剧课,说不定我也能写出一个小剧本来,说不定系主任会把我做培养对象呢。但是我的兴趣不在戏剧而在小说。那时候我年纪小,不懂得造化弄人,只觉得很不服气。既然我无缘公费出国,我就和锺书一同出国,借他的光,可省些生活费。

可是牛津的学费已较一般学校昂贵,还要另交导师费,房租伙食的费用也较高。假如我到别处上学,两人分居,就得两处开销,再加上来往旅费,并不合算。锺书磕掉门牙是意外事;但这类意外,也该放在预算之中。这样一算,他的公费就没多少能让我借光的了。万一我也有意外之需,我怎么办?我爸爸已经得了高血压症。那时候没有降压的药。我离开爸爸妈妈,心上已万分抱愧,我怎能忍心再向他们要钱?我不得已而求其次,只好安于做一个旁听生,听几门课,到大学图书馆(bodleian)自习。

老金家供一日四餐——早餐、午餐、午后茶和晚餐。我们住一间双人卧房兼起居室,窗临花园,每日由老金的妻女收拾。我既不是正式学生,就没有功课,全部时间都可自己支配。我从没享受过这等自由。我在苏州上大学时,课余常在图书馆里寻寻觅觅，想走入文学领域而不得其门。考入清华后，又深感自己欠修许多文学课程，来不及补习。这回，在牛津大学图书馆里，满室满架都是文学经典，我正可以从容自在地好好补习。

图书馆临窗有一行单人书桌，我可以占据一个桌子。架上的书，我可以自己取。读不完的书可以留在桌上。在那里读书的学生寥寥无几，环境非常清静。我为自己定下课程表，一本一本书从头到尾细读。能这样读书，还有什么不满意的呢？

学期开始后，锺书领得一件黑布背心，背上有两条黑布飘带。他是我国的庚款公费生，在牛津却是自费生（commoner）。自费的男女学生，都穿这种黑布背心。男学生有一只硬的方顶帽子，但谁都不戴。领奖学金的学生穿长袍。女学生都戴软的方顶帽子。我看到满街都是穿学生装的人，大有失学儿童的自卑感，直羡慕人家有而我无份的那件黑布背心。

牛津大学的大课，课堂在大学楼；锺书所属学院的课，课堂借用学院的饭厅，都有好些旁听生。我上的课，锺书都不上。他有他的必修课。他最吃重的是导师和他一对一的课。我一个人穿着旗袍去上课，经常和两三位修女一起坐在课堂侧面的旁听座上，心上充满了自卑感。

锺书说我得福不知。他叫我看看他必修的课程。我看了，自幸不在学校管辖之下。他也叫我看看前两届的论文题目。这也使我自幸不必费这番工夫。不过，严格的训练，是我欠缺的。他呢，如果他也有我这么多自由阅读的时间，准会有更大的收获。反正我们两个都不怎么称心，而他的失望更大。

牛津有一位富翁名史博定（H. N. Spalding）。据说他将为牛津大学设立一个汉学教授的职位。他弟弟 K. J. Spalding 是汉学家，专研中国老庄哲学。K. J. 是牛津某学院（Brazenose College）的驻院研究员（Fellow Don）。富翁请我们夫妇到他家吃茶，劝锺书放弃中国的奖学金，改行读哲学，做他弟弟的助手。他口气里，中国的奖学金区区不足道。锺书立即拒绝了他的建议。以后，我们和他仍有来往，他弟弟更是经常请我们到他那学院寓所去吃茶，借此请教许多问题。锺书对于攻读文学学士虽然不甚乐意，但放弃自己国家的奖学金而投靠外国富翁是决计不干的。

牛津大学的学生，多半是刚从贵族中学毕业的阔人家子弟，开学期间住在各个学院里，一到放假便四散旅游去了。牛津学制每年共三个学期，每学期八周，然后放假六周。第三个学期之后是长达三个多月的暑假。考试不在学期末而在毕业之前，也就是在入学二至四年之后。年轻学生多半临时抱佛脚，平时对学业不当一回事。他们晚间爱聚在酒店里喝酒，酒醉后淘气胡闹，犯校规是经常的事。所以锺书所属的学院里，每个学生有两位导师：一是学业导师，一是品行导师（moral tutor）。如学生淘气出格被拘，由品行导师保释。锺书的品行导师不过经常请我们夫妇吃茶而已。

牛津还有一项必须遵守的规矩。学生每周得在所属学院的食堂里吃四五次晚饭。吃饭，无非证明这学生住校。吃饭比上课更重要。据锺书说，获得优等文科学士学位（B. A. Honours）之后，再吃两年饭（即住校二年，不含假期）就是硕士；再吃四年饭，就成博士。

当时在牛津的中国留学生，大多是获得奖学金或领取政府津贴的。他们假期中也离开牛津，别处走走。惟独锺书直到三个学期之后的暑假才离开。

这在锺书并不稀奇。他不爱活动。我在清华借读半年间，游遍了北京名胜。他在清华待了四年，连玉泉山、八大处都没去过。清华校庆日，全校游颐和园。锺书也游过颐和园，他也游过一次香山，别处都没去过。直到一九三四年春，我在清华上学，他北来看我，才由我带着遍游北京名胜。他做过一组《北游诗》，有"今年破例作春游"句，如今删得只剩一首《玉泉山同绛》了。

牛津的假期相当多。锺书把假期的全部时间投入读书。大学图书馆的经典以十八世纪为界，馆内所藏经典作品，限于十八世纪和十八世纪以前。十九、二十世纪的经典和通俗书籍，只可到市图书馆借阅。那里藏书丰富，借阅限两星期内归还。我们往往不到两星期就要跑一趟市图书馆。我们还有家里带出来的中国经典以及诗、词、诗话等书，也有朋友间借阅或寄赠的书，书店也容许站在书架前任意阅读，反正不愁无书。

我们每天都出门走走，我们爱说"探险"去。早饭后，我们得出门散散步，让老金妻女收拾房间。晚饭前，我们的散步是养心散步，走得慢，玩得多。两种散步都带"探险"性质，因为我们总挑不认识的地方走，随处有所发现。

牛津是个安静的小地方，我们在大街、小巷、一个个学院门前以及公园、郊区、教堂、闹市，一处处走，也光顾店铺。我们看到各区不同类型的房子，能猜想住着什么样的人家；看着闹市人流中的各等人，能猜测各人的身份，并配合书上读到的人物。

牛津人情味重。邮差半路上碰到我们，就把我们的家信交给我们。小孩子就在旁等着，很客气地向我们讨中国邮票。高大的警察，戴着白手套，傍晚慢吞吞地一路走，一路把一家家的大门推推，看是否关好；确有人家没关好门的，警察会客气地警告。我们回到老金家寓所，就拉上窗帘，相对读书。

开学期间，我们稍多些社交活动。同学间最普通的来往是请吃午后茶。师长总在他们家里请吃午后茶，同学在学院的宿舍里请。他们教锺书和我怎么做茶。先把茶壶温过，每人用满满一茶匙茶叶：你一匙，我一匙，他一匙，也给茶壶一满匙。四人喝茶用五匙茶叶，三人用四匙。开水可一次次加，茶总够浓。

锺书在牛津上学期间，只穿过一次礼服。因为要到圣乔治大饭店赴宴。主人是 C. D. Le Gros Clark。他一九三五年曾出版《苏东坡赋》一小册，请锺书写了序文。他得知钱锺书在牛津，特偕夫人从巴黎赶到牛津来相会，请我们夫妇吃晚饭。

我在楼上窗口下望，看见饭店门口停下一辆大黑汽车。有人拉开车门，车上出来一个小小个儿的东方女子。Le Gros Clark 夫人告诉我说：她就是万金油大王胡文虎之女。Le Gros Clark 曾任婆罗州总督府高层官员，所以认得。这位胡小姐也在牛津上学。我们只风闻她钻石失窃事。这番有缘望见了一瞥。

当时中国同学有俞大缜、俞大絪姊妹，向达、杨人楩等。我们家的常客是向达。他在伦敦抄敦煌卷子，又来牛津为牛津大学图书馆编中文书目。他因牛津生活费用昂贵，所以寄居休士（E. Hughes）牧师家。同学中还有杨宪益，他年岁小，大家称小杨。

锺书也爱玩，不是游山玩水，而是文字游戏。满嘴胡说打趣，还随口胡诌歪诗。他曾有一首赠向达的打油长诗。头两句形容向达“外貌死的路（still），内心生的门（sentimental）”——全诗都是胡说八道，他们俩都笑得捧腹。向达说锺书：“人家口蜜腹剑，你却是口剑腹蜜。”能和锺书对等玩的人不多，不相投的就会嫌锺书刻薄了。我们和不相投的人保持距离，又好像是骄傲了。我们年轻不谙世故，但是最谙世故、最会做人的同样也遭非议。锺书和我就以此自解。

二

老金家的伙食开始还可以，渐渐地愈来愈糟。锺书饮食习惯很保守，洋味儿的不大肯尝试，干酪怎么也不吃。我食量小。他能吃的，我省下一半给他。我觉得他吃不饱。这样下去，不能长久。而且两人生活在一间屋里很不方便。我从来不是啃分数的学生，可是我很爱惜时间，也和锺书一样好读书。他来一位客人，我就得牺牲三两个小时的阅读，勉力做贤妻，还得闻烟臭，心里暗暗叫苦。

我就出花样，想租一套备有家具的房间，伙食自理，膳宿都能大大改善，我已经领过市面了。锺书不以为然，劝我别多事。他说我又不会烧饭，老金家的饭至少是现成的。我们的房间还宽敞，将就着得过且过吧。我说，像老金家的茶饭我相信总能学会。

我按照报纸上的广告，一个人去找房子。找了几处，都远在郊外。一次我们散步“探险”时，我偶见高级住宅区有一个招租告白，再去看又不见了。我不死心，一人独自闯去，先准备好一套道歉的话，就大着胆子去敲门。开门的是女房主达蕾女士——一位爱尔兰老姑娘。她不说有没有房子出租，只把我打量了一番，又问了些话，然后就带我上楼去看房子。

房子在二楼。一间卧房，一间起居室，取暖用电炉。两间屋子前面有一个大阳台，是汽车房的房顶，下临大片草坪和花园。厨房很小，用电灶。浴室里有一套古老的盘旋水管，点燃一个小小的火，管内的水几经盘旋就变成热水流入一个小小的澡盆。这套房子是挖空心思从大房子里分隔出来的，由一座室外楼梯下达花园，另有小门出入。我问明租赁的各项条件，第二天就带了锺书同去看房。

那里地段好，离学校和图书馆都近，过街就是大学公园。住老金家，浴室厕所都公用，谁喜欢公用的呢？预计房租、水电费等种种费用，加起来得比老金家的房租贵。这不怕，只要不超出预算就行，我的预算是宽的。锺书看了房子喜出望外，我们和达蕾女士订下租约，随即通知老金家。我们在老金家过了圣诞节，大约新年前后搬入新居。

我们先在食品杂货商店订好每日的鲜奶和面包。牛奶每晨送到门口，放在门外。面包刚出炉就由一个专送面包的男孩送到家里，正是午餐时。鸡蛋、茶叶、黄油以及香肠、火腿等熟食，鸡鸭鱼肉、蔬菜水果，一切日用食品，店里应有尽有。我们只需到店里去挑选。店里有个男孩专司送货上门；货物装在木匣里，送到门口，放在门外，等下一次送货时再取回空木匣。我们也不用当场付款，要了什么东西都由店家记在一个小账本上，每两星期结一次账。我们上图书馆或傍晚出门“探险”，路过商店，就订购日用需要的食品。店家结了账送来账本，我们立即付账，从不拖欠。店主把我们当老主顾看待。我们如订了陈货，他就说，“这是陈货了，过一两天进了新货再给你们送。”有了什么新鲜东西，他也会通知我们。锺书《槐聚诗存》一九五九年为我写的诗里说什么"料量柴米学当家",无非做了预算,到店里订货而已。

我已记不起我们是怎么由老金家搬入新居的。只记得新居有一排很讲究的衣橱,我怀疑这间屋子原先是一间大卧室的后房。新居的抽屉也多。我们搬家大概是在午后,晚上两人学会了使用电灶和电壶。一大壶水一会儿就烧开。我们借用达蕾租给我们的日用家具,包括厨房用的锅和刀、叉、杯、盘等,对付着吃了晚饭。搬一个小小的家,我们也忙了一整天,收拾衣物,整理书籍,直到夜深。锺书劳累得放倒头就睡着了,我劳累得睡都睡不着。

我们住入新居的第一个早晨,"拙手笨脚"的锺书大显身手。我入睡晚,早上还不肯醒。他一人做好早餐,用一只床上用餐的小桌(像一只稍大的饭盘,带短脚)把早餐直端到我的床前。我便是在酣睡中也要跳起来享用了。他煮了"五分钟蛋",烤了面包,热了牛奶,做了又浓又香的红茶;这是他从同学处学来的本领,居然做得很好(老金家哪有这等好茶!而且为我们两人只供一小杯牛奶);还有黄油、果酱、蜂蜜。我从没吃过这么香的早饭!

我们一同生活的日子——除了在大家庭里,除了家有女佣照管一日三餐的时期,除了锺书有病的时候,这一顿早饭总是锺书做给我吃。每晨一大茶瓯的牛奶红茶也成了他毕生戒不掉的嗜好。后来国内买不到印度"立普登"(Lipton)茶叶了,我们用三种上好的红茶叶掺和在一起作替代:滇红取其香,湖红取其苦,祁红取其色。至今,我家里还留着些没用完的三盒红茶叶,我看到还能唤起当年最快乐的日子。

我联想起三十多年后，一九七二年的早春，我们从干校回北京不久，北京开始用煤气罐代替蜂窝煤。我晚上把煤炉熄了。早起，锺书照常端上早饭，还燷了他爱吃的猪油年糕，满面得色。我称赞他能燷年糕，他也不说什么，装作若无其事的样儿。我吃着吃着，忽然诧异说："谁给你点的火呀？"（因为平时我晚上把煤炉封上，他早上打开火门，炉子就旺了。）锺书等着我问呢，他得意说："我会划火柴了！"这是他生平第一次划火柴，为的是做早饭。

我们搬入达蕾出租的房子，自己有厨房了，锺书就想吃红烧肉。俞大缜、大絪姊妹以及其他男同学对烹调都不内行，却好像比我们懂得一些。他们教我们把肉煮一开，然后把水倒掉，再加生姜、酱油等作料。生姜、酱油都是中国特产，在牛津是奇货，而且酱油不鲜，又咸又苦。我们的厨房用具确是"很不够的"，买了肉，只好用大剪子剪成一方一方，然后照他们教的办法烧。两人站在电灶旁，使劲儿煮——也就是开足电力，汤煮干了就加水。我记不起那锅顽固的犟肉是怎么消缴的了。事后我忽然想起我妈妈做橙皮果酱是用"文火"熬的。对呀，凭我们粗浅的科学知识，也能知道"文火"的名字虽文，力量却比强火大。下一次我们买了一瓶雪利酒（Sherry），当黄酒用，用文火炖肉，汤也不再倒掉，只撇去沫子。红烧肉居然做得不错，锺书吃得好快活唷。

我们搬家是冒险，自理伙食也是冒险，吃上红烧肉就是冒险成功。从此一法通，万法通，鸡肉、猪肉、羊肉，用"文火"炖，不用红烧，白煮的一样好吃。我把嫩羊肉剪成一股一股细丝，两人站在电灶旁边涮着吃，然后把蔬菜放在汤里煮来吃。我又想起我曾看见过厨房里怎样炒菜,也学着炒。蔬菜炒的比煮的好吃。

一次店里送来了扁豆,我们不识货,一面剥,一面嫌壳太厚豆太小。我忽然省悟,这是专吃壳儿的,是扁豆,我们焖了吃,很成功。店里还有带骨的咸肉,可以和鲜肉同煮,咸肉有火腿味。熟食有洋火腿,不如我国的火腿鲜。猪头肉,我向来认为"不上台盘"的;店里的猪头肉(bath chap)是制成的熟食,骨头已去净,压成一寸厚的一个圆饼子,嘴、鼻、耳部都好吃,后颈部嫌肥些。还有活虾。我很内行地说:"得剪掉须须和脚。"我刚剪得一刀,活虾在我手里抽搐,我急得扔下剪子,扔下虾,逃出厨房,又走回来。锺书问我怎么了。我说:"虾,我一剪,痛得抽抽了,以后咱们不吃了吧!"锺书跟我讲道理,说虾不会像我这样痛,他还是要吃的,以后可由他来剪。

我们不断地发明,不断地实验,我们由原始人的烹调渐渐开化,走入文明阶段。

我们玩着学做饭,很开心。锺书吃得饱了,也很开心。他用浓墨给我开花脸,就是在这段时期,也是他开心的表现。

我把做午饭作为我的专职,锺书只当助手。我有时想,假如我们不用吃饭,就更轻松快活了。可是锺书不同意。他说,他是要吃的。神仙煮白石,吃了久远不饿,多没趣呀,他不羡慕。但他作诗却说"忧卿烟火熏颜色,欲觅仙人辟穀方"。电灶并不冒烟,他也不想辟穀。他在另一首诗里说:"鹅求四足鳖双裙",我们却是从未吃过鹅和鳖。锺书笑我死心眼儿,作诗只是作诗而已。

锺书几次对我说,我教你作诗。我总认真说:"我不是诗人的料。"我做学生时期,课卷上作诗总得好评,但那是真正的"押韵而已"。我爱读诗,中文诗、西文诗都喜欢,也喜欢和他一起谈诗论诗。我们也常常一同背诗。我们发现,我们如果同把某一字忘了,左凑右凑凑不上,那个字准是全诗最欠妥帖的字;妥帖的字有黏性,忘不了。

那段时候我们很快活,好像自己打出了一个天地。

我们搬入新居之后,我记得一个大雪天,从前的房东老金踏雪赶来,惶惶然报告大事:“国王去世了。”英王乔治五世去世是一九三六年早春的事。我们没想到英国老百姓对皇室这么忠心爱戴,老金真的如丧考妣。不久爱德华八世逊位,锺书同院的英国朋友司徒亚(Stuart)忙忙地拿了一份号外,特地赶来报告头条消息。那天也下雪,是当年的冬天。

司徒亚是我家常客,另一位常客是向达。向达嘀咕在休士牧师家天天吃土豆,顿顿吃土豆。我们请他同吃我家不像样的饭。他不安于他所寄居的家,社交最多,常来谈说中国留学生间的是是非非,包括锺书挨的骂。因为我们除了和俞氏姊妹略有来往,很脱离群众。

司徒是同学院同读文学学士学位的同学,他和锺书最感头痛的功课共两门,一是古文书学(Paleography),一是订书学。课本上教怎样把整张大纸折了又折,课本上画有如何折叠的虚线。但他们俩怎么折也折不对。两人气得告状似的告到我面前,说课本岂有此理。我是女人,对于折纸订线类事较易理解。我指出他们折反了。课本上画的是镜子里的反映式。两人恍然,果然折对了。他们就拉我一同学古文书学。我找出一支耳挖子,用针尖点着一个个字认。例如“a”字最初是“α”,逐渐变形。他们的考题其实并不难,只要求认字正确,不计速度。考生只需翻译几行字,不求量,但严格要求不得有错,错一字则倒扣若干分。

锺书慌慌张张，没看清题目就急急翻译，把整页古文书都翻译了。他把分数赔光，还欠下不知多少分，只好不及格重考。但是他不必担忧，补考准能及格。所以考试完毕，他也如释重负。

我们和达蕾女士约定，假后还要回来，她将给我们另一套稍大的房子，因为另一家租户将要搬走了。我们就把行李寄放她家，轻装出去度假，到伦敦、巴黎“探险”去。

这一学年，该是我生平最轻松快乐的一年，也是我最用功读书的一年，除了想家想得苦，此外可说无忧无虑。锺书不像我那么苦苦地想家。

三

我们第一次到伦敦时，锺书的堂弟锺韩带我们参观大英博物馆和几个有名的画廊以及蜡人馆等处。这个暑假他一人骑了一辆自行车旅游德国和北欧，并到工厂实习。锺书只有佩服的份儿。他绝没这等本领，也没有这样的兴趣。他只会可怜巴巴地和我一起“探险”：从寓所到海德公园，又到托特纳姆路的旧书店；从动物园到植物园；从阔绰的西头到东头的贫民窟；也会见一些同学。

巴黎的同学更多。不记得是在伦敦还是在巴黎，锺书接到政府当局打来的电报，派他做一九三六年“世界青年大会”的代表，到瑞士日内瓦开会。代表共三人，锺书和其他二人不熟。我们在巴黎时，不记得经何人介绍，一位住在巴黎的中国共产党党员王海经请我们吃中国馆子。他请我当“世界青年大会”的共产党代表。我很得意。我和锺书同到瑞士去，有我自己的身份，不是跟去的。

锺书和我随着一群共产党的代表一起行动。我们开会前夕,乘夜车到日内瓦。我们俩和陶行知同一个车厢,三人一夜谈到天亮。陶行知还带我走出车厢,在火车过道里,对着车外的天空,教我怎样用科学方法,指点天上的星星。

“世界青年大会”开会期间,我们两位大代表遇到可溜的会,一概逃会。我们在高低不平、窄狭难走的山路上,“探险”到莱蒙湖边,妄想绕湖一周。但愈走得远,湖面愈广,没法儿走一圈。

重要的会,我们并不溜。例如中国青年向世界青年致辞的会,我们都到会。上台发言的,是共产党方面的代表;英文的讲稿,是钱锺书写的。发言的反应还不错。

我们从瑞士回巴黎,又在巴黎玩了一两星期。

当时我们有几位老同学和朋友在巴黎大学(索邦)上学,如盛澄华就是我在清华同班上法文课的。据说我们如要在巴黎大学攻读学位,需有两年学历。巴黎大学不像牛津大学有“吃饭制”保证住校,不妨趁早注册入学。所以我们在返回牛津之前,就托盛澄华为我们代办注册入学手续。一九三六年秋季始业,我们虽然身在牛津,却已是巴黎大学的学生了。

达蕾女士这次租给我们的一套房间比上次的像样。我们的澡房有新式大澡盆,不再用那套古老的盘旋管儿。不过热水是电热的,一个月后,我们方知电账惊人,赶忙节约用热水。

我们这一暑假,算是远游了一趟;返回牛津,我怀上孩子了。成了家的人一般都盼个孩子,我们也不例外。好在我当时是闲人,等孩子出世,带到法国,可以托出去。我们知道许多在巴黎上学的女学生有了孩子都托出去,或送托儿所,或寄养乡间。

锺书谆谆嘱咐我:“我不要儿子,我要女儿——只要一个,像你的。”我对于“像我”并不满意。我要一个像锺书的女儿。女儿,又像锺书,不知是何模样,很费想象。我们的女儿确实像锺书,不过,这是后话了。

我以为肚里怀个孩子,可不予理睬。但怀了孩子,方知我得把全身最精粹的一切贡献给这个新的生命。在低等动物,新生命的长成就是母体的消灭。我没有消灭,只是打了一个七折,什么都减退了。锺书到年终在日记上形容我:“晚,季总计今年所读书,歉然未足……”笑我“以才媛而能为贤妻良母,又欲作女博士……”

锺书很郑重其事,很早就陪我到产院去定下单人病房并请女院长介绍专家大夫。院长问:

“要女的?”(她自己就是专家。普通病房的产妇全由她接生。)

锺书说:“要最好的。”

女院长就为我介绍了斯班斯大夫(Dr Spence)。他家的花园洋房离我们的寓所不远。

斯班斯大夫说,我将生一个“加冕日娃娃”。因为他预计娃娃的生日,适逢乔治六世加冕大典(五月十二日)。但我们的女儿对英王加冕毫无兴趣,也许她并不愿意到这个世界上来。我十八日进产院,十九日竭尽全力也无法叫她出世。大夫为我用了药,让我安然“死”去。

等我醒来,发现自己像新生婴儿般包在法兰绒包包里,脚后还有个热水袋。肚皮倒是空了,浑身连皮带骨都是痛,动都不能动。我问身边的护士:“怎么回事儿?”

护士说:“你做了苦工,很重的苦工。”

另一护士在门口探头。她很好奇地问我:“你为什么不叫不喊呀?”她眼看我痛得要死,却静静地不吭一声。

我没想到还有这一招,但是我说:“叫了喊了还是痛呀。”

她们越发奇怪了。

“中国女人都通达哲理吗?”

“中国女人不让叫喊吗?”

护士抱了娃娃来给我看,说娃娃出世已浑身青紫,是她拍活的。据说娃娃是牛津出生的第二个中国婴儿。我还未十分清醒,无力说话,又昏昏睡去。

锺书这天来看了我四次。我是前一天由汽车送进产院的。我们的寓所离产院不算太远,但公交车都不能到达。锺书得横越几道平行的公交车路,所以只好步行。他上午来,知道得了一个女儿,医院还不让他和我见面。第二次来,知道我上了闷药,还没醒。第三次来见到了我;我已从法兰绒包包里解放出来,但是还昏昏地睡,无力说话。第四次是午后茶之后,我已清醒。护士特为他把娃娃从婴儿室里抱出来让爸爸看。

锺书仔仔细细看了又看,看了又看,然后得意地说:“这是我的女儿,我喜欢的。”

阿圆长大后,我把爸爸的“欢迎辞”告诉她,她很感激。因为我当时还从未见过初生的婴儿,据我的形容,她又丑又怪。我得知锺书是第四次来,已来来回回走了七趟,怕他累坏了,嘱他坐汽车回去吧。

阿圆懂事后,每逢生日,锺书总要说,这是母难之日。可是也难为了爸爸,也难为了她本人。她是死而复苏的。她大概很不愿意,哭得特响。护士们因她啼声洪亮,称她 Miss Sing High,译意为“高歌小姐”,译音为“星海小姐”。

单人房间在楼上。如天气晴丽,护士打开落地长窗,把病床拉到阳台上去。我偶曾见到邻室两三个病号。估计全院的单人房不过六七间或七八间。护士服侍周到。我的卧室是阿圆的餐室,每日定时护士把娃娃抱来吃我,吃饱就抱回婴儿室。那里有专人看管,不穿白大褂的不准入内。

一般住单人房的住一星期或十天左右,住普通病房的只住五到七天,我却住了三个星期又二天。产院收费是一天一几尼①,产院床位有限,单人房也不多,不欢迎久住。我几次将出院又生事故,产院破例让我做了一个很特殊的病号。

出院前两天,护士让我乘电梯下楼参观普通病房——一个统房间,三十二个妈妈,三十三个娃娃,一对是双生。护士让我看一个个娃娃剥光了过磅,一个个洗干净了又还给妈妈。娃娃都躺在睡篮里,挂在妈妈床尾。我很羡慕娃娃挂在床尾,因为我只能听见阿圆的哭声,却看不到她。护士教我怎样给娃娃洗澡穿衣。我学会了,只是没她们快。

锺书这段时期只一个人过日子,每天到产院探望,常苦着脸说:“我做坏事了。”他打翻了墨水瓶,把房东家的桌布染了。我说:“不要紧,我会洗。”

“墨水呀!”

---

① 几尼(guinea),合 1.05 英镑,商店买卖用“镑”计算,但导师费、医师费、律师费等都用“几尼”。

“墨水也能洗。”

他就放心回去。然后他又做坏事了,把台灯砸了。我问明是怎样的灯,我说:“不要紧,我会修。”他又放心回去。下一次他又满面愁虑,说是把门轴弄坏了,门轴两头的门球脱落了一个,门不能关了。我说:“不要紧,我会修。”他又放心回去。

我说“不要紧”,他真的就放心了。因为他很相信我说的“不要紧”。我们在伦敦“探险”时,他颧骨上生了一个疔。我也很着急。有人介绍了一位英国护士,她教我做热敷。我安慰锺书说:“不要紧,我会给你治。”我认认真真每几小时为他做一次热敷,没几天,我把粘在纱布上的末一丝脓连根拔去,脸上没留下一点疤痕。他感激之余,对我说的“不要紧”深信不疑。我住产院时他做的种种“坏事”,我回寓后,真的全都修好。

锺书叫了汽车接妻女出院,回到寓所。他炖了鸡汤,还剥了碧绿的嫩蚕豆瓣,煮在汤里,盛在碗里,端给我吃。钱家的人若知道他们的“大阿官”能这般伺候产妇,不知该多么惊奇。

锺书顺利地通过了论文口试。同届一位留学牛津的庚款生,口试后很得意地告诉锺书说:“考官们只提了一个问题,以后就没有谁提问了。”不料他的论文还需重写。锺书同学院的英国朋友,论文口试没能通过,就没得学位。锺书领到一张文学学士文凭。他告别牛津友好,摒挡行李,一家三口就前往法国巴黎。

四

我们的女儿已有名有号。祖父给她取名健汝,又因她生肖属牛，他起了一个卦，“牛丽于英”，所以号丽英。这个美丽的号，我们不能接受，而“钱健汝”叫来拗口，又叫不响。我们随时即兴，给她种种诨名，最顺口的是圆圆，圆圆成了她的小名。

圆圆出生后的第一百天，随父母由牛津乘火车到伦敦，换车到多佛(Dover)港口，上渡船过海，到法国加来(Calais)港登陆，入法国境，然后乘火车到巴黎，住入朋友为我们在巴黎近郊租下的公寓。

圆圆穿了长过半身的婴儿服，已是个蛮漂亮的娃娃。一位伦敦上车的中年乘客把熟睡的圆圆细细端详了一番，用双关语恭维说，“a China baby”(一个中国娃娃)，也可解作“a china baby”(一个磁娃娃)，因为中国娃娃肌理细腻，像磁。我们很得意。

我因锺书不会抱孩子，把应该手提的打字机之类都塞在大箱子里结票。他两手提两只小提箱，我抱不动娃娃的时候可和他换换手。渡轮抵达法国加来，港口管理人员上船，看见我抱着个婴儿立在人群中，立即把我请出来，让我抱着阿圆优先下船。满船渡客排成长队，挨次下船。我第一个到海关，很悠闲地认出自己的一件件行李。锺书随后也到了。海关人员都争看中国娃娃，行李一件也没查。他们表示对中国娃娃的友好，没打开一只箱子，笑嘻嘻地一一画上“通过”的记号。我觉得法国人比英国人更关心并爱护婴儿和母亲。

公寓的主人咖淑夫人(Madame Caseau)是一名退休的邮务员。她把退休金买下一幢房子出租，兼供部分房客的一日三餐。伙食很便宜，却又非常丰盛。她是个好厨司，做菜有一手。她丈夫买菜不知计较，买了鱼肉，又买鸡鸭。饭摆在她家饭间里，一大桌，可坐十数人，男女都是单身房客。我们租的房间有厨房，可是我们最初也包饭。替我们找到这所公寓的是留学巴黎大学的盛澄华。他到火车站来接，又送我们到公寓。公寓近车站，上车五分钟就到巴黎市中心了。

巴黎的中国学生真不少，过境观光的旅客不算，留学欧美而来巴黎度假的就很多。我们每出门，总会碰到同学或相识。当时寄宿巴黎大学宿舍“大学城”（Cité Universitaire）的学生，有一位 H 小姐住美国馆，一位 T 小姐住英国馆，盛澄华住瑞士馆。其他散居巴黎各区。我们经常来往的是林藜光、李伟夫妇。李伟是清华同学，中文系的，能做诗填词，墨笔字写得很老练。林藜光专攻梵文，他治学严谨，正在读国家博士。他们有一个儿子和我们的女儿同年同月生。

李伟告诉我说，某某等同学的孩子送入托儿所，生活刻板，吃、喝、拉、撒、睡都按规定的时间。她舍不得自己的孩子受这等训练。我也舍不得。

我们对门的邻居是公务员太太，丈夫早出晚归。她没有孩子，常来抱圆圆过去玩。她想把孩子带到乡间去养，对我们说：乡间空气好，牛奶好，菜蔬也好。她试图说服我把孩子交托给她带到乡间去。她说，我们去探望也很方便。

如果这是在孩子出生之前，我也许会答应。可是孩子怀在肚里，倒不挂心，孩子不在肚里了，反叫我牵肠挂肚，不知怎样保护才妥当。对门太太曾把圆圆的小床挪入她的卧房，看孩子能否习惯。圆圆倒很习惯，乖乖地睡到老晚，没哭一声。锺书和我两个却通宵未眠。他和我一样的牵肠挂肚。好在对门太太也未便回乡，她丈夫在巴黎上班呢。她随时可把孩子抱过去玩。我们需一同出门的时候，就托她照看。当然，我们也送她报酬。

锺书通过了牛津的论文考试，如获重赦。他觉得为一个学位赔掉许多时间，很不值当。他白费工夫读些不必要的功课，想读的许多书都只好放弃。因此他常引用一位曾获牛津文学学士的英国学者对文学学士的评价："文学学士，就是对文学无识无知。"锺书从此不想再读什么学位。我们虽然继续在巴黎大学交费入学，我们只各按自己定的课程读书。巴黎大学的学生很自由。

住在巴黎大学城的两位女士和盛澄华，也都不想得博士学位。巴黎大学博士论文的口试是公开的，谁都可去旁听。他们经常去旁听。考官也许为了卖弄他们汉学精深，总要问些刁难的问题，让考生当场出丑，然后授予博士学位。

真有学问的学者，也免不了这场难堪。花钱由枪手做论文的，老着面皮，也一般得了博士学位。所以林藜光不屑做巴黎大学博士，他要得一个国家博士。可惜他几年后得病在巴黎去世，未成国家博士。

锺书在巴黎的这一年，自己下工夫扎扎实实地读书。法文自十五世纪的诗人维容（Villon）读起，到十八、十九世纪，一家家读将来。德文也如此。他每日读中文、英文，隔日读法文、德文，后来又加上意大利文。这是爱书如命的锺书恣意读书的一年。我们初到法国，两人同读福楼拜（Gustave Flaubert）的《包法利夫人》（*Madame Bovary*），他的生字比我多。但一年以后，他的法文水平远远超过了我，我恰如他《围城》里形容的某太太"生小孩儿都忘了"。

我们交游不广，但巴黎的中国留学生多，我们经常接触到一个小圈子的人，生活也挺热闹。

向达也到了巴黎，他仍是我家的常客。林藜光好客，李伟能烹调，他们家经常请客吃饭。T小姐豪爽好客，也经常请客。H小姐是她的朋友，比她更年轻貌美。H小姐是盛澄华的意中人。盛澄华很羡慕我们夫妻同学，也想结婚。可是H小姐还没有表示同意。有一位由汪精卫资助出国留学的哲学家正在追T小姐。追求T小姐的不止一人，所以，仅我提到的这几个人，就够热闹的。我们有时在大学城的餐厅吃饭，有时在中国餐馆吃饭。

哲学家爱摆弄他的哲学家架式，宴会上总喜欢出个题目，叫大家“思索”回答。有一次他说：“哎，咱们大家说说，什么是自己最向往的东西，什么是最喜爱的东西。”T小姐最向往的是“光明”，最喜爱的是“静”。这是哲学家最赞许的答案。最糟糕的是另一位追求T小姐的先生。我忘了他向往什么，他最喜欢的东西——他用了三个法国字，组成一个猥亵词，相当于“他妈的”（我想他是故意）。这就难怪T小姐鄙弃他而嫁给哲学家了。

我们两个不合群，也没有多余的闲工夫。咖淑夫人家的伙食太丰富，一道一道上，一餐午饭可消磨两个小时。我们爱惜时间，伙食又不合脾胃，所以不久我们就自己做饭了。锺书赶集市，练习说法语；在房东餐桌上他只能旁听。我们用大锅把鸡和暴腌的咸肉同煮，加平菇、菜花等蔬菜。我喝汤，他吃肉，圆圆吃我。咖淑夫人教我做“出血牛肉”（boeuf saignant），我们把鲜红的血留给圆圆吃。她还吃面包蘸蛋黄，也吃空心面，养得很结实，很快地从一个小动物长成一个小人儿。

我把她肥嫩的小手小脚托在手上细看，骨骼造型和锺书的手脚一样一样，觉得很惊奇。锺书闻闻她的脚丫丫，故意做出恶心呕吐的样儿,她就笑出声来。她看到镜子里的自己,会认识是自己。她看到我们看书,就来抢我们的书。我们为她买一只高凳,买一本大书——丁尼生(Alfred Tennyson)的全集,字小书大,没人要,很便宜。她坐在高凳里,前面摊一本大书,手里拿一支铅笔,学我们的样,一面看书一面在书上乱画。

锺书给他朋友司徒亚的信上形容女儿顽劣,地道是锺书的夸张。其实女儿很乖。我们看书,她安安静静自己一人画书玩。有时对门太太来抱她过去玩。我们买了推车,每天推她出去。她最早能说的话是“外外”,要求外边去。

我在牛津产院时,还和父母通信,以后就没有家里的消息,从报纸上得知家乡已被日军占领,接着从上海三姐处知道爸爸带了苏州一家人逃难避居上海。我们迁居法国后,大姐姐来过几次信。我总觉得缺少了一个声音,妈妈怎么不说话了?过了年,大姐姐才告诉我:妈妈已于去年十一月间逃难时去世。这是我生平第一次遭遇的伤心事,悲苦得不知怎么好,只会恸哭,哭个没完。锺书百计劝慰,我就狠命忍住。我至今还记得当时的悲苦。但是我没有意识到,悲苦能任情啼哭,还有锺书百般劝慰,我那时候是多么幸福。

我自己才做了半年妈妈,就失去了自己的妈妈。常言“女儿做母亲,便是报娘恩”。我虽然尝到做母亲的艰辛,我没有报得娘恩。

我们为国为家,都十分焦虑。奖学金还能延期一年,我们都急要回国了。当时巴黎已受战事影响,回国的船票很难买。我们辗转由里昂大学为我们买得船票,坐三等舱回国。那是一九三八年的八月间。

五

我们出国乘英国邮船二等舱,伙食非常好。回国乘三等舱,伙食差多了。圆圆刚断奶两个月,船上二十多天,几乎顿顿吃土豆泥。上船时圆圆算得一个肥硕的娃娃,下船时却成了个瘦弱的孩子。我深恨自己当时疏忽,没为她置备些奶制品,辅佐营养。我好不容易喂得她胖胖壮壮,到上海她不胖不壮了。

锺书已有约回清华教书,我已把他的书本笔记和衣物单独分开。船到香港,他就上岸直赴昆明西南联大(清华当时属西南联大)。他只身远去,我很不放心。圆圆眼看着爸爸坐上小渡船离开大船,渐去渐远,就此不回来了,她直发呆。她还不会说话,我也无法和她解释。船到上海,我由锺书的弟弟和另一亲戚接到钱家。我们到拉斐德路钱家,已是黄昏时分。我见到了公公(我称爹爹)、婆婆(我称唔娘)、叔父(我称小叔叔)、婶母(我称四婶婶),以及妯娌、小叔子、小姑子等。

圆圆在船上已和乘客混熟了,这时突然面对一屋子生人,而亲人又只剩了妈妈一个,她的表现很不文明。她并不扑在妈妈身上躲藏,只对走近她的人斩绝地说"non non!"(我从未教过她法语),然后像小狗般低吼"r r r r r r……",卷的是小舌头(我也从不知道她会卷小舌头)。这大概是从"对门太太"处学来的,或是她自己的临时应付。她一岁零三个多月了,不会叫人,不会说话,走路只会扶着墙横行,走得还很快。这都证明我这个书呆子妈妈没有管教。

大家把她的低吼称作"打花舌头",觉得新奇,叫她再"打个花舌头”,她倒也懂,就再打个花舌头。不过,她原意是示威,不是卖艺,几天以后就不肯再表演,从此她也不会“打花舌头”了。钱家的长辈指出,她的洋皮鞋太硬,穿了像猩猩穿木屐;给她换上软鞋,果然很快就能走路了。

她从小听到的语言,父母讲的是无锡话,客人讲国语,“对门太太”讲法语,轮船上更是嘈杂,她不知该怎么说话。但是没过多久,她听了清一色的无锡话,很快也学会了说无锡话。

我在钱家过了一夜就带着圆圆到我爸爸处去,见了爸爸和姐妹等。圆圆大约感觉到都是极亲的人,她没有“吼”,也没喊“non non”。当时,钱家和我爸爸家都逃难避居上海孤岛,居处都很逼仄。我和圆圆有时挤居钱家,有时挤居爸爸家。

锺书到昆明西南联大报到后,曾回上海省视父母,并送爹爹上船(由吴忠匡陪同前往蓝田师院),顺便取几件需要的衣物。他没有勾留几天就匆匆回昆明去。

我有个姨表姐,家住上海霞飞路来德坊,她丈夫在内地工作。她得知我爸爸租的房子不合适,就把她住的三楼让给我爸爸住,自己和婆婆妯娌同住二楼。她的妈妈(我的三姨妈)住在她家四楼。

我爸爸搬家后,就接我和圆圆过去同住。我这才有了一个安身之处。我跟着爸爸住在霞飞路来德坊,和钱家住的拉斐德路很近。我常常带着圆圆,到钱家去“做媳妇”(我爸爸的话)。

我母校振华女中的校长因苏州已沦陷,振华的许多学生都逃难避居上海,她抓我帮她在孤岛筹建分校。同时,我由朋友介绍,为广东富商家一位小姐做家庭教师,教高中一年级的全部功课(包括中英文数理等——我从一年级教到三年级毕业)。我常常一早出门，饭后又出门，要到吃晚饭前才回家。

爸爸的家，由大姐姐当家。小妹妹杨必在工部局女中上高中，早出晚归。家有女佣做饭、洗衣、收拾，另有个带孩子的小阿姨带圆圆。小阿姨没找到之前，我爸爸自称“奶公”，相当于奶妈。圆圆已成为爸爸家的中心人物。我三姐姐、七妹妹经常带着孩子到爸爸家聚会，大家都把圆圆称作“圆圆头”（爱称）。

圆圆得人怜，因为她乖，说得通道理，还管得住自己。她回到上海的冬天（一九三八年）出过疹子。一九三九年春天又得了痢疾，病后肠胃薄弱，一不小心就吃坏肚子。只要我告诉她什么东西她不能吃，她就不吃。她能看着大家吃，一人乖乖地在旁边玩，大家都习以为常了。一次，我的阔学生送来大篓的白沙枇杷。吃白沙枇杷，入口消融，水又多，听着看着都会觉得好吃。圆圆从没吃过。可是我不敢让她吃，只安排她一人在旁边玩。忽见她过来扯扯我的衣角，眼边挂着一滴小眼泪。吃的人都觉得惭愧了。谁能见了她那滴小眼泪不心疼她呢。

这年（一九三九年）暑假，锺书由西南联大回上海。拉斐德路钱家还挤得满满的。我爸爸叫我大姐姐和小妹妹睡在他的屋里，腾出房间让锺书在来德坊过暑假。他住在爸爸这边很开心。

我表姐的妯娌爱和婆婆吵架，每天下午就言来语去。我大姐姐听到吵架，就命令我们把卧房的门关上，怕表姐面上不好看。可是锺书耳朵特灵，门开一缝，就能听到全部对话。婆媳都口角玲珑，应对敏捷。锺书听到精彩处，忙到爸爸屋里去学给他们听。大家听了非常欣赏，大姐姐竟解除了她的禁令。

锺书虽然住在来德坊，他每晨第一事就是到拉斐德路去。当时，筹建中的振华分校将近开学。我的母校校长硬派我当校长，说是校董会的决定。她怕我不听话，已请孟宪承先生到教育局立案。我只能勉为其难，像爸爸形容的那样“狗耕田”。开学前很忙，我不能陪锺书到钱家去。

有一天，锺书回来满面愁容，说是爹爹来信，叫他到蓝田去，当英文系主任，同时可以侍奉父亲。我认为清华这份工作不易得。他工作未满一年，凭什么也不该换工作。锺书并不愿意丢弃清华的工作。但是他妈妈、他叔父、他的弟弟妹妹等全都主张他去。他也觉得应当去。我却觉得怎么也不应当去，他该向家人讲讲不当去的道理。

我和锺书在出国的轮船上曾吵过一架。原因只为一个法文“bon”的读音。我说他的口音带乡音。他不服，说了许多伤感情的话。我也尽力伤他。然后我请同船一位能说英语的法国夫人公断。她说我对、他错。我虽然赢了，却觉得无趣，很不开心。锺书输了，当然也不开心。常言：“小夫妻船头上相骂，船杪上讲和。”我们觉得吵架很无聊，争来争去，改变不了读音的定规。我们讲定，以后不妨各持异议，不必求同。但此后几年来，我们并没有各持异议。遇事两人一商量，就决定了，也不是全依他，也不是全依我。我们没有争吵的必要。可是这回我却觉得应该争执。

我等锺书到了钱家去，就一一告诉爸爸，指望听爸爸怎么说。可是我爸爸听了脸上漠无表情，一言不发。我是个乖女儿。爸爸的沉默启我深思。我想，一个人的出处去就，是一辈子的大事，当由自己抉择，我只能陈说我的道理，不该干预；尤其不该强他反抗父母。我记起我们夫妇早先制定的约，决计保留自己的见解，不勉强他。

我抽空陪锺书同到拉斐德路去。一到那边,我好像一头撞入天罗地网,也好像孙猴儿站在如来佛手掌之上。他们一致沉默;而一致沉默的压力,使锺书没有开口的余地。我当然什么也没说,只是照例去"做媳妇"而已。可是我也看到了难堪的脸色,尝到难堪的沉默。我对锺书只有同情的份儿了。我接受爸爸无语的教导,没给锺书增加苦恼。

锺书每天早上到拉斐德路去"办公"——就是按照爹爹信上的安排办事,有时还到老远的地方找人。我曾陪过他一两次。锺书在九月中给西南联大外文系主任叶公超先生写了信,叶先生未有回答。十月初旬,他就和蓝田师院的新同事结伴上路了。

锺书刚离开上海,我就接到清华大学的电报,问锺书为什么不回复梅校长的电报。可是我们并未收到过梅校长的电报呀。锺书这时正在路上,我只好把清华的电报转寄蓝田师院,也立即回复了一个电报给清华,说明并未收到梅电(我的回电现还存在清华的档案中)。他在路上走了三十四天之后,才收到我寄的信和转的电报。他对梅校长深深感激,不仅发一个电报,还来第二个电报问他何以不复。他自己无限抱愧,清华破格任用他,他却有始无终,任职不满一年就离开了。他实在是万不得已。偏偏他早走了一天,偏偏电报晚到一天。造化弄人,使他十分懊恼。

两年以后,陈福田迟迟不发聘书,我们不免又想起那个遗失的电报。电报会遗失吗?好像从来没有这等事。我们对这个遗失的电报深有兴趣。如果电报不是遗失,那么,第二个电报就大有文章。可惜那时候《吴宓日记》尚未出版。不过我们的料想也不错。陈福田拖延到十月前后亲来聘请时,锺书一口就辞谢了。陈未有一语挽留。

我曾问锺书:“你得罪过叶先生吗?”他细细思索,斩绝地说:“我没有。”他对几位恩师的崇拜,把我都感染了。他就像我朋友蒋恩钿带我看清华图书馆一样地自幸又自豪。可是锺书“辞职别就”——到蓝田去做系主任,确实得罪了叶先生。叶先生到上海遇见袁同礼,叶先生说:“钱锺书这么个骄傲的人,肯在你手下做事啊?”有英国友人胡志德向叶先生问及钱锺书,叶先生说:“不记得有这么个人”,后来又说:“他是我一手教出来的学生。”叶先生显然对钱锺书有气。但他生钱锺书的气,完全在情理之中。锺书放弃清华而跳槽到师院去当系主任,会使叶先生误以为锺书骄傲,不屑在他手下工作。

我根据清华大学存档的书信,写过一篇《钱锺书离开西南联大的实情》。这里写的实情更加亲切,也更能说明锺书信上的“难言之隐”。

锺书离上海赴蓝田时,我对他说,你这次生日,大约在路上了,我只好在家里为你吃一碗生日面了。锺书半路上作诗《耒阳晓发是余三十初度》,他把生日记错了,我原先的估计也错了。他的生日,无论按阳历或阴历,都在到达蓝田之后。“耒阳晓发”不知是哪一天,反正不是生日。

锺书一路上“万苦千辛”,走了三十四天到达师院。他不过是听从严命。其实,“严命”的骨子里是“慈命”。爹爹是非常慈爱的父亲。他是传统家长,照例总摆出一副严父的架式训斥儿子。这回他已和儿子阔别三年,锺书虽曾由昆明赶回上海亲送爹爹上船,只匆匆见得几面。他该是想和儿子亲近一番,要把他留在身边。“侍奉”云云只是说说而已,因为他的学生兼助手吴忠匡一直侍奉着他。吴忠匡平时睡在老师后房,侍奉得很周到。爹爹不是没人侍奉。

爹爹最宠的不是锺书,而是最小的儿子。无锡乡谚“天下爷娘护小儿”。锺书是长子;对长子,往往责望多于宠爱。锺书自小和嗣父最亲。嗣父他称伯伯。伯伯好比是他的慈母而爹爹是他的严父。锺书虚岁十一,伯伯就去世了。我婆婆一辈子谨慎,从不任情,长子既已嗣出,她决不敢拦出来当慈母。奶妈(“痴姆妈”)只把“大阿官”带了一年多就带锺书的二弟和三弟,她虽然最疼大阿官,她究竟只是一个“痴姆妈”。做嗣母的,对孩子只能疼,不能管,而孩子也不会和她亲。锺书自小缺少一位慈母,这对于他的性情和习惯都深有影响。

锺书到了蓝田,经常亲自为爹爹炖鸡,他在国外学会了这一手。有同事在我公公前夸他儿子孝顺。我公公说:“这是口体之养,不是养志。”那位先生说:“我倒宁愿口体之养。”可是爹爹总责怪儿子不能“养志”。锺书写信把这话告诉我,想必是心上委屈。

爹爹是头等大好人,但是他对人情世故远不如小叔叔精明练达。他对眼皮下的事都完全隔膜。例如他好吹诩“儿子都不抽香烟”。不抽烟的只锺书一个,锺书的两个弟弟都抽。他们见了父亲就把手里的烟卷往衣袋里藏,衣服都烧出窟窿来。爹爹全不知晓。

他关心国是,却又天真得不识时务。他为国民党人办的刊物写文章,谈《孙子兵法》,指出蒋介石不懂兵法而毛泽东懂得孙子兵法,所以蒋介石敌不过毛泽东。他写好了文章,命吴忠匡挂号付邮。

吴忠匡觉得“老夫子”的文章会闯祸，急忙找“小夫子”商量。锺书不敢诤谏，诤谏只会激起反作用。他和吴忠匡就把文章里臧否人物的都删掉，仅留下兵法部分。文章照登了。爹爹发现文章删节得所余无几，不大高兴，可是他以为是编辑删的，也就没什么说的。

锺书和我不在一处生活的时候，给我写信很勤，还特地为我记下详细的日记，所以，他那边的事我大致都知道。

六

这次锺书到蓝田去，圆圆并未发呆。假期中他们俩虽然每晚一起玩，“猫鼠共跳踉”，圆圆好像已经忘了渡船上渐去渐远渐渐消失的爸爸。锺书虽然一路上想念女儿，女儿好像还不懂得想念。

她已经会自己爬楼梯上四楼了。四楼上的三姨和我们很亲，我们经常上楼看望她。表姐的女儿每天上四楼读书。她比圆圆大两岁，读上下两册《看图识字》。三姨屋里有一只小桌子，两只小椅子。两个孩子在桌子两对面坐着，一个读，一个旁听。那座楼梯很宽，也平坦。圆圆一会儿上楼到三姨婆家去旁听小表姐读书，一会儿下楼和外公做伴。

我看圆圆这么羡慕《看图识字》，就也为她买了两册。那天我晚饭前回家，大姐三姐和两个妹妹都在笑，叫我“快来看圆圆头念书”。她们把我为圆圆买的新书给圆圆念。圆圆立即把书倒过来，从头念到底，一字不错。她们最初以为圆圆是听熟了背的。后来大姐姐忽然明白了，圆圆每天坐在她小表姐对面旁听，她认的全是颠倒的字。那时圆圆整两岁半。我爸爸不赞成太小的孩子识字,她识了颠倒的字,慢慢地自会忘记。可是大姐姐认为应当纠正,特地买了一匣方块字教她。

我大姐最严,不许当着孩子的面称赞孩子。但是她自己教圆圆,就把自己的戒律忘了。她叫我“来看圆圆头识字”。她把四个方块字嵌在一块铜片上,叫声“圆圆头,来识字”。圆圆已能很自在地行走,一个小人儿在地下走,显得房间很大。她走路的姿态特像锺书。她走过去听大姨教了一遍,就走开了,并不重复读一遍。大姐姐完全忘了自己的戒律,对我说:“她只看一眼就认识了,不用温习,全记得。”

我二姐比大姐小四岁,妈妈教大姐方块字,二姐坐在妈妈怀里,大姐识的字她全认得。爸爸在外地工作,回家得知,急得怪妈妈胡闹,把孩子都教笨了。妈妈说,没教她,她自己认识的。爸爸看了圆圆识字,想是记起了他最宝贝的二姐。爸爸对我说:“过目不忘是有的。”

抗日战争结束后,我家雇用一个小阿姨名阿菊。她妈妈也在上海帮佣,因换了人家,改了地址,特写个明信片告诉女儿。我叫阿菊千万别丢失明信片,丢了就找不到妈妈了。阿菊把明信片藏在枕头底下,结果丢失了。她急得要哭,我帮她追忆藏明信片处。圆圆在旁静静地说:“我好像看见过,让我想想。”我们等她说出明信片在哪里,她却背出一个地名来——相当长,什么路和什么路口,德馨里八号。我待信不信。姑妄听之,照这个地址寄了信。圆圆记的果然一字不错。她那时八岁多。我爸爸已去世,但我记起了他的话:“过目不忘是有的。”

所以爸爸对圆圆头特别宠爱。我们姊妹兄弟,没一个和爸爸一床睡过。以前爸爸的床还大得很呢。逃难上海期间,爸爸的床只比小床略宽。午睡时圆圆总和外公睡一床。爸爸珍藏一个用台湾席子包成的小耳枕。那是妈妈自出心裁特为爸爸做的,中间有个窟窿放耳朵。爸爸把宝贝枕头给圆圆枕着睡在脚头。

我家有一部《童谣大观》,四册合订一本(原是三姑母给我和弟弟妹妹各一册)。不知怎么这本书会流到上海,大概是三姐姐带来教她女儿的。当时这本书属于小妹妹阿必。

我整天在"狗耕田"并做家庭教师。临睡有闲暇就和大姐姐小妹妹教圆圆唱童谣。圆圆能背很多。我免得她脱漏字句,叫她用手指点着书背。书上的字相当大,圆圆的小嫩指头一字字点着,恰好合适。没想到她由此认了不少字。

大姐姐教圆圆识字,对她千依百顺。圆圆不是识完一包再识一包,她要求拆开一包又拆一包,她自己从中挑出认识的字来。颠倒的字她都已经颠倒过来了。她认识的字往往出乎大姐姐意料之外。一次她挑出一个"瞅"字,还拿了《童谣大观》,翻出"嫂嫂出来瞅一瞅",点着说:"就是这个'瞅'。"她翻书翻得很快,用两个指头摘着书页,和锺书翻书一个式样。她什么时候学来的呀?锺书在来德坊度假没时间翻书,也无书可翻,只好读读字典。圆圆翻书像她爸爸,使我很惊奇也觉得很有趣。

拉斐德路钱家住的是沿街房子,后面有一大片同样的楼房,住户由弄堂出入。我大姐有个好友租居弄堂里的五号,房主是她表妹,就是由我父亲帮打官司,承继了一千亩良田的财主。她偶有事会来找我大姐。

一九四〇年的暑假里,一个星期日下午,三姐也在爸爸这边。爸爸和我们姐妹都在我们卧室里说着话。忽然来了一位怪客。她的打扮就和《围城》里的鲍小姐一个模样。她比《围城》电视剧里的鲍小姐个儿高，上身穿个胸罩，外加一个透明的蜜黄色蕾丝纱小坎肩，一条紧身三角裤，下面两条健硕肥白的长腿，脚穿白凉鞋，露出十个鲜红的脚指甲，和嘴上涂的口红是一个颜色，手里拿着一只宽边大草帽。她就是那位大财主。

我爸爸看见这般怪模样，忍着笑，虎着脸，立即抽身到自己屋里去了。阿必也忍不住要笑，跟脚也随着爸爸过去。我陪大姐姐和三姐泡茶招待来客。我坐在桌子这面，客人坐在我对面，圆圆在旁玩。圆圆对这位客人大有兴趣，搬过她的小凳子，放在客人座前，自己坐上小凳，面对客人，仰头把客人仔细端详。这下子激得我三姐忍笑不住，毫不客气地站起身就往我爸爸屋里逃。我只好装作若无其事，过去把圆圆抱在怀里，回坐原处，陪着大姐姐待客。

客人走了，我们姐妹一起洗茶杯上的口红印，倒碟子里带有一圈口红印的香烟头（女佣星期日休假）。我们说“爸爸太不客气了”。我也怪三姐不忍耐着点儿。可是我们都笑得很乐，因为从没见过这等打扮。我家人都爱笑。我们把那位怪客称为“精赤人人”（无锡话，指赤条条一丝不挂的人）。

过不多久，我带了圆圆到拉斐德路“做媳妇”去——就是带些孝敬婆婆的东西，过去看望一下，和妯娌、小姑子说说话。钱家人正在谈论当时沸沸扬扬的邻居丑闻：“昨夜五号里少奶奶的丈夫捉奸，捉了一双去，都捉走了。”我知道五号的少奶奶是谁。我只听着，没说什么。我婆婆抱着她的宝贝孙子。他当时是钱家的“小皇帝”，很会闹。阿圆比他大一岁，乖乖地坐在我膝上，一声不响。我坐了一会，告辞回来德坊。

我抱着圆圆出门，她要求下地走。我把她放下地，她对我说：“娘，五号里的少奶奶就是‘精赤人人’。”这个我知道。但是圆圆怎会知道呢？我问她怎么知道的。她还小，才三岁，不会解释，只会使劲点头说：“是的。是的。”几十年后，我旧事重提，问她怎么知道五号里的少奶奶就是“精赤人人”。她说：“我看见她搀着个女儿在弄堂口往里走。”

圆圆观察细微，她归纳的结论往往有意想不到的正确。“精赤人人”确有个女儿，但是我从未见过她带着女儿。锺书喜欢“格物致知”。从前我们一同“探险”的时候，他常发挥“格物致知”的本领而有所发现。圆圆搬个小凳子坐在怪客面前细细端详，大概也在“格物致知”，认出这女人就是曾在弄堂口带着个女儿的人。我爸爸常说，圆圆头一双眼睛，什么都看见。但是她在钱家，乖乖地坐在我膝上，一声不响，好像什么都不懂似的。

这年一九四〇年秋杪，我弟弟在维也纳医科大学学成回国，圆圆又多了一个宠爱她的舅舅。弟弟住在我爸爸屋里。

锺书暑假前来信说，他暑假将回上海。我公公原先说，一年后和锺书同回上海，可是他一年后并不想回上海。锺书是和徐燕谋先生结伴同行的，但路途不通，走到半路又折回蓝田。

我知道弟弟即将回家，锺书不能再在来德坊度假，就在拉斐德路弄堂里租得一间房。圆圆将随妈妈搬出外公家。外公和挨在身边的圆圆说：“搬出去，没有外公疼了。”圆圆听了大哭。她站在外公座旁，落下大滴大滴热泪，把外公麻纱裤的膝盖全浸透在热泪里。当时我不在场，据大姐姐说，不易落泪的爸爸，给圆圆头哭得也落泪了。锺书回家不成，我们搬出去住了一个月，就退了房子，重返来德坊。我们母女在我爸爸身边又过了一年。我已记不清“精赤人人”到来德坊，是在我们搬出之前，还是搬回以后。大概是搬回之后。

圆圆识了许多字，我常为她买带插图的小儿书。她读得很快，小书不经读，我特为她选挑长的故事。一次我买了一套三册《苦儿流浪记》。圆圆才看了开头，就伤心痛哭。我说这是故事，到结尾苦儿便不流浪了。我怎么说也没用。她看到那三本书就痛哭，一大滴热泪掉在凳上足有五分钱的镍币那么大。

她晚上盼妈妈跟她玩，看到我还要改大叠课卷（因为我兼任高三的英文教师），就含着一滴小眼泪，伸出个嫩拳头，作势打课卷。这已经够我心疼的。《苦儿流浪记》害她这么伤心痛哭，我觉得自己简直在虐待她了。我只好把书藏过，为她另买新书。

我平常看书，看到可笑处并不笑，看到可悲处也不哭。锺书看到书上可笑处，就痴笑个不了，可是我没见到他看书流泪。圆圆看书痛哭，该是像爸爸，不过她还是个软心肠的小孩子呢。多年后，她已是大学教授，却来告诉我这个故事的原作者是谁，译者是谁，苦儿的流浪如何结束等等，她大概一直关怀着这个苦儿。

七

一九四一年暑假，锺书由陆路改乘轮船，辗转回到上海。当时拉斐德路钱家的人口还在增加。一年前，我曾在拉斐德路弄堂里租到一间房，住了一个月，退了。这回，却哪里也找不到房子,只好挤居钱家楼下客堂里。我和圆圆在锺书到达之前,已在拉斐德路住下等他。

锺书面目黧黑,头发也太长了,穿一件夏布长衫,式样很土,布也很粗。他从船上为女儿带回一只外国橘子。圆圆见过了爸爸,很好奇地站在一边观看。她接过橘子,就转交妈妈,只注目看着这个陌生人。两年不见,她好像已经不认识了。她看见爸爸带回的行李放在妈妈床边,很不放心,猜疑地监视着。晚饭后,圆圆对爸爸发话了。

"这是我的妈妈,你的妈妈在那边。"她要赶爸爸走。

锺书很窝囊地笑说:"我倒问问你,是我先认识你妈妈,还是你先认识?"

"自然我先认识,我一生出来就认识,你是长大了认识的。"这是圆圆的原话,我只把无锡话改为国语。我当时非常惊奇,所以把她的话一字字记住了。

锺书悄悄地在她耳边说了一句话。圆圆立即感化了似的和爸爸非常友好,妈妈都退居第二了。圆圆始终和爸爸最"哥们"。锺书说的什么话,我当时没问,以后也没想到问,现在已没人可问。他是否说"你一生出来,我就认识你"?是否说"你是我的女儿"?是否说"我是你的爸爸"?我们三个人中间,我是最笨的一个。锺书究竟说了什么话,一下子就赢得了女儿的友情,我猜不出来,只好存疑,只好永远是个谜了。反正他们两个立即成了好朋友。

她和爸爸一起玩笑,一起淘气,一起吵闹。从前,圆圆在拉斐德路乖得出奇,自从爸爸回来,圆圆不乖了,和爸爸没大没小地玩闹,简直变了个样儿。她那时虚岁五岁,实足年龄是四岁零两三个月。她向来只有人疼她，有人管她、教她，却从来没有一个一同淘气玩耍的伴儿。

圆圆去世，六十岁还欠两个多月。去世前一二个月，她躺在病床上还在写《我们仨》。第一节就是《爸爸逗我玩》。现在，我把她的记事，附在卷末。

锺书这次回上海，只准备度个暑假。他已获悉清华决议聘他回校。消息也许是吴宓老师传的。所以锺书已辞去蓝田的职务，准备再回西南联大。《槐聚诗存》一九四一年有《又将入滇怆念若渠》一诗。据清华大学档案，一九四一年三月四日，确有聘请钱锺书回校的记录。据《吴宓日记》，系里通过决议，请锺书回校任教是一九四〇年十一月六日的事，《日记》上说，“忌之者明示反对，但卒通过。”①锺书并不知道有“忌之者明示反对”，也不知道当时的系主任是陈福田。

陈福田是华侨，对祖国文化欠根底，锺书在校时，他不过是外文系的一位教师，远不是什么主任。锺书从不称陈福田先生或陈福田，只称 F. T. 。他和 F. T. 从无交往。

锺书满以为不日就会收到清华的聘约。“他痴汉等婆娘”似的一等再等，清华杳无消息。锺书的二弟已携带妻子儿女到外地就职，锺书的妹妹已到爹爹身边去，锺书还在等待清华的聘书。

我问锺书，是不是弄错了，清华并没有聘你回校。看样子他是错了。锺书踌躇说，袁同礼曾和他有约，如不便入内地，可到中央图书馆任职。我不知锺书是否给袁同礼去过信。锺书后来

---

① 见《吴宓日记》Ⅶ，第 258 页，三联书店 1998 年版。

曾告诉我，叶先生对袁同礼说他骄傲，但我也不知有何根据。反正清华和袁同礼都杳无音信。

快开学了，锺书觉得两处落空，有失业的危险。他的好友陈麟瑞当时任暨南大学英文系主任，锺书就向陈麟瑞求职。陈说："正好，系里都对孙大雨不满，你来就顶了他。"锺书只闻孙大雨之名，并不相识。但是他决不肯夺取别人的职位，所以一口拒绝了。他接受了我爸爸让给他的震旦女校两个钟点的课。

联大开学以后，陈福田先生有事来上海。他以清华大学外文系主任的身份，亲来聘请钱锺书回校。清华既已决定聘钱锺书回校，聘书早该寄出了。迟迟不发，显然是不欢迎他。既然不受欢迎，何苦挨上去自讨没趣呢？锺书这一辈子受到的排挤不算少，他从不和对方争执，总乖乖地退让。他客客气气地辞谢了聘请，陈福田完成任务就走了，他们没谈几句话。

我们挤居拉斐德路钱家，一住就是八年。

爹爹经常有家信，信总是写给小儿子的，每信必夸他"持家奉母"。自从锺书回上海，"持家奉母"之外又多了"扶兄"二字。锺书又何需弟弟"扶"呢。爹爹既这么说，他也就认了。他肯委屈，能忍耐。圆圆也肯委屈，能忍耐。我觉得他们都像我婆婆。

我那时已为阔小姐补习到高中毕业，把她介绍给我认识的一位大学助教了。珍珠港事变后，孤岛已沉没，振华分校也解散了。我接了另一个工作，做工部局半日小学的代课教师，薪水不薄，每月还有三斗白米，只是校址离家很远，我饭后赶去上课，困得在公交车上直打盹儿。我业余编写剧本。《称心如意》上演，我还在做小学教师呢。

锺书和震旦女子文理学院的负责人"方凳妈妈"（Mother

Thornton)见面之后,校方立即为他增加了几个钟点。他随后收了一名拜门的学生,束脩总随着物价一起上涨。沦陷区生活艰苦,但我们总能自给自足。能自给自足,就是胜利。锺书虽然遭厄运播弄,却觉得一家人同甘共苦,胜于别离。他发愿说:"从今以后,咱们只有死别,不再生离。"

锺书的妹妹到了爹爹身边之后,记不起是哪年,大约是一九四四年,锺书的二弟当时携家住汉口,来信报告母亲,说爹爹已将妹妹许配他的学生某某,但妹妹不愿意,常在河边独自徘徊,怕是有轻生之想。(二弟家住处和爹爹住处仅一江之隔,来往极便。)我婆婆最疼的是小儿小女。一般传统家庭,重男轻女。但钱家儿子极多而女儿极少,女儿都是非常宝贝的。据二弟来信,爹爹选择的人并不合适。那人是一位讲师,曾和锺书同事。锺书站在妹妹的立场上,妹妹不愿意,就是不合适。我婆婆只因为他是外地人,就认为不合适。锺书的三弟已携带妻子儿女迁居苏州。三弟往来于苏州上海之间,这时不在上海。

我婆婆嘱锺书写信劝阻这门亲事。叔父同情我的婆婆,也写信劝阻。他信上极为开明,说家里一对对小夫妻都爱吵架,惟独我们夫妇不吵,可见婚姻还是自由的好。锺书代母亲委婉陈词,说生平只此一女,不愿她嫁外地人,希望爹爹再加考虑。锺书私下又给妹妹写信给她打气,叫她抗拒。不料妹妹不敢自己违抗父亲,就拿出哥哥的信来,代她说话。

爹爹见信很恼火。他一意要为女儿选个好女婿,看中了这位品学兼优的讲师,认为在他培育下必能成才;女儿嫁个书生,"粗茶淡饭足矣",外地人又怎的?我记不清他回信是一封还是两封,只记得信上说,储安平(当时在师院任职)是自由结婚的,直在闹离婚呢！又讥诮说，现在做父母的，要等待子女来教育了！（这是针对锺书煽动妹妹违抗的话）爹爹和锺书的信，都是文言的绝妙好辞，可惜我只能撮述，不免欠缺文采。不过我对各方的情绪都稍能了解。

四婶婶最有幽默，笑弯了眼睛私下对我说："乖的没事，憨的又讨骂了。"——"乖的"指养志的弟弟（但他当时不在上海），"憨的"指锺书。其实连"乖的"叔叔也"挨呲儿"了，连累我也"挨呲儿"了。

锺书的妹妹乖乖地于一九四五年八月结了婚。我婆婆解放前夕到了我公公处，就一直和女儿女婿同住。锺书的妹妹生了两个聪明美丽的女儿，还有两个小儿小女我未见过。爹爹一手操办的婚姻该算美满，不过这是后话了。

其实，锺书是爹爹最器重的儿子。爱之深则责之严，但严父的架式掩不没慈父的真情。锺书虽然从小怕爹爹，父子之情还是很诚挚的。他很尊重爹爹，也很怜惜他。

他私下告诉我："爹爹因唔娘多病体弱，而七年间生了四个孩子，他就不回内寝，无日无夜在外书房工作，倦了倒在躺椅里歇歇。江浙战争，乱军抢劫无锡，爷爷的产业遭劫，爷爷欠下一大笔债款。这一大笔债，都是爹爹独力偿还的。"

我问："小叔叔呢？"

锺书说："小叔叔不相干，爹爹是负责人。等到这一大笔债还清，爹爹已劳累得一身是病了。"

我曾听到我公公喊"啊唷哇啦！"以为碰伤了哪里。锺书说，不是喊痛，是他的习惯语，因为他多年浑身疼痛，不痛也喊"啊唷哇啦"。

爹爹对锺书的训诫，只是好文章，对锺书无大补益。锺书对爹爹的“志”，并不完全赞同，却也了解。爹爹对锺书的“志”并不了解，也不赞许。他们父慈子孝，但父子俩的志趣并不接轨。

锺书的堂弟锺韩和锺书是好兄弟，亲密胜于亲兄弟。一次，锺韩在我们三里河寓所说过一句非常中肯的话。他说：“其实啊，倒是我最像三伯伯。”我们都觉得他说得对极了，他是我公公理想的儿子。

八

我们沦陷上海，最艰苦的日子在珍珠港事变之后，抗日胜利之前。锺书除了在教会大学教课，又增添了两名拜门学生（三家一姓周、一姓钱、一姓方）。但我们的生活还是愈来愈艰苦。只说柴和米，就大非易事。

日本人分配给市民吃的面粉是黑的，筛去杂质，还是麸皮居半；分配的米，只是粞，中间还杂有白的、黄的、黑的沙子。黑沙子还容易挑出来，黄白沙子，杂在粞里，只好用镊子挑拣。听到沿街有卖米的，不论多贵，也得赶紧买。当时上海流行的歌：

> 粪车是我们的报晓鸡，
> 多少的声音都从它起，
> 前门叫卖菜，
> 后门叫卖米。

随就接上一句叫卖声：“大米要吗？”（读如：“杜米要哦？”）大米不嫌多。因为吃粞不能过活。

但大米不能生吃，而煤厂总推没货。好容易有煤球了，要求送三百斤，只肯送二百斤。我们的竹篾子煤筐里也只能盛二百斤。有时煤球里掺和的泥太多，烧不着；有时煤球里掺和的煤灰多，太松，一着就过。如有卖木柴的，卖钢炭的，都不能错过。有一次煤厂送了三百斤煤末子，我视为至宝。煤末子是纯煤，比煤球占地少，掺上煤灰，可以自制相当四五百斤煤球的煤饼子。煤炉得搪得腰身细细的，省煤。烧木柴得自制"行灶"，还得把粗大的木柴劈细，敲断。烧炭另有炭炉。煤油和煤油炉也是必备的东西。各种燃料对付着使用。我在小学代课，我写剧本，都是为了柴和米。

锺书的二弟、三弟已先后离开上海，锺书留在上海没个可以维持生活的职业，还得依仗几个拜门学生的束脩，他显然最没出息。

有一个夏天，有人送来一担西瓜。我们认为决不是送我们的，让堂弟们都搬上三楼。一会儿锺书的学生打来电话，问西瓜送到没有。堂弟们忙又把西瓜搬下来。圆圆大为惊奇。这么大的瓜！又这么多！从前家里买西瓜，每买必两担三担。这种日子，圆圆没有见过。她看爸爸把西瓜分送了楼上，自己还留下许多，佩服得不得了。晚上她一本正经对爸爸说：

"爸爸，这许多西瓜，都是你的！——我呢，是你的女儿。"显然她是觉得"与有荣焉"！她的自豪逗得我们大笑。可怜的锺书，居然还有女儿为他自豪。

圆圆的肠胃可以吃西瓜，还有许多别的东西我也让她吃了。锺书爱逗她，惹她，欺她，每次有吃的东西，总说："Baby no eat."她渐渐听懂了，总留心看妈妈的脸色。一次爸爸说了"Baby no eat”,她看着妈妈的脸,迸出了她自造的第一句英语:“Baby yes eat!”她那时约六岁。

胜利前,谣传美军将对上海“地毯式”轰炸,逃难避居上海的人纷纷逃离上海。我父亲于一九四四年早春,带了我大姐以及三姐和姐夫全家老少回苏州庙堂巷老家。

这年暑假,我七妹妹和妹夫携带两个儿子到苏州老家过暑假。我事忙不能脱身,让圆圆跟他们一家同到外公家去。那时圆圆七周岁,在外公家和两个表姐、四个表弟结伴。我老家的后园已经荒芜,一群孩子在荒园里“踢天弄井”,只圆圆斯文。别人爬树,她不敢,站在树下看着。我小时特别淘气,爬树、上屋都很大胆;圆圆生性安静,手脚不麻利,很像锺书自称的“拙手笨脚”。

苏州老家的电线年久失修,电厂已不供电,晚上只好用洋油灯。一群孩子到天黑了都怕鬼,不敢在黑地里行动。圆圆却不知怕惧,表姐表弟都需她保镖。她这来也颇有父风。我是最怕鬼的,锺书从小不懂得怕鬼。他和锺韩早年住无锡留芳声巷,那所房子有凶宅之称。锺韩怕鬼,锺书吓他“鬼来了!”锺韩吓得大叫“啊!!!!”又叫又逃,锺书大乐。他讲给我听还洋洋得意。

有一次,我三姐和七妹带一群孩子到观前街玄妙观去玩。忽然圆圆不见了。三姐急得把他们一群人“兵分三路”,分头寻找。居然在玄妙观大殿内找到了她,她正跟着一个道士往大殿里走。道士并没有招她,是她盯着道士“格物致知”呢。她看见道士头发绾在头顶上,以为是个老太婆;可是老太婆又满面髭须,这不就比“精赤人人”更奇怪了吗?她就呆呆地和家人失散了。

姐姐妹妹都怪我老把圆圆抱着搀着,护得孩子失去了机灵。这点我完全承认。我和圆圆走在路上,一定搀着手;上了电车,总让她坐在我身上。圆圆已三四岁了,总说没坐过电车,我以为她不懂事。一次我抱她上了电车,坐下了,我说:“这不是电车吗?”她坐在我身上,钩着我脖子在我耳边悄悄地央求:“屁股坐。”她要自己贴身坐在车座上,那样才是坐电车。我这才明白她为什么从没坐过电车。

圆圆在苏州的一桩桩表现,都带三分呆气,都不像我而像锺书。

圆圆这次离开苏州回到上海,就没有再见外公。我爸爸于一九四五年三月底在苏州去世,抗日战争尚未结束。

这时期,锺书经常来往的朋友,同辈有陈麟瑞(石华父)、陈西禾、李健吾、柯灵、傅雷、亲如兄长的徐燕谋、诗友冒效鲁等。老一辈赏识他的有徐森玉(鸿宝)①、李拔可(宣龚)、郑振铎、李玄伯等,比他年轻的朋友有郑朝宗、王辛迪、宋悌芬、许国璋等。李拔可、郑振铎、傅雷、宋悌芬、王辛迪几位,经常在家里宴请朋友相聚。那时候,和朋友相聚吃饭不仅是赏心乐事,也是口体的享受。

贫与病总是相连的。锺书在这段时期,每年生一场病。圆圆上学一个月,就休学几个月,小学共六年,她从未上足一个学期的课。胜利之后,一九四七年冬,她右手食指骨节肿大,查出是骨结核。当时还没有对症的药。这种病,中医称“流住”或“穿骨流住”,据医书:“发在骨节或骨空处,难痊。”大夫和我谈

① 解放后曾任故宫博物院院长。

病情，圆圆都听懂了，回家挂着一滴小眼泪说："我要害死你们了。"我忙安慰她说："你挑了好时候，现在不怕生病了。你只要好好地休息补养，就会好的。"大夫固定了指头的几个骨节，叫孩子在床上休息，不下床，服维生素A、D，吃补养的食品。十个月后，病完全好了。大夫对我说，这是运气。孩子得了这种病，往往转到脚部，又转到头部，孩子就夭折了。圆圆病愈，胖大了一圈。我睡里梦里都压在心上的一块大石头，终于落地。可是我自己也病了，天天发低烧，每月体重减一磅，查不出病因。锺书很焦虑。一九四九年我们接受清华聘约时，他说："换换空气吧，也许换了地方，你的病就好了。"果然，我到清华一年之后，低烧就没有了。

九

一九四八年夏，锺书的爷爷百岁冥寿，分散各地的一家人，都回无锡老家聚会。这时锺书、圆圆都不生病了，我心情愉快，随上海钱家人一起回到七尺场老家。

我结婚后只在那里住过十天上下。这次再去，那间房子堆满了烂东西，都走不进人了。我房间里原先的家具：大床，镜台，书桌等，早给人全部卖掉了。我们夫妇和女儿在七尺场钱家只住了一夜，住在小叔叔新盖的楼上。

这次家人相聚，我公公意外发现了他从未放在心上的"女孙健汝"，得意非凡。

他偶在一间厢房里的床上睡着了（他睡觉向来不分日夜）。醒来看见一个女孩子在他脚头，为他掖掖夹被，盖上脚，然后坐着看书。满地都是书。院子里一群孩子都在吵吵闹闹地玩,这女孩子却在静静地看书。我公公就问她是谁。圆圆自报了名字。她在钱家是健汝,但我们仍叫她阿圆,我不知她是怎样报名的。她那时候十一周岁,已读过《西游记》、《水浒》等小说,正在爸爸的引诱、妈妈的教导下读文言的林译小说。她和锺书有同样的习性,到哪里,就找书看。她找到一小柜《少年》。这种杂志她读来已嫌不够味儿,所以一本本都翻遍了,满地是书。

我公公考问了她读的《少年》,又考考她别方面的学问,大为惊奇,好像哥伦布发现了新大陆,认定她是"吾家读书种子也"! 从此健汝跃居心上第一位。他曾对锺书的二弟、三弟说,他们的这个那个儿子,资质属某等某等,"吾家读书种子,惟健汝一人耳"。爹爹说话,从不理会对方是否悦耳。这是他说话、写信、作文的一贯作风。

自从一九四五年抗战胜利,锺书辞去了震旦女子文理学院的几个小时课,任中央图书馆英文总纂,编《书林季刊》(*Philobiblon*);后又兼任暨南大学教授,又兼英国文化委员会(British Council)顾问。《围城》出版后,朋友中又增添了《围城》爱好者。我们的交游面扩大了,社交活动也很频繁。

我们沦陷上海期间,饱经忧患 ,也见到世态炎凉。我们夫妇常把日常的感受,当作美酒般浅斟低酌,细细品尝。这种滋味值得品尝。因为忧患孕育智慧。锺书曾说:"一个人二十不狂没志气,三十犹狂是无识妄人。"他是引用桐城先辈语:"子弟二十不狂没出息,三十犹狂没出息";也是"夫子自道"。

胜利后我们接触到各式各等的人。每次宴会归来,我们总有许多讲究,种种探索。我们把所见所闻,剖析琢磨,"读通"许多人、许多事，长了不少学问。

朱家骅曾是中央庚款留英公费考试的考官，很赏识钱锺书，常邀请锺书到他家便饭——没有外客的便饭。一次朱家骅许他一个联合国教科文的什么职位，锺书立即辞谢了。我问锺书："联合国的职位为什么不要？"他说："那是胡萝卜！"当时我不懂"胡萝卜"与"大棒"相连。压根儿不吃"胡萝卜"，就不受大棒驱使。

锺书每月要到南京汇报工作，早车去，晚上老晚回家。一次他老早就回来了，我喜出望外。他说："今天晚宴，要和'极峰'（蒋介石）握手，我趁早溜回来了。"

胜利的欢欣很短暂，接下是普遍的失望，接下是谣言满天飞，人心惶惶。

锺书的第一个拜门弟子常请老师为他买书。不论什么书，全由老师选择。其实，这是无限止地供老师肆意买书。书上都有锺书写的"借痴斋藏书"并盖有"借痴斋"图章；因为学生并不读，专供老师借阅的，不是"借痴"①吗！锺书蛰居上海期间，买书是他的莫大享受。新书、旧书他买了不少。"文化大革命"中书籍流散，曾有人买到"借痴斋"的书，寄还给锺书。也许上海旧书摊上，还会发现"借痴斋藏书"。藏书中，也包括写苏联铁幕后面的书。我们的阅读面很广。所以"人心惶惶"时，我们并不惶惶然。

郑振铎先生、吴晗同志，都曾劝我们安心等待解放，共产党是重视知识分子的。但我们也明白，对国家有用的是科学家，我们却是没用的知识分子。

---

① 引用"借书一瓻，还书一、二、三瓻"，参看《酉阳杂俎》续集卷四、《资暇集》卷下、《履斋示儿编》卷二十三。

我们如要逃跑，不是无路可走。可是一个人在紧要关头，决定他何去何从的，也许总是他最基本的感情。我们从来不唱爱国调。非但不唱，还不爱听。但我们不愿逃跑，只是不愿去父母之邦，撇不开自家人。我国是国耻重重的弱国，跑出去仰人鼻息，做二等公民，我们不愿意。我们是文化人，爱祖国的文化，爱祖国的文字，爱祖国的语言。一句话，我们是倔强的中国老百姓，不愿做外国人。我们并不敢为自己乐观，可是我们安静地留在上海，等待解放。

十

解放后，中国面貌一新，成了新中国。不过我们夫妇始终是"旧社会过来的知识分子"。我们也一贯是安分守己、奉公守法的良民。

一九四九年夏，我们夫妇得到清华母校的聘请，于八月二十四日携带女儿，登上火车，二十六日到达清华，开始在新中国工作。

锺书教什么课我已忘记，主要是指导研究生。我是兼任教授，因为按清华旧规，夫妻不能在同校同当专任教授。兼任就是按钟点计工资，工资很少。我自称"散工"。后来清华废了旧规，系主任请我当专任，我却只愿做"散工"。因为我未经改造，未能适应，借"散工"之名，可以逃会。妇女会开学习会，我不参加，因为我不是家庭妇女。教职员开学习会，我不参加，因为我没有专职，只是"散工"。我曾应系里的需要，增添一门到两门课，其实已经够专任的职责了，但是我为了逃避开会，坚持做"散工"，直到三反运动。

圆圆已有学名钱瑗。她在爷爷发现“读书种子”之前，只是个无足轻重的女孩子。我们“造反”，不要她排行取名，只把她的小名化为学名。她离上海时，十二周岁，刚上完初中一年级。她跟父母上火车，一手抱个洋娃娃，一手提个小小的手提袋，里面都是她自己裁剪缝制的洋娃娃衣服。洋娃娃肚子里有几两黄金，她小心抱着。她看似小孩，已很懂事。

到清华后，她打算在清华附中上学，可是学校一定要她从一年级读起。我看到初中学生开会多，午后总开会。阿瑗好不容易刚养好病，午后的休息还很重要，我因此就让她休学，功课由我自己教。阿瑗就帮爸爸做些零星事，如登记学生分数之类。她常会发现些爸爸没看到的细事。例如某某男女学生是朋友，因为两人的课卷都用与众不同的紫墨水。那两人果然是一对朋友，后来结婚了。她很认真地做爸爸的助手。

锺书到清华工作一年后，调任翻译毛选委员会的工作，住在城里，周末回校，仍兼管研究生。翻译毛选委员会的领导是徐永煐同志，介绍锺书做这份工作的是清华同学乔冠华同志。事定之日，晚饭后，有一位旧友特雇黄包车从城里赶来祝贺。客去后，锺书惶恐地对我说：“他以为我要做‘南书房行走’了。这件事不是好做的，不求有功，但求无过。”

“无功无过”，他自以为做到了。饶是如此，也没有逃过背后扎来的一刀子。若不是“文化大革命”中，档案里的材料上了大字报，他还不知自己何罪。有关这件莫须有的公案，我在《丙午丁未年纪事》及《干校六记》里都提到了。我们爱玩福尔摩斯。两人一起侦探，探出并证实诬陷者是某某人。锺书与世无争，还不免遭人忌恨，我很忧虑。锺书安慰我说：“不要愁，他也未必能随心。”锺书的话没错。这句话，为我增添了几分智慧。

其实，“忌”他很没有必要。锺书在工作中总很驯良地听从领导；同事间他能合作，不冒尖，不争先，肯帮忙，也很有用。他在徐永煐同志领导下工作多年，从信赖的部下成为要好的朋友。他在何其芳、余冠英同志领导下选注唐诗，共事的年轻同志都健在呢，他们准会同意我的话。锺书只求做好了本职工作，能偷工夫读他的书。他工作效率高，能偷下很多时间，这是他最珍惜的。我觉得媒孽者倒是无意中帮了他的大忙，免得他荣任什么体统差事，而让他默默“耕耘自己的园地”。

锺书住进城去，不嘱咐我照管阿瑗，却嘱咐阿瑗好好照管妈妈，阿瑗很负责地答应了。

我们的老李妈年老多病，一次她生病回家了。那天下大雪。傍晚阿瑗对我说：“妈妈，该撮煤了。煤球里的猫屎我都抠干净了。”她知道我决不会让她撮煤。所以她背着我一人在雪地里先把白雪覆盖下的猫屎抠除干净，她知道妈妈怕触摸猫屎。可是她的嫩指头不该着冷，锺书还是应该嘱咐我照看阿瑗啊。

有一晚她有几分低烧，我逼她早睡，她不敢违拗。可是她说：“妈妈，你还要到温德家去听音乐呢。”温德先生常请学生听音乐，他总为我留着最好的座位，挑选出我喜爱的唱片，阿瑗照例陪我同去。

我说：“我自己会去。”

她迟疑了一下说：“妈妈，你不害怕吗？”她知道我害怕，却不说破。

我摆出大人架子说：“不怕，我一个人会去。”

她乖乖地上床躺下了。可是她没睡。

我一人出门，走到接连一片荒地的小桥附近，害怕得怎么也不敢过去。我退回又向前，两次、三次，前面可怕得过不去，我只好退回家。阿瑗还醒着。我只说“不去了”。她没说什么。她很乖。

说也可笑，阿瑗那么个小不点儿，我有她陪着，就像锺书陪着我一样，走过小桥，一点也不觉害怕。锺书嘱咐女儿照看妈妈，还是有他的道理。

阿瑗不上学，就脱离了同学。但是她并不孤单，一个人在清华园里悠游自在，非常快乐。她在病床上写的《我们仨》里，有记述她这种生活的章节，这里我不重复了。

我买了初中二、三年级的课本，教她数学（主要是代数，也附带几何、三角）、化学、物理、英文文法等。锺书每周末为她改中、英文作文。代数愈做愈繁，我想偷懒，我对阿瑗说：“妈妈跟不上了，你自己做下去，能吗？”她很听话，就无师自通。过一天我问她能自己学吗，她说能。过几天我不放心，叫她如有困难趁早说，否则我真会跟不上。她很有把握地说，她自己会。我就加买了一套课本，让她参考。

瑗瑗于一九五一年秋考取贝满女中（当时称五一女子中学，后称女十二中）高中一年级，代数得了满分。她就进城住校。她在学校里交了许多朋友，周末都到我们家来玩。我们夫妇只有一个宝贝女儿，女儿的朋友也成了我们的小友。后来阿瑗得了不治之症住进医院，她的中学朋友从远近各地相约同到医院看望。我想不到十几岁小姑娘间的友情，能保留得这么久远！她们至今还是我的朋友。

阿瑗住校，家里剩了我一人，只在周末家人团聚。这年冬，三反运动开始。有人提出杨先生怎不参加系里的会。我说是怕不够资格。此后我有会必到,认认真真地参加了三反或“脱裤子、割尾巴”或“洗澡”运动。

锺书在城里也参加了运动,也洗了个澡。但翻译毛选委员会只是个极小的单位。第一年原有一班人,一年后只留下锺书和助手七八人。运动需人多势众,才有威力;寥寥几人,不成气候。清华大学的运动是声势浩大的。学生要钱先生回校洗中盆澡。我就进城代他请了两星期假,让他回校好好学习一番再“洗澡”。

锺书就像阿瑗一样乖,他回校和我一起参加各式的会,认真学习。他洗了一个中盆澡,我洗了一个小盆澡,都一次通过。接下是“忠诚老实运动”,我代他一并交待了一切该交待的问题。我很忠诚老实,不管成不成问题,能记起的趁早都一一交待清楚。于是,有一天锺书和我和同校老师们排着队,由一位党的代表,和我们一一握手说:“党信任你。”我们都洗干净了。经过一九五二年的“院系调整”,两人都调任文学研究所外文组的研究员。文学研究所编制暂属新北大,工作由中央宣传部直接领导。文研所于一九五三年二月二十二日正式成立。

一九五二年院系调整后限期搬家。这年的十月十六日,我家就从清华大学搬入新北大的中关园。搬家的时候,锺书和阿瑗都在城里。我一个人搬了一个家。东西都搬了,没顾及我们的宝贝猫儿。锺书和阿瑗周末陪我同回旧居,捉了猫儿,装在一只又大又深的布袋里。我背着,他们两个一路抚慰着猫儿。我只觉猫儿在袋里瑟瑟地抖。到了新居,它还是逃跑了。我们都很伤心。

翻译毛选委员会的工作于一九五四年底告一段落。锺书回所工作。

郑振铎先生是文研所的正所长，兼古典文学组组长。郑先生知道外文组已经人满，锺书挤不进了。他对我说："默存回来，借调我们古典组，选注宋诗。"

锺书很委屈。他对于中国古典文学，不是科班出身。他在大学里学的是外国文学，教的是外国文学。他由清华大学调入文研所，也属外文组。放弃外国文学研究而选注宋诗，他并不愿意。不过他了解郑先生的用意，也赞许他的明智。锺书肯委屈，能忍耐，他就借调在古典文学组里，从此没能回外文组。

三反是旧知识分子第一次受到的改造运动，对我们是"触及灵魂的"。我们闭塞顽固，以为"江山好改，本性难移"，人不能改造。可是我们惊愕地发现，"发动起来的群众"，就像通了电的机器人，都随着按钮统一行动，都不是个人了。人都变了。就连"旧社会过来的知识分子"也有不同程度的变：有的是变不透，有的要变又变不过来，也许还有一部分是偷偷儿不变。

我有一个明显的变，我从此不怕鬼了。不过我的变，一点不合规格。

十一

我们免得犯错误、惹是非，就离群索居。我们日常在家里工作，每月汇报工作进程。我们常挪用工作时间偷出去玩，因为周末女儿回家，而假日公园的游客多。颐和园后山的松堂，游人稀少，我们经常去走一走后山。那里的松树千姿百态，我们和一棵棵松树都认识了。

动物园也是我们喜爱的地方。一九三四年春，我在清华读书，锺书北来，我曾带他同游。园内最幽静的一隅有几间小屋，窗前有一棵松树，一湾流水。锺书很看中这几间小屋，愿得以为家。十余年后重来，这几间房屋，连同松树和那一湾流水，都不知去向了。

我们很欣赏动物园里的一对小熊猫。它们安静地并坐窗口，同看游人，不像别的小动物在笼中来回来去跑。熊很聪明，喝水用爪子掬水喝，近似人的喝法。更聪明的是聪明不外露的大象。有公母两头大象隔着半片墙分别由铁链拴住。公象只耐心地摇晃着身躯，摇晃着脑袋，站定原地运动；拴就拴，反正一步不挪。母象会用鼻子把拴住前脚的铁圈脱下，然后把长鼻子靠在围栏上，满脸得意地笑。饲养员发现它脱下铁圈，就再给套上。它并不反抗，但一会儿又脱下了，好像故意在逗那饲养员呢。我们最佩服这两头大象。犀牛厌游客，会向游客射尿；尿很臭而射得很远，游客只好回避。河马最丑，半天也不肯浮出水面。孔雀在春天常肯开屏。锺书"格物致知"，发现孔雀开屏并不是炫耀它那金碧辉煌的彩屏，不过是掀起尾巴，向雌孔雀露出后部。看来最可怜的是囚在笼内不能展翅的大鸟。大熊猫显然最舒服，住的房子也最讲究，门前最拥挤。我们并不羡慕大熊猫。猴子最快乐，可是我们对猴子兴趣不大。

看动物吃东西很有趣。狮子喂肉之前，得把同笼的分开，因为狮子见了肉就不顾夫妻情分。猪类动物吃花生，连皮带壳；熊吐出壳儿带皮吃；猴子剥了壳还捻去皮。可是大象食肠粗，饲养员喂大象，大团的粮食、整只的苹果、整条的萝卜、连皮的香蕉，都一口吞之。可是它自己进食却很精细；吃稻草，先从大捆稻草中拈出一小束，拍打干净，筑筑整齐，才送入口中。我们断不定最聪明的是灵活的猴子还是笨重的大象。我们爱大象。

有时候我们带阿瑗一同出游，但是她身体弱，不如我们走路轻健。游山或游动物园都得走很多路，来回乘车要排队，要挤，都费劲。她到了颐和园高处，从后山下来，觉得步步艰险，都不敢跨步。我觉得锺书游园是受了我的鼓动；他陪我玩，练出了脚劲。阿瑗体力无多，我舍不得勉强她。

阿瑗每周末回家，从不肯把脏衣服和被单子带回家让阿姨洗，她学着自己洗。同学都说她不像独养女儿。这种乖孩子，当然会评上“三好学生”，老师就叫她回家和妈妈谈谈感想。我问：“哪三好？”因为她身体明明不好。她笑说：“荣誉是党给的。”果然，她的身体毕竟不好，读了三个学期，大有旧病复发之嫌。幸亏她非常听话，听从大夫的建议，休学一年，从一九五三年春季休养到一九五四年春季。锺书一九五四年底才由城里回北大。阿瑗休学只和妈妈做伴。

她在新北大（即旧燕京）到处寻找相当于清华灰楼的音乐室。她问校内的工人，答“说不好”。她央求说：“不用说得好，随便说就行。”工人们听了大笑，干脆告诉她“没有”。她很失望。

中关园新建，还没有一点绿色。阿瑗陪我到邻近的果园去买了五棵柳树种在门前。温德先生送给我们许多花卉，种在院子里。蒋恩钿夫妇送来一个屏风，从客堂一端隔出小小一间书房。他们还送来一个摆饰的曲屏和几盆兰花、檐亶海棠等花和草。锺书《槐聚诗存》一九五四年诗，有《容安室休沐杂咏》十二首，就是他周末归来的生活写实。这间小书房就是他的“容安室”或“容安馆”。由商务扫描出版的《容安馆日札》就是这个时候开始的。“容安馆”听来很神气，其实整座住宅的面积才七十五平方米。由屏风隔出来的“容安馆”仅仅“容膝”而已。

阿瑗常陪我到老燕京图书馆借书，然后又帮我裁书。因为那时许多书是老式装订，整张大纸折叠着订，书页不裁开；有些书虽经借阅，往往只裁开了一部分。

借书的时候，每本书的卡片上由借书者签上名字，借书卡留在图书馆里。阿瑗眼睛快，记性好，会记得某书曾有某人借过。她发现一件怪事。某先生借的书都不看完，名字在借书卡上经常出现，可是他显然只翻几章，书大部分没裁开。

阿瑗闲来无事，就读我案上的书。我对她绝对放任。她爱弹琴，迷恋着清华灰楼的音乐室，但燕京没有音乐室。我后来为她买了钢琴，她复学后却没工夫弹琴了。她当时只好读书，读了大量的英文小说、传记、书信集等等，所以她改习俄语后，英语没有忘记。

一九五四年春阿瑗复学。她休学一年，就相当于留一级。她原先的一级，外语学英语；下面的一级，从初中一年起，外语学俄语。阿瑗欠修四年半的俄语。我当初没意识到这点麻烦。

清华有一位白俄教授，中国名字称葛邦福，院系调整后归属新北大。我于阿瑗开学前四个月，聘请他的夫人教阿瑗俄语。阿瑗每天到她家上课。葛夫人对这个学生喜欢得逢人必夸，阿瑗和她一家人都成了好朋友。我留有她用英文记的《我的俄语教师》一文。文章是经锺书改过的，没找到草稿。但所记是实情，很生动。

钱瑗复学，俄语很顺溜地跟上了；不仅跟上，大概还是班上的尖子。她仍然是“三好学生”。“三好学生”跑不了会成共青团员。阿瑗一次回家，苦恼得又迸出了小眼泪。她说：“她们老叫我入团，我总说，还不够格呢，让我慢慢争取吧；现在他们全都说我够格了，我怎么说呢？”她说：“入了团就和家里不亲了，家里尽是‘糖衣炮弹’了。”

我安慰她说：“你不会和家里不亲。妈妈也不会‘扯你后腿’。”阿瑗很快就成了团员，和家里的关系分毫没变。

她一九五五年秋季中学毕业，考取北京师范大学俄语系。她的志愿是“当教师的尖兵”。我学我爸爸的榜样：孩子自己决定的事，不予干涉。钱瑗毕业后留校当教师。她一辈子是教师队伍里的一名尖兵。

锺书在毛选翻译委员会的工作，虽然一九五四年底告一段落，工作并未结束。一九五八年初到一九六三年，他是英译毛选定稿组成员，一同定稿的是艾德勒。一九六四年起，他是英译毛主席诗词的小组成员。“文化大革命”打断了工作，一九七四年继续工作，直到毛主席诗词翻译完毕才全部结束。这么多年的翻译工作，都是在中央领导下的集体工作。集体很小，定稿组只二三人，翻译诗词组只五人。锺书同时兼任所内的研究工作，例如参加古典组的《唐诗选注》。

钱瑗考取大学以后的暑假。一九五六年夏，随锺书到武昌省亲。我公公婆婆居住学校宿舍。锺书曾几度在暑期中请“探亲假”省视父母。这回带了阿瑗同去。

大热天，武汉又是高温地区，两人回来，又黑又瘦。黑是太阳晒的，瘦则各有原因。锺书吃惯了我做的菜，味淡；我婆婆做的菜,他嫌咸,只好半饥半饱。爹爹睡觉不分日夜。他半夜读书偶有所得,就把健汝唤醒,传授心得。一个欠吃,一个欠睡,都瘦了。

这时爹爹已不要求锺书"养志"(养志的弟弟携家侨居缅甸)。他最宠爱的是"女孙健汝",锺书已是四十、五十之间的中年人,父子相聚,只絮絮谈家常了。爹爹可怜唔娘寂寞,而两人很少共同语言。他常自称"拗荆"。我问锺书什么意思。锺书说,表示他对妻子拗执。我想他大概有抱歉之意。自称"拗荆",也是老人对老妻的爱怜吧?

锺书、阿瑗回京,带给我一个爹爹给我的铜质镂金字的猪符,因为我和爹爹同生肖。我像林黛玉一般小心眼,问是单给我一人,还是别人都有。他们说,单给我一人的。我就特别宝贝。这是在一九五六年暑假中。

一九五七年一、二月间,锺书惦着爹爹的病,冒寒又去武昌。他有《赴鄂道中》诗五首。第五首有"隐隐遥空碾懑雷","啼鸠忽噤雨将来"之句。这五首诗,做于"早春天气"的前夕。这年六月发动了反右运动,未能再次请假探亲。

那时锺书的三弟已回国,我公公命他把我婆婆送归无锡,因她已神志不清。我公公这年十一月在武汉去世,我婆婆次年在无锡去世;我公公的灵柩运回无锡,合葬梅园祖坟。

十二

锺书带了女儿到武昌探亲之前,一九五六年的五月间,在北京上大学的外甥女来我家玩,说北大的学生都贴出大字报来了。

我们晚上溜出去看大字报,真的满墙都是。我们读了很惊讶。三反之后,我们直以为人都变了。原来一点没变,我们俩的思想原来很一般,比大字报上流露的还平和些。我们又惊又喜地一处处看大字报,心上大为舒畅。几年来的不自在,这回得到了安慰。人还是人。

接下就是领导号召鸣放了。锺书曾到中南海亲耳听到毛主席的讲话,觉得是真心诚意的号召鸣放,并未想到"引蛇出洞"。但多年后看到各种记载,听到各种论说,方知是经过长期精心策划的事,使我们对"政治"悚然畏惧。

所内立即号召鸣放。我们认为号召的事,就是政治运动。我们对政治运动一贯地不理解。三反之后曾批判过俞平伯论《红楼梦》的"色空思想"。接下是肃反,又是反胡风。一个个运动的次序我已记不大清楚。只记得俞平伯受批判之后,提升为一级研究员,锺书也一起提升为一级。接下来是高级知识分子受优待,出行有高级车,医疗有高级医院;接下来就是大鸣大放。

风和日暖,鸟鸣花放,原是自然的事。一经号召,我们就警惕了。我们自从看了大字报,已经放心满意。上面只管号召"鸣放",四面八方不断地引诱催促。我们觉得政治运动总爱走向极端。我对锺书说:"请吃饭,能不吃就不吃;情不可却,就只管吃饭不开口说话。"锺书说:"难得有一次运动不用同声附和。"我们两个不鸣也不放,说的话都正确。例如有人问,你工作觉得不自由吗?我说:"不觉得。"我说的是真话。我们沦陷上海期间,不论什么工作,只要是正当的,我都做,哪有选择的自由?有友好的记者要我鸣放。我老实说:"对不起,我不爱'起哄'。"他们承认我向来不爱"起哄",也就不相强。

锺书这年初冒寒去武昌看望病父时，已感到将有风暴来临。果然，不久就发动了反右运动，大批知识分子打成右派。

运动开始，领导说，这是“人民内部矛盾”。内部矛盾终归难免的，不足为奇。但运动结束，我们方知右派问题的严重。我们始终保持正确，运动总结时，很正确也很诚实地说“对右派言论有共鸣”，但我们并没有一言半语的右派言论，也就逃过了厄运。

锺书只愁爹爹乱发议论。我不知我的公公是“准右派”还是“漏网右派”，反正运动结束，他已不在了。

政治运动虽然层出不穷，锺书和我从未间断工作。他总能在工作之余偷空读书；我“以勤补拙”，尽量读我工作范围以内的书。我按照计划完成《吉尔·布拉斯》的翻译，就写一篇五万字的学术论文。记不起是一九五六年或一九五七年，我接受了“外国古典文学丛书”编委会交给我重译《堂吉诃德》的任务。

恰在反右那年的春天，我的学术论文在刊物上发表，并未引起注意。锺书一九五六年底完成的《宋诗选注》，一九五八年出版。反右之后又来了个“双反”，随后我们所内掀起了“拔白旗”运动。锺书的《宋诗选注》和我的论文都是白旗。郑振铎先生原是大白旗，但他因公遇难，就不再“拔”了。锺书于一九五八年进城参加翻译毛选的定稿工作。一切“拔”他的《宋诗选注》批判，都由我代领转达。后来因日本汉学家吉川幸次郎和小川环树等对这本书的推重，也不拔了。只苦了我这面不成模样的小白旗，给拔下又撕得粉碎。我暗下决心，再也不写文章，从此遁入翻译。锺书笑我“借尸还魂”，我不过想借此“遁身”而已。

许多人认为《宋诗选注》的选目欠佳。锺书承认自己对选目并不称心：要选的未能选入，不必选的都选上了。其实，在选本里，自己偏爱的诗不免割爱；锺书认为不必选的，能选出来也不容易。有几首小诗，或反映民间疾苦，或写人民沦陷敌区的悲哀，自有价值，若未经选出，就埋没了。锺书选诗按照自己的标准，选目由他自定，例如他不选文天祥《正气歌》，是很大胆的不选。

选宋诗，没有现成的《全宋诗》供选择。锺书是读遍宋诗，独自一人选的。他没有一个助手，我只是“贤内助”，陪他买书，替他剪贴，听他和我商榷而已。那么大量的宋诗，他全部读遍，连可选的几位小诗人也选出来了。他这两年里工作量之大，不知有几人曾理会到。

《宋诗选注》虽然受到批判，还是出版了。他的成绩并未抹杀。我的研究论文并无价值，不过大量的书，我名正言顺地读了。我沦陷上海当灶下婢的时候，能这样大模大样地读书吗？我们在旧社会的感受是卖掉了生命求生存。因为时间就是生命。在新中国，知识分子的生活都由国家包了，我们分配得合适的工作，只需全心全意为人民服务。我们全心全意愿为人民服务，只是我们不会为人民服务，因为我们不合格。然后国家又赔了钱重新教育我们。我们领了高工资受教育，分明是国家亏了。

我曾和同事随社科院领导到昌黎“走马看花”，到徐水看亩产万斤稻米的田。我们参与全国炼钢，全国大跃进，知识分子下乡下厂改造自己。我家三口人，分散三处。我于一九五八年十一月下放农村，十二月底回京。我曾写过一篇《第一次下乡》，记我的“下放”。锺书当时还在城里定稿，他十二月初下放昌黎，到下一年的一月底（即阴历年底）回京。阿瑗下放工厂炼钢。

钱瑗到了工厂，跟上一个八级工的师傅。师傅因她在学校属美工组，能画，就要她画图。美工组画宣传画，和钢厂的图远不是一回事。阿瑗赶紧到书店去买了书，精心学习。师傅非常欣赏这个好徒弟，带她一处处参观。师傅常有创见，就要阿瑗按他的创见画图。阿瑗能画出精确的图。能按图做出模型，灌注铁水。她留厂很久，对师傅非常佩服，常把师傅家的事讲给我们听。师傅临别送她一个饭碗口那么大的毛主席像章留念。我所见的像章中数这枚最大。

锺书下放昌黎比我和阿瑗可怜。我曾到昌黎"走马看花"，我们一伙是受招待的，而昌黎是富庶之区。锺书下放时，"三年饥荒"已经开始。他的工作是捣粪，吃的是霉白薯粉掺玉米面的窝窝头。他阴历年底回北京时，居然很会顾家，带回很多北京已买不到的肥皂和大量当地出产的蜜饯果脯。我至今还记得我一人到火车站去接他时的紧张，生怕接不到，生怕他到了北京还需回去。

我们夫妻分离了三个月，又团聚了。一九五九年文学所迁入城内旧海军大院。这年五月，我家迁居东四头条一号文研所宿舍。房子比以前更小，只一间宽大的办公室，分隔为五小间。一家三口加一个阿姨居然都住下，还有一间做客厅，一间堆放箱笼什物。

搬进了城，到"定稿组"工作方便了，逛市场、吃馆子也方便了。锺书是爱吃的。"三年饥荒"开始，政治运动随着安静下来。但我们有一件大心事。阿瑗快毕业了。她出身不好。她自已是“白专”，又加父母双“白”，她只是个尽本分的学生，她将分配到哪里去工作呀？她填的志愿是“支边”。如果是北方的“边”，我还得为她做一件“皮大哈”呢。

自从她进了大学，校内活动多，不像在中学时期每个周末回家。炼钢之前，她所属的美工组往往忙得没工夫睡觉。一次她午后忽然回家，说：“老师让我回家睡一觉，妈妈，我睡到四点半叫醒我。”于是倒头就睡。到了四点半，我不忍叫醒她也不得不叫醒她，也不敢多问，怕耽搁时间。我那间豆腐干般大的卧房里有阿瑗的床，可是，她不常回家。我们觉得阿瑗自从上了大学，和家里生疏了；毕业后工作如分配在远地，我们的女儿就流失到不知什么地方去了。

但是事情往往意想不到。学校分配阿瑗留校当助教。我们得知消息，说不尽的称心满意。因为那个年代，毕业生得服从分配。而分配的工作是终身的。我们的女儿可以永远在父母身边了。

我家那时的阿姨不擅做菜。锺书和我常带了女儿出去吃馆子，在城里一处处吃。锺书早年写的《吃饭》一文中说：“吃讲究的饭，事实上只是吃菜。”他没说吃菜主要在点菜。上随便什么馆子，他总能点到好菜。他能选择。选择是一项特殊的本领，一眼看到全部，又从中选出最好的。他和女儿在这方面都擅长：到书店能买到好书，学术会上能评选出好文章，到绸布庄能选出好衣料。我呢，就仿佛是一个昏君。我点的菜终归是不中吃的。

吃馆子不仅仅吃饭吃菜，还有一项别人所想不到的娱乐。锺书是近视眼，但耳朵特聪。阿瑗耳聪目明。在等待上菜的时候，我们在观察其他桌上的吃客。我听到的只是他们的一言半语，也不经心。锺书和阿瑗都能听到全文。我就能从他们连续的评论里，边听边看眼前的戏或故事。

“那边两个人是夫妻，在吵架……”

“跑来的这男人是夫妻吵架的题目——他不就是两人都说了好多遍名字的人吗？……看他们的脸……”

“这一桌是请亲戚”——谁是主人，谁是主客，谁和谁是什么关系，谁又专爱说废话，他们都头头是道。

我们的菜一一上来，我们一面吃，一面看。吃完饭算账的时候，有的“戏”已经下场，有的还演得正热闹，还有新上场的。

我们吃馆子是连着看戏的。我们三人在一起，总有无穷的趣味。

十三

一九六二年的八月十四日，我们迁居干面胡同新建的宿舍，有四个房间，还有一间厨房、一间卫生间（包括厕所和澡房），还有一个阳台。我们添买了家具，住得宽舒了。

“三年困难”期间，锺书因为和洋人一同为英译毛选定稿，常和洋人同吃高级饭。他和我又各有一份特殊供应。我们还经常吃馆子。我们生活很优裕。而阿瑗辈的“年轻人”呢，住处远比我们原先小；他们的工资和我们的工资差距很大。我们几百，他们只几十。“年轻人”是新中国的知识分子。“旧社会过来的老先生”和“年轻人”生活悬殊，“老先生”未免令人侧目。我们自己尝过穷困的滋味，看到绝大多数“年轻人”生活穷困，而我们的生活这么优裕，心上很不安，很抱歉，也很惭愧。每逢运动，

“老先生”总成为“年轻人”批判的对象。这是理所当然，也是势所必然。

我们的工资，冻结了十几年没有改变。所谓“年轻人”，大部分已不复年轻。“老先生”和“年轻人”是不同待遇的两种人。

一九六四年，所内同事下乡四清，我也报了名。但我这“老先生”没批准参加，留所为一小班“年轻人”修改文章。我偶尔听到讥诮声，觉得惴惴不安。

一九六三年锺书结束了英译毛选四卷本的定稿工作，一九六四年又成为“翻译毛主席诗词五人小组”的成员。阿瑗一九六三年十二月到大兴县礼贤公社四清，没回家过年，到一九六四年四月回校。一九六五年九月又到山西武乡城关公社四清，一九六六年五月回校；成绩斐然，随即由工作队员蒋亨俊（校方）及马六孩（公社）介绍，“火线入党”。

什么叫“火线入党”，她也说不清，我也不明白。反正从此以后，每逢“运动”，她就是“拉入党内的白尖子”。她工作认真尽力是不用说的；至于四清工作的繁重，生活的艰苦，她直到十多年后才讲故事般讲给我听。当时我支援她的需求，为她买过许多年画和许多花种寄去。她带回一身虱子，我帮她把全部衣服清了一清。

阿瑗由山西回京不久，“文化大革命”就开始了。山西城关公社的学校里一群革命小将来京串联，找到钱瑗老师，讨论如何揪斗校长。阿瑗给他们讲道理、摆事实，说明校长是好人，不该揪斗。他们对钱老师很信服，就没向校长“闹革命”。十年之后，这位校长特来北京，向钱瑗道谢，谢她解救了他这场灾祸。

八月间，我和锺书先后被革命群众“揪出来”，成了“牛鬼蛇神”。阿瑗急要回家看望我们,而她属“革命群众”。她要回家,得走过众目睽睽下的大院。她先写好一张大字报,和“牛鬼蛇神”的父母划清界线,贴在楼下墙上,然后走到家里,告诉我们她刚贴出大字报和我们“划清界线”——她着重说“思想上划清界线”!然后一言不发,偎着我贴坐身边,从书包里取出未完的针线活,一针一针地缝。她买了一块人造棉,自己裁,自己缝,为妈妈做一套睡衣;因为要比一比衣袖长短是否合适,还留下几针没有完工。她缝完末后几针,把衣裤叠好,放在我身上,又从书包里取出一大包爸爸爱吃的夹心糖。她找出一个玻璃瓶子,把糖一颗颗剥去包糖的纸,装在瓶里,一面把一张张包糖的纸整整齐齐地叠在一起,藏入书包,免得革命群众从垃圾里发现糖纸。她说,现在她领工资了,每月除去饭钱,可省下来贴补家用。我们夫妻双双都是“牛鬼蛇神”,每月只发生活费若干元,而存款都已冻结,我们两人的生活费实在很紧。阿瑗强忍住眼泪,我看得出她是眼泪往肚里咽。看了阿瑗,我们直心疼。

阿瑗在革命阵营里是“拉入党内的白尖子”,任何革命团体都不要她;而她也不能做“逍遥派”,不能做“游鱼”。全国大串联,她就到了革命圣地延安。她画了一幅延安的塔寄给妈妈。“文化大革命”结束后,她告诉我说,她一人单干,自称“大海航行靠舵手”,哪派有理就赞助哪派,还相当受重视。很难为她,一个人,在这十年“文化大革命”中没犯错误。

我们几个月后就照发工资,一年之后,两人相继“下楼”——即走出“牛棚”。但我们仍是最可欺负的人。我们不能与强邻相处,阿瑗建议“逃走”;我们觉得不仅是上策,也是惟一的出路。我们一九七三年十二月九日逃到北师大,大约是下午四时左右。

我们雇了一辆三轮汽车(现在这种汽车早已淘汰了),颠颠簸簸到达北师大。阿瑗带我们走入她学生时期的宿舍,那是她住了多年的房间,在三楼,朝北。她掏出钥匙开门的时候,左邻右舍都出来招呼钱瑗。我们还没走进她那间阴寒脏乱的房间,楼道里许多人都出来看钱瑗的爸爸妈妈了。她们得知我们的情况,都伸出援助之手。被子、褥子、枕头,从各家送来;锅碗瓢盆、菜刀、铲刀、油盐酱醋以至味精、煤炉子、煤饼子陆续从四面八方送来,不限本楼了。阿瑗的朋友真多也真好,我们心上舒坦又温暖,放下东西,准备舀水擦拭尘土。

我忽然流起鼻血来,手绢全染红了。我问知盥洗室在四楼,推说要洗手,急奔四楼。锺书"拙手笨脚"地忙拿了个小脸盆在楼道一个水龙头下接了半盆水给我洗手。我推说手太脏,半盆水不够,急奔四楼。只听得阿瑗的朋友都夸"钱伯伯劳动态度好"。我心里很感激他,但是我不要他和阿瑗为我着急。我在四楼盥洗室内用冷水冰鼻梁,冰脑门子,乘间洗净了血污的手绢。鼻血不流了,我慢慢下楼,回到阿瑗的房间里。

阿瑗见我进屋,两手放到背后,说声:"啊呀!不好了!大暴露了!"她的屋里那么脏又那么乱,做梦也没想到妈妈会到这间屋里来收拾。

我爱整洁;阿瑗常和爸爸结成一帮,暗暗反对妈妈的整洁。例如我搭毛巾,边对边,角对角,齐齐整整。他们两个认为费事,随便一搭更方便。不过我们都很妥协,他们把毛巾随手一搭,我就重新搭搭整齐。我不严格要求,他们也不公然反抗。

阿瑗这间宿舍,有三只上下铺的双层床。同屋的老同学都已分散。她毕业后和两个同事饭后在这里歇午，谁也顾不到收拾。目前天气寒冷，这间房只阿瑗一人歇宿。书架上全是灰尘，床底下全是乱七八糟的东西。阿瑗是美工组成员，擅长调颜色。她屋里的一切碗、碟、杯、盘，全用来调过颜色，都没有洗。我看了“大暴露”，乐得直笑，鼻血都安然停止了。

我们收拾了房间，洗净了碗碟。走廊是各室的厨房，我们也生上煤炉。晚饭前，阿瑗到食堂去买了饭和菜，我加工烹调。屋里床在沿墙，中间是拼放的两对桌子。我们对坐吃晚饭，其乐也融融，因为我们有这么多友人的同情和关怀，说不尽的感激，心上轻松而愉快。三人同住一房，阿瑗不用担心爸爸妈妈受欺负，我们也不用心疼女儿每天挤车往返了。屋子虽然寒冷，我们感到的是温暖。

将近冬至，北窗缝里的风愈加冷了。学校宿舍里常停电。电停了，暖气也随着停。我们只有随身衣服，得回家取冬衣。我不敢一人回去，怕发生了什么事还说不清。我所内的老侯是转业军人，政治上过硬，而且身高力大。我央他做保镖陪我回家去取了两大包衣物。他帮我雇了汽车，我带着寒衣回师大。

阿瑗有同事正要搬入小红楼。他的华侨朋友出国了，刚从小红楼搬走，把房子让了给他。小红楼是教职员宿舍，比学生宿舍好。那位同事知道我们住一间朝北宿舍，就把小红楼的两间房让给我们，自己留住原处。

那两间房一朝南，一朝东，阳光很好。我们就搬往小红楼去住。那边还有些学校的家具，如床和桌子椅子等。原有一个大立柜搬走了，还留着柜底下一层厚厚的积土。我们由阿瑗朋友处借用的被褥以及一切日用品都得搬过去。搬家忙乱，可怜的锺书真是“劳动态度好”，他别处插不下手，就“拙手笨脚”地去扫那堆陈年积土。我看见了急忙阻止，他已吃下大量灰尘。连日天寒，他已着凉感冒，这一来就引发了近年来困扰他的哮喘。

他每次发病，就不能躺下睡觉，得用许多枕头被子支起半身，有时甚至不能卧床，只能满地走。我们的医疗关系，已从“鸣放”前的头等医院逐渐降级，降到了街道上的小医院。医生给点药吃，并不管事。他哮喘病发，呼吸如呼啸。我不知轻重，戏称他为“呼啸山庄”。

师大的校医院和小红楼很近。阿瑗带我们到校医院去看病打针。可是他病得相当重，虽吃药打针，晚上还是呼啸。小红楼也一样停电停暖气。我回干面胡同取来的冬衣不够用。有一夜，他穿了又重又不暖和的厚呢大衣在屋里满地走。我已连着几夜和衣而卧，陪着他不睡。忽然，我听不见他呼啸，只见他趴在桌上，声息全无。我吓得立即跳起来。我摸着他的手，他随即捏捏我的手，原来他是乏极了，打了个盹儿，他立刻继续呼啸。我深悔闹醒了他，但听到呼啸，就知道他还在呼吸。

一九七四年的一月十八日下午，我刚煮好一锅粥，等阿瑗回来同吃晚饭。校内“批林批孔”，运动正值高潮。我听到锺书的呼啸和平时不同，急促得快连续不上了。多亏两家邻居，叫我快把“爷爷”送医院抢救。阿瑗恰好下班回来，急忙到医院去找大夫，又找到了校内的司机。一个司机说，他正要送某教师到北医三院去，答应带我们去抢救病人。因为按学校的规则，校内汽车不为家属服务。

我给锺书穿好衣裳、棉鞋，戴上帽子围巾，又把一锅粥严严地裹在厚被里，等汽车来带我们。左等右等，汽车老也不来。我着急说:“汽车会不会在医院门口等我们过去呀?”一位好邻居冒着寒风,跑到医院前面去找。汽车果然停在那呆等呢。邻居招呼司机把车开往小红楼。几位邻居架着扶着锺书,把他推上汽车。我和阿瑗坐在他两旁,另一位病人坐在前座。汽车开往北医三院的一路上,我听着锺书急促的呼啸随时都会停止似的,急得我左眼球的微血管都渗出血来了——这是回校后发现的。

到了医院,司机帮着把锺书扶上轮椅,送入急诊室。大夫给他打针又输氧。将近四小时之后,锺书的呼吸才缓过来。他的医疗关系不属北医三院,抢救得性命,医院就不管了。锺书只好在暖气片的木盖上躺着休息。

送我们的司机也真好。他对钱瑗说:他得送那位看病的教师回校;钱老师什么时候叫他,他随叫随到。锺书躺在宽仅容身的暖气片盖上休息, 正是午夜十二点。阿瑗打电话请司机来接。司机没有义务大冬天半夜三更,从床上起来开车接我们。他如果不来接,我们真不知怎么回小红楼。医院又没处可歇,我们三人都饿着肚子呢。

裹在被窝里的一锅粥还热,我们三人一同吃了晚饭,锺书这回不呼啸了。

校医室也真肯照顾,护士到我们家来为锺书打针。经校医室诊治,锺书渐渐好起来,能起床卧在躺椅里,能由我扶着自己到医院去请护士打针。

我们和另两家合住这一组房子,同用一个厨房,一间卫生间。一家姓熊,一家姓孟。平日大家都上班或上学。经常在家的,就剩我们夫妇、孟家一个五岁多的男孙、熊家奶奶和她的小孙子。三餐做饭的是老熊和孟家主妇(我称她小常宝),还有我。我们三个谈家常或交流烹调经验，也互通有无，都很要好。孟家小弟成天在我们屋里玩。熊家小弟当初只会在床上蹦，渐渐地能扶墙行走，走入我们屋里来。

那时的锺书头发长了不能出去理发，满面病容，是真正的“囚首垢面”。但是熊家小弟却特别垂青，进门就对“爷爷”笑。锺书上厕，得经过他们家门口。小弟见了他，就伸出小手要爷爷抱。锺书受宠若惊。熊家奶奶常安慰我说：“瞧！他尽对爷爷笑！爷爷的病一定好得快。”

可是熊家奶奶警觉地观察到锺书上厕走过他家时，东倒西歪。房子小，过道窄，东倒西歪也摔不倒。熊家奶奶叫我注意着点儿。锺书已经抢救过来，哮喘明显地好了。但是我陪他到医院去，他须我扶，把全身都靠在我身上，我渐渐地扶不动他了。他躺在椅里看书，也写笔记，却手不应心，字都歪歪斜斜地飞出格子。渐渐地，他舌头也大了，话也说不清。我怕是他脑子里长了什么东西。校医院的大夫说，当检查。

我托亲友走后门，在北京两个大医院里都挂上了号。事先还费了好大心思，求附近的理发店格外照顾；锺书由常来看顾他的所内年轻人扶着去理了发。

锺书到两个医院去看了病，做了脑电图。诊断相同：他因哮喘，大脑皮层缺氧硬化，无法医治，只看休息一年后能否恢复。但大脑没有损伤，也没有什么瘤子。

我放下半个心，悬着半个心。锺书得休养一个时期。那时候，各单位的房子都很紧张。我在小红楼已经住过寒冬，天气已经回暖，我不能老占着人家的房子不还。我到学部向文学所的小战士求得一间办公室，又请老侯为我保驾，回家取了东西，把那间办公室布置停当。一九七四年的五月二十二日,我们告别了师大的老年、中年、幼年的许多朋友,迁入学部七号楼西尽头的办公室。

十四

办公室并不大,兼供吃、喝、拉、撒、睡。西尽头的走廊是我们的厨房兼堆煤饼。邻室都和我们差不多,一室一家;走廊是家家的厨房。女厕在邻近,男厕在东尽头。锺书绝没有本领走过那条堆满杂物的长走廊。他只能"足不出户"。

不过这间房间也有意想不到的好处。文学所的图书资料室就在我们前面的六号楼里。锺书曾是文学研究所图书资料委员会主任,选书、买书是他的特长。中文的善本、孤本书籍,能买到的他都买。外文(包括英、法、德、意等)的经典作品以及现当代的主流作品,应有尽有。外宾来参观,都惊诧文学所图书资料的精当完美。而管理图书资料的一位年轻人,又是锺书流亡师大时经常来关心和帮忙的。外文所相离不远。住在外文所的年轻人也都近在咫尺。

我们在师大,有阿瑗的许多朋友照顾;搬入学部七楼,又有文学所、外文所的许多年轻人照顾。所以我们在这间陋室里,也可以安居乐业。锺书的"大舌头"最早恢复正常,渐渐手能写字,但两脚还不能走路。他继续写他的《管锥编》,我继续翻译《堂吉诃德》。我们不论在多么艰苦的境地,从不停顿的是读书和工作,因为这也是我们的乐趣。

钱瑗在我们两人都下放干校期间,偶曾帮助过一位当时被红卫兵迫使扫街的老太太，帮她解决了一些困难。老太太受过高等教育，精明能干，是一位著名总工程师的夫人。她感激阿瑗，和她结识后，就看中她做自己的儿媳妇，哄阿瑗到她家去。阿瑗哄不动。老太太就等我们由干校回京后，亲自登门找我。她让我和锺书见到了她的儿子；要求让她儿子和阿瑗交交朋友。我们都同意了。可是阿瑗对我说："妈妈，我不结婚了，我陪着爸爸妈妈。"我们都不愿勉强她。我只说："将来我们都是要走的，撇下你一个人，我们放得下心吗？"阿瑗是个孝顺女儿，我们也不忍多用这种话对她施加压力。可是老太太那方努力不懈，终于在一九七四年，我们搬入学部办公室的同一个月里，老太太把阿瑗娶到了她家。我们知道阿瑗有了一个美好的家，虽然身处陋室，心上也很安适。我的女婿还保留着锺书和老太太之间的信札，我附在此文末尾的附录二。

"斯是陋室"，但锺书翻译毛主席诗词的工作，是在这间屋里完成的。

一九七四年冬十一月，袁水拍同志来访说："江青同志说的，'五人小组'并未解散，锺书同志当把工作做完。"我至今不知"五人小组"是哪五人。我只知这项工作是一九六四年开始的。乔冠华同志常用他的汽车送锺书回家，也常到我们家来坐坐，说说闲话。"文化大革命"中工作停顿，我们和乔冠华同志完全失去联系。叶君健先生是成员之一。另二人不知是谁。这事我以为是由周总理领导的。但是我没有问过，只觉得江青"抓尖儿卖乖"，抢着来领导这项工作。我立即回答袁水拍说："钱锺书病着呢。他歪歪倒倒地，只能在这屋里待着，不能出门。"

对方表示:钱锺书不能出门,小组可以到这屋里来工作。我就没什么可说的了。

我们这间房,两壁是借用的铁书架,但没有横格。年轻人用干校带回的破木箱,为我们横七竖八地搭成格子,书和笔记本都放在木格子里。顶着西墙,横放两张行军床。中间隔一只较为完整的木箱,权当床头柜兼衣柜。北窗下放一张中不溜的书桌,那是锺书工作用的。近南窗,贴着西墙,靠着床,是一张小书桌,我工作用的。我正在翻译,桌子只容一叠稿纸和一本书,许多种大词典都摊放床上。我除了这间屋子,没有别处可以容身,所以我也相当于挪不开的物件。近门有个洗脸架,旁有水桶和小水缸,权充上下水道。铁架子顶上搭一条木板,放锅碗瓢盆。暖气片供暖不足,屋子里还找出了空处,生上一只煤炉,旁边叠几块蜂窝煤。门口还挂着夏日挡蚊子冬日挡风的竹帘子。

叶君健不嫌简陋,每天欣然跑来,和锺书脚对脚坐在书桌对面。袁水拍只好坐在侧面,竟没处容膝。周珏良有时来代表乔冠华。他挤坐在锺书旁边的椅上。据说:“锺书同志不懂诗词,请赵朴初同志来指点指点。”赵朴初和周珏良不是同时来,他们只来过两三次。幸好所有的人没一个胖子,满屋的窄道里都走得通。毛主席诗词的翻译工作就是在这间陋室里完成的。

袁水拍同志几次想改善工作环境,可是我和锺书很顽固。他先说,屋子太小了,得换个房子。我和锺书异口同声:一个说“这里很舒服”;一个说“这里很方便”。我们说明借书如何方便,如何有人照顾等等,反正就是表示坚定不搬。袁辞去后,我和锺书咧着嘴做鬼脸说:“我们要江青给房子!”然后传来江青的话:“锺书同志可以住到钓鱼台去,杨绛同志也可以去住着,照顾锺书同志。”我不客气说：“我不会照顾人，我还要阿姨照顾呢。”过一天，江青又传话：“杨绛同志可以带着阿姨去住钓鱼台。”我们两个没有心理准备，两人都呆着脸，一言不发。我不知道袁水拍是怎么回话的。

一九七五年的国庆日，锺书得到国宴的请帖，他请了病假。下午袁水拍来说：“江青同志特地为你们准备了一辆小轿车，接两位去游园。”锺书说：“我国宴都没能去。”袁说：“锺书同志不能去，杨绛同志可以去呀。”我说：“今天阿姨放假，我还得做晚饭，还得看着病人呢。”我对袁水拍同志实在很抱歉，我并不愿意得罪他，可是他介于江青和我们俩之间，只好对不起他了。毛主席的诗词翻译完毕，听说还开了庆功会，并飞往全国各地征求意见。反正钱锺书已不复是少不了的人；以后的事，我们只在事后听说而已。钱锺书的病随即完全好了。

这年冬天，锺书和我差点儿给煤气熏死。我们没注意到烟囱管出口堵塞。我临睡服安眠药，睡中闻到煤气味，却怎么也醒不过来；正挣扎着要醒，忽听得锺书整个人摔倒在地的声音。这沉重的一声，帮我醒了过来。我迅速穿衣起床，三脚两步过去给倒地的锺书裹上厚棉衣，立即打开北窗。他也是睡中闻到煤气，急起开窗，但头晕倒下，脑门子磕在暖气片上，又跌下地。我把他扶上床，又开了南窗。然后给他戴上帽子，围上围巾，严严地包裹好；自己也像严冬在露天过夜那样穿戴着。我们挤坐一处等天亮。南北门窗洞开，屋子小，一会儿煤气就散尽了。锺书居然没有着凉感冒哮喘。亏得他沉重地摔那一跤，帮我醒了过来。不然的话，我们两个就双双中毒死了。他脑门子上留下小小一道伤痕，几年后才消失。

一九七六年，三位党和国家领导人相继去世。这年的七月二十八日凌晨唐山地震，余震不绝，使我们觉得伟人去世，震荡大地，老百姓都在风雨飘摇之中。

我们住的房间是危险房，因为原先曾用作储藏室，封闭的几年间，冬天生了暖气，积聚不散，把房子涨裂，南北二墙各裂出一条大缝。不过墙外还抹着灰泥，并不漏风。我们知道房子是混凝土筑成，很坚固，顶上也不是预制板，只二层高，并不危险。

但是所内年轻人不放心。外文所的楼最不坚固，所以让居住楼里的人避居最安全的圆穹顶大食堂。外文所的年轻人就把我们两张行军床以及日用必需品都搬入大食堂，并为我们占了最安全的地位。我们阿姨不来做饭了，我们轮着吃年轻人家的饭，“一家家吃将来”。锺书始终未能回外文所工作，但外文所的年轻人都对他爱护备至。我一方面感激他们，一方面也为锺书骄傲。

我们的女儿女婿都来看顾我们。他们做了更安全的措施，接我们到他们家去住。所内年轻朋友因满街都住着避震的人，一路护着我们到女儿家去。我回忆起地震的时期，心上特别温馨。

这年的十月六日“四人帮”被捕，报信者只敢写在手纸上，随手就把手纸撕毁。好振奋人心的消息！

十一月二十日，我译完《堂吉诃德》上下集（共八册），全部定稿。锺书写的《管锥编》初稿亦已完毕。我们轻松愉快地同到女儿家，住了几天，又回到学部的陋室。因为在那间屋里，锺书查阅图书资料特方便。校订《管锥编》随时需要查书，可立即解决问题。

《管锥编》是干校回来后动笔的，在这间办公室内完成初稿，是“文化大革命”时期的产物。有人责备作者不用白话而用文言，不用浅易的文言，而用艰深的文言。当时，不同年龄的各式红卫兵，正逞威横行。《管锥编》这类著作，他们容许吗？锺书干脆叫他们看不懂。他不过是争取说话的自由而已，他不用炫耀学问。

“嘤其鸣兮，求其友声。”友声可远在千里之外，可远在数十百年之后。锺书是坐冷板凳的，他的学问也是冷门。他曾和我说：“有名气就是多些不相知的人。”我们希望有几个知己，不求有名有声。

锺书脚力渐渐恢复，工作之余，常和我同到日坛公园散步。我们仍称“探险”。因为我们在一起，随处都能探索到新奇的事。我们还像年轻时那么兴致好，对什么都有兴趣。

十五

一九七七年的一月间，忽有人找我到学部办公处去。有个办事人员交给我一串钥匙，叫我去看房子，还备有汽车，让我女儿陪我同去，并对我说：“如有人问，你就说‘因为你住办公室’。”

我和女儿同去看了房子。房子就是我现在住的三里河南沙沟寓所。我们的年轻朋友得知消息，都为我们高兴。“众神齐着力”，帮我们搬入新居，那天正是二月四日立春节。

锺书擅“格物致知”，但是他对新居“格”来“格”去也不能

“致知”，技穷了。我们猜了几个人，又觉得不可能。“住办公室”已住了两年半，是谁让我们搬到这所高级宿舍来的呀？

何其芳也是从领导变成朋友的。他带着夫人牟决鸣同来看我们的新居。他最欣赏洗墩布的小间，也愿有这么一套房子。显然，房子不是他给分的。

八月间，何其芳同志去世。他的追悼会上，胡乔木、周扬、夏衍等领导同志都出现了。“文化大革命”终于过去了。

阿瑗并不因地震而休假，她帮我们搬完家就回学校了。她婆家在东城西石槽，离我们稍远。我们两人住四间房，觉得很心虚，也有点寂寞。两人收拾四个房间也费事。我们就把“阿姨”周奶奶接来同住。锺书安闲地校订他的《管锥编》，我也把《堂吉诃德》的稿子重看一过，交给出版社。

十月间，胡乔木同志忽来访，“请教”一个问题。他曾是英译毛选委员会的上层领导，和锺书虽是清华同学，同学没多久，也不相识，胡也许只听到钱锺书狂傲之名。

锺书翻译毛选时，有一次指出原文有个错误。他坚持说：“孙猴儿从来未钻入牛魔王腹中。”徐永煐同志请示上级，胡乔木同志调了全国不同版本的《西游记》查看。锺书没有错。孙猴儿是变作小虫，给铁扇公主吞入肚里的；铁扇公主也不能说是“庞然大物”。毛主席得把原文修改两句。锺书虽然没有错，他也够“狂傲”的。乔木同志有一次不点名地批评他“服装守旧”，因锺书还穿长袍。

我们住办公室期间，乔木同志曾寄过两次治哮喘的药方。锺书承他关会，但无从道谢。这回，他忽然造访，我们猜想房子该是他配给的吧？但是他一句也没说到房子。

我们的新居共四间房，一间是我们夫妇的卧室，一间给阿瑗，一大间是我们的起居室或工作室，或称书房，也充客厅，还有一间吃饭。周奶奶睡在吃饭间里。周奶奶就是顺姐，我家住学部时，她以亲戚身份来我家帮忙，大家称她周奶奶。她说，不爱睡吃饭间。她看中走廊，晚上把床铺在走廊里。

乔木同志偶来夜谈，大门口却堵着一只床。乔木同志后来问我们：房子是否够住。我说："始愿不及此。"这就是我们谢他的话了。

周奶奶坦直说："个人要自由呢。"她嫌我们晚间到她屋去倒开水喝。我们把热水瓶挪入卧室，房子就够住了。

乔木同志常来找锺书谈谈说说，很开心。他开始还带个警卫，后来把警卫留在楼下，一个人随随便便地来了。他谈学术问题，谈书，谈掌故，什么都谈。锺书是个有趣的人，乔木同志也有他的趣。他时常带了夫人谷羽同志同来。到我们家来的乔木同志，不是什么领导，不带任何官职，他只是清华的老同学。虽然同学时期没有相识，经过一个"文化大革命"，他大概是想起了清华的老同学而要和他相识。他找到锺书，好像老同学重又相逢。

有一位乔木同志的相识对我们说："胡乔木只把他最好的一面给你们看。"

我们读书，总是从一本书的最高境界来欣赏和品评。我们使用绳子，总是从最薄弱的一段来断定绳子的质量。坐冷板凳的书呆子，待人不妨像读书般读；政治家或企业家等也许得把人当作绳子使用。锺书待乔木同志是把他当书读。

有一位乔木同志的朋友说："天下世界，最苦恼的人是胡乔木。因为他想问题,总是从第一度想起,直想到一百八十度,往往走到自己的对立面去,自相矛盾,苦恼不堪。”乔木同志想问题确会这样认真负责。但是我觉得他到我家来,是放下了政治思想而休息一会儿。他是给自己放放假,所以非常愉快。他曾叫他女儿跟来照相。我这里留着一张他痴笑的照片,不记得锺书说了什么话,他笑得那么乐。

可是我们和他地位不同,身份不同。他可以不拿架子,我们却知道自己的身份。他可以随便来,我们决不能随便去,除非是接我们去。我们只能“来而不往”。我们受到庇护,心上感激。但是锺书所能报答的,只不过为他修润几个文字而已。锺书感到惭愧。

我译完《堂吉诃德》。外文所领导体谅我写文章下笔即错,所以让“年轻人”代我写序。可是出版社硬是要我本人写序。稿子压了一年也不发排。我并不懂生意经。稿子既然不付印,我就想讨回稿子,以便随时修改。据说这一来出版社要赔钱的。《堂吉诃德》就没有序文而出版了。后来乔木同志责备我为什么不用“文革”前某一篇文章为序,我就把旧文修改了作为序文。《堂吉诃德》第二次印刷才有序文。

《管锥编》因有乔木同志的支持,出版社立即用繁体字排印。锺书高兴说:“《管锥编》和《堂吉诃德》是我们最后的书了。你给我写三个字的题签,我给你写四个字的题签,咱们交换。”

我说:“你太吃亏了,我的字见得人吗?”

他说:“留个纪念,好玩儿。随你怎么写,反正可以不挂上你的名字。”我们就订立了一个不平等条约。

我们的阿瑗周末也可以回到父母身边来住住了。以前我们住的办公室只能容他们小两口来坐坐。

一九七八年她考取了留学英国的奖学金。她原是俄语系教师。俄语教师改习英语的时候,她就转入英语系。她对我说:“妈妈,我考不取。人家都准备一学期了,我是因为有人临时放弃名额,才补上了我,附带条件是不能耽误教课。我没一点儿准备,能考上吗?”可是她考取了。我们当然为她高兴。

可是她出国一年,我们想念得好苦。一年后又增加一年,我们一方面愿意她能多留学一年,一方面得忍受离别的滋味。

这段时期,锺书和我各随代表团出国访问过几次。锺书每和我分离,必详尽地记下所见所闻和思念之情。阿瑗回家后,我曾出国而他和阿瑗同在家,他也详尽地记下家中琐碎还加上阿瑗的评语附识。这种琐琐碎碎的事,我们称为“石子”,比作潮退潮落滞留海滩上的石子。我们偶然出门一天半天,或阿瑗出差十天八天,回家必带回大把小把的“石子”,相聚时搬出来观赏玩弄。平时家居琐琐碎碎,如今也都成了“石子”,我把我家的“石子”选了一些附在附录三。

我们只愿日常相守,不愿再出国。阿瑗一九九〇年又到英国访问半年。她依恋父母,也不愿再出国。她一次又一次在国内各地出差,在我都是牵肠挂肚的离别。

一九八二年六月间,社科院人事上略有变动。文学所换了所长,锺书被聘为文学所顾问,他力辞得免。那天晚上,他特别高兴说:“无官一身轻,顾问虽小,也是个官。”

第二天早上,社科院召他去开会,有车来接。他没头没脑地去了。没料到乔木同志忽发奇想,要夏鼐、钱锺书做社科院副院长,说是社科院学术气氛不够浓,要他们为社科院增添些儿学术气氛。乔木同志先已和夏鼐同志谈妥，对锺书却是突然袭击。他说："你们两位看我老同学面上……"夏鼐同志已应允，锺书着急说，他没有时间。乔木同志说："一不要你坐班，二不要你画圈，三不要你开会。"锺书说："我昨晚刚辞了文学所的顾问，人家会笑我'辞小就大'。"乔木同志说："我担保给你辟谣。"锺书没什么说的，只好看老同学面上不再推辞。回家苦着脸对我诉说，我也只好笑他"这番捉将官里去也"。

我有个很奇怪的迷信，认为这是老天爷对诬陷锺书的某人开个玩笑。这个职位是他想望的，却叫一个绝不想做副院长的人当上了。世上常有这等奇事。

锺书对出国访问之类，一概推辞了。社科院曾有两次国际性的会议，一次是和美国学术代表团交流学术的会，一次是纪念鲁迅的会。这两个大会，他做了主持人。我发现锺书办事很能干。他召开半小时的小会，就解决不少问题。他主持两个大会，说话得体，也说得漂亮。

一年之后，他就向乔木同志提出辞职，说是"尸位素餐，于心不安"。乔木同志对我点着锺书说："不著一字，尽得风流。"辞职未获批准。反正锺书也只挂个空名，照旧领研究员的工资。他没有办公室，不用秘书，有车也不坐，除非到医院看病。

三里河寓所不但宽适，环境也优美，阿瑗因这里和学校近，她的大量参考书都在我们这边，所以她也常住我们身边，只周末回婆婆家去。而女婿的工作单位就在我们附近，可常来，很方便。

十六

自从迁居三里河寓所，我们好像跋涉长途之后，终于有了一个家，我们可以安顿下来了。

我们两人每天在起居室静静地各据一书桌，静静地读书工作。我们工作之余，就在附近各处“探险”，或在院子里来回散步。阿瑗回家，我们大家掏出一把又一把的“石子”把玩欣赏。阿瑗的石子最多。周奶奶也身安心闲，逐渐发福。

我们仨，却不止三人。每个人摇身一变，可变成好几个人。例如阿瑗小时才五六岁的时候，我三姐就说：“你们一家呀，圆圆头最大，锺书最小。”我的姐姐妹妹都认为三姐说得对。阿瑗长大了，会照顾我，像姐姐；会陪我，像妹妹；会管我，像妈妈。阿瑗常说：“我和爸爸最‘哥们’，我们是妈妈的两个顽童，爸爸还不配做我的哥哥，只配做弟弟。”我又变为最大的。锺书是我们的老师。我和阿瑗都是好学生，虽然近在咫尺，我们如有问题，问一声就能解决，可是我们决不打扰他，我们都勤查字典，到无法自己解决才发问。他可高大了。但是他穿衣吃饭，都需我们母女把他当孩子般照顾，他又很弱小。

他们两个会联成一帮向我造反，例如我出国期间，他们连床都不铺，预知我将回来，赶忙整理。我回家后，阿瑗轻声嘀咕：“狗窠真舒服。”有时他们引经据典的淘气话，我一时拐不过弯，他们得意说：“妈妈有点笨哦！”我的确是最笨的一个。我和女儿也会联成一帮，笑爸爸是色盲，只识得红、绿、黑、白四种颜色。其实锺书的审美感远比我强，但他不会正确地说出什么颜色。

我们会取笑锺书的种种笨拙。也有时我们夫妇联成一帮，说女儿是学究，是笨蛋，是傻瓜。

我们对女儿，实在很佩服。我说："她像谁呀？"锺书说："爱教书，像爷爷；刚正，像外公。"她在大会上发言，敢说自己的话。"大跃进"期间，她刚做助教，因参与编《英汉小词典》（商务出版），当了代表，到外地开一个极左的全国性语言学大会。有人提出凡"女"字旁的字都不能用，大群左派都响应赞成。钱瑗是最小的小鬼，她说："那么，毛主席词'寂寞嫦娥舒广袖'怎么说呢？"这个会上被贬得一文不值的大学者如丁声树、郑易里等老先生都喜欢钱瑗。

钱瑗曾是教材评审委员会的审稿者。一次某校要找个认真的审稿者，校方把任务交给钱瑗。她像猎狗般嗅出这篇论文是抄袭。她两个指头，和锺书一模一样地摘着书页，稀里哗啦地翻书，也和锺书翻得一样快，一下子找出了抄袭的原文。

一九八七年师大英语系与英国文化委员会合作建立中英英语教学项目（TEFL），钱瑗是建立这个项目的人，也是负责人。在一般学校里，外国专家往往是权威。一次师大英语系新聘的英国专家对钱瑗说，某门课他打算如此这般教。钱瑗说不行，她指出该怎么教。那位专家不服。据阿瑗形容："他一双碧蓝的眼睛骨碌碌地看着我，像猫。"钱瑗带他到图书室去，把他该参考的书一一拿给他看。这位专家想不到师大图书馆竟有这些高深的专著。学期终了，他到我们家来，对钱瑗说："Yuan, you worked me hard."但是他承认"得益不浅"。师大外国专家的成绩是钱瑗评定的。

我们眼看着女儿在成长，有成就，心上得意。可是我们的

“尖兵”每天超负荷地工作——据学校的评价,她的工作量是百分之二百,我觉得还不止。她为了爱护学生,无限量地加重负担。例如学生的毕业论文,她常常改了又责令重做。我常问她:“能偷点儿懒吗?能别这么认真吗?”她总摇头。我只能暗暗地在旁心疼。

阿瑗是我生平杰作,锺书认为“可造之材”,我公公心目中的“读书种子”。她上高中学背粪桶,大学下乡下厂,毕业后又下放四清,九蒸九焙,却始终只是一粒种子,只发了一点芽芽。做父母的,心上不能舒坦。

锺书的小说改为电视剧,他一下子变成了名人。许多人慕名从远地来,要求一睹钱锺书的风采。他不愿做动物园里的稀奇怪兽,我只好守住门为他挡客。

他每天要收到许多不相识者的信。我曾请教一位大作家对读者来信是否回复。据说他每天收到大量的信,怎能一一回复呢。但锺书每天第一事是写回信,他称“还债”。他下笔快,一会儿就把“债”还“清”。这是他对来信者一个礼貌性的答谢。但是债总还不清;今天还了,明天又欠。这些信也引起意外的麻烦。

他并不求名,却躲不了名人的烦扰和烦恼。假如他没有名,我们该多么清静!

人世间不会有小说或童话故事那样的结局:“从此,他们永远快快活活地一起过日子。”

人间没有单纯的快乐。快乐总夹带着烦恼和忧虑。

人间也没有永远。我们一生坎坷,暮年才有了一个可以安顿的居处。但老病相催,我们在人生道路上已走到尽头了。

周奶奶早已因病回家。锺书于一九九四年夏住进医院。我每天去看他，为他送饭，送菜，送汤汤水水。阿瑗于一九九五年冬住进医院，在西山脚下。我每晚和她通电话，每星期去看她。但医院相见，只能匆匆一面。三人分居三处，我还能做一个联络员，经常传递消息。

一九九七年早春，阿瑗去世。一九九八年岁末，锺书去世。我们三人就此失散了。就这么轻易地失散了。“世间好物不坚牢，彩云易散琉璃脆”。现在，只剩下了我一人。

我清醒地看到以前当作“我们家”的寓所，只是旅途上的客栈而已。家在哪里，我不知道。我还在寻觅归途。

附录一

錢瑗病中記。她患脊椎癌，住進医院時癌症已屬末期，但她本人和父母都不知實情。她於一九九五年底腰痛求医，一九七六年一月住院；因脊骨一節坏死後不復有痛感，她雖然只能仰卧硬板床上，而且问病的人络繹不绝，她还偷功夫工作並閱讀。十月间，她記起我曾説要記一篇《我们仨》，要求我把这題目讓给她。我當然答应了。仰卧写字很困难，她卻乐於以此自遣。十一月医院报病危，她还在爱惜光陰，我不忍向她实説。一九九七年二月二十六日，她写完前五篇。我劝她养病要緊，勿劳神。她實在也已力竭，就听话停筆。五天以後，她於沉睡中去世。這里发表部分草稿和一篇目录。

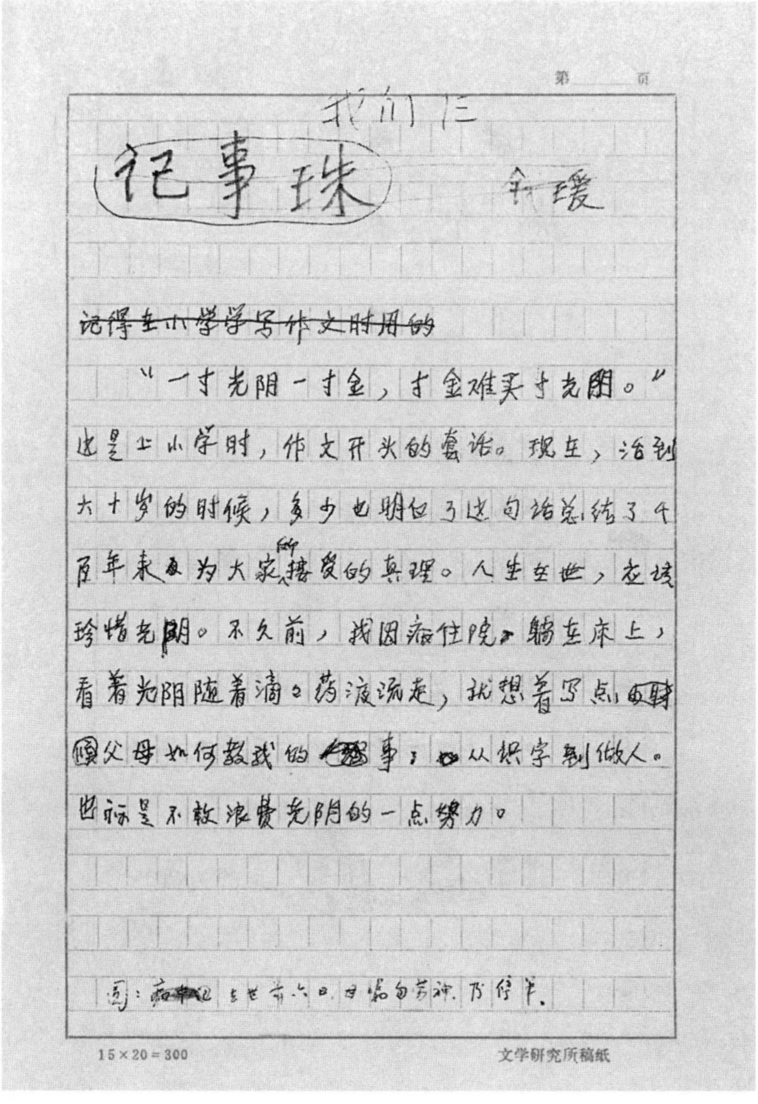
第　　页

我们仨

记事珠　钱瑗

~~记得在小学学写作文时用的~~

“一寸光阴一寸金，寸金难买寸光阴。”这是上小学时，作文开头的套话。现在，活到六十岁的时候，多少也明白了这句话总结了千百年来为大家所接受的真理。人生在世，应该珍惜光阴。不久前，我因病住院，躺在床上，看着光阴随着滴滴药液流走，我想着写点父母如何教我的事：从识字到做人。也算是不敢浪费光阴的一点努力。

圆：病中记　去世前六日，因病自觉神，乃停笔。

15×20=300　　文学研究所稿纸

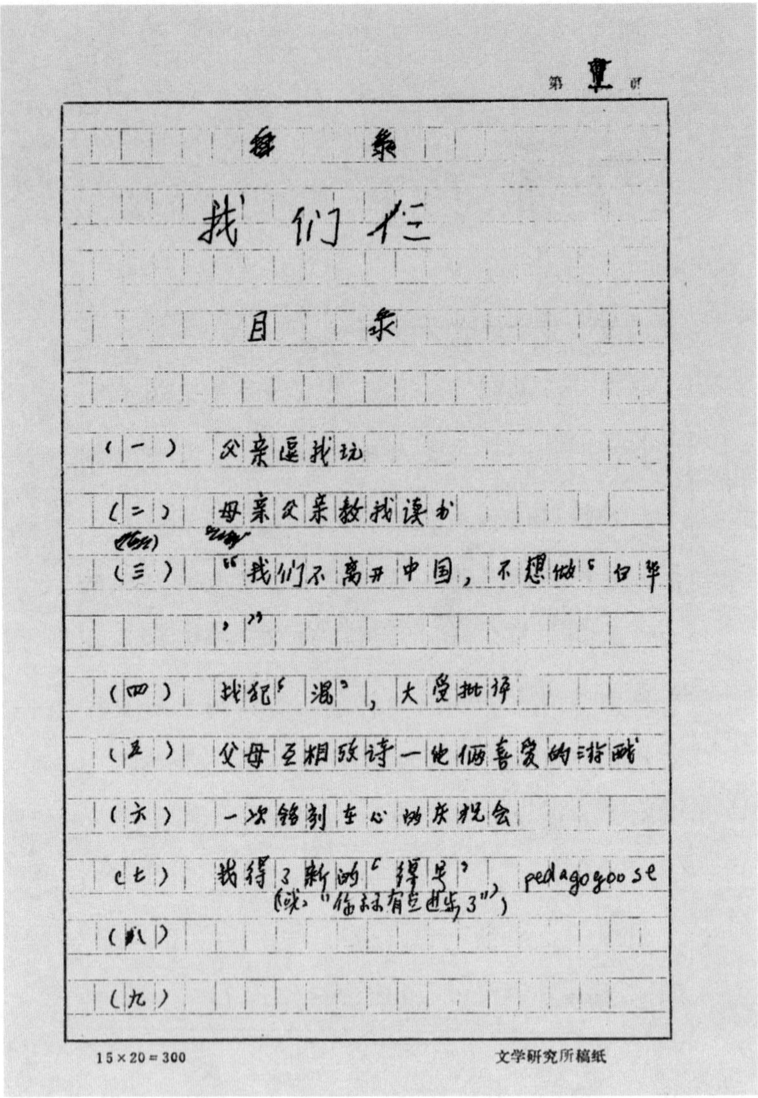
第　页

我们仨

目录

（一）父亲逗我玩

（二）母亲父亲教我读书

（三）"我们不离开中国，不想做'白华'，"

（四）我犯'混'，大受批评

（五）父母互相致诗—他俩喜爱的游戏

（六）一次铭刻在心的庆祝会

（七）我得了新的'绰号'，pedagogoose（或："你妈妈有点进步了"）

（八）

（九）

15×20=300　　文学研究所稿纸

（十）

（十一）

（十二）

(一) 爸々逗我玩

1

第 页

我于1937年五月生于英国牛津，因我的哭

声大，护士戏称我为"Miss Sing High"("星海

小姐)。我(出生)一百天随父母到法国，两岁后回国

。父亲单身到内地教书，母亲则带我回到上海

，她当上了一个中学校长。1941年父亲由内

地辗转回到上海，我当时大约五岁。他天々逗

我玩，奶々说他和我是"老鼠哥々同年伴"。

我当然非常高兴，撒娇、"人来疯"，变得相

当讨厌。

大的也要打一顿，小的也要打一顿。

爸々不仅(用墨笔)在我脸上画胡子，还在肚子上画鬼脸

。不过他的绝手还是编顺口溜，起绰号。有一

天我午睡后在大床上跳来跳去，他编了一首

：“身上穿件火黄背心，面孔象只屁股猢狲。”

我知道把我的脸比作猴子的红屁股不是好话，就

形容我的样子是

猢狲

是好话

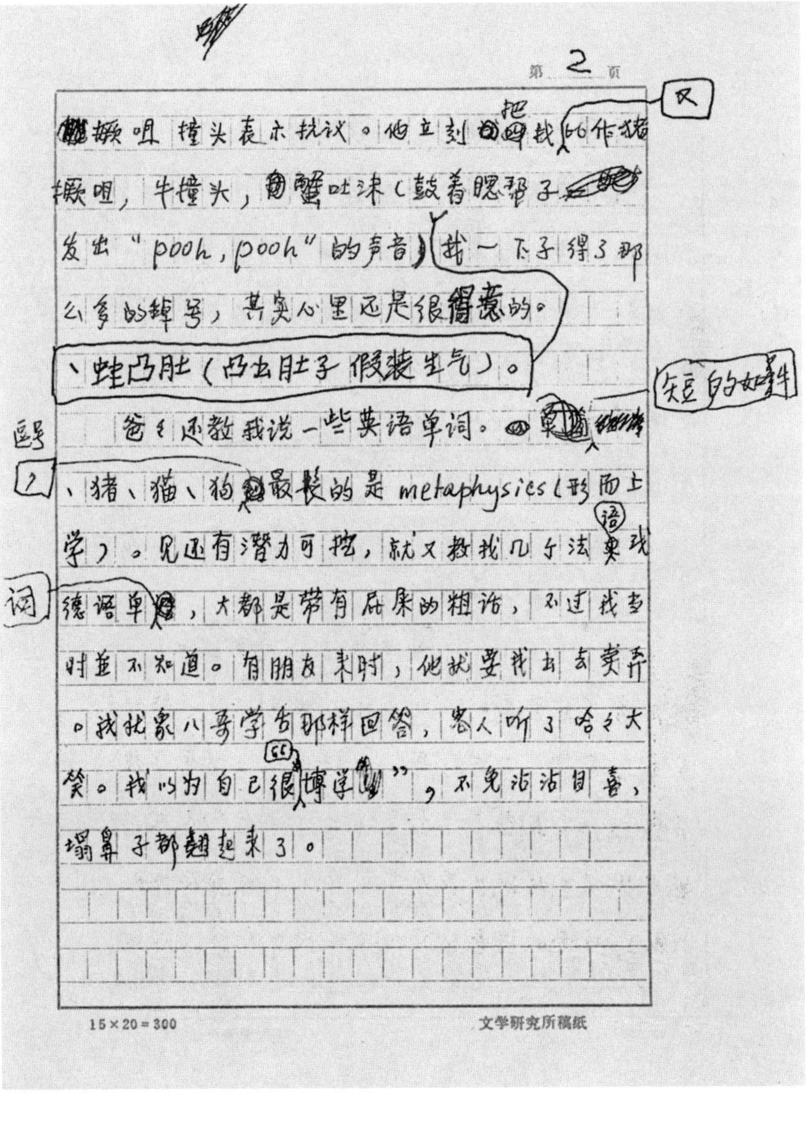

第 2 页

撅咀撞头表示抗议。他立刻把我叫作猪撅咀，牛撞头，蟹吐沫（鼓着腮帮子发出"pooh, pooh"的声音）、蛙凸肚（凸出肚子假装生气）。我一下子得了那么多的绰号，其实心里还是很得意的。

爸爸还教我说一些英语单词。短的如猪、猫、狗，最长的是metaphysics（形而上学）。见还有潜力可挖，就又教我几个法语或德语单词，大都是带有屁屎的粗话，不过我当时并不知道。有朋友来时，他就要我出去卖弄。我就象八哥学舌那样回答，客人听了哈哈大笑。我以为自己很"博学"，不免沾沾自喜，塌鼻子都翘起来了。

15×20＝300　　文学研究所稿纸

（四）搞"破坏"，大受批评

到清华后，我开始熟悉环境。先是到大礼堂、同方楼；后来又发现了航空馆后有几架旧飞机；然后走到天文台那里去"探险"；走累了，坐到荷花池边，等对面钟亭的悠悠钟声：每天定时有工人来撞一口大铜钟，通报时辰。

走遍了校园的各个角落之后，我认定，水木清华是世界上最美丽的地方。

当然，也碰到过刹风景的事。初住进去时，西客厅屋前是一块空地。我看到紧邻有个月洞门，不免好奇，就钻过去一探究竟。没有想到，里面又是个食堂，大师傅正在杀鸡。然后就顺手扔到我家屋前的空地上。被割断喉管的鸡垂死挣扎，扑腾着翅膀，满院被"飞"爬，凄厉的叫声令我胆战。这成了我以后领悟为什么'杀鸡'可以'儆猴'的最初实例。

到清华后，父母本打算让我上附中的初二，没有想到，按校方的新规定，我年龄不足，只能上初一。要浪费一年时间，很不值得，又见我身体不太好，决定让我休学。他们当时对我的要求不高，每天练毛笔字两页，每周读一本书，学点英语文法并做练习，读熟一篇英语课文。由爸爸定期检查。每天我有足够的自由支配时间。我到灰楼（音乐楼）去学弹琴。每月只需交一元钱就可每天练一小时。我只要一见有空着的琴房，就去练，往往能多弹一到两小时。琴弹得不亦乐乎，就越来越不想做功课。一天我发现有几页大字上没有爸爸批改过的笔迹，我怀着侥幸心理去以旧充新，他居然没有察觉。到第三次，他才发现了，大怒，骂我弄虚作假，是品德问题。气冲冲地把文法书撕了，并发誓，再不教我读书。妈妈也狠狠地批评了我，还责令我把书补好。这以后我倒不再犯"混"，老老实实跟妈妈学完了初中的代数、几何、化学、物理等课程。

1952年，我考上了五一女中（即原来的贝满女中）上高一。这种"不知愁滋味"的生活也随着星移斗转而逐渐流逝了。

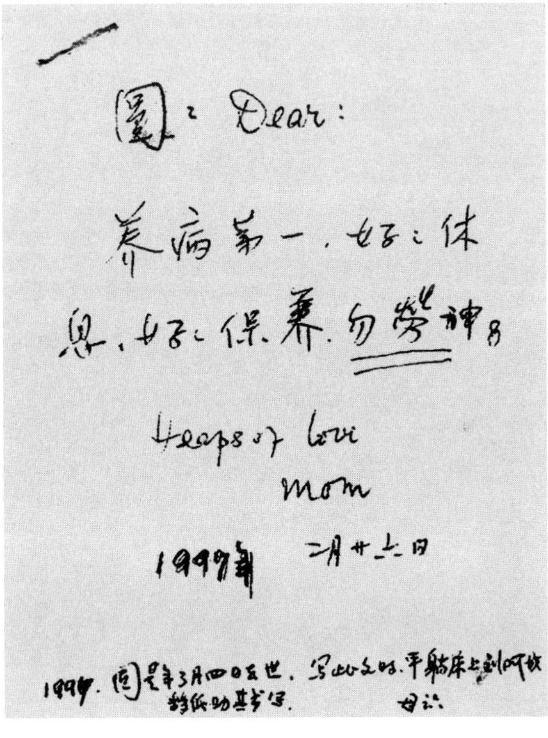
圆圆 Dear:

养病第一，好好休息，好好保养，勿劳神。

Heaps of love

Mom

1997年 二月廿六日

1997. 圆是年3月四日去世。写此字时，平躺床上，由阿姨持纸助其写字。 母记

附录二

上半页我的字易辨认。"公私兼顾"起是锺书写的，"毛笔或译"下，看不清楚，重抄一过。

一身而三任
此事古未有
暂充两头蛇
莫作三头狗（Cerberus）
不从父母诫
夫言当听受
若还执己见
大棒叩汝首
"啊哟痛煞哉！"
要逃没处走。

"九日"指1974年12月9日
"咱们流亡一周年"，当时住
社科院七楼西尽头一办公室。

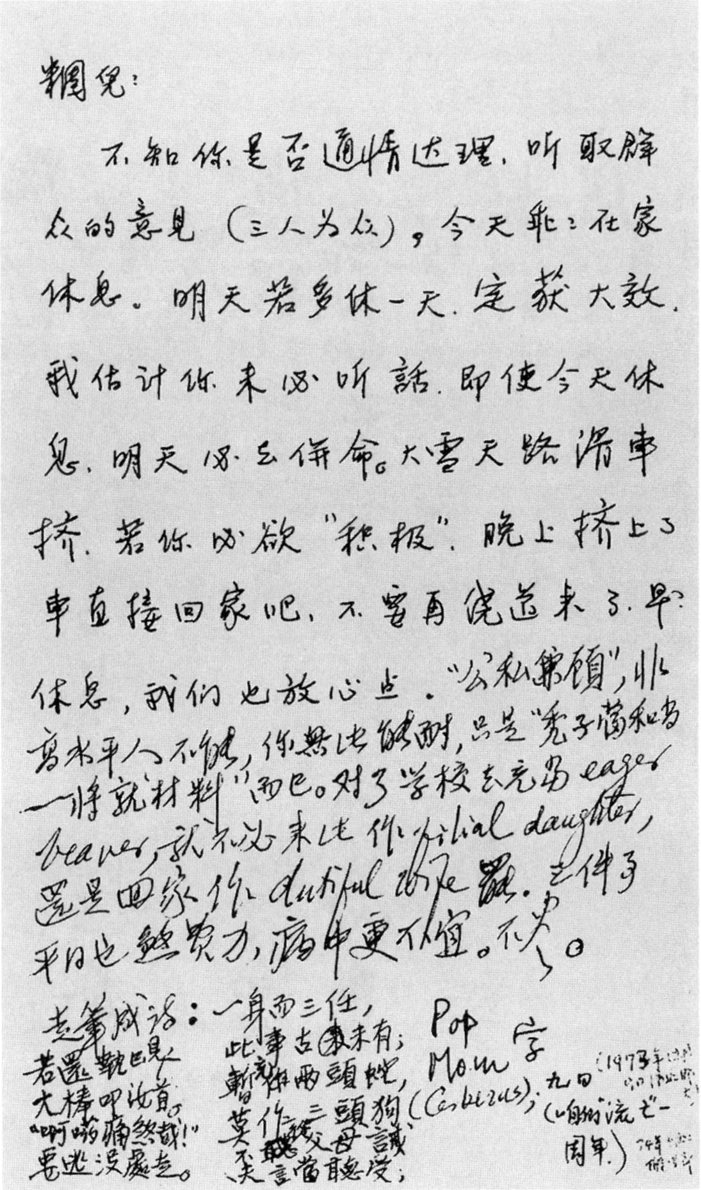

犢兒：

不知你是否通情达理，听取群众的意见（三人为众），今天乖乖在家休息。明天若多休一天，定获大效。我估计你未必听話，即使今天休息，明天必去拼命。大雪天路滑車挤，若你必欲"积极"，晚上挤上了車直接回家吧，不要再绕道来了。早早休息，我们也放心点。"公私兼顧"，非常本平人不能，你無此能耐，只是"兔子當和尚一样就材料"而已。对了学校去充当eager beaver，就不必来此作filial daughter，还是回家作dutiful wife罷。这件事平日也够费力，病中更不宜。不关了。

妄笔成詩：一身而三任，
此事古來未有；
暂成兩頭蛇，
莫作三頭狗（Cerberus）；
不聽父母話，
良言當聽受；
若還執迷不悟，
大棒叩汝首，
"啊唷痛煞哉！"
要逃沒處去。

Pop
Mom 字
九日
（咱們流亡一周年。）
（1973年……）

此信是鍾書寫的。阿奶是我們的親家媽，也即唐雲同志

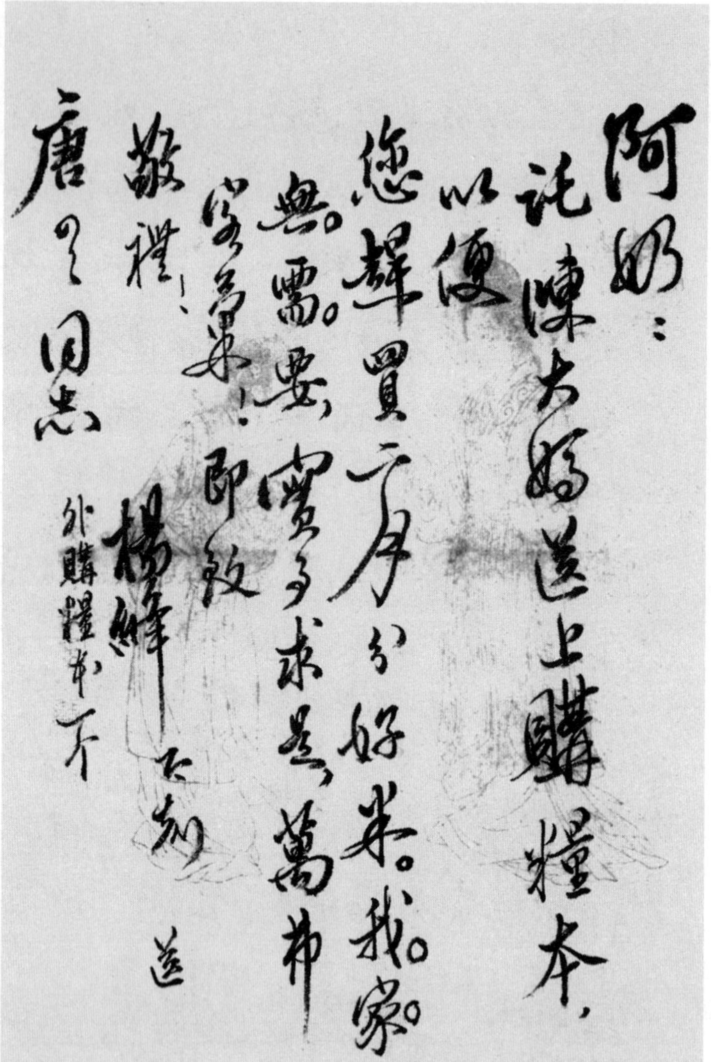

阿奶：

託陳大媽送上購糧本，以便您購買六月份好米。我家無需要，實無多求矣，萬希安收為要！即致

敬禮！！

楊絳 六[illegible] 送

外購糧本下

唐同志

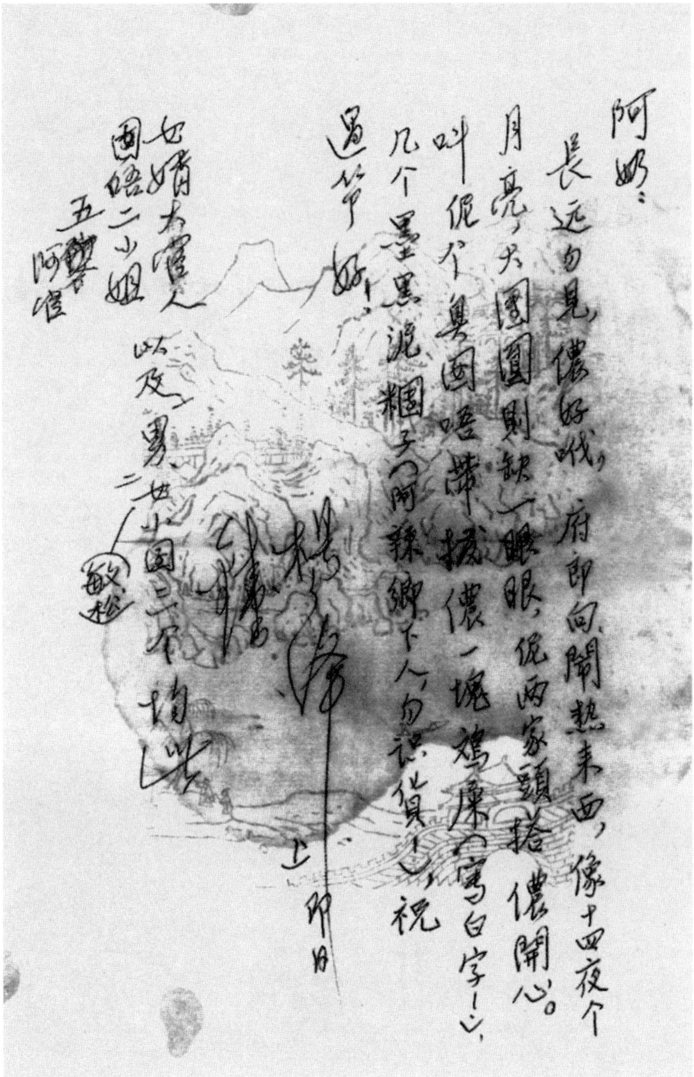

阿奶：

長遠勿見，儂好哦，府郎向閙熱來西，像十四夜个月亮，大團圓則缺一眼眼，伲兩家頭搭儂開心。叫伲个鼻頭囡嗒帶撥儂一塊雞糜（寫白字！），几个墨黑泥糰子（阿辣鄉下人，勿識貨！），祝

過節好！

女婿大官人
囡囡二小姐
五嬢嬢
阿侄

以及男女小囡（二 敏松）一齐問好

杨绛
钱锺书
上
即日

「墨黑泥糰子」是当时走俏的一种点心，不记是否「驴打滚」。

錢瑗得知爸爸特地坐起来为她写信，而写的字像天书，

她就预先写了回信，请爸爸不要劳神写信。

北京師範大學 外语系
FOREIGN LANGUAGES DEPARTMENT BEIJING NORMAL UNIVERSITY

Dear Pop,　　七月十九日，星期五

听mom说，你昨天特意坐起来给我写信，我非常高兴。（信小王星期天送来）我虽未看到信，先给您写回信。

星期一我去做了C.T.，医生说胸水又少了，骨头的情况也有改善，不过仍不许我“轻举妄动”——不可以猛然翻身，在床乱滚。我就“文静”地移动，这就比完全仰卧不许动有很大进步。还可以侧身。

我每天晚上和mom，老guy通过电话后，就看侦探小说，相当“乐寿”。

一切都好，勿念。Lots of love.

Oxhead 敬上

图2 1997年新年给爸爸信。"翻司法脱(face fat)脸搽肥"是一句笑话书上的"洋泾浜詩"，爸爸常用来逗女儿的。

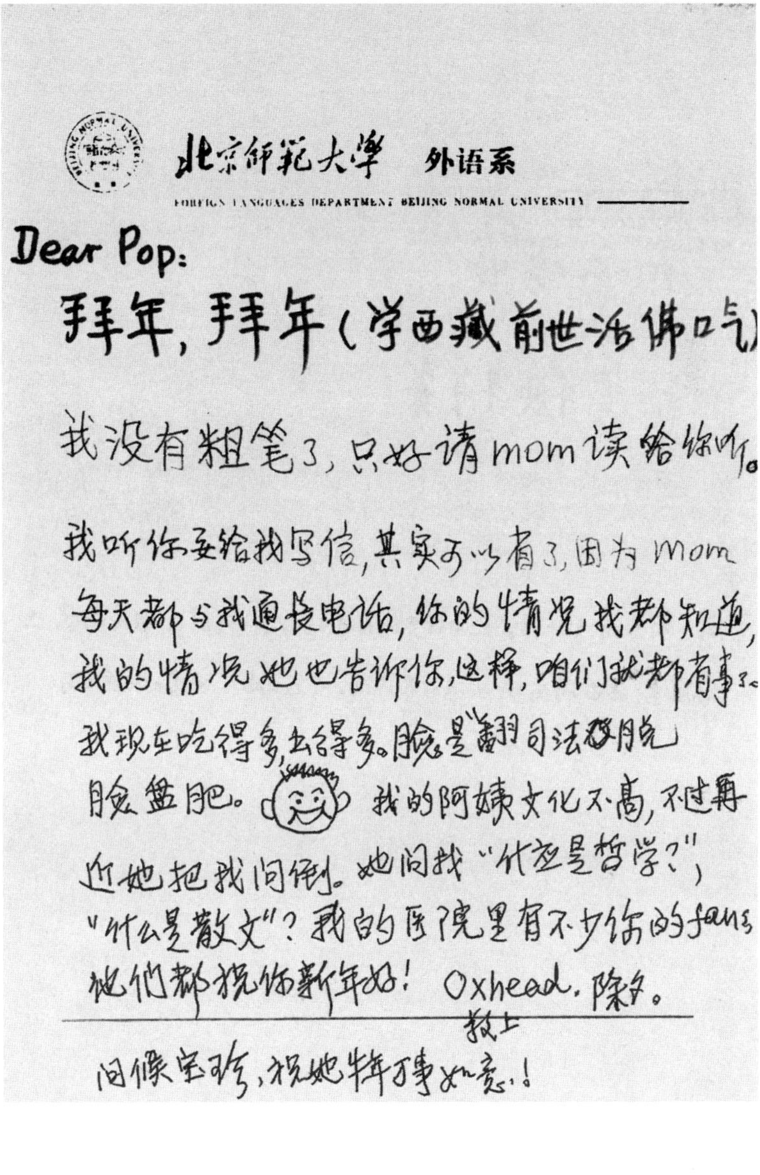
北京師範大學 外语系

FOREIGN LANGUAGES DEPARTMENT BEIJING NORMAL UNIVERSITY

Dear Pop:

拜年，拜年（学西藏前世活佛口气）

我没有粗笔了，只好请mom读给你听。

我听你要给我写信，其实可以省了，因为mom每天都与我通长电话，你的情况我都知道，我的情况她也告诉你，这样，咱们就都省事了。我现在吃得多，长得多。脸是"翻羽司法脸脸盘肥。我的阿姨文化不高，不过最近她把我问倒。她问我"什么是哲学？"，"什么是散文"？我的医院里有不少你的fans，她们都祝你新年好！ Oxhead. 除夕。

敬上

问候宝玲，祝她牛年事事如意！

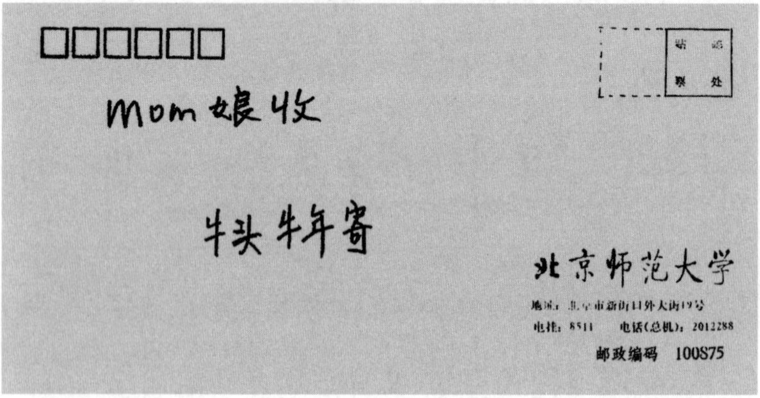

圖2 新年给媽、信。她电话里請我代她押韵. 我試改"母氏劬劳",但嫌太文. 她已满意,我也没心思再改。"牛兒不吃草"就是不能逼食了。

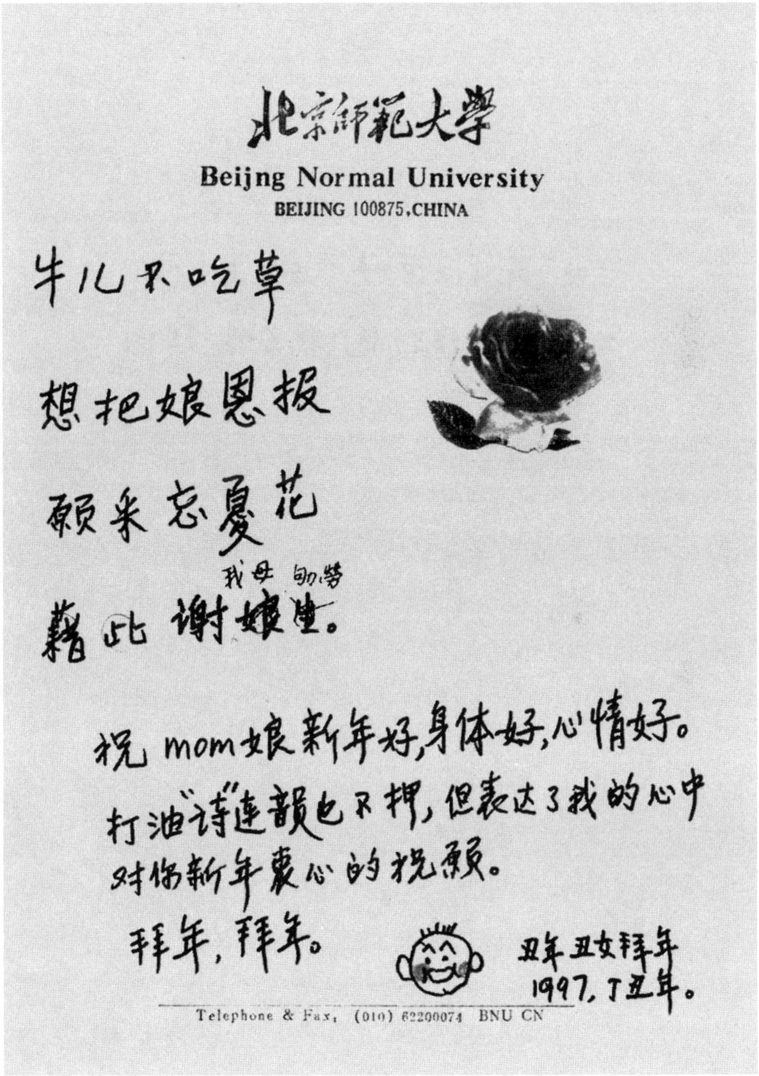

北京師範大學

Beijng Normal University

BEIJING 100875,CHINA

牛儿不吃草

想把娘恩报

愿采忘憂花

我母 劬劳

藉此谢娘生。

祝mom娘新年好，身体好，心情好。

打油诗连韻也不押，但表达了我的心中对你新年衷心的祝愿。

拜年，拜年。

丑年丑女拜年

1997，丁丑年。

Telephone & Fax: (010) 62200074 BNU CN

“三妹”是我家阿姨，因丈夫中风，
不来我家工作了。圆圆很为妈妈担心。

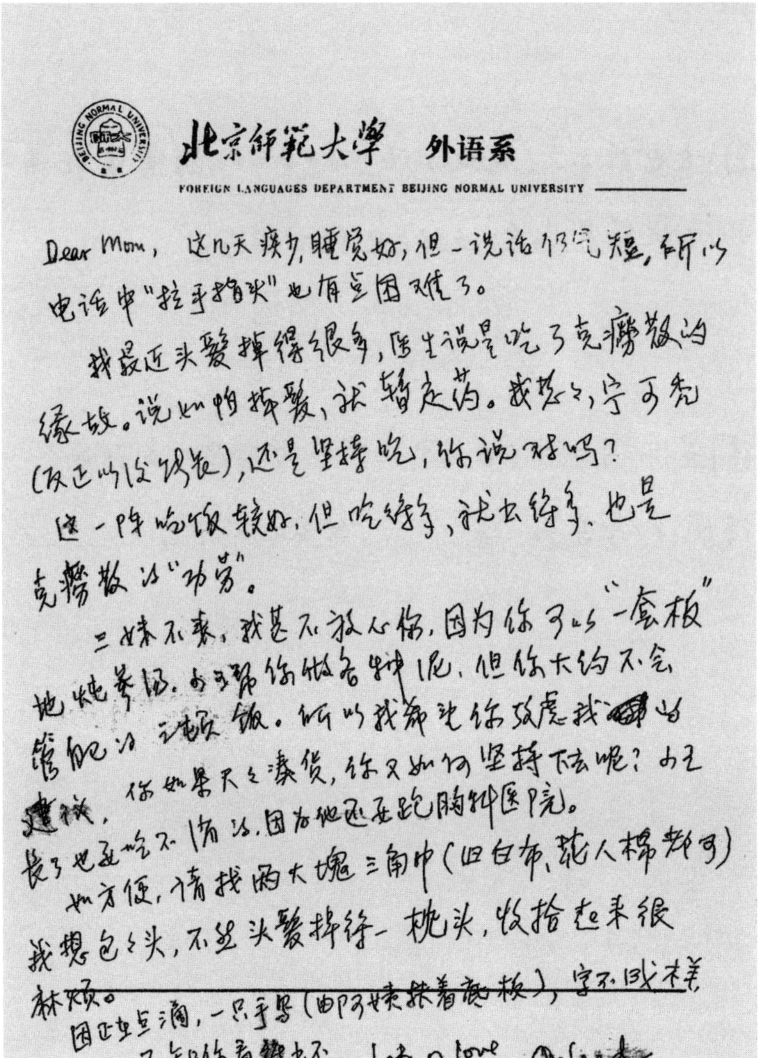

北京師範大學 外语系

FOREIGN LANGUAGES DEPARTMENT BEIJING NORMAL UNIVERSITY

Dear Mom, 这几天疼少，睡觉好，但一说话仍气短，所以电话中"拉手指头"也有点困难了。

我最近头发掉得很多，医生说是吃了克癌散的缘故。说如怕掉发，就暂停药。我想了，宁可秃(反正以后会长)，还是坚持吃，你说对吗？

这一阵吃饭较好，但吃得多，排出得多，也是克癌散的"功劳"。

三妹不来，我甚不放心你，因为你可以"一套棍地"炖参汤，如弟帮你做各种（呢），但你大约不会管饱的三顿饭。所以我希望你考虑找的建议，

你如果天天凑合，你又如何坚持下去呢？小王长了也还吃不消的，因为她还在跑肿瘤医院。

如方便，请找两大块三角巾（旧白布、旧人棉都可）我想包包头，不然头发掉得一枕头，收拾起来很麻烦。

因正在点滴，一只手写（由阿姨扶着夹板），字不成样

不知你看得出否。Lots of love Oxhead

圓圓去世前不久，不放心媽媽的一日三歺，特寫信教媽媽如何做簡易飯食。她自己已经不能進食

圓是年三月四日去世。写此文时，平躺床上，刘阿姨持纸助其書写。　　　　母記

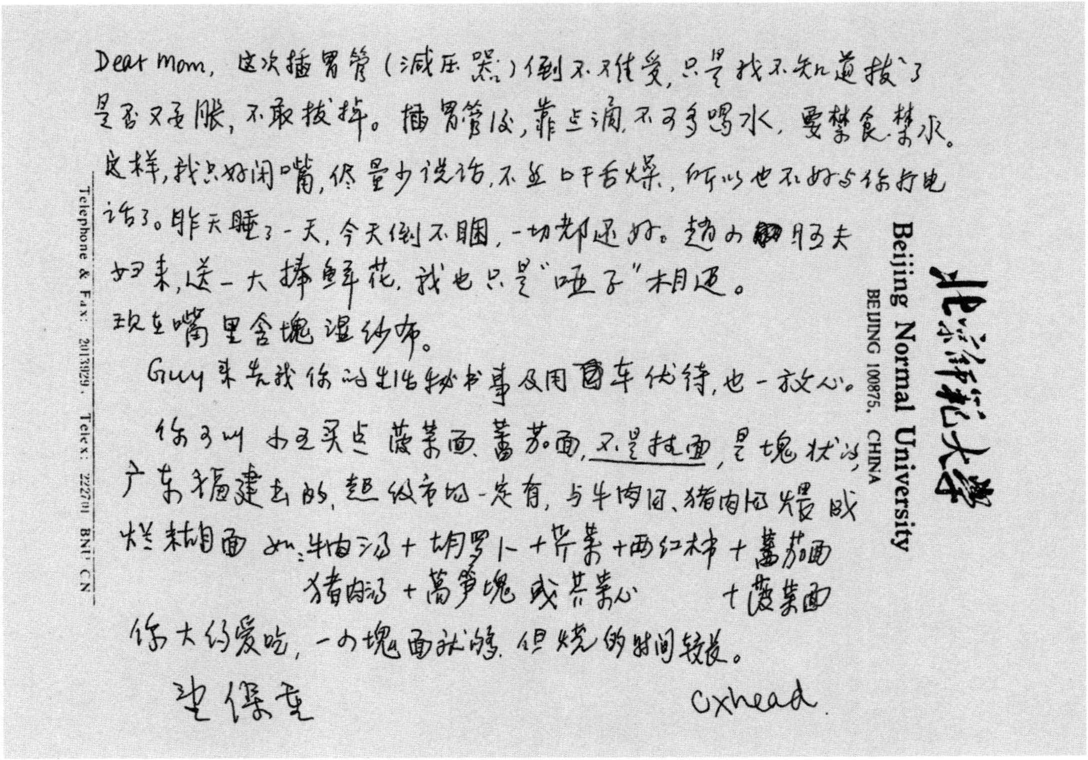

北京師範大學
Beijing Normal University
BEIJING 100875, CHINA

Dear Mom, 这次插胃管（减压器）倒不难受，只是我不知道拔了是否又要胀，不敢拔掉。插胃管后，靠点滴，不可多喝水，要禁食禁水。这样，我只好闭嘴，尽量少说话，不然口干舌燥，所以也不好与你打电话了。昨天睡了一天，今天倒不困，一切都还好。赵小[illegible]明夫妇来，送一大捧鲜花，我也只是"哑子"相迎。

现在嘴里含块湿纱布。

Guy来告我你的出版秘书事及用车优待，也一放心。

你可以去买点菠菜面、番茄面，不是挂面，是块状的，广东福建去的，超级市场一定有，与牛肉汤、猪肉汤煨成烂糊面 如：牛肉汤＋胡罗卜＋芹菜＋西红柿＋番茄面

猪肉汤＋笋块或芥菜心 ＋菠菜面

你大约爱吃，一小块面就够，但烧的时间较长。

望保重

Oxhead.

Telephone & Fax: 2013929, Telex: 222701 BNU CN

附录三

钱瑗为爸爸画像

裤子太肥了！
1988.8月

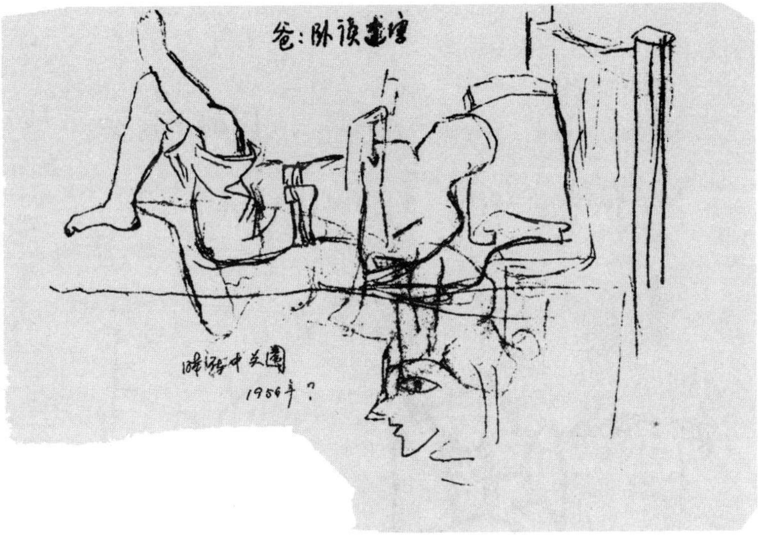
中关园
1956年？

1981. 1. 5
My father doing a major.

室内音乐

1988年3月

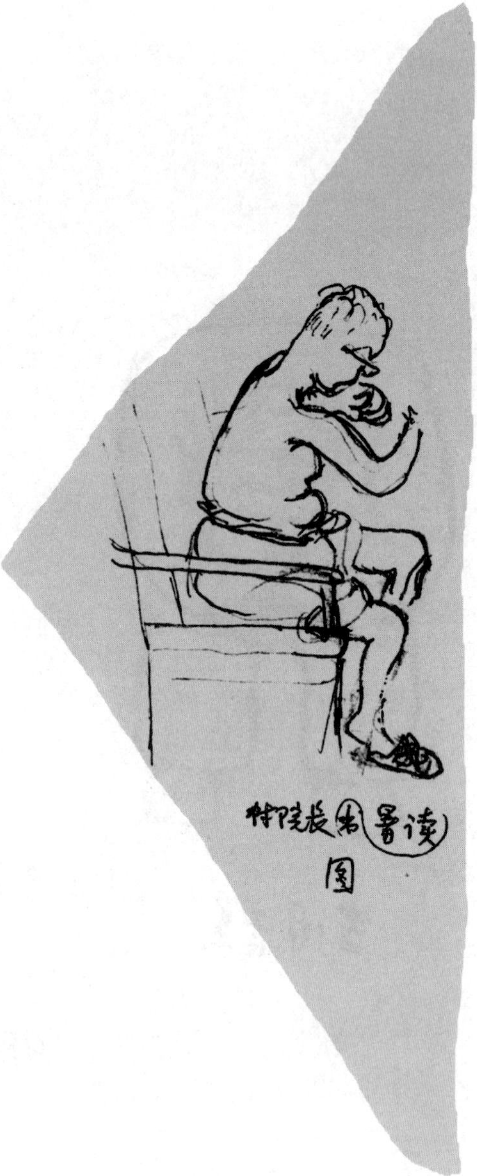

衣冠端正
未戴毛毡。
寒丑
1990、1、9日

書勉為其難。
認字，要求「先生」畫出來。鍾
鍾書遣阿姨買菜，阿姨不

1. 鸡也

2. 蛋也

3. 黄瓜也

4. 素面也

5. 面包也

切片的方面包

或圆的大面包都行。

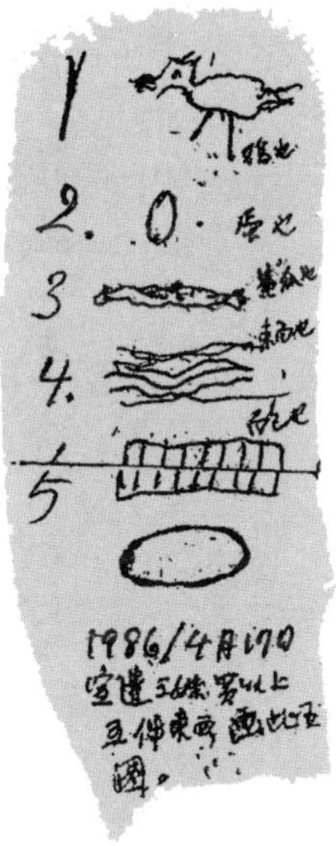

牛奶画不出来了，反正

阿姨能会意

「中書君」「管城子」都是「筆」的别稱。「管錐編」「圍城」二書作者的筆名是「中书君」——绛注

中書君即管城子
大學者兼小说家

戲贈「管」「城」作者

楊絳 壬申四月

走到人生边上

——自问自答

自　　序

二〇〇五年一月六日，我由医院出院，回三里河寓所。我是从医院前门出来的。如果由后门太平间出来，我就是“回家”了。

躺在医院病床上，我直在思索一个题目：《走到人生边上》。一回家，我立即动笔为这篇文章开了一个头。从此我好像着了魔，给这个题目缠住了，想不通又甩不开。我寻寻觅觅找书看，从曾经读过的中外文书籍——例如《四书》、《圣经》，到从未读过的，手边有的，或请人借的——例如美国白璧德（Irving Babbitt，1865—1933）的作品，法国布尔热（Paul Bourget，1852—1935）的《死亡的意义》。读书可以帮我思索，可是我这里想通了，那里又堵死了。

年纪不饶人。我又老又病又忙。我应该是最清闲的人，既不管家事，又没人需我照顾。可是老人小辈多，小辈又生小辈，好朋友的儿女又都成了小一辈的朋友。承他们经常关心，近在北京、远在国外的，过年过节，总来看望我。我虽然闭门谢客，亲近的戚友和许许多多小辈们，随时可以冲进门来。他们来，我当然高兴，但是我的清闲就保不住了。

至于病，与老年相关的就有多种，经常的是失眠、高血压、右手腱鞘炎不能写字等等。不能写字可以用脑筋，可是血压高了，失眠加剧，头晕晕的，就不能用脑筋，也不敢用脑筋，怕中风，再加外来的干扰，都得对付，还得劳心。

《走到人生边上》这个题目，偏又缠住人不放。二〇〇五年我出医院后擅自加重降压的药，效果不佳，经良医为我调整，渐渐平稳。但是我如果这天精神好，想动笔写文章，亲友忽来问好，这半天就荒废了。睡不足，勉强工作，往往写半个字，另一半就忘了，查字典吧，我普通话口音不准，往往查不到，还得动脑筋拐着弯儿找。字越写越坏。老人的字爱结成一团，字不成字，我也快有打结子的倾向了。

思路不通得换一条路再想，我如能睡个好觉，头脑清楚，我就呆呆地坐着转念头。吃也忘了，睡也忘了，一坐就是半天，往往能想通一些问题。真没想到我这一辈子，脑袋里全是想不通的问题。这篇短短的小文章，竟费了我整整两年半的时光。废稿写了一大叠，才写成了四万多字的《自问自答》。

在思索的过程中，发现几个可写散文的题目。我写下了本文的草稿，就把这几篇散文写成《注释》，因为都是注释本文的。费心的是本文，是我和自己的老、病、忙斗争中挣扎着写成的。

古罗马皇帝马可·奥勒留（Marcus Aurelius，121—180）的《自省录》是他和邻邦交战中写成的。我的《自问自答》是我和自己的老、病、忙斗争中写成的。在斗争中挣扎着写，也不容易。拉一位古代的大皇帝作陪，聊以自豪吧！

九十六岁的杨绛

二〇〇七年八月十五晚

前　言

我已经走到人生的边缘边缘上，再往前去，就是“走了”，“去了”，“不在了”，“没有了”。中外一例，都用这种种词儿软化那个不受欢迎而无可避免的“死”字。

“生、老、病、死”是人生的规律，谁也逃不过。虽说：“老即是病”，老人免不了还要生另外的病。能无疾而终，就是天大的幸运；或者病得干脆利索，一病就死，也都称好福气。活着的人尽管舍不得病人死，但病人死了总说“解脱了”。解脱的是谁呢？总不能说是病人的遗体吧？这个遗体也决不会走，得别人来抬，别人来埋。活着的人都祝愿死者“走好”。人都死了，谁还走呢？遗体以外还有谁呢？换句话说，我死了是我摆脱了遗体？还能走？怎么走好？走哪里去？

我想不明白。我对想不明白的事，往往就搁下不想了。可是我已经走到了人生边上，自己想不明白，就想问问人，而我可以问的人都已经走了。这类问题，只在内心深处自己问自己，一般是不公开讨论的。我有意无意，探问了近旁几位七十上下的朋友。朋友有亲有疏，疏的只略一探问。

没想到他们的回答很一致，很肯定，都说人死了就是没有了，什么都没有了。虽然各人说法不同，口气不同，他们对自己的见解都同样坚信不疑。他们都头脑清楚，都是先进知识分子。

我提的问题,他们看来压根儿不成问题。他们的见解,我简约地总结如下:

"老皇历了!以前还要做水陆道场超度亡灵呢!子子孙孙还要祭祀'作飨'呢!现在谁还迷信这一套吗?上帝已经死了。这种神神鬼鬼的话没人相信了。人死留名,雁过留声,人世间至多也只是留下些声名罢了。"

"人死了,剩下一个臭皮囊,或埋或烧,反正只配肥田了。形体已经没有了,生命还能存在吗?常言道:'人死烛灭。'蜡烛点完了,火也灭了,还剩什么呢?"

"人生一世,草生一秋。草黄了,枯了,死了。不过草有根,明年又长出来。人也一样,下一代接替上一代,代代相传吧。一个人能活几辈子吗?"

"上帝下岗了,现在是财神爷坐庄了。谁叫上帝和财神爷势不两立呢!上帝能和财神爷较量吗?人活一辈子,没钱行吗?挣钱得有权有位。争权夺位得靠钱。称王称霸只为钱。你是经济大国,国际间才站得住。没有钱,只有死路一条。咱们现在居然'穷则变,变则通了',知道最要紧的是理财。人生一世,无非挣钱、花钱、享受,死了能带走吗?"

"人死了就是没有了,什么都没有了。还有不死的灵魂吗?我压根儿没有灵魂,我生出来就是活的,就得活到死,尽管活着没意思,也无可奈何。反正好人总吃亏,坏人总占便宜。这个世界是没有公道的,不讲理的,可是有什么办法呢,什么都不由自主呀。我生来是好人,没本领做恶人,吃亏就吃亏吧。尽量做些能做的事,就算没有白活了。"

"我们这一辈人,受尽委屈、吃尽苦楚了。从古以来,多少人‘搔首问青天’，可是‘青天’，它理你吗？圣人以神道设教，‘愚民’又‘驭民’，我们不愿再受骗了。迷信是很方便的，也顶称心。可是‘人民的鸦片’毕竟是麻醉剂呀，谁愿意做‘瘾君子’呢。说什么‘上帝慈悲’，慈悲的上帝在干什么？他是不管事还是没本领呀？这种昏聩无能的上帝，还不给看破了？上帝！哪有上帝？”

“我学的是科学。我只知道我学的这门学科。人死了到哪里去是形而上学，是哲学问题，和我无关。我只知道人死了就什么都没有了。”

他们说话的口气，比我的撮述较为委婉，却也够叫我惭愧的。老人糊涂了！但是我仔细想想，什么都不信，就保证不迷吗？他们自信不迷，可是他们的见解，究竟迷不迷呢？

第一，比喻只是比喻。比喻只有助于表达一个意思，并不能判定事物的是非虚实。“人生一世，草生一秋”只借以说明人生短暂。我们也向人祝愿“如松之寿”、“寿比南山”等等，都只是比喻罢了。

“人死烛灭”或“油干灯尽”，都是用火比喻生命，油或脂等燃料比喻躯体。但另一个常用的比喻“薪尽火传”也是把火比喻生命，把木柴比喻躯体。脂、油、木柴同是燃料，同样比作躯体。但“薪尽火传”却是说明躯体消灭后，生命会附着另一个躯体继续燃烧，恰恰表达灵魂可以不死。这就明确证实比喻不能用来判断事物的真伪虚实。比喻不是论断。

第二，名与实必须界说分明。老子所谓“名可名，非常名”。如果名与实的界说不明确，思想就混乱了。例如“我没有灵魂”云云，是站不住的。人死了，灵魂是否存在是一个问题。活人有没有灵魂，不是问题，只不过“灵魂”这个名称没有定规，可有不同的名称。活着的人总有生命——不是虫蚁的生命，不是禽兽的生命，而是人的生命，我们也称“一条人命”。自称没有灵魂的人，决不肯说自己只有一条狗命。常言道：“人命大似天”或“人命关天”。人命至关重要，杀人一命，只能用自己的生命来抵偿。“一条人命”和“一个灵魂”实质上有什么区别呢？英美人称 soul，古英文称 ghost，法国人称 âme，西班牙人称 alma，辞典上都译作灵魂。灵魂不就是人的生命吗？谁能没有生命呢？

又例如“上帝”有众多名称。“上帝死了”，死的是哪一门子的上帝呢？各民族、各派别的宗教，都有自己的上帝，都把自己信奉的上帝称真主，称惟一的上帝，把异教的上帝称邪神。有许多上帝有偶像，并且状貌不同。也有没有偶像的上帝。这许多既是真主，又是邪神，有偶像和无偶像的上帝，全都死了吗？

人在急难中，痛苦中，烦恼中，都会呼天、求天、问天，中外一例。上帝应该有求必应，有问必答吗？如果不应不答，就证明没有上帝吗？

耶稣受难前夕，在葡萄园里祷告了一整夜，求上帝免了他这番苦难，上帝答理了吗？但耶稣失去他的信仰了吗？

中国人绝大部分是居住农村的农民。他们的识见和城市里的先进知识分子距离很大。我曾下过乡，也曾下过干校，和他们交过朋友，能了解他们的思想感情，也能认识他们的人品性格。他们中间，当然也有高明和愚昧的区别。一般说来，他们的确思想很落后。但他们都是在大自然中生活的。他们的经历，先进的知识分子无缘经历，不能一概断为迷信。以下记录的，都是笃实诚朴的农民所讲述的亲身经历。

“我有夜眼，不爱使电棒，从年轻到现在六七十岁，惯走黑路。我个子小，力气可大，啥也不怕。有一次，我碰上‘鬼打墙’了。忽然的，眼前一片漆黑，什么都看不见，只看到旁边许多小道。你要走进这些小道，会走到河里去。这个我知道。我就发话了：‘不让走了吗？好，我就坐下。’我摸着一块石头就坐下了。我掏出烟袋，想抽两口烟。可是火柴划不亮，划了十好几根都不亮。碰上‘鬼打墙’，电棒也不亮的。我说：‘好，不让走就不走，咱俩谁也不犯谁。’我就坐在那里。约莫坐了半个多时辰，那道黑墙忽然没有了。前面的路，看得清清楚楚。我就回家了。碰到‘鬼打墙’就是不要乱跑。他看见你不理，没办法，只好退了。”

我认识一个二十多岁农村出身的女孩子。她曾读过我记的《遇仙记》（参看《杨绛文集》第二卷，228—233 页，人民文学出版社 2004 年版），问我那是怎么回事。我说：“不知道，但都是实事。全宿舍的同学、老师都知道。我活到如今，从没有像那夜睡得像死人一样。”她说：“真的，有些事，说来很奇怪，我要不是亲眼看见，我决不相信。我见过鬼附在人身上。这鬼死了两三年了，死的时候四十岁。他的女儿和我同岁，也是同学。那年，挨着我家院墙北面住的女人刚做完绝育手术，身子很弱。这个男鬼就附在这女人身上，自己说‘我是谁谁谁，我要见见我的家人，和他们说说话’。有人就去传话了。他家的老婆、孩子都赶来了。这鬼流着眼泪和家里人说话，声音全不像女人，很粗壮。我妈是村上的卫生员，当时还要为这女人打消炎针。我妈过来了，就掐那女人的上嘴唇——叫什么‘人中’吧？可是没用。我妈硬着胆子给她打了消炎针。这鬼说：‘我没让你掐着，我溜了。嫂子,我今儿晚上要来吓唬你!'我家晚上就听得哗啦啦的响,像大把沙子撒在墙上的响。响了两次。我爹就骂了:'深更半夜,闹得人不得安宁,你王八蛋!'那鬼就不闹了。我那时十几岁,记得那鬼闹了好几天,不时地附在那女人身上。大约她身子健朗了,鬼才给赶走。"

在"饿死人的年代",北京居民只知道"三年自然灾害"。十年以后,我们下放干校,才知道不是天灾。村民还不大敢说。多年后才听到村里人说:"那时候饿死了不知多少人,村村都是死人多,活人少,阳气压不住阴气,快要饿死的人往往夜里附上了鬼,又哭又说。其实他们只剩一口气了,没力气说话了。可是附上了鬼,就又哭又说,都是新饿死的人,哭着诉苦。到天亮,附上鬼的人也多半死了。"

鬼附人身的传说,我听得多了,总不大相信。但仔细想想,我们常说:"又做师娘(巫婆)又做鬼。"如果从来没有鬼附人身的事,就不会有冒充驱鬼的巫婆。所以我也相信莎士比亚的话:这个世界上,莫名其妙的事多着呢。

《左传》也记载过闹鬼的事。春秋战国时,郑国二贵胄争权。一家姓良,一家姓驷。良家的伯有骄奢无道,驷家的子皙一样骄奢,而且比伯有更强横。子皙是老二,还有个弟弟名公孙段附和二哥。子皙和伯有各不相下。子皙就叫他手下的将官驷带把伯有杀了。当时郑国贤相子产安葬了伯有。子皙擅杀伯有是犯了死罪,但郑国的国君懦弱无能,子产没能够立即执行国法。子皙随后两年里又犯了两桩死罪。子产本要按国法把他处死,但开恩让他自杀了。

伯有死后化为厉鬼,六七年间经常出现。据《左传》,"郑人相惊伯有”,只要听说“伯有至矣”,郑国人就吓得乱逃,又没处可逃。伯有死了六年后的二月间,有人梦见伯有身披盔甲,扬言:“三月三日,我要杀驷带。明年正月二十八日,我要杀公孙段。”那两人如期而死。郑国的人越加害怕了。子产忙为伯有平反,把他的儿子“立以为大夫,使有家庙”,伯有的鬼就不再出现了。

郑子产出使晋国。晋国的官员问子产:“伯有犹能为鬼乎?”(因为他死了好多年了。)子产曰:“能。”他说:老百姓横死,鬼魂还能闹,何况伯有是贵胄的子孙,比老百姓强横。他安抚了伯有,他的鬼就不闹了。

我们称闹鬼的宅子为凶宅。钱锺书家曾租居无锡留芳声巷一个大宅子,据说是凶宅。他叔叔夜晚读书,看见一个鬼,就去打鬼,结果大病了一场。我家一九一九年从北京回无锡,为了找房子,也曾去看过那所凶宅。我记得爸爸对妈妈说:“凶宅未必有鬼,大概是房子阴暗,住了容易得病。”

但是我到过一个并不阴暗的凶宅。我上大学时,我和我的好友周芬有个同班女友是常熟人,家住常熟。一九三一年春假,她邀我们游常熟,在她家住几天。我们同班有个男同学是常熟大地主,他家刚在城里盖了新房子。我和周芬等到了常熟,他特来邀请我们三人过两天到他新居吃饭,因为他妈妈从未见过大学女生,一定要见见,酒席都定好了,请务必赏光。我们无法推辞,只好同去赴宴。

新居是簇新的房子,阳光明亮,陈设富丽。他妈妈盛装迎接。同席还有他爸爸和孪生的叔叔,相貌很相像;还有个瘦弱的嫂子带着个淘气的胖侄儿,还有个已经出嫁的妹妹。据说,那天他家正式搬入新居。那天想必是挑了“宜迁居”的黄道吉日，因为搬迁想必早已停当，不然的话，不会那么整洁。

回校后，不记得过了多久，我又遇见这个男同学。他和我们三人都不是同系，不常见面。他见了我第一事就告诉我他们家闹鬼，闹得很凶。嫂子死了，叔叔死了，父母病了，所以赶紧逃回乡下去了。据说，那所房子的地基是公共体育场，不知道原先是处决死囚的校场。我问：“鬼怎么闹？”他说：“一到天黑，楼梯上脚步声上上下下不断，满处咳吐吵骂声，不知多少鬼呢！”我说：“你不是在家住过几晚吗？你也听到了？”他说他只住了两夜。他像他妈妈，睡得浓，只觉得城里不安静，睡不稳。春假完了就回校了。闹鬼是他嫂子听到的，先还不敢说。他叔叔也听到了。嫂子病了两天，也没发烧，无缘无故地死了。才过两天，叔叔也死了，他爹也听到闹，父母都病了。他家用男女两个用人，男的管烧饭，是老家带出来的，女的是城里雇的。女的住楼上，男的住楼下，上下两间是楼上楼下，都在房子西尽头，楼梯在东头，他们都没事。家里突然连着死了两人，棺材是老家账房雇了船送回乡的。还没办丧事，他父母都病了。体育场原是校场的消息是他妹妹的婆家传来的。他妹妹打来电话，知道父母病，特来看望。开上晚饭，父母都不想吃。他妹妹不放心，陪了一夜。他的侄儿不肯睡挪入爷爷奶奶屋的小床，一定要睡爷爷的大床。他睡爷爷脚头，梦里老说话。他妹妹和爹妈那晚都听见家里闹鬼了。他们屋里没敢关电灯。妹妹睡她妈妈脚头。到天亮，他家立即雇了船，收拾了细软逃回乡下。他们搬入新居，不过七八天吧，和我们同席吃饭而住在新居的五个人，死了两个，病了两个，不知那个淘气的胖侄儿病了没有。这位同学是谨小慎微的好学生,连党课《三民主义》都不敢逃学的,他不会撒谎胡说。

我自己家是很开明的,连灶神都不供。我家苏州的新屋落成,灶上照例有"灶君菩萨"的神龛。年终糖瓜祭灶,把灶神送上天了。过几天是"接灶"日。我爸爸说:"不接了。"爸爸认为灶神相当于"打小报告"的小人,吃了人家的糖瓜,就说人家好话。这种神,送走了正好,还接他回来干吗?家里男女用人听说灶神不接了,都骇然。可是"老爷"的话不敢不听。我家没有灶神,几十年都很平安。

可是我曾经听到开明的爸爸和我妈妈讲过一次鬼。我听大姐姐说,我的爷爷曾做过一任浙江不知什么偏僻小县的县官。那时候我大姐年幼,还不大记事。只有使她特别激动的大事才记得。那时我爸爸还在日本留学,爸爸的祖父母已经去世,大伯母一家、我妈妈和大姐姐都留在无锡,只爷爷带了奶奶一起离家上任。大姐姐记得他们坐了官船,扯着龙旗,敲锣打鼓很热闹。我听到爸爸妈妈讲,我爷爷奶奶有一天黄昏后同在一起,两人同时看见了我的太公,两人同时失声说:"爹爹喂!"但转眼就不见了。随后两人都大病,爷爷赶忙辞了官,携眷乘船回乡。下船后,我爷爷未及到家就咽了气。

这件事,想必是我奶奶讲的。两人同时得重病,我爷爷未及到家就咽了气,是过去的事实。见鬼是得病还乡的原因。我妈妈大概信了,我爸爸没有表示。

以上所说,都属"怪、力、乱、神"之类,我也并不爱谈。我原是旧社会过来的"老先生"——这是客气的称呼。实际上我是老朽了。老物陈人,思想落后是难免的。我还是晚清末代的遗老呢!

可是为“老先生”改造思想的“年轻人”如今也老了。他们的思想正确吗？他们的“不信不迷”使我很困惑。他们不是几个人。他们来自社会各界:科学界、史学界、文学界等,而他们的见解却这么一致、这么坚定,显然是代表这一时代的社会风尚,都重物质而怀疑看不见、摸不着的“形而上”境界。他们下一代的年轻人,是更加偏离“形而上”境界,也更偏重金钱和物质享受的。他们的见解是否正确,很值得仔细思考。

我试图摆脱一切成见,按照合理的规律,合乎逻辑的推理,依靠实际生活经验,自己思考。我要从平时不在意的地方,发现问题,解答问题;能证实的予以肯定,不能证实的存疑。这么一步一步自问自答,看能探索多远。好在我是一个平平常常的人,无党无派,也不是教徒,没什么条条框框干碍我思想的自由。而我所想的,只是浅显的事,不是专门之学,普通人都明白。

我正站在人生的边缘边缘上,向后看看,也向前看看。向后看,我已经活了一辈子,人生一世,为的是什么呢？我要探索人生的价值。向前看呢,我再往前去,就什么都没有了吗？当然,我的躯体火化了,没有了,我的灵魂呢？灵魂也没有了吗？有人说,灵魂来处来,去处去。哪儿来的？又回哪儿去呢？说这话的,是意味着灵魂是上帝给的,死了又回到上帝那儿去。可是上帝存在吗？灵魂不死吗？

一 神和鬼的问题

现在崇尚科学,时髦的口号是“上帝已经死了”。说到信念,就是唯心,也就是迷信了。唯心,可以和迷信画上等号吗?现在思想进步的人,也讲“真、善、美”。“真、善、美”看得见吗?摸得着吗?看不见、摸不着的,不是只能心里明白吗?信念是看不见的,只能领悟。从“知”到“悟”,有些距离,但并非不能逾越的,只是小小一步飞跃,认识从“量变”进而为“质变”罢了。是不是“迷”,可以笨笨实实用合理的方法和逻辑的推理来反证。比如说吧,假如我相信大自然有规律,我这点信念出于我累积的知识。我看到一代代科学家已发现了许多规律。规律可能是错误的(如早期关于天体运行的规律),可以推翻;规律可能是不全面的,可以突破,可以补充。反过来说,大自然如果没有规律,科学家又何从探索?何从发现?又何从证实呢?大自然有规律这点信念,是由知识的累积,进一步而领悟的。然后又由反证而肯定。相信大自然有规律,能说是迷信吗?是否可以肯定不是迷信呀?

科学愈昌明,自然界的定律也发现得愈多,愈精密。一切定律(指经过考验,全世界科学家都已承认的定律),不论是有关天文学、物理学、生物学等等,每一学科的定律,都融会贯通,互相补充,放之四海而皆准。我相信这个秩序井然的大自然,不可能是偶然，该是有规划、有主宰的吧？不然的话，怎能有这么多又普遍又永恒的定律呢？

有人说，物质在突发的运动中，动出了定律。但科学的定律是多么精确，多么一丝不苟，多么普遍一致呀！如果物质自己能动出这么精密的定律来，这物质就不是物质而有灵性了，该是成了精了。但精怪各行其道，不会动出普遍一致的定律来。大自然想必有神明的主宰，物质按他的规定运动。所以相信大自然的神明，是由累积的知识，进而成为信念，而这个信念，又经过合理的反证，好像不能推翻，只能肯定。相信大自然的神明，或神明的大自然，我觉得是合乎理性的，能说是迷信吗？

大自然的神明，或神明的大自然，按我国熟悉的称呼，就称“天”，老百姓称“老天爷”或“天老爷”，文雅些称“上天”、“天公”、“上苍”，名称不同，所指的实体都是相同的。

例如孔子曰：“天何言哉？四时行焉，百物生焉，天何言哉？”（《阳货十七》）“吾谁欺，欺天乎？”（《子罕第九》）“知我者，其天乎！”（《宪问十四》）“获罪于天，无所祷也。”（《八佾第三》）“天生德于予……”（《述而第七》）以上只是略举几个《论语》里的“天”，不就是指神明的大自然或大自然的神明吗？

有人因为《论语》樊迟问知，子曰：“敬鬼神而远之。”（《雍也第六》）就以为孔子对鬼神敬而远之。但孔子对鬼神并不敬而远之。《中庸》第十六章，子思转述孔子的话：“鬼神之为德，其盛矣乎！视之而弗见，听之而弗闻，体物而不可遗；使天下之人齐明盛服以承祭祀，洋洋乎如在其上，如在其左右。《诗》曰：‘神之格思，不可度思，矧可射思。’”又，《中庸》第一章：“莫见乎隐，莫显乎微，故君子慎其独也。”

《中庸》所记的话，我按注解解释如下。第十六章说："祭祀的时候，鬼神虽然看不见，听不见，万物都体现了神灵的存在；祭祀的时候，神灵就在你头顶上，就在你左右。"接着引用《诗经·大雅·抑》之篇："神来了呀，神是什么模样都无从想象，我们哪敢怠慢呀。"这几句诗，表达了对神的敬畏。

《中庸》第一章里说："最隐蔽的地方，最微小的事，最使你本相毕露；你以为独自一人的时候没人看见，就想放肆啦？小心呀！君子在独自一人的时候特别谨慎。"

读《论语》，可以看到孔子对每个门弟子都给予适当的答复。问同样的问题，从没有同样的回答。这是孔子因人施教。樊迟是个并不高明的弟子。他曾问孔子怎样种田，怎样种菜。孔子说他不如老农，不如老圃。接下说"小人哉，樊须也！"（《子路十三》）一次，樊迟问知（智）（《颜渊十二》），子曰："知人。"樊迟不懂，问这话什么意思？孔子解释了一通。他还是不懂，私下又把夫子的解释问子夏。他大概还是没懂，又一次问知，孔子曰："敬鬼神而远之。"这回他算是懂了吧，没再问。可是《论语》和《中庸》里所称的"鬼神"，肯定所指不同。《中庸》里的"鬼神"，能"敬而远之"吗？《中庸》和《论语》讲"鬼神"的话，显然是矛盾的。那么，我们相信哪一说呢？

孔子十九岁成家，二十岁生鲤，字伯鱼。伯鱼生伋，字子思。伯鱼先孔子死。据《史记·孔子世家》，伯鱼享年五十。那么，孔子已经七十岁了。而颜渊还死在他死以后，子路又死在颜渊之后，孔子享年七十三。他七十岁以后经历了那么多丧亡吗？而伯鱼几岁得子，没有记载。孔子去世时子思几岁，无从考证。反正孔子暮年丧伯鱼之后，子思是他惟一的孙儿。孔子能不教他吗？孔子想必爱重这个孙儿。他如果年岁已长，当然会跟着祖父学习。当时孔子的门弟子已有两位相当于助教的有若和曾参，称有子、曾子。子思师事曾参。如果他当时已有十五六岁，他是后辈，师事助教是理所当然。如果他还幼小，孔子一定把他托付给最信赖的弟子。

曾参显然是他最贴心的弟子。试看他们俩的谈话。孔子说："参乎！吾道一以贯之。"曾子曰："唯。"孔子走了，门人问曾子，夫子什么意思？曾子曰："夫子之道，忠恕而已矣。"(《里仁第四》)哪个门弟子能这么了解孔子呢？子思可能直接听到过祖父的教诲，也可能由曾参传授。

《论语》子贡曰："夫子之言性与天道，不可得而闻也"(《公冶长第五》)。这不过说明，孔子对有些重要的问题，不轻易和门弟子谈论。子思作《中庸》，第一章开宗明义就说："天命之谓性，率性之谓道。"这是孔子的大道理，也是他的心里话，如果不是贴心的弟子，是听不到的。子思怕祖父的心里话久而失传，所以作《中庸》。这是多么郑重的事，子思能违反祖父的心意而随意乱说吗？

"鬼神"二字，往往并称。但《中庸》所谓"鬼神"，从全篇文字和引用的诗，说的全是"神"。"洋洋乎如在其上，如在其左右"，就是《论语》"祭神如神在"的情景。所谓神，也就是《论语》里的天，也就是我所谓大自然的神明。加上子思在《中庸》里所说的话，就点染得更鲜明了。神是无所不在，无所不见，无所不知的。能"敬而远之"吗？神就在你身边，决计是躲不开的。

孔子每次答弟子的问题，总有针对性。樊迟该是喜欢谈神说鬼，就叫他“敬鬼神而远之”。这里所说的“鬼神”，是鬼魅，决不是神。我国的文字往往有两字并用而一虚一实的。“鬼神”往往并用。子思在《中庸》里用的“鬼神”，“鬼”是陪用，“鬼”虚而“神”实。“敬鬼神而远之”，“神”是陪用，“神”字虚而“鬼”字实（参看《管锥编》第一册《周易正义》二一《系辞》五，93—95页，三联书店2001年版）。鬼魅宜敬而远之。几个人相聚说鬼，鬼就来了。西方成语：“说到魔鬼，魔鬼就来。”我写的《遇仙记》就是记我在这方面的经验。

我早年怕鬼，全家数我最怕鬼，却又爱面子不肯流露。爸爸看透我，笑称我“活鬼”——即胆小鬼。小妹妹杨必护我，说绛姐只是最敏感。解放后，钱锺书和我带了女儿又回清华，住新林院，与堂姊保康同宅。院系调整后，一再迁居，迁入城里。不久我生病，三姐和小妹杨必特从上海来看我。杨必曾于解放前在清华任助教，住保康姐家。我解放后又回清华时，杨必特地通知保康姐，请她把清华几处众人说鬼的地方瞒着我，免我害怕。我既已迁居城里，杨必就一一告诉我了。我知道了非常惊奇。因为凡是我感到害怕的地方，就是传说有鬼的地方。例如从新林院寓所到温德先生家，要经过横搭在上沟上的一条石板。那里是日寇屠杀大批战士或老百姓的地方。一次晚饭后我有事要到温德先生家去。锺书已调进城里，参加翻译《毛选》工作，我又责令钱瑗早睡。我独自一人，怎么也不敢过那条石板。三次鼓足勇气想冲过去，却像遇到“鬼打墙”似的，感到前面大片黑气，阻我前行，只好退回家。平时我天黑后走过网球场旁的一条小路，总觉寒凛凛地害怕，据说道旁老树上曾吊死过人。据说苏州庙堂巷老家有几处我特别害怕，都是用人们说神说鬼的地方。

我相信看不见的东西未必不存在。城里人太多了,鬼已无处可留。农村常见鬼,乡人确多迷信,未必都可信。但看不见的,未必都子虚乌有。有人不信鬼(我爸爸就不信鬼),有人不怕鬼(锺书和钱瑗从来不怕鬼)。但是谁也不能证实人世间没有鬼。因为“没有”无从证实;证实“有”,倒好说。我本人只是怕鬼,并不敢断言自己害怕的是否实在,也许我只是迷信。但是我相信,我们不能因为看不见而断为不存在。这话该不属迷信吧?

有人说,我们的亲人,去世后不再回家,不就证明鬼是没有的吗?我认为,身后的事,无由得知,我的自问自答,只限于今生今世。

二　有关人的问题

有关人的问题，我不妨从最亲切、最贴身的“我”问起，就发现一连串平时没想到的问题。

“我”，当然不指我个人，“我”是一切人的代名词。如问“我”是谁？答“我”是人——人世间每个具体的人。每个具体的人，统称人。这是一个抽象的代名词。具体各别的人，数说不尽，我们只用一个抽象的“人”字，代表一切具体的人。我经常受到批判：“只有具体的人，没有抽象的人，单用一个‘人’字，是抹杀了人的阶级性。”抽象的代名词，当然不是具体的人，但每个自称“我”的人，都是具体的人，不同阶级，不同职业，不同区域，不同时代的一个个具体的人，都自称“我”，所以可以说：“我”是人——人世间每一个具体的人。

一　人有灵魂

我首先要说，人有灵魂。每个人都有一个身体，而身体具有生命，称灵魂。灵魂是看不见的，但身体有没有生命却显而易见。死尸和活人的区别看得出，摸得着。所以每个活着的人，有肉体，也具有生命。上文已经说过，人的生命不是草木、虫蚁的生命，也不是禽兽的生命，我们称一条人命或一个灵魂；名称不同而所指同是人的生命。下文我避免用"一条人命"而采用"一个灵魂",因为在我国文字里,"命"字有两重意义。生命(life)称命;命运(fate)也称命,例如"薄命""贫贱命""命大""生死有命"等。同一个字而所指不同,在思维的过程中容易引起混乱,导致错误。灵魂是否不灭,可以是问题;而活着的人都有生命或灵魂,是不成问题的。可以肯定说:人有两部分,一是看得见的身体,一是看不见的灵魂。这不是迷信,是不可否认的事实。

二 人有个性

人的体质不同,性情各别。古希腊医学家认为人的性情取决于这人身体里某种液体的过剩。人的个性分四种类型:多血的性情活泼,多痰的性情滞缓,多黄胆汁的易怒,多黑胆汁的忧郁。欧洲人一直沿用这种分类。我们所谓"个性",也称"性子",也称"脾气"。活泼的我们称外向,滞缓的我们称慢性子,易怒的称急性子或脾气躁,忧郁的称内向。不过这种分类,只是粗粗地归纳,没多大意义,因为每一种类型包含许多不同的性情呢。急性子有豪爽的,敏捷的,冒失的,也有粗暴的。慢性子有沉静的,稳重的,死板的,也有傻呆的。反正性情脾气各人各样,而且各种类型的区别,也不能一刀切。有人内向,同时又是慢性子或急性子。我只求说明:体质不同,性情各别。老话:一棵树上的叶子叶叶不同,人性之不同各如其面。按脑科专家的定论,各人的脑子,各不相同。常言道:一个人,一个性;十个人,十个性。即使是同胞双生,面貌很相似,性情却迥不相同。

个性是天生的，到老不变。有修养的人可以约束自己。可是天生的急性子不能约束成慢性子；慢性子也不能修养成急性子。婴儿初生，啼声里就带出他的个性。急性子哭声躁急，慢性子哭声悠缓。从生到死，个性不变。老话："从小看看，到老一半"；"江山易改，本性难移"；"七十二变，本性难变"。塞万提斯在他名著《堂吉诃德》里多次说：老话成语，是人类数千年智慧的结晶。韩非子说："古无虚谚。"（《管锥编》第一册下，716 页，三联书店 2001 年版）他们的话确是不错的。

我曾当过三年小学教员，专教初小一、二年级。我的学生都是穷人家孩子，很野，也很难管。我发现小学生像《太平广记》、《夷坚志》等神怪小说里的精怪，叫出他的名字，他就降伏了。如称"小朋友"，他觉得与他无关。所以我有必要记住每个学生的姓名。全班约四十人。我在排座位时自己画个座位图，记上各人的姓名。上第一堂课，记住第一批姓名。上第二堂课，记住第二批姓名。上第三堂课，全班的姓名都记熟。第一批记住的是最淘气或最乖、最可爱、最伶俐的，一般是个性最鲜明的。最聪明的孩子，往往在第二批里，因为聪明孩子较深沉，不外露。末一批里，个性最模糊，一时分不清谁是谁，往往是班上最混沌的。

我班上秩序最好。如有新来的教师管不了最低班，主任就央我换教低班，不照例随级上升。所以我记住姓名的学生很多很多。三年共六个学期，我教过三四班新生，从未见到个性相同的学生。

每个人天生有个性，个性一辈子不变，这是可以证实的。天地生人，人多得不可胜数。但所有的人指纹不同，笔迹不同，也是个性不同的旁证。

三　人有本性

1　本性的意义

人有本性,指全人类共有的本性,而且是全人类所特有的。猫有猫性,狗有狗性,牛有牛性,狼有狼性,人也该有人性。人性是全人类所共有,同时也是全人类所特有的。不分贫富尊卑、上智下愚,只要是人而不是禽兽,普遍都有同样的人性。

2　什么是人的本性?

(1)**“食色性也”**,不是指人的本性吗?用“色”字就显然指人而不指禽兽。因为禽兽称“发情”(性欲发动),不称“好色”。每个人都有肉体。有肉体就和其他动物同样有兽性。不过人的兽性和其他动物不一样。禽兽发情有季节,发情是为了繁育后代。人类好色是不分季节的,而且没个餍足。有三宫六院的帝王还自称“寡人好色”哩。禽兽掠食只求餍足,掠食是为了保全生命。人的食欲却不仅仅是图生存,还图享受。人不仅要吃饱,还讲究美食。孔子不是说“食不厌精,脍不厌细”吗(《乡党第十》)?食与色,人之大欲,但人之大欲,不仅仅是为了自身和后代的生存,还都图享受呢。

(2)**灵性良心**。禽兽的天性不仅有食欲、性欲。禽兽都有良知良能,连虫蚁也有,例如蚂蚁做窠、蜂酿蜜、鹊营巢、犬守门,且忠于主人。人当然也有良知良能,不输禽兽虫蚁,而超越禽兽虫蚁。

我国孔孟之道，主张人性本善。孟子说："人之所不学而能者，其良能也。所不虑而知者，其良知也。"注解说："良者，本然之善也。"就是说，不由人为，天生就是好的(《孟子·尽心》)。注解的解释，不如《孟子·告子》一章里讲得具体。孟子说：恻隐之心，羞恶之心，恭敬之心，是非之心，都是每个人都有的。人有恻隐、羞恶、恭敬、是非之心，就表示人有仁、义、礼、智等美德。这都不是外加的，而是原来就有的。接下来，孟子引《诗经·大雅·烝民》之篇："天生烝民，有物有则，民之秉彝，好是懿德。"孔子称赞这首诗："为此诗者，其知道乎？……民之秉彝也(就是说，这种美德是人性本来就有的)，故好是懿德(就是说，所以爱这种美德)。"《孟子》下文把恻隐之心、羞恶之心等等"仁义之心"称为"良心"。并着重指出，人性中原本有"良心"，如果不保住"良心"，而随它消失，"放其良心者……则其违禽兽不远矣。……"孔子曰："操则存，舍则亡。……"注：操之则在此，舍之则失去。

从孔子、孟子的理论里，我们可以看到，人类不仅有良知良能，而且超越禽兽，还有良心。良心就是恻隐之心、羞恶之心等等仁义之心。人性中天生有仁义礼智等道德心，称良心。如果不能保住良心，随它消失，就和禽兽一样了。(荀子认为人性本恶，这里暂且不谈，留待下文。)

西方人把"良知良能"称"本能"或"本性"或"天性"，而"良心"亦称"道德心"。就是说，每个人天生懂得是非、善恶等道德价值或标准，而在良心的督促下，很自然地追求真理，追求完善，努力按照良心上的道德标准为人行事。假如该做的不做，或做了不该做的事，就受到良心的谴责，内疚负愧（参见西方辞典上instinct 和 conscience 条）。我嫌这一堆解释太啰嗦，试图用一个融合中外而明白易晓的词儿，概括以上一大堆解释。禽兽都有良知良能。人的良知良能与禽兽不同而超越禽兽，我就称为“灵性、良心”。“灵性”，是识别是非、善恶、美丑等道德标准的本能；“良心”是鼓动并督促为人行事都遵守上述道德标准的道德心。“灵性良心”是并存的，结合“知”与“行”两者。

下文我就使用“灵性良心”来代表人的良知良能了，并且也不用引号了。这是人所共有而又是人所特有的本性。凡是人，不论贫富尊卑、上智下愚，都有灵性良心。贫贱的人，道德品质绝不输富贵的人。愚笨的人也不输聪明人，他们同样识得是非，懂得好歹。我认识好几个一介不取于人而对钱财十分淡漠的人，他们都是极贫极贱，毫无学识的人。昧了良心，为名为利而为非作歹的，聪明人倒比愚人多。务农的人往往比经商的老实。据农村的人说，山里人最浑朴善良。乡里人和山里人，并未受到特殊的教育，只是本性未受污损。他们认为人愈奸，心愈黑，愈得意发财。当然这也不能一概而论，但不分贫贱尊卑、上智下愚，都有灵性良心是肯定的。我不妨从亲身经历中，拈出一两个实例。

我家曾收留过弱智低能的一男一女，都和我家门房同乡，都没有名字。我妈妈为男的取名阿福，我们姊妹为女的取名阿灵。阿福大约十四五岁，模样只像八九岁的儿童。他得了好的东西都要留给他娘，我妈妈总说阿福有良心。门房有一整套小型木匠用具。阿福并没人教，却会找些木板，锯呀、刨呀，把木板制成各式匣子，比猴子灵得多。后来他攒了钱被人骗走，离了我家，后悔不及，得了神经病，正也证明他是有灵性良心的。阿灵比阿福笨得多，数数只能数到二。她睡觉压死了自己的头胎儿子，气得她的公婆、丈夫见了她就毒打。她自己觉得挨打是活该，毫无怨尤。家务事她啥也不会，我家女佣们一件件教她，她乖乖地学，渐渐能从二数到五、六、七，家务事也学会不少。一两年后，她丈夫来接她回去，她欢天喜地，跟着回家了。如果是畜类，看见毒打它的人，不会欢天喜地。她是有灵性良心的。阿福、阿灵都是下愚中的下愚，但毕竟是人，不是畜类。这两个实例，只说明下愚的下愚，也有人性。阿灵比阿福笨，已接近畜类，比聪明的猫狗还不如，但他们毕竟是人。有很多聪明的父母，会生下全无智力的痴呆儿女；很聪明的姊妹兄弟间，会夹杂一个痴呆。这是父母最揪心的事。我认识好几个有痴呆子女的妈妈。社会上有专收养痴呆的机构。有一个生了痴呆儿子的妈妈告诉我："送他到那里去，他也依依不舍地挨着我，不愿离开妈妈。可是他会把自己的大便送进嘴里吃，我实在看不过，只好硬硬心把他送走。"另一个生了痴呆儿子的妈妈，不忍把痴呆儿子送入专管痴呆的地方，只把他寄养在乡间亲戚家，也有留在家里的。这种孩子一般只能活到八岁或十一岁左右，便夭折了。父母看他们活着也伤心，死也伤心，因为毕竟是自己生的儿女啊。但他们虽具人形，却是没有长成的人，相当于未成品，不能指望他们有灵性了。其中也有长大成人的，我曾见过两人，但不是朝夕相处，不熟悉。看来他们和阿福、阿灵相似，都善良，和家人亲善，对外人也无恶意，也有或多或少的智力。在人与畜类的分界线上，得容许有些许混淆不分处吧？

我们也常说猫狗等畜类有灵性、有良心。但畜类的灵性，总和它本性相属,也受它本性的限制。我见过一只特灵的狗,是我上大学时期一位教师的伴侣。它只要听到主人一声口哨,立即奔向主人。一次这位教师和同事十来个人一起出差,刚离开苏州,就得急病死了。这只狗当夜长嚎,凄厉如哭。大家说这是狗哭呀,会死人的。当时这位教师去世的消息还没传到呢。狗连夜哭,滴水不入口,没几天就饿死了。大家诧异说:这狗是不是知道主人死了呢?这狗真忠心呀!但忠于主人是狗的本性,俗称"犬马之忠"。犬马救主的传说不少,某地还有一座"义犬冢"呢,笔记小说上都有记载。但是为狗立冢的是人,不是狗;称扬"犬马之忠"的也是人,不是狗。狗嗅觉灵敏远胜于人,能做人类所不能的事,但狗只是人所豢养、人所使用的牲畜。

我们会诧异某人毫无良心,说:"这家伙的良心给狼吃了!"小时候,妈妈会责骂我们孩子"没灵性!青肚皮猢狲!"这都说明,有灵性有良心是人所特有而且普遍共有的本性。凡是人,除了未成人的痴呆,虽属下愚,也都有这点本性。

3　每个人具有双重本性

人是灵魂与肉体的结合,灵与肉各有各的本性。"食色性也"是人的本性,灵性良心也是人的本性。这两重本性是矛盾的,不相容的。我们可以从日常生活中看到这两种不相容的本性。

初生的婴儿只要吃足奶,拉了屎,撒了尿,换上干净的尿布,就很满足地躺在床铺上,啃着自己的拳头或脚趾,自说自讲,或和旁边的亲人有说有讲,尽管说的话谁也不懂,婴儿纯是一团和爱。初生的婴儿还不会笑,但梦里会笑,法国人称"天使的微笑”，做妈妈的多半见过，是无法形容的宁静甜美。以后婴儿能笑了，但不能笑出“天使的微笑”了。不过婴儿的笑总是可爱又令人快乐的。婴儿渐渐长大，能听懂大人的赞许，也会划手划脚表示欢欣；假如听到大人责骂，也会哭，或忍住不哭，嘴巴瘪呀瘪地表示委屈或无奈。一岁左右，都懂事了，不会说也会嗯嗯地比着指着示意。会说话了，会叫爸爸妈妈等亲人了，这时什么都懂，什么都学。小娃娃最令人感到他有灵性良心。他知好歹，识是非，要好。他们还没有代表个人意识的“自我”（self）。小娃娃都不会自称“我”。大人怎么称呼他，如“宝宝”“娃娃”“毛毛”“臭臭”之类，他们知道指的就是他们，就自称“宝宝”“娃娃”“毛毛”“臭臭”，还要加上一个“乖”；尽管“乖”字还不会说，咬着舌子也要自称“乖”。我认识亲友家不知多少“乖宝宝”或“乖毛毛”等娃娃呢。有人说，要好不是天性，是妈妈教的。小娃娃怎么教呀？无非说：孩子要乖啊，要听话啊。他们觉得这就是好。小娃娃都要求好，长大了才懂得犟，长大了才有逆反心理呢。天真未凿的婴儿，是所谓“赤子”——“大人者，不失其赤子之心者也”的“赤子”。婴儿都是善良的。有凶恶的婴儿吗？只有爱哭爱闹而惹人烦心的娃娃。那是因为身体不舒服。婴儿没有凶恶的。但婴儿期很短，赤子之心很快就会消失。

小孩子渐渐成长，渐渐不乖，随着身体的发育，个性也增强，食欲也增强。孩子到了能吃糕饼的时期，就嘴馋，爱吃的东西吃个没完。个性和善的，还肯听大人的劝阻，倔强的，会哭哭闹闹争食。父母出于爱怜，往往纵容。孩子吃伤了，肚子疼了，就得吃苦药。生病吃药都是苦恼的，聪明孩子或乖孩子会记住，就肯听话克制自己。食欲强而任性的孩子，就得大人把好吃的东西藏起来。一般孩子，越大越贪吃，越大越自私，甚至只要自己吃，不让别人吃。但两岁三岁，还是孩子最可爱的时期，四岁五岁就开始讨厌了。我们家乡有几句老话："三克气（可爱），四有趣，五讨厌，六滞气（可厌），七岁八岁饶两年——或七岁八岁，猫也讨厌，狗也讨厌。"说的是虚岁。每个地方，都有类似的老话，因为这是普遍的情况，孩子越大越讨厌。为什么呢？

孩子的身体渐渐发育，虽然远未成熟，已能独立行动，能跑、能跳、能奔、能蹦。这个时期，孩子的"自我"冒出来了。孩子开始不乖的时候，还觉得自己应该乖；人家说他不乖，还觉得没趣或心虚。可是刚冒出头的"我"，自我感觉良好，一心只想突出自己。"人来疯"不就是要招人注意吗？

孩子好争强，爱卖弄，会吹牛，会撒谎。孩子贪吃争食，还会抢，还会偷，还会打骂吵架，欺负弱小。

孩子五六岁，早熟的，性欲也在觉醒。欲念愈多，身体的兽性愈强。西方人说，人有七大罪恶：骄傲、贪婪、淫邪、愤怒、贪食、嫉妒、懒惰。这七种罪恶，也包含了佛家所谓贪、嗔、痴。这种种罪恶，都植根于人的血肉之躯。孩子开始有"我"，各种罪恶都渐渐露出苗头来。

自高自大，争强好胜，就导致骄傲。要这要那，不论吃的、穿的、用的都要，就是贪婪。淫邪也就是佛家所谓"六欲"，指容色、体态的娇美，巧言娇笑的姿媚，以及皮肤细腻柔滑等所挑逗的情欲。传说小和尚随老和尚第一次下山，看见了女人，问这是什么东西。老和尚说，这是老虎，要吃人的。但小和尚上山后，别的不想，只想老虎。"沙弥思老虎"就是现成的例子。欲望受阻，不就激发恼怒或愤恨吗？贪吃不用说，哪个健康的孩子不贪吃呢？嫉妒也是常情，我不如人，我就嫉妒他。懒惰也是天生的，勤快需自己努力，一放松就懒了。

每一种罪恶都引发另一种或多种罪恶。譬如我骄傲，就容不得别人比我强；我胜不过他，就嫉妒他。嫉妒人，妒火中烧，自己也不好受。一旦看到我嫉妒的人遭遇不幸，不免幸灾乐祸。妒引起恨，恨他就想害他，要害人就不择手段了。这样一连串地由一个恶念会产生种种恶念。例如贪吃贪懒，就饱暖思淫。这时期的孩子，可说“众恶皆备于我矣”。

这里就要谈谈荀子“性恶论”。荀子认为人性本恶，善者伪也。据荀子《性恶》：“不可学，不可事而在人者，谓之性。可学而能，可事而成之在人者，谓之伪。”第一句说明“性”不是学来的，而是天生的。这话正可解释婴儿有灵性良心是婴儿的本性，是天生的。第二句说明：人能学，也能学好；这就是伪。“伪”指人为，不是虚伪。荀子认为人性本恶，要努力学好，才成好人。这确也是实情。但是人之初，性本善；人的劣根性是婴儿失去赤子之心以后，身体里的劣根性渐渐发展出来的。他说人性本恶，是忽略了人的婴儿阶段。忽略了最初的婴儿阶段，就否定了人的本性，也否定了他自己肯定的“不可学，不可事而在人者，谓之性”（这就是说，性是天生的）。“本性难移”是我们已经肯定的。如果本性恶，就改不好。人原先本性是好的，劣根性发展后变坏了，经过努力，还能改好。如本性是恶的，就改不好了。

我曾读到一则真实的记事。某英国人驯养了一头小老虎。老虎养大了，仍像猫狗似的跟在身边，和他很亲昵。一次，他睡熟了，老虎在旁舔他的手，表示亲爱。舔着舔着，舔出血来了老虎舔到血腥，本性发作，把他的手咬来吃了。“本性难移”是不错的。能由人力改造自己,也说明人性本善,才改得好。荀子性恶之说是不全面的,有缺点的。但他说"善者伪也",还得承认,人性本善,才学得好;否则荀子也难于自圆其说了。

一般五六岁的孩子都上幼儿班了。在家有家长管教,在学校由老师管教,同学间也互相竞赛、互相督促、勉励。在家娇惯的孩子,在学校就争取做好学生了。孩子到了九岁、十岁,渐渐会改好。

小孩子自己也会管自己。例如小孩子怕吃苦药、怕打针。可是他们很有灵性,也懂道理。如果给他们讲明得吃药、得打针的道理,有的孩子就能吃苦药,也能忍痛,尽管噙着眼泪,撇着小嘴要哭,也能在大人的鼓励下,说"不苦""不痛"或"不怕"。有的小孩尽管事先和他讲明道理,事到临头,就哭闹着不肯承受了,得大人捉住胳臂打针,捏着鼻子灌药。因为个性不同,而孩子的克制功夫也强弱不同。

孩子接受家里的管教,接受学校里师长同学的熏陶,再加自己有灵性良心,能管制自己,以前在纵容下养成的种种劣根性,会有所改善。如果顽劣不受管教,或亲人一味纵容,这孩子会变成坏孩子。坏孩子多半是十六七岁的未成年人。他们先是逃学,结交坏朋友,结成一伙,殴斗闯祸,无所不为,成了不受管教的坏孩子。这就是所谓"性相近也,习相远也"。不管不教,纵容放任,使未成年的苗子成了坏人。如果他憬然觉悟,仍然可以成为好人;而迷途知返,会比一般唯唯诺诺的人更好,所谓"浪子回头金不换"。西方人也说:浪子回家,该宰了肥牛款待。这是人的灵性良心,战胜了一己的私欲。

人,一方面有灵性良心,一方面又有个血肉之躯。灵性良心属于灵，“食色性也”属于肉，灵与肉是不和谐的。

不和谐的两方，必然引起矛盾。有矛盾必有斗争，有斗争必有胜负。胜者或是消灭对方，或是制服对方，又形成统一。斗争可以不断，但矛盾必求统一。统一之后的“我”，又成了什么面貌呢？这不是三言两语所能说明的。怎么斗，怎么统一，都值得另立专题，仔细探讨。

三　灵与肉的斗争和统一

一　灵与肉既有矛盾，必有斗争；经过斗争，必有统一

1　斗争的双方

观察灵与肉的斗争，首先当分清双方阵容。

(1)一方面是肉体

肉体方面，我们往往只说“食色性也”，而忘了身躯的顶端，还有一个脑袋呢！这颗脑袋是身躯的重要部分，不容忽视。要明了人性内部的灵肉之争，就得对这部分躯体，有点儿基本的科学知识。

我们向来以为心是管思想的，我国一切有关思想的字，都带一个“心”字。“心之官则思”。其实心脏只管身体的血液循环，管肺部的呼吸。左右上下四个心室，哪一室都不管思想。古埃及人也以为思想的是心，所以他们在保存尸体的时候，首先把生前无用而死后易腐的脑子挖掉。木乃伊是没有脑子的。古希腊人把思维归属头脑，把感情归属心，对了一半，错了一半。思想、感情、记忆、判断等，都靠脑子。脑子是一个非常精致而复杂的

器官。

以下是撮述有名的美国《国家地理杂志》(*National Geographic*)二〇〇五年三月期里专论大脑的一节。我称基本知识，因为都是权威专家的定论了。

胎儿在母体四个星期后，母体每分钟产生五十万脑细胞。几星期后，脑细胞都聚集胎儿头部，三个月到六个月期间，脑细胞开始长出触须。一秒钟长两百万。触须互相联系成网络。胎儿不需要那么多脑细胞，所以胎儿出生前数星期间，过剩的脑细胞就按达尔文"适者生存"的规律淘汰了。胎儿出生时，对妈妈的声音已听惯了。胎儿在羊水里吸取妈妈的营养，所以对妈妈的口味也熟悉。各种感官，在大脑上各有划定的区域，各有名称。发明这一区界线的是哪位权威专家，他(她)的名字就是这一专区的名字。假如专管视觉的脑区有病——例如生了肿瘤，眼科医生在脑部动手术，只能在专管眼神经的区域动手术。如稍一不慎，侵入邻区，就把邻区所主管的器官损坏了。五官中发育最晚的是视觉。但胎儿出生两天后就认识妈妈。以后十八个月里，婴儿的头脑，好比浸泡在种种感觉里，从中汲取知识。一岁半的孩子，什么都学，什么都懂，是最可爱也最有趣的时期。

婴儿没有自我。他们的自我还没有产生呢。"自我"的意识，是在前额延伸至两耳的大脑皮层产生的。但"自我"在脑子里没有独自的领域，只在各种感觉的交流中逐渐形成，而且要在两岁以后才开始发展。发展的时期各人不同，都是逐渐成熟的。

记忆的细胞深藏在大脑的"海马区"(hippo-campus)内。这个"海马区"，在婴儿四岁时才成熟。所以婴儿四岁才记事。但早年的事也不是全不记得。大脑深处另有一个核状体(amygdala),在婴儿刚出生就起作用,能感受强烈的感情。婴儿出生后如果受到感情强烈的刺激,以后会在不知不觉中影响这孩子的感情和行为。

孩子在逐渐成长的过程中,脑子各区的生长发育各各不同。青春期之前,脑子的灰白质又会有突然的增长。成熟最晚的是前额的大脑皮层,人到二十五岁才算成熟。这个部分,决定我们的选择去取,策划未来,管制行为。这就是说,人的智力,要到二十五岁才开始成熟。

脑子成熟以后还在生长,还在改造,还能重组头脑。人生一世间,头脑直在不断地改造,老人的头脑也直在推陈出新。

以上种种专家的定论,和我们实际生活里能观察到的情况,都不谋而合。例如婴儿不自称"我",一岁半最有趣懂事,三四岁起开始有"我"(自我意识)等等。

脑子是感觉的中枢,脑科专家比作电脑的因特网。肉体各种感官感受到的种种感觉,形成各种情感和或强或弱的智力。强烈的情感,无论是喜、怒、哀、乐、爱、恶、惧七情中的哪一种,都要求满足或发泄,都和食、色一样不能压抑。而头脑里的智力,即使是开始成熟的智力,也不是人性中的灵性良心。头脑里的智力,首先是回护肉体。智力和感情同在一个躯体之内,是一帮的,总回护自己的感情,替感情想出种种歪理。有修养的人,能喜怒不形于色。但不形于色,未必喜怒不影响他的判断选择。要等感情得到了相当的满足或发泄,平静下来,智力才不受感情的驱使。

(2)另一方面是灵性良心

灵性良心是人的本性,不依仗本性以外的任何支持。灵性良心不争不斗，只是屹立不动。灵性良心如日月之光，暂时会被云雾遮没，云消雾散之后，依然光明澄澈。肉的力量很强大，而灵的力量也不弱。

(3)在灵与肉的斗争中，灵魂在哪一面？

我最初认为灵魂当然在灵的一面。可是仔细思考之后，很惊讶地发现，灵魂原来在肉的一面。

每个人具有一个附有灵魂的肉体。没有灵魂，肉体是死尸。死尸没有欲念，活人才要这要那。死尸没有知觉，没有感情，没有智力。死尸不会享受，压根儿不会斗争。灵魂附上肉体，结合为一，和肉体一同感受，一同有欲念，一同享受，一同放纵。除非像柏拉图对真正的哲学家所要求的那样，灵魂能“凝静自守，处于死的状态”，才不受肉体的干扰。但是活着的人，谁能让灵魂处于死的状态呢？我们的灵魂和肉体贴合成一体，拧成一股，拆不开，割不断。一旦分开，人就死了。灵魂要脱离肉体，那个肉体想必不好受。英国十八世纪的约翰生博士是最通达人情的。他说得妙：这么多的诗人文人作诗写文章表示死并不可怕，正好说明死是可怕的。我们得承认灵魂和肉体是难分难舍的一体。在灵与肉的斗争中，灵魂和肉体是一伙，自称“我”。灵性良心是斗争的对方，是“我”的敌对面。

灵魂虽然带上一个“灵”字，并不灵，只是一条人命罢了。在灵与肉的斗争中，灵魂显然是在肉体的一面。这是肯定又肯定的。

2　灵与肉怎样斗

肉体的一面自称“我”。这个“我”，有无穷的欲念，要吃好的，要喝好的，要讲究衣着，要居处舒适，要游玩嬉戏，要恋爱，又喜新厌旧，要恣意享受，纵情逞欲，没个餍足。人的灵性良心却时时刻刻在管制自己的肉体，不该要这要那，不该纵欲放肆，这事不该做，那事不合适。“我”如果听受管制，就超越了原先的“我”而成了另一个“我”。原先的“我”是代表肉体的“我”，称“小我”。超越了肉体的“我”称“大我”或“超我”。这个“大我”或“超我”就是斗争统一以后的另一个面貌。

从前《伦理学》或哲学教科书上都有“小我”、“大我”之称。据十九世纪八九十年代的心理哲学家弗洛伊德（Sigmund Freud，1856—1939）的学识，人的心理结构分为三个部分：“本我”、“自我”和“超我”。“本我”是生理的、本能的、无意识的东西，缺乏逻辑性，只是追求满足，无视社会价值。这个“我”，恰恰相当于上文的“小我”。“自我”是理性的，通达事理的，与激情的“本我”相对，是可以控制的。“超我”负有监督“本我”的使命，有道德良心、负罪感，具有自我观察、为自我规划理想的功能。这第二、第三个“我”，恰恰就是我所说的听受灵性良心管制的“我”，也就是上文所称“大我”或“超我”（参看《弗洛伊德的智慧》第一章，1页，中国电影出版社2005年版）。

弗洛伊德的分析是专门之学，我这里只用来解释我们通用的“大我”、“小我”，同时也证明我采用“灵性良心”之称，和他的理论正也合拍。下文我仍用“小我”、“大我”或“超我”，免得弗洛伊德所使用的许多名称，干扰本文的思路。

孔子曰“已矣乎，吾未见能见其过而内自讼者也”（《公冶长第五》）。“内自讼”就是灵与肉的斗争，通常称“天人交战”，也就是“小我”与“大我”的斗争。斗争在内心，当着孔夫子，当然不敢暴露了。

我倒是有缘见过一瞥。一九三八年,我自海外来到上海的“孤岛”,我的两个女友邀我同上馆子吃晚饭。我们下了公交车还要跨越四马路,恰逢“野鸡”拉客。一个个浓施脂粉的“野鸡”由鸨母押着在马路边上拉客。穿长衫或西装的她们不拉,只喊“来嘘! 嘘!”有的过客不待拉,看中一个“野鸡”,跟着就走。我看见一个穿粗布短褂的小伙子,一望而知是初到上海的乡下佬。“野鸡”和老鸨拉住死拽。我看见那小伙子在“天人交战”。他忽也看见我在看他,脸上露出尴尬的似笑非笑。当时我被两位女友挟持着急急前行,只看到那一瞥,不过我已拿定那小伙子的灵性良心是输定了。

二　灵与肉的统一

肉体的欲望,和人性里的灵性良心是不一致的。同在一个躯体之内,矛盾不得解决,会导致精神分裂。矛盾必然要求统一。如果是计较个人的利害得失,就需要反复考虑,仔细斟酌。如果只是欲念的克制,斗争可以反复,但往往是比较快速的。如果是一时一事,斗争的结果或是东风压倒西风,或西风压倒东风。每个人一辈子的行为,并不是一贯的。旁人对他的认识,也总是不全面的。尽管看到了他的一生,各人所见也各不相同。不过灵与肉的斗争,也略有常规。灵性良心不能压倒血肉之躯,只能适度让步。灵性良心完全占上风的不多。血肉之躯吞没灵性良心,倒也不少。而最常见的,是不同程度的妥协。

1 灵性良心占上风

灵性良心人人都有。经常凭灵性良心来克制自己，就是修养。这是一种功力，在修炼中逐渐增强，逐渐坚定。灵性良心占上风是能做到的；灵性良心完全消灭肉欲，可说办不到。我见过两位与众不同的修士，他们是职业修士，衣、食、住都现成，如果是普通老百姓，要养家糊口，教育儿女，赡养父母，就不能专心一意地修行了。

我偶在报上看到一则报道（2006 年 10 月 18 日《文汇报》），说上海徐汇商业区有一栋写字楼，原先是上海最大的天文台。我立即记起徐汇区天文台的创始人劳神父（Père Robert）。徐汇区天文台是马相伯领导下，由劳神父创办的小天文台扩大的。原先那个小天文台，只怕见过的没几个人了。那是一座简陋的小洋房，上面虚架着一间小屋，由露天的一架梯子和一条扶手通连上下。架空的小屋里有一架望远镜，可观察天体。劳神父每夜在那里观看天象。楼下是物理实验室，因为劳神父是物理学家。他的职业是徐家汇圣母院的驻堂神父，业余研究物理，曾有多种发明，如外白渡桥顶的气球，每日中午十二点准时升起，准确无误，相当于旧时北京正午十二时放的"午时炮"。劳神父日日夜夜工作，使我想起有道行的和尚，吃个半饥不饱，晚上从不放倒头睡觉，只在蒲团上打坐。不过，劳神父是日夜工作。我在启明上学时，大姐姐带我去看劳神父，他就和我讲有趣的故事，大概这就是他的休息。在我心目中，他是克制肉欲，顺从灵性良心的模范人物。上海至今还有一条纪念他的劳神父路。

还有一位是修女礼姆姆，我在启明上学时的校长姆姆。教会也是官场。她没有后台,当了二十多年校长,暮年给一位有后台的修女挤出校长办公室,成了一名打杂的劳务工。她驯顺勤谨地干活儿,除了晚上规定的睡眠,一辈子没闲过,直到她倒地死去。她的尸体,由人抬放床上,等待装入棺材。她死了好半天,那颗心脏休闲了一下,忽又跳动起来。她立即起身下床工作,好像没死过一样。她又照常工作了好多天,不记得是十几天或几十天后,又倒地死了。这回没有再活过来。

这两位修士,可说是灵性良心占上风,克制了肉欲。但他们是职业修士。在我们普通人之间,道高德劭,能克己为人的也不少,很多默默无闻的人都做到了克制“小我”而让灵性良心占上风。尽管他们达不到十全十美,人毕竟是血肉之躯,带些缺点,更富有人情味吧。只要能认识自己的缺点,不自欺欺人,就很了不起了。

2　灵性良心被弃置不顾

修养不足就容易受物欲的引诱,名利心重就顾不到灵性良心了。我们这个人世原是个名利场,是争名夺利、争权夺位的战场。不是说吗,一部二十四史只是一部战争史。争城、争地、争石油、争财富,哪一时、哪一处不是争夺呢?官场当然是战场,商场也是战场,国际间更是赤裸裸的战场。战场上就是你死我活的打仗了。打仗讲究的是兵法。兵不厌诈。愈奸愈诈,愈能出奇制胜。哪个迂夫子在战场上讲仁义道德,只好安于“君子固穷”了。战场上,进攻自卫都忙得措手不及,哪有闲暇讲究是非、曲直、善恶、公正呢?灵性良心都一笔抹杀了。

我九岁家居上海时,贴邻是江苏某督军的小公馆,全弄堂的房子都是他家出租的。他家正在近旁花园里兴建新居。这位督军晚年吃素念佛,每天高唱南无阿弥陀佛。我隔窗看得见他身披袈裟,一面号佛,一面跪拜。老人不停地下跪又起身,起身又下跪,十分吃力。他声音悲怆,我听了很可怜他。该是他在人间的"战场上"造孽多端,当年把灵性良心撇开不顾,垂老又良心发现了。

我十二岁迁居苏州。近邻有个无恶不作的猪仔议员。常言:"好事不出门,恶事传千里。"他怎样不择手段,巧取豪夺,同巷人家都知道。他晚年也良心发现,也信佛忏悔,被一个和尚骗去大量钱财。这种人,为一身的享受,肯定把灵性良心弃置不顾了,但灵性良心是压不灭的。

也有一种人,自我膨胀,吞没了灵性良心。有一句至今还流行的俏皮话:"墨索里尼永远是正确的,尤其是他错误的时候。"他的自我无限膨胀,灵性良心全给压抑了。希特勒大规模屠杀犹太人,已是灭绝天良。只有极权独裁的魔君,才能这般骄横。他们失败自杀的时候,不知他们的灵性良心会不会再现。

曹操因怀疑而杀了故人吕伯奢一家八口,不由得感到凄怆。但他自有歪理:"宁我负人,毋人负我。"这两句名言,出自几部正史。曹操也确是这样待人的。他的《短歌行》末首:"山不厌高,水不厌深,周公吐哺,天下归心。"流露了他的帝皇思想。虽然他一辈子只是挟天子以令诸侯,没自己称帝,他显然野心极高,要天下人都归心于他呢。而他又心地狭隘,只容得一个自己,谁碍着他的道儿,就该杀。他杀了多少有才华、有识见的人啊!难怪他为了这两句话,被人称为奸雄。西方成语"说到魔鬼,魔鬼就到";我国成语"说到曹操,曹操就到"。曹操竟和魔鬼并称了。他临死的遗命是矛盾的。他先要把身边那许多侍妾嫁掉,后来又要她们殉葬。他始终没让灵性良心克制他的私心。

3 灵与肉的妥协

所谓妥协,需要解释。因为灵性良心既然不争不斗,屹立不动,灵性良心是不妥协的。妥协的是代表肉体和灵魂的“我”。不断斗争是要求彻底消灭对方。可是“彻底”是做不到的。斗争的双方都做不到。灵性良心不能彻底消灭,“我”的私心也不能彻底消灭。就连只有显微镜才能看到的细微的病菌,哪一种病菌能彻底消灭呀?人情好逸恶劳,斗来斗去,疲倦了,就想歇歇了。而人之常情又不肯认输。倦怠了,就对自己说:“行了,可以了。”于是停止了战斗而对自己放松了。我们往往说:“世上还是好人多。”这就是说,大凶大恶只是少数,完美的圣人也只是极少数的。处于中间地位的大多数,虽然不是圣人,也算是好人了,其实他们只是对自己不够明智,不自觉地宽容了自己,都自以为已经克制了“小我”,超脱了私心,不必再为难自己,可以心安理得了。其实他们远没有达到这个境界,只是不同程度的自欺欺人。自欺不是故意,只是自知之明不足,没看透自己。

我偶读传记,读到一位科学家,一生淡泊名利,孜孜矻矻钻研他的专业,他也称得“躬行君子”了。他暮年听说他的同学得了诺贝尔奖金,怅然自失,可见他求的不仅仅是学识,还有点名利思想吧?还有一位爱国爱人的军官,视士兵如家人子弟,自奉菲薄而待人宽厚,他也是人人称道的英雄了。忽一天他听说他的同僚升任大元帅了,他怅然自失。可见他还未超脱对名位的企慕。他们称得上是有修养的人了,可是多少人能修养得完全超脱“我”的私心呢？多少人能看透自己呢？认识自己，岂是容易！

照镜子可以照见自己的相貌。如果这人的脸是歪的，天天照镜子，看惯了，就不觉得歪了。丑人照镜子，总看不到自己多么丑，只看到别人所看不到的美。自命潇洒的“帅哥”，照不见他本相的浮滑或鄙俗。因为我们镜子里的“镜中人”，总是自己心目中的“意中人”，并不是自己的真面目。面貌尚且如此，何况人的品性呢！每个人自负为怎样的人，就以为自己是这样的人。每个人都不同程度地自欺欺人，这就是所谓“妥协”。

孔子常常说：“不患人之不己知，患不知人也。”我还要进一步说，患不自知也。

三　灵与肉的斗争中，谁做主？

每个人如回顾自己一生的经历，会看到某事错了，某事是不该的。但当时或是出于私心，或是出于无知，或虚荣，或骄矜等等，于是做了不该做的事，或该做的没做，犯了种种错误。而事情已成过去。灵性良心事后负疚抱愧，已追悔莫及。当时却是不由自主。

我曾读过柏格森（Henri Bergson，1859—1941）的《时间与自由意志》（*Time and Free Will*）。读时想必半懂不懂，所以全书的内容和结论全都忘了，只记得一句时常萦回心头的话：人在当时处境中，像漩涡中的一片落叶或枯草，身不由己。

不错啊，人做得了主吗？

四　命与天命

一　人生有命

神明的大自然，对每个人都平等。不论贫富尊卑、上智下愚，都有灵魂，都有个性，都有人性。但是每个人的出身和遭遇、天赋的资质才能，却远不平等。有富贵的，有贫贱的，有天才，有低能，有美人，有丑八怪。凭什么呢？人各有“命”。“命”是全不讲理的。孔子曾慨叹：“命矣夫！斯人也而有斯疾也！斯人也而有斯疾也！”（《雍也第六》）是命，就犟不过。所以只好认命。“不知命，无以为君子也。”（《尧曰二十》）曾国藩顶讲实际，据说他不信天，信命。许多人辛勤一世，总是不得意，老来叹口气说：“服服命吧。”

我爸爸不信命，我家从不算命。我上大学二年级的暑假，特地到上海报考转学清华，准考证已领到，正准备转学考试。不料我大弟由肺结核忽转为急性脑膜炎，高烧七八天后，半夜去世了。全家都起来了没再睡。正逢酷暑，天亮就入殓。我那天够紧张的。我妈妈因我大姐姐是教徒，入殓奉行的一套迷信规矩，都托付了我。有部分在大弟病中就办了。我负责一一照办，直到盖上棺材。丧事自有家人管，不到一天全办完了。

下午，我浴后到后园乘凉，后园只有二姑妈和一个弟弟、两个妹妹，（爸爸妈妈都在屋里没出来）忽听得墙外有个弹弦子的走过，这是苏州有名的算命瞎子“梆冈冈”。因为他弹的弦子是这个声调，“梆冈冈”就成了他的名字。不记得是弟弟还是七妹妹建议叫瞎子进来算个命，想借此安慰妈妈。二姑妈懂得怎样算命，她常住我们家，知道每个人的“八字”。她也同意了。我们就叫女佣开了后门把瞎子引进园来。

瞎子一手抱着弦子，由女佣拉着他的手杖引进园来，他坐定后，问我们算啥。我们说“问病”。二姑妈报了大弟的“八字”。瞎子掐指一算，摇头说：“好不了，天克地冲。”我们怀疑瞎子知道我家有丧事，因为那天大门口搭着丧棚呢。其实，我家的前门、后门之间，有五亩地的距离，瞎子无从知道。可是我们肯定瞎子是知道的，所以一说就对。我们要考考他。我们的三姐两年前生的第一个孩子是男孩，不到百日就夭折了。他的“八字”二姑妈也知道。我们就请瞎子算这死孩子的命。瞎子掐指一算，勃然大怒，发作道：“你们家怎么回事，拿人家‘寻开心’（苏州话，指开玩笑）的吗！这个孩子有命无数，早死了！”瞎子气得脸都青了。我和弟弟妹妹很抱歉，又请他算了爸爸、妈妈、弟弟和三姊姊的命——其他姐妹都是未出阁的小姐，不兴得算命。瞎子虽然只略说几句，都很准。他赚了好多钱，满意而去。我第一次见识了算命。我们把算命瞎子的话报告了妈妈，妈妈听了也得到些安慰。那天正是清华转学考试的第一天，我恰恰错过。我一心要做清华本科生，末一个机会又错过了，也算是命吧？不过我只信“梆冈冈”会算，并不是对每个算命的都信。而且既是命中注定，算不算都一样，很不必事先去算。

我和钱锺书结婚前，钱家要我的“八字”。爸爸说：“从前男女不相识，用双方八字合婚。现在已经订婚，还问什么‘八字’？如果‘八字’不合，怎办？”所以钱家不知道我的“八字”。我公公《年谱》上，有我的“八字”，他自己也知道不准确。我们结婚后离家出国之前，我公公交给我一份钱锺书的命书。我记得开头说：“父猪母鼠，妻小一岁，命中注定。”算命照例先要问几句早年的大事。料想我公公老实，一定给套出了实话，所以我对那份命书全都不信了。那份命书是终身的命，批得很详细，每步运都有批语。可是短期内无由断定准不准。末一句我还记得：“六旬又八载，一去料不返。”批语是：“夕阳西下数已终。”

我后来才知道那份命书称“铁板算命”。一个时辰有一百二十分钟，“铁板算命”把一个时辰分作几段算，所以特准。锺书沦陷在上海的时候，有个拜门弟子最迷信算命，特地用十石好米拜名师学算命。“铁板算命”就是他给我讲的。他也曾把钱先生的命给他师父算，算出来的结果和“铁板算命”的都相仿，只是命更短。我们由干校回北京后，“流亡”北师大那年，锺书大病送医院抢救，据那位算命专家说，那年就可能丧命。据那位拜门学生说，一般算命的，只说过了哪一年的关，多少年后又有一关，总把寿命尽量拉长，决不说“一去料不返”或“数已终”这等斩绝的话。但锺书享年八十八岁，足足多了二十年，而且在他坎坷一生中，运道最好，除了末后大病的几年。不知那位“铁板算命”的又怎么解释。

这位拜门弟子家赀巨万，早年丧父，寡母善理财，也信命。她算定家产要荡尽，儿子赖贵人扶助，贵人就是钱先生。所以她郑重把儿子托付给先生。她儿子相貌俊秀，在有名的教会大学上学,许多漂亮小姐看中他,其中有一位是钱家的亲戚。小姐的妈妈央我做媒。可是这个学生不中意。他说,除非钱先生、杨先生命令他。我说:婚姻是终身大事,父母都不能命令,我们怎能命令;只是小姐顶好,为什么坚决不要。他觉得不便说明他迷信命,只悄悄告诉我什么理由,嘱我不要说出来。原来他生肖属鼠,鼠是“子”,“子”是水之源。小姐属猪,猪是“亥”,“亥”是“壬”,“壬”水是大水。子水加壬水,不就把他家赀全都冲掉了吗?所以这位小姐断断娶不得。我不能把他嘱我不说的“悄悄话”给捅出来,只说他们两个是同学,何必媒人。但男方无意提亲,女方极需媒人。我一再推辞,女方的妈妈会怀疑我有私心,要把她女儿钟情的人留给自己的妹妹杨必呢。这个学生真的看中杨必,因为杨必大他两岁,属狗,狗是戌,戌是火土,可以治水。那时我爸爸已去世。这学生的妈妈找了我的大姐姐和三姐姐,正式求亲,说结了婚一同出国留学。杨必断然拒绝。我对这学生说:你该找你的算命师父找合适的人。他说,算命师父说过,最合适是小他两岁的老虎。

解放后,我们一家三口离开上海,到了清华。院系调整后,一九五三或一九五四年,我们住中关园的时候,这位学生陪着他妈妈到北京游览,特来看望我们。他没头没脑地悄悄对我说:“结婚了,小我两岁的老虎,算命师父给找的。”

不久后,他的妈妈被捕了。这位拜门弟子曾告诉我:他妈妈不藏黄金,嫌笨重;她收藏最珍贵的宝石和钻石,比黄金值钱得多。解放后她交出了她的厂和她的店,珍宝藏在小型保险柜里,保险柜砌在家中墙内,她以为千稳万妥了。一次她带了少许珍宝到香港去变卖,未出境就被捕,关押了一年。家中全部珍宝都由国家作价收购。重很多克拉、熠熠闪蓝光的钻石,只作价一千人民币。命中注定要荡尽的家产,就这么荡尽了。

接下来,柯庆施要把上海城中居民迁往农村的计划虽然没有实施,这个学生的户口却是给迁入农村了。他妈妈已经去世,他妻子儿女仍住上海,只他单身下乡。他不会劳动,吃商品粮,每月得交若干元伙食费。我们寄多少钱,乡里人全知道。寄多了,大家就来借,所以只能寄十几元。他过两三个月可回上海探亲,就能汇几百。直到改革开放之后,他才得落实政策,恢复户籍,还当上了上海市政协委员。那时出国访问的人置备行装,往往向他请教,因为他懂得怎样打扮有派头,怎样时髦。"贵人扶助"云云,实在惭愧,不过每月十数元而已,但是他的命确也应了。

我妹妹杨必有个极聪明的中学同学,英文成绩特好。解放后,她听信星命家的话,想到香港求好运,未出境就半途被捕,投入劳改营。她因为要逃避某一劳役,疏通了医生,为她伪造了患严重肝炎的证明。劳改期满,由人推荐,北京外文出版社要她任职,但得知她有严重肝炎,就不敢要她了。她出不了劳改营,只好和一个劳改人员结了婚,一辈子就在劳改营工作。好好一个人才,可惜了。这也只好说是命中注定了。

上海有个极有名的星命家,我忘了他的姓名,但想必有人记得,因为他很有名。抗日胜利前夕,盛传上海要遭美军地毯式轰炸。避难上海的又纷纷逃出。这位专家算定自己这年横死。算命的都妄想趋吉避凶,他就逃到香港去,以为横死的灾厄已经躲过。有一天在朋友家吃晚饭,饭后回寓,适逢戒严,他中弹身亡。这事一时盛传,许多人都惊奇他命理精确。但既已命定,怎又逃得了呢？我料想杨必的那个朋友到香港去，也是趋吉避凶。

“生死有命”是老话。人生的穷通寿夭确是有命。用一定的方式算命，也是实际生活中大家知道的事。西方人有句老话：“命中该受绞刑的人，决不会淹死。”我国的人不但算命，还信相面，例如《麻衣相法》就是讲相面的法则。相信相面的，认为面相更能表达性格。吉卜赛人看手纹，预言一生命运。我翻译过西班牙的书，主人公也信算命，大概是受摩尔人的影响。西方人只说“性格即命运”或“性格决定命运”。反正一般人都知道人生有命，命运是不容否定的。

二 命　理

我认为命运最不讲理。傻蛋、笨蛋、浑蛋安享富贵尊荣，不学无术的可以一辈子欺世盗名。有才华、有品德的人多灾多难，恶人当权得势，好人吃苦受害。所以司命者称“造化小儿”。“造化小儿”是胡闹不负责任的任性孩子。我们常说“造化弄人”。西方人常说“命运的讽刺”(irony of fate)，并且常把司命之神比作没头脑的轻浮女人，她不知好歹，喜怒无常。所以有句谚语：“如果你碰上好运，赶紧抓着她额前的头发，因为她背后没有可抓的东西了。”也就是说，好运错过就失掉了，这也意味着司命之神的轻浮任性。

可怪的是我认为全不讲理的命，可用各种方式计算，算出来的结果可以相同。这不就证明命有命理吗？没有理，怎能算呢？精通命理的能推算得很准。有些算命的只会背口诀，不知变通，就算不准。

算命靠"八字"。"八字"分年、月、日、时"四柱"。每一"柱"由一个"天干"一个"地支"组成。甲乙丙丁戊己庚辛壬癸十个天干,子丑寅卯辰巳午未申酉戌亥十二个地支,搭配成六十种不同的天干地支。六十年称一个甲子。第一柱决定出生的时间和境地,父母和家世等等。第三柱是命主。阴阳五行金、木、水、火、土,各有不同的性质,也就成了这个人的性格。甲乙是木,丙丁是火,戊己是土,庚辛是金,壬癸是水。"八字"称"命造",由"命造"推算出"运途"。"命造"相当于西方人所谓"性格"(character);"运途"相当于西方人所谓"命运"(destiny)。一般星命家把"命造"譬喻"船","运途"譬喻"河"。"船"只在"河"里走。十年一运,分两步走。命有好坏,运亦有好坏。命造不好而运途通畅的,就是上文所说的笨蛋、浑蛋安享富贵尊荣,不学无术可以欺世盗名。命好而运不好,就是有才能、有品德的人受排挤,受嫉妒,一生困顿不遇。命劣运劣,那就一生贫贱。但"运途"总是曲曲弯弯的,经常转向。一步运,一拐弯。而且大运之外还有岁运,讲究很多。连续二三十年好运的不多,一辈子好运的更不多。我无意学算命,以上只是偶尔听到的一些皮毛之学。

孔子晚年喜欢《周易》,作《说卦》、《序卦》、《系辞》、《文言》等,都是讲究阴阳、盈虚、消长的种种道理,类似算命占卜。反正有数才能算,有一定的理才能算。不然的话,何从算起呢?

三　人能做主吗?

既然人生有命,为人一世,都不由自主了。那么,"我"还有什么责任呢？随遇而安，得过且过就行了。

人能不能自己做主，可以从自己的经验来说。回顾自己一生，许多事情是不由自主的，但有些事是否由命定，或由性格决定，或由自由意志，值得追究。

抗日胜利后，国民党政府某高官曾许钱锺书一个联合国教科文组织的职位。锺书一口拒绝不要。我认为在联合国任职很理想，为什么一口拒绝呢？锺书对我解释："那是胡萝卜。"他不受"胡萝卜"的引诱，也不受"大棒"的驱使。我认为他受到某高官的赏识是命。但他"不吃胡萝卜"是他的性格，也是他的自由意志。因为在那个时期，这个职位是非常吃香的。要有他的聪明，有他的个性，才不加思考一口拒绝。

抗日胜利不久，解放战争又起。许多人惶惶然只想往国外逃跑。我们的思想并不进步。我们读过许多反动的小说，都是形容苏联"铁幕"后的生活情况，尤其是知识分子的处境，所以我们对共产党不免害怕。劝我们离开祖国的，提供种种方便，并为我们两人都安排了很好的工作。出国也不止一条路。劝我们留待解放的，有郑振铎先生、吴晗、袁震夫妇等。他们说共产党重视知识分子。这话我们相信。但我们自知不是有用的知识分子。我们不是科学家，也不是能以马列主义为准则的文人。我们这种自由思想的文人是没用的。我们考虑再三，还是舍不得离开父母之邦，料想安安分分，坐坐冷板凳，粗茶淡饭过日子，做驯顺的良民，终归是可以的。这是我们自己的选择，不是不得已。

又如我二十八岁做中学校长，可说是命。我自知不是校长的料，我只答应母校校长王季玉先生帮她把上海分校办成。当初说定半年,后来延长至一年。季玉先生硬是不让我辞。这是我和季玉先生斗志了。做下去是千顺百顺,辞职是逆水行舟,还兼逆风,步步艰难。但是我硬是辞了。当时我需要工作,需要工资,好好的中学校长不做,做了个代课的小学教员。这不是不得已,是我的选择。因为我认为我如听从季玉先生的要求,就是顺从她的期望,一辈子承继她的职务了。我是想从事创作。这话我不敢说也不敢想,只知我绝不愿做校长。我坚决辞职是我的选择,是我坚持自己的意志。绝不是命。但我业余创作的剧本立即上演,而且上演成功,该说是命。我虽然辞去校长,名义上我仍是校长,因为接任的校长只是"代理",学生文凭上,校长仍是我的名字,我的印章。随后珍珠港事变,"孤岛"沉没,分校解用,我要做校长也没有机缘了。但我的辞职,无论如何不能说是命,是我的选择。也许可说,我命中有两年校长的运吧。

我们如果反思一生的经历,都是当时处境使然,不由自主。但是关键时刻,做主的还是自己。算命的把"命造"比作船,把"运途"比作河,船只能在河里走。但"命造"里,还有"命主"呢?如果船要搁浅或倾覆的时候,船里还有个"我"在做主,也可说是这人的个性做主。这就是所谓个性决定命运了。烈士杀身成仁,忠臣为国捐躯,能说不是他们的选择而是命中注定的吗?他们是倾听灵性良心的呼唤,宁死不屈。如果贪生怕死,就不由自主了。宁死不屈,是坚决的选择,绝非不由自主。做主的是人,不是命。

第二次大战开始,日寇侵入中国。无锡市沦陷后,钱家曾有个男仆家居无锡农村,得知南京已失守,无锡又失守,就在他家晒粮食的场上,用土法筑了一座能烧死人的大柴堆,全家老少五六口人，一个个跳入火中烧死。南京失守，日寇屠杀人民、奸污妇女的事，很快就传到无锡了。他们不愿受奸污、被屠杀，全家投火自焚。老百姓未必懂得什么殉国，但他们的行为就是殉国呀！能说他们的行为不是自己的选择，而是不由自主吗？这事是逃到上海的本乡人特到钱家报告的。钱锺书已去昆明，我不知道他们的姓名。

四　命由天定，故称天命

我们看到的命运是毫无道理的，专开玩笑，惯爱捉弄人，惯爱捣乱。无论中外，对命运的看法都一致。神明的天，怎能让造化小儿玩弄世人，统治人世呢？不能服命的人，就对上天的神明产生了怀疑。

我们思考问题，不能轻心大意地肯定，也不能逢到疑惑就轻心大意地否定。这样，我们就失去思考的能力，走入迷宫，在迷茫中怀疑、失望而绝望了。我们可以迷惑不解，但是可以设想其中或有缘故。因为上天的神明，岂是人人都能理解的呢。

造化小儿的胡作非为，造成了一个不合理的人世。但是让我们生存的这么一个小小的地球，能是世人的归宿处吗？又安知这个不合理的人间，正是神明的大自然故意安排的呢？如果上天神明，不会容许造化小儿统治人间。孔子不止一次称“天命”，不仅仅称“天命”，还说“君子有三畏”。第一就是“畏天命……小人不知天命而不畏也”（《季氏十六》）。这是带着敬畏之心，承认命由天定。

五　万物之灵

我们很不必为了人世的不合理而沮丧。不论人世怎么不合理，人类毕竟是世间万物之灵。

人是动物里最灵的，因为人是有智慧的动物。狮子称百兽之王，只是兽中之王。狮子猎得小动物，只会连毛带血吃。人类却懂得熟食。我幼年的教科书上说，燧人氏钻木取火，后稷教民稼穑，不记得哪位圣贤又教民畜牧，豢养了马牛羊、鸡犬豕，有的帮人干活儿，有的供人食用。人类还发明了一系列的烹调用具，烹调出连汤带汁的美味。西方没有燧人氏，却有天神相助，盗取了天上的火种送给人类。反正不论东方西方，人类都知道取火用火的方法。稼穑，就是把土地耕耘种植，地里就出产稻、粱、菽、麦、黍、稷，供人当饭吃。嫘祖教民养蚕，丝绸是中国最早发明的。中国先有麻布，后有棉布。棉布也是由中国输入欧洲的(参看《老圃遗文辑》512 页，《梧桐布由华入欧考》，长江文艺出版社 1993 年版)。人类不仅穿衣服，还讲究服饰的精致美观。人类不穴居野处，而建造宫室，又造桥、造路、造车、造船。

仓颉又创造了文字，可以保存文化，传布文化。人类出类拔萃的精英，很自然地成了群众的领袖。他们建立学校，教育人民怎样去寻求真理，泛爱众人，讲求仁义道德。人类由物质文明，进入精神文明了。

人类并不靠天神教导，人的本性里有灵性良心。在灵性良心的指引下，人人都有高于物质的要求。古今中外，都追求真理，追求善良，追求完美公正等等美德。

比如说，人类知道天圆地方之说是错误的，知道地球中心论是错误的，伽利略（Galileo，1564—1642）发明了望远镜，证实地球是太阳系里的一颗小小的行星，他虽然遭天主教会的压迫，险得判处火刑，一辈子受尽委屈，可是一代又一代的科学家，懂得明辨是非，坚持真理，认识到错误，就纠正错误，直到放之四海而皆准，还无休无止地追求完善详尽。

我上小学的时候，课程表上不称星期一、星期二、三、四、五、六等，也不称星期日，称日曜日。星期一到星期六都以行星命名，依次为月、火、水、木、金、土。英文、法文的星期名称，也同样是采用星球的名称，例如星期一，英文、法文都是月曜日。从前只有六个行星。现在八大行星之外，又发现了新的行星。这也不过一百年之间的事呀！人类对真实世界追求认识，无休无止。求真实，就不肯停留在错误的认识上。

我们的正义感也是出于本性的。一代又一代的志士仁人，为了维持正义，不怕和暴力斗争。尽管有权有势的人以权谋私，贪污腐败；尽管推翻了一代暴君，又产生一代暴君，例如法国十八世纪推翻路易王朝的罗伯斯庇尔（Robespierre，1758—1794）高呼自由、平等、博爱，掌权得势后杀人如麻，称为“恐怖的统治”，随后自己也上了断头台；贪污腐败的官吏清除了一批，又会滋生一批，但是清廉的官，终究是老百姓希望而又爱戴的“青天大老爷”。我国的包拯不就成了“包青天”吗？敢对当朝暴行提出抗议的还代代有人，不惜杀身成仁。

我国的孔子最平易近人。他曾一再说："不在其位，不谋其政"(《泰伯第八》《宪问十四》)，他曾说："道不行，乘桴浮于海……"(《公冶长第五》)，也曾说："用之则行，舍之则藏"，也曾赞许曾点："春服既成……"带几个青少年"浴乎沂，风乎舞雩，咏而归"(《先进十一》)。可是他暮年看定自己"莫我知也夫"(《宪问十四》)；"道之不行，已知之矣"(《微子十八》)；"吾已矣夫"(《子罕第九》)。可是他并没有乘桴浮于海，也没有春游散心，孔子六十八岁了，退而删《诗》《书》，作《春秋》。作《春秋》，就是在左丘明的传记上，加上按语，用简约而恰当的一字、两字，或贬或褒，评点了某人某事的是与非、该或不该。他的评语真是一字千钧，能"使天下乱臣贼子惧"。他尽可以教教学生，不问世事了。可是还是要用他的春秋笔法来维持正义，和乱臣贼子做斗争。不管别人是了解或责怪，他只顺从自己的灵性良心行事。

当时流行的诗歌有三千多，孔子从中选了三百零五首。不仅文字美，音韵也美。《诗经》成了一件完美的艺术品。

人类已有六千多年的文明，和其他动物相比，人类卓然不同了。世界各国的博物馆、图书馆、美术馆所储藏的哲学、科学、文学、政治、经济、历史和艺术等书籍，以及工艺品、美术品等文物，不都具体证明人是万物之灵吗？

六　人类的文明

人类的智力，超越了其他动物的智力；人类本性的灵性良心，也超越了其他动物的良知良能。人类很了不起，天生万物，数人类最灵，创造了人类的文明。禽兽是不会创造的，禽兽只能在博物馆里充当标本而已。万物之灵，果然是万物之灵。

人类创造了人类的文明，证实了人是万物之灵。但是本末不能颠倒：人称万物之灵，并不因为创造了人类的文明；人的可贵，也不在于人类创造的文明。人类的文明只是部分人类的成绩，人类中还有许许多多没有文化的呢。没有文化的人，怎能创造文化？但他们并不因此就成了禽兽而不是万物之灵呀！

一　人的可贵在于人的本身

天生万物，人为万物之灵。人的可贵在于人的本身，不在于他创造的文明。人类的文明，当然有它的价值，价值还很高呢，但决不是天地生人的目标。理由有四：

(1)如果天地生人是为了人类的文明，那么，人类的文明，该是永恒不灭的。但是人类的文明能持久吗？例如古埃及的文明，古希腊的文明，巴比伦的文明，大食古国的文明，玛雅人的文明等等，不都由盛而衰，由衰而亡了吗？

(2)如果天地生人是为了人类的文明，那么，人类的文明，该是有益于人类发展生存的。的确，社会各界的医学家、经济学家、法学家、社会学家、农业学家、建筑学家以至文学艺术家等等，以及各国领导人，都尽心竭力为人民谋福利。可是文明社会要求经济发达，要求生产增长、消费增长，于是工厂增多，大自然遭受污染，大自然的生态受到破坏，水源污染了，地下水逐渐干涸，臭氧层已经破裂，北极的冰山正在迅速融化，海水在上涨，陆地在下沉，许多物种濒临灭绝。人间的疾病在增多，抗药的病菌愈加顽强了。满地战火，人间还在玩火，孜孜研制杀伤性更为狠毒的武器，商略冷战、热战的种种手段。人类的文明确很可观。人能制造飞船，冲出太空，登上月球了。能在太空行走了。能勘探邻近的星球上哪里可能有水，哪里可能有空气，好像准备在邻近的星球上争夺地盘了。我们这个破旧的地球，快要报废了吧？

(3)如果天地生人，目的是人类的文明，那么，天地生就的人，不该这么无知，这么无能，虽是万物之灵，却是万般无奈，顾此失彼，而大部分人还醉生梦死，或麻木不仁。我们只能看到宇宙无限大，而我们这么渺小，人生又如此短促。数千年来，哪一位哲人解答了世人所探求的真理呢？数千年已过去了，有灵性有良心的人，至今还在探求人生的真谛，为人的准则。一生寻求智慧的苏格拉底，只知道自己一无所知。我们的万世师表孔夫子说："朝闻道、夕死可矣"(《里仁第四》)，他急于了解什么是"道"，"吾尝终日不食，终夜不寝，以思，无益，不如学也。"(《卫灵公十五》)怎么学呢？《论语》里没有说。《大学》是曾子转述孔子的话。讲了怎么教，学什么。"大学之道，在明明德，在亲民(一作'在新民')，在止于至善。"我参考了宋代理学家的注释,试图照我自己的见解,解释如下:教诲成年的人,就是要他们"明'明德'"——"明"就是明白,"明德"就是按照天理,为人行事,"在新民"就是要他们去掉旧时的污染,"亲民"就是"推己及人";"在止于至善"就是对自己要追求完善,达到至善的境界。《中庸》是子思转述他祖父孔子的话。开头第一段说:"天命之谓性,率性之谓道。……道也者,不可须臾离也。"我照样参考了注释,照我自己的见解,解释如下:"人的本性是天生的;顺着灵性良心为人行事,就是该走的道路。……应该时时刻刻随顺着自己的灵性良心。"

这是中国的"孔孟之道"。西方各国各派的哲学家有他们的"道"。各宗教派别又各有他们的"道"。究竟什么是"道",知识界、文化界并未得到统一的共识。我们读到的经典书籍都是经过时间淘汰的作品了,我们承袭了数千年累积的智慧,又增长了多少智慧?几千年来,有灵性有良心的人至今还在探索人生的真理、为人的准则。好几千年过去了,世道有所改变吗?进步了吗?古谚:"直如弦,死道边;曲如钩,反封侯。"现在又有多大的不同?现代的书籍,浩如烟海,和古代的书籍不能比了。现代的文化,比古代普遍多了,各专业的研究,务求精密,远胜古人了;但是对真理的认识,突破了多少呢?古代珍奇的文物、工艺美术品,当今之世,超越了多少呢?

(4)我们且回头看看,人类文明最受称道的人间奇迹,何等惨烈。

秦始皇少年得志,十三岁即位称王,二十六年后,兼并天下,统一中国,自称始皇帝。在位三十四年后,为了抵御匈奴,命将军蒙恬驱使当时曾犯错误的人(例如现代的"右派"或"五·一六”）去筑长城。相传孟姜女的丈夫给抓去筑长城，一去不返。孟姜女寻夫，到长城下痛哭，哭得长城都塌下了一角，她丈夫的尸体，赫然压在长城下。当时民谣：“生男慎勿举，生女哺用脯，不见长城下，尸骸相支柱。”南梁周兴嗣编缀的《千字文》，把长城称为“紫塞”。据孙谦益参注（上海古籍出版社1995年版），“紫塞”即长城也。秦始皇筑长城，西起临兆，东至朝鲜，其长万里，土色皆紫，故称“紫塞”。注解虽简约，也说明问题。我曾考证“紫塞”的出典，只知长城之下土尽紫。一说长城之下有紫色花。我国各地土色不同，有黄土地、红土地、黑土地等。长达万里的长城下，土尽紫。为什么呢？筑长城的老百姓有生还的吗？一批批全都死在城下了。“尸骸相支柱”，不全都烂在城下了？老百姓血肉之躯掺和了泥土，恰是紫色。这种泥土里花开紫色，真是血泪之花了。好大喜功的帝皇奴役人民，创建了人间文明的奇迹。可怜多年来全国各地的老百姓，千千万万的老百姓，辛辛苦苦的劳役，拿生命做牺牲，造成了人类文明的奇迹。埃及的金字塔，不也是帝皇奴役了千千万万、万万千千的人民造成的吗？世界各地历代文明的创始人，都是一代天骄，都是南征北伐，创立了自己的皇朝，建立了一个朝代又一个朝代的文明。各朝代的精英，都对本朝文明做了有价值的贡献。但是为他们打仗的兵丁，被他们征服的人民，受他们剥削的老百姓呢，都只是牺牲品。

天地生人，能是为了人类的文明吗？人类的文明，固然有它的价值，可是由以上种种理由，是否可以肯定说：人类的文明，虽然有价值，却不是天地生人的目的。

二　天地生人的目的

天生万物,人为万物之灵。天地生人的目的,该是堪称万物之灵的人。人虽然渺小,人生虽然短促,但是人能学,人能修身,人能自我完善。人的可贵在人自身。

七　人生实苦

在这个物欲横流的人世间，人生一世实在是够苦的。你存心做一个与世无争的老实人吧，人家就利用你、欺侮你。你稍有才德品貌，人家就嫉妒你、排挤你。你大度退让，人家就侵犯你、损害你。你要保护自己，就不得不时刻防御。你要不与人争，就得与世无求，同时还要维持实力，准备斗争。你要和别人和平共处，就先得和他们周旋，还得准备随处吃亏。你总有知心的人、友好的人。一旦看到他们受欺侮、吃亏受气，你能不同情气愤，而要尽力相帮相助吗？如果看到善良的人受苦受害，能无动于衷吗？如果看到公家受损害，奸人在私肥，能视而不见吗？

当今之世，人性中的灵性良心，迷蒙在烟雨云雾间。头脑的智力愈强，愈会自欺欺人。信仰和迷信画上了等号。聪明年轻的一代，只图消费享受，而曾为灵性良心奋斗的人，看到自己的无能为力而灰心绝望，觉得人生只是一场无可奈何的空虚。上帝已不在其位，财神爷当道了。人世间只是争权夺利、争名夺位的“名利场”，或者干脆就称“战场”吧。争得了名利，还得抱住了紧紧不放，不妨豚皮老脸，不识羞耻！享受吧，花了钱寻欢作乐，不又都是“将钱买憔悴”？天灾人祸都是防不胜防的。人与人、党派与党派、国与国之间为了争夺而产生的仇恨狠毒，再加上人世间种种误解、猜忌、不能预测的烦扰、不能防备的冤屈，只能叹息一声："人生实苦！"多少人只是又操心、又苦恼地度过了一生。贫贱的人，为了衣、食、住、行，成家立业，生育儿女得操心。富贵的，要运用他们的财富权势，更得操心。哪个看似享福的人真的享了福呢？为什么总说"身在福中不知福"呢？旁人看来是享福，他本人只在烦恼中！为什么说"家家都有一本难念的经"呢？因为逼近了看，人世处处都是苦恼啊！为什么总说"需知世上苦人多"啊？最阘茸无能之辈，也得为生活操心；最当权得势的人，当然更得操心。上天神明，创造了有头有脑、有灵性良心的人，专叫他们来吃苦的吗？

八　人需要锻炼

大自然的神明,我们已经肯定了。久经公认的科学定律,我们也都肯定了。牛顿在《原理》一书里说:“大自然不做徒劳无功的事。不必要的,就是徒劳无功的。”(Nature does nothing in vain. The more is in vain when the less will do.)(参看三联书店的《读书》2005年第三期148页,何兆武《关于康德的第四批判》)哲学家从这条原理引导出他们的哲学。我不懂哲学,只用来帮我自问自答,探索一些家常的道理。

大自然不做徒劳无功的事,那么,这个由造化小儿操纵的人世,这个累我们受委屈、受苦难的人世就是必要的了。为什么有必要呢?

有一个明显的理由。人有优良的品质,又有许多劣根性杂糅在一起,好比一块顽铁得火里烧,水里淬,一而再,再而三,又烧又淬,再加千锤百炼,才能把顽铁炼成可铸宝剑的钢材。黄金也需经过烧炼,去掉杂质,才成纯金。人也一样,我们从忧患中学得智慧,苦痛中炼出美德来。孟子说:“故天将降大任于斯人也,必先苦其心志,劳其筋骨,饿其体肤,空乏其身,行拂乱其所为,所以动心忍性,增益其所不能。”(《孟子·告子》)就是说,如要锻炼一个能做大事的人,必定要叫他吃苦受累,百不称心,才能养成坚忍的性格。一个人经过不同程度的锻炼,就获得不同程度的修养,不同程度的效益。好比香料,捣得愈碎,磨得愈细,香得愈浓烈。这是我们从人生经验中看到的实情。谚语:“十磨九难出好人”,“人在世上炼,刀在石上磨”,“千锤成利器,百炼变纯钢”,“不受苦中苦,难为人上人”,都说明以上的道理。

我们最循循善诱的老师是孔子。《论语》里孔子的话,都因人而发,他从来不用教条。但是他有一条重要的教训。最理解他的弟子曾参,怕老师的教训久而失传,在《大学》章里记下老师二百零五字的教训。其中最根本的一句是:“自天子以至庶人,壹是皆以修身为本”。修身,不就是锻炼自身吗?

修身不是为了自己一身,是为了齐家、治国、平天下。平天下不是称王称霸,而是求全世界的和谐和平。有的国家崇尚勇敢,有的国家高唱自由、平等、博爱。中华古国向来崇尚和气,“致中和”,从和谐中求“止于至善”。

要求世界和谐,首先得治理本国。要治国,先得齐家。要齐家,先得修身。要修身,先得正心,就是说,不能偏心眼儿。要摆正自己的心,先得有诚意,也就是对自己老老实实,勿自欺自骗。不自欺,就得切切实实了解自己。要了解自己,就得对自己有客观的认识,所谓格物致知。

了解自己,不是容易。头脑里的智力是很狡猾的,会找出种种歪理来支持自身的私欲。得对自己毫无偏爱,像侦探侦查嫌疑犯那么窥伺自己,在自己毫无防备、毫无掩饰的时候——例如在梦中,在醉中,在将睡未睡的胡思乱想中,或心满意足、得意忘形时,捉住自己平时不愿或不敢承认的私心杂愿。在这种境界,有诚意摆正自己的心而不自欺的,会憬然警觉:“啊!我自以为没这种想头了,原来是我没有看透自己!”一个人如能看明自己是自欺欺人，就老实了，就不偏护自己了。这样才会认真修身。修身就是管制自己的情欲，超脱“小我”，而顺从灵性良心的指导。能这样，一家子可以很和洽。家和万事兴。家家和洽，又国泰民安，就可以谋求国际间的和谐共荣，双赢互利了。在这样和洽的境界，人类就可以齐心追求“至善”。这是孔子教育人民的道理。孟子继承发挥并充实了孔子的理论。我上文所讲的，都属“孔孟之道”。“孔孟之道”无论能不能实现，总归是一个美好的理想，比帝国主义、民族主义、资本主义都高出多多了。

理想应该是崇高的，难于实现而令人企慕的，才值得悬为理想。如果理想本身就令人不满，就够不上理想了。比如西方宗教里的天堂：上帝坐在宝座上，圣人环坐左右，天使吹喇叭，好人都在天堂上齐声欢唱，赞美上帝，什么事也不干。这种天堂不是无聊又无趣吗？难怪有些诗人、文人说，天堂上太无聊，他们连宗教也不热心了。我国有自称的道家，讲究烧炼的法术，要求做“半仙”或“地仙”，能带着个肉体，肆无忌惮地享受肉欲而没有人世间的苦恼。这是我国历代帝王求仙的目的。只是人世间没有这等仙道，只能是妄想而已。

修身——锻炼自身，是做人最根本的要求。天生万物的目的，该是堪称万物之灵的人。但是天生的人，善恶杂糅，还需锻炼出纯正的品色来，才有价值。这个苦恼的人世，恰好是锻炼人的处所，好比炼钢的工厂，或教练运动员的操场，或教育学生的教室。这也说明，人生实苦确是有缘故的。

九　修身之道

人的躯体是肉做的，不能锤打，不能火烧水淬。可是人的灵性良心，愈炼愈强。孔子强调修身，并且也指出了修身之道。

灵性良心锻炼肉体，得有合适的方法。肉体需要的“饮食男女”，不得满足，人就会病死；强烈的感情不得发泄，人就会发疯。灵性良心在管制自己的时候，得宽容，允许身心和谐。克制自己，当恰如其分。所谓“齐之以礼，和之以乐”，就是用礼乐来调节、克制并疏导。

孔子很重视“礼”和“乐”。《礼记》里讲得很周到，但《礼记》繁琐。我免得舍本逐末，只采用《礼记》里根本性的话，所谓“礼之本”。孔子曰“礼者，理也。……理从宜……”（《曲礼》）这就是说，“礼”指合理、合适。礼“以治人之情……”（《礼运》）喜、怒、哀、惧、爱、恶、欲，是人的感情，都由肉体的欲念而来，需用合理、合适的方法来控制。要求“达天道，顺人情……”（《礼运》）肉体的基本要求不能压抑，要给以适度的满足。这个适度，就是“理”和“宜”。孔子爱音乐，往往“礼乐”二字并用。“乐者天地之和也，礼者天地之序也……”“礼也者，理也；乐也者，节也；……言而履之，礼也；行而乐之，乐也。”（《仲尼燕居》）这就是说，感情当用合适的方法来控制，并由音乐而得到发泄和欢畅。

《论语》“颜渊问仁。子曰：‘克己复礼为仁。……’颜渊曰：‘请问其目。’子曰：‘非礼勿视，非礼勿听，非礼勿言，非礼勿动。’”（《颜渊十二》）这里的“礼”，不是繁琐的礼节，而指灵性良心所追求的“应该”，也就是《礼记》所说的“理”和“宜”。

人必需修身，而修身需用又合适又和悦的方法。

十　受锻炼的是灵魂

一　人受锻炼

人受锻炼或“我”受锻炼，受锻炼的是有生命的人。一个有生命的人，有肉体又有灵魂。这两者之间，有个主次问题。肉体为主呢，还是灵魂为主？

看得见的是肉体，肉体没有灵魂是尸体。所以毫无疑问，主要的是灵魂。但灵魂得附着在肉体上，才有可受锻炼的物体。没有肉体，灵魂怎么锻炼呢？

运动员受训练，练出了壮健的肌肉筋骨，同时也练出了吃苦耐劳、坚持不懈的意志。肌肉筋骨属肉体，吃苦耐劳、坚持不懈的意志属精神，肢体能伤残，意志却和生命同存，这是不容置疑的。

奥运会原是古希腊享神的赛会。古希腊灭亡后早已废弃。十九世纪法国顾拜旦男爵(Baron Pierre de Coubertin)有鉴于当代商业化的弊端，提倡公平竞赛和古希腊运动员胜不骄、败不馁的品德，重兴了奥运会。奥运会的精神：争取提高自身的能力，胜人一筹；比赛讲究公正合理，光明磊落，不容欺骗作伪。训练体格，也锻炼人的品格。孔子曰：“君子无所争，必也射乎，揖让而升，下而饮，其争也君子。”（《八佾第三》）“其争也君子”的君子之风，和奥运精神略有相似处。每个人都要有争取胜人一筹的志气，而在与人竞赛中，练就公正合理、崇尚道义的品格。当今商业化的社会，很需要这种作风，推而广之，无论商业界或其他各行各业，都该有奥运精神。受锻炼的肉体不免死亡，崇尚道义的精神就像点燃的圣火，遍传天下，永恒不灭。

所以受锻炼的是肉体，由肉体的媒介，锻炼出来的是精神。

二　在肉体和灵魂之间，“我”在哪一边？

一个有生命的人，自称“我”。“我”在肉体的一边呢，还是在灵魂一边？据脑科专家的定论，人的脑袋像一架精密的电脑或互联网。自我的意识，从大脑前额延伸至两耳的区内产生，但大脑里没有“自我”的领域。大脑不同区域的感觉，在交流的时候，才产生“自我”的意识。所以一位哲学家说：我思维，所以感觉到我的存在。

脑子确像精密的电脑，确像复杂的互联网，可是我如果不按电钮，这架机器，不会自动操作。

肉体有许多本能，不用动脑筋，而且不由自主，例如饮、食、男女、便、溺等等。虽然不由自主，在文明社会里，也得自己管制。我偶见同院一个三四岁的小男孩急急往家跑，一面对我说：“奶奶，我糊涂了，我溺裤裤了！”他糊涂了，因为没管住自己。不会说话的小娃娃，也懂得便溺要及早向大人示意。所以连吃、喝、拉、撒等全不用脑筋的事，也不得自由，得由“我”管着。肉体既然由“我”管着，就不会自称“我”。“我”是灵魂的自称。

三　锻炼的成绩

受锻炼的肉体和灵魂虽有主次之分，肉体和灵魂却结合得非常紧密，是不可分割的整体。灵魂和肉体一同追求情欲，一同享受情欲满足的快乐，一同感受情欲不得满足的抑郁，一同享受满足以后的安静，或餍足、或厌倦、或满足了还不足，还要重复，或要求更深的满足。一句话，肉体和灵魂是一体，灵魂凭借肉体而感受肉体的享乐。例如仙女思凡，她得投生人世，凭借肉体，才能满足她的凡心。又如“半仙”“地仙”之流，不都是凭借肉体，才能享受肉欲吗？

每个人经过顺人情又合理性的锻炼，就能超脱原先的“小我”而随着灵性良心的指导，成为有道德修养的人。但人的劣根性是顽强的。少年贪玩，青年迷恋爱情，壮年汲汲于成名成家，暮年自安于自欺欺人。人寿几何，顽铁能炼成的精金，能有多少？但不同程度的锻炼，必有不同程度的成绩；不同程度的纵欲放肆，必积下不同程度的顽劣。人皆可以为尧舜，也可以成为恶劣的刁徒或卑鄙的小人。锻炼必定留下或多或少的成绩。

肉体和灵魂是拧成一股的。一同作恶，也一同为善。一同受锻炼，一同不受锻炼。灵魂随着肉体在苦难的人世度过一辈子，如果随着肉体的劣根性纵欲贪欢，这个灵魂就随着变坏了。“好恶无节于内，知诱于外，不能反躬，天理灭矣。……灭天理而穷人欲者也。”（《礼记·乐记》）如果这个人顺从灵性良心的指引，接受锻炼，就能炼成一个善良的灵魂。善良的灵魂，体质未必壮健，面貌未必美好。刁恶的灵魂、体质未必羸弱，面貌未必丑陋；灵魂的美恶，不体现在肉体上。

肉体和灵魂的结合有完了的时候。人都得死。人死就是灵魂和肉体的分离。肉体离开了灵魂就成了尸体。尸体烧了或埋了，只剩下灰或土了。但是肉体的消失，并不影响灵魂受锻炼后所得的成果。因为肉体和灵魂在同受锻炼的时候，是灵魂凭借肉体受锻炼，受锻炼的其实是灵魂，肉体不过是一个中介。肉体和灵魂同享受，是灵魂凭借肉体而享受。肉体和灵魂一同放肆作恶，罪孽也留在灵魂上，肉体不过是个中介。所以人受锻炼，受锻炼的是灵魂，肉体不过是中介，锻炼的成绩，只留在灵魂上。

灵魂接受或不接受锻炼，就有不同程度的成绩或罪孽。灵魂和肉体结合之后，同在人世间过了一辈子。这一辈子里，灵魂或为善，或作恶，或受锻炼，或不受锻炼。受锻炼的品质会改好，不受锻炼而肆欲放纵的，品质就变坏。为善或作恶的程度不同，受锻炼的程度又不同，灵魂就有不同程度的改好或变坏。灵魂的品质就有不同程度的改变，不复是当初和肉体结合的灵魂了。改变的程度各各不同，灵魂就成了各各不同、各各特殊的灵魂。“我”的灵魂虽然变了，还一贯是“我”的灵魂，还自称“我”。“我”活着的时候，“我”的灵魂自称“我”。“我”死之后，“我”的灵魂还自称“我”。所以“我”死之后，肉体没有了，“我”的灵魂还和“我”在一起呢！不过没有肉体的魂，我们称鬼魂了。

十一　人生的价值

人生一世，为的是什么？

按基督教的说法，人生一世是考验。人死了，好人的灵魂升天。不好不坏又好又坏的人，灵魂受到了该当的惩罚，或得到充分的净化之后，例如经过炼狱里的烧炼，也能升天。大凶大恶，十恶不赦的下地狱，永远在地狱里烧。我认为这种考验不公平。人生在世，遭遇不同，天赋不同。有人生在富裕的家里，又天生性情和顺，生活幸运，做一个好人很现成。若处境贫困，生情顽劣，生活艰苦，堕落比较容易。若说考验，就该像入学考试一样，同等的学历，同样的题目，这才公平合理。

佛家轮回之说，说来也有道理。考验一次不够，再来一次。但因果之说，也使我困惑。因因果果，第一个因是什么呢？人生一世，难免不受人之恩，或有惠于人，又造成新的因果，报来报去，没完没了。而且没良心的人，受惠于人，只说是前生欠我。轻率的人，想做坏事，只说反正来生受罚，且图眼前便宜。至于上刀山、下油锅等等酷刑，都是难为肉体的。当然，各种宗教的各种说法，我都不甚理解。不过，我尊重一切宗教。但宗教讲的是来世，我只是愚昧而又渺小的人，不能探索来世的事。我只求知道，人在这个世界上，生活了一辈子，能有什么价值。

天地生人，人为万物之灵。神明的大自然，着重的该是人，不是物；不是人类创造的文明，而是创造人类文明的人。只是人类能懂得修炼自己，要求自身完善。这也该是人生的目的吧！

坚信“人死了，什么都没有了”的聪明朋友们，他们所谓“什么都没有了”，无非断言人死之后，灵魂也没有了。至于人生的价值，他们倒并未否定。不是说，“留下些声名”吗？这就是说，能留下的是身后之名。但名与实是不相符的。“一将成名万骨枯”。但战争中奉献生命的“无名英雄”更受世人的崇敬与爱戴，我国首都天安门广场上，正中不是有“人民英雄纪念碑”吗？欧洲许多国家，总把纪念“无名英雄”的永不熄灭的圣火，设在大教堂的大门正中，瞻仰者都深怀感念，驻足致敬。我们人世间得到功勋的人，都赖有无数默默无闻的人，为他们做出贡献。默默无闻的老百姓，他们活了一辈子，就毫无价值吗？从个人的角度看，他们自己没有任何收获，但是从人类社会集体的角度看，他们的功绩是历代累积的经验和智慧。人类的文明是社会集体共同造成的。况且身后之名，又有什么价值呢？声名显赫的人，死后没多久，就被人淡忘了。淡忘倒也罢了，被不相识、不相知的人说长道短，甚至戏说、恶搞，没完没了，死而有知，必定不会舒服。声名，活着也许对自己有用，死后只能被人利用了。

聪明的年轻朋友们，坚信人死了什么都没有了，至多只能留下些名气。那么，默默奉献的老实人，以及所有死后没有留下名气的人，活了一辈子，就是没有价值的了！有名的，只是绝少数；无名的倒是绝大多数呢。无怪活着的人一心要争求身后之名了！一代又一代的人，从生到死、辛辛苦苦、忙忙碌碌，只为没有求名，或没有成名，只成了毫无价值的人！反而不如那种自炒自卖、欺世盗名之辈了！这种价值观，太不合理了吧？

匹夫匹妇，各有品德。为人一世，都有或多或少的修养。俗语："公修公得，婆修婆得，不修不得。""得"就是得到的功德。有多少功德就有多少价值。而修来的功德不在肉体上而在灵魂上。所以，只有相信灵魂不灭，才能对人生有合理的价值观，相信灵魂不灭，得是有信仰的人。有了信仰，人生才有价值。

其实，信仰是感性的，不是纯由理性推断出来的。人类天生对大自然有敬畏之心。统治者只是借人类对神明的敬畏，顺水推舟，因势利导，为宗教定下了隆重的仪式，借此维护统治的力量。其实虔信宗教的，不限于愚夫愚妇。大智大慧、大哲学家、大科学家、大文学家等信仰上帝的虔诚，远胜于愚夫愚妇。例如博学多识的约翰生博士就是非常虔诚的基督徒。创作《堂吉诃德》的塞万提斯，在战役中被俘后，"三位一体"教会出了绝大部分赎金把他赎回。他去世后，他的遗体，埋在"三位一体"修道院的墓园里（参看 Juan Luis Alborg《西班牙文学史》第二册第二章，Gredos 书店 1981 年马德里版）。修道院的墓园里，绝不会容纳异教徒的遗体；必定是宗教信仰相同的人，才愿意死后遗体相守在一起。

据说，一个人在急难中，或困顿苦恼的时候，上帝会去敲他的门——敲他的心扉。他如果开门接纳，上帝就在他心上了，也就是这个人有了信仰。一般人的信心，时有时无，若有若无，或是时过境迁，就淡忘了，或是有求不应，就怀疑了。这是一般人的常态。没经锻炼，信心是不会坚定的。

在人生的道路上，如一心追逐名利权位，就没有余暇顾及其他。也许到临终"回光返照"的时候，才感到悔惭，心有遗憾，可是已追悔莫及，只好饮恨吞声而死。一辈子锻炼灵魂的人，对自己的信念，必老而弥坚。

一个人有了信仰，对人生才能有正确的价值观。如果说，人死了什么都没有了，只能留下些名声，或留下一生的贡献，那就太不公平了。没有名气的人呢？欺世盗名的大师，声名倒大得很呢！假如是残疾人，或疾病缠身的人，能有什么贡献？他们都没价值了？

英国大诗人弥尔顿（John Milton，1608—1674）四十四岁双目失明，他为自己的失明写了一首十四行诗，大意我撮述如下。他先是怨苦：还未过半生，已失去光明，在这个茫茫黑暗的世界上，他唯有的才能无从发挥，真是死一般的难受；他虽然一心要为上帝效劳，却是力不从心了。接下，“忍耐之心”立即予以驳斥：“上帝既不需要人类的效劳，也不需要他赋与人类的才能。谁最能顺从他的驾御，就是最出色的功劳。上帝是全世界的主宰。千千万万的人，无休无止地听从着他的命令，在陆地上奔波，在海洋里航行。仅仅站着恭候的人，同样也是为上帝服务。”这首诗也适用于疾病缠身的人。如果他们顺从天意，承受病痛，同样是为上帝服务，同样是功德，因为同样是锻炼灵魂，在苦痛中完善自己。

佛家爱说人生如空花泡影，一切皆空。佛家否定一切，唯独对信心肯定又肯定。“若复有人……能生信心……乃至一念生净信者……得无量福德……若复有人于此经中受持，乃至四句偈等，为他人说，其福胜彼……”（《金刚般若波罗密经》）。为什么呢？因为我佛无相，非但看不见，也无从想象。能感悟到佛的存在，需有“宿根”“宿慧”，也就是说，需有经久的锻炼。如能把信仰传授于人，就是助人得福，功德无量。

基督教颂扬信、望、爱三德。有了信仰，相信灵魂不死，就有永生的希望。有了信仰，上帝就在他心里了。上帝是慈悲的，心上有上帝，就能博爱众庶。

苏格拉底坚信灵魂不灭，坚信绝对的真、善、美、公正等道德概念。他坚持自己的信念，宁愿饮鸩就义，不肯苟且偷生。因信念而选择死亡，历史上这是第一宗，被称为仅次于基督之死。

苏格拉底到死很从容，而耶稣基督却是承受了血肉之躯所能承受的最大痛苦。他不能再忍受了，才大叫一声，气绝身亡。我读《圣经》到这一句，曾想，他大叫一声的时候，是否失去信心了？但我立即明白，大叫一声是表示他已忍无可忍了，他也随即气绝身亡。为什么他是救世主呢？并不因为他能变戏法似的把水变成酒，把一块面包变成无数面包，也并不因为他能治病救人，而是因为他证实了人是多么了不起，多么伟大，虽然是血肉之躯，能为了信仰而承受这么大的痛苦。他证实了人生是有意义的，有价值的。耶稣基督是最伟大的人，百分之百的克制了肉体。他也立即由人而成神了。

我站在人生边上，向后看，是要探索人生的价值。人活一辈子，锻炼了一辈子，总会有或多或少的成绩。能有成绩，就不是虚生此世了。向前看呢，再往前去就离开人世了。灵魂既然不死，就和灵魂自称的“我”，还在一处呢。

这个世界好比一座大熔炉，烧炼出一批又一批品质不同而且和原先的品质也不相同的灵魂。有关这些灵魂的问题，我能知道什么？我只能胡思乱想罢了。我无从问起，也无从回答。孔子曰：“未知生，焉知死”（《先进十一》），“不知为不知”，我的自问自答，只可以到此为止了。

结　束　语

我是旧社会过来的“老先生”。“老先生”是“老朽”的尊称。我向来接受聪明的年轻人对我这位老先生的批判。这篇文字还是我破题儿第一遭向他们提出意见，并且把我头脑里糊里糊涂的思想，认真整理了一番，写成这一连串的自问自答。“结束语”远不是问答的结束，而是等待着聪明的读者，对这篇“自问自答”的批判，等待他们为我指出错误。希望在我离开人世之前，还能有所补益。

注释

作者按：注释不以先后排列，长短不一，每篇皆独立完整。

一　阿菊闯祸

钱锺书沦陷在上海的时候，想写《围城》。我为了省俭，兼做灶下婢。《围城》足足写了两年。抗日战争胜利前夕，传说美军将地毯式轰炸上海，锺书已护送母亲回无锡。一九四五年秋，日寇投降后，我们生活还未及好转，《围城》还未写完，我三姐怜我劳悴，为我找了个十七岁的女孩阿菊，帮我做做家事。阿菊从未帮过人，到了我家，未能为我省事，反为我生事了。她来不久就闯了个不小的祸。

我照常已把晚饭做好，圆圆和锺书已把各人的筷子、碟子摆上饭桌，我已坐在饭桌的座位上等候吃晚饭了。他们两个正准备帮助阿菊端上饭菜。忽见圆圆惊惶慌张地从厨房出来急叫："娘！娘！！不好了！！！快快快，快，快，快！！！！"接着锺书也同样惊惶慌张地喊："娘！快快快快快！！！"我忙起身赶到厨房去，未及进门，就看见当门一个面盆口那么粗的火柱子熊熊燃烧，从地面直往上升，几个火舌头，争着往上舔，离房顶只一寸两寸了。地上是个洋油炉。厨房极小，满处都是易燃物，如盛煤球的破筐子，边上戳出一根根薄薄的篾片，煤炉四围有劈细的木柴，有引火用的枯炭，还有满小筐子钢炭，大堆未劈的木柴；破旧的木桌子下，堆满了待我做成煤饼的纯煤末子，还有一桶洋油。如爆落几点火星，全厨房就烘烘地着火了。洋油桶如爆炸，就是一场火灾了。

胜利前夕,柴米奇缺的时候,我用爸爸给的一两黄金,换得一石白米,一箱洋油。一两黄金,值不知多少多少纸币呢。到用的时候,只值一石大米,一箱洋油。一石是一百六十斤。洋油就是煤油,那时装在洋铁箱里,称一箱,也称一桶。洋油箱是十二寸乘二十寸高的长方箱子,现在很少人见过洋油箱了,从前用处可大呢。斜着劈开,可改成日用的洋铁簸箕。一只洋油箱,可改做收藏食品的容器。洋油箱顶上有绊儿可提,还有个圆形的倒油口,口上有盖子。

洋油炉呢,底下储油的罐儿只有小面盆底那么大小,高约一寸半,也有个灌油的口子,上面也有盖。口子只有五分钱的镍币那么大。洋油箱的倒油口,有玻璃杯底那么大。要把洋油箱里的油灌入洋油炉,不是易事。洋油炉得放到破木桌上,口子上插个漏斗。洋油箱得我用全力抱上桌子,双手抱住油箱,往漏斗里灌入适量的洋油,不能太多,少也不上算,因为加一次油很费事。这是我的专职。我在学生时代,做化学试验,“操作”是第一名,如倒一试管浓盐酸,总恰好适量,因为我胆大而手准。

用洋油炉,也只为省俭。晚饭是稠稠的白米粥,煮好了焐在“暖窝”里——“暖窝”是自制的,一只破网篮垫上破棉絮,着了火很经烧呢。煤炉就能早早熄灭,可以省煤。放上水壶,还能利用余热赚些温水。贫家生活,处处费打算,灶下婢这等俭啬,不知能获得几分同情。凉菜只需凉拌,中午吃剩的菜,就在洋油炉上再煮煮,很省事。

阿菊嫌洋油炉的火太小。她见过我灌油。她提一箱洋油绰有余力,不用双手抱。洋油炉她懒得端上桌子,就放在地上。幸亏她偷懒，如搬上桌子，火柱子就立即烧上屋顶了。她在漏斗里注满洋油，油都溢出来，不便再端上桌，准备在地上热菜了，她划一支火柴一点，不料冒出了这么大的一个火柱子，把她吓傻了，幸亏阿圆及时报警，锺书也帮着“叫娘”，我赶到厨房，她还傻站着呢。

我向来能镇静，也能使劲想办法。小时候在启明上学时，一同学陷泥里，我就是使劲一想，想出办法，就发号施令，在小鬼中当上了大王。这时我站在火柱旁边，非常平静，只说：“你们一个都不许动。”六只眼睛盯着我急切等待。我在使劲想。洋油燃烧，火上加水万万使不得。炉灰呢，洋铁簸箕里只有半簸箕，决计压不灭这炎炎上腾的火柱。压上一床厚被吧，非浸透了水，也还不保险。火柱子上的舌头，马上要舔上屋顶了。形势和时间，都刻不容缓了。我想，得用不怕火的东西，把火柱罩上。面盆太大，我要个洋磁痰盂，扣上。厨房门外，有小小一方空地，也称院子。院子通往后门，也通往全宅合用的厕所。这院子里晾着许多洗干净的洋磁尿罐，这东西比痰盂还多个把手，更合用。说时慢，想时快。我轻轻挨出厨房，拿了个大小合度的小洋磁尿罐，翻过来，伸进火柱，往洋油炉上一扣，火柱奇迹般立即消灭，变成七八条青紫色的小火蛇，在扣不严的隙缝里乱窜。我说：“拿炉灰来堵上。”阿菊忙搬过盛炉灰的簸箕。我们大家把炉灰一把一把抓来堵住隙缝，火蛇一会儿全没了。一个炎炎上腾的大火柱，一会儿就没有了。没事了!!

洋油炉上那锅没有热透的剩菜，凑合着吃吧。开上饭来，阿圆快活得嘻嘻哈哈地笑，锺书和女儿一样开心。阿菊看到大事化为没事，忍不住溜上楼去，把刚才失火的事，讲给楼上两个老妈妈听。据说,和我们住同样房子的邻居也曾厨房失火,用棉被压火,酿成火灾,叫了救火车才扑灭。

我看着锺书和阿圆大小两个孩子快活得嘻嘻哈哈,也深自庆幸。可是我实在吃惊不小,吃了一碗粥都堵在心口,翻腾了半夜才入睡。

二　温德先生爬树

一九四九年全国解放后，钱锺书和我得到了清华大学的聘书，又回母校当教师。温德先生曾是我们俩的老师。据说他颇有“情绪”，有些“进步包袱”。我们的前辈周培源、叶企孙等老师，还有温德先生的老友张奚若老师，特别嘱咐我们两个，多去看望温德老师，劝导劝导。我因为温先生素有“厌恶女人”(woman hater)之名，不大敢去。锺书听我说了大笑，说我这么大年纪了，对这个词儿的涵意都不懂。以后我就常跟着锺书同去，温先生和我特友好。因为我比锺书听话，他介绍我看什么书，我总像学生般服从。温先生也只为“苏联专家”工资比他高三倍，心上不服，经我们解释，也就心平气和了。不久锺书被借调到城里参与翻译《毛泽东选集》工作，看望温先生的任务，就落在我一人身上了。

温先生有事总找我。有一天他特来我家，说他那儿附近有一架长竹梯他要借用，请我帮他抬。他告诉我，他特宠的那只纯黑色猫咪，上了他家东侧的大树，不肯下来。他准备把高梯架在树下，上梯把猫咪捉下来。他说，那只黑猫如果不回家，会变成一只野猫。

梯子搬到他家院子里，我就到大树下找个可以安放梯子的地方。大树长在低洼处，四周都是大大小小的石块和土墩。近树根处,杂草丛生,还有许多碎石破砖,实在没个地方可以安放这架竹梯。温先生也围着树根找了一转,也没找到哪个地方可以安放那架长梯。近了,梯子没个立足之地;远了,靠不到树上。这架梯子干脆没用了。我们仰头看那黑猫高踞树上,温先生做出种种呼唤声,猫咪傲岸地不理不睬。

我脱口说:“要是我小时候,我就爬树。”

没想到这话激得温先生忘了自己的年纪,或不顾自己的年纪了。他已有六十多岁,人又高大,不像他自己估计的那么矫捷了。他说:“你以为我就不能上树了吗?!”

我驷不及舌,忙说:“这棵树不好上。”因为最低的横枝,比温先生还高出好老远呢。这话更是说坏了。温先生立即把外衣脱下,扔了给我,只穿着一件白色衬衣,走到树下,爬上一块最大的石头,又从大石头跳上最高的土墩,纵身一跳,一手攀上树枝,另一手也搭上了,整个人挂在空中。我以为他会知难而退,可是他居然能用两臂撑起身子,然后骑坐树枝上。他伸手把衬衫口袋里的眼镜盒儿掏了出来,叫我过去好生接着。我知道温先生最讨厌婆婆妈妈,到此境地,我不敢表示为他害怕,只跑到树下去接了他扔下的眼镜盒儿。他嫌那盒儿塞在胸前口袋里碍事。他像蛇一般贴在那横枝上,向猫咪踞坐的高枝爬去。我捏着一把汗,屏息而待。他慢慢地爬过另一树枝,爬向猫咪踞坐的高枝。但是猫咪看到主人来捉,就轻捷地更往高处躲。温先生越爬越高,猫咪就步步高升。树枝越高越细。这棵树很老了,细树枝说不定很脆。我不敢再多开口,只屏息观望。如果温先生从高处摔下,后果不堪设想。树下不是松软的泥土,是大大小小的石块,石缝里是碎石破砖。幸亏温先生看出猫咪刁钻,决不让主人捉住。他只好认输,仍从原路缓缓退还。我没敢吭一声,只仰头屏息而待。直到他重又双手挂在树枝上,小心地落在土墩上,又跳下大石,满面得意,向我讨还了他的眼镜盒儿又接过了他的外衣,和我一同回到他的屋里。

我未发一声。直到我在他窗前坐下,就开始发抖,像发疟疾那样不由自主的牙齿捉对儿厮打,抖得心口都痛了。我不由得双手抱住胸口,还只顾抖个不了。温先生正等待着我的恭维呢!准备自夸呢!瞧我索索地抖个不了,诧异地问我怎么回事,一面又笑我,还特地从热水瓶里为我倒了大半杯热水。我喝了几口热水,照样还抖。我怕他生气,挣扎着断断续续说:"温先生,你记得 Sir William James 的 *Theory of Emotion* 吗?"温先生当然读过 Henry James(1843—1916)的小说,但他也许并未读过他哥哥 William James(1842—1910)的心理学。我只是偶然读过一点点。照他的学说,感情一定得发泄。感情可以压抑多时,但一定要发泄了才罢休。温先生只是对我的发抖莫名其妙,我好容易抖完,才责怪他说:"你知道我多么害怕吗?"他虽然没有捉住猫咪,却对自己的表演十分得意。我抖完也急急回家了,没和他讲究那套感情的理论。

李慎之先生曾对我说:"我觉得最可怕是当'右派',至今心上还有说不出的怕。"我就和他讲了我所读到的理论,也讲了我的亲身经验,我说他还有压抑未泄的怕呢。

三　劳神父

我小时候，除了亲人，最喜欢的是劳神父。什么缘故，我自己也不知道。也许因为每次大姐姐带了我和三姐姐去看他，我从不空手回来。我的洋玩意儿都是他给的。不过我并不是个没人疼的孩子。在家里，我是个很娇惯的女儿。在学校，我总是师长偏宠的学生。现在想来，大约因为劳神父喜欢我，所以我也喜欢他。

劳神父第一次赠我一幅信封大小的绣片，并不是洋玩意儿。绣片是白色绸面上绣一个红衣、绿裤、红鞋的小女孩儿，拿着一把扇子，坐在椅子上乘凉。上面覆盖一张卡片，写着两句法文："在下学期再用功上学之前，应该好好休息一下了。""送给你最小的妹妹"。卡片是写给大姐姐的，花字签名的旁边，还画着几只鸟儿，上角还有个带十字架的标记。他又从自己用过的废纸上，裁下大小合度的一方白纸，双叠着，把绣片和卡片夹在中间，面上用中文写了一个"小"字，是用了好大功力写的。我三姐得的绣片上是五个翻跟斗的男孩，比我的精致得多。三姐姐的绣片早已丢到不知哪里去了。我那张至今还簇新的。我这样珍藏着，也可见我真是喜欢劳神父。

他和我第一次见面时，对我说：他和大姐姐说法语，和三姐姐说英语，和我说中国话。他的上海话带点洋腔，和我讲的话最多，都很有趣，他就成了我很喜欢的朋友。

他给我的洋玩意儿，确也是我家里没有的。例如揭开盒盖就跳出来的“玩偶盒”（Jack-in-the-box）；一木盒铁制的水禽，还有一只小轮船，外加一个马蹄形的吸铁石，玩时端一面盆水，把铁制的玩物浮在水上，用吸铁石一指，满盆的禽鸟和船都连成一串，听我指挥。这些玩意儿都留在家里给弟妹们玩，就玩没了。

一九二一年暑假前，我九岁，等回家过了生日，就十岁了。劳神父给我一个白纸包儿，里面好像是个盒子。他问我知不知道亚当、夏娃逐出乐园的故事。我已经偷读过大姐姐寄放在我台板里的中译《旧约》，虽然没读完，这个故事很熟悉。劳神父说：“好，我再给你讲一个。”故事如下：

“从前有个叫花子，他在城门洞里坐着骂他的老祖宗偷吃禁果，害得他吃顿饭都不容易，讨了一天，还空着肚子呢。恰好有个王子路过，他听到了叫花子的话，就把他请到王宫里，叫人给他洗澡，换上漂亮衣服，然后带他到一间很讲究的卧室里，床上铺着又白又软的床单。王子说：这是你的卧房。然后又带他到饭厅里，饭桌上摆着一桌香喷喷、热腾腾的好菜好饭。王子说：这是我请你吃的饭；你现在是我的客人，保管你吃得好，穿得好，睡得好；只是我有一道禁令，如果犯了，立刻赶出王宫。

“王子指指饭桌正中的一盘菜，上面扣着一个银罩子。王子说：‘这个盘子里的菜，你不许吃，吃了立即赶出王宫。’

“叫花子在王宫里吃得好，穿得好，睡得好。日子过得很舒服，只是心痒痒地要知道扣着银罩子的那盘菜究竟是什么。过了两天，他实在忍不住了，心想：我不吃，只开一条缝缝闻闻。可是他刚开得一缝，一只老鼠从银罩子下直蹿出来，逃得无影无踪了。桌子正中的那只盘子空了，叫花子立即被赶出王宫。”

劳神父问我：“听懂了吗？”

我说：“懂。”

劳神父就把那个白纸包儿交给我，一面说：“这个包包，是我给你带回家去的。可是你得记住：你得上了火车，才可以打开。”我很懂事地接过了他的包包。

从劳神父处回校后，大姐姐的许多同事——也都是我的老师，都知道我得了这么个包包。她们有的拿来掂掂，摇摇；有的拿来闻闻，都关心说：包包里准是糖。这么大热天，封在包包里，一定化了，软了，坏了。我偷偷儿问姐姐：“真的吗？”姐姐只说：“劳神父怎么说的？”我牢记劳神父嘱咐的话，随她们怎么说，怎么哄，都不理睬。只是我非常好奇，不知里面是什么。

这次回家，我们姐妹三个，还有大姐的同事许老师，同路回无锡。四人上了火车，我急不可待，要大姐姐打开纸包。大姐说：“这是‘小火车’，不算数的。”（那时有个小火车站，由徐家汇开往上海站。现在早已没有了。）我只好再忍着，好不容易上了从上海到无锡的火车。我就要求大姐拆开纸包。

大姐姐撕开一层纸，里面又裹着一层纸；撕开这层，里面又是一层。一层一层又一层，纸是各式各样的，有牛皮纸，报纸，写过字又不要的废稿纸，厚的、薄的、硬的、软的……每一层都用糨糊粘得非常牢固。大姐姐和许老师一层一层地剥，都剥得笑起来了。她们终于从十七八层的废纸里，剥出一只精致美丽的盒子，一盒巧克力糖！大姐姐开了盖子，先请许老师吃一颗，然后给我一颗，给三姐一颗，自己也吃一颗，就盖上盖子说：“这得带回家去和爸爸妈妈一起吃了。”她又和我商量：“糖是你的，匣子送我行不行？”我点头答应。糖特好吃，这么好的巧克力，我好像从没吃过呢。回家后，和爸爸妈妈一起吃，尤其开心。我虽然是个馋孩子，能和爸爸妈妈及一家人同吃，更觉得好吃。

一九三〇年春假，我有个家住上海的中学好朋友，邀我和另一个朋友到她家去玩。我到了上海，顺便一人回启明去看看母校师友，我大姐还在启明教书呢。我刚到长廊东头的中文课堂前，依姆姆早在等待了，迎出来“看看小季康”，一群十三四岁的女孩子都跑出来看“小季康”。我已过十八周岁，大学二年了，还什么“小季康”！依姆姆刚把学生赶回课堂，我就看见劳神父从长廊西头走近来。据大姐姐告诉我，劳神父知道我到启明来，特来会我的。他已八十岁了。劳神父的大胡子已经雪白雪白。他见了我很高兴，问我大学里念什么书。我说了我上的什么课，内有论理学，我说的是英文 Logic，劳神父惊奇又感慨地说：“Ah！Loguique！Loguique！”我又卖弄我自己学到的一点点天文知识，什么北斗星有八颗星等等，劳神父笑说：“我欢迎你到我的天文台来，让你看一晚星星！”接下他轻吁一声说：“你知道吗？我差一点儿死了。我不久就要回国，不回来了。”他回国是落叶归根的意思吧。他轻轻抱抱我说：“不要忘记劳神父。”我心上很难受，说不出话，只使劲点头。当时他八十，我十八。劳神父是我喜爱的人，经常想念。

我九十岁那年，锺书已去世，我躺在床上睡不着，忽然想到劳神父送我那盒巧克力时讲的故事，忽然明白了我一直没想到的一点。当时我以为是劳神父勉励我做人要坚定，勿受诱惑。我直感激他防我受诱惑，贴上十七八层废纸，如果我受了诱惑，拆了三层、四层，还是有反悔的机会。但是劳神父的用意，我并未了解。

我九十岁了，一人躺着，忽然明白了我九岁时劳神父那道禁令的用意。他是一心要我把那匣糖带回家，和爸爸妈妈等一起享用。如果我当着大姐那许多同事拆开纸包，大姐姐得每人请吃一块吧？说不定还会被她们一抢而空。我不就像叫花子被逐出王宫，什么都没有了吗！九岁听到的话，直到九十岁才恍然大悟，我真够笨的！够笨的！

我从书上读到有道行的老和尚，吃个半饥不饱，夜里从不放倒头睡觉，只在蒲团上打坐。劳神父也是不睡的，他才有闲空在赠我的糖盒上包上十七八层的废纸。劳神父给我吃的、玩的，又给我讲有趣的故事，大概是为他辛勤劳苦的生活，添上些喜爱欢乐的色彩吧！

四　记比邻双鹊

我住的楼是六号楼，卧室窗前有一棵病柏，因旁边一棵大柳树霸占了天上的阳光、地下的土壤。幸亏柳树及时斫去，才没枯死，但是萎弱得失去了柏树的挺拔，也不像健旺的柏树枝繁叶茂，钻不进一只喜鹊。病柏枝叶稀疏，让喜鹊找到了一个筑巢的好地方。二〇〇三年，一双喜鹊就衔枝在病柏枝头筑巢。我喜示欢迎，偷空在大院里拾了大量树枝，放在阳台上，供它们采用。不知道喜鹊筑巢选用的建材颇有讲究。我外行，拣的树枝没一枝可用。过了好几天我知道不见采纳，只好抱了大把树枝下楼扔掉。

鹊巢刚造得像个盆儿，一夜狂风大雨，病柏上端随风横扫，把鹊巢扫落地下。幸好还没下蛋。不久后，这对喜鹊就在对面七号楼下小道边的胡桃树顶上重做了一个。我在三楼窗里看得分明，下楼到树下抬头找，却找不到，因为胡桃树枝叶扶疏，鹊巢深藏不露。但这个巢很简陋，因为是仓促建成的。胡桃树不是常青树，冬天叶落，鹊巢就赤裸裸地挂在光秃秃的树上，老远都看得见。

二〇〇四年的早春二月间，胡桃树的叶子还没发芽呢。这年的二月二十日，我看见这双喜鹊又在病柏的高枝上筑巢了。这回有了经验，搭第一枝，左放右放，好半天才搭上第一枝，然后飞到胡桃树上又拆旧巢。原来喜鹊也拆迁呢！它们一老早就上工了。我没想到十天后，三月三日，旧巢已拆得无影无踪了。两只喜鹊每天一老早就在我窗外建筑。一次又风雨大作，鹊巢没有掉落。它们两个每天勤奋工作，又过两星期，鹊巢已搭得比鸟笼还大一圈了，上面又盖上个巢顶，上层牢牢地拴在柏树高一层的树枝上。我看见鹊儿衔着一根树枝，两脚使劲蹬，树枝蹬不下，才满意。

鹊巢有两个洞，一向东，一向西。喜鹊尾巴长，一门进，一门出，进巢就不必转身。朝我窗口的一面，交织的树枝比较疏，大概因为有我家屋子挡着，不必太紧密，或许也为了透气吧？因为这对喜鹊在这个新巢里同居了。阿姨说，不久就下蛋了。它们白天还不停地修补这巢，衔的都是软草羽毛之类。我贡献了旧扫把上的几枝软草，都给衔去铺垫了。

四月三日，鹊巢完工。以后就看见身躯较小的母鹊经常卧在巢内。据阿姨说，鸡孵蛋要三个星期，喜鹊比鸡小，也许不用三个星期之久。父鹊每日进巢让母鹊出来舒散一下，平时在巢外守望，想必也为母鹊觅食。它们两个整天守着它们这巢。巢里肯定有蛋了。这时已是四月十九日了。下雨天，母鹊羽毛湿了，显得很瘦。我发现后面五号楼的屋檐下有四五只喜鹊避雨。从一号到五号楼的建筑和六号以上的楼结构不同，有可供喜鹊避雨的地方，只是很窄。喜鹊尾巴长，只能横着身子。避雨的，大概都是邻近的父鹊，母鹊大概都在巢内。我窗前巢里的父鹊，经常和母鹊一出一入，肯定是在抱蛋了。

五月十二日，我看见五六只喜鹊（包括我窗外巢里的父鹊）围着柏树打转，又一同停在鹊巢旁边，喳喳喳喳叫。我以为是吵架，却又不像吵架。喳喳叫了一阵，又围着柏树转一圈，又一同落在树上，不知是怎么回事。

十三日，阿姨在我卧室窗前，连声叫我“快来看！”我忙赶去看，只见鹊巢里好像在闹鬼似的。对我窗口的一面，鹊巢编织稀疏。隙缝里，能看到里面有几点闪亮的光，和几个红点儿。仔细看，原来巢里小喜鹊已破壳而出，伸着小脑袋在摇晃呢。闪亮的是眼睛。嘴巴张得很大，嘴里是黄色，红点儿该是舌头。看不清共有三只或四只，都是嗷嗷待哺的黄口。

我也为喜鹊高兴。抱蛋够辛苦的，蛋里的雏儿居然都出来了！昨天那群喜鹊绕树飞一转，又落在巢边喳喳叫，又绕树一圈，又一齐落在树上喳喳叫，该是为了这对喜鹊喜生贵子，特来庆贺的。贺客都是身躯较大的父鹊，母鹊不能双双同来，想必还在抱蛋，不能脱身。

阿姨说，小鹊儿至少得七到十天，身上羽毛丰满之后才开始学飞。我不急于看小鹊学飞，只想看小鹊儿聚在巢口，一个个张着黄口，嗷嗷待哺。自从小鹊出生，父鹊母鹊不复进巢，想是怕压伤了小雏。

阿姨忽然记起，不久前榆树上刚喷了杀虫药。想来全市都喷药了。父母鹊往哪儿觅食呢？十四日我还听见父母鹊说话呢，母鹊叫了好多声才双双飞走。但摇晃的脑袋只有两个了。天气转冷，预报晚上中雨。小鹊儿已经三朝了，没吃到东西，又冻又饿，还能活命吗？

晚饭前就下雨了，下了一晚。鹊巢上面虽然有顶，却是漏雨的。我不能为鹊巢撑把伞，因为够不着，也不能找些棉絮为小雏垫盖。出了壳的小鸟不能再缩回壳里，我愁也没用。一夜雨，是不小的中雨。早上起来，鹊巢里寂无声音，几条小生命，都完了。这天饭后，才看见父母鹊回来。父鹊只向巢里看了一眼，就飞走了。母鹊跳上树枝，又跳近巢边，对巢里再看一眼，于是随父鹊双双飞走。

五月十六日，早上八点半，我听见两只喜鹊在说话，急看窗口，只见母鹊站在柏树枝上，跳上一枝，又一跳逼近巢口，低头细看巢里，于是像啼哭似的悲啼，喳喳七声，共四次。随后就飞走了。未见父鹊，想是在一起。柏树旁边胡桃树上湿淋淋的树叶上，还滴着昨宵的雨，好像替它们流泪。这天晚饭后，父母鹊又飞来，但没有上树，只站在对面七号楼顶上守望。

又过了两天，五月十八日上午，六天前曾来庆贺小鹊生日的四五只大喜鹊，又飞集柏树枝上，喳喳叫了一阵。有两只最大的，对着鹊巢喳喳叫，好像对殇儿致辞，然后都飞走了。父母鹊不知是否在我们屋顶上招待，没看见它们。午后四时，母鹊在巢边前前后后叫，父鹊大约在近旁陪着，叫得我也伤心不已。下一天，五月十九日，是我女儿生忌。下午三时多，又来站在柏树枝上，向巢悲啼三四分钟。下一天，也是下午三时多，老时候。母鹊又来向巢叫，又跳上一枝，低头向巢叫，又抬头叫，然后和陪同前来的父鹊一同飞走。

五月二十七日，清早六时起，看见母鹊默默站在柏树旁边的胡桃树上，父鹊在近旁守望。看见了我都飞走了。五月二十八日，小鹊已死了半个月了。小鹊是五月十二日生，十三、十四日死的。父母鹊又同来看望它们的旧巢。母鹊站上巢顶悲啼。然后父母同飞去。从此以后，它们再也不站上这棵柏树，只在邻近守望了。晚饭后，我经常看到它们站在对楼屋顶上守望。一次来了一只老鸦，踞坐巢上。父母鹊呼朋唤友，小院里乱了一阵，老鸦赶走才安定下来。我们这一带是喜鹊的领域，灰鹊或老鸦都不准入侵的。我怀疑，小雏的遗体，经雨淋日晒，是不是发臭了，老鸦闻到气息，心怀不善吧？

这个空巢——不空，里面还有小雏遗体，挂在我窗前。我每天看到父鹊母鹊在七号楼屋脊守望，我也陪着它们伤心。冬天大雪中，整棵病柏，连带鹊巢都压在雪里，父鹊母鹊也冒寒来看望。

转眼又是一年了。二〇〇五年的二月二十七日，鹊巢动工约莫一年之后，父鹊母鹊忽又飞上柏树，贴近鹊巢，向里观望。小鹊遗体经过雨淋雪压、日晒风吹，大概已化为尘土，散失无遗。父母鹊登上旧巢，用嘴扭开纠结松枝的旧巢。它们又想拆迁吧？它们扭开纠结松枝的旧树枝，衔住一头，双脚使劲蹬。去年费了好大工夫牢牢拴在树巅的旧巢，拆下不易，每拆一枝，都要衔住一头，双脚使劲蹬。出主力拆的是父鹊，母鹊有时旁观，有时叫几声。渐渐最难拆的部分已经松动。这个坚固的大巢，拆得很慢，我却不耐烦多管它们的闲事了。直到五月五日，旧巢拆尽。一夕风雨，旧巢洗得无影无踪。五月六日，窗前鹊巢已了无痕迹。过去的悲欢、希望、忧伤，恍如一梦，都成过去了。

五　三叔叔的恋爱

我最爱听爸爸讲他的小弟弟。爸爸的小弟弟是我的三叔叔。他比我爸爸小十一岁。我总觉得爸爸爱三叔,正像我爱小妹妹阿必(杨必),她也比我小十一岁。

我爸爸爱讲他小弟弟小时候的事,小弟弟临睡自己把被子盖好,学着大人要孩子快睡吓唬孩子的话:“老虎来了!”一面自己抓抓被子作老虎扒门声,一面闭上眼睛乖乖地睡。三叔叔是又聪明、又乖觉的孩子。

他考入上海南洋公学,虚岁十九就由学校派送美国留学,和我爸爸到美国留学差不多同时。他有公费,生活富裕。但我爸爸从不用他的钱,他们两兄弟也不住在一起。据我爸爸说:美国女人都说他漂亮。他个儿高,相貌也好,活泼可爱。他留美期间,和一位学医的华侨林小姐恋爱了。三叔学的是审计,他学成回国比我爸爸略早。回国前夕,他告诉我爸爸他爱上了学医的林小姐,回国就要解除婚约。三叔叔是十一岁就由父母之命订了婚的。

据我爸爸说,三叔的丈人是举人,任“学老师”。他在我三叔十一岁时,看中了这个女婿。我爸爸说他善于选择女婿。只是女婿可以挑选,女儿都不由他挑选。他的女儿都不得人喜爱。另两个未婚女婿都出国留学,回国都退了婚。两位退婚的小姐都郁郁而死。我爸爸听三叔说要退婚，迟疑了一下，不得不提醒他说："要解约，当在出国前提出。人家小姐比你大两岁，又等了你三年了。"如果退婚，她肯定是嫁不出去的了。三叔叔想必经过了一番内心斗争，和林小姐有情人未成眷属。他回国就和三婶结婚了。

三叔叔和三婶婶新婚也满要好。三叔叔应酬多，常带着新夫人一同出去。据我三婶自己告诉我妈妈，有一次，她不知说了一句什么话，三叔满面涨得通红，连脖子带耳朵都红了。从此以后，再也不带她一同出去应酬了。过些时，他把三婶送回无锡老家，自己一人留居北京。他当时任审计局长。

三叔叔吃花酒，认识了当时最红的名妓林××。这位名妓，不愿嫁阔佬，而钟情于三叔这么个穷书生。三叔也准备娶她，新床都买好了。他原有肺结核病，在美国留学时期治好了。这时忽然大吐血，娶林××事只好作罢。当时我父母同在无锡省视祖母，他们俩回北京时，我妈妈好心，带了三婶同回北京。我三婶不懂事，还嫌跟着我爸爸妈妈回北京，不如丈夫接她风光。我妈妈是知道三叔病了，特地把她带回北京的。

三叔叔大吐血就住进医院了，住的是德国医院——现在北京医院的前身。林××天天到医院看望。一次，三婶看见林××从三叔病房出来，就卷起洋伞打她，经护士劝开。三婶回家，气愤愤地告诉我妈妈。我妈妈说："你怎么可以打人呀？"三婶说："她是婊子。"当时，大太太率领仆妇捣毁姨太太的小公馆是常有的事，但没嫁人的名妓，身份是很高的。

后来林××嫁了一位富贵公子。妓女从良，照例要摆一桌酒席，宴请从前的"恩客"，表示以后不再叙旧情。据我爸爸讲，三叔叔是主客。他身负重病，特地赶去赴宴。此后，三叔叔自知病重，不能工作，就带了三婶和孩子同回老家。几年后因病去世，遗下寡婶和堂妹由我爸爸抚养。后来我堂妹嫁了阔人，但三婶已得老年性痴呆，也没有享福。

我上大学的时期，回家总爱跟着爸爸或妈妈，晚上还不愿回自己房间。有一夜，我听爸爸对妈妈说："小弟弟若娶了林小姐，他不致这样斲丧自己吧？"妈妈默然没有回答。我很为爸爸伤心，妈妈也知道爸爸是怜惜小弟弟而伤心自责。但是他作为年长十一岁的哥哥，及时提醒小弟弟，爸爸错了吗？三叔经过斗争，忍痛和有情人分手，三叔错了吗？我认为他们都没有错。我妈妈真好，她一声也不响，她是个知心的好老伴儿。我回到自己屋里来回地想，爸爸没错，三叔叔也没错。不过感情是很难控制的，人是很可怜的。

六　孔夫子的夫人

孔子曰："惟女子与小人为难养也。"这句话，得罪了好几位撑着半边天的女同志。其实"周公制礼"，目中就没有女子。虽有男多女少的部族，女贵于男，女子专权，但未见哪一位"周婆制礼"。从前我们可怜的女人被轻视是普遍现象，怪不到孔子。

苏格拉底比孔子后生八十多年。他和老伴儿生过三个儿子，看来也有女儿。因为他喝毒药之前，三个儿子都到监狱里见了父亲，然后，"家里的女人"也来了。"家里的女人"显然不只有一个老伴儿，想必还有女儿呢。苏格拉底对老伴儿一点情分都没有，只看作不明事理的人，打发开就算，没有丝毫怜惜爱护之情。

我读孔子的书，肯定他是一位躬行君子，自己没做到的事是不说的。他栖栖一代中，要求修身、齐家、治国、平天下，他的家一定是和洽的。所以我对孔夫子家的女人，很有兴趣，尤其想见见孔夫子的夫人。

可是我读书不多，一门心思寻找孔子家里的女子，书上绝少记载。据《史记·孔子世家》，他父亲生了九个女儿，没有儿子。年纪过了六十四，娶了颜家最小的女儿，才生了儿子，名丘字仲尼。丘生而父死。《索隐》据《孔子家语》，说孔子三岁而父死。他的年轻妈妈去世之前，当然母子同在一家。究竟他父亲几岁生他，他那位年轻的寡母哪年去世，记载都不详，好像没活多久。孔子十几岁就父母双亡，他的九个姐姐也不知下落。孔子十九岁，娶了一位复姓亓官的夫人，一年就生下一个儿子，名鲤，字伯鱼。伯鱼年五十，先孔子死。伯鱼只生了一个儿子。孔子肯定有女儿，公冶长不就是他的女婿吗？孔子有多少女儿我无从知道，孔子生前，记载中没有提到夫人去世，该是和亓官夫人白头到老的吧？孔子三岁父亲去世时，九个姐姐未必都已出嫁。亓官夫人不会只生一子一女就不再生育。伯鱼年五十，也不会只生一个儿子。从前女人不会节制生育，都生不少孩子呢。书上根本没提伯鱼的妻子，也没说伯鱼生几个女儿。书上就是不屑记载女人的。伯鱼年五十，我也怀疑，因为伯鱼死在颜渊之前，而颜回短命，只活到三十二岁。全部《论语》里，伯鱼只提到两次，据孔子所教导的话，他还很年轻。我记得子路是孔子六十九岁上死的，伯鱼比颜回还死得早呢。

我们读《论语》，就知道孔子的日常生活，无论饮食起居，都很讲究。这种种讲究，他老夫子自己决计是管不了的，当然是由家里女人照料。亓官夫人肯定很能干，对丈夫很体贴，夫妇之间很和洽。“女子小人”虽然难养，孔夫子一定“养”得很有办法。

就看他怎么讲究吃吧。“食不厌精，脍不厌细”，饭煮糊了，鱼肉变味了，他就不吃。饭煮得夹生，他也不吃。五谷果实没熟的不吃。肉得切得方方正正，如果一片厚、一片薄，一块大、一块小，或歪歪斜斜、乱七八糟的，他不吃。市上买的熟食，他不吃。祭肉过了三天，他也不吃。

他穿衣服也讲究。红的紫的不做内衣。我们的内衣，也不爱这么娇艳的颜色。我们也爱用浅淡的素色，否则脏了看不出。

暑天穿了薄薄的绸衣，必定要衬衬衣。冬衣什么色儿的皮毛，配用什么色儿的衣料，例如黑羔羊皮配黑色的衣料，白麂皮配素淡的衣料。家常衣服，右边的袖子短些，便于工作。睡觉一定要穿睡衣，睡衣比身体长一半，像西洋的婴儿服。穿了这么长的睡衣还能下床行走吗？当然得别人伺候了。“食不语，寝不言”，吃饭细嚼缓吞，不宜谈话。躺下了再谈话就睡不着了，我有经验。“席不正，不坐”，我更能体会。椅子凳子歪着，我坐下之前必定要放放正，除非是故意放在侧面的。如果我的床垫歪了，我必定披衣下床推正了再睡，否则睡不稳。这不过是生性爱整齐罢了。

孔子出门必坐车，不是摆架子，只是按身份行事。譬如我们从前大人家小姐出门必坐车，不徒步走。他住的房子决不在陋巷，显然有厅堂、有内寝，所以他才说“由也升堂矣，未入室也”。

孔子能齐家，亓官夫人也顶着半个家呢。在我的想象里，亓官夫人想必治家严谨。孔夫子对日常生活够挑剔的，而家里却很和洽。孔子的女儿，儿媳，孙女，以及伺候的女佣，一大群呢，孔子想必“养”得很好，一方面相当亲近，一方面也不让放肆。他认为“君子之道，造端乎夫妇”，所以他和亓官夫人，必定感情很好。亓官夫人即使不是贤能的夫人，至少也是以顺为正，能按照夫子的意愿管理这一大家女人的。

现在咱们家里，如果请了一个没教养的“阿姨”，好养吗？

七 《论语》趣

我很羡慕上过私塾的人,"四书五经"读得烂熟。我生在旧时代的末端,虽然小学、中学、大学的课程里都有国文课,国文并不重要,重要的是数学、理科和英文。我自知欠读的经典太多了,只能在课余自己补读些。

"四书"我最喜欢《论语》,因为最有趣。读《论语》,读的是一句一句话,看见的却是一个一个人,书里的一个个弟子,都是活生生的,一人一个样儿,各不相同。孔子最爱重颜渊,却偏宠子路。钱锺书曾问过我:"你觉得吗?孔子最喜欢子路。"我也有同感。子路很聪明,很有才能,在孔子的许多弟子里,他最真率,对孔子最忠诚,经常跟在夫子身边。孔子一声声称赞"贤哉回也",可是和他讲话,他从不违拗("不违如愚")。他的行为,不但表明他对夫子的教诲全部领悟,而且深有修养。孔子不由得说"回也非助我者也",因为他没有反应。孔子只叹恨"吾见其进也,未见其止也"。子路呢,夫子也常常不由自主地称赞,例如"由也兼人","片言可以折狱者,其由也欤?""子路无宿诺"等。子路听到夫子的称赞就喜形于色,于是立即讨得一顿训斥。例如孔子说:"道不行,乘桴浮于海,从我者,其由欤?""子路闻之喜"。孔子接下就说:"由也,好勇过我,无所取材。"孔子曾称赞他假如穿了破棉袍儿,和穿狐皮袍的人站在一起,能没有自卑感，引用《诗经·邶风》的“不忮不求，何用不臧”，子路终身诵之。孔子就说，这是做人的道理，有什么自以为美的。又如孔子和颜回说心里话：“用之则行，舍之则藏，惟我与尔有是夫！”子路就想挨上去讨夫子的称赞，卖弄说：“子行三军，则谁与？”夫子对子路最不客气，马上给几句训斥：“暴虎冯河，死而无悔者，吾不与也。必也临事而惧，好谋而成者也。”

孔子对其他弟子总很有礼，对子路却毫不客气地提着名儿训他：“由，诲汝知之乎？……”子路对夫子毫无礼貌。孔子说：“必也正名乎？”他会说：“有是哉，子之迂也。……”孔子不禁说：“野哉！由也。”接着训了他几句。颜回最好学，子路却是最不好学，他会对夫子强辩饰非，说“何必读书，然后为学”。孔子对这话都不答理了，只说他厌恶胡说的人。但是在适当的时候，夫子会对他讲切中要害的大道理，叫他好生听着：“居，吾语汝。”（坐下，听我说。）夫子的话是专为他不好学、不好读书而说的。一次，几个亲近的弟子陪侍夫子：闵子是一副刚直的样子，子路狠巴巴地护着夫子，好像要跟人拼命似的。冉有、子贡，和颜悦色。孔子心上喜欢，说了一句笑话：“若由也，不得其死然。”孔子如果知道子路果然是“不得其死”，必定不忍说这话了。孔子爱音乐，子路却是音乐走调的。子路鼓瑟，孔子受不了了，叫苦说：“由之瑟，奚为于丘之门。”门人不敬子路，孔子就护他说：“由也升堂矣，未入于室也。”（以上只是我的见解。据《孔子家语》：子路鼓瑟，有北鄙杀伐之声，因为他气质刚勇而不足于中和。我认为刚勇的人，作乐可以中和；子路只是走调。）

子游、子夏，孔子也喜欢。“吾党之小子狂简，斐然成章”指的可能就是以文学见长的子游、子夏。子游很认真要好，子夏很虚心自谦。夫子和子游爱开开玩笑,对子夏多鼓励。

子贡最自负。夫子和他谈话很有礼,但是很看透他。孔子明明说“君子不器”。子贡听夫子称赞旁人,就问“赐也如何?”孔子说:“汝器也”,不过不是一般的“器”,是很珍贵的“器”,“瑚琏也”。子贡自负说:“我不欲人之加诸我也,吾亦欲无加诸人。”夫子断然说:“赐也,非尔所及也。”孔子曾故意问他:“汝与回也孰愈?”子贡却知道分寸,说他怎敢和颜回比呢,回也问一知十,他问一知二。孔子老实说:“弗如也”,还客气地陪上一句:“吾与汝,弗如也。”子贡爱批评别人的短处。孔子训他说:“赐也贤乎哉,夫我则不暇。”子贡会打算盘,有算计,能做买卖,总是赚钱的。孔子称他“善货殖,亿则屡中”。

孔子最不喜欢的弟子是宰予。宰予不懂装懂,大胆胡说。孔子听他说错了话,因为他已经说了,不再责怪。宰予言行不符,说得好听,并不力行。而且很懒,吃完饭就睡午觉。孔子说他“朽木不可雕也”。又说:“始吾于人也,听其言而信其行。今吾于人也,听其言而观其行。”说他是看到宰予言行不一而改变的。宰予嫌三年之丧太长,认为该减短些。夫子说:“子生三年然后免于父母之怀。”父母死了没满三年,你吃得好,穿得好,心上安吗?宰予说“安”。孔子说:你心安,就不守三年之丧吧。宰予出,夫子慨叹说:“予之不仁也……予也有三年之爱于其父母乎?”宰予有口才,他和子贡一样,都会一套一套发议论,所以孔子推许他们两个擅长“语言”。

《论语》里只有一个人从未向夫子问过一句话。他就是陈亢,字子禽,他只是背后打听孔子。他曾问子贡:孔子每到一个国,“必闻其政”,是他求的,还是人家请教他呀?又一次私下问孔子的儿子伯鱼,“子亦有异闻乎?”伯鱼很乖觉,说没有异闻,只叫他学《诗》学《礼》。陈亢得意说:“问一得三,闻诗,闻礼,又闻君子之远其子也。”孔子只这么一个宝贝儿子,伯鱼在家里听到什么,不会告诉陈亢。孔子会远其子吗?君子易子而教,是该打该骂的小孩,伯鱼已不是小孩子了。也就是这个陈亢,对子贡说:你是太谦虚吧?“仲尼岂贤于子乎?”他以为孔子不如子贡。真有好些人说子贡贤于孔子。子贡虽然自负,却是有分寸的。他一再说:“仲尼不可毁也”;“仲尼日月也,无得而逾也”;“夫子之不可及也,犹天之不可阶而升也”。陈亢可说是最无聊的弟子了。

最傲的是子张。门弟子间惟他最难相处。子游说:“吾友张也,为难能也,然而未仁。”曾子曰:“堂堂乎张也,难于并为仁矣。”

我们看到孔门弟子一人一个样儿,而孔子对待他们也各各不同,我们对孔子也增多几分认识。孔子诲人不倦,循循善诱,他从来没有一句教条,也全无道学气。他爱音乐,也喜欢唱歌,听人家唱得好,一定要请他再唱一遍,大概是要学唱吧!他如果哪天吊丧伤心哭了,就不唱歌了。孔子是一位可敬可爱的人,《论语》是一本有趣的书。

八　镜中人

镜中人，相当于情人眼里的意中人。

谁不爱自己？谁不把自己作为最知心的人？谁不体贴自己、谅解自己？所以一个人对镜自照时看到的自己，不必犯“自恋癖”(narcissism)，也往往比情人眼里的意中人还中意。情人的眼睛是瞎的，本人的眼睛更瞎。我们照镜子，能看见自己的真相吗？

我屋里有三面镜子，方向不同，光照不同，照出的容貌也不同。一面镜子最奉承我，一面镜子最刻毒，一面最老实。我对奉承的镜子说：“别哄我，也许在特殊情况下，例如‘灯下看美人’，一霎时，我会给人一个很好的印象，却不是我的真相。”我对最刻毒的镜子说：“我也未必那么丑，这是光线对我不利，显得那么难看，不信我就是这副模样。”最老实的镜子，我最相信，觉得自己就是镜子里的人。其实，我哪就是呢！

假如我的脸是歪的，天天照，看惯了，就不觉得歪。假如我一眼大，一眼小，看惯了，也不觉得了，好比老伴儿或老朋友，对我的缺点习惯了，视而不见了。我有时候也照照那面奉承我的镜子，聊以自慰；也照照那面最刻毒的镜子，注意自我修饰。我自以为颇有自知之明了。其实远没有。何以见得呢？这需用实例才讲得明白。

我曾用过一个最丑的老妈，姓郭。钱锺书曾说：对丑人多看一眼是对那丑人的残酷。我却认为对郭妈多看一眼是对自己的残酷。她第一次来我家，我吓得赶忙躲开了眼睛。她丑得太可怕了：梭子脸，中间宽，两头狭，两块高颧骨夹着个小尖鼻子，一双肿眼泡；麻皮，皮色是刚脱了痂的嫩肉色；嘴唇厚而红润，也许因为有些紧张，还吐着半个舌尖；清汤挂面式的头发，很长，梳得光光润润，水淋淋地贴在面颊两侧，好像刚从水里钻出来的。她是小脚，一步一扭，手肘也随着脚步前伸。

从前的老妈子和现在的“阿姨”不同。老妈子有她们的规矩。偷钱偷东西是不行的，可是买菜揩油是照例规矩，称“篮口”。如果这家子买菜多，那就是油水多，“篮口”好。我当家不精明，半斤肉她报一斤，我也不知道。买鱼我只知死鱼、活鱼，却不知是什么鱼。所以郭妈的“篮口”不错，一个月的“篮口”比她一个月的工资还多。她讲工钱时要求先付后做，我也答应了。但过了一月两月，她就要加工钱，给我脸瞧。如果我视而不见，她就摔碟子、摔碗嘟嘟囔囔。我给的工钱总是偏高的。我加了工钱嘱她别说出去，她口中答应却立即传开了，然后对我说：家家都涨，不止我一家。她不保密，我怕牵累别人家就不敢加，所以常得看她的脸子。

她审美观念却高得很，不顺眼的，好比眼里夹不下一粒沙子。一次，她对我形容某高干夫人：“一双烂桃眼，两块高颧骨，夹着个小鼻子，一双小脚，走路扭搭扭搭……”我惊奇地看着她，心想：这不是你自己吗？

我们家住郊外，没有干净的理发店，锺书和女儿央我为他们理发，我能理发。我自己进城做个电烫，自己做头发，就可以一年半载不进城。我忽然发现她的"清汤挂面"发式,也改成和我一样的卷儿了。这使我很惊奇。一次我宴会遇见白杨。她和我见面不多,却是很相投的。她问我:"你的头发是怎么卷的?"我笑说:"我正要问你呢,你的头发是怎么卷的?"我们讲了怎么卷:原来同样方法,不过她末一梳往里,我是往外梳。第二天我换了白杨的发式。忽见郭妈也同样把头发往里卷了。她没有电烫,不知她用的什么方法。我不免暗笑"婢学夫人",可是我再一想,郭妈是"婢学夫人",我岂不是"夫人学明星"呢?

郭妈有她的专长,针线好。据她的规矩,缝缝补补是她的分内事。她能剪裁,可是决不肯为我剪裁。这点她很有理,她不是我的裁缝。但是我自己能剪裁,我裁好了衣服,她就得做,因为这就属于缝缝补补。我取她一技之长,用了她好多年。

她来我家不久,锺书借调到城里工作了,女儿在城里上学,住宿。家里只我一人,如果我病了,起不了床,郭妈从不问一声病,从不来看我一眼。一次,我病倒了,我自己煮了粥,盛了一碗粥汤端到她床前。她惊奇得好像我做了什么怪事。从此她对我渐渐改变态度,心上事都和我讲了。

她掏出贴身口袋里一封磨得快烂的信给我看,原来是她丈夫给她的休书。她丈夫是军官学校毕业的,她有个儿子在地质勘探队工作,到过我家几次,相貌不错。她丈夫上军官学校的学费,是郭妈娘家给出的。郭妈捎了丈夫末一学期的学费,就得到丈夫的休书,那虚伪肉麻的劲儿,真叫人受不了,我读着浑身都起鸡皮疙瘩。那位丈夫想必是看到郭妈丑得可怕,吃惊不小,结婚一两个星期后就另外找了一个女人,也生了一个儿子。郭妈的儿子和父亲有来往,也和这个小他一二个月的弟弟来往。郭妈每月给儿子寄钱,每次是她工钱的一倍。这儿子的信,和他父亲的休书一样肉麻。我最受不了的事是每月得起着鸡皮疙瘩为郭妈读信并回信。她感谢我给她喝粥汤,我怜她丑得吓走了丈夫,我们中间的感情是非常微薄的。她太欺负我的时候,我就辞她;她就哭,又请人求情,我又不忍了。因此她在我家做了十一年。说实话,我很不喜欢她。

奇怪的是,我每天看她对镜理妆的时候,我会看到她的"镜中人",她身材不错,虽然小脚,在有些男人的眼里,可说袅娜风流。肿眼泡也不觉肿了,脸也不麻了,嘴唇也不厚了,梭子脸也平正了。

她每次给我做了衣服,我总额外给她报酬。我不穿的衣服大衣等,还很新,我都给了她。她修修改改,衣服绸里绸面,大衣也称身。十一年后,我家搬到干面胡同大楼里,有个有名糊涂的收发员看中了她,老抬头凝望着我住的三楼。他对我说:"你家的保姆呀,很讲究呀!"幸亏郭妈只帮我搬家,我已辞退了她,未造成这糊涂收发员的相思梦。我就想到了"镜中人"和"意中人"的相似又不同。我见过郭妈的"镜中人",又见到这糊涂收发员眼里的"意中人",对我启发不小。郭妈自以为美,只是一个极端的例子。她和我的不同,也不过"百步""五十步"的不同罢了。

镜子里的人,是显而易见的,自己却看不真。一个人的品格——他的精神面貌,就更难捉摸了。大抵自负是怎样的人,就自信为这样的人,就表现为这样的人。他在自欺欺人的同时,也在充分表现自己。这个自己,"不镜于水,而镜于人",别人眼里,他照见的不就是他表现的自己吗?

九　他是否知道自己骗人？

一九五三年“院系调整”后，我们夫妇同在文学研究所外国文学组工作。同事间有一位古希腊、罗马文学专家。他没有留过学，但自称曾在世界各国留学，而且是和苏联的风云人物某某将军一同飞回中国的。他也是苏联文学专家。但不久就被人识破，他压根儿未出国境一步。可是他确有真才实学，他对于古希腊、罗马的学问，不输于留学希腊的专家。而且他中文功底好，文笔流丽。他还懂俄文，比留学希腊的专家更胜一筹了。他并未失去职位，只成了同事间一位有名的“骗子”——有点滑稽的“骗子”。

我家和他家有缘，曾同住在一个小小办公楼的楼上，对门而居。“骗子”的夫人也是同事，我忘了她什么工作，只记得我和她同岁。她为人敦厚宽和，我们两个很要好，常来往。他家两个儿子、一个女儿常来我家玩。大儿子特聪明，能修电器，常有小小发明。

我看见他们家供着圣约瑟和圣母像，知道他们必是天主教徒，因为新教不供奉圣母。锺书和我猜想，这位先生的古希腊、罗马文，该是从耶稣会的教士学来，准是踏踏实实的。夜深常听到他朗诵中文，我们猜想他好学而能自学，俄文当是自学的。

我们那个小小的办公楼，分住四家。四家合用一个厕所。

四家人口不少,早起如厕,每日需排队,而厕所在楼下,我们往往下了楼又上楼。对门的大儿子就发明一个装置,门口装一个小小的红灯泡,红灯亮,即厕所无人。他家门口高悬一幅马克思像,像上马克思脸红了,我们就下楼。那群孩子都聪明,料想爸爸也聪明。我们很好奇,他冒称留学世界各国,他夫人也信以为真吗?他孩子们知道爸爸撒谎吗?

我们两家做邻居的时期并不长久,好像至多一两年。我家迁居后和他们仍有来往。他们夫妇,很早就先后去世,"骗子"先生久已被人遗忘。如果他不骗,可以赢得大家的尊敬。我至今好奇,不知他家里人是否知道虚实。

一个人有所不足,就要自欺欺人。一句谎言说过三次就自己也信以为真的,我们戚友间不乏实例。我立刻想到某某老友就是如此。自欺欺人是人之常情,程度不同而已。这位"骗子"只是一个极端。

十　穷苦人（三则）

一　路有冻死骨

上海沦陷时期，常看见路上冻死、饿死的叫花子。我步行上班，要经过一方荒僻的空地。一次，大雪之后，地上很潮湿，可是雪还没化尽。雪地里，躺着一个冻死或饿死的叫花子。有人可怜他，为他盖上一片破席子，他一双脚伸在席外。我听过路人说："没咽气呢，还并着两只脚朝天竖着呢。"到我下班回家时，他两脚"八"字般分向左右倒下了，他死了。有人在他身边放了一串纸钱，可是没人为他烧。我看见他在雪地里躺了一天，然后看见"普善山庄"的人用薄皮棺材收殓了尸体送走了。上海有个"普善山庄"专"做好事"，办事人员借此谋生，称"善棍"。

有一次，锺书和我出门看朋友，走累了，看见一个小小土地庙，想坐门槛上歇歇。只见高高的门槛后面，躺着一个蜷曲的死人，早已僵了。我们赶忙走开。不知这具尸体，哪天有人收殓。

二　吃施粥

抗日寇胜利后，我住蒲园。我到震旦女校上课，可抄近路由学校后门进校。霞飞路后面有一片空场是"普善山庄"的施粥场，我抄近路必经之处。所以我经常看到叫花子吃施粥。

附近的叫花子，都拿着洋铁罐儿或洋铁桶排队领粥，秩序井然，因为人人都有，不用抢先，也不能领双份。粥是很稠的热粥，每人两大铜勺，足有大半桶，一顿是吃不完的，够吃两顿。早一顿是热的，晚一顿当然是冷的了。一天两顿粥，可以不致饿死。领施粥的都是单身，都衣服破烂单薄，多半抢占有太阳的地方。老资格的花子，捧了施粥，挑个好太阳又没风的地方，欣欣喜喜地吃；有时还从怀里掏出一包花生米或萝卜干下粥。绝大多数是默默地吃白粥。有一次，我看见老少两人，像父子，同吃施粥。他们的衣服还不很破，两人低着头，坐在背人处，满面愁苦，想是还未沦为乞丐，但是家里已无米下锅了。我回家讲给锺书听，我们都为这父子俩伤心；也常想起我曾看见的那两个尸体，他们为什么不吃施粥呢？该是病了，或不会行动了吧？

三 “瞎子饿煞哉！”

上海沦陷期间，钱家租居沿马路的房子，每天能听到“饿煞哉！饿煞哉！瞎子饿煞哉！”的喊声。我出门经常遇到这个瞎子，我总要过马路去给他一个铜板。瞎子一手用拐杖点地，一手向前乱摸，两眼都睁着。那时候，马路上没几辆汽车，只有24路无轨电车，还有单人或双人的三轮车，过马路很容易。

我每天饭后，乘24路无轨电车到终点下车，然后要走过一段“三不管”地带，再改乘有轨电车到终点，下车到半日小学上课。“三不管”是公共租界不管，法租界不管，伪政府也不管，是歹徒出没的地方，下课后那里的夜市非常热闹。黄包车夫或三轮车夫辛苦了一天,晚上围坐在吃大闸蟹的摊儿上吃死蟹,真是俗语:“叫花子吃死蟹,只只好!”他们照例有姜末,也有香醋。蟹都是捆着的,个儿很大,不过全都是死蟹,看他们吃得真香!我看到穷苦人的享乐,大有兴趣。我自己肚里也饿得慌呀。但是我如果放慢脚步,就会有流氓盯梢,背后会有人问:“大闸蟹吃嚯?”我赶忙急急赶路,头也不敢回。

一次我下课后回家,就在大闸蟹摊附近,有一个自来水龙头,旁边是一片铺石子的空地。我看见那个“饿煞哉”的瞎子坐在自来水龙头前面,身边一只半满的酒杯,周围坐着一大圈人,瞎子显然是这伙人的头儿,正指手划脚、高谈阔论呢。我认得这个瞎子,瞎子也看见我在看他了,顿时目露凶光,吓得我一口气跑了好老远,还觉得那两道凶光盯着我呢。以后我听到“瞎子饿煞哉!”总留心躲开。我从未对他有恶意,他那两眼凶光好可怕呀!我读过法国的《乞丐市场》,懂得断臂的、一条腿的、浑身创伤的乞丐,每清早怎样一一化装。但我天天看见这个不化装的假瞎子,从未怀疑过他的真假。真是“君子可以欺以方也”,想到他眼里那两道凶光,至今还有点寒凛凛的。

十一　胡思乱想

一　胡思乱想之一

我不是大凶大恶，不至于打入十八层地狱。可是一辈子的过错也攒了一大堆。小小的过失会造成不小的罪孽。我愚蠢，我自私，我虚荣，不知不觉间会犯下不少罪。到我死，我的灵魂是怎么也不配上天堂的。忏悔不能消灭罪孽，只会叫我服服帖帖地投入炼狱，把灵魂洗炼干净。然后，我就能会见过去的亲人吗？

我想到父母生我、育我、培养我，而他们最需要我的时候，我却不在身边，跑到国外去了，还顶快活，只是苦苦想家。苦苦想家就能报答父母吗？我每月看到阴历十一夜的半个月亮，就想到我结婚前两夕，父母摆酒席"请小姐"的时候，父母不赴宴，两人同在卧室伤感吧？我总觉得是女儿背弃了父母。这个罪，怎么消？

我的父母是最模范的夫妻。我们三个出嫁的姐妹，常自愧不能像妈妈那样和顺体贴，远不如。我至少该少别扭些，少任性些，可是没做到，我心上也负疚。

至于女儿，我只有一个女儿，却未能尽妈妈的责任。我大弟生病，我妈妈带了他赶到上海，到处求医，还自恨未尽妈妈的责任。我却让女儿由误诊得了绝症,到绝症末期还不知她的病情,直到她去世之后,才从她朋友的记述中得知她病中的痛楚,我怎么补偿我的亏欠呀?

苏格拉底在他等候服毒之前,闲来无事,讲讲他理想的天堂地狱。他说:鬼魂泡在苦海里,需要等他生前亏负的人饶恕了他,才得超生。假如我喊爸爸妈妈求宽恕,他们一定早已宽恕了。他们会说:“阿季,快回来吧! 我们等你好久了。”若向锺书、圆圆求宽恕,他们也一定早已宽恕了,他们会叫“娘,快回来吧! 我们正等着你呢”。可是我不信亲人宽恕,我就能无罪。

老人的前途是病和死。我还得熬过一场病苦,熬过一场死亡的苦,再熬过一场炼狱里烧炼的苦。老天爷是慈悲的。但是我没有洗炼干净之前,带着一身尘浊世界的垢污,不好“回家”。

二　胡思乱想之二

假如我要上天堂,穿什么“衣服”呢?“衣服”,不指我遗体火化时的衣服,指我上天堂时具有的形态面貌。如果是现在的这副面貌,锺书、圆圆会认得,可是我爸爸妈妈肯定不认得了。我妈妈很年轻,六十岁还欠两三个月。我爸也只有六十七岁。我若自己声明我是阿季,妈妈会惊奇说:“阿季吗? 没一丝影儿了。”我离开妈妈出国时,只二十四岁。妈妈会笑说:“你倒比我老了!”爸爸和我分别时,我只三十三岁,爸爸会诧异说:“阿季老成这副模样,爸爸都要叫你娘了。”

我十五六岁,大概是生平最好看的时候,是一个很清秀的小姑娘。我愿意穿我最美的“衣服”上天堂,就是带着我十五六岁的形态面貌上天。爸爸妈妈当然喜欢，可是锺书、圆圆都不会认得我，都不肯认我。锺书决不敢把这个清秀的小姑娘当作老伴；圆圆也只会把我看作她的孙女儿。

假如人死了，灵魂还保持生前的面貌，美人也罢了，不美的人，永远那副模样，自己也会嫌，还不如《聊斋》里那个画皮的妖精，能每夜把自己画得更美些。可是任意变样儿，亲人不复相识，只好做孤鬼了。

亲人去世，要梦中相见也不能。但亲人去世多年后，就能常常梦见。我孤独一人已近十年，梦里经常和亲人在一起。但是在梦中，我从未见过他们的面貌和他们的衣服，只知道是他们，感觉到是他们。我常想，甩掉了肉体，灵魂彼此间都是认识的，而且是熟识的、永远不变的，就像梦里相见时一样。

十二　她的自述

作者按：这条注，我嫌篇幅太长，想不收了。但都是真人实事，不是创作。除了太爷爷的事像故事，那是她妈妈转述的。真人实事，可以比小说离奇，却又是确有其事。后部我嫌繁琐删掉了。以下都是她本人讲的。我只改了姓名。

奶奶，你都没法儿想，我小时候多么穷、多么苦。大冬天，我连一条裤子都没有！光着两条腿，好冷唷！我二奶奶有一双套裤。她不穿，我就拿来穿了。腿伸进套裤，真暖和，可是没有裆。我大舅是裁缝，我拣些布头布角缝了个裆。那时候，我才几岁呀！

奶奶，我不乱扯，我从头讲。不过从头的事，都是我听妈妈讲的。我妈老实，从来不扯谎。有些事，她也不大知道。

我家是安徽人。我们的村子叫吴村，多半人家姓吴。我家姓邓，是外来户。我的太爷爷是砌灶的泥瓦匠。他肩上搭一条被套，另一个肩上一前一后挂两只口袋。一只口袋里是吃饭的一只饭碗、一双筷子；另一只口袋里是干活儿用的一块木板和一个圬泥的镘子。他走街串巷，给家家户户砌灶。夜里，在人家屋檐下找个安顿的角落，裹上被套睡觉。

有一年冬天特冷。大年三十，连天连夜的大雪。雪好大唷，家家的大门都堵得开不开了。我太爷爷没处可睡，就买了一把大扫帚，一路扫雪开道。家家都给钱。他连夜从河对岸扫过了河。我们那里的河都通淮河，不过离淮河还很远，那年都连底冻了。大年初一他扫进吴村。大雪里，家家户户的大门都堵住了。他一条一条街上扫，家家都给钱，开门大吉呀！他四季衣衫都穿在身上。衬衣上穿背心，背心上穿棉袄，棉袄上罩夹袄，压着棉袄暖和些。每件衣服都有两个口袋。他浑身口袋里都装满了钱，连搭在肩上的两只口袋也装满了钱。他穿的是扎腿裤，单的在里，夹的罩在棉裤外面，他裤子里也装满了钱，走路都不方便了。

村里有个大户人家，有个老闺女没嫁掉。那家看中我太爷能干勤快，人也高高大大、结结实实，相貌还顶俊，愿意把闺女嫁给他。他就正式下了聘，那家也陪了好一份嫁妆。他就在吴村买地盖房、租地种田；农闲的时候，照旧给人家砌灶，就这样在吴村安家落户了。

他们生了三个儿子，娶了三房媳妇，有没有闺女，不知道了。我爷爷是大儿子。我奶奶是个病包儿，一双小脚裹得特小。她头胎生了一个儿子，就是我爹。她没有再生第二胎。我爹是一九一六年生的，属龙。我妈小一岁，属小龙。二爷爷只生女儿。我二奶奶是村里的接生婆。人家生了女的，不要，就叫二奶奶给淹死在马桶里。有的孩子不肯死，二奶奶就压上一块砖。她作孽太多了，冤鬼讨命了。她尽生女的，生了就死，只养大一个。三爷爷娶了三奶奶，生过一男二女。日本鬼子到了我们村上，杀人放火，好多人家房子给烧了。我家也烧了。后来我家在原先的地基上盖了新屋。我爷爷还住最前面的一进；二爷爷把他家屋基往西挪挪，东边让出一溜地，他在东头另开了一个朝东的小门。三爷爷早死。我二爷爷管家很严。三奶奶的房子在二爷爷后面，出出进进只可以走我们家的大门。

我妈生过多少孩子，她自己也记不清。有的没养大，有的送人了。我姐大我五岁，叫招弟。她招来一个弟弟送人了。那时候，我爹逃出去打游击。我爷爷身坯子弱，他名下的田，都让我二爷爷种了。三爷爷的地也让我二爷爷种，三爷爷的儿子还小呢。每年二爷爷给爷爷奶奶一份粮，也给三奶奶家一份粮。三奶奶家倒是够吃的，我们家可不够，因为我爹常回家，衣服要缝缝补补，他还带了同伙来吃饭。我妈妈做饭，老是干一顿、稀一顿，省下米来供我爹吃饭。

徽州人出门做生意的多。做生意的都有钱。有个生意人问我妈要招弟姐招来的那儿子。我妈想，自己家里吃不饱，他家要儿子，是有钱啊。家住城里，有吃有穿，长大了还可以上学，妈就把儿子给掉了。爹不管家里的事。我家墙上有个缺口，爹常夜里翻墙回家，还开了大门请同伙吃饭。同伙有一个女的，戴着个八角帽。我妈不知道她是女人。她就是二奶奶说的狐狸精、扫帚星。她来过好多次呢，我二奶奶告诉了我妈，我妈还不信。这女人姓丁，她比我妈小十一岁，比我爹小十二岁。

我爹是游击队长。他会摸碉堡。什么碉堡我也不懂，只知道摸到一个碉堡能缴获许多枪支弹药，不过很危险。有一次我爹给国民党狗仔子逮着了，把他拴在梁上。这群狗仔子立了大功，喝酒吃肉庆功。我爹两手腕子给拴得紧紧的。可是他会使劲把身子撑起来，把胳膊肘子靠在梁上。狗仔子只见他身子悬在空中，不知他直在偷偷啃绳子。他们喝醉吃饱，东倒西歪地睡着了，我爹啃断了一根绳子，脱出手来，解了另一条绳子，从梁间轻轻落地。可是挂了一天，浑身酸痛，又渴又饿，只会在地上爬了。他爬出屋子，外面的狗就汪汪叫。幸亏他连爬带滚，滚落在一个沟里，终究逃出来了。

我家经常有人来搜查。可是我爹总不在家。我爷爷顶老实，胆儿最小。他和我妈都是最本分的。我爹干什么，他们都不知道。街坊都说，“这‘木奶奶’知道什么呀！”我妈是有名的“木奶奶”，因为她脑筋慢，性子犟，就像木头。我妈家务事还是很能干的，特爱干净，做事也勤快。

我是一九四九年正月底生的，属牛，因为还没到立春呢。我们农村都用阴历，都说虚岁。我爹是解放以后敲锣打鼓回村的。他就做了村长，又兼做村里的小学校长。当时我妈已经怀上我弟弟了。我爷爷奶奶原先睡在我妈房间对面的正房里。爷爷最老实，怕他的儿子。爹回来了，一回家就带一大帮人。爷爷说，我爹客人多，没个会客的地方，就把卧房让出来，给爹会客。他老两口子住了西厢房。正房中间一间是吃饭的。灶，就在妈妈正房前的东厢房旁边。我爹从前回家翻墙出入，当了村长就不好翻墙了。他白天总在外边吃饭，晚饭多半家里吃，总带着一伙同事。晚饭以后，同事散了，爹就悄悄出门。我妈后来知道，那姓丁的女人不知在哪儿藏着，爹每晚到她那儿去。我姐会讨好爹，晚上给他关大门，清早给他开大门，有时是虚掩着大门。

爹要是不出门，晚上就用门闩打妈。我妈只是护着自己的大肚子。我才两岁，看见爹打妈，就趴在妈妈大肚子上护妈妈，为此也挨了爹的门闩。门闩打得很痛。我大了才知道是那姓丁的要我爹逼我妈在休书上按手印。妈妈死也不肯。她后来告诉我:“我一人回娘家,总有口饭吃,可我总不能拖男带女呀! 我要是把你们抛下,你那时候像个大蜻蜓,脸上只有两只大眼睛,细胳膊细腿,一掐就断。弟弟小,你们两个还有命吗?”

我刚出生就得了咳嗽病,咳得眼角流血。我吃妈妈的奶,吃了四个月,长得胖乎乎。爹有个战友,夫妻不会生孩子,就要我做女儿。爹答应了。他们特地请城里念书人给起了名字,叫秀珠。妈嫌珠子珍贵,小孩儿名字越贱越好。她只叫我秀秀。爹的战友还为我做了新衣;换上新衣,就把我抱走了。

我妈呆呆地坐着发愣。二奶奶说:“又给人了,这一给就一辈子看不见了。”我妈给掉了姐招来的弟弟,大概老在惦记。这回经二奶奶一提醒,她不干了,二话没说,抬身就往码头赶。战友夫妻是乘轮船回家,男的已经上船,女的抱着我正要上船。我妈从她手里把我抢了过来,回身就跑,一口气跑回家。我是妈这样抢回来的。

我妈睡的房,不朝东开窗,因为外边是荒地。可是窗子总得有一个,不朝东就朝北。北面是我二爷爷的房。爹打妈,二爷爷那边全看得见。二爷爷看不过了。他很生气。他说我爷爷从小娇养,身子弱,他不争气也罢了。我爹精精壮壮的好汉,迷上了狐狸精,又是个不争气的。他就找我大舅二舅想办法。我大舅二舅都怕村长,只说,等我妈生下孩子,我妈回大舅家。可是生了孩子还得喂奶,不能生了就走啊。爹是村长,人人都看着他呢,总不能一人养两个老婆。我妈咬定她不另嫁人,也不回娘家,她一个人过。二爷爷就做主了,叫把妈的两间东厢房还带着个柴间划归我妈。东厢房的门是向院子开的,柴间的门也向院子开,厢房和正房是通连的。二爷爷和爹说好,把通正房的门砌死，向院子开的东厢房门也砌死，另向东边开一扇出入的门。柴间的门就不堵了，由妈妈关上就行。商量停当，妈妈就在休书上按下了手印。砌两个小门、开一个小门费不了多大工夫。我妈搬家省事，只从屋里搬，不用出门。我的姐，还住爷爷奶奶的西厢房尽头靠近大门的屋里。她跟爷爷奶奶一起跟爹过。

我听妈妈讲，那姓丁的进门是晚上，好热闹呀。我弟弟还没生呢，我会走了。妈妈开了柴间的一缝门看热闹。爹脖子上骑着个男孩子，妈说是和我一般大小，姓丁的抱着个女孩子叫小巧贞，还有许多赶热闹的人，大概在外面摆酒了。我爷爷奶奶关了门没出来。

我家东向的小门外是大片荒地，荒地尽头是山坡。大舅家在山坡上，离我家不远。我妈生弟弟，大舅妈常来照顾我妈。二爷爷每月给妈妈一份柴米。弟弟断奶后，我妈在门外开荒或上山打柴。卖了钱就买点猪油，熬了存在罐子里。她每天出门之前煮一锅很稠的粥，我和弟弟一人一碗，我们用筷子戳下一小块猪油放在粥里，搅和搅和就化了。粥和油都不热，猪油多了化不开，所以我们吃得很省。

我四岁那年春天，不知生了什么病快死了，差点儿给扔到河里去喂鱼了。我们乡下穷人家小孩子死了，就用稻草包上，捆一捆，往河里一扔。你要是看见河里浮着个稻草包儿，密密麻麻的鱼钻在稻草包下，那就是在吃那草包里的馅儿呢。

我妈用稻草横一层、竖一层摊了两层，把我放在稻草上，柴间的门是朝西向院子开的，大河在我家西边。两层稻草合上，捆一捆，我就给扔到河里去了。我奶奶说，好像还有气儿呢，搁在院子里晒晒，看能不能晒活。白天晒，晚上就连稻草一起拉到屋檐下晾着。晒了三天，我睁开眼睛了。我拣回了一条小命。

我爹有一次在家吃鱼，是谁送了很多鱼吧！爹忽然想到了我和弟弟，叫人来我家叫我和弟弟过去吃鱼。我五岁，弟弟三岁。我们各自拿了自己的小木碗。“丁子”（我从来不叫那姓丁的，背后称她“丁子”）夹给弟弟一块鱼，把筷子使劲往小碗一戳，小木碗掉地下了。丁子随手就打了他一下。我拉着弟弟拣了小木碗回身就往家跑。爹叫人过来喊我们回去，我闩上了门。我在门里喊：“我们不吃鱼！臭鱼！臭鱼！”

我们村里，白天家家都开着大门。我一老早就出门溜达。所有认识的人家我都去。见了人也不理，问我也不说话。谁瞪我一眼，我回身就跑了。所以大家管我叫呆子。我妈渐渐身体亏了，常在家。有一天，我到二爷爷家，他正在吃饭，夹给我吃一块肉。我含着肉忙往家跑，把含的肉吐给妈妈。妈妈舔了舔，咬下半块给弟弟吃，留下半块给我吃了。这是我第一次吃肉。可是肉什么滋味，我没吃出来。

我爹做了村长，家里好吃的东西多着呢。院子里系上一根绳子，绳子上挂满了鱼呀、肉呀、鸡呀，都是干的。丁子进门那夜，没请爷爷奶奶出来见面。爷爷奶奶就不理丁子。丁子吃饭就不叫他们，让他们吃剩饭剩菜。我奶奶是啥事也不管的，有剩饭剩菜，不用自己动手，就吃现成的。我爷爷最老实，可脾气最大，最爱生气。生了气只闷在肚里。有一天他特地过来看我妈，叫我妈偷点鱼、肉和鸡，给他做一顿好饭。丁子每天上班，我妈等她出了门，就拿了一把大剪子，剪些鸡翅、鸡腿和干肉，又拿了些鱼，给爷爷做了一顿好饭。我奶奶吃了些剩饭剩菜，正在外边屋里，跟几个老妈闲聊。我爷爷一人吃完饭，就拿了一条绳子，搬个凳子,爬上去把绳子拴在梁上,把绳子套在脖子上,把凳子蹬翻了,可他还站着。

我很奇怪,就叫奶奶了。我说爷爷挂在绳子上,爷爷踢翻了凳子,爷爷还照样儿站着。说了几遍。和奶奶一起闲聊的老太太说:"你们呆子直在嚷嚷什么呢?看看去。"她们就过来了。一看爷爷吊在西厢房外间,大家都乱了,忙叫人来帮忙,把爷爷解下来。二爷爷也过来了。我爷爷已经死了。桌子上还有剩菜呢。我是看着他上吊的。当时很奇怪怎么没有凳子,他还能站着。

我奶奶病倒了。我姐不肯陪奶奶睡。妈就叫我过去陪奶奶睡。奶奶叫我"好孙子,给奶奶焐脚"。奶奶一双小脚总是冰冷的。我弟弟大了会自己玩儿了。我常给奶奶端茶端饭。有一次,我趁丁子转身,就抓了一大把桌上的剩菜给奶奶吃,奶奶忙用床头的一块布包上,她吃了一点,说是虾,好吃,留在枕头边慢慢吃。

我奶奶的大腿越肿越大,比她的小脚大得多,她只能躺着,不能下地了;拉屎撒尿也不能下床。她屋里有个很大的马桶,我提不动。马桶高,我只能半拉半拖,拉到床前的当中,我就把奶奶歪过来,抱住她一条腿,扛在肩上,又抱住另一条腿,扛在另一个肩上,奶奶自己也向前挪挪,坐上马桶。奶奶老说:"好孙子,这办法真好!"可是马桶盖上了盖,留在床前,奶奶嫌臭,说她觉得心里翻跟斗。我使劲又把马桶拉远些。这个马桶很大,能攒不知多少屎尿,我拖着拉着就是重,却不翻出来。

有一天,我奶奶都没力气说"好孙子,给奶奶焐脚"了。我抱着她的脚睡,从来焐不热。这天睡下了,醒来只觉得奶奶的脚比平常更冷了，而且死僵僵的，一推，她整个人都动。我起来叫奶奶，她半开着眼，半开着嘴，叫不应了。我吓得出来叫人了，奶奶死了。

我爹成天在外忙，总老晚才回家。丁子那边并不顺当。和我同岁、骑在爹脖子上进门的那男孩出天花。丁子说，天花好不了，还得过人，裹上一条旧席子，叫人掮出去在山脚下活埋了。埋他的人不放心，三五天后又从土里扒出来看看。我没去看。看的人都说，他鲜亮鲜亮，像活人一样。大家都说，别是成了什么精怪吧，反正已经死了，就把他烧了。

小我一岁的小巧贞也是生病，不知什么病，这也不吃，那也不吃，还闹着要吃鲜果子。丁子气得扇了她一个大巴掌，她就没气儿了。丁子说，小孩子不兴得睡棺材，找了个旧小柜子当棺材，把柜门钉上，让人抬到山冈野坟里，和另外几口棺材一起放着，等一起下土。抬出门的时候，我正骑在我家大门的门槛上。我没起身，只往边上让让。我好像觉得柜子里的小巧贞还在动。我没敢说，我怕丁子打。过些时候，传说小巧贞的柜子翻身了。有人主张打开看看。我特意跟去看了。小巧贞两腿都蜷起来了，手里揪着一把自己的头发。她准是没死，又给丁子活埋了。我妈妈叹气说："亲生的儿女呀，这丁子是什么铁打出来的啊。你们两个要是落在她手里，还有命吗？"不过丁子又怀上孩子了，肚皮已经很大了。

一九五七年秋天，我九岁，我们村子破圩了，就是水涨上来了，屋里进水了。大舅家也进水了。大舅带了我妈妈一家三口，还有许多人家，都带些铺的、盖的、吃的，住到附近山上去。可是山里有狼，有一家小孩夜里给狼吃了，只吃剩一只脚，脚上还穿着虎头鞋呢。大家忙又往别处逃。大舅劝我妈回村，因为爹做校长的小学在村子北边两里地外，地高没水。大舅就和我爹说好，让我家三口住在食堂旁边堆杂物的小屋里，自己开伙。我们就拣些食堂的剩菜剩饭过日子。吃食堂得交伙食费。

我看见学生上课，真羡慕。我姐认丁子做妈，也叫她“妈妈”，我说她不要脸，吃了妈的奶长大的，肯认丁子做妈！可是她就一直上学啊！她小学都毕业了。我直想在课堂里坐坐，也过过瘾。可我就是上不了学。我对妈说：“你让我爹的战友带走，我进了城，也上小学了。”妈说：“秀秀呀，你记着，女人的命只有芥子大，你进了城，准死了，还能活到今天吗？”

我有个叔伯哥哥叫牛仔子，爹很喜欢他，他专会拍马屁，常来我家帮忙，他在学校里工作。一次，食堂蒸了包子。我从没见过包子。牛仔子站在笼屉前吃包子呢。我挨着墙，一步一步往前蹭，想看一眼。吃不到嘴，能看上一眼也解馋啊。这牛仔子真浑。他举着个包子对我扬扬，笑嘻嘻地说：“你也想吃吗？哼！”他把包子自己吃了。我气得回身就跑。妈说：“你站着等，爹会给你吃。”我说：“妈呀，我从来不敢看爹一眼。路上碰见，我赶忙拐弯跑了；要是没处拐弯儿，就转身往回里跑。”我恨他。我长大了问妈恨不恨爹，妈叹口气说：“他到底是你们的爹呀。”她不恨。

饿死人的时候我十岁了。我看见许多人天黑了到田里偷谷子。我就拣了妈没用的方枕头套跟在后面。我人小，走在田里正好谁也看不见我。我就跟着偷。有的干部把袖管缝上，两袖管装得满满的。我等他们转背，就从他们袖管里大把大把抓了谷子装在枕套里；装满了，我抱不动，拖着回家。我找一块平平的大石头，又找一块小石头。把谷子一把一把磨，磨去了壳儿，我妈煮成薄汤汤的粥。那时候，谁家烟筒里都不准冒烟的。我家烟筒朝荒地开，又开得低，夜里冒点儿烟没人看见。爹也还照顾我们，每天叫姐带一两块干饼子回来。我姐逼我偷，我不偷她不给吃饼。可是我一天不磨谷子，一家人就没粥吃。妈妈把稀的倒给自己和我，稠的留给弟弟。有一次很危险，我拖着一枕套谷子回家，碰上巡逻队了。我就趴在枕套上，假装摔倒的。巡逻队谁也没看我一眼。他们准以为我是饿死的孩子，谁也没踢我，也没踩我。我二舅是饿死的。他家还有一只自己会找食的鸡。二舅想吃口鸡汤，二舅妈舍不得宰，二舅就饿死了。

我也赚工分。可是姐老欺负我。抬水车，她叫我抬重的一头。她抬轻的一头。我十三岁，弟弟十一岁，给人家放牛，一年八十工分。家里没劳动力，有人做媒让我姐姐招亲，招了一个剃头的。剃头很赚钱。他不是我们村上人，这剃头的长相不错，我姐愿意了。他是招亲，倒插门，帮我家干活儿的，不用彩礼。可是招亲才一年，我姐就和他双双逃走了。我妈四十七岁得了浮肿病，不能劳动了。那年我十四岁，只是最低的一等工，工分是八分五。我拾鸡屎，也能挣工分，养了鸡卖蛋，也能挣钱。我家大门口有棵栀子树，栀子花开，又肥又大，我每天一清早采了花，摆渡过河到集市上去卖。我宁可少挣钱，只求卖得快，一分钱一朵，卖完就回家赚工分。

圩埂的西边有个菱塘。长的是野菱，结得很多。菱塘不大，可是有几处很深。我看见近岸的菱已经给人采了。我悄悄地一个人去，想多采些，也可以卖钱。我顶了个木头的洗澡盆去采菱。盆不大，可我个儿小，也管用了。我采了很多菱，都堆在盆里，一面用手划水，一面采。那年秋老虎，天气闷热，忽然一阵轻风，天上吹来一片黑云。黑云带来了大风大雨；风是横的，雨是斜的，雨点子好大唷，我盆里全是水了。我正想拢岸，忽然一阵狂风把我连澡盆儿刮翻。幸亏澡盆反扣在水面上，没沉下去。我一手把住澡盆的边，一手揪着水面的菱叶往岸边去。我要是掉进菱塘，野菱的枝枝叶叶都结成一片，掉进去就出不来了。前两年有个和我玩的小五，掉入菱塘淹死了。我想这回是小五来找我了吧。亏得我没有沉下去，大风只往岸边吹，我一会儿就傍岸了。我从水里爬出来，就像个落水鬼。采了许多菱全翻掉了，顶着个澡盆水淋淋地回家。我妈知道我是去采菱的，她正傻坐着发愣，看见我回去，放了心说："回来了！我怕你回不来了呢！"我妈就是这么个"木奶奶"。她就不出来找找我，或想办法帮帮我，只会傻坐着呆呆地发愣。

我跟着送公粮的挑着公粮上圩埂。我看他们都穿草鞋，我也学着自己编草鞋。先编一个鼻子，从鼻子编上鞋底，再编襻儿，穿上走路轻快。我自己做一条小扁担，天天跟着大人上圩埂送公粮。可是年终结账，我家亏欠很多工分。我才十四岁，一家三口靠我一人劳动，哪行啊！我站在公社的门口呜呜地哭。旁人看不过，都说，该叫我姐分摊。他们就派我姐分摊了。过了三两年，我养猪挣了钱，我姐还逼着把我借的钱照数还清，一分也不让。

公社有了文工团，唱黄梅戏也赚工分。我学得快，学戏又认了字。我嗓子好，扮相好，身段也好，尽演主角。头一次上台，看见眼前一片黑压压的人，心上有点怯怯的。台下几声喝彩，倒让我壮了胆。以后我上台，先向台下扫一眼，下面就一声声喝彩。

我唱红了。下戏只听大家纷纷说："这不是邓家那呆子吗？倒没饿死！真是女大十八变！"有人说我一双大眼睛像我爹，我爹大眼睛，很俊，可是我不愿意像我爹。我妈从没看过我演戏。不过唱戏的工分高。这段时候我家日子好过了。

接下就是一九六六年的"文化大革命"了。我爹成了黑帮，那个牛仔子是爹的亲信。他要划清界线，说了我爹许多不知什么话。那丁子是早有婆婆家的。花花红轿抬到她家门口，她逃出去打游击了。这是我爹一份大罪，公愤不小。我爹给活活地打死了。丁子刚生了另一个女儿，也挨斗了，可她只挨斗。

我们不唱黄梅戏，唱样板戏了。我还做主角。我已经识了不少字。我抄唱段，也学会了写字。可是我妈上心事，妈妈说："你爹走了，我也不用再为他操心了。只是你，唱戏的死了要做流离鬼。"什么是流离鬼，我也不知道。我叫妈妈放心，我只是要挣钱养家。只要能挣工分，就不唱戏。妈说，给你找个人家，你好好地嫁了人，妈也好放心。我说，好，你找个好人，我就嫁人，不唱戏。

那年冬天，我和一伙女伴儿同在晒太阳，各自端着一碗饭，边吃边说笑。忽听得双响爆仗。大家说："谁家娶亲呢，看看去！"一看，不是别家，就是我家。我进门，看见大舅和一个客人刚走。原来妈妈给我定了亲。姓李，住大舅那边村上，大舅做的媒，说这李家就是家里穷些，没公没婆，这人专帮人家干活，顶忠厚，高高大大，生得壮实，人也喜相，妈妈看了很中意。定亲的彩礼没几件，都在桌上呢。

我大舅妈也是饿死的。大舅是裁缝，干的是轻活儿，没饿死，不过也得了病，眼睛看不清了，不能再干裁缝那一行了。他会写写账，帮着做买卖，日子过得还不错。他没有老伴儿了，就抢了一个。我们村上行得抢寡妇。我大舅有一伙精精壮壮的朋友，知道有个很能干的新寡妇，相貌也不错，乘她上坟烧纸就把她捆了送到我大舅家。这寡妇骂了三日三夜，骂也骂累了，肚子也饿得慌，就跟了我大舅。我们村上女人第一次出嫁由父母做主，再嫁就由自己做主。这是抢寡妇的道理。没想到我这个舅妈，特会骂，骂起人来像机关枪。我们就叫她机关枪，她别的也不错，就是骂人太厉害。她从来不管我家的事。

我们未婚夫妻也见过面了。我叫他李哥，他叫我秀秀。我们有缘，我李哥借了大舅家一间房，我就过门做他家媳妇了。没想到机关枪不愿借房，我们天天挨机关枪扫射，实在受不了，没满一个月，我就回娘家了。

我说："妈，你有两间厢房，北头一间小的，你一人住。弟弟已经住到姐住的那边去了。连柴间的厢房大，租给李哥吧。我们写下契约，按月付租钱。住得近，好照顾你，也免得我挂心。"

妈妈说："哪里话，你们住回来，我高兴还来不及，怎能要租钱呢！快回来吧！"李哥还是写了租约。我们就和妈妈住一起了。好在我也没嫁妆，说回家就回家了。我们和妈紧紧凑凑地生活在一起，又亲热，又省钱，我现在回头看，我这一辈子，就这几年最幸福，最甜蜜。想想这几年，我好伤心呀。

老李孝顺妈。他人缘特好，二爷爷二奶奶都喜欢他。我弟弟爱玩儿，他名下的地，就叫老李种。连丁子都讨他好，丁子还没嫁人呢。三奶奶的儿子投军当了解放军，女儿都嫁了军人，三奶奶只一个人过，也喜欢这个老李会帮忙。

我连生了一男一女，大的叫大宝，小的叫小妹。我就做了结扎，不再生育。我们一直挤在那两间西厢房里。可是人口多了，开门七件事，除了有柴有米，前门种菜，我又养猪养鸡，可是油、盐、酱、醋、茶，都得花钱。一家子吃饱肚皮，还得穿衣，单说一家老少的鞋吧，纳鞋底就够我妈忙的。五口人的衣服被褥，俩孩子日长夜大，鞋袜衣裤都得添置。棉衣、棉裤、衣面、衣里、棉絮都得花钱。大人可以穿旧衣服，小孩子可不能精着光着呀。大冬天光着两条腿没裤子的只有我呀，我是个没人疼的丫头；我们小妹人人都宝贝，她比大宝还讨人爱。可是钱从哪儿来呀？我们成天就是想怎么挣钱。

老李是信主的，他信的是最古老的老教。我不懂什么新教老教，反正老李信什么主，我也跟着信。我就交了几个信主的朋友。有个吴姐曾来往北京，据她说，到北京打工好赚钱，不过男的要找工作不容易，不如女的好找，一个月工钱有二十大洋呢。不过北京好老远，怎么去找？

一九七二年，吴姐说，她北京的干娘托她办些事，也要找几个阿姨。吴姐已经约了一个王姐，问我去不去。我天天只在想怎么挣钱，就决定跟她同到北京找工作去。那年我二十二岁，我的小妹已经断奶了。我问姐借钱买了车票，过完中秋节，八月十八日，三人约齐了同上火车。老李代我拿着我四季衣衫的包袱，送我上车。他买了月台票，看我们三个都上了车，还站着等车开。车开了，他还站着挥手。我就跟老李哥分别了。

我心里好苦，恨不得马上跳下车跟老李回家。我没有心痛病，我明明知道我不是真的心痛，可是我真觉得心痛呀，痛得很呢。路上走一天一夜，我们是早饭后上的车。第二天，大清老早到了北京。我和王姐帮吴姐拿了她为干妈带的大包小裹一同出站,乘电车到了西四下车,没几步就到东斜街了。

干妈正在吃早点。王姐送上一包柿饼、一包橘饼做见面礼。我幸亏连夜绣了两双鞋垫,忙从衣包里掏出来送干妈,说是一点心意。干妈倒是很欣赏,翻过来翻过去细看手工,夸我手巧。她请我们在下房吃了早点。干妈是这家的管家。她和吴姐口口声声谈马参谋长,大概是他要找人。干妈和吴姐谈了一会儿,就撇下我们忙她的事去了。吴姐说:"干妈一会儿会和马参谋长通电话,约定饭后带咱们几个到几家人家去让人看看,随他们挑选。马参谋长是忙人,约了时间一分钟也不能耽搁。他住东城,咱们趁早先到东城。你们在村里只见过教头,我带你们到东交民巷的天主堂去见见徐神父,看看教堂。然后我替干妈就近请你们俩吃顿饭,马参谋长住那不远。干妈还吩咐我们别忘了带着自己的包袱。"

徐神父已经做完弥撒,正站在教堂前的台阶上。他很和气,问我们是否受过洗礼。我们都没有。徐神父让我们进教堂,我也学着他蘸点圣水上下左右画个十字,跪一跪,然后跟他到教堂后面一间小屋里,徐神父讲了点儿"道",无非我们祖先犯了罪,我们今生今世要吃苦赎罪,别的我也不懂。徐神父给了我一个十字架,就像他身上挂的一模一样,又给我一本小册子,上面有《天主经》《圣母经》《信经》等等,还有《摩西十戒》。王姐不识字,只得了一个十字架。徐神父特意嘱咐我们:"你们是帮人干活的,不能守安息日;信主主要是心里诚,每天都别忘记祷告;你们祷告的时候,天主就在你们面前;望弥撒不方便不要勉强,礼拜天照常得干活儿。"他还一一为我们祝福。我受了祝福,觉得老李和我是一体,也有份儿,心上很温暖,心痛也忘了。

我们准时去见了马参谋长。他很神气，不过也很客气，没说什么话，立刻带我们三个坐了他的汽车出门，他自己坐在司机旁边。吴姐跟我和王姐说：这年头儿不比从前了，谁家还敢请阿姨呀，下干校的下干校，上山下乡的上山下乡。找阿姨的，只有高干家了；他们老远到安徽来找人，为的是不爱阿姨东家长、西家短地串门儿；你们记住，东家的事不往外说，也不问。只顾干自己的活儿；活儿不会太重，工钱大致不会少。

我们最先到赵家，他们家选中了我。讲明工钱每月二十五元，每年半个月假。工作是专管一家七口的清洁卫生。马参谋长问我干不干？工钱二十五元，出于意外了，我赶忙点头说愿意，赶忙谢了马参谋长，他们就撇下我到别家去了。

选中我的是这家的奶奶和姑姑，还有伺候奶奶的何姨。我由何姨带到她的小小卧房里，切实指点我的工作，也介绍了他们家的人。奶奶是高干的女儿，她不姓赵。姓赵的是女婿，姑姑的丈夫。他们俩都有工作，不过姑姑病休，只上半天班。姑姑是当家人，大姐、二哥、三妹、四妹都上学呢。等吃晚饭时，带我见见。他们家有门房，有司机，有厨子，我的工作是洗衣服，收拾房间。洗衣机有，可是除了大件，小件儿不能同泡一盆，都得分开。男的、女的，上衣、内衣、裤衩儿、手绢、袜子不在一个盆里洗，都是手洗，衬衣得熨。她带我看了各人的房间，又看了吃饭间，说明午饭、晚饭几点吃，饭间也归我收拾，洗碗就不是我的事了。奶奶的三间房由何姨收拾。奶奶的房间，不叫我，不进去；有客人，自觉些，走远点。她又带我看了洗衣、晾衣的地方，又说了绸衣不能晒，然后把我领到我的卧房里，让我把掖着的衣包放下，她自己坐在床前凳上，叫我也坐下，舒了一口气说："李嫂，我也看中你，希望你能做长。”我装傻说：“不能长吗？”何姨笑笑说：“各人有各人的脾气，你摸熟了就知道。四妹和三妹同年同月生，不是姑姑的，她妈没有了，小四妹是奶奶的宝贝疙瘩。小四妹哭了，姑姑就要找你的茬儿了。懂吗？”她叫我先歇会儿，晚饭前，赶早把那一大堆脏衣服洗了，家里两天没人了——就是说，前一个阿姨走了两天了。

我那间卧房倒不小，只是阴森森地没一丝阳光，屋前有两棵大树给挡了。我有点害怕，就把徐神父给的十字架挂在床前，壮壮胆。偷空给老李写了信，信封是他开好封面的，邮票都贴上了，信纸也是折好放在信封里的。晚饭前何姨告诉我，吴姐她们都找到工作了，工钱都是二十二元，也算不错的。吴姐给我留下了电话号码。

好容易盼到第一个月的工钱，我寄了二十元，留下五元自己添置些必要的东西。这一年可真长啊，老做梦回家了，梦里知道是做梦，自己拧拧胳膊就醒了；醒了又后悔，可是梦不肯重做了。幸亏老李来信说，日子好过了，不用愁了，车票的钱还了，冬天大宝小妹的新棉衣裤都有了。

一个月一个月尽盼着工钱，寄了家用钱心上好过几天。这一年熬过来真不容易。姑姑看见了我的十字架，她顶心细，告诉我西城也有教堂，礼拜天我可以去。我去过两次，听不懂神父讲的“道”，就不去了。到第二年过了中秋节，我有半个月假，吴姐没有。我一个人回家了。老李来接，我看他苍老了不少，人也瘦了，一身酒气，说是睡不着觉，得喝醉了才能睡。他只喝最便宜最凶的酒。我心里疼他，想不出去吧，又少不了每月的二十五元钱。这一年来，家里才喘过一口气呀。

这第一个假期，还是我最快乐的假期，虽然家里的事，说起来够气死人的。我为弟弟定下的好一门亲事，我姐给退了，说那姑娘矮，弟弟是个瘦长条儿，配不上。她另外找了一个花骚的，看来是轻骨头。我不在家，妈都听姐的话了。她们正为弟弟操办喜事呢。新房就是姐从前住的房。丁子已经带了两个女儿跑了，可是正房还没腾出来。

第二次又是过完了中秋节回家，老李还是不见好，走路瘸呀瘸的，说是酒后睡熟着了凉，不知得了什么病。我碰到文工团的朋友，他们欢迎我回去。可是我妈怕我做流离鬼，我们乡里唱戏的，有几个确也声名不好。我不能为老李留下不走。一个月二十五元钱呢！这年还加了节赏。我劝老李喝酒就喝好一点的，有病瞧瞧大夫。

我弟弟从小贪玩，大了好赌，十赌八赢。成了亲，小两口打架，那花骚娘子就跑了，没再回来。我弟弟就成了个赌棍。我跟弟弟讲：我十岁偷米偷豆养活他，我十四岁，他放牛，我一人赚工分养活他和妈；我说赌钱有赢也有输，赢得输不起的别赌。我弟弟赢了钱正高兴呢，我的话他一句不听。这次回北京，我真像撕下了一片心；这一年，真比两年还长。夏至左右，老李来信，家里又出事儿了。剃头的姐夫又逃走了，撇下姐和三个儿子，还欠两个月的房租，剃头家具都带走了，只剩一只剃头客人坐的高椅子，还有些带不走的东西。我姐能干，把剃头店盘给了另一个剃头的，还清了账，带着三个儿子回娘家了，她也想到北京来找工作呢。三个儿子帮着种地，剃头的是倒插门，儿子姓我家的姓，都姓邓。妈很乐意，说她有了亲孙子了。

第三次回家，赵家让我回家过中秋，我特为老李买了一瓶好酒。可是老李来信说,他已经戒酒了,身子硬朗了,没病了。我想好酒送二爷爷吧。赵家给了节赏又提前两天放假,我来不及通知老李了,给他一个意外之喜吧,好在我又不用他接,我已经走熟了。

我欢欢喜喜地赶回家,家里的小门闩着。我们白天是不闩门的,老李大概有了钱小心了。我就从我家大门悄悄进去,从妈妈的柴间进屋,只见老李抱着个女人同盖在一床被里呢!他看见我了。我妈的房门虚掩着,我把拿着的东西放在桌上,走进妈的屋,站在她床前,流着眼泪,两手抱住胸口不敢出声,一口一口咽眼泪。妈睡得正香,我站了好一会她都没醒。我听见厢房的小门开了,有人出去了。抬起泪眼,看见老李跪在房门口,也含着一包泪。我怕闹醒了妈,做着手势叫他起来。我挨桌子坐在凳上,老李傻站着。我指指床,他才坐下,他没有熏人的酒气了,很壮健,气色也好。我叹了一口气,没说话。他也怕妈醒,只轻声说:“秀秀,你是好女人,不懂男人的苦。”我簌簌地流泪,只是不敢抽噎。我咽着泪说:“李哥呀,是我对不起你了。”老李合着双手对我拜拜,还是轻声说:“秀秀,我对不起你,我犯罪了。”他想来拉我,我忙躲远些。其实,我恨不能和他抱头大哭呢。可是我别的不像妈,就这爱干净像妈。我嫌他脏了,不愿意他再碰我了。我问:“她是谁?”老李说:“瘫子的老婆。她知道我妈有钱,常来借钱。是她引诱了我,我犯罪了。”瘫子是矿工,压伤了腰没死,瘫在床上好两年了,这我知道。我对老李说:“我不怪你,也不怪她,可是咱们俩,从此……”我用右手侧面在左手上铡了几下,表示永远分开了。老李说:“秀秀,你不能原谅吗?”我说:“能原谅,可是……”我重又用右手侧面在左手心重复铡。老李含着泪说:“秀秀,咱们恩爱夫妻,从没红过一次脸,没斗过一次嘴,你就不能饶我这一遭吗?”我说:“不但这一遭,还有以后呢。可是我……”我又流下泪来,只摇头。老李又要下跪又要搂我,我急得跑出门去了。他追到门外说:“秀秀,你铁了心了?”我说:“老李哥,我的心是肉做的呀,怎能怪你。你还照样儿孝顺我妈,别亏待我们的大宝和小妹,咱们还是夫妻,我照旧每月寄你二十元——只是我问你,你养得活瘫子一家人吗?”老李说:“他们家只一个瘫子了,有抚恤金,她不是为钱,假装借钱来勾引我的。我经不起引诱,我犯罪了。秀秀,我现在是一个有罪的人,又不敢和教头说,怕传出去大家都知道。可是我良心不安,都不敢祷告了。”我说:“好老李,我到了北京,会代你向神父忏悔。你可得天天祈祷。”我面子上很冷静,也顶和气,我们俩讲和了。可我心上真是撕心裂肺的疼呀。我洗了一把脸,把妈叫醒。我把钱交给老李,又把我带的东西一一交给老李,叫他替我一一分送。好酒送二爷爷。那年小妹四岁,大宝六岁,他们正和我弟弟玩呢。我把他们叫回来,我亲了他们,抱了他们,吃的、玩儿的都给了他们。我推说北京东家有急事,当夜买了火车票就回北京了。中秋节回乡的车票难买,从家乡到北京的车票好买。我买到了特别快车票,中秋节下午就到北京了。

我不能回赵家,我见了谁都没脸。中秋节是回家的日子,谁会从家里往外跑啊!可是中秋节要找阿姨的人家肯定有。我认识一个荐头,就跑去找她。她正忙着过节呢。她说:“有是有,不过你干不了,谁也干不了。是个阔气的华侨家,要看孩子的,条件没那么样儿的苛刻,又要相貌好,又要能带孩子,讲定一连三年一天一夜也不能离开,工钱面议。面议,我就没好处了,我白忙个啥！别家也有找替工的，只不过过个中秋节。”我把老李送我的点心送了她，问她要了华侨家的地址，说自己看看去。她忙得连茶也没请我喝。

我找到了那华侨家。好大的房子！门口问我谁介绍的，有没有保人。我说当然有，我要和东家当面谈。我见到了那家的太太。她把我打量了几眼，说孩子还没出院呢，她不爱换人，要找个长期的，孩子得带到三岁上幼儿园，一天一晚都不能离开。我问工钱多少，她说：“还得上医院查过身体，还得看孩子喜欢不喜欢你。”我说：“我有事要到东堂去找徐神父，得请半天假，以后就没事了，我是没牵没挂的。工钱至少二十五元。有保人。”

查身体需空腹，我正好空腹，一滴水也没喝。这位太太让我换了衣服洗了脸，带我到医院去查了身体，没问题，很健康。看护抱出娃娃来，是个女孩。我对她笑，她还不会笑呢，只伸出小手来抓我，是表示要好的意思。那太太把我带回家，问了我的姓名，家里的情况，保人是谁，有没有带过孩子等等。她家娃娃吃母奶，可是睡觉跟阿姨。工钱呢，每月三十元，以后慢慢加。我请的那半天假，没问题。

这天是中秋节，我得了双份儿节赏。赵家给三十元，这家我第一天去就给了六十元，还给了好多半新的衣裳。我立即给老李写了信，答应代他找徐神父忏悔，又答应用我的节钱买些好毛线，为他结一件他羡慕的带花的上衣。我告诉他地址改了，我照旧月月为他寄二十元。我们还是夫妻。我以后也打电话辞了赵家。

我先找干妈和徐神父约好了时候，才请了半天假，见了徐神父。他听我说完，诧异地看了我半天，说我是个不寻常的女人。

他说他也会为老李求主饶恕，叫我嘱咐他天天祷告，主是慈悲的。他还祝福了我们两人。我寄了这封信就死心塌地在这华侨家一干就是三年。娃娃送进幼儿院，这家就辞我了。

这次回家，只老李热情，我两个孩子都和我生疏了。妈一心只疼亲孙子。姐的三个孩子，都结结实实。老李说，姐挣了钱不寄家，我妈有了好吃的，先给亲孙子吃，大宝小妹都靠后。三个孩子什么都争，老打架，不像大宝小妹两个要好，一起玩，一起吃，哥哥还知道护妹妹。我只推说，屋里两个孩子都大了，我挨着我妈睡了两晚，又回北京找工作了。从此我只是一个打工挣钱的人，我回家，我出门，他们都不在意了。

老李告诉我，瘫子已经死了，瘫子的老婆小周认我妈做了干娘，常过来照顾照顾。老李还和她在一起呢。我也见过这平眼塌鼻的周姨，远不如我，人还老实。老李心上还是向着我的，只是他不敢亲近了。我后悔对老李太绝了些，我并没有那么嫌他。徐神父的祝福，是祝我们重圆吧？回想起来，我实在后悔。

老李因为姐姐不寄家用，三个孩子都吃我，他不干了。他有朋友在镇上开饭店，要他帮忙，他就带了大宝小妹到镇上。大宝送到制瓿厂做学徒工，小妹上小学。他每次写信，信尾总带上一笔"小周问候李嫂"，大概小周也到镇上工作了。如果我回去，她也许会另嫁人，老李和朋友买卖做得不错，劝我回去。我拐不过弯儿来，犟着不去。我每年走亲戚似的也回乡，也到镇上去。老李买了地，盖了房子。大宝做了工人，工资也不少。他谈了一个很漂亮也很阔气的好姑娘，我为他们在老李的新屋上加了一层楼。他们成亲，我特地到镇上去受一双新人叩头，做了婆婆。老李特为我留着一间我的房，家具都是老李置的。小妹看中一个装修专业户，她还不到结婚年龄，逃到北京同居了，很发财，我自己钱也攒了不少。最后我伺候一个半身不遂的老太太，儿女都在国外，她一个月前去世了，留给我一大笔钱。她去世前对我说："李嫂啊，你一辈子为家里人劳苦，自己吃一根冰棍也舍不得，这回该家去享享福了。"可是我回哪儿去呀？我是苦水里泡大的，一辈子只知道挣钱，省钱，存钱。现在手里一大把钱，怎么用呀！帮老李做买卖，我贴了钱，他又贴别人，我不愿意。帮儿媳妇看孩子，是没工钱白吃饭，还赔钱，我不愿意。帮女儿看孩子，也是没工钱白吃饭，还说是供养我呢，我也不愿意。回头看看，一九六八年我十八岁，嫁老李；一九七二年，我二十二岁，到北京找工作。这五年是我一辈子最幸福、最甜蜜的五年。一九七五年我二十五岁，和老李只是挂名夫妻了，现在一九九五年，我也四十五了，中年人了。帮人做事还挣钱，家去只是赔钱。我做阿姨也养娇了，跟着主人家，住得好，吃得好，带那华侨娃娃的时候，什么高级饭馆没吃过？什么游乐场没玩过？什么旅游胜地没到过？我自己可不会花钱，也舍不得。手里大把钱，我不会花，也不愿给人花。当初只为了每月二十五元的工钱，扔掉了一辈子的幸福，现在捞不回来了。

我已经过了大半辈子。前面一半是苦的，便是那最幸福的五年，又愁吃愁穿，又辛苦劳累，实在也是苦的。后一半，虽说享福，究竟是吃人家的饭，夜里睡不安，白天得干活，也够劳累。我真是只有芥子大的命吗？我还是信主的呢。我吃了苦，为谁赎了什么罪，只害老李犯了罪，做人好可怜。为了钱，吃苦；有了钱，没用。我活一辈子是为啥呀？

（一九九五年秀秀口述）

十三　韩平原的命

我不记得在哪部笔记小说里，读到一则《杨艮议命》。议的是韩平原的命。韩平原的八字是壬申、辛亥、己巳、壬申。杨艮想必是个星命家。他说韩平原丁卯年壬子月必得奇祸。据笔记：“当时周梦兴在座，谨志之册，勿敢言。既尔艮言皆大验。”韩平原就是宋朝的韩侂胄；封平原君，权倾一时。丁卯年壬子月因用兵溃败伏诛。

十四　良　心

二〇〇六年五月二十四日,《新民晚报》登载了一则报道。吉林省延吉市郊农村一对夫妇将十年前捡来的四万元交给了延吉市公安局,要求公安局为他们找到失主。我读后觉得这件真人实事很说明问题,可用作本文的注释。我先略述这则报道的梗概,再说我的见解。

一九九六年夏天的一个夜晚,上述地区一位四十九岁的出租车司机把一男一女两位乘客送到了他们要到达的地点,分文未得,还挨了一顿臭骂。乘客离去后,这位司机发现他们的一大包钱遗忘车上了,数一数,共四万元。

这位司机是贫困中挣扎求生的可怜人,生平未见过这么多钱。突然感到很害怕,连老婆也没告诉。

乘客男女两人是浑蛋,遗忘了那包钱,怎会不追究呢?四天以后,那男的乘客带了三个彪形大汉,找到了我们这位司机,不由分说,把他拉上一辆卡车,气势汹汹地问他有没有捡到五万元钱。又把他带到当地派出所,对警察说:这司机捡了他们丢的五万元钱不还。这司机又害怕又生气,就一口咬定没有捡到钱,心想:“我要是承认了,哪里去找他讹的那一万元呢。”

四万元对这位司机的诱惑力很大。半年后,警察再次询问他是否捡到了钱,他再次否认了。

他老婆知道了丈夫捡得巨款,也害怕了。她没有工作,又患有肝硬化重症,经常借钱看病。他们有个十四岁的儿子,父母俩总教育孩子要老实做人。可是这老实的夫妻俩得了这笔巨款,放弃又舍不得;动用吧,良心又不许。

这位为了维持生活和给妻子治病,卖过豆腐、烤过白薯、卖过血肠、种过菜的出租车司机说:“我什么都干过,就是没撒过谎。平生第一次昧了良心,那种难受劲儿就别提了。”他们夫妻俩天天教育孩子要诚实守信,可是一想到那笔钱,“讲着讲着心里就突然没了底气”。

这笔钱像一座大山,压得他们十年喘不过气来。他们终于把这笔钱交到了公安局,虽然过日子还是艰苦,心上却踏实了。

他们这十年受道德良心的折磨,就是本文所谓“天人交战”,也就是灵性良心和私心的斗争。他们是朴实的乡民,没有歪理。如讲歪理,可以说:“失主是欺压好人、讹诈好人的浑蛋,跟这种浑蛋讲什么道义!我的需要比你大!”他们就可以用来看病了,还债了,生活得宽裕些,这笔钱就花掉了。可是我们这位司机和他的老婆,灵性良心经过长达十年的拉锯战,还是胜利了。他们始终没有昧了良心。他们的行为感动了警察,说他工作了这么多年,第一次遇到这等事。也感动了记者,说这对善良夫妻的行为会让很多人反思自己,所以应该让全社会知道。

良心出自人的本性,除非自欺欺人,良心是压不灭的。

为《走到人生边上》向港、澳、台读者说几句话

亲爱的港、澳、台读者：

在我的心眼儿里，港、澳、台的同胞和大陆的同胞，都是一家人。我们有共同的祖宗，血统相同。我们是同一个大家庭里培育出来的，有共同的文化，共同的传统，共同的语言文字。一家人的思想感情，天生是亲近的。

我这薄薄的一本小书，是一连串的自问自答，不讲理论，不谈学习，只是和亲近的人说说心上话，家常话。我说的有理没理，是错是对，还请敬爱的读者批评指正。

二〇〇七年九月十五日

坐在人生的边上

——杨绛先生百岁答问

杨绛先生近年闭门谢客，海内外媒体采访的要求，多被婉辞；对读者热情的来信，未能一一回复，杨先生心上很感歉疚。朋友们建议先生在百岁生日来临之际，通过答问与读者作一次交流，以谢大家的关心和爱护；杨绛先生同意，并把提问的事交给了年来投稿较多、比较熟悉的《文汇报·笔会》。我获此机会，有幸与杨先生作了以下笔谈。

——《文汇报》记者周毅

一

笔会：尊敬的杨先生，请允许我以提问来向您恭祝百岁寿辰。

您的生日是1911年7月17日。仔细论起来，您出生时纪年还是清宣统三年，辛亥革命尚未发生。请问，7月17日这个公历生日您是什么时候用起来的？

杨绛：我父亲是维新派，他认为阴历是满清的日历，满清既已推翻，就不该再用阴历。他说：

“凡物新则不旧，旧则不新，新旧年者，矛盾之辞也，然中国变法往往如是。旧法之力甚强，废之无可废，充其量不过增一新法,与旧法共存,旧新年特其一例而已。”“今人相问,辄曰:‘汝家过旧历年乎,抑或新历年乎?’答此问者,大率旧派。旧派过旧历年,新派过新历年。但此所谓过年,非空言度过之谓,其意盖指祭祖报神……今世年终所祭之神,固非耶教之上帝,亦非儒家之先圣先贤,不过五路财神耳。此所谓神,近于魔鬼,此所谓祭,近于行贿。”

7 月 17 日这个公历生日是我一岁时开始用起来的。我一岁时恰逢中华民国成立。我常自豪地说:“我和中华民国同岁,我比中华民国还年长一百天!”7 月 17 日是我生日,不是比 10 月 10 日早一百天吗?

笔会:您从小进的启明、振华,长大后上的清华、牛津,都是好学校,也听说您父母家训就是:如果有钱,应该让孩子受好的教育。杨先生,您认为怎样的教育才算“好的教育”?

杨绛:教育是管教,受教育是被动的,孩子在父母身边最开心,爱怎么淘气就怎么淘气,一般总是父母的主张,说“这孩子该上学了”。孩子第一天上学,穿了新衣新鞋,拿了新书包,欣欣喜喜地“上学了!”但是上学回来,多半就不想再去受管教,除非老师哄得好。

我体会,“好的教育”首先是启发人的学习兴趣,学习的自觉性,培养人的上进心,引导人们好学,和不断完善自己。要让学生在不知不觉中受教育,让他们潜移默化。这方面榜样的作用很重要,言传不如身教。

我自己就是受父母师长的影响,由淘气转向好学的。爸爸说话入情入理,出口成章,《申报》评论一篇接一篇,浩气冲天,掷地有声。我佩服又好奇,请教秘诀,爸爸说:“哪有什么秘诀?

多读书,读好书罢了。”妈妈操劳一家大小衣食住用,得空总要翻翻古典文学、现代小说,读得津津有味。我学他们的样,找父亲藏书来读,果然有趣,从此好(hào)读书,读好书入迷。

我在启明还是小孩,虽未受洗入教,受到天主教姆姆的爱心感染,小小年纪便懂得“爱自己,也要爱别人”,就像一首颂歌中唱的“我要爱人,莫负人家信任深;我要爱人,因为有人关心”。

我进振华,已渐长大。振华女校创始人状元夫人王谢长达太老师毁家办学,王季玉校长继承母志,为办好学校“嫁给振华”贡献一生的事迹,使我深受感动。她们都是我心中的楷模。

爸爸从不训示我们如何做,我是通过他的行动,体会到“富贵不能淫,贫贱不能移,威武不能屈”古训的真正意义的。他在京师高等检察厅厅长任上,因为坚持审理交通部总长许世英受贿案,宁可被官官相护的北洋政府罢官。他当江苏省高等审判厅厅长时,有位军阀到上海,当地士绅联名登报欢迎,爸爸的名字也被他的属下列入欢迎者的名单,爸爸不肯欢迎那位军阀,说“名与器不可假人”,立即在报上登启事声明自己没有欢迎。上海沦陷时期,爸爸路遇当了汉奸的熟人,视而不见,于是有人谣传杨某瞎了眼了。

我们对女儿钱瑗,也从不训示。她见我和锺书嗜读,也猴儿学人,照模照样拿本书来读,居然渐渐入道。她学外文,有个很难的单词,翻了三部词典也未查着,跑来问爸爸,锺书不告诉,让她自己继续查,查到第五部辞典果然找着。

我对现代教育知道的不多。从报上读到过美术家韩美林作了一幅画,送给两三岁的小朋友,小孩子高高兴兴地回去了,又很快把画拿来要韩美林签名,问他签名干什么,小孩说:“您签了名，这画才值钱！”可惜呀，这么小的孩子已受到社会不良风气的影响，价值观的教育难道不应引起注意吗？

笔会：您是在开明家庭和教育中长大的“新女性”，和钱锺书先生结婚后，进门却需对公婆行叩拜礼，学习做“媳妇”，连老圃先生都心疼自己花这么多心血培养的宝贝女儿，在钱家做“不花钱的老妈子”。杨先生，这个转换的动力来自哪里？您可有什么良言贡献给备受困扰的现代婚姻？

杨绛：我由宽裕的娘家嫁到寒素的钱家做“媳妇”，从旧俗，行旧礼，一点没有“下嫁”的感觉。叩拜不过跪一下，礼节而已，和鞠躬没多大分别。如果男女双方计较这类细节，那么，趁早打听清楚彼此的家庭状况，不合适不要结婚。

抗战时期在上海，生活艰难，从大小姐到老妈子，对我来说，角色变化而已，很自然，并不感觉委屈。为什么？因为爱，出于对丈夫的爱。我爱丈夫，胜过自己。我了解钱锺书的价值，我愿为他研究著述志业的成功，为充分发挥他的潜力、创造力而牺牲自己。这种爱不是盲目的，是理解，理解愈深，感情愈好。相互理解，才有自觉的相互支持。

我与钱锺书是志同道合的夫妻。我们当初正是因为两人都酷爱文学，痴迷读书而互相吸引走到一起的。锺书说他“没有大的志气，只想贡献一生，做做学问”。这点和我志趣相同。

我成名比钱锺书早，我写的几个剧本被搬上舞台后，他在文化圈里被人介绍为“杨绛的丈夫”。但我把钱锺书看得比自己重要，比自己有价值。我赖以成名的几出喜剧，能够和《围城》比吗？所以，他说想写一部长篇小说，我不仅赞成，还很高兴。我要他减少教课钟点，致力写作，为节省开销，我辞掉女佣，做

“灶下婢”是心甘情愿的。握笔的手初干粗活免不了伤痕累累，一会儿劈柴木刺扎进了皮肉，一会儿又烫起了泡。不过吃苦中倒也学会了不少本领，使我很自豪。

钱锺书知我爱面子，大家闺秀第一次挎个菜篮子出门有点难为情，特陪我同去小菜场。两人有说有笑买了菜，也见识到社会一角的众生百相。他怕我太劳累，自己关上卫生间的门悄悄洗衣服，当然洗得一塌糊涂，统统得重洗，他的体己让我感动。

诗人辛笛说钱锺书有“誉妻癖”，锺书的确欣赏我，不论是生活操劳或是翻译写作，对我的鼓励很大，也是爱情的基础。同样，我对钱锺书的作品也很关心、熟悉，1989年黄蜀芹要把他的《围城》搬上银幕，来我家讨论如何突出主题，我觉得应表达《围城》的主要内涵，立即写了两句话给她，那就是：

围在城里的人想逃出来，
城外的人想冲进去。
对婚姻也罢，职业也罢，
人生的愿望大都如此。

意思是“围城”的含义，不仅指方鸿渐的婚姻，更泛指人性中某些可悲的因素，就是对自己处境的不满。钱锺书很赞同我的概括和解析，觉得这个关键词“实获我心”。

我是一位老人，净说些老话。对于时代，我是落伍者，没有什么良言贡献给现代婚姻。只是在物质至上的时代潮流下，想提醒年轻的朋友，男女结合最最重要的是感情，双方互相理解的程度，理解深才能互相欣赏吸引、支持和鼓励，两情相悦。我以为，夫妻间最重要的是朋友关系，即使不能做知心的朋友，也该是能做得伴侣的朋友或互相尊重的伴侣。门当户对及其他，并不重要。

笔会：您出生于1911年，1917年即产生了新文学革命。但您的作品，不论是四十年代写的喜剧，还是后来写的《洗澡》、《干校六记》等，却没有一点通常意义上"现代文学"的气息。请问杨先生，您觉得您作品中和时代氛围的距离来自哪里？

杨绛：新文学革命发生时，我年纪尚小；后来上学，使用的是政府统一颁定的文白掺杂的课本，课外阅读进步的报章杂志作品，成长中很难不受新文学的影响。不过写作纯属个人行为，作品自然反映作者各自不同的个性、情趣和风格。我生性不喜趋时、追风，所写大都是心有所感的率性之作。我也从未刻意回避大家所熟悉的"现代气息"，如果说我的作品中缺乏这种气息，很可能是因为我太崇尚古典的清明理性，上承传统，旁汲西洋，背负着过去的包袱太重。

笔会：创作与翻译，是您成就的两翼。特别是历经"大跃进"、"文革"等困难年代、最终完成《堂吉诃德》的翻译，已是名著名译的经典，曾作为当年邓小平送给西班牙国王的国礼。很难想象这个工作是您四十七岁自学西班牙语后开始着手进行的。您对堂吉诃德这位骑士有特别的喜爱吗？您认为好的译者，有良好的母语底子是不是比掌握一门外语更重要？

杨绛：这个提问包含两个问题。我先答第一个。

我对这部小说确实特别喜爱。这也说明我为什么特地自学了西班牙语来翻译。堂吉诃德是彻头彻尾的理想主义者，眼前的东西他看不见，明明是风车的翅膀，他看见的却是巨人的胳膊。他一个瘦弱老头儿，当然不是敌手，但他竟有胆量和巨人较量，就非常了不起了。又如他面前沙尘滚滚，他看见的是迎面而来的许多军队，难为他博学多才，能数说这许多军队来自哪些国家，领队的将军又是何名何姓。这等等都是象征性的。

我曾证明塞万提斯先生是虔诚的基督教徒，所以他的遗体埋在三位一体教会的墓园里；他被穆尔人掳去后，是三位一体教会出重金把他赎回西班牙的。虽然他小说里常有些看似不敬之辞，如说“像你妈妈一样童贞”，他也许是无意的，也许是需要表示他的小说不是说教。但他的小说确是他信仰的产物。

现在我试图回答第二个问题。

“作为好的译者，有良好的母语底子是不是比掌握外语更重要？”

是的。翻译是一项苦差，因为一切得听从主人，不能自作主张，而且一仆二主，同时伺候着两个主人：一是原著，二是译文的读者。译者一方面得彻底了解原著；不仅了解字句的意义，还需领会字句之间的含蕴，字句之外的语气声调。另一方面，译文的读者要求从译文里领略原文，译者得用读者的语言，把原作的内容按原样表达；内容不可有所增删，语气声调也不可走样。原文弦外之音，只能从弦上传出；含蕴未吐的意思，也只附着在字句上。译者只能在译文的字句上用功夫表达，不能插入自己的解释或擅用自己的说法。译者须对原著彻底了解，方才能够贴合着原文，照模照样地向读者表达，可是尽管了解彻底未必就能照样表达。彻底了解不易，贴合着原著照模照样地表达更难。

末了我要谈谈“信、达、雅”的“雅”字。我曾以为翻译只求亦信亦达，“雅”是外加的文饰。最近我为《堂吉诃德》第四版校订译文，发现毛病很多，有的文句欠妥，有的辞意欠醒。我每找到更恰当的文字或更恰当的表达方式，就觉得译文更信更达，也更好些。“好”是否就是所谓“雅”呢？（不用“雅”字也可，但“雅”字却也现成。）福楼拜追求“最恰当的字”（Le mot juste）。用上最恰当的字，文章就雅。翻译确也追求这么一个标准：不仅能信能达，还要“信”得贴切，“达”得恰当——称为“雅”也可。我远远不能达到这个目标，但是我相信，一切从事文学翻译的人都意识到这么一个目标。

二

笔会：钱锺书先生天分、才学过人，加上天性淘气，臧否人事中难免显示他的优胜处。曾有人撰文感叹“钱锺书瞧得起谁啊！”杨先生，您为什么从来不承认钱先生的骄傲？

杨绛：钱锺书只是博学，自信，并不骄傲，我为什么非要承认他骄傲不可呢？

钱锺书从小立志贡献一生做学问，生平最大的乐趣是读书，可谓“嗜书如命”。不论处何等境遇，无时无刻不抓紧时间读书，乐在其中。无书可读时，字典也啃，我家一部硕大的韦伯斯特氏（Webster's）大辞典，被他逐字精读细啃不止一遍，空白处都填满他密密麻麻写下的字：版本对照考证、批评比较等等。他读书多，记性又好，他的旁征博引、中西贯通、文白圆融，大多源由于此。

钱锺书的博学是公认的，当代学者有几人能相比的吗？

解放前曾任故宫博物院领导的徐森玉老人曾对我说，如默存者“二百年三百年一见”。

美国哈佛大学英美文学与比较文学教授哈里·莱文（Harry

Levin)著作等身，是享誉西方学坛的名家，莱文的高傲也是有名的，对慕名选他课的学生，他挑剔、拒绝，理由是“你已有幸选过我一门课啦，应当让让别人……”就是这个高傲的人，与钱锺书会见谈学后回去，闷闷冒出一句“我自惭形秽”(I'm humbled!)。陪同的朱虹女士问他为什么，他说：“我所知道的一切，他都在行。可是他还有一个世界，而那个世界我一无所知。”

钱锺书自己说：“人谓我狂，我实狷者。”狷者，有所不为也。譬如锺书在翻译《毛泽东选集》的工作中，就“不求有功，但求无过”。他乖乖地把自己变成一具便于使用的工具，只闷头干活，不出主意不提主张。他的领导称他为“办公室里的夫人”，他很有用，但是不积极。

人家觉得钱锺书“狂”，大概是因为他翻译《毛选》，连主席的错儿都敢挑。毛著有段文字说孙悟空钻到牛魔王的肚里，熟读《西游记》的锺书指出，孙猴儿从未钻到牛魔王的肚里，只是变了只小虫被铁扇公主吞入肚里。隐喻与原著不符，得改。

钱锺书坚持不参加任何党派，可能也被认为是瞧不起组织，是骄傲。其实不然，他自小打定主意做一名自由的思想者(freethinker)，并非瞧不起。

很多人有点儿怕钱锺书，因为他学问“厉害”，他知道的太多，又率性天真，口无遮拦，热心指点人家，没有很好照顾对方面子，又招不是。大家不怕我，我比较收敛。锺书非常孩子气，这方面就像永远长不大的孩子。但钱锺书也很风趣，文研所里的年轻人(新一代的知识分子)对他又佩服又喜爱。最近中国社会科学院编辑出版的《钱锺书先生百年诞辰纪念文集》几十篇文章的作者，都是对他又敬又爱的好友。

笔会:钱锺书先生拟写的西文著作《〈管锥编〉外编》当初是怎样构思的?为什么没有完成?有没有部分遗稿?

杨绛:钱锺书拟用西文写一部类似《管锥编》那样的著作,取名《〈管锥编〉外编》,起意于《管锥编》完成之后。这种想法并非完全没有基础,他生前留下外文笔记 178 册,34000 多页。外文笔记也如他的《容安馆札记》和中文笔记一样,并非全是引文,也包括他经过"反刍"悟出来的心得,写来当能得心应手,不会太难,只有一一查对原著将花费许多精力时间。锺书因为没有时间,后来又生病了,这部作品没有写成。

钱锺书开的账多,实现的少;这也难怪,回顾他的一生,可由他自己支配的时间实在太少太少,尤其后半生。最后十来年干扰小了,身体又不行了。唉,除了遗憾和惋惜,还能说什么呢?

笔会:在您翻译的四部作品中,《斐多》是您的跨界之作,超出了文学的范畴而进入哲学,苏格拉底面对死亡"愉快、高尚的态度"令人印象深刻。这本主治忧愁的译作,有纪念钱先生的特别意义吗?

杨绛:1997 年早春,1998 年岁末,我女儿和丈夫先后去世,我很伤心,特意找一件需要我投入全部心神而忘掉自己的工作,逃避我的悲痛,因为悲痛是不能对抗的,只能逃避。

我选定翻译柏拉图《对话录》中的《斐多》,我按照自己翻译的习惯,一句句死盯着原文译,力求通达流畅,尽量避免哲学术语,努力把这篇盛称语言生动如戏剧的对话译成戏剧似的对话。

柏拉图的这篇绝妙好辞,我译前已读过多遍,苏格拉底就义前的从容不惧,同门徒侃侃讨论生死问题的情景,深深打动了我,他那灵魂不灭的信念,对真、善、美、公正等道德观念的追求,给我以孤单单生活下去的勇气,我感到女儿和锺书并没有走远。

应该说,我后来《走到人生边上》的思考,也受到《斐多》的一定启发。

笔会:听说《钱锺书手稿集·中文笔记》二十册即将出版,是吗?

杨绛:这个消息使我兴奋不已。我要向北京商务印书馆内外所有参加这项工程的同志表示感谢。《钱锺书手稿集·中文笔记》依据钱锺书手稿影印而成,所收中文笔记手稿八十三本,形制各一,规格大小不一,因为年代久远,纸张磨损,有残缺页;锺书在笔记本四周和字里行间,密密麻麻写满小注,勾勾画画,不易辨认。锺书去世不久,我即在身心交瘁中,对他的全部手稿勉行清理和粗粗编排,此中的艰难辛苦,难以言表。此次商务印书馆组织精悍力量,克服种种困难精心编订目录,认真核对原件,核对校样,补充注释,工作深入细致,历时三年有余,成效显著,这怎使我不佩服和感激莫名!相信锺书和襄成此举的原商务印书馆总经理杨德炎同志地下有知,也会感到欣慰。

《钱锺书手稿集·容安馆札记》2003年出版时,我曾作序希望锺书一生孜孜矻矻积聚的知识,能对研究他学问和研究中外文化的人有用;现今中文笔记出版,我仍这样想。私心期盼有生之年还能亲见《钱锺书手稿集·外文笔记》出版,不知是否奢望。

三

笔会:杨先生,您觉得什么是您在艰难忧患中,最能依恃的品质，最值得骄傲的品质，能让人不被摧毁、反而越来越好的品质？您觉得您身上的那种无怨无悔、向上之气来自哪里？

杨绛：我觉得在艰难忧患中最能依恃的品质，是肯吃苦。因为艰苦孕育智慧；没有经过艰难困苦，不知道人生的道路多么坎坷。有了亲身经验，才能变得聪明能干。

我的“向上之气”来自信仰，对文化的信仰，对人性的信赖。总之，有信念，就像老百姓说的：有念想。

抗战时期国难当头，生活困苦，我觉得是暂时的，坚信抗战必胜，中华民族不会灭亡，上海终将回到中国人手中。我写喜剧，以笑声来作倔强的抗议。

我们身陷上海孤岛，心向抗战前线、大后方。当时凡是爱国的知识分子，都抱成团。如我们夫妇、陈西禾、傅雷、宋淇等，经常在生活书店或傅雷家相会，谈论国际国内战争形势和前景。我们同自愿参加“大东亚共荣圈”的作家、文化人泾渭分明，不相往来。

有一天，我和钱锺书得到通知，去开一个不记得的什么会。到会后，邻座不远的陈西禾非常紧张地跑来说：“到会的都得签名。”锺书说：“不签，就是不签！”我说：“签名得我们一笔一画写，我们不签，看他们怎么办。”我们三人约齐了一同出门，把手插在大衣口袋里扬长而去，谁也没把我们怎么样。

到“文化大革命”，支撑我驱散恐惧，度过忧患痛苦的，仍是对文化的信仰，使我得以面对焚书坑儒悲剧的不时发生，忍受抄家、批斗、羞辱、剃阴阳头……种种对精神和身体的折磨。我绝对不相信，我们传承几千年的宝贵文化会被暴力全部摧毁于一旦，我们这个曾创造如此灿烂文化的优秀民族，会泯灭人性，就此沉沦。

我从自己卑微屈辱的“牛鬼”境遇出发，对外小心观察，细细体味，一句小声的问候、一个善意的“鬼脸”、同情的眼神、宽松的管教、委婉的措辞、含蓄的批语，都是信号。我惊喜地发现：人性并未泯灭，乌云镶着金边。许多革命群众，甚至管教人员，虽然随着指挥棒也对我们这些“牛鬼蛇神”挥拳怒吼，实际不过是一群披着狼皮的羊。我于是更加确信，灾难性的“文革”时间再长，也必以失败告终，这个被颠倒了的世界定会重新颠倒过来。

笔会：能谈谈您喜欢的古今作家吗？

杨绛：这个题目太大了，只好作个概括性的回答。我喜欢和人民大众一气的作家，如杜甫，不喜欢超出人民大众的李白。李白才华出众，不由人不佩服，但是比较起来，杜甫是我最喜爱的诗人。

笔会：杨先生，您一生是一个自由思想者。可是，在您生命中如此被看重的“自由”，与“忍生活之苦，保其天真”却始终是一物两面，从做钱家媳妇的诸事含忍，到国难中的忍生活之苦，以及在名利面前深自敛抑、“穿隐身衣”，“甘当一个零”。这与一个世纪以来更广为人知、影响深广的“追求自由，张扬个性”的“自由”相比，好像是两个气质完全不同的东西。这是怎么回事？

杨绛：这个问题，很耐人寻思。细细想来，我这也忍，那也忍，无非为了保持内心的自由、内心的平静。你骂我，我一笑置之。你打我，我绝不还手。若你拿了刀子要杀我，我会说：“你我有什么深仇大恨，要为我当杀人犯呢？我哪里碍了你的道儿呢?”所以含忍是保自己的盔甲、抵御侵犯的盾牌。我穿了“隐身衣”,别人看不见我,我却看得见别人,我甘心当个“零”,人家不把我当个东西,我正好可以把看不起我的人看个透。这样,我就可以追求自由,张扬个性。所以我说,含忍和自由是辩证的统一。含忍是为了自由,要求自由得要学会含忍。

笔会:孔子“十五志于学,三十而立,四十而不惑”那一段话,已进入中国人的日常生活,成为一个生命的参照坐标,不过也只说到“七十从心所欲不逾矩”。期颐之境,几人能登临?如今您有登泰山而小天下的感觉吗?能谈谈您如今身在境界第几重吗?

杨绛:我也不知道自己如今身在境界第几重。年轻时曾和费孝通讨论爱因斯坦的相对论,不懂,有一天忽然明白了,时间跑,地球在转,即使同样的地点也没有一天是完全相同的。现在我也这样,感觉每一天都是新的,每天看叶子的变化,听鸟的啼鸣,都不一样,new experience and new feeling in every day。

树上的叶子,叶叶不同。花开花落,草木枯荣,日日不同。我坐下细细寻思,我每天的生活,也没有一天完全相同,总有出人意外的事发生。我每天从床上起来,就想:“今天不知又会发生什么意外的事?”即使没有大的意外,我也能从日常的生活中得到新体会。八段锦早课,感受舒筋活络的愉悦;翻阅报刊看电视,得到新见闻;体会练字抄诗的些微进步,旧书重读的心得,特别是对思想的修炼。要求自己待人更宽容些,对人更了解些,相处更和洽些,这方面总有新体会。因此,我的每一天都是特殊的,都有新鲜感受和感觉。

我今年一百岁,已经走到了人生的边缘边缘,我无法确知自己还能往前走多远，寿命是不由自主的，但我很清楚我快“回家”了。我得洗净这一百年沾染的污秽回家。我没有“登泰山而小天下”之感，只在自己的小天地里过平静的生活。

细想至此，我心静如水，我该平和地迎接每一天、过好每一天，准备回家。

笔会：有人认为好性情只能来自天生，但您的好性情，来自您一直强调的“修炼”。您大部分作品是七十岁以后创作的，堪称“庾信文章老更成”的典范。您认为“人是有灵性、有良知的动物。人生一世，无非是认识自己，洗练自己”。您看重曾参所说的“自天子以至于庶人，壹是皆以修身为本”；在《走到人生边上》的自问自答中，您得出的结论是“天地生人，人为万物之灵。神明的大自然，着重的该是人，不是物；不是人类创造的文明，而是创造文明的人。只有人类能懂得修炼自己，要求自身完善”。“这个苦恼的人世，恰好是锻炼人的处所，经过锻炼才能炼出纯正的品色来”。对您这些话，我没有疑问，也不求回答。在此复述一遍，只为给您一个响应。

原载《文汇报·笔会》二〇一一年七月八日

堂吉诃德

下

杨绛全集｜

［西班牙］塞万提斯 著
杨绛 译

人民文学出版社

2004年初，于三里河寓所

| 1962年，时正开始翻译《堂吉诃德》

| 1983年11月，于马德里塞万提斯广场

1985年，于三里河寓所，时《堂吉诃德》已出版七年，重新校订

| 1986年10月，马德里市长送塞万提斯复制像到北京大学校园落户

| 2000年初春，于南沙沟小区芍药园

| 2007年仲夏，于三里河家中

| 《堂吉诃德》精装本，人民文学出版社2005年12月版

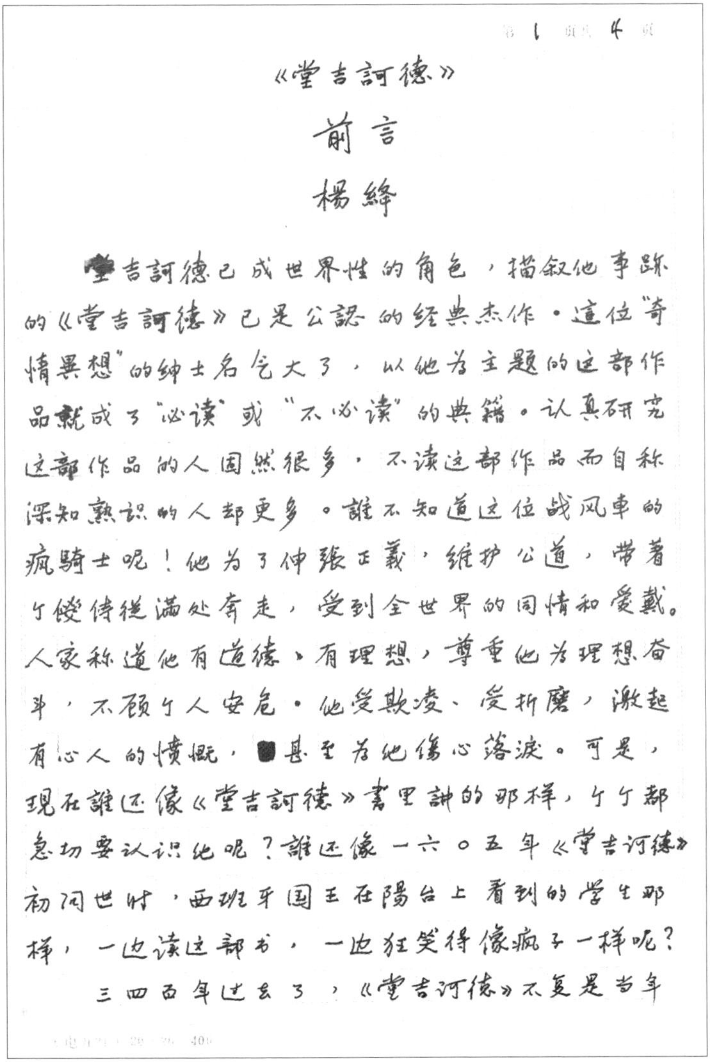
第 1 页共 4 页

《堂吉訶德》

前言

楊絳

堂吉訶德已成世界性的角色，描叙他事跡的《堂吉訶德》已是公認的經典杰作。這位"奇情異想"的紳士名气大了，以他为主题的这部作品就成了"必读"或"不必读"的典籍。认真研究这部作品的人固然很多，不读这部作品而自称深知熟識的人都更多。誰不知道这位戰风車的瘋騎士呢！他为了伸張正義，维护公道，带着个傻侍從滿处奔走，受到全世界的同情和愛戴。人家称道他有道德、有理想，尊重他为理想奋斗，不顾个人安危。他受欺凌、受折磨，激起有心人的憤慨，甚至为他傷心落淚。可是，現在誰还像《堂吉訶德》書里講的那样，个个都急切要认识他呢？誰还像一六〇五年《堂吉訶德》初问世时，西班牙国王在陽台上看到的学生那样，一边读这部书，一边狂笑得像瘋子一样呢？

三四百年过去了，《堂吉訶德》不复是当年

为人民文学出版社"世界文库"本《堂吉诃德》所写"前言"（手迹1页）

杨绛绘像（高莽作）

目录

✣ 堂吉诃德（下）

堂吉诃德（下）

献　　辞

敬上雷莫斯伯爵[①]。

前几天，我把已印出而尚未演出的几个剧本献给您大人，记得那时候仿佛说起，堂吉诃德只等穿上骑马靴，就要前来拜见您。现在我向您奉告，他已经穿上靴子出发了。他如能到您面前，那我就自幸对您效了微劳。现在有个家伙冒称堂吉诃德第二，到处乱跑，惹人厌恶[②]；因此四方各地都催着我把堂吉诃德送去，好抵消那家伙的影响。最急着等堂吉诃德去的是中国的大皇帝。他一月前特派专人送来一封中文信，要求我——或者竟可说是恳求我把堂吉诃德送到中国去，他要建立一所西班牙语文学院，打算用堂吉诃德的故事做课本；还说要请

---

① 雷莫斯伯爵（Conde de Lemos）名堂贝德罗·费尔南台斯·台·卡斯特罗（Don Pedro Fernández de Castro），是西班牙十七世纪提倡文艺的大贵族，对塞万提斯很照顾。《堂吉诃德》第二部出版时，雷莫斯伯爵正在拿坡黎斯（Nápoles）做总督。塞万提斯已把他的《模范故事》（*Novelas ejemplares*）（1613）和《尚未上演的八出喜剧和八出幕间短剧》（*Ocho comedias y ocho entremeses nuevos nunca representados*）（1615）两部作品献给他。这是第三次献书。

② 指假托阿隆索·费尔南台斯·台·阿维利亚内达（Alonso Fernández de Avellaneda）之名出版的《奇情异想的绅士堂吉诃德·台·拉·曼却第二部，叙述他第三次出行，亦即他第五部分的冒险》。这部书1614年在塔拉果纳（Tarragona）出版。作者把堂吉诃德写成一个毫无奇情异想的粗狂的疯子；把桑丘·潘沙写成个毫无风趣的贪吃多话的傻子。

我去做院长[1]。我问那钦差，中国皇帝陛下有没有托他送我盘费。他说压根儿没想到这层。

我说："那么，老哥，你还是一天走一二十哩瓦，或者还照你奉使前来的行程回你的中国去吧。我身体不好，没力气走这么迢迢长路。况且我不但是病人，还是个穷人。他做他的帝王，我自有伟大的雷莫斯伯爵在拿坡黎斯，他老人家不用给我区区学院头衔或院长职位，也在赡养我，庇护我，给我以始愿不及的恩赐。"

我这样打发了他，现在也就向您告辞；顺便还把《贝西雷斯和西希斯蒙达历险记》[2]献给您大人。只要上帝保佑，这部书四个月内可以完成。咱们西班牙的作品里——我指消遣作品里，它如果不是最糟的，就是最好的；也许我不该说"最糟"，因为朋友们预料它准尽善尽美。恭祝您大人回国福体安康。到那时候，也许《贝西雷斯》已经在等着吻您的手了；我托庇您大人门下，也等着吻您的脚。一千六百十五年于马德里。

您大人的仆从，

米盖尔·台·塞万提斯·萨阿维德拉

---

① 据说1612年(明神宗万历四十年)，中国皇帝曾托传教士带给西班牙国王一封信，所以塞万提斯开这个玩笑。参看普德能(Samuel Putnam)《堂吉诃德》英文译本，第二册990页。

② 这部小说描写古怪离奇的旅程，1617年塞万提斯去世后出版。

前言致读者

哎,各位绅士或平民读者,你这会儿准急等着我这篇卷头语吧?《堂吉诃德》有一部续篇,据说是在托尔台西利亚斯写成,在塔拉果纳出版的①;你大概以为我会用臭骂来回敬那位作者吧?可是你料错了。最虚怀大度的人受了欺侮也不免生气,不过我是个例外。你要我骂那个作者愚蠢狂妄吗?我不想。“谁作恶就自食其果;随他和面包一起吃下去,随他自作自受”②。我受不了的是他指摘我年老而且残废了一条胳膊。难道我有能力叫岁月停留、青春常在吗?我的胳膊是从古到今最伟大的战役里残废的③,他以为是在什么酒店里打伤的吗?尽管我的创伤看来不漂亮,知道底细的人至少不会轻视。阵亡远比逃命光荣;我是这样看的。所以,假定我竟有回天转运的本领,对过去的事我可以重新抉择,我宁愿伤残了身体,还是要参与那场惊天动地的战役。战士脸上和胸口的伤痕好比天上的星,能指引旁人去争取不朽的声名,应得的赞誉。我还有句话:写作虽然不靠白发,却要用头脑;头脑愈老愈高明。

---

① 假托阿维利亚内达所作的《堂吉诃德》第二部,见本书献辞3页注②,阿维利亚内达自称是托尔台西利亚斯人。

② 西班牙谚语。

③ 塞万提斯1571年在雷邦多(Lepanto)战役里残废了左手。

那人又说我心怀羡妒①;这也是我受不了的。他以为我不懂,还对我解释羡妒的意义。其实,这个词儿的两种涵义里,我只知道那神圣、高尚、善意的一种。所以我决不会去攻击一位教士,何况他又是宗教法庭的机要人士呢。那位作者的话是有所指的吧?如果他确是替某人说话,那么他完全错了。我崇拜那位先生的天才,欣赏他的作品,钦佩他孜孜不倦地行道②。多承那位作者说我的模范故事都写得好,只是讽世的作用比示范的作用大③。谢谢他称赞,故事如果不是二者兼备,就说不上好了。

也许你觉得我很低心下气,一点儿不坦率。我只是认为对可怜虫该手下留情。那位作者不敢在光天化日之下露面,却隐名冒籍,像有弥天大罪的逃犯似的,想必狼狈不堪。你如有缘见到他,请传话说:我并不理会他的侮辱;我深知魔鬼的诱惑,叫人自信著书出版就拿稳名利双收。你不妨用开玩笑的口吻把下面的故事讲给他听,我的意思就更明白了。

塞维利亚有个疯子疯得很妙。他把竹竿通成管子,一头削尖。每在街上或别处捉到一只狗,就踩住它一爪,提起另一爪,找个地方把管子插进去,对着管子吹气,把那只狗吹得圆鼓鼓的像皮球一样。然后他在狗肚子上拍两下,把它放走。常有许多

---

① “羡妒”原文是 invidia,有两个涵义:好的涵义是企羡;坏的是忌妒。阿维利亚内达在他那部书的序里指责塞万提斯忌妒洛贝·台·维咖。因为《堂吉诃德》上部第四十八章有关戏剧的理论触犯了洛贝。

② 阿维利亚内达指责塞万提斯攻击洛贝·台·维咖。洛贝于 1614 年入教会为教士;“宗教法庭机要人士”的头衔大概是 1608 年授予他的,都是《堂吉诃德》上部出版以后的事。洛贝的私生活很不检点。

③ 阿维利亚内达说塞万提斯的《模范故事》“讽刺性胜于模范性;故事很好,颇有才情”。

人围着瞧，他就对他们说：

“您各位这会儿准以为吹饱一条狗是容易的事吧？”——您这会儿准以为写一部书是容易的事吧？

假如这个故事对他不适用，那么，亲爱的读者，你可以把下面另一个疯子和狗的故事讲给他听。

果都巴另有个疯子常把一片大理石或分量不轻的石头顶在脑袋上。他碰到一只不很机警的狗，就挨近去把石头砸在它身上。狗负痛叫嗥，连着窜过几条街也不停一下。有一回，他的石头砸了一个帽子匠很宝贝的狗。石头落在狗头上；狗受了伤大声叫嗥。它主人见了心疼，抓起一把尺，追上疯子，打得他浑身没一根完好的骨头；每打一下就说：

“你这狗贼！欺我的小猎狗吗①？你这恶棍！没瞧见我这狗是小猎狗吗？”

他一声声的“小猎狗”，一下下打得那疯子体无完肤。疯子受了这番教训，回家一个多月没出门。然后他又出来玩他那套老把戏了；顶的石头比以前更重。他瞧见一只狗，就跑去盯着细看，却不敢把石头砸下来，只说：

“当心！别又是小猎狗！”

他不论碰到大猛狗或小杂种狗，都说是小猎狗，不再把石头砸下去。也许那位传记作者会有同样的遭受，他就不敢再把他那粗拙的才能施展在书上了。写得不好的书，比顽石还笨重。

你还可以告诉他：尽管他的书会夺掉我的收入，我对他这点威

---

① 小猎狗（podenco），比普通猎狗身材小，前后脚也较短，但更矫健，嗅觉更灵敏。

胁满不在乎[1]。我引用有名的插曲《拉·贝兰丹加》[2]里的话："祝愿我那位当市参议员的主人长寿！基督保佑大家。"我祝愿伟大的雷莫斯伯爵长寿！他的仁爱慷慨是有名的；我坎坷的运途上，全靠了他才没有跌倒。我也祝愿慈祥的托雷都大主教堂贝尔那都·台·桑都巴尔-罗哈斯[3]长寿！即使世上没有印刷机，或者出版攻击我的书比《明戈·瑞伏尔戈讽刺诗集》[4]里的字数还多，又怕什么呢！两位贵人不要我奉承，不等我求乞，对我慷慨施恩。即使命运照它的老套使我苦尽甘来、翻身发迹，我也不会有更大的福气和财源。穷人可以有人尊敬，恶人却不能。贫穷能掩盖高贵的品质，但不能完全埋没它。美德会从穷困笼罩不到的隙缝里透露出光芒，引起伟人的注目和重视，博得他们的爱护。你不必再和他多说，我的话完了。只是请你注意，我奉献给你的《堂吉诃德》第二部，和第一部从同一个题材一手剪裁而成。书上继续描叙堂吉诃德的事，直到他逝世入土。这样就没人敢再捏造些事情来诬蔑他。他所干的事已经够多；那些疯狂的趣闻，有一部信史的记载也就够了，不用别人再多事。好东西太多了就没有价值；糟东西稀少了也会可贵。我忘了告诉你，《贝西雷斯》[5]和《咖拉泰》的第二部[6]都快要写完了，你们等着吧。

---

① 阿维利亚内达在他的序文里说："我的作品抢了他的生意，随他埋怨去吧。"

② 文学史上没有这部著作，也许是当时传说而并未出版的作品。

③ 他是托雷都的大主教，罗马教会的红衣大主教，宗教法庭的首席审判官，当代权臣赖尔玛公爵的叔父。塞万提斯受他赏识；晚年潦倒也得他很多照顾。

④ 这部诗集讽刺西班牙国王亨利四世的朝政，作者佚名。

⑤ 见本书献辞。塞万提斯在1616年4月18日写《贝西雷斯》的献辞，五天以后，即4月23日，去世。这部书是在他身后出版的。

⑥ 这部书的第二部没有出版，和塞万提斯的其他许多作品一样，都已没有下落。

第　一　章

神父、理发师两人和堂吉诃德谈论他的病。

熙德·阿默德·贝南黑利在本书第二部讲堂吉诃德第三次出行。据说，神父和理发师大约有一个月没去看堂吉诃德，免得惹他记起旧事。他们只探望他的外甥女和管家妈，嘱咐她们小心调护他，给他吃些补心养脑的东西，因为他的病根显然是在心里和脑袋里。她们俩说，已经照这么办了，以后还要竭力调养他；照她们看，她们家主人有时候好像头脑很灵清了。神父和理发师听了非常高兴。这部伟大的信史第一部末一章里，讲到他们使堂吉诃德着了魔，用牛车把他拉回家来。他们觉得这件事确是做得不错。他们决计去看望他，瞧他的病是否真有好转。不过他们料想他的病是好不了的。两人约定绝口不谈游侠骑士，怕他伤口的新肉还嫩，保不定又碰破。

他们去拜访堂吉诃德，看见他坐在床上，穿一件绿色羊毛绒内衣，戴一顶托雷都出产的小红帽儿，枯瘦得简直像个木乃伊。他殷勤接待两人；听了他们问候，就诉说自己起居健康的情况，讲得事理清楚，语言恰当。大家闲聊，谈论到建国治民之道：哪些弊政该补救或抨击，哪些恶习该改变或扫除。三人都俨然是新出的政论家、当代的李库尔果[①]或新型的索隆[②]。他们把国家改革一新，仿佛投入熔炉，重新铸造了一个。堂吉诃德谈论各种问题都头头是道，所以那两个特来实地考察的人确信他已经神志清楚，完全复原了。

当时外甥女和管家妈也在旁，瞧她们的家主头脑这么灵清，说不尽的感激上帝。神父本来打算不谈骑士道，可是他要着实知道堂吉诃德的病是否确已断根，就改变了主意。他东说说、西讲讲，谈起京城里传来的新闻。他说听到确讯，土耳其人结集了强大的海军，进逼西班牙国境，不知他们有什么图谋，也不知这场大风暴要在什么地区爆发。土耳其人的威胁几乎年年给基督教国家打警钟，使它们都加紧备战；国王陛下在拿坡黎斯和西西利亚沿海一带以及马耳他岛上都有防备。堂吉诃德听了这番话，说道：

“国王陛下及时防卫国境，叫敌人不能攻其无备，可见他深知兵法。不过他假如请教我，我却有个妙策，他老人家这会儿怎么也想不到的。”

神父一听这话，心上暗想：“啊呀！可怜的堂吉诃德！我看你疯得透顶而且傻得没底了。”理发师也这么想，一面就问堂吉诃德有什么妙策；还说许多人向国王献计，都不切实际，只怕他的也是同样货色。

堂吉诃德说：“使剃刀的先生啊，我的计策就妙在应机当景，绝不是迂阔的空谈。”

---

① 古希腊的政治家和演说家，生于纪元前四世纪。

② 古希腊的立法家，生于纪元前六世纪。

理发师道："我不是说您不切实；不过我看到从来大家向国王陛下献的计策，差不多全都无用：或是行不通，或是荒谬绝伦，或是，照办了就有害于国王和国家。"

堂吉诃德说："可是我的妙策既不是办不到，也并不荒谬；谁也想不出更加方便、切实、巧妙、简捷的办法来。"

神父说："堂吉诃德先生，您说了半天，还没把您那条妙策说出来呢。"

堂吉诃德道："我这会儿一说，明天早上就传到枢密院诸公的耳朵里去了。我干吗白费心思，把功劳让给别人呀。"

理发师说："我在这里，面对上帝，保证不把您的话向任何人泄漏。据《神父的故事诗》①，那神父给强盗抢掉一百杜布拉②和一头善走的骡子，发誓不说出去；后来在做弥撒的开场白里向国王告发了那个强盗。我就是学着那位神父发誓。"

堂吉诃德说："我不知道这些故事，只知道这个誓是靠得住的，因为我相信理发师先生是可靠的人。"

神父说："即使他不是，我可以担保他像哑巴一样，决不把您的话说出去；否则依判罚款。"

堂吉诃德说："可是神父先生，您担保他，谁担保您呢？"

神父答道："我的职业可以担保；因为保守秘密是我的职分呀。"

堂吉诃德这才说道："我凭耶稣圣体发誓，国王陛下只要用个叫喊消息的报子，传令全国的游侠骑士，在指定的某日到京城来聚会。尽管只来六个，说不定其中一个单枪匹马就能打得土

---

① 故事出处不详。

② 西班牙古金币。

耳其全军覆没。两位请听我讲。游侠骑士一人摧毁二十万大军,难道是从来没有的事吗?在他眼里,二十万人好比只长着一个脖子呀!二十万人只像一块杏仁糕呀!不然的话,专记这种奇事的历史,会有这么多吗?假如鼎鼎大名的堂贝利阿尼斯没死,或者阿马狄斯·台·咖乌拉的子子孙孙里有一个还活着——当然就碍着我的道儿了,且不说别人。可是咱们现在只要有他们中间的一个去抵抗土耳其人,哼!土耳其人只怕就完蛋了。不过上帝自会照顾信奉他的人,给他们派救星来,即使不能像过去的游侠骑士那么凶狠,至少也一样的勇敢。上帝知道我的意思,我不多说了。"

外甥女插嘴道:"啊呀!我舅舅准是又要去当游侠骑士了!不信,我死给你们看!"

堂吉诃德答道:

"我到死也是游侠骑士。不管土耳其人从南来、从北来,不管他们的兵力多么强大,随他们来吧!我再说一遍,上帝明白我的意思。"

理发师插嘴道:

"各位请听我说个塞维利亚的小故事;因为正合式,我忍不住要讲讲。"

堂吉诃德请他讲,神父等人都静听。理发师讲了以下的故事:

"塞维利亚有个人精神失常,他亲属就把他送进当地疯人院。这人是奥苏那大学毕业的①,专攻寺院法。不过许多人认

---

① 奥苏那大学就像上部第一章里提到西宛沙大学一样是个小规模的大学,塞万提斯那时代的人说到这类大学,往往带着嘲笑的口吻。

为他即使是萨拉曼咖大学毕业的,也一样会发疯。这位硕士在疯人院里关了几年,自以为头脑清醒,神识完全正常了。他写信求大主教解救他的苦难。他说靠上帝慈悲,他一度昏迷的神识已经完全复元,而他的亲属贪图他的财产不放他出院,硬冤他是一辈子好不了的疯人。他写得情词恳切,事理清楚。大主教给他迭次来信打动了,派本府一个教士向疯人院长探问究竟,并和那疯子谈谈,他果然头脑清醒了,就放他出院。教士领命去了。疯人院长对教士说:那人并没有好,他的言论往往很高明,可是到头来总露出马脚,说些荒乎其唐的话,抵消了那些高论;只要和他谈谈就能摸出底里。教士愿意试试,去见了那疯子,和他谈了一个多钟头。疯子始终没说一句糊涂话,谈吐有条有理,使教士确信他已经复原。疯子说,院长受了他亲属的贿赂,对他不怀好意,硬说他的病时好时发,没有断根。他说自己只为家产太多,才吃这个大亏;他冤家贪图那份财产,竟不让人相信他靠上帝洪恩,已经从畜类重又变成了人。反正他讲得很动听,显然院长有嫌疑,亲属给贪心昧了良心,而他呢,头脑完全清醒。教士就决计带他回去见大主教,由大主教亲自判明是非真伪。那位好教士抱定这个主意,请院长下令把硕士入院穿的衣服发还他。院长重又叮嘱那教士不要轻率,说硕士依然是个货真价实的疯子;再三劝阻,却毫无用处。院长心想既是大主教的命令,就听从了。他们让硕士换上自己半新的体面衣服。硕士脱掉了疯人服装,打扮得像好人一样,就要求教士行个方便,让他向同院的病人告别。教士也愿意陪着去瞧瞧院里的疯子,他们和院长等人一同上楼。有一个栅栏里关着个动武的疯子,不过他这时很安静。硕士走到栅栏前,对这疯子说:

“‘老哥，你瞧瞧有没有什么事要托我，因为我要回家了。上帝恩德无边，就连我这样不值一顾的人，也蒙他照顾，头脑重又清醒。我现在已经完全正常了；上帝真是无所不能啊！你该信赖上帝；他既会叫我复原，也会叫你复原，只要你信赖他。我一定记着给你送些好吃的东西来，你千万得吃。你听我说，我是过来人，我想咱们发疯都因为肚里空虚，脑袋里就充满了气。你得鼓起劲来！倒了霉垂头丧气，会伤生减寿的。’

“对面另一个栅栏里有个疯子赤条条躺在一床旧席上。他听了硕士这番话，起身大声问谁病好了出院。硕士答道：

“‘老哥，出院的是我，因为不用再待在这儿了。这是上天的洪恩，我说不尽地感激。’

“那疯子说：‘硕士啊，你说话得仔细，别上了魔鬼的当。我奉劝你别乱跑，好好儿待在自己屋里吧，免得再回来。’

“硕士答道：‘我知道自己现在好了，不用再回来了。’

“那疯子说：‘你好了？哼！瞧着吧！但愿上帝保佑你！今天把你当作没病的人放你出院，就是塞维利亚的罪过。我代替朱庇特①管辖这个世界，我凭朱庇特发誓：我单为塞维利亚这点罪过，要向这个城市狠狠降罚，叫它千年万载也忘不了，这就是我诚心所愿！小矮子硕士啊，你可知道，我真有这本领！我刚说了，我是掌管雷霆的朱庇特，我手里有怒火熊熊的霹雳，经常可以吓唬世人，摧毁世界。不过我另有办法惩罚这个愚昧的城市。我从现在起整整三年里，叫塞维利亚全城和四郊不下一滴雨！

① 朱庇特(Júpiter)，罗马神话里宇宙之主，相当于希腊神话里的宙斯，他掌管雷霆。

你可以出院了？你健康了？你病好了？我倒是疯子、病人、不得自由的？哼！要我下雨呀，就好比要我上吊！’

“旁人都在听这疯子叫嚷，我们这位硕士却转身握住教士的双手说：

“‘我的先生，您甭着急，别理会这疯子的话。他是朱庇特不肯下雨吗？我却是水的父亲、水的神道、耐普图诺[①]呀！不管什么时候，只要我想下雨，或需要下雨，雨就下了。’

“那教士答道：

“‘您说得对，耐普图诺先生，不过招朱庇特先生发火究竟不妙，您还是待在这里，等哪天方便，我们有工夫再来找您吧。’

“院长等人都大笑，弄得那位教士很不好意思。疯人院里给硕士脱下衣服，还把他留在院里；这故事也就完了。”

堂吉诃德说：“理发师先生，您认为这个故事正当景，忍不住要讲吗？哎，使剃刀的先生啊！隔着筛子瞧不见东西的人，真是瞎子[②]！况且把人家的才德、相貌、家世互相对照，总是讨厌的，您连这点都不知道吗？理发师先生，我不是海神耐普图诺，我也不要求人家称我识见高明，因为我并不高明；我不过竭尽心力，让大家知道，不恢复崇奉骑士道的盛世，是个大错。从前有游侠骑士负责捍卫国家，保护幼女孤儿和孩童，除暴安良，那时代的人多么享福啊；咱们这个衰败的时代可不配有那么大的福分了。现在多半的骑士，身上只有锦缎衣服的窸窣声，没有钢盔

① 罗马神话里的海神。
② 西班牙谚语。

铁甲的铿锵声了。现在没什么骑士冒着严寒酷暑或风吹雨打，浑身披挂，在野外露宿了；没什么骑士还像先辈那样脚不离镫、身靠长枪，只求打个盹儿了。以前的游侠骑士，从深林出来跑进深山，从深山跑到荒凉的海边，海上总有狂风大浪。他看见海滩上一只小船，桨呀，帆呀，桅杆呀，绳索呀，什么装备都没有。可是他毫无畏惧，跳上船，随怒涛恶浪去摆布。他跟着海波起伏，一会儿耸到天上，一会儿落到海底。他顶着不可抵挡的暴风，想不到一上船已经走了三千多哩瓦的路。他上岸在陌生的远方遭遇到许多事，都值得镌刻在青铜上，不是写在纸上的。像这种游侠骑士，现在都绝迹了。现在这年头，懒惰压倒了勤快，安逸压倒了勤劳，罪恶压倒了美德，傲慢压倒了勇敢；甚至拿枪杆子的也空谈而不实行了。这一行，只有黄金时代靠了游侠骑士才走得红。不信，你们说吧，谁比鼎鼎大名的阿马狄斯·台·咖乌拉更纯洁勇敢呢？谁比巴尔梅林·台·英格拉泰拉更聪明呢？谁比白骑士悌朗德更随和呢？谁比李苏阿尔泰·台·格瑞西亚更豪侠多情呢？谁比堂贝利阿尼斯受的伤更多，而且伤的人更多呢？谁比贝利翁·台·加乌拉更刚毅呢？谁比费丽克斯玛德·台·伊尔加尼亚临险更勇往直前呢？谁比艾斯普兰狄安更诚挚呢？谁比堂西隆希琉·台·特拉西亚更奋不顾身呢？① 谁比罗达蒙泰更勇敢呢？谁比索布利诺王更谨慎呢？谁比瑞那尔多斯更胆大呢？谁比罗尔丹更无敌于天下呢？谁比汝黑罗更温文尔雅呢？② 据杜尔宾的《环球志》，现在的费拉拉公爵全都是

---

① 以上九人，都是骑士小说里的英雄。贝利翁是阿马狄斯的父亲，艾斯普兰狄安的祖父，李苏阿尔泰的曾祖父。

② 以上都是阿利奥斯陀《奥兰陀的疯狂》里的人物。

汝黑罗的后代①。神父先生,我另外还可以说出许多骑士来,都是发扬光大了骑士道的游侠英雄。我要向国王进言所说的游侠骑士就是这一类人。国王陛下罗致了他们,既有了得力的帮手,又可以省掉一大笔费用,土耳其人到头来无法可施,只好揪自己的胡子。现在大主教府的教士既然不带我出疯人院,我就待着好了。假如照理发师的话,朱庇特不肯下雨,那么有我在这儿呢,我要下雨就下雨啦!我这话是要叫那位靠洗脸盆干活儿的先生明白,我懂他言外之意。”

理发师说:“堂吉诃德先生,我实在不是这意思。天晓得我是一番好意,您不该生气。”

堂吉诃德答道:“该不该生气,我自己明白。”

神父插嘴说:

“我始终还没开口,可是听了堂吉诃德先生的话,心上倒有点儿纳闷,想痛痛快快地问问。”

堂吉诃德答道:“神父先生还有什么话,不妨都说出来;有什么纳闷的,尽管问,闷在心里不是滋味。”

神父说:“您不见怪,我就说吧。堂吉诃德先生,我有件事想不通。您提的那一大群游侠骑士,难道都是这个世界上有血有肉的真人吗?我怎么也没法儿相信呀。我觉得那都是凭空捏造的一派胡言,都是睡梦刚醒或半睡半醒的梦话。”

堂吉诃德答道:“这又是世俗的通病,许多人硬是不信世上真有这种骑士。我曾经在各种场合,多次向形形色色的人极力

---

① 《环球志》并无其书,是塞万提斯信笔捏造的。阿利奥斯陀在《奥兰陀的疯狂》里把世袭的费拉拉公爵都说成汝黑罗的后代。

纠正这个流行的错误。有时我讲不清，有时根据事实，居然讲明白了。我的根据是千真万确的。譬如阿马狄斯·台·咖乌拉吧，我简直可说亲眼见过。他是个高个子，白白的脸儿，一部黑胡子修得很整齐，神气温和而又威严；他不多说话，不易动怒，发了火一会儿就平息下去。我可以把故事里写的全世界的游侠骑士一个个都像阿马狄斯这样细讲他的形容相貌。读了故事对他们就有个印象，再按他们的行事和性情脾气仔细推究，他们的面貌呀，颜色呀，身材呀，就一一活现在眼前了。”

理发师问道：“堂吉诃德先生，您看巨人莫冈德该有多高啊？”

堂吉诃德答道：“世界上究竟有没有巨人，各有各的说法。不过《圣经》里的话是没半点儿虚假的。照《圣经》上看来，确实有巨人。因为《圣经》上讲到斐利斯人歌利亚斯，说他身长七腕尺半①，那就高得很了。西西利亚岛上发现过巨大的胫骨和肩胛骨②。那么大的骨头，准是巨人身上的，那些巨人该有塔那么高呢。这是可以用几何学来推算的。不过，我拿不定莫冈德究竟有多高。我想不会很高；我这话有根据。因为我看见记述他的专著③里说，他常睡在屋里；既然屋里容得下他，显然他不会太高大。”

神父说：“对啊！”

---

① 腕尺（codo），由肘至中指尖的长度，约十八至二十二英寸。

② 见安东尼欧·台·托尔给玛达（Antonio de Torguemada）的《奇花异葩之圃》（*Jardín de flores curiosas*）。

③ 指意大利人鲁伊斯·普尔其（Luis Pulci）所著《巨人莫冈德》（*Morgante Maggiore*）纪事诗，1550、1552 年出版了西班牙文译本。

堂吉诃德这套疯话神父听得很有趣，他就举出一个个游侠骑士来请堂吉诃德设想他们的相貌，譬如瑞那尔多斯·台·蒙答尔班呀，堂罗尔丹呀，还有法兰西十二武士里的其他几人。

堂吉诃德答道："照我猜想，瑞那尔多斯是宽盘儿大脸，面色通红，眼睛很灵活，有点儿鼓；性如烈火，专好结交强盗和亡命之徒。罗尔丹，或罗佗兰多，或奥兰陀呢——历史上这三个名字是通用的，我拿定是中等身材，宽肩膀，多少有点儿罗圈腿，黑脸，红胡须，身上汗毛很重，眼睛里杀气逼人；他沉默寡言，可是温文有礼。"

神父说："假如罗尔丹像您说的这样，他可不够漂亮，怪不得美人安杰丽咖公主瞧不入眼，扔了他去找她相好的那个刚出胡子的小摩尔人了；那人一定风流俊俏、活泼有趣。她不爱罗尔丹的严肃，却爱上梅朵罗的温柔，可见很有眼力。"

堂吉诃德说："神父先生，这个安杰丽咖是个没脑子的姑娘，喜欢乱跑，也有点儿轻浮；她那许多风流放诞的事，随着她的艳名到处流传。她鄙弃了成千的王孙、爵士、才子、好汉，却看上一个还没长胡子的小僮儿，既没有财产，也没有声望，只因为他对朋友感恩知报①，才有点名气。安杰丽咖的失身当然是不体面的；歌颂她美貌的大诗人阿利奥斯陀写到这里，就不敢或不愿再叙述她的事了。他搁笔以前，写了以下两行诗：

　　至于她怎样接位做了中国的女皇，

---

① 所谓朋友，就是梅朵罗的主人达狄耐尔王。梅朵罗夜里冒险去埋葬主人的尸体，受了重伤。

也许别人能用更好的'拨'来弹唱。①

这话分明像预言;因为诗人也有'先知者'或预言家的称号。这句预言是很准的。后来安达路西亚的著名诗人曾为她的眼泪悲歌②,咖斯底利亚独一无二的著名诗人也曾歌颂她的美貌③。"

理发师插嘴道:"堂吉诃德先生,我请问您,这么许多诗人赞美她,是否也有人作诗嘲笑她呢?"

堂吉诃德说:"假如萨克利邦泰或罗尔丹④是诗人,我想他们准会把这位姑娘着实的挖苦一番。诗人选中了意中人,不论是假托的还是真的,如果意中人瞧他不起,拒绝了他,他就用讽刺和毁谤来雪耻报仇;这是诗人地道而现成的手法⑤。当然,心胸宽大的人是不屑做这种事的。据我所知,至今倒还没有谁作诗毁谤这位颠倒一世人的安杰丽咖公主呢。

神父说:"真是奇迹!"

他们谈话的时候,管家妈和外甥女已经走开了;这时忽听到她们俩在院子里大叫大嚷,大家忙赶去。

---

① 这是阿利奥斯陀《奥兰陀的疯狂》第三十三篇第十六节的末了两行,塞万提斯曾引用末一行来结束《堂吉诃德》第一部。按原文,上一行是"她把印度的王位给了梅朵罗"(E dell' lndia a Medor desse lo scettro),堂吉诃德篡改了。

② 鲁伊斯·巴拉洪那·台·索多(Luis Barahona de Soto)著有《安杰丽咖的眼泪》,1586年出版。

③ 指洛贝·台·维咖1602年出版的诗集《安杰丽咖的美》(*La hermosura de Angélica*);"独一无二"云云有讽刺之意。

④ 都是追求安杰丽咖而受鄙弃的武士。

⑤ 塞万提斯这里指的是洛贝·台·维咖。洛贝曾作诗诽谤某些女演员。

第　二　章

桑丘·潘沙和堂吉诃德的外甥女、
管家妈等大吵，以及其他趣事。

据这部传记上说，堂吉诃德、神父和理发师听见吵闹，原来是桑丘硬要进来探望主人，堂吉诃德的外甥女和管家妈拦着门不放，嚷着说：

“这流氓到我们家来干吗？老哥啊，回你自己家去吧！哄了我们家主人出去乱跑的就是你！不是别人！”

桑丘答道：“魔鬼的管家妈！给人家骗出去乱跑的是我！不是你主人！是他带着我满处跑，你们把事情全弄颠倒了。他花言巧语，答应给我一个海岛，骗了我从家里出去，我到今还等着这个海岛呢。”

外甥女说：“该死的桑丘！让倒霉的海岛噎死你！什么海岛？是好吃的吗？你这个馋嘴佬！”

桑丘答道：“不是吃的东西，是管辖的东西；我可以管辖得比四个市政府和四个京城长官还好呢。”

管家妈说：“随你怎么说，这里不要你来！你这个满肚皮鬼主意的家伙！管你自己的家、种你租的地去！别胡想什么海岛河岛啦！”

神父和理发师听了三人的对话很好笑。堂吉诃德怕桑丘说溜了嘴，讲出许多促狭的胡话来，对自己声名有碍。他就喊桑丘进来，一面叫她们俩住嘴，别拦着他。桑丘进来，神父和理发师告辞出去。他们瞧堂吉诃德脑袋里一团糟，那套该死的骑士道的谬论根深蒂固，都觉得他的病是没指望的了。神父对理发师说：

"老哥啊，你瞧着吧，咱们想不到的时候，这位先生又要展翅儿高飞了。"

理发师答道："这还用说吗？不过侍从的傻，竟和骑士的疯一样叫我吃惊呢。他死抱着那个海岛，随你怎么解释也没法消除他这个念头。"

神父说："但愿上帝挽救他们吧。咱们得时刻留心，瞧着这一对骑士和侍从会疯傻到什么地步。我觉得两人竟是一个模子里打造出来的。主人的疯要没配上佣人的傻，就一文不值了。"

理发师说："是啊。我很想听听他们俩这会儿说的话呢。"

神父说："我拿定外甥女和管家妈会告诉咱们。照她们俩的脾气，不会不偷听。"

这时堂吉诃德关上门，只和桑丘两人在屋里。堂吉诃德说：

"桑丘，你说是我把你从家里骗出去的，这话我听了很难受，因为你明知我也没待在家里呀。咱们俩一起出门，一起赶路，一起满处跑；两人同甘共苦。如果说，你给人家兜在毯子里抛弄过一次，我挨过的打有一百次呢；这就算是我比你便宜吧。"

桑丘说："这也是应该的呀。照您自己的话，倒霉事儿和游侠骑士是紧紧连在一起的，和侍从还远着点儿啊。"

堂吉诃德说："桑丘，你错了，古话说得好：'首疾……'①"

桑丘道："我只懂现代的话。"

堂吉诃德道："我是说，脑袋有了病痛，身体各部都有病痛。我是你的主人，就是你的脑袋；你是我的佣人，就是我身上的一部分。所以我有病就牵连到你，你有病也牵连到我。"

桑丘说："应该是这样啊！可是，我既然是您的一部分，我这部分给人家兜在毯子里抛弄的时候，您做了我的脑袋却在围墙外面瞧着我在天空翻滚，没有觉得痛苦呀。既然脑袋有病痛，浑身各部都有病痛，那么身上哪一部分有病痛，脑袋也该有病痛呀。"

堂吉诃德道："桑丘，你这话大概是说，你给人家抛弄的时候，我没有感受痛苦。如果你是这个意思，我劝你别这么说，也别这么想，因为我当时心上的痛苦，比你身受的还厉害。可是这话咱们这会儿甭提了，将来再仔细讲究吧。桑丘朋友，我问你，村儿里在说我什么话？老乡们、绅士、骑士们对我有什么意见？关于我的勇敢、我的功绩、我的礼貌，他们怎么说的？我要在当今之世把废掉的骑士道重新振兴，人家有什么议论？一句话，桑丘，凡是我问的这些，你听到什么都得告诉我，别添一句好话，也别瞒掉一句坏话。忠心的臣仆该把真情照实报告主人，既不加油添酱地讨好，也不藏头掩尾地隐瞒。我告诉你，桑丘，如果君王听到的全是不加粉饰的真情实况，没有奉承迎合的花言巧语，那么过去的世纪就改了样，咱们这个世纪也不该称为'铁的世

① 堂吉诃德引了一句拉丁文谚语的开头二字，全句是"首疾则全身病"(Quando caput dolet，cœtera membra dolent)。

纪'了;我觉得咱们近年来却是黄金时代呢。桑丘,你该照我的叮嘱,凡是我问你的,你听到过什么,就明明白白、诚诚恳恳地照实告诉我。"

桑丘答道:"好得很呀,我的先生,不过有句话得讲在前头:您既然要我听到什么都搬给您听,没一点儿遮盖,那么我说了您可别生气。"

堂吉诃德说:"我决不生气,桑丘啊,你尽管直说,不用拐弯儿抹角的。"

"那么,我先告诉您,老乡们说您是头号儿的疯子,说我这傻瓜也不输您。绅士们说您不安安分分做绅士,总共有了四棵葡萄两亩地①,身上拖一片挂一片的,却自称'堂',一下子成了骑士②。骑士们说,他们不喜欢绅士和他们平起平坐,尤其那种只配当侍从的绅士,皮鞋都自己擦,黑袜子上补着绿丝线。"

堂吉诃德说:"这话和我不相干,我向来穿得整齐,身上从没有补丁;可能衣服破些,那也是盔甲磨破的,不是穿旧了破的③。"

桑丘说:"关于您的勇敢、您的礼貌、您的功勋,各有各的看法。有人说:'疯而有趣。'有人说:'有勇气,只是没运气。'有人说:'有礼貌,可惜不得体。'他们还有许多话呢,直挑剔得咱们通身上下百孔千疮了。"

---

① "四棵"就是"好几棵","四"是"多"的意思;亩,原文 yugada,是两头牛驾在一个轭下一天能耕完的地。

② 堂吉诃德是绅士,还不是贵族阶级。骑士是起码的贵族阶级,称"堂"。但这个称号当时正逐渐广泛。

③ 西班牙谚语:"绅士宁穿破衣,不打补丁。"因为打补丁证实是贫穷,而用不同颜色的线补缀,尤显得寒碜。

堂吉诃德道："桑丘，你该知道，出人头地，遭人嫌忌[1]；哪里都是一样。名人而不遭毁谤，那是绝无仅有的。胡琉·凯撒是最坚毅、最英明勇敢的统帅，人家说他野心勃勃，还说他的衣服和私德都有点儿不干净。亚历山大靠生平事业赢得'大帝'的称号，人家说他有几分酗酒的习气。赫拉克利斯功绩累累，人家说他荒淫骄奢。又譬如像阿马狄斯的弟弟堂加拉奥尔吧，人家说他太好斗，说他哥哥动不动就爱哭。哎，桑丘，好人都受到这样的毁谤呢；如果我受到的只是你说的这些，就算不错了。"

桑丘说："我的爹！糟的是不止我说的这些呀！"

堂吉诃德问道："那么还有别的话吗？"

桑丘说："还有尾巴上的皮没剥下来呢[2]。刚才说的那些，只算小点心罢了。您如要知道全套儿诽谤您的话，我马上给您找个人来，他会一五一十地搬给您听，一星半点儿也不遗漏。巴多罗梅·加尔拉斯果的儿子刚从萨拉曼咖大学得了学位，昨晚回家。我去欢迎他，他告诉我说，您的事已经写成书了，书名是《奇情异想的绅士堂吉诃德·台·拉·曼却》。他说书上也有我，名字就叫桑丘·潘沙；还有杜尔西内娅·台尔·托波索小姐，还讲些事光是咱们两人经历的，不懂那个写传的怎么都知道，我诧异得直在自己身上画十字。"

堂吉诃德道："我告诉你，桑丘，写咱们这部传记的一定是个法师或博士，这种人笔下要写什么，眼睛里就看见什么。"

桑丘说："怪道呢！原来是法师和博士，所以我刚才讲起的

---

①② 西班牙谚语。

那个参孙·加尔拉斯果学士说，那个写传的名叫熙德·阿默德·贝兰黑那！”

堂吉诃德说：“这是个摩尔人的名字。”

桑丘说：“准是的。我听说摩尔人都爱吃‘贝兰黑那’①。”

堂吉诃德说：“桑丘啊，‘熙德’按阿拉伯文就是‘先生’；你一定把这位熙德的姓说错了。”

桑丘说：“很可能。您这会儿要我去把那位学士找来吗？我立刻就去。”

堂吉诃德说：“那好极了。你那些话说得我心里痒痒，不把事情问个明白，吃一口东西都在胸口堵着。”

桑丘说：“那么我就找他去。”

他撇下主人去找那位学士，一会儿就带了学士回来。他们三人谈的话很有趣。

第　三　章

堂吉诃德、桑丘·潘沙和参孙·加尔拉斯果学士三人的趣谈。

堂吉诃德一面等着加尔拉斯果学士，一面默想桑丘的话。

---

① 桑丘把贝南黑利（Benenjeli）说成贝兰黑那（berenjena），这个字的意思是“茄子”。

他打算问问那位学士，人家把他写到书上去，讲了他些什么。他不信真会有那么一部传记。他的剑上敌人余血未干，难道他发扬骑士道的丰功伟业已经写成书出版了吗？可是他想准有一位善意或恶意的法师靠魔术干了这件事。假如那人出于善意，就是要把他干的事抬得比骑士里最杰出的成就还高；假如出于恶意，就是要把他那些事贬斥得比历史上卑微的侍从里最卑鄙的行为还低。不过他想，书上从来不写侍从的事；假如确有桑丘说的那么一部传记，叙述的既是游侠骑士的事，那就必定是严肃、正经、堂皇而且真实的。他这么一想，稍为放心些。可是作者称为熙德，想必是摩尔人；摩尔人都不老实，而且诡计多端，不能指望他们说真话。他想到这层，又放心不下。他又怕书上把他的恋爱描写得不端重，损害了杜尔西内娅·台尔·托波索小姐的清名。他希望书上能写出他对这位小姐一心一意，毕恭毕敬，把王后、女皇和形形色色的女人都不放在眼里，而且总是严肃地抑制着自己的情欲。他正在这样反复寻思，桑丘已经带着加尔拉斯果来了。他连忙殷勤接待。

那位学士虽然名叫参孙，并不是名副其实的大个子①，只是个大滑头。他脸色苍白，心思却很伶俐，大约有二十四岁，圆圆的脸，扁塌鼻子，大嘴巴；照这副相貌，好像是个调皮促狭的性格儿，喜欢开玩笑、捉弄人的。他一见堂吉诃德，果然本性流露，对堂吉诃德双膝跪倒，说道：

“堂吉诃德·台·拉·曼却先生，请您伸出贵手，让我亲

① 参孙是古犹太的大力士，体格很魁伟。参看《旧约全书·士师记》第十三、第十四章。

吻。我虽然只是教会里下四等的职员①,却要凭我这件圣贝德罗式的道袍②发誓宣言:全世界古往今来最有名的游侠骑士就是您!熙德·阿默德·贝南黑利把您的丰功伟业写成书,我真要祷告上帝为他赐福!那位搜求奇书的人不辞辛苦,把这部阿拉伯文的故事翻成西班牙语,让大家都能欣赏,我更祝他福上添福!"

堂吉诃德扶了他起来,说道:

"照您这话,真是出了一部写我的传记吗?作者真是个摩尔博士吗?"

参孙道:"这是千真万确的,先生;据我估计,现在这部传记至少已经出版了一万二千册③,不信,可以到出版这部书的葡萄牙、巴塞罗那和巴伦西亚去打听。据说也在安贝瑞斯排印呢。我看将来每个国家、每种语言,都会有译本。"

堂吉诃德说:"一个有声望的好人生前看到自己的美名在各种语言里流传,那一定是最称心的。不过我说的是'美名';如果是丑名,那就比什么样的死都难受了。"

学士说:"要讲美名呀,所有的游侠骑士里数您第一了。您为人多么高尚,您冲锋冒险的时候多么勇敢,困苦的时候多么坚定,倒了霉、受了伤多么能够忍耐,您对堂娜杜尔西内娅·台尔·托波索小姐那种超脱肉体的爱情多么贞洁等等,那摩尔作者和基督教译者各用自己的语言刻意描摹,写得活灵活现。"

---

① 天主教教会里最低级的四个职位:一是门房(menores);二是教师(lector);三是驱邪祓魔者(exorcista);四是辅助神父做弥撒的助手(acólito)。

② 学士穿的袍子。

③ 当时各地出版的《堂吉诃德》总数约一万五千册。

桑丘·潘沙插嘴道:“我从没听见谁把杜尔西内娅小姐称作堂娜,她不过是杜尔西内娅·台尔·托波索小姐。传记上这点就已经错了。”

加尔拉斯果答道:“这是无关紧要的。”

堂吉诃德说:“确是无关紧要的。可是我请问您,学士先生,这部传记里,我干的哪件事最出色呢?”

学士答道:“各人趣味不同,见解也不一样。有人认为最出色的是风车的事——就是您看见许多长臂巨人的那一次。有人认为砑布机的事最出色。您不是看见两支大军后来忽又成了两群羊吗?有人最欣赏书上记载您形容那两支军队的一番话。您碰到迁葬赛果比亚的尸体那事也有人夸赞。有人认为您释放一群囚犯是压卷的奇闻。还有人认为您碰到两个贝尼多会的巨人,后来又和英勇的比斯盖人打架那桩最呱呱叫。”

桑丘问道:“学士先生,请问您,驽骍难得那家伙忽起邪心、想打野食的那一遭——就是我们碰到一群杨维斯人的事,书上也写了吗?”

学士答道:“那位博士什么都不放过,全写下来,连桑丘老兄在毯子里翻跟斗的事也没漏掉。”

桑丘说:“我没在毯子里翻跟斗,是在天空里翻的,那是身不由己。”

堂吉诃德说:“我觉得人世间的历史上总是一会儿得意、一会儿失意,尤其是游侠骑士的经历,决不会都一帆风顺。”

学士说:“可是有人看了故事里堂吉诃德先生一次次挨揍,但愿作者能饶他几顿打呢。”

桑丘说:“这就可见书里都是真话了。”

堂吉诃德道："按理这些尽可以略过不提。枝枝节节无关故事的真实，如果写了有损主人公的尊严，就不必写。老实说，伊尼亚斯本人并不像维吉尔描写的那么孝顺，尤利西斯本人也不像荷马形容的那么狡猾。"

参孙说："您说得对呀。不过诗是诗，历史是历史。诗人歌咏的是想当然的情节，不是真情实事。历史家就不然了，他记载过去的一言一行，丝毫不能增减。"

桑丘说："这位摩尔先生既然一心要说真话，那么，我主人吃的棍子里分明也有我的份儿呀。每次他背上挨打，我总得全身挨打。不过这也不稀奇，因为我这位主人亲口说的：脑袋有病痛，浑身各部全都有份。"

堂吉诃德说："桑丘，你真是鬼得很！什么事你都不愿意忘记，你记性真不错呢。"

桑丘说："我吃了那些棍子，即使愿意忘记，我肋骨上还有余痛，不让我忘记啊。"

堂吉诃德说："住嘴吧，桑丘，别打岔了，还是请学士先生讲讲这部传记里怎么说我的。"

桑丘说："还有说我的呢；听说我也是这部传记里的一个主要'人户'。"

参孙说："'人物'，不是'人户'，桑丘老哥。"

桑丘说："又是个挑字眼儿的！要这样下去，一辈子也没个完。"

学士说："桑丘，你是故事里的第二号人物，不是的话，上帝叫我倒一辈子的霉！有人最爱听你说话，觉得你比书上最聪明的人还说得有意思。不过也有人说你太死心眼儿，这位堂吉诃德先生答应让你做海岛总督,你就信以为真了。”

堂吉诃德说:“墙头上还有太阳呢①。等桑丘再多活几年,多长些识见,做起总督来就更合适、更能干了。”

桑丘说:“天晓得！我这一把年纪还不会管辖海岛,等我活到玛土撒拉的年纪②还是不会的。毛病是那海岛还不知在哪儿呢,倒不是我没有管辖海岛的脑瓜子。”

堂吉诃德说:“你只管求上帝保佑,什么都会遂心如愿,说不定比你想的还好呢;没有上帝的旨意,树上一片叶子都不会抖动。”

参孙说:“是啊,如果上帝有意,给桑丘管一千个海岛也有的是,别说一个。”

桑丘说:“我也见过些总督,我觉得那些人给我拾鞋都不配。可是他们得称作‘大人’,吃饭用银盘儿。”

参孙说:“他们那种总督是容易做的,不比海岛总督。海岛总督至少得懂文法。”

桑丘说:“‘文’呢,我还凑合;‘法’呢,和我无缘,我也不理会,我根本不懂。反正这事随上帝安排吧,但愿他派我到最能为他效劳的地方去。我说呀,参孙·加尔拉斯果学士先生,那个写传记的笔下没有出我的丑,我真是说不尽的高兴。我凭好侍从的身份说句真话,如果他写我的事情不是我这么个老基督徒该做的,那就聋子都会听见。”

参孙说:“那真是奇迹了。”

---

① 西班牙谚语,意思是:时候还不晚呢。

② 《旧约全书》里洪水时代的长寿人,活到九百六十九岁。见《创世记》第五章第二十七节。

桑丘说："不管奇迹不奇迹，如果要形容个'人户'吧，总得留心怎么说、怎么写，不能随便想到什么就胡说乱写。"

学士说："有人认为穿插那篇《何必追根究底》的故事是个毛病；不是情节不好，或讲法不好，只是穿插得不合适，和堂吉诃德先生的一生不相干。"

桑丘说："我可以打赌，那狗养的'把筐子和白菜一样看待'①了。"

堂吉诃德说："我现在看来，给我写传的那人不是博士，大概是个不学无术、胡说八道的人，像乌贝达的画家奥巴内哈②那样信笔乱涂。人家问那位画家画什么，他说：'画出来是什么就是什么。'一次他画一只公鸡，画得糟极了，一点也不像，只好用笔划粗黑的字注明'这是一只公鸡'。我那部传记大概也是这样的，要有了注解人家才懂。"

参孙说："那倒不。那部传记很流畅，一点不难懂。小孩子翻着读，小伙子细细读，成人熟读，老头子点头簸脑地读；反正各种各样的人都翻来覆去读得烂熟，每看见一匹瘦马，就说：'驽骍难得来了！'读得最起劲的是那些侍僮。每个贵人家的待客室里都有这么一部《堂吉诃德》；一人刚放下，另一人就拿走了；有人快手抢读，有人央求借阅。总之，向来消闲的书里，数这部传记最有趣，最无害。什么下流话呀，邪说异端呀，整部书里连影儿都没有的。"

堂吉诃德道："写书不这样就不是写信史，而是谎话连篇

① 西班牙谚语。

② 本书第七十一章又提到这位糟糕的画家，他的名字因塞万提斯提到而流传至今。

了。写历史而撒谎的人该像伪币铸造者一样活活烧死①。可是我不懂为我写传的那人为什么要穿插些不相干的故事，我本人的事可写的很多呢。他一定是记住了那句老话：'不论稻草干草……'②等等。其实，他只要把我的心思、我的叹息、我的眼泪、我的抱负、我的遭遇等等写出来，就是厚厚一本书了，至少也有'焦黄脸儿'③的全集那么厚。干脆说吧，学士先生，我认为编写历史或任何著作，都须有清楚的思想，高明的识见。作者是大才子，作品才会有警句和风趣。喜剧里最聪明的角色是傻乎乎的小丑；因为扮演傻瓜的绝不是傻子。历史好比圣物，因为含有真理；真理所在，就是上帝所在。可是尽管这么说，有些人写了书四处发卖，就像卖油炸饼一样。"

学士说："一本书不论多糟，总有几分好处④。"

堂吉诃德答道："这是当然的。有人靠写书名利双收，可算不负苦心。可是作品一出版，作者声名一落千丈或者几百丈，也是常有的事。"

参孙说："有个缘故。作品出版了，人家可以仔细阅读，就容易发现毛病。作者名气越大，读者越要挑剔。大诗人、大历史家等靠天才得名的，总招人忌妒；那些人自己没出过一本书，就以批驳旁人的作品为快，乐此不疲。"

堂吉诃德说："这没什么稀奇。许多神学家自己不善讲道；

---

① 当时西班牙的刑法。

② 西班牙谚语："不论稻草干草，肚子一样塞饱。"

③ "焦黄脸儿"（el Tostado）是堂阿隆索·台·玛德利加尔（Don Alonso de Madrigal）的绰号；他活在十五世纪，是西班牙阿维拉（Ávila）的主教，著作很多。他的名字通常用来比喻多产作家。

④ 见古罗马散文家小普利尼（Plinius Secundus）记载他叔父的话。

听了别人讲道，他挑错儿却是能手。”

加尔拉斯果说：“堂吉诃德先生，您说得对呀。我但愿那些挑错儿的人厚道些，少吹毛求疵，别看见了辉煌的作品偏要在光彩里找飞扬的尘土。假如说‘高明的荷马有时候打盹儿’①，那么该想想，荷马要作品完好无瑕，已经聚精会神，费了多少工夫。说不定找错的以为是缺点，其实仿佛脸上的痣，有时反增添了妩媚。我觉得出版一部书风险很大，要人人称好、个个满意是绝不可能的。”

堂吉诃德说：“我的传记只有寥寥几人满意吧。”

“那倒不是。好比‘愚昧之徒数不胜数’②，欣赏这部传记的也数不胜数。有人怪作者记性不好，忘了讲明谁偷了桑丘的驴；驴偷了也没明说，只能从文字里推测。可是一会儿桑丘又骑着他的驴了，不知那驴是哪儿来的③。他们又说：桑丘在黑山从皮包里找到一百艾斯古多，这笔钱怎样下落，下文忘了交代，再也没有提起④。桑丘怎么花的，买了什么东西，很多人关心呢；这也是个漏洞。”

桑丘答道：

“参孙先生，我这会儿没心思报账或交代事情。我饿得慌，要是不喝两口酒提提神，就要发晕了。我家有老酒，老伴儿正等着我呢，我吃完饭再来吧。谁有什么要问的，不管毛驴儿怎么偷

---

① 古罗马诗人贺拉斯的名句，见《诗艺》(*Ars Poetica*)359 行。

② 《旧约全书·传道书》第一章十五节里的句子。

③ 有关那头驴的事，参看译者序 19—20 页。

④ 上部五十二章里曾经提到。桑丘对他老婆说，他没带回鞋子和裙子，不过带了更重要更有价值的东西回来。但当初堂吉诃德主张把钱还给失主，而找到失主后，作者并未提到那笔钱是怎么处置的。

了,一百艾斯古多怎么花了,我都有话说。”

他不等人家回答,也不再多说,只管回家了。

堂吉诃德留学士便饭,家常饭菜添了一对鸽子。席上谈论些骑士道,加尔拉斯果非常凑趣。饭罢睡过午觉,桑丘回来了,他们又接着谈。

第四章

桑丘·潘沙答学士问;以及其他须说明补充的事。

桑丘回到堂吉诃德家,接着讲下去。他说:

“参孙先生不是要打听我那驴儿是谁、在什么时候、怎么样儿偷的吗?请听我讲吧。我主人招了那伙囚犯的祸,又碰上了送往赛果比亚的尸体,我们要逃避神圣友爱团,连夜跑进黑山,躲在一个树林里。我们打了几次架浑身酸痛,力气也使尽了;我主人靠着长枪,我骑在灰驴背上,两人都仿佛躺在四层羽毛褥子上似的酣呼大睡。我更是睡得死;不知谁这时跑来,用四根棍子四边支住我的驮鞍,把我的灰毛儿从我两腿中间牵走了;我骑在鞍上,竟没有知觉。”

“这事好办,也不新奇。萨克利邦泰围攻阿尔布拉卡的时候,也遭了同样的事。布鲁内洛那有名的贼就是用这办法从萨克利邦泰两腿之间牵走了他的马①。”

桑丘接着说：“天一亮，我刚伸个懒腰，那些棍子就倒了，把我摔了一大跤。我的灰驴哪儿去了呢？找不着了。我眼泪直流，哭了一场。给我们写传的人要是没把我的痛哭写进去，就漏掉了一个好节目。过了不知几天，我跟着米戈米公娜公主一路走的时候，忽见一人骑着我那头灰驴迎面跑来。那人打扮得像吉卜赛人；原来就是我主人和我解救的囚犯——那大骗子、大坏蛋希内斯·台·巴萨蒙泰。”

参孙说：“这没有问题。毛病是灰驴还没出现，作者却说桑丘骑着他的灰驴。”

桑丘道：“这个我可没法说了。不是作者的错，就是排印工人的粗心吧？”

参孙说：“分明是这么回事。可是，那一百艾斯古多又是怎么个下落呢？花了吗？”

桑丘答道：

“都花在我自己、我老婆和我孩子身上了。所以我老婆才捺定心让我跟着堂吉诃德先生满处跑呀。假如出门那么久，一个子儿也没带回来，把驴儿也丢了，那还行吗？谁还有什么要问的，我在这儿等着呢；我当着国王的面也有话说。我的钱带回家没有，花了没花，谁也管不着。假如我出门挨的棍子拿钱来抵，就算四文一棍，那么，再给我添上一百艾斯古多也抵不了我挨打的半数。各人自己摸摸良心吧，别把白的说成黑

① 这段话按语气似是堂吉诃德说的。萨克利邦泰马匹被窃事见阿利奥斯陀《奥兰陀的疯狂》第二十七章第八十四节。围攻阿尔布拉卡事见上部94页注②。

的，黑的说成白的。‘人再好也不过像上帝造的那样，往往还坏得多呢’①。”

加尔拉斯果说：“我得记着告诉那位作者，如果他的书再版，一定得添上桑丘老兄的这段话，就更出色了。”

堂吉诃德问道：“学士先生，传记里还有别处需要修改的吗？”

学士答道：“总有吧，可是不至于像刚才指出的那些非改不可。”

堂吉诃德道：“是不是作者预告还出第二部呢？”

参孙答道：“是的。不过据说那第二部还没找着，不知在谁手里，是否会找出来。而且有人说：‘不论哪部书，续篇从来没有好的。’又有人说：‘堂吉诃德的故事有那么多就够了。’所以那第二部还不定出不出呢。不过也有人不那么严格，却爱逗乐儿。他们说：‘再来些堂吉诃德故事吧！只要写堂吉诃德冲杀，写桑丘·潘沙多嘴，随他怎么写，我们都喜欢。’”

“作者怎样打算呢？”

参孙说：“他正在钻头觅缝找那部稿子，打算找到就付印。他只要有利可图，不在乎什么虚名。”

桑丘说：“作者要的是钱吗？他写得好才怪呢！他就得像复活节前夕的裁缝那样手忙脚乱地赶，能指望赶出好针线来吗？那位摩尔先生不管是什么家伙，干活儿可得仔细呀。我和我主人的冒险和各式各样的遭遇够他写的；别说第二部，一百部都行。那位先生准以为我们俩在草堆上睡熟了。他如果给我们脚

① 西班牙谚语。

上钉马蹄铁[1],就会知道我们到底是哪只脚瘸了。反正我说呀,我主人要是听了我的话,我们这会儿早按照好游侠骑士的老规矩,在外面为人锄强暴、伸冤屈了。”

桑丘话还没完,只听得驽骍难得连声嘶叫。堂吉诃德觉得这是大吉之兆,决计在三四天内再出门一趟。他把这个主意告诉学士,还请教这次出门先到哪里。学士主张到阿拉贡王国的萨拉果萨城。过几天那里庆祝圣霍尔黑节[2],要举办几场极隆重的武术竞赛;堂吉诃德在比武场上可以压倒全阿拉贡的骑士——也就是压倒全世界的骑士,从此名震天下。学士还称赞他出行的主意打得好,不愧大丈夫;不过劝他冲锋冒险的时候小心点儿,因为他活着不是为自己,多少人靠他救苦救难呢。

桑丘插嘴道:“参孙先生,我就是嫌他不顾性命,见了一百个披挂的武士,就像馋嘴孩子见了六个熟甜瓜似的直抢上去。哎呀!学士先生!有时候该往前冲,也有时候该往后退呀,不能老是‘西班牙人向前冲啊!圣悌亚果保佑我们![3]’而且我好像记得我主人自己说过:太胆小是懦弱,太胆大是鲁莽,勇敢是恰好适中。照这个道理呢,我不要他无缘无故逃跑,也不要他该退不退,拼命往前冲。可是,别的不说吧,我主人如果要我跟他,我有句话得预先讲明白:打仗的事全归他来,我只

---

① 如有人并不熟悉某人的脾气而称誉他,西班牙谚语说:“你给他脚上钉块马蹄铁吧。”

② 纪念1096年阿拉贡国王彼德罗一世战胜摩尔人的阿尔果拉斯(Alcoraz)战役;当时认为这是全靠圣霍尔黑的保佑,以后每逢圣霍尔黑节日在阿拉贡举行锦标赛,三次比武得胜的夺得锦标。

③ 这是从前西班牙军士交战时的呐喊。

照管他吃喝洗换的事；我一定尽力，可是别指望我拔剑斫人，即使是行凶的坏蛋我也管不了。我呀，参孙先生，不想靠勇敢出名，只求人家知道我是游侠骑士手下最忠心的好侍从。据我主人堂吉诃德先生说，外边海岛多的是；假如他酬报我勤谨卖力，赏我个海岛，我就接受他这份重赏。如果他不赏我，我为人在世谁也不靠，只靠上帝。况且我做不做总督，一样的吃饭，也许不做总督，吃饭更香呢。保不定魔鬼在总督的座旁放了一块绊脚石，叫我绊个跟头，把大牙都磕掉。我生来是桑丘，我打算到死还是个桑丘。不过话又说回来。如果不费力气，不冒风险，老天爷白给我一个海岛或这类的东西，我不会推辞，我没那么傻。老话不也说吗：'如果给你一头小母牛，快拿了拴牛的绳子赶去。'还说：'如果好运来了，把它留在家里。'"

加尔拉斯果说："桑丘老哥，你这番话说得就像个大学教授。不过你还是要相信上帝和堂吉诃德先生；他准会给你一个王国呢，何止一个海岛呀。"

桑丘答道："多一点少一点都一样。不过，加尔拉斯果先生，我可以告诉您，我主人如果把王国给我，他没把王国扔在漏了底的口袋里。我也估量过自己，知道自己确有本领管理王国和海岛。这话我跟我主人已经讲过几遍了。"

参孙说："小心啊，桑丘，当了官就改了样；说不定你一做总督，就连生身妈妈都不认了。"

桑丘说："只有出身下贱的才会忘本。我是个彻头彻尾的老基督徒，绝不是忘本的家伙。只要瞧瞧我的为人，我会对谁没良心吗？"

堂吉诃德说:“求上帝保佑吧。你几时做总督,全由他安排;我觉得就在眼前了。”

他接着告诉学士,他想去辞别杜尔西内娅·台尔·托波索小姐;如果学士会作诗,烦他代笔写几句辞行诗。他要学士务必把那位小姐芳名的字母,挨次用作每行诗的第一个字母;全诗每一行的第一个字母就拼成“杜尔西内娅·台尔·托波索”这名字。学士说自己虽然不是当世公推的西班牙三个半著名诗人①之一,这种体裁的诗也还会作。不过有个很大的困难。这个名字有十七个字母,假如作四首“四行诗”,就多一个字母,假如作“五行诗”,那么,二首“十行”或“复句体”②就欠三个字母。话虽如此,他一定想办法省掉一个字母,把杜尔西内娅·台尔·托波索的名字放在四首“四行诗”里。

堂吉诃德说:“就得这样;因为女人一定要看见自己的名字明明白白标在诗里,才相信那首诗是为她做的。”

他们把这事谈妥,又把动身的日期定在八天以后。堂吉诃德叮嘱学士严守秘密,尤其得把神父、尼古拉斯师傅、他的外甥女和管家妈蒙在鼓里,免得他们阻挠他的雄心壮举。加尔拉斯果一口答应,就起身告辞;临别嘱咐堂吉诃德,不论事情顺利不顺利,有机会务必一一告诉他。他们彼此分手,桑丘自去置备出门必需的东西。

---

① 当时著名的诗人不止三个半,塞万提斯可能是在取笑当时互相吹捧的诗人。

② “五行诗”(quintillas),古代用“复句体”(redondillas)就成十行。现代的“复句体”是四行诗。

第 五 章

桑丘·潘沙和他老婆泰瑞萨·潘沙的一席妙论，以及其他值得记载的趣谈。

这部传记的译者译到这里，怀疑这一章是假造的，因为在这一章里，桑丘·潘沙的谈吐不像他往常的口气；他头脑简单，决不会发那么精辟的议论。不过译者尽责，还是照译如下：

桑丘回家兴高采烈，他老婆老远看见他满面喜色，就说：

“桑丘大哥，你怎么了？乐得这个样儿？”

他答道：

“老伴儿啊，我但愿老天爷别让我这样快活呢。”

她说：“老伴儿，我不懂你的话呀。你说但愿老天爷别让你这样快活，这话怎么讲呢？我是个傻瓜罢了，我不懂怎么一个人会但愿自己不快活。”

桑丘答道：“你听我说，泰瑞萨。我主人堂吉诃德又要第三次出去探奇冒险了，我已经打定主意跟他出门，所以很高兴。咱们家里穷，我没别的办法。咱们花了一百个艾斯古多，说不定又能找一百个回来；我有这指望，也很高兴。可是我得离开你和孩子们，心上又怪难受的。上帝要怎么，就怎么；他如果肯让我待在家里吃现成饭，不用我在野地里和大路上奔波，我的快乐就是十足的了。我现在算是快活，却夹带着和你分别的痛苦啊。所以我说得好:但愿老天爷别让我这样快活。"

泰瑞萨说:"你瞧瞧,桑丘,你做了游侠骑士一伙的人,说话尽拐弯抹角的,谁都听不懂了。"

桑丘说:"老伴儿啊,上帝什么都懂;他懂我的话就行,不用多说了。我告诉你,大姐,这三天你留心照看着灰毛儿,叫它随时都能出动。你喂个双份儿,把驮鞍等配备检查一下。我们不是出去吃喜酒,是漫游世界,和巨人、毒龙、妖魔打交道,要去听他们呼啸咆哮的。不过我们如果不碰到杨维斯人和魔道支使的摩尔人,那些东西也不难对付。"

泰瑞萨说:"老伴儿,我也知道游侠侍从这口饭不好吃,我直祷告上帝让你快快脱离这步坏运呢。"

桑丘答道:"我告诉你吧,老伴儿啊,我要不是想到不久能做海岛总督,我这会儿就倒下来死了。"

泰瑞萨说:"可别这么说,我的老伴儿。老母鸡害了瘟病,也但愿它活着①。随魔鬼把世界上一切总督的官儿都抢去,你还是过你的日子。你不做总督,也从娘肚子里出来了;不做总督,也活到了今天;将来上帝要你进坟墓,你不做总督也进坟墓,人家会抬你去。世界上不做总督的多着呢,谁就活不下去了?谁就算不得人了?世上最开胃的东西是饥饿;这是穷人短不了的,所以穷人吃饭最香。可是我告诉你,桑丘,假如你哪天做了什么总督,千万别忘了自己的老婆儿女。记着,小桑丘已经十五周岁,假如他那位当修道院长的舅舅要他当教士,就该送他进学校了。你知道,如果给你女儿玛丽·桑却成家,

① 西班牙谚语。

她不会叫苦的。我想她准像你盼做总督一样的盼做新娘呢。反正女儿嫁个丈夫不如意，总比如意的姘头好①。”

桑丘道：“老实说吧，老伴儿，如果上帝让我做个什么总督，我一定把玛丽·桑却嫁给大贵人。谁不能给她贵妇人的头衔，休想娶她。”

泰瑞萨说：“不行，桑丘，最好是嫁个门当户对的。你叫她脱了木屐穿高跟鞋，脱了灰色粗呢裙换上钟形裙子和绸衬裙，不称‘小玛丽’和‘你’，改称‘堂娜’和‘您夫人’，那丫头连自己都糊涂了，动不动就得出丑，露出本相来。”

桑丘道：“住嘴吧，你这傻瓜！过那么三年两年，什么习惯都会养成。到那时候，贵妇人的气派和架子都像配着身子定做的那么合适了。即使不合适，又有什么要紧呢？只要她是贵妇人，怎么样儿都行！”

泰瑞萨道：“桑丘啊，你得估量着自己的地位，别只想飞上高枝儿。记着这句老话：他是你街坊的儿子，给他擦擦鼻子，把他留在家里。② 咱们的玛丽如果嫁了个伯爵或乡绅，人家发起脾气来就可以作践她，骂她乡下姑娘呀，庄稼汉的女儿呀，纺线丫头呀，等等，那才美呢！老伴儿啊，我可死也不答应的！真是！我养大了女儿是让人家糟蹋的吗？桑丘，你只管把钱带回家，嫁女儿的事归我来。咱们这儿胡安·多丘的儿子罗贝·多丘是个身强力壮的小伙子，你我都认识；我知道他对咱们的姑娘很有意思。他家和咱们家门户相当，是很好的一门亲事。咱们的女儿

---

① 西班牙谚语。

② 西班牙谚语。又一说：“他是你街坊的儿子，给他擦了鼻涕，把女儿嫁给他。”又说：“跟地位相当的人结婚姻、攀亲家。”

可以常在眼前；父母、儿女、孙子、女婿可以在一起和和睦睦，安享上帝赏赐的福气。你千万别把她嫁到王爷和大人的府第里去；到了那里，人家不会体谅她，她自己也不知道怎么做人。”

桑丘说：“你听我说呀，你这笨蛋！你这魔鬼的老婆！我要女儿嫁个贵人，给我生下外孙现成就是贵人，你干吗无缘无故地挡着我呀？我告诉你，泰瑞萨，我常听见长辈说，福气来了不享，福气走了别怨。现在好运正在敲咱们的大门，咱们不该关着门不理睬。乘着顺风，就该扯篷①。”

这部传记的译者就为桑丘这种语气和下面的一段话，怀疑这章是假造的。

桑丘接着说：“你这个蠢货！我要能闯上个总督的肥缺，咱们就从烂泥里拔出脚来了，那可多好啊！你怎么不明白呢？玛丽·桑却就可以嫁我选中的姑爷；人家就要称呼你堂娜泰瑞萨·潘沙；你坐在教堂里，身底下要铺着毯子、垫子和绸单子②，城里那些乡绅夫人看了只好白着眼干瞪。要不，你就一辈子老是这个样儿吧！长不大，缩不小，仿佛壁衣上织成的人像一样！这事已经说定了；随你还有多少话，小桑却得做伯爵夫人。”

泰瑞萨答道：“老伴儿，你这番话仔细想过没有？你尽管这么说，我只怕咱们女儿做了伯爵夫人就完蛋了。随你叫她做公爵夫人也罢，公主娘娘也罢，不过我得跟你讲明，我是不愿意的，也决不答应。大哥，我向来赞成平等，没有根基，空摆架子，我看不顺眼。我受洗的时候取名泰瑞萨；我这名字干净、利索，没有

---

① 西班牙谚语。

② 西班牙那时候的教堂里不用凳子，按阿拉伯式坐在地毯上。

添补的，没有拖带的，也没有戴上‘堂妮’‘堂娜’的帽子。我爸爸姓卡斯卡霍。我呢，因为嫁了你，就叫泰瑞萨·潘沙；按理我是泰瑞萨·卡斯卡霍，可是帝王总顺从法律的心愿①。我叫这个名字顶乐意，不用人家给我安上什么‘堂’；这称号怪沉的，我承担不起。我也不爱招人议论。我如果出门打扮成伯爵夫人或总督夫人，人家就要说：‘瞧这个喂猪的婆娘好大气派！昨天还忙着纺麻线呢，上教堂望弥撒没有包头，撩起裙子来遮脑袋②；今天却穿上钟形裙子，还戴着首饰，摆足架子，好像咱们都不认识她似的。’如果上帝保全着我的七官、五官，或所有的几官，我决不让人家这么说我。你呢，大哥，你做你的总督或海岛，随你称心摆架子。我凭我妈妈的性命发誓，我和我女儿决不离开家乡。‘好女人是断了腿的，她不出家门’。‘贞静的闺女，干活儿就是快乐’。③ 你跟着你的堂吉诃德碰好运去，随我们和坏运混吧。上帝瞧我们有多好，会把运气改得多好。老实说吧，父母祖宗都没有‘堂’的称号，我就不知道这个‘堂’是谁封的。”

桑丘说：“我问你，你身上附了魔鬼吗？上帝保佑你吧，老伴儿，你把许多话乱七八糟混在一起，什么夹石夹核④呀，首饰呀，老话呀，摆架子呀，和我说的有什么相干呢？你这个糊涂虫！傻瓜蛋！我就该这么叫你，因为跟你说不明白；运气来了，只顾躲避。你听我讲，假如我叫女儿从塔顶上跳下来，或者照堂娜乌

---

① 西班牙谚语：法律总顺从帝王的心愿。泰瑞萨颇有桑丘之风，把这话说颠倒了。

② 西方规矩，男人入教堂该脱帽，女人入教堂得戴帽。

③ 两句西班牙谚语。

④ 泰瑞萨的姓夹石夹核（Cascajo）也指碎石子、果皮、垃圾之类，桑丘这里说话双关。

尔拉咖公主的主意，出去跑码头①，那么你不依我还有个道理呀。假如我一眨眼立刻给她安上个‘堂娜’和贵妇人的头衔，把她抬举起来，坐在高座儿上，头上还张着幔子，待在阿拉伯式的起坐室里，身边的丝绒垫子比摩洛哥阿尔莫哈达斯朝代②的摩尔人还多，照那样儿，你为什么偏不答应，硬要违拗我呢？”

泰瑞萨说：“老伴儿，我告诉你吧。老话说：‘掩盖你的也揭露你。’人家见了穷人不放在眼里，见了阔人就要盯着细看。假如这个阔人从前是穷的，人家就要嘀嘀咕咕说闲话，没完没了的耍贫嘴。街上这种人多得像成群的蜜蜂呢。”

桑丘说：“泰瑞萨，你留心听我一句话，也许你一辈子也没听见过。这不是我自己想出来的，是上次大斋的时候，神父在村上宣讲的。我记得他说：眼前的东西，比记忆里的印象更动人，更叫人撇不开。”

桑丘这段话又使译者断言本章是假造的了，因为桑丘说得出这样高明的话吗？他接着说：

“所以咱们看见谁穿了华丽的衣服，佣人前呼后拥，尽管记得这人贫贱时候的光景，可是不由自主地就对他毕恭毕敬了。他从前也许是穷，也许是出身不好，那是过去的事，都不实在了；只有眼前看见的才实在。命运已经把这人提拔起来，——我说的都是神父的话，一字没改——如果他得意了不轻狂，对人慷慨

---

① 桑丘引用当时流行歌谣里的故事。乌尔拉咖是西班牙国王费南铎一世的女儿。她因为父亲把国土分给三个王子，没她的份，就胁逼父亲说，她打算走码头操皮肉生涯。她父亲就传给她一个城。

② 阿尔莫哈达斯（Almohadas）是摩洛哥的一个朝代，在十二、十三世纪统治非洲北部和安达路西亚。西班牙文垫子的复数是 almohadas，所以桑丘说起垫子，就扯上这个朝代的名字。

和气，不和世袭的贵族竞争，那么，泰瑞萨，你可以拿定，人家不记他过去的卑贱，只着重他当前的为人；除非那种心怀忌妒的家伙，看见谁得意都不放过。”

泰瑞萨说：“老伴儿，我不懂你的意思，随你爱怎么办吧，别再长篇大论说得我脑袋发胀。你结计要照你说的那样……”

桑丘说：“老伴儿，‘决计’，不是‘结计’。”

泰瑞萨说：“老伴儿，你别跟我计较。上帝就是叫我这么讲的，我不会咬文嚼字。我说呀，假如你一定要做总督，那么带着你的小桑丘一起去，你马上可以教他做总督。爸爸的职务，儿子得继承和学习。”

桑丘说：“我做了总督，会叫驿站派马接他。我还要捎钱给你；到那时候我不会没钱，如果总督没钱，少不了有人借给他。你得把孩子打扮得像个总督的儿子，不能还是原先的寒碜模样。”

泰瑞萨说：“你只管捎钱回来，我会把他打扮得漂亮。”

桑丘说：“好，咱们已经讲定了，咱们的女儿得做伯爵夫人啊。”

泰瑞萨说：“哪天她做了伯爵夫人，我就当她是死了埋了。不过我再说一遍：你爱怎么办，随你吧。我们做女人的，尽管丈夫是糊涂蛋，也得听他；这是我们天生的责任呀。”

她说着认真地哭起来，仿佛眼看着小桑却死了埋了似的。桑丘安慰她说：尽管他们的女儿得做伯爵夫人，他还要尽量拖些时候再说吧。他们俩的一席话就此结束。桑丘因为要置备行装，又去看堂吉诃德。

第　六　章

全书很重要的一章：堂吉诃德和他外甥女、管家妈三人谈话。

桑丘·潘沙和他老婆泰瑞萨·卡斯卡霍闲扯的时候，堂吉诃德的外甥女和管家妈正在劝说自己的舅舅、自己的主人。她们看出了一些苗头，知道他正想第三次溜出门去，充当倒霉的游侠骑士。她们讲了种种道理要打消他这个馊主意，可是只好比在荒寂无人的沙漠里说教，在冰冷无火的炉上打铁。尽管如此，她们还是劝了许多话。管家妈说：

"我的先生，您像个冤魂似的山上山下乱跑，什么探奇冒险，我看就是自找晦气；您要是不拴住脚待在家里，我真要叫嚷着向上帝和国王告状，求他们来管着您了。"

堂吉诃德答道：

"管家妈，我不知道上帝听了你告状怎么回答，也不知道国王陛下怎么回答，只知道我自己如果是国王，就懒得回答每天没完没了的瞎告状。国王听了得一一回答，这是他的大苦事。所以我不愿意把自己的事去麻烦他。"

管家妈说：

"先生，请问您，国王陛下的朝廷上没有骑士吗？"

堂吉诃德说："有啊，多得很呢。朝廷上得有骑士来装点元首的伟大，炫耀帝王的尊严。”

管家妈说：“那么您干吗不安安顿顿待在朝廷上为万岁爷出力呢？”

堂吉诃德道：“大娘，你听我说。骑士不能都待在朝廷上，在朝廷上侍卫的，不能——也不必都是游侠骑士。世界上得有各种各样的骑士。尽管都是骑士，却大不相同。朝廷上的骑士只待在自己屋里，不出宫廷的门槛，不花一文钱，不知寒暑饥渴的苦，看看地图就算周游世界了。可是我们这种货真价实的游侠骑士得受晒、受冻，风里雨里、日日夜夜、或步行或骑马，一脚一个印儿地踏遍世界。和我们交手的敌人不是纸上画的，是使真刀真枪的真人。我们得不顾一切，舍生拼死去和他们厮杀。这又和决斗不同。决斗有许多讲究，你是不知道的；譬如说，使用的枪或剑是否长短合度呀，身上是否带着护身符之类的东西呀，阳光的照射是否双方平均呀等等。可是这些无聊的细节和规矩，我们都一笔勾销了。我告诉你吧，假如这儿有十个巨人，每一个不但头碰天，还顶破了天，两腿像矗立的高塔，胳膊像大海船的桅杆，眼睛像磨坊的大轮子，而且比炼玻璃的火炉还亮，一个游侠的好骑士见了这群巨人就不能怕惧，得大胆从容地冲上去和他们拼命。这些巨人的盔甲是一种鱼鳞做的，据说比金刚石还硬；他们使的不是剑，是大马士革的钢刀①，或是我见过几回的那种带钢刺的铁锤头子；尽管如此，这位骑士有本事一转眼把他们打得一败涂地。管家妈，我跟你讲这些话是要你知道骑士各有不同，这第二类骑士——或者该说，这第一等的游侠骑

① 大马士革在中世纪以擅长炼钢著称。

士——受到君王另眼看待是理所当然的。据我们读到的传记，有个把游侠骑士不止救了一国，却救了好几国呢。”

外甥女插嘴道：“哎！舅舅！您可知道，游侠骑士的故事都是胡说八道呀。他们的传记如果还没有烧掉，就该穿上‘锡福衣’①，或插上标签，让人知道是伤风败俗的坏东西。”

堂吉诃德说：“我凭养活我的上帝发誓，你要不是我亲姐妹生的亲外甥女，你这样轻口薄舌，我准揍得你呼天叫地。你一个小姑娘家，织个花边儿还没熟练呢，竟口吐狂言，批评起游侠骑士的传记来了？假如给阿马狄斯先生听见了，他怎么说呢？不过他倒一定会原谅你，因为他是当时最谦和的骑士，而且对年轻姑娘最肯帮忙。可是说不定有些骑士听了就不答应了。骑士并不个个都温文有礼，有的是坏蛋，有的是粗坯。自称骑士的未必都是真正的骑士；有的是纯金，有的是合金，看着都像骑士，却不是个个都经得起考验。有些出身微贱的努力学作骑士，有些出身高贵的甘心自卑自贱；前一种人因为要强或品德好，就升上去了；后一种人因为懒惰或卑鄙，就堕落了。两种人名称一样，行为截然不同，咱们一定要有辨别的眼力。”

外甥女说：“哎呀！舅舅啊，您见多识广，用得着您说教的时候，您真可以到大街上登坛大说一通呢。可是您这么高明，却又说瞎话，而且明明是疯话。您年岁不小，身体虚弱，却自以为年富力强；您这一把年纪压得您弯腰弓背，却要去替人家伸冤屈；而且您明明不是骑士，却自以为是骑士；尽管绅士可以做骑

---

① “锡福衣”(sambenito)是一种黄布法衣，上面都是斜交的红十字。受宗教法庭审讯的犯人如悔过得赦，就给他们披上这种法衣。

士,穷绅士是做不到的呀!”

堂吉诃德说:“外甥女啊,你这句话很有道理。我有许多关于家世的议论,说出来准叫你惊佩,不过我不想把神圣的事和世俗的事混在一起,所以不讲了。你们俩听着,世界上的家族,可以归结为四种。第一种开始卑微,逐渐兴盛,成了最显贵的大族。另一种开始就是煊赫的大族,始终保持着原有的气焰。又一种原先贵盛,逐渐衰败,变得微不足道,像一座金字塔,底子虽大,到头来减削得只剩一个几乎瞧不见的尖儿了。另外最普通的一种,开始就没什么好,往后还是够不上一个中平,到末了照旧默默无闻;平民百姓的家世就是这样。譬如说吧,奥土曼皇室就是从卑微升为显赫的那第一种。这一支从卑微的牧人起家,现在正气焰熏天。始终保持原状的那第二种呢,许多王公贵族都是例子。他们传袭了祖宗的爵位,没有长,也没有缩,平平稳稳守着家业,保持了原状。至于开始显赫,后来没落的,那就有成千上万的例子了。譬如埃及的法老氏呀,托洛美氏呀,罗马的凯撒氏呀,还有美狄亚、亚述、波斯、希腊、蛮邦等国数不尽的王子皇孙,说得不客气,就像蚂蚁那么一大群呢。这许多氏族都已经衰亡,和祖先同归于尽了;即使还有后代,也微乎其微。至于平民的家世,我只有一句话:他们活在世间只是充数,黯然无光,卑不足道。你们两个傻子啊,我讲这些话是要你们明白,家世是算不清的糊涂账,只有乐善好施的积德之家才是高贵的。为什么呢?品性恶劣的贵人就是大贱人;手笔啬刻的富人就是精穷鬼。有了钱不一定就有福气,要会花钱——不是乱花,要花得恰当,才会有福气。穷绅士只能靠品德好,才显得自己家世好。他应该温文有礼,和气勤谨,不骄横,不傲慢,不背后议论人,最要紧的是居心仁厚。高高兴兴给穷人两文钱,和打着钟放账同样慷慨。像我说的这种种有德之士,陌生人一见面也能断定他是好出身,要是看不出来,那才怪呢。美德博来赞誉,有美德就有人赞美。管家妈和外甥女啊,一个人要发财出名,有两条路可走:一条文的,一条武的。我拿着枪杆子比笔杆子顺手;凭我这种偏好,可见是战神星座的照临下生出来的。所以我简直不由自主,尽管人人反对,也要走武的这条路。这是天意,是命定,是自然之理,尤其是我本人的志愿;你们想劝我回心转意只是枉费唇舌。我知道做游侠骑士得吃无穷的辛苦;可是也有无限的快乐。美德的道路窄而险,罪恶的道路宽而平,可是两条路止境不同:走后一条路是送死,走前一条路是得生,而且得到的是永生。我记得咱们西班牙的大诗人说得好:

只有这崎岖小道
通向永生的境界,
别的路都达不到。①"

外甥女说:"啊呀,不得了!我舅舅又是个诗人呢!他什么都懂,什么都会。我可以打赌,他要做了泥瓦匠,盖一所房子就像做个鸟笼一样容易。"

堂吉诃德答道:"我告诉你吧,外甥女啊,我要不是全副精神都在游侠骑士的事业上,我什么活儿都会;我能做各种玩意儿,尤其是鸟笼和牙签。"

---

① 加尔西拉索·台·拉·维咖(Garcilaso de la Vega,约1501—1536),《挽歌》第一首里的句子。塞万提斯在下文(第62页)又提到这位诗人,并表示钦佩。

这时忽听得敲门。一问,原来是桑丘·潘沙。管家妈恨透桑丘,不愿意见他,立刻躲出去。外甥女开了门;堂吉诃德出来张臂欢迎桑丘。主仆俩关在屋里又谈了一番话,和前番的一样妙。

第　七　章

堂吉诃德和他侍从打交道,以及其他大事。

管家妈看见桑丘·潘沙和他主人关在屋里,立刻猜到他们俩在谈什么,料想他们商量妥当了就要第三次出门。她一肚子焦愁,披上外衣去找参孙·加尔拉斯果学士。她觉得这人很会说话,又是主人家的新朋友,也许能打消他那个疯狂的主意。加尔拉斯果学士正在院子里散步。她满头大汗,惶惶然赶去跪在他脚边。加尔拉斯果看了她又愁又急的样儿,问道:

"怎么啦?管家太太,您失魂落魄的出了什么事吗?"

"没事儿,参孙先生,不过我主人憋不住了,一定是憋不住了!"

参孙问道:"大娘,他哪儿憋不住?他身上哪儿漏啦?"

她答道:"不是漏,他那老毛病又要发了。我的学士先生呀,我是说,他又要出去碰运气了——我也不懂凭什么叫作运气,反正这是第三次了。头一次,他挨了一顿板子,浑身青紫,给人家横搭在驴上送回来的。第二次是关在木笼里用牛车拉回来的。他自己说是着了魔道。那可怜人回来的时候又黄又瘦，一双眼睛都落了坑儿，就连他生身妈妈都认不得他了。我用了六百多个鸡蛋才调养得他恢复了一点原样。这事上帝知道，大家知道，我那群老母鸡也知道；它们是不让我撒谎的。”

学士说：“这话我完全相信。您那群老母鸡好极了，肥极了，规矩极了，哪怕胀破肚子也不肯乱叫的。管家太太，您真的只是怕堂吉诃德先生出门吗？没出别的事吗？”

她说：“没有，先生。”

学士说：“那么您别着急，且安心回家，给我做点热乎乎的早饭；您如果会念《圣阿波洛尼亚经》①，可以一路念回去。我马上就来。叫您瞧我大发神通呢。”

管家妈说：“什么！念《圣阿波洛尼亚经》？假如我主人牙痛，那才合适；可是他那毛病在脑袋里面呢。”

加尔拉斯果答道：“管家太太，我这话没错儿。您请回吧，别跟我争，因为我告诉您，我是萨拉曼咖大学毕业的学士，这就甭再多说了。”

管家妈走了。学士立即去找神父。他们两人怎样商量，下文自有交代。

堂吉诃德和桑丘·潘沙关着门谈的一番话，历史上一字不改，都记下来。桑丘对他主人说：

“先生，我已经改化②了我老婆，叫她让我跟您跑，随您带我到哪儿都行。”

---

① 据西班牙人的迷信，念《圣阿波洛尼亚经》可止牙痛。

② 桑丘要说“感化”。

堂吉诃德道："桑丘，你该说'感化'，不是'改化'。"

桑丘答道："我记得好像求过您一次两次：您如果听得懂我的意思，就别纠正我的字眼儿；如果不懂，就说'桑丘'——或者'你这家伙，我不懂你的话'。我要是说不明白，您再改正我。因为我非常性良①……"

堂吉诃德立刻说："桑丘，我不懂你的话，什么'我非常性良'？"

桑丘道："'我非常性良'就是'我非常那样儿'。"

堂吉诃德道："你越说越糊涂了。"

桑丘道："假如您不懂，我就不知道怎么说了；我也没办法了，上帝保佑我吧。"

堂吉诃德道："哦，我想出来了！你是要说，你'非常驯良'——温顺，好打发，说什么都听，教你什么都领受。"

桑丘道："我可以打赌，您一上来就懂；您是存心折腾我，叫我再说一二百个错字您就高兴。"

堂吉诃德道："也可能吧。不过言归正传，泰瑞萨怎么说呢？"

桑丘道："泰瑞萨说：我对您得指头并拢，不要漏缝；白纸黑字，永无争执；条件讲好，不用争吵；许你两件，不如给你一件。我说呀，女人的主意，没多大道理；可是不听妇女话，男人是傻瓜。②"

堂吉诃德道："我也这么说。桑丘朋友，你讲吧，讲下去。

① 桑丘要说"驯良"。

② 六句都是西班牙谚语。

你今天真是满口珠玑。”

桑丘说：“我讲吧，反正您比我明白，咱们都不免一死，今天在，明天就没了；小羊老羊并不分先后。一个人活在世上，只有上帝给的那点寿命。催命神是聋的，他来敲门的时候总很匆忙，随你软求也罢，硬顶也罢，有王位也罢，有教职也罢，他都不问不闻。这是人人都知道的，教士在讲坛上也这么讲。”

堂吉诃德道：“你说的都对，只是我不懂你什么用意呀。”

桑丘说：“是这么个意思：我要您讲讲明白，我伺候您每月多少工钱；您把这笔钱从家产里拨给我。我不愿意单靠赏赐；赏赐来得太晚，也许并不好，也许还会落空。上帝保佑我自靠自吧。反正我不计多少，只要知道能赚多少。老母鸡一个蛋也孵，积少成多，有点小便宜，就算不失利。① 您答应的海岛我不相信，也不指望了；不过我老实说，如果您真给了我，我不会毫无良心，也不是死抠门儿，我愿意估计岛上有多少收入，一直②扣我的工钱。”

堂吉诃德说：“桑丘朋友啊，‘照值’扣跟‘一直’扣是一回事吧？”

桑丘说：“我知道，我可以打赌，该说‘照值’，不说‘一直’；不过没关系，反正您明白我的意思。”

堂吉诃德说：“明白得很，直把你一肚子心思都看透了。你连珠箭似的抛出这许多老话，你瞄着什么我也知道。桑丘，你听我说：假如我能在哪一本游侠骑士的传上找到个例子，明说或暗

---

① 三句都是谚语。
② 桑丘的意思是“照值”。

示侍从每月或每年通常有多少进账，那么，我尽可以跟你讲定工钱。可是所有的传记我差不多都看过，记不起哪个游侠骑士和他的侍从讲工钱。我只知道做侍从的都只图犒赏；主人忽然交了好运，就酬报他们海岛之类的东西，至少爵位总是有的。桑丘，你凭这点希望和外快愿意再伺候我，很好；如果要我打破游侠骑士的成规，那就休想。所以，我的桑丘啊，你家去把我这意思告诉你的泰瑞萨吧。她肯让你跟我弄点犒赏，你自己也乐意，'则妙乎佳哉'①；不然呢，咱们也照旧是朋友。鸽子房里有饲料，不怕没有鸽子。我还告诉你，儿子啊，到手一件糟的，不如想望着一件好的；报酬不好，宁可不要。② 桑丘，我这么说呀，就是要你知道，我也会像你那样喷沫似的满口成语。反正我就是一句话，我告诉你：你不愿意单靠恩赏跟我出去碰运气，那么上帝保佑你，让你成个圣人吧。我不愁没有侍从，他还可以比你听话，比你小心，不像你那么笨、那么多嘴呢。"

桑丘满以为他主人没了他，即使全世界的财宝都在外边招喊，也不会出去；他一听主人家这么斩钉截铁，顿时觉得前途茫茫，灰溜溜地没了主意。他正在发呆想心事，参孙·加尔拉斯果学士进来了。管家妈和外甥女也跟进来听这位学士怎样劝阻她们家主人出门。参孙那大滑头又像上次那样跑来抱住堂吉诃德，高声说道：

"啊呀，游侠骑士的典范啊！拿枪杆子的光辉榜样啊！西班牙的国宝和国师啊！谁想阻挠你第三次出门，我正式祷告全能的上

---

① 堂吉诃德这里用了拉丁文 bene quidem。

② 三句都是谚语。

帝,叫那一两个人挖空心思也想不出办法,命尽寿终也不能遂心。”

他转脸对管家妈说:

“管家太太甭再念诵《圣阿波洛尼亚经》了,我知道天数已定,堂吉诃德先生又得去干他的英雄事业。我应该怂恿这位骑士大发慈悲,大展威力,不要埋没自己。游侠骑士的种种任务,譬如申雪冤屈呀,保护孤儿童女呀,扶助已婚和守寡的妇女呀,都专等着他一人去干呢!哎,漂亮、勇敢的堂吉诃德先生啊!您阁下别等明天,今天就动身吧。假如出门还欠些什么东西,有我在这儿呢,我本人和全部家产都供您使用。您这位伟大的骑士先生如果要我做侍从,我就荣幸极了。”

堂吉诃德听了这话,转脸向桑丘道:

“桑丘,我不是跟你说的吗?我要侍从,多的是!你瞧瞧,是谁自愿做我的侍从?不是别人,是独一无二的参孙·加尔拉斯果学士呀。他是萨拉曼咖大学里逗乐儿的妙人,身强体健,手脚灵便,沉默寡言,经得起寒暑饥渴,游侠骑士的侍从应有的本领样样俱全。不过他又是司法行政的能手,学界的博士,文坛的才子;老天爷决不容我为了称自己的心,委屈了他。让这位新回来的参孙留在家乡,为家乡和他白发苍苍的双亲增光吧。我随便怎样的侍从都行,反正桑丘是不屑跟我走的了。”

桑丘深受感动,噙着泪说:“我愿意跟您走的!我的先生啊,谁也不能说我‘肚子吃饱,动身就跑’①。真的,我不是没良心的种。潘沙世世代代是什么样人,谁都知道,尤其咱们村上人。况且您给了我许多好处,您答应的还多着呢,我知道您是有

① 西班牙谚语。

心要重赏我的。我跟您讲工钱是听了老婆的话。她呀，打定了主意要人家做一件事，就逼得人非依她不行；给木桶上箍也没她敲打得紧。可是男子汉就得是个男子汉，女人毕竟是女人。我到哪里也不能说不是个男人，在自己家里也得做个男子汉呀；谁不乐意就随她吧。咱们没事儿了，您只要立下遗嘱，附个条款，写得着着实实，不能翻灰①。完了咱们马上就动身吧，免得参孙先生心上着急，他不是说他的良心松弄②您第三次出门吗？我再说一遍吧：我愿意死心塌地地伺候您；古往今来一切游侠骑士的侍从，都好不过我去。”

学士听了桑丘·潘沙的用字和口气很惊奇。他虽然读过《堂吉诃德》第一部，总不信桑丘真像书上形容的那么逗笑。这会儿听他把遗嘱上“不能反悔”的附款说成“不能翻灰”，就知道书上的话都可靠。他断定桑丘是当代最死心眼的傻瓜；这主仆俩一对疯子，世界上找不出第三个。当下堂吉诃德和桑丘互相拥抱，又言归于好。伟大的加尔拉斯果这时成了他们的先知者；他们听了他的主意，又经他赞许，决定过三天动身，乘这时先置备些路上必需的东西，还要找一只连面罩的头盔，因为堂吉诃德说非戴这样的头盔不行。参孙答应送堂吉诃德一只，他说他朋友有，一定肯给他；只是已经生锈发霉，黑黢黢的，不像个铿亮的钢盔了。管家妈和外甥女儿把学士千遍万遍的咒骂。她们觉得家主出门就是去送死，所以自揪头发，自抓面皮，像常见的哀丧婆③那样哭号。其实参孙劝堂吉

① 桑丘要说“反悔”。

② 桑丘要说“怂恿”。

③ 西班牙十七世纪的风俗，丧家雇用女人来哭死人，称为“哭号者”（endechaderas），相当于我国旧日的哀丧婆。

诃德再出去是按计行事。那是他预先和神父、理发师等一起策划的,下文就见分晓。

且说堂吉诃德和桑丘三天里把他们认为必需的东西置备齐全;桑丘稳住他老婆,堂吉诃德稳住外甥女和管家妈,两人傍晚出门,往托波索去了。他们走的时候,除了那位学士,谁也没有看见。学士送他们离村走了半哩瓦路。堂吉诃德骑着他驯良的驽骍难得,桑丘骑着他的老灰驴儿;桑丘的褡裢袋里装满了干粮,钱袋里带着堂吉诃德给他备缓急的钱。参孙拥抱了堂吉诃德,要求堂吉诃德不论运道好坏,务必捎个信给他,让他能为他们倒运而高兴,或为他们交运而发愁①,也算是尽尽朋友之谊。堂吉诃德一口答应。参孙回村,他们俩就直奔托波索大城②。

第八章

堂吉诃德去拜访意中人杜尔西内娅·台尔·托波索,一路上的遭遇。

阿默德·贝南黑利写到这里说:"全能的阿拉万福!"他重复了三遍:"阿拉万福!"据说这是因为堂吉诃德和桑丘重又出

---

① 学士故意这么颠倒说着取笑的。

② 托波索在十六世纪末是一个村镇,有九百户人家。塞万提斯因为它在堂吉诃德心目中是座大城,所以带些取笑的口吻,称为大城。下文有时称为大城,有时称为镇,有时称为村。

马,读者可以指望这部趣史又要叙述主仆俩的奇事和妙谈了。他要求读者撇开堂吉诃德前一段的游侠生涯,一心专注他今后的行事。作者既已给了我们那点指望,他如此要求并不为过。这位奇情异想的绅士前番从蒙帖艾尔郊原出发,这次是先到托波索去。作者接着讲他的故事。

路上只有堂吉诃德和桑丘两人。参孙一走,驽骍难得就一声声嘶叫,灰驴儿就连珠也似的放屁。主仆俩觉得马嘶驴屁都是好兆,主上上大吉。据说灰驴儿一边放屁一边叫,交响还盖过了马嘶声,所以桑丘认为自己的运气压倒了他主人的运气。他这看法是否根据他专长的占星学,历史上无从查考,只听说他每绊一下或摔一跤,就懊悔这番不该出行;他傻虽傻,这倒不算错,因为绊了摔了会弄破了鞋或跌断肋骨。堂吉诃德对他说:

"桑丘朋友,天直黑下来,到托波索只怕得摸着黑走路了。我打算别的事搁后,先到托波索去;在那里可以领受绝世美人杜尔西内娅的祝福和赞赏。我想,有她金口称许,什么凶险的事都一定会圆满结束。世上唯有意中人的青眼,最能激发游侠骑士的勇气。"

桑丘答道:"这话我也相信。可是您到哪儿去和她说话见面呢?您要领受她的祝福,总得有个地方呀。这事可难办了。您上次不是写信说自己在黑山发疯,叫我去捎给她的吗;我那次是隔着后院的矮墙看见她的。她也许可以隔着那矮墙为您祝福。"

堂吉诃德道:"桑丘,你怎么老爱说你看到那位绝世美人是隔着后院儿的矮墙呢?那一定是豪华宫殿的走廊、游廊、门廊或什么廊。"

桑丘答道："都可能，不过我看着是一道墙，除非我记错了。"

堂吉诃德说："不管怎么样儿吧，咱们且到那里去。我只要能见到她，不管是从墙顶上，窗口里，门缝或花园的栅栏缝里，都是一样。她那焕发的容光，能照得我心地雪亮，意气风发，使我智勇双绝。"

桑丘答道："可是说老实话，先生，我看见杜尔西内娅·台尔·托波索小姐的时候，她不怎么亮，没有发光。我不是告诉您她正在簸麦子吗，准是簸得灰尘像云雾似的，把她的脸遮暗了。"

堂吉诃德说："杜尔西内娅小姐簸麦子！桑丘啊，你怎么老这么说，老这么想，还信以为真、一口咬定呢。簸麦子是苦工，贵人家小姐不干，也不用干的。她们另有自己分内的工作和消遣，老远就看得出她们的华贵。桑丘啊，你忘了咱们诗人描写水晶宫里四位仙女的诗了①。她们从人人喜爱的塔霍河里钻出来，坐在绿草地上编织华丽的花边。据那位天才诗人的形容，那花边是用金线、丝线还穿了珍珠编织的。你看见我那位小姐的时候，她一定也是在干这种活儿。不过准有个恶魔术家对我心怀嫉妒；把我所喜爱的事都变掉了原样。据说我的传记已经出版，我只怕著书的博士是我冤家，保不定胡说八道：一句真话带上千句谎话，不据实记载，却信口乱扯。哎！

---

① 诗人指本书52页注①提到的加尔西拉索·台·拉·维咖。所说的几行诗见所作《牧歌》第三篇。

嫉妒真是万恶的根源,美德的蠹贼!桑丘啊,一切罪恶都带着些莫名其妙的快乐,可是嫉妒只包含厌恨和怨毒。”

桑丘答道:“我也这么说。我想,加尔拉斯果学士讲的咱们那部传记,准把我糟蹋得声名狼藉了。我凭良心说,我从没讲过哪个魔术家的坏话,也没有招人忌妒的财产。我确是有一丁丁点儿刁,也有几分混,不过我那股淳朴天真的傻气像一件大斗篷似的把什么都遮盖了。我尽管没什么好,却一向死心塌地地虔信上帝和罗马圣教,而且是犹太人的死对头。给我写传的人该可怜我,对我笔下留情呀。可是随他们爱怎么说去吧。‘我光着身子出世,如今还是个光身;我没吃亏,也没占便宜。’①反正我能眼看自己有幸写在书上供大家传阅,随它写我什么,我都不在乎了。”

堂吉诃德说:“桑丘,你这话叫我想起当代一位名诗人的事。他写了一篇挖苦妓女的诗②。有一个女人他拿不定是否妓女,就没写她,也没提她。那女人瞧诗里没有自己的芳名,就向诗人抱怨,问他凭什么漏了她一个,要他把讽刺诗增长,把她写进续篇;不然的话,她警告诗人小心莫怪。诗人如言写得她非常不堪。她很满意,因为眼看自己出名了,尽管出了臭名。另有件相仿的事。有个牧羊人不过是图后世留名,放火烧了有名的狄亚娜神庙——相传那是世界七大奇迹之一。当时政府禁止任何人口头或书面上提到这人的名字,不让他趁愿。可是后世还是知道他名叫艾罗斯特拉托。这又牵连到大皇帝查理五世和一位

---

① 西班牙谚语。

② 塞维利亚诗人维山德·艾斯比内尔(Vicente Espinel)1578年出版了《讽刺娘们的诗》(*Sátira contra las damas*)。

罗马骑士的故事。查理大帝要参观有名的圆穹殿①——就是古代的诸神殿,现在改了更好的名称,叫作诸圣殿。古罗马遗留下来的建筑,这是最完整的,也最能令人见到建造者的雄伟气魄。殿形像半只橘子,高大无比,里面很轩亮,阳光全从殿顶一个圆形天窗里透进去;大皇帝就从这个窗口瞰望全殿。当时有一位罗马骑士陪从在旁指点这座宏大建筑的优美精巧。他们下来之后,骑士对查理大帝说:'万岁爷,我屡屡动念,要抱住您玉体从天窗里跳下去,由此我就万古留名了。'大皇帝答道:'多谢你没把这个恶念当真干出来。以后我决不再给你机会考验你的忠诚了,你不准再来见我或接近我。'他随即厚赏打发了这位骑士。桑丘,我是要说明好名之心是个很大的动力。你想想,霍拉修浑身披挂,从桥上跳进悌布瑞河②,是谁推他的吗?穆修把胳膊和手放在火里烧③,是谁强他的吗?库尔修投入罗马城中心裂开的一个无底火坑④,是谁逼他的吗?凯撒不顾神示,渡过儒比贡河⑤,是谁驱使的吗?再举个当前的例吧。最文雅的高尔泰斯率领西班牙的好汉登上新大陆,沉没了船只孤军作战⑥,是谁命令的吗?

---

① 圆穹殿(Rotunda),古罗马奥古斯陀大帝的女婿马古斯·阿格利巴(Marcus Agrippa)所建。1536年查理五世登上殿顶瞰望大殿。

② 古罗马传说里的英雄,他独力在悌布瑞河的桥堍抵住敌人,然后毁掉桥,负伤游泳过河。

③ 古罗马传说里的英雄,曾把右手放在火里烧,表示不怕疼痛。

④ 古罗马传说里的英雄。罗马地震后裂出一个岩浆沸滚的深坑,神示须把罗马最珍贵的东西投进去,地能复合。库尔修认为罗马英勇的武士是罗马最珍贵的东西;他披甲骑马,跃进深坑,裂开的地就合拢了。

⑤ 纪元前49年,凯撒渡过儒比贡河;这就越出了他所辖领的高鲁境,侵入意大利境,于是引起战争。

⑥ 高尔泰斯是西班牙开拓许多殖民地的大将(1485—1547)。他带了几百人的军队,乘十一只船,1519年在墨西哥维拉克如斯(Veracruz)登陆后烧掉船只,断绝了退路,引军深入内地。他以残暴著称,但当时有些诗人称颂他"文雅"。

古往今来的种种壮举,都是为了名呀。世人干非凡的事业,就是要赢取不朽之名。不过我们这种信奉基督正教的游侠骑士该关心身后;天堂上的光荣是永恒的,尘世的虚名还在其次。这个世界的末日有定期,不论多么持久的名气,到那时候就同归于尽了。所以,桑丘啊,我们游侠骑士得遵照基督教为我们规定的任务干事,不能乱来。我们得打掉巨人的骄横;要心胸宽厚,铲除嫉妒;气度平静,克制愤怒;减食熬夜,不贪吃懒睡;对意中人坚贞不二,切戒淫荡;我们不仅是基督徒,还要做个骑士,走遍天下,找机会成名,不能好逸恶劳。桑丘,你瞧,我们得在各方面努力,才能博得人人称道,并极口赞扬。"

桑丘说:"您这许多话我全懂;不过我这会儿有点疑惑,要您戒绝一下。"

堂吉诃德说:"要我'解决'一下吧? 你尽管说,我尽力给你解释就是了。"

桑丘说:"请问您,先生,从前那些胡琉呀,奥古斯多呀,还有您说的一个个英勇的骑士,现在哪里去了呢?"

堂吉诃德道:"那些异教徒呢,没什么说的,准在地狱里;那些基督徒呢,如果是好基督徒,那么,不在炼狱里,就在天堂上。"

桑丘说:"好。可是我问您,那许多大贵人的墓前,点着银灯吗? 他们坟堂的墙上,挂着拐棍儿呀、裹尸布呀、头发呀、蜡做的眼睛呀、腿呀等等东西吗?① 要是没有,那墙上有什么

---

① 当时西班牙人相信圣人的遗体或遗物能产生奇迹,例如使死人复活、瞎眼复明、瘸子能走等等;死而复生和残废而恢复健康的人往往奉献裹尸布或蜡制的眼睛或腿或拐棍等向神灵还愿。

装点呢?”

堂吉诃德答道:

“异教徒的坟墓往往是壮丽的山陵。胡琉·凯撒的骨灰放在一座大金字塔顶上,罗马人称为‘圣贝德罗尖塔’。阿德利亚诺大帝①的墓是一座大殿,有大村子那么大,称为阿德利亚诺陵,现在称为罗马圣安亥尔殿。阿尔悌弥莎王后为她丈夫冒索雷欧②建造的陵墓是世界七大奇迹之一。可是奉献的裹尸布等等表明墓里是圣人;异教徒的坟上没这类点缀。”

桑丘说:“这个我明白。我现在要请问您:救活一个死人好,还是杀掉一个巨人好呢?”

堂吉诃德答道:“这还用问吗,当然救活一个死人好啊。”

桑丘说:“这来我可把您问住了。照您说来,一个人如能起死回生,叫瞎子开眼,瘸子不瘸,病人不病,他墓前点着灯,坟堂里挤满了信徒,都跪着瞻仰他的遗物,那么,无论现世来世,他的名气就是最好的,压倒了古往今来世界上一切异教的大皇帝和游侠骑士。”

堂吉诃德答道:“对啊。”

桑丘说:“所以只有圣人的遗体和遗物,才有刚才说的那种名气,那种种出奇的灵验,受到种种异常的敬礼。圣人的遗体或遗物前面,咱们圣教准许点着灯烛,供着裹尸布呀,拐棍呀,画像呀,头发呀,眼睛呀,腿呀,等等,借此增加世人的信仰,发扬基督教的声誉。帝王把圣人的遗体或遗物抬在肩上,还把圣人的骨

---

① 117—138年古罗马皇帝。

② 纪元前四世纪小亚细亚加里国王。

头片儿拿来亲吻，用来装饰他们的礼拜堂和他们最宝贵的祭台。”

堂吉诃德说：“桑丘，你这许多话是什么用意呢？”

桑丘道：“我就是说，咱们该去做圣人呀；咱们追求的美名就到手得更快了。我告诉您，先生，昨天或前天——反正是新近，可说是昨天或前天吧，两个赤脚小修士册封了圣人。他们拴在身上折磨自己肉体的两条铁链子，现在谁能吻一吻、摸一摸，就是莫大的荣幸了。上帝保佑的万岁爷有一所军械博物馆，里面藏着一把罗尔丹的宝剑，据说人家把那两条链子看得比那把宝剑还神圣呢。所以，我的主人啊，随便哪个教会里一个卑微的小修士，都比伟大的游侠骑士高贵。发狠把巨人、妖魔或怪龙捅两千枪，在上帝眼里，远不如悔罪自打二十多下鞭子。”

堂吉诃德说：“你这些话都有道理。不过修士不是人人能做的；上帝要把他选中的人引上天堂有许多门路呢。骑士道就算得一门宗教；骑士也能成圣上天。”

桑丘答道：“是啊。不过我听说，天堂里的修士比游侠骑士多。”

堂吉诃德说：“这是因为世界上的修士比骑士多呀。”

桑丘道：“骑着马跑来跑去的人很多啊。”

堂吉诃德道：“多是多，当得起骑士这个名头的很少。”

两人谈谈说说，过了一夜又一天，没碰到什么大事，堂吉诃德因此很不耐烦。第二天傍晚，他们望见了托波索大城。堂吉诃德一见兴致勃勃；桑丘却忧心忡忡，因为他不知道杜尔西内娅的家在哪里，而且他和主人同样地从没见过这位小姐。他们俩一个为了要见她，一个为了没见过她，都心里七上八下。桑丘想,如果主人叫他到托波索城里去,他真不知怎么办呢。堂吉诃德决计到天黑了进城,两人暂在托波索城外橡树林里等着。他们到时进城,遭逢的事大可一叙。

第 九 章

本章的事读后便知。

堂吉诃德和桑丘走出树林到托波索,恰好是半夜或午夜前后。村里静悄悄的,家家户户都已安睡,俗语所谓挺尸。当时夜色朦胧,桑丘倒宁愿是一团漆黑,才好借口迷路。满村汪汪狗叫,堂吉诃德听来聒耳,桑丘听来心慌,偶尔也有几声骡鸣,几声猪叫猫叫。夜深人静,越显得响亮。这位痴情的骑士觉得都是不祥之兆。不过他还是对桑丘说:

"桑丘儿子,你领我到杜尔西内娅的宫殿里去吧,也许咱们赶去,她还没睡呢。"

桑丘答道:"我的天哪!叫我领您到哪个宫殿去呀?我上次见到那位贵小姐,她住的不过是一宅很小的房子。"

堂吉诃德说:"她那会儿准是在宫殿的小院落里休息,和身边几个侍女闲散一下;后妃公主们兴得那样。"

桑丘说:"先生,您硬要把杜尔西内娅的住宅说成宫殿,我也没办法;我只问您,现在什么时候了,她家大门难道还敞着吗?咱们这会儿去敲门打户惊吵人家,行吗?情人探望相好,不管多早晚，随时可以打门进去；难道咱们也照那样儿去叫门吗?”

堂吉诃德答道：“桑丘，咱们不管怎样先得找到那座宫殿，再想办法。桑丘，你瞧，除非我眼花了，前面黑魆魆那一大片，准是杜尔西内娅的宫殿。”

桑丘说：“那么您请带路吧。也许果然是的。不过我即使亲眼看见，亲手摸到，要我相信那是杜尔西内娅的宫殿，就是要我相信这会儿是大天白日!”

堂吉诃德打头走了大约二百步，跑到那片黑影里，一看前面是座高塔，立刻知道那座房子不是宫殿，却是镇上的大教堂。他说：

“桑丘，咱们跑到教堂前面来了。”

桑丘说：“是啊。但愿上帝保佑，别叫咱们走到自己的坟墓里去；这时闯进墓园可不是好兆。我记得好像跟您讲过，这位小姐的住宅是在一条死胡同里。”

堂吉诃德说：“该死的糊涂蛋！王公贵人的府第哪有在死胡同里的?”

桑丘答道：“先生，各地风俗不同，也许托波索就兴得把王爷大人们的住宅盖在死胡同里。您让我在附近大街小巷里找找吧，也许在什么旮旯儿里呢。这倒霉的宫殿！害得我们团团转！但愿一群狗来吃了它吧!”

堂吉诃德说：“桑丘，嘴里放尊重些，那是我那位小姐的家，不许胡说！咱们过节得和和气气；别落了吊桶再赔掉绳子。①”

桑丘答道：“我以后忍耐着点儿就是了。咱们女主人家的房子，您是到过几千次的，可是这会儿您也没找着；我只来过一

---

① 两句西班牙谚语。

次，您要我就此熟门熟路，黄昏黑夜也能找到吗？照您这样，我还得怎么忍耐呢？”

堂吉诃德说：“你真要惹得我发狠了。你这混蛋！我告诉你：我一辈子没见过这位绝世美人杜尔西内娅，也从没跨进她宫殿的门槛；我不过听到她才貌双全的大名，就此闻声相思。这话我不是跟你说过一千次了吗？①”

桑丘答道：“我这会儿才第一次听到。我告诉您吧，您既然没见过她，我照样儿也没见过她呀。”

堂吉诃德说：“怎么可能呢？你不是跟我讲过，你给我捎信去，看见她在簸麦子吗？”

桑丘答道：“先生，您别死盯着这句话，我告诉您，我那次见她和捎回口信，也都是听到的。要我认识谁是杜尔西内娅小姐，就好比要我把拳头打在青天上！”

堂吉诃德说：“桑丘啊桑丘，玩笑有时可以开，有时就不得当。我说没有和意中人见过面、说过话，你也就照样说一通，那怎么行呢？你自己知道满不是这么回事呀。”

两人正说着话儿，只见一人赶着两头骡迎面而来。他们听见犁拖在地上的响声，料想是个农夫天不亮就下地去干活的。果然，这农夫一路还哼着歌儿：

是你们不幸，法兰西军士，
遭到了隆塞斯巴列斯的事。②

---

① 上部第二十五章，堂吉诃德说见过杜尔西内娅。

② 出于歌咏查理曼大帝的故事诗。隆塞斯巴列斯的事指奥兰都和他的军队在隆塞斯巴列斯山峡里和撒拉逊人苦战，众寡不敌，全军覆没。

堂吉诃德听了说:"罢了,桑丘,咱们今晚休想再碰到什么好事!你没听见这乡下佬边走边唱的歌儿吗?"

桑丘说:"听见。不过隆塞斯巴列斯的追杀和咱们什么相干呢?他也可能恰好唱一支加拉依诺斯的歌儿①,对咱们的运道好坏都一样啊。"

这时农夫已经走近,堂吉诃德问他说:

"上帝保佑你交好运,好朋友!我请问你,天下第一美人堂娜杜尔西内娅·台尔·托波索公主的宫殿在哪儿?"

那小伙子说:"先生,我是外地人,来了才不多几天。我在一个富农家做帮工。教区神父和教堂管事人就住在他家对门;他们俩掌管托波索住户的花名册;您找的公主,问他们就知道。不过照我看,镇上并没有什么公主,只有许多贵夫人小姐;她们在自己家里大概也算得公主。"

堂吉诃德说:"那么,朋友,我问的公主大概就是你所说的贵小姐了。"

那小伙子答道:"也可能。天已经透亮了,再见吧。"

他不等人家再开口,赶着骡子走了。桑丘瞧他主人没了主意,垂头丧气,就说:

"先生,天快亮了。太阳出来了咱们还在街上可不好。咱们还是出城去,您就躲在附近树林里;我等天亮了再到这儿来找咱们小姐的房子或宫殿,反正每个角落都要找遍。要是找不着,就是我倒霉。要是找着了呢,我就告诉那位小姐,您指望和她见见面而不牵累她的声名,所以正在某处等着她的吩咐和安排。"

---

① 加拉依诺斯是被奥兰都杀死的摩尔人。这个歌谣非常风行。

堂吉诃德说:“桑丘,你这几句话抵得千言万语。这个主意正合我心,我很听得进。来吧,儿子啊,咱们去找个地方,我就躲起来,你就照你的话再来找我那位小姐,去见见她,跟她谈谈。她聪明温柔,她对我的恩赐也许是我想望不到的。”

桑丘急要撮弄他主人离村,因为怕他主人戳穿了杜尔西内娅托他捎信到黑山去的那套鬼话。他们走得快,一会儿就出了村子。离村两米里亚有个树林或灌木丛,堂吉诃德就躲在里面,桑丘又回村去找杜尔西内娅谈话。他办这趟差使的所见所闻,值得精心细读。

第 十 章

桑丘使杜尔西内娅小姐着魔的巧计以及其他真实的趣事。

这部伟大史书的作者说,本章的事他怕没人相信,想略过不叙了;因为堂吉诃德疯得不可思议,世界上头号大疯子也远远赶不上他。可是作者不怕人家不信,还是不折不扣地照实记述。他这来很有识见,因为真理即使拉成了丝,也扯不断;即使混杂在谎话里,也会像油在水里那样浮现出来①。他续叙如下。堂吉诃德在托波索大城附近的橡树林、灌木林或不知什么树林里

① 西班牙谚语。

躲下了，立即吩咐桑丘再进城去，代他求求那位小姐准许她所颠倒的骑士前去拜见，领受她的祝福，好让他以后逢凶化吉，转危为安。他责成桑丘务必把话传到，才许回来见他。桑丘满口答应，说准像前番一样带着喜讯回来。

堂吉诃德说："你走吧，儿子，你去见了那位容光灼灼像太阳那样的美人，别耀花了眼睛。你真是天下最幸福的侍从啊！她是怎样接待你的，你得一一记在心上。譬如说，你传话的时候，她脸上变色没有？她听到我的名字，激动不激动？照她那身份，准有一间富丽的摩尔式起坐室；你跑去假如她正坐在那里，她是否还坐得定？假如正站着，你瞧她是否一会儿着力在这条腿上，一会儿又着力在那条腿上？她回答你的话，是否两遍三遍、说了又说？她是否由温柔变得严肃，又由冷淡转为热乎？她是否头发不乱也举手整理鬓角？反正，儿子啊，她一举一动你全得注意。如果你都照实告诉我，我就能看透她心窝里对我的情分。桑丘，你也许不知道，我告诉你吧：情人之间，只要牵涉到他们的恋爱，他们的外貌和举动准把心里的底细透露出来。朋友，你去吧，我就孤凄凄地待在这里；但愿你比我顺利，带回的音信比我惴惴期望的还好。"

桑丘说："我快去快回。我的先生，您放宽了您这颗细小的心；您的心这会儿大约只有榛子大小了。常言道，雄心冲得破坏运；这儿没有腌肉，就没有挂肉的钩子；又说，意料不到的地方会蹿出一头野兔来①：你就想想这些话吧。我这么说有个缘故。咱们晚上虽然没找到咱们小姐的宫殿，这会儿天亮了，也许我忽

---

① 三句西班牙谚语，第二句该作"以为这儿挂着腌肉呢，其实连挂肉的钩子都没有"；桑丘说错了。

然会找到；等我找到了，我自有办法。”

堂吉诃德说：“哎，桑丘，你总是把成语用得恰到好处，但愿天公作美，也这么凑趣地称了我的心。”

桑丘随就转身打着他的灰驴儿跑了。堂吉诃德满肚子愁闷骑在鞍上，靠着长枪休息。我们撇下他不提，且跟着桑丘走路。桑丘这时也一样的心事重重。他一出树林，回头望不见他主人了，就下驴坐在一棵树脚下，自问自答：

“‘桑丘老哥，请问你老人家到哪儿去啊？你走失了驴儿，要去找吗？’‘没那事。’‘那么你找什么呢？’‘我找的东西，说也白说。我找个公主，她美得浑身放光，整一座天堂都在她身上。’‘那么，桑丘，你打算到哪儿去找她呢？’‘哪儿去找吗？到托波索大城去找啊。’‘好吧，你是为谁找的呢？’‘为那位鼎鼎大名的骑士堂吉诃德·台·拉·曼却呀；他专打不平，谁渴了就给他吃，谁饿了就给他喝①。’‘好得很啊，可是桑丘，你认得她家吗？’‘我主人说，她住在王宫或壮丽的大宅子里。’‘你哪天去过吗？’‘我和我主人都从没去过。’——‘那么你是存心来勾引这里的公主，搅扰本地的娘儿们的！给托波索人知道了，把你一顿板子，打得你浑身没一根完好的骨头，那才是活该！打得好！老实说，他们不会瞧你是为主人当差，就说：

朋友，你是送信的，
千错万错没你的份儿。②’

---

① 桑丘学舌说骑士道的一套话，可是说错了。

② 《歌谣故事》（*Cancionero de Romances*，1550）里的话，出自古罗马成语，等于我国古话“两国相争，不斩来使”。

‘桑丘,你别托大,曼却人很正经,火气也很旺,招惹不得。天啊,你要是给人家识破,就不妙了。’快滚蛋吧!天雷啊,把你的霹雳打到别处去!这会儿还不走,却要讨人家的好,找三只脚的猫吗?况且在托波索城里找杜尔西内娅,就好比在拉维那城里找小玛丽,或在萨拉曼咖城里找某某学士。① 这事准是魔鬼给我找的,没别的主儿!”

桑丘自问自答一番,心上有了个计较,暗想:“好!咱们活一辈子,只有死是扭不转的,一个人大限临头,由不得自己做主;可是别的事都有办法对付。据我这位主人的许多表现看来,他是个应该拴起来的疯子。我呢,和他也不相上下。常言道:‘跟谁一起,和谁一气’;又说:‘不问你生在谁家,只看你吃在谁家’;如果这些话是不错的,我跟随他、伺候他,就比他更没脑子了。他实在是个疯子,常把这个混做那个,黑的看成白的。这类的事不少,譬如把风车说成巨人,把修士的骡说成单峰骆驼,把两群羊说成敌对的两支军队等等。他既是这样一个疯子,我如果碰到个乡下姑娘,哄他说她就是杜尔西内娅小姐,他很容易相信。要是他不信,我就赌咒;他还不信,我就再三赌咒;他死不肯信,我就拼命一口咬定,反正不管怎样,我的气势总高过他一头。也许这么硬挺一下,他瞧我交不了差,下回就不再派我这种差使了。他不是说有恶毒的魔法师对他不怀好意吗,我想他也许就以为魔法师跟他捣乱,把杜尔西内娅变了样儿。”

桑丘·潘沙这么一想,心又放宽了,仿佛自己的差使已经办

---

① 以上四句都是西班牙谚语。拉维那是意大利一个人口稠密的城市,这句谚语原出意大利。

妥。他直休息到下午，让堂吉诃德以为他是到托波索去走了一个来回。事有凑巧，他刚起身要跨上他那头灰驴，只见从托波索出来三个乡下女人，骑着三匹驴驹或小母驹——作者没有说明，大概是小母驴，那是村里女人常骑的。反正这种琐细不必深究。桑丘一看见，忙赶回去找他主人。堂吉诃德正在那里长吁短叹，悱恻缠绵地数说衷情，一见桑丘，就说：

“桑丘朋友，有什么消息啊？我今天能用白石标志吗？还是该用黑石呢①？”

桑丘答道：“您最好用赭石，像学院毕业生的膀子②那样，因为看起来醒目。”

堂吉诃德说：“那么，你是带了好消息来了。”

桑丘答道：“好得很呢！杜尔西内娅·台尔·托波索小姐带着两名侍女瞧您来了！您只要把驽骍难得的肚子踢两下，跑出树林去，就会看见她。”

堂吉诃德说：“嗳唷！神圣的上帝！桑丘朋友，你说什么呀？小心别哄我，别用假喜信来解除我的真烦恼啊。”

桑丘答道：“我哄了您有什么好处？况且马上就给您戳穿了。先生，你踢踢马，快来吧！咱们的公主娘娘梳妆打扮着来了，她真是个公主的样儿。她和两个使女都黄灿灿的一片金光，浑身是珍珠串儿、金刚钻、红宝石，穿的都是锦绣，那锦绣足有十层③呢！她们披在肩上的头发像太阳的光芒，风里闪呀闪的。

---

① 古希腊风俗以白石志喜，黑石志忧。

② 桑丘指学院毕业生的榜(rótulo)，那是用赭黄写的。桑丘把“榜”字说错了。

③ 桑丘很夸张其词，因为最名贵的锦有三层：第一层是缎子的底，第二层是织的锦，第三层是用金线或银线添上的花。

她们还骑着三匹花点子小驴马,真是没那么样儿的好看。”

“你说的是小女马吧?桑丘。”

桑丘答道:“小驴马或小女马没多大分别。不管她们骑的是什么牲口,反正她们是最漂亮的姑娘,不能再漂亮了;尤其是咱们的杜尔西内娅公主娘娘,她简直迷得人头晕眼花。”

堂吉诃德说:“桑丘儿子,咱们走吧。多谢你给我带来这样喜出望外的消息;我下次有什么冒险的事,准把胜利品里最好的一份给你作报酬。你知道,我家三匹母马正圈在咱们村里公地上等着下驹子,假如你不愿意拿胜利品作报酬,我就把今年生的小驹子都给你。”

桑丘答道:“我愿意要驹子,因为下一回冒险的胜利品还不定好不好呢。”

这时他们已经跑出树林,看见了离他们不远的三个乡下女人。堂吉诃德放眼朝托波索去的路上观望,可是只看见那三个村姑。他满腹狐疑,问桑丘是否把杜尔西内娅一行人撇在城外了。

桑丘答道:“怎么在城外呀?她们正向这儿跑来,身上光芒万道,像中午的太阳,您怎么看不见呢?难道您眼睛长在后脑勺儿上吗?”

堂吉诃德说:“我只看见三个乡下女人,骑着三头驴。”

桑丘道:“上帝从魔鬼手里救我出来吧!难道这三匹雪白雪白的小母马或什么马①,您看着像驴吗?老天爷!要真是驴呀,我这儿茎胡子都可以揪掉!”

堂吉诃德说:“那么我告诉你吧,桑丘朋友,明明是驴,或许是小母驴。这就好比我是堂吉诃德、你是桑丘·潘沙那么千真

① 桑丘忘了自己刚说三匹马是花点子的。

万确；至少，我看着像驴。”

桑丘说：“先生，住嘴吧，别乱说了；您睁大眼睛瞧瞧，您心上的小姐马上就到了，快去向她致敬吧。”

他一面说，一面就抢着迎上去，下驴扯住她们一头驴的笼头，双膝跪下说：

“美丽的王后、公主、公爵夫人啊，请您赏脸见见您俘虏的骑士吧。他在您贵小姐面前慌做一团，脉搏也停止了，成了一块大理石了。我是他的侍从桑丘·潘沙；他就是团团转的骑士堂吉诃德·台·拉·曼却，别号哭丧着脸的骑士。”

这时堂吉诃德已经去跪在桑丘旁边，突出一对眼珠子，将信将疑地瞪着桑丘称为王后和公主的那女人。他看来看去只是个乡下姑娘，相貌也并不好，是个宽盘儿脸，塌鼻子。他又惊又奇，只不敢开口。另外两个乡下女人看见这一对不伦不类的怪人跪在地下挡住她们的女伴，也很诧异。可是给他们挡住的女人一点不客气，很不耐烦地发话道：

“你们这两个倒了霉的！走开呀！让我们过去！我们有要紧事呢！”

桑丘答道：“哎呀，公主啊！托波索全城的女主人啊！您贵小姐看到游侠骑士的尖儿顶儿跪在面前，您心胸宽大，怎么不发慈悲呀？”

另一个乡下女人听了这套话就说：

“嘍！我公公的驴呵！我给你刷毛啵！①瞧瞧现在这些起码的绅士！倒会拿乡下女人开心的！好像人家就不会照样儿回

---

① 西班牙谚语，表示不接受对方讨好，用讥诮的口吻回敬。“嘍”是喝驴的声音。

敬！走你们的路吧！让我们走我们的！别自讨没趣！”

堂吉诃德忙说：“桑丘，你起来。我现在知道：厄运折磨着我，没个餍足；命运叫我走投无路，苦恼的心灵找不到一点安慰。① 品貌双全的小姐呀！我这个伤心人唯一的救星啊！恶毒的魔术家迫害我，叫我眼上生了云翳；别人见到你的绝世芳容，只在我眼里你却变成个乡下穷苦女人了。假如魔术家没把我也变成一副怪相，叫你望而生厌，那么，你看到我一心尊敬，尽管瞧不见你的美貌，还是拜倒在地，你就用温柔的眼光来看我吧。”

那村姑答道：“啊呀，我的爷爷！我是你的小亲亲，和你谈乱爱②呢！走开点！让我们过去！我们就多谢你了！”

桑丘走开让她过去，借此摆脱了自己的纠葛，心上非常得意。暂充杜尔西内娅的那个村姑瞧没人挡路了，忙用带刺的棍子打一下她的“小驴马”，往前面草地跑去。她那一棍不比往常，驴儿痛得厉害，腾跃起来，把这位杜尔西内娅小姐掀翻在地。堂吉诃德一见，忙赶去扶她。桑丘也去把滑到驴肚底下的驮鞍重新安好、缚牢。堂吉诃德就要去把那位着魔的小姐抱上坐骑。那位小姐却已经爬起来，而且上驴不用帮忙。她退后几步，然后跑个快步，两手按着小驴的臀部，就势踊身一跃上鞍，像男人那样骑跨在驴背上，矫捷得不输老鹰。桑丘失声叫道：

“我的天啊！咱们这位女主人比鹞子还轻巧呢！最灵活的果都巴人或墨西哥人上高鞍也没她这本领。她跳过了鞍子的后梁；鞋上没戴马刺，也能叫她的小驴马跑得像斑马一样。她两个

---

① 这里组合了加尔西拉索·台·拉·维咖《牧歌》第三篇和第一篇里的句子。加尔西拉索已见本书52页、62页。

② 乡下姑娘把情话（requebrajos）说别了。

使女也不输她，都一阵风地跑了。”

确是这么回事。那两个女人看见杜尔西内娅上了牲口，就打着驴子跟她飞跑，一口气跑了半哩瓦多没回头。堂吉诃德目送她们，直到看不见了，才转脸对桑丘说：

“桑丘，你瞧瞧魔术家多么恨我呀！他们防我见了意中人高兴，竟变掉了她的本相。他们把我恨到什么地步就可想而知！我活在世上，真是个地道的倒霉人，厄运把种种灾难都降落在我身上。而且你看，桑丘，那些奸贼变了杜尔西内娅的模样心还不足，竟把她变成那么一个又蠢又丑的乡下姑娘；贵小姐经常熏着龙涎香和花香，身上浸透了这种芬芳，他们竟连她这股香味都变掉了。我告诉你吧，桑丘，我赶去扶杜尔西内娅上她的小母马——这是照你的说法，因为我看来是小母驴——她身上一股子生蒜味，熏得我晕晕地直恶心。”

桑丘忙嚷道：“嗐！你们这群混蛋的魔术家！倒霉的坏心眼儿！我但愿眼看你们像沙丁鱼似的水草穿腮，联成一串儿！你们本领大，花样多，干了多少坏事呀！你们这群恶棍！你们把杜尔西内娅小姐珍珠似的眼睛变得像橡树子儿，把她纯金的头发变得像牛尾巴上的红鬃毛，一句话，把她的万种风姿变成一副丑相，你们不过瘾，还要变掉她身上的香味！如果我们闻到她的香，还能猜透那丑皮壳儿底下原来是个什么样的人呀！不过说老实话，我一点儿没有看见她丑，只看见她美。她右边嘴唇上有一颗痣，上面有七八根金线似的黄毛，至少有一拃手长，像一撇胡子。”

堂吉诃德说：“这种痣，脸上和身上相称着生。杜尔西内娅既然脸上有一颗，那么和这颗痣一顺的大腿面上一定也有一颗；可是痣上的毛像你说的那样就太长了。”

桑丘答道:“不过我可以告诉您,痣上那几根长毛看着顶顺眼。”

堂吉诃德说:“朋友啊,这话我相信,因为杜尔西内娅天生是样样都十全十美的。像你说的痣,她身上如有一百颗,那就不是痣,而是灿烂的月亮和星星了。可是桑丘,我问你,你给她重缚的鞍子,我怎么看着像个驮鞍;究竟是扁平的骑鞍,还是女人坐的横鞍呢?”

桑丘答道:“都不是,那是短脚镫的高鞍子,上面盖着个出门用的罩子;那罩子富丽极了,值半个王国呢。”

堂吉诃德说:“桑丘啊,这许多我一样都没看见。我又要说了,我还要说一千遍呢,我是世界上最倒霉的人。”

堂吉诃德乖乖地上了钩,混蛋的桑丘听着他这些死心眼儿的话,险的忍不住笑出来。长话短说,两人讲究了一番,就骑上牲口,取路往萨拉果萨去。那座著名的城里年年有盛大的庆祝,他们打算及时赶到。不过他们一路上碰到好多了不起的奇事,都值得大书特书,看了下文便知分晓。

第十一章

天大奇事:英勇的堂吉诃德看到
大板车上“死神召开的会议”。

堂吉诃德一路前去,想着魔术家恶作剧,把他的杜尔西内娅小姐变作粗蠢的村姑,气恼得不可开交。他却又想不出什么办法叫她恢复本相,心烦意乱,不觉把驽骍难得的缰绳也撂下了。野地里青草茂盛,驽骍难得觉得没人牵制,每走一步就停下来啃草。桑丘·潘沙打断主人的沉思说:

"先生,牲口是不烦恼的,只有人才烦恼;人要是烦恼过了头,反而变成牲口了。您自己克制一点,定定神,捡起驽骍难得的缰绳,振作一下,醒醒吧!拿出游侠骑士该有的气魄来!您见鬼啦?干吗这样垂头丧气的?咱们魂灵儿出了窍,到法兰西去了?① 游侠骑士的健康最宝贵,什么魔法呀、变形呀都是不足道的,随它世上有多少杜尔西内娅,都让魔鬼带走好了。"

堂吉诃德发狠道:"住嘴!桑丘!不许说这种混话糟蹋那位着了魔法的小姐。她倒霉都是我的罪过;那些坏蛋因为恨我,就叫她当灾。"

桑丘答道:"我也这么说呀。从前见过她的,今天见了她,'怎么能硬着心肠不掉眼泪呢'②?"

堂吉诃德道:"桑丘,你真可以这么说,因为你看见了她十全十美的姿容,障眼法没有迷糊你的眼睛、遮盖她的美貌。那股恶毒的魔力只捉弄我一个人,只捉弄我一个人的眼睛。不过我想到一件事,桑丘,你把她的美貌形容得不像个样儿。我记得你说她眼睛像珍珠。鱼眼睛才像珍珠,女人的眼睛不那么说。我想杜尔西内娅的眼珠准像碧绿的翡翠,眼睛是大大的,眉毛是弯弯的,像天上的虹。你该把她眼睛里的珍珠拿出来做她嘴里的牙齿;桑丘,你准是把眼睛和牙齿说颠倒了。"

---

① 西班牙谚语。

② 当时流行歌曲里的词句。

桑丘答道:“也许是这么回事。因为我看到她的美貌,就像您看到她的丑相一样,心里糊涂了。不过您一切都随上帝安排吧,这万恶的烦恼世界上,什么事都带着几分刁恶哄骗、弄虚作假,将来怎么样只有上帝知道。我的先生,我只有一件事最不放心:将来您战胜了巨人或骑士,叫他们去拜见美丽的杜尔西内娅小姐,那些倒霉蛋到哪里去找她呢?我仿佛能看到他们一伙傻瓜在托波索跑来跑去找杜尔西内娅小姐;即使迎面碰上,也只像见了我爸爸一样全不认识呀。”

堂吉诃德说:“桑丘,那些吃了败仗前去拜见杜尔西内娅的巨人和骑士也许不受障眼法的摆布,会认识她。我以后把我打败的家伙送一两个去拜见杜尔西内娅,叫他们事后向我报告,这样试验一下,就知道他们能不能认识她了。”

桑丘答道:“先生,我觉得您这话很有道理。照这办法,咱们的闷葫芦就打破了。假如只有您一个人看不见她的真相,那么遭殃的是您,不是她。只要杜尔西内娅小姐健康愉快,咱们只顾冒险去,她着魔的事且放开些,慢慢儿自有办法。时间是最好的药,什么病都治得好。”

堂吉诃德想要回答,还没有开口,忽见大路上穿过一辆板车,车上的人物奇形怪状,简直意想不到。车夫是个丑恶的魔鬼,领头带着驾车的几头骡子。车上没有顶篷,也没有围栏。堂吉诃德第一眼看见个死神,身子是骷髅,那张脸却是活人的。旁边一个天使戴着一对彩色的大翅膀。那边是个皇帝,戴一顶金色的皇冠。死神脚边是古比多神①,他眼睛没蒙上,只带着他的

---

① 恋爱神古比多(Cupido)是爱神维纳斯的儿子。他是个美少年,身有双翼,蒙着两眼,象征爱情盲目;他手持弓箭,谁中了他的箭就不由自主地恋爱。

弓、箭和箭袋。车上还有一个骑士,浑身武装只欠一顶头盔;他戴着一只宽檐儿帽,上面插满了五颜六色的羽毛。另外还有些人物,装束和脸相都各式各样。堂吉诃德突然看见这些形形色色的人物有点吃惊,桑丘早吓坏了。堂吉诃德以为又是奇遇,这么一想,立刻兴致勃勃,凭他那股天不怕、地不怕的胆量,拦住大车,喝道:

"随你是车夫、是魔鬼,或是什么东西,快快招出来:你是谁?到哪里去?乘车的都是谁?你这辆车不像普通的板车,倒像卡龙①的摆渡船呢。"

魔鬼停了车,和和气气地说:

"先生,我们是安古罗·艾尔·马罗②的戏班子。今天是基督圣体节的第八天,我们早上在山坡后面的村里演了一出寓言戏《死神召开的会议》;今天下午还得上前面那个村里去演。我们因为两处很近,省得卸了装再化装,就穿着戏装上路了。这小伙子扮死神;那个扮天使;那位是领班人的太太,她扮皇后;那人扮战士;那一个扮皇帝;我扮魔鬼,是戏里的一个主角——我是这班子里扮主角的。您如果还要打听什么别的,问我就行,我会一一回答;我是魔鬼,什么都知道。"

堂吉诃德答道:"我老实说吧,我一见这辆大车,以为碰上了什么奇事呢。现在知道,亲眼目见的东西,还得亲手摸一摸才知道虚实。再见,朋友们,你们庆祝节日去吧!如有什么事用得着我,我很愿意帮忙。我从小就喜欢看戏,年轻的时候对演戏这

---

① 希腊神话里把鬼魂渡到阴司去的"渡者"。

② 当时一个戏班子的领班人,名叫安德瑞斯·台·安古罗。

一行兴味很浓。”

也是合该有事。他们正说着话儿，戏班子里扮丑角的赶上来了。他身上戴着许多小铃铛，手里拿根棍子，一头上系着三个鼓鼓的气球。这小丑跑到堂吉诃德旁边，挥舞着棍子，把气球在地上拍打，一面大跳大蹦，震得浑身铃铛乱响。驽骍难得见所未见，吓破了胆，尽管它瘦骨棱棱，却像骏马追风似的，咬着马嚼铁一个劲儿地往野地里蹿去，堂吉诃德的力气哪里收勒得住。桑丘估量他主人不免落马，忙跳下灰驴急急赶去救护。可是他刚追上，他主人已经滚在地下了；驽骍难得倒在他旁边，它是带着主人一起摔倒的。它每次狠命奔跑，照例这样下场。

桑丘刚撇下灰驴赶去救主人，那拿着气球跳舞的鬼怪已经跳上灰驴，用气球拍打它；打得并不痛，可是灰驴害怕，又听见铃铛乱响，就朝戏班子要去的村子飞跑。桑丘眼看着这边是他的灰驴跑了，那边是他的主人摔了，都需要照管，不知先顾了哪头好。他毕竟是个好侍从、好佣人，一心爱主人，顾不得疼驴子。可是他每见那几个气球高举空中又落到灰驴臀上，就好比要他命似的又急又怕，宁愿一下下都打在自己眼珠上，也不要碰了灰驴尾巴尖上一根毛。他牵心挂肠地赶到堂吉诃德身边，瞧主人摔得很厉害，忙扶他上驽骍难得，一面说：

“先生，鬼把我的灰毛儿抢走了。”

堂吉诃德问道：“哪个鬼？”

桑丘说：“那个拿气球的。”

堂吉诃德说：“他即使带着你的驴躲在地狱最深最黑的窖里，我也会把它抢回来。桑丘，你跟我来。那辆板车走得很慢，我可以把那几头拉车的骡子拿来抵偿你丢失的灰驴。”

桑丘说:“先生,不用费这番手脚了,您别生气吧。我看见那个鬼已经下驴,灰毛儿又回到老路上来了。”

果然不错。那个鬼故意学堂吉诃德和驽骍难得的样,也和灰驴一起摔了一跤。鬼就步行到前面村上去,驴子又回到它主人这边来。

堂吉诃德说:“尽管如此,那个鬼太无礼,还是该找车上随便哪一个来惩罚一下;就惩罚皇帝也好。”

桑丘说:“您快收了这个念头,听我的话,戏子是有大家宠爱的,千万碰不得。我知道有个戏子犯了两起命案逮捕了,可是什么事也没有,连法庭上的费用都一个子儿没花。您可知道,他们是凑趣的人物,逗人开心取乐的,所以大家护着他们,捧着他们,把他们当宝贝;尤其皇家戏班子里那几个有名头的戏子,穿的衣服和浑身气派简直就像王子一样。”

堂吉诃德答道:“尽管那个鬼戏子是人人宠爱的,我也不让他夸口。”

那辆车已经走近前面的村子。堂吉诃德说着就转身向板车赶去,提高了嗓子大嚷:

“你们这群开心逗乐儿的家伙!别走!等一等!我要教训你们呢!你们对游侠骑士侍从的坐骑这样无礼是不行的!”

堂吉诃德喊声响亮,板车上听得一清二楚。他们从话里听出发话的人是什么用意。死神立即跳下车,皇帝、赶车的魔鬼和天使跟着下来,连皇后和古比多都没待在车上。他们拣了些石子一翅儿排开,准备掷石子迎战。堂吉诃德瞧他们毫无怕惧,摆着长阵,一个个高举手里的石子准备狠狠地掷过来,就勒住马缰,暗暗盘算怎样冲上前去能少受伤害。他这么一停顿,桑丘就赶上来了。桑丘瞧他是要向那整齐的行列冲去斯杀的样子，就说：

“您这来就是疯了！我的先生，您想想，迎头打来的石子是什么也挡不住的，除非把自己扣在铜钟里。况且您也该估量一下：死神在他们队里呢，而且皇帝亲自上场，天神和魔鬼都帮着他，您单枪匹马去和那个军队交手，不是勇敢，只是鲁莽啊。假如您还不肯罢休，那么请瞧瞧，他们队里虽然有帝王和各种首脑，却没一个能做您对手的游侠骑士呀；这总可以叫您别再上前了。”

堂吉诃德说：“桑丘，你这话正说在筋节上，既有力，又有理，我就回心转意听你的了。我跟你讲过好几遍，我不能和没封骑士的人交手，那是不合规矩的。桑丘，人家欺负了你的灰毛儿，你要报复是你的事。我可以在这儿为你呐喊助威，还帮着出出主意。”

桑丘答道：“先生，我不用对谁报复，受了欺侮报复的不是好基督徒。我还要和我的灰驴讲明，它受了委屈得听我做主，我的主张是和和平平过一辈子。”

堂吉诃德说：“桑丘啊，你是个好人！你是个聪明人！你是个名副其实的基督徒！你是个老实人！你既然抱定这个主意，咱们就撇下这群鬼怪吧，和他们打交道说不上冒险，咱们得另找合适的事。我看咱们在这个地方准会有许多意外的奇遇呢。”

他随即兜转马头，桑丘也骑上他的灰毛儿；死神和他那个行踪无定的队伍又乘车继续上路。碰到死神之车的险事，就此圆满收场；这多亏桑丘·潘沙用金玉良言劝了他主人。第二天，堂吉诃德碰到一个痴情的游侠骑士。他那番遭遇和这次的一样令人惊奇。

第十二章

天大奇事：英勇的堂吉诃德和威武的
镜子骑士会面。

堂吉诃德碰到死神的那晚上，经桑丘劝说，吃了些灰驴驮带的干粮，主仆俩就在绿荫沉沉的几棵大树底下过了一夜。晚饭时桑丘对他主人说：

"先生，假如我不领您那三匹母马的驹子作报喜的赏赐，倒要您这次冒险的战利品，我就是个大傻瓜了！天空的老鹰，不如手里的麻雀①，这是千真万确的。"

堂吉诃德答道："你如果肯让我冲上去厮杀，皇帝的金冠和恋爱神的五彩翅膀至少是你分里的战利品；我一定抢来给你。"

桑丘·潘沙说："戏里皇帝的宝杖和皇冠都是铜片或铅皮做的，从来不用真金。"

堂吉诃德答道："这话不错。戏里的道具不宜用好东西，仿造的就行，因为戏剧本身就是个假相。戏剧是人生的镜子；我们自己的面貌和模范人物的形象，只有在戏里表现得最生动逼真。编剧和演戏的人把这面镜子随时供我们照鉴，这对国家大有好

---

① 西班牙谚语。

处。所以，桑丘，我希望你不要瞧不起戏剧，要尊重编剧和演戏的人。不过戏剧究竟是哄人的假相。你没看见戏里的国王呀、大皇帝呀、教皇呀、绅士呀、夫人小姐呀等等角色吗？一个扮恶人，一个扮骗子，这是商人，那是战士，这是乖觉的傻角，那是痴嗞的情人；演完了一个个脱下戏装，大家一样都是演戏的。”

桑丘答道：“是啊，我见过。”

堂吉诃德说：“人生的舞台上也是如此。有人做皇帝，有人做教皇；反正戏里的角色样样都有。他们活了一辈子，演完这出戏，死神剥掉各种角色的戏装，大家在坟墓里也都是一样的了。”

桑丘说：“这个比喻好！可是并不新鲜，我听到过好多次了。这就像一局棋的比喻。下棋的时候，每个棋子有它的用处，下完棋就都混在一起，装在一个口袋里，好比人活了一辈子，都埋进坟墓一样。”

堂吉诃德说：“桑丘，你的心眼儿一天比一天多，识见也越发高明了。”

桑丘答道：“是啊，因为沾染了您的高明呀！贫薄干枯的土地浇了粪便，翻耕一下，就会丰产。我是说呀，我这副干枯的脑筋是贫薄的土地，您对我讲的话是浇在上面的粪便；我伺候您，和您谈话，就是翻耕这片地。我希望您种瓜得瓜，种豆得豆，得到大丰收。”

堂吉诃德听桑丘做文章，不禁失笑。他觉得桑丘自称有进步是真的，因为这位侍从偶尔说些话很使他惊佩。不过桑丘若要用比喻，嵌些辞藻，往往就傻得透顶，愚蠢得没底。他只有引用成语，不论是否得当，最能卖弄自己的才情和记性；读者在故事里想必已经留意到这点了。

两人说着话过了大半夜,桑丘就想放下眼帘——他瞌睡了常这么说。他卸下灰驴的鞍辔,让它在茂盛的草地上随意啃草。驽骍难得的鞍子他没除下。他主人明明白白吩咐过:他们如在野外露宿,驽骍难得不准卸装;因为照游侠骑士从古相沿的成规,辔头可以脱下挂在鞍框上,鞍子却千万不能卸。桑丘照这办法让驽骍难得也像灰驴儿那样逍遥去。这一对驴马亲密得出奇少见,关于它们的友谊,民间有悠久的传说,本书作者曾用几章的篇幅记录下来,但因遵守史诗的写作规律,定稿时删掉了。但作者屡次忘了这个决心,描写这两头牲口聚到一起就挨挨擦擦,吃饱了休息的时候,驽骍难得总把脖子架在灰驴儿颈上(它那脖子比驴颈长出半瓦拉①还不止),两头牲口眼望着地,往往可以一站三天,至少,要不是有人打搅或饿了要吃,它们可以老这么站着。据说作者曾把这一对朋友比作尼索和欧利亚洛②,或庇拉德斯和奥瑞斯德斯③。果然如此,就可见和平的牲畜之间,友谊多么胶固,值得大家钦佩;而人与人的友谊却非常难保,可使人类自惭。因此诗歌里说:

友情不会久常,
竹竿能变作长枪④;

又有人说:

---

① 瓦拉(vara),尺度名,即码,1 瓦拉合 3 英尺。
② 维吉尔《伊尼德》里的一对好友。
③ 古希腊传说里的一对好友。
④ 希内斯·贝瑞斯·台·依塔(Ginés Pérez de Hita)《格拉那达内战》诗里的句子。

朋友彼此，好比眼睛里的虱子①。

作者把牲畜之间和人与人之间的友谊相比，没有谁认为不伦不类，因为人类从牲畜得到不少教训，并学到许多重要的事：例如鹳的灌肠法，狗的呕吐清胃和感恩，鹤的机警，蚂蚁的深谋远虑，象的贞节，马的忠诚，等等②。闲话少叙，且说桑丘在软木树脚下已经睡熟，堂吉诃德在大橡树脚下也睡着了。可是过一会儿他背后有些声响把他闹醒了。他吃惊地起来查看哪儿来的声音。原来是两骑人马。一人下鞍向伙伴说：

"下马吧，朋友，给两匹马卸下辔头吧。我看这里牲口足有草吃，地方又僻静，正可以让我想念情人。"

他说着就躺下了；一倒地，身上的盔甲铿然作声。堂吉诃德就此推想他是个游侠骑士，忙跑到鼾呼大睡的桑丘身边，摇撼着他的胳膊，好容易把他摇醒了，就低声说：

"桑丘老弟，咱们有奇遇了。"

桑丘答道："但愿上帝给我们个好的。可是，我的先生，奇遇夫人在哪儿呢？"

堂吉诃德答道："哪儿吗？桑丘，你转眼瞧瞧，有个游侠骑士在那边躺着呢。我想他一定是不大快活，因为我看见他下马就往地下一躺，怪丧气的样子。他倒下的时候身上的盔甲铿锵地响。"

桑丘说："可是您凭什么说这是奇遇呢？"

---

① 西班牙谚语；又说，"朋友彼此，好比眼睛里的砂子"，或"……好比射到眼睛里的酸葡萄汁"。

② 这是引用老普利尼（Gaius Plinius Secundus）《博物志》里的话。

堂吉诃德答道："我并不说这就是奇遇，这不过是奇遇的开端；凡是奇遇都这么开始的。你听，他好像正在调弄琵琶或弦子。照他这么咍痰、清嗓子，准是要唱个什么歌儿呢。"

桑丘说："果然是的；他一定是个痴情骑士。"

堂吉诃德说："游侠骑士没一个不痴情的。咱们且听着。等他一唱，咱们拿到线头儿，就抽开了他心里的线球儿①，因为心里充满什么情绪，嘴里就说出来②。"

桑丘正要回答，却给树林里那位骑士的歌声打断。那嗓子还过得去，两人倾耳听他唱了下面一首：

十四行诗

　　小姐，请你凭自己的意愿
指引我一条追随的道路，
我谨遵紧跟，决不越出一步，
不论你要我怎样我都心甘。
　　如要我死而衔恨无言，
那就权当我已一命呜呼；
如要我变花样向你哀诉，
爱情现身说法也没我婉转。
　　相反的品质并存在我心里，
蜡的软、金刚石的硬，
二者都适合爱情的要求；

① 西班牙谚语，见上部55页注②。
② 引《新约全书·马太福音》第十二章第三十四节。

　　这颗又软又硬的心献给你，
　随你在上面浅印深铭，
　每个痕迹我誓必永远保留。

树林里的骑士唱完“咳”了一声，好像从心底倒抽出来的。他稍停一下，含悲诉苦说：

“啊！贞静的卡西尔德雅·台·万达莉亚，世界上最娇艳、最冷酷的小姐啊！你怎么忍得下心，叫你的骑士流浪着吃苦受罪、没完没了地糟蹋自己呢？我已经叫所有的那瓦拉骑士，所有雷翁的、达尔台斯的、咖斯底利亚的和拉·曼却的骑士，都一致承认你是天下第一美人，这还不够吗？”

堂吉诃德听了说：“没这事儿！我是拉·曼却的骑士，我从没承认过这句话。这话辱没了我那位美貌的小姐，我决无默认之理。你瞧，桑丘，这位骑士是在胡说啊。可是咱们且听着，他也许还有话呢。”

桑丘道：“有的是！他准备连着数说一个月呢。”

可是并不然。树林里的骑士听见旁边有人说话，就不再诉苦，客客气气地高声问道：

“有人吗？谁啊？是称心满意的人还是个伤心人啊？”

堂吉诃德答道：“也是个伤心人。”

树林里的骑士说：“那么请过来吧，您见了我，就可算是见到了最恨大愁深的人了。”

堂吉诃德觉得这话又婉转，又和气，就跑过去；桑丘也跟去。

那个诉苦的骑士抓住堂吉诃德的胳臂说：

“骑士先生，请这儿坐。这幽静的地方天生是供游侠骑士休息的；我在这里碰到你，就可知你是一位骑士，而且是以游侠为职业的。”

堂吉诃德听了这话，答道：

“我是骑士；也正是你所说的那一行的。我虽然倒霉招灾，满肚子愁苦，却还有心情去怜悯旁人的不幸。我听了你唱的诗，知道你是为爱情苦恼——就是说，你的苦恼是爱上了你指着名儿抱怨的那位狠心美人。”

当时两人一见如故，并坐在硬地上谈得很投机，满不像天一亮就会彼此打破头的。

树林里的骑士问堂吉诃德说：“骑士先生，你大概正在恋爱吧？”

堂吉诃德答道：“我不幸正在恋爱。可是爱情寄放得适当，尽管苦恼也算不得不幸，倒该算有幸呢。”

树林里的骑士答道：“这话很对，除非对方太瞧不起咱们，简直恩将仇报似的，那才叫咱们气得发疯。”

堂吉诃德答道：“我那位小姐从来没有瞧不起我。”

桑丘在旁插嘴道：“真是从来没有的。我们那位小姐像温顺的羔羊；比脂油还软和。”

树林里的骑士问道：“这是你的侍从吗？”

堂吉诃德答道：“是啊。”

树林里的骑士说：“我从没见过哪个侍从敢当着主人插话的。且看我这位侍从吧，他和自己的爸爸一般儿高了，我说话的时候他从不开口。”

桑丘说：“我的确是当着我主人插话了！我也能当着别人插话！随他多么……我不多说了，‘少搅拌为妙’。”

树林里的侍从挽着桑丘的胳膊说：

"咱们找个地方去畅谈咱们侍从的话，让咱们主人在这儿较量彼此的恋爱史吧，管保到天亮他们还讲不完呢。"

桑丘说："好！等我告诉您我是谁，您就知道我是否算得一个最多嘴的侍从。"

两个侍从就走开了。他们那番逗人发笑的谈话，和两位主人的正经对答各极其妙。

第 十 三 章

续叙堂吉诃德和林中骑士的事以及两位侍从的新鲜别致的趣谈。

主仆们分成两伙：侍从俩各道生平；骑士俩互诉情史。这部书先叙仆人的谈话，后叙主人的谈话。据说，两个佣人离开主人走了一段路，那个林中骑士的侍从对桑丘说：

"我的先生，咱们跟着游侠骑士当侍从，多辛苦啊！真是应了上帝咒诅咱们原始祖先的话：得头上汗湿，才口中有食①。"

桑丘道："还可以说：得冻得要死，才口中有食。游侠骑士的倒霉侍从忍受的大冷大热都是不同寻常的。有得吃还好，因为肚子吃饱，痛苦能熬②。可是咱们有时一两天也没一点东西

---

① 《旧约全书·创世记》第三章第十九节。

② 西班牙谚语。

下肚，只好喝风。”

那位侍从说：“咱们指望着恩赏，种种苦头也都忍受得下了。游侠骑士要不是倒霉透顶，他的侍从至少可以拿稳一个海岛总督的肥缺，或者一份像样的伯爵封地。”

桑丘说：“我和主人讲过，我愿意做海岛总督；他很慷慨，已经答应我好几次了。”

那位侍从说：“我辛苦一场，能到手一个教会的官职就心满意足；我主人已经给我内定了一个，而且是呱呱叫的！”

桑丘说：“您主人准是教团的骑士，能这样犒赏自己的好侍从。我的主人不是教士。我记得有些精明人——我看是不怀好意的，想劝我主人谋做大主教。我主人却不愿意，一定要做大皇帝。我当时心上直发抖，怕他一转念要去做教会里的官；因为我知道自己不配吃教会的俸。我告诉您吧，尽管我看着像人，做起教会里的事来就是一头畜生。”

那位侍从说：“其实您算盘打错了。当海岛总督不一定好：有的地方不像样，有的穷，有的操心；反正最了不起、最没毛病的也总带着一大堆麻烦，谁倒霉做了这个官，就挑上了这副重担子。吃咱们这行苦饭的，最好还是回老家去，干些配胃口的事消遣日子，比如打猎钓鱼之类。一个人要在家乡消遣，只需一匹马、一对猎狗、一根钓竿，天下哪个侍从穷得连这些都没有呢？”

桑丘答道：“这些东西我都有。当然，我没有马；不过我有一头驴，比我主人的马值两倍的价呢。我要是肯把驴和马对换呀，上帝罚我复活节倒霉吧①！而且就应在下一个复活节上！

① 常用的誓言。

再饶上四担大麦我也不换的。我的灰毛儿——我那头驴是一身灰毛——在我眼里这么值钱,您大概要笑话了。至于猎狗,我是短不了的,我们村上多的是。而且花旁人的钱打猎更有味呢。”

那位侍从答道:“先生,我老实说吧,我已经打定主意不再跟着这些骑士胡闹,要回家乡去教养自己的孩子了。我的三个孩子就像三颗东方的明珠。”

桑丘说:“我有两个。我那两个孩子真可以献给教皇呢,尤其我的姑娘①。如果上帝容许,我养大了她要她做伯爵夫人的,她妈不愿意也没用。”

那侍从问道:“养大了做伯爵夫人的姑娘芳龄多少啦?”

桑丘说:“十五上下,已经高得像一支长矛,鲜嫩得像春天的早晨,劲儿大得像脚夫。”

那侍从道:“她有这许多好处,不但配做伯爵夫人,还可以做树林里的仙女呢!哎呀!那婊子养的!那婊子!那小家伙多有劲儿呀!”

桑丘听了有点生气,说道:

“她不是婊子,她妈也不是;我只要有一口气在,天保佑她们俩没一个做婊子。您说话客气着点儿!您还是游侠骑士栽培出来的呢,游侠骑士是最讲礼貌的;我觉得您这些话不大合适。”

那位侍从道:“啊呀,先生,您太不识抬举了!假如一个骑士在斗牛场上把公牛捌了好一枪,或者某人一件事干得好,人家

① 西班牙人通常说到好东西,就说:“可以献给教皇呢!”但教皇是修行的出家人,不能接受桑丘的姑娘。

往往说:'哎,婊子养的! 婊蛋! 这下子真是好哇!'您难道没听见过吗? 这种话好像是臭骂,其实是了不起的恭维啊。先生,假如儿女干的事不值得人家当着他们爸爸这样称赞,您就别认他们做儿女。"

桑丘说:"好! 我就不认他们。照这个道理,您尽管把我和我的老婆孩子们一股脑儿都叫作婊子,因为不论我们干什么事、说什么话,都当得起这种恭维。我为了要回去瞧他们,直在祷告上帝解脱我的死罪——就是说,解脱我当侍从的危险差使。我有一次在黑山窝里捡到一只皮包,里面有一百个金元,就此痴心妄想,再一次当了侍从。魔鬼老把满满一口袋金元放在我眼前,一会儿在这里,一会儿在那里,不在这边,就在那边;我每走一步,仿佛就摸得到,可以抱在怀里,拿回家去,放出去投资,经收利息,以后就像王子那样过日子。我心上打着这个算盘,跟着我那位没脑子的主人种种吃苦受累都觉得没什么了。我明知道我那位主人若说是骑士,不如说是疯子!"

那位侍从道:"所以有句老话说,'贪心撑破了口袋'。如要讲咱们的主人呀,我那位就是天字第一号的大疯子。常言道:'驴子劳累死,都为旁人的事';这话正应在他身上了。他要治好另一个绅士的疯病,自己就成了疯子,出门来找事干;说不定事不凑巧,会自讨苦吃呢。"

"他大概正在恋爱吧?"

那侍从说:"可不是吗,他爱上一个卡西尔德雅·台·万达莉亚,全世界找不出比她更生硬老练的婆娘。不过他的苦处不是女人厉害,却是他肠子里还有几条更厉害的诡计在叽里咕噜地闹,再过些时候就要发作了。"

桑丘说："随你多么平坦的道路，总有些磕脚绊腿的东西。可是'别人家也煮豆子，我家却是大锅大锅地煮'①。大概咱们一起的人，疯癫的比灵清的多。不过有句老话：'有人共患难，患难好承担。'如果这话不错，我有您在一起就好过了，因为您的主子和我的一样傻。"

树林里的侍从说："他傻虽傻，却很勇敢，尤其狡猾。"

桑丘答道："我的主人不这样。我告诉您：他是个实心眼儿，没一丁点儿的狡猾。他对谁都好，什么坏心眼都没有，小孩子都能哄得他把白天当作黑夜。我就为他老实，爱得他像自己的心肝一样，随他多么疯傻也舍不得和他分手。"

那侍从道："可是老哥啊，要是瞎子领瞎子，就有双双掉在坑里的危险②。咱们还是早做退步，回到咱们老家去吧。出门碰运气的常常碰不到好运气。"

桑丘不住地吐痰，好像是那种又黏又稠的痰。那位好心肠的侍从注意到了，说道：

"我看呀，咱们尽说话，说得舌头都胶在腭上了。可是我鞍框上挂着一袋消痰生津的好东西呢。"

他起身一转眼拿了一大皮袋的酒和一个肉馅烤饼回来。那个肉饼直径足有半瓦拉，不是夸张；里面的馅儿是一只肥大无比的白兔。桑丘摸了一下，认为不是小羊羔，竟是一只山羊呢。他看了这些东西问道：

"先生，这是随身带的吗？"

---

① 西班牙谚语，意思是说自己总比别人还不幸。

② 《新约全书·马太福音》第十五章第十四节。

那人答道："您想吧！我就是个三钱不值两钱的侍从吗？我那马鞍子后面驮带的粮食，比大将军吃的还好呢。"

桑丘不等邀请，就吃起来；他黑地里大口吞咽，那一口口就像拴牛绳上的一个个大结子。他一面说：

"您这餐饭如果不是魔法变的，至少也像是魔法变的。看了这餐饭，就知道您是一位讲究规格的侍从，而且派头十足，又阔气又大方，不像我这样穷困倒霉。我粮袋里只有一小块干酪，干得绷硬，简直砸得开巨人的脑袋；此外不过是四五十颗豆儿、四五十颗榛子和核桃。这都怪我主人太刻苦，而且他认为游侠骑士只能靠干果子和野菜活命，死守着这个规矩。"

那侍从道："老兄啊，我说句实在话：那些苦菜呀，野梨呀，山里的根呀，茎呀，等等，我这个肚子是受不了的。咱们主人尽管抱定成见，谨守骑士道的规矩；他们爱吃什么就吃什么。我反正得带着装熟肉的篓子，还把这只酒袋挂在鞍框上。这是我心窝儿里的东西，是我的命根子，一会儿工夫就得抱着吻它千百次。"

他说着就把那只酒袋递给桑丘。桑丘举起来放在嘴上，仰脸看着天上的星星足有一刻钟的工夫。他喝完歪着脑袋舒一大口气，说道：

"哎，婊子养的！好家伙！真是地道的好酒啊！"

那个侍从听桑丘喊"婊子养的"，就说："瞧瞧，您称赞这酒，不就叫它'婊子养的'吗？"

桑丘答道："如果是赞美的意思，'婊子养的'就算不得侮辱；这个道理确是不错的，我现在明白了。可是我请问您，先生，您凭自己最亲爱的人发誓说句真话，这酒是不是皇城①出产的?”

树林里的侍从说:“好一个品酒的老内行！可不是那里出产的！而且陈了好几年了。”

桑丘说:“瞒得过我吗？这点儿就考倒了我！我品酒的本领不小，完全是天生的；什么酒拿来闻闻，就知道是哪里出产、什么品种、味道怎样、陈了多久、会不会变味等等。侍从先生，您说这很了不起吧？可是并不稀奇，因为我父亲一支的祖上有两位品酒的行家，拉·曼却多年来还没见过更高明的呢。我把他们俩的事讲一桩给您听听，就可见名不虚传。有人从一个大酒桶里舀了些酒请他们俩尝，请教他们这桶酒酿得怎样，品质如何，有什么长处短处。他们一个用舌尖儿尝一下，一个只凑上鼻子闻闻。前一个说酒里有铁味儿；后一个说羊皮味儿更浓。主人说:酒桶是干净的，酒里也没有带铁味和羊皮味的佐料。两位品酒名家还是一口咬定。后来这桶酒卖完了；洗酒桶的时候，发现里面有个小小的钥匙，上面拴着个熟羊皮的圈儿。您瞧吧，要品酒的话，他们的后代该有资格说话吧!”

树林里的侍从道:“我说呀，咱们别来探奇冒险了；有家常的大面包，就别找奶油蛋糕，还是回老家好②。上帝如要找咱们，到咱们家来找就行。”

“我还要伺候主人到萨拉果萨去；以后看情况再说。”

两位好侍从只顾说话喝酒，直到瞌睡上来，舌头才拴住，

① 皇城(Ciudad Real)，拉·曼却的京城。塞万提斯在他作品里常夸赞京城出产的酒。

② 西班牙谚语。

口渴也稍解——要解尽他们的渴是办不到的。两人紧紧抓着那只半空的皮酒袋,含着半嚼未烂的东西就睡着了。咱们且撇下他们俩,谈谈林中骑士和哭丧着脸的骑士在干些什么。

第十四章

堂吉诃德和林中骑士的事。

据记载,堂吉诃德和树林里的骑士娓娓长谈,树林里的骑士说:

"骑士先生,反正我告诉你吧,我由命运指使——或者该说,由自己选择,爱上了绝世无双的卡西尔德雅·台·万达莉亚。要比身材,谁也没她高;比地位,谁也没她尊;比相貌,谁也没她美;'绝世无双'的称号,她当之无愧。我对她一片深情,毫无非礼之想。可是她怎样对我的呢?她就像赫拉克利斯的后母对付赫拉克利斯那样①,尽派我各式各样艰险的差使。她答应只要我能交差,就让我如愿。可是我完成一件,她又有一件。我的苦差使连连不断,数不胜数,我也不知道完了哪一桩才得如愿。一次她命令我向塞维利亚的女巨人挑战。

① 希腊神话,宙斯之妻赫拉妒恨宙斯和阿尔西梅娜生的赫拉克利斯,派他做种种艰险的事。

她名叫作希拉尔达①,身体非常强壮,仿佛铜打的。她守在一个地方寸步不离,却是世界上最轻浮的、得风便转的女人。我真是‘赶到、碰到、打倒’②,管得她规规矩矩,不敢乱动,因为恰好那一个多礼拜直刮北风。又一次她叫我去把几块古老的大岩石——所谓吉桑都的公牛③举起来。这种事用不着骑士,叫脚夫干更合适呢。又一次她叫我做一件骇人听闻的险事,她要我跳进加布拉山洞④瞧那个黑洞里藏着些什么东西,回来报告她。我驯服了希拉尔达,举起了吉桑都的公牛,跳进山洞,揭穿了洞底的秘密,不过我的希望还是落空,她给我的命令和对我的轻蔑却没完没底。后来她命令我走遍西班牙各省,叫所有的游侠骑士一致承认她是当代第一美人,而我是世上最勇敢多情的英雄。我奉命走遍了大半个西班牙,降服了许多胆敢和我对抗的骑士。不过我最得意的是和鼎鼎大名的堂吉诃德·台·拉·曼却交手,把他打输;他只好承认我的卡西尔德雅比他的杜尔西内娅美。我单靠这一场胜利,就可算降服了世界上所有的骑士。因为这位堂吉诃德把他们都打败了;我又打败他,他的显赫威风就移交给我了。

败者声望愈高,

---

① 希拉尔达(Giralda),塞维利亚摩尔式大教堂塔顶上的一尊胜利女神的铜像,像高14尺(西班牙尺,每尺合28公分),是随风转动的风标;这座塔因而称为希拉尔达塔。

② 模仿凯撒大帝的名言:“我来了,我看到了,我战胜了。”(Veni,vidi,vici.)

③ 吉桑都(Guisando)一个修道院的葡萄园里有四块巨大的花岗石,形如公牛,称为吉桑都的公牛。

④ 加布拉(Cabra)城在果都巴南部;城外山上有个极深的裂口或洞称为加布拉山洞。

胜者愈增荣耀①；

堂吉诃德数不胜数的丰功伟绩，现在都归在我账上，算是我的了。”

堂吉诃德听了林中骑士的话不胜骇异。他屡次想指斥这位骑士撒谎；话已经在舌尖上，可是竭力忍住，想等对方自认撒谎。所以他平心静气地问道：

“骑士先生，如说你降服了西班牙，甚至全世界大多数的游侠骑士，我没意见；如说你降服了堂吉诃德·台·拉·曼却，我只好存疑。也许那人相貌很像堂吉诃德，不过和他相像的很少。”

林中骑士道：“你不信吗？我可以指着头顶上的青天发誓：我和堂吉诃德决斗一场，把他打败了。他是个高个子，干瘪的脸儿，瘦长的手脚，灰白头发，高高的鹰嘴鼻，嘴唇上耷拉着两撇大黑胡子。他出马上场，自称‘哭丧着脸的骑士’。跟他的侍从是个种地的，名叫桑丘·潘沙。他的坐骑是名马驽骍难得。还有，他的意中人叫作杜尔西内娅·台尔·托波索，原名阿尔东莎·洛兰索。这就好比我的意中人称为卡西尔德雅·台·万达莉亚②，因为她原名卡西尔达，是安达路西亚人。我举了这许多证据假如你还不信，那么，我的剑在这里呢，它能叫不信的也相信。”

---

① 这里窜改了阿隆索·台·艾尔西利亚（Alonso de Ercilla）《阿饶咖那》（*Araucana*）第一篇里的诗句：

“可是败者声望虽高，
不增加胜者的荣耀。”

② 万达莉亚（Vandalia）就是安达路西亚。

堂吉诃德说:“骑士先生,我有话跟你说,你静心听着。你可知道这位堂吉诃德是我生平最好的朋友,我简直把他当作自己本人一样。你举的种种情节都确切极了,不容我不信你。可是我凭切身经验,知道你打败的决不是他。看来只有一个可能。这个堂吉诃德有许多精通魔术的冤家,有一个尤其死盯着他作对。也许魔术家变了他的模样,故意打败,借此把他凭高尚的骑士道在全世界赢来的荣誉一扫而光。我告诉你一件事,你就可知我这话是千真万确的。和他作对的那些魔术家只不过两天前,把美人杜尔西内娅·台尔·托波索的相貌体态变得像个粗蠢的乡下婆娘了。他们照样也可以自己变作堂吉诃德的模样呀。假如你听了我这些话还不相信,那么,堂吉诃德本人就在这里呢,他能用武力保卫真理,随你要步战、马战或怎么样儿战都行。”

他说着就站起身,手摸着剑,等候林中骑士的决定。那位骑士也很镇静,冷冷地回答说:

“还得了债,不心疼抵押品①。堂吉诃德先生,谁打败过你的替身,也会打败你的真身。只是游侠骑士不能像盗匪在黑地里格斗,咱们还是等到天亮,在光天化日下干事。咱们这场决斗该有个条件:输家得听候赢家发落;只要不辱没游侠骑士的身份,他全得服从。”

堂吉诃德答道:“我觉得讲定这个条件简直是太好了。”

他们讲停当,就去找自己的侍从。那两个正在打鼾,一躺下到这时候没有翻个身。他们叫醒两个侍从,吩咐备好马匹,等太

① 西班牙谚语。

阳出来，两个骑士要来一场你死我活的决斗。桑丘听到消息就吓愣了，为主人捏着一把汗，因为他已经从那个侍从嘴里得知林中骑士的本领不小。两个侍从没说话，就找他们的牲口去了。那三匹马和灰驴已经彼此嗅过，都在一处呢。

那个侍从一路走，对桑丘说：

"老哥，您可知道，安达路西亚有个决斗的规矩。如果两人决斗，两个副手也不闲着。我是要让您知道：咱们主人交手的时候，咱们俩也得打个皮破骨折。"

桑丘答道："侍从先生，这个规矩在安达路西亚的强徒恶棍里也许行得，要在游侠骑士的侍从里行就休想。况且游侠骑士的规矩，我主人全背得出，我就没听见他讲过这种规矩。就算真有，而且明文规定，我也不愿意遵守。也许我这样不爱打架的侍从会受处分，那么我就宁可认罚。我有数，罚也不过出两磅蜡烛罢了①。这两磅蜡烛我出得甘心情愿，因为一打架准头开脑裂，裹伤买纱布花的钱，就比买两磅蜡烛多得多呢。还有一层，我一辈子没带过剑；没有剑就没法儿决斗。"

树林里的侍从说："这不要紧，我有好办法。我这儿带着一样大小的两只麻布口袋呢；咱们各拿一只，武器相同，可以甩口袋决斗。"

桑丘答道："这就好得很啊！这样打架不会受伤，大家借此倒正好拍掉灰尘。"

那一个说："不是这样打。麻袋轻飘飘地不行，里面得装那么五六颗光溜溜的石子，两袋一样轻重。咱们这样甩麻袋厮打，

---

① 有些教会里对开会缺席的人罚两磅蜡烛，节日在教堂里点燃。

打不痛，也打不伤。”

桑丘说：“瞧瞧，我的爹！他要袋里塞些海貂皮①和净白棉絮，免得砸了脑袋、折了骨头呢！可是我告诉您，我的先生，即使袋里塞的是蚕茧子，我也不打这架。让咱们主人打去吧，那是他们的事儿。咱们喝咱们的酒，过咱们的日子；大限临头，果熟自落，咱们跑不了是要死的，不用放弃了晚年，抢快往死路上赶。”

那位侍从说：“可是咱们总得打一架呀，哪怕半个钟头也行。”

桑丘答道：“不行，我吃喝了人家的酒饭，又和人家争吵，我能那么没礼貌、没良心吗？即使小争小吵我也不干的。况且我又没动火，又没生气，平白无故的怎么能动手打架呢？”

那位侍从说：“我有灵验的妙法。我只要事先悄悄儿过来给您三四个嘴巴子，打得您倒在我脚边；这样一来，您的火气即使比地鼠还好睡，准也给我打醒了。”

桑丘答道：“我也有对付的办法，不输如你的。我拿起大棒，不等您打醒我的火气，先打闷您的火气，叫它到了另一个世界上才会苏醒；那边儿知道我桑丘的脸是碰不得的！‘各人瞧着自己的箭吧’！不过最好还是让各人的火气睡大觉。‘知人知面不知心’；‘出去剪羊毛，自己给剃成秃瓢’。‘上帝使和平得福，斗争遭祸’②。猫儿给围赶得走投无路，也会变成狮子；何况我是个人，天晓得我会变成什么呢。所以我现在跟您讲明，侍从先生，咱们打了架有什么祸害，全得算在您账上。”

---

① 桑丘要说黑貂皮，可是说别了。

② 以上四句都是西班牙谚语。

那个侍从说："好，'天亮了瞧吧，总有好办法'①。"

这时羽毛灿烂的种种小鸟已在林里啼叫，百音悦耳，仿佛是唱歌迎接鲜妍的黎明女神。她正在东方的大门口和阳台上露出娇艳的脸儿，又从头发里摇落无数晶莹的水珠。百草沐浴恩泽，仿佛也冒出白蒙蒙的细珠子来。这时杨柳滴着甘露，泉水欢笑，河流低语，树林欣欣向荣，草地上缀满了珍珠宝石。可是天刚透亮，能辨认东西，桑丘第一眼就看见了林中侍从的鼻子。那鼻子之大，衬得全身都小了。据说实在是大得出奇，鼻梁是拱起的，鼻上全是疙瘩，颜色青紫，像茄子那样，鼻尖盖过嘴巴两三指宽。这样一个颜色青紫、疙疙瘩瘩的拱梁大鼻，使他那张脸奇丑不堪。桑丘见了不由得像小儿抽风似的手脚都痉挛起来，心上暗打主意，宁愿让这个妖怪掴二百嘴巴子，也别动火打架。堂吉诃德端详着自己的对手。这人已经戴上头盔，合下面甲，看不见他的面貌，可是看得出他身体结实，个子不很高。他铠甲外面披一件罩袍或道袍，料子好像是细金丝织的，上面缀满了一个个小月亮似的闪闪发光的镜子。这副装束显得他非常威武漂亮。他头盔上飘扬着一大簇绿、黄、白三色的羽毛。他的枪倚在树上，又长又粗，钢打的枪头有一拃宽还不止。

堂吉诃德一一观察，凭那位骑士的外表，断定他一定力气很大。不过他并不因此就像桑丘·潘沙那样害怕，却泰然对镜子骑士说：

"骑士先生，假如你不是只顾战斗而不顾礼貌，那么我想以礼相求，请你把面甲抬一抬，让我瞧瞧你的脸相是否和你的体态

---

① 西班牙谚语，又一说："天亮了瞧吧，瞎子也会看见芦笋。"

一样威武。”

镜子骑士答道:“骑士先生,你如要瞧我,等完了事,随你是败是胜,有的是时候。我要你承认的话已经讲明;如果我这会儿不上劲叫你赶快承认,却耽误工夫抬起自己的面甲来,那就太怠慢了美人卡西尔德雅·台·万达莉亚,所以我不能从命。”

堂吉诃德说:“那么,咱们上马之前我再问问明白:你说打败过堂吉诃德,那堂吉诃德就是我吗?”

镜子骑士说:“这话我们①如此回答:你和我打败的骑士仿佛两个鸡蛋,无分彼此;不过你既说有魔术家在迫害你,那么你是否该骑士正身,尚待验明②。”

堂吉诃德答道:“行了,听你这话就知道你是执迷不悟的,叫咱们的马匹过来吧,让我给你瞧瞧真相。只要上帝保佑,我那位小姐保佑,我的胳膊不辜负我,我用不了你一掀面甲的工夫,就能看见你的面貌,你也可以知道你打败的堂吉诃德并不是我。”

当下两人不再搭话,各自上马。堂吉诃德要退远一段路以便向前冲杀,所以掉转驽骍难得的辔头往远处跑;镜子骑士照样也带转马头朝另一方向跑。可是堂吉诃德没走二十步,听得镜子骑士叫唤;两人都侧过马,镜子骑士对堂吉诃德说:

“骑士先生,别忘了我刚才说定的决斗条件:输家得听候赢家发落。”

堂吉诃德答道:“这个我知道;不过勒令输家做的事不能违

---

① 国王不称“我”而称“我们”。镜子骑士故意套用国王的口吻。

② 镜子骑士故意模仿法院公文的词句。

犯骑士道的规则。”

镜子骑士答道:“这也是讲定的。”

堂吉诃德忽然看见那个侍从的怪鼻子,惊奇得不输桑丘,竟以为那个侍从是怪物或新出现的人种。桑丘不愿单独和大鼻子在一起,怕他用那鼻子一撣,把自己撞倒或吓倒,就此不用打架了。他瞧主人往外跑,就抓住驽骍难得鞍镫上的皮带,跟着一起跑;到他认为该转身回马的时候,就对主人说:

“我的先生,我求您回马冲杀之前,帮我爬上那棵软木树。我在树上瞧您和那位骑士雄赳赳地交锋,比在平地上看起来得劲儿,也看得清楚。”

堂吉诃德说:“桑丘,我却知道你是要隔河看火,免得烧身。”

桑丘答道:“不瞒您说,那侍从的鼻子大得奇怪,我吓得胆战心惊,不敢跟他在一起。”

堂吉诃德说:“果然大得奇怪;我要不是生来大胆,也会害怕的。好,来吧,我帮你爬上这棵树去。”

堂吉诃德帮桑丘爬上软木树的时候,镜子骑士已经跑了一段路,以为够远了,料想堂吉诃德也跑得够远了;他不等号角声或其他信号,就掉转辔头。他那匹马并不比驽骍难得矫健,外表也不相上下。镜子骑士纵马向对方奔驰——其实也不过是跑个快步,忽见对手帮助桑丘上树,就勒住缰绳,半道停下来。他那匹马跑不动了,这来正中下怀。堂吉诃德看见对手飞马前来,忙用马刺狠扎驽骍难得的瘦肚子。据记载,驽骍难得扎得很痛,这一遭居然有点放腿飞跑的意思;因为它向来分明只是踱步。它向镜子骑士急驰而来。镜子骑士也猛踢马肚子，马刺的结子①以下已经全陷在肉里，那匹马却站定了一动不动。他的坐骑既不听摆布，长枪又不顺手，因为他大概不内行或不及措手，没把枪柄架在托子上②。正在这个紧急关头，堂吉诃德已经冲上来了。他并没看到对手的种种麻烦，稳稳当当只顾向前冲。他来势凶猛，镜子骑士身不由己，从马后翻身落地，摔得很重，手脚都直僵僵的，好像是死了。

桑丘看见镜子骑士摔倒，立即从软木树上溜下来，急急赶到主人身边。他主人下了驽骍难得去看镜子骑士，为他解开头盔上的带子，瞧他是否死了，如果没死，好让他透透气。可是奇哉怪哉！说来真叫人不信。据记载，他一看那面貌、神色、眉眼、嘴脸，全和参孙·加尔拉斯果学士丝毫无二，不禁大喊道：

"桑丘啊，快来瞧！你亲眼看见了也不会相信的！快来呀，儿子，看看魔术的法力和魔术家的本领！"

桑丘跑过来，一看见参孙·加尔拉斯果的脸，忙在自己身上画了无数的大小十字③。摔倒的骑士还气息全无，桑丘就对堂吉诃德说：

"我的先生，我主张您不管三七二十一，对这个模样儿像参孙·加尔拉斯果的家伙嘴巴里刺一剑；说不定杀了他就杀了一个和您作对的魔术家。"

堂吉诃德说："你这话不错，'冤家越少越好'④。"

他拔剑在手，打算实行桑丘的主张。这时镜子骑士的侍从

---

① 马刺的上部有个结子，是马刺的尽头，不能再刺得深入。

② 战士铠甲上有个叉形架子，可托住枪柄，承担长枪的部分重量。

③ 据天主教的迷信，这是镇邪驱鬼的。

④ 西班牙谚语。

已经把他的大丑鼻子摘掉,赶来大叫道:

“堂吉诃德先生,您别冒失啊!躺在您脚边的是您的朋友参孙·加尔拉斯果学士;我是他的侍从。”

桑丘瞧他不像先前那么丑了,问他:

“那个鼻子呢?”

那人答道:

“在我这衣兜儿里。”

他伸手从右边衣袋里拿出一个硬纸涂上油漆充面具的鼻子,那式样上文已形容过了。桑丘对那人看了又看,失惊打怪地大叫道:

“圣玛利亚保佑我吧!这不是我街坊上的老朋友托美·塞西阿尔吗?”

那个脱掉了大鼻子的侍从答道:“我就是啊!桑丘·潘沙老友,我正是托美·塞西阿尔呀。我怎么上当受骗跑到这里来,待会再告诉你;现在请你求求你的东家先生,对他脚边的镜子骑士别碰、别打、别伤、别杀,因为他确实是咱们村上那位错打了主意的冒失鬼、参孙·加尔拉斯果学士。”

镜子骑士这时苏醒过来。堂吉诃德看见他已经苏醒,就把明晃晃的剑指在他脸上说:

“骑士,杜尔西内娅·台尔·托波索是天下第一大美人,压倒了你的卡西尔德雅·台·万达莉亚!这话你如果不承认,马上就叫你死!还有一件事:如果你这番打架摔跤没送掉性命,你得到托波索城里去,代我拜见那位小姐,听候她发落;如果她随你自便,你得回来把拜见她的情况向我一一回报。我这一路前去,所作所为,都留下踪迹,你可以跟踪跑来找我。我说的这些条件是咱们决斗前讲定的，都符合骑士道的规则。”

跌倒的骑士说：“我承认杜尔西内娅·台尔·托波索小姐的破鞋子、脏鞋子比卡西尔德雅乱蓬蓬的干净胡子还要宝贵。我也答应去拜见你那位小姐，并且照你的吩咐，一一向你回报。”

堂吉诃德补充说：“还有一件事你得心悦诚服。你打败的骑士尽管模样儿和堂吉诃德·台·拉·曼却相仿，却不是他本人，不可能是他本人；正如你尽管模样儿和参孙·加尔拉斯果学士相仿，你不是他，却是另外一个人。我的冤家要遏制我怒气发作的劲头，而且不让我打胜了得意，所以把你变成他的相貌。”

那个手脚不能动弹的骑士说：“你怎么想、怎么判断、怎么感觉，我都依从。这一跤摔得我够狼狈，如果还起得来，请让我起来吧。”

堂吉诃德和自称托美·塞西阿尔的侍从扶他起来。桑丘只顾盯着那个侍从看，一面还盘问他许多话；据他的回答，分明可见他确实是所说的托美·塞西阿尔。可是桑丘听他主人说，魔术家把镜子骑士的脸变成了加尔拉斯果学士的脸，因此横了心对自己亲眼目见的事也不信了。主仆俩终究没明白真相。镜子骑士和他的侍从垂头丧气地和堂吉诃德主仆分手，打算到哪个村镇上敷点外伤药，并且检查一下筋骨。堂吉诃德和桑丘·潘沙依旧取道往萨拉果萨去。这部故事撇下他们俩不提，先交代镜子骑士和他的大鼻子侍从究竟是谁。

第 十 五 章

镜子骑士和他的侍从是谁。

堂吉诃德一路行去,满心欢喜,得意洋洋。他当初以为镜子骑士有天大的本领呢,不料竟是自己手下的败将!而且这个败将如要不失游侠骑士的身份,只好履行诺言,去拜见杜尔西内娅小姐,并回来向自己报告;他由此就可以知道那位小姐是否已经解脱魔法。可是堂吉诃德有他的打算,镜子骑士却另有打算①。镜子骑士这时正如上文所说,一心只想找个地方治伤。据记载,参孙·加尔拉斯果学士当初劝堂吉诃德继续他的游侠生涯是别有用心的。他和神父、理发师等要叫堂吉诃德安安静静待在家里,别出去寻事闯祸,搅得失魂落魄,曾举行过秘密会谈。当时学士出了一个主意,经大家赞同,他们就决定且让堂吉诃德出门,因为看来不让他是办不到的;参孙就扮作游侠骑士半路拦住他,不管找个什么借口去和他决斗,把他打败——他们认为这是很容易的。交手以前,参孙和堂吉诃德讲明,输家得听候赢家发落。充骑士的学士打败了堂吉诃德,就命令他回乡,两年内不得出门,或者听候赢家另有吩咐。堂吉诃德不能违反骑士道的规则;他打败了就没什么说的,只好低头听命。也许他在家待了一

---

① 西班牙谚语:“栗色的马有它的打算,而为它套鞍辔的人又另有打算。”

程，脑袋里那套幻想会消失；或者在这期间，他们会找到合适的办法来治他的疯病。

加尔拉斯果承担了他的使命。桑丘·潘沙的街坊和老友托美·塞西阿尔是个爱逗乐儿的机灵人；他自告奋勇，充当了加尔拉斯果的侍从。参孙披了上文说的那套武装，托美·塞西阿尔把上文形容的那个假鼻子安在脸上，免得给老朋友识破；两人就跟踪而来。堂吉诃德碰到死神那辆板车的时候，他们俩已经快赶上了。他们四人后来在树林里相逢的种种情节，细心的读者都已读到了。要不是堂吉诃德异想天开，以为学士不是学士，这位学士先生就一辈子休想成为硕士了，因为他以为有麻雀的地方，并没有麻雀的窝儿①。托美·塞西阿尔瞧他主人打错算盘，出门讨了这场没趣，就对学士说：

"参孙·加尔拉斯果学士先生，咱们实在是活该。一件事想来容易，开手容易，可是成功往往不容易。堂吉诃德是疯子，咱们是头脑灵清的；他毫无损伤，欢欢喜喜地走了，您却受了伤，垂头丧气。自己做不了主的疯子和自愿充当的疯子，到底哪个更疯；咱们现在可以知道了。"

参孙答道：

"两种疯子有个不同：自己做不了主的疯子永远是疯的；自愿充当的疯子不愿意发疯就不疯了。"

托美·塞西阿尔说："照这么说，我做您的侍从是自愿发疯；现在我不愿再疯，要回家去了。"

参孙道："这是你的事。我要不能把堂吉诃德一顿棍子打

① 西班牙谚语。

得浑身青紫,你休想叫我回家。我现在不是去治他的疯病,却是找他报复了。我肋骨痛得厉害,不容我再发慈悲。”

两人谈谈说说,到了一个镇上,碰巧找到一个接骨大夫,给倒霉的参孙治好了伤。托美·塞西阿尔就回家去,撇下参孙还在那里想法报复。这件事到时自有分晓,咱们这会儿且和堂吉诃德一起快活快活再说。

第十六章

堂吉诃德遇到一位拉·曼却的高明人士。

堂吉诃德继续走路,像上文说的那样忻忻得意,不可一世。他觉得自己打了这一场胜仗,就算得当代最英勇的游侠骑士了;今后再有什么冒险,拿定都会马到成功。他把魔术家和魔术全不放在眼里;他当游侠骑士以来数不清的一次次挨打呀,成阵的石子砸掉他半口牙齿呀,那群囚徒没良心呀,杨维斯人撒野、把木桩拦头乱打呀——这种种他都忘得一干二净。他暗想只要找到诀窍去破掉杜尔西内娅小姐着的魔法,就万事大吉;古代最幸福的游侠骑士享有天大的好运他也不羡慕。他一路走,只顾这么盘算。桑丘忽开口说:

“先生,您说怪不怪,我老友托美·塞西阿尔那个奇形怪状的大鼻子,这会儿还在我眼前呢。”

“桑丘,你难道真以为镜子骑士就是加尔拉斯果学士,他那侍从就是你的老友托美·塞西阿尔吗?”

桑丘答道:“我不知道该怎么说。我听他讲我家老婆孩子的情况,不是他本人就说不上来。他脸上去了那个鼻子就活脱儿是托美·塞西阿尔。我和托美同住在一个村上,两家只隔着半堵墙,经常见面的。而且说话的声调也完全一样。”

堂吉诃德答道:“桑丘,我和你讲个道理。你想想,参孙·加尔拉斯果学士为什么当了游侠骑士,全副武装来和我决斗呢?难道我是他的冤家吗?我什么事招了他的嫌恨吗?我又不和他竞争,他也不是我同行;我靠武艺出了名,他何必忌妒呢?”

桑丘答道:“先生,不管那位骑士是谁,他和加尔拉斯果学士一模一样,他的侍从和我老友托美·塞西阿尔也一模一样,这是什么道理呢?假如照您说是魔法,那么,为什么不像别人,只像他们俩呀?”

堂吉诃德答道:“这都是魔术家和我捣乱的诡计。他们预知这场决斗是我胜,就做好安排,让打败的骑士变成我朋友加尔拉斯果学士的相貌。我一看是自己的朋友,手就软了,剑也刺不下去了,心上的火气也息了;那个阴谋图害我的家伙就保全了自己的性命。桑丘啊,假如你不信,只要想想,才两天前,你亲眼看见绝世美人杜尔西内娅容光焕发,我却看见个粗蠢的乡下姑娘,眼圈上结着眼屎,嘴里臭气熏人。可见魔术家要改变人的相貌,美变丑,丑变美,非常容易,这是你亲身经历的,决不会弄错。那刁钻的魔术家既然敢玩弄这样恶毒的戏法,他假借参孙·加尔拉斯果和你老友的相貌来剥夺我得胜的光荣,就一点不稀奇。不过随他把我冤家变成什么样儿,我反正是打败了他,这是我可以自豪的。”

桑丘说："真情实况上帝反正都知道。"

他明知杜尔西内娅变相是他自己捣的鬼，所以他主人的幻想不能折服他。可是他也不愿多说，免得说溜了嘴露马脚。

这时有个旅客骑着一匹很漂亮的灰褐色母马，从后面赶来。这人穿一件镶着棕黄丝绒边的绿哔叽外套，戴一只棕黄的丝绒便帽；马匹是出门的装配，短镫高鞍，也全是棕黄和绿色的；金绿色的宽背带上挂一柄摩尔弯刀，高统靴的软皮帮子和肩带上扎的是一式的花纹；马刺并不镀金，却漆成绿色，油亮光洁，和他的衣服都是一水儿的绿色，看来比纯金打的还漂亮。这位旅客赶上他们，客客气气打个招呼，就踢着他那匹母马往前跑。堂吉诃德说：

"绅士先生，您如果和我们是同路，又不必赶路，我希望能和您结个伴儿同走。"

那旅客答道："老实说，我是怕我的母马搅扰了您的马，所以急急往前赶。"

桑丘插嘴道："先生，您放心勒住马吧，我们这匹马是世界上最老成、最规矩的；碰到母马从来不要流氓。它只有一次不老实，我主人和我为它吃了大苦头。我再说一遍，您如果愿意，不妨慢着走。即使把您的马扣合在两只盘子里送上来①，我们这匹马也决不会伸过鼻子闻一闻。"

那位旅客勒住马仔细打量堂吉诃德。堂吉诃德没戴头盔，头盔由桑丘当皮包那样挂在灰驴的驮鞍前面呢。绿衣人端详堂吉诃德，堂吉诃德更是目不转睛地端详那绿衣人，觉得他不是个

---

① 精致可口的好菜，防香味流溢，上菜时扣合在两只盘子里。

平常人物。他年纪五十上下，还没几茎白头发，鹰嘴鼻，看来和悦又庄严；反正从他的服装气派，可见是个有身份的人。绿衣人觉得堂吉诃德·台·拉·曼却稀奇古怪：脖子那么长，身材那么高，面黄肌瘦，全身披挂，再加他的神情态度都是这一带多年没见过的。堂吉诃德明知这位旅客在仔细看他，也瞧透对方这副诧异的神色。他向来对谁都热和，所以不等人家问，就说：

"我这副模样很新奇别致，怪不得您看了诧异。不过我告诉您，我是一个

跨上坐骑，
冒险探奇①

的游侠骑士。您听了这话就明白了。我离开了家乡，抵押了家产，抛弃了舒服的生活，把自己交托给命运，由它摆布。我是要重振已经衰亡的骑士道。我奉行游侠骑士的职务，援助孤儿寡妇，保护已婚、未婚的女人和小孩子，虽然好多天以来东磕西绊，这里摔倒，那里又爬起来，我的志愿总算完成了大半。我干了这许多又勇敢又慈悲的事，人家认为值得写在书上，遍传世界各国。我那部传记已经印出三万册了，假如上天许可，照当前这个趋势，直要印到三千万册呢！一句话，我干脆说吧，我是堂吉诃德·台·拉·曼却，别号哭丧着脸的骑士。尽管自称自赞，适见其反②，有时没旁人替我说话，不得已只好自我介绍一番。绅士先生，您知道了我是谁，干的是哪一行，以后再看见我这匹马、这支枪、这面盾牌、这位侍从、我这一身盔甲、我这黄黄的脸色

① 这是当时歌谣里的句子。
② 西班牙谚语。

和瘦长的身材,就不会奇怪了。”

堂吉诃德不再多说。绿衣人还直发怔,好像答不上话来。他过了一会才道:

“骑士先生,您猜透我为什么见了您诧异,可是您并没有打消我这点诧异。照您说,知道您是谁就不会奇怪。可是,先生,您错了;我现在知道了反而越加奇怪呢。现在世界上还会有游侠骑士吗?还会出版真实的游侠骑士传吗?我不能设想当今之世,谁会去援助孤儿寡妇,保护已婚、未婚的女人和小孩子;要不是亲眼看见了您,我还不相信呢!现在盛行胡诌的骑士小说,真是伤风败俗,并且害得读者对信史也不信了。谢天谢地,您说的那部书上记载着您那些高贵而真实的游侠事业,我但愿您那部传记能把千千万万胡诌的骑士小说一扫而空。”

堂吉诃德道:“骑士小说是否胡诌,还大可商榷。”

绿衣人说:“难道还有谁不信是假的吗?”

堂吉诃德说:“我就不信。不过这句话以后再讲吧。有人一口咬定骑士小说里写的不是真事;您不该和他们一般识见。如果咱们还要同路走一程,我希望上帝保佑,能说得您明白。”

那旅客听了堂吉诃德这几句话,料定他是疯子,准备再听他几句就可以拿稳。可是他们没谈下去。因为堂吉诃德交代了自己的生平和情况,要求旅客也讲讲。绿衣人答道:

“哭丧着脸的骑士先生,我是个绅士,住在前面村上;如果上帝保佑,咱们今天就能到那儿吃饭去。我名叫堂狄艾果·台·米朗达,家里很富裕;我守着老婆孩子和几个朋友过日子,每天无非打猎钓鱼。不过我不养老鹰和猎狗,只有一只驯良的竹鸡，和一头凶猛的白鼠狼①。我有七十多本西班牙文和拉丁文的书；历史之外，多半是宗教著作；骑士小说从没进过我的家门。我经常翻阅的不是宗教著作，而是那种文笔优美、故事新奇、可作正当消遣的书；不过这类书西班牙很少见。我有时到街坊或朋友家吃饭，也常常还请他们。我待客的饭菜很精洁，从来不吝啬。我不爱背后议论人，也不让人家当着我议论别人。我不刺探别人的生活，不是自己的事就不去追究。我每天望弥撒，抽出一份家产周济穷人，做了好事不自吹自卖，免得成为专做表面文章的伪君子或沾沾自喜的小丈夫；这两种毛病很容易犯，该特别小心防止。我如果知道谁与谁不和，就设法为他们调解。我虔信圣母，一心依靠天主的大慈大悲。”

桑丘仔细听那位绅士讲他的身世和日常生活，觉得这种心肠好而又虔信上帝的圣人，准会显神通、创奇迹②。他跳下灰驴，赶去拉住绅士的右脚镫，一片至诚，简直噙着眼泪，连连亲吻绅士的脚。绅士瞧他这样，问道：

“老弟，你这是干吗？你行这个大礼是什么意思呀？”

桑丘答道：“让我吻您的脚吧，我觉得您是一位骑在马上的圣人，我这一辈子总算开了眼界。”

绅士说：“我不是圣人，我的罪孽多着呢。老弟，你这样实心眼儿，可见你自己是好人。”

桑丘重又上驴，惹得他主人那张忧郁的脸也绷不住笑出来；堂狄艾果越觉诧异。堂吉诃德问堂狄艾果有几个孩子，又说古

① 驯良的竹鸡是用来诱捕野鸟的；白鼠狼即白鼬，善捕兔。

② 中世纪天主教徒的迷信，以为成了圣人就能创造奇迹。

代哲学家不知有上帝，以为人生的至善就是天赋厚、运气好，有许多朋友和许多好儿子。

绅士答道："堂吉诃德先生，我有一个儿子；假如没这个儿子，也许福气更好。他不是不好，只是不合我的指望。他现在十八岁，在萨拉曼咖大学攻读拉丁文和希腊文已有六年了。我希望他钻研学问，他却只爱读诗——诗也算得一门学问吗？我要他学法律，可是怎么也没法叫他下这个工夫；神学是一切学问的根本，他也不感兴趣。现在国家厚赏品学兼优的人——因为有学无品，就是珍珠嵌在粪堆里；我希望我的儿子读了书可以光耀门庭。可是他呢，整天只讲究荷马《伊利亚特》里某一行诗写得好不好，马西阿尔①的某一警句是否猥亵，维吉尔的某几行诗该怎么解释。反正他读的无非以上那几个诗人和霍拉斯、贝尔修②、朱文纳尔③、悌布鲁④等人的著作。他瞧不起现代西班牙文的作品。不过他尽管不喜欢西班牙文的诗，目前正根据萨拉曼咖寄来的四行诗专心一致地作一首逐句铺张诗⑤，看来是要参加什么诗会。"

堂吉诃德听了这一席话，答道：

"先生，孩子是父母身子里掏出的心肝，不论好坏，父母总当命根子一样宝贝。父母有责任从小教导他们学好样，识大体，养成虔诚基督徒的习惯，长大了可以使双亲有靠，为后代增光。

---

① 古罗马一世纪时的讽刺诗人，文笔往往猥亵。

② 古罗马讽刺诗人（34—62），喜用典故，文笔非常晦涩。

③ 古罗马最著名的讽刺诗人（42—125）。

④ 古罗马皇帝（14—37 在位），也是修辞家和诗人，所作诗文皆已失传。

⑤ 逐句铺张诗（glosa），西班牙特殊的诗体。参看本书 141 页注①。

至于攻读哪一学科,我认为不宜勉强,当然劝劝他们也没有害处。假如一个青年人天生好福气,有父母栽培他上学,读书不是为了挣饭吃,那么,我认为不妨随他爱学什么就学什么。有些本领,学会了有失身份;诗虽然只供人欣赏而不切实用,会作诗却无伤体面。绅士先生,我觉得诗好比一个美丽非凡的娇滴滴的小姑娘:其他各门学问好比是专为她修饰装扮的一群使女,都供她使用,也都由她管辖。可是对这样一位姑娘不能举动轻薄,不能拉她到大街上去,不能把她送上广场或收入深宫供人鉴赏。诗是用精致的手法千锤百炼制作出来的;大作家的诗好比无价的精金。会作诗的人也该有克己功夫,不滥写粗鄙的讽刺诗或颓废的抒情诗。除了史诗、可歌可泣的悲剧或轻快伶俐的喜剧,其他各体的诗绝不是为卖钱而写作的。油腔滑调的人,不能领会诗中真意的庸夫俗子,都不配和诗打交道。先生,您别以为我说的庸夫俗子专指平民或卑贱的人;凡是没有知识的,尽管是王公贵人,都称为凡夫俗子。如果照我提的这些要求专心学诗,就可以成名,受到全世界文明国家的敬重。您说您的儿子瞧不起西班牙语的诗,先生,我认为这是不大对的。请听我的道理:伟大的荷马不用拉丁文写作,因为他是希腊人;维吉尔不用希腊文写作,因为他是罗马人。一句话,古代诗人写作的语言,是和母亲的奶一起吃进去的;他们都不用外国文字来表达自己高超的心思。现在各国诗人也都一样。德国诗人并不因为用本国语言而受鄙薄;西班牙诗人,甚至比斯盖诗人,也不该因为用本国语言而受鄙薄。不过照我猜想,先生,您儿子不喜欢的也许不是西班牙语的诗,而是那种土包子诗人;他们不通外文,也没有学问可以辅佐天才。不过即使如此,您儿子还是错了。诗才是天生的，这是颠扑不破的道理。因此有天才的人，一出娘胎就是诗人。他单靠天赋，不用学问和技巧，写出诗来就证明‘我们心里有个上帝……’①。我还有个说法：天才加上技巧和功夫，就造诣更高，比单靠技巧的好。人工的技巧，不如天赋的才情；不过可以补天才之不足。十全的诗人是天赋和人工配合而成的。绅士先生，我的话千句并一句，无非劝您让您儿子随着命运的指使，走自己的路。他想必很好学，而且对希腊和拉丁文已经好好打下基础；有这点底子，再加一把力，在文学界就可以登峰造极了。披长袍、挂宝剑的绅士能有文学上的成就，那是很体面的；好比主教加冕、法官披袍一样光彩。假如您儿子作讽刺诗毁坏人家名誉，您可以训斥他，撕掉他的诗。如果他像霍拉斯那样嘲笑一切罪恶，笔下也那么文雅，您就该称赞他。诗人戒人忌妒，作诗指斥嫉贤妒能的人，那是可以的。他也可以讥笑其他罪恶，只要不提名道姓。不过有些诗人宁可冒流放庞托岛②的危险，还是要骂人。品行纯洁的诗人，写的诗也一定纯洁。文笔是内心的喉舌；心上想什么，笔下就写出来。作者有才有德，诗笔通神，就会得到国君的尊重，名利双收，还能桂冠加顶。相传天雷不打桂树；诗人有幸戴上桂冠，就表示谁也不能碰他了。”

绿衣人听了堂吉诃德这番议论，钦佩之至，不再把他当作疯子了。当时附近有几个牧羊人在那里挤羊奶；桑丘不耐烦听绿衣人和堂吉诃德说话，就跑去问牧羊人要些羊奶。绿衣人对堂

---

① 这是引用古罗马奥维德诗“est Deus in nobis……”，见长诗《日历》（*Fastos*）。

② 古罗马诗人奥维德晚年被奥古斯陀大帝流放到庞托岛附近的边疆地区，但不是因为骂人。

吉诃德的头脑和识见十分倾倒,打算再跟他谈谈。可是堂吉诃德一抬头,忽见路上来了一辆大车,上面插满了国旗。他以为又出现了奇事,就大声喊桑丘拿头盔给他。桑丘听得叫喊,忙撇下牧羊人,踢着灰驴赶回来。他主人这番是遇到奇险了。

第十七章

堂吉诃德胆大包天,和狮子打交道圆满成功。

据记载,堂吉诃德喊桑丘拿头盔给他的时候,桑丘刚向牧羊人买了些乳酪。他听主人催唤得紧,慌了手脚,不知把乳酪往哪里装;钱已经付了,舍不得扔下乳酪。他忽想到主人的头盔可以盛东西,就把乳酪装在里面,回去瞧他主人有何吩咐。他主人等他跑来,说道:

"朋友,快把头盔给我;马上要有事了,我得武装起来。如果我没料准,我就不是个冒险的行家!"

穿绿衣人听了这话,放眼四看,只见一辆大车向他们行来,车上插着两三面小旗①。他料想这是给皇家解送钱粮的车,就把这意思告诉堂吉诃德。可是堂吉诃德总以为自己碰到的是一

① 有人认为塞万提斯行文草率,上一章说买羊奶,这里却说买乳酪;上一章说"车上插满了旗子",这里却说"车上插着两三面小旗"。但卖羊奶处也卖乳酪;"车上插满了旗子"是堂吉诃德眼里看到的,而穿绿衣的绅士只见两三面小旗。

桩又一桩的奇事险事,听了并不相信,他说:

“胸有成算,获胜已半①;我早做戒备决不吃亏。因为我亲身体验到:我的冤家有的是显形的,有的是隐身的;而且我也拿不定他们在什么时候、什么地方、找什么机会、变成什么模样来攻击我。”

他就转身问桑丘要那头盔。桑丘不及倒出乳酪,只好把盛着乳酪的头盔交给主人。堂吉诃德接过来,也没瞧见里面的东西,急匆匆往头上一合。乳酪一经压挤,浆汁沿着堂吉诃德的脸和胡子直淌下来。他大吃一惊,对桑丘说:

“桑丘,这是怎么回事儿?我觉得我这个脑袋烂了,或是脑子溶化了,或是汗从脚底直冒到头上来了。假如是汗,那就绝不是吓出来的,尽管咱们这会儿遭到的事很可怕。你有什么东西给我擦擦汗吗?这么多汗,把我眼睛都迷住了。”

桑丘一声不响,拿了一块布给他,一面暗暗感谢上帝,没让他主人看破底细。堂吉诃德擦净了脸,觉得有东西冰着脑袋,脱下头盔一看,里面都是软白块儿;他凑近鼻子闻了闻,说道:

“我凭杜尔西内娅·台尔·托波索小姐的生命发誓,你这里盛的是奶酪呀!你这个作弊捣鬼的混蛋!”

桑丘假作痴呆、慢条斯理地回答说:

“如果是奶酪,您给我吧,让我吃了它——不,还是让魔鬼吃去,因为准是魔鬼放在那里的。我有那么大胆,敢弄脏您的头盔吗?您真是抓到那个胆大的家伙了!我老实告诉您吧,先生,上帝开了我的心窍,我明白了:我是您栽培出来的,又和您连成

---

① 西班牙谚语。

一体，所以魔术家一定也在和我捣蛋呢。他们要您忍不住发起火来，又像往常那样揍我一顿，就故意把脏东西放在您头盔里。可是这回他们实在是枉费心机，我相信主人通情达理，注意到我身边既没有酪，也没有奶，也没有这类的东西；要有的话，我一定吃在自己肚里，不会放在您头盔里。”

堂吉诃德道：“你说得不错，大概是这么回事。”

那位绅士一一看在眼里，都觉得奇怪，尤其是这时候的堂吉诃德。他擦净了头、脸、胡子、头盔，又把头盔戴上，坐稳马鞍，拔松了鞘里的剑，握紧长枪，喊道：

“好，谁要来，来吧！即使和头号的魔鬼交手，我也有这胆量！”插着旗子的大车已经近前来。车上没几个人，只有几头骡子拉车，赶车的骑着当头一匹，另有个人坐在车头上。堂吉诃德跑去拦在车前道：

“老哥们哪儿去？这是什么车？车上拉的是什么东西？车上插的是什么旗？”

赶车的答道：

“这是我的车；车上拉的是关在笼里的两头凶猛的狮子，是奥朗①总督进贡朝廷、奉献皇上的礼物。车上插的是咱们万岁爷的旗子，标明这里是他的东西。”

堂吉诃德问道：“狮子大不大？”

坐在车门前的那人答道：“大得很；非洲运来的许多狮子里，最大的都比不上这两头。我是管狮子的，运送过别的狮子，像这样的我还没见过。这是一公一母，前头笼里是公的，后面笼

① 在阿尔及利亚。

里是母的;两头狮子今天还没喂过,都饿着肚子呢。所以请您让开一步,我们得赶到前头站上去喂它们。”

堂吉诃德听了冷笑道:

“拿狮崽子来对付我吗?挑这个时候,拿狮崽子来对付我!好吧,我凭上帝发誓,我要叫运送它们的两位先生瞧瞧,我是不是害怕狮子的人!老哥,你请下车;你既是管狮子的,请打开笼子,放那两头畜生出来!魔术家尽管把狮子送来,也吓不倒我!你们两位可以在这片野地里瞧瞧我堂吉诃德·台·拉·曼却究竟是个什么样的人!”

那位绅士暗想:“罢了!罢了!我们这位好骑士露了馅了!准是给乳酪泡软了脑袋,脑子发酵了。”

这时桑丘赶来对绅士说:

“先生,请您看上帝分上,想个办法叫我主人堂吉诃德别和狮子打架;不然的话,咱们大家都要给狮子撕成一块块了。”

绅士说:“你怕你主人和那么凶猛的野兽打架呀?你以为他会干这种事吗?他竟疯到这个地步吗?”

桑丘说:“他不是疯,是勇敢。”

绅士说:“我去劝他。”

堂吉诃德正在催促管狮子的打开笼子;绅士赶到他面前,对他说:

“骑士先生,游侠骑士应该瞧事情干得成功才去冒险;决计办不到的事,就不去冒险。勇敢过了头是鲁莽,那样的人就算不得勇士,只是疯子。况且这两头狮子又没来干犯您;它们一点没这个意思啊。那是献给皇上的礼物,拦着不让走是不行的。”

堂吉诃德答道:“绅士先生,您照管您那些驯良的竹鸡和凶猛的白鼠狼去;各人有各人的事,您甭插手。我是干自己分里的事;狮子先生和狮子夫人是不是来找我的,我心里明白。”

他转身向管狮子的人说:

“先生,我对天发誓,要是你这混蛋不马上打开这两个笼子,我就用这支长枪把你钉在车上!”

赶车的瞧这个浑身披挂的怪人固执得很,就说:

“我的先生,请您行个方便,让我先卸下这几头骡,安顿了它们,再打开笼子。我没别的产业,只有这辆车和这几头骡,要是牲口给狮子咬死,我这一辈子就完了。”

堂吉诃德答道:“你真是个没有信心的!下车把骡儿卸下吧;你要干什么,干吧。你回头就知道这都是白费手脚。”

赶车的跳下车,急忙卸下那几匹骡子。管狮子的人就高声叫道:

“在场的各位先生们请做个见证:我开笼放出这两头狮子是迫不得已。我还要警告这位先生:两头畜生闯下的祸,外加我的工资和全部损失,都得归在他账上。各位快躲开吧,我就要开笼了。我是不怕的,狮子不会伤我。”

绅士又劝堂吉诃德别干这种丧心病狂的事去讨上帝的罚。堂吉诃德说,他干什么事自己有数。绅士说他准有误会,劝他仔细考虑。

堂吉诃德说:“好吧,先生,您如果以为我这件事准没好下场,不愿意亲眼看我遭难,您不妨踢动您的灰马,躲到安全的地方去。”

桑丘听了这话,含泪求堂吉诃德别干这种事。他主人从前碰到风车呀,碰到吓坏人的砑布机呀,反正他主人一辈子遭逢的桩桩件件,比了这件事都微不足道了。

桑丘说:“您想吧,先生,这里没有魔术的障眼法。我从笼子门缝里看见一只真狮子的脚爪;一只爪子就有那么大,可见那狮子准比一座山还大呢。”

堂吉诃德说:“你心上害怕,就觉得狮子比半个世界还大。桑丘,你躲开去,甭管我。我如果死在这里,你记得咱们从前约定的话,你就去见杜尔西内娅,我不用再吩咐你。”

堂吉诃德还讲了许多话,显然要他回心转意是办不到的了。绿衣人想拦阻他,可是赤手空拳,敌不过他的武器,而且堂吉诃德明明是个十足的疯子,自己犯不着和疯子打架。堂吉诃德又催促管狮子的人,连声恫吓。当时那位绅士、桑丘和赶车的只好乘狮子还没放出来,各个催动自己的牲口,赶紧逃得越远越好。桑丘深信主人这番要在狮子爪下丧命了,只顾哭,又咒诅自己的命运,怪自己千不该、万不该再出门当侍从。他一面自嗟自怨,一面不停手地打着他的灰驴往远处跑。管狮子的瞧那一群人都已经跑得老远,就对堂吉诃德再次来一番警告。堂吉诃德说,这些话他听过了,不用再提,枉费唇舌;他只催促快把笼门打开。

堂吉诃德乘管狮子的还没开笼,盘算一下,和狮子步战还是马战。他防驽骍难得见了狮子害怕,决计步战。他就跳下马,抛开长枪,拔剑挎着盾牌,仗着泼天大胆,一步一步向大车走去,一面虔诚祈祷上帝保佑,然后又求告杜尔西内娅小姐保佑。本书作者写到这里,不禁连声赞叹说:“堂吉诃德·台·拉·曼却啊!你的胆气真是非言语可以形容的!你是全世界勇士的模范!你可以和西班牙骑士的光荣、堂玛奴艾尔·台·

雷翁①先后比美！我哪有文才来记述你这番惊心动魄的事迹呢？叫我怎样写来才能叫后世相信呢？我竭力尽致的赞扬，也不会过分呀。你是徒步，你是单身；你心雄胆壮，手里只一把剑，还不是镌着小狗的利剑②；你的盾牌也不是百炼精钢打成的；你却在等候非洲丛林里生长的两头最凶猛的狮子！勇敢的曼却人啊，让你的行动来显耀你吧！我只好哑口无言，因为找不出话来夸赞了。”

作者的赞叹到此为止，言归正传。管狮子的瞧堂吉诃德已经摆好阵势，他如果不打开狮笼，这位威气凛凛的骑士就要不客气了。他就把前面笼子的门完全打开；里面是一头公狮子。那狮子大得吓人，形状狰狞可怕。它原是躺在笼里，这时转过身，撑出一只爪子，伸了一个懒腰；接着就张开嘴巴，从容打了一个大呵欠，吐出长有两手掌左右的舌头来舔眼圈上的尘土，洗了个脸；然后把脑袋伸出笼外，睁着一对火炭也似的眼睛四面观看，那副神气，可以使大勇士也吓得筋酥骨软。堂吉诃德只是目不转睛地看着它，专等它跳下车来相搏，就把它斫成肉丁。

他的疯劲儿真是破天荒的。可是那只气象雄伟的狮子并不摆架子，却彬彬斯文，对胡闹无理的冒犯满不在乎。它四面看了一下，掉转身子把屁股朝着堂吉诃德，懒洋洋、慢吞吞地又在笼里躺下了。堂吉诃德瞧它这样，就吩咐管狮子的打它几棍，叫它发了火跑出来。

管狮子的人说：“这个我可不干，我要惹火了它，我自己先

---

① 这位骑士走入狮槛拾取手套事，见上部495页注①。

② 托雷都和萨拉果萨的铸剑名手胡良·台尔·瑞（Julián del Rey）铸造的宝剑上镌着一只小狗作为标志。

就给它撕成一片片了。骑士先生,您刚才的行为真是勇敢得没法儿说;您这就够了,别把坏运气招上身来。笼门敞着呢,狮子出来不出来都由得它;不过它这会儿还不出来,那就一天也不会出来了。您的盖世神威已经有目共睹,依我说,决斗的人有勇气挑战,有勇气出场等待交手,就是勇敢透顶;对方不出场,那是对方出丑,胜利的桂冠就让那个等待交手的人赢得了。"

堂吉诃德说:"这话不错。朋友,把笼门关上吧。我还请你做个见证,把你这会儿亲眼看见我干的事,尽力向大家证实一番:就是说,你放开了狮子,我等着它出来;它不出来,我还等着;它还是不出来,又躺下了。我该做的都已经做到;魔术家啊,滚开吧!上帝庇佑正道和真理!庇佑真正的骑士道!现在你照我的话关上笼子,我就去招呼逃走的人,让他们从你嘴里,听听我这番作为。"

管狮子的如言办理。堂吉诃德把他擦脸上乳浆的布系在枪头上,召唤逃跑的人回来。他们一群由绅士押后,还只顾逃跑,一面频频回头来看。桑丘忽见白布的信号,说道:

"我主人一定降伏了那两头猛兽!不信,我死给你们看!因为他在喊咱们呢。"

他们都停下,看见打信号的确是堂吉诃德。他们胆壮了些,慢慢往回走;后来听清了堂吉诃德的呼喊,就回到大车旁边来。堂吉诃德等他们到齐,对赶车的说:

"老哥,你重新驾上骡子,照旧走你的路吧。桑丘,拿两个金艾斯古多给他和管狮子的;我耽搁了他们,这就算是赔偿他们的。"

桑丘说:"这钱我给得甘心情愿。可是那两头狮子怎么了?

打死了吗？还是活着呢？”

管狮子的就一五一十细讲那场决斗怎么结束的。他极力夸赞堂吉诃德的胆量，说狮子见了他害怕，尽管笼门好一会子大开着，却不肯出来，也不敢。他还说：这位骑士要惹狮子发火，逼它出来；他告诉骑士那是招惹上帝生气，骑士不得已，勉强让他关上了笼门。

堂吉诃德说：“桑丘，你听见了吧？怎么样？魔术家敌得过真正的勇士吗？他们可以夺掉我的运气，可是我的力气和胆气是夺不掉的。”

桑丘付了钱，赶车的驾上骡；管狮子的吻了堂吉诃德的手谢赏，还答应等上朝见了皇上，一定把这件英勇的事迹亲向皇上禀告。

“万一皇上问是谁干的这件事，你可以说，是‘狮子骑士’。我向来称为‘哭丧着脸的骑士’，以后要改称‘狮子骑士’了。我本来是沿袭游侠骑士的老规矩；他们可以瞧情况随意改换称号。”

那辆车自奔前程；堂吉诃德、桑丘和绿衣人也照旧赶路。

这时堂狄艾果·台·米朗达一言不发，全神专注地观察堂吉诃德的言行，觉得这人说他高明却很疯傻，说他疯傻又很高明。他还没听说过堂吉诃德的第一部传记；如果读过，就会了解他是什么样的疯，对他的言谈举止也就不会惊讶了。那位绅士既然没读过那本书，就把堂吉诃德一会儿看作有识见，一会儿又看作疯子；因为他说起话来通情达理，谈吐文雅，讲来头头是道，而他的行为却莽撞胡闹，荒谬绝伦。绅士暗想：“他把盛满乳酪的头盔戴在头上，以为魔术家烂掉了他的脑袋，还有比起这来更疯傻的吗？他竟要去和狮子搏斗，还有比起这来更鲁莽荒谬的吗？”他心里正在捉摸推敲，堂吉诃德忽对他说：

“堂狄艾果·台·米朗达先生，您一定以为我是个荒谬的疯子吧？这也怪不得您，因为据我的行为，我不是荒谬的疯子又是什么呢？可是我希望您能看到，我并不像自己表现的那么疯傻。一位勇敢的骑士在斗牛场上，当着国王，一枪刺中凶猛的公牛；他是体面的。节日比武的时候，骑士披着鲜亮的铠甲，在贵夫人小姐们面前驰骋入场，也是体面的。各种武术演习可供朝廷的娱乐，也可以炫耀国王的威力，参加的骑士们全都体面。可是游侠骑士在荒野里，大路上，出山入林，探奇冒险，立志完成自己的事业，图个万世流芳；他这就压倒了以上那些骑士，比他们更体面。我认为游侠骑士在荒野里援助一个寡妇，比朝廷上的骑士在城市里伺候一位姑娘更有体面。骑士各有专职。朝廷上的骑士有许多事应该做到。他伺候夫人小姐；穿了漂亮的礼服为皇家点缀门面；家里好饭好菜养活一批破落绅士①；他安排比武，带领演习②；他还得有高贵慷慨的气派，尤其得做个好基督徒。他能这样，就算称职。可是一个游侠骑士得走遍天涯海角，经历险阻艰难，常人办不到的事，他得随时随地挺身担当。他在荒山野地，大暑天在骄阳里受晒，大冬天在风雪里挨冻，他不怕狮子，不怕妖魔，不怕毒龙，却要把这些坏东西找出来，和它们决

---

① 西班牙在十六世纪中叶，美洲新大陆发现后，富贵人家都用黑人做奴隶，穷绅士就失去了一项职业。

② 比武（justa）是骑士一对一比赛武艺，使用的武器是钝头的枪。演习（torneo）是骑士分两队对打，可以不骑马而步战，用枪，剑或斧作武器。十七世纪初叶比武之风犹存，演习之风已废，因为死伤率很大。

战，把它们一一征服；这是他的本行，他的主要任务。我既然有幸充当了一名游侠骑士，见到自己分内的事就不该回避。我明知和狮子搏斗是鲁莽透顶的，可是正是我该做的事呀。我知道鲁莽和懦怯都是过失；勇敢的美德是这两个极端的折中。不过宁可勇敢过头而鲁莽，不要勇敢不足而懦怯。挥霍比吝啬更近于慷慨的美德，鲁莽也比懦怯更近于真正的勇敢。堂狄艾果先生，关于这种冒险的事啊，您不妨听我的话：同样是输，少打一张牌不如多打一张，宁可让人家说'某某骑士鲁莽冒失'，不要落到个'某某骑士胆小懦怯'的品评。"

堂狄艾果答道："哎，堂吉诃德先生，您的言行举动都合情合理。我看游侠骑士的法则都保存在您心里呢；世上如果已经失传，问您就知道。时候不早了，咱们赶紧一步，到我家庄子上去歇歇吧。您刚才干的事尽管不用体力，究竟耗损精神，到头来身体还是劳累的。"

堂吉诃德说："堂狄艾果先生，多谢您好意邀请，我荣幸得很。"

他们催动坐骑，午后两点到了堂吉诃德称为"绿衣骑士"的堂狄艾果的庄上。

第十八章

堂吉诃德在绿衣骑士庄上的种种趣事。

堂吉诃德看堂狄艾果的住家是个宽敞的庄子。大门口的门额虽然用粗石头砌成，却镌着家徽。院子里有个储放酒坛的棚子；地窖开在进门的过道里①；四处堆放着许多酒坛子。这东西是托波索的特产，堂吉诃德睹物思人，记起了那位着魔变相的杜尔西内娅。他长叹一声，情不自禁地高吟道：

“曾使我赏心乐意的东西，
如今看了只能追忆伤心！②

对着这些托波索的坛子，不禁想起了使我辛酸苦辣的甜蜜姑娘！”

堂狄艾果的妻子和儿子一起出来招待；那个大学生兼诗人的儿子已把堂吉诃德这番话听在耳里。母子俩瞧他奇形怪状，都很惊讶。堂吉诃德下了驽骍难得，彬彬有礼地请女主人伸手给他亲吻。堂狄艾果说：

“太太，这位是堂吉诃德·台·拉·曼却先生，他是世界上智勇双全的一位游侠骑士，你得好好款待。”

那位太太名叫堂娜克利斯蒂娜，她对堂吉诃德很和气也很殷勤。堂吉诃德对答合礼，照样又和那大学生应酬一番。那大学生听他的谈吐，觉得他通达人情，头脑也很清楚。

原作者在这里细述堂狄艾果家的布置，把乡间富户的陈设一件件形容。译者把这些琐屑一笔勾销了。故事重在真实，不用烦絮。

他们把堂吉诃德让到一间屋里，桑丘替他脱下盔甲。他身上只剩一条大裤腿的裤子，一件沾满铁锈的麂皮紧身。他的衬

---

① 曼却地方的房子一般都是这种构造。棚里安放本年的新酒；地窖储藏装瓶的酒和装罐的蜜饯等物。

② 引用西班牙诗人加尔西拉索十四行诗集里第十首的一二行。

衣是翻领，像学生装的式样①；领子没上浆，也不镶花边；脚上穿一双浅黄色的软皮靴，套在外面的硬皮鞋上打着蜡②。他把剑挂在海狗皮的肩带上，因为据说他多年来腰上有病③。他外面披一件好料子的灰褐色大氅。他首先要了五六大桶的水冲洗头脸，洗下来的水还是乳白色的。这都承馋嘴佬桑丘的情，买了那些倒霉的乳酪，把他主人染得那么白。堂吉诃德穿了刚才说的那套衣服，潇洒悠闲地步入另一间屋；那位大学生在那里陪着他，打算和他聊聊，等着开饭。女主人堂娜克利斯蒂娜因有贵客光临，要隆重款待，显显她家的气派，正忙着备饭。

堂狄艾果的儿子名叫堂洛兰索；堂吉诃德脱卸盔甲的时候，他问父亲：

"爸爸，您带回来的客人究竟是什么样的人啊？他的名称和相貌都很怪，又说是游侠骑士，妈妈和我都摸不着头脑呢。"

堂狄艾果答道："孩子，我也不知道该怎么说。不过我告诉你：我看见他干过些疯狂透顶的事，可是他的谈吐却非常高明，竟把他干的傻事都盖过了。你且跟他谈谈，捉摸捉摸他的头脑。你是个乖觉孩子，他到底是高明还是疯傻，你自己瞧吧。我呀，老实说，宁可当他疯傻，不敢当他高明。"

所以堂洛兰索就和堂吉诃德闲聊了一番。堂吉诃德对堂洛兰索说：

---

① 这种翻领和大裤腿的裤子都是西班牙人沿用的窝龙（比利时南部民族）服装。学生比较穷，做不起其他式样的领子。

② 软皮靴是摩尔人穿的，外面套硬皮鞋。塞万提斯的时代擦鞋用脂油，或植物油加水；讲究的用蛋白混上煤烟；堂吉诃德只用蜡擦鞋。

③ 免得挂在腰带上腰里吃重。

“您爸爸堂狄艾果·台·米朗达先生和我说，您才能很高，心思很细，而且是个大诗人。”

堂洛兰索答道：“我也许算得上诗人，要说是大诗人可就没影儿了。我对诗的确很喜爱，也喜欢读好诗，可是我父亲说的大诗人却当不起。”

堂吉诃德说：“您这样谦虚我很赞成，因为作诗的没一个不骄傲，都自命为天字第一号的大诗人呢。”

堂洛兰索说：“例外总有，说不定有个把诗人并不以大诗人自居。”

堂吉诃德说：“那是少有的。据您爸爸说，您正在一心一意地作诗呢；请问，作的什么诗啊？如果是逐句铺张诗，我对这一体略有所知，希望先读为快。假如您参加赛诗会，我劝您争取第二奖，因为第一奖往往是徇私或照顾贵人的。第二奖靠真本领，第三奖其实是第二奖；第一奖呢，其实该是第三奖；这和大学里颁发学位一个样儿①。不过话又说回来，‘第一’究竟是表示出人头地的词儿。”

堂洛兰索暗想：“到此还不能把你当疯子呢；再听下去吧。”

他说：

“我想您一定进过学校；哪些学问是您的专门啊？”

堂吉诃德答道：“我专攻游侠学。这门学问可以和诗学相比，甚至还高出一等呢。”

堂洛兰索道：“我不知道这是什么学问，至今还没听说过。”

堂吉诃德道：“这门学问包罗万象，世界上所有的学问差不

① 塞万提斯在《琉璃学士》(*El licenciado Vidriera*)那篇故事里也申说了这番理论。

多都在里面了。干这一行的，该是个法学家，懂得公平分配公平交易的规则，使人人享有应得的权利。他该是个神学家，有人来请教，就能把自己信奉的基督教义讲解清楚。他该是个医学家，尤其是草药家，在荒山僻野能识别治伤的药草，因为他踪迹所至，往往是找不到人治伤的。他该是个天文学家，看了天象，就能知道一夜已经过了几小时，自己是在什么方位、什么地带。他应该精通数学，因为这门学问是处处都少不得的。宗教和伦理所规定的道德①，游侠骑士都该具备，这且不谈，先从小节说起。他该像‘人鱼’尼古拉斯或尼古拉欧那样善于游泳②；该会钉马蹄铁和修理鞍辔。再说到大的方面吧：他该对上帝和意中人忠贞不贰；该心念纯洁，谈吐文雅，手笔慷慨，行为勇敢，碰到困难该坚韧，对穷人该仁慈；还有一点，他该坚持真理，不惜以性命捍卫。一个真正的游侠骑士，具有这许多大大小小的才能品德。他对这门游侠学，该学而能通，学而能用。堂洛兰索先生，您可以瞧瞧，这种学问难道是一门小玩意儿吗？不能和学院里最高深的课程相比吗？”

堂洛兰索答道：“假如照您这么说，这门学问就比什么别的学问都高了。”

堂吉诃德道：“什么‘假如’呀？”

堂洛兰索说：“我就是说：具有这许多品德才能的游侠骑士从前有过吗？现在还有吗？我不大相信呢。”

堂吉诃德答道：“有句话我说过多少遍了，现在再说一遍

---

① 宗教道德是信仰、希望、仁爱，伦理道德是公正、谨慎、节制、坚韧，通称七德。

② 十五世纪善于游泳的人，能长时间潜伏水里。

吧。世界上多半认为游侠骑士是从来没有的;要他们知道游侠骑士确实古今都有,得上帝通灵显圣,开了他们的心窍才行,我磨破嘴皮子也只是白说,我已经有多次经验了。所以您尽管未能免俗,我这会儿却懒得辩白。我只求上天叫您醒悟,让您知道:游侠骑士在古代多么有用,在现代多么急需。可是这个年头儿,可怜的世人只知道偷懒享乐了。”

堂洛兰索暗想:“我们这位客人溜了缰了。不过他怎么说也是个心胸高尚的疯子;我要是看不到这一点,我就是个鄙俗的笨伯了。”

他们俩只谈到这里,因为开饭了。堂狄艾果问儿子这位客人的头脑究竟如何。他儿子说:

“他疯得一塌糊涂,哪个医生也分析不清他的心思。不过他是一时糊涂、一时灵清的疯子,灵清的时候居多。”

大家吃饭。饭食正像堂狄艾果路上讲的那样又精洁,又丰盛,又鲜美。堂吉诃德特别喜欢他们家非常安静,简直像苦修会的修道院一样。饭罢,向上帝谢过恩,大家洗了手,堂吉诃德就恳切要求堂洛兰索把他参与竞赛的诗念给他听。堂洛兰索说:

“有些诗人心痒痒地爱把自己的诗念给大家听,可是人家请他们念呢,他们又拿腔不肯。我不愿意学那种榜样,我的逐句铺张诗就念给您听吧。这首诗不是指望得奖的,不过是个练习罢了。”

堂吉诃德说:“我有个高明的朋友不赞成作逐句铺张诗耗费神思。他说这种诗从来扣不紧原诗,往往越出原诗的意义;而且格律太严,不准有问句,不准用‘他曾说’‘我要说’等词儿,不准把动词变作名词,不准改动原诗的意义,此外还有种种束手束脚的规律，想必您都知道。”

堂洛兰索道：“说老实话，堂吉诃德先生，我存心要找您的岔子，可是找不到。您像一条鳝鱼那样滑溜得抓不住。”

堂吉诃德说：“我不懂您的话，什么滑溜得抓不住。”

堂洛兰索说：“这话以后再讲吧。现在我先念那四行原诗，再念我铺张的诗①。”

原　诗

　　如能把我的过去转为现在，
而时光从此就静止不变；
或者未来马上在目前实现——
那可望而不可即的未来……！

逐句铺张诗

　　世事的变迁从来没有止息；
命运慷慨地给了我无限幸福，
时过事变，都已成为陈迹，
我的幸福一去不再回复，
无论是一大注或小小点滴。
命运啊，我向你匍匐尘埃，
千年万岁地期望和等待，
求你重新对我施惠开恩，

① 原诗四行，每行八个音节，按abba的次序押韵。逐句铺张诗是把原诗的每一行铺张成十行，第十行叠用原句；每行亦八个音节，每十行按ababa，ccddc的次序押韵，全诗共四十行。这是西班牙十六七世纪盛行的诗体。

我整个身心将鼓舞欢欣，
如能把我的过去转为现在。

　　我不图享受、不求光荣，
不慕财富，不羡高官厚禄，
不想出人头地、得意成功，
只要我惆怅追忆的幸福
重又回来与我朝夕相共。
命运啊，你答应了我这一件，
就止住了我心上的熬煎——
最好是我所盼望的好运
只在刹那间立即来临，
而时光从此就静止不变。

　　我要求的事绝不可能；
流光的奔注岂能拨转方向，
使“已经”又成为“未曾”；
世上哪有这么大的力量
能颠倒今古把这事完成。
时间像奔腾澎湃的急湍，
它一去无还，毫不流连，
所以两种愿望一样痴愚：
或者要当前再回到过去，
或者未来马上在目前实现。

沉溺在疑惑和忧虑之中，
一会儿希望，一会儿又在怕惧，
这样生存和死去有何不同，
还不如毅然决然地死去，
从此摆脱生存难免的苦痛。
我自己就宁愿一死为快，
但这事行来却又有碍，
因为凭我更可靠的直觉，
我活着对未来感到胆怯——
那可望而不可即的未来。

堂吉诃德听堂洛兰索念完这首逐句铺张诗，起身拉住堂洛兰索的右手，嚷道：

“我真要颂赞上天！伟大的少年人啊，全世界诗人该数您第一了！您应该戴上桂冠，而为您加冕的不是什么赛普雷和加埃塔。有位诗人说是这两个地方给他戴上了桂冠，上帝原谅他吧①。如果雅典的那些学院还在，该由它们为您加冕，或者由现在的巴黎大学、波洛尼亚大学和萨拉曼咖大学。假如诗会的裁判们剥夺您的头奖，我求上天叫太阳神用箭射死他们！叫文艺女神永远不进他们家的大门！先生，您的诗才真了不起，我要知道您才情的各个方面，希望您再念一首长行的诗②行吗？”

妙的是堂洛兰索尽管把堂吉诃德看作疯子，却依然爱听他对自己的称赞。哎，恭维真是无往不利、无人不爱的东西呀！堂

① 塞万提斯指1607年去世的诗人李酿·台·李阿萨（Liñán de Riaza）。
② 指每行八音节以上，尤其是每行十一音节的诗。

洛兰索就逃不过它的魅力，欣然应允，又为堂吉诃德念一首十四行诗；这首诗的题材就是比若莫和蒂斯贝恋爱的传说①。

十四行诗

　　这美丽姑娘和比若莫两情相欢，
就在分隔彼此的墙上凿个窟窿；
虽然渠道很小却有奇功妙用，
引得爱神维纳斯特地赶来观看。
　　两人一墙之隔含情脉脉无言，
因为不敢凭声音来传达隐衷；
但魂灵儿一来一往有路可通，
爱情自有办法克服一切困难。
　　可是造物捉弄，偏偏阴错阳差，
这鲁莽的姑娘未能偿愿如意，
却自寻死路成了爱情的牺牲。
　　真是闻所未闻：他们在一把剑下
忽地双双毙命，同在一个墓里
安葬，又同在传说里起死回生。

堂吉诃德听堂洛兰索念完这首诗，说道："我的先生，我真是有幸，在当今千千万万蹩脚的诗人里，见到您这样一位高手的诗人！我凭这首诗的造诣，知道您确是高手。"

堂吉诃德在堂狄艾果家受到很隆盛的款待；他住了四天，向主人告辞说：深感盛情，可是游侠骑士常闲着享福是不行的，他

---

① 参看上部224页注①。

有职务在身,急要去探奇冒险了;听说这地方机会不少呢。他打算在附近盘桓几天,等到了萨拉果萨比武的日子,再到那儿去;反正他走的是必经之路。他听到蒙德西诺斯洞附近的人传说洞里许多怪事,想进去看看;然后再探究一下通称"七湖"的如伊台拉湖发源何地,真正的泉脉在哪里。堂狄艾果父子称赞他这个主意好,又说:他们家有什么他喜欢的,他们都愿奉献;对他这样人品高、职业又高的骑士理该如此。

堂吉诃德和桑丘·潘沙终究要走了。桑丘的懊丧和他主人的高兴正不相上下。他在堂狄艾果家吃饱喝足,称意得很。在荒野挨饿,或者靠干粮半饥半饱的滋味他不愿再尝了。不过他也没办法,只好把自己认为必需的东西尽量塞满粮袋。堂吉诃德临走对堂洛兰索说:

"我有句话不知道跟您说过没有,如果说过,不妨再说一遍。您如果想找捷径一举成名,万人仰望,您只要别作诗,改行做游侠骑士。游侠骑士的道路比诗人的道路还窄,可是您由此一转眼就可以做大皇帝。"

堂吉诃德是否疯子,凭这几句话就可以定下铁案。且听他还有话说:

"我真想带了您堂洛兰索先生一起走,我就可以教您该怎样宽恕弱小,镇压强暴;这都是干我这一行的美德。可是您年纪还小,求学是好事,不便跟我走。我只想对您进一句忠言:您是一位诗人,您如果虚心受益,采纳人家的劝告,您就能享大名。做父母的看不见子女的丑;作者对自己头脑里产生的孩子尤其溺爱不明。"

堂狄艾果父子听堂吉诃德谈话一会儿有理,一会儿糊涂,掺杂一起，而且说来说去，一门心思只是要寻事闯祸，都觉得可怪。宾主表示惜别，女主人也亲自出来送客。堂吉诃德骑上驽骍难得，桑丘骑上灰驴儿，一起动身走了。

第十九章

多情的牧人和其他着实有趣的事。

堂吉诃德离开堂狄艾果家的村子没走多远，碰到两个教士或大学生装束的人①和两个老乡，四人都骑着驴。一个大学生用绿麻布包袱充提包，里面兜的好像是白色细毛料②的衣服和两双毛线袜子。另一个大学生只拿着两把击剑用的黑剑③，还是簇新的，上面都套着皮头套子④。两个老乡带着大包小裹，看来是从大城市里买了带回自己村里去的。那四人碰见堂吉诃德，也和别人初次见到他一样吃惊，急要知道这个怪人是谁。堂吉诃德招呼了他们，听说是同路，就要和他们结伴，请他们放慢驴子，免得自己的马跟不上。他不等人家问，就三言两语报道了姓名职业，说自己是四处探奇冒险的游侠骑士，名叫堂吉诃德·

---

① 教士是大学毕业生当的，和大学生服装相同，都穿长袍。

② 原文 grana 是一种细毛料，通常是暗红色，也有白色或紫色等，曼却人常用来做大氅或节日的服装。包袱皮对角打结，包的四角往往露出里面的东西。

③ 黑剑（espada negra）是黑铁铸成，无锋，学习击剑时所用，刺人不致重伤；用钢铸成而有锋的称为白剑（espada blanca）。

④ 因为防万一伤人，剑尖安着皮头套子。

台·拉·曼却,别号“狮子骑士”。这些话两个老乡听来全是外国话或黑话。两个大学生却听得懂,马上看透堂吉诃德脑筋有病。不过他们对他又诧异,又敬重,一个大学生说:

“骑士先生,探奇冒险没有一定的路程;如果您也是随便跑,就和我们同走吧。我们是去吃喜酒的,那家的喜事办得阔绰极了,拉·曼却远远近近多少年来都没见过那种排场,您不妨去开开眼界。”

堂吉诃德请问是哪位王子的婚礼,那么了不起。

那大学生说:“不是什么王子的婚礼,只是乡下小伙子娶乡下大姑娘。新郎是本地首富,新娘是绝世美人。这场喜事办得很别致,新娘家村子附近的草地上要有一番大热闹呢。新娘因为美,绰号季德丽亚美人;新郎绰号卡麻丘财主。女的十八岁,男的二十二岁,天配就的好一对儿。有人好管闲事,熟悉各人的家世;他们认为女家比男家的门第高。可是现在不讲究这个了;有了钱,什么都盖得过。那卡麻丘花钱确很大方。他坚要青草地上全搭上凉棚,遮盖得阳光不进。他还安排了各种舞蹈:有舞剑的;有带着小铃铛跳舞的,他那村上有人会把铃铛摇撼得没那么样的好听;双手拍鞋底的舞蹈①不用说,他请了大批人来跳呢。不过我料想那个伤心人巴西琉会来闹事;将来说到这番婚礼,别的都记不得了,他那事准是忘不了的。巴西琉那小伙子和季德丽亚是街坊,住在她隔壁。恋爱神生怕人家忘掉了比若莫和蒂斯贝的情史,借此又重演一番。巴西琉和季德丽亚两小无猜,也心心相印;村上大家没事就把这一对孩子的恋爱讲来消

① 双手拍鞋底的舞蹈(zapatear)是按着音乐的节奏,用双手拍双脚的鞋底。

遣。两人渐渐的大了，季德丽亚的父亲就不让巴西琉再像往常那样在他家出入。他省得放心不下，时刻防范，就把女儿许配卡麻丘财主。他看不中巴西琉；巴西琉人才不错，可是家道平常。凭良心说公道话，我们认识的小伙子里算他最矫健：掷铁棍是能手，角力也出众，又是球场上一员健将。他跑得像鹿一样轻快，蹦跳得比山羊还灵活；在'球撞九柱'的游戏里，他发的球竟像有魔力似的。他唱歌像云雀，弹个吉他琴简直能叫弦子说话，尤其善于击剑，他的剑术是最出色的。"

堂吉诃德插嘴道："他单靠这一点本领，不但可以和季德丽亚美人结婚，如果希内布拉王后今天还活着，他和这位娘娘结婚也配得过，朗赛洛特等人都阻挡不了的。"

桑丘·潘沙一直不声不响地听着，这会儿插嘴道："这就该听听我老婆的话了！她抓住成语说的'每只羊都有匹配'，主张婚姻要门当户对。我觉得巴西琉那小伙子顶不错，但愿他能娶到季德丽亚姑娘；谁不让有情人结婚，就祝福他——不，我说反了，该惩罚他不得长寿安乐！"

堂吉诃德说："如果彼此有情就结婚，那么女儿嫁什么人以及几时结婚，都不由父母来挑选和做主了。挑选丈夫只随着女儿的心愿，那就保不定有的选中了爸爸的佣人，有的看见过路的荒唐鬼，就爱上他漂亮潇洒。爱情容易迷人心眼。一个人成家立业，糊里糊涂是不行的；挑选配偶尤其容易上当，必须非常小心，还要靠上天特别保佑，才能挑选得合适。聪明人出远门，预先找个靠得住、合得来的伴儿；人生的道路要走到死才完，也得结这么个伴儿。况且夫妻两口子是一床上睡觉、一桌子吃饭、处处在一起的。娶老婆不比买商品可以退还或交换，却是一辈子的结合。婚姻是一条绳索,套上了脖子就打成死结,永远解不开了,只有死神的镰刀才割得断。我对这件事还有许多话要说呢,可是不想多说,因为我很关心巴西琉的事,不知硕士先生是否可以再讲点儿给我们听听。”

堂吉诃德称为“硕士”的大学毕业生道:

“也没多少可讲的了。巴西琉自从知道季德丽亚美人和卡麻丘财主定了亲,脸上没见过笑容,也没说过一句有头有脑的话。他老是忧忧郁郁,自言自语,分明是气糊涂了。他吃得少,只吃些水果;睡得也少,要睡就贴地躺在野外,像牲口一样。他有时眼看着天,有时眼盯着地,呆呆的像一尊披着衣服的雕像,只见风吹得他衣服飘动。一句话,他分明是伤透了心。所以我们和他相熟的都心里有数,明天季德丽亚答应一声‘愿意’,就是宣判他的死刑。”

桑丘说:“‘上帝会有更好的安排。’‘上帝叫人长个疮,就给人对症的药。’‘事还未来,谁也难猜。’‘到明天还有好几个钟头呢,房子塌下只消一个钟头或一刹那。’‘我见过半边下雨半边晴。’‘今晚上床睡觉,明早起身不保。’请问,‘谁能夸口在命运的轮子上钉上了一个钉子呢’? 明明是没有的呀。‘女人的“愿意”“不愿意”之间,插不进一个针尖’——我就不敢插。我只要知道季德丽亚一心一意爱巴西琉,我愿意向巴西琉‘奉送鼓鼓一口袋好运气’;因为据我听说,‘情人眼里,黄铜变金子,穷光蛋变阔公子,眼屎也变成珠子’①。”

堂吉诃德说:“倒霉的桑丘,你想说什么呀? 你这连串儿的

① 桑丘一连串说的都是谚语。

格言成语，谁也不懂你什么意思，除非魔鬼！但愿他把你带走吧！我问你，你这家伙，什么钉子呀，轮子呀，这个，那个，你自己了解吗？”

桑丘答道：“哎，如果没人懂我的意思，就怪不得您把我的成语当作胡说八道了。可是没关系，我自己明白，我刚才的话并不糊涂。只是，我的主人啊，您对我说的话、甚至对我干的事尽爱吹毛球子。”

堂吉诃德说：“该说‘吹毛求疵’，不是‘吹毛球子’。好好的话都给你说别了，你这个糊涂蛋。”

桑丘说：“您别死盯着我，您知道我不是京城里生长的，也没在萨拉曼咖上过大学，字眼儿说不准。真是的！上帝保佑我吧！总不能叫萨亚戈人说话都像托雷都人①；即使托雷都人，转文儿的话也不见得都说得好啊。”

那个硕士说：“这话对了，尽管同在托雷都，硝石厂、菜市等地区的人就不如成天在大教堂走廊里散步的人说话文雅。即使生长在马哈拉洪达②的人，说话未必就纯粹、精确、文雅、清楚，要有口才的上等人才能这样呢。我说要有口才，因为许多上等人都没有。运用口才的时候就精炼了语言。各位先生，我呢，对不起，是萨拉曼咖大学专攻寺院法的；我自负说话明白易晓，也善于表达。”

另一个大学生说：“你不是自负你运用手里这两把黑剑的本领超过你运用舌头的本领吗？你要是击剑术上少费点工夫，

① 萨亚戈是西班牙萨莫拉和葡萄牙接境处的地区。一般人认为萨亚戈的西班牙语不纯，而托雷都人说的是标准西班牙语。

② 马德里西北的小镇。

你在硕士榜上可以得第一,不至于名居榜末。"

硕士答道:"学士啊,你听我说:你以为击剑术没用吗? 你这看法是大错特错的。"

学士名叫戈丘威罗,他答道:"我不是什么'看法',却是颠扑不破的真理。假如你要证实一下,你现带着两把剑呢,正是个好机会。我有手劲,有力气,胆量也不小,合在一起,准可以叫你承认我这看法是不错的。你且下驴,摆出你的架势,使出你那些圆圈儿和尖角的手法和种种技巧吧。我靠外行的蛮本领,准叫你大白天也看到眼前金星乱迸! 只要上帝保佑,我这剑法天下谁也顶不住,能叫我转身逃跑的可说还没出世呢!"

那击剑家说:"你转身不转身我管不着,保不定你上场立脚之处,就是你横尸之地。我告诉你:你所瞧不起的剑术可以当场致你死命。"

戈丘威罗答道:"这是马上就有分晓的。"

他立刻下驴,怒冲冲地抽了一把硕士驴上带的剑。

堂吉诃德就说:"你们别闹意气;我愿意主持这场比剑,判决这个悬案。"

他下了驽骍难得,握着长枪,去站在路当中。这时硕士已经悠闲地拿出把势向戈丘威罗迎战。戈丘威罗直冲上去,真是眼里迸出火来。两个老乡就坐在驴上观看这场你死我活的恶战。戈丘威罗斫呀,刺呀,劈呀,反手挑呀,双手斩呀,一下下比雹子还密,没头没脑地紧连成一片。他像发怒的狮子那样猛冲猛扑。可是硕士剑头上的皮头套子劈面打了他一巴掌,使他气头上也不得不停下来,像吻圣物似的把那皮头套子吻了一下,虽然不那么虔诚。硕士随就把剑头指着他短道袍上的一个个纽扣连连刺斫，把道袍的下幅划得一缕缕像乌贼鱼的须须；还两次打落了他的帽子，弄得他狼狈不堪，又急又气又怒，抓住剑柄，用尽力气把剑抛得老远。那两个老乡一个是法院的公证人，他赶去拾了那把剑；据他后来证明，戈丘威罗把剑抛出了几乎四分之三哩瓦。由此可见技巧胜于蛮力是千真万确的。

戈丘威罗精疲力尽地坐下，桑丘跑去对他说：

“哎，学士先生，您要是肯听我的话，从此就别再挑拨人家跟您比剑了。您只可以角力或者掷铁棍，因为您年纪轻，劲道足，这种事来得；那种号称击剑师的您可对付不了，我听说他们的剑头能刺进针眼儿呢。”

戈丘威罗答道：“我太不懂事；这会儿栽了跟头却学了乖，由经验明白了道理，我是服气的。”

他站起来拥抱硕士，两人的交情更深了一层。他们估计那个拾剑的公证人还有好一会耽搁，不耐烦等他，就继续上路，打算早早赶到季德丽亚的村上去；他们四人都是那个村上的。

一路上硕士向大家谈论剑术的妙处，讲得入情入理，有凭有证，大家听了心悦诚服，戈丘威罗也抛除了成见。

夜色昏黑，他们在村外就看见前面的灯火像天空的繁星，又听到各种乐器的合奏，里面有笛子、小鼓、弦子、双管、各式手鼓的声音。他们再往前，村口看见一座树枝搭成的棚子，上面挂满灯笼；当时风很微弱，连树叶都不动，灯笼不怕吹灭。弹弄音乐的都是贺喜客人，一队队在那里游玩；有的跳舞，有的唱歌，有的弹弄着上面说的那些乐器。整片草地上洋溢着欢乐。还有好些人正在搭起一座座看台，准备登台看庆喜的演戏和跳舞；因为明天就是在这里举行财主卡麻丘的婚礼——也许就是巴西琉的丧礼。老乡和学士都请堂吉诃德进村。他却不肯，讲了一番大道理，推辞说游侠骑士向例在郊野露宿，村镇上即使有金漆天花板的房子也不便去住。他离开大道，又往野地里走了一段路；尽管桑丘怀念着堂狄艾果庄上的舒服日子，满不情愿，他主人也不理会。

第二十章

富翁卡麻丘的婚礼和穷人巴西琉的遭遇。

太阳神的光芒还没晒干黎明女神金发里的露珠，堂吉诃德已经摆脱四体的懒惰，起身去叫他的侍从桑丘。桑丘直在打鼾呢。堂吉诃德看了且不叫醒他，只赞叹说：

“哎，你呀，真是世界上最有福气的人！你不嫉妒人，也没人嫉妒你。你安心睡觉，魔术家不害你，魔术也不搅扰你。我再说一遍，我还要说一百遍呢：你睡吧；你不为爱情捻酸吃醋而失眠，也不为债务或一家几口子的生计操心熬夜。你不受雄心大志的驱策，也不受世俗虚荣的摆布。你的愿望不过是喂饱自己一头驴，你一身的生活已经由我包了——做主人理该如此，也历来如此。佣人睡大觉，主人却在熬夜，打算怎么样养活他、提升他、酬报他。如果天干地旱，做主人的心忧，佣人却不担干纪；丰年他伺候主人，荒年主人得养活他。”

桑丘还睡着呢，只由他说去。如果堂吉诃德没拿枪柄把他

拨醒,他还有得好睡。他醒来觉得又困又懒,可是转脸四看说:

"好像凉棚那边飘来一阵香,是烤腊肉带些生姜和茴香的味道。我可以打保,喜事一开头就透出这种香味,筵席一定办得丰盛。"

堂吉诃德说:"馋嘴佬啊,别多说了,起来吧,咱们去瞧瞧他们的婚礼,还瞧瞧遭人白眼的巴西琉要干出些什么事儿来。"

桑丘答道:"随他干什么事儿吧,他有钱,就娶得到季德丽亚;他没一个子儿,却想高攀吗?说老实话,先生,我主张穷人安分知足,别想吃天鹅肉。我可以拿自己这条胳膊打赌,卡麻丘的钱能把巴西琉全身都埋没呢。这是没什么说的。卡麻丘可以送季德丽亚漂亮的衣服和珍贵的首饰;他准送过。季德丽亚要是瞧不起这些东西,倒看上巴西琉能掷铁棍、耍黑剑,那她就是个笨丫头了。铁棍儿掷得好,剑术精妙,换不到酒店里一杯酒。这种本领不值钱,狄尔洛斯伯爵有这本领也赚不了钱①。要家里富足,又有这些本领,我才羡慕!打好石脚,上面才盖得大房子;世界上最结实的基础是钱。"

堂吉诃德说:"桑丘啊,瞧上帝分上住嘴吧。我看你随处都有一番议论;如果尽你说,你就连吃饭睡觉的工夫都没有了。"

桑丘说:"您记得吧,咱们这次出门以前,讲定条件,让我有话说个畅,只要不触犯别人或触犯您。我觉得自己始终没违犯这个条件呀。"

堂吉诃德答道:"我不记得有这么个条件。就算有,我也希望你别再多说了,且跟我来吧;昨晚的那种音乐又在那片草地上演奏起来,婚礼一定趁早上荫凉举行,不会在闷热的下午。"

---

① 西班牙谚语:善舞能唱,难替嫁妆。狄尔洛斯伯爵是查理曼大帝传奇里的英雄。

桑丘听命，给驽骍难得套上鞍辔，给灰驴儿也装上驮鞍，两人上了坐骑，慢慢向凉棚走去。桑丘第一眼就看见整棵榆树做成的大木叉上烧烤着整只公牛；燃烧的木柴堆得像座小山。柴火周围放着六只炖肉的沙锅——不是普通沙锅，却是半截高的大酒坛①，一锅子就能吞掉屠宰场上所有的肉。一只只整羊搁进肉锅就像小鸽子似的不见踪迹。不知多少剥了皮的兔子、煺了毛的母鸡挂在树上等待下锅；各种禽鸟野味数都数不清，也在树上晾着。装五十多斤的皮酒袋，据桑丘点数有六十多只，后来知道里面满满的都是上好的醇酒。白面包堆得像打麦场上的麦子。干奶酪漏空着砌成了一垛墙。两只比染缸还大的油锅里正炸着面果子，旁边是一大锅蜜；两把大勺捞出油炸果子就浸在蜜里。五十多个男女厨子都干净利索、高高兴兴地忙着干活。那只烧烤的公牛肚里有十二只猪崽子缝在里面，烤出来就越加鲜嫩。各种香料看来不是论斤却是打趸儿买的，都敞着放在一只大柜里。这次的喜酒虽是乡下排场，却丰盛无比，可供一队战士放量大吃。

桑丘·潘沙一一眼看心赏，暗暗喜欢。他先是给沙锅炖肉打动了心，直想吃它一罐杂拌儿肉。接着又看中了皮酒袋，后来又爱上煎锅里出来的油炸果子——那么大号的油锅简直不像煎锅。他实在憋不住了，跑去赶着一个忙忙碌碌的厨子，很客气地说了一套害馋痨的话，要求拿面包蘸蘸锅里的汤汁。那厨子说：

“老哥啊，多谢卡麻丘财主，今天是谁都不会挨饿的好日子。您下驴找把勺子，捞一两只母鸡好好儿吃一顿吧。”

桑丘说：“没勺子呀。”

---

① 曼却的酒坛子有七八尺高，最宽的部分直径有七八尺。

厨子说："你等等，哎，你这人真是太拘谨了。"

他说着拿起带柄的大锅，伸进炖肉的大坛子，舀出三只鸡、两只鹅给桑丘说：

"吃吧，朋友，晌午饭还得等一会儿呢，你先捞些油水当点心吧。"

桑丘说："我没有家伙盛呀。"

那厨子说："你就连锅一起拿去。卡麻丘有的是钱，又是人逢喜事，心开手宽，这些东西他都奉送了。"

桑丘干这些事的时候，堂吉诃德却在观看成队驰入凉棚的十二骑人马：马匹骏逸，鞍辔华美，边缘上还缀着小铃铛；骑马的十二个老乡都是盛装。他们步伐整齐；绕着草地跑了好几圈，一面齐声欢呼：

"卡麻丘是大财主！季德丽亚是天下第一大美人！郎财配女貌！祝他们白头偕老！"

堂吉诃德暗想：

"这些人分明没见过我的杜尔西内娅·台尔·托波索，要是见过她，对季德丽亚的称赞就不会这样没有分寸。"

各色各样的舞队随后就从凉棚各面进来。舞剑的一队是二十四个矫健的小伙子，身穿雪白的麻纱衣，手拿五彩丝绣的手巾，一个灵活的少年领队。骑骏马的队伍里有人问那领队的有没有哪个受伤①。

"靠天保佑，我们都好好儿的，还没一个受伤。"

他马上又混入队里。他们旋转击刺，灵活无比；堂吉诃德尽

① 剑舞很危险，非常容易互相刺伤。

管见过这种剑舞，却觉得从没有这样出色的。

他也很欣赏随后进来的一队漂亮姑娘。她们年纪轻得很，看来只是十四岁以上，十八岁以下；衣服都是浅绿色；头发一部分挽着，一部分披着，全是纯金色，赛过太阳的光芒；上面戴着茉莉、玫瑰、长春、忍冬各色花朵缀成的花圈。领队的是一个道貌岸然的老头儿和一个上了年纪的妇女；想不到他们俩还那么轻健。一人吹着萨莫拉的短笛伴舞。姑娘们脸上和眼里的神情很稳重，脚步却很轻盈，一个个都舞态蹁跹。

接着进来一队表现舞剧或"哑剧"的，里面八个仙女，分成两组：一组由爱神带领，另一组由财神带领。爱神身上安着翅膀，带着弓、箭和箭袋；财神穿着华丽的五彩织金衣。每个仙女背后缀着一方白羊皮纸，上面大字标着自己的名字。爱神组里第一个是"诗艺"，第二个是"才智"，第三个是"家世"，第四个是"英勇"；财神组里第一个是"豪爽"，第二个是"礼品"，第三个是"财富"，第四个是"享受"。这个队伍的前面有四个扮野人的拉着一座木制的堡垒；他们身上绕着藤萝，裹着绿麻布，活像真的野人，差点儿没把桑丘吓坏。堡垒的正中和四面都标着"慎重的堡垒"几个大字。四人敲手鼓、吹笛子奏乐伴舞。舞剧由爱神开场；他先舞蹈两转，抬眼看着堡垒上城垛中间的一位姑娘，向她张着弓说：

我是万能的恋爱神，
威镇天空、海洋、大地；
我管辖全世界的人，
他便是沦入地狱里，
还是我治下的亡魂。

什么是怕惧，我不知道，
我要怎样，总能做到；
尽管是天大的难事，
我也能遂心得志：
一切得顺从我的喜好。

他朗诵完毕，向堡垒顶上放了一箭，退回原位。接着财神就出位跳舞两转，等鼓声停顿，念道：

爱神只是我的前导，
我可比他更有本领；
我的门阀尤可自豪，
全世界最荣华昌盛，
权势最大、声望最高。
见到我这样的财神，
不趋炎附势的能有几人！
不靠我招来钱财，
做事只能件件失败！
我保佑你一生幸运！

财神退位，“诗艺”上来，也照样舞蹈两转，抬眼看着堡垒上的姑娘说：

我是动人喜爱的“诗艺”，
姑娘，我锤炼了才思，
语言高雅、想象新奇，
做成千首万首的诗，
包着我的心献给你。

你安步幸福的长途，
遭到许多女人的忌妒；
我的殷勤你如不嫌，
我要把你捧上青天，
叫人人都自愧不如。

“诗艺”下去，财神队里的“豪爽”出来，舞蹈了两转，说：

　　我就是豪爽的美德，
我并不挥霍浪费，
却也不刻薄吝啬，
两者都是过分的行为，
我采取适中的准则。
可是我为你的体面，
从此更要放手花钱，
尽管是过分也有光彩，
因为我的一腔情爱，
借此才能向你表现。

两组的角色一一出场舞蹈几转，念一首诗，有文雅的，也有滑稽的，然后各归原位。堂吉诃德记性很好，不过他只记住了以上几首。两组随即合成一队，一会儿牵手、一会儿各自各地跳舞，姿态优美活泼。爱神每转到堡垒前面，就朝上射箭；财神只在堡垒壁上掷镀金的彩弹①，掷上就爆裂了。他们舞蹈了好一会，财神

① 彩弹（alcancía），形如橘子，硬纸做成，里面装彩色纸屑或花朵或香料，婚礼庆祝时用来投掷作耍的。

拿出一只看来是装满了钱的斑猫皮大钱袋①向堡垒打去;堡垒倒塌,板子一块块脱落,露出一个没法隐藏的小姑娘。财神的一组赶上去,拿一条大金链套在她脖子上,表示拿获并俘虏了她。爱神的一组见了忙作势抢救。这种种动作都配合手鼓的音乐,用盘旋中节的舞蹈表演出来。四个野人调停了斗争,敏捷地把堡垒上的木板重新装好,仍旧把那姑娘关在里面。舞剧就此收场,看的人都非常高兴②。

堂吉诃德向一个扮仙女的打听这出舞剧是谁编排的。她说是村上的一位神父;他很有才情,擅长写这种歌剧。

堂吉诃德说:"我可以打赌,这位教士准和卡麻丘亲,和巴西琉疏;他不专心向上帝做晚祷,却爱做游戏诗文。这出舞剧把巴西琉的本领和卡麻丘的财富表演得恰到好处。"

桑丘·潘沙听见他们谈话,插嘴道:

"'胜者为王',我站在卡麻丘一边。"

堂吉诃德说:"干脆一句话,桑丘,你分明是个势利小人,你就是叫喊'胜利者万岁'的那种家伙。"

桑丘答道:"我不知自己是哪种家伙,可是我很明白,我从卡麻丘的肉锅里捞来的肥油水,巴西琉的肉锅里是决计捞不到的。"

他就把满满一锅的鹅和鸡端给堂吉诃德看,一面高高兴兴地拿起一只母鸡来吃,吃得津津有味。他说:

"巴西琉的本领算了吧! 一个人有多少钱,就值多少价;值

---

① 这像盛酒的皮袋,也是没有裂缝的完整的皮革,钱袋从嘴部开口。

② 西班牙十七世纪爱情和财神斗争的歌舞剧很普遍,胜利往往属于财神。

多少价，就有多少钱①。我奶奶有话：世界上只有两家，有钱的一家，没钱的一家，她站在有钱的那边。堂吉诃德先生啊，现在这个年头儿，甭讲究本领，只看钱财就行。装着金鞍辔的驴，赛过套着驮鞍的马②。所以我再次声明，我是站在卡麻丘一边的。他肉锅里鹅呀，鸡呀，野兔呀，家兔呀，多丰富啊！巴西琉的肉锅里只有泔水罢了，没有东西捞到手，只会泼湿你的脚。”

堂吉诃德说：“桑丘，你议论发完没有？”

桑丘答道：“没完也得完啊，因为我瞧透您听着不耐烦呢。要是您不打断，我足有三天可说的。”

堂吉诃德道：“桑丘啊，但愿天保佑，我死之前能瞧你变成个哑巴。”

桑丘答道：“照咱们这种日子，您没死我先就埋了。到那时我就成了十足的哑巴，要等天地末日——至早到最后的审判日，我才开口说话呢。”

堂吉诃德说：“哎，桑丘，就算有这等事，你的沉默也盖不过你一辈子过去、现在、未来的烦絮。而且照自然规律，我总死在你前头，所以我一辈子别想瞧你变哑巴，即使你喝酒睡觉的时候也没希望的。我这话就算是说绝了。”

桑丘道：“老实讲吧，先生，那位白骨娘娘——我指那死神——完全没准儿。她不分小羔羊、老绵羊，一起都吃下肚去。我听咱们神父讲：她的脚不仅践踏贫民的茅屋，照样也践踏帝王

① 西班牙谚语。

② 两句都是谚语。

的城堡①。这位娘娘权力很大，却不娇气，一点不挑剔。她什么都吃，吃什么都行：各种各样的人，不问老少贵贱，她一股脑儿都塞在自己粮袋里。她不停地收割，从不睡午觉，干草青草一起割下来。看来她吃东西不嚼，面前有什么就囫囵吞下，因为她害馋痨，一辈子也吃不饱。她那个骷髅架子没有肚皮，却好像有水臌病，把世人的生命当凉水似的喝来止渴。”

堂吉诃德打断他说：“桑丘啊，你说得够了。适可不已，前功尽弃②。说实在话，你用乡谈俗语对死神发挥这一通议论，比得上一个好的宣讲师呢。我告诉你，桑丘，如果你天生的智慧再配上一副好头脑，你就可以随身带了讲坛，各处讲道去，还能讲得顶不错。”

桑丘答道：“‘为人好，胜讲道’③，我不懂别的神学圣学。”

堂吉诃德说：“你也用不着。不过我不明白你怎么懂得这许多。畏惧上帝是智慧的根源④，可是你只知道害怕壁虎，你也知道畏惧上帝吗？”

桑丘说：“先生，您只管您的骑士道，别管人家怕不怕。我和谁都一样的畏惧上帝！您且让我消缴了肉锅里的这些美味，别的都是废话，等将来到了另一个世界上再讲不晚。”

他说完，把锅里的东西拿来大吃，狼吞虎咽，引得堂吉诃德也馋了，要不是又有事分心，准会陪同大嚼。欲知何事，请看下文。

---

① 见上部前言。

②③ 西班牙谚语。

④ 《旧约全书·诗篇》第一百一十一篇第十节。“敬畏耶和华是智慧的根源。”

第二十一章

续叙卡麻丘的婚礼以及其他妙事。

堂吉诃德和桑丘俩正说着话,忽听得一片喧嚷之声,原来是那马队在奔驰呐喊,欢迎新郎新娘。他们俩由各种乐队和仪仗队簇拥着,一起还有本村神父、男女两家亲属、邻村的体面人物;大伙儿都华装盛服。桑丘一见新娘,说道:

"啊呀!她可不是乡下姑娘打扮,她像个漂亮的贵夫人!天啊,我看她胸前挂着的不是锁片儿①,是贵重的珊瑚串儿!她穿的不是古安加的绿毛料②,是三十层绒面儿的丝绒③!她衬衣上的绉边绝不是白麻纱,我敢保证,那是缎子!瞧她那一双手上戴的那些戒指,我可以担保,那不是玉石的,是金子的!而且比金子还贵,镶着奶油一样腻白的珍珠,一颗珠子就抵得过人脸上一颗眼珠子呢!哎,婊子养的,她那头发多美呀!除非是假的呢,我一辈子也没见过那么长、那么金黄的头发!瞧她那气派,那身段,简直挑剔不出一星半点的毛病来!她头发上、脖子上挂

---

① 锁片儿(patena),西班牙乡村妇女挂在胸前的装饰品,通常是金属的,上面镌刻着宗教词句。

② 古安加出产绿色的毛料,上文舞队里年轻姑娘穿的绿衣服就是那种料子做成。

③ 这是桑丘的夸张;因为最上好的丝绒只能有两面绒。

着一串串首饰，就像一棵能走的棕榈枣树①，枝头上挂着一串串的棕榈枣儿；可不活是那个样儿吗？我凭良心打赌，这样出色的姑娘，谁都赛不过的！”

堂吉诃德听了这套村俗的赞叹，不禁发笑，可是也觉得除了杜尔西内娅·台尔·托波索小姐，她是最美的了。季德丽亚美人脸色略带苍白，大概因为做新娘连夜打扮，不得好睡；这是常事。他们那群人来到草地旁边一座铺着地毯、装点着树枝的台前；台上是准备举行婚礼、观看跳舞演戏的。他们刚到那里，只听得背后有人大叫：

“你们真是只顾自己，这么着急！请等一等啊！”

大家听得喊话，回头看见一人穿一件黑外衣，衣上镶着火红的边，头上是一顶丧事戴的柏枝冠，拿一支长手杖。他走近了，大家认得是漂亮的巴西琉。人人都提心吊胆，不知他这番话有什么下文，怕他这会儿跑来事情不妙。

他跑得很累，喘吁吁地赶上来，当着新郎新娘站住，把手杖带钢头的一端插在泥里，面无人色，瞪着季德丽亚，嘶哑的声音抖颤着说：

“负心的季德丽亚，你明知按咱们奉行的神圣规则，得我死了你才能另嫁别人。我是看重你，不肯委屈你，所以要花些时候尽力整顿好家业，再和你结婚，这是你也知道的。可是你辜负了我的一片心，把许给我的又给了别人。他有钱，又有好运道，天大的福气都是他的！我不甘心又怎么，这是天意啊！我省得碍着他的道儿，只好毁了自己，成全他的幸福。但愿有钱的卡麻丘

① 棕榈枣树(palma)是一种棕榈树，开白花，结的果子像枣子。

和没心肝的季德丽亚白头偕老,我巴西琉是穷人,没法子追求幸福,只有死路一条,让我这会儿就死吧!”

他说着把插在地里的手杖握紧了一拔,拔脱的是个剑鞘,露出一把长剑,剑柄插定在地里。他身体灵便,意志坚决,身子向剑尖一扑,这可怜人立即扦在剑上,背上透出鲜血淋漓的半支剑;他倒在地下,浸在自己的血里。

他的朋友们瞧了这悲惨的景象,忙拥上去救护。堂吉诃德也下了驽骍难得赶去帮忙,把他抱在怀里,发现他还没咽气。有人要拔掉他的剑,可是在场的神父主张先让他忏悔,怕剑一拔他马上咽气。巴西琉却稍为缓过些来,哼哼唧唧、有气无力地说:

“狠心的季德丽亚,假如你肯在我临死和我行个婚礼,我能博得这个福气,我轻生的罪过也许会蒙上天原宥。”

神父听他这样说,就提醒他拯救自己的灵魂要紧,别一心念着肉体的情爱;还劝他诚心求上帝饶恕他种种罪过,并饶恕他这样轻生。巴西琉说:假如季德丽亚不和他行结婚礼,他怎么也不忏悔;要称了这个愿,才有心思、有力气忏悔。

堂吉诃德听了这话嚷着说:巴西琉要求的事合情合理,也轻而易举;卡麻丘先生不论是从新娘父母家娶一位小姐,或是在勇敢的巴西琉身后娶他的寡妇,都一样体面。他说:

“这会儿无非答应一声‘愿意’,因为这位新郎的洞房就是他的坟墓。”

这时卡麻丘急得不知怎么好,巴西琉的朋友都求他让季德丽亚和巴西琉行了婚礼,免得巴西琉的灵魂离开躯体就堕入地狱。卡麻丘动了恻隐之心,又觉得义不容辞,就说,只要季德丽亚愿意和巴西琉行个婚礼,他也赞成;反正他自己的婚礼延迟不了多久。大家立即围住季德丽亚,有的求她,有的泪眼相向,有的以理相劝,都要她和可怜的巴西琉行个结婚礼。她却比大理石还坚定,比塑像还沉着,好像不会开口,或许说不出口,或许不愿开口。可是神父告诉她,巴西琉的灵魂马上要从牙关出窍了,劝她快打主意,别再犹豫。季德丽亚美人听了很激动,好像伤心悔恨的样子;她默默走到巴西琉身边。他两眼上翻,气息奄奄,还在念诵季德丽亚的名字,看来就要像异教徒那样戴罪而死了。季德丽亚跪在他身边,没开口,只作手势要他伸手。巴西琉睁眼直瞪瞪地看着她说:

"哎,季德丽亚,你这会儿来可怜我,你的好心肠只是杀死我的软刀子!因为你尽管愿意嫁我,我却没力量承受这份幸福,我的创痛立即致我死命,我也没力量抵挡了。哎!我命里的灾星呀,我只求你别用结婚来敷衍我,或再次哄我。我要你老实声明:你和我行这番婚姻大礼不是受了强迫,却是完全自愿的。我已经大限临头,你不该哄我,况且我对你这样一片真心,你不能对我虚情假意。"

他说着就昏厥过去。在场的人都觉得他这一昏厥就活不过来了。季德丽亚庄重而羞怯地伸出右手握住巴西琉的右手,对他说:

"我的心是百折不回的;我毫无勉强,愿意和你结婚,只要你没有被自己冒失的行为搅乱了神识。"

巴西琉答道:"我靠天照应,心里清清楚楚,毫不混乱。我愿意娶你,做你的丈夫。"

季德丽亚答道:"不论你能不能活下去,我愿意嫁你,做你的妻子。"

桑丘在旁咕囔说:“这小伙子受了这么重伤,话还多得很。别让他谈情说爱了,叫他注意自己的灵魂吧。我瞧他那灵魂并不溜出牙关,却逗留在舌头上了。”

巴西琉和季德丽亚握手的时候,神父恻然泪下。他向新郎新娘祝福,还求上天让新郎安息。这位新郎受了神父的祝福,立即一跃而起,自己拔掉了穿身的剑;他那副涎皮赖脸的神色实在少见。在场众人都愣住了,有几个没心眼的大嚷道:

“奇迹呀! 奇迹!”

可是巴西琉说:

“不是‘奇迹呀! 奇迹!’却是妙计呀! 妙计!”

神父目瞪口呆,惊诧之下,伸双手去摸索巴西琉的创口,发现那把剑并没有刺透身体,只刺穿了牢缚身上的一根灌血的铁管子。据后来透露,管子里的血是调配好的,不会凝结。神父、卡麻丘和在场众人这才知道受了捉弄。新娘子上了当并不懊恼。有人说这番婚礼是骗局,不能算数;她却再次声明愿和巴西琉结婚。因此大家猜想这件事是男女双方串通的。卡麻丘和回护他的人大怒,准备动手报复;许多人拔剑要和巴西琉厮杀。帮巴西琉的人也有那么多,立刻拔剑出鞘。堂吉诃德绰着枪,把盾牌严严护着身体,一马当先,直冲出场;大家都忙着让开。桑丘向来不喜欢这种事,他认为捞到美味的肉锅边是不可侵犯的圣地,忙躲到那里去。堂吉诃德大喊道:

“各位请住手! 情场失意,不行得报复。该知道恋爱和打仗同是争夺:兵不厌诈;恋爱也可以出奇制胜,只要不损害情人的体面。季德丽亚和巴西琉的姻缘是按照天道和天意安排的。卡麻丘有的是钱,要什么都买得到;他随时随地都能称心如愿。

巴西琉只有这一只小羊羔①,无论什么人,随他权力多大,都不该夺他的。上帝配成对,世人拆不开②。谁想拆开他们俩,先得吃我手中枪!”

他说着就使劲把长枪挥舞得神出鬼没,那些不认识他的人都吓得胆战心惊。卡麻丘遭季德丽亚唾弃很恼火,不再要这个姑娘了。神父是个晓事的好心人,也向他劝说。卡麻丘很听从神父的话,就和同伙收剑回鞘,表示都心平气和了。他们对巴西琉的诡计倒无所谓,只怪季德丽亚那么依顺他。卡麻丘想,季德丽亚结婚前已经深爱巴西琉,结婚后想必旧情难断,他没娶季德丽亚安知非福,也许正该感谢上天呢。

卡麻丘和他手下人气都消了,巴西琉和他的一帮人也平静下来。卡麻丘财主表示受了捉弄并不懊恼,而且毫不介意,决计照旧庆祝,只当自己结婚一样。可是巴西琉夫妇和他们一起的人不愿意参加,都回到巴西琉的村上去。富翁有人谄媚趋奉,有品有德的穷汉也是有人拥戴敬重的。

巴西琉的一伙觉得堂吉诃德是个有胆气的正人,带着他一起回村。只有桑丘满不愿意,因为卡麻丘家丰盛的酒席和种种庆祝到夜晚才散,他却不能参加。他没精打采,跟他主人随同巴西琉一伙离开了埃及的肉锅③,心上直恋恋不舍。锅里捞的那点没吃完的油水,只叫他想到错失的大吃大喝;所以肚里尽管不饿,心里却非常不快。他没有下驴,闷闷地跟着驽骍难得的

---

① 引用《旧约全书·撒母耳记下》第十二章第三节里的话,已见上部265页注①。

② 见《旧约全书·马太福音》第十九章第六节。

③ 这是引用《旧约全书·出埃及记》第十六章第三节的话。

脚迹走。

第二十二章

英勇的堂吉诃德冒险投入拉·曼却
中心的蒙德西诺斯地洞,大有所获。

新婚夫妇深感堂吉诃德出力帮忙,对他殷勤款待。他们觉得他智勇双全:武艺比得上熙德,口才比得上西塞罗。桑丘老兄破费新郎新娘家,享乐了三天。据新夫妇告诉他们:假装受伤的计策季德丽亚美人并非同谋,不过巴西琉预料她会照他的打算和他结婚。他承认事先曾把那计策告诉几个朋友,让他们紧要关头上出一把力,保他骗局成功。

堂吉诃德说:“追求美好的目标算不得欺骗。”他认为有情人能成眷属是最美好的目标,不过也不能忘记,饥饿穷困是爱情的大敌。因为爱情总是欢欣快乐的,尤其是有情的男子娶到了意中人,可是穷困就要时时刻刻迫害他,和他作对。堂吉诃德说:他这话是要奉劝巴西琉先生别不务正业,他擅长的那些玩意儿只能博得虚名,赚不了钱;他得从事正当的生计,凭他的聪明勤快,一定能发家致富。穷人难道就不能讲体面吗?体面的穷人,娶到美貌的妻子就是体面的保证,谁要抢掉他的妻子就是剥夺和毁掉他的体面。穷人的妻子美丽贞洁,就配戴上胜利的桂冠。光是她那点美貌,人家见了就馋涎欲滴,像鹰隼见了美食直扑下来抓取。如果她貌美而又穷困,那就连老鸹子、鹞子等鸟儿都要飞来抢吃。她受到这种种追袭还能坚贞自守,那就真替她丈夫争面子了。

堂吉诃德接着说:“聪明的巴西琉,你记着一句话,我忘了哪位高明人士说的:好女人全世界只有一个;他劝每个丈夫把妻子看作世上唯一的好女人,这样就一辈子称心如意了。我是没结过婚的,至今不想结婚。不过谁要是请教我怎样挑选妻子,我不客气可以好好指点他。第一要注意那女人的名声,家产还在其次。规矩女人光是品性好不会就有好名声,还得行为好才成。女人公然轻浮放荡,比私下偷偷摸摸更丢脸。娶了好女人要保持她的好品性是容易的,还可以指望她好上加好呢。如果娶了坏女人,要她改好就费事了,因为好是坏的反面,要颠倒过来可不容易;尽管不是办不到,终究是件难事。”

桑丘听了这套话暗想:

“我主人一听我讲的话有道理,就说我可以两手搬个讲坛,到处讲道去,还可以讲得顶好。我说他呀,用连串儿的老话训起人来,不但可以两手搬个讲坛,他每一个指头都能顶两个讲坛,到广场上去发挥一大通。这位游侠骑士什么都懂!魔鬼也得让他三分!我还以为他只懂骑士道呢!他什么事都有一套主张。”

桑丘自言自语,他主人听到了一些,就问:

“桑丘,你咕哝什么?”

桑丘道:“我啥也没说,也没咕哝,不过心里在想,可惜我结婚前没听到您这番话,也许我现在只好说:没有牵制的牛,浑身舔得自由①。”

堂吉诃德说：“桑丘，你的泰瑞萨就那么不好吗？”

桑丘道：“不是那么不好，却是并不那么好，至少不像我希望的那么好。”

堂吉诃德道：“桑丘，你不该说你老婆的坏话，她究竟是你儿女的妈妈。”

桑丘答道：“我们俩是公平交易。她如果想说我坏话，照样儿也说，尤其是吃醋的时候，那就连魔鬼都受她不了。”

长话短说，他们在新夫妇家里待了三天，主人家简直把他们当王公一样款待。堂吉诃德要求那位精于击剑的硕士为他找个向导，带他到蒙德西诺斯地洞去；因为他要亲自进洞瞧瞧那些说神说鬼的流传是真是假。硕士说他有一个表亲，是大学里的高材生，最爱看骑士小说，他一定愿意带堂吉诃德到地洞口去，还可以领他看看如伊台拉湖——那一带湖沼不但是拉·曼却的胜地，西班牙全国都有名。硕士还说，堂吉诃德和他那位表亲一定谈得来，因为那个小伙子有著作已经出版并献给王公贵人。接着那位表亲邀请来了，牵着一匹怀胎的母驴，驮鞍上盖一块五颜六色的毡子——也许是厚麻布。桑丘给驽骍难得套上鞍辔，把自己的灰驴儿也装备好，又装满了粮袋。那位表亲的粮袋也装得饱满，和桑丘的放在一起。他们求上帝保佑，然后辞别众人，取路向有名的蒙德西诺斯地洞去。

堂吉诃德在路上问那位表亲的职业和专长。那位表亲说：“我是研究古希腊拉丁文学的，以著书为职业；出版的书都很风

① 西班牙谚语。

行赚钱。我有一本书叫作《礼服宝典》,描写了七百零三种礼服,还讲到衣服的颜色、佩带的标记和徽章。上等人宴会和庆祝要穿什么礼服,可以随意从书里选样,不必去请教人,也不必浪费精力、自出心裁。

"因为我设计的礼服,不论心怀忌妒的、受人冷淡的、没人想到的、离家出门的种种人,各有合适的式样,穿了恰配身份。我还有一部破天荒的奇书,可称为《变形记,或西班牙的奥维德》①。我用俳谐的笔法,仿照奥维德那部名著,化正经为滑稽,描写塞维利亚的希拉尔达,玛达雷娜的天使,果都巴的维辛盖拉沟,吉桑都的公牛,黑山岭,马德里的雷加尼托斯泉、拉瓦庇艾斯泉,以及庇奥霍泉、金沟泉和普利奥拉泉②。我也记载这些故事的另几种传说,以及有关的寓言、比喻等。这部书读来既有趣味,又广见闻,还对身心有益,真是一举三得。我还有一部书叫作《维吉尔·波利多罗③补遗》,专考订事物的创始。这本书很渊博,考据精详,波利多罗遗漏的重要项目,我都细细补订,用优雅的文笔解释清楚。维吉尔没指出世上谁第一个害感冒,谁第一个用水银治疗杨梅疮;我都查考出来,引证的书籍至少也有二十五种。我这种工作的价值,我这种书在世界上的用处,你就可

---

① 奥维德是古罗马诗人(纪元前43—17);《变形记》是他的故事诗集。

② 希拉尔达和吉桑都的公牛见本书103页注①及注③。玛达雷娜的天使(Angel de la Madalena)是萨拉曼咖城玛达雷娜教堂顶上的风信标。维辛盖拉沟(Caño de Vecinguerra)是果都巴的一条臭水沟,街道上的雨水由此流入瓜达基维尔(Guadalquivir)河。所说的几个泉源都是十七世纪马德里有名的,现在多半不存在了。

③ 维吉尔·波利多罗(Virgilio Polidoro)是十五世纪意大利学者,以拉丁文著作,这里指他的《事物发明者考》(*De inventoribus rerum*)。

想而知了。”

桑丘留心听这位表亲说完，接口道：

“先生，我但愿上帝保佑您每一本书都顺顺当当地出版。我请问您，第一个抓脑袋的是谁？您什么都知道，这也一定知道。我想准是咱们的祖先亚当吧？”

那位表亲答道：“准是的，因为亚当有脑袋，脑袋上生头发，这是千真万确的。他既然有脑袋，又有头发，而且是世界上第一个人，那么他总有一次抓了一下脑袋。”

桑丘答道：“我也这么想。可是我再问您，世界上第一个翻跟斗的是谁？”

那位表亲答道：“不瞒你说，老哥，我这会儿断不定，还得研究研究。等我回书房翻翻书考证一番，以后再告诉你吧。咱们保不定还会见面呢。”

桑丘说：“哎，先生，您不必费这个心了，因为我刚才问的，这会儿想出来了。我告诉您吧：世界上头一个翻跟斗的是魔鬼，他被上帝从天上摔出来，就翻着跟斗直掉到地狱里。”

那位表亲说：“朋友啊，你说得对。”

堂吉诃德说：

“桑丘，这个答案不是你自己的，你准听见别人说过。”

桑丘答道：“先生，您住嘴吧。不瞒您说，假如我有意自问自答，我问答到明天也没个完。真是！问个傻问题再来个无聊的回答，我还用请教别人吗？”

堂吉诃德说：“桑丘，你无心的话却很有意思。有人费了心力考订问题，考订明白了既不增进智慧，也不添长学问，真是一钱不值。”

他们说着闲话过了一天,晚上宿在一个小村子里。那位表亲说:那里离蒙德西诺斯地洞不过两哩瓦地了,如果要下地洞,就得带些绳子,好拴住身子缒下去。堂吉诃德说,即使那个地洞直达地狱,他也得下去瞧瞧究竟多深。因此他们买了约五六十丈绳子。第二天下午两点,他们到了洞边。洞口很宽,只是长满了荆棘、鬼馒头树和蔓草蒺藜,密密丛丛,把洞口完全盖没了。三人下了马,桑丘和那位表亲立即用绳子把堂吉诃德牢牢地拴起来;桑丘一面对堂吉诃德说:

“我的主人啊,您干什么事得仔细啊,别把自己活埋了,也别像冰在井里的酒瓶那样悬挂在里面。真的,这地洞比摩尔人的地窖子还可怕,进去探索不是您的事。”

堂吉诃德说:“你拴吧,别多说了。桑丘朋友,这件事是专等我来做的。”

那个向导说:

“堂吉诃德先生,我请您务必多多小心,并且带着一百只眼睛,把洞里的形形色色看个仔细,说不定有些东西可以写到我那部《变形记》里去呢。”

桑丘·潘沙说:“您这件事正是拜托老内行了。”

他们说着话,把堂吉诃德拴缚停当。绳子并不拴在盔甲外面,却拴在衬盔甲的紧身袄上。堂吉诃德说:

“咱们粗心了,没带个小铃铛来。应当拿个小铃铛拴在我身边绳上,只要铃声响,就知道我还在往下缒,而且还活着。不过现在办不到了。随上帝摆布,由他来指引我吧。”

他就双膝跪下,向天低声祷告:他这番又冒奇险,求上帝保佑胜利归来。接着他又高声说:

"哎,杜尔西内娅·台尔·托波索啊!大名鼎鼎的绝世美人!主持我一切行动的女主人!我真是有幸,能把你作为我的意中人!如果你能听到我的呼声,希望你以第一美人的身份,听我的恳求。我现在急切需要你的帮助,求你务必答应。我就要投身下地洞去了;这不过是要世人知道,我只要有你保佑,就没有办不到的事!"

他说完走到洞口,一看却没法下去,也没个入口,除非拨开荆棘,或砍出一条路来。他就拔剑把洞口的荆棘蔓草一阵子乱砍,惊起不知多少老大的乌鸦,它们密密成群地直冲出来,把堂吉诃德冲倒在地。假如他不信基督而迷信预兆,就会觉得这是不祥之兆,下去保不定活埋在洞里。

他站起身;三人等洞里的乌鸦和一起出来的蝙蝠之类都飞尽了,那位表亲和桑丘放出绳子,把堂吉诃德缒下那阴森森的地洞。他下洞之前,桑丘为他祝福,又在他身上画了千把个十字,说道:

"游侠骑士的模范啊!上帝和法兰西山上的圣母①、加埃塔的三位一体②指引你吧!天不怕、地不怕、铁心铜臂的好汉啊!你现在要下去了!你要离开光天化日,自己钻进黑洞里去;我再说一遍,但愿上帝指引你,保佑你平安回来,重见天日。"

那表亲也照样为他祈祷。

堂吉诃德下洞只叫他们把绳子放了再放。他们俩就把绳子慢慢儿放,后来听不见洞里的声音,那五六十丈绳子也都放完

---

① 相传1409年在萨拉曼咖和罗德利戈城之间的高山上出现了圣母的形象,称为法兰西山上的圣母。

② 拿坡黎斯北部加埃塔城的一座教堂,供奉圣父、圣子、圣神三位一体。

了。他们就想把堂吉诃德再吊上来。不过他们还是停留了半小时左右，然后重把绳子收回，只觉得毫不费力，一点分量都没有。由此可见堂吉诃德还在洞里呢。桑丘这么猜想，痛哭着急急把绳子往上收，要瞧个究竟。可是他们收回了四五十丈绳子，觉得有重量了，两人都大喜；又收回五六丈，就分明看见了堂吉诃德。桑丘对他嚷道：

“我的主人啊，欢迎您回来了！我们以为您要在那边成家立业、传宗接代呢！”

堂吉诃德一言不答。他们把他完全吊出来，只见他双目紧闭，好像是睡熟的样子。他们把他平放在地下，解掉绳子，他还是不醒。他们把他翻来滚去，推推搡搡，好一会儿他才睁开眼，伸一伸手脚，好像酣睡初醒的样子；然后吃惊地转眼四望，说道：

“上帝饶恕你们吧！朋友啊，我正在过人世间所没有的美好日子，你们却把我拉出来了。我真是现在才知道，人生的快乐像梦幻泡影，一眨眼就过去，或者像田野里的花朵儿，开过就萎了。哎，生不逢辰的蒙德西诺斯！哎，身受重伤的杜朗达尔德！哎，薄命的贝雷尔玛！哎，哭哭啼啼的瓜迪亚那和如伊台拉的几个可怜姑娘！看了你们那里的湖水，就可见你们明媚的眼睛里流出了多少泪！①”

---

① 据西班牙人有关查理曼大帝的传奇，蒙德西诺斯是查理曼大帝的外孙，住在蒙德西诺斯地洞里，洞因此得名。杜朗达尔德和蒙德西诺斯是表兄弟，和狄尔洛斯伯爵（见本书第二十章）是亲兄弟。贝雷尔玛是杜朗达尔德的妻子。瓜迪亚那原是河名，发源于蒙德西诺斯地洞底的泉源，涌入如伊台拉湖（见本书第十八章），然后经过西班牙、葡萄牙，流入大西洋。传说瓜迪亚那是杜朗达尔德的侍从，如伊台拉是贝雷尔玛的傅姆。大魔术家梅尔林（Merlin）把这个侍从变成一条河，把傅姆和她的几个女儿变作相连的大小湖沼，称为如伊台拉湖。

堂吉诃德这些话好像是痛彻心肝的哀呻。那位表亲和桑丘留心听他说完，就请教他那些话什么意思，又问他在那个地狱里有什么见闻。

堂吉诃德说："你们把那个地洞叫作地狱吗？可别这么说！那是大错特错的；回头你们就会知道。"

他要吃些东西，因为饿得慌。他们把那位表亲盖在驮鞍上的毡子铺在草地上，搬出粮袋里的干粮，三人亲亲热热坐在一起，把午点和晚饭并作一顿吃。饭罢，堂吉诃德·台·拉·曼却说：

"孩子们，你们都坐着，留心听我讲。"

第二十三章

绝无仅有的妙人堂吉诃德讲他在蒙德西诺斯地洞里的奇遇——讲得离奇古怪，使人不能相信。

那时是下午四点钟，太阳隐在云后，天光暗淡；堂吉诃德乘着荫凉，要把自己在蒙德西诺斯地洞里的种种经历，讲出来请两位屈尊倾听①。他就开场叙说：

"从地洞下去大约八九丈，右边有一块凹进去的地方，搁得

① 这是模仿学院演讲开场的套语。

下一辆驾着几头骡子的大车。有一线微光从地面射进。我当时悬挂在黑黝黝的洞里,不知下去是什么路数,身体又累,心上又急,恰好看见那块凹处,就想进去歇一会儿。我大声叫你们等我通知再放绳子。可是你们准没听见。我把你们放下的绳子收了盘做一堆,坐在上面发愁。没人縋着我了,怎么下洞呢?我正想不出个办法,忽然睡着了。不知怎么的醒来发现自己在一片幽静的草地上;那美丽的风景,地面上从来没有,世界上心思最巧妙的人也想象不出。我睁大眼睛,自己揉了几下,知道不是做梦,确实是醒着。可是我还不放心,又把自己的脑袋、胸脯都摸索一番,证明我当时确是自己本人,不是幻影虚像,我的触觉、感觉和心里有条有理的思想,都证明那时那地的我,就是此时此地的我。我随即看见一座富丽堂皇的宫殿,墙壁看来是透明的水晶。殿门开处,出来一位道貌岸然的老者。他穿一件深紫色的长呢袍,直拖到地上,胸前和肩上围一条绿缎子的学士围巾,头上戴一顶黑色米兰式软帽,雪白的胡子垂到腰带以下。他不佩剑,只拿着一串念珠,颗粒儿比普通的核桃还大,间在每十颗中间的一颗①有鸵鸟蛋那么大。他那副庄严高贵的气派,叫人肃然起敬。他走到我面前,紧紧拥抱了我,说道:'英勇的堂吉诃德·台·拉·曼却啊,我们被魔法禁魇在这个隐僻的洞里,已经好多年了,直在盼望着你,等你来把这个洞里的秘密公之于世。这件事只有你这样的盖世英豪才承担得起。大名鼎鼎的先生啊,你跟我来,我要带你瞧瞧这座水晶宫里的奇事呢。我名叫蒙德西诺斯,是这座宫殿的终身主管。地洞的名称就是由我而来

① 天主教徒的念珠每十颗间一颗较大的。

的。'我听说了他是谁,就问世上相传蒙德西诺斯遵照好友杜朗达尔德临死的嘱咐,用小刀剖开这位朋友的胸膛,把他的心挖出来送给贝雷尔玛夫人,这话是否真实。他说确有这事,不过他使的不是刀子,也并不小,却是一柄比锥子还锐利的尖头匕首。"

桑丘插嘴道:"准是塞维利亚人拉蒙·台·奥赛斯①打造的匕首。"

堂吉诃德说:"我不知道:可是绝非拉蒙·台·奥赛斯打造的,因为他才去世不久,我讲的那桩惨事记载在隆塞斯巴列斯战史里②,是好多年代以前的老话了。况且你这考证无关紧要。"

那位表亲说:"对呀,堂吉诃德先生讲下去吧,我听得有趣极了。"

堂吉诃德说:"我讲着也觉得有趣呢。那位老者领我进了水晶宫,到一间地室里。那屋子荫凉极了,全是雪花石膏造成的。里面有一座大理石的坟墓,雕刻得非常精致。墓石上直挺挺地躺着一位骑士,他不是墓上常见的青铜、大理石或绿玉的像,却是有骨肉的人。他右手按在胸口靠心的一边。我看见手上毛茸茸的,筋都暴出来,可见很有力气。蒙德西诺斯没等我问,瞧我满面诧异,就对我说:'这就是我的朋友杜朗达尔德;在当时那些又勇敢又多情的骑士里,他是出类拔萃的。他和我,还有许多男男女女,都是法兰西魔术家梅尔林③用魔法禁魇在这

---

① 铸剑名手,和塞万提斯同时代而年辈略长。

② 杜朗达尔德是查理曼大帝手下的武士,死于隆塞斯巴列斯之役。贝雷尔玛是杜朗达尔德的情人。

③ 历史上的梅尔林(Merlin)是英国威尔斯人,五六世纪诗人。后来他和传奇里的魔术家梅尔林混为一人了。

里的。据说这个魔术家是魔鬼的儿子；我看他不是什么魔鬼的儿子，人家说他比魔鬼本事还大呢。他为什么禁魇我们，用的是什么法术，谁也不知道。不过总有一天会见分晓；我想那时期也不很远了。我只有一件事很诧异。杜朗达尔德是在我怀里咽气的，这就好比这会儿是大白天一样确实。他死后我亲手挖出了他的心——那颗心真有两磅重呢，因为据博物学家说，动物心脏大的，胆量也大。这位骑士分明是死了，可是他到现在还像活着似的，常要呻吟叹气，不知是怎么回事。'他刚说完，那伤心的杜朗达尔德大叫一声，说道：

——哎，蒙德西诺斯表哥啊！
我最后拜托你一件事：
你等我咽了这一口气，
灵魂脱掉躯壳，离开人世，
你就把我胸膛里的这颗心，
送给我情人贝雷尔玛氏，
你可以剖开胸膛挖取，
或用匕首，或者就用刀子。

蒙德西诺斯老人听了这番话，双膝跪下，含着两泡眼泪说：'杜朗达尔德先生，我最亲爱的表弟啊，咱们不幸失败的那天，你嘱咐我的话，我早已照办了。我很谨慎地把你一颗心全挖出来，胸膛里没剩一星半点儿。我用一块花边手绢儿把那颗心抹得干干净净；我随就把你埋了，然后带着那颗心到法兰西去。我一双手在你胸膛里掏摸了一番，染满鲜血，可是我为你流了那么多眼泪，竟把手上的血都冲洗干净了。我亲爱的表弟呀，我还有确凿的证据呢。我出了隆塞斯巴列斯，到了前面村上，就在你那颗心上撒了一把盐，防它变味儿，等送到贝雷尔玛夫人面前，那颗心虽然不新鲜，至少是腌上了。这多年来，贝雷尔玛夫人，你，我，你的侍从瓜迪亚那，傅姆如伊台拉和她的七个女儿、两个外甥女，还有你的许多相识和朋友，都被魔法师梅尔林禁魇在这里，虽然五百年过去了，咱们这些人一个都没死呢。只有如伊台拉和她的女儿和外甥女儿不在这里。梅尔林瞧她们哭哭啼啼，大概是可怜她们，就把她们一个个都变了湖沼，在人世间和拉·曼却称为如伊台拉湖。七个女儿变的湖是西班牙国王的，两个外甥女儿变的湖属于崇高的圣胡安会①。你的侍从瓜迪亚那也是为你伤心流泪，就变成了一条河，他的名字成了河名。他流到地面上，看到高空的太阳，想起自己把你抛下了，伤心得不可开交，竟又钻到地底下去了②。可是他究竟不能脱离天然的河道，还得时常出来见见阳光和世人的面。几个如伊台拉湖的水都流进他那河里，汇合起来，浩浩荡荡流入葡萄牙国境。不过他一路上忧忧郁郁，没有心情在自己的水里养育以美味闻名的鱼，他那条河里出产的鱼味道不鲜，很粗糙，和金色塔霍河里的鱼大不相同。哎，我的表弟啊，我这些话已经跟你讲过好多遍，你总不回答；我想你大概不信我，或者没听见吧。上帝知道，我为此多么痛苦。现在我要报你一个信，即使不能安慰你，总不会添你的烦恼。你可知道，梅尔林法师预言的那位大有本领的伟大骑士正站在你身边，你睁开眼就能看见他。这位堂吉诃德·台·拉·

---

① 如伊台拉湖据本书第十八章共有七个。照这里就有十个湖，又一说共有十一个，也有说是十五个的。两个外甥女儿变的湖在圣胡安会的领邑内。

② 瓜迪亚那河流过拉·曼却，钻入地下七八哩瓦，然后重在地面出现。

曼却使骑士道死灰复燃，比古代更光芒万丈。有他来出力援助，禁魔着咱们的魔法也许就能破除。大事业得大人物才干得成。'那可怜的杜朗达尔德有声无气地说：'即使破不掉，我说呀，表哥，捺下性子，洗牌吧。'①他不再多说，侧过身子照旧无声无息地躺着。这时忽听得嚎啕的号哭，夹着深长的叹息和哽哽咽咽的抽噎。我回头隔着水晶墙壁，看见一队美貌姑娘排成两行走来，都穿着黑色丧服，头上像土耳其人那样缠着白头巾。押队的女人神气端庄，看来像一位贵夫人。她也穿着黑色丧服，披的头纱又长又大，直拖到地下；缠头的白巾比别人的至少大两倍。她两条眉毛联成一道，鼻子有点儿塌，大嘴巴，嘴唇颜色鲜红，有时露出一口牙齿，稀稀落落，不整不齐，可是白得像去皮的杏仁。她双手托着一块细麻纱手绢儿，里面一件干瘪的东西，想必就是那颗腌成腊肉的心。据蒙德西诺斯说，那一队人全是杜朗达尔德和贝雷尔玛的侍女，跟男女主人一起着了魔术禁魇在那里的；末了一个拿手绢儿捧着一颗心的就是贝雷尔玛夫人。每星期她有四天带着侍女排队边走边唱；其实就是对杜朗达尔德的遗体和挖出的心哀唱挽歌。他说，贝雷尔玛在我眼里也许丑点儿，不像传说的漂亮。那是因为她中了魔法，日夜受罪，只要看她的大黑眼圈儿和一脸病容就知道。他说：'她脸发黄，眼下有黑圈并非因为妇女月月儿有的毛病，她已经好几个月，甚至好几年没那回事了。她看到时刻捧在手里的那颗心，想着情人的苦命，自己心上悲痛，所以变成那副模样。要不为那个缘故，她风姿艳丽，而且聪明活泼，可以把这一带无

① 这是西班牙赌徒的口头话。他们输急了打算洗牌再赌，常这么说。

人不知、举世闻名的贵小姐杜尔西内娅·台尔·托波索都比下去呢！'我当时说：'蒙德西诺斯先生，您别说溜了嘴，您只管讲您的故事，可是请别忘了，"比长较短，惹人反感"①，所以奉劝您别把谁跟谁比。绝世美人杜尔西内娅·台尔·托波索和堂娜贝雷尔玛夫人各不相干；我的话只说到这里。'他回答说：'堂吉诃德先生，您别见怪，我承认自己错了。我刚才说杜尔西内娅比不上贝雷尔玛夫人是我胡说。我忽然明白您是她的骑士，我咬掉舌头也再不把她来和任何人比较，除非和天比。'我当初听了那番品评很生气，后来伟大的蒙德西诺斯对我赔了这么个礼，我就心平气和了。"

桑丘说："可是我很奇怪，您怎么不揪住老头儿，把他浑身骨头都踢断，把他胡子拔得一根儿不剩呀？"

堂吉诃德答道："那不行，桑丘朋友，我要那样就是我不对了。咱们得尊敬老人，即使他不是骑士也该尊敬，何况他是一位骑士，又中了魔法，更不用说了。我们俩还谈了许多话，我记得我们彼此都没有欠礼。"

那位表亲插嘴道：

"堂吉诃德先生，您在地底下才一会儿工夫，我不懂您怎么看见了这么许多东西，还讲了这么许多话。"

堂吉诃德问道："我下去了多久呀？"

桑丘答道："一个多钟头吧。"

堂吉诃德说："绝不可能，我在那儿天黑了又天亮，天亮了又天黑，一共三次。照我估计，我在那个隐僻的洞里过

---

① 西班牙谚语。

了三天。”

桑丘说：“我主人的话一定没错儿。他碰到的事都是着了魔道的，说不定我们觉得是一个钟头，他在那边儿却仿佛是三天三夜了。”

堂吉诃德说：“准是这么回事。”

那位表亲问道：“我的先生，您那些时候吃东西没有呢？”

堂吉诃德答道：“一口都没吃，也不觉得饿，压根儿没想到吃喝。”

那位表亲问道：“着魔的人吃东西吗？”

堂吉诃德答道：“他们不吃东西，也不大便，一般认为他们的指甲、胡须和头发会长。”

桑丘问道：“先生，着魔的人睡觉不睡呢？”

堂吉诃德答道：“当然不睡。至少我跟他们一起的三天里，谁都没合眼；我也和他们一样。”

桑丘说：“这就应了咱们的老话：‘跟谁一起，和谁一气。’您和着了魔挨饿熬夜的人在一起，当然也就不吃不睡了。可是我的主人啊，我有句话您别见怪。您讲的这许多事，假如哪一点我会当真，让上帝把我带走吧！——我差点儿没说让魔鬼把我带走！”

那位表亲说：“怎么不当真？难道堂吉诃德先生撒谎了吗？他即使要撒谎，这一大堆谎话也来不及编呀。”

桑丘说：“我不信我主人是撒谎。”

堂吉诃德问道：“那么你说是什么呢？”

桑丘答道：“您不是说，您在那边儿地底下和一大群着魔的人在一起吗；我想那个梅尔林，或者对那伙人施行魔法的魔术家们，准把您讲的这套故事安装在您心眼里了。”

堂吉诃德答道:“桑丘啊,你说的都可能,不过并不是这么回事。我刚才讲的都是我亲眼看见、亲手摸过的。蒙德西诺斯带我见识了不知多少奇奇怪怪的事,这会儿没工夫细说,咱们路上等有机会,我再慢慢儿讲给你听。可是我现在告诉你一件事。他指给我看三个乡下姑娘,在那片阴凉的草地上像山羊似的跳跳蹦蹦。我一看认出一个是绝世美人杜尔西内娅·台尔·托波索,另外两个就是咱们在托波索城外看见和她一起的那两个乡下姑娘。你说怪不怪?我问蒙德西诺斯是否认识那几个女人。他说不认识,她们在那片草地上才出现了不多几天,想必是几个着了魔道的贵家小姐。他说这并不稀罕,因为从古到今,着了魔道、变成奇形怪状的女人,那儿多的是,有两个他都认识:一个是希内布拉王后;还有一个是她的傅姆金塔尼欧娜,朗赛洛特

‘刚从不列颠到此,’

曾为他斟酒的。”

桑丘听了主人这番话,觉得岂有此理,简直笑死人。他明知杜尔西内娅着魔是他捣的鬼,魔法师就是他本人,证据也是他捏造的。所以他断定主人已经神识昏乱,完全疯了。他说:

“亲爱的主人啊,您下地洞真是交了坏运,又逢季节不利,日子不好;您碰到蒙德西诺斯先生准又是倒霉的时辰,害您回来变了个样儿。您当初在地面上好好儿的,上帝给您的好头脑没一点毛病,随时还引用格言成语教训人呢;可是您现在满嘴尽是荒唐透顶的胡言乱语了。”

堂吉诃德说:“桑丘,我知道你这个人,所以不会把你的

话当真。”

桑丘答道:“您尽管为我刚才说出口的话或想说没说的话打我杀我,您讲的那通话不经修改,我还是不会当真的。趁现在您还没和我翻脸,我请问您:您凭什么知道那位贵小姐就是咱们的女主人呢?您跟她谈话了吗?您说了什么?她怎么回答的?”

堂吉诃德答道:“她还穿着上次你指给我看的时候她穿的那套衣服,所以我认得。我和她说话,她一句也不答理,转身飞也似的跑了,比射出去的箭还快。我想追她,可是蒙德西诺斯说追不上她,劝我别白费力,况且一会儿我就该出洞回来了。他又说:他将来会教我怎样破掉禁魇着他们一伙人的魔法。可是我在那里见到一件事是我最伤心的。蒙德西诺斯和我讲话的时候,那位倒霉小姐杜尔西内娅的一个女伴悄悄地跑到了我身边来,两眼含泪,颤声低语说:‘我们的杜尔西内娅小姐吻您的手,请您把近况告诉她。她现在手头很窘,所以恳求您借六个瑞尔给她——或者您身上有多少都借给她,凭我手里这条新棉布衬裙做抵押,她保证不久就还您。’我听了这话很吃惊,就转身问蒙德西诺斯说:‘蒙德西诺斯先生,贵人家女子着了魔道难道也会穷困吗?’他说:‘堂吉诃德·台·拉·曼却先生,您听我讲:穷困是普遍的,哪儿都有,谁都难免,着魔的人也免不了。杜尔西内娅·台尔·托波索小姐既然叫人来借这六个瑞尔,抵押品看来也不错,您借给她就是了。她一定窘得日子不好过呢。’我说:‘我不要抵押品,也不能如数给她,因为我这里只有四个瑞尔。’桑丘啊,那就是你上次给我路上布施穷人的。我把那四个瑞尔给了她说：'朋友，烦你转告你家小姐，她手头拮据，我知道了很难受，巴不得自己有傅加①的巨富来资助她。还请你告诉她：我见不到她的娇容，听不到她的妙语，身体怎么也好不了。我一片至诚，求她给个机会，让她所颠倒的骑士和她见个面儿、说个话儿。还有句话也请你转达。从前曼土阿侯爵眼看他外甥巴尔多维诺斯在山坳里快要咽气的时候，曾经发誓为他外甥报仇，说这个仇不报，他吃面包决不摊桌布，等等；我也要照样发誓为她解除魔法。我从此要走遍世界七大洲，比葡萄牙太子堂贝德罗还走得远②；她着的魔法不破，我决不休息。我这个誓，她也许无意间会风闻到。'那姑娘说：'您对我们小姐这样是应该的，还不够呢。'她拿了那四个瑞尔凌空一跳，离地有两个瓦拉；就算是对我行的礼。"

桑丘听到这里，大嚷道："哎呀！神圣的上帝啊！我主人好好儿的头脑，竟变得这样疯疯癫癫，世界上怎会有这等奇事呀？魔术家和魔法怎会有这么大的法力呀？哎，我的先生，您看上帝分上，注意保全自己的声名，别胡思乱想搅浑了脑筋啊！"

堂吉诃德说："桑丘，你是因为爱我，才这么说。这都是你浅见寡闻，凡是异常的事，你就以为不可能了。我刚才跟你说过，等我将来慢慢儿把我在那边经历的事讲些给你听，你就会相信我这会儿说的都千真万确，没什么可争辩的。"

---

① 傅加(Fugger)是瑞士人，十五世纪在奥格斯堡(Augsburgo)起家致富；这个家族在十五、十六世纪是大金融家。

② 据1570年在萨拉果萨出版的《葡萄牙太子堂贝德罗在世界四大洲旅行记》堂贝德罗只行遍当时知名的四大洲。

第二十四章

许多细枝末节，可是要深解
这部巨著却少不了。

据这部历史巨著的译者说，他据熙德·阿默德·贝南黑利的原作，翻译到蒙德西诺斯地洞探险一章，发现书页边缘上有作者亲笔批的一段话，照译如下：

“我怎么也不信英勇的堂吉诃德确实经历了前一章所写的种种。他以前遭遇的奇事都可能，也像是真的，地洞里的这番却出于情理之外，没一点真实的影子。我也决不能说堂吉诃德撒谎，因为他是当代最诚实的君子，最高尚的骑士，即使用乱箭射死他也不肯说半句谎话的。而且他还说到种种细节，一刹那决没工夫编出这么成套的谎话来。所以这段情节如有虚造之嫌，不能怪我。我不问真假，只是有闻必录。读者先生，你是有眼光的，请你自下判断，这不是我的事，我也无能为力。不过确有人说，堂吉诃德临终承认这段经历是自己编的，因为读过的小说里都有这么一套。”阿默德插了这几句话，言归正传：

那位表亲很惊讶，想不到桑丘竟敢冒犯主人，而他主人却又容忍他。看来，杜尔西内娅·台尔·托波索尽管着了魔，堂吉诃德见到了这位意中人一定很高兴，所以当时脾气显得那么和悦；不然的话，桑丘挨一顿板子正是活该，因为他对主人的语言实在是太放肆了。那位表亲对堂吉诃德说：

“堂吉诃德先生，我觉得跟您走这一趟获益匪浅，少说有四项好处。第一，我有幸认识了您。第二，我知道了蒙德西诺斯地洞里的秘密，以及瓜迪亚那河和如伊台拉湖是怎么转变出来的；我正在编写《西班牙的奥维德》，这些都是好材料。第三，我发现了古代就有的纸牌戏。您说，杜朗达尔德听蒙德西诺斯讲了一大通话，醒来说：‘捺下性子，洗牌吧。’由此可见早在查理曼大帝时代已经玩纸牌了。因为他这句话绝不是着魔以后学来的，准是着魔以前、在法兰西查理曼大帝时代就行得这么说了。我写的那部《维吉尔·波利多罗〈古代事物渊源考〉补遗》里，波利多罗准遗漏了纸牌的渊源；我恰好可以补进去。这件事很重要，而且像杜朗达尔德先生那样真诚的人，说的话一定可靠。第四，我确实查明了瓜迪亚那河的来源，这事直到现在还没人知道呢。”

堂吉诃德说：“是啊，不过您这些书是否能批准出版，还拿不定吧？如果上帝施恩，您能获得批准，我请问您打算把书献给谁呢？”

那位表亲说：“接受我献书的王公贵人，西班牙多的是啊。”

堂吉诃德答道：“并不多。不是他们不配，却是他们不愿意接受。他们觉得作者的努力和敬意该有报酬，他们不肯承担这项义务。可是我认识的一位贵人和那些人不同；他一力承担了这项义务，而且慷慨豪爽，假如我把他待人的好处全说出来，只怕许多有气量的人也要眼红呢①。现在没工夫说这些闲话，咱们且去找个地方过夜吧。”

---

① 指塞万提斯的保护人雷莫斯(Lemos)伯爵。

那位表亲说："离这儿不远住着个隐居的修士，据说当过兵，大家承认他是个好基督徒，很有识见，待人也很厚道。他住房旁边有一间小屋，是自己花钱盖的，小虽小，留几个客人过夜还行。"

桑丘问道："那位隐居的修士养母鸡吗？"①

堂吉诃德说："不养母鸡的隐士很少，从前埃及沙漠里修道的隐士，穿的是棕榈叶，吃的是草根，现在的隐士不是那样的了。我说那时候的隐士好，并不是说现在的不好，只是现在那些隐士不如从前那样苦行清修。可是不能就以为现在的都不好，至少我认为他们是好的。随他们多坏吧，假冒为善的伪君子总比公开作恶的坏蛋好一些。"

他们正说着话，看见有个人徒步而来，用棍子打着一头驮着长枪长戟的骡子急急赶路；他走近了也不停步，匆匆打个招呼就过去了。堂吉诃德喊他说：

"老哥啊，你歇歇吧；你走得太急了，只怕你这头骡子吃不消呢。"

那人说："先生，我不能歇啊。我这儿带的兵器是明天要用的，所以歇不得。再见吧。我今晚打算在隐士住处再向前的客店过夜，你要是也走这条路，咱们会在客店碰头；你如要知道这些兵器是干什么用的，我可以讲些新闻给你听。再见吧。"

他急急趱骡前去，堂吉诃德没来得及探问什么新闻。他好奇心重，按捺不住，决计立刻动身到那家客店过夜，不去光顾那位表亲所说的隐士了。

---

① 作者有一首十四行诗《致一位隐居山野的修士》，形容一个流氓打架受了伤，逃到乡僻处冒充修士，一手扶杖，一手拿念珠，还带着打鸟的弹弓和相好的女人。桑丘所指就是这种人。

三人上了牲口,立即取道直往客店,到傍晚才赶到。那位表亲半路上向堂吉诃德建议问隐士要口酒喝。桑丘·潘沙听了立即带转他的灰驴儿向那里跑去;堂吉诃德和那表亲也跟着带转牲口。可是桑丘的运道看来不行,偏偏隐士不在家——这是跟随隐士修道的女人说的。他们问她要些高价的酒①;她说主人没有高价的酒,如要廉价的水,她乐于供给。

桑丘说:"我要是爱喝水,路上有的是井,尽可以喝个畅快。哎!卡麻丘的喜酒啊,堂狄艾果家的大吃大喝啊,真叫我念念不忘!"

他们离开隐士家,催动牲口往客店去,走不多远,看见前面有个年轻小伙子,他并不急急赶路,他们一会儿就追上了。那小伙子肩上扛着一把剑,剑上挑着一捆衣服,看来是他的宽腿裤、大氅、衬衣之类。因为他身上只穿一件丝绒短袄,袄上有几处光秃秃的像缎子那么发亮;袄儿下面露着衬衫。他脚上穿着丝袜和京城时行的方头鞋②。这人约莫十八九岁,满面高兴,身体看来很矫健,一面走,一面唱歌儿解闷。他们追上他的时候听他刚唱完一段,那位表亲记得他唱的是:

　　我从军是因为穷困;
　如果有钱,我决不肯。

堂吉诃德先去和他攀话说:

"漂亮的先生啊,您这样走路倒是轻便得很。我冒昧请问,您到哪儿去啊?"

---

① 塞万提斯的时代,马德里有两种酒店:一种只供应便宜的酒(de lo barato);一种兼供高价的酒(de lo caro),顾客须说明要高价的或便宜的酒。

② 赖尔玛(Lerma)公爵因足茧喜穿方头鞋,京城就时行这种式样。

那小伙子答道："我轻装走路是因为天热，也因为穷。我是去投军的。"

堂吉诃德道："因为天热不消说得；因为穷是什么道理呢？"

那年轻人说："先生，我这捆衣服里有一条丝绒裤子，和这件短袄是一套；要是路上糟蹋了，进城穿上不像样，我却没钱另买新的。我是为这缘故，也为了图凉快，所以这样轻装赶路，等到了驻军的地方再穿上；还有十二哩瓦的路呢。我打算到那儿去投军。从那儿上船反正有车辆；据说船在伽太基。我不愿意再待在京城里伺候穷光蛋了，宁可伺候国王，为他打仗去。"

那表亲问道："您得过什么赏赐吗？"

那小伙子说："我如果伺候了西班牙哪一位当朝大佬或王公贵人，准有赏赐到手。这全靠投奔的主子好。阔人家的佣人常会升做旗手呀，上尉呀，或弄到个把好饭碗儿。可是我倒霉，老伺候些谋差使的或碰运气的，工钱少得可怜，浆洗一条领子就花了工钱的一半①。当个小厮，东家干了到西家，会交什么好运才怪呢。"

堂吉诃德说："朋友，您老实说，您伺候了几年，难道连一套号衣都没挣到手吗？"

那小厮说："我得过两套。主人家给的号衣是专为他们自己装门面的；他们到京城来办完了事回家，就把号衣又收回了。您不见新修士没正式入会，出院得交还道袍、换上自己原来的衣服吗？我就和他们一样。"

堂吉诃德说："真是意大利人所谓'精明刻薄'了。不过您

① 1601年在瓦利亚多利德浆洗一条领子的价钱是十四到二十六文。

抱着一腔壮志离开了京城,还是大可庆幸的。您是首先为上帝效力,其次为自己的国君,而且干的是当兵的一行,这是世界上最光荣、最有益的事。干武的行业不如干文的赚钱,可是武的比文的光荣;这句话我已经说过多次了。尽管由文人起家的比由武士起家的多,武士有说不出的高尚,独具光彩,压倒一切,文人是比不上的。我现在有句话希望您记着,困难的时候会对您有帮助也有安慰——就是说呀:什么倒霉事都别去愁它,最坏无非一死;如果死得好,死就是最好的事。有人问古罗马英雄凯撒大帝,怎样死最好。他说,最好是意外的,突然的,没准备的①。虽然这话出于一个不知有上帝的异教徒,可是很有道理,因为这样就省了心理上的苦恼。假如你在两军交锋时候阵亡,那么,管它是炮弹打死或地雷炸死呢?反正总是一死,事情就完了。据泰仑斯说:阵亡远比逃命光荣②。好战士对指挥官越服从越光荣。我还告诉你,孩子,战士身上带着火药味,胜如带着麝香味。假如你这个光荣的职业直当到老,尽管你浑身伤疤,折了手,瘸了腿,你至少也是个光荣的老人,而且你那份光荣是穷困压不灭的。况且咱们国家正设法救济老弱残废的军人呢。现在有些人家嫌老年的黑奴不能干活儿,就借口'解放他们',把他们赶出门,让他们被饥饿驱遣到死;国家不能用这种办法对待年老的战士。我这会儿不想多讲,只请你骑在我鞍后,咱们一起上客店吧。我请你吃晚饭,明天早上你再赶路去。但愿上帝不负你的好志气,给你一份好运气。"

---

① 见苏威东尼欧(Suotonio)《十二大帝传》第一卷第八十七节。

② 泰仑斯(Terencio,纪元前195—前159),古罗马喜剧家。塞万提斯在本书卷头语里也用了这句话,但泰仑斯作品里并没有这句话。

那小伙子没骑堂吉诃德的马，只接受他的邀请到客店同吃了晚饭。当时桑丘心上暗想："上帝保佑我这位主人吧！他能说这么一大套很有道理的话，怎么又说他见到了蒙德西诺斯地洞里那些胡说八道的事呢？嗐！这怎么讲呀？"

他们到客店已经暮色苍茫。桑丘很高兴，因为他主人知道客店是客店，没像往常那样当作堡垒。他们一进门，堂吉诃德就向店主打听那个运送长枪长戟的人。店主说，那人在马房里安顿他的骡子呢。那位表亲和桑丘也就去安顿他们的驴，把马房里最好的马槽和最好的地方让给驽骍难得。

第二十五章

学驴叫的趣事，演傀儡戏的妙人，
以及通神的灵猴。

堂吉诃德就像热锅上的蚂蚁一样，要听运送兵器的人讲新闻。他到马房去找到了那人，盯着要他立刻就讲。那人说：

"我那件新闻不能站着匆匆忙忙地讲。好先生，让我喂饱了牲口，准讲给您听。"

堂吉诃德说："你别耽搁吧，什么事我都可以帮你干。"

他说到做到，忙去筛大麦，洗马槽。那人瞧他这样不拿身份，也就愿意依他的请求讲给他听。那人去坐在一条石长凳上，堂吉诃德和他并坐，那位表亲、那个小厮、桑丘·潘沙和店主都围在旁边。那人说：

“各位先生请听，离这个客店四个半哩瓦有个市镇。市政府里有位委员，他丢了一头公驴；这是他家一个丫头捣的鬼，免得啰唆，详情就不说了。这位市政委员千方百计地找，总找不到。过了半个月，据说市政府另一位委员在广场上碰到丢驴的那个同僚，就对他说：‘老哥啊，你得好好谢我，我报你一个好消息，你的驴找着了。’那人说：‘我一定谢你，还要重谢呢。可是请问，我那驴在哪儿呢？’那人说：‘在树林里，我今儿早上看见的。它驮鞍也没了，身上装备的东西什么都没了，瘦得那副样子，瞧着简直心疼。我想把它赶回你家来，可是它已经野了，怕见人。我走近去它就逃跑，直躲到树林深处去了。你要是愿意跟我找去，我回家安顿了这头母驴就回来。’公驴的主人说：‘谢谢你，将来一定竭力厚谢。’我讲的这些细节，知道真相的人都讲过，和我讲得一个样儿。干脆说吧，两位委员一起走到树林里去找那头驴子。可是找来找去，影踪全无，找遍了邻近四围都没有。发现那驴子的人就对失主说：‘老哥啊，你听我说，我想到个办法。这头驴即使不在树林里，竟埋在地底下，我这办法也一定能找它出来。我会学驴叫，叫得活像；假如你也能将就叫两声，咱们就拿定能找到它。’失主说：‘老哥啊，说什么将就叫两声呀？我凭上帝发誓，我叫得比谁都像，驴子都不如我呢。’

“那一位说：‘咱们等着瞧吧。我是这样打算：你沿着树林这边走，我沿那边走，就把周围都走遍了；每走几步，你学一声驴叫，我也学一声，那头驴要是在树林里，一定听见，就会和咱们答腔。’失主说：‘老哥，你不愧天才，这个办法妙极了！’两人就按计行事，分头走去。他们学驴叫差不多是同时，彼此都把对方的叫声当作真的驴叫,以为驴找着了,忙寻声赶去。两人一会面,那失主说:‘老哥啊,难道刚才叫的不是我那头驴吗?’那一个说:‘不是驴,是我啊。’失主说:‘老哥,我老实说吧,要是单凭叫声呀,你跟驴子没一点分别。我这一辈子没听见过学驴叫这样活像的。’出主意的那人说:‘老哥,这几句夸奖回敬你自己才对。我凭创造我的上帝发誓,世界上驴叫学得最像的也输你一着。因为你中气足,声音的高低长短、节奏的回旋顿挫都恰到好处,惟妙惟肖。我实在自愧不如,对你的绝技低头佩服。’失主说:‘哎,我说呀,我凭这一技之长,可算是有点本领,从此可以自豪了。我以前也觉得自己驴叫学得不错,可是没知道有你说的这么绝。’

“那一个说:‘我告诉你,有些绝技在这个世界上是白糟蹋了;有了本事不会用,就冤枉了这套本事。’失主答道:‘咱们这套本事要不是为咱们这会儿的事,别处也用不上;就为这件事,也得上帝保佑才行呢。’他们讲完又分头走开,重又学起驴叫来。他们每次听到对方的叫声,总当作真的驴叫,两人又找到一处去。后来他们约定一个暗号,每次连叫两声,表明是学叫的,不是真的驴叫。他们这样走几步连叫两声,把一座树林绕遍。失踪的驴并没有应和,声息全无。它怎会应和呢?这头可怜的驴在树林深处已经给狼吃了。他们发现了残骸,失主说:‘怪道呢,我说它怎么不应一声;因为它只要没死,听到咱们叫,一定会答应,不然就不是个驴了。可是老哥,我虽然费尽力气,只找到吃剩的死驴,我却领教了你这样妙的驴叫,这就很上算了。’那一个说:‘老哥,“还让你第一”;“修道院长唱得好,助手也呱呱叫”。’①两人白忙一场,哑着嗓子回镇。他们把寻驴

① 西班牙谚语。

的事原原本本告诉亲友,还彼此互相吹捧了一通。这件事就在附近村镇上传开了。魔鬼是不偷懒的,最喜兴风作浪,随时到处搬是弄非。他调唆得别处镇上的人一见我们镇上的人就学驴叫,分明是当面嘲笑我们的市政委员。小孩子也跟着闹,这就好比发动了全地狱的小鬼。一处处村镇上都学起驴叫来,害得我们镇上的人就此像白人里的黑人一样惹眼。这场玩笑闹得非常没趣,我们几次拿了兵器,结队和嘲笑我们的人打架。谁也劝不住,平时怕事退缩的也一齐动手。最欺侮我们的是两哩瓦以外的一个镇。我估计明后天我们学驴叫的镇上要结队和那个镇上的人打架去。我买那些长枪长戟是为了早做准备。这就是我所说的新闻;也许你听来很平常,可是我没有别的事奉告了。"

他刚讲完,客店门口来了个人,穿的长统袜、裤子,上衣都是麂皮的;这人高声问道:

"店主先生,有房间吗?未卜先知的猴子马上就到,梅丽珊德拉脱险的戏也就要来开演了。"

店主说:"唷!这不是贝德罗师傅吗!今晚上咱们可热闹了!"

上文忘了说,这位贝德罗师傅用绿绸子摊的膏药贴没左眼和小半边脸,好像那半个脸上有什么毛病。店主接着说:

"欢迎啊,贝德罗师傅,猴子和演戏的道具在哪儿呢?我没看见呀。"

那一身麂皮衣的人说:"说话就来。我抢先一步,瞧瞧有没有房间。"

店主说:"您贝德罗师傅要房间,即使阿尔巴公爵①住的也

① 阿尔巴公爵(Duque de Alba,1508—1582)曾见上部第三十九章,他是西班牙的大将军,曾征服葡萄牙,是赫赫有名的人物。

腾给您！您把猴子和道具运来吧，今晚店里有客，您的戏和猴儿准赚钱。”

贴膏药的人说：“那好极了，我一定减价；只要不亏本就是好交易。我去招呼拉着猴儿和道具的车赶紧就来。”

他随即出去了。

堂吉诃德问店主贝德罗师傅是谁，带的是什么戏的道具和什么猴儿。店主说：

“那人是演傀儡戏的名手，常在曼却·台·阿拉贡①一带来往，演的是《鼎鼎大名的堂盖斐罗斯解救梅丽珊德拉》。故事很有趣，演得又精彩，这一带地方多年来没见过这样的好戏。他还带着一只猴儿；那猴儿的本领别说猴儿里少见，咱们人都没有的。问它什么事，它会留心听着，然后跳上它主人的肩膀，咬耳朵把答话告诉主人；这贝德罗师傅就替它说出来。它讲的多半是过去的事，不大讲未来；尽管不是句句都准，大致是不错的，因此我们相信它有魔鬼附身。它每说一件事——我意思是它咬着主人的耳朵叫他传一次话，就要收两个瑞尔，所以大家认为这位贝德罗师傅非常有钱。他是意大利人所谓‘上等人’‘好伙伴’②。他日子过得好极了，说起话来，一人抵六人；喝起酒来，一人抵十二人。他靠的不过是自己一条舌头、一只猴子和一套傀儡戏。”

正说着，贝德罗师傅已经回来，拉傀儡戏道具和猴子的车也来了。那猴子很大，没有尾巴，光秃秃的屁股磨得一毛不剩，脸

---

① 这是拉·曼却东部近阿拉贡山（Monte Aragón）的地区；山那边就是阿拉贡。

② “好伙伴”（bon compaño）指和蔼可亲、喜欢和人一起吃喝玩乐的人。

相却并不凶恶。堂吉诃德一见那猴子,就问它:

“未卜先知的先生,请问您,我们交的是什么运?前途怎么样?瞧,这是我的两个瑞尔。”

他吩咐桑丘拿两个瑞尔交给贝德罗师傅。贝德罗师傅替猴子答道:

“先生,凡是未来的消息,这畜生是不泄露的;过去的事它多少知道些,现在的也知道一点点。”

桑丘说:“真是!我才不花一个子儿请人讲我过去的事呢!谁比我自己还知道得清楚呀?花钱请教别人就太荒唐了。不过猴儿精先生既然知道现在的事,这里是我的两个瑞尔,请问您,我老婆泰瑞萨·潘沙这会儿在干什么?怎么样儿消遣?”

贝德罗师傅不肯收钱,说道:

“还没有为您效劳呢,不能先拿报酬。”

他用右手拍拍自己的左肩,那猴儿就跳上去,把嘴巴凑着他的耳朵,牙对牙切切地响,过了一会儿就跳下来。贝德罗师傅忙抢到堂吉诃德面前,双膝跪倒,抱住他的腿,说道:

“我抱着的这两条腿呀,就好比赫拉克利斯的两根柱子①!您就是重光骑士道的大伟人、赞不胜赞的骑士堂吉诃德·台·拉·曼却呀!懦弱的人靠您壮胆,要跌倒的人靠您支持,躺下的人靠您扶起来,一切不幸的人都靠您帮助和安慰!”

堂吉诃德怔住了,桑丘惊奇得傻了,那位表亲骇然,那小厮莫名其妙,驴鸣镇上的人直发愣,店主也目瞪口呆,总而言之,演

① 指地中海入口对峙的两座山峰,一在西班牙的直布罗陀,一在非洲摩洛哥的休达,相传两峰本是一座山,赫拉克利斯因要越过这座山到加的斯去,把这座山一劈为二,因此称为赫拉克利斯的柱子。

傀儡戏的这番话使人人都十分惊讶。他接着说：

“你呀，桑丘·潘沙老哥，世界上头等好骑士的头等好侍从啊，你放宽了心，你的好老婆泰瑞萨身体很好，这会儿正在梳理一磅麻。我还可以说得仔细点儿：她左边有一把缺口壶，装着好一壶酒，她一边干活儿，一边喝酒消遣呢。”

桑丘答道：“这话我完全相信，她就是这么个会享福的。只要她不吃醋，她比我主人说的那位才德双全的女巨人安当多娜还好呢。有些女人宁可背累儿孙，也不亏待自己，我的泰瑞萨就是这样的。”

堂吉诃德说：“哎，一个人读破万卷书，走遍万里路，就见多识广。可不是吗？我要不是这会儿亲眼看见，怎会相信有通神的猴子呢！我正是这位猴儿先生所说的堂吉诃德·台·拉·曼却，只是它夸赞太过了。可是不管怎么说吧，谢天谢地，我确是生来心热肠软，总想待人好，只怕亏负了谁。”

那小厮说：“我如果有钱，就要问问猴子先生，我这趟出门会有什么遭遇。”

贝德罗师傅已经从堂吉诃德脚边爬起来，听了这话，答道：

“我刚说了，凡是问未来的事，这小畜生一概不回答的；它要能回答呀，没钱也不要紧。我如果能为堂吉诃德先生效劳，什么利益都不计较。我现在得去布置我的戏台了，因为我已经答应请大家看白戏，借此为堂吉诃德先生解闷消遣。”

店主大喜，忙去指点哪里可搭戏台，一会儿工夫戏台就搭好了。

堂吉诃德觉得一只猴子居然这样通灵，不管它知道未来也罢，过去也罢，总是旁门邪道，所以有几分戒心。他乘贝德罗师傅去布置戏台，就拉桑丘到马房角落里，背着人讲几句私话。他说：

"桑丘啊，你听我说，那猴儿太神了，我仔细想来，它主人贝德罗师傅准和魔鬼订过约：或是默契，或有明文。"

桑丘道："假如是魔气①，又是和魔鬼定的，那就不用说，准是顶肮脏的臭气。可是贝德罗师傅要那魔气什么用呢？"

"你没懂我的意思。我是说，他准和魔鬼订过什么合同，让猴儿借魔鬼的本领说话，他就靠着吃饭，他发了财将来把自己的灵魂交给魔鬼；这个与全人类为敌的魔鬼专要人的灵魂。不信你只要看，那猴子只知道过去和现在的事；魔鬼所知道的不也是这么一点儿吗？魔鬼不能预知未来，只会猜测，也猜不大准。只有上帝不论过去、现在、未来，无所不知。所以那猴子的话分明是魔鬼的口气。我不懂怎么没人向宗教法庭去告发他，对他严加审讯，逼他吐出真情，究竟靠了谁能有这么大的神通。因为那猴子分明不是星命家，它和主人并没有批出个'命造'和'运道'来；他们没这个本领呀。现在西班牙盛行算命；小娘儿们、小当差的或补鞋的老头子，都会胡乱批个命书，就像地下拣一张纸牌那么容易。他们假充内行，胡说乱道，糟蹋了这门真正的学问。我知道有位夫人请教星命家她的小哈巴狗会不会生育，一窝下几只，什么毛色。那算命先生批了命，说那哈巴狗会生育，一窝下三只，一只绿，一只红，还有一只杂色，不过受孕的时辰必须在星期一或星期六的白天或晚上十一二点之间。过两天那只母狗吃得太饱胀死了。那算命的在当地就像别的算命先生那样成了

① 桑丘不懂"默契"，听错了。

‘铁口’。”

桑丘说：“不过我倒希望您叫贝德罗师傅问问那猴子，您在蒙德西诺斯洞里经历的事是不是真的，因为——您别见怪啊，我觉得像唬人的瞎话，也许只是个梦。”

堂吉诃德答道：“都可能。你怎么主张，我都依你；不过我总有点儿说不出的顾忌。”

恰好贝德罗师傅跑来，说傀儡戏台已经搭好，请堂吉诃德先生看戏去，那出戏值得一看。堂吉诃德就告诉贝德罗师傅：他想请教猴子，他在蒙德西诺斯地洞里的经历究竟是梦是真，因为自己都分不清。贝德罗师傅并不答话，回去带了猴子来，当着堂吉诃德和桑丘的面，对猴子说：

“猴儿先生，这位骑士想请教你，他在一个蒙德西诺斯地洞里的经历究竟是假的还是真的。”

贝德罗师傅打了个照例的信号，猴子就跳上他左肩，在他耳边仿佛窃窃私语，贝德罗师傅听完就说：

“猴子说：您在那洞里经历的事，一部分是假的，一部分是真的。您问的事它只知道这些，别的可不知道了。您如果还有旁的要问，等下星期五吧；据它说，这会儿它的神通已经使尽了，要到星期五才复原呢。”

桑丘说：“我的主人啊，我不是跟您说的吗？我不信您在地洞里遭遇的那些事全是真的，连一半儿都信不过。”

堂吉诃德答道：“将来总会有分晓。什么事都有个水落石出，哪怕埋在地底里的，到时候也会露出来。这会儿甭多说了，咱们去看贝德罗师傅的戏吧，我想总有点儿新鲜玩意儿。”

贝德罗师傅答道：“怎么说有点儿呀？我那戏里有六万种

新鲜玩意呢！堂吉诃德先生，我告诉您，我那出戏是全世界最有趣的。‘你们纵然不信我，也当相信这件事。’①我得开场演戏去；时候不早了，戏里要表演和讲解的情节多着呢。”

堂吉诃德和桑丘依言跑去看戏。戏台已经布置好，周围点满了小蜡烛，一片辉煌灿烂。贝德罗师傅随即钻进帷幕，因为戏里的傀儡得他来操纵。有个男孩子是他的徒弟，站在帷幕外面，由他讲解戏里的情节，并用棍子指点一个个出场的角色。

全客店的人都坐在戏台前面，也有站着的。堂吉诃德、桑丘、那小厮和那位表亲坐在最好的座位上。讲解员就开始讲解。欲知戏里事，请看下章文。

第二十六章

续叙演傀儡戏的妙事，以及其他
着实有趣的情节。

“泰雅人和特洛埃人都静寂无声”②，

因为看戏的都专心等着听讲解。帷幕里响起一片铜鼓喇叭声，又有好几响炮弹。随后那男孩子朗着嗓子说道：

① 这里引用《新约全书·约翰福音》第十章第三十八节的话。

② 这是古罗马的维吉尔《伊利亚特》史诗第二卷第一行，塞万提斯引自1557年版的西班牙文译本。

“这里表演的是一件千真万确的事,每字每句都是从法兰西历史和西班牙民歌里来的。这是堂盖斐罗斯先生救回他夫人梅丽珊德拉的故事。梅丽珊德拉给西班牙桑苏威尼亚城的摩尔人抢去了——那时候的桑苏威尼亚就是现在的萨拉果萨①。请看!堂盖斐罗斯正在那里掷骰子玩儿,正是歌谣唱的:

堂盖斐罗斯在掷骰子赌博,
他早已把梅丽珊德拉抛在脑后。

这会儿出场的是查理曼大帝:请看他头戴皇冠,手拿宝杖;传说他就是梅丽珊德拉的父亲。他瞧女婿这么悠闲自在很恼火,跑来骂他了。请看他骂得多狠啊,恨不得用宝杖去打他几下呢。有人说他确实打了,而且打得很重。他把女婿教训了一顿,说如果不设法救出自己的妻子,就丢尽了脸。他说:

——我的话到此为止,你仔细想想吧。

瞧,这位大皇帝转身走了,撇下堂盖斐罗斯在那里发脾气呢。他把桌子连骰子摔得老远,催着要自己的盔甲和武器,又问他表亲堂罗尔丹借杜林达纳宝剑。堂罗尔丹不肯借剑,却愿意陪他去冒险。可是我们这位英雄赌气不要他陪,说他妻子即使给藏在地底下,他单枪匹马也救得她出来。他就披挂准备出发。各位请回脸瞧瞧,那边一座塔是萨拉果萨堡垒里的,现在叫作阿尔哈斐利亚塔。塔里一位穿摩尔服装的女郎走到阳台上来了;她就是绝世美人梅丽珊德拉。她被俘以来,怀念巴黎和自己的丈夫,

① 桑苏威尼亚(Sansueña)是摩尔人的城,骑士小说里常提到,但这位讲解员的话并无根据。

常在那里了望着通向法兰西的道路，聊以解忧。快瞧，这会儿出了一件意外的事。各位没看见那摩尔人吗？他一个指头搁在嘴巴上，蹑手蹑脚地从梅丽珊德拉背后上来，在她唇上亲了一吻。瞧，她忙不迭地唾了一口，又用雪白的衬衣袖擦嘴；瞧她哭啊叫啊，气得自揪头发，仿佛她那美丽的头发是她这番受欺侮的祸根。请看走廊里这位尊贵的摩尔人；他是桑苏威尼亚的玛西琉国王。他看见了那摩尔人放肆无礼；他铁面无私，尽管那人是自己的亲属和宠臣，立即下令逮捕，抽二百鞭，牵出去游街：

　　叫喊消息的报子在前，
举着棍子的公差押后；

瞧，这家伙犯罪还没得逞，已经判罪处刑。摩尔人不像咱们，不用'起诉'，不用'还押听审'。"

堂吉诃德高声打断他说："孩子啊，你直截了当地讲解，别绕弯儿，也别打岔儿；要审明一个案子，得有许许多多、反反复复的证据呢。"

贝德罗师傅在帷幕里也插嘴道：

"孩子，你别加油添酱，照这位先生说的办法最好；平铺直叙，别耍花腔；太花妙就不成调儿了。"

那孩子说："我照办就是了。"他又讲下去："那边一人骑马跑来，身披法国式斗篷；他不是别人，正是堂盖斐罗斯。这边是他妻子在塔里阳台上站着；那色胆如天的摩尔人已经受了处分，她好像平静些了。她不知来的正是自己的丈夫，就像歌谣里唱的那样嘱咐他说：

　　骑士，你如到法兰西去，

请访问一下盖斐罗斯；

她还有许多话我现在不重复了，因为啰唆总是讨厌的。且看堂盖斐罗斯怎样亮出真相，梅丽珊德拉也认清是谁了，所以快活得那副样子。她这会儿正从阳台上缒着下地，打算骑在她那位好丈夫的鞍后一同逃走。可是，啊呀，真糟糕！她裙子给阳台的铁栏杆挂住了，把她吊着上下不得。可是看啊，老天爷大发慈悲，救了她的急，堂盖斐罗斯赶紧跑来了！他不惜扯破那条华丽的裙子，抓住自己的妻子使劲儿把她拉下来，一扭身就把她安放在鞍后，让她像男人那样骑着，叫她两手搭在他胸前，紧紧抱住他，免得跌下，因为梅丽珊德拉夫人不惯这样骑马。请再看他那匹马一声声嘶叫，驮着一个是英雄、一个是美人的男女主人，自鸣得意呢。瞧他们俩掉转马头出城，欣欣喜喜地同回巴黎去了。你们这一对古今少见的有情人啊！祝你们一路无灾无难，转回家乡，亲朋团聚，终身享福，长命百岁！”

贝德罗师傅忙又高声喊道：

“孩子，平铺直叙，不要堆砌。凡是矫揉造作都讨厌①。”

那讲解的孩子并不回答，只顾讲下去：

“有人没事干就好管闲事；他们看见梅丽珊德拉脱离牢笼，马上去告发。玛西琉国王得知，立即下令打警钟。瞧，一声令下，城里一片钟声，一座座堡垒的一个个塔里都在叮当响应。”

堂吉诃德插嘴道：“没这个事儿！贝德罗师傅的警钟可打错了！摩尔人不打钟，只敲铜鼓，又吹一种喇叭似的号筒。桑苏威尼亚城里敲警钟真是太荒谬了。”

---

① 西班牙谚语。

贝德罗师傅就停止了打钟说道：

“堂吉诃德先生，您别吹毛求疵，细中还有细，太精细就没个底了。荒谬百出的戏不知多少呢，不是经常上演吗？还演得顶顺利，观众看了不但叫好，还惊佩得很。孩子，你只管讲下去，别理会人家怎么说。尽管戏里的错误像阳光里的灰尘那么多，我只要塞饱自己的钱袋就行。”

堂吉诃德说：“这话倒也不错。”

那孩子又讲下去：

“瞧！多少骑兵披着雪亮的盔甲，都出城去追赶那一对情人了！吹响了多少喇叭、多少号筒啊！擂动了多少大鼓小鼓啊！我只怕他们给追兵捉住，拴在马尾巴上拖回来，那就惨了。”

堂吉诃德看见那么多的摩尔人，听到响成一片的鼓角声，觉得该为逃亡的一对出把力，就站起来大喝道：

“有我在这儿呢！像堂盖斐罗斯这样有名的骑士、多情的英雄，我决不能眼看他遭了毒手！你们这群混蛋，站住！不许追赶！不然的话，先得跟我打一仗！”

他口说就动手，拔剑跳到戏台旁边，急忙忙、恶狠狠地向戏里那些摩尔人挥剑乱砍。有些傀儡砍倒了，有些断了脑袋，这个折了脚，那个剁成块儿。有一剑狠狠地从上直劈下来，贝德罗师傅要不是一蹲身缩着脖子趴下，他那脑瓜子就像粉团似的切成两半了。贝德罗师傅大喊道：

“堂吉诃德先生，您快住手！瞧瞧，您这会砍杀的不是真的摩尔人，只是硬纸做的傀儡呀！唷，我真倒霉！这可是苦了我啊，把我的全部家当都断送了。”

他说他的，堂吉诃德还连连地刺呀，劈呀，斫呀，扫呀，剑如雨下，没一会儿工夫，一座戏台全打塌了，道具和傀儡七零八落：玛西琉国王受了重伤，查理曼大帝连脑袋带皇冠都劈作两半。看戏的乱作一团，猴子爬上屋顶溜了，那位表亲战战兢兢，那个小厮也很吃惊，连桑丘·潘沙都吓坏了。据他事后发誓说，从没见过自己的主人这样发疯似的愤怒。一套傀儡戏的道具差不多全毁了，堂吉诃德这才平静一些，说道：

"游侠骑士是世界上少不了的！有人硬是不信！好，叫他们这会儿都跑来看看吧！要不是有我在这里，英雄堂盖斐罗斯和美人梅丽珊德拉的下场就不堪设想了！不用说，准给那一群狗东西赶上，他们非死即伤。所以骑士道在这个世界上比什么都要紧，应该永远流传下去！"

贝德罗师傅唉声叹气说："好，骑士道永远流传下去，让我死了吧！我真是倒霉透顶，正像堂罗德利戈国王说的：

　　昨天我是西班牙的国王……
今天城上的每一堵矮墙
都已经不是我的了！①

刚才我还是帝王的主人；马房里有数不尽的马匹，箱子和皮包里有数不尽的鲜衣华服。可是不到半小时，一转眼的工夫，我一败涂地，穷成了叫花子；而且我那猴儿也逃了，我得连牙齿都出了汗②才捉得它回来。这都怪这位骑士先生不问青红皂白，乱发脾气。据说他扶弱锄强，救危济困，还干许多好事呢。高高在上的老天爷啊，他怎么偏偏对我就没一点慈悲呀！真是，哭丧着脸

---

① 罗德利戈是维西哥都（Visigodo）族统治西班牙的末代皇帝，771年亡国。

② 又一说："连尾巴尖儿上都出了汗。"

的骑士，害得我也哭丧了脸！”

桑丘·潘沙听了贝德罗师傅的话很可怜他，就说：

“贝德罗师傅，你别怨苦，我听了心上难受。我告诉你，我主人堂吉诃德是一点不马虎的真正基督徒，他只要知道哪里对你不起，就会认账，好好儿赔钱，还给你不少便宜呢。”

“堂吉诃德先生要是肯赔我点儿钱，我就满意了，他老人家也可以心安理得。因为谁要是损坏了别人的财产不赔还人家，就上不了天堂。”

堂吉诃德说：“这话不错，可是贝德罗师傅，我到今还不知道自己损坏了你什么财产呀。”

贝德罗师傅答道：“还说没损坏吗？地上这许多残缺的尸体是谁打下来的？不是您这位大力士的铁臂吗？这些尸体是谁的家当？不是我的吗？我靠谁过日子？不是靠它们吗？”

堂吉诃德听了说：“魔术家又和我捣乱；他们总是先把人物的本相在我眼前露一露，随后就变掉了原样。我以前几次料到是这么回事，现在完全证明了。各位先生，我老实告诉你们，我刚才看见的都是真人真事：梅丽珊德拉真是梅丽珊德拉，堂盖斐罗斯真是堂盖斐罗斯，玛西琉真是玛西琉，查理曼大帝真是查理曼大帝。所以我怒火中烧，要尽我游侠骑士的职责，为那一对逃命的夫妻助一臂之力。我刚才干的事，都出于这一番好意。假如我弄错了，不能怪我，都是那些混蛋魔术家捣乱。不过这番错误虽然不是存心作恶，我还是认错赔钱。贝德罗师傅为那些斫坏的傀儡要我赔多少钱，随他说个数目吧。我一定马上用响当当的现钱赔他。”

贝德罗师傅对他一鞠躬，说道：

“英勇的堂吉诃德·台·拉·曼却，您真是江湖上穷人的救星和恩人，您的仁爱是少见的，我知道您会赔我。斫坏的傀儡值多少钱，请店主先生和桑丘老大哥给咱们公断吧。”

店主和桑丘同意。贝德罗师傅马上从地下拣起个没脑袋的萨拉果萨国王玛西琉，说道：

“这位国王分明是不能回复原状的了。断送了我这个国王，得赔我四个半瑞尔，你们瞧瞧，怎么样？”

堂吉诃德道：“你往下说吧。”

贝德罗师傅两手捧着个劈开的查理曼大帝道：“这个大帝劈成两半儿了，我要五又四分之一瑞尔不算多。”

桑丘说：“不少了。”

店主说：“也不多，抹掉零头就算五个瑞尔吧。”

堂吉诃德说：“五又四分之一，照数给他。这场大祸的总账上，不争这四分之一瑞尔。贝德罗师傅赶紧吧，快吃晚饭了，我有点饿了呢。”

贝德罗师傅说：“这个没鼻子的独眼美人儿是梅丽珊德拉；我天公地道，要两个瑞尔零十二文铜钱①。”

堂吉诃德说：“梅丽珊德拉和她的丈夫这会儿早已进了法兰西国境。不然的话，准有魔鬼作祟了。我看他们骑的马不仅是奔驰，简直飞也似的。梅丽珊德拉如果一路顺利，已经和她丈夫在法兰西安安逸逸地享福了，你别挂羊头卖狗肉，拿个烂掉鼻子的女人冒充梅丽珊德拉。但愿上帝让每个人都保住自己的财产；贝德罗师傅，咱们放稳了脚步，也放平了心。你

① 一瑞尔兑三十四文铜钱。

再说下去吧。”

贝德罗师傅看出堂吉诃德头脑颠倒，又把刚才演的故事当真了。他生怕堂吉诃德发了疯又赖账，忙说：

“这大概不是梅丽珊德拉，是她的侍女，赔我六十文铜钱我就很满意了。”

他酌量着损坏的傀儡一一讨价，由那两位中间人公断，赔款总数是四十又四分之三瑞尔；双方都很满意。桑丘当场付清了钱。贝德罗师傅另外还要两个瑞尔作为他寻找猴子的酬劳。

堂吉诃德说：“桑丘，那两个瑞尔给他就完了。那不是为了找猴儿，是为了润喉咙①。现在谁要能报我一个确切的喜讯，说堂娜梅丽珊德拉夫人和堂盖斐罗斯先生已经回到法兰西和家人团聚，我酬谢二百瑞尔也心甘情愿。”

贝德罗师傅说：“要问这个消息，最好找我那猴子，可是这会儿魔鬼也捉它不到啊。照我估计，它和我很亲，今晚上它肚子饿了，得回来找我。天无绝人之路；明天再瞧吧②。”

傀儡戏的一场风波就算平息，大家和和气气同吃晚饭。堂吉诃德很慷慨，这餐晚饭全是他会账的。

天没亮，运送长枪长戟的人先走了。天亮以后，那位表亲和那个小厮都来向堂吉诃德告别：表亲回家乡；小厮继续赶路，堂吉诃德还资助了他十二个瑞尔。贝德罗师傅深知堂吉诃德这个人，怕和他再打交道，所以摸黑起身，带着打坏的傀

---

① 原文（no para tomar el mono，sino la mona）双关，mona 指母猴子，也指醉鬼。此语可解为“不是为了捉公猴子，是为了母猴子”，或“不是为了捉公猴子，是为了喝个烂醉”。

② 西班牙谚语。

傀儡戏道具和他的猴儿，上路碰运气去了。店主是不认识堂吉诃德的，瞧他疯疯癫癫，散漫使钱，觉得很怪。桑丘照主人的吩咐从宽报酬了店主；他们辞别出门，大约是早上八点左右。让他们走吧，咱们乘机且把这部历史名著的来龙去脉交代一下。

第二十七章

贝德罗师傅和他那猴子的来历；
堂吉诃德调解驴叫纠纷；不料
事与愿违，讨了一场没趣。

这部历史巨著的作者熙德·阿默德在本章开头说："我像真基督徒那样发誓……"译者解释说：熙德·阿默德分明是摩尔人，他这句话无非表示自己发的誓就像真基督徒发的那样可信。他是借此保证这部书是信史；而书上讲贝德罗师傅和那只名震大镇小村的灵猴是何来历，尤其千真万确。熙德·阿默德接着说：这个故事的第一部里，讲到堂吉诃德在黑山释放了一群囚徒，那伙为非作歹的坏蛋不知感激，反而恩将仇报；其中一个名叫希内斯·台·巴萨蒙泰，读者想必记得。堂吉诃德曾把这人称为强盗坯子小希内斯；桑丘·潘沙的灰驴就是他偷的。这故事的第一部付印时，印刷所疏忽，漏掉了他偷驴的时间、方法等细节。许多读者摸不着头脑，不知是印刷所的脱漏，只埋怨作者失枝脱节。其实希内斯是乘桑丘·潘沙骑在驴上打瞌睡，把那头驴偷了。从前萨克利邦泰围攻阿尔布拉卡的时候，布鲁内洛设法从他两腿中间牵走了他的马匹；希内斯也用了同样的办法①。桑丘怎样重获灰驴，上文已经讲过了。且说这个希内斯是法院要逮办的逃犯，他犯案累累，案情重大，他自己记下来的就有厚厚一本书呢。他怕落法网，所以逃入阿拉贡境内②，用膏药贴没了左眼睛，靠演出傀儡戏过日子。演傀儡戏和变戏法都是他的拿手本领。

那只猴子是土耳其释放回国的基督徒卖给他的。经他训练，一看到他的信号，就跳上他的肩膀，在他耳里窃窃私语，或者好像是窃窃私语。他到各村各镇演傀儡戏，总带着这只训练好的猴子；每到一处去，就千方百计从邻近刺探那里的新闻和个中人物，一一记在心上。他到了那地方，先演傀儡戏；戏目不一，都诙谐有趣，而且是大家熟悉的。演完戏，他就吹那猴子的本领，说它知道一切过去和现在的事，只有未来不能预言。猴子每回答一个问题，他要讨两个瑞尔。他捉摸着问话的人是贫是富，有时候也肯减价。假如他知道某家出过什么事，他到了那家去，尽管那家不想花钱请教猴子，他也对猴子发信号，然后说，猴子告诉他如此这般，所说的和实事分毫不差。因此他威信很高，到处受欢迎。他乖觉透顶，答话很圆滑，往往恰说在筋节上。谁也没追究过他那猴子怎么会通神，他就愚弄了人家，装满了自己的钱包。那天他一进客店就看见了堂吉诃德和桑丘；他既然认识这两人，要吓唬他们俩和客店里其他的人就很容易。不过，前一章

---

① 参看本书第四章。

② 塞万提斯把接近阿拉贡山的拉·曼却地区误以为在阿拉贡境内。犯罪的人往往逃到阿拉贡去，因为那里的刑法较宽。

里堂吉诃德在斫杀玛西琉国王并扫荡那队骑兵的时候，劈下的那一剑如果再往下些，贝德罗师傅就得赔掉一条命了。

叙明了贝德罗师傅和他那猴子的来历，言归正传。堂吉诃德出了客店，决计先到艾布罗河①两岸附近观光一番，然后再到萨拉果萨去，因为比武的日期还远，尽有工夫一路游赏。他打着这个主意，继续登程，走了两天，没碰到值得记载的事。第三天，他正要走上一个山头，听得震耳的鼓角声和枪声。他以为是军队过境，就踢着驽骍难得上山去瞧瞧；到了山顶，看见底下一大堆人大约有二百多。他们拿着各种兵器，长枪呀，大弓呀，长戟呀，长柄斧呀，尖头杖呀，还有几支火枪和许多盾牌。他下山坡近前走了一段，才看清那些旗子的颜色和上面的标识。最醒目的是白缎子旗上画的一头驴，和小种的真驴一般大，正昂头张嘴、吐出舌头、伸着脖子叫呢，活像一匹真驴；周围一圈大字，写着两句诗：

两位市长学驴叫，
气力并没白费掉。

堂吉诃德就明白那群人是驴鸣镇上的。他告诉了桑丘，还解释了旗上的诗。他说：讲那件新闻的人把学驴叫的两人说成市政委员，其实不是的；据旗上的诗看来，他们都是市长。桑丘·潘沙答道：

"先生，这没关系，说不定那时候是市政委员后来又做了市长，因此两个称呼都行。况且学驴叫的是市政委员或市长无关紧要，只要是学过驴叫就是了，市长也罢，市政委员也罢，都可能学驴叫。"

---

① 艾布罗河（Río Ebro）发源于西班牙西北的康它布利加山岭（Cordillera Cantábrica），向东流入地中海，萨拉果萨在阿拉贡境内的艾布罗河边。

干脆说吧，主仆俩知道这是受嘲笑的镇；因为邻镇的人把他们嘲笑得不像话，实在不能和睦相处了，所以结队出来打架雪愤。

堂吉诃德就走近去。桑丘向来不喜欢参与这种事，心上捏着一把汗。那群人以为堂吉诃德是他们一面的人，随他进了自己的队伍。堂吉诃德掀起护眼罩，从容不迫地直跑到画驴子的旗底下。领队的人见了他，也像一切初见他的人那样觉得惊讶，都围上来看他。堂吉诃德瞧他们只眼睁睁地瞪着自己，谁也不来招呼或诘问，就乘这个鸦雀无声的当儿，朗朗地说道：

"各位好先生，我有一番话要和你们谈谈。请你们务必让我讲到底，不要打岔儿。要是听不入耳，那么，只需略有表示，我立刻封上嘴巴，箝住舌头。"

那伙人都说他有什么话请讲吧，愿意洗耳恭听。堂吉诃德于是开言道：

"各位先生，我是一个游侠骑士；耍枪杆子是我的职业，扶弱锄强、救危济困是我的本分。前两天，我听说了你们那件没趣的事，也知道你们为什么时常向人动武，争回自己的面子。我把你们那件事在心上深思熟虑，觉得按决斗的法则，你们其实不能算是受了侮辱。任何一个人不能侮辱全镇的人。如果为了叛国弑君的事向叛贼挑战，而不知叛贼是哪一个，那就只好向敌方的全城或全镇挑战。譬如堂狄艾果·奥尔东内斯·台·拉授吧，他不知道叛国弑君的只是维利多·多尔弗斯一人，他就向萨莫拉全城挑战①。照那个情况，

① 据传说，西班牙国王桑丘二世1073年被叛臣维利多·多尔弗斯（Vellido Dolfos）杀死在萨莫拉（Zamora）城下。堂狄艾果是桑丘二世手下的武士，也是亲属；他向萨莫拉全城挑战，发誓"不论老的、小的、死的、活的，田里的野草、河里的游鱼，面包、肉、水、酒，一概是他的对敌"。维利多曾见上部第二十七章。

报仇雪耻就成了萨莫拉全城居民的事。当然,堂狄艾果先生也过火了些,他挑战的对方,包括已死、未生的人,甚至泉水、面包等等都是他的冤家,那就太不合战规了。可是也怪他不得,一个人盛怒之下,那条舌头就像冲决了堤岸的洪水,就连自己的爸爸或师傅或铁钳子都管制不住。照我讲的这番道理,哪一个人都不能侮辱一国、一省、一城、一镇或一村。一个地方的居民以为受了某人的侮辱而去报复,大可不必,因为他们显然没有受侮辱。小孩子和老百姓嘴里的诨名和绰号不知多少呢:比如'钟娘娘镇'呀,'陶瓦罐儿的'呀,'种茄子的'呀,'捕鲸鱼的'呀,'制肥皂的'呀①,等等。如果以上哪一个地方的人听到本地的诨号就跟人家拼命,那就够瞧的!如果所有那些著名城市的居民,为些无聊的小事,一怒之下,都寻衅动武,挥刀舞剑,那可真够瞧的了!那是怎么也不行的,我劝你们千万别那样。明白事理的男子汉,井井有条的国家,只为四件事才该不顾生命财产,拿起武器奋战。第一是保卫正教;第二是保卫自己的生命——这是人情天理;第三是保卫自己的名誉、家庭和财产;第四是在正义战争中为国王效忠。假如我们要再加第五件,那就是保卫自己的国土;这也可以包括在第二件里。这五件是最重要的;此外,我们为了某些正当合理的事也该拔剑争斗。可是细事小节只能一笑置之,算不得侮辱;为这

---

① "钟娘娘镇"(Pueblo de la Reloja)指塞维利亚的艾斯巴底那斯镇。因为西班牙文的"钟"字(relojo)是阳性;相传那个镇上的居民要买一只女性的钟(reloja),指望它生产出小钟来。"陶瓦罐儿的"(cazoieros)指瓦利亚多利德人,因为那里出产瓦罐儿。"种茄子的"(berenjeneros)指托雷都人,因为那地方出产茄子。"捕鲸鱼的"(ballenatos)指马德里人,相传那里曾有人把浮在河里的驮鞍误作鲸鱼。"制肥皂的"(jaboneros)指塞维利亚人,因为那里制造肥皂。

些琐屑小事动武就毫无道理了。况且冤冤相报，压根儿是不合道义的；这种不合道义的举动违反咱们信奉的圣教。咱们的圣教谆谆告诫：慈悲对敌，恩德报怨。这条戒律好像很难遵守，其实违诫的只有一种人：他们重人世而轻天界；不顾灵魂，只知肉体。耶稣基督是上帝，也是有血有肉的人；他从不撒谎。他立法垂训说：‘我的轭是软和的，我的担子是轻的’①，他决不命令我们做办不到的事。所以，各位先生，你们不论按照圣教的戒律或世间的规则，都该平心静气。”

桑丘听了暗想：“我敢打赌，我这位主人准是什么神学圣学家。即使不是，他和这种什么家也就像两个鸡蛋似的一模一样。”

堂吉诃德住嘴喘口气，瞧大家静悄悄地听着，就想再讲下去。可是桑丘乘主人停顿的时候，自作聪明，插嘴道：

“我主人堂吉诃德·台·拉·曼却以前称哭丧着脸的骑士，现在称狮子骑士。这位绅士一肚子好学问，拉丁文呀，本国语呀，全都精通，就像大学里的学士一样。他这番教训，都是以他头等好战士的身份说的；他对于决斗的种种法则简直滚瓜烂熟呢。我可以担保，你们听他的话就行，决没有错儿。况且，他刚才不是说的吗，听人家学一声驴叫就发火是很没道理的。我记得小时候高兴学驴叫就学着叫，谁也不管我。我叫得抑扬顿挫，惟妙惟肖；每学一声驴叫，满村的驴都跟着叫。可是我照样还是我爹妈的儿子，我爹妈是很有体面的人哩！我这点本领招了我们村上好几个头面人物的妒忌，不过我是满不在乎的。我

① 引《新约·马太福音》第十一章第三十节。

讲的都是真话,可以当场叫给你们听,因为这门学问和游水一样,学会了一辈子忘不了。”

他就一手捂着鼻子学了一声驴叫,叫得非常响亮,震荡得四周都山鸣谷应。他身边的一人以为是嘲笑他们,就举棍把桑丘·潘沙狠狠地打了一下。桑丘吃不住,从驴背上倒栽下来。堂吉诃德看见桑丘吃了大亏,立刻举枪向动手的人冲去。可是许多人拦在中间,没法向那人回手。雨点似的石子一阵阵向他打来;数不尽的大弓和火枪都瞄着他。他一看情势不妙,只好掉转驽骍难得的辔头拼命逃跑,一面至诚祷告上帝保佑他脱险,时时刻刻只怕背后飞来一颗子弹,身上打个透明窟窿。他跑一会儿还得喘息一下,瞧自己是否接得上气。那队人看他逃走,也就算了,并不向他开火。他们把刚苏醒的桑丘抬放在驴背上,让他随着主人跑。桑丘昏头昏脑,管不了自己的驴;可是他那灰驴和驽骍难得是寸步不离的,自然会跟上去。堂吉诃德跑了好一段路,回头看见了桑丘;他瞧没人追赶,就站住等待。

那一队人直守到天黑,敌方没来应战,他们就欣欣喜喜地回镇。他们如果知道古希腊的风俗,准要在那里建一座胜利纪念碑呢。

第二十八章

作者贝南黑利说:细读本章,自有领会。

勇士逃跑,总因为发觉了敌人的毒计,聪明人宁可留着性命，更待良机。堂吉诃德正是证实了这个道理。他瞧那群人气势汹汹，用意不善，忙转身逃跑，竟把桑丘抛在脑后，也没想到桑丘面临的危险；他跑到老远，认为已经脱险，才勒住马。桑丘横卧驴背，在后跟随，已见上文。他追上主人的时候已经清醒；他滚鞍下驴，伏在驽骍难得脚边，浑身疼痛，狼狈不堪。堂吉诃德下马查看他受的伤，发现他从头到脚完好无恙，就对他发火说：

"桑丘，你会驴叫真是倒足了霉！在绞杀犯家里讲绳子，有这个理吗？驴叫的音乐用棍子来配合，不是正恰当吗？桑丘啊，你还该感谢上帝，他们只拿棍子揍你一下，没用短剑在你脸上划个十字①。"

桑丘答道："我透不出气，没劲儿回答。咱们骑上牲口快走吧；我以后再也不学驴叫了。不过有句话我还是要说的：有些游侠骑士把忠实的侍从撇给敌人去捣成泥、舂成粉，自己却逃走了。"

堂吉诃德答道："退却不是逃走。我告诉你，桑丘，勇敢而不谨慎，就是鲁莽；莽夫的成功多半靠运气，不靠勇气。我承认自己是退却，但不是逃走。许多勇士逃得性命，卷土重来；我是学他们的样。历史上这种例子多的是，我这会儿懒得讲，一来你听了毫无用处，二来我也没这个兴致。"

桑丘这时已经由堂吉诃德扶上灰驴，堂吉诃德自己也骑上驽骍难得。他们望见四分之一哩瓦外有个白杨树林，两人就慢慢地向那树林走去。桑丘倒抽着气一声声"哎唷""哎唷"叫痛。堂吉诃德问他怎么回事，他说，从屁股往上、从脖子往下，痛成一

---

① 十六七世纪西班牙流氓打架，往往在对方脸上切个十字。

片，简直痛得发晕。

堂吉诃德说："你这么痛，不用说，准是揍你的那根棍子长得很，一棍子打来，你整条背脊都挨着了；要是打着的地方再宽些，你还痛得厉害呢。"

桑丘说："唷！多亏您这么一说，我才恍然大悟！您一句话就把事情都讲明白了！我的妈呀！那一棍子打着的地方处处都痛，还要您讲了我才明白！道理那么深奥呢！假如我痛在两脚踝上，也许得捉摸个缘故；可是我哪里挨打哪里痛，还用捉摸吗？老实说吧，我的主人啊，'别人的痛苦，一根头发丝都挂得住'①。我一天比一天明白了，跟您在一起是没什么指望的。这回您让我挨打，下一回、再下一百回，您又会让我像从前那样给兜在毯子里抛，或者受别的捉弄。这回是打在我背上，下回会打在眼睛上。我实在是个糊涂蛋，一辈子没出息！要不，我另打主意好多着呢！我要是回老家，到老婆孩子身边去，靠上帝的恩典养家活口，可不是好多着吗？我却跟着您荒野里东奔西走，喝凉水，吃苦饭；至于睡觉呢，侍从老哥啊，你量下七尺地，如果不够，再加七尺，要多宽都由你，有的是泥土地！从前的游侠骑士都是傻瓜蛋！谁是第一个游侠骑士——至少谁第一个跟着这种骑士当侍从的，我但愿他活活地烧死！直烧成枯炭！现在的游侠骑士呢，我没话说，得尊敬他们，因为您不就是一个吗？而且我也知道，您不论嘴里说、心里想，魔鬼都比不上您聪明！"

堂吉诃德道："桑丘，我稳稳地可以和你打赌，你这会儿畅着嘴巴说个痛快，身上哪儿都不疼痛了！儿子啊，你想说什么就说

---

① 西班牙谚语，意思说把别人的痛苦看得很轻。

吧，只要你疼痛全消，我听了你这派混话生气也情愿。你既然一心想回家和老婆孩子团聚，上帝也不容我阻挡你。我的钱就在你手里，你估计咱们出门多久，你每月该有多少工钱，自己扣吧。”

桑丘答道：“您和参孙学士的父亲多梅·加尔拉斯果不是很熟吗，我在他家做帮工的时候，每月赚两个杜加①，还管饭。我不知道跟了您能赚多少，不过我知道当游侠骑士的侍从比干农活儿辛苦。真的，农活儿不管多累、多苦，我们晚上总有沙锅杂烩吃，总在床上睡觉；我伺候了您就没在床上睡过觉。我在堂狄艾果·台·米朗达家舒服了几天，靠卡麻丘肉锅里的油水吃了个足，在巴西琉家又吃又喝又睡大觉，除此之外，我总是露天睡在硬邦邦的泥地上，受尽大热大冷、风吹雨打的种种苦头，吃的是干奶酪的边皮和面包头儿，喝的是野里路边的溪水或泉水。”

堂吉诃德说：“桑丘，你说的都对。我该比多梅·加尔拉斯果给的再加多少，你说吧。”

桑丘说：“我看，您一月再加我两个瑞尔，我就很上算了。这是工钱。还有您答应我的海岛总督呢，您得再赔我六个瑞尔；一起是三十瑞尔。”

堂吉诃德答道：“好得很啊，咱们出门二十五天，桑丘，你就照自己定的工钱算吧，欠你多少，我已经说过，你自己扣下得了。”

桑丘说：“嗐！我的妈！您这笔账算得大有出入呢。要赔我那个海岛，得从您答应我的那一天算起。”

堂吉诃德说：“那么桑丘，我答应你多久了呢？”

桑丘答道：“我记得足有二十年再加三天左右。”

---

① 在塞万提斯的时代，一杜加合十一瑞尔。

堂吉诃德在自己脑门子上拍了一个大巴掌,哈哈大笑道:

"我出入黑山以来,或者从咱们一次次出门到今,还没满两个月,桑丘,你怎么说那个海岛已经许了你二十年呢?我这会儿明白了,你是想把我交给你的钱都算你的工钱一口吞掉。你要真有这个心,我马上全部奉送,但愿你拿了大有好处。我只要能甩掉你这么个糟糕的侍从,尽管穷得没一个镚子也甘心,你这个不守骑士道的家伙,我问你,哪有游侠骑士的侍从向主人计较每月加多少工钱的?你读到过吗?你这个十足的流氓、混蛋!游侠骑士的故事浩如烟海,你去读读吧!读读吧!你这句话如有哪个侍从说过、想过,我就让你把这句话钉在我脑门子上①,再弹我四下鼻子②!你掉转灰驴儿回老家吧!从今起再也不要你跟我了!嗐,我的饭是白扔掉的!大好前程许了不知好歹的人!当你是人,你哪有一分灵性呀?这会儿我正要抬举你,叫人家不管你老婆怎样也得称你'大人',你却要辞我回去了!我正打定了千稳万妥的主意,要让你在全世界最好的海岛上做总督,你却要走了!这就应了你自己常说的话:'蜜不是喂驴的。'③你现在就是一头驴,将来也是一头驴,到死还免不了是一头驴!我看你呀,到死也不会知道自己是个冥顽不灵的畜生!"

桑丘白瞪着两眼,听他主人臭骂,懊悔得眼泪直流。他放低嗓子颤声说:

"我的主人啊,您说得不错,我是驴子欠一条尾巴。您要给

---

① 西班牙成语,"请把某一件东西钉在我脑门子上"表示绝没有那件东西。

② 弹鼻子(mamonas selladas)表示轻侮,用左手中指扳起右手食指,把右手其余四指按在对方脸上,然后放开左手中指,让右手食指弹在对方鼻子上。

③ 西班牙谚语。

我安上一条，就恰好合适。我愿意一辈子像驴似的伺候您。您饶恕我，可怜我不懂事；您想想，我知道什么呢？我多说多话也只是糊涂，并不是安着坏心。反正‘有错知改，上帝所爱’①。”

“桑丘啊，你要说话不夹成语才怪呢！好吧，我原谅你，可是你得改过，别再这样专爱打小算盘；该心胸宽大些。我许你的海岛尽管不在眼前，却是很有把握的；你鼓起劲儿来等着吧。”

桑丘说，他尽管没劲儿，也要硬挣着听主人的话鼓起劲来。

他们说着话跑进了白杨树林。树虽然没有手，却有脚；堂吉诃德去躺在一棵榆树脚下，桑丘去躺在一棵榉树脚下。一夜来，桑丘很苦恼，因为露水重，棒疮受了潮湿越发疼痛；堂吉诃德只在想念情人。不过两人都还睡着了。天亮他们又寻路向著名的艾布罗河岸走去。他们在那里遭遇的事下一章叙述。

第二十九章

上魔船、冒奇险。

堂吉诃德出了白杨树林，走一程，又一程，走了两天，到艾布罗河边②。两岸风光明媚，河水溶溶，又清澈，又悠缓，像流动的

① 西班牙谚语。

② 据堂维山德·台·洛斯·李欧斯（Don Vicente de los Ríos）在《堂吉诃德行程梗概》（*Plan cronológico del Quixote*）里指出，从演傀儡戏的客店到艾布罗河边，如果路上走五天，每天至少得走十四哩瓦，远非驽骍难得和灰驴脚力所及。两天是决计走不到的。但塞万提斯一向不拘细节。

水晶。堂吉诃德看着心旷神怡。这一派景色勾起他无限情思。他只顾把蒙德西诺斯地洞里的见闻反复回想。虽然贝德罗师傅的猴子说那些事真假参半,他只觉全是真的,不像桑丘那样认为都是假的。他一路走去,忽见一只小船拴在河边树上;船上空空的,连桨都没有。堂吉诃德四望不见一人,立即不问情由,下了驽骍难得,吩咐桑丘也下驴,把两头牲口一起牢牢拴在那里的杨柳树上。桑丘问他为什么忽然下地,又要把牲口拴上。堂吉诃德说:

"我告诉你,桑丘,我千拿万稳,准有骑士或什么贵人落了难,情势危急;这只小船是邀我乘了去援救的。骑士传记里,魔法师显身手常干这类事。如果骑士遭了难,需要别的骑士营救,他们俩之间尽管远隔二三千哩瓦,甚至还不止,魔法师用一朵云或一只船,一眨眼就从空中或海上把救星送到落难人所在的地方。桑丘啊,这只船泊在这里,显然就是这个缘故,一清二楚,千真万确。你别耽搁,快把灰驴和驽骍难得拴在一起,咱们照上帝的指引出发吧。即使赤脚修士求我别上船,我也不会听他的。"

桑丘答道:"我也不知道该不该说您又发疯了;不过您既然这么说,您又到处爱干这种事,我只好低头服从。老话不是说吗:'吃主人的饭,照他说的干。'可是我如果不老实说,我心上不安。我得告诉您:照我看,这只船不是魔船是渔船,因为这条河里的鳙白鱼是世界上最呱呱叫的。"

桑丘说着话已经把两头牲口拴好;他得把牲口撇给魔法师照管,心里非常懊丧。堂吉诃德说:抛下这两头牲口不用担忧,路远迢迢,放船接他们的人会当心喂养。

桑丘说:"什么'远条条'? 我一辈子也没听说过这个话。"

堂吉诃德说："'路远迢迢'就是离这儿很远的意思。你不懂，怪不得你；你又没冒充通文，谁也不会责备你。"

桑丘说："牲口都拴好了，咱们这会儿怎么办？"

堂吉诃德答道："怎么办？画个十字起锚啊①——就是说，咱们上船去，把船缆割断。"

他带领桑丘一起上了船，割断船缆，那船就悠悠荡荡地漾开去。桑丘瞧离岸将近两哩瓦，就浑身发抖，怕翻船淹死；不过他最难受的是听到灰驴叫、看到驽骍难得要挣脱绳子。他对主人说：

"灰毛儿瞧咱们走了，伤心得直叫号；驽骍难得想脱身蹿到河里来跟着咱们。哎，亲爱的朋友们，你们安安静静待着吧！我们一时发疯，离开了你们；但愿过一会儿心地明白了，就会回来！"

他说着悲悲切切哭起来。堂吉诃德不耐烦，生气说：

"你这脓包，怕什么呀？你的心是奶油做的吗？哭什么？真是胆小如鼠，难道谁在迫害你吗？你身在福中不知福，还不知足呢！你又不是在黎斐阿斯②山岭里赤脚步行，你却是在水波清澈的河上，像一位大贵人似的安坐在船舷上，转眼就出海去了。可是咱们一定早已出海，至少已经走了七八百哩瓦。如果我这儿有仪器测量一下北极的角度，就能知道走了多少路。不过平分南北极的赤道线如果还没有过，准也快到了；我要是估计得不对，就是大外行！"

---

① 旧时代的迷信，每开始做一件事，先画个十字。

② 黑海北部的山岭。

桑丘问道："咱们到了您说的那个赤豆儿线上，就是走了多远的路呢？"

堂吉诃德答道："很远了。因为照最伟大的著名宇宙学家多罗美①的核计，整个有水有陆的地球分作三百六十度；咱们到了赤道线，就是走了一百八十度。"

桑丘说："啊呀，您引证的名人多体面呀！什么涂了蜜的什么鸡，什么芋头学家。"

堂吉诃德听桑丘把多罗美的名字和核计都听错了，忍不住大笑。他说：

"桑丘，我告诉你，船一过赤道线，船上每个人身上的虱子就死光了，即使金子换虱子，等重抵价，满船也找不出一个活虱子。从加的斯上船到东印度群岛去的西班牙人或别国人，凭这个征象也可以判定自己是否过了赤道线。所以，桑丘啊，你只要摸摸自己腿上有没有活东西，咱们就心中有数；如果摸不到，就是已经过赤道了。"

桑丘答道："这套话我一句也不信。反正您怎么吩咐，我照办就是。可是何必这样试验呢？我明明看见咱们离岸不过五瓦拉，两头牲口就拴在上游两瓦拉的地方；驽骍难得和灰毛儿还在原处呀。我现在这样瞄着岸看去，我可以发誓，咱们走得比蚂蚁还慢呢。"

"桑丘，你听我的话试验一下，别的甭管。有些东西你是不

---

① 多罗美(Claudius Ptolomeo)，古希腊宇宙学家，生于第二世纪，创天动论，认为地球是宇宙的中心，天动而地不动。波兰宇宙学家哥白尼(Copernic, 1473—1543)的太阳中心论推翻了天动论。堂吉诃德显然没听说过这个新学理。

懂的:什么两分两至圈呀,经线呀,纬线呀,黄道带呀,黄道呀,南北极呀,两至呀,两分呀,行星呀,十二宫呀,方位呀,天地两仪的度数呀,等等;你要是都懂,或者懂得一点,那么,咱们现在交了纬线几度,看到了十二宫的哪一宫,经过了哪几个星座,正行经哪个星座,你都能一清二楚。我还是叫你自己身上摸索一下;我看你准比光洁的白纸都干净了。"

桑丘就自己摸索;他轻轻探手到左大腿弯子里,抬头望着主人说:

"这试验靠不住吧? 要不,就是您说的那个地方还没到,差着好多哩瓦呢?"

堂吉诃德问道:"怎么? 你摸到些什么了?"

桑丘答道:"不少呢!"

他弹着指头,把一只手全浸在河里。当时水势不急,那小船不用魔力或魔法师暗中推送,顺着水势向河心飘荡。

他们忽见河面上有几座高大的水力磨房①。堂吉诃德忙喊桑丘说:

"朋友啊,你看见前面那座城堡吗? 魔法师送我来援救的人——不知是受困的骑士,还是落难的王后、公主、王妃,一定就关在里面呢。"

桑丘说:"先生,您说什么见鬼的城堡呀? 您没看清那是磨麦子的水力磨房吗?"

堂吉诃德说:"桑丘,住嘴吧,尽管看着像磨房,其实并不是。魔法师会叫东西变样,我已经跟你讲过了;不是把东西真的

---

① 艾布罗河里有很多浮泊水面、利用水力的磨房。

变了,只是叫人看着好像变了。我亲眼看见我日夜思念的杜尔西内娅变了相,所以领会到这一层。”

这时小船已经流到河中心,不像先前走得慢了。磨房工人看见一只小船顺流而来,马上就要卷进水车轮子搅出来的急湍里去,大家忙拿了长棍出来拦挡。这一群面粉人儿的脸上、衣上蒙着一层白,形状可怕。他们大喊道:

“你们这两个冒失鬼!你们到哪儿去呀?不要命了吗?你们要干什么?要投河自尽,让这些轮子打成一块块吗?”

堂吉诃德就说:“桑丘,我没错吧?这里就是等着我来大显身手的地方!瞧瞧出来的这些强徒!好一群妖怪啊!多可怕的嘴脸呀!……哼!叫你们一个个混蛋睁开眼睛瞧瞧吧!”

他就站起来对磨房工人厉声喝道:

“你们这群坏心眼儿的混账东西别打错了主意!你们把谁关在堡里、下在牢里了?不管他是怎么样的人,贵族也罢,平民也罢,马上给我放出来!我是堂吉诃德·台·拉·曼却,别号狮子骑士,上天特地派我来救人的。”

他说着就拔剑向磨房工人挥舞。他们听了他那套疯话莫名其妙,只顾用长棍子去拦那只小船;船已经流到轮与轮中间汹涌的漩涡里去。

桑丘眼看情势危急,双膝下跪,恳求天保佑他脱险。天果然保佑了他。磨房工人手段又稳又活,用棍子抵住了小船;不过还是免不了船底朝天,把堂吉诃德和桑丘都翻下水去。堂吉诃德还好,他像鹅一样会游水,只是身上的盔甲重,两次带累他沉下水去;要不是磨房工人们蹿进河里把两人拖上来,主仆俩就送命了。他们上了岸,浑身湿透,也解尽了渴。桑丘忙跪着合掌望天，诚心祷告了一大通，求上帝保佑他，从此不再受主人胡闹的牵累。

这时几个渔夫跑来——他们是小船的主人，一看船已经给水车的轮子撞得四分五裂，就扭住桑丘要剥他的衣服，又要堂吉诃德赔钱。堂吉诃德没事人儿一样，静静地说：船破了他愿意赔，可是他们得立即释放堡垒里关着的人，不论是一个或几个。

一个磨房工人道："你这疯子说的什么人、什么堡垒呀？难道你要把跑来磨麦子的人带走吗？"

堂吉诃德心上暗想："罢了，要叫这群混蛋干一点好事，好比沙漠里说教。目前准有两个本领高强的魔法师在斗法呢：这个要干的事，那个阻挠；这个派船接我，那个就把船打翻。这事只求上帝帮忙吧；因为全世界都在钩心斗角，互相钳制，我能力有限，毫无办法了。"

他望着磨房大喊道：

"关在监狱里的朋友们，我不知你们是谁，可是我请你们原谅！我倒了霉，你们也只好倒霉；我救不了你们了！你们等待别的骑士吧！"

他说完和那几个渔夫讲妥，付五十瑞尔赔他们的船。桑丘交了钱满不情愿，嘀咕说：

"再这么乘两次船，咱们的钱包就空了。"

渔夫和磨房工人看着这两个怪人很诧异，也不懂堂吉诃德对他们喊话和质问是什么用意。他们料想是两个疯子，就撇下他们；工人回磨房，渔夫回家。堂吉诃德和桑丘返回他们的牲畜那里，又去过他们牲畜一般的生活。上魔船的冒险就此结束。

第三十章

堂吉诃德碰到一位漂亮的女猎人。

主仆俩垂头丧气，回到他们的牲口那里。桑丘尤其懊恼，因为动了他钱袋里的老本儿，就动了他的命根子；花掉一文本钱，仿佛是挖掉他的眼珠子。他们终于默默地上了坐骑，离开那条大河。一路上堂吉诃德只顾想念情人，桑丘却在盘算怎样发财得意，觉得前途渺茫。他傻虽傻，却看透主人的行为简直全是疯疯癫癫的。他打算等待机会溜之大吉，自回老家去。可是他有他的打算，命运却另有安排。

第二天夕阳西下，他们刚走出一簇树林，堂吉诃德举眼看见前面一片绿草地，草地尽头聚着一群人，走近才看出是放鹰打猎的。他更向前走，看见里面有一位漂亮的贵夫人，乘一匹雪白的小马，马上的鞁鞲都是绿色，侧坐的马鞍是银的。那女人自己也穿一身绿，打扮得华丽非常，高贵无比。她左臂擎一只苍鹰，堂吉诃德因此料想她不是寻常人，想必是那群猎人的主子。他料得确是不错。当时他对桑丘说：

"桑丘儿子，你过去对乘马擎着苍鹰的夫人说：我狮子骑士向她尊贵的美人行吻手礼；请她让我亲自过去致敬，竭力伺候她，听她使唤。桑丘，你得好好儿说，留心别扯上你那些成语老话。"

桑丘答道:“我会扯上吗！这还用吩咐！真是的,向贵夫人小姐们传话,我也不是第一遭!”

堂吉诃德说:“你不过向杜尔西内娅小姐传过一遭话,还有第二遭吗？至少我没有再派遣过你。”

桑丘答道:“不错啊,可是还得了债,不心疼抵押品;富家的晚饭说话就得①。这就是说:我呀,不用叮嘱,自己都会,什么都懂得一点。”

堂吉诃德说:“桑丘,你这话大概是不错的。好好儿去吧,上帝指引你。”

桑丘趱着灰驴跑得非常快。他赶到漂亮的女猎人那里,下驴跪在她面前说:

“漂亮的夫人啊,前面那位骑士是我的主人狮子骑士;我是他的侍从,家里叫我桑丘·潘沙。那位狮子骑士不久前也称哭丧着脸的骑士,他叫我向您禀告:他一心想来伺候您这位尊贵美丽的夫人——他是这么说的,我也这么想的;您要是肯接受他这份儿情意,不但您自己面上增光,他承您赏脸,也非常得意呢。”

那位夫人答道:“好侍从,你这个口信传得真是礼貌周全。请起来吧;哭丧着脸的骑士在我们这里很有名;你是这位伟大骑士的侍从,不该跪着。起来吧,朋友,请告诉你主人,我们夫妇——公爵和我——欢迎他到我们这儿的别墅里来。”

桑丘站起身,瞧这位贵夫人又美丽又客气,觉得很惊讶,尤其可怪的是听说她知道自己的主人哭丧着脸的骑士;她没称他

① 两句都是西班牙谚语。

狮子骑士，想必因为这个名号是新近才起的。这位不知是什么封号的公爵夫人又说：

“侍从老哥，我问你：现在出版了一部《奇情异想的绅士堂吉诃德·台·拉·曼却传》，书上讲的不就是你主人吗？他不是有个意中人名叫杜尔西内娅·台尔·托波索吗？”

桑丘答道：“是啊，夫人，那就是我的主人呀。按说，书里还有个侍从叫桑丘·潘沙，那就是我；除非我在摇篮里给换掉了——我意思说，除非那本书付印的时候改掉了。”

公爵夫人说：“我听了你这些话顶高兴，桑丘老哥，你去跟你主人说：他到这儿来我们欢迎得很，使我喜出望外。”

桑丘听到这么和悦的答复，兴冲冲地回去向主人一一转达，又用村言俗语，把这位贵夫人多么美丽、多么和蔼有礼大吹大捧了一通。堂吉诃德就抖擞精神，踩稳了脚镫，戴好护眼罩，踢着驽骍难得，斯斯文文地赶去吻那位公爵夫人的手。公爵夫人已经请了她的丈夫过来，把堂吉诃德叫桑丘传的话告诉了他。他们夫妇读过堂吉诃德故事的第一部，知道这人疯头疯脑，急要认认他，都兴高采烈地在那里等着。他们打算迎合他的心意，随他说什么都顺着他。骑士小说他们也读过，而且很喜欢；他们准备按这种小说里招待游侠骑士的礼节来招待这位客人。

这时堂吉诃德掀起了护眼罩已经跑来。桑丘瞧他要下马，忙着下驴去给他扶住鞍镫，可是偏偏一脚绊在鞍旁的绳子里，怎么也甩脱不开，倒挂着摔了个嘴吃屎。堂吉诃德下马向来要人扶住鞍镫，以为桑丘在那儿扶着呢，一歪身就要下马；那鞍子想必没有缚好，随着也歪过来，他连人带鞍都跌在地下。他不胜羞愧，齿缝里喃喃咒骂桑丘——那倒霉蛋一只脚还套在足镣里呢。公爵吩咐手下那些打猎的去援救骑士和侍从。他们扶起堂吉诃德，他摔得很狼狈，一瘸一拐地强挣着要去向两位贵人下跪。可是公爵怎么也不答应，反自己下马去拥抱堂吉诃德，一面说：

"哭丧着脸的骑士先生，我很抱歉，您到了我这儿，头一件事就这么倒霉；可是侍从粗心大意，往往引起更糟的事呢。"

堂吉诃德答道："公爵大人，我能见到您是大好运气，决不倒霉；即使掉进深坑，我乘着和您相见的那股喜气也会腾身出来。我这个该死的侍从只会掉弄舌头说混话，要拴稳个马鞍子就不行。可是我无论摔倒了或爬起来了，无论站在地上或骑在马上，我总是为公爵大人和公爵夫人效力当差的。她是美人的魁首，高贵的榜样，真不愧为您的夫人！"

公爵说："且慢啊，堂吉诃德·台·拉·曼却先生，世界上有堂娜杜尔西内娅·台尔·托波索小姐，就不该称赞别的美人。"

桑丘·潘沙已经甩脱脚上的绳子，正站在旁边；他不等主人答话，抢先说道：

"我们的杜尔西内娅·台尔·托波索小姐实在是美极了，这是没有第二句话可说的。可是'意料不到的地方会蹿出一头野兔来'①。我听说造化像陶匠那样，造了一件美的东西，就能照样造两件、三件、一百件。我说这话呀，因为我们公爵夫人和

① 西班牙谚语。

杜尔西内娅·台尔·托波索小姐真不相上下。”

堂吉诃德转向公爵夫人说：

“尊贵的夫人，您瞧吧，天下没一个游侠骑士的侍从比我这侍从更多话、更逗乐的。如果您贵夫人让我在您跟前当几天差，就知道我这话是千真万确的。”

公爵夫人答道：

“好桑丘要是逗乐儿，我就另眼相看了，因为可见他很聪明。堂吉诃德先生，您知道，笨人不会逗乐打趣。好桑丘能逗乐，有风趣，我就知道他是聪明的。”

堂吉诃德补充说：“还爱说话。”

公爵说：“那就更好了，一肚子俏皮，三言两语说不尽。咱们别耽搁了，请伟大的哭丧着脸的骑士……”

桑丘说：“尊贵的先生，您该称狮子骑士；因为现在没有哭丧着的脸儿了，那脸儿是狮子的了。”

公爵道：

“那么请狮子骑士先生到我们这儿的堡垒里去，我和公爵夫人一定按他高贵的身份，用我们经常款待游侠骑士的礼数来款待他。”

桑丘这时已经把驽骍难得的鞍子缚妥。堂吉诃德骑上驽骍难得，公爵骑上他那匹漂亮的马，两人让公爵夫人走在中间，一起向别墅跑去。公爵夫人叫桑丘紧跟在她身边，因为听着他的妙谈非常有趣。桑丘不用邀请，夹在他们中间，还插嘴讲话，逗得公爵夫妇很乐。他们觉得真是有缘，能把这样一对游侠的骑士和游荡的侍从请到他们的别墅里去。

第三十一章

许多大事。

桑丘估量自己赢得了公爵夫人的宠爱，满心欢喜。他向来贪舒服，料想公爵府里的款待一定不输堂狄艾果家和巴西琉家。他只要有得享受，决不放过。

据记载，公爵抢先回府，吩咐家人怎样接待堂吉诃德。堂吉诃德随公爵夫人刚到门口，里面就出来两名小厮，都披着齐脚面长的深红缎袍，像起床穿的便服。他们把堂吉诃德抱下马，悄悄在他耳里说：

"尊贵的先生，您去抱我们公爵夫人下马吧。"

堂吉诃德就去抱公爵夫人下马，彼此谦让了一大通。公爵夫人坚不答应，非要公爵抱她才肯下马，说区区不足道的人万不敢劳累这位大骑士。后来还是公爵出来抱了她下马。他们一进大院，里面又出来两个漂亮姑娘，拿着一件贵重的猩红大氅给堂吉诃德披在肩上。大院四周围的游廊上立刻挤满了男女家人，他们高声喊道：

"欢迎天字第一号的游侠骑士！"

大家都拿着成瓶的香水向堂吉诃德和公爵夫妇身上洒。堂吉诃德身当此境，又惊又喜；他这才第一次心上踏实，确信自己真是游侠骑士而不是虚想的了，因为他受到的款待，和他书上读到的古礼一模一样。

桑丘不顾灰驴，紧跟着公爵夫人进了别墅。可是他把驴子孤零零地撇在外面又很不放心，看到迎接公爵夫人的仆妇群中一位颇有身份的傅姆①，就跑去低声对她说：

“您是贡萨雷斯夫人吧？对不住，我不知道您的尊姓大名……”

那位傅姆答道：“我叫堂娜罗德利盖斯·台·格里哈尔巴。兄弟，你有什么吩咐？”

桑丘答道：

“劳您驾出大门跑一趟；我把一头灰毛驴撇在那儿了，麻烦您叫人送它马房里去，或者您自己送去也行；那小可怜儿胆子小，一点儿受不得孤单寂寞。”

傅姆答道：“假如主人和佣人一样的头脑，我们真是交上好运了！但愿你们主仆倒尽了霉！去你的，兄弟，照管你那驴儿去吧；我们这儿当傅姆的没干过这种活儿。”

桑丘答道：“可是我老实告诉您，我主人满肚子典故；我听他背诵过朗赛洛特的故事，说是：

　　他刚从不列颠到此，
　　傅姆照料他的马匹，
　　他自己有夫人们服侍。

朗赛洛特先生的马匹要和我那头驴对换，我还不肯呢。”

傅姆说：“兄弟，你要是个油嘴，等有了听客，找到主顾，再

---

① 西班牙旧时代贵族夫人和小姐的女伴（dueña），地位在主人之下，仆妇之上，略似我国古代封建贵族家的傅姆。

卖你的俏皮;我只能给你个无花果①。"

桑丘答道:"那可好啊! 您那无花果准是烂熟的! 假如数着年纪赌输赢,您反正输不了。"

傅姆火气直冒,说道:"这婊子养的! 我多少年纪,我会向上帝交代,和你什么相干? 你这个一肚子大蒜的混蛋!"

她嚷得公爵夫人也听见了。公爵夫人转脸看见傅姆气得发抖,眼睛都红了,就问她跟谁吵。

傅姆说:"跟这家伙呀。他的毛驴儿在大门外,巴巴地叫我把驴送到马房去,还引经据典说,不知什么地方有这规矩,夫人们伺候一个什么朗赛洛特,傅姆照料他的马匹。这还不够,末了竟说我上年纪了。"

公爵夫人说:"这话太气人了。"

她就对桑丘说:

"桑丘朋友,你该知道,堂娜罗德利盖斯很年轻,她披着头巾是她有身份,也是行得这样,并不是因为上了年纪。"

桑丘答道:"我要有那意思,叫我下半辈子没好日子过! 我不过因为实在的心疼我那灰驴儿,觉得堂娜罗德利盖斯夫人心肠最好,托她照管就可以放心。"

这番争吵堂吉诃德全听见,就对桑丘说:

"桑丘,你这些话也配在这里讲呀?"

桑丘说:"先生,一个人不管在哪儿,需要什么总得说啊。我在这里想起灰驴,就在这里讲它;假如在马房里想起,就会在

---

① 欧洲的风俗,"给一个无花果"是握着拳头,把大拇指从食指和中指的缝里透出一点,然后把这个拳头向对方扬扬。这是一个侮辱轻蔑的姿态。

马房里讲。”

公爵说：

“桑丘很有道理，不能怪他。灰驴有人喂，桑丘尽管放心；他的驴和他本人一样不会受怠慢。”

这些话，除了堂吉诃德，大家听了都很乐。大家说着话到了楼上，把堂吉诃德让进客厅；里面挂着非常华丽的锦缎帷幔，六个年轻姑娘伺候堂吉诃德脱卸盔甲。公爵夫妇要让堂吉诃德觉得人家是按游侠骑士的身份款待他，已经教了她们该怎样伺候。堂吉诃德脱掉盔甲，只穿着紧身的裤子和麂皮上衣。他又瘦又高又细溜，两片脸颊仿佛在口腔里接吻似的。伺候他的那几个姑娘看着他那副模样，要不是男女主人反复告诫在先，准会笑破肚皮。

她们要堂吉诃德脱光了换衬衣，他却坚不答应。他说，游侠骑士不该失礼，就像不该胆怯一样。不过他说，不妨把衬衣交给桑丘。他带着桑丘躲进一间讲究的卧室，脱换了衬衣；瞧无人在旁，就对桑丘说：

“我问你，你这个新丑角和老笨蛋，你怎么可以得罪那位有身份、有体面的傅姆呀？你怎么那个时候想到了灰驴呀？公爵和他夫人细心周到，会把咱们的牲口撇下不管吗？桑丘，你真该小心点儿，别露了馅儿，让人看透你是个乡下老粗。你这个糊涂人啊，你记着，佣人越是有体面、有教养，人家对他主人也越加看重。贵人有一件事最占便宜：他们的佣人也和他们一样知礼。你这个不见世面的家伙，连累我也倒了霉！你不想想，人家瞧你是个乡下老粗或逗乐儿的傻瓜，不也就把我当作江湖骗子或冒牌骑士了吗？桑丘朋友，你那样是要栽跟斗的，千万当心别犯那毛病。爱嚼舌头说笑话的。一句不当景，就成了讨厌的小丑。得把自己的舌头严加管束；话没出口，先想一想。你该知道，咱们到了这里，靠上帝再靠我的本领，大可名利双收呢。”

桑丘恳切答应说：他宁愿封上嘴巴或咬掉舌头，也不愿说一句不很对景的话，一定遵命先想一下，然后开口；他请主人放心，他决不会连累主人丢脸。

堂吉诃德穿好衣服，套上挂剑的肩带，披上猩红大氅，戴上侍女给他的绿缎圆顶帽。他装束停当，到了一个大厅上。只见侍女们双双排队，个个捧着洗手的用具，毕恭毕敬地伺候他洗手。随后管家的带领十二个小厮迎接他去吃饭，公爵夫妇已经在那儿等候了。小厮们四周簇拥着他，按照隆重的礼节，把他送进饭厅。一桌盛馔已经开上，只摆着四个席位。公爵夫妇走出饭厅来迎接；他们一起还有个道貌岸然的教士。贵族家总有一位教士做家庭导师。这种教士出身并不高贵，所以不会教导贵族做义不容辞的事：他们凭自己狭隘的心胸，抑制贵人的宽大；他们要教诲贵人家节约，造成了贵人家的吝啬①。和公爵夫妇同来迎接堂吉诃德的那一位，想必就是这种教士。宾主说了一大套恭维的话，主人一左一右陪伴着堂吉诃德去坐席。公爵让他坐首位；他再三辞谢，强不过主人，只好从命。教士就在对面坐下，公爵夫妇打横。

桑丘跟在旁边，瞧这两位贵人对自己的主人这样恭敬，惊讶得眼睛都瞪出来了。他看着公爵和他主人为了坐那个首位只顾

---

① 据说这段话是有所指的。作者曾把本书第一部献给贝哈尔公爵；这位公爵听从家庭导师某教士的教唆，未予理睬。

你推我让，就说：

“我们村上有个关于坐席的故事，各位要听吗？”

堂吉诃德听到桑丘这话就发抖，拿定他要说傻话了。桑丘看了主人一眼，懂得他的心思，就说：

“我的主人啊，您别怕我说溜了嘴或是说话不当景。您刚才教训我说话应该多呀、少呀、合适呀、不合适呀那一套，我并没有忘记。”

堂吉诃德说：“桑丘，我几时教训你来？你有话，能干脆说，你就说。”

桑丘道：“我要讲的话呀，是千真万确的；现放着我主人堂吉诃德在场，他不会让我撒谎。”

堂吉诃德说：“桑丘，你撒谎和我什么相干，随你爱撒多少谎，我管不了；可是你要说什么话，自己先想想。”

“我已经来回来回地想过了，打警钟的人很安全①，回头我说出来就知道我这话没错儿。”

堂吉诃德说：“这傻瓜专爱胡说，尊贵的先生夫人还是叫他出去吧。”

公爵夫人说：“我凭公爵的生命发誓，桑丘一刻也不准走开。我非常喜欢他，我知道他很聪明。”

桑丘说：“我是不聪明的，多承您看得我好；但愿您贵夫人一辈子聪明！我且讲那个故事吧。一次我们村上有个绅士请客。他很有钱，出身也很高贵，他是阿拉莫斯·台·梅狄那·台

---

① 西班牙谚语。打钟的人在发警报，可是自己却安然在钟塔里。桑丘意思说：自己是拿稳了的。

尔·冈坡的子孙。他娶的是堂娜曼西亚·台·吉牛内斯。这位夫人的父亲就是圣悌亚果教团的骑士堂阿隆索·台·玛拉尼翁,他就是在艾拉都拉淹死的①;为了他,几年前我们村上还吵了一场,据我听说,我主人堂吉诃德也牵连在里面了,铁匠巴尔巴斯特罗的儿子——那淘气鬼小托马斯就是那次吵架受了伤……我的主人啊,这些事不都是真的吗?您给我打个保呀,别让这里的先生夫人们当我是撒谎嚼舌根的人。”

那教士说:“我这会儿只看准你是个嚼舌根儿的,还没见撒谎;你再说下去,我就拿不定你是什么样的人了。”

“桑丘,你举了这么许多见证,这么许多细节,我只能说你讲的是实事。你讲下去吧,讲得简短些,照你这样啰唆,两天也讲不完。”

公爵夫人说:“依我的意思,别简短,尽管六天讲不完,还是让他照自己的老样儿讲;假如他讲六天,那六天就是我生平最解闷儿的日子。”

桑丘接着说:“那么,各位先生夫人,我讲下去。那位绅士呀——他的事我都一清二楚,我们两家离不了一箭的路——他请的那位客人是庄稼人,穷虽穷,却是有体面的。”

那教士插嘴道:“兄弟,你快讲吧;照你这样讲,一辈子也讲不完。”

桑丘答道:“只要上帝保佑,不到半辈子就能讲完。且说,那庄稼人到了请客的绅士家——那位绅士现在已经死了,祝愿他的灵魂安息吧;据说他死得像天使似的——我当时不在场,到

① 艾拉都拉是玛拉加东面的一个海港,1562 年,胡安·台·曼多萨(Juan de Mendoza)指挥的二十多只海船遇到大风暴,在这个港内覆没,死亡四千多人。

坛布雷克收割去了……”

“哎呀，儿子，你快从坛布雷克回来吧①，别再等这位绅士下葬，快把故事讲完，免得急死人。”

桑丘说：“当时是这么回事：主人客人正要坐席——他们俩这会儿分明就在我眼前呢……”

桑丘讲得啰啰唆唆，断断续续，那位好教士满面不耐烦，堂吉诃德一肚子恼火。公爵夫妇瞧着觉得非常有趣。

桑丘说：“他们俩不是正要坐席吗，庄稼人一定要让绅士坐首位，绅士也一定要庄稼人坐首位——因为绅士在家，什么事都是他说了算的。可是那庄稼人自以为有礼貌、懂规矩，只顾推让。后来那绅士火了，两手按着他的肩膀，硬叫他坐下，一面说：‘坐下吧，你这傻瓜；我不论坐在哪里，总是在你上首。’这就是我的故事。我拿定这是很当景的。”

堂吉诃德那张黑黝黝的脸儿，顿时涨得颜色斑驳陆离。两位贵人看破桑丘话里带刺，竭力忍着笑，怕堂吉诃德老羞成怒。公爵夫人防桑丘再讲什么混话，忙掉转话头，请问堂吉诃德：杜尔西内娅小姐有没有什么消息；他最近又向她奉献了什么巨人或歹徒，因为他一定降伏了不少。堂吉诃德说：

“尊贵的夫人，我的厄运只有开头，没个完了。我降伏过几个巨人，也曾经把坏蛋和歹徒送去献礼，可是她现在着了魔道，变成一个丑极了的乡下姑娘了，叫他们到哪里去找她呢？”

桑丘·潘沙道：“我也不知道是怎么回事，我看她明明是绝

---

① 按语气，这句话是教士说的。“快从坛布雷克回来吧”已变为成语，就是说：“别啰唆了，言归正题吧。”

世美人儿，至少非常活泼，会蹦会跳，就带翻跟斗卖艺的都输她几分。真的，公爵夫人，她从地下一蹦就上了驴，利索得像猫儿一样。”

公爵问道：“桑丘，你看见她着魔了？”

桑丘答道：“什么看见呀！她着魔的一套，是哪个鬼家伙发明的？还不就是我吗！她就像我爸爸一样的着魔！”

那教士听他们讲什么巨人呀，坏蛋呀，魔法呀，等等，恍然明白这位客人准是堂吉诃德·台·拉·曼却；堂吉诃德的故事是公爵经常阅读的。他已经屡次责备公爵无聊，读这种胡说八道的东西。他拿定自己猜得不错，就很生气地对公爵说：

“公爵大人，这位先生干的事，上帝要记在您账上的！您把这堂吉诃德或是堂傻瓜或是堂什么玩意儿当作疯子，尽招他装疯卖傻，我看他未必就像您想的那么糊涂。”

他把话锋转向堂吉诃德说：

“你这个没脑子的家伙啊！你是游侠骑士吗？你降伏了巨人、抓住了歹徒吗？这是哪儿来的事呀？你规规矩矩，我也好好儿跟你说。你还是回家去，如有儿女就培养儿女，照管着家产，别再满处乱跑，喝风过日子，让人家不论是否相识，都把你当作笑话。你真是倒了霉的，世界上古往今来哪有游侠骑士呢？西班牙哪有巨人呢？拉·曼却哪有歹徒和着了魔的杜尔西内娅呢？你那一大堆胡说八道都是哪儿来的呀？”

堂吉诃德悉心静听，等这位道貌岸然的教士讲完，他不顾公爵夫妇在座，怒气冲冲，霍地站起来，说道……

不过他怎样说，应该专章记录。

第三十二章

堂吉诃德对责难者的回答，以及其他或正经或滑稽的事。

堂吉诃德站着浑身发抖，像中了水银的毒；他愤怒而激动地说：

“我虽然满腔义愤，还是尽力克制，因为我是在这里做客，又当着两位贵人的面，而且您的职业是我向来尊重的。还有一层，大家都知道，穿道袍的人和女人一样，唯一的武器是舌头，所以我只打算和您舌剑唇枪，厮杀一场。按道理您是好言教导人的，不料您这样破口谩骂。诚心诚意的责备不挑当前这种场面，也不发您这样的议论。反正您当着大众把我恶狠狠地责骂，太没分寸了。和颜悦色地劝说，不比疾言厉色更有效吗？自己压根儿不懂这是怎么一回事，就破口骂人疯呀，傻呀，有这个理吗？请问，您看见我干了什么疯傻的事该挨您的骂呀？您命令我回去照管家务和妻子儿女，您知道我有没有妻子儿女呢？有些人是穷学生出身，生长在方圆二三十哩瓦的小地方，什么世面都没见过，居然混进贵人家去做了导师。这种人也配胡言乱语地议论骑士道、批评游侠骑士吗？游侠骑士一年到头东奔西走，不贪享受，吃辛吃苦，干些流芳百世的好事，这难道是无聊或虚度光阴吗？如果英雄豪杰或贵人们把我当傻瓜，那就是我无可洗雪的羞耻；如果对骑士道完全外行的书呆子说我没脑子，我觉得不值一笑。我是个骑士，只要上帝容许，我到死也是骑士。各人志趣不同：有的雄心豪气，有的奴颜婢膝，有的弄虚作假，有的敬天信教；我呢，随着命运的指引，走的是游侠的险路。我干这个事业不为钱财，重的是名誉。我曾经扶弱锄强，降伏巨人，镇压妖怪。我也一往情深，因为游侠骑士非如此不可。我的爱情不出于色欲，而是高尚纯洁的心向神往。我处处蓄意行善，一言一行，只求于人有利无害。一个人存着这片心，干着这类事，孜孜不倦，大家该不该骂他傻子呢？请尊贵的公爵大人、公爵夫人说说吧。”

桑丘说：“天哪！说的真是好啊！我的主人先生，您不用再辩解，话都给您说尽了，面面都到，再没什么可争的了。这位先生不相信从古到今世界上有游侠骑士，那就怪不得他胡说乱道了。”

教士说：“我听说有个桑丘·潘沙，他主人许了他一个海岛。兄弟，你大概就是那人吧？”

桑丘答道：“我就是啊；别人配做海岛的主人，我也配呀。‘你和好人一起，就和好人一气’；‘不问你生在谁家，只看你吃在谁家’；‘靠着苍葱大树，就有清荫蔽护’；①这些话对我都用得上。我靠着一个好主子，跟他奔走了几个月，如果上帝容许，我也会变成像他那样的人。只要他长寿，我也长寿，他准会做到大皇帝，我也准会做到海岛总督。”

公爵说：“那是一定的，桑丘朋友。我有一个很不错的海

---

① 三句都是西班牙谚语。

岛，正没人管呢；我就以堂吉诃德先生的名义，叫你做岛上的总督。”

堂吉诃德说：“桑丘，快跪下，吻公爵大人的双脚谢赏。”

桑丘遵命照办。教士看了勃然大怒，起身说：

“我凭自己的道袍发誓，您大人简直和这两个可怜虫一样傻了。有头脑的人都会跟着发疯，怎么叫这些没脑子的家伙不疯呀！您大人和他们一起吧。他们待在您家，我就回我老家去了，省得我空费唇舌来劝您。”

他不再多说，没吃完饭就走了；公爵夫妇劝留也没用。公爵觉得那教士那么生气大可不必，笑得连话都说不出，实在也没怎么劝留。他止了笑，对堂吉诃德说：

“狮子骑士先生，您驳斥得理直气壮，给自己挣足了面子。他那番话好像是侮辱，其实完全不是，因为教士和妇女一样，都没有本领侮辱人。您对这种事是最内行的。”

堂吉诃德答道：“对呀！妇女、孩童和教士受了冒犯不能自卫，他们都没资格受侮辱；既然没资格受侮辱，也就不能侮辱人。您大人知道，冒犯和侮辱有个分别。能侮辱人的，他冒犯了人还坚持不止，那才是侮辱。谁都能冒犯人，可是冒犯还说不上侮辱。举个例吧：一个人毫无防备，在街上给十个拿武器的人打了一顿，这人拔剑奋战，可是寡不敌众，没能够争回面子；这人是受了冒犯，但是没有受侮辱。我再举个例吧。如果有人在别人背后打了几棍立刻逃走，没让挨打的人追上；挨打的人是受了冒犯，但是没有受侮辱。冒犯了人还坚持到底，那才算得侮辱。假如乘人不备打了人，又拔剑站定不动，那么，挨打的人是受了冒犯也受了侮辱：受冒犯呢，因为那人打他是鬼鬼祟祟的；受侮辱呢，因为那人打了他悍然自若，并不逃跑，却站在那里。决斗是不幸的，可是有它的规则；按那些规则，我可说是受了冒犯，却没受侮辱。因为孩童妇女冒犯了人不能坚持，也逃跑不了，也没本领站定了抵抗；教士正也一样。这三种人都不能使用武器打人和捍卫自己。他们当然得保护自己，可是他们不能冒犯别人。我刚才说自己可算受了冒犯，现在想想，我就连受冒犯也说不上。人家压根儿没资格受侮辱，更不能侮辱人。如此说来，我不必为那位先生的话生气；我也并不生气。不过他心里嘴里都不承认世界上有过游侠骑士，实在是大错特错；我但愿他再多待一会儿，让我跟他讲讲明白。如果阿马狄斯祖孙哪一个听到他这么说，我看他老先生就凶多吉少了。”

桑丘道：“对啊！他们准一剑斫得他从头到脚裂成两半儿，像剖开的石榴或熟透的甜瓜一样。他们可不是好惹的！我敢发誓，如果瑞那尔多斯·台·蒙答尔班听了这小矮个子的话，准一个嘴巴子打得他三年不开口。哼！叫他去碰碰他们吧，瞧他怎么逃出他们的手掌！”

公爵夫人听了桑丘的话，笑得要死，觉得桑丘比他主人更逗乐儿，而且疯得更厉害。当时许多别人也这么想。堂吉诃德总算气平了。饭罢，撤去席面，就来了四个使女：一个捧着银盆；一个提着银水壶；一个肩上搭着两块洁白细软的毛巾；第四个卷起衣袖，露着两截胳膊，雪白的（真是雪白的）手里，拿着一块拿坡黎斯出产的圆形香皂①。捧盆儿的使女淘气地装出一副正经的样儿，把盆凑在堂吉诃德的胡子底下。堂吉诃德默默注意着这

① 这是当时最名贵的润肤香皂，一般人家用不起。

些礼节，以为当地习惯不洗手而洗胡子，所以拼命把胡子往前凑。拿水壶的就浇下水来，拿肥皂的很灵敏地在他胡子上打肥皂，揉出一堆堆雪花似的肥皂沫子。这位骑士服服帖帖随她们摆布，不仅胡子上都是肥皂沫，就连脸上、眼皮上也都是，只好紧紧闭上眼睛。公爵夫妇对这番奇怪的盥洗礼毫不知情，都等着瞧怎么回事。洗胡子的使女把肥皂沫堆积得一拃厚，推说没水了，叫提壶的使女去拿水，请堂吉诃德先生等一等。提壶的去拿水，堂吉诃德就在那儿等着；那副滑稽的怪相简直难以想象。

在场的许多人都看着他。他那焦黄的脖子伸了半瓦拉长，眼睛紧紧闭着，胡子里全是肥皂；大家看了他这副样子居然忍住不笑，实在是意想不到的，也是了不起的克制功夫。那几个恶作剧的使女垂着眼皮，不敢看主人主母。他们俩明知这群使女胆大胡闹，可是堂吉诃德那副模样实在逗乐，所以又怒又笑，不知对她们该责罚还是奖励。后来提水壶的使女回来，她们给堂吉诃德冲洗完毕，带着毛巾的使女仔细替他擦干，四人一起对他深深鞠躬致敬，就准备退场。可是公爵防堂吉诃德看破这番胡闹，喊住捧盆的使女说：

"过来给我洗，留心别半中间使完了水。"

那女孩子很伶俐，忙也照样把盆儿凑在公爵颔下；她们给他好好儿打上肥皂，洗净擦干，然后一起行礼退出。后来据说，公爵当时赌咒，她们如果不照样给他洗，就难逃惩罚；她们总算识窍，主人客人同样待遇，才算补过赎罪。

桑丘留心看着这套盥洗的礼节，自言自语说：

"天啊！如果本地风俗不单给骑士洗胡子，也给侍从洗，那可多好啊！我真需要这么洗洗呢！要是再用剃刀给我刮刮，那就更妙了。”

公爵夫人问道：“桑丘，你嘟嘟囔囔说什么呀？”

他答道：“太太，我是说，别处王公贵人府上据说吃完饭浇水洗手，不用肥皂洗胡子。长寿果然有益；活得长就见识得多。谁说长寿是长受罪呢，这样洗胡子不是受罪却是享福呀。”

公爵夫人说：“桑丘朋友，你甭愁，我叫使女也给你洗；如要着实洗，可以把你全身泡在肥皂水里。”

桑丘答道：“我只要洗洗胡子就够了，至少目前如此；将来怎样，上帝会有安排。”

公爵夫人说：“管家的，你照看着桑丘先生，他有什么要求，全得依他。”

管家的说，他一切听桑丘先生吩咐；就带了桑丘去吃饭。公爵夫妇和堂吉诃德还坐着闲聊，谈的无非是耍枪杆子和游侠的事。

公爵夫人说，久闻杜尔西内娅·台尔·托波索小姐的美名，想必举世无双，就连拉·曼却都找不出第二人①。她的美貌，堂吉诃德先生准记得亲切，请形容一番吧。堂吉诃德听了这话长叹一声说：

“杜尔西内娅·台尔·托波索小姐简直美得难以想象，不是语言所能形容的。她的丽影全印在我心上呢；假如我能把这颗心挖出来，装在盘里，放在这桌上，供在您贵夫人面前，您就可以亲自看看，不用我空费唇舌了。可是她的美貌不用我来一一描摹，我也不能胜任，该让别人来。这得用巴拉修、悌芒得斯、阿

① 公爵夫人故意把拉·曼却说成比全世界还大。

波雷斯等画家的笔，用雕刻家李西玻的刀，才能把她的美貌描绘在木板上，雕刻在大理石和青铜上；还得用西塞罗尼亚纳和德模斯提纳辞令来颂赞她。”

公爵夫人问道：“堂吉诃德先生，什么叫‘德模斯提纳’呀①？这话我一辈子也没听见过。”

堂吉诃德答道：“德模斯提内斯和西塞罗是世界上最大的修辞家；德模斯提纳辞令就是德模斯提内斯式的修辞，正如西塞罗尼亚纳辞令就是西塞罗式的修辞。”

公爵说：“就是啊，你敢情一时迷糊了，连这个都不懂。可是堂吉诃德先生要能把杜尔西内娅小姐描摹一番，我们就高兴极了。尽管是一个简略的大概，她也一定能活现在我们眼前，把一切美人都比得黯然无色。”

堂吉诃德答道：“她前不久遭了一场大难，我要形容她，就不由得伤心落泪。她从此在我心里的印象也模糊了；不然的话，我一定遵命。尊贵的先生夫人请听我讲。前几天我去吻她的手，指望她赞许我这第三次出门，并为我祝福。我发现她完全换了个人儿了。她着了魔，公主变成了村姑，美人变成了丑女，天使变成了魔鬼，香喷喷变成了臭烘烘，谈吐文雅变成了出口鄙俗，斯文庄重变成了轻佻粗野，光明变成了黑暗，干脆说吧，杜尔西内娅·台尔·托波索变成个萨亚戈②的乡下女人了。”

公爵听到这里，大叫道：“天啊！哪个害人精干下了这等坏

① 德模斯提内斯是纪元前四世纪古希腊雄辩家；这个名词若化作形容词，西班牙文当作德模斯特尼阿那（demosteniana），不是德模斯提纳（demostina），公爵夫人故意挑他的错。

② 葡萄牙接境处的乡僻地区，见本书 150 页注①。

事呀？谁把世界上人人珍爱的才貌品德夺去了呀？”

堂吉诃德答道：“谁吗？除了忌我害我的魔术师，还有谁啊？这种恶人真不少呢。他们活在世上专摧毁好事，宣扬坏事。魔法师从前就害我，现在又害我，将来还要害我，直要把我和伟大的游侠事业埋没在地下才肯罢休。他们选中我的要害来中伤我。夺去游侠骑士的意中人，就是夺去他的眼睛，夺去照亮他的太阳，夺去养活他的粮食。我虽然说过好几次，现在我还是这句话：游侠骑士没有意中人，就仿佛树无叶、屋无基、影无形。”

公爵夫人道：“这是千真万确的。可是有口皆碑的新书堂吉诃德先生传该是信史吧？从那本书上看来好像您从没见过杜尔西内娅小姐，世界上压根儿没这个人，她只是您的梦中爱宠，她的十全十美都是您任意渲染的。”

堂吉诃德答道：“这里有许多讲究呢。世界上有没有杜尔西内娅，她是不是我臆造的，谁知道呢？这种事情不该追根究底。我的意中人并不是无中生有，我心目中分明看见那么一位可以举世闻名的小姐：她千娇百媚，一无瑕疵；庄重而不骄傲，多情而能守礼；她有教养，所以彬彬有礼；彬彬有礼，所以和蔼可亲；而且她出身高贵——大家闺秀的姿容风度是小家碧玉万万比不上的。”

公爵说：“这是不错的。可是我读了堂吉诃德先生传，有句话憋不住要吐一吐，想必不会见怪。照书上看来，托波索或什么地方确是有个杜尔西内娅，她也正是您描摹的绝世美人，可是要说她出身高贵呢，她和您熟读的故事里讲的那些奥利安娜呀、阿拉斯特拉哈瑞娅呀、玛达西玛呀等等高贵的女子就不能相提并论了。”

堂吉诃德答道：“可是我有我的道理。杜尔西内娅干什么事，就成什么人[1]；高贵以美德为准。好人尽管地位低，比地位高的坏人可敬可佩。况且杜尔西内娅有资格升做头戴王冠、手执宝杖的王后，这并不稀奇，德貌兼备的女人还能升得更高呢。她尽管看来不算高贵，底子里却是很高贵的。”

公爵夫人说：“堂吉诃德先生，您的话四平八稳，句句着实。可见托波索确有一位杜尔西内娅，她活在当今之世，是一位高贵的美人，当得起堂吉诃德先生这样的骑士为她效劳——我不能把她捧得再高了。我从今不但自己相信这些事，还要叫全家都信，如果公爵不信，我也要叫他信。不过我有一点想不明白，而且对桑丘·潘沙也不大满意。那书上说：桑丘·潘沙给您捎信，看见那位杜尔西内娅小姐正在筛一大口袋麦子，还指明是红麦子，这就叫我不信她出身高贵了。”

堂吉诃德答道：

“高贵的夫人，您可知道，游侠骑士的遭遇都有常规；我的呢，简直破格反常。这也许因为命运的安排不可捉摸，也许是忌我的魔术家恶意捉弄。大家知道，有名望的游侠骑士差不多都有天生独到之处。有的不受魔法影响；有的皮坚肉硬、刀枪不入。譬如法兰西十二武士里鼎鼎大名的罗尔丹吧，据说他浑身除了左脚底都不会受伤；要刺伤他的左脚底，只能用个粗钉子，别的武器都不行。贝那尔都·台尔·加比欧在隆塞斯巴列斯瞧刀枪不能伤他，就把他抱起来卡死了他。据古代的传说，赫拉克利斯就这样杀死了地神之子——那凶猛的巨人安泰；贝那尔都记起这件事，用了同样的手法。我因此知道自己也有特殊的天

---

① 西班牙谚语。

赋。不是说我有钢筋铁骨;因为我多次深感自己皮肉娇嫩,一点碰不起。也不是能使魔法失效,因为我曾经给人关在笼里;要不是魔术的法力,谁也不能把我关进去。可是我相信,那次的魔法给我破掉以后,就没有魔法能伤害我了。魔法师既不能在我身上施展他们的恶毒手段,就下手害我心爱的人。杜尔西内娅是我的命根子,他们就摆布了她来要我的命。我想他们是乘我的侍从给我捎信去,就把她变成个乡下女人,正在干粗活儿筛麦子。不过我也说过,那麦子不是红的,也不是麦子,其实是东方的珍珠。尊贵的先生夫人,我可以讲一件事证明我说的确是真情。不久前我到托波索去,始终没找到杜尔西内娅的府第。第二天,我的侍从桑丘看见她的真身是绝世美人,我看来却是个又蠢又丑的乡下姑娘;而且她那样聪明透顶的人,竟连话都不会好好儿说。我自己既没有着魔,而且照理也不可能再着魔了,那就当然是她着了魔、受了害、改变了模样;我的冤家准把他们对我的仇恨,发泄在她身上了。我若看不到她恢复本相,到死都要为她辛酸流泪的。我讲这许多事,无非请大家别理会桑丘说杜尔西内娅筛麦子的那套话;她既然在我眼里会变相,也就会在他眼里改了样。杜尔西内娅是高贵的,出身清白世家;那种人家托波索有不少呢。她的家乡多半要靠她这位绝世美人而出名,好比以前特洛亚因海伦①而出名,西班牙因那个加瓦②而出名,不过她那名气是美好的,不是丑名。还有件事我想跟您两位谈谈。从来游侠骑士的侍从里,没一个像桑丘·潘沙那样有趣的。他

① 指引起特洛亚战争的希腊美人。

② 指胡良伯爵的女儿弗萝林德,已见上部 264 页注①,425 页注①。

有时傻得调皮，要捉摸他究竟是傻是乖，也大可解闷。他要捣起鬼来就是个混蛋；他没头没脑又分明是傻瓜。他什么都怀疑，又什么都相信。我正以为他笨透了，他忽又说些极有识见的话，好像很高明。反正我这个侍从呀，拿谁来对换我都不肯的，贴上一座城市我也不换。送他去做您大人赏的官呢，我不知好不好，还拿不定主意。我看他做官倒是有点本领，他那副头脑磨练磨练，做什么官都行，就好比国王能管理自己的税收一样。而且许多事情证明，做总督不用多大才干，也不用多少学问，咱们现有上百个总督简直连字都不识，管起下属来却像盘空的老鹰一样。最要紧的是心放得正，再加办事认真。因为总有人帮他们出主意，指导他们该怎样干。比如没上过大学的绅士，做了官自有帮手替他们审判案件。我只劝桑丘不贪得非分之财，也不放过应有之利①；还有些零碎的告诫可以请他采纳，对他管辖的海岛也有益，我先存在心里，等适当的时候再说吧。”

公爵夫妇和堂吉诃德正谈到这里，听得府里一片叫嚷。忽见桑丘闯来；气呼呼地，像小孩儿戴围嘴那样围着一块粗麻布，后面跟着好些佣人——其实都是厨房里帮忙的②和打杂儿的。一个端着盛水的小木盆；那盆水混腻腻的，看来是洗碗的脏水。那人紧追着桑丘，硬要把木盆塞在他胡子底下；另一个厨房里帮忙的好像是要给他洗胡子。

公爵夫人问道：“兄弟们，这是干吗？你们对这位先生要怎

---

① 西班牙谚语。

② 指贵族家厨房里没工钱、白吃饭的临时帮忙人。

么着？你们怎么不想想，他是已经任命的总督啊。”

要给桑丘洗胡子的那家伙说：

“这位先生不让我们给他浇洗。我们是照规矩办事；我们公爵大人和他的东家先生都这么洗了。”

桑丘很生气地说：“我愿意洗呀，可是得用干净点儿的毛巾，清点儿的碱水，也不能用这么脏的手。我主人洗的是‘天使的水’，我洗的却是‘魔鬼的灰汤’①，我和他也不至于这样天悬地隔呀。各地王公贵人府里的规矩，总得不讨人厌才行；你们这种盥洗的规矩，比吃苦赎罪还难受。我的胡子是干净的，用不着这样洗。谁来给我洗，谁碰我脑袋上一根毛——我指我的胡子，对不起，我就狠狠地还他一拳，打得拳头嵌在他脑壳子里！这种使碱水洗的礼毛②不是款待客人，倒像是有意和他捣乱呢。”

公爵夫人瞧桑丘发火，又听了他这套话，笑得气都回不过来。可是堂吉诃德看他很不像样地围着一块五颜六色的粗布，一大群厨房里打杂的包围着他，心里很不高兴。他就对公爵夫妇深深行个礼，表示他有话说，先打个招呼；然后他很镇静地对这群人说：

“喂，各位先生，请别盯着这小子。各位从哪里来，还请回哪里去，或是听尊便上别处去。我的侍从和谁都一样干净，这些小木盆儿就像细脖子小口的酒瓶一样③，他是受不了的。奉劝

---

① “天使的水”（agua de ángeles）是花卉配炼成的香水名；桑丘所谓“魔鬼的灰汤”（lejía de diablos）是用草木灰泡的碱水。

② 桑丘要说“礼貌”，说别了音。

③ 西班牙古代用细颈小口的陶瓷瓶子喝酒，酒不易流出来，只能小口喝，所以这种饮器不受欢迎。

各位听我一句话：别招他；他和我都不懂得开玩笑的一套。”

桑丘抢着说：

“不，让他们过来把土包子傻瓜开玩笑吧！我要肯吃他们的呀，就好比这会儿是半夜！叫他们拿个梳子或别的什么来，给我把胡子梳梳，要是梳出什么不干净的东西，我随他们乱七八糟地剪剃去①。”

公爵夫人还只顾笑，一面说：

“桑丘·潘沙的话很有道理，随他说什么都有道理。他是干净的，他就像自己说的那样，不用洗。如果他不喜欢咱们的规矩，就得听他。你们伺候这样一位人物，洗这样一部胡子，不用纯金的水盆水壶和德国毛巾，却把木盆木钵和擦碗的抹布拿来了，你们不是太粗心大意吗？也许该说，你们太撒野了。一句话，你们是坏心眼儿，也不懂礼貌；你们是一群混蛋，所以对游侠骑士的侍从不怀好意，这是遮掩不了的。”

伺候盥洗的这群涎皮赖脸的家伙，连跟进来的管家，都觉得公爵夫人是认真训斥，就把桑丘胸口那块粗麻布拿掉，讪讪地撇下桑丘，一起退出去。桑丘认为这是一场天大的灾难，深幸自己脱险，就过去跪在公爵夫人面前，说道：

“贵夫人给的恩惠也非同小可。我受了您的大恩无法报答，只好希望自己封为骑士，下半辈子专为您贵夫人效劳。我是个庄稼汉，名叫桑丘·潘沙，已经结婚，生有儿女，现在当侍从。

---

① 西班牙的风俗，傻子或低能儿的头发剪得参差不齐，叫人一望而知他们是傻子。

我哪方面能为您贵夫人服务，只要吩咐一声，我立即奉命。”

公爵夫人答道：“桑丘，你分明是从培训礼貌的专科学校里毕业的——我是说：堂吉诃德先生是最和气、最讲究礼貌或你所谓‘礼毛’的人，你呢，也真不愧是他一手栽培的。你们俩好比两颗明星：一颗是游侠骑士的北斗星，一颗闪耀着侍从的忠诚；祝愿你们主仆万事顺利！桑丘朋友，你起来吧，我一定催促公爵大人落实他的话，尽快让你做总督；这样来酬答你的殷勤。”

他们没再多谈，堂吉诃德就去睡午觉了。公爵夫人告诉桑丘，她和使女们饭后在一间很风凉的厅上，桑丘如果不困得慌，请陪她们一起消磨长昼。桑丘回答说：他夏天照例要睡四五个钟头午觉，不过为了伺候她夫人，一定拼命撑着不睡，听命到她那里去。他说完也走了。公爵重又教导家人怎样按骑士小说里的古礼款待堂吉诃德，一丝不能走样。

第三十三章

公爵夫人由侍女陪伴着和桑丘·潘沙
娓娓闲话——值得细心阅读。

据说桑丘因为有言在先，那天没睡午觉，饭后就去找公爵夫人。公爵夫人爱听他说话，叫他坐在身边矮凳上。桑丘讲礼貌不肯坐。公爵夫人说，他不妨以总督的身份就座，以侍从的身份谈话，他凭这两重身份，就连武士熙德·如怡·狄亚斯的椅子①也坐得。桑丘耸耸肩，表示恭敬不如从命。公爵夫人的侍女和傅姆们围着他，静悄悄地等着他开口。可是先开口的是公爵夫人，她说：

"我读了新出版的伟大骑士堂吉诃德传，有些事想不明白，趁这会儿没别人，想请教总督大人。譬如说吧，好桑丘从没见过杜尔西内娅——我指杜尔西内娅·台尔·托波索小姐，也没把堂吉诃德先生的信捎去，因为信写在记事本上，这个本子还留在黑山里呢。他怎么大胆说瞎话，竟捏造回信，还说看见她筛麦子呀？这样胡闹撒谎，把大美人杜尔西内娅的芳名都糟蹋了，忠心可靠的好侍从兴得这样吗？"

桑丘听了这话一声不响，起身蹑脚哈腰，伸着个指头按在嘴唇上，在厅上跑了一圈，把所有的帷幔都掀开看过，然后回去坐下说：

"尊贵的夫人啊，我已经查明这里没人偷听；现在随您问什么，我都可以放心回答，不用害怕了。我先要告诉您，我主人堂吉诃德是个十足的疯子，尽管他有时候说些话呀，不单是我，谁听了都觉得非常高明，而且头头是道，连魔鬼也没他那样的口才。可是我千拿万稳，知道他是失心疯。所以我敢无中生有，哄他上当。一次是捏造了那个回信，又一次是七八天以前的事，还没写进书里去呢——就是堂娜杜尔西内娅小姐着魔的玩意儿。我哄他那位小姐着魔了，其实是完全没影儿的事。"

---

① 指西班牙民族英雄熙德，即罗德利戈·台·比伐尔(Rodrigo Díaz de Vivar)的象牙椅子。据熙德故事，他征服了巴伦西亚，回到咖斯底利亚，国王堂阿尔封索请他坐在象牙椅子上。

公爵夫人请桑丘讲那桩着魔的玩意儿。桑丘就一五一十讲了一遍,大家都听得津津有味。公爵夫人说:

"好桑丘讲的事,搅得我放心不下,仿佛有个声音在我耳边悄悄说:'堂吉诃德·台·拉·曼却既然又疯又傻,他侍从桑丘·潘沙知道这回事,却又跟着伺候他,而且把他的空口许愿信以为真,专等着兑现;那就放定桑丘比主人更疯更傻。照这么说,公爵夫人啊,你把海岛给这个桑丘去管辖就是没打算了。他自己都管不周全,怎么能管辖别人呢?'"

桑丘说:"尊贵的夫人,您这点顾虑确有道理。您不妨直接爽快地说,或者随您怎么说吧,我承认您说得对。我要是聪明呢,早该扔下我那主人了。不过这是我命里注定的,也是我倒霉,我离不了他,只好跟他。我们俩是街坊,我吃过他的饭,和他交情很深,他也知道我的心,不亏负我,他还把自己的几匹驴驹子给了我;别的不说,我至少是忠心的。所以,要拆开我们呀,除非用铲子和鹤嘴锄①。公爵大人许我的总督,您贵夫人如果不愿意让我做,那么,我天生就不是总督呀。也许我不做总督,心上更踏实;因为我傻虽傻,却懂得这句成语:蚂蚁长翅膀,自取灭亡②。说不定侍从桑丘比总督桑丘更容易上天堂。本地的面包,和法兰西的一样好;猫儿在夜里全都是灰的;谁到下午两点没吃上早饭,那才是倒霉;肚子都一般儿大,相差不了一拃;这个肚子呀,据老话说,不论稻草、干草,一样塞饱;田里的小鸟有上帝喂养;四瓦拉古安加的粗绒,比四瓦拉赛果比亚的细呢子保

① 铲子和鹤嘴锄是掘墓的工具。

② 西班牙谚语,因为飞在空中就给小鸟吃了。

暖；一旦去世入土，贵人小工同路；教皇虽然比教堂司事地位高，死后占的地盘一般儿大小，因为进坟墓总得把自己紧紧包扎好，或者不由自己，别人会来包扎，然后就永远埋在地下了。我再说一遍吧，您夫人如果瞧我傻，不愿意把海岛给我，我通情达理，绝不会计较。况且我听说，魔鬼就躲在十字架后面；又说，闪闪发亮的不都是黄金。[①] 如果古代的歌谣不是信口开河，驾牛犁田的庄稼汉万巴提拔上去做了西班牙国王，锦绣堆里享福的罗德里果，却抓去喂蛇了。”

傅姆堂娜罗德利盖斯在旁，忍不住插嘴道：“哪会信口开河呀！歌谣里说，罗德里果国王活活地给扔在坑里，里面尽是癞蛤蟆、长虫和四脚蛇；过了两天，他在坑里有气无力地哼呢，说是：

我身上哪一部分罪孽最重，
它们在那里咬嚼得我最痛。

要是做了国王得喂爬虫，这位先生宁愿做庄稼汉是很有道理的。”

这位傅姆死心眼儿，逗得公爵夫人哈哈大笑。桑丘的一番议论和连串的成语使她很惊佩，她就说：

“好桑丘想必知道，骑士答应了一件事，赔掉性命也不能失信。我们公爵大人虽然不是游侠骑士，毕竟还是骑士，答应了给你一个海岛就一定做到，旁人嫉妒怀恨也没用。桑丘放宽了心吧，说不定你忽然间就做了那个海岛的总督。但愿你紧紧抱住自己的官职，等另有大好肥缺再放手。我只劝你记着，岛上的百

① 以上连串都是西班牙谚语。

姓都是忠心的，也都是好出身，得用心治理才行。”

桑丘答道：“好好儿治理的话不用嘱咐，我生来心肠好，同情穷人。人家自己发面、自己揉，他的面包你可不能偷。我发誓，灌水银的骰子，别当着我掷；我是老狗不听啧啧呼唤；谁也别想蒙混我，因为鞋哪儿紧了，穿鞋的自己知道①。我这些话无非说，好人我会保护，坏人决不宽容。我认为做官全看一个开头；说不定我做了半个月总督就大有兴味，而且熟练得比我从小熟练的干农活儿还在行。”

公爵夫人说：“你说得对；没有天生的本领，主教也是人学出来的，不是石头雕就的。不过咱们再谈谈杜尔西内娅着魔的事吧。桑丘把乡下姑娘说成杜尔西内娅，他主人不认识就说杜尔西内娅着了魔；桑丘自以为捉弄了主人，其实，我说句千真万确的话，这都是迫害堂吉诃德先生的那些魔法师设下的圈套啊。因为我凭可靠的消息，确实知道跳上驴背的那乡下女人真是杜尔西内娅·台尔·托波索。好桑丘自以为骗了人，其实是受骗了。世上许多事咱们没有亲眼看见，却是千真万确的；你骗人受骗的那回事正也如此，你非信不可。我可以奉告桑丘·潘沙先生，我们也有要好的魔法师把各处的事情据实报告我们。真的，那跳跳蹦蹦的乡下女人从那时到现在始终是杜尔西内娅·台尔·托波索，她和生她的妈妈一样着了魔②；说不定哪一天她忽然会恢复本来面目，桑丘到那时就知道自己是上当了。”

---

① 以上四句都是西班牙谚语；“老狗不听啧啧呼唤”，亦作“别对老狗啧啧呼唤”，指它不会上当。

② 公爵夫人这句话是模仿桑丘的谈吐。

桑丘·潘沙说:“这都很可能。我主人讲他在蒙德西诺斯地洞里看见的形形色色,我现在也相信了。他说看见了杜尔西内娅·台尔·托波索小姐,穿的衣服就是我胡说她着魔的时候穿的那一套。尊贵的夫人啊,您讲的一定不错,我都弄颠倒了。因为我笨头笨脑,不会一下子编出那么一套精致的谎话来;我主人也不会那么疯,听了我那套没影儿的胡说八道就信以为真。可是,好心的夫人,您别就此把我当作坏心眼儿;您不能指望我这么个糊涂虫能看透混账魔法师的黑心肠。我是怕主人骂,才扯了那么个谎,并不是存心害他。如果害了他,上帝在天上呢,各人的心思逃不过上帝的眼睛。”

公爵夫人说:“这话不错。可是蒙德西诺斯地洞里什么形形色色,请桑丘讲讲吧,我很想听呢。”

桑丘就把那次的事细细讲了一遍。公爵夫人听罢说道:

“桑丘在托波索城外看见的乡下女人,伟大的堂吉诃德不是在那洞又看见了吗?可见她确实就是杜尔西内娅;而且有不少无事生非的魔法师在这里面大显身手呢。”

桑丘·潘沙说:“我说呀,我们小姐杜尔西内娅·台尔·托波索如果是着了魔,那就只好由她去当灾;我主人的冤家又多又恶,我不跟他们吵架去。我清清楚楚看见一个乡下女人,当然认为她只是个乡下女人罢了。如果她是杜尔西内娅,那不能算在我账上,怪不得我。咳!人家动不动责备我:‘这是桑丘说的,这是桑丘干的,这又是桑丘,那又是桑丘。’好像桑丘只是个不成材的东西;可是据参孙·加尔拉斯果的话,我桑丘·潘沙是全世界风行的书里写的桑丘·潘沙呀。参孙·加尔拉斯果至少也是萨拉曼咖大学的学士，不会无缘无故撒谎。所以谁也不该找我的岔儿。我的名声是好的；据我主人说，名声比钱财还重要。那个总督不妨叫我去当，我准叫大家出乎意料呢。因为谁是好侍从，就能做好总督。”

公爵夫人说：“好桑丘这会儿说的，全像加东的格言①，至少像‘盛年早夭’的米盖尔·维利诺②亲口说的话。总而言之，照桑丘自己的口气说吧，披着破大氅的，往往是个好酒徒③。”

桑丘答道：“我老实说，夫人，我生平喝酒从来没有坏心，多半是为了口渴；我是很坦白的。我什么时候想喝就喝，有时人家请我喝，我为了情面和礼貌，不想喝也喝。朋友祝酒，谁石头心肠不为他干杯呢？不过‘我虽然穿鞋，并不踩脏了鞋’④。而且游侠骑士的侍从经常只喝水；他们常在丛林荒野和山石上来往，挖掉一颗眼珠子也换不到一滴酒。”

公爵夫人答道：“想必是这样的。现在桑丘去休息吧；桑丘当总督的事，我们以后再细细商量，并且尽早做好安排。”

桑丘又吻了公爵夫人的手，还请她照顾灰毛儿，因为它是自己眼睛里的明珠。

公爵夫人问：“什么灰毛儿？”

桑丘答道：“就是我的驴呀；我不称驴，常叫它灰毛儿。我

---

① 加东已见上部前言27页注④，435页注②。

② 米盖尔·维利诺（Micael Verino）生于梅诺卡岛，是个十七岁就死的才子，他的《幼学箴言集》亦称《箴言集》，被采用为学校里的教科书。“盛年早夭”（florentibus occidit annis）出于纪念他的拉丁文悼词。

③ 西班牙谚语，意思是“外表不足为准”或“人不可以貌相”。

④ 西班牙谚语，表示虽然喝酒，并不喝醉。

刚到府上，不是求这位傅姆太太照看它吗；她生了好大的气呀，好像我说了她相貌丑啊、年纪老啊似的。其实傅姆喂喂驴子，还比坐在厅堂上做摆设合适。哎，我们村上有个绅士对这种女太太实在厌恶透了！”

傅姆堂娜罗德利盖斯说：“他一定是个乡下佬；他如果是绅士，又是有教养的，就会把她们高高供在月宫里。”

公爵夫人说：“好了，好了，堂娜罗德利盖斯住嘴吧，潘沙先生也请放心，灰毛儿交给我照管就完了。它既然是桑丘的宝贝，我就也把它放在自己的心坎儿上。”

桑丘答道：“放在马房里就行，要放在您贵夫人心坎儿上，一刹那的工夫它也不配，连我也不配；这就仿佛用刀子扎我一样了，我决不答应的。尽管我主人有话：同样是输，少一张牌不如多一张牌①，可是对付驴子还得有个分寸，要恰到好处。”

公爵夫人说：“桑丘带着它上任去吧，可以随心如意地供养它，甚至还可以让它领退休金养老。”

桑丘说：“公爵夫人啊，您别以为这有什么稀奇，上任做官带去的驴子，我见过不止两头了，我带自己的驴去算不得新鲜事儿。”

桑丘的话又添了公爵夫人的乐趣。她打发了桑丘去休息，就把他的话一一告诉公爵，两人一同出主意捉弄堂吉诃德。他们那番玩笑开得很精彩，把骑士小说里的一套照搬照演，非常有趣，是这部历史巨著里出色的奇事。

---

① 西班牙谚语。

第三十四章

本书最出奇的奇事：大家学到了为绝世美人杜尔西内娅·台尔·托波索解脱魔缠的方法。

公爵夫妇听了堂吉诃德和桑丘·潘沙的谈话兴致勃发，决计仿照骑士小说的一套，安排些奇事来捉弄他们主仆。这一对贵人夫妇就根据堂吉诃德在蒙德西诺斯地洞里的见闻，布置了一场绝妙的恶作剧。公爵夫人想不到桑丘竟会那么天真，当初自己捣鬼，胡说杜尔西内娅·台尔·托波索着了魔道，这会儿却把这事死心塌地地信以为真。夫妇俩教导了家里佣人怎么行事，六天后就请堂吉诃德同去打围，还带了大群猎手，那排场不亚于国王出猎。他们送给堂吉诃德一套打猎服；也给了桑丘一套，是绿色细毛料的。堂吉诃德不愿意穿，辞谢不受，说他不久还得干他那艰苦的武士本行，不能携带衣柜或行李。桑丘却把送他的衣服收下，打算有机会把它卖钱。

打猎那天，堂吉诃德披上盔甲，桑丘也穿了猎装，骑上灰毛儿。人家请他骑马，可是他舍不得撇下那头驴。他夹在围赶的一群人中间。公爵夫人出猎，打扮得非常漂亮；堂吉诃德出于礼貌，不顾公爵辞谢，亲自为她拉着缰绳。大伙到了两座高山中间的树林里，各人领命或守望或埋伏，都分头四散。他们就大喊大叫地开始打围。猎狗汪汪地叫成一片,加上一声声号角,吵得人说话都听不见。

公爵夫人知道野猪出没的地方;她下马两手拿着一支尖利的标枪去站在那里。公爵和堂吉诃德也下马站在她两旁。桑丘跟在全伙猎人的最后;他不敢撇下灰驴,怕它遭祸,所以没有下驴。公爵夫妇和堂吉诃德刚站定位子,和许多佣人排成一列,就看见一头肥大的野公猪遭到猎狗包围和猎人追赶,咬着利齿獠牙,喷吐着白沫,向他们这边冲来。堂吉诃德一见就挎着盾牌,拔剑迎面而上。公爵也拿着标枪赶去;公爵夫人要不是给公爵拦住,也抢先迎上去了。只有桑丘一见这头恶狠狠的畜生,就撇下灰驴没命的逃跑。他想爬上大橡树,却又爬不上,正在半中间抓住树枝拼命往上蹬,偏偏倒足了霉,那根树枝断了。他跌下来又给树上的丫杈挂住,悬在半空,下不了地。他狼狈不堪,眼看自己的新绿衣也扯破了,而且那头猛兽如果跑来,恰好够得着他。他急得一迭连声大叫救命;单凭他那叫声,谁都以为他给野兽咬住了。那只獠牙的野猪终究给密布的标枪刺倒。堂吉诃德这才听出是桑丘在叫喊;转脸一看,桑丘正头朝地、脚朝天倒挂在橡树上,和他共患难的灰驴站在旁边。据熙德·阿默德说:桑丘·潘沙和他的灰驴两情胶固,哪里有桑丘·潘沙就也有灰驴,有灰驴就也有桑丘,两个不在一起是很难得的。

堂吉诃德跑去救下桑丘。桑丘脱身下地,忙检看打猎服的裂口,觉得直心疼,因为在他看来,这件衣服抵得一份家产呢。这时大家把沉甸甸的野猪横搭在骡背上,还盖上些迷迭香和桃金娘的花枝,标明是俘获品;他们一起回到树林里。那里早已搭了几座大帐篷,里面已经安好桌子,摆上筵席。筵席非常丰盛,一看就知道主人家排场阔绰。桑丘把衣上的裂口给公爵夫人看，说道：

“假如打野兔或小鸟，我这件衣服就好好儿的，不至于这样，野猪这种家伙，碰上它的獠牙就可以送命，我不懂找上它有什么趣味。我记得古代歌谣里说：

> 你就像有名的法维拉，
> 给几只大熊分吃掉。”

堂吉诃德说：“那是哥斯族的国王①，打围的时候给熊吃了。”

桑丘答道：“可不是吗！我就不赞成王公贵人冒着这种危险取乐；况且这类畜生又没犯罪，杀了它取乐也不应该。”

公爵说：“桑丘啊，你错了，打围猎取大野兽不比别的，正是王公贵人分里的事。打猎是打仗的影子，也得有策略，能出奇制胜，才稳稳地手到擒来。打猎得忍受大冷大热，不能贪懒贪睡。打猎可以增强体力，锻炼得手脚灵便。反正这对谁也没害处，而对许多人是一桩乐事。况且围猎大野兽更不比一般人的打猎，只有王公贵人才办得到，和放鹰隼打猎一样。所以桑丘啊，你得打破成见，等你做了总督，该把打猎当正经，你就知道这件事大有好处呢。”

桑丘答道：“不见得，‘好总督是断了腿的，他不出家门’②。

---

① 法维拉(Favila)是贝拉由国王的儿子和继位者，739年出猎被熊(一说野猪)杀死。他不属哥斯王室；哥斯王室的末代国王是上文说起的堂罗德里果。

② 桑丘改了谚语：“好女人是断了腿的，她不出家门。”

人家有事辛辛苦苦跑来找他,他却在树林里消遣呢,那还像话吗！照那样,他的官还做得好吗？我老实说吧,公爵大人,打猎消遣不是总督的事,是闲来无事的人干的。我指望的消遣无非复活节玩个纸牌,星期四和节日打打球;什么围猎呀打猎呀不合我的脾胃,还搅得我良心不安呢。”

“桑丘啊,但愿天意能如人意！因为说是说,干是干,相隔很远①呢。”

桑丘说:“随它怎样,反正还得了债,不心疼抵押品;尽管你贪黑起早,哪有上帝保佑好;是肚子带动两脚,不是两脚带动肚子。我就是说呀:如果上帝保佑,我又认真尽责,一定管辖得比盘空的老鹰还精明。嗨,只要把指头放在我嘴里,就知道我咬不咬。②”

堂吉诃德说:“该死的桑丘！但愿上帝和天堂上的圣人都来咒诅你！真是我常说的,你哪一天能连说几句话不扯上成语呀？公爵大人和夫人,请别理会这傻子,他滥用的成语,不是一下子两句,却是两千句,实在叫人受不了！他要是有一句用得对景,上帝保佑他吧！我要是爱听他说,上帝也保佑我吧！”

公爵夫人说:“桑丘·潘沙用的成语很利落,尽管比希腊勋爵③的还多,并不因为多了就不稀罕。据我看,别人引的成语再确当,也不如他引的有趣。”

---

① 西班牙谚语;公爵也学桑丘用成语。

② 四句都是西班牙谚语。

③ 希腊勋爵指艾尔南·奴聂斯·台·古斯曼(Hernán Núñez de Guzmán),十六世纪西班牙有名的希腊语文学者,圣悌亚果教团的勋爵,曾收集三千句成语。

他们说着闲话，走出帐篷，在树林里看了些打围人埋伏和驻守的地方。太阳下去，天渐渐黑了。虽然是仲夏之夜，却朦朦胧胧，不像往常晴朗，仿佛天公作美，要助成公爵夫妇的那套把戏。夜色渐深，忽见树林周围起了火似的，随就听得四面八方远远近近号角响成一片，配合着别的军乐，好像有大队骑兵过境。他们在树林里简直给火光耀花了眼睛，军乐震聋了耳朵。接着传来一片声的“雷利利”①，像摩尔人战场上厮杀的呐喊。同时喇叭声、号角声、咚咚的鼓声、悠扬的笛声繁声交奏，紧接不断，聒噪得神清心定的人听了也神迷心乱。公爵呆呆瞪瞪，公爵夫人神色不安，堂吉诃德在惊讶，桑丘索索发抖；反正连知道内情的都觉得可怕。大家正心惊胆战，忽然乐止，寂静无声。一个像魔鬼似的信使吹着号角骑马而来；那号角是空心的牛角，大得出奇，发出的声音阴森惨厉。

公爵说：“喂，报信的老哥，你是谁？到哪里去？好像有军队开过树林，是什么军队？”

使者粗声大气地答道：

“我是魔鬼；来找堂吉诃德·台·拉·曼却。前来的是六队魔法师，带着一辆凯旋车，车上是天下无双的杜尔西内娅·台尔·托波索。她着了魔，现在和法兰西勇士蒙德西诺斯同来通知堂吉诃德怎样为她解除魔法。”

“听你的说话，瞧你的模样，你大概确是魔鬼。堂吉诃德·台·拉·曼却就在你面前，你既是魔鬼，就该认识这位

① “雷利利”(lelilí)是阿拉伯语 le ilah ile alah，意思是“只有一个上帝”。阿拉伯人战斗或庆祝时这么呐喊。亦作“利利利”。

骑士呀。”

魔鬼答道:“我凭上帝和良心发誓,我没看见他;我心里忙乱,把正经事忘了。”

桑丘道:“这魔鬼一定是好人,也是好基督徒;要不,就不会‘凭上帝和良心’发誓。现在我明白了:地狱里也有好人。”

那魔鬼并不下马,只转脸向堂吉诃德说:

“该落在狮爪子下的狮子骑士啊,落难的勇士蒙德西诺斯派我来找你传话:他带着一位杜尔西内娅·台尔·托波索小姐来教你怎样为她破掉魔法,叫你在这里等他。我没别的话要传,不再耽搁了。但愿我同伙的魔鬼都跟着你,好天使都跟着这位先生和这位夫人。”

他说完,拿起那只大牛角吹一声号,不等回答就转身走了。

大家越发惊奇,尤其桑丘和堂吉诃德。桑丘因为知道杜尔西内娅着魔是怎么回事,不料大家都说她着魔;堂吉诃德因为蒙德西诺斯地洞里的事自己还拿不定是真是假呢。他正在追想这些事,公爵问他说:

“堂吉诃德先生,您打算在这儿等吗?”

他答道:“为什么不等呀?即使地狱里所有的魔鬼都来缠着我,我也不怕,屹立在这里等着。”

桑丘说:“如果我再看见一个魔鬼,再听到他那种号角,我还在这儿等着才怪呢!”

夜色一片漆黑,树林里点点星火,像地面上吐出的火气,在空中流动。同时又听到一种怪声,仿佛牛车的实心轮子①转出

---

① 没有车辐的圆盘似的木轮子。

来的。据说这种牛车经过的地方，叽叽嘎嘎刺耳的响声能把一路上的狼和熊都吓跑呢。又加喊声四起，仿佛树林周围真有军队在交锋。这边轰隆隆的炮响，那边噼噼啪啪的枪声，厮杀呐喊好像就在耳旁，远处却又传来摩尔人“雷利利”的叫声。当时号角喇叭声、鼓声、炮声、枪声，再加可怕的车轮声，拉杂喧嚣，便是堂吉诃德也得鼓足勇气才承受得住。桑丘吓破了胆，晕倒在公爵夫人的长裙边上了。公爵夫人让他躺在自己裙上，忙叫人在他脸上洒了些水，他才苏醒。那时轮子叽嘎作响的一辆牛车恰好开到他那里。

四头笨牛拉车，牛身上披盖的全是黑色，牛角上各缚着一支亮煌煌的大蜡烛；车上有个高高的座位，坐着一位道貌岸然的老者。他胡子雪白，垂到腰带以下，穿一件黑布长袍。车上点满了蜡烛，照得清清楚楚。领车的是两个丑鬼，也穿着黑布衣服。他们的脸丑极了，桑丘看了一眼忙闭目不敢再看。牛车到他们前面，高坐车上的老者起身大声说：

“我是李冈斗法师。”

他不再开口，车就过去了。随后又来了这样一辆牛车，上面也坐着一位老者。他叫车停下，声音也像前一个老人那么严肃，说道：

“我是阿尔基菲法师；我和不可捉摸的乌尔甘达①是好朋友。”

这辆车往前去了。

接着又来一辆同样的车，不过座上的人不是老者，却是个身

① 据传说，乌尔甘达经常变形，所以“不可捉摸”。

体结实、面貌狰狞的壮夫。车到那里，那人也站起来，声音比前两人粗暴；他说：

“我是魔法师阿尔加拉乌斯，是阿马狄斯·台·咖乌拉和他那些子子孙孙的死冤家。”

车辆往前去了。这三辆车走了一段路都停下，刺耳的车轮声也就停了。这时听到的不是聒噪，却是和谐悦耳的音乐。桑丘大高兴，认为是好兆。他一时一刻没敢离开公爵夫人一步，这时就对她说：

“夫人啊，哪里有音乐，就不会有坏事①。”

公爵夫人道：“正好比哪里有光亮，就不会有坏事。”

桑丘答道：“光是火发的，火堆就发亮，咱们四周不都是吗？这些光亮保不定会烧着咱们；不过音乐总是表示欢乐的。”

堂吉诃德听了他们的话，说道：“这还得瞧吧。”

看了下章，就知道他说对了。

第三十五章

续叙为杜尔西内娅解脱魔缠的方法，
还有别的奇事。

随着悦耳的音乐，开来一辆凯旋车。拉车的六匹棕色骡子

① 西班牙谚语。

都身披白纱，背上各骑着一个“拿蜡烛的悔罪者”①。这些人也穿白衣，各拿一支点亮的大蜡烛。这辆车比前几辆大二三倍。另有十二个悔罪者站在车上两侧，都穿着雪白的衣服，拿着亮煌煌的蜡烛，使人看了又惊又奇。一位美人高高坐在中间座上。她身上披着一重重银纱，上面满缀金箔，不说富丽，至少也很灿烂。她脸上那层透明的轻纱遮不没她的芳容，明烛辉煌，照见她相貌姣好，年龄十八九岁。她旁边坐着一个身披长袍、头盖黑纱的人物。车到公爵夫妇和堂吉诃德面前，号角喇叭声停止，车上竖琴琵琶的音乐也跟着罢奏。披长袍的起立，掀开长袍，揭去面纱，赫然露出一具可怕的骷髅。堂吉诃德惴惴不安，桑丘吓作一团，公爵夫妇也有点害怕。这个活死神站了起来，舌头涩滞，有声无力，刚睡醒似的，说道：

　　我是历史上有名的梅尔林，
传说魔鬼是我的生身父亲，
几千年来没人知道是扯谎；
我在魔法师中间称王，
曾探出阴阳死生的奥妙；
敢抗拒时间滚滚的波涛，
不让古今累积的无限岁月，
埋没了游侠骑士的丰功伟业；
我顾念他们卓绝艰苦，
向来对他们非常爱护；

---

① 在天主教的游行队伍中有两种悔罪者：一种是拿蜡烛的（diciplinante de luz），一种是且走且痛鞭自己以至流血的（diciplinante de sangre）。

虽然一般邪魔外道的法师
往往残忍暴戾,凶狠阴鸷,
我却心胸宽厚,一片慈悲,
乐于行善,只求有益人类。

我在阴森幽暗的阎罗地府,
聚精会神孜孜写咒画符,
学会了神通指望功夺造化;
忽听得绝世美人杜尔西内娅·
台尔·托波索娇滴滴的哀号,
心血来潮,知道她着了魔道,
贵小姐变了粗蠢的村姑;
这使我也为她发愁叫苦。
我要博究这门神秘的学问,
深奥的书籍翻阅了十万多本。
现在我附魂于这具骷髅,
囊中自有妙计特来营救;
她遭了灾难痛苦不堪,
仗我来为她解脱魔缠。

智勇兼备的堂吉诃德先生!
曼却的光辉、西班牙的豪英!
全世界披坚执锐的武士
都靠你增光,奉你为师!
不图安逸、不求享乐的人,
流血流汗不辞艰难苦辛,
不畏强暴,永远奋勇战斗,

你就是他们瞻仰的北斗！
你这位赞不胜赞的骑士，
请听着，我有要事告知：
杜尔西内娅·台尔·托波索美人
如要摆脱妖氛邪法的缠身，
你得叫侍从桑丘脱裤，
露出肥鼓鼓的大屁股，
自己狠狠鞭扑三千三百，
不得手下留情轻打轻拍，
要皮肉麻辣辣地疼痛才行；
使她着魔的法师一致决定，
要如此她才恢复原形。
夫人先生们，我来此无它，
就为传达以上这一番话。

桑丘接口道："我凭上帝发誓，别说三千鞭，就是自打三鞭，我都仿佛自己戳三刀一样！这样解除魔道，真是活见鬼！我不懂我的屁股和魔术有什么相干！我凭上帝说，如果梅尔林先生解救杜尔西内娅·台尔·托波索小姐只有这个办法，那就让她带着缠身的邪魔进坟墓吧！"

堂吉诃德说："你这肚里装满大蒜的乡下佬！我会抓住你，把你剥得一丝不挂，像刚从娘胎里出来的时候那样，然后把你绑在树上，别说三千三百鞭，我要给你六千六百鞭，一下下打得着着实实，叫你挣三千三百下也挣脱不了。你别顶嘴，我要把你打得灵魂出窍呢。"

梅尔林忙道：

"这不行,桑丘老哥吃鞭子得由他自愿,不能强迫,而且随他什么时候高兴就打,不定期限。他如果图省事,也可以央别人代打,不过那就可能打得重些。"

桑丘答道:"不管是别人下手、自己下手,不管是手重手轻,反正谁的手也休想碰我一下。杜尔西内娅·台尔·托波索小姐活该受罪,怎么叫我的屁股当灾呢?难道她是我肚子里生出来的吗?我主人动不动叫她'我的生命'呀,'我的灵魂呀',又是他靠着活命的根子呀,他们俩才是连在一起的;他应该去为她吃鞭子,费尽心思、拼着身体,为她解脱魔缠。怎么倒叫我来鞭打自己呢?'我急急拒绝'①!"

桑丘话犹未了,梅尔林旁边那位披着银纱的美人霍地站起来,掀开面上薄纱,露出一张美丽非凡的脸。她像男孩子似的没一点羞涩,声音也不像姑娘家,冲着桑丘·潘沙说:

"哎,你这个混账的侍从!铁石心肠的傻瓜!老面皮的混蛋!人类的公敌!是谁叫你从高塔上跳下来吗?叫你吞十二个癞蛤蟆、两条壁虎、三条长虫吗?叫你用泼风快刀宰掉你的老婆孩子吗?值得你这样推三阻四地作难!三千三百下鞭子,孤儿教养院里哪个可怜的孩子不月月儿经常忍受啊!你却当作一件了不起的大事!好心肠的人,甚至千年万代以后,知道你这样,都要诧异的。哎,你这个狠心的畜生!睁开你这双见不得光亮的猫头鹰眼睛,看看我这两颗明星似的眼睛吧!看看我美丽的脸颊上粗粗细细的泪痕吧!我现在还只十几岁——今年十九,

---

① 拉丁文"我坚决拒绝"(abrenuncio)是宗教仪式的套语,等于说:"我坚决拒绝魔鬼的引诱!"桑丘不懂拉丁文,说错了。

还不到二十，花朵儿似的年华，却在乡下女人粗糙的皮壳子里糟蹋了！你这个刁钻恶毒的怪物，你看了也该有点感动呀！也许你认为我这会儿并不像乡下女人；这是梅尔林先生特别照顾，要我凭美貌来感动你；因为落难美人的眼泪，能把硬石头化为软棉团，猛虎化作绵羊呢。你这只强头倔耳的畜生啊，把你的肥屁股使劲儿打呀！打呀！别痴骙懵懂，只知道吃了又吃呀！我全得靠你，才能回复原先的皮肉细腻、性情温柔、容貌美丽呢！如果你顽强无情，不顾惜我，你也得为旁边这位可怜的骑士着想呀——我指你的主人，我瞧透他的灵魂正在喉咙里哽着，离嘴巴不到十指宽，只等着你一声拒绝或答应，就冲出嘴外或回进肚里去。"

堂吉诃德听了这话，摸摸自己的喉咙，转身对公爵说：

"公爵大人，杜尔西内娅的话确是一点不错，我的灵魂像弓弦上的栓子似的绷硬一块，正哽在喉咙里呢。"

公爵夫人问道："桑丘，你听了这话怎么说呀？"

桑丘答道："夫人，我还是刚才的话：要我吃鞭子呀，'我急急拒绝'。"

公爵说："桑丘，你说错了，该说'坚决拒绝'。"

桑丘答道："公爵大人您别管我。说错了字眼是小事，我这会儿顾不到。我得挨打或自己打那么多鞭子，搅得我心里乱了谱，说什么、干什么都做不了主了。可是我实在不懂，我们堂娜杜尔西内娅·台尔·托波索小姐那样央求人，是哪儿学来的。她跑来要我把自己鞭打得皮开肉绽，却称我'傻瓜''强头倔耳的畜生'，还加上一连串只有魔鬼才该承受的丑名儿。难道我的肉是铜打的吗？难道她能不能解除魔法和我有什么相干吗？

她送了我见面礼吗？譬如白单子呀，衬衣呀，头巾呀，袜子呀——老实说，我都用不着，可是她带着这么一大筐东西来和我情商了吗？她只是一句又一句的臭骂呀。老话说：背上驮着银和金，驴儿上山就有劲；礼物碾得碎岩石；求上帝保佑你，也得自己努力；许你两件，不如给你一件；[①]这些话她也该知道啊。至于我这位主人先生，如果他要我变得像梳理过的羊毛和棉花那样，就该抚摩着我的颈毛来哄我；可是他却说，要抓住我，把我脱光了绑在树上，要把打我的鞭数加上一倍。我这两位好心肠的男女主人该想想：他们打的不单是一个侍从，还是个总督啊；他们却好像是请我用些樱桃下酒吧。他们还得学学怎样央求人，怎样讲礼貌呢！各个时候不同[②]；一个人也不能老是好脾气。我这会儿因为撕破了这件绿大氅正心痛得要死，他们却来叫我心甘情愿地鞭打自己；这就好比叫我变成个凶暴的官长，远不是我的心愿啊。”

公爵道：“我老实告诉你，桑丘朋友，你要不把心肠放得比烂熟的无花果还软，你就做不成总督。如果我给岛上的百姓找个残忍的总督，心肠像石头一样，不论落难女子下泪，或年高德劭的大法师恳求，都不能感动他，我就于心有愧了。干脆一句话，桑丘，你或者鞭打自己，或者让别人鞭打你，不然的话，就休想做总督。”

桑丘答道：“给我两天期限，让我考虑考虑行吗？”

梅尔林说道：“那可怎么也不行。这事得此时此地决定：

---

① 四句都是西班牙谚语。

② 以上两句是西班牙谚语。

杜尔西内娅或者恢复乡下女人的模样，回蒙德西诺斯地洞去；或者呢，保留着现在的相貌，送到仙乡福地去等待鞭打满数。”

公爵夫人道：“哎，桑丘老哥，你吃了堂吉诃德先生的饭，该有点儿良心和勇气呀。咱们为他那么个好人，为他那高尚的骑士道，都该出力襄助。朋友啊，吃鞭子的事，你答应了吧。让魔鬼滚蛋！害怕的是脓包！你知道这句老话：雄心冲得破坏运。”

桑丘牛头不对马嘴地忽然转脸问梅尔林道：

“梅尔林先生，请问您，刚才那报信的魔鬼跑来传蒙德西诺斯先生的话，要我主人在这儿等他，他要来教我主人怎样为堂娜杜尔西内娅·台尔·托波索小姐解除魔法呢；怎么他到今没来，影儿也没见呀。”

梅尔林答道：

“桑丘朋友啊，那魔鬼是糊涂东西，也是大混蛋。我派他来找你主人传我的话，没叫他传蒙德西诺斯的话。蒙德西诺斯在他那地洞里，他中了魔法还没有解除，直在等待，这件事‘还有尾巴上的皮没剥下来呢’。如果魔鬼欠了你什么，或者你有事要和他打交道，我可以把他叫来，听你打发。现在你且把吃鞭子的事答应了吧。你听我的话，这件事对你的灵魂肉体都大有好处：仁爱的心对灵魂有益，出掉点血对身体无害，我知道你是多血的体质。”

桑丘道：“世界上医生真多，连魔法师都是医生。既然大家都劝我甘心自打三千三百鞭，尽管我不明白这是什么道理，我就答应吧。不过有个条件：得趁我高兴打才打，不能规定期限。我一定尽快还清这笔账，让世人能瞻仰堂娜杜尔西内娅·台尔·托波索小姐的美貌。看来她并不像我猜想的那样，倒真是很漂亮的。我还有个条件：不能要求我打得自己出血，假如有几鞭像赶苍蝇似的轻轻掸过，也得算数。还有，假如我数错了，梅尔林先生全知道，得替我记着数儿，打了多少鞭得通知我。”

梅尔林答道：“你不会多打，不用通知，因为打满了数，杜尔西内娅小姐着的魔道立刻就解除了；她满心感激，会跑来向好桑丘道谢，甚至还有报酬呢。所以你不用计较打多打少，老天爷决不容我对谁有分毫欺心。”

桑丘说：“哎，那就随上帝安排吧！我是倒了霉，只好答应——就是说，我照讲定的条件，接受这件苦差使。”

桑丘的话刚完，号角喇叭立刻又响成一片，又放了几阵枪。堂吉诃德抱住桑丘的脖子，在他额上和脸上吻个不住。公爵夫妇和在场众人都非常满意；那辆大车就往前开去，大车经过公爵夫妇面前的时候，漂亮的杜尔西内娅对他们俩鞠躬，又对桑丘深深地行了一个屈膝礼。

这时天已经大亮，野花欣欣向荣，晶莹的溪水淙淙泻过有白有灰的鹅卵石，去和别处的河流聚会。大地欢欣，天色明朗，空气清和，阳光晴丽，都预告黎明带来的好天气。公爵夫妇围猎大有收获，那套把戏演得顺利有趣，两人都很高兴，回府准备还连续着开玩笑，因为他们觉得这比任何正经事都有趣。

第三十六章

“悲凄夫人”一名“三尾裙伯爵夫人”的破天荒奇事;桑丘·潘沙写给他老婆泰瑞萨·潘沙的家信。

公爵有个大总管很会开玩笑、出花样;他串演了梅尔林的角色。夜里那场戏全是他编导的,诗是他做的,还由他教导一个小僮儿串演了杜尔西内娅。后来他在男女主人协助下,又导演了一场非常滑稽的新戏。

公爵夫人第二天问桑丘,他答应为解救杜尔西内娅而忍痛吃苦的事开始没有。他说开始了,昨夜打了自己五鞭。公爵夫人问他用什么打的。他说用手打的。

公爵夫人说:“那是自己拍几下,算不得鞭打。你这样手下留情,我知道梅尔林法师决不会满意。好桑丘得做一条带刺儿或挽结子的鞭子①,要打得痛才行。因为要识字得流血②,你只出那一点代价就要使杜尔西内娅那么高贵的小姐重获自由,哪有这么便宜呢。桑丘该知道,敷衍塞责,不算功德③。”

---

① 这是苦行赎罪者照规矩用的。

② 西班牙谚语,小学生须挨打流血才学得好。

③ 西班牙谚语。

桑丘答道：

“我需要一条鞭子或绳子，打起来不太疼的，您夫人给我一条合适的吧。老实说，我虽然是个乡下佬，皮肉却不像麻做的，倒像棉花。我不能为别人的好处糟蹋自己。”

公爵夫人说：“好啊，我明儿给你一条合用的，对你的嫩皮肉就像亲姊妹那样体谅。”

桑丘接着说：

“您尊贵的夫人，您可知道，我写了一封信给我老婆泰瑞萨·潘沙，把我出门以后的事都告诉她了。信在我怀里，只欠姓名住址没写上。我要烦您读一遍，因为我觉得这封信有总督的气派——就是说，总督应该这样写。”

公爵夫人问道：“谁口授的呢？”

桑丘答道：“除了我区区，还有谁来口授呀？”

公爵夫人道：“你亲笔写的吗？”

桑丘答道：“那就甭想。我不会看书写字，只会签个名。”

公爵夫人说：“拿来看看吧；你的信一定洋溢着你特殊的才情。”

桑丘从怀里掏出没封上的信，公爵夫人接过来，只见信上写道：

桑丘·潘沙给他老婆泰瑞萨·潘沙的信

我虽然吃足鞭子，却是很有体面的骑士①；我虽然是总

① 西班牙谚语。这是骑驴游街的犯人为自己解嘲的话。骑士(caballero)也指绅士，也指骑坐牲口的人。

督大人，却得赔上好一顿鞭子。我的泰瑞萨啊，这句话你现在不懂，将来自会明白。我告诉你，泰瑞萨，我已经打定主意，你出门得乘马车①，千万千万！因为走路不坐马车，就仿佛四脚爬行。你是总督夫人了，留心别让人家背后揭你的短！我现在送上一件绿色的打猎服，是我女主人公爵夫人赏我的；你可以给咱们女儿改做一件连衣长裙。据我在这里听说，我主人堂吉诃德是个有头脑的疯子，又是个有趣的傻瓜，我也不输他。我们到过蒙德西诺斯地洞，梅尔林法师抓我来给杜尔西内娅·台尔·托波索解除魔缠。那位小姐就是咱们那儿的阿尔东莎·洛兰索。我得打自己三千三百鞭（已经打了五鞭），她就会摆脱魔法，像她的生身妈妈一样。这件事你对谁都别提。如果把你的那东西露出来，有人会说是白的，也有人会说是黑的②。再过几天，我就要上任做总督去；我是一心想弄钱，据说新总督上任都这样。我想去看了情况，再通知你是否该来和我做伴。灰毛儿很好，它多多问候你；我即使给他们送到土耳其去做大皇帝，也不会抛了它。我们公爵夫人吻你的手一千遍，你得回礼吻她的手两千遍，因为据我主人说，礼貌周全不花钱，却比什么都值钱。上帝没有再像上次那样给我装着一百艾斯古多的皮箱，可是我的泰瑞萨，你别着急，打警钟的人总是很安全，做了总督就仿佛碱水里什么脏都洗得掉。我只有一件事很担心，据说尝到了总督的滋味，就舔嘴咂舌，放不下

① 西班牙十六世纪中叶查理五世的朝代，贵人们开始坐马车。

② 西班牙秽亵语，借喻阴私不可告人，是非各有见地。

手;要真是这样,我付的代价不会很小。不过残疾叫花子讨来的钱,也是好一笔薪俸呢。① 所以不管怎样,你总会发财享福。求上帝多多给你好福气,保佑我能伺候你。

你的夫君

桑丘·潘沙总督

一六一四年七月二十日于公爵府②

公爵夫人读完信,对桑丘说:

"总督先生有两件事不对。第一:他好像是说,这个总督是他鞭打了自己换来的;可是他明知不是这么回事,我们公爵大人许他做总督的时候,谁也没想到吃鞭子的事呀。第二:读了这封信,觉得他很贪心。我只怕他看来像香菜,因为贪心撑破了口袋,贪心的总督,昧了心不分是非黑白。"

桑丘答道:

"夫人,我不是那个意思,假如您觉得这封信写得不得体,只要撕了重写;就怕我文才有限,越写越糟。"

公爵夫人说:"不,这封信很好,我想给公爵看看呢。"

他们就同上花园去,那天大家在那里吃饭。公爵夫人把桑丘的信给公爵看了,公爵非常赞赏。饭罢撤去杯盘,他们和桑丘谈笑了好一会,忽听得凄凉的笛声和沉急的鼓声。大家听了这种混杂而又阴惨惨的军乐都有点惊惶,尤其堂吉诃德,简直坐不安席。桑丘不用说,早又躲到他的避难所——公爵夫人的裙边去;因为那音乐确实凄厉可怕。大家正心神不定,忽见两个穿黑

---

① 三句西班牙谚语。

② 显然这就是作者写到这里的日期。

色丧服的人跑进花园来;那丧服又长又大,直拖到地上。他们一边走,一边各敲一面大鼓,鼓上也蒙着黑布。旁边跟着个吹笛子的,也穿一身深黑。随后一人魁伟非凡,他那件深黑色的道袍又长又大,不是穿在身上,竟是罩在身上的。袍上斜搭着一条很宽的黑肩带,挂一把大弯刀,刀鞘刀把都是黑色。他脸上遮一块透明的黑纱,纱里隐隐约约露出一部雪白的长胡子。他严肃安详,随着鼓声的节奏迈步前来;那高大的身材,走路的姿态,从头到脚的一身黑,再加陪奏的音乐,使不相识的人都心怀畏惧。

公爵等人都站着等待。这人缓步从容走到公爵面前,双膝跪下。可是公爵一定要他站起来说话。这大个儿遵命起身,掀开面纱,露出一部世上从没有那样又长又大又白又浓的胡子。他声如洪钟,望着公爵说:

"尊贵的公爵大人,我叫白胡子'三围裙',是'三尾裙伯爵夫人'或'悲凄夫人'的侍从。她有一件离奇古怪的糟心事,简直是意想不到的;她派我来求您大人准许她向您诉诉苦。不过她先要打听一下,那位英勇的常胜骑士堂吉诃德·台·拉·曼却是否在您府上。她是饿着肚子徒步从冈达亚王国走到您这儿来找他的。她能这样走来实在不可思议,也许是靠了魔术的法力。她这会儿在贵府门外等着,您如果答应,她就进来。我奉命向您禀告的就是这几句话。"

他说完咳嗽一声,双手把胡子从上到下一捋,静待回音。公爵说:

"好侍从白胡子'三围裙'啊,我们好多天前就听说'三尾裙伯爵夫人'遭了灾难,魔法师们因此称她为'悲凄夫人'。魁伟的侍从,你不妨请她进来,英勇的骑士堂吉诃德·台·拉·曼却在这里呢;他心胸慷慨,你主人有什么事都可以依仗他。你还告诉她,假如要我保护,我也一口允诺,因为是我作为一个骑士应尽的义务。我们骑士保护各种妇女;你主人是守寡的傅姆,受了欺侮伤心可怜,我们应该格外为她出力。”

“三围裙”听了这话,屈一膝行了个礼,对吹笛打鼓的人做个手势,叫他们奏乐,他就像来的时候那样随着音乐的节奏慢步出去。大家看了他那副神气都很惊奇。公爵转向堂吉诃德道:

“大名鼎鼎的骑士啊,忌恨和愚昧毕竟压不没才德的光芒。我为什么说这话呢?您在我这里才六天,受苦遭难的人已经老远地跑来找您了;而且不是乘着马车或骑着骆驼,却是饿着肚子徒步走来的。他们相信凭您的力量,什么苦难都有解救。可见您的丰功伟绩已经全世界闻名了。”

堂吉诃德答道:“公爵大人,我但愿上次晚饭前痛骂游侠骑士的那位好教士能亲自来看看,世界上没有这种骑士行不行。他至少可以得到些切身的体会。遭了大难而痛苦不堪的人,不找法官求救,不找村上的教堂司事,不找足不出家乡的绅士,也不找安逸的朝臣;那种朝臣只会打听了人家的事当新闻讲,不会自己干些事业让人家去传说记载。只有游侠骑士最能救危济困,扶助童女寡妇。我有幸能做个游侠骑士,对上天感激不尽;我为这行光荣的职业,遭受什么艰苦都甘心。请那位傅姆来吧,有什么要求尽管说。我凭这条壮健的胳臂和这颗雄心,一定解救她的困难。”

第三十七章

续叙"悲凄夫人"的奇事。

公爵夫妇瞧堂吉诃德乖乖地进了圈套,都乐极了。桑丘忽然发话道:

"我希望这位傅姆别挡了我做总督的道儿。我听到托雷都一个好口才的药剂师说:有傅姆夹在里面,就没有好事,哎呀!那药剂师见了傅姆真是头痛啊!所以我在想,既然各式各种傅姆都讨厌,悲凄的傅姆更不知是怎么样的了——她不是叫'悲凄夫人'什么'三长裙'或'三尾巴'吗?——在我们家乡,长裙就叫尾巴,尾巴就是长裙。"

堂吉诃德说:"桑丘朋友,快住嘴。这位傅姆夫人既然老远跑来找我,绝不是药剂师讲的那种人。况且她是伯爵夫人;伯爵夫人往往是陪侍王后女皇充当傅姆的,她本人在家里就有傅姆伺候,是十足的贵夫人。"

堂娜罗德利盖斯在旁插嘴道:

"我们公爵夫人的傅姆只要运道好,也做得伯爵夫人呀;可惜'法律总顺从帝王的心愿'。谁都不该说傅姆的坏话,说老姑娘傅姆的坏话尤其不该。我自己虽然不是老姑娘,却知道老姑娘傅姆更比寡妇傅姆强。'给我们剪毛的,剪子还没放手呢'[1]。"

桑丘道:"可是傅姆身上该剪掉的东西真不少!据那位药剂师说,饭即使粘锅,还是别搅和。"

堂娜罗德利盖斯说:"这些侍从呀,就是我们的冤家对头。他们在接待室里游魂似的,偷看我们的一举一动;除了念经祷告,时时刻刻就在嚼舌头议论我们,把我们祖先的骨头都刨出来,把我们的好名声都毁了。可是我要告诉这些木头人儿[2]:我们尽管半饥半饱,尽管不论皮肤粗细都得穿上黑衣服,仿佛在大游行的那天,粪堆得用帷幔遮掩似的。可是这个世界上还有我们的日子呢,而且是和贵人一起过的!侍从们看不顺眼也只好干瞧着!说老实话,我要有机会,可以叫在场各位,甚至世上所有的人都瞧瞧:我们当傅姆的,什么美德都齐全。"

公爵夫人说:"我相信贤惠的堂娜罗德利盖斯说得不错,而且理直气壮。不过她如果要为自己和其他傅姆辩护,驳倒那个坏药剂师的坏话,叫伟大的桑丘·潘沙不存偏见,她还是等适当的机会吧,这会儿不是时候。"

桑丘答道:"我闻到了总督的味道,就摆脱了侍从的傻气。所有的傅姆都不值我一笑。"

议论傅姆的话到此为止,因为笛声鼓声又起,"悲凄夫人"大驾光临了。公爵夫人问公爵该不该出去迎接,因为她是高贵的伯爵夫人。

桑丘不等公爵回答,抢先道:"瞧她是伯爵夫人呢,我赞成

---

① 西班牙谚语。上帝好比剪毛的,世人好比被剪了毛的羊;剪子在手,意思是照样还要剪别的羊身上的毛。

② 指呆笨无能的侍从。

您两位出去迎接；可是她又是傅姆，所以我主张两位一步也别动。”

堂吉诃德说：“桑丘，谁叫你多嘴了？”

桑丘答道：“谁吗？先生，我还不配多嘴？您是全世界最有礼貌、最懂规矩的骑士，我是您一手栽培的侍从呀！我听您说过，关于这种事，同样是输，少一张牌不如多一张牌，对聪明人不用多话①。”

公爵说：“桑丘说得对。咱们先瞧瞧那位伯爵夫人是什么人品，再斟酌对待她的礼数。”

这时笛手和鼓手又像前次那样吹吹打打进来了。

这一短章到此结束，专章另叙这件破天荒的奇事。

第三十八章

“悲凄夫人”讲她的奇祸。

十二个傅姆排成双行，跟随着那队奏哀乐的人走进花园。她们身穿宽大的丧服，好像是研光哔叽做的②；头披细白布长巾，把丧服盖得只露出一点边缘。“三尾裙伯爵夫人”由她侍从“白胡子三围裙”搀扶着走在后面。她穿的是极细密的平绒黑

① 两句西班牙谚语。

② 傅姆穿寡妇服，即黑色丧服，衣料往往是哔叽的。

呢；如果把绒毛刷出来，绒毛结成的卷儿准比马尔多斯出产的豌豆还大呢①。她的尾巴或裙梢——不管什么名称吧——有三个尖儿，三名穿丧服的小僮各拿一个。那三个尖是三只锐角，形成一个很好看的几何形。人家一看那三尖的裙尾梢，就知道她为什么名为“三尾裙伯爵夫人”；那名称好比说，有三个裙尾梢的伯爵夫人。据贝南黑利说：她确是因裙得名。她本来该称“狼伯爵夫人”，因为在她属地上出产最多的是狼；如果不是狼而是狐狸，她就该称“狐狸伯爵夫人”了。照那里的风俗，君主往往凭统治的地方出产最富的东西取名。可是这位伯爵夫人卖弄她那新样的裙子，不用“狼”取名而用了“三尾裙”。

十二个傅姆引着这位夫人稳步慢行进园，脸上都蒙着黑纱；那黑纱不像三围裙的面纱透明，却非常厚实，遮得严严密密。这个傅姆队伍进园，公爵夫妇和堂吉诃德都站起来，旁人也都起立。队伍停步，两列分开；悲凄夫人还由三围裙搀扶着从中走向前来。公爵夫妇和堂吉诃德上前十几步去迎接。她双膝跪下，嗓音不像莺啼燕语，却又沙又哑，说道：

“各位贵人请不要多礼，我是你们的小斯——我意思说，我是你们的女佣人②。我满肚子悲凄，都不会按规矩回礼了。我遭了奇灾横祸，头脑不知轰到了哪里去；一定是落在老远的地方，我越找越没影儿了。”

公爵答道：“伯爵夫人，一眼看来就知您是一位贵人；谁瞧不出您的身份，就是有眼无珠；我们应该对您足恭尽礼。”

---

① 安达路西亚的一个城，出产豌豆。

② 这个角色是公爵家小斯扮演的；他开口就露馅了。

他搀起这位夫人，扶她坐在公爵夫人旁边的椅子上；公爵夫人也很客气地接待她。堂吉诃德一声不响；桑丘心痒难熬地想看看“三尾裙”或随便哪一个傅姆的脸。不过她们不露脸，他怎么瞧得见呢。

大家静悄悄地等着，悲凄夫人先开口道：

“最尊贵的大人，最美丽的夫人，最高明的各位先生，你们最豪迈的心胸，对我最深切的苦恼一定会给以最浓厚的同情；我的糟心事能把最坚硬的铁石心肠都化成最温软的棉花呢。可是我先要请问：有一位天字第一号的伟大骑士堂吉诃德·台·拉·曼却，还有他那位天字第一号的好侍从潘沙是否也在这里。我要问明了这句话，再把我的事向各位禀告——不能说‘讲’，得说‘禀告’。”

桑丘忙抢嘴道：“区区就是那个潘沙；这位就是天字第一号的堂吉诃德。天字第一号的最悲凄的太太啊，您不妨把您最要说的话说出来，我们大家都摩拳擦掌，最甘心乐意地准备充当您天字第一号的佣人呢。”

堂吉诃德起身对悲凄夫人说：

“苦恼的夫人，假如游侠骑士的胆气和勇力能解救你的困难，我愿竭尽绵薄，为你效劳。我就是堂吉诃德·台·拉·曼却，扶危济困是我的责任。夫人啊，你不用恳求，也不用拐弯抹角，请直截爽快地把苦处说出来。我们听了即使不能帮助，总会同情。”

悲凄夫人听了这话，直扑到堂吉诃德的脚边，又忙抱住他的脚，说道：

“天下无敌的骑士呀，您的双脚双腿是骑士道的石基和铁柱,让我跪在前面吧。让我吻吻这双脚,因为我的灾难全靠这双宝脚开步走,才得解救呢。英勇的侠客,您干的那些实实在在的事,把阿马狄斯呀、艾斯普兰狄安呀、贝利阿尼斯呀干的那些神话似的事都比得黯然无色了!”

她又转向桑丘,捉住他双手说:

“你呀,古往今来游侠骑士的侍从里,数你最忠实!你的好处比我这位三围裙的胡子还大还多!你伺候堂吉诃德这样伟大的一位骑士,就好比伺候了全世界所有的骑士!你真可以这样自豪!我求你凭最忠实的美德,在你主人面前好好儿替我说情,让他赶紧帮帮我这个最卑微可怜的伯爵夫人吧。”

桑丘说:

“我的好处是不是像您侍从的胡子那样又大又多,我倒满不在乎;我只要灵魂离开人间,还能髭须齐全①,肉体上的胡子是无关紧要的。您不用说情拜托,我能叫主人尽力帮忙。因为他很喜欢我,而且目前正有事求我呢。您把困难抖搂出来吧,我们会对付;咱们什么事都可以商量。”

公爵夫人和知道这出把戏底细的人都笑破了肚皮,暗暗称赞三尾裙表演精妙。这位夫人重又坐下,说道:

“广大的忒拉玻巴纳②和南海之间,离戈莫林海岬二哩瓦,有个著名的冈达亚王国。摄政的是阿尔契皮埃拉国王的寡妇堂娜玛衮西娅王后。他们俩的独生女安多诺玛霞公主是冈达亚王国的女王储。这位公主从小由我管教,因为伺候她妈妈的那许

---

① 西班牙谚语。意思是精神面貌之美比体躯之美更重要。据说这是某一个遭阉割的奴隶说的,又据说是某虔诚的年轻人发愿剃须作修士时说的。

② 亦名达普罗巴那,即斯里兰卡(锡兰)的古称,见上部157页注①。

多傅姆里我年纪最大,身份也最贵。安多诺玛霞到十四岁长得十全十美,连造物主也不能添补分毫。可是别以为她才貌不能两全;她的聪明美丽都是天下第一,除非司命女神嫉妒狠心,剪断了她的生命线①呢,那就仿佛把最甜美的葡萄带生摘下,上天决不容许这种坏事的。我钝嘴笨腮,说不出她多么美。她颠倒了不知多少国内外的王孙公子。有个家居京城、没有官职的公子哥儿,靠自己年轻漂亮,又多才多艺、能说会道,也妄想吃天鹅肉。各位如果不厌絮烦,我可以讲讲那个人的本领。他会弹吉他,能叫琴弦替他说话;又是个诗人,还擅长跳舞;他会做鸟笼,一旦穷困,单靠那项手艺就可以谋生。他那许多本领可以翻倒一座大山呢,别说颠倒一个娇嫩的小姑娘了。可是那涎皮厚脸的家伙如果没先用计收服我,他要单凭风流伶俐来攻占我们姑娘那座堡垒还办不到。那流氓先博得我的欢心;我就好比一个昏庸的总督,把堡垒的钥匙交给他了。干脆说吧,他送了我这样那样首饰,我就迷了心窍都听他的了。不过最打动我的还是他的诗。他住的小巷对着我的窗口;有一晚,我从窗栅栏里听到他唱歌;我记得这句词儿:

　　是我那位甜蜜的冤家
给了我沁入心魂的痛苦;
我只能感受,不能吐露,
痛苦更在隐忍中增加。②

---

① 希腊神话,司命的女神是姊妹三人:一个拿卷线杆,一个纺线,一个剪线,象征世人的生、死和一生。

② 作者翻译十五世纪意大利诗人阿基拉诺(Serafino Aquilano)的诗。

我觉得字句圆似珍珠，声调甜于蜜糖。从此以后呀，我领会了这种诗是害人的，认为国家的主宰应当按柏拉图的主张，把诗人——至少写这种香艳诗的人驱逐出境①。比如曼图阿侯爵的歌谣，能使妇女孩童又解闷儿，又流泪；可是这种诗人的诗却是软刀子，柔绵绵地刺透你的心肠，像电闪触伤了身体而不损坏衣服。又一次他唱道：

　　悄悄地来吧，死的幽灵，
不要让我知道你来，
保不定死亡的愉快
又会给我新的生命。②

这类诗句都是听来使人心醉，读来令人神往的。这种诗人如果降格做几支冈达亚流行的所谓回旋曲③，那就叫人灵魂飞舞，心花开放，通身安定不下，觉得像水银一样。所以，各位先生夫人，我认为艳体诗人实在应该流放到蜥蜴岛④去。可是不怪他们，只怪那些没脑子的糊涂虫还吹捧他们、相信他们呢。他们笔下尽是陈腐的比喻和离奇的废话，什么‘在死亡里生活’呀，‘在冰里燃烧’呀，‘在火里发抖’呀，‘没有希望的希望’呀，‘离开了你还在你身边呀’，等等，我要是个够格儿的好傅姆，这种话就听不入耳也不会相信。再譬如说吧，他们动不动许你许多珍贵的东西：阿拉伯的凤凰呀，阿利阿德纳的王冠呀，驾在太阳车上

---

① 柏拉图《共和国》第三、第十卷是这样主张。

② 西班牙军官艾斯克利巴（Escrivá，1511）所作，曾风行一时；塞万提斯把原诗稍加修改。

③ 回旋曲（seguidilla），四行或七行诗，当时西班牙风行的一种舞曲。

④ 指托尔给玛达（Torquemada）《奇花圃》里流放罪犯的岛。

的马匹呀,南海的珠子呀,铁巴河里的黄金呀,潘加亚的香料呀等等①,这又算什么呢?想象不出的东西,办不到的事,空口答应毫不费力,不过笔下铺张一番罢了。可是我胡扯到哪里去了呢?嗐!我这个倒霉人!我自己的罪过还数不完,却没头没脑议论别人的过错!嗐!我再说一遍,我是个倒霉人!不是诗歌迷惑了我,是我自己糊涂,不是音乐引诱了我,是我自己轻佻。我愚蠢透顶,毫无识见,为那位公子哥儿堂克拉维霍开了方便之门。他由我做牵头,以丈夫的名义,一次次到受骗的安多诺玛霞的卧房里来。她是受了我的骗,不是受他的骗。他如果不是她丈夫,我虽然罪孽深重,他给她拾鞋我也决不答应!这是不能通融的!我帮衬的事不管怎样总得先结婚。只是他们的好事有个障碍:两人地位不同,堂克拉维霍是个没有官职的少爷,而安多诺玛霞公主呢,我已经说了,是国家的女王储。这个私情勾当靠我遮盖严密,一时上瞒过了人。后来安多诺玛霞的肚子作怪,忽然膨胀起来,我觉得事情要闹破了;我们三人慌慌张张商量应付的办法。我们决计不等丑事败露,先由堂克拉维霍要女王储出一张和他订婚的笔据,他拿着向教廷主管婚姻的人要求准许这件婚事。这张笔据由我口授,写得铁案如山,就连大力士也推不倒。教廷就着手办事了;主管教士看了那张笔据,又听了公主亲口的供认。公主和盘托出,主管教士就下令把她寄放在一个很有体面的警官家里……”

---

① 凤凰称为“阿拉伯鸟”;阿利阿德纳是希腊神话里的女人;铁巴河(Tibar)在非洲,铁巴河里的黄金指最纯粹的精金,潘加亚在“肥沃的阿拉伯”即也门。

桑丘插嘴道：

“原来冈达亚也有警官，也有诗人，也有回旋曲。可见全世界都是一样的。三尾裙夫人啊，您快讲吧，时候不早了。我心痒痒地要知道您这个老长的故事怎么收场呢。”

伯爵夫人说：“我就讲下去。”

第三十九章

三尾裙继续讲她那听了难忘的奇事。

桑丘随便说什么，公爵夫人都觉得非常有趣，而堂吉诃德总非常着急；他叫桑丘住嘴。悲凄夫人接着道：

“干脆说吧，公主经过反复盘问，咬定原先的供词，没一字出入。教廷主管人批准了堂克拉维霍的陈请，把公主判为他的合法妻子。安多诺玛霞的妈妈堂娜玛衮西娅王后气破了肚子，没过三天，我们就送她入土了。”

桑丘说：“她准是死了。”

三围裙答道：“当然啦！我们冈达亚不把人活埋，只埋死尸。”

桑丘答道：“侍从先生，有个晕过去的人，大家以为死了，就埋了。我想玛衮西娅王后该是晕过去了，不见得就是死。只要人还活着，事情总可补救；公主也没干下什么大不了的傻事，她妈妈何必气得那样呢。我听说常有公主和小厮或奴仆结婚；假如这位公主干了这种事,那才糟得无可挽救呢。现在她嫁一个像您形容的那么有才有貌的公子哥儿,要说她傻也可以,其实并不太傻。因为——我主人就在这里,他不会让我撒谎,据他的规律:文士可以成为主教;骑士,尤其游侠骑士,可以成为帝王。”

堂吉诃德说:“桑丘说得对,游侠骑士只要有一星半点的运气,马上就能做到世界上最大的帝王。悲凄夫人请讲下去吧。我料想这故事才讲了甜的一节,苦的还在后头呢。”

伯爵夫人道:“可不是苦的还在后头!而且苦得很,苦瓜相形之下都算是蜜甜,夹竹桃都算得可口了。王后确是死了,不是晕过去;我们把她埋了。我们刚盖上土,刚向她说了‘永别了,安息吧’;忽见——唉!真是‘道此谁能不泪流’①!——巨人玛朗布鲁诺骑着一匹木马站在王后墓旁。他是玛衮西娅的亲表哥,是个凶暴的魔术家,特来为亲表妹报仇的。他要惩罚堂克拉维霍的狂妄,安多诺玛霞的执迷不化,就在墓前运用法术,叫他们俩当场着了魔,女的变成一只铜猴,男的变成一条不知什么金属的可怕的鳄鱼,他们俩中间隔着一个金属的柱子,上面刻着几行叙利亚文,翻成冈达亚文,现在再翻成西班牙文,就是以下一句话:‘这一对胡闹乱来的男女,要等英勇的曼却人和我决斗之后,才能恢复原形;司命女神已经注定,这件空前的险事,要靠那位曼却人的大力收场。’那巨人随即从刀鞘里拔出一把又宽又大的弯刀,一把揪住我的头发,要割断我的脖子,把脑袋齐根剁

① 原用拉丁文诗句(Quis talia fando temperet á lachrymis?),是把维吉尔名作《伊尼亚斯》卷二第六至八行截搭而成。

下来。我吓得声音堵在嗓子里都出不来了。我万分危急之际，拼命壮着胆挣出颤抖的声音，向他苦苦哀求，他才发慈悲住手。他就召集宫里所有的傅姆，就是在场的我们这些人；他把我一人的罪过怪在大家身上，狠狠责骂，说我们心肠恶，手段更坏，阴谋诡计尤其可恨。然后说，他不想一刀宰掉我们，却要精细折磨，叫我们死得又慢又苦。他这话刚出口，我们大家立刻觉得满脸的毛孔都张开了，整个脸上好像针扎似的，一摸，发现自己变成了这副模样。”

悲凄夫人和其他傅姆掀开面纱，露出一张张髭须丛生的脸，红胡子、黑胡子、白胡子、灰胡子各色都有。公爵夫妇满面惊奇，堂吉诃德和桑丘都愣住了，在场的人都非常诧异。三尾裙接着说：

“玛朗布鲁诺那坏蛋原来是叫我们嫩脸上生满粗硬的鬃毛，这样来惩罚我们。唉，天啊，宁愿他用大弯刀斫下我们的脑袋，也别让这密茸茸、乱蓬蓬的毛掩盖了我们焕发的容光呀！各位试想：一脸胡子的傅姆还有什么前程呢？哪个爸爸妈妈会可怜她呢？谁会帮助她呢？她面皮光滑柔腻，把美容药水油膏千搽万搽，还没人爱她；现在一张脸像野草丛生的地皮，她可怎么办呢？我们想到自己的不幸，泪水流得泛江满海，眼睛都哭得干枯了；要不然，我讲到这话又得泪浪滚滚呢。哎，傅姆啊，我的伙伴们啊，咱们的父母生咱们的时辰真是不吉利啊！”

她讲到这里，好像就要晕过去了。

第四十章

这件大事的几个细节。

爱读这种故事的人真该感谢原作者熙德·阿默德叙事详尽，琐屑无遗。他把人物的心思梦想都描写出来；达出了隐情，打破了疑团，解除了争端。总而言之，他一丝不苟，一点儿也不含糊。享大名的作者啊！交好运的堂吉诃德啊！出风头的杜尔西内娅啊！逗乐儿的桑丘啊！但愿你们大伙儿一个个都万世传称，为世人解闷！

据记载，桑丘看见悲凄夫人晕过去，就说：

“我凭正人君子的宗教、凭我历代祖先的灵魂发誓：这种事真是我从没听过见过的，我主人也从没讲过，他想都想不到。玛朗布鲁诺啊，你是魔术家又是巨人，我不敢咒你，但愿千千万万的魔鬼保佑你吧！你难道没别的办法惩罚这群可怜的娘儿们，非得叫她们生胡子吗？你把她们下半个鼻子截掉，尽管说话齉声齉气，不也比满脸胡子好吗？我可以打赌，她们可没钱找人剃胡子呀。”

一个傅姆说：“先生，你说得对，我们哪有钱找人剃胡子呀；我们有个省钱的办法，用橡皮膏贴在脸上，然后砉一下撕掉，脸皮就像石臼底一样光滑了①。冈达亚当然也有那种串门子的婆

① 当时西班牙女人用这种方法去掉脸上的汗毛。

娘,专给女人去汗毛,修眉毛,炮制各种美容品,可是我们家傅姆从来不让这种婆娘上门,因为她们多半是自己干不了皮肉生涯,就为人家拉皮条的。我们要没有堂吉诃德先生的帮助,就得带着胡子进坟墓。”

堂吉诃德说:“我要不能去掉你们的胡子,就得按摩尔人的风俗揪掉自己的胡子了①。”

三尾裙恰在这时候苏醒,说道:

“英勇的骑士啊,我昏迷中听到你这响亮的一声答应,立刻就苏醒过来。大名鼎鼎的侠士、战无不胜的好汉啊,我再次恳求你:你一口答应的事,务必做到啊。”

堂吉诃德答道:“我决不耽搁。夫人,你瞧瞧我该怎么办,我急要为你效劳呢。”

悲凄夫人道:“请听我说。从这里到冈达亚王国,陆地上要走五千哩瓦左右,空中飞行不用绕道,就是三千二百二十七哩瓦。玛朗布鲁诺还有句话得告诉你,他说:我们如果有幸找到了救星,他要送一匹马给他,远比驿站的马好,也不那么放刁。那匹马就是庇艾瑞斯英雄抢回玛加隆娜美人乘的木马②。它不用辔头驾驭,只由脑门子上的关捩子操纵,飞行轻快,仿佛一群魔鬼抬着似的。据古代传说,那匹马是梅尔林法师制造的。庇艾瑞斯是他的朋友,曾经借了这匹马远行——就是刚才说的,去抢了美人玛加隆娜,带在鞍后一起飞回家;当时目见的人个个都惊得目瞪口呆。梅尔林只借给和他要好的人,或者索取高价出租。

---

① 摩尔人碰到伤心事就揪自己的胡子。

② 这个故事已见上部第四十九章。

自从伟大的庇艾瑞斯借用以来，还没听说有谁骑过那匹马。现在玛朗布鲁诺用法术霸占了它，常骑着漫游世界：今天在这里，明天到法兰西，后天到波多西。那匹马妙的是不吃不睡也不磨损马蹄铁；它不生翅膀，能在空中奔跑，跑得非常平稳，骑在上面可以平端着满满一杯水一滴不洒。所以美人玛加隆娜骑在上面快乐得很。”

桑丘插嘴道：

“要说跑得平稳，得数我那灰毛儿；尽管不是在天空而是在地上，我拿定全世界跑快步的都赛不过它。”

大家都笑了。悲凄夫人接着说：“如果玛朗布鲁诺让我们灾难脱身，入夜半小时内他就会把那匹马送来。因为他跟我讲过：我一旦找到了那位骑士，他立刻就把木马送到我跟前来，让我知道找对了人。”

桑丘问道：“那匹马能带几个人呢？”

悲凄夫人说：“两人：一个坐在鞍上，一个坐在鞍后；如果没有抢来的女人，那两人往往就是骑士和侍从。”

桑丘说：“悲凄夫人，请问那匹马叫什么名字呢。”

悲凄夫人答道：“它取的名字不是贝雷罗封德的贝伽索，不是亚历山大大帝的布赛法洛，不是狂人奥兰多的布利利亚多罗，不是瑞那尔多斯·台·蒙答尔班的贝亚尔德，也不是汝黑罗的弗隆悌诺；据说太阳车上的两匹马叫博泰斯和贝利托阿，戈斯族末代国王——那倒霉的罗德利果在他丧命亡国的战役里乘的马叫奥瑞利亚，这些名字木马都没取用。”

桑丘说：“这许多名马的称号很响亮，它既然都不用，我可以打赌，它也不会叫作驽骍难得；我主人这匹马的名字取得合适，比刚才举的那许多都强。”

满面髭须的伯爵夫人说：“是啊。不过木马的名字也取得很合适，它叫‘如飞·可懒木捩扭’。因为它是木头的，脑门子上有个关捩子，并且跑得飞快①。这个称号和著名的驽骍难得正可比美。”

桑丘说：“名字是不错的；可是用什么缰辔驾驭呢？”

三尾裙答道：“我已经说了，用那个关捩子呀。把关捩子拧拧，就可以随意控驭；或者临空飞行，或者掠地奔跑，或者照最合宜的准则，走一条适中的路。”

桑丘说：“这匹马我倒很想瞧瞧呢。可是别指望我骑上去，不论要我骑在鞍上或鞍后，都是要榆树结梨。我骑着自己的灰毛儿，驮鞍比丝绵还软，我才勉强坐个平稳；现在要我骑在木马的硬屁股上，没衬没垫的，怎么受得了呀！天晓得，我不愿意为了让人家脸上光滑，磨损自己的坐臀。剃胡子各人自想办法吧，我不打算陪主人走那么老远的路。况且这件事也用不到我，不比解除杜尔西内娅小姐的魔法非我不可。”

三尾裙说：“朋友啊，你有用，而且用处很大；据我所知，没了你什么事都不行。”

桑丘答道：“我声明，咱们得讲理。主人冒险的事，和侍从什么相干呀！事情成功，美名是他们享，苦差是我们当。哼！难道历史上会说：‘某骑士全靠他侍从某某的帮助，完成了什么什么事……’吗？书上只会说：‘三星骑士巴拉利博梅侬降伏了六

① 原文 Clavileño el Alígero，Clavileño 包括两个意思，一是“关捩子”，二是木头；el Alígero 是绰号，意思是轻快如有翼。

个妖怪’,一个字也不会提到那个紧跟骑士出生入死的侍从,仿佛世界上就没那么个人呀！各位先生夫人,我再说一遍:让我主人自个儿去吧,祝他大吉大利;我呢,就待在这里,伺候我的女主人公爵夫人。说不定我主人回来的时候,杜尔西内娅小姐的厄运已经大有转机了。因为我打算等闲来无事,自打一顿鞭子,打得浑身伤疤,再也长不出一根汗毛。”

“可是好桑丘啊,如果需要你陪去,你还是得去,求你的都是好人呀。你不能为了不必要的顾虑,叫这些太太们老这样胡须满面;那就真糟糕了。”

桑丘答道:“我再次声明,咱们得讲理。一个男子汉不妨吃些苦头,为监禁的少女或育婴堂的孤儿行好事,可是为傅姆去掉胡子,那就冤枉了！我宁愿眼看她们从高的到矮的、从正正经经的到扭扭捏捏的一个个都长上胡子!”

公爵夫人说:“桑丘朋友,你对傅姆太狠了。你是偏信了托雷都药剂师的话。他实在是不对的。我家有些傅姆,可以充傅姆的模范呢,这位堂娜罗德利盖斯就不容我说她不是。”

罗德利盖斯说:“是或不是,随您贵夫人说得了,反正实在是怎么样,上帝都知道。我们傅姆不论好坏,不论有胡子没胡子,都和别的女人一样是娘肚子里出来的。上帝既然叫我们生在这个世界上,他自有安排。我一心只想着他的慈悲,顾不了谁的胡子。”

堂吉诃德说:“行了,行了,罗德利盖斯夫人。三尾裙夫人和各位随从的夫人啊,我相信上天会顾怜你们的,因为桑丘准听我吩咐。只要等可赖木捩扭送来,只要等我和玛朗布鲁诺交手,我准能一剑砍掉他的脑袋,比剃刀剃掉你们的胡子还容易。坏人得意，为时无几①。”

悲凄夫人答道：“哎，英勇的骑士啊！但愿满天星辰都化作慈悲的眼睛注视着您，给您运气和勇气，让您能扶助我们这伙挨骂受欺、被药剂师厌恶、侍从批评、小厮捉弄的傅姆。哪个年轻女人不做尼姑倒做傅姆，就是自己糊涂，活该受罪！我们这些傅姆真是可怜虫呀！即使我们是特洛亚王子赫克托的直系子孙，我们女主人还是呼来喝去，也许她这样就觉得自己是王后了。巨人玛朗布鲁诺啊，你虽然是魔法师，却最是说话当话的；快把独一无二的可赖木捩扭送到这里来吧，让我们灾退身安。假如天热了我们脸上还盖着密密丛丛的胡子，我们可糟糕了呀！”

三尾裙说着无限伤心，大家听了都流泪，连桑丘也热泪盈眶。他暗想，如果为这群老太太去掉脸上的绒毛须他陪着主人走遍天涯海角，他也不再推三阻四了。

第四十一章

可赖木捩扭登场，冗长的故事就此收场。

天色渐黑，预计神马可赖木捩扭该到了。堂吉诃德已经等得不耐烦，生怕上天并未选定自己去完成这件大事，所以玛朗布鲁诺不把那匹马送来；再不然，就是玛朗布鲁诺不敢和他决斗。

---

① 西班牙谚语。

这时花园里忽然来了四个身披翠绿藤萝的野人，同扛着一匹大木马。他们把这匹马四脚着地放下，一个野人说：

“哪位骑士有胆量乘坐这个神工制造的东西，就请他骑上去吧。”

桑丘说：“我不骑；我既没有胆量，也不是骑士。”

那野人说：

“假如这位骑士有侍从，可以骑在马屁股上。大勇士玛朗布鲁诺一口担保：他专等着比剑，这位骑士尽可放心前去，绝没有谁暗害他。这匹马脖子上有个关捩子①；只要扭动一下，它就把你们从天空直送到玛朗布鲁诺那里去。可是你们得把眼睛蒙上，免得飞高了头晕；等听见马嘶，就是到达地头的信号，到那时才能开眼。”

他们交代完毕，撇下木马，慢步由原路出去了。悲凄夫人见了这匹马，含泪对堂吉诃德说：

“英勇的骑士，玛朗布鲁诺没有失信，这匹马果然来了。我们的胡子日生夜长，我们每个人为每根胡子恳求你快给我们剪剃吧。这也没多大麻烦，只要你带着侍从，骑上木马，赶紧上路。”

“三尾裙伯爵夫人，我立刻照办，而且心甘情愿。免得耽搁，我不用坐垫，靴上也不戴马刺了；我急着要瞧您夫人和她们几位都剃得脸上光光的。”

桑丘说：“我不干；顺着我也罢，逼着我也罢，反正我怎么也不干。假如剃胡子的事非我骑上马屁股才行，那么，我主人

---

① 木马行空始见《天方夜谭》，关捩子安在脖子上。塞万提斯借用了这个奇谈；上文曾改变关捩子的位置，说安在额上，这里他又完全按照《天方夜谭》了。

另找侍从吧，这几位太太也另想办法刮光面皮吧。我不是巫师，不喜欢在天空飞行。假如我那海岛上的百姓知道他们的总督在天上飞来飞去，他们不说闲话吗？况且从这里到冈达亚有三千零不知多少哩瓦，假如马跑不动了，或者巨人发脾气了，我们回家路上得有五六年的耽搁呢；到那时候，世界上还有什么海岛河岛要我去做总督呢？常言道，拖拖延延，就有危险；又说，如果给你一头小母牛，快拿了拴牛的绳子赶去。对不起，我顾不了这几位太太的胡子了。圣贝德罗在罗马过得很好；就是说，我在这里府上过得很好，受到种种厚待，还指望主人赏我做总督呢。”

公爵答道：

“桑丘朋友，我答应你的海岛不是浮动的，逃跑不了；它根子很深，直扎到海底下，大力士也拔不出、挪不动。咱们都知道，要到手一个高官美职，多多少少总得出些贿赂。要做我那海岛的总督呀，也得送贿赂；那就是陪你主人堂吉诃德去完成这桩后世留名的奇事。你还会骑着可赖木捩扭回来；它行步如飞，来回只是一转眼的事。假如你走了背运，流浪在外，那就只好一路上住着客店步行回来。反正你回来了那海岛还在原处，岛上的百姓总欢迎你去做总督；我也不会变计。这是实话，桑丘先生，你如果犹豫，就太辜负我对你的厚意了。”

桑丘说：“您甭说了，先生。我是个可怜的侍从，当不起您这样客气。让我主人上马吧；给我蒙上眼睛，为我求上帝保佑吧。我还请问，我在天空飞行的时候，能祷告上帝保佑或天使救护吗①？”

---

① 桑丘怕祷告上帝或天神会破掉魔法，使他从空中栽下来。

三尾裙答道：

“桑丘，你尽管求上帝保佑；求谁都行。玛朗布鲁诺虽然是魔术家，却是个基督徒；他行使魔法非常谨慎，谁也不得罪。”

桑丘说：“哎，那么上帝保佑我吧！最神圣的加埃塔的三位一体①保佑我吧！”

堂吉诃德说：“自从我忘不了的砑布机事件以来，还没见过桑丘这样害怕。假如我也迷信预兆，他这么胆怯就使我也泄气了。可是桑丘你过来，如果在场各位不见怪，我要跟你说两句私房话呢。”

他和桑丘走到花园的树丛里，拉着桑丘两手说道：“桑丘老弟，咱们就要出远门了。咱们几时能回来，承担了那件事还会有什么闲工夫，那只有上帝知道了。所以我求你这会儿假装去找一件路上必需的东西，回屋去费一点点工夫，把你承担的三千三百鞭兑现一部分，至少打五百鞭吧，你反正总得打呀。着手一干，完事一半②。”

桑丘说：“天晓得，您老人家准是糊涂了。您就像老话说的，看见我怀孕了，却指望我是处女！③我这会儿得坐着硬木板远行，您却要我打烂自己的屁股吗？您实在是不讲道理了。咱们现在且去给这几位傅姆剃掉胡子；等回来了，我向您担保，一定赶紧还清这笔债，叫您称心满意；我没别的好说了。”

堂吉诃德答道：

“好桑丘，你既然这么答应我，我也就安心了。我相信你说

---

① 见本书175页注②。

②③ 西班牙谚语。

到做到；因为你这人傻虽傻，却真是又忠又信的。”

桑丘说：“我不是又棕又青的①，我是黑苍苍的。不过我即使是杂色的，我也说到做到。”

他们就回去同乘木马；临上马堂吉诃德说：

“桑丘，你蒙住眼睛上马吧。叫老实人上当不是光彩的事，人家也犯不着老远的接了咱们去捉弄咱们。即使事情不顺手，咱们这番英勇仗义的作为，谁都不能毁谤。”

桑丘说：“先生，咱们走吧。我老挂念着这几位傅姆的胡子和眼泪；她们脸上这层绒毛不脱净，我吃一口东西都没胃口。您先蒙上眼睛上马吧。我不是得骑在鞍后吗？您骑在鞍上的分明得先上啊。”

堂吉诃德说：“你说得对。”

他从衣袋里掏出一块手绢，请悲凄夫人给他把眼睛蒙得严严的。他刚蒙上，又把手绢扯开道：

“我记起了维吉尔著作里特洛亚的巴拉迪翁。那是希腊人献给巴拉斯女神的一匹木马②；木马肚里全是武装的骑士，他们毁掉了特洛亚城。所以咱们先得瞧瞧可赖木捩扭肚里有什么东西。”

悲凄夫人说：“那倒不必。我可以为它作保；我知道玛朗布鲁诺一点不歹毒奸诈。堂吉诃德先生，您不用顾虑，尽管放心上马；出了事由我当灾。”

堂吉诃德觉得如果太仔细，要求万无一失，就不像个好汉

---

① 堂吉诃德说桑丘可信（verídico）；桑丘听错了，以为说他是青的（verde）。

② 堂吉诃德记错了。巴拉迪翁（Paladíon）不是木马，是特洛亚城的保护女神巴拉斯的木质神像，传说是从天上掉在特洛亚的。

了，所以不再计较，就骑上可赖木捩扭，并且试了试它那个转动灵便的关捩子。他没有脚镫，垂着两腿，活像弗兰德斯①帷幔上描绘或织成的罗马人凯旋图里的人物。桑丘满不情愿，一步一挨地跟过去骑在鞍后。他尽量坐稳身子，觉得这个木马的屁股没一点温软，实在太硬些。他请求公爵是否可以从公爵夫人的客堂里或哪个小厮的床上拿个坐垫或枕头给他用用，因为这个马屁股不像木头，竟像大理石呢。三尾裙忙说：可赖木捩扭身上不让装鞍辔或披盖东西，最好是学女人那样横坐，也许觉得好受些。桑丘照办了。他一面告别，一面让人家给他蒙上眼睛；可是刚蒙上，他又露出眼来，恋恋不舍地含泪望着大家，请为他的急难多多念几遍天主经和圣母经，一旦他们有难，上帝就也会叫人家为他们念经。堂吉诃德听了这话说道：

“你这个混蛋！何必这样哀求苦恼呀？难道你是上断头台或是要咽气了吗？你这个没胆量的脓包！你坐的位子，不正是玛加隆娜美人坐的吗？历史总不会扯谎吧；她从那儿下来，不是进坟墓，却是去做法兰西的王后呀②。你旁边的位子正是从前庇艾瑞斯英雄坐的；我坐在这个位子上，哪一点比不上他吗？你这个胆小的畜生，快把眼睛蒙上吧！蒙上吧！你心上害怕，嘴里可不用出声啊！至少别在我面前出声啊！”

桑丘答道：“给我蒙上眼吧。我求上帝保佑，您却不愿意；我央人代我祷告，您又不准；那就别怪我害怕了，保不定大堆③

① 古国名，包括现在的比利时、荷兰南部、法国北部。

② 据传说，庇艾瑞斯做了拿坡黎斯王，她做了拿坡黎斯王后。

③ 桑丘要说“大队”，却说错了。

魔鬼把咱们扔到贝拉尔维琉①去呢。”

两人蒙上眼，堂吉诃德觉得一切就绪，就去拧那个关捩子。他刚摸上，一群傅姆和花园里所有的人都高声喊道：

“英勇的骑士啊，上帝指引你！”

“大胆的侍从啊，上帝保佑你！”

“你们这会儿已经上天了，冲着风直往前去，比射出的箭还快！”

“我们在地上望着你们，都惊骇得目瞪口呆了！”

“勇敢的桑丘啊，坐稳了！你在摇晃呢！当心别摔下来！从前太阳神的儿子想驾驭太阳车，不就摔死了吗？你这一摔呀，准比那莽小子还摔得惨呢！”

桑丘听了喊声，紧紧挨着主人，两臂抱住他说：

“先生，他们讲话咱们都听得见，而且就在身边似的，怎么说咱们已经飞得那么高了呢？”

“桑丘，你别理会这种事；这就和咱们这番飞行一样，都不合自然界的规律。即使离开了他们一千哩瓦，也能什么都看见、什么都听到。你别死抱着我呀，你要把我扳倒了。我真不懂你干吗这样慌张。我敢发誓，我一辈子没乘过更平稳的坐骑，简直好像一步都没有挪动似的。朋友啊，别害怕，事情实在很顺利，好风正在吹送咱们。”

桑丘答道：“是啊，我这边的风大极了，好像一千只风箱正对着我吹呢。”

果然有几只大风箱正对着他鼓风。公爵夫妇和他们的总管

---

① 贝拉尔维琉(Peralvillo)在拉·曼却境内，靠近西乌达德·瑞阿尔，是神圣友爱团处决犯人的地方。

为这件事策划周密，该做的都做到。

堂吉诃德觉得风吹，就说：

“桑丘啊，咱们现在一定是到了冰雹雪花的老家——那第二层天。雷电霹雳的老家在第三层天。如果照这样再升上去，咱们马上就要到火焰天了。我还不知道怎样操纵这个关捩子，才免得升到烧身的熊熊大火里去。”

这时公爵家人用竿子挑着小撮儿易燃易灭的亚麻，远远地熏他们的脸。桑丘感到灼热，说道：

“我可以打赌，着火的那层天咱们准到了，或者很近了，因为我的胡子大部分烤煳了。先生，我想露眼瞧瞧咱们在哪儿呢。”

堂吉诃德说：“这可要不得，你别忘了陀拶尔巴硕士的经历①。他骑着竹竿，闭着眼睛，由一群魔鬼带着飞行，十二个钟头到了罗马，降落在城里一条街上，街名叫陀瑞·台·诺纳。他目见当地的骚乱和波尔邦攻城被杀的经过②。第二天他回到马德里，就把亲眼目见的事讲给大家听。他还说自己在天上飞的时候，魔鬼叫他睁眼，看见月球近在身边，好像一伸手就摸得到。他说没敢向地面观望，怕头晕眼花。所以桑丘，咱们不必露出眼睛来，谁负责送咱们的，会照管咱们。也许咱们正盘旋着往上

---

① 陀拶尔巴(Torralba)是西班牙人，生于十五世纪末叶，据他自己说，有个神灵或幽魂名萨其尔(Zaquiel)经常显形告诉他未来之事。他在宗教法庭受审时自供，1527 年 5 月 4 日至 5 日的夜里，萨其尔叫他骑着一根竿子，闭上眼，把他由空中带到罗马。他张眼看见离海很近，伸手可触；半小时左右到了罗马，目见那里骚乱的情况。他就在当夜骑竿蒙目飞回瓦拉多利德。

② 波尔邦(Borbón)，法王弗朗斯华一世手下的元帅，倒戈投降了西班牙的查理五世大帝。1527 年 5 月 4 日他袭击罗马时被杀。

飞，准备忽然往下一蹿，直取冈达亚王国；好比鹰隼绕着下面的鹭鸶盘旋上升，往上飞只为蹿下去抓那只鹭鸶。咱们虽然觉得离开花园没半小时，一定走了好老远的路了；我这话是有把握的。”

桑丘答道：“这种事我也不懂，不过我说呀，那位玛加隆内或玛加隆娜夫人坐在这个屁股上如果还会满意，她的皮肉一定娇嫩不到哪里去。”

公爵夫妇和花园里那些人听了这两位好汉的对话乐得不可开交。他们要结束这场精心策划的大胡闹，就用亚麻点火烧着可赖木捩扭的尾巴。马肚子里装满花炮，立即噼噼啪啪一阵子爆炸，把烤得半焦的堂吉诃德和桑丘·潘沙抛在地下。

当时三尾裙和那队满面胡子的傅姆都不见了，花园里那些人一个个倒卧在地，好像昏迷了似的。堂吉诃德和桑丘慌慌张张爬起来四面观望，发现自己还在花园里。他们看见许多人躺在地下，非常惊奇；尤其可怪的是花园尽头有一支长枪插在地里，枪头上两条绿丝绳挂着一幅光洁的白羊皮纸，上面金色大字写道：

“著名骑士堂吉诃德·台·拉·曼却解救了三尾裙伯爵夫人（又名悲凄夫人）和她的同伙；只为他承担了这件事，她们立即灾难脱体。

“玛朗布鲁诺十分满意；傅姆的脸上已经一毛不剩，国王堂克拉维霍和王后安多诺玛霞亦已恢复原形。魔术家的魁首梅尔林法师有令：等侍从鞭打满数，白鸽就能摆脱迫害她的鸷鸟，投入她情侣的怀抱。”

堂吉诃德读了这段话，知道是指杜尔西内娅解除魔法的事。

他深感上天叫他只冒了这一点危险就大功告成，那伙老太太的脸皮又光滑如旧了；她们这会儿都已经无影无踪。他跑到还未苏醒的公爵夫妇旁边，抓住公爵的手说：

“公爵大人啊，请听好消息吧！灾难都解除了！十全十美，一举成功，那标杆儿张挂的纸上明写着呢。”

公爵好像从沉睡中渐渐清醒；公爵夫人和倒卧在花园里的其他人也和他一样。他们都惊诧万状，把假戏搬演得像真事似的。公爵眯着眼读了那幅字纸，张臂去拥抱堂吉诃德，说他是古往今来最了不起的骑士。桑丘只顾寻找那位悲凄夫人，想瞧瞧她脱掉胡子的脸蛋儿，因为她身材俊俏，相貌想必美丽。可是人家告诉他说：可赖木捩扭燃烧着从天上刚掉下地，那群傅姆和三尾裙脸上的胡须就一股脑儿连根脱净，她们全伙转眼都不知去向了。公爵夫人问桑丘这番远行的经过。桑丘答道：

“夫人，我觉得我们飞到了火焰天——这是据我主人说的；我想露一缝眼瞧瞧，可是我主人不准。我呢，有那么一点点儿好奇心，不让知道的越想知道。我偷偷儿把蒙眼的手绢靠鼻子那儿扳开一缝，向地球望了一眼。我觉得整个地球还没有一粒芥子大，上面来来往往的人只比榛子稍为大些；可见我们飞得多高了。”

公爵夫人道：

“桑丘朋友，你别乱说啊。看来你瞧见的不是地球，只是上面来往的人。假如你看见的地球像一粒芥子，每个人却像一粒榛子，那么，光一个人就把整个地球遮掉了；这还不明显吗？”

桑丘道：“对呀。不过我是从一个侧面看去，所以整个地球都看见了。”

公爵夫人说:“桑丘,你想想,你怎么能从一件东西的侧面看到它的全面呀?”

桑丘答道:“我不懂看到看不到,反正我告诉您夫人:我们是靠魔术在天上飞行;靠了魔术,就不论从哪个侧面都能看到全地球和所有的人。假如您不信,我以下讲的您也不会相信了。我把蒙眼的手绢掀到眉毛上,看见自己离天不过一两拃的远近。高贵的夫人,我凭一切神灵发誓,那个天真是大得无边无际啊!我们正飞过七只母羊的星座①。我小时候在家乡当过牧童,所以一见那几只羊,就想逗它们玩玩,要是不能遂心,我可真要难过死了。那我怎么办呢?我就不声不响,也没和主人说,悄悄儿下了可赖木捩扭,和那群母羊玩了三刻钟左右。它们真是可爱!像紫罗兰!像花朵儿!可赖木捩扭站着等我,动都不动。”

公爵问道:“好桑丘和母羊玩,堂吉诃德先生怎么消遣呢?”

堂吉诃德说:

“这种种事物都不合自然界的规律,所以桑丘的话虽然荒唐,也没什么奇怪。我呢,没挪动蒙眼的手绢,天呀,地呀,海呀,岸呀,什么也没看见。我倒真是觉得在天空飞,而且将近火焰层了,可是我们不会飞过那层天。火焰层夹在月亮层和天顶之间呢,我们要是到了桑丘所说的七只母羊的星座,早给火焰烧着了。我们没有烧着,因此桑丘不是撒谎就是做梦。”

桑丘道:“我没撒谎,也没做梦。不信,可以盘问我那几只羊是什么样儿的,就知道我说的真不真。”

公爵夫人道:“那么,桑丘,你说是什么样儿的呢。”

---

① 指金牛宫七星,西班牙人称为七只母羊的星座。

桑丘回答道："两只绿，两只红，两只蓝，一只杂色。"

公爵说："那些羊真怪了，地球上不常见这种颜色——我是说，没这种颜色的羊。"

桑丘说："天上和地上的羊当然不一样，这还用说吗！"

公爵问道："桑丘，我问你，有没有公羊和母羊在一起呢？"

桑丘答道："先生，我没看见；可是我听说，没一只公羊的角顶得过月牙儿的两角。"

他们不愿意再问桑丘这番旅行的事。他虽然一步没出花园，看来正打算漫游天界，把所见所闻一一向他们报道呢。

悲凄夫人的事就此结束。公爵夫妇一辈子都把这事当作笑话，不仅是当时取乐。桑丘假如寿长几百岁，这也是他几百年津津乐道的谈资。堂吉诃德凑到桑丘耳边说：

"桑丘，你如要人家相信你在天上的经历，我就要你相信我在蒙德西诺斯洞里的经历。我不多说了！"

第四十二章

桑丘·潘沙就任海岛总督之前，堂吉诃德对他的告诫和一些语重心长的叮嘱。

悲凄夫人的事收场圆满而且有趣，公爵夫妇得意非凡；他们瞧堂吉诃德主仆乖乖地受骗，决计把玩笑再开下去。他们打算依照诺言叫桑丘去做海岛总督；先定好计策并教导家人和当地居民怎样捉弄桑丘,第二天,就是可赖木捩扭飞行以后的那天,公爵就通知桑丘收拾行装,准备上任,说他岛上的百姓像盼望五月天的雨水那样等待着他呢。桑丘对他深深一鞠躬,说道:

"我上过天,曾在高高天上瞰望地球,看到地球才那么一点点大,从此我想做总督的热肠就冷了一半。在一粒芥子上发号施令有什么了不起呢?管辖几个榛子大小的人儿有什么尊严呢?地球上的勾当,我看不过是那么回事罢了。您大人要能给我一小块天,不到半哩瓦也好,我就比到手了地上最大的海岛都称心了。"

公爵答道:"我告诉你,桑丘朋友,我不能掰一块天赏人,指甲大一块也不行;那只有靠上帝的恩典。我能给的已经给你了,那是个完整平坦的海岛,而且非常肥沃;你要是能利用时机,可以靠人世间的钱财博得天堂上的福禄。"

桑丘答道:"好,就是那个海岛吧。我一定尽力做个好总督,即使有坏人捣蛋,也拦不住我升天堂。我倒不是贪图富贵,只是想尝尝做总督的滋味。"

公爵说:"桑丘啊,你尝到了那个滋味,一定舔嘴咂舌,啃住不放。你发号施令,大家不敢道个不字,那才是世间第一快事。你主人呢,他照这样下去,准会做到大皇帝;到那时候,他决不让人夺掉位子,只会深悔没早些当上皇帝。"

桑丘答道:"公爵大人,我想啊,对人发号施令确是好事,把一群牲口呼来喝去也是好的。"

公爵说:"让我和你埋葬在一起吧①,桑丘,你什么都了

① 西班牙谚语,表示臭味相投。

解。照你这样明白，可以做个了不起的总督呢；我愿你不负众望。这话且不提，我先告诉你，明天你就要到那个海岛去上任了；今天下午，他们要为你置备些总督的服装和出门必需的东西。”

桑丘说：“我穿什么都行，不管怎样装束，我总归是桑丘·潘沙。”

公爵说：“这话对；不过服装应该和职位相称。法官穿军装、战士穿道袍总不合适。你呢，桑丘，可以半文半武的打扮，因为我给你的海岛上，文武两行一样重要。”

桑丘答道：“文呢，我懂得很少，因为我连 ABC 都不识。不过我心上记住一个十字①，就够我做个好总督了。至于武呢，我拿到什么兵器就使用什么，直到精疲力竭为止；到那时，就听凭上帝安排了。”

公爵说：“桑丘记性这么好，他不会有错儿。”

这时堂吉诃德也来了。他听说了公爵和桑丘讲的话，又知道桑丘立刻要上任做总督，就想教桑丘怎样担任这个官职。他请得公爵准许，拉着桑丘的手到自己屋里；一进屋硬按桑丘在身边坐下，平心静气地说道：

“桑丘朋友，我说不尽地感谢上天，因为我还没碰到好运，你先交上好运了。我本来指望靠我交了好运来酬报你；现在我的运道刚有转机，你却抢在头里，好运从天外飞来了。有些人纳贿呀，请托呀，贪黑起早地争夺，还是一场空；别人

---

① “十字”是印在儿童识字课本卷首的一个十字架，象征耶稣基督。“正在吻圣十字”指开始认字：“不记得十字”指一字不识。

跑来,不知怎么的,一下子就把大家想望的职位稳稳地拿到手里。这就合了老话说的:事成事败,全看运道好坏。我看透你是个傻瓜;你不起早,不熬夜,也没有卖什么力,只不过沾了点游侠骑士的边儿,却不费吹灰之力,现成做了海岛总督。桑丘啊,我这话无非叫你别自以为功有应得,却该感谢上天的宏恩和骑士道的大力。儿子啊,官场是波涛凶恶的大海,你就要卷进风浪去了。我现在来给你指引航路,导你安然进港——我就好比是你的加东吧;你该好好儿听取我的告诫。

"儿子,你首先得畏惧上帝,'畏惧上帝,智慧自生'①。有智慧就不会做错事。

"第二,你得观察自己,求自知之明;这是最难能可贵的。有自知之明,就不至于像妄想和牯牛相比的蛤蟆那样自大②。你得意忘形的时候,只要想想自己在家乡当过牧猪奴,你就会像开屏的孔雀看到了自己那双丑脚丫子③。"

桑丘答道:"对;不过我养猪的时候还是个孩子呢。我成了小伙子就赶鹅不赶猪了。我觉得这也不要紧,做总督的不全是帝王家的子孙呀。"

堂吉诃德说:"是啊,出身卑微的,当了官应该宽严适中,小心谨慎,才免得人家嘀嘀咕咕说坏话;随你什么地位,都逃不了人家议论的。

---

① 参看《旧约全书·诗篇》第一百一十一篇第十章。

② 指伊索(Esopo)和费德罗(Fedro)寓言里的蛤蟆。

③ 西班牙传说,孔雀开屏时自炫其美,但看到自己一双脚很丑,就羞惭而收拢开屏的尾巴。

“桑丘，你不妨夸耀自己出身贫贱；你说自己世世代代是庄稼人，不会低了身份。大家瞧你不引以为耻，就不会来侮辱你。你宁可夸耀自己是贫贱的好人，不是富贵的坏人。出身穷苦而升做教皇或大皇帝的不知多少呢，我如果一一举例，准叫你不耐烦。

“桑丘，你记着：假如你一心向往美德，以品行高尚为荣，你就不必羡慕天生的贵人。血统是从上代传袭的，美德是自己培养的；美德有本身的价值，血统却没有。

“所以，你当了岛上的总督，如有亲戚来访，不要撵他走，或得罪他，应该留他住下，殷勤款待。上天生人，不愿意他们互相鄙薄；你待人宽厚，可以上应天意，下顺人情。

“总督不宜老是单身在外，不接家眷。假如你接了老婆去，就得指导她、教育她，把她生来的粗蠢洗净磨光。贤明的总督往往有些善政，可是总给愚蠢的老婆败坏了。

“万一你成了鳏夫（这是谁都保不定的），想凭自己的官职娶个更好的夫人，你别娶那种靠你弄钱的女人，拿着你的帽子求乞，嘴里说不要，不要①。我认真告诉你，法官老婆勒索的贿赂，到天地末日，都得由她丈夫偿还；生前没放在心上的账，到那时得加四倍完偿。

“无识之徒自作聪明，往往很喜欢随意判决案件②，你千万别那样。

“你不能只听富人的申说，该看到穷人的涕泪；可是也不能

---

① 西班牙谚语：“不要，不要，扔在我的帽子里吧。”这是挖苦某种修士拿着帽子求乞，却自说不接受施舍。

② 随意裁判见上部第十一章。

存心偏袒。

“富人许愿送礼也罢，穷人哀告哭求也罢，你总得尽力查明真相。

“对犯人能宽恕就别苛酷；执法严厉的名气，不如存心忠厚的声誉。

“你执法而手下留情，不要是因为受了贿赂，应该是出于恻隐之心。

“如果你审判冤家的讼案，该撇开私忿，尽力实事求是。

“审判案件，不能感情用事，是非不明。判错了案，往往不能挽救；即使能挽救，也得赔掉自己的名誉和财产。

“如有美女告状，你该避开眼睛，别看她流泪，转过耳朵，别听她叹气，只把她的状子仔细推究；免得她的泪水淹没了你的理智，她的叹气动摇了你的操守。

“如果对犯人势必动刑，就不要辱骂。那倒霉家伙受了刑罚已经够苦恼的，你不用再恶语伤人。

“罪恶是人的生性，你该把受处分的犯人看作本性未改的可怜虫。只要不损害对方当事人，要尽量宽恕。仁爱和公正尽管同是上帝的品德，我们看来，仁爱比公正更有光彩。

“桑丘，你如果能听我这些告诫，你享的年寿就会长，你的声名会流传悠久，俸禄吃不完，福气说不尽。你的儿女婚姻如意，子孙都算得世家子弟；你自己过得平安，和大家处得融洽，到你百岁的时候，你的重孙们会依依恋惜地为你合上眼睛。我刚才是教你怎样洗刷精神；现在听我教你怎样修饰仪表。”

第四十三章

堂吉诃德给桑丘的第二套告诫。

听了堂吉诃德那一席话，谁不说他识见高明、志趣高尚呢？可是这部大著里屡次说过，他只牵涉到骑士道才发疯，议论别的事神志很清楚，因此他的言行总不合拍。他给桑丘的第二套告诫讲得很俏皮，愈显得他疯虽疯而通达人情世故。桑丘全神贯注地听着，尽力记在心上，看来他准备上任一一奉行，做一个好总督。堂吉诃德接着说：

“你该怎样照管自己一身和一家呢，桑丘，你第一要清洁。指甲得剪干净，别学人家养长指甲。那种人以为长指甲衬得手形美，不知道指甲长了就不是指甲，却是鹰爪子了。这是怪腌臜的坏习惯。

“桑丘，不要松着腰带，邋邋遢遢；衣服不利索是精神萎靡的表现。尽管凯撒大帝穿衣服也松松散散，大家认为那是故意装的①，所以不足为凭。

“小心琢磨一下你那个职位有多少进账。假如有钱给佣人做制服，别讲究华美，只求实惠大方，而且该兼顾穷人——就是说，假如有钱做六套制服，你只做三套，省下钱照顾三个穷人有

---

① 参看苏威东尼欧《凯撒大帝传》第四十五章。

衣穿。那么,你不仅在人世间有人伺候,到了天堂也有人伺候。这样分发制服是创举,爱摆阔的人是想不到的。

“别吃大蒜和葱头,免得人家闻到味道就知道你是乡下佬。

“走路要慢,说话要沉着,可是别像自己恭听自己说话似的,凡是矫揉造作都讨厌。

“吃饭需有节制,晚饭尤宜少吃①,因为全身的健康都靠胃里消化得好。

“喝酒别尽量;喝过了量,就保不定泄露秘密,或背约失信。

“桑丘,你当心别两边牙齿一起嚼,也不要当着人嗳气。”

桑丘说:“我不懂什么‘嗳气’。”

堂吉诃德说:

“桑丘啊,‘嗳气’就是‘打嗝儿’。‘打嗝儿’这辞儿虽然很生动,却是咱们语言里最恶心的辞儿,所以斯文人就采用文言,不说‘打嗝儿’,说‘嗳气’;不说‘一声声打嗝儿’,说‘一声声嗳气’。这种字眼尽管有人不了解,也不要紧,一习惯就用上了,也就很容易了解。这样会丰富语言;语言是大伙儿应用出来的。”

桑丘说:“先生,您叫我别打嗝儿的话,我真得记在心上,因为我老爱打嗝儿。”

堂吉诃德说:“桑丘啊,说‘嗳气’,别说‘打嗝儿’。”

桑丘答道:“我以后说‘嗳气’,一定不忘记。”

“还有,桑丘,你说话总乱用大批成语;以后别那样。成语是简短的格言,你用不上也硬扯上,说得不像格言,倒像

---

① 两句西班牙谚语。

废话了。”

桑丘说:“那可只有上帝才改得了我。我肚里的成语比一本书里的还多;我一说话,那些成语一拥齐来,争先出口;我的舌头碰上哪句就说出来,顾不得合适不合适。不过我以后留心,当了大官,不合身份的成语就不用。反正阔人家的晚饭,说话就得;条件讲好,不用争吵;打警钟的人很安全;自留还是送人;应该有个分寸。”

堂吉诃德说:“真是这个话!桑丘,你把成语连连串串地说吧!谁也不来管你!我妈妈打我,我还是老样儿①!我正在叫你别用成语,你却一眨眼来了一大串;和咱们的话什么关系呢,连影儿都没有啊。我告诉你,桑丘,成语要用得当景,乱七八糟地引用,又没意思,又鄙俗。

“你骑马不要把身子靠在鞍后,也不要直挺挺地撑开两腿;也不要松散着骨头,好像还骑着你那头灰驴儿似的。有人骑在马上是骑士,有人只是马夫。

“不要睡懒觉,不和太阳一同起身就辜负了那一天。桑丘,你记着,勤敏是好运之母,反过来,懒惰就空有大志,成不了事。

“我现在对你说最后一句忠言,虽然不能帮你修饰仪表,你却得牢记在心;我相信这和我刚才讲的一样重要。你千万不要追究别人的家世,至少不要比较别人的家世。一比较,势必分个高下,比下去的就会恨你,你抬高的却不会谢你。

“你该穿紧身长裤,长上衣,外衣更得长些。千万别穿宽腿短裤,无论绅士或总督都不合适。

---

① 西班牙谚语。

“桑丘，目前我只想到了这些话。如果你经常和我通信，我可以瞧你的情况随时告诫你。”

桑丘答道：“先生，我明知您的话都是金玉良言，可是我如果一句都不记得，有什么用呢？您叫我别留指甲呀，有机会再娶一个老婆呀，我确是忘不了的。可是您东拉西扯讲了一大堆，好比去年天上的浮云，我心上早已没影儿了。您得给我写下来。我尽管不识字，也不会写，我可以交给听我忏悔的神父，让他及时提醒我。”

堂吉诃德说：“啊呀！我的天！做总督的不识字，也不会写，真说不过去！哎，桑丘，你该知道，一个人不识字，或是个左撇子，不是他父母非常卑贱，就是他自己非常顽劣，改不好，也学不会。这是你的大毛病。所以我想，你至少得学会签名。”

桑丘答道：“签名我会啊；我在家乡做过教会总务员①，会画几个字母，像货包上打的印记，据说就是我的名字。我还可以假装右手折了，叫人代签。只有命里该死，才是没法的事②。我当了官，掌了权，要怎么办都由得我。况且，法官是自己的父亲……③；总督还比法官大呢。我做了总督，你来瞧瞧，就知道了！谁敢小看我或得罪我，哼，出去剪羊毛，自己给剃成秃瓢；上帝宠爱他，就认识他的家；富翁的胡言，人家当格言。我打算手笔阔绰，等我做了总督，有了钱，花钱又大方，我的短处

---

① 上部第二十一章，桑丘说：“我从前当过教会的庭丁；我穿上庭丁的袍儿，神气极了，大家都说，凭我的气概，可以做教会的总务员呢。”

② 西班牙谚语。

③ 西班牙谚语：“法官是自己的父亲，打官司就可以放心。”

就盖掉了。哎,你把自己变成蜜,苍蝇就会来叮你;我有个老奶奶说,一个人有多少钱,值多少价;人家财多势大,你怎么奈何他。①”

堂吉诃德听到这里说道:“啊呀,桑丘,但愿上帝罚你吧!让六万魔鬼把你和你的成语一股脑儿带走吧!你把成语连串说了足有一个钟头了。你说一句,就像捏着我鼻子往嘴里灌水似的折磨我。我告诉你:总有一天,你会给这些成语送上绞架;你的百姓为了你这些成语会赶你下台,或合伙起来造反。我问你,蠢家伙,你这些话是哪儿来的呀?傻瓜啊,你是怎么应用的呀?我要说一句成语,又要用得恰当,就像刨地似的得出一身汗、使好大力气呢。”

桑丘答道:“嗐,我的主人先生,您真是小题大做。我搬用自己的家当,您生什么闲气呀?我没别的家当和本钱,只有成堆成串的成语。我这会儿就有了四句,像定做的那么合适,或者像装成一篮的四个梨子一样。可是我不说了,因为善于沉默的是桑丘②。”

堂吉诃德说:“这个‘桑丘’不是你,因为你非但不善沉默,还惯爱多嘴乱说。不过我倒想问问,你这会儿想到了哪四句当景的成语?我记性也算不错的,可是想来想去没想出一句来。”

桑丘答道:“‘千万别把大拇指夹在两个大牙中间’;‘人家叫你滚蛋,或问你干吗找他老婆,都是没法回嘴的’;‘无论瓦罐

---

① 六句西班牙谚语。“上帝宠爱他,就认识他的家”,就是说,这人不论在什么偏僻角落里,上帝会把他抬举出来。

② 西班牙古谚:“善于沉默的是圣人”。“圣人”(santo)和“桑丘”(sancho)语音相近,俗语就说成“善于沉默的是桑丘”;所以桑丘用来更觉浑成。

碰了石头,或者石头碰了瓦罐,遭殃的总是瓦罐'①。这些话正说在筋节上,还有更恰当的吗?一个人千万别和主人或上司顶嘴,因为到头来总得吃亏,好比指头夹在两个大盘牙中间——尽管不是大盘牙,盘牙也一样。况且主人已经发话了,你就没什么可说的,正如叫你'滚蛋!'或者问你'找我老婆干什么'一样。至于石头碰瓦罐的意思,瞎子都瞧得见。一个人能看到别人眼里的刺,就该看到自己眼里的梁木②。这才免得人家说'骷髅夫人害怕抹脖子的女尸'③。您准知道,傻子对自己家的事,比聪明人对别人家的事熟悉④。"

堂吉诃德答道:"那可不见得,桑丘;傻子对自己家或别人家的事都糊里糊涂,因为一个人资质笨就学不乖。桑丘,这些话咱们甭再多说了。你总督做不好,是你的罪过,也替我丢脸。不过我可以自慰:我能见到的,都诚诚恳恳地告诫你了;我已经尽了责任,许你的海岛,你也到手了。我只怕你把那个海岛搞得一团糟;而我如果及早告诉公爵,你这个小胖子只是一个塞满了成语和鬼主意的口袋儿,那个海岛就不致遭殃。所以我心上总在疑惑不安。桑丘啊,但愿上帝指示你、督促你居官尽职,让我也放下了心。"

桑丘答道:"先生,假如您觉得我不配做这个总督,我马上

---

① 三句西班牙谚语。

② 西班牙谚语,来自《新约全书·马太福音》第七章第三节:"为什么看见你弟兄眼中有刺,却看不见自己眼中有梁木呢。""眼中的梁木"指自己的大过错。

③ 西班牙谚语,还有下半句:"因为她蓬头散发"。

④ 西班牙谚语,但也有倒过来说的:"聪明人对别人家的事,比傻子对自己家的事还熟悉。"

就辞官退位。我对自己灵魂上的一星半点,看得比全身还宝贵。我这个没官没位的桑丘,面包葱头总吃得饱,做了总督,吃竹鸡阉鸡,也不过一饱。况且不论贫富贵贱,睡着了全都一样①。其实,您想想吧,做总督的事当初还是您跟我讲的,我像个秃鹰似的②,懂得什么海岛总督呀。假如您认为我做了总督要给魔鬼带走,那么,我宁愿做桑丘上天堂,不愿做总督下地狱。"

堂吉诃德说:"天晓得,桑丘,单凭你这两句话,就配做一千个海岛的总督呢。你天性好;如果天性不好,有学问也没价值。你只求上帝保佑,自己抱定宗旨不要游移,就是说,要一心专注,把你任内的事情办得妥当。人有善心,天必助之。现在咱们吃饭去吧,公爵大人和夫人准在等咱们了。"

第四十四章

桑丘·潘沙上任做总督;
堂吉诃德留府逢奇事。

据说谁读过熙德·阿默德的原著,就知道本章没有按原文翻译。原作者在这一章里怪自己写的堂吉诃德传枯燥无趣,只能老讲堂吉诃德和桑丘,不能节外生枝,来一些耐人寻味的

---

① 西班牙谚语。
② 桑丘往往用老鹰作为机灵的标准;这里他把秃鹰作为呆笨的标准。

穿插。他说自己的心、手、笔，总是盯着一个题目，只能让一两人出场，拘束得受不了，既吃力又不讨好。所以他在本书第一部里巧出心裁，穿插了些故事。《何必追根究底》和《俘虏的军官》那两篇和本传无关，可是另外几篇却和堂吉诃德的遭遇交缠在一起，不能不写。作者说，照他猜想，许多人一心要读堂吉诃德的故事，准忽略了那些穿插，草草带过，没看到那些故事写得多好；如果那些故事自成一书，不和堂吉诃德的疯、桑丘的傻纠缠在一起，那本书的妙处就有目共睹了。所以作者在这第二部里，不论穿插的故事牵搭得上、牵搭不上，一概排除不用，只写本传应有的情节，就连这些情节也要言不烦。他尽管才思丰富，能描写整个宇宙，也约束着自己，只在他叙述的狭小范围里回旋。他希望读者领略到这点良工苦心，别只说他写得妙，而不知道他略而不写更是高呢。

言归正传。堂吉诃德那天告诫了桑丘，饭后就把自己的话写下交给他，让他好找人念给他听。可是桑丘拿到手就掉了，那篇告诫就落在公爵手里。他和夫人同看，夫妇俩不料堂吉诃德这疯子竟这样通情达理，越加惊奇不置。他们还要继续开玩笑，所以把自己采地上的一个小城暂充海岛，当天下午打发桑丘带了一批人上任去做总督。跟去照看他的是公爵的总管。这人很机灵，也很爱捉弄人——不机灵就不能捉弄人了；三尾裙伯爵夫人就是他扮的，表演之妙，已见上文。他既有这种本领，又经公爵夫妇悉心教导，对桑丘这场恶作剧就非常成功。且说桑丘一见这总管，觉得他脸相恰像三尾裙，就转身对主人说：

"先生，公爵大人这位总管的相貌，和悲凄夫人一模一样；我这话要是错了，让魔鬼立即把我这个正直和虔诚的人带走！"

堂吉诃德把总管仔细端详了一番,对桑丘说:

"桑丘,魔鬼何必把你这个正直和虔诚的人带走呢?我不懂你的意思了。[1] 总管的相貌尽管和悲凄夫人一模一样,他并不因此就是悲凄夫人呀。假如总管就是悲凄夫人,既是两人,又是一人,那就太玄了;要追究明白,就得钻牛角尖,现在不是时候。你听我的话,朋友,咱们得虔诚祷告,求上帝保佑咱们俩别受恶巫师恶法师的摆布。"

桑丘答道:"先生,我不是开玩笑,我刚才听他说话,活是三尾裙的声音。好吧,我现在不多说,可是以后得时刻留心,瞧有什么破绽,就知道我是不是瞎多心。"

堂吉诃德说:"对。你有什么发现或者在任上遭到什么事,都通知我。"

桑丘就由许多人簇拥着出门了。他是文官打扮,穿一件宽大的棕黄色波纹羽缎外衣,帽子也是这种料子的。他骑一匹短镫高鞍的骡子。他的灰驴鞍辔鲜明,披盖着绸子,跟在骡子后面;这是公爵的命令。桑丘走几步就回头看看自己的驴;他带着这个伴儿非常称心,即使日耳曼大帝要和他对换个位子,他也不会答应。他临走吻了公爵夫妇的手向他们告别,又领受了主人的祝福。当时堂吉诃德含着眼泪,桑丘抽搐着脸差点儿哭出来。

亲爱的读者,让好桑丘一路平安地上任去吧。你下文看到他怎样做总督,准会笑破肚皮。现在且讲讲他主人当夜的经历。

---

① 原文 en justo y creyente 是成语,指"立即",直译是"作为正直和虔诚的人";堂吉诃德故意按字面抓桑丘的错。

你读了如果不哈哈大笑，至少也会像猴儿似的咧着嘴嬉笑，因为堂吉诃德的事不是令人吃惊、就是引人发笑的。据记载，桑丘一走，堂吉诃德就苦苦想念；如果能叫公爵收回成命，不让桑丘当总督，他真会做出来。公爵夫人看透他的忧郁，就问他为什么无精打采，假如因为身边少了个桑丘，那么，府里侍从呀、傅姆呀、侍女呀有的是，都能伺候得他满意。

堂吉诃德说："尊贵的夫人，我的确想念桑丘；可是我郁郁不乐不光是为他。您夫人种种关怀，我只能心领。我求您准许，我屋里不要谁来伺候。"

公爵夫人道："唷，堂吉诃德先生，那可不行。我有四个使女美得像花朵儿，叫她们来伺候您吧。"

堂吉诃德说："我看来她们不像花朵儿，只是我的眼中刺。她们这类人要进我的屋，就比登天还难。请夫人体谅下情，让我关门自便，免得我受了诱惑把持不住；您一片殷勤，反而坏了我的操守。反正我宁可和衣而睡，决不要别人伺候我脱衣服。"

公爵夫人答道："行了，行了，堂吉诃德先生，您放心，我一定下令，连一只母苍蝇都不准飞进您卧房，别说一个姑娘。我知道贞洁是堂吉诃德先生最出色的美德，我决不败坏他这点操守。您尽管自个儿随心所欲，决没人来打搅。卧房里需要的用具，您屋里应有尽有，不必开门出外方便。但愿大美人杜尔西内娅·台尔·托波索的芳名，千年万代全世界传闻，因为她当得起您这样一位贞洁勇敢的骑士爱慕。也但愿慈悲的上天感化咱们的总督桑丘·潘沙，叫他赶紧完成苦行，好让大家再瞻仰这位贵小姐的美貌。"

堂吉诃德答道：

“您这话正合您高贵的身份；贵夫人嘴里不会提到贱女人。杜尔西内娅有您称赞，就增添了幸福和名望；别人怎么样儿极口赞誉，也抵不过您这几句话的分量。”

公爵夫人说：

“哎，堂吉诃德先生，现在该吃晚饭了吧，公爵准在等咱们了。您就来吧，吃了晚饭，早早安置；昨天到冈达亚的那趟路够远的，您一定累了。”

堂吉诃德答道：“夫人，我一点不累。我可以打赌，我生平骑过的牲口，没有比可赖木捩扭更安静、更平稳的了。我不懂玛朗布鲁诺为什么把又快又驯良的坐骑不问情由地烧了。”

公爵夫人说：“他害了三尾裙和随从的傅姆，还害过些别人；做魔法师的总不免干坏事。他也许后悔了，就把害人的工具全都毁掉；他忙忙碌碌东奔西跑，全靠可赖木捩扭，所以就把它烧了。烧下的灰里和那幅胜利纪念牌上，永远保存着伟大骑士堂吉诃德的英名。”

堂吉诃德又再三向公爵夫人道谢。晚饭后他独自回房，没让一个人跟进去伺候。他牢记着大骑士阿马狄斯的美德，生怕自己受了诱惑，一时情不自禁，对不住意中人杜尔西内娅。他锁上门，在两支烛光下脱衣服。他正在脱袜子——啊呀，糟糕了！真丢人啊！——不是泄了秽气或诸如此类有失体统的事，只是袜上迸断了丝，脱了二十多针，成了二十多个透明格子眼儿。这位老先生窘得不可开交。他如能买到一小股绿丝线（因为袜子是绿的），出一两银子都愿意。

贝南黑利写到这里，感叹道：“哎，贫穷啊贫穷！我不懂那

位果都巴①大诗人凭什么把你称为

未获'世人感谢的神圣礼品!'

我虽然是摩尔人,凭我和基督徒的来往,深知仁爱、谦虚、信顺上帝、安于贫穷都是圣德;可是我总觉得安贫尤其高不易攀。贫穷有两种:一种是咱们大圣人所谓'把你的财产都看作不是你的'②;那是超脱了外物,心清无累。我现在说的贫穷却是另一种;是缺少外物,困乏拮据。哎,贫穷啊,你为什么专爱欺侮斯文人呢?为什么叫他们鞋上裂了口,得遮遮掩掩;衣上的扣子,得杂凑着丝的、鬃毛的和玻璃的呢?为什么他们的衣领往往是皱的,不是熨成褶裥而撑得笔挺呢?”(可见衣领上浆,熨得笔挺,由来已久。)作者接着说:“死要面子的斯文人真可怜!背着人吃糟糠,压根儿没东西塞牙缝,出门却剔着牙装模作样③!他们的体面碰不起,半哩瓦以外就怕人看见他们鞋上有补丁,帽上有汗渍,衣服破旧,肠肚空虚。这种人真是可怜啊!”

堂吉诃德看到袜上抽了丝,又尝到这种苦恼。可是他发现桑丘有一双出门的靴没带走,稍为放心,打算明天借穿。他上床靠着枕头歪着,闷闷不乐:一方面因为桑丘不在,觉得寂寞;一方面也因为那双袜子无法修补,只好出丑了。他但愿能缝上几针,

---

① 引果都巴(Córdoba)著名诗人胡安·台·梅纳(Juan de Mena)的长诗《命运的迷宫》(*Laberinto de Fortuna*)的句子。

② 大圣人指圣保罗(San Pablo)。《新约全书·哥林多前书》第七章第三十节说:“置买了财产,却好像一无所有”;《哥林多后书》第六章第十节说:“看似贫穷,却能叫许多人富足;看似一无所有,却是样样俱全。”

③ 《小癞子》(*Lazarillo de Tormes*)第三章里描写了这种穷绅士。

即使用另一种颜色的丝线，带出穷困的幌子[①]，也比露着窟窿好。他灭了烛，天热睡不着，起来把窗子打开些；窗外有铁栏，窗下是个幽静的花园。他一开窗，听见花园里有人走动，还说着话，就留心听听。说话的人嗓门儿很大，他听得清楚。一个说：

"哎，艾美任霞！别强我唱歌。你知道，自从那外方客人到了咱们府里，我见了他的面，就此不能唱歌只能哭了。况且咱们太太睡得不熟，一下就醒，我怎么也不能让她知道我到了这儿来。就算她睡熟了不醒吧，要是瞧不起我的那位新伊尼亚斯[②]睡熟了听不见，我唱也是白唱呀。"

另一个说："亲爱的阿尔迪西多娅，你放心，我知道公爵夫人和全家都睡熟了，只有害你失魂落魄的那位先生没睡。我刚才听见他开窗，准醒着呢。可怜的痴情人啊，你弹着竖琴，柔声低唱吧。假如公爵夫人听见，咱们只说天太热，屋里待不住。"

阿尔迪西多娅答道："艾美任霞啊，你说的不在点儿上。我是怕歌里流露了心事。人家不了解爱情的威力，就会把我当作轻佻任性的姑娘。可是管它呢，宁愿脸上蒙羞，免得心上负痛[③]。"

竖琴弹得很悦耳。堂吉诃德听了非常惊诧，因为他立刻记起那些无聊的骑士小说上，尽讲到这一类的事：在窗口呀，隔着窗外的栅栏呀，在花园里呀，奏乐呀，谈情呀，晕倒呀等等。他随即料到准是公爵夫人的哪个使女爱上了他，不好意思直说出来。他怕自己心动，深自警戒，一面诚心祈求意中人

---

① 本书第二章桑丘讲到穷绅士用绿丝线补黑袜子。

② 伊尼亚斯是维吉尔史诗《伊尼德》里的主人公。他流亡到伽太基，和女王狄多恋爱，后又抛弃了她。

③ 西班牙谚语。

杜尔西内娅保佑,一面决计要听听这位姑娘奏乐。他假装打个嚏,表示他在那儿听着呢。两个姑娘的话正是对堂吉诃德说的,听见他打嚏,快活得不可开交。阿尔迪西多娅挥弹着弦子,调准音调,唱道:

　　哎,你呀!挺尸似的,
在温暖洁白的床上,
伸着腿打着呼噜,
一觉直睡到天亮!
　　拉·曼却的骑士里,
数你最勇敢坚强!
你比阿拉伯的黄金,
质地还纯粹精良!
　　请听,我是个可怜姑娘,
好出身交了坏运,
你的眼睛像两轮烈日,
晒糊了我的灵魂。
　　你自己冒险探奇,
却给别人找麻烦;
你叫人家害了相思,
不顾她心碎肠断。
　　上帝添助你热情吧!
勇敢的小伙子,请问你:
你生在酷热的利比亚,
还是严冷的哈加山里?
　　你喝了毒蛇的奶吗?

是不是深山荒林的气息
助长了你的冷酷，
养成了你的孤僻？

　　壮健的杜尔西内娅，
她真是大可自负！
她怎么不怕野兽？
竟驯服了一头猛虎！

　　她从此名闻远近；
从艾那瑞斯到哈拉玛，
从塔霍到芒萨那瑞斯，
从毕苏艾加到阿尔朗萨。①

　　如能和她换个个儿，
我不惜赔一份厚礼；
最花哨的金边裙子
送给她我也愿意！

　　不能投入你的怀抱，
我只求坐在你床边！
让我给你抓抓脑袋，
掸掉些头皮的屑片！

　　不过这是体统差使，
轮不到我这个贱人；
我只配为你搓脚，
那才是我的本分。

---

① 这首诗里的名词都是西班牙的河名。

我要送你许多礼物，
都是少有的好东西：
压发网呀银拖鞋、
锦缎裤子、纱大衣！

还有最上好的珍珠，
颗颗大得像五倍子！
都可称为“独一无二”①，
没两颗形状相似！

你这位曼却的尼罗②啊，
你放火烧着了我；
别登上塔贝雅岩石，
喷吐怒气添风助火。

我是个娇嫩的娃娃，
十五岁还不到些，
我凭上帝和灵魂发誓，
才十四岁零三个月。

我手不折、腿不瘸，
屁股也一点不歪，
我的长发直拖到地，
和百合花一样的洁白！

我生成一张鹰嘴，

① “独一无二”(la sola)是西班牙王冠上一粒最大的珍珠，1734年王宫火灾焚毁。

② 尼罗(Nerón)，古罗马暴君，他纵火烧了罗马城，站在塔贝雅岩上，弹着竖琴观赏。

又是个扁塌鼻子，
一口牙齿恰似黄玉
衬得我姿容绝世。

如果听了我唱歌，
就知我嗓子多甜；
要问我的身材如何，
比中等还矮一点。

这么个娇美的姑娘，
已被你手到擒拿！
我是本府一名使女
名叫阿尔迪西多娅。

痴情的阿尔迪西多娅唱完，把堂吉诃德挑逗得六神无主。他长叹一声，暗想："我真是倒足了霉，没一个姑娘见了我不痴情颠倒的！绝世美人杜尔西内娅也真是不幸；我全心向着她，可是总有人想来分割我的心。王后啊，你们对她有什么责望呀？女皇啊，你们干吗迫害她呀？十四五岁的小姑娘啊，你们为什么和她过不去呀？恋爱神早有安排，把我的心灵交付给这位可怜的小姐了；让她得名吧！让她得意吧！你们别来干扰！我奉告你们这群痴情人：我只有对杜尔西内娅才像个软糖糨子，对别的女人都硬得像火石一样；我是她的蜜，是你们的泻药；我眼睛里只看见杜尔西内娅美丽、聪明、端庄、妩媚，出身高贵，别的女人都丑陋愚蠢，轻浮下贱；我活着只是为她，心目中没有别人。阿尔迪西多娅啊，你哭吧！唱吧！魔堡里害我挨揍的小姐啊①，随

① 上部第十四章，堂吉诃德以为客店主的女儿看中了他。

你使什么手段吧！我不管怎么样，总贞洁无瑕、忠诚不贰，永远是杜尔西内娅的人；任何魔法师都奈何我不得！”

他想到这里，就把窗子砰一下关上。他好像碰到了什么很倒霉的事，憋着一肚子烦恼，上床睡了。让他睡一会儿吧；伟大的桑丘·潘沙就要出风头做总督了，咱们得去瞧瞧他。

第四十五章

伟大的桑丘就任海岛总督，行使职权。

太阳啊！地球的上下两面都逃不过你的观察！你是全世界的火把！天空的眼睛！你导使世人制造了凉酒瓶。有人称你丁布留，有人称你费孛；你在这里是射箭手，那里是医生；你是诗歌的亲父，又是音乐的始祖。你老在上升，看似下落却永不下落！世人承你的恩典，生生不已！太阳啊，我求你保佑，照亮我的心窍，让我能写出伟大的桑丘·潘沙做总督任内的信史！你不照顾，我就昏昏没有生气了！①

且说桑丘带着随从，到了一个有千把居民的小城里；那是公爵属下一块上好的采地。城名“巴拉它了”；那些人就哄桑丘说

① 这一段可能是模仿当代诗人的滥调打趣。西班牙的凉酒瓶是细颈铜瓶，可以装了晒热的酒激在水里或晾在风里。丁布留（Timbrio）、费孛（Febo）都是太阳神的名字。射箭手、医生等等是古人给太阳的各种称号。

岛名“便宜他了”;这也许因为“巴拉它”的意思是“便宜他”,也许因为和城名谐音①。小城四围有墙;桑丘到了城门口,满城官员都出来迎接;城里一片钟声,居民都欢欣庆祝。他们前呼后拥,把桑丘送到大教堂去向上帝谢恩;又行了些胡闹的礼节,把城门的钥匙献给他,表示永远奉他为本岛总督。新总督身上的衣服、脸上的胡子和矮胖的身材,使不知底细的人很惊奇,就连知道底细的看了也觉得诧异。大家把桑丘从教堂送到官厅大堂,请他登座;公爵的总管就对他说:

“总督先生,这座著名的岛上向来有个老规矩:总督上任得解答一个疑难问题,让老百姓借此捉摸捉摸新来的大人头脑怎样;他来了大家可以开心还是得担心。”

当时桑丘正在瞧他对面墙上好些很大的字。他不识字,就问墙上画的是什么。有人答道:

“总督大人,墙上记着您到任的日期,说是:‘某年月日,堂桑丘·潘沙先生来作本岛主人,敬祝长期安享此职。’”

桑丘问道:“堂桑丘·潘沙指谁啊?”

总管答道:“您大人啊;岛上除了这座儿上的潘沙,没有第二位呀。”

桑丘说:“那么,我告诉你,老哥,我不称‘堂’;我家世世代代都没有这个称号。我只叫桑丘·潘沙;我父亲也叫桑丘,祖父也叫桑丘,都是潘沙,没什么‘堂’呀‘堂娜’的头衔。看来这座岛上的‘堂’比石子还多呢。可是不要紧,天晓得,我如果能做

---

① 原文城名 Baratario,岛名 Barataria 是城名的阴性。西班牙文 barato 是便宜的意思;按古文,这个字指开玩笑。译“便宜他了”,因为既可解作桑丘当总督是便宜他,也可解作对他手下留情的恶作剧是便宜他。

上四天总督，说不定把这些‘堂’扫除得一干二净；这成群的‘堂’准像蠛蠓一样讨厌。总管先生有什么问题，请问吧。不管老百姓开心或担心，我总尽力解答。”

这时公堂上来了两个人：一个老乡打扮，一个拿着把剪子，看来是个裁缝。那裁缝说：

“总督大人，我和这老乡是来告状的。各位请原谅，我是个裁缝；谢天，我是考试合格的。昨天这位老乡到我店里来，拿出一块布，问我说：‘先生，这块布够做一只便帽吗？’我量了布说够做。他大概存心卑鄙，又对裁缝有成见，怀疑我要偷他的布——我的猜想是不错的。他就问我够不够做两只。我看透他的心思；我说够做。他小人贪心，添上一只又一只；我总说够做。我们直添到五只帽子。这会儿他来取，我就交给他了。他不付工钱，反要我不赔他钱就还他布。”

桑丘问对方：“老哥，是这么回事吗？”

那老乡说：“是的呀，先生；可是您叫他把那五只帽子拿出来瞧瞧吧。”

裁缝说：“好啊。”

他就从大氅底下伸出一只手，五个指头各戴着一只小帽子，说道：

“这就是叫我做的五只便帽。我凭上帝和良心发誓：他那块布没一点多余了。我的活儿可以给裁缝业检查员鉴定。”

大家听了这个新奇的案件，看了这许多帽子，哄堂大笑。桑丘想了一想，说道：

“我看这个案子不用多费周折，凭正人君子的识见马上就能判决。大家听我宣判：裁缝赔掉工钱，老乡赔掉布，帽子送给牢里的犯人①,事情就完了。”

桑丘刚判处了牧户的钱包②,公堂上大家都很佩服;现在听了这个判决,不由得哈哈大笑。可是总督的命令还是执行了。这时又来了两个老人,其中一个扶着一根竹杖。不拿杖的老头儿说:

“总督大人,我好久以前照应这位老先生,借给他十枚金艾斯古多,讲明随我几时要,他就得还。我瞧他当时很拮据,若要还债就更窘了,所以好些时候没问他要。可是我觉得他无心还债,就问他要了好几回。他不但不还,还抵赖说没借过这笔钱;假如借过,早已还了。我借钱给他并没有证人;他还钱也没人看见,因为他压根儿没还。我要求您让他发个誓。他如果能发誓说已经把钱还我了,那么,无论在他生前或死后,这笔账我都勾销了。”

桑丘道:“使拐棍儿的老先生,你听了刚才的话有什么说的吗?”

那老人答道:

“总督大人,我是借过他十枚金艾斯古多。请您垂下手里的杖让我发誓吧③。他既然愿意凭发誓为准,我可以发誓,我确已还清了他那笔债。”

总督垂下执法的杖。那老头儿好像手拿竹杖不便,交给对方代拿,然后摸着总督杖头的十字架说:他的确借过原告追索的

---

① 作者借桑丘之口,嘲笑法院把没收的低劣物品给囚犯使用。

② 这句话不接上文,想是作者最初先叙下面牧户的案子,后来把裁缝的案子挪前了,却忘记改正。

③ 长官执行职务的杖头有个十字架,诉状的人摸着十字架发誓。

十枚金艾斯古多,可是他已经亲手还给原告;原告没有放在心上,还只顾讨债。总督大人听了就问债主有何申辩。债主说:他知道债户说话可靠,又是个好基督徒,决不会撒谎;想必是他自己忘记了钱是什么时候、怎么还的,反正他以后再不问他要了。债户重又接过竹杖,低头退出公堂。桑丘瞧他忙不迭地只顾走了,又看到债主那副无可奈何的样子,就低头把右手食指点在眉心鼻梁上想了一下。他随即抬头,下令叫扶杖的老人回来。老人回来了,桑丘对他说:

"老先生,你把这支杖给我,我有用呢。"

老人说:"好啊,总督大人,您拿去吧。"

他把杖交给桑丘。桑丘拿来就交给原告说:

"上帝保佑你吧,你那笔钱现在还你了。"

老人说:"还我了? 总督大人,这根竹杖值十金艾斯古多吗?"

总督说:"值啊,要是不值,我就是天字第一号的大傻瓜了。请瞧吧,我的本领也许管得了整个国家呢。"

他下令当场把竹杖劈开。里面果然有十枚金艾斯古多。大家佩服得很,觉得这位总督俨然又是个所罗门①。大家问他怎么知道十金艾斯古多就在竹杖里。他说,那老人先把竹杖交给对方,然后发誓说他确实把钱还了,发完誓又要回竹杖,他因此想到那笔钱是在竹杖里。可见,总督尽管是傻瓜,上帝会教他判案;而且他听村上神父讲过这么一桩故事,就牢牢记住了——他如果不是老把要记的事忘掉,整个岛上找不到像他那么好记性

① 以色列纪元前1033至前975年的贤王,专能判断疑难案件。

的人。那两个老头儿一个洋洋得意，一个默默羞惭，都退出公堂。在场的都惊叹不止；为桑丘作传的人到现在还断不定他究竟是傻还是聪明。

这个案子刚了结，马上又来一个女人，紧紧揪着一个男人；凭他的服装，好像是个富裕的牧户。女人大嚷道：

“别叫我受屈呀！总督先生，还我公道呀！这个世界上要没有公道，我得上天去找了！青天大人呀，这坏家伙在野地里抓住我，把我糟蹋了。我真是倒霉呀！我二十三四年的干净身子，无论摩尔人、基督徒、本地人、外乡人，谁也没敢侵犯，却给他玷污了！我向来比软木树还坚硬，保得自己像火里的金蛇一样纯，像荆棘里的羊毛一样白，现在却让这家伙现成受用了。”

桑丘说：“这风流家伙是不是现成受用了你，还得瞧证据呢。”

他转脸问那男人，对女人告的状有什么申辩。那人很窘，答道：

“各位先生，我是个可怜的猪贩子。今天早上我出城卖掉四头猪（请不嫌冒昧），纳了税又经过种种克剥，四头猪的价钱差不多赔光了。我回家路上碰到这位大娘。专爱捣乱的魔鬼把我们俩配了对儿。我没有少给她钱，可是她心不足，抓住我不放，把我直揪到这里。她说我强迫了她。我发誓——我马上可以发誓，她是撒谎呢。我讲的全是真话，没一点虚假。”

总督问他是否带着银钱。他说身上小皮包里有二十杜加。总督命令他掏出钱包，原封不动交给原告；牧户抖索索地照办了。女人拿到钱包，对大家行了上千个敬礼，又为这位庇护弱女的总督大人祷求上帝，祝他健康长寿。她先看了钱包里确是银钱，就两手紧抓着钱包走了。牧户含着两包泪，一双眼睛一颗心还直盯着自己的钱包。桑丘等女人出门，就对牧户说：

“老哥，快去追那女人，硬把她那钱包夺下，拉她一起回来。”

那人不傻不聋，马上奉命，一道电光似的蹿出去。大家都全神贯注等着这对男女。只见他们俩扭成一团，比初次来的时候更扭得紧。女的掀起裙子，把钱包兜在里面；男的揪着要夺，可是女的死抱着，怎么也夺不下。她大嚷道：

“维持上帝的公道啊！维持世人的公道啊！总督先生，您瞧瞧，这混蛋不要脸，也没点儿怕惧，闹市的大街上，竟想夺您判给我的钱包呢！”

总督问道：“他夺了你的吗？”

女人答道：“哪里夺得了！夺了我的命也夺不了我的钱包！我成了听话的小乖乖了！这倒霉蛋，臭脓包，要对付我呀，叫他休想！铁钳、铁锤、榔头、凿子都打不开我的铁拳头！狮爪子也不是对手！先得剖开我的身子，挖出我的心肝才行呢！”

那男人说：“她说得不错，我认输了，实在没那么大力气夺她的钱包，只好算了。”

总督对那女人说：

“你真是又有志气，又有力气！把钱包拿来我瞧。”

她就把钱包交上。总督把钱包还给牧户，然后对这个力大无敌的女人说：

“大姐啊，如果用你保住钱包的一半力气来保你自己的身体，赫拉克利斯①也不能屈服你！走吧，让上帝痛罚你！这座海

① 希腊神话里的大力士。

岛周围六哩瓦以内不许你再露面，再来就抽你二百鞭！你这个造谣无耻的骗子！快给我走吧！”

那女人气怯，满不情愿地低头走了。总督对那男人说：

“老哥，上帝保佑你，拿着钱回家吧！以后你要是不愿意丢钱，别再去寻双找对儿。”

那人喃喃道谢，也就回去了。在场的许多人觉得新总督明鉴万里，越发钦佩。记录他言行的历史家把这些事一一记下，这是公爵大人急着要看的。

咱们且把好桑丘撇在这里吧；因为他主人给阿尔迪西多娕唱落了魂，得赶紧去看视他。

第四十六章

堂吉诃德正在对付阿尔迪西多娕的柔情挑逗，
不料铃铛和猫儿作祟，大受惊吓。

上文讲到伟大的堂吉诃德听了痴情姑娘阿尔迪西多娕唱歌，心绪像乱麻一样难分难解。他上了床，万念交集，像跳蚤似的搅得他非但不能酣眠，连一刻也不得安静；他袜子上破的窟窿更添了他的烦恼。可是光阴不停留，一小时、一小时飞逝，转眼就一夜过去了。堂吉诃德看看天晓，忙从温软的床上起来。他毫不懒惰，自己穿上麂皮衣，穿上出门的靴子来遮掩袜上的破绽，披上深红大氅，戴上银花边绿丝绒小帽，把挂剑的肩带挎在肩上,然后拿着随身带的一串大念珠,严肃正经地走到前厅去。公爵夫妇已经穿着整齐,好像是在等候他。阿尔迪西多娅和她的朋友、一个小姑娘守在走廊上也在等待,看见他走来,阿尔迪西多娅就假装情不自禁,晕过去了;她朋友把她抱在膝上,赶紧给她解松上衣。堂吉诃德看在眼里,走向前去说道:

"我知道这是什么缘故。"

那个朋友答道:"我就不知道什么缘故。因为阿尔迪西多娅在全府的姑娘里是最健康的;我和她相识以来,从没听到她哼过一声'哎'。如果世界上的游侠骑士都是铁打成的心肝,叫他们一个个倒尽了霉吧!堂吉诃德先生,请您走开点;您在这里,这可怜的小姑娘就醒不过来。"

堂吉诃德答道:

"小姐,您叫人今晚在我屋里放一张鲁特琴,我要尽力来安慰这位伤心姑娘呢。爱情的病刚发作,及时点悟是对症良药。"

他说完走开,免得引人注意。他没走多远,晕倒的阿尔迪西多娅立即醒过来,对她同伴说:

"咱们得把鲁特琴放在堂吉诃德屋里。他准要给咱们唱歌呢;他的歌一定好听。"

她们忙把经过告诉公爵夫人,还说堂吉诃德要一只鲁特琴。这位夫人乐得不可开交,就同公爵和使女们商量了一个办法,要对堂吉诃德开一个谑而不虐的玩笑。他们喜滋滋地只等天黑。那天公爵夫妇和堂吉诃德谈得很畅快,白天和黑夜一样转眼就过去了。公爵夫人还派了一名小僮儿去找桑丘·潘沙的老婆泰瑞萨·潘沙,把桑丘写给老婆的信和他要捎回家的一捆衣服送去。这名小僮儿就是前番在树林里扮演杜尔西内娅着魔的;公爵夫人嘱咐他把办差的经过详细回报。各事停当，晚上十一点堂吉诃德回屋，看见一张鲁特琴已经摆在那里。他拨弄了一下弦子，打开窗子，听见花园里有人行走。他把琴弦下的柱码安放合适，调准了音，吐痰清了嗓子；那嗓子虽然沙哑，却并不走调。他就唱了当天自己编的歌儿：

　　爱情靠什么力量，
能叫你神魂颠倒？
无非利用你的娇懒，
一味地好逸恶劳。
　　如要找对症的良药，
消除那爱情的病毒，
你只要刺绣缝纫，
干些家务忙忙碌碌。
　　规规矩矩的姑娘家，
指望着美满的婚姻，
她有两件好嫁妆：
口碑好；品行端贞。
　　无论朝廷上的公卿，
或四方游侠的勇士，
调情找轻佻的娘们，
结婚要贞静的女子。
　　有的男女清早见面，
到黄昏就已经上手，
那只是逢场作戏，
分开就撇在脑后。

也有的是即景生情，
今日相思、明日相忘，
心中意中没有留下
一点点深刻的印象。

一幅画上再画一幅，
图像就重叠相混；
心上已有个美人的影子，
就印不上任何旁人。

杜尔西内娅·台尔·托波索
已经占领了我的心，
她的倩影磨灭不了，
因为镌刻得太牢、太深。

恋爱神是凭什么，
把他情人变成了神？①
就为她品德可贵，
始终不渝、一片坚贞。

公爵夫妇、阿尔迪西多媂和府里几乎所有的人都在那儿听着。堂吉诃德唱到这里，窗外栅栏上面的走廊里忽然垂下一条系着一百多铃铛的绳索，接着又倒下一大口袋的猫儿，尾巴上都系着小铃铛。铃铛声和猫叫声闹成一片。公爵夫妇是出主意开这场玩笑的，可是听了也觉得心惊胆战。堂吉诃德毛骨悚然，不知是怎么回事。恰有两三只猫儿掉入栅栏，钻进堂吉诃德的卧房东蹿西跳，好像屋里来了成群的魔鬼。它们把蜡烛全撞灭了，

① 希腊神话，恋爱神把他的情人普西基斯(Psiquis)变成了神。

只顾蹿来蹿去找出口逃走。系着大铃铛的绳索还不停地在那儿上下摆动。府里的人多半不知道这事的究竟,都惊慌失措。堂吉诃德起身举剑向栅栏乱斫,一面大嚷道:

“恶毒的魔法师!滚出去!玩弄妖法的坏蛋,滚出去!我是堂吉诃德·台·拉·曼却!你们的坏心眼儿害不了我!”

他又转身对满屋子乱跑的猫儿斫了好多剑。它们冲向栅栏,从那里出去了。可是有一只猫给堂吉诃德挥剑逼得走投无路,就跳到他脸上,抓住他的鼻子乱咬。堂吉诃德痛得直着嗓子大叫大喊。公爵夫妇听得喊声,料到大概是这么回事,忙赶向他的卧房,用万能钥匙开了门;只见这位可怜的骑士正竭力挣扎,要拉开脸上的猫儿。有人点了蜡烛进来,照见了这场大不敌小的苦战。公爵上去拉那猫儿,堂吉诃德嚷道:

“谁也别来插手!这恶鬼!这巫师!这魔术家!我要和他一对一地较量一番,叫他认识我堂吉诃德·台·拉·曼却!”

可是那猫儿并不理会他的威胁,嗥叫着抓紧不放。后来还是公爵把它拉下来,扔到窗外去。

堂吉诃德的脸抓得百孔千疮,像个筛子,鼻子也不很完整了;可是他嗔怪人家没让他和那恶法师苦战到底,还直生气。有人奉命送上了阿巴利修治伤油①,阿尔迪西多娅用纤纤玉手给他把伤处一一包扎,一面低声说:

“冷心冷面的骑士啊,谁叫你毫无情意,还死不回头;这些

① 十六世纪西班牙人的家常药品,是阿巴利修·台·苏比亚(Aparicio de Zubia)秘方配制的。

倒霉事都是天罚你的。我但愿上帝叫你的侍从桑丘忘了鞭打自己,你一心爱慕的杜尔西内娅一辈子脱不了魔道,你也永远不能和她结婚相爱;至少,为你颠倒的我还活着,你就休想娶她。”

堂吉诃德一言不答,只长叹一声,上床躺下。他向公爵夫妇道谢,说他并不怕那帮变了猫儿带着铃铛来作怪的混蛋,不过很感谢他们前来相救的美意。公爵夫妇嘱他好好休息,随就告辞了。这番玩笑闹得这样败兴,两人都很懊恼。他们真没想到堂吉诃德为此大吃苦头,在屋里躺了五天。在这期间他又碰到一件更妙的事。为他作传的历史家暂且按下慢叙,因为先要讲讲桑丘·潘沙呢;他做总督很卖劲儿,也做得很妙。

第四十七章

桑丘怎样做总督。

据记载,桑丘·潘沙退堂,大家把他送到富丽的官邸。饭厅里已经摆上一桌可享王公的盛馔;桑丘一进去,喇叭就哇嗒嗒吹起来。四个小厮上来给他倒水洗手。桑丘摆出官架子让他们伺候。乐止,桑丘就去坐在首位,也就是唯一的座位,因为桌上只摆着一份餐具。有一人站在他旁边,拿着一支鲸鱼骨的棍子;后来知道他是医师。这时伺候的人掀开洁白的细布,下面是水果和各色各种菜肴①。一个大学生模样的人致祷辞,一个小厮给桑丘戴上镶花边的围嘴,一个上菜的小厮就把一盘水果送到桑丘面前。可是桑丘还没吃上一口,身边那人把棍子在盘上一点,旁人就飞快地把盘子撤了。上菜的又送上一盘菜肴,桑丘正要尝尝,可是还没到手,更没到口,棍子已经在盘上点了一下,一个小厮就把那盘子撤了,和那盘水果撤得一样迅速。桑丘莫名其妙,瞪着大家,问这是吃饭还是变戏法。拿棍子的人答道:

"总督大人,海岛上的总督,吃饭得按照历代相传的规矩②。我是医师,吃本岛的俸,专为本岛总督治病。我拼了自己的命,只求总督健康;我一天到晚研究他的体质,他一旦生病,我就能手到病除。我头一件事是伺候总督早晚的饭食,瞧是吃了合适的才让他吃;吃了不合适或有伤脾胃的,就指点撤掉。刚才那盘水果我嫌它生冷,那盘菜肴我嫌它燥热,而且香料太多,吃了口渴;一个人多喝了水,保养生命的血液就冲淡了。"

"照这么说,这盘烤竹鸡吃了不会有害;我看烹调得不错呢。"

医师答道:

"我只要还有一口气,决不让总督大人吃这盘烧烤。"

桑丘说:"为什么呀?"

医师答道:

---

① 西班牙有钱的人饭前吃水果或冷盘,饭后吃熟水果之类的甜食。菜肴上覆布是为了防苍蝇。

② 西班牙皇室进餐时有医师在旁鉴定食物。

“我们医学界的北斗星和指路明灯、伊博克拉特斯祖师爷有句名言：‘多食伤脾，尤忌竹鸡。’①就是说，无论什么东西，吃饱都有伤身体，把竹鸡吃一饱尤其要不得。”

桑丘说：“那么就请医师先生瞧瞧吧，这桌子上哪个菜最补人，哪个菜最不伤身，让我吃一点，别再拿棍子来点了。我但愿上帝留着我的生命做总督呢！我以总督的生命发誓声明：我已经饿得要死了；随你医师先生怎么说，不让我吃东西只能送我的命，不能添我的寿。”

医师答道：“总督大人，您说得对。我看啊，这盘煮兔子您不能吃，因为克化不了。这盘小牛肉要不是加了酸菜沙司烤的，倒还可以尝尝；照现在这样就吃不得。”

桑丘说：“最前面热气腾腾的大盘儿里好像是沙锅杂烩，里面杂七杂八的，总该有些又好吃又滋补的东西。”

医师说：“切忌②！您这个念头是千错万错的；沙锅杂烩最不补人。只有教长呀，学院院长呀，或者乡下佬的喜庆筵席上呀，才吃沙锅杂烩；总督的饭桌上可不要它！总督吃的都该是精致的上品。菜肴好比药品，一味纯药无论如何总比配合的杂药贵重。纯药不会用错；配合的杂药呢，成分里这样多些、那样少些就出毛病了。据我看，总督先生如要身强体健，这会儿该吃一百个松脆的薄面卷儿，再加薄薄几片木瓜瓤；木瓜能调理脾胃，帮助消化。”

桑丘听了这番话，往椅背上一靠，睁眼瞪着这个医师，厉声问他叫什么名字，在哪里学的医道。医师答道：

---

①② 原文是拉丁文。

“总督大人，我是贝德罗·忍凶·台·阿鬼罗医师。从加拉奎尔到阿尔莫都瓦尔去的路上，靠右边有个提了他户外拉镇，那就是我的家乡。我是奥苏那大学的医学博士。”

桑丘气呼呼地说：

“那么，从加拉奎尔到阿尔莫都瓦尔路上、靠右边的提了他户外拉镇上的奥苏那大学医学博士、倒霉的贝德罗·忍凶·台·阿鬼罗先生，请你马上滚蛋吧！我指着太阳发誓，你不快滚，我就从你起，把岛上所有的医师都一顿大棒打走，至少把你这种假充内行的撵走；我对高明的医师是佩服的，把他们当神道那样敬重呢。我再说一遍，贝德罗·忍凶，快给我滚！要不，我就拿这把椅子照着你脑袋上直劈下来了。我不怕谁来查究我在任的所作所为！我理直气壮：坏医师是屠杀公众的刽子手，杀了他是替天行道。现在给我吃饭吧；要是没饭吃，我这个总督也不做了！没饭吃的官儿做它干吗？”

医师瞧总督发这么大火也慌了，打算抽身出去。这时街上忽传来一声驿车的号角。上菜的小厮从窗口探出脑袋，又缩回来说：

“公爵大人的信差来了；准有紧要的消息。”

信差满头大汗，慌慌张张地进来，从怀里掏出一封信呈给总督。桑丘就把信交给总管，叫他念念封面。信封上写的是：“便宜他了海岛总督堂桑丘·潘沙亲启，或由秘书代拆。”桑丘听了问道：

“这里谁是我的秘书呀？”

一人答道：

“总督大人，我是您的秘书；我能读能写，是比斯盖人。”

桑丘说："据你末了那句话，你就连大皇帝的秘书也做得①。你拆信瞧瞧信上怎么说吧。"

新任秘书拆信看了一遍，说信上的事得密谈。桑丘吩咐众人退出，只留下总管和上菜的小厮。其他人连那医师都出去了，秘书就念了那封信：

堂桑丘·潘沙先生：听说我的冤家要侵犯海岛，准备不知哪个夜里大举进攻。你务必日夜警备，免有疏失。凭可靠的密报，已有四人乔装进城暗杀你，因为忌你的才干。你小心提防，谁找你谈话，得注意着点儿，也别吃人家送的东西。你如有危急，我会来救你。凭你的识见，一定都能应付裕如。

你的朋友

公爵

八月十六日晨四时自本地寄

桑丘很吃惊，旁边那几个人好像也一样吃惊。桑丘转身向总管说：

"咱们现在有一件事赶紧得办：忍凶医师该送进监牢去。要杀我的就是他；他是要饿死我，叫我死得又慢又惨。"

上菜的小厮说："还有一件事：我认为桌上的东西您都吃不得，因为是修女献的；老话说，'魔鬼就躲在十字架后面'。"

桑丘说："你说得也对。现在且给我吃个面包和四磅左右的葡萄吧，这不会有毒。我实在饿得慌了。如果势必打仗，咱们

① 比斯盖人以忠心著称，西班牙皇室的秘书很多是比斯盖人。

得随时应战，那就得把肚子吃饱，因为是肠胃拖带着心，不是心拖带着肠胃①。秘书，你写个回信给公爵大人，说我全都听他的吩咐，一点也不马虎。你还代我向公爵夫人请安，求她别忘了派人把我的一封信和一捆衣服送给我老婆泰瑞萨·潘沙；说我麻烦她了，非常感激，一定尽力报答。你还可以附带问候我主人堂吉诃德·台·拉·曼却，让他知道我没有白吃他的饭。你是个好秘书，又是好比斯盖人，随你的意思，该说什么都给我添上。现在把这桌菜撤下，给我吃些东西吧。随它有多少奸细、刺客和魔法师来害我，或侵犯我的海岛，我准备和他们干一下呢！”

这时一个小厮跑来说：

“有位老乡求见，说有要事找您大人谈谈。”

桑丘说：“这种求见的人也真怪，一点不动脑筋。这会儿是求见的时候吗？当官的也是血肉做的，总得休息一下，难道把我们当作石头人儿吗？看来我这个总督也做不长；要是长下去，我凭上帝和良心发誓，我对这些求见的人得立下规矩。叫那位老乡进来吧，不过先问问明白，别是奸细或刺客。”

小厮说：“总督大人，那倒不是的；除非我瞎了眼，我瞧他很老实，像个好面包似的，活是个大好人。”

总管说：“不怕，我们都在这儿呢。”

桑丘说：“上菜的师傅，现在贝德罗·忍凶医师走了，能让吃些扎实的东西吗？就是一块面包、一个葱头也好。”

上菜的小厮说：“您大人午饭欠的，晚饭补上，让您吃个

① 西班牙谚语。另有一个说法，见本书第三十四章：“是肚子带动两脚，不是两脚带动肚子。”

餍足。”

桑丘说：“但愿上帝也这么答应我吧。”

当时那老乡进来了。他相貌和善，一千哩瓦以外就看出是个老好人。他开口先问：

“哪位是总督大人啊？”

秘书说：“上坐的不就是吗？除了他还有谁啊？”

老乡说：“那么，我向他行礼了。”

他就跪下求总督伸手给他亲吻。桑丘谦逊不敢当，请他站起来说话。老乡奉命起立，说道：

“先生，我是个庄稼人，家在米盖尔图拉镇，离西乌达德·瑞阿尔不过两哩瓦。”

桑丘说：“原来也是从提了他户外拉来的。你有话就讲吧。老哥，我告诉你，米盖尔图拉镇我很熟悉，我家乡就在附近。”

那老乡接着说：“先生，我且跟您讲讲我的境况。我靠上帝慈悲，经教会批准结了婚，有两个儿子，都在上大学：小儿子打算读个学士，大儿子打算读个硕士。我是鳏夫，因为我老婆死了，说得更确实些，她怀孕的时候，一个蹩脚医生给她吃了泻药，送了她的命。假如上帝保佑，她生下了那个孩子，假如是个男孩儿，我就要叫他读个博士了，免得他眼红一个哥哥是学士、一个哥哥是硕士。”

桑丘说：“那么，假如你老婆没死，或者没有被杀，你现在就不是鳏夫了。”

那老乡说：“对啊，先生，我就绝不是鳏夫了。”

桑丘说：“咱们很谈得来啊！老哥，你快讲下去吧，因为现在不是谈话的时候，该睡午觉了。”

老乡说："请听我讲吧。我那个打算读学士的儿子爱上一个同乡的姑娘。她名叫克拉拉·蓓蕾丽娜；她父亲安德瑞斯·蓓蕾丽农是个非常殷实的富农。'蓓蕾丽'不是传袭的姓氏。他那一族都有'贝蕾西'病，把这个病名改得好听点儿就成了'蓓蕾丽'①。说老实话，那位姑娘真是蓓蕾一样美丽。她右边半个脸，像田野里的鲜花；左边呢，没那么好，因为缺一只眼，是出天花瞎掉的。她脸上的麻点儿又密又大，为她颠倒的人说那不是麻点子，是叫情人陷了进去出不来的一个个深坑儿。她非常爱干净，怕鼻涕流脏了脸，所以鼻孔朝天；那两个鼻孔就好像在避开她的嘴巴。可是她非常好看，因为嘴巴很大，要不是嘴里缺十一二只板牙和盘牙，那张嘴就比什么樱桃嘴呀、菱角嘴呀等等都美。那两片嘴唇啊，我简直没法儿说；嘴片子薄极了，假如行得把嘴唇绕起来，就能绕成一束；可是颜色却和一般嘴唇不同，又蓝、又绿、又紫，斑驳陆离，实在少见少有。这位姑娘将来是我的儿媳妇，我很喜欢她，觉得她长得不错，所以把她的模样儿细细描摹，总督大人请不要见怪。"

桑丘说："随你怎么描摹吧；我听来很解闷儿。假如我已经吃饱了饭，听听你的描摹，当饭后的甜食搭嘴，倒是顶妙的。"

那老乡说："这份甜食还没给您端上来呢；不过这会儿没工夫，待会儿有的是时候。哎，先生，我要是能把她苗条婀娜的身材描画出来，准叫人惊讶；可是我办不到，因为她两膝盖顶着嘴巴蜷缩成一团，如果站得起身，脑袋准顶到天花板上呢。她早就

① 西班牙文 perlesia 是风瘫；贝雷利亚（perleria）是一堆珠子。

可以把手伸给我的学士①,和他结婚,不过她那只手是拳的,伸不出来。她的指甲很长,指甲面往下凹,衬得手形很美。”

桑丘说:“行了,老哥,你就算是已经把她从头到脚都形容到了;你要什么,干脆说吧,别拐弯抹角、拖泥带水的。”

那老乡答道:“我要麻烦您大人为我出一封介绍信给女方的爸爸,求他做成这门亲事;因为无论人间的财产或天赋的才能,双方都相当相等。我老实告诉您,总督大人,我儿子有恶鬼附身,每天三番五次的受那恶鬼折磨。他一次跌在火里,从此脸皮皱得像羊皮纸,而且老是泪眼迷离的。不过他性情像天使,如果不拿棍子或拳头把自己乱打,简直就是个圣人。”

桑丘说:“老哥,你还有别的事吗?”

那老乡说:“我还有个要求,只是不敢出口。可是,不管怎么样,总得说出来,不能让它闷在肚里发霉。我说呀,先生,我要您给我三百或六百杜加,津贴我的学士成家;就是说,帮他自立门户。他们得自己有个小家庭,才免得双方父母干预他们的生活。”

桑丘说:“你想想还有什么别的要求,别不好意思或不敢出口。”

老乡说:“没有了,真没有了。”

他刚说完,总督霍地站起来,抓住坐椅说:

“你这愚蠢的乡下佬,你要不赶紧滚开,躲得老远,我发誓拿这把椅子砸开你的脑袋!婊子养的流氓!你倒会给魔鬼写照!你挑了这个时候来问我要六百杜加!我请问你这浑虫,我

---

① “把手伸给某人”就是选中他做丈夫。

哪来这笔钱啊？我有钱也为什么要给你这没脑子的坏蛋呢？米盖尔图拉和蓓蕾丽两家和我什么相干！我告诉你，快走！要是不走，我凭我们公爵大人的生命发誓，我说到就做到！你哪里是米盖尔图拉来的；你是地狱里派来引诱我的恶鬼！混账东西，我做总督还不到一天半，你就指望我有六百杜加了吗？”

上菜的小厮对老乡丢个眼色叫他出去，老乡好像怕总督大人发脾气，垂头丧气地跑了。这家伙很会表演他的角色呢。

咱们随桑丘去生气，但愿大家都太平无事；现在且回头看看堂吉诃德吧。他给猫儿抓伤了，正包着脸在休养，过了八天才平复。在这几天里，他碰到一件奇事；熙德·阿默德答应要照他向来的笔法，不论那事多么琐细，也详尽确切地描写。

第四十八章

公爵夫人的傅姆堂娜罗德利盖斯找
堂吉诃德的一段奇闻，以及可供
后世传诵的细节。

堂吉诃德满面伤痕，满腹懊丧。他还包着纱布，带着斑疤——上帝没在他脸上打下手印①，却是猫儿在那里留了爪痕；这种灾难也是骑士生涯里免不了的。他在屋里待了六天。一晚

① 五官四肢的天生缺陷，婉称为上帝的手印。

上，他正转侧不寐，思量着自己的种种倒霉和阿尔迪西多娅的纠缠，忽觉有人用钥匙开他卧房的门。他立刻以为是那痴情姑娘要攻其不备，引诱他对不住意中人杜尔西内娅·台尔·托波索。他心上这么想，就大声对门外的人说："你别痴心妄想，随你是什么绝世美女，也挤不掉我心窝儿里的情人！杜尔西内娅小姐啊，不论你变成又粗又蠢的村姑，或金色塔霍河里织锦的仙女，不论梅尔林或蒙德西诺斯把你拘在什么地方，你在哪里也总是我的，我在哪里也总是你的。"

他刚说完，门就开了。他忙在床上站起来。他身上裹着一条黄缎子床单，头上戴一顶睡帽，脸和胡须都包扎着（脸是因为抓伤了，胡须是因为要卷得它往上翘）；那副怪模样简直难以想象。他一双眼直盯着门口，满以为来的是害相思的阿尔迪西多娅，不料却是个十分庄重的傅姆。她披一幅又宽又大的光边白头巾，从头直盖到脚，左手捏着半支点亮的蜡烛，右手挡着火光，免得射眼；脸上还戴着一副大眼镜。她悄悄地进来，脚步很轻。

堂吉诃德站在床上，仿佛在瞭望塔上瞭望敌人，瞧她那副打扮，而且一声不响，以为是巫婆或妖女装成傅姆来害他，忙在自己身上连连画十字。这个鬼魅似的怪物一步步前来，到了屋子中间，抬眼一看，只见堂吉诃德正忙忙地画十字呢。若说堂吉诃德见了她那模样害怕，她见了堂吉诃德的模样也吓愣了，因为他披着床单，脸和胡子包着布，个子又高，一身黄色，面目可怕，她一见不由得大叫一声，说道：

"耶稣啊！这是个什么呀？"

她一吃惊，把蜡烛掉了，面前一片漆黑。她想转身逃跑；慌慌张张，给自己的裙子绊倒在地。堂吉诃德战战兢兢地开口说道：

“随你是什么鬼怪吧，听我向你通诫。请问你是谁，找我有什么事。如果是受苦的鬼魂，不妨直说，我一定为你尽力。我是天主教徒，因为愿意普行善事，就当了游侠骑士。我干了这一行，即使炼狱里的鬼魂有事相求，我也义不容辞。”

狼狈的傅姆听了这番通诫，由自己的害怕体会到堂吉诃德的害怕，就可怜巴巴地低声答道：

“堂吉诃德先生——您确是堂吉诃德先生吧？您想必把我当作妖怪或炼狱里的鬼魂了。我都不是；我是公爵夫人手下有头脸的傅姆堂娜罗德利盖斯。我有件没办法的事，久仰您是排难救困的老手，冒昧特来求您。”

堂吉诃德说：“堂娜罗德利盖斯夫人，请问您是不是给谁做媒拉纤来了？我得告诉您，我的意中人杜尔西内娅·台尔·托波索是独一无二的美人，除了她，谁都不能使人动心。堂娜罗德利盖斯夫人，我干脆说吧：您只要不是来撮合私情，不妨回去点上蜡烛再来；除了私情勾当，随您要我干什么都可以商量。”

傅姆答道：“堂吉诃德先生，我会给谁撮合私情吗？您看错人了。我虽然上了些年纪，却还不是老糊涂，这种无聊的事我是不干的。谢天，我身体健康，只不过害阿拉贡的流行感冒掉了一两个牙齿，除此之外，一口板牙大牙都还齐全。您等一等，我回去点了蜡烛马上就来。您是世界上一切苦难的救星，我有糟心事要和您讲呢。”

她不等回答就走了，堂吉诃德默默沉思，等着她回来。眼前这件事搅得他心上疑虑重重，怕自己太冒失，万一受了诱惑，对不起意中人。他暗想：“魔鬼最狡猾。他瞧我见了女皇呀，王后呀，公爵夫人呀，侯爵夫人呀，伯爵夫人呀，都不动心，也许这回就借个傅姆来迷我。我常听到有识之士说：如果勾鼻子的丑婆娘够迷人，魔鬼就不用直鼻子的美女①；现在深夜无人，我这颗心万一古井生波，那么一辈子规行矩步都前功尽弃了！到此境地，还是不要冒失上阵，及早回避为妥。可是我准是头脑糊涂、想入非非了。一个披白头巾、戴眼镜的高个儿傅姆，即使头等好色之徒，见了也不会起邪心。世界上的傅姆有细皮嫩肉的吗？哪个不讨厌、哪个不满面皱纹、哪个不装模作样呀？你们这伙不近人情、索然无味的傅姆啊，去你们的吧！据说有一位夫人在她起坐室的尽头放两个傅姆的半身像，都戴着眼镜，靠着镶花边的软垫，好像在那儿做活似的。她那办法很不错，起坐室里有那两个石像，就仿佛真有傅姆在内，令人望而生畏。”他一面想，就跳下床，打算关上门不让罗德利盖斯夫人进屋。可是他刚到门口，罗德利盖斯夫人已经点着一支白蜡烛回来，劈面看见堂吉诃德裹着床单，脸上绷着纱布，包扎着胡子，戴着一只系带子的小帽，她不免又害怕了，后退两步，说道：

“骑士先生，咱们彼此信得过吗？您下床好像有点儿不大老实呢。”

堂吉诃德答道：“夫人，我也正要问您呀，我不会受侵犯吗？”

傅姆说：“骑士先生，难道您要我来向您担保吗？您还防着我吗？”

堂吉诃德说：“我正是要您担保，我就是防着您。我不是大

---

① 西班牙谚语。

理石做的，您也不是铜打的；现在不是早晨十点，却是半夜，也许比半夜还晚些；而且屋里只有咱们两人。从前那负心而胆大的伊尼亚斯在山洞里和多情的美人狄多好上了①；咱们这里更不比山洞，还可以关上门，谁也不会撞来。不过我的守身如玉和您这幅令人起敬的头巾，都是可靠的保障，不用别的了。夫人，您伸手让我搀着您吧。”

他一面说，一面吻吻自己右手，然后去握她的手。傅姆也行了同样的礼，才伸手给他搀。

熙德·阿默德插话说，他凭穆罕默德发誓，如能看着这两人手牵手从门口走到床前，他赔掉一件新大衣也心甘情愿。

堂吉诃德上了床，堂娜罗德利盖斯坐在离床不远的椅上。她没摘下眼镜，也没放下蜡烛。堂吉诃德把自己盖得严严密密，只露出一张脸。两人定下神，堂吉诃德先开口说：

“堂娜罗德利盖斯夫人啊，您现在不妨把您的心事连底抖搂出来吧。我一定洗耳恭听，热诚帮助。”

傅姆说：“我知道您会答应我；看到您满面慈祥，就可以拿定您心地仁厚，决不会拒绝。堂吉诃德先生，您听我讲。我虽然身在阿拉贡，坐在这只椅子上，穿着这套衣服，活是个饱受轻鄙的傅姆，我其实是奥维多的阿斯图利亚人②，我家和本地的高门大族都是亲戚。可是我命苦，我父母又不会经纪，不知怎么的老早把家业败了，就把我送到马德里京城；他们要给我找个饭碗

① 狄多(Dido)是伽太基国女王，收纳流亡的伊尼亚斯，两人恋爱，事见罗马的维吉尔史诗。

② 当时阿斯图利亚的西部称为奥维多的阿斯图利亚，东部称为山悌良那的阿斯图利亚。

儿,有个安身之地,所以把我安插在一位贵夫人家做针线。我告诉您,包边合缝的家常针线活儿,是我的拿手,谁都比不上我。我父母把我撇在那家当使女,自己就回乡去,过了几年想必都上天堂了,因为他们是非常虔诚的好基督徒。我孤苦伶仃,靠区区几个工钱和大公馆里给使女的一点薄赏将就过日子。那家有个侍从看中了我;我可并没有撩他。他年纪不轻了,是个大胡子,相貌不错,而且是和国王一样的绅士,因为他是山区来的①。我们的恋爱不是秘密,我女主人不久也知道了。她干脆叫我们经教会批准,正式结婚。我生了一个女儿;假如我曾经享过点儿福,我的福气从此就完了。我倒没有难产送命,可是孩子出世不久,我丈夫吃了一场惊吓去世了。我现在正有机会跟您讲讲那回事,您听了准觉得意想不到。"

她讲到这里就哭不成声,哽咽着说:

"堂吉诃德先生,请您原谅,实在由不得我不伤心;我一想到我那倒霉的丈夫,就忍不住流泪。上帝保佑他吧!他把女主人带在他鞍子后面的那副气派,多威武啊!他那匹壮健的骡子,就像黑玉一样又乌又亮!据说现在时行乘马车、坐轿子了;那时候是不行的,夫人小姐出门,就坐在侍从鞍后。有件事我不能简略,得讲一讲,好让您知道我的好丈夫多么礼貌周到,一点不肯马虎。马德里的圣悌亚果街是比较窄的。一次他拐进这条街,恰好一位京城长官从那里出来,两名公差在前喝道开路。我丈夫是个好侍从,他忙带转缰绳,准备让他们先走。我女主人在鞍

① 加斯底尔和雷翁的北部山区是西班牙人战败摩尔人的根据地,那里的人是贝拉由(Pelayo)国王和他将士的后代,都是世袭的绅士。

后低声说：‘脓包！你干吗？你忘了我在这儿吗？’那长官很有礼貌，带转缰绳对我丈夫说：‘先生，你先请，该我让路给堂娜加西尔达夫人。’——那就是我从前的女主人。我丈夫把帽子拿在手里只顾谦让，一定要让长官先走。我女主人瞧他那样就发火了，拔出身边剪刀套里的粗针，或许是钻子，往他腰里直刺。我丈夫大叫一声，忍着痛翻滚下骡，连带着他的女主人一起落地。女主人的两个小厮忙赶去扶她，长官和公差也去扶她。瓜达拉哈拉大门①一带那些游手好闲的都赶去看热闹了。我女主人步行回家；我丈夫说是肚子戳穿了，自去找理发师②。我丈夫的多礼就传开了，连街上的小孩都纠缠着他。我女主人为这缘故，又嫌他眼睛有点近视，就把他辞了。我断定他是为这事气恼而死的。我成了寡妇，无依无靠，还背累着一个女儿。她越长越美；好比海浪一个高似一个，她也一天美似一天。我的一手好针线是出了名的。那年公爵夫人嫁了公爵大人。她要我做针线，就把我和女儿一起带到阿拉贡来。我女儿在这里渐渐长大，学得多才多艺：她唱歌像百灵鸟，舞蹈轻盈活泼，土风舞蹦跳得劲儿十足③；又能读能写，不输学校的教师；加减乘除，算得比守财奴还精。我甭说她多么干净，反正流水也没她清洁。我记得她现在是十六岁五个月零三天左右。干脆讲吧，有个大富农的儿子爱上了我这小姑娘。他那村子是我们公

---

① 瓜达拉哈拉大门（Puerta de Guadalajara）是游手好闲的人聚集的地方，1582年这座大门烧掉了，原址仍保留旧名。

② 当时的理发师兼做外科医生。

③ 舞蹈（danza）和土风舞（baila）有区别：前者是轻盈的优秀舞；后者是大跳大蹦的土风舞。

爵大人的采地,离这儿不远。我也不知是怎么回事,他们俩结对成双了。男方答应和我女儿结婚,把她骗上了手,却又说了话不当话。公爵大人知道这件事,因为我向他告过状,不是一次,好几次了。我求他命令那小子和我女儿结婚。可是公爵大人装聋不理,因为那混蛋的爸爸是大财主,公爵大人问他借过钱;借别人的钱又常由那人作保,所以怎么也不肯得罪他。骑士先生,我求您为我们做主,随您或是好言劝告,或是动武,只别叫我们受屈。我听大家说,您活在世上专管锄强扶弱,主持公道。我求您顾怜我女儿是孤儿,她得人爱、年纪小,她种种好处我都说过了。老天爷在上,我凭良心说,我女主人那些使女里,没一个比得上她,给她拾鞋都不配。有一个叫阿尔迪西多娅的,人家说她最玲珑活泼,可是和我女儿一比,还差着好老远呢。我告诉您吧,骑士先生,闪闪发亮的不都是黄金,那个阿尔迪西多娅自以为美,可并不美;太爱闹,不够文静,而且身体有毛病,嘴里有股子臭味儿,挨近一会儿都受不了。就说公爵夫人吧……我不多嘴,因为人家常说,墙有耳。"

堂吉诃德问道:"我凭自己的生命请问,堂娜罗德利盖斯夫人,公爵夫人怎么呀?"

傅姆说:"您既然发誓请问,我只好据实回答。堂吉诃德先生,您瞧公爵夫人美吧?皮肤光致得像磨亮的宝剑,两颊白里泛红,容光照人,仿佛东边出太阳,西边又有月亮;她脚步轻盈得好像不着尘土,走到哪里,人家一见就觉得爽健。可是我告诉您,她的健康首先是上帝保佑,其次就靠两腿上开的两个口子①。

① 据西方古代医学,人体内有四种液汁:血、痰、黄胆汁、黑胆汁。液汁配合均匀,身体就健康,否则有病。保持健康的一个办法就是在身上切开一两个口子,把过剩的液汁排泄掉。

据大夫说，她身体里尽是脏水浊液，这些过剩的东西都由那两个口子里排泄了。”

堂吉诃德说：“圣玛利亚啊！难道公爵夫人身上开着这种阴沟吗？赤脚修士说了我都不信呢。既然堂娜罗德利盖斯夫人这么讲，想必是真的了。不过她两腿上的口子里流的该是琥珀的融液，不是肮脏水。现在我真是完全相信了，要身体健康，开些口子是很要紧的。”

堂吉诃德刚说完，房门忽然砰一下开了。堂娜罗德利盖斯吓一大跳，手里的蜡烛都掉了，满屋乌黑，俗语所谓像狼的嘴巴那么黑。那可怜的傅姆随即觉得脖子给人用两手紧紧掐住了，叫喊不得；另一人不声不响地立刻掀起她的裙子，好像是用一只便鞋，把她狠狠抽打，打得简直够惨的。堂吉诃德心里恻然，但没有起床；他不知是怎么回事，也没敢出声，生怕毒打会轮到自己身上。果然，那两个不出声的凶手把傅姆打了一顿（她没敢哼一声），就赶到堂吉诃德身边，揭开他裹的被单和床单，在他身上使劲儿连连地拧，拧得他只好挥拳招架。不过很奇怪，谁都没出声。这一仗打了将近半个钟头，两个鬼怪才出去。堂娜罗德利盖斯放下裙子，没和堂吉诃德说一句话，自嗟自叹地走了。堂吉诃德给拧得浑身疼痛，又摸不着头脑，闷着一肚子气，一人躺在屋里，想不明白哪个恶法师这么害他。话分两头，咱们且撇下他，谈谈桑丘的事吧。

第四十九章

桑丘视察海岛。

上文讲到一个油滑的乡下佬把他家没过门的儿媳妇惟妙惟肖地描摹,惹得总督大人大发雷霆。那人是总管指使的,总管又是公爵指使的;他们通同一气捉弄桑丘。桑丘虽是个又村又野的死心眼儿,却能对付他们。公爵那封机密的信已经读完了,贝德罗·忍凶医师又回到厅上,桑丘当众说:

"这种有事求见的人呀,不管什么时候都跑来求见,恨不得官长专为他一人的事效劳。如果官长当时不便接见,或者事情办不了,他们就嘀嘀咕咕说坏话,狠狠挖苦他,甚至把他祖宗的老底儿都翻出来。我现在真是明白了,做地方官的人得生就铜筋铁骨,才受得了这种折磨。哎,你们这种有事求见的人真是没脑子的傻瓜!急什么呢!谈话有谈话的时候呀!该吃饭睡觉了,就别来!地方官长的身体也是血肉做的,身体有身体的需要,不能亏待它。不过我是例外,要吃也不得吃;这全是这位贝德罗·忍凶·台·提了他户外拉医师先生作成我的;他要饿死我呢,还硬说这样半死不活就是延年益寿。但愿上帝叫他那种医生都活活地饿死吧!当然,我指的是坏医生,好医生是应该敬重和奖励的。"

认识桑丘的人都想不到他会发这种高论,纷纷说:大概有些人掌权做官就糊涂颟顸，另有些人官运亨通就心窍玲珑。且说贝德罗·忍凶·阿鬼罗·台·提了他户外拉医师终究不顾伊博克拉特斯的格言，答应晚上让他吃晚饭。总督大喜，热锅上蚂蚁似的只等天黑了可吃晚饭，觉得时间凝止不流了。他左盼右盼，总算盼到了时候。晚饭有凉拌葱头牛肉和白煮牛蹄子，那蹄子已经隔宿好几天了。他放量大吃；即使有米兰的鸽子、罗马的野鸡、索兰托的小牛肉、莫融的斑鸡或拉瓦霍斯的鹅，他吃来也不能更香。他一面吃一面对他的医师说：

“医师先生，你听着，以后别费心给我弄什么山珍海味；那些东西只会害我肠胃失调。我吃惯的是羊肉、牛肉、腌猪肉、腌牛肉、萝卜、葱头；吃了讲究菜就不合适，有几次都恶心了。上菜的师傅可以给我来个沙锅炖杂烩：杂七杂八的肉越是不新鲜，臭烘烘的炖上越是香喷喷；凡是吃得的东西都可以装进去。我就谢谢上菜的师傅，将来一定酬报他。谁也别来捉弄我，不要把人看死了；同吃同住，和平相处；天上的太阳，普照万方。我管辖这座海岛啊，不贪得非分的财，也不放过应有的利。大家睁开眼睛，瞧着自己的箭。该知道，魔鬼在山悌良那。谁惹我生了气，瞧着吧，叫他意想不到呢。哎，你把自己变成蜜，苍蝇就会来叮你。①”

上菜的小厮说：“总督大人，您的话句句是金玉良言，我代表全岛居民向您保证，一定小心谨慎，为您效忠卖力。您一上任就行仁政，我们凭什么要对您不客气呀。”

桑丘答道：“这话我相信；谁要对我不客气，他就是傻了。我再说一遍：我得吃饱，我的灰驴也得喂好；这是最要紧的。待

① 七句都是西班牙谚语。

会儿咱们还要出去视察呢。我打算把岛上的坏事和不务正业的闲人一股脑扫除干净。我告诉你们,朋友,国家的无业游民好比蜂房里的雄蜂;白吃了工蜂酿的蜜。我得要照顾农民,维护绅士的权利,奖励好人,尤其要尊重宗教和教士。你们瞧瞧,我这话有点道理吗?还是我太多事了呢?”

总管说:“总督大人,您讲得很有道理。我知道您是毫无学问的,想不到您满肚子良言宝训。公爵大人和我们这些人都没料到您这副本领。奇事天天有;玩笑变了正经,要捉弄别人,反见得自己可笑了。”

天黑了,总督得到忍凶医师的准许,吃过晚饭,准备出去视察;随行的有总管、秘书、上菜的小厮、记录总督言行的史官,还有一小队公差和公证人。桑丘拿着执法杖走在中间,神气活现。他们在城里才巡了几条街,忽听得剑锋击碰的声音;赶到那里,原来两人在打架。他们看见长官跑来,都住了手;一个说:

“看上帝和国王分上,快来救命啊!闹市抢劫,还拦路行凶,这怎么行啊?”

桑丘说:“好百姓,别闹!本人就是总督,你们为什么打架说给我听听。”

另一个说:

“总督大人,我直截了当地说吧。这位绅士刚在前面那家赌场上赢了一千多瑞尔;天晓得他是怎么赢的。我在旁边看赌,他打出的点子是靠不住的,不止一次呢;我昧着良心没说破他。他赢了钱就走了。他至少该送我个把艾斯古多①的彩头钱呀。

① 一个银艾斯古多值八到十瑞尔。

我们这种看赌的上等人，专看有弊没弊，替有弊的遮盖，免得吵架；赢家照例分些彩头给我们。他却把钱往衣袋里一揣，拔脚走了。我气不平，追上说着好话，请他至少给我八个瑞尔。他知道我是上等人，而且既没有职业，也没有产业，因为我父母没教我职业，也没给我产业。这混蛋是加戈①一样的贼，安德拉迪利亚②一样的骗子；他只给我四个瑞尔。总督大人，您就可见他脸皮多厚，良心多黑！老实说吧，您要是没来，我准叫他把赢的钱全吐出来！得给他点儿颜色看！”

桑丘就问对方：“你有什么说的吗？”

那人说，讲的都是实话。他只肯给四个瑞尔，因为给了那家伙好几次了。问赢家讨彩头钱得客客气气，赔着笑脸，不能计较；除非拿定赢家是骗子，赢钱是作弊的呢。只有骗子才经常把赢来的钱分摊给看赌的相识；如果赢家不肯给钱，就可见他并非坏人，而是对方无赖。

总管说：“这倒是真的。总督先生，您瞧该怎么办？”

桑丘答道：“我有办法。赢家，你听着：我不管你是好是坏或不好不坏，你马上拿出一百瑞尔给这个行凶的家伙；还得出三十瑞尔给监狱里受罪的人。至于你这个既没有职业又没有产业的无业游民，你拿了这一百瑞尔，限明天离开海岛，流放十年；如果违命偷回，就罚你把未满的刑期到阴间去追补，因为我会把你挂上绞架——至少会叫刽子手替我来办。你们谁都甭回嘴，免得我手下无情。”

---

① 古希腊传说中最大的窃贼，已见上部前言28页注②。

② 西班牙当时著名的大骗子。

那两人一个掏了钱，一个拿了钱，拿钱的就离开海岛，掏钱的就回家去。总督说：

“我觉得这些赌场为害不浅，现在得一一取缔，除非我没这个权力。”

一个公证人说：“至少这一家您是无法取缔的，因为来头很大。开赌的那位大人每年打牌输掉的钱，远比他赢得的多。您还是取缔些下等赌场吧；那种赌场更害人，作弊更明目张胆，因为出了名的赌棍不敢到大贵人开的赌场去显身手。现在赌风盛行，宁可让大家在上等赌场里赌，还比商人开的小赌场好。那种小赌场拉住一个倒霉蛋从半夜赌起，直到把他的皮都活剥了才罢休呢。”

桑丘说：“公证人啊，原来这里面大有讲究，我现在明白了。”

这时一名警察抓住个小伙子跑来说：

“总督大人，这小子正迎面走来，一见我们公安人员，转身拔脚就跑，像一头鹿似的；可见不是个好东西。要不是他绊了一跤，别想追得上他。”

桑丘问道：“小伙子，你干吗逃走？”

小伙子说：

“先生，我是怕公安人员盘问。”

“你是干什么的？”

“我是个织工。”

“织什么？”

“您别见怪，我织长枪上的枪头子。”

“你开什么玩笑？卖弄你的油嘴滑舌吗？好！你这会儿上

哪儿去?”

“先生,我出来呼吸空气。”

“岛上什么地方是呼吸空气的?”

“有风的地方。”

“好,你真是百句百对!小子,你很伶俐啊!可是我告诉你,我就是空气,把你一路吹送到监狱里去呢。嘿,抓住他!把他带走!叫他今夜闷在监狱里睡觉!”

那小伙子说:“我凭上帝发誓:要我在监狱里睡觉,就仿佛叫我做国王一样办不到!”

桑丘答道:“怎么办不到!我要抓你就抓,我要放你就放,难道我没有这个权力吗?”

那小伙子说:“随您有多大的权力,也不能叫我在监狱里睡觉。”

桑丘说:“怎么不能?马上把他带走,叫他知道自己打错了主意;他即使买通了牢头禁子也没用。如果牢头禁子放你出狱一步,我就罚他二千杜加。”

那小伙子说:“这都是笑话!我只要还活着,谁都不能叫我在监狱里睡觉。”

桑丘说:“这混蛋,我问你,我叫你戴上锁镣关在牢里,你有什么神道给你脱掉锁镣放你出狱吗?”

那小伙子和颜悦色说:“总督大人,咱们讲讲道理,把话说在筋节上。假如您叫我戴上锁镣关在牢里,还警戒牢头禁子放了我要受罚,您的命令都照办了;可是我如果不愿意睡觉,整夜睁着眼不睡,随您有多大的权力,怎么能叫我睡呢?”

秘书说:“对呀,他这话说得很明白。”

桑丘说:“那么,你不睡只是你不愿意,不是和我作对。”

那小伙子说:“不是的,先生,我一点也没有这个意思。”

桑丘说:“那么你就好好儿走吧。回家睡觉去,愿上帝给你好梦;我并不想剥夺你的好梦。可是我劝你以后别和官长开玩笑,保不定他当了真,叫你吃不了兜着走。”

那小伙子跑了,总督又继续巡行。一会儿,两个警察抓了一人过来说:

“总督大人,这是个女扮男装的,长得还顶不错。”

两三只灯笼一齐举到她脸上,灯光下照见一张十六七岁的小姑娘的脸;头发套在金绿丝线的发网里,相貌像珍珠似的莹润可爱。大家把她从脚到头细细端详:她穿一双深红丝袜,吊袜带是白缎子的,边缘是金镶的细珍珠;宽腿短裤和敞胸的短外衣都是绿锦缎的,里面穿一件白锦缎的紧身袄,鞋是白色的男鞋;腰带上挂的不是剑,是一把镶嵌宝石的匕首;她手上还带着许多珍贵的戒指。大家觉得这姑娘很美,可是谁也没见过,想不起她是谁。合伙捉弄桑丘的那些人尤其诧异,因为这事突如其来,不是他们预先安排的;他们疑疑惑惑等着瞧个究竟。桑丘见了这么美貌的姑娘很吃惊,就问她是谁,到哪里去,为什么这样打扮。她满面含羞,眼睛望着地下说:

“先生,我的事得严守秘密,不能当着大家讲。不过有句话要说明白:我不是贼,也不是坏人。我是个可怜的女孩子,为了爱情赌气,就违犯了规矩。”

总管对桑丘说:

“总督大人,您叫大家走开,让这位小姐有话好说,免得她当着人不好意思。”

总督马上这样下令,大家都走开,只留总管、上菜的小厮和秘书在旁。那姑娘看见没几个人了,就说:

“各位先生,我爸爸是贝德罗·贝瑞斯·玛索尔加,他是本城卖羊毛的牧户,常到我爸爸家来。”

总管说:“小姐,这话不对头;我和贝德罗·贝瑞斯很熟,他是没儿没女的。况且你刚说他是你爸爸,接着又说他常到你爸爸家来。”

桑丘说:“我正要问这句话呢。”

那姑娘说:“各位先生,我心慌意乱,所以说糊涂了。我是狄艾果·台·拉·李亚那的女儿,各位想必知道我爸爸。”

总管说:“这就对了,我认得狄艾果·台·拉·李亚那,他是一位高贵有钱的绅士,有一子一女,自从夫人去世,全城谁也没见过他女儿的脸;他把她关得紧极了,连太阳都无法见她。不过人家还是传说她美貌绝顶。”

那姑娘说:“不错,那女儿就是我。我美不美各位自己明白,因为都看见我了。”

她说着就哭起来。秘书瞧她那样,就凑到上菜小厮耳边,低声说:

“这位可怜的小姐,这么高贵,却改扮男装,深夜在外跑,准是遭了大祸。”

上菜的小厮说:“准是的;凭她的眼泪就可见咱们没猜错。”

桑丘竭力抚慰,叫她不要害怕,遭了什么事,告诉他们,他们一定尽心帮忙。

她说:“各位先生请听。我妈妈去世十年了;十年来,我爸爸直把我关在家里,做弥撒也在家里一个漂亮的小堂里。我白天只看见天上的太阳，晚上只看见月亮和星星，不知道街道呀、菜场呀、教堂呀都是个什么样儿，就连男人是什么样儿都不知道，我只见过我父亲、我弟弟和一个卖羊毛的牧户。那人常到我家来，所以我忽然想到冒充他的女儿，免得说出爸爸的名字来。我长年累月关在家里，连教堂都不能去，实在闷得慌。我想看看这个世界，至少看看我出生的城市，我觉得这并不丢失大家闺秀的身份。有时我听人家讲外边斗牛呢，或有竹枪比赛呢，或演戏呢，我就问我弟弟——他比我小一岁——我问他这些玩意儿是怎么回事；我还问他许多传闻的事。他仔细讲给我听。可是我越听他讲，越发心痒痒地想亲眼瞧瞧。我且干脆说我怎么毁了自己吧。我向我弟弟央求——我真是懊悔呀……”

她又痛哭不止。总督对她说：

“小姐，您把底下的事讲出来吧；我们听了您以上的话，又瞧您哭个不了，都着急得很。”

那姑娘答道：“底下没多少事，只有许多眼泪了；因为要满足不安分的愿望，就得赔上许多眼泪。”

上菜的小厮爱上那位姑娘的美，又把灯笼照着看了她一眼，觉得她流的不是眼泪，却是粒粒珠玑，滴滴鲜露，甚至竟是东方的大明珠。他希望她的倒霉事没什么了不起，并不值得那样痛哭。那小姑娘还只顾哭，总督不耐烦了，叫她别尽让大家着急，时候已经不早，他还要到好多地方去视察呢。她哽咽着说：

“我的丢脸倒霉不是别的，我不过要求弟弟让我穿他的男装，晚上等爸爸睡了，带我出来满城逛逛。他拗不过我，就答应了。我们对换了衣裳；他穿了我那一套恰好合身。他还没一点胡须，看来就像个很美的姑娘。今晚大概一小时以前，我们从家里出来，乘兴胡闹，在城里走了一转，正要回家的时候，看见来了一大群人。弟弟说：'姐姐，巡夜的来了，你飞快地跟我跑吧，给他们看见就糟了。'他说着转身就跑，简直飞也似的。我没跑几步，心里慌张，就摔倒了，警察就赶来把我带到各位先生跟前。我就当众出丑，给人家当作坏女人了。”

桑丘说：“那么，小姐，你并没有遭到什么祸事吧？也并不像你当初说的，为了爱情赌气跑出来的？”

“我没有遭到什么事。我从家里出来不是为了爱情赌气，只是要瞧瞧这个世界——这也不过就是瞧瞧城里的大街罢了。”

这位姑娘讲的确是真情。因为她弟弟撇了她逃走，给警察抓住，这时给几个警察押来了。他穿一条华丽的裙子，一件兰花缎的短外衣，上面滚着精致的金花边；头上没戴头巾，也没什么装饰，一头赤金的鬈发就像满脑袋的金圈。总督、总管和上菜的小厮把他带过一边，避开了他姐姐，问他为什么这样打扮。他和他姐姐一样又羞又窘，讲的话也都一样。上菜的小厮已经爱上那位姑娘，听了那些话大为高兴。总督对姐弟俩说：

“小姐，小哥儿，你们太淘气。这种小孩子家的胡闹几句话就交代了，不用费这么多工夫，还伤心哭泣；只要说，'我们是某某人，我们因为好奇，捣鬼从家里溜出来逛逛，没有别的打算'，事情就完了，干吗抽抽搭搭哭个不了呀。”

那姑娘说：“您说得对。可是我吓慌了，不知怎么办才好。”

桑丘说：“亏得也没出什么错儿。好，我们送你们俩回去吧，也许家里还没知道呢。以后别再这么孩子气，别心痒痒要开眼界。因为好女人是断了脚的，她不出家门；女人和母鸡一样，出门就迷失方向，爱瞧热闹的女人，也是爱人家瞧她①。我不多说了。”

那小伙子谢了总督的美意；总督一伙就送姊弟回家。他们离家不远；到了那里，那弟弟就拣一颗小石子向窗栅栏上一扔；等门的女佣人立即下来开了门，姊弟俩就进去了。大家觉得这样美秀的孩子很少见，更想不到他们黑夜里不出城门就想看看世界。当然，他们还是孩子呢。上菜的小厮一颗心已经不由自主；打算明天向那姑娘的父亲求婚，凭自己是公爵的家人，拿定对方不会不答应。桑丘也在暗打算盘，想把女儿桑琦加嫁给那个小伙子。他准备相机行事；在他看来，娶总督的女儿，谁还会拒绝呀。

那夜的视察如此了结。过了两天，总督丢了官，他的如意算盘也打不成了。详见下文。

第五十章

下毒手打傅姆，并把堂吉诃德又拧又抓的魔法师是谁；小僮儿如何给桑丘·潘沙的老婆泰瑞萨·桑却送信。

熙德·阿默德这部信史的细节都确凿有据。据说堂娜罗

① 三句西班牙谚语。

德利盖斯走出卧房去找堂吉诃德的时候，同屋另一个傅姆知觉了。做傅姆的都是耳朵长、鼻子尖、好管闲事的；这个傅姆就悄悄地跟随着那蒙在鼓里的罗德利盖斯，瞧她走进了堂吉诃德的卧房。搬嘴弄舌是傅姆的通病，这一个未能免俗，马上就去报告公爵夫人，说堂娜罗德利盖斯在堂吉诃德的卧房里呢。公爵夫人告诉了公爵，要求带着阿尔迪西多姈去瞧瞧罗德利盖斯找堂吉诃德有什么事。经公爵准许，两人蹑手蹑脚，偷偷地一步步挨到堂吉诃德房门口。她们挨得很近，屋里说话全听得清。公爵夫人听见罗德利盖斯把她身上的排泄口子都揭出来，怒不可遏；阿尔迪西多姈也气得七窍生烟。她们满肚子气愤，非和这傅姆算账不可，就砰地冲进房，像上文讲的那样把堂吉诃德又拧又掐，把傅姆痛打一顿。女人听到人家鄙薄自己的面貌或扫自己的面子，她们的恼怒是怎么也憋不住的，得发泄了才罢。公爵夫人把刚才的事告诉了公爵，他听了觉得很好笑。公爵夫人还想玩弄堂吉诃德；她派一个小僮去找桑丘的老婆泰瑞萨·桑却①，把桑丘写的家信捎去，她自己也附一封信，还送她一大串珍贵的珊瑚珠。那小僮就是在解除杜尔西内娅魔法的把戏里扮演杜尔西内娅的。桑丘忙于做总督，把那件解除魔法的事早忘得一干二净了。

据记载，那小僮儿很聪明伶俐；他要讨好主人主妇，高高兴兴地动身到桑丘家乡去了。他进村看见河边许多女人洗衣服，就打听村里是否有个女人名叫泰瑞萨·潘沙，她丈夫桑丘·潘沙是骑士堂吉诃德·台·拉·曼却的侍从。一个小姑娘正在洗

① 上文第四十六章早已讲公爵夫人派这个小僮为桑丘老婆捎信。

衣服，听他这么问，就站起来说：

“泰瑞萨·潘沙是我妈妈，那个桑丘是我爸爸，那个骑士是我们东家。”

小僮说：“那么，来吧，小姑娘，带我去见见你妈妈，我替你那个爸爸捎了一封信和一件礼物给她。”

小姑娘约莫十四岁左右；她说：“好呀，先生。”

她把没洗完的衣服撇给女伴儿，她不戴头巾，也不穿鞋，光着脚，披着头发，蹦蹦跳跳跑在小僮马前，一面说：

“您来啊，我家就在村子口上。我妈在家呢；她好久不得爸爸的消息，够心焦的。”

小僮说：“那么我给她捎来了喜讯，她真该感谢上帝呢。”

小姑娘又蹦又跑，到了村上，没进家门先嚷道：

“泰瑞萨妈妈！你出来呀！出来呀！有位先生替我好爸爸捎了信和东西来了。”

她妈妈泰瑞萨·潘沙拿着个纺麻的线杆儿正在纺麻，听见叫唤就跑出来。她穿一条灰褐色的裙子；这条裙子短得好像“还不够遮羞”①。她的紧身上衣和衬衫也是灰褐色。她并不很老，看来有四十多，身体很壮健，脸皮子晒成了焦黄色。她看见她女儿和骑马的小僮，就说：

“怎么回事儿呀，丫头？这位是谁呀？”

那小僮说：“是您堂娜泰瑞萨·潘沙夫人的佣人。”

他一边说，一边就跳下马，恭恭敬敬跪在泰瑞萨夫人

① 这是引用西班牙民谣里的话。按古代风俗，处罚淫妇，把她的裙子剪得很短，不够掩盖身体下部。

面前说：

“堂娜泰瑞萨夫人啊，请您以‘便宜他了’岛主堂桑丘·潘沙总督夫人的身份，伸出贵手。”

泰瑞萨答道：“啊呀！我的先生，快起来！别干这一套！我不是什么官太太，只是个穷乡下女人；我爸爸是种地的，我丈夫是游浪的侍从，不是什么总督！”

小僮说：“您丈夫是最名副其实的总督，您是最名副其实的总督夫人。您看了这封信和这件礼物，就知道我不是胡说。”

他从衣袋里拿出一串珊瑚珠，珠串两头是镶金的扣。他把珠串套在她脖子上说：

“我奉女主人公爵夫人的命令，给您捎信来了；这是总督大人给您的，另外一封信和这串珊瑚珠是公爵夫人给您的。”

泰瑞萨惊奇得目瞪口呆，她女儿也一样的发愣。那小姑娘说：

“我可以拿性命打赌，这准是我们东家堂吉诃德先生干的。他答应了我爸爸好多次，要让他当总督或伯爵；这回准是让他当上了。”

小僮说：“就是啊，桑丘先生靠堂吉诃德先生的面子，现在当上了‘便宜他了’岛的总督。这封信上写着呢。”

泰瑞萨说：“绅士先生，您念给我听吧；我虽然会纺麻，却一个字也不识。”

桑琦加插嘴道：“我也一字不识，可是你们等一等，我去请个识字的来——或者神父，或者参孙·加尔拉斯果学士，他们一定愿意听我爸爸的消息。”

“不用去请什么人，我不会纺麻，可是我识字。这封信我来念吧。”

他就从头到底念了一遍。信上的话前文已有交代，这里不再重复。他随即拿出公爵夫人的信念道：

泰瑞萨朋友：我瞧您丈夫桑丘人品既好，又很有本领，所以要求我丈夫公爵大人让他做了一个海岛的总督；这种海岛我丈夫有好几个呢。据说您丈夫治理得像老鹰那样精明；我为此非常满意，我们公爵大人也很满意。谢天，我挑他做总督没挑错人。我告诉您，泰瑞萨夫人，在这个世界上要找一个好总督不是容易。但愿上帝保佑我做人像桑丘做总督一样好。

亲爱的朋友，我送您一串镶金扣的珊瑚珠。我但愿那是东方的明珠；可是送一根骨头，物轻情意厚①。也许有朝一日咱们会见面相识；将来的事是没人知道的。请代我问您女儿桑琦加好，并叫她准备着，她意想不到的时候，我会给她找上一门好亲事呢。

我听说您那里出产的橡树子颗粒大。请给我捎二十多颗来；我一定当作宝贝，因为是您给我的。我等着您的长信，希望您健康安好。您如果需要什么，只要说一声，就给您照办。愿上帝保佑您。

您的好朋友

公爵夫人于本地

泰瑞萨听他念完，说道：“啊呀，这位太太多好啊！又和气

① 西班牙谚语。

又谦虚！我但愿和这样的太太埋葬在一起吧！我就不喜欢这里的绅士太太，她们觉得自己是绅士太太，连风都不该碰她们一下；上教堂神气活现，简直王后似的，好像对乡下女人看一眼就降低了自己身份。瞧瞧咱们这位好太太，还是公爵夫人呢，都称我朋友，把我平等看待。我但愿她的身份和拉·曼却最高的钟塔一样高！至于橡树子，我的先生啊，我打算送她许多许多，每一颗都大得出奇，叫人赶来看新鲜。桑琦加，你这会儿且来招呼这位先生：安顿了他的马匹，从马房里拣些鸡蛋，厚厚地切一片腌肉，把他当王子那样款待他吃饭。他给咱们捎来了好消息，他脸蛋儿又这么讨人喜欢，得这样款待才对得起他。我趁这时候出去把咱们的喜讯跟街坊讲讲；神父和尼古拉斯理发师是你爸爸的老朋友，也该让他们知道。"

桑琦加说："好，妈妈，我就去。可是我说呀，你得把这串珠子分一半给我。我想咱们公爵夫人不会那么傻，把整一串都送给你一人。"

泰瑞萨说："丫头啊，全都是给你的。可是让我脖子上挂几天，我实在看着喜欢。"

小僮儿说："我在手提包里还带着一捆衣服，你们回头看了也一样喜欢。衣料讲究极了，总督打猎那天才穿了一回。整件衣服都是他送给桑琦加小姐的。"

桑琦加说："祝我爸爸活一千岁！给我捎带的人也一样长寿！如果一千岁不够，就加倍祝他活两千岁！"

这时泰瑞萨手里拿着信，脖子上挂着那串珠子，出了大门，一面走，一面拍手鼓似的拍着那两封信。她恰巧碰见神父和参孙·加尔拉斯果，就手舞足蹈地说：

"我们现在可真是阔了！到手了一个小小的总督了！随你多么神气的绅士太太敢和我过不去，哼，我准给她点儿颜色看看！"

"你怎么啦？泰瑞萨·潘沙？你疯了吗？那是什么纸呀？"

"我没疯。这是公爵夫人和总督的来信。我脖子上这串念珠颗颗都是上好的珊瑚，两尽头的念珠是纯金的①。我现在是总督夫人了！"

"泰瑞萨，你胡说些什么呀？你这话除了老天爷，谁也不懂。"

泰瑞萨说："您两位自己瞧呀。"

她把信交给他们。神父拿来念给参孙·加尔拉斯果听。两人惊奇得你看着我，我看着你。硕士问两封信是谁捎来的。泰瑞萨说，是个很漂亮的小伙子，在她家呢，请他们一起回去就会看见；他还捎来了另一件礼物，也这么贵重。神父把她脖子上的珊瑚珠串拿下反复细看，断定是上好的珊瑚，越发觉得奇怪。他说：

"这串精致的珊瑚珠是我亲眼看见、亲手摸到的，可是据这封信上说，一位公爵夫人派人来要二十几颗橡树子！这两封信和礼物究竟是怎么回事呢？我凭自己的道袍发誓，我真想不明白了。"

加尔拉斯果说："咱们甭胡猜乱猜了，且去看看那位信差吧，摸不着头脑的事可以问他。"

他们就跟泰瑞萨一起回家。只见一个小僮儿正在筛大麦，准备喂他的马；桑琦加正在切腌肉，准备摊上鸡蛋煎给小僮儿

① 泰瑞萨把珠子项链当作念珠，把珊瑚珠看作念圣母经的数珠，两尽头的金扣看作念天主经的数珠。

吃。两人瞧那小僮相貌漂亮，服饰讲究，都很喜欢他。叙过了礼，参孙就打听堂吉诃德和桑丘·潘沙的近况，说他们读了桑丘和公爵夫人的信还是莫名其妙，不明白桑丘做总督究竟是怎么回事；而且地中海的海岛差不多都是国王的，桑丘怎么会做海岛的总督。那小僮儿说：

“桑丘·潘沙做总督是千真万确的。他管辖的是不是海岛我不知道，反正是个有一千多居民的小城。至于橡树子，我告诉你们吧，我们公爵夫人非常谦和近人，没一点架子。”别说问乡下女人讨橡树子，她还使唤过他去问街坊借梳子呢①。“不过您两位可知道，阿拉贡的贵夫人尽管高贵，待人却和气，不像咖斯底利亚的贵夫人那么死板板地拿架子。”

他们正说着话，桑琦加裙子里兜着些鸡蛋蹦蹦跳跳地跑来，问小僮说：

“请问您，先生，我爸爸做了总督，穿不穿紧身裤呀？”

小僮说：“我没看见，大概穿吧。”

桑琦加说：“哎唷！我的天！我爸爸穿了紧身裤多好看呀！真怪，我从小就想瞧我爸爸穿紧身裤。”

小僮说：“您以后准会看见。我凭上帝说，他只要做上两个月的总督，出门还要戴遮风暖帽呢②。”

泰瑞萨已经把桑丘捎来的打猎服给神父和硕士看过。他们看破小僮要贫嘴，可是想到珍贵的珊瑚珠和打猎服，对小僮就另眼相看了。桑琦加的愿望惹得他们哈哈大笑，泰瑞萨的话更逗

---

① 据马林编注本，这句话是小僮由直接叙述忽转为转述，作者常有此例。

② 贵人出门戴遮风暖帽，这种帽子有遮脸和掩护耳朵的下垂部分。

乐，她说：

"神父先生，您仔细打听打听，有谁到马德里或托雷都去，我要烦他买一条一口钟式的裙子，得头等时髦的。说老实话，我丈夫做了总督了，我得尽力为他争面子！我要有兴，还想像人家那样坐了马车到京城去呢。总督夫人还坐不起马车！"

桑琦加说："可不是嘛！妈妈！但愿上帝保佑，越早越好！人家看见我和妈妈坐了马车准会说：'瞧这丫头，她爸爸是个吃大蒜的乡下佬，她舒舒服服坐着马车，倒像个女教皇！'随他们说吧，叫他们踩着烂泥走，我却脚不沾地坐在车里！嚼舌根儿的叫他们一个个都倒尽了霉！只要身上暖乎乎，人家嘲笑不在乎①，妈妈，我说得对吧？"

泰瑞萨说："孩子，你说得对！这种种好运道，就连更好的，我的好桑丘早跟我讲过了。孩子，你瞧着，他要叫我做了伯爵夫人才罢休呢。只要交上好运，就一路好下去了。你的好爸爸也是成语老话的祖宗；他常说，如果给你一头小母牛，快拿了拴牛的绳子赶去。如果给你个总督的官儿，你就领了它；如果给你个伯爵的封号，你就捧住；如果拿着一份厚礼'啧啧'②地喊你，你就收下。可别懵懵懂懂，好运在大门外叫唤，你却不理睬！"

桑琦加插嘴道："要是人家瞧我扬着脑袋神气活现，说我是'小狗穿了麻纱裤……'③等等，随他们说去，我满不在乎！"

神父听了她们的话，说道：

---

① 西班牙谚语。

② "啧啧"是呼狗的声音，见本书261页注①。

③ 西班牙成语："小狗穿了麻纱裤，就不认自己的伙伴了。"

“我看桑丘一家人天生都是满肚子成语，开出口来，没一句不带成语。”

小僮说：“是啊。桑丘总督大人处处都用成语；尽管许多是不对景的也很有趣，我们公爵夫人和公爵大人非常赞赏。”

硕士说：“先生，您还咬定桑丘做总督是真的吗？真有公爵夫人给他送礼写信吗？我们摸过那些礼物，也读过那两封信，不过还是不相信，觉得这就像我们街坊堂吉诃德遭遇的事——这位先生认为他所遭遇的都是魔法师变幻出来的。所以我简直想把您摸一下，瞧瞧您这位信差究竟是眼前的虚影，还是有骨有肉的真人。”

小僮说：“各位先生，我只知道自己是真正的信差，桑丘·潘沙先生也确实是总督；我主人公爵大人和公爵夫人有权派他这个职位，也确实派了他。我还听说桑丘·潘沙做总督很有魄力。这里面有没有魔术，您两位自己判断吧。别的我都不知道了。这话我可以凭我父母的生命发誓；他们都还健在，我和他们是非常亲热的。”

硕士说：“可能有这样的事，不过‘圣奥古斯丁有疑焉’①。”

小僮说：“谁要怀疑就怀疑吧；我讲的是事实。‘真理即使混杂在谎话里，也会像油在水里那样浮现出来’。就算这话不对，‘你们纵然不信我，也当相信这件事’②。您两位不论哪一位不妨跟我走一趟，听来不信的事可以亲眼瞧瞧。”

桑琦加说：“该我去走这一趟，先生，您可以带我坐在鞍后。

① 原文是拉丁文，诡辩家的套语。

② 见本书203页注①。

我满心想去看看我爸爸呢。”

“总督的小姐不能单身出门，得乘马车，坐轿子，还得有一大群佣人跟着才行。”

桑琦加说：“我凭上帝说，我骑上一匹小母驴，就仿佛坐了马车一样。您把我当作娇小姐了！”

泰瑞萨说：“小姑娘，快住嘴，别胡说；这位先生的话是不错的。什么时候，什么式样①。他是桑丘，我就是桑却；他做了总督，我就是总督夫人了。我这话有点儿道理吧？”

小僮说：“泰瑞萨夫人话里的道理很深，比她的本意还深呢。我想今天下午回去；给我点东西吃，马上打发我走吧。”

神父忙说：

“您还是到我家去便饭；招待您这样的贵客，泰瑞萨夫人有这个心却没这个力。”

小僮辞谢不去，可是到头来为口腹的便宜还是答应了。神父想趁机仔细问问堂吉诃德又干了些什么事，欣欣喜喜带了他回去。

硕士自告奋勇要为泰瑞萨写回信。可是她觉得这位硕士有点滑头，不愿意他来干预自己的事。她拿了一个精白小面包和两个鸡蛋，送给一位会抄写的弥撒助手，托他写了两封信，一封给她丈夫，一封给公爵夫人。两封信都是她自己动了脑筋口授的，在这部大著里也不算下品文字，请看后文便知。

---

① 西班牙谚语。

第五十一章

桑丘·潘沙在总督任内的种种妙事。

总督视察的那夜,上菜的小厮思慕男装姑娘的美貌娇态,彻夜没睡。总管趁天还没亮,写了一封信给男女主人,报告桑丘·潘沙的言行。桑丘的一言一动都出人意料,看来他又痴又黠,痴中带黠,黠里有痴。第二天,总督大人起床,照贝德罗·忍凶医师的吩咐,吃了一点儿蜜饯,喝了四口冷水。桑丘恨不得吃一个面包一串葡萄作早点,可是贝德罗·忍凶已经跟他讲明白:一个人该吃得少而精,才心思灵敏,掌大权做大官的人劳心比劳力多,这句话更应该严格奉行。桑丘看到自己做不得主,虽然心里不甘,肚里难受,只好将就着算了。

桑丘为忍凶医师的诡论挨饿得厉害,暗暗咒骂他的官位,甚至连给他做官的人也咒骂在内。他忍着饿,凭肚里那点蜜饯,还是去坐堂开审。有个外地人当着总管等人首先向他请教一个问题。那人说:

"总督先生,有一位贵人的封地给一条大河分成两半……请您留心听着,因为这件事很重要,而且不容易处理。那条河上有一座桥,桥的尽头有一具绞架和一间公堂模样的房子。封地的主人也是那条河和那座桥的主人,他制定一条法令:'谁要过桥,先得发誓声明到哪里去,去干什么。如果说的是真话,就让他过去;如果撒谎,就判处死刑,在那里的绞架上处决,绝不饶赦。'四位法官经常在那公堂上执行这条法令。大家知道这条法令和严厉的条件,许多人还是过了桥。他们发誓声明的话显然是真情,判官就让他们过去了。可是有个人发誓声明,他过桥没别的事,只求死在那座绞架上。几位判官商量了一番说:'如果让他过桥呢,他发的誓就是撒谎,按法令应当处死;如果绞杀他呢,他要死在那绞架上的誓言就是真实的,按同一条法令,应当让他过桥。'总督大人,请问您,法官该把那人怎么办?他们到如今还判断不定。他们听说您心思灵敏,派我把这个疑难案件向您请教。"

桑丘答道:"那几位判官先生派你来找我实在大可不必;我这人很呆笨,说不上灵敏。不过你把这问题再讲一遍吧,让我听明白了,也许能碰巧说在点子上。"

那人把刚才的话又反复讲了两遍,桑丘听罢说:

"我认为三言两语就可以讲明白。那人发誓要死在绞架上:如果绞杀他,他的誓言就是真的,凭制定的法令,该让他过桥;如果不绞杀他,他的誓言就是谎话,凭同一条法令,该把他绞杀。"

那人说:"不错,总督先生把事情讲得一清二楚,没一点含糊。"

桑丘说:"现在我说呀,发誓说真话的半个人可以过桥;发誓撒谎的半个该绞杀。过桥的条件就完全落实了。"

提问题的人说:"那么,总督大人,那人得分作两半儿了;一半是撒谎的,一半真实的。这么一分,不就死了吗?那条法令是必须执行的;人都死了,怎么对他执法呢?"

桑丘说:“好先生,你听着,我要说得不对,就是个糊涂蛋。那过客又该处死,又该活着过桥,理由是一样的。把他处死呢,他就该活;让他活着过桥呢,他就该死。照这个情况,我认为你可以回去对派你来的几位先生说:判定他有罪无罪的理由既然一样,就该放他过桥;干好事总比干坏事光鲜。我如果会签名,可以在判决书上签名①。这样判决不是我的主意,我不过记起了上任前夕我主人堂吉诃德给我的告诫。他说,如果按法律不能判断,就该宽厚存心。上帝提醒了我这句话,目前用来恰好当景。”

总管说:“确是如此。我认为潘沙大人的裁判,就连拉塞德蒙的立法者李库尔戈②也压不倒。今天上午可以退堂了。我得去吩咐他们给总督大人做些好菜。”

桑丘说:“这才称了我的心愿!可别叫我上当!只要给我饭吃,疑难案件不妨像雨点似的落到我身上来,我都能干脆解答。”

总管并没有空口许愿,他觉得如果把这样高明的总督饿死,他也于心不安,而且奉命玩弄桑丘的恶作剧只剩当夜最后一场了,因此也不想再难为他。且说桑丘那天违背了提了他户外拉医师的禁忌,吃了一餐饭。刚饭罢,忽有信差捎了堂吉诃德给总督的信来。桑丘叫秘书先看一遍,如果没什么机密,就大声念给他听。秘书奉命看了说:

“很可以朗读,堂吉诃德先生给您的这封信是该用金字写刻的。信上说:

---

① 但桑丘在本书第三十六章、第四十三章自说能签名。

② 李库尔戈(Licurgo),纪元前九世纪斯巴达(Esparta,希腊南部古都)的立法者,拉塞德蒙(Lacedemonia)即斯巴达。

堂吉诃德·台·拉·曼却给便宜他了海岛总督桑丘·潘沙的信

桑丘朋友,我满以为人家要说你没头脑,做事荒谬,不料只听到一片颂扬之声。我非常感谢上天,‘他从粪堆里提拔穷人’①,把蠢人变成聪明人。据说你虽然是总督,却像个没当官的人;你虽然是人,生活却俭朴得像牲口。我告诫你,桑丘,做了官得有威仪,尽管生性喜欢俭朴,排场往往俭朴不得。当官的人仪表要和职位相称;不能因为喜欢俭朴就任性随便。你得讲究穿衣;一根木头经过修饰,就不像木头了②。我不是叫你戴首饰、鲜衣华服;也不是叫你做了法官却打扮成战士;只叫你按职位穿衣,而且要干净整齐。

如果赢得子民爱戴,别的不说,有两件事必须做到。一是以礼待人;这话我已经跟你讲过。一是照顾大家丰衣足食,因为穷人最忧虑的是饥寒。

颁布的法令不用多。如有颁布,就得是好的,尤其得责成大家遵守并切实执行。法令没人遵守,等于没有,反叫人看破这位长官虽有识见和职权颁布这项法令,却没有威力叫人遵守。法律如果只是吓唬人的虚文而不能实施,就像充当蛤蟆王的木头一样;蛤蟆起初怕惧,渐渐瞧破了它,都跳到它身上去③。

---

① 《旧约全书·诗篇》第一百一十三篇第七节:“他从灰尘里抬举贫寒人,从粪堆中提拔穷乏人。”

② 西班牙谚语。

③ 这是引用古罗马纪元前四世纪寓言作者费德罗(Fedro)的著名寓言。蛤蟆要求上帝给它们一个王。上帝扔给它们一条木头,它们瞧这木头王毫无作为,都跳到它身上去。

你该是好人的亲爸，坏人的后爹。不要一味严厉，也不要一味宽和，该适得其中，无过，无不及，才合情合理。你该视察监狱、屠场和菜市。总督到这种地方去很要紧：盼望迅速处理的囚犯就可以心安；屠夫就有怕惧，不敢在斤两上作弊；摆菜摊的妇女也就不敢耍花招。我相信你不是个贪污、好色或馋嘴的人；万一有那毛病，千万不能流露，你的子民或和你打交道的人一旦知道你有某种弱点，就从那里下手，害得你堕落深坑，不能自拔。你该把上任前我给你写下的告诫反复温习，你就知道如果照着干，对你大有补益，能减轻你任内随处碰到的困难。你该写信给你两位主人，表示感激。不知感激是出于骄傲，那是一切罪恶里最大的罪恶。得了好处有感激的心，才见得日常受上帝深恩也知感激。

公爵夫人已经派专人把你的衣服和另一件礼物送给你妻子泰瑞萨·潘沙。我们正等着她的回音。我小病了几天，是给猫抓了，我的鼻子受了点伤，可是并不严重，因为魔术家虽有害我的，也有护我的。

你怀疑你们一起的总管和三尾裙的事有牵连，究竟如何？咱们相去不远，请把你所经所历一一告我。我还通知你，我打算不久就结束闲居无事的生涯了，因为我生来不是过这种日子的人。

我现在得要干一件事，可能得罪这里的两位贵人。我虽然很为难，却又顾不得，因为我无论如何，第一得尽自己的职责,不能一味讨他们的好,正如常言所说的‘吾爱吾师,而吾尤爱真理’①。我对你引用这句拉丁文,料想你做了总督,该学会古文了。再见吧,但愿上帝保佑你别成了人家可怜的东西。

你的朋友

堂吉诃德·台·拉·曼却”

桑丘留心听他念完;大家赞叹不已,认为很有见地。桑丘随就出来,叫秘书跟他到卧房里,关上了门。他刻不容缓,要给主人堂吉诃德回信。他叫秘书按他口述的写,一字不要增减。秘书照写了以下的信:

桑丘·潘沙给堂吉诃德·台·拉·曼却的信

我事情实在太忙了,抓脑袋的工夫都没有,更别说剪指甲;所以我的指甲养得好长呀,只求上帝补救吧。亲爱的主人,我这话是要免您惊怪,怎么到今没把上任以来好好歹歹的情况告诉您。我在这里饿得慌,比咱们俩在树林里和荒野里还饿得厉害。

前两天公爵大人来信,说有几个奸细到岛上来暗杀我。可是直到现在还没找到一个。不过有个大夫想杀我;他领了公家的薪水,专把到任的总督一个个害死。他名叫贝德罗·忍凶医师,家乡的地名叫提了他户外拉。您瞧瞧这种

① 相传是亚里士多德的话,“吾师”即柏拉图;亚里士多德实无此语。

名字①，怎不叫我直怕在他手里送命呀！据他自己讲，人家生了病他是治不了的，他只管预防。他的药方是把饭食克扣了再克扣，直把人饿成皮包骨头；他就没想到虚弱比发烧更糟糕。干脆说吧，他快要把我饿死了；我自己也烦恼得要死。我满以为做了总督可以吃热的、喝凉的，躺在铺着荷兰细布的羽毛垫上睡觉；可是我来了却像修行的隐士那样吃苦。这又不是我自愿的；大概到头来我只好让魔鬼带走。

我至今没有享权利，也没有受贿赂；我还不明白这些东西打哪儿来呢。我在这里听说，岛上的总督往往上任以前就从岛上捞了大笔的钱，不是送就是借的；据说这是做官的照例规矩，不单在这里。

我今晚视察，碰到一个很美的姑娘和她的弟弟；女的男装，男的女装。给我上菜的小厮爱上了那姑娘，据说已经看中她做老婆了；我呢，看中了那男孩子做女婿。我们俩今天就要去找那姊弟的父亲求亲。那人叫作狄艾果·台·拉·李亚那，是一位世世代代信奉基督教的绅士。

我照您的教导视察过菜场，发现一个卖鲜榛子的女摊贩把一大筐又空又烂的陈货搀在一大筐鲜榛子里。证据确凿，我就把她的榛子全没收了，送给孤儿院的孩子；他们自会分辨好坏。我罚那女摊贩十五天内不准在菜市上摆摊。大家说我这件事办得好。我告诉您，本地人都说：这种女摊贩最坏，又无耻，又黑心，又大胆。我见过别处的女摊贩，所以相信这话

① 忍凶（Recio）是强或凶的意思；提了他户外拉（Tirtea fuera）的意思是“给我走”！名字的意译是“催病人上路的凶狠医师”。

是不错的。

我很感激公爵夫人写信给我老婆泰瑞萨·潘沙，还送了您说的那些礼物，我将来一定要设法报恩。请替我吻她的手，并告诉她：她给我的好处没有扔在漏底的口袋里，她将来会知道我不是说空话。

我希望您不要和我那两位主人闹别扭。您和他们闹翻了分明对我不利。您不是还勉励我感恩吗？他们对您一片殷勤，他们府上盛情款待您，您要是辜负了他们可说不过去呀。

猫抓的事我不明白，大概又是经常捉弄您的恶法师干的。等咱们见了面再听您细说吧。

我想送您些东西，可是不知道什么好，只想到本岛出产的一种大便灌肠用的管子，那式样很别致。如果我这个总督还做下去，我好歹要找些东西送您。

我不知家里老婆孩子近况如何，直在挂念；如果我老婆泰瑞萨·潘沙有信给我，请代付邮费，把信转给我。愿上帝保佑您不受恶魔法师的害，也保佑我到卸任还留着性命；我觉得靠不住呢，因为照贝德罗·忍凶医师那样待我，恐怕我得把性命和官职一起交卸。

您的仆人

桑丘·潘沙总督

秘书把信封好，立刻打发了信差。那几个捉弄桑丘的家伙就聚在一起，安排怎样撵走这位总督。桑丘要治理他心目中的海岛，一下午直在制定法令。他不准岛上贩卖粮食。他准许各处的酒进口，但必须声明产地，以便按品质和牌名定价，如掺水或改变牌名，判处死罪①。他减低鞋袜靴子的价格，尤其是鞋价，因为他觉得当时鞋价特高。他规定佣人的工资，因为他们贪图钱财，任意勒索。他严禁淫荡的歌曲，不问白天黑夜，唱了一律重罚。他不准瞎子唱宣扬圣迹的诗，除非证明确有那个奇迹，因为瞎子唱的多半是假造的，混淆了是非。他为叫花子设了一个监督，不是去压迫他们，而是要检查他们的真相；因为有些断手折脚或遍体烂疮的花子，其实是手脚灵便的盗贼或健康的酒徒。总之，他制定了几条很好的法令，那地方至今遵守，称为“大总督桑丘·潘沙的宪法”。

第五十二章

叙述另一位“悲凄夫人”，一称
“惨戚夫人”，又名堂娜罗德利盖斯。

据熙德·阿默德说，堂吉诃德伤痕痊愈，觉得留在公爵府里就是背弃骑士道，决计请求公爵夫妇让他动身到萨拉果萨去。那里快要庆祝节日了，他打算去夺取悬作锦标的一副盔甲②。

---

① 有些注译家认为原文“死罪”（perdiese la vida）是“不准开酒店”（perdiese la venta del vino）之误。但马林指出作者是在取笑：一方面取笑桑丘爱酒；一方面取笑社会上确有类似的法令。

② 上部第五十二章说到堂吉诃德第三次出门到萨拉果萨参加比武。中世纪西班牙许多著名城市庆祝节日照例举行比武。

有一天他和公爵夫妇吃饭的时候，他正打算向他们开口，忽见大厅门口来了两个人，从头到脚披戴着重孝；后来才知道是两个女人。一个跑去伏在堂吉诃德脚边，全身趴在地下，嘴唇贴着他的脚，凄声长叹，哀痛非凡，把旁人都愣住了。公爵夫妇以为是府里的佣人故意和堂吉诃德开玩笑，可是听她哭泣叹息那么悲切，又疑疑惑惑摸不着头脑。堂吉诃德过意不去，他扶起这个女人，叫她别闷着，且摘下面纱。她露出脸来，万想不到原来是府里的傅姆堂娜罗德利盖斯，另一个穿丧服的就是她那个受了富农儿子欺骗的女儿。大家看是这位傅姆，都很吃惊，尤其公爵夫妇；他们知道她有点儿傻气，不料她竟会这样疯头疯脑。堂娜罗德利盖斯转向两位贵人说：

"请大人和夫人让我和这位骑士说句话；有个没良心的混蛋把我卷进了一场是非，我要靠骑士先生解救呢。"

公爵答应她有话尽管和堂吉诃德先生畅谈。她就对堂吉诃德说：

"英勇的骑士，我前两天跟您讲过我宝贝女儿上当受骗的事；我身边这个可怜虫就是她。您已经答应我要为她撑腰，为她申理。我现在听说您就要离开这里，去找上帝给您的好运。我求您动身之前，向那个恶霸挑战，逼他履行婚约，和我女儿做正式夫妻。指望我们公爵大人为我主持公道呀，那就仿佛要榆树上生出梨来；里面的缘故我已经私下跟您讲过了。上帝保佑您吧，希望您别抛弃我们。"

堂吉诃德听她讲完，一本正经地说：

"好傅姆，你且收泪——或者擦干眼泪吧，别长吁短叹了，你女儿的事都在我身上。她当初不该轻信情人的诺言，那都是说来容易做来难的。等我求得公爵大人准许，马上就去找那昧心的家伙，找到了就向他挑战；他要是推三阻四，我就杀了他。干我这一行的，第一是压硬不欺软，就是说，扶助弱小，铲除强暴。”

公爵说：“这位好傅姆所控诉的庄稼汉，您不必劳驾去找，也不必要求我的准许去向他挑战。我就算您已经向他挑战了；我负责去通知他，叫他前来应战。我这里有决斗场；我一定命令双方遵守决斗的一切规则，也一定无偏无倚地主持公道。凡是自己封地上设有决斗场的贵人，都有这种义务。”

堂吉诃德答道：“您既然一口答应，又有这番保证，那么我现在声明：我这次放弃绅士的地位，降低身份，和那个坏蛋平等，让他能和我决斗。他欺骗这可怜的姑娘，玷污了她的清白；尽管他本人不在场，我为他这件坏事向他挑战：他要是说了话不当话，不肯和她结婚，我就要他的命。”

他随即脱下一只手套，扔在大厅当中①。公爵拾起手套说：他凭自己刚才的话，代表他的子民应战；并决定日期在六天以后，战场在府前广场上，武器是骑士惯用的长枪、盾牌、截短的铁甲和全套附件②；这些武器须经裁判员检查，不准耍花招、藏暗器或假借魔术护身。“可是还有一件最要紧的事：这位好傅姆和她的苦命女儿得全权委托堂吉诃德先生为她们主持公道，否则无法办事，这番挑战也不能算数。”

傅姆说：“我全权委托他。”

---

① 这是挑战的仪式。拾起手套表示应战；应战者决定决斗的日期、地点和使用的武器。

② 指头盔护膝等。不截短的铁甲盖过护膝，行动不便。

那姑娘流着泪，含羞带窘地接口说："我也全权委托他。"

她们已经正式声明，公爵心上也有了办事的谱儿，戴孝的母女俩就退出大厅。公爵夫人吩咐以后别再把她们看作女佣人，只算是受了委屈跑来求救的流浪女子。府里另拨了一间房给她们俩住，当她们女客款待。别的女佣人都很骇怪，不知堂娜罗德利盖斯和她那倒霉女儿发疯胡闹到什么地步。这时又出了一件凑热闹的事，可供饭后的消遣。原来给桑丘总督夫人泰瑞萨·潘沙送信和礼物的小僮回来了。公爵夫妇急要知道他这趟出差怎样，看见他回来非常高兴，就向他询问。那小僮说不便当众回答，而且三言两语也交代不了，回头等人退了再向两位大人细禀，目前且请欣赏他捎回的信吧。他拿出两封，交给公爵夫人。一封信面上写："寄给不知在哪里的公爵夫人"；另一封信面上写："寄给我的丈夫便宜他了海岛总督桑丘·潘沙；求上帝保佑他比我多享几年福。"公爵夫人心痒难熬，忙着拆开自己的信看了一遍，觉得可以念给公爵等人听，就朗读如下：

泰瑞萨·潘沙给公爵夫人的信

亲爱的夫人：我收到您夫人来信，非常高兴；我真是望穿了眼睛①。珊瑚珠好得很，我丈夫的猎服也一样好。我们村上听说您夫人阁下让我老伴儿做了总督，都很快活，只是谁也不信，本村的神父、尼古拉斯理发师和参孙·加尔拉斯果学士更是死不肯信。可是我满不在乎。事情明摆着呢；只要有那事儿，随人家怎么讲吧。不过老实说，我要是

① 泰瑞萨·潘沙并不认识公爵夫人，不会盼她的信。这是她代笔人用的书信套语。

没看见珊瑚珠和猎服,也不会相信。我们村上都把我丈夫当傻瓜看,不知他管羊之外,还配管什么。但愿上帝作成他,并且为他儿女打算,叫他心窍开通,好好做官。

亲爱的夫人,如果您答应,我决计把好运留在家里,舒舒服服坐着马车上京城去。好多人准在忌妒我,叫他们白着眼干瞪吧!所以我要劳您驾叫我丈夫送些钱来——得好一笔钱吧,因为京城费用大,一个面包要一瑞尔①,一磅肉要三十文钱。简直贵得吓死人。如果他不要我去,叫他趁早告诉我;我像热锅上的蚂蚁,家里待不住了。据我的朋友和街坊说,我们母女如果摆足架子、神气活现地在京城里来来往往,我虽然靠他出风头,他更要靠我出风头呢;因为许多人一定会问:“马车上的夫人小姐是谁啊?”我的佣人就说:“这是便宜他了海岛总督桑丘·潘沙的太太和小姐。”桑丘不就此出名了吗?我也添了身份!一切撇下,先到罗马。②

我非常抱歉,我们村上今年橡树子歉收。不过我还是有十来斤送您夫人,那是我到山上去拣了挑选过的,我找不到更大的了。我真巴不得一颗颗都有鸵鸟蛋那么大才好!

您贵夫人别忘了写信给我。我一定回信,把我的情况和我们村上的事一一奉告。求上帝保佑您夫人,也附带保佑我。我女儿桑却③和我儿子吻您的手。

---

① 一瑞尔的面包重五六斤。

② 西班牙成语,指不顾一切困难,不加任何考虑,只顾干某一件事。

③ 桑却(Sancha)是桑丘(Sancho)那字的阴性,上文桑丘的女儿称桑琦加,就是小桑却;桑丘妻女都用桑丘的名字。

希望不仅能和您通信，还能和您见面！

供您使唤的仆妇

泰瑞萨·潘沙

大家觉得这封信很有趣，公爵夫妇尤其欣赏。公爵夫人对堂吉诃德说，寄总督的信想必妙不可言，不知能不能拆。堂吉诃德答应拆了给他们两位娱目。那信上说：

泰瑞萨·潘沙给她丈夫桑丘·潘沙的信

我最亲爱的桑丘：来信收到，我凭自己基督徒的身份老实告诉你，我高兴得差点儿发疯啦。真的，大哥，我听说你做了总督，一阵快活，只觉天旋地转，好像要倒下去死了。你知道，人家说的，突如其来的喜事，就像受不了的痛苦一样会叫人送命。你女儿桑琦加快活得溺都出来了，自己还没知觉。我眼前摆着你送我的衣服，脖子上挂着我们公爵夫人送我的珊瑚串儿，手里拿着两封信，面对着送信的人，可是只觉得自己是做梦。谁相信一个羊倌会做海岛总督呢？朋友，你现在懂得我妈妈的话了吧："要活得久，才见得多。①"我这话是希望自己活下去还要见得多，直看你做到包税员或收税员才罢。做了这种官儿舞弊是要给魔鬼带走的；不过钱在手里进出，毕竟手里有钱。公爵夫人会通知你我要到京城去。你仔细想想，把你的主意告诉我。我打算为你争面子，乘着马车去。

神父、理发师和学士、连教堂管事员都不信你做了总

① 西班牙谚语。

督，说是哄人的，或者像你东家堂吉诃德的事一样，是魔术变的戏法。参孙说他得来找你，把你头脑里的总督赶走，把堂吉诃德的疯病也除掉。我听了满不理会，只对他笑笑，瞧瞧自己的珊瑚串儿，想想你给女儿的衣服怎么改做。

我送给公爵夫人一些橡树子，但愿那一颗颗都是金子的才好。如果你那海岛上时行珍珠项链，你给我送几串来。

村上出了几桩新闻。柏尔儒艾加把她女儿嫁给一个糟糕的画匠了。那人到这村上来瞧有什么可画的；村委会叫他把咱们万岁爷的徽章画在村委办公厅的门上。他要两个杜加。他们先付工钱。他画了八天，什么也没画出来。他说不会画这样琐细的东西，把钱退回了。可是他还是靠画家的名头娶到了老婆。当然，他现在已经放下画笔，拿起铁锹，像安分的老百姓那样下地干活了。贝德罗·台·罗博的儿子分派了教职①，剃掉头发打算做教士去；明戈·西尔瓦多的孙女明吉利娅知道了就要和他打官司，说他们俩订有婚约。人家流言蜚语，说她已经和他有了身孕；可是那小子一口咬定说没那事。

今年橄榄歉收，醋也全村找不到一滴。有一队兵路过，带走了村上三个姑娘。我不提她们的名字了；也许她们会回来，尽管有了这样那样的污点，总还嫁得掉的。

桑琦加在织花边，一天净赚八分钱；她存在积钱罐里，准备添补她的嫁妆。不过她现在是总督的女儿了，你会给她嫁妆，不用她再自己赚。广场上的喷泉已经干掉，绞架遭

① 指天主教会里最低的教职，参看本书28页注①。

了雷火——但愿倒霉事都落在那绞架上就好了。

我等着你回信,还等着你决定要不要我进京。但愿上帝保佑你比我长寿,或者和我一样长寿;因为我可不愿意把你孤单单撇在这个世界上。

你的妻子

泰瑞萨·潘沙

大家对这两封信奇文共赏,笑个不休。恰巧这时又送来桑丘给堂吉诃德的信,各方的信都到齐了。堂吉诃德也拿来当众朗读,大家听了觉得这位总督是否愚蠢还很难断言。公爵夫人抽身回房,探问那小僮在桑丘家乡的经历。小僮一五一十据实回报,没一点遗漏。他缴上橡实;还有泰瑞萨给他的一个干奶酪,因为她自信做得特好,比特隆穹出产的还好①。公爵夫人很喜欢,都收下了。咱们现在撇下这位夫人,且说海岛总督的好榜样、伟大的桑丘·潘沙如何卸任。

第五十三章

桑丘·潘沙总督狼狈去官。

"别妄想世事永恒不变;这个世界好像尽在兜圈子,也就是

① 特隆穹是阿拉贡的一个城,干奶酪是那里的名产。

说，循环不已。春天过去，接着是早夏、盛暑，而秋而冬，然后春天又回来了：时光总是这样周而复始，轮转不休。只是人生有尽期，如风而逝，一去不返；除非到天国才得永生。”这是伊斯里教哲学家熙德·阿默德的话。许多人不靠宗教启发，单凭天赋的智慧，也能悟到此生倏忽无常，只有仰望的彼岸绵绵长久。作者说这番话，因为桑丘荣任总督，不过是云烟过眼。

桑丘做总督的第七天晚上，正在床上躺着。他饭没吃饱，酒没喝足，可是审案件、下指示、立法令、出公告等等忙得他够受，虽然空心饿肚不易入睡，也困倦得抬眼不起。忽听得钟声人声闹成一片，好像全岛要沉没了。他不知这场骚乱是什么缘故，忙坐起来倾耳细听。可是人声钟声之外还听到不断的号角声和鼓声，他越加莫名其妙，吓得心怦怦跳。他下床防地下潮湿，穿上拖鞋，没披衣服就跑出去；恰好看见过道里来了二十多人，都一手拿着亮煌煌的火把，一手拿着明晃晃的剑，大喊：

“准备战斗呀，总督大人！准备战斗！不知多少敌人到岛上来了！你要不雄赳赳施展本领，帮我们出力，我们就完蛋了！”

他们叫叫嚷嚷、冲冲撞撞，乱哄哄地赶来。桑丘听到那片叫嚷，看到当前的情形，吓得呆了。这伙人拥到他身边，一个说：

“您大人打算送掉自己的性命、让全岛沦陷吗？要不，赶紧准备战斗呀！”

桑丘答道：“我怎么准备战斗啊？我不会使兵器，也不会帮着打，这种事最好让我主人堂吉诃德来；他马到成功，万事大吉。我是可怜虫，对这种战斗的事一窍不通。”

另一个说：“啊呀！总督大人！这话多窝囊啊！您武装起

来呀！我们这会儿给您带着攻守的兵器呢。您且到这片广场上去，做我们的统帅！您身为总督，这是义不容辞的。”

桑丘说：“好吧，就给我披上盔甲吧。”

他们立刻把桑丘脱得只剩一件衬衣，拿带来的两个椭圆形盾牌一前一后扣在他衬衣外面。盾牌上有做就的缺口，让他伸出胳膊。他们用绳子把那两块盾牌牢牢捆住，桑丘就像个纺锤子，直挺挺地砌在墙里或夹在板里，既不能弯腿，也不能迈步。他们递给他一支长枪；他就拿来当拐棍撑着，免得跌倒。然后他们就叫他领队开步走，为大家壮胆；还说他是北极星，是指路灯，又是启明星，有了他就万事逢凶化吉。

桑丘说：“我真是倒霉了，这两块板子紧紧地夹着我的肉，膝盖都动不了，怎么走路呢？除非把我抬过去，随你们横着竖着放在一个甬道口；我可以靠这支长枪或自己的身体守住那个口子。”

又一人说：“走啊！总督大人！您迈不开步不是板子碍事，只因为您心上害怕呀！赶紧动身吧，时候不早了，敌人越来越多，越喊越响，危险越逼越近了。”

可怜的总督受了催促和责备，只好举步。他刚抬脚就砰一声倒下去，自己觉得跌成了几块。他倒在地下，夹在两片盾牌中间像一只乌龟，又像合在两个木槽里的半只腌猪，也像沙滩上反扣着的小船。那群恶作剧的家伙看他跌倒在地，毫无怜悯之心，反而扑灭了火把，越发提高嗓门儿，一迭连声地喊“准备战斗”！他们在桑丘身上踩来踩去，不断地用剑在他的盾牌上乱斫。可怜的总督大人要不是把脑袋缩进盾牌，全身蜷作一团，早就遭殃了。他夹在盾牌里踢天蹐地，身上一阵阵出汗，只顾诚心祷告上帝保佑他脱险。有些人被他绊倒，有些人跌在他身上，有人竟把他的身体当作瞭望台，好一会站在上面指挥，嚷着说：

“敌方的火力这边最猛，咱们的人都往这边来！守住那个缺口！关上那重门！截断那座楼梯！把火球①运到这里来！沸油锅里加些柏油和松脂！用床垫堵住那几条街！”

那人一口气把御敌守城的各种武器都说全了。他脚下的桑丘耳听指挥，身受践踏，暗想：“哎，但愿上帝叫这个海岛快快沦陷了完事，我不问生死，只求立刻脱了这场大难！”他的祷告居然上达天听，突然有人大喊：

“胜利了！胜利了！敌人败退了！哙，总督大人，起来庆祝吧！您大显英雄身手，从敌方夺来了这些胜利品，请给大家分了吧！”

桑丘浑身疼痛，呻吟说：“扶我起来吧。”

他由人扶起，说道：

“假如我战胜了哪个敌人，就把他钉在我脑门子上吧②。我不想分配胜利品。要是有谁够朋友，请给我喝口酒，因为我渴得很；还请给我擦擦汗，因为我浑身都水淋淋的了。”

他们给他擦了汗，喝了酒，又解开了那两块盾牌。桑丘惊慌疲劳之余，坐在自己床上晕过去了。一伙恶作剧的这才着急了，懊悔不该摆布得他那么狠；不过随后瞧他苏醒过来，稍又放心。桑丘问什么时候了；他们说刚天亮。桑丘一言不发，闷声不响地

---

① 小瓦罐里装上柏油松脂等易燃的油，点燃之后可用来投掷敌人，称为“火球”(alcancla)。

② 桑丘表示他没有战胜任何敌人。这句成语的意思已见本书222页注①。

穿衣服。大家看着,不知他忙忙穿上衣服去干什么。他穿好了,慢慢儿一步一拐走到马房去,因为浑身酸痛,行动不便。一群人都跟着他,只见他跑到灰驴身边,抱着它脖子,在它脑门上亲了一吻,含泪说:

"来吧,我的伙伴儿,我的朋友,咱俩是有苦同吃、有难同当的。我和你在一起,只要记着修补你的鞍辔,喂饱你的肚子,就没有别的心事;一天到晚、一年到头、从小到大,都是快乐的。我离开了你,爬上高枝,得意自豪,心上就来了一千种苦恼、一千种麻烦、四千桩心事。"

他一面说,一面给驴子套上驮鞍;旁人都一言不发。他备好驴,忍痛硬挣着上了鞍,就对总管、秘书、上菜的小厮、贝德罗·忍凶医师等人发话道:

"各位先生,请让开一条路,让我回去照旧过我逍遥自在的日子吧。我在这里是死路一条,得让我回去才活得了命。我生来不是总督的料,敌人进攻,我不会保卫海岛,也不会守城。我内行的是耕田、种地、修葡萄和压枝条,不是制定法律或守卫边疆。圣贝德罗在罗马过得很好,就是说,一个人最好是干自己的老本行。我拿着一把镰刀比拿着总督的执法杖顺手。我宁可吃一饱凉水冲的菜汤①,何苦受蹩脚医生的折磨,让他把我活活饿死呢?做了总督,尽管床上铺荷兰细布,身上穿海貂皮②,却得挑上各式各样的担子;我宁可夏天躺在橡树荫里,冬天穿一件长

---

① 凉水冲的菜汤(gazpachos),用面包屑、切碎的葱头、大蒜和油、盐、醋等佐料调上泉水凉吃,可加切碎的黄瓜、番茄、红椒等。安达路西亚的农民爱吃这种菜羹,尤其在夏天。

② 桑丘要说黑貂皮,可是老说错。

毛羊皮①大衣，无官一身轻。我跟您几位就此告别了。请告诉公爵大人，我光着身子出世，如今还是个光身；我没吃亏，也没占便宜；换句话说，我上任没带来一文钱，卸任也没带走一文钱。这就和别处岛上的卸任总督远不相同了。请站开点儿，让我走吧，我要去贴上些膏药呢。多谢敌人在我身上踩来踩去，看来把我的肋骨全踩断了。”

忍凶医师说：“总督大人何必这样呢；我给您喝点治伤汤药，叫您马上就像先前一样健康。至于您的饭食，我如果安排不当，一定改正，您爱吃什么让您尽量吃。”

桑丘答道：“小鸡子叫得太晚了②！要我再留下，就好比要我变成土耳其人！把人这样捉弄，只能一次。我凭上帝发誓：不论这里或那里，即使把总督的官儿扣在两只盘子里端给我③，要我接受呀，就是要我没有翅膀飞上天。我们世世代代的潘沙都是倔脾气，说了一次‘不’，即使错了，也一口咬定‘不’，不理人家怎么议论。蚂蚁长了翅膀飞在空中，就会给燕子等小鸟吃掉；我现在把身上的翅膀撇在这个马房里，重新脚踏实地了。我脚上尽管没有穿上漂亮的刻花羊皮靴，麻绳打的鞋总有得穿。每只羊都有匹配，被子有多长，脚就伸多远④。请让我走吧。我已经耽搁得够久了。”

总管听罢，说道：

---

① 长毛羊皮(de dos pelos)是两年没剪毛的羊皮。

② 西班牙谚语，喻说话或行事不及时。相传有个贪吃的人把孵成小鸡的蛋一口吞下，小鸡在他喉头啾啾地叫；那人说：“叫得晚了。”

③ 见本书 118 页注①。

④ 两句西班牙谚语。

"总督大人,您头脑好,做人又很忠厚,我们正要倚仗您。您一定要走,我们很惋惜,不过还是愿意让您走的。可是众所周知,总督离任得交代在任的政绩。您做了十天总督,请把这十天干的事交代清楚①,就可以动身。上帝保佑您吧。"

桑丘答道:"除了公爵大人委派的人,谁也不能叫我交代。我现在就要去见他了,可以当面切实交代。况且我只走一个光身,不用别的证据,就可见我做官像天使一样。"

忍凶医师说:"我凭上帝说,桑丘大人的话不错。我主张让他走,公爵见了他一定很高兴。"

大家同意,还表示要送送他,并为他置备路上吃的、喝的、用的东西。桑丘说:路途不远,不必带那么许多,也不必讲究,他只要一点点大麦喂灰驴,还要半个干奶酪和半个面包自己吃就行。大家都拥抱了他,他含着泪也和他们一一拥抱,然后独自走了。他们听了他临别的一番话,都惊佩他能明哲保身,并急流勇退。

第五十四章

所叙各事只见本书,别无其他记载。

公爵夫妇决计让堂吉诃德和那富农的儿子决斗。那小子不

① 上文说七天。

肯认堂娜罗德利盖斯做丈母娘，已经溜到弗兰德斯去，可是公爵夫妇叫一名小厮扮作他的替身。那小厮是加斯贡人，名叫托西洛斯；他由男女主人精心训练，已经学会怎样行事。公爵过了两天告诉堂吉诃德：那富农的儿子不承认婚约，一口咬定那姑娘不尽不实，简直睁着眼说瞎话，所以他准备四天后武装成骑士，上场来应战。堂吉诃德听了这个消息非常高兴，打定主意这番要显显身手。他自幸有这机会让两位贵人瞧瞧他的神力，兴奋得按捺不住，急煎煎只盼这四天过去，好像四万年也没那么长。

咱们把这四天和别的事一起撇开，且来看看桑丘吧。他又扫兴，又高兴，骑着灰驴去找他主人，觉得和主人在一起，比做任何海岛总督都称心。他从没理会自己管辖的究竟是海岛还是城市，反正他离开那里没走多远，看见迎面来了六个拿杖的朝圣客人——就是那种唱着歌儿求施舍的外国人。他们到了桑丘面前就一翅儿排开，齐声高唱外国歌。桑丘不懂，只听明白了一个词儿“施舍”，料想是要求施舍。据熙德·阿默德说，桑丘是非常心软的；他忙从褡裢袋里掏出自己带的半个面包和半个干奶酪，给了他们，一面打着手势表示没有别的东西了。他们欣然收下说：

“盖尔特！盖尔特①！”

桑丘说：“老哥们，我不懂你们要什么。”

有一人从怀里掏出一只钱袋给桑丘看，桑丘才明白他们是要钱。他用大拇指指指自己胸口，摊开两手，表示自己一个钱都没有。他随即踢着灰驴冲过去。当时有一人对他仔细看了一

① 德语：钱。

眼,就赶上来抱住他,用地道的西班牙语高声说:

“上帝保佑我吧!我眼睛没花吗?你不是我的好朋友好街坊桑丘·潘沙吗?这是没错儿的;我不是做梦,也没喝醉了酒呀。”

桑丘瞧这朝圣的外国人提着他的名字拥抱他,非常奇怪,默默地把那人仔细端详,却是不认识。那人瞧他愣了,就说:

“桑丘·潘沙老哥,你怎么连你街坊上开店的摩尔人李果德都不认得呀?”

桑丘再定睛细看,似曾相识,渐渐地认出来了;他在驴上抱住那人的脖子说:

“李果德,你穿了这套小丑的衣服,谁还认识你呀!我问你,谁把你变成了法国瘪三啊①?你好大胆,怎么又回西班牙来了?要是给人抓住认出来,你可不得了啊!”

那朝圣的说:“桑丘,只要你不揭破我,我穿了这套衣服拿定没人认识。咱们别站在大道上,且到前面树林里去吧;我的伙伴儿要在那里吃饭休息的。他们很和气,你回头可以跟他们一起吃饭。我也可以和你讲讲我服从皇上的谕旨②离村以后的事。那个圣旨害我们一族倒霉人受尽折磨,你想必听说了。”

桑丘就和他同走;李果德招呼了他的同伴,大伙离开大道,

---

① 西班牙人把到西班牙去谋生的乞丐、小贩、磨剪子磨刀的、阉牲口的法国人和其他外国人一概称为“法国瘪三”或“法国鬼子”。

② 西班牙各地于1609—1613年间历次驱逐摩尔族人出境,限于公告后三日内上船到非洲去,违者处死。拉·曼却驱逐摩尔人的告示是1610年7月10日发布的。

跑了好一段路,到前面树林里。他们扔下朝圣的杖,脱掉朝圣的袍,只穿紧身内衣,一个个都是很漂亮的小伙子,只有李果德老些。他们都带着褡裢口袋,看来那些口袋里都食品丰富,至少有很多下酒的东西,叫不贪酒的都想喝酒。他们躺在地上,把面包呀、盐呀、刀子呀、核桃呀、切成片的干奶酪呀、腌肉的光骨头呀等等都摊在草地上。那些骨头尽管咬不动,还可以嘬嘬、吮吮。他们还拿出一种黑色的东西,据说是鱼子酱,最宜下酒;橄榄也不少,虽然是干的,也没炮制过,却清香可口。筵席上最呱呱叫的是六只皮酒袋,他们各从褡裢口袋里拿出来的。李果德老头儿已经变成日耳曼或德意志人,不是摩尔人了①,他也有一只酒袋,大小和其他五只不相上下。

他们一起吃饭;把每件东西都切得很小,各用刀尖扦着,慢慢儿咀嚼,吃得满口香甜。吃了一会,大家一齐两手捧起酒袋,嘴对着袋口,眼睛望着天,好半晌只顾把袋里的酒往自己肚里灌,一面还把脑袋左右摇晃,表示喝得痛快。桑丘一一看在眼里,"一点儿不心疼"②。他深知老话说的:"如果到了罗马,就学那里的规矩。"③所以也问李果德要了皮酒袋,捧起来两眼朝天,像他们一样喝个痛快。

---

① 摩尔人奉伊斯兰教,戒酒。日耳曼人以酗酒闻名;十六世纪欧洲诗文里常把这一点讥笑日耳曼人。法国大散文家蒙田《散文集》(*Essais*)第二卷第二篇说日耳曼人是以"醉酒"(l'yvrognerie)为荣的粗野民族;莎士比亚《威尼斯商人》第一幕第二景里女主角说那个求婚的日耳曼人喝酒喝得像吸足水的海绵。

② 这是引用流行的民谣:"尼罗王站在塔贝雅山岩上,看着罗马燃烧,听着孩子和老人惨叫,一点儿不心疼。"

③ 西班牙谚语。

那些皮酒袋只捧起来痛饮四次，第五次就干枯得像芦苇一样；那些人也都意兴阑珊了。他们吃饭的时候常有人伸出右手握着桑丘的右手，掺杂着西班牙和意大利语说："西班牙人和德意志人，都是好伙伴儿！"①桑丘也用这种掺杂的语言说："我凭上帝说，都是好伙伴儿！"说完哈哈一阵大笑，简直笑了一个钟头，把丢官的事全抛在九霄云外了；一个人吃喝的时候，往往是无忧无虑的。喝完酒，大家都在草地上倒头大睡。李果德和桑丘吃得多、喝得少，所以只有他们两人还清醒。李果德把桑丘拉过一边，去坐在一棵榉树脚下，让朝圣的一群人在那边酣睡。李果德不说摩尔话，他一口西班牙语，说道：

"桑丘·潘沙，我的街坊，我的朋友啊，皇上颁布了驱逐我们民族的命令，我们的惶恐，你是知道的；至少我害怕得很，限定我们离开西班牙的日子还没到，我已经好像和儿女一起在尝受严厉的处罚了。我当时决定单身先到外地找好安身的地方，然后从容把家眷搬去，免得像许多别人那样临走乱了手脚。这就好比知道到一定的日期得搬家，就预先另找住房；我认为这样打算是有远见的。我和我们那些有年纪的人都看得很清楚，颁布的命令不像有人说的只是唬人的空文，而是一点不含糊的法律，到期就要执行的。我怎么能抱幻想呢？我知道我们有些人没良心、想干坏事，所以觉得皇上采取断然处置是受了上天的启示②。我们并不是个个都有罪；我们中间也有虔诚老实的基督徒；不过寥寥无几，大伙儿都是坏人。这许多公敌不能留在国内，好比毒蛇不能养在

① "好伙伴"指一团和气、好吃喝玩乐的人，见本书198页注②。

② 当时西班牙国王颁布那项法令是借口摩尔人勾结蛮邦海盗，要颠覆西班牙皇室。

怀里。干脆说吧，我们受驱逐是罪有应得，有人认为这样处罚还是宽大的；可是在我们看来，就严厉透顶了。我们无论到哪里，总为西班牙流思乡的眼泪。因为我们毕竟是西班牙生长的，西班牙是我们的家乡啊。我们到处流浪，找不到一个安身之地。我们指望蛮邦和非洲各地能收留和照顾我们，可是偏偏那些地方最欺侮我们。我们真是身在福中浑不知，福去无踪追已迟①。我们大家都渴望回来；像我这样能说西班牙语的不少，多半撇下老婆儿女不管，自己溜回来了②。我们实在是一片心的爱西班牙，我现在才懂得老话说的乡情最浓③。且说我们离开家乡，到了法国。我们在那里虽然能被收容，我却想到各处去看看。我经过意大利到日耳曼，觉得日耳曼人不那么小心眼儿，让人信仰自由，各过各的日子，我们住在那里比较无拘无束。我在奥古斯塔④附近弄到了一所房子，然后就和这帮朝圣的人合了伙。他们有许多人每年照例到西班牙来朝圣；圣地是他们的财源，利息千拿万稳，能赚多少钱都有数。他们几乎走遍了西班牙各地，每从城里出来，总是吃饱喝足，至少还存一个瑞尔。出门一趟，每人可赚一百艾斯古多。他们把钱兑换成金子，或藏在竹杖里，或衬在长袍的夹层里，或靠擅长的本领混出国境，带回家乡；岗哨和峡口的卫兵搜查不到。我现在告诉你，桑丘，我还有些珍珠宝贝埋在地里，打算去挖出来；那是埋在城外的，去挖没有危险。听说我女儿和老婆目前在阿尔及尔；我打算写个信去，或者取道瓦朗西亚去找她们。我打

---

① 西班牙谚语。

② 所以 1613 年再次下令驱逐回西班牙的摩尔人。

③ 西班牙谚语。

④ 城名，在德国巴维艾拉。

算把她们带到法国哪个港口,再到德国去过日子,听候上帝安排。桑丘啊,我确实知道,我女儿李果妲和我老婆弗朗西斯加·李果妲是真正的基督徒;我虽然比不上她们,大体说来也该算是基督徒而不是摩尔人了。我常在祷告上帝开通我的心窍,让我能为他效力。有件事我老想不明白:我老婆和女儿可以凭基督徒的身份住在法国,不知她们为什么却到了蛮邦去。"

桑丘答道:

"李果德,你想想,这事怎由得她们。她们是你舅子胡安·悌欧撇欧带走的;他是纯粹的摩尔人,当然就走他最方便的路了。我还可以告诉你 ,你去找埋藏的东西我看不必了,我们听说你舅子和你老婆带走许多珍珠和金钱,经检查都没收了①。"

李果德说:"这很可能。不过桑丘,我知道她们没碰我埋的东西;我怕有意外,没告诉她们埋在什么地方。桑丘啊,你如果愿意陪我去,帮我把东西挖出来藏好,我就送你二百艾斯古多,你可以用来添补些必要的东西;你光景很艰难,我是知道的。"

桑丘说:"我可以帮你干这件事,但是我一点不贪心。我今天早上就扔掉了一个官儿;要是贪心的话,做官不到六个月,我家可以用金子砌墙,用银盘儿吃饭呢! 我不贪心,而且觉得帮助皇上的敌人就是叛逆,所以决不会跟你去。即使你不是答应我二百艾斯古多,而是当场给我四百,我也不去。"

李果德问道:"你扔了什么官儿呀,桑丘?"

桑丘答道:"我扔了一个海岛总督的官儿;老实说吧,那样

---

① 初期被驱逐出境的摩尔人准许带些东西,但金钱珍珠等物不准携带出国境。

的海岛轻易找不到第二个。”

李果德问道：“那海岛在哪儿呢？”

桑丘道：“哪儿吗？离这儿两哩瓦，叫作便宜他了海岛。”

李果德说：“住嘴吧，桑丘，海岛在海洋里呢，大陆上哪有海岛呀！”

桑丘说：“怎么没有？我告诉你，李果德朋友，我今儿早上才走，昨天还在那岛上像一尊人马星①似的，称心做总督呢，可是我觉得做官危险，丢下不干了。”

李果德问道：“你做了官捞到什么好处吗？”

桑丘答道：“我得了一件好处：就是知道自己不配做官，只配做羊倌猪倌；而且如要靠做官发财，休息睡觉都得赔掉，连饭都没得吃。海岛总督只许稍为吃一点点东西，有保健医师照管的更吃得少。”

李果德说：“我不懂你的话，桑丘，我看你是满口胡说八道！谁会叫你做海岛总督呀？世界上没有总督的人才了？只数你了？住嘴吧，桑丘，醒醒吧！你还是瞧瞧是不是愿意照我刚才的话跟了我去，帮我掘那宝藏——我埋的东西真不少，说得上是个宝藏呢。我说话当话，一定贴补你的生活。”

桑丘答道：“李果德，我已经跟你说了，我不愿意。你尽管放心，我决不告发你。我祝你幸运，咱们各走各的路吧。老话说得不错：保住应得之利，谈何容易；贪求非分之财，自己招灾。”

---

① 据吉普赛人隐语，人马星（sagitario）指游街吃鞭子的人。另有一说，这词指有本领。

李果德说："桑丘，我不勉强你。可是我问你，我老婆、女儿和我舅子出去的时候，你在村上吗？"

桑丘说："我在呀。我可以告诉你，那天你女儿打扮得美极了，满村的人都跑出来看她，说她是绝世美人。她临走一面哭，一面同送行的女伴和相识的人一一拥抱，求他们祷告上帝和圣母保佑她。她说得好伤心，连我这么个不爱哭的都掉眼泪了。我老实说，我们许多人想把她藏起来，或者半路上把她抢回来；可是不敢违犯皇上的法令，只好罢休。最伤心的是堂贝德罗·格瑞果琉——你认识那位阔少爷。据说他对你女儿颠倒得很，你女儿一走，他就失踪了。大家料想他是打算抢她，所以跟着走了；可是至今还毫无音信。"

李果德说："我常怀疑那少爷迷恋着我女儿。可是我信得过我们李果妲的品行，尽管知道那少爷很爱她，我从不担心。你一定听说过：摩尔女郎和信基督教的世家子恋爱是稀罕事，简直从来没有的。照我看来，我女儿是一心想做基督徒，不是想恋爱，她对那阔少爷的殷勤不会在意。"

桑丘说："但愿如此，不然的话，双方都是找麻烦。李果德朋友，咱俩就在这里分手吧，我打算今夜赶到我主人堂吉诃德那里去呢。"

"桑丘老哥，再见吧，上帝保佑你。我的同伙已经起来了，我们这会儿也该上路了。"

两人拥抱一番，桑丘骑上灰驴，李果德拄着杖，彼此分手。

第五十五章

桑丘在路上的遭逢以及其他新奇事。

桑丘给李果德耽搁了，那天没能赶回公爵府。他离府还有半哩瓦地，太阳就下去了，而且夜色很昏黑。不过正是夏天，他不大着急，就离开大道去等天亮。他正在找个安顿的地方，不巧走入废墟，连人带驴掉在一个很深的坑里。他往下陷的时候，自以为要跌到地狱底里去了，一片心求上帝保佑。可是他掉下去二丈多，灰驴就着地了；他发现自己还骑在驴上，没受一点损伤。他浑身摸索，又屏住气检查身上有没有什么地方出了窟窿眼儿。他满以为跌得粉身碎骨了，瞧自己还完完整整，不破不缺，就一遍又一遍感谢上天慈悲。他又摸索泥坑的四壁，瞧是否可以不必求救，自己爬出来。可是四壁滑溜溜的，没处可以攀登。桑丘非常懊丧，听到灰驴负痛嘶叫，更是难受。这不怪灰驴，它实在够狼狈的，不是无病呻吟。桑丘慨叹说："哎！活在这个烦恼的世界上，随时随地会有飞来横祸。昨天还在海岛上做总督，一呼百应，谁料今天埋在坑里，找不到一个帮手，没一个下人、没一个百姓跑来救命！即使灰驴不摔死，我不烦恼死，我们也得活活饿死啊！我主人堂吉诃德·台·拉·曼却下了蒙德西诺斯魔洞，日子过得比家里还舒服，饭食床铺都现成①；我哪有他那么好福气呢！他那儿看见的是美妙的景致；我这里呢，大概只有癞蛤蟆和蛇罢了。我真倒霉呀！都是我发了疯妄想做官，落到这个下场！几时上天开恩，让我和灰驴出得这个坑，恐怕也只剩两副白森森的光骨头了！人家知道桑丘·潘沙和他的灰驴形影不离，看见了也许会猜到是谁的骨头。我还是要说，我们俩真倒霉呀！假如在家乡，和亲人一起，即使遭了灾难得要送命，还总会有人同情，临终给我们合上眼睛；现在我们连这点运气都没有！我的伙伴儿、我的朋友啊，你白为我劳苦一辈子，我怎么对得起你啊！你原谅我吧，且尽力哀求司命的神道解救我们吧。我一定给你戴上桂冠，叫你像个桂冠诗人；还给你吃双倍的口粮！"

桑丘唠唠叨叨，那驴儿痛苦得很，一声不应。一夜来人畜不断地一个悲叹一个哀鸣，好容易熬到天亮。桑丘在晨光里一看，阱坑深得很，单靠自己是怎么也出不去的。他怨苦了一番，又大喊大叫，指望有过路人听见。可是他好像在旷野里叫喊②，四周一个人都没有。他看准自己是死定了。灰驴还嘴朝天躺着；桑丘转过它的身躯，让它脚着地；它才勉强站起来。他看见褡裢口袋和自己落在一处，就掏出一块面包来喂驴；它吃得倒还有味。桑丘当它懂事的那样说：

"肚子吃饱，痛苦能熬③。"

那时他忽然看见泥坑侧面有个洞，洞口容得下一个人，不过得伛着脑袋缩着身子。他爬进去一看，里面很大，由洞顶透进一

---

① 桑丘忘了堂吉诃德在蒙德西诺斯地洞里没吃也没睡。

② 引用施洗约翰的典故，见《新约全书·马太福音》第三章第三节。

③ 西班牙谚语。

缕阳光,照亮了全洞。他看见这个洞延长过去,扩大成另一个大洞。他就回到灰驴那里,用石片把洞口周围的泥土狠狠地挖,一会儿那洞口就容得下一头驴还绰绰有余。他拉着缰绳牵驴进去,直走过这个洞,想瞧瞧那一边有没有出口。他从延长的隧道里走去,有时漆黑一片,有时昏黑一团,可是时时刻刻都在提心吊胆。他心上想:"全能的上帝保佑我吧！这种意外之事,我碰上了是倒霉,该叫我主人堂吉诃德碰上就成奇遇了。他走进泥坑地窟,看到的准是开满花朵儿的花园和加丽阿娜的宫殿①;而且只等走出黑暗的隧道,就是繁花遍地的草坪。但是我造化低,既没有主意,也没有勇气,走一步就好像脚底下会突然裂出更深的坑来,把我吞没了完事。祸若单行,就算大幸。"他摸着黑一面想,一面走,大概走了半哩瓦路,忽见前面隐约透着光亮,他心眼里的黄泉路看来是有出口的。

熙德·阿默德·贝南黑利撇下桑丘不提,又回头描写堂吉诃德。堂吉诃德要为堂娜罗德利盖斯的女儿打不平,正兴冲冲地等着预定的日期去和奸骗她的混蛋决斗。只隔一天就到期了,所以他一清早出门去演习。他踢动驽骍难得跑个快步,纵马直冲到一个土坑边上,要不是使劲勒住缰绳,就连人带马跌进坑里去了。他总算勒住马,没跌下去,就在马上凑近去看那个深坑。这时听得下面有喊声;仔细一听,听出了叫喊的话:"喂,上面有人吗？如有基督徒或仁人君子听见叫唤,请行个好吧！我是活埋的可怜虫！我是倒了霉、丢了官的总督！"

---

① 托雷都境内塔霍河边上有一大堆废墟,称为"加丽阿娜的宫殿"。相传加丽阿娜是摩尔公主,她父亲是托雷都王,曾为她在塔霍河边建造一所瑰丽的宫殿。对住房有奢望,西班牙人说是"要住加丽阿娜的宫殿"。

堂吉诃德听着好像桑丘·潘沙的声音,又惊又奇,就放声大喊道:

“底下是谁啊?谁在叫苦啊?”

下边答道:“谁会在这里呀!谁落得只好叫苦呀!无非是著名骑士堂吉诃德·台·拉·曼却的侍从呀!那个作了孽、倒了霉、做了便宜他了海岛总督走投无路的桑丘·潘沙呀!”

堂吉诃德听了越发吃惊,莫名其妙,料想桑丘·潘沙是死了,阴魂在这里受苦赎罪呢,就说:

“我凭基督徒招魂引鬼的正道向你通诚:请问你是谁?如果是受罪的阴魂,请问你要我干什么?救苦解难是我的职业。凡是在另一个世界上受罪,自己不能超拔的,我也有责援助。”

下面的声音答道:“照这么说,和我说话的先生,准是我主人堂吉诃德·台·拉·曼却,声调也分明是他!”

堂吉诃德说:“我就是堂吉诃德呀;我的职业是援救一切苦人,不问死的活的。告诉我你是谁吧,我实在摸不着个头脑。如果你是我的侍从桑丘·潘沙,死了没给魔鬼带走,靠上帝的慈悲正在炼狱里,那么,咱们教会可以做功德拯救炼狱里的亡灵,我一定尽我的财力,求教会超度你。你是谁,把姓名说出来吧。”

下面答道:“堂吉诃德·台·拉·曼却先生,我凭上帝发誓,我就是您的侍从桑丘·潘沙。我还活着呢,并没有死。我不过是丢了官;这事一言难尽,将来再细说吧。昨晚上我连人带驴掉在这个坑里了。灰驴儿可作见证,它就在我身边呢。”

不仅桑丘报了名,那驴儿仿佛懂话,立刻也发出一声驴叫,响亮得震动了整个地洞。

堂吉诃德说:“这证据真是呱呱叫!我听到这声驴鸣,就仿佛爹娘见了亲生儿女。我的桑丘啊,我也听出是你的声音了。你等着吧,公爵府就在附近,我去找人来救你。你掉在这个坑里,准是作孽了。"

桑丘说:"您去吧,看上帝面上,快快回来! 我活埋着受不了,而且害怕得要死。"

堂吉诃德跑回别墅,把桑丘的事告诉公爵夫妇。他们很诧怪。那个地洞是老早就有的,跌下去不足为奇;可是他们没知道桑丘回来,不明白他怎么离开了任所。长话短说,他们出动了许多人,拿了粗粗细细的绳子,费了好大力气,才把灰驴和桑丘从黑洞里救出来。有个大学生目见经过,说道:

"瞧这个泥坑里出来的倒霉蛋! 都快饿死了,面无人色,看来也没一文钱。我但愿瘟官卸任,一个个都像他一样!"

桑丘听了说道:

"血口喷人的老哥啊,我上任做总督不过八天十天,始终没吃饱,时时刻刻都在挨饿;医生折磨我,敌人又踩断我的骨头;我既没有机会纳贿,也没有机会征税。照我这情况,我觉得不该落得这样下场。可是人有千算,天有一算;如何是好,上帝知道;什么时候,什么式样;谁也别说"我不喝这里的水";许多人以为这儿挂着咸肉呢,其实连挂肉的钩子都没有①。反正上帝了解我就行;尽管还有许多话可说,我也不多说了。"

"桑丘,你别生气,别听了人家的闲话发火;那就烦恼无穷了。你问心无愧,随人家说去吧。要堵住人家的贫嘴,就仿佛在旷野里安上大门。当官的卸任发了财,人家说他做了贼;如果没

① 五句西班牙谚语。

钱，就说他是傻瓜笨蛋。”

桑丘答道：“这回人家一定不会把我当贼，只会笑我笨蛋。”

他们说着话，由许多孩子、大人簇拥回府。公爵夫妇已经在走廊里等候着堂吉诃德和桑丘。桑丘说他的灰驴一夜过得够狼狈的，所以他一定要先到马房里去安顿了它，然后才上楼见两位贵人。他跪下说：

“两位大人，我到便宜他了海岛上去做总督，是奉您两位的命，我实在是不配的。我光着身子进去，如今还是个光身；我没吃亏，也没占便宜[①]。我这个官当得好不好，那里有见证，可以让他们说。我解决了疑难，宣判了案件，经常饿得要死，因为岛上有个管总督的官名叫作提了他户外拉的贝德罗·忍凶医师；他要饿死我。昨晚上敌人来袭击我们，情势很危急。岛上人说，全亏我的英雄身手，突破敌人，取得了胜利。但愿上帝凭这句话多么真实，保佑他们多么健康吧。干脆说，我是在那个时候掂了一下总督身背上的担子，估计自己承当不起，而且也不配。我宁愿趁早甩了这个官，免得带累自己摔倒。我是昨天晚上走的：海岛上的街道呀、房子呀、屋顶呀等等，我去的时候是什么样，走的时候都还照旧。我没有问谁借过钱，也没有捞摸什么油水。我打算制定几条有用的法令，可是没那么干[②]，怕人家不遵守，有了那些法令也等于没有。我就那么离开了海岛；除了我的灰驴，没有别的伙伴儿。我掉在一个隧道里，一路往前，直走到今天早上，凭光亮看见了出口；不过出来不易；要不是老天爷把我主人堂吉诃德送来救我，我直到天地末日还出不来呢。

---

① 桑丘把谚语“我光着身子出世……”改为“光着身子进去……”

② 这和上文第五十一章末尾（本书397页）的话不符。

现在,公爵大人,公爵夫人,奉命当总督的桑丘·潘沙在这里拜见您两位。我当了仅仅十天总督,明白自己绝不想当总督——别说管辖一个海岛,管辖全世界都不想;所以拿定了主意,来吻您两位的脚。小孩子游戏里的话说:'你跳过来,让我跳过去'①;我学着他们的话,跳出了总督的位子,又回来伺候我主人堂吉诃德了。我吃他那口饭虽然担惊受怕,总还吃得饱。我呢,只要吃饱肚子,吃萝卜或吃山鸡都一个样。"

桑丘说了这一大篇话;堂吉诃德直怕他荒谬百出,听他没几句不得当的,暗暗感谢上天。公爵拥抱了桑丘,说总督一眨眼就丢了官,他很过意不去,将来要照应桑丘做个油水多的闲官。公爵夫人也拥抱了桑丘,吩咐家人好好伺候他;因为他看来跌得够惨,而遭受的作弄更是恶毒。

第五十六章

堂吉诃德·台·拉·曼却维护傅姆堂娜罗
德利盖斯的女儿,和小厮托西洛斯
来了一场旷古未有的大决斗。

公爵夫妇觉得桑丘做总督的把戏很有趣。当天总管回来,

① 这种游戏略同我们的"抢四角":四个孩子各据一方。另一个没有据点的孩子乘他们彼此交换位置时抢他们的据点。

把桑丘的一言一行几乎全向他们报告了,还形容怎样袭击海岛,把桑丘吓坏,以至一走了事;他们听了越发好笑。据记载,预定决斗的日子接着也到了。公爵已经反复教导他的小厮托西洛斯,只许打败堂吉诃德,不许杀伤他。他吩咐决斗时双方都把枪头取下。他对堂吉诃德说:他老先生最讲仁爱,决不愿意这次决斗里伤生害命;况且教会早有决议禁止这种事①,能通融在这里决斗就不容易了,别太认真地拼什么死活。堂吉诃德说,一切凭公爵大人做主,他都听命。到了大家担心的那天,府前广场上已经按公爵的命令搭好一座大看台,让裁判员和原告傅姆母女坐在上面。附近村镇上无千无万的人都拥来看新鲜;因为他们祖先都没听见过这种决斗,别说他们自己了。

司仪员首先进场检查阵地,他防有暗设的机关或绊腿的东西,全场一处处都巡视一遍。然后傅姆母女进场就位。她们头上披的纱不仅盖没眼睛,竟遮到胸口。堂吉诃德上场的时候她们神情很激动。过一会,小厮托西洛斯在号角声中上场了。他魁伟的身躯连头带脸都罩在雪亮的铁甲里,骑着一匹高头大马,四个蹄子踩得地都要塌陷下去。那匹马看来是弗利西亚种,背很宽,全身灰色,每个蹄子上挂着二十来斤的毛②。这位勇士事先受过他主子公爵大人的教导:他怎么也不准杀死英勇的堂吉诃德·台·拉·曼却,一上场相对冲杀的时候得设法闪开身子,免得两人撞个正着,堂吉诃德就性命难保。当时托西洛斯跑过广场,在傅姆母女座前稍停一下,把要求结婚的姑娘瞧了一眼。

---

① 1563年特兰托会议(concilio de Trento),决议第十九条禁止决斗。

② 弗利西亚(Frisia)出产的马很壮健,蹄子较大,蹄子上有大丛的毛。

堂吉诃德已经上场;这场决斗的主持人就召唤了他和托西洛斯一起到傅姆母女面前,问她们是否委托堂吉诃德·台·拉·曼却为她们主持公道。她们一口应承,说不论堂吉诃德为她们怎么办事,她们全都认账。这时公爵夫妇都在走廊上,望下去恰好就是广场。场上人山人海,都等着瞧这场空前的恶战。双方讲定条件:如果堂吉诃德打胜,输家就得和堂娜罗德利盖斯的女儿结婚;如果他输掉,结婚的诺言就不作准了,赢家再没有任何义务。

司仪员为双方平分了阳光①,叫两人各自站好位子。这时战鼓擂动,号角吹扬,天惊地动。观众捏着一把汗,有的只怕要出乱子,有的希望结局圆满。堂吉诃德只顾诚诚恳恳祷告上帝和杜尔西内娅·台尔·托波索小姐保佑,一面等着信号,准备冲杀。可是那位小厮想的却是另一回事;且说说他的心事吧。

他向挑战的姑娘瞧那一眼的时候,觉得从没看过这等美人。称为恋爱神的瞎小子乘机想把小厮的一颗心抓来添作自己的胜利品,就悄悄儿挨到那倒霉小厮的身边,把一支两米长的箭射进他左胸,把他的心穿透。这件事恋爱神可以放胆干,因为他是肉眼看不见的,来去自由,干了事无从追究。那小厮着了迷,直在想他倾倒的美人,冲杀的信号已经发了,他却没注意。堂吉诃德听到那声军号,立即踢动驽骍难得撒腿奔跑,向对方冲击。他的好侍从桑丘看见他出发,就大喊道:

“游侠骑士的模范啊!上帝指引你!保佑你胜利!正义在你的一边!”

---

① 免得阳光直射一方的眼睛妨碍战斗。参看本书第六章。

托西洛斯看着堂吉诃德向他冲来,还是站定在位子上一步不动,只大声叫唤决斗的主持人。那人跑来瞧他有什么要求;他就说:

“先生,这场决斗,是为了决定我和那位姑娘结婚不结婚吧?”

主持人说:“是啊。”

那小厮说:“罢了,我直在良心不安呢,如果再动手打起来,就越发罪孽深重了。我说呀,我就算自己是打输了,愿意马上和那位姑娘结婚。”

主持人莫名其妙;他是一起策划这番决斗的,这时不知该怎么回答。堂吉诃德瞧对方不来迎战,也就半途停下。公爵不知道为什么不决斗了;主持人赶去报告了托西洛斯的话,他出乎意料,勃然大怒。托西洛斯乘这时跑到堂娜罗德利盖斯面前,高声说道:

“夫人,我愿意和你女儿结婚。这事不用拼命,好好儿说就行,我何必为这个争吵打架呢!”

英勇的堂吉诃德听了说:

“那么我的责任就算尽了。让他们顺顺当当地结婚吧。上帝成全的,圣贝德罗也赐福①。”

公爵下楼到广场上来对托西洛斯说:

“骑士啊,你真是自己认输了吗?你真是因为良心不安,愿意和那姑娘结婚吗?”

托西洛斯答道:“是的,大人。”

---

① 西班牙成语。

桑丘插嘴道:“这来可好！把老鼠消耗的喂猫,就免了无穷烦扰①。”

托西洛斯的头盔始终紧扣着脑袋,闷得他透不过气来。他急切解脱不下,只好请人帮忙。旁人给他脱下头盔,他的小厮嘴脸就赫然呈现。堂娜罗德利盖斯和她女儿看见了大叫道:

“这是捣鬼呢！把公爵大人的小厮托西洛斯冒充我的丈夫！不说是卑鄙,也够恶毒的！还有公道和王法吗?”

堂吉诃德说:“两位别着急,这不是恶毒,也不是卑鄙。就算是的,也不怪公爵大人。这是魔法师和我捣乱;他们嫉妒我胜利了得意,就把你丈夫变成小厮的嘴脸。听我的话,别理会我那些冤家的坏心眼儿,只管和他结婚。反正没错儿,他就是你要嫁的人。”

公爵听了这话,满腔怒火都消了,哈哈大笑道:

“堂吉诃德先生遭逢的事真是千奇百怪,我都要相信我这小厮不是我的小厮了。不过我有个办法,你们瞧怎样。结婚过半个月再说,且把这个变相的家伙关起来;他过半个月也许就恢复原形了。魔法师对堂吉诃德先生的恶毒,到那时还不消失吗?况且叫这家伙变了相,对他们又没什么好处。”

桑丘说:“啊呀,公爵大人,那些坏蛋只要是和我主人有牵连的,就拿来变这变那,都成了规矩了。前几天我主人打胜一个骑士,叫作镜子骑士。他们把那骑士变成我们街坊上的老朋友参孙·加尔拉斯果学士。他们又把我们的杜尔西内娅·台尔·托波索小姐变成了乡下姑娘。所以照我想呀,这小厮一辈子就是个小厮了。”

---

① 西班牙成语。

罗德利盖斯的女儿这时说道：

“不用追究小厮不小厮，他愿意和我结婚，我很感激。我宁愿做小厮的正式妻子，不愿做绅士玩弄的女人，何况玩弄我的还不是什么绅士。”

总之，这场决斗的结果是把托西洛斯关起来，瞧他究竟变成什么模样。大家为堂吉诃德得胜欢呼；可是多数人很扫兴，因为眼巴巴等了半天，没看见武士们打得断手折脚。他们像小孩子等看绞刑，如果犯人得到受害者或法庭的饶赦而没出场，就觉得没趣。观众散场，公爵和堂吉诃德回府，托西洛斯给府里关起来。堂娜罗德利盖斯母女非常称心，因为照她们看来，这场纠纷反正总是喜事收梢。托西洛斯也这么希望。

第五十七章

堂吉诃德向公爵辞别；公爵夫人的淘气
丫头阿尔迪西多姶和堂吉诃德捣乱。

堂吉诃德觉得应当脱离公爵府上这种安闲的生活。老待在府里，让公爵夫妇把自己当游侠骑士款待，却什么事都不干，实在是旷废职守，将来上帝面前交代不过。所以有一天他就向公爵夫妇告辞。他们很依依惜别，但也不挽留。公爵夫人把桑丘老婆的信交给桑丘。桑丘流泪说：

“我老婆泰瑞萨·潘沙得了我做总督的消息，抱着好大的希望,谁料到头来我还得跟着主人堂吉诃德·台·拉·曼却去流浪冒险呢?不过我很高兴,我们泰瑞萨不忘本分,送了公爵夫人那些橡树子;她如果没送,就是不识好歹,准叫我心上很不安。我可以自慰,这份礼物不能算贿赂,因为送礼的时候我已经当上总督了。受了恩惠,哪怕送点儿薄礼表示感激,也是应该的。反正我是光身上任的,离任还是光身,可以问心无愧地说:'我光着身子出世,现在还是个光身;我没吃亏,也没占便宜。'一个人能这样说,并不容易。"

这是桑丘临走那天自言自语的话。堂吉诃德头天晚上已经向公爵夫妇辞行。清早就全身披挂,来到府邸前面的广场上。全府的人都在走廊上送行;公爵夫妇也出来了。桑丘骑着灰驴,带着褡裢口袋、提包和干粮,满心欢喜,因为公爵手下那位扮演"三尾裙"的总管给了他一只钱袋,里面有二百金艾斯古多,供他们路上用的;这事堂吉诃德还没知道呢。当时大家都在送行,那淘气促狭的阿尔迪西多娗杂在公爵夫人的许多傅姆和使女中间,忽然哭喊道:

　　坏蛋骑士,你勒住马,
听我说完再走不迟:
你还不会控驭牲口,
别只顾踢它的肚子!
　　负心人,你逃避什么?
你睁开眼睛瞧瞧:
我又不是恶毒的蛇,
我只是幼稚的羊羔。
　　恶魔,你瞧我不起,

可是狄亚娜的山上，
或维纳斯的树林里，
哪有我这样美丽的姑娘！

狠心的维瑞诺①，逃跑的伊尼亚斯②，
你和魔王做伴儿吧，咱们有算账的日子！

你那十个锋利的爪子
一下抓开了我的胸膛，
血淋淋地抢走了一副
温柔和顺的女儿心肠。
我雪白光致的腿上
一副黑色的吊袜带，
怎么也给你拿去了？
还带走我头巾三块！
还骗去两千声叹息，
压抑着的爱火情焰，
能把二千座特洛亚城
都燃烧成白地一片③！

---

① 维瑞诺（Vireno）把他的情妇奥莉薇娅撇在荒岛上，事见阿利奥斯陀叙事诗《奥兰陀的疯狂》第九篇第十节。

② 据维吉尔史诗《伊尼德》和其他传说，伊尼亚斯抛弃了和他恋爱的伽太基女王狄多，逃到意大利；狄多因而自杀。参看本书363页注①。

③ 维吉尔《伊尼德》第二卷里，伊尼亚斯叙述希腊军的木马进入特洛亚城后，城陷被焚等事。

狠心的维瑞诺,逃跑的伊尼亚斯,
你和魔王做伴儿吧,咱们有算账的日子!

但愿你的侍从桑丘
生就一副铁石心肠,
使你的杜尔西内娅
摆脱不了她的魔障。
我们这里经常看到
好人替坏人当灾;
你那小姐为你的罪过
吃苦受难正是活该!
罚你一辈子逢凶遭灾!
快意的事儿像泡影!
你自诩心坚如石吗?
叫你变作杨花水性!

狠心的维瑞诺,逃跑的伊尼亚斯,
你和魔王做伴儿吧,咱们有算账的日子!

但愿人人都骂你负心,
从塞维利亚到马切那,
从格拉那达到罗哈,
从伦敦到英格拉泰拉①。

① 马切那是塞维利亚境内的一个城,罗哈是格拉那达境内的一个城。阿尔迪西多娅在胡扯取笑。

你要有兴赌博消遣，
罚你拿不到一张王牌！
骰子颗颗和你作对，
手气没那么样儿的坏！
要是你修脚剪鸡眼，
叫你剪个鲜血淋漓！
如果人家给你拔牙，
牙根就断在牙龈里！

狠心的维瑞诺，逃跑的伊尼亚斯，
你和魔王做伴儿吧，咱们有算账的日子！

阿尔迪西多娅连哭带喊地数说。堂吉诃德瞧着她一句不答理，只转脸问桑丘道：

"桑丘啊，这痴情姑娘说的三块头巾和一副吊袜带是你拿的吗？我凭你祖先的灵魂请你老实说。"

桑丘答道：

"三块头巾是我拿了，可是吊袜带我连影儿都没见。"

公爵夫人很惊讶，尽管知道阿尔迪西多娅淘气，却没料到她会这样大胆。这番胡闹，事先没走漏一点风声，突如其来，更使她吃惊。公爵有意帮着开玩笑，就说：

"骑士先生，你不应该受了我家的款待，却胆敢偷我家使女的东西——至少三块头巾，至多还饶上她的一副吊袜带。可见你心胸卑鄙，真是闻名不如见面。你要不把吊袜带还她，我就和你拼个你死我活。尽管魔法师把你上次的对手变成了我家小厮托西洛斯的嘴脸，我却不怕他们照样也变掉我的相貌。”

堂吉诃德答道：“我受过您大人多少优待，但愿上帝保佑，别叫我对您拔剑。头巾我就还，因为桑丘说是他拿了。吊袜带我没拿，他也没拿，实在没法儿还。您这位使女如果在她收藏东西的地方留心找找，准会找到，公爵大人，我从来没做过贼；一辈子也不会做贼，除非上帝抛弃了我。这位姑娘自己说是为爱情颠倒了，她说话确也颠三倒四。这不是我的罪过，我不必向她道歉，也不必向您两位道歉。请别把我看得太低了。我再次向您告别，请让我上路吧。”

公爵夫人说：“但愿上帝一路保佑你，堂吉诃德先生，你为世人立了什么功，请经常通知我们。再见吧，你待在这里，我这些使女眼里看见你，心里的火就越烧越旺。我这个使女一定得狠狠责罚，叫她以后眼不邪看，嘴不乱说。”

阿尔迪西多媞这时插嘴道：“哎，英勇的堂吉诃德，再听我一句话。我错怪你偷了吊袜带，请你原谅。我凭上帝和自己的灵魂说，吊袜带戴在我腿上呢；我就像骑着驴儿找驴儿的人一样头脑糊涂了。”

桑丘道：“瞧，是不是！我拿了东西隐瞒，还像话吗！我要干这事，做总督的时候有的是机会呀。”

堂吉诃德向公爵夫妇等人鞠躬致敬，然后兜转辔头，离开公爵府，取道往萨拉果萨去；桑丘骑着灰驴跟在后面。

第五十八章

堂吉诃德一路上碰到的奇事应接不暇。

堂吉诃德摆脱阿尔迪西多娅的纠缠，跑到郊外，觉得身心舒适；他抖擞精神，重又当他的游侠骑士。他转身对桑丘说：

“桑丘啊，自由是天赐的无价之宝，地下和海底所埋藏的一切财富都比不上。自由和体面一样，值得拿性命去拼。不得自由而受奴役是人生最苦的事。桑丘，我这话有个道理。咱们在公爵府待过，你亲眼看见了那里的穷奢极欲。我天天吃可口的筵席，喝冰凉的好酒，可是我心里却像又饥又渴那样难熬；因为吃的喝的都不是自己的东西，不能心安理得。咱们不能白受人家的好处，应该报答；这就心有牵挂，不能自由自主了。不叨人家的光，靠天照应有一口饭吃，就是好福气！”

桑丘说：“不过您这番话还得说回来；公爵的总管给了我一个钱包，里面有二百金艾斯古多，咱们不知感激可不好。这个钱包好比我的止痛膏药或定心丸子，我贴胸藏着，防备个缓急。供咱们白吃白喝的贵府难得碰到，下客店有时还得挨揍呢。”

游侠的骑士和侍从说着话走了一哩瓦多路，看见前面一片草地上有十一二个农夫装束的人，把外衣垫在身下坐着吃饭；旁边摊着一方方白布单子，彼此隔开着些，都遮盖着东西。堂吉诃德走到那些人面前，客客气气叙过礼，请问单子底下是什么。一人回答说：

“先生，单子下面是浮雕的圣像。我们城里修建祭坛，用来装潢的①。我们怕褪了色，所以盖着块布，抬在肩上也免得撞坏②。”

堂吉诃德说：“能让我瞧瞧吗？运送这样郑重，一定是很好的雕像。”

另一人说：“确是好得很！不信，听听价钱就知道。真的，每一个像值五十多杜加呢。您等一等，我给您瞧瞧，就知道这不是瞎话。”

他不吃饭了，起身过去揭开第一幅雕像。那是个骑在马上的圣乔治③：他那匹马的脚边盘着一条毒龙；他的长枪正刺中毒龙的咽喉；他的神情就像往常画他的那样勇猛。整幅雕像涂染得黄烘烘一片金光。堂吉诃德看了说道：

“这是堂圣乔治，捍卫圣教的武士里数一数二的，也是童女的保护神。咱们再瞧瞧那一幅吧。”

那人又揭开一幅，只见浮雕着圣马丁④骑在马上，正把自己的大氅分割一半给一个穷人。堂吉诃德看了说道：

“这又是一位捍卫基督教的勇士。他最了不起的是慷慨，

---

① 西班牙教堂里，祭坛后面的围屏或板壁或墙壁常用彩色镀金的浮雕做装潢。

② 西班牙十七世纪初期运送雕刻的圣像，都由人抬在肩上运送。

③ 古罗马的基督徒，303 年殉教。相传他闻说利比亚有毒龙每天吃一个童女，就跑去用长枪刺杀毒龙，救了英王的女儿。英国人把他奉为国家的保护神。

④ 五世纪法国都尔的主教。他原是军人，以仁爱著称。传说他当军官时，严冬把自己的大氅分一半给一个乞丐。

勇敢还在其次。桑丘,你只要看他把大氅分半件给穷人,就知道了。看来当时一定是冬天,不然照他那样仁慈,准把整件大氅送人。”

桑丘说:“不见得吧;他该是记取老话说的自留还是给人,应该有个分寸。”

堂吉诃德笑了,又请揭开另一块布。那是西班牙王国的保护神,他骑着马,拿着一把血淋淋的剑,在摩尔人的身躯和头颅上践踏。堂吉诃德道:

“不用说,这也是基督教队伍里的骑士,叫作摩尔人的杀星、堂圣狄艾果①。他不论生前死后,在圣人和骑士里都是最勇敢的。”

接着又揭开一幅,浮雕着圣保罗倒在马下,背景里有描绘他皈依正教的一般情节②。他好像在和耶稣基督对答,神态栩栩欲活。

堂吉诃德说:“这一位本来是对咱们圣教最狠的敌人,后来却成了功劳最大的卫道者。他活的时候像满处奔波的骑士,死的时候是坚定不移的圣人;他在上帝的葡萄园里操作,从来不知疲劳。他是异教徒的导师;曾经在第三重天上③亲受耶稣基督

---

① 圣狄艾果(San Diego)即圣悌亚果(Santiago),亦即圣雅各(San Jacobo 或 San Jaime)。他和他弟弟约翰同是耶稣的门徒。他被希律王杀害,传说他在巴勒斯坦遇害后,遗体由无人驾驶的航船送到西班牙海岸。西班牙人把他当作护国神。

② 《新约全书·使徒行传》记载犹太人扫罗,后改名保罗,曾残害耶稣的门徒。一次,他赴大马色路上,忽见天上放光,四面照着他;他就跌倒在地下,听见耶稣对他说话,就此感化,信奉耶稣,到异邦传道,67 年在罗马殉教。

③ 引用《新约全书·哥林多后书》第十二章二至四节:“他……被提到第三层天上去……他被提到乐园里,听到隐秘的言语,是人不可说的。”

的教诲。”

几幅雕像都看了，堂吉诃德叫他们重新盖好，说道：

“老哥们，我能看到这几幅浮雕，可算是好兆。这几位武士和圣人以奋斗为生，都是我的同行。不过我和他们不同：他们是圣人，使用神圣的武器；我是罪人，武器是人间的凡铁。他们靠自己努力，进了天堂；因为天堂要努力才进得去①。我努力到今，还不知能有什么成就。假如我的杜尔西内娅灾退身安，我事情顺手，脑筋清楚，也许就能转入好运。”

桑丘接口道：“‘但愿上帝垂听，魔鬼耳聋无闻’②。”

那些人瞧堂吉诃德模样古怪，听了他的话也莫名其妙。他们饭罢抬起雕像，辞别堂吉诃德重又上路了。

桑丘自觉有眼不识主人，没知道他这么博学，全世界的事好像都写在他指甲上或印在心上呢。他说：

“我的主人啊，咱们今天的事如果算得奇遇，那真是咱们出门以来最称心乐意的了。咱们没挨揍，没受惊，没拔剑，没摔跤，也没挨饿。感谢上帝，让我经历了这番奇遇。”

堂吉诃德说：“桑丘，你这话不错。不过你该知道：时候不同，运道也不一样。通常所谓预兆是不足为凭的，聪明人看来，不过是碰巧罢了。相信预兆的人，早起出门，碰到个圣芳济会的修士，就仿佛碰到了妖怪，忙转身回家③。曼多萨那一家人饭桌

---

① 引用《新约全书·马太福音》第十一章第十二节：“天国是努力进入的，努力的人就得着了。”

② 西班牙谚语，表示希望心愿能够实现。

③ 据天主教国家的迷信，清早出门碰见修士或修女都不吉利。

上泼翻一点盐，就满肚子忧愁[1]，好像造化得借这种细事来预示灾祸。有识见的人不该从细事来捉摸天意。西比翁到了非洲，上岸就摔一跤。他的军士以为不吉利，可是他抱着土地说：‘非洲啊，你休想逃跑，我已经把你牢牢抱住了！’[2]所以桑丘，我有缘看到这些雕像，只是恰好碰在巧头上。”

桑丘答道：“准是的。我还想问您一句话：西班牙人和敌人交战的时候，为什么喊着摩尔人的杀星、圣狄艾果的名字说：‘圣悌亚果！关上西班牙！’[3]难道西班牙是敞着的，所以得关上吗？还是别有意思呢？”

堂吉诃德答道：“桑丘，你太死心眼儿了，你可知道这位伟大的红十字骑士[4]是上帝赏赐给西班牙的保护神，西班牙人每次和摩尔人死战，都靠他保护，所以交战时总把他当救星，向他祷告呼吁。常有人打仗的时候看见他显圣，把摩尔军队打得落花流水，全军覆没。这种事西班牙历史上有不少例子呢。”

桑丘掉转话头道：

“先生，我真想不到公爵夫人的丫头阿尔迪西多娅脸皮那么厚；恋爱神准把她一箭穿透了心。据说恋爱神是个瞎小子，可是尽管两眼迷糊，或者竟是青盲白瞎，他要射哪颗心，不论多么小也能射中、射透。我又听说，爱情的箭碰到贞洁的姑娘，尖头

---

① 古罗马人认为吃饭时泼翻了盐是不祥之兆，这个迷信至今还流传。

② 西比翁是纪元前二世纪的古罗马将军；这个传说记载在古罗马史书里。

③ 这句呐喊是：“向前包围啊！西班牙人！圣悌亚果保佑我们！”（Santiago y cierra España！）cierra 是关闭或包围的意思，这里是呼吁西班牙人冲向前去包围敌人，桑丘没有了解字义和文理。下文堂吉诃德只解释了呼吁护国神保佑，忘掉解答桑丘的疑问。

④ 圣悌亚果是授红十字勋章的骑士。

就钝了。可是碰到这个阿尔迪西多媭,箭头子好像没有钝,却越发锋利了。”

堂吉诃德说:“桑丘,我告诉你,爱情没有顾忌,也不讲理。爱和死有一点相同:不论帝王的高堂大殿,或牧人的茅屋草舍,它都闯进去。一颗心一旦被爱情占领了,马上就没有怕惧,也没有羞耻。所以阿尔迪西多媭胆大脸厚,把心事都嚷出来。她的多情害得我很窘,却引不起我的怜惜。”

桑丘说:“这可太狠心了! 哪能这样不知好歹呀! 要是我啊,听她说一句两句情话,就连骨头都酥了。他妈的,真是铁石打造的心肠,灰泥凝成的灵魂啊! 可是我不明白那姑娘看中了您什么,要那么样颠倒。衣服华丽吗? 神气英俊吗? 举动漂亮吗? 脸蛋儿长得美吗? 是哪一件还是总在一起,动了她的心呢? 我说句老实话吧,我常把您从脚尖直到头顶上仔细打量,只看到好些可怕的地方,却没什么可爱的。我听说美是动人爱慕的第一个条件,也是最主要的;您既然一点不美,那可怜的姑娘爱上了您什么呢?”

堂吉诃德答道:“桑丘,你听我说。美有两种,灵魂的美和肉体的美。聪明、纯洁、正直、慷慨、温文有礼都是灵魂的美,相貌丑的人也可以具备的。如果不以貌取人,往往对相貌丑的也会倾心爱慕。我呀,桑丘,明知自己不是美男子,不过也不是丑八怪。一个好人只要不是奇形怪状,灵魂上有我刚才讲的种种美德,就能动人爱慕。”

他们说着话,走进沿路的树林。堂吉诃德忽然撞进张挂在树上的绿丝网里了。他很诧怪,对桑丘道:

“桑丘,我觉得这些丝网蹊跷极了。我可以拿性命打赌,准是那些害我的魔法师瞧我对阿尔迪西多娅冷面无情,就帮她出气,网住我不让走路。可是让他们瞧吧,即使这不是绿丝网,而是坚牢不破的金刚石网,或是火神捉他老婆的奸而炼成的钢丝网①,也只能像草绳或棉线的网一样经不起我一撞。”

他打算冲突出去,把网撞破。忽见树林里出来两个美女,打扮得像牧羊女,不过衣料是精致的锦缎,裙料是贵重的金波纹绸。她们披着金黄的头发,像阳光那么耀眼;还戴着绿桂叶和红花朵编成的花冠。两人看来都只十六七岁。

桑丘大出意外,堂吉诃德也很诧怪,太阳都要停下来瞧瞧这两位姑娘呢。四人一下子都愣了,还是一个牧羊姑娘先开口,对堂吉诃德说:

“骑士先生,请别把这网撞破了,这是我们张着玩儿的,不妨碍你。你大概不知道我们是什么人,张着这些网干什么,让我解释几句吧。这里是附近一带风景最美的地方。我们就住在两哩瓦外的村上。那里有许多富贵人家,彼此好些是亲戚朋友。我们约定各家父母子女带着亲友一起到这里来玩玩;女孩子扮成牧羊姑娘,小伙子扮成牧童,把这地方变成个牧羊人的新乐园②。我们熟读了两篇牧歌:一篇是著名诗人加尔西拉索的作品;一篇是优秀的葡萄牙诗人加莫艾斯用本国语写的③,不过我们到今还没演出一篇呢。我们是昨天刚到的。这里有一条大

---

① 希腊神话,爱神维纳斯和战神玛尔德有私情,维纳斯的丈夫火神(也是煅冶的神)制造了一张精巧坚固的网去捉奸,把维纳斯和玛尔德双双套在网里。

② “乐园”或“福地”(Arcadia),是田园诗传统里描写的理想乐园。

③ 加尔西拉索(Garcilaso de la Vega,约1501—1536),西班牙诗人。加莫艾斯(Luís de Camões,1524—1580),葡萄牙诗人。

河，灌溉着两岸的草地。我们在河边树荫下搭了几座帐篷，据说叫作野营；昨晚又张了这几口网，打算吆喝得小鸟儿昏了头投进网来。先生，你要是有兴，我们欢迎你来做我们的客人；我们这里是极乐无愁的世界。”

她说完，堂吉诃德答道：“美貌绝顶的小姐啊，我看见你们这样的美人，仿佛安泰翁撞见狄亚娜在溪水里洗澡一样出乎意料①。我赞成你们的消遣，多承你们邀请，我也很感激。如有用我的地方，请吩咐一声，我一定遵命。干我们这一行的，总要求不负人家的美意，做点儿好事相报，何况对你们这样高贵的小姐呢。这几个网占不了多少地；即使挡着整个地球，我也要另找新世界绕道过去，决不撞破你们的网。别以为我说话夸张，我告诉你们吧，说话的不是别人，是堂吉诃德·台·拉·曼却！说不定你们听到过这个名字。”

另一个姑娘说：“啊呀，亲爱的朋友，咱们交了大好运啦！你知道这位好先生是谁吗？我告诉你，他是世界上最勇敢、最多情、最彬彬有礼的人。有一部传记专写他的事，已经出版了，我都读过；那本书总不会骗人吧！我可以打赌，他旁边的准是他那位头等逗乐儿的侍从桑丘·潘沙。”

桑丘说：“对啊！我就是您说的那个逗乐儿的侍从呀！这位先生是我的主人，书上写的和大家传说的堂吉诃德·台·拉·曼却就是他！”

那个姑娘说：“哎，朋友，咱们求他别走吧；如果能留住他，

---

① 安泰翁（Anteón）是阿克泰翁（Acteón）之误。据希腊神话，阿克泰翁出猎，撞见女神狄亚娜出浴光着身子，狄亚娜老羞成怒，把他变成一头鹿，给他自己的猎狗咬死。后人往往把这个阿克泰翁和地神之子巨人安泰翁相混。

你我的爸爸和哥哥该不知多么高兴呢！我也听说过这一位的勇敢和那一位的逗乐儿，人家尤其推重这位先生用情专一，世界上找不出第二人。他的意中人是杜尔西内娅·台尔·托波索，西班牙全国都公认她是第一美人。”

堂吉诃德说：“那也是应该的，除非你两位的美貌把她比下去了。两位小姐，你们不用留我；我有职务在身，一刻也不能偷懒。”

这时一个姑娘的哥哥跑来了。他也是牧羊人打扮，衣服的华贵和两个姑娘不相上下。她们告诉他说：这一位就是英勇的堂吉诃德·台·拉·曼却，另一位是侍从桑丘；他读过堂吉诃德的故事，知道这位骑士。那漂亮的牧童和堂吉诃德叙过礼，邀请他到他们的帐篷里去。堂吉诃德却不过情，就跟了他去。当时猎鸟的已经开始吆喝，网里飞满了各种小鸟；因为网和树林一色，小鸟逃命反投进去送命了。那里一起有三十多人，都穿得很华丽，扮成牧童或牧羊姑娘。他们读过堂吉诃德的故事，知道这主仆俩。堂吉诃德和桑丘一到，消息马上就传开了，大家都非常开心。他们走进帐篷，只见里面已经摆上丰盛精洁的筵席；堂吉诃德是贵客，大家推他坐了首位。人人都看他，觉得他怪。饭罢撤去杯盘，堂吉诃德提高了嗓子，朗朗地说：

“世上最大的罪过有人说是骄傲，我却说是不知感激。老话不说吗，‘地狱里尽是不知感激的人’。我自从懂得是非善恶，总留心不犯这个罪。我受了人家的好处，如果不能报答，就存着一个感激图报的心；如果这样还觉得抱歉，就把受到的好处广为宣扬。因为一个人受了好处老挂在嘴上，他力能从心的时候准会报答。一般说来，受惠的人处境总比较差些。譬如说吧，上帝至高无上,仁慈普及,人间的恩惠相形之下就微小得不足道了。受了恩惠无法补报,只好靠一片感激之心稍加填补。我多承你们招待,可是没力量照样儿答谢,只好尽我的心,用我自己的办法图报。我打算在这条通往萨拉果萨的大道上驻守两天,叫来往的行人都承认这两位乔装的牧羊姑娘是全世界最文秀美丽的小姐。不过有一句话请各位别见怪:我一心爱慕的绝世美人杜尔西内娅·台尔·托波索小姐,她们俩还比不上呢。”

桑丘留心听主人说完,大嚷道:

“世界上怎么有人敢一口咬定我这位主人是疯子呢?诸位牧羊的先生小姐们说说吧:教区神父不论多么有识见、有学问,能讲出我主人的这番议论吗?游侠骑士不论威名多大,敢提出我主人提出的话吗?”

堂吉诃德怒得满面通红,转向桑丘道:

“哎,桑丘,找遍全世界,能有谁不说你里外都是傻瓜呢?不光是傻,还带着点儿混!我的事要你来管吗?我是不是疯子由你断定吗?闭上嘴巴,不用你答话!你且去瞧瞧驽骍难得,要是没套上鞍辔,就给套上,咱们说了话得照着干!真理在我的一边;谁敢道个不字,注定输在我手里!”

他满面怒容,气愤愤地站起来。旁人都很诧怪,拿不定他究竟是不是发疯。他们劝他别这样要挟人,他感恩图报的心意是举世共知的,他的勇敢也无须再加证明,记载他丰功伟绩的书上已经讲得够多了。可是堂吉诃德坚持他原先的主意,骑上驽骍难得,挎上盾牌,拿起长枪,跑去站在离草地不远的大路当中。桑丘骑着灰驴跟在背后,一群牧歌里的人物也跟着,急要瞧瞧他那番新奇狂妄的挑衅怎样结束。

堂吉诃德就那样站在路当中大声喊话，响彻云霄，说道：

“哙！从现在起，往后两天以内，凡是在这条路上来往的过客，不论骑士、侍从，步行的、骑马的，都请听着：游侠骑士堂吉诃德·台·拉·曼却驻守在这里，有件事要你们大家承认！天下最文秀美丽的小姐，除了我意中人杜尔西内娅·台尔·托波索小姐，就数这儿草地上和树林里的几位美女了。谁说不对，上来吧，我在这儿等着他呢！”

他连嚷两遍，没一人路过。可是造化对他的作弄愈来愈妙。他才站了一会儿，只见路上来了一大群骑马的，有许多还拿着长枪，挨挨挤挤，疾驰而来。跟着堂吉诃德的那伙人一见，知道待在那里会有危险，立即转身远避。只有堂吉诃德毫无畏惧，站定在那里；还有桑丘躲在驽骍难得臀后。那群拿长枪的人跑近前来，打头的一个向堂吉诃德大喊道：

“快让路呀！你这个不要命的家伙！这群公牛会踩得你粉身碎骨的！”

堂吉诃德答道：“嘿，你们这伙暴徒！公牛算什么！即使哈拉玛两岸最猛的公牛①，也不在我眼里！你们这起混蛋，我刚才已经把话说开了，你们不一口承认，就得和我决斗！”

原来有个镇上过一天要斗牛，先把这群凶猛的公牛赶去圈上。领队的是几头驯牛，还有大批牧人和圈牛的人护送。这大群的牲口和人潮水般涌向前来。说时迟，那时快，那赶牛的不及答话，堂吉诃德要躲也来不及，他和桑丘连人带坐骑全撞翻在

① 哈拉玛(Jarama)是塔霍河的支流，在新加斯底利亚境内，河两岸出产的公牛以凶猛善斗著称。

地，遭了践踏。桑丘给踩得腰塌背折，堂吉诃德吃了惊吓，灰驴负伤，驽骍难得也不健全了。他们好容易又站起身来。堂吉诃德赶紧磕磕绊绊追上去，一面嚷道：

“你们这群混蛋！慢走一步！等着你们的不过是个单身的骑士！尽管说，‘如果敌人逃跑，为他们建造一座银桥’①，我可不是那个脾气，也不赞成那句话。”

疾驰而去的队伍并不停步，只把他的恫吓当作耳边风。堂吉诃德疲惫不堪，只好停下。他没出得这口气，反添了恼怒，坐在路边，等桑丘、驽骍难得和灰驴前来。然后主仆俩都上了坐骑；他们没有回到乔装牧羊人的乐园去辞行，两人扫尽了兴，丢尽了脸，继续赶路。

第五十九章

堂吉诃德遭到一件奇事，也可算是巧遇。

堂吉诃德和桑丘受了那群公牛的冲撞践踏，浑身尘土，精疲力尽，亏得在绿树荫里发现一泓清泉；他们让灰驴和驽骍难得卸下鞍辔，松散一下，两人就在水边坐下歇歇。桑丘从褡裢口袋里掏出些干粮，又拿出些熟肉。堂吉诃德漱了口，洗了脸；清凉一下，精神也爽朗些。他心上气恼，不想吃东西；桑丘谨守礼貌，主

① 西方兵法成语，略如我国古人所说：“穷寇莫追”。

人没吃,不敢先尝。可是他瞧主人只顾出神,不把面包往嘴边送,也就不客气了,一声不响,把摆着的面包和干酪尽往肚里塞。

堂吉诃德说:"桑丘朋友,吃吧,你性命第一,得吃饱活命。我倒了霉满肚子烦恼,干脆让我气死算了!桑丘啊,我一辈子是活着挣命;你呢,死也得吃饱肚子。我这话是认真的,不信,你只要瞧瞧:我是史书上记载的人物,武艺赫赫有名,行动彬彬有礼,贵人们尊敬,姑娘们爱慕;我正想靠自己的英雄事业,博得举世闻名,谁料今天却让那群肮脏的畜生踢呀踩呀,作践个够。我想到这里,满口的牙都软了,手也麻痹了。胃口也倒尽了,宁愿找个最惨的死法,叫自己活活饿死!"

桑丘忙着咀嚼,一面腾出嘴来说:"照您这样,老话说的'死也做个饱鬼',您大概不会赞成啰。我反正不想自杀。我只想学皮匠的办法:咬住皮子使劲儿撑,要多长,撑多长。我吃饱肚子,听凭老天爷让我活多少日子。我告诉您,先生,最傻的事就是像您这样命都不要。您听我的话:吃点儿东西,在这片草地上睡一会儿。您瞧吧,等您醒来,心上就不这么气闷了。"

堂吉诃德觉得桑丘这番话并不傻,颇有明哲保身的道理,就采纳了。他说道:

"桑丘啊,我有件事要跟你讲讲;你要是肯听我,就能给我减掉些烦恼,我心上一定会轻松些。我听你的话去睡觉,你就走远几步,解开衣服,用驽骍难得的缰绳把自己鞭打三四百下。你要解救杜尔西内娅,还欠着三千多鞭呢;你还掉点儿债吧。那可怜的小姐只为你漠不关心,直摆脱不了缠身的魔法,多苦恼呀!"

桑丘说:"这话不妨从长计议。咱俩且睡一会儿,将来听凭上帝吩咐就是了。您知道,一个人不乘着一股子猛劲,下不了手鞭打自己;身体不壮实,尤其肚里空虚的时候更办不到。请杜尔西内娅小姐耐心点儿;她会出乎意料,发现我把自己打得满身鞭痕呢。只要不死,尽有日子①;就是说呀,我还活着,答应的事总是要做到的。”

堂吉诃德谢了桑丘,然后吃了点东西;桑丘大吃一顿,两人就躺下睡觉,让驽骍难得和灰驴那一对形影不离的朋友随意在那片丰茂的草地上啃青。他们醒来已经黄昏时分,两人又骑上牲口赶路。一哩瓦外好像有客店在望,他们忙趱着牲口跑去。我这里说客店,因为堂吉诃德不像往常把客店当作堡垒,他说的是客店。

他们到了那里,问店主有没有客房。店主说,不但有客房,凡是吃的、喝的、用的,只要萨拉果萨有,他店里一应俱全。主仆俩下了牲口,桑丘领了客房的钥匙,把粮袋放在屋里。他让主人坐在大门口的石条上,自己把牲口带到马房里,喂了一顿草料,再出来伺候主人。这回他主人没把客店当作堡垒,他特别感谢上天。他们将近晚饭才回屋,桑丘问店主有什么吃的。店主说:瞧客人的口味吧,要吃什么,就点什么;天上的飞鸟,地下的家禽,海洋里各色各样的鱼,店里全都供应。

桑丘说:“不用那么许多,给我们烤一对童子鸡就行。我主人身体弱,吃得少;我自己也不太贪嘴。”

店主说没有童子鸡,都给老鹰抓走了。

桑丘说:“那么劳驾给烤一只嫩嫩的小母鸡吧。”

---

① 西班牙谚语。

店主说："小母鸡吗？啊呀，我的爹，老实告诉您，昨天我进城去卖了五十多只。除了小母鸡，您要什么，随便点吧。"

桑丘说："照这么说，小牛肉或小羊肉总短不了吧？"

店主人说："今儿个店里没有，刚吃完。下星期可多的是。"

桑丘说："真是远水不救近火了！这样没有，那样没有，看来大概只有咸肉和鸡蛋多得很。"

店主答道："没什么说的，您这位贵客真是死心眼儿！我刚说了没有母鸡，老的小的都没有，叫我哪来鸡蛋啊！酌量吃点别的美味吧，别要天鹅肉。"

桑丘说："店主先生，你有什么东西，干脆说吧；咱们有什么吃什么，甭再啰唆了。"

店主说：

"我有一对小牛蹄似的老牛蹄，或是老牛蹄似的小牛蹄。这是千真万确的，我已经加上豆子、葱头和咸肉，炖在火上了，这会儿正在叫人'来吃吧！来吃吧！'"

桑丘说："好！这份儿菜不要让别人碰，我就定下了，绝不少给钱，因为我最爱吃这东西；随它老牛蹄、小牛蹄，我都一样。"

店主说："谁也不碰的；这里的客人很高贵，厨子、买办和伙食都自己带。"

桑丘说："要讲高贵，谁也比不上我主人，不过他有职务，不能把伙食房带在身边。我们躺在草地上，把橡树子和山楂当饭吃。"

店主问桑丘他主人是干什么的；桑丘不愿意回答，他们的谈话就到此为止。堂吉诃德在屋里等吃晚饭，店主把牛蹄子连沙锅端上，自己也老实不客气坐下同吃①。堂吉诃德这间房和邻屋只隔着薄薄一层板壁，堂吉诃德听到那边好像有人说话：

“我说呀，堂黑隆尼莫先生，这会儿晚饭还没开上，咱们把《堂吉诃德·台·拉·曼却》的第二部再念一章吧②。”

堂吉诃德听到自己的名字，立刻站起来，竖着耳朵；只听得堂黑隆尼莫答道：

“堂胡安先生，读过《堂吉诃德·台·拉·曼却》第一部，再读这第二部就索然无味了。全是胡说八道，读它干吗呀！”

堂胡安说：“读读也好，‘一本书不论多糟，总有几分好处’③。不过我最生气的是书上形容堂吉诃德抛弃了杜尔西内娅·台尔·托波索。”

堂吉诃德听见这话，勃然大怒，嚷道：

“谁说堂吉诃德·台·拉·曼却抛弃了杜尔西内娅·台尔·托波索，或者将来会抛弃她，我就和他拼命，叫他知道绝没有这种事！绝世美人杜尔西内娅是抛不开的，堂吉诃德也不是会抛弃她的人。他处世为人的方针是忠贞不贰，他一辈子死心塌地地奉行这句话。”

隔壁的人问道：“谁在和我们对答呀？”

桑丘说：“答话的就是堂吉诃德·台·拉·曼却本人！除了他还有谁啊！他说到做到，怎么说就怎么干。还得了账，不心疼抵押品。”

---

① 当时西班牙的风俗，客店主常和旅客同桌吃饭。

② 指本书前言中提到的阿维利亚内达的《堂吉诃德·台·拉·曼却》第二部（1614年出版）。

③ 引普利尼语，参看本书33页注④。

桑丘话还没完，两个绅士装束的人已经进屋来了。一个抱住堂吉诃德的脖子说：

“见了您的面，就知道名不虚传。不用说，您先生就是游侠骑士的启明星、北斗星、堂吉诃德·台·拉·曼却的真身！瞧这本书，作者要冒您的名，夺您的功呢；这只能是妄想。”

他一面把同伴手里的书交给堂吉诃德。堂吉诃德一言不发，就翻来看；看了一会，还给那绅士说：

“我略为翻了一下，就发现三件事岂有此理。第一是序言上的几句话①。第二是作者用阿拉贡语，因为他有时不用冠词。第三是重要的情节不合事实，尤其显得作者愚昧无知。我侍从桑丘·潘沙的老婆叫泰瑞萨·潘沙，这里却把她叫作玛丽·谷帖瑞斯②。这么关键的事都出毛病，其他就可想而知了。”

桑丘插嘴道：

“这种人也算得历史家呀！把我老婆泰瑞萨·潘沙叫作玛丽·谷帖瑞斯！那么对咱们的事还会搞得清吗？先生，您再瞧瞧书上有没有我，改了名字没有。”

堂黑隆尼莫说：“朋友，听你的口气，一定是堂吉诃德先生的侍从桑丘·潘沙了！”

桑丘说：“是啊，这是我脸上有光彩的事呀！”

那绅士说：“不用说，这本新书的作者诬蔑了你；你分明是个有品格的人，他却把你写成个馋嘴佬，而且头脑糊涂，毫无风

---

① 参看本书前言，阿维利亚内达嘲笑塞万提斯年老残废，又说他心怀嫉妒等等。

② 作者在上部第七章也曾用过这个名字。

趣,和你主人第一部传记里的桑丘竟是两个人了。”

桑丘说:“上帝原谅他吧。我又不碍着他,何必理会我呢!乐器让内行人吹弹,圣贝德罗在罗马过得很好呀①。”

两位绅士知道那家客店的伙食很差,堂吉诃德准吃不惯,就请他过去同吃晚饭。堂吉诃德向来近人情,领受了他们的邀请;那只沙锅就留给桑丘去做主人了。桑丘坐了首位,店主人同桌坐下;那锅老牛蹄或小牛蹄两人一样爱吃。

晚饭时堂胡安向堂吉诃德探问杜尔西内娅·台尔·托波索小姐的情况。她结婚了吗?生过孩子吗?怀过孕吗?如果是黄花闺女,那么,尽管她守身如玉,对堂吉诃德先生也心心相印吗?堂吉诃德答道:

“杜尔西内娅是闺女,我对她的心是没那么样儿的坚定,可是我们俩的交情还是老样儿。她相貌变得像个粗蠢的乡下姑娘了。”

他就把杜尔西内娅小姐怎么着魔、他在蒙德西诺斯地洞里怎么碰见她、梅尔林法师叫桑丘吃多少鞭子为她解除魔法等等一五一十告诉那两位绅士。他们亲耳听到这些奇闻,高兴得不得了;事情这么离奇,讲得又这么引人入胜,都使他们啧啧称奇。堂吉诃德一会儿好像很明白晓事,一会儿又成了失心疯,他们拿不定他究竟在这两头中间的哪一处。

桑丘吃完晚饭,撇下醉饱的店主到他主人那里去。他进门说道:

“两位先生,我可以打赌,您那本书的作者和我是说不到一

---

① 两句西班牙谚语。

块儿的。据您两位讲,他把我说成了馋嘴佬;我但愿别又把我说成醉鬼。”

堂黑隆尼莫说:“他是把你说成醉鬼了。我不记得怎么说的,只觉得话很刺耳,而且我一看这位好桑丘的面貌,就知道那是谎话。”

桑丘道:“您两位听我说吧:那个故事里的桑丘和堂吉诃德是另外两人,不是我们;熙德·阿默德·贝南黑利写的才是我们俩:我主人是勇敢、聪明、多情的,我是个逗乐的死心眼儿,并不害馋痨,也不是酒鬼。”

堂胡安道:“你说得不错。从前亚历山大大帝下令:他只准许阿沛雷斯①为他画像,别人都不许。假如办得到呀,也该照样下令:堂吉诃德的事业,只许原作家熙德·阿默德记述,别人都不许插手。”

堂吉诃德说:“谁爱写我,随他写吧,可是别糟蹋我;一味污蔑叫人忍受不下。”

堂胡安说:“堂吉诃德先生受了什么污蔑都能报复,可是我觉得他的耐心像一面又坚固又阔大的盾牌,把种种污蔑都顶住了。”

他们闲聊着消磨了大半夜。堂胡安劝堂吉诃德把那本书再多看看,瞧讲的是什么。堂吉诃德不肯,说只算已经读过了,断定全书都荒谬。作者万一知道这本书堂吉诃德读过,就该得意了;干吗长他人志气呀!况且一个人该心里干净,更该

---

① 阿沛雷斯(Apeles),纪元前四世纪古希腊大画家。

眼里干净，不该接触丑恶肮脏的东西。两位绅士问堂吉诃德打算到哪里去。他说要到萨拉果萨去参与年年举行的锦标赛①。堂胡安说，这部新书里描写堂吉诃德参加了一项挑圈竞赛②，不管那堂吉诃德是谁吧，反正那项竞赛写得一点不生动热闹，武士的标语题签③寥寥无几，服饰非常简陋，只是一叠连的胡说八道。

堂吉诃德说："我就为这个缘故，决计不到萨拉果萨去了。这就可以向全世界揭破这本新书作者的谎话，让大家知道我不是他写的那个堂吉诃德。"

堂黑隆尼莫说："您这办法很好。巴塞罗那也有比武，堂吉诃德先生可以到那里去显身手。"

堂吉诃德说："我正是这么打算。时候不早，两位请睡吧，我就告别了。希望您两位把我当作一个朋友，让我为两位效劳。"

桑丘说："我也这么说；也许我对两位也能有点儿用处。"

堂吉诃德和桑丘告辞回屋。堂胡安和堂黑隆尼莫想不到堂吉诃德的识见和傻气是混在一起分不开的。他们拿定这两人是真正的堂吉诃德和桑丘，阿拉贡作者写的是假冒的。

堂吉诃德清早起来，拍着板壁和那边两位房客告别。桑丘付账很大方，还奉劝店主对本店的伙食少吹嘘些，或者多置办些。

---

① 指每年为纪念圣乔治而举行的三天比武。

② 比武分两部分：前部比武力的强壮；后部比技巧的娴熟。挑圈竞赛属于后者。

③ 比武的骑士照例都有自己奉行的标语或题签。

第六十章

堂吉诃德到巴塞罗那;他一路上的遭遇。

堂吉诃德清早出客店很凉快,看来是个凉爽的天。他先打听了哪条路不经过萨拉果萨而直达巴塞罗那。他听说那部新出的故事把他污蔑得不像话,所以一心要揭破作者的谎言。他们走了六天,无话即短。第六天他们刚离开大道,走进浓密的树林,太阳就下山了。熙德·阿默德向来叙事精确,这次却没说明成林的是橡树还是软木树。

主仆俩下了牲口,靠树坐着休息。桑丘吃了一饱,马上就睡熟了。堂吉诃德却合不上眼;他是心上有事,倒不是肚子饿。他神思飘忽,一会儿好像在蒙德西诺斯地洞里;一会儿看见杜尔西内娅变成乡下姑娘,一蹦就跳上了小母驴;一会儿听见梅尔林法师在告诉他,按什么条件、用什么办法来解除杜尔西内娅的魔缠。他想到自己的侍从桑丘毫不上劲,漠不关心,只好干着急。照他估计,桑丘才打了自己五下;这和他亏欠的数字简直天悬地隔呢。他非常焦急,暗想:"从前亚历山大大帝劈开了戈迪乌斯的结子说:'劈开就算解开。'①他果然统治了全亚洲。我如果不

① 传说弗利几亚国王戈迪乌斯用绳子拴住他的车,打了一个解不开的结子。神启示说:解开这个结子的人要统治亚洲。亚历山大大帝解不开结子,就挥剑劈开了结子。"劈开戈迪乌斯的结子"喻快刀斩乱麻地解开难题。

顾桑丘愿不愿，硬把他鞭挞一顿，说不定也能解救杜尔西内娅。讲定只要桑丘挨三千多鞭子，杜尔西内娅就能消灾脱难，那么管它是自己打的还是别人打的呢？反正打足那个数目就行了。”

他这么一想，忙拿了马缰绳准备当鞭子使，跑到桑丘身边去。桑丘的裤子由几条皮带扣住上衣；可是大家知道他只扣着前面一条皮带。堂吉诃德刚动手去解他那条带子，桑丘就醒了，说道：

“谁啊？谁摸索我，还解我的腰带？”

堂吉诃德答道：“是我；我来替你尽责，也解掉些自己的烦恼。桑丘，我要鞭挞你，问你讨回点儿债。杜尔西内娅直在受苦，你满不在乎，我真是心焦得要死了。这里背静，你乖乖地自己解下裤子，让我至少打你两千鞭吧。”

桑丘说：“那不行，您可别动手动脚；要不，我凭上帝发誓，我一定闹得聋子都听见。我欠下的鞭子得我自愿还账才行，不能逼债。我这会儿不想吃鞭子呢。反正我向您保证，等我几时高兴，一定把自己拍打几下。”

堂吉诃德说：“不能随你，桑丘。因为你心肠硬，虽然是乡下佬，皮肉却又娇嫩。”

他就动手硬要解桑丘的腰带。桑丘瞧他那样，忙跳起来，扑上去一把扭住，挥拳就打；又伸脚一勾，叫他摔了个脸朝天，然后把右膝跪在他胸口，捉住他双手，叫他动弹不得，连呼吸都困难。堂吉诃德说：

“怎么？你造反啦？你吃了主人的饭，却动手打起主人来了？”

桑丘说："'我没有废君立君，不过是保卫主人'①——我就是自己的主人。您答应我躺着不动，这会儿也不鞭挞我，我就放您；不然的话，

> 叛徒啊！堂娜桑却的敌人，
> 我马上就要你的命！②"

堂吉诃德一口答应，发誓连桑丘外衣上的绒毛都一根不碰；桑丘什么时候鞭挞自己，听他自便。桑丘这才站起来。他走得老远，打算靠着另一棵树休息；忽觉脑袋上什么东西碰了一下，举手摸到两只穿着鞋袜的人脚。他吓得浑身乱颤，忙跑到另一棵树旁，又是那样，就急得大喊堂吉诃德救命。堂吉诃德过来问他出了什么乱子，什么事害怕。桑丘说，树上挂满了人脚人腿。堂吉诃德摸了一下，明白是怎么回事，就对桑丘说：

"咱们大概离巴塞罗那不远了；那地方官府捉到土匪和强盗，往往把二三十个一起挂在树上绞死。你甭害怕，你黑地里摸到的准是他们的腿和脚。③"

堂吉诃德一语道着了。

晓色朦胧，他们抬眼看见累累满树都是尸体。他们看了这许多死强盗很吃惊，不料天亮了又跑来四十多个活强盗，把他们团团围住；这一惊更非同小可。那伙人说的是加达卢尼亚话，叫他们不许动，等他们的头领来发落。当时堂吉诃德毫无防备，马

---

① 西班牙成语，相传咖斯底利亚王贝德罗一世被弟弟杀死，当时弟弟的侍僮帮主人把贝德罗一世绊倒，嘴里说了这句话。

② 引用民歌里的句子。

③ 在塞万提斯的时代，加塔卢尼亚省（Cataluña）多盗，尤其在省城巴塞罗那附近。

没有套上鞍辔，长枪倚在树上，自己空手站着。他觉得还是双臂交抱着胸口，低头等待时机为妙。

强盗搜查灰驴，把褡裢袋和手提包里的东西抢劫一空。桑丘总算运气，公爵送的和家里带出来的艾斯古多都在贴肉缠着的腰包里。可是这群好汉就连藏在皮肉中间的东西都会搜刮去，亏得他们的头领这时跑来了。他大约三十三四岁，体格很结实，中等以上身材，黑黝黝的皮肤，神情很严肃。他骑一匹高头大马，身披铁甲，腰两侧分插着四支小火枪。他看见那伙喽啰（他们中间称为“侍从”）搜索桑丘·潘沙，就喝令住手。他们立即听命，桑丘的腰包总算幸免。强盗头子看见一支长枪倚在树上，一面盾牌放在地下，堂吉诃德浑身披挂，那忧郁的模样，就像整个人都是忧愁苦闷凝成的。他就过去说：

“老哥，别丧气，你没有落在杀人不眨眼的魔君手里，我罗盖·吉那特①宽厚为怀，不是狠心人。”

堂吉诃德答道：“啊呀！原来你就是英名盖世的罗盖！我丧气不是因为落在你们手里了，我只为自己太不经心，没备上马就给你手下的勇士捉住。按我奉行的游侠骑士道，我应该是自己的哨兵，得时刻戒备。我告诉你，英雄罗盖，假如他们来的时候我拿着长枪和盾牌骑在马上，要我投降可没那么容易！我是堂吉诃德·台·拉·曼却，我的丰功伟绩是举世闻名的。”

罗盖·吉那特一听就知道这人不是吹牛，而是有点疯癫。他常听人讲起堂吉诃德，对这人的所作所为并不信以为真，也不

---

① 西班牙人民所爱戴的侠盗，1611 年带着部下二百人投诚，转入拿坡黎斯境，把部下组成军队，自己当了队长。

能理解一个人怎会那样发疯。他现在碰到堂吉诃德了,可以就近瞧瞧传闻的虚实,所以很高兴,说道:

"勇敢的骑士啊,别懊恼,你这会儿未必倒霉,说不定正由你这点错失,背运倒会往好转。老天爷常由世人意想不到的曲折,把跌倒的人扶起,叫穷人变成富人。"

堂吉诃德正要道谢,背后传来一阵马蹄声。马只有一匹,疾驰而来的是个小伙子,约莫二十来岁,穿一套滚金花边的绿色锦缎骑马裤和宽大的短上衣,帽上像瓦龙人①那样斜插着羽毛,称脚的皮靴上打着蜡,一对马刺、一柄匕首、一把剑都是镀金的;他手里拿一支小火枪,腰左右各插一支手枪。罗盖闻声回头,只见这漂亮的少年上前来对他说道:

"大勇士罗盖呀,我是来找你的;我遭了祸,你纵然救我不了,也可以助我一臂之力。你不会认识我;让我自己介绍吧,免得你摸不着头脑。我是你好朋友西蒙·佛尔德的女儿克劳迪娅·黑隆尼玛。我爸爸的死冤家克拉盖尔·多尔瑞利亚斯也是你的冤家,他那帮人是和你作对的。你知道,这多尔瑞利亚斯有个儿子名叫堂维山德·多尔瑞利亚斯——反正不到两小时以前有这么个姓名的人。他就是我这桩祸事的根苗。我不啰唆了,只简单讲讲怎么回事。他看中了我,向我求情;我没有拒绝,瞒着爸爸也爱上了他。姑娘家尽管躲在家里不见外人,她要爱上人总有机会。干脆说吧,我们俩订下了婚约;不过我们的交情只到此为止。我昨天听说他背约要娶别人,今天早上结婚。我又急又气,按捺不住,乘我爸爸出远门还没回来,忙穿上这套衣服,

---

① 比利时南部居民。

骑着这匹马拼命去赶堂维山德，离这儿大约一哩瓦追上了他。我没去向他抱怨或听他推诿，就对他开枪了；先用这支火枪，接着又用了这两支手枪。我相信他身上中的子弹绝不止两颗。我溅了他的鲜血，争回了自己的体面。他有一群佣人围绕着，我就撇下他走了。他们没敢抵抗，也没那本事！我现在要请你把我送到法兰西去投靠亲戚，还求你保护我父亲，别让堂维山德一帮的那许多人放肆报复。”

罗盖想不到克劳迪娅这么个美人却是敢作敢为的女侠，竟干出这等事来。他说：

“来吧，小姐，咱们且去看看你那个冤家死了没有，再斟酌下一步该怎么办。”

堂吉诃德留心听着两人说话，这时插嘴道：

“这位小姐不用别人保护，这是我的事！把我的马匹和兵器拿来，你们在这里等着我。我去找那绅士，管他是死是活，一定叫他说了话当话，对得起这位美丽的姑娘。”

桑丘说：“我主人作成人家的婚姻很有一手，你们尽管放心。有个小伙子也是订了婚又赖婚，前几天由我主人成全了他们的姻缘。要不是魔法师和我主人捣乱，把那小伙子变成了小厮，那姑娘这会儿早已不是闺女了。”

罗盖关念着克劳迪娅美人的事，并没有听见他们主仆的话。他吩咐喽啰们把灰驴驮带的东西全还给桑丘，各自退守昨晚派定的岗位；他随即和克劳迪娅飞马去找堂维山德，瞧他受了伤是否死了。他们到了克劳迪娅向堂维山德开枪的地方，不见那人，只见地上新溅的鲜血；放眼四望，看见山头一簇人，料想是堂维山德的佣人，或是抬着主人的尸体去埋，或是人还活着，送去治疗。他们料得不错。两人急急追去;那群人走得慢,一下就追上了。只见堂维山德由那些佣人抱着,奄奄一息地求他们把自己放下,让他死吧,他伤口疼痛得不能忍受了。

克劳迪娅和罗盖跳下马,赶到他身边。那些佣人看见罗盖吓得战战兢兢;克劳迪娅见了堂维山德心情激动,虽然铁青了脸,还未免有情,近前去握住他双手说:

“你要是不负心背约,哪会到这个地步。”

受伤的人睁开半闭的眼睛,看见克劳迪娅,说道:

“漂亮的小姐,你准是有什么误会了。我知道是你对我下毒手。你怎么对得起我的一片情意呢?无论我的心念或是我的行为,都没有一分一毫辜负了你呀。”

克劳迪娅说:“你今天不是要和富农巴尔瓦斯特罗的女儿蕾欧诺拉结婚吗?难道那是没影儿的事吗?”

堂维山德说:“确实没影儿。是我的灾晦,叫你听到这么个消息,一生气就要了我的命。我死在你的手里和你的怀里,就很幸福。你如果愿意,咱们握手行了婚礼吧;你就知道我刚才说的都是真话。你既然以为我辜负了你,那么我这样赔礼再好没有了。”

克劳迪娅紧握着堂维山德的手,悲伤得倒在他血污的胸口。他一阵抽搐,也死过去了。罗盖慌了手脚;那些佣人忙舀了些凉水,对他们脸上喷洒。克劳迪娅苏醒过来,堂维山德却一命呜呼了。克劳迪娅看到亲爱的丈夫已经死去,呼天抢地的大哭。她把自己的头发揪下乱扔,把脸皮也抓破,做尽伤心人表示悲痛的种种举动。

她自怨自责道:“顾前不顾后的狠心女人啊!你真是轻率,

怎么由着坏心摆布，干出这等事来！为爱情赌气，就丧心病狂了！我的丈夫呀，我爱你却是害你，把你从洞房推进坟墓！”

克劳迪娅哭得非常伤心，向来不惯流泪的罗盖也陪着流泪了。那些佣人都哭，克劳迪娅哭晕了几次；山头上一片悲声。罗盖·吉那特吩咐堂维山德的佣人把尸体抬到主人家所在的附近村上去埋葬。克劳迪娅告诉罗盖她已经看破世情；她有个姑母是修道院长，她打算进修院奉事上帝了却余生。罗盖称赞她主意打得好，还答应不论她到哪里，他都愿护送，如果堂维山德的亲属或任何人冒犯她父亲，他一定抵制。克劳迪娅坚决不要他送，忍泪谢了他，就哭着走了。堂维山德的尸首由他的佣人抬走；罗盖也回到同伙那里去。克劳迪娅·黑隆尼玛的恋爱就这样了结。这又何足怪呢？她这段伤心史都由吃醋赌气造成；醋海风波是凶险的，能断送一切。

罗盖·吉那特回去，看见喽啰们还守在指定的地方，堂吉诃德骑着驽骍难得正在他们中间演说呢。他说做强盗性命难保，灵魂还得受罪，劝他们改行。可是他们多半是粗犷的加斯贡人，听不进堂吉诃德的话。罗盖一到，就问桑丘·潘沙，灰驴驮带的财物归还他没有。桑丘说还了，不过还欠三块头巾，一块足足抵得过一座城池的价值。

旁边一人说：“这家伙！胡说什么呀？头巾在我手里，值不了三瑞尔。”

堂吉诃德说：“这话不错。不过我侍从也有道理；那是人家送的，物轻人意重。”

罗盖叫那人立刻把三块头巾还给桑丘。他命令部下一翅儿排开，把上次分赃以来抢到的衣服、珍宝、钱财全都拿出来放在面前。他一眼就估定了价值,分不开的折成钱,然后分给大家。他分得非常公平,没一点偏差。大家都称心满意。罗盖分完了,对堂吉诃德说:

“要是不能分得这么均匀,休想和他们合伙。”

桑丘插嘴道:

“我这会儿看到了,公平真是好,连强盗也非公平不可。”

一个喽啰听见这话,举起枪柄要打桑丘;要不是罗盖·吉那特大声喝住,他准把桑丘打得头开脑裂。桑丘吓软了半边,打定主意,和这帮人在一起,再也不开口了。

有些喽啰守在路旁窥伺来往的人,这时跑来报告罗盖:

“头领,离这儿不远,到巴塞罗那去的路上来了大队人马。”

罗盖说:“是找咱们的,还是咱们要找的人? 看得出吗?”

那喽啰说:“正是咱们要找的人。”

罗盖说:“那么全伙出动,马上把他们押来,别跑掉一个。”

大家奉命出发,只有堂吉诃德、桑丘和罗盖留在那里等着,瞧他们押些什么人来。当时罗盖对堂吉诃德说:

“堂吉诃德先生,您大概觉得我们这种生活很新奇吧? 我们干的事和遇到的事确实都新奇,而且都危险。我老实说,我们提心吊胆过日子,没一刻安闲。我干这一行是因为受了屈,要吐一口气;那口怨气,随你性情多么和平也是憋不住的。我天生心肠软,不肯害人。可是受了那场冤屈,一心要报复,就顾不得自己的好心善意,咬紧牙关走上了这条路。‘深渊和深渊响应’①,坏事牵动坏事;我接二连三,不仅为自己报仇吐气,别人有冤,也

① 引《旧约全书·诗篇》第四十二篇第七节。

都由我来代打不平。不过我靠上帝保佑,虽然走上邪路,还指望能回到光明大道上来呢。”

堂吉诃德听罗盖说话和善近情,出乎意料,因为他以为杀人抢劫的家伙没一个好心眼。他说:

“罗盖先生,治病第一得看准病情,下了药还得病人肯吃。您现在是有病,也知道自己的病情;上天——该说上帝——是我们的医师,会给您对症下药。药不是仙丹,不会一吃就好,可是吃下去逐渐会见效。还有一层,聪明人犯了罪,比笨人改得快。从您话里可见您很明白。您只要勇于改过,耐着性子等待,良心的毛病自会逐渐好起来。如果您要找一条解救自己的捷径,您就跟我走吧;我教您做游侠骑士。您经历了千艰万难,借此吃苦赎罪,转眼就可以升入天堂。”

罗盖听了堂吉诃德的劝告不禁大笑。他掉转话头,讲了克劳迪娅·黑隆尼玛的惨事。桑丘听了非常伤心,因为他对那位姑娘的美丽、勇敢和泼辣都钦佩得很。

出去打劫的喽啰回来了。他们押着两个骑马的绅士,两个步行的朝圣者,一车妇女,六个护送的佣人,有步行的,也有骑马的,还有跟那两个绅士的两名骡夫。喽啰把掳来的一群人围在中间;大家鸦雀无声,等候罗盖·吉那特大王发落。他就问两个绅士是什么人,到哪里去,带着多少钱。一个绅士答道:

“先生,我们俩是西班牙的步兵上尉。我们的部队在拿坡黎斯。据说有四艘海船停在巴塞罗那,奉命要开往西西里岛;我们是去上船的。我们身边有二三百艾斯古多;当兵的向来穷,没几个钱,我们有这许多就很富裕了。”

罗盖照样又问那两个朝圣者。据说他们打算上船到罗马

去,两人的钱凑在一起大概有六十瑞尔。罗盖又问车上是谁,到哪里去,带多少钱。一个骑马的说:

"车上是我们的女主人拿坡黎斯法院院长夫人堂娜玖玛·台·基纽内斯;她带着一个小女儿、一个使女和一个傅姆。我们六人是护送的,身边有六百艾斯古多。"

罗盖·吉那特说:"那么,咱们一起有九百艾斯古多、六十瑞尔。我部下大约有六十人。瞧每人该分多少吧,我不大会算。"

一群强盗听了这话,齐声高呼:

"罗盖·吉那特长命百岁! 谁想干掉他就是狗强盗! 休想! 休想!"

被俘的一群眼看自己的钱要抄去了,两个上尉神色焦急,法院院长夫人满面愁容,两个朝圣者也垂头丧气。他们的懊恼非常明显。罗盖让他们着急了一会儿,却不愿延长他们的愁苦,他转脸向两个上尉说:

"两位上尉先生请帮帮忙借我六十艾斯古多;法院院长夫人请帮忙借我八十,因为'修道院长靠唱歌吃饭'①,我部下这帮伙伴们得要点饷银。回头我给你们出一张通行证,你们拿了就可以自由走路,不受阻挠;尽管我还有部下分散在附近一带,碰到也不会伤害你们。我绝不愿意冒犯军士和妇女,尤其是贵夫人。"

两个上尉连连道谢,满心感激,觉得罗盖真是宽容大度,不拿他们的钱。堂娜玖玛·台·基纽内斯夫人要下车来亲吻罗盖

---

① 西班牙谚语。

大王的手和脚,可是罗盖怎么也不答应,反请她原谅自己,干了这凶恶的营生,不得已冒犯了她。这位法院院长夫人吩咐她佣人把她份里的八十艾斯古多马上交出来;两个上尉已经掏出了他们的六十艾斯古多。两个朝圣的就要把他们的戋戋之数全部奉献,可是罗盖叫他们别忙;他对部下说:

"这许多艾斯古多你们每人两个,余下二十个;十个给两位朝拜圣地的,十个给这位好侍从,让他给咱们江湖上扬扬名。"

罗盖吩咐把随身带的文具拿来,写了一张向部下头目打招呼的通行证,交给那群被俘的人,就和他们告别,放他们上路。他们想不到罗盖这样豪爽大度,真是个非常人物,觉得这位鼎鼎大名的强盗颇有亚历山大大帝之风。有一名喽啰用半法语半西班牙语说:

"咱们这位头领不配当好汉,只配做修士;以后他再要卖弄慷慨,用他自己的钱吧,别使我们的。"

这个倒霉家伙声音大了些;罗盖听见了,拔剑把那人的脑袋险的劈作两半,一面说:

"谁口吐狂言,肆无忌惮,我就这样责罚!"

大家吓怔了,谁也没敢哼一声。他们对他就是这么服服帖帖。

罗盖走过一边去,写信给巴塞罗那城里的一个朋友,通知他说:众口传扬的堂吉诃德·台·拉·曼却正在他那里,这位著名的游侠骑士是最有趣味最有识见的人;他罗盖就要把这位先生送到巴塞罗那来,四天以后,在施洗约翰的纪念日①,如到城外海边去,就

① 指为耶稣施洗的圣约翰。按日期推算,这里说的不是他生日(6月24日)而是他被希律王杀头的日子(8月29日)。

能见到他们主仆——骑士全身披挂,骑着驽骍难得,侍从桑丘骑驴跟随。罗盖嘱咐朋友把这消息传给尼阿罗一帮朋友,让他们拿堂吉诃德打趣取乐,可是别让他的冤家加台尔一帮知道了也来趁热闹①。不过这件事办不到。因为堂吉诃德的疯狂和高明,以及他侍从桑丘·潘沙的滑稽,都注定是供全世界娱乐的。罗盖派一名喽啰送信;那人就乔装成老乡,混进巴塞罗那去。

第六十一章

堂吉诃德到了巴塞罗那的见闻,
还有些岂有此理的真情实事。

堂吉诃德和罗盖一起过了三天三夜;他们生活里的新奇事层出不断,即使是三百年也没个穷尽。他们天亮在这里,吃饭又在那里;有时拔队逃跑,却不知躲谁;有时原地等待,也不知等什么。他们站着睡觉,才做了半个梦,又转移到别处去。他们成日成夜忙着放哨、望风、吹旺火枪里的引火绳,不过他们没几支火枪,多半用燧发枪。罗盖不和部下一起过夜;他在哪里总瞒着他们。因为巴塞罗那总督出了许多告示要他的命;他战战兢兢,对谁都不敢托大,怕自己部下行刺,或捉他去报功。他的生活真是

① 尼阿罗(los Niarros)、加台尔(los Cadeles)当初是敌对的两个政党,后来变为互相残杀的两帮强盗。

辛苦得很。

罗盖带着堂吉诃德、桑丘和六个喽啰抄荒僻小道到巴塞罗那去。圣约翰节的前一晚，他们到了城外海边。罗盖拥抱了堂吉诃德和桑丘，给了桑丘上次许他的十个艾斯古多，和他们主仆客套一番，郑重告别。

罗盖走了，堂吉诃德就在马上等天亮。一会儿东方发白，晨光静穆，照得花儿草儿欣欣向荣。忽听到悦耳的喇叭、铜鼓和铃铛声，还有"走开！走开！靠边儿！靠边儿！"的喝道声，好像有人从城里出来。太阳要亮相，驱开朦胧晓色，露出它那个比盾牌还大的脸盘儿，从海上缓缓高升。

堂吉诃德和桑丘放眼四看，见到了生平未见的大海，只觉浩浩渺渺，一望无际，比他们在拉·曼却所见的如伊台拉湖大多了。海边停泊的一艘艘海船，正在卸船篷①，上面张挂的许多彩带和细长三角彩旗在风里抖动，蘸拂着水面。船上喇叭、号角众音齐奏，远近军乐一片悠扬。海船开动了，在平静的水面摆出交战的阵势。顿时有无数骑兵应战似的从城里奔驰而来，都制服鲜明，马匹雄健。船上的战士连连放炮，城上也放炮回敬。城上炮声震天，惊心动魄，海船的大炮也声声相应。大地如笑，海波欲话，天气清朗，只有炮火的烟雾偶尔浑浊了晴空；这种情景好像使人人都兴致勃发。桑丘不明白怎么海上浮动着的庞然巨物会有那么许多脚②。

那群穿制服的骑兵声声欢呼，呐喊着"利利利"③，奔驰到堂

---

① 这是遮阳挡雨的帆布顶篷。

② 指划船的桨。

③ 或"雷利利"，阿拉伯人战斗和庆祝时的呐喊，参看本书269页注①。

吉诃德面前,弄得他莫名其妙。其中一个是得到罗盖传信的朋友;他高声向堂吉诃德说:

"欢迎啊,游侠骑士道的模范和师表、启明星和北极星——您的名称一时上都说不尽。英勇的堂吉诃德·台·拉·曼却,欢迎您到我们城里来!您是历史家熙德·阿默德·贝南黑利笔下那位真实的堂吉诃德,不是那部骗人的新书里伪造的冒牌货。"

堂吉诃德还没答话;那几个骑兵不等他开口,领着队伍围绕着他左旋右转,转成个螺旋形。堂吉诃德回身对桑丘说:

"这些人认识咱们。我可以打赌,他们读过咱们的故事,连阿拉贡人新出版的那一部都读过。"

和堂吉诃德攀话的骑兵又转回来说:

"堂吉诃德先生,请您和我们同走吧。我们都是为您效劳的,都是罗盖·吉那特的好朋友。"

堂吉诃德答道:

"骑士先生,大概礼貌是孳生不息的;罗盖大王对我的盛情传给你们,你们又对我这样客气。我一定追随你们,唯命是从;如果我也能为你们效劳,我就更高兴了。"

那位绅士也照样客套一番,大队人马就簇拥着堂吉诃德,在喇叭铜鼓声里进城。魔鬼专干坏事,小孩却比魔鬼还坏。两个顽童在堂吉诃德一伙进城的时候挤进人群,挨到他们身边,一个掀起灰驴的尾巴,一个掀起驽骍难得的尾巴,各把一束荆棘插进它们的身体。两头可怜的牲口觉得剧痛,就夹紧了尾巴;一夹紧越发疼痛难熬,只顾乱蹦乱跳,把两位主人都掀下地去。堂吉诃德又羞又窘,忙给他那匹老马拔掉尾下的装饰品;桑丘也给灰驴拔掉。带领堂吉诃德的几名骑兵要去打那两个顽童,可是他们早混进周围千百成群的孩子里去,没法奈何他们了。

堂吉诃德和桑丘又骑上牲口,还那么缓步从容,随着音乐,跑到带头的那位绅士府上。那是个高门大宅;干脆说吧,是个有钱人家。熙德·阿默德暂把他们主仆撇在那里了,我们也就撇下他们再说吧。

第六十二章

一个通灵的人头像,以及不能从略的琐事。

堂吉诃德的东道主名叫堂安东尼欧·台·莫瑞诺。他是个有风趣的富绅,喜欢开开玩笑,可是不失分寸,不伤和气。他既已把堂吉诃德请到家来,就想揭他的疯狂给大家取乐,而又手段巧妙,不招他本人生气。惹人气恼,不算玩笑①;得罪了人取笑就不值一笑。堂安东尼欧一上来先请堂吉诃德卸下盔甲,让他像上文屡见的那样穿着麂皮紧身,到他家阳台上去亮亮相。阳台下临城里最热闹的大街,来往行人都望得见。许多大人小孩就像看猴儿似的看堂吉诃德。制服漂亮的骑兵又在堂吉诃德面前驰骋,仿佛他们穿上节日服装是专供堂吉诃德检阅的。桑丘高兴无比,好像莫名其妙地又碰上卡麻丘

① 西班牙谚语。

结婚之类的事，或闯进了堂狄艾果·台·米朗达家或公爵府那样的人家。

堂安东尼欧那天请几个朋友吃饭；大家对堂吉诃德都恭恭敬敬，把他当游侠骑士看待。他洋洋得意，喜形于色。桑丘的趣谈妙语连一接二，宾主和全家佣人都听得聚精会神。饭时堂安东尼欧对桑丘说：

"桑丘老哥啊，我们这儿知道你最爱吃白鸡①和肉丸子，吃不了就揣在怀里，明天再吃。"

桑丘说："没那事儿，先生，我是爱干净的，并不馋。我主人堂吉诃德在这里呢，他还不知道吗，我们俩一把橡树子或核桃往往吃个七八天呢。有时碰上人家给我一头小母牛，我就赶快拿了拴牛的绳子赶去，那倒也是真的。就是说呀，人家给我什么，我就吃什么，不错过机会。谁说我馋嘴肮脏，我就要告诉他不是那么回事——这话我还另有个说法呢，不过碍着在座各位贵宾，我就不说了。"

堂吉诃德道："真的，桑丘吃得又清淡，又干净，这是可以写刻在铜碑上万世流传的。他饿了确也有点狼吞虎咽，因为吃得快，两边大牙一起嚼；不过总很干净，一点不肮脏。他做总督的时候学得吃相秀气极了，吃葡萄呀，甚至吃石榴子呀，都用餐叉扦着送到嘴里去。"

堂安东尼欧说："啊呀！桑丘做过总督吗？"

桑丘说："做过啊，在一个海岛上，叫便宜他了岛。我做了

① 鸡的胸脯肉，上浇牛奶、糖和米粉做的浆汁。这是阿维利亚内达的书上说的。

十天总督，分内该做的事一一都做了。那十天真忙，没一会儿安闲。我得了这番经验，对世界上所有的总督职位都不稀罕了。我从岛上逃出来，又掉在坑里，拿定要送命了，想不到还能活着出来。”

堂吉诃德把桑丘做总督的事细细讲了一遍，大家听得津津有味。

饭后，堂安东尼欧拉了堂吉诃德的手到一间屋里。全屋没有陈设，只有一张好像碧玉做成的独脚桌子；桌上供一个好像铜铸的半身人像，仿佛罗马帝王的头像那样连着胸脯。堂安东尼欧带堂吉诃德满屋走了一转，又围着桌子绕了几圈，然后说：

“堂吉诃德先生，我已经看了咱们这里确实没有外人，门也锁着。我现在要告诉您一桩怪事，或者该说是一件奇闻，不过您得严守秘密。”

堂吉诃德道：“我发誓决不泄露，还可以保证上再加保证。”他又称呼着这位新相识的名字说：“我告诉您，堂安东尼欧先生，您的话只从我耳朵里进去，决不从我嘴里出来。您想说什么，尽管放心说，我一定守口如瓶。”

堂安东尼欧说：“您既然这么担保，我就要叫您见所未见，闻所未闻了，您准会大吃一惊的。我把闷在心里不敢告诉人的秘密吐露出来，也可以松一口气。”

堂吉诃德不懂为什么这样郑重其事，急要知道究竟。堂安东尼欧就拉着他的手去摸那个铜人头，又把碧玉的独脚桌子从面到脚都摸遍，然后说：

“堂吉诃德先生，这个人头是世界上第一流魔法师制造的。

他大概是波兰人。他师父艾斯戈迪留是有名的[①]，据说干过许多神奇的事。那波兰法师在我家住过。我出一千艾斯古多请他制造了这个人头。如果凑近它耳朵随便问什么话，它都能回答，这就是它独具的神通。那法师画符念咒，上观天象，选了好时辰动手，造成这个人头。咱们明天可以试验一下；今天不巧是星期五，它星期五是不开口的，只好等明天。您可以先想想要问什么话。我见识过这种人头，知道它回答的话句句都准。"

堂吉诃德觉得一个人头有这种本领离奇得很，对堂安东尼欧的话不大相信；不过马上可以试验，也就不愿多说，只谢他向自己推心置腹。他们出来，堂安东尼欧又锁上门，两人同上客厅。当时其他男客都在那里听桑丘讲他主人遭逢的种种奇事。

那天下午，他们带堂吉诃德上街逛逛。他没有披挂，只是随常出门装束，穿一件黄褐色呢大衣。那么大热天穿了那件大衣，便是冰块也要冒汗的。主人家叫佣人们设法绊住桑丘，不让他出门。堂吉诃德上街骑的不是驽骍难得，却是一匹稳重的大骡子，鞍辔很鲜明。他们给堂吉诃德穿上大衣，偷偷在衣背钉一方羊皮纸，上面大字写着"这是堂吉诃德·台·拉·曼却"。街上人看见堂吉诃德，就看见他背上的标签，都念道："这是堂吉诃德·台·拉·曼却。"堂吉诃德以为路上的人都认识自己，大为惊讶，转脸向并辔而行的堂安东尼欧说：

"游侠骑士道最受人器重，谁当了骑士就名满天下，天涯海角的人都知道他。不信，您瞧瞧吧，堂安东尼欧先生，这里的小孩子几时见过我呢，可是连他们也认识我。"

---

① 当时有几个同名的天文家和魔术家，不能断定作者指的究竟是谁。

堂安东尼欧说："对呀，堂吉诃德先生。美德像火一样包藏不住，一定冒出头来。您干的这一行尤其光芒四射，盖过一切。"

堂吉诃德正骑骡在街上缓步徐行，可巧有个咖斯底利亚人①读了他背上的大名，高声说道：

"倒霉的堂吉诃德·台·拉·曼却！你背上挨了不知多少板子，你怎么还没送命，却跑到这里来啦？你这疯子！自己在家里发疯也罢了，还惯把你交往的人都变成疯子和傻瓜；不信，瞧瞧和你一起的几位先生就知道了。糊涂虫啊，你还是回家去，照管自己的家产和老婆孩子吧，别再疯疯癫癫，闹得迷糊了心窍。"

堂安东尼欧说："老哥，你走你的路；没请教你，别来训人。堂吉诃德·台·拉·曼却先生心里雪亮，我们和他一起的也并不糊涂。美德是到处都尊重的。让你倒尽了霉吧！人家又没招你，多管什么闲事！"

那加斯底利亚人说："您这话真是不错。向这位好先生进忠告，就是找钉子碰。不过据说这疯子对什么事都识见高明；他这副好头脑全给游侠骑士道毁了，实在可惜！从今以后，即使我活一千岁，即使有人向我请教，我要再给他进忠告，让我和子子孙孙都像您说的那样倒尽了霉吧。"

那个进忠告的人走了，他们继续闲逛。可是大人小孩都跑来读那标签，拥挤不堪，堂安东尼欧只好假装给堂吉诃德掸掸

① 堂吉诃德的家乡拉·曼却在咖斯底利亚；巴塞罗那在咖斯底利亚东北的加塔卢尼亚。

背，把那方纸取下。

他们天黑才回家。当晚有个女客的跳舞会。堂安东尼欧的妻子是美丽活泼又有风趣的一位贵夫人。她为堂吉诃德请了几个女友作陪客，让她们瞧瞧这古怪的疯人，借此消遣。大家吃了一餐丰盛的晚饭，十点左右舞会开始。有两个女客很淘气促狭，虽然是正经女人，她们为了开个把不得罪人的玩笑，却有点放肆。她们俩无休无歇地拉堂吉诃德跳舞，折磨得他不仅身体疲惫，精神也很烦倦。他那模样煞是好看：又高、又细、又瘦、又黄，紧窄窄的衣服，僵撅撅的身子，举动又非常笨滞。两个年轻太太假意偷偷儿向他送情，他也悄悄地表示谢绝；可是瞧她们纠缠不已，就高声说：

"'害人鬼怪，速去勿待'①！我不要这种情意，别来缠我！两位夫人自己识趣吧。绝世美人杜尔西内娅·台尔·托波索独霸着我这颗心呢，不容我接受别人的撩拨。"

他跳舞跳得精疲力竭，一面说着话，一面就在客厅当地坐下了。堂安东尼欧叫人把他抬上床去。桑丘抢先上来拉着他说：

"我的主人先生，您真是倒了霉，跳什么舞呀！您以为勇敢的人都能跳舞、游侠骑士都是舞蹈家吗？我说呀，您要是这么想就大错了。有人宁愿拼着性命杀个巨人，也不愿跳舞。要是手拍脚的蹦跳，您如果不会，我还可以替您，我跳得像老鹰一样灵活呢；跳舞我可一点儿不会。"

桑丘这番话说得大家都笑了。他伺候主人上床安睡，给他盖好毡子，让他出汗；如果跳舞着了凉，就可以发散掉。

---

① 常用的拉丁文驱鬼咒语。

第二天，堂安东尼欧觉得可把人头的法术试验一番了。参与的客人有堂吉诃德、桑丘和堂安东尼欧的两个朋友；舞会上折磨堂吉诃德的两位夫人当晚由堂安东尼欧夫人留住过夜，这时也在里面。堂安东尼欧带他们进了安放人头的屋子，锁上门，介绍了那人头的神通，嘱咐大家切勿外传，并且说，究竟如何还没试验过呢。堂安东尼欧已把个中奥妙告诉他这两个朋友；他们要不是事先知道，也会像其他客人一样吃惊的。怎不叫人吃惊呢，那东西是煞费心思才制造出来的呀。

堂安东尼欧首先凑到人头的耳边，放低了声音，可是大家都听得见；他问道：

"脑袋，凭你的本领说说吧，我这会儿在想什么？"

那脑袋并不掀动嘴唇，声音却清清楚楚，在场的人都听见，它说：

"我不知道人家的心思。"

大家很惊奇，尤其看到桌子周围和整间屋里不可能有人代答。

堂安东尼欧又问："这里有几个人？"

还是那个声音轻轻答道：

"有你和你夫人、你的两个朋友、你夫人的两个朋友，还有一位著名的骑士堂吉诃德·台·拉·曼却，再加他的侍从桑丘·潘沙。"

大家越加吃惊，吓得毛发都竖起来。堂安东尼欧退立一边说：

"行了，你是个聪明的脑袋，会说话的脑袋，能回答问题的脑袋，神奇的脑袋！现在我知道花了钱没有上当。谁有什么要问的，上来问吧！”

女人一般都任性，而且好奇。堂安东尼欧夫人的一个女友抢先过去问道：

“脑袋呀，我问你，我要变成个很美的美人，有什么办法吗？”

回答说：

“只要很端重就行。”

那位夫人说：“我不多问了。”

她的女伴随即凑近去问道：

“脑袋呀，我想问问，我丈夫真心爱我吗？”

回答说：

“瞧他怎么待你，就会明白。”

那位太太退下来说：

“这还用问！要知道心思，当然得瞧行为呀。”

堂安东尼欧的一个朋友接着上前去问脑袋：

“我是谁？”

回答说：

“你自己知道。”

那绅士说：“我不问这个，只问你是否认识我。”

回答说：“认识呀，你是堂贝德罗·诺利斯。”

“脑袋呀，你真是什么都知道，我不想多问了。”

他退下来，另一个朋友上去问道：

“脑袋呀，请问你，我的大儿子有什么心愿？”

回答说：“我说过不知道人家的心愿。不过我可以告诉你，你儿子的心愿是要埋葬你。”

那绅士说："这真是眼睛能见，手就指点①。"

他不再多问。堂安东尼欧太太近前去问道：

"脑袋呀，我没别的要问，只想请教你，我的好丈夫是否长寿？"

回答说：

"是！寿长着呢。他身体健康，起居有节，这样就能延年益寿。许多人生活没有节制，往往促短了寿命。"

然后堂吉诃德近前去说：

"你是能解答问题的，请问，我在蒙德西诺斯地洞里那段故事，是真的还是做梦？我侍从桑丘答应的那些鞭子，靠得住吗？杜尔西内娅能摆脱魔缠吗？"

回答说："地洞里的事很难说，也有真，也有梦。桑丘答应的鞭子得慢慢儿来。杜尔西内娅的魔缠到时自会摆脱。"

堂吉诃德说："我没有别的要问了。我只要能看到杜尔西内娅摆脱磨难，我就如愿以偿，欣喜透顶了。"

末了桑丘上前去问道：

"脑袋啊，我还会当总督吗？我能有朝一日，摔掉当侍从的苦差吗？我能再见老婆孩子吗？"

回答说：

"你可以做一家之主。你几时回家，就能见到你的老婆孩子。你不伺候人，就不当侍从了。"

桑丘说："真是好！这话我自己会说呀。预言家贝罗格鲁留②

---

① 西班牙谚语。

② 贝罗格鲁留（Perogrullo），传说中的滑头预言家，西班牙民间歌谣举例如下：你走在女人前头，就有女人跟随；你有舌头，就会说话；你有大牙，就不是没牙；你一照镜子，就会看见自己的脸。

也不过是这么说。”

堂吉诃德说：“蠢货，你要怎么回答呀？这脑袋有问必答，不就行了吗？”

桑丘说：“是行了呀，可是我要它再多讲点儿、多说点儿呢。”

问答到此为止，可是大家还惊骇不止；只有堂安东尼欧的两个朋友知道底细，不以为奇。熙德·阿默德·贝南黑利立即揭开盖子，省得大家纳闷，以为那脑袋有妖法或神通。据说马德里有个巧匠制造了这么个人头，堂安东尼欧·台·莫瑞诺曾经见过，就在自己家里仿造一个，捉弄不知情的人。人头造得很巧。桌面和独脚都用木板做成，上色髹漆得像碧玉一样。脚底下伸开四爪，就支撑得平平稳稳。那脑袋仿佛罗马帝王的头像，颜色像青铜，里面是空的。桌面也是空的，人头安在桌上严丝合缝，衔接的痕迹分毫不露。桌子脚也是空的，通连人头的脖颈。这套东西直通连到下层屋里。一根铅皮管子从下到上贯通桌脚、桌面和人头的脖颈。管子安装得很妥帖，谁也看不出。答话的人在通连的下层屋里，嘴唇凑着管口；管子上下传声，仿佛扩音喇叭，句句话都传播得清清楚楚。这套玩意儿把局外人都蒙骗了。堂安东尼欧有个侄儿是伶俐聪明的大学生；答话的就是他。他事先知道哪些人那天和他伯父同在安放人头的屋里，所以听到第一个问题对答如流，又快又准。答别的话只凭猜测；他是个聪明人，话也答得聪明。熙德·阿默德还讲到这事的下文。城里不久传开了，说堂安东尼欧家里藏着一个有神通的人头，问它什么就答什么。我们宗教的卫士耳目灵敏；堂安东尼欧怕他们知道，忙把实在情况上报宗教法庭的官长。他们下令拆掉这套装置，别再闹下去，害无识之众大惊小怪。所以十一二天后那神奇的脑袋就毁了。可是在堂吉诃德和桑丘·潘沙的心眼里，人头还是通灵的，能回答问题；尽管没叫桑丘满意，堂吉诃德却非常称心。

城里的绅士要讨好堂安东尼欧，又要招待堂吉诃德，借此瞧瞧他的疯疯傻傻，准备六天后举行一场挑圈比赛。不过这又给别的事挤掉了。堂吉诃德有兴在城里逛逛，怕骑了马小孩子缠他，就带着桑丘和堂安东尼欧拨给他当差的两个佣人步行出门。他们正在街上走，堂吉诃德抬眼看见一处门额上写着“承印书籍”几个大字。他很高兴，因为从没见过印书，很想瞧瞧。他就带着人跑进去。只见一处正在印，一处正在校样，这里在排版，那里在校对；反正都是大印刷厂里工作的常套。堂吉诃德走到一个活字盘旁边，问他们干什么呢。那些工人向他解释了一番。他很惊奇，又往前走。在另一处他凑到一个工人面前，问他在干什么。那工人说：

“先生，”他指指旁边一个相貌端正、神情庄重的人说，“这位先生把一本意大利文的书翻译成咱们西班牙语，我正在排版，准备拿去印。”

堂吉诃德问道：“书名叫什么呢？”

译者答道：

“先生，书名原文叫 Le Bagatelle。”

堂吉诃德问道：“照咱们西班牙语，Le Bagatelle 怎么说呢？”

译者说：“用咱们的话，Le Bagatelle 就是‘小玩意儿’。虽然据名称像是小品，内容却很有意思，也很重要。”

堂吉诃德说：“我懂一点点意大利文，常卖弄自己能唱几句阿利奥斯陀的诗。我的先生，我不是考您，不过出于好奇，想向您请教：您翻译的书里有 piñata 那个字吗？”

译者说：“有，常看见。”

堂吉诃德问：“您怎么翻成西班牙文呢？”

译者说：“还能怎么翻呀？不就是‘沙锅肉羹’吗？”

堂吉诃德说：“我的天哪！您对意大利成语多熟悉啊！我可以跟您着实打个赌：意大利文 piace，您翻的西班牙文是‘喜欢’；意大利文 più，是‘多’；意大利文 su 是‘上面’；giù，是‘下面’。”

译者说：“我确是这么翻的呀，这几个西班牙字跟意大利原文恰好相当。”

堂吉诃德说：“我敢发誓，您不是当代的著名人士。这个世界专压抑才子和杰作，辜负了不知多少本领，埋没了不知多少天才，冷落了不知多少佳作！不过我对翻译也有个看法。除非原作是希腊、拉丁两种最典雅的文字，一般翻译就好比弗兰德斯的花毡翻到背面来看，图样尽管还看得出，却遮着一层底线，正面的光彩都不见了。至于相近的语言，翻译只好比誊录或抄写，显不出译者的文才。这不是轻视翻译；有些职业比这个还糟，赚的钱还少呢。可是有两个著名翻译家是例外。一个克利斯多巴尔·台·费格罗阿博士①，他翻译了《忠实的牧人》；另一个是《阿明塔》的译者堂胡安·台·郝瑞基②。他们翻译得非常完

---

① 《忠实的牧人》(*Il pastor fido*，1590)，作者是意大利诗人巴普悌斯塔·瓜利尼(Battista Guarini)，译者是克利斯多巴尔·苏阿瑞斯·台·费格罗阿(Cristóbal Suárez de Figueroa)，不是克利斯多巴尔·台·费格罗阿(Cristóbal de Figueroa)。

② 《阿明塔》(*Aminta*)，作者是意大利诗人塔索(Torcuato Tasso)，译者是诗人兼画家，塞万提斯的朋友。

美，简直和原著难分彼此。可是我请问，您出版这本书是自负盈亏，还是把版权卖给书店了？”

译者说：“我自负盈亏。这第一版印两千本，每本定价六瑞尔，转眼可以销完；我想至少能赚一千杜加。”

堂吉诃德答道：“真是如意算盘！看来您还不知道书店的交易和他们同行之间的关系呢。您瞧着，将来您背着两千本书，压得腰瘫背折，您就慌了；如果书是平淡无奇、不大够味儿的，那就更没办法。”

译者道：“可是怎么办呀？您要我把书交给书店老板吗？他出三文钱买了我的版权，还好像是对我开恩呢。我出书不为求名，我靠作品已经有名了。我求的是利；没有利，空名值不了半文钱。”

堂吉诃德说：“但愿上帝保佑您一本万利。”

他又走到另一个活字盘前面，看见那里正在校改一大张刚印出来的书，书名是《灵魂之光》①。他看了说：

“这类书尽管多，还是该出版。现在有罪孽的人多；这么许多人沉沦在黑暗里，需要许多指路明灯呢。”

他又往前去，看见那里在校对另一本书。他问起书名，说是叫《奇情异想的绅士堂吉诃德·台·拉·曼却》第二部，作者是托尔台西利亚斯人。

堂吉诃德说：“我听到过这本书。我摸着良心老实说，这样

---

① 作者是教士，名斐利贝·台·梅内塞斯（Felipe de Meneses），1555年出版；十六世纪末到十七世纪初屡次再版。

荒谬的书,我以为早已烧成灰了。不过每头猪都有它的圣马丁日①,它也逃不了。虚构的故事愈逼真愈好,也愈有趣;真事呢,愈确实愈好。”

他面带怒色,走出了印刷厂。那天堂安东尼欧准备带他去参观泊在沿岸的海船。桑丘很高兴,因为生平没见过。堂安东尼欧通知海船舰队司令②,鼎鼎大名的堂吉诃德·台·拉·曼却在他家做客,他们宾主当天下午要上海船参观。舰队司令和城里居民都已久闻堂吉诃德的大名了。这位骑士在海船上的事见下章。

第六十三章

桑丘·潘沙船上遭殃;摩尔美人意外出现。

堂吉诃德全没料到通灵的人头是个骗局,听了它的回答只顾细细思量。他一心只记着杜尔西内娅能摆脱魔缠的那句预言,认为决没有错,所以颠来倒去地想,暗暗欢喜,相信不久就会落实。桑丘虽然像上文说的不愿做总督,却还希望有朝一日又能发号施令、一呼百诺。他做官虽然只不过是一场玩笑,不幸还是上了

① 西班牙谚语,圣马丁与穷人分袍事见本书437页注④。他的纪念日恰是酒神的节日(11月11日),是个大吃大喝的日子,猪养肥了都在那天宰杀。

② 每四只海船成一小舰队,设一司令官。

官瘾。

且说那天下午堂安东尼欧和两个朋友带着堂吉诃德和桑丘到海船上去。舰队司令已经知道堂吉诃德和桑丘要光临，急要看看这两位大名鼎鼎的人物；他们俩刚到海边，几只海船就放下船篷，奏起军乐来。司令船立即放小艇去接；艇上铺着华丽的花毡，安着大红丝绒靠垫。堂吉诃德刚踏上小艇，司令船就带头放礼炮；其他船上一齐响应。堂吉诃德登上右边的扶梯，水手们按欢迎贵宾的惯例，高呼“呜、呜、呜！”三次。舰队司令是巴伦西亚贵族，这里就称为将军；他和堂吉诃德握手为礼，又拥抱了他说：

“我今天见到堂吉诃德·台·拉·曼却先生，真是一辈子最可庆幸的日子，该用白石标志①，纪念游侠骑士的师表到了我们这儿来。”

堂吉诃德受到这样尊敬，非常高兴，也彬彬有礼地答谢。宾主过去坐在船尾半圆形的凳上，那里陈设得很漂亮。水手长跑到中间的过道上，吹哨为号，叫划手脱衣②。他们转眼都把衣服脱下。桑丘看见那么许多人光着膀子，诧怪得眼睛都瞪出来了，又瞧他们一下子扯起船篷，干活儿快得出奇，简直像地狱里出来的一群魔鬼，越发惊讶。不过比了接着来的事，那就算不得什么了。当时桑丘正坐在过道尽头的木凳上③，他旁边是右面末排的划手④。那人是奉了命的，他捉住桑丘，把他高高举起；全船

---

① 希腊风俗白石志喜，已见本书76页注①。

② 海船上要划手使大劲摇船，就叫他们脱衣。

③ 船尾歇船篷绳子的木桩，作战时，司令官就站在上面指挥。

④ 这个人控制全船划手的速度，大家都按照他的快慢划船。

的划手都站在位子上等着,他们从右边开始,一双双胳膊依次轮替着把桑丘高举空中,顺着一个个座儿飞快地往前传送。可怜桑丘给他们转得头晕眼黑,满以为自己落在魔鬼手里了。他们把他传到前排,又转到左边往后传,直把他送回船尾才罢。那可怜虫折磨得喘吁吁直流汗,不明白那是怎么回事。堂吉诃德看见桑丘不生翅膀却在空中飞行,就问将军:这是否初上海船的照例规矩;他不想干这一行,即使有这规矩,他也不愿受这种训练。他对上帝发誓,谁要捉住他叫他在空中飞转,他一定踢得那人魂不附体;说着就按剑站起来。

这时划手们卸下船篷,放倒桅杆,响声惊天动地。桑丘以为天顶脱了榫,要塌在头上了,弯腰坐着把脑袋藏在两腿中间。堂吉诃德也有点吃惊,缩着脖子,面容失色。划手们又竖起桅杆,动作还那么神速,响声也一样大;他们自己却始终哑默悄静,仿佛是没有声音也没有气息的。水手长吹哨命令起锚,一面跳到中间过道上,挥鞭向划手背上乱抽;船就慢慢儿向海上开出去。桑丘把桨当作船身上的脚,看见那么许多红脚一齐挪动,暗想:

"我主人说的着魔是没有的事,这些东西才真是魔法支使的。这群倒霉蛋干了什么事,要挨这样的鞭打呀?吹哨的家伙怎么一个人胆敢鞭打这么许多人呀?现在看来,这里就是地狱了,至少也是炼狱。"

堂吉诃德瞧桑丘在留心观看,就对他说:

"哎,桑丘朋友,你要是肯脱光了膀子,和这群人一起吃鞭子,你解脱杜尔西内娅的魔缠可多省事啊!有这许多人陪着受罪,你的痛苦就分掉了。说不定梅尔林法师瞧这里抽的鞭子劲道足,一鞭当十鞭折算呢。"

将军在旁听了这话不懂，正要请问，瞭望的水手忽有传报：

“蒙灰①发来信号：沿西边海岸有一艘划船。”

将军听了就跳到中间过道上喊道：

“唫！孩子们！瞭望塔发来信号，望见一艘划船，准是阿尔及尔海盗船，咱们别让它溜了！”

其他三艘海船立即开到司令船旁来听指挥。将军命令两艘开到海上去，另一艘跟着司令船沿海岸航行，不让敌船溜走。水手使劲划桨，几艘船如飞地赶去。出海的两艘大约两海里②外就看见敌船了。船上有十四五对桨，远望也看得出是那样配备的船。那艘船上看见了追捕的海船，就赶紧逃跑，以为增加速度就可以脱险。可是这艘司令船恰恰是数一数二的海上快船，一会儿就追上去。那边船上估计逃不了，船长不敢冒犯我们的海船司令，打算叫划手放下桨投降。可是命运另有安排。当时两船已经挨得很近，敌船上能听到喝令投降的声音。那艘船上有十四五个土耳其人；两个喝醉酒的放了两枪，打死了我们船头靠边上的两名水兵。将军因此发誓，等拿住那条船，要把船上的人一一处死。他的船狠命往前冲，反让敌船在桨底下溜跑了；司令船冲过头去好老远，还得掉转身来。敌船自知情势危急，乘这个当儿扯起风帆，帆桨并用，拼命逃跑；可是冒冒失失闯下了祸，卖力也挽救不回，不出半海里就给司令船追上，船舷给司令船上的一排桨搭上③，船上人都活捉过来。另外两艘海船这时也赶到了，四艘船一起带着俘获的船回岸。岸上瞧热闹的人山人海。

---

① 巴塞罗那的堡垒。

② 1海里(milla)合1.6公里。

③ 海船俘虏了一条船，就把一排桨像搭浮桥似的搭在那条船的船舷上。

将军下令各船傍岸抛锚。他望见城里总督也在岸边，忙叫放下小艇去接，又命令放倒桅杆，把捉来的船长和其他土耳其人立即吊在桅杆上绞死。他们一起有三十六人，都是雄赳赳的壮汉，多半是土耳其火枪手。将军问谁是船长。俘虏里有个叛教的西班牙人用西班牙语答道：

"大人，这小伙子是我们的船长。"

他指点的是个俊俏的绝世美少年，看来还不满二十岁。将军对这少年说：

"你这大胆的狗崽子！我问你，你明知逃不了，干吗杀害我的水兵？对司令船有这个礼吗？你该知道，莽撞不是勇敢；希望很渺茫的时候，应该勇敢，可是不能莽撞啊！"

船长不及回答，总督已经带着些仆从和一群城里人上船了，将军忙赶去迎接。

总督说："将军大人，您这场围猎真是满载而归啊！"

将军答道："您大人待会儿瞧瞧这根桅杆上挂的野味，就知道收获着实不小。"

总督问道："这是怎么说呀？"

将军答道："他们无法无天，也不顾向例规矩，杀了我船上两名最好的水兵；我发誓要把俘虏一个个都绞死；最该死的是这小伙子，他是船长。"

他就指给总督看；这小伙子在等死，捆着两手，颈间套着绳索。美貌是无言的推荐①，总督举目，瞧他相貌漂亮文秀，神气很卑逊，就有意饶他一死。他问小伙子道：

---

① 古拉丁诗人(Publius Syrus)所著《格言集》(*Sententiae*)中第一百九十九句。

“船长，我问你，你是土耳其人，还是摩尔人，还是叛教徒呢？”

少年用西班牙语答道：

“我不是土耳其人，也不是摩尔人，也不是叛教徒。”

总督说：“那你是什么呢？”

少年说：“是虔信基督教的女人。”

“女人？又是基督徒？却这样打扮，干下这等事来？太奇怪了！谁相信啊！”

少年说：“各位且慢一慢把我处死，先听听我的身世吧；报复早晚一点没多大出入。”

哪个硬心肠听了这话不发慈悲呢？至少也先要听听那可怜虫有什么说的。将军准许他有话尽管讲，不过他罪大恶极，休想赦免。那少年就讲了自己的身世。

“我爹妈是摩尔人。我们民族不智又不幸，陷进了水深火热的灾难。我两个舅舅当时就把我带到蛮邦去。我声明自己是基督徒——我确实是真正的基督徒，不是假装的，可是他们满不理会。我把这话告诉督促我们流放的官员，也一点没用。我两个舅舅压根不信，以为我是要赖在家乡，撒谎捏造的，所以他们硬逼着我一起走了。我妈妈是基督徒；我爸爸是顶高明的，他也是基督徒。我的信仰是吃娘奶一起吃进去的。我家很有管教；我觉得自己说话行动没一点像摩尔人。这大概可算是美德吧；如果我有几分美貌，我相貌的美和品性的美一齐随着年岁增长。我很谨慎，经常关在家里，不过还是给一个青年公子看见了。他名叫堂伽斯巴·格瑞果琉①，是贵人家的大公子，他父亲的采地

① 本书第五十四章，桑丘和李果德谈起这人，名叫贝德罗·格瑞果琉。

和我们的村子毗连。我们怎么碰见的、怎么来往、他怎么对我倾倒、我又怎么对他有情，这些事说来话长，况且我这会儿脖子上套着绞索，没工夫细讲了。只说堂格瑞果琉愿意陪我们流放。他好在一口摩尔话说得很流利，就和别处出来的摩尔人混在一起，路上和我两个舅舅交上了朋友。我父亲很有远见，听到第一次的驱逐令，就到国外去找安身的地方。他埋藏了许多珍珠宝石和葡萄牙、西班牙的金币，埋藏的地方只有我知道①。他吩咐我，万一他赶不及回来我们就遭到流放，千万别碰他的宝藏。我是听话的。我和那两个舅舅还有别的亲戚朋友们一起到了蛮邦，在阿尔及尔住下；我们从此就好像落在地狱里了。国王听说我是个大美人；可是也算我运气吧，他又听说我是个大财主。他召我去，问我在西班牙住在哪里，带多少钱，有什么珍宝。我把家乡的住址告诉他，说珍宝和钱都在那村里埋着呢，如果让我亲自回去拿，很容易到手。我说着话心上直打哆嗦，只怕他不是贪财而是好色。他和我谈话的时候有人来说，我们一伙有个俊俏无比的美少年。我立刻知道说的是堂伽斯巴·格瑞果琉，他的美貌是难以形容的。野蛮的土耳其人眼里，女人再美也比不上美童子或美少年。我看到堂伽斯巴的危险，代他捏着一把汗。国王立即命令把那少年人带上来让他过目，又问我传说的话是否真实。我当时灵机一动，说那些话是真的，不过我奉告他，那少年不是男子，是像我一样的姑娘。我求他让我去给她换上女装；因为男装不免遮掩了她的美貌，而且她男装拜见国王，也不好意思。国王居然允许，还说过一天再和我商量回西班牙掘藏

① 据本书第五十四章，李果德说，只有他本人知道。

的事。我和堂伽斯巴见了面，告诉他男装要出乱子，就把他扮成摩尔姑娘，当天下午带他晋见国王。国王一见大喜，打算把这个美人留下献给苏丹。他怕后宫的女人忌妒暗害，也怕自己把持不住，就把他寄放在摩尔贵夫人家里，委托她们监护照料。堂伽斯巴就此走了。我不否认自己爱他；我们俩的痛苦，让曾经离别的情人自己体会吧。国王随即定下计策，叫我乘了这艘船回西班牙，叫那两个杀您水兵的土耳其人陪我同走。”她指指最先开口的那人说：“一起还有这个西班牙叛教徒；我知道他暗里信奉基督教，指望留在西班牙不再回蛮邦。别的水手都是摩尔人和土耳其人，他们不过是划手。照国王的命令，船到西班牙，我和叛教徒就换上随身带的基督徒服装；由那两个土耳其人送到岸上。可是那两人又贪又狠，想先沿海游弋，乘机抢劫些财物。他们不听国王的指示，暂且不让我们俩上岸，怕出了岔子，走漏风声，他们给捉住。昨晚我们望见了西班牙海岸，却没注意你们这四艘海船，就给你们看见了。以后的事你们都一清二楚，不用我再多说。现在堂格瑞果琉乔装了女人，混在女人一起，身命难保；我在这里束手等死——也许该说是怕死；我实在也活得腻了。各位先生，我可怜的一生就如此结束了；我命薄运低，讲的都是真情实事。我已经说过，我同族兄弟犯的罪一点没我的份；我求你们许我像基督徒那样忏悔了再死。”

她热泪盈眶，闭口不再多说。许多人陪着直流眼泪。总督恻然动了怜悯之心，一言不发，走到摩尔女郎身边，亲自解开了她的纤手。

信基督教的摩尔姑娘讲她怎么流离颠沛的时候，有个跟总督上船的朝圣老人两眼直盯着她。摩尔姑娘刚讲完，他就赶上去伏在她身边，抱住她的脚泣不成声，说道：

“哎！我可怜的女儿安娜·斐丽斯啊！我是你爸爸李果德！我特地回来找你的；你是我的灵魂，没了你我不能过日子。”

桑丘正低着脑袋，想他这趟出游倒了霉，忽听得这番话，忙睁开眼把那朝圣者细细端详。他认得这人正是自己丢官那天碰到的李果德，这姑娘也确是李果德的女儿。她已经解掉束缚，父女俩抱头大哭。李果德向将军和总督说：

“两位大人，她是我的女儿安娜·斐丽斯·李果德；名字吉利①，遭遇却很不幸。她因为长得美，家里又有钱，很有点名气。我到外国去找安身之地，在德国找到了，就扮成朝圣者和几个德国人结伴回来，打算寻觅我的女儿，发掘我的宝藏。我没找着女儿，只挖到了我埋下的财宝；已经随身带出来。经过这些曲折离奇的事，我找到了我这无价之宝——我亲爱的女儿。我们民族遭流放确是罪有应得，可是我们父女并不和他们一条心，从不想冒犯你们；请两位顾念我们无罪无辜，可怜我们身世悲惨，对我们网开一面吧。”

桑丘插嘴道：

“我认识李果德，安娜·斐丽斯确是他的女儿，我知道他这话是不错的；至于什么出去呀，回来呀，好心坏心呀，等等，我不想多嘴。”

大家觉得事出意外。将军说：

“不管怎样，我看到你们的眼泪，就把刚才发的誓收回了。

① 斐丽斯(Felix)的意思是幸福。

美丽的安娜·斐丽斯啊，你留着性命，安享天年吧；犯罪的是那两个大胆的家伙，叫他们受罚就行。”

他下令把两个土耳其杀人犯立即吊在桅杆上绞死。可是总督为那两人恳切求情，说他们是一时疯狂，并非狠心毒手。将军就饶了他们，因为他已经冷静下来，报复得乘着一腔火气才行。他们随就设法营救堂格瑞果琉。李果德愿意拿出价值二千多杜加的珍珠宝石来办这件事。大家想了许多办法，可是都不如那西班牙叛教徒出的主意好。他建议置备一艘六对桨的小船，雇基督徒划桨，他就乘了这只船回阿尔及尔去，因为他知道上岸的地点、方法和时间，并且熟悉堂格瑞果琉住的那宅房子。将军和总督不敢信任叛教徒，也不愿把划桨的基督徒交托给他。安娜·斐丽斯担保这人可靠；她父亲李果德声明，如果当划手的基督徒陷落蛮邦，由他出钱为他们赎身。

大家商定办法，总督就下船了，堂安东尼欧·台·莫瑞诺带了摩尔姑娘和她父亲一起回家。总督嘱咐堂安东尼欧对他们父女务必尽心款待，他本人也愿意倾家供养。他的仁心厚意都是安娜·斐丽斯的美貌激发的。

第六十四章

堂吉诃德生平最伤心的遭遇。

据记载，堂安东尼欧·台·莫瑞诺的妻子很欢迎安娜·斐丽斯住在她家。她喜欢这摩尔姑娘聪明美丽，不同寻常，对她款待得十分殷勤。城里人好像听到钟声召唤，一齐上门去瞧这位姑娘。

堂吉诃德对堂安东尼欧说，他们营救堂格瑞果琉的办法不妥，又费事，又危险；最好是把他堂吉诃德连他的武器和马匹一起送到蛮邦，他不怕摩尔人全族的阻挡，准像堂盖斐罗斯救他妻子梅丽珊德拉那样①把堂格瑞果琉救出来。

桑丘道："您可别忘了：堂盖斐罗斯先生把老婆救回法国，来去都是陆路。咱们现在要是救了堂格瑞果琉先生，回西班牙隔着个大海呢，怎么办呀？"

堂吉诃德答道："只有命里该死，才是没法的事②。把船开到岸边，咱们还上不去吗！全世界所有的人也拦挡不住呀！"

"您想得真美，说得也真容易，可是'说是说，干是干，相隔很远'③。我还是赞成让那个叛教徒去；我觉得他是老实人，也很热心。"

堂安东尼欧说：如果叛教徒成不了事，就改变方法，请伟大的堂吉诃德亲自到蛮邦去。

两天后叛教徒乘一只六对桨的快船走了，划手都是非常勇猛的健儿。又过两天，那几艘海船都开往东方去④。将军临走要求总督把营救堂格瑞果琉的结局和安娜·斐丽斯的情况告诉他；总督一口应允。

堂吉诃德有一天清早，披戴着全副盔甲，出门到海边闲逛。

---

① 故事见本书第二十六章。

②③ 西班牙谚语。

④ 这里指西班牙东南岸巴伦西亚、穆尔西亚等地的沿海地区。

他常说："他的服装是甲胄，他的休息是斗争"①，所以他时时刻刻披甲戴盔。忽见一位骑士迎面而来，也全身披挂，盾牌上画着一个亮晶晶的月亮。那人跑到可以搭话的远近，就高声对堂吉诃德说：

"大名鼎鼎、赞叹不尽的骑士堂吉诃德·台·拉·曼却啊，我是白月骑士；你听到我那些骇人听闻的功绩，也许会想起我这个人来。我为了自己的情人，特来和你比武，试试你有多大力气。你甭管我的情人是谁，反正比你的杜尔西内娅·台尔·托波索美得天悬地隔，不能相提并论。你要是干脆承认我这句话，就饶你一命，也省得我动手了。假如你要和我决斗，那么，咱们先讲明条件。我赢了你不要你别的，只要你放下武器，不再探奇冒险，在家乡待一年。这一年里，你得安安静静，剑把子也不许碰；这样你就可以整顿家业，挽救自己的灵魂。我输了呢，我的脑袋就由你处置，我的兵器马匹就是你的胜利品，我立功博来的名声也一股脑儿奉送给你。你瞧怎么好，赶紧回答，因为我不出今天得把事情了结。"

堂吉诃德觉得白月骑士的傲慢和挑战的原因都岂有此理，瞪着眼愣住了；他沉着地回答说：

"白月骑士，我还从没听到你的什么功绩。我可以打赌，著名的杜尔西内娅你压根儿没见过，要是见过，就决不会这样向我挑衅。因为见了她就开了眼界，知道她的美是古往今来谁也比不上的。我不说你撒谎吧，只说你那句话我不能承认。我照你提出的条件，接受你的挑战，此时此刻就动手，好让你当天了事。

---

① 见上部第二章。

不过你输了把立功博来的名声送给我，这个条件我可不能接受，因为不知道你有什么功或多大的功。我好歹有自己干下的事业就够了。现在随你在这场上选定地位，我也选定我的地位，上帝保佑谁，让圣彼德罗也为他祝福吧。”

城里人看见来了一个白月骑士，就去报告总督，还说他正和堂吉诃德讲话呢。总督以为堂安东尼欧·莫瑞诺或城里其他绅士又想出了什么新鲜玩意儿，忙赶到海边去。堂安东尼欧和许多别的绅士都跟着他。堂吉诃德正掉转驽骍难得的辔头跑远去，准备回身向前冲。总督瞧那两人是要回马冲杀，就去站在中间，问干吗忽然要决斗。白月骑士说是为了争夺第一美人的头衔；他就把自己怎么向堂吉诃德挑战、双方讲定什么条件等等约略说了一遍。总督凑近堂安东尼欧，悄悄问他认识白月骑士吗，这是不是和堂吉诃德开玩笑。堂安东尼欧说不知那人是谁，也不知这是开玩笑还是当真。总督拿不定主意，不知该怎么办，可是觉得不可能是认真决斗，就站到旁边去说：

“两位骑士先生，如果您堂吉诃德先生和您白月骑士两位各执己见，不肯相让，非决一死战不可，那么，就凭上帝安排好了，你们打吧。”

两人得到总督准许，都依礼道谢。堂吉诃德像往常临上场厮杀那样，虔诚祷告上帝和他的杜尔西内娅保佑，然后兜转马跑远些，因为看见对方也这么往远处跑呢。他们不用号角喇叭等信号，同时一起掉转马头。白月骑士的马快，跑了全程三分之二才碰到堂吉诃德。他好像故意把枪举得很高，不去碰对方，但是冲得很猛，把驽骍难得和堂吉诃德都撞翻，跌得很重。他立即居高临下，把枪头指着堂吉诃德的面甲说：

“骑士,你输了;你要是不承认我和你挑战所提的话,就得送命!”

堂吉诃德摔得浑身疼痛,昏头昏脑。他没掀开面甲,说的话有声无气,好像从坟墓里出来的:

“杜尔西内娅·台尔·托波索是天下第一美人,我是世上最倒霉的骑士;我不能因为自己无能而抹杀了真理。骑士啊,你一枪刺下来杀了我吧,我的体面已经给你剥夺了。”

白月骑士说:“这是我决不干的。杜尔西内娅·台尔·托波索小姐尽可以保全她那美人的名声,万代流传;我只要伟大的堂吉诃德照决斗前讲定的条件,回家待一年,或待到我指定的日期。”

这些话总督和堂安东尼欧等人都听见,又听到堂吉诃德回答说,他是个一点不含糊的、真正的骑士,只要不损害杜尔西内娅,要求他的事一定都做到。白月骑士逼他这么答应了,就拨转马头,向总督行个鞠躬礼,不疾不徐地跑回城里去。

总督吩咐堂安东尼欧跟他走,设法探听他的来历。他们扶起堂吉诃德,为他卸下面甲;只见他容色苍白,汗流满面。驽骍难得摔得太狠,当时都不能动了。桑丘伤心丧气,不知所措,觉得恍惚如在梦中,认为这事全是魔法的摆布。他瞧主人吃了败仗,一年内不准动用兵器,料想主人一辈子的英名就此扫地了;他自己新近又在指望的种种好处,也像风里的轻烟一般消散无踪。他担心驽骍难得跌成残废,主人骨节脱臼,可是如果他主人从此把疯病摔掉,倒也是一件大好事。长话短说,总督吩咐用轿子把堂吉诃德抬进城;他自己也回去,急着打听把堂吉诃德打得一败涂地的白月骑士究竟是谁。

第六十五章

白月骑士的来历，
以及堂格瑞果琉出险等事。

堂安东尼欧·莫瑞诺追踪白月骑士，直跑到城中心一家客店里；一路上许多小孩子也跟着那位骑士和他啰唣。堂安东尼欧要结识他，就跟进去。有个侍从出来迎接那骑士，为他脱卸盔甲。堂安东尼欧瞧那骑士进了楼下一间客房，心痒难熬，急要知道底细，也跟着进去。白月骑士看到这绅士盯着自己不放，就说：

"先生，我瞧透你这来是要打听我是谁。明人不说暗话，乘我佣人这会儿给我脱卸盔甲，我可以把真情一一告诉你。先生，我叫参孙·加尔拉斯果学士，是堂吉诃德·台·拉·曼却的街坊。和他相识的人瞧他疯疯傻傻都看不过去；我尤其难受。我认为他要病好，得回乡在家里好好休息，所以设法哄他回家。三个月以前我扮作骑士去找他，自称镜子骑士。我存心要和他决斗，先和他讲明条件，输家听凭赢家发落，然后打败他，可是不伤他。我料定他是输家，打算叫他回乡待一年，不准出来；一年里他的病也许就养好了。可是，上天不从人愿，我给他颠下马来，吃了败仗；我的打算只落得一场空。他还是走他的路；我呢，跌得很凶，丢了脸、受了伤回去。可是我并不死心，还是要找到了他打败他。这就是今天大家看见的。他是严格遵守骑士道的，既已答应我的要求，一定说到做到。先生，我把底儿都抖搂给你了，请你别揭穿，也别向堂吉诃德透露，让我的妙计奏效，把他的病治好；他只要摆脱了骑士道那套胡想，原是个非常高明的人。”

堂安东尼欧说：“啊呀，先生，你要治好这位妙不可言的疯子，就损害了全世界的人；上帝饶恕你吧！你可知道，先生，有头有脑的堂吉诃德用处不大，疯头疯脑的堂吉诃德趣味无穷。不过照我看来，要这样一个失心疯恢复理性，您学士先生挖空心思也没用。如果不是有伤忠厚，我简直希望堂吉诃德一辈子疯下去呢。因为他一旦病好，我们丧失的不仅是一个逗乐的骑士，还得赔上一个逗乐的侍从；这一主一仆能使愁闷的化身也开怀欢笑的。我看加尔拉斯果先生是白费事，不过我一定封上嘴巴，决不向堂吉诃德走漏消息，且瞧我的料想对不对吧。”

学士说，不管怎样，他这件事很顺利，希望能见效。他向堂安东尼欧说了一套愿意效劳的客气话，就告辞动身，把武器捆做一堆，装上骡背，自己骑着那匹上阵决斗的马，立即出城回乡。一路无话。堂安东尼欧把加尔拉斯果讲的事原原本本告诉总督。总督听了意兴索然，因为堂吉诃德一旦还乡，大家就不能借他的发疯来取乐了。

堂吉诃德躺了六天，又愁闷，又气恼，翻来覆去想自己吃败仗的倒霉事。桑丘安慰他说：

“我的先生啊，您要是办得到，请抬起头来，寻寻快活。您该感谢上天，摔了一跤没有伤筋断骨。况且您知道：打人一拳，就得挨人一拳①；许多人以为这儿挂着咸肉呢，其实连挂肉的钩

① 西班牙谚语。

子都没有。您这场病不用医生治疗,可以对他们满不理会。咱们回家吧,别在他乡外地猎奇冒险了。仔细想来,您这回虽然比我倒霉,我却比您吃亏。我扔下总督的官儿不想再做了,可是还指望做伯爵呢。您不做游侠骑士,还能做国王吗?我靠谁做伯爵呀?所以我的希望都烟消云散了。”

“住嘴吧,桑丘,你可知道,我这番退休只不过一年,马上又要重干我这光荣的行业。我准会征服个把王国,准会封你做伯爵。”

桑丘道:“但愿上帝垂听,魔鬼耳聋无闻。我常听说,坏的实物不如好的希望。①”

这时堂安东尼欧满面高兴跑来说:

“堂吉诃德先生,我特来报喜!堂格瑞果琉和接他的叛教徒已经上岸了!——不但上岸,他已经到了总督家里,马上就要到这儿来了!”

堂吉诃德听了稍为高兴些,答道:

“说老实话,我倒宁愿事情不成,得我亲自到蛮邦去走一趟呢。靠我的力量,别说解救一个堂格瑞果琉,所有拘留在蛮邦的基督徒全都能放出来。可是我这个倒霉人还胡说什么呢?我不是吃了败仗吗?不是给打倒了吗?不是一年内不准拿兵器了吗?我是不配拿剑只配纺纱的人了,还许什么愿、夸什么口呢?”

桑丘说:“先生,别说这种话,老母鸡害了瘟病,也但愿它活

---

① 西班牙谚语。

着。今天你神气，明天我得意，胜负兵家常事，①不用挂心，除非泄了气躺在床上，不能抖擞精神再上战场，那才是完蛋了呢。您赶紧起来，迎接堂格瑞果琉去；我听得人声嘈杂，准是他已经来了。”

果然，堂格瑞果琉随着叛教徒见了总督，报告了经过之后，急要见安娜·斐丽斯，两人就同到堂安东尼欧家来。堂格瑞果琉从阿尔及尔逃出来的时候还是女装，在船上就和同出来的一个俘虏对换了衣裳。可是随他穿什么服装，一看就得人爱怜，也显然是娇生惯养的。他相貌非常漂亮，大约十七八岁。李果德父女出来迎接；父亲含着眼泪，女儿脉脉含羞。一对情人并没有拥抱，因为爱情如果深厚，行动必定端重。大家看了堂格瑞果琉和安娜·斐丽斯好一对儿，都啧啧赞叹。他们俩默默无言，只用眼睛来诉说心上的欣喜和挚爱。叛教徒讲了怎么用计救出堂格瑞果琉。堂格瑞果琉讲了自己在女人堆里的危险和窘急；他说话简要，足见他少年老成。李果德慷慨解囊，酬谢了叛教徒和划手们。叛教徒重又皈依圣教；他经过忏悔苦修，好比腐烂的肢体又清洁健全了。

过了两天，总督和堂安东尼欧商量办法，让安娜·斐丽斯和她父亲待在西班牙。他们觉得女儿虔信基督教，父亲一副好心肠，这两人留下不会有什么妨碍。堂安东尼欧正有事进京，愿意去接洽这件事。他认为走走门路，送送礼物，许多困难的事都能成功。

李果德在旁，听了他们的话插嘴道：“不行，靠请托送礼是

① 三句西班牙谚语。

没指望的。皇上任命驱逐我们的萨拉沙尔伯爵大人、堂贝尔那迪诺·台·维拉斯果从不理会请托、许愿、送礼、哀求这一套。尽管他确是恩威并用,却看透我们民族好比一个烂疮,只可以剜掉了用火来烧灼消毒,止痛油膏不济事。他眼明心细,办事认真,能叫人怕惧,承担这项重任很称职。我们使尽心机,哀求也罢,捣鬼也罢,都混不过他。他像百眼神阿戈斯①,时时刻刻观察着四面八方,不让我们有一人在西班牙隐藏下来,像埋着的祸根,到时又萌芽结果。我们人多,是西班牙的隐患,现在总算一网打尽了。伟大的斐利普三世真有果断!他任用这位堂贝尔那迪诺·台·维拉斯果也真是了不起的英明!"②

堂安东尼欧说:"不管怎样,我到了京城,尽人事、听天命吧。堂格瑞果琉可以和我同走;他父母不见了他一定很着急,该回去让老人放心。安娜·斐丽斯不妨留在我家和我妻子做伴,或者到修道院去。总督先生想必欢迎李果德老哥在他家住下,等我办事有了眉目再说。"

总督都赞成。堂格瑞果琉听了却说,他怎么也不离开安娜·斐丽斯。不过他要去看父母,并且要设法保护这位姑娘,也就同意大家议定的办法。安娜·斐丽斯仍和安东尼欧夫人做伴;李果德住在总督家里。

堂吉诃德摔伤了不便行路,他和桑丘等堂安东尼欧动身两天后才走。堂安东尼欧动身那天,堂格瑞果琉和安娜·斐丽斯依依惜别,一个流泪叹气,一个哭着晕倒了。李果德要送堂格瑞

---

① 希腊神话,阿戈斯(Argos)有一百只眼睛。

② 这是说反话;事实上堂贝尔那迪诺·台·维拉斯果以心肠狠毒著称。

果琉一千艾斯古多，可是这位公子辞谢不受，只向堂安东尼欧借五个艾斯古多，答应到了京城偿还。上文已经说过，这俩人先走，然后堂吉诃德和桑丘也动身上路。堂吉诃德不披挂，只是旅行的装束，桑丘步行跟随，因为灰驴背上驮着一捆兵器呢。

第六十六章

读者读后便知，听书的听来便知。

堂吉诃德从巴塞罗那出来，回望他摔跤的地方说：

“特洛亚[①]就此灭亡了！我不是没有勇气，只是碰上晦气，把一生辛苦挣来的英名断送在这里了！造化在这里播弄了我！我的丰功伟绩从此失去光彩！总而言之，我这次倒了霉，没指望再转运了！”

桑丘听了说道：

“我的主人啊，英雄好汉得意当然高兴，失意也能沉得住气。这是我的经验之谈。我做总督虽然快活，现在步行当侍从也并不烦恼。因为我听说命运女神是个喝醉了酒的婆娘，喜怒无常，而且双目失明，一味瞎干瞎撞，推翻了谁，扶起了谁，自己全不知道。”

---

① 希腊古邦，被希腊其他各邦联军围攻十年灭亡，荷马的有名史诗里叙述这事。

堂吉诃德说："桑丘，你真是个大哲学家！这话非常高明，不知是谁教你的。我告诉你吧，世界上并没有侥幸的事；世事不论好坏，都不是偶然，却是上天有意安排的。所以老话说'命运各由自己造成'①。我的命运向来由我自主；我不够慎重，狂妄自信，就此出了丑。我该看到白月骑士的坐骑是匹骏马，驽骍难得驽弱，远比不上。我却冒死去拼，使尽了劲，还是给撞倒了。不过我体面虽然丢了，说话当话的这种品德并没有丧失，而且也不能丧失。我做英勇的游侠骑士，靠敢作敢为建立功业；现在成了步行的绅士，就靠说到做到保证信用。桑丘朋友啊，开步走吧，咱们回乡去过一年苦修期，在家里养精蓄锐，然后再来干我念念不忘的武士行业。"

桑丘答道："先生，步行不是滋味，没劲儿赶路了。咱们把兵器当绞杀犯那样挂在树上吧，我骑上灰驴，不用两脚奔波，随您一天赶多少路都行。要我搬动两脚走急路是办不到的。"

堂吉诃德说："桑丘，你说得对，把我的兵器挂起来做纪念品吧。悬挂罗尔丹全副兵器的纪念碑上有句题词：

> 不是罗尔丹的匹敌，
> 不要动这些兵器。②

咱们挂这捆兵器的树脚上或周围树上，也可以刻上这句话。"

桑丘道："您说得妙极了。要不是咱们路上少不了驽骍难得，该把它也挂起来。"

堂吉诃德说："可是，驽骍难得也罢，兵器也罢，我都不想挂

---

① 西班牙谚语。

② 见上部第十三章。

起来,免得人家说:忠心效劳,不得好报①。”

桑丘说:“对呀!聪明人说:驴子捣乱,不怪驮鞍②。既然是您的错,就怪您自己吧,别把您这副沾了血的破盔甲出气,别埋怨驽骍难得驽弱,也别难为我这双嫩脚,走不了路也硬逼着走。”

他们说着话过了一天,接着四天都一路无事。第五天他们刚进一个村子,看见客店门口聚着一大堆人,原来是节日在那里赶热闹的。堂吉诃德走近去,有个老乡嚷道:

“这两位来客和咱们哪一方都不认识,咱们打赌的事可以请随便哪位公断。”

堂吉诃德说:“行啊,只要我明白是怎么回事,一定公平判断。”

那老乡说:“那么,好先生,听我说吧。这村上有个大胖子,重十一阿罗巴③。他街坊呢,只有五阿罗巴重。胖子挑逗瘦子和他赛跑,讲定跑一百步路,可是双方体重得相等。人家问那胖子,双方的体重怎能相等呢?他说,应战的瘦子体重五阿罗巴,叫他背六阿罗巴铁,两人就一样都有十一阿罗巴重了。”

桑丘不等堂吉诃德回答,插嘴道:“这办法不对。大家都知道,我前不久是总督和判官,这种疑难问题和一切争论该由我来解决。”

堂吉诃德说:“你好好解答吧,桑丘朋友。我心神恍惚,拿面包屑喂猫④都不能了。”

---

①② 西班牙谚语。

③ 每阿罗巴合11.5公斤。

④ 成语,指微细的事。

一群老乡围着桑丘，张开嘴巴等他判断；他得到主人准许，说道：

“老哥们，那胖子的要求行不通，也全不合理。据说，决斗的武器该由应战的人选择。如果确有这话，那么，他那条件好比强迫应战的人选择自己不能取胜的武器，怎么说得过去呢？所以我主张叫挑战的胖子自己从身上不拘哪里，随意修呀，削呀，片呀，切呀，去掉六阿罗巴肉，把体重减到五阿罗巴，和对方一样，他们就可以按体重相等的条件赛跑了。”

一个老乡听了说：“啊呀！这位先生真是说话像圣人，判事像教长！可是要那胖子去掉身上一两肉，他都决不答应，别说六阿罗巴肉了。”

另一个老乡说：“他们还是别赛跑了，瘦子不至于压坏，胖子也不用割掉一身肉。咱们把赌注的半数拿出来喝酒，请这两位先生一起上高价酒店去吧。我的主张如果有错儿，由我承当。”

堂吉诃德说：“各位先生，多谢你们的美意，可是我一刻也不能耽搁，因为遭逢了不如意的事，心绪不佳，还得赶路，只好欠礼了。”

他就踢动驽骍难得往前跑。那群人料想桑丘是他的佣人；瞧主人模样这么古怪，佣人的识见又这么高明，都很惊讶。另一个老乡说：

“佣人都这么高明，主人还用说吗？我可以打赌，他们要是在萨拉曼咖读了大学，一定转眼就当上京城的法官。因为这种事像开玩笑一样，一个人只要在大学里读了再读，如果有靠山，又有机会，忽然间就会手拿执法的杖，或头戴主教的帽子。”

当夜主仆俩在旷野露宿一宵，第二天又上路。忽见一人迎面步行而来，脖子上挂着个褡裢口袋，手里拿着一支标枪或短矛，恰像个步行的信差。这个人走近堂吉诃德，跑着快步抢上来，抱住他右腿——因为这人站在平地上，比骑马的矮着一截；他满面堆笑，说道：

“啊呀！我的堂吉诃德·台·拉·曼却先生啊！我们公爵大人要是知道您又回到他府上去，该多么快活呀！他和公爵夫人还在那儿待着呢。”

堂吉诃德说：“朋友，请问你是谁？我记不起你啊。”

那信差说：“堂吉诃德先生，我是公爵大人的小厮托西洛斯；我就是想娶堂娜罗德利盖斯的女儿、不愿和您决斗的那人呀。”

堂吉诃德说：“啊呀，我的天！魔法师捣鬼，夺我那场决斗的荣誉，把我的对手变成了你说的那小厮；难道你就是我那个对手吗？”

信差说：“得了，好先生，哪有什么魔法或变相的事呀。我上场决斗就是小厮托西洛斯，退场还是小厮托西洛斯。我觉得那姑娘不错，打算不决斗就娶她。可是我打了如意算盘。您一走，公爵大人因为我没执行决斗前他给我的指示，叫人打了我一百板子。结果那姑娘做了修女，堂娜罗德利盖斯回到加斯底利亚去了。我这会儿奉主人的命到巴塞罗那去送信给总督，身边还带着满满一葫芦的美酒——有点温呼呼的，可是味道很醇；还有许多下酒的特隆穹奶酪片儿，叫不想喝酒的也要喝。您喝点儿吗？”

桑丘道：“我喝，我喝，我可不客气。托西洛斯老哥，你斟酒吧，全美洲的魔法师都管不了你。”

堂吉诃德说：“桑丘，你真是天下第一馋胚，世上头号傻瓜！你看不出这信差是着了魔的吗？这个托西洛斯是假的呀。你跟他一起吃喝个餍足吧,我慢慢儿往前走,等着你来。”

那小厮大笑;他拿出装酒的葫芦,掏出些奶酪片,还拿出一个面包,和桑丘同坐在青草地上,亲亲热热地把褡裢口袋里的干粮全吃光。他们胃口真好,连那束信都舔了一过,因为上面有奶酪味儿。托西洛斯对桑丘说:

“没什么说的,桑丘朋友,你这位主人该是个疯子。”

桑丘说:“怎么该?他一无亏欠①,如果该下什么债,用他的疯傻折抵,就可以清账,一个子儿也不该谁。我明知他是疯子,当面都跟他直说,可是有什么用呢?况且他现在已经垮了,给白月骑士打败了。”

托西洛斯请问是怎么回事,可是桑丘说,叫主人等待侍从,于礼不合,以后见了面再细讲吧。他起身抖抖外衣,掸掉胡子上的面包屑,就和托西洛斯辞别;他主人正在树荫下等着他呢。

第六十七章

堂吉诃德决计在他答应退隐的一年里当牧羊人,
过田园生活;还有些真正有趣的事。

堂吉诃德就是不打败仗,也经常心事重重,这次吃了败仗,

---

① 原文 debe 指“应该”的“该”,也指“亏欠”的“该”,桑丘借这个双关的字说笑。

愈添烦恼。上文说他正在树荫下待着想这想那，想到杜尔西内娅怎么摆脱魔难呀，强迫退隐的一年怎么过呀，千头万绪，像苍蝇攒聚着蜜糖似的挥逐不开，直叮着他。桑丘跑来，夸赞小厮托西洛斯慷慨。

堂吉诃德说："哎呀，桑丘！难道你还以为那人真是个小厮吗？你亲眼看见杜尔西内娅变成乡下姑娘，镜子骑士变成加尔拉斯果学士；魔法师捉弄我的这些事，你大概忘得一干二净了。可是我问你，你有没有问问你说的那个托西洛斯，阿尔迪西多媊现在怎样了？她当着我的面痴情颠倒，我走了她还哭不哭呢？是不是一转背就把我抛在脑后了呢？"

桑丘答道："我哪有心思管这些闲事呀。哎，先生，人家的心情，尤其是爱情，您这会儿还问它干吗呀？"

堂吉诃德说："桑丘，你听着，爱慕和感激是两码事。骑士蒙女人错爱，可以不报答她的柔情，但是万不可不感谢她的厚意。阿尔迪西多媊看来对我很多情。她送我三块头巾你是知道的。我临走她哭哭啼啼，不顾羞耻当众把我咒骂，可见对我的痴心；情人的怨恨往往是以咒骂了结的。我不能让她抱什么希望，也不能送她宝贵的东西，因为我的一切都已经献给杜尔西内娅了。况且游侠骑士的宝物好比仙家点幻的东西，是虚而不实的。我能给她的无非是几分怀念，无损于我对杜尔西内娅的一片心。你欠了杜尔西内娅那么些鞭子老不还，真是对不起她呢！你不肯帮那可怜的小姐，护着自己的皮肉宁可将来喂蛆虫，我真恨不得你那一身肉都给狼吃掉！"

桑丘道："先生，我实在是想不明白打我的屁股和解除魔缠有什么相干。这就好比说，'你要是头痛，膝盖上敷些油膏就好’。我至少可以发誓，您那些游侠骑士的故事里从没讲到抽鞭子可以解除魔缠呀。不过，管它怎样，等我几时高兴或者方便，我还是要打自己几下的。”

堂吉诃德说：“但愿如此吧！让上天感化你，叫你记着对女主人尽责任。因为我既是你的主人，我的女主人也就是你的女主人。”

他们一路说着话，又到了前番被牛群践踏的地方。堂吉诃德还认得，对桑丘说：

“咱们不是就在这片草地上碰到了那些俊俏的牧羊男女吗？他们要在这里重建牧羊人的乐园呢。这个主意很新奇，也很有趣。桑丘啊，我想学他们的样儿，至少在强迫退休的一年里，咱们也改行当牧羊人，你说好吗？我去买几只绵羊和牧羊用的东西；我取名牧羊人吉诃悌士，你就叫牧羊人潘希诺①。咱们在山林旷野里来来往往，唱歌吟诗；清澈的溪泉、浩荡的河水供我们喝，蜜甜的橡树子由我们放量吃，坚固的软木树干让我们坐，杨柳给我们绿荫；玫瑰给我们甜香，广阔的草原是花花绿绿的大地毡；我们呼吸的是新鲜空气，照明的是星星月亮；我们唱歌作乐，就是哀怨也心上痛快；阿波罗②给我们诗才，爱情供我们诗料，我们做出来的诗不但举世闻名，还流传千古呢。”

桑丘说：“天哪！这种日子正是我想望的！完全称了我的

---

① 参看本书442页注②。文艺复兴时期风行的《牧羊人的乐园》(*Arcadia*, 1504)是意大利作家撒纳沙罗(Jacopo Sannazaro)所著，因此堂吉诃德要把名字都改得像意大利人名。

② 希腊神话，阿波罗(Apolo)是太阳神，也是诗神。

心！参孙·加尔拉斯果学士和尼古拉斯理发师要是看见咱们当牧羊人，马上会跟咱们合伙。咱们神父是爱乐、爱玩的，天保佑他别也动念钻到羊圈里来。”

堂吉诃德道：“你说得一点不错。参孙·加尔拉斯果学士准会来做咱们的牧羊兄弟。他要来了，可以取名牧羊人参孙尼诺或牧羊人加尔拉斯公。理发师尼古拉斯可以像从前博斯冈取名内莫洛索那样①，叫作尼古洛索。我不知道给神父起什么名字，除非就用他的职名，加上个尾巴，叫作牧羊人古良布洛②。至于咱们爱慕的牧羊姑娘取什么名字，咱们可以挑选梨子似的细细挑选。不过我的意中人不管是牧羊姑娘或是公主，她的名字都合适极了，不用我费心再取。你呢，桑丘，随你给自己的牧羊姑娘起个名字吧。”

桑丘说：“我不想给她另起名字。她原名泰瑞萨，她块头大，叫她泰瑞索娜③再好没有。我作诗赞扬她，也就是夸耀自己是个贞节的丈夫，不挑精拣肥，到别人家去猎野食。神父得严守出家人的清规，心上不该有牧羊姑娘；学士要是有，名字随他自己取。”

堂吉诃德说：“啊呀！桑丘朋友，咱们的生活该多美啊！满处都吹箫吹笛，敲打手鼓，摇动响片儿，弹弄三弦琴，如果再有个铜钹，那就更妙，牧羊人的乐器差不多就齐全了。”

---

① 博斯冈（Juan Boscán Almogaver）是十六世纪初叶的西班牙诗人。内莫洛索（Nemoroso）是加尔西拉索（Garcilaso）牧歌里的人物。塞万提斯以为就指博斯冈，但有人认为那是作者自己。

② 教区神父，西班牙文是“古拉”（Cura），改了尾部字母，就像意大利人名。

③ Teresona，意大利语名词末尾“-ona”表示大，如 dónna（女人），dónnona（胖大女人）。

桑丘问道:“什么铜钹?我一辈子也没听见看见过。”

堂吉诃德答道:“铜钹就是像蜡烛盘似的两个铜盘儿,中部隆起,相拍的时候,当中是空的,就激荡出声音来,虽然不怎么好听,也不很和谐,却不讨厌。这和笛子、手鼓一样朴质。铜钹,albogues,是从摩尔文来的。西班牙字凡是 al 开头的,都是这个来源①,例如 almohaza, almorzar, alfombra, alguacil, alhucema, almacén, alcancía 等,不用一一列举。从摩尔文来的西班牙字,末一个字母是 i 的只有三个:borceguí zaguizamí 和 maravedí。alhelí 和 alfaguí,开头是 al,而末尾是 i,那是阿拉伯文。我因为说起铜钹,联想到这些,顺便和你讲讲。你知道,我稍为有点儿诗才,参孙·加尔拉斯果学士更有了不起的诗才,我们凭这种才情可以成为十全的牧羊人。咱们神父怎样我不说,不过我可以打赌,他准也有几分诗人气息。理发师尼古拉斯放定也有几分,因为理发师一般都会编几句词儿,弹弹吉他琴。我就诉说情人分离的苦恼,你就夸耀自己用情专一;牧羊人加尔拉斯公可算是遭了女人唾弃;古良布洛神父随他爱充什么角色都行。咱们照这样过日子多乐呀!”

桑丘道:

“先生,我这个倒霉蛋只怕一辈子也不会有这一天!哎,我要是当了牧羊人,有许多东西要做呢!精巧的小木匙呀,油炸面包屑饼子呀,奶油呀,花冠呀,还有种种牧羊人干不完的零星杂事,尽管没人说我头脑聪明,靠手艺精巧也可以出名!我女儿桑琦加可以到牧场上来给咱们送饭。可是,得小心!她相貌不错,

① 但也有很多 al 开头的字(如 alba, alma)来源于拉丁文。

有些牧羊人很坏，并不老实。我不要她出去剪羊毛，自己给剃成秃瓢。不论在乡下或城市、草屋茅舍或高堂大厦，爱情和奸情都是常情。铲除祸根，罪恶不生，眼不见，心不动，实心眼儿求人，不如一走脱身。①”

堂吉诃德说：“够了，桑丘；你这许多话里，随便哪一句就能说明你的意思。我多次劝你别滥用成语，用的时候检点一下，可是我好像在荒野里说教，‘我妈妈打我，我还是老样儿’。”

桑丘道：“您真是应了老话说的‘煎锅骂蒸锅“滚开！你这个黑屁股”’②，您刚怪我用成语，自己却连串儿用。”

堂吉诃德说道：“你瞧呀，桑丘，我用得对景，像指头上戴戒指一样合适；你却不问情由，拿来就算。我记得跟你讲过，成语是历代聪明人从长期经验里提炼出来的短句。成语用得不当景，就变了信口胡扯。可是闲话少说，天快黑了，咱们离开大道找个地方过夜吧；还不知明天怎么样呢。”

他们走到老晚才胡乱吃上晚饭，桑丘很不称心。他想到游侠骑士有时也大吃大喝，例如在公爵府或堂狄艾果·台·米朗达家，或是碰上富翁卡麻丘的喜事，或是在堂安东尼欧·莫瑞诺家；而往常登山涉林，总非常艰苦。不过有白天就有黑夜，有黑夜又会有白天，不会长夜漫漫永不天亮的。他这么想想，就泰然睡去；他主人却彻夜不眠。

---

① 四句西班牙谚语。

② 西班牙谚语。

第六十八章

堂吉诃德碰到一群猪。

夜色昏暗，月亮虽然在天上，却不知躲在哪里，因为这位狄亚娜小姐[①]有时溜到地球的那一面去逛，使这里群山黑魆魆，大野阴沉沉。堂吉诃德身体困倦，支不住眯了一忽，可是再也不得第二忽。桑丘却不然，他从晚上一觉直睡到天亮，从不间断；可见他身体好，也没有心事。堂吉诃德给满腔心事搅得睡不着，只好唤醒了桑丘，说道：

"桑丘，我不懂你怎么这样漠不关心！你大概是大理石凿的，或青铜铸的，全没有一点心肝！我醒着，你却睡觉；我哭，你却唱歌；我斋戒得发晕，你吃饱喝足，混混沌沌。好佣人该和主人同艰苦、共患难，至少也得像个样儿呀。瞧，今夜静悄悄的，四无人声；咱们别睡了，醒醒吧。我求你起来，走开几步，拿点儿勇气出来，打自己三四百鞭子，把你解救杜尔西内娅魔缠的鞭子账还掉些吧。我不想再像上次那样逼你，因为领教过你胳膊里的劲儿；我这回是央告你。你打了自己一顿，咱们就唱着歌儿等天亮：我唱我的相思，你唱你的坚贞。咱们回乡要干牧羊的行业了，现在就可以开始呀。"

---

① 希腊罗马神话里的月亮神。

桑丘道："先生，我不是苦行僧，不会睡梦里起来鞭挞自己。而且吃鞭子是很苦的，唱歌却是很乐的；一苦一乐，合不到一起。您让我睡觉吧，别逼我鞭挞自己了。不然的话，我发誓不但不碰自己一根汗毛，连外衣上一根绒毛都不碰一下。"

"嗐！你这个侍从真是铁石心肠！我的饭你白吃了！好处白给了你，也白许了你！你做总督不是靠我吗？你指望赶快封伯爵，不还得靠我吗？而且只要过这一年，你就能如愿，因为'黑暗之后，光明有望'①。"

桑丘说："这话我可不懂，只知道自己睡着了就没有怕惧、没有希望、没有困难，也没有光荣。谁发明了睡，真该祝福他！睡像一件大氅覆盖了人世的一切思虑。睡是解饿的粮，解渴的水，御冷的火，去暑的清风。一句话，睡是到处通用的货币，什么都买得到；睡是天平，是秤砣；不论牧童或国王、笨人或聪明人，睡着就彼此平等了。据我听说，睡只有一个缺憾——和死太像；一个人睡熟了和死人没多大分别。"

堂吉诃德说："桑丘，你这么高明的议论，我还从没听见过呢。可见你常说的老话不错：'不问你生在谁家，只看你吃在谁家'。"

桑丘道："啊呀，糟糕！我的主人啊，老话成串儿说的，这会子不是我了！您一开口就成堆的谚语，比我还连贯！当然，您和我有一点不同：您说得当景，我说得不当景；可是同样都是谚语呀。"

---

① 原文是拉丁文。堂吉诃德引用《旧约全书·约伯记》第十七章第十二节"光亮近似黑暗"，堂吉诃德曲解为光明紧接黑暗而来。

这时忽觉野地里闹哄哄地,还有刺耳的叫声。堂吉诃德忙起身按剑;桑丘忙躲在灰驴身下,用那捆兵器和驴子的驮鞍左右挡住。他吓得浑身乱颤;堂吉诃德也有点惊惶。那片响声愈来愈大,渐渐逼近。主仆两人至少一个已经吓得魂不附体,另一个的胆量是大家都知道的。原来有人赶着六百多头猪到市上去卖,正路过那里。那群猪嘴里咕哩咕哩叫,鼻子里呼哧呼哧出气,闹成一片。堂吉诃德和桑丘耳朵都震聋了,却不明白是怎么回事。大群叫叫嚷嚷的猪滚滚而来,浪潮一般把桑丘的堡垒冲塌,把堂吉诃德连人带马都撞倒,老实不客气,不顾堂吉诃德和桑丘的尊严,竟在他们身上踩着过去。这群肮脏的畜生来势迅猛,一阵子叫叫闹闹、冲冲撞撞,把驮鞍呀,兵器呀,灰驴呀,驽骍难得呀,桑丘呀,堂吉诃德呀,都乱七八糟地踩翻在地。桑丘这才知道原来是一群莽撞的猪大爷,挣扎起身,问堂吉诃德借剑,要宰掉它们五六个。堂吉诃德说:

"朋友啊,算了吧,是我作了孽,该受这番侮辱。游侠骑士打了败仗,就该给豺狼吃掉,给黄蜂叮,给猪踩;这都是上天的惩罚。"

桑丘说:"那么,跟着打败的骑士当侍从的,给苍蝇叮、虱子咬、挨饥受饿,也该是上天的惩罚了。如果骑士是我侍从的爸爸或近亲,骑士有罪,我们子孙后代都陪着受罚,还有可说;但是潘沙和堂吉诃德两家有什么亲呀?罢了,咱们歇歇吧,乘天还没亮,睡它一会儿。只要还有明天,总会有办法。"

堂吉诃德说:"桑丘,你睡吧;你生来是睡觉的,我生来是熬夜的。天亮还有一会儿呢,我想做一首小诗散散心。你知道吗,我昨晚上心里已经有个谱儿了。"

桑丘说:“照我看,小诗里的心情没什么大不了的。您随意作诗吧,我要好好地睡呢。”

他就摊手摊脚躺在地上,盖得严严的,无牵无挂、无忧无虑地鼾呼大睡,做他的美梦。堂吉诃德靠着一棵榉树或软木树——熙德·阿默德·贝南黑利没说明什么树,一面叹气,一面吟诵了以下的诗:

　　爱情啊,你何其残暴,
狠狠地只把我折磨,
我唯有寻死、毁灭自我,
才剪得断缠绵的烦恼。
　　凭此一念,苦海有了边,
我欢欣得烦恼扫净,
忽然有了崭新的生命,
又点燃起熊熊情焰。
我活着只能求死,
求死却又生意无穷;
生和死这样把我捉弄,
真是旷古未有的奇事!①

他唱一行诗就连声不断地叹息,潸潸流泪,好像为打败仗又离别了杜尔西内娅,伤透了心。

天亮了,太阳光直射到桑丘脸上。他睁眼起身,抖抖衣服,伸了个懒腰。他看见粮袋也遭了猪的作践,喃喃咒骂,咒骂的还

① 这首诗实际是翻译了意大利诗人贝德罗·班博(Pedro Bembo)的一首诗,原作末两行略有出入。

不止那群猪。主仆俩又走上大道。傍晚，迎面来了十来骑人马，还有四五个步行的人。堂吉诃德心怦怦地跳，桑丘也捏着把汗，因为跑来的这群人带着长枪和盾牌，全是准备动武的架势。堂吉诃德对桑丘说：

“桑丘啊，我要不是有言在先，拿不得武器，前来的这伙人真不在我眼里。不过这也许只是一场虚惊。”

骑马的几人这时已经跑来围住堂吉诃德。他们一言不发，只举枪指着他的胸口或背心要他的命。一个步行的把指头挡在嘴上示意不许开口，一面牵着驽骍难得的辔头走出大道；其余几个步行的赶着桑丘和灰驴，鸦雀无声地跟着他们。堂吉诃德几次想问他们到哪里去，有什么事，可是他刚要开口，大家就拿枪头胁逼他。桑丘也受到同样看待，他每想说话，一个步行的人就用带刺的棒扎他，还扎灰驴，仿佛驴子也想说话似的。夜色四合，他们加快了步子，堂吉诃德和桑丘也加添了怕惧，尤其听他们不时吆喝：

“你们这两个人猿，快走！”

“蛮子！不许开口！”

“吃人的生番，你们得还债！”

“不许咕哝！不许睁眼！凶狠的野人！残忍的妖魔！吃肉不怕血腥的狮子！”

他们叫骂的都是这一套，狼狈的主仆俩听来十分刺耳。桑丘自言自语道：“我们是什么‘圆’，是丸子，又是剩饭；却又是妖魔、狮子，①这些名称我一个也不爱听，都是‘歪风里簸出来的谷

---

① 桑丘没听懂，误作声音相似而意义不同的词儿。

子’，好比乱棒打狗崽，没兴一齐来①。但愿这番灾祸，不过到此就完了。”

堂吉诃德呆呆瞪瞪一路走去；想不透这些臭骂是什么意思，估计凶多吉少。半夜一小时后，他们到了一所府第前面。堂吉诃德认得那是不久前住过的公爵府，说道：“天保佑我吧！这是怎么回事呀？原先这里是亲热殷勤的地方，现在我吃了败仗，好地方也变坏了，坏地方就变得更坏了。”

他们进了府前的大院，见到那里的布置越发惊讶，也更加害怕。欲知详情，请看下章。

第六十九章

本书所载堂吉诃德经历中最新奇的事。

骑马的下马和那些步行的一同架着桑丘和堂吉诃德，把他们推推搡搡送进大院。院子四周，架上插着近百个火炬；楼上楼下走廊里，点着五百多盏灯，把黑夜照耀得如同白昼。院子正中搭着一座六尺高的灵柩台，顶上撑起一个特大的黑丝绒天幔；周围一级级台阶上的银烛台里，点着上千支白蜡烛。灵柩台上横陈一具少女的尸首，美丽非常，令人觉得死都是美的。她枕着锦缎的枕头，戴着各色香花编成的花冠，双手交叉胸前，拿着一枝

① 两句西班牙谚语。

黄色的棕榈[①]。院子一边搭着台,上设两座,座上两人都头戴王冠、手拿宝杖,看来像国王的样子,不知是真的假的。台下挨着台阶另设两座,堂吉诃德和桑丘押着坐在那两个位子上。一伙人都哑默无声,还做手势不许两人说话。其实他们俩也说不出什么话,因为看了当时的情景,早惊奇得张口结舌了。这时有两位贵人带着许多随从上台。堂吉诃德一看就认得是东道主公爵夫妇。他们的座位富丽极了,就摆在国王模样的两人旁边。堂吉诃德又看出灵柩台上的死人正是美丽的阿尔迪西多娅。这种种都离奇古怪。公爵夫妇登台,堂吉诃德和桑丘忙起身对他们深深鞠躬致敬;公爵夫妇也点头回礼。

忽有个管事员到桑丘身边来,给他披上一件黑麻布袍,上面画满了火焰;又摘掉他的便帽,给他戴上一只锥形帽,像宗教法庭给犯人戴的囚帽[②]。这人附耳叮嘱桑丘不许开口,开口就堵他的嘴或者竟要他的命。桑丘把自己从上到下端详一番,只见浑身都是火焰;不过这种火焰既不烧身,他也就满不理会了。他脱下那只尖顶高帽,看见上面画着些魔鬼。他又把帽子戴上,暗想:

"反正火焰也不烧我,魔鬼也不捉我。"

堂吉诃德也在端详桑丘;尽管自己惊奇得发呆,瞧他那副模样也忍不住笑了。这时,听得轻柔的笛声,好像从灵柩台底下出来的。满院静悄悄,越显得笛韵凄清。那个看似死尸的姑娘枕边忽然来了一个美少年,装束像罗马人,弹着竖琴,歌声清越,唱

---

① 棕榈象征胜利,也象征童贞。西班牙旧俗,处女葬时手执棕榈枝。把棕榈叶包卷不见阳光,展开时便作嫩黄色。

② 硬纸的尖顶高帽,黄色,上面画着魔鬼。

了以下的诗：

　　由于堂吉诃德的冷酷，
阿尔迪西多娅不幸丧命；
现在贵夫人都穿上丧服，
傅姆听从女主人的叮咛，
一律是朴素整洁的装束，
同来出席这里的幽冥法庭。
我就乘间前来弹拨竖琴，
哀唱这位薄命的佳人。

　　我不仅一辈子在人世间
把你的美好到处揄扬，
即使长辞人世，命终气断，
这项使命永远耿耿不忘，
在阴间的艾斯蒂休河①畔，
我的灵魂还要为你歌唱；
那冲洗一切记忆的逝水，
也将停止不流，为我潆洄。②

国王打扮的一人说：行了，神圣的歌唱家啊，甭唱了。绝世美人阿尔迪西多娅的短命和她的风姿是唱不完的。世人愚蠢，以为她死了，其实她并没有死。她靠自己的美名，还活在人间；

① 希腊神话，阴间的河流。相传喝了这条河里的水，就把生前的事忘得一干二净。

② 后八行抄袭了加尔西拉索的牧歌。因此在下一章里堂吉诃德说这几行诗不切题。

靠这位桑丘为她吃点苦头,她还会起死回生。和我同当地府判官的拉达曼多啊[①],你已经知道不可捉摸的司命女神[②]决定叫这位姑娘还魂了,快把她们的旨意当众宣布,让大家及早为她庆祝更生吧。

说话的是拉达曼多的同僚米诺斯判官。拉达曼多等他说完,立即起身道:

"哙,全府的职事人员,不论老少尊卑,快排班上来,按住桑丘的脸,把他的鼻子弹二十四下[③]!在他胳膊上和腰里拧十二把!再用针刺六下!凭这番礼节,阿尔迪西多媊就能重生。"

桑丘听了放声大叫道:

"我对天发誓!我要让人按住我的脸肆行无礼,我就宁愿叛教去当摩尔人了!老天爷!摸我的脸和这个姑娘还魂有什么相干呢?简直是老太婆爱吃菠菜……[④]!杜尔西内娅着了魔,要解除魔缠,就鞭挞我!阿尔迪西多媊自己倒霉送了命,要她还魂,就得弹我二十四下鼻子!还扎得我浑身针眼儿!还拧得我两胳膊都是伤痕!这种恶作剧,找我的小舅子去!我是老狗了,不听人家啧啧呼唤[⑤]!"

拉达曼多喝道:"你要不要命?你是吃人的老虎也得发慈

---

① 希腊罗马神话:拉达曼多(Radamanto)和米诺斯(Minos)兄弟是宙斯的儿子,生前都是公正的国王,死后做了地府的判官。

② 希腊罗马神话:操纵世人命运有三位女神,分别掌管世人的生、死和一生。

③ 用一手扳住另一手的食指,其余四指按在对方脸上,然后放松食指,使它弹在对方鼻上。参看本书222页注②。

④ 西班牙谚语:"老太婆爱吃菠菜,鲜的干的都往嘴里塞。"

⑤ 两句西班牙谚语。

悲；你是狂傲的宁禄①也得低头！闭上嘴巴忍受吧，没派你办不到的事。别推三阻四了，你得让人家按着你的脸弹鼻子，得让人扎得你浑身针眼儿，得让人拧得你哎呀呀喊痛。哙，职事人员急急如令呀！不听我的话，哼！仔细你们自己的性命！”

马上有六个傅姆排队从院子里过来，里面四个是戴眼镜的。她们都高举右手；袖口露出四指宽的手腕子——这是当时的风气，因为要显得手形纤长②。桑丘看见这群傅姆，就公牛也似的叫吼起来，说道：

“别人抚摸我也罢了，要让傅姆碰我，那可休想！我可以像我主人前番在这府里那样让猫儿抓破面皮；我可以让匕首刺透身体；我可以让烧红的夹子钳我胳膊：这种事我都能忍受，听凭您各位吩咐就是了。可是要让傅姆碰我一下，我拼了命也决不答应！”

堂吉诃德插嘴道：

“儿子啊，你忍耐着点儿，随了这几位先生的心吧。你这身子真了不起，折磨了它，着魔的能摆脱魔缠，死掉的能还魂再生；你真该感谢上天，给了你这种神通。”

一队傅姆已经到了桑丘身边。桑丘这时稍为依头顺脑了，就在椅上坐稳了，向打头那个傅姆扬着脸，撅着胡子。那傅姆手按着他的脸，着着实实弹了他一下鼻子；然后对他深深行个屈膝礼。

“傅姆太太，少讲点礼貌，也少搽点美容油膏吧。你手上的

---

① 宁禄是猎人，《旧约全书·创世记》第十章第九节里的“英勇的猎户”。

② 当时妇女以手长为美。

醋酸味儿真刺鼻子!”①

几个傅姆一一弹了桑丘的鼻子,其他佣人又拧了他的肉;可是他受不了针刺,怒冲冲地站起身,随手抓起一个火炬,赶着去打那些傅姆和捉弄他的人,一面说:

“滚!你们这群地狱里的小鬼!我不是铜打的!受不了你们挖空心思的折磨!”

阿尔迪西多娅仰天躺了好久,大概累了,这时侧过身来。旁边的人看见了几乎齐声喊道:

“阿尔迪西多娅活了!阿尔迪西多娅活了!”

拉达曼多叫桑丘别生气,他们指望的事已经成功了。

堂吉诃德一看见阿尔迪西多娅动弹,忙去跪在桑丘面前,说道:

“你不仅是我的侍从,你竟是我嫡嫡亲亲的亲儿子!你快动手鞭打自己几下,解脱了杜尔西内娅的魔缠吧。这会儿你的神通已经圆熟了,指望着你干的事准会一举成功。”

桑丘答道:

“这不是千层糕上浇蜜,却是把我捉弄了又捉弄呀。刚把我拧胳膊、弹鼻子,又扎了针,跟着再抽我一顿鞭子,这可怎么说呢!干脆拿大石头绑在我脖子上,把我扔到井里去吧。假如治病都得我来做‘喜事人家的老母牛’②,扔下井去我也不在乎了。别惹我吧;不然的话,哼哼,我就自作主张了,反正我都豁出去了!”

---

① 当时妇女的润肤油膏用醋、鸡蛋、蜂蜜、柠檬、香料等原料制成。

② 指专供吃喜酒客人取笑捉弄的人,或承担开销的人。

这时阿尔迪西多娅已经在灵柩台上坐起来;随后喇叭和笛子齐奏,大家同声高呼:

“阿尔迪西多娅长命百岁!阿尔迪西多娅长命百岁!”

公爵夫妇、米诺斯王、拉达曼多王都站起来,和堂吉诃德、桑丘一起迎上去,把她扶下灵柩台。她装出如梦初醒的样子,向公爵夫妇和两位国王鞠躬行礼,又斜过眼来,瞄着堂吉诃德,说道:

“硬心肠的骑士啊,上帝原谅你吧!我为了你的冷酷,在阴司待了好像一千多年了。至于你,全世界心肠最软的侍从啊,我这条性命全亏了你。桑丘朋友,我有六件衬衫要送给你,虽然不件件完整,至少都是干净的;你可以改做自己的衬衫。”

桑丘把尖顶高帽拿在手里,跪下吻她的手。公爵叫人给他去掉高帽,戴上他自己的便帽,并给他脱下画满火焰的袍子,换上外衣。桑丘向公爵讨那件袍子和尖顶高帽,想带回家乡,纪念这番破天荒的奇事。公爵夫人一口答应,借此表示自己和桑丘向来是好朋友。公爵吩咐家人把大院打扫干净,大家回屋睡觉,把堂吉诃德和桑丘送到他们原先住的屋里去。

第七十章

承接上章,把这段故事补叙清楚。

那夜桑丘睡在一张四脚安着轱辘的小床上,不得已只好和堂吉诃德同屋。桑丘料定主人会问这问那,有许多讲究,搅得他不能睡觉。他受了折磨心里不痛快，舌头都僵了，懒得说话，宁愿一人睡在茅屋里，不愿和主人同住那间富丽的卧室。果然他并非过虑，堂吉诃德不出所料，一上床就说：

"桑丘，你瞧了今夜的事觉得怎么样？冷面无情竟有这么厉害呀！你亲眼看见了吧，断送阿尔迪西多娅性命的不是箭，不是剑，不是什么兵器，也不是无可解救的毒药，只不过是我一贯对她板着脸不理睬。"

桑丘答道："她死就死吧，爱什么时候死或怎么样儿死都行。我从来没招她爱我，也没有冷淡她，别找上我的门来呀。我真想不明白，我上次也说过，阿尔迪西多娅那没脑子的轻骨头，她死了还魂，折磨我桑丘·潘沙干吗呢？我现在真是明白了，世界上确有魔术家和魔法，我保不了受害，但愿上帝解救我吧。不管怎样，我求您让我睡一觉，别再问我话了，除非您是要逼我从窗口跳出去。"

堂吉诃德道："桑丘朋友，你要是受了扎呀、拧呀、弹鼻子呀种种糟蹋，居然还睡得着，你就睡吧。"

桑丘道："最气人的是弹鼻子欺侮我；不为别的，只为下手的是该死的傅姆。我再说一遍，求您让我睡吧；叫人失眠的种种苦恼，睡着就丢开了。"

堂吉诃德说："但愿如此；上帝保佑你吧。"

两人都睡了。本传作者熙德·阿默德乘此讲讲公爵夫妇为什么缘故又安排了上文那套把戏。据说参孙·加尔拉斯果学士扮了镜子骑士给堂吉诃德打败后，当初的算计都落空了。他念念在心，决计卷土重来，指望这次马到成功。他碰到给桑丘老婆泰瑞萨·潘沙捎信送礼的那小厮，打听了堂吉诃德在什么地方，就另找了一套盔甲和一匹马，盾牌上画上个白月亮，用骡子驮着武器，雇了个老乡赶着骡子出门。他没有带前番的侍从托美·塞西阿尔，怕给桑丘和堂吉诃德识破。他到了公爵府，据公爵告诉他，堂吉诃德要参与萨拉果萨的比武，已经由某一条道路走了。公爵讲了他们怎么恶作剧逼桑丘自打屁股、为杜尔西内娅解除魔缠；还讲桑丘怎样捉弄主人，说杜尔西内娅着魔变成了乡下姑娘，而公爵夫人又怎么哄骗桑丘，说杜尔西内娅确是着了魔，倒是桑丘自己上了魔术家的当。学士且听且笑，想不到桑丘又傻又调皮，而堂吉诃德竟一疯至此。公爵嘱咐学士如果找到堂吉诃德，不论取胜与否，务必回府把决斗的结果告诉他。学士遵命。他到了萨拉果萨没找到堂吉诃德，又一路找去；以后的事上文已经讲了。他回到公爵府把经过一一报告，还讲了决斗的条件，说堂吉诃德是个好游侠骑士，说话当话，已经取道回乡，准备退休一年。据学士说，堂吉诃德的疯病一年里也许可以养好，他当初就因为可惜这么一位高明人士成了疯子，一心要治好他，才化了装跑出来。学士随即辞别公爵回乡，料想堂吉诃德跟脚也就到家了。公爵对堂吉诃德主仆的所作所为兴味无穷，乘机又对他们开了以上那番玩笑。他估计堂吉诃德回乡准会经过他那里，就派了许多家丁，有的徒步，有的骑马，把守着远近各条道路，等碰见堂吉诃德，就把他软骗硬逼，带回府邸。他们果然碰见了堂吉诃德，忙去通知公爵。公爵早有准备，立即下令在大院里点上灯笼火把，叫阿尔迪西多娅躺在灵柩台上；整套把戏已见上文。他们演得惟妙惟肖，好像真有其事。可是熙德·阿默德认为被捉弄的固然傻，捉弄他们的也一样傻；公爵夫妇捉弄两个傻子那么起劲，可见自己和两个傻子正也不相上下。至于那主仆两个傻子呢，一个酣睡未醒，一个还睁着眼胡思乱想，只等天亮了起床；堂吉诃德不论得意失意，从不喜欢睡懒觉。

堂吉诃德真以为阿尔迪西多娅是死去又还魂的，这时她遂顺男女主人的兴头，跑到堂吉诃德屋里来，还戴着灵柩台上戴的花冠，穿一件洒金花白波纹绸长袍，披发垂肩，手里拄着一支精致的乌木杖。堂吉诃德见了她又急又窘，忙缩着脖子钻进床单和被单里去。他舌头好像僵住了，一句客套话也说不出。阿尔迪西多娅坐在他床头边的椅子上，长叹一声，娇言软语道：

"尊贵的女人和贞静的姑娘除非万不得已，才会不顾体面，把心事当众抖搂出来。我呀，堂吉诃德·台·拉·曼却先生，有这点亲身体会。我给爱情缠住了，不过我尽管苦恼，还是纯洁的；我默默忍受，心都碎了，就此送了命。硬心肠的骑士啊，

> 我枉自哀怨，你却比大理石还坚硬！①

你的冷酷害我死了两天；反正看见我的人都断定我是死了。要不是恋爱神垂怜，凭这位好侍从吃些苦头救了我，我至今还在幽冥世界躺着呢。"

桑丘道：

"恋爱神不妨叫我的驴儿吃些苦头救你呀，那我就多亏他啦！但愿上天给你找个温柔的情人，别像我主人那样。可是小姐，请问你，你在幽冥世界看见些什么了？绝望而死的人一定下地狱，地狱里在干吗呢？"

---

① 这是引用加尔西拉索《牧歌》第一篇的诗句。

阿尔迪西多娅答道："老实告诉你吧，我大概没死透，所以还没进地狱。要是进了地狱，那就怎么也出不来了。我确是到了地狱门口；那儿有一二十个小鬼在打球，都穿着绑腿裤和紧身上衣，翻领和袖口上镶着荷兰花边；袖口露出四指宽的手腕子，显得手形很长。他们拿着火焰腾腾的球拍子，拍的不是球，却是书；书里好像是空空的，只有些破烂的羊毛渣子。这不是怪事吗？可是还有可怪的呢。打球的赢了高兴、输了丧气是常情，那些家伙，不管赢的输的，都满肚子牢骚，个个在发脾气咒骂。"

桑丘说："那没什么稀奇，魔鬼认真也罢，游戏也罢，赢也罢，输也罢，总是不称心的。"

阿尔迪西多娅道："你说的大概不错。还有件事我很奇怪——我意思那时候觉得很奇怪。他们的书只要拍一下就坏了，再经不起第二拍；新书旧书拍坏了一本又一本，源源不断，真是怪得很。有一本簇新的新书，装潢很讲究，他们拿来拍一下就四分五裂，散成一页页。一个小鬼对他的伙伴儿说：'瞧瞧那是本什么书。'他那伙伴儿说：'那是《堂吉诃德·台·拉·曼却》第二部，作者不是熙德·阿默德，却是个阿拉贡人，据他自己说，他家在托尔台西利亚斯。'那小鬼说：'你给我扔得远远的，扔到狱底里去，我看见就讨厌。'他那伙伴儿说：'就那么糟吗？'那小鬼说：'糟透了，即使有心要写得更糟，也办不到。'他们照旧拍书游戏。我对堂吉诃德是最爱慕的，听到他的名字，就把当时的情景牢牢记在心上了。"

堂吉诃德道："不用说，那是你心上的幻象罢了。世界上哪会另有一个我呢。那部故事在这边也传阅过，可是谁都不愿意拿在手里，都放在脚底下踩。好在我也不是那部书里的主人公，冒我姓名的家伙究竟是在黑暗地狱里,还是在光天化日的世界上,随人家说去,我都满不在乎。一部书写得好、写得真实,可以有几百年的寿命;如果写得不好,就一定随生随灭。”

阿尔迪西多娅还想埋怨堂吉诃德,堂吉诃德对她说:

“姑娘,我屡次对你说,你对我用情,害得我很为难。我只能感谢你的厚意,却没有办法遂你的心。我生来是杜尔西内娅·台尔·托波索的人;假如真有司命的女神,她们已经注定我是她的了。别的美人如要挤了她来做我的心上人,那是万万办不到的。我说得这样直率,你可以死心了;办不到的事不能勉强。”

阿尔迪西多娅听了这番话,满面怒容,愤然道:

“哎呀,你这个冷血动物!铜铁铸的灵魂!枣核儿似的心!你比自以为是的乡下佬还顽固!我扑上来准把你眼珠子都挖出来!吃败仗的先生啊!挨揍的先生啊!你以为我真是为你伤心死的吗?你昨晚上看见的全是假的呀!谁会为你这么个骆驼似的蠢货伤一星半点的心呢?我才不是那种女人!更别说为你死了!”

桑丘说:“这倒是真的。为爱情送命是笑话;谁会当真去死,傻瓜才相信呢。”

他们正说着话,忽见昨夜弹琴唱诵的诗人跑来,对堂吉诃德深深鞠躬,说道:

“骑士先生,我久闻您的大名和您的英雄事迹,十分倾倒;您要是赏脸,许我追随着大伙儿为您效劳,我就荣幸得很!”

堂吉诃德答道:

“请问您是谁?我好按您的身份以礼相待。”

那少年说，他就是夜里奏乐唱诗的。

堂吉诃德道："您的嗓子好极了，不过您唱的诗好像不大切题；加尔西拉索的那几行诗，和这位姑娘的死有什么相干呢？"

那音乐家答道："您别见怪，我们这班毛头小伙子诗人，爱怎么写诗就怎么写，爱抄袭谁就抄袭谁，也不管切题不切题；随意胡唱乱写是诗人的特权。"

堂吉诃德正要回答，公爵夫妇恰来看他，就此打断。宾主谈得很久，都很高兴。桑丘逗笑的妙语和带刺的冷话源源而来，公爵夫妇真想不到他这么老实，却又这么机灵。堂吉诃德要求当天动身回乡，他是吃了败仗的骑士，只配住猪圈了，不该再留在王公府第里。他们一口答应。公爵夫人问他对阿尔迪西多娣是否回心转意，他说：

"我的夫人啊，您知道，这位姑娘的病根子是懒惰；对症下药，该叫她经常有正经活儿干。她这会儿告诉我，地狱里也时行花边。她准会织花边；该叫她不停手地织。手里有活儿，就没工夫想她心上的情人了。这是我的愚见，也是我的忠告，也确是真情实况。"

桑丘附和道："我也这么说。我一辈子就没见过织花边女工为爱情死的。有活儿干的姑娘，只想干完自己的活儿，没工夫想到爱情。这是我自己的经验。我锄地的时候就忘了老伴儿——我指我的泰瑞萨·潘沙，我爱她比爱自己的眼毛还深得多呢。"

公爵夫人道："桑丘，你这话很有道理。我这个阿尔迪西多娣一手好针线，以后叫她别闲着，常做做针线活儿。"

阿尔迪西多娣道："太太，用不着什么对症下药；我只要想到这头蠢货毫无情意,就把他撇在脑勺子后面了,不必再想办法。您夫人让我走开吧,免得瞧他这副哭丧着的脸。这嘴脸真丑,看着就讨厌。”

公爵道:“这就应了俗语说的:

骂个不停,
怒气已平①。”

阿尔迪西多娅拿着块小手绢假装拭泪,一面对主人主妇屈膝行个礼,就出去了。

桑丘说:“我早料到的呀,可怜的姑娘,我早料到你是要倒霉的!你看中的人灵魂像黄麻一样干,心肠像橡树一样硬。老实说吧,要是看中我,我这只公鸡就对你喔喔啼了。”

他们谈完话,堂吉诃德穿好衣服,和公爵夫妇一起吃过饭,当天午后就上路回乡。

第七十一章

堂吉诃德和侍从桑丘回乡路上的事。

堂吉诃德吃了败仗,没精打采,但是他懊恼之中,又生出欢喜来。他懊恼的是打了败仗;欢喜的是桑丘居然有神通叫阿尔

① 西班牙谚语。

迪西多媕起死回生。只不过他还不大相信那痴情姑娘是真死。桑丘却一点不快活;原来阿尔迪西多媕答应送他的几件衬衫没有给他,所以很气恼,颠来倒去想这件事;他对主人说:

"先生,我是天下最倒霉的医生。有些医生杀死了病人,还要诊金;其实他们什么也没干,不过开了药方签个名,由药剂师配好药,让那倒霉病人喝下就完了。可是我呢,给人治好了病,赔掉自己的鲜血,还让人家弹鼻子、拧肉、针刺、鞭打,到头来却连一个子儿也没到手。我对天发誓:如果再有病人叫我治病,得先捞到了油水才给他治呢。'修道院长靠唱歌吃饭',我不信老天爷给了我这点本领是叫我白替人效劳的。"

堂吉诃德道:"桑丘朋友,你说得对。阿尔迪西多媕不该答应了送你衬衫却不给你。尽管你那本领也是平白得来的,没要你下功夫学习;可是身体受折磨比下功夫学习还吃重。我呀,可以向你声明,你为杜尔西内娅解除魔缠挨了鞭子,如果要报酬,我一定给你;该多少给多少。只是我不知道拿了钱吃的鞭子是否有效,我怕它不灵。不过咱们也不妨试试。桑丘,你算算要多少钱,马上动手打吧;打完了可以自己支付现款,我的钱都在你手里呢。"

桑丘一听这话,眼睛也睁大了,耳朵也伸长了,鞭挞自己也甘心乐意。他对主人说:

"好啊,先生,我顺了您的心,自己又得了好处,哪有不肯的道理!也许您觉得我贪财,其实我只是爱我的老婆儿女。您说吧,我打自己一鞭,您给多少钱?"

堂吉诃德说:"桑丘,你解救了杜尔西内娅功德无量,便是威尼斯的财富，玻多西的矿产，①都不够报答你。你估计身边有多少钱，一鞭给多少，自己斟酌吧。”

桑丘说：“鞭子总共是三千三百下还带点儿零。我打过五鞭，其余的还没动呢。且把那五鞭抵了零数，咱们算算那三千三百鞭吧。一鞭就算它四分之一瑞尔；再少的话，即使全世界人人勒逼我，我也不干。照这么算，就是三千三百个四分之一的瑞尔。三千呢，就是一千五百个二分之一的瑞尔，合七百五十瑞尔。三百呢，就是一百五十个二分之一的瑞尔，合七十五瑞尔，加上那七百五十，总共是八百二十五瑞尔。这笔钱，我就从您的钱里扣；我虽然挨足鞭子，回家却发了财称心满意了。如要钓到鳟鱼……②，我不用多说。”

堂吉诃德道：“啊呀！修福的桑丘！可爱的桑丘！杜尔西内娅和我这一辈子该怎么报答你呀！她一定会恢复原形的！到那一天，她的坏运就转成好运，我就转败为胜，圆满收场。桑丘，你愿意什么时候动手，你瞧吧。你要是把这件事快快了结，我再加你一百瑞尔。”

桑丘说：“什么时候吗？就在今晚上！保证没错儿！您准备在旷野露宿，我就把自己打得皮开肉绽。”

堂吉诃德眼巴巴地等天黑，恰像情人等幽会那样急不可待，只觉得太阳神的车子好像是坏了车轮，这一天比哪天都长。好容易天晚，他们走进路旁一座阴凉的树林，两人下了牲口，躺在草地上，把桑丘带的干粮当晚饭吃了一餐。桑丘用灰驴的辔头

---

① 玻多西在玻利维亚西部，多银矿。“威尼斯的财富”和“玻多西的矿产”都已变为成语，指最大量的财富。

② 西班牙谚语，下半句是“就得沾湿裤子”。

和缰绳拧成一条坚韧的鞭子,跑到离主人二十来步的几棵榉树丛里去。堂吉诃德瞧他毅然决然的神气,说道:

"朋友,当心啊,别把自己打得稀烂。你打完一鞭,再打一鞭,别急着一阵乱打,半中间就接不上气来。就是说呀,别把自己太打狠了,该打的鞭数没满,就送了性命。我离着你在这边用念珠给你计数,免得记错。但愿上天保佑,不负你的美意。"

桑丘说:"'还得了债,不心疼抵押品'。我自有办法,打得痛却又不伤性命;得这样才能显示我的神通呀。"

他随即脱光上身,抓起绳索开始鞭挞;堂吉诃德就给他计数。桑丘打了七鞭上下,觉得这玩意儿不好受,价钱估得太低了。他停手对主人说,刚才讲定的交易是上当的,不能作准;每一鞭的价钱该是半个瑞尔,不是四分之一。

堂吉诃德说:"桑丘朋友,你连着打吧,别泄气;我把价钱抬高一倍就是了。"

桑丘道:"那么我就把性命交给上帝了! 鞭子像雨点似的打下来吧!"

可是那浑蛋不把鞭子往自己背上打,却打在树上,还一声声呼号,好像抽得自己灵魂都要出窍了。堂吉诃德心肠软,怕桑丘伤了性命,又怕桑丘顾前不顾后,害得他也不得如愿,就对桑丘说:

"朋友啊,我求你住手吧。我觉得这是狼虎药,一次不能吃多了,得慢慢儿来。萨莫拉不是一下子攻倒的①。照我的计数,

---

① 西班牙谚语。萨莫拉这个坚固的堡垒经过长期攻打才被咖斯底利亚王打破。

你已经打了一千多下,这次就够了。我说句俗话吧,'虽说驴子能负重,太重了也驮不动。'"

桑丘道:"不行,先生,我不能让人说:拿到报酬,就折了手。① 您走远些,让我至少再打一千鞭。咱们干这么两回,也许就完事了,说不定还绰有余力呢。"

堂吉诃德说:"你既然这么热心,但愿上天保佑你,你就打吧。我且走远点。"

桑丘又痛下鞭扑,把好几棵树打得皮都脱落了;这顿鞭挞真是够狠的!他在榉树上猛抽一鞭大叫道:

"参孙不要命了!大家同归于尽吧!"②

堂吉诃德听到鞭声猛烈,呼声凄厉,忙赶去抓住桑丘用缰绳拧成的鞭子说道:

"桑丘朋友,你得留着性命养家活口,如果称了我的心,送了你的命,那是天地不容的。让杜尔西内娅再等等吧。我反正如愿有期,也就安心了。我等你蓄养了力气,再把这件事完成,让大家乐意。"

桑丘说:"我的先生,您既然叫我别打了,我就听您的。您把大衣借我披上吧,我浑身是汗,怕着了凉;我还是头一次鞭挞自己,保不定出这毛病。"

堂吉诃德依言脱下大衣给桑丘披上,自己只穿着紧身衣裤,桑丘直睡到太阳光射到脸上才醒。他们立即上路,走了三哩瓦,到一个村上投宿。两人在一家客店前下了牲口。堂吉诃德认得

---

① 西班牙谚语。

② 《旧约全书·士师记》第十六章第三十节;大力士参孙临死说"我情愿同非利士人同死",就掀倒房子,把里面的非利士人都压死。

是客店，不是有壕沟、高塔、吊闸、吊桥的堡垒。他自从吃了败仗，头脑清醒了些；凭他下面讲的话就可见一斑。店家给了他一间楼下的房间。乡村的习惯，壁衣不用皮革；那屋里挂的是半旧的斜纹布，上面画着人物。① 一幅是海伦在梅内拉奥家被那个色胆如天的远客抢走②；画得非常拙劣。另一幅是狄多和伊尼亚斯的故事③：伊尼亚斯在海上，乘着一艘方帆快艇准备逃跑；狄多在高塔上，挥着半条床单，好像是向逃亡的远客呼吁。堂吉诃德注意到画里的海伦并不像被人强抢的，她淘气似的背着脸在笑呢；狄多美人却眼泪双流，泪珠有核桃那么大。堂吉诃德看了说：

"这两位夫人不幸没有生在当代；我更不幸，没有生在她们的时代。我要是碰到画上的那两位先生，特洛亚就不会烧成白地，伽太基也不至灭亡；我只要杀掉一个巴黎斯，就铲除了这种种灾祸的总根子。"

桑丘说："我可以打赌，不用多久，一切酒店、客店、旅馆、理发铺，家家都要画上咱们的故事了。不过我希望能有高手来画，别画得这样糟糕。"

堂吉诃德道："桑丘，你说得不错。这个画家就像乌贝达的画家奥巴内哈一样。人家问奥巴内哈画什么呢，他说：'画出什

---

① 安达路西亚有钱人家的壁衣，热天用描花或刻花的皮革，冷天用毛织的花毡。农村俭啬，终年用布制的壁衣。

② 希腊故事，特洛亚王子巴黎斯拐走希腊斯巴达王梅内拉奥的妻子海伦，引起特洛亚之战。

③ 据维吉尔史诗《伊尼德》，伊尼亚斯在特洛亚城破后，流亡到伽太基，和伽太基女王狄多恋爱，后来又抛弃了她，航海到意大利。参看本书363页注①，432页注②。

么，就是什么。’假如他偶然画出一只公鸡，就在下面注明：‘这是公鸡’，免得人家当作狐狸。桑丘，绘画和写作有相同之处。我觉得写堂吉诃德新传的人，正和奥巴内哈一样：描绘出什么，就是什么。几年前京城有个诗人名叫茅雷翁，也是这一路货。人家向他请教，他就随口乱说。有人问他 Deum de Deo 是什么意思；他说，就是‘Dé donde diere’。① 可是闲话少说，我问你，桑丘，你今夜打算再把自己打那么一顿吗？你愿意在屋里打，还是露天打呢？”

桑丘说：“哎，先生，我打算给自己吃的那顿鞭子，屋里打、露天打都一样。不过我喜欢在树林里打，因为四周的树木好像在陪我受罪，不知哪来的奇事，那些树木竟分摊了我的痛苦。”

堂吉诃德说：“那就算了，桑丘朋友，你且养息力气；过不了后天咱们就到家了，等回去再打吧。”

桑丘说：“一切听命，不过我愿意趁热打铁，赶紧把事情了结。拖拖延延，就有危险；求上帝保佑你，也得自己努力；许你两件，不如给你一件；天空的老鹰，不如手里的麻雀②。”

堂吉诃德道：“啊呀，桑丘，成语少说两句吧，你好像又‘故态复萌’③了。我老跟你说，讲话要明白清楚，直截了当；你听了我这句话，将来受用不尽呢。”

---

① Deum de Deo 是拉丁文的惊叹辞或发咒时对上帝的呼吁，意思是“上帝啊！”或“上帝的上帝啊！”Dé donde diere 这句西班牙语和 Deum de Deo 不过声音相近，意义全不相干，直译是“在我将来可能给的地方，我已经给了”。

② 四句西班牙谚语。

③ 原文是拉丁文。

桑丘答道："我不知倒了什么霉，不用成语就说不出个道理，而且哪一句好像都用得上。不过我以后努力改吧。"

他们就结束了这番谈话。

第七十二章

堂吉诃德和桑丘回乡路上。

桑丘要在旷野里打完他那顿鞭子，堂吉诃德要看那顿鞭子打完，了却心愿；两人整天待在乡村的客店里等待天黑。忽有个骑马客人跑来，三四个佣人跟着。一个跟随的人对打头的那人说：

"堂阿尔瓦罗·达尔斐，这家客店看来又干净、又凉快，您说在这儿歇午吧。"

堂吉诃德听了对桑丘道：

"嗨，桑丘，我翻看我那第二部传记的时候，好像见过堂阿尔瓦罗·达尔斐这名字。"

桑丘说："很可能呀，待会儿等他下了马，咱们问问他。"

新来的客人下了马，店主妇拨给他一间楼下的房间，恰在堂吉诃德对屋，壁上也挂着些有画图的斜纹布，和堂吉诃德屋里的一样。那人换了一套夏天衣服，跑到大门口过道里去。过道宽敞风凉，堂吉诃德正在那里散步。那人问他说：

"绅士先生，您到哪儿去啊？"

堂吉诃德答道：

“我家在附近村上，我是回乡去。您呢？您到哪儿去呀？”

绅士道：“我呀，先生，也是回乡去；我家在格拉那达。”

堂吉诃德道：“那是好地方！可是我想请问您的大名；我有个缘故，只是说来话长。”

那旅客道：“我叫堂阿尔瓦罗·达尔斐。”

堂吉诃德说：

“有个新出道的文人最近出版了《堂吉诃德·台·拉·曼却传》的第二部，书里有一位堂阿尔瓦罗·达尔斐，想必就是您吧。”

绅士说：“是啊。书里的主人公堂吉诃德是我的好朋友，是我把他从家乡带出去的；反正是我劝他去参加了萨拉果萨的比武，我自己也到了那里去。我真是帮了他不少忙。他莽撞极了，幸亏有我在，他背上才没挨刽子手拍打。”

“请问您，堂阿尔瓦罗，您说的那个堂吉诃德和我有点儿像吗？”

那人说：“不像，一点儿不像。”

堂吉诃德说：“那个堂吉诃德还带着个名叫桑丘·潘沙的侍从吧？”

堂阿尔瓦罗说：“是啊。盛传他很逗乐儿，可是我从没有听他说过一句逗乐的话。”

桑丘插嘴道：“那当然，逗乐的话不是人人会说的。绅士先生，您讲的那个桑丘，准是头号的流氓、笨蛋、贼骨头拼凑出来的。我才是真正的桑丘·潘沙；我的俏皮话比雨点儿还多呢。不信，您只要试试。您和我一起待一年，就会知道我开口就逗乐，说话又多又滑稽，往往自己也不知说了什么，就逗得大家没一个不笑的。至于真正的堂吉诃德·台·拉·曼却呢，他真是名不虚传，又勇敢，又聪明，又多情；他锄强扶弱，帮助寡妇，害得年轻姑娘为他死去活来；他唯一的意中人是绝世美人杜尔西内娅·台尔·托波索。这个堂吉诃德就是您面前的这位先生——我的主人；别的堂吉诃德、别的桑丘·潘沙全都是冒牌骗人的假货。”

堂阿尔瓦罗说：“对啊！一点儿不错！朋友，你开口几句话就妙不可言。那个桑丘说话并不少，却没一句是这么有趣的。他那张嘴巴只爱吃东西，不会说话；他像个傻瓜，毫无风趣。那些魔法师迫害好的堂吉诃德；他们一定是借那个坏堂吉诃德又来迫害我。我真不知该怎么说了。因为我可以发誓，我离开那个堂吉诃德的时候，他正在托雷都疯人院里疗养呢，现在这里却又出现了一个堂吉诃德！不过这位先生和那一个是截然不同的。”

堂吉诃德说：“我不敢说自己是好的堂吉诃德，不过绝不是那个坏的。我拿得出凭据，亲爱的堂阿尔瓦罗·达尔斐先生。我告诉您，我一辈子没到过萨拉果萨，而且一听说那个冒名的堂吉诃德在那里比武，我就不肯去了。我是要借此向大家戳穿他的谎话，所以直接到了巴塞罗那去。那里是礼仪之邦，行路的安息处，穷人的收容所，勇士的家乡；遭祸害的跑去避难，爱交游的跑去联欢，不论地势风景，都独一无二。虽然我在那里的遭遇并不称心，却很痛心，可是能到那个地方游历一番，也就算是不冤枉。总而言之，堂阿尔瓦罗·达尔斐先生，我是天下闻名的堂吉诃德·台·拉·曼却，不是那个冒名顶替的混蛋。我要求您凭绅士应尽的义务,当着本村长官正式声明,说您今天才头一次看见我,我并不是第二部传记里的堂吉诃德,我这个侍从桑丘·潘沙也不是您认识的那个。”

堂阿尔瓦罗说:“行,行!不过我真想不到同时会看见两个堂吉诃德和两个桑丘,名字完全一样,人又完全不同。想必我自以为眼见的,只是假相;自以为身经的,都是幻觉。”

桑丘说:“不用说,您准是像我们杜尔西内娅·台尔·托波索小姐那样着魔了。天哪,我但愿您也像她一样,要靠我自打三千多鞭来解除您的魔缠呢!那我一定打,一个钱也不要。”

堂阿尔瓦罗说:“我不懂什么鞭子不鞭子。”

桑丘道,说来话长,如果他们同路,可以在路上细讲。当时已经开饭,堂吉诃德和堂阿尔瓦罗同吃了饭。可巧本乡长官带着公证人到客店来。堂吉诃德就当着这位长官正式提出申请,说他为保卫自己的权利,要请在场的这位绅士堂阿尔瓦罗·达尔斐声明:他从不认识在场的堂吉诃德·台·拉·曼却,这个堂吉诃德·台·拉·曼却,并非托尔迪西利亚斯人阿维利亚内达那本《堂吉诃德·台·拉·曼却传》第二部里的堂吉诃德·台·拉·曼却。乡官按合法手续,把这项声明照公文程式白纸黑字写下来。堂吉诃德和桑丘高兴非凡;明摆着这个堂吉诃德不是那个堂吉诃德,这个桑丘不是那个桑丘,他们倒好像这还得凭一纸执照为证呢。堂阿尔瓦罗和堂吉诃德应酬了一番。这位曼却的伟人谈吐非常高明,堂阿尔瓦罗恍然明白这个堂吉诃德绝非那个堂吉诃德。但是他不懂怎么会亲身碰到两个绝不相同的堂吉诃德,料想自己是着魔了。

他们当天下午出村,走了大约半哩瓦路,到一个交叉路口;

堂吉诃德和堂阿尔瓦罗就各走各的了。在他们分手之前的一小段路上，堂吉诃德已经把自己如何倒霉打了败仗、杜尔西内娅如何着魔、如何解救等等都告诉了堂阿尔瓦罗；他听了越发诧异。他拥抱了堂吉诃德和桑丘，就分头取道回乡。当晚，堂吉诃德又在树林里过夜，让桑丘完成他的苦行。桑丘还像前夜那样挥鞭痛打，多亏榉树皮替他当灾，便宜了他自己的背皮。他背上鞭风也没掠过，即使上面叮着个苍蝇，也不会赶走。堂吉诃德蒙在鼓里，每一鞭都记下，加上前夜打的，共计三千零二十九鞭。太阳好像是要来瞧瞧桑丘怎样受罪，老早就出来了。他们天亮又赶路，一路谈的无非是堂阿尔瓦罗上了当，而他们却又多么精明，在乡官面前把那项声明写成了正式文件。

两人走了一天一夜，一路无话，不过桑丘当夜完成了他担当的苦差，因此堂吉诃德非常称心满意。他深信梅尔林的诺言，拿定他意中人杜尔西内娅已经摆脱魔缠。他等着天亮，想瞧瞧会不会路上碰见她；一路前去，每见一个女人，就近前去认认是不是杜尔西内娅·台尔·托波索。他就这样思思想想、寻寻觅觅，一路和桑丘走上山头，望见了家乡。桑丘望见家乡，就双膝跪下道：

"我念念不忘的家乡呀，快瞧瞧，你的儿子桑丘回来了！他虽然没有发大财，却挨足了鞭子。你的儿子堂吉诃德也回来了，张臂迎接他吧！他虽然败在别人手里，却战胜了自己；据他以前跟我讲的话，这是为人在世最了不起的胜利。我现在手里有钱了！因为'我虽然挨足鞭子，却是个很有体面的骑士'①。"

---

① 西班牙谚语，见本书282页注①。

堂吉诃德说:“别这么疯疯癫癫,咱们顺顺当当回乡吧;到了家,咱们就可以自由自在地想想,以后怎么过牧羊生涯。”

两人就下坡回乡。

第七十三章

堂吉诃德入村所见的预兆,以及其他趣事。

据熙德·阿默德说,堂吉诃德进村,看见打麦场上两个孩子吵架。一个说:

“你干脆死了心,小贝德罗;这东西你一辈子休想再看见了。”

堂吉诃德立即对桑丘说:

“朋友,你听见那孩子的话吗?‘你一辈子休想再看见了!’”

桑丘答道:“哎,那孩子说了那句话又怎么着?”

堂吉诃德道:“怎么着?你还不懂吗?那是对我说的,叫我休想再看见杜尔西内娅了。”

桑丘没来得及回答,因为看见野地里一只兔子直往他们那里蹿,许多猎狗和猎人在后面追赶。兔子吓破了胆,蹿过来躲在灰驴身底下。桑丘一把抓住,捧去交给堂吉诃德。堂吉诃德喃喃自语道:

“不祥之兆!不祥之兆![1] 兔子跑,猎狗追;杜尔西内娅却不

---

① 原文是拉丁文。西班牙旧俗,认为路上碰见兔子是不吉利的,碰见狼是吉利的。

见踪迹!”

桑丘说:“您真怪。就算这头兔子是杜尔西内娅,追她的猎狗是把她变作乡下姑娘的坏魔法师,她不是脱身了吗?我把她捉来交在您手里,您正抱在怀里抚弄她;这又有什么不祥呢?又算什么不祥之兆呢?”

两个吵架的孩子跑来看兔子;桑丘问一个孩子为甚吵架。这孩子就是刚才说“你一辈子休想再看见”的那一个。据说他拿了那个孩子的一笼蟋蟀,打算一辈子不还了。桑丘从身边掏出四文钱给那孩子,问他要了那个笼子,交给堂吉诃德说:

“先生,我这会儿把预兆都破了!别说我傻,我觉得这些预兆就像隔年的浮云一样,和咱们毫不相干。我记得咱们村上的神父说过,高明人士不该注意这种细事。您自己前几天还跟我讲呢,相信预兆的是傻瓜①。这种事不值得放在心上,咱们还是快到村上去吧。”

打猎的跑来要他们的兔子,堂吉诃德就交给他们。两人往村里走去,碰见神父和加尔拉斯果在草地上念经呢②。这时桑丘用那件画火焰的麻布衣(阿尔迪西多婡还魂那夜桑丘在公爵府穿的)盖着灰驴和驴背上的一捆兵器,所以灰驴好像穿了一件印着徽章的罩衣;那只尖顶高帽也戴在灰驴头上——它真是世界上最奇装异服的驴子了。

神父和学士马上看见了他们俩,都赶来张臂欢迎。堂吉诃德下了马,和他们紧紧拥抱。小孩子眼尖,像山猫一样,什么都

---

① 见本书第五十八章。

② 教士在指定的祷告时间得诵经祈祷;加尔拉斯果学士任教会里最低的职位,所以也得念经。

不放过；他们望见驴子的尖顶高帽，就赶来看，大伙儿传呼道：

“孩子们快来！瞧桑丘·潘沙那驴子比明戈还漂亮！堂吉诃德那畜生比原先更瘦了！①”

堂吉诃德和桑丘由一群小孩子簇拥着，神父和学士陪着，进村到了堂吉诃德家。他家的管家妈和外甥女已经听到他回家的消息，正在门口等待。桑丘的老婆泰瑞萨·潘沙也听到了消息。她披头散发、袒胸露臂，拉着女儿桑琦加赶来瞧她丈夫。她认为当总督的该穿得很漂亮，一看他那样儿就说：

“我的丈夫，你怎么这个样儿呀？我瞧你是一步步走回来的，脚都走疼了；简直像个逃难的灾民，哪像什么总督呀！”

桑丘答道：“甭说了，泰瑞萨；许多人以为这儿挂着块咸肉，其实连挂肉的钩子都没有。咱们快回家，有稀罕事告诉你呢。我带钱回来了，这是大事！我赔了力气挣来的钱，没损害了谁。”

泰瑞萨说：“我的好丈夫，随你哪里挣的，带回来就是了；不管怎么个挣法，反正不是你发明的新办法。”

桑琦加拥抱了爸爸，问他带了什么东西回来，说她像五月天盼望雨水那样盼望着他呢。桑丘一边是女儿抓住他的腰带，一边是老婆拉着他的手，灰驴由女儿牵着，大伙儿一起回家。堂吉诃德留在自己家，自有外甥女和管家妈看管，神父和学士做伴。

堂吉诃德刻不容缓，立即把学士和神父拉到屋里，背着家里人，告诉他们自己打了败仗，按讲定的条件，一年内不准离乡；他

---

① 十五世纪风行的讽刺诗里说：“明戈·瑞伏尔戈，穿天蓝色的外衣，鲜红的紧身袄。”“比明戈还漂亮”变为成语。那孩子的话是双关的，好像是指桑丘的驴、堂吉诃德的马；其实是把两人说成畜生。

身为游侠骑士，得恪守骑士道，这个条件他一定切实履行，分毫不能出入。他说，打算那一年里改行做朴实的牧羊人，在田野里过悠闲的日子，舒散他对情人的思慕之心。他要求神父和学士，如果没有要事缠身，得空就来和他做伴；他要买一群羊，大家可以名副其实地做牧羊人。他说事情已有眉目，他已经为他们都取了合适的名号。神父请教什么名号。堂吉诃德说：他自己叫牧羊人吉诃悌士，学士叫牧羊人加尔拉斯公，神父叫牧羊人古良布洛，桑丘·潘沙叫牧羊人潘希诺。神父和学士想不到堂吉诃德的疯病又别开生面，可是防他再出门当骑士，又指望他一年里能养好病，少不得附和着他的疯劲儿，称赞他新出的主意有趣，表示要同过牧羊生涯。

参孙·加尔拉斯果学士道："而且大家都知道我还是个呱呱叫的诗人。我可以到处作诗：牧歌呀，京城流行的词曲呀，或者随意抒情的诗；咱们在田野里就有得消遣了。两位老哥啊，还有件最要紧的事呢：咱们歌颂的牧羊姑娘都得取个芳名，不论多硬的树上都要刻上她们的名字；多情的牧羊人照例这么干的。"

堂吉诃德说："这是当前的要紧事。不过我已经有了天下无双的杜尔西内娅·台尔·托波索，不必再为虚拟的牧羊姑娘找名字。她是河岸①和草原上的花朵儿，美丽聪明的典范，不管怎样极口赞美，用在她身上都不算夸张。"

神父道："对啊！可是我们的牧羊姑娘还得有合适的名字呀；如果不能完全合适，将就点儿也行。"

参孙·加尔拉斯果凑趣道：

---

① 牧歌里往往把没有河的地方称为河岸。

"如果想不出名字,可以借用书上的,书上多的是牧羊姑娘,什么费丽达呀,阿玛丽莉呀,狄亚娜呀,芙蕾丽达呀,伽拉泰呀,贝丽沙达呀,等等,这都是市场上的货色,咱们买回来就是自己的了!假如我那位小姐——或者该说我那位牧羊姑娘名叫安娜,我就用安娜达①的名字来颂扬她;如果叫弗朗西斯加,我就称她弗朗塞妮娅;如果叫露西娅,我就称她陆莘达,反正都是同一个名字化出来的。桑丘·潘沙如果也加入我们一伙,他老婆泰瑞萨可以称为泰瑞萨依娜。"

堂吉诃德听了变化的名字不禁笑了。神父满口称赞堂吉诃德的主意正当高尚,他重又表示,只要处理了他教区的紧要任务,就来和老友做伴。神父和学士就起身告辞,还劝堂吉诃德保养身体,多吃滋补的东西。

三人的谈话可巧都落在堂吉诃德的外甥女和管家妈耳里。他们等客人一走,就进屋来,外甥女说:

"舅舅啊,您是怎么回事啊?我们以为您这次回来了要安安静静、老老实实待在家里了,怎么又迷了心窍,要去做什么

来的小牧童呀,
去的小牧童呀?②

老实说吧,麦秸已经干硬,不能当哨子吹了③。"

管家妈附和道:

"而且在旷野里,暑天的中午或冷天的深夜,或是豺狼嗥

---

① 学士也像堂吉诃德那样把西班牙名字化为意大利名字。

② 西班牙民谣里的句子。

③ 西班牙谚语。

叫，您受得了吗？您怎么也受不了的呀！那是大老粗的行业，得从小在妈妈怀抱里就开始锻炼才行。千不好、万不好，当游侠骑士还比当牧羊人好。我的主人啊，我这会儿不是酒醉饭饱，正守着斋呢，而且五十开外的年纪了，您听我的话吧。待在家里，照管家业，常常去忏悔，多帮助穷人；要有什么灾害，由我的灵魂承当。”

堂吉诃德道：“女儿啊，甭多说了，我知道自己的本分。我觉得不大舒服呢，你们扶我上床吧。你们放心，我现在当游侠骑士也罢，将来当牧羊人也罢，决不忘了照顾你们的需要；你们看到我干的事，就会知道。”

外甥女和管家妈当然都是好女儿；她们扶堂吉诃德上床，给他吃了点东西，服侍他好好睡下。

第七十四章

堂吉诃德得病、立遗嘱、逝世。

世事无常，都由兴而衰，以至于亡；人生一世更是逃不脱这个规律。堂吉诃德也不能得天独厚，停步不走下坡路。他万想不到自己一辈子就此完了。他发烧不退，一连躺了六天；也许是打了败仗，气出来的病，也许是命该如此。他的朋友像神父呀，硕士呀，理发师呀，都常去看他；他的好侍从桑丘·潘沙经常守在他床头。他们以为他打败了羞忿，而且没看见杜尔西内娅摆脱魔缠,心上愁闷,所以恹恹成病,就用尽方法哄他开心。学士叫他抖擞精神起床,开始牧羊生涯,说自己已经做了一首牧歌,把撒纳沙罗①的牧歌全压倒了;又说自己出钱问金达那的牧户买了两只看羊的好狗,一只叫巴尔西诺,一只叫布特隆。堂吉诃德听着还是郁郁不乐。

他那些朋友请了一位大夫来给他诊脉。大夫觉得脉象不好,说不管怎样,救他的灵魂要紧,他的身体保不住了。堂吉诃德听了这话很镇定,管家妈、外甥女和侍从桑丘却伤心痛哭,好像堂吉诃德已经当场死了。据大夫诊断,忧郁是他致命的病源。堂吉诃德想睡一会,要求大家出去。他就睡了一大觉,有六个多小时之久,管家妈和外甥女只怕他再也不醒了。他醒来大声说:

“感谢全能的上帝!给了我莫大的恩典!他慈悲无量,世人的罪孽全都饶恕。”

外甥女留心听他舅舅的话,觉得比往常灵清,至少比这番病倒后讲的话有条理。她问道:

“舅舅,您这话是什么意思?咱们得了什么新的恩典吗?您说的是什么慈悲、什么罪孽呀?”

堂吉诃德答道:“我说的是上帝无量慈悲,这会儿饶恕了我的罪孽。我从前成天成夜读那些骑士小说,读得神魂颠倒;现在觉得心里豁然开朗,明白清楚了。现在知道那些书上都是胡说八道,只恨悔悟已迟,不及再读些启发心灵的书来补救。外甥女

---

① 撒纳沙罗(Jacopo Sannazaro),意大利十六世纪诗人,1504 年出版的《牧羊人的乐园》(*Arcadia*)风行一时,参看本书 442 页注②,510 页注①。

啊，我自己觉得死就在眼前了；希望到时心地明白，人家不至于说我糊涂一辈子，死也是个疯子。我尽管发过疯，却不愿意一疯到死呢。孩子，我要忏悔，还要立遗嘱，你去把神父呀、参孙·加尔拉斯果学士呀、尼古拉斯理发师呀那几位朋友都请来。”

那三人正好进屋，不劳外甥女去请了。堂吉诃德一见他们，就说：

“各位好先生，报告你们一个喜讯：我现在不是堂吉诃德·台·拉·曼却了，我是为人善良、号称‘善人’的阿隆索·吉哈诺。我现在把阿马狄斯·台·咖乌拉和他那帮子子孙孙都看成冤家对头，觉得荒谬的骑士小说每一本都讨厌，也深知阅读这种书籍是最无聊、最有害的事。我现在靠上帝慈悲，头脑清醒了，对骑士小说深恶痛绝。”

三人听了这番话，以为他一定又得了新的疯病。参孙说：

“堂吉诃德先生，我们刚刚听说杜尔西内娅小姐已经解脱了魔缠，您怎么又来这一套呀？况且咱们马上要去当牧羊人，像公子哥儿似的唱歌过日子，您怎么又要当修行的隐士了呢？我劝您清醒点儿，闭上嘴巴，别胡扯了。”

堂吉诃德说：“那些胡扯的故事真是害了我一辈子；但愿天照应，我临死能由受害转为得益。各位老哥，我自己觉得命在顷刻，别说笑话了，快请神父听我忏悔，请公证人给我写遗嘱吧。大限临头，不能把灵魂当儿戏。我请你们乘神父听我忏悔，快去请个公证人来。”

大家听了觉得诧异，面面相觑，虽然将信将疑，却不敢怠慢。他忽然头脑这样灵清，料想是临死回光返照。他还说了许多又高明又虔诚的话，条理非常清楚。大家不再疑惑，确信他已经不疯了。

神父叫大家走开,他一人听堂吉诃德忏悔。学士出去找了一个公证人,还带着桑丘·潘沙一同回来。桑丘听学士讲了主人的情况,看见管家妈和外甥女在那儿哭,也抽搐着脸颊眼泪直流。堂吉诃德忏悔完毕,神父出来说:

"善人阿隆索·吉哈诺真是要死了,他神志也真是清楚了。他要立遗嘱呢,咱们进去吧。"

管家妈、外甥女和那位好侍从桑丘·潘沙听了这个消息,热泪夺眶而出,压抑着的抽噎也收勒不住了。因为上文也曾说过,堂吉诃德是善人阿隆索·吉哈诺也罢,充当了堂吉诃德·台·拉·曼却也罢,向来性情厚道,待人和气,不仅家里人,所有的相识全都喜欢他。公证人跟着大家到堂吉诃德屋里,把遗嘱开头的程式写好;堂吉诃德按基督徒的照例规矩,求上帝保佑他的灵魂,然后处置遗产。他说:

"(一)我发疯的时候,叫桑丘·潘沙当我的侍从,曾有一笔钱交他掌管。我们两人还有些未清的账目和人欠、欠人的纠葛,所以那笔钱我不要他还了,也不要他交代账目,只把我欠的扣清,余款全数给他;多余的很有限,但愿他拿了大有用处。我发疯的时候曾经照应他做了海岛总督;我现在神志清楚,如有权叫他做一国之王,我也会叫他做。他生性朴质,为人忠诚,该受这样待遇。"

他转向桑丘道:"朋友,我以为世界上古往今来都有游侠骑士,自己错了,还自误误人,把这个见解传授给你,害你成了像我一样的疯子;我现在请你原谅。"

桑丘哭道:"啊呀,我的主人,您别死呀!您听我的话,百年长寿地活下去！一个人好好儿的，又没别人害死他，只因为不痛快，就忧忧郁郁地死去，那真是太傻了！您别懒，快起床，照咱们商量好的那样，扮成牧羊人到田野里去吧。堂娜杜尔西内娅已经摆脱魔缠，没那么样儿的漂亮；也许咱们绕过一丛灌木，就会和她劈面相逢。假如您因为打了败仗气恼，您可以怪在我身上，说我没给驽骍难得系好肚带，害您颠下马来。况且骑士打胜打败，您书上是常见的，今天败，明天又会胜。”

参孙说：“可不是吗！好桑丘这番话说得对极了！”

堂吉诃德道：“各位先生且慢，去年的旧巢，哪还有小鸟①！我从前是疯子，现在头脑灵清了；从前是堂吉诃德·台·拉·曼却，现在我已经说过，我是善人阿隆索·吉哈诺。但愿各位瞧我忏悔真诚，还像从前那样看重我。现在请公证人先生写下去吧。

“（一）我全部家产，从现有、实有的部分，除去指名分配的款项，全归在场的外甥女安东尼娅·吉哈娜承袭。首先，管家妈历年的工资应如数付清，外加二十杜加，送她做一套衣服。我委托在场的神父和参孙·加尔拉斯果学士二位先生执行遗嘱。（一）我外甥女安东尼娅·吉哈娜如要结婚，得嫁个从未读过骑士小说的人；如查明他读过，而我外甥女还要嫁他，并且真嫁了他，那么，我的全部财产她就得放弃，由执行人随意捐赠慈善机关。（一）执行遗嘱的两位先生如果碰见《堂吉诃德·台·拉·曼却生平事迹第二部》的作者，请代我竭诚向他道歉：他写那部荒谬绝伦的书，虽然没有受我委托，究竟还是为了我，我到死还

① 西班牙谚语。

觉得对他不起。”

遗嘱写完，堂吉诃德就晕了过去，直挺挺地躺在床上。大家慌了手脚，赶紧救护。他立完遗嘱还活了三天，昏厥好多次。当时家翻宅乱，不过外甥女照常吃饭，管家妈照常喝酒，桑丘·潘沙也照常吃喝；因为继承遗产能抵消或减少遭逢死丧的痛苦。堂吉诃德领了种种圣典[①]，痛骂了骑士小说，终于长辞人世了。公证人恰在场，据他说，骑士小说里，从没见过哪个游侠骑士像堂吉诃德这样安详虔诚、卧床而死的。堂吉诃德就在亲友悲悼声中解脱了，就是说，咽气死了。

神父当时就请公证人证明，称为堂吉诃德·台·拉·曼却的善人阿隆索·吉哈诺已经善终去世。熙德·阿默德·贝南黑利搁笔了，别的作者不能捣鬼再叫他活过来，把他的故事没完没了地续写。奇情异想的拉·曼却绅士如此结束了一生。熙德·阿默德不愿指明他家乡何在，让拉·曼却所有的村镇，都像希腊六个城争夺荷马那样，抢着认他为自己的儿子。

桑丘、外甥女和管家妈怎样哀悼堂吉诃德，他墓上有什么新的墓铭[②]，这里都不提了；只说参孙·加尔拉斯果写了如下一首墓铭：

邈兮斯人，
勇毅绝伦，
不畏强暴，
不恤丧身，

---

① 指忏悔、领圣体、涂圣油等临终圣典。

② 本书上部结尾已有墓铭，所以说新的墓铭。

谁谓痴愚，
震世立勋，
慷慨豪侠，
超凡绝尘，
一生惑幻，
临殁见真。

绝顶高明的熙德·阿默德对他的笔说："我不知你是有锋的妙笔还是退锋的拙笔，我把你挂在书架子的铜丝上了，你在这儿待着吧。如果没有狂妄恶毒的作者把你取下滥用，你还可以千载长存。可是你别等他们伸手，乘早婉转地告诉他们：

请别来插手吧，
摇笔杆儿的先生，
国王已把这件事，
留待我来完成。①

"堂吉诃德专为我而生，我这一生也只是为了他。他干事，我记述；我们俩是一体。托尔台西利亚的冒牌作者用鸵鸟毛削成的笔太粗劣，他妄图描写我这位勇士的事迹是不行的；他的才情不能胜任；他文思枯涩，不配写这故事。你如果碰见他，劝他让堂吉诃德那一把霉烂的老骨头在墓里安息吧，别侵犯死神的法权，把他从坟圹里拖出来带到旧咖斯底利亚去②；堂吉诃德确

① 末两行是民歌《格拉那达内战》里的句子。

② 阿维利亚内达伪造的《堂吉诃德传》里，说堂吉诃德从托雷都疯人院出来后又到了旧咖斯底利亚和其他许多地方去。

实是直挺挺地躺在地下，不能再出马作第三次旅行了[1]。他前后两次出门的故事，已经把一切游侠骑士的荒谬行径挖苦得淋漓尽致，得到国内外人士一致赞赏。你对蓄意害你的人好言劝告，也就尽了你基督徒的职责。我的愿望无非要世人厌恶荒诞的骑士小说。堂吉诃德的真人真事，已经使骑士小说立脚不住，注定要跌倒了。我也就欣然自得；作者能这样如愿以偿，还数我第一个呢！”

再会吧！

---

① 前两次旅行指《堂吉诃德·台·拉·曼却》的上部和下部；实则上部里堂吉诃德已出门两次。

堂吉诃德

｜上｜

杨绛全集｜

［西班牙］塞万提斯 著
杨绛 译

人民文学出版社

2004年初，于三里河寓所

| 1983年11月，访问西班牙时参观酒厂

| 1983年11月，于马德里塞万提斯故居门前

1986年10月6日，在西班牙驻华大使馆接受西班牙国王颁发的“智慧国王阿方索十世十字勋章”

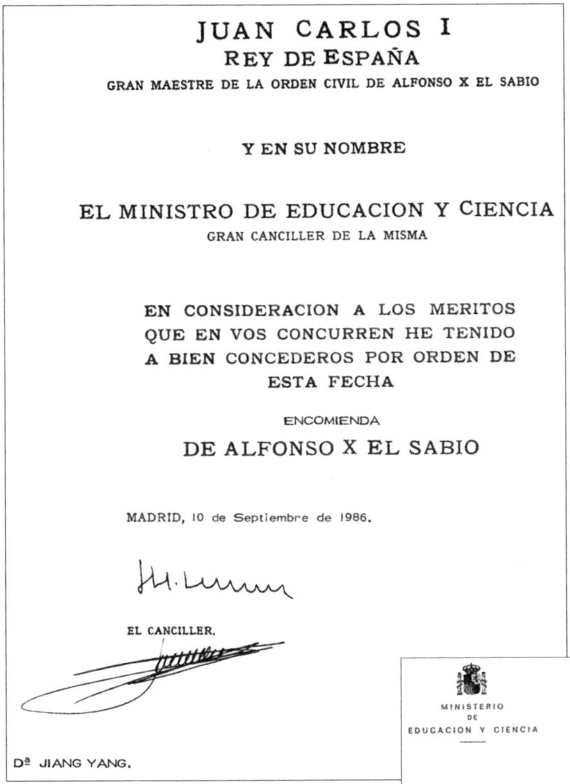

JUAN CARLOS I
REY DE ESPAÑA
GRAN MAESTRE DE LA ORDEN CIVIL DE ALFONSO X EL SABIO

Y EN SU NOMBRE

EL MINISTRO DE EDUCACION Y CIENCIA
GRAN CANCILLER DE LA MISMA

EN CONSIDERACION A LOS MERITOS QUE EN VOS CONCURREN HE TENIDO A BIEN CONCEDEROS POR ORDEN DE ESTA FECHA

ENCOMIENDA
DE ALFONSO X EL SABIO

MADRID, 10 de Septiembre de 1986.

EL CANCILLER.

Dª JIANG YANG.

| 西班牙国王为《堂吉诃德》译者颁发授勋证书

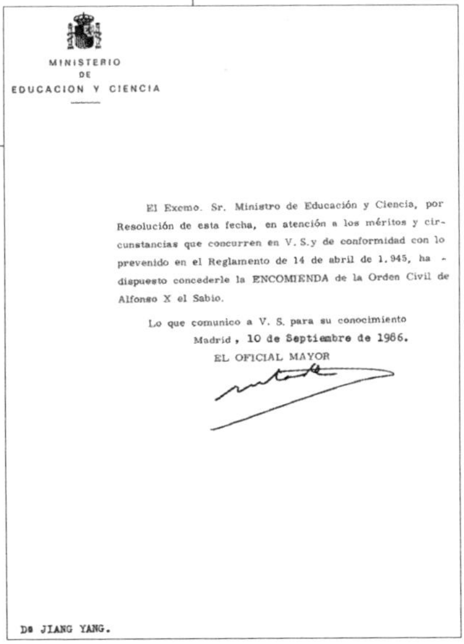

MINISTERIO
DE
EDUCACION Y CIENCIA

El Excmo. Sr. Ministro de Educación y Ciencia, por Resolución de esta fecha, en atención a los méritos y circunstancias que concurren en V. S.y de conformidad con lo prevenido en el Reglamento de 14 de abril de 1.945, ha dispuesto concederle la ENCOMIENDA de la Orden Civil de Alfonso X el Sabio.

Lo que comunico a V. S. para su conocimiento
Madrid, 10 de Septiembre de 1986.
EL OFICIAL MAYOR

Da JIANG YANG.

| 授勋证书之附件

1986年10月6日，在西班牙驻华大使馆接受勋章后与大使夫妇合影

| 1986年10月6日，在西班牙驻华大使馆接受勋章后与大使夫妇及在场人员合影

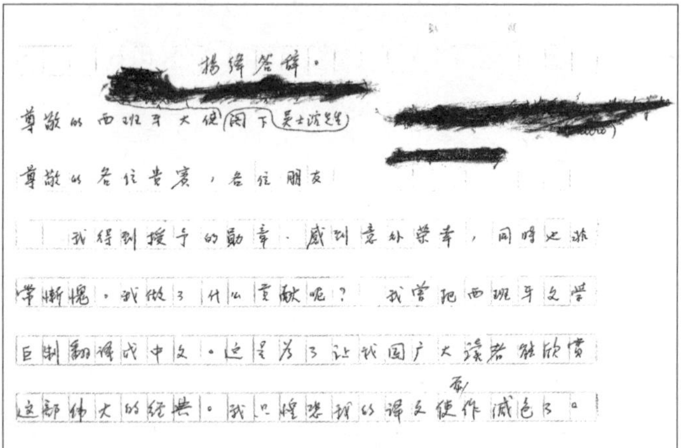
杨绛答辞。

[redacted]

尊敬的西班牙大使阁下（吴士深先生）[redacted]

尊敬的各位贵宾，各位朋友

　　我得到授予的勋章，感到意外荣幸，同时也非常惭愧。我做了什么贡献呢？我曾把西班牙文学巨制翻译成中文。这是为了让我国广大读者能欣赏这部伟大的经典。我只惶恐我的译文使作品减色了。

　　一部伟大的文学作品，包涵着人类最高尚、最美好的理想，像光明一样。十七世纪欧洲人开始接触到中国文化的时候，大思想家莱布尼茨（Leibniz）曾把这种文化交流称为“交易光明”（un commerce de lumière）。伟大的文学作品是人间的光明。光明不比财货，它越分越多，越分越大，越传播，光照的地域越广。我作为一个译者，传播了原作的光明，自己也得到光荣，正应了俗语所说的“借光”（reflected glory），我实

(22×15=330)

杨绛受奖答辞

在是得之有愧的。

我感谢颁给勋章的西班牙国王陛下

感谢西班牙的政府和人民

感谢西班牙大使吴士谊先生阁下

感谢帮助和鼓励我的西班牙朋友

也谢谢赏我面子而光临的各位来宾。

一九八六年十月七日

杨绛绘像（高莽作）

| 杨绛绘像（高莽作）

| 1983年11月，摄于马德里塞万提斯广场堂吉诃德铜像前

目录

✣ 堂吉诃德(上)

堂吉诃德
（上）

译　者　序

《堂吉诃德》是国际声望最高、影响最大的西班牙文学巨制。可是作者米盖尔·台·塞万提斯·萨阿维德拉（Miguel de Cervantes Saavedra，1547—1616）一辈子只是个伤残的军士、潦倒的文人。后世对他的生平，缺乏确切的资料。

他是一个穷医生的儿子，生于马德里附近的阿尔加拉·台·艾那瑞斯城（Alcalá de Henares）。我们不知道他的生日，只知道他受洗的日子是1547年10月9日。我们也不知道他早年在哪里上学，只知道一位深受人文主义影响的教师胡安·洛贝斯·台·沃幼斯（Juan López de Hoyos）曾把他称为自己宠爱的学生。1569年，他随教皇派遣到西班牙的使者到了罗马；1570年投入西班牙驻意大利的军队，充当一名小兵；1571年参加有名的雷邦多（Lepanto）战役，受了三处伤，左手从此残废；1572年伤愈仍旧当兵；1575年他回国途中，被阿尔及尔海盗俘虏，在阿尔及尔做了五年奴隶，曾四次组织同伙基督徒逃亡，都没有成功，1580年才由西班牙三位一体会修士为他募化得五百艾斯古多，把他赎回西班牙。

塞万提斯回国一贫如洗，当兵已无前途，靠写作也难以维持生活，1582年曾谋求美洲的官职，也没有成功。1584年他娶了一位薄有资财的妻子。这位妻子居住托雷都，塞万提斯经常为衣食奔走,只能偶尔到托雷都去和妻子团聚。他去世时妻子还活着。1587年,塞万提斯得到一个差使,为“无敌舰队”在安达路西亚境内当采购员,有机会接触到许多城镇各行各业的人,但事情不好办,报酬又菲薄。1590年,他再次谋求美洲的官职,申请没受到答理。1594年他当了格拉那达境内的收税员。由于工作不顺利,再加无妄之灾,他曾几度入狱;据说《堂吉诃德》的第一部就是在塞维利亚的监狱里动笔的。

1605年,塞万提斯五十八岁,《堂吉诃德》第一部出版,深受读者欢迎。1614年,这本书的第二部才写到五十九章,他忽见别人写的《堂吉诃德》续篇出版,就赶紧写完自己的第二部,于1615年出版。这部小说虽然享有盛名,作者并没有获得实惠,依然是个穷文人,在高雅的文坛上,也没有博得地位。他患水肿病,1616年4月23日去世,葬在三位一体修道院的墓园里,但没人知道确切的墓址。

塞万提斯的作品除《堂吉诃德》外,还有牧歌体传奇《咖拉泰》(*Galatea*)第一部(1585);剧本如《努曼西亚》(*Numancia*,1584),《尚未上演的八出喜剧和八出幕间短剧》(*Ocho comedias y ocho entremeses nuevos nunca representados*,1615);短篇小说集《模范故事》(*Novelas ejemplares*,1613);长诗《巴拿索神山瞻礼记》(*Viaje de Parnaso*,1614);他身后出版的长篇小说《贝西雷斯和西希斯蒙达历险记》(*Persiles y Sigismunda*,1617)等。

《堂吉诃德》是举世闻名的杰作,没读过这部小说的,往往也知道小说里的堂吉诃德。这位奇情异想的西班牙绅士自命为骑士,骑着一匹瘦马,带着一个侍从,自十七世纪以来几乎走遍了世界。据作者塞万提斯的戏语,他当初曾想把堂吉诃德送到中国来,因没有路费而作罢论①。可是中国虽然在作者心目中路途遥远,堂吉诃德这个名字在中国却并不陌生,许多人都知道;不但知道,还时常称道;不但称道堂吉诃德本人,还称道他那一类的人。因为堂吉诃德已经成为典型人物,他是西洋文学创作里和哈姆雷特、浮士德等并称的杰出典型②。

但堂吉诃德究竟是怎样的人,并不是大家都熟悉,更不是大家都了解。他有一个非常复杂的性格,各个时代、各个国家的读者对他的理解都不相同。堂吉诃德初出世,大家只把他当作一个可笑的疯子。但是历代读者对他认识渐深,对他的性格愈有新的发现,愈觉得过去的认识不充分,不完全。单就海涅一个人而论,他就说,他每隔五年读一遍《堂吉诃德》,印象每次不同③。这些形形色色的见解,在不同的时代各有偏向。堂吉诃德累积了历代读者对他的见解,性格愈加复杂了。我们要认识他的全貌,得认识他的各种面貌。

读者最初看到的堂吉诃德,是一个疯癫可笑的骑士。《堂吉诃德》一出版风靡了西班牙,最欣赏这部小说的是少年和青年人。据记载,西班牙斐利普三世在王宫阳台上看见一个学生

---

① 《堂吉诃德》下部献辞里的戏语。

② 例如法国十九世纪批评家艾米尔·蒙泰居(Émile Montégut)在他的《文学典型和美学幻想》(*Types littéraires et fantaisies esthétiques*)(1833)里,把堂吉诃德、哈姆雷特、少年维特、维尔海姆·麦斯特四个角色称为合乎美学标准的四种典型;屠格涅夫在他的《哈姆雷特与堂吉诃德》(1860)里把哈姆雷特和堂吉诃德作为两个对立的典型。

③ 《精印〈堂吉诃德〉引言》(1873)。——见《文学研究集刊》第二册 165 页。

一面看书一面狂笑，就说这学生一定在看《堂吉诃德》，不然一定是个疯子。果然那学生是在读《堂吉诃德》①。但当时文坛上只把这部小说看作一个逗人发笑的滑稽故事，小贩叫卖的通俗读物②。十七世纪西班牙批评家瓦尔伽斯（Tomás Tomayo de Vargas）说："塞万提斯不学无术，不过倒是个才子，他是西班牙最逗笑的作家。"虽然现代西班牙学者把塞万提斯奉为有学识的思想家和伟大的艺术家，"不学无术"这句考语在西班牙已被称引了将近三百年③。可见长期以来西班牙人对塞万提斯和《堂吉诃德》是怎样理解的。

《堂吉诃德》最早受到重视是在英国④，英国早期的读者也把堂吉诃德看作可笑的疯子。艾狄生把《堂吉诃德》和勃特勒（Samuel Butler）的《胡迪布拉斯》（*Hudibras*）并称为夸张滑稽的作品⑤，谭坡尔（William Temple）甚至责备塞万提斯的讽刺用力过猛，不仅消灭了西班牙的骑士小说，连西班牙崇尚武侠的精神

---

① 保尔·阿萨（Paul Hazard）《塞万提斯的〈堂吉诃德〉》（*Don Quichotte de Cervantes*），梅岳泰（Mellottée）版 37 页。

② 沃茨（H. E. Watts）《塞万提斯的生平和著作》（*Life and Writings of Miguel de Cervantes*），沃尔特·司各特（Walter Scott）版 167 页。

③ 保尔·阿萨《塞万提斯的〈堂吉诃德〉》159—160 页。沃茨《塞万提斯的生平和著作》90 页。

④ 英国最早把《堂吉诃德》作为经典作品。1612 年，英国出版了谢尔登（Thomas Shelton）的英译本，这是《堂吉诃德》的第一部翻译本，1738 年出版家汤生（Jacob Tonson）印行了最早的原文精装本；1781 年，英国出版了博尔（John Bowle）的注译本，这是最早的《堂吉诃德》注译本。——见费茨莫利斯-凯利（James Fitzmaurice-Kelly）《塞万提斯在英国》（*Cervantes in England*）17 页。

⑤ 《旁观者》（*Spectator*）二四九期，"每人丛书"版第二册 299 页。夏夫茨伯利（Shaftesbury）也把《堂吉诃德》看作夸张的讽刺，见《论特性》（*Characteristics*），罗伯生（J. M. Robertson）编注本第二册 313 页。

都消灭了。[1] 散文家斯蒂尔（Richard Steele）、小说家笛福、诗人拜伦等对塞万提斯都有同样的指责。

英国小说家斐尔丁强调了堂吉诃德的正面品质。堂吉诃德是疯子吗？斐尔丁在《咖啡店里的政治家》（*The Coffee-House Politician*）那个剧本里说，世人多半是疯子，他们和堂吉诃德不同之处只在疯的种类而已。斐尔丁在《堂吉诃德在英国》那个剧本里，表示世人比堂吉诃德还疯得利害。戏里的堂吉诃德对桑丘说："桑丘，让他们管我叫疯子吧，我还疯得不够，所以得不到他们的赞许。"[2]这里，堂吉诃德不是讽刺的对象，却成了一个讽刺者。斐尔丁接着在他的小说《约瑟·安德鲁斯》（*Joseph Andrews*）里创造了一个亚当斯牧师。亚当斯牧师是个心热肠软的书呆子，瞧不见目前的现实世界，于是干了不少傻事，受到种种欺负。斐尔丁自称他这部小说模仿塞万提斯，英国文坛上也一向把亚当斯牧师称为"堂吉诃德型"。英国文学作品里以后又出现许多亚当斯牧师一类的"堂吉诃德型"人物，如斯特恩创造的托贝叔叔，狄更斯创造的匹克威克先生，萨克雷创造的牛肯上校等。这类"堂吉诃德型"的人物虽然可笑，同时又叫人同情敬爱。他们体现了英国人对堂吉诃德的理解。约翰生说："堂吉诃德的失望招得我们又笑他，又怜他。我们可怜他的时候，会想到自己的失望；我们笑他的时候，自己心上明白，他并不比我们

---

① 谭坡尔《论古今学术》（*On Ancient and Modern Learning*）。——斯宾冈（J. E. Spingarn）编《十七世纪批评论文集》（*Critical Essays of the Seventeenth Century*）第三册 71 页。

② 泰甫（Stuart Tave）《可笑可爱的人》（*The Amiable Humorist*）156、157 页引。

更可笑。”[1]可笑而又可爱的傻子是堂吉诃德的另一种面貌。

法国作家没有像英国作家那样把堂吉诃德融化在自己的文学里，只是翻译者把这位西班牙骑士改装成法国绅士，引进了法国社会。《堂吉诃德》的法文译者圣马丁（Filleau de Saint-Martin）批评最早的《堂吉诃德》法文译本[2]一字字紧扣原文，太忠实，也太呆板；所以他自己的译文不求忠实，只求适合法国的文化和风尚[3]。弗洛利安（Jean-Pierre Claris de Florian）的译本更是只求迎合法国人的喜好，不惜牺牲原文。他嫌《堂吉诃德》的西班牙气味太重，因此把他认为生硬的地方化为软熟，不合法国人口味的都改掉，简略了重复的片段，删削了枝蔓的情节。他的译本很简短，叙事轻快，文笔干净利落。他以为《堂吉诃德》虽然逗笑，仍然有他的哲学；作者一方面取笑无益的偏见，对有益的道德却非常尊重；堂吉诃德的言论只要不牵涉到骑士道，都从理性出发，教人爱好道德，堂吉诃德的疯狂只是爱好道德而带上偏执。他说读者对这点向来没有充分理解，他翻译的宗旨就是要阐明这一个道理[4]。可以设想，弗洛利安笔下的堂吉诃德是一位有理性、讲道德的法国绅士。以上两种漂亮而不忠实的译本早已被人遗忘，可是经译者改装的堂吉诃德在欧洲当时很受

---

① 《漫步者》（*Rambler*）第二期，“每人丛书”版7页。

② 最早的《堂吉诃德》法文本，第一部由乌丹（César Oudin）翻译，1614年出版；第二部由洛赛（F. de Rosset）翻译，1618年出版。

③ 保尔·阿萨《塞万提斯的〈堂吉诃德〉》337页。

④ 保尔·阿萨《塞万提斯的〈堂吉诃德〉》339—340页。勒萨日（A. R. Lesage）翻译假名阿维利亚内达（Avellaneda）恶意歪曲《堂吉诃德》的《堂吉诃德续集》，也把原文任意增删修改。阿维利亚内达的续集受尽唾骂，勒萨日的译本却有人称赏，因为和原文面貌大不相同。

欢迎，1682年的德文译本就是从圣马丁的法文译本转译的。

英国诗人蒲柏也注意到堂吉诃德有理性、讲道德的方面。他首先看到堂吉诃德那副严肃的神情①，并且说他是“最讲道德、最有理性的疯子，我们虽然笑他，也敬他爱他，因为我们可以笑自己敬爱的人，不带一点恶意或轻鄙之心”②。寇尔列支说，堂吉诃德象征没有判断、没有辨别力的理性和道德观念；桑丘恰相反，他象征没有理性、没有想象的常识；两人合在一起，就是完整的智慧③。他又说，堂吉诃德的感觉并没有错乱，不过他的想象力和纯粹的理性都太强了，感觉所证明的结论如果不符合他的想象和理性，他就把自己的感觉撇开不顾④。寇尔列支强调了堂吉诃德的道德观念、他的理性和想象力。我们又看到了堂吉诃德的另一个面貌：他是严肃的道德家，他有很强的理性和想象，他是一个深可敬佩的人⑤。

在十九世纪浪漫主义的影响下，堂吉诃德又变成一个悲剧性的角色。在十九世纪的浪漫主义者看来，堂吉诃德情愿牺牲自己，一心要求实现一个现实世界所不容实现的理想，所以他又可笑又可悲。这类的见解，各国都有例子。英国十九世纪批评家海兹利特（William Hazlitt）认为《堂吉诃德》这个可笑的故事

---

① 《笨伯咏》（*Dunciad*）卷一，21行。

② 舍本（George Sherburn）编《蒲柏书信集》（*Correspondence*）第四册208页。

③ 《论文与演说选》，“每人丛书”版251页。

④ 艾许（T. Ashe）编《谈话录》（*Table Talk*），1794年版179页。

⑤ 法国近代小说家法朗士（Anatole France）也把堂吉诃德看作一个值得敬佩的人。他说：“我们每人心里都有一个堂吉诃德，一个桑丘·潘沙；我们听从的是桑丘，但我们敬佩的却是堂吉诃德。”——见《西尔维斯特·博纳的罪行》（*Le Crime de Sylvestre Bonnard*），加尔曼-雷维（Calmann-Lévy）版150页。

掩盖着动人的、伟大的思想感情，叫人失笑，又叫人下泪①。按照兰姆（Charles Lamb）的意见，塞万提斯创造堂吉诃德的意图是眼泪，不是笑②。拜伦慨叹堂吉诃德成了笑柄。他在《唐璜》（*Don Juan*）里论到堂吉诃德，大致意思说：他也愿意去锄除强暴——或者阻止罪恶，可是塞万提斯这部真实的故事叫人知道这是徒劳无功的；堂吉诃德一心追求正义，他的美德使他成了疯子，落得狼狈不堪，这个故事之可笑正显示了世事之可悲可叹，所以《堂吉诃德》是一切故事里最伤心的故事；要去申雪冤屈，救助苦难的人，独力反抗强权的阵营，要从外国统治下解放无告的人民——唉，这些崇高的志愿不过是可笑的梦想罢了③。法国夏都布里昂说，他只能用伤感的情绪去解释塞万提斯的作品和他那种残忍的笑④。法国小说家福楼拜塑造的包法利夫人，一心追求恋爱的美梦，她和堂吉诃德一样，要教书本里的理想成为现实，有些评论家就把她称为堂吉诃德式的人物⑤。德国批评家弗利德利许·希雷格尔（Friedrich Schlegel）把堂吉诃德所表现的精神称为"悲剧性的荒谬"（Tollheit）或"悲剧性的傻气"

---

① 《论英国小说家》（*On the English Novelists*），郝欧（P. P. Howe）编《海兹利特全集》第六册108页。

② 《现代艺术创作的缺乏想象力》，鲁加斯（E. V. Lucas）编《兰姆全集》第二册233页。

③ 第十三章，八、九、十节。——斯蒂芬（T. G. Steffan）、普拉德（W. W. Pratt）集注本，第三册363页。

④ 《身后回忆录》（*Mémoires d'Outre-Tombe*）第一部第五卷，比瑞（Biré）编注本，第一册259—260页。

⑤ 雷文（H. Levin）《文学批评的联系》（*Contexts of Criticism*），1958年哈佛大学版96页。雷内·吉哈（René Girard）《浪漫的谎言与小说的真实》（*Mensonge Romantique et Vérité Romanesque*），1961年版13—14、17—18、25—26页。

(Dummheit)[1]。海涅批评堂吉诃德说:“这位好汉骑士想教早成陈迹的过去死里回生,就和现在的事物冲撞,可怜他的手脚以至脊背都擦痛了,所以堂吉诃德主义是个笑话。这是我那时候的意见。后来我才知道还有桩不讨好的傻事,那便是要教未来赶早在当今出现,而且只凭一匹驽马,一副破盔甲,一个瘦弱残躯,却去攻打现时的紧要利害关头。聪明人见了这一种堂吉诃德主义,像见了那一种堂吉诃德主义一样,直把他那乖觉的头来摇……”但是堂吉诃德宁可舍掉性命,决不放弃理想。他使得海涅为他伤心流泪,对他震惊倾倒[2]。俄罗斯小说家屠格涅夫也有同样的看法。堂吉诃德有不可动摇的信仰,他坚决相信,超越了他自身的存在,还有永恒的、普遍的、不变的东西;这些东西须一片至诚地努力争取,方才能够获得。堂吉诃德为了他信仰的真理,不辞艰苦,不惜牺牲性命。在他,人生只是手段,不是目的。他所以珍重自己的性命,无非为了实现自己的理想。他活着是为别人,为自己的弟兄,为了锄除邪恶,为了反抗魔术家和巨人等压迫人类的势力。只为他坚信一个主义,一片热情地愿意为这个主义尽忠,人家就把他当作疯子,觉得他可笑[3]。十九世纪读者心目中那个可笑可悲的堂吉诃德,是他的又一种面貌。

以上只是从手边很有限的材料里,略举十七、十八、十九世纪以来对于堂吉诃德的一些代表性的见解。究竟哪一种面貌,

---

① 艾契纳(Hans Eichner)编希雷格尔手稿《文学笔记》二〇五〇条,202—203页。

② 《文学研究集刊》第二册,163—165、166页。

③ 《哈姆雷特与堂吉诃德》。——《文艺理论译丛》1958年第三期107、108、109页。

哪一种解释是正确的呢？还是堂吉诃德一身兼有各种面貌，每种面貌不过表现他性格的一个方面呢？我们且撇开成见，直接从《堂吉诃德》里来认认堂吉诃德。

堂吉诃德是个没落的小贵族或绅士地主（hidalgo），因看骑士小说入迷，自命为游侠骑士，要遍游世界去除强扶弱，维护正义和公道，实行他所崇信的骑士道。他单枪匹马，带了侍从桑丘，出门冒险，但受尽挫折，一事无成，回乡郁郁而死。

据作者一再声明，他写这部小说，是为了讽刺当时盛行的骑士小说。其实，作品的客观效果超出作者主观意图，已是文学史上的常谈。而且小说作者的声明，像小说里的故事一样，未可全信。但作者笔下的堂吉诃德，开始确是亦步亦趋地模仿骑士小说里的英雄；作者确是用夸张滑稽的手法讽刺骑士小说。他处处把堂吉诃德和骑士小说里的英雄对比取笑。骑士小说里的英雄武力超人，战无不胜。堂吉诃德却是个哭丧着脸的瘦弱老儿，每战必败，除非对方措手不及。骑士小说里的英雄往往有仙丹灵药。堂吉诃德按方炮制了神油，喝下却呕吐得搜肠倒胃。骑士小说里的英雄都有神骏的坐骑、坚固的盔甲。堂吉诃德的驽骍难得却是一匹罕有的驽马，而他那套霉烂的盔甲，还是拼凑充数的。游侠骑士的意中人都是娇贵无比的绝世美人。堂吉诃德的杜尔西内娅是一位像庄稼汉那么壮硕的农村姑娘；堂吉诃德却又说她尊贵无比、娇美无双。那位姑娘心目中压根儿没有堂吉诃德这么个人，堂吉诃德却模仿着小说里的多情骑士，为她忧伤憔悴，饿着肚子终夜叹气。小说里的骑士受了意中人的鄙夷，或因意中人干了丑事，气得发疯；堂吉诃德却无缘无故，硬要模仿着发疯。他尽管苦恼得作诗为杜尔西内娅“哭哭啼啼”，他和他的情诗都只成了笑柄。

但堂吉诃德不仅是一个夸张滑稽的闹剧角色。《堂吉诃德》也不仅是一部夸张滑稽的闹剧作品。单纯的闹剧角色，不能充当一部长篇小说的主人公，读者对他的兴趣不能持久。塞万提斯当初只打算写一个短短的讽刺故事。他延长了故事，加添了一个侍从桑丘，人物的性格愈写愈充实，愈生动。塞万提斯创造堂吉诃德并不像宙斯孕育智慧的女神那样。智慧的女神出世就是个完全长成的女神；她浑身披挂，从宙斯裂开的脑袋里一跃而出。堂吉诃德出世时虽然也浑身披挂，他却像我国旧小说里久死还魂的人，沾得活人生气，骨骼上渐渐生出肉来，虚影渐渐成为实体。塞万提斯的故事是随写随编的，人物也随笔点染。譬如桑丘这个侍从是临时想出来的，而桑丘是何形象，作者当初还未有确切的观念。又如故事里有许多疏漏脱节的地方，最显著的是灰驴被窃一事。我大胆猜测，这是作者写到堂吉诃德在黑山苦修，临时想到的，借此可以解决驽骍难得没人照料的问题。所以1605年马德里第一版上，故事从这里起才一次次点出灰驴已丢失。这类疏失不足减损一部杰作的伟大，因为都是作者所谓"无关紧要的细节"，他只求"讲来不失故事的真实就行"。我们从这类脱节处可以看出作者没有预定精密的计划，却是一面写，一面创造，情节随时发生，人物逐渐成长。

塞万提斯不是把堂吉诃德写成佛尔斯塔夫（Falstaff）式的懦夫，来和他主观上的英勇骑士相对比，却是把他写成夸张式的模范骑士。凡是堂吉诃德认为骑士应有的学识、修养以及大大小小的美德，他自己身上都有；不但有得充分，而且还过度一点。他学识非常广博，常使桑丘惊佩倾倒。他不但是武士，还是诗人；不但有诗才，还有口才，能辩论，能说教，议论滔滔不断，振振有理。他的忠贞、纯洁、慷慨、斯文、勇敢、坚毅，都超过常人；并且坚持真理，性命都不顾惜。

堂吉诃德虽然惹人发笑，他自己却非常严肃。小丑可以装出严肃的面貌来博笑，所谓冷面滑稽。因为本人不知自己可笑，就越发可笑。堂吉诃德不止面貌严肃，他严肃入骨，严肃到灵魂深处。他要做游侠骑士不是做着玩儿，却是死心塌地、拼生舍命地做。他表面的夸张滑稽直贯彻他的思想感情。他哭丧着脸，披一身杂凑破旧的盔甲，待人接物总按照古礼，说话常学着骑士小说里的腔吻；这是他外表的滑稽。他的思想感情和他的外表很一致。他认为最幸福的黄金时代，人类只像森林里的素食动物，饿了吃橡实，渴了饮溪水，冷了还不如动物身上有毛羽，现成可以御寒。他所要保卫的童女，作者常说是“像她生身妈妈那样童贞”。他死抱住自己的一套理想，满腔热忱，尽管在现实里不断地栽筋斗，始终没有学到一点乖。堂吉诃德的严肃增加了他的可笑，同时也代他赢得了更深的同情和尊敬。

也许塞万提斯在赋予堂吉诃德血肉生命的时候，把自己品性、思想、情感分了些给他。这并不是说塞万提斯按着自己的形象创造堂吉诃德。他在创造这个人物的时候，是否有意识地从自己身上取材，还是只顺手把自己现有的给了创造的人物，我们也无从断言。我们只能说，堂吉诃德有些品质是塞万提斯本人的品质。

譬如塞万提斯曾在基督教国家联合舰队重创土耳其人的雷邦多战役里充当一名小兵。当时他已经病了好多天，但是他奋勇当先，第一个跳上敌舰，受了三处伤，残废了一只左手。《堂吉诃德》里写堂吉诃德看见三四十架风车，以为是巨人，独自一人冲杀上去拼命。尽管场合不同，两人却是同样的奋不顾身。又譬如塞万提斯被土耳其海盗俘虏，在阿尔及尔做了五年奴隶。他的主人是杀人不眨眼的魔君，常把奴隶割鼻子、割耳朵或活活地剥皮。塞万提斯曾四次带着俘虏一起逃亡，每次事败，他总把全部罪责独自承当，拼着抽筋剥皮，不肯供出同谋。他的主人慑于他的气魄，竟没有凌辱他。塞万提斯的胆量，和堂吉诃德向狮子挑战的胆量，正也相似。可以说，没有作者这种英雄胸怀，写不出堂吉诃德这种英雄气概。塞万提斯在这部小说里时时称颂兵士的美德，如勇敢、坚毅、吃苦、耐劳等等，这也都是骑士的美德，都是他所熟悉的道德和修养，也是他和堂吉诃德共有的品质。

塞万提斯有时把自己的识见分给了堂吉诃德。小说里再三说到堂吉诃德只要不涉及骑士道，他的头脑很清楚，识见很高明。塞万提斯偶尔喜欢在小说里发发议论，常借小说里的人物作自己的传声筒。例如神父对骑士小说的"裁判"，教长对骑士小说的批评，以及史诗可用散文写的这点见解，教长对于戏剧的一套理论，分明都是作者本人的意见。但神父和教长都不是小说里主要的角色，不常出场。堂吉诃德只要不议论骑士道，不模仿骑士小说，他就不是疯人，借他的嘴来发议论就更为方便。例如堂吉诃德论教育子女以及论诗和诗人，论翻译，论武职的可贵、当兵的艰苦，以及随口的谈论，如说打仗受伤只有体面并不丢脸，鄙夫不指地位卑微的人，王公贵人而没有知识都是凡夫俗子，等等，都像塞万提斯本人的话。堂吉诃德拾了他的唾余，就表现为很有识见的人。

也许塞万提斯把自己的情感也分了一些给堂吉诃德。塞万提斯一生困顿。《堂吉诃德》第一部出版以后，他还只是个又老又穷的军士和小乡绅①。塞万提斯曾假借堂吉诃德的话说："这个世界专压抑才子和杰作。"他在《巴拿索神山瞻礼记》里写诗神阿波罗为每个诗人备有座位，单单塞万提斯没有，只好站着。诗神叫他把大衣叠起，坐在上面。塞万提斯回答说："您大概没注意，我没有大衣。"他不但没有座位，连大衣都没有一件。这正是海涅说的："诗人在作品里吐露了隐衷。"②塞万提斯或许觉得自己一生追求理想，原来只是堂吉诃德式的幻想；他满腔热忱，原来只是堂吉诃德一般的疯狂。堂吉诃德从不丧气，可是到头来只得自认失败，他那时的失望和伤感，恐怕只有像堂吉诃德一般受尽挫折的塞万提斯才能为他描摹。

堂吉诃德的侍从桑丘，也是逐渐充实的。我们最初只看到他傻，渐渐看出他痴中有黠。可是他受到主人的恩惠感激不忘，明知跟着个疯子不免吃亏倒霉，还是一片忠心，不肯背离主人。我们通常把桑丘说成堂吉诃德的陪衬，其实桑丘不仅陪，不仅衬，他是堂吉诃德的对照，好比两镜相对，彼此交映出无限深度。堂吉诃德抱着伟大的理想，一心想济世救人，一眼只望着遥远的过去和未来，竟看不见现实世界，也忘掉了自己是血肉之躯。桑

---

① 1615年西班牙大主教为皇室联姻的事拜会法国大使，大使的几位随员向大主教手下的教士探问塞万提斯的身世。听说他"老了，是一位兵士，一位小绅士，很穷"。法国随员很诧怪，感叹这样的人才，西班牙不用国库的钱去供养他。其中一人说："假如他是迫于穷困才写作，那么，愿上帝一辈子别让他富裕，因为他自己穷困，却丰富了所有的人。"——沃茨《塞万提斯的生平和著作》148—150页。

② 《文学研究集刊》第二册168页。

丘念念只在一身一家的温饱，一切从经验出发，压根儿不懂什么理想。这样一个脚踏实地的人，只为贪图做官发财，会给眼望云天的幻想者所煽动，跟出去一同冒险。他们尽管日常相处而互相影响①，性格还是迥不相同。堂吉诃德从理想方面，桑丘从现实方面，两两相照，他们的言行，都增添了意义，平凡的事物就此变得新颖有趣。堂吉诃德的所作所为固然滑稽，却不如他和桑丘主仆俩的对话奇妙逗趣而耐人寻味。

《堂吉诃德》里历次的冒险，无非叫我们在意想不到的境地，看到堂吉诃德一些新的品质，从他的行为举动，尤其和桑丘的谈论里，表现出他的奇情异想，由此显出他性格上意想不到的方面。我们对堂吉诃德已经认识渐深，他的勇敢、坚忍等等美德使人敬重，他的学识使人钦佩，他受到挫折也博得同情。作者在故事的第一部里，有时把堂吉诃德作弄得很粗暴，但他的嘲笑，随着故事的进展，愈变愈温和。

堂吉诃德究竟是可笑的疯子，还是可悲的英雄呢？从他主观出发，可说他是个悲剧的主角。但主观上的悲剧主角，客观上仍然可以是滑稽的闹剧角色。塞万提斯能设身处地，写出他的可悲，同时又客观地批判他，写出他的可笑。堂吉诃德能逗人放怀大笑，但我们笑后回味，会尝到眼泪的酸辛。作者嘲笑堂吉诃德，也仿佛在嘲笑自己。

作者已把堂吉诃德写成有血有肉的活人。堂吉诃德确是个古怪的疯子，可是我们会看到许多人和他同样的疯，或自己觉得

---

① 参看马达利亚加（Salvador de Madariaga）《〈堂吉诃德〉读法》（*Guía del lector del Quijote*），1978 年马德里版 137—159 页。

和他有相像之处;正如桑丘是个少见的傻子,而我们会看到许多人和他同样的傻,或自己承认和他有相像之处。堂吉诃德不是怪物,却是典型人物;他的古怪只增进了他性格的鲜明生动。

我们看一个具体的活人,不易看得全,也不能看得死,更不能用简单的公式来概括。对堂吉诃德正也如此。这也许说明为什么《堂吉诃德》出版近四百年了,还不断地有人在捉摸这部小说里人物的性格。

本书系根据1952年马德里版“西班牙古典丛书”(Clásicos Castellanos)中弗朗西斯戈·罗德利盖斯·马林(Francisco Rodriguez Marín)的编注本第六版翻译,并参照两个更新的原著版本把译文通体校订一遍。

我先物色得胡安·包蒂斯塔·阿巴叶-阿塞(Juan Bautista Avalle-Arce)编注的《堂吉诃德》(1977年马德里版),听说是权威性的新版本。阿巴叶-阿塞在他的《导言》第一节《版本》里,提出了版本问题上的一个新发现——英国新出了傅洛瑞斯(R. M. Flores)的一篇论文:《〈堂吉诃德〉第一部马德里第一、第二版的排字工人》(*The Compositors of the First and Second Madrid Editions of "Don Quixote", Part I*)(1975年伦敦版)。傅洛瑞斯指出:1605年马德里出版的《堂吉诃德》第一部的第一版,按照塞万提斯的手稿排印,但排字工人不注意原稿的标点、音符和缀字法,各按自己的习惯排印;原稿已失,同年马德里印行的第二版按第一版排印,共改易了三千九百二十八处。因此,阿巴叶-阿塞认为1605年马德里印行的《堂吉诃德》第一部,只有第一版可靠。他的编注本除了个别例外,严格按照第一版,只把古老的缀字法、音符、标点等加以现代化。第一版上有些极明显的错字、遗漏和排错的章目等，都保存原貌，只在注释里加以说明。

接着我又得到穆里留（Luis Andrés Murillo）编注的《堂吉诃德》（1983 年马德里版）。这是个更新的版本。穆里留在《前言》里也提到傅洛瑞斯的那篇论文，但他认为论文对于统一版本的缀字法很有价值，至于怎样修补第一版上那些明显的错误和脱漏，就没多大贡献。他的编注本主要依据两种旧版，其一就是我翻译时所根据的马林编注本。至于注释，他认为马林擅长解析塞万提斯时代的语言，而考订的精博，没有人赶得上他。

我把这两种新版本和马林本对比着做了一番校勘，发现马林本也是依据 1605 年马德里第一版。他五处采用第二版的改易，都注出充分理由（如作者本人的修改）。两种新版本和马林本有一点较大的不同，那就是关于灰驴的事。据 1605 年《堂吉诃德》第一部的马德里第一版，桑丘的灰驴在二十五章到二十九章已丢失，却没有说明怎么丢的。直到第四十六章才又提到灰驴，也未说明怎么又找到的。1605 年马德里第二版上，作者在第二十三章里补上灰驴被窃数节，又在第三十章里补上重获灰驴数节。可是作者补上灰驴被窃后，只改了随后“桑丘横坐驴背”一句和同一章里“桑丘照常骑驴跟随”一句，此外另有几处桑丘骑在驴上，都没有改掉，因此造成灰驴已失而桑丘仍复骑着灰驴的谬误。两种新版本保存 1605 年马德里第一版的原貌，只把作者添在第二十三章和第三十章上的几节加在注里。但是《堂吉诃德》第二部第四章里批评《堂吉诃德》第一部时，明明说：“毛病是灰驴还没出现，作者却说桑丘骑着他的灰驴。”按 1605 年马德里第一版，灰驴莫名其妙地丢失以后，直到灰驴莫名其妙地重又出现，桑丘一次也没有骑上他的灰驴。如果不把作者的改笔添在正文里，作者在第二部里自认的毛病就没有根据了。马林本按1605年马德里第二版，补上作者本人的修改，而在注里说明他的疏失。我细细斟酌，觉得马林这样处理比较妥当。

阿巴叶-阿塞和穆里留不知是否受了那篇英国论文的影响，似乎太拘泥于1605年马德里第一版了。那第一版上，二十九章和三十章互换了章目，穆里留也未更正，只加注说明。阿巴叶-阿塞本倒是更正了。他还把那第一版上的cubren一字按第二版改为criban，这大约就是他所谓"个别例外"。但是这个错字既然改得，其他明显的错误和脱漏，在充分的证据前，为什么不能修改呢？我这次重订，仍旧按照马林的编注本。

杨　绛

1995年7月

致贝哈尔公爵

吉布拉雷翁侯爵、贝那尔咖萨尔和巴尼阿瑞斯伯爵、阿尔戈塞尔城子爵、加比利亚、古利艾尔、布尔吉利欧斯等村镇领主。①

您大人热爱文艺,尤其喜欢造诣高雅、不降格趋时的作品,想来您对各种书籍都很重视,因此我冒昧把《奇情异想的绅士堂吉诃德·台·拉·曼却》依托您鼎鼎大名的庇荫出版。我怀着对您大人的无限崇敬,求您惠予保护。我这部书不像饱学的著作,没有博雅的外表,要依仗您垂庇,才敢出头露面,不怕一般无知妄作的批评家吹毛求疵,一笔抹杀。把这种小东西作为献礼,实在不值挂齿;也许您大人明鉴我的一片愚诚,不致唾弃吧。

米盖尔·台·塞万提斯·萨阿维德拉

① 贝哈尔公爵名堂阿隆索·狄艾果·罗贝斯·台·苏尼咖和索托马姚(Don Alonso Diego López de Zuñiga y Sotomayor),是西班牙十七世纪一位有钱有势的权贵。当时风气,书籍出版一定要献给一个有权势的人,希望得到他的庇护。塞万提斯显然不大愿意写这篇献辞,他大部分抄袭了费南铎·台·艾尔瑞拉(Fernando de Herrera)二十五年前给另一位贵人的献辞。贝哈尔公爵并没有理会塞万提斯的颂扬。塞万提斯也没有再提到这位公爵。

前　　言

清闲的读者，这部书是我头脑的产儿，我当然指望它说不尽的美好、漂亮、聪明。可是按自然界的规律，物生其类，我也不能例外。世上一切不方便的事、一切烦心刺耳的声音，都聚集在监牢里；那里诞生的孩子，免不了皮肉干瘦，脾气古怪，心思别扭。我无才无学，我头脑里构想的故事，也正相仿佛。①如果生活安闲，居处幽静，面对清泉旷野，又值天气晴和，心情舒泰，那么，最艰于生育的文艺女神也会多产，而且生的孩子能使世人惊奇喜欢。有的爸爸溺爱不明，儿子又蠢又丑，他看来只觉韶秀聪明，津津向朋友们夸赞儿子的伶俐逗趣。我呢，虽然好像是《堂吉诃德》的爸爸，却是个后爹。亲爱的读者，我不愿随从时下的风气，像别人那样，简直含着眼泪，求你对我这个儿子大度包容，别揭他的短。你既不是亲戚，又不是朋友；你有自己的灵魂；你也像头等聪明人一样有自由意志；你是在自己家里，一切自主，好比帝王征税一样；你也知道这句老话："在自己的大衣掩盖下，可以随意杀死国王。"②所以你不受任何约束，也不担承任何义务。你对这个故事有什么意

① 《堂吉诃德》第一部是否在监狱里写成，注释者所见不同。有的以为这里只是打个比喻，有的认为作者确是身在狱中（如马林）。

② 西班牙谚语，又一说："在自己的大衣掩盖下，可以对国王发号施令。"

见，不妨直说：说它不好，没人会责怪；说它好，也不会得到酬谢。

我只想讲个朴素的故事，不用前言和开卷例有的一大串十四行诗呀、俏皮短诗呀、赞词呀等等装点。我不妨告诉你，我写这部书虽然费心，却不像写目前这篇前言这样吃力。我好多次提起笔又放下，不知该写什么。一次我面前摊着纸，耳上夹着笔，胳膊支在书桌上，手托着腮，苦苦思索。忽然来了一位很有风趣、很有识见的朋友。他瞧我出神，问我想什么呢。我直言不讳，说我得要为堂吉诃德的传记写一篇前言，正在动脑筋，觉得真是一桩苦事，简直怕写，甚至连这位大勇士的传记也不想出版了。"我这个故事干燥得像芦苇，没一点生发，文笔枯涩，思想贫薄，毫无学识，也不像别的书上那样书页的边上有引证，书尾有注释。我多少年来默默无闻，早已被人遗忘，现在年纪一大把，写了这样一部作品和大家见面；读者从古以来是对作者制定法律的人，想到他们的议论，怎不栗栗畏惧呢？别的书尽管满纸荒唐，却处处引证亚里士多德、柏拉图和大伙的大哲学家，一看就知道作者是个博雅之士，令人肃然起敬。瞧他们引用《圣经》吧，谁不说他们可以跟圣托马斯①一类的神学大家比美呢？他们非常巧妙，上一句写情人如醉如痴，下一句就宣扬基督教的宝训，绝不有伤风化，读来听来津津有味。我书上可什么都没有。书页的边上没有引证，书尾没有注释。人家书上参考了哪些作者，卷首都有一个按字母排列的名表，从亚里士多德起，直到塞诺封，以至索伊洛或塞欧克西斯为止，尽管一个是爱骂人的批评

① 指圣托马斯·阿奎那（1225—1274），基督教神学家。

家，一个是画家。[1] 我压根儿不知道自己参考了哪几位作者，开不出这种名表。而且卷头也没有十四行诗；至少没有公爵、侯爵、伯爵、主教、贵妇人或著名诗人为我作诗。其实我有两三个朋友还是行家呢，如果我向他们求诗，他们准会答应，他们的诗决不输国内最著名的诗人。”我接着说，“总而言之，老哥啊，我决计还是让堂吉诃德先生埋没在拉·曼却的文献库里吧，等上天派人来把刚才讲的种种点缀品一一补齐再说。我自己觉得才疏学浅，没这个本事。而且我生性懒惰，为这么几首自己也能作的诗奔走求人，觉得大可不必，[2]所以我刚才直在发呆。你听了我这番话，就知道我确有道理了。”

我的朋友听我讲完，在自己脑门上拍了一巴掌，哈哈大笑道：

“嗐，老哥啊，我认识你这么久，一直没看清你，今天才开了眼睛。我向来以为你干什么事都聪明伶俐，现在看来，你跟我料想的真是天悬地隔。你这么一副圆活的头脑，困难再大，你也能应付自如；这一点点不足道的细事，很容易办，怎么竟会把你难倒，弄得束手无策呢？说老实话，不是你没有本事，你太懒，太不动脑筋了。我这话也许你还不信吧？那么，你留心听我说。著名的堂吉诃德是游侠骑士的光辉和榜样，你写了他的故事却顾虑重重，说有许多缺点，竟不敢出版。可是你瞧吧，我一眨眼可

① 亚里士多德这个名字以第一个字母 A 起首。塞诺封是古希腊哲学家苏格拉底的学生；索伊洛是古希腊的批评家，以爱挑剔责骂著名；塞欧克西斯是古希腊画家，后二人的名字是以最后字母 Z 起首。

② 塞万提斯以上一席话讥刺他同时的作家，尤其针对洛贝·台·维咖（Lope de Vega）。

以把你那些顾虑一扫而空,把你说的缺陷全补救过来。”

我说:“你讲吧,你打算怎样弥补那些缺陷,扫除我的顾虑呢?”

他说:

“第一,你那部书的开头不是欠些十四行诗、俏皮短诗和赞词吗?作者不又得是达官贵人吗?这事好办。你只需费点儿心自己作几首,随意捏造个作者的名字,假借印度胡安长老①也行,假借特拉比松达②的皇帝也行;我听说他们都是有名的诗人。就算不是,有些学究或学士背后攻击,说你捣鬼,你可以只当耳边风。他们证明了你写的是谎话,也不能剁掉你写下这句谎话的手呀。

“至于引文并在书页边上注明出处,那也容易。你总记得些拉丁文的片言只语,反正书上一查就有,费不了多少事,你只要在适当的地方引上就行。比如你讲到自由和奴役,就可以引

为黄金出卖自由,并非好事③。

然后在书页的边上注明这是霍拉斯或什么人的话。如果你讲到死神的权力就可以引

死神践踏平民的茅屋,

---

① 胡安长老(Preste Juan),中世纪传说里的人物。一说是土耳其东部一位信奉基督教的君王;一说是蒙古王;一说是阿比西尼亚王,古代阿比西尼亚王同时也是教会里的长老。

② 特拉比松达(Trapisonda),1220 年古希腊帝国分裂为四个帝国,其中一个是特拉比松达帝国,京城临黑海口岸,亦名特拉比松达。这个帝国亡于 1261 年。骑士小说里常提到这个帝国和京城。

③ 原文是拉丁文。出于《伊索寓言》中《狼和狗的故事》。

照样也践踏帝王的城堡①。

如果讲到上帝命令我们对敌人也该友爱，你马上借重《圣经》，一翻就能找到上帝的金口圣旨供你引用：‘我告诉你们，要爱你们的仇敌’②。如果你讲到恶念，就引用《福音》‘从心里发出来的恶念’③。如果讲到朋友不可靠，那么加东的对句诗是现成的：

你交运的时候，总有许多朋友；
一旦天气阴霾，你就孤独了。④

你用了这类零星的拉丁诗文，人家至少也把你看成精通古典的学者。这个年头儿，做个精通古典的学者大可名利双收呢！

“至于书尾的注释，也有千稳万妥的办法。如果你书上讲到什么巨人，就说他是巨人歌利亚斯。这本来并不费事，可是借此就能有一大篇注解。你可以说：‘据《列王记》，巨人歌利亚斯或歌利亚脱是斐利斯人，他是牧人大卫在泰瑞宾托山谷狠狠地掷了一枚石子打死的。’你查查出于哪一章，就注上⑤。

“你如要卖弄自己精通古典文学和世界地理，可以变着法儿在故事里提到塔霍河，你马上又有了呱呱叫的注解。你可以

---

① 原文是拉丁文。出于霍拉斯《颂歌集》第一卷第四首颂诗。

② 原文是拉丁文。见《新约·马太福音》第五章第四十四节。

③ 原文是拉丁文。见《新约·马太福音》第十五章第十九节。

④ 原文是拉丁文。见奥维德（Ovidio）《愁怨集》（*Tristes*）第一卷第六首。加东指古罗马纪元前二三世纪的政治家加东。中世纪学校通用的教本《加东格言集》（*Catonis Disticha*）嫁名于他。但这两句诗不出《加东格言集》。

⑤ 见《旧约·撒母耳记上》第十七章。泰瑞宾托山谷应是伊拉山谷。

说：'塔霍河以西班牙的一位国王得名，发源某处，沿着里斯本名城的城墙，流入海洋，相传河底有金沙'①等等。如果你讲到窃贼，我熟悉加戈②的故事，可以讲给你听。如果你讲到妓女，咱们这里有个蒙铎涅都主教，他可以把拉米亚、拉依达和莆萝拉借给你③，为你的注解生色不少。如果你讲到狠心的女人，奥维德诗里有个美狄亚④可用；如果讲到女魔术家和女巫，荷马有咖里普索⑤，维吉尔有西尔塞⑥；如果讲到英勇的将领，胡琉·凯撒在《戈尔之战和内战史的注释》⑦里，把他自己供你引用了，普鲁塔克⑧的书上还有上千个亚历山大呢。如果讲到爱情，你只需略懂土司咖纳语，可以参考雷翁·艾布雷欧⑨，随你要多少注释，他都能供应。如果你不愿到国外去找，那么国内冯塞咖《对

---

① 据弗罗利安·台·欧冈博(Florian de Ocampo)《西班牙编年史》(*Crónica de España*)，纪元前十八世纪有个传说的塔霍王，塔霍河由他得名。塞万提斯这里是讽刺洛贝·台·维咖。洛贝《福地》(*Arcadia*)的专门名词索引里有这样一段注释。

② 希腊神话里火神的儿子，有名的窃贼。

③ 蒙铎涅都主教名堂安东尼欧·台·圭瓦拉(Don Antonio de Guevara)，他的《书信集》(*Epístolas familiares*)里有声有色地讲这三个妓女的事。塞万提斯这里是讥刺他。

④ 希腊神话里的女巫，因被丈夫遗弃，烹食自己的子女向丈夫报复。见奥维德《变形记》卷七。

⑤ 希腊神话里的女巫，曾把俄底修斯扣留了七年，答应保他长生不老。见荷马《奥德赛》卷十。

⑥ 希腊神话里的女巫，能把人变作猪。见维吉尔《伊尼德》卷七。

⑦ 古罗马凯撒大帝的著作。

⑧ 古希腊历史家，著有《希腊罗马名人传》。

⑨ 雷翁·艾布雷欧(León Hebreo)是葡萄牙犹太人，新柏拉图派的理论家，用意大利语——即土司咖纳语著《恋爱对话》，1535 年出版。塞万提斯作此序时，已有三个西班牙文译本，分别于 1568、1584、1590 年出版。

上帝的爱》①,已把这方面的资料削繁提要,供你和其他大才子利用。反正你只要在故事里提到这些名字,或牵涉到刚才讲的那些事情,注释和引文不妨都归我包办。我向上帝发誓,一定把你书页边上的空白全都填满,书的末尾还要费掉四大张纸供你注释呢。

"咱们再瞧瞧人家有而你没有的那份作家姓名表吧。弥补这点缺陷很容易。你只要找一份详细的作家姓名表,像你说的那样按字母次序排列的。你就照单全抄。尽管你分明是弄玄虚,因为你无须参考那么多作者,可是你不必顾虑,说不定有人死心眼,真以为你这部朴质无文的故事里繁征博引了所有的作家呢。这一大张姓名表即使没有别的用,至少平白为你的书增添意想不到的声望。况且你究竟是否参考了这些作者,不干别人的事,谁也不会费心去考证。还有一层,你认为自己书上欠缺的种种点缀品,照我看来,全都没有必要。你这部书是攻击骑士小说的;这种小说,亚里士多德没想到,圣巴西琉也没说起,西赛罗也不懂得②。你这部奇情异想的故事,不用精确的核实,不用天文学的观测,不用几何学的证明,不用修辞学的辩护,也不准备向谁说教,把文学和神学搅和在一起——一切虔信基督教的人都不该采用这种杂拌儿文体来表达思想。你只需做到一点:描写的时候模仿真实,模仿得愈亲切,作品就愈好。你这部作品的宗旨不是要消除骑士小说在社会上、在群众之间的声望和影响吗?那么,你不必借用哲

① 冯塞咖(Cristóbal de Fonseca)的这部书于1594年出版。

② 巴西琉是第四世纪希腊教会的神学家。亚里士多德、巴西琉、西赛罗这三个名字,就是按字首的A、B、C举出的。

学家的格言、《圣经》的教训、诗人捏造的故事、修辞学的演说、圣人的奇迹等等。你干脆只求一句句话说得响亮，说得有趣，文字要生动，要合适，要连缀得好；尽你的才力，把要讲的话讲出来，把自己的思想表达清楚，不乱不涩。你还须设法叫人家读了你的故事，能解闷开心，快乐的人愈加快乐，愚笨的不觉厌倦，聪明的爱它新奇，正经的不认为无聊，谨小慎微的也不吝称赞。总而言之，你只管抱定宗旨，把骑士小说的那一套扫除干净。那种小说并没有什么基础，可是厌恶的人虽多，喜欢的人更多呢。你如能贯彻自己的宗旨，功劳就不小了。”

我悄悄儿听着，他的议论句句中听，我一无争辩，完全赞成，决计照他的话来写前言。和蔼的读者，你从这篇前言里，可以看到我这位朋友多么聪明；我束手无策的时候，恰好找到这位军师，运气多好；你能读到这样一部直笔的信史，也大可庆幸。据蒙帖艾尔郊原的居民传说，鼎鼎大名的堂吉诃德·台·拉·曼却是多年来当地最纯洁的情人、最勇敢的骑士。可是我觉得他那位侍从桑丘·潘沙，把无聊的骑士小说里各个侍从的滑稽都会集在一身了。我向你介绍了那位超越凡俗、可敬可慕的骑士倒不想卖功，只希望你感谢我介绍了这位呱呱叫的侍从。我的话完了。希望上帝保佑你健康，也不忘了照顾我。再会吧！

第　一　章

著名绅士堂吉诃德·台·拉·曼却的性格和日常生活。

不久以前,有位绅士[①]住在拉·曼却的一个村上,村名我不想提了。他那类绅士,一般都有一支长枪插在枪架上,有一面古老的盾牌、一匹瘦马和一只猎狗。他日常吃的沙锅杂烩里,牛肉比羊肉多些[②],晚餐往往是剩肉凉拌葱头,星期六吃煎腌肉和摊鸡蛋[③];星期五吃扁豆[④];星期日添只小鸽子:这就花了他一年四分之三的收入。他在节日穿黑色细呢子的大氅、丝绒裤、丝绒鞋,平时穿一套上好的本色粗呢子衣服,这就把余钱花光。他家里有一个四十多岁的管家妈,一个不到二十岁的外甥女,还有一

---

① 原文 hidalgo,指绅士地主。他们没有爵位,还算不上贵族,是平民与贵族之间的阶级。他们世代信奉基督教,是纯粹西班牙血统,不混杂摩尔人或犹太人的血。

② 西班牙那时期的羊肉比牛肉贵。

③ 原文 duelos y quebrantos,星期六在西班牙是吃小斋的日子,不吃肉,可是准许吃牲畜的头、尾、脚爪、心、肝、肠、胃等杂碎,称为 duelos y quebrantos。但各地区、各时期习俗不同,在塞万提斯的时代,在拉·曼却地区,这个菜就是煎腌肉和摊鸡蛋。

④ 星期五是天主教的斋日,不吃肉。

个能下地也能上街的小伙子,替他套马、除草。我们这位绅士快五十岁了,体格很强健。他身材瘦削,面貌清癯,每天很早起身,喜欢打猎。据说他姓吉哈达,又一说是吉沙达,记载不一,推考起来,大概是吉哈那。不过这点在本书无关紧要,咱们只要讲来不失故事的真相就行。

且说这位绅士,一年到头闲的时候居多,闲来无事就埋头看骑士小说,看得爱不释手,津津有味,简直把打猎呀甚至管理家产呀都忘个一干二净。他好奇心切,而且入迷很深,竟变卖了好几亩田去买书看,把能弄到手的骑士小说全搬回家。他最称赏名作家斐利西阿诺·台·西尔巴①的作品,因为文笔讲究,会绕着弯儿打比方;他简直视为至宝,尤其是经常读到的那些求情和怨望的书信,例如:"你以无理对待我的有理,这个所以然之理,使我有理也理亏气短;因此我埋怨你美,确是有理。"又如:"……崇高的天用神圣的手法,把星辰来增饰了你的神圣,使你能值当你的伟大所当值的价值。"

可怜的绅士给这些话迷了心窍,夜里还眼睁睁醒着,要理解这些句子,探索其中的意义。其实,即使亚里士多德特地为此还魂再生,也探索不出,也不会理解。这位绅士对于堂贝利阿尼斯②打伤了人自己也受到的创伤,总觉得不大放心,因为照他设想,尽管外科医生手段高明,伤口治好了也不免留下浑身满脸的瘢疤。不过话又说回来,作者在结尾声明故事还未完待续,这点他很赞成。他屡次手痒痒地要动笔,真去把故事补完。只因为

---

① 塞万提斯同时代的骑士小说作家。

② 骑士小说里的英雄。下面举的都是骑士小说里的人物,本书第六章一一提到那些小说。

他时时刻刻盘算着更重要的事，才没有这么办，否则他一定会动笔去写，而且真会写出来。他常常和本村的一位神父（西宛沙大学①毕业的一位博学之士）争论骑士里谁最杰出：是巴尔梅林·台·英格拉泰拉呢，还是阿马狄斯·台·咖乌拉。可是本村的理发师尼古拉斯师傅认为他们都比不上太阳骑士，能和太阳骑士比美的只有阿马狄斯·台·咖乌拉的弟弟堂咖拉奥尔，因为他能屈能伸，不是个谨小慎微的骑士，也不像他哥哥那么爱哭；论勇敢，也一点不输他哥哥。

长话短说，他沉浸在书里，每夜从黄昏读到黎明，每天从黎明读到黄昏。这样少睡觉，多读书，他脑汁枯竭，失去了理性。他满脑袋尽是书上读到的什么魔术呀、比武呀、打仗呀、挑战呀、创伤呀、调情呀、恋爱呀、痛苦呀等等荒诞无稽的事。他固执成见，深信他所读的那些荒唐故事都千真万确，是世界上最真实的信史。他常说：熙德·如怡·狄亚斯②是一位了不起的骑士，但是比不上火剑骑士；火剑骑士只消把剑反手一挥，就把一对凶魔恶煞也似的巨人都劈成两半。他尤其佩服贝那尔都·台尔·咖比欧，因为他仿照赫拉克利斯用两臂扼杀地神之子安泰的办法，在隆塞斯巴列斯杀死了有魔法护身的罗尔丹。他很称赞巨人莫冈德，因为他那一族都是些傲慢无礼的巨人，唯独他温文有礼。不过他最喜欢的是瑞那尔多斯·台·蒙达尔班，尤其喜欢他冲出自己的城堡，逢人抢劫，又到海外把传说是全身金铸的穆罕默德的像盗来。他还要把出卖同伙的奸贼咖拉隆狠狠地踢一顿，

① 一所小规模的大学，这类大学是当时人经常嘲笑的。

② 熙德·如怡·狄亚斯（Cid Ruy Diaz）是十一世纪的西班牙民族英雄。

情愿赔掉一个管家妈，甚至再贴上一个外甥女作为代价。

总之，他已经完全失去理性，天下疯子从没有像他那样想入非非的。他要去做个游侠骑士，披上盔甲，拿起兵器，骑马漫游世界，到各处去猎奇冒险，把书里那些游侠骑士的行事一一照办：他要消灭一切暴行，承当种种艰险，将来功成业就，就可以名传千古。他觉得一方面为自己扬名，一方面为国家效劳，这是美事，也是非做不可的事。这可怜家伙梦想凭双臂之力，显身成名，少说也做到个特拉比松达①的皇帝。他打着如意算盘自得其乐，急要把心愿见诸实行。他头一件事就是去擦洗他曾祖传下的一套盔甲。这套盔甲长年累月堆在一个角落里没人理会，已经生锈发霉。他用尽方法去擦洗收拾，可是发现一个大缺陷，这里面没有掩护整个头脸的全盔，光有一只不带面甲的顶盔。他巧出心裁，设法弥补，用硬纸做成个面甲，装在顶盔上，就仿佛是一只完整的头盔。他拔剑把它剁两下，试试是否结实而经得起刀剑，可是一剑斫下，把一星期的成绩都断送了。他瞧自己的手工一碰就碎，大为扫兴。他防再有这种危险，用几条铁皮衬着重新做了一个，自以为够结实了，不肯再检验，就当它是坚牢的、带面甲的头盔。

他接着想到自己的马。这匹马，蹄子上的裂纹比一个瑞尔所兑换的铜钱还多几文②；它比郭内拉那只皮包瘦骨的马还毛病百出③。可是在我们这位绅士看来，亚历山大的布赛法洛④、

---

① 据骑士小说，勇敢的骑士瑞那尔多做了这地方的皇帝。参看本书前言26页注②。

② 原文 cuarto 有双关的意义：一指牲畜蹄上的裂纹，一是货币名，一个瑞尔可兑八文。原文说：蹄上的夸阿多，比一个瑞尔里的夸阿多还要多。

③ 郭内拉（Gonela），十五世纪意大利君主斐拉瑞（Ferrara）宫里的滑稽家，他那匹瘦马往往充他取笑的资料。

④ 亚历山大所骑的骏马。

熙德的巴比艾咖①都比不上。他费了四天功夫给它取名字，心想：它主人是大名鼎鼎的骑士，它本身又是好一匹骏马，没有出色的名字说不过去。他要想个名字，既能表明它在主人成为游侠骑士之前的身价，又能表明它现在的身价：它主人今非昔比了，它当然也该另取个又显赫又响亮的名字才配得过它主人的新声价和新职业。他心里打着稿子，拟出了好些名字，又撇开不要，又添拟，又取消，又重拟。最后他决定为它取名“驽骍难得”，觉得这个名字高贵、响亮，而且表明它从前是一匹驽马，现在却稀世难得②。

他为自己的马取了这样中意的名字，也要给自己取一个，想了八天，决定自称堂吉诃德。大概就是根据这一点，上文说起这部真实传记的作者断定他姓吉哈达，而不是别人主张的吉沙达③。可是他想到英勇的阿马狄斯认为单以阿马狄斯为姓还不够，他要为国增光，把国名附加在姓上，自称阿马狄斯·台·咖乌拉。我们这位绅士因为要充地道的骑士，决定也把自己家乡的地名附加在姓上，自称堂吉诃德·台·拉·曼却。他觉得这样可以标明自己的籍贯，而且以地名为姓，可以替本乡增光。

他的盔甲已经收拾干净，顶盔已经改成头盔，马已经取了名字，自己也已经定了名称，可是觉得美中不足，他还得找个意中人。因为游侠骑士没有意中人，好比树没有叶子和果子，躯壳没有灵魂。他想：“游侠骑士常会碰到巨人。假如我是罪

---

① 熙德所骑的骏马。

② 原文 Rocinante，分析开来，rocin 指驽马；ante 是 antes 的古写，指“以前”，也指“在前列”“第一”。

③ 吉哈达和吉诃德声音相近。

有应得而倒了霉,或是交上了好运,也碰到个把巨人,我和他交手,把他打倒或劈作两半,一句话,我把他打败,降伏了他,那么,我可以命令他去拜见个人儿,叫他进门去双膝跪倒在我那可爱的小姐面前,低声下气地说:'小姐,我是巨人卡拉库良布洛,是马林德拉尼亚岛的大王。有一位赞不胜赞的骑士堂吉诃德·台·拉·曼却和我决斗,把我打败了,命我到您小姐面前来,听您差遣。'那可多好啊!"啊!我们这位绅士想出了这段道白,尤其是给自己意中人选定了名字之后,真是兴高采烈。原来,据人家说,他曾经爱上附近村子上一个很漂亮的农村姑娘,不过那姑娘看来对这事毫无所知,也满不在乎。她名叫阿尔东莎·洛兰索;他认为她可以称为自己的意中人。他想给她取个名字,既要跟原名相仿佛,又要带些公主贵人的意味,最后决定称她为"杜尔西内娅[①]·台尔·托波索",因为她是托波索村上的人。他觉得这个名字就像他为自己以及自己一切东西所取的名字一样,悦耳、别致,而且很有意思。

第 二 章

奇情异想的堂吉诃德第一次离乡出行。

他做好种种准备,急不可待,就要去实行自己的计划。因为

① 杜尔西内娅(Dulcinea)是从 dulce(甜蜜或温柔)这字化出来的。

他想到自己该去扫除的暴行、申雪的冤屈、补救的错失、改革的弊端以及履行的义务，觉得迟迟不行对不起世人。炎炎七月的一天早上，天还没亮，他浑身披挂，骑上驽骍难得，戴上拼凑的头盔，挎上盾牌，拿起长枪，从院子的后门出去，到了郊外。他没把心上的打算向任何人泄露，也没让一个人看见。他瞧自己的大志初步行来竟这么顺利，非常得意。可是他刚到郊外，忽然想起一桩非同小可的事，差点儿使他放弃刚开始的事业。原来他想到了自己并没有封授为骑士。按骑士道的规则，他没有资格和任何骑士交战，即使得了封授，新骑士只能穿素白的盔甲，拿的盾牌上也没有徽章；徽章得凭自己的力气去挣。他想到这些，没了主意。可是他的疯狂压倒了其他一切道理。他打算一碰到个什么人，就请他把自己封为骑士。在那些使他神魂颠倒的书本上，这类事他读到不少，都可作为先例。至于素白的盔甲，他打算等几时有空，把身上的一套擦得比银鼠皮还白。他这么一想，放了心继续赶路。这无非是信马而行，他认为这样碰到的事才是真正的奇遇。

我们这位新簇簇的冒险家一边走一边自言自语："记载我丰功伟绩的真史，将来会传播于世；那位执笔的博学之士写到我大清早的第一次出行，安知不是用这样的文词呢：——金红色的太阳神刚把他美丽的金发撒上广阔的地面，毛羽灿烂的小鸟刚掉弄着丫叉的舌头，啼声宛转，迎接玫瑰色的黎明女神；她呀，离开了醋罐子丈夫的软床，正在拉·曼却地平线上的一个个门口、一个个阳台上和世人相见；这时候，著名的骑士堂吉诃德·台·拉·曼却已经抛开懒人的鸭绒被褥，骑上他的名马驽骍难得，走上古老的、举世闻名的蒙帖艾尔郊原[1]。”他确实是往那里走。他接着说：“我的丰功伟绩值得镂在青铜上，刻在大理石上，画在木板上，万古流芳；几时这些事迹留传于世，那真是幸福的年代、幸福的世纪了。哎，这部奇史的作者、博学的魔术师啊[2]，不论你是谁，请不要忘记我的好马驽骍难得，我道路上寸步不离的伴侣。”他接着又仿佛真是痴情颠倒似的说：“哎，杜尔西内娅公主，束缚着我这颗心的主子！你严词命我不得瞻仰芳容，你这样驱逐我，呵斥我，真是对我太残酷了！小姐啊，我听凭你辖治的这颗心，只为一片痴情，受尽折磨，请你别把它忘掉啊！”

他还一连串说了好些胡话，都是书上学来的一套，字眼儿也尽量模仿。他一面自言自语，走得很慢，太阳却上升得很快，而且炎热得可以把他的脑子融化掉，如果他有些脑子的话。

他几乎走了一整天，没碰到什么可记载的事。这使他很失望，因为他巴不得马上碰到个人，可以施展自己两臂的力量，彼此较量一下。据有些传说，他第一次遭遇的是拉比塞峡口之险，有说是风车之险，但是据我考证，并且据拉·曼却地方志的记载，他只是跑了一整天，到傍晚，人马都精疲力尽，饿得要死。他四面张望，想找个堡垒或牧人的茅屋去借宿，并解救一下目前的窘急；只见离大路不远有个客店。这在他仿佛看见了指引的明星，他不仅救急有门，也有了可供宿息的居处。他急忙赶路，到

---

① 有名的战场；1369年西班牙的“暴君彼得”在这里被他弟弟打败。

② 骑士小说往往假托为魔术家或博学之士的记载。古代魔术和科学混淆不分，魔术家指探索天地间的玄奥，能操纵自然界的博学之士。

那里已经暮色苍茫。

恰巧客店门口站着两个年轻女人，所谓跑码头的娘们。她们是跟当夜在店里投宿的几个骡夫一起到塞维利亚去的。我们这位冒险家所思、所见、所想象的事物，无一不和他书上读到的一模一样，所以这个客店到他眼里马上成为一座堡垒，周围四座塔，一个个塔尖都是银光闪闪的；凡是书上写的吊桥、壕沟等等，这里应有尽有。他向心目中当作堡垒的客店走去，还差几步路，先勒住驽骍难得的缰绳，等待个侏儒在城堞之间吹起号角，传报有骑士来临。可是迟迟不见动静，驽骍难得又急要到马房去，他就跑往客店门口。他看见那里的两个妓女，以为是两位美貌的小姐或高贵的命妇在堡垒门口闲眺。恰好有个牧猪奴要从割掉庄稼的田里召回一群猪（我冒昧直呼其名了）①，吹起召集猪群的号角。堂吉诃德这可称了心愿，认为是侏儒见他到来而发的信号。他得意洋洋，跑到客店门口的那两个女人面前。她们看见这个全身披挂、拿长枪挎盾牌的人，吃一大惊，待要躲进店里去。堂吉诃德瞧她们躲避，料想是害怕，就掀起硬纸做成的护眼罩②，露出一张又干又瘦、沾满尘土的脸，斯文和悦地说：

"两位小姐不用躲避，也不用怕我粗野。按照我信奉的骑士道，对谁都不行非礼，何况您两位一望而知是名门闺秀，更不用说了。"

两个姑娘正在端详他，尽力张望那拼凑的护眼罩遮掩的嘴

① 当时西班牙的习惯，说到肮脏或卑鄙的东西须道歉，猪是那时代认为最肮脏的东西。

② 面甲分上下二部分，扣合在一起：上部护眼，形如帽檐；下部护口鼻，略似口罩；护眼的部分可随意抬起或合下。

脸。她们听到“闺秀”这个称呼，觉得跟自己的行业太不相称，忍不住哈哈大笑，笑得堂吉诃德都生气了。他说：

“美人应该举止安详，况且为小事大笑也很愚蠢。我这话并不是存心冒犯，也不是发脾气，我一片心只是为您两位的好。”

两个女人听了这套话莫名其妙，又瞧他模样古怪，越发笑得打跌；我们这位骑士也越发生气了。这时候要不是店主人出场，说不定会闹出事故来。店主人是个大胖子；胖人都性情和平。他瞧这人蒙着个脸，配备的缰绳、长枪、盾牌、盔甲等等又都不伦不类，差点儿也跟着两个女人笑起来。可是他毕竟给那一整套兵器吓倒了，觉得说话和气为妙，就说：

“绅士先生，您如果要借宿，我们店里就只没有床，别的都多的是。”

堂吉诃德把店主当作堡垒长官，看他这样赔小心，就回答说：

“咖斯底利亚诺①先生，我不拘怎么样都行，因为‘我的服装是甲胄，我的休息是斗争……’②。”

店主人以为他把自己看作咖斯底利亚的良民③，所以这么

---

① 原文 castellano，指城堡长官，亦指咖斯底利亚人。

② 堂吉诃德引用的是十四世纪的西班牙歌谣：

我的服装是甲胄，
我的休息是斗争，
我的床是硬石头，
我睡眠是长夜清醒。

③ 原文 Sanos de Castilla，即咖斯底利亚的良民；按贼帮的黑话，则指“狡猾的窃贼”。

称呼。其实他是安达路西亚人,圣路加码头生长的;他和加戈①一样的贼皮贼骨,和学生、小僮儿一样的调皮促狭。他回答说:

"照这么说,您的床应该是'硬石头',您的睡眠是'长夜清醒'。您不妨下马吧,我这小店里稳可以叫您整年不睡,别说一夜。"

他说着就上来给堂吉诃德扶住鞍镫。堂吉诃德很困难、很吃力地下了马,因为他从早起还没吃一口东西呢。

他随就吩咐店主加意照料他的马匹,说天下一切吃草料的牲口里数它最好。店主把马匹端详一番,觉得并不像堂吉诃德说的那么好,打个对折还嫌过分。他把马安顿在马房里,然后回来听客人的吩咐。两个姑娘已经和这位客人言归于好,正在替他脱卸盔甲。她们脱下护胸和护背的甲,却脱不下护脖子的部分和那只仿造的头盔;那是用绿带子系住的,一个个结子无法解开,只好割断。可是他死也不答应,因此头盔整夜就戴在脑袋上,那滑稽古怪的模样简直难以想象。他把替他脱卸盔甲的两个跑码头妓女当作堡垒里的高贵女眷,所以她们替他脱卸盔甲的时候,他很客气地说:

"从来女眷们款待骑士,
哪像这一次的殷勤周至!
她们是款待堂吉诃德,
他呀刚从家乡到此。
公主照料他的马匹,

---

① 原文 Caco,神话里极狡猾的窃贼,曾偷窃赫拉克利斯的牛,因此被赫拉克利斯掐死。

他自己有小姐服侍。①

“两位小姐，我的马叫作驽骍难得，我自己的名字是堂吉诃德·台·拉·曼却。我本来不想自报姓名，要等我为两位效劳而立下的功绩来表明我是谁。可是我忍不住要把古代这首朗赛洛特的歌谣改来应景，就预先把姓名奉告了。不过我听候两位小姐差唤的日子还有的是，到时且看我用力之猛，就可以知道我为两位效劳何等热心。”

两个姑娘没听惯这种辞令，无言可对，只问他要不要吃些什么东西。

堂吉诃德回答说：“我不拘什么都吃，因为我觉得很该吃些东西了。”

那天偏偏是个星期五②，客店里只有几份鱼。那种鱼，咖斯底利亚人称为鳘鱼，安达路西亚人称为鳕鱼，有些地方称为长鳕鱼，又有些地方称为小鳟鱼。他们问他要不要吃小鳟鱼，因为没别的鱼给他吃。

堂吉诃德说：“多几条小鳟鱼就抵得一条大鳟鱼，比如给我价值八个银瑞尔的铜钱，或者一个当八的大银瑞尔③，都是一

---

① 这是模仿《朗赛洛特之歌》，原歌如下：

从来女眷们款待骑士，
哪像这次的殷勤周至！
她们是款待朗赛洛特，
他呀，刚从不列颠到此。
小姐照料他的马匹，
他自己有傅姆服侍。

朗赛洛特是英国阿瑟王的圆桌骑士之一。

② 天主教徒的斋日，不吃肉，可吃鱼。

③ 瑞尔，西班牙币名。一个银瑞尔可兑三十四文小钱（maravedi）；当八的大银瑞尔（real de a ocho）重一两银子，可兑八个银瑞尔。

样。还有一层，说不定小鳟鱼反倒好。比如小牛肉比牛肉好，小羊肉比羊肉好。反正不管什么，赶快做上来！背着这一身盔甲很累很沉，空心饿肚子撑不住。”

店家把桌子摆在门口，取那儿凉快。店主送上一份腌鳘鱼，没泡掉盐，烹调也很糟；外加一个面包，和他的盔甲一样又黑又发霉。他吃东西的样子实在令人发笑。他戴着头盔，掀起护眼罩，拿了东西吃不到嘴，得别人把东西送进他嘴里去。一个姑娘就在干这件事。可是要喂他喝却没办法。这还多亏店主，他通了一根芦苇，把一头插在他嘴里，从另一头灌酒进去。种种麻烦他都耐心忍受，只要不割断他系住头盔的带子。正好这时候客店里来了个阉猪的人；他一进门就把芦笛吹弄了四五声。堂吉诃德听了心上愈加踏实了：他的确是在一个有名的城堡里，主人家正在奏乐款待他；小鳟鱼是大鳟鱼，面包是上好白面做的，两个妓女是贵妇人，店主是城堡的长官，因此他觉得自己打的主意不错，这番出行大有好处。不过他有一桩心事未了，他还没有封授骑士；没这个称号而从事冒险是名不正、言不顺的。

第　三　章

堂吉诃德自封骑士的趣事。

他心上有事，草草吃下那餐简陋的客饭，就把店主叫到马房里，关上门，对他双膝跪下说：

"英勇的骑士，我求您一件事：这事会增长您的名誉，也是为人类造福，请您惠然垂允；要不，我就跪在这儿一辈子不起来。"

店主看到脚边跪着的客人，又听到他这套话，瞪着眼不知所措，拉他又不肯起来，只好答应；他这才起身。

堂吉诃德对店主说："我的先生，我知道您顶爽气；您既已答应，我就告诉您吧。我是个游侠骑士，一心要去周游世界，猎奇冒险，拯救苦难的人，尽我骑士的本分。我急要有个骑士的头衔，干这些事才名正言顺。所以我求您明天封授我骑士的名号，多承您已经答应了。今晚我在您堡垒的小礼拜堂守夜，看护我的盔甲①，明早呢，我已经说过，您就可以封我。"

上文已经说过，店主相当狡猾，早怀疑这位客人脑经有病；他听了这番话心里越发了然，决计迎合他，借此晚上可以逗笑取乐。店主就对堂吉诃德说，他的愿望和要求都很合理，他这样相貌堂堂，风度文雅，一望而知是很高贵的绅士；这么高贵的绅士应该有这样的心愿。店主还说自己年轻的时候也曾干过这个光荣的事业，到各地去猎奇冒险，像玛拉咖的晾鱼场呀，利阿朗的"列岛"呀，塞维利亚的管辖区呀，赛果比亚的小市场呀，巴伦西亚的橄榄林广场呀，格拉那达的环行路呀，圣路加码头呀，果都巴的石马区呀，托雷都的小酒店②呀，等等，他都到过，凭他脚轻手巧，干下不少坏事，引诱过许多寡妇，糟蹋过几个姑娘，也欺骗过几个孤儿，反正西班牙国内所有的衙门、法院，都知道他的名

---

① 待封的骑士在举行封授仪式的前夕，须彻夜在礼拜堂里守着自己的盔甲祷告。

② 这都是流氓小偷活跃的地方。

字。后来他退隐在这座城堡里，靠自己和别人的财产过日子，凡是游侠骑士，不论什么等级、什么地位的他都招待，这无非因为对他们情谊深厚，并且指望他们分出些财物来，作为酬谢。他又说，他堡垒里没有小礼拜堂供客人看守盔甲；小礼拜堂已经拆掉，准备重盖新的呢；不过据他所知，不得已的时候，随便哪里都可以看守盔甲，今晚堂吉诃德不妨在堡垒的院子里看守，明天早上只要天公作美，就可以举行封授仪式，叫堂吉诃德成为全世界最货真价实的骑士。

他问堂吉诃德带钱没有。堂吉诃德说，一个子儿也没带，他在游侠骑士的传记里从没读到骑士带钱。店主说这不对，随身带些钱和干净衬衣分明是少不了的，这种事不言而喻；尽管书上不写，不能就以为游侠骑士不带。他拿定那么许多书上写的游侠骑士，个个都带着饱满的钱袋做盘缠，还带干净衬衣，还带一满盒油膏，受了伤可以用来治疗。他们在荒郊野地里跟人家决斗，受了伤谁给治疗呀？如有要好的魔术家，就马上会去救护，叫个小姑娘呀、侏儒呀带一瓶仙水，乘一朵云从天上飞去；受伤的骑士喝下一滴仙水，伤口立刻平复，好像没受伤一样。如果没这种方便，从前的骑士总叫自己的侍从随身带着些钱和少不了的东西，像医疗用的软布油膏之类。不带侍从的骑士是很少的，他们就把东西装在精致的褡裢袋①里亲自带着。这种褡裢袋看不出来，搭在马鞍后面好像是别的什么贵重东西；因为游侠骑士如果不是为了刚才讲的那个缘故，带着个褡裢袋究竟不成体统。店主人还说，他一会儿就要做堂吉诃德

① 西班牙人出门携带的旅行袋，往往用色彩鲜明的毛织品制成，中间开口，两头缝死，搭在牲口背上。

的教父了,教父可以命令教子,但他只劝告堂吉诃德,以后出门一定要带钱,还得置备刚才讲的那些东西,碰到意外就知道多么有用。

堂吉诃德答应一一听从店主的劝告,就照当时的安排到客店旁边一个大院里去看守盔甲。他把盔甲一件件堆在井边水槽里,自己挎着盾牌,绰起长枪,神气十足地在水槽前面来回巡行。这时天色已渐渐昏黑。

店主把这位客人的疯病告诉了所有的旅客,又讲他要看守盔甲,等待那封授骑士的典礼。大家想不到他疯得那么别致,都赶出来远远观望。只见他一会儿专心一志地来回巡行,一会儿靠着长枪站定,好半天目不转睛地看着自己的盔甲。夜渐深,可是月光皎洁,照耀得如同白昼,这位新骑士的一举一动大家都看得清清楚楚。当时住店的一个骡夫想起要打水饮他的一群骡子,他得把堂吉诃德堆在水槽里的盔甲挪开。这位骑士瞧他跑近来就大声喝道:

“嘿!莽撞的骑士!这副盔甲的主人是带剑的骑士里最勇敢的,你想来碰他的盔甲吗?不论你是谁,瞧着点儿,别来碰!要是大胆胡闹,准备着拿性命赔偿!”

骡夫听了这番话要是小心在意,就安全无事了;可是他满不理会,抓着盔甲上的皮带,把盔甲扔得老远。堂吉诃德看见了就抬眼望天,好像是和他的意中人杜尔西内娅通诚的样儿,说道:

“我的小姐啊!我这颗向你归依的心第一次受到侮辱了,我求你救援!这是我第一个紧急关头,请不要吝惜你的保佑啊!”

他一面说,一面放下盾牌,双手举起长枪,对准骡夫的脑袋狠狠打了一下。骡夫重伤倒地,假如再挨那么一下,就不用请教外科医生了。堂吉诃德打倒了骡夫,把盔甲仍旧堆好,还照原先那样专心一志地来回巡行。过一会儿,又一个骡夫跑来,也是要打水饮他的一群骡子。他没知道刚才的事,因为第一个骡夫还没苏醒。他正想把水槽里的盔甲挪开,堂吉诃德一句话不说,也不求哪位保佑,重又放下盾牌,拿起长枪。他没把长枪打断,只把第二个骡夫的脑袋打得四分五裂。客店里的人都闻声赶来,店主也在内。堂吉诃德一见就挎上盾牌,按剑喊道:

“美丽的小姐呀!我这副软弱的心肠靠了你才有勇气和力量!为你颠倒的骑士正有大难临头,现在是请求你小姐垂念的时候了!”

他这么一喊,觉得勇气百倍,即使全世界的骡夫都向他冲来,他也绝不退却一步。别的骡夫看见同伙受伤,就在远处拣起石子,雨点也似的向堂吉诃德掷来。堂吉诃德尽力用盾牌抵挡,却不敢离开水槽,因为要守护盔甲。客店主大声叫骡夫别惹堂吉诃德,说已经告诉他们这人是疯子,即使把他们一个个都打死,也不能依法判罪。堂吉诃德也在叫嚷,嚷得比店主还响。他骂那伙人两面三刀,不讲信义,堡垒长官纵容他们这样,可见也是混蛋,不是好人,他堂吉诃德要是已经封授骑士的称号,对他决不轻饶。“至于你们这伙下贱小人,我不跟你们计较。你们掷吧!向前吧!来吧!尽量跟我作对吧!回头你们自己瞧瞧,你们这样愚蠢粗暴,对自己有什么好处!”

他讲得非常理直气壮,掷石子的那伙人不由得害怕了。他们一半为此,一半也因为店主劝阻,就住手不掷。堂吉诃德让他们把两个受伤的骡夫抬走,照旧看守盔甲,和原先一样沉着、镇静。

店主受不了这位客人的胡闹，决计直截了当，马上把那倒霉的骑士封号授予他，免得再出乱子。他找了堂吉诃德，为自己辩解说，一点没知道那伙蠢人冒犯他；他们胆大妄为，反正已经狠狠地受了惩罚。他又说，他早已声明堡垒里没有小礼拜堂，所以封授骑士也就不必再讲究仪式。他知道这种仪式的关键只在用手掌拍一下颈窝，再用剑平拍一下肩膀；这是郊野里也可以举行的。看守盔甲只消两个钟头，堂吉诃德已经看守了四个多钟头，可算是格外地道了。堂吉诃德句句信以为真，表示一切听命，只求尽快完事；等他封授了骑士称号，如果再受攻击，准把全堡垒的人杀个一干二净，除非堡垒长官特别关照的，才卖面子手下留情。

这位堡垒长官听了他的话提心吊胆，忙去拿一本供给骡夫草料的账簿，叫一个男孩子举着个蜡烛头跟着，还带着上文说起的两个姑娘，同到堂吉诃德跟前，叫他跪下。店主仿佛念经似的对着账簿念念有词，一面举手在堂吉诃德颈窝上狠狠打一掌，接着又用堂吉诃德自己的剑在他肩膀上使劲拍一下，齿缝里嘟嘟囔囔，好像在念经；然后命令一个姑娘替堂吉诃德挂剑。她干事非常正经，也非常沉着；要不是那么正经沉着，举行这套仪式随时都保不住失声大笑的。可是两个姑娘领教过这位新骑士的本领，忍住没笑。这位贵小姐替他挂剑的时候说：

"但愿上帝保佑您做个福将，百战百胜。"

堂吉诃德问她叫什么名字，让他知道自己是受了谁的恩，将来凭力气赢得荣誉，可以分一份给她。她很谦虚地说，她名叫托萝沙，父亲是托雷都的鞋匠，住在桑丘·卞那牙①那些小店附

① 托雷都的菜场。

近;还说她无论在哪里,都愿意伺候他,把他奉为主顾。堂吉诃德说,请她赏脸以后用“堂”的尊号,自称堂娜托萝沙。她一口答应。另一个姑娘替他套上踢马刺,他也照样答谢,问她的名字。她说叫莫利内拉,父亲是安德盖拉有身份的磨坊主人。堂吉诃德也请她用“堂”的尊号,自称堂娜莫利内拉。他说以后还要为她效劳,给她好处。

这一套破天荒的仪式飞快举行完毕,堂吉诃德急不可待,就要骑马出去猎奇冒险。他立即为驽骍难得套上鞍辔,骑上马,拥抱了店主,谢他封授骑士称号的恩典;他那套话异想天开,简直无法转述。店主巴不得他出门,答辞虽然风格相似,却简洁得多。他连住店的钱都没要,就欢送客人走了。

第　四　章

我们这位骑士离开客店以后的遭遇。

堂吉诃德走出客店,天都快亮了。他想到自己已经封授骑士,说不尽的满意、得意、快意,鼓鼓的一肚子欢欣,险得把坐骑的肚带都迸断①。可是他记起店主的劝告,决计回家一趟,置办些出门必备的东西,尤其是钱和衬衣。他还要带个侍从,打算就雇用街坊上的一个老农。这人很穷,又有孩子,可

① 西班牙谚语。

是做骑士的侍从却很合适。他心上那么盘算，就带转驽骍难得回家。这匹马仿佛嗅到了自己马房的气味，跑得脚不沾地，十分起劲。

他没走多远，忽听得右边树林深处隐隐有哭喊的声音。他立刻说：

“感谢上天照应，叫我马上有机会尽尽本分，实现自己的雄心壮志。准有男人或女人遭了难在叫喊，要我去援救呢。”

他掉转辔头，寻声跑去，进树林才走了几步，就看见一棵橡树上拴着一匹母马，另一棵橡树上绑着个十五岁左右的男孩子，上身脱得精光；正是他在哭喊。原来一个粗壮的农夫正拿着一条皮腰带狠狠地抽他，一下下抽，一声声训斥。他说：

“少说话！多留神！”

那孩子说：

“我的主人啊，我下次不敢了，我对上帝发誓，下次一定改过，保证以后看羊多多留心。”

堂吉诃德看见了怒声喝道：

“你这骑士不讲理！怎么虐待一个不能自卫的人啊！太不像话了！你骑上马，拿起长枪，”——原来那人也有一支长枪倚在拴马的橡树上——“你这样卑劣，我要好好儿教训你呢！”

农夫忽见一个浑身披挂的人举枪在他头上挥舞，怕性命难保，忙赔小心说：

“绅士先生，我惩罚的这小子是我佣人。我叫他在附近看管我的一群羊，他心不在肝儿上，每天丢一只，也许是不小心，也许竟是不老实。我惩罚他，他却说我抠门儿，要借此赖掉欠他的工钱。我凭上帝、凭自己的灵魂发誓，他撒谎！”

堂吉诃德道:“你这下流东西,竟在我面前说‘他撒谎’①!我凭照耀咱们的太阳发誓,我要用这支长枪戳你一个透明窟窿!不准分辩,快把工钱付给他!你要道个‘不’字,我凭主宰咱们的上帝告诉你,我此时此刻就断送了你!快把他解下来!”

农夫一言不发,低头解下了他的佣人。堂吉诃德就问那孩子,主人欠了他多少钱。他说:九个月的工钱,每月七个瑞尔。堂吉诃德一算,共计六十三个瑞尔,就对农夫说:如果不想送命,马上掏出钱来。农夫吓得战战兢兢,说没欠那么多钱,因为曾经给他佣人三双皮鞋,佣人生病还放过两次血,花了他一个瑞尔,这些费用都该一一扣还;他生死关头,决不敢胡说,况且这是他发誓保证的——其实他并没有发誓。

堂吉诃德答道:“好,可是他平白挨了你这顿鞭打,皮鞋和放血的账就此抵销了。他虽然穿破了你那几双皮鞋的皮,你也打破了他身上的皮;他生了病,你虽然叫理发师给他放血,他这会儿身体好好的,却给你打得出血。所以旧账一笔勾销了。”

“绅士先生,糟的是我没带钱。让安德瑞斯跟我家去,我一定把工钱如数付给,一个瑞尔也不短他的。”

那孩子说:“我还跟他家去吗?那真是倒霉了!先生,我怎么也不去的!他背着人,准把我像圣巴多罗美②那样活剥了皮呢。”

堂吉诃德道:“那不会。我怎么命令,他就得照办。如果他凭自己封授的骑士称号起个誓,我就放他走,保证他把钱付给你。”

---

① 按西班牙古老的规矩,在尊长面前说别人撒谎是严重的失礼;平辈间如果说到别人撒谎也得先道歉一声。

② 耶稣十二门徒之一,他是给人活剥了皮倒钉在十字架上死的。

那孩子说:“先生,请您还仔细想想,我主人不是骑士,也从没有封授过什么骑士的称号。他是居住金达拿尔的财主胡安·阿尔杜多。”

堂吉诃德说:“这不相干,阿尔杜多族里也会有骑士;况且‘干什么事,就成什么人’①。”

安德瑞斯说:“不错呀,可是我这个主人赖掉我的工钱,白叫我辛苦劳累,他干的是什么事,他该是什么人呢?”

农夫说:“安德瑞斯小兄弟,我没有赖。请你跟我回去,我凭骑士的一切称号发誓,一定把工钱付给你,像我刚才说的那样,一个瑞尔不短你的;甚至还要给你添上点儿油水呢。”

堂吉诃德说:“油水我就免了你,只要你把瑞尔照数付给他就行。记着,你发了誓务必做到,不然的话,我凭你刚才的誓也发个誓,我一定回来找了你痛打一顿,你即使比壁虎还藏得严,我也能找你出来。假如你先要问明是谁的命令,才死心塌地地服从,那么,你听着,我是专打不平的勇士堂吉诃德·台·拉·曼却。再见吧,你要是不想挨我刚才说的那顿打,别忘了你许的愿和发的誓。”

他说完踢动驽骍难得,一阵风似的跑了。农夫目送他出了树林,不见影踪,就转身对他佣人安德瑞斯说:

“过来,我的孩子,我听从那位专打不平的侠士下的命令,要把欠你的都还你呢。”

安德瑞斯说:“您非还不可!您得听那位好骑士的话。我祝愿他长命百岁!他真勇敢!真是个公正的判官!您要是不

---

① 西班牙谚语。

还，他一定回来，怎么说就怎么干。”

农夫说：“我也一定怎么说就怎么干。只为我爱你深，所以要多欠你点儿，好多多还你。”

他抓住孩子的胳膊，重又把他绑在橡树上，把他狠狠地抽了一顿，抽得他九死一生。

那农夫说：“安德瑞斯少爷啊，你现在把那位专打不平的家伙叫来吧！瞧他再有什么办法打不平！不过我还是手下留情了；你虑得不错，我恨不得活剥了你呢！”

农夫终究把孩子解下，随他去找他那位判官来怎么说、怎么干。安德瑞斯垂头丧气地走了，发誓要去找英勇的堂吉诃德·台·拉·曼却，把方才的事一一报告，叫他主人加几倍还账。尽管这么说，他是哭着走的，他主人却在那里笑。勇士堂吉诃德的打不平，原来是这么回事。他却为此得意非凡，觉得自己在骑士的道路上迈出了可喜可傲的第一步，欢欢喜喜骑马回村，一面低声自言自语：

“绝世美人杜尔西内娅·台尔·托波索啊，你真是现在世界上最有福的人！英名冠绝古今的堂吉诃德·台·拉·曼却，注定是向你拜倒、随你使唤的！谁不知道他昨天刚封授骑士，今天已经消除了穷凶极恶的暴行呢！残忍的敌人刚才无故鞭打一个娇弱的孩子，他把那家伙手里的鞭子夺掉了。”

这时他走到一个十字路口，立刻想到这是游侠骑士停马选择道路的地方；他要学样，也停下来。往哪条路上走呢？他仔细想了一回，就撂下缰绳，让驽骍难得自己做主。这匹马随着它第一个心愿，奔向自己的马房去。堂吉诃德走了约莫两个米里亚①路，忽见一

---

① 1米里亚合1.6公里。

大队人马。原来那是到穆尔西亚去买丝的一伙托雷都商人。他们一行六人,都打着阳伞,四个佣人骑马跟随,还有三个步行的骡夫。堂吉诃德远远望见,立刻认为碰上奇遇了。他正要尽量模仿书上读到的行径,觉得这来真是天赐其便,可以照书行事。他雄赳赳地在鞍镫上坐稳了,紧握长枪,把盾牌遮在胸前,在路中心勒住马,等候他心目中的那队游侠骑士。他们走向前来,到可以见面打话的远近,他就提高嗓门,傲然说:

"你们大家都得承认,普天下的美女,都比不上拉·曼却的女王、独一无二的杜尔西内娅·台尔·托波索!谁不承认,休想过去!"

一群商人听了都停步端详这发话的人,瞧他模样古怪,又加上刚才那番话,马上知道这人是疯子。可是他们还想从容追究一下那句话的用意。其中一人爱开玩笑,也很风趣,就说:

"绅士先生,我们不知道您刚才说的那位美人儿是谁,您且让我们瞧瞧吧。如果她真像您说的那么美,您要我们承认的就是事实,我们不用强迫,都甘心承认。"

堂吉诃德答道:"我要是让你们瞧见了,我说的就是明摆着的事,你们承认了有什么稀罕呢?关键是要没看见就相信,死心塌地地奉为真理,坚决卫护。你们不这样,就是狂妄自大,得和我交交手见个高下。你们或者按骑士道的规则,一个一个上来;或者照你们这伙人的下流习惯,一拥齐上。我在这儿等着你们。正义在我的一面,我是有信心的。"

那商人说:"骑士先生,我替在场几位王子向您求情。我们没有耳闻目见的事,承认了于心不安;况且这话对阿尔咖利亚和埃斯特瑞玛杜拉①的那些女皇和王后很不公平。您别叫我们心上不安,把那位小姐的相片儿给我们瞧瞧吧,哪怕只有麦粒儿大小的也行,因为'拿到了线头儿,就抽开了线球儿'②。这样我们才心安,您也可以满意。而且我觉得我们已经非常向往那位小姐,即使相片上她一眼瞎、一眼流朱砂和硫黄,我们为了讨您的好,随您要怎么恭维我们就怎么恭维。"

堂吉诃德勃然大怒,喝道:"无耻的混蛋!她眼睛里不流那些东西!不流你说的那些东西!流的是龙涎香和裹在棉花里的麝香③!她不是独眼,也不是驼背,她身子比瓜达拉玛的纺车轴儿还直④。你信口亵渎我那位绝世美人,我决不白饶你!"

他说罢斜托着长枪,怒气冲天,直奔那个商人。要不是侥天之幸驽骍难得半道绊倒,那冒昧的商人就遭殃了。驽骍难得一跤跌倒,它主人摔在野地里滚得老远,想爬起来,却给长枪呀,盾牌呀,踢马刺呀,头盔呀,再加上那套古董铠甲的分量碍着手脚,怎么也爬不起来。他一面挣扎,一面喊道:

"胆小鬼,不要跑!奴才,等着我!我的马把我摔倒了,不是我的错。"

他们中间有个赶骡的小伙子脾气不大好,听这个倒霉货躺在地上口出狂言,忍不住要回敬他一顿好打。他走上来夺过长

---

① 阿尔咖利亚是当时西班牙人口最稀少的地区,埃斯特瑞玛杜拉是当时西班牙最落后的省份。那个商人跟疯子开玩笑,故意把这两个不足道的地方说得仿佛是两个国家。

② 西班牙谚语。意思是有了线索,便知底蕴。

③ 当时西班牙的麝香是用棉花包裹着由国外输入的。

④ 瓜达拉玛山里出木材,纺车轴儿是当地名产。西班牙文 tuerto(a)指"独眼",也解作"歪斜不正",所以堂吉诃德说这番话。

枪,折做几段,随手拿起一段,把堂吉诃德结结实实地揍了一顿。堂吉诃德虽然披着一身铠甲,也打得像碾过的麦子一样。骡夫的东家都大声喝住他,那小子却打上火来,定要打个畅快才罢。他拣起其余的断柄,一股脑儿全撒在那摔倒的可怜虫身上。堂吉诃德虽然着了暴雨似的一顿棍子,嘴却没有闭一闭,直在呵天喝地,又恫吓他心目中的这一帮强盗。

那小子打累了,一队商人重又上路;一路上只顾谈论这挨揍的倒霉蛋。堂吉诃德一看只剩自己一人了,又试图爬起来。可是方才身体好好儿的都爬不起,这会子揍得七死八活,哪里还行呢？他倒是私自庆幸,觉得这种灾殃是游侠骑士分内应有的,都怪他那匹马不好。不过他浑身疼痛,要自己起来真是休想了。

第　五　章

我们这位骑士的灾殃。

他瞧自己实在动弹不得,就应用惯技,默想他书上读过的那些情节。他疯癫的头脑立刻想起巴尔多维诺斯在山里给卡洛多打伤后碰到曼图阿侯爵的事①。这段故事小孩子都熟悉,青年

① 这是欧洲古代歌谣里的故事,见1955年在安贝瑞斯出版的《歌谣集》(*Cancionero de Amberes*)。这段故事讲查理曼大帝的儿子卡洛多爱上了巴尔多维诺斯的妻子,想杀掉巴尔多维诺斯而占有他的妻子。巴尔多维诺斯受伤后碰到他的舅父曼图阿侯爵,救得性命。

人也知道，老年人不仅赞赏，还信为真实——当然，这只是像穆罕默德的奇迹一样真实。他觉得那情节和自己的处境恰好相似，就在地上打滚，好像疼痛得厉害，一边有气无力地背诵那位绿林骑士①受伤后的话；相传是这么说的：

你在哪里啊？我的夫人，
怎么对我的痛苦毫无怜悯？
夫人啊，你大概不知道吧？
不然就是已经失节变心。

他一句句往下背诵，直背到下面两行：

啊，尊贵的曼图阿侯爵！
我的舅舅，我的骨肉至亲！

无巧不巧，他刚背到这里，他街坊上一个老乡运了麦子上磨坊，回来恰好路过，看见躺着个人，就来问是谁，害了什么病哼得这么苦痛。堂吉诃德拿定他是自己的舅父曼图阿侯爵，所以并不答话，只照着歌谣往下背诵，叙说自己怎么遭祸，自己的老婆怎么和大皇帝的儿子恋爱，讲的全是歌谣里的那一套。

老乡听了这一派胡言，莫名其妙。堂吉诃德的护眼罩已经给那顿乱棒打碎，老乡揭开了，抹掉满脸尘土，一看原来认识，就说：

"吉哈那先生，"——他发疯变为游侠骑士之前，还安安闲闲当绅士的时候，想必就叫这个名字——"谁把您弄成这副模样的呀？"

---

① 巴尔多维诺斯的别号。

随人家问什么，他只顾把那歌谣背下去。老乡没奈何，只好尽力把他胸前背后的铠甲除下，看受伤没有，可是未见流血，也找不到伤痕。他设法把这位街坊扶起来，费了好大劲，抱上了自己的驴子，因为觉得还是这头驴安稳。他把许多兵器和长枪的断柄捆成一堆，叫驽骍难得驮着，自己拉着一马一驴的缰绳，取道回村，一路上想着堂吉诃德说的那些胡话，老大不放心。堂吉诃德心上也一样沉重，他挨了好一顿揍，驴背上摇兀不稳，不时大口叹气，声彻云霄。老乡不免又问他哪里疼痛。准是魔鬼在提示他对景的故事，他这会儿把巴尔多维诺斯忘了，却记起了摩尔人阿宾德来被安德盖拉总督罗德利戈·台·那尔巴艾斯捉住，押送到总督署去的事。这是他在霍尔黑·蒙台玛姚的传奇《狄亚娜》里读到的；他就把书上阿宾德来被俘后回答罗德利戈·台·那尔巴艾斯的话，逐字逐句照搬着回答。他应用得很对景，老乡听着那一派胡言，只好自认晦气；由此知道这位街坊是疯了，就赶紧回村，免得听他没完没了的背诵不耐烦。堂吉诃德背到末了说：

"您知道吗，堂罗德利戈·台·那尔巴艾斯先生，我刚才说的哈丽法美人，就是现在那位漂亮的杜尔西内娅·台尔·托波索。我曾经为她立下些骑士的功绩，都赫赫有名，而且空前绝后，当世无双；今后呢，我还要照样干下去。"①

农夫听了这话，答道：

"先生，您瞧瞧，我区区不是罗德利戈·台·那尔巴艾斯，

---

① 霍尔黑·蒙台玛姚的《狄亚娜》第四卷里，讲摩尔人阿宾德来和哈丽法美人的恋爱。

也不是曼图阿侯爵,我是您的街坊贝德罗·阿朗索;您既不是巴尔多维诺斯,也不是阿宾德来,您是有体面的绅士吉哈那先生。”

堂吉诃德说:“我知道自己是谁,也知道自己不但可做刚才说的那两人,还可以做法兰西十二武士①,甚至世界九大豪杰②。他们的功绩,不论各归各或一股脑儿总在一起,都比不上我的伟大。”

他们说着话,到村已经夜色四合。老乡要等天黑了进村,免得人家看见这位挨打的绅士骑着这么下贱的牲口。他看着是时候了,就进村到堂吉诃德家,只听得里面闹嚷嚷的。本村的神父和理发师是堂吉诃德的好朋友,两人都在那里,管家妈正提高嗓子跟他们说话呢。

“贝罗·贝瑞斯硕士先生,”——这是神父的名字——“您瞧我们先生是遭了什么祸吧? 三天没见他的影儿了。他的马呀,盾牌呀,长枪呀,盔甲呀,都不见了。真糟糕! 他收藏了那些倒霉的骑士小说,成天成夜的读,我瞧他准是读得头脑颠倒了。这好比一个人有生就有死一样千真万确。我现在想起来,我有好几回听见他自言自语,说要做游侠骑士,走遍世界去猎奇冒险呢。那种书断送了拉·曼却最精明的头脑,我真恨不得一股脑儿都交给地狱里的魔鬼去!”

那外甥女也这么说,还说得多些:

---

① 指扈从查理曼大帝的十二勇将,如奥利维罗斯、罗尔丹、瑞那尔多斯·台·蒙答尔班等。

② 指约书亚、大卫、犹太·马加利欧三犹太人,亚历山大大帝、赫克托、凯撒大帝三异教徒,阿瑟王、查理曼大帝、戈都弗瑞多·台·布利盎三基督徒,共九人。

“尼古拉斯师傅，”——这是理发师的名字——“您可知道，我舅舅往往一口气把那种胡说乱道的倒霉小说连看两日两夜，看完了把书一撩，拔剑对着墙乱斫，斫得精疲力尽，就说自己杀了高塔似的四个巨人；他累得浑身大汗，就说那是打仗受伤流的鲜血。他喝下一大壶凉水，定下神，就说那是他朋友大法师艾斯忌讳博士[1]送来的仙水。都怪我不好，没把我舅舅这些疯疯癫癫的事告诉您两位，让你们趁早防止，并且把那些害人的书烧光。他有好多书就像邪说异端一样，该一把火烧掉。”

神父道：“我也这么说。明天一定要对他的书公审一番，判处火刑，免得人家读了也像我这位好朋友一样行径。”

里面说话，外面都听见。那老乡才明白他这位街坊的病情，就高声喊道：

“请开门啊！重伤的巴尔多维诺斯先生由曼图阿侯爵送回来了！摩尔人阿宾德来先生给英勇的安德盖拉总督罗德利戈·台·那尔巴艾斯活捉了押回来了！”

大家闻声赶到门口，朋友上来认朋友，管家妈上来接东家，外甥女上来迎舅父。堂吉诃德没有下驴，因为没力气了。大家跑来拥抱他，他说：

“你们大家别乱，都是我这匹马的罪过，害我受了重伤回来。你们抬我上床，想办法请女法师乌尔甘达[2]来给我治伤吧。”

管家妈道：“瞧！真倒霉！我早看透我们东家瘸了哪一条腿！[3]

---

① 骑士小说里常提到一位大法师，名阿尔基菲（Alquife），这位外甥女把他的名字叫错了。

② 乌尔甘达（Urganda）是阿尔基菲的妻子，下文管家妈也把她的名字叫错了。

③ 西班牙成语，指犯了什么毛病。

您好好儿上楼吧，不用请什么乌尔疙瘩，我们这里会给您治疗的。嗐！我真要千遍万遍咒骂那些骑士小说，把您害到这个地步！”

他们随即抬他上床，检点他身上的伤痕，可是一点没找着。他说自己刚和十个巨人交战，一个个都高大无比、凶猛绝伦；正打呢，他坐下的驽骍难得把他摔了一大跤，他身上的伤都是跌撞的暗伤。

神父说：“啊哈！这里面还有巨人呢！我凭圣十字架发誓，明天不到天黑，准把那些小说烧个干净。”

他们问堂吉诃德许多话，他一句不答，只要求给点儿东西吃，让他睡觉；那是他最迫切的需要。他们照办了。神父就细细盘问老乡怎样找到堂吉诃德的。老乡原原本本讲了一遍，连堂吉诃德躺在地下和一路上说的那些疯话也没漏掉。这位硕士[1]听了越发觉得自己想办的事得赶紧下手，第二天就邀了他的朋友尼古拉斯理发师同到堂吉诃德家来。

第 六 章

神父和理发师到我们这位奇情异想的
绅士家，在他书房里进行有趣的大检查。

堂吉诃德还直在睡觉。他那些害人的书都在书房里；神父问主人家的外甥女要那书房的钥匙，她欣然交出。大家进去，管

[1] 指神父，神父必须是研究神学、获有学位的人。

家妈也跟着；只见里面有一百多部精装的大书，还有些小本子①。管家妈一看见这些书，忙出去拿了一盆圣水和一柄洒圣水的帚子进来说：

"硕士先生，请您屋里洒上圣水吧。咱们要把书里那许多魔术家赶出人世呢，别留下个把在这里兴妖作怪，对咱们报复。"

硕士瞧管家妈那么实心眼，忍不住笑了。他叫理发师把书一本一本递给他，看里面讲些什么，也许有几本可以免于火刑。

外甥女说："不行，对哪一本书都不能开恩，因为都有害。最好把书从窗口扔到天井里去，做一堆烧掉；或者搬到后院去大堆焚烧，免得烟气熏人②。"

管家妈也那么说，她们俩都一心要把那些无辜的东西处死。可是神父不答应，他至少先要看看书名再说。尼古拉斯师傅递给他的第一部书是《阿马狄斯·台·咖乌拉四卷》。神父说：

"看来这是当时应运而生的东西。我听说这是西班牙出版最早的骑士小说，是其他一切骑士小说的祖宗③。就为它创立了这样坏的流派，我觉得应当毫不宽恕，判它火里烧死。"

理发师说："先生，这话不对。我听说它是骑士小说里写得最好的。它是部杰作，应该赦它无罪。"

---

① 西班牙的骑士小说一般都是对开本的大书，诗歌和牧歌体传奇往往用小四开或十二开本印行。

② 因为天井(patio)狭小，四周有楼房挡住，烟气不散；后院(corral)宽敞，围墙也最矮。

③ 《阿马狄斯·台·咖乌拉》(*Amadis de Gaula*)，1508 年出版，是西班牙骑士小说的鼻祖，但不是最早的一部。下文提到的《著名的白骑士悌朗德传》1490 年就出版了。

神父说："这也对；凭这点，暂且缓刑。咱们且瞧瞧它旁边的那部书吧。"

理发师说："那是《艾斯普兰狄安的丰功伟绩》，它是阿马狄斯·台·咖乌拉的嫡亲儿子。"

神父说："平心而论，父亲的长处不能归功于儿子。管家太太，你把它拿下！打开这扇窗子，扔它后院去！咱们要堆个大堆生火呢，叫它去垫底吧。"

管家妈欣然照办，这位艾斯普兰狄安就给抛入后院，耐心等待火焰烧身。

神父说："下一部！"

理发师说："下一部是《希腊的阿马狄斯》。照我看，这一边全是阿马狄斯的子子孙孙。"

神父说："那么请他们全伙儿都到后院去。里面的宾底基内斯特拉皇后呀，达利耐尔牧童呀，加上他们的牧歌呀，再加那扭扭捏捏、令人作呕的文章呀，都非烧掉不可。假如我的亲爸爸扮作游侠骑士在外漫游，宁可连累他一起遭殃，也不能放过那些家伙。"

理发师说："我也是这个意思。"

外甥女说："我也是。"

管家妈说："那么全伙儿都到后院去！"

他们就把书交给她，好大一堆书，她省得下楼，都从窗口扔下去。

神父说："那大件儿是什么？"

理发师说："那是《堂奥利房德·台·劳拉》。"

神父说："这部书就是《群芳圃》的作者写的。我实在不知道这两部书里哪一部真话多些，或者干脆说，哪一部谎话少些。我只能说，它很荒谬，应该到后院去。”

理发师说：“下一部是《弗萝利斯玛德·台·伊尔加尼亚》。”

神父答道：“弗萝利斯玛德先生在这儿吗？哼哼！尽管他身世离奇，经历怪诞，单为文笔枯燥，也该到后院去！管家太太，送它上后院！那一部也一起去。”

她说：“好得很啊！”她忻忻喜喜地执行命令。

理发师说：“这一部是《普拉底尔骑士》。”

神父说：“这是一部古书，里面也找不出可以赎罪获赦的东西。干脆叫它和扔出去的书做伴儿去。”

这件事照办了。他又翻开一本，只见书题是《十字架骑士》。

“这部书标题这么神圣，内容荒谬可以不计较了吧。可是常言道：‘魔鬼就躲在十字架后面’，送它火里去！”

理发师又拿起一本书说：

“这是《骑士宝鉴》。”

神父说：“这部大作我读得很熟。里面有瑞那尔多斯·台蒙答尔班先生和他的朋友伙伴们，都是赛过加戈的大贼；还有十二武士和实事求是的史家杜尔宾①。这些人物对名诗人玛德欧·博雅铎②的作品有贡献；基督教诗人卢铎维戈·阿利奥

---

① 这是塞万提斯的反笔。杜尔宾（Juan Turpín）死于800年左右，是莱姆斯（Reims）大主教，死后二百年，有人假借他的名字出了一部满纸荒唐的《查理曼大帝传》，杜尔宾从此以善于撒谎著称。

② 博雅铎（Mateo Boyardo）是十五世纪意大利诗人，著有《奥兰陀的恋爱》。

斯陀①又从博雅铎取材。平心说,单为这一点,我对这部小说里的人物判个终身流放的罪也就罢了。至于阿利奥斯陀,如果他跑来不说本国话,我对他并不佩服;如果他说本国话,我对他顶礼膜拜②。”

理发师说:“我藏的一部倒是意大利文的,只是看不懂。”

神父答道:“你看懂了也没什么好处。那位上尉先生不该把它带到西班牙来,叫它入籍归化;它就此大为减色了。翻译诗都有这毛病;不论功夫多深,技巧多精,总不能像原诗一样美好。我说呀,以后再有讲法兰西故事的书③,都该和这本一起扔到干爽的地窖里去存着,等仔细查审了再决定怎么处置。不过有两本书是例外:一是《贝那尔都·台尔·咖比欧》,这里准有它;一是《隆塞斯巴列斯》。这两本书一到我手里,那就毫无宽容,马上得交给管家妈,由她扔到火里去。”

理发师一一赞成,认为这样处置很恰当。他知道神父是好基督徒,坚信真理,不合理的话是决不出口的。他又翻开一本书,一看是《巴尔梅林·台·奥利巴》;旁边一本是《巴尔梅林·台·英格拉泰拉》。那位硕士看见了说:

“奥利巴该劈碎了烧得灰也不剩。这个巴尔梅林·台·英格拉泰拉该当作稀世的珍品,好好保藏。从前亚历山大大帝征

---

① 阿利奥斯陀(Ludovico Ariosto)是十五至十六世纪意大利诗人,著有《奥兰陀的疯狂》。

② 乌瑞阿上尉(Jerónimo de Urrea)把《奥兰陀的疯狂》译成西班牙文,译文生硬乏味,也很不忠实。

③ 指有关查理曼大帝及其武士的传奇。

服了达利欧大帝，从战利品里获得一个匣子①，他专用来贮藏诗人荷马的著作；咱们也该做那么一个匣子贮藏这部书。老哥啊，这部书有两点可贵：一是作品本身好；二是相传作者是一位贤明的葡萄牙国王②。书里讲米拉瓜达堡垒里的种种冒险，都妙不可言，笔下很有功夫，对话又文雅，又流利，贴切人物的身份，并且很入情入理。所以我说呀，尼古拉斯师傅，这部书和《阿马狄斯·台·咖乌拉》一起留下不烧，别的书不用再审查，一律处死吧，你说怎么样？"

理发师说："那不行，老哥，我手里这本是有名的《堂贝利阿尼斯》。"

神父说："这本书的第二、第三、第四部都火气太旺，得吃些大黄清泻一下。里面写'光荣堡'的一段，还有些更荒谬的部分都得删掉。咱们不妨暂缓定案，瞧它悔改的情形，再酌定从宽发落还是依法裁判。目前就寄放在你家里吧，老哥，可是谁都不许看。"

理发师说："好得很！"

神父懒得再费心审查，吩咐管家妈拣大本子的都扔到后院去。管家妈只想烧书，即使织了一匹幅面最宽、质地最细的布，也不如这件事快意称心。她不傻不聋，听了吩咐，一下子抱着七八本往窗外扔。她拿得太多，有一本掉在理发师脚边。他想瞧瞧是谁的作品，一看原来是《著名的白骑士悌朗德传》。

---

① 据普鲁塔克(Plutarco)和普列尼(Plinio)的记载，这个匣子镶金嵌宝，制作非常精美。

② 近来据维森特·萨尔巴(Vincente Salvá)发现，这部书的作者是西班牙人鲁伊斯·乌尔塔多(Luis Hurtado)。

神父嚷道："啊呀！白骑士悌朗德原来在这里！老哥，拿来给我。我觉得这部书趣味无穷，很可解闷。里面讲到英勇的骑士堂吉利艾雷宋·台·蒙达尔班、他的兄弟托马斯·台·蒙达尔班和封塞咖骑士；还讲勇敢的悌朗德和恶狗打架，少女'欢乐姑娘'口角玲珑，寡妇'娴静夫人'谈情说爱、弄虚作假，还有皇后娘娘爱上了她的侍从伊博利多。老哥，你听我说句平心话，照它的文笔来说，这是世界上第一部好书。书里的骑士也吃饭，也在床上睡觉，并且死在床上，临死还立遗嘱，还干些别的事，都是其他骑士小说里所没有的。可是，话又说回来，作者故意捏造这么许多荒唐无稽的事，应该发送到海船上去，罚做一辈子苦役。你拿回家去看看，就知道我说的都千真万确。"

理发师说："那准是不错的。可是这里还剩些小本子的书，咱们怎么办啊？"

神父说："那些想必是诗歌之类，不是骑士小说。"

他翻开一本，一看是霍尔黑·蒙台玛姚的《狄亚娜》①，料想其余都是一类的，就说：

"这种书不比骑士小说，向来不那么害人，读了增长知识，无害于人，不用烧毁。"

外甥女说："哎，硕士先生，您还是送出去一起烧掉吧。等我舅舅养好了骑士病，一读这种书，保不定又想当牧羊人，跑到树林和田野里去唱歌奏乐；或者又想做诗人，那就更糟了，据说想作诗的那种病是治不好的，而且还传染呢。"

神父说："这位姑娘说得不错。咱们朋友前途的魔障还是

---

① 这是牧歌夹杂散文的传奇。

及早除掉为妙。咱们就从蒙台玛姚的《狄亚娜》开头。我想这本书不要烧，只把有关女巫费丽西亚和仙水的部分全删掉，长诗也一概删掉，只保留散文的部分，就不失为这类作品里最出色的一本。"

理发师说："下一本是所谓《萨拉曼咖人的〈狄亚娜〉续集》，另一本是希尔·波罗写的《狄亚娜》。"

神父说："萨拉曼咖人的那本，送到后院那伙罪犯里去充数；希尔·波罗的一本，应该当作阿波罗①的著作那样保藏起来。老哥，看下去吧，咱们得赶紧，时候不早了。"

理发师又翻开一本说："这是《爱情的运道十卷》，作者是萨狄尼亚诗人安东尼欧·台·罗苐拉索。"

神父说："我凭自己的职位发誓，自有阿波罗、缪斯②和诗人以来，还没有谁写过这样离奇有趣的书；就书论书，也是这类作品里最拔尖儿的。没读过这本趣味横生的书，就是没开眼界。老哥啊，给我吧。我找到这本书，比得了苐萝伦西亚哔叽的道袍还稀罕③。"

他喜滋滋地把这本书放在一边。理发师接着说：

"以下是《伊贝利亚的牧羊人》《艾那瑞斯的仙女》和《疗妒篇》。"

神父说："这些呀，只好交给管家妈去依法处理了。别问我为什么，省得说个没完。"

"这一本是《费利达的牧羊人》④。"

---

① 太阳神，也是诗神。

② 文艺女神，共有九位。

③ 苐萝伦西亚出产的哔叽非常名贵。

④ 1582年出版，作者蒙答尔佛（Luis Gálvez de Montalvo）是塞万提斯的朋友。

神父说："这不是牧羊人，是个很有风趣的朝臣，该把它当作珍品收藏。"

理发师说："这个大本子标题叫作《诗库》[①]。"

神父说："假如诗不那么多，就更好了。该把夹杂在里面的坏诗都删掉。作者是我的朋友，他还写过些气魄大、格调高的作品呢；这本书收起来吧。"

理发师接着说："这是《罗贝斯·马尔多那多诗歌集》[②]。"

神父说："这本书的作者也是我的好朋友。他亲口朗诵起来声调悠扬，简直迷人，谁听了都倾倒。他写的牧歌稍为长些，不过好东西不会嫌长。这本书可以和刚才挑出来的几本藏在一起。它旁边的那本是什么呀？"

理发师说："米盖尔·台·塞万提斯的《咖拉泰》[③]。"

"这个塞万提斯是和我有深交的老友。我看他与其说多才，不如说多灾。这本书里有些新奇的想象，开头不错，结局还悬着呢，该等着读他预告的第二部。现在有些读者求全责备，修改了也许大家都会宽容。且把它监禁在你家，等将来再瞧吧。"

理发师说："好啊，老哥。这里一起又有三本：堂阿隆索·台·艾尔西利亚的《阿饶咖那》[④]，果都巴法官胡安·儒富的

---

① 1580年出版，作者巴狄利亚（Pedro de Padilla）是塞万提斯的朋友。

② 1586年出版，作者是塞万提斯所赏识的。

③ 这是塞万提斯早年所作的牧歌体传奇，第一部于1585年出版，这个传奇始终没写完。

④ 《阿饶咖那》（*La Araucana*）叙述阿饶咖之战，作者艾尔西利亚（Alonso de Ercilla）是参与这场战役的战士，白天奋勇打仗，晚上写诗记述日间的战事。这部优秀的史诗分别于1569、1578、1590年出版。

《奥斯特利阿达》①,巴伦西亚诗人克利斯多巴尔·台·比鲁艾斯的《蒙塞拉德》②。”

神父说:“这三本书都是咖斯底利亚语的史诗杰作,可以跟鼎鼎大名的意大利史诗比美;应该当作西班牙诗歌里无上珍贵的宝物,好好保藏。”

神父没心思多看,不问情由,要把其余的一概烧毁。可是理发师已经翻开了一本,叫作《安杰丽咖的眼泪》③。

神父听到这个题目说:“要是把这样的书送出去烧掉,我也要掉眼泪呢。作者全世界闻名,不仅在西班牙。他翻译过奥维德的几个故事,译笔也好得很。”

第七章

我们这位好骑士堂吉诃德·台·拉·曼却第二次出行。

这时堂吉诃德忽大叫大嚷,喊道:

“来啊!来啊!英勇的骑士,该来显显身手了!这场比武都让朝廷上的骑士占了上风!”

---

① 1584年出版,叙述奥地利堂胡安的功绩。

② 1588年出版,叙述一个修士的故事。

③ 该书于1586年出版,作者索托(Luis Rarahona de Soto)是塞万提斯的朋友。

他们听见叫嚷忙赶去，其余的书就没再检查。所以《咖罗雷阿》①《西班牙的狮子》②和堂鲁伊斯·台·阿比拉的《大皇帝的功业》③这几本书，大概未经审查，就送进火里去了。它们一定是在剩下的那堆书里，神父要是看见，也许不会判处它们那样的酷刑。

他们赶去，堂吉诃德已经起床，嘴里乱嚷，手里挥剑四面乱剁乱斫。他非常清醒，没一点睡起蒙眬的样子。他们抱住他，硬把他又送上床。他安静了一些，对神父说：

“杜尔宾大主教大人啊，这番比武，我们自称十二武士的没当作一回事，竟让朝廷上的骑士得胜，真是奇耻大辱。过去三天都还是我们这班有冲劲的骑士赢得了锦标呢。”

神父说：“老哥啊，您安静着点儿，也许天照应您就要转运了。今天失掉的，明天会到手。④ 目前您且养好身体，我瞧您尽管没受重伤，一定也疲劳过度了。”

堂吉诃德说：“受伤倒没有，揍得浑身酸痛是千真万确的。罗尔丹那混蛋用整棵的橡树干揍了我一顿。他无非为了忌妒，因为知道只我一人赛得过他的英勇。不过随他魔术多高，等我起床，不还他个厉害，我不叫瑞那尔多斯·台·蒙答尔班！现在

---

① 《咖罗雷阿》(*La Carolea*)，黑隆尼莫·塞姆贝瑞(Jerónimo Sempere)著，歌颂查理五世的战绩。1560年出版。

② 《西班牙的狮子》(*El León de España*)，费西利亚·咖斯德利亚诺(Vezilla Castellanos)著，歌颂雷翁古国的英雄。1586年出版。

③ 西班牙文学史上没有这本书，塞万提斯大约指鲁伊斯·萨巴塔(Luis Zapata)的《威名显赫的卡尔洛》(*Carlo famoso*)。这部书歌唱卡尔洛和德国新教徒的战争。1566年出版。

④ 西班牙谚语。

给我吃点东西吧，我觉得这是当前最紧急的，至于报仇，我自会等待时机。”

他们给他吃了些东西，他又睡着了。大家瞧他疯成这样，不胜惊讶。

当晚管家妈把扔在后院的书和家里所有的书全都烧掉。有些是值得保藏的，大概也烧了。它们命该如此，又加审查的人懒得挑选，就此同归于尽。这就应了一句老话：“有时候好人替坏人受罪”①。

神父和理发师设法医治他们朋友的病。一个办法是把那间书房的门砌上砖堵死，叫他起床后无从找他的那些书。说不定铲掉病根，病症也会消失。他们可以说：有个魔术家把他的书房连带所有的书一起摄走了。他们马上着手办这件事。过两天堂吉诃德一起床就去看他的书。他不见藏书的屋子，就满处寻找。他跑到原先有门的地方，用手去摸索，东看西望，一言不发。过了好一会，他问管家妈他的书房在哪里。管家妈早知道该怎么回答，她说：

“您还找什么书房，什么没影儿的东西呀？现在这座房子里没有书房也没有书了，魔鬼亲自出马，一股脑儿都摄走了。”

外甥女说：“不是魔鬼，是个魔术家，您出门以后一个晚上腾云来的。他骑着一条蛇，一下地就走进书房去，我也不知道他在里面干些什么，只见他过一会儿穿出屋顶飞走了，留下满屋子的烟。等我们赶去瞧他干下了什么事，一看，书呀，书房呀，全都没有了。有一件事我和管家太太记得很清楚。那老混蛋临走大

---

① 西班牙谚语。

声说:他和这些书和书房的主人有私仇,所以到这儿捣乱来了;他干的事一会儿就有分晓。他还说,他名叫穆尼阿冬博士。”

堂吉诃德说:“大概说的是弗瑞斯冬①。”

管家妈接口说:“我也搅不清他叫弗瑞斯冬还是弗利冬,只知道名字末了一个字是‘冬’。”

堂吉诃德说:“对啊。这人是个博学的魔术家,是我的死冤家。他恨我,因为他精通法术,预知他庇护的一位骑士将来要跟我决斗,输在我手里;他却没法儿阻挡,所以他拼命跟我作对。叫他瞧着吧,上天注定的事,他不能违拗,也躲避不了。”

外甥女说:“这还用说!可是舅舅,谁叫您去干预这些吵架的事呀?安安静静待在家里,不是顶好吗?吃了人间最上好的白面包还嫌不好,硬要走遍天下去找更上好的②,这又何苦呢?您也不计较计较,出去剪羊毛,自己给剃成秃瓢③。”

堂吉诃德答道:“哎,我的外甥女,你计较错了。我才不让人家剃我的毛呢!谁要想碰我一根头发梢儿,我先就把他的胡子揪光拔净!”

她们俩瞧他发火,就不敢再开口。

他以后在家安安静静待了十五天,好像一点没有再想出门胡闹的意思。这些日子,他跟神父和理发师两个老朋友谈论得非常有趣。他认为世上最迫切需要的是游侠骑士,而游侠骑士道的复兴,全靠他一人。神父有时反驳,有时附和,因为不用这种手段不能劝服他。

---

① 博学的魔术家。据说《希腊的贝利阿尼斯》是他的著作。

② 西班牙谚语,指寻求不到的东西。

③ 西班牙谚语。

堂吉诃德趁这时候，游说他街坊上的一个农夫。假如穷苦人也可以称为"好人"，那么这人该说是个好人，不过他脑袋里没什么脑子。反正堂吉诃德说得天花乱坠，又是劝诱，又是许愿，这可怜的农夫就决心跟他出门，做他的侍从。堂吉诃德还叫他尽管放心跟自己出门，因为可能来个意外奇遇，一眨眼征服了个把海岛，就让他做岛上的总督。这农夫名叫桑丘·潘沙。他听了这话，又加许他的种种好处，就抛下老婆孩子去充当他街坊的侍从。

堂吉诃德马上去筹钱，或卖或当，出脱了些东西，反正都是吃亏的交易；这样居然筹到小小一笔款子。他又弄到一面圆盾牌，是向朋友商借的；又千方百计把破碎的头盔修补完整。他就把上路的日期和时间通知他的侍从桑丘，让他收拾些随身必需的东西，还特地嘱咐他带一只褡裢袋。桑丘说一定带，还说他有一头很好的驴子，也想骑着走，因为他不惯长途步行。堂吉诃德为这头驴的问题踌躇了一下。他搜索满腹书史，寻思有没有哪个游侠骑士带着骑驴的侍从。他记不起任何先例，可是决计让桑丘带着他的驴子，等有机会再为他换上比较体面的坐骑；也许路上碰到个无礼的骑士，就可以把他的马抢来抵换驴子。他按照客店主人的劝告，尽力置备了衬衣和其他东西。一切齐备，桑丘没向老婆和孩子告辞，堂吉诃德也没向管家妈和外甥女告辞，两人在夜晚离开了村子，没让任何人看见。他们一夜走了老远的路，到第二天早上放定了心，家里人即使找他们也找不到了。

桑丘一路上骑着驴，像一位大主教①，他带着褡裢袋和皮酒袋，

---

① 耶稣基督骑驴进耶路撒冷城，天主教会的首脑如教皇和大主教都骑驴。

满心想当东家许他的海岛总督。堂吉诃德恰好又走了前番的道路，向蒙帖艾尔郊原跑去。他这回不像上回那么受罪，因为是清早，太阳光斜照着他们，不那么叫人疲劳。桑丘·潘沙这时对他主人说：

“游侠骑士先生，您记着点儿，别忘了您许我的海岛；不论它多么大，我是会管理的。”

堂吉诃德答道：“桑丘·潘沙朋友，你该知道，古时候游侠骑士征服了海岛或者王国，总把自己的侍从封做那些地方的总督，那是通常的习惯。我决不让这个好规矩坏在我手里，还打算做得更漂亮些呢。那些骑士往往要等自己的侍从上了年纪，厌倦了白天受累、夜晚吃苦的差使，才封他们在或大或小的县里、省里，做个伯爵或至多做个侯爵。可是只要你我都留着性命，很可能六天之内，我就会征服一个连带有几个附庸国的王国，那就现成可以封你做一个附庸国的国王。你别以为这有什么稀奇。游侠骑士的遭遇，好些是从古未有而且意想不到的，所以我给你的报酬即使比我答应的还多，我也绰有余力。”

桑丘·潘沙答道：“假如我凭您说的什么奇迹做了国王，那就连我的老伴儿华娜·谷帖瑞斯也成了王后了，我的儿子也成了王子了。”

堂吉诃德道：“那还用说吗？”

桑丘·潘沙说：“我就不信。我自己肚里有个计较，即使老天爷让王国像雨点似的落下地来，一个也不会稳稳地合在玛丽·谷帖瑞斯①头上，先生，我跟您说吧，她不是王后的料，当伯

① 塞万提斯给桑丘老婆的姓名时有变换，上文她叫华娜，这里又叫玛丽，下文又称她泰瑞萨，又一处说她娘家姓夹石夹核。

爵夫人还凑合,那也得老天爷帮忙呢。”

堂吉诃德说:“那你就听凭老天爷安排吧,他自会给她最合适的赏赐。可是你至少也得做个总督才行,别太没志气。”

桑丘回答说:“我的先生,我不会的。况且我还有您这么尊贵的主人呢。只要对我合适,我又担当得起,您什么职位都会给我。”

第　八　章

骇人的风车奇险;堂吉诃德的英雄身手;
以及其他值得大书特书的事情。

这时候,他们远远望见郊野里有三四十架风车。堂吉诃德一见就对他的侍从说:

“运道的安排,比咱们要求的还好。你瞧,桑丘·潘沙朋友,那边出现了三十多个大得出奇的巨人。我打算去跟他们交手,把他们一个个杀死,咱们得了胜利品,可以发财。这是正义的战争,消灭地球上这种坏东西是为上帝立大功。”

桑丘·潘沙道:“什么巨人呀?”

他主人说:“那些长胳膊的,你没看见吗?那些巨人的胳膊差不多二哩瓦①长呢。”

桑丘说:“您仔细瞧瞧,那不是巨人,是风车;上面胳膊似的

① 1哩瓦合6.4公里。

东西是风车的翅膀，给风吹动了就能推转石磨。”

堂吉诃德道：“你真是外行，不懂冒险。他们确是货真价实的巨人。你要是害怕，就走开些，做你的祷告去，等我一人来和他们大伙儿拼命。”

他一面说，一面踢着坐骑冲出去。他侍从桑丘大喊说，他前去冲杀的明明是风车，不是巨人；他满不理会，横着念头那是巨人，既没听见桑丘叫喊，跑近了也没看清是什么东西，只顾往前冲，嘴里嚷道：

“你们这伙没胆量的下流东西！不要跑！前来跟你们厮杀的只是个单枪匹马的骑士！”

这时微微刮起一阵风，转动了那些庞大的翅翼。堂吉诃德见了说：

“即使你们挥舞的胳膊比巨人布利亚瑞欧①的还多，我也要和你们见个高下！”

他说罢一片虔诚向他那位杜尔西内娅小姐祷告一番，求她在这个紧要关头保佑自己，然后把盾牌遮稳身体，托定长枪飞马向第一架风车冲杀上去。他一枪刺中了风车的翅膀；翅膀在风里转得正猛，把长枪迸做几段，一股劲把堂吉诃德连人带马直扫出去；堂吉诃德滚翻在地，狼狈不堪。桑丘·潘沙趱驴来救，跑近一看，他已经不能动弹，驽骍难得把他摔得太厉害了。

桑丘说：“天啊！我不是跟您说了吗，仔细着点儿，那不过是风车。除非自己的脑袋里有风车打转儿，谁还不知道这是风车呢？”

堂吉诃德答道：“甭说了，桑丘朋友，打仗的胜败最拿不稳。

---

① 希腊神话里和神道作战的巨人，有一百条手臂。

看来把我的书连带书房一起抢走的弗瑞斯冬法师对我冤仇很深,一定是他把巨人变成风车,来剥夺我胜利的光荣。可是到头来,他的邪法毕竟敌不过我这把剑的锋芒。”

桑丘说:“这就要瞧老天爷怎么安排了。”

桑丘扶起堂吉诃德;他重又骑上几乎跌歪了肩膀的驽骍难得。他们谈论着方才的险遇,顺着往拉比塞峡口的大道前去,因为据堂吉诃德说,那地方来往人多①,必定会碰到许多形形色色的奇事。可是他折断了长枪心上老大不痛快,和他的侍从计议说:

“我记得在书上读到一位西班牙骑士名叫狄艾果·贝瑞斯·台·巴尔咖斯,他一次打仗把剑斫断了,就从橡树上劈下一根粗壮的树枝,凭那根树枝,那一天干下许多了不起的事,打闷不知多少摩尔人,因此得到个绰号,叫作‘大棍子’。后来他本人和子孙都称为‘大棍子’巴尔咖斯。我跟你讲这番话有个计较:我一路上见到橡树,料想他那根树枝有多粗多壮,照样也折它一枝。我要凭这根树枝大显身手,你亲眼看见了种种说来也不可信的奇事,才会知道跟了我多么运气。”

桑丘说:“这都听凭老天爷安排吧。您说的话我全相信;可是您把身子挪正中些,您好像闪到一边去了,准是摔得身上疼呢。”

堂吉诃德说:“是啊,我吃了痛没作声,因为游侠骑士受了伤,尽管肠子从伤口掉出来,也不得哼痛②。”

桑丘说:“要那样的话,我就没什么说的了。不过天晓得,

---

① 因为在马德里到塞维利亚的大道上。

② 骑士规则第九条:“骑士不论受了什么伤,不得哼痛。”

我宁愿您有痛就哼。我自己呢,说老实话,我要有一丁丁点儿疼就得哼哼,除非游侠骑士的侍从也得遵守这个规矩,不许哼痛。”

堂吉诃德瞧他侍从这么傻,忍不住笑了。他声明说:不论桑丘喜欢怎么哼,或什么时候哼,不论他是忍不住要哼,或不哼也可,反正他尽管哼好了,因为他还没读到什么游侠骑士的规则不准侍从哼痛。桑丘提醒主人说,该是吃饭的时候了。他东家说这会子还不想吃,桑丘什么时候想吃就可以吃。桑丘得了这个准许,就在驴背上尽量坐舒服了,把褡裢袋里的东西取出来,慢慢儿跟在主人后面一边走一边吃,还频频抱起酒袋来喝酒,喝得津津有味,玛拉咖最享口福的酒馆主人见了都会羡慕①。他这样喝着酒一路走去,早把东家许他的愿抛在九霄云外,觉得四出冒险尽管担惊受怕,也不是什么苦差,倒是很舒坦的。

长话短说,他们当夜在树林里过了一宿。堂吉诃德折了一根可充枪柄的枯枝,换去断柄把枪头挪上。他曾经读到骑士们在穷林荒野里过夜,想念自己的意中人,好几夜都不睡觉。他要学样,当晚彻夜没睡,只顾想念他的意中人杜尔西内娅。桑丘·潘沙却另是一样。他肚子填得满满的,又没喝什么提神醒睡的饮料,倒头一觉,直睡到大天亮。阳光照射到他脸上,鸟声嘈杂,欢迎又一天来临,他都不理会,要不是东家叫唤,他还沉睡不醒呢。他起身就去抚摸一下酒袋,觉得比昨晚越发萎瘪了,不免心上烦恼,因为照他看来,在他们这条路上,无法立刻弥补这项亏空。堂吉诃德还是不肯开斋,上文已经说过,他决计靠甜蜜的相

① 玛拉咖的酒是著名的。

思来滋养自己。他们又走上前往拉比塞峡口的道路;约莫下午三点,山峡已经在望。

堂吉诃德望见山峡,就说:“桑丘·潘沙兄弟啊,这里的险境和奇事多得应接不暇,可是你记着,尽管瞧我遭了天大的危险,也不可以拔剑卫护我。如果我对手是下等人,你可以帮忙;如果对手是骑士,按骑士道的规则,你怎么也不可以帮我,那是违法的。你要帮打,得封授了骑士的称号才行。”

桑丘答道:“先生,我全都听您的,决没有错儿。我生来性情和平,最不爱争吵。当然,我如要保卫自己身体,就讲究不了这些规则。无论天定的规则,人定的规则,总容许动手自卫。”

堂吉诃德说:“这话我完全同意。不过你如要帮我跟骑士打架,那你得捺下火气,不能使性。”

桑丘答道:“我一定听命,把您这条戒律当礼拜日的安息诫一样认真遵守。”

他们正说着话,路上来了两个圣贝尼多教会的修士。他们好像骑着两匹骆驼似的,因为那两头骡子简直有骆驼那么高大。两人都戴着面罩①,撑着阳伞。随后来一辆马车,有四五骑人马和两个步行的骡夫跟从。原来车上是一位到塞维利亚去的比斯盖贵妇人;她丈夫得了美洲的一个很体面的官职要去上任,正在塞维利亚等待出发。两个修士虽然和她同路,并不是一伙。可是堂吉诃德一看见他们,就对自己的侍从说:

“要是我料得不错,咱们碰上破天荒的奇遇了。前面这几个黑魆魆的家伙想必是魔术家——没什么说的,一定是魔术家;

① 西班牙人旅行用的面罩,上面安着护眼的玻璃,防尘土入目,也防太阳晒脸。

他们用这辆车劫走了一位公主。我得尽力去除暴惩凶。”

桑丘说：“这就比风车的事更糟糕了。您瞧啊，先生，那些人是圣贝尼多教会的修士，那辆马车准是过往客人的。您小心，我跟您说，您干事要多多小心，别上了魔鬼的当。”

堂吉诃德说：“我早跟你说过，桑丘，你不懂冒险的事。我刚才的话是千真万确的，你这会儿瞧吧。”

他说罢往前几步，迎着两个修士当路站定，等他们走近，估计能听见他搭话了，就高声喊道：

“你们这起妖魔鬼怪！快把你们车上抢走的几位贵公主留下！要不，就叫你们当场送命；干了坏事，得受惩罚！”

两个修士带住骡子，对堂吉诃德的那副模样和那套话都很惊讶；他们回答说：

“绅士先生，我们不是妖魔，也并非鬼怪。我们俩是赶路的圣贝尼多会修士。这辆车是不是劫走了公主，我们也不知道。”

堂吉诃德喝道：“我不吃这套花言巧语！我看破你们是撒谎的混蛋！”

他不等人家答话，踢动驽骍难得，斜绰着长枪，向前面一个修士直冲上去。他来势非常凶猛，那修士要不是自己滚下骡子，准被撞下地去，不跌死也得身受重伤。第二个修士看见伙伴遭殃，忙踢着他那匹高大的好骡子落荒而走，跑得比风还快。

桑丘瞧修士倒在地下，就迅速下驴，抢到他身边，动手去剥他的衣服。恰好修士的两个骡夫跑来，问他为什么脱人家衣服。桑丘说，这衣服是他东家堂吉诃德打了胜仗赢来的战利品，按理是他份里的。两个骡夫不懂得说笑话，也不懂得什么战利品、什么打仗，他们瞧堂吉诃德已经走远，正和车上的人说话呢，就冲上去推倒桑丘,把他的胡子拔得一根不剩,又踢了他一顿,撇他直挺挺地躺在地下,气都没了,人也晕过去了。跌倒的修士心惊胆战,面无人色,急忙上骡,踢着骡子向同伴那里跑;逃走的修士正在老远等着,看这番袭击怎么下场。他们不等事情结束,马上就走了,一面只顾在胸前画十字;即使背后有魔鬼追赶,也不必画那么多十字。

上文已经说了,堂吉诃德正在和车上那位夫人谈话呢。他说:

“美丽的夫人啊,您可以随意行动了,我凭这条铁臂,已经把抢劫您的强盗打得威风扫地。您不用打听谁救了您;我省您的事,自己报名吧。我是个冒险的游侠骑士,名叫堂吉诃德·台·拉·曼却;我倾倒的美人是绝世无双的堂娜杜尔西内娅·台尔·托波索。您受了恩不用别的报酬,只需回到托波索去代我拜见那位小姐,把我救您的事告诉她。”

有个随车伴送的侍从是比斯盖人,听了堂吉诃德的话,瞧他不让车辆前行,却要他们马上回托波索去,就冲到他面前,一把扭住他的长枪跟他理论,一口话既算不得西班牙语,更算不得比斯盖语,似通非通地说:

“走哇!骑士倒霉的!我凭上帝创造我的起誓:不让车走啊你,我比斯盖人杀死你是真!好比你身在此地一样是真①!”

这话堂吉诃德全听得懂。他很镇静地答道:

“你呀,不是个骑士;你要是个骑士,这样糊涂放肆,我早就

---

① 关于比斯盖人这句话的意义,注释家众说纷纭,这里是根据马林(Francisco Rodríguez Marín)注本的解释翻译的。

惩罚你了,你这奴才!”

比斯盖人道:

“我不绅士[1]? 对上帝我发誓:你很撒谎! 好比我很基督徒一样! 如果你长枪放下,拔出来剑,马上可以你瞧瞧,你是把水送到猫儿旁边去呢[2]! 陆地上比斯盖人,海上也绅士! 哪里都绅士![3] 你道个不字,哼,撒谎你就是!”

堂吉诃德答道:“阿格拉黑斯说的:‘你这会儿瞧吧。’[4]”

他把长枪往地下一扔,拔出剑,挎着盾牌,直取那比斯盖人,一心要结果他的性命。比斯盖人因为自己的坐骑是雇来的劣骡子,靠不住;他想要下地,可是瞧堂吉诃德这般来势,什么也顾不及,只有拔剑的功夫,幸亏正在马车旁边,就从车上抢了个垫子,权当盾牌使用,两人就像不共戴天的冤家那样打起来。旁人想劝解,可是不行,比斯盖人用他那种支离破碎的话向大家声明:他们要是不让他把这一仗打到底,他就亲手把女主人杀掉,把所有阻挡他的人都杀掉。车上那位太太看到这样情况,又惊又怕,忙叫车夫把车赶远些,就在那边遥遥观看这场恶战。当时比斯盖人伸手越过堂吉诃德的盾牌,在他肩上狠狠劈了一剑;要不是他身披铠甲,腰以上早劈做两半了。这一剑好不凶猛,堂吉诃德觉得分量不轻,大喊道:

---

① 原文双关,又指骑士,又指绅士。堂吉诃德指的是骑士,比斯盖人指的是绅士。

② 西班牙谚语:“送猫儿下水”指一桩非常难办的事,因为猫儿是不肯下水的。比斯盖人恼怒中把成语说颠倒了。

③ 西班牙人只要是比斯盖世家子弟,就是贵族。

④ 阿格拉黑斯是《阿马狄斯·台·咖乌拉》里的人物。每当他拔剑在手,总说:“你这会儿瞧吧。”这句话变了成语。

“啊！我心上的主子、美人的典范杜尔西内娅！你的骑士为了不负你的十全十美，招得大难临头了！请你快来帮忙呀！”

他说着话，一手握剑，一手用盾牌护严身子，直向比斯盖人冲去。说时迟，那时快，他一股猛劲，要一剑劈去立见输赢。

比斯盖人瞧堂吉诃德这股冲劲，看出对手的勇猛，决计照样跟他拼一拼；可是坐下的骡子已经疲乏不堪，况且天生也不是干这种玩意儿的，所以一步也挪移不动，左旋右转都不听使唤，他只好把坐垫护严身子，站定了等候。上文说过，堂吉诃德举剑直取这机警的比斯盖人，一心要把他劈做两半；比斯盖人也举着剑，把坐垫挡着身子迎候；旁人不知道这两把恶狠狠的剑下会生出什么事来，惴惴不安地等待着；车上那位太太和几个侍女只顾向西班牙所有的神像和礼拜堂千遍万遍地许愿，求上帝保佑这侍从和她们自己逃脱当前这场大难。可是偏偏在这个紧要关头，作者把一场厮杀半中间截断了，推说堂吉诃德生平事迹的记载只有这么一点。当然，这部故事的第二位作者决不信这样一部奇书会被人遗忘，也不信拉·曼却的文人对这位著名骑士的文献会漠不关怀，让它散失。因此他并不死心，还想找到这部趣史的结局。靠天保佑，他居然找到了。如要知道怎么找到的，请看本书第二卷①。

① 一般骑士小说往往在故事的紧要关头截住，叫读者等“下回分解”。塞万提斯故意模仿这种手法。他原先把第一部分作四卷，但后来改变了这种分法。

第　九　章

大胆的比斯盖人和英勇的曼却人
一场恶战如何结束。

这个故事第一部分的结尾，讲到骁勇的比斯盖人和威名赫赫的堂吉诃德都举着明晃晃的剑，待要狠命地往下劈；如果这两把剑不偏不倚地劈下去，那就至少各把对手从上到下分做两半，像裂开的石榴一样。正在这千钧一发的当口，这么有趣的故事忽然中断了，作者也没交代散失的部分有何下落。

这使我非常懊丧。依我看，这个趣味无穷的故事大部分是散失了。我想到散失的大部分无从寻觅，才读了那一小段反惹得心痒难搔。那样一位好骑士，却没个博学者负责把他的丰功伟绩记录下来，我认为事理和情理上都说不过去。凡是游侠骑士，所谓漫游冒险的人物，从来少不了有摇笔杆子的为他们写传作记。他们都有一两个好像是专为他们用的博学大师，不仅把他们的功业记载下来，就连他们琐碎无聊的心思，不论多么隐秘，都一一描绘。像普拉底尔那一流的骑士，还有很多博士为他们作传呢，我们这么一位卓越的骑士决不会倒霉得无人过问。所以我不信他那么有趣的故事会残缺不全；我只归罪于时间的恶意捣乱，它磨灭一切东西，把这篇故事埋没或吃掉了。

但是我又转念：堂吉诃德所藏的书里既有《疗妒篇》《艾瑞

那斯的仙女和牧羊人》这类近代作品，他本人的传记当然也是近代的了；或许还没写成文字呢，可是他本乡和附近的人一定还记得他的事情。我这么一想，就像热锅上的蚂蚁也似，急要把我们这位西班牙名人堂吉诃德·台·拉·曼却的生平奇迹考查确实。他是曼却骑士道的光辉和典范；在我们这个年代，在这样多灾多难的时世，他第一个投身于游侠事业，去消灭强暴，援助寡妇并保护童女。古时候确有那种执鞭骑马的童女，带着她们的贞操，在山岭和田野里来来往往；如果没有恶棍或手拿斧头、头戴兜帽的村夫、或魁伟的巨人对她们横施强暴，她们尽管活到八十岁没有在屋里睡过一宵，进坟墓依然还是清白无玷的闺女，像生她的妈妈一样。① 反正为了以上种种缘故，咱们这位豪侠的堂吉诃德值得万世颂赞；我费了心力去访求这部趣史的下文，我区区也应得表扬。诸位如果专心阅读，整个故事大约可供两小时的消遣和享受②；我深信若不是靠天、靠机会、靠运气，这点消遣和享乐是得不到的。现在我且讲讲找到这部趣事的经过。

有一天，我正在托雷都的阿尔咖那市场。有个孩子跑来，拿着些旧抄本和旧手稿向一个丝绸商人兜售。我爱看书，连街上的破字纸都不放过。因此我从那孩子出卖的故纸堆里抽一本看看，识出上面写的是阿拉伯文。我虽然认得出，却看不懂，所以想就近找个通晓西班牙文的摩尔人来替我译读。要找这种翻译并不困难，即使要翻译更好更古的文字③也找得到人。我可巧找到一个。我讲明自己的要求，把本子交给他。他从半中间翻

---

① 塞万提斯不止一次用这种话来挖苦流行的骑士小说不合实际。

② 可见塞万提斯当时并没打算把这部作品写得很长。

③ 指希伯来文，当时认为是最古老的文字。

开，读了一段就笑起来。我问他笑什么，他说：笑旁边加的一个批语。我叫他讲给我听；他一面笑一面说：

“书页边上有这么一句批语：‘据说，故事里时常提起的这个杜尔西内娅·台尔·托波索是腌猪肉的第一把手，村子里的女人没一个及得她’。”

我听他提起杜尔西内娅·台尔·托波索这个名字，不胜惊讶；立刻猜测到这些抄本里有堂吉诃德的故事。我心上这么想，就直催他把开头一段翻给我听。他依言把阿拉伯文随口译成西班牙文，说这是《堂吉诃德·台·拉·曼却传》，作者是阿拉伯历史家熙德·阿梅德·贝南黑利。我听到这个书名，真是十二分的乖觉才没把快活露在脸上。我从丝绸商人手里抢下这笔买卖，花半个瑞尔收买了那孩子的全部手稿和抄本。如果他是个机灵的小子，看透我多么急切，为这笔交易尽可以讨价六个瑞尔以上，稳稳地可以成交。我马上带着摩尔人走出市场，跑到大教堂的走廊里。我请他把抄本里讲到堂吉诃德的部分全翻成西班牙文，不得增删；随他要多少代价我都愿意。他要两个阿罗巴①的葡萄干，两个法内加②的小麦，答应一定翻得又好、又忠实、又迅-速。我为了工作方便，又要把这么名贵的稿本留在手边，就把他请到家里。一个半月以后，他全部翻完。以下都是他的译文。

抄本的第一册有一幅堂吉诃德和比斯盖人交战的图，画得栩栩如生。两人的姿态就像故事里讲的那样，都举着剑，一个用

---

① 1阿罗巴合11.5公斤。

② 1法内加合55.5升。

盾牌护身,一个用垫子招架。比斯盖人的骡子画得尤其得神,远在一箭之地以外就看得出是一头雇骡。比斯盖人脚下有个标签,写着“堂桑丘·台·阿斯贝悌亚”,这一定就是他的名字。驽骍难得脚下也有个标签,写着“堂吉诃德”。驽骍难得画得妙极了,它又长又细溜,又瘪又瘦,背脊上骨骼嶙峋,仿佛害了极重的痨病,称它驽骍难得显然是名副其实,恰配身份。旁边是桑丘·潘沙牵着他驴子的缰绳,驴子脚下也有个标签,写着“桑丘·桑伽斯”。照那幅画上看来,他是个大肚子,矮个子,两条小腿却很长,大概因此称为“潘沙”,又称“桑伽斯”,故事里往往用这两个名字称呼他①。此外还看到些枝枝节节,不过都无关紧要;故事只要真实就好,那些末节是无足轻重的。

假如有人批评这个故事不真实,那无非因为作者是阿拉伯人,这个民族是撒谎成性的。不过他们既然跟我们冤仇很深,想来是只讲得减色贬低,不增光夸大。我就是这么想,因为有时候应该笔酣墨饱,把这位好骑士称扬一番,作者却故意不赞一词。这种行为不好,居心更是可恶。历史家的职责是要确切、真实、不感情用事;无论利诱威胁,无论憎恨爱好,都不能使他们背离真实。历史孕育了真理;它能和时间抗衡,把遗闻旧事保藏下来;它是往古的迹象,当代的鉴戒,后世的教训。我知道这部历史以最有趣的方式,具备了一切应有的条件。如果有什么美中不足,我认为都是那混蛋作者的过错,绝不是题材的毛病。闲话少说,按照译文,以下是第二卷的开头。

---

① 潘沙(Panza)的意思是“肚子”,桑伽斯(Zancas)的意思是“小腿”。但下文只用了“潘沙”一个名字。

两位勇猛而愤怒的战士都高举着锋利的剑，仿佛是向上天下土和地狱示威，他们的勇敢和神气真是不可一世。暴怒的比斯盖人先下手，他一剑劈得非常凶猛，要不是歪了些，单这一下子就足以结束这场恶战，咱们这位骑士毕生的冒险也都完了。可是命运还要保全着他，有更伟大的事业要等他去干呢，所以他冤家的剑锋偏了方向；那一剑虽然斫在他左肩上，只斫掉整半边铠甲连带一大块头盔和半只耳朵。斫下的东西零落满地，使这位骑士狼狈不堪。

这曼却人瞧自己遭了毒手，心头冒火。天啊！谁能描摹他当时的情景呢！这里只能说，他在鞍镫上重又挺直身子，两手更使劲捧住剑，恶狠狠地向比斯盖人斫下去。这一剑隔着垫子在他脑袋上斫个正着。比斯盖人尽管有那么好的防身之具，顶门上也仿佛塌下了一座大山；他的鼻孔里、嘴里、耳朵里鲜血直冒，看样子就要栽下地去，要不是抱住牲口的脖子，一定摔倒了。不过他两脚终究脱开了脚镫，两臂也松了劲；骡子给那狠狠的一剑震惊得落荒逃跑，颠几颠就把它主人掀在地下。

堂吉诃德冷眼瞧着，看见比斯盖人落地，就跳下马，三脚两步抢上来，把剑锋直指到他眼前，叫他投降，不然就斫下他的脑袋。比斯盖人吓呆了，一句话也答不上来。堂吉诃德火头上什么都不顾，照那样子，比斯盖人准得送命。车上几个女眷一直在哆哆嗦嗦看打架，这会儿亏得她们赶来，恳求堂吉诃德宽宏大量，手下留情，饶了她们这位侍从的性命。堂吉诃德大咧咧地正色回答说：

“行啊，诸位美人，我愿意遵命，不过有一个条件、一点默契：这位骑士得答应我到托波索村上去走一遭，代我拜见那位绝世无双的堂娜杜尔西内娅,由她随意发落。”

几个女人惊慌失措,也没有考虑堂吉诃德的要求,也没有探问杜尔西内娅是谁,满口答应说,她们的侍从必定一一照办。堂吉诃德说:

“我认为他不该轻饶,不过既有你们担保,我就不难为他了。”

第　十　章

堂吉诃德和他侍从桑丘·潘沙的趣谈。

桑丘·潘沙挨了修士的骡夫一顿收拾,这时已经爬起来,看他主人堂吉诃德打架。他心里暗暗祷求上帝保佑主人打个胜仗,赢得个把海岛,可以践诺封自己做岛上的总督。他瞧这一架已经打完,他主人又要上马,就去扶住鞍镫,在他上马之前双膝跪倒,抓住他的手,亲吻一下说道:

“我的堂吉诃德先生啊,您这场苦战赢来的海岛,求您赏我管辖吧;不论它多么大,我觉得自己有本领管辖;别处岛上的总督怎么管,我也怎么管,人家能管得多好,我也能管得多好。”

堂吉诃德回答说:

“我告诉你,桑丘兄弟,今天的事和所有这一类的事,都是四岔路口碰上的,不是什么赢取海岛的奇遇;从这种厮杀里得不到什么,除非砸破个脑袋,或者赔掉一只耳朵。你且耐着点儿心,将来还会有别的奇遇,我不但能照应你做总督,还做到比总督更大的呢。”

桑丘对他谢了又谢,再吻一下他的手,又吻他铠甲的边缘。他扶主人骑上驽骍难得,自己也骑上驴子,跟着他一同上路。堂吉诃德没向车上的女人辞行,也没跟她们再说什么话,就纵马跑进附近的树林。桑丘跟在后面,让驴子撒着腿追赶。可是驽骍难得跑得太快,他瞧自己落在后面,只得大声喊他主人等他一下。堂吉诃德依他勒住驽骍难得,等待这个疲乏的侍从赶上来。桑丘到了他跟前说:

“先生,我瞧咱们还是到哪个教堂里去躲一躲妥当[①]。刚才那家伙跟您交手吃了那么大亏,说不定会去报告神圣友爱团[②]来抓咱们。说实话,咱们要是给抓去,得尾巴尖儿上都冒了汗才得脱身呢。”

堂吉诃德说:“住嘴吧。游侠骑士可以杀人累累,哪有抓进法院的!你见过或读到过吗?”

桑丘答道:“我不懂得什么‘杀人类’[③],我对谁也没干过这种事。我只知道神圣友爱团专管野外打架;至于您说的那话儿,反正与我无关。”

堂吉诃德说:“那你就放心吧,朋友,你即使落在咖勒底人[④]手里,我也能救你出来,别说神圣友爱团。不过你老实告诉我,

---

① 欧洲中世纪,教堂有治外法权;罪人避入教堂,法院不得入内追捕。

② 神圣友爱团(Santa Hermandad),西班牙十三世纪建立的一种司法机构,由绅士、地主等有身份的人组成,负责保卫郊野和大道上的治安;“神圣友爱团”有权判处死刑,被判的罪犯无上诉权。

③ 即堂吉诃德所说的“杀人累累”。桑丘把堂吉诃德的话听错了。

④ 咖勒底(Caldeo)是巴比伦的一部分。纪元前536年犹太人被咖勒底人俘虏,做了七十年奴隶,波斯王居鲁士征服了这个国,才把犹太人释放。

你瞧全世界还有比我勇敢的骑士吗？我既能猛冲，又能苦战，有本领把对手杀得马仰人翻，你在传记上读到的古今骑士，有谁胜如我的吗？”

桑丘回答说：“老实告诉您，我从来没读过什么传记，因为我不会看书，也不会写字。不过我可以打赌，我这一辈子从来没伺候过比您勇敢的主人。但愿天保佑，您别勇敢得出了乱子，落到我刚说的那地方去。您让我给您包扎一下伤口吧，您这只耳朵直流血；我这褡裢袋里现带着软布和白油膏呢。”

堂吉诃德说：“我要是早想到做一瓶子大力士的神油①，你那些东西都用不着，只要搽上一滴，马上药到病除。”

桑丘·潘沙问道：“那是什么瓶子、什么油呀？”

堂吉诃德答道：“是治伤的油，我记得炮制的方子。有了这种油就不会死，受了重伤不愁送命。等我几时做了给你。你要是看见我打仗给人家齐腰斩成两段（这是常有的事），你趁血没凝结，轻巧地把掉下地的半截身子好好儿合在鞍子上的那半截身子上，要扣得严丝合缝；然后你只消给我喝两口油，我马上就完好无恙，比个苹果还完好。”

潘沙道：“照这么说，我以后不想做您许我的海岛总督了。您只要传授我神油的方子，就能酬报我的种种效劳。我估计一两油至少值两瑞尔，哪里都卖得出，单靠这种油就够我下半辈子

---

① 大力士（Fierabrás）是查理曼大帝手下的武士，身躯魁伟，力大无比，曾凭他的武力赢得耶稣就难时戴的荆棘冠和涂泽耶稣尸体的香油。据传说，这种油一滴能除万病，一切创伤，敷上立即痊愈。参看尼古拉斯·台·比阿蒙德（Nicolás de Piamonte）的《查理曼大帝及其武士传》（*Historia caballeresca de Carlomagno*）第十七章。

过得又体面又舒服的了。不过我先得问问,这东西的成本贵不贵?”

堂吉诃德答道:“花不了三瑞尔就可以做三阿松布瑞①的油。”

桑丘说:“哎呀!那么您还要等怎么着才动手去做呀?您几时才教给我呀?”

堂吉诃德说:“别着急,朋友。我还打算教你更了不起的奥妙、给你更大的好处呢。咱们这会子且包扎伤口吧,我这只耳朵疼得不好受。”

桑丘从褡裢袋里取出些软布和油膏。可是堂吉诃德一看到自己的头盔,差点儿发疯。他一手按剑,抬眼望着天,说道:

“伟大的曼图阿侯爵曾经发誓:他没有为他外甥巴尔多比诺斯报得杀身之仇,就不摊着桌布吃饭,不和妻子亲近,还有其他等等,我一时记不起了。现在我凭天地万物的创造者和全套四部福音②起誓:我没有对侮辱我的人报仇,就完全按照曼图阿侯爵发誓说的那样过日子;就连我记不起的事,也权当我声明了一样,都得一一照做。”

桑丘听了这话,对他说:

“堂吉诃德先生,您可别忘记,那位骑士要是听您的吩咐跑去见了咱们的杜尔西内娅·台尔·托波索小姐,他的事情就完了;他要是没干别的坏事,就不该再受惩罚。”

堂吉诃德答道:“你这话很对,也说在骨节上。所以报仇的

---

① 阿松布瑞,容量名,1 阿松布瑞约合 2 公升。

② 《新约全书》的《马太福音》《马可福音》《路加福音》《约翰福音》称为“四大福音”。

誓言就此作废了。可是我重新发誓声明：我一定要从不论哪个骑士头上抢过一只头盔来，要和我这只相仿，而且一样好；这件事没做到，我就永远照我刚才说的那样过日子。桑丘，你别以为我随口乱说，我是确有依据的。从前为了曼布利诺的头盔出过一模一样的事，萨克利邦泰就为它吃了大亏①。”

桑丘说：“我的先生，发这种誓既害身体，又坏良心，我劝您把这些都送给魔鬼吧。要不，我请问您，假如连着几天碰不到一个戴头盔的人，咱们怎么办？您现在重申了那个曼图阿老疯子的誓言，什么不脱衣服睡觉呀，在荒野里过夜呀，还有千千万万吃苦赎罪的勾当，您就不管多么不方便、不舒服，当真要一一照办吗？您留神瞧瞧，这一路上来往的，并没个披戴盔甲的人，只有骡夫和赶车的，他们非但不戴头盔，只怕连头盔这个名字都一辈子没听见过呢。”

堂吉诃德说：“这来你错了。咱们在这个四岔路口耽不了两个钟头，就能看到很多披甲戴盔的武士，比赶到阿尔布拉卡去夺取美人安杰丽咖的还多②。”

桑丘说：“得了，但愿如此吧。我求上天保佑咱们走好运，累我赔好大本钱的海岛能早早到手，我就死也闭眼了。”

“我跟你说过，桑丘，你不用为这个担心。要是没有海岛，有的是丹麦王国，或者索布拉狄萨王国③，给了你就仿佛戒指戴

---

① 据博雅铎《奥兰陀的恋爱》，摩尔王曼布利诺有一只具有魔力的头盔，后来给瑞那尔多斯抢去。据阿利奥斯陀《奥兰陀的疯狂》，为这只头盔吃了大亏的是达狄耐尔·台·阿尔蒙德(Dardinel de Almonte)，不是萨克利邦泰。

② 安杰丽咖是契丹公主，阿尔布拉卡是契丹皇帝的城堡。据博雅铎《奥兰陀的恋爱》，有二百万武士攻打那座城堡，为了要夺取那位美丽的公主。

③ 《阿马狄斯·台·咖乌拉》里一个虚构的国家。

在指头上那么合适；而且你是在大陆上，一定更加享福。不过这些事将来再说吧，你且瞧瞧褡裢袋里有什么可吃的。然后咱们得找个城堡过夜，还得做些我刚说的那种油。老实告诉你，我这只耳朵痛得厉害。”

桑丘说：“我这里带着一个葱头，一点干奶酪，还有几块掰剩的面包。不过像您这样一位英勇的骑士，不是吃这种东西的。”

堂吉诃德答道：“你太外行了。我告诉你，桑丘，游侠骑士整个月不吃东西是光荣；即使吃东西，也是有什么吃什么。你要是像我读过那么多的传记，就知道这是千真万确的。我读得真不少，可是没一本书上讲到游侠骑士吃东西，除非偶然提起，或者在款待他们的大宴会上才吃；其他日子他们过得很清苦。当然，他们究竟是跟咱们一样的人，一定得吃东西，还得干些人身罢不得的事；不过他们一辈子老在树林荒野里奔走，又不带厨师，经常吃的当然也就是你这会儿给我吃的这种简朴的东西了。所以，桑丘朋友，你别为我甘心的事担忧，别另出花样，也别去改革游侠骑士道的常规。”

桑丘说：“我请您原谅，我才说了我不会看书写字，游侠骑士的规矩我也不懂，也不熟悉。以后我就在褡裢袋里给您装上各种干果子，因为您是一位骑士；我呢，不是骑士，我就给自己另外采办些鸡鸭之类和经饱的东西。”

堂吉诃德答道：“桑丘，我并不是说，游侠骑士只许吃你说的那些果子；我只说，他们经常吃的想必是那些东西和一些野菜。我和他们一样，都能辨识野菜。”

桑丘说：“能辨识野菜是好事，因为照我看来，恐怕有一天得要用到这门学问呢。”

他一面把带的干粮拿出来，两人吃得很亲热。不过他们急要找个地方过夜，草草吃罢，立即各上坐骑忙忙赶路，趁天还没黑想找个村落。可是太阳下去了，他们的希望也落空了。附近有几间牧羊人的茅屋，他们决计到那里去投宿。桑丘因为赶不上宿头非常懊丧，他主人却因为要在露天过夜不胜欣喜，因为觉得露宿一次就是修炼一番骑士道的功行。

第十一章

堂吉诃德和几个牧羊人的事。

堂吉诃德受到牧羊人殷勤接待。当时他们火上炖着一锅腌羊肉正在沸滚，香味四溢。桑丘尽力安顿好驽骍难得和自己的驴，闻香赶来，恨不得马上尝尝锅里的东西熟了没有。可是不用他多事，牧羊人已经把锅子端下。他们把几张羊皮铺在地下，一转眼就摆上了朴素的便饭，诚诚恳恳邀请两位客人同吃。茅屋里住着一伙六人；他们把木盆反过来，用村野的礼数请堂吉诃德坐，自己就团团围坐在羊皮上。堂吉诃德坐下，桑丘站在旁边拿着羊角杯给他斟酒。这位东家瞧桑丘站着，就对他说：

“桑丘，我要你和他们几位同席，坐在我旁边，和自己的主子不分彼此，同在一个盘儿里吃，一个杯子里喝。据说恋爱‘使一切平等’，这话对游侠骑士道也照样适用。你由此可以看到游侠骑士道的好处,谁为它服务,不论职位,马上受到大家尊重。”

桑丘说:“多谢您了。不过我告诉您吧,我只要有好吃的,自己一人站着吃,不输坐在皇帝身边吃,还吃得更香呢。而且,说老实话,如果得嚼得慢,喝得少,时刻擦嘴巴,要打嚏咳嗽都不行,自己一人可以放肆的事都干不得,那么,即使坐酒席,吃火鸡,还不如在自己角落里,不装斯文,不讲礼数,吃些面包葱头香得多呢。我的先生啊,我当了侍从为游侠骑士道服务,您不是要给我种种体面吗?我请您折换些更实惠的东西赏我吧。您给的这些体面,我很领情,可是我从现在起直到世界末日也用不着啊。”

“可是你还是得坐下,因为上帝抬举卑逊的人。”

堂吉诃德抓住桑丘的胳膊,硬拉他在自己身边坐下。

那些牧羊人不懂得什么侍从呀、游侠骑士呀那一套话,他们不声不响地只顾吃,一面愣着眼看那两位客人。他们俩很自在,胃口也很好,拳头大的腌羊肉一块块往肚里塞。羊肉吃完了,牧羊人又把许多干橡树子堆在羊皮上,旁边还摆上半个比灰泥饼子还硬的干奶酪。当时那只羊角杯一刻不停地在各人手里传来递去,一会儿满,一会儿空,像水车上的吊桶;面前两皮袋酒转眼就空了一只。堂吉诃德吃饱了,就抓一把橡树子凝神细看,大发议论道:

“古人所谓黄金时代真是幸福的年代、幸福的世纪!这不是因为我们黑铁时代视为至宝的黄金,在那个幸运的时代能不劳而获;只因为那时候的人还不懂得分别‘你的’和‘我的’。在那个太古盛世,东西全归公有。茁壮的橡树上,甜熟的果实累累满树,要吃饱肚子不用操劳,伸手采来吃就行。泉源和活水河里，清冽的水滔滔不尽，供人饮用。勤劳智慧的蜜蜂在石缝和树洞里建立了共和国，它们无比甜蜜的工作收获丰富，随大家分享，毫不计较利息。高大的软木树自己脱下很轻的大片树皮，不用费力去剥，就可以拣来盖在朴质的梁柱上，造成可蔽风雨的房子。那时一片和平友爱，到处融融洽洽。弯头的犁还没敢用它笨重的犁刀去开挖大地妈妈仁厚的脏腑。她不用强迫，她那丰厚宽阔的胸膛，处处贡献出东西来，使她的儿女能吃饱喝足，生存享乐。现在这群儿女做了妈妈的主人了。那时候，天真美丽的牧羊姑娘在田野山林里来来往往，披散着头发，不穿衣服，只把人身上为遮羞而历来掩盖的部分，规规矩矩地遮上；这点遮饰，不用狄罗紫色①的绫罗巧加剪裁，而是用碧绿的羊蹄叶和茑萝编成的。她们这样打扮非常鲜妍美丽，不输朝廷命妇穿了赶时髦的奇装异服。那时候，表达爱情的语言简单朴素，心上怎么想，就怎么说，不用花言巧语 ，拐弯抹角。真诚还没和欺诈刁恶掺杂在一起。公正还有它自己的领域；私心杂念不像现在这样，公然敢干扰侵犯。法官心目里还没有任意裁判的观念，因为压根儿没有案件和当事人要他裁判。贞洁的年轻姑娘就像我刚才说的，尽管单身满处跑，不怕遭受轻薄或强暴，她要是失身是自己甘心情愿的。现在我们这个可恶的年代呢，没一个女人是安全的了。即使再盖一所克里特的迷宫②，把女人关在里面也没用。爱情的瘟疫凭它那股子该死的钻劲儿，会从隙缝里、空气里传透进去，她们尽管藏得严严密密，也会失身丧节。世道人心，

---

① 狄罗（Tiro）是地中海沿岸古都，那里染的紫颜色是当时盛行的。

② 希腊神话，克里特（Creta）岛的国王造了一座迷宫，把牛头怪人禁闭在内。

一年不如一年了。建立骑士道就是为了保障女人的安全,保护童女,扶助寡妇,救济孤儿和穷人。各位牧羊的老哥啊,我就是干这一行的。我和我的侍从多承你们殷勤款待,我谨向你们道谢。尽管照顾游侠骑士人人有责,我知道你们并不懂得这项义务,却殷勤留宿款待,所以我一片至诚,感谢你们的美意。”

这个长篇大论大可不发。我们这位骑士因为看到牧羊人给他吃的橡树子,想起黄金时代,所以异想天开,对他们说了这一套废话。那群牧羊人莫名其妙,一言不答,只听他讲。桑丘不声不响地咀嚼着橡树子,又频频光顾晾在软木树上的第二只酒袋。

堂吉诃德早已吃完,只是话讲得长。一个牧羊人等他讲完说道:

“游侠骑士先生,一会儿我们有个伙伴要来。那小伙子很聪明,很多情,还会看书写字,三弦琴弹得好极了。我们要叫他唱个歌给您解闷,略尽我们的心意,也免得虚负了您刚才的夸奖。”

他刚说完,就听得三弦琴声;一会儿弹琴的人也到了。他是个将近二十二岁的小伙子,相貌非常漂亮。他的伙伴问他吃过晚饭没有,他说吃过了。建议要他唱歌的人说:

“那么,安东尼欧,你赏脸给我们唱个歌吧,让我们这位贵客知道,山林里也有懂得音乐的人。我们已经对他夸过你的本领,希望你拿点儿出来,证明我们不是吹牛。你请坐下;你那位领教会薪俸的叔叔不是把你的恋爱故事编成了歌吗,咱们村里大家都很欣赏,你就把那歌儿唱一遍吧。”

那小伙子说:“好!”

他不等人家三邀四请,就坐在一棵斫倒的橡树上,调准三弦琴,很动听地唱了下面的歌。

安东尼欧的歌

我知道你爱我,欧拉丽亚,
尽管你嘴里不说,你眼睛
——传达爱情的哑默的舌头
也并没有向我道出衷情。

但我知道你已经看透我,
因此深信你会怜我情痴;
痴情一旦被心上人识破,
就不是没指望的单相思。

确实也有时候,欧拉丽亚,
你对我流露出一些迹象:
你的灵魂似是青铜铸成,
雪白的胸膛如石头一样。

可是随你把我责备埋怨,
你无限端重中对我冷淡,
希望的女神并没有离去,
我时时瞥见她飞动的裙缘。

我的信心是一往直前地
投止在它信赖的人身上,

受到冷淡它并不消减，
受到青睐也不能再增长。

假如和颜悦色表示有情，
那么你的容色使我揣想：
我梦魂中缠绵思量的事
也许有一天能如愿以偿。

假如一片殷勤地趋奉献好
能博取意中人的喜爱怜悯，
那么我取悦于你的一些事
也许能赢得你几分欢心。

假如你曾留意到那些事，
你会看出我在刻意修饰，
会看到我屡次在星期一
还打扮讲究得像星期日。

因为爱情常和鲜衣美服
并肩联步走在一条路上，
我愿意自己在你眼睛里
永远显得整洁、优雅、漂亮。

我甭说供你娱乐的舞蹈，
甭说为你演奏的乐章——

你往往欣赏倾听到半夜，
有时到清晓第一声鸡唱。

我也不提我对你的称誉；
说你的容貌是怎样美丽，
我的话虽然没一句虚假，
却招到其他女人的嫌忌。

山边那位德瑞萨姑娘
听到我正在夸耀你美好，
就说："你以为爱上了天使，
你其实是对猴精倾倒。

"她是凭借了假发的丰软，
她是凭借了宝石的光艳，
她是凭借了矫饰的娇媚，
竟使恋爱神也心迷目眩。"

我说她诽谤，她怫然嗔怒，
她表兄还对她一味偏袒，
竟向我挑战，以后我怎样、
他又怎样，反正你都了然。

我对你的爱并不同等闲，
我没一点苟且非分之想，

我所以追求你、为你效劳，
是为满足我更高的愿望。

　　教堂里备有柔韧的丝绳，
牢牢拴缚住同轭的两人。
你如肯俯首在轭下就缚，
你瞧吧，我更是多么甘心！

　　不然的话，大家都请听着
我凭德行最高的圣人起誓：
我从今隐遁在这座山里，
要下山呢，除非去做修士。

牧羊人唱完了，堂吉诃德请他再唱。桑丘却不赞成，因为他急要睡觉，不耐烦听唱歌了。他对东家说：

“您今夜在哪儿歇，这会就去躺下吧。几位老哥辛苦了一天，不能整夜唱歌。”

堂吉诃德答道：“桑丘啊，我懂你的意思，我心里透亮，你几次三番光顾那只酒袋，这会得用睡觉来还账了，音乐是不能抵账的。”

桑丘说：“谢天，我们大家都喝得乐陶陶的。”

堂吉诃德说：“这也是真的。你爱哪儿歇就歇着去吧；干我们这一行的，总觉得睡觉不如守夜好。不过桑丘，我这只耳朵实在疼得厉害，你得替我重新包扎一下。”

桑丘奉命替堂吉诃德包扎耳朵。一个牧羊人看见伤处，叫堂吉诃德放心，他有药敷上就好。那地方多的是迷迭香，他摘下些叶子,嚼烂了调上些盐,给他敷在耳上,包扎妥帖,告诉他说这就不用别的药了。他的话果然不错。

第十二章

牧羊人向堂吉诃德等人讲的故事。

这时有几个小伙子从村上运了些粮食来,一个说:

“伙伴儿们,你们知道村上出的事吗?”

一个牧羊人回答说:“我们怎么会知道呢?”

那小伙子道:“那么,听我讲吧。今天早上,有名的牧羊学士格利索斯托莫死了,人家说是因为爱上了富翁基列尔摩的女儿玛赛娫那害人精。她扮成牧羊姑娘,常在这儿附近来来往往。”

一个牧羊人说:“你说是为了玛赛娫吗?”

那牧羊人答道:“是啊。妙的是他遗嘱上要求像摩尔人那样葬在野地里,墓穴选在软木树下泉水旁边的岩石脚下。据说他自己告诉人家,他在那里第一次碰见那位姑娘。他还有些别的嘱咐,村上那些神父都说有异教的嫌疑,不便照办。他的好朋友——和他一起牧羊的安布罗修学士坚持不折不扣地执行遗嘱。为这件事村子上闹得沸沸扬扬。据说后来还是按照安布罗修和他那些牧羊伙伴的主张办事。明天他们要在我说的那地方举行别致的葬礼,想必很好看,反正我一定去,即使当天回不了村子也要去瞧瞧。”

那群牧羊人说:“咱们都去瞧热闹吧。谁留下给大家看羊,咱们拈个阄。”

一个牧羊人说:“贝德罗,你说得对,可是不用拈阄,我留下替代你们大家得了。我倒不是做好人,或者没兴趣;只因为那天脚上扎了个刺,走不得路。”

贝德罗说:“我们还是感谢你帮忙。”

堂吉诃德探问贝德罗:死者是谁,牧羊姑娘又是谁。贝德罗说:据他所知,死者是附近山村里的一个有钱公子,在萨拉曼咖上了好多年大学回村的,盛传他什么都懂,学问好得很,尤其精通星星的科学,知道太阳和月亮在天上的情况,能说准哪一天太阳和月亮给吃掉。

堂吉诃德说:“朋友啊,太阳星和太阴星的晦暗叫作‘蚀’,不是‘吃’。”

可是贝德罗顾不得这些琐碎,他接着说:

“他还能预言哪年是丰年或是谎年。”

堂吉诃德说:“朋友,你大概是说‘荒年’吧?”

贝德罗说:“荒年、谎年,都是一回事。我告诉你,他父亲和朋友们相信他,靠他发了大财。他经常给他们出主意:‘今年种大麦,别种小麦;或今年种小豆,别种大麦;明年橄榄油大丰产,以后三年一滴油也不收。’他们全听他的。”

堂吉诃德说:“这种学问叫作占星学。”

贝德罗说:“我也不知道这叫什么名堂,反正他都懂,还不光是这些事。干脆说吧,他从萨拉曼咖回来不多几个月,忽然有一天他脱下学士的长袍,拿起牧羊人的杖,披上羊皮袄,扮成了牧羊人。他的同学好友安布罗修也跟他一起换上牧羊人的装束。我还忘了说,死者格利索斯托莫作诗很有一手,能写圣诞夜唱的颂歌,还能编写耶稣圣体节演的圣经故事戏,给村上的小伙子们扮演;据说都写得好极了。村上的人看见这两位学士忽然改扮成牧羊人,非常诧怪,猜不透他们究竟为什么突然来一番这么奇怪的改装。正在那时候,我们这位格利索斯托莫的父亲去世了,格利索斯托莫得了好大一份遗产:货物呀,田地呀,大群的牛羊呀,大注的现钱呀,都由这小伙子继承了。他确实也配,因为他是个很好的伙伴,心肠热和,专跟好人做朋友,脸蛋儿也生得讨人喜欢。后来大家知道他改装是要在旷野里追随那个牧羊姑娘玛赛娅;可怜的死者爱上她了。现在我告诉你那姑娘是谁吧,你真该听听。你即使比萨纳①还长寿,说不定——或者竟可以断定——你一辈子没听到过这种事。"

堂吉诃德听不惯牧羊人的别字,就说:"该是'萨娅'吧。"

贝德罗回答说:"萨纳够长寿的。先生,你要是每句话都挑我的错,咱们说一年也没个完。"

堂吉诃德说:"别见怪,朋友,我只为萨纳和萨娅大不相同,所以告诉你一声。不过你说得很对,萨纳比萨娅还长寿。你讲下去吧,我再也不打岔了。"

那牧羊人说:"那么你听我讲,我的好先生。我们村里有个老乡叫基列尔摩,比格利索斯托莫的父亲还富裕;上帝赏赐了他大宗财富不算,还赏赐他一个女儿。这孩子出世就断送了她妈。

---

① 萨娅(Sarra)是《旧约》里亚伯拉罕的妻子,活到一百二十七岁,所以萨娅就指长寿的人。萨纳(sarna)是顽癣。西班牙有句成语:"比顽癣还老。"堂吉诃德以为牧羊人所说的萨纳是萨娅之误。

她妈是村上最受尊重的女人，这会儿好像就在我眼前，那张脸仿佛上边有个太阳，下边有个月亮似的①，而且做事勤快，热心帮助穷人。所以我相信她的灵魂正在极乐世界享福呢。她丈夫基列尔摩失去了这样的好妻子，伤心得不久也死了，把个豪富的年轻女儿玛赛娅抛给她叔叔抚养。这叔叔是修士，就是本村的神父。小姑娘渐渐长大，出落得非常漂亮，叫人想起她妈妈的相貌。她妈妈很美，可是大家觉得还比不过女儿。这姑娘长到十四五岁，人人见了都颂赞上帝把她长得这么美，多半人爱上了她，为她失魂落魄。他叔叔把她管得很紧，藏得很严。饶是这样，她的美名还是传扬开了。再加她还有好大一份家产，我们村上和周围好几哩瓦内那些富贵人家的公子哥儿，都缠着她叔叔求婚。这位叔叔是个方正的好基督徒，瞧侄女已到婚嫁的年龄，很想马上为她成家，可是一定要征得她本人同意。他虽然保管着侄女的财产，并不想拖延她的婚事借此占便宜。村子上三三两两地讲起来，都称赞这位好神父。我告诉你吧，游侠先生，这种小地方，一举一动大家都要议论。你不妨相信我的话，一个神父准是好得出奇，他那教区的人才会称赞，尤其在村子里。”

堂吉诃德说：“这话不错。你讲下去吧，这件事很有趣，而且，贝德罗老哥，你讲得也很厚道。”

---

① 西班牙民间常把太阳和月亮来形容女人的美，如民歌：

美人儿我也常见，
不如你那么光鲜，
太阳在你脸上，
月亮在你胸前。

贝德罗说:“但愿上帝也对我厚道,这是最要紧的。你请听下文吧。她叔叔把一个个求婚人的情况都告诉她,劝她挑个中意的。她总说自己年纪还小,觉得没本事撑起门户当家,目前还不想结婚呢。她的推托说来也有道理,所以她叔叔不再勉强,等她年纪稍大,自己能选择称意的男人。他说得好:做长辈的不能强迫儿女成家。可是,嗨!意想不到,这个拘谨的玛赛娅忽然一天变成了牧羊姑娘。她叔叔和村上的人都不赞成,劝她别那样,可是她满不理会,跟着村上的牧羊姑娘们跑到山野里去看守自己的羊群了。她这么一露面,大家看见了她的美貌,我也说不清多少青年公子和富农家的小伙子换上牧羊人的装束,到山野里去追着她求婚。格利索斯托莫也是里面的一个。据说他不是什么爱她,干脆是崇拜她。玛赛娅过着这种无拘无束的生活,在家的日子很少,简直不待在家里了。可是你别就此以为她有什么不规矩或不像样的事。她品行非常端重,追求她的许多人谁也没夸口说她给了自己半点儿如愿的希望,他们凭什么也不能这样夸口的。牧羊人去找她做伴,跟她谈话,她并不逃跑,也不躲避,总和和气气,以礼相待。谁要向她谈情,尽管是正经纯洁地求婚,她就像弹弓似的,把人家一下子弹得老远。她生就这种性情,在村上的祸害比瘟疫还大。她温柔美丽,和她相交就不由得倾心相爱;可是她瞧不起人,说话又直率,叫人没法儿忍受。他们不知道怎样才能说动她,只好大声叹怨,说她狠心无情;这种话用在她身上很恰当。先生,你要是在这里多待几时,你有一天会听到山野里一片声都是追求绝望的人在怨恨叹息。附近有二十多棵大榉树,每棵树的光皮上都刻着玛赛娅的名字;有的名字上还刻着一只王冠,表示玛赛娅夺到了美人的王冠,全世界只有她配戴。那些牧羊人这里叹气,那里伤心;那边是热情的恋歌,这边是绝望的哀唱。有的彻夜坐在橡树或岩石脚下,一眼不闭地直流眼泪;早上太阳出来,他还在害相思失魂落魄。夏天有人中午在毒太阳底下,躺在滚烫的沙地上,连连叹气,向慈悲的上天诉苦。姣美的玛赛娅把他们一个个都颠倒了,自己却平平静静,无牵无挂。我们认识她的都想瞧瞧她骄傲一世,怎么下场,不知哪个有福气的男人能驯服这个厉害家伙,消受她的绝世美貌。我讲的都是实实在在的事,所以,我一听说格利索斯托莫为她死了,就知道是可靠的。先生,明天的葬礼我劝你务必到场,一定很有看头。格利索斯托莫朋友很多,他选定的葬地离这里还不到半哩瓦。"

堂吉诃德说:"我一定去,多谢你给我讲这样有趣的事,我听得很有味道。"

牧羊人说:"哎,关于玛赛娅那些情人的事,我知道的还不到一半呢。不过咱们明天也许路上碰到个把牧羊人,会讲给咱们听。你这会儿还是到屋里去睡吧;你的伤口敷上药就不怕了,可是着了露水不好。"

桑丘·潘沙听牧羊人那么啰唆,直在暗暗咒骂。他这时也劝主人到贝德罗的屋里去睡。堂吉诃德在那屋里学着玛赛娅那些情人的样,彻夜思念他的杜尔西内娅小姐。桑丘·潘沙在驽骍难得和他的驴子中间找到个安身的地方,酣呼大睡,不像失恋的情郎,只是个挨了踢打、浑身疼痛的汉子。

第十三章

牧羊姑娘玛赛娅的故事叙完；又及其他事情。

太阳刚从东方露脸，六个牧羊人里五个起来了。他们叫醒堂吉诃德说，如果他仍想去看格利索斯托莫的别致葬礼，可以一起走。堂吉诃德觉得再好没有，起身叫桑丘立刻备好驴马；桑丘赶紧照办，大家立刻出发。他们走了不到四分之一哩瓦，在一个十字路口看见迎面来了六个牧羊人，都穿着黑羊皮袄，戴着松柏枝编成的冠，各拿一条粗壮的冬青木棍；一起还有两个骑马的漂亮人物，都穿着讲究的旅行服，三个佣人步行跟随。大家碰到一处，彼此叙过礼，一问才知都是送丧的。大家就并作一路走。

一个骑马的客人跟他同伴说：

“比伐尔多先生，咱们耽误了行程去瞧这场别致的葬礼，我想一定值得。据这几位牧羊人的话，去世的牧羊人和害死人的牧羊姑娘行径都非常古怪，这番葬礼一定不同寻常。”

比伐尔多答道：“我也这么想。别说耽搁一天，耽搁四天，我也去看。”

堂吉诃德问他们听到了什么有关玛赛娅和格利索斯托莫的事。一个客人说：他和他同伴今天清早碰到这几位牧羊人，瞧他们穿着丧服,问起原因,据说有位牧羊姑娘名叫玛赛娅,她怎么乖僻,又怎么美貌,许多求婚的人对她怎么爱慕颠倒;接着讲到格利索斯托莫的死,说他们都是去送丧的。一句话,他把贝德罗告诉堂吉诃德的话重复了一遍。

他们又谈起别的事。那个名叫比伐尔多的问堂吉诃德,在这样安静的地方行走,干吗浑身披挂。堂吉诃德回答说:

"干了我们这一行,在外行走,只可以这样打扮。安闲享福是娇懒的朝臣所追求的;而辛勤劳苦,披坚执锐,只有世上所谓游侠骑士才当作自己的本分。惭愧得很,我就是一个微不足道的游侠骑士。"

他们一听这话,知道他是疯的,可是还想探问着实,并且要瞧瞧是怎样的疯,所以比伐尔多又请教他,什么叫作游侠骑士。

堂吉诃德说:"你们各位没读过记载阿瑟王丰功伟绩的英国史吗?那阿瑟王咱们西班牙语历来称为阿图斯王。据大不列颠王国流行的古老传说,阿瑟王并没有死,只是由魔术变成了一只乌鸦,将来还要执政,恢复自己的王国和主权。所以直到现在,有哪个英国人杀死过一只乌鸦吗?历史上找不到一点儿凭据呀。就在这位贤君当政的时代,建立了鼎鼎大名的圆桌骑士道。也是在这个时代,堂朗赛洛特·台尔·拉戈爱上希内布拉王后,高贵的金塔尼欧娜傅姆替他们俩牵线,充当了心腹。这件事如实地记载在历史上,由此产生了咱们西班牙人传诵的歌谣:

从来女眷们款待骑士,
哪像这次的殷勤周至!
她们是款待朗赛洛特,

他呀,刚从不列颠到此。[1]

歌谣里把他这段儿女英雄故事叙述得娓娓动听。从此骑士道逐渐推广到世界各地,许多人献身此道,各个立下大功,享到威名。例如骁勇的阿马狄斯·台·咖乌拉和他五代的子子孙孙,豪侠的费丽克斯玛德·台·伊尔加尼亚[2],赞不胜赞的白骑士悌朗德。像堂贝利阿尼斯·台·格瑞西亚那样英勇无敌的骑士,我们如今还仿佛能看见他,和他交往,听到他说话。各位先生,像他们那样的就叫作游侠骑士;我讲的就是他们的骑士道。我方才说过,我虽然罪过多端,却已经献身于骑士道;那些骑士毕生致力的事业,就是我的事业。因此我跑到这个荒野的地方来猎奇冒险,决心在最险恶的境地,舍身尽力,帮助弱小穷困的人。”

两个旅客听了这番议论,断定堂吉诃德确是疯子,也看明他是哪一路的疯。他们和别人一样,初次见到这种发疯非常惊讶。比伐尔多很俏皮,喜欢说笑。他听说到达山里的葬地还有一小段路,就故意怂恿堂吉诃德再发些怪论路上解闷。他说:

“游侠骑士先生,我觉得您献身的事业是天下最艰苦的。据我看,当苦修会的修士都没那么艰苦卓绝。”

我们这位堂吉诃德答道:“很可能一样艰苦。不过是否一样切合时代的需要呢,这一点我就不敢说了。老实讲,执行命令的战士,功劳不亚于发号施令的将帅。我认为教士是平平安安地向上天祈求世人的福利,而我们战士和骑士却要实现他们的祷告,凭勇力和剑锋来保卫世人的福利。而且这些事不是在室

---

① 参看本书42页注①。

② 即本书第六章提到的弗萝利斯玛德。

内，却是在野外干的，夏天要忍受毒太阳，冬天要忍受刺骨的冰霜。我们是上帝派到世上来的使者，是为上帝维持正义的胳臂。凡是打仗和一切有关战斗的事，不出汗、不吃苦是不行的，所以把战斗当职业的，比平平安安求上帝扶弱济贫的教士显然来得辛苦。我不是说，游侠骑士和寺院里的修士地位相当，我绝无此心。我只说，凭我亲身的经历来看，游侠骑士分明比教士劳累，常常挨打，得忍饥耐渴，受种种困苦，而且穿得破烂，浑身虱子。古时候的游侠骑士，一生要忍受许多折磨，这是没什么说的。假如有几个骑士凭勇力做到了帝王，他们流的血和汗也实在不少；要是没有法师博士从旁帮忙，他们想升到那个地位就不免空有雄心，难以如愿。"

那旅客说："我也这么想。不过我觉得游侠骑士干的好些事很糟糕，别的不提，单说一桩吧。每当他们干什么凶险的事，在性命交关的时候，基督徒就该把自己交托上帝保佑，他们却从不想到这点，只一片虔诚，把自己交给意中人庇护，好像她们就是上帝。我觉得这来有点异教的情味。"

堂吉诃德说："先生，游侠骑士非如此不行啊，不这样就失体了。据骑士道的规矩：游侠骑士准备狠打一场的时候，心目中就见到了他的意中人，他应该脉脉含情，抬眼望着她的形象，仿佛用目光去恳求她危急关头予以庇护；尽管没人听见，也该牙齿缝里喃喃求告。这种例子历史上多得数不清呢。别就此以为他们不向上帝祈祷，他们厮杀的时候尽来得及，尽有机会。"

那旅客说："不过我还是有点想不通。我常读到两个游侠骑士争论几句就动起火来，两人各自掉转马头，跑得老远，然后又拨回马头，相向冲杀。他们冲上前去的路上就祷告意中人保佑。交锋的结果,往往是一个给对手的长枪刺透,颠下马去;那一个要不是抓住马鬃毛,也不免翻身落地。事情来得这么急迫,那个戳死的骑士哪还有工夫求上帝保佑呀。我看他还是把冲杀之前向心上人通诚的那点时间,干些基督徒应尽的本分吧。况且游侠骑士不见得个个都在恋爱,如果没有意中人,向谁去祷告呢?"

堂吉诃德说:"这话绝不可能。游侠骑士哪会没有意中人呀!他们有意中人,就仿佛天上有星星,同是自然之理。历史上决找不到没有意中人的游侠骑士;没有意中人,就算不得正规骑士,只是个杂牌货色,他没从正门走进骑士的营垒,而是像强盗小偷一样爬墙进去的。"

那旅客说:"不过我要是没记错,照书上看来,英勇的阿马狄斯·台·咖乌拉的弟弟堂咖拉奥尔从没有专一的意中人,叫他向谁祷告去?但是他并不因此低了名头;他还是个很威武显赫的骑士呀。"

我们这位堂吉诃德答道:

"先生,单有一只飞燕,还算不了夏天①。况且我知道这位骑士底子里是一往情深的。至于他见一个惹眼的女人就爱上一个,那是不由自主的生性,算不得数。反正证据确凿,他心中的意中人只有一个:时常偷偷儿向她祷告,因为他自诩是个深沉的骑士。"

那旅客说:"游侠骑士既然一定得恋爱,您是干这一行的,想必也在恋爱呢。如果您不像堂咖拉奥尔那样自诩深沉,我恳

---

① 西班牙谚语。

求您看在场诸君面上，也看区区薄面，把您那位意中人的姓名、籍贯、身份和她那美丽的相貌讲给我们听听吧。要是人人知道像您这样一位骑士为她颠倒、听她使唤，她一定自己也觉得脸上增光。”

堂吉诃德听了这话，深深叹口气说：

“我那位可爱的冤家是否愿意大家知道我听她使唤，我还摸不透呢。您既然彬彬有礼地问我，我只能一一奉告。她名叫杜尔西内娅；她的家乡在托波索，那是拉·曼却的一个村子；她的地位至少也该是一位公主，因为她是我的王后和主子。她的美貌是人间没有的，诗人赞美意中人的许多异想天开的形容词一一体现在她的身上。她头发是黄金，脑门子是极乐净土，眉毛是虹，眼睛是太阳，脸颊是玫瑰，嘴唇是珊瑚，牙齿是珍珠，脖子是雪花石膏，胸脯是大理石，手是象牙，皮肤是皎洁的白雪；至于害羞而遮掩的部分，依我愚见，守礼的正人只能极口称叹，不能用事物比方。”

比伐尔多说：“我们还想问问，她是什么血统，什么氏族，什么门第。”

堂吉诃德说：“她不是罗马古代的古尔修氏、咖由氏、西比翁氏，或近代的郭罗那氏、乌西诺氏；不是咖达卢尼亚的蒙咖达氏、瑞盖塞内氏；不是巴伦西亚的瑞贝利亚氏、比良诺巴氏；不是阿拉贡的巴拉佛克塞氏、奴萨氏、罗咖贝尔悌氏、戈瑞利阿氏、卢那氏、阿拉高内氏、乌瑞亚氏、佛塞氏、古瑞阿氏；不是咖斯底利亚的塞尔达氏、曼利盖氏、曼都萨氏、古斯曼氏；不是葡萄牙的阿阑咖斯特罗氏、巴利阿氏、梅内塞氏；她是拉·曼却的托波索氏，虽然不是旧家，将来一定能光大门楣，成为数一数二的名门望

族。从前塞尔比诺在悬挂奥兰陀兵器的纪念碑上题了这么一句:

> 不是罗尔丹的匹敌,
>
> 不要动这些兵器。①

我也用同样的条件,奉劝诸君不要回驳我刚才的话。”

那旅客说:“我尽管出于拉瑞都的咖丘比内氏②,却不敢把自己的姓氏和拉·曼却的托波索氏相比。不过说老实话,这个姓氏我还从没听到过呢。”

堂吉诃德说:“竟还没有听到过!”

旁人都全神贯注,听着他们俩谈话,连那些牧羊人都瞧透我们这位堂吉诃德疯得厉害。只有桑丘·潘沙把他主人的话句句当真,因为这位主人是他熟悉的,而且从小认识。只是有关漂亮的杜尔西内娅·台尔·托波索的那段话他将信将疑;因为他家离托波索不远,从未听说过这个姓名和这样一位公主。他们一边走一边谈,忽见两座高山的山坳里下来二十来个牧羊人,都穿着黑羊皮袄,戴着冠子——近前来看出是松柏枝编的。他们中间有六人抬着个担架,上面盖着许多杂色的花朵和树枝。一个牧羊人望见了说:

“这些人抬着格利索斯托莫的遗体来了,遗嘱指定的葬地就在那座山脚下。”

他们就三脚两步赶去;那些人刚把担架放下,其中四人正拿

① 见《奥兰陀的疯狂》第二十四章第57行。罗尔丹即奥兰陀。塞尔比诺是苏格兰王子,罗尔丹曾对他有恩。

② 这个姓氏通常指西班牙人在美洲殖民地发财回国的暴发户。

了锋利的鹤嘴锄在岩石旁边挖坟坑。

大家彼此叙过礼,堂吉诃德和同来的一伙人就去看那个担架。只见尸体盖在花底下,穿着牧羊人的服装,大约三十上下年纪;虽然死了,还看得出生前相貌漂亮,体格亭匀。尸体周围放着几本书,还有许多手稿,有的散着,有的卷叠着。这时瞻仰遗体的、挖坑的和其他等人都肃静无声。有一个抬尸体的对另一个说:

"安布罗修,你既要一丝不苟按格利索斯托莫的遗嘱办事,你且留心瞧瞧,这里是不是他指定的地点。"

安布罗修答道:"正是这里。我这位不幸的朋友曾有好几次在这里跟我讲他的伤心史。据说,他第一次碰见那个害人精是在这里;第一次很热情、很纯洁地向她诉说衷情也是在这里;玛赛娅最后一次断然拒绝他,也是在这里。他就此演了一幕悲剧,结束了烦恼的一生。他为了纪念这许多不幸的事,要求就在这里安置他长眠。"

他又回身向堂吉诃德和几位旅客说:

"各位先生,你们不忍看的遗体,寄寓过一个天赋深厚的灵魂。死者格利索斯托莫是最杰出的天才,最有礼貌,最温文,最笃于友谊,也最豪爽慷慨;他严肃不带骄矜,和悦不流庸俗;总而言之,他品德的美好是天下第一,遭遇的不幸也是世间无双。他一往情深却受到嫌恶,倾心爱慕只受到鄙弃;他仿佛是向猛兽央告,向顽石恳求,和飘风赛跑,在无人的荒野里呼吁;他伺候了不知感激的女人,到头来,只落得年轻轻的送了性命。断送他的是一个牧羊姑娘。你们看见的这些手稿,他嘱咐我埋了他就一把火烧掉;要不是他这么嘱咐,你们读了就会知道,他要使这位姑娘万代传名呢。”

比伐尔多说：“你要是这样处理遗稿，就比作者更残酷了。嘱咐不合情理，就不该依从。奥古斯陀大帝假如让人执行曼图阿诗圣的遗嘱①，他就错了。所以，安布罗修先生，你只管把令友的遗体安葬，可别把他的遗稿烧毁。那是伤心人的嘱咐，你不该冒冒失失地照办。我劝你倒是留着这些稿子，让后世见到玛赛娅的残酷而有所鉴戒，免得一失足遗恨千古。你这位痴情朋友的身世、你们俩的友谊、他致死的缘故和临终的嘱咐，我们同来的全都知道。我们从这段惨史能看到玛赛娅多么无情，格利索斯托莫多么痴心，你的友谊多么诚挚，而一个人一纳头走上爱情的迷途，会落到什么下场。我们昨晚听到格利索斯托莫的死讯，知道要在这里下葬；他那些事我们听了非常惋惜。我们出于好奇和同情，不辞绕道决计亲眼来瞧瞧。安布罗修啊，你是个明白人，我们——至少我以个人的名义，求你顾念我们不仅同情，还愿意尽量为他效力呢，你就别烧毁这些稿子，让我带走几份吧。”

他不等回答，伸手就把手边的稿子拿了几卷。安布罗修见了说道：

“先生，我出于礼貌，你拿去的也就算了，要我不烧其余的稿子可办不到。”

比伐尔多要瞧瞧稿子上说些什么，马上打开一卷，看见标题是《绝望之歌》。安布罗修听到这个题目就说：

---

① 曼图阿诗圣指维吉尔(Virgilio)，因为他是曼图阿人。他遗命把他的史诗《伊尼德》烧毁，凯撒大帝不予执行。

“这是那可怜人的绝笔。先生，你念给大家听吧；可见他失意伤心到什么地步了。坟圹还没有挖好呢，你有的是时候。”

比伐尔多说：“好！我就念。”

在场的人都围上来听。以下是他朗诵的诗。

第十四章

格利索斯托莫的伤心诗篇，旁及一些意外的事。

格利索斯托莫的歌

　　狠心的姑娘，你既要众口宣扬
你坚如铁石又冷若冰霜，
我得把地狱里惨叫的声音
装入我幽抑苦闷的胸膛，
换去我日常言谈的腔吻，
用那种可怕的声调叫嚷，
才能痛痛快快、称心数说
你的作为和我受的创伤。
我要负痛在呼号中呕出
我的点点热血、寸寸断肠。

听吧,这不是和谐的歌声,
却是惨厉不堪入耳的哀唱,
出自我辛酸的胸膛深处,
发于压不下的怨慕凄怆,
凭此舒泻我心头的郁结,
或许也能触动你的惆怅。

　　狮子的怒吼,豺狼的狂嗥,
鳞甲斑斓的毒蛇嘶嘶长啸,
山魈海怪阴森森的呼喊,
预示凶兆的乌鸦呱呱鸣噪,
压不服的狂风和天地争抗,
卷起大海里汹汹滚滚的波涛,
斗败的公牛余怒未息,
气咻咻不住声地咆哮,
失侣的鹁鸪宛转悲啼,
遭忌的鸱枭①凄声怪叫,
配上地狱里的呦呦鬼哭,
合成闹嚷嚷一片喧嚣,
蕴涵着复杂错综的情感,
齐声助我发泄胸中的苦恼。
要道出我深入骨髓的悲痛,

① 西欧传说,鸟类中只有鸱枭亲眼看见耶稣钉在十字架上,因此遭群鸟之忌,不敢白日出现。

必须用不同寻常的音调。

塔霍大河底的金沙璨璨，
贝底斯两岸成林的橄榄
听不到这一片悲惨的回响；
我只向僻远的幽谷深山，
或寂寞凄清的穷郊僻野，
或人迹全无的荒凉海滩，
或阳光照临不到的地域，
或向利比亚的尼罗河畔
那许多成群的毒虫猛兽
倾诉我怎样心碎肠断，
调动我临死僵硬的舌头
说出那不可磨灭的语言。
我数落你无情，哀歌断续
只缭绕着这荒寒的高原；
但为了补偿我此生短促，
这嘶声的歌曲将举世流传。

鄙夷能杀人；猜疑销蚀耐心，
不论猜疑得有因无因；
妒忌更是残酷的软刀子，
无尽期的离别黯然销魂；
惶惑不安地怕遭人嫌弃
摧毁了期待好运的信心。

这些苦恼每桩都能致死，
然而我啊，真是旷古无伦，
我妒忌、猜疑，备受鄙夷，
别离多时还依然生存，
久遭嫌弃仍热情不减；
受尽了折磨、尝遍了苦辛，
希望的女神从未露踪迹，
我意懒心灰并不追寻；
却宁愿流尽悲伤的血泪，
抛弃希望拼着抱恨终身。

　　希望和忧惧是否相容？
忧惧而存希望，岂非愚蒙？
该嫉妒的事分明在面前，
闭上两眼不瞧有什么用？
我心上的伤口个个是眼，
我心上开裂着百窍千孔。
自知受鄙夷，并且亲见到
十拿九稳的事竟会落空，
猜疑的事却都证实，到此
怎么能使忧惧不闯入心胸？
嫉妒，你为我套上手铐吧，
在恋爱的领域内由你称雄！
鄙夷啊，拿出你的绳索，
我俯首帖耳甘受络笼！

可是她在我心上的影像
也终于埋没在痛苦之中。

我将与世长辞;我死我生
都不指望有丝毫侥幸。
我只顾抱住自己的幻想:
以为有情人该坚贞有恒;
对专制的爱神矢忠不二,
束缚的灵魂才别无牵萦;
我认为和我作对的冤家
内心和外貌都美好绝顶;
我遭她嫌弃是咎由自取,
磨折我是爱神施行专政。
我既已执迷于这种痴想,
又加身心已被牢牢缚定,
你的鄙夷对我指示了道路,
你只能斩断这苦恼的生命,
让躯壳和灵魂随风消散,
幸福和光荣都归泡影。

你的偏见造成我的短见,
我厌弃此生是理所当然;
如今我心上深重的创伤
能对你表白得十分明显:
只因你对我刺骨地冷酷,

我为你牺牲，死而无怨。
如果你昏暗了天蓝的美目，
因为觉得我还值你怜念，
请你切勿为我流泪；因为
我把灵魂向征服者奉献
并没有希冀任何代价，
我只愿你能欢笑开颜，
表示我的末日是你的节日。
但我这劝告真愚呆可怜！
因为我知道，我的死亡
正可以资你夸耀自炫。

永远不得解渴的坦塔娄①

从地狱里来吧，这恰是时候；
昔昔浮也掮着巨石来吧②；
悌修带着不离身的鹰鹫③，
缚在轮上团团旋转的艾雄④，

---

① 希腊神话，坦塔娄（Tántalo）是宙斯的儿子，因为向人类泄露了神的秘密罚他永远解不得渴，身子浸在地狱的河里但喝不到水，各色鲜果直垂到他头顶上但吃不到嘴。

② 希腊神话，昔昔浮（Sísifo）是科林斯王，以残暴著称，死后罚入地狱苦役，要他把巨石滚上山头；石头滚上山顶又掉下来，他永远劳而无功。

③ 希腊神话，悌修（Ticio）是巨人，他要强奸太阳神阿波罗的母亲，被阿波罗投入地狱，叫大雕啄食他的肝，肝吃完立刻又长出来，他的痛苦没有完的时候。

④ 希腊神话，艾雄（Egión）是拉比德王，因亵渎宙斯之妻，罚入地狱，缚在旋转不息的火轮上。

苦役的姊妹们劳碌无休①，
都来向我这个胸怀里倾注
你们各自的苦恼和烦愁；
假如伤心人值得悼念，
对我这不配入殓的尸首，
请你们低唱凄切的挽歌；
守卫地狱门口的三头狗
和成千上万的鬼怪妖魔
都来参与这哀伤的歌讴；
因为对一个情死的痴人，
这样埋葬正是礼仪优厚。

离开了我这个不幸的人，
绝望的歌啊，也该收住余音：
既然使我绝望的姑娘
越是我苦恼她越舒畅，
那么，在我坟上也不要悲伤。

大家听了格利索斯托莫的歌很赞赏，可是朗诵的这位先生却说，诗里讲的好像和传闻不符。他听说玛赛娅很规矩，格利索斯托莫的诗里却抱怨什么妒忌呀，猜疑呀，遗弃呀，等等，这些话都有玷玛赛娅的清名。安布罗修深知他朋友的隐衷，他回答说：

---

① 希腊神话，阿果斯（Argos）王达恼斯（Danaus）有五十个女儿，嫁给伊吉普托斯（Aegyptus）的五十个儿子。四十九个女儿听了父亲的吩咐，在新婚之夜杀死了自己的丈夫。她们死后罚在地狱里用筛子从深井汲水。

“先生,你听我讲几句话就会明白。这可怜人作诗的时候已经离开了玛赛娅;他是故意走开的,因为要瞧瞧所谓‘眼不见、心不想’的规律,对自己是否有用。情人分散了什么事都放不下心,格利索斯托莫把猜疑的事都当了真。玛赛娅的清名和她的美德完全相称:她是冷心冷面,有点骄傲,很瞧不起人,除此之外,即使存心嫉妒也无从指责她。”

比伐尔多说:“这话很对。”

他想从抽出的手稿里另拿一份来读,可是没来得及。因为忽然出现一个光艳照人的神仙——她真像个神仙。原来牧羊姑娘玛赛娅在墓旁岩石顶上露脸了。她相貌比传说的还美。没见过她的都凝望着她默默赞叹,见过的也惊诧无言。可是安布罗修一见就气愤愤地对她说:

“山里的妖精啊!你难道还要来瞧瞧,给你虐待死的可怜人当了你的面、伤口里是否会冒出血来吗①?或是干下了狠心事儿自鸣得意吗?或是要像个全无心肝的尼罗,居高临下地观赏烧剩的罗马吗②?或是要像达吉诺的忤逆女儿践踏父亲的尸首那样③,凶悍地来践踏这倒霉人的遗体吗?你来干什么?你要怎么样才称心?快说!我知道格利索斯托莫生前对你唯命是听,尽管他死了,我也叫和他友好的人全都听你吩咐。”

玛赛娅答道:“哎,安布罗修,你说的全不对,我是为自己辩

---

① 据中世纪的迷信:在杀人凶手的面前,被杀者尸体的伤口会冒出血来。

② 罗马暴君尼罗(54—68年在位),因为要知道特洛亚城失陷焚烧时是何景象,就纵火焚烧了罗马城。

③ 达吉诺(Tarquino)是古罗马王室的姓氏。据传说,达吉诺弑岳父篡得王位。他的妻子要为丈夫夺取王位,撺掇她丈夫杀死她父亲。塞万提斯据西班牙歌谣,说成达吉诺的女儿弑父。

护来的。有人把自己的烦恼和格利索斯托莫的死都怪在我身上，我要说说明白他们这来太没道理。各位请听吧：反正跟明白人讲理，只要一会儿工夫，几句话就行。照你们说：我天生很美，害你们不由自主地爱我；因为你们爱我，我就应该也爱你们。你们是这么说，甚至这么要求我的。我凭上帝给我的头脑，知道美的东西都可爱。可是不能就说：因为他爱你美，你就也得爱他。也许爱人家美的，自己却生得丑；丑是讨厌的。假如说，因为我爱你美，所以我虽丑你也该爱我，这话就讲不通了。就算双方一样美，也不能因此有一样的感情。美人并不个个可爱；有些只是悦目而不醉心。假如见到一个美人就痴情颠倒，这颗心就乱了，永远定不下来；因为美人多得数不尽，他的爱情就茫无归宿了。我听说真正的爱情是专一的，并且应当出于自愿，不能强迫。我相信这是对的。那么，凭什么只因为你说很爱我，我就该勉强自己来爱你呢？假如天没有把我生成美人，却生得我很丑，请问，我有理由埋怨你们不爱我吗？况且你们该想想，美不是自己找的，我有几分美都是上帝的赏赐，我没有要求，也没有选择。譬如毒蛇虽然杀人，它有毒不是它的罪过，因为是天生的。我长得美也照样怪不得我。一个规矩女人的美貌好比远处的火焰，也好比锐利的剑锋；如果不挨近去，火烧不到身上，剑也不会伤人。贞洁端重是内心的美，没有这种美，肉体不论多美也算不得美。有人只图自己快活，费尽心力想剥夺意中人的贞操。贞操是身心最美的德行，一个美女难道因为男人爱她美，就该遂了他的心愿，不顾自己的贞操吗？我是个自由的人，我要优游自在，所以选中了田野的清幽生活。山里的绿树是我的伴侣，清泉是我的镜子；绿树知道我的心情，清泉照见我的容貌。我是远处的火，不是身边的剑。见了我的相貌对我有痴心的,听了我的话就该死心。我对格利索斯托莫或其他人——反正我对他们每个人都没有假以辞色,谁都没有理由痴心妄想。该是他执迷不悟害死了自己,不是我什么狠心。如果说他要求正当,我应该答应,那么我也有回答。他在挖坟坑的这里对我倾诉正当的愿望,我就对他说:我愿意一辈子独身,把我贞洁美丽的躯壳留给大地消受。我讲得这样明白,他还不死心,偏要逆水行船,他掉进地狱去有什么说的呢?假如我敷衍他,就是我虚伪了;假如我答应他,就违背了我高洁的心愿。我已经对他讲得透亮,他硬是不明白;我并没有嫌恶他,他自己伤心绝望。你们说吧,凭什么理把他的苦痛怪在我身上呢!他受了骗,才可以埋怨;我答应了他又赖,他才会失望;我勾引了他,他才可以空欢喜;我迎合了他,他才可以得意。他没得到我的许诺,没受我欺骗、勾引、迎合,怎么能骂我狠心杀人呢?老天爷至今没叫我爱上人,要我自投情网是妄想。但愿我这番表白对每个追我的人都有好处。大家请听吧:从今以后,如果谁为我死了,那就不是因为妒忌或遭受了鄙弃。一个人如果谁也不爱,不会引起妒忌;把话说得直接爽快,也算不得鄙弃。称我猛兽和妖精的,不妨把我当作害人的坏东西,别来理我;说我无情的别来奉承我,说我古怪的别来结交我,说我残酷的别来追求我。我这个猛兽、妖精、无情残酷的怪物,既不找你们、奉承你们、结交你们,也不用任何花样来追求你们。格利索斯托莫急躁狂妄,害死了自己,我幽娴贞静有什么罪呢?有人要我在男人中间保持清白,可是为什么不容我在山林里洁身自好呢?你们都知道,我自己有财产,不贪图别人的钱。我生性自由散漫,不喜欢拘束。我谁也不爱,谁也不恨。我没有欺骗这个，追求那个；没有把这个取笑，那个玩弄。我有自己的消遣：我和附近村上的牧羊姑娘们规规矩矩地来往，还要看管自己的羊群。我的心思只盘旋在这一带山里，如果超出这些山岭，那只是为了领略天空的美，引导自己的灵魂回老家去。”

她说完不等谁回答，转身就走进附近树林深处去了。大家觉得她的慧心不亚于她的美貌，都倾倒不已。有些人给她美目的光芒夺去魂魄，尽管听了她一番表白也没用，还想去追她。堂吉诃德看到这个情况，觉得正需要他的骑士道来保护落难女子了，他按剑朗朗地说：

“不论你们什么地位、什么身份，都别去追美丽的玛赛娅；谁胆敢去追，别怪我恼火！她已经把话讲得一清二楚：格利索斯托莫的死怪不得她，她并没有错。谁求婚她也不会答应。像她这样洁身自好的，全世界独一无二；所有的好人都该敬重她，不该追她、逼她。”

那群牧羊人一个都没走开；也许因为听了堂吉诃德的威胁，也许因为安布罗修要他们完成对死友的责任。坟坑掘好，格利索斯托莫的遗稿烧掉，他们就把尸体埋葬了；一面还洒了不少眼泪。他们暂用一块大石头盖上墓穴，因为墓碑还没有凿好；据安布罗修说，他打算墓碑上镌刻这样几句：

　　这里长眠的情痴，
可怜遗体已僵，
他曾在这里牧羊，
遭人鄙弃而死。

　　美人无情的讥嗤

给了他致命创伤；
爱神借她的力量
增强了自己的权势。

大家在墓上撒了许多花朵和树枝，又向死者的朋友安布罗修吊唁了一番，就纷纷告辞。比伐尔多和他的同伴也如此；堂吉诃德又辞别了款待他的牧羊人和两位旅客。那两人劝他一起到塞维利亚去，因为那里最宜冒险，每条街、每个拐弯上都会发生奇事。堂吉诃德对他们的劝告和美意表示感谢，可是他传闻这一带山里尽是盗贼，得去扫除干净，目前不想到塞维利亚去，也不该去呢。他们瞧他有这雄心，不再相强，说声再见就撇下他走了；路上谈谈玛赛娅和格利索斯托莫的故事，或堂吉诃德的疯傻，颇不寂寞。堂吉诃德决计去找牧羊姑娘玛赛娅，全心全力为她效劳。可是据这部信史的记载，以后的事完全出他意外。故事的第二部分就此结束。

第十五章

堂吉诃德碰到几个凶暴的
杨维斯人，大吃苦头。

据熙德·阿默德·贝南黑利博士的记载，堂吉诃德辞别了款待他的牧羊人和参与格利索斯托莫葬礼的来客，就带着他的侍从，走入刚才牧羊姑娘玛赛媸进去的那座树林。他们在里面走了两个多钟头到处寻找，不见她的踪迹。后来他们走到一片碧油油的草地上，旁边有一条平静清澈的溪水；当时正是酷热的中午，这地方引逗得他们身不自主，要歇下睡个午觉。两人下了牲口，随驴子和驽骍难得在茂盛的草地上啃青。他们搜刮了褡裢袋里的干粮，主仆俩不拘礼节，亲亲热热地同吃了一餐。

桑丘忘了拴上驽骍难得的前腿。他知道这匹马非常驯良，非常道学，拿定它见了果都巴牧场上所有的母马都不会起淫心。可是命运自有安排，魔鬼也不是常在睡觉的。有些杨维斯搬运夫常带着大群马匹在水草肥饶的地方歇午；堂吉诃德停留的地方恰是他们选中的，他们的一群加利斯小母马正在这片草原上啃吃青草。可巧驽骍难得偶然情动，要和那几位马姑娘玩耍一番。他是闻到她们的气味，改了常态，也不问主人许可，撒腿就奔向她们那边去诉说衷肠。可是她们呢，看来准是觉得吃草比别的事更有滋味，所以着实回敬了他一顿蹄子和牙齿，弄得他一眨眼肚带迸断，鞍子落地，身上赤条条一丝不挂。可是他还有更难堪的呢：那群搬运夫看见他要对母马强行非礼，拿着木桩子①赶来，把他一顿痛打，打得遍体创伤，躺倒在地。

堂吉诃德和桑丘看见驽骍难得挨揍，气喘吁吁地赶去。堂吉诃德对桑丘说：

“桑丘朋友，照我看，那些人不是骑士，只是卑贱的下等人。我这话是要让你知道，你尽可以帮我一手。咱们眼看驽骍难得

---

① 搬运夫在马背上装货时，用木桩顶住驮鞍，不使偏坠。

受了侮辱,该替他报仇。"

桑丘答道:"见鬼的报仇!他们有二十多人呢,咱们才两人,也许还不到两个,只有一个半。"

堂吉诃德说:"我一人就当得一百个!"

他不再多说,拔剑向那群杨维斯人冲去。桑丘见了主人的榜样,也发奋跟上去厮打。堂吉诃德一剑就斫中一个杨维斯人,把他身上的短皮袄斫破,还带下一大片肩膀。

杨维斯人为数不少,他们瞧自己在区区两人手里吃了亏,忙拿起木桩,围着他们俩恶狠狠地擂打。桑丘是挨了第二下就倒了。堂吉诃德尽管本领超人、勇气冲天,也没用处,一般也给他们打倒。他恰恰倒在躺着的驽骍难得脚边。由此可见愤怒的村夫抡起木桩来多么凶猛。两个冒险者给打得浑身疼痛,满心气苦。杨维斯人瞧自己闯了祸,赶紧把货物装上牲口,撇下两人走了。桑丘·潘沙先苏醒,看见他主人在身旁,就有气无力地负痛说:

"堂吉诃德先生,哎,堂吉诃德先生啊!"

堂吉诃德也一丝没两气地含痛答道:

"桑丘老弟,你要什么?"

桑丘·潘沙说:"您手边要是有那'大力气'①的药水,给我喝两口行吗?它能治外伤,断了骨头大概也能治。"

堂吉诃德答道:"我真倒霉!我这会儿要是有这种药水,咱们就好了。可是,桑丘·潘沙,我凭游侠骑士的信义对你发誓,如果命运没另作安排,不出两天,我一定把这种药水配制出来,

---

① 指本书第十章的"大力士",桑丘把名字说错了。

除非我这双手是不中用了。”

桑丘·潘沙说:“可是咱们这双脚照您看还得多少天才中用呀?”

挨了痛打的骑士堂吉诃德说:“据我看,不知道还得多少日子呢。不过都怪我不好。那群人不像我有骑士的封号,我不该拔剑跟他们交手。准是因为我违犯了骑士道的规则,战神就叫我受这场惩罚。桑丘·潘沙啊,我现在吩咐你一句话,你好好记着,因为对咱们俩的祸福大有关系。以后如有这种下等人冒犯咱们,别等我对他们拔剑,我决不再干这种事;你倒是该拔剑痛痛快快收拾他们一顿。如有骑士来卫护他们,我也会卫护你,并且出死力跟他们拚去。这种事,你亲眼见过成百上千次了,该知道我这条铁臂多么有劲。”

这位可怜的先生战胜了勇猛的比斯盖人,自大得不可一世。可是桑丘·潘沙听了主人的吩咐并不以为然,答道:

“先生,我是个温和平静的人,不管受到什么冒犯都能容忍,因为我有老婆儿女要我抚养呢。我不能吩咐您,可是我也跟您讲明白:人家是乡下佬也罢,骑士也罢,反正我决不拔出剑来;从现在起直到我见上帝的日子,不管上等人、下等人,富人、穷人,绅士、贫民,随他是什么地位、什么身份,如果冒犯了我,或者想冒犯我,我不管是过去、现在、将来,反正全都原谅。”

他主人听了这一席话,答道:

“我但愿能够舒口气,讲话不那么吃力;但愿我这边肋上痛得不那么厉害,好让我跟你讲讲明白。潘沙,你的见解是错误的。你听我说,你这可怜家伙,咱们一向是走背运;如果时来运转,咱们一帆风顺,安然无阻地进了一个海岛的港口——我不是说要给你一个海岛吗？如果我征服了那个岛，封你做了岛上的总督，你怎么办呢？你不是骑士，又不想做骑士，也没有勇气和志气抵御敌人入侵，保卫自己的主权，你做总督简直就不行啊。你该知道，在新征服的国家或地方，民情还没有十分归顺，对新的领主不会死心塌地，保不定有人兴风作浪，想改天换日，或者像有人说的那样，想碰碰运气。所以一个新领主必须有识见，能治国安民；也必须有胆量，无论在什么境地都能够抗敌自卫。”

桑丘说：“就在咱们当前的境地，我也但愿有您说的那份识见和胆量呢。可是我凭穷人的信义发誓，我这会子最需要的是几张膏药①，不是什么训话。您瞧瞧能不能爬起来，咱们把驽骍难得扶一把吧；尽管它害咱们吃了这顿打，不配咱们帮助。我再也想不到驽骍难得会这样，我老以为它很规矩，像我一样稳重呢。真是老话说得好：‘日久见人心’；又说是‘世事无常’。您刚把那个倒霉的游侠骑士狠狠地斫了几剑，谁料随后就会有雹子和雨点似的木桩子落在咱们肩膀上呢？”

堂吉诃德说：“可是，桑丘，你的肩膀一定惯受这种风摧雨打，我的肩膀却是裹着软布细纱娇养惯的，这番遭了殃，痛得就更厉害。我猜想——说什么猜想呢？我确实知道，这种种艰苦都是和披甲拿枪的行业分不开的，不然的话，我就倒在这里活活地气死了。”

这位侍从说：

“先生，原来这种倒霉事都是骑士道的收成。那么请问您，

---

① 这是用药膏摊在软布上做成的。

这种事是不是常有的？出这种事有没有一定的季节？因为我觉得咱们有了两次收成，再来第三次可吃不消了，除非老天爷大慈大悲，给咱们点儿帮助呢。”

堂吉诃德说：“我告诉你，桑丘朋友，游侠骑士一生要遭遇千百次的危险和苦难；可是他们也有千百个机会，可以马上称王称帝。你只要看看，各色各样的骑士都有这种经历，他们的传记我全熟悉。我要不是痛得喘不过气，这会子就可以讲给你听。有些骑士靠勇力升到很高的地位，而他们在成功的前后，总受到种种艰苦。譬如勇敢的阿马狄斯·台·咖乌拉曾经落在他的死冤家阿尔咖拉乌斯魔法师手里。这个魔法师把阿马狄斯捉去，缚在院子里一根桩子上，用马缰绳抽了他二百多下，这是千真万确的事①。还有个不大出名的作家，可是声望也不小，据他说，太阳骑士曾经有一次落了圈套：他在一个堡垒里，忽然脚底下裂出个大窟窿，他就掉进很深的地阱，手脚都给捆住，人家用雪水和着泥沙给他灌肠，害得他差点儿送命。要不是跟他交情很深的一位法师在他奄奄一息的时候解救了他，这可怜的骑士就遭殃了。我能和这些大人物并列，也就够体面了，而他们受的侮辱比咱们刚才受的还大呢。因为，桑丘，你得明白，要是人家偶然拿着什么器械打伤了你，算不得侮辱；这是决斗章程上明文规定的。譬如一个鞋匠拿手里的鞋楦打人，楦子固然是块木片，不能因此就说挨打的人吃了一顿板子。我跟你讲这些话，免得你以为咱们这番挨揍是受

① 阿马狄斯的传记里只说他两次受困于阿尔咖拉乌斯，但并没有说他挨马缰绳鞭打。

了侮辱;因为那些人随手用来揍咱们的器械,不过是他们的木桩子,据我回忆,他们中间没一个是带着长剑或短剑或匕首的①。"

桑丘说:"我没工夫看得那么仔细,因为我还没来得及拔剑,他们的松木桩子已经横七竖八地打在我肩膀上了,打得我眼前发黑,脚里发软,一挫身就栽在这里了。至于挨了这顿桩子算不算侮辱,我是满不在乎的;苦的是给揍得疼痛,肩膀上、心眼里都痛得撒不开。"

堂吉诃德说:"可是潘沙老弟啊,你听我说:心眼里的事,日子久了会消掉;不论什么痛苦,一死就完了。"

潘沙说:"要等日子久了才消,到死才完,那不是苦恼透顶的事吗?咱们遭了殃要是贴两个膏药会好,就没什么大不了的;可是我现在看来,要医好咱们呀,把医院里所有的膏药都贴上还不够呢。"

堂吉诃德说:"桑丘,别这么说,该从疲软里提炼出劲儿来;我也要这么办呢。咱们且瞧瞧驽骍难得怎么了。照我看来,这可怜家伙这番吃的苦头不小。"

桑丘说:"这没什么稀奇的,因为他也是个游侠骑士呀。我只奇怪这头毛驴儿却一点没事,倒是咱们俩落得腰瘫背折。"

堂吉诃德说:"运道往往在不幸的地方开着一扇门,让坏事有个补救。我说这话有个道理。这头驴可以顶驽骍难得的缺,

---

① 欧洲封建时代的风俗习惯:贵族用比剑的方式解决彼此间的争端;平民间用棍或棒打架;贵族欺负平民则用鞭子抽或板子打。因此挨一顿鞭子或吃一顿板子是受侮辱。

把我驮到个城堡里去治疗创伤。而且我认为骑这种牲口也无损体面。我记得书上说,笑神的师傅昔雷诺老头儿①就是得意洋洋地骑着一匹很漂亮的驴子跑进‘百门城’的②。”

桑丘说:“那老头儿也许真是像您说的那样骑驴去的,不过,是骑跨在驴背上,还是像一口袋肥料似的横搭在驴背上,那可远不是一回事啊。”

堂吉诃德答道:“打仗受了伤只有体面,并不丢脸。所以,潘沙朋友,别多说了,你还是照我的话,挣扎着起来,随你怎么样把我放在你的驴上,咱们快离了这儿吧,别等一下子天黑了,咱们还落在这个荒野里。”

潘沙说:“可是我听您说过,游侠骑士一年里该有大半年睡在荒山野地里,还觉得那样很幸福呢。”

堂吉诃德说:“那是指迫不得已或正逢恋爱的时候,确是千真万确的。有的骑士瞒着意中人,不顾天阴天晴,严寒酷暑,在岩石上露宿了整两年。‘忧郁的美男子’阿马狄斯就是这样,他在‘荒岩’上住了不知是八年还是八个月——我记不清了。反正他是在那里悔过赎罪,因为我不知他怎么得罪了他的奥莉安娜公主。可是闲话少说,桑丘,上劲吧,别让这头驴也像驽骍难得那样出了事。”

桑丘说:“那就一定是魔鬼和咱们捣蛋了。”

他喊了三十声“哎唷”,叹了六十口气,把引他到这里来的

---

① 希腊神话,昔雷诺(Sileno)是酒神的伴侣(一说是养父),性爱音乐,是个贪酒纵欲、爱寻快乐的秃头老人。

② 这里指的是希腊忒巴斯(Tebas)城,但所谓“百门城”是埃及的忒巴斯城。塞万提斯把二者混淆了。

人咒诅了一百二十遍，才从地下爬起来，像一张土耳其弓似的伛着腰站在当道，直不起身子来。他虽然浑身疼痛，居然给他的驴备上鞍辔——那驴逍遥了一天，也是干了些放荡勾当的。他随就扶起驽骍难得。这匹马要是会叫苦，它叫的苦决不输于桑丘和他的主人。长话短说，桑丘把堂吉诃德安放在驴上，把驽骍难得系在驴后，拉住驴子的缰绳，捉摸着方向往大路上走去。他们的运气渐渐好转，没走得一哩瓦路，大道已经在望，道旁还有个客店。堂吉诃德不由桑丘分说，随着心硬说是一座堡垒。桑丘坚持那是客店；他主人说不是，那是堡垒。两人争论不已，一路到了那里还没争完。桑丘不再斤斤声辩，领着一行人畜进了大门。

第十六章

这位异想天开的绅士在他认为堡垒的
客店里有何遭遇。

客店主人看见堂吉诃德横卧在驴背上，就问桑丘这人害了什么病。桑丘说他什么病都不害，只是从山上栽下来，肋上受了些伤。店主有个老婆，性情和一般客店主妇不同；她生性厚道，关心旁人的疾苦。她忙来替堂吉诃德治疗，还把她的年轻漂亮的闺女也叫来帮着照料。客店里还有个帮佣的阿斯杜利亚姑娘，她宽脸盘，扁脑勺，塌鼻子，瞎一只眼，另一只眼也有毛病。

不过她体态风流,足以弥补她的缺陷。她从头到脚不满七拃①,背有点儿驼,所以她不由自主,老是眼望着地。这位好姑娘帮着客店小姐在顶楼上给堂吉诃德铺了一张破陋的床。这个顶楼分明是多年堆草料的,里面还住着个骡夫,床铺和堂吉诃德的相去不远。他那床铺虽然是用骡子的驮鞍和披盖凑成的,却比堂吉诃德的强多了。堂吉诃德的床只是四块粗糙的木板架着高低不平的两只板凳;褥子薄得像床单,里面尽是疙瘩,要不是窟窿眼里露着羊毛,摸来硬邦邦的疙瘩就像石子;两条床单好像盾牌上的皮革;一条毯子上经纬的线缕分明,谁要是有兴数一数,准可以一根不漏。

堂吉诃德躺上这只破陋的床,店主妇和她女儿马上替他从头到脚敷上膏药,阿斯杜利亚姑娘玛丽托内斯在旁举火照着。店主妇一面敷药,看见堂吉诃德身上一道道青紫,就说这看来不像摔的,倒像揍出来的。

桑丘说:"不是揍的。石头上高高低低全是尖角,一个尖角就撞出一块青紫。"

他又说:

"太太,您的软布省着点儿使,保不定还有人要用;我腰里就有点疼呢。"

店主妇说:"那么你一定也摔跤了。"

桑丘·潘沙说:"我没摔;不过看见我主人摔跤,吓一大跳,就此浑身疼痛,仿佛着了一千下棍子似的。"

那小姑娘说:"真会有这种事。我常做梦从塔上摔下来,老

---

① 这是张开了手,从大拇指到小手指的距离。

摔不到地；一觉醒来，就觉得浑身酸痛，好像真摔了似的。”

桑丘·潘沙答道：“小姐，奇怪的是我当时并没有做梦，比这会子还清醒呢，可是我身上一道道的青紫简直跟我主人堂吉诃德的一样多。”

阿斯杜利亚姑娘玛丽托内斯问道：“这位绅士叫什么名字？”

桑丘·潘沙说：“他叫堂吉诃德·台·拉·曼却，是冒险的骑士；从古以来天下最出众最勇敢的骑士里就数得到他。”

那丫头说：“什么是冒险的骑士呀？”

桑丘·潘沙说：“你太不懂事了，连这个都不知道吗？我告诉你，我的小妹，冒险的骑士是怎么回事呢，就是一会儿挨揍、一会儿做皇帝；今天是天下最倒霉、最穷困的人，明天手里就会有两三个王冠可以赏他的侍从。”

店主妇说：“你既然跟了这样一位好主人，怎么看来连个伯爵也没挣上呀？”

桑丘说：“还早着呢。我们出门冒险，才一个来月，到今还没有碰到一遭真正的奇遇。有时候找这样东西，偏出现了那样。不过老实说，我主人堂吉诃德这回受了伤、或摔了跤，如果能养好，我自己也没成残废，那么，即使把西班牙最高的爵位封我，也还不称我的心呢。”

他们讲的话堂吉诃德句句听在耳朵里，他硬撑着在床上坐起来，握着店主妇的手，说道：

“美丽的夫人，请听我说，我在你这座堡垒里留宿，可算是你的荣幸。像我这样的人，不便自称自赞，因为老话说得好，‘自称自赞，适见其反’；不过我的侍从会告诉你我是谁。我只跟你说，有劳你服侍，我铭刻在心，一辈子感激。我现在给爱情约束得服服帖帖，我齿缝里喃喃念诵着的那位狠心美人，一双眼睛直看管着我，不然的话，我就甘心为你这位漂亮女儿颠倒，专瞧她的眼色行事了。”

客店主妇、她的女儿和实心眼的玛丽托内斯听了这位游侠骑士的话莫名其妙，仿佛他讲的是希腊语；不过也知道这一套无非是讨好奉承。她们没听惯，直瞪着他发愣，觉得他与众不同。她们用客店里的套语答谢一番，随他去躺着。阿斯杜利亚姑娘玛丽托内斯就去治疗桑丘的伤；他也亟待治疗呢。

骡夫和玛丽托内斯约定当晚欢会；她答应等人静后主人都睡了，就来找他，让他趁愿。据说这好姑娘只要答应了人家，尽管在深山旷野里没人在旁作证，她也守信赴约，表示自己是个一诺千金的贵妇人。她在客店帮佣并不以为耻，只说是倒霉走了背运，落到这个地步。那间透漏星光的破屋里，前面当中是堂吉诃德那张又硬，又狭，又陋，又不平稳的床。紧挨着就是桑丘的铺。那不过是一领草席和一条毯子；毯子不像羊毛的，倒像破烂的帆布。这两个床铺后面是骡夫的床铺：上文已经说过，那是用他两匹头等好骡子的驮鞍和全副披盖拼凑成的。他总共有十二匹骡子，都膘肥毛润、精精壮壮。据这部传记的作者说，他在阿瑞巴洛的骡夫里是头等富裕的。作者深知他的底细，所以特笔写他；据说他们俩还有几分亲戚关系呢①。再加熙德·阿默德·贝南黑利这位历史家对什么事都追根究底，而且很精确，只

① 在塞万提斯的时代，尤其在阿瑞巴洛那个地方，骡夫和搬运夫多半是摩尔人。假托为本书作者的熙德·阿默德·贝南黑利也是摩尔人。

要看上文的叙述，就知道他对琐碎不足道的事也一点不漏，一丝不苟。严肃的史家都可以学他的样。他们叙事太简略，读来索然无味。他们或是粗心，或是恶意，或是疏陋无知，把作品最重要的部分都沉淀在墨水瓶底里了。《塔布朗德·台·黎加蒙德》的作者和佗米利阿斯伯爵生平事迹的作者，把一桩桩情节描摹得多么细致啊①，真该千遍万遍地祝福他们！闲话少叙，且说骡夫照看了他的牲口，喂过第二遍草料，就躺在驮鞍上，等待那位绝顶守信的玛丽托内斯。桑丘这会儿已经敷上膏药躺下了；他竭力想睡，可是胁上作痛，总睡不着。堂吉诃德也痛得像兔子似的大睁着眼睛。客店里已经寂无人声，一片漆黑，只有挂在大门口正中的一盏灯笼还放着光亮。

我们这位骑士看书中了毒，老想着书上经常讲的一些情节。当时店里非常静寂，他就想入非非。上文已经说过，他把自己投宿的客店都当作堡垒；这时就想自己是在一个有名的堡垒里，店主的女儿是堡垒长官的小姐，她爱上自己风度高雅，答应当夜瞒着父母来陪他睡觉。他既把自己虚构的幻想当作真情实事，就惶恐不安，觉得自己端方的品节要靠不住了。他暗暗拿定主意，即使希内布拉王后带着她的金塔尼欧娜夫人前来亲热，他也决不亏负他的杜尔西内娅·台尔·托波索小姐。

他正在胡思乱想，合是他倒霉，阿斯杜利亚姑娘恰来赴约。她穿一件衬衣，光着脚，用粗布头巾裹住头发，轻轻蹑脚走进他们三人合住的屋子来找骡夫。可是她刚进门，堂吉诃德就知觉了。他虽然敷着膏药，而且腰胁作痛，却从床上坐起，张开两臂

① 塞万提斯这番称赞是挖苦，这两位作者的骑士小说最不出色，也最没销路。

来迎接他的美人。阿斯杜利亚姑娘哈着腰、缩着脖子，屏息敛气地走来，一面伸着双手摸索她的情人。她恰恰碰着堂吉诃德的胳膊，堂吉诃德就紧紧抓住了她的手腕；当时她不敢声张，被他一把拉到身边，强按着坐在床上。他就去抚摸她的衬衣。那是粗麻布的，他却觉得是最细软的纱罗。她两腕笼着些玻璃珠串，他却看到了东方的珍珠光彩莹莹。她头发和马鬃毛一样，他却以为是灿烂无比的阿拉伯金丝，衬得太阳都黯然无光。她的气息分明氤氲着隔宿的冷杂拌味道，他却觉得她吐气芬芳。他曾经读到一位公主情不自禁，去探望一位重伤的骑士。他这时想象的种种，就和那位公主当时的打扮一一相仿；反正他心目中描绘的这位美人，相貌体态和那位公主完全一样。可怜的绅士迷了心窍，尽管他摸到的、闻到的以及这位好姑娘身上的其他等等，除了骡夫谁都要作呕，却没有使他醒悟。他只觉得抱在怀里的是美丽之神。他紧紧搂着，含情低语道：

"尊贵美丽的小姐，承你惠然光降，让我瞻仰你的天姿国色，我但愿能够不负你的恩情。可是惯爱捉弄好人的造化小儿，叫我浑身瘀伤、筋酸骨痛地倒在这张床上，即使有意要遂你的心愿，也无可奈何。而且，我还有更深一层的无可奈何。我已经对绝世无双的杜尔西内娅·台尔·托波索矢忠不二，她是我心窝里唯一的意中人。不然的话，承你一片深情给我这个好机会，我哪会白白放过呢，我不是那么个呆骑士呀。"

玛丽托内斯给堂吉诃德紧紧抱住，焦躁万分，身上直冒汗。她听不懂人家对她说的话，也没心思听，只闷声不响地挣扎着想脱身。骡夫那好家伙正满腔邪念，睡不着觉。他的情妇一进门他就知觉了；堂吉诃德讲的话他句句都留心听着，以为阿斯杜利亚姑娘为了别人对他失信了,不免浸着一缸醋。他挨近堂吉诃德床边,站定了瞧他那套怪话怎么收场。可是他一见那丫头挣扎着想脱身,堂吉诃德却竭力拉住不放,觉得这样捣乱太不像话,就举臂下死劲一掌打在这位多情骑士的瘦脸上,打得他满口鲜血。他还不心足,竟跳到堂吉诃德身上,用跑马步伐,从他第一根肋骨踩到末一根。那张床本来不大结实,又不平稳,经不起再添上一个骡夫的重量,豁琅一声塌下地去。店主给这一声闹醒。他高声喊玛丽托内斯,没听到回答,就料定是她闹的乱子;心上这么猜想,忙起来点了一盏油灯寻声找去。那丫头瞧脾气暴躁的主人来了,吓得慌了手脚,直往桑丘·潘沙的床上躲;桑丘睡得正熟,她就钻进他的被窝,蜷缩成一团。客店主一面进屋来,一面嚷道:

"婊子!你在哪里?准是你闹的事!"

这时桑丘醒来,觉得一团东西几乎就压在身上。他以为是魇鬼,就挥拳四下乱打,玛丽托内斯身上着了不知多少下。她负痛顾不得体面,就动手还打,打得桑丘不由得从梦里清醒过来。他发现有人打他,却不知是谁,就挣扎起身,揪住玛丽托内斯对打;两个都不要命了,打得煞是好看。骡夫在店主人的灯光下瞥见他情妇的景况,忙撇下堂吉诃德来救她。店主人也来帮一手,不过他另有用意。他拿定这番大合奏都由那丫头而起,所以要收拾她一顿。这就好像经常说的"猫儿追耗子,耗子追绳子,绳子追棍子"①;骡夫打桑丘,桑丘打丫头,丫头打他,店主打丫头,一个个忙得手不停留。妙的是店主那盏油灯忽然灭了,大家在

① 西班牙童话里讲的。

黑地里恶狠狠地乱打，扭成一团；拳头落处，没一块完好的皮肉。

那晚上恰巧有个所谓托雷都旧神圣友爱团①的巡逻队长在客店过夜。他听到打架吵闹，就拿起行使职权的短杖②和藏置官衔的铁皮盒，摸着黑跑进屋来，一面喊道：

"大家住手，服从法律的命令！大家住手，服从神圣友爱团的命令！"

他进来先碰上吃饱拳头的堂吉诃德，这时人事不知，脸朝天挺在那张倒塌的床上。他可巧揪着堂吉诃德的胡子，一面还只在喊："大家协助执行法律！"可是他觉得揪住的人并不动弹，就以为是死了，并且以为屋里那些人都是凶手。他动了这个疑心忙高叫：

"关上店门，一个别放走！这里杀了人了！"

大家听到这声喊，吓一大跳，马上一个个撒手溜了。店主人回到自己屋里，骡夫回去躺在自己的驮鞍上，那丫头也回到她的破屋里去；只有倒霉的堂吉诃德和桑丘还待在原处。巡逻队长这时撒开堂吉诃德的胡子，跑出去取火，打算寻找犯人，把他们逮捕。可是他没处取火，原来店主乘回屋的时候，故意把灯笼也灭了。他只好到炉灶上去想办法，煞费一番手脚，也费了好大工夫，才点着一盏油灯。

---

① 指十三世纪在托雷都建立的神圣友爱团（参看本书91页注②）。到十五世纪，这个组织重经整顿，称为新的神圣友爱团。

② 西班牙职位低的官员手执短杖，职位高的官员手执长杖；神圣友爱团巡逻队长的杖是绿色的短杖。

第十七章

续叙英勇的堂吉诃德倒了霉，把客店当作堡垒，和他的好侍从桑丘·潘沙在那里遭到种种灾难。

堂吉诃德已经苏醒，他用前一天躺在“那木桩子的平原上”①呼唤他侍从的那个声调说：

“桑丘朋友，你睡着了吗？你睡着了吗，桑丘朋友？”

桑丘满肚子气恼，回答说：“倒霉！我哪能睡啊！所有的魔鬼今晚都缠着我呢。”

堂吉诃德说：“大概真是这么回事，没什么说的。我瞧这座堡垒准是魔法笼罩着的；要不，我就太没识见了。我告诉你——不过我这会儿告诉你的话，你得发誓保密，等我死了才可以说出去。”

桑丘说：“我发誓保密。”

堂吉诃德说：“我这话是因为不愿意败坏人家的名誉。”

桑丘重复说：“我说了呀，我发誓把这秘密直保到您百年以后。不过我但愿上帝让我明天就可以说出去。”

---

① 这是引用古代有关熙德的民谣，开头一句“在那木桩子的平原上”，指他们挨杨维斯人用木桩子捶打的草原。

堂吉诃德说:“桑丘,我怎么亏待了你,竟要我马上就死啊?”

桑丘说:“不是这个缘故;只因为我最恨把东西老藏着,我不喜欢东西闷着发霉。”

堂吉诃德说:“不管怎么样吧,凭你对我的情分和尊敬,我还是信得过你的。我告诉你,今夜我碰到一桩没法形容的奇事妙事。我干脆讲吧。刚才这里堡垒长官的女儿跑来看我。她的风度和相貌都美极了,简直绝世无双。我真不知道怎样来形容她那模样的俏丽,心眼的灵巧;至于她那些遮掩着的美妙之处,我因为忠于我的杜尔西内娅·台尔·托波索小姐,就避而不谈了。我只是要告诉你,我交运有这等艳福,也许惹了老天爷的嫉妒;也许我刚才说得不错,这座堡垒真是魔法笼罩着的;反正为这些缘故吧,我跟她正谈得最甜蜜、最亲热的时候,我没看清,不知打哪儿伸来一只巨大的大手,在我下巴颏上揍了一拳,揍得我鲜血直流;接着又把我毒打一顿。昨天那些搬运夫为了驽骍难得的过失给咱们的一顿打,你是知道的;我今天挨的比昨天的还凶。所以我想,准有个魔法禁咒着的摩尔人守护着这位小姐,不让我消受她的美色。”

桑丘说:“也不让我消受,因为足有四百多摩尔人把我狠狠地揍;我挨的那顿桩子,比起来只算小点心罢了。可是先生,我请问您:刚才的事把咱们害到这步田地,您怎么说是奇事妙事呢? 您还好些,因为还搂到一个据您说是绝世美人;我呢,除了挨一顿从没挨过的毒打,还有什么呢? 我和生我的妈妈真倒霉呀! 我又不是游侠骑士,一辈子也不想做游侠骑士,可是所有的灾殃大半却落在我身上!”

堂吉诃德说："原来你也挨打了？"

桑丘说："我不是跟您说，我挨了打吗？真是倒了祖宗十八代的霉！"

堂吉诃德说："朋友，不要烦恼，我现在就来做那种宝贵的治伤油，咱们喝下，一眨眼就病痛全没了。"

这时巡逻队长点上油灯，进屋来瞧他心目中的死人。桑丘看着他进来，身上穿件衬衣，头上裹块布，手里拿个油盏子，一张脸狰狞可怕，就问他主人说：

"先生，说不定这就是受魔法禁咒的摩尔人吧？他大概有事未了，又来收拾咱们。"

堂吉诃德说："不会是那个摩尔人，因为受魔法支使的，肉眼看不见。"

桑丘说："肉眼看不见，可是肉体感觉得到；不信，问我的肩膀。"

堂吉诃德说："也可以问我的肩膀。不过这还不能证明这就是魔法禁咒着的摩尔人。"

巡逻队长进来，看见他们俩安静地说着话，不禁呆住了。堂吉诃德因为浑身瘀伤，又贴满膏药，所以还脸朝天挺着，动弹不得。巡逻队长走到他跟前说：

"老哥，你怎么了？"

堂吉诃德说："我做了你，说话还得讲究些礼貌。你们这里对游侠骑士说话，行得这样吗？你这蠢东西！"

巡逻队长瞧这么狼狈的人对他盛气相凌，哪里受得了，就举起油盏，连着满满一盏子油，对准堂吉诃德的脑袋砸下来，把头皮砸伤好大一块；他乘一片漆黑，三脚两步走了。桑丘·

潘沙说：

“没什么说的，先生，这一定是魔法禁咒的摩尔人。他准是为别人守护着宝贝，咱们份里只是拳头揍、油盏砸。”

堂吉诃德说：“是啊，而且着魔的事没法认真，生气发火也没用，因为肉眼看不见，是变幻出来的；随你用尽方法，也找不出对手来向他报复。桑丘，你要是挣得起身，你且起来，找这座堡垒的长官，替我问他要些配制治伤油的油、酒、盐和迷迭香。老实说，我觉得这会儿很需要，因为那个鬼给我砸出来的伤口里直流血。”

桑丘浑身筋酸骨痛，挣着起来，摸黑去找店主人。巡逻队长正在外面听他的对手说些什么话呢。桑丘碰见了他，说道：

“先生，不管您是谁，麻烦您行个方便，给我们些迷迭香，还要些油、盐和酒；因为有个游侠骑士里的头号人物，给店里一个魔法禁咒着的摩尔人打得身受重伤，躺在那边床上，要用这些东西治疗。”

巡逻队长听了这番话，断定这人是疯子。当时天色已经透亮，他就打开店门，叫起店主，转达了这位老兄的要求。店主把所要的东西都拿来，桑丘就去交给堂吉诃德。堂吉诃德给油盏砸得疼痛，正捧着脑袋在那里哼哼。那一砸，只砸出了两个大鼓包；他以为直流血，其实只是给那场风险急出来的满头大汗。

长话短说，他把这些药材和在一起，熬了好久，认为火候到家，这剂药已经炮制成功，就讨个瓶子来装。客店里没有瓶子，店主送了他一个铁皮的油罐子，他就用来装药。然后他对着这罐药念了八十多遍《天主经》，又把《圣母经》《赞美歌唱和辞》和《信经》也念了那么多遍，念一个字就像祝福那样画一个十字。当时桑丘、客店主人和巡逻队长在旁从头直看到底；骡夫已经悄悄去料理他的牲口了。堂吉诃德制成了心目中的神油，就想亲自试试它的效验。熬药的锅里还剩着些油罐里装不下的药，他拿来喝了一升左右。可是他刚喝下就恶心，把肚里的东西吐个罄净，吐得搜肠抖肚，浑身大汗。他就叫人家给他盖严了，让他独自躺着。他们遵命；他一觉睡了三个多钟头，醒来觉得身体舒泰，痛楚大减，自以为完全好了，并且深信自己制成了大力士的神油，有了这种药，以后无论多么危险的冲锋陷阵都不怕了。

桑丘·潘沙瞧他主人身体大好，也以为是奇迹。锅里剩下的药还不少，桑丘求他主人都给他。堂吉诃德一口答应。桑丘信心百倍，决心千倍，捧着锅子一口气直往肚里灌，喝下的量和他主人喝的不相上下。可怜的桑丘肠胃不像他主人那么娇，所以先还不呕吐，只是一阵阵肚痛、恶心、出虚汗、发晕，觉得马上要死了；他痛苦不堪，只顾咒骂治伤油和给他喝油的混蛋。堂吉诃德瞧他这样，就说：

"桑丘，你这么难受，准是因为你没有封骑士。依我看，没封骑士的喝了这种药不见效。"

桑丘答道："您知道这个道理，干吗还让我喝呢？真是倒了我几辈子的霉呀！"

这时桑丘喝下的汤药药性发作，可怜的侍从身上两个渠道一齐决口，直流猛泻；他已经重行躺下，垫的草席和盖的粗布毯子都弄得不能再使用了。他一身身虚汗，一次次昏厥，自以为要死了；大家也都这么想。他身上的狂涛恶浪迁延了将近两个钟头方才平息。桑丘和他主人不同，事后只觉得浑身瘫软，连站都站不起来。可是堂吉诃德呢，上文已经说过，他觉得身轻体健，想立刻出门冒险去。他以为耽搁在这里对不起这个世界和需要他扶助的人;况且他有了治伤的油,越加胆大放心了。所以他急不可待,亲自替驽骍难得套上鞍辔,替他侍从的驴子安上驮鞍,还帮他侍从穿衣裳,扶他上牲口。然后他自己也骑上马;客店的一个角落里有一支短柄的枪,他就拿在手里,准备当长枪使用。

客店里一起有二十多人,都站定了瞧他,店主的女儿也在内。他目不转睛地望着她,还频频叹气,一声声都仿佛从心底里抽出来的。大家只道他是胁上作痛——至少昨晚看着他敷药的人是这样想。

他们俩都已经上了坐骑;堂吉诃德站在客店门口,喊了店主,板着脸一本正经说:

"长官先生,我在你这座堡垒里多承盛情招待,我非常感激,一辈子也忘不了。假如有蛮横无理的人得罪过你,我希望能替你出口气,作为报答。我告诉你,我的职务无非是扶弱济穷,申雪无辜,惩罚不义。请你回想一下,如有这类的事要我效劳,只消说一声,我凭封授的骑士职位向你保证,一定叫你称心。"

店主也一本正经地回答说:

"骑士先生,我不用您替我出什么气;谁得罪了我,我自有手段对付。我只要您付清昨晚的各项花费:你们头口的干草、大麦,还有你们的晚饭和床铺。"

堂吉诃德说:"那么,这是个客店了?"

店主回答说:"是啊,而且是个很上等的客店。"

堂吉诃德说:"我一向弄错了;不瞒你说,我以为这是一座堡垒,而且是一座很不错的堡垒。既然这不是堡垒却是客店,现在只好把这笔账目勾销了事。因为我不能违反骑士道的规则。

我确实知道，游侠骑士住了客店从来不出房钱，也不付别的账；我从没看见哪本书上讲到他们付钱。他们在外冒险，不分日夜和季节，或步行，或骑马，耐着饥渴寒暑，冲风冒雨，受尽折磨；他们这样辛苦，对他们不论多么殷勤款待只是合法的报酬，并且也是合情合理的。”

店主说：“这个与我不相干。您且把欠我的钱付清，不用讲这些闲话和骑士道。我不管别的，只管收我的钱。”

堂吉诃德说：“你就是个愚蠢卑鄙的客店主人。”

他踢动驽骍难得，绰着长枪直冲出店门，谁也没拦他。他并不瞧瞧自己的侍从是否跟在后面，一口气跑得老远。店主人瞧他跑了，账却没付，就去问桑丘·潘沙要钱。桑丘说，他东家既然不肯付，他也不付；他是游侠骑士的侍从，他东家住了旅馆或客店，什么东西都不花钱，这个规矩、这点道理在侍从身上照样适用。客店主人大怒，恫吓他说，要是不付账，就给他吃些苦头，不由他不拿出钱来。桑丘回答说：他遵守他主人奉行的骑士道，即使要他的命，也不给一文钱；游侠骑士自古以来的好规矩不能坏在他手里，他也不能让后世的侍从怪他放弃了这样公道的权利。

倒霉的桑丘合是走了背运。当时住店的客人里有四个赛果比亚的拉毛匠，三个高都比亚石马区卖针的小贩，还有两个塞维利亚市场附近的居民。这伙人喜欢闹着玩，并没有恶意，却很促狭淘气。他们仿佛是同心协力地一齐赶到桑丘身边，把他揪下驴；其中一人到店主屋里去拿了他的床毯，大家把桑丘推倒在毯子上，他们抬眼看看屋顶太低，碍着他们的道儿，就决计到后院去，那里是以青天为顶的。他们把桑丘兜在床毯里，向天空高高抛去，仿佛人家在狂欢节耍狗那样耍他①。

给他们抛着玩的倒霉人没命地叫嚷，喊声直传到他主人耳里。他主人停步细听，以为又遭遇了什么奇事，后来才听清楚原来是他的侍从在叫嚷。他忙兜转马急急跑回客店，看见店门紧闭，就绕着店找地方进去。后院的围墙不高，他跑到那里发现他的侍从正遭人捉弄。他瞧桑丘那么轻盈活泼地在空中一起一落，要不是当时气愤填胸，准会发笑的。他想踩着马背爬上墙头，可是筋骨无力，连下马都不能，只好在马上向抛掷桑丘的那伙人破口大骂，一迭连声，作者简直没法记录。他们还只顾嬉笑，并不住手。桑丘在空中翻滚，不住声地叫苦，一面恫吓，一面央求，可是没有什么用处——简直一点用处也没有，他们直到力气使尽，才放他下来。他们把他的驴牵来，扶他上驴，替他披上外衣。软心肠的玛丽托内斯瞧他疲软不堪，觉得给他喝一罐凉水是最当景的救济，特地从井里汲了一罐透心凉的水送上来。桑丘接过罐子，正凑到嘴边，却给他主人大声喊住说：

"桑丘儿子，别喝水！儿子，这罐水要送你性命的，别喝！我这儿有的是万应神油，你瞧见吗？"他把盛药的罐子举给桑丘看看，"你只消喝下两滴，一定药到病除。"

桑丘斜过眼去一看，压倒了主人的声音大嚷道：

"您大概忘了我不是骑士吧？您还是要我把昨夜剩在肚里的心肝肺肠都吐掉呀？您那见鬼的药您自己留着吧，别管我的事。"

他说完马上就喝，可是一喝是水，就不肯再喝。他求玛丽托

---

① 把人兜在毯子里抛掷作戏，古罗马暴君史威东在朝时就有这风气。在塞万提斯的时代，西班牙学生在狂欢节把狗这般抛掷着开玩笑。

内斯给他倒些酒来。她很乐意,而且是自己花钱买的。人家本来就说她虽然吃这一行饭,却有基督徒的气息。这时店门已经大开,桑丘喝完酒,踢动驴子直冲出大门去。尽管他的肩膀照例又替他当了灾,他却非常得意,因为没花一个钱,坚持着自己的主张出了客店。其实客店主人已经把他的褡裢袋扣下抵账,不过桑丘出门的时候急急慌慌,没觉察少了东西。店主等他一走,就要把店门牢牢闩上,可是抛掷桑丘的那伙人不赞成;即使堂吉诃德真是圆桌骑士里的一员,在他们眼里也不值半文钱。

第十八章

桑丘·潘沙和他主人堂吉诃德的谈话
以及其他值得记述的奇事。

桑丘赶上他主人的时候,已经精疲力竭,连催趱驴子的劲儿都没有了。堂吉诃德瞧他那样,就对他说:

"桑丘老弟啊,我现在确实相信那座堡垒或客店是魔法笼罩着的。把你恶作剧的那群家伙要不是鬼怪或另一个世界上的东西,又是什么呢?我留心到一件事,证实了我这看法。刚才我在后院围墙外面看着你那出倒霉戏,我竟爬不上墙头,连下马都不能,可见我一定是着了魔法的道儿。我凭自己的身份对你发誓:我要是爬得上墙,或下得来马,一定替你狠狠报仇,叫那起流氓恶棍一辈子忘不了他们那场胡闹。当然我知道这一来违反骑士道的规则，因为我说过多少回了，骑士除非保卫自己的身体性命，情势紧急，万不得已，照例是不准和没封骑士的人交手的。”

“我要是办得到，不管自己封不封骑士，也会替自己报复，只是办不到啊。不过我觉得捉弄我的那伙人不是您说的鬼怪，也不是魔法支使的，他们和咱们一样是有皮肉筋骨的人，而且都有名字，因为我听见他们在抛弄我的时候彼此称呼的。一个叫贝德罗·马丁内斯，一个叫德诺留·艾南代斯；我听他们管店主叫左撇子胡安·巴洛梅给。所以，先生啊，您爬不上墙、下不来马另有缘故，不是着了魔法的道儿。我现在明白了一个道理：咱们四处冒险，无非落得吃尽苦头，连自己的左右脚都分辨不出。依我浅见，现在正是收获的季节，最好还是回村料理咱们的田地去，别像老话说的东奔西走，乱撞乱投①。”

堂吉诃德说：“桑丘，你全不懂骑士道的事。你别闹，也别着急，总有一天你会亲眼看到干这一行多么光荣。你倒说说，天下还有什么事比打胜仗、降伏敌人更快意的吗？没有了！这是没什么说的。”

桑丘说：“您这话想必是对的，不过我也不懂。我只知道自从咱们做了游侠骑士——或者自从您做了游侠骑士（因为那么体面的人物里凭什么也数不上我），咱们没打过胜仗，只有跟比斯盖人交手的那一次。您就在那次还赔掉半只耳朵和半个头盔呢。以后咱们总是挨一顿棍子，又一顿棍子，吃一顿拳头，又一顿拳头；我额外还给人家兜在毯子里抛掷了一顿，而且他们是魔法支使的，我不能报复，您说的降伏了敌人的快意，我就没

---

① 西班牙谚语。

法领会。”

堂吉诃德答道：“桑丘啊，我的苦恼正在这里，想必也是你的苦恼。可是我以后要想法子弄到一柄降魔的神剑，带在身上能破除一切魔法。说不定我时来运转，火剑骑士阿马狄斯的剑①会落在我手里呢。那是全世界骑士的宝剑里数一数二的，不但有刚才说的那点功用，而且还像剃刀一样锐利，铠甲尽管坚厚，或有魔法呵护，它都斫得透。”

桑丘说：“我反正够倒运的，即使您真找到这么一把剑，也就像治伤油似的，只对封上骑士的才有用；至于侍从呢，随他们去吃苦罢了。”

堂吉诃德说：“这个你不用愁，桑丘，老天爷会对你开恩的。”

堂吉诃德和他侍从一边走，一边说着话，忽见前途大阵尘土滚滚而来，就对桑丘说：

“桑丘啊，今天是我命里注定要交好运的日子！我告诉你，今天不比往日，我要大显身手呢，我今天的一番作为是要青史留传，永垂不朽的。桑丘，你瞧见前面卷起了一片尘土吗？数不清的民族组成了浩浩荡荡的一支大军，正向这里开发；这阵尘土就是他们翻腾起来的。”

桑丘说：“照这么说，该有两支军队呢，因为对面照样也起了这么一阵尘土。”

堂吉诃德回头一看，果然不错，喜得心花怒放；他拿定这是

① 这里指的是希腊的阿马狄斯，不是阿马狄斯·台·咖乌拉。所谓火剑，是胸膛上显现的一个红色剑印，堂吉诃德误以为是一柄可以使用的剑了。

两支军队，开到这片旷野里来交锋打仗的。原来他脑筋里时刻想着游侠小说里讲的那些打仗呀，魔术呀，冒险呀，奇迹呀，恋爱呀，决斗呀，等等，他说的、想的、干的全都是这一路的事。其实他看见的尘土是道路两头赶来的两大群羊掀起的；羊给尘土遮掩了，没到近前还看不清楚。堂吉诃德一口咬定是两支军队，桑丘也就信以为真，说道：

"先生啊，那咱们怎么办呢？"

堂吉诃德说："怎么办？扶弱锄强啊！我告诉你，桑丘，迎面来的军队是大皇帝阿利芳法隆率领的，他的领土是广大的忒拉玻巴纳岛①；我背后来的是他仇敌咖拉曼塔斯国王的军队，他名叫卷袖的潘塔坡林，因为他跟人家打架的时候常露着一条右胳膊。"

桑丘问道："那么，两位国王干吗结下这等深仇呢？"

堂吉诃德说："他们结仇有个缘故。阿利芳法隆是凶狠的异教徒，他爱上了潘塔坡林的女儿。那位公主很美，而且很文雅，她是基督徒；她父亲不愿意把她嫁给异教的国王，除非他背弃了伪教主穆罕默德，改信基督教。"

桑丘说："我凭自己的胡子发誓，潘塔坡林很有道理呀！我得尽力帮他的忙。"

堂吉诃德说："你这样就是尽本分了，桑丘，不封骑士，也能参与这种打仗。"

桑丘答道："这个我也懂得。可是咱们把这头毛驴寄放在什么地方，打完仗才稳稳地找得到呢？骑着这种牲口去打仗，只怕从来没这个规矩。"

---

① 亦称达普罗巴那，即锡兰的旧名，现在的斯里兰卡。

堂吉诃德说："这话不错。你最好还是随它去，走失不走失瞧它的运气。咱们打了胜仗，可以到手不知多少马匹，就连驽骍难得也保不定要换掉呢。我现在要把两支军队里的主将向你介绍一番，你留心听着，也留心瞧着。那边山坡上一定看得见这两支军队，咱们退到那里去，你可以观察得更仔细些。"

他们过去站在一个小山头上。堂吉诃德当作军队的两群羊要是没有给掀起的尘雾遮盖住，山头上看得很清楚。可是那些看不见而且并不存在的东西在堂吉诃德想象里却历历如睹。他高声说：

"那边一位骑士穿一身火黄铠甲，盾牌上画着一只戴王冠的狮子蹲伏在一位小姐脚边，那是英勇的银桥大王拉乌尔咖尔果。那一位铠甲上有一朵朵金花，盾牌是天蓝色的底子，上面有三只银子的王冠：那是吉罗夏的大公，威武的米果果兰博。他右边那个彪形大汉是天不怕、地不怕的布朗达巴巴朗·台·博利契，阿拉伯的三个部属都归他管辖。他披一张蛇皮当铠甲，举一扇大门当盾牌；据传说，那扇门就是参孙拼掉性命报仇的时候毁了大教堂拆下来的①。你再回头瞧瞧那一边吧。军队前面打头的是常胜无敌的悌蒙内尔·台·咖尔咖宏纳。他是新比斯盖的王子。他军器上的徽章分成四格，是蓝、绿、白、黄四色；盾牌是褐色的底子，上面画一只金猫，标着一个'喵'字，是他情人芳名的第一个字，据说她是阿尔费尼根·台尔·阿尔咖尔贝公爵的女儿、举世无双的苗丽娜。旁边那一位沉甸甸地压在一匹高头大马的背上，穿一身雪白的铠甲，盾牌也是白的，没一点纹章；他是个新骑士，法国人，名叫庇艾瑞斯·巴宾，是封在乌忒利盖的

① 参孙（Sansón），古犹太的大力士，见《旧约全书·士师记》第十三至十六章。

男爵。还有一位骑一匹轻快的花条儿斑马，脚跟上套着马刺，直在踢那马肚子，他的徽章是一排排银铃交错着一排排蓝铃的图案，他是勇猛的奈尔比亚公爵艾斯帕塔费拉多·台尔·博斯盖，他盾牌上画着一畦芦笋，有一句咖斯底利亚的标语：‘我的命运贴着地面追寻前途’①。”

他就这样随着自己的奇情异想，把臆造的两军将领一一举出姓名，还顺口诌出各人的铠甲、颜色、徽章和标语。他滔滔不绝地说：

“前面的这支军队是由许多民族组成的。有喝著名的顸托河甜水的人；有玛西琉山地上来来往往的人；有在阿拉伯乐土筛取金沙的人；有在清澈的泰莫东泰河两岸著名的清凉胜地享福的人；有开凿了种种渠道来排引含蕴黄金的巴克多洛河水的人；还有说了话不当话的奴米狄亚人；射箭出名的波斯人；一面逃跑一面战斗的巴尔提亚人和梅狄亚人；游牧的阿拉伯人；性情极残酷、皮肤极白净的西塔人；嘴唇上穿窟窿的埃塞俄比亚人；还有数不清的其他民族，他们的面貌我都认得出，只是记不起名字了。那一支军队里：有的民族喝灌溉橄榄树的贝底斯河的清水；有的用金黄灿烂的塔霍河水擦面洗脸；有的居住在圣洁的黑尼尔河流域，享用那赐福的河水；有的在牧草丰茂的塔西达平原来往；有的在享福的黑瑞斯草原上逍遥，有富庶的曼却人，戴着金黄色稻穗编的冠儿；有古老的哥特族遗民，穿着铁甲；有的是在毕苏艾咖河里沐浴的，那条河以水势悠缓闻名；有的是在瓜狄亚

① 原文 Rastrea mi suerte，rastrear 指用耙来耙地，或指随着足迹寻找，或指掠地低飞。许多译者对这一句解释不同，但都不能结合“一畦芦笋”的意义。一说，芦笋的根像耙齿；一说，芦笋是贴地生长的。

纳河两岸大片牧场上放牧的，那条曲曲弯弯的河以潜伏地下的暗流闻名；还有些耐寒的民族，有的住在森林苍翠的毕利内欧山头，有的居住在白云堆积的阿贝尼诺高原；总而言之，欧洲所有的民族全在那个队里。”

天啊！他说了那么多的地名，举出了那么多的民族！还一口气顺顺溜溜把各民族的特色都说出来。原来他读了那些谎话连篇的书，整个人都浸透在里面了。桑丘·潘沙眼睁睁地听着，一声不言语，有时东张张、西望望，看有没有他主人指名道姓的骑士和巨人。他什么也没瞧见，就说：

“先生，您讲的什么骑士，什么巨人，真是活见鬼，一个都没有啊——至少我没看见啊，大概就像那晚上的鬼一样，都是魔术变出来的。”

堂吉诃德说：“你怎么说这话呀？你没听见萧萧马嘶、悠悠角声、咚咚鼓响吗？”

桑丘答道：“我只听得公羊母羊的叫声，没听见别的。”

这倒是真的，因为那两群羊已经走近来了。

堂吉诃德说：“桑丘，你心上害怕，所以看不准，也听不准。怕惧的一个效果就是叫你感觉错乱，觉察不到事物的真相。你要是害怕得紧，你就躲过一边去，撇我一人在这里吧；单我一个人，就可以左右两军的胜负。”

他一面说，一面踢动驽骍难得，托定长枪，一道电光似的直冲下山坡去。

桑丘大声喊住他，叫嚷说：

“堂吉诃德先生，您回来！我对天发誓，您冲杀到羊群里去了！您回来！我的亲爸爸都倒足了霉呀！您这是发什么疯啊？

您瞧瞧，这里没有巨人，没有骑士，没有猫，没有徽章，没有杂色或一色的盾牌，也没有图案上的银铃、蓝铃和见鬼的铃。我真倒霉呀！您这是干什么呀？”

堂吉诃德并不回马，只高声叫道：

“哙！骑士们！谁投在卷袖的潘塔坡林大帝旗下作战的，都跟我来！你们可以瞧瞧，我毫不费力，就能降伏他的敌人阿利芳法隆·台·拉·忒拉坡巴纳。”

他一面说，一面冲进羊群，举枪乱刺，那股猛劲儿，好像真在刺杀他的宿世冤家呢。看羊的牧人大声喝住他，可是看来喝不住，就解下弹弓，把拳头大的石子向他耳边弹来。堂吉诃德并不理会这些石子，却左冲右突，嘴里喊道：

“不可一世的阿利芳法隆，你在哪里？你跑来！我是单枪匹马的骑士，只为你欺负了英勇的潘塔坡林·咖拉曼塔，我要惩罚你，跟你一对一地较量武力，送你的性命呢！”

正说着，一颗石子飞来打在他胁上，把两根肋骨打得陷进肉里去。他遭了毒手，断定自己不送命也受了重伤。他记起治伤油，忙取出油罐子，凑到嘴边，倒了些下肚；可是没喝上他认为足够的量，又一颗石子弹来，恰恰打在他的手和油罐上，把油罐迸碎，还连带磕了他嘴里三四只板牙和盘牙，把他两个手指砸得疼痛不堪。第一颗石子来势凶猛，第二颗也不弱，可怜的骑士不由自主，从马上倒栽下来。牧羊人赶到他身边，以为他已经打死。他们赶忙集合羊群，把七八只死羊掮在肩上，不管三七二十一就急急走了。

桑丘一直站在山头上，看着他主人发疯，一面只顾揪自己的胡子，咒骂命里的倒霉时刻，叫他认识了这位主人。他瞧主人跌倒在地下，一群牧羊人都走了，就下山跑到主人那里，看见他面无人色，却还有知觉。桑丘就说：

“堂吉诃德先生，我不是跟您说的吗：回来！您冲杀的不是军队，只是两群羊！”

“跟我作对的混蛋魔法师会这样变来变去的。我告诉你，桑丘，那些家伙要咱们变什么样就是什么样，非常容易。盯着我捣乱的那个恶人瞧我这番一定得胜，心上嫉妒，就把敌对的两军变做两群羊。你要是不信啊，桑丘，你瞧我面上干一件事，就会恍然大悟，知道我说的都千真万确。你骑上驴，悄悄地跟着他们去，你走不多远就会瞧见他们恢复原形，不是羊，却是一丝不假的人，正像我刚才对你形容的一样。不过你现在且别走，我要你照看呢。你过来，瞧瞧我掉了几个盘牙、几个板牙，我觉得嘴里一个都不剩了。”

桑丘走到贴近，把眼睛直凑到他嘴边。堂吉诃德喝下的治伤油这时药性发作，桑丘正向他嘴里细看，油汁冲口而出，比火枪里射出来的还猛，全喷在这位好心侍从的脸上。

桑丘说：“圣玛利亚！这是怎么回事呀？这可怜人嘴里喷出血来，一定受了致命伤了。”

可是他再仔细检查，凭颜色和气味，知道那不是血，只是他刚才瞧见主人喝的治伤油。他恶心得很，一阵反胃，把肚里的东西全吐在他主人身上；两个人都淋漓尽致。桑丘找到了他的驴，想从褡裢袋里拿些东西自己擦擦干净，并且替他主人治疗一番。他发现褡裢袋丢了，差点发疯。他反复咒骂自己，心里暗打主意，想撇下他主人回老家去；尽管辛苦一场，工资白丢，主人家许他的海岛总督也只好落空，他都顾不得了。

驽骍难得非常忠良，一步没离开主人。堂吉诃德这会儿爬起身，左手扪着嘴，防一口牙齿全掉出来，右手牵着这匹马，跑到他侍从那里。这位侍从正胸脯靠着驴背，手托着腮，满面愁容。堂吉诃德瞧了他那副沮丧的样儿，就说：

“桑丘，你听我说：不干超人之事，不成出众之人①。咱们经过的那些狂风暴雨，都是马上要天晴风定的征兆，表示时势就要好转。因为无论好运坏运，绝不能老不转变；由此可见，坏运交了很久，好运就在眼前了。所以你不必为我倒霉而烦恼，我那些事都和你不相干。”

桑丘说：“怎么不相干啊？难道昨天给人家兜在毯子里抛着耍弄的不是我老子的儿子？今天丢掉的褡裢袋和我的全部家当都不是我的东西？”

堂吉诃德说：“桑丘，褡裢袋丢了？”

桑丘回答说：“可不是丢了吗！”

堂吉诃德说：“那么，咱们今天就没什么吃的了。”

桑丘说：“据您说，您能辨识野菜；您这种倒霉的游侠骑士没东西吃就可以救饥。这片草原上如果没有这些野菜，咱们就没什么吃的了。”

堂吉诃德答道：“可是我宁愿吃个两斤或四斤重的面包，加上两条沙丁鱼呢；至于狄欧斯戈利台斯描写的那些野菜，尽管拉古那医生还附上图解②，我却并不稀罕。不过这都不去管它，桑

---

① 西班牙谚语。

② 拉古那(Andrés de Laguna)，西班牙十六世纪的名医和植物学家，曾把古希腊名医狄欧斯戈利台斯(Dioscórides)的著作译成西班牙文，加上精详的图解。

丘老弟,你且上驴跟我走吧。上帝养活着天下万物,连天空的蠛蠓、地下的蛆虫、水里的蝌蚪都有它们的口粮;而且上帝慈悲无量,叫阳光普照好人坏人,雨水普及正人邪人,他决不会短了咱们的,何况你我还满处奔波着为他效劳呢。”

桑丘说:“您做说教的教士,比做游侠骑士还强。”

堂吉诃德说:“桑丘,游侠骑士件件都能,也必须件件都能;古时候有些游侠骑士,随时能在战地上像巴黎大学的学生那样说教或讲学。可见枪头秃不了笔尖,笔头也钝不了枪尖①。”

桑丘说:“好吧,您讲的敢情都对。这会儿咱们且离了这里,找个地方过夜去。但愿上帝保佑,那儿没有毯子,也没有用毯子抛人的家伙,也没有鬼怪,也没有魔法支使的摩尔人;不然的话,我就要把包袱和挂包袱的钩子一股脑儿都交给魔鬼去了。”

堂吉诃德说:“儿子啊,你把这话向上帝祷告吧。你爱到哪里,随你领路,这回让你来挑选过夜的地方。可是你伸手给我摸摸我右上腭缺了几个牙,我这边觉得痛呢。”

桑丘伸进指头,一面摸索,一面问道:

“您这边原先有几个盘牙?”

堂吉诃德说:“犬牙不算,有四个,个个都完好。”

桑丘说:“先生,您再仔细想想。”

堂吉诃德答道:“我说是四个呀,要不,就是五个。我这一辈子,不论盘牙板牙,一个都没有拔掉,也没有落掉,也没有因为虫蛀或风湿病而坏掉。”

---

① 西班牙谚语。

桑丘说："那么，您底下这边只有两个半盘牙；上面这一排半个都没有，什么都没有，整片光溜溜的像手掌一样。"

堂吉诃德听了这个伤心的消息，说道："我真倒霉啊！我宁可丢掉一只胳膊，只要不是拿剑的一只。我告诉你，桑丘，嘴里没有牙齿，就仿佛磨坊里没有磨石；一颗牙齿比一颗金刚钻宝贵得多。不过干了这行艰辛的骑士道，这种苦头都得忍受。朋友，骑上驴带头走吧；快慢由你，我跟着你走。"

桑丘奉命，料想哪里能找到宿头就朝那方向走，总是不离开那条平直的大道。

他们走得很慢，因为堂吉诃德牙床痛得心神不宁，不便赶路。桑丘想和他闲谈消遣，让他忘掉些疼痛；桑丘的话详见下章。

第十九章

桑丘和主人的妙谈；以及他主人碰到死尸等奇事。

"我的先生啊，咱们这几天连连倒霉，我看一定是因为您违反了骑士道，犯了罪，所以受罚了。您发誓要把那个摩尔人——叫什么马郎得利诺的那顶头盔①抢到手，不然，您就不摊着桌布吃面包，不跟王后睡觉，还有一连串发誓要做的事，可是您都没

① 参看本书94页注①，指曼布利诺的头盔。

做到呀。”

堂吉诃德说：“桑丘，你这话很对。不瞒你说，我把那个誓忘得一干二净了。你不及时提醒我，也准是犯了过错，所以给人家兜在毯子里抛滚。不过我决计补过赎罪；照骑士道的规则，什么事都可以挽救。”

桑丘说：“我难道发过什么誓吗？”

堂吉诃德说：“你没发誓也不相干，反正照我看来，你保不住是个从犯。不管怎样，咱们设法补救总是不错的。”

桑丘答道：“照这么说，您可留心，别再把这句话也像您发的誓那样忘了，也许那群妖魔鬼怪又要来耍弄我；他们瞧您屡犯不改，连您都要耍弄呢。”

两人路上说着话，天已经黑了，没赶上宿头，也看不见哪里可以投宿。这来苦的是饿得要死，因为丢了褡裢袋，没东西吃了。祸不单行，他们又遭了意外。这倒绝不是幻想，看来确是一桩奇事。当时暮色苍茫，他们还只顾赶路。桑丘因为这条路是官道，拿定再走上一两哩瓦，自然会找到客店。他们走着走着，已经是黑夜了，侍从正饿得慌，主人也在想吃东西；忽见前面路上一大簇点点的光亮，好像一团流动的星星，向他们迎面而来。桑丘一见吓得心惊胆战，堂吉诃德也不能镇静自在；一个扯紧驴缰，一个勒住马，都站定了留心观看究竟。这一簇光渐渐逼近他们，愈近愈亮。桑丘见到这个景象，就像中了水银的毒①，浑身索索乱抖；堂吉诃德一脑袋头发森然倒竖起来。他勉强振作精神，说道：

---

① 西班牙有很多水银矿，开采的工人中了水银的毒会浑身发抖。

“桑丘啊，没什么说的，这番准碰到了最艰巨、最凶险的事，我得把全身的勇气和力量都使出来才行。”

桑丘答道：“我真倒霉啊！我看这是和妖魔鬼怪打交道的事；如果真是的，我怎么受得了啊？”

堂吉诃德说：“尽管是十足的妖魔鬼怪，我也决不让他们碰到你衣服上一丝绒毛。上次我是因为爬不上那后院的围墙，才让他们耍弄了你。这会儿咱们在开旷的野地里，我可以挥使我这把剑。”

桑丘说：“要是他们又像上次那样对您使魔法，叫您手脚瘫软，旷野里又有什么好处呢？”

堂吉诃德说：“管它怎么样，桑丘，我劝你壮起胆来；你亲眼瞧瞧，就知道我的胆量了。”

桑丘答道：“只要天从人愿，我是要壮起胆来呀。”

两人退到大路边，再仔细观察那簇移动的光。不一会，他们看见许多穿白衣的人①。这景象吓得桑丘泄尽勇气，仿佛害了疟疾正在发冷，一个个牙齿都捉对儿厮打起来。他渐渐看清究竟，他的牙齿越加打战得厉害。那些穿白衣的有二十来个，都骑着牲口，拿着亮煌煌的火把。随后来一架盖着黑布的抬床，另有六人骑着牲口伴送。他们连人带畜披着丧服②，只露出骡子的脚——因为走得很慢，分明不是马。那些穿白衣的一面走，一面喃喃念诵，音调凄沉。黑夜里又在那么荒凉的地方，看到这种奇

---

① 穿白衣的人(encamisados)指穿白衬衣的人。那时候，西班牙战士夜出袭击摩尔人，铠甲上罩白衬衫以为识别；又节日晚上化装跳舞的人也罩着白衬衣，骑马举着火把游行。

② 他们的丧服是黑色的。

事，怪不得桑丘害怕；他主人要不是堂吉诃德，换了别人，也会害怕的。桑丘已经吓成一团，堂吉诃德却一点不怕；他的幻想立刻活灵活现地把这件事构成他书上讲的那种奇遇。

他以为那抬床是担架，担着个骑士；这骑士受了重伤，或者已经死了，专等他堂吉诃德代为报仇的。他更不打话，托定长枪，马鞍上坐稳身子，雄赳赳气昂昂地站在那群白衣人要经过的路当中，瞧他们渐渐走近，就高声叫道：

"骑士们！或者随你们是什么人吧，站住！快快交代：你们是谁，打哪里来，往哪里去，这担架上抬着的又是谁。瞧这光景，不是你们伤害了人，就是受了人家的伤害；我该问问明白，或者惩罚你们的罪行，或者为你们报仇雪恨。"

一个穿白衣的回答说："我们有紧急事儿，到客店还有一段路呢，没功夫停下来一一回答。"

他踢动骡子直往前跑。堂吉诃德听了这话大怒，一把揪住他骡子的笼头，说道：

"别走，你还得懂点礼貌，回答我的话；要不，我就跟你们大伙儿开战。"

那头骡子胆怯，给揪住笼头，吓得掀起前腿人立起来，把它主人从臀后翻落下地。一个步行的仆人看见这人跌倒，就对堂吉诃德破口大骂。堂吉诃德动了火，不问情由，挺枪就向一个穿丧服的人冲去，把那人刺得重伤倒地。他回马左冲右突，那副灵活劲儿煞是好看；驽骍难得旋转得很轻快，简直像长了翅膀似的。那些穿白衣的都胆子小，又没带兵器，并不想厮杀；他们举着火把赶紧向旷野里逃跑，恰像庆祝日或节日晚上一群化装跳舞的人举着火炬游行。那几个穿丧服的给长袍裹缠得行动不便,堂吉诃德很轻易地把他们全伙打了一顿。他们以为这家伙不是人,而是地狱里的魔鬼,为了夺取抬床上那具尸首来袭击他们的,他们无可奈何,只好败退下来。

桑丘都看在眼里,对他主人的勇气不胜钦佩,心里暗想:"没什么说的,我这个主人果然像他自己讲的那么勇敢有力呢。"当时第一个颠下骡的人旁边有个火把还在地下燃烧,堂吉诃德在火光里看见了他,就跑去把枪头指着他的脸叫他投降,否则刺死他。倒在地下的人回答说:

"我早已给你降服得不能动弹,一条腿都折了。您如果是信奉基督教的绅士,请不要杀我,杀我是要亵渎圣教的,因为我是个硕士,现在执行初等的神职。"

堂吉诃德说:"你既然是教士,着了什么鬼迷跑到这里来啊?"

倒在地下的人说:"着了什么鬼迷?先生,只是我倒霉罢了。"

堂吉诃德说:"我刚才问你的话你不好好回答,你还得大倒霉呢!"

那硕士答道:"我立刻遵命,请听我说:我刚才自称硕士,其实不过是学士;我名叫阿朗索·罗贝斯,家在阿尔戈班达斯。我刚从拜沙城来,一起还有十一个教士,就是拿着火把逃跑的那些人;我们护送抬床上的尸体到赛果比亚去。那是一位绅士的尸体,他死在拜沙,暂时埋在那里,现在呢,我已经说了,我们正把他的骨头送回他家乡赛果比亚去安葬。"

堂吉诃德问道:"谁杀死他的呢?"

学士答道:"上帝借一场瘟病送了他的命。"

堂吉诃德说："那么老天爷省了我的事了。如果是别人杀他的，我还得为他报仇呢。既然是老天爷要了他的命，我只好缩着脖子不作声；假如老天爷要杀我本人，我也只好这样。教士先生，我告诉您，我是拉·曼却的一个游侠骑士，名叫堂吉诃德；我的事业是遍天下去打抱不平，为人除害。"

那学士说："我不懂您这个打抱不平是怎么回事。您害我折了一条腿，我原先好好一个人给您弄成瘸子，一辈子也站不平了。您为人除害，却害苦了我，叫我终身受害。我碰到您这位多事冒失的人真是够倒霉的。"

堂吉诃德说："世界上的事不是都沿着一条轨道的。阿朗索·罗贝斯先生，这次的事坏在你们来的时候恰在夜里，又穿着这种法衣，拿着火把，嘴里喃喃念诵，有的还穿着丧服，你们实在像另一个世界的邪鬼妖精，所以我不能不尽我的责任来跟你们厮杀。哪怕确实知道你们是地狱里的魔王，也得跟你们厮杀呀。我一直就是把你们当作那种东西了。"

学士说："反正我命该如此吧。害我倒足了霉的游侠骑士先生，我一条腿在骡子身下的脚镫和座鞍中间压住了，麻烦您帮我拖出来。"

堂吉诃德说："您怎么不早把苦处告诉我呀？我还只顾絮絮叨叨地没完没了！"

他连忙大声喊桑丘过来，可是桑丘不愿意。原来那些有身份的先生们带着一匹驮骡，满载着吃的东西，桑丘正在那里卸货呢。他把自己的外衣做成个口袋，尽量塞满东西，装在自己的驴背上，然后才听命跑来，帮他主人从骡子身下拉出学士先生，扶他骑上骡，又拣了火把交给他。堂吉诃德叫这位学士去找同伙，

并代向他们道歉说,方才冒犯他们是事不由己。桑丘插嘴道:

“假如那几位先生要知道冒犯他们的勇士是谁,请告诉他们,那是鼎鼎大名的堂吉诃德·台·拉·曼却,又称‘哭丧着脸的骑士’①。”

学士骑骡走了。堂吉诃德问桑丘为什么这会儿忽然称他“哭丧着脸的骑士”。

桑丘答道:“我告诉您吧,我在那倒霉人的火把底下瞧了您一会,您刚才也许是因为厮杀得疲劳或掉了牙齿,真是哭丧着脸,没那么样儿的狼狈相。”

堂吉诃德说:“不是这么回事儿。从前骑士都有绰号:一个叫‘火剑骑士’,一个叫‘麒麟骑士’,这个叫‘姑娘们的骑士’,那个叫‘凤鸟骑士’,另外还有‘飞狮骑士’‘骷髅骑士’等等;他们凭这些绰号和标识名闻天下。专管记述我生平事迹的那位博士一定觉得我也该像他们那样取个绰号。我说呀,准是那位博士把‘哭丧着脸的骑士’放在你的舌头上和心眼里了,叫你这会儿脱口就叫出这个绰号来。我打算以后就采用这个称号,将来有机会,一定请人在我的盾牌上画一个哭丧着脸的像,这个诨名就显得更恰当了。”

桑丘说:“不必费功夫花钱去画这幅像;您只消露出脸来,让人家照照面,不用什么画像和盾牌,人家马上会叫您‘哭丧着脸的人’。没错儿,真是这么回事。因为我老实跟您讲,先生

---

① 原文 Caballero de la Triste Figura,据马林注释,这里的 Triste 不作忧愁解,西班牙三百年前所谓 triste figura 指衣服不整洁、不体面,邋邋遢遢,或形容狼狈。上文桑丘自己解释为什么如此称呼,说是因为堂吉诃德脸容十分 mala——就是说:形容狼狈,一副倒霉相。所以这里译为“哭丧着脸的骑士”。

啊,(我说句笑话),您挨着饿,掉了牙,一副倒霉相,我刚才说了,哭丧着脸的画像很可以省掉的。”

堂吉诃德听了桑丘的趣谈呵呵地笑了。不过他还是打算采用这个绰号,照自己的设想去画他的盾牌。他对桑丘说:①

“桑丘啊,我想刚才我是对神圣的东西动手行凶了;按‘据此,凡受魔鬼引诱者……’那个条款②,我就要被驱逐出教会。可是我确实知道自己并没有动手,只动用了这支枪,而且当时没想到是冒犯了教士或教会的什么东西。我这么个虔诚的基督教徒,对教会当然是尊崇的,我只以为那是另一个世界的妖魔鬼怪。如果要把我开除出教会,我就记起了熙德·如怡·狄亚斯的事:他当着教皇陛下把一位国王使节的椅子砸了,因此给驱逐出教会③;可是照罗德利戈·台·比伐尔那天的行径,他实在是一个很有体面、很勇敢的骑士!”

上文已经说过,那位学士听了这番话一句不答理,只顾走了④。堂吉诃德想瞧瞧抬床上的尸骸是否只剩了骨头,可是桑丘不答应,说道:

“先生,我见过您多次冒险,只有这一遭最得手。那些人虽然败退,也许想到打败他们的只是单独一人,就会又羞又恼,等

---

① 按马德里第一版的原文,以下的话是桑丘说的。这就完全不合桑丘的身份,因此引起许多不同的修改。马林认为不该妄自修改;他按作者本人修改过的第二、三版,改为堂吉诃德的话。

② 堂吉诃德引的是拉丁文,这是1545—1563年特伦托(Trento)会议所定的法令的第一句。

③ 据《熙德的歌谣》(*Romancero del Cid*),熙德(即西班牙民族英雄罗德利戈·台·比伐尔)发现圣彼得大教堂里法兰西国王的座位设在西班牙国王的上首,就把法兰西国王的象牙椅子一脚踢翻,椅子碎成四块。

④ 上文学士没听这番话就骑骡走了,这是作者失于照顾的地方。

喘过一口气，又来找咱们，给咱们个厉害瞧。这头驴已经装备停当，附近就是山，咱们都饿得慌，现在咱们只消开步走就得了。常言道：‘死人进坟墓吧，活人且吃面包’。”

他赶着驴，请主人跟着走。堂吉诃德觉得桑丘说得有理，不再多话，跟着就走。他们在两座小山中间走了一段路，跑到一个宽敞幽静的山谷里。两人下了牲口，桑丘卸下了驴背上的东西；他们饿得胃口正好，就躺在草地上把早饭、午饭、点心、晚饭都并作一顿吃。教士先生们向来不难为自己的肚子，这次伴送尸首，驮骡上带了好几篓子熟肉，主仆俩吃了不止一篓，填满了空肚子。可是他们又遭到一件不如意的事，桑丘认为这事比什么都糟。原来他们没有酒喝，连一口白水都不能到嘴。两人口渴难熬；桑丘看着满地碧油油的细草，说出一番话，详见下章。

第二十章

英勇的堂吉诃德·台·拉·曼却经历了
破天荒的奇事，却毫无危险；世上著名
的骑士从未有像他这样安然脱身的。

“我的先生，凭这片草地，可以断定附近有泉水或河流润湿了地脉。咱们最好往前走走，也许会找到可以解渴的地方。这会儿渴得厉害，实在比饿肚子还苦。”

堂吉诃德觉得主意不错，他牵着驽骍难得，桑丘把晚饭吃剩的东西装上驴背，也牵着驴子，两人就在草地上摸索着往前走；因为夜色昏黑，什么都看不见。可是他们没走得二百步，忽听得水声震耳，好像有一股瀑布从悬崖峭壁里冲泻下来。他们大为高兴，停步倾听究竟是哪方传来的；忽然又听到另一种响声，搅扰了水声入耳的快意。桑丘天生懦怯胆小，听了尤其沮丧。那是有节奏的敲打声，夹杂着铁片和铁链的碰擦声，再加上汹涌的水声。除了堂吉诃德，谁听了都会害怕的。上文已经说过，当时夜色昏黑，周围又都是大树，轻风吹动树叶，窸窣作响，阴森可怕。孤零零落在那么个地方，一片漆黑，只听得水声和飕飕的树叶声，再加击拍声不停，风声不息，长夜漫漫，又不知身在何处，都叫人心惊胆战。可是堂吉诃德怀着大无畏的心，跳上驽骍难得，挎着盾牌，绰着长枪，说道：

"桑丘朋友，你该知道，天叫我生在这个铁的时代，是要我恢复金子的时代，一般人所谓黄金时代。各种奇事险遇、丰功伟绩，都是特地留给我的。我再跟你说一遍，我是有使命的。我要光复圆桌骑士、法兰西十二武士和世界九大英豪的事业。那些普拉底尔呀，塔布朗德呀，奥利房德呀，悌朗德呀，斐伯呀，贝利阿尼斯呀，以及前代著名的全伙游侠骑士，都要给我比下去。因为我要在当今之世，干大事，立大功，拿出惊人的武力，衬得他们最辉煌的成就都黯然无色。忠诚的侍从啊，你可注意，今夜这样一团漆黑，这样寂无人声，树林里这些低沉嘈杂的声息，咱们跑来寻找的水源发出这样可怕的响声，好像是从月亮的高山上冲泻下来的，再加这一片击拍不停的刺耳声——种种凑合一起，或单独的每一桩，都可以使战神也心惊胆落，何况没惯经这类惊险的人呢。可是这种种只激发了我的勇气，使我一颗心按捺不住，不管是多么艰巨的冒险，也要尝试一番。所以，你把驽骍难得的肚带紧一紧，咱们分手吧。你在这里等我三天，不用多，到时我不回来，你就可以回家。你回家以后，为了照应我和帮助我①，请到托波索去走一遭，通知我那位绝世无双的杜尔西内娅小姐：她所颠倒的骑士为了不辱没她，要干些事业，争些体面，就此送命了。”

桑丘听了主人的话伤心痛哭道：

“先生，我不懂您为什么要去冒这种凶险。现在正是黑夜，这里又没人看见，咱们尽可以绕道避开，哪怕三天不喝水也使得。反正没人看见，更不会有谁说咱们胆怯。还有一层，咱们村上的神父您是很熟的，我听他讲道说：寻找危险的人，危险里送命②。所以咱们不应当干这种惊人的大事去招惹上帝；这种事一旦遭到了，只好靠奇迹才脱得难。老天爷已经保全了您，没像我那样给人家兜在毯子里耍弄。您和伴送尸体的一大群人打架，又让您占了上风，平安无事。老天爷为您显的奇迹已经够多的了。况且您一离开这里，不管谁来抢我的灵魂，我准吓得马上送掉；假如我刚才的话感化不了您的硬心肠，您就顾念这一点，回心转意吧。我离开家乡，抛下老婆孩子来伺候您，满以为是上算的，不是吃亏的。可是，贪心撑破了口袋③，贪心照样也打破了我的想望。我对您多次许我的倒霉海岛正盼望得紧，以为马上可以到手的，谁知道海岛不给我，现在却要把我撇在这么个人迹不到的地方。我的先生，你瞧上帝分上，别对我这么不讲理呀。你一定要干这件事，不肯罢休，那么至少也等天亮再说。据

① 遗嘱和公文上的套话。

②③ 西班牙谚语。

我牧羊的时候学到的窍门,再等三个钟头天就亮了,因为小熊星的嘴巴正在我头顶上,它跟我右胳膊连成一直线的时候恰好是半夜。”

堂吉诃德说:“桑丘,今夜一片漆黑,天上一颗星都不见,你说的成一直线呀,嘴巴呀,脑袋呀,你怎么瞧出来的?”

桑丘说:“您说得不错。可是怕惧有许多眼睛,地层底下的东西都看得见,天上的更不用说。况且想情度理,分明是不一会儿就要天亮了。”

堂吉诃德说:“管它一会儿、不一会儿,反正不论现在或任何别的时候,总不能说我因为人家哭呀,求呀,就放弃了骑士应尽的责任。所以,桑丘,我请你甭再多说。上帝这会儿既然要我立志冒这个破天荒的奇险,自然会保护我平安,也叫你宽心。你只需把驽骍难得的肚带束紧,在这里等着我。我活也罢,死也罢,赶紧就要回来的。”

桑丘瞧他主人拿定主意,满不理会自己的劝告哭求,就决计凭捣鬼来强迫他等待天亮。他在束紧马肚带的时候,悄悄儿人不知鬼不觉地用他驴子的缰绳拴住驽骍难得的前腿。堂吉诃德要动身却动身不得,因为那匹马不会跑只会跳了。桑丘·潘沙瞧自己的诡计有效,就说:

“哎!先生,老天爷瞧我流泪央求动了慈悲,叫驽骍难得不能跑了。您如果还要固执,只顾踢它,硬要它走,就会触犯造化的神道,就是老话说的‘向钉子上硬碰’。”

堂吉诃德很着急,越是使劲踢马,越不能叫它行走。他想不到马腿会拴住,觉得还是捺定性子等天亮,或者等驽骍难得能够走路再说。他没料到桑丘捣鬼,以为另有缘故,所以他说:

“桑丘，既然驽骍难得不能行走，我只好等待黎明开颜微笑了。可是她迟迟不来，我是哭着等待呢。”

桑丘答道：“不用哭啊，我可以给您讲故事消遣，等着天亮。除非您要照游侠骑士的习惯，下马在青草地上睡一会；这样呢，天亮以后，到您要去冒眼前这番奇险的时候，就越发精神抖擞了。”

堂吉诃德道：“你还说什么下马、什么睡觉呀？难道我是那种临危偷安的骑士吗？你生来是贪睡的人，你睡你的，你要干什么随你去。我可有和自己志趣相称的事要干呢。”

桑丘答道：“我的先生，您别生气，我说的不是那意思。”

他挨到堂吉诃德身边，一手在马鞍前，一手在马鞍后，抱住了他主人的左腿，一步不敢分离；他实在是给那个不停的、有节奏的敲打声吓坏了。他刚才说要讲个故事给主人消遣，堂吉诃德就叫他讲。桑丘回答说，要不是听着那个声音心慌，他确是要讲的。

“不过我还是勉强讲一个吧。我要是能讲到底，没人打搅，那是个很妙的故事。您请留心听着，我这就讲了。往事已成过去，将来的好事但愿人人有份；坏事呢，留给寻求坏事的人……①。我的先生，我告诉您，古人讲故事，开场白不是随口乱说的，这是罗马检察官加东的一句名言，说是‘坏事呢，给寻求坏事的人’。这句话恰好当景，好比指头上戴的戒指那么合适，这就是叫您待在这里，哪儿都不要去寻求坏事。这条路既然这么可怕，没人逼着咱们，咱们还是走别的路吧。”

---

① 西班牙民间讲故事，往往用这种方式开场。

堂吉诃德说:“桑丘,把你那故事讲下去,咱们该走哪条路由我做主。”

桑丘接下说:“那么,我讲。埃斯忒瑞玛杜拉一个村子里有一个牧羊人,就是说啊,一个看羊的。据我这故事里说,这个牧羊人或是看羊的名叫罗贝·汝伊斯。这个罗贝·汝伊斯爱上了一个牧羊姑娘,她名叫托拉尔巴。这个牧羊姑娘托拉尔巴的爸爸是个有钱的牧户。这个有钱的牧户……”

堂吉诃德说:“桑丘,照你这个讲法,每句话都重复两遍,你这故事说两天也没个完。你该像有头脑的人那样连连贯贯地讲啊,不然就别讲了。”

桑丘说:“我们村里讲故事都像我这样,我没有别的讲法,您也不该叫我另改新样儿。”

堂吉诃德说:“随你怎么样讲,反正我命里注定只好听你的,你讲下去吧。”

桑丘接着说:“那么,我的亲爱的先生啊,我刚才是这么讲的,这牧羊人爱上了牧羊姑娘托拉尔巴。她是个又胖又野的姑娘,带点儿男人相,因为她有些些胡子。她现在仿佛就在我眼前呢。”

堂吉诃德说:“原来你认识她?”

桑丘答道:“我不认识她。不过跟我讲这故事的人说,事情千真万确,转讲给别人听的时候,尽可以一口咬定,并且发誓说都是亲眼看见的。且说,一天去,一天来,魔鬼是不睡觉的,什么事都捣乱;他挑拨一番,把牧羊人对牧羊姑娘的爱情变成厌恨。缘故呢,据人家的贫嘴恶舌,说是这位姑娘害他吃了点醋,她的行为出了格,犯了规。牧羊人从此对她厌恶入骨,情愿离开家乡，跑到永远见不到她的地方去，免得跟她照面。托拉尔巴虽然从来不爱罗贝，这会子瞧罗贝嫌弃她，马上就爱得他不得了。”

堂吉诃德说：“这是女人的常态：谁爱她呢，她瞧不起；谁嫌她呢，她就爱。讲下去吧，桑丘。”

桑丘说：“后来牧羊人打定了一个主意，并且想到就做到。他赶着自己的一群羊，经过埃斯特瑞玛杜拉郊原，打算进葡萄牙国境。托拉尔巴知道了就去追他。她赤脚步行，远远地跟在后面，手里拿一支杖，脖子上搭一只褡裢袋，据说里面带着一面镜子，一只梳子，还有一瓶搽脸的不知什么油膏。且不去管她带些什么东西吧，我这会儿懒得追根究底了。我只说，据这个故事，牧羊人带着一群羊要渡过瓜狄亚纳河。那时候正是水涨，差点就要漫上岸来。他到了河边，附近没一只船、没一只小艇，也没有摆渡的人把他和一群羊渡到对岸去。他非常着急，因为眼看托拉尔巴已经快追上他了，她准要哀求痛哭，纠缠个不休。他四下里极力寻找，居然找到一个渔夫，旁边有只小船。船小得很，只容得一个人和一只羊。他顾不得许多，跑去情商，讲定由这个渔夫把他和他的三百只羊摆渡过河。渔夫上船把一只羊渡过河去，回来又把一只羊渡过去，又回来又把一只羊渡过去。渔夫摆渡几只羊，您可记清楚了，要是漏掉一只，故事就完了，一句也讲不下去了。我连着讲吧，且说对岸下船的地方都是烂泥，滑得很，渔夫一去一回要耽搁很久。可是他回来又摆渡一只，又一只，又一只。”

堂吉诃德说：“你就算全都过去了吧，别这样去一趟、来一趟的，讲一年也摆渡不完。”

桑丘说：“这会儿已经摆渡几只羊了？”

堂吉诃德说："我哪里知道。"

"我早说过，您得记清楚了。现在，天晓得，这个故事就此完了，讲不下去了。"

堂吉诃德说："哪有这种事？记清楚摆渡的羊数，对这个故事那么要紧吗？数错一只，故事就讲不下去了？"

桑丘答道："讲不下去了，先生，怎么也讲不下去了。因为我问您渡了几只羊，您说不知道，就在这个当儿，底下的事都从我脑筋里跑了。底下的事实在很有意思，也很有趣味呢。"

堂吉诃德说："照这么说，故事就是完了？"

桑丘说："跟我妈妈一样的完了。"

堂吉诃德说："老实告诉你，你这个寓言或故事或历史新鲜极了，谁都想不出来；你这种讲法和这种结尾法是从来没有的①。当然，我没有指望你这副好头脑能想出别的故事来。我并不奇怪，那敲打不停的声音大概搅得你头脑糊涂了。"

桑丘说："您怎么解释都行，反正我就知道我这个故事没法再讲下去；摆渡了几只羊的数目一错，故事到那里就完了。"

堂吉诃德说："随它爱哪里完就哪里完吧。咱们且瞧瞧驽骍难得能不能走路了。"

他又去踢马，马又跳了几下，还停留原处；它的两腿拴得非常牢固。

这时候快要天亮了，桑丘不知是着了清早的凉气，还是晚饭吃了滑肠的东西，更可能是因为自然之理，他急要干一件别人替代不了的事。可是他胆小得要命，连手指甲的黑边缘那么宽的

① 这个故事很古老，从十二世纪以来在西班牙就流行。

几分几毫都不敢离开他主人。他的水火事儿不干又不行。他就用个折中办法，放开搭在鞍后的右手，轻轻解开裤带上的活扣。他的裤子全靠这条带子系住，带子一解，裤子马上掉落下来，像脚镣似的套在脚上。然后他高高掀起上衣，露出两瓣不很小的屁股。他满以为到此已经过了难关，不料难的还在后面：他方便的时候要不出声响实在办不到。他咬紧牙根，缩拢肩膀，狠命屏住气。可是不幸得很，白费了许多力，终究还是走漏了一点声音，和吓得他胆战心惊的那个声音大不相同。堂吉诃德听见了，说道：

"桑丘，这是什么响？"

他回答说："不知道啊，先生，准是出了什么新的乱子；险事和倒霉事总是大伙一齐来的。"

他再碰碰运气，居然很顺利，没像前番那样；他没再出声，没再折腾，就把憋在肚里的那堆东西出脱干净。可是堂吉诃德的嗅觉和听觉同样灵敏，桑丘和他又是紧紧挨在一起的，一阵阵气味直往上冒，不免向堂吉诃德的鼻孔里钻进一些去。他赶紧捂住鼻子，用两指紧紧捏住，齆着鼻子说：

"我瞧啊，桑丘，你是吓坏了。"

桑丘说："对呀，可是您怎么这会儿忽然知道了呢？"

堂吉诃德说："因为你这会儿身上的气味比往常浓郁了，而且不是龙涎香的气味。"

桑丘说："很可能。不过这怪不得我，却要怪您半夜里带我到这种荒僻的地方来。"

堂吉诃德两个指头还捏着鼻子，说道："朋友，你走开几步吧。以后对自己一身多检点些，对我也该有个分寸。我把你惯坏了,你就这样不拘礼貌。”

桑丘说:“我可以打赌,您准以为我方便一下是放肆了。”

堂吉诃德答道:“桑丘朋友啊,还是少搅拌为妙①。”

主仆俩说着话,过了一夜。桑丘瞧天快要亮了,就轻轻解开驽骍难得的束缚,自己也系上裤子。这匹马生来好性子,可是这会儿一恢复自由,就发脾气似的只顾用前蹄扑地——因为不是小看它,它实在不会蹦跳。堂吉诃德瞧驽骍难得能活动了,认为是好兆,他相信这就是敦促他去冒险。这时已经天亮,东西都看得清楚。堂吉诃德发现四周都是很高的栗树,遮得阳光不透。他听那敲打的声音还是不停,却不知从哪里来的。他不再犹豫,踢动驽骍难得准备出发,临行再次向桑丘告别,叫桑丘在这里至多等待三天,照他上次的话,过了三天他如果不回来,那就是上帝的意旨叫他在这番冒险里送命了。他又讲到托桑丘向杜尔西内娅传送的口信。至于桑丘的工钱,他说不用着急,他离乡之前已经立下遗嘱,写明按桑丘当差多久,该多少工钱如数照付;不过如果上帝保佑他安然脱险,一无损伤,那么,答应给桑丘的海岛可以千拿万稳。桑丘听他的好主人又说这套叫人伤心的话,又哭起来;他打定主意,他主人这件事情没有完结,他决不离开。

本传作者凭桑丘·潘沙的眼泪和高尚的决心,断定他是好出身,至少是老基督徒。堂吉诃德看到他侍从的情意,有点心软,不过还不至于流露出来,只装得声色不动,寻着水声和拍打声一路跑去。桑丘步行跟随,照例牵着他的驴;他交运也罢,倒运也罢,和这头毛驴总是形影不离的。他们在绿荫沉沉的栗树

① 西班牙谚语:“煮米将熟,不宜搅拌,搅拌就坏了。”

底下走了好一段路，忽见高山下面一片草地，一股汹涌的瀑布从岩石里冲泻下来；山脚下有几间破屋，看样儿不像房子，却像倒塌的房基。他们发现还直在拍打不停的响声就是从那里出来的。驽骍难得听了水声和拍打声很害怕，堂吉诃德安抚着它，一步步向那几间屋子跑去，一面向他的意中人虔诚祷告，他遭到了危险，求她保佑；顺便也祷告上帝照应，不要抛弃他。桑丘紧紧跟在后面，拼命伸着脖子，突出眼珠，在驽骍难得腿缝里张望，想瞧瞧究竟什么东西吓得自己这样心惊胆落。他们又走了一百步左右，在一个转角处，赫然真相大明，疑团尽消。他们听来阴森可怕的声音，一夜来搅得他们提心吊胆的（读者请勿见怪），原来是砑布机上六个大槌子交替着拍打，造成的一片喧响。

堂吉诃德一看原来如此，瞪着眼直发愣，一句话都说不出来。桑丘瞥了他一眼，只见他把脑袋直垂到胸前，满面羞惭。堂吉诃德也瞧了桑丘一眼，见他鼓着两个腮帮子，含着满嘴的笑，分明就要憋不住了。他尽管心里懊恼，看到桑丘这副模样也不禁笑起来。桑丘瞧他主人先开了头，就放肆了，他笑得只好两手捧着腰，免得笑破肚皮。他忍住几次，可是忍住了又笑起来，笑得跟原先一样厉害。堂吉诃德瞧他这样，已经冒上火来，禁不起他又连讥带讽，学着自己的腔吻说："桑丘朋友，你该知道，天叫我生在这个铁的时代，是要我恢复黄金时代或金子的时代。各种奇事险遇、丰功伟绩，都是特地留给我的。"当初堂吉诃德听了这可怕的敲打声，说了一席话，这时桑丘差不多照样学了一遍。

堂吉诃德瞧桑丘拿他挖苦取笑，恼羞成怒，举枪把他打了两下。这两下要不是打在背上而打在头上，他就从此不用付工钱了，除非付给桑丘的继承人。桑丘开了玩笑大讨没趣，怕他主人还不罢休，忙赔着小心说：

“您别生气，天晓得，我是开玩笑。”

堂吉诃德说：“就因为你开玩笑，我偏不开玩笑。哈哈笑的先生，你过来。照你瞧，假如咱们碰到的不是砑布机上的槌子，而是一件凶险的事，我当时没有拿出应有的冒险精神和干事的劲头吗？难道我当了骑士，听到响声就该知道是砑布机发出来的吗？况且，我也许一辈子没见过那种东西呢——我的确没见过，不像你乡下佬，生长在砑布机旁边的，你才见过。假如你把那六个槌子变成六个巨人，叫他们一个一个或全伙一起和我厮打，我要不把他们个个打得两脚朝天，我就随你笑去。”

桑丘说：“算了算了，我的先生，我承认刚才是太乐了，乐得过了头。我但愿您以后逢到什么凶险，老天爷都叫您像这次一样安然无事。咱们现在已经讲和了，您说说吧：当初咱们吓破了胆，不是个笑话和话柄吗？至少我是吓坏了；至于您呢，我现在知道您是不害怕的，也不懂得什么叫怕。”

堂吉诃德说：“我承认刚才的事可笑，但是不该当作话柄；不能指望每个人都聪明绝顶，会把事情一眼看准。”

桑丘说：“至少您会把枪一下子打准：要打我的脑袋，却打在背上。这是亏得上帝保佑，我自己也躲闪得快。可是，算了，碱水里什么脏都洗得掉；我听人说，害你哭的人爱你深；①况且主人骂了底下人，事后往往赏他一条裤子。不知道主人揍了底下人一顿板子，照例赏什么东西。如果他是游侠骑士，大概就赏

① 两句均为西班牙谚语。

海岛或陆地上的王国吧?”

堂吉诃德说:“凭运道,这种事都有可能,你说的这些都会兑现。刚才的事请你原谅;你是明白人,你会了解,一个人一时性起,不由自主。以后你记着:你得克制自己,别跟我多说话。我读过不知多少骑士小说,就没见过侍从对主人像你这样多话的。这实在是咱们俩的大错。你对我不够尊敬,是你错;我随你这样,是我错。比如说吧,阿马狄斯·台·咖乌拉的侍从甘达林是封在斐尔美岛的伯爵,据书上讲,他见了主人总是拿着帽子,低着头,像土耳其人行敬礼那样鞠躬到地。咱们再瞧瞧堂咖拉奥尔的侍从咖萨巴尔,他也沉默得很。那部真实故事长极了,可是那么长的故事里,只提到他一次;这就可见他那样出奇的沉默,真了不起。桑丘,你听了这些话可以知道:主仆之间,上头和下人之间,骑士和侍从之间,一定要有个界限。所以从今以后,咱们得放端重些,别嬉皮笑脸的。因为我要是跟你发火,不管怎么样,遭殃的总是瓦罐儿①。我许你的赏赐到时自然会来;要是没有,我已经跟你说了,你的工资至少是拿稳的。”

桑丘说:“您说的都很对。不过,我想问问,假如您那些赏赐还遥遥无期,只好靠工资的话,从前侍从伺候了游侠骑士赚多少钱呢?他们讲工资的时候,还是论月,还是像砌砖匠似的有一天算一天呢?”

堂吉诃德说:“我不信那时候的侍从拿什么工资,他们只领赏赐。我留在家里一份密封的遗嘱,上面提到了你。我是为了防备万一。因为在这个糟糕的时世,还不知骑士道实行

① 西班牙谚语:“无论瓦罐碰了石头,或者石头碰了瓦罐,遭殃的总是瓦罐。”

起来是怎么样呢。我不愿意为了小小的疏忽，害我的灵魂在阴司受罪。我告诉你，桑丘啊，这个世界上，只有冒险家担的风险最大。”

桑丘说：“对呀，光是砑布机上几个槌子的声音，就把您这样一位勇敢的骑士吓得提心吊胆。不过您尽管放心，从今以后，我张开嘴巴，决不再拿您的事来开玩笑，只把您当作东家和天生的主子来颂赞。”

堂吉诃德说：“你要这样，就能在这个世界上生存了①。尊敬父母是第一要紧，其次就是把主人也当父母那样尊敬。”

第二十一章

我们这位无敌骑士赢得曼布利诺头盔的大冒险和大收获，以及其他遭遇。

这时下起小雨来了。桑丘想和他主人到砑布机的机房里去躲躲，可是堂吉诃德为了那场惹气的笑话，对砑布机深恶痛绝，怎么也不肯进去。他们就往右一拐，走上一条昨天没经过的路。走了一程，堂吉诃德看见一个人，骑着马，头上戴着个闪闪发亮的东西，好像是金的。他一见立刻转身对桑丘说：

“照我看来，桑丘，老话没一句不真，因为都是从经验来的，

① 西班牙谚语：“驯良、和善、懦弱的人，将在这个世界上生存。”

而经验是一切学问之母。老话说：‘这扇门关了，那扇门就开①。’这是尤其千真万确的。我这样说有个缘故。昨晚运道也许用砑布机欺骗咱们，关上了咱们寻找奇事的门，今天却给咱们大大地敞开了另一扇门，让咱们去找更美好、更确实的奇事。我要不及时赶进这扇门，就得自己认错，不能再说是对砑布机少见多怪或者黑夜里看不真。为什么呢？我要是没看错，有人朝咱们这边来，头上就戴着曼布利诺的头盔呢。我为这只头盔发的誓，你是知道的。”

桑丘说：“您说话得仔细，干事更得仔细啊。我但愿别又是捶打得咱们昏头昏脑的砑布机之类。”

堂吉诃德说：“你这该死的家伙！头盔跟砑布机又有什么相干呀？”

桑丘答道：“我不知道。不过，老实讲，我要是能像往常那样多话，我也许能说出一番道理，说明您这话是错了。”

堂吉诃德说：“你这顾虑重重的混蛋！我刚才的话怎么错了？你倒说说。你就没瞧见对面来了一位骑士，骑着一匹花点子的灰马，头上戴着一只金子的头盔吗？”

桑丘说：“我只瞧见一个人骑着一头驴，——像我这头驴似的一头灰驴，他头上戴着个闪亮闪亮的东西。”

堂吉诃德说：“那就是曼布利诺的头盔呀！你走开，单让我来对付他。你可以瞧瞧，我不用白费时间，一句话不说，马上就能完事，把我一心想望的头盔弄到手。”

---

① 西班牙谚语，在安达路西亚另有个说法：“如果关上一扇门，另会开出一百扇门。”

桑丘说："我会小心躲开，不过，我再说一遍，但愿天保佑，这是香菜①，不是砑布机。"

堂吉诃德说："老哥，我跟你说过了，再别提砑布机的话，连影儿都别提，我发誓……我不多说②，我会打得你灵魂出窍呢！"

桑丘不再作声，生怕他把嘴巴张成圆形而发的那个誓③，当真干出来。

且说堂吉诃德看见的头盔呀，马呀，骑士呀，是怎么回事。那里附近有两个村子：一个很小，村上既没有药剂师的铺子，也没有理发师④；接境的另一个村上却都有。所以大村子里的理发师也为小村子服务。这小村子里有个病人要放血，又有个人要剃胡子，理发师就带着铜盆到小村子里去。他去的时候恰巧下雨，他的帽子大概是新的，怕沾湿，所以把盆顶在头上。那盆擦得很干净，半哩瓦以外都闪闪发亮。他骑的驴就像桑丘说的，是一头灰驴。堂吉诃德眼里就看成了花点子的灰马呀骑士呀和金子的头盔。因为他按照自己那套疯狂的骑士道想入非非，把所见的东西一下子都改变了。他心目中的那位倒了霉的骑士走近前来，他更不打话，纵马挺枪，直向那人刺去，一心要把他刺个对穿。他和那人劈面相迎，并不勒住马，只喊道：

---

① 西班牙谚语："但愿上帝保佑，这是香菜(orégano)，不是草(alcaravea——类似芫荽的草)。"又一说："别以为满山都是香菜。"桑丘只说了谚语的上半句。

② 发誓是凭神明来证明自己的真诚，但后来变成骂人或泄怒之辞。呼上帝之名骂人泄愤是亵渎神明，绅士和骑士不得那样。所以堂吉诃德发的誓只用六个点子和"我不多说"来包含。

③ 原文是"圆球似的誓"，因为发誓(voto a Dios)时嘴是圆的。

④ 那时欧洲的风俗，理发师以医疗为副业。

"奴才！动手自卫！要不，就把我份里的东西双手献出来！"

理发师做梦也没想到或提防到这种事，看见这个怪东西迎面冲来，只好滚鞍下驴，躲过他的长枪。他比雄鹿还矫捷，身子刚着地，立刻跳起来往野外飞跑，风都追他不及。他把盆儿丢在地下；堂吉诃德见了很得意，说道："海獭看见猎人追赶，凭本能知道是要它身上的一件东西，就用牙把那件东西咬下来；这个异教徒很乖，也学了海獭的样。"他吩咐桑丘把头盔拣起来。桑丘双手拣起，说道：

"啊呀，这盆儿真不错！要说值钱的话，至少也值一个当八的银瑞尔！"

他把盆交给他主人。堂吉诃德拿来立刻戴在头上，转过来，转过去，想找面盔的部分，可是找不到。他说：

"这只有名的头盔当初是配着一个异教徒的头形铸造的，那人的脑袋一定大得很。可惜这东西缺了一半。"

桑丘听他把盆儿叫作头盔，忍不住好笑；可是想到他主人的火气，笑了一半忙又忍住。

堂吉诃德说："桑丘，你笑什么？"

他说："我是想到那位异教徒原主的脑袋那么大，这只头盔完全像一只理发师的盆儿了。"

"桑丘，我告诉你我是怎么想的。这只有名的神盔，大概是由意外事故，落在一个外行人的手里了，那人不识货、不知道它的价值，瞧是纯金铸成的，一定就糊里糊涂地把那一半熔化卖钱了，把剩下的一半做成这么个东西，看着就像你说的理发师的盆儿。不过，随它是怎么回事，反正我识货，不在乎它变样。回头哪个村子里有金匠,我叫他修理一下,要修得像锻神替战神打造的东西一样好①,甚至更好。目前我就凑合戴上,总比没有头盔好;如果有石子打来,就可以抵挡。”

桑丘说:“可以呀,只要人家不用弹弓来弹你。上次那两支军队混战的时候,他们用弹弓打的石子,打折了您几个大牙,把害我呕掉肠子的万应神油的罐儿也砸破了。”

堂吉诃德说:“损失那些油我并不心疼,因为你知道,桑丘,那个药方我记在心上呢。”

桑丘答道:“我也记得呀。可是我这一辈子如果去按方配制,或者再喝点试试,天叫我马上就死!而且我打算动用身上的五官一齐护着自己,既不受伤,也不伤人,压根儿用不着这种药。至于再给人兜在毯子里抛呢,这话我不提,因为这种倒霉事没法预防,碰到了只好缩着肩,屏住气,闭上眼,听凭命运和毯子抛送。”

堂吉诃德听了这话,说道:“桑丘啊,你这个基督徒很糟糕,吃了人家一次亏,老也不忘记。你该知道,伟大的心胸不计较细事。你难道折了腿、断了肋骨、破了脑袋吗?你就念念不能忘记那番玩笑呀?仔细想来,那是捉弄你,闹着玩儿的。我如果没看明这点,早回去为你报仇了;我要为你干的事,准压倒希腊人为拐走海伦而造成的浩劫②。其实那位海伦如果活在现代,或者我的杜尔西内娅活在那个时代,可以拿稳了说,海伦的美貌不会有那么大的名气。”

---

① 堂吉诃德记错了,锻冶之神并没有替战神铸造过兵器,他为了捉拿自己的妻子(爱神维纳斯)和战神的私情,铸造了一个精巧的网,把他们俩一起罩在网里。

② 引用特洛亚王子劫走希腊美人海伦,希腊联军攻破特洛亚城的典故。

他说到这里，长叹一声，把叹息送上云霄。桑丘说：

“就算是开玩笑罢了，反正也不能认真报仇。随它是认真、是玩笑，我终归尝到那个滋味了，也知道那是我身上抹不掉、心上忘不了的。不过这些都不去说它，我且问您，您把那个曼低诺①打倒了，他那匹看来像灰驴的灰点子花马，撇在这里没个着落，咱们把它怎么办？照那个人拔腿飞跑的样子，不见得再想回来找它了。天啊！好一匹灰驴啊！”

堂吉诃德说：“我向例不剥夺我手中败将的东西。按骑士道的规则，也不准剥夺他们的马匹，叫他们步行。除非打仗的时候，胜者损失了坐骑，才可以夺取败者的马匹作为合法的俘获。所以，桑丘，这匹马呀，驴呀，不管你当它什么东西吧，你随它去，它主人等咱们走了会回来找它的。”

桑丘说：“我真恨不得牵了走呢！至少把自己的驴和它对换也好，我觉得我的驴没它那么好。骑士道的规矩实在是严厉，连换掉一头毛驴儿都不准。我请问您，驴子身上配备的东西，总可以掉换吧？”

堂吉诃德答道：“这个我可不大清楚，还拿不定，得仔细研究呢；你如果急切需要，暂且让你换吧。”

桑丘说：“急切得很，即使是我自己身上穿的戴的，也没那么急切的需要。”

他得到许可，马上举行换帽礼②，把自己的毛驴装扮一新，比原先漂亮好几倍。然后他们吃了些驮驴上抄来的干粮，又喝

---

① 桑丘想说曼布利诺，但是说错了。

② 换帽礼（mutatio caparum），天主教的仪节：复活节日，大主教和教长脱掉冬天的衣帽，换上春天的衣帽。

了些推动砑布机的溪水;只是背着脸不看那些砑布机。他们受了惊吓,对那些东西深恶痛绝。

他们饥火已平,气恼也消了,两人骑上牲口,不择道路,随驽骍难得任意而行,因为这样才是游侠骑士的本色。马的主人随着马的意向,就连那头毛驴也那样,总是又亲热又和顺地跟着那匹马;马到哪里,驴就跟到哪里。他们终究又回到大路上,毫无定向,只顺着大路随便跑。

他们一路走,桑丘对主人说:

"先生,您许我跟您说一两句话吗?自从您下了那道严厉的命令不让我说话,我肚子里好些东西都闷得发霉了。这会儿我舌头尖上有句话要说,我不愿意憋坏了它。"

堂吉诃德说:"你说吧。话要简短,啰里啰唆就没趣。"

桑丘说:"那么,先生,我就说了。这几天我老在想:您在荒野里和四岔路口来回冒险,到手的好处实在是太少了;即使克服了天大的凶险,成了大功,既没人看见,也没人知道,当然也永远埋没了,这就亏负了您的心愿和您的一番事业。所以我想,除非您有更好的主意,咱们最好还是去投奔一个正在打仗的皇帝或国王。您替他效劳,可以显显您的身手、您了不起的力气和更了不起的头脑。咱们投奔的主子看到了这种种,一定按咱们各自的功劳酬报咱们;他那里一定也有人把您的事迹写下来,一代代流传下去。我干的事就不提吧,因为不过是侍从的事罢了。如果按骑士道的规则,侍从干的事也行得记下来,那么我敢说,我的事不该略过不提。"

堂吉诃德答道:"桑丘,你说得不错。但是一个骑士要达到这个地步,先得四面八方去冒险,经受考验;等功成名就,一旦到了哪一国的京城,那里已经久闻他的大名了。他进了城,小孩子一见立刻跟上来围住他,大喊:‘这是太阳骑士呀’,‘蛇骑士呀’,或者其他徽号的骑士,反正他是在那个徽号下干了大事业的。他们会说:‘这是单枪匹马战胜大力巨人布洛咖布鲁诺的骑士呀!禁咒了将近九百年的波斯国玛梅鲁戈大帝,靠这位骑士破了魔法的呀!’他的事迹就这么一传十、十传百地播开了。后来国王在宫殿里听到小孩子和许多别人的嚷嚷,赶到宫殿窗口,一看见这位骑士,凭铠甲或盾牌上的徽章认出他是谁,就不由自主地喊道:‘啊呀,骑士道的模范来了!我满朝的骑士们快出去迎接呀!’大家奉旨赶出去,国王亲自跑到半楼梯,紧紧拥抱了这位骑士,和他行吻面礼,然后携手带他到后宫,会见王后和公主。这位公主的才貌反正是当代第一、举世无双的。她立刻凝目注视着骑士,骑士也盯着公主看,都觉得对方像天神一般,不是凡人。他们不知怎么的给撩拨不开的情网套住了,却不知怎样表达爱慕的情意,心上非常痛苦。随后准有人把骑士送到陈设富丽的房间里,替他卸下盔甲,又拿一件华丽的红袍给他穿上。他披戴着盔甲就够漂亮的,换上便服越显得风度翩翩。当晚他和国王、王后和公主同进晚餐。他两眼离不开公主,只顾偷偷看她;她也乖觉地偷眼看骑士,因为据我刚才的话,她是一位很慎重的姑娘。饭罢,忽有个又丑又小的侏儒进餐厅来,后面跟着一位漂亮的傅姆,两个巨人陪在她左右。她提出了一件艰险的事,是古代一个法师造成的,谁能完成这件事,就公认他是天下最好的骑士。

“国王命令在场的骑士都尝试一下。大家都不行,成功的只有这位做客的骑士,这就越发增长了他的名望。公主快活极了,她爱上这样杰出的人物,更觉得心满意足。无巧不巧,这位国王,或王子,或随他是什么,正和一个势均力敌的敌人苦战。做客的骑士在宫里住了几天,要求参战,为国王效劳。国王一口应允,骑士恭恭敬敬地对国王吻手谢恩。这天晚上,他去向公主告别。公主卧房的窗对着花园,她曾经隔着窗子的栅栏和骑士谈过好几次话;她的心腹侍女替她传递消息。当时骑士长吁短叹,公主昏厥过去,侍女忙去舀凉水;侍女很着急,因为天快亮了,怕私情泄露,坏了公主的名誉。后来公主醒过来了,她把一双白手从栅栏里伸给骑士;骑士就千遍万遍地亲吻,把眼泪冲洗这双玉手。两人约定怎么样互通或好或坏的消息。公主要求他尽早回来;他连连发誓允诺。他再次吻了公主的手和她告别,心上说不尽的难受,简直要活不下去了,回屋倒在床上,满腔离愁,一夜没睡。他大清早起来,向国王、王后和公主辞行,可是只见到国王和王后,听说公主不舒服,不能见他了。骑士知道她是为了离别悲伤,只觉得万箭钻心,差点儿脸上流露出来。牵线的侍女当时在场,都看在眼里,回去告诉公主,公主听了不禁流下泪来。她说,她最苦恼的是不知这位骑士什么出身,是否帝王的后代。侍女一口保证说,他如果不是帝王公侯的子孙,决不会这么高贵、温文、勇敢;这话安了公主的心。她极力自己宽慰,免得父母看出她的心病。过两天,她也就在公共场所露面了。这位骑士早走了,他投入战争,征服了国王的敌人,夺得许多城池,打了好几次胜仗。他回宫和公主在经常相会的地方见面,约定由他去要求国王酬报他的功勋,把公主嫁给他。国王不答应,因为不知道他的出身。可是,他和公主或是私奔了,或是别有什么办法,公主终究做了他的妻子。国王对这桩婚事很满意,因为后来发现骑士的父亲原来是一位英勇的国王。我不知道他的国土在哪里,因为我想地图上是不会有的。父王去世,公主继承,这位骑士转眼做了国王。这就该论功行赏了;侍从和所有帮他登上宝座的人都有赏赐。新王把公主的一个侍女配给侍从——不用说,她就是那个牵线的侍女,她父亲是一位很显赫的公爵。”

桑丘说:“正合了我的心愿;这得实实在在,没有虚假。我就是这样指望的,事情准会像您刚才讲的那样,一一应在您这位哭丧着脸的骑士身上。”

堂吉诃德答道:“桑丘,这还用说吗!从前游侠骑士做到帝王就是这样一步步升上去的。现在只要看哪个基督教或异教的国王正在打仗,又有美貌的女儿。不过现在还顾不到这点,因为我已经说过,上朝之前,先得在别处显身手,扬名气。况且我还有个缺陷:假如有国王正在打仗,他又有美貌的女儿,而我已经名满天下,我却不知道怎么能发现自己是帝王的子孙,就连叔伯的亲也攀不上。国王要是这方面拿不稳,即使我功勋显赫,尽配得过公主,他也不肯把公主嫁我呀。所以我只怕就为这一点缺陷,白卖了力气,还是一场空。当然,我出身旧家,有财产,还有权利要求五百苏艾尔多的罚金①,说不定将来为我写传的博士会把我的祖宗考查清楚,发现我原来是什么国王的第五、六世的子孙。我告诉你,桑丘,世界上有两种家世:一种是从帝王传下来的,一代代衰落,到末了只剩了一个点,像个底在上、尖在下的金字塔;另一种是从平民开始,步步高升,直升到公侯。两种家

① 苏艾尔多(sueldo),币名,约值半个瑞尔。按西班牙中世纪的法律,贵族如人身受到侵犯,可要求五百苏艾尔多的赔偿。

世不同:一种丧失了过去的地位;一种取得了过去未有的地位。我的家世大概是前一种。据考证,我也许是名门望族出身,将来做我丈人的国王准会满意。即使他不满意,公主对我准是一片痴情,明知我是挑水夫的儿子,也会不顾父命,把我认作家主和丈夫。不然的话,我就抢了她,随意把她带到别处去,等过些时候,或者等她父母身死,他们的气恼也就完了。”

桑丘说:“这里正用得上一句混蛋的话:‘硬抢也能到手,何必向人乞求。’不过还有句话更当景:‘实心眼儿求人,不如一走脱身。’我说这话有个缘故。做您老丈的国王陛下如果不肯回心转意,把公主小姐嫁给您,那就别无办法,除非像您说的,抢了她带到别处去。不过这样也不妥;您还没跟他们讲和,还没安安顿顿做上国王呢,这个时候,可怜的侍从对他那份赏赐,还得瞪着眼干等吧?除非将来做他老婆的心腹侍女跟着公主一起逃出来,和他同过苦日子,等老天爷另作安排——因为我相信他主人一定马上把侍女赏他做正室夫人了。”

堂吉诃德说:“这是谁也不能阻挡的。”

桑丘说:“那么咱们只要靠上帝保佑,随命运去安排得了。”

堂吉诃德说:“桑丘啊,随上帝照我的愿望和你的需要去安排;谁自卑自贱,就是卑贱的人①。”

桑丘说:“随老天爷安排吧。我是个老基督徒,我能做到伯爵就足够了。”

堂吉诃德说:“还不止呢。即使你做不到伯爵也不要紧,因为我既然是国王,就可以封你爵位,不用你花钱买,也不用你格

---

① 西班牙谚语。

外效劳。我封你做了伯爵，你马上就是绅士了，人家爱怎么说，随他们说去；尽管他们不愿意，也少不得称你一声‘阁下’。”

桑丘说：“好哇！我可会卖弄我的官眼儿。”

他主人说：“该说‘官衔’，不是‘官眼儿’。”

桑丘说：“就算官衔。我说呀，我是很会做官的。讲老实话，我从前当过教会的庭丁；我穿上庭丁的袍儿，神气极了，大家都说，凭我的气概，可以做教会的总务员呢。如果我披上公爵的袍儿，或者像外国伯爵的派头，浑身戴着黄金珠宝，那可多么体面啊！保管一百哩瓦以外的人都要赶来看我了。”

堂吉诃德说：“你一定很漂亮。可是你得经常剃胡子。像你这种又浓又粗又乱的胡子，至少每两天剃一回；不然的话，大老远就看得出你是什么人。”

桑丘说：“那只消用个理发的，把他雇在家里，不就行了吗？假如少他不得，可以叫他跟在我背后，像贵人的马弁那样。”

堂吉诃德问道：“你怎么知道贵人有马弁跟着呢？”

桑丘说：“我告诉您。几年以前，我在京城里待过一个月。我看见一位贵人在那里散步；他个子很小，据说爵位很高。有个人骑马来回跟着他跑，好像他的尾巴似的。我问人家这人干吗老跟在那人背后，却不跟着别人。人家说，这是他的马弁，贵人照例有个马弁跟着。从此我就知道了，一直没忘记。”

堂吉诃德说：“对呀！所以你照样也可以叫你的理发师跟着你。风气不是一下子兴起来的，也不是一致同意了创造出来的。说不定你就是第一个背后带着个理发师的伯爵；而且剃胡子比套马更是贴身的事。”

桑丘说：“理发师的事您留给我就行，您只管想办法做国王,封我做伯爵。”

堂吉诃德说:“有那一天。”

他抬头忽有所见,看见的是什么东西,且待下一章叙述。

第二十二章

堂吉诃德释放了一伙倒霉人,他们
正被押送到不愿去的地方去。

曼却的阿拉伯作家熙德·阿默德·贝南黑利在这部正经、夸张、细致、有趣而又异想天开的故事里记述如下。在上文二十一章末尾,著名的堂吉诃德·台·拉·曼却和他的侍从桑丘·潘沙一番谈话之后,堂吉诃德抬眼看见前面路上来了十一二个步行的人,一条大铁链扣着他们一个个的脖子,把他们联成念珠似的一串;他们都戴着手铐。一起还有两人骑马,两人步行;骑马的拿着新式火枪,步行的拿着标枪和剑。桑丘见了说:

“这队人是国王强迫着送到海船上去划船的。”

堂吉诃德问道:“怎么强迫? 难道国王强迫了谁吗?”

桑丘说:“不是的,我只是说,这些人是犯了罪罚去划船,强迫他们为国王当苦役。”

堂吉诃德说:“不管是怎么回事吧,这些人反正是硬押着走的,不是自愿的。”

桑丘说:“对啊。”

他主人说："照这么说，恰好就是我的事了；锄强救苦正是我的责任。"

桑丘说："您小心啊，国王是最公道不过的；他强迫这些人是因为他们犯了罪，惩罚他们。"

这时候，一串囚犯已经走近前来。堂吉诃德很客气地请教押送的人，为什么把一群人这样押着走。一个骑马的回答说：他们是到海船上去的苦工，是国王判了罪的犯人；此外没什么可说的，也没什么可问的。

堂吉诃德说："可是我还想问问每个人招祸的缘由呢。"

他还说了许多好话央求。另一个骑马的就说：

"我们携带着这些混蛋犯罪的案卷呢，只是现在不便停下来找给您看。您去问他们本人吧。他们要是高兴，会跟您讲；这种人干坏事和讲坏事都有兴味，一定乐意。"

其实堂吉诃德即使得不到准许，也会自作主张去问。他既然得到准许，就跑向那串囚犯，问打头第一人犯了什么罪，落得这样狼狈。那人说是为了恋爱。

堂吉诃德说："就为了恋爱吗？如果为了恋爱得押上海船，我早该在那儿划船了。"

那囚犯说："不是您心眼里的恋爱：我是爱上一大筐浆洗好的衬衣，竟把它紧紧搂住了，要不是给法律的铁手夺下，我到今也不会自愿放手。我是当场拿住的，不用严刑逼供。审问完毕，我背上吃了一百鞭子，再饶上三年'古拉八斯'①，事情就了结了。"

---

① 原文 gurapas。

堂吉诃德问道："什么叫'古拉八斯'？"

囚犯说："'古拉八斯'就是罚上海船做苦工。"

这人是个小伙子，二十四岁左右，据说是庇艾德拉依塔的居民。堂吉诃德照样又去问第二个囚犯。那人愁眉苦脸，一言不发。第一个囚犯替他回答说：

"他呀，先生，因为他是金丝雀；就是说，是音乐家、歌唱家。"

堂吉诃德说："什么？音乐家和歌唱家也罚上海船做苦工吗？"

囚徒说："是啊，先生，吃了痛苦唱歌是最糟糕的事。"

堂吉诃德道："我倒是听说：唱歌能驱愁解闷①。"

囚徒道："该反过来说：'唱歌一次，哭一辈子'。"

堂吉诃德说："这话我可不懂了。"

一个押送的公人说：

"绅士先生，吃了痛苦唱歌，按这帮无赖的黑话，就是上了刑招供。这个犯人上了刑就认罪了，供出自己是'夸特来罗'②，就是偷牲口的贼。他既然招了，就判了六年划船的苦役，背上还吃了二百鞭。他老是愁眉苦脸地，因为和他一起的匪徒——那边牢里和这边同路的，瞧他自己招供，不能咬着牙抵赖，都瞧不起他，把他欺侮捉弄。他们说：自称'无罪'或'有罪'一样都是两个字，一个人犯了罪如果人证、物证都没有，死活全凭自己的舌头做主，那就算运气够好的了。我觉得这话也有道理。"

---

① 西班牙谚语。

② 原文 cuatrero。

堂吉诃德说："确是不错的。"

他照样又去问第三个囚犯。这囚犯满不在乎地立刻回答说：

"我因为短了十个杜加，得要到古拉八斯夫人家去待五年。"

堂吉诃德说："我愿意出二十杜加，让你脱难。"

那囚徒说："我看这就好比身在海上，饿得要死，尽管有钱却没处买需要的东西。您要给我的二十杜加，如果来得及时，我可以用来润润书记官的笔，活活辩护律师的心思，那么，我今天准还在托雷都的索果多维尔市场上逛呢，不会像狗似的牵着在这条路上走。不过上帝是伟大的，忍耐吧，不用多说了。"

第四个犯人道貌岸然，一部白胡子直垂到胸前。堂吉诃德问他为什么到那边去，他听了就哭起来，一句话也不说。第五个囚犯代他答道：

"这个体面人要到海船上去待四年；他临走还穿上礼服，骑骡逛了大街。"

桑丘说："照我看，那就是游街示众了。"

那犯人说："是啊。他的罪名是做掮客，而且是皮肉交易的掮客；干脆说吧，这位绅士是拉皮条的，也懂得几分邪术。"

堂吉诃德说："他如果没有那几分邪术，单为拉皮条，就不该罚去划海船，倒是可以指挥海船，做个舰队司令。因为拉皮条的事谈何容易，要通达世情的人才做得。在治理得当的国家，这是最少不了的职业，不是好出身都不配干。这事该像别的职业那样，要有监督和检查，又该像交易所的经纪人那样，得经过选派,限定人数。这就可以避免许多弊病。如果干这一行的是笨人和糊涂蛋,譬如不很晓事的丫头老妈子呀,年轻无识的小僮儿和骗子呀,那就弊病多了。在紧要关头,必须有急智的时候,这些人往往拿着面包不会往嘴边送,自己的左右手都分辨不出。我还有许多话要说,还想讲明干这件国家大事的人为什么应该精选,不过现在不是时候,将来有人负责改善这事,我再跟他谈吧。目前我只说:他白胡子一把,道貌岸然,为了拉皮条受这样的罪,我看了心上很难受;不过他既然又有邪术,我就不能同情了。当然,我并不像一些死心眼的人,以为邪术能够转移或克服人的意志;我确实知道世界上没有这种邪术。我们的意志是自由的,不受药草和符咒的强制。无识妇女和江湖骗子常配制些有害的药来愚弄男人,说是能激起情欲。其实呢,我已经说了,意志是没法强制的。"

那老头儿说:"对呀。老实讲,先生,我那邪术的罪是冤枉的;拉皮条的罪呢,我不能抵赖。不过我绝没有想到这是干坏事,因为我只求世上男女皆大欢喜,没有争吵,也没有烦恼,安安静静过日子。但是我空有一片好心,免不了还是要到那边去。我已经上了年纪,又加小便有病,一刻不得安顿;这一去,再没有回来的希望了。"

他说罢又哭。桑丘觉得他很可怜,从怀里掏出一个当四的银瑞尔来周济他。

堂吉诃德又前去问另一个囚徒犯了什么罪。这人不像先前的一个,回答很爽利。他说:

"我到那边去是因为跟两个表姐妹和两个别人家的姐妹玩得太放肆了;我和她们随意取乐,结果我的子女繁殖得乱七八糟，魔鬼也算不清这笔糊涂账。我犯的事都证据确凿；我既没有靠山，又没有钱，差点儿断送了我的脖子①。我判了六年划船的苦役；行啊，我犯了罪，就自食其果呀。我年纪还轻呢，但愿能活下去，留着性命，总有办法。绅士先生，您要是有什么东西周济我们这群可怜虫，将来上帝在天堂上会报答您，我们在世间念经的时候也会记着为您祷告，求上帝不亏负您这满面慈祥，保佑您长寿绵绵，身体康健。"

这个囚徒是大学生装束，据一个护送的公人说，他很有口才，而且精通拉丁文。

这队囚犯的末尾一人三十岁左右，相貌很好，不过两个眼珠子是对接的。他的枷锁和别人的不同：脚上拖一条很长的铁链，缠住全身；脖子上套着两个铁圈，一个圈扣在铁链上，另一个圈是所谓护身枷或叉形护身枷②上的。这个铁圈下面垂着两条铁棍，到齐腰的地方装一副手铐，把两手套住，再用大锁锁上。这就使他不能把手举到嘴边，也不能把脑袋低到手边。堂吉诃德问为什么这人和别人不同，要这么许多枷锁。护送公人回答说：因为他一人犯的案，比所有别人的案总在一起还多；而且他非常胆大狡猾，就是这样押着，还保不定会逃走。

堂吉诃德说："如果他不过是罚去划船，他又能犯下什么罪呢？"

护送公人说："他判了十年苦役，这就相当于终身剥夺公权了。咱们只要一句话就说得明白：这家伙是大名鼎鼎的希内

① 指受绞刑。

② 护身枷或叉形护身枷（guardaamigo o pie de amigo），是一个有脚的铁架，撑在犯人颔下，管住脑袋，鞭打时不能躲闪。

斯·台·巴萨蒙泰，诨名‘强盗坯子小希内斯’。”

那囚犯接口道：“说话客气点儿啊，差拨先生，这会儿可别给人家起诨名，扣绰号。我名叫希内斯，不是小希内斯；我姓巴萨蒙泰，不是什么‘强盗坯子’。各人自己瞧瞧自己吧，这就够了。”

那差拨说：“天字第一号的贼强盗，你如果不指望人家给你封上嘴巴，就别这么标劲十足。”

那囚犯答道：“‘人的行为得顺从上帝的意旨’①，这是没什么说的。不过总有一天，人家会知道我是不是‘强盗坯子小希内斯’。”

护送的公人说：“你这撒谎的混蛋，他们不是这样称呼你吗？”

希内斯说：“是这样称呼，可是我自有办法叫他们不这样称呼，不然的话，我捋掉他们的毛！我甭说生在哪里的毛！绅士先生，您要是有什么东西给我们，快给了我们走吧。您只顾打听人家的历史，真叫人不耐烦。您如要问我的历史，我告诉您，我是希内斯·台·巴萨蒙泰，我的历史已经亲手写下来了。”

差拨说：“这是真的。他写了自己的传，写得没那么样儿的美。他在牢里把那本自传押了二百瑞尔。”

希内斯说：“即使押了二百杜加，我也要赎它回来的。”

堂吉诃德说：“就那么好吗？”

希内斯说：“好得很呢！压倒了《托美思河上的小癞子》②

---

① 西班牙谚语。

② 西班牙十六世纪无名氏作，是流浪汉体小说的鼻祖。

那类的书,不管是从前的或将来的,比了我的自传都一钱不值了。我可以告诉您,我这部自传里写的全是事实;谎话决不能编得那么美妙。”

堂吉诃德问道:“书名叫什么呢?”

希内斯说:“《希内斯·台·巴萨蒙泰传》。”

堂吉诃德问道:“写完了吗?”

他回答说:“我一生还没有完,怎么能写完呢。我从自己出世写起,到最近这次又罚去划船为止。”

堂吉诃德说:“那么,你从前已经去划过船?”

希内斯答道:“我为上帝和国王当差,去过一次,待了四年,尝过硬面包和牛筋鞭子的味道。到海船上去我也不怕,那里有机会续写我的书。因为我还有许多事情要写,西班牙的海船上多的是闲工夫。当然,我也用不了很多时间,因为心里已经有稿子了。”

堂吉诃德说:“看来你很有才气。”

希内斯说:“也很倒霉,因为高才总是走背运的。”

差拨说:“混蛋总走背运。”

巴萨蒙泰说:“我跟你说过了,差拨先生,说话客气点儿。上头交给你这支差拨的棍子,叫你解送我们这班可怜人到国王陛下指定的地方去,不是叫你来糟蹋我们的。你要是不客气,哼哼……我不用多说。客店里沾上的肮脏,说不定有一天会漂洗干净①。大家别闹,好好过日子,说话放和气些。咱们耽搁得够了,上路吧。”

---

① 西班牙谚语,和“碱水里什么脏都洗得掉”意义相类。

差拨因为巴萨蒙泰出言不逊,举起棍子要打他。可是堂吉诃德拦身挡住,求差拨别虐待这人,因为他一双手已经锁得那么牢固,让他舌头放松点儿也就算了。他回到一串犯人那里,对他们说:

“亲爱的弟兄们,我听了你们的话,事情都明白了。你们虽然是犯了罪受罚,却不爱吃那个苦头。你们到海船上去是满不情愿、非常勉强的。看来你们有的是受刑的时候不够坚定,有的是短了几个钱,有的是没有靠傍,一句话,都是法官裁判不当,断送了你们,没让你们得到公正的处置。老天爷特意叫我到这个世界上来,实施我信奉的骑士道,履行我扶弱锄强的誓愿。我听了你们的事深受感动,义不容辞,要为你们实现上天的旨意。不过我也懂得,事情可以情商,就不要蛮做;这才是谨慎之道。所以我想要求押送的差拨先生们行个方便,放了你们,让你们好好儿走吧。尽有别人为国王当差呢,不用这样强迫的苦役。我认为人是天生自由的,把自由的人当作奴隶未免残酷。况且,押送的诸位先生,”堂吉诃德接着向他们说,“这群可怜人并没有冒犯你们各位呀。咱们一旦离开了人世,有罪各自承当;上帝在天上呢,他不会忘了赏善罚恶。好人不该充当刽子手,这个行业和他们不沾边。我现在平心静气向你们请求,你们答应呢,我自有报酬;如果好话不听,那么,我这支枪、这把剑、这条胳膊的力量,会叫你们听话。”

差拨说:“笑话奇谈!说了半天,说出这种荒唐的话来!要我们释放国王的囚犯!竟好像我们有权力释放他们,您也有权力命令我们!先生,您好好儿走您的路吧,把脑袋上的尿盆儿戴正了，别找三只脚的猫儿[1]。”

堂吉诃德说：“你就是猫！就是耗子！就是混蛋！[2]”

他一面说，一面直冲上去。说时迟，那时快，对方措手不及，被他打倒在地，用长枪刺伤。恰是堂吉诃德的运气，那人是带火枪的一个。其他押送的人出乎意料，都惊慌失措。不过他们立刻定下神，骑马的几个[3]拔剑在手，步行的拿起标枪，一齐来斗堂吉诃德；堂吉诃德就不慌不忙地应战。那队囚犯一看有机会脱身，就设法挣脱锁住他们的铁链，打算逃跑。这件事却便宜了堂吉诃德。当时乱成一团，押送的人一面要追赶逃脱的囚犯，一面又要对付赶着他们厮打的堂吉诃德，弄得两头都顾不全。桑丘也出一份力，释放了希内斯·台·巴萨蒙泰。这人第一个脱却枷锁，灵便地跳出来。他直取倒地的差拨，夺了剑和火枪，举枪向这人瞄瞄，那人指指，尽管没有开枪，却把场上押送的人赶得无影无踪；他们怕巴萨蒙泰的火枪，又加脱身的囚犯向他们投掷许多石子，所以都逃走了。桑丘为这件事很担忧；他料想逃走的人一定会去报告神圣友爱团，团里一打起警钟，他们的巡逻队马上会出来追捕逃犯[4]。他把这话告诉主人，求他快快离开那里，躲到附近山里去。

---

① 西班牙谚语，又一说，“别在猫儿身上找五只脚”，都指办不到的事。

② 堂吉诃德发怒，骂对方是猫，同时联想到儿童故事里猫追耗子，耗子咬绳子，绳子缚棍子，等等。

③ 作者忘了本章开始说，押送囚犯的共有二人骑马，都拿火枪；上文骑马的一个已受伤倒地，应该只剩一个骑马的了。

④ 按神圣友爱团的法令，哪里出了事，就打起警钟，神圣友爱团的巡逻队闻声立即赶出追捕罪犯，须追赶五哩瓦之远，一路上每到一处就打警钟，当地神圣友爱团的巡逻队亦闻声出动，各追赶五个哩瓦。

堂吉诃德说："好啊；不过目前该怎么办，我自有主张。"

当时一群囚犯正在起哄，把差拨剥得只剩了贴身的内衣。堂吉诃德叫他们过来；他们就围上来听他有何吩咐。堂吉诃德对大伙儿说：

"有教养的人受了恩惠知道感激；不知感激是上帝最不容恕的罪行。我说这话有个缘故。你们各位已经亲身受到我的恩惠了；你们要报答，就该为我了却一个心愿。我要你们扛着脖子上解下的铁链，立刻上路，到托波索城里去拜见杜尔西内娅·台尔·托波索小姐，对她说，她的哭丧着脸的骑士叫你们去向她请安，还把我今天这桩了不起的事，从开头直到我把你们释放，一一告诉她。完了这个差使，就随你们自便了。祝愿你们前程美好。"

希内斯·台·巴萨蒙泰代表大家答道：

"我们的救命恩人先生啊，您吩咐的事是我们万万办不到的。因为神圣友爱团一定会来搜捕我们；我们不能在大道上一起行走，得各自设法躲进地道去。您还是想法变通一下，把您向杜尔西内娅·台尔·托波索小姐的效劳和献礼改作念经，我们可以为您念诵若干遍的《圣母颂》和《信经》。这事不论日夜，不论逃跑或休息，打架不打架，都做得到。您如要我们这会子回到埃及的肉锅旁边去①，换句话说，要我们扛着这副链子到托波索的大道上去，那就等于说，目前不是上午十点，却是夜晚；您要我

① 《旧约全书·出埃及记》第十六章第三节，记以色列人在旷野里挨饿，埋怨说，宁愿在埃及肉锅边吃得饱足时死去。"回到埃及的肉锅边去"，一般指恋念过去丰足的生活，这里指办不到的事。

们干这件事就仿佛要榆树结梨①。”

堂吉诃德勃然大怒道:“好吧,婊子养的先生,强盗坯子小希内斯,或者随你叫什么名字吧,我发誓,我要叫你单独一人,夹着尾巴,背着整条链子到那边去。”

巴萨蒙泰看到堂吉诃德荒谬绝伦,竟要释放他们,早料到他头脑不大清楚。他本来不是好惹的,这时受到辱骂,就向伙伴们丢个眼色;他们就退后几步,拣起石子来打堂吉诃德。石子雨点似的打来,堂吉诃德拿着盾牌招架不住,可怜的驽骍难得又像铜铸的一般,踢它刺它都不动。桑丘躲在驴子后面,避掉了向他们俩打来的一阵阵雹子。堂吉诃德的盾牌没多大用处,石子来势凶猛,他身上着了不知多少,竟打倒在地。他刚倒下,那大学生就扑上来,抢了他头上的盆儿,在他背上打了三四下,又在地上摔三四下,险的把盆儿打破。一群囚犯把他披在铠甲上的袍儿抢去;他们还想剥他的袜子,幸亏有护膝压住,没有剥掉。桑丘的大氅也给他们剥去,只剩了贴身的衣裤。他们怕神圣友爱团,一心只想逃走,并不想扛着铁链去拜见杜尔西内娅·台尔·托波索小姐,所以把抢来的东西大伙分了,就各自逃走。

旷野里只剩了驴子和驽骍难得、桑丘和堂吉诃德。驴子低着脑袋默默沉思,时常把耳朵扇动一下,以为那阵石子雨还没有停止,耳朵里还听到那个声音呢。驽骍难得也给一阵石子打倒,躺在它主人身边。桑丘穿了一身衬衣裤,想着神圣友爱团栗栗自危。堂吉诃德对那群囚犯行了大好事,却在他们手里大受虐弄,气得不可开交。

---

① 西班牙谚语,指不可能的事。

第二十三章

著名的堂吉诃德在黑山的遭遇——这部信史里罕有的奇事。

堂吉诃德吃了大亏,对他的侍从说:

"桑丘,我常听说:对坏人行好事,就是往海里倒水①。我要是早听了你的话,就免了这番气恼。可是事情已经做下了,忍耐吧,从此学个乖。"

桑丘说:"您会学乖,就好比我会变土耳其人。可是您既然说,早听了我的话不至于吃这个亏,那么,您就听我的话,免得再吃更大的亏吧。我告诉您,跟神圣友爱团讲骑士道是不行的,他们把所有的骑士都看得一钱不值。我跟您说吧,这会子我耳朵里就听到他们的箭飕飕地响呢②。"

堂吉诃德说:"桑丘,你天生是个胆小鬼。可是我省得你说我固执、老不听你的劝告,这一遭就听你的话,避开你害怕的凶神。不过有个条件:你这一辈子,无论死呀活呀,都不准对人说我这次是害怕而逃避危险;你得说,我是听从你的请求。如果说我害怕,你就是胡说。从现在直到将来,从将来回

① 西班牙谚语。

② 神圣友爱团拿获了现行犯,当场用箭射死。

溯到现在①，你如果有这个念头或说这个话，我就要反驳你，声明你是撒谎。别再多话了。你别以为我是要逃避危险；我这一遭沾着点儿害怕的嫌疑，尤其得讲讲明白。你只要有这种想头，我就待着不走，一人在这里等着，不仅等着你害怕的神圣友爱团，还等着以色列十二族的友爱团，玛咖贝欧七兄弟的友爱团，咖斯特和波鲁克斯的友爱团②，和世界上所有的弟兄们和友爱团。”

桑丘说：“先生啊，回避不是逃跑。凶险很大、出路很少的场合，死挺着算不得聪明。聪明人留着自己的身子等待来日，不在一天里拚掉性命。我跟您说吧，我虽然是个乡下土包子，还懂得几分谨慎小心的道理。所以您听我的话，决不会后悔。您要是能上马，上马吧；要是不行，我扶您上去，您跟我走。我的脑袋告诉我，这会子咱们的一双脚比一双手更有用处呢。”

堂吉诃德不再多说，他骑上马，由桑丘骑驴领路，从一个山口走进附近的黑山。桑丘打算越过山岭，从比索或阿尔莫多瓦·台尔·冈坡③出来；他们可以在深山里躲几天，如果神圣友爱团追捕他们，就寻找不到。他发现驴背上的干粮还在，那群囚犯穷搜乱抢，居然没有拿走；他认为这是奇迹，加添了上山的劲头。

---

① 古代西班牙公文里的套语。

② 玛咖贝欧七兄弟是纪元前二世纪争取犹太独立的英雄。咖斯特和波鲁克斯是希腊神话里宙斯的双生子。

③ 这两个城都在拉·曼却。虽说越过山岭，并不是从山北的拉·曼却到山南的安达路西亚。

他们当晚到了黑山深处①。桑丘决计在那里过夜,或许再多待几天,反正瞧他们带的干粮能支持多久就待多久。他们在软木树林里的两块大石头中间过夜。据愚昧的外教徒看来,一切事情都是命里注定的。命运驱使那有名的骗子和强盗希内斯·台·巴萨蒙泰又和他们碰上了。希内斯靠堂吉诃德的发疯仗义,脱去了枷锁,当然怕神圣友爱团追捕,所以决计到这座山里来躲避。他像堂吉诃德和桑丘·潘沙那样受了命运的摆布和怕惧的驱使,恰恰也到了他们俩寄宿的地方。那时候他们俩刚刚睡着,希内斯凭当时的天色,还认得出他们是谁。坏人往往忘恩负义,而且一个人窘急的时候,不免干些不应该的事,或顾了眼前的便宜,不顾将来的利害。希内斯原是个没良心的,又不怀好意,就想偷桑丘·潘沙的驴。他并不理会驽骍难得,因为那头劣马既不能押钱,也卖不出去。桑丘·潘沙睡得正熟,希内斯偷了他的驴,天亮以前早已跑得老远,追寻不到了。

太阳出来,大地欢笑,却苦了桑丘·潘沙,因为发现他的灰驴丢了。他不见了驴伤心痛哭,哭得没那么样儿的悲切。堂吉诃德竟给他哭醒了,只听得他在数说:

“哎,我肠子里生出来的儿子啊!我自己家里养大的孩子啊!我孩子们骑着玩的伴侣啊!我老伴儿的开心丸子啊!叫我街坊眼红的宝贝啊!我的负担,靠你减轻!我的生活,一半也靠你支撑!因为你每天赚二十六文钱②,分担了我饭食的半份儿

---

① 从这里起到下文桑丘失驴痛哭、堂吉诃德答应赔他驴驹、桑丘拭泪道谢止,中间四段,《堂吉诃德》马德里1605年第一版里都没有;1605年第二版里作者本人添上了这几段。详见本书译者序19—20页。

② 一文钱(maravedi),古西班牙币名,一个瑞尔可兑三十四文钱。

开销啊!”

堂吉诃德瞧他痛哭,问明缘故,就极力用好话安慰,叫他别着急,还答应给他出一张交换票据,凭票把家里五匹驴驹里的三匹给他。

桑丘这才宽心;他擦干眼泪,忍住抽噎,向堂吉诃德谢赏。堂吉诃德到了山里,觉得这种地方正会碰到他指望的奇遇,心上很愉快。他追忆着从前游侠骑士在荒山僻野里遭逢的事,边走边想,一心专注,把别的事全都忘了。桑丘认为已经到了安全的地方,忧虑全消,只想着夺来的干粮还有剩余,正好拿来填饱肚子。他驮着灰驴身上的东西,跟在主人背后①,把粮袋里的干粮掏出来往自己肚里塞,且吃且走,满不愿意再遭逢别的奇遇。

他抬眼忽见他主人停着马,想用枪头挑起地下一堆不知什么东西。桑丘想他或许需要帮忙,立刻赶上去。堂吉诃德刚用枪头挑起一个鞍垫,上面系着一只手提箱。箱子已经半烂——竟可说全烂了,不过重得很,得桑丘下地去拣起来②。他主人叫他看看箱子里是什么东西;桑丘立刻遵命。箱上束着链子,还锁着锁,可是他从破烂的地方看见里面有四件荷兰细麻纱衬衫,还有些别的内衣,都是很精致很干净的。他又发现一块手绢里包着一大堆金艾斯古多③。他看见了说道:

“谢天啊! 这遭奇遇给我们发了利市了!”

他细细搜寻,又找出一册装潢精致的记事本。堂吉诃德问他要了这个本子,叫他把钱留下,那是赏给他的。桑丘吻了堂吉

---

① 第一版作“他像女人似的横坐在驴背上”。

② 这里桑丘又好像是骑着驴子的。这是作者第二版修改时疏忽之处。

③ 艾斯古多(escudo),币名,金的值四十瑞尔,银的值十瑞尔。

诃德的双手谢赏,又把手提箱里的内衣全掏出来,装在盛干粮的口袋里。堂吉诃德在旁看着,说道:

"桑丘,据我想,准有个迷路的旅客在这座山里碰到强盗,给他们杀了,搬到深山里来埋了;一定是这么回事。"

桑丘答道:"不见得;要是强盗,不会留下这笔钱。"

堂吉诃德说:"你说得不错。究竟是怎么回事,我可猜不透也想不明白了。且慢,咱们瞧瞧这记事本上有没有什么线索,能帮咱们打开这个闷葫芦。"

他打开本子,第一眼就瞧见一首十四行诗,看来还是初稿,字却写得很好。他高声念出来,让桑丘也听听。原诗如下:

　　或许是恋爱神的昏愦糊涂,
也可能是他异常的残狠,
再不然就是对我责罚过甚,
惨酷的折磨使我这样痛楚。

　　但昏愦和神明名实不副,
恋爱神是无所不知的天神,
他绝不凶顽,却无限悲悯,
那么,是谁遣使我这样受苦?

　　如说是你,茜丽,那是谬误,
无瑕的美质决不包蕴祸害,
也不可能是上天把我蹂躏。

　　反正我身死在即,这是定数,
如果查不出病因何在,
不靠奇迹怎能妙手回春。

桑丘说："诗里看不出什么线索，除非从您说的那个'线缕'上抽出个头绪来①。"

堂吉诃德说："哪有什么'线缕'呀？"

桑丘说："您不是在叫人家'线缕'吗？"

堂吉诃德说："我说的是'茜丽'。这首诗是对一位小姐诉苦的，'茜丽'一定就是她的名字。我瞧这首诗确是写得不错，要不，我就是个大外行了。"

桑丘说："唷，您还会作诗呀？"

堂吉诃德说："你想不到我作得多好呢。我明儿叫你送封信给我的杜尔西内娅·台尔·托波索小姐，通篇都是诗，你就知道我作诗多么内行了。我告诉你吧，桑丘，古时候的游侠骑士，差不多个个都是了不起的抒情诗人和音乐家。作诗和奏乐这两种本领——或者该说这两种天赋的才能，和多情的游侠骑士是分不开的。不过古代骑士的诗热情有余，略欠雕琢。"

桑丘说："您再念念那本子，也许会找到些关节。"

堂吉诃德翻过一页，说道：

"这是散文，好像是封信。"

桑丘问道："是公文信吗？先生。"

堂吉诃德说："看这封信的开头，好像是情书。"

桑丘说："那么您大声念吧，我最喜欢这种谈情说爱的东西。"

堂吉诃德说："好！"

他就高声朗读。信上说：

你的背约失信和我注定的苦命，使我到了这座荒山里。

① 西班牙谚语："拿到了线头儿，就抽开了线球儿。"

我在这里埋怨你的话,也许要等你听到我的死讯之后,你才会听到了。负心人啊,人家比我有钱,不是比我品德好,你怎么竟为他抛弃了我呢?我如果以美德为贵,我就不必羡慕人家有福,叹恨自己不幸。你相貌美好受人景仰,你的行为却使人看低了你。我凭你的美貌把你当作天使,凭你的行为知道你不过是个女人罢了。你害得我心乱如麻,我但愿你能心平如镜。但愿上天叫你永远看不破你嫁的欺心骗子,免得你后悔,也免得我违着心吐气称快。

堂吉诃德念完信,说道:

"信里比诗里更找不出什么东西来。只有一点是明白的,写信的是个失恋的情人。"

他把记事本差不多每一页都翻了,又找出些诗和信,有的笔迹清楚,有的潦草模糊。写的无非是埋怨呀,悲哀呀,忧虑呀,相思和痛苦呀,有情和无情呀,等等;也有赞扬的,也有伤感的。堂吉诃德翻看记事本的时候,桑丘在翻检手提箱。他把一个个角落都搜遍;又检看了鞍垫的四角,把每一条缝都拆开,每一撮羊毛都理过,生怕忙中有错。他找到的艾斯古多有一百多个,引起了他好大的贪心呀!他并没有再找到什么,不过他觉得到手的那笔钱作为酬劳,已经绰绰有余,尽管给人兜在毯子里抛弄,喝了治伤油呕吐,挨了七横八竖的桩子,吃了骡夫的拳头,丢失了褡裢袋,抢掉了外衣①,再加跟了这位好主人受到种种饥寒劳累,都不冤枉了。

哭丧着脸的骑士急切要知道手提箱的主人究竟是谁。他凭

① 作者未提灰驴被窃。

那首诗、那封信、那些金币和精致的衬衣，料想那人准是个痴情公子，受不了意中人的鄙夷和折磨，自寻短见了。可是在那崎岖的荒山里，没人可以问讯。他只好随着驽骍难得的意向——也就是随它挑可走的路，往前走去。他深信在这座荆棘丛生的荒山里，必定有意外奇遇。

他怀着这个心念信马而行，忽见前面山冈上有个人飞步跳过一块块岩石、一丛丛灌木。那人看来没穿衣服，胡子黑而浓，头发多而乱，赤着脚，光着小腿，大腿上穿着裤子，好像是棕色丝绒的，可是破烂不堪，许多地方露出肉来；他也没戴帽子。尽管他像刚才说的那样飞越而过，他的状貌却一一都落在哭丧着脸的骑士眼里。这位骑士想去追赶，可是不行，因为驽骍难得太弱，不善走崎岖的山路，而且它生来脚步慢，性子也慢，压根儿跑不快。堂吉诃德立刻猜想那人是手提箱和鞍垫的主人，打定主意要去追赶，即使得在这座山里跑一年，也要找到了那人才罢休。所以他叫桑丘下驴①抄近道到山那边去，他自己由另一边过去，这样也许会碰到刚才一瞥而过的人。

桑丘说："这可不行，我一离开您就心惊肉跳，见神见鬼的。我跟您说开了吧，从今以后，我就是寸步不离地紧跟着您。"

哭丧着脸的骑士说："好吧，你要依靠我的勇气，我很高兴。尽管你吓掉了魂，我总有勇气扶持你。你现在跟着我慢慢走或随步走，把一双眼睛当灯笼使。咱们走遍这条山脊，说不定会碰到方才看见的那人。咱们拣到的那些东西，没错儿准是他的。"

桑丘听了这话，答道：

---

① 这又是第二版上作者没有改正的句子。

"还是别去找他好。如果找到了他,那些钱果然是他的,分明我就得还给他呀。还是别白费力气,让我保留了那笔钱吧。原主将来自会出现,不用钻头觅缝地找。到那时候,大概钱也花光了,国王就不向我追究了。"

堂吉诃德说:"桑丘,这来你错了。咱们既然看准原主是谁,那人又近在眼前,那就义不容辞,得找到他,把东西还他。只要咱们看准他是原主,就等于知道原主是谁,咱们不找他是有罪的。所以,桑丘朋友,你别为了要找他就不乐意,我可要找到了他才乐意呢。"

他就踢动驽骍难得往前跑去;桑丘驮着东西步行跟随①,这都是小希内斯·巴萨蒙泰作成他的。他们在山路上跑了一转,忽见山沟里倒着一匹死骡子,鞍辔俱全,尸体给野狗和乌鸦吃得只剩一半了。他们一见,心上越发拿稳:飞跃而过的人准是骡子和鞍垫的主人。

他们正在看那头死骡子,忽听得一声唿哨,好像是牧人赶羊的哨声,随后看见左边跑出一大群山羊;羊群后面,在一个山顶上,出现一个赶羊的老牧人。堂吉诃德大声请他下山到这边来。老牧人高声说:这里简直人迹不到,只有来往的羊群或出没的豺狼等野兽;谁把他们带到了这种地方来。桑丘请他下来了再跟他仔细讲。那牧羊人就下山前来,说道:

"我可以打赌,你们是在看死在这条山沟里的雇佣骡子吧?说实在话,这头骡子倒在那里已经六个月了。请问,你们在附近碰见了那骡子的主人吗?"

---

① 第一版作"桑丘照常骑驴跟随",这是作者在第二版上修改的。

堂吉诃德说："我们没碰到谁，不过离这儿不远看见一个鞍垫和一只手提箱。"

牧人说："我也看见了，可是没去拣，也没走近去，怕沾了晦气，也免得人家指控我做贼。因为魔鬼是狡猾的，他在你脚底下放些东西，叫你绊倒了还不知是怎么回事。"

桑丘答道："我就是这么说呀。我也看见那些东西了，老远就没肯过去。东西原封不动的撇在那里呢；我不要挂铃铛的狗①。"

堂吉诃德说："老哥，请问你，你可知道那些东西的主人是谁呢？"

牧人说："我知道多少，都可以告诉您。大概六个月以前，有个漂亮斯文的年轻人到了三哩瓦以外的一个牧羊人的小屋里来。他的坐骑就是死在这里的骡子，他的鞍垫和手提箱也就是你们看见了没碰的。他打听我们这座山里哪一处最荒僻。我们对他说，这里就是。这是真话，因为你们如果再往山里走半个哩瓦，也许连出来的路都找不到呢。我不懂你们怎么会跑到这儿来，因为大路小路都不通的。且说那年轻人听了我们的回答，掉转辔头，就往我们指点的地方跑。我们喜欢他长得漂亮，听了他问的话，瞧他急急忙忙地回身往山里跑，都觉得奇怪。我们从此没有再看见他。直到几天以前，他忽然半路上拦住我们的一个同伙，也不打话，就对他拳头脚尖乱打乱踢，随后跑到驮骡身边，把驮带的面包和奶酪抢光，飞快地又躲进山里去。我们几个放羊的知道了这件事，就去找他，在山里最荒僻的地方跑了差不多两天，总算找着了；他在一棵大软木树的树洞里蹲着呢。他和和

---

① 西班牙谚语，意思是：不要惹麻烦的东西。

气气地迎出来，身上的衣服已经破烂，脸给太阳晒得又干又黄，我们简直不认得他了。不过我们记得他的衣服，还可以凭那破烂的衣服认出他是我们要找的人。他很有礼貌地跟我们招呼，说话不多，却很诚恳。他说自己罪孽深重，他这种行径是为了忏悔赎罪，请大家不要见怪。我们问他姓名，他却怎么也不回答。我们又对他说，不吃东西活不了命，他什么时候需要粮食，请告诉我们他住在哪里，我们对他很关切，马上会给他送去；假如他不要我们送，至少可以出来问我们要来吃，不用抢。他感谢我们的好意，请原谅他前几次的抢劫，还答应以后不再抢，只求看上帝面上给他些吃的。至于他的住处，他说并没有一定，夜来碰到哪里可住就住下。他说完伤心痛哭。我们听他哭得那么悲切，想到初次看见他是什么样子，这次又是什么样子，真该是石头人才能够不陪眼泪呢。我已经说过，他是个和蔼可亲的青年人，说话很文雅，可见是有教养、懂礼貌的。他那样斯文，我们在场的尽管是乡下佬也看得出来。他正和我们说着话，忽然顿住了，好半晌，一双眼直勾勾地看着地下。我们很惊讶，等着瞧他发完这阵呆又怎么样，看着都觉得可怜。他一会儿睁眼瞪着地，好些时候连睫毛都不动；一会儿又闭上眼，抿紧嘴唇，皱起眉头。我们一看就知道他是发疯了。果然，他倒下地，忽又怒冲冲地跳起来，拼着性命，咬牙切齿地扑到旁边一人身上，我们要没把那人拉开，准给他打死咬死。他一面嚷着说：‘啊！费南铎，你这奸贼！你害得我好苦！这会儿呀，这会儿呀，我可不饶你了！你的心是万恶之窝，尤其是奸诈的巢穴；我非要亲手挖出你这颗心才罢！’他说些话都是骂那个费南铎的，还指责他背信弃义。我们费了好大劲才把我们的伙伴从他手里拉开。他不再多说，撇下我们飞跑着躲到密密丛丛的荆棘里去，我们都没法追赶。我们由此猜想，他那疯病是发一阵好一阵的。大概那个名叫费南铎的干了什么对不起他的事；他会落到这个地步，想必受害不浅。我们的猜想都坐实了。他以后出来好几回，有时候问放羊的要东西吃，有时候就抢。他发疯的时候，尽管我们放羊的好意把东西送给他，他也不理，非要打几拳抢走。他清醒的时候就客客气气求人家看上帝面上给他点东西吃；吃了还含着眼泪连声道谢。”那牧羊人接着说：“我老实告诉你们两位吧，我和另外四个看羊的——我的两个帮工和两个朋友——昨天打定了主意要找他出来；等找到了，不管他愿意不愿意，定要把他送往八哩瓦以外的阿尔莫多瓦尔城去。他的病要是能治，就在那儿治，或者趁他神识清楚，问明他姓甚名谁，有没有亲属可由我们去报告他的苦难。两位先生问的话，我知道的都说了。还有，你们找到的那些东西就是那人的；你们看见那飞跑的人，衣服露着肉的，也就是他。”——因为堂吉诃德已经告诉牧羊人，刚才看见一个人在山上飞跑。

堂吉诃德听了牧羊人的话很惊讶，越发要知道那不幸的疯子究竟是谁。他还抱定原先的主意，要在这座山里满处寻访，每个角落、每个山洞都不放过，要找到了那人才罢。可是事情巧得出于意外。正在这个当儿，他要找的年轻人就在对面山沟里出现了。他一面走过来，一面喃喃自语，说的话靠近了都听不清，离远了更不用说。他的衣服就像上文说的那样，不过堂吉诃德在他走近的时候，看到他身上那件破烂的短袄是龙涎香皮子做的①。由此可知穿这种衣服的绝不是卑贱的人。

---

① 硝皮时加上龙涎香，制成的皮子有香味，很名贵。

那年轻人近前来向他们打招呼，声音带些嘶哑，不过很客气。堂吉诃德也很客气地还礼，然后，他下了驽骍难得，斯斯文文地过去拥抱那人，好半晌把他紧紧抱在怀里，仿佛是多年的老相识。我们把堂吉诃德称为"哭丧着脸的骑士"；那一位呢，我们不妨称为"晦气脸的褴褛汉"。他让堂吉诃德拥抱了一番，退后一步，双手搭在堂吉诃德肩上，把他细细端详，好像要认认是否相识。他看了堂吉诃德的神情相貌和浑身的铠甲，大概和堂吉诃德见了他一样惊奇。长话短说，两人拥抱之后，那位"褴褛汉"先开口，说的一席话详见下章。

第二十四章

续叙黑山里的奇遇。

据记载，堂吉诃德全神贯注地听着褴褛的"山中绅士"说话。那人开言道：

"先生，我虽然不认识你，不知道你是谁，我衷心感谢你对我表示的好意和礼貌。承你热情拥抱，可见你对我的心意，我但愿能够报答你。可是我走了背运，力不从心，只好虚有此愿了。"

堂吉诃德说："我一心想帮助你，甚至打定主意，不找到你不出这座山岭。你过着这样古怪的生活，分明是心里有烦恼；我想问问，你的烦恼有没有办法解除。要是有办法，我一定千方百计去找。如果你的烦恼绝不能找到安慰,那么我就陪你尽情号哭一场;遭了不幸能有人同情,总是个安慰。假如我怀着这番好心该有什么酬报,那么,先生,我有个请求。你是很有礼貌的;我请你为了礼貌,为了你生平最心爱的人,赏脸告诉我:你究竟是谁,为什么跑到这种荒僻的地方来,和没灵性的牲畜同样生死;照你的衣服和你的模样,你不是过这种日子的人。”堂吉诃德接着又说:“我虽然是个卑微的罪人,却奉行了骑士道。我凭骑士道和游侠骑士的职业起誓,如果你答应我的请求,我一定怀着游侠骑士应有的热忱,对你的不幸能补救就补救,不然就像我刚才说的,陪你痛哭一场。”

“树林里的绅士”①听了哭丧着脸的骑士这么说,只把他看了又看,再又从头到脚地看。他看了个仔细,说道:

“你要是有东西给我吃,看老天爷面上给我些吧。等我吃了东西,你有什么吩咐,我都听命;我就这样来答谢你表示的一番好意。”

桑丘马上去掏他的粮袋,牧羊人也去掏他的口袋,他们拿出些干粮给褴褛汉充饥。他拿来就吃,来不及一口一口咽,却直着脖子吞,像傻子似的吃得快极了。当时他和看吃的人都一言不发。他吃完了招呼大家跟他走。他们由他带着绕过一块岩石,到一片青草地上。他就躺下了;大家也躺下,谁都不开口。褴褛人躺舒服了,说道:

“各位先生,你们如要我把自己那些说不尽的苦恼一口气讲出来,就得答应我一件事:不要问我什么话,也不要搅乱我这段伤心史的头绪。因为一搅乱,故事就讲不下去,只好悬在那儿了。”

---

① 就是上文的“褴褛人”和“山中绅士”。

褴褛汉这番话使堂吉诃德想起他侍从讲的故事，渡河几只羊的数目忘了，故事就悬在那里了。且说这位褴褛汉接着道：

“我把话说在前头，为的是要把自己的糟心事快快讲完；重温旧事，不免勾起新的烦恼。你们问得越少，我就完得越快。不过我也不漏掉要紧的情节，凡是你们要知道的事我都会讲。”

堂吉诃德代表大家答应了褴褛汉的要求，这人就原原本本讲述如下：

“我名叫卡迪纽，家在安达路西亚的一个大城市里。我出身高贵，父母很有钱，可是我这样的苦命准叫我父母痛哭，亲属慨叹，有钱也抵赎不了；因为命由天定，钱财没法补救。我那城里有个天堂，爱神把我所追求的光明全安顿在那里——陆苹达真美呀，她就是我的天堂。这位小姐和我一样富贵，而比我福气好，只是不够坚贞，辜负了我对她的心愿。我从小就对陆苹达爱慕崇拜，她也小姑娘家一片天真地诚心爱我。我们父母知道我们的心，可是并不担忧，因为他们很明白，到我们爱情更深厚的时候，无非让我们结婚就完了；彼此门户相当，家道相称，简直就是天生的配偶。我们俩年岁渐长，情爱也越深。陆苹达的父亲后来为了礼教的防范，不许我上门了。诗人乐于歌唱蒂斯贝的故事①，陆苹达的父亲这来多少是模仿了蒂斯贝的父母。他的

① 蒂斯贝(Tisbe)是古代巴比仑的一个美貌的少女，她和与她相爱的青年比若莫(Píromo)是比邻。两家的父母不许他们见面，他们就从墙缝里互通消息。一次他们约定在一棵白桑树下相会。蒂斯贝看见一头狮子扑来，急忙逃避，遗下一条面纱，被狮子抓破并染上血迹。比若莫见了以为蒂斯贝已被狮子吃掉，就自杀了。蒂斯贝回来见比若莫身死，也用佩刀自杀。相传这对情人的血，使白桑葚从此染成红色。他们的恋爱故事见奥维德《变形记》(IV)；莎士比亚《仲夏夜之梦》中也引用到这个故事。

禁令使我们火上加火，情外添情。他们能管住我们的舌头，却管不住我们的笔头，而要表达心里话，笔头总比舌头灵便；因为当着情人的面，最坚决的主意也会游移，最勇敢的舌头也会懦怯。哎，我的天！我写给她多少情书啊！我收到她多少优雅有趣的回信啊！我编写了许多歌词和情诗，表达灵魂深处的感受，描摹埋藏在那里的热情，流连往事，想望前途。到后来我忍无可忍，憋不住要和她见面。我觉得若要称心如愿，最好是正式向她父亲求婚。我决计照这办法，一下子把事情解决。我想到做到。她父亲回答说：承我瞧得起，要求和他家攀亲，他很感谢；不过，我父亲还在，应该由我父亲出面求亲才对，如果他老人家不很乐意，陆苹达不是可以偷娶偷嫁的女人。我谢了他好言回答，觉得这话有理，只要我向父亲一开口，他准会同意的。因此我立刻去见父亲，要把心上的事禀告他。我到他屋里，看见他拿着一封拆开的信，没等我开口，就把信递给我说：'卡迪纽，你看看这封信，李卡多公爵有心要提拔你呢。'各位想必知道，这位李卡多公爵是西班牙的头等贵人，他的采地是安达路西亚最肥沃的部分。我接过信来读了一遍，辞意非常恳切，假如我父亲不答应他，我本人也会不以为然的。公爵要我马上到他那里去做他大公子的伴侣——不是仆人，他保证瞧我是怎样的人才，安插我合适的位置。我读了信哑口无言，尤其是听到我父亲说：'卡迪纽，你过两天就动身，去听候公爵的吩咐。你该感谢上天，送你走上这条路，从此可以不负我对你的期望了。'他还说了些类似的话来勉励我。我动身的前夕把情形都去告诉陆苹达，也告诉了她的父亲，求他等待几天，把女儿的亲事缓一缓，让我先瞧瞧李卡多对我的安排。他一口答应。陆苹达连连发誓保证，又频频晕倒,我看她分明也是同意的。我到了李卡多公爵家,受到非常优厚的接待,甚至不久引起了旁人的嫉妒;例如那些老家人,他们觉得公爵另眼照顾我,就不免损害他们的利益。最欢迎我的是公爵的二公子。他名叫费南铎,是一位慷慨多情的风流公子。没几天他和我就成了密友,招得大家尽说闲话。大公子虽然很喜欢我,也待我好,总不如费南铎那么亲近。朋友彼此什么秘密都谈,这是常情。堂费南铎对我的庇护已经变成友谊,他就把心事都告诉我,尤其是他不大随心的一件私情事。他爱上一个农家姑娘。她父母很富裕,是公爵的佃农。这姑娘美丽、贞静、聪明、善良,真是十全十美,熟悉她的人都说不出她哪方面更美好些。她的相貌品性使堂费南铎热情如火。他无法克服这位姑娘的坚贞,满足自己的欲望,只好下决心答应娶她。我出于友谊,告诉他这样不妥,还举了些活生生的例子,竭力劝他打消这个念头。可是我看看阻挡不住,就决计把这事告诉他父亲李卡多公爵。堂费南铎是个机灵人,防到这一着。他知道我是个忠心的仆人,不能隐瞒这种有损主人家体面的事。他就哄我说:他要撇开一心眷恋的美人,最好走开几个月,打算和我一起避到我父亲家去;我家乡出产全世界最出色的骏马,他可以向公爵托词,说那儿有几匹好马,他要去看了买下来。他的主意尽管不怎么好,我为自己的爱情打算,一听就满口赞成,认为再好没有,因为我觉得这是回去看望陆苹达的大好机会。我存着这个心,赞成他的主意,也附和他的建议。我催他赶紧走,说爱情不论多么坚定,眼不见、心不想是自然之理。据我后来知道,他和我谈这番话的时候,早已假借未婚夫的名义,享用了那个农家姑娘。他怕父亲知道了他那样胡闹要难为他,打算等机会适当,再把事情抖搂出来。其实，年轻人的爱情多半不是真正的爱情，只是情欲。情欲只求取乐，欢乐之后，欲念消退，所谓爱情也就完了。这是天然的界限，不能逾越，只有真正的爱情才无限无量。我这话无非说，堂费南铎把那姑娘骗上了手，欲念消了，爱情也冷了。他原先只说走开了眼不见、心不想，后来却是存心躲避，免得履行婚约。公爵准许他出门，吩咐我陪他同走。我们到了我住的城里，我父亲按堂费南铎的身份款待他，我就马上去看陆苹达。尽管我爱她的心始终如一，没有冷，也没有呆钝，可是一见了她，这颗心好像又获得了新生。我不幸把自己的恋爱告诉了堂费南铎。我觉得照他对我那么友谊深挚，我什么都不该瞒他。我对他夸赞陆苹达怎么美，怎么有风趣、有识见。我的夸赞动了他的心，想瞧瞧那么美好的小姐。我不幸又随顺了他。一天晚上，陆苹达在经常和我会面的窗口，蜡烛光下我指给他看了。她已经卸妆；堂费南铎一见她的容貌，马上把生平所见的美人全撇在脑后了。他张口结舌，呆瞪瞪地，魂都掉了，反正他已经颠倒不能自主。你们听了下文，就知道他入迷多深。他的爱情是瞒着我的，只有天知道。偏偏命运又助长了他的痴迷。有一天，他看见陆苹达给我的一封信，要求我去向他父亲求婚，措辞很委婉，很合礼，又很热情。他看了信对我说，天下女人多半才貌不能兼备，只有陆苹达才貌双全。我现在不妨老实承认，我虽然知道他的称赞很确当，可是出于他的口，我听来很不入耳。我有点害怕担心。因为他时时刻刻只想跟我谈论陆苹达，总把话引到她身上去，尽管扯不上也硬扯上。这就惹起我一种说不出的妒忌。我不是怕陆苹达的信义靠不住，可是，她能叫我放心，命运却使我放心不下。堂费南铎常要求看我和陆莘达来往的信，只说我们两人的妙笔，他读来很有趣味。陆莘达很喜欢骑士小说，一次她向我借看《阿马狄斯·台·咖乌拉》……”

堂吉诃德一听他提到骑士小说，忙说：

“您要是一开头就说陆莘达小姐爱读骑士小说，不用您夸赞，我就知道她聪明绝顶。她假如对这样有趣的书不感兴味，我瞧她就不会像您形容的那么好。对我呀，不用费那么许多话来形容她怎么美、怎么好、怎么聪明，我只要知道她有这点爱好，就拿稳她是天下最美丽、最聪明的姑娘。我只愿您把《阿马狄斯·台·咖乌拉》送给她的时候，把《堂儒亥尔·台·希腊》那部妙书也一起送去。我知道陆莘达小姐一定欣赏，比如书上讲的达莱达和咖拉亚呀，达林耐尔牧童的俏皮话呀，他那些牧歌里的佳句呀，而且他唱来多么有趣，多么传神，多么自然啊！这本书您将来可以补送，而且也不用等待多久，您只要跟我回乡，我那儿可以供给您三百多本书，都是我解闷消闲的。且慢！我这会儿想起来了，有些恶毒忌刻的魔术家存心害我，弄得我一本书都没有了。您请原谅，刚才答应不打断您的话，这会儿又打岔了。我一听到骑士道和游侠骑士这类事，要我不说话就办不到，仿佛要太阳光不发热、月光不发潮一样。您该讲下去了，请您原谅，您讲下去吧。”

堂吉诃德说话的时候，卡迪纽低垂着脑袋，好像在沉思。堂吉诃德一再请他讲下去，他也不抬头，也不答理，过了好久，才仰起头来说道：

“我心里纠结着一个念头，谁都没法消除，也改变不了。我认为那个大坏蛋艾利沙巴师父是玛达西玛王后的情人①。谁说不是,谁不信我这话,就是个大傻瓜!”

堂吉诃德一听之下,怒气冲天,像往常那样发誓说:“我发誓!没那事儿!这是恶意中伤,或者竟可以说是诽谤污蔑。玛达西玛王后是很高贵的公主,这样高贵的王妃怎么会和江湖医生有私情呢?谁反驳我就是混蛋胡说!我不论步战、马战,拿兵器或赤手空拳,黑夜或白天,随他喜欢怎么交手,一定要叫他认了错才甘休。”

卡迪纽只顾眼睁睁地瞪着堂吉诃德。他已经疯病发作,没心情讲自己的旧事了。堂吉诃德听到有关玛达西玛的话很愤怒,也没心情再听他讲。说也奇怪,堂吉诃德一心为玛达西玛辩护,仿佛她是自己的合法夫人;那些倒霉书竟把他迷惑到这步田地!且说卡迪纽已经疯了,听人家骂他胡说呀,混蛋呀,等等,不由得也大怒。他从身边拣起一块大石子,对堂吉诃德胸口使劲掷来,把堂吉诃德打了个仰面朝天的大筋斗。桑丘·潘沙看见主人吃了亏,捏起拳头就去打那疯子。褴褛汉回手一拳,把桑丘打倒在地,然后跳在他身上,把他的肋骨踩了个畅快。牧羊人想卫护桑丘,一样也挨了打。那疯子把大家打倒打伤,就撇下他们,心平气和地躲到山里去了。桑丘觉得自己平白无辜受了一顿收拾,气愤不过。他爬起身,找牧羊人出气,怪他不早说这人会发疯,让他们有个防备。牧羊人说他早就说过,桑丘自己没听见,不能怪人。桑丘·潘沙还是不肯住嘴,牧羊人再又跟他分

---

① 《阿马狄斯·台·咖乌拉》里的人物。这部小说里共有三个玛达西玛,但都不是王后,都没有和艾利沙巴发生关系。

辩,两人弄得互相揪着胡子对打起来,亏得堂吉诃德排解,才没打得皮破血流。桑丘紧紧揪住那牧羊人说:

"哭丧着脸的骑士先生,您别管我。这回他和我同是乡下佬,不是有封号的骑士。他得罪了我,我尽可以像上等绅士那样,跟他交交手,报复一下。"

堂吉诃德说:"话是对的,不过我知道刚才的事一点不能怪他。"

堂吉诃德平息了两人的火,又问牧羊人有没有办法找到卡迪纽,因为他心痒难熬,要知道他那段故事怎么结局呢。牧羊人还像原先那样说,不知道卡迪纽究竟住在哪里,不过他们如果在附近多跑跑,卡迪纽保不定疯不疯,反正会碰到。

第二十五章

英勇的曼却骑士在黑山有何奇遇;
他怎样模仿"忧郁的美少年"①吃苦赎罪。

堂吉诃德辞别了牧羊人,骑上驽骍难得,叫桑丘跟着走。桑丘满不情愿,只好骑驴②跟随。他们渐渐走入山里最险陡的去处。桑丘心痒痒地想跟主人说话,只希望他先开口,免得自己违背命令。可是他主人总不说话。他再也按捺不住,说道:

---

① 阿马狄斯在"穷岩"苦行赎罪时的别名。
② 这又是第二版上作者没有改正的句子。

"堂吉诃德先生,请您祝福了我,打发我走吧。我想就此回家,找我的老婆孩子去了。我跟他们在一起,至少可以随心如意地说说话。您要我跟着您日日夜夜在这种荒僻的地方奔走,想跟您说话又不能够,这简直是活埋了我。假如造化现在还让牲口说话,像伊索的时代那样,那还好些,我想讲什么,可以跟我的驴谈谈,我倒了霉也好受些。像这样一辈子东奔西跑地找稀奇事儿,碰到的呢,不过是挨踢呀,给兜在毯子里抛掷呀,石子砸呀,拳头揍呀,等等,这还不够,还得封上嘴巴,心里有话也不敢说,像哑巴似的,这实在是件苦事,叫人忍受不了。"

堂吉诃德答道:"桑丘,我懂你的意思;你煎熬不住,要求解除我对你舌头的禁令。现在就算是开禁了,你想说什么,说吧。不过有一个条件,开禁只限于咱们在这座山里来往的时候。"

桑丘说:"好,现在就让我说话吧,天知道以后怎么样呢,眼前我且享受这项特权。我说呀,您何必拼死命地卫护着那个什么玛吉玛沙①王后呢?那个阿巴德②是不是她的情人又有什么关系呢?这件事,您也没法儿判断。您如果不去管它,我相信那疯子会把故事讲下去,咱们也就免得给石子砸呀,给脚踩呀,再饶上那六七八个反手巴掌了。"

堂吉诃德说:"老实讲,桑丘,你要是像我一样,知道那位玛达西玛王后多么规矩,多么高贵,你一定会说我很有涵养,听他说出那么亵渎的话,竟没有打歪他那嘴巴。不论嘴里说或心上想王后跟外科医生有私情,都是莫大的亵渎。根据那段故事的

---

① 桑丘记不真玛达西玛的名字,说错了。

② 桑丘记不真艾利沙巴的名字,说错了。

真情，那疯子讲的艾利沙巴师傅是很有头脑、很有识见的人，他是王后的老师，也是她的医生。可是把王后当作他的情妇就荒谬透顶，应当严加斥责的。你该知道，这话是卡迪纽神识昏迷的时候说的，可见他是信口胡扯。”

桑丘说：“我就是这么说呀，疯子的话，何必当真呢。您为那个倒霉的王后辩护，还亏得您运气好，不然的话，要是石子不打在您胸口，却打在脑袋上，咱们就够瞧的了。至于卡迪纽呢，他是个疯子，只好由他。”

“凡是游侠骑士，只要听到女人的名誉受到诽谤，就该挺身出来辩护，不论是什么女人，也不论诽谤的人疯不疯；何况事关玛达西玛那样高贵的王后呢。我因为她品性高尚，特别敬爱她。她不仅相貌很美，头脑也很清楚，而且她饱经忧患，深有修养。艾利沙巴师傅替她出出主意，陪她做个伴儿，对她很有帮助，也是莫大的安慰；她就能够小心而耐心地经受自己的苦难。因此那些识见全无、存心不良的俗物，就传说或猜疑她是艾利沙巴的情妇了。我再重复一遍：他们是胡扯！谁这么想、谁这么说的，就是一百二百个胡扯！”

桑丘说：“我既不这么说，也不这么想。随他们自食其果，随他们和面包一块儿吃下去①。那王后和医生是不是情人，他们自己会向上帝交代。我从自己的葡萄园里出来，什么也不知道②；我不爱管别人的事。谁买了东西又抵赖，自己的钱包

---

① 西班牙谚语：“谁作恶就自食其果；随他和面包一起吃下去，随他自作自受。”

② 西班牙谚语，表示不愿意为人做见证，推卸干系。

有数[1]。况且我光着身子出世，如今还是个光身，我没吃亏，也没占便宜[2]。他们如果是情人，又与我什么相干呢？许多人以为这儿挂着咸肉呢，其实连挂肉的钩子都没有[3]。不过，谁能在旷野里安上大门呢[4]？再说吧，人家对上帝都会说闲话的[5]。”

堂吉诃德说：“天哪！桑丘，你一连串说些什么废话呀？你把些成语连成一串，跟咱们讲的又有什么相干呢？对不住，桑丘，别说话了。从今以后，你只顾赶你的驴，不相干的事你别管。你运用自己的五官，认识清楚：我不论过去、现在、将来，我干的事都是对的，也都合骑士道的规矩；我对这些规矩，比哪个骑士都熟悉。”

桑丘说：“先生，咱们在这个没有路径的山里瞎跑着找个疯子，找到了呢，他也许就要把他没干完的事干完——不是讲完他那故事，却是把您的脑袋和我的肋骨一股脑儿砸碎完事。难道骑士道的好规矩要咱们这么办吗？”

堂吉诃德说：“我再跟你说一遍，桑丘，你别再多话了。我告诉你：我到这里来，不单是要找那疯子，我还得在这座山里干一件事，我由此可以天下闻名，百世流芳；一个游侠骑士得干下了这件事，才成为地道杰出的骑士。”

桑丘·潘沙问道：“这件事很危险吗？”

哭丧着脸的骑士答道：“不危险。可是骰子转出来的点子

---

① 西班牙谚语，表示“自己做的事，自己有数”。

② 西班牙谚语。

③ 西班牙谚语，指捕风捉影。

④ 西班牙谚语，指堵不住众人的嘴。

⑤ 西班牙谚语，指闲话难免。

里，说不定没有彩头，只有晦气。不过这件事全靠你卖力。”

桑丘说：“靠我卖力？”

堂吉诃德说：“是啊。我要派你到一个地方去，你去了要是能早早回来，我的苦行就可以早早结束，我的光荣也就可以早早开始。你甭瞪着眼莫名其妙，桑丘，我告诉你吧，那位著名的阿马狄斯·台·咖乌拉是第一流的、十全十美的游侠骑士；说他第一流还不对，他是当时代全世界骑士里独一无二的，是天字第一号人物，是超群出众、带头领队的。谁要是说堂贝利阿尼斯有些地方可以跟他比美，那么，堂贝利阿尼斯和说这句话的人都是活见鬼！我可以千稳万妥地发誓，他们都错了。我还告诉你：一个画家如果要靠绘画的艺术出名，他就凭自己的知识，选择最杰出的几个画家，尽力模仿他们的原作。凡是为国增光的事，多半离不了这个常规。一个人如要取得谨慎忍耐的美名，就得模仿尤利西斯。荷马描写了他的性格和经历的苦难，从中活画出一个聪明有能耐的人物。维吉尔描写伊尼亚斯，也活生生地体现出这个孝顺儿子如何刚毅、这个智勇兼备的领袖如何英明。他们描写的不是真人真事，而是想象的当然必然的事物；描画出来的种种美德就成了后世的典范。因此，勇敢多情的骑士可以把阿马狄斯当作北极星、启明星或太阳；凡是在爱情和骑士道的旗帜下战斗的，都应该模仿他。照这个道理，桑丘朋友，我觉得一个骑士愈是极力模仿他，就愈符合骑士道的典范。阿马狄斯有一件事特别表现了他的谨慎、刚毅、勇敢、忍耐、坚贞、热情。他受了奥莉安娜小姐的冷淡就退隐到‘穷岩’①上去苦修赎罪，改名

① 因为在那里吃苦修行须过赤贫生活。

为‘忧郁的美少年’。他自己选择了这种生活，取这个名字确是意味深长的，而且很合适。我模仿他这件事，就比劈杀巨人呀、斩断蛇头呀、宰掉毒龙呀、打败军队呀、摧毁舰队呀、破除魔法呀等等容易多了。在这个地方干这件事，又是天造地设。既然机缘凑合，我就不应该错过。”

桑丘说：“干脆，您打算在这个荒僻的地方干些什么事呀？”

堂吉诃德说：“我不是跟你说了吗？我要模仿阿马狄斯，在这里做伤心人，做疯子，做狂人；同时也要模仿英勇的堂罗尔丹。罗尔丹在泉水旁边发现些形迹，知道美人安杰丽咖和梅朵罗干下了丑事，就此气得发疯。他把树木连根拔掉，搅浑清泉，杀死牧人，赶散羊群，烧掉茅屋，推倒房子，把一匹匹母马倒拖着走，还干了许多狂暴的事①，都值得记载史册，一代代流传下去。罗尔丹，或奥兰陀，或罗佗兰多——这三个名字原是一个人——他发了疯干的、说的、想的种种事，我虽然不打算一桩桩照办，我可以挑最重要的尽量模仿一个大概。也许我以后单模仿一个阿马狄斯就够了。他发疯不闯祸，只是伤心流泪，照样也成了最有名望的骑士。”

桑丘说：“我觉得干这种事情的骑士都因为受了刺激，都有个缘故才这样疯疯傻傻、吃苦修行。您可有什么缘故要发疯呢？哪一位小姐瞧不起您了吗？还是您发现了什么形迹，认为杜尔西内娅·台尔·托波索小姐和摩尔人或基督徒干了什么不规矩的事呢？”

堂吉诃德说：“这就是筋节所在，正是我干这件事的妙处。

---

① 见阿利奥斯陀《奥兰陀的疯狂》。梅朵罗是安杰丽咖的情人，他是一个俊美的摩尔人。

一个游侠骑士有缘有故地发疯,值不当什么;关键是要无缘无故地发疯,让我那位小姐瞧瞧,虚的尚且如此,何况实的呢。还有一层,我念念在心的杜尔西内娅·台尔·托波索小姐已经多时不见,这就够叫我发疯的。就像前些时候那个牧羊人安布罗修说的:情人分散了,什么事都放心不下。所以,桑丘朋友,你不用白费唇舌来阻挡我。我这番学着样发疯很奇很妙,而且是从来没有的。我现在就发疯,得一直疯下去。我打算叫你送一封信给我那位杜尔西内娅小姐,我要等你捎了她的信回来再说呢。如果她的回信不负我一片忠贞,我的疯病就会好,我的苦修忏悔也就结束。不然的话,我就要当真的发疯了。既然是真的发疯,就不会感觉苦恼。所以不管她怎样回信,反正到你回来的时候,你临走看见我忍受的痛苦烦恼都会解脱。我或是神识清楚,为你带来了喜讯而快慰;或是疯疯癫癫,你带来了噩耗我也漠无感觉。可是,桑丘,我问你,曼布利诺的头盔你藏好了吗?我看见你从地下拣起来了。那个坏心眼的家伙想砸碎它,可是砸不碎,可见是精炼细制的东西。”

桑丘听了这话,回答说:“我凭上帝老实跟您讲,哭丧着脸的骑士先生,您说的有些话,我简直受不了,也不耐烦听。听了您那些话,我就觉得您跟我讲的骑士道呀,征服王国和帝国呀,拿海岛赏人呀,给人家什么恩典什么爵位呀,所有这些游侠骑士照例规矩的一套,全都是空话骗人,都是‘三孩经’或‘山海经’或咱们说的什么经。您把个理发师的铜盆说成曼布利诺的头盔,好多天了还硬不认错,人家听了该怎么想呢?当然认为说这种话还自以为是,准是头脑有毛病。盆儿我收在粮袋里呢,全砸瘪了。我带在这里有个打算:如果天可怜见,有朝一日让我跟老婆孩子团聚，我到家把它修补一下，剃胡子的时候好用。”

堂吉诃德说：“桑丘，你听着，我也照你的样儿发誓说：全世界古往今来的侍从里，数你头脑最简单。游侠骑士的事，看起来都是虚幻的，荒唐无稽的，而且都是不顺当的。你跟了我这么多时候，难道还没有注意到吗？不过那都是假相。因为我们身边老跟着一大群魔术家，凡是和我们有关的事物，他们都要变化，爱怎么变就怎么变，全看他们是存心帮我们还是害我们。所以你看来是一只理发师的铜盆，我看来是曼布利诺的头盔，在别人眼里又可能是什么别的东西。其实呢，那是曼布利诺的头盔，卫护我的那位魔术家叫大家看作一只理发师的铜盆，这是他特别照应我。因为那只头盔是了不起的宝贝，人人都会追着我来抢我的。如果他们看着不过是一只理发师的盆儿，就不想要了。刚才那人想砸碎它，扔在地下也没拣，分明就是这个道理。他要是识货，怎么也不会撂下的。朋友，你好好儿收着吧，我目前没有用处。如果我决计学罗尔丹而不学阿马狄斯那样苦修赎罪，我还得卸下全副盔甲，像刚出娘胎那样光着身子呢。”

他们说着话，跑到一座高山脚下。这座山在周围许多小山里孤峰特峙，简直像削出来的。山边缓缓流着一条小溪，山坡上成片的草地，青葱悦目。这里的树木自然成林，点缀些花草，更显得境地幽静。哭丧着脸的骑士选中了这块地方来苦修赎罪；他一见就发了疯似的大声说：

“天啊！我就选中这块地方来号哭自己的苦命了！我的泪水要涨满这条小溪，我一声声的长叹要把这片森林里的树叶吹拂得不得静止，借此来表明我这个伤心人的悲痛。荒野里诸位不知名的山神啊，我这个痴情的可怜虫和意中人分离多时，疑神疑鬼地放不下心，只好到深山里来哭诉那位绝世美人的冷酷，请你们听我诉苦吧！树林里的诸位女神啊，善走而又好色的山羊怪追求你们，搅扰你们的清静，你们害怕而躲到了这里来；我求你们对我的苦恼洒一把同情之泪，至少不要听着厌烦吧！杜尔西内娅·台尔·托波索啊！我黑暗中的光明！痛苦中的快乐！前途的北斗星！命运的主宰！我求天保佑你称心如意！我离开了你，到了这种地方，落得这步田地，求你顾怜我，不要亏负我的一片忠贞！寂寞的树木啊！以后你们就是我隐居的伴侣了，请你们轻轻摆动树枝，表示不多嫌我吧！至于你啊，我的侍从，不论我走运背运，你总是我随心的伴侣！我在这里的一举一动，都是为了我心上的人儿，你看了牢牢记着，好去向她报告。”

他一面说，一面下了驽骍难得，转眼就卸下了它的鞍辔。他在它臀部拍一巴掌，说道：

“盖世奇才而又倒霉透顶的马儿啊，我这个不得自由的人，现在让你自由了！你爱到哪里去，就去吧！你脑门子上标着自己的价值呢。你的神速，阿斯托尔佛的飞马都赶不上①，著名的骏马弗隆悌诺也不如，尽管布拉达曼泰为它付出了昂贵的代价②。”

桑丘瞧他这样，就说：

“多亏那个好家伙，免得咱们费手脚替我那灰毛儿③卸鞍辔

---

① 飞马名伊波格里佛，阿斯托尔佛曾骑了这匹飞马去寻访奥兰陀。参看《奥兰陀的疯狂》第二十二章。

② 弗隆悌诺是汝希艾罗（Ruggiero）的名马，他的情人布拉达曼泰曾代他豢养。参看《奥兰陀的疯狂》第二十三章27—28节。

③ 桑丘指他的灰驴。按1605年马德里第一版，从这里起，灰驴已经丢失。

了。老实说,我少不了也会拍弄它几下,称赞几句。不过灰毛儿要是还在这里呢,我决不让人家卸它的鞍辔。我从前靠天之福是它的主人;我从来不恋爱,也从来不伤心绝望,它也就和这种事情全不沾边,不需要什么自由,所以不用卸它的鞍辔。其实,哭丧着脸的骑士先生,如果我当真的要走,您当真的要疯,那么,还是重新替驽骍难得备上鞍辔,让它顶灰毛儿的缺,我来去可以省些时候。我要是一步步走去送信,不知几时走到,也不知几时走回来呢;因为,干脆说吧,我的脚力是不行的。”

堂吉诃德说:“好吧,桑丘,随你怎么办都行,我觉得你的主意不错。我看,三天以后你就可以动身。这几天里我要你瞧瞧我为她说些什么话、干些什么事,好让你一一向她报告。”

桑丘说:“我已经看见了,还有什么要看的呢?”

堂吉诃德说:“你看见的算什么呀!我现在还得把身上的衣服撕掉,把盔甲四面乱扔,把脑袋到石头上去撞,还有些一类的事,叫你看了都吃惊呢。”

桑丘说:“您看上帝面上,把脑袋去撞石头可得小心啊。说不定你撞的那块石头上有个尖角,一撞上去,您这套苦修赎罪的勾当就一股脑儿全完了。我说呀,您这一套反正都是假的,装样儿的,开玩笑的,假如您认为撞头少不了,非撞不行,那么,您把脑袋撞撞水面,或者撞撞棉花那类的软东西,也就算了。您把事情全交给我,我会去跟咱们那位小姐说,您把脑袋在石头角上撞,那石头角比金刚钻还硬。”

堂吉诃德回答说:“桑丘朋友,多谢你一番好意。可是我要跟你讲明白,我干的这些事都不是开玩笑,却是很认真的。不然的话,我就违反了骑士道的规矩了。按那些规矩,我们什么谎话都不准说，说了谎就要按叛徒的罪名处罚。干了这件事而冒充那件事，就跟说谎一样。所以我说撞头，就得着实地使劲撞，不能带一星半点的虚假。你还得留下些软布给我裹伤，因为咱们倒了霉把治伤油丢了。”

桑丘说：“丢了驴更倒霉呢，因为软布和这类东西一起都丢了。我请您别再提起那倒霉的油，我只要一听到那话儿，不光是反胃，连我的灵魂都翻腾起来。我还求您一件事。您叫我再等三天瞧您发疯，您只算那三天已经过去了吧。您发的疯，我也只算已经亲眼看见，证据确凿了。我会去对咱们小姐讲它个天花乱坠。您写了信派我马上动身吧，因为我急着要回来救您出这座炼狱呢。”

堂吉诃德说：“桑丘，你说这是炼狱吗？该说地狱才对。假如还有不如地狱的去处，你就可以说这里不如地狱。”

桑丘说：“据我听说，‘一个人进了地狱，就永被拘留。’①”

堂吉诃德说，“我不懂你讲的什么‘拘留’。”

桑丘答道：“‘拘留’就是说，一个人进了地狱，就永远不出来了，也出不来了。您在这里可不是这么回事呀。您要是被拘留了，我这一双脚尽管套上马刺，狠命催着驽骍难得快跑也不中用。可是现在呢，我只消跑到托波索，见到咱们的杜尔西内娅小姐，我就会去对她形容您直在干些什么疯疯傻傻的事——反正疯呀傻呀都是一回事。尽管她一上来比软木树还硬，我也要叫她变得比手套还软。然后我就带着她甜蜜的回信，像魔法师似

---

① 拉丁成语：“进了地狱永远不能赎罪”（In inferno nulla est redemptio），桑丘把 nulla est redemptio 说成 nula es retencio。

的乘着风直飞回来，救您出这座炼狱。您认为是地狱，其实不是，因为您有希望出来。我已经说了，一个人进了地狱就不能再有这个希望；我不信您对这句话还有什么说的。”

哭丧着脸的骑士道：“你说得不错。可是咱们用什么办法写信呢？”

桑丘接着问道：“您给我驴驹子的单据也写吗？”

堂吉诃德说：“都要写。这会儿没有写信的纸，咱们可以学古时候的办法写在树叶上或蜡版上。可惜这些东西现在也像纸一样难得。不过我倒想起了可以写字的纸，再好没有了；那就是卡迪纽的记事本子。你记着，你一到前面村里，就找人恭楷抄在纸上。那儿有的是小学教师。如果没有，随便哪个教堂的管事员都会替你抄。你可别去找法院的文书，他们那种公文字体①连魔鬼都看不懂的。”

桑丘说：“可是签名怎么办呢？”

堂吉诃德答道：“阿马狄斯写了信从不签名。”

桑丘说：“那好。不过单据非签名不可。如果抄写，人家说签名是假的，我就领不到驴驹子了。”

“票据也写在那个记事本上，我是要签名的，我外甥女看了一定照办，不会为难。至于那封情书，你就署名‘至死对你忠心的、哭丧着脸的骑士’。请人代签这个名没多大关系，因为我记得杜尔西内娅不会写字，也不识字，生平没见过我的笔迹，也没看过我的信。我和她的恋爱向来只是心灵上的，至多不过规规矩矩地看一眼罢了；就是看一眼也很难得。我敢据实起誓：我这

① 公文字体是一笔连书的。

十二年来，虽然爱得她比自己这一对早晚要埋掉的眼珠还宝贝，我只见过她四次。说不定每一次她都没知道我在看她。她父亲洛兰索·戈丘艾罗、她母亲阿尔东莎·诺加雷斯真是把她养在深闺的。”

桑丘说：“啊哈！原来洛兰索·戈丘艾罗的女儿就是杜尔西内娅·台尔·托波索小姐！她不是又叫作阿尔东莎·洛兰索吗？”

堂吉诃德说：“就是她。她配做全世界的女皇。”

桑丘说：“她是我很熟悉的。我可以告诉您，她会掷铁棒①，比村子里最壮的大汉还来得。天哪，她多结实啊！身子粗粗壮壮，胸口还长着毛呢！哪个游侠骑士或浪游的人娶了她，即使陷在泥里，她也能一把胡子揪他出来。哎呀，我的妈！她中气真足，嗓门儿真大！我告诉您，有一天她跑到村子里的钟楼上去喊她家的长工，他们在她爹的田里，离她有半个多哩瓦呢，可是听着她的声音，仿佛就在头顶上似的。她好在一点不装正经，因为她很随和，跟谁都开玩笑，对什么事都是嘻嘻哈哈的。我现在跟您说吧，哭丧着脸的骑士先生，您为了她不但可以发疯，应该发疯，您还真有理由给她气得上吊呢。尽管吊死了要给魔鬼带走，可是人家知道了都会说您上吊实在应该！我但愿这会子已经动身上路，专程去瞧她了。好些日子没见她，想必改了样子。老在乡下风吹日晒，女人的脸皮子经不起这样糟蹋的。堂吉诃德先生，我跟您说句老实话，我到今天一直很糊涂，当真的以为杜尔西内娅小姐是您爱上的一位公主，或是什么尊贵的人物，值得您

① 西班牙农民的一种运动或游戏，类似掷铅饼。

贡献那些珍贵的礼物呢，譬如像那个比斯盖人呀，那一队囚犯呀，还有其他等人——因为我跟您做侍从以前，您一定也打过许多胜仗。您不论过去将来，总是吩咐您打败的人跑去跪见阿尔东莎·洛兰索姑娘——我是说，杜尔西内娅·台尔·托波索小姐；可是我仔细想想，这对她有什么好处呢？也许他们跑去的时候，她正在理麻或打麦，他们见了会觉得很窘；她呢，说不定对您奉送的这份礼物会又好笑又好气的。”

堂吉诃德说：“桑丘，我跟你说过多少回，你这人说话太多。你生成一副死脑筋，却常常自作聪明。我给你讲个小故事，叫你知道你是多么傻、我是多么有道理。有个寡妇年轻漂亮，无拘无束，又很有钱，尤其很放诞风流。她爱上一个粗粗壮壮的年轻教士。这事给教士的上司知道了，有一天这位上司亲切地规劝这位寡妇说：‘夫人，像您这样尊贵，这样美貌，又这样有钱，我们修道院里多少大师、多少博士、多少神学家都可以像梨子似的由您挑选，由您说：“我要这个，不要那个”，您怎么却爱上像某人那么卑贱、那么低微、那么愚蠢的家伙呢？我很诧异，也怪不得我诧异呀。’寡妇的回答很俏皮，也很直爽。她说：‘师父啊，您尽管认为某人笨，但如果说我挑错了人，那就是大错，而且您的脑筋也太古板了。因为他在某一点上，比亚里士多德还有学问；我爱他，就是为了他那一点。’我也照样告诉你，桑丘，杜尔西内娅·台尔·托波索在某一点上，比世界上最高贵的公主还高贵；我爱她，就是为了她那一点。老实说吧，诗人歌颂女人，无非随意捏造个名字，并不都是真有那么个意中人。书里、歌谣里、理发店和戏园子的墙壁上满是女人的名字，什么阿玛丽莉呀，斐丽呀，西尔维亚呀，狄亚娜呀，伽拉泰呀，费莉达呀，等等，你以为那些都是有血肉皮骨的女人吗？古往今来歌颂她们的诗人真有那些意中人吗？绝不是的。他们多半是捏造一个女人，找个题目来作诗，表示自己在恋爱，或者借此自高身价。所以我只要当真的认为阿尔东莎·洛兰索姑娘美貌贞静就行了，她的家世无关紧要；不用调查了家世给她什么封号，她在我心眼里就是世界上最尊贵的公主。你该知道，桑丘——也许你还不知道，最动人爱恋的只有两件东西：相貌美，声名好。这两件东西在杜尔西内娅身上都是十全的。她的相貌世上无双，她的声名女中第一。总之，我认为我说的完全恰如其分，一点不多也一点不少。她的美貌和她的尊贵，都由我任意想象，不论海伦，或鲁克瑞霞，或古时候希腊、伊斯兰、罗马的任何有名的美人都比不上她。别人爱怎么说，随他们说去吧。也许愚昧无知的人会批评我，可是识见高明的人不会责备。”

桑丘答道：“我认为您的话都对，我是一头驴罢了。不过我不知怎么的又提起驴来，因为在绞杀犯家里，不该提到绳子①。您且把信写好，我就辞了您动身了。”

堂吉诃德拿出记事本子，走过一边去，安安静静地写信。他写完把桑丘叫到跟前，说要念给他听，让他记在心上，防路上万一丢失了信，因为照自己那么倒霉，什么事都保不定。桑丘听了答道：

“您在本子上写它两遍三遍，交给我，我带着小心在意就是。指望我记在心上可就荒唐了；我记性没那么样儿的糟，常常连自己的名字都记不起来。不过，您还是给我念吧，听听准是很

---

① 西班牙谚语，不触犯忌讳的意思；因为他丢了驴正伤心。

有趣的,一定写得好极了。”

堂吉诃德说:“你听着,信上这么说:

堂吉诃德给杜尔西内娅·台尔·托波索的信

尊贵无比的小姐:

一别至今,肝肠寸断。我身不安,心不宁,但愿最甜蜜的杜尔西内娅·台尔·托波索身心安宁。如果你凭貌美而小看我,你仗高贵而鄙视我,你对我的轻蔑使我尝遍了辛酸,我尽管有能耐,也受不起这样的苦,因为苦得太厉害,也太长久了。哎,冷酷的美人,亲爱的冤家啊!我为了你落到什么田地,我的好侍从桑丘会一一告诉你。假如你愿意救我,我就是你的人了,不然呢,也就随你吧。反正我只要一死,就随了你的狠心,也了了我的心愿。

至死是你的,

哭丧着脸的骑士。”

桑丘听他读完信,说道:“我的爹呀!我一辈子没听见过这么文雅的东西!我的天呀!怎么您心上想说什么,信上都会说出来!还安上‘哭丧着脸的骑士’这么个签名,真是好极了!说真话,您简直就是魔鬼变的,什么都能。”

堂吉诃德说:“干我们这一行就得件件都能。”

桑丘说:“哎,您现在把交换三匹驴驹子的单据写在背面吧,把名字签得清清楚楚,让人家一看就认得出来。”

堂吉诃德说:“好啊。”

他写完就照下面念道:

“外甥小姐:请您凭这张交换驴驹的单据,把家里您照看的五匹驴驹里取出三匹，交给我的侍从桑丘。我请您把这三匹驴驹来抵偿我在这里已经收到的三匹。凭此据并桑丘的收据，就可以把驴驹如数交割。本年八月二十二日于黑山深处立据。”

桑丘说：“写得好！您签上名吧。”

堂吉诃德说：“这不用签名，我画个花押就跟签名一样。别说为三头驴驹子，就是三百头，这也行了。”

桑丘回答说：“您的话准没错儿。让我去给驽骍难得套上鞍辔，您就准备为我祝福吧，因为我打算马上动身，您还得干些什么疯疯癫癫的事，我都不瞧了。我会对她说，我看见您干了多少多少疯傻的事，叫她听不下去。”

“桑丘，你至少得依我一件事，因为这是罢不了的。我说呀，我要你瞧我脱光了衣服，耍一二十套疯子的把戏，不用半个钟头就行。你亲眼看见了，随你加油加酱，也可以放心赌咒，说是真的。我一会儿要干的事，保管你讲都讲不完。”

“我的先生，看上帝分上，别叫我瞧你光着身子，我瞧了心上难受，忍不住要哭的。我昨夜为那头灰驴哭了一场，脑袋直发胀呢，今天不能再哭了。您如果一定要我瞧您耍些发疯的把戏，您就穿着衣服，耍几套简单方便的吧。其实，我已经说过，您不用为我耍，省点儿时间，让我早早回来。我带回的消息一定是您指望的，也不亏负您的。不然的话，让杜尔西内娅小姐瞧着点儿！她的回答要是不合道理，我一心至诚地向天起誓，我会拳打脚踢，从她肚子里逼出个好的回答来。凭什么让您这样一位大名鼎鼎的游侠骑士发了疯呀？无缘无故的，为一个——那位小姐别叫我说出好的来！哼！我什么都说得出！反正我豁出去了！我会耍这一手！她还不知道我呢，老实说吧，她如果知道，可得怕我！”

堂吉诃德说：“说老实话，桑丘，看来你和我疯得正不相上下呢。”

桑丘答道：“我没您那么疯，只是比您火气大些。闲话少说，您在我回来之前，吃些什么呢？您也得像卡迪纽那样，到大路上去抢牧羊人的东西吃吗？”

堂吉诃德说：“这个不用你操心。我只吃这片草地上的野菜和这些果树上的果子，即使另有可吃的东西也决不吃。我这件事的妙处，就在不吃东西，单吃这一类的苦头。咱们再见吧。”

“可是您知道我发愁的是什么？这个地方很隐僻，我这会子撇下您一走，只怕找不到原路回来。”

堂吉诃德说：“你且认清这里的标记。我决不离开附近这一带；我还要经常爬上最高的岩石，瞧能不能在你回来的时候望见你。还有个最妥当的办法，免得你找不到我或迷失道路。这里满山都是灌木，你斫下些丫枝；回头一路出去，走一程就撒下些，直到你走上平地为止。你回来找我的时候，那些灌木枝可以一路上指引你，仿佛引导忒修斯走出迷宫的那条线一样①。”

桑丘·潘沙说：“好，我就照办。”

他斫了些灌木枝，然后求他主人为他祝福；两人不免还洒了好些眼泪，就此分手。堂吉诃德很郑重地把驽骍难得托付给桑丘，叫他务必爱马如己，尽心照顾。桑丘骑上马，就向平原跑去，一路上照他主人教的办法，隔几步撒些灌木枝。堂吉诃德还直

---

① 希腊神话，忒修斯牵着一条长线走入迷宫，杀掉牛头怪人，又顺着那条线走出迷宫。

留他，叫他至少瞧自己要那么两套发疯的把戏，他却不理会，只顾走了。可是他没走得一百步，又跑回来，说道：

“我说呀，先生，您刚才的话很对。尽管您一人耽在这山里就是大发疯，我至少还得看您发一次疯，以后我发誓说看见您发疯，就不会良心不安。”

堂吉诃德说：“我不是早跟你说的吗？你等一等，桑丘，不到念一遍《信经》的工夫，我就疯给你看。”

他急急忙忙褪下裤子，脱得精光，只剩一件衬衫，然后啥也不顾，先踊身跳跃两次，又两番头在下、脚在上倒竖蜻蜓。他露出了些东西，桑丘忙揽住马缰回转身，免得再看见第二眼。他觉得可以安心赌咒发誓，说看见他主人发疯了。我们且随他赶路去，他一会儿就要回来的。

第二十六章

续叙堂吉诃德为了爱情在黑山修炼。

且说哭丧着脸的骑士一个人在干些什么事吧。据史书记载，堂吉诃德下身精光，上身穿件衬衣，跳跃一番，又倒竖蜻蜓。他瞧桑丘不肯耽着看他发疯，已经走了，就爬到一块大岩石顶上。他有一件事曾经反复想过好多回，总没有打定主意：罗尔丹疯得癫狂，阿马狄斯疯得忧郁，他究竟学哪个好？学哪个合适？他这会子在岩石顶上又细细思忖，嘴里自言自语：“罗尔丹尽管名不虚传，的确是个很好的骑士，也的确很勇敢，但是他并没有什么稀奇，因为他毕竟有魔法护身，谁也杀不了他，除非把个大钉子钉进他的脚跟，可是他脚上老穿着七层铁底的鞋呢。不过一切法术难不倒贝尔那都·台尔·加比欧，他全识得破。他在隆塞巴列斯双手把罗尔丹扼死了。罗尔丹的胆量且撇开不谈，只说他怎么会神识昏迷的。这事千真万确，因为他在泉水旁边发现些迹象，又听到牧羊人传说，安杰丽咖跟梅朵罗睡过不止两次午觉，那小子是个卷头发的摩尔人，是阿格拉曼泰的侍僮。他既然认为他意中人确是亏负了他，那么他发疯也是理所当然。我呢，并没有同样的缘由，怎么能照着他的样发疯呢？我可以打赌，我的杜尔西内娅·台尔·托波索一辈子也没看见过一个穿摩尔服装的地道摩尔人，她现在就像生她的妈妈一样①，如果我对她多心，也像疯狂的罗尔丹那样发起疯来，分明就是侮辱她了。至于那个阿马狄斯·台·咖乌拉呢，他没有神识昏迷，也没有做出疯疯癫癫的事来，可是他享有多情之名，不输世界上最多情的人。据传记上说，他的意中人奥莉安娜吩咐他：不得她许可，不要去见她。他受了嫌弃，并没有干什么事，只是跟一位修士结伴在'穷岩'隐居，在那儿尽情痛哭，求上帝保佑；直到后来他万分苦恼的时候，老天爷援救了他。这都是实在的事。那么，我这会儿何必费事把衣服脱光呢？何必去损伤这些树木呢？树木又没害了我什么。我何苦把碧清的溪水搅混呢？等我口渴的时候可得喝水呀。真该把阿马狄斯永远记在心里；堂吉诃德·

① 作者不止一次用这话来形容童贞女子（参看本书第九章），有的本子把这句话改为"就像她刚从妈妈肚里生出来的时候一样"，但这样是改掉了原文。作者好像是故意这样说的。

台·拉·曼却该尽量模仿他！据说他虽然没有完成伟大的事业，却为了试图干那些事业而献身了；但愿这话将来也能移用在我身上。我虽然并没有遭到杜尔西内娅·台尔·托波索的嫌弃，但是我说过，离别了她就够我受的。哎，好，说干就干！让阿马狄斯的事，一桩桩都到我脑筋里来，启示我应该从何学起吧。不过我知道，他干的事多半是念经和祷告上帝保佑，我没有念珠，可怎么办呢？”

这时他想出一个办法。他把衬衫的下摆撕下一大条，挽了十一个结子，其中一个挽得特别大些。他在那里一直就把这几个结子当念珠用，念了几千万遍的《圣母颂》。苦的是当地找不到一个隐居的修士，可以请来听他忏悔，给他安慰。他无可消遣，就在那里一片草地上踱来踱去，做了许多诗，或写在树上，或刻在树上，或划在地面的沙上。那些诗都抒写他心里的忧郁，也有几首是赞美杜尔西内娅的。不过后来人家在那里找到他的时候，发现只有下面几首诗还完整，字迹也还清楚。

　　四周围参天的高树，
遍地碧油油的绿草
还有漫山丛生的灌木，
你们如果不笑我苦恼，
请倾听我圣洁的哭诉。
　　愿你们别为我悲凄，
虽然我心痛如剐；
为了向你们聊申谢意，
堂吉诃德在此哭哭啼啼，
思念远方的杜尔西内娅·

台尔·托波索。

最坚贞不二的情人
为了躲避他心爱的姑娘
跑到这个地方来藏身；
他弄成这副狼狈相
不知是为了什么原因。
爱情太促狭暴戾，
总侮弄他、虐待他；
待要倾泻满腔的涕咦，
堂吉诃德在此哭哭啼啼，
思念远方的杜尔西内娅·
台尔·托波索。

在崎岖曲折的山径上
寻找奇遇，不辞艰险，
咒诅着山石般坚硬的心肠，
但是乱石荒榛之间，
倒霉人只找到灾殃。
爱情用鞭子当武器，
不用柔软的带子抽打；
因为鞭伤了后脑的颈皮，
堂吉诃德在此哭哭啼啼，
思念远方的杜尔西内娅·
台尔·托波索。

他们看到上面几首诗里,杜尔西内娅的名字下面还附上“台尔·托波索”几个字,都忍不住大笑。因为他们猜想,堂吉诃德准以为诗里如果单提杜尔西内娅的名字,而不加上“台尔·托波索”几个字的说明,人家就看不懂他的诗。据他自己承认,他果然是这个心思。他写的诗不少,可是上文已经说过,除了这三首,其余都字迹模糊,而且也不完整了。他就这样作诗消遣,还只顾长吁短叹,叫唤着当地森林里的牧神、树神、河溪里的女神,以及含悲带泪的“回声”神,请他们回答他、安慰他、倾听他的诉苦。他在等待桑丘回来的时候,找了些野菜充饥。假如桑丘不是耽搁三天而耽搁了三星期,哭丧着脸的骑士一定面貌全非,连他的生身妈妈都认不得他了。

我们让他叹气作诗去吧。且说桑丘奉命出差,碰到了些什么事。他走上大道,寻路往托波索去。第二天,他来到上次不幸遭人兜在毯子里抛掷的客店。他一看见那客店,立刻觉得自己又在天空翻滚,就不肯进去了。其实他不妨进去,也应该进去,里面正开饭,他好多天只吃冷食,很想吃些热的呢。

他因此不由自主地在客店旁边直打转,拿不定主意究竟进去不进去。正在这个当儿,店里出来两个人。他们一眼就认识他,其中一个对另一个说:

“硕士先生,你瞧,那骑马的不是桑丘吗?据咱们那位冒险家的管家妈说,他当了她家主人的侍从,跟着一起出门的。”

那位硕士说:“是他呀!那匹马也就是咱们那位堂吉诃德的马呀!”

他们对桑丘熟悉得很,原来不是别人,正是桑丘本乡的神父和理发师,也就是检查和处决那些书籍的两个。他们认明是桑

丘和驽骍难得,就想问问堂吉诃德的消息,忙迎上来。神父喊着桑丘的名字说:

“桑丘·潘沙朋友,你的主人呢?”

桑丘·潘沙立刻也认出了他们俩。他打定主意决不泄露主人何在、情况何如。所以他回答说:他主人正在某一个地方办一件非常要紧的事,什么地方、什么事情他不能说出来,挖掉他的眼睛也不能说出来。

理发师说:“不行! 桑丘·潘沙,你不说出他在哪里,我们就怀疑你杀了他又抢了他的东西。你骑的是他的马,我们正怀疑你呢! 我跟你老实说:你得交出这匹马的主人来;不然的话,你逃不了干系!”

“你们不用吓唬我,我从来不是抢东西杀人的家伙。一个人生死有命,或由上帝做主。我主人在这座深山里苦行修道呢,是他自己喜欢的。”

于是他一口气把所有的事全抖搂出来:他主人目前如何光景;遭遇了什么事情;他怎么去捎信给杜尔西内娅·台尔·托波索小姐;这位小姐就是洛兰索·戈丘艾罗的女儿,是他主人打心窝里爱恋的姑娘。两人听了桑丘的话不胜诧异。他们虽然知道堂吉诃德发疯,也知道他发的是什么样的疯,可是每次听到他发疯的事,还不免惊奇。他们叫桑丘把捎给杜尔西内娅·台尔·托波索小姐的信给他们瞧瞧。桑丘说:信写在一个记事本里,他主人吩咐他到了前面村里找人抄在纸上。神父听了就叫桑丘把信拿来,让他恭笔誊写。桑丘伸手到怀里去掏摸那记事本子,却找不到。他即使找到如今,恐怕也找不出来。原来那本子还在堂吉诃德身边,没有交给桑丘,桑丘也忘了问他要。

桑丘找不到那记事本，立刻面如死灰，赶紧又浑身摸索，还是没有。他不问情由，两手把自己的胡子乱揪，竟揪下了一半；又在自己脸上、鼻子上一连打了五六拳，打得满面流血。神父和理发师瞧他这副模样，忙问出了什么事，把自己这样糟蹋。

桑丘说："出了什么事吗？我一换手、一眨眼的工夫，丢失了三匹驴驹子，每一匹都抵得一座大房子呢。"

理发师说："究竟是怎么回事儿呀？"

桑丘说："我把笔记本子丢了，上面有写给杜尔西内娅的信，还有我主人画了押的一个笔据，笔据上叫他外甥女从他们家的四五匹驴驹子里拿出三匹来给我。"

他接着就告诉他们怎么把灰驴丢了。神父安慰他说，等找到了他主人，一定叫他为桑丘立一个正式笔据，按合法的规定写在纸上，因为写在笔记本上的向来不能算数，是无效的。

桑丘这才放了心。他说，既然如此，丢掉杜尔西内娅的信也不着急了，他大致还记得，随时可以让他们笔录下来。

理发师说："好啊，桑丘，你说吧，让我们写下来。"

桑丘竭力追忆信上的话，站定了只顾搔头皮；一会儿着力在左腿上，一会儿着力在右腿上，一会儿看着地，一会儿望着天，把一个手指甲啃得只剩了半截。他们两个直等着他开口。好半晌，他才说道：

"天晓得，硕士先生，我要能记住信上的话呀，那真是活见鬼了！不过开头是这么说的：'尊贵无皮的小姐'。"

理发师说："不会是'无皮'，除非是'无上'或是'无比'吧。"

桑丘说："这就对了。我要是没记错呢，下面说——我要是没记错的话，接下是这么说：'一憋着筋，肝肠撑断。我身不安，心拧了，冷酷的冤家美人。我吻你的手。’还讲什么救命呀，什么苦恼。就这么一顺溜地下去，结尾说：‘至死对你忠心的、哭丧着脸的骑士。’”

他们俩瞧桑丘这般好记性，不胜好笑，都把他的记性大大夸赞一番，还叫他把那封信再背两遍，好让他们也记在心上，等有工夫再写下来。桑丘又翻来覆去背了三遍，每遍都不一样，遍遍笑话百出。接着他把自己主人的其他些事情也讲了。至于他不愿光顾的这家客店里曾把他兜在毯子里抛掷，这事他却一字不提。他还讲，等他从杜尔西内娅·台尔·托波索小姐那儿带了好消息回去，他主人就要设法谋做大皇帝，至少也做个国王。这是他们商量好了的事。凭他主人的人才和勇力，这是很容易办到的。他主人成功之后，就要为他桑丘完婚。到那时候，他少不了已经成了鳏夫了。他主人就把伺候皇后的宫女配给他做老婆，那宫女还承继了大片肥沃的田地，那是在大陆上的，不是什么海岛河岛；海岛他现在不稀罕了。桑丘一面讲，一面只顾抹拭鼻子，他的神情是那么正经，头脑又是那么简单，更使神父和理发师惊奇不已。他们想不到堂吉诃德疯得这么厉害，把这个可怜家伙也拖带得疯了。他们懒得去纠正他，觉得反正于他的天良无损，还是随他去为妙；况且听他满口荒唐，也怪有趣的。他们叫他求上帝保佑主人身体强健，很可能将来有一天，他主人真做了大皇帝，起码也做了大主教之类的贵人。桑丘回答说：

“两位先生，我这会儿想问问，假如命里注定我主人不要做皇帝，倒要做大主教，那些游侠的大主教通常对侍从赏赐些什么呢？”

神父说：“他们通常是赏个神职，有的领干薪，有的带管教区；或者赏个执事，给固定的薪俸，外加祭台上的外快。外快往往和薪俸不相上下呢。”

桑丘说："那么，侍从得是个独身汉吧？至少得会帮做弥撒吧？这样说来，我就糟糕了。我是有老婆的，而且连头一个字母都不认得。要是我主人不照游侠骑士的老规矩去做大皇帝，却要做大主教，我可怎么办呢？"

理发师说："桑丘朋友，别着急。我们会求他，劝他，甚至抬出良心来责备他，叫他做大皇帝，别做大主教。他做大皇帝还比较容易，因为他那好战的心，压倒了学道的心。"

桑丘答道："我也这么想。不过我敢说，他什么都来得。我呢，打算祷告上帝，指引他做个事儿，对他自己最相宜，对我又最有利。"

神父说："你讲得对，你干事也一定符合好基督徒的要求。可是据你说，你主人还在苦行修道呢，现在得想办法叫他放弃这种没有必要的苦修。这会儿正是吃饭的时候，咱们还是进客店去，一面想想咱们该怎么办，一面可以吃饭。"

桑丘说：他们俩尽管进去，他只在外边等着，以后再告诉他们自己为什么不进去，也不便进去；可是请他们为他弄些热东西吃，再为驽骍难得要些麦子。他们俩就撇下桑丘进客店；过一会，理发师给桑丘送来了饭食。当下神父和理发师两人细细商议。神父想出一个办法，既配合堂吉诃德的脾胃，也能完成他们的计划。他一一告诉了理发师。他打算乔装打扮成一个出门浪游的少女，叫理发师尽可能把自己扮成少女的侍从，然后两人跑到堂吉诃德那里去。少女假装遭了苦难，向堂吉诃德求助，堂吉诃德既是勇敢的游侠骑士，少不得答应她。她提出要求，她到哪里，也要堂吉诃德跟到哪里，只说她受了一个坏骑士的侮辱，请堂吉诃德替她雪耻；还请他别要求她除下面罩，也别探问她的身世，等为她雪耻复仇之后再说。神父拿定堂吉诃德会吃这一套。

这样就可以哄他出山，把他带回家乡；到了家乡，他们就可以设法医治他那古怪的疯病。

第二十七章

神父和理发师怎样按计而行；以及这部伟大历史里值得记载的事。

理发师认为神父的计策不错，而且很妙，所以他们马上就按计行事。他们问客店主妇要了一条裙子和几块头巾，把神父的道袍做抵押。店主人有一条灰褐色的牛尾巴，平时插梳子用的；理发师拿来做成一部大胡子。店主妇问他们这些东西要来干什么用。神父简单地把堂吉诃德的疯病告诉她听，说他目前还在深山里，他们想乔装打扮了去哄他出山。店主夫妇恍然大悟，原来那疯子正是炮制治伤油的那位客人，他的侍从也就是给人兜在毯子里抛弄的家伙。他们就把这疯子在他们店里的事全告诉了神父，连桑丘绝口不提的也都讲出来。长话短说，店主妇把神父打扮得没那么样儿的好看。他穿一条细呢裙子，裙上钉着一条条一拃宽的黑丝绒横条，整条裙子从前到后都镶嵌褶裥①。

① 镶嵌褶裥(acuchillado)，把衣料裁出一条条裂缝，每个裂缝里镶上两头尖、中间大的瓜皮形长条，这往往是另一种料子、另一个颜色的；女人的裙子和衣袖，男人的上衣都行得这样镶嵌褶裥，使膨成圆形。

他的上衣是绿丝绒的短袖紧身,白缎子沿边。这套衣裙准是万巴王①时代做的呢。神父不肯戴女人头巾,只戴着他自己的睡帽。他把绑腿的黑绸带子一条蒙在脑门上,一条当作面罩,遮住胡子和脸颊。他戴上可充阳伞的宽檐大帽,又披上大氅,像女人那样横坐在骡背上。理发师也骑骡;胡子直垂到腰间,颜色是灰褐夹花白,上文说过,那是用灰褐色的牛尾巴做的。

他们辞别了店里众人,也辞别了那个好丫头玛丽托内斯。她虽然是有罪过的人,却发愿要念一串《玫瑰经》,求上帝保佑,让他们把着手要干的这桩慈心救人的难事办妥。神父刚出店门,忽又转念,自己不该这样打扮;一个做神父的扮成这般模样,虽说是为了干一件要事,究竟不成体统。他把这意思告诉了理发师,要和他调换服装,让理发师扮落难女子,自己扮侍从,这样比较合适,不至扫尽神父的体面。他说,如果理发师不依他,随堂吉诃德给魔鬼抓去,他也决不再往前一步。恰好桑丘跑来,看见他们俩这样打扮,忍不住哈哈大笑。理发师到底都依了神父的主张,两人把原先的计划变通了一下。神父教导理发师该摆出什么样的身份,用什么话去说动堂吉诃德,劝他跟他们一同回去,别为了无谓的苦修赎罪还耽在他选中的那片荒山野地里。理发师说他不用教导,自己都会应付。他不肯马上换装,要等跑近堂吉诃德所在的地方再换。所以他把衣服叠上,神父也把胡子藏好,两人跟着桑丘一同上路。桑丘把他和主人在山里碰见疯子的事都讲给他们听了,只是没说发现手提箱和箱子里的东

① 万巴王(Rey Wamba),西班牙戈斯系的国王,672—680年在位。万巴王时代指很古的时代。

西。这家伙傻虽傻却有点贪心呢！

第二天，他们跑到一个地方，路上有桑丘标志他主人所在的灌木枝。桑丘认得那路标，就告诉神父和理发师这是上山的入口，假如他们得乔装打扮了救他主人出山，这里可以化装了。原来神父和理发师已经和桑丘讲明：如果要免他主人自寻苦恼，他们不装扮成那副模样跑去是不行的。他们再三叮嘱桑丘：别说破他们是谁，只算是不认识的；他主人想必定会问，给杜尔西内娅的信捎去没有，如果问到这话，就说，信送到了，她不识字，所以托他捎回口信，请堂吉诃德马上去见她，不去她要生气的。他们说，这个口信对桑丘自己非常要紧，因为凭这么一说，再加上他们打算说的一套，稳可以叫他主人不再那么受罪，还可以劝他主人马上设法去做大皇帝或国王——桑丘不用担心，他主人不会去做大主教。桑丘听了一一牢记在心，很感激他们存心劝他主人做大皇帝而不做大主教，因为照他估计，若要赏赐自己的侍从，大皇帝比游侠的大主教更有权力。他对神父和理发师说：最好让他先去找他主人，传达那位小姐的口信；也许不用他们费多大的事，单靠那个口信就可以叫他出山了。他们觉得这话有理，决计等他见了主人回来，听了他的消息再说。

桑丘上山，把他们俩撇在山峡口上。从峡口流出一条平静的小溪，溪边的山石背后和树木底下一片清荫，怡人心目。那时正当八月盛暑，往常是当地最热的天，时间又是下午三点，那块地方越显得可爱。他们身不由己，就在那里歇下等待桑丘。两人正在树荫里休息，忽听得没有乐器伴奏的唱诵声，很悠扬悦耳。他们想不到这种地方会有人唱得这么好，非常惊讶。尽管人家常说，山林里有些牧羊人嗓子非常好，那不过是诗人的夸张，不会真有其事。况且唱的不是牧羊人的山歌,却是文雅的诗,他们听了越发诧异。他们确没听错,唱的是以下几首诗:——

是什么使我的幸福渺茫难期?
　　嫌弃。
是什么使我痛苦上增添痛苦?
　　嫉妒。
是什么把我的耐心不断熬炼?
　　相思不见。
照这样,任何药石针砭
都不能解除困顿我的病痛,
因为使我灰心绝望的种种
是嫌弃、嫉妒和相思不见。

是什么使我这样苦闷悲哀?
　　恋爱。
是什么使我弃绝了上进之心?
　　命运。
是谁坐视我痛苦缠绵?
　　苍天。
照这样怎能怪我惴惴不安
怕这一场奇病会断送了我,
因为他们勾结着把我折磨:
恋爱、命运和那苍苍者天。

改善我的命运凭何良方?

死亡。

恋爱的欢乐怎样可以追寻？

变心。

恋爱的苦恼怎样得以避免？

疯癫。

照这样要指望我身愈病痊
除非是糊涂人事理不明，
因为如要治疗我的痴情，
只能依靠死亡、变心、疯癫。

那个时间、那个季节、那荒僻的地点、那个嗓子和那熟练的唱工，使倾听的人又诧异，又叹赏。他们悄悄地等那人再唱些别的，可是等了一会没有声音，就想去找那好嗓子的歌唱家。他们正要起身，听得那人又唱了，忙停下来。唱的是下面一首十四行诗：

神圣的友爱，你凭矫健的翅膀
早已轻捷地飞身高上云端，
单把自己的影子留在人间，
你却和幸福的神灵逍遥天堂。

你只许世人隔着帷幕窥望
正义的和平，他们欲见无缘；
罪恶蒙上了道德的假面，
隐隐现现透出诱惑的光芒。

友爱啊，求你别再高居天上，
让虚伪穿上你家人的号衣，

毁灭了人间所有的真心诚意。
　　你如果不去揭破那些欺诳，
世界上眼看着就要纷争不已，
又回复到混沌初辟的时期。

一声长叹结束了歌唱。两人还倾耳静听，可是歌声变成了哭泣和哀叹。他们决计要去瞧瞧哪个伤心人唱得这么好听，又叹息得这么凄惨。他们没走多远，转过一块岩石，看见一个人，那相貌神情，就跟桑丘形容的卡迪纽相仿。这人见了他们并不吃惊，照旧低着头，好像沉思的样子，也不抬眼看他们，只在他们俩突然跑来的时候瞥了他们一眼。神父凭这人的种种特点已经料定他是谁，又听说过这人的倒霉事，所以就迎上去。他很善于辞令，虽然说话不多，却说得极委婉。他谆谆劝导，叫这人抛弃这种苦恼的生活，不然，万一在这里断送了性命，那就更是不幸中之大不幸了。卡迪纽常发疯，神识昏迷，可是这时候却完全清醒。他看到两人的装束不像这一带荒野里来往的人，已经觉得诧异，听他们讲到自己的事仿佛都熟悉（因为照神父对他讲的话，分明知道他的事），就越加惊奇，因此回答说：

"两位先生，我虽然不认识你们，却很明白你们两位是上天派来解救我的。天保佑善人，连坏人也常蒙上天保佑。我何德何能，有劳两位跑到这种与世隔绝的荒僻地方来。你们要劝我离开此地，另找好的去处，举出了各种中肯的道理，叫我看到自己过这种生活多么不合情理。可是我知道，假如我解脱了这个苦难，就要陷入更大的苦难。两位不知道这个缘故，也许会把我当作头脑不清的人，甚至头脑完全糊涂的人。你们真要是这么想，也不足怪，因为我自己明白，每当我想起自己那些不幸的事，觉得万箭钻心，不能忍受，我就不由自主地变成石头一样，什么知觉都没有了。人家把我神识昏迷的时候干的事告诉我听，讲得有凭有据，我才知道自己确是失去了知觉。我毫无办法，只好空自悲叹，咒诅命运，并且把自己发疯的缘由向愿意听的人告诉一番，希望他们谅解。因为明白事理的人知道了缘由，对后果就不会诧怪；尽管无法补救，至少不会责备我，他们对我这个疯子的嫌恶，会变成对我这个苦命人的怜悯。如果你们两位也像别人那样存心来开导我，那么，请你们且不要头头是道地劝说，还是听听我那数说不完的倒霉事吧。你们听了也许就不再白费心思来安慰我了。我的苦恼是无可救药的。”

他们俩正要听他亲口讲讲致病的根源，就请他讲，并且答应决不违反了他本人的意愿去帮助或安慰他。这位倒霉的绅士就把自己的伤心史讲给他们听。他讲的话和他的讲法，都跟前两天对堂吉诃德和牧羊人讲的差不多。上文已经说过，堂吉诃德为了维护骑士道的尊严，对艾利沙巴师傅的事斤斤计较，因此故事没有讲完。这番运气好，卡迪纽没有发疯，居然一直讲到底。他讲到堂费南铎在《阿马狄斯·台·咖乌拉》书里找到的那信，说他记得很清楚，原信如下：

陆莘达致卡迪纽：

你的品性之美，我每天都有所发现，我对你的器重也与日俱增。这仿佛是我欠你的债，不能抵赖。假如你要我完偿这项债务而不伤我的体面，你很容易办到。我父亲知道你，他又很爱我。如果你真像自己说的和我想的那样看重我，那么，我父亲不用勉强我就可以把应该属于你的归还你。

“我已经讲过：我向陆苹达的父亲求婚是受了这封信的鼓励；堂费南铎把陆苹达看作最聪明最有主意的女人，也由于这封信；使他蓄意不等我如愿就毁了我，也正是这封信。我告诉堂费南铎：陆苹达的父亲一定要我父亲出面求亲，这一点他很在乎；而我怕父亲不答应，还没敢对他说。我不是怕我父亲不知道陆苹达的高贵、善良、德貌双全，无论门第人品，都足以替西班牙的任何世家增光，可是我看出他不愿意我马上结婚，先还要瞧瞧李卡多公爵怎样提拔我。总之，我告诉堂费南铎，我为这点顾虑，不敢冒冒失失地就去跟我父亲讲；我另外还有些怕惧，自己也不知道怕什么，只觉得一心盼望的事永远不会实现。堂费南铎听我讲了就一力承当，说要去见我父亲，叫他找陆苹达的父亲谈谈。哎，野心勃勃的玛利欧啊！残酷的卡悌利纳啊！恶毒的西拉啊！奸诈的加拉隆啊！反叛的维利多啊！挟私报复的胡良啊！贪钱的犹大啊！① 忍心害理、恩将仇报的奸贼啊！我这个可怜虫一片天真，把心里的秘密向你和盘托出，我哪一件事对你不起了？我什么地方得罪你了？我对你说的话，我为你出的主

---

① 玛利欧（Mario）是罗马大将，纪元前十二世纪与西拉（Sila）争权，激起内战，互相残杀。

卡悌利纳（Catilina，纪元前109—前61）是个善于阴谋的罗马政客，这个名字代表一切争求个人名位、不惜牺牲国家的人。

加拉隆（Galalón）是出卖罗兰都的，这个名字代表一切叛徒和奸诈的人。

维利多（Vellido）是熙德（Cid）传说中的叛臣，于1073年谋杀西班牙国王桑丘二世。

胡良（Julián），十一世纪西班牙叛臣，因报私仇，引阿拉伯人入侵。

犹大（Judas）指出卖耶稣的叛徒。

以上都是卡迪纽愤怒中列举的，有些用在费南铎身上并不恰当，如野心勃勃的玛利欧，贪钱的犹大等等。

意，哪一点不是为你的体面和利益着想啊？可是我这个倒霉人有什么好埋怨的呢！灾星带来的晦气，仿佛从天而降，来势凶猛，地上没力量抵挡，世人也无法防止，这是没什么说的。堂费南铎是贵家公子，又明达事理，对我的效劳也还知感，而且他不管爱上谁，都能够遂心如愿的，谁想到他会像常言所说的丧尽天良，竟要夺我仅有的、还没到手的一只小羊羔呢①。不过这些话都不说了，说也没用，我还是把没讲完的痛史讲下去吧。且说堂费南铎觉得我在旁边碍着道儿，不便实行他那奸恶的计策，决计把我差遣到他哥哥那里去，借口要我去讨一笔款子偿付六匹马价。其实他只为实行自己的恶计，要把我支使出去，故意在他答应找我父亲谈话的那一天买了六匹马，叫我去讨那笔钱。我怎会料到这是骗局呢？怎会起这个疑心呢？当然不会的。我却觉得那几匹马买得很上算，非常高兴，愿意立刻动身。那天晚上我和陆莘达会面，就把我和堂费南铎商量好的事告诉她，还说，我们正当的愿望拿定可以满足。她和我一样，全没提防到堂费南铎的欺心，只叫我尽早回来，因为照她料想，只等我父亲和她父亲当面一讲，我们俩马上可以称心如愿。不知道是怎么回事，她说完这话，眼泪汪汪，嗓子也哽住了，好像还有许多话要说，却一句也说不出口。这是从来没有的奇事，使我很诧异。我们俩只要机会凑巧，或是我设法找到机会，见了面总很快活、很称心。我们的谈话里搀不进什么眼泪呀，叹息呀，嫉妒呀，猜疑呀，忧虑呀，等等。我总是夸耀自己幸运，承上天把她给我做了意中人。

---

① 这是引用《旧约全书》的典故。大卫王害死乌利亚，娶了他的妻子拔示巴；拿单对大卫打了一个比喻，说他的行为好比富户攫取穷人仅有的一只羊羔（《撒母耳记下》第十一、第十二章）。

我赞她美，称赏她的品德和识见。她有来有往，情人眼里看到我种种值得称赞的好处，也满口称赞我。此外我们还谈论有关街坊亲友的许多家常琐碎。我最放肆的行为是硬拉着她一只纤纤玉手，凑到嘴边去亲吻一下，可惜窗外那道半截高的铁栅栏挡在我们中间，而栅栏的缝缝又很窄。我动身的倒霉日子前夕，陆莘达一反常态，又是哭，又是长吁短叹，然后回身走了。我看到她那压抑不住的伤感和往日大不相同，心里很吃惊，觉得惶惑不安。可是我并不丧气，只以为是她对我爱情深挚，亲密的人一旦分离，悲痛总是难免的。总之，我凄凄惶惶地离开了她，满肚子猜疑，却又不知道猜疑些什么。这分明是预兆，暗示我就要遭到悲惨不幸的事了。

“我到了地头，把信呈给堂费南铎的哥哥。他接待得很殷勤，只是不马上打发我走，却要我耽搁八天。这使我很不乐意。他还叫我躲在李卡多公爵瞧不见我的地方，因为他弟弟信上嘱咐他，捎这笔钱要瞒着他们父亲。这都是奸贼堂费南铎的计策；他哥哥有的是钱，尽可以马上打发我。这种命令使我简直不愿意服从，因为觉得要离开陆莘达那么多天，日子实在过不下去，尤其因为我刚才讲的，我们分别的时候她非常伤心。不过我毕竟是个听话的佣人，尽管知道这要损害自己的幸福，我还是服从了。可是我在那里刚待了四天，忽有人找我，给我捎来一封信。我看到信面上的姓名地址，知道是陆莘达写的，因为是她的笔迹。我拆着信战战兢兢，心想准是出了什么大事，她才远道寄信来，往常我们相近的时候，她很难得写信的。我不及看信，先问来人：信是谁交给他的，在路上耽搁了多久。那人说，他有一天中午，偶尔在城里一条街上走过，看见个很美的女人在窗口招他。她含着两眶泪，情急慌忙地说：‘朋友，你看来是个基督徒；你真是个基督徒的话，我求你看上帝分上，立刻把这封信按封面上的姓名地址送去，人名地点都是大家知道的。这是为上帝干一件大好事。我这个手巾包里的东西请你收下，你办事可以方便些。’①她一面说，就从窗口扔出一个手巾包裹和我交给你的这封信，包里有一百瑞尔和我这里带着的一只金戒指。她看见我拣起信和手巾包并打招呼表示遵命，就离开窗口，没再等我回答。我想给你送信即使要费点事，我已经得了很好的报酬；又看到信面上的姓名原来是你，先生，我对你是很熟悉的；那位美人的眼泪也使我义不容辞，所以我决计不转托别人，亲自赶来送信。我自从拿了信一路赶来，总共费了十六小时。从那边到这里，道路的远近你是知道的，有十八哩瓦呢。那位满心感激的临时信差在讲话的时候，我全神贯注地听着，两腿索索地抖个不住，几乎连站都站不住。后来我拆了信，看到信上说：

> 堂费南铎曾答应去见你父亲，劝他找我父亲面谈。他履行这句诺言的时候，只遂了自己的心愿，没顾到你的利益。我告诉你吧，先生，他已经向我父亲求我为妻。我父亲觉得堂费南铎这门亲压倒了你这门亲，所以一口应允，急不可待，再过两天就要举行婚礼。这是很秘密的，很少几个人参加，见证只有上帝和几名家人。我的情况，你可想而知。你也瞧瞧，你是否该回来了。将来你看到这件事情的结局，会知道我是否真心爱你。但愿上帝保佑。这封信到你手里的时候，我还没有被迫和那个背信弃义的人携手成礼。

---

① 上文是送信人转述的话。下文是他讲的话。

“总之,信上是这么说的。我看了信,不再等东家打发,也不再等那笔款子,马上就动身上路。我当时心里明白,堂费南铎差我到他哥哥那里去,并非为了买马,而是别有用心的。我一方面痛恨堂费南铎,一方面又怕失掉我凭多年的真心诚意赢得的宝贝,因此我仿佛长了翅膀,飞也似的,第二天就赶回家乡了。那时候正便于会见陆苹达。没人看见我进城;我骑回去的骡子已经寄放在那个送信的热心人家里。运气凑巧,我跑去正逢陆苹达在她窗口的栅栏前面——我们经常谈情的地方。陆苹达立刻看见我了,我也立刻看见她了,不过彼此都不像往常一样。世上有谁能把女人复杂的心思和多变的性情看透识破呢?谁都不敢夸这个口,这是千真万确的。且说陆苹达见了我,就对我说:‘卡迪纽,我已经穿上新娘的礼服,堂费南铎那奸贼和我那贪心的爸爸,还有几个见证正在厅堂上等着我。不过他们只会看到我死,不会看到我结婚。朋友,你别慌,你且设法来瞧瞧这场祭献的典礼。我如果凭一张嘴阻止不了这件事,我还怀着一把短剑,天大的强暴也抵挡得住。我可以一剑结束自己的生命,借此表白我对你始终如一的心。’我怕没时间细讲,急急忙忙地说:‘小姐,但愿你说到做到。你既然怀着短剑,准备自保坚贞,我这里带着一把长剑,可以卫护你,如果咱们运命舛错,我还可以自杀。’我想她大概没来得及听完,因为传来一片催促声,新郎正等着她呢。当时我的悲苦像黑夜那样笼罩着我,我的欢乐像落日那样沉没了。我眼前不见了光明,心里失去了理智。我没有力气到她家去,一步也挪移不动。可是我考虑到自己如果在场,对事情的发展大有关系,就极力振奋精神,跑进她家。她家出入的道路我都熟悉,而且她家暗里正忙着大事,所以谁也没看见我。我潜身匿迹，偷入厅堂，躲在一个弧形窗的凹处。我前面有两幅窗帘交掩着，人家看不见我，我从窗帘的缝里却张得见厅堂上的一举一动。我在那里等待的时候心慌意乱，思前想后，万念交攻。那种种情绪，现在谁能表达呢？那真是没法说的，也不说为妙。我只说新郎到了厅堂上来；他还是随常衣服，毫无装饰。傧相是陆莘达的一位堂兄，厅堂上没有外客，只有几名家人。过了一会，陆莘达由她妈妈和两个侍女陪着从内室出来。她的服饰恰配她的身份和美貌，又华贵，又时髦。我急急惶惶，没有心情细看她的服装，只见衣服是深红和白色，头纱和衣服上缀满的珠宝钻石灿灿放光，衬得那一头金黄色的好头发特别美丽。宝石和厅堂上四支四芯①大蜡烛的光，都不如她的头发耀眼。记忆力啊！你和我抵死作对，不容我心地安宁！你现在何苦叫我看到自己倾心爱慕的冤家这样美貌无双呢？残酷的记忆，你不如叫我把她当时的行为追忆一下，重温一遍吧；她那么明显地辜负我，如果不能促我报仇，至少也可以激我自杀。两位先生，请你们听了这些琐琐屑屑不要厌烦。因为我的苦恼不能三言两语草草带过，也不应该那样；我自己觉得每个情节都值得详细叙述。”

神父插嘴说，听他讲这些细节非但不觉得厌烦，还很感兴趣，因为都是不该忽略的，和重大事件同样值得注意。

卡迪纽接着说：“大厅上大家到齐之后，教区神父就进来了。他按照结婚的仪式，拉着新郎新娘的手说：‘陆莘达小姐，你是否愿意按神圣教堂的规定，和这位堂费南铎先生结为夫

---

① 一支蜡烛有四个烛芯。

妇?'我等着陆莘达的一句话来判定自己的死生,从窗帘缝里探出整个脑袋和脖子,全神贯注,心怦怦地听她怎么回答。嗐!我当时但能有那胆量,拦出来大喊一声说:'啊,陆莘达!陆莘达!你下一步得慎重啊!别忘了你对我的信义!记着你是我的未婚妻,不能再嫁别人!你该知道,你答应一声"愿意",马上可以断送我的性命!哎,剥夺我体面、杀害我生命的奸贼堂费南铎啊!你要怎么着?你图什么?你该想想,你既是基督徒,就不能随你的心,因为陆莘达是我的妻子,我是她的丈夫。'嗐!我真是疯了!现在离开了他们,也没有危险,却空说当时应该怎么办。我让强盗抢了我的宝贝,只顾咒骂强盗,如果我这片怨命的情绪换作报仇的胆气,我尽可以找那强盗雪恨呀。总而言之,我当时既然胆小糊涂,现在惭恨疯狂而死,正是我活该的。

"神父等着陆莘达回答;她半晌不作声。我还以为她要拔出短剑自明心迹,或吐露些有利于我的真情呢,却听得她有气无力地说:'我愿意。'堂费南铎也答应一声'愿意',给她戴上戒指,两人就结下了解不开的亲。新郎过来拥抱新娘,她却一手按住胸口,倒在她妈妈怀里晕过去了。现在且讲讲我当时的情况吧。我听得她一声'愿意',明白自己的希望是一场空,陆莘达的诺言是鬼话,而我这时失去的宝贝再也不能重获。我不知所措,觉得老天爷唾弃了我,生长我的大地把我当作仇敌了。我呼吸堵塞得不能叹息,眼睛枯涩得不能流泪,只有火气旺盛,忿火妒火浑身燃烧着我。陆莘达一晕倒,大家都乱了手脚。她妈妈解开她胸口让她回过气来,发现她怀里有一张封好的字条。堂费南铎立刻拿去就着烛光细看,看完了坐在椅上,手托着腮,很有心事的样子,随旁人去救护自己的新娘,也不插手帮忙。

“我瞧他们家一片混乱，就大着胆子跑出来，不管人家看见不看见。我打定主意，如果给人看见，就大干一场，惩罚奸诈的堂费南铎，也不饶那昏迷未醒的水性女人，让人人知道我满怀气愤是理直义正的。可是命运准是保留着我去承当更倒霉的事呢——假如还会有更倒霉的事。命里注定我往后昏迷不清的头脑，那时候格外清醒。我不愿把怨愤向我的两大冤家发泄，只想惩罚自己，把他们应得的痛苦，亲自施加在自己身上，甚至比他们应得的还变本加厉。我当时如果向他们俩报复，很容易办到，因为他们心上绝没有想到我这个人。可是我即使当场杀了他们，突然一死的痛苦是一下子就完的，而我糟蹋自己却是长期缓慢的自杀，比马上送命更加痛苦。干脆说吧，我离开了他们，跑到我寄放骡子的人家。我烦主人给骡子备上鞍辔，也不及向他告辞，就骑骡赶出城去，像罗德一样，不敢回头看①。我孤身在郊外，夜里的一片漆黑遮蔽着我，四下里的沉寂仿佛等着听我诉苦。我没什么顾忌了，不怕人听见，不怕人看见，就放开嗓子，解开舌头，把陆苹达和堂费南铎千百遍地咒骂，好像这样就能抵消他们对我的亏负。我骂她残酷、薄情、诈伪、负心，尤其骂她贪婪，被我仇人的财富迷了心窍，把对我的爱情转移到幸运的富贵公子身上。我在任情咒骂的时候，却又替她开脱。我说，一个姑娘在父母家闺房里受到的熏陶教育，无非是服从父母；父母为她挑了这样一个富贵漂亮的公子做丈夫，她当然乐于听命，她要是不答应，人家就以为她是糊涂蛋，或是另有所欢了，这对她的声

① 这是引用《圣经》的典故。罗德逃出所多玛城，天使告诫他不得回头看（《旧约·创世记》第十九章）。

名是很不好的。可是我马上又把话说回来。她只要说已经和我订有婚约,她父母觉得她挑选了我还算不错,就会原谅她。因为在堂费南铎向她家求亲之前,他们如果没有奢望,也不能找到比我更好的女婿。她在最后那个紧要关头,不妨慢着和人家结婚,尽可以说已经和我私订终身;反正随她怎样说,我都会坐实她的借口。总之,我断定她薄情浅见,又眼高心大,贪慕荣华显赫,竟把自己的诺言全抛在脑后了;而我却陶醉于自己抱定的希望和正当的爱情,把她的空话信以为真。

“我叫骂着失魂落魄地跑了一夜,天亮跑到这座山的一个峡口。我上山不辨路径,跑了三天,到一片草地上,不知那是山的哪一面。我问几个牧羊人哪里是山里最荒僻的地方。他们说朝这边走就是。我马上就朝这边走,打算到这里来了却我的余生。我到了这一带荒僻的地方,我的骡子因为又累又饿,我想它更可能是要扔掉我这个毫无用处的背累,竟倒地死了。我只好下地,当时精疲力竭,饿得发慌,又没处求救,而且也不想求救。我就这样在地下躺了不知多久。我爬起来的时候已经不觉得饿,只见身边有几个牧羊人,想必是他们给了我吃的喝的,因为他们告诉我他们怎样发现了我,还说我当时满嘴胡言乱语,分明是神识昏迷的征象。从此我自己觉得有时候脑筋不清,非常混乱糊涂。我竟会疯疯癫癫,或把衣服撕破,或在僻静的地方大叫大喊,或咒骂自己的命运,或无聊赖地反复呼唤我负心人的芳名。我当时没有别的指望,只求呼号而死。等我清醒过来,就觉得浑身瘫软疼痛,动都不能动。

“我经常住在一棵软木树的窟窿里,那窟窿容得下我这个苦命人的身体。这座山里来往的牧牛牧羊的人可怜我，养活着我。他们把吃的东西放在路旁边或石头上，预料我会走过那里，并且看见那些东西。我尽管心理昏乱，凭生理的需要，知道怎样活命，看见了吃的东西会馋，就想拿来吃。他们在我清醒的时候告诉我说：我有几回碰到牧羊人由村里运粮到这边草屋来，就拦路挡住，尽管他们愿意给我吃，我却要抢。我苦恼的残生就是这样过的，要等上天照应，让我死了才罢；或者等我的记性死了，记不起陆莘达怎样美、怎样负心，记不起堂费南铎怎样欺侮我，如果天保佑有那一日，而我还活着，我才可以往好处着想。不然呢，我只可以求上天对我的灵魂无限慈悲吧，因为我甘心在这种痛苦的生活里沉沦，自己觉得没有勇气也没有力量超拔出来。

"两位先生啊，这是我遭遇不幸的伤心史。你们说吧，像这样的事，我能讲得比刚才还冷静吗？请不要白费唇舌，把你们按道理认为可以救人的方法来劝诫我，因为你们对我劝诫，好比名医为不肯服药的病人处方，都是没用的。我没有陆莘达就不要恢复健康。她本来是我的，或者应该是我的，她却甘心跟了别人；那么，我本来是能有幸福的，也就甘心做苦命的人了。她愿意凭她的反复无常，置我于死地；我就愿意毁了自己，让她称心。后世的人可以把我看作样品，因为只我一个没有倒霉人共有的特长：他们往往因为找不到安慰就安定下来；我却为此越加悲痛，我相信到死也余恨难消。"

卡迪纽滔滔不断地讲完了这个缠绵悱恻的故事。神父正打算安慰他几句，忽听得一个悲切的声音在那儿数说，就把他的话打回去了。要知道说的什么话，且看本传第四卷，因为博闻卓识的历史家熙德·阿默德·贝南黑利在这里结束了他的第三卷①。

第二十八章

神父和理发师在这座山里遇到
新奇有趣的事。

勇敢无比的骑士堂吉诃德诞生的时代,真是无比的幸福快乐!因为他立志高尚,要在当时的世界上,恢复那被人遗忘而且已经半死的游侠骑士道。全亏他这样一来,我们在缺乏娱乐的今天,不仅能够津津有味地品尝他的信史,还能够欣赏里面穿插的故事。有些穿插很奇妙真实,竟也不输正文呢。这部书里叙述的事,节外生枝,线上打结,现在又继续如下。且说神父正想去安慰卡迪纽,忽听得一个声音,就此停顿下来。那个声音悲悲切切地数说着以下一段话:

"啊呀,天哪!我真能找到个地方,让我悄悄地埋了自己吗?我这身子成了沉重的负担,我实在不愿意再背着它了!如果这座山真像我期望的那么荒僻,我就是找到了葬身之地!哎,

① 这里又一次证明作者原来打算把故事分为四卷(参看本书第八章、第十四章的结尾),他到这里已完成作品的四分之三。但后来故事延长了,作者以后不再采用四卷的分法。

我这个苦命的人啊！迷失了路没人指引，心上痛苦没人安慰，落了难没人解救，全世界竟没一个可以做伴的人！只有这里的乱石荒荆是我最相契的伴侣，因为在它们中间，我还能够向上天哭诉。”

这一番话，神父和他的同伙听得一清二楚。他们断定声音就在附近，就起身寻找那说话的人。他们走了不到二十步，看见山石后面一个农夫装束的小伙子坐在一棵白杨树下。当时看不见他的脸，因为他正低着头在树旁河溪里洗脚呢。他们脚步很轻，那人没有听见，一门心思地洗脚，没顾到旁的。溪水里有许多石头，他那一双脚就像嵌在石头堆里的两块白玉。他们看见这双脚又白又美，不胜惊奇，觉得这双脚不配踩泥块，也不配跟着犁和耕牛奔跑，和身上的装束不相称。神父走在头里，瞧那人还没觉知，就做手势叫他那两个伙伴在附近岩石后面躲一躲。他们都躲起来，注视那小伙子在干什么。他穿一件两侧开衩的灰褐色短外衣，腰里紧紧地束着一条白毛巾。他的裤子和绑腿也是灰褐色的，头上戴一只灰褐色的便帽；绑腿卷到小腿的半中间，那两条腿真是雪花石膏似的白。他洗完那双纤美的脚，从便帽底下抽出一块擦布，把脚擦干。他抽出那块擦布的时候，抬起脸来，那几个注视他的人乘此瞧见了他无比的美貌。卡迪纽不由得低声对神父说：

“这人既不是陆莘达，就该是天上神仙了，不会是凡人。”

小伙子脱下便帽，脑袋左右一摇晃，把头发都披散下来，那头发真是叫太阳的光芒都要嫉妒的。他们这才知道看似农夫的小伙子原来是娇弱女子，而且是绝世美人。他们三人里，两人生平没见过这等美貌，卡迪纽如果不认识陆莘达，也就大开眼界了，因为据他后来说，只有陆莘达可以跟她比美。她那一头金红色的头发又长又多，不但遮没肩背，连全身都罩没，只露出一双脚。她把两手当梳子用。如果说她的脚在水里像两块白玉，她的手在头发里就像雪花捏出来的。三个注视着她的人看了越加惊奇、越加急切地要知道她究竟是谁。因此他们决计跑出来。他们起身的时候有些声响，那美貌姑娘立刻抬起头，两手分开蒙在眼前的头发，看是什么响。她一见他们，马上站起来，不及穿鞋，也不及挽上头发，忙抢了身边一捆东西——好像是衣裳，惊惶失措地想要逃走。可是她那双柔嫩的脚受不了山石的棱角，没走得五六步就跌倒了。那三人看见，就赶上去。神父第一个赶到，对她说道：

"姑娘，不问你是谁，劝你别跑了。我们这几个人是存心来帮你的。你不用跑，跑也没用，你这双脚既跑不动，我们也不会让你跑掉。"

她又惊又慌，听了这番话只不作声。其他两人这时也跑来了，神父拉着她的手说：

"姑娘，你这套衣服把我们蒙住了，可是你的头发却泄露了真相。你分明是遭了什么重大的事故，才用这样不合式的衣服遮掩着自己的美貌，跑到这样荒僻的地方来。幸喜我们在这里找到了你，即使不能解救你的苦难，至少也能帮你出出主意。一个人不论遭了多么大的苦难，不论多么烦恼，只要还活着，就不至于连人家好心出的主意都不愿意听。所以，姑娘——或者先生，随你喜欢怎么称呼都行，我劝你不要害怕；且把你或好或歹的遭遇告诉我们，我们全伙每个人都会同情你的不幸。"

神父说话的时候，那化装的姑娘呆呆地看着大家，也不开

口,也不出声,活像村夫突然看见了从未见过的稀奇东西那样。神父反复劝说,她才长叹一声,打破沉默,说道:

“这片荒山既然不容我藏身,我披散的头发又不容我冒充男人,我现在就不必再遮遮掩掩了;你们不说破我,也不过是出于礼貌罢了。事到如此,诸位先生,我只有感谢你们表示的一番好意,因此也不得不答应你们的要求。我只怕你们听了我那些不幸的事,同情之外,还得赔上相当的烦恼;因为我的不幸没办法补救,也没语言可以安慰。不过你们已经知道我是女人,瞧我年纪轻轻,孤单一人,又扮成这副模样,这种种都可以使我声名扫地的;免得你们怀疑我的贞操,我只好把一心要隐瞒不说的事告诉你们了。”

这位姣美的姑娘把以上那些话一口气说完。她口角玲珑,声调柔婉,使他们对她的才和貌都倾倒不已。他们又表示愿意帮忙,请她把答应讲的快讲出来。她并不推辞,文文静静地穿上鞋,绾起头发,在一块石头上坐定,让那三人围着她坐下。她极力忍住眼泪,沉着清楚地讲述自己的身世①:

“安达路西亚有个公爵的封邑,领主是西班牙第一等的大贵人。他有两个儿子:大儿子是他家业的继承人,也承袭了他那些好的品性;小儿子承袭了他什么,我不知道,只知道他承袭了维利多的欺心,加拉隆的奸诈②。我的爹妈是属这位公爵管辖的农民,出身卑微,不过很有钱;假如他们的家世能和他们的财产相称,那就十全十美,我也不至于遭到目前这种不幸了。因为

---

① 这个穿插的故事根据真人真事。故事里的堂费南铎是奥苏那公爵的二儿子堂贝德罗·希容,但受骗的女子没有像故事里那样和他结婚。

② 参看本书264页注①。

我的薄命大概就由于他们不是贵族。当然,他们也并不下贱,不至于自惭家世,可是也不够高贵。我总觉得自己的不幸都因为出身卑微。干脆说吧,他们是庄稼人,是身家清白的平头百姓,所谓世代相传的基督教徒。他们家财万贯,凭富裕和阔绰,已经渐渐攀上乡绅的行列,甚至是起码的贵族了。可是他们最得意的是有我这么一个宝贝女儿。他们没有别的儿女,又很溺爱,所以我是历来爹娘宠出来的最娇惯的女儿。我是他们照鉴自己的镜子,是他们老来的拐杖。他们所有的愿望,只要上天容许,都以我为主,而且都是非常好的,和我本人的愿望没一点参差。我不仅是他们心灵的主人,也是他们财产的主人。家里的佣人由我雇用,由我辞退。安排播种、登记收获,都是我管的。家里的油磨、酒榨、多少头牛羊、多少箱蜜蜂,一句话,像我爹那么一个富农应有尽有的,全归我一手经营。我是大总管,也是女主人。我尽心竭力,他们也心满意足。我每天给牧牛牧羊的头儿、家里的管事人和其他雇工们布置好工作,有余闲就做些姑娘家分里的活儿来消遣,譬如针线、刺绣、纺织之类;有时候休养精神,扔下这些,读读宗教书籍,或者弹弹竖琴,因为我亲身体会到,疲劳的时候,音乐能怡情养性。这是我在父母家的日常生活。我讲得这么仔细,不是卖弄,也不是表示自己家里有钱,只是要让你们明白,我从这么好的境地落入当前的苦难,并不是自己的罪过。

“那时候我每天忙着许多事情,而且关在家里,简直像在修道院里一样,大概除了家里的佣人,外人谁也见不到我。我上教堂望弥撒是在大清早,有我妈妈和女佣人们紧紧陪随,我的脸是遮得严严密密的,我又非常拘谨,眼睛只望着下脚的地方。可是爱情的眼睛——也许该说游荡的眼睛比山猫的眼睛还尖。堂费南铎——就是那位公爵的小儿子,凭这双眼睛东张西望,竟看见了我。”

她一提到堂费南铎这个名字,卡迪纽立刻变了脸色,冷汗直冒,神情非常激动。神父和理发师曾经听说他的疯病是常发的,这时瞧他那模样,生怕他又要发疯了。可是卡迪纽除了冒汗,倒还镇定,他别无举动,只眼睁睁地盯着那农家姑娘看,心上已经猜到她是谁了。她呢,并没有注意到卡迪纽的激动,还继续讲她的事:

“据他后来对我说,他一看见我,就颠倒得不由自主。这从他的行为上都看得出来。他要对我表明自己的心,使了种种手段。他贿赂了我们全家。他向我爹妈送礼,给他们种种优待。我们那条街上每天都热闹得像过节或庆祝什么喜事似的,每晚演奏音乐,闹得谁也不得睡觉。数不清的情书,不知怎么的会送到我手里,信上满纸诉衷情、献殷勤的话,许的愿和发的誓比信上的字数还多。这些事我不细说了,因为我要把自己那数说不完的伤心事,快快讲完了罢休。他种种讨好非但没叫我心软,反叫我横下了心,好像他是我的死冤家,好像他要赢我欢心的事,都是来惹我生气的。我并不是瞧不上堂费南铎的高贵气派,也不是多嫌他对我用情。我看到这样一位贵公子对我倾心爱慕,心上说不出的喜欢。我看了他信上恭维我的话也并不腻味。我觉得我们女人不论多么丑,听到称赞自己美,总是乐意的。可是我自己的操守和我爹妈经常的劝告,都不容我接受他的殷勤。我爹妈已经看透堂费南铎的用心;因为他早拼着给人人看破,满不在乎了。我爹妈对我说,他们全靠我的贞洁来保全他们的声名体面。他们叫我别忘记自己和堂费南铎的门第太不相称;只要明白这一点,就能看出他尽管嘴里说得天花乱坠,心上是只图寻欢取乐,并没有顾到我的幸福。他们说,如果我愿意给他点儿什么阻挡,好叫他打消妄想,他们可以马上叫我嫁个合意的人,不论本城或附近地区的贵家子弟都由得我挑选,因为凭他们的家产和我的声名,这都是好办的。我听他们提出的办法这样切实,他们的话又确有道理,就越加坚贞自守。我对堂费南铎从不肯答应一句话,让他自以为能遂心如愿;我没给他任何渺茫的希望。

"我的端重他大概以为是矜持,使他的邪欲越加旺盛。他对我表示的情意我该称为邪欲;假如那是正当的爱情,你们今天就不会有机缘听我讲这件事了。堂费南铎后来知道我爹妈在给我找配偶,为的是要叫他死了心别再想弄我到手,至少可以多几个人来卫护我。这是他听到或猜到的。他因此就干出一件事来。你们听我讲吧。有一天晚上,我在卧房里,身边只有一个贴身的使女,屋子的门都关得严严地,防有人钻空子对我强行非礼;当时这样小心防范,又是深闺静夜,不知怎么回事,他忽然在我面前出现了。我一看见吓得眼前发黑,舌头发硬,喊都喊不出声。我想他也不会让我叫喊,因为他立刻跑上一步,把我搂在怀里。我已经说过,当时我惊慌失措,没有力量抵拒了。他就对我说了一套话。我真不懂他嘴舌怎会那么伶俐,竟把假话说成真话。那奸贼用眼泪来保证自己的誓言,用叹息来保证自己的忠诚。我这个孤单的可怜虫,一辈子守在家里,对这种事情毫无经验,不知怎么的也竟相信了他的话。不过我对他只有正当的同情,并没有因为他的流泪叹气就感动得违礼非分。我最初的惊慌已经过去,心魂渐定,凭自己都没想到的胆量对他说:‘先生,假如像你这样抱住我的是一只凶猛的狮子,它要我做了丢脸的事或说了丢脸的话才肯放我,我也不能答应;这好比要把过去变作未来一样办不到。你尽管抱住我的身体,我的心却是坚贞不移的。你如果遂着自己的心蛮来硬做,我就会叫你瞧瞧,你的心远不是我的心。我是属你管辖的农民,不是你的奴隶。你不能仗自己出身高贵,糟践我这个出身卑贱的人。我地位低,是农家姑娘;你是主子,是绅士,可是我和你同样的尊重自己。你的力气压不服我,你的钱财我不稀罕,你的诺言哄不倒我,你的叹息和眼泪也不能使我心软。如果我父母为我选择的丈夫凭以上种种来求我,我会随顺他,我和他是一条心的。所以先生,你现在强求硬逼的事,如果是合礼的,尽管我不贪求,也愿意答应你。我这话无非表明:除了我合法的丈夫,谁也休想在我身上得到些什么。’那个没信义的绅士说:‘美丽无比的多若泰啊(这就是我这个倒霉人的名字),如果你不过是计较这一点,你瞧,我现在就和你握手为盟,订下婚约;鉴临一切的上天和你这里的圣母像都是见证。’”

卡迪纽听说她名叫多若泰,又激动起来。他心上着实了,知道原先猜想的果然不错。他对这件事的结果虽然略有所知,却要听个究竟,所以不愿意打断她的话,只说:

“姑娘,你叫多若泰吗?我听说过一个和你同名的人,她遭遇的不幸大概也和你差不多。你讲下去吧,回头我要告诉你些事情,准叫你又吃惊又伤心的。”

卡迪纽的话和他那套怪样儿的破烂衣服引起了多若泰的注意。她要求卡迪纽如果知道有关她的任何事情,赶快讲出来。

她说，如果命运还留给她一点儿好处，那就是她还没有丧失勇气，能承当任何灾祸，反正她拿定自己已经倒霉透顶，不能再增加一丝一毫了。

卡迪纽回答说："姑娘，假如我的猜想不错，我马上会告诉你，可是目前还不是时候，你知道了也没什么用。"

多若泰说："好吧，我且继续讲我的事。堂费南铎把我屋里的一尊圣母像放在面前，作为我们俩订婚的见证。他海誓山盟，保证一定娶我。可是我没等他住嘴，就对他说，这事还得从长计议，他父亲瞧他娶了自己管辖下的乡下姑娘，准会发怒；我劝他别为我这点儿美貌迷昏了头，因为不能借此开脱自己的错误。我说，他假如真心爱我，要待我好，那就该让我安分，因为门第太不相当，婚姻决不会美满，开头的一股子热情也不能持久。这些话，还有些记不起的，我都跟他说了，可是没能够叫他回心转意。不打算守约的人，订约的时候不计较困难；他就是那样。当时我心上自问自答：'女人靠结婚升高了地位的，不由我开始。贵公子贪恋美色，或者更可能因为盲目的爱情，娶地位不相称的女人，堂费南铎也不是第一个。反正我没有立榜样、开风气。命运给我的体面，我何妨就领受呢？即使他满足了自己的要求也就结束了对我的爱情，我在上帝面前毕竟是他的妻子了。假如我不理他而严词拒绝，预料他就要不客气动粗；我受了污辱，人家不知道我怎会好端端地落到这个地步，还会责备我，我却无法替自己开脱，因为我怎么能叫我爹妈和旁人相信这位公子是擅自闯进我卧房来的呢？'这许多计较，我一下子都想到了。再加堂费南铎发的誓，举出的见证，流的眼泪，他的俊秀文雅，再加他表现的一片真情，也渐渐打动了我，使我没头没脑的毁了自己。心无所属的规矩女孩子，身当此境，都会把持不住的。我就叫过贴身伺候的使女，让她随同神证，做个人证。堂费南铎把他发过的誓重新证实一番，另又加上几位神圣做见证，说他如果失信背约，愿上天对他降下千灾百难。他又眼泪汪汪，叹息深深。他抱着我始终没有松手，这时候越加抱得紧了。伺候我的女孩子随就退出我的闺房，从此我就不复是闺女了，他也就成了负心的骗子。

“我觉得堂费南铎只嫌我遭殃的那一夜太长，急着等天亮。一个人餍足了，就一心只想离开他得到餍足的地方。我这么说是因为堂费南铎忙忙地想走。原来他是由我的使女引进来的，这时又由她设法，天没亮就把他送出去。他和我告别的时候，已经不像来的时候那样热情了。他叫我放心，说他的誓言是真诚可靠的，还从手上脱下一只贵重的戒指作为信物，替我戴上。他就走了。我当时不知是悲是喜，只能说，夜来这件事弄得我心神恍惚，简直失落了魂魄一般。我那使女出卖了我，把堂费南铎藏在我卧房里，我竟没精神也没心思去责骂她，因为自己也拿不定这番遭遇是好是坏。我临别对堂费南铎说：我反正已经是他的人了，他不妨照样晚上到我屋里来相会，等他愿意把事情公布的时候再说。可是他除了第二晚，再也没有来过。一个多月之久，无论在街上或教堂里，我连他的影儿都看不到。我知道他在城里，日常出去打猎；这是他非常喜爱的消遣，可是我费尽心机，总找不到他。

“那些日子，那一时一刻，在我是多么愁苦沉闷，只有我心里自知。我那时候对堂费南铎的真诚已经怀疑了，甚至不相信了。我从前没有责骂过我的使女，那时候开始怪她胆大妄为了。

而且我得忍住眼泪,强作欢笑,不然的话,如果我爹妈问我为什么不称心,我就不得不撒谎支吾。不过这种种情况只是暂时的。因为我马上就抛开一切顾虑,不再讲究体面,不再求忍耐,我把自己的私情也和盘托出了。原来不多几天以后,村里传来消息,说堂费南铎已经在附近城里结婚,娶的是个绝世美人,她父母都很高贵,只是家道不那么富裕,凭她那份嫁妆,还攀不上那么高贵的亲。据说她名叫陆苹达,他们结婚那天还出了些奇事。"

卡迪纽听到陆苹达的名字,耸起肩膀,咬住嘴唇,皱紧眉头,接着就流下两行泪来。不过这并没有打断多若泰的话头,她继续说:

"我听到这个不幸的消息,不是心寒,而是怒火中烧,差点跑到街上去大嚷,把我上当受骗的事公布出来让人人知道。不过我当时抑住了愤怒,因为我打算当晚干一件事。我真是那么干了。我换上这套衣服赶往城里去。农民家雇有长工,我这套衣服就是我父亲的一个长工给我的。我听说我的冤家在城里,我就把自己的倒霉事全告诉了那个长工,求他陪我到城里去找他。那长工先是怪我鲁莽,不赞成我的主意,可是瞧我很坚决,就自告奋勇要陪我,据他说,陪我到天涯海角也愿意。我立刻把一套女人衣服、一些首饰和现钱塞在一只麻纱枕套里,防万一有用。当夜人静以后,我瞒着出卖我的使女,带着那个长工,怀着满腔心事从家里逃出来,步行到城里。我急急赶去,身上仿佛长了翅膀似的,尽管我认为事情已经干下了,不能挽回,我至少要去问问堂费南铎,凭什么心肠干出这种事来。我走了两天半才到城里,一进去就打听陆苹达父母家的住址。我探问的人把我没想打听的事都告诉了我。他指点了那家的住址,又讲那家女儿结婚出的事。那件事城里已经传遍，三五成群的纷纷议论。据那人说，堂费南铎和陆苹达结婚的晚上，陆苹达答应了一声愿意结婚，立即晕死过去。新郎正解松她的胸口让她缓过气来，忽发现陆苹达的亲笔字条，声明她不能做堂费南铎的妻子，因为她是卡迪纽的未婚妻。据那人说，卡迪纽是本城的一位贵公子。字条上说，她当着堂费南铎的面说愿意结婚，是为了不违拗父母之命。总之，那人说，字条上表示她存心等婚礼完毕就自杀，并且说明自杀的缘故。据说，他们在她衣服底下不知哪里找到一把短剑，这就证明字条上写的不是空话。堂费南铎就此觉得自己受到了陆苹达的嘲弄和轻蔑，不等她苏醒，拿起她身边那把短剑要去戳她。如果不是给她父母和其他在场的人拦住，他真就干出来了。那人还说：堂费南铎当下就走了，陆苹达到第二天才醒过来，她就告诉父母她和刚才讲的那个卡迪纽确实已经订婚。还据说，那次举行婚礼的时候卡迪纽也在场，他万想不到陆苹达会跟别人结婚，瞧她竟嫁了别人，就伤心绝望，出城走了，临走留下一封信，说明陆苹达怎么亏负了他，他从此要跑到与世隔绝的地方去。这许多事城里传得沸沸扬扬，大家都在议论。还有更招人议论的事呢。传说陆苹达已经从她父母家出走，也不在城里，满城都找不到她；她父母急得没了主意，不知道怎样去找她。我听了这些话，心上又生了希望，觉得自己的事还有挽救的余地；尽管没找到堂费南铎，也比看到他结婚好些。我想，上天这样阻挠他第二次结婚，也许是要提醒他对第一次结婚承担的责任，叫他想到自己究竟是基督教徒，对灵魂的关心应该压倒世俗的打算。我这么想来想去，强自安慰，却得不到安慰。我是自骗自，用渺茫的希望来维持我已经厌倦的生命。

“我在城里找不到堂费南铎，正不知怎么办，忽听得叫喊消息的报子①宣布，谁找到了我有重赏，还把我的年龄和身上这套衣服作为标志，细细形容了一番。据说我是由陪我的那小伙子拐带逃跑的。我听了这个消息非常刺心，由此可见，我已经声名狼藉。我出走已经够丢脸的，又说是私奔，跟的又是那么卑贱、那么不值得顾恋的人。我一听到这个消息，立刻带着我的佣人逃出城去。他当初答应为我效忠，这时候渐渐露出靠不住的样子。那晚上我们怕给人找着，躲到了这座山里最隐僻的去处。可是正应了老话说的‘祸不单行’，又说是‘灾祸往往由小到大，衔接而来’，我就碰到了这种情况。我那个好家伙的佣人虽然向来老实，瞧我到了这么隐僻的地方，觉得荒山野地里有机可乘，就想占个便宜。这实在是他自己混账，不是我的美貌诱惑了他。他不顾廉耻，对上帝毫无畏惧，对我也丧失敬意，竟来向我求欢。他最初打算用好话央告，可是我义正词严，拒绝他那无耻的要求，他就对我动粗。多亏天道圣明，保佑正人。我正当的心愿得到了上天的庇护。我力气虽小，也没费多大劲，竟把那个小子推下峭壁。我撇他在那里，不知他是死是活。我连忙跑入深山，虽然又怕又累，居然还跑得很快。我心上没别的打算，只求藏在深山里，别让我父亲和他派出来的人找到我。我存着这个心躲在山里，大约过了几个月，忽碰到一个牧畜主。他雇用了我，把我带到一个深山坳里。这些时候我一直在那儿做他的牧童。我设法经常待在野外，为的是不让人看见我这一头头

① 叫喊消息的报子(pregón)，是市政机构用来广播新闻的人；有什么新闻或通知，由他们在各条街上叫喊。

发——刚才就是这一头头发，害我无意中露出本相来。可是我所有的机灵和谨慎全没用处，因为我的主人瞧破我不是男人，也和我那个佣人一样起了坏心。遭了难不能单靠运气来解救。我不能再一次找到对付我那个佣人的悬崖峭壁，好把我那个主人也推下去送他的命。我觉得如果跟他较量力气或向他求饶，还不如离了他再躲进荒山。所以我又躲起来，想找个去处，能毫无顾忌地凭叹气流泪求上天可怜我落难，给我智慧和机会，帮我从困境脱身，否则就让我这个无辜遭受本乡和外地议论的可怜虫，在这个荒凉隐僻的地方一死了事，谁也别再记起我。”

第二十九章

他们凭何妙计，解除了我们这位
多情骑士最严厉的赎罪自罚。

“诸位先生，我讲的就是我这出悲剧的本事。现在你们可以明白，我叹息、数说、流泪，不是无缘无故，也没有过分。你们只要想想我是怎样的不幸，就知道对我劝慰都是多余的，因为事情已经无可挽救了。我只求你们一件事，想必是你们轻而易举的。我现在提心吊胆，怕家里人找到我。请你们指点一个容我安身的地方，让我去度过余生。当然，我知道爹妈溺爱，一定会欢迎我回家的。可是这番再见，我已经不复是他们心目中的女儿了。我一想到这点，就羞惭得无地自容。我已经丧失了他们对我责望的清白，每看到他们的脸，就要想到他们正看到我的丢脸。我为此宁愿流亡他乡，一辈子不再见他们的面。”

她说到这里，默不作声，脸上泛出红晕，显然很痛心，很惭愧。听她讲话的几个人对她不幸的遭遇又同情，又惊奇。神父正想安慰劝解，卡迪纽却抢先说：

“姑娘，你是大财主克雷那尔多的独养女儿、美丽的多若泰吧？”

多若泰听他提起自己父亲的名字，又瞧这人模样儿寒酸——卡迪纽衣衫褴褛已见上文——她觉得很奇怪，就对他说：

“兄弟①，你是谁？你怎会知道我父亲的名字？我要是没记错，我讲自己这桩倒霉事的时候，直到现在始终没有提起他的名字。”

卡迪纽答道：“姑娘，你刚才讲到陆苹达称为未婚夫的倒霉人，我就是他，我就是那个没造化的卡迪纽。坑害了你的家伙行为卑鄙，把我弄成目前这副模样。我穿得破破烂烂，衣不蔽体，在人世间得不到一点安慰，最糟的是连头脑都不清楚了，因为我已经神识糊涂，只靠天照应还有零星片刻的清醒。多若泰啊，堂费南铎胡作非为的时候我正在场，亲耳听到陆苹达说愿意嫁他的。她晕倒以后的下场，她怀里发现了字条的后文，我都没勇气再看；那么许多不幸的事积在一起，心上受不了。我忍无可忍，离开了她家，留下一封信②，托我寄放东西的那家主人亲手交给陆苹达。我就跑到这个荒僻的地方来，打算在这里了结余生。因为我从那时候起，痛恨自己的生命，仿佛是不共戴天的仇敌。

---

① 兄弟（hermano），西班牙人对乞丐和地位卑微的人用这个称呼。

② 但上文没有提到这封信，只说他不辞而行。

但是命运只剥夺了我的理性,并不要剥夺我的生命;也许它特地留我一命,好让我今天有幸和你相逢。我相信你讲的都千真万确,因此,说不定老天爷在咱们自以为倒霉的事情里,还为咱们两人留着一步意外的好运呢。因为陆莘达既然是属于我的,就不能嫁给堂费南铎,这句话她已经说得明明白白了;而堂费南铎既然是属于你的,也就不能娶她。那么,咱们很可以希望上天把分属于你我的归还原主。因为名分已经定了,改换不了。咱们这点安慰不是从空虚的希望或胡思乱想里来的,所以我是要另打主意了,姑娘,劝你也另打正经主意,准备等待更好的运气吧。我凭自己是绅士和基督徒向你起誓:我决不弃你不顾,直要瞧你得到堂费南铎的保护才罢;如果我的劝说不能叫他承认他对你的责任,我就拿出我绅士的权利,名正言顺地为他欺侮了你而向他挑战。我为了要在这个世界上为你申冤,可以把他对不起我的事丢开,由上天去为我报复。"

多若泰听了卡迪纽这番话不胜惊奇,瞧他这么激昂慷慨,愿为自己效劳,不知该怎样答谢,就要去吻他的脚,可是卡迪纽不答应。神父出来解围,又称赞卡迪纽讲得有理;他急切要求并劝说他们俩跟自己一起回乡,因为在那里可以添补些必需的东西,如要寻找堂费南铎,或把多若泰送还她父母,或者他们认为怎么办最合适,到了那里就可以着手去办。卡迪纽和多若泰听了很感激,都接受这番好意。理发师一直出神地听着,没有作声,这时也殷勤致辞,和神父一样热心地表示要尽力为他们效劳。他又约略讲了他和神父到这里来的缘故,也讲到堂吉诃德发疯的离奇,又说他们正在等待堂吉诃德的侍从,那侍从找他主人去了。卡迪纽记起他恍惚在梦里和堂吉诃德吵过一架;他讲给大家听,只是说不出为什么争吵。这时候,他们听得叫喊,听出是桑丘的喊声。原来桑丘到了和他们分手的地方却找不见他们,所以大声叫唤。他们跑去迎上他,探问堂吉诃德的情况。据桑丘说,他看见他主人身上只穿一件衬衫,面黄肌瘦,饿得要死,还直在为他的意中人杜尔西内娅唉声叹气;又说他已经告诉主人,杜尔西内娅小姐命令他下山回托波索村上去,她在那里等着呢,可是他主人说,已经打定主意,先得干下一番事业,能博得美人眷顾,才肯跑去相见。桑丘说,照这样下去,他主人做大主教都没指望,别说做大皇帝了,请他们瞧瞧该怎么办,才救得他主人出来。神父叫桑丘别着急,他们准叫堂吉诃德离开那里,不管他愿意不愿意。神父接着就告诉卡迪纽和多若泰,他们打算用什么办法治好堂吉诃德的病,至少把他送回家去。多若泰听罢说:她扮落难女子比理发师好,而且她身边带着衣服呢,穿上活脱儿就是那个角色;她也懂得要堂吉诃德中计该怎样表演,这事不妨交托给她,因为她读过许多骑士小说,熟悉落难女子向游侠骑士求救的那套话。

神父说:“那就样样齐全,只要马上着手就行。咱们一定是都碰上了好运道:你们两位意外地发现自己的事还可以补救,而我们要办的事也更加顺当了。”

多若泰马上从她的枕套里拿出一件质料精致的连衣长裙和一件华丽的绿披肩,又从一只小盒子里拿出一串项链、几件首饰。她一眨眼的工夫把自己打扮成一位雍容华贵的小姐。她说从家里带了这类东西防万一有用,可是至今还没用到。大家瞧她风度娴雅、相貌姣美,都不胜喜爱,认为堂费南铎抛弃这样的美人,实在是眼力太差了。可是最对她倾倒的是桑丘·潘沙,他觉得生平没见过这等美人——他确实是没见过,所以急切请问神父,这位极美的姑娘是谁,她到这种荒僻的地方找什么来了。

神父说:“桑丘老哥啊,咱们不说虚头,这位漂亮小姐是伟大的米戈米公王国男系嫡派的继承人。她是来找你主人,求他帮忙的。有个凶恶的巨人欺负了她,她要你主人代她报仇。你主人是举世闻名的好骑士,这位公主久闻大名,特地从几内亚赶来找他的。”

桑丘·潘沙说:“找得也巧!碰见得也巧!假如我主人有幸,能把您刚才讲的那个婊子养的巨人杀掉,替她报了仇,申了冤,那就运气更好了。只要那个巨人不是鬼,我主人碰见了准会杀死他;我主人碰到了鬼却是毫无办法的。硕士先生,我别的且不说,有一件事要请您帮个忙。我想请您劝我主人赶快和这位公主结婚,免得他想去做大主教——我就怕他有这个念头。他结了婚当不了大主教,就可以顺顺当当地去做大皇帝,我也就可以称心如愿了。这件事我曾经细细打过算盘。照我估计,我主人做了大主教对我不利。因为我是结了婚的人,教会里用不着我;我有老婆孩子,要领取教会的薪俸还得请求特准,事情就没完没了。所以,先生啊,叫我主人马上娶这位公主是最要紧的——我至今还不认识她,不知道怎么称呼。”

神父答道:“她叫米戈米公娜公主;因为她的王国叫作米戈米公国,她当然就是这个名称了。”

桑丘说:“这可是没什么说的,我看见许多人都从自己出生的地方取名,叫什么贝德罗·台·阿尔咖拉呀,胡安·台·乌贝达呀,狄艾戈·台·瓦利亚多利德呀等等;在几内亚想必也是这样的。”

神父说:“准是的。至于你主人结婚的事,我一定尽力撺掇他。”

桑丘听了这话非常满意,而神父瞧他头脑简单也非常惊讶,想不到他主人的痴想在桑丘心上生了根,竟拿定他主人要做皇帝。

这时多若泰已经坐上神父的骡子,理发师也已经戴上牛尾巴做的胡子。他们叫桑丘领他们到堂吉诃德那里去,一面叮嘱他不要说认识神父和理发师,因为全靠他装作不认识,他主人才做得成皇帝。神父和卡迪纽不愿意跟他们同走。卡迪纽防堂吉诃德记起上次他们俩的争吵,而神父暂时还不必跑去,所以两人让大伙先走,他们缓步跟随。神父没忘了教导多若泰该怎么行事,可是她听了只叫大家放心,她自会按照骑士小说上描写的一套去表演,一丝不走样。她和一行人走了四分之三哩瓦的路,望见堂吉诃德在重叠的乱山岩里,已经穿上衣服,只是没戴盔甲。多若泰瞧见了他,向桑丘问明是谁,就把坐骑打上几鞭;满面胡子的理发师紧紧跟着她,两人跑到堂吉诃德那里。理发师就下骡去抱扶多若泰。她很轻快地下了骡,跑去跪在堂吉诃德面前。他请她起来,她却跪着说了以下一番话:

“勇猛的骑士啊,我是天下最苦恼、最受气的姑娘。我凭您的仁心热血,求您一件事。这不但有助于我,也可以增加您的荣誉,抬高您的声望。您如果不答应,我就跪在这里再不起身。我是个可怜人,听到了您的大名,特地远道赶来求您救苦救难的。如果您的勇力果然名不虚传,您就义不容辞,得帮帮我。”

堂吉诃德答道:“美丽的小姐啊,你要是跪在地下不起来,我就一句话也不答理,也不听你的。”

落难女子答道:“您如果不答应我的要求,我就决不起身。”

堂吉诃德说:“只要你这件事不损害我的国王、我的国家和主管我心灵的那位小姐,我就答应你。”

这位悲苦的姑娘说:“我的好先生,您说的都不会受到损害。”

这时桑丘·潘沙跑到他主人身边,在他耳朵里悄悄地说:

“先生,尽管答应她的请求,没什么大不了的事。那不过是去杀掉一个大型的巨人罢了。向您求救的是高贵的米戈米公娜公主,她是埃塞俄比亚大米戈米公王国的女王。”

堂吉诃德说:“随她是谁,我做事总要尽职责,凭良心,遵守自己奉行的规则。”

他转身向那姑娘说:

“美丽无比的小姐,请起身吧,你要求的事我答应就是了。”

那姑娘说:“那么我就把要求您的事讲讲吧。有个奸贼无法无天,篡夺了我的王国。我要劳您大驾,马上起身跟我回去;还请答应我,在我这件事完成之前,您决不找别的事去冒险拼命。”

堂吉诃德答道:“我重申,我答应你。小姐,你从今以后,可以抛开心上的烦扰,让你那委顿的希望重新振奋起来。你靠天保佑,又有我为你出力,不久就可以夺回权位,在你那古老伟大的国家重登宝座,叫那些反对你的坏人无可奈何。咱们就着手干事吧;常言道:‘拖拖延延,就有危险’。”

落难女子坚决要吻他的手,可是堂吉诃德在各方面都是谦恭有礼的骑士,怎么也不答应。他扶她起来,恭恭敬敬地和她行了个拥抱礼。他吩咐桑丘查看一下驽骍难得的肚带,立刻替他披上盔甲。当时他的盔甲正像战利品似的挂在树上呢。桑丘取了下来,又查看了马肚带,随即为他主人披上盔甲。堂吉诃德瞧自己披挂停当,就说:

"咱们瞧上帝分上,动身为这位贵公主效劳去吧。"

理发师还跪在那里,竭力忍着笑,一手按着胡子,生怕这部胡子掉了下来,这条妙计就行不下去。这时他瞧堂吉诃德已经答应请求,忙着准备干事去,他就起身用另一只手去搀扶女主人,和堂吉诃德一起把她扶上骡子。堂吉诃德随就骑上驽骍难得,理发师也上了坐骑,只剩桑丘步行。桑丘不免又记起那丢失的灰驴,这时正用得着。不过他一切都甘心忍受,因为觉得他主人已经踏上那直达皇帝宝座的大道,马上就要做皇帝了。他拿定主人会和这位公主结婚,至少也能做到米戈米公国的国王。他只担心一件事。这个王国在黑人的土地上,将来他封地上的百姓想必都是些黑人。他想到这里,马上想出一个补救的好办法,心上自忖:"我封地上的百姓是黑人,这对我有什么关系呢?我只消把他们装上船,运到西班牙,就可以把他们卖掉。我收回的身价是现金,拿来买个爵位或官职,就可以安安逸逸过一辈子,这不就行了吗?如果糊里糊涂,没有头脑,没有手段,不会把自己的百姓转眼三万一万地卖出去,那就糟了!我发誓得飞快地把他们连大带小、全部或尽量出脱,随他们多黑,也要把他们变成白的或黄的①。瞧吧!我是个傻呆呢!"他一边走,只管一门心思地打算盘,竟把步行的辛苦都忘了。

卡迪纽和神父在乱树丛里望见这一切经过,不知道怎样迎

---

① 白的是银,黄的是金。

上去和他们搭话。亏得神父机灵，立刻想出个应付的办法。他从随身带的剪子套里拿出剪子，几下就剪掉了卡迪纽的胡子；然后把自己身上的一件灰褐色短上衣给他穿上，又给他披上一件黑大氅，自己脱剩一套紧身衣裤。卡迪纽完全改了样，只怕照了镜子连自己都不认得了。他们化装的时候堂吉诃德一行人已经走向前去，可是山里满处荆棘，又加道路险陡，骑了牲口走路不便，反不如步行快；他们两人化装完毕，轻轻便便走上大道，还赶在堂吉诃德那伙人的前头呢。长话短说，他们俩跑到山峡口的平原上，等堂吉诃德和一行人从山里出来，神父就对着这位骑士仔细端详，装出似曾相识的样子，然后张开两臂迎上去，叫道：

"真是巧遇啊！这位就是骑士道的模范、我的老乡堂吉诃德·台·拉·曼却呀！这位绅士的表率、落难人的靠山和救星、游侠骑士的佼佼者却是在这里呀！"

他一面说，一面抱住堂吉诃德的左膝盖。堂吉诃德对这人的言谈举动很诧怪，留神细看，才认出是神父。他很出乎意料，忙着要下马。可是神父不答应。堂吉诃德就说：

"硕士先生，您别拦我，我自己骑着马，倒让您这样德高望重的人步行，太不像话了。"

神父说："这个我可怎么也不能答应。您这样一位大人物，应该骑马；因为咱们这个时代的大事业大冒险，都是您在马上干的。我呢，不过是个区区教士。您同路的随便哪一位如果不嫌，让我骑在鞍后就行。大家知道贝加索是一匹飞马；著名的摩尔人穆扎拉盖——他着了魔法禁咒，至今还在公普鲁多大城附近的苏雷玛大山底下躺着呢——他骑一匹神骏的斑马；我骑在鞍后，就仿佛骑着飞马或斑马一样。"

堂吉诃德说:“硕士先生,就是这样我也不能同意;我知道我们这位公主小姐会瞧我面子,吩咐她侍从把坐骑让给您;如果骡子吃得消,他可以骑在鞍后。”

公主回答说:“我看吃得消,而且知道我这位侍从先生是不用吩咐的;他非常客气,非常有礼,有骡子可骑却让一位教士步行,他是决不答应的。”

理发师说:“是啊。”

他立刻下骡,请神父上鞍;神父不再推让,就骑上去。那骡子原是雇来的,这就足以说明它是一头刁骡子。事不凑巧,理发师刚骑在鞍后,骡子就掀起后臀,往空踢了两下。假如那两下踢在尼古拉斯师傅的胸口或脑袋上,他准要咒诅这番出门寻访堂吉诃德是倒足霉了。他虽然没踢着,却掀翻在地,仓促间竟把脸上那部胡子掉了。他无法挽救,只好双手护着脸,呻吟说,踢掉了大牙。堂吉诃德看见这个跌倒的侍从脸上脱下一大堆胡子,胡子不连着下巴颏儿,也没有血;他说:

“天啊!这可是了不起的奇迹呀!他脸上一部胡子全掉了,连根拔了,好像特地剃下来的。”

神父生怕自己的计策泄露,忙拣起胡子,赶到躺着直在哼痛的尼古拉斯师傅身边,把他的脑袋扶在怀里,一下子替他把胡子安上,嘴里还念念有词,说是在念一种专粘胡子的咒语,回头他们瞧了就知道。他替理发师戴好胡子就抽身走开,侍从又像原先那样胡须满面,完好无恙。堂吉诃德看了说不出的惊奇,要求神父几时有空教他这个咒语。他相信咒语一定还有别的功效。因为揪下了胡子,皮肉总有损伤,既然咒语能使皮肉完好,那分明就不止能粘上胡子了。

神父说："您猜得对。"他答应有机会马上教他。

到前面客店还有二哩瓦路；他们讲定这一路上，神父骑的骡由他和另外两人轮着骑。当时堂吉诃德、公主和神父三人乘坐牲口，卡迪纽、理发师和桑丘·潘沙三人步行。堂吉诃德对那位姑娘说：

"高贵的公主，您要到哪里，就带我们去吧。"

神父不等她答话，抢先说：

"公主，您要带我们到哪一国去呀？大概是要到米戈米公王国去吧？准是的；要不，我对这些国家就是一无所知的了。"

她很识窍，知道该回答一声"是"，所以她就说：

"是啊，先生，我正要取道到这个王国去。"

神父说："照这么说，咱们就得路过我的家乡。从那儿可以取道往咖太基。到了咖太基，机会凑巧就可以乘到船；如果顺风，海上平静，没有风暴，那么，不到九个年头可以望见美欧娜大湖——我是说，美欧底台斯大湖。那儿离您的国土大概不过一百多天的路程了。"

她说："先生，您错了。我离开那里还不到两年，虽然一路上没碰到好气候，我还是见到了我一心要见的堂吉诃德先生。我一踏上西班牙国土，立即听到他的大名，就想找他，求他保护，靠他无敌的勇力为我维持公道。"

堂吉诃德打断她说："够了，请别夸奖吧。凡是恭维的话我都不爱听；尽管这不是恭维，也污染我纯洁的耳朵。公主啊，我只有一句话，不论我有没有勇力，我有的没的全都贡献出来，直到我送掉性命为止。这个以后再谈吧。现在我要请问硕士先生，怎么会单身跑到这里来，也没个人跟着，而且身上穿得这样单薄，真叫我很吃惊呢。”

神父说：“这个我一讲就明白。我告诉您，堂吉诃德先生，我跟咱们的朋友尼古拉斯理发师一起到塞维利亚去收一笔款子。那是好多年前到美洲去的一个亲戚给我捎来的，数目不小，有六万多比索①，都是足色；这笔钱是非同小可的。我们昨天经过这里，忽然碰到四个强盗，把我们的东西抢光，连胡子都抢了，而且把胡子割得不像个样子，害得理发师只好戴上一部假胡子了②。”他又指着卡迪纽说：“这位年轻先生也给他们收拾得完全改了样。妙的是这一带的人都在传说，抢劫我们的是几个发送到海船上去划船的囚犯。据说有个非常勇敢的人，不顾押送的公差和卫兵阻挡，约莫就在这个地方把一大群囚犯全释放了。没什么说的，那人准是个疯子，不然就是和那些囚犯一样的大坏蛋，或者是没有灵魂又没有良心的家伙。因为他故意把豺狼放到羊群里去，把狐狸放到鸡群里去，把苍蝇放到蜜里去，他是有心违法乱纪，反抗国王和天派的主子，干犯国家公正的法令。我说呀，他是存心剥夺海船上划船的脚力③，并且使安静了好多年的神圣友爱团又忙乱起来。一句话，他干这件事是断送自己的灵魂，肉体也得不到好处。”

桑丘已经告诉神父和理发师，他主人释放了一群囚犯洋洋自得，所以神父提出来严加谴责，瞧堂吉诃德怎么回答。堂吉诃德听着神父的话，脸上红一阵，白一阵，却没敢承认释放那群好

---

① 比索（peso），银币名。美洲西班牙殖民地通用的货币。

② 这又是作者前后有失照顾的一例，因为堂吉诃德并不知道公主的侍从是尼古拉斯师傅，也不知道大胡子是假的。

③ 那时西班牙的海船是由囚犯们用脚划船的。

家伙的就是他自己。

神父接着说:“抢劫我们的就是那些囚犯。释放他们的人不让他们去受该当的惩罚,但愿上帝慈悲,饶恕他吧。”

第 三 十 章

美人多若泰的机灵以及其他逗乐的趣事。

神父还没讲完,桑丘插嘴道:

“我老实说吧,硕士先生,干这件事的就是我主人呀。而且我事先不是没提醒他,我说这事得小心,释放那伙人是犯法的,因为押送到那边去的都是天字第一号的坏坯子。”

堂吉诃德当时就发话道:“你这个笨蛋!游侠骑士路见吃苦头、带锁链、受压迫的人,无须查究他们是犯了罪还是走了背运,才落到这个地步,受这等苦楚;他看到他们有难,就该帮他们一把。他着眼的是他们的苦楚,不是他们的罪行。我碰到了连锁成一串的一队垂头丧气的人,我按照宗教的训诫把他们打发了,没顾到别的。硕士先生的圣德和威望,我是没什么说的。除他之外,谁认为我是干错了,哼!他对于骑士道就是个瘟外行!他就像婊子养的、出身下贱的人那样胡说八道!我要凭我这把剑着实地教训他!”

他一面说,就在马鞍上坐稳身子,把顶盔戴上。因为他当作曼布利诺头盔的那只理发师的盆儿就在鞍框上挂着,给囚犯砸坏了正待修理呢。

多若泰很乖觉,也很有风趣。她早看透堂吉诃德脑筋有病,而且除了桑丘·潘沙,人人都在取笑他。她也不甘落后,瞧堂吉诃德火气冲天,就对他说:

“骑士先生,请别忘了您答应我的话啊。照您答应的话,您就不能再为别的事拼命,随它多么紧急也不行。您别生气吧。如果硕士先生早知道那队囚犯是您这条天下无敌的胳膊放走的,他宁愿嘴上缝三针,甚至把舌头咬三下,也决不说出冒犯您的话来。”

神父说:“这话我满可以发誓保证的,我还情愿割掉一部胡子呢。”

堂吉诃德说:“公主啊,我就不多说了,我一定把冒上来的义愤压下去,平心静气,且把答应你的事完成再说。不过我既然一心一意愿为你效劳,你如果没什么不便,就请回答我几句话。你的苦难是怎么回事?你要我找谁去雪恨报仇?对方有几个人?是些什么人?”

多若泰答道:“只要你听了苦恼不幸的事不厌烦,我很愿意讲。”

堂吉诃德说:“我的公主啊,我不会厌烦的。”

多若泰说:

“那么,诸位先生,请听我讲吧。”

她这么一说,卡迪纽和理发师就忙去站在她旁边,想瞧瞧这位灵心妙舌的多若泰怎样捏造自己的故事。桑丘也挨近去,他和他的主人一样,对这位姑娘的身世还一无所知。她在鞍上坐稳,先咳嗽几声,清了嗓子从容说道:

“诸位先生，请听我讲，我名叫……”

她说到这里，顿了一下，原来她把神父给她取的名字忘掉了。神父已经知道，就点拨她说：

“公主啊，怪不得您讲起自己的不幸就讲不下去，因为不幸的事往往使遭受的人把记性坏了，甚至连自己的名字都记不起来。您就是这样，忘了自己名叫米戈米公娜公主，是大米戈米公王国的合法继承人。现在这么一提，您记性虽坏，也就可以把要讲的事顺顺当当地记起来了。”

那姑娘说：“真是这么回事。我想往后我不用再提，自己会把这段真史好好讲完。我父亲名叫智慧的悌那克利欧。他精通魔术，凭这门学问，算准我母亲哈拉米莉亚王后要比他早死，他自己不久也要过世，我就成为无父无母的孤儿。他说，他虽然为这件事担心，他算准的另一件事更使他着急。据他说有个彪形巨人名叫攒眉怒目的巨人庞达斐兰都，管辖着和我国差不多是接境的一个大岛。原来那巨人的两眼虽然长得端正，两个眼珠子却总是斗鸡似的相对着。这是因为他居心歹毒，要人家看了害怕。据我父亲推算：那巨人知道我成了孤儿，就要率领大军入侵，夺取我的整个王国，不留一个小村子让我安身；除非我肯嫁他，才免得亡国落难。可是我父亲预知我对于这样不相配的婚姻是不愿意的。他这话一点不错，我绝不想和那巨人结婚；不论多高多大的巨人，我都不嫁的。我父亲还说：他死之后，我一看到庞达斐兰都要进犯国境，就别留在国内防守，自取灭亡；如果我要让忠心的老百姓活得性命，不至全被歼灭，我得毫无抵抗，把整个国家让给他。因为那个巨人力大无比，我们没法抵御。我只好带领几个手下人，立刻到西班牙去。那里有一位名震全国的游侠骑士,我找到了他,我的苦难就有解救。我要是没记错,那位骑士名叫堂阿索德或堂希诃德。”

桑丘·潘沙插嘴说:“公主,你说的准是堂吉诃德,别号哭丧着脸的骑士。”

多若泰说:“准是的。他还说:那位骑士是高高的个儿,消瘦的脸,他左肩膀下面,靠右边,或是约莫在那地方有一颗暗红色的痣,上面还有几根鬃毛似的汗毛。”

堂吉诃德听了这话,对他的侍从说:

“桑丘,儿子,来,帮我把衣服脱下,我要瞧瞧那位先知的国王所预言的骑士是我不是。”

多若泰说:“可是您干吗要脱衣服呢?”

堂吉诃德说:“因为要瞧瞧我身上有没有你父亲说的那颗痣呀。”

桑丘说:“不用脱衣服,我知道您背脊当中有那么样的一颗痣;您这颗痣,主身强力壮。”

多若泰说:“这就行了。朋友之间不计细节,痣长在肩膀上或背脊上没多大分别,只要有那颗痣,长在哪里都一样,反正都在同一个人的皮肉上。我贤明的父亲说的话分明句句都准,我来投靠堂吉诃德先生也正是碰对了。他就是我父亲说的那一位,因为我父亲形容的面貌,跟我听到的那位骑士的面貌完全一致。那位骑士的名气大得很,不仅在西班牙,就在拉·曼却也人人知道,我在奥苏那一下船①,就听到人家传说他干的许多丰功

① 这里写多若泰不熟悉地理,把西班牙说成拉·曼却的一部分,把奥苏那说成海口。

伟绩,我马上知道这就是我要找的人了。”

堂吉诃德问道:“可是您怎会在奥苏那下船呢?那又不是海口。”

神父不等多若泰回答,忙插嘴道:

“公主大概是说:她在玛拉加下船以后,第一次听到您的事是在奥苏那。”

多若泰说:“我就是这个意思。”

神父说:“想必是这个道理。公主,您讲下去吧。”

多若泰说:“以下没什么讲的了,无非我运气很好,居然找到了堂吉诃德先生。我就算是坐稳我国女王的宝座了,因为他慈心侠骨,已经答应我的请求,随我带着他走。我只要带他到攒眉怒目的巨人庞达斐兰都那里去,让他杀死巨人,把巨人无理霸占的仍旧归还我。这些事准会如我心愿的,因为智慧的悌那克利欧——我贤明的父亲早就这么说过。我父亲还用我看不懂的文字——大约是咖勒底文或希腊文指示我说:他预言的那位骑士杀了巨人,如有意和我结婚,我得一诺无辞,把自己的王国连同自己本人一并交托给他。”

堂吉诃德听到这里,说道:“怎么样啊?桑丘朋友,你没听见公主的话吗?我不是跟你说过的吗?你瞧,咱们不是可以做王国的君主、女王的丈夫吗?”

桑丘说:“这是我可以打赌保证的!谁砍掉了庞达斐兰都的脑袋而不愿意和女王结婚,他就是婊子养的!难道女王蠢得很吗!但愿我床上的跳蚤都能变成她那模样!”

他说着就踊身跳跃两次,简直快活得按捺不住的样子。他随就跑去把多若泰的骡子扯着缰绳带住,对多若泰双膝跪倒,求她伸手让他亲吻，表示她是自己的女王和主人。在场看了堂吉诃德的疯和他佣人的傻，谁能不发笑呢？多若泰真把手伸给他，还答应等她靠天照应收复了国土，做了国王，就封他做大官。桑丘千恩万谢的一番话又惹得大家都笑起来。

多若泰接着说："诸位先生，这就是我的故事。我只有一件事还没说：跟我从国内出来的许多人，除了这位大胡子的侍从，一个都不剩了。我们在望得见港口的地方遭到了大风暴，一行人全都淹死，只有他和我浮在两块木板上到了岸边。这简直像奇迹。你们也许注意到，我一生的事都很神奇。如果有些事情我讲得太啰唆，或者不大对头，那都怪我遭受的灾难连一接二，又非同小可，把我的记性毁了；硕士先生在我开头讲的时候就这么说的。"

堂吉诃德说："尊贵的公主啊，我为你效劳，不论得经历多少大灾大难，也决不忘记我答应你的话。我现在重申一遍，并且还发誓保证：一定跟你走遍天涯海角，直到找着了你那个凶恶的敌人才罢。我打算砍掉他那颗高昂的脑袋；这要靠上帝保佑，也靠我自己的力气——我不能说靠我的宝剑，多谢希内斯·台·巴萨蒙泰，他把我的宝剑拿走了。①"

末了一句话是喃喃自语。他接着说：

"我砍下了那个脑袋，让你安然做了一国的女王，你愿意怎样处置自己，全由你自便，因为我爱恋着一位小姐，心不自主，也无理可喻。我不多说，反正照我这情况，我决没有结婚的意思，连想都不想，即使和凤凰鸟结婚都不想。"

---

① 但上文并未说起这件事，这又是作者疏忽之处。

桑丘听他主人说到不愿意结婚,觉得太不像话了,他很生气,提高了嗓子说:

“我赌咒!我发誓!堂吉诃德先生,您真是脑筋糊涂了!跟这样高贵的公主结婚还有什么推三阻四的?您以为目前这份好运气是随地可拣的吗?难道咱们的杜尔西内娅小姐比她还漂亮吗?当然不如!连一半儿都比不上!我竟可以说,她给咱们跟前的这一位拾鞋还不配呢!您要往海底捞针去,我一心想封伯爵的希望就完蛋了。您结婚吧!赶快结婚!但愿魔鬼也作成您这件事。现成落在您手里的王国,您就拿下吧。您做了国王,可以封我做伯爵或总督;以后怎么样,管他妈!”

堂吉诃德听他这样亵渎杜尔西内娅小姐,忍无可忍,他更不搭话,也没哼一声,举枪就把桑丘狠狠打了两下,打得桑丘倒在地下,要不是多若泰喊住他,准把桑丘当场打死。

他停了一下,对桑丘说:“蠢货!你以为我老会让你戏弄吗?你只管犯过错我总会饶你吗?你别打错了主意,你这个无法无天的混蛋!你分明就是这么个混蛋,因为你竟敢毁谤天下无双的杜尔西内娅!你知道吗,你这个流氓、地痞、乡下佬,要不是她把力气布运到我这条胳膊里来,我连杀死一个跳蚤的劲儿都没有!你说吧,你这个贫嘴恶舌的家伙,你知道是谁赢得了这个王国?谁砍下了巨人的脑袋?谁封你做了伯爵?(这些必然的事尽可以当作真实的事。)这不是都靠杜尔西内娅的力量,使用我这条胳膊干的吗?她凭我来厮杀取胜,我靠她生存活命;她是我的命根子,有了她才有我这个人。哎,你这婊子养的混蛋,你多没良心啊!把你从泥土里提拔出来,封了你爵位,你却用混话来报答人家的恩情!”

桑丘没受大伤，堂吉诃德的话他句句听得分明。他灵活地爬起来，躲到多若泰坐骑后面，从那儿向他主人发话道：

“先生，您说吧，您要是打定主意不和这位高贵的公主结婚，那个王国分明就不是您的了；既然不是您的，您能赏我什么好处呢？我抱怨的就是这个呀。现在这位女王就仿佛是天上掉下来的，您不管怎么样且跟她结婚，以后还可以回去找咱们的杜尔西内娅小姐；有几个妃子的国王，这世界上多的是啊。至于美貌，我并不在乎。要说老实话呢，我觉得两人都好，尽管那位杜尔西内娅小姐我还从没见过。”

堂吉诃德说：“怎么没见过？你这个胡说乱道的反复小人！你不是刚从她那儿捎了口信来吗？”

桑丘说：“我是说没仔细看她，不能分辨她哪儿长得美、哪儿长得好，我只是笼统看了一眼，觉得不错。”

堂吉诃德说：“现在我原谅你了，请你也原谅我打痛了你。那是一时性起，自己按捺不住。”

桑丘说：“这个我也懂得。我呢，一时性起，就想说话；话到了舌头上非说不可，一次也按捺不住。”

堂吉诃德道：“可是，桑丘，你说什么话得仔细想想。因为‘水罐儿一次次到井边去……’①，底下我不说了。”

桑丘说：“好哇！上帝在天上呢，坏事他都瞧见。我是话说坏了，您是事情干坏了，咱俩谁更坏，上帝会来裁判。”

多若泰说：“行了行了。桑丘，过去吻你主人的手，请他饶恕吧。从今以后，你称赞人或骂人都得小心着点儿，别再说那位

---

① 西班牙谚语：“水罐儿一次次到井边去，结果就砸碎了。”

托波索小姐的坏话。我不认识她,只知道自己是听她命令的。你且放心依靠上帝,将来少不了会封爵封地,让你像王爷似的过日子。"

桑丘垂头丧气地跑到主人身边,求他伸出手来。堂吉诃德很严肃地把手伸给桑丘亲吻,还为他祝福,然后叫他跟着自己前走几步,因为有很要紧的事问他并和他细谈。桑丘听命,两人离开大伙往前跑了一段路,堂吉诃德对桑丘说:

"自从你回来了,我还没机会也没工夫问问你这次来往捎信的详细情况。现在正好有功夫也有机会,你快把大好消息告诉我吧,好让我喜欢。"

桑丘说:"您有什么要问的,您问吧。我能把脑袋探进去,就照样能缩出来。可是我的先生,以后请您别那么存心报复。"

堂吉诃德说:"桑丘,你为什么说这话呢?"

桑丘答道:"我说这话呀,因为您刚才打我那两下子,其实还是为了那天晚上魔鬼在咱俩中间挑起的那场争吵①,我说话冒犯咱们的杜尔西内娅小姐还在其次。我对她就像对圣人的遗物那样敬爱呢——当然,那只因为她是属于您的,不是说她像遗物那样陈年古董。"

堂吉诃德说:"桑丘,你千万别再提那话儿,我听着生气。那件事我早已原谅你了。你该知道老话说的:'重新犯罪,重新忏悔'。"

正说着②,只见迎面有人骑着一头驴跑来,近前一看,好像

---

① 指上文第二十章桑丘为研布机的事嘲笑了堂吉诃德。

② 从这一段起,到下文桑丘向主人道谢为止,四段都是作者在第二版添上的。

是个吉卜赛人。桑丘只要看见驴子就全神贯注;他一见那人,就认得是希内斯·台·巴萨蒙泰。他从这个人的线索,认出了自己的驴。果然,巴萨蒙泰骑来的正是他的灰驴;那家伙防人家认得,又因为要卖掉驴子,所以化装成吉卜赛人;他会说吉卜赛语和其他好多种语言,都像说家乡话一样流利。桑丘看见了他,认明他是谁,立刻大喊道:

"啊!小希内斯,你这个贼!这头驴是我的宝贝、我的命根子!它是省我脚力、供我享福的!快还给我!你这个婊子养的!你这个贼!滚开吧,别霸占我的东西!"

其实他不必说那么多话,也不必那么臭骂;希内斯一听他开口,立即下驴飞跑,转眼就无影无踪了。桑丘跑到他的灰驴旁边,一把抱住说:

"我的宝贝、我的伙伴儿、我心眼儿里的灰毛儿啊,你好吗?"

他一面说,一面把驴当人似的亲吻抚摩。驴子静静地由他亲热,一声不响。大家跑上来,都恭喜桑丘找到了灰驴。堂吉诃德尤其高兴,他对桑丘说,给他三匹驴驹的票据并不因此作废。桑丘对主人感恩道谢。

他们主仆俩说话的时候,神父对多若泰说:她那故事编得又巧妙,又简短扼要,而且和骑士小说里的一模一样,可见她聪明得很。她说以前有空常把这种书当作消遣,不过她不知道各省的位置,也不知哪里是海口,就捉摸着说是在奥苏那下船的。

神父说:"我知道是这缘故,所以赶忙点拨一句,替你圆场。这套胡编乱扯,只要和骑士小说上讲的一个腔调,这位倒霉的绅士马上都信以为真,你说怪不怪?"

卡迪纽说:“真是疯得古怪,从来没有的。他这种疯病,要假装也假装不出,得有他那样的奇情异想才行呢。”

神父说:“还有可怪的:这位绅士除非触动了他的病根,说的话才荒谬,如果谈别的事,他头头是道,可见他的头脑各方面都清楚、稳健,所以只要不提起骑士道,谁都认为他识见很高明。”

他们这边议论,堂吉诃德和桑丘也在那边谈话。堂吉诃德说:

“潘沙朋友,咱俩争吵的事,从此撒开手别再计较了。你现在别生气,也别记恨,且告诉我:你是在什么地方找到杜尔西内娅的?怎么找到的?那是什么时候?她正在干什么?你跟她说了些什么话?她怎么回答的?她看了我的信,脸上怎么样?那封信是谁给你誊写的?反正你认为值得讲究的,都告诉我,不要加油加酱或说些谎话来哄我高兴,更不要防我不高兴而瞒着什么不说。”

桑丘答道:“先生,若要说老实话呀,那封信谁也没替我誊写,我压根儿没带什么信。”

堂吉诃德说:“你这话确是不错。你走了两天以后,我发现我写那封信的记事本子还在身边,我因此很着急,不知道你找不到信怎么办,我直以为你半路上发现信没带走,又会跑回来。”

桑丘答道:“要不是您念给我听的时候我都记在心上,我就得跑回来了。可巧我都记得,就说给一个教堂里的管事员听,他就照着一句句写下来。据他说,他看过许多驱逐出教的训令,像您那样漂亮的信,他却一辈子也没见过,也没读过。”

堂吉诃德说:“桑丘,信上的话你还记得吗?”

桑丘说："先生啊，现在记不得了。我口授了那封信，觉得再记着没什么用，就把它忘掉了。要是还有点儿没忘记的呢，那就是'尊贵无皮——'我是说，'尊贵无比的小姐'，还有末尾'至死对你忠心的、哭丧着脸的骑士'；在这个头尾中间，我夹上了三百多个'灵魂'呀，'性命'呀和'我的眼珠子'。"

第三十一章

堂吉诃德和侍从桑丘·潘沙的
趣谈以及其他事情。

堂吉诃德说："你这些话，我听来都还满意。说下去吧。你去的时候，那位绝世美人在干什么呢？准在为我这个被她俘虏的骑士穿珠子，或者用金线绣花吧？"

桑丘说："不是的；她正在她家后院里簸两个阿内咖①的麦子。"

堂吉诃德说："那你可以拿稳，麦粒儿经过她的手，准变成一颗颗珍珠。朋友，你瞧了那麦子吗？是白的还是黑的？"

桑丘说："是黄的。"

堂吉诃德说："我可以向你保证，麦子经她簸过，做出来准是雪白的面包，决没有错。你再讲下去吧。你把信交给她，她拿

① 阿内咖(hanega)亦称法内咖，容量名，容一百十几斤麦子，合55.5公升。

来亲吻没有？把信顶在头上了吗[①]？她行了什么相应的礼节来迎接我那封信呢？她是怎么办的？”

桑丘说：“我把信交给她的时候，她刚盛了一大筛麦子，一纳头地使劲儿簸呢。她对我说：‘朋友，把信放在那个口袋上吧，我得把这些麦子全簸完了才能看信。’”

堂吉诃德说：“多谨慎的小姐呀！她这来准是因为要把那封信仔细阅读，反复寻味。桑丘，说下去呀。她一面干活儿，跟你说了些什么话呢？她问到我了吗？你怎么回答的？你一直讲下去，把所有的话都告诉我，别有一星半点的遗漏。”

桑丘说：“她什么也没问。可是我告诉她，您怎么为了她直在苦修赎罪，光着上半身，住在这座山里，像个野人似的，睡就睡地下，吃面包也不摊桌布，胡子也不梳理，只顾哭，还只顾咒诅自己的命运。”

堂吉诃德说：“你说我咒诅自己的命运可不对了。我倒是庆幸自己的命运呢，而且一辈子庆幸，因为能攀上这位高不可攀的杜尔西内娅·台尔·托波索小姐，和她恋爱。”

桑丘说：“她真是高得很，说实话，她比我还高一拃呢。”

堂吉诃德说：“怎么的，桑丘？你跟她比过身量吗？”

桑丘答道：“凑巧比了一下。我去帮她把一口袋麦子扛上驴背，我们俩挨得很近，我发现她比我高出好一拃还不止。”

堂吉诃德说：“她既有那么高的身材，也就有数不清的才德来配合衬托！桑丘，有一件事我是拿定的：你挨近她，准有一股

---

① 西班牙人把教皇谕旨或国王的特准状顶在头上，表示尊敬；这原来是阿拉伯人的风俗。

阿拉伯的味儿①,一种芬芳或不知名的馨香,像高贵的手套铺里若有若无的兰麝之气,你总闻到吧?"

桑丘道:"我只好说闻到一点男人味儿。准是她使了大劲出了汗,有点汗酸气。"

堂吉诃德说:"不会。我很知道那朵带刺的玫瑰、那朵野百合花、那融化的龙涎香是什么味道。你准是伤风了,不然就是闻到了自己身上的气味。"

桑丘说:"都可能;因为我自己身上常有那股子味儿,当时就以为是杜尔西内娅公主玉体发散出来的了。这没什么稀奇,魔鬼彼此都是一样的。"

堂吉诃德说:"好吧,她当时已经筛完麦子,送往磨房去了。她看信的时候有什么表情呢?"

桑丘说:"她说不识字,也不会写,所以没看信,只把那信撕得粉碎,说是不愿意让别人看见了把她的秘密泄露给村里人。她说,反正我已经告诉了她您怎么爱她,怎么为她一直在山里奇奇怪怪地苦行修道,那就够了。一句话,她叫我传个口信,说她吻您的手,她懒得写信了,只想见见您,所以要求您并且命令您,见到了我,就离开这片灌木林,别再疯疯癫癫的,除非您有更紧急的事,不然就快上路往托波索去吧,因为她急着要和您见面呢。我告诉她您绰号'哭丧着脸的骑士',她听了大笑。我问她,好久以前有个比斯盖人到她那里去了没有。她说去了,还说那人顶老实。我又问起那群囚犯,她却说至今一个也没看见。"

堂吉诃德说:"你讲的这些事都还不错。可是我问你,你给

① 阿拉伯以出产香料闻名。

她捎了我的信去，临走她酬报了你什么首饰呢？照游侠骑士和他们意中人之间的惯例，侍从呀、侍女呀或侏儒呀为他们彼此传递了消息，他们总酬报些贵重首饰的。”

“这很可能，我认为这个惯例很好。不过这一定是古时候的事吧，现在只行得给一块面包和干酪了。我临走，咱们杜尔西内娅小姐隔着后院矮墙就递给我这么一块面包和干酪；说得地道些，那是一块羊奶干酪。”

堂吉诃德说：“她是最慷慨不过的；她没给你金镶的宝石首饰，一定是当时手边没有。可是‘过了复活节给的节赏，照样是好的’①。我快要和她见面了，该怎么着，都会照办。桑丘，你可知道我奇怪的是什么？我觉得你好像是乘着风来往的，因为从这里到托波索有三十多哩瓦的路，你一去一回只耽搁了三天多点儿。所以我相信准有精通魔术的法师在关心我的事，而且是我的朋友。这是理所当然的，不然我就不是个出色的游侠骑士了。我说呀，这位魔法师想必在你走路的时候帮了你一把力，却没有让你觉知。从前有个魔法师趁游侠骑士睡眠的时候，把他摄走了；这个骑士不知是怎么回事，第二天醒来，离临睡所在的地方已有一千多哩瓦的路。游侠骑士们常互相帮助，要不靠这种魔法，遭了危险怎么能彼此帮忙呢。有时候游侠骑士在亚美尼亚的山里跟毒龙或凶猛的妖怪或别的骑士搏斗，吃了败仗，命在顷刻；忽然，一转眼的工夫，他的一位身在英吉利的朋友乘着一朵云或一辆火焰车到了他面前，他承这位朋友救了性命，当晚就在自己家里舒舒服服地吃晚饭了。从这里到那里往往隔着二

① 西班牙谚语。

三千哩瓦的路呢。这都靠经常照应这些英勇骑士的魔术家们有本领、有学问。所以,桑丘朋友,你这么短短几天就从这里到托波索走了一个来回,我并没什么信不过的。因为我刚才说了,准有和我好的魔法师摄了你在空中飞行,你却没有感觉到。”

桑丘说:“也许是吧。说老实话,驽骍难得跑得像吉卜赛人的驴,耳朵里灌了水银似的①。”

堂吉诃德说:“仿佛灌了水银吗?大批的魔鬼簇拥着它呢!魔鬼自己能跑,如果高兴,还能带着人畜跑,叫他们跑了路不累。这话且撇开不说吧。我那位小姐命令我去见她,这事你瞧我这会儿该怎么办呢?我觉得应该听从她的命令,可是又觉得办不到,因为我已经答应了咱们一起的那位公主的请求。照游侠骑士的规矩,说了话要当话,顾不得自己的喜好。我一方面牵肠挂肚要去看看我那位小姐,另一方面又为自己的信义和完成这番事业的光荣振奋得不能罢手。不过我打算加紧赶路,快到巨人那里去。等我砍掉了巨人的脑袋,扶助公主安安稳稳做了女王,我就立刻回去瞧那位放光照耀着我的女郎。她听了我委婉的解释,就会赞成我,知道我迟迟不去是要为她扬名。反正我这一辈子,无论过去、现在、未来,凡是凭武力得到的成就,全靠她的保佑,全靠有了她这么个主子。”

桑丘说:“啊呀,您的头脑真是糊涂了!您说吧,先生,您这一趟路打算白跑吗?这样富贵的亲事,陪嫁是一个王国呢,您就随便放弃吗?老实告诉您,我听说这个王国方圆有两万多哩瓦,凡是养生活命的东西都富足极了,全国的地域比葡萄牙和咖斯

① 据说吉卜赛人贩卖骡子的时候,用这办法使骡子跑得快。

底利亚并在一起还大呢。看上帝分上,别多说了;您刚才那些话,说了该自己惭愧的。您听我的劝告,别见怪,前头哪个村里有神父,您马上就结婚吧。要是没有神父,咱们的硕士就在这儿,给您主持婚礼再好没有。我告诉您,我这把年纪了,可以给您出出主意,我这些话也说得正在筋节上。'天空的老鹰,不如手里的麻雀';'有好的偏挑坏的,好的不要就不来了'①。"

堂吉诃德说:"你听我说,桑丘,假如你劝我结婚,不过是要我杀了巨人马上做国王,有力量照应你,把许你的东西给你,那么我告诉你,我不用结婚,也很容易叫你遂心。我只需事先讲明条件:打了胜仗,尽管不结婚,也得把国土分割一部分给我,让我随意赏人。我分到了国土,你说吧,不给你给谁?"

桑丘答道:"这是明摆着的。不过您得留心挑选沿海的地方。我要是过得不乐意,可以把我管辖的黑人装上船,照我以前说的办法打发他们。您别心心念念想马上去见咱们的杜尔西内娅小姐;您只顾去杀掉那个巨人,了结这桩事情。没错儿,我拿定这件事大有名利可图呢。"

堂吉诃德道:"我说呀,桑丘,你这话讲得很对,我应该听你的劝告,先不去看杜尔西内娅,且跟着公主走。我还告诫你,咱们刚才的话,你跟谁都一字不提,也别告诉咱们一起的人。因为杜尔西内娅既然那么谨慎,不愿意人家知道她的心思,我就不该替她泄露,也不该让别人泄露。"

桑丘道:"照这样说,您怎么又叫您打败的人都跑去见咱们

---

① 西班牙谚语:"有好的偏挑坏的,得了坏的就别抱怨。"桑丘把下半句说错了。

的杜尔西内娅小姐呢？这不就是签字声明您很爱她、是她的情人吗？那些人既然得跑去跪在她面前，说是奉您的命去致敬的，您两位的心思怎么隐瞒得了呢？”

堂吉诃德说：“哎，你真傻！真是死心眼儿！桑丘，你不懂吗，这都是大大抬高她身份的呀！你该知道，照我们的骑士道，一位小姐手下有许多游侠骑士是很光荣的。他们只是为她自身，一心一意给她效劳，一片忠诚，不求报答，只指望她肯收录为她名下的骑士。”

桑丘说：“我听过神父讲道，说我们爱上帝就该这样：只为他自身而爱他，不是为了追求荣誉或害怕责罚。不过我倒愿意为了他的权力而爱他并为他效劳呢。”

堂吉诃德说：“别瞧你是个乡下佬，有时候说些话顶有意思！你倒像个有学问的人。”

桑丘答道：“说老实话，我是不识字的。”

这时候理发师尼古拉斯喊他们停停，那里有一脉流泉，他们要歇下喝点水。堂吉诃德就带住了马，这来桑丘非常乐意。他撒了半天谎很劳神，生怕他主人从他话里捉出错来。因为他虽然知道杜尔西内娅是托波索的一个农家姑娘，他却是从没见过①。

卡迪纽已经换上多若泰初出现时穿的那套衣服；衣服虽然不怎么好，比他换下的强多了。他们大伙在泉水旁边下了牲口，大家都很饿，就拿出神父在客店里买的东西来充饥。

这时路上走过一个男孩子。他对水边的那群人注视一下，就赶到堂吉诃德面前，抱住他的腿，放声大哭道：

---

① 可是上文第二十五章里桑丘说见过这位姑娘，还把她形容了一番。

“啊呀，我的先生！您不认得我了吗？那么请您仔细认认：我就是绑在橡树上的那小子安德瑞斯，多亏您解救的呀！”

堂吉诃德认识那孩子，他搀住孩子的手，转身对旁边一伙人说：

“诸位请听，这个世界上强横霸道的人干下的暴行，全靠游侠骑士去铲除，可见他们多么重要。我可以给你们举个例子。前几天我走过一个树林，听到悲惨的叫喊，好像是什么人负痛求救的声音。我觉得这和自己的职责有关，忙寻声赶去，只见一棵橡树上绑着个孩子——就是你们面前的这小子。他到了这儿来我很高兴，因为可以证明我的话没一点虚假。当时他光着上半截身子绑在一棵橡树上，一个乡下佬用马缰绳①抽得他皮开肉绽。据我后来知道，那是他的主人。我一看见就问那人为什么毒打。那家伙说孩子是他的佣人，不光是没脑子，而且还不老实，干了些坏事。这孩子说：‘先生，他无非因为我问他要工钱，就把我鞭打。’他那主人讲了一套不知什么道理给自己遮脸。我听了并不相信。干脆说吧，我叫那乡下佬把孩子解下来，叫他发誓带着孩子回家，把工钱照实算还，还另加些赏钱。安德瑞斯小子，我讲的不都是真话吗？我威风凛凛地命令他，他诺诺连声地照办，你不是看见的吗？你不用顾虑，且把那些事情向他们几位讲讲，让他们知道我说的一点不错，游侠骑士云游世界确是有益的事。”

那孩子答道：“您讲的都很真实，可是结局却满不是您想的那样。”

---

① 上文第四章说是用皮腰带。

堂吉诃德说:"怎么满不是?那乡下佬没付你工钱吗?"

孩子答道:"不但没付工钱;您一走,树林里只剩了我和他两个,他就重新把我绑在那棵橡树上,又从头把我鞭打一顿,打得我成了揭掉皮的圣巴多罗美。他每打一下,就对我说一句俏皮话把您挖苦取笑。我要不是痛得厉害,听了也要笑的。那坏家伙真是害我吃足苦头,我从那次打伤以后,直在医院治疗。这全是您的罪过。假如您走您的路,没请您去的地方别去,也别多管闲事,那么我主人把我抽了十几下或二十几下也就完了;他会解我下来,把该我的工钱付给我。可是您把他侮辱得过了头,乱骂一通,惹起他的火来;他不能对您发作,等您一走,就把一肚子气都出在我身上,害得我这一辈子都抬不起头来了。"

堂吉诃德说:"坏就坏在我当时跑了,没等他付了你工钱再走。其实我早就有经验,该知道乡下佬除非有利可图,说了话从来不当话。安德瑞斯,你总记得我当时发的誓:他要是不付你工钱,我一定去找他;他即使躲在鲸鱼肚里,我也一定找他出来。"

安德瑞斯说:"是有这个话,不过没什么用。"

堂吉诃德说:"有用没用,你这会儿瞧吧?"

他一面说,一面忙着起身,叫桑丘为驽骍难得备上鞍辔;这匹马在他们吃东西的时候正在一边啃青。

多若泰问他这是要干什么。他说,那乡下佬太混账了,不管世界上有多少乡下佬,他也要把那一个找出来惩罚他,逼他把拖欠安德瑞斯的工钱如数付清。多若泰说:"请他别忘记自己的诺言,她的事没完,他不能承担别的事;这点道理,他比谁都明白,所以请他且平心静气,等从她的国土回来再作计较。

堂吉诃德说:“这话不错,安德瑞斯少不得像您公主说的那样,暂且忍耐一下,等我回来再说。我再一次对他发誓,再一次答应他:一定替他报仇,叫他工钱到手,否则决不罢休。”

安德瑞斯说:“这种发誓我是不相信的;什么报仇我都不在乎,这会儿只希望有点盘缠,让我到塞维利亚去。您这儿要是有什么给我吃的、或给我带走的,给我点吧,我就向您和所有的游侠骑士们告别了。但愿他们游来游去,对自己也大有好处,就像对我的一样好!”

桑丘从他的干粮里拿出一块面包、一块干酪,递给那小子说:

“拿去吧,安德瑞斯小哥儿,我们大家都沾上了你的晦气。”

安德瑞斯问道:“你沾了什么晦气呀?”

桑丘答道:“我给你的这份干酪和面包,天晓得我自己是不是要吃呢。朋友啊,我告诉你,游侠骑士的侍从经常得挨饿吃苦,还得遭受些别的事,那滋味说不出来,只好自己感受。”

安德瑞斯拿了面包和干酪,瞧他们谁也没别的东西给他,就低着头动身上路。他临走对堂吉诃德说:

“游侠骑士先生啊,您要是再碰到我,尽管瞧我给人切成一块块,请您看上帝分上,别来救我帮我,还是随我倒霉去。凭我多么倒霉,总不如受您帮忙倒霉得厉害。但愿上帝咒诅您!咒诅世界上所有的游侠骑士!”

堂吉诃德要起来打他,可是他拔腿飞跑,谁也别想追得上。堂吉诃德听了安德瑞斯的一番话羞愤不堪,大家只好极力忍住笑,免得他无地自容。

第三十二章

堂吉诃德一行人在客店里的遭遇。

他们吃罢那顿好饭，就给牲口套上鞍辔，一路上没什么值得记载的事，第二天，他们到了桑丘怕去的那家客店。他虽然不愿意进去，却又没法不进去。客店的主妇、主人和他们的女儿以及玛丽托内斯看见堂吉诃德和桑丘来了，都欣然出来迎接。堂吉诃德严肃而随和地和他们相见，吩咐他们给他铺一张好好的床，别再像上次的那样。店主妇说：只要他付账比上次漂亮，准给他一张王爷也睡得的床。堂吉诃德一口答应，他们就在他上次睡觉的顶楼上给他铺了一张还像样的床。堂吉诃德已经精疲力尽，昏头昏脑，倒头就睡了。

他们刚关上店门，店主妇就赶着理发师一把揪住他胡子说：

“我凭圣十字起誓，你不能老拿我的尾巴当胡子用，你得还我尾巴！像话吗，我丈夫的那件东西只好放在地上了——我是说他的梳子，我向来把它插在我这条好尾巴上的。”

她尽管揪，理发师却不肯放手。后来神父对他说：给她吧，这套玩意儿现在不用了，不妨除掉假面，露出真相，只消对堂吉诃德说，那天遭到一群囚犯的抢劫，逃进了客店来；如果他问起公主的侍从，就说公主已经打发侍从先回去通知她的百姓，说她就要带着他们大家的救星一同回国。理发师听了这话才肯把尾巴还给店主妇,并且把借来解救堂吉诃德的那些东西都还了。店里的人见了多若泰的美貌都大惊小怪,就连农夫打扮的卡迪纽那么俊秀也使他们惊奇。神父吩咐店家瞧店里有什么可吃的就做给他们吃。店主指望好报酬,忙给他们开上一桌像样的饭。这时候,堂吉诃德直在睡觉。大家觉得他睡觉更比吃东西要紧,就不去叫醒他。饭后,店主夫妇和女儿以及玛丽托内斯和其他旅客都在场,神父和理发师对他们谈起堂吉诃德的古怪疯病,又讲到怎样把他找回来的。店主妇就把堂吉诃德和骡夫的故事讲给大家听。她注意桑丘是否在场,一看没有,就把他给人兜在毯子里抛弄的事都讲出来,大家听了非常好笑。神父说,堂吉诃德读的那些骑士小说害他迷了心窍。店主道:

"我不懂怎么会有这种事。老实说,我觉得世界上没有比这种书更有趣的了。我这里就有两三部,另外还有些抄本。我和许多别人都靠这几部书有了生趣。收获的季节,逢到节日,收割的人都聚在我这里;我们中间总有个把识字的,就拿一本来读,我们三十多人都围着他,听得津津有味,简直都返老还童了。至少,单说我自己吧,我听到书上那些骑士狠狠地劈呀,斫呀,我就恨不得照样也来那么几下。我但愿日日夜夜有人把这种书读给我听呢。"

店主妇说:"我也巴不得你日日夜夜地听去,因为只有你听小说的时候家里才安静;你听出了神,连骂人都忘了。"

玛丽托内斯说:"真是这样。说老实话,我也顶爱听。这种故事美极了,尤其是讲到一个姑娘在橘子树下给她的骑士搂在怀里,她的傅姆又眼红、又提心吊胆地给他们望风。我说呀,这味道就像蜜糖一样的甜蜜蜜呢。"

神父对店主的女儿说："你呢，小姑娘，你觉得怎么样？"

她回答说："先生，我实在是不知道。我也听；老实说，我虽然不懂，听着也顶有趣。不过我不像我爸爸那样喜欢一刀一枪的打架，我喜欢听骑士离开了意中人伤心叹气。真的，有几回我都哭了，觉得他们怪可怜的。"

多若泰说："那么，小姑娘，假如他们为你哭哭啼啼，你会好好儿安慰他们吧？"

小姑娘说："我不知道该怎么办，只知道有些女人太狠心，弄得她们的骑士管她们叫老虎呀，狮子呀，还有不知多少难听的名字。哎呀，我真不懂她们是什么样的人，这样没心肝，好好儿一位有身份的人，她们瞧一眼都不肯，叫人家不是死了，就是疯了。我不懂干吗这样装蒜；如果说是为了礼法，那么结婚就是了，人家就是要结婚呀。"

店主妇说："住嘴吧，你这丫头！你对这些事情倒好像内行得很。姑娘家不该这么懂事，也不该这么多嘴。"

她说："这位先生问了我，我不能不回答呀。"

神父说："得了得了。店主先生，请把你那几部书拿来，我想看看。"

他说："好啊。"

他到自己屋里去拿出一个有锁链锁着的旧提包。他打开提包，拿出三大本书，还有些书法很好的手稿。神父翻开第一本，一看是《堂西荣希留·台·特拉西亚》[①]；另一本是《费丽克斯

① 骑士小说，贝尔那德·台·瓦加斯(Bernardo de Vargas)著，1545年出版。

玛德·台·伊尔加尼亚》①;又一本是《大元帅贡萨洛·艾南台斯·台·果都巴传,附狄艾果·加西亚·台·巴瑞台斯传》②。神父看了头两本的书名,回脸对理发师说:

"这会儿要有我朋友的管家妈和外甥女在这里就好了。"

理发师说:"不用她们,我也会把书送上后院或送进火炉去,这炉子烧得正旺呢。"

店主说:"您原来要烧掉我的书吗?"

神父说:"只烧《堂西荣希留》和《费丽克斯玛德》这两本。"

店主说:"难道我的书是邪门歪道,或是正教分排,所以您要烧掉吗?"

理发师说:"朋友,你说的是正教分派吧?不是'正教分排'。"

店主说:"对啊。不过您要烧书的话,那就烧掉大元帅和狄艾果·加西亚;我宁愿让您烧掉我一个儿子,这两本书可一本也不让烧。"

神父说:"老哥啊,这两部书是凭空捏造的,里头全是胡说八道。这部大元帅的传却是真史,讲的是贡萨洛·艾南台斯·台·果都巴的生平事迹。他凭自己的丰功伟业,赢得大元帅的称号;这显赫的称号只有他当之无愧。这位狄艾果·加西亚·台·巴瑞台斯是高贵的骑士,生长在埃克斯特瑞玛杜拉的特鲁希留城。他是非常勇敢的战士,而且力大无比,磨坊的车轮转得最猛的时候,他一个指头就抵住了;他双手捧着一把宽刃的剑守

---

① 即《弗萝利斯玛德·台·伊尔加尼亚》,见本书第六章。

② 这是一部传记,作者佚名,1559 年出版。贡萨洛(Gonzalo Hernandez de Córdoba)是有名的西班牙大将,绰号"大元帅";狄艾果(Diego García de Paredes)是他的战友。

住桥墩，一支大军无千无万的人就过不了桥。这类的事他干了不少。他是一位绅士，又是写自传，当然很谦虚；如果让没有拘束的旁人照直写，他的事迹可以把赫克托、阿喀琉斯、奥兰陀等人的事迹都压倒呢。”①

客店主人说：“去你的吧！抵住一个磨坊的车轮有什么稀罕呀！您这会儿真该读读书上讲的费丽克斯玛德·台·伊尔加尼亚的事。他反手一剑，把五个巨人都齐腰斩断；他们就像小孩子用豆荚做成的小修士一样②。有一次，他和一支非常强大的军队厮杀，队里有一百六十万人，个个浑身披挂，可是他们就像一群绵羊似的给他打得落花流水。至于我们这位堂西荣希留·台·特拉西亚，您简直没法儿说了。照书上的故事，他的胆量和气魄真了不起呀。有一次他乘船在河里走，忽见水里蹿出一条火蛇来。他立即扑上去，骑跨在它鳞甲斑斓的背脊上，两手下死劲扼住它的咽喉。那条蛇觉得要扼死了，没别的办法，只好直往水底下沉。这位骑士不肯松手，跟着沉下水去。他到了水底下，原来那里有宫殿，有花园，富丽堂皇，美得不得了。那条蛇立刻变成个老人，告诉他好些千奇百怪的事。先生啊，您甭多说了。您要是听到那些故事，准乐得发疯。您说的什么大元帅，什么狄艾果·加西亚，真是不值一文钱。”

多若泰听了这番话，悄悄对卡迪纽说：

“咱们这位店主只差一点点，就可以做堂吉诃德第二了。”

卡迪纽说：“我也这么想。瞧他这光景，准是把书上的话句

---

① 那部书上并没有这些记载。

② 把蚕豆荚的一头去掉一块，露出大半颗豆子，状如戴帽的修士。

句当真的，赤脚修士也没法打消他这个信念①。”

神父重又申说：“你想想吧，老哥，世界上压根儿没有费丽克斯玛德·台·伊尔加尼亚，没有堂西荣希留·台·特拉西亚，没有骑士小说里讲的那类骑士。那都是吃饱了饭没事干的才子凭空捏造的。他们编故事是为了你所说的消遣；你那群收割的人就是读来消遣的。我认真对你发誓：世界上从来没有那种骑士，也从来没有那些了不起的作为和离奇的遭遇。”

店主答道：“您把这根骨头扔给别的狗吧！好像我连五个指头都不会数，自己的鞋哪里紧了都不知道②！您别打算用奶糊来喂我，天晓得，我不是小娃娃！您要我相信这些好书全是胡说骗人，那就是大笑话了。这些书是由枢密院的大老爷们批准了付印的。如果书上谎话连篇，讲的那许多打仗呀，魔法呀能叫人头脑颠倒，那些贵人会准许出版吗？”

神父说：“朋友啊，我跟你说过了，那是写来给咱们解闷的。治理得当的国家容许下棋、打球、打弹子之类的游戏；有人不愿意工作，或者不必工作，或者不能工作，就可以借此消遣。国家准许印行这种小说，也正是这个道理。想来谁也不至于那么糊涂，会把这种书当作真情实事；确实也没有这种人。至于骑士小说该怎样写才好，我有我的见解，如果现在讲来合适，诸位也愿意听，我可以讲讲，也许有可取之处，甚至有人还会感到兴趣。不过我希望将来会有人出来挽救文风，到时我可以把自己的意思说给他听。目前呢，店主先生，请你相信我的话，把书拿回去，

---

① 当时认为赤脚修士最善于说教。

② 三句都是西班牙成语；末一句又作：“鞋哪儿紧了，穿鞋的自己知道。”

书上讲的是真是假,你自己打主意吧。但愿这几本书对你大有好处!但愿上帝保佑你,别犯了堂吉诃德一样的病!"

店主人说:"那可不会,我还不至于发了疯自己去当游侠骑士。从前呢,据说有著名的骑士漫游世界,可是我很明白,现在是没有的了。"

他们正说得热闹,恰好桑丘跑来。他听说这个年头儿没有游侠骑士了,又听说所有的骑士小说全是胡说撒谎,就很着急、很担心。他暗打主意,且看他主人走了这一遭怎么下场,假如到头来并不像他想的那么便宜,他决计辞了这个主人,回到老婆孩子身边,干他的老本行去。

店主正要把提包和书拿走,神父说:

"且慢,我要瞧瞧这是什么手稿,字写得好漂亮。"

店主人把手稿拿出来给神父看,原来是八大张手抄稿,头上大字标题:《何必追根究底》(故事)。神父默读了三四行,说道:

"我真觉得这故事的题目不错,我想从头到底读它一遍。"

店主人回答说:

"您尽管读呀。我告诉您,有几位旅客读了非常满意,钉着要讨我这份稿子,可是我没肯给。这一提包的书和手稿是人家忘在这儿的,我打算还给原主;很可能过些时候他会回来取。我尽管少不了这几部书,还是得还人家,因为我虽然是个开店的,我毕竟是个基督徒呀。"

神父说:"朋友,你这话很有道理。不过我要是喜欢这个故事,你得让我抄一份。"

店主人说:"您尽管抄去。"

两人说话的时候,卡迪纽已经把这故事读了一段。他和神父所见略同，所以就请神父把故事读给大家听。

神父说："假如这时候大家不想睡觉，宁可听我读故事，我就读。"

多若泰说："听故事消遣，在我就是很好的休息，因为我心神还不大安定，要睡也睡不着。"

神父道："那我就读吧。我愿意读，至少很好奇，说不定这故事还有点儿趣味呢。"

尼古拉斯理发师和桑丘都求他读。神父瞧大家都有兴听，他自己也有兴读，就说：

"那么，大家请听吧，故事开场了。"

第三十三章

《何必追根究底》(故事)。

弗罗伦西亚是意大利托斯加纳省有名的繁华城市。那里有两个富贵公子：一个叫安塞尔模，一个叫罗塔琉。两人非常要好，认识他们的人因为他们的交情不同寻常，把他们称为"朋友俩"。他们都没有结婚，都很年轻，年岁相仿，生活习惯也相同。因此他们交情很深。安塞尔模喜欢谈情说爱，罗塔琉却喜欢打猎。安塞尔模往往撇开了自己的嗜好来追随罗塔琉，罗塔琉也放弃了自己的嗜好来陪伴安塞尔模。这样呢，两人同心同意，便是准确的钟表也不能像他们那样协调。

安塞尔模爱上了本城一位高贵美貌的小姐，为她神魂颠倒。

她父母和她本人都是非常好的，所以安塞尔模打算向她父母求亲。他干什么事都要请教朋友；他征得罗塔琉的同意，就打定主意，着手办事。罗塔琉代他说合，把婚事谈妥。安塞尔模很称心，不久就和那位小姐结婚了。卡蜜拉嫁了安塞尔模也很满意，经常感谢上天，也感谢罗塔琉做媒成全了她的幸福。办喜事照例是要庆贺的，开头几天罗塔琉照常到他朋友安塞尔模家去，尽力撑朋友的场面，为他摆酒庆贺。可是办完喜事，贺客稀少了，罗塔琉就存心不常到安塞尔模家去。有识见的老成人都会称许他。他觉得朋友结了婚就不该再像彼此单身的时候那样来往。真诚的友谊是不多心的，也不该多心，可是有妇之夫的体面很碰不起，兄弟之间都有顾忌，何况朋友之间呢？

安塞尔模觉察到罗塔琉疏远他，就大加埋怨。他说：早知道结婚妨碍朋友照常来往，他就一辈子不结婚；他单身的时候，两人感情融洽，赢得“朋友俩”的美名，不该只为顾忌，抛掉这个尽人皆知的好称号；如果他们之间可用“请求”这个字眼，他就请求罗塔琉仍旧把他家当作自己的家，随意出入。他保证卡蜜拉和丈夫是一条心的，她知道他们俩从前多么要好，现在看到罗塔琉的疏远也很惶惑不安。

安塞尔模还讲了许多别的话，劝罗塔琉照常到他家去。罗塔琉解释了一番，说的话很高明中肯。安塞尔模对这位朋友的诚意也满意了。他约定罗塔琉每星期两次再加每个节日到他家吃饭。罗塔琉虽然答应，却要看怎样对朋友的体面相宜才决定自己的行止。他把朋友的声名看得比自己的还重。他有句话说得好。他说：一个人靠天之福，娶到了如花美眷，就该对自己请上门的朋友加意选择，对妻子来往的女友也不能大意；做丈夫的当然不能禁止妻子上菜场、上教堂,以及公众庆祝或私人祈祷的场合①,可是她在那些地方干来碍眼的事,在亲信的女友或亲戚家里就很方便。罗塔琉还说,每个结了婚的人都该有个朋友指出自己的疏忽。因为丈夫对妻子往往过于宠爱,怕她生气,就不去告诫她什么事该做、什么事不该做;而这却牵涉到自己的体面或头脸。如有朋友提醒一下,很容易补救。可是像罗塔琉所说的那么高明、那么忠诚的朋友,哪里去找呢? 我实在不知道了;只有罗塔琉是这样的。他小心翼翼地为朋友的体面着想,设法把约定到这位朋友家去的日子压缩裁减。因为像他这样一个富贵公子,自己知道颇有几分人才,如果经常到卡蜜拉那样漂亮夫人的家里去,那些吃了闲饭没事干的人就不免歪言散语,恶意中伤。尽管她的贤德封得住恶毒的口舌,他却不愿意自己和朋友遭人家议论。他因此在约定到安塞尔模家去的那两天,往往推说有迫切的事分不开身。于是他们俩一个朝朝暮暮地埋怨,一个口口声声地推诿。有一天,两人在城外草地上散步,安塞尔模对罗塔琉说了以下一番话:

"罗塔琉,我的朋友,你也许以为我享着上帝赏赐的福气,正感激不尽。我有这样的父母,天赋的才和人间的财都不薄;而且锦上添花,还有你做朋友、卡蜜拉做妻子。这两件宝贝,我看得比命根子还珍重。别人在我这个境地就心满意足了;而我呢,却是世界上最苦恼、最不称心的人。不知是从哪天起,我心上纠缠着一个离奇古怪的愿望,我自己都诧异,私下责怪自己,克制

① 私人祈祷的场合(estaciones),指不在集体礼拜的时间,个人上教堂或设有神位的地方去祷告。

自己,极力把这愿望掩埋在心底里。可是我按捺不住,仿佛蓄意要把心事张扬出来。这个秘密早晚得公开,所以我宁愿交给你来保管吧。你是我的真心朋友,我拿定你知道了会设法帮我。我的疙瘩就解开了;我靠你的关怀可以心情愉快,自己发了疯找的不论多少烦恼也就都抵消了。”

罗塔琉听了安塞尔模这番话莫名其妙,不懂他为什么要来这么一篇开场白,也捉摸不出他为了什么愿望烦扰到这个地步。罗塔琉免得空着急,就怪安塞尔模不推心置腹,这样拐弯抹角,对不起他们深挚的友谊。做了他的朋友当然会劝他消除烦恼,或帮他满足愿望,难道他还信不过这点交情吗。

安塞尔模答道:“你说得不错,我正因为信得过咱们的交情,所以要把纠缠着我的心愿告诉你。罗塔琉,我的朋友,我想知道我的妻子卡蜜拉是否真像我想的那么贞洁、那么完美。我无法证实。金子要经过烧炼,才见得成色好坏;她照样也得经过一番考验,才见得她的节操。朋友啊,照我看,一个女人得有人追求,才能断定她是否贞洁。她如果对情人的许愿、送礼、流泪、日夜的纠缠不迁就,那才算得坚贞。”他接着说:“女人如果没人引诱她不正经,她的正经有什么稀罕呢?如果她没有机会放纵,而且知道丈夫一旦发现她行为不端,就会要她的命,那么,她规矩谨慎有什么了不起呢?女人如果只为胆小或没有机会而不失节,我看就不如受了男人挑诱而屹然不动来得可贵。我另外还可以讲许多道理来阐明我的见解。我为此要我的妻子卡蜜拉受些考验,叫她受到引诱,而引诱她的又是个配得过她的人,我打算借这番锻炼验看她的成色。我相信她是真金不怕火烧的。果然如此,我就把自己看作最幸福的人了;我可说是心满意足,圣人所谓‘哪里去找?’的那种女人①,我恰好碰到了。假如我的料想恰恰是错了,我的考验得不偿失,我当然是苦痛的;可是由此证实了自己的见解也就心安理得。反正随你怎么反对都没用,我这件事是横着心非干不可的。所以,罗塔琉,我的朋友啊,请你权当我进行这件事的工具吧。我会给你方便;我认为追求一个安静贞洁的女人所少不了的配备,准叫你应有尽有。我把这件难事交托给你,另外还有个缘故。假如卡蜜拉败在你手里,你不必攻破最后一关,可以顾全体面,适可而止,没完事也只当大功告成。这样呢,你们不过是心上侮辱了我。我知道你厚道,关于我丢脸的事是绝口不谈的,所以不会传出去。如果你要我活了不白活,你得赶紧上阵出马,不是温吞吞、懒洋洋地求欢,却得拿出劲道,用尽心思,不亏负我的嘱咐和咱们的老交情。”

罗塔琉全神贯注地听安塞尔模讲完,除了上文几句插话,始终没有开口。他瞪着眼把这位朋友看了好久,简直就像看怪物似的;然后说道:

“安塞尔模,我的朋友啊,我怎么也不能相信你刚才的话不是开玩笑。我早知你是认真的,就不会让你说下去;我不听你,就堵住了你的长篇大论。照我想,不是你不认识我,就是我不认识你。可是不然:我明知你是安塞尔模,你也知道我是罗塔琉。可惜我觉得你不是从前的安塞尔模了,你准也以为我不是原来的罗塔琉了。因为你说的那些,不像我老友安塞尔模的话;你也不该向你知心的罗塔琉提出那种要求。良朋好友之间的依赖和

① 这是引所罗门的话:“才德的妇人,哪里去找呢,她的价值远胜过珍珠。”见《旧约·箴言》第三十一章第十节。

利用，应该像诗人所说的：‘能供在祭坛上’①。这就是说，不该利用友谊干违反上帝的事。异教徒对于友谊尚有这样的体会，基督徒反而不如他们吗？因为基督徒该知道，谁都不能为人间的友谊抛弃神的友谊。假如一个朋友竟不顾一切，撇开了自己对上天的责任来为朋友效劳，那就除非是为朋友的名誉和性命，绝不是为轻微的小事。现在我问你，安塞尔模，你要我不顾一切，顺着你的心，干你提出的卑鄙透顶的事，是你的名誉或性命遭到了危险吗？分明都没有啊。照我看来，你却是尽力要毁掉自己的名誉和性命，而且把我的名誉和性命也赔进去。因为一个人丧失了名誉，还不如死了好；我如果毁掉你的名誉，分明也就是送掉你的性命。我既然随了你的心意成了你的工具，把你害到那个地步，我不是也就丧失了名誉吗？因此不也就丧失了性命吗？安塞尔模，我的朋友，关于你那个愿望，我想到些话要跟你讲，请你耐心听完，你再说你的，让我来听你，咱们有的是时间。”

安塞尔模说：“好啊，你有什么话，说吧。”

罗塔琉接着说道：

“安塞尔模啊，我觉得你现在的头脑就像一般摩尔人的头脑一样。对他们引证《圣经》也罢，凭思索、凭信条来说理也罢，都不能叫他们了解自己信仰上的错误。得向他们举出浅显的、看得见拿得稳的实例，用驳不倒的算学公式来讲。比如说，‘从相等的数量里减掉相等的数量，余下的依然相等’。可

① “能供在祭坛上”(usque ad aras)，这是纪元前五世纪古希腊政治家贝利克雷斯(Pericles)的话，见普鲁塔克(Plutarco)《杂文集》(*Moralia*)《论羞愧》(*De la mala vergüenza*)一文中。塞万提斯记错了，以为是一个诗人的话。

能这样解释还不明白,那就得做手势比给他们看。尽管这样,还是没法能叫他们信服咱们圣教的真理。对你讲理也是这样。你的愿望太荒谬不合事理,我简直觉得要你从糊涂里醒悟过来是白费工夫。我只说你糊涂,因为这会儿不愿意用别的名称。我甚至想惩罚你的恶愿,随你胡闹去。可是我对你的友谊不容我这样忍心;明放着你有毁了自己的危险,我不能坐视。我给你把事情摆摆清楚吧。我问你,安塞尔模,你不是叫我向一个贞洁的女人去追求探诱、送礼献媚吗?你确是对我这样说的呀。你既然知道自己的夫人幽娴贞静,你还求什么呢?你既然相信她不会输在我手里——她一定会赢的——那么你现在对她的鉴定已经够好了,还有什么可改进的呢?她本人又比现在增添了什么美德呢?也许你并不把她看得像你说的那么好;不然就是你没知道自己要求的是什么。假如你并不把她看得像你说的那样,你又何必证明呢?你不妨随意把她当作一个不规矩的女人看待就完了。如果她确实是像你相信的那么贞洁,事实又何必加以考验呢?经过考验,价值还是照旧呀。所以没什么说的,想干这种有害无益的事是莽撞糊涂,况且又没有必要,分明就是发疯罢了。干艰苦的事,无非为了上帝分上或世俗的打算,再不然,就是兼为两者。修道的圣人要自己血肉之躯过天使一样的生活,他们是为上帝。有人漂洋过海,忍寒冒暑,走遍各地,追求所谓财运,那是为世俗的打算。勇敢的战士看到敌方城墙给炮弹轰破,马上奋不顾身,为保卫自己的信仰、自己的祖国和君王,长了翅膀似的冒着万死直冲上去,他们是为上帝分上也兼有世俗的打算。这些都是世人勉力的事;尽管有艰难险阻,都可以赢得光荣、名誉和利益。但是你要干的那件事既得不到天界的光荣，也得不到人间的财富和名誉。假如事情的结局恰如你的希望，你也不会比现在更得意、更有钱、更光荣；要是适得其反，你的苦恼就不堪设想。到那时候，你尽管认为没人知道你的羞耻也没用，因为自己心里知道，就足以叫你伤心，叫你抬不起头来。我可以引著名的诗人路易斯·谭西洛[①]写的《圣彼得的眼泪》[②]第一章末尾的诗来证明这个道理。那一节是这样说的：

彼得望着将要破晓的天，
加添了悲痛，越发意乱心亏，
虽然当时没有谁在旁边，
他心里明白自己是犯了罪：
伟大的胸怀不肯自欺自骗，
不必被人知道才感觉羞愧，
有了过错良心的谴责难免，
尽管天地之外一无人见。

“所以尽管没人知道，痛苦还是难免的，你就要经常流泪；如果不是流眼泪，就是心上流血泪，像诗人讲的实心眼儿的医生

① 谭西洛（Luis Tansilo），十六世纪意大利诗人。塞万提斯的朋友路易斯·加尔维斯·台·蒙塔尔伏（Luis Gálvez de Montalvo）曾把他的《圣彼得的眼泪》以及其他一些诗译成西班牙文。

② 《新约全书》，耶稣预言自己要受难，他的门徒彼得表示甘心陪着一同受难。耶稣说：“彼得，我告诉你：今日鸡还没有叫，你要三次说不认得我。”耶稣被捕后，有人说彼得是耶稣的门徒；彼得抵赖说不识得耶稣。他抵赖了三次，听到鸡叫，想起耶稣的话，就羞愧痛哭（参看《路加福音》第二十二章三十三、三十四、五十四——六十二节）。

用魔杯喝了酒那样①。谨慎的瑞那尔多斯不肯尝试，就比他高明了。这虽然是诗人的幻想，包含的教训却值得我们深思，并引为鉴戒。我现在还要跟你讲个道理，你听了就会明白你要干的事是大错特错的。安塞尔模，假如你托天之福，或交了好运，得到一颗最上好的钻石。鉴识宝石的人对这颗钻石的水色和分量没一个不满意的，一致认为钻石不能更重、更好、更纯粹，你自己也没什么说的。如果你想把这颗钻石放在铁砧上，用铁锤使劲捶打，瞧它是否真像大家说的那么坚硬纯粹，我问你，这样想合理吗？何况你竟要这么干呢！这颗钻石即使经得起你这无聊透顶的试验，并不能增长什么价值和光彩；如果碎了呢——这是可能的，你就一无所有了。这是当然的。钻石的主人就成了大家心目中的大傻瓜。安塞尔模，我的朋友，你该知道，卡蜜拉无论在你自己或别人心眼里都是一颗上好的钻石，不该叫她有砸碎的危险。她保得住坚贞，并不能抬高她现有的价值；如果竟保不住，你现在且想想，她失节之后成了什么样的人，到那时候你因为毁了她、毁了自己而自怨自恨，就是活该了。你想想吧，贞洁端重的女人是稀世之宝，而女人的体面全靠她声名好。你夫人的声名既然这么好，你认为不能再好了，你对这个事实何必怀疑呢？朋友啊，你该知道，女人是有缺陷的动物，不该在她生命的历程上布置绊脚石，应该为她扫除一切障碍，让她平安顺利地成

① 诗人指阿利奥斯陀。塞万提斯把《奥兰陀的疯狂》四十三节里的两个情节混而为一了。“心上流血泪”的是招待奥兰陀住宿的一位绅士，因为他用魔杯喝了酒。另外有个船夫对奥兰陀讲起某医生用魔杯喝酒，当众出丑的事。魔杯是中世纪传说里的，这只杯子可测出饮者妻子是否贞节：如妻子不贞，饮时杯中的酒会泼出来。

为贞节无亏的女人①。据生物学家说，银鼠是皮毛最洁白的小动物，猎取银鼠有个窍门。瞧它经常在哪里出入，就堵上污泥；然后把它赶到那里去。它就蹲着不动了，宁可被猎人捉住，也不肯从泥里过去，玷污了皮毛；它们爱干净，连自由和生命都顾不得。贞洁的女人就好比银鼠；贞洁的美德比雪还白，比雪还干净，要保持女人这点清白不让玷污，就不能用对付银鼠的办法，让追求她的情人把送礼献媚这种污泥堵在她前面。那些障碍，单靠她自己的坚贞可说是决不能突破的，得帮她去清除，让她去追求清白的操守，美好的名誉。贞洁的女人又好比水晶镜子，呵上一口气就昏暗了。应该把她们当作圣人的遗物那样，只许瞻仰，不容抚摩。应该把她们当作鲜花盛开的美丽的花园那样爱护，园主不让任何人进去，也不让抚弄花朵，只许远远地隔着园子的铁栅领略花卉的芬芳娇艳。我想起了新戏里听来的几首诗，我觉得正合用，可以说给你听听。一个高明的老头儿劝一个年轻姑娘的老父把女儿关闭在深闺里，他有几句话是这么说的：

　　女人是琉璃做成，
别考验她的坚脆，
试试她碎、不碎，
因为两者都可能。
　　而碎掉更是容易，
你如果冒险尝试，
你就是无知的傻子，

① 这一套议论代表旧时代对女人的观点，许多书上都有类似的话，如“关于这种有缺陷的动物，脆弱多变的女人，你应该像避开烈火一样避开她”。

打碎焊不上的东西。

　　这样看法并非过虑，

大家都认为应该，

因为世上有达那艾，

也就会有金钱雨。①

“安塞尔模啊，我以上的话都是为你着想；现在说说为我自己的考虑吧。假如我的话太多了，请你原谅，因为你已经进了迷宫，我要拐弯儿抹角地带你出来，这许多话都少不了。你把我当作朋友，却完全违背了友谊，要丢我的脸，而且还极力要我来丢你的脸。你要丢我的脸是很明显的。我如果照你的要求去追卡蜜拉，她瞧我存心干这种非礼背义的事，一定把我当作无耻的邪人。你要我丢你自己的脸也是一清二楚的。卡蜜拉瞧我追她，准以为我是看她轻佻，才胆敢向她披露邪心。她就会觉得自己受了侮辱；她受的侮辱也就是你受的侮辱，因为你是属于她的。不是常有这种情形吗：一个人妻子不贞，尽管做丈夫的并不知情，也不是他自取其咎，也不由他做主，也不是他粗心大意、疏于防范，可是人家还奉送他一个鄙贱的称号；知道他妻子丑事的人尽管明知他是倒霉，自己没有过错，只是妻子淫荡，他们对他却没有怜悯，心眼里只是瞧他不起。不过我要告诉你，淫妇的丈夫尽管不知道妻子不贞，自己也没有过错，他既不知情，也无责任，他丢脸却是千该万该。你不要厌烦，这些话都是为你好。据

① 希腊故事：古希腊阿克利修王因预言他要被自己的外孙杀死，就把独生女儿达那艾囚在塔里。天神朱庇特化作一阵金钱雨打进塔里，达那艾有感而孕，生的儿子杀死了阿克利修王。

《圣经》上说，上帝在乐园里创造了咱们始祖亚当，就叫他睡觉，趁他睡里从他左胁下取出一条肋骨，造成了我们的原始母亲夏娃。亚当醒来看见她，就说：‘这是我肉里的肉，骨头里的骨头。’上帝说：‘男人为了他的女人，要离开自己的父母，他们两人要合为一体。’从此就制定了神圣的婚姻大礼，把男女两人牢牢缚在一起，到死才能分开。这个神奇的典礼功效非常之大，能使两人合成一体；融洽的婚姻还不止如此，两人虽然各有自己的灵魂，却只有同一个心愿。由此可见，妻子和丈夫是一体，妻子有污点或遭侮辱，就连丈夫也不干净，尽管他毫无过错。比如一个人脚上或四肢任何部分疼痛，全身都感觉到，因为是一体；脚踝上的伤虽然不由脑袋造成，脑袋也感觉到。所以妻子的羞耻丈夫有份，因为他们是一体。世上的体面和丢脸，都是由血肉之躯造成的，淫妇的丢脸就属于这类，做丈夫的当然有份，他尽管不知情也不免丢脸。安塞尔模啊，你夫人幽娴贞静，你要去搅扰她的心境，该瞧瞧你自己担当的风险，该瞧瞧你这样追根究底多么无聊而且多事。你该想想，你孤注一掷，所得微乎其微，所失却非常重大，我都没法说，只好不说了。假如我这许多话还不能打消你的馊主意，你尽可以另找别人做侮辱你、害你倒霉的工具，我不想做这个工具；即使为此断送你的友谊——这是我莫大的损失，我也无可奈何。”

有品行、有识见的罗塔琉讲完了；安塞尔模心绪纷乱，半晌说不出一句话来。他末了说：

“罗塔琉，我的朋友，你看见我把你讲的话都留心听了。我从你的议论、你举的例、你打的比喻里，看出你识见高明，对我也一片真情。我如果不听你的话而固执己见，就是弃善就恶。这是我知道而且也承认的。可是你得体谅我现在仿佛害了某种女人的病，只想吃泥土呀，石灰呀，煤炭呀，以及不堪入口、看着都反胃的东西。你得设法把我医好。这也容易，只要你对卡蜜拉试探一下，随你半冷不热、敷衍了事都行。她也不至于那么脆弱，会见几次就体面扫地。你只消试试，我就满意，你也就对我尽了朋友的责任，使我不但活得不冤枉，也心安理得，不再去丢自己的脸。我还有个缘故，你单为这个也得依我。我已经打定主意要做这番实验，你不能让我把自己的痴念告诉别人；否则你极力为我保持的体面就保不住了。至于你自己的体面呢，你追求卡蜜拉的时候在她心眼里尽管有点亏损，也没多大关系，可说毫无关系，因为不久你瞧她果然坚贞不二，不出咱们所料，你就可以把咱们设的圈套据实告诉她，你的信誉就恢复了。你担的风险很有限；却使我说不尽的称心满意，即使你眼睛里还有重重困难，也请你答应我吧。我刚才说过，你只消试一试，事情就算是圆满了。”

罗塔琉瞧安塞尔模很固执，要他回心转意又举不出别的例子，也讲不出别的道理，而且听他声言要把他那荒乎其唐的打算告诉别人，那就更糟了，因此他决计答应安塞尔模的要求。他拿定主意，干这件事既要不搅乱卡蜜拉的心情，又要叫安塞尔模满意。他就答应下来，说等自己高兴就进行，但嘱咐安塞尔模不要向别人声张。安塞尔模亲热地拥抱罗塔琉，感谢他惠然应允，好像他给了自己莫大的恩惠。两人约定第二天就着手办事。安塞尔模安排下机会和时间让罗塔琉和卡蜜拉两人密谈，还备了钱和首饰让罗塔琉送给卡蜜拉。他叫罗塔琉为卡蜜拉演奏音乐，还作诗赞美她；假如罗塔琉懒得作诗，他可以代笔。罗塔琉一一答应，不过他的存心和安塞尔模所想的远不是一回事。他们这样讲定，就回到安塞尔模家里。卡蜜拉很焦急地等着她丈夫，因为比往常回家晚了。

安塞尔模在家说不尽的称心；罗塔琉回去却说不尽的烦恼，不知怎么样把这件无聊的差使搪塞过去。当晚他想出一个方法，既哄得过安塞尔模，又不侮辱卡蜜拉。第二天他就到朋友家吃饭。卡蜜拉知道丈夫和他的交情，对他殷勤款待。饭罢撤了杯盘，安塞尔模就请罗塔琉和卡蜜拉小坐聊天，他要去办一件要紧的事，大约过一个半小时回来。卡蜜拉求他别走，罗塔琉愿意陪他去，他都不听，定要罗塔琉留下等他，说还有大事得和罗塔琉商量。他又叮嘱卡蜜拉在他回来之前别把罗塔琉撇在一边。他借故走开大可不必，他却装得好像非出去不可，谁也看不出他是假装。安塞尔模走了，饭桌上只剩卡蜜拉和罗塔琉两人，佣人都吃饭去了。罗塔琉觉得自己真像他朋友要求的那样上了战场，面前的敌人单凭美貌就可以征服一队武装的骑士。怎叫罗塔琉不心惊胆战呢？不过他自有办法。他两肘撑在椅子的扶手上，手托着腮，请卡蜜拉原谅他无礼，想在安塞尔模回来之前休息一下。卡蜜拉请他到起坐室①去睡觉，比椅子里休息舒服。罗塔琉不肯，就坐在那里打盹儿，等待安塞尔模回来。安塞尔模回来看见卡蜜拉在自己屋里，罗塔琉还没有醒，就以为自己耽搁得久了，他们俩谈完话还有时间睡觉。他急要等罗塔琉醒来，和他一起出去，问问他的成败。事情都如他的意。罗塔琉醒了，两

① 起坐室（estrado），阿拉伯式布置的内室，没有桌椅，只有地毯和坐垫；女眷在这里起坐，并接待客人。

人立刻出门,安塞尔模就探问罗塔琉。罗塔琉说,他觉得一开头就倾吐衷情不大好,所以他只恭维卡蜜拉美,说城里一片声地称赞她美丽聪明。他认为这样入手最妥,可以哄她喜欢,下一次就听得进他的话。他说魔鬼引诱有操守的人就用这种手法,这个地狱里的煞神总扮成光明天使,满面善良,开头不让人识破他的狡计,到末了就可以露出本相,如愿以偿。安塞尔模很满意,说以后他每天可以给罗塔琉同样的机会;他不必出门,有家里的事当身,卡蜜拉不会看透他捣鬼。

这样过了好多天,罗塔琉并没有跟卡蜜拉讲过一句话,只对安塞尔模说,已经跟她谈过,她毫不为动,没表示一点可以迁就的意思,却警告他如果邪心不改,她就要告诉自己的丈夫了。

安塞尔模说:"这就很好。卡蜜拉到今还没有给空话打动。现在得瞧瞧她对实力是否也顶得住。我明天给你两千元金艾斯古多让你奉送她,另外两千元金艾斯古多让你买些首饰去引诱她。女人不论多么贞节,都喜欢穿得漂亮,打扮得俏丽,美女尤其如此。假如这也撩她不动,我就称心了,不会再来麻烦你。"

罗塔琉回答说,他尽管知道这件事是枉费心力,注定要失败的,他已经开了头,总要干到底。第二天,他收到四千金的钱,也收到四千斤的烦恼,因为他不知道再怎么圆谎。后来他决计对安塞尔模说,对卡蜜拉送礼许愿,就像对她甜言蜜语一样,都打不动她;以后不用再麻烦,都是白费工夫。谁知命运却另有安排。那天安塞尔模照常把罗塔琉和卡蜜拉撇在一起,自己却去躲在隔壁,从钥匙洞里观察两人的关系。只见罗塔琉半个多钟头没跟卡蜜拉说一句话,再待一个世纪也不会跟她说话。安塞尔模这才明白他朋友说卡蜜拉怎样回答全是凭空捏造的。他要问个究竟,就出来把罗塔琉叫到一边去,问他事情有何进展,卡蜜拉心情如何。罗塔琉说,这件事他不想干了,卡蜜拉的回答非常严厉,他没胆量再向她兜搭了。

安塞尔模说:“啊!罗塔琉,罗塔琉,你真是对不起我,辜负了我的信任!我刚从这个钥匙洞里看你,没见你对卡蜜拉说一句话。可见你前几次也没说话,准没错儿。那么,你为什么骗我呢?为什么弄玄虚叫我不得遂心如愿呢?”

安塞尔模没再多说,不过这几句话已经使罗塔琉够窘的。他给朋友揭穿,觉得丢脸,发誓说,以后保证叫安塞尔模满意,决不再撒谎。他说安塞尔模不妨留心侦察,就会知道这是真话;不过安塞尔模不必费这个心了,因为他一定认真地顺着安塞尔模的意思办事,叫他无可怀疑。安塞尔模就相信他了。安塞尔模要方便这位朋友,让他放心不用提防,决计离家到邻村朋友家去住八天;他叫那位朋友来信殷勤邀请,他在卡蜜拉面前就有个借口。安塞尔模啊!你真是倒了霉、打错了主意!你干些什么、策划些什么、安排些什么呀?你在设法丢自己的脸,打算断送自己,这都是自害自,你该知道呀!你妻子卡蜜拉是正经的。你安安顿顿受用她。谁也不来打扰你的幸福。她的念头不离自己的闺房。在这个世界上,你就是她的天;她的愿望都是为你,她的乐趣都在你身上,她的一片心只以你为准,只求合你的愿望和天意。她好比蕴藏着贤惠、美丽、贞洁、幽娴等等品德的宝矿;她不用你费力,已经把自己所有的和你所要求的宝藏全都给你了,你为什么不顾矿井倒塌的危险,还要挖掘下去,由新的矿脉里找新的、从来没有的宝藏呢?她那个矿井只靠她脆弱的天性做支架,是很不牢固的。你该知道,一个人如果追求不可能的事,当然就放弃了可能的事。一位诗人说得好：

我从死亡求生命，
我从衰病求健康，
牢狱里求自由解放，
封锁的地区求通行，
向叛徒求忠实坚强。
可是我运蹇命穷，
永远是劳而无功。
这也是上天的意旨：
我追求不可能的事，
可能的就因此落空。

第二天安塞尔模动身到那个村上去，临走嘱咐卡蜜拉说：他出门期间，罗塔琉会来照料家务，陪她吃饭；她务必把罗塔琉当她丈夫本人一样看待。卡蜜拉是个聪明贞静的女人，听了丈夫临走的吩咐很为难。她提醒丈夫说，他不在家，让别人坐在他座位上吃饭不成体统；假如他是怕她不会当家，那么，这次不妨试试她，经过这番考验，就知道更重的担子她也挑得起。安塞尔模说，他爱这么安排，她只消依顺就行。卡蜜拉说，这样不合她的意愿，不过她遵命就是了。安塞尔模出门，第二天罗塔琉到他家来吃饭；卡蜜拉接待得很殷勤，也很大方。她从不单独和罗塔琉在一起，总有男女佣人跟随，有个名叫蕾欧内媞的使女更是不离左右。卡蜜拉很喜欢这个使女，因为从小在娘家和她一起长大，嫁了安塞尔模把她带过来的。罗塔琉开始三天什么话也没跟卡蜜拉讲。其实饭后撤了杯盘，佣人们匆促吃饭的时候，他还是有机会的。佣人们吃饭匆促正是卡蜜拉的命令，她甚至吩咐蕾欧内娅在女主人吃饭前吃，叫她时刻跟在身边。可是蕾欧内娅心心念念想着自己乐意的事，正要趁饭后的时机寻快活，常把女主人的吩咐放在脑后，她反而像奉了命似的，把卡蜜拉和罗塔琉两人撇在一起。可是卡蜜拉非常贞静，脸色端庄，举止安详，使罗塔琉不敢轻易开口。

卡蜜拉的美德使罗塔琉箝舌无言，可是这对他们两人却更有害。因为他舌头虽然不动，心却在动，正把卡蜜拉的美好一一观察。石头人见了她也不免动情，何况血肉之身呢。罗塔琉照理可以跟她说话的场合，只把她看了又看，觉得她真可爱。这个念头渐渐地侵蚀了他对安塞尔模的忠实。他千番百次想出城到别处去，叫安塞尔模一辈子见不到他，他也一辈子见不到卡蜜拉。可是他见了卡蜜拉又喜又爱，已经撇不下、离不开了。他极力克制自己这种贪恋之情，只顾天人交战，独个儿就责备自己疯了，骂自己不够朋友，甚至不是好基督徒。他曾为自己和安塞尔模争辩较量，结论是自己虽然不够忠实，究竟怪安塞尔模太荒谬托大；他私心要干的事在上帝和世人面前都情有可原，犯了罪不怕受罚。

干脆说吧，卡蜜拉的美丽贞静再加她那位糊涂丈夫给予的方便，使罗塔琉信义扫地。他在安塞尔模离家后头三天还只顾内心交战，要克制自己的爱情。可是以后他就不顾一切，率意而行，如痴如狂地向卡蜜拉说起疯话来。卡蜜拉吓坏了；她一言不答，站起身躲进自己屋里去。可是爱情是不会死心的；罗塔琉碰了一鼻子灰并不绝望，反而对卡蜜拉越加颠倒了。她万想不到罗塔琉会这样，不知该怎么办。她觉得让他再有机会和自己会面不妥当，也不合适，决计当夜就派佣人送一封信给安塞尔模。

信见下章。

第三十四章

《何必追根究底》的下文。

> 常言道,无将之军不行,无主之堡不保;可是我认为已婚的年轻妇女更不能身边没有丈夫,除非那是万不得已。你走了我很苦恼,实在受不了这孤单。你如果不能马上回来,我只好到我父母家去住几天,顾不得给你看家了。因为你留给我的保护人虽然借这个名义待在这里,我觉得他只图自己快活,并不为你尽心。反正你是个聪明人,我不用多说,也不便多说。

安塞尔模接到信,知道罗塔琉已经开始干事,卡蜜拉的反应也正合自己的希望。他得了这项消息乐不可言,就捎回口信叫卡蜜拉无论如何不要离家,他不久就要回来的。卡蜜拉得了安塞尔模的回音很吃惊;她越发为难了,既不敢硬着头皮待在夫家,更不敢回娘家,因为待在夫家难保自己的清白,回娘家又违背了丈夫的命令。她打定的主意对自己更是不妙。她决计待在夫家,不再躲避罗塔琉,免得佣人说闲话。她后悔写了那封信,生怕丈夫疑心是罗塔琉看出她轻佻才非礼冒犯。她信得过自己的节操,她依靠上帝和自己的贞静,随罗塔琉说什么话,只还他一个不理睬,不再去告诉自己的丈夫,免得惹他去决斗或替他招麻烦。她甚至考虑,如果丈夫问到为什么写那封信,她该怎样为罗塔琉开脱。这些心思很光明正大,只是既不合适,也没用处。她却是怀着这种心情听了罗塔琉第二天说的话。罗塔琉抵死纠缠,使卡蜜拉渐渐心软。他流的泪,说的话动了她的怜悯。她十分克制,眼睛里才没流露感情。罗塔琉都看出来了,越加热情如火。总之,他觉得必须乘安塞尔模外出的时机,把这座堡垒加紧围攻。他称赞她美,借以打动她的虚荣;因为这点虚荣最能抵消美人的高傲。他紧攻紧打,用猛烈的火力来突破卡蜜拉的坚贞;她即使是铁人儿也抵敌不住。他流泪,央求,献好,赞美,纠缠不已,显得他一往情深,满腔热忱,竟使卡蜜拉贞操扫地;他意想不到而求之不得的事,居然成功。

卡蜜拉败了,投降了。可是怎能怪罗塔琉的友谊靠不住呢?这是明显的例子:要克服爱情,只有逃走一法,谁也不该和这样的强敌交手。因为人性使然,只有神力才能克服。卡蜜拉出毛病只有蕾欧内娹知道,这一对辜负朋友的新情人瞒不了她。罗塔琉没肯告诉卡蜜拉她丈夫的意图,也没说自己和她上手是靠她丈夫给了方便;他怕卡蜜拉小看了他的爱情,认为不是有心追求,不过是现成有那机会。

过了几天,安塞尔模回家了。他并未发觉家里已经丢失了最重大却最轻忽了的一件宝贝。他马上到罗塔琉家去,见了这位朋友。两人拥抱后,安塞尔模就探问自己性命交关的事。

罗塔琉说:“安塞尔模,我的朋友,我可以告诉你:你夫人不愧是贤德妇女的模范。我对她讲的话,她只当耳边风;我许的愿她鄙夷不屑;我送的礼她坚不肯收;我假惺惺的眼泪她公然取笑。一句话，卡蜜拉具备美人的千娇百媚，而且贞洁谦和，也具备正经女人令人敬重的种种品德。朋友，你的钱毫无用处，还在这里，你拿回去吧，送礼许愿这等卑鄙的手段打不动卡蜜拉的坚贞。安塞尔模，你该满意了，不用再考验她了。女人往往令人添烦恼、生猜疑，掉在苦海里；你既已安然脱离苦海，就别再掉进去了。你渡过尘世的船是上天给的，别再找领港人去检验船身是否坚固。你不妨权当自己已经进了安全港，抛下稳重的锚安顿下来，等候上帝召唤吧。”

安塞尔模听了罗塔琉这番话心满意足，仿佛对上帝的圣旨那样虔诚相信。不过他要求罗塔琉不要就此罢休，来一番追根究底作为消遣也好，只不必再像以前那样上劲。他只要罗塔琉作几首诗，借柯萝莉的名字来赞美卡蜜拉；他会去告诉卡蜜拉，说罗塔琉爱上一个女人，要赞扬她而不碍面子，所以称她为柯萝莉。安塞尔模还说，如果罗塔琉懒得费神作诗，他可以代笔。

罗塔琉说：“那倒不必。文艺的女神并不讨厌我，她们年常也偶尔来拜访我。你只管把你为我捏造的话去告诉卡蜜拉，说我爱上了人，诗由我来做。尽管我的诗配不过那么好的题目，至少是我尽了力的。”

这一对朋友，一个糊涂，一个奸诈，一起商量停当。安塞尔模回家问卡蜜拉，上次送他那封信是什么缘故。卡蜜拉正诧怪他没提起呢，就回答说，她觉得罗塔琉对她有点放肆，不像安塞尔模在家时那样规矩；不过现在她知道是误会，是她自己多心，因为罗塔琉老躲着她，不跟她见面或单独在一起。安塞尔模说她大可不必多心，因为他知道罗塔琉爱上了城里一位高贵的小姐，假借了柯萝莉的名字在赞美她。他说，即使罗塔琉没有这回事，也不用怀疑他的老实和他对自己的深情厚谊。卡蜜拉听到罗塔琉爱上柯萝莉的惊人消息并不难受，因为她知道是凭空捏造的，罗塔琉已经向她交代了底细，①说明他是要乘机赞美她自己。不然的话，她一定要伤心吃醋了。

第二天，他们三人一起吃饭的时候，安塞尔模请罗塔琉把他为意中人柯萝莉作的诗念些给他们听，好在卡蜜拉不认识那位小姐，他可以放了心畅所欲言。

罗塔琉道："即使她认识，我也没什么要隐瞒的。赞美意中人的相貌并埋怨她冷酷，对她的清名无损。反正我可以告诉你们，昨天我作了一首诗叹恨柯萝莉的无情，让我念给你们听。

十四行诗②

　　夜晚，人静后寂寞的深宵，
世人都已沉酣在甜梦里，
我独向上帝和柯萝莉，
诉说我无穷无尽的苦恼。
　　天渐亮，见红日杲杲
在玫瑰红的东门口升起，
我有声无调地连连叹气，
重复昨日的怨苦和牢骚。
　　太阳升上了灿烂的宝座，

---

① 安塞尔模从罗塔琉家回去，就和卡蜜拉谈这番话；罗塔琉似乎还未有机会向卡蜜拉交代底细。这是个漏洞。

② 《堂吉诃德》第一部出版以后，塞万提斯在他的喜剧《猜忌的家庭》(*La casa de los celos*)第二幕里引用了这首诗。

夺目的光芒直射地面，
我叹息愈频、怨苦更甚。
　　天又夜了，我又伤心诉说；
我在烦恼中忽然发现：
天聋哑，柯萝莉不闻不问。”

卡蜜拉觉得这首诗不错；安塞尔模尤其欣赏，他称赞诗写得好，又说那位小姐太冷酷，诗里真情毕露，她却不答理。卡蜜拉听了这话就说：

“难道痴情的诗人说的都是真心话吗？”

罗塔琉答道：“诗人说的不是真话，可是情人说的却千真万实，而且还没有道出真实情感的万分之一呢。”

安塞尔模说：“这是没什么说的。”他在卡蜜拉面前一力为罗塔琉打边鼓。卡蜜拉毫不知安塞尔模的计策，只是一片心地爱上了罗塔琉。

卡蜜拉对罗塔琉的事都感兴趣，而且知道他心上想的、诗里写的都是为她，柯萝莉就是她自己，所以她问罗塔琉还记得什么别的诗也请念来听听。

罗塔琉说：“记得。不过我相信这一首还不如刚才一首好；或者该说，比刚才那首更糟。你们不妨自己瞧吧，我现在念给你们听。

十四行诗

　　我自分将死，这话你如不信，
我更无生望、必死无疑，

我死在你脚边也无悔意，
还是一心爱你，狠心的美人！
　　等待我抛却生命、荣誉和幸运，
到了万事全忘的境地，
人家会在我绽裂的心里，
看到你的倩影镌刻多深！
　　那是我临终遗留的至宝；
你的冷酷使我痴情胶固，
胶固的痴情断送了我这一生。
　　哎，我冒着海上的怒涛，
漆黑的夜里摸索航路，
不见港口，也不见北斗星。”

安塞尔模对这首诗也像对第一首那样赞赏。他就这样一环又一环地连成锁链，把耻辱牢牢扣在自己身上。罗塔琉愈侮辱他，他愈觉罗塔琉对他尊重。卡蜜拉堕落愈深，她丈夫愈看得她品德高、声名美。有一天，卡蜜拉只有那个使女在旁，就说：

“蕾欧内媞，我的朋友，我想到自己太不自重，心上惭愧。我都没叫罗塔琉在我身上多赔些时候，一下子就遂顺了他。我怕他瞧不起我的爽利，忘了自己当初要我依他使了多大的力。”

蕾欧内媞答道：“我的太太，你别为这个烦心。只要给的是珍贵的好东西，给得爽利并不就贬低了价值。况且老话说：‘趁早给赏，一物当两’。”

卡蜜拉说：“可是老话又说：‘得来容易，看作等闲’。”

蕾欧内媞说：“这句话不能用在你身上。据我听说，爱情有时飞行，有时步行；有人的爱情是奔跑的，有人的爱情是踱步的；

有的冷静，有的热烈；有人为爱情受伤，有人为爱情送命。爱情从初生到长成，只在一刹那之间。爱情在早上攻打一座堡垒，往往到晚上就攻破了，因为它的力量所向无敌。爱情趁我们先生不在家，就把你和罗塔琉降伏了。罗塔琉准是跟你同样情况，你怕什么呢？爱情得趁热打铁，不能慢吞吞等安塞尔模回来；他在家事情就完不成了。情人要如愿，全靠机会；恋爱都由机会助成，尤其是开头。我对这些事很内行，多半是亲身经验，不是听来的。太太，我将来跟你细谈吧，因为我也有肉体和青春的血。况且，卡蜜拉夫人，你并没有一下子就依顺罗塔琉，你是从他的眼睛里、叹气里、说话里，从他的许愿送礼上看到了他的一片心，由他的那一片心和种种美德看出他实在可爱，你这才依顺了他呀。所以你别想不开自寻烦恼。你尽管放心，罗塔琉就像你看重他那样看重你。你可以称心满意，因为虽然坠入情网，你爱的是个值得敬重的人。据说真正的情人该有‘四德’①，他不但有这‘四德’，情人品德表②上的那一套他样样俱全呢。不信，我背给你听。我觉得他一知感激，二和善，三够得上绅士，四慷慨，五热情，六坚定，七温文，八诚实，九显赫，十忠诚，十一年轻，十二高尚，十三正直，十四贵家出身，十五富裕，十六阔绰，十七就是我刚才说的‘四德’，十八沉默，十九真挚，二十热心爱护你的名誉。”

---

① 原文四“s”，指乖觉（sabio）、独特（solo）、殷勤（solícito）、缜密（secreto）。

② 原文是情人品德的“A. B. C.”，即下文列举的那些品德，按字首的字母排列：agradecido，bueno，caballero，dadivoso，enamorado，firme，gallardo，honrado，ilustre，leal，mozo，noble，onesto，principal，quantioso，rico，s（见上注），tácito，verdadero，x（据这位使女说，这个字母生硬，没适当的字），y（同 i），zelador（de la honra de su dama）。

卡蜜拉听她侍女背了这一连串，忍不住笑了，觉得这个情场老手，行为准比口说还内行。蕾欧内娅承认确是如此，说她正和本城一位年轻绅士谈情呢。卡蜜拉听了很不放心，生怕有了这条漏缝，自己的声名就难保了。她追问蕾欧内娅，只是口头上谈情呢，还是超过了口头。蕾欧内娅并不难为情，脸皮很厚，说是超过了口头。女主人行为不检，女佣人也就无耻，这本来是一定的道理；她们看到女主人已经失足，自己就不在乎瘸脚拐腿，也不怕女主人觉察。卡蜜拉没办法，只好求蕾欧内娅别把她卡蜜拉的事告诉自己的情人，和情人行事也当缜密，免得给安塞尔模或罗塔琉发觉。蕾欧内娅说一定听命。可是她的行为只坐实了卡蜜拉的忧虑，卡蜜拉正是从蕾欧内娅这条漏缝丧失了清名。这个使女又放浪，又胆大，她瞧女主人的行为不比从前了，竟擅自引情人来家过夜，拿定女主人知道了也不敢闹出来。这是女主人出了毛病带来的又一个苦处：她们成了自己佣人的奴隶，佣人做了无耻下流的事，她们得代为遮掩。卡蜜拉就是如此。她屡次在家里撞见蕾欧内娅和情人在一起，非但不敢责骂，还给她机会窝藏情人，替她扫清障碍，免得自己的丈夫知道。不过麻烦还是难免。蕾欧内娅的情人有一次破晓从安塞尔模家出来，给罗塔琉看见了。罗塔琉没看清是谁，起初还以为是鬼呢；可是瞧那人蒙头遮脸、躲躲藏藏地，就起了疑心，不那么想得简单了。他这点疑心险的断送一切，还亏得卡蜜拉挽救了危局。罗塔琉在这个蹊跷的时刻看见安塞尔模家里跑出个人来，没想到是蕾欧内娅引进去的；他压根儿没想到世界上有个蕾欧内娅。他只觉得卡蜜拉既然会轻易和自己上手，也会和别人那样。这又是女人行为不端的后果。当初对她央求诱惑、使她失身的男人就信不过她的节操，总以为她对别人更容易失身，起了疑心就信以为真。这时罗塔琉清楚的头脑全糊涂了，谨慎的考虑都抛开了，尽管卡蜜拉没丝毫对不起他，他却妒火中烧，按捺不住，拼命要对她报复。他不好好儿想想，甚至想都不想，等不及安塞尔模起来，就不管三七二十一跑去找他，对他说：

“我告诉你，安塞尔模，这好多天来我直在天人交战。有句话我极力想不告诉你，可是不能不说，也不该再瞒你。你可知道，卡蜜拉这座堡垒已经失守，完全由我管领了。我迟迟没告诉你，因为还断不定她是轻佻还是在试探我，要瞧我奉你命的谈情是否真心。我认为她如果是咱们想的正经女人，她早该告诉你我追求她；我瞧她还没告诉你，就知道她答应我的话是认真的。她答应等你下次出门，在你贮藏首饰的小房间里和我幽会。”——他的确常在那里和卡蜜拉幽会——“我不主张你冒冒失失地马上向她报复，她究竟只在心上犯了罪，也许不等干出事来，又懊悔了。你向来采纳我的意见；请听我这会儿给你出个主意，叫你把事情弄明白，还能仔细想个合适的办法来报复。你假装又像往常那样出门两三天，你却设法躲在你那间小屋里，壁衣和什物后面藏身很方便。到时你可以亲眼瞧瞧卡蜜拉安的是什么心；我也可以亲眼瞧瞧。但愿她的心是正经的，可也难保不是；那么，你就可以悄悄儿乖觉谨慎地下手为自己雪耻。”

安塞尔模以为卡蜜拉抵住了罗塔琉的假意进攻，正洋洋自得，不料听到罗塔琉这番话，惊骇得不知所措。他一言不发，两眼瞪着地，一根睫毛也不动，半晌说道：

“罗塔琉，你真够朋友，没亏负我的期望。我完全听从你的主意；你爱怎么办就怎么办，你瞧这件万想不到的事该怎么保密就怎么保密。”

罗塔琉一口答应。可是他辞了安塞尔模出来,对自己的每句话都后悔了。他觉得自己太胡闹;他尽可以自己对卡蜜拉报复,不必使这样卑鄙毒辣的手段。他咒骂自己糊涂,怪自己轻率,不知事情怎样挽回或补救。后来他决计全告诉卡蜜拉。他有的是机会,当天就单独会见了她。卡蜜拉瞧有机会和罗塔琉谈话,就对他说:

“我告诉你呀,罗塔琉,我的朋友,我有件苦事,憋得我心都要胀破了,不胀破才是怪事。蕾欧内婭现在肆无忌惮,她的情人每晚留在这里过夜,天亮才走。谁看见那人天色朦胧从我家出去,就会疑心到我,这对我的声名大有妨害。我苦的是不能责骂她;咱们靠她做心腹,这就封上了我的嘴,对她的私情事也不好开口。我生怕这样下去会出事。”

罗塔琉听了卡蜜拉的话,开始还以为是假撇清,表示从她家出去的那人不是她的情人而是蕾欧内婭的。可是他看卡蜜拉流泪着急,求他想办法,知道是真情;他这才对自己干的事感到惶恐后悔。不过他还是叫卡蜜拉不要烦恼,他会对付蕾欧内婭,不让她肆无忌惮。接着他就告诉卡蜜拉自己因误会而妒火中烧,向安塞尔模和盘托出,并约他躲在小房间里亲眼瞧她的不贞。他求卡蜜拉饶恕自己的疯狂,一时冒失,弄得这样尴尬,求卡蜜拉设法解救。

卡蜜拉听了大吃一惊。她很生气,很有分寸地数说了他一顿,责备他坏心眼,想出这样糊涂糟糕的主意来。可是女人的理智虽然不如男人,干好事或坏事的急智却天生比男人强。当时事情好像是无从补救了,可是卡蜜拉立刻计上心来。她叫罗塔琉将计就计，让安塞尔模躲起来；她打算借机开一个方便之门，从此她和罗塔琉可以一劳永逸，不必再担惊受怕。她没把自己的主意全说出来，只嘱咐罗塔琉留心等安塞尔模躲好了，听到蕾欧内娅召唤就到她那儿去；她问什么，只管回答，好像没知道有安塞尔模在旁偷听一样。罗塔琉一定要她把计划说出来，让他心里有数，能从容应付。

卡蜜拉说："我告诉你，没什么要你应付的；我问什么，你只消回答就行。"她不愿意预先把自己的打算告诉罗塔琉，怕他不依，要另出主意或另想办法；她觉得自己的打算是再好没有的。

罗塔琉随就走了。第二天，安塞尔模推说要到他朋友的村上去，他出了门就回家躲起来。这事很顺利，因为卡蜜拉和蕾欧内娅存心给他方便。

安塞尔模躲在那里等人家剥掉他的面皮，不用说，他心里是七上八下的。他眼看心爱的卡蜜拉给他的最高幸福，马上就要断送了。卡蜜拉和蕾欧内娅拿定安塞尔模已经躲好，就跑到那个小房间去。卡蜜拉一进屋，长叹一声，说道：

"哎，蕾欧内娅，我的朋友，我不愿意把我想干的事告诉你，怕你阻挡；不过你如果把我问你要的这把安塞尔模的短剑趁早刺进我这倒霉的胸膛，岂不更好呢？可是你别刺我；叫我代人受过，不合道理。我先要问问明白，罗塔琉放肆下流的眼睛里看到了我什么行为，使他抛弃了朋友，侮辱了我，胆敢向我吐露那么卑鄙的心愿。蕾欧内娅，你到窗口去叫他一声，他准在街上指望着遂他的邪心呢。可是我先得遂我自己的心！我的心有多正，就有多狠！"

那晓事知情的蕾欧内娅答道："哎，我的太太，你拿了这把短剑想干什么呀？你要自杀还是要杀掉罗塔琉呀？随你干哪一件，都会断送你的声名。你还是隐瞒了遭受的侮辱，别让那坏人这会儿进来，发现家里只有你我两人。太太，你想想，咱们是软弱的女人，他是个男人，而且是打定了主意的；他既然迷了心窍，色胆包天，存着恶意跑来，只怕你没下手，他倒先得手，害得你比送命还糟。我真要诅咒我们的安塞尔模先生，自己家里让这个不要脸的家伙来胡作非为。太太，我瞧你是要杀掉他；如果杀了他，他的尸首怎么处理呢？”

卡蜜拉道：“朋友啊，你问怎么处理吗？留给安塞尔模去埋呀。掩盖自己的羞耻该是轻松的活儿。你去叫罗塔琉来，快叫去，我受了侮辱应该报复，一时一刻的拖延都对不住我的丈夫。”

安塞尔模全听见，他的心思随着卡蜜拉的话转变。他听到卡蜜拉决心要杀掉罗塔琉，就想挺身出来拦住她。不过他又想瞧瞧这样贞烈的决心会造成什么局面，就克制了自己，打算到时再露面阻挡。

卡蜜拉这时一阵昏厥，倒在那屋里的床上。蕾欧内妣就悲悲切切地哭着说：

“哎！美德的花朵呀！贤惠女人的顶峰呀！贞节的模范呀！你如果不幸而死在我怀里，我可真糟糕了呀！”

听她这样数说，谁都以为她是世上最悲伤、最忠诚的使女，而她的女主人俨然又是个受围困的裴内洛贝①。卡蜜拉一会儿

① 裴内洛贝是荷马《奥德赛》里俄底修斯的妻子；她丈夫十年漂流在外，许多求婚的人逼她再嫁，她用计拒绝了他们。她代表坚贞而又有智谋的妻子。

苏醒过来，说道：

“蕾欧内妣，你怎么还不去把那位忠实的朋友叫来呀？比他更忠实的朋友，太阳没照见过，黑夜也没包藏过！你去啊，跑啊，赶紧啊，快走啊。我期待着一场理直气壮的报复呢，你别拖拖拉拉泄了我的火气，弄得一场报复化作几句恫吓和咒骂。”

蕾欧内妣说：“我的太太，我就去叫他。可是你先得把短剑给我，免得你趁我不在干出些事来，叫爱你的人一辈子伤心落泪。”

卡蜜拉说：“蕾欧内妣，我的朋友，你放心去吧，我决不干那种事儿。尽管你觉得我为了自己的体面又冒失，又死心眼儿，我却不至于像人家讲的鲁克瑞霞那样，不把污辱自己的人杀掉，却杀了毫无过错的自己①。我死就死，可是一定要对那个肆无忌惮、害我伤心流泪的人报了仇，吐了这口气才死呢。”

蕾欧内妣经女主人再三催促，才去叫罗塔琉。卡蜜拉一面等她回来，一面自言自语：

“天啊！尽管罗塔琉马上会知道真情，我让他把我当作淫贱的女人究竟欠妥；也许还是像以前一次次拒绝他好。好是好，可是他动了邪心掉在泥坑里，如果让他平安脱身，我就不能为自己报复，我丈夫的羞耻也不得洗雪了。那奸贼既然一肚子邪念头，安着这个恶心思，合该叫他用性命抵偿！如果事情闹出来，就让全世界知道：我卡蜜拉不但是个贞妇，还有胆量对非礼之徒报复。不过，我觉得最好还是把这事告诉安塞尔模。我当初送信到村上去，就是想告诉他呀。他准是太忠厚老实了，想不到这样交情深久的朋友会存心侮辱他，所以我暗示了危险他也不来

① 罗马贵妇人，因被人奸污，愤而自杀。她是贞烈女子的典范。

救我。头几天就连我自己也不相信,可是他越来越无耻,公然赠送礼物,漫天许愿,不断地流眼泪,我这才看透他安着什么心;不然的话,我怎么也不会相信的。不过我现在何必思前想后呢?拿定了勇敢的主意,还用考虑吗?当然不用!好,无聊的念头,别来搅我!让我报复吧!叫那个没信义的家伙进来!叫他向前来!近我的身来!我要叫他死!叫他完蛋!管它以后是什么了局!我当初嫁给天配给我的丈夫,我是清白的,我离开他也是清白的。不过我浴血而死的时候,我的干净血得和那负心朋友的肮脏血交流在一起,这是最遗憾的事。”

她一面说,一面拿着明晃晃的剑,在屋里歪歪倒倒地走来走去,还做着手势,简直发疯似的;她不像娇弱女子,却像个不要命的凶徒。

安塞尔模躲在壁衣后面,全看得清楚,心上不胜惊奇。他觉得凭自己所见所闻,更大的疑团也可以消释了。他怕出意外的祸事,情愿豁免了罗塔琉亲来证实。他正要露脸出场,拥抱自己的妻子,把真情告诉她,忽见蕾欧内娍领着罗塔琉进来,忙又缩住。卡蜜拉一见罗塔琉,就用短剑在面前地下划一长道,对他说:

“罗塔琉,你听我说:假如你胆敢跨过或走近这道线,我立即把手里的剑刺进自己的胸膛。你且不要开口,先听我说完了,随你回答。第一,我要问问你,罗塔琉,你认识不认识我的丈夫安塞尔模,你对他是怎么个看法;第二,我也要问问,你认识不认识我。你回答吧。这不是什么难题目,不用迟疑,也不用思索的。”

罗塔琉不是笨人,当初卡蜜拉要他撺掇安塞尔模躲起来,他就猜出她的用意。所以他很乖觉凑趣,顺着她意思一吹一唱,把谎话说得比真话还可信。他当时回答说：

“美丽的卡蜜拉，你问的话和我前来的意愿毫不相干，没想到你叫我来是要问这些话。假如你是要延迟你许我的好事，你不妨尽量延迟，因为如愿的希望越近，心上越加慌乱。不过，免得你说我不回答你，我就回答吧。我认识你的丈夫安塞尔模，我们从小认识。我们的交情你知道得很深，这段交情我不愿意谈，免得证明自己对他不起。我是为了爱情迫不得已；更大的过错为了这个坚强的理由也情有可原。我也认识你；我像他一样的尊重你。如果不是为了我视为至宝的你，我不至于违背自己的本分和神圣的友谊；现在我把这些都糟蹋了，因为抵不过爱情这个强敌。”

卡蜜拉道：“你对一切值得爱重的东西简直是不共戴天的仇敌！你既然招认了刚才的话，你还有什么脸站在我面前呢？你知道，我是他的镜子；而你呢，正该从他身上照鉴自己，瞧瞧你侮辱他实在岂有此理。可是，哎，我真倒霉啊，我这会儿明白了，你这样不守本分，准因为我有点儿轻浮——我不愿意说轻佻，因为不是有意；女人觉得不必拘谨的时候，无意中往往会有失检点。除此之外，我问你，奸贼，你凭什么以为你那下流无耻的心愿可以得逞呢？我听了你的央求说过一言半语、或有任何表示、叫你心生妄想吗？你求情说爱，我哪一次没严厉地申斥吗？你大开口许下的愿，我相信了吗？你阔手笔送来的礼，我接受了吗？可是我认为情人的痴心妄想，没有希望就断绝了。你对我有意，想必是我无心造成的。所以我愿意把你的狂妄，归罪于我自己，你该受的惩罚，也由我自己承当。我丈夫是最有体面的人，可是你费尽心机去扫他的面子，我却又漫不经心，疏于防范，或许助长了你的邪心。我要为我丈夫受的侮辱，来一番赎罪的祭献。现在叫你来,就是要你到场看看,让你知道,我对自己都这样冷酷,对你决不讲人情。我再一次声明:我怀疑自己有失检点,滋生了你的妄想;我正是为这点疑心惶恐不安,决计亲手惩罚自己,因为如果假手别人,我的罪过会闹出去。可是我要对一个人报了仇才泄得心头之恨;我对自己下手之前,得杀了他,带着他同死。我不论到哪个世界,都可以看到天道无私,那个送我上绝路的人,自己也受到了惩罚。”

她一面说,一面拿着那把出鞘的短剑向罗塔琉直扑上去,又猛又快,出人意料,分明是只想一剑刺进他的胸膛,连罗塔琉都拿不定她这番做作是真是假了。他只好靠自己的本领和力气,不让卡蜜拉下手。卡蜜拉这场别致的把戏演得惟妙惟肖,她要逼真如实,还不惜用自己的鲜血来渲染。她瞧自己刺不中罗塔琉,或是假装刺不中,就说:

“尽管命运不让我正当的心愿完全得偿,我对自己至少还做得几分主,命运也没法阻挠我。”

她拿剑的手已经给罗塔琉捉住,她用力挣脱,把剑锋对着自己身上不伤要害的部分,一剑刺在左肩锁骨下。她立刻倒在地下,好像是晕死了。

蕾欧内姮和罗塔琉吓呆了;他们瞧卡蜜拉躺在自己的血里,拿不定这件事的真假。罗塔琉慌忙把剑拔出来,一看伤势很轻,心才放下,不禁暗暗钦佩美丽的卡蜜拉足智多谋。他随即串演自己担当的角色,仿佛卡蜜拉已经死了,对着她的身躯放声恸哭,不仅咒骂自己,还咒骂指使他的人。他知道老友安塞尔模正在旁听,故意说些话,叫他觉得即使卡蜜拉已经送命,也不如他罗塔琉命苦。蕾欧内姮把卡蜜拉抱上床,求罗塔琉出去找个人来悄悄地为卡蜜拉治伤；还求他出个主意，如果到安塞尔模回家她女主人的伤还没好，怎么向男主人交代。罗塔琉说：随她们俩怎么说吧，他心乱如麻，想不出好主意。他只嘱咐蕾欧内娅设法止血，他自己就要躲到不见人迹的地方去。他装出非常悲痛的样子走了。他出门四顾无人，就不停地画十字，惊佩卡蜜拉的机变，以及蕾欧内娅恰到好处的表演。他料想安塞尔模一定死心塌地把自己的夫人看作珀霞第二①。这出戏演得巧妙透顶，他急要和安塞尔模一起赞美戏里的真情或假意。

卡蜜拉流血不多，只够把假戏润色得像真事。蕾欧内娅照罗塔琉的吩咐止了女主人的血，用酒洗净伤口，尽力包扎好。她一面包扎，一面说话；假如她先前什么都没说，单这套话就可以叫安塞尔模把卡蜜拉当作贞洁的模范。卡蜜拉的话也配搭得好。她骂自己没胆量，既然厌世寻死，就该有点儿勇气，她却害怕了。她请教使女，要不要把这事告诉她亲爱的丈夫。蕾欧内娅劝她别告诉，否则他就有义务向罗塔琉报复，不免担受危险；贤德的女人该为丈夫尽量扫除引起事端的事，不惹他去和人家争斗。卡蜜拉说，她觉得这个主意很好，决计照办，不过她怕自己的创伤瞒不过安塞尔模，得设法解释。蕾欧内娅说，她可不会撒谎，就连开玩笑的撒谎也不会。

卡蜜拉说："那么，妹妹啊，我怎么会撒谎呢？我即使性命交关，也不敢撒谎，连帮腔都不敢。咱们打不破这重难关，还是和盘托出吧，别说了谎给捉出来。"

---

① 古罗马玛戈·布鲁多(Marco Bruto)的妻子。她预闻布鲁多和朋友谋弑凯撒大帝的机密；她刺伤了自己，表示自己吃得了痛苦，守得住秘密。布鲁多战死，她吞食燃烧着的煤炭自杀。

蕾欧内媆答道:“太太,你别着急。咱们跟他该怎么说,我从这会儿到明天还可以想想。你受伤的地方不显,也许可以遮着不让他看见。说不定天会保佑咱们的心胸皎洁。我的太太,你安静一下,别激动,免得我主人看出你神魂不定。你把事情都交给我,交给上帝;上帝对好心愿总是支持的。”

安塞尔模全神贯注地观看了这出断送他体面的悲剧,剧中人表演得惟妙惟肖,假扮的角色竟像真人的本相。他眼巴巴等天黑,好寻机会出去看他的好友罗塔琉。他证实了妻子贞洁,要在罗塔琉面前自庆得到了这样一颗宝珠。她们俩存心给他出门的机会和方便;他没错过,出去就找罗塔琉。他对罗塔琉的连连拥抱,他心满意足的话,他对卡蜜拉的赞美,这里简直无法叙述。罗塔琉听了脸上没一点喜色,因为想到朋友上了当,想到自己岂有此理地侮辱了他,实在内愧。安塞尔模瞧罗塔琉没精打采,以为他是因为卡蜜拉受了伤而引咎自责。他劝了一通,叫他别为卡蜜拉的事着急,她的伤一定很轻微,因为她们俩决定不告诉他,可见是不用担忧的,他倒是劝罗塔琉从此和自己一起行乐吧,因为他多亏好友出力充当了试验品,现在真是放心得意了。他不用别的消遣,只想作诗赞扬卡蜜拉,叫她流芳百世。罗塔琉赞成这个主意,说他也要来帮着树立这个光荣的模范。

安塞尔模就此成为上了当还欣然自得的大傻瓜,全世界找不到第二个。人家断送他的名誉,他却以为是为他赢得了光荣,把这人亲手拉回家去。卡蜜拉见了罗塔琉,面上待理不理,心里却含着微笑。事情一时上没闹破,直到几个月后,命运的轮子转了过来,掩盖得非常巧妙的丑事就传扬开了。安塞尔模为他不知分寸的追根究底,竟赔掉了性命。

第三十五章

堂吉诃德大战满盛红酒的皮袋；
《何必追根究底》的故事结束。

故事还剩不多点儿，忽然桑丘·潘沙慌慌张张从堂吉诃德睡觉的顶楼上出来喊道：

"各位先生，我主人在打仗呢！我从没见他打得那么拼死命的，你们快来帮忙！啊呀，跟咱们米戈米公娜公主作对的巨人给他挥手一剑，脑袋瓜就像个萝蔔似的齐根砍下来了！"

神父放下还没念完的故事，问道："老哥，你说什么？你疯了吗，桑丘？那个巨人在两千哩瓦以外呢，你这话不是活见鬼吗？"

这时他们听得那边屋里轰然巨响，堂吉诃德大叫道：

"站住！你这个贼！你这个强盗！恶棍！你现在可落在我手里了！你的弯刀子也不中用了！"

听声音他好像在狠砍那墙壁。桑丘说道：

"你们别待在这儿只顾听呀，倒是进那屋去劝劝架，或者帮我主人一手吧。不过现在也不用了，那巨人分明已经送了性命，向上帝招供一生的罪孽去了。我看见流得满地是血，砍下来的脑袋滚在一边，有大酒袋那么大呢。"

店主人一听这话，说道："那屋里床头边堆着些装满红酒的皮袋呢。我可以发誓，那位堂吉诃德或堂魔鬼准是在酒袋上砍了几剑，这位老兄把流出来的酒当作血了。”

他一面说，一面进那间屋去；大家都跟着他。他们看见堂吉诃德装束得非常古怪。他只穿一件不够长的衬衫，前襟遮不没大腿，后襟比前襟还短去六指宽。他两腿很瘦长，上面全是毛，一点不干净。他头上戴一只油腻的小红睡帽，那是店主人的；左手裹着一条毯子，那是桑丘见了就恼火的——什么缘故，桑丘肚里明白①。他右手拿一把出鞘的剑四下里乱挥，嘴里只顾叫嚷，仿佛真在跟什么巨人打架。妙的是他眼睛还没睁开，原来没睡醒，正做梦和巨人交战呢。他一心专注要去完成这桩大事，所以睡梦里已经到了米戈米公王国和敌人交手了。他自以为砍的是巨人，对那些酒袋连连挥剑，酒流得屋里满地都是。店主人看了怒不可遏，扑向堂吉诃德，捏紧拳头狠命地揍，要不是卡迪纽和神父把店主拉开，他就结束了这场和巨人的战斗。可怜的骑士到这地步仍然没醒过来。理发师拿了一大罐新汲的凉井水，对他没头没脸地浇，他才算醒了，不过也没有清醒，还不明白自己是怎么一回事。多若泰因为堂吉诃德衣不蔽体，没肯进来瞧她这位恩人和她的敌人交战。

桑丘满地找那巨人的脑袋，却找不到，就说：

“我现在明白了，这整个客店是着了魔道的。上次就在我这个地方，有人揍了我好多拳，打了我好多棍，可是不知是谁，始终没瞧见一个人。今天呢，这个脑袋又不知到哪里去了；我亲眼看着它砍下来的，那血呀，就像喷泉似的从脖子里直喷出来。”

---

① 指桑丘前番给兜在毯子里抛掷的事。

店主人道:“你这个背叛上帝和神灵的家伙,胡说些什么血呀,什么喷泉呀！你这个贼,你没瞧见吗,血和泉水不过是戳破了酒袋、泡在屋里的红酒啊！谁戳破我的酒袋,叫他的灵魂到地狱里泡着去!”

桑丘道:“我什么也不理会,只知道那个脑袋要是找不到,我那份伯爵的封地就好比盐着了水全化掉了,我就倒霉透顶了。”

清醒的桑丘比他那个做梦的主人还糟;他主人许他的报酬已经迷糊了他的心窍。店主人瞧这侍从痴呆懵懂,他主人又直闯祸,恼怒非常,发誓决不再像上次那样随他们赖账逃跑,这回他们骑士道的特权没用了,新账旧账都得清偿,连戳破酒袋的修补费也得要他们出账。

神父这时候捉住堂吉诃德双手。堂吉诃德自以为大事已了,正向米戈米公娜公主朝见报功呢。他对神父双膝跪下说:

“尊贵美丽的公主啊,你从此可以安生,那下贱的东西不能再为非作歹。你的事,我靠上帝帮助,靠我当作命根子的小姐保佑,已经圆满完成;我答应你的话就此取消了。”

桑丘听了说道:“可不是我说的吗？我并没有喝醉了酒呀！瞧！我主人不是已经把那巨人宰了而且腌上了吗！事情都妥当了！我的伯爵是现成的了!”

主仆俩疯疯傻傻,看了他们谁能不笑呢？大家都哈哈大笑,只有店主没好气。后来理发师、卡迪纽和神父费了不少事,出了不少力,把堂吉诃德扛上床。他就沉沉睡去,看来已经精疲力竭。他们随他睡觉,且到店门口去安慰桑丘·潘沙,因为他没找到巨人的脑袋。他们又要平店主的气,那就更费事了。他看到自己的酒袋横遭不测，恼怒得不可开交。店主妇嚷道：

"这个游侠骑士到我们店里来，该是我们倒了霉！我但愿一辈子没碰见他！他害我赔了多少钱啊！上次他和一个侍从、一匹马、一头驴在这儿过了一夜，晚饭、床铺、稻草、麦子的账全没付就跑了。他说自己是冒险的骑士，一应花费都不用出钱，游侠骑士的收费章程①上这样规定的。但愿这些冒险的骑士倒尽了霉吧！这回又是为着他，这位先生跑来把我的尾巴拿走了，还来的尾巴又蚀了几文钱的价，毛都脱了，我丈夫要用也不中用了。这还不够，他又把我的酒袋戳破，酒都流光。我但愿流出来的是他的血呢！他别打错了主意，我凭我爸爸的骨头和我妈妈的灵魂起誓，一定要他把欠下的钱一一还清，要不，我不姓我的姓，不是我爸养的！"

店主妇气呼呼地数说，她的好佣人玛丽托内斯也从旁帮腔。她女儿不作声，有时微微地笑笑。神父答应尽力赔偿他们的损失，不仅酒袋和酒，更要紧的是那条稀罕的尾巴。他们这才满意了。多若泰安慰桑丘·潘沙说，他主人斫了巨人脑袋的事一经证实，她回国坐稳王位，准赏他个头等的伯爵封邑。桑丘听了很称心。他向公主一口咬定：那巨人的脑袋他确实看见的，而且看见上面的胡须直拖到腰部呢。他说，如果脑袋找不到，就是因为这家客店里的事都由魔法支使；他在这里住过，有经验。多若泰说，这些话她都相信，她叫桑丘别着急，事情一定顺手，他准会称心满意。大家都已经心平气和，神父瞧那个故事所余无几，想读完它。卡迪纽、多若泰和其他的人都请他读。神父乐得为大家

① 客店主妇不懂得骑士道的规则，她心目中的规则就是旅店收费的章程。

助兴，自己也有趣味，就继续读下去：

且说安塞尔模证实了卡蜜拉的贞节，日子就过得快活，无忧无虑。卡蜜拉故意对罗塔琉铁青了脸，让安塞尔模把她对罗塔琉的心意往错里捉摸。罗塔琉配合她的做作，要求安塞尔模答应他不再上门，因为卡蜜拉分明见了他讨厌。可是安塞尔模蒙在鼓里，怎么也不答应。他这样千方百计丢自己的脸，却以为是称了自己的心。这时蕾欧内婼觉得可以放胆偷情，非常乐意。她拿定女主人会为她掩盖，甚至还会教她怎样少担风险，所以肆无忌惮。结果有一天，安塞尔模听见蕾欧内婼屋里有脚步声。他要进去瞧瞧是谁；觉得有人顶着门，就越要把门推开。他下死劲推开门，进屋恰好看见一个男人从窗口往街上跳。他急要去追、或瞧瞧是谁，可是不行，蕾欧内婼抱住他不放，她说：

"我的先生，您放心，别着急，出去的人您也甭追。这全是我的事，他是我的丈夫。"

安塞尔模哪里肯听，他火得什么都不顾，拔出短剑要刺蕾欧内婼，一面对她说，如果不老实招供，就要她的命。蕾欧内婼吓昏了，也没理会自己说的是什么话，答道：

"您别杀我，先生，我有事奉告，您意想不到那事多么要紧。"

安塞尔模说："快说，不然就杀了你。"

蕾欧内婼道："我这会儿心上乱得慌，没法儿说。宽限我到明天早上，我告诉您一个惊人的消息。您只管放心，窗口跳出去的是本城的一个年轻人，和我订了婚的。"

安塞尔模这才平静下来，答应她放宽期限。他对卡蜜拉的品德没有丝毫疑虑，绝没想到蕾欧内婼会讲她什么坏话。他告诉这使女,如果她该说的不说,休想出这房间。他走出来,把她反锁在内。

他立刻去看卡蜜拉,把蕾欧内娅的事、她答应告诉他紧要大事等话都搬给她听。卡蜜拉的惊慌不消说得。蕾欧内娅准会把女主人失节的事据自己所知一一告诉安塞尔模,这是可想而知的。她吓得魂不附体,也不敢再等着瞧个究竟;当夜看安塞尔模已经睡熟,就收拾了自己最珍贵的首饰,又拿了些钱,瞒着家里,出门到罗塔琉家去了。她一五一十告诉了罗塔琉,求他或者窝藏她,或者和她一起逃到安塞尔模找不着的地方去。罗塔琉听了慌得一句话也说不出,更想不出什么主意。后来他决计把卡蜜拉送进一个修道院去,那院长是他的亲姊妹。卡蜜拉同意。事情很急迫,罗塔琉少不得连夜把她送去,安顿在那里;他自己马上出城,没让一人知觉。

第二天早上,安塞尔模并没理会卡蜜拉不在身边,他急要听蕾欧内娅说些什么,起床就到锁着她的屋里去。他开门进去一看,不见蕾欧内娅,只见窗口悬着一长串连接着的床单,分明她是缒着下楼逃走了。他一肚子懊恼,忙回去要告诉卡蜜拉;不料她不在床上,家里满处都找她不到。他着急得很,打听家里佣人,谁也不知究竟。他找卡蜜拉的时候忽见她的箱子都开着,珍贵首饰大半没了,这才知道家里出了丑事,而祸首不是蕾欧内娅。他不及穿着整齐,急急惶惶地出去找他的朋友罗塔琉,想把糟心事告诉他。罗塔琉却不在家,据佣人说,他昨夜就出门了,家里的现钱他都带走了。安塞尔模差点儿发疯。谁知没兴一齐来,他回家发现男女佣人已经逃跑一空,只剩了一宅空房子。

这是怎么一回事呢?该怎么说呢?怎么办呢?安塞尔模都

不知道，他神识逐渐迷乱了。他想想自己一下子妻子、朋友、佣人全都没有了，仿佛上天不再庇荫他了，尤其糟的是丧失了名誉体面，因为他从卡蜜拉的失踪，看到自己就此毁了。他过了好一会，决计到乡间的朋友家去；他当初就是在这个朋友家住，造成这番祸事。他锁上大门，骑了马，垂头丧气地上路。他半路上感慨万端，忍不住下地把马拴在树上，倒在树脚下放声哭叹，直耽搁到傍晚。忽见一人骑马从城里来，彼此打过招呼，他就问起弗罗伦西亚城里有什么新闻。那人说：

"出了些好久没听到的新奇事。传说住在圣胡安的阔少爷安塞尔模昨晚给好友罗塔琉拐走了老婆卡蜜拉，安塞尔模本人也不知去向。卡蜜拉的使女昨夜从安塞尔模家窗口用床单缒着下来，给市长逮住，事情全是她说出来的。详细情况我也不知道，只知道城里人都诧异，安塞尔模和罗塔琉是最要好不过的，向来叫作'朋友俩'，这样的知心朋友中间，想不到会出这种事。"

安塞尔模说："罗塔琉和卡蜜拉走哪儿去了，有人知道吗？"

城里来的人说："市长正加紧缉访，还没找到他们俩的影踪。"

安塞尔模说："再见吧，先生，上帝保佑你。"

城里来的人答道："上帝保佑你。"说着就走了。

安塞尔模听了这个噩耗，气得发昏，简直活不下去了。他挣扎起身，到了乡间的朋友家。这个朋友还不知他的倒霉事，看他脸色灰黄，以为他害了什么大病。安塞尔模随就要个地方睡觉，又要些文房用具，还要求关上房门，独自休息。朋友一一依言。他孤孤单单，想到自己的不幸，心上沉重不堪，分明感觉到自己命在顷刻了。他打算留个字条，说明自己突然死亡的原因。他动笔写了几句，没写完就咽了气，他那点没分寸的好奇心害他气死了。主人家到天晚没听得安塞尔模呼唤，进去瞧瞧他是否病又加重；只见他半个身子在床上，半个身子趴在书桌上，前面摊着他留字的纸，一支笔还拿在手里。主人上去叫他，不见答理，就去拉他的手，摸着冰凉，才知道已经死了。这位朋友很惊慌，忙把家里佣人叫来做见证。他又看了留下的字条，认得是死者的笔迹，上面说：

"我愚蠢无聊的愿望断送了自己的性命。假如卡蜜拉听到我的死讯，我希望她知道我原谅她。因为她没有义务创造奇迹，我也没有必要这样要求她。我的耻辱是咎由自取，何必……"

安塞尔模只写到这里，可见他到此无话可说，就此死了。第二天，他朋友把他的死耗通知了他的亲属。他们已经知道他的丑事，也知道卡蜜拉躲在哪个修道院里。卡蜜拉差点儿跟着丈夫走了同一条路；这不是因为听说丈夫去世，而是因为听说情人出走了。据说她做了寡妇既不肯离开修道院，又不肯发愿做修女。过了不多几天，消息传来，罗塔琉打仗阵亡了。原来这位后悔无及的朋友逃到拿坡黎斯，参加了洛特瑞先生①和大元帅贡萨洛·艾南台斯·台·果都巴的战争②。卡蜜拉得了这个消息，才发愿进会。她悲伤太过，不久也死了。事情的开始这样荒

---

① 洛特瑞(Odet de Foix，Sieur de Lautrec)是法国的元帅，塞万提斯把法文的 Monsieur 写作 Monsiur。

② 这在历史上是错误的。大元帅贡萨洛·台·果都巴(见本书 323 页注②)于 1507 年离开意大利，1515 年死于西班牙的格拉那达；洛特瑞率领法军围攻拿坡黎斯是在 1527 年。

谬绝伦，只能落得这样结束。

神父说："我觉得这故事不错，不过我不信真会有这种事。如果是编的呢，那就是编得不好，因为不能设想一个丈夫会像安塞尔模那么荒唐，不惜赔了身家性命，来试验妻子的贞操。情人之间还说得过去，夫妇之间总有点不合情理。至于叙事的方式，我没什么挑剔的。"

第三十六章

客店里发生的其他奇事。

这时候店主在客店门口喊道：

"好漂亮的一队过路客人呀！要是到这儿来，咱们可热闹了。"

卡迪纽问道："什么样的人？"

店主说："四个男人骑着短镫高鞍①的马，拿着长枪和盾牌，都戴着黑面罩。跟他们一起，还有个穿白衣服的女人乘马坐在横鞍上，也蒙着脸。另外还有两个步行的小厮。"

神父问道："来得很近了吗？"

店主人说："很近了，快到了。"

① 阿拉伯式的鞍镫。

多若泰听到这话就戴上面罩，卡迪纽忙躲到堂吉诃德的屋里去。店主所说的一群人已经到了店门口。骑马的四人身材举止都很斯文，他们下了马就去搀扶坐横鞍的女人，其中一个张臂把她抱下。卡迪纽躲着的那间屋子门口有一只椅子①，那人就把女人放在椅子上。这时女人和四个男人都没有除下面罩，也没说一句话。女人坐下了才深深叹口气，耷拉着两条胳膊像个极虚弱的病人。那两个步行的小厮把几匹马都牵到马房去。

神父看了心上纳闷，不知这群衣服整齐、默不作声的人究竟是谁。他跟着那两个小厮，向其中一个探问。小厮说：

“天晓得！先生，我说不上他们是谁，只知道看样子很有身份，尤其是刚才把那位小姐抱下马的一个。另外几个都很尊敬他，什么都听他吩咐。”

神父问道：“那位小姐是谁呢？”

小厮答道：“这个我也没法说，一路上我没看见她的脸，只听到她经常唉声叹气，每次都仿佛要死过去似的。我只知道这么一点儿。这也怪不得，我和我这伙伴跟了他们才两天，因为是路上相逢的，他们连说带劝，许下重酬，叫我们跟到安达路西亚去。”

神父问道：“你没听见他们称呼吗？”

小厮说：“实在没听见。他们怪得很，一路上都不出声，只有那可怜的姑娘不时地叹气和哭；我们听了很难受。照我们猜想，她一定是给人押送到什么地方去。看她的装束，大概是修女，更可能是要去做修女的。也许她不愿意，所以好像很伤心。”

---

① 上文说堂吉诃德睡在顶楼上。但这里他的卧室却在平地上。

神父说:“都可能。”

他撇下两个小厮,回到多若泰那里。多若泰听了蒙面姑娘叹气很同情,就走到她身边说道:

“我的小姐,你有什么不舒服吗?如果是女人的常病,女人有经验会医治的,我甘心情愿服侍你。”

那伤心的姑娘只不作声。尽管多若泰热情关切,她还是一声不响。后来,一个蒙面的绅士——据小厮说是最受尊敬的那人,过来对多若泰说:

“小姐,你不用讨好这个女人,她对人家为她干的事向例不知感激。你也不用指望她回答,除非你愿意听她撒谎。”

一直默不作声的女人这时说道:“我从来不撒谎。就为我一片真诚、绝不撒谎,才遭到了现在的横祸。这话请你问问自己就知道。因为正是我的真诚,造成了你的欺诈。”

卡迪纽在堂吉诃德的卧房里,和说话的女人只隔着一重门,她的话听得清清楚楚。他立刻大叫道:

“天啊!谁在说话呀?我听到的是谁的声音呀?”

那位小姐听得喊声,大吃一惊,忙回过头去。她看不见叫喊的人,就站起来,要往那屋里跑。绅士见了就拦住她不许动。那小姐匆忙中蒙面的绸子掉下来,露出一张非常秀丽的脸,只是容颜惨淡,神色不安,骨碌碌转动着眼珠四面张望,着急得好像发了疯似的。多若泰等人看了她那样儿,虽然不知道是为什么,都觉得很可怜。那绅士还紧紧抱住她的肩膀,自己的面罩滑下来也顾不及扶,那面罩就整个儿掉了。多若泰正搂着那姑娘,她抬头一看,和自己同搂着这女郎的正是自己的丈夫堂费南铎。她一见之下,不由得从心底里发出“哎”一声无限伤心的长号,立即仰面晕倒,多亏理发师从旁扶住,她才没摔在地下。神父忙过来替她除下面罩,好往她脸上洒水。抱住那女人的绅士确是堂费南铎;多若泰一露脸,他就认出来了,顿时面如死灰。在他怀里挣扎的女人是陆苹达,堂费南铎到此还没肯放手。她已经听出是卡迪纽在叹气,卡迪纽也已经听出她的声音。他听到多若泰晕倒前的那一声"哎",以为是陆苹达喊的,立刻面无人色地从屋里冲出来。他第一眼就看见堂费南铎抱着陆苹达;堂费南铎也立刻看见了卡迪纽。陆苹达、卡迪纽和多若泰①三人都目瞪口呆,不知道这是怎么一回事。

大家一言不发,面面相觑:多若泰看着堂费南铎;堂费南铎看着卡迪纽;卡迪纽看着陆苹达;陆苹达看着卡迪纽。还是陆苹达第一个开口对堂费南铎说:

"堂费南铎先生,请你放了我吧。不为别的,你为了自己的品德也得放手。我是墙上的薜荔,得让我爬在墙上。你的纠缠和威胁,你许的愿、送的礼,都不能把我从自己依附的墙上拉下来。你瞧瞧,神奇的天道把我送到自己真正的丈夫面前来了。你付了不少代价,该从经验知道,我除非死了才会忘记他。我的话已经说得明明白白,你现在只好把爱变作恨,喜欢变作厌恶,就此杀了我。我能死在自己的好丈夫面前,死也不冤枉了;也许正好向他表明,我对他的忠心是至死不变的。"

多若泰这时清醒过来。陆苹达的话她全听见,由她话里,知道了她是谁。她瞧堂费南铎还抱住陆苹达不放,也不说话,她就鼓勇起身,向他双膝跪下,热泪莹莹地说道:

---

① 但上文她已晕倒,到以下第三节才说到她清醒。

“我的先生，你两臂环抱的太阳要是没耀花你的眼睛，你会看见跪在你脚边的是薄命的可怜人多若泰——你薄情到几时，我就薄命到几时。我原是出身低微的农家姑娘，你或者出于好心，或者出于一时高兴，抬举我做了你的人。我向来贞静，日子过得快活，直到我听了你的央求，看了你表面上正当热烈的情感，才败坏了操守，把身心交付给你。我落到目前的境地，又看到你这会儿的情况，知道你全没有把我放在心上。不过你别看错了，以为我出走是因为丢了脸，我只是因为给你抛弃了心上悲伤。你当初愿意和我结婚，而且已经照你的办法和我结了婚；现在即使后悔，也没法不做我的丈夫了。我的先生，你请想想：我对你的心意是独一无二的，抵得过你别处去追求的美貌和高贵的门第。你不能和美丽的陆莘达结婚，因为你是我的丈夫；她也不能和你结婚，因为她是卡迪纽的妻子。你知道，勉强爱一个崇拜你的人还容易，要叫嫌弃你的人转过来热爱你可就难了。你缠着我的时候，我是不懂事的；你央求我的时候，我是贞洁的。我的家境，你不是不知道；我怎样会一切依你，你自己很明白：你没有借口、没有理由说自己是受了欺骗。这是事实。而且你不仅是个上等人，还是个基督徒。你为什么有始无终，借故把婚礼拖延呢？我是你的正室妻子；你不愿意把我当妻子，至少也该收我做个奴隶。我只要是你的人，就觉得很幸福了。你别抛弃我，让街头巷尾把我的耻辱当作话柄；也别害得我父母老来痛苦。他们是你的好子民，向来对你府上忠心耿耿，不该受这样的报答。假如你觉得你的血搀了我的血就不纯，那么，你请看吧，世上贵族的血都经过掺杂，很少例外，也许竟没有例外。血统的高贵不高贵，不以女方的为准，况且真正的高贵还在于道德品性。

你如果剥夺我的名分，那么你道德有亏，就比不上我高贵了。反正，先生，我千句并一句：随你愿意不愿意，我总归是你的妻子。你瞧不起我，无非因为自己高贵；假如你自诩高贵，你的诺言就不该是谎话，你的诺言就保证我是你的妻子。你签的字①也是保证。你许愿的时候指天为誓，天也是保证。如果这许多保证都没用，你自己的良心在你欢乐的时候也一定会发出无声的呼吁，为我申诉，叫你在最称心快意之际内愧不安。"

受害的多若泰还说了些旁的话，说得伤心流泪，连堂费南铎的几个同伴和其他在场的人都陪着落泪了。堂费南铎只是听着，一句话不说。她讲完了又流泪叹气；除非铁石心肠的人，才能冷眼瞧她那悲苦的样儿。陆苹达在旁看着，既同情她的痛苦，又惊讶她的美貌慧心，想到她身边去安慰几句，却给堂费南铎抱住了不能动身。堂费南铎又惭愧，又惶恐，对多若泰看了好半天，才撒开手放了陆苹达，说道：

"你赢了，美丽的多若泰，你赢了。你举出这么大堆的真理，谁也没胆量抵赖。"

陆苹达身体很虚弱；堂费南铎一撒手，她差点儿跌倒。可巧卡迪纽在旁边；他不愿意给堂费南铎看见，正躲在堂费南铎背后。这时他撇开怕惧，不顾一切，赶上去扶住陆苹达，把她抱在怀里，说道：

"我的心坚貌美的小姐啊，如果慈悲的上天让你现在能休息一下，我相信我的怀里就是最安稳的地方；以前我有幸和你订了婚，你在我怀里休息过。"

---

① 但上文多若泰叙述她受骗经过，没说到堂费南铎签字立下笔据。

陆莘达听了这番话，眼睛转到卡迪纽身上。她已经听到他的声音，这时亲眼看见了他本人，一时忘情，竟撇开一切拘束，伸臂抱住卡迪纽的脖子，脸贴着他的脸说道：

"我的先生，你是我的命根子，尽管厄运还会作梗，我的生命还会受到威胁，你终归是你这个奴隶的真主人。"

堂费南铎和其他在场的人看到这等破天荒的事，大为惊奇。多若泰瞧堂费南铎脸色铁青，伸手按剑，好像是要和卡迪纽拼命的样子；她看出苗头，立即抱住堂费南铎的两膝，一面亲吻，一面紧紧抱住，不让他动。她眼泪始终没停，说道：

"我唯一的靠山啊，你在这个意想不到的当口上要干什么呀？你自己的妻子在你脚边；你图谋的妻子在她丈夫的怀抱里。你想想吧：你要拆散天配的姻缘，好不好呢？行不行呢？人家排除了一切障碍，证实了自己的忠贞，当着你的面，把自己甘露似的眼泪润湿了自己丈夫的脸颊和胸膛，你要把她拉来做自己的配偶，合适不合适呢？我求你看上帝和自己的人格分上，不要看见他们俩这样光明坦白的表示就此火冒三丈，倒是该息火平心，让这一对有情人终成眷属，白头偕老，别再去破人好事，这才见得你的高尚慷慨，大家也就知道你能够以智胜情。"

多若泰说话的时候，卡迪纽虽然抱着陆莘达，一双眼睛却盯在堂费南铎身上，瞧他如有危害自己的行动，决计不顾性命，尽力自卫，并向一切侵害他的人动手。堂费南铎的几个朋友、神父和理发师一直都在场，忠厚的桑丘·潘沙也在；他们这时就上去围住堂费南铎说情。他们说，该顾惜多若泰的眼泪；他们认为她说的分明都是真情，她的希望完全正当，不能欺骗她。他们叫他想想，彼此在这儿意外相逢，看似偶然，其实绝非偶然，是上天特意安排的。神父又提醒说：陆莘达和卡迪纽只有死别，没有生离，即使挥剑要把他们分开，他们准乐于就死。他说，到了无可奈何的境地，最聪明的办法还是勉力自制，表示心胸宽大，好心好意让他们享受天赐的幸福。神父叫堂费南铎端详一下多若泰的美貌，就知道比得上的都少有，别说更美的了；况且她又是低声下气、一片至诚地爱他。神父特别警诫他，如果以上等人和基督徒自居，就不得不履行诺言。他说，履行诺言，就顺从了上帝，也能得到有识之士的赞许。有识见的人都承认美人的特权；出身卑微的美人，只要品德好，不论地位多么高贵的男人都配得上，男人把她抬举到自己的地位，并不降低自己的身份。一个人受了爱情的摆布，只要没有非礼犯罪，就无可非议。

其他人也说了许多好话。堂费南铎毕竟有高贵的血统和大丈夫的胸怀，渐渐回心转意，承认了这些真情实事；他要抵赖也不行呀。他表示听从金玉良言，俯身抱起多若泰，对她说：

"我的夫人，起来吧！你是我心上的人，我不该让你跪在我脚边。我始终没向你表白这番意思，也许是上天要我看到你对我的真挚，叫我知道该怎样尊重你，才不亏负你。我求你不要责备我放浪，把你撇在脑后。我当初哄你上手，后来不肯娶你，居心是完全相同的。不信，你只消回脸瞧瞧快乐的陆莘达那双眼睛，就会原谅我的一切过错。她既已如愿以偿，我有了你也称心满意，我祝愿她和她的卡迪纽同享安乐，多福多寿；求上天保佑我和我的多若泰也和他们一样。"

他说完又抱住多若泰，脸偎着脸，把满腔热情强自抑制，不让爱怜和悔恨在眼泪里尽情流露。陆莘达和卡迪纽以及旁观的众人却不像他那样。他们有的因为自己快乐极了，有的因为瞧见别人那么快乐，都感动得涕泪横流，好像一齐遭了大祸。连桑丘·潘沙都哭了。不过据他后来说，他原以为多若泰是米戈米公娜公主，指望着她好大一份赏赐，不料她并非公主；他是为这个缘故才哭的。大家眼中流泪，心上震惊。过了一会，卡迪纽和陆莘达跑去跪在堂费南铎面前，感谢他的一番好意。他们说话非常得体，堂费南铎简直无言可对。他扶起两人，热情有礼地拥抱了他们。

堂费南铎随后问多若泰怎会远离家乡，跑到这个地方来。多若泰把告诉过卡迪纽的话简洁地讲了一遍。她叙说自己落难的经过，娓娓动听，堂费南铎和他的同伴都但愿她讲得再长些。她讲完，堂费南铎接着讲他在那城里的事。他在陆莘达怀里发现了一张字条，声明她已经和卡迪纽订婚，不能再和堂费南铎结婚。他就想杀掉陆莘达；要不是她父母拦住，他真会干出来。他羞愤交加，随即离开了陆莘达家，决计再等机会报复。第二天他听说陆莘达已经出走，不知下落。后来，过了几个月，风闻陆莘达在一个修道院里，发愿如不能和卡迪纽同生活，就一辈子不出修道院。他知道了这个情况，就邀集这三位绅士一起到修道院所在的地方。他没去会见陆莘达，怕修道院里知道了自己的行踪，加意防备。他等一天修道院开着大门，就留两人在外望风，自己带一人进修道院去找陆莘达。他看见陆莘达正在廊下和一个修女谈话，趁她猝不及防，把她挟持出门。他们带了她先到一个村里，置备了带着她上路必不可少的东西。他们这些事干来很顺当，因为那所修道院坐落乡间，离城很远。据他说，陆莘达瞧自己落在他手里，就晕死过去；清醒之后，只是淌眼抹泪，唉声叹气，没说过一句话。他们带着沉默和眼泪到了这个店里；在他，这就好比上了天堂，世间一切不幸在这里都结束了。

第三十七章

米戈米公娜贵公主的故事，以及其他趣事。

桑丘把那些话都听在耳里，心上很懊丧。他眼看着封爵的希望烟消云散，美丽的米戈米公娜公主变了多若泰，巨人变了堂费南铎，而他的主人却只顾睡大觉，对这些事都懵懵懂懂。多若泰拿不稳自己的幸福，只怕是做梦；卡迪纽的心思和她相仿，陆莘达也和他一样。堂费南铎觉得自己已经深入迷途，声名和灵魂险点儿断送；他感谢上天施恩，从中挽救了自己。总之，客店里所有的人看到这些不可分解的纠结变得有条有理，都很高兴。神父高明地指出此中都有天意，恭喜每个人转了好运。最欣喜的是店主妇，因为卡迪纽和神父答应赔偿堂吉诃德带累她的一切损失和负担。只有桑丘心上懊丧，闷闷不乐，上文已经讲过。他垂头丧气跑到他主人屋里，恰好他主人刚睡醒，他就说：

"哭丧着脸的先生啊，您只管睡个足吧，不用费心去杀什么巨人或者为公主恢复什么王国，这些事都已经完成了。"

堂吉诃德说："这话很对，因为我和那巨人恶狠狠地打了一仗，从来也没打得那么凶狠的。我反手一剑，嚓！把他的脑袋斫下地去，血就像水那样，流得满地开河。"

桑丘答道："您不如说像红酒那样呢。我告您吧，大概您还不知道:杀死巨人就是戳破了一个酒袋;血呢,就是皮袋里六个阿罗巴的红酒;砍下来的脑袋呢,……是生我的婊子,是他妈的活见鬼!”

堂吉诃德说:“你疯了,说的什么话呀?你还有脑子吗?”

桑丘说:“您起来吧,您就会知道自己干了什么好事,咱们还得赔多少钱。你也会看到公主变了一个名叫多若泰的民间女人;还有些别的事情,您知道了究竟,准会奇怪的。”

堂吉诃德说:“这类的事我一点不奇怪。你可记得,上次咱们在这儿住的时候我不是跟你讲过吗?这里的事全都是魔法支使的。现在旧事重演,有什么稀奇呢。”

桑丘答道:“假如我给人兜在毯子里抛掷也是这一类的事,我就信您的话了;可惜不是啊。我那件事千真万确;我看着这里的店主,扯着毯子,一个劲儿地把我往天上抛,笑得真爽朗,干得也真欢。我尽管是个可怜的傻瓜,我认识里面的人物,就知道绝不是什么着魔,不过是我倒霉,遭了好一场折磨罢了。”

堂吉诃德说:“算了,上帝将来会补偿你。给我把衣服拿来,我好穿了出去;我要看看你说的那些事情和变故呢。”

桑丘伺候他穿衣。这时候,神父正向堂费南铎等人讲堂吉诃德的疯病:他怎么胡想自己受了意中人的冷淡,到荒山里去过活;他们又怎么用计把他骗回来。神父把桑丘讲给他听的事差不多都讲了。大家听了很诧异,也很好笑,他们和一切人一样,都觉得从来没见过他那么古怪的疯子。神父又说,多若泰夫人已经转了好运,原先的计策不便进行了,得另想办法,把堂吉诃德送回家乡去。卡迪纽主张把未了之事干完,多若泰串演的角色可以让给陆苹达。

堂费南铎说："不，不用这样。我愿意多若泰把她的戏演下去，如果这位老先生的家乡离这儿不远，我乐于出一点儿力帮他治病。"

"至多两天的路程。"

"为了这样的好事，再远我也愿意走。"

这时堂吉诃德跑来了。他全副武装，曼布利诺头盔虽然砸得七凹八凸，也顶在脑瓜上，还挎着盾牌，拄着权当长枪的树枝。堂费南铎等人看见堂吉诃德的古怪模样都很惊奇。他的脸有半哩瓦长，又干又黄，身上是东拼西凑的盔甲，神态却很温和。大家一声不响，听他有什么话。他很严肃地看着美丽的多若泰，说道：

"美丽的公主啊，我听这位侍从说，你已经从宝座上跌下来，你的身份改掉了，你已经从女王和贵公主变成了平民家的姑娘。假如是您那位精通魔术的父王怕我不能给你适当的帮助，叫你这么变的，那么，我说他是外行，不熟悉游侠骑士的历史。他要是像我一样肯下功夫读书，随处都会读到那些远不如我有名的骑士，完成了更困难的事。个把小小的巨人，随他多么自高自大，杀死他没什么了不起。几个钟头以前，我和一个巨人交手。把他……我不多说，免得人家冤我撒谎；不过到了时候，自然水落石出，我这件事总会在意想不到的时候传播出来的。"

店主插嘴道："和你交手的是两只酒袋，不是什么巨人。"

堂费南铎立即叫他住嘴，怎么也不准打断堂吉诃德的话。堂吉诃德接着说：

"被人篡夺了王位的贵公主啊，我干脆说吧：假如你父亲是为我说的那个缘故改变了你的身份，你千万别当真；因为不论处在多么凶险的境地，我的剑总可以杀出一条路来。我凭这把剑，不出几天，就可以把你冤家的头斫在地下，把王冠戴在你头上。”

堂吉诃德说完，等候公主回答。公主知道堂费南铎决计要她把这出戏演下去，把堂吉诃德哄回家乡，所以彬彬有礼、一本正经地回答说：

“英勇的哭丧着脸的骑士啊，谁跟你说我身份变了，他就是胡说八道，因为今天的我依然是昨天的我。我的确交了好运，我的境遇变得称心如意了，可是我的身份并没有变，我的心愿也没有变，还是要依仗你这位盖世英雄和无双的力士。所以，我的先生啊，请你仍旧尊重我的生身父亲，承认他有先见之明，凭他的学问，找到了这个千稳万妥的方法来挽救我的厄运。我相信我要不是靠了你，一辈子也不会碰上今天的好运。在场各位多半可以证明我这话千真万确。咱们今天已经走不了多远的路，且等明天吧；我指望的好下场，就依靠上帝的慈悲和你的勇敢了。”

聪明的多若泰一番话毕，堂吉诃德听了满面怒色，转向桑丘道：

“桑丘小子，我这会儿告诉你，你是西班牙最大的浑小子。我问你，你这贼流氓，你刚才不是对我说，这位公主变成了一个名叫多若泰的姑娘吗？不是还说我斫下的那个巨人的脑袋是生你的婊子吗？还一派胡言，弄得我一辈子也没那么样糊涂的。我发誓……”——他眼看着天，咬紧牙根——“得把你收拾一顿，叫游侠骑士的一切撒谎的侍从有所警戒。”

桑丘答道：“我的先生，您别生气。我说米戈米公娜公主变了身份也许是我弄错了。不过我说斫了巨人的脑袋——干脆说吧，戳破了酒袋，流出来的是红酒，不是血，这话一点儿没错。天晓得，戳破的酒袋就在您床头边；红酒把您那间屋子变成湖了。不信，煎鸡蛋的时候您就知道①——就是说：等这位店主先生叫您赔账的时候，您就知道了。至于女王娘娘的身份没变，我打心坎里高兴；这来人人都有好处，也有我的一份儿。”

堂吉诃德道：“我现在告诉你，桑丘，你是个傻瓜；对不起，这一句话就够了。”

堂费南铎说：“得了，这话不用再提。公主既然说这会儿天晚了，明日动身，那就照办吧。咱们今晚可以谈一宿话，明天清早，大家跟随堂吉诃德先生上路。他担当了这件大事，准会显出了不得的英雄身手，我们要好好见识一番呢。”

堂吉诃德答道：“该我来伺候你，跟随你。我多谢你的美意，也多承你看得起，我愿意舍生忘死，不负你的赏识；假如有比生命更大的牺牲，我也毫无顾惜。”

堂吉诃德和堂费南铎彼此恭维客套了一通。这时店里有客来，打断了他们的话。这旅客穿一件束腰的蓝布短外衣，半长袖，没有领子；裤子是同样的蓝布，便帽也是蓝色；脚上穿一双枣黄色的软皮靴；肩带上挂一把摩尔弯刀。凭他的装束看来，他好像是新从摩尔国家回来的基督徒。一个摩尔装束的女人坐一匹驴紧跟着。她蒙着脸，包着头巾，戴一只锦缎小

---

① 西班牙成语。意思是到了时候，自然会真相大白。据说来源是有个卖炭的卖了一筐炭给一个女人，随手把她扔在一边的煎锅偷偷放在空筐里。女人问炭是否橡木烧成的，好不好。卖炭人语带双关，回答说：“煎炒的时候，你就知道。”这句话成了民谚。

帽，披一件罩没全身的长外衣。男人身材俊健，四十多年纪，黑黝黝的脸，上唇胡须很长，颔下一部美髯。干脆说，他仪表不俗，假如穿上好衣服，一望而知是有身份、有家世的人。他进店要一间客房，听说没有，脸色很懊丧。他跑到摩尔装束的女人身边，把她抱下驴。陆莘达、多若泰、店主妇和女儿，以及玛丽托内斯从没见过摩尔服装，觉得新奇，都跑来围着她。多若泰向来和蔼，又很机灵，她瞧这女人和陪随的男人没有客房很扫兴，就对女的说：

“我的小姐，你别为这里设备简陋烦心，客店里照例就是这样的。只要你愿意，是不是就在这里和我们——”她一面指指陆莘达——“一起安置；说不定再往前去还找不到这样好的接待呢。”

蒙面女人一言不答，只从自己座位上站起身，两手交叉胸前，低头深深一鞠躬，表示感谢。他们瞧她默不作声，料想摩尔女人不会说基督教国家的语言。那个俘虏[①]直在忙别的事，这时进屋看见一群女客围着自己的女伴，她听了她们的话只不作声，就对她们说：

“诸位夫人小姐，这姑娘只会说本国话；我的话她勉强能懂。你们问什么，她不会回答，想必也没有回答。”

陆莘达说：“我们没问什么，只请她今晚和我们做伴儿，到我们屋里去歇，她就可以受用店里所有的方便。我们是一片诚心，看到外国人，尤其外国女人有什么需要，都愿意帮忙。”

那俘虏说：“我的小姐，我为她也为自己吻你的手。此时此

① 塞万提斯上文并未说明这人是俘虏。

地,你这样一位小姐表示这番美意,真是恩惠不浅,实在可感,我感激得很。”

多若泰道:“请问先生,这位小姐是基督徒还是摩尔人呀?我们瞧她这样装束,又不说话,但愿她不是我们猜想的那种人。”

“她的服装和外表是摩尔人,内心却是十足的基督徒,因为这是她最迫切的愿望。”

陆莘达说:“那么她还没有受洗礼吧?”

俘虏答道:“还没有机会。她要受洗先得学会圣教规定的各种仪节,除非命在呼吸,才能省免。她自从离开祖国阿尔及尔至今,并未有那个危险。可是上帝会保佑她不久按自己的身份举行体面的洗礼;她和我的服装是配不上她那身份的。”

大家听了都想知道摩尔女郎和俘虏的来历。不过当时谁也不愿意问,因为觉得是他们休息的时候,不该探问身世。多若泰挽着摩尔女郎的手,拉她坐在身边,请她揭掉面罩。摩尔女郎瞧着俘虏,好像要他解释人家问的话,并告诉她该怎么办。俘虏用阿拉伯语对她说:她们请她揭掉面罩,她不妨照办。她就把面罩脱下,露出一张极标致的脸。多若泰认为她比陆莘达美,陆莘达认为她比多若泰美;旁人都觉得这摩尔女郎是唯一能和她们俩比美的,甚至有人觉得她比她们俩还长得好些。美人向来享有特权,并且有令人一见倾心的魅力,所以大家马上都赶着向这位摩尔美人殷勤献好。

堂费南铎问俘虏,摩尔姑娘叫什么名字。俘虏说:她叫蕾娅·索赖达。她听见这个回答,知道人家问了基督徒什么话,满面娇嗔,急忙说:

“不！不索赖达！玛利亚！玛利亚！”她表示自己不叫索赖达，叫玛利亚。

旁人听了她的话，又瞧她那么恳切，不止一人流下泪来，尤其女人，因为她们天生心慈肠热。陆苹达很亲热地抱着她说：

“对！对！玛利亚！玛利亚！”

摩尔女郎答道：

“对！对！玛利亚！‘马刚歇’索赖达！”——“马刚歇”指“不是”。

这时已经天黑，店主听了堂费南铎同伴的吩咐已经殷勤小心、极尽讨好地准备了晚饭。到时大家挨着一张狭长的餐桌坐下，因为店里没有圆桌，也没有方桌。他们不顾堂吉诃德推让，请他坐了上首第一席。堂吉诃德就叫米戈米公娜公主坐在旁边，因为她是自己保护的人。挨次下去是陆苹达和索赖达；对面是堂费南铎和卡迪纽，然后是俘虏和其他几位绅士；神父和理发师坐在女客的一面。大家高高兴兴吃晚饭。他们瞧堂吉诃德不吃东西大发议论，越加起劲了。堂吉诃德像上次和牧羊人同吃晚饭时那样忽有所感，说道：

“各位先生，咱们仔细想来，干游侠骑士这一行的人，见识到的实在都是大事和奇事。不然的话，你们说吧，如果有人这会儿从这座堡垒的大门进来，看见咱们现在的情形，谁能想象咱们的身份呢？谁会说我旁边这位小姐就是鼎鼎大名的女王，而我就是大家传说的哭丧着脸的骑士呢？放定这一行是在世间一切行业之上；干起来危险愈大，这行业就愈加可贵。谁说拿笔杆子的行业比拿枪杆子的高，那就请他们滚开去！凭他们是谁，我都要骂他们胡说八道。他们根据的理由，往往是劳心胜于劳力；拿枪杆子只用体力。好像那是粗人的事,只需蛮力气就行。好像我们所谓用武的行业不包括那些苦心划策的防御。好像将士带领军队或防守围城,不是既劳力又劳心的。试问,要识透敌人的用意、打算、诡计和困境,要防止预料到的危险,光靠体力行吗?这都是费心思的事,体力是用不上的。咱们现在瞧瞧吧,文武两行都得劳心,哪一行更辛苦呢?这可先要看各方追求的目标。目标愈高,志向就愈可贵。不过我所谓拿笔杆子的职业,不包括教士的神圣职务;教士的目标是引导灵魂上天堂,这是超出一切的最高目标。我所说的拿笔杆子的行业,宗旨在于办好公平分配,各人给应得的一份,并督促大家遵守公正的法律。这个目标确实伟大,高尚,值得颂扬,可是比了拿枪杆子的目标就不如了。拿枪杆子的目标是和平;这是人类在这个世界上所能企望的最大幸福。世界和人类听到的最早的福音,是在我们见到光明的晚上①,天使在天空唱的:'在高天之上,荣耀归于上帝!大地之上,和平归于善意的人!'②人间和天上最好的导师教导他的信徒和门徒:无论到什么人家,先打招呼说,'愿你家里和睦平安!'③他又屡次向他们说:'我给你们和平;我把和平留给你们;我愿你们和平。'④和平就好像他亲手赐予的宝物;没有这件宝物,无论人间天上,都不能有什么幸福。和平是打仗的真正目标,而拿枪杆子的职业就是打仗。打仗的目标是和平就比拿笔杆子的目标高;这一点已经确定无疑了。咱们现在再瞧瞧,文武

① 指耶稣诞生之夜。
② 《新约全书·路加福音》第二章第十四节。
③ 《新约全书·路加福音》第十章第五节。
④ 《新约全书·约翰福音》第十四章第二十七节。

这两行哪一行更劳累身体。”

堂吉诃德侃侃而谈，说话很得当，听着他的议论，谁也不能说他是疯子。而且在场的多半是绅士，绅士和拿枪杆子的行业分不开①，听了这番议论格外入耳。他接着说：

“我现在谈谈书生的苦处。第一是穷。不是说他们个个都穷，我不过是按最穷的来说。我觉得说他们穷，就把他们的苦况说尽了，因为一切好东西，穷人全没份。他们从各方面尝到穷的滋味，或者挨饿，或者受冻，或者衣衫不周，或者又饿又冻又褴褛。不过他们尽管不能按时吃饭，或者吃的是财主们的残羹冷炙，还不至于没得吃；最不堪的无非他们所谓‘吃施食’②。他们总可以在街坊的灶边炉旁待着，即使不能取暖，也可以挡挡寒气。他们晚上总可以在屋子里睡觉。他们还从许多细事领略穷的味道。譬如说吧：没替换的衬衫；没第二双鞋；衣服单薄敝旧；一旦有口福，人家请吃饭，就放量吃得撑肠拄肚。这些我就不一一列举了。他们在我形容的这条崎岖小道上行走，这里绊倒，那里摔跤，这里倒下，那里又爬起，终于得到了自己企求的学位。咱们看见许多人历尽艰难困苦，到了这一步，就飞黄腾达了；咱们看见他们坐在安乐椅里辖治世界，他们吃得好，住得暖，穿上鲜衣华服，睡在铺着细布和花缎的床上，再也不挨饿受冻、衣衫破烂、垫着草席子睡觉了。这是他们靠自己的才能，得到了应有的报酬。可是他们受的折磨，比起战士来就差得远了。我现在谈谈战士的苦处。”

---

① 绅士阶级都佩剑。

② 吃施食（andar a la sopa），就是去吃寺院门口施舍给穷人的羹汤。

第三十八章

堂吉诃德对于文武两行的奇论。

堂吉诃德接着说：

“咱们刚才谈到书生的穷和种种苦况，现在瞧瞧当兵的是否富裕些。咱们会看到当兵的比穷鬼还穷。他靠着活命的那几文钱军饷，不是迟迟不发，就是永远拖欠。动手抢劫吧，就难免送掉性命并丧尽良心。他简直穿不起衣服，满是绽口裂缝的上衣常时既充礼服，又充衬衫。严冬在荒野露宿，往往只靠嘴里呵气挡寒；而空心饿肚呵出来的气，准和物理相反，等于倒抽的冷气。他困顿了一天，想必盼望天黑，可以在现成的床上休息一下。他的床倒是绝不会窄——要是嫌窄，只怪他自己——因为他可以随意量出多宽的地皮，在上面称着心翻来翻去，不愁床单滑落。他过着这种日子，一旦打仗，就是他毕业获得学位的日子了。他头上包扎伤口的纱布就是他的学士帽。枪弹也许打穿了他的太阳穴，也许残废了他一条胳臂或一条腿。假如他没受伤残废，蒙上天慈悲，保全了身躯性命，那么，他大概还像原先一样穷，并且不免还要一次次上阵，一次次打仗。要每次都胜利，才会分到一星半点好处；这是千载难逢的奇迹。请问，各位先生，你们留意到吗：打仗立功而受赏的，比打仗阵亡的，人数相差多少？你们一定说，不能比，阵亡的数不胜数,活着拿到报酬的,计算起来不会满三个位数①。这就和拿笔杆子的情形相反了。笔杆子都可以靠薪水②过活,暗里的油水③还不算。可见战士吃的苦头大,报酬却小得多。不过这里也有个说法:酬报二千名文人,比酬报三万个武士来得容易。酬报文人,只要给个本行的职位;至于武士呢,除非他们效忠的主子把自己的私产赏赐他们,就无法酬报。既然无法酬报,就又证明我说的话不错。不过这笔糊涂账是算不清的,咱们不去谈它了。咱们还是再谈谈枪杆子比笔杆子优越吧。这事至今还无定论,因为各执己见。拿笔杆子的,除了以上的理由,还说:枪杆子没有笔杆子就维持不下去,因为战争也有它必须服从的法律,而法律是笔杆子制定的。枪杆子反驳说:法律不靠枪杆子就站不住;因为民主国家的自卫、王国的存在、城市的保障、公路的安全、海上盗寇的肃清,全靠枪杆子。一旦发生战争,暴虐和混乱就跟着来了,无论民主国家、王国、帝国、城市、海道、陆路,不靠枪杆子都要遭灾受祸;战争不停,横行霸道就是势所必然,灾难也就没完没了。按照颠扑不破的道理,代价愈高,换来的东西就愈宝贵。拿笔杆子的要出人头地,得赔工夫、熬夜、挨饿、衣衫不周、头昏、肚子胀,还有连带的许多苦处,刚才已经说过一些。可是,如要按规矩成为好战士,书生吃的苦他都得吃,而且苦上千万倍,因为一举足都是性命交关的。书生忧贫叹苦,哪里可以和

① 指不满一千。
② 原文 de faldas;faldas 是衣服的下摆,这里指正经收入或明的收入。
③ 原文 de mangas;mangas 是衣袖,这里指津贴、小账、贿赂、回扣等暗里的收入。

战士的遭受相比呢？战士在堡垒上站岗，如果知道敌人正朝他那里挖掘地道、埋设地雷，他怎么也不能擅离岗位，也不能躲开一触即发的爆炸；他只能把情形报告长官，让长官想办法也挖地道来对抗，自己还得守在那里，战战兢兢等着随时轰然一声、不用翅膀就飞上云霄，然后又掉到地底下去。这种危险也许不算什么。且设想汪洋大海上，两只兵船头对头拼死战斗的情况吧。还有比这个危险的吗？当时两只船难分难解，战士只能用船头二尺宽的撞角作立脚之地。他眼看面前不到一支长枪的距离，敌人的大炮正瞄着自己；一尊尊大炮就是一个个催命使者。他一不留神，就会掉入海波深处。可是他毫无畏惧，一心要立功争光，冲着炮火，狠命要跳过两船中间的距离，踏上敌船去。他一倒下，就要到天地末日才起得来。可是一个倒了，另一个立即填上他的空子。大海像冤家似的又在等着这一个；这个一跌到海里，后面一个接着一个冲向前去就死，没片刻停留。这是战争紧张时出现的最英勇无畏的精神，是最可歌可泣的景象①。古代还没有魔鬼的枪炮行凶逞暴，那真是幸福啊！谁首先制造这种魔鬼传授的武器，我相信他准在地狱受罪。自从有了枪炮，卑鄙的懦夫就能杀死勇敢的好汉。值得万世留名的勇士，也许正英气勃勃，施展豪杰身手呢，一颗流弹飞来，马上结果了他的性命，断送了他的雄心壮志；而那个放枪的家伙却可能是看见那种倒霉的枪里发出火光就吓得逃跑的。我这么一考虑，不禁要说：我在如今这个可恨的时代充当游侠骑士，心里实在懊恼。尽管什么危险都

---

① 塞万提斯这里描述了自己在雷邦多(Lepanto)战役(1571)身经的情况。

吓不倒我,可是现在有了火药和铅弹,我就没机会靠体力和剑锋在世界上扬名了;我想到这点,心上很不安。不过一切听天吧。如果我能遂心如愿,那么,我比古代的游侠骑士多担受几分风险,也就多得人家几分尊敬。”

堂吉诃德在大家吃晚饭的时候发了这通高论。桑丘·潘沙几次叫他吃,说饭后尽有功夫畅谈,堂吉诃德却把晚饭忘了,一口都没吃。在场的人瞧他对各种问题都识见高明、思路清楚,可是一讲到那倒霉的骑士道就荒唐无稽,不由得又对他添了几分怜悯之心。神父说堂吉诃德方才那套赞扬武士的议论很有道理,他本人虽然是文士,又是大学毕业生,所见也完全相同。

饭毕撤了杯盘,店主妇母女和玛丽托内斯就去布置堂吉诃德住的那间顶楼;大家决定当夜单让女客在那里休息。堂费南铎趁这时候请俘虏讲讲自己的经历,因为照他和索赖达跑进客店来的光景,料想那段经历一定娓娓动听。俘虏十分愿意,只说怕讲不好,使听者失望,但是不敢违命,还是讲吧。神父等人谢了他的美意,又敦促他讲。俘虏瞧那么许多人求他,就说不用求,只消吩咐就行。

“各位请听。我讲的是实在的经历。我这段真事,也许比往常精心编造的故事还妙。”

大家就坐安定了洗耳恭听。俘虏瞧大家静悄悄地等他开口,就用平和悦耳的声调讲了下面的事。

第三十九章

俘虏叙述他的身世和种种经历。

“我家是雷翁山区一个村里的世家。老天待我家不薄,命运却很无情。不过那个村子穷,连我父亲都有富翁之号。他如果把挥霍家产的精力用来经营家产,确实可以做富翁。他那种散漫使钱的习气是早年当兵养成的,因为这一行是个花钱的训练所,吝啬的人能学成慷慨,慷慨的人能学成浪费;军队里,吝啬的士兵是个稀罕的怪物。我父亲花钱的手笔不止慷慨,已经够得上浪费了;这对于结了婚、有孩子继承的人是有害无利的。我父亲有三个孩子,都是男的,都到了能就业的年龄。据我父亲说,他瞧自己积习难改,就想铲除病根,就是说,分散自己的财产;因为没有财产,随你豪爽得像亚历山大①,也会变得抠门儿的。所以他有一天把我们三个叫到一间屋里,大致说了以下一番话:‘儿子啊,你们是我的亲骨血;这一句话就道出我对你们的热爱。可是我若不好好为你们保管财产,就显得我不关心你们的痛痒。我想了好多天,经过深思熟虑,要为你们办一件事。你们就知道我确是爱护你们的亲爸爸,并不像毁掉你们的后爹。你们已经到了就业的年龄,至少也该挑选一门将来名利双收的

---

① 亚历山大大帝,纪元前四世纪马其顿王,以慷慨著称。

职业。我把家产分做四份;你们各得一份,我留一份养老。不过我要你们拿到了这份财产,就照我指出的道路各走各的。咱们西班牙有句老话:“或教堂,或海洋,或伺候君王”;我觉得这话很对。老话都是多年经历的精华,句句真实。我引的这句话,注解起来就是说,求富贵有三条路:一是进教会;二是出海经商;三是进宫伺候国王。常言道:“帝王家的粒屑,胜似公侯家的赏赐”。我说这番话因为有个愿望,要你们三人各走一条路,一个读书,一个经商,一个为国王打仗;进王宫去伺候他是不容易的。打仗挣钱不多,得到的名望却往往很高。我不出八天,就把你们份里的财产用现金交付,不短一文钱,你们瞧我办事就知道。现在你们说说:我的主意你们采纳不采纳。’我是老大,他就叫我回答。我最初建议家产不要分,全由他随意花;我们是年轻小伙子,自己会赚钱。后来我表示顺从他的主意,打算当一名战士,为上帝和国王出力。我二弟开始也提了像我一样的建议;后来他选择的是到美洲去经商,把自己那份财产带去做本钱。最小的弟弟我看最聪明,他说愿意进教会,就是说,到萨拉曼咖去进修学业。

“大家商量停当,各人选定了职业,我父亲就一一拥抱我们。他在自己说的那几天里,把答应的事全办妥。我们有个叔叔不愿意祖宗基业落在外姓人手里,用现金买下我们三人的产业。我们各得一份现金,我记得是三千元银杜加。当天我们三人就辞别了我们的慈父。我觉得让父亲靠那几个钱养老于心不忍,就强他从我的三千杜加里扣下二千,因为余钱足够我当兵的费用了。我两个弟弟看了我的榜样,也各给他一千杜加。我父亲就有四千元银杜加,他自己的一份产业没卖掉,大约也值三千杜加。长话短说，我们向他和那个叔叔辞别，大家都伤心落泪。他们叮嘱我们得便务必把不论好歹的景况一一告诉他们。我们一口答应。他们拥抱了我们，又为我们祝福。我们三人一个到萨拉曼咖去；一个到塞维利亚去；我听说有热那亚的船从阿利冈德运羊毛回热那亚，我就到阿利冈德去。

"我离家已经二十二年，虽然写过几封家信，却从没有得到我父亲和两个弟弟一点消息。我且讲讲自己这几年的经历吧。我在阿利冈德上船，一路顺利，到了热那亚；从热那亚又到米兰，置备了武器和几件漂亮军装。我打算到庇亚蒙德去投军，可是我前往亚历山大·台·拉·巴利亚的路上，听说阿尔巴大公爵正要到弗兰德斯去。我就变计投奔了他，在他麾下打仗。艾格蒙伯爵和霍尔诺斯伯爵处死的时候①，我恰在场。我升职做了瓦达拉哈拉一位著名上尉狄艾果·台·乌比那②的旗手。我在弗兰德斯过了一程，听到消息说，那遗爱在民的教皇庇护五世与威尼斯和西班牙联盟去抵御公敌土耳其。当时土耳其海军刚占领了威尼斯管下的名岛塞浦路斯，这是个大损失，十分可惜。

"据确讯，堂胡安·台·奥地利大人——咱们圣明的堂斐利普国王的异母弟——要做联军总司令。盛传他正在大规模备战。我听了那些消息雄心勃勃，急要参与筹备中的这场战役。当时上级已经向我透露，也可说是切实许诺，说一有机会就升我做上尉。我却宁愿放弃这个前程，到了意大利。恰巧堂胡安·

---

① 这两人被阿尔巴大公爵判处斩刑，于1568年6月5日处决。

② 塞万提斯曾在他部下当兵。

台·奥地利大人到了热那亚,准备转往拿坡黎斯去会合威尼斯的舰队,他后来是在梅西那会合的。干脆说吧,我参与了那场辉煌的大战。我那时候已经升做步兵上尉。我并没有功劳,实在是靠运气升了这个体面的职位。世界各国一向相信土耳其人海上无敌。打破这个迷信的那天,就是说,土耳其帝国威风扫地的那天,真是基督教世界的好日子。不知多少基督徒在那天交了好运,为国捐躯的人运气更好,只有我一人倒足了霉。我本来梦想我能像罗马帝国时代的人戴上海战胜利者的桂冠,谁知道那天傍晚我只落得两脚带镣,双手加铐。我且讲讲那是怎么回事。阿尔及尔王艾尔·乌恰利是个有胆量又走好运的海盗。他打胜了马尔塔的旗舰,舰上的战士除了三个重伤的,全都打死了。胡安·安德瑞亚指挥的旗舰忙赶去援救;我带着自己的部下就在这只旗舰上。我做了当时该做的事,跳上敌舰。不料敌舰突然退却,我部下的兵来不及跟上,我就单身陷敌。他们人多,我独力难当,结果浑身受伤被俘。各位大概知道,艾尔·乌恰利带领全部舰队逃跑了,我就成了他的俘虏。那天土耳其舰队里划桨的一万五千名基督徒,都恢复了渴望的自由,欣喜欢乐;我却成了俘虏,独自愁苦。

"我被他们带到君士坦丁。我主人显示自己勇敢,曾夺得马尔塔武士团的旗帜;土耳其大皇帝塞林认为他打仗尽责,封他做了海军统帅。第二年是七二年,我在拿瓦利诺①,在一只悬着三盏灯②的旗舰上划桨。我看到咱们在那里错过了机会,

---

① 临爱琴海的一个港口。

② 海军统帅的旗舰上悬三盏灯作为标志。

没把港口停泊的土耳其舰队全部俘获。他们船上的海陆军战士个个拿定我们要进港袭击，都收拾好衣服和‘巴杀马给’（土耳其话就是鞋）准备趁早上岸逃跑；他们对我们的舰队怕透了。上天却另有安排。这不是咱们海军统帅的错失，却是上帝有意要留着这些土耳其凶手，经常来惩罚我们基督徒的罪过。艾尔·乌恰利退到拿瓦利诺旁边的摩东岛，叫全军登陆，坚守港口，悄悄等堂胡安大人回国。他大人回国的路上，拿坡黎斯的‘母狼’号旗舰俘获了敌方的‘俘获’号战船。‘母狼’的将领就是号称军士之父的战地霹雳、常胜福将、圣十字侯爵堂阿尔瓦洛·台·巴桑。这件事我得讲讲。‘俘获’号的船长是著名海盗巴巴洛哈的儿子①。他凶暴无比，对俘虏没那么样的残忍。因此划桨的俘虏一看见‘母狼’号旗舰追上来，立即一致放下桨，把船尾指挥台上喝令俘虏们加劲的船长一把抓住，从船尾挨座②向船头传送，一面咬他的肉。他没传过桅杆多远，灵魂就进了地狱。刚才说过他待俘虏残忍透顶，所以他们恨得咬肉。我们回到君士坦丁的又一年，那是七三年，听说堂胡安大人攻克突尼斯，从土耳其人手里夺下这个国家，交给缪雷·阿默德辖领。从此世界上最残暴勇敢的摩尔人阿米达没希望再回去统治了③。土耳其大皇帝丧失了这个属国很不乐意。他那族的人都很机灵，碰上威尼斯人求和的心比他更切，双方就讲和了。下一

---

① 这人是巴巴洛哈的侄儿，名穆罕默德·贝。

② 划桨的俘虏都是锁在座位上的。

③ “缪雷”不是姓氏，是“先生”之类的称号。阿默德和阿米达是兄弟，阿米达篡夺了父亲的王位，阿默德流亡到西西里。1573 年，堂胡安·台·奥地利驱逐了阿米达。

年七四年，他就去攻打果雷塔①以及堂胡安大人在突尼斯附近才建成一半的堡垒。我始终在军舰上划桨，毫无自由的希望，至少不想花钱赎身，因为我打定主意，决不写信把自己的不幸告诉父亲。

“果雷塔到底失守了，堡垒也失守了。攻打这两处的土耳其正规军有七万五千人，从非洲各地来的摩尔人和阿拉伯人有四十多万。兵这么多，还带着大量的火药武器和大群的冲锋队，他们每人一撮土，就把果雷塔和那个堡垒埋没了。向来以为是攻打不破的果雷塔先失守。这不能怪守城的战士，他们是尽责尽力的。原来那边沙漠地上筑战壕非常容易，这是我们后来有了经验才知道的。一般掘地两拃深就见水，那里掘到两瓦拉②深都没水。所以他们可以用沙袋把壕壁筑得比我们的城墙还高。他们居高临下的扫射，谁也受不住，谁都无法抵抗。

“大家认为咱们的兵不该关在果雷塔城里困守，敌人登陆就该出郊迎战。这都是不切实的空话，不是经验之谈。守果雷塔和那个堡垒的战士加起来还不满七千；敌军压城，那几千人尽管骁勇，哪能又出城野战，又据城坚守呢？外无救兵，包围的敌军众多，攻势猛烈，而且孤立在敌人境内，一个城堡怎能不失陷呢？不过许多人对这件事有个看法，我也所见略同。他们认为果雷塔的失陷正是天佑西班牙。这座城堡是个祸根，它好比饕餮的妖魔，好比海绵，好比蠹虫，吞吸和消耗了无穷无尽的金钱，

---

① 突尼斯港口的一个要塞。

② 一瓦拉约合836厘米。

唯一的用处，无非纪念盖世英雄查理五世①征服了这个地方；好像他要万古留名，还得靠那几块石头！那座堡垒也失陷了，不过是土耳其人一寸一寸赢得的。守卫的战士浴血苦战，敌人大举进攻二十二次，二万五千人阵亡。堡垒里留下性命的三百名战士，没一个不是受了伤才被俘的。这就证明他们的坚强勇敢，守卫尽责。在那个咸水湖中央有个小小的炮台，或所谓碉堡，驻守的将官堂胡安·台·萨诺盖拉是威尼斯的绅士，也是有名的战士。这座碉堡是讲定了条件才投降的。驻守果雷塔的将官堂彼德罗·普艾多卡瑞洛力尽被俘，押送到君士坦丁去，半路上气愤而死。敌人还俘虏了堡垒的将官加布利欧·塞维利翁；这人是米兰的绅士，是个了不起的机械师，也是非常勇敢的战士。这两个据点上死掉好些有名人物，巴冈·台·奥利亚就是一个。他是圣胡安武士团的武士，和有名的胡安·安德瑞亚·台·奥利亚是亲兄弟。这人性情豪爽，从他对自己兄弟的慷慨就可见一斑。他死得尤其惨，是死在自己信任的几个阿拉伯人手里的。他瞧堡垒失守，听了他们的主意，化装成摩尔人，由他们带领到塔巴卡；那是热那亚采珊瑚的渔人设在海边的碉堡或驻屯所。那几个阿拉伯人砍了他的脑袋去献给土耳其舰队总司令。据说这位总司令因为没献上活人，下令把他们都绞死；这就应了咱们西班牙人的老话：‘背叛尽管可喜，叛徒毕竟可恶’。②

“在堡垒里被俘的基督徒里，有一个叫作堂彼德罗·

① 西班牙国王(1500—1558)，1516年即位。

② 通常说：“背叛的行为受欢迎，但叛徒并不受欢迎。”(La traición aplace, más no el que la hace.)

台·阿基拉。他是安达路西亚不知哪个地方的人。他是堡垒的旗手,是有名的战士;人很聪明,擅长作诗。我提起这人是因为他恰巧也到了我划桨的船上,和我同坐,同属一个主人。我们离开那个港口的时候,他作了两首十四行的哀歌,一首是为果雷塔,一首为那座堡垒。我真该背给你们听听;我背得出,并且相信你们听了一定喜欢,不会讨厌。”

俘虏一提到堂彼德罗·台·阿基拉的名字,堂费南铎就对他几个同伴瞧了一眼,三人都微笑。这时说到十四行诗,堂费南铎的一个同伴说:

“且慢着讲下去。我请问您,刚才讲的那个堂彼德罗·台·阿基拉后来下落如何。”

俘虏说:“据我知道,他在君士坦丁待了两年,扮成阿尔巴尼亚人,跟一个希腊间谍逃走了,不知他脱身没有;不过我相信他准恢复了自由,因为一年后我在君士坦丁碰见了那个希腊人,只是没能够问他那次逃跑的结果。”

那个绅士说:“他是自由了。这个堂彼德罗和我是亲兄弟,现在就住我们村上。他身体好也有钱,结了婚已经有三个孩子了。”

俘虏说:“感谢上帝给他这样的恩典,照我看,重获自由是天下最快意的事。”

那绅士说:“我兄弟作的那两首十四行诗,我也记得。”

俘虏说:“那么您背给我们听吧,您一定背得比我熟。”

绅士说:“好,他凭吊果雷塔的一首是这么说的:

第四十章

俘虏续述身世。

十四行诗

　　脱离了凡躯浊骨的灵魂，
你们为国家效死尽忠，
由尘俗的下界上升天宫，
有求能遂，这是何等幸运！
　　你们燃炽着满腔热忱和义愤，
英勇苦战直到精耗力穷，
把海水和沙岸染成一片殷红，
流尽自己的鲜血斫杀敌人。
　　你们生命已绝，勇气未消，
一息将尽时，力竭的双手，
从失败中终于取得胜利。
　　你们在枪炮前不幸跌倒，
可是在人间从此名垂不朽，
天上的荣耀更是光芒无际。”

俘虏说：“我记得那首诗正是这样的。”

绅士说："要是我记得不错，他凭吊那座堡垒的一首是这么说的：

十四行诗

凄凉满目、不见人烟的战场
还遗留着堡垒的废墟残基，
三千士卒的英魂曾从此地
抛却恶浊的尘世飞升天堂。
他们施展两臂的千钧力量，
寡不敌众又后无救济，
身疲力竭，个个遍体创痍，
终于在敌人的剑锋下死亡。
这一片土上的累累遗踪
感触古往今来的有心人，
使他们凭吊怀想，涕泪涟洏。
但在这个坚固的堡垒中
升天的是最无私的忠魂，
倒地的是最勇敢的健儿。"

大家觉得两首诗都不错。俘虏听他们讲了他伙伴的消息很高兴，他接着讲自己的事：

"果雷塔和堡垒失陷后，土耳其人下令拆毁果雷塔的围墙，那座堡垒早已是一片白地，无可拆除的了。他们干脆省事，埋上三处地雷把墙炸掉。可是看来最不坚固的老墙却没炸塌，而小修士①所

① 小修士（Fratín）是哈戈莫·巴雷阿罗（Jácomo Palearo）的绰号，他是西班牙查理五世和斐利普二世的军事建筑工程师。

筑的新墙未塌的部分却一轰就倒了。后来土耳其海军舰队得胜回君士坦丁,几个月以后,我的主人艾尔·乌恰利死了。他绰号乌恰利·法塔克斯,土耳其话就是'生癞疥的叛教徒'①,因为他就是这么个人。土耳其人惯把一个人的毛病或特征作为名字。缘故是他们只有奥土曼皇室繁衍出来的四个族姓;其他人就像我刚才说的,或从身体的毛病或从品性的特征来命名。这癞子原是土耳其大皇帝的奴隶,在军舰上划了十四年桨,他满三十四周岁那年,划桨吃了土耳其人的一下耳光,赌气企图报复才叛教的。土耳其大皇帝的宠幸多半靠卑鄙的途径爬上高位,他却不然;他勇猛无比,因此做了阿尔及尔国王,后来又做了海上的统帅,这在土耳其帝国就是第三把交椅了。他是加勒比亚人,很有道义,待俘虏非常宽厚。他共有三千名俘虏,死后照遗嘱一半归土耳其大皇帝(因为大皇帝承袭国内一切死人的遗产,和死者的儿子平分);另一半分给隶属于他的叛教徒。我落在一个威尼斯叛教徒手里。这人原是海船上当小厮的,给乌恰利俘虏后大受宠幸,成了主人最心爱的侍僮。他是叛教徒里最残酷的。他名叫阿桑·阿嘎,后来发了大财,做了阿尔及尔国王。我跟着他从君士坦丁到了阿尔及尔,觉得离西班牙不远了,有点高兴。我并不想写信把自己遭难的事告诉家人,只是指望到了阿尔及尔,运气会比在君士坦丁时好些。我在君士坦丁想尽方法要逃走,一次都没成功。我打算在阿尔及尔另找办法,了我心愿。我一直在希望重获自由,一个办法不行,我并不心死,马上又有新的图谋,虽然也

① 叛教徒,原是基督徒,被俘后改信伊斯兰教。

很渺茫，总可以鼓励自己。我就这样过日子。我关在土耳其人称为俘虏营的监狱或营房里，被俘的基督徒都关在那里；有属于国王的；有属于私人的；还有一种工务局的奴隶是属于公家的，专为城市的公共事业和其他工程服役。这种奴隶很难恢复自由，因为属于公家，没有单独的主人，有了赎金也无从赎身。我曾说过，城里人常把私有的俘虏安顿在俘虏营里，尤其是那些等钱赎身的，因为在等待期间可以让他们闲散着，却又逃跑不了。国王的俘虏，凡是等钱赎身的也不跟其他奴隶一起出去做苦工，除非赎金迟迟不来，要逼他们写信火急催钱，才叫他们做工，跟着别的奴隶去斫木材；这个活儿是相当重的。

“我算是等钱赎身的俘虏，因为他们知道我是上尉。我声明自己穷困，也没有家产，可是他们满不理会，还是把我归在待赎的绅士一起。他们给我套上一条锁链；这不过为了标出我是这种俘虏，要防我逃跑却没多大用处。我就在那个俘虏营里过日子，一起还有好几个挑出来算是待赎的绅士和贵人。我们经常挨饿，衣衫也不周全，最苦的是时常耳闻目见我们主人对基督徒的虐待。这种虐待实在是从未见闻过的。他每天为了不足道的小事，或者竟平白无故，把自己的俘虏有的绞杀，有的扦在尖刀上，有的割掉耳朵。土耳其人认为他以残杀为业，是天生的杀星。他只宽待一个名叫台·萨阿维德拉的西班牙战士；这位战士干了许多俘虏中历久难忘的事，都是企图恢复自由的。我们都觉得他为了其中最小的事，也难免活活扦在尖刀上；他本人也屡次怕要受这个刑罚。可是我那位主人从没有打过他，也不叫人打他，也不骂他。可惜这会儿没工夫，不然，我可以讲讲他的那些作为，一定远比我自己的经历动听而且惊人①。

“挨着我们的监狱有一所房子，一排窗户正好俯临我们的院子；房主是有地位的摩尔富翁。这种摩尔人的窗，其实只是墙洞，上面还遮着又厚又密的百叶窗帘。有一天，我和三个同伴在监狱的阳台上消遣，练习戴着锁链跳。当时只我们四人，别的基督徒都出去做工了。我偶然抬眼，看见所说的那排窗子的一个窗口挑出一支竹竿，一头系着一块布。这支竹竿不住的挥动，好像示意叫我们去接。这来引起了我们注意。我们中间一人就跑到竹竿底下，瞧它是否掉下来还是怎么样。可是他一到那里，竹竿就往上一翘，来回摇摆，好像是摇头拒绝。这基督徒回到阳台上，竹竿又低下来像原先那样挥动。我另一个伙伴也跑到竹竿底下，遭遇和第一个相同。后来第三个又跑去，遭遇也和第一、二个一样。我看了忍不住也要去碰碰运气；我刚去站在竹竿底下，那支竹竿就一脱手掉入俘虏营，落在我脚边。我忙去解那块布；原来挽成个疙瘩，里面有十个西亚尼。这是成色不高的摩尔金币，每一枚合咱们十个瑞尔。我得了这笔意外之财，快活自不必说。我非常诧异，不懂怎会有这般好运落到俘虏们头上，尤其是我头上，因为那支竹竿显然是等我去了才松手的，可见是给我的好处。我拿了这笔来得正好的钱，折断竹竿，回到阳台上去望那个窗口，只见里面伸出一只雪白的手，摊开指掌，随即握成拳头。我们看了猜想这笔钱准是这家女眷给的，就对着窗子，把双

① 这位战士就是作者自己。塞万提斯在雷邦多大战后 1575 年回国途中被俘。他在阿尔及尔曾多次带领大批俘虏一同逃亡，没有成功。他的主人正和这里讲的同样残酷，但慑于塞万提斯的正义，从未敢加害。

手交叉胸前，低头躬身行了个摩尔式的敬礼表示感谢。过一会，这窗口又挑出一个竹竿做的小十字架，一挑出来马上又收进去了。我们凭这点表记，料想这家准有被俘的女基督徒；是她对我们行了好事。可是那只手很白，我们看见腕上还戴着几个镯子，因此又觉得也许猜得不对。不过我们想她大概是个叛教徒，主人往往喜欢娶这种女奴作正式妻子，因为摩尔人把她们看得比本国女人稀罕。我们这些胡猜乱测都不符实情。此后我们唯一的消遣就是望着那个窗口，好比天上的星辰都围着北极转，窗里出现的竹竿就是我们的北极星。可是过了十五天没见竹竿，没见那只手，也没见任何别的信号。我们那几天千方百计打听那宅房子住些什么人，里面有没有女叛教徒。人家只说那里住的是个很有地位的摩尔富翁，名叫阿吉·莫拉陀，曾任巴塔①总督要职。我们绝不指望窗口再会撒下钱来，可是出乎意料，竹竿又出现了，上面还是系着一块布，挽成的疙瘩比前番的还大。当时正像上次一样，俘虏营里只我们几人。我们照旧试探一番，我的三个同伴先一个个跑去，可是那支竹竿非我去不掉下来；我一到那里，竹竿就脱手落地。我解开结子，发现里面有四十元西班牙的金艾斯古多，还有一张字条，写的是阿拉伯文，末尾画着个大十字。我吻吻十字，拿了钱，回到阳台上。我们大家又行了一个摩尔式的敬礼；那只手又出现了一下；我做手势表示我一定恭读那张字条，窗子随后就关上了。这事弄得我们又着急，又快活。我们谁也不懂阿拉伯文，不知纸条上写些什么，都心痒难熬。可是要找个人来读更是难事。后来我决计把事情交托一个叛教

---

① 那是离奥朗(Orán)二哩瓦的一个堡垒。

徒。他是穆尔西亚人,和我很要好;他有把柄拿在我手里,不得不为我保守秘密。原来有些叛教徒存心要回到基督教国家去,身边往往带着有地位的俘虏为他们出的证书。证书不拘方式,只要证明某某叛教徒是好人,对基督徒常有照顾,并且立志一有机会就逃回本国。弄这种证书有的是出于诚心,有的是为应急或取巧的。他们到基督教国家去抢劫的时候,如果偶尔失散或被俘,就拿出证书为凭,说自己跟土耳其人来抢劫,是为了要回基督教国家居住。他们就免得吃眼前亏,可以丝毫无损地重入教会的怀抱;以后如有机会,还可以再回蛮邦做叛徒。有些叛教徒却是诚心弄了这种证书正当使用;他们回到基督教国家就居住下来。我这位朋友是这一类的;我的伙伴们都给他写过证书,上面一片赞扬,假如这些证书给摩尔人发现,准把他活活烧死。我知道他精通阿拉伯文,能说还能写。不过我没有和盘托出,只说偶尔在自己牢房的一个洞里发现了这张纸,请他读给我听。他展开细看,喃喃地辨认字迹。我问他是否看得懂,他说完全懂,如要逐字照翻,请把墨水和笔给他,就可以翻得更加精确。我们马上照办,他就逐句翻译,译完了说:

"'我这篇西班牙文,全是从摩尔文翻译的,没漏掉一个字。请注意,这里的"蕾娅·玛利安"就是我们的童贞圣母玛利亚。'

"我们读到了下面的译文:

"'我小时候,我爸爸有个女奴;她教我用本国语言作基督教的祈祷,还告诉我许多关于蕾娅·玛利安的事。这个基督徒已经死了。我知道她没有入地狱,却是和阿拉①在一起。因为

① 伊斯兰教的真主。通译"安拉"。

我后来见过她两次；她嘱咐我到基督教国家去找蕾娅·玛利安，蕾娅·玛利安很爱我。我不知道有什么办法到那边去。我从这窗口看到过许多基督徒，觉得只有你是绅士。我是个相貌很美的小姑娘，还有很多钱可以带走。你瞧瞧有什么办法咱们一起逃跑。到了那边，你如果愿意，可以做我的丈夫；如果不愿意，我也满不在乎，因为蕾娅·玛利安会给我找到丈夫。这个字条是我自己写的，你拿给别人看得小心，别相信什么摩尔人，他们都靠不住。我为此很担心，希望你对谁也别说，因为我父亲知道了马上会把我扔在井里，再投下石子来埋了我。下次我在竹竿上拴一条线，你可以把回信系在线上；如果没人替你用阿拉伯文写信，你可以做手势回答我，蕾娅·玛利安会叫我了解你。祝愿她和阿拉保佑你，我听了女奴的嘱咐常常亲吻的十字架也保佑你。'

"各位请想想，我们读了字条上的话当然又惊又喜，脸上全流露出来。那叛教徒一看就知道字条并非偶然拣来，实在是写给我们中间某一个人的。他央求我们，如果他的猜想不错，请我们信任他，把事情都告诉他，他愿意为我们的自由舍命。他一面从怀里拿出一个金属的十字架，流着眼泪说：他虽然是有罪的坏人，却一片虔诚，信仰这个十字架所象征的上帝；他凭这个上帝发誓，如果我们愿意告诉他什么秘事，他一定为我们效忠保密。他相信——他简直预知，写这个字条的人会帮他和我们这许多俘虏都重获自由，并帮他实现重皈圣教的大愿；当初都怪他自己无知作孽，背离了圣教，好比剁下的手脚，就此腐烂了。这叛教徒痛哭流涕，自悔自恨。我们瞧他那样，就一致同意，把详细情况全告诉他。我们把挑出竹竿的小窗指给他看；他认明那宅房子，决计特地去仔细打听谁住在那里。我们还记起该写个回信给摩尔姑娘。我们现成有这位叛教徒能写摩尔文，当场就由我口授写了回信。我可以一字一句背给你们听，因为这件事的重要关节，我都历历在心，一辈子不会忘记的。我回信说：

"'我的小姐，愿真主阿拉保佑你，圣母玛利安也保佑你。她因为很爱你，才叫你立志到基督教国家去。你该向她祈祷，求她教你怎样完成她嘱咐的事；她大慈大悲，一定会教你。我和我一起的基督徒都愿意尽力至死为你效力。你想干什么，务必写信告诉我们，我一定回信。伟大的阿拉给我们找到一个基督教的俘虏，精通你们的文字，能说能写，你看了这个字条就知道。你就不用害怕，有什么话尽管告诉我们。据你说，到了基督教国家你愿意做我的妻子，这话我凭一个好基督徒的身份和你一言为定。你知道，基督徒不比摩尔人，说到就得做到。愿阿拉和圣母玛利安保佑你，我的小姐。'

"我写完把纸叠好，等了两天，俘虏营里照例又是没人的日子，就到阳台上经常散步的地方，瞧有没有竹竿出现；一会儿果然出现了。我虽然看不见人，一见竹竿就把纸片扬扬，表示要她竿上拴线。可是线早已拴在上面，我就把纸片系上。过了一会，我们当作北极星瞻仰的竹竿又出现了；竿上系的小布包像和平的白旗。竹竿掉下地，我拣起一看，包里是各色各种金银币，至少值五十艾斯古多。我们增加了五十倍的快乐，拿定有希望恢复自由了。当晚我们那位叛教徒来说：他已经打听明白，那宅房子里住的正是上次说的摩尔首富阿吉·莫拉陀；他有个独生女是全部财产的承继人，城里一致认为她是蛮邦的绝世美人，附近地区好几个总督曾求她为妻，她始终不肯结婚。叛教徒还打听得这家从前有个基督教的女奴,现在已经死了。他说的都和信上一致。

“我们随后就和这个叛教徒商量怎么把摩尔姑娘带到基督教国家去。这位姑娘喜欢人家称她玛利亚,她原名是索赖达。我们后来决定且等着瞧瞧索赖达下一次通的信息。我们明白,除了她,谁也不能打破重重难关。我们商量停当,叛教徒叫我们别心焦,他拼着送掉性命,一定叫我们重获自由。接着四天俘虏营里人很多,所以没见竹竿出现。第五天又是那里没人的日子,就看见竹竿上挑出一个鼓鼓的包裹,出产想必丰富。竹竿和包裹对着我落下来,我看见包里又有个字条,还有一百个清一色的金艾斯古多。叛教徒也在,我们到牢房里去叫他念信;信上说:

“‘我的先生,我不知道咱们怎么设法到西班牙去;我问过蕾娅·玛利安,可是她没告诉我。有一个办法是可行的:我以后从窗口送你许多许多金钱,你用来为自己和朋友们赎身;你们中间一人先回基督教国家去买一只船,再回来接其余的人。我爸爸有个花园在巴巴松门①外海边上,我就要跟着爸爸和家里的佣人们到那里去过夏;你们可以去找我。你们到了晚上,可以大胆把我带出花园,送上船去。记着,你得做我的丈夫;要不,我求玛利安罚你。假如你不放心让别人去买船,你赎了身自己去;我知道你准回来,比别人可靠,因为你是绅士,又是基督徒。你得设法认明那个花园。我只要看见你在这里散步,就知道俘虏营里没人,就送许多钱给你。阿拉保佑你,我的先生。’

“这是第二个字条上的话。大家看了都愿意做先赎身的一

① 巴巴松门(la puerta de Babazón),阿尔及尔的南城门,在海港附近。

个，答应去了一定回来。我也这样自告奋勇。叛教徒一律反对，他说：无论如何不能让一人先脱身，得大伙儿一起走；因为经验证明，一个人恢复了自由，就把做俘虏时许的愿都撇在脑后了。他说，一些有身份的俘虏多次用过这个办法，先让一人赎身，由他带着钱到巴伦西亚或马唷加去配备一只船，回来接那些为他出钱赎身的人；可是走掉了从没一个回来的。因为自己已经脱身，又怕再次被俘，就把一切义务都一笔勾销。这个叛教徒还举了当时那里几个基督教绅士的遭遇来证实自己的话；在那个常出奇事的地方，那件事是最出奇的。他后来说了一个切实可行的办法，就是把准备的赎金给他在阿尔及尔买一只船，借口在德土安和那一带海岸经商；他做了船主，想办法把我们都从俘虏营里救出来送上船是不难的。况且摩尔姑娘不是说要出钱为大伙儿赎身吗？我们恢复了自由，即使白天上船也很容易。他认为当前最大的困难是摩尔人不准叛教徒买船或做船主，只有出海抢劫的大船不在话下。他们怕叛教徒——尤其西班牙的叛教徒买船到基督教国家去。可是他说有办法打破这重难关；他可以和一个塔格利的摩尔人①合股买船，做买卖赚了钱两人分。他借这个幌子可以做船主；其余的事就好办了。我和我的伙伴觉得最好还是照摩尔姑娘的话，派人到马唷加去买船。可是我们不敢违拗叛教徒，怕他告发。如果他泄漏了索赖达的打算，我们就有送命的危险，而索赖达的生命是我们大家舍了命也要保全的。所以我们决计一切依靠上帝和叛教徒的安排。我当场给索赖达写了回信，说我们完全听从她的主意，说她讲得非常合理，

---

① 指阿拉贡的摩尔人，详见下章414页注②。

就像是蕾娅·玛利安教她的;事情或从长计议或立刻进行,全凭她做主。我重又声明一定做她的丈夫。信去后第二天,俘虏营里恰又没人,她用竹竿和布包分几次送了我们两千个金艾斯古多,还有一个字条说:下一个'胡玛'①——就是星期五——她要到她父亲的花园里去,她走前还要送钱给我们;如果钱还不够,只消通知她,要多少都可以供给,她父亲的钱多得很,少了不会发觉,而且钥匙全都在她手里。我们马上把五百个金艾斯古多交给叛教徒买船。我又把八百个金艾斯古多交给当时在阿尔及尔的一个巴伦西亚商人,托他向国王赎我。他先向国王保证,等巴伦西亚一有船来,立刻交付赎金;这样就把我保出来。假如他马上付钱,保不定国王怀疑我的赎金早已送到阿尔及尔,而商人牟利,隐瞒不说。我这位主人实在挑剔得厉害,我怎么也不敢立即付钱。美丽的索赖达是星期五到那个花园去,她星期四又给了我们一千个金艾斯古多,并通知我们她就要走了,要求我如果已经赎身,赶快去认认她父亲的花园,不管怎样,找机会到那里去看看她。我没多说,只回答遵命,还请她别忘了念诵她女奴教的祷告,祈求蕾娅·玛利安保佑我们。我随后就设法为我的三个伙伴赎身,让他们顺顺当当离开俘虏营;也防他们瞧我赎了身,有钱不赎他们,就给我捣乱,听了魔鬼的调唆陷害索赖达。我凭他们的为人,不必担这个心,可是我防万一出事,所以就用自己赎身的方法也为他们赎了身。我把所有的钱都交给那个商人,让他放心作保。我们防备万一,没把密谋告诉他。"

① "胡玛"(jumá),阿拉伯文,指集体做礼拜的日子,伊斯兰教徒在星期五集体做礼拜。

第四十一章

俘虏续述遭遇。

“不出十五天，那个叛教徒已经买到一只好船，能容三十人。他要事情办得地道，渲染得逼真，故意到撒黑尔去做了一趟买卖。那个镇离阿尔及尔三十哩瓦，在奥朗的那一面[1]；镇上无花果干的买卖很兴旺。他和上面说的塔格利人一起在这条路上来往了两三次。蛮邦把阿拉贡的摩尔人称为‘塔格利’人[2]；把格拉那达的摩尔人称为‘穆德哈’人[3]；费斯王国[4]又把‘穆德哈’人称为‘艾尔切’[5]；费斯国王大半用这种人为他打仗。且说离索赖达居住的花园不到两箭之地有个海湾，叛教徒每次船过那里就抛下锚，故意和划桨的摩尔小伙子待在那里，或做祷告，或把他认真要干的事当作游戏来预演。他曾到索赖达家的花园里去讨果子；她父亲给了他，并不知道他是什么人。据他后

---

① 撒黑尔(Sargel)，现称塞尔塞利(Cerceli)，在阿尔及尔以西二十哩瓦。奥朗在阿尔及尔的西面。

② 指边界的摩尔人。摩尔人所占领的西班牙以阿拉贡为最边远处。塔格利人往往也能说流利的基督教国家语言。

③ 指内地的摩尔人。

④ 费斯(Fez)在摩洛哥。

⑤ “艾尔切”(elche)，阿拉伯文，指叛徒或逃亡者；叛教徒和他们的子孙都称为“艾尔切”。

来告诉我：他想找索赖达谈谈，说明自己是奉我派遣，打算带她到基督教国家去的，好叫她乐意放心，可是他总没机会。原来摩尔女人除非奉丈夫或父亲之命，不能让任何摩尔男人或土耳其男人看见，可是和基督教的俘虏却可以交谈，甚至可以纵情言笑。假如叛教徒和这位摩尔姑娘谈了话，我倒不免担心；她听到自己的私事在叛教徒嘴里说出来，也许要着急的。不过上帝另有安排，叛教徒空有好意，未得机会。当时，叛教徒从阿尔及尔到撒黑尔那段路上，来往很安全，不论何时何地或什么情况下抛锚，都由得他；和他一起的塔格利人全听他摆布。我呢，已经赎身。只需找几个划桨的基督徒，事情就全妥帖了。叛教徒估计了这个情势，对我说：准备带走的基督徒，除了已经赎身的几个，我得留心再找几个。他决计下星期五动身，叫我预先和他们约好。我听了就去找到十二个西班牙人，都是身强力壮的划手，可以自由出城的。我找到这许多人可不容易，因为有二十条船出海抢掠，把所有的划手都带走了。这十二个划手的主人有一条帆桨两用的海船还没完工，这个夏天不出海抢掠，否则这十二人就没处找去。我没对他们说别的，只嘱咐他们下星期五黄昏时分，一个一个悄悄到阿吉·莫拉陀的花园外面等着我。我是单独对每个人说的，还叮嘱他们如果到了那里看见别的基督徒，只说我叫他们在那儿等我，别的一概不讲。我办完这事，还得办一件更紧要的事：我得通知索赖达事情已经进行到什么地步，让她心中有数，早做准备；如果她没想到基督徒的船来了，我们突然跑去抢她，不免惊吓了她。所以我决计到花园去，瞧是否能和她谈话。我动身之前，有一天假装摘野菜跑到那个花园里。我第一个碰到的就是她父亲。在整个蛮邦，甚至在君士坦丁，俘虏和摩尔人之间通用一种语言，既不是摩尔话，也不是西班牙话，也不是任何别国话，却是各种语言的杂拌儿，大家都听得懂。他用这种语言问我在他的花园里找什么，又问我主人是谁。我确知他有个很要好的朋友名叫阿恼德·玛米①，就说自己是阿恼德·玛米的奴隶，要挑些野菜做凉拌生菜。他接着问我是否在等待赎金，我主人要我多少身价。恰在这时候，美丽的索赖达从花园的宅子里出来；她早已看见我了。我上面说过，摩尔女人见了基督徒毫不羞怯，也不回避，所以她满不在乎地跑向我们那儿来；她父亲瞧她走得慢，还喊着叫她过来。

"我无法形容我的心上人在我眼里风姿多么娴雅、服饰多么华贵，我只说，她美妙无比的脖子上、耳朵上和头上戴的珍珠，比她的头发还多。她按本国风俗光着脚踝，戴一对嵌满钻石的纯金脚镯或脚环——摩尔人所谓'哈尔哈尔'。她后来告诉我，据她父亲的估计，她那副'哈尔哈尔'值一万朵布拉②；她手腕上戴的一对镯子也值那么多。她浑身戴着珍珠，都是最值钱的。原来摩尔女人最富丽的装饰就是大珍珠和细珍珠。所以摩尔人的大小珍珠，比世界其他各国的加在一起还多。大家知道索赖达的父亲收藏的珍珠很多，都是阿尔及尔最上好的；他此外还有二十万西班牙艾斯古多。这份财产全是我这位女主人的。只要瞧她经历了多少风波辛苦还这样美，就可以想象她安居享福时的光景，不消再问她全副盛装多么动人了。大家知道，有些女人的美是有日子、有时期的，随着境遇增减。情感会把她们的美或

① 这人就是俘虏塞万提斯的船主，以残忍著称。

② 朵布拉(dobla)，古代西班牙金币。

增加或减少，而通常是毁掉，这是自然之理。干脆说吧，她当时浑身珠光宝气，容华焕发，至少在我眼里是绝世美人。我想到她给我的恩惠，简直觉得面前是为我降福消灾而下凡的一位天仙。她父亲等她走过来，就用他们的语言告诉她，我是他朋友阿恼德·玛米的奴隶，到花园里来摘生菜的。她就和我交谈，用那种杂拌儿语言问我是否贵族，为什么不赎身。我说已经赎了，凭我的身价，就可见我的主人多么看重我，因为我出了一千五百索尔达尼①的赎金。她答道：

"'假如你是在我爸爸手里，再加两倍的身价我也不让他放你，因为你们基督徒老爱撒谎；你们装穷，骗我们摩尔人。'

"我说：'小姐，这种事也许有，可是我对自己的主人确是老实的；我对谁都老实，而且永远忠诚老实。'

"索赖达说：'你几时走呢？'

"我说：'大概明天，因为这里有一只法国船，明天开船，我想搭这只船走。'

"索赖达说：'法国人不是你们的朋友；等西班牙有船来，搭西班牙船走不更好吗？'

"我说：'不，明天走稳当，除非确实知道西班牙有船来，我才等呢。我急要回国和亲人团聚，别的机会尽管好，不是现成的，我可等不及。'

"索赖达道：'不用说，你一定在本国结过婚，所以急着要夫妻团聚。'

"我说：'我还没结婚，不过已经订婚，到了那边就结婚。'

---

① 索尔达尼（zoltanís），摩尔人通用的小金币，每个合三十六瑞尔。

“索赖达说：‘和你订婚的小姐漂亮吗？’

“我说：‘漂亮极了，我如要据实形容，只消说，她和你很像。’

“她父亲听了这话哈哈大笑，说道：

“‘我凭上帝发誓，基督徒啊，假如她像我的女儿，她一定美得很。我女儿是全国第一美人；不信，你仔细瞧瞧就知道我这话是千真万确的。’

“索赖达的父亲懂的语言比较多，我和索赖达谈话多半靠他翻译。索赖达虽然能说当地通行的杂拌儿话，主要还靠做手势达意。我们正在闲谈，一个摩尔人急急跑来大喊：四个土耳其人跳进围墙，在花园里摘半生不熟的果子。老头儿大吃一惊，索赖达也很害怕。原来摩尔人简直都天生的怕土耳其人，尤其军人。土耳其军人对他们辖治的摩尔人强横霸道，把他们作践得不如奴隶。索赖达的父亲当时对他女儿说：

“‘孩子，我和那群畜生打交道去，你回屋关上门。你这基督徒呢，摘你的野菜去吧；咱们再见了。阿拉保佑你回国一路顺利。’

“我鞠了一个躬；他就撇下我和索赖达去找那些土耳其人。索赖达好像是听从父亲的话要进屋去，可是她父亲刚给花园里的树木遮住，她立刻眼泪汪汪转向我说：

“‘塔姆七七？基督徒，塔姆七七？’——那就是说，‘你要走了吗？基督徒，你要走了吗？’

“我回答说：

“‘小姐，我是要走了，不过无论如何，决不撇下你。下一个“胡玛”你等着我，见了我们不要害怕，咱们是确确实实的要到

基督教国家去了。’

“我设法把这番话说明白。她就一条胳膊勾着我的脖子，懒洋洋地向住宅走去。偏偏运气不作美，要不是天照应，可就糟了。我们俩正像刚才说的那样挨抱着慢慢走，恰好她父亲赶走了摩尔人回来，看见了我们这副模样；我们也自知落在他眼里了。索赖达很有主意，也很机灵，她不放下勾着我脖子的胳膊，却越加紧挨着我，把脑袋靠在我胸口，两膝微屈，好像要晕倒的样子。我就装得仿佛是不得已只好扶着她。她父亲急急赶来，看见女儿这副模样，忙问是怎么了；瞧她不回答，就说：

“‘一定是闯来了那些畜生，把她吓得晕过去了。’

“他把女儿从我怀里接过去，抱在胸前。她吐了一口气，眼睛里还带着泪说：

“‘阿梅七，基督徒，阿梅七。’——‘你走，基督徒，你走。’

“她父亲听了说：

“‘孩子，不用叫基督徒走，他不碍你。那些土耳其人已经走了。你没什么害怕的，谁也不能害你。我不是跟你讲了吗，那些土耳其人听了我好言劝告，已经从原路出去了。’

“我对她父亲说：‘先生，你说得不错，是那些家伙把她吓坏了。不过她既然叫我走，我决不惹她厌。再见吧。承你许我到这儿来摘野菜，以后我要野菜还会来，因为据我主人说，这花园里的野菜，做生菜特好，别处的都比不上。’

“阿吉·莫拉陀说：‘你要什么野菜，尽管再来。我女儿并不是讨厌你或任何基督徒，她是叫土耳其人走，却说了叫你走。也许她认为你这会儿该去摘野菜了。’

“我马上辞别了他们俩。她仿佛心碎肠断的样子，跟着她父亲走了。我借口摘野菜,悠闲自在地满园走了一转,留心观察出入的口道、房子的关防,以及一切可乘之隙;然后我回去把经过一一告诉那个叛教徒和我的伙伴们。我眼巴巴地只等有朝一日,可以无忧无虑享受命运给我的幸福,和美丽的索赖达同生活。一天天过去,居然那个渴望的日子到了。我们经过深思熟虑和仔细讨论,策划了一套办法;我们按计行事,步步顺利,都合我们的愿望。我和索赖达在花园谈话的下星期五傍晚,我们的叛教徒几乎就在绝世美人索赖达所在的花园对面抛锚停泊。

“那些划桨的基督徒已有准备,一个个躲在花园周围等着我,摩拳擦掌,打算去袭击在望的船只。原来他们不知道叛教徒的计策,以为要他们动手杀了船上的摩尔人,才获得自由。我和我的几个伙伴一到场,那些躲着的人看见了立即围上来。那时城门已经关闭,郊外不见一人。我们聚在一起,商量还是先去找索赖达呢,还是先去捉住船上那些划桨的摩尔人。正迟疑不决,那叛教徒跑来问我们干吗耽搁;他说这会儿正是时候,他船上的摩尔人毫无防备,多半已经睡了。我们告诉他为什么打不定主意。他说,最要紧的是先把船抢到手,这件事很容易办,并且毫无危险;随后就可以去找索赖达。大家觉得这话不错,不再踌躇,就由他带领上船。他头一个跳上去,拿着摩尔弯刀用摩尔话喊道:

“‘要性命的待着别动!’

“这时候,基督徒差不多都上船了。摩尔人胆小,瞧船长这么说,吓得哆哆嗦嗦,一个也没拿起武器。他们没几件武器,简直都赤手空拳。他们不声不响地让基督徒捆住双手。基督徒捆得很快,一面恫吓他们如果嚷出什么声音,马上就把他们杀得一个不留。我们捆完，留半数看守，其余的就跟着叛教徒到阿吉·莫拉陀的花园去。运气真好，我们去开门，门应手而开，好像没关上似的。我们就悄悄地到了住宅外面，谁也没有发觉。

“美丽的索赖达正在一个窗口等着我们。她觉得有人，就低声问是否‘尼撒拉尼’；就是说，是否基督徒。我说是的，请她就下来。她听出是我，一刻也没耽搁，话都不说立即下来开了门，和我们见面。她相貌的娇艳，服饰的富丽，简直没法形容。我一见她，忙捧着她的手亲吻。叛教徒和我的两个伙伴也吻了她的手；其他的人不知是怎么回事，都学了我们的样。我们好像是感激她给了我们自由，向她致谢。叛教徒用摩尔话问她父亲是否在花园里。她说是的，正睡觉呢。

“叛教徒说：‘那么得叫醒他，把他带走；这美丽的花园里所有的贵重东西都得带走。’

“她说：‘不行，我父亲是怎么也不许碰的。这宅房子里除了我要带走的东西，就没什么了。我带的着实不少，可以叫你们人人富足。你们等一下，我给你们看。’

“她说罢又进屋去，说马上回来，叫我们悄悄儿等着，别出声。我问叛教徒刚才和她怎么讲的。叛教徒把她的话告诉了我。我吩咐他一切听从索赖达的意旨，不得擅作主张。她这时拿着一只小箱子回来，箱子里满满的都是金艾斯古多，她简直拿不动。不幸她父亲这时醒来，听到了花园里的声响。他从窗口探头一看，看见一群人全是基督徒，就一迭连声地狂叫大喊，用阿拉伯话说：‘基督徒来了！基督徒来了！有贼！有贼！’我们听他这么叫喊，吓得慌了手脚。叛教徒一看情势紧急，得趁旁人没有惊醒赶紧逃跑，就飞也似的上楼找阿吉·莫拉陀，我们另有几人也跟了去。当时索赖达倒在我怀里，好像晕过去了，我不敢丢下她。上楼的那几人办事爽利，一会儿就架着阿吉·莫拉陀下楼。他们已经把他双手捆住，嘴里塞一块布，不让出声，还恐吓他如果叫喊，就要他的命。他女儿见到这个情景，掩目不看他。他还不知道自己女儿落在我们手里是自愿的，直吓得目瞪口呆。当时我们最要紧的是逃走，急忙架了他上船。留在船上的人怕我们出了岔子，直在盼望。

“入夜没到两个钟头，我们已经全都上船了。我们给索赖达的父亲解开捆手的绳，拿掉塞嘴的布。叛教徒重又叮嘱他不许出声，否则要他的命。他看见自己的女儿也上了船，就伤心叹气；又瞧她泰然自若，随我紧紧搂着，既不抵拒，也不愁苦，也不羞涩，越发气恼得连声长叹。可是他不忘叛教徒的恫吓，没敢开口。索赖达瞧自己已经上船，我们就要划桨开航，而她父亲还在船上，其他的摩尔人还捆在一旁，就叫叛教徒求我看她面上，放了那些摩尔人，并让她父亲回去；她宁可跳海，不能眼看慈父为她做了俘虏。叛教徒转达了这话，我说很愿意遵命。可是叛教徒说不行，如果放他们回去，他们立刻会唤起沿岸居民，惊动全城，派出快艇来追赶；海陆协力，我们就无路可逃。我们只可以在最先到达的基督教国家释放他们。大家都赞成。索赖达听我们讲了这个办法，和不能依从她的缘故，也觉满意。我们虔诚地祷告上帝保佑，勇敢的划手们欣喜无言，一个个轻快地拿起桨向马嘀加岛划去；那是离我们最近的基督教国家。可是起了点北风，海上略有波浪，我们不能走马嘀加的航路，只好沿着海岸往奥朗去。我们很担心，因为沿这条海岸离阿尔及尔六十海里就是撒黑尔，我们生怕给那里的居民看见。我们又怕这一带会碰到经常从德土安运货前往阿尔及尔的商船。可是我们大家心目中都有个打算：商船不比巡洋舰，我们如果碰到了，非但不会坏事，还可以俘获一只船；乘了这只船航行，就更加稳当。索赖达一路上把脑袋藏在我的两只手掌里，免得看见她父亲；我听见她直在祈祷蕾娅·玛利安保佑我们。

“我们大约走了三十海里，天渐渐亮了，发现船离岸只三箭之地。岸上满目荒凉，不会有人看见我们。我们还尽力往海上划，因为风浪已经稍稍平静。我们划了将近两哩瓦，就叫划手轮班歇歇，大家且吃些东西，船上带的很富足。可是划手们认为这会儿不是休息的时候，决不能放下桨，还是让不划桨的人喂给他们吃。这就照办了。当时起了一阵从斜里来的风，我们只好放下桨，扬帆向奥朗去，因为只有这条路可走。我们干事迅速，扯上帆一小时走了八海里还不止；当时别无顾虑，只怕撞到巡洋舰。我们也给摩尔划手们吃了些东西，叛教徒安慰他们说，他们不是俘虏，一有机会就释放他们。他对索赖达的父亲也这么说了，索赖达的父亲答道：

“‘基督徒啊，你们出于慷慨正直，许我别的好处，我都会相信，也会指望；可是想要你们放我呀，我没那么傻！你们冒险抢了我来，难道就是要开恩放我吗？何况你们知道我是谁，也知道我的身价。你们要多少赎金，说个数吧。我为自己和这个倒霉的女儿，随你们要多少都答应。或者单放她一人也行；我心眼儿里只有她是宝贝，别的都放得下。’

“他一面说，一面痛哭，我们都恻然，索赖达也不得不回脸看他。她看了很感动，就从我脚边起来，过去抱住她父亲，脸偎着脸一起哭得好生悲切，许多在场的都陪着下泪了。可是她父亲瞧她打扮得像欢庆佳节似的，而且浑身珠宝，就用本国话问她：

"'孩子，昨晚上咱们遭祸之前，我看见你是家常打扮。你现在穿的，是我最富的时候给你做得最讲究的衣服。你什么时候换的呢？我报了你什么喜讯，要你这样盛装庆祝呢？你说呀！我觉得这比咱们当前这场奇祸还来得奇怪啊。'

"他这番话是叛教徒解释给我们听的。他女儿一言不发。阿吉·莫拉陀忽又见他女儿平时放首饰的小箱子在一边搁着；他分明记得这只箱子在阿尔及尔城里，并没有带到花园里去，越发莫名其妙，就问他女儿：怎么这只箱子到了我们手里；箱子里装的是什么。叛教徒见问，不等索赖达开口，就回答说：

"'先生，这许多事你不用费神问你女儿，我一句话就说明白了。我告诉你吧，她是个基督教徒，我们靠她铡断了我们的锁链，解脱了俘虏生活。她在这里是自愿的。我看她对当前的情况非常乐意，好像是从黑暗投入光明，从死亡投入永生，从烦恼投入欢乐。'

"那摩尔人问道：'孩子，这话是真的吗？'

"索赖达说：'是真的。'

"老头儿说：'原来你是基督徒？原来是你把爸爸交给他的仇人了？'

"索赖达答道：

"'说我是基督徒呢，我是的；害你落到这个地步的可不是我。我绝不愿意离开你或损害你，我不过是为自己造福。'

"'孩子，你为自己造了什么福啊？'

"她答道：'这话，你问蕾娅·玛利安吧，她会回答你，还比

我回答得好。’

“那摩尔人听了这话，立刻踊身一跳，投进海里去，快得出人意料。亏得他身上的衣服又大又多，一时沉不下去，否则一定淹死了。索赖达大叫救命，我们赶紧抓住他的袍儿拖上来，他已经淹得半死，知觉全无。索赖达心痛得对着他悲悲切切地啼哭，仿佛他已经死了似的。我们把他翻过身，嘴朝下；他吐出大量海水，过两个钟头就苏醒过来。这时风已转向，我们只好向岸航行，而且得用力划桨，才免得撞上岸去。我们幸好开进一个海角环抱的海湾。摩尔人把那个海角称为‘加瓦·如米亚角’，用咱们的语言说，就是‘基督教娼妇之角’。据摩尔传说，断送西班牙的‘加瓦’葬在那里①。摩尔话‘加瓦’是娼妇；‘如米亚’是基督徒。摩尔人向来认为船在这里抛锚不吉利；除非迫不得已，决不在这里停泊。当时海上波涛汹涌，这个地方，在我们就不是娼妇的海湾，却成了我们的救星港。我们派几个人上岸望风，划桨的还是手不停划。大家吃了些叛教徒贮存的干粮，诚诚心心祷告上帝和我们的圣母保佑我们这桩开头很侥幸的事顺利完成。我们听了索赖达的要求，打算把她父亲和捆缚在一边的摩尔人都送上岸去，因为她心软，看不过父亲被绑、本国同胞成了俘虏。我们答应开船前干这件事；那里荒无人烟，放走他们没有危险。我们的祷告蒙上天垂听，有了应验。当时风势好转，海上平静，我们又可以愉快地继续航行。我们就解放那些摩尔划手，把他们一个个送上岸；他们很出乎意料。索赖达的父亲已经完全清

① 这个“加瓦”是胡良伯爵的女儿（一说妻子）弗萝林德，她受了西班牙国王堂罗德利果的奸骗，她父亲要为她报复，就引阿拉伯人入侵。

醒,他下船的时候说:

"'基督徒,你们可知道这贱丫头为什么一心要放我?出于孝心吗?不是!她是要遂自己的淫心恶念,怕我碍着她。她为什么改信你们的宗教?因为你们的宗教比我们的好吗?不是!她是知道在你们国家,干没廉耻的事比在本国自由。'

"我和另一个基督徒这时捉住他两臂,防他有什么疯狂的行动。他又转身对索赖达说:

"'哎,不要脸的丫头!错打了主意的孩子!你瞎了眼睛,迷了心窍!这群猪狗是咱们天生的仇人,你由他们摆布着往哪里去啊?我真是苦命呀!娇生惯养地培育了你真是冤枉呀!'

"我瞧他不肯甘休,赶紧把他送上岸。他大声咒骂哭喊,求穆罕默德转求阿拉毁灭我们。船已经扬帆开走;我们渐渐听不见他说话,却还看得见他的动作:他自己揪胡子,捋头发,趴伏在地下。他一度极力嘶号,我们听到了他的话:

"'亲爱的女儿啊,回来吧!回到岸上来,我全原谅你。咱们的钱反正已经落在那些人手里,送给他们就完了;你快回来安慰你伤心的爸爸!你要是扔下他,他就死在这片荒地上了!'

"索赖达都听见,句句话都使她伤心落泪。她无言可对,只说:

"'我的爸爸,我做基督徒是为了蕾婭·玛利安,但愿阿拉让蕾婭·玛利安来安慰你的痛苦吧。阿拉知道我干的事是不由自主的。我对基督徒行方便是上天注定的,即使我不愿意跟他们走,愿意待在家里,也办不到;亲爱的爸爸,你看来最坏的坏事,我却觉得是最好的好事,一心向往,非做到不可。'

"当时她父亲既听不见她这番话,我们也瞧不见她父亲了。

我安慰着索赖达，大家专心航行。顺风船走得很快，我们拿稳第二天清早就可到西班牙海岸了。可是一竿子到底的好运是绝无仅有的，好运总穿插着坏运，吉凶总相伴相随。不知是我们运气不好，还是摩尔人对女儿的咒诅应验了，因为父亲的咒诅总是可怕的，不管那父亲是怎样的人。且说，我们在大海上，约莫夜里三点以后，因为是顺风不用划桨，正拴上桨、扯足风帆航行，忽见晶莹的月光下，一艘方帆大船①驶近前来，船上张着大大小小的帆，偏着舵，绰着风，在我们前面斜穿过去。两船挨得很近，我们怕相撞，连忙收帆；那边也用力掌舵，放我们过去。有人就到船边上来问我们是什么人，从哪里来，往哪里去。叛教徒听他们说的是法国话，就说：

"'这些人一定是法国海盗；他们见什么抢什么，咱们谁也别回话。'

"我们听了这番警告，都一声儿不言语。我们开往前去，那只船就落在我们下风。猛不防那只船上双炮齐发，打的好像都是连锁弹②。一个炮弹把我们的桅杆从半中间折为两段；桅杆带着船帆都掉进海里去。另一门炮是同时放的，炮弹正中船心，别的没打坏，只把船身打穿了。我们眼看船要下沉，一齐大声呼救，要那只船收容我们，因为我们快要淹死了。他们就卸了帆，放下船上的小艇，十二个法国人带着火枪和燃着的火绳，下了小艇到我们船边。他们瞧我们人数不多，船又在下沉，就让我们上了小艇，一面说我们不答话太无礼，活该落到这个下场。我们的

---

① 当时一般船上的帆是三角形的。较大的船用方帆。

② 这是一个炮弹分作两半，用小链子连锁着；这种炮弹的破坏力较强。

叛教徒趁人不见，把索赖达的钱箱抛入海里。长话短说，我们都上了法国人的船。他们盘问得非常仔细，然后就像死冤家似的把我们的东西抢光。索赖达身上连脚镯都抢了。我瞧索赖达受惊，很为她担心；尤其怕他们抢了她贵重的珠宝不算，还剥夺她身上最贵重、心中最珍惜的宝贝。幸亏那些人要的只是钱。他们贪得无厌，假如我们穿的俘虏衣服值得几文钱，他们也会剥去。他们有人主张把我们用一幅船帆包了扔到海里去。原来他们冒充布列塔尼的商贩，要到几个西班牙港口去做买卖；假如饶了我们性命留在船上，他们抢劫的事就会败露，难逃惩罚。可是我心上人索赖达所有的东西，恰好是船长亲手抢的，他表示对这次俘获心满意足，不想再到任何西班牙港口去了。他准备趁夜里或别的机会过直布罗陀海峡到罗切拉去；他们原是从那儿出发的。当时他们讲明把船上的小艇给我们乘坐；我们还有个短程的航行，所需的东西也归他们供给。第二天西班牙的陆地在望，他们就如言照办了。我们一望见西班牙国土，把所有的愁苦穷困都忘得一干二净，好像没经历过一样；重获失去的自由真是天大的喜事啊！

“我们登上小艇已经将近中午，他们给了我们两桶水和一些饼干。船长在美人索赖达下船的时候，不知动了什么慈悲，竟给她四十个金艾斯古多，还禁止手下的兵剥掉她身上这套衣服。我们上小艇的时候谢他们种种照顾，表示感恩而不怀恨。他们出海往海峡航行；我们只把眼前的陆地当作归宿。我们拼命划船，到太阳西落，已经离岸很近，估计不到夜深可以靠岸。当夜没有月亮，天色昏暗，我们不知道自己在什么地方，觉得向岸上撞去不妥。可是有许多人却主张把船撞上去；他们说，尽管沿岸尽是礁石，荒无人烟，上了岸就不用提心吊胆了。因为德土安的海盗船常在这一带出没；那些海盗在蛮邦过夜，早起照例到西班牙海岸来抢劫，然后回家睡觉。我们采取折中办法，打算慢慢傍岸，如果海上平静，能够登陆，就找个地方上去。将近半夜，我们到了一座极险恶的高山脚下。这座山并不直伸到海里，山边还有一片平地，上岸很方便。船撞上沙滩，大家跳下船，吻了陆地，含着欢欣的眼泪，感谢上帝的洪恩。我们把粮食全搬下船，把船拖上岸，大家登山，走了好一段路。我们还不放心，不信已经登上基督教国土。

"我觉得我们是盼了好久才天亮的。我们爬到山顶上，看看有没有村落或牧人的茅屋；极目四望，并不见一个村庄，也不见一个人，也没有山径，也没有大道。我们还是决计往内地走，料想不久总会碰到可以问询的人。我最难受的是瞧索赖达一脚高一脚低的登山越岭。我驮了她一回，她瞧我劳累，尽管自己省了脚步却心里不安，反而愈加觉得吃力，就不肯再让我驮。她很有能耐，和颜悦色和我搀手同走。我们走了不到四分之一哩瓦，听得铃铛声。分明附近有放牧的牛羊。大家留心寻找，只见大软木树下一个年轻牧人正悠闲自在地拿着把刀子削一根木棍。我们大声叫唤；他一抬头，立刻霍地跳起来。据我们后来知道，他第一眼看见了那个叛教徒和索赖达，瞧他们是摩尔装束，以为蛮邦人都来捉他了，就飞也似的逃进前面树林，大喊道：

"'摩尔人上岸了！摩尔人来了！快拿起武器！快拿起武器！'

"我们听他这样叫喊，都慌了手脚，不知怎么办。我们估计这牧人的叫喊会惊动当地居民，沿海巡逻队马上会赶来查看究竟,就想到该叫叛教徒脱掉土耳其服;我们中间一个人把俘虏的外衣脱给他穿,自己只穿衬衫。我们一面祷告上帝保佑,一面顺着牧人逃走的路往前走,随时准备沿海巡逻队来截住我们。我们的猜想果然不错。没过两个钟头,我们刚走出树林,到了一片平原上,就看见五十来个骑兵纵马驰来。我们忙站定了等待。他们跑近前来不见他们寻找的摩尔人,却看到一群穷困的基督徒,都莫名其妙。其中一人就问我们:刚才一个牧人喊拿起武器,是不是因为看见了我们。我说是的。我正要诉说自己的遭遇和我们的来历,我们同来的一个基督徒却认识问话的骑兵,他不等我多讲,就说:

"'各位先生,我们应该感谢上帝,把我们带到这个好地方来了! 我要是没弄错,我们脚底下踩的该是维雷斯·玛拉加的土地呀! 如果我做了几年俘虏没记忆模糊,你这位问话的先生是我舅舅贝德罗·台·布斯塔曼德呀!'

"被俘的基督徒话犹未了,那骑兵已经滚鞍下马,过来抱住这年轻人说:

"'我想着念着的外甥啊! 我认识你呀! 我和我姐姐——你的妈妈,和你现有的亲人直在哭你,以为你死了。多亏上帝让我们今生还能享到和你重逢的快乐。我们知道你是在阿尔及尔。瞧你和同伴的衣服,大概是意外逃回来的。'

"那年轻人说:'是啊,以后有工夫一一讲给你听。'

"那些骑兵听说我们是被俘的基督徒,连忙下马,一个个让出马来请我们骑着进城;维雷斯·玛拉加城离那儿还有一个半哩瓦。我们告诉他们有只小艇撇在什么地方,几个骑兵就去把小艇开到城里去。其他的骑兵让我们骑在他们鞍后;那个基督徒的舅舅鞍后带了索赖达。有人已经到城里去传了消息，大家都出来迎接。他们见了逃回的俘虏或被俘的摩尔人都不以为奇，因为这一带海边上常见这两种人。可是他们见了索赖达的美貌，大为惊讶。她到了基督教国家不再担惊受怕，心里舒畅，又加走路劳累了，这时两颊红晕，越显得妩媚。也许我是给爱情迷了眼睛，我敢说，世界上没有比她更美的人，至少我没见过。

“我们立刻上教堂去向上帝谢恩。索赖达一进教堂，就说那里有许多脸和蕾娅·玛利安的一样。我们告诉她，那都是蕾娅·玛利安的圣像。叛教徒尽力向她解释圣母像的意义，教她把每个圣像都当作和她说过话的蕾娅·玛利安真身那样崇拜。她心思灵敏，听了有关圣像的话马上就领会了。我们从教堂出来，就分派到城里各家去住。和我们同来的那个基督徒把叛教徒、索赖达和我带到他父母家里。他们是小康之家，对我们热情款待，像自己的儿子一样。

“我们在维雷斯住了六天。然后叛教徒打听了他需要办的手续，就到格拉那达城去准备由宗教法庭的媒介，重新皈依圣教。获得自由的其他基督徒选择了自己的道路各自走了，那里只剩下索赖达和我；我们所有的只不过是法国人好意给索赖达的几个艾斯古多。我用这笔钱买了她骑来的这头牲口；我一直是以父辈和侍者的身份伺候她，还不是她的丈夫。我打算去看看我父亲是否还在，我的兄弟是否有比我运气好的。不过天既然让我做了索赖达的伴侣，任何别的运道，随它多么好，我都不稀罕了。索赖达耐得了贫穷，顶得住艰苦，一片至诚要做基督徒，这都使我很敬佩，甘愿终身为她效劳。可是我不知道能否在国内为她找到个角落容身，也不知道我父亲和兄弟的生命财产有了什么变故；假如找不到他们，我就举目无亲了。这些忧虑不免搅扰了我和她相依为命的快乐。

“各位先生，我的经历讲完了；是否新奇有趣，凭你们高见酌定吧。我但愿还能讲得短些；我免得你们烦厌，已经略去好些事情。”

第四十二章

客店里接着发生的事，以及其他需说明的情节。

俘虏讲完了，堂费南铎说：

“上尉先生，你那异常的经历很新鲜，你讲得也动听。事情从头到底都是少见罕闻的，情节都惊心动魄。我们听得津津有味，即使到天亮还讲不完，我们再听一遍也乐意。”

他说罢，卡迪纽等人都表示愿为俘虏出力；他们言辞恳切，上尉对这番好意非常感激。堂费南铎特地邀请俘虏随他回家，他可以叫袭侯爵的哥哥在索赖达受洗时做她的教父；他自己要资助俘虏像模像样地回乡，不失身份体面。俘虏很客气，对这番厚意表示心领，不过都谢绝了。

天已经夜了，黑暗里有一辆马车和几骑跟从的人马到客店借宿。客店主妇说，整个店里挤得连手掌大小的空隙都没有了。

进来的那几个人是骑马的，一人说：“随你怎么样，来客是大理院的审判官,总得留他。”

店主妇听到这个头衔就慌了,说道:

“先生啊,是店里没有床铺了。审判官大人一定是带着铺盖的;他要是随身有铺盖呢,请进来吧,欢迎得很,我和我丈夫的卧房可以让给他大人。”

那个侍从说:“好吧。”

这时车上出来一个人,一看他的装束,就知道他是什么官职。他穿着长袍,袖上打着大褶裥,显然是他佣人所说的大理院审判官①。他搀着一个十五六岁穿旅行服装的小姑娘;她非常秀丽高贵,大家见了都惊讶,如果没看见客店里的多若泰、陆苹达和索赖达,一定觉得这样的美人很难找到第二个。审判官带着这位姑娘进来的时候,堂吉诃德恰在旁边;他一见审判官,就说:

“您放心进堡垒休息休息吧。这里地方很小,也很简陋,可是不论多么小、多么简陋,来了文武两职的人,总有招待的余地。像您这样还有美人引导的,更不用说了。不但堡垒要开门延请,连岩石都要裂出道儿,山岭都要张开口子哈腰弓背来欢迎她呢。我说呀,您请进这个乐园来吧:这里许多美人像灿烂的星星和太阳,您这位姑娘好比晴丽的天,正可以和她们做伴儿;这里都是英雄盖世的武士和艳丽绝伦的美人。”

审判官听了这套话不胜诧异。他对堂吉诃德仔细端详,觉得这人的形状和谈吐同样古怪,正不知所对,忽见陆苹达、多若

---

① 西班牙斐利普二世命令枢密院的官员和大理院审判官等穿这种服装,显示不同于众。

泰和索赖达等进来,又大为惊讶。她们是听说到了新客,又听店主妇形容小姑娘美,特来瞧她和欢迎她的。堂费南铎、卡迪纽和神父也亲切欢迎,只是不像堂吉诃德那样说话古怪。这位审判官到了店里人地生疏,又见这群美人来欢迎他美丽的闺女,觉得莫名其妙。不过他看准这许多旅客都是有身份的人物,只有堂吉诃德的状貌举动叫人摸不着头脑。大家客套了一番,估计客店的设备,决定还是照原先的安排,让女眷在那间顶楼上安置,男客仿佛守卫她们似的在外间休息。那小姑娘是审判官的女儿;她跟其他女客一起很高兴,审判官也很满意。她们有客店的一张窄床,又拼上审判官带的半份铺盖,这一夜可以过得比预料的还舒服些。

那俘虏一见审判官,就怦然心动,觉得他是自己的弟弟。他向审判官的佣人打听他东家的姓名籍贯。那人说,主人是胡安·贝瑞斯·台·维德玛学士;听说他家乡在雷翁山区的一个村里。俘虏听了这话,又凭自己的观察,断定审判官就是听了父亲的主意选择了笔杆子那一行的弟弟。他又激动,又快活,就把堂费南铎、卡迪纽和神父叫过一边,把这事告诉他们,说这审判官准是自己的弟弟。据那个佣人说,他主人刚选上墨西哥的大理院审判官,正要到美洲上任去;又说那姑娘是他的女儿,她妈妈生下她就死了,他主人得了这位前妻遗下的陪嫁很有钱。俘虏请教他们用什么方法透露自己是谁,要不要先试探一下,瞧他弟弟会不会嫌他穷,怕丢自己的脸,还是踊跃认亲。

神父说:“我来替你试探吧。上尉先生,我相信你弟弟一定骨肉情深。他面貌和善,准是有修养、有识见的,不像个傲慢没心肝的人。他对于人生的得意失意一定有适当的看法。”

上尉说:“可是我不愿意突然亮相,还是婉转点儿好。”

神父说:“我刚才说了,我有办法,准叫大家满意。”

这时开上晚饭①,男客除了俘虏,都围着桌子坐下;女眷在她们屋里吃。神父吃晚饭的时候说:

“审判官先生,我在君士坦丁做过几年俘虏;那时候我有个伙伴儿跟您同姓。他在西班牙步兵里是最勇敢的战士,最勇敢的上尉。他力气大、胆量大,可是倒的霉也一样大。”

审判官问道:“我的先生,那位上尉叫什么名字呢?”

神父答道:“他叫儒伊·贝瑞斯·台·维德玛,家乡在雷翁山区的一个村里。他和我讲过他父亲和他们兄弟的一件事;要不是他那么个老实人亲口讲的,我准当作老太太们冬日围炉说的故事呢。他说他父亲把家产分给三个儿子,还训诫了他们,训得比加东②还高明。我知道他选了从军的道路很成功:他胆大力大,单靠本领高强,一无依仗,不多几年就升作步兵上尉,而且看来不久就可以升作陆军中校。可是他走了背运。雷邦多大战那天是许多人获得自由的好日子,他却在那天失去了自由,他指望的前程全都吹了。我是在果雷塔被俘的,我们经历不同,却在君士坦丁碰到一处了。他后来到了阿尔及尔,又有一番奇遇。”

神父于是把审判官的哥哥和索赖达的事约略说了一遍。审判官留心听着,他听审都没这样全神贯注。神父只讲到法国人

---

① 塞万提斯好像是忘了上文他们已经吃过晚饭。

② 加东(Catón),古罗马的政治家,以严肃、明智著称,参见本书前言27页注④。

怎么洗劫了那艘船上的基督徒，以及他那位伙伴和摩尔美人落得多么穷困。他说不知道他们俩如何下落，是到了西班牙呢，还是给法国人带到了法国去。

神父讲话的时候，那位上尉只离开几步在旁听着，一面注意他弟弟的一举一动。他弟弟听神父讲完了，长叹一声，含泪说道：

"唉，先生，你不知道刚才讲的是多么重要的消息，和我关系多么深切！我是个不轻易流露声色的人，可是听着也不禁流泪。你说的那位勇敢的上尉是我哥哥。你不是听他讲故事似的讲过我们父亲提出的三条道路吗？他比我们两兄弟坚强，也比我们有志气。他走的是光荣伟大的当兵的道路。我选的是文职；靠上帝洪恩和我自己努力，挣到这个地位。我的弟弟①在比鲁。他很发财，他寄给我父亲和我的钱早超过了他带出去的款子。我父亲靠他供养，手里很有钱，尽够他照旧乱花；我也能比较宽裕地完成学业，得到了目前的官职。我父亲还奄奄一息地活着，只等着大儿子的音信，只在祷告上帝，让他能活着和大儿子见面。我只是奇怪，像我哥哥这样一个明白人，怎么经历了这许多吉凶甘苦，都不想告诉父亲。如果我父亲或我们随便哪个弟弟知道了他的光景，他又何必靠竹竿的奇迹才赎身呢。我现在着急得很，不知那些法国人究竟是释放了他呢，还是为了要掩盖他们的抢劫竟把他害死了。本来我这次出门很称心，可是听到他的消息，这一路去只为他焦愁了。唉，我的好哥哥，我要是能知道你在哪里，就可以来找你并解救你，即使自己受难也甘心

① 据本书第三十九章，学士出身的是最小的弟弟，经商的是老二。

情愿。唉，假如咱们老父得知你还活着，即使你在蛮邦最深的地窖里，凭他和我们弟兄的钱，总能救你出来。唉，貌美心慈的索赖达，但愿我能报答你对我哥哥的恩情！几时你的灵魂得庆重生，几时你们两人结婚，我们大家该多么快活呀！我真希望能亲来参与这些喜事！”

审判官听到他哥哥的消息十分悲伤，说了以上那些话。旁人都陪着伤心。神父觉得自己的目的和上尉的要求都达到了，不愿意延长人家的悲痛，就起身离开饭桌，跑到索赖达所在的房里，把她搀出来；陆苹达、多若泰和审判官的女儿都跟出来。上尉等着瞧神父怎么办事。神父另一手搀了上尉，带着两人走到审判官和其他那些客人前面，说道：

“审判官先生，收了你的眼泪吧，你已经如愿以偿了；你的好哥哥、好嫂子就在你面前。这是维德玛上尉，这是对他有大恩的摩尔美人。那些法国人害得他们这样狼狈，你正可以显示你的心胸多么慷慨了。”

上尉赶上去拥抱他的弟弟；他弟弟两手托住上尉的胸口，要远着点儿端详他。可是他认得是自己的哥哥，就紧紧相抱，快乐得热泪盈眶；旁人看着也忍不住落泪。这两兄弟说的话和流露的感情，想象都不容易，更无从描写了。他们约略讲了各自的经历，表达了骨肉至情。审判官拥抱了索赖达，并表示愿意把自己的全部财产供她使用，又叫自己的女儿去拥抱她。大家看了基督教美人和摩尔美人在一起，又洒了几点愉快的眼泪。堂吉诃德一言不发，在旁留心观看，把这许多奇事都归纳到骑士道的幻想里去。当时大家主张上尉和索赖达跟着他们的弟弟到塞维利亚去，一面把上尉的下落和他获得自由的事通知他们父亲；他们父亲如有可能就可以来参与索赖达的婚礼和洗礼。因为审判官的行程不能耽搁;他听说,结队的商船过一月从塞维利亚开往新西班牙①去,他不便错过。总之,大家都为俘虏交了好运称心快意。这时一夜三停已经过了两停,大家想在天亮前休息一下。堂吉诃德自告奋勇,愿意守卫这座堡垒,防有巨人或凶徒艳羡这里的美人而来袭击。凡是知道堂吉诃德的都向他表示谢意。他们把他的怪病告诉审判官,审判官听了很感兴趣。只有桑丘·潘沙瞧大家老晚还不休息,很不耐烦。当夜他垫着驴子的全副配备睡觉,比谁都舒服,下文要讲到他得为这套配备付出多大的代价。这时女眷们在房里休息,其余的人也都将就着安顿下来,堂吉诃德就照自己答应的话,跑出客店去守卫堡垒。

天快亮的时候,女客们忽听得悠扬婉转的歌声,不由得倾耳细听;尤其是多若泰,因为她正清醒。审判官的女儿克拉拉·台·维德玛在她旁边却睡得很熟。她们都想不出谁会有这样的好嗓子。那是没有乐器伴奏的清唱。她们一时觉得歌声在后院,一时又像在马房里,正留心捉摸,卡迪纽走到她们房门口说:

"谁要是没睡着,请听听,有个年轻的骡夫在唱歌,唱得简直迷人。"

多若泰说:"先生,我们是在听呢。"

卡迪纽就走了。多若泰悉心倾听,唱的原来是这样的话:

---

① 指美洲的西班牙殖民地。

第四十三章

年轻骡夫的趣史以及客店里
发生的其他奇事。

我在情海航行，
四望一片汪洋；
能否到达港口，
胸中毫无希望。

我追求一颗星，
她在遥空放光，
巴利努罗①所见，
哪有那么明亮！

我探索着航路，
她要引我何往？
我故意装作无心，
却一心在她身上。

---

① 巴利努罗(Palinuro)，维吉尔史诗《伊尼德》里的人物，他是舰队的舵手。

　　女孩儿的羞缩，
像云幕遮掩着星光，
我越是要看她，
她越在幕后躲藏。

　　明朗[①]灿烂的星！
我为你憔悴忧伤，
假如你隐没不见，
我也就命尽身亡。

多若泰听到这里，觉得这样悦耳的歌声不该让克拉拉错过，就把她来回摇撼醒了，对她说：

“对不起，小妹妹，把你弄醒了。我要你欣赏这个好嗓子，也许你一辈子也听不到的。”

克拉拉惺忪醒来，听了多若泰的话也没懂，还直问。多若泰又说了一遍，她才支棱起耳朵来。可是她刚听了接着唱的两句，就很奇怪地浑身发抖，好像突然害了三日疟的重症。她紧紧抱住多若泰说：

“哎，我的好姐姐！你干吗弄醒我呀？我能闭上眼睛封住耳朵，看不见听不见这歌唱的可怜人，就是我天大的福气了。”

“小妹妹，你这话什么意思？你知道，唱歌的据说是个年轻的骡夫呀。”

克拉拉答道：“不是的。他是几个封邑的主人。他牢牢地霸占着我的心，他要是不撤退，我一辈子也赶不掉他。”

---

① 克拉拉（Clara），他意中人的名字，意思是明朗。

多若泰听了小姑娘这套多情的话很惊奇，觉得她这点年纪还不会这样懂事，就说：

“克拉拉小姐，你说得我摸不着头脑了。你说的心呀，封邑呀，是什么意思？你听了那人的歌声这样神情不安，他究竟是谁？你再讲讲明白吧。不过你这会儿先别讲，因为我顾了你激动的心情，就不能欣赏他唱的歌了。他好像换了调子在唱一支新歌。”

克拉拉说：“随他唱去吧。”

她不愿听，把两手按住耳朵。这又使多若泰很奇怪。多若泰留心听他唱了以下的歌词：

　　我的甜蜜的希望！
你不顾困难、突破障碍，
　　在自己开辟的路上
毫不犹豫，一个劲儿地直往前迈！
　　愿你不要消沉，
即使一步步都是向死亡逼近。

　　懒汉不去争求，
就得不到任何光荣和胜利；
　　如果随波逐流，
只图在安逸享乐中沉迷，
　　不向命运反抗，
幸福和快乐不会从天而降。

　　求爱情的幸福

怎又能计较代价昂贵，
　　最珍异的宝物
莫过恋爱中领略的情味；
　　如果得来容易，
看作等闲是自然之理。
　　为爱情百折不挠，
最难的事也竟会成功，
　　我要达到目标，
就顾不得当前险阻重重；
　　即使难若登天，
我也决心努力、勇往直前。

歌声停止，克拉拉又哭起来。多若泰觉得奇怪，不懂怎么一个唱得这样好听，一个却哭得这样难过。她又探问克拉拉刚才没讲完的话。克拉拉怕陆莘达听见，紧紧抱住多若泰，把嘴贴着她耳朵，防有泄露。她说：

"我的姐姐，这唱歌的是一位阿拉贡绅士的儿子；这位绅士是两个封邑的主人。他在京城住，和我们家对门。照我爸爸的家法，我们家的窗口冬天总挂着幔子，夏天挂着百叶窗帘。可是我不知道怎么回事，这个正在上大学的儿子瞧见我了；不知是在教堂还是别处瞧见的。反正他就爱上我了。他老从他们家窗口对我做手势，流眼泪，表达他的心意。我就相信了他，爱上了他，自己也不明白是怎么回事。他对我做种种手势，有一个是把两手勾起来，表示愿意跟我结婚。跟他结婚我顶乐意，可是我独个儿没有妈妈，不知跟谁讲，所以事情就那么拖着，我也没表示什么。只是趁彼此爸爸都不在家的时候，把窗幔或百叶窗帘掀起一点，让他看得清我。他就快活得不可开交，好像发疯似的。后来我爸爸要离开那地方了。我从没机会和这位公子说话；我没告诉他这件事，不过他知道了消息。我猜他准是伤心得病了。所以我们动身那天我没看见他，想临别瞧他一眼都不能。我们走了两天，在离这儿有一天路程的一个城里，进客店的时候我在门口看见他了。他扮成个骡夫，扮得很像，要不是他在我心上的印象很深，一定认不出来。我认出了他又惊又喜。他避着我爸爸偷偷看我；他在路上或是在我们投宿的客店里碰见我总躲着我爸爸。我知道他的身份，想到他为了爱我步行跟随，吃这许多苦，我心疼得要死；他走到哪里，我的眼睛也跟到哪里。我不知道他跟来有什么打算，也不知道他怎么会背了自己的爸爸溜出来。他爸爸只有这么一个儿子，非常疼他；而且他也得人爱，你见了他就知道。我还可以告诉你，他唱的歌全是自己编的，我听说他学问很好，又有诗才。我还告诉你，我每次见了他，或听到他唱歌，就浑身发抖，心怦怦地跳，怕我爸爸识破他，并看出我们的爱情。我从来没跟他说过一句话，可是我爱得他呀，没了他我活不下去！我的姐姐，你欣赏的好嗓子就是这么个人，别的我也不知道了。不过单凭那嗓子也分明可见他不是你说的年轻骡夫，却是我说的封邑主人和霸占住我这颗心的人。”

多若泰说：“堂娜克拉拉小姐，你不用多讲了，”她一面连连吻着她，“我说呀，不用多讲了，等天亮再说吧。我希望上帝成全你们，这件事开头这样一片天真，结局该是圆满的。”

克拉拉道：“唉，小姐，哪里能指望什么结局呀！他爸爸那样富贵，准觉得我给他儿子当丫头都不配，别说嫁他做妻子了。如果要瞒着我爸爸去和他结婚，我是不干的。我只要这个小伙子回家去，别跟着我。我眼不见，和他离得老远，也许心上就不这么难受了。可是我知道，我想的这个办法对我不会有多大用处。我不知道这是什么见鬼的事，也不知道我对他的爱情是哪儿来的，因为我和他都很小呢。真的，我想他大概和我同年；我现在还不到十六，据我爸爸说，要到圣米盖尔节我才满十六岁。”

多若泰听堂娜克拉拉说话孩子气，忍不住笑了。她说：

“小姐，我看不久就要天亮了，咱们休息一会儿吧。感谢上帝，咱们过了今天，还有明天，事情总有希望，除非我这人毫无办法呢。”

她们就睡了。整个客店里寂无人声，只有店主妇的女儿和女佣玛丽托内斯没睡，她们知道了堂吉诃德的病，又知道他正披挂骑马在外面守卫，就决计要捉弄他一番，至少听他说说疯话，也可以解闷。

原来这客店的窗子都不临街，只有堆干草的屋子有个墙洞是朝外开的，干草可以从那里扔出去。这两个中小人家的姑娘就在这个墙洞口守着。只见堂吉诃德骑马拄枪，一声声的叹气，又痛苦又深长，好像连心肝都要吐出似的。还听得他柔声软语：

“哎，美丽聪明、有才有德的杜尔西内娅·台尔·托波索小姐呀！全世界敬爱的典范呀！你这会儿在干什么呢？听你驱使的骑士为了向你效劳，甘心冒险遭难，你想到他吗？变换着三副脸的月亮啊①！请把她的消息传报我！也许你忌妒她的相貌，这会儿正在端详她。她大概在自己宫殿的廊下散步或阳台上凭

① 因为月亮有时圆，有时亏，有时如钩。

栏，左思右想：我为她心碎肠断，她怎样按自己的身份体面，给我些安慰呢？我吃尽了苦，她给我什么幸福呢？我受足了累，她怎样让我休息呢？而且怎样叫我死里得生，怎样报酬我的功劳呢？她准是在想这些事吧？太阳啊！你这会儿准忙着驾马，赶大清早瞧我的意中人去。你见了她请替我问候。不过你招呼她的时候，千万别吻她的脸，我可要嫉妒的！我记不清你从前是在德沙利亚郊外还是在贝内欧河边，燃烧着情焰和妒火，汗流如雨，追赶那个两脚如飞的狠心女人①；反正我嫉妒得比你那时候还厉害。”

堂吉诃德这套情致缠绵的话刚说到这里，店主妇的女儿“哙哙”地喊他说：

“先生，劳驾请到这儿来。”

当时月色皎洁，堂吉诃德听见招呼和说话，回过头，月光下看见有人在墙洞口叫他。在他想象里，这客店是一座壮丽的城堡，这墙洞是窗，窗外当然还有镀金的栅栏。他疯疯癫癫的头脑立刻认为堡垒长官的漂亮女儿像上次那样痴情颠倒，又来纠缠。他不愿意显得无礼无情，就兜转辔头，来到墙洞边，见了那两个姑娘，说道：

“美丽的小姐，我可怜你：你所钟情的骑士只好辜负你的品貌和家世了。可是你不要怪这个苦恼的人；他对一位小姐一见倾心，奉她为唯一的心上人，他爱情专注，不能再顾念第二人了。好小姐，你原谅我吧；你请回屋去，别再和我谈情，免得我拿出更冷酷无情的

① 指河神的女儿达芙妮(Dafne)。按希腊神话，太阳神追求她，她如飞地逃跑，后来逃跑不了，变成一棵桂树。

嘴脸来。假如你出于爱慕,觉得我有什么中你意的,只要不问我索取爱情,都可以向我开口。我凭那位在我心上而不在我眼前的亲爱的冤家发誓,即使你问我要一绺根根都是活蛇的梅杜煞的头发①,甚至要一瓶太阳的光芒,我也立刻给你。”

玛丽托内斯插嘴道:“骑士先生,我们小姐不要这些东西。”

堂吉诃德说:“聪明的傅姆呀,请问你们小姐要的是什么呢?”

玛丽托内斯说:“只要你这双美手伸一只给她,来平息她燃烧着的情火。她给这股热情摆布得不惜声名,竟跑到窗口来了。要是给她父亲知道,至少也要割掉她一只耳朵呢!”

堂吉诃德答道:“这我倒要瞧瞧呢!如果他对多情的女儿下毒手,损伤她的嫩皮肉,那么他的下场就是一切父亲里最悲惨的!”

玛丽托内斯料想堂吉诃德一定答应她的要求,盘算一下,就下来跑到马房里,拿了桑丘·潘沙套驴子的缰绳,急急赶回窗洞口。这时堂吉诃德刚站上马鞍,因为他料想这位伤心的姑娘正隔着栅栏守在窗口,他得站在马鞍上才够得到那里。他伸手给她道:

“小姐,请你接受我这只手——这只清除世界上一切罪恶的手。我告诉你,这只手是任何女人的手都没碰过的;就连主宰我整个身心的小姐也没碰过。我不是伸给你亲吻,却是让你瞧瞧手上交错的筋、纠结的肌肉,和粗壮的血管,想一想这只手连着的胳膊该有多大的力量。”

---

① 希腊神话,梅杜煞是奇丑的女魔,一根根头发是一条条活蛇。任何人见到她那副可怕的面貌立刻变为石头。

玛丽托内斯说："咱们这会儿瞧吧。"她把缰绳打个活扣，套在堂吉诃德的手腕上，然后下地把下半截缰绳牢牢拴在房门的插销上。堂吉诃德觉得腕上绳子勒得痛，说道：

"你好像不是在抚摩我的手，却是在刮皮磨肉。别这样虐待它呀。是我的心对你无情，怪不得这只手；况且也不该把你一腔怨愤全发泄在小小一只手上。你该知道，痴情人不这么毒辣地报复。"

可是谁也没听见堂吉诃德的话，因为玛丽托内斯把他拴缚停当，和她的同伴笑得要死，赶紧抽身跑了。堂吉诃德就这样拴在那里，无法脱身。

他就像上面讲的那样：两脚站在驽骍难得背上，整条胳膊伸在窗洞里，手腕给扣住了拴在门的插销上。他战战兢兢，只怕驽骍难得稍一移动，他就悬空吊在一条胳膊上了。所以他一动都不敢动。好在驽骍难得很有耐心，也很安详，尽可以站一百年也不动窝儿。堂吉诃德瞧自己给拴住了，两个女人都已经走了，就想到上次也是在这座堡垒里，一个魔法支使的摩尔骡夫把自己揍得浑身瘀伤。他认为这次又着了魔道，暗暗责怪自己冒失。照游侠骑士的规矩，一件事尝试不成，就证明是别人分内的，不必再去尝试。他前番在这座堡垒里吃过大亏，这次不该又莽莽撞撞自投罗网。他抽着胳膊，瞧是否能够脱手。这只手却扣得牢牢地，怎么也抽不脱。当然，他只能小心翼翼地抽，防驽骍难得动弹。他想坐在鞍上，又不行，只好站着，除非把手扯断。

瞧瞧这时节的堂吉诃德吧！他但愿有一把阿马狄斯的宝剑，可以破掉一切魔法。他嗟怨自己命运不好。他确信自己已被魔法镇住，深恐世界上没有他就不可收拾。他又记起心爱的杜尔西内娅·台尔·托波索。他叫喊酣睡在鞍垫上、连生身妈妈都记不起的好侍从桑丘·潘沙。他呼唤索尔冈斗和阿尔基菲两位博士来帮忙。他请求好友乌尔甘达来搭救。眼看快要天亮了,他毫无办法,急得像公牛似的直叫吼。他并不指望天亮以后可以脱离苦难,满以为自己受了魔法的禁咒,一辈子得这样受罪。他瞧驽骍难得岿然不动,愈觉得这是魔术的定身法。他相信自己和这匹马永远得这样不吃、不喝、也不睡,除非运转灾消,或有本领更高强的魔术家来破掉这个邪法。

谁知道事出意外。天刚透亮,来了四骑人马,装备和服饰很讲究,鞍旁都挂着火枪。店门还没开,他们就大声打门。堂吉诃德并没有放弃守哨的职务,他一见大声喝道:

"随你们是骑士,是侍从,或不管什么人,不准敲这座堡垒的大门。明摆着这会儿里面正睡觉呢,照规矩要等大天亮才开城门。你们走开点,等天亮了我们再瞧是否该为你们开门。"

一个客人说:"这是什么见鬼的堡垒或城堡,有这许多规矩条文?你如果是店主,快叫人开门。我们是过客,只要给牲口喂些麦子就走,我们赶路呢。"

堂吉诃德说:"各位骑士,你们瞧我像个客店主人吗?"

那人说:"我不知道你像什么,只知道你把客店叫作堡垒是胡说八道。"

堂吉诃德说:"堡垒就是堡垒!而且是全省最好的,里面还有手拿宝杖、头戴王冠的人物呢。"

旅客道:"还是倒过来说:宝杖落在头上,王冠捧在手里。大概有什么戏班子在这里吧?他们常有你所说的王冠和宝杖。这么一个小小的客店,店里又静悄悄的,我不信戴王冠拿宝杖的人会在这里住。”

堂吉诃德答道：“你不通世故，不知道游侠骑士经常遭遇的事。”

同来的旅客不耐烦听他们对话，又狠狠打门，把店主闹醒，住店的客人也都醒了。店主就起来问谁在敲门。这时，四匹马里有一匹过去闻闻驽骍难得。驽骍难得正垂头丧气，贴着耳朵，一动不动地驮着他那位直挺挺的主人。它虽然看似木马，究竟是血肉之躯，把持不住，也就去嗅嗅对它温存的那匹马。它这么一动，就和堂吉诃德的双脚错开；他滑下马鞍，要不是吊着一条胳膊，就跌下地去了。他痛楚难当，以为手腕断了，不然就是胳膊扯下来了。他离地很近，脚尖能触拂地面。这来却害苦了他。他活像受了吊刑①，脚和地若即若离，满以为往下挣挣可以着地，却是上当；因为狠命伸长肢体，越发加添了痛苦。

第四十四章

续叙客店里的奇闻异事。

堂吉诃德一迭连声地狂叫大喊；直闹得店主急急开了大门，

---

① 吊刑(garrucha)，西班牙宗教法庭的一种酷刑，用绳子把犯人反剪两手高吊梁间，脚下悬一百斤左右的铁砣或石头。绳上装着滑车，逼供时可把犯人吊上或放下。这和作者所形容的不同。

忙忙跑出来瞧是谁;店外的几个过客也赶上去。玛丽托内斯醒来听见这片喊声,想起了是什么缘故,趁人不见,忙跑到堆干草的屋里,解下拴着堂吉诃德的那条缰绳。堂吉诃德立刻摔在地下。店主和那几个旅客看见他摔下来,就过去问他干吗大叫大嚷。他一言不答,脱去腕上的绳索,爬起身,骑上驽骍难得,挎着盾牌,绰枪放马往野外奔驰了好一段路,又兜转马缓步回来,说道:

"谁说我着魔是咎有应得,不管他是谁,只要我的女主人米戈米公娜公主准许,我就说他是胡说!就向他挑战!和他决斗!"

新到的几个旅客听了他的话非常诧怪。店主告诉他们:这人是堂吉诃德;是个疯子,不用理会他。他们才恍然。

他们打听店主,店里是否有个十五六岁、骡夫打扮的小伙子。照他们形容的模样,好像是堂娜克拉拉的情人。店主说,客人多,没注意到他们打听的人。可是他们中间有一人看见了审判官乘的马车,说道:

"一定在这里呢,据说他是跟着这辆车走的。咱们留下一人守门,三人到里面找他去;最好再留一人在周围巡逻,免得他爬后院围墙逃走。"

一个说:"就这么办吧。"

两人进了客店,一个守在门口,一个在周围巡逻。店主全看在眼里,猜不透他们为什么要这样戒备,不过料想是要找刚才说的小伙子。

天已大亮,又经不起堂吉诃德刚才那番叫嚷,旅客都醒了,也都起来了。堂娜克拉拉和多若泰起得最早;一个是因为情人近在咫尺,心魂不定,一个是想要看看那个小伙子,两人都没睡好。堂吉诃德瞧那四个旅客都不理会他,也不回答他的挑衅,气恼得不可开交。他曾经答应那位公主:他应承的事没有完成,决不干别的事。若不是骑士道的规则不容许他失信,他早去找那四个人打架,强逼他们应战了。可是米戈米公娜还没恢复王位呢,他觉得不该再挑起新的事端。他只好闷声不响,在一边等着瞧他们找出谁来。一个旅客居然找到了那个年轻人;他正睡熟在一个骡夫身边,全不提防有人来找他,更没想到会找着他。

那旅客一把捉住他的胳膊说:

“堂路易斯少爷,你穿的这套衣裳和你的身份真是相称得很啊!你躺在这个铺上,也真不辜负你妈妈对你的娇养!”

那年轻人揉着没睡醒的眼睛,对抓住他的人细细一认,立刻认得是他父亲的佣人。他大吃一惊,好半天答不出一句话来。那佣人接着说:

“堂路易斯少爷,你现在没别的办法,只好乖乖地回家去,除非你愿意把你的爸爸、我们的主人赶出人世;他为你出走,伤心得只有死路一条了。”

堂路易斯说:“我爸爸怎会知道我走的是这条路、穿的是这套衣服呢?”

那佣人答道:“是你的知心同学说出来的;他瞧你爸爸为你出走悲伤得不可开交,心上过不去,就忍不住说了。你爸爸立即打发我们四个家人出来找你;我们都在这儿伺候你呢。我们真是喜出望外,居然能把这差使办妥,带你回去和日夜盼望着你的爸爸见面。”

堂路易斯答道:“这可要瞧我的愿望和上天怎么安排呢。”

“你只好答应回家，没别的办法。你还能有什么愿望啊？上天还能怎么安排啊？”

睡在堂路易斯旁边的骡夫把他们的话全听在耳里，就起身把经过告诉已装束整齐的堂费南铎、卡迪纽等人，说有人把年轻骡夫称为“堂”，和他谈了些什么话，怎么要他回家他却不肯。他们领教过这小伙子的好嗓子，听了这番话，都很想知道他的底细；如果他受到压迫，还愿意帮他一把，所以就一起跑来。那年轻人还在和家里佣人争辩呢。多若泰恰好从她们屋里出来，堂娜克拉拉失魂落魄地跟着她。多若泰把卡迪纽叫过一边，三言两语讲了那唱歌的人和堂娜克拉拉的事。卡迪纽也把小伙子家佣人来找他的经过告诉多若泰。他说话的嗓门儿大了一点，给克拉拉听见了。她急得魂不附体，要没有多若泰扶住，就跌倒了。卡迪纽叫多若泰陪她回屋，他说这事他会设法圆转。她们俩就回屋去。

这时，来找堂路易斯的四名家人都在客店里围着堂路易斯，劝他别再扯皮，马上跟他们回家，好让他爸爸安心。堂路易斯说，他有一件有关性命体面的大事未了，怎么也不能回去。那几个佣人就胁逼说：他们无论如何不能撇了他走，不管他愿意不愿意，得带他回去。

堂路易斯说：“这可办不到，除非带了我的尸首回去；随你们怎么样儿带我，反正得等我死了才行。”

别的旅客都跑来看他们争吵，其中有卡迪纽、堂费南铎和他的同伴、审判官、神父、理发师和堂吉诃德。堂吉诃德认为这会儿不用他守卫堡垒了。卡迪纽已经知道这年轻人的身世，就问那几个要带他同走的人为什么强迫他。

其中一人说："为的是要救他爸爸的命；他爸爸见不到这位少爷的面，只怕活不成了。"

堂路易斯打断他说：

"你不用在这里讲我的事情。我是自由的，我要是愿意，自己会回去；我不愿意呢，谁也不能强迫我。"

那佣人说："您强不过一个'理'字，您不讲理，我们可得按理办妥这件事，尽我们的责任。"

审判官插嘴道："让我们听听到底是怎么回事儿吧。"

那人认得这位街坊，就说：

"审判官大人，这位少爷是您街坊的儿子，您不认识吗？您瞧瞧，他穿了这样一套不像样的衣裳从家里逃走了。"

审判官当下对他仔细一看，原来认得，就拥抱他说：

"堂路易斯老弟，你穿了这样不合身份的衣裳，逃到这里来，是小孩子家胡闹呢，还是有什么重大的事故呀？"

小伙子满眶眼泪，无言可对。审判官叫那四人安心，事情总会有办法。他搀了堂路易斯的手，把他带过一边去，问他为什么逃出来。他正在盘问，忽听得客店门口大叫大嚷。原来当夜住店的两个旅客瞧大家只顾讲究那四人的来意，就想趁此赖账溜走。可是店主对切身的事究竟比闲事关心，两人刚要出门，他就抓住他们讨账，还臭骂他们存心卑鄙，直骂得他们挥拳相报。他们手下无情，可怜的店主只好大喊救命。店主妇和她女儿瞧只有堂吉诃德最闲，可以去帮打，店主妇的女儿就对他说：

"骑士先生，您凭上帝给您的本领，救救我可怜的爸爸吧。那两个坏蛋把他当石臼里的谷子那样狠命地舂呢。"

堂吉诃德不慌不忙，慢条斯理地答道：

“美丽的姑娘，你的要求不当景，因为我已经应承了一件事，还没完成，我在这个期间干别的事是不容许的。不过我可以教你个乖。你快跑去告诉你爸爸，叫他尽力对付，怎么也得顶住。我这会儿去求米戈米公娜公主准许我救他；她要是答应，我准会救他脱难，你可以放心。”

玛丽托内斯在旁说：“天可怜见！等您求得这个准许，我主人已经到了另一个世界去了。”

堂吉诃德答道：“小姐，请你容许我去求这个准许。等我求得准许，他到了另一个世界也不要紧，我可以打那儿救他回来，不怕那边不答应。至少我可以向送他命的人报仇，准叫你们称心满意。”

他不多说，就去跪在多若泰面前，照游侠骑士的口气说：这座堡垒的主人遭了大难，请求她的恩旨准许他去援救。公主惠然应允。堂吉诃德立即挎上盾牌，拿着剑，赶到店门口。两个旅客还直在狠揍店主。堂吉诃德到那里却呆住不动了。玛丽托内斯和店主妇问他为什么还不动手，她们一个求他帮帮主人，一个求他帮帮丈夫，可是堂吉诃德都不理会。

他说：“我拿剑和当侍从的人交战是不合规矩的，所以不动手。你们把我的侍从桑丘·潘沙叫来吧，保卫这位店主并为他出这口气是侍从分里的事。”

他们当时在客店门口。那里正打成一团，拳头巴掌一下都不落空，遭殃的是店主；玛丽托内斯、店主妇和她女儿气愤得要命。她们以为堂吉诃德懦怯，一个瞧丈夫挨打，一个瞧主人挨打，一个瞧爸爸挨打，都只好干着急。

咱们暂且撇下店主，反正总有人会救他；如果没有，那就让他捺下性子受罪吧，谁叫他冒冒失失不自量力呢。咱们拨转话头，谈谈离他五十步以外的事吧。刚才讲到审判官把年轻人拉过一边，问他为什么步行到这里来，为什么穿这套不像样的衣服。年轻人显然有非常苦恼的事压在心上；他紧握审判官的手，泪流满颊，说道：

"我的先生，我只好向你和盘托出了。我由上天注定，又加邻居的方便，见到了你的女儿、我身心的主人堂娜克拉拉小姐。我一见她，就完全由她摆布了。你是我的尊长，也是我的父辈，假如你不反对，她今天就可以和我结婚。我穿了这种衣裳从家里逃出来，都是为了她；我像射出来的箭飞向箭标，航海的人追随北极星那样追逐着她。她并不知道我的爱情，只有几次望见我流泪，也许猜到一点。先生，你知道我父母的富贵，而我是他们的独生子。假如你觉得这样的家境不错，而有意成全我的幸福，你就把我当作儿子吧。如果我父亲另有打算，我追求的幸福他不如意，慢慢儿事情都会变，人的心愿也不能固执一辈子。"

这少年情人不再多说。审判官听得怔住了；一方面因为堂路易斯把心事讲得这么委婉郑重，一方面也因为事情突如其来，出乎意料，一时没了主意。他没多说，只叫那青年人别着急，暂且稳住他家佣人不要当天回去，这样就有工夫商量个面面俱到的办法。堂路易斯坚要吻审判官的手，甚至把眼泪都滴在他手上。别说审判官，铁石人也会感动的。审判官很世故，知道这头亲事对他女儿多么有利；不过他尽可能总要征得对方父亲的同意。他还听说那位父亲正在为儿子谋取爵位呢。

两个旅客和店主已经妥协。因为堂吉诃德对他们的好言劝告比威胁有效，他们就把欠的账都付清了。堂路易斯的家人正等着审判官谈完话,听他们小主人怎么决策。可是魔鬼从来不休息。被堂吉诃德夺了曼布利诺头盔、又被桑丘·潘沙换去驴子全副配备的理发师受了魔鬼驱使,恰在这时候跑进客店来。他牵驴进马房,看见桑丘·潘沙正在修补驮鞍。他一见这个驮鞍,立刻认得是自己的,就大胆上来扭住桑丘,说:

"啊!贼爷爷!这会儿给我抓住了!把你抢去的盆儿、驮鞍和全副配备都还我来!"

桑丘猛不防被人扭住,又听他这般辱骂,就一手抓住驮鞍,另一手在理发师脸上打了一拳,打得他满口流血。可是理发师抓住驮鞍,并不就此放手,反而放声大叫,叫得店里的客人都赶来看。他喊道:

"快来维护国法!主持公道!这拦路打劫的强盗,抢了我的东西,还要害我的命!"

桑丘答道:"你胡说!我才不是拦路打劫的强盗!这些东西是我主人堂吉诃德由合法战争赢来的战利品。"

堂吉诃德这时在场,瞧他的侍从能守能攻,非常满意。他从此把桑丘看作有胆量的人,暗暗打算一有机会就封他做骑士,料想他做了骑士一定出色。那理发师喋喋争吵,还说:

"各位先生,这个驮鞍确实是我的,好比我们免不了一命归天那样确实;我一看就认得,仿佛是我肚子里生出来的。我的驴就在那边马房里,不容我撒谎。不信,可以检验;驮鞍要不是贴配那驴儿,我就是混蛋!我还声明,我一只簇新的铜盆儿,一次都没用过,值一个艾斯古多还不止,也是在抢掉驮鞍那天给他们抢了。"

堂吉诃德忍不住要反驳几句。他拦在桑丘和理发师中间,把他们分开；又把驮鞍放在当地，让大家看明白究竟那是什么东西。他说：

“各位瞧吧，这位好侍从分明搞错了。他所说的盆儿，过去、现在、将来，一直是曼布利诺的头盔。那是我凭正义战争夺来的，按名分是我的东西。至于这个驮鞍，我管不着。不过我可以告诉你们，这脓包骑的马匹有些配备，我的侍从桑丘要求拿来装点自己的坐骑，经我准许，他就拿了。至于马鞍子怎么又变了驴子的驮鞍，我只有一个照常的解释：游侠骑士遭遇的事常有这种变化。桑丘儿子，快去把这位老哥当作盆儿的头盔拿来，做个证据。”

桑丘道：“嗐，先生，假如您只有这一个证据，那么，马利诺的头盔①分明是个盆儿，马鞍子也分明是这家伙的驮鞍呀。”

堂吉诃德说：“我吩咐什么，你就干去。这座堡垒里的东西不会都有魔法障掩。”

桑丘就去把盆儿拿来。堂吉诃德马上接在手里，说道：

“各位请瞧瞧，这侍从有什么脸说这是个盆儿而不是我说的头盔呢。我凭自己奉行的骑士道发誓：这只头盔就是我从他那里夺来的，原物分毫没变。”

桑丘接口道：“这是千真万确的。我主人得了这东西，至今只用来打过一次仗；就是释放一群带锁链的倒霉蛋那次。他挨了好一阵石子，要不亏这只盆儿盔②，就吃不消了。”

---

① 桑丘又把曼布利诺头盔说错了。

② 盆儿盔（baciyelmo），桑丘觉得这是一只盆儿，却又不敢违拗堂吉诃德，所以捏造了这个名称。

第四十五章

判明曼布利诺头盔和驮鞍的疑案，
并叙述其他实事。

新来的那个理发师说："这两位一口咬定的话，您几位听来怎么样？他们竟硬说这不是盆，倒是头盔呢。"

堂吉诃德道："哪个骑士说不是头盔，我就要他承认自己是撒谎！哪个侍从说这话，我就要他承认自己是一千个撒谎，一万个撒谎！"

我们熟悉的那位理发师也在场。他深知堂吉诃德的脾气，存心帮着他胡说，把这场笑话闹下去，让大家取乐。他就对那个理发师说：

"理发师先生，不问你是谁，请听我说。我和你是同行，我的营业执照已经领了二十多年，对于理发业的用具全都熟悉，没一件不知道的。我早年也当过一程子兵，懂得什么是头盔、高顶盔、带面甲的盔，和其他军用项目——我指各种武器。也许别人另有高见，不过我说呀，这位好先生手里的东西，非但不是理发师的盆儿，而且差得远着呢，好比白和黑、真和假那样不能混淆。我还有句话。这件东西虽然是头盔，却不完整了。"

堂吉诃德说："的确不完整了呀，因为缺了护脸颊和嘴巴的那一半儿。”

神父体会他这位朋友的用意，接口道：“是啊。”

卡迪纽、堂费南铎和他的同伴们都附和着这么说。审判官要不是记挂着堂路易斯的事，也会凑趣。不过他正为这事放心不下，没兴致胡闹。

受捉弄的理发师说：“上帝保佑我吧！哪有这种事呀？这许多体面人物都说不是盆儿，却是头盔！大学里头等聪明人碰到了这种事，也要莫名其妙的。好吧，假如这盆儿是头盔，那么，这个驮鞍也该是这位先生说的马鞍子了。”

堂吉诃德说：“我看像驴子的驮鞍。不过我刚才说了，这件事与我无干。”

神父说：“到底是驴子的驮鞍还是马鞍子，凭堂吉诃德先生一言为准。关于骑士或坐骑[①]的事，我们大家都由他说了算。”

堂吉诃德说：“各位先生，我老实说吧，我两次在这座堡垒里借宿，遭遇了不知多少稀奇古怪的事，搞得我在这里什么都拿不准了，觉得全都是妖法捣鬼。头一次，一个摩尔妖人把我狠揍了一顿；他一群同伙也没饶过桑丘。昨晚，我拴着一条胳膊吊了差不多两个钟头，也不知为什么遭了这场灾难。所以我现在如果来判决这个疑案，就不免鲁莽。谁说这是盆儿，不是头盔，我已经有话回驳。至于这件东西究竟是驮鞍还是马鞍，我却不敢妄下断语，只凭各位的高见来决定。你们不像我封过骑士，也许就不受堡垒里妖术的影响，耳目清醒，看到的不是幻象，可以如实判断。”

---

① 骑士或坐骑（caballería），指骑士，又指供坐骑的牲口；神父的话是双关的。

堂费南铎道："没什么说的，堂吉诃德先生的一番话很有道理，这场争辩该由我们大家公断。我可以悄悄地收集了各位的意见，把结果照实公布，这样最踏实。"

知道堂吉诃德脾气的觉得这是绝妙的笑料；不知道的却觉得荒谬绝伦，尤其堂路易斯的四个佣人、堂路易斯本人和新来的三个过客。这三人看样子是神圣友爱团的巡逻人员。不过最气愤的是那个理发师。他眼看自己的铜盆变成了曼布利诺头盔，深信自己的驮鞍一定也会变成一个贵重的马鞍。大家都笑呵呵地瞧堂费南铎跟这个那个交头接耳，听取各人对这件你争我夺的宝贝作何看法，究竟是驴子的驮鞍呢，还是马鞍子。堂费南铎向许多人收集了意见，高声说：

"老哥，你听我说。我听了许多意见，觉得烦了，因为我请教的每个人都说，这是马鞍子，而且是一匹骏马的鞍子，当作驴子的驮鞍是荒谬。事情由不得你和你的驴儿，你得顺从大家，因为这是马鞍，不是驮鞍；你的说法是没有根据的。"

那可怜的理发师说："你们各位都搞错了，要不然，叫我上不得天堂！但愿我的灵魂到了上帝眼里，就像驮鞍在我眼里是驮鞍不是马鞍。可是，法律总顺从……①我不多说了。我明明没有喝醉酒，我还没吃早点呢，除非我作了孽吧。"

理发师的死心眼儿和堂吉诃德的荒唐一样，逗得大家都笑了。堂吉诃德说：

"现在各人把自己的东西拿走就完事；上帝既肯成全，圣贝

① 西班牙谚语：法律总顺从帝王的心愿。

德罗也就赐福①。”

四个佣人之一说：

“这是存心开玩笑吧？在场这几位都是明白人——看来都是非常明白的人。我就不信他们会乱说这不是盆儿，那不是驮鞍。不过他们既然强词夺理，睁着眼睛说瞎话，其中必有奥妙。因为我可以赌咒——”他随就赌了个咒说：“全世界的人都不能叫我相信这盆儿不是理发师的盆儿，这驮鞍不是公驴的驮鞍。”

神父说：“很可能是母驴的。”

那人说：“那也一样；问题不在这里。我是要问，究竟这是驮鞍呢，还是像你们各位说的不是驮鞍。”

新来的一个巡逻队员直在听他们争辩，这会儿焦躁说：

“分明是驮鞍！就好比我爸爸是我爸爸！不管过去未来，谁说不是，准是喝醉了酒！”

堂吉诃德答道：“你这个混蛋！你胡说！”

他一支枪始终没有离手，这时就举枪对这个巡逻队员的脑袋狠狠打下来。要不是那人侧身躲过，准给他打倒。枪打在地下，折成几段。其他几个巡逻员瞧自己伙伴遭了毒手，就以神圣友爱团的名义大呼求救。

店主人也是这个团体的一分子，立刻进屋去拿了行使职权的杖和自己的剑去帮一手。堂路易斯的佣人忙围住堂路易斯，防他趁乱逃走。那个理发师瞧店里一片混乱，就去抢自己的驮鞍；桑丘也抢住不放。堂吉诃德拔剑在手，冲上去和巡逻队厮杀。卡迪纽和堂费南铎都帮着他。堂路易斯大声喊他家佣人快

① 西班牙成语。

舍了自己去支援他们。神父大声吆喝;店主妇尖声叫嚷;她女儿急得直叫苦;玛丽托内斯在旁啼哭;多若泰吓慌了;陆苹达打着哆嗦;堂娜克拉拉晕了过去。那个理发师拿棒打桑丘;桑丘捏着拳头把理发师一顿乱捶;堂路易斯的一个佣人怕主人逃跑,抓住他的胳膊,却被堂路易斯一拳打得满口鲜血;审判官在回护堂路易斯;堂费南铎把一个巡逻队员踢翻在地,两脚在他身上踩了个痛快;店主又以神圣友爱团的名义大叫求救。这时店里闹成一片:有哭的,有叫的,有惊慌的,有遭殃的;有的使剑,有的挥拳,有的举杖打,有的用脚踢,许多人皮破血流。堂吉诃德瞧大家乱成一团,觉得仿佛一头栽进阿格拉曼泰军营的一片混乱①里去了,就大喝一声,震动客店,说道:

“大家都住手! 插剑入鞘! 不要吵! 谁是要性命的,听我说话!”

大家听他一喊,都停顿下来。他接着说:

“各位先生,我不是跟你们说过吗? 这座堡垒是魔术控制着的,里面妖魔成群。你们睁眼看看吧,阿格拉曼泰军营里的混乱已经转移到咱们这儿来了,可见我的话没有错。你们瞧,那儿是为一把剑,这儿是为一匹马,那边是为老鹰,这边是为头盔②;你争我吵,其实都是着了迷。审判官先生,神父先生,请你们两位一个代表阿格拉曼泰王,一个代表索布利诺王③,为大家讲和

---

① 见阿利奥斯陀《奥兰陀的疯狂》第二十七篇。阿格拉曼泰是伊斯兰教国同盟军的领袖。“阿格拉曼泰军营的一片混乱”已沿用为成语。

② 剑指杜朗达尔宝剑,马指有名的骏马弗隆悌诺,老鹰指徽章上的白老鹰(见《奥兰陀的疯狂》二十七篇),头盔指曼布利诺头盔。

③ 和阿格拉曼泰同盟的一个伊斯兰教国王(见《奥兰陀的疯狂》)。

吧。我凭全能的上帝起誓，在场这许多有体面的人，为这点细事互相残杀，实在太荒唐了。”

那几个巡逻队员不懂堂吉诃德的一套话；他们吃了堂费南铎、卡迪纽和他们同伙的亏，不肯罢休。那个理发师却愿意，因为自己的胡子和驮鞍打架时都揪坏了。桑丘是个好佣人，听主人哼一声就立刻服从的。堂路易斯的四个佣人知道打下去自己毫无好处，也都住手。只有店主觉得堂吉诃德这疯子骄横无礼，在他店里时刻闹事，非罚他一下不可。到头来，吵嚷总算暂停，不过堂吉诃德的心目中，驮鞍还是马鞍，盆儿还是头盔，客店还是堡垒，要经过天地末日的审判才有分晓。

大家听了审判官和神父的劝解，都气平怒息。堂路易斯的佣人又逼小主人跟他们回家。审判官趁他们在谈判，把堂路易斯的话一一告诉堂费南铎、卡迪纽和神父，请教他们这事怎么处置。他们商量停当：堂费南铎就向堂路易斯的佣人透露了自己的身份，说要带堂路易斯到安达路西亚去见他那位袭侯爵的哥哥，他哥哥一定以礼相待；他这来是因为堂路易斯的主意很明显，即使把他的身体扯得七零八碎，他这会儿也决不肯回去见他父亲。那四个佣人得知堂费南铎的地位和堂路易斯的主意，决计先回去三人，把经过禀告东家，留一人伺候和看守着堂路易斯等待后命。这一场纠纷，凭阿格拉曼泰的威望和索布利诺王的智谋，居然排解开了。可是无事生非、唯恐天下不乱的那家伙①觉得受了冷淡和戏弄；而且白费心机挑动了一场纠纷，自己没有

① 指魔鬼。当时迷信，认为一提“魔鬼”这名字，魔鬼马上就来了，所以都避讳而用代称。

捞摸到什么，因此决计重新挑拨是非，显显本事。

却说那几个巡逻队员知道了对手的身份，就泄了气，觉得打下去不管怎么了局，吃亏的总是自己，所以都罢手了；可是挨堂费南铎踢打的那一个身边带着几张捉拿逃犯的拘票，有一张正是捉拿堂吉诃德的。原来桑丘忧虑得不错，神圣友爱团因为堂吉诃德释放了一队囚犯，下令逮捕他。那巡逻队员忽然记起这张拘票，就想核实一下。他从怀里掏出一张羊皮纸，找到有关的条款，一个字一个字地念，因为他阅读力不高。他念一个字，就对堂吉诃德看一眼，把拘票上描绘的相貌按着堂吉诃德的面目逐一核对。他断定这家伙分明就是要拘捕的人。他一核实，立即叠起羊皮纸，左手拿着这张纸，右手一把紧紧抓住堂吉诃德的衣领，抓得堂吉诃德回不过气来。他大嚷道：

"快来协助神圣友爱团！抓住这个拦路打劫的强盗！瞧瞧拘票上写着呢！这不是闹着玩儿！"

神父拿过拘票一看，描绘的果然正是堂吉诃德。堂吉诃德瞧这混蛋对自己撒野，火气冲天，浑身的骨头都要爆裂了。他拼命用两手卡住那巡逻队员的脖子，那家伙要没有同伙帮忙，不等堂吉诃德松手早送命了。店主对同僚团友理该救援，忙去帮一手。店主妇瞧丈夫又打架，就又大喊大叫；玛丽托内斯和店家女儿立即放声呼应，求上天保佑，又求在场的人帮忙。桑丘看了说道：

"老天爷啊！怪不得我主人说这座堡垒是着了魔道的，这话真没说错！待在这里没一个钟头的安静！"

堂费南铎分开了巡逻队员和堂吉诃德。他们俩一个揪住对方的衣领，一个卡住对方的脖子；堂费南铎拆开双方的手，两人都舒了一口气。巡逻队并不就此甘休,却要求大家帮着把犯人捆起来,交他们处理,说这是对国王和神圣友爱团应尽的责任。他们以神圣友爱团的名义再次责望大家帮着捉拿这一名拦路打劫的强盗。堂吉诃德听了这些话,微微一笑,非常镇静地说:

"听着!你们这起下贱的家伙!让带锁链的重获自由,释放囚犯,救苦、扶危、济困,你们把这个叫作拦路打劫吗?哎!卑鄙小人啊!你们凡夫俗子,老天爷没开你们的窍,你们既不懂骑士道的高尚,也看不到自己的罪恶和愚蠢!不尊敬游侠骑士的影子就是犯罪!何况你们冲撞了骑士本人呢!听着!什么巡逻队!你们是结队的强盗!借神圣友爱团的特权拦路打劫的!我问你们:哪个糊涂蛋竟签发拘票来逮捕我这样的骑士呀?游侠骑士不受法律制裁,他们奉行的法律是手里的剑,他们依仗的权力是浑身的勇气,他们服从的命令是自己的意志。谁连这点都不懂吗?再说吧,绅士只要封了游侠骑士,承担了骑士道的职责,不辞劳苦,那么,他享受的特权和豁免的义务就比贵族册封书上规定的还多。哪个没脑子的家伙连这个规矩都不知道吗?什么产业税呀,交易税呀,国王结婚税呀,皇家特税呀,通行税呀,摆渡税呀,等等,哪个游侠骑士付过呢?哪个裁缝给他做了衣裳收他工钱呢?哪个堡垒主人款待了他要他付账呢?哪个国王不请他同桌吃饭呢?哪个姑娘不爱上他而对他千依百顺呢?还有一句话,世界上不论过去、现在、将来,一个游侠骑士面对四百巡逻队员,要是没本领把他们打四百大棍,他还算得骑士吗?"

第四十六章

巡逻队经历的奇事和我们这位
好骑士堂吉诃德的狂怒。

神父在堂吉诃德发话的时候向那些巡逻队员疏通，说堂吉诃德有神经病，瞧他的言谈举动就知道，所以请他们别追究他干的事，即使捉到官府，少不得作为疯子马上释放。那个带着拘票的巡逻队员说：堂吉诃德疯不疯他管不着，他只执行上司派给他的职务；他把犯人捉到了，随人家释放三百次也可以。

神父道："可是你们这回还是别押他走；照我看，他也决不肯让你们押走的。"

神父说了许多好话，堂吉诃德又干了许多疯事，那几个巡逻队员如果还瞧不透堂吉诃德是疯子，他们自己就是双料的疯子了。所以他们觉得多一事不如少一事，甚至愿居间调停理发师和桑丘·潘沙的争吵。长话短说，他们以警务人员的身份，公断了这个案子，驮鞍让双方对换，肚带和笼头物归原主。两人虽然不完全称心，也都不吵了。神父为那只曼布利诺的头盔瞒着堂吉诃德给了理发师八个瑞尔，偿还盆价；理发师写下收据，保证此后永无争执。这两件主要争端就此解决，只要堂路易斯的佣人同意先回去三个，留一个陪着小主人跟堂费南铎走①,客店里就平静无事了。这时店里的情人和勇士鸿运高照,困难渐次解决,事情都可望圆满收场。堂路易斯的几个佣人答应全听他吩咐。堂娜克拉拉因此喜形于色,只要看她的脸,就知道她心上多么快活。索赖达对目前许多事情虽然不甚了了,却在留心观看各人的脸色,一知半解地跟着同忧同乐。她尤其关心她的西班牙人,一双眼直盯着他,一片心也直围绕着他。店主注意到神父拿钱给那个理发师,他就索取堂吉诃德住店的花费,还要求赔偿损坏的酒袋和流掉的酒。他发誓说,如果这笔账不付清,驽骍难得和桑丘的灰驴休想出他的店门。神父又出面调停,审判官慷慨解囊,愿意代出这笔钱,不过还是由堂费南铎付了。客店里安安静静,堂吉诃德所谓阿格拉曼泰军营里的一团混乱,变了奥塔维欧朝代的一片太平景象②。大家认为这都亏神父热心,又有口才,也亏得堂费南铎无比的慷慨。

堂吉诃德一身轻松无事,他本人和他侍从的种种麻烦都已解除,觉得应该上路,把公主挑选他干的大事完成。他打定主意,跑去跪见多若泰。多若泰非要他起身才让他说话。他敬从遵命,就站起来说:

"美丽的公主啊,有句老话说:勤快是好运之母。一个人经历了许多大事,就知道只要认真干,没把握的事也能顺手。这点道理在军事上尤其明显。打仗的时候,敏捷可以先发制人,出其不意,打败敌人。尊贵的公主啊,我说这话有个缘故。我觉得咱

---

① 这里和上文有失照顾;前一章堂路易斯的佣人已经同意这个办法。

② 指古罗马奥古斯陀大帝(Octavio Augusto)的时代,那是常被称引的太平盛世。

们目前逗留在这座堡垒里没有好处，也许还有大害，将来自会知道。保不定和你为敌的巨人，靠他的奸细钻头觅缝，探知我要去歼灭他，就趁早修建了攻打不破的城堡，使我枉费心机，我的胳臂虽有使不完的力气，也徒劳无功。所以，我的公主啊，我刚才说了，咱们得防他这一着，赶紧动身去求取好运吧；等我和你那个仇敌一见面，你就可以称心享福。”

堂吉诃德说完，安心敬候美貌公主的玉音。她俨然以君王的身份，仿着堂吉诃德的口吻开言道：

“先生，你不愧是扶弱锄强的骑士，一片热忱，愿意帮我脱难，我不胜感激。愿上天保佑，你我都能如愿以偿；你就会看到世界上确有知感的女人。我的行期，还是趁早；这方面咱们所见略同。你要我怎么样，都随你安排。我既已把身体托你保护，把光复王国的事业交给你去完成，我就一切凭你高见酌定，决无异议。”

堂吉诃德说：“听凭上帝安排吧。公主这样谦逊，我一定不失时机，扶你重登世袭的宝座。咱们趁早动身为妙，常言道：拖拖延延，就有危险。我想到这句话就急着要上路。好在能使我畏惧的人，天上还没有诞生，地狱里也没有收容过。桑丘，给驽骍难得套上鞍辔，备好你自己的驴和女王的马，咱们辞别了堡垒主人和各位先生们，立刻动身吧。”

桑丘一直在他身边，这时摇着脑袋，说道：

“哎，主人啊，主人啊，村里的丑事，比传闻的还多①！这话请女客们别见怪。”

“你这傻瓜！世界上哪个村上、哪个城里会有坏我名头的

---

① 西班牙谚语。

丑闻呢?”

桑丘道:“我是个好侍从、好佣人,所以有些话应该告诉自己的主人。不过您要是生气,我就闭口不说了。”

堂吉诃德道:“你要说什么就说吧,只要不是存心吓唬我。你胆子小,是你的本色;我不知畏惧,也是我的为人。”

桑丘道:“哎唷! 不是这个话! 我只是说,这姑娘自称大米戈米公王国的女王,其实,她和我妈妈一样,不是什么女王,我知道得很清楚。要是女王的话,她不会瞧人家一转身,或者找个背人的地方,就和咱们这伙里的某一位偎着脸儿磨鼻子。”

桑丘这番话说得多若泰满面通红。原来她丈夫堂费南铎有几回趁人不见,用嘴唇向她索取了一点爱情的报酬。桑丘看在眼里,觉得她这样轻佻像个妓女,不像大国的女王。多若泰听了桑丘的话无言可对,也不想回答,随他说去。他接着说:

“先生,我这话有个道理。咱们东奔西走,黑夜受罪,白天更吃苦,劳累了一场,如果到头来却让这个客店里作乐的人去享现成,您何必催我去备马、套驴、装置娘儿们的坐骑呢? 咱们还是安安静静地待着,让每个婊子纺她的线,咱们吃咱们的饭①。”

啊呀! 我的天! 堂吉诃德听了他侍从这一派胡言,生了好大的气呀! 他喘吁吁地,舌头都僵了,眼里火星直冒,说道:

“啊! 你这混蛋! 你这蠢货! 你好狂妄! 你啥也不懂,却恶嘴毒舌,背地里胡说八道坑害人! 你当着我的面,当着这许多贵妇人小姐,竟敢说出这种话来! 你的糊涂心眼里都是这样下

---

① 西班牙谚语:“如果婊子纺线,她就糟了。”另一说:“让每个婊子纺线、绕线,并有饭吃;让乌龟吃面糊,或者绕线。”又一说:“如果婊子纺线,如果乌龟绕线,如果公证人问现在是几月,这三人都糟了。”桑丘掺杂了几种说法。

流无耻的想头！你给我滚！你这魔头！你这撒谎精、促狭鬼！你这诡计多端、造谣生事的家伙！你这不敬帝王的逆贼！你快滚！别站在我跟前！免得惹起我的火来！"

他一边说，一边皱紧眉头，鼓起腮帮子，瞪着四周的人，还使劲顿着一只右脚。瞧他这一腔怒火有多旺啊！桑丘听了他这番话，又瞧他满面怒容，吓得矮了半截，但愿脚底下立刻裂出个口子来，把他吞下去。他不知所措，只好转身躲开这位发火的主人。幸亏机灵的多若泰深知堂吉诃德的脾气，她要平平他的火，说道：

"哭丧着脸的骑士先生啊，你这位好侍从说那些混话也许不是无因，你别生气。他是很明白的，也有基督徒的良心，决不会捏造证据坑害人。分明还是你刚才说的那个缘故，骑士先生，这座堡垒里一切都由魔法摆布。我说呀，也许桑丘着了障眼法，真是看见了那些丢我脸的事。"

堂吉诃德听了说道："我凭全能的上帝发誓，公主这句话说在筋节上了。桑丘这糊涂虫准是着了障眼法，不然的话，决不会看见那些事。我深知这倒霉家伙是好心肠，也是死心眼儿，不会捏造证据冤枉人。"

堂费南铎说："是这么回事，保不定将来还会有这种事。所以，堂吉诃德先生啊，您得原谅他，和他言归于好，'依然如故'①，别让那些幻象迷糊了他。"

堂吉诃德同意；神父就去找桑丘回来。桑丘低声下气地跑来，跪下要求吻他主人的手。堂吉诃德伸手给他亲吻，然后祝福

① 原文是拉丁文。

了他，说道：

“桑丘儿子，我不是几次三番跟你说吗，这座堡垒里的事全都是魔法变幻出来的，你现在该知道我这话不错了吧。”

桑丘道：“这话我相信，不过毯子的事得除外，那是正常手法干出来的真事。”

堂吉诃德道：“你别这么想；要是真有那事，我早该替你报仇了，现在也会替你报仇。可是过去也罢，现在也罢，我都无从着手，不知找谁去报复呀。”

大家都问什么毯子的事①。店主就仔仔细细讲桑丘怎样在半空中翻滚。大家听了大笑；桑丘要不是主人再次保证那是魔法，一定大怒了。不过桑丘傻虽傻，却始终认为自己没着什么魔，确实是给一群有血有肉的人兜在毯子里耍弄了；他主人坚持那是如影如梦的鬼怪干的，他却并不相信。

这群贵宾在客店住了两天，觉得该动身了。他们打算让神父和理发师照他们的原意把堂吉诃德带回家乡治病，而多若泰和堂费南铎却不必借解救米戈米公娜女王的那套谎话一起奔走。他们就想了一个办法。恰巧有一辆牛车路过，他们和赶车的讲定，设法把堂吉诃德用牛车运走。他们用栅栏做成个笼子模样的东西，能容堂吉诃德宽宽舒舒地待在里面。堂费南铎和他的伙伴、堂路易斯的佣人、巡逻队员以及店主等人照神父的主意和安排，一个个蒙上脸，打扮得各式各样，叫堂吉诃德认不得。他那天打了几次架，正在睡觉休息；他们一声不响，进了

① 这里又和上文有失照顾，第三十二章店主已经向大家讲过一遍，只有后到的几个客人不知道。

他的屋。

堂吉诃德做梦也没想到这一着,睡得正酣。他们走到床前,使劲把他按住,牢牢缚定手脚。等他惊醒,已经动弹不得,只能瞪眼瞧着这群奇形怪状的东西发怔。他那牢不可破的观念又在他的疯癫的头脑里翻腾,认为这些就是这座魔堡里作祟的鬼怪,他自己分明是中了定身法,所以不能抵御。这都是神父定计的时候预料到的。当时在场的许多人里,只有桑丘是头脑正常而没有化装的。他虽然和主人疯得相差无几,却还认识这些乔装的人物。他要等着瞧他们把他主人捆住了怎么发落,一直没敢开口。堂吉诃德也一言不发,等着看他这场祸事的结局。他们把木笼抬来,把堂吉诃德关在里面,外面用木条钉得结结实实,即使狠狠地颠簸两下也不会开裂。

他们随就把笼子扛在肩上,正要扛出屋子的时候,理发师(不是驮鞍的主人而是咱们认识的那位)尽力装出令人毛骨悚然的声音,说道:

"哭丧着脸的骑士啊!你受了拘禁不要苦恼,因为你大力担当的事业,要这样才能早早完成。曼却的猛狮和托波索的白鸽要双双低垂他们高昂的脖子,接受婚姻的束缚,结合为一。那就是你功业圆满的日子。由这个破天荒的结婚,将生育出一群凶猛的小狮子来,他们要学着勇敢的爸爸张牙舞爪。追求达芙妮的太阳神在黄道带上跑不到两转①,我的预言就会应验。至于你这位侍从啊,你是一切腰里挂剑、脸上留胡子、鼻孔里闻气

① 即两年。这里又引用了本书第四十三章太阳神追赶达芙妮的典故,见445页注①。

味的侍从里最高尚、最顺从的一个！你眼看游侠骑士的模范给人家这样押走，不要懊丧。只要上帝有意，你好主人许你的愿不会落空，你马上会做大官，高贵得连你本人都不认识自己。我凭撒谎圣姑①向你保证，你的工钱一定照付，你到时就知道。你一步步跟着这位英勇的、着了魔的骑士走吧，因为你们俩是同一个归宿。天机不可泄漏，我不便多说，愿上帝保佑你，我这就回到自己知道的地方去了。”

他这套预言说到末了几句，嗓门儿提得特高，然后渐渐低沉下去。同伙的人虽然明知是开玩笑，听来却好像是真的。

堂吉诃德从这番话里得到了安慰，因为他立刻领会了个中意义，知道自己注定要和心上人杜尔西内娅·台尔·托波索缔结神圣合法的婚姻，她蕴藏丰富的肚子里要出产一窝小狮子——也就是一群小吉诃德，使曼却的光辉照耀万世。他深信自己没有误会，就提高嗓子长叹一声，说道：

“预告我未来幸福的不知哪一位啊，请你转求主持这件事的大法师，在你这些可喜的、绝妙的预言一一应验之前，别让我死在他们关禁我的笼里！只要预言有准，我在牢笼受苦就是光荣；我戴着枷锁心上也舒服；我躺的硬板就不是挣命的场所，却是温柔乡！至于你对我侍从桑丘·潘沙的安慰呢，我也有句话。我相信他心地善良，为人规矩，不论我走好运坏运他都不会离开我。如果他和我都倒了霉，我许他的海岛之类竟不能到手，那么他的工资至少是不会落空的。我不能报答他的辛勤，可是尽我力之所及，他的工资，我在写好的遗嘱上已经列下一款了。”

---

① 撒谎圣姑原文 Mentironiana，是从“撒谎”(mentir)这字变出来的女巫名。

桑丘·潘沙恭恭敬敬地向他鞠躬,亲吻了他的双手,因为两手缚在一起,不能单吻一只。

那群鬼怪就把木笼扛出去,装在牛车上。

第四十七章

堂吉诃德出奇地着魔以及其他异事。

堂吉诃德瞧自己关在笼里,装上牛车,说道:

“我读过许多很正经的游侠骑士传记,可是用魔法把骑士像我这样摄走,我还从没读到、看到、听到过。而且牛这种又懒又笨的牲口一定走得很慢。照例,摄走的骑士是裹在乌云里的,或者乘一辆火焰车,再不然,骑一匹飞马之类的怪兽,忽的一下子就从天空走了。现在却把我装在牛车上拉走!天啊!真叫我莫名其妙!大概今非昔比,骑士道和魔法都换了样了。我是世界上新出的骑士,冒险的骑士道已经没人知道,由我第一个重新恢复,也许因此就另创了新样的魔术,别有新法摄走着魔的人了。桑丘儿子,你以为我这话怎么样?”

桑丘答道:“我不知道,我不像您读过那么许多游侠骑士的书。可是我敢保证,这一伙不完全是真正的妖魔鬼怪。”

堂吉诃德道:“真正的?我的爹呀,既然是鬼怪,怎么能是真正的呢?那是虚幻的形状,特来对我施行魔法的呀!你要瞧我这话对不对,只消把他们碰碰或摸摸,就知道他们没有实在的肉体,只是虚影子。”

桑丘说："先生，老实说吧，我已经碰过他们了。这个鬼在这儿忙忙叨叨，他身上的肉很结实；而且还有一点古怪，我听说魔鬼身上都有硫黄气，还有别种臭味，可是这个鬼却远不是那样的，他身上的龙涎香半哩瓦以外就闻到了。"

桑丘指的是堂费南铎，他是一位贵公子，身上想必有桑丘说的这种香味。

堂吉诃德说："桑丘朋友，这没什么稀奇。我告诉你，魔鬼是很调皮的。他们尽管熏染着些气味，他们是精灵，本身并没有气味；要有的话，就绝不是香，只能是恶臭。因为他们无论跑到哪里，总离不开地狱，他们的痛苦，丝毫不会减轻。香味是闻了舒服的，他们绝不会有香味。假如你觉得那个魔鬼有龙涎香味，不是你弄错了，就是魔鬼存心迷惑你，叫你不知他是魔鬼。"

主仆俩只顾谈论。堂费南铎和卡迪纽决计赶紧动身，免得桑丘识破他们的计策；桑丘已经猜透八九分了。他们把店主人叫过一边，吩咐他给驽骍难得套上鞍辔，给桑丘的驴儿装上驮鞍。店主人马上照办。这时神父已经和那几个巡逻队员讲好，请他们一路护送，每天给若干报酬。卡迪纽把堂吉诃德的盾牌和那只铜盆挂在驽骍难得的鞍架两侧，做手势示意，叫桑丘骑驴牵着驽骍难得，又叫两个巡逻员拿着火枪押在牛车两旁。店主妇和她女儿和玛丽托内斯在牛车临走的时候，出门和堂吉诃德告辞，假装为他遭难伤心流泪。堂吉诃德对她们说：

"好心的夫人小姐们请不要哭。干了我们这一行，这种灾难都是免不了的，否则我就不是个有名的游侠骑士了。名望不高的骑士从来没有这种遭遇，因为世界上谁也不理会他们。英勇的骑士就不同，他们的品德和功勋招来许多国王和骑士的嫉妒,那些人就使出卑鄙的手段来陷害好人。可是话又说回来,高尚的品德是压不倒的,单靠它本身的力量就足以抵制魔法祖师索罗阿斯德斯的全套邪术①,克服一切困难,像阳光一样照耀世界。美丽的夫人小姐们,如果我有什么失礼的地方开罪了你们,请不要见怪,我绝不是有意的。现在我给坏心眼儿的魔术家关进了这个笼子,请你们为我祷告上帝,救我出来。我决不忘记在这座堡垒里受到的优待;如有一天出得这个牢笼,一定尽力报答你们的厚爱。"

堡垒里的女人和堂吉诃德谈话的时候,神父和理发师正在辞别店里的许多客人,其中有堂费南铎和他的伙伴,上尉和他的弟弟,还有多若泰和陆莘达等称心如意的小姐。他们彼此拥抱,约定互通消息。堂费南铎把自己的住址告诉神父,让神父把堂吉诃德的情况写信告诉他,因为他很关心。他答应也要把神父盼切的消息一一奉告,比如他自己的结婚呀,索赖达的受洗呀,堂路易斯的事呀,陆莘达的回家呀,等等。神父答应了堂费南铎的要求。他们又互相拥抱,重申前约。店主拿出些手稿给神父,说是从存放《何必追根究底》那篇故事的箱子夹层里找出来的。他说物主不会回来,不妨都拿去,反正自己不识字,不要这些东西。神父谢了他,打开一看,标题是《林果内德和郭塔迪琉的故事》②,才知道是一篇故事。他认为《何必追根究底》那篇很不错,料想这篇也是好的,因为可能都是一个人的手笔。他就收起来等有工夫再看。

---

① 索罗阿斯德斯(Zoroastes 或 Zoroastro),古波斯国王,据传说,他是魔法的祖师。

② 《林果内德和郭塔迪琉的故事》(*Rinconete y Cortadillo*)是塞万提斯《模范故事》(*Novelas ejemplares*)里的一篇。

他和理发师朋友防堂吉诃德立即识破他们，都戴着假面具；两人上了坐骑，跟在车后。一行人挨次出发。车辆打头，由车主带领。两旁是刚才说的两个带火枪的巡逻队员，随后是桑丘·潘沙骑驴牵着驽骍难得。神父和理发师各骑壮骡，像上文说的蒙着脸缓步押在队后；牛车走得很慢，他们不能超前去。堂吉诃德坐在笼里，捆住两手，伸直两腿，背靠着栅栏，默默地忍受一切，简直不像血肉之躯，却像一尊石像。他们就这么慢吞吞、静悄悄走了两哩瓦路，到一个山坳里。赶牛车的觉得这里可以让牛歇歇力，啃吃点青草，就向神父说了。理发师却主张再走一程，他知道附近有个山坡，转过山坡又有个山坳，那里的青草更茂盛，地方比这里还好。因此他们继续前行。

这时神父回头，看见背后来了六七骑旅客，行装都很漂亮。他们一会儿就赶上来了，因为他们不像牛走得滞缓，却像乘了教长的骡，急要赶往一哩瓦内已经在望的客店去打尖的样子。急急赶路的追上慢慢走路的，彼此叙过礼。赶来的一行人里有一个正是托雷都的教长，跟随的都是他的伴当。他看见牛车、巡逻队员、桑丘、驽骍难得、神父和理发师一队人行列整齐，尤其看到堂吉诃德关在笼里，忍不住就要打听为什么把人这样押解。不过他瞧见巡逻队员的标记①，料想那人准是抢劫或其他罪行的凶犯，给神圣友爱团逮捕了。他询问一个巡逻队员，那人答道：

“先生，我们不知道这位绅士为什么要这样走路，你叫他自己说吧。”

---

① 巡逻队员携带大弓和火枪，以及行使职权的短杖，通常每队三十二人，穿绿色制服。

堂吉诃德听见他们回答,接口说道:

“各位绅士先生熟悉游侠骑士的事吗?要是熟悉,我就把我的不幸向各位讲讲;不然呢,我就不白费唇舌了。”

神父和理发师看见赶路的和堂吉诃德·台·拉·曼却交谈,怕自己的计策败露,忙赶上前来随机应对。

教长听了堂吉诃德的话,答道:

“老兄,我对于骑士小说实在是熟悉得很,比维利亚尔邦多的《理论学大全》①还读得熟。你要是只有这点要求,那就尽管放心把你的话告诉我。”

堂吉诃德道:“好吧。绅士先生,你既然这么说,我就讲给你听。我受了恶法师的忌妒和欺骗,着了魔道,给关在笼子里押着走。美德虽有好人爱惜,更有恶人压制呢。我是个游侠骑士:不是默默无闻的那种,却是世世传名、人人效法的模范骑士,即使嫉妒性变成的嫉妒精,或者波斯的一切魔术家、印度的一切婆罗门、艾悌欧比亚的一切神秘家②全都和我为难,也奈何我不得。”

神父插嘴道:“这位堂吉诃德·台·拉·曼却先生说得不错,他着了魔道给装在车上运走,不是他有罪过,却是嫉贤忌能的家伙设计害他。先生,他就是那位‘哭丧着脸的骑士’,您也许听到过他的大名。他的丰功伟绩,将来要铭刻在青铜和大理石上,万古不磨,忌他的人用尽心机也消灭不了。”

教长听到笼子里外的人说话都是一个口吻,莫名其妙,惊

---

① 《理论学大全》(*Summa summularum*),1557年出版,是学院里必修的课本,作者维利亚尔邦多(Gaspar Cardillo de Villalpando)是有名的神学家。

② 原文 ginosofistas,是印度的一派哲学家,不是艾悌欧比亚的。

异得几乎要在自己身上画十字;跟从的那些人也纳闷。桑丘·潘沙要听他们讲话,正挨在旁边,这时就想把事情摆一摆,说道:

“各位先生,随你们爱听不爱听,我这会儿讲的是真话。要说我主人堂吉诃德先生着了魔道呀,那就是我妈也着了魔道了!他头脑完全清楚,吃也吃,喝也喝,也像别人那样干他的水火事儿,和他昨天进笼以前一模一样。照这样子,怎能叫我相信他是着了魔呢?我听见许多人说过,着魔的人既不吃,也不睡,也不说话。我的主人要是没人管着,说起话来,比三十个律师还说得多呢。”

他随就转脸瞧着神父说:

“哎,神父先生啊!您以为我不认识您吗?这一套新魔法为的是什么缘故,您以为我瞧不透吗?那么我告诉您,您尽管遮着脸,我却认识您;我还告诉您,您尽管诡计多端,我也识得破。干脆一句话:嫉妒占上风,美德就倒霉;抠门儿的地方,就没有慷慨。魔鬼没有好下场!要没有您这位神父,我主人这会儿已经娶了米戈米公娜公主,我至少也是个伯爵了,因为无论凭我东家哭丧着脸的骑士的赏赐,或者凭我自己的功劳,这是拿稳了的。可是我现在看到老话说对了:命运的轮子比磨坊的轮子还转得快;昨天平步青云,今天就掉在泥里。我是为自己的老婆孩子懊恼:他们满可以指望做爸爸的当了海岛或王国的总督重返家门,可是他们得瞧爸爸当了马夫回家了。神父先生,我跟您说这番话,不过是要奉劝您神父先生:您这样虐待我主人,您摸摸自己的良心吧;您关禁着堂吉诃德先生不让他救人行好,小心将来见了上帝和您算账!”

理发师打断他道："少胡说吧[①]！桑丘，你和你主人成了同道啦？老天爷！我看你该进笼去陪他；你也中了骑士道的迷，和他一鼻孔出气，正该和他一样的着魔。真糟糕，他许你的海岛你就那么贪图呀，竟在你脑壳子里结成胎了。"

桑丘答道："谁也没叫我怀胎！就是国王也不能叫我怀胎的！我穷虽穷，却是老基督徒，对谁都没有亏欠；要说我贪图海岛，还有人贪图更坏的呢。干什么事，就成什么人[②]。只要是人，就能做到教皇[③]，别说一个海岛的总督！况且我主人赢来的海岛，多得没人可给呢。理发师先生，您说话小心，天下事不光是剃剃胡子，而且彼德罗和彼德罗之间，还有个分等[④]。我说这些话呀，因为咱们都是熟人，灌水银的骰子，别当着我掷[⑤]。我主人着魔的事，上帝知道真相，咱们还是不谈吧。因为少搅拌为妙[⑥]。"

理发师不愿意和桑丘多说，怕这家伙傻头傻脑，把他和神父极力遮掩的事全抖搂出来。神父也防到这层，所以请教长和他一起抢前几步，他可以解答人在笼中的谜，还告诉他其他趣事。教长依言带着佣人随神父前去，一面留心听神父讲堂吉诃德的性格、生平、他的疯病、习惯等等。神父把他发病的根源、连一接二的遭遇、直到关进这笼子，都说了个大概，还说他们打算带他回乡治疗。教长和他的佣人对堂吉诃德的怪事不胜惊诧。教长听完说道：

"神父先生，我实在觉得所谓骑士小说对国家是有害的。

---

① "少胡说吧"(adóbame esos candiles)按字面是"替我把这些灯剔剔亮吧"，这是成语，如果有人说了荒谬可笑的话就用这句成语回答，叫他少胡说。

②③④⑤⑥ 西班牙谚语。

我有时是无聊，有时是上当，几乎把这种小说每本都看过一个开头，可是总看不下去，因为千篇一律，没多大出入。我认为这种作品是所谓米雷西亚故事①之类，都荒诞不经，只供消遣，对身心没有好处，和那种既有趣又有益的故事大不相同。尽管这种书的宗旨是解闷消闲，可是连篇的胡说八道，我不懂能有什么趣味。人要从实际或想象的事物上看到或体味到完美、和谐，才会心赏神怡；一切丑陋、畸形的东西不会引起快感。如果小说里讲一个十六岁的孩子，挥剑把一个高塔似的巨人像杏仁糕那样切成两半，或者描写打仗，敌军有百万之众，而主人公匹马单枪，准获全胜，不管读者信不信，这种小说怎么能动人呢？各部分怎能合成彼此和谐的整体呢？或者写一个王后或女皇，见到素不相识的游侠骑士，就投身倒在他怀里，这样有失体统，我们还有什么说的呢？或者写一座挤满了骑士的高塔，简直就像一条顺风的船在海里航行，今晚在朗巴尔狄亚，明晨到了印度胡安长老②辖治的国土，或是托罗美欧③从未发现、马可波罗④从未到过的地方，这种故事，除了无知不学的粗坯，谁会读了满意呢？假如有人驳我，说这种小说原是凭空捏造的，不必计较情节的细致真实。那么我要反驳说：凭空捏造越逼真越好，越有或然性和

① 古希腊伊欧尼亚族人侨居小亚细亚，擅长编故事，称为米雷西亚故事。这类故事专供有闲阶级的消遣，多半荒诞无聊，或者讲不道德的爱情。古罗马也盛行这类故事。

② 传说里的人物：一说是土耳其东部一个信奉基督教的国王；一说是蒙古王；一说是阿比西尼亚王，古代阿比西尼亚的国王同时也是教会里的长老。参看本书前言26页注①。

③ 古希腊创天动论的天文学家。

④ 遍游亚洲各地的意大利旅行家（1254—1324）。

可能性,就越有趣味。编故事得投合读者的理智,把不可能的写成很可能,非常的写成平常,引人入胜,读来可惊可喜,是奇闻而兼是趣谈。要作品完美,全靠逼真模仿,否则刚才说的种种要求都办不到。小说的各部分要能构成一个整体:中段承接开头,结尾是头中两部一气连贯下来的。我读过的骑士小说,没一部是这样一气呵成的,都支离拉杂,好像不是想塑造完美的形象,却存心要出个怪物。而且文笔粗野,事迹离奇,写爱情很不雅,写礼貌失体,战事写得啰唆,议论发得无聊,旅程写得荒谬,总而言之,全不懂该怎么写作。所以基督教国家该把这种书像无用的人一样驱逐出境。”

神父洗耳恭听,觉得这位教长识见高明,一番议论都有道理,就告诉他自己所见略同,也厌恶骑士小说,所以把堂吉诃德所藏的许多都烧掉了。他讲自己怎样审查了那些书籍,哪几部判处极刑,投入火内,哪几部幸获赦免。教长听了大笑。他说自己虽然列举了这种小说的种种弊病,却发现有一个好处。它的题材众多,有才情的人可以借题发挥,放笔写去,海阔天空,一无拘束。譬如船只失事呀,海上的风暴呀,大大小小的战事呀,他都可以描写。他可以把勇将应有的才能一一刻画,比如说:有识见,能预料敌人的狡猾;有口才,能鼓励也能劝阻军士;既能深思熟虑,又能当机立断;无论待时出击,或临阵冲锋,都英勇无匹。他可以一会儿描述沉痛的惨事,一会儿叙说轻松的奇遇。他可以描摹德貌兼备的绝世美人,或文武双全的基督教绅士;或蛮横狠毒的匪徒,或慈祥英明的国君。他可以写出臣民的善良忠诚,君王的伟大慷慨。他可以卖弄自己是天文学家,或出色的宇宙学家,或音乐家,或熟悉国家大事的政论家，假如他要充魔术家也无不可。他可以写尤利斯的足智多谋，伊尼斯的孝顺，阿喀琉斯的勇敢，赫克托的倒霉，席侬的诈骗，欧利阿罗的友爱，亚历山大的慷慨，凯撒的胆略，特拉哈诺的仁慈和真实，索比罗的忠诚，加东的英明，等等，①一句话，凡是构成英雄人物的各种品质，无论集中在一人身上，或分散在许多人身上，都可以描写。如果文笔生动，思想新鲜，描摹逼真，那部著作一定是完美无疵的锦绣文章，正像我刚才说的那样，既有益，又有趣，达到了写作的最高目标。这种文体没有韵律的拘束②，作者可以大显身手，用散文来写他的史诗、抒情诗、悲喜剧，而且具备美妙的诗法和修辞法所有的一切风格。史诗既可以用韵文写，也可以用散文写。

---

① 尤利斯（Ulixes），荷马史诗里的希腊酋长。
伊尼斯（Eneas），维吉尔史诗《伊尼德》里的主人公。他是特洛亚王子，特洛亚城陷，他背着父亲逃亡，弃妻子不顾。
阿喀琉斯（Aquiles），荷马史诗《伊利亚特》里的英雄。赫克托（Héctor），《伊利亚特》里的特洛亚王子，被阿喀琉斯杀死。
席侬（Sinón），据维吉尔《伊尼德》，是希腊兵士，假意逃亡到特洛亚，劝特洛亚人开城接纳希腊人的木马，特洛亚城因此陷落。
欧利阿罗（Euríalo）是尼素斯的忠心朋友。见维吉尔《伊尼德》。
亚历山大，即古波斯亚历山大大帝（纪元前356—前323年在位）。
凯撒，即古罗马凯撒大帝（纪元前101—前44年在位）。
特拉哈诺（Trajano），古罗马皇帝（98—117年在位）。
索比罗（Zópiro），古波斯达利亚斯大帝手下的督军，曾用苦肉计自己割去耳鼻，助达利亚斯大帝攻克巴比仑。
加东（Catón），古罗马的监察官，已见本书前言。

② 原文“没有拘束的文体”（escritura desatada）指散文。古罗马修辞学把文体分为“有束缚的文体”（oratio ligata），即诗；和“没有束缚的文体”（oratio soluta），即散文。

第四十八章

教长继续讨论骑士小说，旁及一些
值得他思考的问题。

神父说："教长先生，您说得对！现在还有人不讲求入情合理的想象，也不遵照艺术的法则，仍然写那种小说，真该严厉批评。照那样用散文写作，就休想有杰出的文豪，能和希腊拉丁的诗坛二霸[①]比美了。"

教长答道："我有时也想照自己心目中的准则，试写一部骑士小说。老实说吧，我已经写了一百多页。我不知道对自己作品的估价是否恰当，拿出去请教过爱好这种小说的学识兼备之士，也请教过一味喜欢荒唐奇怪的不学无知之徒。他们都异口同声地赞美。可是我没有再写下去，因为觉得这件事不是我的本分，而且发现没头脑的人比有头脑的多。尽管几个高明人的赞赏，可以抵消大伙糊涂虫的嘲笑，我知道看这种书的多半是假充内行的俗物，不愿意挨他们七嘴八舌的批评。不过我中途搁笔，甚至拿定主意不写下去，主要还有个道理。我看了现在上演的戏，心上想：现在风行的戏，情节无论出于虚构或有历史根据，几乎全都是没头没尾的胡言乱语，远说不上好。可是观众看得

① 指荷马和维吉尔。

津津有味,齐声叫好。编剧和演戏的都说:戏剧就该这样,非如此不能投合观众的嗜好。那些情节紧凑、安排精密的戏,只有寥寥几个内行欣赏,一般人领会不到它的技巧。他们编戏、演戏的,最好还是随和着大众混饭吃,犯不着博取少数人的赞许。我按照上面说的艺术规律,精心费力写出来的书,也逃不了这样的遭遇,我就成为四岔路口的裁缝①了。我屡次劝告那些见解错误的演员们说:演出有艺术造诣的戏比荒谬无稽的更卖座、更走红。可是他们执迷不悟,随你说得头头是道,凿凿有据,他们都当耳边风。我记得有一天跟那么个成见很深的人说:不多几年前,西班牙演出了国内一位名作家的三个悲剧,你记得吗?那三个悲剧呀,不论智愚雅俗,看了个个赞赏;演员们单靠那三个戏赚的钱,比后来上演三十个头等好戏赚得还多。

"那个领班的演员说:'您说的准是《依萨贝拉》《斐丽斯》和《阿雷汉德拉》那三个戏吧②'。我说:'一点儿不错。你瞧瞧,那几出戏不是严格遵守艺术规律吗?遵守了规律,不还是人人欣赏的好戏吗?所以不能怪观众要求离奇荒诞,只怪演员们不演别的戏。真的,像《负心的报应》③呀,《努曼西亚》④呀,《痴情

---

① 西班牙谚语:"四岔路口的裁缝,白赔了工夫,又倒贴了线。"(El sastre del cantillo, que cosía de balde y ponía el hilo.)指吃力不讨好。

② 《依萨贝拉》(*La Isabela*),作者阿尔亨索拉(Lupercio Leonardo de Argensola)。《阿雷汉德拉》(*La Alejandra*),作者不详。《斐丽斯》(*La Filis*)已失传,其他二剧收入赛达诺(López de Sedano)编的《西班牙文艺作品选集》(*Parnaso Español*),1772 年出版。

③ 《负心的报应》(*La ingratitud vengada*),洛贝·台·维咖著。

④ 《努曼西亚》(*La Numancia*),塞万提斯著,1784 年出版。

的商人》[1]呀,《欢喜冤家》[2]呀,都一点不荒谬。还有些行家编写的戏也不荒谬;编者由此得了名,演员们由此得了利。'我还发了些别的议论。我觉得他听了似信非信,没有心服,不肯抛除成见。"

神父道:"教长先生,您这番话,勾引了我往日对时新戏的厌恶;就像我对骑士小说一样的痛恨。按照图利欧[3]的见解,戏剧应该是人生的镜子,风俗的榜样,真理的造像。现在演出的戏却是荒谬的镜子,愚昧的榜样,淫荡的造像。假如戏里第一幕第一景出场一个穿抱裙的小娃娃,在第二景已经成了有胡子的大男人[4],这不是荒谬绝伦吗?假如描摹老年人勇猛,小伙子懦弱,仆人满口掉文,小僮儿满腹智谋,国王像脚夫,公主像灶下婢,这不又是荒谬绝伦吗?剧情的演展应该遵守一定的时限[5],写戏的人是否注意这点呢?我看到的戏,第一幕在欧洲,第二幕在亚洲,第三幕收场在非洲;如果还有第四幕,那么准在美洲结局了;一出戏里就遍历世界四大洲[6]。按说,戏剧的原则是模仿真实。可是有的戏演贝比诺王或者查理曼大帝时代的故事,却

---

① 《痴情的商人》(*El mercader amante*),伽斯巴·台·阿基拉(Gaspar de Aguilar)著。

② 《欢喜冤家》(*La enemiga favorable*),弗朗西斯哥·台·塔瑞伽(Francisco de Tárrega)教长著。

③ 即古罗马的修辞学家西塞罗(Tulio Cicerón)。

④ 这里指责洛贝·台·维咖的《乌尔松和瓦兰丁》(*Ursón y Valentín*)。

⑤ 塞万提斯这里把时间和地点的规律混为一谈,所以珂恩(J. M. Cohen)的英译本里添上"地点",但原文只说到"时间"。

⑥ 塞万提斯这套理论在他自己的实践上并未贯彻。他后来编写的剧本《幸运的流氓》(*El rufián dichoso*),地点一会儿在塞维利亚,一会儿又在墨西哥。他在这个戏的第二幕里借剧中人为自己不守规律辩护,把以前认为荒谬绝伦的说成理所当然。

把艾拉克刘大帝做主角，而他又像果多弗莱·台·布利翁那样捧着圣十字架进耶路撒冷，光复了圣陵。发生这些事情的各个时代相隔不知多少年呢①。或者基本是虚构的剧情，却掺上历史的真事，不管是哪个人物、哪个时代的事，都东扯西拉，混杂一起②。这种戏编得连真实的影子都没有，荒谬得刺人眼目，情理难容；稍有识见的人看了都不会满意的。糟的是，偏有那些瞎了眼、蒙了心的人，以为这已经十全十美，如果再要求改进，就是过于挑剔了。再说宗教戏吧。戏里捏造了多少虚假的奇迹呀！多少伪造和附会的事呀！这个圣人的奇迹竟会归到那个圣人身上去！就是在世俗的戏里，作者只要觉得来个奇迹或所谓奇观，可以轰动糊涂人，引他们来看戏，就不顾一切，大胆捏造。这都是歪曲事实、违反历史的，而且也有损西班牙作家的名誉，因为严守戏剧规律的外国人③看到咱们编的戏谬误荒唐，就把咱们看作野蛮无知了。也许有人说，治理得当的国家容许公开演戏的主要目标，就是供人民正当的娱乐，免得闲暇滋生邪念。一出戏不论好坏，都能达到这个目标。所以不必制定规律，也不必用规律去约束作家和演员。但是这话有漏洞。请听我反驳。好戏更善于贯彻这个目标，坏戏远不能比。在一出精心结构的戏里，诙谐的部分使观客娱乐，严肃的部分给他教益，剧情的发展使他惊奇，穿插的情节添他的智慧，诡计长他识见，鉴戒促他醒悟，罪恶

---

① 贝比诺王生在第八世纪，查理曼大帝生在第九世纪初叶，艾拉克刘大帝生在第七世纪初叶，十字军攻克耶路撒冷是1099年的事。

② 这里是指责洛贝·台·维咖在他的剧本《清白无玷》（*La limpieza no manchada*）里，把不同时代、不同地方的许多人物都混在一起。

③ 指意大利人。

激动他的义愤，美德引起他的爱慕。随他多蠢的人，看了一出好戏心里准有以上种种感受。如果说一出戏具备了这些因素，反不如不具备更能娱目快心，那就绝不可能。现在经常上演的戏，大半是不够格的。这不能怪剧作家。有些作家明知自己的毛病，也深知该怎样写，可是剧本已经成了买卖的货物，他们也说得不错，除了时行的那类剧本，戏班子不肯出钱买。戏班子是作家的主顾，演员有什么要求，作家总设法迎合。我们只要看看我国一位大才子所写的数不清的剧本，就知道确是这么回事。他笔下有文采，有风趣；他的曲词非常工致，思想新颖，有许多含意深长的箴言警句，总之，他文字很美，格调很高，所以他名满天下。可是他为了投合演员的喜好，只有几个剧本写得无懈可击，并非个个剧本都好①。还有些作家编剧漫不经心，戏里毁谤了某某国王，侮辱了某某豪门，演戏的屡次挨打，因此演完戏就得逃走。麻烦一时上还说不完，不过都是可以避免的。只要请一位有才有识的人常驻西班牙京城，把京城以及全国各地要上演的剧本预先审查一下；未经许可和批准，当地官府不准上演。这样一来，演员们会注意把剧本送上京城，以后演出可以平安无事；剧作家顾虑到作品要经行家法眼审阅，编写的时候就会细心多下功夫。这样就能写出好的剧本，戏剧的目标也就贯彻得完善：群众有了娱乐，西班牙的才子们出了名，戏班子赚了钱，并保险不出乱子，免除了戏班子受罚的祸事。如果新出的骑士小说也有人负责审查，或者就由审查剧本的兼任，那么，您所说的那样完美的骑士小说准会出现，使

① 指洛贝·台·维咖。

咱们的文章宝库增光生色，把旧的骑士小说直比下去。不仅闲人，就是最忙的人，读这种小说也是正当的消遣。因为弓弦不能老绷紧了不放，人是个软弱的东西，没一点适当的松散是支持不住的。”

教长和神父谈到这里，理发师跑来对神父说：

“硕士先生，这就是我说的好地方。咱们可以歇午；丰盛的草地上可以放牛啃青。”

神父说：“对，我赞成。”

他把这意思告诉教长。教长看见山坳里的景色，也愿意盘桓一下，跟着大伙儿休息。他一来是要欣赏风景，又加和神父谈得投机，还想仔细听听堂吉诃德干的事，所以打算在那里歇午，就打发几个佣人到前去不远的客店里替大家买饭。一个佣人说：他们的驮骡准已经到了前面客店了；驮骡带的吃食很多，他们只需向客店要些大麦，别的都不用买。

教长道：“照这么说，你们就把坐骑都赶到前面客店里去，把那匹驮骡牵回来。”

桑丘对时刻守着他主人的神父和理发师是有戒心的，他看到这时可以背着这两人和主人说话，就跑到笼前说道：

“先生，我对于您着魔的事，有句话要说，不说良心难受。我告诉您，跟咱们一起来的那两个蒙脸的人就是咱们村上的神父和理发师呀。我想他们就为了妒忌您干了些事大出风头，把他们比下去了，所以使诡计这样押着您走。假如我这话不错，您就并非着魔，不过上了当，做了傻瓜。我要找个凭据，想问您一句话。您的回答如果不出所料，他们捣的鬼就给我抓住了，可见您不是着魔，只是脑筋混乱。”

堂吉诃德说:“桑丘儿子,你要问什么,问吧。我一定好好回答,叫你满意。据你说,跟咱们走的那两人是咱们街坊上熟识的神父和理发师。可能看样子是他们俩,实际上并不是,你千万别当真。你该知道,那两人如果照你说的像神父和理发师,那一定是禁咒我的魔法师变成了他们的形状。魔术家要变什么就变什么,容易得很。他们变成了咱们朋友的模样,叫你以为真是咱们的朋友,你就胡思乱想,掉在迷魂阵里怎么也出不来了。他们借此还可以叫我捉摸不定,不知这场灾祸是从哪儿来的。你尽管说跟我一起的是咱们村上的神父和理发师;我呢,眼看自己关在笼里,心里明白,除非魔力,人力决计办不到。只能说,我着的魔道是从古到今独一无二的,打破了书上的框框;除此还能怎么解释呢?所以你可以拿定他们绝不是你说的那两个,好比我绝不是土耳其人一样。至于你要问我什么话,你就问吧;随你从现在问到明天,我也一一回答。”

桑丘大嚷道:“圣母保佑我吧!我跟您讲的全是真话。您这回倒了霉关在笼里,是着了人家的坏心眼儿,不是着了魔道。难道您脑壳子那么厚,那么没脑子,竟不能了解吗?不过随您这样,我还是要向您切实证明,您并不是着魔。但愿上帝解除您的魔难!但愿您忽然间投进了杜尔西内娅小姐的怀抱!我现在凭这些愿望向您请问。”

堂吉诃德说:“别对我赌咒了,你要问就问吧。我已经说过,一定照实回答。”

桑丘道:“这就是我的要求。您是以游侠骑士的名义拿枪杆子的,我要您按这种战士的本分,完全照实回答,一分不多也一分不少……”

堂吉诃德道:“我告诉你,我是什么谎也不撒的。你快问吧;这没完没了的赌咒呀,要求呀,拐弯儿抹角的,真叫我心烦了,桑丘。”

“哎,我拿定主人是好人,靠得住。那么,请不要见怪,我就问了,因为这和咱们讲的事是有关系的。自从您进了笼子,以为是着了魔道,您想不想干通常说的大小方便的事呀?”

“不懂什么方便的事,你要我直截了当的回答,就得说明白些。”

“难道您不懂大的方便或小的方便吗?学校里的儿童一断奶就这么说呀。好吧,我是要问问,您想不想干一件人身上省不了的事?”

“啊!我懂你的意思了,桑丘!好几回呢!现在就想!快让我脱了这个累吧!别弄得怪脏的!”

第四十九章

桑丘·潘沙向他主人讲了一番颇有识见的话。

桑丘说:“啊!我可抓住把柄了!这就是我一心要知道的事呀!您听我讲,先生,一个人心境不好,大家就议论说:‘某人不知是怎么回事儿,不吃不喝,也不睡觉,问他什么,回答得牛头不对马嘴,准是着魔了。’这句话不错吧?可见着魔的人不吃不喝不睡觉，也不干我刚才说的那件生理上的要事。如果像您这样急着要干那事，如果喝就喝，吃就吃，问什么都回答，那就是没有着魔。”

堂吉诃德答道：“桑丘，你说得对。可是我跟你讲过，着魔有多种多样，说不定换了时代就改变了方式。尽管从前着了魔就不干我要干的事，现在却行得都干了。一时有一时的习惯，没什么可说的，也不能凭这个来论断。反正我心里有数，知道自己是着了魔，因此也就心安理得。如果我认为自己并没有着魔，却偷懒怕事，随人家关在笼里，对急等着我去救苦救难的可怜人不理不睬，我的良心就沉重得很了。”

桑丘答道：“可是我说呀，您最好试验一番，就证据确凿，死心塌地了。您试试走出这个笼子；我一定尽力帮忙，甚至拉您出来。您再试试骑上您这匹好马驽骍难得；照它这样垂头丧气，好像也着魔了。然后咱们俩再去探奇冒险，碰碰运气。碰上了钉子再回笼子也不迟。假如您倒足了霉，或者我糊涂透顶，我说的办法不成功，那么，我凭一个忠心好侍从的信义向您保证，我一定进笼来陪您。”

堂吉诃德答道：“桑丘老弟，你说的不错，我愿意照办；几时你找到机会让我脱身，我什么都听你的。不过，桑丘啊，你将来会知道，你没有明白我这番遭难是怎么回事。”

神父、教长和理发师已经下骡在前面等待；这位游侠骑士和那游而不侠的侍从说着话也到了。赶车的随就卸下拉车的几头牛，让它们在平静的油油绿野里随便跑。那里很清凉，尽管像堂吉诃德那样着魔的人不在乎，他侍从那样清醒的人就想歇歇了。他要求神父放他主人出笼走走，不然的话，弄脏了这个监牢，像他主人这样一位骑士耽在里头就不成体统。神父懂他指什么，表示很愿意答应他的要求，只是怕他主人一出来又犯老脾气，跑到不知哪里去。

桑丘说："我保证他不跑。"

教长道："我也保证；如果他以骑士的身份，答应非得到我们准许决不走开，那就更妥当了。"

堂吉诃德全听在耳里，答道："我答应啊！况且像我这样着魔的人，身不由己。给定身法镇住的，三个世纪也脱不了身，即使逃走了，也能从天空摄回来。"他因此声明：不妨放他出来，对大家有利；否则他就要对不住大家的鼻子了，除非他们趁早走开。

教长不顾堂吉诃德双手还捆在一起，就握住一手让他发誓保证；他们随即开笼放他。他出了笼子快活得不可开交，先伸个大懒腰，然后跑到驽骍难得身边，在它臀上拍了两下，说道：

"马儿里的尖儿顶儿呀，我还是相信上帝和圣母会保佑咱俩不久都称心如愿的：你呢，能把主人驮在背上；我呢，能骑着你执行上帝派我到世上来担当的职务。"

堂吉诃德说完就和桑丘一起跑到个隐僻的地方去。他从那儿回来觉得轻松多了，越发急着要实行他侍从的计划。

教长在注视他。他疯得古怪，而谈吐应答却非常高明，只是上文屡次交代过，一提到骑士道，他就犯失心疯了。教长看着很惊奇。当时大家都坐在青草地上等待教长的那匹驮骡。教长动了怜悯之心，对堂吉诃德说：

"先生，您读了些拙劣无聊的骑士小说，怎么脑筋就糊涂了，竟自以为着了魔，还把这类分明虚假的事都信以为真呢？从前世界上会有那无穷无尽的阿马狄斯、那大群大群的著名骑士吗？什么特拉比松达皇帝呀，费丽克斯玛德·台·伊尔加尼亚呀，那么许多女人坐的马匹和游荡的姑娘呀，还有那么多的蛇和怪兽和巨人，那么多闻所未闻的奇遇和各种各样的魔法，那么多的打仗和凶狠的搏斗，那么华丽的服装，那么多的痴情公主、封为伯爵的侍从、滑稽的侏儒，那么多的情书和谈情说爱，那么多好斗的女郎——一句话，骑士小说里讲的那许多荒乎其唐的东西，稍有理性的人，哪里会信以为真呢？就说我自己吧，我读这种小说的时候，如果没想到那是一派胡言，读来也还有趣；可是想到了，哪怕是骑士小说里的杰作，我也恨得要把它往墙上摔，如果旁边有炉火，竟要扔到火里去。这种小说，叙述的是怪事，提倡的是邪说，迷惑了许多愚昧的人，该当受这种刑罚①。它们甚至把有身份、有学问的人都搞糊涂了。就像您先生吧，落得给人关在笼子里，装在牛车上拉走，仿佛狮子老虎一处处给人看来卖钱似的，不就是个明显的例子吗？哎，堂吉诃德先生，您该爱惜自己，从糊涂里清醒过来！别辜负上天的恩赐；您有这副好头脑，很可以读些对身心有益的书，对自己的名声也有好处。假如您癖爱英雄豪杰、丰功伟绩的故事，那么可以读《圣经》里的《士师记》。您读到的是伟大的现实，勇敢透顶而完全真实的事。卢西塔尼亚有个比利阿它；罗马有个凯撒；卡塔戈有个阿尼巴尔；希腊有个亚历山大；咖斯底利亚有个费尔南·贡萨雷斯伯爵；巴伦西亚有个熙德；安达路西亚有个贡萨洛·费尔南台斯；埃斯特瑞玛杜拉有个狄艾果·加西亚·台·巴瑞台斯；黑瑞斯

① 西班牙宗教法庭把大骗子、大流氓和倡立“邪说异教”的人判处极刑，投在火里活活烧死。

有个加尔西·贝瑞斯·台·巴尔咖斯；托雷都有个加尔西拉索；塞维利亚有个堂玛奴艾尔·台·雷翁[①]：他们那些英勇的事迹，卓越的才智，读来有趣有益，可敬可喜。我的堂吉诃德先生啊，您读这种书才对得住自己的好头脑；您就能熟悉古史，爱慕美德，修养了品性，改良了作风，使您胆大而又心细，敢作敢为，无畏无惧。这都是为了上帝的光荣、您自己的利益和您家乡拉·曼却的名声呀。”

堂吉诃德全神贯注，恭听教长的宏论，等他讲完，眼睛还盯了他半天才开言道：

“先生，照您这番话，世界上从来没有游侠骑士；骑士小说全是撒谎骗人的，对公众有害无益；我读这种小说就是错，读了信以为真更是大错，学着书上的榜样，选择了坚苦卓绝的游侠的职业，尤其错尽错绝；您认为世上压根儿没有咖乌拉的阿马狄斯，或希腊的阿马狄斯，或书上洋洋大观的全伙骑士。您是这个意思吧？”

---

① 比利阿它（Viriato）是卢西塔尼亚（即葡萄牙）反抗古罗马帝国的名将，纪元前140年被罗马人暗杀。

阿尼巴尔（Aníbal，纪元前247—前183）是反抗古罗马帝国的名将。

费尔南·贡萨雷斯（Fernán González），第十世纪建立了独立的咖斯底利亚。

熙德（Cid），西班牙的英雄，1094年收复摩尔人所占领的巴伦西亚。

贡萨洛·费尔南台斯（Gonzálo Fernández）即上文第三十二章绰号“大元帅”的艾南台斯（Hernández），他的战友狄艾果·加西亚·台·巴瑞台斯亦见三十二章。

加尔西·贝瑞斯·台·巴尔咖斯（Garci pérez de Vargas）即上文第八章绰号“大棍子”的巴尔咖斯。

加尔西拉索（Garcilaso），是十五世纪围攻（摩尔人占领的）格拉那达的勇将。

玛奴艾尔·台·雷翁（Manuel de León）是十五世纪西班牙有名的绅士。他钟情的贵妇把手套落在关闭狮子的圈里，他持剑入圈拾取手套，毫无畏惧。这事成为后世歌咏的题目，德国诗人席勒就有一首歌咏这事的诗。

教长说:“确实就是这个意思。”

堂吉诃德道:

“您还说,这种书害苦了我,搞得我头脑糊涂,给关进了笼子;您说我该改过自新,另换读物,看些真实而有趣有益的书。”

教长说:“是啊。”

堂吉诃德说:“那么,我看呀,头脑糊涂而着了魔道的,正是您先生自己!您满口咒骂的是世界上人人相信、个个认为千真万确的事呀!您读了那种小说生气,主张判处极刑,投入火里;其实,该受这种刑罚的,恰恰是您这种人。谁想证明世界上从来没有阿马狄斯,小说里那许多游侠骑士都是从来没有的,那就仿佛要人相信太阳不放光,冰霜不寒冷,大地不滋育万物一样。譬如弗萝丽贝斯公主和吉·台·博尔果尼亚的事,或查理曼大帝时代,大力士和曼底布雷大桥的事①,请问世界上谁有本领叫人怀疑那是假的呢?我可以发誓,这些事就好比此时此刻是白天一样的千真万确啊。假如是捏造的,那么像赫克托呀,阿喀琉斯呀,特洛亚的战争呀,法兰西的十二武士呀,英吉利的阿瑟王呀,都该是捏造的了。那位英吉利的阿瑟王变了乌鸦,至今还活着,他国内还时刻等待着他呢。假如照您的话,那么,就像古阿利诺·梅斯基诺②的事,寻求圣爵的事③,也可以胡说是骗人的了;堂

---

① 弗萝丽贝斯公主是大力士的妹妹(大力士和他的“神油”见本书92页注①),吉·台·博尔果尼亚的妻子。据《查理曼大帝传》曼底布雷大桥曾由土耳其人所支持的巨人加拉弗雷把守,查理曼大帝手下的大力士杀死巨人,夺下这座大桥。

② 十三世纪出版的意大利骑士小说的英雄;这部小说十六世纪译成西班牙文。

③ 这是阿瑟王传说中的故事。“圣爵”是耶稣末一次晚餐时用的酒爵,后来又盛过耶稣圣血,以后就失踪了,后来阿瑟王和他的圆桌骑士找到了“圣爵”。

特利斯丹和伊塞欧王后的恋爱、希内布拉和朗赛洛特的恋爱①也可以胡说是捏造的了。可是有人还约略记得见过金塔尼欧娜②傅姆，她是大不列颠呱呱叫的斟酒女人。这是确实的；我还记得我祖母每看到披着长头纱的傅姆就说：'孙孙啊，这个傅姆就像金塔尼欧娜。'所以我知道她老人家准见过这位傅姆，至少看过她的画像。再说吧，庞艾瑞斯和美人玛加隆娜的故事③，谁能说不是真的呢？勇敢的庞艾瑞斯曾骑着木马在天空飞行，开动木马的转轴比车杠略大些，至今还在皇家军械博物馆里，陈列在巴比艾加④的鞍旁。罗尔丹的号角有梁木那么大⑤，还保存在隆塞斯巴列斯。可见十二武士确实是有的；像庞艾瑞斯呀，熙德呀，这种到处冒险的骑士都真有其人。勇敢的卢西塔尼亚人胡安·台·梅尔罗到过博尔果尼亚，在拉斯城和大名鼎鼎的查尔尼郡王庞艾瑞斯师傅⑥交过手；后来又在巴西雷亚城和安利给·台·瑞梅斯丹师傅较量过武艺，两次比武都是他得胜，威震天下。难道可以说这位游侠骑士不是真的吗？⑦ 勇敢的西班牙人贝德罗·巴尔巴，和我家男系嫡派祖宗谷帖艾瑞·吉哈达，在博尔果尼亚战胜了圣保禄伯爵的几个儿子，那一次次的决斗和冒险难

---

① 阿瑟王传说中的故事；堂特利斯丹和朗赛洛特都是圆桌骑士。

② 希内布拉王后的侍女。

③ 十二世纪法国传奇故事，十六世纪初译成西班牙文。

④ 熙德的马名。

⑤ 据传说，这是一只象牙做成的。

⑥ 原文 mosen，阿拉贡和巴伦西亚人对教士的尊称。

⑦ 梅尔罗是西班牙胡安二世时代的骑士，见《西班牙国王胡安二世本纪》（*Crónica del Rey Don Juan II de Castilla*）；胡安·台·梅纳（Juan de Mena）《命运的迷宫》（*Laberinto de Fortuna*）里歌颂了他一生的事迹。

道不是真的吗?[1] 堂费南铎·台·贵瓦拉到阿雷玛尼亚[2]去冒险,和奥地利公爵同族的霍尔黑先生[3]决斗,这件事您也能否认吗?[4] 苏威罗·台·吉牛内斯在'过道口'的枪术比赛[5],路易斯·台·法尔塞斯师傅和西班牙骑士堂贡萨罗·台·古斯曼的武功[6],咱们国内外基督教骑士的种种丰功伟绩,难道都可以说是骗人的吗?这都是千真万确的事啊。我再说一遍,谁把这种事情都一口否认,就是心上蒙了脂油,脑子里灌满浆糊了。"

教长瞧堂吉诃德真假混淆,而对骑士道的事知道得原原本本,暗暗惊佩。他回答说:

"堂吉诃德先生,我不能否认您讲得有点道理,尤其关于西班牙游侠骑士的事。我也承认法兰西十二武士确是有的。可是杜尔宾大主教所写的那许多事,我却不能都信以为真[7]。他们原是法兰西国王挑选的武士,并称十二武士,因为本领、身份、胆量彼此相等。实际上也许有个高低,但按理是一律平等的;而且也像现在的圣悌亚果会团或加拉特拉瓦会团的成员那样,按理

---

① 巴尔巴和吉哈达也是胡安二世时代的骑士。比武指 1435 年在博尔果尼亚举行的武术比赛。亦见《西班牙国王胡安二世本纪》。

② 即德国。

③ 原文 micer,阿拉贡人所用的尊称。

④ 贵瓦拉也是胡安二世时代的骑士,见《西班牙国王胡安二世本纪》。

⑤ "过道口"(Paso)指"光荣的过道口"(Paso honroso),在奥比果(Orbigo)桥堍。1434 年在这地方举行了三十天的枪术比赛是中世纪有名的。苏威罗和其他九名骑士在桥堍过道口连战三十日。

⑥ 法尔塞斯师傅和古斯曼参加的比武是 1428 年在瓦拉多利举行的,胡安二世亲自在场主持。

⑦ 见本书 64 页注①。

一律是本领高、胆量大、出身好的人。现在称为圣胡安会团的骑士，或阿尔冈塔拉会团的骑士，从前就叫作十二武士团的骑士，因为团里选的是十二个同等的武士。至于熙德是历史上的人物，贝那尔都·台尔·咖比欧也是，都没什么说的；不过他们干的那许多功绩我觉得很靠不住。您还说，庇艾瑞斯开动木马的转轴至今还在皇家军械博物馆里，陈列在巴比艾加的鞍旁；可是，对不起，我太糊涂，或者太近视了，尽管您说那根转轴很大，我却只看见那个马鞍，没看见转轴。”

堂吉诃德答道：“可是转轴的确是在那里。我再举个凭据吧。我听说为了防它霉烂，外面还包着个牛皮套子呢。”

教长说：“都可能，不过我可以凭自己的教职发誓，我实在没有看见。就算那里确实有个转轴，我不能因此就相信那许多阿马狄斯的故事是真事，书上成群的骑士是真人。像您这么有声望，有才能，又天生一副好头脑，也不能因此就把荒唐的骑士小说上那么许多狂妄的事都信以为真实不虚呀。”

第五十章

堂吉诃德和教长的滔滔雄辩以及其他事情。

堂吉诃德说：“笑话！这种书是审查合格，有国王特准才出版的。不论老少、贫富、雅俗、贵贱，或各种各样身份、性格的人，读了都津津有味，一致赞赏。书上每讲一个骑士，总把他的父母呀、籍贯呀、亲属呀、时代呀、地点呀一一交代，把骑士干的事，一举一动、逐天逐日地细细描述，可见都是真人实事。这种书会撒谎吗？您住嘴吧，别说这种侮蔑的话，还是聪明点儿，听从我的劝告。您读读这种小说，就知道多么有趣了。不信，我举个例，您听了试想，还有什么事更引人入胜的。譬如讲，这会儿咱们眼前，忽见一个大湖，湖里是沸滚的柏油，许多蛇虫蜥蜴和其他种种恶毒可怕的动物在里面游泳。湖当中传来个凄厉的声音说：'哙！哪位骑士在看这可怕的湖呀？你如要得到埋在黑水底下的幸福，得奋身投进这墨乌、滚热的油里来。这黑漆也似的湖面覆盖着七个魔女的七座宫殿，没胆量下来就不配见识到这里的奇观。'骑士听了不假思索，不计性命，连压在身上的坚固的盔甲都没脱下，只祷告了上帝和意中人，立即跳进沸腾的湖心。当时他全不知这下子身落何地，不料却掉在万花如锦的草茵上；风景比仙境福地还美好。那里的天特别青，光特别亮。前面有个幽静的树林，绿树葱茏，怡人心目。许多彩羽缤纷的小鸟在枝叶丛中飞来飞去，啼声婉转可听。一泓清溪，像流动的水晶；水底的细黄沙和白石子像筛出来的金屑和莹润的珍珠。那边是一座用苍玉和大理石精工细筑的喷泉。那边另有个喷泉很别致，用细贝壳和黄的、白的蜗牛壳砌成，配合得错落有致，还镶嵌着闪亮的水晶和仿造的翡翠。这种艺术模仿天然而巧夺天工。喷泉对面巍峙着一座壮丽的宫殿。墙壁是整块的黄金，塔尖是金刚钻，门是紫蓝色的玉石。一句话，这座建筑瑰丽无比，材料尽是金刚钻呀，红水晶呀，红宝石呀，珍珠呀，黄金呀，翡翠呀，等等，构造又精巧绝伦。还有更妙的呢。殿门开处，涌出了成群的少女。她们的衣饰光华夺目，假如我现在像书上那样一一叙说，那就一辈子也说不完。少女里有一个像是领队的,她一声儿不言语,搀着投入沸湖的勇士,一同走进这座宝殿。她把这位骑士脱得像刚出娘胎那样一丝不挂,用温水给他洗完澡,浑身敷上香膏,给他穿上一件喷香透软的丝衬衫。另有个姑娘跑来给他披上一件袍子,据说至少抵得上一个城的价值,甚至还不止。更有妙的。她们把这位骑士带进另一间屋,里面已经摆上酒席,桌面好整齐呀,简直叫人看得眼珠子都瞪出来。她们浇水给他洗手,水是用麝香和各种香花蒸滤的。她们请他坐在象牙椅上,这群姑娘鸦雀无声地在旁伺候,送上的菜都是山珍海味,烹调得法,这位骑士竟不知吃了哪一样好。他好像听到歌声,却不知谁在唱,也不知从哪儿来的。骑士吃完饭斜靠在椅里,也许照当时的习惯正在食后剔牙,忽然又来了一位美人,比先出来的那群姑娘美得多。她坐在骑士身边,告诉他那是什么宫殿,她是怎么着了魔法的禁咒等等。骑士听了非常诧异,谁读到这个故事也都说不尽的惊奇。我不想再讲下去,反正不论是谁,读了随便哪一本骑士小说的随便哪一段,都会又惊又喜的。我决不骗您,您且听我刚才的话,读读这种小说,就会知道,有烦恼可以消释,心里不痛快可以转为舒畅。譬如我自己吧,我可以大胆说,自从做了游侠骑士,就变得勇敢、文雅、有气度、有教养、慷慨、有礼、胆大、温和,而且耐心好,不论劳苦吧,关禁吧,魔道吧,都能忍受。尽管我不久前给人家当作疯子关在笼里,只要上天保佑,时运不捣乱,我希望凭自己的力气,不出几天就可以做到一个王国的国王。到时就可以显显我是知道感激、待人慷慨的。因为说老实话,先生,穷人尽管慷慨透顶,也表达不出来;这种感激之情,好比不见行动的内心信仰,都是死的东西。所以我希望赶快交运,做个皇帝，就可以表明自己的心胸，对朋友们做点好事，尤其对我这位可怜的侍从桑丘·潘沙。他是天下的头等好人，我想封他做个伯爵。我已经许了他好久，我只怕他没本领辖治自己的封邑。”

桑丘听到他主人末了几句话，就说：

“堂吉诃德先生，这个伯爵的封邑呀，我直在巴望，您直在许我；您且使出劲来封我吧，我保证有本领治理我的封地。如果没本领，我听说有人专租用领主的封地，每年上缴多少钱，地方上全归他们管理，领主什么都不用操心，只需伸着大腿安坐享受；我也可以照这么办。我不打小算盘，只把事情一股脑儿推卸干净，像公爵那样享用自己的地租，那边的事随人家管去。”

教长说：“桑丘老哥，你不妨照你说的那样去享用租金，可是地方上的司法行政却得封地主人自己经心呀。这就得有本领，有头脑，而首先得有明辨是非的诚意；如果根本没有这份诚意，就不免一着错、满盘错了。上帝往往成全老实人的好意，阻挠狡猾家伙的坏心。”

桑丘答道：“我不懂这套高深的道理，只知道伯爵的封地几时到手，我就会管理。我和别人一样有个灵魂，也和别人一样有个肉体；别人会在自己的封地上做王，我照样儿也会。我做了王，爱干什么就干什么；我能这样就称心了；我称了心就满足了；满足的人就没有要求了；没有要求，事情就完了；到这地步，就要用两个瞎子的话说：上帝保佑你，咱们再见吧①。”

“桑丘，你这套哲学倒是不错，不过伯爵的封邑等等，还大有问题呢。”

---

① 西班牙谚语。瞎子看不见，而告别的套语是再见，双关打趣。

堂吉诃德插嘴道：

“我不懂还有什么问题。伟大的阿马狄斯·台·咖乌拉封他的侍从做了斐尔美岛的伯爵，我不过是学他的样。桑丘·潘沙是游侠骑士的侍从里最出色的，封做伯爵完全可以胜任愉快。”

教长想不到堂吉诃德的一套疯话竟言之成理；他描叙骑士在湖底冒险也娓娓可听；他读了书上编的谎话都牢记在心；又见桑丘傻头傻脑，一门心思想封授伯爵，觉得真是奇事。这时他的几个佣人已经从客店牵了驮骡回来。他们在青草地上铺个毯子，摆上吃食，大家就坐在树荫下打尖，让赶车的趁此放他的牛。他们正吃呢，忽听得附近灌木丛中一阵骚乱，夹着铃铛声，随即看见那里跳出一只很好看的母羊，浑身是黑、白、黄三色的斑点。一个牧羊人叫喊着追来，用他们惯用的话叫它站住或回去。那只逃走的母羊慌慌张张冲着人跑来，仿佛求救，到了人前就站住了。牧羊人赶来一把抓住双角，当它有灵性似的对它说：

“哎，花花儿！花花儿！你这个野姑娘！这几天你真是满处的踮儿呀！我的姑娘，是豺狼吓着你了吗？美丽的花花儿，你到底为什么缘故，你不告诉我吗？可是你有什么缘故啊，你无非因为是个姑娘家，不能安静罢了！只怪你不学好样！你们姑娘家都是一样的脾气！回来吧，朋友啊，回来吧！你待在羊圈里或者和你的女伴们一起，即使不很称心，至少是安稳的。你该管着她们、带领她们；你如果这样晕头转向地乱跑，叫她们更怎么得了呢？”

大家听了牧羊人的话觉得很妙，尤其是教长，他就对牧羊人说：

"哎,老兄啊,我劝你歇歇,别急着把这头羊立刻赶回去。既然照你说它是个姑娘家,那就勉强不来,得尽着她天生的性情。你吃口东西,喝点酒,平平火气吧;让这只羊也借此喘口气。"

他一面用刀尖扦了一块熟兔的里脊递给他。牧羊人道谢一声,拿来吃了,又喝些酒,定定神,然后说:

"我希望您几位别因为我对畜生讲道理,就把我当作傻子。我是话里有话的。我是个粗人,可是还不至于辨不清人和畜生。"

神父说:"这点我是明白的。我凭经验知道:山林出文士,牧人的茅屋里有哲学家。"

牧羊人答道:"先生啊,至少有上过当、学了乖的人。我这话,只怕各位听了不信又不懂,所以我想冒昧讲一桩实实在在的事,各位如果不厌烦,肯费点工夫听听,就会明白这位先生"——他指指神父,"和我的话都是不错的。"

堂吉诃德说道:

"我觉得这件事有那么一点点骑士冒险的情味,所以凭我自己来说,老哥,我很愿意听你讲。我想你讲的事一定新鲜,听着准会又惊心、又开心的。在场诸君都是很有风趣的人,并且喜欢这种新闻奇事,他们保准也愿意听你讲。所以,朋友,你讲吧;咱们大家都听着!"

桑丘说:"别把我算在里面!我拿了这个肉饼子要到水边去大吃一顿,把肚子填满,三天也不用吃东西。因为我听我们堂吉诃德先生说,游侠骑士的侍从有吃的就得尽量吃,吃不下才罢。他们常会闯进深林,六七天也出不来;假如肚里没吃饱,或者粮袋里没带足粮食,就死在那里变成木乃伊了。当侍从的常有这种事。”

堂吉诃德说:“桑丘,你这话很对。你要到哪儿去就去吧;吃得下多少就尽量吃。我身体已经饱满,只是心神上还有点欠缺,听听这位老兄讲故事正合我的需要。”

教长说:“我们大家都要借此消遣呢。”

他请牧羊人开场讲故事。牧羊人抓着羊角,在它背上拍了两下,说道:

“花花儿,挨着我躺下,咱们不忙着回羊圈呢。”

母羊仿佛懂话,等他主人坐下,就很安静地躺在旁边,瞧着主人的脸,好像也在等他开口。牧羊人就讲了以下的故事。

第五十一章

牧羊人对押送堂吉诃德的一行人讲的事。

“离这山坳三哩瓦有个村子,地方虽小,却是这一带最富庶的。村上有个很体面的农民。尽管有钱就有体面,大家尊敬他却因为他的人品好,有钱还在其次。不过据他自己说,他最得意的是有个非常美貌聪明、文雅贞静的女儿。凡是认识她或见过她的,都惊叹老天爷给她这样好的品貌。她从小就长得端正,越大越出挑得标致,到十六岁竟成了绝世美人。她的美名传到了四周的村上。可是何止四周村上呢!老远的城市里,甚至王宫里，各式各等人都知道她。他们从各地跑来看她，好像是什么稀罕东西，或是大显神通的偶像。她父亲把她看管得很紧，她自己也很检点。年轻姑娘自己不谨慎，随你锁着她，监视着她或把她关起来都管不住的。

“爸爸的财产和女儿的美貌打动了不少人，本村外地的都来求亲。那个爸爸要处置这件无价之宝却没了主意；求亲的人多得数不清，他不知许了谁好。我也是个求亲的。人家认为我大有希望，因为她爸爸知道我这个人；我是本村的，家世清白，年纪正轻，家里很富足，人也不蠢不笨。本村还有个求亲的和我资格相仿，因此那个爸爸拿不定主意，觉得两人都配得过她女儿。那位害苦了我的有钱姑娘名叫蕾安德拉。她父亲免得为难，就把这两个求婚人的情况告诉她；因为我们两人既然不相上下，他认为最好还是让本人自己挑选。要为女儿成家的爸爸可以学学这个办法。我不是主张随她们挑选卑鄙下流的人，只主张把好的摆在面前，随她们从中挑个如意郎君。我不知道蕾安德拉选的是谁，只知她爸爸稳住了我们两人，说女儿年纪还小，又说些不着边际的话，也没答应，也不拒绝。我的情敌名叫安塞尔模，我叫欧黑纽——我是向你们介绍这个悲剧里的人物。事情至今还悬着呢，不过可以料想结局准是悲惨的。

“这时我们村上来了个人，名叫维山德·台·拉·洛加。他是本村贫农家出身的。这人当了兵到过意大利和许多别的地方。他是幼年十二岁的时候，有个大尉带着军队路过我们村子，把他带走的；过了十二年，他穿着五颜六色的军装，浑身戴着玻璃和金属的装饰品还乡了。他的新衣服脱一套、换一套，天天改装；不过都是质料单薄、颜色显亮、不结实、不值钱的。乡村的人本来刻薄，有了闲暇越发尖嘴薄舌。他们注意到他的衣饰，仔细统计一下，发现他的衣服连绑腿和袜子共有三套，颜色各个不同。他把那三套变来换去地配搭着穿；假如你心中无数，就以为他穿出来的衣服有十多套，羽毛有二十多枝。别以为我讲的是不相干的闲话，这都是有关紧要的。

“我们广场上一棵大杨树下有条石凳；他坐在那里谈自己的生平事迹，叫我们听了嘴巴张着都合不拢。地球上没一处他没到过；没一次打仗他没参加过。他杀死的摩尔人，比摩洛哥和突尼斯所有的摩尔人还多。他跟人决斗的遭数，据他说来，多得压倒了甘德呀，卢拿呀，狄艾果·加西亚·台·巴瑞台斯呀①，以及他提出名字的上千个人；而且百战百胜，不流一滴血。他却又卖弄自己的伤疤，说是历次战役里中弹留下的痕迹；可是我们什么斑点也瞧不见。再加他没那么样的狂妄，对地位平等或相识的人，就‘你’呀‘你’的称呼②。他还说：他不认得生他的爸爸，只认得自己这条胳膊；他没有家世，只有生平立下的功绩；他‘当了战士，对国王也不输什么’③。这不可一世的人还懂得些音乐，会弹弹吉他琴，据说他能挥拨得轻快，弦上传出心里的话。他的才能还说不完。他能作诗；村上每有芝麻绿豆的细事，他就能编个足有一个半哩瓦长的歌谣。

“蕾安德拉家有个窗子面临广场，她常在窗口窥望我形容

---

① 甘德（Gante）和卢拿（Luna）是当代好斗的大力士；狄艾果·加西亚·台·巴瑞台斯见 323 页注②，他生性好斗。

② 据西班牙语法，对平等的或交情不深的人称“您”（vuestra merced）不称“你”（vos）；对地位较低或亲密的人才称“你”。参看萨拉沙（Ambrosio de Sallazar）《对话的语法》（*Espexo general de la gramática en diálogos*）1614 年鲁安（Rouen）版 175 页。

③ 西班牙谚语：“一个绅士只在上帝之下，他什么也不输国王。”

的维山德·台·拉·洛加这位战士、大力士、风流人物、音乐家和诗人。他那鲜亮的服饰中了她的意。他每编个歌谣总散发二十份抄本;那些故事迷了她的心窍。他演说的生平事迹也传到了她耳里。反正是魔鬼安排的吧,男的还没敢妄想高攀,女的已经爱上他了。恋爱的事只要女方有意,很容易成功。蕾安德拉和维山德就这么顺顺当当地同心合意了。许多求婚的人还没一个看出蕾安德拉的心愿,她已经把自己的心愿兑现。她妈妈早已去世;她抛下亲爱的爸爸,跟着那当兵的逃出了村子。维山德这个胜利,比他自吹自唱的许多功勋都真实。村上人和别处传闻的人都骇然。我简直不知所措,安塞尔模也目瞪口呆,她爸爸伤心,亲戚们愤慨,法院关怀,神圣友爱团也出动了。他们守住街道,又在树林里和各处搜寻。三天之后,他们在一个山洞里找到了这个任性的蕾安德拉。她身上只脱剩一件衬衣;她从家里卷走的一大笔钱和贵重首饰都没有了。他们把她送还那伤心的爸爸,并盘问她这桩丢脸的事。她不用人家追究,就承认上了维山德·台·拉·洛加的当。他要哄她从家里逃出来,答应娶她为妻,带她到天下最富丽豪华、穷奢极欲的城市拿坡黎斯去。她心眼糊涂,更糟的是着了迷,都信以为真。她偷了爸爸的钱财,出走的当夜都交给维山德了。他带她到了一座险陡的山里,把她关在人家找到她的那个山洞里。她说那个兵没有玷污她的身体,只抢劫了她的东西,就撇下她跑了。这又使大家很诧异。先生,那小子竟能那么克制自己,叫人不好相信。可是她一口咬定,非常恳切,这倒使伤心的爸爸有点安慰。他女儿失去了贞操就无法挽回;既然这件宝贝还在,抢掉些财物也不计较了。他找到蕾安德拉的那天,没让我们见她,就把她送进附近的修道院去关起来,指望人家对她丢脸的事会渐渐淡忘。蕾安德拉年纪轻,她的过失情有可原;至少对她品行好坏不很关切的人会这么想。不过有人知道她很聪明伶俐,觉得她不是错在不懂事,而是错在轻佻任性。女人家多半是没头脑、欠稳重的①。

“蕾安德拉关起来以后,安塞尔模眼里没了光亮,至少看不见乐意的东西了;我也举目无欢,面前一片昏黑。我们没了她,苦恼一天天加多,耐心一天天减少。我们咒骂那位战士衣服鲜明,也咒骂蕾安德拉的爸爸防范疏忽。后来,我和安塞尔模一起离开了那个村子,跑到这个山坳里来。他在这里放他自己的一大群绵羊;我放我自己的一大群山羊。我们就在树林里过日子,随着自己的情兴,对美人蕾安德拉或者共同赞美,或共同咒骂,或为她各自叹息,各自对天诉苦。向蕾安德拉求亲的许多别人学着我们的样,也跑到山里来牧羊。来了好多人,满处都是牧羊人和羊群,处处都能听到美人蕾安德拉的名字,简直把这里变成了牧羊人避世的地方。有人咒诅她,说她杨花水性;有人怪她贱坯子、轻骨头;有人为她开脱,又有人把她责骂;有人称赞她的相貌,又有人鄙薄她的品行。一句话,人人瞧她不起,却又爱她不舍。这股痴狂的风气越来越盛,有人从没跟她讲过话,却怨她冷淡了自己;甚至还有人害了妒忌的疯病,悲恨苦恼。其实蕾安德拉从没挑起任何人的嫉妒,因为我说过,人家还没知道她对谁钟情,就看到了她的丑行。这儿的山洞里、溪水边、树荫下,处处都有牧羊人向天诉说自己的不幸。哪里激荡出回声,重复的是蕾安德拉的名字:山里交响着‘蕾安德拉’,水声呜咽着‘蕾安德

① 参看本书336页注①。

拉’。我们眷恋着她，迷醉于她；心死犹存希望，无故忽又生愁。我的情敌在这许多疯子里显得最没有道理，也最有道理①。他满可以埋怨，可是他只诉说和意中人拆散的苦恼。他弹一手绝妙的六弦琴，做的诗也很有才情；他弹着琴唱唱自己的诗，凄凄切切。我另走一径，比他省力，我觉得也比他恰当。我骂女人见异思迁，口是心非，背约负信，而且滥用情感，不知好歹。各位先生，我跑来的时候和这只山羊说那些话，讲那些理，就是这个缘故。它尽管是我羊群里最好的一只，我却不稀罕它，因为它是个姑娘家。这就是我所要讲的真情实事。我对你们讲得详细，我招待你们的心意也一样周至。我的茅屋不远，那儿有新鲜羊奶，美味的干酪，还有种种甜熟的果子，非但好吃，还很好看。”

第五十二章

堂吉诃德和牧羊人打架；又冲犯一队
苦行人，出了一身大汗圆满收场。

大家听了牧羊人讲的事很感兴趣，尤其那位教长。他听那牧羊人叙事文雅，不像个粗野的牧人，非常诧异。他因此说，神父所谓山林出文士确是不错的。大家都愿意为欧黑纽效劳，堂

① 按当时牧歌故事的说法，没有道理是因为他不责备女人用情不专；有道理是因为他善于歌颂自己的意中人。

吉诃德尤显得慷慨，他说：

“牧羊老哥，我真恨不得立刻动身去为你出力。不用说，蕾安德拉待在修道院里是不愿意的。我不怕修道院长和所有扣住她的人，我准救了她出来交给你，随你处置；只要你遵守骑士道的规则，不侮辱姑娘家。可惜啊，我现在不能去冒险了。不过我相信上帝的保佑，不论作恶的魔术家法力多大，早晚得输给行善的魔术家。到那时候，我可以答应你，一定帮你的忙；这是我义不容辞的，扶弱济困是我的职责。”

牧羊人端详着堂吉诃德，瞧他衣服破旧，形容憔悴，觉得奇怪，就问身边的理发师说：

“先生，这人的模样儿和说话都这么怪，是谁啊？”

理发师答道：“还有谁呢！就是大名鼎鼎的堂吉诃德·台·拉·曼却呀！他除强暴，申冤屈，扶助童女，镇伏巨人，是一位百战百胜的好汉。”

牧羊人道：“我觉得您这话就像骑士小说上的一套；您说的那些都是游侠骑士的事呀。我想您大概是说笑话，或者呢，这位先生的脑袋大概是空的。”

堂吉诃德接口道：“你是个头号大混蛋！你的脑袋才是空的！你才是个没脑子！你那个臭婊子养的婊子妈妈的肚子也从来不如我这个脑袋饱满！”

他口说就动手，抓起旁边一个面包，使蛮劲向牧羊人劈面摔去，把他鼻子都砸扁了。牧羊人不懂得开玩笑，瞧人家认真伤害他，就不顾地毯上的杯盘和围坐吃饭的人，跳起来直扑堂吉诃德，两手卡住他的脖子。牧羊人稳可以把堂吉诃德卡死，幸亏桑丘·潘沙及时赶来，抓住牧羊人两肩，把他推倒在席面上，把盘儿砸破、杯子打碎,吃的东西泼的泼、滚的滚。堂吉诃德脱出身来,就去骑在牧羊人身上。牧羊人给桑丘踢得浑身青紫,满面流血,趴在地上打算摸索一把刀子,索性来个白刀子进、红刀子出。教长和神父劝住了他。理发师却做个手脚,让牧羊人把堂吉诃德压在身下。牧羊人的拳头雨点似的向堂吉诃德脸上打来,这位可怜的骑士就和牧羊人一样的满脸是血了。教长和神父差点儿笑破肚皮,几个巡逻队员也兴高采烈;他们好像看狗打架,挑拨它们互咬。只有桑丘·潘沙急得没办法,因为教长的一个佣人抓住了他不让他去帮主人。

当时除了两个打架的相扭着对抓,旁人都在取笑作乐。忽听得一声号角,音调非常凄楚,大家不由得寻声转脸看去。最激动的是堂吉诃德。他这时压在牧羊人身下,做不得主,而且挨了好一顿打,可是他对牧羊人说:

"你有勇气和有力量压倒我,想必是魔鬼吧?魔鬼老哥,我要和你停战一会儿,不出一小时。因为我觉得准又出了要我去冒险的事,这凄厉的角声是喊我的。"

牧羊人已经懒得相打,立即放开手。堂吉诃德站起身,也寻声瞭望。只见顺着山坡下来许多穿白的人,装束像苦行赎罪的。

原来那年久旱不雨,各村居民纷纷结成祈祷和苦行赎罪的队伍,求上帝开恩,普降甘霖。所以附近村人结队去朝拜山坡上一个圣人的茅庵。堂吉诃德看见苦行赎罪的人衣服古怪,忘了曾多次见过,却以为来了奇险之事,专等他这位游侠骑士去承当的。他们抬着一尊披丧服的偶像;这越加证实了他的疯想,以为这群强徒抢走了一位贵家女子。他一动念立即如飞地赶向正在啃青的驽骍难得,从鞍框里拿了辔头和缰绳,一转眼备好马,问桑丘要了剑，就上了坐骑，挎着盾牌，大声向在场的许多人喊道：

“诸位，这会儿可以瞧瞧名副其实的游侠骑士在世界上多么紧要！我说呀，等我释放了这位抢走的贵妇人，你们就知道该不该尊敬游侠骑士了。”

他靴上没有马刺，说着话，就用两腿夹夹驽骍难得的肚子；这匹马在这部信史里从未脚不沾地地飞奔，这时却撒腿快步向苦行赎罪的队伍跑去。神父、教长和理发师想拦也拦不住，桑丘大声喊也喊不住；桑丘说：

“堂吉诃德先生，您往哪儿去呀？什么魔鬼附在您身上，叫您去反抗咱们的正教呀？真糟糕！您可知道这是苦行赎罪的队伍，座上抬的是圣洁童女的神像呀！先生，您干什么得小心！这回的事可说您是不在行的了！”

桑丘喊破了嗓子也没用。堂吉诃德一心要赶上那队穿白衣的人，去解救那位披丧服的女人，所以压根儿没听见桑丘的话；即使听见，哪怕是国王的命令，他也不肯回头的。他赶上队伍，驽骍难得已经走不动了；他勒住马，喘吁吁地厉声喝道：

“你们大概不是好人，所以蒙着脸。你们站住听着，我有话跟你们说！”

抬偶像的先停下。一起有四个诵经的教士，其中一个瞧堂吉诃德一副怪相，骑着那匹皮包骨头的瘦马，说不尽的可笑，就说：

“老兄啊，你有什么话，快说吧。这些弟兄们把自己鞭挞得皮开肉绽①，除非你说两句就完，我们不能站住了听你，没这个

① 中世纪起，基督徒悔过赎罪的苦行里有鞭打自己这一项。所以这群人一面走，一面把自己抽打。

道理的。”

堂吉诃德答道:“我一句就完。我要你们立刻释放这位美人! 她这样愁眉苦脸,眼泪双流,分明是给你们抢走的,而且还受了你们极大的侮辱。我活在世上就是要遏止这种暴行。这位女子是要求她所应得的自由,你们要是不放她,我决不准你们前走一步!”

大家听了堂吉诃德这一套话,知道他准是个疯子,都哈哈大笑。这一笑,给堂吉诃德的火上撒了炸药。他一声不言语,拔剑直向担架冲去。一个抬担架的把担子丢给伙伴们,挥舞着休息时支撑担架的丫杈来迎战。堂吉诃德向他猛斫一剑,斫在叉上,削去两个丫角,只剩了一个木桩子。那人就用木桩对着堂吉诃德的肩膀狠命打来,正打在拿剑的那一边。堂吉诃德的盾牌挡不住这股蛮力,可怜他滚鞍落马,跌翻在地。桑丘·潘沙气呼呼赶来,瞧他倒了,忙大声叫使木桩的住手,因为这是一位着了魔道的骑士,一辈子没害过人。那村夫并不理会桑丘的话,可是瞧堂吉诃德直僵僵地挺着,以为死了,忙撩起长袍,掖在腰带里,像一头鹿似的落荒逃走了。

这时押送堂吉诃德的一行人都赶来了。朝圣的那队人见他们跑来,中间还有带着大弓的巡逻队员,怕事情不妙,就团团簇拥着那尊偶像。苦行赎罪的掀掉兜帽,握紧鞭子,教士也拿好了长柄烛台,都准备等对方冲上来就抵挡,如有余力,还要打过去。可是他们没料到命运另有更好的安排。原来桑丘以为主人死了,什么都顾不及,只扑在主人身上放声号哭,哭得没那么样的悲切,也没那么样的可笑。堂吉诃德一行的神父认识朝圣队里的神父;这就打消了两名巡逻队员所引起的怕惧。这个神父对那个神父三言两语介绍了堂吉诃德，那神父和一群苦行人就去看这可怜的骑士是否死了；只听得桑丘·潘沙噙着眼泪在数说：

“哎呀，骑士道的模范，你大有作为的一辈子，就给这一棍子断送了呀！哎，你是你一家子的体面！你为整个拉·曼却也为全世界增添了名望和光荣！世界上没了你，为非作歹的家伙没人惩罚，就到处横行了！哎，你比所有的亚历山大都慷慨，我才伺候了你八个月，你已经把海里最好的海岛许给我了！哎，你对骄傲的人谦虚，对谦虚的人骄傲①；你冲锋冒险，忍受侮辱，莫名其妙地恋爱，你专学好样，专打坏人，和卑鄙的人作对——干脆一句话把你说尽了吧，你不愧是一位游侠骑士呀！”

桑丘的哭号唤醒了堂吉诃德。他开口第一句就说：

“最甜蜜的杜尔西内娅，我现在的痛苦，还比和你别离的情味好受些。桑丘朋友，你扶我上魔车吧，我整个肩膀打得脱臼脱节，坐不稳马鞍了。”

桑丘答道：“我的主人，您说得对，我就照办。咱们和这几位存心为您好的先生一起回乡吧；以后再设法出来，准会名利双收的。”

堂吉诃德道：“说得好！桑丘！咱们还是等待这步坏运过去了再说；这是上策。”

教长、神父和理发师都说他这办法好得很。他们听了桑丘·潘沙的傻话非常好笑，一面照旧把堂吉诃德放在车上，一行人重整队伍，准备出发。牧羊人辞别了他们大伙；巡逻队员不愿再往前去，神父付钱打发了他们。教长也辞别分手；他关心堂吉

① 桑丘伤心得把话说颠倒了。

诃德的病情，要求神父告知以后的状况。大家各走各的，那里只剩了神父、理发师、堂吉诃德、潘沙和驯良的驽骍难得；它和主人家一样耐心，一样逆来顺受。

赶车的套上他的几头牛，给堂吉诃德垫上一捆干草，又照旧慢吞吞随着神父的指引前行；六天之后，到了堂吉诃德的家乡。他们进村正是中午，又恰逢礼拜日；村里人都在堂吉诃德车辆经过的广场上，大家都拥上来看。他们认得这位街坊，大为惊奇。一个孩子跑去通知堂吉诃德家里说：管家妈的主人、外甥女的舅舅面黄肌瘦地躺在牛车的干草堆上回来了。两个好女人号哭着自打耳光，重又咒骂倒霉的骑士小说；瞧她们那样真是可怜。堂吉诃德进门的时候，她们又号哭咒骂，并自打耳光。

桑丘·潘沙的老婆听说堂吉诃德回乡，知道自己的丈夫是跟出去做侍从的，忙赶到场上去。她一见桑丘，开口先问驴儿好不好。桑丘说，驴儿比它主人还好。

她说："感谢上帝的恩典。可是你这会儿跟我说说吧，大哥啊，你做了侍从，到手了什么好处呢？你给我带了裙子回来吗？你给孩子们带了鞋回来吗？"

桑丘说："我的老伴啊，我没带这些东西，可是我带回来的，比这些更贵重。"

他老婆说："那我很高兴。大哥你把那更贵重的东西给我瞧瞧吧。自从你走了，长年累月的，我愁闷得慌；我要看看你带来的东西，让我快活快活。"

桑丘道："老伴啊，我到了屋里给你看，你这会儿且安心。只要上帝让我们再一次出门冒险，你瞧着，我一转眼就成了伯爵，做了海岛的总督。还不是一般的海岛呢，那是最呱呱叫的!”

“我的老伴,但愿天保佑能有这等事,咱们正用得着。可是我问你,海岛是什么呀?我不懂啊。”

桑丘答道:“蜜不是喂驴的①。老伴啊,到了时候你就懂了;你听见臣民一片声的称你夫人,还要奇怪呢。”

华娜·潘沙问道:“桑丘啊,你说的夫人呀,海岛呀,臣民呀,都是些什么呢?”华娜·潘沙是桑丘老婆的名字;他们俩不是本家,不过按拉·曼却的习惯,女人用丈夫的姓氏。

“华娜,你别忙,这许多事不能一下子都问明白。反正我说的是真话就行了,你可以闭上嘴巴。不过我顺便告诉你,世上最乐的事,就是跟一位探奇冒险的游侠骑士,做个有体面的侍从。当然,事情往往不会称着我们的心,一百次的遭遇里,九十九次的下场是倒霉别扭的。这是我亲身的体会;因为我有时给人家兜在毯子里抛弄,有时挨打挨揍。不过话又说回来,我们没事找事的时候,穿深山,入丛林,爬岩石,访问堡垒,随意住客店,他妈的一个子儿也甭花,这都是很美的。”

桑丘·潘沙和他老婆华娜·潘沙谈话的时候,堂吉诃德的管家妈和外甥女把堂吉诃德接到屋里,给他脱掉衣服,扶他躺在日常睡觉的床上。堂吉诃德斜眼看着她们,不知自己在什么地方。神父诉说这回费了多少事才把他带回家来,嘱咐外甥女好好调护他,又叫她们时刻小心,别再让他跑掉。两个女人听了又大哭大喊,咒骂骑士小说,又祷告上帝把那些撒谎捏造、胡说乱道的作者一个个都摔到地狱深处去。总之,她们不知怎么办,又担心将来,怕这位东

① 西班牙谚语。

家、这位舅舅一旦觉得好些了,又跑得不知去向。这果然给她们料中了。

但是本传作者尽管钻头觅缝,探索堂吉诃德第三次出门干的事,却找不到什么报道;至少没找到真实的记载。不过据拉·曼却保留的传说,堂吉诃德第三次出门到了萨拉果萨,参与了那里举办的几场有名的比武。他干的事不愧他的胆略和卓越的识见。至于他怎么结局,怎么去世,本传作者一无所知,要不是凑巧碰到了一位老医生,就永远不会知道了。这医生有一只铅皮箱,据他说是有一次翻造隐士的破屋,从废墟里发现的。箱子里有些羊皮纸的手稿,字是戈斯体①,诗却是西班牙文。诗里叙说了堂吉诃德的许多事迹,还提到杜尔西内娅·台尔·托波索的美貌、驽骍难得的形状、桑丘·潘沙的忠心、堂吉诃德的坟墓和有关他生平和习惯的种种墓铭和挽诗。这部新奇故事的作者真实可信,把可以辨认誊清的几首附录于下。他搜求了拉·曼却的全部文献,一一考证,费了好大心力写成这部书,不求别的,只要读者看了,也像高明人士对骑士小说那样信以为真。那么,他就觉工夫费得不冤枉,可以心满意足,并有兴再去寻找新的记载;即使不能都像这部一样真实,至少是一样新奇有趣的。

以下是铅皮箱里羊皮纸上的诗。

英勇的堂吉诃德·台·拉·曼却生荣死哀

拉·曼却阿加玛西利亚城诸院士赋诗悼念

① 戈斯体(letras góticas)是一种粗黑体的字。

阿加玛西利亚城的摩尼冈果①院士吊堂吉诃德墓

　　这位狂人照耀曼却的事迹，
压倒了哈松·台·克瑞塔；
他的头脑灵活得就像那
风信鸡，只可惜于己无益；
　　他名传异域、威力所及
从开泰伊直到加埃它；
他天开的异想以及盖世才华
不朽的大作家也难与匹敌。
　　他靠勇敢和一往情深，
压倒了阿马狄斯之流，
使加拉奥尔等不足挂念，
　　贝利阿尼斯等湮没无闻，
他生前骑着驽骍难得遨游，
如今在冰冷的石板下长眠。

阿加玛西利亚城的台尔·巴尼瓦多②院士赞杜尔西内娅·台尔·托波索十四行诗

　　这位姑娘粗眉大眼、宽盘儿大脸，

① 摩尼冈果（Monicongo），意思是冈果人。院士的名字都是胡闹取笑的。
② 巴尼瓦多（Paniaguado），意思是阔人家的食客。

胸脯高耸，气昂昂、雄赳赳，
她是杜尔西内娅，托波索的王后，
伟大的堂吉诃德曾为她颠倒迷恋。

　　他踏遍了黑山岭的南北两边，
在有名的蒙帖艾尔郊外奔走，
在芳草芊芊的阿朗惠斯平原逗留①，
为她这样徒步跋涉，劳瘁不堪。

　　这都是他坐骑驽骍难得的过失！
哎，运命对他们俩何其不仁，
曼却的姑娘青春美貌忽而殒殁，

　　而我们这位战无不胜的游侠骑士，
虽然大理石上铭刻着他的姓名，
却也未能摆脱爱情的痴狂和迷惑。

阿加玛西利亚城大才子台尔·咖普里丘索②院士 赞堂吉诃德的坐骑驽骍难得 十七行诗

　　这金刚石的宝座坚润光泽，
战神血污的双足曾肆加践踏；
拉·曼却的疯子凭他勇敢泼辣，
敢把他的旗帜高张在这座侧。

　　他的兵器一件件在这里陈设，

① 可是在这部小说里堂吉诃德并没有在阿朗惠斯平原奔波，也没有因为驽骍难得的过失而徒步行走。

② 咖普里丘索（Caprichoso），意思是轻浮多变的人。

那锋利的剑曾用来斫削刺杀。
他显出了稀罕的本领，少见的豪侠！
艺术为新的骑士创出了新的风格。

　　从前阿马狄斯为咖乌拉增光，
他勇敢的子孙又屡次为希腊立功，
把他们祖先的名气四方传播；

　　如今贝隆那①的朝廷把王冠奖赏
给堂吉诃德；拉·曼却靠这位英雄，
自豪的事比希腊和咖乌拉的还多。

　　他的盖世英名永远不会湮没，
但看驽骍难得都超群绝伦，
布利阿多罗②和巴亚多③不如它神骏。

阿加玛西利亚城的台尔·布尔拉多④院士
吊桑丘·潘沙
十四行诗

　　桑丘·潘沙在此，他躯干虽小，
胆量却大，这来真是稀奇！
我敢担保，在一切侍从里，
他最老实，最不使乖弄巧。

　　他差点就能到手伯爵的封号，

① 贝隆那，指战神。
② 布利阿多罗是奥兰陀的骏马。
③ 巴亚多是瑞那尔多斯·台·蒙答尔班的骏马。
④ 布尔拉多（Burlador），指嘲笑者。

可惜生在这个罪恶的世纪，
陷害他的势力伙同一气，
就对他的灰驴儿也没肯轻饶。

骑着毛驴(恕我用词不雅)，
这侍从随着驯良的驽骍难得
驯良地跟他主人奔走西东。

哎，人世的希望全都虚假！
满以为从此可以坐享安乐，
原来这不过是影、是烟、是梦！

阿加玛西利亚城的台尔·咖契狄亚布洛①院士吊堂吉诃德墓

在这里长眠的骑士
挨足了打，走尽背运，
他遍尝道途艰辛，
和驽骍难得同行同止。

桑丘·潘沙那大傻子
长眠之地也在附近，
向来以侍从为业的人，
唯他最忠厚诚挚。

① 咖契狄亚布洛(Cachidiablo)，意思是魔鬼的假面具。

阿加玛西利亚城的台尔·悌基托克①院士
吊杜尔西内娅·台尔·托波索墓

这是杜尔西内娅之墓；
随她多么结实胖大，
死确是狰狞可怕，
已使她肉销骨枯。
她颇有高贵的气度
原出身清白世家，
吉诃德爱上了她，
就此光耀了她的乡土。

以上是能辨认的几首诗，其余给虫蛀得字迹模糊，只好委托一位院士凭推测来考订原文。据说他熬了许多夜，费了不少心血，已经大功告成，打算和堂吉诃德第三次出门的记载一起公之于世。

也许别人能用更好的“拨”来弹唱②。

〔第一部四卷终〕

---

① 悌基托克（Tiquitoc），教堂的钟声，指教堂打钟的人。

② 原文 Forse altri canterá con miglior plettro，plettro 是弹弦乐用的小薄片，用角、木或象牙做成，即我国的“拨”。阿利奥斯陀用这行诗结束了安杰丽咖的故事（见《奥兰陀的疯狂》第三十篇第十六节），塞万提斯借用来结束这个故事的第一部。

吉尔·布拉斯|下|◆小癞子

杨绛全集 |

吉尔·布拉斯

|下|

[法]勒萨日 著
杨绛 译

人民文学出版社

| 2001年，九十岁生日摄于寓所

| 1950年，摄于清华大学新林院宿舍，时正翻译《小癞子》

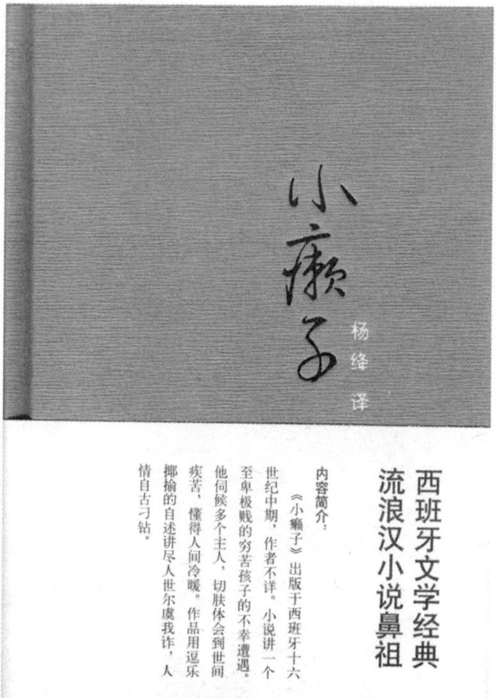

|《小癞子》(精装本)，人民文学出版社2013年11月版

|《小癞子》版本之一

|《小癞子》版本之一

小癞子
小癞子
小癞子
WAIGUOWENXUE XIAOCONGSHU
外国文学
小丛书
LAZARILLO DE TORMES
小癩子
楊絳◆譯

|《小癞子》的几种版本

1979年，重游巴黎

目录

✤ 吉尔·布拉斯（下）

第八卷

第九卷

第　十　卷

第十一卷

第 十 二 卷

✣ 小癞子

吉尔·布拉斯

（下）

第八卷

第 一 章

吉尔·布拉斯交了个好朋友,找到个位置,补偿了加连诺伯爵对他的负心。堂瓦雷留·德·路那的故事。

我很奇怪,怎么这些时候总没听到尼聂斯的消息,想他准是下了乡。我刚能起床,就上他寓所去,果然三星期前他跟梅狄那·西董尼亚公爵到安达路西亚去了。

一天早上,我一觉醒来,忽然想到梅尔希华·德·拉·洪达。我记得在格拉纳达的时候曾经答应他说,如果我能回马德里,一定去拜访他外甥。我想当天就还了这个愿吧。我打听得堂巴尔塔扎·德·苏尼加的住址,就到那里去找约瑟夫·那华罗先生;一会儿他出来相见。我向他招呼,还通报了自己的姓名,可是他虽然有礼貌,却很冷淡。我觉得他待人这般冷冰冰,不像梅尔希华描摹的那位管家。我决计不再来找他了,正要告辞,他忽然笑脸相向,高高兴兴地说道:"啊,吉尔·布拉斯·德·山悌良那先生,我方才失礼,请别见怪。我有心和你要好,偏偏记性不行,坏了事了。四个多月以前,格拉纳达那边来信提起你,我把你大名都忘了,没想到你就是信上讲的那位先生。"

他欣喜欲狂,抱住我的脖子道:"我真要拥抱你啊!我把梅尔希华舅舅当自己的爹那样敬爱。他叮嘱我要是有缘和你相见，该把你当他儿子看待；如果有可以效劳的地方，不但我该尽力，还要揩我朋友的面子呢。他夸赞你才德兼备，所以尽管他没有托付我，我也乐于帮忙。我看了舅舅那封信，他的心就是我的心了，请你别再见外。我愿意做你的朋友，请你也跟我做个朋友。”

约瑟夫这样殷勤，我也满心感激，向他答谢。我们俩都是又热情又恳挚的人，当场结为密友。我直截爽快把景况告诉他。他听了立刻说道：“我留心替你找个事情。目前你务必每天到这里来吃饭。这儿的饭比饭店的包饭好。”我刚病好，手头很窘，嘴倒吃刁了，听了正合我意，当然不会推辞。我一口应允；我在他家补养得非常好，半月之后，吃得一张脸和贝那丹会的修士一样了①。我觉得梅尔希华这位外甥发财得不得了。怎么会不发财呢？他有三路财源，酒窖、伙食房、厨房，都归他一人管。并且，尽管他是我的朋友，我敢说，他和总管通同一气。

我身体已经完全复元。一天，我照例到苏尼加家去吃饭，看见我朋友约瑟夫跑来，满脸喜色地说道：“吉尔·布拉斯先生，我替你找着一个好事情。你可知道，西班牙国王陛下的首相赖玛公爵全副精神处理国家大事，所以把家务交给两个人，免得分心。他用堂狄艾格·德·蒙德赛管他家的收入，堂罗德利克·德·加尔德隆管支出。这两人是他的心腹，各有全权办事，彼此不相牵制。堂狄艾格手下有两个收钱的账房。我今天早上听说

---

① 贝那丹(Bernardin)会里的修士以饭食丰盛著名，所以十七、十八世纪法国成语称一顿好饭为“贝那丹修士的饭食”(Le repas de Bernardins)。

他回掉了一个，就去求他把你补上。蒙德赛先生是知道我的，不是我吹牛，他也喜欢我。他听我担保你品行好、本事也好，就毫不为难地把你补上了。咱们吃过饭上他家去。”

我们到时就去。堂狄艾格·德·蒙德赛接待我很客气，派我顶了那个账房的缺；职司是巡看田庄、派工修缮、经收田租，总归一句，我经管田产，每月向堂狄艾格报账。他听过那管家说我许多好话，可是查起账来还是非常仔细。我正要他如此。我尽管在旧主人家吃过大亏，还决心要正直到底。

有一天我们听说赖玛的庄上起火，烧掉了大半。我立刻赶到那里调查损失。我查明起火的情形，据实写了一篇详细的报告，蒙德赛就送给赖玛公爵看。这位大臣知道了这个坏消息心里很懊恼，可是他很赏识这篇报告，忍不住问是谁做的。堂狄艾格不但说了我的名字，还把我十分夸赞了一番，因此六个月之后又出事故的时候，首相就记起我这人来。这事我下面再讲。要不是这件事，恐怕我一辈子也不会在朝廷上做事。

原来那时候公主大街上住着一位老太太，叫伊内西尔·德·康达莉拉①。她究竟什么出身，大家也不知底细。有人说她爸爸是乐器匠，有人说他是授圣雅各勋章的爵士。这些都不去管它，反正她是个了不起的人物。她得天独厚，一辈子能迷惑男人，活到七十五岁，魅力依然。先王临朝时的贵人把她奉若神明，当今朝里的贵人

① 这段情节看来离奇，却有事实根据。勒萨日影射妮依·德·朗克罗(Ninon de Lenclos)和她儿子德·维叶爵士(Chevalier de Villiers)那桩轰动一时的惨事，可看伏尔泰(Voltaire)《记妮依·德·朗克罗》(*Sur Ninon de Lenclos*)，莫朗(Moland)编《伏尔泰全集》第二十三册第209页。妮依·德·朗克罗(1620—1705)在当时享有盛名，不仅是勒萨日笔下所描画的那种人物，并且有思想，有识见，许多法国文人都跟她来往。

还是向她拜倒。光阴对姿色是不留情的,但是对她无法可施,她尽管容光消减,依然妩媚动人。她气度高华,聪明可爱,而且有一种天生的风韵,所以到老还能叫人颠倒。

赖玛公爵有一个书记叫堂瓦雷留·德·路那,年方二十五岁,对伊内西尔一见倾心。他向她求情,对她如醉如狂;情痴又加年少,竟一盆火似的赶着她。老太太别有用心,不肯如他的愿,却也不知道怎样去抑制他。有一天,她以为想到一个办法了。她把那个少年叫到屋里,指着桌子上的钟对他说道:“你瞧瞧现在几点钟。我是七十五年前这个时辰出世的。说真话,到我这年龄,还配风流吗?我的孩子,你细细想一想,你这番情感对你对我都不合适,还是克制了吧。”这席话很有道理,可是这位大爷早已不平心讲理,他痴情颠倒,一切不顾了,说道:“狠心的伊内西尔,你何苦弄这种无聊的花样呢?你以为这一来我眼睛里看你就两样了吗?别存这妄想,自己哄自己。不管我看见的是你本来面目还是我着了障眼法,反正我一辈子也不能不爱你。”她答道:“好吧,你既然这样固执,纠缠不休,我再不要你上门了。我禁止你来,从此不许你再来见我。”

你也许以为堂瓦雷留听了这话没法,就会规规矩矩的告辞。可是他反而越发不知趣了。爱情摆布人就像酒摆布醉汉一样。这位绅士先是哀求苦诉,后来忽然发了狠,软来不行,就要硬做。老太太一点不怕,把他推开,一壁生气道:“你这人好大胆,住手!让我斩断你的痴情。听着:你是我的儿子!”

堂瓦雷留一听这话吓呆了,不敢再乱来。可是他以为伊内西尔说这话是要免得他再求欢,就说:“你不让我称心,故意编出这么个谎话来。”她抢着说道:“不,不,我告诉你个秘密。我本来想瞒你一辈子的，可是你逼得我非说不可了。二十六年前，你爸爸堂彼德·德·路那是塞哥维亚的都统，我跟他相爱，生育你。他承认你是他的儿子，扶养你成人。他没有旁的孩子，你又品性很好，所以就把财产传给你了。我呢，也没有丢下你不管。你初见世面，我就引你到我家来，要熏陶得你温文尔雅，这样才可以充风流人物；年轻哥儿们惟有跟女人交际才学得到这种风度。不但如此，我还尽力借我的面子，把你安插在首相手下。总而言之，我对你关切也是妈妈对儿子应尽的本分。我这话说明白了，你自己打主意吧。假如你能清心断念，把我当妈妈看待，我并不禁止你来看我，还照向来那样疼你。要是你不能克己，乱伦背理，那么你快快走吧，别叫我看着厌恶。”

伊内西尔讲了这段话。堂瓦雷留默默无言，好像激发了向善的心，就要遏止自己的情欲了。谁知并不如此。他别打主意，要当他妈妈的面演另一场戏呢。他打不开幸福的障碍，就此心灰意懒，拔出剑来，一下戳进了自己的胸膛。他像俄狄浦斯①那样惩罚了自己，不过有一点不同：那忒拜人是犯了罪悔恨，所以挖掉自己的眼睛；这西班牙人却因为犯罪未成，伤心得把自己戳死了。

可怜堂瓦雷留戳了那一剑没当场就死。他还清醒过来，求天饶恕他自杀的罪。他一死，赖玛公爵手下空了一个书记的位

① 希腊神话，俄狄浦斯(Oedipe)是忒拜(Thèbes)国王子，一生下就遭遗弃，因为神道启示说，这孩子长大要杀父亲。他经人捡得，在外国长大。后来他到忒拜游历，旅途中碰见一个老头儿，不知道就是父亲，吵起架来，把那老头儿杀了。不久他做了忒拜国王，娶了前王后，不知道就是生身母亲。到真相大白，他悔恨无及，把自己的眼睛都挖掉。好多作家，像索福克勒斯(Sophocle)、高乃依(Corneille)等都把这个传说作悲剧的题材。

子。这位大臣没忘记我那篇火灾的报告，也没忘记人家赞我的话，所以挑我填补了这个空缺。

第 二 章

吉尔·布拉斯见赖玛公爵，当了他手下一名秘书；
这位大臣叫他做事，很为嘉许。

报告我喜讯的是蒙德赛，他说："吉尔·布拉斯朋友，我虽然舍你不下，可是对你情谊很深，你能顶堂瓦雷留的缺，不由我不高兴。我有两句话，只要你照做，准会得意。第一，你对公爵得非常巴结，叫他相信你赤胆忠心。第二，你得小心奉承堂罗德利克·德·加尔德隆，因为主人在他手里像一团蜡，搓得圆、捏得扁。假如你运气好，结交上这位心腹秘书，我敢一口担保，你马上就会有远大的前程。"

我谢了堂狄艾格的良言，然后问道："先生，请问堂罗德利克是个什么样的人。我听人家讲来，口碑很坏。可是人家对朝里权贵的考语虽然有时候得当，往往靠不住。所以我请你告诉我，你以为堂加尔德隆怎么样。"这总管狡笑道："这话叫我很难说。要是对别人呢，我就毫不犹豫，说他是个很有体面的绅士，为人没点儿可以挑剔的地方。可是我对你得说老实话。我相信你这孩子口风很紧，况且我既然劝你好好儿对付他，就应当把肺腑之言讲给你听，不然我帮你就没有到家。"

他接着说:“你知道,首相从前只是堂方斯华·德·山多瓦尔,那时候罗德利克不过是他的家僮,后来一步步爬到一等秘书的职位。他是个最骄傲不过的人。人家对他客气,他除非是非还礼不可,往往睬都不睬。总而言之,他自以为是赖玛公爵的同僚;据说他实在也和赖玛公爵平分首相的大权,可以任意分派大小官职。外面因此很有闲话,可是他满不在乎,只要有抽头儿回扣,对人言置之不理。你听了这话,就明白该怎样对付这个骄横的家伙了。”我答道:“哎,我明白!我会对付他。我要是不得他欢心,那就糟了。知道了人家的软处,存心要拍他马屁,只有大笨蛋才拍不上呢。”蒙德赛道:“那么我现在就带你去见赖玛公爵。”

我们当时就去见首相,他正在一间大厅上会客。求见的人比上朝的还多。有的是授圣雅各勋章和加拉特拉华勋章的爵士,来求做都统和总督的;有的是各教区的主教,据说不服水土,想换换空气,所以来求升大主教;有的是圣多明我会和圣芳济会的神父,所求不奢,只想弄个主教做做。我还留心到有些残废军官,和前文讲起的沈琦勒陆军大尉一样,也磨烂了心在等退伍的恩俸。公爵虽然并不有求必应,至少和颜悦色地接受陈请书。我看他对求见的人说话很客气。

我们耐心等首相把一切求见的人都打发掉,于是堂狄艾格说:“大人,这是吉尔·布拉斯·德·山悌良那,就是您挑来补堂瓦雷留那个缺的。”公爵对我看看,赏脸说:凭我往日为他当的差,该补这个位子。他就叫我到书房里去密谈,其实是要考问考问我。他先问我出身,又问我的经历。他吩咐我据实道来。这真叫我为难!要向西班牙首相撒谎,看来是不成的。可是许多事我又说来丢脸,不愿意一概招供。怎样渡过这个难关呢?

我决计把那些老实说来要骇人听闻的地方稍微加点文饰。我尽管加工点染，却瞒不过他。他听我讲完，微笑道："山悌良那先生，我看来你从前未免有点儿流氓行径。"我涨红了脸答道："大人，您大人吩咐我老实说，我只好遵命。"他答道："我不怪你。真的，孩子啊，还便宜了你，想不到你看了那些坏样，居然没有不可救药。许多上等人要是受到命运这般磨炼，只怕要变成大坏蛋呢！"

首相又道："山悌良那朋友，旧事别去想它了。你只要记着，你现在是王上用的人，从此要一心为他效忠。你跟我来，我告诉你干些什么。"公爵说着领我进一间小书房，和他的书房相通，里面架子上堆着厚厚二十来册对折页的大簿子。他道："你以后就在这里办事，这些簿子是一部人名录，西班牙王国管辖下一切邦郡的贵族都记在上面。一本本册子上是各人的小传，按姓名第一个字母的次序排列，本人和他祖先替国家出过什么力，跟谁决斗过，小传里都写明。此外如财产多少、品行怎样——总而言之，一切长处短处全记在上面。每逢他们向朝廷有所请求，我只要一翻簿子，就知道该不该照准。我要把这类事情调查得千真万确，所以雇人四面打听，叫他们写了报告送进来。可是报告都很噜苏，满篇乡谈土语，得重新编写，润色字句，因为王上偶尔要我把这部人名录念给他听的。写这种报告，文笔应当简洁，我现在就派你来。"

他一面说，就拿出一个塞满了纸张的大文书夹子，抽出一篇报告，交在我手里，自回书房，让我从容试笔。我把报告看了一遍，不但满纸村谈，语气也过于激烈。这篇报告还是索尔松城一位修士写的。这位修士学着正人君子的口吻，把好好一家加泰罗尼亚贵族攻击得体无完肤，天知道他说的是不是真话！我就像读了一篇恶意诽谤的文章，当时心里踌躇，不愿意干这种事，恐怕变成那修士的帮凶。不过我虽然初入朝廷，却顾不了许多，让那位好修士去受他的果报吧。假如这是罪过，我把全部罪过都归在修士账上，就提起笔，用优雅的西班牙辞藻去糟蹋这一家两三代人，说不定都是好人。

我写了四五页，公爵急要看我写的怎样，跑进来说："山悌良那，把你写的给我瞧瞧，我急着要看呢。"他拿我的稿子去看，细读开头一段。我没想到他会那么惬意。他说："我虽然听了人家的话早以为你本领好，可是老实说，没想到你本领这样好。你不但叙事简洁精切，正合我意，而且你笔致还很活泼。我挑你写这报告，真没挑错，我有了你就不惋惜你的前任了。"首相还要夸奖，可是这个当儿他的外甥勒莫斯伯爵①跑来，打断了话头。首相拥抱了他几回，从他接待的态度上，我看出他很疼这个外甥。他们俩关上门窃窃私语，谈一桩家事，当时公爵对这件事比国家大事还要关切，下文我会交代。

他们俩还在密谈，我听得打十二点钟。我知道秘书和职员等人这时候下班，可以随意出去吃饭。我就搁下我的大著作出门。蒙德赛已经把我的薪水付清，和我分手；我不上他那儿，却到附近最有名的一家馆子里去。我再上普通饭馆就有失身份了。我念念不忘公爵对我说的话："记着你现在是王上用的人。"这话在我胸中播下野心的种子，这种子时时刻刻在滋长。

---

① 勒莫斯伯爵（Comte de Lemos，1576—1622），西班牙政客，塞万提斯的《堂吉诃德》就是献给他的。

第 三 章

吉尔·布拉斯听说他那职位也有苦处。他听了这消息的焦愁和迫不得已的行为。

我跑进饭馆,特意叫掌柜知道我是首相的秘书。我不知道按这身份该点些什么菜,我怕点的菜显得寒俭,就说随他上什么菜吧。他做的菜很丰盛,而且伺候周到,我就比吃了好菜还称心。付账的时候,我把一个比斯多扔在桌上,店家至少该找回四分之一,我都便宜了跑堂的。于是我挺着胸脯跑出馆子,活是个得意洋洋的少年人。

离饭馆二十来步是一家大旅馆,常有外国贵宾寄寓。我租下一套房间,有五六间,陈设很好。我那气派,仿佛每年有两三千杜加的进账似的。我还预付了第一个月的租金。于是我回去办公,整下午忙着早上未完的事。我隔壁的办公室里还有两个秘书,他们只管誊清公爵亲手交去的稿子。我当晚下班才跟他们认识,我想结交他们,就请到我那个饭馆里,叫了最好的时鲜菜和西班牙最出名的美酒。

我们入席谈谈说说,虽然没多少风趣,兴致却很高。说公道话,我一眼就看清这两位客人的职位绝不是靠自己本事得来的。他们对书法的直体斜体等等确有研究,可是大学里的科目他们连皮毛也不知道。

他们别有所长，对切身小利精明得很。我从说话里知道，他们虽然荣任相府职司，并不欣喜欲狂，而且还有牢骚。一个说："我们五个月来一直是赔本当差，一个子儿薪水没到手。最糟是我们的薪水没有规定，无从知道自己是什么地位。"那一个说："我呀，情愿领二十皮鞭当薪水，只要还我自由，让我到别处去做事。我抄写过秘密文件，所以不敢擅离职守，也不敢请求解职。否则塞哥维亚的塔呀，阿利冈的堡垒①呀，我很可能去观光一下呢。"

我问道："那你们怎么过活呢？想必是自己有钱的。"他们说，钱是很有限，不过还算运气，住在个寡妇家里，她为人很好，许他们赊账，一年各要一百比斯多的饭钱。这些话我一字不漏地全听进去，立刻低了气焰。我想，我当然不会蒙人家另眼相看，对自己的职位不该太得意，这事并不像预计的那么有实惠，手里几个钱，省吃省用还怕来不及呢。我这么一盘算，那股子撒漫使钱的劲儿都消了。我才懊悔请了这两位秘书来，但愿饭快快吃完。算账的时候我和掌柜吵起嘴来。

两位同事到半夜和我分手，因为我没请他们再多喝。他们回寡妇家，我就回到我那个华丽的寓所，当时懊恨租了这套房间，决计到月底就搬走。我尽管睡在温软的床上，却愁得合不上眼。我想怎样可以不白替国王当差，直盘算到天亮。这时候我忽然想起蒙德赛的劝诫。我就起床决计去向堂罗德利克·德·加尔德隆请安。照我当时的心境，去见那么骄矜的人恰好合适，因为我正有求于他。我就到这位秘书家去。

---

① 西班牙两个要塞，国家大监狱所在，重要政治犯都禁锢在那里。

他跟赖玛公爵居处相连，华丽也相等。但凭布置陈设，主人家和用人家没甚分别。我请门上通报，说堂瓦雷留的后任求见；我还免不了在前厅等了一个多钟头。我等待的时候对自己说："新任的秘书先生啊，请你忍耐着点儿。你要人家来趋奉你，先得赔足小心趋奉人。"

客厅门总算开了。我进去赶到堂罗德利克跟前。他刚写完一封情书给那美丽的仙籁娜，正把那封信交给贝德利尔。我对加尔德隆大人恭敬极了，比对格拉纳达大主教、对加连诺伯爵，甚至对首相都还要恭敬。我一躬到地，求他栽培，满嘴卑鄙乞怜的话，想起来真觉得羞惭。换了个不是他那样骄横的人，看我奴颜婢膝，心里会厌恶。对他呢，这来正投其所好。他还算客气，回答我说：如有机会，一定给我好处。

我听了千恩万谢，还发誓说，愿意一辈子伺候他。我怕他讨厌，连忙告辞，一面请他恕我耽搁了他的要务。我无耻趋奉了一番，赶紧出来，满腔的羞愧；我回到办公室，把派给我的事做完。公爵上午就跑来，他对我写的结尾跟开头一样满意。他说："好得很！你把这篇小传誊在西班牙人名簿上吧，字要写得好。然后你在文书夹子里再拿一篇报告出来，照这样修改。"我跟首相大人谈了好一会儿，很喜欢他那种温和随便的气度。他和加尔德隆真是大不相同，两副脸截然相反。

这天我在一个价钱公道的小饭铺吃饭，决计隐姓埋名地天天到这里来吃，等我的殷勤趋奉见了成效再说。我的钱至多维持三个月。当傻瓜的时期越短越好，我打算只在这三个月里赔钱当差，要是到那时还支不到薪水，就撇下朝廷和那套空场面了。我是这样计算的。我竭力把加尔德隆奉承了两个月，可是怎么讨好,他也满不在乎,弄得我灰心了。我对他变了态度。我不再去向他请安,只在公爵跟我谈话的时候乘机巴结。

第 四 章

吉尔·布拉斯得赖玛公爵宠信,
公爵告诉他一件机密。

说起来,首相大人不过每天在我眼前现一现,可是他不知不觉地给我迎合上了。一天下午,他对我说道:“吉尔·布拉斯,你听我说,我爱你这性格,想栽培你。你这孩子又热心,又忠心,而且非常聪明缜密。我想信任你这样个人没有错儿。”我听了连忙下跪,他伸手拉我起来,我恭恭敬敬吻他那只手,说道:“承蒙您大人这样错爱,我真喜出望外。多少人看了您给我恩典要暗底下跟我做冤家呢。可是我只怕一个人恨我,就是堂罗德利克·德·加尔德隆。”

公爵答道:“那你不用担心。我知道加尔德隆,他从小就跟我。我敢说,他的心思和我完全一样,所以我喜欢的他都喜欢,我嫌恶的他也都嫌恶。你非但不怕招他恨,还应该拿稳他是你的朋友才对。”我听了知道罗德利克是个调皮东西,早把首相大人蒙蔽住了,对付这个人应当非常把细。

公爵接着说道:“我拿你当个心腹,先把我盘算的一件事告诉你。你得明白了情节才能把我交下来的差事办得妥当。好多年来，我知道我的权威已经大家倾服；我有什么决策，人家不问情由，只管照办；我可以随心所欲地分派一切差使官爵，委任都统总督，颁给教会的俸禄。我胆敢说，我是西班牙一国之主。我富贵已极。可是快有风波来了；我要保全富贵，所以希望外甥勒莫斯伯爵接我的手做首相。”

首相讲到这里，看见我听了非常诧异，就说：“山悌良那，我明白你为什么惊奇。你奇怪我怎么不挑自己的儿子于才德公爵继任，却挑个外甥。可是我告诉你，我儿子才具不开展，不配我这个位子，而且我是他的对头。他知道讨好王上的窍门儿，王上宠爱着他呢，这叫我怎么受得了。一国之君的恩宠就好比心爱的女人的身体，是个吃醋的根源，你便是跟至亲好友也不甘心平分春色的。

“这是我心里的隐事。我对王上说过于才德公爵坏话，没有见效，所以又另用手段。我希望勒莫斯伯爵能拍上王太子。他现是东宫侍从官，随时可以见到太子。他很机灵，再加我有个计策，保他成功，万无一失。我使这条计策可以叫我外甥和我儿子作对。我离间了他们表兄弟俩，叫他们都来求我撑腰；他们都依仗我，就都受我节制了。这是我的打算，正用得着你两边跑跑腿。我想叫你替我跟勒莫斯伯爵暗通消息。”

我听了这场心腹话，好比现银子到手一般，不再担心。我想：“我居然有这一天，躲在屋檐承溜底下等着下金雨了①。西

① 这句话的意思，也许也可以把德国诗人海涅（Heine）《哈尔茨山游记》（*Die Harzreise*）里面的话衬托出来。海涅慨叹自己命运不好，说：“我相信即使下的一阵雨都是银圆（Thaler），也只会把我脑袋砸个窟窿。”（瓦尔蔡尔〔O. Walzel〕编《海涅全集》第四册第 20 页）头上有承溜（Gouttière）挡住，就不怕金雨砸破脑袋了。

班牙大权在握的人用我做心腹，我还怕不立刻发财吗！”我心上美满得很，虽然眼看我那可怜的钱袋渐渐露底，也不在乎。

第五章

吉尔·布拉斯乐极，贵极，穷极。

朝廷上大家马上就看出首相喜欢我。他向来自己拿了公事皮包去开内阁会议，现在总交给我拿，这就仿佛当着大庭广众表示他喜欢我。大家看了这件新鲜事儿，就当我是他的宠信，我因此招了许多人的妒忌，也受了好些米汤。我办公室隔壁的两位秘书也抢着恭维我要指日高升了，又请我到那寡妇家去吃晚饭，算是还席，其实是结交我，指望将来帮他们的忙。人人都请我吃饭。连那个傲兀的堂罗德利克都对我一变故态。他从前对我总是“你”呀“你”呀地叫，从不称一声“先生”，现在叫我山悌良那先生了。他当了东家的面尤其殷勤得吃不消。可是老实说，他的对手不是个傻子。我心里越恨他，面子上应酬得愈加客气，想来老官僚的敷衍功夫也不过如此。

公爵大人通常是一天朝见王上三次，我也跟去。早上万岁爷睁开眼，他就晋见。他跪向床头，奏这一天万岁爷该做的事，还口授这天该说的话。于是他告辞出来，他等万岁爷一用完饭，又去晋见，这回不谈国家大事，只讲闲话助兴。他雇了人四面打听马德里的新闻，所以消息最灵通，就讲些替万岁爷解闷儿。末了在晚上他第三次晋见，把一天的公事随意奏禀一番，又照例请明天的旨意。他跟王上讲话，我在待见室伺候，有些趋炎附势的贵人就来攀谈，我只应酬几句，他们就觉得荣幸。我到此地位，怎么能不以要人自居呢？朝廷上好些人没到这地位就自以为了不得了。

有一天，我越发脸上增光了。王上听见公爵夸奖我的文章，就想看些样品。公爵大人叫我带了西班牙人名簿，引我朝见，吩咐我把修改的第一篇读给王上听。天颜咫尺，我起初很惶恐不安，可是有公爵在旁，立刻又胆壮了些。万岁爷听我读了文章，天颜甚喜，开恩夸赞，还叫首相留心提拔我。这来只会添我的骄气；又过几天，我和勒莫斯伯爵谈了一席话，越发野心勃勃了。

我奉他舅父的命令，到王太子宫里去找勒莫斯伯爵。我呈上公爵介绍信，上面说：他们的计划我全知道，我是他挑来替他们俩传递消息的，对我可以畅言无忌。伯爵看完信，领我到一间房里，关上门，说道："你既然是赖玛公爵的亲信，一定靠得住，我也该毫不犹豫地把你当个亲信。你知道，我们很顺手。东宫侍从官个个对太子巴结讨好，他却只对我另眼看待。今天早上他和我密谈，说话里好像很牢骚。他性情豪爽，王上偏偏吝啬得很，不让他称心花钱，他连王太子的场面都撑不起。我当然替他叫屈，乘机答应明天在他起床见客的时候先送他一千比斯多，马上还要送他大笔的款子。他听了很快活，只要我不食言，准能博他欢心。你把这一切情形告诉我舅舅，他怎么说，你今儿晚上再来回报。"

我等他说完，连忙辞了他去见赖玛公爵。公爵听了我的回报，就叫人问加尔德隆要一千比斯多，吩咐我当晚送给伯爵。我一路上想:“咳!那条万无一失、保管成功的妙计原来如此。他倒是不错。看来他尽管大注的钱送人,也绝不会破产。这些响当当的比斯多是谁家钱箱里的,我一猜就着;反正拿爸爸的钱供儿子花,还不天公地道吗?”我向勒莫斯伯爵告辞的时候,他低声说:“再见吧,亲爱的心腹朋友。王太子有点儿好色,咱们一有机会得谈谈这桩事情,我预料就要你帮忙的。”我一路回去,只在想这几句话。这话并不费解,我听了满心欣喜。我想:“真想不到,我就要替国家的储君拉纤了!”我不曾想想这是好事还是坏事,这位风流人物是个大贵人,弄得我不辨善恶是非了。王太子寻快乐要我帮闲,这是好大的面子!也许人家要说了:“啊,吉尔·布拉斯先生,别太得意了!你只是帮闲的帮闲!”这话我也承认,不过底子里,做王太子的帮闲和做他帮闲的帮闲一般体面,只是实惠不同罢了。

我当了这些体统差使,首相对我的恩宠又与日俱增,前途正未可限量。只可惜雄心填不饱我的肚子!我从那豪华的公寓搬出来两个多月了,租了一间最简陋的小屋子。虽然不大舒服,可是我一清早就出门,只晚上回来睡睡觉,也就忍耐着了。我整天工夫都在我那个戏台上,就是公爵府里。我在那儿串演个贵人。可是一回到我那个破房间,贵人失踪,只剩个可怜的吉尔·布拉斯,身边一个钱也没有,而且糟得很,连生财之道也没有。我又很骄傲,不肯让人家知道我穷,何况也告贷无门。我只有堂那华罗可以通财,不过自从我入朝办事,就把他丢过一边,现在不敢去找他了。我只好把衣裳一件件出卖,卖得只剩随身少不了的几件。我不再上饭馆,因为没钱付账。那么我怎么过活呢?听我讲吧。办公室里每天管一顿中饭,有一个面包卷儿和一点儿酒,此外首相府不供给我们什么了。我一天就吃这点东西,晚上十之八九饿着肚子睡觉。

一个在朝廷上出足风头的人原来这般光景,实在是可怜无可羡了。我穷得忍耐不住,打定主意要找个机会向赖玛公爵陈诉。恰好过几天王上和太子到艾斯古利阿尔去,我在那儿向他开了口。

第 六 章

吉尔·布拉斯向赖玛公爵诉穷,
这位大臣对付的方法。

王上在艾斯古利阿尔驻跸,跟去的人都不必自己开销,所以我的苦处又不觉得了。我睡在公爵卧室旁边一个衣帽间里。一天早上,这位大臣照例天一透亮就起来,他叫我拿些纸和文具,跟他到御花园里。我们坐在树下,他吩咐我把帽子放在膝盖上,做出按着写字的样儿,他自己手里拿一张纸,仿佛在念。远远看来,我们好像正忙着紧要公务,其实首相喜欢闲扯,我们只在聊天儿。

我兴致很高,讲了一个多钟头的趣话,逗他喜欢。忽然两只喜鹊飞到荫盖我们的树上来喳喳地叫,引得我们留意了。公爵说道:“这两只鸟儿好像在吵架,我很想知道他们吵些什么。”我说道:“大人,您动了这个好奇心,我就想起个印度寓言来了,我记不清是在比尔贝①还是在别的寓言集里看到的。”首相问我那寓言讲的什么，我就讲了下面的故事：

“从前波斯有个好皇帝，他缺乏雄才大略，不善治国，就都交给宰相去管。这位宰相叫阿搭尔缪克，才干过人。他负担得起偌大一个国家的重任，治得境泰民安。他竟有本领叫大家对皇朝不但敬服，而且爱戴。他又是皇帝的忠臣，又是百姓的慈父。阿搭尔缪克手下的秘书里有个克什米尔籍的少年名叫柴安吉，他最蒙宠爱，宰相喜欢跟他谈话，带他出去打猎，把心里隐事都告诉他。有一天他们同到树林里打猎，宰相看见两只乌鸦在树上呱呱地叫，就对那个秘书道：‘我很想知道这两只鸟儿说的什么话。’那克什米尔人答道：‘大人，这事您可以如愿的。’阿搭尔缪克问道：‘啊？怎么呢？’柴安吉道：‘一个精通幻术的法师教过我鸟语。您若要知道它们说些什么，我可以听了一字字报告您。’

“宰相说：‘好！’那克什米尔人走向乌鸦，做出专心静听的样子，于是回报主人道：‘大人，您相信吗？它们正在谈论咱们俩呢。’波斯的宰相道：‘有这事吗！说咱们什么呢？’那秘书道：‘一只乌鸦说：“这就是宰相阿搭尔缪克。他庇护着波斯全国，一点儿不懈怠，就像一只大老鹰张开翅膀覆盖自己的窝。他国事勤劳，要散散心，所以带了他那个忠心的柴安吉到这树林里来打猎。这秘书真是哪来的运气！伺候这样一个主人，大大小小

① 比尔贝(Pilpay)，欧洲各国常误认为是古印度《寓言集》五卷(*Panchatantra*，另有中译名《五卷书》)的作者。本书很早就译成阿拉伯文，从此转译为希伯来、希腊等等文字。法国在十三世纪就出版了拉丁文的译本。但勒萨日讲的故事，该寓言集里并没有。

的事都蒙他看顾。”那一只乌鸦打断他道：“且慢着！别夸张这克什米尔人的运气。阿搭尔缪克对他的确不摆主人架子，推心置腹，并且我相信也要安插他一个要职。不过到那时候，柴安吉早饿死了。这可怜家伙住在客寓的一间小屋里，无以为生。总而言之，他日子很窘，朝上却没人瞧出来。宰相并没想到问问他的景况，怀了一番好意就算完事，尽他去穷死也不管。”’”

我不讲下去了，让赖玛公爵自去领会。他微笑着问我说，阿搭尔缪克听了这篇讽喻有何感想，没生气怪这个秘书狂妄吗？我给他一问，有点儿心慌，回答道：“大人，他没有。寓言上说他并不生气，反而给秘书许多恩典。”公爵板着脸说道：“那还算运气。有的宰相可不喜欢受人家教训。”他打断了谈话，站起来说：“我想王上快醒了，我该到他床前去伺候。”他说完大踏步进宫去了，没再跟我讲一句话，好像听了那个印度寓言很不乐意。

我跟到万岁爷寝室门口，然后把那些纸放回原处。我跑到那两个誊写员的办公室里，他们这次也跟驾来的。他们看见我，说道：“山悌良那先生，怎么了？你神色仓皇得很，出了什么岔儿吗？”

我只愁那篇讽喻坏了事，也就不勉强遮饰。我把方才的话说出来，他们看我惶恐非凡，也很关切。一个说：“这事的确不妙，这位大人有时候要闹别扭的。”那一个说：“这话千真万确，但愿你别像红衣主教斯宾诺萨的一个秘书那样吃苦头。这个秘书在主教大人手下做了十五个月的事，没领到薪水，再也熬不住了，有一天大胆向主教大人诉苦，讨几个钱过活。主教说：‘很对，你该支薪水。’他把一张一千杜加的支票放在他手里，说道：‘拿去，你到国库去领这笔钱吧。不过记着，我这儿不再麻烦你了。'那位秘书要是能够领到那一千杜加,又可以另外找事,停职也情愿。可是他刚走出红衣主教的府邸,就给一个公差拿住,送往塞哥维亚塔里监禁了好些时候。"

我听了这个故事愈加害怕。我自以为完了,无可譬解,只好怨自己性急,倒好像还耐心不够似的。我对自己说:"唉!为什么冒冒失失讲那个倒霉的寓言,惹首相生气呢?也许他正要周济我;也许我竟会忽然发财,谁都料不到。我一时莽撞,把多少功名利禄都断送了!我应该想想,有种大人先生不喜欢人家向他们开口,要人家把一点儿应得的酬劳也当作他们的赏赐。我其实还是半饿半饱挨日子,不向公爵吐露为妙。我竟应该忍耐着直到饿死,才可以怪他不对。"

我那时也许还暗存几分指望,可是饭后一见主人的面,心全死了。他一变平时的态度,正言厉色,一句话也不跟我讲。我那半天真是急得要命。我晚上也心惊胆战,懊恨一场好梦落了空,又害怕国家监狱里要添我这一名囚犯,一晚上只是唉声叹气。

第二天是生死关头。早上公爵召我。我跑到他房里去,比等待判罪的犯人还要战战栗栗。他扬着一张纸片儿说道:"山悌良那,这张支票你拿去……"我听见"支票"两字就发抖,心想:"天哪!又是一个斯宾诺萨红衣主教!押送我到塞哥维亚去的囚车就要上路了。"我一阵害怕,不等首相说完,忙向他脚边跪倒,眼泪双流道:"大人,我诚惶诚恐,求您大人恕我冒昧,我实在迫不得已,才向您诉苦的。"

首相看我惊慌失措,忍不住笑了。他道:"吉尔·布拉斯,你放了心。你对我诉苦,就仿佛责备我不及早看顾你。可是,朋友,我不生气。我倒怪自己没问问你的景况。我要补救这点疏忽，先给你这张一千五百杜加的支票。你可以到国库去兑现。我还答应你，以后每年给你这么些钱，而且要是有手笔慷慨的富翁请你帮忙，你可以替他们向我求情。”

我听了不胜欣喜，就去吻首相的脚。他叫我起来，待我依然很和气。我也想振作兴致，可是没法儿突然转忧为喜。我呆呆瞪瞪像个临刑忽蒙赦免的死囚。我主人以为我怕得罪他，所以惶恐，其实我还是怕长期监禁。他说他故意把我冷淡，要瞧我难过不难过，因此就看出我确有忠忱，所以愈加喜欢我了。

第七章

一千五百杜加的用途；他第一次
代人求情，得到报酬。

王上仿佛是免得我心焦，过一天就回马德里。我飞也似的赶到国库，当场把支票换了现款。叫花子忽然发财，难免头重脚轻。我运气转了，马上人也变了，从此只知道爬向高位子，摆出阔排场。我把那间寒窘的小房间让给不懂鸟语的秘书。上回住的那套漂亮房间幸好还空着，我又搬回去。我叫了一个有名的裁缝来，花花公子的衣服差不多都是他做的。他量了身材，带我到一家衣料铺里剪了五奥纳的料子，据他说这才够做一件衣服。做一件西班牙式的衣服要五个奥纳！天啊！……可是别在这上面计较了，走红的裁缝总比普通裁缝费料子。我又买了几件亟待替换的内衣、几双丝袜子和一顶帽子，帽檐儿上有西班牙式的绣花。

我少不得要个跟班才够体面，就请房东文森·佛瑞罗替我找一个。他店里那些外国旅客多半到了马德里雇西班牙用人，因此找事的用人都聚在那里。先来一个小伙子，脸上那副和善虔诚的神情活像安布华斯·拉莫拉，我看了就不要他。我对佛瑞罗说："我不喜欢道貌岸然的用人，我上过当。"

我刚打发了这人，第二个来了。这一个样子很机灵，一副钝皮老脸，又带几分无赖劲儿，正合我意。我问了几句话，他回答得伶牙俐齿，看来竟天生是个诡计多端的家伙。我觉得这个人正合用，就雇定了。我用了他没后悔，因为马上知道这个人真是个宝贝。蒙公爵允许，我肯帮谁的忙都可以向他求情，我决不放过这句话，所以正要一只猎狗替我寻找些野味，换句话说，正要个手段巧妙的混蛋，替我打听谁有事求首相，把他引上门来。这正是我这用人西比翁的特长。他刚从东宫的奶妈堂娜安娜·德·葛华拉家出来；这位太太是那种自恃朝里有人、招权纳贿的娘儿，他在她家里曾经大展奇才。

我对西比翁说，我能够叫王上开恩；他立刻出马，当晚就来说道："大爷，我找到一注很不错的买卖。有个格拉纳达的年轻绅士刚到马德里来，他名叫堂罗杰·德·拉达。他最近跟人家决斗出了事，不得不求赖玛公爵庇护，准备出一大笔谢仪。我跟他谈过了。有人对他夸张堂罗德利克·德·加尔德隆的权势，他本来想去找这位爷，可是我告诉他，这位秘书的情面是称着分两当金子卖的，而您呢，只要一点酬劳就成了。我又说，要是您景况好，照您那个又慷慨又廉洁的脾气，还愿意白帮忙呢。这样我就把他拉过来了。总而言之,我已经跟他说定,这位绅士明天早上在您起身的时候来见。”我说道:“怎么的?西比翁先生,你做事情真快!我看你干那些鬼鬼祟祟的勾当是个老手了。真想不到你还这样穷。”他答道:“这是没什么稀奇的。我爱花钱,左手来、右手去,从来不攒着。”

堂罗杰果然来见。我接待的时候客气里带些骄矜。我说:“先生,我要答应帮你,先得知道累你上朝的那桩决斗是怎么回事,因为也许是不便跟首相说的。请你讲一讲,不要遮掩。你放心,如果那是正人君子帮得了忙的,我一定尽力。”那年轻的格拉纳达人答道:“很好,我就把我的事老实告诉你。”下面就是他讲的。

第　八　章

堂罗杰·德·拉达的故事。

“格拉纳达有位绅士名叫堂安那斯塔修·德·拉达。他跟夫人堂娜艾斯德法妮住在安德盖拉城里,快乐度日。这位太太贞洁温和,相貌又非常美丽。她对丈夫一片柔情,丈夫也发疯似的爱她。这位丈夫性好吃醋,虽然太太的节操无可置疑,他还是不放心。他只怕暗地里有冤家不让他安顿,要装他的幌子。他什么朋友都信不过,只除了堂俞贝多·德·奥达雷斯;其实这个人倒应当提防,他凭自己是艾斯德法妮的表兄,在他家任意出入。

“堂俞贝多果然看中了表妹。他不顾亲戚之分，也不顾堂安那斯塔修朋友之谊，竟胆敢向她诉说衷情。这位太太是识大体的，她没有翻脸，省得把事情闹大，只和和气气责备了那亲戚一顿，说他不该存心诱惑，塌她丈夫的台，还一本正经叫他别再妄想。

“她这般温和，反撩得那位爷更狂了。他以为对这样性格儿的女人应当逼得紧，才会如愿。他就举止轻佻起来，有一天竟大胆求欢。那太太正言厉色地拒绝，并且恫吓他说，他这样无礼，她要叫堂安那斯塔修给他惩戒。那位风流人物吃不起吓，就一口应允从此不谈情说爱。艾斯德法妮以为他说话会守信，也不追究往事了。

“堂俞贝多生性非常阴险。他一股热情碰了这个大钉子，不免动了个报仇的恶念。他知道堂安娜斯塔修是个软耳根子的醋罐子，因此就想出一条恶毒透顶的计策，不是混蛋想不出来的。一天黄昏，他和这位胸无主见的丈夫散步，装出满面愁容，说道：‘好朋友，我有桩心事，再不告诉你，就要闷死了。我本来想瞒你，可是你的体面第一要紧，你的心境安宁还在其次。咱们俩对于伤风败俗的勾当再不肯放松，所以你家的事，我也不好让你蒙在鼓里。你听了会又气又惊，你心里先有个数吧。我这话是要伤你心的。’

“堂安那斯塔修已经心慌意乱，插嘴道：‘我懂了，你表妹对我不贞。’奥达雷斯气愤愤地说道：‘我不认她表妹，跟她断绝了！她哪里配有你这个丈夫！’堂安那斯塔修嚷道：‘别逗得我心焦了，说吧！艾斯德法妮干了什么事呀？’堂俞贝多答道：‘她干了对不起你的事。你有个情敌跟她私通。可是我说不出他的名字，因为黑夜里看不清奸夫是谁。我只知道你受欺，这是千真万确的。我对这件事理该关切，所以说的话决不虚诳。我非得确切知道艾斯德法妮失节，才可以派她不是。’

“他瞧出这席话没有白说，就道：‘我不必多讲了，我看得出你痛恨人家负心，打算名正言顺地报这个仇。我赞成！别管谁死在你手下，且让本地人瞧瞧，你为了体面什么都不爱惜。’

“这奸贼这样一挑拨，离间了轻信的丈夫和无辜的太太。他又说丈夫要是不报仇就如何丢脸，说得淋漓尽致，激得这位丈夫疯了。堂安那斯塔修好像凶神附身，不由自主。他回家去，横了心要把他那个倒霉的妻子一刀戳死。他到家太太刚要上床。他先忍着，等用人都睡定。他不怕上干天怒，也顾不得玷辱家声，甚至对太太肚里怀了六个月的孩子也没有一点骨肉之情，他走向那个遭殃的女人，厉声喝道：‘贱东西！我要你的命！我现在宽限你一会儿，快求天饶恕你对我犯的罪吧。你已经丧尽名节，可是我还不愿你死后灵魂受苦。’

“他说着拔出短刀。艾斯德法妮看他这般举动，听他这番话，吓得双膝跪地，合着手慌忙失措地说道：‘大爷，你怎么了？我犯了什么过错害你这样生气？你干吗要你老婆的命呀？你要是怀疑她失节，那就误会了。’

“那醋罐子丈夫凶狠狠地道：‘绝没有错儿！你对我不起，我知道得千真万确，告诉我的人是靠得住的。堂俞贝多……’她急忙打断他道：‘啊，大爷，你应当提防堂俞贝多，别以为他够朋友。假如他说我什么坏话，别相信他。’堂安那斯塔修答道：‘住嘴！你这不要脸的东西！你叫我提防奥达雷斯，以为这样可以去我的疑心,不知道越发添了我的疑心。你这个亲戚知道你的丑事,所以你想叫我提防他。你要我不相信他做证,可是这种花言巧语都是白说的,反而挑得我越发要惩罚你。’艾斯德法妮伤心哭道:‘亲爱的丈夫,请你别凭着一股火气,不分青红皂白。你要是气头上干出事来,一旦明白是冤枉了人,要后悔无及的。看上帝分上,不要发火!至少也把这段嫌疑弄清楚再说,这样对一个问心无愧的女人还公道些。’

“换了别人,听见这番话,尤其看到说话的人这样凄惨,一定要心软了。可是这狠心人反而重新命令妻子快向上帝忏悔,竟举起刀来要动手。她叫道:‘住手!你这个凶横无理的人!假如你已经不爱我,把我的温柔体贴也忘记干净,我的眼泪动不了你的狠心,那么,珍重你自己的亲骨血吧!别向这个没出世的无辜孩子下毒手。你宰了他,天地也不容你。你杀我,我可以恕你的罪;可是记着,你杀这孩子可罪孽深重,要有报应的。’

“堂安那斯塔修虽然咬紧牙关把艾斯德法妮的话当耳边风,可是听到末了几句,想想害怕起来,心就软了。他惟恐心一软怒气就要泄掉,所以乘余愤未消,赶忙下手,一刀戳在她太太右胸口。她立刻倒在地下。他以为死了,马上出门,从此安德盖拉城里不见了他的踪迹。

“这位苦命太太戳得昏过去,躺在地下好半天,就像死人一样。她醒过来哼哼叫痛,一个伺候她的老婆子听见声音赶来。这个好老太婆看见女主人的惨相,急得大叫大喊,把别的用人和紧邻都吵醒。大家立刻都拥到她房里。有人去请了几个外科医生。他们瞧了伤口,以为并不凶险。医生断得很对,不多时就把艾斯德法妮治好。三个月之后,她平安无事地生了个儿子。吉尔·布拉斯先生，她那次凄凄惨惨生下来的就是我。

“虽然谣言不大放松女人的名节，居然倒没人说我妈妈的坏话。本地人都认为丈夫吃醋发了疯，闹出这个血案。人家确实知道我爸爸性子躁烈，一来就生气。奥达雷斯知道他表妹怀疑他造谣挑拨了堂安那斯塔修，就不再去看她，反正他的仇至少已经报了一半，也可以称心了。我不细讲我的教育，免得你先生厌烦，只说我妈妈特别要叫我学击剑。我在格拉纳达和赛维尔最有名的击剑学校里学了好一程子。她眼巴巴地只等我长大，可以把堂俞贝多冤枉她的事向我诉说，让我跟他比剑。她熬到我十八岁，就把心事说出来。她讲的时候眼泪满面，十分悲戚。一个有胆气有心肝的儿子看妈妈这般景象，哪里受得了！我立刻去找奥达雷斯，约他到僻静地方，两人决斗了好一会儿，我刺中他三剑，把他刺翻在地。

“堂俞贝多自觉受了重伤，两眼将闭，看着我说：他坏过我妈妈的声名，现在死在我手里，正是报应不爽。他招认他是恨我妈妈严词正气，所以一心报仇害她。他临死求上天饶赦，也求堂安那斯塔修、艾斯德法妮和我恕罪。我想不便回家报告妈妈，风声自会传到她耳朵里。我爬山越岭，到马拉加城，上了一只正要出港游弋的武装民船。船长看我不像个没胆量的人，欣然许我加入船上的义勇队。

“我不久就有个大显身手的机会。我们在阿尔布朗岛邻近碰到一只梅利拉来的海盗船。那船在卡达吉那纬度圈上抢了一只满载货物的西班牙船，带着开回非洲海岸。我们向非洲人迎头痛击，把两条船都夺过来。船上还有掳到北非洲去做奴隶的八十个基督徒。那时候开向格拉纳达恰遇顺风，我们不多时就到了朋达·德·海里那。

“我们问那些俘虏是哪里人，我问到一个人相貌很好，大概有五十来岁。他叹气说，他是安德盖拉人。我听了不知怎么心里一动。我看他见我激动，也有感触似的。我说：‘我是你同乡。请问贵姓。’他答道：‘唉！你问我这话，又勾起我的伤心。我离开安德盖拉已经十八年了。大概安德盖拉人想起我只会厌恨。也许你常听人家讲起我的，我名叫堂安那斯塔修·德·拉达。’我叫道：‘天啊！会有这事吗？怎么！你是堂安那斯塔修吗？你是我的爸爸吗？’他大吃一惊，打量着我，失声道：‘年轻人，你说什么？我逞一时气愤向我老婆下了毒手，她肚里还有个可怜的孩子，难道就是你吗？’我说：‘是啊，爸爸。出凶事的那个夜里，你不是把清白无罪的艾斯德法妮撇在血泊里吗？三个月以后她就生下了我。’

“堂安那斯塔修不等我说完，就抱住我的脖子，紧紧拥抱了我一刻钟，两人同声叹气，眼泪交流。我们这样重逢，自然天性流露，尽情亲热了一番。于是我爸爸仰面谢天救了艾斯德法妮的性命。可是他过了一会儿，又怕还未可欣幸，忙问我大家怎么知道他妻子是无罪的。我答道：‘爸爸，除你之外，谁也没怀疑她什么。你太太的品行一向无瑕可击。我应当把真情告诉你。你可知道，你上了堂俞贝多的当。’我就把这位亲戚怎样奸诈、我怎样报仇和他临死忏悔的话都告诉他。

“我爸爸重得自由固然快活，听了我讲的消息尤其快活。他喜不自胜，亲亲热热地拥抱我。他翻来覆去只说他多么喜欢我。他说：‘哎！孩子，咱们赶快回安德盖拉去吧！我心焦得很，我老婆受了我作践，我要去跪在她脚边讨饶呢。我听说

冤屈了她,懊悔得心都裂了。'

"我急要我那两位亲人早早见面,不肯把这件乐事延宕。我爸爸不愿再受海上的风险,所以我辞了船长,把战利品里分得的一份钱在阿德拉买了两头骡子。一路无事,他就讲他的经历,我听来津津有味,好比伊塔刻王子听他父王的历险故事①。我们走了几天,到贴近安德盖拉的山下歇下来。我们想悄悄溜回家去,所以逗留到半夜才进城。

"我妈妈以为跟丈夫永不见面了,一旦相会,试想她多么诧异。而且我爸爸回家的情形说来也算是个奇迹,更使她惊奇。爸爸痛悔前非,求我妈妈不计较他的蛮横。我妈妈看他那样真切,心便软了。她不把丈夫当凶手,只以为是天假手于他。规矩女人把"丈夫"两字看得这般至高无上!艾斯德法妮一直为我担忧,见我回家很快活。不过她喜里带忧。奥达雷斯有个姊姊,正在上诉,叫人四处追捕杀害她兄弟的凶手。所以我妈妈觉得留我在家不妥当,放不下心。先生,我因此当晚就走,上朝来求王上赦罪。你既然肯尽力帮忙、代我向首相求情,我就赦免有望了。"

堂安那斯塔修那位勇敢的儿子讲完了,我就摆出架子道:

---

① 这是指忒勒马科斯(Télémaque),伊塔刻(Ithaque)王尤利西斯(Ulysse,即俄底修斯)的儿子。尤利西斯出国参加特洛亚战争,战事结束,飘零在外十年,忒勒马科斯云游各地去找他。荷马史诗第二部《奥德赛》就是叙述尤利西斯的经历。《奥德赛》第十六卷里写父子重逢,惊喜交集,只说忒勒马科斯问父亲坐什么船来的和尤利西斯的回答。法国十七世纪费内隆(Fénelon)的有名著作《忒勒马科斯》(*Télémaque*)第十八卷里写忒勒马科斯不认识父亲,相逢又错过了,一问一答,话更简单。在《奥德赛》第二十四卷里,尤利西斯回家,跟珀涅罗珀(Pénélope)夫妇团圆,讲体己话,把离别后的事略谈了一下,但这时候忒勒马科斯显然不在旁边。

"成了,堂罗杰先生,我觉得你可以得赦的。我回头详细告诉首相大人,我敢保证他会庇护你。"那格拉纳达人听了没口地称谢。要不是他还答应我事成之后有谢仪,那空言道谢从我这一只耳朵里进去、早从那只耳朵里跑了。可是他一拨动这根弦子,我立刻上了劲。我当天把这事告诉公爵,蒙他许我领这位绅士晋见。公爵见了他说道:"堂罗杰,我知道你为了什么一桩决斗案子到朝里来,山悌良那把情形告诉过我了。你放心,你做的事都情有可原。那些为了雪耻跟人决斗的绅士,万岁爷特别开恩赦罪。照规矩你得坐坐监牢,不过绝不会关禁多久。山悌良那是你的好朋友,此外的事他自会料理,赶紧放你出来。"

堂罗杰对首相深深致敬,他有了这句担保,就放心回家乡去坐牢。我立刻替他弄到了赦免状。不上十天,我就让这个新忒勒马科斯和他的尤利西斯和珀涅罗珀团聚了。假如他朝里没有靠山,手里没有钱,只怕坐了一年的监狱还不会放呢!我帮了这个忙只到手一百比斯多。这算不得一注大财,可是我还没到加尔德隆的地位,小注儿买卖也在乎。

第 九 章

吉尔·布拉斯不多时发了财,装出大气派。

这事引起我的胃口来了,西比翁拿了我十个比斯多的佣钱,也添了兴致去找新买卖。他这方面的本领我已经称赞过,他真当得起伟大的西比翁这个称号①。他拉来的第二个主顾是个印书商，出版武侠小说的。那些书全是胡说八道，他却靠此发了财。这人盗印同行出版的一部作品，全版的书给公家没收了去。我得了三百杜加，设法把没收的书发还，又免他一大笔罚款。首相本来不必过问，可是他大人看我面上，很愿意仗他的威力出面调停。又一个主顾是个商人，为了这样一件事：有一只葡萄牙商船给北非洲的海盗抢去，后来由加狄斯的武装民船抢回。这船上三分之二的货物是那个里斯本商人的。他没法追还这批货，所以到西班牙朝上来找个有面子的靠山替他把货讨回来。他运气好找到了我。我拿了四百比斯多的谢仪，替他出力追回了全部货物。

我讲到这里，仿佛听得一位读者嚷道："努力呀！山悌良那先生！攒点儿！积点儿！你走运了，多弄两个钱吧！"啊，那还用说！如果我眼睛没看错，我用人又带着个新上钩的主顾来了！果然，来人正是西比翁，听他怎么说吧。他说："大爷，让我引见这位卖药的大夫。他要求在西班牙王国各城市里专利卖药十年，别人不得竞争。换句话说，他到什么地方做买卖，同行就不得在那里营业。谁能替他弄到这份专利证书，他愿意出二百比斯多的谢仪。"我摆出当朝大佬的神气，对这个走江湖医生说道："成！朋友，我可以办到。"果然不出几天，我就弄到一份特许他哄骗西班牙全国人民的专利证，打发了他。

俗语说："越吃越馋。"我发现这句话一点儿不假。我的钱

---

① 指古罗马的名将及政治家，号称"非洲人"的西比翁（Scipion L' Africain）（公元前236—前183）。

越多,心越贪,而且前四次向首相求情很容易,我毫不犹豫又要第五次向他求情了。这回是求一个都统的职位。格拉纳达沿海的维拉城出了个都统的缺,有个授加拉特拉华勋章的爵士送我一千比斯多,托我谋这个位子。首相看我那么贪财,不禁笑了,说道:"天啊,吉尔·布拉斯朋友!你好上紧啊!发疯似的为人家出力。你听着:小事情呢,我不跟你计较。不过逢到都统的缺或是别的大宗买卖,对不起,一半钱归你,还有一半该向我交账。"又道:"我开销真大,要好多进账才撑得起我这个排场呢,你哪里想得到。外面人看我清廉,老实说,我不至于那么没成算,肯把家产来赔补亏空。你照我这意思做去吧。"

我听了主人这番话,竟是受了鼓励,不再怕他厌烦,就一次次干个不休,越比从前要钱得狠了。我恨不能贴出招子说:谁要向朝廷求情,只消上我门来。我和西比翁分头干事。我专看银子分上替人帮忙。那位授加拉特拉华勋章的爵士出一千比斯多做了维拉的都统;不多时我照这价钱又把个都统的缺卖给一个授圣雅各勋章的爵士。我不但出卖都统的实缺,也出卖勋爵的头衔。凭我弄来一纸勋位授予状,就把个好好的平民变成个混账的绅士。我也向教士施恩。俸禄不大的教士、神长和另外几种教会里的职位归我分派。至于主教和大主教,那是堂罗德利克·德·加尔德隆授任的。行政长官、将军、总督也由他任命。就此可以想见当时的大官小吏一概不行,因为我们把大小官职做这般好买卖,委任的人物未必能干,品行也未必端方。我们明知马德里人把我们冷嘲热骂,可是我们像守财奴一般,看见了金子就笑骂由人。

伊索格拉底说得不错:有了钱就不免奢侈愚妄[1]。我手里有了三千杜加,而且可以再弄十倍的钱,觉得应当撑起个场面,才不愧做了首相的心腹。我租下整宅房子,陈设得很体面。有个公证人当初要摆阔,置办了一辆马车,现在没饭吃,只好出让,我就买了过来。我又雇了一个车夫和三个跟班。旧用人按理应当升级,西比翁就荣膺了亲随、书记和总管三个职司。首相允许我家用人和他家用人穿一式的号衣,这尤其使我志得意满。我心里本来还剩几分明白,这一来都没有了。坡修斯·拉特罗[2]的门徒喝了些茴香汤,喝得脸色和老师一样苍白,就自以为学问也和老师一般渊博;我也这样狂妄,几乎自以为是赖玛公爵的本家了。我想外面大概当我是他一家人,或许竟以为我是他的私生子,这使我说不出的高兴。

我又看见首相家食客盈门,就也要请人吃饭。我因此叫西比翁去找个有本事的厨司。他找了一个来,古罗马贪口腹出名的诺门达奴斯[3]大概也不过用那样的厨司。我的地窖里屯满了醇醪美酒,我又买了各种食品,就摆酒请起客来。每天总有几个相府里的要员来吃晚饭,一个个神气活现,仿佛都是部长。我款待得非常丰盛,客人总吃得醉醺醺地回家。西比翁呢,跟我是主

---

① 伊索格拉底(Isocrate,公元前436—前338),古希腊雄辩家。这是他劝诫狄莫尼克斯(Demonicus)的话,勒萨日只引了个大意。原文说:“财富并不提高人的品性,而常滋长罪恶,使人懒惰,引人一味享受。”(见“勒勃古典丛书”本《伊索格拉底集》第一册第6—7页)

② 坡修斯·拉特罗(Marcus Portius Latro,公元前55—前4或前3),古罗马雄辩学教师。

③ 诺门达奴斯(Nomentanus),这个人在贺拉斯《讽刺诗》第二卷第八首23—26行里出现,是个讲究饮食的富人。

是仆，也在下房开一桌酒席，花我的钱招待他的朋友。不过我喜欢这个小伙子，而且我觉得他既然帮我赚钱，也有权帮我花钱。再加我年纪还轻，看他撒漫使钱，只以为添我的场面，没见到害处。我不把这些放在心上还有个道理：官爵和教会的各种职位是滚滚财源。我眼看着一天比一天富足。我相信这一回把好运气留在我家里了。

我志得意满，只恨法布利斯没看见我的阔排场。我料他准已经从安达路西亚回来。我要出其不意，就送他一个无头请帖，上面说：和他要好的一个西西里贵人约他吃晚饭。我注明了吃饭的日期、时间和地点，就是约在我家里。尼聂斯跑来，一看请吃饭的外国贵人就是我，非常诧异。我说道："是啊，朋友，我就是这宅房子的主人呀！我有一辆马车，我办得好筵席，我还有钱箱。"他高兴地嚷道："你怎么会发了财了？我把你荐给加连诺伯爵真没错啊！我跟你说的，他是个慷慨的大爷，你靠他不久就会有好日子。我劝过你对那个管家不要太精明，想来你一定听了我的良言了，我恭喜你。做大人家的总管，非这样乖不会吃得这么肥。"

我让法布利斯去自鸣得意，以为我全亏他荐给了加连诺伯爵。然后我要杀杀他的兴致，就细细讲给他听这位大爷如何报答我的功劳。我们这位诗人一听，立刻做起翻案文章来。我就说道："我不怪那西西里人没良心。这话咱们俩私下说说，我正该自己侥幸，不该怨恨他。假如伯爵没有亏负我，我一定跟着上西西里，到如今还在他家当用人，不知几时撑得起家业来呢。总而言之，我就不会做赖玛公爵的亲信了。"

尼聂斯听了末一句话，惊奇得半晌不能出声。他怔了一会儿才道："我没听错吗？怎么的，您是首相的亲信啊？"我道："首相相信我和堂罗德利克·德·加尔德隆两个人。看一切情形，我很有前程。”他道：“山悌良那先生，我真佩服您，您干什么事都行。您真是个通才。借用咱们赌场上的话，您是个‘路路通’，到处有用。而且，大人，我看了您大人的成功，高兴得很。”我打断他道：“哎，得了！尼聂斯先生，别大人不大人！免了这些称呼，咱们俩在一起总不要拘形迹。”他答道：“对，你虽然阔了，我还该照旧看待。不过我老实把我的毛病告诉你听，你走了红运，耀得我眼睛都花了。亏得我眼睛花一程子就好，这时候看看你，依然是我的朋友吉尔·布拉斯。”

这时有四五个相府要员到我家来，打断了谈话。我介绍尼聂斯，说道：“诸位先生，今晚请到堂法布利斯跟咱们同吃晚饭。他的诗简直充得过奴玛王①的诗，他的散文是独创一格的。”可惜这几位先生瞧不起吟诗作文，气得诗人脸都白了。他们正眼也不瞧他。他要不遭冷落，白说了些很俏皮的话，人家也没听懂。法布利斯非常生气，就使出个作诗的奔放不羁之法，悄悄地溜了。那几位要员并没有知觉，他们坐下吃晚饭，问都没问起他。

第二天早上，我刚穿好衣裳要出门，这位阿斯杜利亚的诗人进我房来，说道：“朋友，昨儿晚上也许我当面得罪了你那几位要员，请你原谅。不过说老实话，我跟他们臭味太不相投，实在受不了。那些讨厌东西！一副死板板自以为了不得的神气！你这样聪明透顶的人，怎么会跟那种沉闷的客人合得来，我真不懂。我今天要带几个有生气的客人来看你。”我答道：“很欢迎。

---

① 勒萨日自注：“古罗马战神的祭司每年赛会时唱的颂歌，意义很晦涩，是奴玛王（Numa）所作。”

我相信你有知人之明。”他道：“是啊，我保证他们都是大天才，而且非常有趣。我立刻上一家酒店去，他们一会儿都在那里聚会。我去留住他们，免得给别人请去。因为他们真有趣，谁都抢着请他们，不是吃中饭，就是吃晚饭。”

他说完走了。到晚饭的时候，他只带来六个作家，一一介绍，对每个都标榜一番。听他说来，这些大才子比希腊罗马的大作家还了不起，他们的作品都应当印成金字。我客客气气接待，做尽殷勤的样子，因为作家这类人都有点儿虚骄之气。我虽然没吩咐西比翁办盛筵，他知道今天款待的是什么样人，早已多添了菜。

我们高高兴兴入席。这些诗家就谈论起自己来，自吹自唱。一个傲然列举某某阔佬某某贵妇人赏识他的作品。另一个说文士院新选的两位院士不合适，还谦逊说，他自己应当入选。其他各人也是一样的大言不惭。正吃着晚饭，他们又是吟诗呀念文章呀烦得我要死。他们轮流背自己的作品：一个哼一首十四行诗，一个朗诵一幕悲剧，另一个念一篇喜剧的批评。轮到第四个人，他要读一首译诗，是阿那克里翁①的原作，译成很糟的西班牙韵文。一位同行打断他说，有个字翻译得不恰当。译者不服气，争执起来。在座的这些大才子也都插嘴，分成两派。他们辩论得动起火来，就破口谩骂；这还不够，几位疯子竟站起来挥拳了。法布利斯、西比翁、我的车夫、我的跟班和我自己费了好大力气才把他们拉开。他们也不向我赔礼，一哄而散，仿佛我家就是个酒

① 阿那克里翁（Anacréon，约公元前6世纪—前5世纪），古希腊抒情诗人，专歌咏恋爱与酒。

店似的。

我先听了尼聂斯的话,原以为这一顿饭可以尽欢的。他看见这样的事,待了好一会儿。我道:“好啊! 朋友! 你还对我夸你请来的客人吗? 你真是找来了一群卑鄙小人! 我宁可请那些职员,别再跟我提什么作家。”他答道:“我也不再介绍旁的作家了,方才那几个还是作家里最通情达理的呢!”

第 十 章

吉尔·布拉斯在朝里变得十分下流无耻;
勒莫斯伯爵委他办差,跟他合伙捣鬼。

大家一知道我得赖玛公爵宠信,都来趋奉。每天早上,来客挤满了待见室,我起床时就接见。上门来的有两种人:一种是出钱请我向首相说情的,另一种是不出钱苦求我说情的。我对第一种人总悉心静听,出力帮忙。我对第二种人,或者推托几句,当场打发掉,或者一味敷衍拖宕,弄得他们不耐烦再等。我入朝以前,原来心慈肠热;不过人到了朝里就没有那种通病了,我的心肠竟硬得赛过石子。所以我对朋友也不怜惜,也没感情,把这些一股脑儿都铲除了。我对付约瑟夫·那华罗的办法就是个证据。我讲讲那桩事情吧。

那华罗对我恩深义重。总而言之,我当初全亏了他才能发迹。有一天他跑来看我。他见了我照例先亲热一番,然后托我向赖玛公爵讨个情,安插一位朋友。他说那位绅士人不讨厌,也很能干,可是谋不到事,度日艰难。约瑟夫还说:“我知道你是好心眼儿,也够朋友,准肯帮助这位穷绅士。他窘得很,你正该扶一把。让你有这机缘行个善事,想来你一定还要谢我呢。”这就是干脆说我得白效劳了。虽然他这话不入耳,我却装出惟命是听的样子,说道:“承你从前种种照拂,我感激得很,现在可以报答一下,那是妙极了。只要你对谁关切,我准替他出力,旁的都不用提。请放心,你替那位朋友谋的事一定到手。这事你不用管,交给我得了。”

约瑟夫听我一口应承,对我很满意,就告辞走了。可是他荐的人并未弄到那个位子。我卖给另外一个人,到手一千杜加,存在钱箱里。我觉得这笔钱比那个总管的空言道谢美得多。下回见面的时候,我做出懊丧的神气,说道:“啊,亲爱的那华罗,你上次来托我,已经迟了一步。加尔德隆抢先一着,把那位子给了别人了。我十分懊恼,没个好消息报你。”

约瑟夫信以为真,我们分手的时候,越发要好。不过我料他马上知道了个中底细,因为他从此不上我家来了。我这样待一位恩深义重的真心朋友,非但不惭愧,反而洋洋得意。因为他对我的恩惠成了我的背累,况且按我当时在朝里的地位,也不该再跟人家的总管来往。

我好久没提勒莫斯伯爵,现在要讲到这位大爷了。我见了他几回。我送过一千比斯多给他,已见上文。后来我该交给他那位公爵舅舅一千比斯多,公爵大人吩咐我也送给他。那天蒙勒莫斯伯爵赏脸,跟我谈得很久。他说他居然如愿以偿,太子对他十分喜欢,当他惟一的亲信。于是他托我办一桩体面差使,就是上次对我提起的。他说:“山悌良那朋友,这事得着手了。拿出全副本领来,替我找个年轻美貌、可以陪伴风流太子取乐儿的姑娘。你是个聪明人,不用我多说。你四面八方找去吧,几时找到了合适的来通知我。”我答应他一定好好儿干,决不懈怠,好在众人齐着力,事情是不难办的。

我不是寻访美人的老手,不过相信西比翁准又来得。我一到家就叫他来密谈,说道:“朋友,我有机密要事告诉你。你可知道我虽然一切顺利,总觉得还有点儿美中不足。”他不等我说完,就抢着说道:“不足的什么,我一猜就着。您少个可人意儿的女仙子陪您解闷取乐儿。说老实话,像您年正青春,身边竟没个女人,真是件怪事。那些一本正经的老头儿还少不了她们呢。”我微笑答道:“我佩服你眼光锐利。对!我的朋友,我是少个女人,要你替我弄一个来。不过我预先告诉你,我选人很严。我要你替我找个美人儿,可是她得品行规矩。”西比翁微笑答道:“您要的却是件稀罕物儿。不过,靠天之福,咱们这个城里什么样女人都有,我想不久就可以找到一个您合意的。”

果然三天之后,他对我说道:“我找着一个宝贝了。是个年轻姑娘,叫加德丽娜;好人家出身,美丽得叫人心醉。她跟姨母住在一所小房子里,靠点儿薄产过正经日子。我认识她家女用人。刚才听她说,她们虽然不准闲人上门,假如是位阔绰的风流公子,绝不会闭门不纳,不过得等天黑了悄悄地去,免得外面说长道短。我就对那个女用人把您描摹了一番,说您这位绅士正是应该开门迎接的,托她向两位女主人提一下。她答应了,明天早上在约定的地点给我回音。”我说:“好得很,不过我怕刚才和你会面的女用人也许说的是假话。”他答道:“不,不,我这人不容易上当。我已经打听过街坊,听来这位加德丽娜小姐正配做您的意中人。换句话说,她就是个达那厄①,您可以像朱庇特那样化作一阵金钱雨落到她家里去。”

我对这类艳遇虽然早有戒心,这次却放心。第二天那个女用人来告诉西比翁说,我尽可以当晚就去拜访她的女主人,因此我到十一点以后,就悄悄地溜了去。女用人在黑地里开了门,搀我到一间很讲究的客厅里。只见夫人和小姐打扮得漂漂亮亮,坐在缎墩上。她们一看见我,立刻起身迎接,态度斯文,看来像两位有身份的女人。那姨母叫曼西亚夫人,虽然风韵犹存,我没多留意。说老实话,我眼睛里只看得见这个外甥女儿,觉得她仿佛是天上神仙。要严格品评起来呢,她还算不得十全十美。可是她有风头,一股子妖娆之气,男人眼睛里就看不见她的短处。

我见了她神魂飞越,忘掉只是为拉纤而来,倒自己出面向她说尽了痴情颠倒的话。我觉得这年轻姑娘可爱极了,把她的一分聪明看成三分,她对答的话简直风魔了我,我有点儿把持不住了。这时候,她姨母在旁浇冷水,发话道:“山悌良那先生,我跟你打开天窗说亮话。我听人家夸你大爷,所以许你上门,没有拿架子。不过别以为这样你就可以得步进步。我这外甥女儿在深闺长大,从没让男人过目,说来你还是头一个呢。你要是以为她配做你的太太,赏她这个面子,我很高兴。你瞧瞧她合不合这个条件,这是最低的条件。”

---

① 希腊神话:达那厄(Danaé)是古希腊阿耳戈斯(Argos)国王的女儿。神道启示说,这女儿将来生的儿子要杀死外祖父。所以国王不准女儿嫁人,把她禁锢在一座没人可进去的塔里。宙斯(Zeus)化作一阵金钱雨打入塔里,达那厄就有孕生了个儿子。

这般单刀直入，把个正要向我射箭的爱神吓跑了。换句平淡的话说，这样露骨的提亲点清了我的头，我马上又是替勒莫斯伯爵拉纤的忠仆了。我改了调儿，回答曼西亚夫人道："太太，我喜欢你直爽，也愿意学你的样。我尽管在朝里也是一尊人物，却配不过这位绝世无双的加德丽娜。我现有大阔佬来匹配她，想把她配给西班牙的东宫殿下呢。"那姨母冷冷地答道："你不要我的外甥女儿就完了。我觉得你不肯娶她已经够无礼，不必再来嘲笑。"我忙说："太太，我并没嘲笑，我认真得很。我奉命找个值得东宫微服光顾的姑娘，在你家找着了，用粉笔在门上做了标记①。"

曼西亚夫人听了大出意外，我看她很喜欢。不过她以为应当假作正经，说道："就算你的话当真，我告诉你，我可不是那种人，看外甥女儿做了王太子的外室就会臭得意。我是个品行正经的人，想到这种事就厌恶……"我打断她道："你品行正经再好没有！你就跟市民家的傻婆娘一般见识了。这种事情，讲什么道德，你不是开玩笑吗？一讲道德就杀尽风景了。你眼睛应当向好处看：设想一国的储君向加德丽娜拜倒，把她奉若神明，送不知多少礼物；还想想，也许她会生下个流芳百世的英雄儿子，连做妈妈的都要不朽呢！"

这位姨母虽然满心要应允，却假装打不定主意。加德丽娜早愿意笼络西班牙的东宫，却也做得满不在乎。因此我只得加紧进攻，后来曼西亚夫人看我锐气挫尽，准备要退兵了，这才回心转意，向我投降。我们订了个和约，有以下两款：第一，西班牙

---

① 帝王出巡，驻跸的房子，供奉官先用粉笔标识出来。

东宫听了我赞美加德丽娜如果动心,准备几时晚上来光顾,那么由我负责,连日期一并通知夫人和小姐;第二,东宫只能以普通风流公子的身份到她们家来,除了我和那个主要的媒人,不带其他侍从。

条约订毕,姨甥俩对我种种讨好,一点不拿架子。我乘机大胆搂搂抱抱,也没碰钉子。我临走她们自己上来拥抱,百般亲热。女人和她们用得着的拉纤一混就有交情,实在是件奇事。人家看我出门的时候这样受宠,准以为我真的有艳福呢。

勒莫斯伯爵听见我找到了他要的人,非常高兴。我把加德丽娜极口称赞,他就要亲自去看。第二天晚上他跟我去看了加德丽娜,承认我这事办得很好。他对夫人小姐说,他想王太子对我选中的人一定称心,她们有这样一个情人也准会满意;又说这位少年太子性情慷慨,而且温柔慈祥;末了又说,几天之内就领王太子来,按照她们要求的办法,悄悄默默地不带随从。于是这位大爷告辞,我也一同出来。我们是坐了他的马车来的,车还停在街口。两人上了车,他先送我到家,托我明天把这件刚着手的事告诉他舅舅,还代他要一千比斯多,可以把事办好。

第二天我原原本本报告了赖玛公爵,只瞒掉一件事。我没提西比翁,只算加德丽娜是我自己觅来的,因为一个人在贵人前面,凡事都自己居功。

我讨来几句不够味儿的夸奖。首相嘲笑道:“吉尔·布拉斯先生,我高兴极了,你有那许多本事不算,还会找到肯行方便的美人儿! 几时我要找个把女人,可以烦你了。”我也用同样口气答道:“大人,蒙您青眼,可是我这话您不见怪吧,替您帮闲的事我不便兜揽。堂罗德利克先生干了那么多年了,我不该抢他的。”公爵听了微微一笑，就拨转话头，问我他外甥玩这个把戏要钱不要。我说：“对不起，他向您要一千比斯多。”首相答道：“好吧，你送去就得了。你叫他不要省俭，太子要花钱，总从旁赞助。”

第十一章

西班牙王太子私访加德丽娜；赠送礼物。

我当时就送了五百双比斯多给勒莫斯伯爵。这位大爷对我说道：“你来得再巧没有。我已经跟太子谈过，他上了钩了，急煎煎地要去看加德丽娜。今天晚上他要悄悄地溜出王宫，上她家去，这事已经决定，一切都布置好了。你去通知那两个女人，就把带来的钱去送给她们，好让她们明白，光顾的不是个寻常情人，而且帝子王孙向女人用情，总先施恩惠。”又道：“你回头跟我一起陪他去，记着今天晚上到他寝宫去伺候。还有，我觉得坐你的车去妥当，叫你的车半夜停在王宫附近等着。”

我立刻赶到那两个女人家里。据说加德丽娜歇着呢，我没有见，我只见了曼西亚夫人，对她说：“太太，请原谅我大白天上你门来，可是我没别的法儿。王太子今儿晚上要来拜访你们，我得通知你一声。”我又把一口袋比斯多交在她手里，说道：“这是他献给爱神庙里的一点供养，求各位神灵保佑。你瞧，我替你介绍的事儿不错吧?”她答道：“我感激不尽。不过，山悌良那先生，我请问你，王太子喜欢音乐吗?”我说：“他喜欢得要命。他最爱听个好嗓子,再配上个轻拢慢拨的琵琶。”她喜得叫道:“好极了!我听了你这话真高兴!因为我外甥女儿的嗓子就赛得夜莺,她又弹得一手绝妙的琵琶,跳舞也好极了。”我也喜得叫道:“谢天,我的姨妈!她真是多才多艺!女孩子家要走红,不消这许多本领,单有一头已经成了。”

我这样先事安排,直等到王太子回寝宫的时候。于是我吩咐了车夫,就去找勒莫斯伯爵。他告诉我:太子要早早打发掉外人,就假托身子不舒服,又想装得像病人,所以上床睡了,可是一个钟头以后就会起床,从一扇暗门后面的秘密楼梯到院子里去。

他把他们商量好的事告诉了我,叫我在他们必经之处等着。我苦等了好久,以为我们那位情人走了别条路,或者懒得去看加德丽娜了,竟好像帝子王孙对这类事还未如愿就会兴尽的。我以为他们把我忘了,忽见两个人跑来。我一看正是我等的人,就领到我停车的地方。他们都上了车,我坐在车夫旁边点指,离女人家五十步就叫车停下。我搀扶王太子和他同伴下车,步行到我们要拜访的人家。我们走到那里,门就开了;我们一进去,门又关上。

一进门,里面黑沉沉,和我初次来的时候一般,只是此番壁上特为挂了盏小灯。灯光昏暗,只有一点儿亮,什么东西也照不见。我们这位主角看了这个情景觉得越发有趣。客厅上灯烛辉煌,对院子里的黑暗沉沉恰好是有余补不足。夫人和小姐在那里迎接,王太子一见大为颠倒。姨甥俩都穿着式样风流的便服,自有一种巧出心裁的俏丽,见了不由人不动心。如果只有曼西亚夫人一个儿,我们的王太子已经很中意,可是年轻的加德丽娜千娇百媚,当然把她比下去了。

勒莫斯伯爵说道:“哎,殿下,我们哪儿去替您找两个更漂亮的人呢!”太子答道:“两位都美得迷人。我这颗心别想把持得住了,即使没给外甥女儿抓住,也逃不过姨妈的手心。”

他先对做姨妈的这般恭维,然后对加德丽娜说了许多爱慕的话,她也对答得非常伶俐。这时候容得拉纤的人插嘴说话,只要说来助兴。所以我对太子说:这位姑娘唱歌弹琵琶都是第一手。王太子听说她如此多才,喜欢得很,逼着她显些本领。她欣然从命,拿起一只调好声音的琵琶,弹了几曲多情的调子,唱得也非常动听。太子又爱又喜,发狂似的跪在她旁边。不过这场情景不必再多写了。单说这位西班牙王国的储君掉在迷魂阵里,转瞬之间已过了几个钟头,天都快亮了,我们得拉他出来。两位帮闲连忙送他回宫,送进卧室。于是他们各自回家,都欣欣得意;他们引太子姘识了一个邪路女人,竟好像替他匹配了一位公主一般。

第二天早上,我把这事告诉赖玛公爵,因为他要知道一切经过。我刚讲完,勒莫斯伯爵走来说道:“王太子一心恋着加德丽娜,非常喜欢她,想常去看她,跟她结个不解之缘。他今天要送那个女人价值两千比斯多的首饰,可是身上一个子儿也没有。他对我说:‘亲爱的勒莫斯,你得立刻替我筹这笔款子。我明知这是给你麻烦,把你榨干了,我心上真感激不尽。假如有一天我能够不仅空言道谢,我决不亏负你对我的种种报效。’我回答说:‘殿下,我有朋友,借得动钱。您要的数目我就去弄来。’我说完立刻就告辞出来。”

公爵对他外甥道:“要遂他的心愿并不难。山悌良那就可以把这笔钱交给你。或者呢,你要是愿意,首饰可以叫他去买,因为他是内行,对于红宝石尤其识货。可不是嘛,吉尔·布拉斯?”他狡猾地看着我。我答道:“大人,您好挖苦人啊!我知道您是要拿我替伯爵大爷开心呢。”果然,那外甥免不了问这句话里的文章。舅舅笑着说:“没什么,不过是山悌良那要拿钻石去换人家的红宝石,结果又丢了脸,又赔了本。”

假如首相不再讲下去,就太便宜我了。他不怕絮烦,把加米尔和堂拉斐尔在公寓里作弄我的骗局都讲出来,把我最难堪的地方讲得特别详细。公爵大人把我取笑得够了,就吩咐我跟勒莫斯伯爵一同出去。伯爵带我到一家首饰店里,我们选了些首饰,拿给王太子看过,就托我去送给加德丽娜。然后我再回家取了公爵的两千比斯多,去付首饰店的账。

礼物是一对漂亮的耳环和坠子,送给外甥女儿的。我奉命当晚送去,夫人小姐看了殷勤接待,自不必说。她们俩得到这些表记,看出东宫又多情又手笔阔绰,喜得就像两个村婆子似的,话匣子开个无休无歇,又谢我为她们找了这么个好相识。她们乐得忘了情,漏出些话来,我听了怀疑自己为我们大王的太子弄了个女骗子了。我不知道是不是当真干了这么一桩好事,所以出来的时候决计叫西比翁来问个明白。

第十二章

加德丽娜原来是谁;吉尔·布拉斯又为难,
又着急;他图自己心安,作何防备。

我回家听得一片吵嚷,问是什么事。家里人说,西比翁请六个朋友吃晚饭呢。他们扬着嗓子唱歌,连声哈哈大笑。这餐饭当然不是希腊七位贤哲的宴会。

宴会的主人听得我回家,对他的朋友道:“诸位,东家回来了。这没关系,你们别拘束,照旧吃喝,我跟他说两句话就来。”他就来见我。我说:“好闹啊!你那儿招待些什么人呀?诗人吗?”他回答道:“对不起,不是诗人。把您的酒请那种人喝,太可惜了,我另有妙用呢。我请的客人里有个很有钱的年轻人,想走您门路买个职位。我为他请了这顿晚饭。他多喝一巡酒,我就把你的报酬抬高十个比斯多。我准备叫他直喝到天亮。”我说道:“这样说来,你还陪他们吃喝去吧,千万不要爱惜我窖里的酒。”

我觉得这会子不便跟他讲加德丽娜,第二天我起身的时候对他这样说:“西比翁朋友,你知道咱们俩是怎么样儿相处的。你算是我的用人,其实我把你当伙伴儿看待。所以你要是把我当个主人那样来哄骗就不对了。咱们彼此都不要藏头露尾。有一桩你听了要奇怪的事,我想告诉你;你呢,也说给我听听,你觉得替我介绍的女人怎么样儿?咱们俩私下说说吧,我怀疑她们是两个邪货,越要装老实,越显得调皮。要是我没冤枉她们,那就对不起王太子了。老实告诉你吧,我叫你找女人就是为了他。我领他去看过加德丽娜,他爱上那个女人了。”西比翁答道:“大爷,您待我这样好,不容我不拿真心出来。昨夜我和这两位公主娘娘的女用人有个约会,她把两个女主人的身世讲给我听了,我觉得怪有趣味。我简括告诉您,您听了一定很乐。”

他接着说:“加德丽娜是阿拉贡一个小乡绅的女儿,十五岁上就没了爹娘。她穷得很,也美得很。一个老爵士娶了她,名为丈夫,其实是当她的爸爸。他带她到托雷都,半年之后就死了。她承袭了遗产,那不过是随身衣着和三百比斯多的现款,于是她就跟曼西亚夫人合了伙。这位夫人已经有点儿走下坡路,可是还算得个红人呢。这一对好朋友住在一起,所作所为渐渐地惹得警察注目了。两个女人没趣,一赌气,还不知有什么别的缘故,突然离了托雷都到马德里来。她们在马德里住了将近两年,和街坊的女人从不来往。可是我讲最妙的事给你听:她们租两宅小房子,中间只隔着一堵墙,有一座地下楼梯走得通。曼西亚夫人带着个年轻女用人住一宅房子,爵士的寡妇住那一宅,用一个老年的女监护,只算是她的奶奶。所以咱们这位阿拉贡女人一会儿是姨妈带大的外甥女儿,一会儿又是奶奶照顾的孙女儿。她充外甥女儿的时候叫加德丽娜;装孙女儿的时候叫做仙籁娜。"

我一听得仙籁娜这个名字,脸都白了,忙打断西比翁道:"你说的什么?你吓得我发抖了。哎呀,我生怕这个天杀的阿拉贡女人就是加尔德隆的外室!"他答道:"哎!对呀!正是她!我以为您听了这个新闻会乐得不可开交呢。"我道:"你说着玩儿吧?这个新闻哪里会叫我快活,只会招我发愁。你没想到这会惹出事来吗?"西比翁道:"天晓得,我没想到。会出什么乱子呢?堂罗德利克未必会知道。您要是怕他知道,只消趁早告诉首相。您老老实实告诉他,他就知道您是无心。如果加尔德隆要中伤您,首相就明知他无非是挟仇陷害了。"

我听了西比翁这番话就不害怕了。我照他的主意,把发现的这件不如意事告诉赖玛公爵。我说的时候还装出满面愁容,叫他相信我十分懊丧，无意中抢了罗德利克的外室去给太子。可是首相非但不为他那位亲信叫苦，反而嘲笑一番。他叫我只管照常行事得了，加尔德隆能和西班牙太子同爱上一个女人，平分春色，究竟还是他的体面。我把这事也告诉了勒莫斯伯爵。他说，如果那个一等秘书发现了这段私情向首相进谗言，他一定袒护我。

我以为凭这手段，可以一帆风顺，不愁搁浅，所以就不怕什么了。我还是陪太子去光顾加德丽娜，也就是那美丽的仙籁娜。她自有手段稳住堂罗德利克不叫他上门，偷出几夜工夫来接待他那位高贵的情敌。

第十三章

吉尔·布拉斯依然做他的阔佬。他听到家里消息，有何感触。他和法布利斯吵翻。

上文说过，每天早晨我的前厅上常是一大堆人，有事等着求见。不过我不愿意他们口头陈述，我按照朝里规矩，或者竟可以说，要摆架子，一概吩咐："拿陈请书来。"我说溜了口，有一天我房东来要一年的房租，我竟也照样回答他这句话。肉铺和面包铺按月准开上账来，倒不消我再问他们要陈请书。西比翁一举一动都学我；翻版和原本可说是相差无几。有人托他向我求情，他也同样行事。

我还有一桩可笑之处,这点我也不用讳言。我虚骄透顶,说起头等贵人的时候,仿佛和他们如兄若弟。譬如说,我要提起阿尔伯公爵、奥宋公爵或是梅狄那·西董尼亚公爵,就不客气直称阿尔伯、奥宋或是梅狄那·西董尼亚,总而言之,我变得骄傲浮夸,竟不像我爹妈的儿子了。唉,可怜的女监护!可怜的侍从!我并没打听打听你们在阿斯杜利亚过的什么日子,压根儿没放在心上,念头从没想到你们俩!我们到了朝里,好比喝过来德河水①,把穷亲戚穷朋友都忘记干净了。

所以我从不想起老家。忽然一天早晨,一个小伙子跑来,说要和我密谈。我把他叫进办公室,看他是个平头百姓,所以也没请他坐,只问找我有什么事。他说道:"吉尔·布拉斯先生,怎么的?你不认得我了?"我把他细细端详,认不出来,只好说陌生得很。他道:"我是你的同乡,也是奥维多人;我爹就是你那位大司铎舅舅的邻居,开油盐铺的贝尔特朗·穆斯加达。我倒一看就认得你,咱们俩常常捉迷藏玩儿的。"

我说:"小时候的玩意儿记不起了。一向事情忙,心上记不得这些旧事。"他说道:"我找我爹生意上有来往的店家算一笔账,所以到马德里来。我听人家讲起你,据说你在朝里很有地位,已经富得像个犹太人了。可喜可喜。我回到家乡,要把这个喜信告诉你家里,让他们快活。"

我迫于礼貌,只得问他离乡的时候我爹妈舅舅景况怎样。可是我勉强塞责,非常冷淡,这个油盐铺的小伙子也觉得我太没

---

① 希腊神话:来德河(Léthé)是阴间的一条河,死人阴魂一定要喝些来德河水,才会把生前的事忘记干净。

骨肉之情了。他这意思全露在脸上。他看我对至亲这样漠不关心,好像很骇然。他是个粗汉,就老实不客气地说:“我以为你对亲人还要稍微热和关切点儿呢。你问起他们的时候多冷淡呀！好像早已把他们忘在脑勺子后头了。你可知道你爹妈的景况吗?我告诉你,你爹你妈一直在帮人。那位好人大司铎吉尔·贝瑞斯又老又病,已经去死不远。一个人总该有点儿人性！你现在有力量帮你家里,我凭朋友分上,劝你一年送他们两百比斯多。这个数目你不在乎,他们靠了你这点救济也可以过些舒服快乐的日子。”

他叙述我家的情形,我听了无动于衷,只怪他冒昧,我并没向他请教,他倒就来劝告我。要是他措辞委婉,也许我会听他;他那样直率,反而撩得我火了。他分明看出我生了气不开口,还只顾劝我,算是一片好心,其实多半是恶意。我听得不耐烦,炸起来了,说道:“哎,你太没分寸了。我跟你说,穆斯加达先生,别多管闲事。找你爹生意上来往的店家算账去吧。我责任所在,轮得到你来下命令吗?这事我该怎么办,我比你明白些呢。”说完,我把这个卖油盐杂货的推出办公室,让他回奥维多卖他的胡椒丁香去。

可是他的一席话却打动了我,我自愧不孝,不禁心软下来。我回忆小时候受的提携教育,想到父母的恩勤,也有几分感激,不过感激一阵,也就完了。我立刻又忘恩负义,随就撇开不想了。好些做父亲的有这种孩子呢。

我全凭贪心和野心摆布,脾气整个儿变了。我兴致全无,闷闷不乐,心事重重,总而言之,成了一头毫无灵性的畜生。法布利斯瞧我利欲熏心,对他很冷淡,就难得上门来。可是有一天他忍不住对我说道:“说真话,吉尔·布拉斯,你换了个人了。你入朝以前,一向心地舒泰,现在我看你老在烦忧。你出了一套套花样弄钱,钱越攒得多,你越要多攒。而且,我对你说吧,你对我不像从前那样一片真心、不拘形迹了;像那样才有交友之乐。你可不然,遮遮掩掩地不拿真心向我。你对我多礼,我就觉得不舒服。总而言之,吉尔·布拉斯跟我以前认识的吉尔·布拉斯不同了。”

我冷冷地说:“你真是说笑话了。我不觉得有什么改变。”他答道:“不能凭你的眼光来看呀,你眼睛花了。我这话不是哄你,你变了相可是千真万确的。朋友,你老实说吧,咱们还像从前那样相处吗?从前我早上来打门,你总亲自来开,往往还睡眼迷离,我就不拘形迹直闯到你屋里来。现在呢,大不相同了!你有那些跟班的,他们叫我在前厅等着,先要通报姓名,才许进见。见了面,你又怎样接待我呢?你冷冰冰地对我客气,还摆出一副大爷架子。看来你渐渐讨厌我上门了。你想,一个当你老朋友的人会喜欢你这样接待吗?不喜欢的呀,山悌良那,我完全不惯的。再见吧,咱们俩好离好散,大家丢开手——你呢,少个人来指摘你的行为;我呢,丢开个忘本的暴发户。”

我听了他的责备虽然有几分感动,却生气得厉害。我一句话没留他,由他走了。照我那时候的心境,觉得跟一个诗人做朋友算得什么呢,绝交也不值得伤心。我没有他,另有别人做朋友。我结识了几个朝里的小官,因为气味相投,不多时就亲密得很。这些新交多半不知是什么出身,凭运气做到了目前的职位。他们都已经很富裕。这起小人都和我一样忘本,受了王上深恩,只觉得是应该的。我们自以为是非常高贵的人物。啊,命运之神呀，你就是偏心这种人！斯多噶学派的艾比克泰德[1]说你是个大家闺秀，却专跟底下人鬼混，真是一点儿不错。

① 斯多噶学派的艾比克泰德(Le Stoïcien Épictète)：斯多噶学派是古希腊哲学里的一派，以忍耐痛苦、抛弃享受、坚毅自持为宗旨；艾比克泰德(公元前1世纪)出身奴隶，是这学派里最能感化人的大师。艾比克泰德语录里并没有勒萨日引的这句话。

第九卷

第一章

西比翁要为吉尔·布拉斯寻一门亲事,说的女家是开金饰店的有名富户。这事如何撮合。

一天晚上,来吃饭的客人都散了,我身边只剩西比翁一人,就问他一天来干了些什么。他说:"干了件呱呱叫的事。我在替您弄一份大家业。我认识个金饰店的掌柜,想替您说合他的独生女儿。"

我满脸鄙夷不屑,说道:"金饰店掌柜的女儿!你糊涂了吗?怎么替我说个平头百姓家的姑娘呀?我觉得一个人有点儿本事,而且在朝廷上有点儿地位,眼界还应该高些呢!"西比翁答道:"哎!先生,别这等看法。要知道妻以夫贵,我举得出上千个贵人都不像您这样挑剔呢。您可知道,我说的这位阔小姐至少有十万杜加的嫁妆,不是好一尊金人儿吗?"我听说有这么一大笔钱,心上活动多了,就对我那书记说:"好吧,我为的是那份嫁妆。你准备几时让我到手啊?"他答道:"且慢着,先生。等一等!我先得把这意思告诉那个父亲,说得他肯了,再讲别的。"我哈哈大笑道:"好哇!原来才不过是这么一回事儿呀?好一头踏踏实实的亲事!"他答道:"也不像您想的那样没影儿,我只消跟那个金饰店的掌柜谈上一个钟头,保管他愿意。不过咱们先把条件讲讲明白好不好？我要是替您弄到十万杜加，您给多少回扣？”我说：“两万。”他道：“谢天啊！我想您只肯谢我一万，您比我手笔大了一倍。好，我明天马上去交涉，保管成功，除非我是笨蛋呢。”

过了两天他果然来对我说：“我已经跟那金饰店掌柜加布利尔·德·萨勒罗讲过了。我把您的权势和本领说得天花乱坠，所以他一听我要替您说合他女儿，就很乐意。他只要您证明自己确实是首相的红人，就肯把女儿嫁你，再陪上十万杜加。”我就对西比翁道：“他要是只有那个条件，我马上就可以结婚。至于那女儿，你瞧见没有？模样儿美不美？”他道：“不如她的嫁妆美。咱们私下说说，这位有钱小姐相貌并不怎么漂亮。好在您也满不在乎。”我答道：“哎，朋友，我是不在乎的，我们在朝里的人结婚不过是娶一门亲罢了，若要找美人儿，有的是朋友的太太；自己万一娶到了漂亮太太也一点不在意，所以受她们亏负也是活该。”

西比翁又道：“还有一件事，加布利尔先生今晚请您吃饭。我们说定暂且不提亲事。他还要请好些做生意的朋友，您不过是个平常的客人；明天他也只算个平常的客人上您家来吃晚饭。可见这人先要把您研究一番再说呢。您在他面前得小心才好。”我很有把握地打断他道：“好，随他研究得了，万无一失的。”

这事就逐步做去。我跟西比翁到金饰店掌柜家，他待我很熟，仿佛已经见过好几面似的。这人是个老实的生意人，殷勤得叫人受不了。他介绍我见了他太太玉珍妮亚和女儿小加布利拉。我因为有言在先，并没提起亲事，不过对她们极恭维，说了一大套很好听的敷衍话，全是朝上贵人的谈吐。

我虽然听了我书记先入之言,却觉得加布利拉并不讨厌。也许因为她加意打扮,也许因为我是从陪嫁的钱眼儿里看她。加布利尔先生家里真讲究!我相信他家的银子赛得过秘鲁的银矿呢。到处是各式各样的银器,间间屋子都是个宝库,尤其我们吃饭的那间。真叫做女婿的看得眼红!那丈人要把这顿饭请得特别体面,所以邀来五六个生意人,都是呆板乏味的人物。他们只谈生意经,不像朋友宴会,倒像讲行情做买卖。

第二晚我款待那金饰店的掌柜。我虽然不能拿银器来炫耀,却另有迷他的办法。我请的陪客是朝廷上最出风头的人物,并且我知道他们是雄心勃勃、没有餍足的。这些人无非谈些富贵的场面以及念念不忘的高官厚禄。这一套果然灵验。加布利尔掌柜尽管有钱,给他们的豪贵压倒了,相形之下,自觉惭愧。我装得很恬然,我说只求家道小康,譬如一年有二万杜加的收入就知足了。那几位渴求功名利禄的朋友都说我不对,既承首相那般宠爱,岂可毫无大志。那位丈人句句话都听在肚里,我看出他临走很称心。

第二天早上,西比翁去看他,问他是否喜欢我。那位市民道:"很喜欢,这孩子实在中我的意。不过,西比翁先生,看咱俩老交情分上,请你说老实话。你知道,咱们人人都有毛病。你把山悌良那先生的毛病说给我听听。他爱赌吗?爱女人吗?有什么坏习气?请别瞒我。"那媒人道:"加布利尔先生,你问这话,我可生气了。我一心为的是你,主人倒在其次。他要是有什么坏习气,将来要害你女儿惹气,我还会说这个媒吗?天知道不会的呀!我一片心全是为你打算。不过我私下跟你说说,毫无毛病就是他惟一的毛病,年轻人这样太正经。"那金饰店的掌柜道:“再好没有了！我倒是喜欢他那样。我告诉你,朋友,你去对他说,我女儿准嫁给他,就算首相不宠爱他,我也要他做女婿。”

我书记把这话告诉我,我马上赶到萨勒罗家,谢他见爱。他已经把意思告诉太太和女儿。我看她们接待我的态度,知道她们心上也愿意。我先一天通知了赖玛公爵,就带丈人去晋见。他大人接见的时候非常客气,又表示很快活,因为他选中的女婿恰是自己十分宠幸、一手提拔的人。他随又夸赞我种种长处,说得我不知多么好,那老实的加布利尔替女儿找到我这位大官人,简直以为是西班牙顶儿尖儿的好对头了。他喜得满眼是泪,临别紧紧抱住我道:“我的儿子,我等不及地要看你和加布利拉结婚,不出八天,你就是她的丈夫了。”

第二章

吉尔·布拉斯偶然想起堂阿尔方斯·德·李华;
要挣自己的面子,就替他出了些力。

我的婚事且按下慢表。这部自传有个层次,我得讲讲我替旧主人堂阿尔方斯出的力。我已经把这位大爷忘得一干二净,因为以下情形,才想起他来。

当时瓦朗斯城出了个都统的缺,我得到消息,就记起堂阿尔方斯·德·李华。我想这个职位给他做再合适也没有,决计去替他求取。我虽然是为交情，也许大半还是为了卖弄。我想假如弄到手，脸上多么风光。所以我就跟赖玛公爵说了。我说我做过堂西泽·德·李华父子的总管，受恩深重，所以冒昧求他把瓦朗斯都统的缺或者给老子或者给儿子。那大臣说道："很好，吉尔·布拉斯，你知恩报恩，心胸慷慨，我看着也喜欢。况且我很器重他们家。李华世代是王上的忠臣，这个位子他们得之无愧，你去给他们吧，就算我送你的一份结婚礼。"

我如愿以偿，不胜欣喜，连忙赶去见加尔德隆，请他下个委任状给堂阿尔方斯。堂罗德利克家里成群结簇的人，都肃静无声，等候他传见。我从人堆里挤过去，到书房门口，就有人开门请我进去。里面人很多，有各等的爵士以及其他有身份的人。加尔德隆挨次接见。他对人的态度各各不同，煞是好看。他对这人不过略为点点头，对那人就深深鞠躬，直送出书房。他待人接物的礼数可说是极有分寸。我看出有几位绅士受了怠慢很气愤，心里自怨迫于处境，只好向他摇尾乞怜；还有一种人却不然，看了他那副自命不凡、不可一世的神气，肚里暗笑。我虽然留心到这许多，却并不引为鉴戒。我在家里，待人接物也跟他一模一样，不管人家对我那倨傲的态度是赞成还是埋怨，只要他们买我的账就完了。

堂罗德利克一眼看见我，立刻撇下了接见的人来拥抱我，那副亲热的样儿简直叫我吃惊。他说："啊，老哥！什么风把你吹到这儿来的呀？有什么事要我效劳吗？"我说明来意，他满口应承，担保过一天这时候准把我要的东西发下来。他这样客气也罢了，还把我直送出接待室，他只有送大贵人才走得那么远，临别又拥抱了我一番。

我出来心上想:“这样多礼是什么道理?是凶是吉?加尔德隆想要陷害我吗?还是要跟我结交呢?还是觉得自己渐渐失宠,笼络了我可以求我在东家面前说好话呢?”我捉摸不准。第二天我又到他家,他还是那样待我,又亲热,又多礼,真叫我当不起。他对我的礼数其实都是从接见别人的礼节上克扣下来的。他对有些人粗暴无礼,对有些人阴冰冷气,弄得差不多人人抱怨。不过那天有件事替大家出足了气,我应当讲讲,让那些当书记、当秘书的看了知所鉴戒。

有个人衣服很朴素,看不出什么身份。他来找加尔德隆,说他上过赖玛公爵一个呈文,不知下落如何。堂罗德利克正眼也不瞧他,很不耐烦地问了声:“你叫什么名字?朋友。”这绅士从容答道:“我小时候叫方西罗,后来叫堂方西斯果·德·苏尼加,现在叫贝德罗萨伯爵。”加尔德隆听了大吃一惊,一瞧对方是头等贵人,就想自打圆场,对伯爵道:“大人,请您原谅,我不识尊颜,也许……”方西罗满脸鄙夷,打断他道:“你不用撇清。你傲慢得可鄙,撇清得也可鄙。你要知道,大臣的秘书对各色人等都应该有礼貌。你尽管骄得自以为是主人的替身,可是别忘了,你不过是他的用人。”

那不可一世的堂罗德利克这来臊了一鼻子灰。可是他并没有学乖。我却把这事引为前车之鉴,决计以后接见什么人一定要辨明来头,是好欺负的才可以对他摆足架子。堂阿尔方斯的委任状已经写好,我就带回去,专差送给那位年轻公子,还附了一封赖玛公爵的信,他大人信上说,王上任命他做了瓦朗斯的都统。我并没告诉他这事我尽了什么力,连信都没写,想等他上朝宣誓的时候当面讲,给他个意外之喜。

第　三　章

吉尔·布拉斯筹备结婚;天外横风,吹断好事。

再讲我那个漂亮的加布利拉吧。不出八天,我就是她夫婿了。我们男女家都忙着筹备婚事。萨勒罗替新娘子做了鲜衣华服,我为她雇了一个贴身女用人、一个男用人、一个老侍从,都是西比翁找来的。他只等我嫁妆到手,眼巴巴盼着那好日子,比我还心切。

那天的前夜,我在丈人家晚饭,同席都是新娘本家和外家的亲戚。我串那假意殷勤的女婿真是面面俱到。我对金饰店掌柜夫妇非常孝顺,见了加布利拉又装得一往情深,对全家人都极力敷衍;他们那种陈腐的谈吐、伧俗的议论,我都耐心恭听。我这般涵养赢得亲戚们个个喜欢,都觉得这门亲结得真好。

饭后,客人都到大客厅上去听音乐:有唱的,有弄乐器的,虽然不是马德里的头等角色,却也演奏得不错。我们听了好些欢乐的音调,兴致勃勃,合伙儿跳起舞来。我们跳得如何只有天知道。我只在夏芙侯爵夫人家跟那个教小僮儿的跳舞师学过两三回,懂得一点入门初步,他们已经把我当作忒普西科瑞①的高徒。我们作乐得兴尽,该回家了。我四面鞠躬拥抱,好不忙碌。

---

① 忒普西科瑞(Terpsichore)是希腊神话里歌舞的女神。

萨勒罗拥抱我说："再见啊，我的女婿，我明儿一早送嫁妆到你家来，都是黄澄澄的金元。"我答道："亲爱的丈人，你明天来欢迎得很！"我的马车在门口等着，我辞别了他们家人，就上车回寓。

我离开加布利尔先生家还不到二百步，只见一队人，约莫有十五到二十个，挂剑带枪，有的步行，有的骑马，围住我那马车不放前进，嘴里都嚷着："奉圣旨！"他们恶狠狠地把我拉下来，推上一辆双轮马车。他们的头儿也上了车，吩咐车夫开往塞哥维亚去。我料定旁边这人是个有体面的公差。我想问问他为什么逮捕我，可是他开口就是公差老爷的调儿，凶悍得很，说不用向我交代。我说也许他认错人了，他答道："绝没有错儿，我有把握。你是山悌良那大人，我奉命押送的正是你。"我听了没什么说的，就不开口了。我们一路上悄默无声，马车沿着曼萨那瑞斯河直走到天亮，在高莫那换了马，傍晚到塞哥维亚。他们就把我关在这个要塞的塔里。

第　四　章

吉尔·布拉斯在塞哥维亚塔里受的待遇；他知道了下狱的缘由。

他们先把我关在一间牢房里，撇我在干草堆上，像个该判死刑的囚犯。我还没完全领略到我的苦况，所以这一夜并不伤心绝望,只在寻思下狱的缘由。我拿定是加尔德隆害的。我捣的鬼他大概全知道了,只是我不懂他怎么竟会调唆得赖玛公爵对我下这等毒手。我一会儿想,也许他大人不知我被捕;一会儿想,也许就是他为了什么政治干系把我下牢的,大臣对亲信有时候用这种手段。

我千思万想,心乱如麻,一会儿太阳照进装栅栏的小窗,我才看清楚这里多么凄惨。我悲痛极了,想到从前得意,泪流不止。我正在哭个痛快,一个禁子送进来一块面包、一瓯白水,给我一天吃喝的。他尽管是个禁子,看见我泪痕满面,也动了悯怜之心,就说:"囚犯先生,不要悲伤,倒了霉不该这样伤心。你年纪轻轻,日子还长着呢。目前且乖乖地吃王上家的面包吧。"

他说了这几句宽慰的话就走了。我并不回答,只唉声叹气。我整天怨命,一点不想吃这份口粮。我当时觉得这份粮与其说是皇上的恩典,倒不如说是他生气的表示,因为倒霉人吃了,受的苦不会减轻,只会延长。

天渐渐黑下来,一会儿我听得钥匙响。牢房门开处,一个人举着支蜡烛到我跟前道:"吉尔·布拉斯先生,我是你的老朋友。我就是跟你在格拉纳达同事的堂安德瑞·德·陶狄西拉斯,那时候你在大主教手下很得宠,我是大主教的家人。你也许还记得,承你求了情,他替我在墨西哥弄到个职位。不过我没有上船到美洲,就在阿利冈城逗留下来。我娶了阿利冈堡卫戍长官的女儿,种种经历回头再讲,现在我做了塞哥维亚塔的典狱官。也是你运气好,奉命来收拾你的人恰恰是个朋友,正极力想法子要你少受些牢狱之灾。我接到明令:不许你跟任何人讲话,叫你睡在干草上，一天只给些面包白水吃。不过我心肠很软，见你遭了难，不由得可怜你；何况你帮过我的忙，我感恩心切，顾不得上头的命令了。我非但不会做人家的爪牙来虐待你，还要尽力看顾你呢。起来跟我走吧。”

我该向这位典狱官道谢几句，可是我心烦意乱，一句话也说不出。我跟他穿过个院子，上一座很窄的楼梯，到塔顶一间小屋里。我进去很诧异，只见桌上一对铜蜡台里点着亮煌煌的蜡烛，还齐齐整整摆着两份刀叉。陶狄西拉斯说：“一会儿就开上晚饭，咱们俩在这儿对吃。我想让你住在这个小窝儿里比那间牢房舒服。你可以临窗眺望：艾瑞玛河两岸都是花；从新旧加斯狄尔分界的那座山脚下直到果加，一片沃野，风光明媚。你起初当然无心欣赏景致，等你的悲痛渐渐儿变为惆怅，那时候你一眼望去，会心旷神怡。此外呢，一个爱清洁的人少不了的被单衬衣等等，这里一应俱全。并且床铺温软，饮食丰足，你要看多少书，都可以供给。总而言之，一个囚犯能享的福，应有尽有。”

我听他要这样殷勤相待，宽慰了些，精神也振作起来，就对我的典狱官千恩万谢。我说，亏他厚道，使我死里重生，但愿将来有报恩的日子。他答道：“嗨！怎么会没有呢？你以为从此一辈子不得自由了吗？要那么想就错了。我敢担保，你坐几个月牢就会释放。”我忙道：“堂安德瑞先生，你说什么？你好像知道我遭祸的缘由。”他答道：“老实告诉你吧，我的确知道。押送你的公差把这个机密告诉我了，我可以说给你听听。据他说，王上得到密报，说勒莫斯伯爵和你晚上把王太子带到个来历不明的女人家去。王上要惩罚你们，把伯爵贬谪出去，把你送到塞哥维亚塔里，叫你吃尽牢狱之苦，你来了已经尝到些滋味。"我问道："王上怎么会得到密报的呢？我就是要知道这一层。"他答道："那公差没说起，大概他自己也不知道。"

我们讲到这里，用人七手八脚开上晚饭来。他们摆上面包、两个杯子、两瓶酒、三个大盘子：一盘是锅烧兔子，里面搁了许多葱头、油和番红花；一盘炖什锦肉；一盘是茄子糖酱垫底，上面坐一只小火鸡。陶狄西拉斯不愿意用人在旁边听我们说话，一看晚饭齐全，就把他们都打发开。他关上门，我们俩对面坐下。他说道："吃吧，赶快！你饿了两天，今儿应该有胃口了。"说着把各种肉往我盘里堆。他想我很饿，要放量饱吃一顿，这样想其实很入情入理，不过我却叫他失望了。我在这个境地，心里郁结，尽管肚子空虚，东西却梗在喉头，咽不下去。那典狱官要我把剪不断的愁思暂时放开，所以只顾劝我喝酒，又夸赞酒好，可是都没用，就算他斟下玉液琼浆，我喝来也不辨滋味。他看出来了，另想了个办法替我解闷儿。他用诙谐的口吻，把自己那段婚姻讲给我听。这来更没用。我心不在焉，他讲到完，我也不知讲了些什么。他看透当夜要我解闷是办不到的。饭后他起身道："山悌良那先生，我让你安置吧；或者老实说，让你去思量你那糟心事儿，不来打搅你了。不过我再说一遍，这不是长局。王上生性很仁厚。他以为你在受罪呢，等他火气过了，想到你情境可怜，也许就以为惩罚得你够了。"典狱官说完下楼，叫用人来撤家伙。他们连蜡台都撤去，剩墙上一盏昏灯，我就躺下睡了。

第五章

他这晚临睡的感想和惊醒他的声音。

我把陶狄西拉斯的话反复寻思,至少有两个钟头之久。我想:“原来因为我做了储君的帮闲,所以关到这里来!替这样年轻王子当这种差使,真是冒失!我犯罪就因为他年纪太轻;他要是再长几年,王上也许置之一笑,不会大发雷霆了。不过谁会不顾王太子和赖玛公爵怀恨、去向万岁爷告密呢?这位大臣准要替外甥勒莫斯伯爵报仇的。王上究竟怎么知道的呢?我想不明白了。”

我想来想去,总不明白。不过我想到自己的财产尽人家偷抢一空,尤其难受,满心懊丧,排遣不开。我叹道:“我的钱箱呀!哪里去了?我宝贝的财产呀,现在怎么了?落在谁手里了?唉!我的钱来得快,去得更快!”我想自己寓所一定搅得七零八乱,越想越伤心。这样千思万想,弄得精疲神乏,倒也有好处,前夜睡不着,这时却瞌睡上来。再加床铺舒服,身体困倦,又熏了些酒香肉味,都可以送人入睡。我睡得很熟,照那光景,真可以一觉睡到大天光。可是忽然有个监狱里想不到的声音把我惊醒。我听得弹吉他声,和着男人的歌声。我倾耳细听,又听不见了,以为是做梦呢。可是过一会儿,又听得方才的琴声歌声,唱的词儿是:

唉！终年欢乐，
一阵轻风似的飘过！
可是须臾苦恼
却像一百年的折磨。

这首诗好像为我而发的,不禁触动愁肠。我想:“这话千真万确,我有切身体会。我只觉快活日子流水般过去,进狱以来倒好像有一百年了。”我又只顾凄凄惨惨的寻思,仿佛爱尝愁滋味,又伤心起来。我叹恨到天明,看见朝阳照进屋里,心境才平静了些。我起来开窗换空气;记起典狱先生曾经把景物刻意描摹,我就也瞅瞅风光。他那话有何根据,竟看不出来。我以为艾瑞玛河至少跟塔古河同样宽广,一看只是条小河。所谓“两岸都是花”原来是些荆棘;所谓“一片沃野,风光明媚”原来大半是没开垦的荒原。大概我的悲痛还没变成惆怅,到时我自会另眼相看的。

我就穿衣服,刚穿一半,陶狄西拉斯来了,背后跟着个老妈子,来送些衬衣脸布之类的东西给我。他说道:“吉尔·布拉斯先生,这些洗换的东西你不必省用,我总让你有富裕。”又道:“哎,昨夜怎么样？有没有睡会子休息一下呢?”我答道:“有人弹着吉他唱歌,把我吵醒。不然的话,我这会子还睡着呢。”他道:“吵醒你的那位大爷是个国事犯,就住在你隔壁,是授加拉特拉华武士勋章的爵士,相貌很漂亮,他叫堂加斯东·德·高果罗斯。你们可以会面,一同吃饭。两人谈谈,也可以彼此劝慰。你们俩一定合得来。”我对堂安德瑞说,承他许我跟那位大爷同病相怜,我很感激。典狱官照应周到,看出我急要认识那个患难中的伴儿,当天就让我如愿,叫我跟堂加斯东同吃饭。他人物秀美,使我暗暗吃惊。我一双眼睛看惯朝廷上的英俊少年,可是一见他还不免眼花缭乱,他那人就可想而知了。你设想一位翩翩公子，就像传奇里的主角，公主们一见会害相思病。造物禀赋常常美中不足，高果罗斯却又得天独厚，他很聪明，又很勇敢，是位十全十美的绅士。

我喜欢那位绅士，承他也不嫌弃。他怕吵我，晚上总不唱歌了，我请他不要拘束，他也不听。我们两个落难的人一见如故，相识不久就很亲热，交情与日俱深。我们可以随意谈话，这最好没有，两个人谈谈说说，彼此都觉得痛苦好受些。

一天下午，我上他屋里去，他正要弹吉他。他屋里没别的座位，只有一张板凳，我就坐着，听得舒服点儿。他坐在床尾弹了个很动人的调子，又和着琴声唱了支歌儿；唱的是硬心肠的女郎害得痴情汉子肠断。我等他唱完，笑道："爵士大爷，你跟女人来往，一辈子不至于用到这种歌词。生成你这么个人才，女人不会对你硬心肠。"他答道："你过奖了。我刚才唱的歌儿是我抒情之作，因为有一颗心像钻石一样坚贞，有一位小姐待我非常冷酷。我要把那歌词去化刚为柔，叫那位小姐垂怜。我应该把这件事讲出来，你听了就会明白我为什么遭祸。"

第　六　章

堂加斯东·德·高果罗斯和堂娜海
丽娜·德·加利斯悌欧的故事。

"差不多四年前，我从马德里到果利亚去看我姨妈堂娜艾蕾欧娜·德·拉克萨利拉。她是旧加斯狄尔最有钱的寡妇，承继人只我一个。我一到她家，就给爱情弄得神魂颠倒。她安置我的卧房，窗口正对隔街一个女人的百叶窗帘。帘眼儿很疏，街道又窄，看过去很清楚。我不免张望一番，发现我那位邻居非常美丽，一眼就看中了。我马上对她大送秋波，用意显然。她也瞧明白了，不过像那样的小姐碰到这类事不会自鸣得意，至于酬答我那顾盼之情更是没有的事。

“我就打听这位使人一见销魂的祸水姓甚名谁。原来她叫堂娜海丽娜，是堂乔治·德·加利斯悌欧的独养女儿。离果利亚儿哩外最大的一个封邑就是她家的，收入很可观。许多人想求亲，可是她爸爸一概回绝，因为他打算把女儿嫁给自己的外甥堂奥古斯丁·德·奥立格拉。目前虽然没有成婚，这位表兄天天可以来拜访表妹。我并不心死，反而越加情痴了。也许痴情还在其次，倒是好胜心切，要挤掉个得宠的情敌，所以不肯罢休。我还向海丽娜眉目传情，又对她的女用人斐丽霞送眼风，流露出恳请之态，好像向她求救似的，甚至做手势打暗号。可是这番功夫全冤枉了，她们是主是仆，都满不理会，一对儿狠心肠，没法亲近。

“我眉挑目语既然不蒙搭理，只好另找人通话。我派人出去探听斐丽霞在城里有什么朋友，他们探得有个老太太叫戴欧多拉跟她最要好，两人常见面。我得了消息，不胜欣喜，亲自去见戴欧多拉，送些礼物，请求帮忙。她愿意为我出力，答应设法让我和她朋友在她家密谈一次。她这句话第二天就做到了。

“我对斐丽霞说：‘承你垂怜，我就不烦恼了。多亏你朋友劝得你肯和我会面。’她答道：‘大爷，我对戴欧多拉唯命是听，她说得我一心都为你了。假如我能够成全你，你马上会如愿以偿。但是我空有一番好意，只怕没多大用处。我应该老实说，你这事是千难万难。你看中的那位小姐已经此心有主，而且她的为人呀，真是骄傲透顶，心里的事一点不露在脸上；竟算你志诚专一、小意殷勤，打动了她的心，她好强负气，决不肯让你瞧出来。’我添了愁闷，说道：‘唉，亲爱的斐丽霞，干吗把一重重难关指点出来呀？你这样是要我的命。宁可你哄我，别叫我灰心。’我说完紧紧捧住她的手，把一只价值三百比斯多的钻戒套在她指头上，一面又说些悱恻动人的话，勾得她眼泪都出来了。

“她听了我的话很感动，看我那样待她也很称心，所以不免宽慰我几句。她把那些难关打开了几重，说道：‘大爷，你也不用听了我方才的话就灰心。你的情敌的确不是小姐的眼中刺，他可以上门拜访表妹，随意跟她会面，可是这倒于你有利。他们俩天天见面惯了就有点儿厌腻。我觉得他们分手既不依恋不舍，会面也不欣喜欲狂，竟像结过婚的那样了。总归一句话，我们小姐对堂奥古斯丁的情意，我瞧也淡得很。况且他人才跟你不能比，像堂娜海丽娜那样精细的小姐，不会分不出好歹。所以你不要丧气，照旧献你的殷勤。你讨好她的一举一动，我只要有个机会，总叫她领情。她尽管不露声色，我会看破她的掩饰，猜透她的心思。’

“斐丽霞和我谈了这一番，彼此很相得，就分手了。我加劲向堂乔治的小姐送眉眼；晚上又在她窗下奏乐，我做了方才唱的那支歌儿，叫个好嗓子唱给她听。奏乐完毕，那女用人要探探她小姐，问她听了喜欢不喜欢。堂娜海丽娜道：‘我喜欢那嗓子。’女用人问道：‘唱的那歌儿不是很多情吗？’小姐答道：‘我倒是一点没留心;我只在听他唱;唱的什么词儿,谁为我奏的乐,我都不理会。'女用人道:'这样看来,可怜的堂加斯东·德·高果罗斯只是痴心妄想了,他成天望着咱们的窗帘子,好傻呀!'那小姐冷冷地说:'未必是他,也许方才是别位公子哥儿来奏乐诉说痴情,你弄错了。'斐丽霞道:'别怪我多嘴,那不是别人,正是堂加斯东。只要想,他今天早上在街上还赶来招呼我,求我对你说:你尽管对他冷酷无情,他还是对你拜倒;只要你许他献点儿殷勤,奏点儿音乐,聊表爱慕之情,他就得意极了。这些话足见我没弄错。'

"堂乔治的小姐陡地变了脸,正色看着她女用人道:'这种非礼相干的话,你大可不必来传。请你以后别再传这种话。要是那年轻人胆大无知,再敢来找上你,我吩咐你对他说:请他另找个喜欢他讨好的人去;还请他另找个正当的消遣,别成天守在窗口望我的房间。'

"我第二次见斐丽霞的时候,她把上面的话一五一十告诉了我。她认为该追索言外之意,硬说我这事很顺手。我却听不出这话里有什么奥妙,不相信可以曲解成为佳音,她的笺释我也就将信将疑。她笑我犹豫,问她朋友要了些纸和墨水,对我说道:'大爷,你赶快写封信给堂娜海丽娜,用痴情人伤心绝望的笔调,把你的苦恼描摹得恳恳切切,尤其要抱怨她不许你看窗口。你答应遵她的命,不过得告诉她,这样你就活不成了。你们这起大爷很会写信,你把这话好好写出来,此外的事全在我身上。你对我料事不大相信,可是我希望事情不出我所料呢。'

"这是写信给意中人的好机会,没一个多情郎君肯错过的。我写了一封缠绵悱恻的信,先给斐丽霞过目,再折叠起来。她看了笑嘻嘻地说,女人固然有迷惑男人的手段,男人可也有哄骗女人的法门,彼此旗鼓相当。那女用人拿了我的信说:假如不见功效,绝不是她不尽心。她又叮嘱我务必把窗户关上几天,于是她就回到堂乔治家去。

“她一见堂娜海丽娜,说道:‘小姐,我碰见堂加斯东了,他赶上来想跟我应酬。他像个待决的囚犯,声音都抖索索的,问我替他传话了没有。我急要照你吩咐的话做,就毫不客气地打断了他,对他发作起来。我把他大骂一顿,骂得他呆瞪瞪的,我就撇下他走了。’堂娜海丽娜道:‘你替我打发了那个讨厌家伙,我很高兴,不过你也不必出口伤人。姑娘家总应该和和气气。’那女用人答道:‘小姐,你对一个痴情颠倒的人说话和气是打发不开的,就是使性子发脾气都未必有用呢。譬如堂加斯东吧,他就没死心。我不是刚告诉你,把他大骂了一顿吗,我原来奉你命上你的亲戚家去,就赶去了。那位太太偏叫我耽搁得太久。怎么说太久呢,因为我回来又碰见那位先生了。这可没想到。我一看见他就着急了,我的舌头向来很会随机应对,可是急头上竟一句话也说不上来。这个当儿,你猜他怎么?他乘我没说话,其实竟是乘我仓皇,就把一张纸塞在我手里,我拿了还没知道是怎么回事,他立刻一溜烟跑了。’

“她说完从怀里掏出我的信来,一面说着闲话,随手把信交给她小姐。小姐仿佛是拿来看着玩儿,可是却认真看了一遍,于是又摆出满脸端庄。她一本正经说:‘斐丽霞,你收人家这封信,真是个糊涂东西!真是个傻子!你可想想堂加斯东会怎样猜测吗?我自己也还能不动疑心吗?照你这行为,我可以怀疑你把我出卖,他可以怀疑我对他有情。唉!也许他这会子以为我把他写的信翻来覆去读得有味儿呢;瞧你把我的面子扫尽了。'那女用人答道:'唷,那是不会的,小姐,他断不会有这个心思,有也不会长久。我下回看见他就说:我把他的信给你瞧了,你冷若冰霜地瞥了一眼,反正是看都没看,就夷然不屑地撕掉了。'堂娜海丽娜道:'你可以理直气壮地说我没看,若要问我信上的话,我连一句两句都说不上来。'堂乔治的小姐不但嘴里这么说,还把我的信撕掉,并且不许她的女用人再谈起我。

"我答应不再守在窗前做痴情汉子,因为人家不喜欢。我就把窗子关了好多天,指望这样奉命惟谨,可以愈得爱怜。我不能眉目送情,就想为我那狠心的佳人再奏几回音乐。一晚上,我带了乐队到她阳台底下。他们刚在弹吉他,就有一位绅士拿着把剑跑来干涉。他挥剑乱斫,那些乐师立刻都吓跑了。这个无法无天的家伙火气真大,惹得我也冒火。我迎上去想给他吃点苦头,就和他狠狠地交手起来。堂娜海丽娜和她的女用人听得击剑之声,隔着百叶帘子一望,看见两人在动武。她们大嚷大喊,把堂乔治和男用人都叫起来。他们忙下床赶来劝解,还有许多街坊也来了。可是他们迟了一步,街上只剩一个绅士,淹在血泊里奄奄待毙。他们认得这位倒霉的绅士是我。人家把我抬到姨母家,请了城里最高明的几个外科医生来救治。

"人人都可怜我,尤其堂娜海丽娜,她这会子真情流露,也不想掩饰了。你想得到吗?她从前争强尚气,见我殷勤献媚,要做得漠然无动;这番却变为一片柔肠,只顾对我怜惜了。她那晚上跟她的女用人直哭到天明。她们断定害她们伤心落泪的准是她表兄堂奥古斯丁·德·奥立格拉,着实咒骂了他一番。的确是他煞风景干涉了奏乐。他和他表妹一样深沉,他看出我的用心，却一点不露在脸上。他以为小姐也对我有意，所以下这样辣手，让人家知道他不是个肯吃亏的人。过了不久，有件喜事把那件惨事盖过了。我虽然身受重伤，那几位外科医生手段高明，竟把我治好。我还没出病房，我姨妈堂娜艾蕾欧娜就去找堂乔治，求他把堂娜海丽娜嫁给我。堂乔治那时候以为一辈子不会再见堂奥古斯丁了，对这头亲事就越加愿意，一口应允。那老头儿因为奥立格拉从前跟表妹随意可以见面，早能够赢得她欢心，生怕他女儿不愿意嫁我。她却好像非常愿意听从爸爸的话，足见无论在西班牙或是在别国，女人总是喜新厌旧的。

"我私下见到斐丽霞的时候，得知她小姐因为我决斗吃亏，心疼到如何田地。我因此拿稳自己是这位海伦的帕里斯了。我自幸受了伤，爱情才会有这样的好结局。蒙堂乔治大爷允许女儿由女用人陪着出来相见。我对这次的会面真是称心！我问小姐，她爸爸把她许给我，她心上有没有委屈；我求她、逼她说，她只好承认，她不仅仅是谨遵严命。我听了她这个婉转动人的口供，一心只想讨她喜欢，为她想出种种寻欢作乐的宴会，一面等待着结婚的好日子。结婚那天的仪仗里要有个排场阔绰的马队，果利亚和附近的贵胄都要在里面显耀一番。

"我姨母有一所讲究的别墅，在靠近曼瓦的郊外。我在那儿摆酒大请客。堂乔治和他女儿以及他家亲友都到了。我安排了一个音乐会，有唱的，有奏乐器的；又叫了一班走码头的戏子来演个趣剧。正在热闹的当儿，底下人通报：客厅里来了个人，说有要事找我。我出去一瞧，并不认识，样子像个用人，他交给我一封信，我拆开看，上面说：

你是个有武士勋章的爵士，应当爱惜体面。如果你是个爱体面的，明晨务必到曼瓦郊外一行。有位绅士在那里等你。他侮辱过你，现在愿意给你个雪耻的机会；他要是力能从心，准叫你娶不成堂娜海丽娜。

堂奥古斯丁·德·奥立格拉

“西班牙人固然把爱情看得重，可是把报仇看得更重。我读着那封信，心就按捺不住。我一见堂奥古斯丁的名字，立刻七窍生烟，几乎把主人应尽之谊都忘了，想马上溜出去找我的仇人。可是我怕搅散了宴会，只得按住性子，对那个送信的人说：‘朋友，上复你主人说，我一心只想和他见个死活，明天日出以前准在约定的地点等他。’

“我这样打发了来人，重又入席陪客，脸上不露一点声色，谁也不知我肚里的心思。我装得和别人一样，只顾趁热闹取乐儿，直到半夜。客人散席，各自乘了来时的车骑回城。我就住在别墅里，推说明早要在野外呼吸新鲜空气，其实是要早点赴约。我不睡觉，急煎煎地等天亮。天一亮，我挑一匹好马骑了独自出门，好像是到野外去散心的样子。我向曼瓦行去，看见旷野里一人飞马而来。我也拍马向前，想半路迎上他。不一会儿，我们就碰头了。来的人正是我的冤家。他态度倨傲，说道：‘爵士，我这番又来跟你交手，并非得已，不过这是你自己找的。你那晚奏乐出了事就该安分识趣，对堂乔治的小姐死了心；或者肚里该有个数，知道如果还一味博她欢心，准有苦头吃。’我答道：‘你太得意了，你上回得胜，也许是黑夜里占了便宜，未必本领高强。你不想想，比武的胜负是拿不稳的。’他满面骄矜，说道：‘我可拿得稳。我要叫你瞧瞧，不论白天黑夜，谁胆敢跟我交手，总要受我惩罚。’

“我听了这派夸傲的话，一言不答，立刻下马。堂奥古斯丁也下了马。我们把马拴在树上，两人都鼓足勇气交起手来。我老实承认，虽然学过两年击剑，不如我对手高强。他的剑术已经登峰造极。我的性命真是岌岌可危。可是天下常有这等事，强的反会被弱的打败。我对手本领虽高，给我一剑刺中了心，顿时直僵僵地倒地死了。

“我马上回别墅，把方才的事告诉我的亲随。这人赤胆忠心，我素来知道。我又说：‘亲爱的哈米尔，乘这事还没闹得宫里都知道，你赶快骑上一匹好马去通知我姨妈。你替我问她要些金子钻石，然后到普拉桑西亚来会我。我在进了城第一家客店里等着你。’

“哈米尔这事办得很爽利，我到了普拉桑西亚三个钟头，他就赶来了。他告诉我说：堂娜艾蕾欧娜虽然着急，却更觉得快活，因为我这番决斗把上回的羞耻雪尽了。她把所有的金子钻石都给我，让我且舒舒服服在外国游历一番，她一面把这事设法调解。

“枝节琐事都不讲，只说我经过新加斯狄尔，进瓦朗斯境在德尼亚上船。我到了意大利，准备上朝出点风头。

“我抛下我的海丽娜远行，心里的相思和烦恼只好强自排遣；这位小姐在果利亚也惜别伤离，背人洒泪。她家里人因为我杀了奥立格拉，叫法院来追捕。她并不赞成，反希望赶快调解了事，我可以早早回去。我们分离已经六个月，假如让她死守，我相信她天长地久也不会变节，可是禁不得魔障太厉害了。有个堂布拉斯·德·贡巴多斯，他是加利斯西部的乡绅，到果利亚来承受一大笔遗产。他亲戚堂米盖尔·德·加普拉拉和他争夺，没有夺到手。他觉得果利亚比家乡好,就住下来。贡巴多斯相貌漂亮,举止温文有礼,并且最会小意儿讨人喜欢。他不多时和城里有地位的人都认识了;人家的私事也无所不知。

“没几时,他得知堂乔治有个女儿,美丽得真是祸水,男人一爱上她就要遭殃。他动了好奇心,很想认认这么个可怕的小姐。他因此向那位父亲讨好,哄得老头儿非常喜欢,早把他当女婿一样看承,许他上门,并且自己在场的时候还许他跟堂娜海丽娜见面。这个加利斯人立刻就爱上她了,这也是势所必然。他把心事告诉堂乔治,堂乔治说他很赞成,只是他不愿勉强,得由女儿自己做主。于是堂布拉斯千方百计向这位小姐献媚。她满不理会,一片心只在我身上。斐丽霞却给那位绅士买了过去,使出通身解数来替他拉拢。那爸爸又在一边谆谆劝导。但是闹了整一年,他们两人只缠得堂娜海丽娜很烦恼,却无法叫她变心。

“贡巴多斯一看堂乔治和斐丽霞徒劳无功,就对他们献了个计策,好哄得这个痴情胶固的女子回心转意。他说道:‘我想出来这么个办法。咱们只说果利亚某商人新近接到一个意大利商人的信,信上先讲些生意经,接着说:

> 巴尔姆朝上到了一位西班牙贵人,名叫堂加斯东·德·高果罗斯。他自己说是果利亚富孀堂娜艾蕾欧娜·德·拉克萨利拉的外甥,也是她惟一的承继人。他想娶一位权贵的小姐,可是人家得知道了他底细才肯答应。我受人之托,向你打听一下,请你告诉我:你是否认识这位堂加斯东,他姨妈有些什么财产。人家要凭你回音定夺那桩亲事。在巴尔姆,这……(下略)

“老头儿把这骗局只看作弄小聪明的勾当，认为情场中行得这种诡计。那女用人更比老头子无顾忌，非常赞成这个办法。他们知道海丽娜是心高气傲的姑娘，只要没看破玄虚，马上就会打定主意，所以他们越觉得这计策妙不可言。堂乔治准备把我变心的话亲自去告诉女儿，还要叫她见见那个冒充接到巴尔姆来信的商人，这样一来，假事就越装越像真的了。他们依计而行。那爸爸装出一副怒冲冲、气愤愤的样儿，对堂娜海丽娜道：‘女儿，咱们亲戚天天求我一辈子别和堂奥古斯丁的凶手联婚，这句话我不再说了。我今天要告诉你个更大的缘由，叫你跟堂加斯东一刀两断。你对他一片痴心，好不羞死人啊！他是个三心二意、言不由衷的人。我这里有他负心的铁证。人家刚从意大利寄了这封信给一个果利亚的商人，你自己瞧去吧。’海丽娜颤巍巍地接过那封假信，看了一遍，一句句细细咀嚼，得知我已经变心，悲不自胜。她痴情流露，不由得掉了几滴眼泪。但是她马上又争强好胜起来，擦掉眼泪，斩钉截铁地说道：‘爸爸，您刚才看我没出息，可是您也瞧瞧，我争回这口气来了。我主意已经打定，我瞧不起堂加斯东，觉得他是小人败类。这话不用多说了。好，我现在一无牵挂，情愿嫁给堂布拉斯。别让那个负心的骗子比我先结婚！’堂乔治听了大喜，拥抱了他女儿，称赞她果断，他私幸诡计有效，忙着去偿我情敌的心愿。

“堂娜海丽娜就此另有所属了。她突然嫁了贡巴多斯，尽管心里对我还是眷恋，也不理会；尽管那消息只哄得过轻信的情人，她却一点没起疑心。那心高气傲的小姐只图争气。她以为我瞧不起她的相貌，愤恨得连爱情也不顾了。可是她结婚不久，也颇自悔孟浪。她忽然想到商人的信也许是捏造的，猜疑一动，就很不安心。不过多情的堂布拉斯不让太太有那闲工夫去寻烦恼，只想逗她高兴，他有本事连一接二想出各种花样来娱乐，哄得她很快活。

“她嫁了这个风流郎君好像十分称心，两人过得很和好。这个当儿，我姨妈跟堂奥古斯丁家里人磋商，把我闹的那件事调解了。她立刻写信到意大利来通知我。我那时候在加拉布利亚后部的瑞求那地方。我被爱情支使，长了翅膀似的由西西里回西班牙到果利亚。堂娜艾蕾欧娜没说起堂乔治的女儿结婚，我到了家才告诉我。她看我听了伤心，就说：‘我的外甥，你失掉了一个没常心的女人实在犯不着伤心。听我的话：那位小姐不值得你留恋，别再去爱恋她、怀念她。’

“我姨妈不知道堂娜海丽娜受骗，难怪这样说；她劝我的话也很入情入理。我决计听她，即使情不自禁，至少也装得若无其事。可是我心痒难熬，想知道那婚事是怎么撮合的。我要打听究竟，决定去找斐丽霞的朋友，就是上文所说的戴欧多拉老太太。我到她家，恰巧碰见斐丽霞。她想不到会碰见我，不免仓皇失措，又知道我定要向她质问，就想溜之大吉。我拦住她道：‘你干吗躲我？那负心的海丽娜抛弃了我，还不够称心吗？是不是她不许你听我抱怨呀？还是你光为了要向那忘恩负义的人去讨好儿，所以躲着我不理呀？’

“那女用人答道：‘大爷，我老实说，你在这儿叫我很窘。我见了你，不由得百般悔恨。我小姐是上了人家的当，我该死，也一条藤儿骗她。我做了这种事，在你面前怎么能不惭愧呢。’我诧怪道：‘天啊！你要说什么话呀？说明白点儿吧。’那女用人就把贡巴多斯如何设计娶到堂娜海丽娜，一五一十讲了一遍。

她看我心如刀割，就竭力来安慰我。她自告奋勇，愿在小姐面前为我出力，答应向她说破真情，还要把我的苦恼形容给她听，总而言之，她看我命苦，竭力要给我点儿安慰。我居然给她说得有点心活，愁怀就宽舒了些。

“她要劝得堂娜海丽娜肯和我相见，不知碰了多少钉子，不必细说。这事总算给她做到。堂布拉斯有时候到乡间庄上去打猎，往往要逗留一两天。她们决定等他再下乡的时候，偷偷儿把我引到家里去；不多几时，就按计而行。那丈夫下乡去了，她们叫人来通知了我，晚上把我引到太太房里。

“我开口想埋怨她，可是她立刻堵住了我的嘴。这位太太对我说：‘过去的事不用再提。咱们这会子不是来相对伤心的。你要是以为我会遂你的私情，那就错了。我对你明明白白地讲，堂加斯东，我所以依允了人家的恳求，肯和你偷偷儿会这一面，无非要亲自跟你说，从今以后，你应该决心把我忘掉。也许我嫁了你更称心，可是天既然另有安排，我也就听天由命了。’

“我回答道：‘哎，太太，什么话啊！我眼睁睁看你给人家娶去，眼睁睁看着我惟一的意中人让堂布拉斯有福气去安闲消受，这还不够苦恼，还非得要忘掉你吗？你简直是要挖掉我的心，把我仅有的慰藉都夺去了。嗐，狠心的人啊，一个男人爱上了你，你以为他那颗心还收得回去吗？劝你再有点自知之明，别枉费唇舌叫我忘掉你。’她忙道：‘好吧，那你也休想我会来报答你的热情。我干脆只有一句话：堂布拉斯的太太绝不做堂加斯东的情人，你照我这话打主意去吧。’又道：‘快走吧！这番约会虽然我问心无愧，总觉得不应该，赶快散了吧，再下去就是我的罪过了。’

“我一听这话，什么想头都没有了，就向那太太下跪，哀哀切切地恳求，甚至还拿眼泪来感动她。她也许略动了些怜悯之心，但是一点没流露出来；况且她名分攸关，顾不到这些。我说尽温言软语，求呀哭呀都毫不济事，我的柔情变了愤恨。我拔剑想当着那铁石心肠的海丽娜把自己戳死。她一看我这般行径，忙上来拦住我，说道：‘住手，高果罗斯，你这样子是顾全我的名誉吗？你这样一死，人家就要说坏我，并且把我丈夫当作凶手了。’

“这句话我当时该听了三思，可是我气破了心，满不理会。她们主仆俩拉住我不让自杀，我却只想挣脱她们。要不是堂布拉斯赶上来帮着她们，只怕我早就如愿以偿了。原来他得到密报，知道我们有约会，所以并没有下乡，却躲在壁衣后面偷听我们谈话。这时候他忙来捉住我的胳膊，说道：‘堂加斯东，你且把神思清一清，别这样没志气，只顾逞一时之愤。’我打断贡巴多斯道：‘怎么你倒来劝我呢？你亲手拿刀子来戳我胸膛才是道理。我虽然私情未遂，究竟是侮辱了你。你夜里在太太房里捉到我，还不够吗？你还要怎样才想报仇呀？快戳死我，结果了我这个人，我一口气没断，总要向堂娜海丽娜拜倒的。’堂布拉斯答道：‘你想抬出我的体面来叫我杀你，这是没用的。你胆大胡闹，已经讨足没趣。这会子方见得我老婆的贞洁，我非常感激她，虽然是她召你来的，我也原谅她了。高果罗斯，你听我的话，别垂头丧气，像个没出息的痴情人；事情无可奈何，你就得硬着头皮承当。’

“这加利斯人很有识度，他这派话把我的火气渐渐平下去，把我的丈夫气激发了。我辞了他们，决计离开海丽娜和她住的地方，跑得远远的。我过了两天，就回到马德里。我只以前途为念，就上朝走走，结交了些朋友。我不幸跟维拉瑞尔侯爵交情很深。他是葡萄牙的权贵，人家怀疑他策划葡萄牙独立，想摆脱西班牙的统治。他现在监禁在阿利冈堡垒里。赖玛公爵知道我跟他要好，也把我逮捕了，送到这里。这位大臣以为我竟会通同去干那种勾当，这对一位贵族、一位西班牙的贵族，真是奇耻大辱。”

堂加斯东讲到这里就不响了。我安慰他道：“爵士大爷，你这桩糟心事不会玷污你的体面，往后你一定还是有便宜的。等赖玛公爵知道你无罪，准会给你个重要的职位；这样一来，他就替一个受人诬告叛国的上等人昭雪名誉。”

第 七 章

西比翁到塞哥维亚塔里探望吉尔·布拉斯，
告诉他许多消息。

陶狄西拉斯这会儿跑来打断了我们谈话，他说：“吉尔·布拉斯先生，有个小伙子到监狱门口来探望，我刚跟他谈过话。他要打听你是不是关在这里，我不肯说，他就含着一包眼泪道：‘典狱老爷，山悌良那先生是不是在这里，我诚惶诚恐，求您务必告诉我。我是他的用人头儿，您要是许我见见他，真是功德无量。塞哥维亚人都说您是一位厚道的君子，希望您开恩让我会会我的好主人吧。他只是时运不济，并没犯什么大罪。’”堂安德瑞接着道：“总而言之，我觉得这孩子一心要见你，所以准了他今儿晚上进来。”

我对陶狄西拉斯说：“这小伙子大概有要事通报，你要是领他进来，真对我大行方便了。”我知道这人准是忠心的西比翁；我急煎煎地等着，果然是他。天晚了人家领他进来，他见了我真是欣喜欲狂，只有我的快活可以跟他的快活相比。我见了他高兴得忘情，张臂去抱他，他就不客气地把我抱在怀里。两人这番重逢，说不尽的称心，抱在一起，不分是主是仆了。

我们拥抱完，我就问他出门的时候我寓所的情形。他答道：“您现在没什么寓所了。我干脆把那里的情形讲个明白，免得您一桩桩问。您的东西，一半给警卫抄去，一半给家里用人抢去。他们看准东家一辈子不得翻身，凡是可拿的东西，都拿去折自己工钱了。还是您运气，我居然有本事从您钱箱里抢出两大口袋双比斯多，没落在他们手里，总算是保住了。我托萨勒罗替您收着，等您出狱还您。我想您在这儿吃王上家的闲俸不会多久，因为您被捕的事赖玛公爵并没与闻。”

我问西比翁怎么知道我这次遭殃他大人没有与闻。他答道：“啊，没错儿的，我打听得很清楚。我有个朋友是于才德公爵的亲信，他把您被捕的缘由都对我讲了。据他说，加尔德隆有个用人做耳目，发现仙籁娜夫人晚上改换了姓名接待西班牙王太子，这件私情事儿是由勒莫斯伯爵帮闲、山悌良那先生拉纤的。他决计要叫这两人和他的外室吃点苦头，因此偷偷去找于才德公爵，和盘托出。这位公爵得了个好把柄可以断送他的冤家，大为高兴，当然不肯错过机会。他禀告了王上，还说王太子冒多少风险，说得有声有色。万岁爷得知此事，大发雷霆，立刻把仙籁娜关进悔省院，贬谪了勒莫斯伯爵，判了吉尔·布拉斯终身监禁。”

西比翁又道：“这都是我朋友的话。可见您这番祸事是于才德公爵或者竟可说是加尔德隆一手造成的。”

我听了这话，觉得也许过些时候我还能重整旗鼓。赖玛公爵气不过外甥受贬，一定尽力弄他回朝。我如意算盘，料他大人也决不会把我撇在脑后。希望真是奇妙。我顿时觉得家当抢光也无所谓，高兴得仿佛有了喜事似的。我并不想自己要有终身牢狱之灾，却以为这是运气的波折，由此可以飞黄腾达。我有我的想法。首相有许多羽翼：像堂范尔南·德·博佳，吉隆·德·弗罗朗斯修士；而路易·德·阿利亚加修士能常在王上左右，无非靠首相的力量。有这些权势赫赫的朋友旁敲侧击，首相大人可以把冤家都打下台去。再不然，国家也许就要换个新局面。万岁爷体弱多病，等他归天，王太子的头一件事准是把勒莫斯伯爵召回来，伯爵立刻就会救我出狱，引见新王，新王就会赏我许多恩典，算是受了罪的补报。我这样一心想着未来的快乐，差不多把眼前的苦痛都忘记了。我忽然心情大变固然因为有了希望，可是我书记所说的存在金饰店掌柜家那两袋双比斯多大概也是个原因。

我深感西比翁赤心为我、诚实不欺，要给他些报酬。我要把他所保住了没抢掉的钱分一半给他。他不肯受，说道：“我要您换个样儿报答我。”他不受钱，又说这话，我都觉得奇怪，就问他要怎么报答。他道：“让我一辈子跟着您，和您同甘共苦。我对别的主人从没有像对您这样的情分。”我说道：“朋友，我也敢说没有辜负你。你起初来找事的时候我就喜欢你,咱们俩准有天秤星或双子星照命,据说这两座星宿是主朋友的。你肯跟我做伴儿,我很愿意。我先去求典狱老爷把你也关在塔里。”他说:“好极了,我就是这意思,正要请您去求这个情。我宁可牺牲了自由来跟您做伴儿。我只要偶然到马德里去替您探探消息,看看朝廷上出了什么新鲜事儿,是否于您有利。这样一来,我就一身兼做了您的亲信、您的信差、您的侦探了。”

这真是个大便宜,我当然不肯错过。典狱官很照应,不愿意夺了我这么好的慰藉,所以毫不为难。我就把这样一个有用的人留在身边了。

第 八 章

西比翁一上马德里;他这一趟的用意和成就。
吉尔·布拉斯得病,病后的情形。

常言道,用人是我们最大的仇人①;他们要是有情有义,就该说是我们最好的朋友。西比翁对我那样一片赤忠,我只能把他当作另一个自己了②。所以吉尔·布拉斯和他的书记不分尊

① 西班牙有句谚语:“用人是拿酬报的冤家。”

② “另一个自己”(un autre moi-même),西塞罗《朋友论》(*De Amicitia*)第二十一节说:“朋友是另一个自己(alter idem)。”(见“勒勃古典丛书”本第188页)后来成为欧洲各国的习惯语。

卑,也不拘形迹。他们一屋子住,一床上睡,一桌子吃饭。

西比翁谈话非常有趣,真可以称为快活人。而且他很有心思,我认为他出的主意颇有道理。有一天我说:“朋友,我想给赖玛公爵去封信总没害处。你看怎么样?”他答道:“哎!可是贵人一时一个样儿,我猜不准他得了你的信什么态度。你信只管写,总不会吃亏。不过首相虽然喜欢你,别指望他因此就会记着你。这种靠山不听见人家不提起你,马上就把你忘了。”

我道:“你这话很对,不过别以为我的靠山那么靠不住。我知道他厚道。我相信他一定可怜我受罪,念念在心。大概他等着王上的火气消了,好救我出牢。”他道:“好吧!但愿你没看错他大人。你就恳恳切切写封信去求他吧。我替你送去,一定当面呈交。”我立刻要些纸和墨水,写了一篇绝妙好辞,西比翁觉得很凄恻动人,陶狄西拉斯以为我那文章压倒了格拉纳达大主教的训诫。

我想赖玛公爵读了信上虚造的一篇苦况,准会动怜悯之心。我打发了信差,自以为千拿万稳。他一到马德里,就上这位大臣的府邸。他碰着个跟我要好的亲随,由他设法引见。西比翁呈上捎去的书信,说道:“大人,有个为您赤心效忠的人,现在塞哥维亚塔不见天日的牢房里,躺在干草上。承牢里禁子发慈悲,方便他写了这封信。他诚惶诚恐求您过目。”那位大臣拆开,一目十行地看了一遍。这信上描写的情景,铁石人见了也会心软,可是他好像丝毫无动;他提高嗓子,满面怒容,当着旁边几个听得见他说话的人,对送信人道:“朋友,你去对山悌良那说,他干了无耻的事,活该受那样的罪,还敢写信给我,真是胆大妄为。那混蛋不应该再指望我帮忙,我随他由皇上惩办。”

西比翁尽管涎皮赖脸,听了却不知所对。他怔了怔,还想代我求情,说道:“大人,那可怜的囚犯听了您大人的回答,准要伤心死了。”公爵一言不答,瞪了他一眼,就转身和旁人说话。那位大臣要撇清他替王太子拉纤的嫌疑,就这样对付我。在权贵手下干机密、冒凶险的走狗,都该准备这样下场。

我的书记回到塞哥维亚,告诉我这趟差事一无结果,我听了又沉在苦海底里,就像第一天进监狱时那样。而且我比那时候还要苦恼,因为不能再依仗赖玛公爵了。我志气消沉,随人家怎么激励,总戴着个愁帽儿,恹恹的竟生了重病。

典狱官怕我性命难保,以为最好请大夫来瞧,就请来两个,神气都活像催魂使者。他领来说道:“吉尔·布拉斯先生,这两位神医来瞧你的病,就会把你治好。”我对一切医生横着成见,我要是还有一点儿贪生,准对他们大不客气。可是我那时候生趣毫无,陶狄西拉斯要把我交托给他们,我只有感激。

一个大夫说:“大爷,你第一要相信我们。”我回答道:“我完全相信。有你们帮忙,不消几天,一定百病消除。”他道:“是啊,再靠天保佑,你一定百病消除。我们至少把应尽的人事都做到。”这两位先生果然尽心竭力,紧紧地催命,眼看着我就要到黄泉路上去了。堂安德瑞看我不中用了,早请了个圣芳济会的修士来给我办临终的法事。这位修士干完事出去,我自觉大限临头,就招手叫西比翁到床前来。我又吃泻药,又放血,人已经虚透,一丝没两气地对他说道:“亲爱的朋友,我存在加布利尔家的钱,一口袋留给你,另外一口袋烦你送到阿斯杜利亚给我爹妈。他们要是还活着,一定很穷。不过,唉!只怕他们为我不孝已经气死了。穆斯加达回去准说我没心肝,也许就此断送了他们。假如靠天保佑,虽然我辜负了养育之恩,他们倒还好着,你就把那袋双比斯多送去,说我没有孝顺他们,求他们饶恕。他们要是死了呢,我托你用那笔钱做些功德,保佑他们和我灵魂儿早早升天。”我说完伸手和他握别。那可怜的孩子舍不下我,伤心得一句话都说不出,眼泪滴了我一手。可见承受遗产的人也不一定面上哭、心里笑的。①

我准备着死却没有死。医生撇下我随我去挣扎,就此救转了性命。据他们诊断,我那发烧准会送命,可是我的烧竟退清了,好像是故意戳破他们的谎话。我侥幸得很,居然渐渐复元。我害了这一场病,变得心如止水。这会子我不用人家安慰了。我当初以为大限临头,把功名利禄都看破,病后也还是这种见识。我一经彻悟,倒自幸遭了这番祸事,觉得这是上苍格外垂慈,谢天不置。我打定老主意,即使赖玛公爵召我回朝,我也再不去了。我倒是想,有一天出得牢狱,就去买座草舍,隐居学道。

我的亲信赞成这个打算,他说若要早早偿此心愿,他得再上马德里去求求情,弄我出狱。又道:“我想到个办法。我认识一个人可以帮你忙。那是王太子奶妈得宠的女用人,一个很伶俐的姑娘。我想托她求求她女主人。我要钻头觅缝地救你出来,这里尽管待你好,终究是座牢狱。”我答道:“你说得对。去吧,朋友,别耽搁了,磋商这件事去吧。天啊,我恨不得咱们这会子已经过着清闲日子了!”

---

① 公元前一世纪罗马诗人普布留斯·西如斯(Publius Syrus)说:“承受遗产的人在哭泣的假面具下暗暗嬉笑。”(见“勒勃古典丛书”本《拉丁小诗家合集》第48页)后流传成为一句名言。

第　九　章

西比翁再上马德里，设法嘱买，把吉尔·布拉斯救出来。
他们出了塞哥维亚塔，同到
一个地方去，一路上谈的话。

西比翁又到了马德里去。我等着他回来，一面认真读书。陶狄西拉斯送来的书我读不胜读，都是问一个袭武官俸邑的老爵士借来的。那位爵士不会看书，却要假充风雅，藏书很富。我最爱读些修身养性的好著作，因为我厌恶官场，想避世隐居，而书里常常看到合我脾胃的名言佳句。

替我办差的人去了三星期，杳无音信。好容易他回来了，欢天喜地地说道："这回呀，山悌良那先生，我给你带喜信来了！那位奶妈太太在替你出力。我求了她的女用人，又付给那女用人一百比斯多的押金，承她情说动奶妈去求王太子救你。我不是常跟你说吗，王太子对奶妈唯命是听，他已经答应求父王放你出狱。我赶紧来报个消息，得立刻回去把未了之事办妥。"他说完就辞了我，又赶回朝去。

他第三回出门没多大耽搁，八天后就回来，告诉我说，王太子大费周折，已经求得圣旨放我出狱了。那典狱官当天就坐实了这个消息。他来拥抱我，说道："亲爱的吉尔·布拉斯，感谢上天，你自由了！可以出这座监狱的门了！不过有两件事你得照办，也许很叫你难堪，我不得已只好跟你说。万岁爷不准你再上朝，限你一个月里离开新旧加斯狄尔。你不能上朝，我真懊丧。”我答道：“我倒非常高兴。上天知道我的心思。我只求王上一个恩典，他却赏了我两个。”

我确实知道已经得赦，就叫人雇下两头骡子。第二天，我辞别了高果罗斯，又反复谢了陶狄西拉斯种种照拂，于是我和我的亲信骑上骡子，欣欣喜喜地取道上马德里。我们去向加布利尔先生要还那两袋钱，每袋有五百双比斯多。路上我的伙伴儿说：“咱们的钱要是买不起富丽堂皇的大田庄，至少总可以买一所不大不小的。”我答道：“我就算只有一间小棚子，也乐天知命了。虽然我还没到中年，对世事已经厌倦，只求个逍遥自在。而且我告诉你，我想象到乡居的乐趣，不胜向往，预先就在享受了。我仿佛已经看见田野一片苍翠，听见夜莺啼啭、流泉呜咽，我有时打猎，有时钓鱼，作为消遣。朋友，你想想住在乡间的种种乐趣，也会像我一样心醉的。至于咱们的饮食，越素淡越好。咱们有块面包吃，就可以知足，肚子饿的时候吃来自然香甜。好味道不在东西讲究，全是咱们吃出来的。这句话颠扑不破，所以我生平吃得最有滋味的几顿饭，菜肴都不精致，也并不丰盛。清淡可算是养生的无上美味。”

我的书记打断我道：“你别见怪，吉尔·布拉斯先生，你打算拿那种清淡的饮食来款待我，我可不大赞成。干吗吃得像那些克欲的哲学家呀？咱们即使吃好些，未必就吃坏了身子。听我的话，咱们既然靠天照应，有钱舒舒服服过清闲日子，别把咱们家弄成个穷饿的人家。咱们买下房地，就该屯些好酒，上等人吃惯的东西都该存些。咱们离群索居，并不是要戒绝人生的享受，却是要从容享受。赫西奥德说：‘东西在家里藏着，没有害处，欠缺了却足以为害。'又说:'家里应有尽有,总比要一件没一件好。'①"

我也打断他道:"唷! 西比翁先生,你还读过希腊诗! 哎,赫西奥德的诗你打哪儿学来的呀?"他答道:"在一位饱学之士家里。我有一程子在萨拉曼卡伺候一位学究,他是位笺注大家。他眨眨眼就替你写出一大本书,里面都是希伯来文、希腊文、拉丁文的征引;他从收藏的书里抄出来,译成西班牙文。我替他誊写,所以像我方才背的那种好句子,我记熟了不知多少。"我说道:"如此说来,你真是满腹珠玑呢。不过咱们言归正传,你说咱们将来修身养性的地方在西班牙哪一处最相宜?"我的亲信答道:"我主张到阿拉贡去。那边有几处好地方,咱们可以过得悠闲快活。"我道:"好,依你,咱们决定到阿拉贡去住,我赞成。但愿咱们找到个住处,可以享受我想象的种种乐趣!"

第　十　章

他们到马德里以后干的事。吉尔·布拉斯在
街上碰见个人,有何下文。

我们到马德里,下了个小客店,西比翁几番出门都住在那

① 赫西奥德(Hésiode,约公元前 8 世纪),古希腊诗人,他《工作与时日》那首诗第 363—365 行说:"家里藏着的东西不会有害处;宁可把东西藏在家里,在外面就难保损失。"(见"勒勃古典丛书"本第 31 页)跟这里西比翁所引稍有出入。

儿。我们先到萨勒罗家去取寄存的双比斯多。他礼貌周到，说看见我出狱非常高兴，接着道："我向你声明，我瞧你倒霉，大有感慨，再也不愿意跟朝上贵人攀亲了。他们的富贵真是过眼云烟。我已经把小女加布利拉嫁给一个富商了。"我答道："你这事办得很好，一来稳当，二来呢，一个平头百姓的丈人对贵人女婿总不会称心的。"

于是我掉转话头，说到正经。我说："加布利尔先生，请你把那两千比斯多还我们……"那金饰店的掌柜忙打断我道："你的钱现成在这里。"他领我们到他的账房里，拿出两只口袋，上面有签条写着："吉尔·布拉斯·德·山悌良那先生的双比斯多。"他说道："这是你寄存的钱，交给我是怎么个样儿，还是那么个样儿。"

我谢了萨勒罗照应，深幸他女儿已经另嫁别人。我们拿了钱回客店，点一下数目不错，只少五十个双比斯多，是弄我出狱的使费。我们就一纳头地准备到阿拉贡去。我们要买一辆二轮车和两头骡子，这事归我书记去办；我管添置内外衣着。我正在街上来来往往买东西，碰到石坦安巴赫男爵，就是抚养堂阿尔方斯的德国侍卫队军官。

我跟这位德国军官行礼，他也认出我来了，赶上来拥抱我。我说："我快活极了，一来瞧你先生很清健，二来乘便可以问问亲爱的堂西泽·德·李华、堂阿尔方斯·德·李华两位大爷的消息。"他答道："我有的是确实消息，他们俩正在马德里，就住在我家。他们到这城里来向王上谢恩，来了快三个月了。王上因为他们家世代功臣，所以赏堂阿尔方斯个恩典。他并没去请求，也没有托人，就补上了瓦朗斯城的都统。这是了不起的恩宠,可见咱们万岁爷不会亏负好人。”

我虽然比石坦安巴赫熟悉内中情形,却只做不知。我热锅上蚂蚁似的急要去拜见旧主人。他让我如愿,马上带我到家。我很想试试堂阿尔方斯的心,看他怎样接待就知道他对我还有没有情分。他在客厅里跟石坦安巴赫男爵夫人下棋,一看见我,忙站起来。喜不自胜地赶上来抱住我的头,那一脸欢欣,看得出是真情流露。他说道:“山悌良那,你居然回来了!我真快活呀!咱们的分离错不在我。你大概记得,我求你别离开李华的庄子,你满不听话。我并不是怪你,你那番苦心我还很感激。不过你走了也该通通消息,免得我白费心机。我连襟堂范尔南来信说你在格拉纳达,我叫人到那边去找你没找着。”

他埋怨了我这两句,接下道:“告诉我,你在马德里干些什么。你大概在这儿做事吧?我越比从前关心你了,这是真话。”我答道:“大爷,四个月以前,我在朝里有个很重要的职位。我有幸做了赖玛公爵的秘书,并且还是他的亲信。”堂阿尔方斯奇怪得不得了,说道:“有这事吗!怎么?你是首相的亲信吗?”我答道:“我得了他的欢心,现在又失宠了,这事待我讲给你听。”于是我原原本本讲了一遍,末了说,我打定主意,把得意的时候剩的几个钱买座草庐茅舍,清闲度日。

堂西泽的儿子仔细听我讲完,说道:“亲爱的吉尔·布拉斯,你知道我一向喜欢你。我现在越发喜欢你。我既然靠天之福有力量照应你,应该给你点儿实惠,见得你我的交情。你从此可以不受命运播弄了。我要给你一份命运夺不掉的产业,叫命运奈何你不得。我们家有个小小的田庄,在李利亚斯附近,离瓦朗斯有四哩路，你知道那个庄子；你既然打算住乡下，我就把那个庄子送给你。这份礼我们送得起，我敢担保我父亲准赞成，赛拉芬也一定乐意。”

我忙向堂阿尔方斯下跪，他立刻扶我起来。我感激他给我的好处，尤其感激他对我的好心，我吻了他的手说：“大爷，您的行为真叫我钦佩。我觉得这份礼特别好，因为您还不知道我为您出过点力。我宁愿那是出于您慷慨施与，比报恩酬谢还好。”这位都统听了有点诧怪，忙问我出的什么力。我详详细细告诉了他，他越加奇怪。他和石坦安巴赫男爵一样，都梦想不到瓦朗斯都统的位子是靠我的力量来的。他知道了，就说：“吉尔·布拉斯，我的官既然是靠你来的，送你一个李利亚斯的小庄子还不够，我每年再送你两千杜加。”

我这时忙打断堂阿尔方斯道：“快别这么说，不要勾起我的贪心来。家当只会败坏我的品行，我已经深有体会。您送我李利亚斯的田庄，我领您的情。我自己还有点儿钱，可以过得很舒服。我这样就知足了，非但不贪多，还愿意把多余的钱都扔了呢。一个人避世隐居，为的是安闲，钱多了是个累。”

我们正谈着这些话，堂西泽来了。他见了我，欣喜得和他儿子不相上下。他听说我为他们家出了力，就一定要我受那笔年金。我还是不肯受。长话短说，他们父子俩马上领我到一个公证人家里，立下个赠予文契；两人欣然签上名字，比在有利可得的契约上签名还要高兴。这张契据办妥，他们交在我手里说：李利亚斯的庄子从此不属他们了，随我什么时候去做主人都行。于是他们回石坦安巴赫家，我就飞也似的赶回客店。我告诉我的书记，我们在瓦朗斯境内得了一所庄子，又讲怎么样得来的。

他十分欣羡,问道:“那座小庄子值多少钱?”我说:“年利五百杜加。我保管那是个清静好地方。我替两位李华大爷当总管的时候去过几回,所以都熟悉。那房子不大,在果达拉维亚河边上,一村有五六个人家,风景很秀美。”

西比翁道:“我尤其喜欢那边野味多,还有贝尼加罗地方出产的酒,还有葡萄美酒。好,主人啊,咱们赶快避世隐居去吧。”我道:“我也急急要到那边去呢,不过先得上阿斯杜利亚去走一遭。我爹妈在那边光景并不好,我想接他们到李利亚斯,让他们享几年晚福。也许天给我这个安乐窝就是要让我孝养他们;我要是不尽子职,天要罚我的。”西比翁极力赞成这个打算,还催我赶快去干。他说:“别耽搁了。我已经买下一辆二轮车,咱们快去买了骡子,就可以上路往奥维多去。”我答道:“好啊,朋友,尽早动身吧。我觉得和生身父母同享安乐是我应尽之责。咱们不久就可以在咱们那个村子里安顿下来。我一到那里,要在门额用金字写下这两行拉丁诗:

我已经进港;永别了,希望和命运!

你们作弄得我够了,现在可去作弄别人!①”

① 这首诗是翻译一个希腊无名氏的作品,原诗是《希腊警句选》(*Anthologia Graeca*)第九卷第49首(见“勒勃古典丛书”本第三册第27页)。

第十卷

第　一　章

吉尔·布拉斯动身到阿斯杜利亚，路过瓦拉多利，
见了旧主人桑格拉都大夫。他无意中碰到慈惠院
院长马尼艾尔·奥东内斯先生。

我和西比翁要从马德里动身到阿斯杜利亚去的当儿，教皇保罗五世任命赖玛公爵做了红衣大主教。这位教皇因为要在那普尔斯境内设立宗教法庭，就替这位大臣披上紫红道袍，可以叫他怂恿斐利普国王赞许这个好打算。熟悉这位新任红衣大主教的人都和我一般见识，认为教会得了个有用之才。

西比翁宁愿我在朝上做大官，不要我离群索居、埋没一辈子，就劝我去参见那位新任命的红衣大主教。他说："也许大主教大人看见王上已经赦你无罪，觉得不必再装出对你有气的样儿，说不定还会给你个事儿。"我道："西比翁先生，我答应立刻离开新旧加斯狄尔，才蒙释放，你大概忘了吧？而且你以为我对李利亚斯的田庄已经厌倦了吗？我跟你说过，现在再说一遍：即使赖玛公爵又宠我，竟把堂罗德利克·德·加尔德隆的位子给我，我也不要。我主意已经打定，我要到奥维多接我爹妈到瓦朗斯附近的乡下去。你呢，朋友，你要是跟了我懊悔，只消说一声，我马上分一半钱给你，你拿了到马德里尽力谋你的前程去。"

我的书记听了这话有点儿感动，说道:“怎么的呀！你竟怀疑我不大愿意跟你去隐居吗？这就寒了我一片赤胆忠心了。哎！西比翁这个忠心的用人因为要和你共患难，在塞哥维亚塔里陪你一辈子都甘心，现在跟你快乐逍遥倒会不愿意吗？不会的呀，先生，绝不会。我并不想违拗你的意思，老实说，那是我使的乖。我劝你去见赖玛公爵，因为很想试试你的心，看你还有没有一星半点儿的官瘾。好，你既然对荣华富贵一无留恋，咱们想到那种淳朴悠闲的清福又那么心醉，咱们就赶快离开京城去享受吧。”

我们俩果然不多时就动身，乘一辆车，两匹壮健的骡子拉车，一个小伙子赶车。我觉得该添个用人，所以雇了这个赶车的。我们第一天在阿尔加拉·德·黑那瑞斯城过夜，第二天在塞哥维亚过夜。我没有耽搁了路程去拜访那位厚道的典狱官陶狄西拉斯，却一直赶往杜柔河上的贝涅斐尔城，过一天就到瓦拉多利。我望见这座城，不禁长叹一声。我同伴问我什么缘故。我说:“朋友，我在这地方做过好一程医生，想到就惶恐。这会子是我良心内愧。怎么说呢？仿佛我断送的那些病人都从坟墓里钻出来，要把我撕成一块块似的。”我书记道:“真是想入非非了！山悌良那先生，你这人实在太好。你不过是吃那行、干那行，有什么懊悔的呢？你瞧瞧那些头号老资格医生，也像你这样良心内愧吗？嗨！才不呢！他们照常行事，病人死了是那个病好不了；好了呢，是医生的功劳。”

我答道:“是啊，我一心一意师法的桑格拉都大夫就是这种人。他相信放血和喝水，说是百病良方，尽管天天眼看着二十个人死在手里，绝不怪自己治疗不对，还以为病人送命都是喝水不多、放血不够。”西比翁哈哈大笑道:“天呀!你说的这人真是一绝了。”我说:“你要是好奇,想见他面听听他议论,明天就可以如愿,只要桑格拉都还活着,还住在瓦拉多利。不过我想不大会,因为我和他分手的时候他已经上了年纪,到现在又过好多年了。”

我们一下客店,就去打听这个医生。据说他还活着,不过老态龙钟,不能出诊,行动也不大方便,所以已经让位给三四个靠新医道出名的医生。这些新进跟桑格拉都也相差无几。我们决定第二天在瓦拉多利耽搁一下,又可以让骡子歇歇脚,又可去看看桑格拉都先生。我们早上靠十点到他家;他正拿着本书坐在安乐椅里,看见客来,忙起身迎接。七十岁的人有他那样,要算步履轻健的了。他问我们找他有什么事。我说:“医士先生,请你仔细认认,你想不起来了吗?我还有幸当过你学生呢。你可记得从前在你家做事、替你出诊的那个吉尔·布拉斯?”他道:“什么!是你吗,山悌良那?”他拥抱了我,样子很亲热,说道:“我不认得你了,我见了你很快活。你跟我分手以后干了些什么?准是在行医吧?”我答道:“我颇有此心,不过碍着几件事儿,没能够如愿。”

桑格拉都道:“可惜了,你学了我的秘诀,只要天保佑你别着了化学的魔道,准可以成个有本事的医生。”他接着慨然演说道:“嗐!我的孩子!这几年的医学跟从前不大相同了!实在怪不得我吃惊,怪不得我气愤。他们丢尽了医学的荣誉和价值。从古以来,医道以人命为重;现在的医生胆大武断,而且是所谓‘不知而作’①,把人命

① 桑格拉都大夫说话爱用拉丁文,这节里加引号的字句,原文都是拉丁文或拉丁化的法文。

当儿戏。那些新派医生草菅人命，事实昭彰，不久石头都要叫屈，所谓‘顽石出声呼’了。你在这城里，可以看到有些医生，或者自称的医生随声附和锑剂百效的学说，所谓‘锑到病除’，有的是帕拉切尔苏斯①学派的，有的专相信锑朱砂；还有的为人治病只是碰运气，以为只要会配制药剂就算得精通医学。怎么说呢？他们的办法都是莫名其妙的。譬如从前难得脚上放血，现在专用这个法子；从前的泻药温和无害，现在却改用了呕吐剂和锑朱砂。真是闹得乌烟瘴气，各行其是，越出了我们祖师辈定下的法则和道理。”

我听了这样可笑的议论真想笑，却极力忍住，还痛骂锑朱砂，把发明的人也乱咒一顿，其实那药是什么东西，我一点不知道。西比翁看出我在取笑，也要插一嘴，就对桑格拉都道：“医士先生，我有个叔公是老派的医生，所以难怪我也和你一般见识，不赞成那些化学药剂。我那叔公已经去世，愿上帝对他的亡灵垂慈。他对希波克拉底真是五体投地，看到那些庸医瞧不起这位医学之王，常和他们争吵。亲骨肉总有相似之处，我也真想一手杀尽那些翻新花样的无知小子，就是说，你理直气壮痛骂的那些人。那起混蛋在世上为害真不小啊！”

那医生道：“你想不到害处多大呢。我出了一本书反对医生胡乱杀人，可是毫无用处，草菅人命的事反而一天一天多了。那些行手术的人，发疯似的想做医生，自以为尽做得，反正只要用些锑朱砂和呕吐剂，再随意来个脚上放血就成。他们甚至于把锑朱砂调在草头汤药和滋补的药水里，以为这样一来，名医处

---

① 帕拉切尔苏斯（Paracelse，1493—1541），瑞士医学家，主张用化学药剂。

方也不过如此了。连修道院里都沾染到这种习气。有些修士又做药剂师，又做外科医生。这种冒牌医生研究了化学，配制些害人的药，为他们的修士催命。瓦拉多利现在有六十多所修道院，男女各半。你们算算他们的锑朱砂、呕吐剂、脚上放血法可以害死多少人！”我道：“桑格拉都先生，难怪你对那起毒药害人的家伙这样愤恨。我跟你同声一叹，同为人命担忧。他们治病的方法和你的完全不同，分明要害死人的。恐怕有一天化学要断送医学，好比伪币能颠覆国家一样。但愿天照应，这倒霉日子别就到眼前来！”

讲到这里，一个年老的女用人给医生送上一盘东西：一块又松又软的面包，一只杯子，两个瓶子，一瓶是水，一瓶是酒。他一边吃，一边喝。其实他喝的只是冲了水的酒，一份酒对三份水，可是这来给我捉住错儿，不免要埋怨他几句。我道：“啊呀！啊呀！医士先生，给我当场捉住！你向来反对喝酒，你一生的四分之三只喝白水；我听了你的话，十年来滴酒不入口，你怎么现在喝起酒来了？你打什么时候起这样言行不符的呀？你不能把年纪来推诿；你文章里有一处下了个界说：‘衰老就是使人干枯消损的天然痨病’，因此你慨叹有些人愚昧无知，会把酒当作老年人的牛奶。你还有什么话替自己辩白呀？”

那老医生答道：“你这样攻击我真是冤枉。我要是喝不掺水的酒，你可以说我立法自坏；可是你瞧，我酒里对上许多水呢。”我道：“亲爱的老师啊，这又和你说的不合了。可记得，赛狄罗大司铎喝的酒掺了许多水，你也说他不对。你还是老实承认，你发觉自己错了，你著作里说喝酒伤身，其实并不然，只要喝来有节制。”

我说得这位医生有点不好意思。他的著作上明说酒是喝不得的，这话他无从抵赖；可是他又惭愧，又要争面子，不肯承认我责备得有理。他不知怎么回答，窘得说不上话。我免得他难堪，忙撇下这话不谈了。过一会儿我就告辞，临走还劝他对那些新兴的医生一辈子不要让步。我说："桑格拉都先生，鼓起劲儿来！反对锑朱砂，不要懈怠；攻击脚上放血法，不要放松。你对正宗医学这样赤心爱护，假如还是敌不过那伙庸医，成规旧法还是给他们推翻，你至少已经尽力，可以问心无愧。"

我和我的书记回客店，一路上谈论着那医生的古怪可笑，忽然碰见个五六十岁的人，眼睛望着地，手里拿一大串念珠。我仔细一认，立刻认得是虔诚的慈惠院院长马尼艾尔·奥东内斯先生，我在这部书第一卷里曾经表扬过的。我做出毕恭毕敬的样儿，招呼他道："道高德劭、规行矩步的马尼艾尔·奥东内斯先生，世界上照顾穷人最合适的人啊，我听候您使唤。"他听了盯住我打量一番，说看着有点脸熟，却记不起哪儿见过。我答道："我想您记不得了，您不会留意到我。我有个朋友叫法布利斯·尼聂斯，从前在您家做用人，我那时候到您府上去过。"那院长很乖觉地一笑道："啊！我现在记起来了，我分明记得你们两个伶俐孩子一起干的好些顽皮勾当。唉，那可怜的法布利斯现在怎么了？我一想到他，总挂念他的景况。"

我对马尼艾尔先生道："我冒昧在街上招呼您，正因为有他的消息奉告。法布利斯现在马德里，专写些杂拌儿。"他道："什么叫杂拌儿？我可不大明白。"我笑道："我意思说，他或用诗体，或用文体，又编剧本，又作小说。一句话，这小子有点儿天才，阔人家把他当作上客的。”那慈惠院院长问道：“可是他的面包师对他满意吗？”我答道：“不如阔人家对他满意。咱们私底下说说吧，我想他不怎么有钱。”奥东内斯道：“啊！那是不用说的。随他怎样去伺候阔人，逢迎谄媚，卑躬屈节，他到手的好处比靠作品赚的还少。我对你预断一句，他总有一天要进慈惠院。”

我答道：“这一点儿不稀奇。诗文把好些人送进慈惠院去了。我的朋友法布利斯要是一直跟着您先生好多着呢，到今天准发大财了。”马尼艾尔道：“他至少可以很富裕。我喜欢他，正要一步步提拔他，让他在慈惠院里脚跟站稳；他却异想天开，去充才子了。那疯子！他编了个剧本，给这城里的戏班子上演，那个戏很叫座，从此那位作者就着了魔。他俨然自以为洛佩·德·维加再世，宁可丢掉我替他筹划的实利，去追逐观众捧出来的虚名，就向我辞职了。我可怜他，想劝他回心转意。我劝他别丢了嘴里的骨头去抢水里的骨头影子①。可是劝也没用，那疯子要写文章发了狂，身不由己，我留他不住。”那院长又道：“他真是得福不知；只要看看他的后任，就是个很好的证据。那孩子不如法布利斯伶俐，却比他懂道理。他一心好好做事，讨我喜欢。我看他应该提拔，所以提拔了他。他现在慈惠院里占着两个职位，单靠那小的一个职位就尽够养活一大家人了。”

---

① 伊索寓言：狗衔了块骨头，在河边看见自己在水里的影子，就放下嘴里的骨头去抢水里的骨头影子。

第　二　章

吉尔·布拉斯又上路,安抵奥维多。他家里各人的情形。他父亲去世以及后事。

我们从瓦拉多利走了四天到奥维多。俗语说:强盗老远就闻到旅客身边金银的气味,我们却一路平安无事。其实他们倒有一注好买卖可做,只消地窟里来两个人,不费一点儿力就可以把我们的双比斯多抢去。我没在朝里练出胆量来,那赶车的贝特朗看来也未必肯为东家的钱袋舍命,只西比翁一人还会蛮拼几下。

我们赶进城,天已经黑了。我们下了个客店,跟我那位大司铎舅舅吉尔·贝瑞斯家很近。我想先打听一下家里各人的情形,再去相见。我知道这家店主夫妇对街坊上的事很熟悉,最好问他们。店主人仔细把我一端详就认得了,嚷道:"圣安东尼·德·巴德①在上！这是侍从先生布拉斯·德·山悌良那的儿子呀!"店主妇道:"真的！可不是他么！我一看就认得,简直一点儿没变,还是那个一肚子鬼主意的伶俐小子吉尔·布拉斯,那时候他拿着个瓶子来替舅舅买晚饭喝的酒,如

① 传说圣安东尼·德·巴德(Saint Antoine de Padoue,1195—1231)能保佑人失物重得。

在目前呢。”

我道：“大娘，你记性真好。请你告诉我一点儿家里的消息，我爹妈光景大概不好吧？”店主妇道：“给你一猜两着，他们苦极了，你怎么也想不到的。贝瑞斯老头儿已经半身不遂，看来是日子不长的了。你爹新近就住在大司铎家，他得了肺炎，干脆说吧，他这会子正在挣命；你妈身体也不好，还得伺候两个病人。这是他们的景况。”

这席话打动了我的孝思。我把贝特朗和车马撇在旅店里；我的书记不肯相离，就跟我同到我舅舅家。我一到妈妈跟前，她心上立刻有种感应，虽然还没看清我面目，就知道是谁了。她拥抱了我，凄然道：“我的儿啊，来替你爹送终吧。你来得还是时候，还能看到这个凄惨景象，心上留个影子。”她说完领我进一间房，可怜的布拉斯·德·山悌良那奄奄一息，躺在里面一张床上。一看这张床，就知道做侍从的多么穷苦了。他已经罩在沉沉死气里，可是还略有知觉。我妈对他说道：“老伴儿啊，你儿子吉尔·布拉斯来了；他给你受了气，现在求你饶恕，还请你祝福。”我爹听了这话，睁开将要永闭的双目，盯着我看。他虽然病得昏昏沉沉，还看出我伤心舍不下他，也就很感触。他想说话，可是没力气了。我拉着他一只手，哭得他满手是泪，一句话也说不出。他就在这个当儿咽了气，仿佛专等我到了家，这口气才断得下。

我妈妈早就准备他要死了，所以还能节哀。我爹一辈子对我漠不关心，可是我也许比妈妈还要悲痛。儿子死了父亲已经伤心，我没有略尽子职，尤其懊恨。我想自己那么狠心，简直是个狼心狗肺的畜生，竟可说是个杀父的逆子。于是我又去瞧我的舅舅,他躺在另一张床上,看来很可怜。我一见又添了愧恨。我受他种种恩惠,这时都涌上心来。我埋怨自己道:“你这个丧尽天良的孩子,罚你瞧瞧自己家里人这样苦恼。他们靠大司铎的收入,好些东西买不起;要是你进监牢以前分一些多余的钱给他们,让他们能买来享受,也许你爹就不至于死了。”

可怜的吉尔·贝瑞斯已经返老还童,一点记性一点头脑都没有了。我抱住他跟他亲热,都是枉然,他好像全不知觉。我妈还只管告诉他:我是他外甥吉尔·布拉斯,他只傻瞪瞪地看着我,一句话不说。就算我对恩深义重的舅舅没有骨肉之情和感激之心,单看他那副可怜样儿也要恻然的。

这时候西比翁一言不发地陪我伤心;他眼看朋友这样,也同声叹息。我想妈妈和我分别了这么久,准要跟我谈谈,旁边有了个陌生男人也许不方便。所以我把他拉过一边,说道:“朋友,你去吧,到客店去歇歇,撇我在妈这儿好了,我们要长谈呢;谈的无非是家务事,你在这儿待着,也许这位老太太要多嫌你的。”西比翁怕碍着我们,就出去了。我和妈妈果然谈了个整夜。我们各把我离开奥维多以后的经历细讲了一遍。她把在别人家当女监护的苦恼,一五一十地讲个不休;我虽然没什么要瞒我书记,有些话却不愿意给他听见。不是我得罪妈妈,这位老太太实在有点啰唆,她要是讲得扼要,可以省掉四分之三的话呢。

她好容易讲完,我就讲我的事。我把所经所历轻描淡写地带过,但是提到油盐铺掌柜贝尔特朗·穆斯加达的儿子到马德里见我的事,就讲得很仔细。我道:“老实说,我很怠慢那小子。他要出口气,准对你们说得我很不堪。”她答道:“果然呀,他说你得了首相欢心,一团骄气,不屑认识他了;他对你讲我们怎么穷、怎么苦，你听了漠不关心似的。做爹妈的总袒护自己孩子，我们就不信你会那么坏。你这回到奥维多来，就可见你的确是好孩子，不是我偏袒；再看你这样悲伤，我再没有一点怪你的心了。”

我答道：“你太偏护我，小穆斯加达的话有点儿根由。他来看我的时候，我只想做官发财，利欲熏心，没工夫想到爹娘。他跑来一副村气，恶狠狠地对我说：你们穷苦得很，听说我比犹太人都有钱，特来劝我送些钱给你们；还破口骂我不把家里人放在心上。照我那时候的心境，对这种人自然不客气了。他那样直率，惹得我很生气，按捺不住，就推着他肩膀把他推出书房。我承认那番吵架是我不对，我应该想想：那油盐铺的小子无礼不是你们的错，而且他尽管说得不客气，究竟是良言。

“那是我撵走了穆斯加达以后才想到的。我虽然一腔火气，骨肉之情还没有泯灭。我想起对父母的责任一点没尽，不禁面红耳赤，良心内愧。可是我不能拿这个来替自己挣面子，因为我只想发财升官，一会儿就把那点惭愧的心压下去了。后来王上降旨把我关进塞哥维亚塔，我在牢里生了一场重病，亏得那场病救转了你这个儿子。说真话，我生过这场病，坐过这番牢，天良重现，对朝廷再没丝毫留恋。我厌恨那烦扰的日子，以后只求清静了。我这番到阿斯杜利亚，无非要接你去同享清福。我有个庄子在瓦朗斯境内，你要是愿意，就跟我同去，咱们在那儿可以过得很舒服。当然我也想接爹去的，天既然另有安排，但愿还能接了妈去；从前没孝顺她，但愿以后能尽心奉养，替自己赎罪。”

我妈妈道:“你这番意思很好,我很感激。要是没有为难之处,我一定干干脆脆跟了你去。可是你舅舅这般情形,我丢他不下;况且我在这里根生土长,离不开了。这事应该盘算周到,我还得慢慢地想一下再说。现在咱们且打算办你爹的丧事吧。”我道:“这事交给我带来的小伙子办去。他是我书记,人很伶俐,也很忠心,咱们可以放心托他。”

我刚说完,西比翁又来了;这时候已经天亮。他问我们这会子家里有了事,有什么用他之处。我说他来得正好,恰有要事嘱咐他。我对他讲了,他说:“成,出殡的全副排场我肚里已经有个谱儿了。这事都在我身上。”我妈道:“留心不要铺张,我丈夫的丧事越简陋越好,他是个最穷苦的侍从,城里人人知道的。”西比翁答道:“老太太,他再穷也得照我那排场,一个小钱都不能省。这桩事,我只为东家着想。他做过赖玛公爵的亲信,老太爷的丧事应该办得体面。”

我赞成我书记的主张,还吩咐他不要省钱。我还有点儿爱面子的心,这时候又活起来了。我爹没传下什么产业,我肯为他破费,自以为人家准会佩服我手笔阔绰。我妈呢,虽然说得很卑逊,但是丈夫丧事办得风光,总没什么不乐意的。我们就完全委托了西比翁,他马上把应办的事都办起来,准备安排个大出殡。

他办得太风光了。那出殡的仪仗非常豪华,惹得城里城外的人都恨我。奥维多地方无论贵贱,看了我那排场都不入眼,街谈巷议很扫我面子。一个说:“这暴发的走狗,奉养父亲,一个钱没有,替他办丧事倒有钱了。”一个说:“父亲活着孝顺点儿,比死了这样排场好多着呢!”总而言之,大家舌剑唇枪,一句不饶我,我成了众矢之的。他们这还不甘心,等西比翁、贝特朗和我出教堂的时候,又来侮辱我们,骂呀,嘘呀,一路掷石子,把贝特朗赶回客店。我舅舅的大门口挤了一大堆人,我妈妈只好出场声明她很喜欢我这样办,才算解了围。还有些人赶到客店里要把我存的车拆掉。亏得店主夫妇想法平了他们的火,没让他们干出来。

他们对我种种侮辱,也都是那油盐铺的小子到处骂我激出来的。我因此恨透了本乡人,决计马上离开奥维多;不然的话,我也许要耽搁好一程子。我把这意思干脆向我妈说了,她看人家那样待我,非常生气;我忙着要走,她一点不作难。她不过要知道我怎样为她安排。我说:"妈妈,既然我舅舅少不了你,我也不再勉强你同走。不过他看来挨不了多久了,你答应我,等他一死就到我庄子上来。你肯来就是表明爱我,我盼望着呢。"

我妈道:"这话我不能答应,因为办不到。我要在阿斯杜利亚了我余生,并且我要自己当家做主的。"我答道:"你在我庄上,不还是你当家做主吗?"她答道:"我可不知道了。你只要爱上个年轻姑娘,就会娶她;她是媳妇,我是婆婆,我们不能一处过日子。"我说道:"你愁得太远了。我一点儿不想结婚呢。等我想结婚的时候,我担保,准叫我老婆不问三七二十一全听你的话。"我妈答道:"你这个担保冒失得很,保人自己就保不住。只怕你捧着个老婆,就忘了骨肉天性;我要是跟你老婆有什么争吵,尽管她理屈,保不定你还是偏护她的。"

我的书记插嘴道:"老太太,您这话真对,我也是这样想,孝顺儿媳妇是少有的。您既然一定要住在阿斯杜利亚,我东家又一定要到瓦朗斯去,有个办法可以两便,他只要叫我每年给你送一百比斯多。这样一来,娘和儿子相隔二百哩,都可以过得很称心。”我们两造都赞成这办法。我就先付了一年的钱。我怕众人把对待圣艾田①的手段来待我,所以第二天一大早离开了奥维多。我在家乡受到的欢迎就是如此。平头百姓在外面发了财,想回故乡去充大人物,看了我就是个好榜样。他们越要卖阔,越招同乡的恨。

第　三　章

吉尔·布拉斯取道瓦朗斯,到了李利亚斯。那田庄的一幅写景;庄上有什么人,怎样欢迎他。

我们从雷翁、巴伦西亚一站站走,走了十天到赛果伯。我的庄子离那儿只三哩路,我们过一天上午就到了。我们渐走渐近,我书记把两旁田野里一座座庄子都仔细端详,我瞧着很有趣。他每见一所大庄园,准要指着对我说:“我真希望那是咱们的隐居。”

我说:“朋友,我不知道咱们那庄子在你心目中是什么个样儿。我预先告诉你,你如果以为是高堂大厦,是座阔佬的庄园,你就大错了。你要是不愿意把空中楼阁自哄自骗,只要想象萨班乡下、悌勃河边、梅赛那斯送给贺拉斯的那所小房子②。堂阿

① 圣艾田(Saint Etienne),基督教殉教者,被犹太人乱石掷死。

② 贺拉斯《讽刺诗集》第二卷第6首描写自己乡间的一个小庄子,风景幽美,远隔嚣尘,庄子里的设备虽不奢华,却很舒适。在欧洲文学里就立下个典型,尤其十七八世纪的作家常常描写这种田园或别墅。

尔方斯送我的礼跟那个不相上下。”西比翁道:“糟了,那我只好准备它是所草舍了。”我道:“草舍也还不是。不过你该记得,我向你形容那庄子,总说得它很简陋;我的描画是否确切,这会子你可以自己瞧。你顺着果达拉维亚河望过去,沿河挨着个约莫有九个到十个人家的小村子,一所房子有四个小阁的就是我的庄子。”

我的书记赞叹道:“啊呀!好精致的房子呀!有了那儿座楼阁,自然就气象华贵,再加位置也适宜,建筑也讲究。人家专说上有天堂、下有赛维尔,这四周的风景比赛维尔那边还明媚可爱呢。就是让咱们自己挑,也挑不到再合我脾胃的了!说真话,我很喜欢那地方,既有清流灌溉,而且树林深密,日中可以在树荫里游散。好个清幽的所在!啊呀!亲爱的主人,看上来咱们准要在那儿常住下去了。”我说道:“你喜欢咱们那窝儿,我很高兴。那里的乐趣,你还没十分领略呢。”

我们谈谈说说,已经到了庄上。西比翁一说是田庄主人吉尔·布拉斯·德·山悌良那大爷到了,立刻大门敞开。门上人听见这个名字肃然起敬,让车开进大院子。我下了车,沉甸甸地倚在西比翁身上,摆足了架子走进屋里。立刻就来了七八个家人,说是来参见新主人,又说堂西泽和堂阿尔方斯挑他们来伺候我的:一个是厨子,一个是他助手,一个是厨下打杂儿的,一个看门的,几个跟班,都奉命不得拿我一文小钱,家用开销全在那两位大爷身上。厨子叫作尤阿兴司务,是这群用人的头儿,话都是他说的。他献殷勤说,已经把各种好酒储藏了许多;又说,他在瓦朗斯大主教大人府上当过六年厨子,若要讲究吃,他自信总会烹调点儿提胃口的好菜。他又说:“我准备做一席菜让您尝尝我的勺口儿。这会子还不开饭呢,大爷,您溜溜去,瞧瞧您这房子您大人是否住得。”

我当然要去瞧瞧房子,西比翁比我更有兴,拉着我一间间看。我们把整所房子从头层到底层看了一遍,处处留心,连一个角落都没漏掉,至少我们自以为全走遍了。每到一处,都不由我不感谢堂西泽父子的恩德。我特别喜欢两个房间,里面的陈设非常精致,却一点不奢华。一间里挂着个荷兰出产的壁衣,床椅都是丝绒的,虽然都是摩尔人侵占瓦朗斯时代的东西,却一点不破旧。另一间的陈设,精雅不相上下:壁衣床椅都是上代热那亚锦缎做成,一律黄色,镶着蓝的丝流苏。这些陈设在账单上写着没甚稀罕,这里看见,才觉得非常珍贵。

我书记和我把形形色色细看一遍,就到饭厅上。桌子已经摆好,放着两份刀叉。我们坐下,送上来的炖什锦肉一到嘴就觉得味道真好,我们不禁替瓦朗斯大主教可惜,少了个会做这样菜的厨子。其实我们胃口也好,所以越吃得香。我的新用人拿大杯满满地斟上曼夏省的好酒,我们每吃一口菜,他们就送上酒来。西比翁乐得不得了,但是不敢当着用人流露出来,只拿眼睛向我示意;我也用眼色表示和他一样称心。接着来了一盘烧烤:一对肥嫩的鹌鹑,中间夹一只烤得香喷喷的小野兔子。我们忙放下炖肉,把烧烤吃了个饱。我们吃得像两个害馋痨的,酒量也跟食量相称;于是起身到花园里去找个凉快的好地方,舒舒服服睡午觉。

我的书记方才看了一处处地方都很满意;这回见了那花园尤其喜欢,以为不输艾斯古利阿尔王宫①的花园,真叫他观看不

① 艾斯古利阿尔(Escorial),西班牙的王宫,斐利普二世所造。

厌。堂西泽有时到李利亚斯来,他原来喜欢种花栽树,装点园林。园里有整齐的石子路,两边种着橘树;白色大理石的池子中心有一只紫铜狮子,嘴里喷着水;而且花也开得好,果子种类又多,都叫西比翁欣喜欲狂。他尤其爱那一条下坡的长路,夹道密树成荫,直通到庄丁的住处。我们一面赞赏这个避暑胜地,就歇下来坐在一棵小榆树脚下。两个酒醉饭饱的汉子一会儿就睡熟了。

我们睡了两个钟头,忽然被好几下枪声惊醒。那声音近得很,我们都吓一跳,忙起来到庄丁家去打听。只见那里聚了八个到十个庄稼人,都是本村住户。他们刚知道我到了,所以拿出年久生锈的枪来放几声庆祝一下。他们多半认识我,我当总管的时候到这庄上来办事,相见不止一次。他们这时一看见我,齐声高叫道:“我们的新主人万岁！欢迎您到李利亚斯来!”于是装上火药,再为我合放了一阵枪。我做出最和气不过的样儿向他们答礼,不过我觉得不该跟他们不拘形迹,所以和气之中却拿定身份。我答应庇护他们,还散给他们二十个比斯多,我相信这来很得他们的心。我让他们再放了一阵空枪,就跟我的书记回到树林里。新到手的产业真叫人喜欢,我们看了那些树木,只觉得观之不足,一直在林子里盘桓到天黑。

厨子跟他助手和打杂儿的这会子正忙着做菜,这顿晚饭比午饭还要讲究。我们一进饭厅,简直呆住了。只见桌上当中是一盘四只烤山鸡,一边是锅烧兔子,一边是带汤煮的阉鸡;吃完这些,又送上小吃;猪耳朵呀,腌鸡呀,然后是奶油巧克力。我们喝了好些吕赛那出产的酒和其他许多好酒,觉得再喝要过量了,就打算睡觉去。我的几个跟班拿了蜡烛,领我到一间最精致的屋里，忙着伺候我脱衣服。我等他们送上便服睡帽，就打发他们出去，摆着主人架子道："诸位去吧，今晚上不用你们了。"

我把他们都打发走，留下西比翁要跟他谈谈。我们先得意这回真是享福了。我书记快活得那股劲儿难以形容。我说："嗨！朋友，两位李华大爷叫他们这样款待咱们，你觉得怎么样？"他答道："说真话，我觉得不能再好了，但愿能够长久。"我道："我却不作此想。我不应该让我的恩人为我这样破费，那就是看他们慷慨、一味沾光了。况且别人出钱雇的用人，我也用不惯，仿佛不是在自己家里似的。再说，我到这儿来没准备过得这样阔绰。好傻呀！咱们要用那么一大群用人吗？没有的事，咱们已经有贝特朗，只要再有一个厨子、一个打杂儿、一个跟班，就尽够了。"虽然我书记巴不得永远受瓦朗斯都统的供养，却也不反对我这点清介。他依着我的意思，也赞成改革一下。商量停当，他就回房睡觉。

第　四　章

吉尔·布拉斯到瓦朗斯去，见了两位李华大爷，
谈了一番话；赛拉芬热诚欢迎他。

我脱了衣服上床，却一点不困，就一味前思后想。我想到两位李华大爷为我忠心，待我很厚，近来又给我这许多赏赐，真使我感恩入骨。我急要道谢，决计第二天就去看他们。我已经想

象到跟赛拉芬会面的快乐,但是并非完全快乐;我去见她就要碰到萝朗莎·赛馥拉大娘,她大概还没忘掉打了我那一下耳光,不会喜欢见我。我想到这层,有点儿发愁。我这样万念纷纭,觉得困了,居然蒙眬睡去,直到第二天日高三丈才醒。

我赶忙起来,一心想着要去走这一遭,急急穿上衣服。我衣服刚穿好,我的书记来了。我说:“西比翁,我准备到瓦朗斯去呢,想来你不会反对。我有这份小小的产业,全亏那两位爷,我急要向他们请安去;这是我应尽之谊,觉得一时片刻的迟延都是忘恩负义。朋友,你不用陪我,你留在这儿,过了八天我就回来。”他答道:“你去吧,先生。好好儿趋奉堂阿尔方斯和他爸爸。我觉得他们很赏识你对他们的心,也很感激你为他们出的力。这样的阔人真少有,随你怎样尊敬他们也是应该的。”我吩咐叫贝特朗准备上路。我一面喝巧克力,等他套车。临走我叮嘱家里用人,西比翁和我不分彼此,他的话就是我的话,不得违拗。于是我就上车。

不上四个钟头,我就到瓦朗斯了。我一直进了都统的马房下车,把车撇在那儿,叫人领着上这位大爷的房间去。他正和他父亲堂西泽在一起。我不拘礼节,自己开了门,恭恭敬敬上前道:“用人见主人不用通报,你们的老用人特为请安来了。”我说着就要下跪。可是他们拉住我,两人都拥抱了我,他们对我的一片真情完全流露出来。堂阿尔方斯道:“好!亲爱的山悌良那,你到李利亚斯去做主人了吗?”我答道:“去了,大爷,请您让我把那庄子还给您吧。”他道:“为什么呀?有什么地方不合你的意吗?”我答道:“那庄子是好极了,我喜欢得很。我只有一样不称心,您为我雇了大主教的厨子,用的用人比我要用的多了三倍,害您花费浩大,毫不实际。"

堂西泽道:"我们在马德里请你每年受我们二千杜加;你要是肯受,我们单把这座庄子送你就罢了。可是你没答应,所以我们觉得应该照我们那样办,来个扯直。"我答道:"这就过分了。我得了这座庄子已经心满意足,你们不该额外再加赏赐。我把意思老实说出来吧,那许多用人不但破费你们,也拘得我不自在。干脆一句话,两位大爷,让我在庄上自己做主,不然呢,就让我把那庄子还给你们。"我说得非常恳切,他们父子并不愿意勉强我,总算答应随我处理。

我谢谢他们许我便宜行事,否则我不会心安理得。这时堂阿尔方斯打断我道:"亲爱的吉尔·布拉斯,我要领你去见一位太太,她很想跟你会会。"他说完拉了我的手,领我到赛拉芬房里。她见了我欣喜地叫起来。那位都统道:"太太,咱们的朋友山悌良那到瓦朗斯来,我相信你也跟我一样高兴。"她答道:"这是千真万确的。我从前受他的恩,过了这些时候并没忘记;他又为你出过力,我不但自己感激,还代你感激呢。"我对都统夫人说,我从前拼了命和伙伴一同救她,虽然冒些危险,却不值得他们这样重谢。我们彼此客套了一顿,堂阿尔方斯就陪我出来。堂西泽正在客堂里招待许多来吃饭的贵宾,我们也跑了去。

这些贵客跟我招呼都很客气。堂西泽说起我做过赖玛公爵的机要秘书,他们越发多礼。他们大半也许还知道堂阿尔方斯做到瓦朗斯都统是靠我的力量,因为事情总会泄露出来的。不管究竟如何,反正那天席上大家谈论的无非是那位新任命的红衣大主教。有的人很捧他,不知道是出于真心还是口头上的假话;有的人皮里阳秋,明赞暗骂。我看透他们想激我批评大主教大人,要听我挖苦取笑他。至少我猜想他们是这意思,我也很想把肚里的话说出来,可是我忍住没说。靠这点克己功夫,我在诸君心目中显得很稳重谨慎。

饭后客人各自回家午睡。堂西泽父子也觉得困倦,都回房休息。

我久闻瓦朗斯是个漂亮城市,急要去观光一下,就出了都统府邸,想上街走走。我在大门口碰到个人,恭恭敬敬迎上来道:“我可以向山悌良那先生请安吗?”我问他是谁。他答道:“我是堂西泽的亲随。您做总管的时候,我是个跟班。我天天早上总来向您请安,您很照应我。我常把府里的事来告诉您。譬如有一天,我告诉您李华村的外科医生偷偷儿到萝朗莎·赛馥拉大娘房里去,您不记得吗?”我答道:“我一点儿没忘记呀。说起这位女监护,她现在怎么了?”他答道:“唉!那可怜虫!您走之后,她病恹恹的就死了。赛拉芬还舍不得她,堂阿尔方斯却并不怎么惋惜。”

堂西泽的亲随把赛馥拉病死的消息告诉了我,道歉说,耽搁我了,就让我走路。我想到这个可怜的女监护,不禁叹息。我心中不忍,怪自己害了她,没想想她结果这样苦不关我的操守,却是她那毒瘤作祟。

我把城里名胜一处处都游览到。大主教府邸用大理石造成,庄丽悦目;交易所的门楼也很美观。我又留心到一所大厦,许多人都往里拥。我不懂为什么那里聚了大群男女,近前去一看,看见门额上有块黑色大理石,刻着“大戏院”几个金字,才恍然大悟。戏院的招子上说,今天首次上演堂加布利尔·特利阿盖罗①新作的悲剧。

第五章

吉尔·布拉斯上戏院观看新悲剧，那戏很叫座。瓦朗斯看客的识见。

我在戏院门口站了一会儿，看看进去的人。各式各等都有。有些绅士相貌漂亮、服装华丽；有些人形容萎靡、衣衫褴褛。有些是贵妇人乘了马车来看戏，预先定下包厢；有些是女骗子，来勾引男人的。我瞧见这群看客鱼龙混杂，无所不有，也勃然兴动，想去凑个数。我正要买票，都统夫妇到了。他们在人堆里看见我，叫人来请，带我上他们的包厢。我就坐在他们背后，跟两人说话都方便。

戏院里上上下下客满，池子里挤得结结实实，戏台旁边挤满了佩武士勋章的爵士；三种武士章这里都能见到。我对堂阿尔方斯道："到的人真不少。"他答道："这不足为奇，上演的悲剧作者是堂加布利尔·特利阿盖罗，大家称为时髦诗人的。戏招子上一贴出这位作家的新剧本上演，瓦朗斯就全城轰动。不论男女，无非谈这个戏。包厢全数定掉，第一天上演只有池子里的座

① 特利阿盖罗（Triaquero），原意是走江湖卖假药的骗子，勒萨日借这个名字来影射同时代大作家伏尔泰，详见莫利斯·阿兰（Maurice Allem）编注本《圣伯夫（Sainte-Beuve）论法国大作家》第十册第19页又第26页。

位不涨价，因为那部分看客碰不得，惹火了不是玩的；其他各种座价尽管涨了一倍，戏院门口的人还拼着命要进来呢。”我说道：“真是发疯！看客对堂加布利尔新编的戏这样先睹为快，迫不及待，这位诗人想必是个大天才了。”堂阿尔方斯道：“且慢，别心里先横着成见。有的戏卖弄小聪明，使看客一时眼花缭乱，要到剧本印了出来，才断得定好坏。”

讲到这里，戏开场了，我们连忙屏息静听。才道开场白，台下就鼓起掌来，每一句诗都引起哄然彩声，每演完一幕，全场掌声雷动，仿佛戏院都塌下来了。戏演完了人家把这个剧本的作者指给我看，他正跑到一个个包厢里去，低着脑袋虚心领受先生太太们给他戴的一顶顶桂冠。

我们回到都统府第，一会儿来了三四位爵士；另外又来两位老资格的作家，在他们本行里都是有声望的；还有一位马德里来的绅士，人极聪明，也很有眼光。这些人都是刚看了戏。晚饭席上，大家无非讲这个新戏。一位授圣雅各勋章的爵士道：“诸位先生，你们觉得这悲剧怎么样？也像我一样感动吧？真算得十全的作品。命意超妙、情致缠绵、诗笔雄健，样样都到家。总而言之，这个戏曲是用上流有身份人的腔吻写的。”一位授阿尔冈达拉勋章的爵士道：“我想这是谁也没得说的。剧本里好些句子仿佛竟是阿波罗①口授的，情节的安排也巧妙无穷。”他又对加斯狄尔来的绅士道：“我请教这位先生吧，我觉得他很有讲究，我可以打赌，他一定跟我所见略同。”那位绅士含讥带讽地笑道：“爵士先生，且不要打赌。我不是本地人。我们在马德里

① 希腊神话：阿波罗（Apollon）是诗与音乐之神。

不这样立刻下按语。我们才听过一遍戏文,决不就断定好坏;戏子嘴里念来虽然动听,我们并不作准。我们尽管感动,总要读过剧本再说。一个戏在台上演来好看,其实白纸黑字读起来就未必那么有趣。”

他接着道:“我们先要把一件作品细细看过,才肯称赞,不论作者的名气多大也唬不倒我们。就是洛佩·德·维加和卡尔德隆①的新戏上演,人家尽管佩服他们,批评起来却一点不放松;要真正值得捧,才捧得天高呢。”

授圣雅各勋章的爵士插嘴道:“唷!得了!我们可不像加斯狄尔地方诸位先生那么胆小。我们要断定一个剧本是好是坏,不必等它出版,只要看了头场戏就完全知道了。我们也不用聚精会神地听,知道是堂加布利尔的手笔,就拿准不会有毛病。这位诗人该算是划时代的,从他起才开始有高雅的作品。洛佩和卡尔德隆之流和这位戏剧大师一比,只是学徒罢了。”那位马德里的绅士把洛佩和卡尔德隆看作西班牙的索福克勒斯和欧里庇得斯②,听了这派狂言,大吃一惊。他不服气,愤然道:“这种剧评简直是非圣无法!诸位先生,你们既要我看了头场戏来下断语,我就说吧。你们这位堂加布利尔新编的悲剧,我看并不好;非但算不得杰作,而且毛病百出。他的戏曲装点得华而不实。里面四分之三的句子,不是修辞恶劣,就是押韵牵强。而且

---

① 卡尔德隆(Pedro Calderón de la Barca,1600—1681)是继洛佩·德·维加而起的西班牙大戏剧家。照小说中年代考来,赖玛公爵新任红衣大主教时,他才十八岁,还未成名。勒萨日这里的洛佩和卡尔德隆暗指高乃依(Pierre Corneille,1606—1684)和拉辛(Jean Racine,1639—1699)两位十七世纪法国大戏剧家。

② 索福克勒斯(Sophocles,公元前499或前497—前405)和欧里庇得斯(Euripides,公元前480—前407或前406)是希腊两大戏剧家。

人物写得不自然、不贯串,意思也往往很含糊。”

同席两位作家怕人家怀疑他们嫉妒,始终没开口。这样持重实在难能可贵。但是他们听了那绅士的话,眼睛里不免流露出赞许之意。我因此知道他们一声不响是世故,并非那个剧本无懈可击。几位爵士又把堂加布利尔没口称赞,直把他捧得天上有、地下无。这种滥赞瞎捧惹得那位加斯狄尔绅士不耐烦了。他忽然像鬼神附上了身,举起两手,喊道:“啊,高妙入神的洛佩·德·维加,你是少有的大天才,加布利尔之流想赶上你,真望尘莫及呢!婀娜多姿的卡尔德隆!你诗笔温雅,精洁而不浮夸,谁也学不来。文艺女神新拣的那个野孩子推不翻你们的宝座。后世对你们还会像现代一样欣赏;可是要有人再会提到他的名字,就很便宜他了!”

大家没料到他会开玩笑嚷着古人的名字通诫一番,逗得大笑;他们欣然散席,各自回去。堂阿尔方斯已经叫人为我铺设好卧房,他这时吩咐用人领我去。床被很舒服,我这位大爷就上床睡觉;临睡想到那些无识之徒冤屈了洛佩和卡尔德隆,不免和那加斯狄尔绅士一样的感慨。

第　六　章

吉尔·布拉斯在瓦朗斯街上闲步,
碰见个脸熟的修士,原来是谁。

前一天我来不及逛遍全城,所以第二天起来又出门去,想再走走。我在街上看见个苦修会的修士，大概正忙着干他会里的事。他走路两眼不抬，一副虔诚的样子，惹得人人注目。他挨着我过去，我看他像堂拉斐尔，就是在这部书头两本里充一个要角的那位骗子。

我这次碰见他大出意外，待了一下，没上去招呼；他已经在这个当儿走远了。我心上想："天啊！两个脸竟是一模一样的，什么道理呢？果然是堂拉斐尔吗？难道竟会不是他吗？"我觉得这事蹊跷，忍不住要去打听个水落石出。我问明了到苦修院去的路径，马上赶去，指望能在那人回苦修院的时候再碰见，我打定主意要拦住他谈几句话。可是不用等他回来，我就知道真相了。我一到苦修院门口，又看见个熟脸，就此疑团打破。我认得那看门的修士正是我从前的亲随安布华斯·德·拉莫拉。你们可以料想我多么吃惊。

我们在这个地方重逢，彼此一般诧怪。我招呼他道："我没看错吧？咱们不是老朋友吗？"他一上来不认识我，大概是假装。可是他一看假装不成，就做出恍然记起旧事的样子，说道："啊，吉尔·布拉斯先生，请别见怪，我竟不认得你了。我进了这圣洁的地方，一心恪守清规，从前在外面所经所历都渐渐忘怀，尘世的形形色色，我心上影子都没有了。"

我说道："我和你一别十年，现在看你披上了庄严的道袍，真是高兴。"他答道："你曾经亲眼见我为非作歹，我现在这般装束，见了你很觉得惭愧。我看着身上这件袍儿，时时刻刻悔恨从前的罪过。唉！"他长叹了一声道："我应该一向清清白白，才配穿这件道袍。"我答道："我听了你这话很喜欢，亲爱的修士，分明是上帝点化了你了。我再说一遍，我看了你这样非常高兴。

我刚在城里看见堂拉斐尔穿了苦修院修士的服装，我想一定是他。我心痒得要死，真想知道什么个奇迹会把你们两人引上这条正路。我后悔没当路拦住他讲话，所以到这儿等他回来，可以挽救这桩憾事。”

拉莫拉道：“你一点没错，你看见的正是堂拉斐尔。你问的事呢，我来讲给你听。陆珊德的儿子和我跟你们在赛果伯附近分手之后，就取道往瓦朗斯，想去做几注买卖。有一天我们偶然跑进苦修会教堂，恰好那些修士在堂里唱圣歌。我们把他们细细端详，领会到混蛋看见了美德会油然生敬。我们钦佩他们祈祷的虔诚。他们那副清心寡欲、无贪无恋的神情，他们脸上一团静穆之气，见得内心舒泰。

“我们看在眼里，都沉思起来，这对我们身心很有益处。我们把自己的品行和这些好修士的比一下，觉得相去很远，不禁惶恐不安。我们出了教堂，堂拉斐尔说：‘拉莫拉，你看了他们，觉得怎么样？不瞒你说，我心里很七上八下。我从来没这样震荡过，这才头一回责备自己为非作歹。’我答道：‘我跟你有同感，我的罪过这会子都冒上心头，我从来不知道什么叫懊悔，现在却痛悔前非了。’我的伙伴儿说：‘哎，亲爱的安布华斯，咱们是两只迷途的羔羊，天父慈悲，要领咱们回到羊群里去。朋友，是他在叫唤咱们。咱们别堵着耳朵不理会，别再干诈人骗人的勾当了，结束了荒唐生涯吧。由今天起，咱们要为拯救自己的大事努力，应该进这个修道院去志诚忏悔，了咱们的余生。’”

安布华斯修士接下道：“我赞成拉斐尔的意思，我们立下了宏愿，要进苦修会修行。我们就去见苦修院的院长。他听了我们的志愿，要试试我们是否有根基，派我们各住一间斗室，把我们当修士般约束了整整一年。我们谨守清规，始终如一，就蒙他们收留，做了初学的修士。我们很满意，而且一腔热忱，对初学修士的苦行一点也不怕。于是我们宣誓入会。他们觉得堂拉斐尔有干才，就挑他去帮助管庶务的老神父。陆珊德的儿子那时只求养性修行，恨不得整日整夜都花在祈祷上。不过会里既然要用到他，他只好抛弃自己的爱好。他渐渐对修道院的一切生财之道都熟悉了，三年后老庶务去世，人家觉得他可以继任。堂拉斐尔现在就做这个位子。会里的修士很称赞他善于经营，他办的事可说是人人满意的。他虽然掌管银钱出入，看上去一心只想着永生极乐，这一点是最意想不到的事。他事情一空就潜心默祷。总而言之，他算得这修道院里一个优秀人物。”

这时候我看见堂拉斐尔来了，不胜欣喜，打断拉莫拉道：“他来了！这位超凡入圣的庶务叫我等得好心焦啊！”我一面就赶上去把他拥抱了一会儿。他随我拥抱，见了我也不露一点惊奇的神气，柔声道：“该颂赞上帝，山悌良那先生，我又能和你相见，真该颂赞上帝。”我答道：“说真话，亲爱的拉斐尔，我满心为你快活。安布华斯修士已经把你改邪归正的事原原本本告诉了我，我听了很高兴。两位朋友啊，上帝只选中不多几人永生极乐，你们两位居然可以自慰也算在里面，太便宜了！”

陆珊德的儿子满面谦逊，答道：“像我们这样两个混蛋，不该抱那样的奢望。不过犯了罪只要忏悔，慈悲的天父会饶恕的。吉尔·布拉斯先生，你也想到怎么求他饶恕你的罪过吗？

你到瓦朗斯来干什么？别不巧来干什么坏事吧？”我答道：“不是的，谢天。我自从离开朝廷，所作所为都不失为正人君子。我有座田庄在城外附近。我有时在庄上住，享田居之乐；有时上瓦朗斯都统家来玩玩，他是我的朋友，你们俩也跟他很熟。”

于是我把堂阿尔方斯·德·李华的故事讲了一遍。他们听得很留神。我说起我们从前抢萨缪尔·西蒙的三千杜加，那位大爷已经派我去送还原主，拉莫拉插嘴对拉斐尔道：“伊莱尔神父，照这样说来，那开店的家伙没什么抱怨的了，他抢掉的钱已经加上重利还他。这件事咱们俩可以安心。”那圣人庶务道：“安布华斯修士和我在进会以前，悄悄地托一位诚实的教士捎了一千五百杜加给萨缪尔·西蒙。那位教士不辞辛苦，特地到才尔瓦去送还了那笔钱。山悌良那先生已经把抢的钱全都还给萨缪尔，他还拿得进咱们那钱，那是他自作孽了。”我说道：“可是你们那一千五百杜加确实送到了他手里吗？”堂拉斐尔道：“没错儿的！我能担保那个教士诚实可靠，就像担保我自己一样。”拉莫拉道：“我也可以担保。他是一位道高德劭的教士，惯替人家当这种差使。他为了经手的款子打过两三回官司，都是他打赢的，讼费也由对方出账。”我道：“既然如此，就不用说了，送还的款子准有牢靠的着落。”

我们又谈了一会儿，他们劝我常要有畏惧上帝之心；我请他们为我祈祷，于是我们分手。我赶忙回去找了堂阿尔方斯道：“您可知道我刚才跟谁在长谈，您再也猜不到！我刚和两位苦修会的修士分手，都是您的旧相识，一位叫伊莱尔神父，一位叫安布华斯修士。”堂阿尔方斯道：“你弄错了，我不认识什么苦修会的修士。”我答道：“对不起，您在才尔瓦见过的宗教法庭检察官就是安布华斯修士，那书记就是伊莱尔神父。”都统吃惊道：“啊呀！天哪！难道拉斐尔和拉莫拉会进苦修会吗？”我答道：“真有其事呀。他们已经进会几年了。拉斐尔是苦修院的庶务，拉莫拉是看门的。一个管钱箱，一个管大门。”

堂西泽的儿子寻思了一番，摇头道：“我看这位宗教法庭的检察官老爷和他那个书记要在这里串一出新把戏呢。”我答道：“也许。不过我跟他们谈了一会儿，说老实话，我想他们不至于如此。当然，知人知面不知心，不过看样子那两个坏蛋改邪归正了。”堂阿尔方斯道：“这种事也有。好些荒唐鬼无法无天，震惊一世，后来却进了修道院去苦修忏悔。我希望咱们这两位修士也是这一类。”

我说：“哎！怎见得他们不是呢？他们是自愿进会的，况且已经循规蹈矩过了好多年了。”那都统答道：“随你怎么说，我总觉得修道院的钱箱在伊莱尔神父手里可不妙，我信不过他。我想到他那篇有趣的经历，就替苦修会的修士担忧。我但愿能像你一样，相信他们进会是出于一片志诚。不过金子放在眼前自会引起贪心；把戒了酒的酒鬼关在酒窖里总不妥当。”

过了不多几天，堂阿尔方斯的怀疑就证实了，管庶务的神父和那个看门的修士拐了钱箱不知去向了。这消息立刻哄传全城。那些爱刻薄的人不免挖苦嘲笑一番。他们看见广有财源的僧侣碰到些不如意事，老是幸灾乐祸的。都统和我很为苦修院的修士惋惜，可是没向人夸说早认得那两个叛教徒。

第 七 章

吉尔·布拉斯回到李利亚斯庄上，西比翁告诉他一个好消息；他把家里改了个样儿。

我在瓦朗斯富贵场中过了八天，起居饮食就像伯爵侯爵一般。看戏呀，跳舞呀，听音乐呀，宴会呀，和贵妇人谈话呀——都是承都统和他夫人的情想法儿给我的消遣。我对他们奉承得非常好，他们看我要辞别回李利亚斯，很依依不舍。分手之前，他们定要我答应每年一半时候在乡间过，一半时候到他们家去住；约定我在瓦朗斯过冬，在那个庄上过夏。讲定之后，我的几位恩人才放我去领受他们的恩典。于是我取道回李利亚斯，觉得这趟出门很称心。

西比翁急急等着我回家，见了我很快活，又听我讲了出门以后的种种，越发高兴。我说道："朋友，我不在家，你日子怎么过的呢？过得有趣吗？"他答道："当然最好是有你主人在家，不过我也尽量寻快乐的。我把咱们这小小的庄子南北东西都走遍了。这树林里有一股清泉；阿尔布妮亚住的树林里不是有个圣泉，满林子都是泉水的声音吗①，咱们的泉水就跟那个泉一样清

① 阿尔布妮亚（Albunéa）是古罗马传说里一个女神巫，住在悌勃（Tibur）河上的树林里。勒萨日"满林子都是泉水的声音"这句话是从贺拉斯《颂歌集》第一卷第7首生发出来的（见"勒勃古典丛书"本第22—23页）。

澈。我有时候坐在泉水旁边，看看水波明丽，欣然有会；有时候躺在树下，听听鸟语莺啼。长话短说，我打过猎，钓过鱼，还读了好些既有益又有趣的书，觉得比什么消遣都好。”

我连忙截断我书记的话，问他书是哪儿来的。他道：“这田庄上有一间很好的藏书室，尤阿兴司务带我去的。我看的都是那儿的书。”我道：“哎！你说的藏书室究竟在哪儿呀？咱们来的那天不是把整所房子都看遍了吗？”他答道：“你自以为看遍，可是我告诉你，咱们只看了三座阁，把第四座漏掉了。从前堂西泽到了李利亚斯，常在那藏书室里看书消遣。里面有很好的书。明儿咱们花园里花谢了，树林里叶子落了，无可消遣的时候，他们留下的书可以供你怡神解闷。两位李华大爷事事周到，不但养你口腹，还养你的性灵呢。”

我听了这话大喜。我叫他领着到第四座阁里，一看很中意。有一间房是从前堂西泽的卧房，我就决定自己住。那位爷的床和其他陈设都还是原来的样子，陈设不过是一幅壁衣，上面织的是罗马人强奸萨冰女人的故事①。外间是书房，四壁都是矮书橱，装着满橱的书，橱上面挂着历代帝王的画像；窗下摆一张乌木书桌，桌子前面放一张黑摩洛哥皮的大沙发椅，窗外一片田野，风光明媚。可是我特别留心的却是那些藏书。里面有哲学著作，有诗集，有历史，还有许多武侠小说。我想堂西泽一定爱看这种小说，所以收藏很富。我老实说，惭愧得很，这种书里的情节虽然荒唐怪诞，我却不讨厌。也许因为我那时看书并不苛

---

① 萨冰（Sabine）是古罗马邻国。古罗马开国之君罗慕路斯（Romulus）设宴诱萨冰人赴席，就叫手下兵士奸掳萨冰女人。

求，也许西班牙人吃这一套。不过我得把话替自己说回来，我顶喜欢的是那种讲道论德而不沉闷的书；我爱读的作者是鲁辛、伊拉斯谟斯①、贺拉斯。

我把藏书约略看了一遍，对西比翁道："朋友，这些书够咱们消遣的了。不过咱们还有一件别的事要干，比什么都要紧：咱们当家过日子得改个样儿才行。"他道："这事我不叫你费心了。你走之后，我把你那些用人细细观察，我敢说都认清了。就从尤阿兴司务说起吧。我相信他是个十足的混蛋，从前在大主教府上一定是账目出了毛病砸掉饭碗的。不过咱们还是留他，有两个原因：第一他会做菜；第二他逃不过我的眼睛，一举一动有我看着，除非调皮透顶才哄得过我呢。我昨天对他说，你打算回掉四分之三的用人，我看出他听了这消息有点儿着急。他甚至于对我说，他喜欢伺候你，宁可工钱减半也舍不得别处去。因此我疑心这村上准有什么小姑娘他放不下。"又道："那厨子的助手是个酒鬼，看门的是个蛮横无理的家伙，都用不着。还有那个打猎找野味的也可以省。这事我能胜任，咱们这儿有的是鸟枪火药子弹，我明天显些本事你瞧好了。那些跟班呢，里面有个阿拉贡人我觉得是个好孩子，咱们留了他。其余都不是东西。就算你要用一百个用人，我也不劝你用他们。"

我们仔细盘算了一番，决计留一个厨子、一个厨下打杂儿的和一个阿拉贡人，其余的都好好儿打发。西比翁从我们钱箱里拿出几个比斯多，代我发给他们，当天就把这事了账。我们这样一整顿，又把家事处理得井井有条，每个用人都有一定的职务，

① 鲁辛（Lucien，约生于120年），古希腊讽刺家；伊拉斯谟斯（Erasme，1467—1536），荷兰大学者，亦有讽刺作品。

于是我们就自己当家过起日子来。我是粗茶淡饭也就知足了，不过我的书记却贪口腹，爱尝好烹调，不肯辜负了尤阿兴司务的手段。这厨子大显本事，每天做的中饭和晚饭就像贝那丹会修士的饭食一样讲究。

第　八　章

吉尔·布拉斯爱上了美人安东妮亚。

我从瓦朗斯回李利亚斯两天以后，佃户巴西尔在我起床的时候来参见，说他女儿安东妮亚想拜谒新主人，能否引她进来。我说很欢迎。他出去了一会儿，带着美人安东妮亚进来。我觉得美人的名称她当之无愧。这位姑娘大概有十六到十八岁，相貌端正，颜色鲜妍，一双眼睛真是世间少有。她穿的不过是哔叽，可是体态丰盈，举止庄重，而且风韵优雅，那是年轻姑娘里少有的，看着叫人不觉得她衣服朴素。她没戴帽子，只把头发绾个髻，簪一束花，像古代斯巴达女人的打扮。

她走进来，我一见她的美貌，目迷神眩，仿佛查理曼大帝朝上的武士见了美丽的安日丽克公主一样。① 我接待她的时候原

① 安日丽克（Angélique）：意大利文艺复兴时大诗人布阿雅都（Boiardo）有名的叙事诗《痴情颠倒的奥兰都》（*Orlando innamorato*），写中国（Catai）皇帝派他女儿安日丽克到法国查理曼大帝朝上来诱惑基督教武士，害得他们都神魂颠倒。勒萨日所引，见此诗第一卷第一节第21—23行。

该安闲自在,奉承她几句,再恭维她爸爸好福气,有这么个漂亮女儿。可是我仓皇失措,目瞪口呆,一句话也说不上来。西比翁看我窘,就代我应酬,少不得对这可爱的姑娘称赞一番。我那时披着便服,戴着睡帽,在她眼中看来并不显得华贵。她落落大方,对我行了个礼,还说了句应酬话,虽然是句常谈,却风魔了我。我的书记跟巴西尔父女俩互相客套的当儿,我心神渐定,方才呆若木鸡,这会子又矫枉过正,仿佛要想补救的样子。我满口奉承,一盆火热,把巴西尔吓坏,他以为我是那种变尽花样去引诱安东妮亚的人,赶忙带了女儿出去,大概打定主意再也不让我见她的面了。

西比翁看见旁边没人,笑吟吟地说道:“山悌良那先生,又多了个解闷的方法了!我不知道你佃户有这样漂亮的女儿。我虽然到他家去过两回,却从没见过。他一定把女儿藏得严严密密,这也难怪他。吓!好一块肥羊肉!”又道:“我想这话不用我说了吧,你一见她就颠倒了,都落在我眼里。”我答道:“我承认的。哎,朋友,我仿佛看到了天上神仙,一见生情,遭雷劈也没那么快。”

我的书记狂喜道:“你居然爱上了人,我真高兴。你在这儿隐居享福,一应俱全,只欠个情人。谢天!现在可齐全了!”又道:“我知道巴西尔防范很严,瞒过他不容易。不过这事在我身上。我打算不出三天就设法叫你和安东妮亚幽会一次。”我说道:“西比翁先生,尽管你拉纤本事大,恐怕办不到吧。不过我并不想试你的本事,我决不愿意引诱这位姑娘,我觉得不该对她存这种心。我倒不用你帮我去引坏她;假如她心上还没有人,我打算托你做个媒,娶她做太太。”他道:“我没想到你突然打定主意要结婚。别的一乡之主在你这境地,都不会这样以礼相求;他们要没法儿哄得安东妮亚上手,才肯正式娶她呢。不过你别以为我不赞成你这样用情,我倒是非常赞成。你佃户的这位姑娘当得起你抬举,只要她一颗心还没有主儿,对你的殷勤也不是木然无动。我今天去找她爸爸或是和她本人谈谈,就会知道。”

我的心腹是说了话很当真的人。他悄悄地去看了巴西尔,晚上到我书房来找我。我正在那里等他,又焦急,又有点担忧。我看见他笑容满面,觉得是好兆,说道:“你一脸喜色,大概要来告诉我不久可以如愿了。”他答道:“是啊,亲爱的主人,什么都顺手。我见过巴西尔和他女儿,把你的意思对他们讲了。那位爸爸听说你想做他的女婿,高兴得很。我还可以告诉你,安东妮亚也喜欢你。”我喜极欲狂,插嘴道:“天哪!怎么的!我竟有福气能赢得这位可爱的姑娘喜欢吗?”他答道:“你放心,她已经爱上你了。当然她嘴里没那么说,不过我瞧她知道了你的意思喜形于色,就拿稳她是爱你的。可是你有个情敌。”我失色道:“情敌!”他答道:“别着急,这个情敌不会得到你意中人的欢心。他就是你的厨子尤阿兴司务。”我大笑道:“啊!那家伙!所以他满不愿意离开我这儿呢!”西比翁答道:“正是这缘故。前几天他向安东妮亚求婚,她婉言拒绝了。”我道:“你瞧怎么样,我觉得咱们该乘早打发了他,别等他知道我要娶巴西尔的女儿。你知道,厨子是个危险的情敌。”我的心腹答道:“你这话很对,把细起见,咱们家得裁人。我明天一早乘他还没有动手做菜就辞退他。你就不必提防他的烹调,也不必提防他的爱情了。”接着又道:“去了这么个好厨子我倒有点儿舍不得。不过你的性命要紧，我顾不得口腹了。”我说：“你不用这样放他不下，他不是少不了的，我可以从瓦朗斯弄个手段相当的厨子来。”我果然立刻写了封信给堂阿尔方斯，说要个厨子。第二天他就送来一个，西比翁一吃他的菜就很称心。

这个热心的书记虽说看透安东妮亚的心，以为她颠倒了主人家很得意，我却不敢信以为真。我恐怕他是误会。我要问个着实，决计亲自跟安东妮亚美人儿谈谈。我因此到巴西尔家，把我媒人说过的话又申明一遍。那好佃户是个诚朴直爽的人，听了我的话，就说他很愿意把女儿配我，又说：“可是至少请你别以为我看你是一乡之主所以应允。就算你还是堂西泽、堂阿尔方斯的总管，我在许多追求我女儿的人里面还是挑你的。我向来喜欢你，只是安东妮亚没有大注的陪嫁银子带给你，这是我的憾事。”我道：“我不求她什么嫁妆，我只爱慕她这个人。”他嚷道：“你先生在上，区区不是这个打算。我不是穷光蛋，不会这样嫁女儿的。谢天！我巴西尔·德·玻诺悌果陪得起女儿呢。你会供给她午饭，我就会叫她供给你晚饭。干脆一句话，你这庄子一年不过收五百杜加，加上陪嫁，我叫你一年有一千杜加的收入。”

我答道：“亲爱的巴西尔，随你爱怎么样都好，你我不会为了点儿小利吵起架来。咱们俩已经讲妥，只等你女儿答应了。”他道：“我已经答应你，难道还不行吗？”我答道：“还欠着点儿。你的准许当然少不了，她的允可也一样要紧。”他道：“她肯不肯全看我。我倒要瞧瞧，她敢在我面前咕哝一声儿！”我答道：“安东妮亚恪遵父命，一定百依百顺。但是我恐怕她心里不愿意,万一有个委屈,我害了她不快活,一辈子不安心的。总而言之,你尽管把她许给我,还得她本人愿意才行呢。”巴西尔道:“好吧！我不懂这套大道理,你自己跟安东妮亚说去,你回头瞧,除非我糊涂透顶,她嫁你再称心没有了。”他说完叫了女儿来,撇下我跟她两人谈一会儿。

我乘这千金难买的机会,立刻言归正传,说道:“美丽的安东妮亚,我的命运在你手里,请你决定。虽然你爸爸已经把你许给我,你可别以为我会拿他的准许来勉强你。假如你并不愿意,不过是逼于严命,你只要说一声;尽管我娶到你是个天大之喜,我也肯割舍的。”安东妮亚脸上略为红了红,答道:“我没有那意思。你来求婚我很乐意,哪会不愿意呢。我很赞成爸爸的挑选,并不觉得委屈。”接着道:“我这话不知道说得是否得体。不过我要是不喜欢你,我会对你直说;为什么反过来的话就不能照样直说呢?”

我听了不由得喜欢,屈一膝向安东妮亚跪下,乐极欲狂,捧着她一只玉手,亲亲热热吻了一下道:“亲爱的安东妮亚,我喜欢你直说,你再说下去,别拘束。你是跟自己的丈夫说话,不妨把心里的意思都抖出来。照你这话,我可以自慰,你是愿意跟我同甘共苦的了。”这个当儿巴西尔来了,没让我说下去。他急要知道女儿的回答,她要是对我露一点嫌恶的意思,就准备骂她一顿,所以又跑来。他对我说道:“嗨,安东妮亚没有违拗你吗?”我答道:“我心满意足,这会子就要去筹备婚事了。”我说完辞别他们父女,要去找我的书记商量这事情。

第 九 章

吉尔·布拉斯和安东妮亚的婚礼，那排场和贺客，以及礼成之后的热闹欢乐。

虽说我结婚不必向两位李华大爷请示，可是西比翁和我都以为该把我打算娶巴西尔女儿的事通知他们，才算合礼，并且还应该给他们面子，请他们准许。

我马上动身到瓦朗斯。他们想不到我会去，也想不到我的去意。堂西泽和堂阿尔方斯见过安东妮亚不止一次，所以认得，都恭喜我挑中了这样一位夫人。堂西泽的贺喜尤其热闹，幸亏我知道他早已不寻欢作乐，否则真会疑心他有时到李利亚斯去不是专为看那庄子，倒是为了那佃户家的姑娘呢。我要是有点吃醋的生性，这来准要着急了。可是我深信未婚妻是规矩人，一点没动这种心。赛拉芬对我说，我的事她总很关切，又说，听得外面对安东妮亚的口碑非常好。于是她带些调皮，仿佛埋怨我对赛馥拉无情，说道："我即使没听见人家赞她美，我知道你胃口精，赏识的人绝不会错。"

堂西泽和他儿子不但赞成我的婚事，还声明开销全出在他们账上。他们说："你回李利亚斯去，安心等着我们的消息。我们来替你办这个喜事，你都不用管。"我恭敬不如从命，就回到自己庄上。我把我那几位恩主的意思告诉了巴西尔和他女儿，我们就捺定性子等消息。等了八天，杳无音信。可是我们没白等，到第九天，只见来了一辆车，驾着四头骡子，车上坐着几个裁缝，带了漂亮的绸缎衣料来打扮新娘子。还有好些穿号衣的家人，骑了高头大马，随车同来。一个家人为堂阿尔方斯送了封信给我。这位大爷的信上说，过一天他夫妇俩跟他父亲同到李利亚斯来，再过一天举行婚礼，由瓦朗斯总教区的大神父来主持。堂西泽果然跟他儿子和赛拉芬带着那位教士到我庄上。他们四人乘一辆驾六匹马的车，前面一辆四马车上坐的是赛拉芬的几个女用人，后面跟的是都统的卫队。

都统夫人一到庄上，忙着要看安东妮亚。安东妮亚也是一听得赛拉芬到了就赶来拜见，来吻她的手；她行礼的姿态娴雅，大家都啧啧称羡。堂西泽对他媳妇道："嗨，太太，你觉得安东妮亚怎么样？山悌良那挑得不能再好了吧？"赛拉芬答道："再好没有了。他们俩正是好一对儿。我相信他们的婚姻一定美满。"总而言之，人人都称赞我的未婚妻。她起初只穿一身哔叽，人家就十分称叹，等她换上了鲜衣美服，越发叫人喜爱。她气度高贵，举止大方，看来就像绫罗裹大的。

到了行婚礼的时辰，堂阿尔方斯搀了我，领我上教堂的祭台前去。赛拉芬也屈尊搀扶了新娘子。我们依次上本村教堂去，大神父在那里等着为我们成礼。巴西尔请了李利亚斯的老乡和附近有钱的田家来观礼，他们一片欢呼。他们的女孩子也一起来了，都系着缎带，戴上鲜花，手里还拿了小手鼓。行礼完毕，我们就回到庄上。西比翁掌管酒席，着人摆了三个长桌：一桌请贵宾，一桌请他们的家人仆妇，第三桌最长，吃喜酒客人都在这一桌。安东妮亚坐在第一桌上，这是都统夫人的意思；我坐第二桌,巴西尔坐在老乡一桌。西比翁三桌上都没他的座儿,只在几个桌边转着满处张罗。

酒席是都统家几个厨子办的,当然讲究透顶。尤阿兴司务屯的好酒,这时就拿出来请大家痛喝。客人渐有醉意,都兴高采烈。这个当儿出了件事,害我吃了一惊。我正跟堂阿尔方斯家的大管事、赛拉芬的女用人等一起喝酒,我的书记跑到我们这间屋里,忽然倒地晕过去了。我忙去救助,正想法救醒他,席上一个女客也晕了过去。大家觉得两人双双晕倒,其中必有道理,果然不久就见了分晓。西比翁一会儿清醒过来,低声对我说道:"怎么你最好的日子偏是我最倒霉的一天?背运真是逃不掉的。赛拉芬的一个女用人原来是我老婆。"

我道:"什么?竟有这样的事!哎?跟你一起晕倒的女人是你的老婆吗?"他答道:"是啊,先生,我是她丈夫。我跟你说吧,我这时候会碰见她,可算是命运恶作剧透顶了。"我答道:"朋友,我不知道你为什么嫌你的老婆。不过,尽管她咎有应得,请你且耐着点儿;看我面上,别发脾气搅乱了今天的席面。"西比翁答道:"准依你。你回头瞧我多会装面子。"

他说完跑到他老婆跟前,她的伙伴已经把她救醒,西比翁一盆火热地拥抱她,和她重逢仿佛喜不自胜似的,说道:"啊呀,亲爱的贝雅德丽斯,咱们一别十年,天又叫咱们重圆了。我这会子真快活呀!"他老婆答道:"你这回碰见我是否真有点儿快活,我不知道;不过我相信你没有拿到我什么错儿可以把我遗弃。什么呀!堂范尔南·德·李华爱的是我女主人如丽小姐,我不过替他牵线。你看见我跟他在一起,就怀疑我不顾你我体面在勾勾搭搭,立刻醋得昏了头,也不向我问个明白,竟离了托雷都,把我当个凶魔恶煞似的躲开我。请问你，咱们俩谁的冤屈大呀？”西比翁答道：“那是你冤屈大，没什么说的。”她答道：“当然是我冤屈大呀。你离开托雷都不久，堂范尔南跟如丽结了婚，我就一直伺候她。后来她短命死了，我又伺候她姐姐赛拉芬夫人。赛拉芬夫人跟她所有的女用人都可以保证我是清白的。”

我的书记听了，觉得这一席话绝无虚谎，就欣然前嫌尽释，他对老婆说：“我再说一遍，是我不对；我当着在座诸位贵客向你赔罪。”于是我也帮着求情，劝贝雅德丽斯别重提旧事，担保她丈夫从今以后一定不叫她委屈。她听了这话就回心转意了，满座都赞成他们夫妇重圆。大家要好好儿庆祝，叫他们并肩坐在一张桌上，传杯喝酒祝贺。人人都来向他们道喜，仿佛那宴会专为庆贺他们重归于好，我的喜事倒在其次了。

第三桌散得最早，年轻的庄稼人把爱情看得比吃喝重，都离席拉了那些农家姑娘一同跳舞去。别桌上的人听见她们手鼓的声音，立刻也要学样了。人人都跳舞：都统家的管事和都统夫人的女用人一起跳，有些大爷都混在里面，堂阿尔方斯和赛拉芬跳了个慢步西班牙舞，堂西泽和安东妮亚也跳了一个，于是安东妮亚就跟我同跳。她不过在阿尔巴拉参城里亲戚家学过些跳舞初步，要算难为她了；我呢，上文曾经说起我在夏芙侯爵夫人家学过，所以在场诸君看来已经是个行家。贝雅德丽斯和西比翁两人就窃窃私语，互诉别后种种。赛拉芬得知他们俩久别重逢，召去向他们道贺，才打断话头。她道：“孩子，今天是喜庆的日子，我看见你们俩又言归于好，真是喜上加喜。西比翁朋友，我对你声明，你老婆的品行从来没点儿毛病。我现在把她交还你，你们俩和和气气在这儿一起过吧。贝雅德丽斯，你跟定了安东妮亚，也要像你丈夫对山悌良那大爷那样赤胆忠心。”西比翁这回把老婆看成了个珀涅罗珀①,答应要无微不至地体贴她。

村里男男女女跳舞了一天,各自回家;可是庄上还有宴会。晚上大排盛筵,临睡大神父祝福了我们的合欢床,赛拉芬替新娘脱衣,两位李华大爷也屈尊替我脱衣。妙的是堂阿尔方斯的家人和都统夫人的女用人闹着玩,也要来一套这样的仪节,就去替贝雅德丽斯和西比翁脱衣裳。这两人有意凑趣,一本正经地由他们脱了衣裳盖在被里。

第　十　章

吉尔·布拉斯和美人安东妮亚婚后的事。
西比翁自述身世开场。

我这番又承两位李华大爷美意,百般照拂;我结婚第二朝,他们就回瓦朗斯去。于是庄上只剩我和我书记、我们的老婆和几个用人。

我们的内媚功夫都没有白费,不多几时,我老婆爱我不亚于我爱她了;西比翁的老婆也把丈夫从前给她受的气恼忘个一干二净。贝雅德丽斯性情和顺,自然而然的赢得新主妇亲信。长

① 尤利西斯十年飘零在外,他妻子珀涅罗珀坚贞不二,许多人向她求婚,她都不理。

话短说，我们四人融融洽洽过起日子来，真叫人家看着羡慕。我们天天都是散心作乐。安东妮亚很端重，可是贝雅德丽斯和我都爱说爱笑；我们即使兴致不好，只要有西比翁在一起，绝不会郁闷。他是独一无二的好伴侣、到哪里总逗大家发笑的那种诙谐人物。

一天饭后，我们忽然想在树林里最惬意的地方睡午觉。我的书记兴高采烈，讲的话有趣得很，我们听着都不要睡了。我说："朋友，住嘴吧，听了你说话没法儿睡觉。不然呢，你不让我们睡，就讲个值得我们静听的故事。"他答道："好得很啊，先生，我讲贝拉由国王的生平，好吗？"我说道："我倒是爱听你自己的生平。你跟了我这些时候，从没想到要讲给我听，看来你永远也不会讲。"他道："我为什么不讲呢？你一向好像不想听，我也就没讲，你不知道我的旧事怪不得我。你如果要听，我马上讲得了。"安东妮亚、贝雅德丽斯和我当真都洗耳恭听，反正他讲来不是解闷，就是催眠，总有益无害。

西比翁说道："我要是自己做得下主，准生在头等贵人家里，至少也找个授圣雅各或阿尔冈达拉勋章的爵士家。不过爸爸不是自己挑的。我爸是公安大队里一个老实的警卫，叫托利比欧·西比翁。他吃这行饭，成天得在大道上来回巡逻。一天他无意间在古安加到托雷都的路上碰见个吉卜赛姑娘，觉得是个美人。她独身步行，背着个包，家当都在里面。我爸爸生来嗓子很粗，这会子放软了声音说道：'我的娃娃，你这是上哪儿去呀？'她答道：'绅士大爷，我上托雷都，想去谋生，规规矩矩过日子。'他说道：'你志向不错呀。我瞧你谋生的方法多着吧。'她答道：'是啊，靠天之福，我有好些本事。别的不说，我会做女人

很需要的油膏和香精，我会算命，会转筛子找寻失物，会用镜子或玻璃球来圆光。’

“托利比欧一想，自己虽然做事巴结，靠这个职位还难过日子；像他这么个男人，匹配这样个姑娘大有好处，所以就向她求婚。那吉卜赛姑娘承公安大队的警卫求婚，哪有不屑之理，欣然应允。两人订下婚约，连忙赶到托雷都去结了婚。这个高门对大户的姻缘就产生了我这个宝贝。他们住在郊外，我妈妈起初卖一点油膏和香精，不过这买卖利息不大，就改行算命。这一来，银子金子雨点也似的落到我家来了。成千的男男女女都来上当，吉卜赛女郎果斯果丽娜的大名立刻四处传扬。每天总有人上门请教：有时候是个穷侄儿，来算算叔叔几时寿终归天，好让他承受全部财产；有时候是个大姑娘，要卜卜那位尝过甜头答应迎娶的情郎会不会食言。

“请你们留心，我妈的预言总往好处说。说着了再好没有，要是人家怪她正说了个相反呢，她面不改色，说都是魔鬼不好，虽然给她用禁咒勾来预言，那家伙有时候会撒刁哄她。

“我妈妈要替她那个行业挣面子，有时候觉得应该在她作法的当儿叫魔鬼出现一下，于是托利比欧就充这角色。他装得惟妙惟肖；他嗓子粗，相貌丑，装来恰合身份。心眼儿老实的看见我爸的脸就害怕了。可是有一天偏偏来了个蛮不讲理的军官，要看魔鬼。他一剑把魔鬼戳了个透明窟窿。宗教法庭听说戳死了魔鬼，就派人到果斯果丽娜家，把她连人带家当都扣押起来。我那时候才七岁，给他们送在孤儿院里。孤儿院出大价钱请些慈悲的教士来教育可怜的孤儿，费他们的心教孤儿读书写字。他们觉得我这孩子很有出息，所以另眼看待，挑我当差。他们叫我满城里送信,替他们跑腿;他们哪一位做弥撒的时候,唱诵一句,要人答应一句,就也叫我来。他们给我的酬劳就是教我拉丁文,可是教得很严,我白替他们当了许多小差使,他们待我凶极了,我实在受不了。一天我有差事出门,就乘机溜之大吉。我不回孤儿院,竟出了托雷都城,向赛维尔那方向逃走。

"我那时候虽然还不足九岁,已经领会到自由自在、无拘无束的快乐。我没钱没面包也不在乎,我不用念书作文了呀!我走了两个钟头,小腿儿渐渐走不动了。我从来没走过这样长的路,只好停下来歇歇腿。我坐在道旁树脚下,无聊得很,掏出口袋里的拉丁文法来读着玩儿。可是我想起这本书害我吃的棍子鞭子来,就把它撕成一片片,发狠道:'啊,这臭书!你不能再害我掉眼泪了!'我正把名词变化、动词变化一页页撒了满地出气,只见走来一位白胡须的修士,戴着副大眼镜,道貌岸然。他走近来把我细细端详,我也留神看他。他笑眯眯地说道:'小孩儿,我觉得咱们俩你瞧我我瞧你都很有情谊,我的隐居离这儿不过二百步,你不妨跟了我去一起过日子。'我急忙回答道:'您老,我一点儿不想修道。'那老头儿听了哈哈大笑,拥抱了我说道:'我的孩子,别瞧了我这套衣裳害怕,我这衣裳虽然不好看,却有用处。我有个舒服的隐居,我也算得附近几个村子的主人。那些村上的人不但敬爱我,并且尊奉得我像神道一样,这都是亏了这件衣裳。跟我去吧,没什么害怕的。我将来也给你一件像我这样的袍儿穿。你要是称心,就跟我一同享福,要是过不惯,我不但让你走,管保还有些好处给你。'

"我给那老修士说动了,就跟他同走。他一路上问我许多话,我老实回答,我后来就没那样老实了。到了那隐居,他给我吃些水果。我饿了一天,只在孤儿院吃过一块干面包做早点,见了水果就大吃。那修士瞧我嚼得那么有味儿,说道:‘吃呀!我的孩子,尽量吃好了。靠天照应,我这里多的是水果。我带了你来不是叫你挨饿的。’这话倒是一点不假。我们回来了一个钟头,他点上火,拿扦子扦上一条羊腿叫我烧烤,自己摆上一只小桌子,铺一块肮脏的桌布,放下两份刀叉,他跟我各一份。

“肉烤熟了,他取下来切几片当晚饭。我们不是单吃肉不喝酒的,有上好的酒喝,他屯得很多。饭后,他说道:‘哎,我的小娃子,我这家常便饭你吃着好不好?比你孤儿院里的强吧?你要是跟我,每天就是这样的饭食。并且你在这个世外的幽居里无拘无束。我只要你常陪着我到附近村子里去募化。我有一头小驴儿,背两只筐子,那些行好事的村里人常把鸡蛋呀,面包呀,肉呀,鱼呀,装得筐子里满满的。你替我牵着那小驴儿,我只叫你干这一件事。我瞧这不会苦了你。’我道:‘啊,你只要不逼我学拉丁文,随你要我干什么都行。’那老者名叫克利索斯东修士,他看我天真烂漫,忍不住笑了,重新又安慰我说决不相强。

“我们第二天就带了小驴儿去募化,我牵着缰绳。我们收成很好,老乡们个个欣然施舍,搁些东西在我们筐里。有的扔下整个面包,有的大块猪油,有的是一只肚里填馅儿的鹅,有的是一只山鸡。我怎么说呢,我们带回去的伙食尽够吃个八九天,可见村上人很敬爱这位修士。他实在很有用处:老乡们有事请教,他会出主意;家里吵嘴,他去调解;他觉得谁家姑娘伤春,就替她找丈夫;两个有钱的农夫起什么争执,他就去拜访,排难解纷;而且不论人家害什么病,他有的是对症的药;女人希望生孩子,他会教她们经咒。

“你们听了以上的话，就知道我在那隐居吃得很好。我睡得也很舒服，躺在软软的干草铺上，枕一个棕色粗呢垫子，盖一条棕色粗呢的被，放倒头一觉直睡到大天光。克利索斯东修士答应给我一件道袍，他亲自把自己的旧袍子改做了一件给我，管我叫西比翁小道童。我穿了这件道袍，跑到村上，村上人觉得我很可爱，小驴儿驮回来的东西就越发多了。人家看了那小道童的脸儿真喜欢，抢着舍东西给他。

“我跟着那位老修士过得又舒服又清闲，在我那年龄的孩子岂有不乐意的。我觉得配口胃极了，真会一辈子住下去。但是天意不然，命里注定我不得长久安闲，就要和克利索斯东修士分离。怎样的情形，且听我讲来。

“那老头儿睡觉枕个垫子，我常看见他向那垫子下功夫，老是拆了又缝，缝了又拆。有一天，我看见他把钱塞在里面。我就此好奇心动；他照例每星期要一人到托雷都去一趟，我打算等他下次出门，了我这重心愿。我急急等着那一天，不过当时只想明白个究竟，并没有其他用心。好容易那老头儿走了。我拆开他的枕头，看见枕头心子的羊毛里藏着各式各种的钱，大概值五十艾古①。

“老乡亏修士治好了病，村上大娘念了他的经咒生了孩子，这些钱大概就是他们的谢仪。不管是怎么来的，反正我一想拿了这笔钱绝无后患，我那吉卜赛人的本性立刻露出来了。我直想偷，想必我的贼骨头是世袭的。我并没有什么天人交战，就随着心干了。我把钱装在我们搁梳子和睡帽的棕色粗呢口袋里，

① 货币名。

脱掉道袍，换上孤儿院的制服，逃出隐居，满以为美洲的金银财富①一股脑儿都装在我那只口袋里了。"

西比翁接着道："那是我初试身手；你们一定等着听一串儿相仿的事呢。我不叫你们白等的，还要讲几桩类似的勾当，然后才说到我干的好事。回头我讲到我干的好事，你们就知道坏蛋也会变成君子。

"我虽然是个小孩子，却是够乖觉，并不回头往托雷都走。那就难保不碰见克利索斯东修士，他会硬逼我把钱还给他。我另走一条路，到了加尔夫斯村，上一个客店歇脚。女掌柜的是个四十岁的寡妇，干她那小本经纪十分来得。这女人一瞧我的服装，知道准是孤儿院里逃出来的，就问我是谁，到哪里去。我说爹妈都没了，要找个事做。她道：'孩子，你认得字吗？'我说认得字，而且还写得一笔好字呢。其实我能画画字母，连起来看着有点儿像字，在乡村客店里抄抄写写，这也可以对付了。女掌柜的说道：'我就留你在这儿做事吧，你有点儿用处，可以替我记记人欠欠人的账目。'又道：'我不给你工钱，反正有上等主顾光临，会给底下人一些好处，保管你有好些小账呢。'

"我一口答应，不过你们想得到，我自有主意，几时不高兴待在加尔夫斯，由得我换地方。我得了这客店里的差使，平添了个大心事，越想越觉得不妥当。我不愿意人家知道我有钱，想不出藏在哪里才不给人家拿掉。这座房子我还不熟，有几个地方看来可以藏东西，可是我又拿不稳。有了钱真麻烦呀！我只在

① 原文"Les richesses des Indes"，那时候西班牙人称美洲为印度，本书第十一卷第十一章里就说得很明白。

担惊受怕。我们仓房壁角有一堆干草，我决计把我的口袋藏在那里；我以为比别处妥当，勉强放下心。

“这客店里共有三个用人：一个胖马夫，一个加利斯姑娘，还有我。我们都极力在过路客人身上想好处。我把账单子送给客人，常赚到几个小钱。马夫替他们照顾牲口，也有几文进账。那加利斯姑娘是过往骡夫的心上人儿，她挣的艾古比我们挣的小钱还多。我每得一文钱，立刻就拿到仓房里，跟我的宝藏积蓄在一起。我越有钱，小心眼儿里越爱钱。我有时候吻吻我的钱，看着心花怒放，这大概只有守财奴才懂得。

“我爱我的宝藏，忍不住一天要去看个三十回。我常在楼梯上碰见女掌柜的。她生性多疑，有一天好奇心动，不知我为什么时常到仓房里去。她以为我或许偷了她家什么东西，藏在那仓房里，就上去四面搜寻。她挪开那堆干草，发现了我的口袋，打开一看，里面有艾古、有比斯多；不知她是真是假，就怪我偷了她的钱。她很便宜地把那只口袋拿去了。于是她一面骂我小瘪三小混蛋，叫马夫狠狠地打我五十鞭子。马夫对她唯命是听，抽了我好一顿。女掌柜的说她家不收小流氓，把我推出门外。我申明没偷东家的，可是没用，她一口咬定我偷她的，人家相信她，不相信我。克利索斯东修士的钱就从男贼手里到了女贼手里。

“我失了钱哭得仿佛死掉了独养儿子似的。我虽然不能把失掉的东西哭回来，至少哭得几个旁人恻然心动。其中一人是加尔夫斯教区的神父，偶然路过。他看我那么悲切，好像于心不忍，就把我一带带到他家。他要哄我说心上话，其实竟是要盘问我的秘密，就来可怜我。他满脸同情，说道：‘这苦孩子真可怜哪！没个人当心！这样小小年纪，无依无靠，干了坏事怎怪得他呀！成年人要一辈子不干坏事还很费克己功夫呢。’于是又对我说道：‘我的孩子，你是哪儿人？爹妈是谁？你看来像个好人家子弟。老实告诉我，放心我不会出卖你。’

“教区神父这套又狡猾又慈悲的话，哄得我把自己的事一点一点都说出来，一无遮掩。我全盘招供之后，他说：‘我的朋友，做修士的虽然不应该攒钱，你的罪还不会减轻。你偷克利索斯东修士的东西，总是犯了十戒里“勿窃盗”的一戒。不过我一定逼那女掌柜的把钱吐出来，叫人送到那个隐居去还给修士，这点你可以自慰，从此不必挂在心上。’老实说，我并没有挂在心上。那教区神父自有打算，还不罢休。他接着说道：‘我的孩子，我想替你出点力，给你找个好事情。我有个侄儿是托雷都大教堂的大司铎，明天我叫个骡夫送你到那儿去。他看我面上，一定收你做一名跟班。他家的跟班靠他那教区的收入过得很舒服，一个个都像吃俸禄的教士。你去了一定称心满意，我可以担保的。’

“我听了这话很安心，竟把那钱袋也忘了，挨的一顿鞭子也忘了。我只想跟吃俸禄的教士一般快乐过活。第二天，我正吃早饭，一个骡夫奉教区神父的命令，牵着两匹鞍辔齐备的骡子来了。人家把我扶上骡子，骡夫骑了另一匹，两人就取道往托雷都去。我的旅伴儿是个嘻嘻哈哈的家伙，尽爱开人玩笑。他对我说：‘小弟弟，加尔夫斯教区神父真是你的好朋友！他有真凭实据给你瞧。他把你荐给那位做大司铎的侄儿，可见他爱你是千真万确的。我很荣幸，也认识那位大司铎，他是神职班上的顶儿尖儿，那是没什么说的。有些信徒，一张脸消瘦灰白，一望而知是个教人吃苦禁欲的，他不是那种人。他是圆圆脸儿，红红的颜

色，是满面高兴的享福人，眼前有什么快乐都要享受，尤其好吃好喝。你到了他家真受用不尽呢。’

“那混蛋的骡夫瞧我听了他的话很高兴，就把做了大司铎的用人怎么享福对我吹个不了。他一路没停嘴，直到奥比萨村，我们就停下来歇歇骡子。合是我天大的运气，到了那里发觉自己上当了。我且讲讲是怎么一回事。那骡夫在客店里跑出跑进，偶然口袋里掉出一张纸。我很机灵，拣了起来没让他知道，乘他到马房去的当儿拿出来一看，原来是写给孤儿院神父的信，上面这样说：

> 诸位先生：你们孤儿院里逃出来一个顽童，我慈悲为本，理应送他回来。我瞧他很鬼，你们要是行方便把他关禁起来，正是他活该。我相信打几顿准能够变化气质。愿上帝赐福给诸位虔诚仁爱的先生。
>
> 加尔夫斯教区神父上

“我看完这封信，知道了教区神父的一片好心，马上打定个主意，顷刻之间，我已经跑出客店，逃到一哩路外的塔古河边。我心里害怕，就像插翅似的要逃避孤儿院的那班神父，我怕透了他们教拉丁文的方法，怎么也不肯回孤儿院了。我一团高兴地跑到托雷都，仿佛已经捧稳了饭碗。当然那是个富庶的城市，一个机灵人穷途末路，要从旁人身上沾光过活，在那里是饿不死的。我还太小，不会设法谋生，不过运气还算不错。我刚到大街上，有一位衣服很讲究的大爷打我身边过，他拉着我胳膊道：‘小孩儿，你愿意伺候我吗？我很喜欢有你这样个跟班。’我答道：‘我也很喜欢有您这样一位主人。’他道：‘既然如此，你这会儿就是我的用人了，你只要跟我走就成。’我一声不响，跟了他就走。

“这位大爷大概有三十岁，名叫堂阿贝尔。他住在一个公寓里，住一套很漂亮的房间。他靠赌钱为生。我们是这样过日子的：每天早上，我替他剁碎些烟叶子，够他抽五六个烟斗；我把他的衣服刷干净，出去叫个理发师来替他刮脸修胡子；于是他出门上赌场，直到晚上十一二点钟才回来。他每天早晨出门以前，总从口袋里掏三个瑞阿尔给我作一天的用途，随我自在逍遥到晚上十点回去。他只要我先回公寓等着，就很满意了。他叫人给我做了一身号衣裤，穿上活像妓女家送信的小幺儿。这事情我很做得惯，我实在也找不到更合脾胃的事了。

“这样的快活日子我过了将近一个月，我主人问我跟他相处是否称心。我说称心极了。他道：‘好！我有事要到赛维尔去，咱们明天动身吧。你准喜欢看看这座安达路西亚的京城。常言道：“没见过赛维尔，没开过眼。”’我说，到哪儿都愿意跟他。我主人的衣服都装在一只大箱子里，到赛维尔去的车夫当天就到公寓来搬走了这只箱子，再过一天，我们就动身到安达路西亚去。

“堂阿贝尔大爷手气好极了，除非故意要输，总是赢人家的。他怕那些吃亏的人不饶他，只好常常换地方。我们这趟出门就是这个道理。我们到了赛维尔，住在郭都门附近的公寓里，又像在托雷都那样过起日子来。不过我主人发现这两个地方不同：赛维尔赌场里的赌棍，手气跟他一样好，所以他有时候回家来气呼呼的。一天早晨，他因为隔夜输了一百比斯多，气还没消，他问我为什么不把他的脏衣裳交给一个女人去洗了熏上香。我回说没想着。他这来火了，下毒手打了我五六个耳光，打得我眼里金星乱迸，比所罗门教堂①里的蜡烛光还多。他说：‘你这小混蛋！给你吃这几下，叫你做事当点儿心。你要我成天跟在背后提醒你做这个做那个吗？你饭倒会吃，为什么事情就不会好好儿做啊？你又不是个笨猪，我要你做的事，你不会先想想吗？’他说完就出去了。我为那点儿小过失吃了一顿耳光，气得不得了，打定主意要等个机会报仇。

“不多时他在赌场里不知出了个什么事，一晚上回来，怒气冲冲地说道：‘西比翁，我决计要到意大利去，有只船要开回热那亚，我后天就上船。我这次出行自有道理，想来你也愿意跟我走，乘这个好机会去见识见识世界上最可爱的地方。’我说再好没有，还装模作样，仿佛急要到意大利去见识见识，可是我暗打主意，准备到他动身的时候溜之大吉。我想这来可以对我主人出口气了，觉得这办法很聪明。我得意之至，街上碰到个打手，忍不住就把我的主意告诉他。我到赛维尔之后，结识了几个坏东西，跟这人尤其熟。我先讲如此这般挨了主人一顿耳光，于是说，打算在堂阿贝尔临上船的当儿溜走，问他这主意好不好。

“那个打手一面听，皱着眉头，拈着他那菱角胡子。他一脸正经，把我主人怪了一顿，说道：‘小家伙，你打算那样报仇，简直是儿戏了；要是照那么办，你就一辈子没脸做人。你撇堂阿贝尔一人动身，算不得什么，太便宜他了。他欺侮你几分，你就该给他几分厉害。没什么游移不定的，咱们把他的衣裳和钱拐走，等他动身以后，咱们俩亲兄弟似的拿来平分。’我虽然骨头里有些贼性，听他说要这样大来，就胆怯了。

① 犹太人最大的教堂，系以色列王所罗门所造。

“可是那个出主意的贼头儿终究说动了我。我且讲讲那桩事情的下场。那打手是个高高大大很有力气的人，他第二天傍晚到公寓来找我。我主人已经把自己的衣裳归着在箱子里。我把那箱子指给他看，问他一个人可掮得动这么沉的东西。他说：‘什么沉！你可知道，我偷人家东西的时候，挪亚的方舟①都掮得动呢！’他说完过去，毫不费力地把箱子掮在肩上，就蹑脚下楼。我也蹑脚跟下去。我们快要出大门了，堂阿贝尔真是好运气，无巧不巧地跑回来，和我们撞个劈面。

“他问我道：‘你把这箱子搬哪儿去？’我慌得目瞪口呆。那打手一看失了风，怕人追究，扔下箱子拔腿就跑。我主人问了一遍又问两遍：‘你究竟把这箱子搬哪儿去呀？’我吓得七死八活，答道：‘先生，您明天坐船上意大利，我叫人把这箱子搬上船去。’他说道：‘哎，你知道我乘哪一只船啊？’我答道：‘先生，我不知道，不过只要不是哑巴，罗马也走得到呢。我到了码头上可以打听，总有人会告诉我。’他一听这话，动了疑心，恶狠狠瞪了我一眼。我以为他又要打我耳光了，只听他喝道：‘谁吩咐你把这箱子搬出公寓的？’我说：‘是您自己呀。’他诧异道：‘谁？我吗？是我吩咐你的？’我道：‘当然是您。您可记得前几天骂我的话吗？您不是一面打我，一面说，我得把事情做在头里，不必等您吩咐，该办的事得自己做主吗？现在我就照您这话，叫人把您这箱子搬上船去呀。’那赌棍没想到我这样调皮，这回才领教了，他冷冷地请我滚蛋，说道：‘你走吧，西比翁先生，求天保佑

① 《旧约全书》记载天降洪水，上帝启示挪亚造个大船，携带全家避灾，又把各种动物搬一对在船上留种。

你吧。你这点子年纪,不应该这样刁钻。有一种人赌起牌来一会儿多一张牌、一会儿少一张牌,我不爱跟那种人赌。'于是他声调一变道:'快滚,不然的话,准收拾得你叫皇天。'

"我不消他说第二遍,转身就跑,生怕他要逼我脱下号衣,急得要死,幸喜他让我穿走了。我身上只有两个瑞阿尔,一路走,一路盘算到哪里去过夜。我跑到大主教府门外。这时候里面厨房里正为大主教大人弄晚饭,香气洋溢,方圆儿哩内都闻得到。我心上想:'啊呀!这香喷喷的炖肉拿点来吃吃倒不错!只要能蘸他一手汁子来也可以杀我的馋。可是怎么呢,这样好的肉,我只能闻香,可以想个办法吃它到嘴吗?为什么不能呀?看来不是办不到的。'我聚精会神地想,想出个主意,马上照做,果然有效。我进了大主教府的院子,直往厨房跑,一面大声叫:'救命啊!救命啊!'仿佛有人追着要杀我似的。

"大主教的厨子狄艾果司务听得我一迭连声的叫喊,就和三四个厨下小打杂儿赶出来瞧是什么事,一看只我一个人,就问我干吗狠命的叫。我装出一副惊惶的样儿道:'啊呀!大爷,看圣坡利卡普①分上,求你救救我吧!有个恶棍发疯也似的要杀我呢!'狄艾果问道:'恶棍在哪儿呀?你单身一人,背后连个影子也没有。去吧,孩子,别害怕,大概是人家吓唬着你玩儿的。他幸亏没跟进来,不然的话,我们起码也得割掉他的耳朵。'我对那厨子道:'不!不!他不是追我玩儿,那坏蛋是个大高个子,要剥我的衣裳,我知道他准在街上等着我呢。'厨子道:'那就叫他多等等吧,你今晚住在这儿。你回头跟我的小打杂儿同

① 基督教殉难的主教。

吃晚饭同睡觉，他们有好东西请你吃呢。'

"我听了心花怒放。我跟狄艾果司务到厨房里，那里正忙着安排大主教大人的晚饭，我看着真是艳羡不置。我一数动手做菜的有十五个人，各色菜肴数也数不清；大主教府里的吃用，老天爷照顾得多周到啊！我方才老远闻到的肉香，这会子扑鼻都是，我才知道什么叫做口福。人家赏脸让我跟小打杂儿同吃晚饭同睡觉，他们果然款待了我一顿。我跟他们好上了。第二天我去谢狄艾果司务大度收留，他就说：'我几个厨下打杂儿的很喜欢你那脾气，都来跟我说：要是有你做伴儿，他们就乐极了。你本人喜欢跟他们一伙儿吗？'我说，我要有这福气，就称心满意了。他说：'既然如此，朋友，你现在就是大主教府里的用人了。'他说完带我去见总管，总管瞧我机灵，觉得可以留下做个厨房打杂儿的。

"阔人家厨子照例把买的荤腥偷偷儿送些给相好，狄艾果司务也未免如此。我得了那个体面差使，他就挑我替他送东西给街坊上一个女人：有时是牛肋条，有时是鸡鸭或野味。那女的是个寡妇，至多三十岁，人很漂亮，很风骚，看来未必一心一意向那厨子，那厨子却不但把肉呀、面包呀、糖呀、油呀送给她，还供给她酒，这些东西一股脑儿都开在大主教大人的账上。

"我在大主教府上学得千伶百俐。我给他们上过一个当，这事很有趣，赛维尔人到现在还说起呢。大主教大人生日，那些小僮儿和别的家人想演个戏来庆祝。挑的剧本是《贝那维德斯》①，戏里要个我那样年纪的孩子扮演雷翁的小国王，他们就选上了我。那总管自以为会念台词，我就归他来教。他教了几

① 洛佩·德·维加所作的喜剧。

回,说我演起来准不错。做生日的花费是东家出的,你们可以料想大家只求体面,决不省钱。府里大厅上搭了座戏台,布置得很好。戏台侧面铺一片草地,我上场该睡熟在那片草地上,摩尔人就掩上来捉我去做俘虏。等到我们演习熟了,大主教就指定日期上演,欣然请了城里最阔气的贵人命妇来看戏。

"到了那天,每个角儿都忙着自己的行头。总管费神教了我念台词,觉得也该他来打扮我;他带个裁缝把我的行头送来。那裁缝给我穿上一件贵重的蓝丝绒袍儿,钉着金边金纽扣;袖子很宽绰,袖口钉着金流苏。总管亲自给我戴上一顶硬纸做的王冠,上面钉满了小珍珠和水钻。他们又给我系上一条玫瑰红的丝腰带,上面有一朵朵银花。我身上每添一样装饰,就觉得他们给我添了翅膀似的,好让我高飞远走。傍晚那个戏好容易开场了。雷翁的小国王最先出场,说一段很长的独白。这角儿是我演,我开场背了一段诗,意思说:我困得很,要睡觉了。我背完就退到戏台侧面,躺在铺好的草地上。可是我不睡觉,却在设法溜出去,想卷了这套国王的行头逃走。戏台下面有一座狭窄的秘密楼梯,通到大门进口的厅上,我觉得走这条路可以如愿。我轻轻爬起来,乘人不备,一溜烟下楼梯到门口厅上,一路喊:'让路啊!让路啊!我要换衣裳了!'大家都闪开让我,一转眼我已经一无遮拦地乘黑夜溜出了大主教府,跑到和我要好的打手家里。

"他看见我打扮成那副模样,诧异极了。我如此这般告诉了他,他哈哈大笑。他一打如意算盘,雷翁国王的衣裳他也有份,所以越发高兴地拥抱我;他恭喜我这一下干得真好,说我要是一直这样下去,靠我的聪明,将来名闻天下呢。我们俩很乐,笑了个畅,于是我说:'咱们把这套贵重的衣裳怎么办?'他答道：‘这个不劳你费心。我认识一个诚实不欺的旧衣商人，他只要有利可图，什么货都收，绝不管人家的闲账。明天早上我去找他到这儿来看你。’那打手果然一老早把我撇在他床上就出门去。过了两个钟头，收买旧衣的带着个黄布包儿跟着他来了。打手说道：‘朋友，这位是伊巴涅兹·德·赛果维先生，买旧衣的若有一个诚实可靠，那就是他了；尽管同行的榜样坏，他自负一丝不苟。你要卖的衣裳回头让他估一估，他的价钱靠得住。’买旧衣的说道：‘哎，这是没错儿的。我要是估低人家的货，就是个大混蛋。谢天，从没谁怪过我这种事，我伊巴涅兹·德·赛果维一辈子也不干这种事的。’又道：‘你要卖的衣裳咱们瞧瞧吧。能值多少，我总凭良心说。’打手把我的衣裳摊出来，说道：‘这儿呢。讲究极了吧？瞧这热那亚的丝绒多美！这镶边多值钱！’买旧衣的把衣裳细细看了一番，说道：‘我看很好，真是美极了。’我的朋友道：‘你瞧这皇冠上的小珍珠怎么样？’伊巴涅兹道：‘再圆点儿就是了不起的价钱，照这样也很不错了，我觉得跟其他几件东西一样好。’又道：‘你的话很对，我也喜欢还人家个公道。滑头的买旧衣的人在我这境地，就要假意嫌好道坏，想压低价钱，老脸无耻地估个二十比斯多；我可是个讲道德的人，我出四十比斯多。’

“伊巴涅兹就是估一百比斯多还不是实价，单那些珠子就值二百比斯多呢。打手跟他串通一气，对我说道：‘瞧你运气多好，碰着这个诚实不欺的人。伊巴涅兹先生估的价就仿佛临死断气的时候说的话。’买旧衣的道：‘一点儿不错。所以我的价钱是一个子儿不减、一个子儿不加的。’接着道：‘好，这事情说定了吗？我付钱之外，还有别的话吗？’打手道：‘且慢，我叫你带给我小朋友穿的那套衣裳得先让他试试,我看准合身。'买旧衣的打开包裹,拿出一套半旧的棕色布衣裤,钉着银纽扣。我起来一穿,又长又大,可是那两位先生觉得像量着我身子做的。伊巴涅兹定价要十个比斯多;他既然不打价,只好依他。于是他从钱袋里掏出三十个比斯多,摊在桌上,把我的王袍王冠另打个包拿去;他清早发了个大利市,准在暗暗得意。

"他走之后,打手道:'我觉得这个买旧衣的人很好。'他当然说他好,我拿稳他至少要抽一百比斯多的回扣。可是他还不甘心,老实不客气把桌上的钱拿了一半去,剩一半给我,说道:'西比翁小朋友,我劝你拿了这剩下的十五个比斯多,赶快到别处去吧。你知道,大主教大人准派人出来找你。你干了这桩可以夸傲生平的事儿,大显了一番身手,回头要是傻头傻脑给捉进监狱里去,我就气死了。'我说早打定主意要离开赛维尔的。我买了一顶帽子、几件衬衣,果然出城到了清旷的田野里,那儿一边是葡萄,一边是橄榄树,直达卡蒙那古城。三天后我到了高都。

"我住在市场口一家客店里,只说是托雷都大家子弟出来游历的。我衣裳还整齐,充得过去;我又有意无意地把几个比斯多露在店主人眼里,他就一点不怀疑我了。也许因为我年纪很小,他想我准是个小荒唐鬼,偷了爹妈的钱逛码头玩儿的。不管他怎么想,反正他听了我的话并不寻根究底,大概怕一追究会把我逼走。他那店里生意兴隆,一天出六个瑞阿尔就过得很好。那天吃晚饭一桌就有十二个人。妙的是人人闷声不响地吃,只一人絮絮叨叨话不停嘴;尽管大家默不作声,有他一人说话尽够热闹。他又卖弄风趣，又讲故事，煞费气力地要把俏皮话来逗人。大家偶然也笑两声，其实是因为他那人可笑，倒不是他说话逗乐儿。

“我一点儿没留心听那家伙，要是他话里没牵涉到我，我吃罢一餐饭也回报不出他讲了些什么来。他到快要吃完饭的时候，说道：‘诸位先生，我刚才讲的那些，比了我这会儿要讲的事就不足道了。我把这桩最妙的新闻留到末了讲。这是前两天赛维尔大主教府里出的事。我认识的一位学士当时在场，他告诉我的。’我听了这话心里一跳，知道准是我干的事，果然不错。这人一五一十地讲，我还不知道我走以后大厅上的情形，他也都讲了；我来告诉你们听。

“照他们演的那个剧本，摩尔人要来掳我去。我逃走不久，他们就上场，以为我睡熟在草地上，准备掩上来捉我。可是他们要拥上去捉雷翁国王的时候，一看国王无影无踪，都大吃一惊。这出戏当场停演。戏里的角儿都着了忙：有的喊，有的找，这个叫唤我，那个咒骂我。大主教看出后台乱成一团，就问什么缘故。一个扮小丑的小僮儿听见这教会贵人垂问，忙上禀道：‘大人，您不必再为雷翁国王担忧，怕他给摩尔人俘虏去，谢天，他已经披着王袍逃走了。’大主教道：‘真该感谢上天！跟咱们教会作对的人准备监禁他呢，他逃走好极了。他准是回雷翁京城去的。但愿他一路平安！你们谁也不许去追他，我不愿意侮辱那位王上。’他大人说完，叫人代我念台词，把这出戏演完。”

第十一章

西比翁续述身世。

“我手里有钱,店主人眉开眼笑,十分奉承;一看我钱花光了,就翻面无情,和我寻事吵了一场,一天早上竟撵我到别处去住。我昂然走了出来,跑到圣多明我修道院的教堂里。我正在望弥撒,一个老叫花子问我要钱。我从口袋里掏了两三个小钱给他,说道:‘朋友,代我求求上帝,保佑我立刻找到个好事情。要是你的祷告灵验,我不会亏负你,一定要谢你的。’

“那叫花子听了把我仔细打量一番,认真问道:‘你想找个什么样的事?’我说:‘想找个好人家去做用人。’他问我是否着急得很。我说:‘急得很了,要是眼前找不到事,只好饿死,或者做你的同行,没有第三条路。’他道:‘你没有过惯我们的日子,要是逼上这条穷途末路,你就苦了。不过你只要过惯了,就宁可像我们讨饭,总比做用人好,这是没什么说的。你既然不喜欢我这种逍遥自在的生涯,要去做底下人,你立刻可以找到个主人家。你别瞧我这副模样,我能帮你的忙。我今天就替你想想法子。你明天这时候到这儿来听我的回音。’

“我不会爽约,第二天又到老地方去;不一会儿,那个叫花子来了,叫我跟他走。我跟他到一个地窖里,那儿离教堂不远,是他的家。我们俩进去坐在一条长凳上,这凳子少说也用了一百年了。他说道:‘行了好事总有好报。你昨天舍钱给我,所以我决计替你找个好位置,只要老天爷保佑,马上会成功。我认识一个多明我会的老修士叫阿雷克西斯神父,他是个道高德劭的修士,指迷劝善的大师。承他叫我当差送信;他瞧我做事谨慎忠心,所以也肯为我和我的朋友出力。我已经对他说起你,他听了我的话,愿意帮你忙。你几时高兴,我带你去见那位神父。’

“我对那老花子说:‘不能耽搁了,咱们立刻去见那位好神父吧。’花子一口答应,马上领我去找阿雷克西斯神父,看见他正在房里写几封劝人修心向善的信。他放过一边,就来接见我。他说,听了那花子求情,很愿意帮我。又说:‘我知道巴尔塔札·维拉斯盖斯要找个跟班,所以今天早上写了封信保荐你。他回信刚来,说我荐的人他不问三七二十一一概收用。你今天就可以去见他,说是我叫你去的。我是听他忏悔的神父,也是他的朋友。’于是那位修士费了三刻钟工夫劝诫我好好儿做事。他尤其谆谆嘱咐我务必赤胆忠心地伺候维拉斯盖斯。于是他说,只要我不叫主人家责备,他一定照应我捧住饭碗。

“我谢了修士的好意,就跟花子同出修道院。花子告诉我说,巴尔塔札·维拉斯盖斯是个有年纪的呢绒商人,很有钱,人又老实又和气。他说:‘我想你到他家去一定好极了。换了我也喜欢在他家做事,比贵人家还好。’我答应那花子等事情牢靠一定谢他;于是问明商人的住址,立刻找去。原来那是个铺子,两个年轻店伙计穿得干干净净在里面踱来踱去,装出一副高贵的气派,等主顾上门。我问他们主人在家吗,说我是奉阿雷克西斯神父的命来见他的。他们一听见这个大名,就领我到铺子后屋,有位商人正把一大本账簿摊在书桌上翻看。我恭恭敬敬行了个礼，说道：‘大爷，我是阿雷克西斯神父荐来当跟班的。’他道：‘啊，我的孩子，欢迎得很。你是那位圣人荐的，就够格儿了。人家有三四个跟班要荐给我，我单挑了你。这事已经说定，你的工钱就从今天算起。’

“我在商人家不多几时，就看出他果然名不虚传。我瞧他老实极了，总觉得我着实要点克己功夫才会忍住不去作弄他。他太太没了已经四年，有两个孩子：儿子二十五岁，女儿才十一二岁。女儿有严紧的女监护带领，又有阿雷克西斯神父管教，很循规蹈矩。她哥哥伽斯巴·维拉斯盖斯尽管家里极力管教，要他成个上等人，却是个十足的浪荡子。他有时候两三天不回家，回来如果爸爸想说他几句，他嗓子比爸爸的还高，叫老头子作声不得。

“有一天，那老头儿对我说：‘西比翁，我这个儿子是我的孽障。他花天酒地，无所不为。我真奇怪，他也是好好管教过来的。我请了好先生教他，我的朋友阿雷克西斯神父费尽心思，要引他走正路，可是，咳，他也力不从心，伽斯巴一味是浪子行径。你也许要说，我在他少年时期太纵容，所以害了他。可是没那事儿，我要是觉得他该打，我总打他；我虽然好性子，应该严厉的时候从不放松。我还把他送进监牢里关过，可是他变得越发坏了。总而言之，他是个不成器的东西，凭你给他好榜样也罢、劝也罢、打也罢，都改不好；要改得他好是个奇迹，只有天办得到。’

“我听了那位倒霉爸爸诉的苦，尽管不在心上，至少也装得很关切。我说：‘先生，我也可怜你！像你这样的好人，儿子不该这样坏。’他答道：‘我的孩子，这有什么办法呢？上帝不让我这样称心呀。’又道：‘我把心事告诉你吧，伽斯巴实在招我生气,别的不说,有一桩我很担心,他尽想偷我的钱;我虽然防得紧,他常有法子偷到手。你前任的跟班跟他串通一气,所以我辞退他。你呢,我相信他买不动。你准是帮我的,阿雷克西斯神父一定着实叮嘱过你了。'我说道:'你放心,阿雷克西斯神父训了我一个钟头,叫我一心一意帮你。不过我可以说,这点我不消他劝。我自己愿意死心塌地伺候你,这片忠诚保管怎么也不会变。'

"一面之词是不能作准的。维拉斯盖斯小爷是个十足的纨绔,他一看我的脸,知道我跟前任跟班一样好骗。他引我到僻静的地方,说道:'你听着,朋友,我瞧你是我父亲的耳目,他老监视着我。可是我警告你,你当心,这事会惹出麻烦来的。我要是发现你监视我,准把你一顿棍子打个臭死;不过你要是肯帮我骗父亲,我什么样的酬劳都肯给。这话还不够明白吗?咱们俩捞摸的钱,你总有一份儿。你只要打个主意,这会子就说说明白:帮父亲还是帮儿子,别含糊推诿。'

"我答道:'先生,你逼得我好急呀!我知道,尽管我心里不愿意出卖维拉斯盖斯先生,却不由得我不跟你一伙。'伽斯巴道:'你不必犹豫,那老吝啬鬼还把我当小娃娃似的管着呢。人到二十五岁,寻欢作乐就是性命,那混蛋不许我作乐就是要我的命。你对我父亲应当这样看法。'我道:'先生,这就没什么说的了。他实在对不起你,没法儿替他分辩。我声明帮你,你干的事儿很好,我愿意从旁出力。不过千万别让人家看出咱们俩串通一气,免得你这个忠心的助手给撵出门去。我想你不妨假装恨我,在人前对我恶声恶气,破口大骂;就是打几下耳光,屁股上踢两脚也不碍事。你越做得嫌我,巴尔塔札先生倒越会相信我。

我也装得话都不跟你说。我伺候你吃饭,好像满不情愿;说到你少爷,别见怪,我要说得你不是个东西。这样一来,家里人就都蒙在鼓里,以为咱们俩是死冤家了。'

"维拉斯盖斯小爷一听这话,说道:'谢天!我真佩服你,朋友。你这点年纪,捣鬼的本领看来很惊人了。有你这样,我将来一切准大吉大利。仗你帮着出主意,我希望能把父亲的比斯多偷得一个不剩。'我说道:'承你过奖,对我的本事这样倚重。我一定尽心竭力,不负你的赏识。要是办不到,不是我的错。'

"我不久就让伽斯巴知道,我实在是他少不了的人。我且讲讲第一次帮他的忙。巴尔塔札的钱箱放在卧房里,夹在床和墙壁中间,那老头儿当祷告台用。我每次看见这个钱箱,就觉得眼睛里舒服,心上常想:'钱箱朋友啊,你老对我深闭固拒吗?我永远没福气看见你怀里的宝藏吗?'这屋里只有伽斯巴不准进去,我可以随意出入。有一天,老维拉斯盖斯以为没人,开了钱箱,然后又锁上,把钥匙藏在壁衣后面;我正好看见。我认清那地方,就把这个发现告诉小东家。他喜得拥抱我道:'啊,亲爱的西比翁,真是个喜讯!咱们发财了,孩子。我回头给你些蜡,你把钥匙的模型印下来交给我。高都和西班牙其他城市一样,有的是坏蛋,肯行方便的锁匠我一找就有。'

"我对伽斯巴道:'咱们可以用原钥匙,何必假造呢?'他答道:'你这话很对,可是我恐怕父亲多心眼儿,或者别有缘故又把钥匙藏在别处;最妥当还是自己弄一个。'我觉得他有深谋远虑,很赞成他,就准备把钥匙的模型印下来。一天早上,我老主人出去拜访阿雷克西斯神父,他们往往谈得很久,我就乘机把那事干了。我一不做二不休,还用那钥匙打开钱箱;一看满箱大袋小袋的钱,喜得心忙意乱。我这也贪,那也爱,不知挑了哪一袋好。可是我怕人撞破,来不及细细研究,随手抓了最大的一袋。我关上钱箱,把钥匙放在壁衣后面,出来把贼赃藏在一间小小的藏衣室里,准备相机交给小维拉斯盖斯。他跟我约定在一处相会,我忙赶去,把刚才干的事告诉他。他觉得我好极了,对我十分亲热,又很慷慨地要把袋里的钱分一半给我。我没要他的。我说:'不不,先生,这头一袋钱是你一人的,你去花吧。我马上可以再到铁箱里去拿。谢天,那一箱子钱够咱们俩花的。'过了三天,我果然又拿出一袋。这一袋和头一袋一样,各有五百艾古。伽斯巴一定要跟我平分,可是我只肯拿四分之一。

"这年轻人爱的是玩女人和赌钱,手里一富裕,可以随心所欲,就昏天黑地地混在这里面。有一种风骚女人,随你家资千万,能叫你不多几时花个精光。他偏偏就迷上了这么个有名的女人。他为她挥金如土,我只好常常去光顾那只钱箱,到后来老维拉斯盖斯看出来了。一天早上,他对我说道:'西比翁,我得把心事跟你讲讲。朋友啊,有人偷我东西,开了我的钱箱拿掉好几袋钱。这是千真万确的事。做贼的是谁呢?换句话说,除了我儿子,谁会干这事呢?准是伽斯巴溜到我房里去了,或者就是你放他进去的。你们俩尽管冤家似的,我怀疑你们串通一气。'又道:'不过阿雷克西斯神父担保你靠得住,我也不愿意把这点疑心当真。'我说:'谢天,人家的东西引诱不动我。'我一面撒谎,还装出一副正人君子的嘴脸,替自己遮饰。

"老头儿果然不跟我再提这件事,不过他还是怀疑我。他防我们不怀好意,钱箱上另装了新锁,把钥匙老带在身上。这样一来,我们跟那些钱袋无缘了。我们一筹莫展,尤其是伽斯巴,他不能像先前那样在他那美人身上撒漫使钱，就怕要见不到她的芳容。他倒是聪明，想出个办法又阔绰了几天。这办法很巧，他只算问我借，把我从钱箱里榨来的膏血都搜刮了去。我一文也没剩。我觉得这可算是老商人的承继人预先替父亲向我讨债。

“这年轻人把这注钱花完，一瞧再没有别的来源，就愁成一团，渐渐的心地糊涂了。他觉得父亲害了他一辈子。那混蛋穷极无赖，不顾骨肉之情，恶向胆边生，竟想毒死爸爸。他不但把这个没天理的打算告诉我，还主使我帮他报仇。我听见这话，吓一大跳，说道：‘先生，敢情你要天诛地灭了，你怎么会生这个凶心呢？什么！你竟要害死生身父亲吗？最野蛮的国家，这种事也没人敢起意，倒在基督教首善之国的西班牙犯下这等罪来吗？’我又跪下道：‘好主人，你干了这事要动天下人的公愤，还要遭刑受辱，千万来不得。’

“我还说了好些话，劝伽斯巴别干这大逆不道的事。我劝他别走上绝路，那一套嘉言正论也不知是哪儿学来的。我年纪虽小，而且还是果斯果丽娜的儿子，可是讲起话来实在像个萨拉曼卡的博士。我劝他深思熟虑，毅然铲除掉横在心里的恶念，可是说来无用，只是枉费唇舌。他低垂着头，随我干什么说什么，只是死不作声，我瞧他一点儿没有回心转意。

“于是我打定主意，决计向老主人全盘招供。我请求跟他密谈，他答应了，我们俩关上门，我说：‘先生，让我跪在你面前，求你发个慈悲。’我说完就跪下，情不自禁，满面泪痕。那商人看我这般行径，又看我神色张皇，诧异起来，问我干下什么事了。我答道：‘我做了一件错事，现在很后悔，一辈子也于心有愧。

我主意不牢，依了你儿子，帮他偷你的钱。'我就老老实实一桩桩告诉他，然后又把伽斯巴跟我谈的话和他的打算，一五一十全都讲出来。

"老维拉斯盖斯尽管看得儿子无恶不作，听了这话，竟也不能相信。不过他知道我说的是真话。我还跪在他脚边，他一面拉我起来，说道：'西比翁，你告诉了我这个要紧消息，我也就饶恕你了。'又高声道：'伽斯巴要我的命呢！啊！你这个没天良的儿子！你这畜生！养大了你变成个杀父的逆子，倒不如生下地就把你闷死！你凭什么要谋害我呀？我每年给你一大笔钱，够你寻欢取乐，你心还不足！我就得称你的心，随你把妹妹的钱都花光，把家产都送掉吗？'他提着儿子的名字恨恨地数说了一顿，嘱我别说出去，又说这事很费心思，得让他想个办法。

"我急要知道这可怜的爸爸打算怎么办。当天，他叫了伽斯巴去，脸上若无其事，说道：'孩子，刚有人从梅利达来信说：你要是想结婚，有个十五岁的小姐配给你，是个十全的美人，还有一大笔陪嫁。你要是愿意，咱们明天一清早动身到梅利达去看看那位小姐。配你胃口呢，就娶她；不然呢，这头亲事就不提了。'伽斯巴听说一大笔陪嫁，仿佛钱已经到手，毫不犹豫，说立刻可以出门。所以第二天一老早，他们俩不带从人，骑上两匹好骡子就动身上路。

"他们到了斐齐拉山里，有一处是强盗最喜欢而过客最害怕的地方，巴尔塔札在那里下骡，叫儿子也下来。那年轻人依了他的话，还问为什么叫他这里下来。老人满眼悲愤，瞧着他道：'我要告诉你，咱们不到梅利达去，我说的婚事是谎话，我编了哄你到这儿来的。你这个没良心没天理的儿子啊，你要犯的弥天大罪我已经有数了。我知道你要弄毒药给我吃;可是你真糊涂,你如意算盘,以为这样干掉了我就没事儿吗?你完全错了!你想想,你犯的罪马上会败露,你就得挨刽子手一刀。要称你那发疯似的狠心,还是我这办法妥当,免得你身败名裂而死。咱们这儿没人看见,这地方天天有几起谋杀案子,你既然非要我的命不可,就当胸一刀戳死我吧,人家准以为是强盗杀的。'巴尔塔札说完,露出胸膛,指着心道:'伽斯巴,这里一刀可以致命,你戳吧,我生了你这个混蛋,该受这罚!'

"这话仿佛是对小维拉斯盖斯当头棒喝,他并不分辩,眼前一黑,一头跌倒在父亲脚下。这老头儿瞧他那样,好像他有懊悔的意思,毕竟做父亲的心软,忙去救助。伽斯巴一醒过来,觉得父亲怒得理直气壮,他实在无颜相对,忙挣扎起来,骑上骡子,一句话不说就跑掉了。巴尔塔札看他走得无影无踪,让他去自恨自责。他一人回到高都,过了六个月,知道儿子已经进了赛维尔苦修院,准备忏悔终生了。"

第十二章

西比翁述完身世。

"有时候看了坏样儿反会学好。小维拉斯盖斯的行为使我认认真真地反躬自省。我开始用克己功夫来抑制那偷偷摸摸的脾气,要做个诚实孩子。我见了钱能偷就偷原是一次次积久养成的习惯,不容易改掉。可是我希望能改过来,因为常听人说,修身只须志诚。我就去干这件大事,好像也蒙皇天默佑;我瞧着老商人的钱箱再不起贪心,我相信即使打开随我偷,我也不偷了。不过我老实说,我那诚实不欺的心那时刚在萌芽,真要这样试我,未免风险太大,所以维拉斯盖斯很留心,不让我见财起意。

“有位年轻绅士常上我们铺子来。他叫堂曼利克·德·梅德拉那,是授阿尔冈达拉勋章的爵士。他是我们的老主顾,虽然不是最好的主顾,却是个很有身份的主顾。承他喜欢我,每次来了总逗我说话,好像听着很有趣。有一天他跟我说:‘西比翁,我要是有个跟班像你这样脾气,我就如获至宝了。我是瞧你东家面上,换了你在旁人家,我一定用尽心机勾你到我手下来。’我答道:‘先生,这不用您费劲儿的,我有个毛病,喜欢贵人,羡慕他们那副优游自在的样儿。’堂曼利克道:‘既然如此,我就去请巴尔塔札先生把你让给我,我想这点面子他总给。’维拉斯盖斯果然答应,他觉得走了个混蛋用人并不是一辈子的缺憾,所以更没有一点为难。我这样一换很高兴,觉得平头百姓的用人跟阿尔冈达拉爵士的用人一比,只好算瘪三。

“我来描摹一番我的新主人吧。这位大爷相貌很俊俏,大家喜欢他举止温文,人物聪明。他也很勇敢,很正直,只是没钱。他家虽然算名门,却不是富户,他又是小儿子,只好靠着个年老的姨妈过日子。这姨妈住在托雷都,当他亲生儿子一般宝贝,他的花费全归姨妈供给。他衣服总很讲究,到处做上宾。他常拜访城里的贵妇人,其中一位是阿尔梅娜拉侯爵夫人。这位夫人是七十二岁的寡妇,和蔼可亲,聪明可喜,高都有身份的人都爱到她家去,男男女女,全喜欢听她谈话;她家是有名的‘高朋雅集’。

“我主人是她门上的熟客。一晚上，他从那里出来，我觉得他神气异常，我说：‘大爷，您好像心绪不宁，您忠心的用人可以问问什么缘故吗？您碰到什么意外了吗？’爵士听了笑笑说，他才跟阿尔梅娜拉侯爵夫人谈要事，这会子实在是想起了那番谈话。我笑道：‘我但愿那位七十多岁的老美人儿向你求情了。’他答道：‘不是开玩笑，我告诉你，朋友，侯爵夫人爱我。她对我说：“爵爷，你出身华贵而家境清贫，我都知道。我喜欢你，打算嫁给你，让你过舒服日子。因为只有如此才能够依法合礼地把家当给你。我明知道这么一嫁，人人都要把我当笑话，把我糟蹋，总而言之，我就成了个守不住空房的老风流了。可是不要紧，我只要你享福，不去管人家说什么短长。只怕我有此心，你却未必愿意。”’

“爵士接着道：‘侯爵夫人跟我这么讲的。她是高都城里最循规蹈矩、懂事达理的女人，所以我听了这话越发奇怪。我说她向来矢志守节，想不到肯赏脸下嫁。她说因为富有资财，情愿在生前跟心爱的人共享。’我插嘴道：‘您大概打算拼着干一下了。’他答道：‘那当然，侯爵夫人是个大财主，再加她有才有德，我要是错过这头便宜亲事，真是失心疯了。’

“我很赞成主人的打算，乘这个好机会挣下个家业。我只怕有变故，还劝他上劲。好在那位夫人比我更心切，一点不放松，把事情安排得有条不紊，不多几时，婚事筹备就绪。高都人一听说年老的阿尔梅娜拉侯爵夫人要嫁给年轻的堂曼利克·德·梅德拉那，一班刻薄鬼就把这寡妇挖苦取笑。可是随他们嚼烂舌根，侯爵夫人绝不回心转意；她不管人家闲话，跟着她那位爵士上教堂圣坛前去了。他们的喜事办得非常热闹,越添了笑骂的资料。人家说,这新娘子至少也该有点廉耻,顾些体统,别这样大锣大鼓地招摇;老寡妇嫁年轻男人,这个样子不对景。

“侯爵夫人这样年纪做了爵士的夫人,一点没有忸怩之态;她欢天喜地,毫不遮遮掩掩。她家大摆酒席,一面还奏乐助兴;席散又有个跳舞会,高都城里的贵族,男男女女都到了。舞会快散的时候,新夫妇带了贴身女用人和我溜到一间房里,关上了门。这又给来客抓住个把柄,怪侯爵夫人情急,其实大家错怪了这位夫人。她一看旁边没有别人,就和我主人说:‘堂曼利克,这是你的卧房,我睡在另一处。咱们晚上分开睡,白天一起过,像母子那样。’那爵士一上来误会了,以为这无非是要他逼着求情;他觉得按礼应当装出一盆火的样儿,所以挨上去,急煎煎地要求贴身伺候。可是她不让他来代脱衣裳,正色推开他道:‘住手,堂曼利克,你要是把我当作那种老风流女人,没有操守而要再嫁,你就错了。我嫁给你,婚约上给你那些好处,并不是有求于你,那完全出于情分;我不要你什么报答,只要你一点友谊。’她说完撇下我们主仆,一定不许爵士跟随,就带着她的女用人走了。

“她走之后,堂曼利克和我听了方才的话还在发怔。我主人道:‘西比翁,侯爵夫人方才那番话,你想得到吗?这样的女人,你觉得怎么样?’我答道:‘先生,我觉得世界上找不到第二个。您娶了她真好福气!好比领干薪。’堂曼利克道:‘这样品性高贵的老婆,我真佩服。她为我不惜玷污清名,我只有尽心体贴来补报了。’我们把这位夫人又谈论了一番,各自安置。我睡在藏衣室里一个铺上,我主人睡一张特地铺设的漂亮床。我想他对这样慷慨的老婆尽管感激涕零，不嫌老大，骨子里还是宁可独宿的。

“第二天还有庆祝，新娘子满面喜色，惹得轻薄人大开玩笑。她听了人家那些话，打头先笑。她任人挖苦，逗得挖苦的人都乐了。爵士也喜气盎然，跟他老婆不相上下。他对她顾盼、跟她说话时那股亲热劲儿，仿佛越老越配他胃口呢。他们两口子晚上又谈了一番，决计照结婚以前那样过日子，彼此各不牵制。不过堂曼利克有一点可取，别的丈夫就难得像他那样顾念老婆了。他本来跟一个小家女人相好，可是想到老婆对自己体谅入微，不好丢她的脸，所以不肯再跟那女人来往，就和她断了。

“他拿出这样真凭实据来感谢那位老太太，老太太虽然不知道，也在赔了重利报答他。她把钱箱交给他管，那钱箱比维拉斯盖斯的还殷实。她守寡的时候裁减了些开销，这会子又回复她前夫在时的排场，家里添了用人，马房里养满了骡马，长话短说，我主人原是阿尔冈达拉爵士里最穷的一个，靠她慷慨照应，成了最阔的了。你们也许要问，我挨在里面得了些什么好处呢。我女主人给我五十比斯多，我主人给我一百比斯多，用我做了他的书记，一年有四百艾古的薪水；他对我十分信任，还叫我做他的管账。”

我听到这里，哈哈大笑，打断西比翁道：“他的管账啊！”他神气自若，一脸正经道：“是啊，先生，是啊，做他的管账。我敢说，我这事做得很争气。其实我也许还欠下些钱，因为我从钱箱里预支薪水，后来突然离开东家，说不定账还没清。反正那是我末了一次的过错，从此以后，我总是正直不欺了。”

果斯果丽娜的儿子接着道：“我做了堂曼利克的书记兼管

账,彼此很相得。忽然他收到托雷都来信,说他姨母堂娜戴欧朵拉·缪斯果索怕要病得不起了。这位夫人多年来就像他妈妈一般,所以他得到消息非常着急,立刻动身赶去。跟他出门的只有我和一个亲随、一个跟班。一行四众骑了我们马房里的好马,急急赶到托雷都。我们一看堂娜戴欧朵拉的病还有指望,虽然给她瞧病的老医生断定她好不了,我们的诊断毕竟没错。

“我们这位好姨妈眼看着健朗起来,这未必是吃的药灵验,倒是宝贝外甥在身边的功效。这个当儿,我这位管账先生逍遥自在极了,结识的一班年轻人专引我花钱。他们带我去找女人,我少不得破钞供她们寻欢作乐;他们有时还带我上赌场,跟我赌钱。我不是旧主人堂阿贝尔一流的老赌棍,输的遭数远比赢的遭数多。我渐渐赌出滋味来,要是竟任情滥赌起来,势必到钱箱里去预支半年或三个月的工资。可巧我堕入情网,那钱箱和我的品行才算保全了。有一天我走过红衣会修士的教堂,附近人家有一处窗帷没拉上,我隔着百叶帘子望见个年轻女人,在我眼睛里,她不像世间凡人,竟是天上神仙。这话还不够劲儿,描摹不出我心目间的影子,只是我也说不来了。我就去打听,一问出来,知道她叫贝雅德丽斯,是玻朗伯爵的小女儿堂娜如丽的女用人。”

贝雅德丽斯哈哈大笑,插嘴向我老婆道:“安东妮亚美人儿,请您把我仔细认认,瞧我有神仙味儿吗?”西比翁道:“你那时候在我眼睛里的确有啊;我知道了你没对我负心,就越发觉得你美了。”我的书记回敬了这句讨好女人的话,仍然讲他的故事。

“我看见这女人就爱上她了,其实我是居心不正的。我老实说吧,我想只要送的礼物能打动她的心,不难哄上手。可是我看错了这位贞静的贝雅德丽斯了。我由买通的几个女人去向她使钱献好,她总是夷然不屑。我碰了钉子非但不死心,反撩上火来了。我只好下最后一着棋子,正式向她求婚。她打听得我是堂曼利克的书记兼管账,就一口应允。我们觉得这件亲事最好瞒几时再说,所以偷偷儿结婚,在场只有赛拉芬的保姆萝朗莎·赛馥拉大娘和另外几个玻朗伯爵的家人。我跟贝雅德丽斯一结婚,她就大开方便之门,让我白天去看望,又给我个花园小门上的钥匙,约我晚上进花园相会。比我们更相亲相得的夫妇恐怕找不到了。她和我都热锅上蚂蚁似的等着见面,都急急赶去相会;聚的时候尽管长,总觉得一眨眼就过去。总而言之,我们虽然是夫妇,倒像一对情人。但是尖酸忌刻的命运马上就不让我们快活了。

“我每晚很乐,可是有一个晚上却苦恼得很。我进花园去,看见小门没关,吃了一惊。这是从来没有的事,我很不放心,觉得凶多吉少。我面容失色,身子哆嗦,仿佛知道要出事儿。我跟老婆常在一个亭子里会面,这时候暗地里走去,忽然听得一个男人的声音。我忙站住细听,听得说:‘亲爱的贝雅德丽斯,别叫我害相思病了,成全了我的好事吧。你该想想,这和你的利害有关。’我没有耐着心听下去,以为不用再听了。我醋得如疯如狂,只想报仇,拔剑冲进亭子,嚷道:‘啊!你这不要脸的奸徒,我不管你是谁,你想要装我的幌子,你得要了我的命才行呢。’我一面说,就挥剑去刺那个跟贝雅德丽斯说话的人。他连忙回手,我只在高都学过几回击剑,手段没他了得。不过他剑术虽然高明,给我得空刺中一剑,也许是他一失脚,我瞧他跌倒了。我以为他受了致命伤，就拔腿飞奔，贝雅德丽斯大声叫我，我也不理。”

西比翁的老婆插嘴道：“是啊，确有这事，我要叫他回来跟他解释。亭子里跟我谈话的是堂范尔南·德·李华。那位爷爱上如丽小姐，打算带她私奔，以为只有这个办法才能够如愿。我亲自约他在花园相会，商量怎样私奔，他答应事成一定重谢。可是我拼命叫我丈夫也叫不回来；他气糊涂了，把我当个水性女人撇下不顾了。”

西比翁道：“我那时候什么都干得出来。过来人都知道妒火中烧是怎么回事，连明白人都会胡作乱来，难怪我这个糊涂行子要犯失心疯了。我顷刻之间由爱极转为恨极，先前对我老婆的柔情这会子变成怨毒。我发誓不要她了，从此把她忘个一干二净。而且我以为杀了一位绅士，怕送官法办，惶惶不安，仿佛干了亏心事儿，到处有恶报神追赶着似的。我觉得形势凶险，只想逃命，也没回寓所，即刻溜出托雷都，除了随身衣服，什么行李都没带。我身边实在还有六十来个比斯多；一个小伙子打算还要当用人的，有这些钱也尽够了。

“我走了一夜，该说跑了一夜，我心上老想着那些公差，力气就源源而来。天亮我正在罗狄拉斯到马盖达的路上。我到了马盖达镇，有点累了，教堂刚开门，就进去祷告一番，坐在长凳上歇歇。我想想自己的事真是一团糟，但是没来得及细想，听得外面三四下鞭子响，想必有赶骡子的路过。我连忙起来瞧瞧是不是，门口看见个骡夫，骑一匹骡子，还牵着两匹。我说道：‘朋友，你停一停，这几匹骡子上哪儿去？’他答道：‘上马德里。我从那儿送两位圣多明我会的修士到这里，现在往回里走。’

“我有这机会上马德里，就心动了。我跟骡夫讲定价钱，就骑上一匹骡子同往伊尔加斯，准备在那儿过夜。那骡夫大概有三十五到四十岁光景，我们刚出马盖达镇，他就拉着嗓子大唱圣诗，从大司铎的早祷词唱起，接着就唱‘信条’，像大弥撒上唱的一样；于是又唱晚祷词，连圣母马利亚的赞美歌都没漏掉。我给那家伙闹得耳朵都聋了，可是又忍不住好笑；他少不得停会子喘口气，我还叫他唱下去。我说：‘唱啊！朋友，再唱啊！你没辜负了天生的好嗓门儿。’他嚷道：‘唷，那倒是没有。大半赶车人唱的歌儿，不是有伤风化，就是不敬神明，谢天，我跟他们不同，就连讲咱们跟摩尔人打仗的诗歌都从来不唱。这类事情就算不下流，至少也很无聊，好好一个基督徒，该置之不理。’我道：‘你心地一尘不染，真是骡夫里少有的。朋友，你唱的歌儿挑选得一丝不苟，你到了有女用人的客店里也不犯色戒吗？’他答道：‘当然！我在那种地方，向来洁身自好，这也是我一桩得意的事。我只想尽我本分，伺候我的骡子。’这人可算骡夫里独一无二的了，我听了他的话非常诧异，觉得他是个有才有德的人，等他唱了个畅，就跟他攀谈。

“我们傍晚时分到伊尔加斯。我们落了客店，我让那旅伴儿去照看骡子，自己到厨房里吩咐店主人做一餐好晚饭。他说一定做得好，准叫我一辈子也忘不了在他店里住过；又说道：‘问问你的骡夫，我是什么样人。嗨！找遍马德里和托雷都，我不信哪个厨子炖的肉赛得过我。我今晚照我的法子为你做个炖兔子，你回头瞧是不是我胡吹瞎卖。’他就给我看一锅东西，据说是剁成块儿的兔子。他道：‘我想把这个给你当晚饭，另外还有一只烤羊肘子。这锅里回头加些胡椒、盐、酒、一把香草和一

些别的作料，炖出来可以请贵人老爷们吃呢。'

"店主人吹了一通牛，才去动手做晚饭。他在那儿忙，我在一间屋里找到个床铺，就躺下了。我前宵整夜没睡，疲倦得很，一会儿就睡着。过了两个钟头，那骡夫来叫醒我说：'先生，你的晚饭得了，请来吃吧。'屋里桌上摆着两份刀叉，骡夫和我坐下，店家送上炖兔子。我饿虎扑食似的大吃，也许是饿了吃来特别香，也许的确是厨子烹调得好，我觉得味道美极了。接着又送上一块烤羊肉，我瞧那骡夫专吃这一个菜，就问他干吗不吃别的。他笑嘻嘻地说，不爱吃炖肉。我觉得他话里，尤其是笑里有文章。我说：'你不吃炖兔子另有缘故，你瞒着我呢。请你告诉我吧。'他道：'你这样好奇，我就讲给你听吧。有一次我从托雷都到古安加，在一个客店里吃晚饭，店家给我吃个剁成小块儿的公猫，只说是野兔子。从此以后，我怕吃炖肉，看见炖的肉丁儿就恶心。'

"我一听这话，虽然饿得慌，顿时胃口全无。我怀疑吃的兔子不是真的，看着那盘炖肉就皱眉头。我的伙伴儿又讲些话，越叫我放心不下。他说，西班牙的客店主人常常干这套挂羊头卖狗肉的把戏，做馅饼的也捣这种鬼。你们瞧，这话可算得安心丸吗？所以那锅炖肉我再也不想吃了，连烧烤都不碰，恐怕羊肉跟兔子肉一样靠不住。我把那炖肉、那客店主人、那客店一股脑儿地咒骂，站起身不要吃了。我又上床，想不到一夜睡得很安静。第二天大清早，我仿佛受了店家十分款待似的，付掉一大笔账，于是离开伊尔加斯，心心念念还只管想着那公猫，看见什么畜生都以为是猫。

"我到马德里时候还早，跟骡夫算清账，就在太阳门附近租下一间客房。我虽然见过点世面,这会儿瞧着常聚在王宫一带的大爷们,不免眼花缭乱。那马车不知有多少,跟随贵人的那些家人呀,小僮儿呀,跟班呀,数都数不清,我瞧着羡慕得很。王上早起,御榻前后左右围簇着朝里贵人,我见了越发向往。我觉得好看极了,心想:‘真是荣华富贵!气象万千!怨不得人家说:马德里朝廷的豪华是想象不到的,非要亲眼看见才知道呢。我来了真高兴,心里仿佛有个预兆,不会虚此一行。’可是我竟一无所获,结识了几个人都毫无实惠。我的钱越花越少了。可巧我认识一位萨拉曼卡的学究,他原是马德里人,这会子有事回故乡。我抱着通身本领,投得这个主儿已经喜出望外。我做了为他打杂差的用人,跟他回萨拉曼卡大学。

“我的新主人叫堂伊尼亚求·德·伊比尼亚。他做过一位公爵的教师,得了‘堂’的头衔和一笔年俸;他又是学院退休的教授,另有一笔年俸;他每年要出几本书,用基督教教旨来发挥伦理,一年又有二三百比斯多的收入。他著作的方法大可一谈。这位大名鼎鼎的堂伊尼亚求几乎成天在看希伯来、希腊、拉丁文的著作,看到一句格言或是一点新奇的意思,就摘录在一小方纸片上。等到纸片儿一张张写满,就叫我把这些片子用铁丝穿成个圈儿,每一圈可以做一本书。我们制造了不知多少恶劣的书籍,每个月至少两本,印刷机立刻就忙不迭地印。他收集了这些东西,都算他的新著作,这最奇怪了。如有批评家怪作者剽窃古人,他气盛脸厚,引句拉丁诗道:‘做贼也堪豪。’①

① 这是节引法国诗人桑德尔(Jean Baptiste Santeuil,1630—1697)一首拉丁诗里的句子,全句是:“诗中做贼也堪豪。”

“他又是个笺注大家，他的注解渊博极了，不必注解的地方往往也注解一通；他那纸片儿上引证的赫西奥德和其他作家，有时候牛头不对马嘴。虽然如此，我在这位饱学之士家里很有进益，要是连这点不承认，我就没良心了。我替他誊写稿子，练习得书法工整。他待我不大像用人，倒像学生；他留心培养我的才能，而且对我的品行也一点不放松。他要是听说谁家用人干了欺心事，就要对我说：‘西比翁，我的孩子，当心别学那混蛋的坏样。用人伺候主人，不单是应该巴结，还得拿出一片赤心。一个人要是造化低生性不良，应当发奋自修，学成个好人。’总而言之，堂伊尼亚求随时随地总劝诱我学好。他的话对我很有益处，我在他家十五个月，从没想要欺骗他。

“上文说过伊比尼亚博士是马德里人。他有个亲戚叫加德丽娜，是王太子奶妈的贴身女用人。我后来要救山悌良那先生出塞哥维亚塔，就走了这女用人的门路。她有心帮堂伊尼亚求的忙，撺掇女主人替他向赖玛公爵求个大教堂副监督的职位。这位大臣就派他做了格拉纳达大教堂的副监督；格拉纳达在咱们征服的地界里，那儿的官职归王上任命。伊比尼亚博士要在上任之前面谢两位女恩人，所以我们得了消息立刻赶到马德里。我和加德丽娜会了几次面，她爱我嘻嘻哈哈的脾气，逍遥自在的样儿。我也很赏识她，因此她对我小意儿讨好，我也少不了向她答报。长话短说，我们就要好了。亲爱的贝雅德丽斯，这点请别见怪，当时我满以为你对不起我呢，我这点过失也情有可原。

“这个当儿，堂伊尼亚求博士准备动身上格拉纳达。他那亲戚和我一看别离在即，着急得很，就想出个法子，免了两人拆散。我只说有病，头里不舒服，胸口又不舒服，装得浑身是病。

我主人就去请医生，我以为这位神医准看透我一点没病，所以很心虚。亏得他仿佛是跟我串通的，把我细细诊视一番，认真说：这病可不轻，瞧这光景，得躺好一程子呢。那位博士急要去上任，觉得不便耽搁，宁可另雇用人了。他托个女人照看我，交给她一笔钱，我死了就做丧葬费，我病好了就算是伺候他一场的赏钱。

“我知道堂伊尼亚求已经动身到格拉纳达去，假装的病立刻都好了。我起来回掉那位高明的医生，辞退照看我的女人。她把应该还我的钱干没了一半。我在这边串戏，加德丽娜也在她女主人堂娜安娜·德·格娃拉面前弄手段。她说我是个智多星，撺掇女主人用我跑腿当差。那位奶妈太太贪财，常出花样弄钱，正要用到这种角色，就收我做家人，立刻试用了我的本领。她给我的差使要些手段，不是夸口，我办得不错呢。她觉得我很行，我却对她很不满。那太太真小气，我辛辛苦苦替她弄来的好处，她一点儿也不分给我。她按期给工钱，就以为待我很宽了。这样一钱如命，我很不乐意；我是看加德丽娜待我的情分才留下的，不然早走了。我们俩越打越热，后来她正式提出要嫁我了。

“我说：‘且慢，我的宝贝，咱们还不能马上行这个大礼；有个小娘儿抢在你头里了，我自作孽已经跟她结婚，现在得等她死了才行呢。’加德丽娜道：‘去你的吧！我没那么傻，会相信你这套话。你想拿结过婚来哄我，为什么呀？因为你不愿意娶我做老婆，不好意思直说。’我极力分辩，说我讲的话千真万确，也没用处；她把我的真心话当作推托之词，觉得我无礼，对我就改了样儿。我们并没有吵架，不过眼看着交情冷淡下来，彼此只是客客气气、不碰破面子罢了。

“这个当儿,我听说西班牙首相的秘书吉尔·布拉斯·德·山悌良那先生要找个跟班,而且据说这个位子好极了,所以越发合我的心。人家告诉我,山悌良那先生很有本事,是赖玛公爵的红人,前途未可限量;而且他心胸豪爽,替他干事,沾光很多。我不错过机会,忙去见吉尔·布拉斯先生。我一见就喜欢他,他也只看看我的相貌就要我了。我毫不踌躇,辞了奶妈太太上他家。但愿天保佑,他是我末了一个主人了。”

西比翁的身世到此讲完。于是对我道:“山悌良那先生,我现在请求你向两位太太证明:我在你手下,一向是个又忠心又巴结的用人。她们得要你做了证人,才会相信果斯果丽娜的儿子已经品行清白,弃邪归正了。”

我就说:“是啊,两位太太,这点我可以担保。西比翁小时候固然是个地道的流氓,后来改过自新,已经算得用人里的模范了。我对他非但没有责备,还该说多亏了他。我押送到塞哥维亚塔里去的那晚,家里抢得七零八乱,他替我救出一点家当,好好保藏起来,其实他尽管自己拿了也没人过问。他不但照管我的东西,他出于一片交情,不稀罕逍遥自在,宁可跟我有难同当,觉得苦中自有乐趣,所以还赶到监里去陪我坐牢呢。”

第十一卷

第 一 章

吉尔·布拉斯乐极灾生。朝局有变动，
山悌良那再度入朝。

我说过安东妮亚和贝雅德丽斯十分相得，一个做惯依头顺脑的女用人，一个学着做女主人也很乐意。西比翁和我都是很殷勤、很恩爱的丈夫，所以不多时都有做爸爸之喜，她们俩差不多同时怀孕了。贝雅德丽斯生个女儿；过了不多几天，安东妮亚生个儿子，大家都快活得无以复加。我逢到这样喜事，乐不可支，派我书记到瓦朗斯去向都统报信。都统就带着赛拉芬和一位普利果侯爵夫人到李利亚斯来参与两个孩子的洗礼。我已经承他种种厚爱，他还要恩上加恩。这位大爷做了我儿子的干爹，侯爵夫人做了干妈，孩子取名阿尔方斯。都统夫人赏我脸，要结个双重亲家，就和我做了西比翁女儿的干爹妈，替她取名赛拉芬。

我生了儿子，不但田庄上人高兴，李利亚斯的老乡们也庆贺，可见我这一乡之主有了喜事，全乡都跟着快活呢。可是，唉！好景不长，或者干脆说，祸生不测，欢天喜地一霎时变了呼天抢地。这事我二十多年来总撇不开，只怕一辈子也忘不掉。我儿子死了，他妈妈虽然生产顺利，跟脚也去了。我那亲爱的老婆嫁我才十四个月，发一场高烧，就此不起。我当时的伤心，读者诸君如能想象，就自去揣摩吧。我仿佛一下子打闷了，哀痛过深，变成麻木不灵的样子。我这样过了五六天，一点东西都不肯吃，要没有西比翁，我相信不是饿死，准会发疯。我这书记很乖巧，他陪着伤心，就替我解开些；他哄我喝汤也有个窍门儿，他赔上一副苦脸，仿佛不是来延我的命，倒是来添我的恨似的。

这位有情有义的用人写了封信给堂阿尔方斯，把我所遭的伤心事、所处的苦境界，一一告诉。那位大爷是个软心肠，又是个义气朋友，就马上赶到李利亚斯来。我现在回想那次见面，忍不住还要下泪。他拥抱我道："亲爱的山悌良那，我不是来安慰你，我是来陪你哭安东妮亚的；假如司命之神抢了我的赛拉芬去，你也会陪着我哭她。"他真的泪流满面，跟我同声叹气。我虽然悲伤，看到这位爷待我的情分，不由得衷心感动。

堂阿尔方斯和西比翁谈了好久，商量怎样来劝慰我。他们觉得我在李利亚斯处处会想起安东妮亚，应该暂时出门散散心。堂西泽的儿子主张我到瓦朗斯去，我书记一力撺掇，我就答应了。我在田庄实在是触景伤情，所以撇下西比翁夫妇跟都统动身。到了瓦朗斯，堂西泽和他的儿媳妇费尽心思替我解闷，想了种种法儿供我消遣，可是都没用，我一味哀伤，鼓不起兴来。西比翁也尽力来安慰我，常从李利亚斯到瓦朗斯来问候，见我宽怀了些，回去就高高兴兴，否则就闷闷不乐。我瞧出他这样，很觉喜欢；我感激他流露的这片真情，自幸有这么个知痛着痒的用人。

一天早上，他到我房里来，神色异常，说道："先生，城里传开了个消息，干系着全国呢。据说斐利普三世驾崩，王太子即位。还说红衣大主教赖玛公爵已经垮台，连上朝都不准了；现任首相是奥利法瑞斯伯爵堂加斯巴·德·古斯曼。①”我听了不知怎么的心里一动。西比翁瞧出来了,问我是不是关怀朝里的新局面。我道:“哎,你要我关怀什么呀,我的孩子。我已经离开朝廷,当然对朝里的翻覆都漠不关心了。”

果斯果丽娜的儿子道:“你才这点年纪,也太看破世情了。换了我就有个好奇的心愿。”我打断他道:“什么心愿呢?”他道:“嗨!我要跑到马德里去见见小万岁爷,瞧他可记得我。这个愿我是要了的。”我道:“我懂你的意思,你要我再上朝碰碰运气,换句话说,要我再变成个专想发财做官的家伙。”西比翁答道:“怎么见得你上了朝廷又要没品行呢?你对自己的修养还可以拿得稳些呀。我就保得住你。你失意以后已经看破朝里的富贵,再不怕什么危险。这片海上的暗礁你都有数,放胆开船就是了。”我笑道:“你这甜言蜜语的家伙,别多说了,你瞧我过着清闲日子,你不耐烦了吗?我的心身安泰,想不到你竟毫不在意。”

我们讲到这里,堂西泽和他儿子来了。他们说王上驾崩和赖玛公爵失势两项消息都确,还说这位大臣请求退居罗马,没有批准,奉命要回到他的侯爵封邑德尼亚去。于是他们俩仿佛跟我书记串通一气的,以为我认得新王上,而且我替他效的劳是贵人们都愿意犒赏的,所以也劝我到马德里朝上去露露脸。堂阿尔方斯说:“我想他准会谢你。他做王太子的时候欠的债,现在做了斐利普四世当然要偿还的。”堂西泽道:“我也这样心血来潮,觉得山悌良那这番入朝,准有机缘会身居要职。”

---

① 据正史,赖玛公爵垮台后,继任首相的,先是于才德公爵,然后才是奥利法瑞斯伯爵。本卷第八章所说就与正史符合。

我说道:“两位大爷,你们这话真是没仔细想想。听你们说来,仿佛我只要跑到马德里,就会有金钥匙①到手,或者就会做什么封疆大员,你们可错了。我看来不然,即使我挨在王上面前,我拿定他不会留意到我。你们真要我去试试,我不妨去一趟,免得你们痴心妄想。”两位李华大爷捉住了我这句话,我少不得答应他们立刻动身上马德里。我书记瞧我决计出行,顿时快乐得不得了。他以为我只要身到御前,新万岁爷就马上会在人堆里认出我来,把说不尽的高官厚禄叫我承当。他做着好梦,把我抬到了国家元勋的地位,自己也乘势步步高升。

堂西泽和他儿子以为我马上会蒙至尊垂青,我准备再度入朝不过是顺着他们,并非求什么遇合。其实我心底里也有点好奇,想瞧瞧这位青年王上是否记得我这个人。我并没什么指望,也不想在新王朝上谋什么好处,只是给这一点好奇心引动了,就和西比翁取道上马德里。贝雅德丽斯很能干,田庄由她照管。

第　二　章

吉尔·布拉斯到马德里,在朝上露脸,王上记得他,荐给首相,后事如何。

堂阿尔方斯给我们两匹好马,可以尽快赶路,我们不出八天

① 西班牙职位显要的大臣,腰悬金钥匙,可出入皇帝卧室。

就到马德里。我们在旧房东文森·佛瑞罗的客寓里住下,他和我重逢也很高兴。

这人自以为朝野消息无所不知,我就向他打听新闻。他答道:“事情多得很呢。斐利普三世归天以后,红衣大主教赖玛公爵的党羽想保住他大人的地盘,大忙一阵,可是白费心机,都斗不过奥利法瑞斯伯爵。人家以为朝局这番变动对国家不会有害处;新首相雄才大略,全世界都治理得下。但愿靠天保佑吧!”接着道:“有一头是没什么说的,老百姓觉得他本领通天呢。究竟撤换了赖玛公爵是好是坏,咱们往后瞧吧。”佛瑞罗讲动了头,又把奥利法瑞斯伯爵执政以来朝上的变动一一告诉我。

我到马德里两天之后,下午进王宫,守在王上到书房去的过道上。他瞧也没瞧我。第二天我又去守在老地方,还是不凑巧。第三天他走过瞥了我一眼,可是好像一点也没留心到我这个人。于是我打定主意,对身边的西比翁道:“你瞧,王上并不记得我,或许记得,可是不高兴理会我。我想咱们还是回瓦朗斯好。”我的书记道:“别那么急呀,先生!朝廷上的事得捺定性子才行,这还用对你说吗?你总要让王上常常照面;你老挨在他眼前,他少不得把你仔细瞧瞧,就会记起加德丽娜美人的牵线来了。”

免得西比翁后来怪我,我乖乖地照这样守了三星期,居然一天万岁爷觉得我脸熟,召我晋见。我进了他书房,和皇上相对,不免惶悚。他问道:“你是谁?我瞧你脸熟,不知是哪儿见过的。”我战战兢兢答道:“万岁爷,一次晚上您赏脸叫勒莫斯伯爵和我陪着到……”皇上打断我道:“啊!我想起来了,你是赖玛公爵的书记,你好像叫山悌良那吧?我记得那回你为我很卖力,辛苦一场,却吃了大亏。你不是为那事坐了牢吗?”我答道:“是啊，万岁爷，我在塞哥维亚塔里关了六个月，靠您恩典出来的。”他道：“那还不够报答山悌良那，放他出狱不算什么，他为我受罪，我应该补偿。”

话刚说完，奥利法瑞斯伯爵来了。得宠的人总觉得谁都碍着道儿，他看见里面有个陌生人就奇怪，后来听了皇上的话，越发诧异。皇上说：“伯爵，我把这年轻人交给你吧，安插他个位子，托你留心提拔。”那大臣做出奉命惟谨的样儿，一面把我脚上看到头上，满腹狐疑，不知我是谁。万岁爷挥手叫我出去，说道：“去吧，朋友，伯爵准会好好安插你，让你替我出力，你自己也得些好处。”

我连忙出来，找着了果斯果丽娜的儿子，他正像热锅上的蚂蚁，急要知道王上跟我说了些什么话。他见我满面得色，就说：“要是我眼睛没昏花，看来咱们不用回瓦朗斯，要留在朝里了！”我答道：“大概要留下了。”一面就把万岁爷跟我谈的几句话一字不改地告诉他。他听得乐极了，兴头上说道：“亲爱的主人，你下回还不信我的预言吗？我撺掇你到马德里来，你现在可不怨我了吧？我仿佛已经瞧见你做大官了。你准可以在奥利法瑞斯伯爵手下做到加尔德隆的地位。”我打断他道：“我倒一点没有这个想头，那地位仿佛四围都是悬崖绝壁，我不贪图。我要的好差使，该是那种没法营私舞弊、把王恩换臭钱的才行。我从前那样仗势胡为，现在更得小心检点，别再让功名利禄熏了心。”我的书记道：“好，那位大臣准会给你个好位置，不妨碍你做正人君子的。”

我听说，奥利法瑞斯伯爵不分冬夏，每天清早总是在蜡烛光下见客；我原想去瞧瞧，西比翁却比我还急，催得我第二天就上门求见。我悄悄在客厅一边等着,伯爵出来我就把他看了个饱,因为那天在王上书房里没瞧仔细。他是高高的身材,在这个满眼尽是瘦人的国里,可算个胖的了。他扛着肩膀,尽管不是驼背,看着像驼的,脑袋非常大,低垂胸前,头发又黑又直,一张长脸,皮色青黄,嘴往里凹,尖尖的下巴颏儿往上翘。

这副嘴脸不会漂亮,不过我以为他是要照应我的,所以有点偏护,觉得他并不难看。说真话,他对来客都和颜悦色,总客客气气接受呈文,这就抵得过天生好模样了。可是轮到我上去行礼通名,他却对我恶狠狠瞪了一眼,理都不屑理会,就转身回书房去。于是我觉得这位贵人丑极了,其实他生相还不至于那样。我受了这般怠慢,出来时呆瞪瞪的莫名其妙。

西比翁在门口等着,我见了他说道:"你可知道人家怎么样接见我的?"他道:"我不知道,可是一猜就猜出来。那位大臣要紧奉行王上的旨意,准给了你一个重要的职位。"我答道:"才没那事儿。"我就把接见的情形告诉他。他听得很留神,说道:"真奇怪!伯爵一定把你忘了,或者把你当了别人。我劝你再去见见,他一定不会再那样简慢你。"我听了我书记的话,第二回又去求见。他比上次还不客气,瞪着我直皱眉,仿佛见我就讨厌似的;于是他正眼都不瞧我,一句话也没跟我说就进去了。

这种举动惹得我火了,想马上回瓦朗斯去;可是西比翁还不死心,一力反对。我说:"你没瞧出来吗?伯爵不要我待在朝上。万岁爷明说要照应我,这就招了权臣的忌了。朋友啊,这个冤家可了不得,咱们自己识趣,别去跟他拼。"他气不过奥利法瑞斯伯爵,答道:"先生,我可不那么好说话。他那样无礼,我要跟他理论的。我告御状去,说这位大臣把王上的推荐不当一回事儿。"我道:"朋友啊,这主意不妥当,我要是冒冒失失做出来,马上会后悔。说不定我逗留在这城里都有危险。”

我书记听了这话,细细一想,我们的对手真有本事叫我们再进塞哥维亚塔,也就害怕起来。我急要离开马德里,决计过一天动身,他也不再拦阻。

第　三　章

吉尔·布拉斯决计离朝,又因事中止;
若瑟夫·那华罗帮他个大忙。

我回客寓去,路上碰见老友若瑟夫·那华罗,就是堂巴尔塔札·德·苏尼加的管家。我一时没了主意,不知该假装没看见呢,还是迎上去赔个不是,求他原谅。我决计用第二个办法。我向那华罗行个礼,客客气气开言道:“你记得我吗? 还肯理会这忘恩负义的混蛋吗?”他答道:“你原来也知道有点儿对不住我?”我道:“是啊,你可以理直气壮地痛骂我一顿,我是该骂,不过我事后的懊悔也许可以抵罪了。”那华罗拥抱我道:“你既然懊悔,我也不应该再放在心上。”我也抱住若瑟夫,两人又像当初那样要好了。

他知道我进监牢一败涂地,不过还不晓得以后的事。我一一告诉他,把王上跟我谈的话也说了,连方才在大臣家受怠慢、这会子打算下乡隐居等等都老实讲出来。他道:“你千万别走。

万岁爷说了要照应你，绝不会白说。我跟你私底下讲讲，奥利法瑞斯伯爵脾气有点儿特别，这位爷常叫人捉摸不定，有时候，就像你这回吧，他的行径叫人受不了，究竟那样古里古怪算什么意思，只有他自己知道。可是你别管他为什么对你无礼，只死钉在这儿别动，王上要对你施恩，他拦阻不了，这点我能担保的。我主人堂巴尔塔札·德·苏尼加大爷是奥利法瑞斯伯爵的舅舅，两人同掌朝政。我今儿晚上可以把这事跟他谈谈。”那华罗说完，要了我的住址，就和我们分手。

他没叫我多等，第二天就来找我，说道：“山悌良那先生，你有个靠山了，我主人肯帮你的忙；他听了我称扬你先生的话，答应在他外甥奥利法瑞斯伯爵面前替你打打边鼓，我相信伯爵准会觉得你不错，我敢写保票的。”我的朋友那华罗好人做到底，过两天带我去见堂巴尔塔札。这位大爷很客气，对我说：“山悌良那先生，我听了你朋友约瑟夫把你那样称赞，想帮你一把。”我对苏尼加大爷深深一鞠躬，说我久闻他大人是“枢廷之光”，真是名不虚传，我能蒙这样一位大臣栽培，一辈子要衷心感激那华罗的。堂巴尔塔札听了我恭维，笑着拍拍我肩膀道：“你明天可以再去见见奥利法瑞斯伯爵，他不会再像从前那样待你。”

我又第三次去见首相。他在人堆里看见我，含笑瞥了我一眼，我觉得是个好兆。我心想，这回好了，舅舅点拨得外甥通情达理了。我想他准殷勤接见，果然。伯爵见完客，召我到书房里，一点不拿身份，说道：“山悌良那朋友！我开个玩笑，害你受窘了，可别见怪。我要试试你是否明哲保身，要瞧你假如生了气会怎么个行径，所以惹着你玩儿的。你准以为我讨厌你，可是并不然,朋友,我老实告诉你,你这人正中我意。真的,山悌良那,我喜欢你,就算王上没叫我提拔,我自己也要提拔的。况且我舅舅堂巴尔塔札·德·苏尼加也有意栽培你,托我照应;我对他言听计从,单凭他这句话,我就一定重用你。”

他开口这段话说得我衷心铭感,不知所对。我跪在那大臣脚下,他扶我起来,说道:“你下午再来找我的总管,他会传我的话。”他大人说完就出去望弥撒,他每天见完客照例如此,然后就到御榻前去伺候王上起床。

第 四 章

吉尔·布拉斯在奥利法瑞斯伯爵手下得宠。

我下午到首相府找总管,这人叫堂瑞蒙·加玻利斯。我通了姓名,他立刻恭恭敬敬行礼道:“大爷,请你跟我来;这里有几间房派给你的,我带你去。”他说完就领我上一座小楼梯,上面一套五六间房,都在二层楼的侧厢里,陈设很简朴。他道:“这是我们大人给你的住房,你可以开六份饭食,归他出账。你有他家用人伺候,此外又专为你备了一辆马车。还有,他大人着着实实叮嘱我把你当古斯曼家的人一般看待,不得怠慢。”

我心上转念:“这是什么道理?这样另眼相看是怎么回事儿?那大臣十分赏脸是作弄我吗?又在开玩笑吗?我怀疑他正是如此,因为他究竟是西班牙一国的首相,何必这般待承我呢?"我正疑疑惑惑,又是害怕,又有希冀,只见个小僮儿来说,伯爵召见。我马上赶去,他大人独在书房里。他说:"好,山悌良那,你瞧见你那套房间了,听见我吩咐堂瑞蒙的话了,你称心吗?"我答道:"您大人的恩典,我真当不起,实在惶恐。"他道:"何必呢?你这人是王上交托给我、吩咐我照应的,我还不该尽力抬举吗?这是理所当然,我抬举你不过是尽本分罢了。往后我对你的照拂不足为奇;你对我要是也像对赖玛公爵那样死心塌地,前途的富贵可以千拿万稳。"

他接下道:"提起这位爷,据说跟你不拘形迹。我很想知道你们怎样认识的,那位大臣叫你干些什么事。你不要遮遮掩掩,得老实告诉我。"我就想起赖玛公爵也给过我这道难题,我取个巧没给难倒,这回又照样应付,很有效验。换句话说,我把不雅的地方说得好听些,不甚体面的事轻描淡写。我要是对赖玛公爵嘴舌不留情,也许说来更中听,但是我也替他遮盖。至于堂罗德利克·德·卡尔德隆,我就一点也不饶他了。我把他卖官鬻爵的一注注好生意,尽我所知,和盘托出。

奥利法瑞斯伯爵打断我道:"有人对我投状子告卡尔德隆,你讲的跟他们告的正合拍,状子上有几条大罪状,情节还要严重呢。这事就要付公诉了,你如果要借这件事搅他个完蛋,准可以如愿。"我说道:"尽管他害我在塞哥维亚塔里关了好一程子,非干掉我不甘心,我倒并不要他的命。"首相大人诧异道:"怎么?害你坐牢的是堂罗德利克吗?我可不知道。堂巴尔塔札从那华罗那儿听了你这桩事来告诉我,明明说先王为你晚上带王太子到下流地方去,所以罚你坐牢。别的我不知道,我倒想不出卡尔德隆在这出戏里串什么角儿。"我答道:"串的是个恩客,给人家剪了边想报仇。”我就把那事一五一十讲给他听,他觉得非常有趣,虽然道貌岸然,也忍不住好笑,竟笑得涕泗交流。他觉得加德丽娜一会儿串外甥女、一会儿串孙女,妙不可言,赖玛公爵在这出戏里插一手也很滑稽。

伯爵等我讲完,说过一天有事烦我,就打发我出来。我要谢谢堂巴尔塔札帮忙,还要把刚才首相跟我谈的话以及他大人对我的赏识告诉我的朋友若瑟夫,所以立刻就赶到苏尼加家去。

第 五 章

吉尔·布拉斯和那华罗密谈;奥利法瑞斯伯爵委他办的第一桩事。

我一见若瑟夫,忙说有好些事要告诉他。他带我到个背人的地方,我一一讲完,问他以为如何。他道:“我瞧你就要飞黄腾达了。你一切顺手,你已经赢得首相的欢心。当初你进格拉纳达大主教府,我舅舅梅尔希华·德·拉·洪达帮过你点忙,现在我可以照样帮你一下,这也对你不无小补。他把大主教和府里几个大管事的性格儿一一告诉你,免了你费心揣摩;我也想学样,让你明白伯爵和他夫人以及他们独养女儿堂娜玛利亚·德·古斯曼是什么样的人。

“先从那位大臣说起吧。他心思敏锐,能策划大事。他对各种学问都知道些皮毛,自负无所不通,件件内行:又是渊博的法学家，又是大将，又是老谋深算的政治家。而且他非常固执，总不肯听别人的话，惟恐人家以为他认输。咱们偷偷儿说说吧，这毛病会闹出乱子来的，但愿天保佑咱们国家别遭殃！我还告诉你，他口才很好，在内阁出尽风头。他笔下也不弱，不过他极力要文章写得庄严，就弄得晦涩不自然了。他心思很怪，我记得跟你说过，他喜怒无常，很难捉摸。他的才气、性格，我都说了，再讲讲他的心肠吧。他很豪爽，也够朋友。有人说他睚眦必报，可是哪有西班牙人不这样的呢？还有人说，于才德公爵和路易·阿利阿加神父对他大有帮助，他把两人放逐出去，足见忘恩负义。这事更不能怪他了，要做首相，就顾不得恩义。

“奥利法瑞斯伯爵夫人名叫堂娜阿妮丝·德·苏尼加·艾·维拉斯果。我只知道她一个毛病：若要托她求情，一分情就要一分金子。堂娜玛利亚·德·古斯曼是一位多才多艺的小姐、她爸爸的掌上明珠；不用说，她是当今西班牙第一个好配偶。你就按着这个谱儿行事吧。好好儿趋奉夫人小姐；对奥利法瑞斯伯爵呢，要比你进塞哥维亚塔之前对赖玛公爵还显得忠心，这样一来，你准会大富大贵。

“我还劝你常到我主人堂巴尔塔札门上来走走，以后你尽管不靠他提拔，也不要冷了他。他觉得你不错，该保住他始终器重你、喜欢你，说不定还有用到他的地方呢。”我道：“他们舅甥俩同掌朝政，彼此不猜忌吗？”他答道：“不，他们倒是融洽得很。奥利法瑞斯伯爵要没有堂巴尔塔札，恐怕做不到首相的地位。斐利普三世归天以后，山多华尔一族①的党羽大忙一通，有的帮

① 就是赖玛公爵的一族。

红衣大主教,有的帮他儿子。可是朝臣里论手段,数我主人第一,伯爵也不相上下。他们俩破了那些人的计策,施展神机妙算,拿稳首相一席,对手都落了下风。奥利法瑞斯伯爵做了首相,就和他舅舅堂巴尔塔札同揽大权,外交归舅舅管,自己专理内政。两位爷原是至亲,这来就越发密切了,两人各当一面,却相安相得,我看来不会有什么变故的。”

我听了若瑟夫这样一席话,决计领教。我又去谢苏尼加大爷出力扶助。他很客气地说,有机缘总会照拂,他外甥称了我的心,他也很高兴;又说,他还要在外甥前面替我吹嘘,这句话至少可见他对我的关切,我的靠山不止一座,竟有两座。堂巴尔塔札看那华罗分上,存心要提拔我呢。

我当晚从旅馆搬进首相府,就和西比翁在我的房里吃晚饭。我们的神情煞是好看。吃饭的时候有府里用人伺候,我们绷着脸,神气活现,那些用人奉命向我们足恭尽礼,大概肚里正在暗笑。他们撤了家伙下去,我那位书记松了口气,一团高兴,无穷希望,说了一大泡傻话。我虽然自知要飞黄腾达,也很欣喜,但是还把持得住,一点没有昏了头,所以上了床并不胡思乱想,睡得很安静。西比翁却野心勃勃,睡都睡不稳,大半夜工夫只在盘算怎样积了钱嫁他的女儿赛拉芬。

第二天早上我还没穿好衣裳,首相大人就派人来叫了。我连忙赶去,他说:“哎,山悌良那,咱们来瞧瞧,你能做些什么事。你不是说从前替赖玛公爵写报告书吗,我有一篇要你试试。我把里面的话讲一讲,你留心听着。我要做篇文章赢得百姓拥戴我执政。我已经暗里散播流言,说国事一团糟;现在我就要让朝野臣民瞧瞧,国事糟到什么田地。你得把那情形描摹得惊心动魄,免得人家对我的前任还有怀念。然后你就把我的措施大吹一顿,那些措施无非要当今这一朝辉煌显赫、国富民欢。”

首相大人说完,就把前任首相祸国殃民的一篇账交在我手里。我记得共有十款,里面最轻的项目也可以吓坏西班牙的好子民。于是他领我到他书房旁边一间小书房里,让我自去做文章。我就尽心竭力做这篇告国人书。我开头儿先说国内情形如何腐败:府库空虚,公款饱了私囊,海军完全垮了。我接着指出前朝大臣种种误事,如何贻害。末了,我又形容国事如何危急,把前任首相痛加责备。照我那篇告国人书,赖玛公爵下台竟是西班牙的大幸。说老实话,我虽然跟那位爷无怨无仇,可是我照应了他这一下,心里并不愧怍。人情原是这样的!

长话短说,我把西班牙当前的忧患形容得骇人听闻,然后又替大家压惊,花言巧语,叫人人心目间有个美满的前途。因此我代替奥利法瑞斯伯爵说的话,那口气仿佛他是天降给西班牙的救星,向百姓把天都许下了半边。总而言之,我完全迎合新首相的意思。他看完那篇东西,满面惊异,说道:“山悌良那,你会写这样的告国人书,我真想不到。你知道,这篇文章就算是内务部长的手笔,也充得过呢。怪不得赖玛公爵要用你这支笔了。你笔下又简又雅,还嫌不够雕琢。”他指出几处不合他脾胃,亲笔修改,我看他改笔,知道那华罗说得不错,他喜欢用晦涩不自然的字眼。他虽然要把文章做得庄严,或者竟可说是爱矫揉做作,也只改掉我三分之一。饭后堂瑞蒙奉命送来三百比斯多,聊表爵爷对那篇告国人书的赏识。

第六章

吉尔·布拉斯得了三百比斯多的用途，
他托西比翁的事；那篇告国人书很见效。

那位大臣的恩典少不得又叫西比翁得意，说我幸亏到了朝上来。他说："瞧，你先生鸿运高照呢。你现在还后悔出山吗？天保佑奥利法瑞斯伯爵长命百岁！这位东家跟他前任完全不同。你对赖玛公爵一片忠心，他随你熬穷挨饿了好几个月，一个比斯多也没给。你伺候伯爵没有多久，还不敢有什么希冀，他倒已经赏了你这一笔外快了。"

他又道："我真希望两位李华大爷能看见你得意，至少能知道你得意。"我答道："是该送个信去了，我正要跟你讲这句话。他们准在心焦，等着我的消息。我要等事情有了把握，说得定留不留在朝里，再去告诉他们。现在我事情牢靠了，随你几时到瓦朗斯去一趟，把我现在的情形告诉那两位爷。这都是他们一手造成的，要不是他们撺掇，我绝不会打定主意到马德里来。"果斯果丽娜的儿子说道："既然如此，我马上就把你现在的情形去报告堂西泽和堂阿尔方斯。他们知道了你的遭遇，不知多乐呢！我恨不得这会子已经到瓦朗斯城门口了！不过我不多几天就会赶到。堂阿尔方斯的两匹马随时可以上路。我想带个首相府的用人同走，一来路上有个伴儿，二来呢，你知道，首相府的号衣可以耀花人家的眼睛。”

我忍不住笑我书记死爱面子,但是我大概比他有过无不及,竟随着他干去。我说:“你去吧,早早回来,我还有件事要你办呢。我要你到阿斯杜利亚去送些钱给我妈妈。上回说定按期送她一百比斯多,你答应亲自送去的;我没放在心上,都过了期了。做儿子的得把这种话当天经地义一般小心遵守,不应该这样马虎。”西比翁答道:“先生,你说得不错,我也不好,没来提醒你。可是你别急,不出六星期,我准替你办妥这两个差使;我去见两位李华大爷,还到你庄上瞧瞧,再回奥维多去走一遭。我想起那个地方,就要把奥维多人十停里八停半咒骂个死!”我数了一百比斯多交给果斯果丽娜的儿子,那是我年常孝敬妈妈的钱;另又给他一百比斯多,让他出远门不用自掏腰包。

他走了几天以后,首相大人把我们的告国人书付印,一经流传,立刻变了马德里城里的谈资。百姓喜欢新奇,看了这篇东西很中意;上面描写国穷财尽,有声有色,激得他们对赖玛公爵怨恨起来。文章里对那位大臣放的箭,虽然并未博得齐声喝彩,至少不乏附和的人。至于奥利法瑞斯伯爵许下的那些宏愿,尤其是开源节流、不累及人民那一项,哄得全国人人欢喜。他们本来佩服伯爵识见高明,这番觉得没有看错人,所以满城一片声的赞扬伯爵。

这位大臣做这篇告国人书,无非要得民心,一看心愿已偿,不胜欣喜,就想做一件于王上也有利的善政,不辜负百姓爱戴。因此他效法加尔巴皇帝①,逼着那些中饱了公款发财的人把钱

① 公元前三世纪古罗马暴君,贪吝残酷,即位后把前朝的俸赏完全裁除,军官的薪给一概停发。见史威东《十二大帝传及各人传》第七卷第十二、十五、十六章(见“勒勃古典丛书”本第二册第210—217页)。

吐出来。他把那些吸血虫吸得的膏血挤还国库,填满了亏空;还想常保富裕,就要把恩俸恩赏一概裁掉,连自己的恩俸也在内。这办法要行得通,势必把政府面目更新,所以他又叫我写篇呈文。他讲明里面说些什么,怎样措辞。他还叮嘱说,文字别像我往常那样平易,务必力求高卓,词句该堂皇些。我答道:“行,准照您大人的意思,写得高华灿烂。”我关在上回做告国人书的那间书房里,默祷上天把格拉纳达大主教的生花妙笔借我一用,于是动手写起来。

我开头说:国库的钱,应该搁着不动,备国家万一急需,这笔钱仿佛是谨守勿失的法物,要留着为威震敌国之用。这呈文是上给万岁爷的,我指出恩俸恩赏都侵蚀到经常收入,裁掉了依然有办法论功行赏,不必动用府库也可以厚酬重赐。有的人可以赏总督、都统、爵士勋章或一般的武职;有的可赏封邑、封邑上的出息,或是地方官职和爵位;至于那些教士呢,可以把各种教区里的俸禄赏给他们。

这篇呈文比前一篇告国人书长得多,我费了差不多三天工夫,幸喜倒做得合东家脾胃。他一看文章花团锦簇,把我称赞个不了。他指出我铺张夸饰的几处道:“这里写得很好,这才是措辞得当。好! 我的朋友,看来我准要大大的借重你呢!”他虽然满口称赞,还是笔削了一番,添上许多话,做成一篇绝妙好文章。王上和满朝大臣看了大为钦佩。百姓也很称赏,觉得前途有望,有这样一位大人物执政,本国准会重光再造。首相大人一看这篇文章替他大挣面子,要谢我出力,赏了我一个加斯狄尔的封邑,每年有五百艾古的出息。我觉得这是我规规矩矩赚来的,虽然得之容易,来路却正大光明,所以越发喜欢。

第 七 章

吉尔·布拉斯偶然在一处重逢老友法布利斯;
法布利斯的景况,两人谈的话。

首相最爱打听马德里人对他掌权施政的舆论。他天天问我外面说他什么话,甚至出钱雇人当探子,把城里动静一一上报。他们听了片言只语,都来告诉。百姓的嘴没遮拦,说话不留情面,那些人奉命据实呈报,有时弄得首相大人很难堪。

我看出伯爵爱听外间的议论,所以常在午后到公共场所去,碰到上等人,就跟他们攀谈。他们每谈到政府,我总全神贯注地听,要是有话值得回报首相大人,我一定去回报。我得说明一句:人家骂他的话,我可一字不提。我觉得对他那种性格儿,只可以如此。

一天,我从那类地方出来,路过一个慈惠院,就想进去瞧瞧。我走过两三个躺满病人的房间,一路东张西望。我瞧着这群可怜虫,心里恻然。忽然里面有个脸很惹眼,好像是我同乡老友法布利斯。我到那床前细细一看,分明是诗人尼聂斯。我瞪眼瞧着他不说话。他也认出我来了,也瞪着眼看我。后来我开口道:“我眼睛没花吗?真会在这儿碰见法布利斯吗?”他冷冷地说道:“正是他呀,你不用大惊小怪。我跟你分手以后,一直充作家。我写过小说、喜剧,各种作品。我青云得路,走进了慈惠院。”

我听了这话，尤其看他说得那么一本正经，忍不住笑了。我说：“嗨，怎么的！文艺女神把你送到这地方来了！真是恶作剧。”他道：“你瞧，这里常常是才子退隐的地方。朋友啊，你很好，没走我这条路。不过你仿佛已经不在朝里，你的光景也跟从前不同了，我记得还听说王上有旨意把你关在牢里呢。”我答道：“的确有这事。咱们分手的时候，我还一帆风顺，不久就走了背运，家当给人家抢光，自己入了监牢。不过，朋友，云开日出，我现在比你见我的时候越加得意了！”尼聂斯道：“不见得吧，你样子谦恭持重，并没有得意场中那副骄矜之气。”我答道：“我失意之后，养得炉火纯青；经了忧患，长了见识，发财也不会昏头了。”

法布利斯一股劲儿地坐起来，打断我道：“告诉我，你到底得了什么差使？现在干些什么？是不是在败落的贵人手下或有钱的寡妇家里当总管？”我答道：“我的事还要好。这会子别多问了，我下回告诉你听。眼下我只有一句话：你要是能够答应我从此不吟诗作文，我可以帮你个忙，或者竟可以叫你下半世衣食无忧。你许得下这么个大愿吗？”他道：“我重病刚好，病中已经对天许下这个愿。有位圣多明我会的修士劝过我，他以为作诗这玩意儿虽然不是犯罪的勾当，至少引人走上迷途，不去修身向善。我听了他的话，已经绝笔不作诗了。”

我答道：“恭喜你，亲爱的尼聂斯，你这来好极了，朋友，不过留心别故态复萌。”他斩钉截铁道：“啊！绝不会！我打定主意把那些文艺女神都抛弃了。你进来的时候，我正在作诗向她们诀别。”我摇头道：“法布利斯先生，你说绝笔不作诗，那圣多明我会的修士和我也许还不该信以为真,我觉得你对那几位有才有学的姑娘痴情得很呢!”他答道:“不,不,我早已跟她们一刀两断。不但如此,我对读者也厌恨,我恨得有理。作家把东西献给他们看,真是冤枉。我要是有东西会投合他们,我才不愿意!”他接着道:“别以为我说这话是赌气,我心平气和着呢。他们赞也罢,骂也罢,我全不当一回事。他们要捧谁,要倒谁,你猜不准;他们一天一个样儿,心里没有主见。戏剧家写了卖座的戏自鸣得意,真是傻透了!新戏上演,尽管轰动一时,等到剧本出版,还想走红就很难,要是二十年以后再上演,大都很不吃香了。这一代批评上一代的眼力,下一代又翻这一代的定案。我一向留心到这点,可见现在的红作家该等着将来挨骂。小说和各种有趣的流行书籍都是如此。尽管一上来你称我赞,渐渐的人家就瞧不起了。所以靠作品风行挣来的名望不过是空花幻影,仿佛稻草烧出来的火,一会儿就烟消焰灭了。”

我明知这位阿斯杜利亚诗人在发牢骚,不过我假装没瞧透,说道:“你才子做得腻了,吟诗作文的疯病断了根,可喜可喜。我保管立刻替你找到事,你不用大展奇才就可以发财。”他道:“再好没有了!说到才情,我就心里作呕。我现在看来,那是天生最害人的东西了。”我道:“亲爱的法布利斯,我但愿你不要变心。我再跟你说一遍:只要你咬紧牙关不作诗,我马上替你弄到个又体面又赚钱的事。”我一面拿出钱袋,里面有六十个比斯多,我送给他道:“你且等我替你找起事来,咱们老朋友,这点小意思你收了吧。”

尼聂斯理发师的儿子感喜交集,说道:“啊,朋友,你好慷慨！我真要感谢上天，叫你跑进这慈惠院来。承你这点情，我今天就可以出院了！”他果然就搬到个客寓里。我和他分手以前，把住址告诉他，请他病好就来看我。他听说我住在奥利法瑞斯伯爵府上，顿时满面惊诧，说道：“啊呀，吉尔·布拉斯！你多福气啊！命里注定你会讨大臣喜欢。你交了好运，携带旁人沾光，所以我也替你高兴呢。”

第八章

吉尔·布拉斯日益得主人宠爱。西比翁返回马德里，把一路上的事回报山悌良那。

奥利法瑞斯伯爵以后该称伯爵兼公爵了，因为这时候蒙王上开恩，又加了他一个爵位。他一味要得人心；我瞧破他这个毛病，很占便宜。他觉得谁真心相向，就引为亲信。我既然看到这点，决不放松。他有什么吩咐，我不但好好儿去办，还做出一副巴结的样子，使他喜欢。我留心他各种嗜好，以便迎合，尽力先意承旨。

这样干来，差不多总对劲儿。我渐渐成了主人的宠信。我也有他那毛病；他对我拿出真心来，我也就死心塌地地向着他。我巴结得他非常喜欢，竟和他的一等秘书加那侯先生一样蒙他信任。

加那侯讨好首相大人的办法和我一模一样；他得宠极了，竟参与内阁的机要。这秘书跟我是首相的两个心腹，都是替他办机要事儿的。不过有一点不同，他跟加那侯只谈公事，跟我只谈私事，因此我们俩是所谓各自为政，各得其所。我们俩共事，彼此无恩无怨。我那位子实在不错，我常有机会追随爵爷，在他左右，看得透他的心。他生来城府很深，但是知道我赤心向他，也就对我没有隐瞒了。

有一天他对我说："山悌良那，你见过赖玛公爵当权，他竟不像得宠的大臣，倒像个专制皇帝。不过他最得势的时候还不如我称心。他有两个劲敌：一个是自己的儿子于才德公爵，一个是听斐利普三世忏悔的神父①。我现在不然；王上左右没人有资格谗言中伤我，我也不猜疑谁对我心怀不忿。"

他接着道："我初上台当首相，的确很留心，王上左右安插的都是我的亲戚朋友。我要一身独被皇恩，朝里大臣谁有些本事，会分我的宠，我就派他做总督呀，大使呀，一个个打发出去。所以我可以说，眼下没有一位权贵碍着我的道儿。你瞧，吉尔·布拉斯，我把心都掏出来了。我看准你对我一片赤诚，所以选你做个心腹。你很聪明，我想你也持重懂事，谨慎小心；总而言之，照理一个伶俐人会办的各种差使，我瞧你都很来得。"

我听了这话，把持不住，又动了希冀之心，顿时梦想升官发财，万念攻心，自以为已经克制下去的念头又怦怦大动起来。我对首相说，一定悉心尽力，听他调度，他以为可以委我办的事，我绝不踌躇，一切从命。

我又要祈求时运做美了。这个当儿，西比翁出远门回来。

① 指阿利阿加神父。

他说:“我没多少话回报。我把王上记起了你如何接见以及奥利法瑞斯伯爵怎样相待告诉两位李华大爷,他们很高兴。”

我打断西比翁道:“朋友,你要是能把我如今在首相大人身边的地位告诉他们,他们还要喜欢呢!真是奇事,你出门之后,我飞快地蒙他大人日见亲信了。”他答道:“谢天照应,亲爱的主人,我早觉得咱们前途好着呢。”

我道:“这话不说了,且讲讲奥维多吧。你到阿斯杜利亚去过了,我妈妈怎么样?”他立刻换上一副愁容道:“啊,先生,那边的消息可凄惨得很。”我道:“天啊,准是我妈妈没了!”我书记道:“那位老太太是六个月以前去世的,你舅舅吉尔·贝瑞斯先生也不在了。”

小孩子必须妈妈抚爱,大来才会有孝思。我妈妈从没有那样待我,不过她死了我也很悲伤。我承大司铎老好人栽培,我为他流泪也是理所当然。说老实话,我的悲痛一会儿就淡下去,变而为忆念之情了;我对我的几位亲人是终生忆念的。

第　九　章

爵爷嫁他的独养女儿,嫁个什么人;

这重姻缘的凄凉结局。

果斯果丽娜的儿子回来没有几天,忽然爵爷一连八天只管默默寻思。我以为他策划什么大政变,可是他只在想他的家务。

一天下午，他对我说道："吉尔·布拉斯，你准看出我心事重重。是的，孩子，我在想件事，这事不了，我一辈子不得安心。我很想讲给你听听。

"我女儿堂娜玛利亚已经成年，许多王孙公子抢着要娶她。其中两人看来资格最好：一个尼艾布雷斯伯爵，是古斯曼族长、梅狄那·西董尼亚公爵的长子；一个堂路易·德·阿罗是加比欧侯爵的长子，他妈妈就是我姐姐。这一位人才出众，朝上都拿定我选中他做女婿了。我且不说为什么我对他和尼艾布雷斯伯爵都不中意，只说我赏识的是多拉尔侯爵堂拉米尔·尼聂斯·德·古斯曼，阿布拉多斯的古斯曼一支以他为长。我全部财产准备传给这位公子和他娶了我女儿生下的子女；奥利法瑞斯伯爵的爵位、将来还有我这个大公的爵位都归他们承袭。这样一来，阿布拉多斯和奥利法瑞斯两支所出的我那些外孙辈以及他们的子孙就可算古斯曼族里的长房了。"

他又道："哎，山悌良那，你瞧这打算好不好？"我答道："大人，您别见怪，这打算只有您的大才才想得出来，不过我有个愚见，容我上禀。我恐怕梅狄那·西董尼亚公爵要不愿意的。"首相道："随他不愿意好了，我满不在乎。古斯曼一族原是阿布拉多斯一支居长，他那一支却侵占了长房的权利，承袭了长房的爵位，我厌恶他们。他怨恨也罢了，我只愁我姐姐加比欧侯爵夫人看见儿子落空不免生气。不过，无论如何，我要称自己的心，要堂拉米尔把他那些情敌压倒；这可算是定局了。"

爵爷主意已定，就去干事，又把他与众不同的政治手腕重新施展一下。他上个奏章，求王上和王后替他女儿择配，列举各位求婚人的资格，请国王王后做主。不过他说到多拉尔侯爵的语气里表示喜欢这个人。王上对这位大臣言听计从，就降旨说：

> 朕意堂拉米尔·尼聂斯堪配堂娜玛利亚，然此事须卿自决。卿所属意，必当朕心。此谕。

首相故意把这道谕旨给人家看，只算是奉万岁爷的命，赶紧把女儿嫁给多拉尔侯爵。加比欧侯爵夫人以及想娶堂娜玛利亚的古斯曼族为这头急就的婚姻都很生气。他们两家没法破人好事，只能装作欢天喜地，都来庆贺。他自己族里也仿佛阖门同庆。但不多时爵爷有了件伤心事，那些憋着一肚子气的人才算出了口气。堂娜玛利亚十个月后生了个女儿，下地就死了；自己不久也产后身亡。

这爸爸可说心眼里只有个女儿，而且还想去夺梅狄那·西董尼亚一支的长房权；女儿没了，打算又落空，真是创巨痛深。他伤心已极，几天关在房里，除了我谁都不见。我迎合他的心情，仿佛哀悼得不亚于他。老实说，我是借机又在哭我的安东妮亚。我看多拉尔侯爵夫人和她死得相仿，触拨了心头旧痛，不禁悲切起来。那大臣虽然哀不自胜，看了也很诧异，不料我会跟他如此分愁。有一天，他见我痛不欲生的样儿，就说："吉尔·布拉斯，我能有你这么个知痛着痒的亲信，也可以自慰了。"我就把自己的伤心泪一股脑儿送他做了人情，答道："啊，大人，我不跟您息息相关就是没良心的铁石人了。这么一位才德兼备的小姐，又是您的宝贝，您哭她，我怎么能不陪着掉眼泪呢？大人，我受恩深重，不由我不一辈子跟您同甘共苦。"

第　十　章

吉尔·布拉斯偶又碰到诗人尼聂斯,得知他写了个悲剧,
不日在皇家剧院上演。这戏并不叫座,
可是作者意外交了好运。

首相悲怀渐减,所以我也高兴起来。一天下午我一人坐了马车出去散散心,路上碰到阿斯杜利亚的诗人。他出慈惠院以后,和我还是第一次见面。他衣服穿得很整齐。我叫住他,请他上车,就一同到圣吉隆公园去。

我说道:"尼聂斯先生,幸亏恰巧碰到你,不然我没法儿跟你……"他忙打断我道:"别怪我,山悌良那,说老实话,我是不愿意来找你,我告诉你什么道理。你答应我说,只要我绝笔不作诗,就替我找个好饭碗。我现在只要作诗,就有金饭碗到手。这更合我的脾胃,我就干了。我有个朋友把我荐给堂贝特朗·果梅斯·德·李伯罗,全国船政的经费都归他掌管。这位堂贝特朗要出钱雇个才子当秘书,有五六个作家去应征,他觉得我的诗笔很好,就挑中了我。"

我说:"亲爱的法布利斯,恭喜你。这位堂贝特朗大概很有钱。"他道:"何止有钱呀!据说他的钱多得连自己都没数。不管他钱有多少,我且讲讲我在他家干的事。他自负是风流郎君,又要充才子,跟许多才女信札来往,就叫我代笔写些俏皮有风趣

的信。我写给这一位的是诗，那一位的是文，有时我还亲自出马当信差，显得我多艺多能。”

我说道：“我最要紧打听的事你还没告诉我呢。你写那些隽言妙语的尺牍，润笔丰不丰？”他道：“丰得很！有钱的人未必手松，我还领教过他们中间真正的鄙吝小人；可是堂贝特朗待我很大方。除了一定的薪水二百比斯多，我还常有些零碎外快，因此可以充大爷，或者跟几个像我这种爱寻快乐的文人一同玩乐。”我道：“可是你那位理财大员识得作品好歹吗？”尼聂斯答道：“啊！那可不行了。他尽管讲来滔滔不绝，神气活现，却完全外行。他还自以为是当代的达尔巴①呢！他大着胆子乱下批评；说自己有理的时候，提高了嗓子，一口咬得斩钉截铁；争辩起来，动不动破口乱骂，人家怕挨他一顿，只好让他。”

他又道：“我当然很小心，随他怎么荒谬，从不驳他，否则准会讨一顿臭骂，还很可能砸掉饭碗呢。我总是乖乖巧巧，顺着他说好说坏。我对那些用得着的人，自有本事迎合，又不费我什么，这样一来，就哄得东家又器重又喜欢。他叫我写个悲剧，把意思都告诉我了。他督促我把这个戏写完，要是演来叫座，那就亏他点拨之功，他脸上也有光彩。”

我请教我们这位诗人，那个悲剧什么名称。他答道：“叫《萨尔丹聂伯爵》。不出三天，这个戏就要在皇家剧院上演。”我说：“希望这个戏大红特红，我很佩服你的大才，所以这般希望。”他道：“我也很有这个愿望呢。不过这还是痴心妄想；剧本叫座不叫座，作家毫

---

① 达尔巴（Tarpa），古罗马奥古斯都大帝朝“国立诗人院”（Collegium poetarum）的头一号批评家。

无把握,他们总是料错的。”

居然那个戏第一次上演了。那天我得替首相当差,不能去看戏。我又很关切,只好叫西比翁去,还可以当晚就知道演来如何。我等得很心焦,看见他回来那副神气,就知道不妙。我说:“哎,《萨尔丹聂伯爵》叫座不叫座?”他答道:“大挨骂,没那么惨的,池子里的看客无礼之至,我一路出来还直生气呢。”我说:“我气的是尼聂斯又发疯,要写什么剧本。真是丧心病狂!我可以给他个好好的前程他偏不要,宁可给看客辱骂,这不是失心疯吗?”我这样怨骂阿斯杜利亚的诗人,无非因为他是我的朋友;他的戏不叫座,弄得我代他气恼。可是这个当儿,他正自得其乐呢。

两天以后他来看我,欢天喜地,说道:“山悌良那,我有桩喜事特来告诉你。朋友,我写了个很糟的剧本,就此发财了。你知道,看客对待《萨尔丹聂伯爵》的态度是少有的。大家抢着痛骂,这满场痛骂就造化了我一辈子。”

我听了诗人尼聂斯这番话很诧异,说道:“怎么的?法布利斯,难道你因为悲剧失败,就快活得不得了吗?”他答道:“一点不错。我不是跟你说过,剧本里有堂贝特朗的一手吗,所以他觉得那个戏好极了。他一看大家跟他高见不同,就非常气愤。今儿早上他对我说:‘尼聂斯,“上天助强,加东扶弱。”①你的剧本虽然不中看客的意,有我喜欢尽可以相抵,你这就够了。如今的人没眼力,亏负了你,我要给你些补偿,我把家产上的出息每年

① 这是引一世纪罗马诗人鲁岗(Lucain)《咏罗马内战的史诗》(*De bello civili*)第一卷第128行(见“勒勃古典丛书”本第12页)。加东(Caton)是公元前一世纪罗马政治家及雄辩家,以忠直严正著名。

给你二千艾古。咱们这会子就去找我的公证人,立下个文契。'我们马上去找了公证人,那位理财大员在赠与文契上签了名,就把第一年的钱先付给我了。"

我对法布利斯说:"《萨尔丹聂伯爵》倒了霉,真是可喜可贺,因为作者因祸得福了。"他道:"这事你真该贺我!你知道,池子里的看客不喜欢我那个戏恰是我天大的好运。我挨他们狠狠地骂一顿,多便宜呀!要是他们心肠好些,赏我脸捧捧场,我有什么好处呢?一点好处都没有。我只好赚数得清的几个小钱罢了,可是承他们一骂,倒一下子照应了我下半世的丰衣足食。"

第十一章

西比翁靠山悌良那的面子得了个差使,动身上美洲。

我的书记看了尼聂斯诗人天外飞来的好运,不免眼红,七八天来跟我讲个不休。他说:"运气这东西实在古怪,好的作家挨穷受饿,糟的作家倒往往大发其财。我真愿意时运忽然高照,一宵醒来已经变了富翁。"我说:"会有这种事,也许还突兀得出于你意外呢。我觉得首相府可算是运气的宝殿,那里常常颁发宠命,一下就叫人发财;你恰好在这个殿里行走。"他答道:"先生,你这话千真万确,不过得捺定了心去等呢。"我答道:"西比翁,我再说一遍，别着急，也许你马上就会有什么好差使到手的。”过了不多几天，果然有个机会，可以用他在爵爷手下当个好差使，我没有错过。

一天早上，我跟首相的总管堂瑞蒙·加玻利斯聊天儿，谈到首相大人的收入。他说：“全国的武爵封邑都在咱们大人手里，一年有四万艾古的收入；他拿了这些钱，只消身上挂个阿尔冈达拉的武士勋章。此外他又兼内廷大臣、侍从大臣、美洲大臣，靠这三个职位，一年又有二十万艾古的进账。可是比起他在美洲发的财，这真算不得什么。你可知道那财是怎么发的？王上的船从赛维尔或里斯本开往美洲，爵爷就把奥利法瑞斯封地出产的酒呀、油呀、谷类呀装上船，运费分文不出。这些货色在美洲出卖，比在本国利市四倍。于是他就收买些香料、颜料等等。这些东西在新大陆不值钱，到了欧洲就是好价钱了。他丝毫没有亏负万岁爷，单靠这种交易就赚了好几百万了。”

他又道：“当然替他经手买卖的人回来也都赚饱了。首相大人愿意让他们有利同享的。”

果斯果丽娜的儿子在旁边听了这话，忍不住插嘴道：“啊呀！加玻利斯先生，我要是做了那个事情，我真乐死了。而且我早就想到墨西哥去瞧瞧。”总管道：“只要山悌良那大爷不为难，你马上可以如愿。到美洲去做这买卖的人是归我挑选的，选得非常审慎。可是只要你东家有意，我就不管三七二十一把你的名字开上去。”我对堂瑞蒙道：“承情得很，请你给我这点面子吧。西比翁这孩子我很喜欢，他人也聪明，也会检点自己，绝不出毛病。总而言之，我可以替他担保，就仿佛担保我自己一样。”

加玻利斯道：“这就行，他只要马上赶到赛维尔去，那些海船一个月里就得挂帆开往美洲了。他应该记着,首相大人的利益千万碰不得。他要自己发财,不能害首相吃亏。这里面有些诀窍一定得知道,我等他临走给他封信去见一个人,那人都会教他。”

西比翁得了这项差使喜不自胜。我给他一千艾古,让他到安达路西亚去买些酒和油,到美洲交易赚钱。他就赶紧动身到赛维尔去。他希望这趟出门一本万利,乐得不得了,可是和我分手却又掉下泪来,我也很依依不舍。

第十二章

堂阿尔方斯·德·李华到马德里有何事故;
吉尔·布拉斯先忧后喜。

西比翁走了不久,相府一个僮儿送来个条子,上面说:“山悌良那先生倘欲一晤好友,烦到托雷都街一行,认明招牌上画圣加布利尔像之客店即是。”

我心里嘀咕:“这个朋友不说名字,不知是谁。干吗藏头露尾呢?大概要叫我喜出望外吧。”我马上出门往托雷都街去,到了地头一看,原来是堂阿尔方斯·德·李华,大为惊诧。我说:“是您吗?大爷,您会到这儿来呀!”他紧紧拥抱了我,答道:“是啊,亲爱的吉尔·布拉斯。这可不是堂阿尔方斯吗!”我说:“哎!您到马德里有何贵干呢?”他答道:“我说出来准叫你又吃惊,又着急。我已经革掉瓦朗斯都统的职位,首相传我入朝来审问的。”我呆了好半晌才挣出话来。我说:“什么罪状呢?准是您有了什么不小心的地方。”他答道:“红衣大主教赖玛公爵软禁在他德尼亚的田庄上有一个多月了;我三星期以前曾经去拜访他一次,想来这是倒霉的原因。”

我打断他道:“啊,那就对了。不用追究旁的原因,您去胡乱拜访,就种了祸根。您别见怪,您平时很谨慎,这次上那位失势大佬的门,未免冒失了。”他道:“大错已经铸成,只好死心塌地。我预备全家退回李华的田庄上去,安安静静地了我余生。只是我还得去见一位气焰万丈的首相,也许要受他怠慢,有点儿发愁。一个西班牙人怎么丢得下这个脸!这是无法可想的了。不过我要先和你见见面,再去挨他的。”我答道:“大爷,这事让我来。等我先打听明白您究竟有何罪状,再去见首相,说不定还可以转圜。无论如何,我对您感恩知己,理该替您出力奔走一番,请您领我这点情。”我说完答应立刻给他回音,就告辞出来。

我自从写了那两篇铺张扬厉的报告,对国家大事就没问询过。我去看加那侯,问问堂阿尔方斯·德·李华是否真把瓦朗斯的都统坏了。他说确有其事,只是不知原委。我当下毫不犹豫,决计亲自向首相大人请示,究竟堂西泽的儿子有什么罪名。

我为这件不如意的事烦恼得很,不必装什么愁容,爵爷就看出我在发愁。他一见面就说:“山悌良那,你怎么了?我瞧你一脸气恼,眼泪都要掉出来了。这是什么道理?别瞒我。谁得罪了你吗?你说出来,我马上替你出气。”我流泪道:“大人,我的烦恼,要瞒您也瞒不过来,我伤心透了。我刚听说堂阿尔方斯·德·李华把个瓦朗斯的都统丢了,这消息气得我要死,真是我最伤心的事。”首相失惊道：“怎么说的？吉尔·布拉斯，这个堂阿尔方斯和他那都统跟你什么相干？”我就把两位李华大爷对我的恩义一五一十告诉他听；又讲怎样为堂西泽的儿子向赖玛公爵求得了都统的职位。

首相大人一团好意，静听到底，说道：“朋友，把眼泪擦掉吧。你讲的那些事我一点不知道；而且我老实告诉你，我以为堂阿尔方斯是赖玛红衣大主教的私人呢。你设身处地想想，他去拜访那位红衣大主教，不叫人怀疑吗？我现在看来，他的官职是那位大臣给的，大概他知恩感恩，才有这番举动，我也不怪他了。人家靠你得的官，给我坏了，我很抱歉。我虽然拆了你的台，也会挽救。我对你的照拂，还要比赖玛公爵的胜几分呢。你的朋友堂阿尔方斯不过是瓦朗斯一城的都统，我现在叫他做阿拉贡一郡的总督。你可以去通知他，叫他来宣誓就职。”

我当初愁得要命，听了这话，顿时喜得不可开交，心忙意乱，向首相道谢都道谢不来。爵爷听我语无伦次，倒并不嗔怪，他听我说起堂阿尔方斯已经到了马德里，许我当天就引去晋见。我连忙赶到圣加布利尔客店，向堂西泽的儿子报告他得的新官职，他欣喜不置。他简直不能相信我的话，觉得首相尽管宠我，可是看我面子就把总督那类的官职赏人，实在有点不可思议。我引他去见爵爷，爵爷很客气，对他说：“堂阿尔方斯，你在瓦朗斯都统任上政绩斐然，王上觉得你更可重用，特地委任你做阿拉贡的总督。这点荣宠，在你的出身说来不算逾分，阿拉贡的高门大族也不会怪朝廷任用非人。”

首相一字没提到我，外间并不知道这事有我一手。这就保全了堂阿尔方斯和那位大臣的令名，否则人家对我一手造成的总督要说闲话的。

堂西泽的儿子看见事情已经牢靠,忙派急足到瓦朗斯去通知他父亲和赛拉芬。他们立刻都上马德里来,一到先来看我,向我道谢了一大泡。他们三个是我最亲密的人,看他们抢着拥抱我,真叫我且感且傲。他们既感激我热肠关切,又觉得总督一职真是光耀门庭,所以不住口地千恩万谢。他们竟当我平交看待,仿佛忘掉我做过他们底下人似的,亲热得无以复加。闲言少叙,且说堂阿尔方斯领得委任状,向王上和首相谢过恩,照例宣了誓,就带着一家老小,离马德里往萨拉戈萨去立门户了。他上任说不尽的阔绰荣华;阿拉贡人一片欢呼,可见对我替他们弄来的这位总督很中意呢。

第十三章

吉尔·布拉斯在王宫碰到堂加斯东·德·高果罗斯和堂安德瑞·德·陶狄西拉斯,三人同到个地方去。堂加斯东和堂娜海丽娜·德·加利斯悌欧的事有了结局。山悌良那替陶狄西拉斯出力。

我顺顺当当地把个革职的都统变为总督,乐不可支,便是两位李华大爷也没我快活。不多时我又有机会替一个朋友出了些力。我想应该把这事讲讲,让读者知道我吉尔·布拉斯今非昔比，不是那个在前任首相手下卖官鬻爵的人了。

有一天，我在王宫待见室和一些等候晋见的贵人闲谈。他们知道我是首相的红人，也屈尊跟我说话。我忽在人堆里看见堂加斯东·德·高果罗斯，就是我撇在塞哥维亚塔狱里的国事犯。典狱官堂安德瑞·德·陶狄西拉斯跟他在一起。我连忙撇了那伙人，过去拥抱这两个朋友。三人竟会在此地重逢，他们固然想不到，我更出意外。彼此亲亲热热拥抱了一番，堂加斯东说："山悌良那先生，咱们有许多话要讲，这里不大方便。请你跟我到一个地方去，陶狄西拉斯大爷和我很想跟你长谈呢。"我一口应允，我们挤透人堆，走出王宫。堂加斯东的马车等在街上，三人上车，到了斗牛广场所在的那个闹市，有座极漂亮的房子，那就是高果罗斯的寓所。

我们到了一间陈设富丽的客堂里，堂安德瑞说："吉尔·布拉斯大爷，我记得你离开塞哥维亚的时候很厌恶官场，发愿绝迹不再入朝了。"我道："我确有这个意思，先王在位的时候，这个心始终没变。后来我听说王太子即位，就想瞧瞧新万岁爷是否记得我。他倒贵人没有忘事，还承他接见，颇加恩礼，亲自把我荐给首相。首相引我做了个亲信，我在赖玛公爵手下从没有这样得宠的。堂安德瑞，我的事讲完了。你说吧，你还在塞哥维亚塔里当典狱官吗？"他道："哪里呀！爵爷另选能人了。他准以为我是向前任首相尽忠的。"堂加斯东道："我释放的原因恰好相反。首相一知道我下塞哥维亚狱是赖玛公爵的命令，马上就放我了。吉尔·布拉斯先生，我现在要把我出狱以后的经历讲给你听听。"

他接着道："我谢了堂安德瑞在狱里种种照拂，先赶到马德里去见奥利法瑞斯爵爷,他说:‘你遭这场横祸不会有玷名誉,你可以放心。你的罪名已经完全昭雪。人家说你是维拉瑞尔侯爵的同犯,侯爵既然无罪,你当然更没有罪了。他虽然是葡萄牙人,而且还是布拉冈斯公爵的亲戚,却心向着我们万岁爷。所以你跟这位侯爵的交情不能罗织成罪,王上瞧你屈受了叛国的罪名,要给你些补偿,赏你做了羽林军中尉。’我接了这个差使,求首相许我到职之前回果利亚去省视我姨妈堂娜艾蕾欧娜·德·拉克萨利拉。首相给了一月假,让我回去一趟。我就带了一个跟班动身。

“我们过了高莫那城,在两座山间的洼地上,忽然看见三个人围着一个人厮打,那人奋勇招架。我毫不犹豫地要帮他一臂,忙赶去助战。我交手的时候留心到我们对手都戴面具,而且都剑法高强。可是他们力气虽大,武艺也高,还是输了。一人中了我一剑,颠下马来;那两人立刻溜了。其实我们虽然得胜,跟那死者也相去无几。我和我的同伙这时候都发觉身受重伤。我一看同伙的正是堂娜海丽娜的丈夫贡巴多斯,我的惊异可想而知。他看见帮手原来是我,吃惊也不相上下。他道:‘啊呀,堂加斯东,怎么,救我的是你吗?你挺身相助,不知道恰恰帮了个夺你所欢的人。’我答道:‘我的确不知道。不过就算知道,你想我会犹豫吗?你这样不知心,竟当我卑鄙小人吗?’他道:‘不,不,我知道你绝不是那样的。我受的伤如果致命,但愿你没事,我死了还可以便宜你。’我说道:‘贡巴多斯,我对堂娜海丽娜并未忘情,可是请你记着,我绝不要你送掉性命,好让我趁愿。我帮你打退了那三个凶手还很得意,想必你夫人会对我很见情呢。’

“我们说话的当儿,我用人下了马,跑到躺在尘埃里的死人身边，揭开面具，露出本来面目。贡巴多斯一看就认得，嚷道：‘这是加普拉呀！这个亲戚真混蛋，硬要夺我一大笔遗产，没有到手，心怀不忿，早就蓄意要害我，他挑了今天来了他的心愿，谁知道天罚他害人反自害了。’

“这时节我们血流如注，眼看着委顿下去。可是我们负伤挣扎，居然到了维拉瑞候镇，离我们打架那儿只有两箭之地。我们到了第一家客店，立刻就去请外科医生。来的一个据说很有本事。他瞧了我们的伤口，说凶险得很。他替我们包扎好，过一天又来，拆开看了，就说堂布拉斯受的伤要致命，我受的伤不大碍事。他说的都准。

“贡巴多斯瞧自己大限临头，就一心准备死了。他把遭遇的事故和他当前的惨境派急足通知他老婆。堂娜海丽娜连忙赶到维拉瑞候。她来了又愁丈夫性命难保，又怕和我重逢了旧情复炽，这两事心头夹攻，搅得仓皇无主。堂布拉斯见了她道：‘太太，你来得正好，还赶得及跟我永诀。我就要死了，我想这是天罚，因为我使诡计拆散了你和堂加斯东的姻缘。我一点儿不怨天，你的心本来向他，我硬夺过来，现在我亲口劝你把那颗心依旧归他吧。’堂娜海丽娜答不出话来，只有哭泣的份儿。她对我余情未断，忘不了那条使她负心的恶计，所以实在也无话可说，惟有报以眼泪。

“外科医生的诊断完全应验，不到三天贡巴多斯伤重毙命，我却日有起色。那年轻寡妇一心忙着把丈夫的遗骸运回果利亚去，按照礼节料理丧葬。她离开维拉瑞候回家之前，来问候了我一下，仿佛不过是礼到罢了。我一起床跟脚也到果利亚，在那儿身体渐渐复元。我姨妈堂娜艾蕾欧娜和堂乔治·德·加利斯悌欧决计叫堂娜海丽娜和我赶快结婚，免得好事多磨。堂布拉斯还是新丧，这次婚礼没有铺张。过了几天，我就带着堂娜海丽娜回马德里来了。爵爷准我的假早已满期，我恐怕他把许给我的中尉的职位另给了别人。那缺倒还留着，我说明愆期的缘故，承他宽洪大量，并没见怪。”

高果罗斯接着道：“我现在是羽林军中尉，这位子很舒服。我结交了些性情相投的朋友，彼此很相得。”堂安德瑞道：“但愿我也能如此，不过我实在要怨命，我那官儿很有出息，这会子丢了，又没个大力的朋友替我弄个肥缺。”我笑眯眯地插嘴道：“对不起，堂安德瑞大爷，我这朋友也许能有点儿用处的。我刚才说在爵爷手下比跟赖玛公爵的时候还要得宠，你倒好意思当着我面说没人能替你弄肥缺吗？我从前不就帮过你这么个忙吗？你可记得我求格拉纳达大主教出力替你在墨西哥弄了个事吗？要不是爱情使你在阿利冈城勾留下来，你准在那边发财了。现在首相对我言听计从，我更可以帮你的忙。”陶狄西拉斯道：“那么我多承你了。”接着又含笑道：“不过请你别把我送到美洲去，即使叫我做墨西哥的大理院院长，我也不想去。”

这时堂娜海丽娜跑来，打断了我们的话。她风姿很美，恰合我的想象。高果罗斯说：“太太，这位就是山悌良那大爷，我跟你谈起过，我在监牢里有了这个好伴儿，常靠他消愁解闷。”我对堂娜海丽娜道：“是啊，太太，堂加斯东这话不假，他爱听我谈话，因为总把您做谈资。”堂乔治的女儿听我客套，也谦逊了几句；我又恭喜他们有情人终成眷属，于是起身告别。我请陶狄西拉斯把地址告诉我，说道：“堂安德瑞，咱们还要见面呢，我希望不出八天，叫你瞧瞧我有此心也有此力。”

我这话说到做到。就在第二天，爵爷给了我个机会，正可以照顾那位典狱官。首相大人说："山悌良那，瓦拉多利掌管大牢的职司出缺了，这位子每年出息在三百比斯多以上呢，我想把你补上。"我答道："大人，即使这个位子每年有一万杜加的出息，我也不要。不追随您左右的差使我一概不就。"那大臣道："可是你不必离开马德里，尽可以遥领，只要常到瓦拉多利监狱去看看就行了。你瞧，这是可以两全的呀。"我答道："随您怎么说，我还是不要，除非许我转让给一个好人，他叫堂安德瑞·德·陶狄西拉斯，是塞哥维亚塔的前任典狱官。我在狱里承他种种照拂，愿意把这位子送他作为报答。"

首相听了大笑道："换句话说，吉尔·布拉斯，你做成了一个总督，又照样要做成个掌管大牢的官。好吧，朋友，就依你，那个缺随你去给陶狄西拉斯好了。不过你老实告诉我，你这来可以捞摸点儿什么呢？你又不傻，不会平白替人效劳。"我答道："大人，欠了债不该还吗？堂安德瑞从前极力周全我，并没有什么贪图；我不应该照样待他吗？"首相大人笑道："你变得廉洁得很，山悌良那先生，我记得你在前任首相手下远不是这么回事儿。"我答道："我承认的。我看了坏榜样也学坏了。那时候一切非钱不行，我也就同流合污；现在一切不用出钱，我又重新诚实不欺了。"

我替堂安德瑞·德·陶狄西拉斯弄到了掌管瓦拉多利大牢的职位，不日就打发他到那边去。他得了新官，我报了旧恩，彼此都很惬意。

第十四章

山悌良那到诗人尼聂斯下处；

碰见的人物，听到的议论。

一天下午，我忽然想去看看阿斯杜利亚的诗人，不知他下处是什么个样儿。我跑到堂贝特朗·果梅斯·德·李伯罗府上去找尼聂斯。门口一个用人说："他不住在这儿了，"一面指指隔壁道："他住在那后面一排房子里。"我就跑去，穿过个小小院落，到一间房里，陈饰全无，只见我的朋友法布利斯和五六个客人酒席还没散呢。

他们吃喝得已经差不多，所以辩论得正热闹；一看见我，顿时鸦雀无声。尼聂斯连忙起来迎接，说道："在座诸公，这就是山悌良那先生，承他大驾光临，咱们一起向这位首相的红人致敬吧。"满座都站起来行礼。他们看我那头衔分上，对我礼貌甚恭。我虽然不想吃喝，却不过情，只好坐下。他们还举杯祝我健康，叫我干了一杯酒。

我觉得他们有我在旁，说话不自在了，就说："诸位请别拘束，大概我打断了你们的高论。请谈下去吧，不然我就走了。"法布利斯道："他们几位正在谈论欧里庇得斯的悲剧《伊斐革涅亚》①。梅尔

---

① 希腊联军围攻特洛亚事，联军船队在奥利斯阻风不进，神示要联军统帅阿伽门农（Agamemnon）杀爱女伊斐革涅亚（Iphigénie）为祭，方赐顺风。古希腊悲剧作家索福克勒斯、欧里庇得斯等都以此为题材。

希华·德·维雷加斯学士是个渊博透顶的人,他在问堂侠生德·德·罗玛拉特:这剧本里哪一桩最叫人全神贯注。”堂侠生德道:“是啊,我说是伊斐革涅亚遭遇的危险。”那位学士道:“我对他说,剧本里最叫人全神贯注的不是她遭遇的危险,我说得出道理。”一位老学士加布利尔·德·雷翁嚷道:“请问是什么呢?”梅尔希华学士答道:“是风。”

这妙对逗得哄堂大笑;我想梅尔希华这话不是当真,说说笑话罢了。我真不识人,这位学究一点不会说笑。他面不改色,说道:“诸位,随你们笑个畅,我一口咬定,使看客全神贯注、惊心动魄的是风,不是伊斐革涅亚的危险。你们想想,希腊要出师攻特洛亚城,已经大军云集,将帅士卒撇下了心爱的家堂神呀,老婆呀,孩子呀,急急地要干完大事,好早早回家;偏生他妈的逆风仿佛把他们使钉子钉住,不得出港,只好耽搁在奥利斯,如果风头不转,他们就不能去围打普里阿摩斯王的城。所以这个悲剧叫人全神贯注的是风。我帮希腊人,赞成他们举兵,只求船队出发;伊斐革涅亚的死不过是向神道求顺风的方法,所以她尽管在生死关头,我看着漠然无动于衷。”

维雷加斯说完,又是哄堂大笑。尼聂斯促狭,故意附和这位学士,好让大家越发取笑。大家都就风字上生发,抢着开了一大通玩笑。学士冷然傲然瞧着大家,在他眼里,那些人都是不学无知的伧夫俗子。我时时刻刻只怕几位先生动了真火,揪着头发厮打起来,他们的辩论往往是打架完事的。我却料错了,他们只吵骂了一场,酒醉饭饱就都散了。

客人走了,我问法布利斯为什么不住在那位理财大员家里,是否吵翻了。他道:“吵翻吗!天保佑别有这事!我跟堂贝特朗越发相得了。他许我另开门户,所以我租了这排房子,可以款待朋友,一起寻欢作乐,无拘无束。你看透我的性格儿,我绝不肯留着好大一份家私给我的承继人享受,所以常常请客;好在我有的是钱,尽可以天天高朋满座。”我答道:“亲爱的尼聂斯,恭喜恭喜,你写了那个悲剧会这样得意,不由我不再向你道贺。大戏剧家洛佩写了八百个剧本①,赚的钱还不如你《萨尔丹聂伯爵》一个剧本弄来的四分之一呢。”

① 据称他生平戏剧作品有一两千种。

第十二卷

第一章

首相派吉尔·布拉斯到托雷都；
这趟出差所为何来，有何成绩。

近一个月来，首相大人天天说："山悌良那，我不日要叫你一显身手呢。"可是那日子还没到。后来有一天他对我说："听说托雷都戏班子里有个年轻女戏子，才艺很负盛名。大家说她跳舞唱歌都神乎其技，念的台词把看客全风魔了，而且相貌很美。这样的人才大可上朝来露露脸。万岁爷对演戏、唱歌、跳舞，件件都喜欢，难得有这样一个人物，怎么可以不让他一饱眼福耳福呢。所以我决计派你到托雷都去瞧瞧那个女戏子，是否真个了不起。我全凭你的见闻作准，我相信你的鉴别一定没错儿。"

我对首相大人说，准把这事据实回报。我只带一个用人出门，不许他穿相府的号衣，干事可以机密，这很合首相大人的意思。我取道往托雷都，到了就下在堡垒附近的客店里。店主人准以为我是乡下来的绅士，看我一下马，就说："大爷，明天这里有宗教裁判①，仪式隆重，你想必是上城瞧热闹来了。"我嘴里答

① 宗教裁判（Auto da fé）是宗教法庭（Inquisition）极严肃的大典，当众裁判宗教罪犯，罪重的常活活烧死。

应是的，心里想，随他这样猜测最妙，免得他问我到托雷都的来意。他道："明天游街的队伍真是盛况空前。据说有一百多囚犯，里面十多个是要烧死的。"

第二天太阳还没出，我果然听得城里一片钟声，这就是宗教裁判快要开始，向大家报讯的。我没见识过这个可怕的大典，好奇心切，忙穿上衣服赶出去。凡是队伍必经之路，挨墙傍壁都搭着看台，我花些钱也上了台。一会儿，看见先来了一队多明我会的修士，前面打着宗教法庭的旗子。跟着就是当天要处决的可怜虫。他们一个跟着一个，光头赤脚，手里拿支蜡烛，每人旁边有个人陪护①。有的犯人身披"锡福衣"，是一种黄布法衣，上面满是斜交的红十字；有的头戴圆锥形高帽，硬纸做成，上面画满了火焰和鬼物。②

我目不转睛地看着这群可怜家伙，心里恻然，只是不敢露在脸上，免得人家瞧见了加我罪名。忽见戴圆锥高帽的那队罪人里，一个是伊莱尔神父，一个是他的伙伴安布华斯修士。他们打我身边走过，相去咫尺，我绝不会看错。我想："啊呀！这两个混蛋一辈子为非作歹，老天爷不能容忍，把他们交给宗教法庭去裁处了！"我这样一想，凛然畏惧，浑身直打哆嗦，惶恐得差点儿晕过去。我从前跟他们合伙，还同在才尔瓦行骗，总之，跟他们同干的事这时候齐上心来。我蒙上帝保佑，没有落在披法衣、戴圆锥高帽的那一伙里，真是感恩不尽。

大典完毕，我回到客店，看了那些骇人的形形色色，还在心

---

① 勒萨日自注：每个犯人由宗教法庭指定个保人，陪护着游街。

② 悔过得赦的犯人身穿"锡福衣"(Sambenito)，戴的圆锥形高帽上画有十字；要受刑的罪犯，帽上衣上都画火焰和鬼物。

惊肉跳。不过我心里那一片悲惨的迹象渐渐消失,我又只盘算怎样不辱主人的使命了。我想先应该去看戏,急急等着戏院开门,一到时候,就上戏院,坐在一个授阿尔冈达拉武士章的爵士旁边。我立刻跟他攀谈,说道:“大爷,恕我素昧平生,却想斗胆问句话。”他很客气,答道:“大爷,承你下问,不胜荣幸。”我道:“人家很夸赞托雷都的戏子,果然好吗?”那爵士答道:“好!他们的班子不错,里面还有几个很了不起的呢;尤其是那个十四岁的女戏子璐凯思美人儿,你看了准会吃惊。她上了场,你不用指点,一瞧就知道哪个是她。”我问爵士今天有没有她的戏。他说有,而且扮的是戏里很出风头的角儿。

戏上场了。出来两个女戏子都已经用尽功夫替自己添娇增媚,可是尽管她们珠光宝气,都不是我心目中的人。我听了那个爵士先入之言,对璐凯思期望很高,要不是亲眼看见,简直想象不出她的模样。后来这美人儿出台了,大家好一阵鼓掌,仿佛报讯说她上场了。我暗道:“呀!这是她了!真是气度高华,丰姿优雅!她一双眼睛真美!好个动人的姑娘!”我看了她实在很惬意,竟可以说,我见到那样的人才大为震惊。我听她背了头两行诗就觉得又自然又有劲道,而且难得她小小年纪,已经很能领悟。她的戏赢得满场彩声,我也欣然和着鼓掌。那爵士道:“哎,你瞧见璐凯思多么吃香了吧?”我道:“我一点儿不奇怪。”他道:“你要是听了她唱歌,就更不奇怪了。她是个‘仙籁娜’,谁要是没像尤利西斯那样先有个防备①,听了她唱歌就完蛋了!她跳舞的魅力也不相上下,她的舞态叫你眼迷心醉,跟她那歌喉

① 尤利西斯在海上遇“仙籁娜”,用蜡塞耳,得免于难。

一样的媚惑人。”我道：“这样说来，准是个奇才了！这么个爱煞人的姑娘，不知哪一位有艳福为她倾家荡产呢。”他答道：“她还没有明公正道的相好，人家背后也没说她有什么私情。她归姨妈艾斯戴尔带领；不用说，女戏子里数这位艾斯戴尔最有手段了，所以璐凯思大概就会有相好的。”

我一听得艾斯戴尔的名字，忙打断爵士，问他这个艾斯戴尔是不是托雷都班子里的女戏子。他道：“这是班子里的头等好戏子，今天咱们不巧，没她的戏。她常扮女用人，扮来惟妙惟肖。她演戏演得真俏皮啊！也许俏皮得过火了，可是这毛病也不讨厌，不必责备她。”爵士把艾斯戴尔夸赞了一通，我听他的描摹，知道这个艾斯戴尔准是萝合，就是这部书里见过好几回、我后来把她撇在格拉纳达的。

我等戏散场，到里面去打听个着实。我找艾斯戴尔，东张西望，只见她在后台和几位大爷说话呢，大概在他们眼里，她不过是璐凯思的姨妈罢了。我上前去招呼萝合，可是她不知是一时任性呢，还是怪我在格拉纳达仓皇逃走，存心给我碰个钉子，她仿佛不认识我似的，对我非常冷淡，我简直有点下不来台。我应该含笑怪她对我冷若冰霜，可是我傻得很，竟动了真气，怫然而出，火头上决计过一天就回马德里去。我想，我也要给萝合吃点儿苦头，不让她的外甥女儿有体面见到万岁爷。我只消向首相把璐凯思描摹一番，由得我怎样说；我只要说她舞态很俗，歌喉太尖，总之，只是卖她年轻。我相信首相大人就不会想弄她到朝上去了。

萝合那样相待，我打算这样报复。可是我生气并没有多久。第二天，我正预备动身，一个小僮儿跑来道：“有封信送给山悌良那大爷。”我答道:“孩子,我就是。”一面接了信拆来看,上面写道:“别把昨夜戏院后台受的怠慢放在心上,请跟着送信人同来。”我马上跟了那小僮儿出门。我跟他到戏院附近一座很漂亮的房子里,进了一套极讲究的房间,看见萝合正在梳妆。

她起来拥抱我,说道:“吉尔·布拉斯大爷,昨夜你到我们后台来招呼我,我一定得罪你了;对你这么个老朋友,不应该那样冷淡的。不过我有个缘故,请你原谅:我那时候正在大生气。我把外甥女儿的体面看得比自己的还重;有位大爷说了她闲话,你进来的时候,我正一心想着那些话呢。你回身就走,我才发觉自己心不在焉,忙叫我的小僮儿跟着你,瞧你住在哪里,打算今天来赎罪。”我说:“我一点不怪你了,亲爱的萝合,这话不用再提。我自从那天事不凑巧,恐怕活该要挨顿好打,急急逃出了格拉纳达,和你一别到今;咱们这会子还是谈谈别后的景况吧。我撇下你的时候,你不是有个大难关吗?你怎么过去的?你尽管聪明,只怕也不容易吧?你要稳住那个葡萄牙相好,大概得把通身本领都使出来。”萝合答道:“没那事儿!你可知道男人在这种场合好打发极了,简直不用女人费心辩白一番的。”

她接着道:“我对马利阿尔华侯爵一口咬定你是我哥哥。对不起,山悌良那先生,我说话还像从前那样随便,这是我的老脾气,改不过来了。我告诉你,我厚着脸皮子挺到底。我对那个葡萄牙贵人说:‘你瞧不透吗?这都是人家忌我恨我捏造出来的。我同伙的冤家娜茜莎瞧我安安稳稳得了你的欢心,她自己偏没得到,气得疯了,就想出这个花样来害我。我并不怪她,争风吃醋要想出口气,也是女人的常情。那剪蜡烛的助手给她买通,帮她报仇,竟老着脸说他看见过我在马德里做阿珊妮的女用人，真是荒谬绝伦！堂安东尼欧·西罗的寡妇向来心高气傲，决不肯去伺候做戏的姑娘。还有一层，可以证明他们都是胡说，设了计害我；你只要看，我哥哥忽然不见了。他要是在这儿，准会驳倒那些浑话。娜茜莎一定另又使了什么手段，把他哄得影踪不见了。’”

萝合接下道：“我虽然强词夺理，承侯爵厚道，不再追究。这位好性儿的大爷直到离格拉纳达回葡萄牙，始终没变心。其实你走了不多时他就回国的。萨巴塔的老婆很称心，眼看着我从她那儿夺了个相好来，这会子也丢了。我以后在格拉纳达又待了几年。戏班子里往往要闹意见，我们那班子就是闹翻了，各人走各人的路，有的到赛维尔，有的到高都，我就到了托雷都来，跟我外甥女儿璐凯思在这里一住十年。你昨天来看过戏，已经瞧见她上台了。”

我听到这里，忍不住笑了。萝合问我笑什么。我道：“你猜不着吗？你又没个兄弟姐妹，不会是璐凯思的姨妈。我又算算跟你分别了多少时候，把那年份跟你外甥女儿的相貌对证一下，觉得你们俩还不止那点儿亲呢。”

堂安东尼欧的寡妇脸上红了一红，答道：“我懂你的意思，吉尔·布拉斯先生。你真会考订年代！没法儿哄你。好吧，朋友，你说得不错，璐凯思是我跟马利阿尔华侯爵生的女儿，这事瞒不过你。”我道：“我的公主娘娘，你从前跟萨莫拉悔省院总管私奔的事都告诉我了，这点秘密要费你那么大劲才说出来呀！我还有句话，璐凯思是个奇才，你把这样的成绩公之于世，大家都感谢无穷，但愿你那些伙伴儿的成绩都不输于你才好。”

也许促狭的读者看到这里，想起我在格拉纳达当过马利阿尔华侯爵的书记,那时候跟萝合私下来往,因此疑心荣任璐凯思爸爸的就是我,未必是那位爷。我却要老实说,我惭愧得很,这点疑心是没有根据的。

我也把自己经历的大事和目下的景况告诉萝合。她全神贯注地听着,可见很关切。她听我讲完,说道:"山悌良那朋友,照我看来,你混了一辈子,混得地位不低了。你真不知道我多么高兴呢!将来我带璐凯思上马德里弄她进皇家戏班,我斗胆希望山悌良那大爷能做她撑腰的大老板。"我答道:"还用说吗,全在我身上。你和你女儿几时想进皇家戏班,我可以弄你们进去,这点我办得到,答应得下。"萝合道:"我就把你的话当真了呢!要不是这里戏班子的合同绊住身子,我明天就上马德里去。"我道:"只要朝廷下一纸公文,就还你自由了;这事归我去办,不出八天,准把那个公文交给你。我真愿意把璐凯思弄出托雷都;天生了这样好相貌的女戏子,非朝廷贵人不配消受,论理她应该是朝廷上的人物。"

我刚说完,璐凯思来了。她又妩媚,又苗条,仿佛女神赫柏临凡。她这时才起来,天生丽质,不用装饰就明艳夺目。她姨妈道:"过来,外甥女儿,来谢谢这位大爷对咱们的一番美意。他是我的老朋友,在朝里很有权势,要出大力把咱们俩都弄进皇家戏班里去呢。"那姑娘听了似乎很快活,深深行个礼,软眯眯地笑道:"我多多谢您厚爱照拂。可是,大爷,我不知道这会不会反而害了我呢。我在这里吃香,到了马德里,保得定那边的看客不嫌我吗?也许我换了地方要吃亏的。我记得姨妈说,有些戏子在一处出风头,换了一处就吃不开。所以我有点儿担忧,恐怕不入朝里贵人的眼,带累您也担不是。"我答道:"璐凯思美人儿,你我都不用担这个心，我倒是怕你风魔了满朝大臣，弄得彼此争风反目起来。”萝合道：“还是我外甥女儿愁得有理，不过我希望你们都只是瞎担心，璐凯思的风貌不会弄得满朝轰动，可是她演戏也不至于糟人白眼。”

我们谈了一会儿，我听璐凯思的谈吐，知道她是个绝顶聪明的女孩子。我起身告辞的时候，答应她们朝里马上会有公文召她们到马德里去。

第　二　章

山悌良那向首相交差，又奉命把璐凯思弄到马德里。这女戏子到京都首次登台。

我回马德里见爵爷，他急要知道我这趟出门，事情办得怎么样。他说：“吉尔·布拉斯，你看见那女戏子了吗？值得弄上朝来吗？”我答道：“大人，美人儿往往是见面不如闻名，不过这年轻的璐凯思实在是闻名不如见面，她是个色艺双绝的人才。”

首相道：“真有那么可爱吗？”他满心喜欢，眼睛里流露出来，我看了暗想，他派我上托雷都原来是为自己打算。我答道：“你瞧见了她，就知道她的姿容不是夸赞得尽的。”首相大人道：“山悌良那，把你出门以后的事仔细讲讲，我很想听呢。”我就遵命，连萝合的故事都一起讲了。我说有个葡萄牙贵人马利阿尔华侯爵路过格拉纳达，勾留几时，爱上了这个女戏子，璐凯思就是他们俩的孩子。我又把自己跟萝合的交情原原本本地告诉了首相大人,他道:“可喜得很,璐凯思原来是贵人的女儿,我越发对她关心了,一定得弄她来。不过,朋友,有一句话我要嘱咐你,这件事还照你开头那样去办,别把我牵扯进去,一股脑儿全归你吉尔·布拉斯·德·山悌良那承当。”

我去找加那侯说:首相大人要他下一纸公文,把托雷都戏班里的艾斯戴尔和璐凯思调到皇家戏班来。加那侯皮里阳秋地微笑道:“行啊,山悌良那大爷,看来你对这娘儿俩很关切,这事我马上照办。我还希望不但你称了心愿,看客也可以沾光呢。”这位秘书一面说,就亲自写了个公文给我,我叫跟我到托雷都的用人立刻送给艾斯戴尔。八天之后,母女俩到了马德里。她们住在皇家戏班附近的客寓里,一到就送信通知我。我立刻赶去答应千方百计效劳,她们也千恩万谢;于是我辞别出来,让她们去准备登台亮相,我只愿她们能够大大地叫座。

戏招子上说,这两人是朝廷为皇家戏班新聘的女戏子。她们演的是在托雷都很吃香的一个戏。

普天之下,谁看戏不爱个新鲜?这天戏院里拥挤异常。我当然也去了。开场之前,我有点儿慌;尽管深信她们母女俩本领不弱,可是关心者乱,很为她们捏着把汗。她们一开口,就满场彩声,我也一颗心落了地。大家公认艾斯戴尔演喜剧真是拿手,璐凯思扮多情女子不愧奇才。这位姑娘风魔了全场看客,有的爱她眼睛美,有的爱她声音软,大家都觉得她风姿绰约,而且恰当妙龄,容光焕发;散场的时候,没一个不颠倒。

我没想到爵爷对这个女戏子的头场戏那么关心,那晚上也去看了。我瞧他看完戏出来,仿佛对这两个女戏子很满意。我急要知道他究竟喜欢不喜欢，就追随回家，跟他到书房里，说道：“哎，大人，您觉得那马利阿尔华小姑娘不错吧？”他笑眯眯地道：“本大人要是不跟大家同声赞叹，就太难说话了。孩子，你这趟上托雷都真是不虚此行。我觉得你那璐凯思很好，万岁爷看了一定喜欢。”

第　三　章

璐凯思轰动朝廷；王上看她演戏，
爱上了她，下文如何。

新来两个女戏子首次登台，立刻哄传朝上。第二天王上早起，御榻前后的大臣也在谈这事。有几位贵人把那年轻的璐凯思格外称赞，描摹得她千姣百媚，把万岁爷都打动了，只是他不露声色，也没开口，仿佛没留心听似的。

王上等大家散了，只剩奥利法瑞斯爵爷在左右，就问人家大捧特捧的女戏子是谁。首相说，是个托雷都来的年轻女戏子，昨晚初次登台，非常叫座。他接着道：“这女戏子叫璐凯思，吃那行饭的女人叫这个名字很相宜。① 山悌良那认得她，对我极力夸赞，所以我想她到您万岁爷的戏班里来正合适。”王上听见我的名字，面露笑容，大概马上记起从前替他和加德

① 古罗马烈妇名，这名字也引申为假正经女人的别称。

丽娜拉纤的就是我,预料我这番又会照样效劳。他对首相道:“爵爷,我明天要去看这个璐凯思的戏,烦你去关照她。”

爵爷把这席话和王上的意思告诉了我,叫我去通知那两个女戏子。我连忙赶去,先碰见萝合,我道:“我来报个要紧消息,明天一国的至尊要来看你们的戏呢,首相派我来通知一声。我知道你们母女一定极卖力,不会辜负万岁爷赏脸的;可是我劝你们选个有歌有舞的剧本,好让璐凯思把通身本领都拿出来。”萝合道:“我们准听你的话,决不误事,万岁爷要是看了不惬意,不会是我们的错儿。”这时候璐凯思跑了来,家常便服,比台上华装艳饰愈见得体态风流,我说:“万岁爷看了一定惬意,他顶喜欢歌舞,你这位标致外甥女儿就更可以投其所好,也许竟会动他爱慕的心呢。”萝合答道:“我绝不希望他动这个心,任凭他是一国之君,有权有势,要偿这个愿,还有些障碍呢。璐凯思确是在戏院后台长大的,可是她很有品行,尽管上台爱人家捧,却宁愿人家当她大家闺秀,不要当作名伶看待。”

马利阿尔华姑娘这时候插嘴道:“姨妈,何苦凭空造出些魔障来,回头又费手脚去降魔消障。王上不劳我给钉子碰,他眼界很高,不至于垂青到我,自讨没趣。”我道:“可是璐凯思美人儿啊,假如万岁爷爱上你,要挑你做个外宠,你竟狠得下心,也把他当寻常人看待,随他去害相思吗?”她答道:“当然啊!为什么不呀!就把品行撇开不讲,我觉得不领他这段情,比领了更可以自豪。”我听萝合的徒弟说出这等话来,暗暗吃惊,就称赞萝合管教有方,一壁起身告辞。

王上急要看看璐凯思,第二天就上戏院去。那天演的戏里有歌有舞,我们这位年轻女戏子大显身手。我从开场到散场,一双眼睛直盯着万岁爷,极力想从他眼睛里看出他的心思来。可是他自始至终装得道貌岸然,我实在瞧他不透。我直到第二天才释得心头之痒。首相说:“山悌良那,我刚从王上那里来,他谈到璐凯思真有劲儿,准是着了这年轻女戏子的迷了。我讲过她是你从托雷都弄来的,所以他说很想召你一人去谈谈这件事。你赶紧到他寝宫去,已经有旨放你通行。快走吧!早早回来把谈的话告诉我。”

我立刻飞也似的赶去,看见王上独自一人等着,大踏步踱来踱去,仿佛有心事似的。他叫我讲讲璐凯思的身世,问了许多话,又打听这小娘儿有过风流事儿没有。这种事情很难保,可是我大着胆子一口咬定她没有,王上听了似乎很高兴。他道:“既然如此,我就挑你去向璐凯思送信,我要你去告诉她,我向她拜倒了。”他又把一只首饰匣儿交在我手里,那匣钻石价值五万艾古以上;他说:“你替我去告诉她,这点礼物,请她先收了,往后我这片热情还有更值钱的表记呢。”

我暂且搁下这差使,先去找爵爷,把王上的话一五一十讲了一遍。我以为首相对璐凯思有意思,要是知道自己的主子成了情敌,准要着急,断不会快活;谁知我料错了。他听了大喜,毫无懊恼之色,忍不住说出几句话来,落在我耳朵里。他道:“哼哼!斐利普!你由得我摆布了!这回你就怕问政事了。”爵爷这几句提着名字说的话,把他的机谋都透露出来。我才知道这位爷唯恐王上管国家大事,要设法迎合他的嗜好,引他寻欢作乐。他说:“山悌良那,别耽搁了,朋友。上头的命令要紧,快去干事吧,朝里好些贵人巴不得有这么个体统差使呢。”又道:“你想想,这儿没什么勒莫斯伯爵来分你一大半功劳,你独居其功,而且独享其利。”

首相大人这样就把一丸苦药涂上糖面，我滑溜溜地吞下肚去。我多少还是尝到些苦味，因为我自从监禁了一番，看事总以道德为重，不管人家对我怎么说，总觉得做个天字第一号的拉纤并不那么体面。我虽然不是个拉了纤恬不知耻的坏坯子，但是也没有谢绝不干的骨气。我只求讨好首相，这一回既是王上的旨意，恰又合首相的心思，我越发奉命惟谨了。

我想最好是先找萝合，私下跟她谈谈。我婉转其辞，把来意说明，末了拿出那首饰匣儿来。这女人见了钻石，快活得心花怒放，按捺不住，嚷道："吉尔·布拉斯大爷，你是我最要好的老朋友，我不必拘束，我要是假充道学、拿腔作势，就不对了。哎，不用说，有这样的人向我女儿拜倒，真是稀罕名贵，我高兴极了，料想有种种好处呢。不过我偷偷儿跟你说说吧，只怕璐凯思别有见地。我跟你讲过，她虽然是个女戏子，却非常正经。有两位又漂亮又阔绰的青年公子向她求过情，都碰了钉子。你当然要说，那两位比不得万岁爷。这话也对，璐凯思承一国之君眷爱，大概她那贞节之心也就把握不住。可是我得告诉你，这件事拿不稳；还有句话，我决不勉强我女儿。万一她不识抬举，王上对她的露水恩情，她不以为荣，反以为辱，务请巍巍一国之君不要见怪。"又道："她或是答应，或是退回那匣钻石，你明天再来听消息吧。"

我拿定萝合不会劝璐凯思守正经，准引她走邪道儿，料想她这番劝导一定大有功效。真想不到，第二天萝合告诉我，她劝女儿走邪道，就仿佛旁的妈妈教女儿学好样一般费劲。更想不到璐凯思和万岁爷几度幽会以后，深悔给他随心取乐，忽然斩绝尘缘，进了降生修道院，忧忧悒悒，不多时得病死了。萝合失了爱女，伤心不已，觉得都害在自己手里，也就进了悔修院，去忏悔少年时的欢乐生涯。王上瞧璐凯思突然出家，也很伤心，不过这位年轻国王不是那种忧郁的性格儿，渐渐他也就淡忘了。至于爵爷，面子上尽管装得漠不关心，读者可以想见他心里非常懊丧。

第　四　章

首相派山悌良那的新差使。

璐凯思薄命，我也很感伤，想到自己也插一手害了她，内疚于心，不管我替什么样儿身份的人说风情，总自惭下流无耻，决计再也不当拉纤了。我甚至向首相申明再不干这等勾当，请他派我另一路的事吧。他瞧我有品，仿佛很惊奇，说道："山悌良那，你不肯苟且，我很喜欢。你既是这样的正人君子，我想给你个事，你这个规矩人干来，比较相宜。是这样一件事，你留心听着，我有心腹话跟你讲呢。

"在我上台前几年，偶然一天我看见个模样儿很端正很漂亮的女人，就叫人去跟她。我打听得她是热那亚人，名叫堂娜玛格丽达·斯比诺拉，在马德里出卖色相为生。还听说有个名叫堂方西斯果·德·华雷萨的法官，他有钱、上了年纪，也有太太，在这风骚女人身上花钱不少。我听了这话，应该对她不屑过问了，可是我却勃然心动，想跟华雷萨平分春色。我既然这样动了心,就找了个拉皮条的女人帮忙,靠她的手段,不久就和那热那亚女人幽会一次,以后又常常相聚,居然和我那情敌一样,都出钱买到了优待。说不定她还有别的相好也跟我们一样称心。

“这且不去管它,玛格丽达有许多男人温存供养,无分彼此,渐渐地有了身孕,生下个儿子。她暗地向一个个相好都说孩子是他的,可是各人抚心自问,都不敢以爸爸自居,谁也不愿意认这儿子,那热那亚女人只好用自己的风流进账来抚养。孩子抚养到十八岁她死了,没留下一个钱,更糟的是没给她儿子一点教育。

“这就是我要告诉你的心事,现在再把我想定的大计说给你听听。我想提拔这个卑微不足道的苦命孩子,承认他是我儿子,加他爵位,叫他从极贱变为极贵。”

我听了这个荒唐打算,忍耐不住,嚷道:“大人,您怎会想出这个怪主意来?我这话您别生气,我一片热心,说溜了嘴。”他忙道:“你听我说了缘故,就觉得这个打算有道理了。我不愿意让我的旁系亲属做承继人。你也许说,我这年纪还有指望跟奥利法瑞斯夫人生个把孩子。可是一个人自己有数,我只消告诉你,我求子心切,什么秘方妙药都试过,全没效验。既然造化肯补救天生的缺陷,给了我这个孩子,我就认作儿子了,说不定正是我的亲骨血呢。这事我已经打定主意。”

我知道首相打定了主意,宁可做傻瓜也不肯放松的。他既然横着念头要认这儿子,我就不再打破句。他道:“我想这孩子没有封爵以前就取名堂亨利·斐利普·德·古斯曼。现在无非是要教育他。亲爱的山悌良那,我挑你做他的导师。你人又聪明,又对我忠心耿耿,我就托付你替他当家,替他请各种先生，总之，把他栽培成个十全的大家公子。”我想推辞，就对爵爷说，我才疏德薄，又从没教导过青年子弟，不胜此职。可是他打断我说，将来要叫这个儿子担当国家重任，无论如何要我教导。他说到这话，我也不便再开口了。我谨遵大人之命，准备干这件事。他瞧我依头顺脑，要给些报酬，就为我营谋了个曼布拉的封邑，其实竟是他给的；我每年的薄俸又添了一千艾古。

第五章

爵爷立案承认热那亚女人的儿子，为他取名堂亨利·斐利普·德·古斯曼。山悌良那替这年轻公子当家，请了各种先生教他。

不多几时，爵爷果然把堂娜玛格丽达·斯比诺拉的儿子认做亲生子，蒙王恩准许立案。他替那个杂种羔子取名堂亨利·斐利普·德·古斯曼，立案时宣称：他是奥利法瑞斯伯爵封地以及圣路加公爵封地的唯一承继人。首相要这事无人不知，就叫加那侯通知各国使节和国内权贵，害得他们大吃一惊。马德里的刻薄鬼取笑了好一程，一班讽刺诗人乘机会也挥毫弄笔，一显辛辣尖酸的本领。

我问爵爷，他委托我管教的主儿现在哪里。他道：“在这城里，跟他姨妈在一起。等你为他弄好房子，立刻接过来。”这事不久就办好。我租下一座房子，陈设得富丽堂皇，雇了几个小僮儿、一个门房、几个跟班，又请加玻利斯帮忙，用了各色管事人员。我等到家丁一应俱全，就禀告首相大人。他马上把那位出身不分明的古斯曼家新嗣子接来。我看见个身材高大的孩子，相貌很讨人喜欢。首相大人指着我道："堂亨利，这位爷是我挑来指点你立身处世的导师，我完全信托他，你得一切服他管教。"接着对我道："真的，山悌良那，我把他交给你了，我相信你决不会辜负我的托付。"首相又叮嘱那孩子几句，叫他听我的话，我就带了堂亨利到他自己寓所。

我们一到家，我把所有的家丁叫来，让他过目，一壁告诉他各人的职务。他处境一新，举止却并不失措；随人家足恭尽礼的伺候，他泰然自若，仿佛从小在这种天地里长大，并不是侥幸交了好运。他生性不笨，只是一窍不通，读书写字都不会。我替他请了个先生，教他初入门的拉丁文；另又请了地理教师、历史教师、击剑教师。当然我不会漏掉跳舞教师，只是人选为难。这时候马德里有名的跳舞师很多，我不知请了哪个好。

我正为难，只见我们寓所院子里来了个衣服华丽的人，说要找我。我以为他至少是个授圣雅各或阿尔冈达拉武士勋章的爵士，就迎上去接见。我问他有何贵干。他连连行礼，一看他那副神气，就知道是吃哪行饭的了。他道："山悌良那大爷，听说堂亨利大爷的教师都归您大人挑选，所以我特来自荐。我叫马丁·李式侯，谢上天照应，颇有微名。我向来不自己找学生，那是蹩脚跳舞师的勾当；我是等人家上门来请的。我教过梅狄那·西董尼亚公爵、堂路易·德·阿罗和古斯曼族里另外几位贵公子，可算是天造地设为公子们效劳的，所以我理应关照你一声。"我道："听来你正是我们要的人，你一月多少学费？"他道："四个双比斯多，这是行市，并且我每礼拜只上两次课。”我道：“一月要四个双比斯多，太贵了！”他诧异道：“怎么贵呀！你请个哲学教师一月就要一个比斯多呢！”

这妙语真叫人无言可对。我哈哈大笑，我问李式侯先生：是否真以为干他那一行的人，身份比哲学教师来得贵。他道：“确实如此。我们比那起先生有用得多。一个人没经我们点拨，算什么东西呢？直撅撅的身子，还是未经琢磨的粗坯；可是跟我们学了几回跳舞，那身段体态就渐渐地出来了。总之，我们能教得他们举止文雅，气度尊严。”

我觉得这位跳舞师说得不错，这种艺术大师既要四个双比斯多一月，我就出这样的学费请他教堂亨利。

第　六　章

西比翁从美洲回来，吉尔·布拉斯派他伺候堂亨利。这位公子的学业，他封了爵位，爵爷又为他娶了老婆。吉尔·布拉斯不由自主地升为贵人。

西比翁从墨西哥回来了，那时候我正替堂亨利物色家丁，大半名额还没有着落。我问他这趟出门是否称心。他道：“总该称心了。我拿出去三千杜加现款，带回来六千杜加的货色，都是在本国很有销路的东西。”我道：“恭喜你，孩子，你这番财星高照，只消明年再到美洲去跑一趟，就可以做富翁了。你要是不愿意为几个钱吃辛吃苦，跑那么大老远去，宁愿在马德里吃口舒服饭，你只要开句口，我现成可以照顾你。”果斯果丽娜的儿子答道：“唉，我是毫不踌躇的，如果再要我漂洋过海，担惊受怕，怎么大的财我也不贪了；我宁可在您大人左右当个好差使。不知道您想给小的做个什么事儿，请您讲讲。”

我要讲个明白，就告诉他爵爷弄进古斯曼家的那位小爷是什么出身。我原原本本叙完这桩奇事，又说首相派我做了堂亨利的导师，然后说想叫他做这位嗣子的贴身用人。西比翁求之不得，欣然应允。他做得非常好，不到三四天就很蒙新主人宠任。

我以为热那亚女人的儿子到那年龄，学不进东西了，请那许多先生教他都是白费心力；谁知我没料着。他无论学什么，一来就懂，也不忘记，老师们都很满意。我忙把这消息禀告爵爷，他听了喜得不可开交，乐极欲狂似的嚷道：“山悌良那，我听你说堂亨利记性又好，悟性又好，高兴极了，可见是我的骨血；而且我把他疼得仿佛是我跟奥利法瑞斯夫人亲生的似的，这就证明他的确是我的儿子了。朋友，你由此可以知道，天性自然会流露的。”我对这事自有见解，绝不去告诉爵爷；我可怜他这点痴心，随他去自得其乐、满以为是堂亨利的亲爸爸吧。

古斯曼族人把这位新簇簇临时制造的贵公子彻骨痛恨，但是他们老于世故，隐忍不露，有的还假意跟他结交。当时在马德里的国外使节和国内权贵，都登门拜访，足恭尽礼，就仿佛他是爵爷正配嫡生的儿子。这位大臣看人家捧他的宝贝疙瘩，大为得意，忙要替他弄几个官衔来风光一下。他为堂亨利先向王上求了个阿尔冈达拉的武士勋章，附带的封邑每年有一万艾古进账。过了不多几时，又代他谋到个内廷侍奉官的职位。于是他决计替儿子完婚，娶个西班牙高门大族的小姐，就选中了加斯狄尔公爵的女儿堂娜如安娜·德·维拉斯果。虽然公爵和他的族人不大愿意，爵爷仗着权势，强迫成亲。

首相大人举办这桩婚事的前几天，召了我去，把几张纸交在我手里道："听着，吉尔·布拉斯，我又要送你一份礼，你想必喜欢的。这是我替你弄的勋位授予状。"我听了很诧异，答道："大人，您知道我是女监护和侍从的儿子；我觉得勋位到我头上就不值价了。王上赏我这恩典，我完全不配，也毫无用处。"首相道："你的出身没多大关系，你在赖玛公爵任内，又在我手下干过国家大事。"又微微一笑道："况且你替万岁爷出的力不是就应该补报吗？总而言之，山悌良那，我给你这点尊荣，你尽可当之无愧。还有一层，更叫你没什么可说的：照你在我儿子身边的地位，非贵勋不可。老实告诉你吧，我给你这份勋位授予状，也就为这个缘故。"我道："既然您大人坚要我受，我就从命了。"我说完把那份勋位授予状塞在衣袋里，告辞出来。

我走在街上暗想："我现在是绅士大爷了！不靠爹娘，也成了勋贵！我尽管可用堂吉尔·布拉斯的称呼。若有相识的人听了当面嘲笑，我可以把我这份勋位授予状拿给他们瞧。"我一面掏出来，自己道："且让我看看，一个人是怎样把贱坯子熏沐得变成贵人的。"我读了一遍，大意说：皇上因我为君为国，屡著勤劳，特赐勋位，聊酬忠爱。我敢自己称赞一句，我看了并不得意。这点尊荣愈显得我出身微贱，并不增光，只有丢脸。所以我决计把这份授予状搁在抽屉里，不拿出来卖弄。

第七章

吉尔·布拉斯偶然又碰见法布利斯。两人最后一次谈心,尼聂斯劝山悌良那一句要紧话。

那位阿斯杜利亚的诗人很不愿意跟我来往,这是显而易见的。我呢,也有我的事情,没工夫去找他。自从那天听大家讨论欧里庇得斯的《伊斐革涅亚》以后,我和他一直没见面。可巧我在太阳门附近又碰到他。他从一个印刷所出来。我迎上去道:"哈哈!尼聂斯先生,你刚从印刷所出来,看来又要有新作问世了。"

他道:"你们等着瞧吧!我忽然动念,写了个小册子,正在排印,出来了准会轰动文坛。"我道:"你的东西一定好。只是不料你有兴写小册子,我以为这是无聊弄笔,不会长你的文名。"法布利斯道:"小册子里偶然也有好文章。就说我的吧,虽然草草写成,就算是好的了。老实告诉你,这是我救急之作。你知道,狼饿得慌,就出山来了。"

我嚷道:"怎么饿啊?这位不是《萨尔丹聂伯爵》的作者吗?一年进账两千艾古的人,怎么说出这等话来?"尼聂斯打断我道:"且慢,朋友,我现在不是坐领厚俸的福气诗人了。那位理财大员堂贝特朗突然出了事:他有侵吞公款的罪,财产全部入官,我的年金也吹了。"我道:"可惜可惜。还有挽回的余地吗?"

他道："没想头了！果梅斯·德·李伯罗大爷已经完蛋，跟他手下的才子一样穷了，据说他再没有出头的日子。"

我道："这样看来，我得替你找个事情，好贴补你那笔年金的损失。"他道："不劳你费心。即使你替我在首相手下找的事一年有三千艾古的薪水，我也不要。才子不是当书记的，我非以文章自娱不可。怎么说呢，老天生我，以诗人始，以诗人终，我不愿意违拗我的命。"

他接着说："你也别以为我们很可怜，我们不但无拘无束，而且无忧无虑。人家以为我们常常挨饿，其实并不然。我的同行都是阔人家的座上客，就连那种编日历的人也是。我有两处饭碗儿是拿稳的。我献过一部小说给一个经管农场的胖子，他家里稳有我吃的饭。另一处是马德里一个财主家里，他席上非有个把才子不欢，好在他眼界不高，他要多少才子，这城里就有多少。"

我对阿斯杜利亚的诗人道："你既然觉得境遇不恶，我也不来怜惜你。无论如何，有一句话我要再跟你说一遍：我吉尔·布拉斯不怕你冷淡，一辈子是你的朋友，你要是没钱使，只管来找我，千万别爱面子断绝了一注稳当的接济，叫我无从尽心。"

尼聂斯嚷道："山悌良那，你这样热心大度，我就看出你的人来了。我对你这番好意真是感激不尽。我也该向你进个忠告，聊表寸心。现在奥利法瑞斯爵爷还大权在手，你又很得宠，乘此机会赶紧多弄些钱。我听说这位大臣站不稳了。"我问法布利斯消息确不确。他道："一位授加拉特拉华勋章的老爵士这么说的，他有个特长，什么秘密机要都瞒不过他，人家都推他料事如神。昨天他在讲：'爵爷有许多冤家，结了帮要拆他的台。他拿得太稳,还以为王上由他摆布呢。人家冤枉之辞已经上达天听,万岁爷并不觉得逆耳。'"我谢了尼聂斯的忠告,却并不放在心上,就回寓所去,深信我东家的权位推拔不倒,好比根深柢固的老橡树,一任风狂雨暴,依然矗立不动。

第　八　章

吉尔·布拉斯得知法布利斯所言不虚。

王上巡幸萨拉戈萨。

阿斯杜利亚的诗人对我说的话并非无稽之谈。王宫里确有些人暗地结成党羽,跟爵爷作对,据说魁首就是王后。他们划策定谋,要倒这位大臣,外面却一点没走风。此后一年多,我看王上对他的宠眷丝毫未减。

这时候加泰罗尼亚人靠法国扶持,造起反来,大军征剿失利,弄得人心骚动,对政府有怨言。因此开了个御前会议,王上叫圣罗马帝国①驻西班牙大使格拉那侯爵也来出席。当下大家商议:王上应该留在加斯狄尔呢,还是到阿拉贡去让军队瞻仰天颜。爵爷不愿意王上到军队里去,就第一个开口,说御驾不宜离开京师,讲来入情入理,振振有词。他一讲完,除了

① 圣罗马帝国(Saint-Empire Romain,800—1806,今通译为神圣罗马帝国)包括后来日耳曼、奥地利等国。

格拉那侯爵之外，大家都立刻起来附和。那位侯爵一心只向着奥地利王室①，不赞成首相的意思，而且他们那国的人生来心直口快②，他竟振振有词地出来反对。王上觉得他理足，不管大家异议，竟听从他的主张，指定日子，准备动身到军队里去。

万岁爷公然不听那位幸臣的话还是生平第一遭。这桩空前之举，首相看作自撅己的奇耻大辱，羞恼无比。他正要独自到书房去生气，一眼瞧见我，就招我进去，把会上的事气呼呼地告诉了我。他仿佛失惊之后心神未定似的又对我道："是啊，山悌良那，这二十多年来，王上附和着我，两人是一张嘴一条心；这番他却听信了格拉那的话，还加那副神气叫人难堪。他把这位大使赞了又赞，尤其称扬他对奥地利王室披肝沥胆，好像我倒不如这个日耳曼人忠心呢。"

首相又说："分明有人合帮拆我的台，我瞧透这是王后领头的。"我道："哎！大人，您何必挂心？王后怕她什么呢？这十二三年来，国事全归您做主，向例不叫王上请教她，这位娘娘早冷搁在一边惯了。至于王上听从格拉那侯爵的主张，也无非急要检阅一下军队，想去打个仗罢了。"爵爷打断我道："不是的，实在是这么回事：我的冤家希望王上到了军队里，给随驾的权贵包围起来；那里面不少怨我的人，就敢对王上毁谤我的相业了。可是他们没算准，王上尽管出巡，我自会叫那些权贵一个也靠不拢身。"他这话果然没空说，那办法很值得细讲。

---

① 西班牙王室是奥地利王室的分支。

② 自从一世纪罗马史家塔西佗（Tacitus）和史威东表扬以来，"日耳曼人的忠实"就成为欧洲成语。

万岁爷出巡那天，嘱王后暂摄朝政，就起驾上萨拉戈萨；他路过阿朗瑞斯，觉得真是个好地方，逗留了近三个星期。首相随又把他弄到古安加，引他寻欢取乐，勾留得更加长久。王上又在莫利那·德·阿拉贡打打猎，玩了一程才到萨拉戈萨。大军驻扎离此不远，王上准备上大营去。可是爵爷打消了他的去意，只哄他说：法国兵已经占据蒙松，王上去了难保不落在他们手里。王上其实大可放心，但是一听这话，吓得慌了，决计深居不出，仿佛给人禁锢了一般。首相看他害怕，乘机以保卫为名，简直就把他看管起来，不让人见面。那些权贵花了好多钱随驾出征，想私下一见至尊，也不能如愿。斐利普在萨拉戈萨起居饮食既不舒服，尤其无法消遣，说穿了，竟是坐监牢。他住得气闷，就回马德里去，只由大军统帅维雷斯侯爵想法替西班牙去立威。万岁爷御驾亲征，落得这样个下场。

第　九　章

葡萄牙革命，爵爷失宠。

御驾回朝不久，马德里听到的风声很不好，据说葡萄牙人瞧加泰罗尼亚人作乱，以为天赐其便，想乘机摆脱西班牙的桎梏，已经起兵，并且拥戴布拉贡斯公爵做国王。他们一心要他坐稳宝位，算准不会有失着，因为西班牙正四面受敌，日耳曼、意大利、荷兰、加泰罗尼亚都在起衅。他们受了西班牙的压制深恶痛绝,要重获自由,这个时机实在是再好没有了。

消息传来,朝野大震,不料爵爷偏在这时候对王上去取笑布拉贡斯公爵。嘲笑不当景,往往要落在自己头上。斐利普觉得他那笑话不入耳,板着个脸儿;首相很惶恐,自知不妙。王后又公然作对,痛骂他失职误事,造成葡萄牙之变;他听到这句话,知道站不住了。朝里许多权贵,尤其是随驾到萨拉戈萨的那些人,一看爵爷祸临头上,立刻附在王后一起。偏生火上加油,曼都公爵的母亲,就是前葡萄牙总督夫人恰从里斯本回马德里,她老实对王上说,葡萄牙起事都是首相之过;这来把王上对他的宠眷完全断送。

王上听了这位贵妇人一席话,深深有动于衷,就此看破他的幸臣,把恩宠一笔勾销。首相知道王上专听他冤家的话,心生一计,上了个奏章,说人家把他执政期间出的乱子都归罪于他,实在冤枉,所以请求准他辞职下野。他以为王上旧恩未尽,不会放他走,这个奏章上去,一定大有效验。可是万岁爷批了照准,随他到哪里去退休。

首相没想到这样的御笔亲批,仿佛顶门上着了个焦雷。他虽然惊慌得不知所措,却故作镇静,问我设身处地该怎样办。我道:“我就毫不犹豫,丢下官儿,还山安度余年去。”我东家道:“这话很有识见。我打算到娄式斯去退老,不过先还要见见万岁爷,表白一番:我担当了国家大任,凡是人力所及,没有一点疏忽;大家归罪于我的种种灾祸是无法防备的,好比有本事的领港人,费尽心力,船还是给风浪卷了去,那不是他的错。”这位大臣还希望向王上陈述了一番,事情会有转圜,可以卷土重来。可是他求见没准,连他进内廷用的钥匙也追缴去了。

他一看再没什么想头,就认真预备退休。他把自己的文件细看一过,谨慎起见,烧掉了许多;于是派定要带走的家丁和用人,叫他们料理起身,决定第二天上路。他恐怕出了官邸遭百姓辱骂,所以大清早从后门悄悄溜走,带着个听他忏悔的神父和我,三人乘一辆破马车,安然无事地取道上娄式斯。他是那一乡之主,他夫人曾经在那里造过一所壮丽的圣多明我会修女院。我们不上四小时就到了地头,所有随从人等一会儿也都跟来了。

第　十　章

爵爷起初烦恼不安;后来就心平气和。
他的隐居生涯。

奥利法瑞斯夫人让丈夫先到娄式斯去,自己还在朝里逗留几天,打算痛哭哀求,或许朝廷会把爵爷召回来。她白费功夫想好了一篇求情的话,向王上王后匍匐陈请,王上满不理会,王后本来恨她入骨,看她眼泪直流,心中大快。首相夫人还不甘休,竟卑躬屈节地求王后侍女帮忙。这样不顾羞耻,只落得大家白眼,并没人可怜。她抛尽颜面也无能为力,只好死了心跟到丈夫那里去。做斐利普四世那种国王的首相,可算得赫赫当朝第一人,一朝失位,他们夫妇俩惟有同声叹恨了。

夫人来讲了马德里的情形,越添爵爷的烦闷。她哭着说:"你那些冤家,像梅狄那·赛利公爵和其他恨你的权贵,不住口地颂扬王上圣明,把你革职。百姓也气人得很,欢欣庆贺你下台,仿佛你不执政,国家的灾祸也都没有了。”我主人道:“太太,你学我的样忍忍气吧;祸患难逃,只有逆来顺受。说老实话,从前我还自以为能一辈子保住君恩呢。在位得宠的人常会有这种梦想,不知道造命之权全在主子手里;赖玛公爵自以为有那件紫红袍儿护身,就天长地久,有权有势,不也和我一般糊涂吗?”

爵爷这样劝老婆耐心,自己呢,每天得了堂亨利的信,只顾气上加气。堂亨利还在朝里望风,把所见所闻一一回报。自从这位小爷和堂娜如安娜结婚,我就另住了,西比翁还在那边伺候,送信的就是他。那位养子信上都讲些不如意的事,偏生总没个好消息。一次说,当朝权贵公然以爵爷退职相贺,而且还结帮要把他安插的私人一概去掉,用他的冤家去补缺。又一次说,堂路易·德·阿罗渐渐得宠,看来要做首相了。这时,爵爷喜欢的梅狄那·德·多瑞斯公爵撤掉了拿普尔斯总督之职,由爵爷素来厌恨的加斯狄尔海军上将继任。朝廷此举无非是扫爵爷的面子,这似乎是我主人最气愤的消息了。

爵爷退职三个月以来,简直老在气恼。听他忏悔的神父是圣多明我会修士,人很虔诚,极有口才,能够给他些慰藉。他点化爵爷说,今后应该一心归向天界;靠上苍默佑,居然说得他大彻大悟,不再念念不忘朝廷了。他不去打听马德里的消息,只求修身养性,能视死如归。奥利法瑞斯夫人退隐以后也很得益,她建立的修女院恰是天赐给她解忧消闷的。里面有些道行高的修女,谈起话来虔诚感人,把她满腔怨恨不知不觉中化为一团和气。我东家世情愈淡,心境转静。他每天整上午在修女院教堂望弥撒,然后回家午饭,饭后跟我和几个亲信一起玩玩,消遣两个钟头，于是往往一人进书房去，到天黑才出来，有时候就在花园里走走，有时候带了听他忏悔的神父或者带了我，坐着马车在附近乡间绕个弯儿散散心。

有一天我独和爵爷在一起，瞧他一脸静穆之气，心上很佩服，我大胆说道："大人，我快活得很，忍不住要说句话：我看您大人心安理得的样儿，想来渐渐过惯退隐生涯了。"他答道："我已经安之若素；我多年来做惯忙人，可是老实告诉你，孩子，这里的悠闲日子，我一天天越觉得配胃口了。"

第十一章

爵爷忽然不乐，若有所思。

这事起因可怪，结局很惨。

爵爷要找些旁的事做，有时种花消遣。一天他正在园里干活儿，看见我在旁边，就开玩笑道："山悌良那，你瞧这下野的首相变了娄式斯的园丁了。"我也取笑道："大人，这就仿佛西拉古斯的德尼斯做了科林斯的私塾先生。"①我东家听了一笑，并不怪我这样比拟。

爵爷下了台满不在乎，过的日子尽管今非昔比，他却怡然自

① 公元前四世纪西拉古斯暴君德尼斯，被迫退位后，在科林斯（Corinthe）授徒为生。

得；庄子上的人看主人这样，都很高兴。可是这个当儿，我们眼看着他换了样子，又不免担心起来。他变得很阴郁，仿佛心事沉沉，愁深似海。他不跟我们一起玩了，我们挖空心思替他解闷，他好像一点没有兴致。他饭后就一人关在书房里，直到天黑才出来。我们以为他想起往日的荣华富贵，所以闷闷不乐，就请那圣多明我会的神父去开导。可是他的辩才无能为力，爵爷的忧闷看来只有增无减。

我想爵爷烦闷或许另有道理，不肯告人，就打算套出他这个秘密来。我候得他左右没人，做出又恭敬又亲热的样儿，说道："大人，吉尔·布拉斯有句话胆敢动问主人，不知可以吗？"他道："可以啊，你问好了。"我说："大人脸上那副怡然自得的神气哪里去了呢？您对荣辱得失早已无动于衷，现在又未能免俗了吗？难道您又想起失宠的旧事，引起了新恨吗？您好容易修养得从烦恼海超度出来，怎么这会子又掉在里面了？"那位大臣道："谢天，没那事儿，我不再恋恋不忘从前在朝上的身份，那时候的显赫早撇开再也不想了。"我道："哎，您既然有本事不留恋旧事，干吗又不争气只管发愁，叫我们都着急呢？"我又跪下道："亲爱的主人，您怎么了？准有什么心事把您磨折得苦。您知道山悌良那素来缜密忠诚，还用瞒着他吗？我倒了什么霉，弄得您不相信了吗？"

爵爷道："我总是相信你的。老实告诉你，你瞧我忧忧郁郁，的确有个原因，我不愿意跟你说。不过像你这样的手下人、这样的朋友，既然坚要我说，我也不能拂你的意。我把苦衷说给你听吧，这种秘密我只肯对你山悌良那一个人说。"接着道："是啊，有桩事磨得我好苦，一点一点在催我的命。我眼前总有个鬼,形状很可怕。我尽管说这是我眼花,是个不真不实的幻影,也都枉然,这个鬼仍然出现,刺目惊心。我心里很清楚,知道其实什么也没有,可是看见这种景象,不由得我迷惑起来,心就慌了。你一定要我讲,我现在都讲了。你瞧,我不愿意告诉人家为什么发愁,不是有道理吗?”

大概是他精神失常了,会有这样奇事,我听着又悲伤又诧异。我说:“大人,是不是因为您吃得太少,您饮食太菲薄了。”他答道:“我起初也那么想,我要瞧瞧是不是吃得太少的缘故,这几天吃得比往日多,可是眼前依然有那个鬼影。”我安慰他道:“慢慢儿自然会灭迹。您大人还是跟您忠心的家人们真情诉说,那些愁云惨雾就会消散的。”

爵爷和我谈了这番话,不久就病了。他自觉不妙,叫人到马德里去请了两个公证人来立遗嘱;又请了三位名医,盛传他们偶尔也医得好个把病人。庄上一听说医生来了,人人唉声叫苦,因为对这起先生成见很深,以为主人就此去死不远了。同来还有药剂师一名、外科医生一名,医生处了方,总要用到这种人。公证人干完事,医生就来。他们跟桑格拉都大夫同道,从第一次瞧了病就连连叫病人放血;六天以后,把个爵爷弄得奄奄一息,到第七天他眼前清净,再也不见鬼了。

这位大臣死后,娄式斯的庄上一片哀悼,都出于真心。用人个个痛哭,尽管拿定遗嘱上有自己的一份,也不能释哀,都宁可不承受爵爷的遗物,只求他回生。我得宠最深,对他一心依恋,这回伤心得更比别人厉害。我哭安东妮亚的眼泪,也许不如我哭爵爷的眼泪多。

第十二章

爵爷身故后娄式斯庄上的事，
山悌良那的行止。

爵爷有遗命，要葬在修女墓园里，丧事不得铺张。我们遵命办理，一片哭声，送他入土。葬事完毕，奥利法瑞斯夫人叫人宣读遗嘱，家人听了个个称心。爵爷按他们的职位，每人给一笔钱，最少的有二千艾古；我一份最多，有一万比斯多，这是他另眼相看。他也没忘掉那些慈惠院，又在许多修道院里捐下些钱，专为每年做追思弥撒用的。

奥利法瑞斯夫人吩咐总管堂瑞蒙·加玻利斯把钱发给各个家人，叫他们都到马德里去领。我哀思成疾，大发寒热，在庄上耽搁了七八天，没有跟大伙儿同去。我病的时候承那位圣多明我会的修士常来看望。这位好修士跟我相厚，要超救我的灵魂，他瞧我渐渐硬朗，就问我准备作何行止。我道："师父，我说不上来，还没打定主意；有时候真想坐关忏悔。"圣多明我会的修士道："那种时刻真是千金难买，山悌良那先生，你不要错过。我给你个忠告：你也不必出家，像我们马德里的修道院，你可以去安身；你把财产一股脑儿施舍在里面，披上圣多明我会的道袍，在那儿直住到老死。好些人在尘世混了一辈子，这样清修了局的。"

照我当时的心情，修士的话并不逆耳，我说，让我仔细想想。

一会儿我见了西比翁,就跟他商量。他一口阻挡,说这是病人的胡想。他道:“得了,山悌良那先生,这种退隐的地方会投合你的脾气吗?你住到李利亚斯庄上去不更舒服吗?你从前就喜欢那个地方,现在到这年龄,越发对天然风物心领神会,坐享那里的清福就更有滋味了。”

果斯果丽娜的儿子三言两语,就说得我心回意转。我道:“朋友,你这话比那圣多明我会的神父说得有斤两。我的确回到庄上去好,决计这么办了。等我出得门,咱们马上回李利亚斯吧。”不多时,我寒热退尽,一两天就有力气动身了。西比翁和我同到马德里。我见了这个都会,不像从前那样心醉。我知道这里的人对我怅念的那位大臣几乎个个憎恨,所以这个地方也不顺我的眼。我只耽搁了五六天;西比翁乘这个时候料理动身往李利亚斯去。他忙着置车鞴马,我就去找加玻利斯,把爵爷传给我的钱领来,都是双比斯多。我又去看了我名下几处封邑的经管人,跟他们讲定交款的办法。总而言之,我把一切事情办得有条有理。

我们动身前一晚,我问果斯果丽娜的儿子有没有向堂亨利告辞。他说:“告辞过了,我今天早上跟他分手的,彼此都很客气,他还说舍不得我走呢。他对我也许满意,我对他可并不满意,主子喜欢用人不算什么,也得用人喜欢那位主子才行,不然的话,总是相处不来的。”又道:“况且堂亨利在朝上只是个可怜东西,人家瞧得他一文不值,街上人指指点点,只管他叫热那亚婆娘的儿子。你想,有体面的小子,谁愿意去伺候这种没体面的家伙呀。”

居然一个大清早,我们离开马德里,取道上古安加。我和我亲信坐一辆车,驾两匹骡子,车夫骑着驾车的骡子领路;后面就是三匹驮骡，装着行李、现钱，有两个骡夫跟着；随后是西比翁找来的两个彪形大汉，披挂器械一应俱全，骑着骡子压队；骡夫各佩刺刀，车夫在坐鞍下面藏着两支好手枪，一行人就这样上路。我们七人里六个都是很勇猛的；我一路欢欢喜喜，不必为承袭的那笔钱担心。走过村落，骡驮子昂然摇动项下的铜铃，村里人忙赶出门来，看我们一队人过去，以为这样排场至少是个大贵人上任做总督去呢。

第十三章

吉尔·布拉斯回到庄上，看见干女儿赛拉芬已经成年，甚为欣喜。他看中了一位小姐。

我不用赶路，所以走了十五天到李利亚斯。我只求一路平安，居然如愿。我一见自己的庄子，想起安东妮亚，有点伤感。可是我不愿意自寻烦恼，忙把念头推开；况且她已经去世二十二年，我的悲怀也淡了。

我一到庄上，贝雅德丽斯和她女儿忙来请安，十分亲热。于是他们爸爸妈妈和女儿互相拥抱，快活得发疯也似，我看着也很高兴。等他们拥抱了好一顿，我留心看看我的干女儿，觉得她很可爱，就说："我离开李利亚斯的时候，赛拉芬还在摇篮里呢，难道这就是她吗？我瞧她长得这么高，又这么漂亮，真是快活，咱们得留心替她找一门亲了！"我的干儿女听了这话，脸上微微一红，嚷道："怎么的呀，亲爱的干爸爸，你才见了我一眼，就想推我出门了吗？"我道："孩子啊，不是这话，我们不想把你嫁出门去，我们要你有了丈夫，不离开爹妈，多少还是跟我们住在一起。"

贝雅德丽斯道："现在就有这样一门亲。本地有位绅士，一天在村教堂望弥撒，看见赛拉芬，就爱上她了。他来看过我，陈说他的爱慕，求我允准。你们想得出我怎么回答的。我说：'我答应了你也没用，赛拉芬全凭她爸爸和她干爸爸做主，得看他们怎么说呢。承你不弃小女，要想求亲，我顶多把这个事写信去告诉他们。'我的确就要来通知你们两位，可是这会子你们人都回来了；你们瞧瞧该怎么办吧。"

西比翁道："旁的不说，那个绅士是怎么样的人呢？有没有他们那种人的习气？是不是自以为出身高贵，把平头百姓不放在眼里的？"贝雅德丽斯道："啃，他倒并不是那样的，这人温文有礼，而且一表好相貌，年纪还不到三十岁。"我对贝雅德丽斯道："听你说来，这位绅士很不错。他叫什么名字呢？"西比翁的老婆道："叫堂如安·德·如泰拉，新近承袭了父亲的遗产，离这儿一哩路有个庄子，就带着他照管的一个妹妹住在那里。"我道："我从前听人讲起过这个人家，是瓦朗斯的名门大族。"西比翁道："我第一要心肠好、头脑好，名门大族倒在其次，这位堂如安只要是正人君子就行了。"赛拉芬插嘴道："他有这名气的，李利亚斯知道他的人都把他夸得不得了。"我听了干女儿的话，对她爸爸看一眼，微微一笑，她爸爸也领会这句话的意思，知道女儿并不讨厌这位郎君。

过了两天，这位爷就到李利亚斯庄上来拜访，原来早听得消息，知道我们到了。他殷殷勤勤跟我们招呼，看他的相貌举止，分明是好一位人才，贝雅德丽斯所说的并非虚话。他说：他是我们的邻居，特来贺我们安稳还家。我们也竭诚招待，不过这番拜访，只是照例应酬，谈的无非客套，堂如安一字没提到爱慕赛拉芬的话，临走只说：预料跟我们结邻是件乐事，请许他再来拜望，好好结个相识。他走以后，贝雅德丽斯问我们瞧这人怎么样。我们说：看来一定好，赛拉芬能有这样个丈夫，真是再好没有的运气了。

我们得回拜堂如安，第二天饭后，我就跟果斯果丽娜的儿子一同出门，叫个人领着到他庄上去。四停路走了三停，领路人说："这儿就是堂如安·德·如泰拉的庄子了。"我们睁大眼睛四面找了半天，也没找着，一直走到跟前，才瞧见那座庄子，原来隐在山脚下的林子里，树木高大，遮得看不见了。那房子已经破旧，看来主人确是名门，只未必是富室。不过进去一瞧，陈设非常精致，房子虽然塌败，也将就得过了。

堂如安接见的客室布置很漂亮，他又叫我们见了一位小姐，她大概有十九到二十岁，他在我们面前管她叫多若泰妹妹。她盛装艳服，仿佛知道我们要去，特意打扮的。我看见她这般艳丽，心里一动，就像从前见了安东妮亚一样，换句话说，我神魂摇荡起来。不过我一点没露在脸上，连西比翁都没瞧出来。我们还像前一天那样，谈谈邻居和睦、你来我往的快乐。他仍旧绝口不提赛拉芬，我们也不去逗他求婚，要他自己说出来才好。我们谈话的当儿，我瞥了多若泰好几眼，可是我极力假装不看她。每和她四目相对，我就愈觉得心醉。平心说来，我倾倒的人儿并不十全十美。她皮肤的确白得耀目，红嘴唇赛得过玫瑰，只是鼻子嫌长,眼睛稍小;虽然如此,整个脸儿还很迷人。

总之,我到如泰拉庄上走了一遭,换了个人,我回到李利亚斯,心心念念、眼里嘴里只有个多若泰了。西比翁满面惊异,看着我道:“主人啊,你怎么了,只顾想着堂如安的妹妹,你爱上她了吗?”我答道:“是啊,朋友,我真要烧盘儿,天啊,安东妮亚去世以来,我见过的漂亮女人不知多少,从没有动过心,怎么偏叫我碰到这个主儿,弄得我年纪一把,还不由自主地害起相思病来。”果斯果丽娜的儿子道:“好啊,先生,这事你不必怨恨,正该得意啊。你不过这点年纪,害相思一点没什么可笑;你又没老,还有指望赢得女人欢心呢。听我的话,下回见了堂如安,大着胆子向他求亲得了。像你这样的人,他不会不答应。假如多若泰非上等人不嫁,你不就是上等人吗? 你有那贵勋授予状,够你子子孙孙沾光的了。年深月久,你那份授予状的来头就无从查考,像一切人家的根柢一样;四五代以后,山悌良那家就是头等的名门望族了。”

第 十 四 章

李利亚斯庄上两重喜事,吉尔·布拉斯·德·山悌良那的经历就此述完。

西比翁用这套话勉励我去向多若泰求亲,以为我不会碰钉子。我决计照办,可是不免战战兢兢。我尽管看来年轻,瞒得掉整整十岁年纪,可是总觉得一位妙龄美人不会垂青的了。我打定主意,下回见到她哥哥冒昧求一求。他呢,也正在着急,不知道能不能求到我的干女儿。

第二天早上,我刚穿好衣裳,他又来了,说道:“山悌良那先生,我有件要事,今天特为来跟你谈谈。”我请他到书房里,他单刀直入,说道:“我的来意,你大概知道。我爱赛拉芬,她爸爸什么都听你的,请你替我美言几句,成全了我的心愿,我终身的幸福就多亏你了。”我答道:“堂如安先生,你既然直截痛快,绝不会怪我学你的样。我一定在我干女儿的爸爸面前替你出力;现在我也要请你在令妹前说说好话。”

堂如安听了这话,脸上又惊又喜,我觉得兆头不坏,他道:“难道你昨天给多若泰颠倒了吗?”我道:“我爱上她了,如果承你们兄妹两位不弃,答应我的请求,我就是天下最福气的人了。”他答道:“这件事你尽管放心。我们虽然是贵族,很愿意跟你结亲。”我道:“承你不嫌我平民出身,肯要我做妹夫,我很高兴,也对你越加钦佩,这就见得你高明。不过,即使你要挣面子,想把妹妹嫁个贵人,好叫你得知,我也够格儿。我在相府先后做了二十年的事,王上瞧我为国家出过力,赏了一份贵勋授予状,我可以给你瞧瞧。”我一向不爱夸张,把这份授予状藏在抽屉里,这时候就拿给那位绅士看。他仔细从头看到底,十分惬意。他还给我道:“好得很。多若泰许给你了。”我嚷道:“赛拉芬也稳是你的了。”

两桩婚事就此讲定。这事只消再问问两位小姐是否愿意,因为堂如安和我都很体贴,不肯委屈了她们强聘硬娶。他回如泰拉庄上去跟妹妹谈我的亲事。我就召了西比翁、贝雅德丽斯和我干女儿，把方才谈的话告诉他们。贝雅德丽斯主张一口答应，赛拉芬一声不响，就见得她跟妈妈同意。那爸爸其实并没有旁的主张，不过有点为难，说这人家的庄子亟待修理，不知道该多少陪赠呢。我说，这是我的事，我给干女儿四千比斯多陪嫁。西比翁一听这话，也就没得说的了。

我和堂如安当晚又见面，我说："你的事顺利极了，但愿我的也不坏。"他答道："你的事顶不错，多若泰不用我做哥哥的命令，自己就情愿。她中意你一表人才，也喜欢你这种风度。你只怕不中她的意，她却发愁得更合情理，她嫁你只有个光人儿——"我喜极欲狂，打断他道："我此外还有什么要求呢？承蒙可爱的多若泰不弃，肯跟我同甘共苦，别的都不用说了。我有的是钱，不要她什么陪嫁，能娶到她就心满意足。"

我们俩谈得有了这些眉目，都很高兴，决计省掉繁文缛礼，赶快结婚。我叫这位先生跟赛拉芬的父母会了面，讲定婚约的条款，他就辞去，答应过一天带多若泰同来。我一心要讨这位小姐喜欢，拼命修饰打扮，足足花了三个多钟头，自己瞧着还不称心。少年打扮了见情人，是件乐事；人快老了，这事干来就很吃力。总算便宜我，堂如安的妹妹第二次见面对我十分青眼，我自觉还没有人老珠黄。我跟她谈了好一会儿，觉得她性情很可爱，只要我会哄、会媚，加上千依百顺，想来还可以赢得老婆欢心。我一肚子如意算盘，就叫人到瓦朗斯请来两个公证人，立下婚约；于是我们把巴戴那的教区神父请到李利亚斯，替堂如安那一对和我们一对行了结婚礼。

我第二番结婚一点也不懊悔。多若泰很贤惠，安分尽责，她瞧我先意承旨，心里很领情，就跟我亲热得仿佛我是个年轻丈夫一般。堂如安和我干女儿一盆火也似的热,更妙的是姑嫂俩非常要好,全出志诚。我看出那位内兄的许多长处,真心喜欢他,他也没亏负我。长话短说,我们一起非常融洽,每晚分手要明早再会面就依依不舍。我们决计两家并作一家,有时候住在李利亚斯庄上,有时候住在如泰拉庄上,因此就花了本大人的比斯多,把这个庄子大大地修理了一下。

敬爱的读者,我和这些亲爱的人同过快乐日子,已经有三年。上天要我没一点儿美中不足,赏了我两个孩子。我一心相信孩子是我的亲骨血,我的暮年岁月可以教子消遣了。

小癞子

译　本　序

我翻译的西班牙名著《小癞子》经过修改和重译，先后出过五六版。我偶尔也曾听到读者说：“《小癞子》，我读过，顶好玩儿的。”这正合作者《前言》里的话：“就算他（读者）不求甚解，也可以消闲解闷。”至于怎样深入求解，我国读者似乎不大在意。我作为译者，始终没把这本体积不大的经典郑重向读者介绍，显然是没有尽责。

《小癞子》的读者假如忽略了作者《前言》，很可能“不求甚解”，只读来消遣。如果细读《前言》，准会发现里面有许多文章值得深入求解。

《前言》和小说本文都算是癞子的话，不过笔墨略有不同。小说本文质朴而简洁。《前言》虽然也没有辞藻，语言却更为文雅。短短的第一节里就两次引用经典上的名句。小说本文是癞子向一位贵人叙述自己的身世，从他自小挨饿受苦的种种经历，直到长大成人，娶了大神父的姘妇而交上好运。《前言》里却隐藏着一位作者。《前言》其实是作者的议论，面对广大的读众，不仅仅面对一位贵人。直到末一节才转为癞子本人的语气。

作者开宗明义，指出这部作品是写非常的事，而且是向来没人注意的。他认为这种事该有人写，不让它埋没。读者嗜好不同，识见不同，说不定有人会对这类事情很欣赏，也很重视。他以作者的身份说，如果写了书只给一个人看，就没几人肯动笔了。写书不容易；下了一番功夫，总希望心力不白费，读者会看到书里的妙处而加以赞赏——也就是说，看到他的创新，了解其中的意义和价值。

《小癞子》是西班牙十六世纪中期出版的。当时文坛盛行英雄美人的传奇，渲染无敌的勇士，无双的佳人，崇高的品德，深挚的爱情等等，而神奇怪诞的魔法师、巨人、怪兽、毒龙之类多方作祟，造成故事的悲欢离合。到六十年代末期，继骑士小说而盛行的是田园小说，写超尘绝俗的牧童牧女谈情说爱。《小癞子》不写传奇式的英雄美人，不写“田园”中的牧童牧女，而写一个至卑极贱的穷苦孩子。他伺候一个又一个主人，切身领略到人世间种种艰苦，在不容他生存的社会上一处处流浪，挣扎着活命。这里没有高超的理想，只有平凡的现实；而卑贱的癞子替代高贵的伟大人物，成为故事主角。

卑贱的人物进入文学领域充当主角，不从癞子开始。就以西班牙本国来说，近五个世纪以前，一四九九年出版的《赛莱斯蒂娜》虽然以富家公子和名门闺秀的恋爱为主题，主要角色却是为男女双方撮合拉纤的赛莱斯蒂娜。这个狡猾的虔婆尽管卑贱，却是社会上的重要人物。人人都知道她，很多人——不论贵贱都有求于她。她行业虽贱，却很吃得开。有钱有势的“风流人物”，老老少少都是她的主顾；而她所利用的女人又都甘心受她剥削。堂吉诃德说过：在治理得当的国家，拉皮条是最少不了的行业。癞子和赛莱斯蒂娜可大不相同了。他只是一个吃不饱、饿不死的叫花子，他的故事无非偷嘴撒刁、挨打挨骂。他主人把他的作为讲给旁人听,他们听了就哄然大笑,为打骂他的主人助势帮腔。癞子在社会上只像蚂蚁一般,谁都没把他放在眼里。正如他自己说的:癞子如果饿死了,谁也不会再想到他。他的死活都没人在意,他的心情当然更没人顾念了。他一生的经历不值得史籍记载,他切身的感受只有自己本人知觉。作者别有见地,让癞子自己叙述身世,并讲出他的感受。这就是作者所谓“也许一向没人知道”的“非常的事”。因为癞子的身世只在他本人才有意义;他的感受也只有本人才体会亲切。《小癞子》是自述体。由一个社会上无立足地的小人物讲自己一处处的流浪生活,确是作者创新。他首创了“流浪汉小说”。各国文学史上一致把《小癞子》称为“流浪汉小说”的鼻祖。

究竟什么是“流浪汉小说”,解释并不一致。一般说来,“流浪汉小说”都以“流浪汉”为主角。“流浪汉”指无业游民。他们出身微贱,没有家产,没有行业,往往当佣仆谋生,却又没有固定的主人,因为经常更换。他们或是游手好闲,不务正业;或是无业可就,到处流浪,苟安偷生。有的是玩世不恭,有的是无可奈何。他们与国家的法纪和社会秩序都格格不入。可是他们并不公然造反,只在法网的边缘上图些便宜,如欺诈讹骗、小偷小摸之类。流浪汉从来不是英雄,他们是“非英雄”或小人物——不过“非英雄”或小人物不专指流浪汉。

流浪汉小说可以借主角的遭遇,揭露社会上各个角落的龌龊,讽刺世人的卑鄙;也可以借主角的为非作歹,一面写良民愚蠢可欺来逗笑取乐,一面写歹徒不得好下场来警顽劝善。反正这种小说的内容都写这个很不完美的现实世界——徐文长《歌代啸》楔子开场所谓“世界原系缺陷,人情自古刁钻”。而流浪汉都看破这个世界而安于这个世界。

按照一般文评的说法，流浪汉小说都是流浪汉自述的故事。流浪汉故事如果由第三人叙说，就不是流浪汉小说。自述的故事如果主角不是流浪汉，当然也不是流浪汉小说。

西班牙十七世纪出版的著名流浪汉小说如马德欧·阿莱曼的《古斯曼·德·阿尔法拉切的生平》，又如克维多的《骗子堂巴勃罗斯的生平》（即中译本《骗子外传》），都用为非作歹的流浪汉充主角。前者侧重于警顽劝善，后者侧重于逗笑取乐，两书都是自述体。法国勒萨日的流浪汉小说《吉尔·布拉斯》借西班牙为背景，暴露和讽刺当时的法国社会，充主角的流浪汉是个玩世不恭的奴才，小说也是自述体。英国奈希写了英国最早的流浪汉小说《不幸的旅行者，或杰克·维尔登的生平》（一五九四年），也把为非作歹的流浪汉做主角，侧重于讽刺和滑稽。笛福的《摩尔·弗兰德斯》也是流浪汉小说，尽管主角是女人，称不上“汉”；小说旨在暴露社会的阴暗，也有惩戒的意味。这两部英国小说也都是自述体。以上所举，都是人所熟知的流浪汉小说，都和《小癞子》一脉相承，作者都受《小癞子》的影响。

这类小说不仅都用自述的体裁，结构上也有相同处——都由一个主角来贯穿全书的情节。流浪汉到处流浪，遭遇的事情往往不相关联。他一生的经历并没有亚里士多德《诗学》上所讲究的“统一性”或“一致性”，而是杂凑的情节。主角像一条绳束，把散漫的情节像铜钱般穿成一串。这种情节杂凑的结构是流浪汉小说所共有的。

因为流浪汉小说都由一个主角来贯穿杂凑的情节，所以同样结构的小说渐渐就和流浪汉小说相混了。历险性或奇遇性的小说尽管主角不是流浪汉，体裁也不是自述体，只因为杂凑的情节由主角来统一，这类小说也泛称为流浪汉小说。例如英国菲尔丁的《弃婴汤姆·琼斯的故事》，主角既非流浪汉，小说又非自述体，作者还自称遵照《诗学》所讲的结构，可是这部小说因为由主角贯穿全书情节，也泛称为流浪汉小说。甚至班扬的《天路历程》、塞万提斯的《堂吉诃德》，都泛称为流浪汉小说。一种文体在流传推广的过程中，免不了各式各样的演变。弗洛霍克在《流浪汉体小说的观念》一文里指出，"流浪汉体"离开了西班牙也就改变了性质。例如法国的吉尔·布拉斯，英国的摩尔·弗兰德斯等，他们和饥饿线上挣扎求生的流浪汉处境不同，心理也不同，偏离了"流浪汉"原始的定义。其实，小癞子和他本国的后裔在心理上也并不相同。例如小癞子对侍从的温情，显然是一般流浪汉所没有的。反正一种文体愈推广，愈繁衍，就离原始命名的意义愈泛愈远了。

《小癞子》在流浪汉小说里是特殊的，不仅因为是首创，还另有独到。它篇幅比任何别的流浪汉小说都短，可是意味深长，经得起反复品尝。作者不仅设身处地，道出癞子的心声，也客观写出癞子的为人；不仅揭露并讽刺癞子所处的社会和他伺候的一个个主人，也揭露并讽刺癞子本人，而且作者也嘲笑了自己。

《前言》的末一节，以癞子的口吻为"苦命的穷人"吐一口气。出身高贵的公子何德何能，占尽便宜？出身穷苦的就没有活命的权利吗？他"历尽风波，安抵港口"，全靠自己奋斗，不是坐享现成，这不是可以自诩吗？

法国十八世纪作家博马舍的名剧《费加罗的婚礼》第五幕

第三场里，费加罗说："你是一位大贵人，就自以为也是大天才了！靠你的爵位，好不神气！你凭什么这样享福呢？不过是托赖爹妈生了你！如此而已！"勒萨日《吉尔·布拉斯》第十卷第十章里，西比翁说："我要是自己做得下主，准生在头等贵人家里……不过爸爸不是自己挑的。"《小癞子》是十六世纪中期的作品。假如博马舍剧里的话敲响了革命的警钟，那么，出版较早的《吉尔·布拉斯》里也有同样的话，而十六世纪的《小癞子》里早有这种议论了。有趣的是，发议论的费加罗和西比翁，和癞子同是流浪汉一型的人物。

如果细读《前言》，就不会忽略小说本文里那些俏皮而微妙的讥诮。例如小癞子讲他父亲——一个磨房工人偷麦子吃官司的事："他据实招供……为正义吃了苦头。他是《福音》所谓有福的人。我希望上帝保佑他上了天堂。"小癞子这么说，可算是天真未凿，但作者却借来挖苦了《圣经》上的话："为正义受逼迫的人有福了，因为天堂是他们的。"小癞子的父亲从军身亡，他的寡母无家可归，"决心要依傍着有钱的人，自己也就会有钱。"这话原是西班牙谚语："你和好人为伍，也就成为好人。""好人"和"有钱人"是同一个字。癞子和他妈妈把谚语这么理解，很自然也很合理，正是他们从生活里体验出来的。癞子依傍了大神父，不就有钱了吗？有钱人不就是好人吗？作者弦外之音很清楚。小癞子又伺候了一位教士。他说这位教士的吝啬："不知这是天生的，还是穿上道袍养成的。"这话可以是混沌的孩子不由自主的猜想，但也是作者老实不客气唾骂教士。小癞子的第三个主人穷得经常挨饿。他死要面子，却不要脸，让小癞子讨饭养活他。这也表示作者对"上等人"所谓"体面"作何评价。第四章篇幅极短，却皮里阳秋，全是讽刺之笔。几个女人把小癞子介绍给一个墨西德会的修士，说是她们的亲戚。什么亲戚呢？当时文献里常讲到修士的“侄女”或“外甥女”等“亲戚”，实际上是姘妇。这个修士不喜欢唱圣诗的男孩子。“喜欢”是什么意思？“不喜欢”又是什么意思？末句“还有些这里不提的细事”，只为“不提”，更令人猜疑他怎样欺负了小癞子。至于那个兜销免罪符的主人，他只让小癞子亲眼看到他伪造圣迹，愚弄善男信女。小癞子跟着这个主人吃了什么苦头，后来跟着画手鼓的主人又受了什么折磨，书上只一笔带过。小癞子渐渐长大成人，为驻堂神父卖水四年，吃饱穿暖，攒钱买几件估衣，穿得很像样，就扔掉饭碗，当了公差的用人。吃这碗饭也许油水不少，只是风险太大，经常提心吊胆。“一个人要发迹，得为皇家效力”；癞子“为皇家效力”，虽然职司是最低最贱的，也证实这句话毕竟不错，他从此日子好过了。恰好萨尔瓦多的大神父要为自己的女用人找丈夫，癞子当选，就此丰衣足食。我们读了癞子的遭遇，能体会他的感受，并看到他那些卑鄙的主人在当时社会上混得很活跃。

作者了解并同情癞子，可是他和癞子之间显然是有距离的。这部小说是一串逗笑的趣事。小癞子偷嘴撒刁尽管情有可悯，终究不是什么光彩的事。他是可怜虫，却也未免可笑——连他自己听到主人形容他的行径，一面啼哭也忍不住失笑。小癞子小时迫于饥饿，身不由己。他吃饱以后走什么道路就由自己选择了。他把卖水用的骡子交还驻堂神父是他自决的第一步。癞子未必因为驻堂神父剥削了他而不干那买卖。他只是人大心大，一看自己穿得很像样，觉得有了本钱，可以找更好的买卖了。

但是担惊受怕的事他也不干。他知道最好的买卖是“为皇家效力”。他钻营到最低贱的一个职司,那得意劲儿从话里洋溢出来:“我至今还当这差使,为上帝并为您效忠尽力。”他娶大神父的女用人并不是受了蒙骗,而是因为计较到这一来对他只会有好处。他明白自己是做开眼的乌龟,遮羞的丈夫,可是笑骂由人笑骂,吃饱穿暖、攒钱养老是活命的根本。他早打定主意要依傍有钱的人,所谓“与好人为伍”;这是他的处世箴言。所以他干脆对大神父打开天窗说亮话,让大神父明白该怎样相待。据他自己说,他们三口子相处得很融洽,因为他拿稳自己的老婆多么正经——也就是说,不正经。谁风言风语,他会用一个指头遮脸,说他老婆和全城的女人一样正经——底子里就是说,反正女人没一个正经。作者对癞子的善于妥协,苟活偷安,并不著一辞,只由癞子自己叙说,而讥诮尽在不言中。

作者在《前言》里说,著作不容易,下了一番功夫,总希望心力没有白费。他不是为钱,却是希望有知音欣赏,至少能有人阅读。他引用“荣誉培育了艺术”这句名言,举出追求荣誉的几个实例,笑自己未能免俗。他不顾触犯当权得势的教会和宗教法庭,或许也略似兵士冲锋陷阵,只为博得赞赏。宣教师原该不图荣誉,可是仍然醉心荣誉。枪法并不高明的武士听了油嘴光棍的恭维,乐得忘其所以。这本小说是否真有价值,能博得行家赞赏呢?作者似乎并不敢自信。好在他不是谋利,只求作品有知音欣赏;作品公之于世,自己就隐藏起来。《小癞子》出版至今已四百多年,作者究竟是谁,经许多学者钻研,还是考证不出。

有的说,《小癞子》是胡安·德·奥泰加神父学生时代的作品，因为思想上似有共鸣，而且据说神父的斗室里藏有他亲笔写的《小癞子》草稿。可是这部“草稿”谁也没有亲眼看见。究竟有没有这部“草稿”？是草稿还是手抄的现成书稿？没人可以证实。

长期以来，很多学者认为《小癞子》的作者是曾任西爱纳总督、西班牙驻教廷大使狄艾果·乌尔达多·曼多萨，因为他喜欢用通俗文字写些逗趣的诗文。可是在他晚年，有人把他的游戏笔墨编纂成集，并没有收入《小癞子》。

又有学者以为作者是诗人塞巴斯田·德·奥若斯果，因为他有依拉斯摩思想。还有其他文人由于同一原因也被人当作这部小说的作者。依拉斯摩提倡人类的理性，颂扬基督精神，反对宗教的教条和仪式。《小癞子》里虽然偶尔也挖苦《圣经》上的话，并取笑教廷的免罪符，却只像中世纪小说那样讽刺教士不守清规，贪图享受，没有慈悲心肠等等，并没有宣扬依拉斯摩主义。各种推测还很多，不一一列举。

现代西班牙文论家阿美利科·卡斯特罗又提出新见，认为作者是西班牙十六世纪的“新基督徒”，这种人是犹太人后裔，曾饱受当时社会的歧视压迫而心怀怨愤。但小癞子虽然饱受压迫，《小癞子》的作者并不像饱受压迫的人。他笔下也没有怨苦愤怒，只有宽容的幽默。从许多推测里只能猜想作者是敢于发表新见的开明人士。

也有人考证小说写成的年代，用作旁证来考订作者。可是小说第一章里提到的亥尔维司之役有两个，一是一五一〇年，一是一五二〇年。末一章“神武皇帝陛下”进驻托雷都也有两次，一是一五二五年，一是一五三九年。一五四〇年托雷都因年成不好，下令驱逐流氓乞丐。小说里写小癞子看到街上的叫花子受鞭打，不敢再讨饭，可见小说写在这个法令实行之后。但所有这些考证只能说明作者不是某人，而不能证实作者究竟是谁。最近《海岛》杂志（文学及人文评论）上有论及《小癞子》的文章，称这部“珍贵”的作品为“寻觅爸爸的孤儿”。

只有一点可以证实。《小癞子》虽是自述体，作者却不是癞子本人，因为癞子是传说里的人物。早在欧洲十三世纪的趣剧里就有个瞎眼花子的领路孩子；十四世纪的欧洲文献里，那个领路孩子有了名字，叫小拉撒路（我译作小癞子）。我们这本小说里，小癞子偷吃了主人的香肠，英国传说里他偷吃了主人的鹅，德国传说里他偷吃了主人的鸡，另一个西班牙故事里他偷吃了一块腌肉。伦敦不列颠博物馆藏有一部十四世纪早期的手抄稿 *Descretales de Gregorio IX*，上有七幅速写，画的是瞎子和小癞子的故事。我最近有机缘到那里去阅览，看到了那部羊皮纸上用红紫蓝黄赭等颜色染写的大本子，字句的第一个字母还涂金。书页下部边缘上有速写的彩色画，每页一幅，约一寸多高，九寸来宽。全本书页下缘一组组的画里好像都是当时流行的故事，抄写者画来作为装饰的。从那七幅速写里，可以知道故事的梗概。第一幅瞎子坐在石凳上，旁边有树，瞎子一手拿杖，一手端碗。小癞子拿一根长麦秆儿伸入碗里，大约是要吸碗里的酒，眼睛偷看着主人。画面不大，却很传神。第二幅在教堂前，瞎子一手拄杖，一手揪住孩子的后领，孩子好像在转念头，衣袋里装的不知是大香肠还是面包，看不清。第三幅也在教堂前，一个女人拿着个圆面包，大概打算施舍给瞎子。孩子站在中间，伸一手去接面包，另一手做出道谢的姿势。第四幅里瞎子坐在教堂前，旁边倚杖,杖旁有个酒壶,壶旁有一盘东西,好像是鸡。瞎子正把东西往嘴里送,孩子在旁一手拿着不知什么东西,像剪子,一手伸向那盘鸡,两眼机灵,表情刁猾。第五幅是瞎子揪住孩子毒打,孩子苦着脸好像在忍痛,有两人在旁看热闹,一个在拍手,一个摊开两手好像在议论。第六幅大概是第五幅的继续。孩子一手捉住瞎子的手,一手做出解释的姿态。左边一个女人双手叉腰旁观,右边两个男人都伸出一手好像向瞎子求情或劝解。第七幅也在教堂前,瞎子拄杖,孩子在前领路,背后有人伸手做出召唤的样儿,大约是找瞎子干甚事。

莎士比亚《无事生非》第二幕第一景里引用了小癞子的故事。英国学者曾提出疑问,认为莎士比亚未必引用了《小癞子》这本小说,因为一五三五年英国出版的《趣事妙语集》里已有这个故事。

不仅小癞子是民间传说里的人物,就连靠他讨饭养活的侍从和兜销免罪符的混蛋都是传说里的人物。连第三章里寡妇送葬号哭那一节也有蓝本。小癞子头撞石牛,和瞎子同吃葡萄,哄瞎子撞石柱等情节都早有传说了。

小说家从传说故事取材是常有的事。例如我国明代小说《水浒传》里的三十六天罡,据周密《癸亥杂识》续集,宋末元初龚圣予《宋江三十六人赞》和三十六天罡的姓名绰号基本相同。宋江等人的故事,街谈巷语也早有传说。元代《大宋宣和遗事》已讲到劫取生辰纲、杨志卖刀、宋江杀阎婆惜等故事,元代杂剧里也有李逵、燕青、武松等为主角的杂剧。又如我国明代小说《西游记》里的孙行者,也早在前代文献里出现过。南宋刊行的话本《大唐三藏取经诗话》里有个猴行者,使一条金环杖，帮唐僧上西域取经。杨景贤撰《西游记》杂剧里唐三藏一行人经历的魔难较多，出现的角色和《西游记》小说里的更近似而并不相同。这都说明小说家采用现成的资料——不论历史性或神话性的。

这并不是说，写小说只需把传说里的人物故事贯穿起来，便成小说。小说家还需从材料中精选提炼，重加充实，重新抟造，才能给人物生成骨肉，赋予生命。《小癞子》的作者叫小癞子生于某城某镇某一地点，父亲某某、母亲某某都有名有姓。他父亲干什么行业，他八岁父亲吃了官司从军阵亡又是哪一年、哪个战役的事。这样，小癞子就固定在这个世界的某一个时期、某一个地点、某一个社会阶层内，借得了历史的背景、地理的真实、社会环境的气氛。他怎样找到一个个主人，又怎样离去，都有来由。那些主人都是他亲身伺候过来的。所有的事情都在一定的环境里自然发生。因此，他伺候的瞎子和一般瞎子不同，不是传说里的瞎子而是一个特殊的瞎子。他历次偷吃挨打由他讲得头头是道，千真万确，一桩桩都成了特殊的事。比如他和瞎子同吃葡萄是在盛产葡萄的地区，正当收葡萄的季节，施舍给瞎子的葡萄已经过熟，主仆俩同吃的情景历历如真。又如小癞子遇到送葬号哭的寡妇正当他伺候第三个主人的时期，恰好他们住的房子是阴惨惨的，他们主仆挨饿过日子，这一段现成的故事穿插在这个环境里就觉天衣无缝。

戏剧性结构的故事"从半中间叙起"，这是古罗马诗人贺拉斯的名言。我们这位熟悉经典的作者在《前言》里所说"不从半中间起"，想必是针对这一句话。他要写出癞子的全貌，主张从头讲来。作者在这点上自有道理。癞子是他处境的产儿，他的为人由他从小的经历造成，也是他一个个主人熏陶出来的，他经历的道路影响他抉择的道路。癞子是饿怕了的，会利用一切机会填满肚子。他懂得“体面”不能当饭吃，穷苦人活命要紧。他没有余力讲究什么“体面”。他要安居乐业，攒钱养老，得依靠有钱的人。癞子的经历从头讲起，能使读者亲眼看到他逐渐长大，从小叫花子到他成为大神父姘妇的丈夫。这又是由他自己叙述的。前后种种遭遇在他的意识里当然融和在一起，是一个整体。他的全貌不但全面，还很具体。

小说家往往在小说里出头露面发议论。《小癞子》的作者却不亲自出场，他有议论可以推给癞子。例如第一章小癞子听他的异父弟称他爸爸“黑鬼”，暗想：“他瞧不见自己，倒躲人家。”这是小孩子能见到的。下一句“像他这种人世界上不知该有多少呢”就超出了小癞子的识见。可是叙述者不是作者，所以该算是癞子的议论吧。下文说，穷苦的奴才为爱情偷东西养婆娘，何怪教士修士……那一节显然不是小癞子的话，那是他长大以后的识见。作者在故事里不露脸也不出声，只让癞子叙说。读者只听到癞子在面前讲述——都是老实的招供，话里本相毕露，叫人识破了他而暗暗失笑，竟忘掉那全是作者的刻画和讽刺。这都表现了作者炉火纯青的艺术。

作者在《前言》里说自己笔墨粗陋。这无非指他用修辞学所谓通俗的话，而不用高雅的“诗”的语言辞藻。他并没有用下层社会流氓乞丐的口语来叙述。瞎子教小癞子的黑话，书里一句都没有出现。作者只凭语言简洁生动而取得真实感。

小说结尾“我那阵子很富裕，正是运道最好的时候”，其实是极不光彩、极为可笑的处境。《前言》里癞子要向那位贵人讲的,就是他怎样走到了这个地步。所以故事到此,正该结束;这样的结束也含蓄不尽。可是受人喜爱的作品往往会有人续写。

早在一五五五年,有无名氏续写了第二部,在比利时出版。第二部的开头接在第一部末尾,写癞子酗酒成习。在第二部里,癞子为了谋利,从军远征阿尔及尔,航海遇风船沉,他喝足了酒,入水不死,变成一条鱼。他变了鱼在海底的遭遇,或许影射真人真事。他遇到人间无处存身而潜入海底的"真理"女神,后来又回到人间。第二部也有讽刺意味,但荒诞不经,成了浪漫式的冒险故事。

一六二〇年巴黎出版了《小癞子》的另一个第二部。作者卢那是居住巴黎任翻译和教师的西班牙人。他写癞子酗酒,入海不死,由渔人网出,当作海怪展览敛钱。癞子后来又当叫花子,经历许多艰苦。两个续本都写出时运变化无定,癞子保不住还得随着他的运道而升沉;在这一点上,续本倒是贯彻了流浪汉小说的精神。

《小癞子》的第一部大约一出版就大受欢迎。一五五四年的一年里,三处——布尔果斯、阿尔加拉和比利时都出了书。三个版本互有异同。据考证,原版(一五五三年或早于一五五三年)已遗失。遗失的版本可能不止一个,因为上述三个版本都不是从同一个版本传下来的。

一五五九年宗教法庭取缔有害书籍,《小癞子》列为禁书。一五七一年,有些开明的神学家主张放宽禁令,出些删节本。一五七三年出版了人文主义者美洲事务大臣维拉斯果删节的《小癞子》。维拉斯果在引文里说:《小癞子》这样一本生动有趣的小说，有它的价值，也深受读者喜爱。国内禁止发行，国外仍在翻印，不加删节地仍予再版。删节本把讥刺墨西德会修士和兜销免罪符的第四章和第五章全部删去。其他许多干犯教会的章节，例如第六章写驻堂神父剥削谋利，第七章写大神父不守清规，也许当时见惯不怪，都轻轻放过了，只删掉攻击教士的个别词句六处，例如第一章何怪教士修士为情妇和私生子谋利一句，第二章不知吝啬是否穿上道袍养成一句。两个续写的“第二部”也全删掉。

删节本只在国内重版，国外翻印的还是未经删节的本子，如一五八七年米兰的翻印本、一五九五年和一六〇二年比利时的翻印本。意大利、法国、英国、荷兰、德国先后都出了译本，译文都根据未经删节的版本。西班牙国内直到一八四四年，《小癞子》才恢复原貌。近来有许多关于《小癞子》版本的考证，这里不一一叙述了。

《小癞子》原名《托美思河的小拉撒路》。《新约全书》的《路加福音》里有个癞皮花子名叫拉撒路，后来这个名字泛指一切癞皮花子，又泛指一切贫儿乞丐。我们所谓癞子，并不指皮肤上生癞疮的人，也泛指一切流氓光棍。我国残唐五代时的口语就有“癞子”这个名称，指无赖而说；还有古典小说像《儒林外史》和《红楼梦》里的泼皮无赖，每叫作“喇子”或“辣子”，跟“癞子”是一音之转，和拉撒路这个名字意义相同，所以我译做《小癞子》。

这个译本所根据的原著是何塞·米盖尔·加索·贡萨雷斯的校注本，布鲁盖拉经典丛书版（一九八二年）。一九七八年出版的拙译《小癞子》根据富尔歇·台尔博司克的校订本（一九五八年)。承西班牙友人玛丽亚·里维斯女士和胡安·布迪艾尔先生赠送原著另两种版本。我把几种版本对照比较,选择了现在根据的本子。英国伦敦不列颠博物馆的康韦先生曾不惮其烦,为我找到上述英国十四世纪手稿上七幅有关小癞子的速写。人民文学出版社王央乐同志赞成我把这部翻译加上序言出版,并审阅全文。这里一并致谢。

一九八五年四月

前　言

有些非常的事，也许是一向没人知道的，我认为该广为宣扬，不让它埋没。有人读了这种记载也许会找到些欣喜的东西，就算他不求甚解，也可以消闲解闷。所以普里尼欧说："一本书不论多糟，总有些好处。"①况且各人口味不同：你不吃的，他却贪得要命；某些人瞧不起的东西，另有些人却很重视。这无非是说：作品除了恶劣透顶的，都不该销毁摧残，而该公之于世；至于无害而多少有益的作品，那更不在话下。如果写了书只是给自己看，就没几人肯动笔了。著作很不容易；下了一番功夫，总希望心力没有白费——倒不是要弄几个钱，却是指望有人阅读，而且书中若有妙处，还能赢得赞赏。图琉说得对："荣誉培育了艺术。"②

冲锋陷阵的战士难道是活得不耐烦吗？当然不是；他要博得人家称赞，就不惜拼死当先。从事文艺的也是如此。譬如宣教士一心要超度众生，讲道娓娓动听，如果对他说："啊呀，您大师讲得真叫顽石点头！"瞧，他会不乐意吗？有一位武士比武出

---

① 普里尼欧（23—79），古罗马博物家，他侄儿小普里尼欧给朋友的信上追述他这句话。见普里尼欧《书信集》第三卷第五函。

② 图琉即西塞罗（公元前106—前43），古罗马政治家、散文家。引语见《德斯肯伦别墅哲学谈》第一卷第二章第四节。

了丑，但听到油嘴光棍恭维他的枪法，就把自己的战袍送了那人；如果他枪法真是好，得到行家赏识，还不知要怎样高兴呢！

这是人之常情；老实说，我也未能免俗。我笔墨粗陋，写了这个小故事。如果读者觉得有趣，一致称赞，并且从此知道，一个人多么困苦艰辛也能活命，那么，我也绝不会不高兴的。

我请求您大人接受我这点小意思；只恨力不从心，不能写得再好。您叫我把自己的事仔细向您叙述，所以我认为不从半中间起，最好从头讲来，让您能看到我的全貌，也让贵公子们想想，自己何德何能，无非靠运气占了便宜；苦命的穷人全凭自己挣扎，居然历尽风波，安抵港口，成就比起来要大得多呢。

第　一　章

癞子自述身世，他父母是何许人。

我先奉告您大人，我名叫托美思河的癞子。我爹多梅·贡萨雷斯、我妈安东娜·贝瑞斯，都是萨拉曼加的泰哈瑞斯镇上人。我生在托美思河上，所以取了这个名字。我且讲讲这是怎么回事吧。我爹——愿上帝慈悲，宽宥他的亡灵——他在那条河边的一个磨房里做了十五六年工，经管磨粉的麦子。有一晚，我妈偶然在磨房里，她肚里正怀着我，忽然阵痛，当下就生产了，所以我说自己生在那条河上是千真万确的。

我八岁那年，送来磨粉的麦子口袋上出现裂口，有人控诉我爹从中打偏手，我爹就此吃官司了。他据实招供，直认不讳，为正义吃了苦头。他是《福音》所谓有福的人①，我希望上帝保佑他上了天堂。当时国家正招兵打摩尔人。我爹遭了刚才讲的祸事，已经驱逐出境。他跟了一位从军的绅士当骡夫，忠心为主，和主子一起打仗死了。

我的寡妇妈妈没了丈夫，无家可归，决心要依傍着有钱的

---

① 语带双关地引用《新约全书·马太福音》第五章第十节："为正义受逼迫的人有福了，因为天堂是他们的。"

人,自己也就会有钱①。她进城租下一间小房子,给学生做饭,又给玛达丽娜教区护教军官家的马夫洗衣裳,常在马房里厮混,就此结识了一个照管牲口的黑人。这人有时在我们家过夜,有时白天上门,只说要买鸡蛋,就进屋来。他初来我瞧他又黑又丑,对他又嫌又怕。可是他来总带些面包,带几片肉,冬天还带木柴给我们取暖;我发现他来了我们吃得好,就很喜欢他。

他经常和我妈来往,在我家过夜,我妈就给我生了一个很俊的小黑人。我摇他睡觉,让他焐着我取暖。记得有一天我那黑后爹逗他的娃娃玩儿,那小娃子瞧我和妈妈皮肤白,他爹另是一样,有点害怕,躲在妈妈身边,指着他说:

"妈妈,黑鬼!"

我后爹笑着说:

"这婊子养的!"

我虽然还是个小孩子,听了我小弟弟的话暗想:"他瞧不见自己,倒躲人家,像他这种人世界上不知该有多少呢!"

那黑人名叫萨以德。该是我们晦气,他和我妈来往给总管知道了。一查究,发现喂马的大麦大约一半给他偷了;麸皮呀,木柴呀,梳马毛的梳子呀,围单呀,盖马的毯子和单子呀,都有走失。他要是没有东西可偷,连马蹄上的铁都撬下来。他把这些东西都送给我妈,帮她养大我那小弟。一个穷苦的奴才,也为了爱情偷东西养婆娘,何怪一个教士或修士为了资助他的信女,抚养他的私生孩子,或在穷人身上刮皮,或从寺院揩油呢!刚才讲

---

① 西班牙谚语:你和好人为伍,也就成为好人;但癞子始终只把好人作为"有钱人"的同义词。

的种种罪状都有真凭实据，而且还不止那几桩。因为他们吓唬着盘问我，我小孩子家不经吓，知道什么，全说出来，连我妈叫我卖给铁匠的几块马蹄铁都和盘托出。

我那个倒霉的后爹吃了鞭子，又挨了烧炙①。法院判令我妈再不准进那个护教军官的住宅，也不准庇留可怜的萨以德，否则按律打一百鞭子。

可怜我妈妈生怕“失落了吊桶，又把绳子陪送”②，只好咬着牙服从命令。她免得担惊受怕，又防人闲话，就在索拉纳一家客店里当用人，伺候旅客。她在那里千辛万苦，把我小弟弟带大，渐渐地会走路了。我也成了大孩子，会打酒买蜡烛，给旅客打杂儿。

当时有个住店的瞎子看中我可以领他走路，向我妈要我。她就把我交托给瞎子说：我爹是好人，为了推广正教，在亥尔维司战役③里阵亡的；她相信上帝会保佑我长大了和爹一样好。她求瞎子顾念我是孤儿，好好看待我。瞎子一口应承，说他是要我当儿子，不是当用人。我就此伺候了这个年老的新主人，领他走路。

我们在萨拉曼加耽了几天，我主人觉得进账不多，决计到别处走走。动身前我去看妈妈，两人对哭一场，她祝福了我说：

“儿啊，我知道咱们这辈子不会再见了。你要巴巴结结做个好人，愿上帝指引你。我养大了你，把你交托了好主人，你自己当心吧。”

---

① 十六世纪西班牙的奴隶受罚挨了鞭打，伤处往往用猪油涂抹，再用火烧炙。

② 西班牙谚语。

③ 一五二〇年，摩尔人大败西班牙人于亥尔维司。

我就回到主人那里，他正在等我。

我们出了萨拉曼加，前面桥堍上有一只石兽，形状像公牛。瞎子叫我到石牛旁边去；我就跑去了。他说：

“癞子，这石牛肚里轰轰地响，你贴上耳朵听听。”

我死心眼儿，当真把耳朵凑上去。他摸到我脑袋正挨近石头，就使劲一推，害我一头猛撞在他妈的石牛上，磕得痛了至少三四天。他说：

“傻子，学个乖吧！瞎子的领路孩子得比魔鬼还机灵。”

他来了这番恶作剧，乐得直笑。

我还是个混混沌沌的孩子，这会儿才如梦初醒，暗想：“这话不错。我无依无靠，得头尖眼快，留心照顾自己。”

我们一路行去，没几天他把江湖上的黑话传授了我。他瞧我伶俐很高兴，说道：

“我不能给你金子银子①，可是能教你许多活命的窍门儿。”

这倒不是空话。我的生命是上帝给的，我能活命却全亏那瞎子的教导。他自己虽然瞎眼，却开了我的眼，指示了谋生之道。

我津津叙说这些琐碎，无非要您瞧瞧：出身卑贱而能上进，多了不起；出身高贵而甘心下流，多没出息。

言归正传，还讲那瞎子和他的故事吧。我告诉您，自从上帝创造了世界，没出过一个比他再聪明乖觉的人；吃他那行饭的，数他是个尖儿。他能背诵一百多种祈祷词，在教堂祈祷，声音又

① 引用《新约全书·使徒行传》第三章第六节：“金银我都没有，只把我所有的给你。”

沉着,又响亮,满堂都听得见;而且神气也很像样,一脸恭敬虔诚,不像别的瞎子老攒眉挤眼。

此外,他还有许多弄钱的窍门。据说他会念各种经咒:女人如果不生育,或者怀孕快要生产,或者夫妇不和,要得丈夫欢心,他都有合用的经咒。孕妇生男生女,他也能预言。他又懂医道,能治牙痛、昏厥、妇科百病,据说,咖雷诺①的学问还没他一半儿。反正谁有病痛向他诉苦,他马上就说:

“如此这般,煮什么草,服什么根。”

他有这套本事,大家都请教他;女人对他的话百句百听,尤其找得他勤。他靠我刚才讲的种种窍门儿,在她们身上很赚钱,一个月赚的,比一百个瞎子一年赚的还多。可是我也告诉您吧,他尽管弄到那么多钱,我却没见过比他还啬刻的人。他简直把我饿得要死,给的东西还不够我吃个半饱。这是实话。我要不靠心灵手快,自己找补,早饿死多少回了。随他多么老奸巨猾,我总有办法揩他的油;他的东西,上上份儿多半是我得的。我为此着实捉弄过他,只是并不次次得手。我不妨讲它几桩。

他把面包和随身东西都装在一只麻袋里,袋口箍着个铁圈,圈上配着锁钥。他东西拿出拿进,防备得非常严密,还细细点数,连面包屑也没法偷他一星。他给我吃的那份苦粮,不到两口就光了。可是他上了锁,就放松了戒备,满以为我有别的事分心呢。我就把麻袋上的一条缝拆开几针,从那只吝啬的口袋里大揩其油。我拿的面包不是小片,是好大块儿,还拿咸肉和香肠。我常把那条缝拆开又缝上。这不过是偷吃些东西当点心;可恶

① 咖雷诺,二世纪希腊名医。

的瞎子饿得我要死，我这样才有机会自己解救饥荒。

我把偷摸的钱都兑成半文的小钱。好在他看不见，人家出一文钱请他念经，钱刚掏出来，我就噙在嘴里，换上了半文钱；随他伸手多快，钱一过我的手就减值一半。那恶瞎子一摸知道是个半文，就抱怨我说：

“他妈的怎么回事儿啊？从前人家总给一文钱，时常还给当二的大钱①呢。自从你跟了我，只给半文钱了，该是你害我倒了霉。”

他吩咐我等请他念经的人走了，就扯他的衣角。我如言照办；他没念完半遍经就把其余的都赖了，立刻又喊着说：

“什么什么经有谁要我念吗？”

吃饭的时候，他身边常放一小壶酒。我快手抢来和壶嘴悄悄儿接两个吻，再放回原处。不过这办法没行多久。他喝酒发现少了几口，怕有走失，从此抓住壶把，一下也不放手。我就特地截了一长段麦秆儿，插进壶嘴，使劲一吸，把酒引到归宿处，磁石也没我那股吸力。可是那混蛋精明得很，想必知觉了。他从此又改变办法，把酒壶夹在两腿中间，再用手按住；这样一来，壶里的酒就稳归他受用。我喝酒上了瘾，馋得要命，眼看麦秆帮不了我的忙，就另出主意，在壶底钻个小小的窟窿或泉眼，轻轻巧巧封上一层很薄的蜡。吃饭的时候我假装怕冷，挤在那小气瞎子的两腿中间，向火取暖。那层蜡很薄，暖气一烘就化，酒就源源而出；我张嘴凑着，酒全流到我嘴里，一滴不糟蹋。等到那倒

① 十六世纪，西班牙一个瑞尔兑三十四个当二的大钱，一个当二大钱兑二文小钱。

霉家伙把壶送到嘴边,壶里已经空了。他很惊讶,不知是怎么回事,只顾自咒自骂,又咒骂那酒壶和酒。我说:

"大伯,你总不能说是我喝了你的酒吧,酒壶你自己拿着呢,没有放一放手。"

他把酒壶翻来翻去,细细摸索,竟找出那个泉眼,识破了我捣的鬼。可是他假装不知道。第二天,我照旧让酒壶漏酒;当时没想到祸事临头,也不知道恶瞎子已经心中有数,还去坐在他两腿中间,仰脸凑着喝那流下的美酒,半闭着眼细细领略滋味。狠心的瞎子觉得时机已到,可以对我报复了。他双手举起酒壶,向我嘴上狠命砸来。那把酒壶给我吃了甜头,又给我大吃苦头。可怜癞子还像往常那样放心享福呢,一点没防到这一着,简直以为天塌了,天上所有的东西都塌在自己头上了。

瞎子下手很猛,砸得我不省人事,酒壶都破了,碎片嵌进脸皮,割破好几处,还磕掉几颗牙,我从此缺了那几颗牙。打那时起,我就恨那恶瞎子。尽管他疼我,哄我,给我治疗,我看出他下了毒手洋洋得意。他用酒洗了碎片割破的伤口,笑嘻嘻说:

"癞子啊,害你受伤的东西也可以医好你,你说不是吗?"

他还讲了些笑话,只是我没那心情当笑话听。

我脸上结了疤还没平复,心上暗想,恶瞎子再那么砸我几回,准断送了我。我决计乘早先甩脱了他;不过事情要做得妥当,不能急在一时。我也想捺下心,不计较他用酒壶砸我的事。可是他从那天起,老无缘无故折磨我,不是挝脑袋,就是捋头发,这样虐待,不由我不记恨。如有人问他为什么对我那么狠,他立即叙述酒壶的故事,说道:

"您以为这小子是个实心孩子吧?您听听,魔鬼都想不出这套把戏呀!”

人家听了画着十字说:

“瞧,谁料小小孩子能这么坏!”

他们想到我捣的鬼,笑个不了,一面对瞎子说:

“好好儿收拾他,上帝会补报你。”

他有人捧场,成天尽收拾我。

我就存心害他,故意领他走最坏的路。哪里有乱石头,就领他从石头上过;哪里泥泞,就领他走泥泞最深的地方。当然我自己也不能走干路;可是我只要那两眼漆黑的人不能借光,自己瞎掉一眼也心甘情愿。他就老把拐棍的把儿杵我后脑,杵得我脑后都是肿包儿,头发也揪秃了。我发咒说不是故意,实在找不到更好的路了。可是没用,他不相信,那混蛋精明得很。

我和那瞎子打过许多交道,有一桩我觉得很可见他的精细,您听我讲了就知道他多么聪明。我们从萨拉曼加出来,他打算进托雷都境。他说那边的人尽管不爱布施,总比别处的人富裕些。他深信老话说的“不怕施主硬心肠,只怕他是光脊梁”。我们挑富庶的地方一路走去,哪里人缘好,进账多,就多耽些日子,否则第三天就走。

我们到了一个地方叫阿尔莫若斯。当时正是收葡萄季节。一个收葡萄的舍给他一串葡萄。盛葡萄的筐子向来不是轻抬轻放的,而且葡萄已经熟透,那串葡萄提在手里,一颗颗都脱落下来;要是装进口袋,就挤成浆,把旁边的东西都沾湿了。他决计大吃一顿吧,一来是不能带走,二来是要哄我开心,因为他那天已经用膝盖顶我好几下,又揍我好几拳了。我们坐在一个围栏上,他说:

“这回我让你放量吃。这串葡萄咱们俩各吃一半。你摘一颗,我摘一颗,这样平分。不过你得答应我,每次只摘一颗,不许多摘;我也一样,咱们就这么直吃到完,谁也不能作弊。”

我们讲定就吃。可是那奸贼第二次摘的时候改变了主意,两颗一摘,料想我也那样。我瞧他说了话不当话,不甘落后,还要胜他一着;我只要吃得及,每次摘两颗、三颗,或者还不止。那串葡萄吃完,他还拿着光杆儿不放手,摇头说:

“癞子,你作弊了。我可以对天发誓,你是三颗三颗吃的。”

我说:“没的事啊,干吗怀疑我三颗一吃呀?”

那乖觉透顶的瞎子答道:

“你知道我怎么瞧透你是三颗三颗吃的?我两颗两颗吃,你始终没嘀咕一声呀。”

我心里暗笑,尽管只是个孩子,也看到那瞎子的精明。

我在这第一个主人手下有许多稀奇可笑的事,免得啰唆,这里都不说,只讲讲怎么和他分手就完了。

我们那时候在埃司咖罗纳公爵属下的埃司咖罗纳城,住在客店里。他交给我一段香肠叫我烧炙。香肠炙好,他把抹香肠油的面包吃下,就从钱包里掏出一文当二大钱,叫我上酒店买酒。常言道:“机会造偷儿。”魔鬼指示了我可乘之机——我看见火边有个细长的烂萝卜,大概是不中吃了,扔在那里的。当时我闻着香喷喷的香肠,明知自己只有闻香的份儿,可是馋得要命,一心只想吃它到嘴。恰巧屋里又没有旁人,我就大着胆子,不管三七二十一,乘瞎子掏钱的当儿,把炙叉上的香肠取下,随手换上那个萝卜。我主人把买酒的钱给了我,自己接过铁叉,在火上转来转去,烧炙那个不配下锅的烂萝卜。我一路去买酒,急急把香肠吞下;回来看见那倒霉的瞎子正把萝卜夹在两片面包中间。他没有摸,不知是萝卜。他把面包送到嘴边,一口咬下,满以为里面有香肠,不道咬到了生冷的萝卜,就变脸说:

"小癞子!这是怎么回事?"

我叫屈道:"我真倒霉了,怎么又赖上我呀!我不是买酒刚回吗?也不知是谁跑来,开了这场玩笑。"

他说:"没的事!这把铁叉我压根儿没放手,决没有别人。"

我满口赌咒,说没干那偷天换日的事。可是没用,那该死的瞎子精明得很,什么都瞒他不过。他跳起来,按住我脑袋,凑上来闻我。他一定像好猎狗那样闻到了气味。他要寻根究底,而且在火头上,就双手抓住我,狠命掰开我的嘴,把鼻子直伸进去。那鼻子本来又长又尖,发了火好像更长了一拃多,鼻尖直戳到我喉咙里。当时我害怕得紧。那段倒霉的香肠刚刚下肚,还没安顿。再加他那长鼻子简直要堵死我了,撩触得我喉头痒不可当,竟使我把干的坏事、吃的美味全抖搂出来,赃物归还了原主。原来恶瞎子没来得及抽出他的长鼻子,我早恶心得把赃物连那鼻子一并奉还了;他的鼻子和那段囫囵吞下的倒霉香肠是从我嘴里一起冲出来的。

天啊!我但愿当时已经埋了吧!因为我已经吓死了。那歹毒的瞎子怒气冲天,要不是旁人闻声赶来,他准要了我的命。他们把我从他手里拉出来,我稀稀几根头毛,给他揪了满满两把,脸皮和脖项都抓破了。我脖子抓破是活该;我历次受罪都是为了口腹的过失,脖子是口腹之间的通道。

那可恶的瞎子当众把我的许多倒霉事一遍遍地讲:又是酒壶的事,又是吃葡萄的事,又是当前的事。大家哄然大笑,招得过路人都进来瞧热闹了。可是他把我的作为讲得又俏皮,又滑稽,我虽然吃足苦头,还在哭哭啼啼,也觉得不笑辜负了他的口才。当时我忽一转念,深怪自己太窝囊,没咬掉他的鼻子。多好的机会呀!事情简直是现成的,我只消上下牙齿一合,他那鼻子就是我的了。也许我的肠胃瞧是坏人的鼻子,就严加拘管,不像对香肠那样放松。鼻子既不出现,问到我就可以一口抵赖。我但愿干了这件事;这是怎么也应该干的呀!

店主妇和在场的许多人给我们劝和,又用我买来的酒洗我脸上和脖子上的伤。可恶的瞎子乘此又大说俏皮话:

"真是的,我为这小子一年来洗伤费掉的酒,比我两年来喝下的还多。反正癞子啊,你这条命不是爹给的,是酒给的;你爹只生你一次,酒却叫你起死回生一千次了。"

他随就讲怎么一次次砸破了我的脑袋,抓破了我的脸皮,然后又用酒为我治疗。

他说:"我告诉你吧,世上如有走酒运的人,那就是你。"

我尽管暗暗咒骂,为我洗伤的人听了都哈哈大笑。不过瞎子这句预言并非瞎说,他准有未卜先知的本领;我从此好几次记起他。我对他种种捣鬼,虽然自己也吃亏不小,可是我每想到他那天说我的预言竟那么准,就觉得捉弄了他很抱歉。您看了下文会知道,他真是个铁口。

我吃了瞎子这次亏,还挨他挖苦取笑,决计怎么也不跟他了。我曾经打过这个算盘,拿过这个主意,自从受了他这番捉弄,越发斩钉截铁。且说我是怎么离开他的。我们第二天在城里求人布施。前一夜下大雨,到天亮没停。城里有几处门楼下可以避雨,他就在那里念经。天黑雨还不停,瞎子对我说:

“癞子，这场雨劲头还足得很，天愈黑，雨愈大了。咱们乘早投客店过夜吧。”

到客店去得过一道河，大雨水涨，河面很宽。我对他说：

“大伯，那条河涨得宽了，可是我知道有个地方很窄，咱们打那儿过河方便，不用拖泥带水，一跳就过去，脚都不湿。你瞧怎么样？”

他觉得主意不错，说道：

“你真机灵，怪不得我喜欢你。带我到河窄的那里去吧。现在冬天，着了水不是滋味，脚上湿了更糟糕。”

我瞧他着了我的道儿，就把他从门楼下直带到广场上。沿广场的房子有凸出的部分是建筑在石柱上的。我带他到一个石柱旁，说道：“大伯，这儿河面最窄。”

雨下得正大，那倒霉家伙身上已经湿了，急要躲开淋头的雨水。主要是老天爷要帮我吐气，迷了他的心窍。他竟把我的话信以为真，说道：

“把我拨对了方向，你先跳过河去。”

我拨得他正好面对石柱，自己仿佛躲避撞来的公牛那样，一跳闪在石柱后面。我对他说：

“来吧！拼着命使劲儿跳，你就过来了。”

那可怜的瞎子要跳得远，先倒退一步，像公羊似的挺起身子，使足了劲向前冲去。我话犹未了，他早一头撞在石柱上，响得像个大葫芦。他往后便倒，已经撞得半死，头开脑裂了。我说：

“怎么的？你闻得出香肠，却闻不出这是个石柱吗？你闻闻呀！”

许多人围上来救他，我把他撇在那些人手里，一口气逃出城，不到天黑，就逃到托里霍斯。我不知道他后来怎样了，也顾不及打听。

第二章

癞子做教士的用人，经历了种种事。

我觉得耽在托里霍斯不妥，第二天又逃到一个地方叫马奎达。我不幸在那里碰到个教士。我问他要钱，他问我会不会助理弥撒。那倒霉的瞎子虽然虐待我，却教我许多有用的本领，助理弥撒就是他教的。我据实说会，那教士就让我跟他做用人。

我躲了雷打，遭了电击。刚才讲那瞎子小气，可是和这人一比，就像亚历山大一样慷慨了①。我不用多说，反正他一身汇集了世上一切悭吝鄙啬。不知这是天生的，还是穿上道袍养成的。

他有一只旧箱子，箱上有锁，钥匙拴在他系外衣的皮带上。他每从教堂领了供献的面包，立即亲手锁在箱子里。别人家靠烟囱总挂些咸肉，桌上总搁些奶饼，柜里总有一篮吃剩的面包头。我觉得东西尽管吃不到嘴，眼前看看也可以安心。可是他家整宅房子里没一点吃的东西。他家只有一串葱头，锁在楼顶一间屋里。我的口粮是四天一个葱头。有时他有客，我问他要

---

① 亚历山大，古希腊马其顿王，以慷慨著称。

钥匙自己去取,他探手从衣兜里掏出来,郑重地解下给我说:

“拿去,赶紧还来,别只顾贪嘴。”

好像巴伦西亚全城的蜜饯①都锁在那屋里呢！其实我早说过,里面除了钉子上挂的一串葱头,他妈的什么都没有。那几个葱头,他肚里清清楚楚都记着数呢,我要是自作孽吃过了头,他决不轻饶。干脆说吧,我饿得简直要死了。

他待我苛刻,自奉却不薄,每天午饭、晚饭要吃五文钱肉。肉汤是我们俩同喝,可是肉呢,我休想有一星半点到嘴。他只给我吃一点面包,天可怜,哪里能够得个半饱呢!

那地方的人星期六吃羊头②,三文当二大钱一个。他总叫我去买一个,煮熟了,把眼睛、舌头、脖子、脑子和嘴圈的肉自己吃掉,啃光的骨头给我,还盛在盘子里说:

“拿去,吃吧！乐吧！这世界是你的！你比教皇还过得好。”

我暗想:“但愿上帝也叫你过过我这种日子!”

我跟了他三个星期,饿得瘦弱不堪,连站都站不直。我要不靠上天保佑或自己设法补救,分明只有死路一条了。我没法揩他的油,因为无从下手;即使有那机会,也不能像蒙骗以前的主人那样蒙骗他。那瞎子要是撞死在石柱上,上帝宽恕他的罪过吧;他虽然机灵,究竟瞎了眼睛,看不住我。这位教士可眼睛尖极了,谁都比不上。

教堂里捐献的时候,落在盘里的钱没有一文不记在他心上。

---

① 巴伦西亚,西班牙港市,中世纪时,巴伦西亚出产的蜜饯糖食倾销全国。

② 一二一二年七月十四日,西班牙基督教军队打败了摩尔人的伊斯兰军队,西班牙全国设誓纪念,星期六不吃肉。照有些地方的变通办法,那天吃羊头。

他一眼看着捐献的人，一眼看着我的一双手。两只眼睛像水银似的骨碌碌在眼眶里转，盘里多少钱他都有数。捐献完毕，他就收过盘儿放在祭台上。

我自从跟着他过活——或者该说忍死，始终没偷到他一文钱。我从没有为他上酒店打过一文钱的酒。他有祭献过的一点酒锁在箱里①，省着喝，够他受用整一个礼拜。他要遮掩自己吝啬，对我说：

“孩子，你听着，教士应该吃喝得很清苦，所以我不像别人那样大吃大喝。”

可是那小气鬼是睁着眼睛说瞎话。每逢教士会餐或在请我们念经的丧事人家，他不用自己花钱，就吃得狼吞虎咽，喝起酒来比江湖医生还凶②。说起丧事，老天爷饶恕我吧，我对人类从无恶意，但是只盼望有人死。因为我们在丧事人家吃得好，而且我能吃个饱。我但愿每天死一个人，甚至还这样祷告上帝。我们给病人领圣体的时候，尤其是行临终涂油礼的时候，教士总叫在场众人为病人祈祷。祷辞照例说：这病人听凭天意处置吧。我也祷告得很起劲，而且一片至诚，不过我与众不同，只求上帝叫病人赶快死。

如有病人死里逃生，我真罪过，总千遍万遍诅咒他；他死了呢，我就千遍万遍祝福他。我在教士身边大约六个月，只死掉二十个人，想必是我杀死的——该说是应了我的祷告而丧命的。上帝瞧我经常在死里煎熬，大概有意断送了他们延我一命。但是我无法解脱身受的苦难。有丧事的日子我算活了命，没丧事

① 下文一字未提箱内的酒，想是作者漏笔。

② 江湖医生用自己的唾液或嘘气为人治病，这种医生以大酒量著称。

的日子又照常挨饿，而且肚子饱惯了，饿来越发难受。我除非死了才得安顿。所以我希望别人死，有时也但愿自己死。可是死神虽然老跟在我背后，总没有和我照面。

我屡次想甩了这小气主人逃走，只是有两点顾虑。一是我饿得发软，怕自己这两条腿靠不住。二是我心里有个计较："我跟过两个主人。第一个主人饿得我要死，我撇下他投上了这一个，更饿得我土埋半截了。如果离开他再找到一个不如他的，那我除了送命还有什么办法呢？"这样一想，就不敢轻举妄动。我深信阶梯一步步只往下走，再下一步，癞子就完蛋了，谁也不会说到他了。

我忍饥挨饿，眼看自己一天天瘦弱下去，无法可想。但愿上帝保佑一切虔诚的基督徒别受这般苦楚！有一天，我那精刻的主人出城了。门口偶然来了一个铜匠。我相信他是天使化身，上帝派来找我的。他问我有什么东西要修补。

"如要为我修补，活儿可不轻，我肚里需要大修大补呢。"我喃喃自语，他没听见。

可是我当时受了圣灵启示，没闲工夫耍贫嘴，只说：

"大叔，这箱子上的钥匙给我丢了，怕挨主人的鞭子，麻烦你瞧瞧，你那些钥匙里有没有可配的，我决不亏你。"

那天使化身的铜匠带着一大串钥匙，就一个个挑来配。我出不了力，只好用祈祷来帮忙。万想不到忽然箱子打开，我见了里面一个个面包，所谓"上帝的脸"①。

我说："我没钱买你这把钥匙，随你箱子里拿些什么折价

① 西班牙人称面包为上帝的脸，所以从不把面包侧放或颠倒放，如果不留心掉在地下，捡起来一定要恭恭敬敬亲吻一下。

吧。”他挑了一个最好的面包，把钥匙给我，欢欢喜喜地走了；我更是满心欢喜。

我当时什么都没碰，怕走失太多了显眼，而且觉得一箱东西都由我做主，从此不愁饥饿了。天照应，我那个小气主人回家，没发觉丧事人家上供的面包已经给那位天使拿走。

第二天我等他一出门，马上开了我的面包乐园，捧起一个面包就咬，不到两遍信经的工夫，早把它消灭得无影无踪，也没忘了重把箱子锁上。我就打扫屋子，欣欣喜喜，以为靠这点补救，从此消灾解难了。那一天和第二天我肚里有了贴补，过得很快活。可是注定我安顿不了几天；我仿佛害了三日疟，第三天旧病如期复发。我看见那害我挨饿的家伙，正弯着腰把箱子里的面包搬来搬去、来回地数呢。我假装不在意，心里暗暗祷告：

“圣约翰①啊，瞎了他的眼睛吧！”

他屈指计算着日子，点数了好半天，说道：

“这箱子要不是好好儿锁着，就该说面包有人偷了。以后我得记个数，免得不清不楚。这里还有九个面包和一块零头。”

我暗说：“但愿上帝罚你倒霉九次！”我听到他刚才的话，心上好像中了猎人的箭。我的肠胃预料又得照旧守斋，立刻又感到饥饿的抽搐。他出门了，我打开箱子过过瘾，对着面包瞻仰爱慕，不敢领受②。我希望那小气鬼或许数错，把面包点数一遍，偏偏一点不错。我只好把一个个面包吻了又吻，又拿起那块零头，顺着掰碎的边沿，小心翼翼地掰下一些；我吃下过了一天，不

① 圣约翰是佣仆的保护神，主人家常在圣约翰节雇新用人。

② 指基督教徒领圣体时的情感。

能再像前一日那么乐了。

我的饥饿有增无减，而且前两天养粗了胃口，饿来越发难熬，一人在家什么也不想干，只把那箱子开了又关，瞻仰小孩子所谓“上帝的脸”。上帝保佑苦人，瞧我这样困苦，就启示我一个不无小补的办法。我想：“这只箱子旧了，又很大，还有些小小的窟窿，说不定老鼠钻进去吃残了面包。要拿掉整个儿的难办，瞒不过那个害我挨饿的人，可是我这办法也能救救急。”

我就拿起面包来搓揉，把碎屑攒在手边一块破桌布上；一连搓揉了三四个，然后像人家吃糖杏仁似的把碎屑吃下，稍为点了点饥。我主人回来吃饭，开箱看见面包破破残残，准以为老鼠咬了，因为我把面包搓揉得恰像老鼠咬过的。他把箱子周身细看，找到些窟窿，怀疑钻进了老鼠去。他喊我说：

“癞子，你瞧瞧！咱们的面包昨晚遭殃了！”

我满面惊诧，问是怎么回事。

他说：“还有什么说的，准是老鼠，什么都不放过。”

我们一起吃饭，我靠天照应，借此又沾了光。我得的面包不止往常的那份苦粮了；我主人以为是老鼠碰过的面包，都用刀切下，对我说：

“这些你吃了吧，老鼠是干净的。”

所以那天我凭双手或十爪所得之外，又添了额外的口粮。不过我还没吃动头，一餐饭已经吃完了。

我立刻又吃了一惊。我看见主人忙忙碌碌从墙上拔些钉子，又找些小木片儿，把旧箱子上的窟窿一一修补。

我当时心想：“唉，我的上帝！活一辈子得经受多少忧患啊！艰苦的人世上，欢乐能有几时！我刚以为靠那可怜的办法可以消灾解难，正在私自庆幸，可是我的苦命总不饶我。吝啬鬼多半不偷懒，我那吝啬的主人向来勤快；他心上开了窍，手下越发勤快了。这会儿他封闭了箱上的窟窿，就断了我的生路，把我送上死路。”

我还只顾自悲自叹，那位心思周密的木匠已经用许多钉子木片把箱子补好。他说：

“捣蛋的老鼠先生啊，你们现在得另打主意了！在我这屋里，你们日子不好过！”

我等他一出门，忙去看他的手工，发现那只破旧的箱子上，窟窿全都补好，连蚊子都飞不进一个。我那钥匙简直没用了。我开了箱子，没希望揩油，可是看见主人以为老鼠咬过的那两三个破面包，我就像击剑老手那样轻轻巧巧，在上面剥落一点碎屑。穷困是最好的老师；我经常受穷困的锻炼，日夜在思索活命的方法。据说一个人肚里空虚，心思灵敏，肚里饱满，心思呆钝。我想出这些可怜的办法苟延性命，大概是饥饿增长了智慧。

有一夜我正躺着盘算，怎样靠那只箱子解救饥荒，听见主人打鼾，还夹着几声深长的呼吸，知道他睡着了。我那天胸中早有成算，已把家里撂着的一把旧刀子藏在顺手的地方，我当时就悄悄起来，直奔那只破箱子，找最不坚固的地方，把刀子当锥子那样钻下去。那箱子是陈年老古董，木头很酥，而且蛀了，毫不结实，一刀子下去，就在边上钻出个救灾救难的好窟窿。我随即打开箱子，摸索到破残的面包，照老样儿吃了一点碎屑。我稍为平平饥火，又锁上箱子，再去躺在草铺上，眯了一会儿。我睡不稳，想必是空心饿肚的缘故，因为我那时候绝不会为了法兰西国王的忧虑而失眠啊①。

第二天，我主人看见面包遭劫，也发现了我钻出来的窟窿，就咒骂老鼠，又说：

"怎么回事啊？我这屋里以前从来不闹耗子。"

这一定是真话。全国如有老鼠不到的人家，该是他那里，因为没东西吃的地方，老鼠不去做窝。他又在屋子里、墙壁上找些钉子木片，把窟窿补上。晚上我等他一睡着，立即下地用我的刀子把他白天补上的窟窿一个个都钻开。

我们俩干得真欢，恰是应了老话说的"这扇门关了，那扇门会开"②。反正我们俩干的活，就仿佛珀涅罗珀织的布③：他白天织上，我夜里拆掉。我们几日夜之间，把那只倒霉的伙食箱弄得不成模样，上面密密层层的钉子，简直像古代战士的铠甲，不像个箱子了。

他瞧自己修补了毫无用处，说道：

"这只箱子已经糟蹋得不像个样儿，木头也糟了，酥了，挡不住耗子。现在已经这样不中用，再锤打几下就完全垮了。可是这箱子尽管没多大用处，没有又不行，就这点麻烦；买一只新的要花我三四个瑞尔呢。我以前的办法不济事，最好还是在箱子里设下机关，把该死的耗子逮住。"

---

① 法兰西国王弗朗苏华一世自从巴维之败，常和西班牙国王争斗，不得安宁。

② 西班牙谚语。

③ 据荷马史诗，尤利西斯出征十年不归，许多人向他妻子珀涅罗珀求婚。珀涅罗珀说：等她织完她公公的裹尸布，就择人再嫁。她日间织布，晚上拆掉，这样迁延时日，直至丈夫回家。

他马上去借了一个捕鼠笼子,问街坊要了些乳酪的边皮安在钩上,支起闸门,放在箱里。这倒是额外照应了我。我虽然不用沙司提胃口,有鼠笼里的乳酪边皮下饭总是喜欢的,我也并不放过他的面包。

他一看面包咬坏,乳酪吃掉,偷食的老鼠却没拿住,觉得真是见鬼了。他去请教街坊,怎么乳酪吃了或叼走了,闸门也关下了,笼里却没有老鼠。

街坊认为那不是老鼠,老鼠早晚会捉住。一个说:

"我记得你屋里有一条蛇,准是那条蛇捣乱。我这话有个道理。蛇身子长,叼了钩子上的东西,尽管给闸门压住,它没有全身进去,还可以出来。"

大家都说有理。我主人很不放心,从此不像往常睡得熟了。他拿一根粗棍子放在床头上,晚上略有虫蛀木头的声息,他以为是蛇咬箱子,就赶紧起来,拿棍子使劲打那倒霉的箱子,想把蛇吓走。他把街坊闹醒,我也不得睡觉。他听说这种动物晚上常钻进婴儿的摇篮取暖,还会把他们咬伤。他以为蛇在我身边,钻在我的草铺或衣服里了,就跑来把我连人带草都翻过来。

我往往装睡,天亮他就问我:

"孩子,你晚上什么也没有听见吗?我起来赶蛇了,还以为钻在你铺下呢。蛇是冷血,爱往暖处钻。"

我说:"天保佑别来咬我,我最怕蛇了。"

他那么惊醒,我可以保证,那条蛇——该说那蛇小子——晚上决不敢咬那箱子,也不敢跑近去;可是白天他在教堂或上街了,我就去攻打。他一看东西又遭殃,下了功夫都白费,就像刚才讲的游魂冤鬼那样夜里出来搅扰。

我向来把我那个钥匙藏在草铺底下,瞧他戒备得无休无歇,怕他搜出来,觉得晚上还是放在嘴里最妥当。我自从跟了那瞎子,我的嘴巴就成了口袋,有时一口含二三十个小钱还照样能吃东西。那该死的瞎子把我衣服上每一条缝、每一个补丁都仔细摸索,我的钱要不是含在嘴里,就一文不剩,全搜去了。

所以我每晚把钥匙含在嘴里,放心睡觉,不怕给鬼灵精的主人找到。可是注定的坏运提防不了。合是我倒霉,也许该说是我自作孽,一晚我含着钥匙睡熟,大概没闭上嘴。钥匙的柄是个管子,当时恰好迎着我呼吸的气息。也是我灾星临头,我吹哨似的啸得很响。我主人提心吊胆,听见声音,以为是蛇啸——大概也真像蛇啸。

他拿着棍子悄悄下床,怕惊动了蛇,蹑手蹑脚摸索着寻声而来;到了我身边,以为蛇图暖和钻在我身下的草里了。他打算对准那条蛇一下子打死它,就高高举起棍子,用尽力气,向我头上狠命打来,打得我人事不知,头开脑裂。

我挨了毒打,一定痛得直叫。据他自己说,他这才知道打着我了,就在我身边大喊,想喊醒我。可是他摸到我血流如注,知道把我打伤了,忙取火来照;只见我含着个钥匙直哼哼,那钥匙还像我吹哨的时候那样半露在嘴外,始终没吐出来。

打蛇的人不懂钥匙是怎么回事,很吃惊,从我嘴里掏出一看,和自己的钥匙棱角一模一样,心里就有数了。他随即配比一下,证实了我的罪行。那狠毒的猎人准说:“耗子呀!蛇呀!你尽和我捣乱,吃我东西,这回可给我捉出来了!”

一连三天我仿佛闷在鲸鱼肚里①,什么也不知道。以上都是我清醒后听我主人讲的;谁跑来,他就把这事仔细地讲。

三天后我才苏醒,瞧自己躺在草铺上,满头贴着膏药,敷着油膏,吓得喊道:

“这是怎么回事儿啊?”

那狠心的教士答道:

“告诉你,搅得我家翻宅乱的耗子呀,蛇呀,给我一网打尽了。”

我检点自己,发现身受重伤,马上料到自己遭祸了。这时来了一个念咒的老太婆和几个街坊。他们解开我裹头的纱布,给我治伤;瞧我回复了知觉很高兴,说道:

“他清醒过来了,天保佑可以没事了。”

他们又谈起我遭的祸,且说且笑。我这个可怜虫,听了只有哭的份儿。他们看我饿得发晕,倒也给我些东西吃,只是填不饱我。我那样过了半个月,逐渐能够起床,总算脱险了;只是经常挨饿,伤也没有全好。

我起床后第二天,我的主人抓着我的手把我撵出大门,推到街上,说道:

“癞子,从今天起,你走你的,我不用你了。随你另找主人,上帝保佑你吧。我身边不要你这样勤快的用人。没什么说的,你从前的主人准是个瞎子。”

他好像我身上附了魔鬼似的,当着我连画十字,一面转身进

① 《旧约全书·约拿书》第一章第十七节记约拿航海,大鱼把他吞下肚,三日三夜后又吐出来。

屋,把门关上。

第　三　章

癞子伺候一位侍从,在他那里的遭遇。

我当时只好硬着头皮挺去,靠好心人照应,走一程,歇一程,到了有名的托雷都省城。蒙上帝垂慈,我在那里不到半个月,创伤完全平复。我带伤的时候常有人周济,可是身体好了,人家都说:

"你是个流氓花子。快找个好主人干点活儿呀!"

我暗想:"好主人哪里去找呢?得上帝这会儿再像创造世界那样给我创造一个呀。"

我挨户求乞,没得到什么救济,因为"慈悲"早已到天上去了①。可巧有个侍从路过。他穿得很整齐,头发梳得光光的,走路从容自在。我们彼此看了一眼,他说:

"孩子,你是要找个主人吧?"

我说:"是啊,先生。"

他说:"那就跟我来吧。你是上帝保佑,碰到了我。你今天一定祷告得很虔诚。"

---

① 传说黄金时代执掌"正义"的女神阿斯特雷亚本居住人间,后来看到罪恶流行,愤而上天。

我凭他的服装和气度，觉得正需要这么一个主人，听了他的话，满心感激上帝，就跟了他。

我这第三个主人是早晨碰到的。他带我在城里走了不少路。我们经过几处卖面包等伙食的菜场。当时正是采办伙食的时候，我以为他要买了东西叫我扛回去——这也正是我的心愿。可是他迈着大步走过了。

我暗想："大概这里的东西他看不上眼，要上别处买呢。"

我们直走到钟打十一点。他就进大教堂去，我也跟进去，看他一片志诚地望弥撒，并奉行其他教仪，直到弥撒完毕，众人散走。我们出教堂就大踏步从一条街上穿出去。我瞧他不忙着置办伙食，说不尽的快活，料想新主人家的伙食是整批买进的，我想吃而且急急要吃的午饭，准已经做好了。

钟上打过午后一点，我们到了一家门口，我主人停步，我也站住。他把大氅往左一掀，袖里扯出个钥匙开了门，我们就进去。那门口黑暗阴森，不由得叫人打寒噤。里面有个小小的院子，房子还整齐。

我们进了院子，我主人脱下大氅，问我手可干净，他和我把大氅抖了叠好。那里有一条石凳；他吹净凳上的尘土，把大氅放在上面，自己挨着坐下，就仔细问我原先在哪里，怎么到了这个城里来。我觉得该摆桌开饭了，问这些话不是时候，不耐烦多说。不过我还是尽力编造自己的身世，一一回答，讲的都是自己的好话，其他说来不登大雅，就略过不提了。他问完话还那么坐着。快两点了，我瞧他像死人似的没一点要吃饭的意思，立刻觉得征象不妙。我随后又注意到大门已经上锁，全宅上上下下听不见人的脚步声。宅子里只见墙壁，没一只小椅子，没一块案

板,没一条长凳,没一只桌子,连我旧主人的那种箱子也没一只。这宅房子就像是着了魔道的。他坐了一会儿问我说:

“孩子,你吃饭了吗?”

我说:“没有呢,先生,我碰到您的时候,还没打八点。”

“那时候还早,可是我已经吃过早点。我告诉你,我早上吃了点儿东西就整天不吃了。你自己玩去吧,晚饭还有会儿呢。”

您大人可以料想,我听了这话差点儿晕倒,不仅因为肚里空虚,实在是看到自己运气坏尽坏绝了。我重温从前经历的苦难,叹恨自己没造化。我打算离开那教士的时候曾想:这个主人虽然抠门刮皮,保不定还会碰到一个不如他的。我这时又记起那点顾虑来了。总之,我为自己过去的苦命和当前的厄运,心里悲酸。可是我尽力克制,脸上不露,只说:

“先生,我谢天照应,不是个贪嘴孩子。我不是吹牛,我在年岁相仿的孩子里胃口最秀气,从前几个主人至今还为这个夸我呢。”

他说:“你有这美德,我就更喜欢你了。敞着肚子吃的是猪,上等人吃东西都有节制。”

我暗想:“我还看不透你吗?我投奔的主子都把挨饿当作良药或美德,真是活见鬼!”

我怀里还有几块讨来的面包,就去坐在门廊的一边,把面包掏出来。他看见了说:

“孩子,过来,你吃的什么呀?”

我过去把面包给他看看。我有三块,他挑了一块最大最好的说:

“啊呀,我瞧这面包顶不错!”

我说："哎，先生，这时候可真是好呢！"

他说："是啊，实在是好，你哪儿来的？是干净手揉的面吗？"

我说："那可不知道了，不过我闻着不恶心。"

我那可怜的主人说："但愿如此。"

他和我一样拿起面包大口吞嚼。

他说："天啊！这块面包香极了！"

我知道他的苦处，料定他如果先吃完，准要帮我来消缴那剩下的一块，就忙不迭地吃；所以我们俩差不多是一起吃完的。于是我主人撣掉了沾在胸口的一点点面包屑，跑到旁边一间卧房里，拿出一把缺口的旧壶，自己喝了些，又请我喝。我表示有节制，忙说："先生，我不喝酒。"

他答道："这是水，尽管喝得了。"

我接过壶来只喝了几口，因为我苦的不是口渴。

他问我许多话，我尽自己知道的一一回答；两人就这么闲聊到天黑。于是他带我到他放水壶的卧房里，说道：

"孩子，你站在那边，瞧这张床是怎么铺的，以后你就会铺了。"

我们各站在床一头，同铺这张简陋的床。其实没什么铺的。一块苇箔搁在支架上就是床，上面有一条黑黢黢的褥子，铺着个单子。那褥子里羊毛太少，勉强充褥子用，经久不洗，看来也不像褥子。我们拉平了褥单，竭力想把褥子拍软；可是不行，硬的怎么也变不软。这可怜的褥子里简直没絮什么东西，摊在苇箔上，一棱棱芦苇都露出来，活像皮包骨头的猪背脊。我们在单薄的褥子上还铺一条相仿的毯子，我简直说不上那是什么颜色的。

床铺好,天也黑了。他对我说:

"癞子,时候不早了,这儿离市场还远着呢。而且城里坏人很多,夜里抢过路人的大氅。咱们凑合着过一夜,明儿天亮,上帝会照应咱们。我是单身,向来在外面吃,家里不办伙食;不过现在咱们得另作安排了。"

我说:"先生,您别为我操心,我要是没吃的,别说饿一夜,饿几夜都成。"

他说:"那你就越加长寿,越加强健了。咱们不是刚在说吗,少吃是延年益寿的无上妙法。"

我暗想:"假如这是妙法,我就长生不死了。因为我向来只好遵守这条戒律,看来我这苦命人一辈子得遵守呢。"

他脱下袄裤叠作枕头,上床睡了,叫我躺在他脚头。我如言躺下,可是哪里睡得着呢。我经常辛苦劳累,半饥不饱,浑身的肉大概不满一磅;身上一根根瘦骨和身下一棱棱芦苇,整夜不停地摩擦争执。而且我那天简直没吃东西,饿得发慌,也不容我好睡。上帝饶恕我吧,我大半夜只在怨恨自己运蹇命苦,尤其糟的是连翻身都不敢,怕惊醒主人,只好反复求上帝让我别活了。

天亮我们起床,我主人把自己的裤、袄、外衣、大氅一一抖干净,我在旁小心伺候。他从容自在地穿上衣服。我给他倒水洗手;他梳了头,把剑挂在腰带上,一面说:

"孩子,你还不知道我这把剑是什么货色呢!随你出多少金子,我也不卖的,安东尼欧①铸了一辈子宝剑,没炼出这等好钢。"

---

① 西班牙十五世纪末的铸剑名手。

他拔出剑来抚摸着说：

“瞧这剑，我可以打保，一撮羊毛碰上就断成两截。”①

我暗想：“我这牙齿虽然不是钢打的，四磅重的面包也能一咬两段呢！”

他把剑又插在鞘里，束好腰带，上面还挂着一串大粒儿的念珠。他身子笔挺，右手叉腰，把大氅的一角有时搭在肩上，有时夹在臂下，一摇一摆，缓步从容地走出大门，一面吩咐说：

“癞子，我去望弥撒，你看着家。你铺好床，拿水壶到那河边去打壶水来。大门得锁上，别让人偷了咱们的东西；钥匙塞在门臼里，我要是先回来，可以自己开门。”

我主人走在街上，气派高贵极了，不认识的，准以为是阿果斯伯爵②的近亲，起码也是贴身伺候他的侍从。

我站着看他，心想：“奇妙的上帝啊！你给世人什么缺憾，就给他相应的补救。我主人这么洋洋自得，谁见了不以为他昨晚吃了一顿好晚饭，温软的床上睡了一夜，这会儿早虽早，已经吃下一顿好早饭了呢！上帝啊，天道深奥得很，世人见不到。他那安详的气度，整齐的衣服，把谁都蒙过了。他昨天整日挨饿，只吃了他用人癞子讨来的一块剩面包，而且是癞子怀里藏了一昼夜的，那怀里不会怎么干净。他今天洗脸洗手没一块毛巾，只好用衣襟来擦。谁料这位漂亮人物是这样的呢？真是谁也想不到呀！上帝啊，这类人物，世上各地该有多少啊！他们不肯为你吃的苦，为了倒霉的所谓体面都能忍受。”

---

① 西洋传说中的宝剑，浸在河流里，一撮羊毛漂过就割断了，正像《水浒》第十一回杨志卖刀时所说“吹毛得过”。

② 当时的一个时髦贵人。

我在门口一面看我的主人，一面感叹，直到他走出这条又长又窄的胡同。我目送他拐了弯，马上回屋，转眼就在整宅上下巡视了一周。我没捞摸他什么东西，也没东西可以捞摸。我铺好那张又破又硬的床，拿了水壶到河边。只见我主人正在河边菜园里，和两个戴面纱的女人谈得很热情。当地风俗，夏天清早，不少女人经常到那清凉的河边去乘凉猎食，拿定有公子少爷请她们吃早点。两个戴面纱的看来就是那种女人。

我主人在她们面前充风流才子，嘴里的甜言蜜语，比奥维德①诗里的还多。她们瞧他够多情，就老着脸要他请吃早点，她们当然不会白吃他的。

我主人虽然满腔温柔，钱包却空虚寒窘。他一阵热，一阵冷，脸上变了颜色，只顾吞吞吐吐，支吾推托。两个女人想必是老手，知道他的苦处，就撇下他走了。

当时我吃了些白菜帮子当早点，没让主人看见，急忙赶回家，因为自己还是新用人呢。屋里很脏，我想打扫一番，可是没家伙。我不知干什么好，觉得还是等着主人，到中午再说；他要是回来，说不定会带些吃的东西。可是我白等了半天。

我瞧他两点还不回来，肚里又饿得慌，就锁上大门，把钥匙塞在他指定的地方，重去干我的老本行。我找高门大宅的人家去讨饭：声音有气无力，两手捧着胸，两眼望着天，嘴里喊着上帝。尽管城里人无心施舍，年成又不好，可是我一出娘胎就学这一行，换句话说，我从小跟那瞎眼大师学，成了他的高徒，很有一手，不到四点，已有四磅面包落肚，怀里袖里还藏了两磅多。我

① 奥维德，古罗马诗人，著有《恋爱的艺术》等诗篇。

回家路过熟食铺，问店里一个女人讨吃。她给了我一块熟牛蹄和一些煮熟的肠子肚子。我回去那位好主人已经在家；他早把大氅叠好放在石凳上，正在院子里踱来踱去。我进门他就迎上来。我以为他要骂我回来晚了；谢天，他并不责怪，只问我从哪里来。我说：

"先生，我在这儿等到两点钟，瞧您不回来，就上街去求好心人照应；他们给了我这些东西。"

我拿出裹在衣角里的面包和熟食。他见了满面放光，说道：

"我等你吃饭，瞧你不回来，我就吃了。你讨饭倒是老实人的行径，宁可靠上帝慈悲向人求乞，不要偷窃。我认为你这来不错，但愿上帝也垂慈保佑我。我只劝你别让人知道你和我住在一起，那就丢我的脸了。不过本城没什么人认识我，看来人家不会知道。我千不该，万不该，不该到这个城里来！"

我说："先生，这事您尽管放心。谁来问我呀？我去告诉谁呀？"

"哎，可怜的孩子，你吃吧。也许咱们靠天保佑，就会有好日子过。我告诉你，我进了这所房子就倒尽了霉，大概是风水不好，住了就倒运。咱们这里分明是这么回事。你瞧着吧，我住到月底，房子白送给我，我也不住了。"

我怕他怪我贪嘴，没说自己吃过午饭，只把熟肠子肚子和面包兜在衣襟里，坐在石凳的一头嚼着吃。我偷眼看见我那倒霉的主人两眼直盯着我的衣兜。我知道他心里的滋味，那是我饱经惯尝、每日难免的。我真是可怜他，但愿上帝照样也可怜我吧！我拿不定是否该讲点儿礼貌请他同吃，他既说已经吃过，只怕不肯赏光了。这天粮食充足，东西好吃，我肚里又不大饿，我实在希望那倒霉人靠我的力,救救自己的苦,还像昨天那样吃点东西。

上帝成全了我的心愿——也许正是他的心愿。我刚吃,他就踱过来说:

“我告诉你呀,癞子,我从没见过谁有你这样好的吃相;看了你吃东西,没胃口也想吃。”

我暗想:“只为你胃口太好,才觉得我吃相好。”

我瞧他自己下了台阶,觉得该帮他一把。我说:

“先生,活儿干得好,全亏工具好。这面包香极了,这牛蹄子烹调得很鲜,闻了味道谁都想吃。”

“这是牛蹄子吗?”

“是啊,先生。”

“我告诉你,这是最好吃的东西,我觉得山鸡都比不上。”

“那么您尝尝吧,先生,瞧味道多好!”

我把牛蹄子和两三块最白的面包塞在他手里。他挨我坐下,吃得津津有味,把每一块小骨头都啃得精光,比狗啃得还光。

他说:“这要调上葱油沙司,就是呱呱叫的美味。”

我悄悄儿说:

“你自有更好的沙司①。”

“老天爷,我吃得真香!好像饿了一整天了!”

我暗想:“这是我千拿万稳的;但愿我来日的好运,也能这样拿稳。”

---

① 欧洲各国流行的俗语:“饥饿是最好的沙司。”

他问我要水壶;我把打回来的一满壶水递给他。水没有喝掉一口,可见我主人刚才并没有吃饱饭。我们喝了水很满足,就像昨天那样睡了。

长话短说,我们这样过了八天或十天。我那倒霉的主人每天悠闲自在地上街呼吸空气,反正有可怜的癞子供养他呢。

我常在想自己的厄运。我撇下一个又一个刻薄的主子,想找个好的,却碰到了这个人,非但不养活我,反要我去养活他。可是我很喜欢他,知道他是一无所有,没力量帮我。我毫无怨意,只可怜他。我要带些吃的给他充饥,往往只好自己挨饿。有一天早上,这倒霉人穿着衬衣起床,上楼去干他的紧急事儿。我要摸清他的底细,乘机把他放在床头的衣裤搜检一番。我找着一只皱成一团的丝绒钱袋,里面见鬼的一文钱都没有,看来已经干瘪好久了。我肚里寻思:"这人确是穷。自己没有,拿什么给人呢?不比那小气的瞎子和那卑鄙刻薄的教士,一个凭吻手作礼,一个凭滔滔讲道,都靠上帝吃饭,却把我饿得要死。那两人实在可恶,这人只是可怜。"

我看到了他的苦楚,至今每见和他同样打扮同样神气的人,想到这人或许也同样受罪呢,天知道,我总觉得心上恻然。我为了刚才说的缘故,尽管这个主人穷,我伺候他比伺候那两个主人心甘情愿。我只有一件不赞成他。我希望他别尽摆架子;处境愈来愈窘,虚骄的气焰该一点点消减。可是我觉得他们那种人有个颠扑不破的规律:尽管身上没一个镚子,还死要挣面子;这毛病一辈子也改不了,但愿上帝挽救他们吧。

我当时就那样过日子。可是厄运还不饶我,连那么困苦卑贱的生活也不能长久。那年小麦歉收,市政府决议,并由叫喊消息的报子宣布:外来的花子一概驱逐出城[①],以后再进来,抓到就罚吃鞭子。法令公布四天后执行,我看见四条大街上成队的花子吃鞭子受罚,吓得再不敢大胆讨饭。

我们在家喝风过日子,愁苦沉默,甚至两三天一点东西不吃,一句话不说。那种光景实在不堪设想。我们隔壁有几个制帽子的纺纱女人[②],我串门儿混熟了,亏她们养活着我。她们穷困度日,却还省下些东西给我吃;我饿得半死,靠那点吃的延得一命。我自己倒也罢了,可怜的是我那倒霉的主人,八天没吃一口东西——至少在家里没吃。他究竟怎么过的,到了哪里去,吃了些什么,我都不知道。我只见他每天中午从街上回来,身子笔挺,比纯种的猎狗还细溜。他为了见鬼的所谓体面,还拿着一根麦秸到门口去剔牙,其实牙缝里压根儿没可剔的东西,家里麦秸也并不多。他直抱怨住宅风水不利,说:

"真糟糕!住了这倒霉的房子尽倒霉!瞧多么阴暗凄凉啊。咱们在这里住一天就受罪一天。我但愿月底快到,可以搬走。"

我们正吃苦挨饿呢,忽有一天,我那穷主人不知沾到什么财气,得了一个瑞尔。他仿佛得了威尼斯全城的财富,得意扬扬拿回家来,喜滋滋交给我说:

"癞子,上帝对咱们撒开手了!你拿这钱上市场去买些面包呀,酒呀,肉呀,叫魔鬼看得眼珠子都迸出来!我还告诉你个

---

① 一五四〇年托雷都市政府有此决议。

② 托雷都出产一种红色的帽子,倾销北非洲。

事儿,好叫你高兴。我已经另外租下房子,咱们出月就不用再住这里了。倒霉的房子!谁盖上第一片瓦的也叫他倒霉!我该是倒足了霉才进这门的!天晓得,我在这里没喝过一滴酒,没吃过一口肉,没享过一时半刻的安宁。这也不稀奇,瞧这里是什么景象,多阴沉、多凄凉啊!你快去快回,咱们今天要像王爷那样好好吃一顿。”

我满心欢喜,拿了钱,带着壶,大踏步上市场去。可是我空欢喜什么呢?大概我注定苦命,没一番快乐不带忧惧。真是这么回事。当时我想到上帝照应我主人有钱了,心上无限感激,一路走,一路盘算那个瑞尔怎么花最合算。恰又晦气,忽见许多教士,带着一伙人用担架抬着个死人迎面而来。我贴墙站住,让他们过去。尸床后面紧跟着一个穿孝的女人,大概是死者的寡妇,还有许多女人陪着。她号哭着说:

“啊呀我的丈夫啊!我的当家人啊!你让他们抬到哪里去呀?那个屋里是凄凄惨惨的呀!那个屋里是阴阴沉沉的呀!那个屋里是没得吃没得喝的呀!”

我一听到这话,觉得天都塌了。我说:

“糟糕!他们要把这死人抬到我家里去了!”

我转身挤透这队人,拼着命赶紧往家跑;到家急忙关上大门,求主人保护,抱着他要他帮我顶住大门。

我主人以为出了什么事,也有点儿慌,问道:

“孩子,怎么回事儿啊?干吗叫叫嚷嚷的?你怎么了?干吗拼死命的要关上大门呀?”

我说:“啊呀!先生!快来帮忙!他们要把个死人抬到这儿来了!”

他问道:"抬个死人来干吗呀?"

我说:"我在街上碰到那个死人,他老婆也跟来了,正在数说:'我的丈夫啊!我的当家人啊!你让他们抬到哪里去呀?那个屋里是阴阴沉沉的呀!那个屋里是凄凄惨惨的呀!那个屋里是没有吃没得喝的呀!'先生,他们是把死人往咱们这儿抬呢。"

我主人哪有什么事值得他大笑大乐的呢,可是听了这话,笑得真有好半天说不出话来。当时我已经把大门闩上,还加紧防备,用肩膀顶住。抬死人的那队人都过去了,我还直怕他们把死人抬进来。我那好主人虽然没吃个畅,却笑了个畅。他对我说:

"癞子啊,照那寡妇的话,你想的确也合情合理。可是上帝更有妥善的安排,他们已经走过去了。你开门吧;开了门出去买点吃的回来。"

我说:"先生,且等他们走出了这条街。"

后来我主人跑过来,瞧我吓得面无人色,少不得叫我别怕,一面开了大门,重又打发我上街。我们那天吃得虽好,可怜我却没一点胃口;我的脸色过了三天才回复正常。我主人每想到我那天的猜想,就笑得不可开交。

我跟着第三个主人——这穷侍从——这样过了些日子。我伺候他的头一天,瞧他本地没什么人来往,料想他是外路人,不知他为什么搬到这里来。有一天,我想不明白的事居然明白了。那天我们吃得不错,他很高兴,对我讲起自己的景况。据说他是旧加斯底里亚人,只因为不愿向邻居的贵人脱帽致敬,就离开了家乡。

我说:"先生,你不是说,他是个贵人,又比你有钱吗?不是还说，他也向你脱帽吗？那么你先脱帽，有什么不对的呢？”

“他的确是贵人，也比我有钱，也向我脱帽，可是每次都是我先脱，他就不能客气点儿，不等我先脱吗？”

我说：“先生，我对这种事是满不在乎的；如果人家比我富贵，那就更不用说。”

他答道：“现在这年头儿，上等人所有的资本无非他们那点体面；你小孩子家，不懂什么叫体面。我告诉你——你也看得出，我是个侍从。可是我如果在街上碰到个伯爵不对我脱帽，不把帽子全脱下，我对天发誓，下回再碰见就趁早躲开，决不再向他脱帽。我可以假装找人跑进路旁人家去；如有别的路，就绕道走。‘一个绅士对谁也不买账，除非上帝和国王。’①上等人该拿定身份，一点不能马虎。记得有一天我把家乡一个干手艺的骂了还要打，因为他每碰到我就说：‘上帝养活您。’我说：‘你这乡下佬怎么不讲礼貌呀？尽说什么“上帝养活您”。你把我看作阿猫阿狗吗？’从此他见我就脱帽，说话也有礼貌了。”

我说：“对人家祝愿上帝养活他，不是很有礼貌吗？”

他说：“我告诉你吧，你这傻小子！粗人才这么说呢。对我这样有点地位的，起码得说‘我吻您的手’；就算自己是贵人，也该说：‘先生，我吻你的手。’我怎么也不能让我家乡那个只管养活我的家伙对我说什么‘上帝养活您’；国王以下，谁都不准那样招呼我，什么时候都不准。”

我心想：“嗐，你不让人家求上帝养活你，那就难怪上帝满不想养活你了。”

---

① 西班牙谚语。

他接着说："况且我也不是穷光蛋。我家乡还有一块地基，如果盖上房子，盖得又好，那就是很漂亮的大厦；地段如果从我家乡挪过十六哩瓦①，坐落在瓦里亚多立城的果斯达尼利亚区②，那么一座房子值二十万当二大钱呢。我还有一座鸽子棚，如果没倒塌，每年能出产二百多头小鸽子。还有些别的东西我都不提了。我为自己的体面，扔下这些家产，到这城里来，满以为找得到好饭碗；来了却大失所望。有职事的教士和教会里的大佬这里多的是，不过都闭塞极了，死板得一成不变。有些家道小康的绅士也找过我，可是伺候这种人劳累得很，别指望他们把你当人；你得事事肯干，件件都能，不然他们就叫你'另找饭碗吧'。而且工钱总遥遥无期，顶多吃稳一口饭罢了。几时他们心上过不去，想给些酬劳，就拿旧衣服抵账，给件汗渍的袄儿呀，或破旧的大氅、外衣之类。如果能跟上一位贵人，苦日子还会有出头。凭我这本领，难道不能伺候得他满意吗？真的，我要有这机缘，准可以做他的亲信，殷殷勤勤伺候他。我会像别人那样花言巧语，哄得他非常喜欢。他的俏皮话尽管没什么风趣，他的风格尽管不怎么高，我总是非常欣赏。他听来不顺耳的话，尽管是很该说的，我也决不说。当他的面，我说的、干的，都非常殷勤；他看不到的，就乐得省力。我要在他听得见的场合责备他的用人，显得我对他的事多么关心。逢到他骂用人，我就撩拨几句，听来好像替挨骂的开脱，其实是煽他的火。凡是他称许的，我就满口叫好；他不以为然的，我就贫嘴恶舌地糟蹋。我会在他家里

① 哩瓦，西班牙的里。

② 当时瓦里亚多立城里最繁华的一区。

和亲友之间搬弄是非，钻头觅缝刺探旁人的私事去讲给他听。这类讨好取巧的勾当还多着呢，王公贵人的府第里行得这样，做主人的也都喜欢。规规矩矩的人他们都讨厌，也瞧不起，说是笨蛋，没有才干，不能靠托，家里都不爱雇用。所以现在机灵人就走我说的这一径了。可惜我时运不好，找不到这种主子。”

我主人对我卖弄自己何等英雄，一面发了这通牢骚，叹恨自己命运不济。

我们正说着话呢，门外来了一个男人和一个老婆子：男人要讨房租，老婆子要讨租床钱。他们开出账来，我主人两个月欠的，超过了他全年的进账，大概有十二三个瑞尔。他回答得很棒，说要到市上去兑一个双金元，叫他们下午再来。可是他出门就一去不返。

他们下午再来，已经迟了一步。我告诉他们主人还没回家。天黑他还不见影踪，我一人在家害怕，就去找隔壁的女人，告诉她们情况，在她们家宿了一宵。天亮讨债的又来了，先打听街坊，然后到我借宿的那家来打门。那几个女人说：

“他的用人和大门的钥匙都在这儿呢。”

他们问我主人在哪里。我说不知道，出去兑钱没回来，可能就此甩掉我们走了。

他们一听这话，忙找了一个公差和一个公证人一起回来，拿着钥匙，喊了我，又喊了几名见证，一同开门进屋，去抄我主人的财产，扣押些东西抵债。他们走遍全宅，只见到处空荡荡一无所有，就像我上文讲的那样。他们问我：

“你主人的东西呢？箱子呀，帷幕呀，家具呀，都哪儿去了？”

我回答说:“这可不知道。”

他们说:“一定是他们昨夜搬走了。公差先生,把这孩子扣下,他知道东西的下落。”

公差过来一把抓住我衣领说:“孩子,你要是隐瞒主人的财产,就把你抓起来。”

从前那瞎子虽然经常抓着我的衣领,他不过是要跟我走路,手下很轻。给公差这么抓住,我还是头一回呢,所以吓坏了,哭着保证有问必答。

他们说:“好,你知道什么,全说出来,别害怕。”

公证人坐在石凳上,盘问我主人家的财产,准备开一个清单。

我说:“各位先生,据我这位主人说,他有一块很好的地基,还有一座倒塌的鸽子棚。”

他们说:“好啊,尽管不值钱,还债总也够了。地基和鸽子棚在城里什么地方呢?”

我说:“在他家乡。”

他们说:“啊呀,这事可妙了!他家乡又在哪儿呀?”

我说:“我听他说是在旧加斯底里亚。”

公差和公证人都哈哈大笑道:

“这套口供真顶用!你们的债再多,也有着落了。”

隔壁几个女人当时在场,说道:“各位先生,这孩子是不知情的。他才来不久,东家的事他知道的和您几位差不多。这小可怜白天常到我们家来,我们看上帝面上,有什么就给他点儿吃;天晚了他回去跟着主人睡觉。”

我证明无罪,他们就释放我了。公差和公证人问那男人和老婆子要公费,双方大争大吵。一方要求免费,因为扑了个空,没扣押什么东西。一方说,他们是耽搁了紧要公事来的。嚷嚷了好一番,公差的帮手把老婆子的旧毯子拿走。尽管他一人拿着并不累赘,他们却五人吵吵闹闹地一起拿着走了。我不知道事情是怎么了局的,想必由那条倒霉的毯子抵了各方的账。那条毯子多年供人租用,已经到了应该安息的时候,现在这样处置就合适得很了。

我第三个主人可怜就这样离开了我。照例是主人家辞退用人,我却给主人留在家里,他自己跑了。我的事颠倒别扭,没一件顺当,可见我是走定了背运。①

第　四　章

癞子跟了一位墨西德会的修士,有何遭遇。

我只好另找主人。第四个主人是墨西德会的修士②;他是上文提到的那几个女人介绍的,据说是她们的亲戚。这位修士不喜欢教堂里唱圣诗的男孩子,也不喜欢在修院吃饭。他一心

① 这一篇描写穷极无聊、硬挣“体面”的“上等人”,为后来的小说创造了一个典型。十七世纪西班牙作家克维多有名的流浪汉小说《骗子堂巴勃罗斯的生平》第一卷第十三章就是从这一章脱胎的;第二卷第十三章甚至把拿麦秸剔牙装体面的一节都模仿了。

② 墨西德会,创自十三世纪,专为被异教军队俘虏的基督教徒捐募赎金。

只爱在外跑，最喜欢经营俗务，奔走拜访。他走破的鞋，大概比全院修士穿破的还多。我生平第一次穿的鞋是他给的，不过穿了八天就不能再穿；我跟他跑了八天也无力再跑。为这缘故，还有些这里不提的小事，我就和他分手了。

第　五　章

癞子伺候一个兜售免罪符[①]的人，
跟随他的种种经历。

我偶然碰到了第五个主人——一个兜销免罪符的。他同行里，像他那样狡诈无耻、会做买卖的，我还没见过第二个，只怕一辈子不会见到，谁也见不到。因为他会想方设法，巧出心裁。

他要到哪里去推销免罪符，一到先送些小意思给当地的教士。东西并不贵重，譬如一支墨西亚出产的莴苣，或一两只时鲜果子，像柠檬、橘子、桃、梨之类。他这样巴结了教士，他们为了报答他的人情，就得帮帮忙，号召居民去买免罪符。他探听他们的资格。如果听说他们懂拉丁文，他怕露马脚，绝口不说一个拉丁字，只说一口斯文漂亮的加斯底里亚语，讲得滔滔不绝。如果

① 基督徒犯了罪过，忏悔之外，还须苦行赎罪，但也可以凭功德赎罪；出钱买免罪符就是一种功德。免罪符是基督教十字军创出来的，借以敛钱作为攻打异教徒的军费。十三世纪后，有谋利之徒，专替教会推销免罪符，说买免罪符的人可蒙教皇赦免一切罪行。

知道那教士学问有限，是出钱弄到主教特准状进会的，他就装得像个圣托玛斯①，连着两个钟头讲拉丁文——尽管不是真的拉丁文，至少听来活像。

如果人家不愿意买他的免罪符，他就出花样强迫，欺压当地居民，有时还弄虚作假。如果把我亲见他使的诡计一一叙说，不免啰唆，这里单讲一桩妙事，就可见他多么足智多谋。

他在托雷都的萨格拉镇上照例活动了一番，宣讲了两三天。没一人买他的免罪符；我看谁也不想买。他自咒自骂，暗打主意，决计第二天召集镇上居民向他们推销。那天晚饭后，他和公差②斗牌，讲定输家付饭后的酒账。两人赌得吵起来，互相谩骂。他骂公差是贼，公差骂他仿造假货。我那位推销免罪符的主人一听这话，立即把大门口旅客们要弄的一支长枪绰在手里。公差腰带上挂着剑，也准备拔剑。住店的旅客和街坊听见吵闹，赶来劝架。他们俩怒气冲天，推开拦着的人，要拼个你死我活。可是瞧热闹的挤了一屋子，他们眼看不能动武，只好破口大骂。公差骂我主人造假东西骗人，说他宣扬的免罪符不是真货。

看热闹的瞧这场争吵和解不了，就把公差拉出客店去。我主人气呼呼地留在店里。旅客和街坊劝他别生气，睡觉吧，我们俩就睡了。

第二天早上，我主人上教堂去，安排打钟做弥撒，并为劝买免罪符宣讲。居民都来了。他们对免罪符嘀嘀咕咕，说靠不住，公差在吵架的时候露了馅。他们本来不想买，听说是假的越发

---

① 圣托玛斯，指中世纪最渊博的神学家托玛斯·阿奎那斯。

② 经销免罪符的人常和公差合伙；谁买了符付不出账，由公差去索取抵押品。

瞧不起。

兜销员登台宣讲,说这种圣符能赐福免罪,劝大家万勿错过机会。

他正讲得有声有色,那公差忽然进教堂来,先祷告一通,然后起身,提高嗓子,声调很沉着,朗朗地说:

"乡亲们,请听我一句话;以后你们爱听谁的,都由你们。我是和这个宣讲的骗子同来的。他骗了我,叫我帮他干这买卖,赚了钱分摊。我现在觉悟到这来自己丧尽天良,又掏空了你们的腰包,心上懊悔了,所以向你们声明:他兜销的免罪符是假的,别信他的话,也别买他的符。我自己不干这买卖,也不帮人家干,这事没我的份。我从现在起,放下我公差的杖[①],把它扔在地下了。如有一天这家伙行骗受罚,我请各位替我作个见证:我不是他同伙,也没帮他忙,却向你们说破真情,揭出了他的鬼。"

他把话说完,在场一些有体面的人怕闹笑话,打算起身把公差撵出教堂去。可是我主人阻挡了他们,吩咐大家别干涉,随那公差说个畅,谁不听吩咐,驱逐出教会。公差发话的时候,他也一声不响。公差讲完,他问还有什么话,不妨都说出来。公差道:

"关于你这个人和你捣的鬼,说也说不完,目前我不用多说了。"

那位兜销员就在说教台上双膝跪下,合掌望天说:

"上帝啊,你无所不知,什么都瞒不过你;你无所不能,没有办不到的事。你知道真情,知道我平白无故受了诬蔑。上帝啊,

---

① 公差拿着一支短杖行使职权。

他得罪我，我为了求你原谅我的罪过，我也原谅他。他说话行事全不知轻重，求你别理会他。可是他对你犯的罪呢，我为了正义，求你不要饶恕。因为这里也许有人本来想买圣符，听了他那一派胡言就不买了。上帝啊，他害人不浅，求你不要宽容，却照我说的办法，这会儿当场显个奇迹。如果他讲的是真话，我是欺心骗人，那么，叫我连这个说教台一起陷到七七四十九尺深的地底下去，从此不见踪迹。如果我说的不假，却是魔鬼要夺去在场各位的好福气，引诱他造谣害人，那么，叫他受些惩罚，让大家知道他的坏心。”

我那虔诚的主人祷告刚完，倒霉的公差好端端站着呢，立即咕咚一声，倒下地去，整座教堂都震动了。他发声怪叫，口吐白沫，抽搐着嘴唇，做出种种怪相，一面拳打脚踢，满地打滚。

大家叫嚷成一片，谁的话也听不见。有人吓得战战兢兢。有人喊：“上帝救救他吧！”又有人说：“活该！谁叫他当着上帝撒谎骗人呀！”

后来有几个人——我看也吓得战战兢兢的，跑上去捉住他双手；他正四向挥拳乱打呢。另有几人捉住他两腿紧紧按住，因为最刁的骡子也没他踢得凶。他们这样按住他好一会儿，少说也有十五个人管着他，一个个都忙乱得应付不过来，稍不留神，就挨他的嘴巴子。

我主人始终还跪在说教台上，向天伸着双手，翻着两眼，已经入定了。教堂里的叫喊吵嚷并不打搅他通诚。

有几个好心人跑到他身边，大声叫醒了他，说那可怜家伙快要死了，求他去救命。他们说：那人贫嘴恶舌，已经得了恶报，求他撇开旧事，别再计较；上帝应了他的祈祷为他申冤，立即降罚，可见那坏蛋有罪,而他是诚实不欺的,他们都瞧得很明白了;现在那人性命难保,受罪得厉害,如有办法救苦解难,看上帝面上出点力吧。

兜销员仿佛好梦初醒,看看那几个人,又看看那个受罪的家伙和他周围的人,慢条斯理地说:

“各位乡亲,上帝借他这家伙来显示天威,你们千万别为他求情。他摧毁众人的信心,是上帝的罪人。可是上帝既然教训我们勿念旧恶,勿冤冤相报,我们也可以大胆恳求上帝如他金口,饶赦这个人。咱们一起来祷告吧。”

他走下说教台,叫大家竭诚祈祷上帝垂慈,饶恕这个罪人,叫他仍旧身体健康,神志清醒;如果上帝为他罪孽深重,让魔鬼附在他身上了,那么求上帝把魔鬼赶走。

大家都跪在祭台前,和教士们一起低声唱诵祷词。我主人拿着十字架和圣水到公差身边,先对他唱诵一番,就为他祈祷。他高举两手,两眼往上翻得只剩了一星儿白,祷词又长又虔诚,感动得人人下泪。在耶稣受难日,虔诚的宣教师对虔诚的听众讲道,常有这种情景。他说公差受了魔鬼引诱,走上死亡和罪恶的邪路,求上帝赦罪免死,还他健康,让他认罪悔过吧,因为上帝并不要罪人死亡,而是要他悔过自新。

于是他吩咐把免罪符拿来,放在公差头上。那倒霉的公差立即见好,渐渐苏醒。公差神志既清,忙去跪在兜销员脚边求饶,承认自己是受了魔鬼的指使,替魔鬼说话。这是因为他要陷害兜销员,出一口恶气,而更重要的原因是魔鬼急坏了,怕人买了免罪符得福。

我主人原谅了他,两人又言归于好。城里男女老少,都争先恐后地买免罪符,几乎没一人不买的。

这件事遍传邻近城市,我们到了那些地方,不用宣讲,也不用到教堂去,大家都赶到客店来买免罪符,仿佛那是不要钱白送人的梨。我主人在附近十一二个城市里一次没有宣讲,就销掉一万一二千份免罪符。

我老实说吧,他们串演那套把戏的时候,我也像许多别人那样吃惊,以为是真的。可是后来看见公差和我主人把这件事当笑谈,才知道是我那诡计多端的主人捣鬼。

我虽然只是个孩子,也觉得很妙,暗想:“那些兜销免罪符的家伙呀,准把这种把戏对实心眼儿的老百姓玩弄过多少回了!”

长话短说,我跟这第五个主人大约四个月,也吃足苦头。

第 六 章

癞子投靠一位驻堂神父,有何经历。

我以后又伺候一个画手鼓的,替他研颜料,也受了不少折磨。

那时我已经不是孩子了。有一天我上大教堂,一位驻堂神父雇我做了用人。他交给我一头好骡子、四个瓦罐儿和一条鞭子,叫我在城里卖水。这是我获得温饱的第一步,从此不挨饿了。我的进账,除了星期六赚的全归自己,平日每天上缴主人三十文大钱，多余的也归我。

我这个买卖很顺当，干了四年，攒的钱居然可以买几件旧衣，穿得整整齐齐。我买一件旧的平绒袄儿；一件旧外衣，袖口有镶边；一件斗篷，新的时候大概是丝绒的；还有一把剑，是奎列亚城①最早的产品。我一看自己穿得很像样，就对主人说：骡子奉还，这买卖我不干了。

第七章

癞子跟了一个公差，所遭遇的事。

我辞了驻堂神父，跟一个公差做帮手。我没跟他多久，因为觉得吃这碗饭提心吊胆；有一次尤其危险，几个逃犯拿了石子、棍子追我们主仆俩，我主人站定了等他们，给他们狠狠收拾了一顿，我总算没落在他们手里。从此我洗手不干这行了。

我正不知干哪一行可以安居乐业，攒钱养老，承上帝启发，指引了一条康庄大道。我看到一个人要发迹，得为皇家效力；②我靠朋友和大人先生照应，弄到这么个职司，从此苦尽甘来。我至今还当这差使，为上帝并为您效忠尽力。城里卖酒，或拍卖东

① 奎列亚是赛果比的一个城市，铸剑名手安东尼欧曾在此铸剑。

② 谚语：人要发迹，人教会、出海经商或为皇家效力。癞子当了叫喊消息的报子，那是为皇家效力的职司里最卑贱的一种。

西，或招寻失物，由我叫喊消息；法院判罪的人，也由我押着高声公布他的罪状——这就是我的职务。换句话说，我是叫喊消息的报子。

我工作很顺利，办事又熟练，凡是牵连我这一行的事，差不多全由我经管了。谁家卖酒或出脱什么东西，托美思河的癞子没插手，干脆休想赚钱。

这时候，您的朋友、我的主人圣萨尔瓦铎的大神父注意到我这人了，因为我叫卖过他的酒。他瞧我能干，日子也过得不错，就要把他的一个女用人嫁给我。我知道这样一位人物对我只会有好处，所以一口答应。我娶了那女人，至今没有懊悔。她不但勤快柔顺，我靠她还得到大神父种种照应。他每年一次次给她的麦子有一担左右，过节给肉，有时给两个上白面包或一条扔掉的旧裤子。他叫我们租了他家隔壁一所小房子。每个礼拜天和一般节日我们总在他家吃饭。

可是贫嘴恶舌向来难免。人家瞧我老婆到大神父家去铺床做饭，就不容我们安顿过日子，说些不知什么浑话，其实我也心里有数的。那些话并非无稽之谈，但愿上帝多多保佑他们吧，因为我老婆不是肯让人浑说的，而大神父又曾对我许过愿，我想不是空口许愿。他有一天当着我老婆的面和我谈了好久，他说：

“托美思河的癞子呀，谁要听信流言蜚语，一辈子不得发迹。我这话有个道理；保不定有人瞧你老婆在我家出出进进，就……我向你保证，她到我家来，你是很体面的，她自己也很体面。所以你随人家怎么讲，都别理会，只管你自己的事，就是说，只管你自己的好处。”

我说:“神父大人,我早打定主意,要依傍有钱的人。我有些朋友确也对我说过这类闲话,还再三再四向我证明,她嫁我之前已经生过三胎。我因为她正在这里,就直说了,您可别见怪。”

我老婆立即赌咒发誓。我只怕上天降罚,把那房子都塌在我们头上呢。她又哭哭啼啼,咒骂把她嫁给我的人,弄得我懊悔无及,觉得宁死也不该说出这等话来。当时一边有我,一边有我主人,一起劝说了一番,又说了一堆好话。我发誓刚才那些话再不提起,随她无日无夜在大神父家出进,我都乐意,都赞成,因为我拿稳她多么正经。她这才不哭了。我们三人相处得很和洽。

从此我们中间再也不提这回事。而且我一听出谁想谈这些话,就截住他说:

“嗨,你要是够朋友,请别讲惹我生气的话。谁惹我生气的,尤其离间我们夫妻的,就不是我的朋友。全世界我最宝贝的是我老婆,自己还在其次。我靠了她,才蒙上帝赏赐许多恩典,都是我受之有愧的。我可以凭圣体发誓,她和托雷都全城的女人一样正经。谁说不是,我就跟他拼命。”

这样一来,我耳根清净,家里就很安静。

正是那一年,咱们神武的皇帝陛下进驻这座著名的托雷都城,在这里设立朝廷。那时还有几番盛大的庆祝,您想必听说过。

我那阵子很富裕,正是运道最好的时候。

干校六记 ◆ 丙午丁未年纪事 ● 将饮茶 ◆ 杂论与序文

干校六记

杨绛全集 |

杨绛 著

人民文学出版社

| 2007年，于三里河寓所

1927年冬，与全家于苏州旧居，后排左起第二人为杨绛

1932年，与好友蒋恩钿摄于清华大学

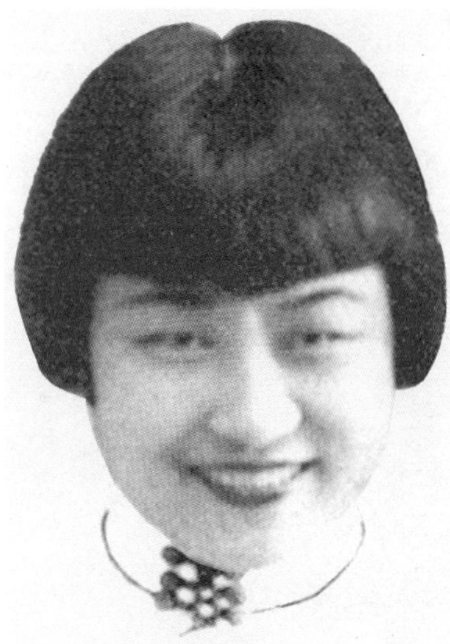

| 摄于1932年

| 1936年，于牛津大学公园

1936年，于牛津大学公园

1938年，于巴黎卢森堡公园

1938年，与钱锺书于巴黎卢森堡公园

1989年冬，与钱锺书在三里河宿舍院中散步

|《干校六记》版本之一

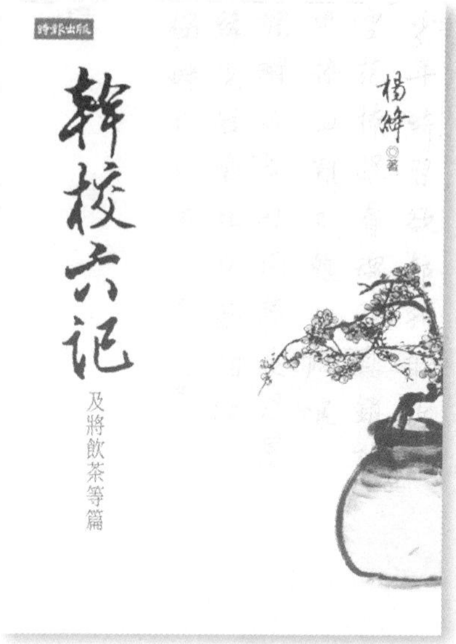

|《干校六记及将饮茶等篇》台湾时报出版公司版

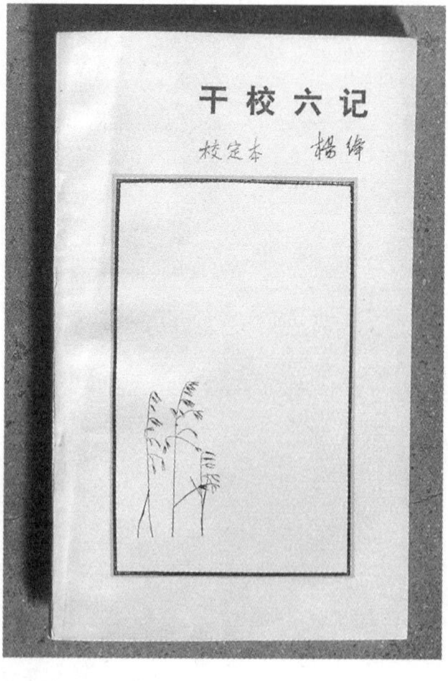

|《干校六记》版本之一

《干校六记》的几种版本

| 2012年7月，于三里河寓所

目录

✣ 干校六记

✣ 丙午丁未年纪事

✣ 将饮茶

✤ 杂论与序文

干校六记

小　引

钱锺书

杨绛写完《干校六记》，把稿子给我看了一遍。我觉得她漏写了一篇，篇名不妨暂定为《运动记愧》。

学部在干校的一个重要任务是搞运动，清查“五一六分子”。干校两年多的生活是在这个批判斗争的气氛中度过的；按照农活、造房、搬家等等需要，搞运动的节奏一会子加紧，一会子放松，但仿佛间歇疟，疾病始终缠住身体。“记劳”，“记闲”，记这，记那，都不过是这个大背景的小点缀，大故事的小穿插。

现在事过境迁，也可以说水落石出。在这次运动里，如同在历次运动里，少不了有三类人。假如要写回忆的话，当时在运动里受冤枉、挨批斗的同志们也许会来一篇《记屈》或《记愤》。至于一般群众呢，回忆时大约都得写《记愧》：或者惭愧自己是糊涂虫，没看清“假案”、“错案”，一味随着大伙儿去糟蹋一些好人；或者（就像我本人）惭愧自己是懦怯鬼，觉得这里面有冤屈，却没有胆气出头抗议，至多只敢对运动不很积极参加。也有一种人，他们明知道这是一团乱蓬蓬的葛藤账，但依然充当旗手、鼓手、打手，去大判“葫芦案”。按道理说，这类人最应当“记愧”。不过，他们很可能既不记忆在心，也无愧怍于心。他们的忘记也许正由于他们感到惭愧，也许更由于他们不觉惭愧。惭愧常使人健忘，亏心和丢脸的事总是不愿记起的事，因此也很容易在记忆的筛眼里走漏得一干二净。惭愧也使人畏缩、迟疑，耽误了急剧的生存竞争；内疚抱愧的人会一时上退却以至于一辈子落伍。所以，惭愧是该被淘汰而不是该被培养的感情；古来经典上相传的“七情”里就没有列上它。在日益紧张的近代社会生活里，这种心理状态看来不但无用，而且是很不利的，不感觉到它也罢，落得个身心轻松愉快。

《浮生六记》——一部我不很喜欢的书——事实上只存四记，《干校六记》理论上该有七记。在收藏家、古董贩和专家学者通力合作的今天，发现大小作家们并未写过的未刊稿已成为文学研究里发展特快的新行业了。谁知道没有那么一天，这两部书缺掉的篇章会被陆续发现，补足填满，稍微减少了人世间的缺陷。

一九八〇年十二月

一　下放记别

中国社会科学院，以前是中国科学院哲学社会科学部，简称学部。我们夫妇同属学部；默存在文学所，我在外文所。一九六九年，学部的知识分子正在接受“工人、解放军宣传队”的“再教育”。全体人员先是“集中”住在办公室里，六、七人至九、十人一间，每天清晨练操，上下午和晚饭后共三个单元分班学习。过了些时候，年老体弱的可以回家住，学习时间渐渐减为上下午两个单元。我们俩都搬回家去住，不过料想我们住在一起的日子不会长久，不日就该下放干校了。干校的地点在纷纷传说中逐渐明确，下放的日期却只能猜测，只能等待。

我们俩每天各在自己单位的食堂排队买饭吃。排队足足要费半小时；回家自己做饭又太费事，也来不及。工、军宣队后来管束稍懈，我们经常中午约会同上饭店。饭店里并没有好饭吃，也得等待；但两人一起等，可以说说话。那年十一月三日，我先在学部大门口的公共汽车站等待，看见默存杂在人群里出来。他过来站在我旁边，低声说：“待会儿告诉你一件大事。”我看看他的脸色，猜不出什么事。

我们挤上了车，他才告诉我：“这个月十一号，我就要走了。我是先遣队。”

尽管天天在等待行期，听到这个消息，却好像头顶上着了一个焦雷。再过几天是默存虚岁六十生辰,我们商量好:到那天两人要吃一顿寿面庆祝。再等着过七十岁的生日,只怕轮不到我们了。可是只差几天,等不及这个生日,他就得下干校。

“为什么你要先遣呢?”

“因为有你,别人得带着家眷,或者安顿了家再走;我可以把家撂给你。”

干校的地点在河南罗山,他们全所是十一月十七日走。

我们到了预定的小吃店,叫了一个最现成的沙锅鸡块——不过是鸡皮鸡骨。我舀些清汤泡了半碗饭,饭还是咽不下。

只有一个星期置备行装,可是默存要到末了两天才得放假。我倒借此赖了几天学,在家收拾东西。这次下放是所谓“连锅端”——就是拔宅下放,好像是奉命一去不复返的意思。没用的东西、不穿的衣服、自己宝贵的图书、笔记等等,全得带走,行李一大堆。当时我们的女儿阿圆、女婿得一,各在工厂劳动,不能叫回来帮忙。他们休息日回家,就帮着收拾行李,并且学别人的样,把箱子用粗绳子密密缠捆,防旅途摔破或压塌。可惜能用粗绳子缠捆保护的,只不过是木箱铁箱等粗重行李;这些木箱、铁箱,确也不如血肉之躯经得起折磨。

经受折磨,就叫锻炼;除了准备锻炼,还有什么可准备的呢。准备的衣服如果太旧,怕不经穿;如果太结实,怕洗来费劲。我久不缝纫,胡乱把耐脏的绸子用缝衣机做了个毛毯的套子,准备经年不洗。我补了一条裤子,坐处像个布满经线纬线的地球仪,而且厚如龟壳。默存倒很欣赏,说好极了,穿上好比随身带着个座儿,随处都可以坐下。他说,不用筹备得太周全,只需等我也下去,就可以照看他。至于家人团聚,等几时阿圆和得一乡间落户，待他们迎养吧。

转眼到了十一号先遣队动身的日子。我和阿圆、得一送行。默存随身行李不多，我们找个旮旯儿歇着等待上车。候车室里，闹嚷嚷、乱哄哄人来人往；先遣队的领队人忙乱得只恨分身无术，而随身行李太多的，只恨少生了几双手。得一忙放下自己拿的东西，去帮助随身行李多得无法摆布的人。默存和我看他热心为旁人效力，不禁赞许新社会的好风尚，同时又互相安慰说：得一和善忠厚，阿圆有他在一起，我们可以放心。

得一掮着、拎着别人的行李，我和阿圆帮默存拿着他的几件小包小袋，排队挤进月台，挤上火车，找到个车厢安顿了默存。我们三人就下车，痴痴站着等火车开动。

我记得从前看见坐海船出洋的旅客，登上摆渡的小火轮，送行者就把许多彩色的纸带抛向小轮船；小船慢慢向大船开去，那一条条彩色的纸带先后迸断，岸上就拍手欢呼。也有人在欢呼声中落泪；迸断的彩带好似迸断的离情。这番送人上干校，车上的先遣队和车下送行的亲人，彼此间的离情假如看得见，就决不是彩色的，也不能一迸就断。

默存走到车门口，叫我们回去吧，别等了。彼此遥遥相望，也无话可说。我想，让他看我们回去还有三人，可以放心释念，免得火车驰走时，他看到我们眼里，都在不放心他一人离去。我们遵照他的意思，不等车开，先自走了。几次回头望望，车还不动，车下还是挤满了人。我们默默回家；阿圆和得一接着也各回工厂。他们同在一校而不同系，不在同一工厂劳动。

过了一两天，文学所有人通知我，下干校的可以带自己的床，不过得用绳子缠捆好，立即送到学部去。粗硬的绳子要缠捆得服帖，关键在绳子两头；不能打结子，得把绳头紧紧压在绳下。这至少得两人一齐动手才行。我只有一天的期限，一人请假在家，把自己的小木床拆掉。左放、右放，怎么也无法捆在一起，只好分别捆；而且我至少还欠一只手，只好用牙齿帮忙。我用细绳缚住粗绳头，用牙咬住，然后把一只床分三部分捆好，各件重复写上默存的名字。小小一只床分拆了几部，就好比兵荒马乱中的一家人，只怕一出家门就彼此失散，再聚不到一处去。据默存来信，那三部分重新团聚一处，确也害他好生寻找。

文学所和另一所最先下放。用部队的词儿，不称“所”而称“连”。二连动身的日子，学部敲锣打鼓，我们都放了学去欢送。下放人员整队而出；红旗开处，俞平老和俞师母领队当先。年逾七旬的老人了，还像学龄儿童那样排着队伍，远赴干校上学，我看着心中不忍，抽身先退；一路回去，发现许多人缺乏欢送的热情，也纷纷回去上班。大家脸上都漠无表情。

我们等待着下干校改造，没有心情理会什么离愁别恨，也没有闲暇去品尝那“别是一番”的“滋味”。学部既已有一部分下了干校，没下去的也得加紧干活儿。成天坐着学习，连“再教育”我们的“工人师傅”们也腻味了。有一位二十二三岁的小“师傅”嘀咕说：“我天天在炉前炼钢，并不觉得劳累；现在成天坐着，屁股也痛，脑袋也痛，浑身不得劲儿。”显然炼人比炼钢费事；“坐冷板凳”也是一项苦功夫。

炼人靠体力劳动。我们挖完了防空洞——一个四通八达的地下建筑，就把图书搬来搬去。捆，扎，搬运，从这楼搬到那楼，从这处搬往那处；搬完自己单位的图书，又搬别单位的图书。有一次，我们到一个积尘三年的图书馆去搬出书籍、书柜、书架等，要腾出屋子来。有人一进去给尘土呛得连打了二十来个嚏喷。我们尽管戴着口罩，出来都满面尘土，咳吐的尽是黑痰。我记得那时候天气已经由寒转暖而转热。沉重的铁书架、沉重的大书橱、沉重的卡片柜——卡片屉内满满都是卡片，全都由年轻人狠命用肩膀扛，贴身的衣衫磨破，露出肉来。这又使我惊叹，最经磨的还是人的血肉之躯！

弱者总占便宜；我只干些微不足道的细事，得空就打点包裹寄给干校的默存。默存得空就写家信；三言两语，断断续续，白天黑夜都写。这些信如果保留下来，如今重读该多么有趣！但更有价值的书信都毁掉了，又何惜那几封。

他们一下去，先打扫了一个土积尘封的劳改营。当晚睡在草铺上还觉得燠热。忽然一场大雪，满地泥泞，天气骤寒。十七日大队人马到来，八十个单身汉聚居一间屋里，分睡在几个炕上。有个跟着爸爸下放的淘气小男孩儿，临睡常绕炕撒尿一匝，为炕上的人“施肥”。休息日大家到镇上去买吃的：有烧鸡，还有煮熟的乌龟。我问默存味道如何；他却没有尝过，只悄悄做了几首打油诗寄我。

罗山无地可耕，干校无事可干。过了一个多月，干校人员连同家眷又带着大堆箱笼物件，搬到息县东岳。地图上能找到息县，却找不到东岳。那儿地僻人穷，冬天没有燃料生火炉子，好多女同志脸上生了冻疮。洗衣服得蹲在水塘边上“投”。默存的新衬衣请当地的大娘代洗，洗完就不见了。我只愁他跌落水塘；能请人代洗，便赔掉几件衣服也值得。

在北京等待上干校的人，当然关心干校生活，常叫我讲些给他们听。大家最爱听的是何其芳同志吃鱼的故事。当地竭泽而渔，食堂改善伙食，有红烧鱼。其芳同志忙拿了自己的大漱口杯去买了一份；可是吃来味道很怪，愈吃愈怪。他捞起最大的一块想尝个究竟，一看原来是还未泡烂的药肥皂，落在漱口杯里没有拿掉。大家听完大笑，带着无限同情。他们也告诉我一个笑话，说钱锺书和丁××两位一级研究员，半天烧不开一锅炉水！我代他们辩护：锅炉设在露天，大风大雪中，烧开一锅炉水不是容易事。可是笑话毕竟还是笑话。

他们过年就开始自己造房。女同志也拉大车，脱坯，造砖，盖房，充当壮劳力。默存和俞平伯先生等几位“老弱病残”都在免役之列，只干些打杂的轻活儿。他们下去八个月之后，我们的“连”才下放。那时候，他们已住进自己盖的新屋。

我们“连”是一九七〇年七月十二日动身下干校的。上次送默存走，有我和阿圆还有得一。这次送我走，只剩了阿圆一人；得一已于一月前自杀去世。

得一承认自己总是“偏右”一点，可是他说，实在看不惯那伙“过左派”。他们大学里开始围剿“五一六”的时候，几个有“五一六”之嫌的“过左派”供出得一是他们的“组织者”，“五一六”的名单就在他手里。那时候得一已回校，阿圆还在工厂劳动；两人不能同日回家。得一末了一次离开我的时候说：“妈妈，我不能对群众态度不好，也不能顶撞宣传队；可是我决不能捏造个名单害人，我也不会撒谎。”他到校就失去自由。阶级斗争如火如荼，阿圆等在厂劳动的都返回学校。工宣队领导全系每天三个单元斗得一，逼他交出名单。得一就自杀了。

阿圆送我上了火车，我也促她先归，别等车开。她不是一个脆弱的女孩子，我该可以放心撇下她。可是我看着她踽踽独归的背影，心上凄楚，忙闭上眼睛；闭上了眼睛，越发能看到她在我们那破残凌乱的家里，独自收拾整理，忙又睁开眼。车窗外已不见了她的背影。我又合上眼，让眼泪流进鼻子，流入肚里。火车慢慢开动，我离开了北京。

干校的默存又黑又瘦，简直换了个样儿，奇怪的是我还一见就认识。

我们干校有一位心直口快的黄大夫。一次默存去看病，她看他在签名簿上写上钱锺书的名字，怒道："胡说！你什么钱锺书！钱锺书我认识！"默存一口咬定自己是钱锺书。黄大夫说："我认识钱锺书的爱人。"默存经得起考验，报出了他爱人的名字。黄大夫还待信不信，不过默存是否冒牌也没有关系，就不再争辩。事后我向黄大夫提起这事，她不禁大笑说："怎么的，全不像了。"

我记不起默存当时的面貌，也记不起他穿的什么衣服，只看见他右下颔一个红包，虽然只有榛子大小，形状却峥嵘险恶：高处是亮红色，低处是暗黄色，显然已经灌脓。我吃惊说："啊呀，这是个疽吧？得用热敷。"可是谁给他做热敷呢？我后来看见他们的红十字急救药箱，纱布上、药棉上尽是泥手印，默存说他已经生过一个同样的外疹，领导上让他休息几天，并叫他改行不再烧锅炉。他目前白天看管工具，晚上巡夜。他的顶头上司因我去探亲，还特地给了他半天假。可是我的排长却非常严厉，只让我跟着别人去探望一下，吩咐我立即回队。默存送我回队，我们没说得几句话就分手了。得一去世的事，阿圆和我暂时还瞒着他，这时也未及告诉。过了一两天他来信说：那个包儿是疽，穿了五个孔。幸亏打了几针也渐渐痊愈。

我们虽然相去不过一小时的路程，却各有所属，得听指挥、服从纪律，不能随便走动，经常只是书信来往，到休息日才许探亲。休息日不是星期日；十天一次休息，称为大礼拜。如有事，大礼拜可以取消。可是比了独在北京的阿圆，我们就算是同在一处了。

二　凿井记劳

干校的劳动有多种。种豆、种麦是大田劳动。大暑天，清晨三点钟空着肚子就下地。六点送饭到田里，大家吃罢早饭，劳动到午时休息；黄昏再下地干到晚。各连初到，借住老乡家。借住不能久占，得赶紧自己造屋。造屋得用砖；砖不易得，大部分用泥坯代替。脱坯是极重的活儿。此外，养猪是最脏又最烦的活儿。菜园里、厨房里老弱居多，繁重的工作都落在年轻人肩上。

有一次，干校开一个什么庆祝会，演出的节目都不离劳动。有一个话剧，演某连学员不怕砖窑倒塌，冒险加紧烧砖，据说真有其事。有一连表演钻井，演员一大群，没一句台词，惟一的动作是推着钻井机团团打转，一面有节奏地齐声哼“嗯唷！嗯唷！嗯唷！嗯唷！”大伙儿转呀、转呀，转个没停——钻井机不能停顿，得日以继夜，一口气钻到底。“嗯唷！嗯唷！嗯唷！嗯唷！”那低沉的音调始终不变，使人记起曾流行一时的电影歌曲《伏尔加船夫曲》；同时仿佛能看到拉纤的船夫踏在河岸上的一只只脚，带着全身负荷的重量，疲劳地一步步挣扎着向前迈进。戏虽单调，却好像比那个宣扬“不怕苦、不怕死”的烧窑剧更生动现实。散场后大家纷纷议论，都推许这个节目演得好，而且不必排练，搬上台去现成是戏。

有人忽脱口说：“啊呀！这个剧——思想不大对头吧？好

像——好像——咱们都那么——那么——”

大家都会意地笑。笑完带来一阵沉默，然后就谈别的事了。

我分在菜园班。我们没用机器，单凭人力也凿了一眼井。

我们干校好运气，在淮河边上连续两年干旱，没遭逢水灾。可是干硬的地上种菜不易。人家说息县的地“天雨一包脓，天晴一片铜”。菜园虽然经拖拉机耕过一遍，只翻起满地大坷垃，比脑袋还大，比骨头还硬。要种菜，得整地；整地得把一块块坷垃砸碎、砸细，不但费力，还得耐心。我们整好了菜畦，挖好了灌水渠，却没有水。邻近也属学部干校的菜园里有一眼机井，据说有十米深呢，我们常去讨水喝。人力挖的井不过三米多，水是浑的。我们喝生水就在吊桶里掺一小瓶痧药水，聊当消毒；水味很怪。十米深的井，水又甜又凉，大太阳下干活儿渴了舀一碗喝，真是如饮甘露。我们不但喝，借便还能洗洗脚手。可是如要用来浇灌我们的菜园却难之又难。不用水泵，井水流不过来。一次好不容易借到水泵，水经过我们挖的渠道流入菜地，一路消耗，没浇灌得几畦，天就黑了，水泵也拉走了。我们撒下了菠菜的种子，过了一个多月，一场大雨之后，地里才露出绿苗来。所以我们决计凿一眼灌园的井。选定了地点，就破土动工。

那块地硬得真像风磨铜。我费尽吃奶气力，一锹下去，只筑出一道白痕，引得小伙子们大笑。他们也挖得吃力，说得用鹤嘴镢来凿。我的“拿手”是脚步快；动不了手，就飞跑回连，领了两把鹤嘴镢，扛在肩头，居然还能飞快跑回菜园。他们没停手，我也没停脚。我们的壮劳力轮流使鹤嘴镢凿松了硬地，旁人配合着使劲挖。大家狠干了一天，挖出一个深潭，可是不见水。我们的“小牛”是“大男子主义者”。他私下嘀咕说：挖井不用女人；

有女人就不出水。菜园班里只两个女人,我是全连女人中最老的;阿香是最小的,年岁不到我的一半。她是华侨,听了这句闻所未闻的话又气又笑,吃吃地笑着来告诉我,一面又去和“小牛”理论,向他抗议。可是我们俩真有点担心,怕万一碰不上水脉,都怪在我们身上。幸亏没挖到二米,土就渐渐潮润,开始见水了。

干土挖来虽然吃力,烂泥的分量却更沉重。越挖越泥泞,两三个人光着脚跳下井去挖,把一桶桶烂泥往上送,上面的人接过来往旁边倒,霎时间井口周围一片泥泞。大家都脱了鞋袜。阿香干活儿很欢,也光着两只脚在井边递泥桶。我提不动一桶泥,可是凑热闹也脱了鞋袜,把四处乱淌的泥浆铲归一处。

平时总觉得污泥很脏,痰涕屎尿什么都有;可是把脚踩进污泥,和它亲近了,也就只觉得滑腻而不嫌其脏。好比亲人得了传染病,就连传染病也不复嫌恶,一并可亲。我暗暗取笑自己:这可算是改变了立场或立足点吧!

我们怕井水涌上来了不便挖掘。人工挖井虽然不像机器钻井那样得日以继夜、一气钻成,可也得加把劲儿连着干。所以我们也学大田劳动的榜样,大清早饿着肚子上菜园;早饭时阿香和我回厨房去,把馒头、稀饭、咸菜、开水等放在推车上,送往菜园。平坦的大道或下坡路上,由我推车;拐弯处,曲曲弯弯的小道或上坡路上,由阿香推。那是很吃力的;推得不稳,会把稀饭和开水泼掉。我曾试过,深有体会。我们这种不平等的合作,好在偏劳者不计较,两人干得很融洽。中午大伙回连吃饭;休息后,总干到日暮黄昏才歇工,往往是最后一批吃上晚饭的。

我们这样狠干了不知多少天,我们的井已挖到三米深。末后几天，水越多，挖来越加困难，只好借求外力，请来两个大高个儿的年轻人。下井得浸在水里。一般打井总在冬天，井底暖和。我们打井却是大暑天，井底阴冷。阿香和我担心他们泡在寒森森的冷水里会致病。可是他们兴致热烘烘的，声言不冷。我们俩不好意思表现得婆婆妈妈，只不断到井口侦察。

水渐渐没腿，渐渐没膝，渐渐齐腰。灌园的井有三米多已经够深。我说要去打一斤烧酒为他们驱寒，借此庆功。大家都很高兴。来帮忙的劳力之一是后勤排的头头，他指点了打酒的窍门儿。我就跑回连，向厨房如此这般说了个道理，讨得酒瓶。厨房里大约是防人偷酒喝，瓶上贴着标签，写了一个大“毒”字，旁边还有三个惊叹号；又画一个大骷髅，下面交叉着两根枯骨。瓶里还剩有一寸深的酒。我抱着这么个可怕的瓶子，赶到离菜园更往西二里路的“中心点”上去打酒；一路上只怕去迟了那里的合作社已关门，恨不得把神行太保拴在脚上的甲马借来一用。我没有买酒的证明，凭那个酒瓶，略费唇舌，买得一斤烧酒。下酒的东西什么也没有，可吃的只有泥块似的“水果糖”，我也买了一斤，赶回菜园。

灌园的井已经完工。壮劳力、轻劳力都坐在地上休息。大家兴冲冲用喝水的大杯小杯斟酒喝，约莫喝了一斤，瓶里还留下一寸深的酒还给厨房。大家把泥块糖也吃光。这就是我们的庆功宴。

挖井劳累如何，我无由得知。我只知道同屋的女伴干完一天活儿，睡梦里翻身常“哎呀”、“喔唷”地哼哼。我睡不熟，听了私心惭愧，料想她们准累得浑身酸痛呢。我也听得小伙子们感叹说：“我们也老了”；嫌自己不复如二十多岁时筋力强健。想来他们也觉得力不从心。

等买到戽水的机器,井水已经涨满。井面宽广,所以井台更宽广。机器装在水中央;井面宽,我们得安一根很长的横杠。这也有好处:推着横杠戽水,转的圈儿大,不像转小圈儿容易头晕。小伙子们练本领,推着横杠一个劲儿连着转几十圈,甚至一百圈。偶来协助菜园劳动的人也都承认:菜园子的"蹲功"不易,"转功"也不易。

我每天跟随同伴早出晚归,干些轻易的活儿,说不上劳动。可是跟在旁边,就仿佛也参与了大伙儿的劳动,渐渐产生一种"集体感"或"合群感",觉得自己是"我们"或"咱们"中的一员,也可说是一种"我们感"。短暂的集体劳动,一项工程完毕,大家散伙,并不产生这种感觉。脑力劳动不容易通力合作——可以合作,但各有各的成绩;要合写一篇文章,收集材料的和执笔者往往无法"劲儿一处使",团不到一块儿去。在干校长年累月,眼前又看不到别的出路,"我们感"就逐渐增强。

我能听到下干校的人说:"反正他们是雨水不淋、太阳不晒的!"那是"他们"。"我们"包括各连干活儿的人,有不同的派别,也有"牛棚"里出来的人,并不清一色。反正都是"他们"管下的。但管"我们"的并不都是"他们";"雨水不淋、太阳不晒的"也并不都是"他们"。有一位摆足了首长架子,训话"嗯"一声、"啊"一声的领导,就是"他们"的典型;其他如"不要脸的马屁精"、"他妈的也算国宝"之流,该也算是属于"他们"的典型。"我们"和"他们"之分,不同于阶级之分。可是在集体劳动中我触类旁通,得到了教益,对"阶级感情"也稍稍增添了一点领会。

我们奉为老师的贫下中农,对干校学员却很见外。我们种的白薯,好几垅一夜间全偷光。我们种的菜,每到长足就被偷掉。他们说:“你们天天买菜吃,还自己种菜!”我们种的树苗,被他们拔去,又在集市上出售。我们收割黄豆的时候,他们不等我们收完就来抢收,还骂“你们吃商品粮的!”我们不是他们的“我们”,却是“穿得破,吃得好,一人一块大手表”的“他们”。

三　学圃记闲

我们连里是人人尽力干活儿，尽量吃饭——也算是各尽所能、各取所需吧？当然这只是片面之谈，因为各人还领取不同等级的工资呢。我吃饭少，力气小，干的活儿很轻，而工资却又极高，可说是占尽了“社会主义优越性”的便宜，而使国家吃亏不小。我自觉受之有愧，可是谁也不认真理会我的歉意。我就安安分分在干校学种菜。

新辟一个菜园有许多工程。第一项是建造厕所。我们指望招徕过客为我们积肥，所以地点选在沿北面大道的边上。五根木棍——四角各竖一根，有一边加竖一棍开个门；编上秫秸的墙，就围成一个厕所。里面埋一口缸沤尿肥；再挖两个浅浅的坑，放几块站脚的砖，厕所就完工了。可是还欠个门帘。阿香和我商量，要编个干干净净的帘子。我们把秫秸剥去外皮，剥出光溜溜的芯子，用麻绳细细致致编成一个很漂亮的门帘；我们非常得意，挂在厕所门口，觉得这厕所也不同寻常。谁料第二天清早跑到菜地一看，门帘不知去向，积的粪肥也给过路人打扫一空。从此，我和阿香只好互充门帘。

菜园没有关栏。我们菜地的西、南和西南隅有三个菜园，都属于学部的干校。有一个菜园的厕所最讲究，粪便流入厕所以外的池子里去，厕内的坑都用砖砌成。可是他们积的肥大量被偷，据说干校的粪，肥效特高。

我们挖了一个长方形的大浅坑沤绿肥。大家分头割了许多草，沤在坑里，可是不过一顿饭的工夫，沤的青草都不翼而飞，大概是给拿去喂牛了。在当地，草也是希罕物品，干草都连根铲下充燃料。

早先下放的连，菜地上都已盖上三间、五间房子。我们仓促间只在井台西北搭了一个窝棚。竖起木架，北面筑一堵“干打垒”的泥墙，另外三面的墙用秫秸编成。棚顶也用秫秸，上盖油毡，下遮塑料布。菜园西北有个砖窑是属于学部干校的，窑下散落着许多碎砖。我们拣了两车来铺在窝棚的地下，棚里就不致太潮湿；这里面还要住人呢。窝棚朝南做了一扇结实的木门，还配上锁。菜园的班长、一位在菜园班里的诗人，还有“小牛”——三人就住在这个窝棚里，顺带看园。我们大家也有了个地方可以歇歇脚。菜畦里先后都下了种。大部分是白菜和萝卜；此外，还有青菜、韭菜、雪里红、莴笋、胡萝卜、香菜、蒜苗等。可是各连建造的房子——除了最早下放的几连——都聚在干校的“中心点”上，离这个菜园稍远。我们在新屋近旁又分得一块菜地，壮劳力都到那边去整地挖沟。旧菜园里的庄稼不能没人照看，就叫阿香和我留守。

我们把不包心的白菜一叶叶顺序包上，用藤缠住，居然有一部分也长成包心的白菜，只是包得不紧密。阿香能挑两桶半满的尿，我就一杯杯舀来浇灌。我们偏爱几个“象牙萝卜”或“太湖萝卜”——就是长的白萝卜。地面上露出的一寸多，足有小饭碗那么顸。我们私下说：“咱们且培养尖子！”所以把班长吩咐我们撒在胡萝卜地里的草木灰，全用来肥我们的宝贝！真是宝贝！到收获的时候，我满以为泥下该有一尺多长呢，至少也该有大半截。我使足劲儿去拔，用力过猛，扑通跌坐地下，原来泥里只有几茎须须。从来没见过这么扁的"长"萝卜！有几个红萝卜还像样，一般只有鸭儿梨大小。天气渐转寒冷，蹲在畦边松土拔草，北风直灌入背心。我们回连吃晚饭，往往天都黑了。那年十二月，新屋落成，全连搬到"中心点"上去；阿香也到新菜地去干活儿。住窝棚的三人晚上还回旧菜园睡觉，白天只我一人在那儿看守。

班长派我看菜园是照顾我，因为默存的宿舍就在砖窑以北不远，只不过十多分钟的路。默存是看守工具的。我的班长常叫我去借工具。借了当然还要还。同伙都笑嘻嘻地看我兴冲冲走去走回，借了又还。默存看守工具只管登记，巡夜也和别人轮值，他的专职是通信员，每天下午到村上邮电所去领取报纸、信件、包裹等回连分发。邮电所在我们菜园的东南。默存每天沿着我们菜地东边的小溪迤逦往南又往东去。他有时绕道到菜地来看我，我们大伙儿就停工欢迎。可是他不敢耽搁时间，也不愿常来打搅。我和阿香一同留守菜园的时候，阿香会忽然推我说："瞧！瞧！谁来了！"默存从邮电所拿了邮件，正迎着我们的菜地走来。我们三人就隔着小溪叫应一下，问答几句。我一人守园的时候，发现小溪干涸，可一跃而过；默存可由我们的菜地过溪往邮电所去，不必绕道。这样，我们老夫妇就经常可在菜园相会，远胜于旧小说、戏剧里后花园私相约会的情人了。

默存后来发现，他压根儿不用跳过小溪，往南去自有石桥通往东岸。每天午后，我可以望见他一脚高、一脚低从砖窑北面跑来。有时风和日丽，我们就在窝棚南面灌水渠岸上坐一会儿晒晒太阳。有时他来晚了,站着说几句话就走。他三言两语、断断续续、想到就写的信,可以亲自撂给我。我常常锁上窝棚的木门,陪他走到溪边,再忙忙回来守在菜园里,目送他的背影渐远渐小,渐渐消失。他从邮电所回来就急要回连分发信件和报纸,不肯再过溪看我。不过我老远就能看见他迎面而来;如果忘了什么话,等他回来可隔溪再说两句。

在我,这个菜园是中心点。菜园的西南有个大土墩,干校的人称为“威虎山”,和菜园西北的砖窑遥遥相对。砖窑以北不远就是默存的宿舍。“威虎山”以西远去,是干校的“中心点”——我们那连的宿舍在“中心点”东头。“威虎山”坡下是干校某连的食堂,我的午饭和晚饭都到那里去买。西邻的菜园有房子,我常去讨开水喝。南邻的窝棚里生着火炉,我也曾去讨过开水。因为我只用三块砖搭个土灶,拣些秫秸烧水;有时风大,点不着火。南去是默存每日领取报纸信件的邮电所。溪以东田野连绵,一望平畴,天边几簇绿树是附近的村落;我曾寄居的杨村还在树丛以东。我以菜园为中心的日常活动,就好比蜘蛛踞坐菜园里,围绕着四周各点吐丝结网;网里常会留住些琐细的见闻、飘忽的随感。

我每天清早吃罢早点,一人往菜园去,半路上常会碰到住窝棚的三人到“中心点”去吃早饭。我到了菜园,先从窝棚木门旁的秫秸里摸得钥匙,进门放下随身携带的饭碗之类,就锁上门,到菜地巡视。胡萝卜地在东边远处,泥硬土瘠,出产很不如人意。可是稍大的常给人拔去;拔得匆忙,往往留下一截尾巴,我挖出来扉些井水洗净,留以解渴。邻近北边大道的白菜,一旦捏来菜心已长瓷实,就给人斫去,留下一个个斫痕犹新的菜根。一次我发现三四棵长足的大白菜根已斫断，未及拿走，还端端正正站在畦里。我们只好不等白菜全部长足，抢先收割。一次我刚绕到窝棚后面，发现三个女人正在拔我们的青菜，她们站起身就跑，不料我追得快，就一面跑一面把青菜抛掷地下。她们篮子里没有赃，不怕我追上。其实，追只是我的职责；我倒但愿她们把青菜带回家去吃一顿；我拾了什么用也没有。

她们不过是偶然路过。一般出来拣野菜、拾柴草的，往往十来个人一群，都是七八岁到十二三岁的男女孩子，由一个十六七岁的大姑娘或四五十岁的老大娘带领着从村里出来。他们穿的是五颜六色的破衣裳，一手挎着个篮子，一手拿一把小刀或小铲子。每到一处，就分散为三人一伙、两人一伙，以拣野菜为名，到处游弋，见到可拣的就收在篮里。他们在树苗林里斫下树枝，并不马上就拣；拣了也并不留在篮里，只分批藏在道旁沟边，结扎成一捆一捆。午饭前或晚饭前回家的时候，这队人背上都驮着大捆柴草，篮子里也各有所获。有些大胆的小伙子竟拔了树苗，捆扎了抛在溪里，午饭或晚饭前挑着回家。

我们窝棚四周散乱的秫秸早被他们收拾干净，厕所的五根木柱逐渐偷剩两根，后来连一根都不剩了。厕所周围的秫秸也越拔越稀，渐及窝棚的秫秸。我总要等背着大捆柴草的一队队都走远了，才敢到“威虎山”坡的食堂去买饭。

一次我们南邻的菜地上收割白菜。他们人手多，劳力强，干事又快又利索，和我们菜园班大不相同。我们班里老弱居多；我们斫呀，拔呀，搬成一堆堆过磅呀，登记呀，装上车呀，送往“中心点”的厨房呀……大家忙了一天，菜畦里还留下满地的老菜帮子。他们那边不到日落，白菜收割完毕，菜地打扫得干干净净。有一位老大娘带着女儿坐在我们窝棚前面，等着拣菜帮子。那小姑娘不时地跑去看，又回来报告收割的进程。最后老大娘站起身说："去吧！"

小姑娘说："都扫净了。"

她们的话，说快了我听不大懂，只听得连说几遍"喂猪"。那老大娘愤然说："地主都让拣！"

我就问，那些干老的菜帮子拣来怎么吃。

小姑娘说："先煮一锅水，揉碎了菜叶撒下，把面糊倒下去，一搅，可好吃哩！"

我见过他们的"馍"是红棕色的，面糊也是红棕色；不知"可好吃哩"的面糊是何滋味。我们日常吃的老白菜和苦萝卜虽然没什么好滋味，"可好吃哩"的滋味却是我们应该体验而没有体验到的。

我们种的疙瘩菜没有收成；大的像桃儿，小的只有杏子大小。我收了一堆正在挑选，准备把大的送交厨房。那位老大娘在旁盯着看，问我怎么吃。我告诉她：腌也行，煮也行。我说："大的我留，小的送你。"她大喜，连说："好！大的留给你，小的给我。"可是她手下却快，尽把大的往自己篮里拣。我不和她争。只等她拣完，从她篮里拣回一堆大的，换给她两把小的。她也不抗议，很满意地回去了。我却心上抱歉，因为那堆稍大的疙瘩，我们厨房里后来也没有用。但我当时不敢随便送人，也不能开这个例。我在菜园里拔草间苗，村里的小姑娘跑来闲看。我学着她们的乡音，可以和她们攀话。我把细小的绿苗送给她们，她们就帮我拔草。她们称男人为"大男人"；十二三岁的小姑娘，已由父母之命定下终身。这小姑娘告诉我那小姑娘已有婆家;那小姑娘一面害羞抵赖,一面说这小姑娘也有婆家了。她们都不识字。我寄居的老乡家是比较富裕的,两个十岁上下的儿子不用看牛赚钱,都上学;可是他们十七八岁的姊姊却不识字。她已由父母之命、媒妁之言,和邻村一位年貌相当的解放军战士订婚。两人从未见过面。那位解放军给未婚妻写了一封信,并寄了照片。他小学程度,相貌是浑朴的庄稼人。姑娘的父母因为和我同姓,称我为“俺大姑”;他们请我代笔回信。我举笔半天,想不出一句合适的话;后来还是同屋你一句、我一句拼凑了一封信。那位解放军连姑娘的照片都没见过。

村里十五六岁的大小子,不知怎么回事,好像成天都闲来无事的,背着个大筐,见什么,拾什么。有时七八成群,把道旁不及胳膊粗的树拔下,大伙儿用树干在地上拍打,“哈! 哈! 哈!”粗声訇喝着围猎野兔。有一次,三四个小伙子闯到菜地里来大吵大叫,我连忙赶去,他们说菜畦里有“猫”。“猫”就是兔子。我说:这里没有猫。躲在菜叶底下的那只兔子自知藏身不住,一道光似的直蹿出去。兔子跑得快,狗追不上。可是几条狗在猎人指使下分头追赶,兔子几回转折,给三四条狗团团围住。只见它纵身一跃有六七尺高,掉下地就给狗咬住。在它纵身一跃的时候,我代它心胆俱碎。从此我听到“哈! 哈! 哈!”粗哑的訇喝声,再也没有好奇心去观看。

有一次,那是一九七一年一月三日,下午三点左右,忽有人来,指着菜园以外东南隅两个坟墩,问我是否干校的坟墓。随学部干校最初下去的几个拖拉机手,有一个开拖拉机过桥,翻在河里淹死了。他们问我那人是否埋在那边。我说不是;我指向遥远处,告诉了那个坟墓所在。过了一会儿,我看见几个人在胡萝卜地东边的溪岸上挖土，旁边歇着一辆大车，车上盖着苇席。啊！他们是要埋死人吧？旁边站着几个穿军装的，想是军宣队。

我远远望着，刨坑的有三四人，动作都很迅速。有人跳下坑去挖土；后来一个个都跳下坑去。忽有一人向我跑来。我以为他是要喝水；他却是要借一把铁锹，他的铁锹柄断了。我进窝棚去拿了一把给他。

当时没有一个老乡在望，只那几个人在刨坑，忙忙地，急急地。后来，下坑的人只露出脑袋和肩膀了，坑已够深。他们就从苇席下抬出一个穿蓝色制服的尸体。我心里震惊，遥看他们把那死人埋了。

借铁锹的人来还我工具的时候，我问他死者是男是女，什么病死的。他告诉我，他们是某连，死者是自杀的，三十三岁，男。

冬天日短，他们拉着空车回去的时候，已经暮色苍茫。荒凉的连片菜地里阒无一人。我慢慢儿跑到埋人的地方，只看见添了一个扁扁的土馒头。谁也不会注意到溪岸上多了这么一个新坟。

第二天我告诉了默存，叫他留心别踩那新坟，因为里面没有棺材，泥下就是身体。他从邮电所回来，那儿消息却多，不但知道死者的姓名，还知道死者有妻有子；那天有好几件行李寄回死者的家乡。

不久后下了一场大雪。我只愁雪后地塌坟裂，尸体给野狗拖出来。地果然塌下些，坟却没有裂开。

整个冬天，我一人独守菜园。早上太阳刚出，东边半天云彩绚烂。远远近近的村子里，一批批老老少少的村里人，穿着五颜六色的破衣服成群结队出来，到我们菜园邻近分散成两人一伙、三人一伙，消失各处。等夕阳西下，他们或先或后，又成群负载而归。我买了晚饭回菜园，常站在窝棚门口慢慢地吃。晚霞渐渐暗淡，暮霭沉沉，野旷天低，菜地一片昏暗，远近不见一人，也不见一点灯光。我退入窝棚，只听得秫秸里不知多少老鼠在跳踉作耍，枯叶窸窸窣窣地响。我舀些井水洗净碗匙，就锁上门回宿舍。

人人都忙着干活儿，惟我独闲；闲得惭愧，也闲得无可奈何。我虽然没有十八般武艺，也大有鲁智深在五台山禅院做和尚之概。

我住在老乡家的时候，和同屋伙伴不在一处劳动，晚上不便和她们结队一起回村。我独往独来，倒也自由灵便。而且我喜欢走黑路。打了手电，只能照见四周一小圈地，不知身在何处；走黑路倒能把四周都分辨清楚。我顺着荒墩乱石间一条蜿蜒小径，独自回村；近村能看到树丛里闪出灯光。但有灯光处，只有我一个床位，只有帐子里狭小的一席地——一个孤寂的归宿，不是我的家。因此我常记起曾见一幅画里，一个老者背负行囊，拄着拐杖，由山坡下一条小路一步步走入自己的坟墓；自己仿佛也是如此。

过了年，清明那天，学部的干校迁往明港。动身前，我们菜园班全伙都回到旧菜园来，拆除所有的建筑。可拔的拔了，可拆的拆了。拖拉机又来耕地一遍。临走我和默存偷空同往菜园看一眼，聊当告别。只见窝棚没了，井台没了，灌水渠没了，菜畦没了，连那个扁扁的土馒头也不知去向，只剩下满布坷垃的一片白地。

四 “小趋”记情

我们菜园班的那位诗人从砖窑里抱回一头小黄狗。诗人姓区。偶有人把姓氏的“区”读如“趋”,阿香就为小狗命名“小趋”。诗人的报复很妙:他不为小狗命名“小香”,却要它和阿香排行,叫它“阿趋”。可是“小趋”叫来比“阿趋”顺口,就叫开了。好在菜园以外的人,并不知道“小趋”原是“小区”。

我们把剩余的破砖,靠窝棚南边给“小趋”搭了一个小窝,垫的是秫秸;这个窝又冷又硬。菜地里纵横都是水渠,小趋初来就掉入水渠。天气还暖的时候,我曾一足落水,湿鞋湿袜渥了一天,怪不好受的;瞧小趋滚了一身泥浆,冻得索索发抖,很可怜它。如果窝棚四周满地的秫秸是稻草,就可以抓一把为它抹拭一下。秫秸却太硬,不中用。我们只好把它赶到太阳里去晒。太阳只是“淡水太阳”,没有多大暖气,却带着凉飕飕的风。

小趋虽是河南穷乡僻壤的小狗,在它妈妈身边,总有点母奶可吃。我们却没东西喂它,只好从厨房里拿些白薯头头和零碎的干馒头泡软了喂。我们菜园班里有一位十分“正确”的老先生。他看见用白面馒头(虽然是零星残块)喂狗,疾言厉色把班长训了一顿:“瞧瞧老乡吃的是什么?你们拿白面喂狗!”我们人人抱愧,从此只敢把自己嘴边省下的白薯零块来喂小趋。其实,馒头也罢,白薯也罢,都不是狗的粮食。所以小趋又瘦又弱,老也长不大。

一次阿香满面忸怩，悄悄在我耳边说：“告诉你一件事。”说完又怪不好意思地笑个不了。然后她告诉我：“小趋——你知道吗？——在厕所里——偷——偷粪吃！！”

我忍不住笑了。我说：“瞧你这副神气，我还以为是你在那里偷吃呢！”

阿香很担心：“吃惯了，怎么办？脏死了！”

我说，村子里的狗，哪一只不吃屎！我女儿初下乡，同炕的小娃子拉了一大泡屎在炕席上；她急得忙用大量手纸去擦。大娘跑来嗔她糟蹋了手纸——也糟蹋了粪。大娘“狗”①一声喊，就跑来一只狗，上炕一阵子舔吃，把炕席连娃娃的屁股都舔得干干净净，不用洗也不用擦。她每天早晨，听到东邻西舍“噜噜噜噜噜”呼狗的声音，就知道各家娃娃在喂狗呢。

我下了乡才知道为什么猪是不洁的动物；因为猪和狗有同嗜。不过猪不如狗有礼让，只顾贪嘴，全不识趣，会把蹲着的人撞倒。狗只远远坐在一旁等待，到了时候，才摇摇尾巴过去享受。我们住在村里，和村里的狗不仅成了相识，对它们还有养育之恩呢。

假如猪狗是不洁的动物，蔬菜是清洁的植物吗？蔬菜是吃了什么长大的？素食的先生们大概没有理会。

我告诉阿香，我们对“屡诫不改”和“本性难移”的人有两句老话。一是：“你能改啊，狗也不吃屎了。”一是：“你简直是狗对粪缸发誓！”小趋不是洋狗，没吃过西洋制造的罐头狗食。它也

---

① 农村的狗都没有名字，但是狗能从主妇的呼叫声中分辨出自己的主人。

不如其他各连养的狗；据说他们厨房里的剩食可以喂狗，所以他们的狗养得膘肥毛润。我们厨房的剩食只许喂猪，因为猪是生产的一部分。小趋偷食，只不过是解决自己的活命问题罢了。

默存每到我们的菜园来，总拿些带毛的硬肉皮或带筋的骨头来喂小趋。小趋一见他就蹦跳欢迎。一次，默存带来两个臭蛋——不知谁扔掉的。他对着小趋"啪"一扔，小趋连吃带舔，蛋壳也一屑不剩。我独自一人看园的时候，小趋总和我一同等候默存。它远远看见默存从砖窑北面跑来，就迎上前去，跳呀、蹦呀、叫呀、拼命摇尾巴呀，还不足以表达它的欢忻，特又饶上个打滚儿；打完一滚，又起来摇尾蹦跳，然后又就地打个滚儿。默存大概一辈子也没受到这么热烈的欢迎。他简直无法向前迈步，得我喊着小趋让开路，我们三个才一同来到菜地。

我有一位同事常对我讲他的宝贝孙子。据说他那个三岁的孙子迎接爷爷回家，欢呼跳跃之余，竟倒地打了个滚儿。他讲完笑个不了。我也觉得孩子可爱，只是不敢把他的孙子和小趋相比。但我常想：是狗有人性呢？还是人有狗样儿？或者小娃娃不论是人是狗，都有相似处？

小趋见了熟人就跟随不舍。我们的连搬往"中心点"之前，我和阿香每次回连吃饭，小趋就要跟。那时候它还只是一只娃娃狗，相当于学步的孩子，走路滚呀滚的动人怜爱。我们怕它走累了，不让它跟，总把它塞进狗窝，用砖堵上。一次晚上我们回连，已经走到半路，忽发现小趋偷偷儿跟在后面，原来它已破窝而出。那天是雨后，路上很不好走，我们呵骂，它也不理。它滚呀滚地直跟到我们厨房兼食堂的席棚里。大家都爱而怜之，各从口边省下东西来喂它。小趋饱吃了一餐，跟着菜园班长回菜地。那是它第一次出远门。

我独守菜园的时候,起初是到默存那里去吃饭。狗窝关不住小趋,我得把它锁在窝棚里。一次我已经走过砖窑,回头忽见小趋偷偷儿远远地跟着我呢。它显然是从窝棚的秫秸墙里钻了出来。我呵止它,它就站住不动。可是我刚到默存的宿舍,它跟脚也来了;一见默存,快活得大蹦大跳。同屋的人都喜爱娃娃狗,争把自己的饭食喂它。小趋又饱餐了一顿。

小趋先不过是欢迎默存到菜园来,以后就跟随不舍,但它只跟到溪边就回来。有一次默存走到老远,发现小趋还跟在后面。他怕走累了小狗,捉住它送回菜园,叫我紧紧按住,自己赶忙逃跑。谁知那天他领了邮件回去,小趋已在他宿舍门外等候,跳跃着呜呜欢迎。它迎到了默存,又回菜园来陪我。

我们全连迁往"中心点"以后,小趋还靠我们班长从食堂拿回的一点剩食过日子,很不方便。所以过了一段时候,小趋也搬到"中心点"去了。它近着厨房,总有些剩余的东西可吃;不过它就和旧菜地失去了联系。我每天回宿舍晚,也不知它的窝在哪里。连里有许多人爱狗;但也有人以为狗只是资产阶级夫人小姐的玩物。所以我待小趋向来只是淡淡的,从不爱抚它。小趋不知怎么早就找到了我住的房门。我晚上回屋,旁人常告诉我:"你们的小趋来找过你几遍了。"我感它相念,无以为报,常攒些骨头之类的东西喂它,表示点儿意思。以后我每天早上到菜园去,它就想跟。我喝住它,一次甚至拣起泥块掷它,它才站住了,只远远望着我。有一天下小雨,我独坐在窝棚内,忽听得"呜"一声,小趋跳进门来,高兴得摇着尾巴叫了几声,才傍着我趴下。它找到了由"中心点"到菜园的路!

我到默存处吃饭，一餐饭再加路上来回，至少要半小时。我怕菜园没人看守，经常在“威虎山”坡下某连食堂买饭。那儿离菜园只六七分钟的路。小趋来作客，我得招待它吃饭。平时我吃半份饭和菜，那天我买了正常的一份，和小趋分吃。食堂到菜园的路虽不远，一路的风很冷。两手捧住饭碗也挡不了寒，饭菜总吹得冰凉，得细嚼缓吞，用嘴里的暖气来加温。小趋哪里等得及我吃完了再喂它呢，不停的只顾蹦跳着讨吃。我得把饭碗一手高高擎起，舀一匙饭和菜倒在自己嘴里，再舀一匙倒在纸上，送与小趋；不然它就不客气要来舔我的碗匙了。我们这样分享了晚餐，然后我洗净碗匙，收拾了东西，带着小趋回“中心点”。

可是小趋不能保护我，反得我去保护它。因为短短两三个月内，它已由娃娃狗变成小姑娘狗。“威虎山”上堆藏着木材等东西，养一头猛狗名“老虎”；还有一头灰狗也不弱。它们对小趋都有爱慕之意。小趋还小，本能地怕它们。它每次来菜园陪我，归途就需我呵护，喝退那两只大狗。我们得沿河走好一段路。我走在高高的堤岸上，小趋乖觉地沿河在坡上走，可以藏身。过了桥走到河对岸，小趋才得安宁。

幸亏我认识那两条大狗——我蓄意结识了它们。有一次我晚饭吃得太慢了，锁上窝棚，天色已完全昏黑。我刚走上西边的大道，忽听得“呜”一声，又转为“昊昊昊昊”的低吼，只见面前一对发亮的眼睛，接着看见一只大黑狗，拱着腰，仰脸狰狞地对着我。它就是“老虎”，学部干校最猛的狗。我住在老乡家的时候，晚上回村，有时迷失了惯走的路，脚下偶一趑趄，村里的狗立即汪汪乱叫，四方窜来；就得站住脚，学着老乡的声调喝一声“狗！”——据说村里的狗没有各别的名字——它们会慢慢退去。“老虎”不叫一声直蹿前来，确也吓了我一跳。但我出于习惯，站定了喝一声“老虎！”它居然没扑上来，只“吴吴吴吴……”低吼着在我脚边嗅个不了，然后才慢慢退走。以后我买饭碰到“老虎”，总叫它一声，给点儿东西吃。灰狗我忘了它的名字，它和“老虎”是同伙。我见了它们总招呼，并牢记着从小听到的教导：对狗不能矮了气势。我大约没让它们看透我多么软弱可欺。

我们迁居“中心点”之后，每晚轮流巡夜。各连方式不同。我们连里一夜分四班，每班二小时。第一班是十点到十二点，末一班是早上四点到六点；这两班都是照顾老弱的，因为迟睡或早起，比打断了睡眠半夜起床好受些。各班都二人同巡，只第一班单独一人，据说这段时间比较安全，偷窃最频繁是在凌晨三四点左右。单独一人巡夜，大家不甚踊跃。我愿意晚睡，贪图这一班，也没人和我争。我披上又长又大的公家皮大衣，带个手电，十点熄灯以后，在宿舍四周巡行。巡行的范围很广：从北边的大道绕到干校放映电影的广场，沿着新菜园和猪圈再绕回来。熄灯十多分钟以后，四周就寂无人声。一个人在黑地里打转，时间过得很慢很慢。可是我有时不止一人，小趋常会“呜呜”两声，蹿到我脚边来陪我巡行几周。

小趋陪我巡夜，每使我记起清华“三反”时每晚接我回家的小猫“花花儿”。我本来是个胆小鬼；不问有鬼无鬼，反正就是怕鬼。晚上别说黑地里，便是灯光雪亮的地方，忽然间也会胆怯，不敢从东屋走到西屋。可是“三反”中整个人彻底变了，忽然不再怕什么鬼。系里每晚开会到十一二点，我独自一人从清华的西北角走回东南角的宿舍。路上有几处我向来特别害怕，白天一人走过，或黄昏时分有人做伴，心上都寒凛凛地。“三反”时我一点不怕了。那时候默存借调在城里工作，阿圆在城里上学，住宿在校，家里的女佣早已入睡，只花花儿每晚在半路上的树丛里等着我回去。它也像小趋那样轻轻地“呜”一声，就蹿到我脚边，两只前脚在我脚踝上轻轻一抱——假如我还胆怯，准给它吓坏——然后往前蹿一丈路，又回来迎我，又往前蹿，直到回家，才坐在门口仰头看我掏钥匙开门。小趋比花花儿驯服，只紧紧地跟在脚边。它陪伴着我，我却在想花花儿和花花儿引起的旧事。自从搬家走失了这只猫，我们再不肯养猫了。如果记取佛家“不三宿桑下”之戒，也就不该为一只公家的小狗留情。可是小趋好像认定了我做主人——也许只是我抛不下它。

一次，我们连里有人骑自行车到新蔡。小趋跟着车，直跑到新蔡。那位同志是爱狗的，特地买了一碗面请小趋吃；然后把它装在车兜里带回家。可是小趋累坏了，躺下奄奄一息，也不动，也不叫，大家以为它要死了。我从菜园回来，有人对我说：“你们的小趋死了，你去看看它呀。”我跟他跑去，才叫了一声小趋，它认得声音，立即跳起来，汪汪地叫，连连摇尾巴。大家放心说：“好了！好了！小趋活了！”小趋不知道居然有那么多人关心它的死活。

过年厨房里买了一只狗，烹狗肉吃，因为比猪肉便宜。有的老乡爱狗，舍不得卖给人吃。有的肯卖，却不忍心打死它。也有的肯亲自打死了卖。我们厨房买的是打死了的。据北方人说，煮狗肉要用硬柴火，煮个半烂，蘸葱泥吃——不知是否鲁智深吃的那种？我们厨房里依阿香的主张，用浓油赤酱，多加葱姜红烧。那天我回连吃晚饭，特买了一份红烧狗肉尝尝，也请别人尝尝。肉很嫩，也不太瘦，和猪的精肉差不多。据大家说，小趋不肯吃狗肉,生的熟的都不吃。据区诗人说,小趋衔了狗肉,在泥地上扒了个坑,把那块肉埋了。我不信诗人的话,一再盘问,他一口咬定亲见小趋叼了狗肉去埋了。可是我仍然相信那是诗人的创造。

忽然消息传来,干校要大搬家了,领导说,各连养的狗一律不准带走。我们搬家前已有一队解放军驻在“中心点”上。阿香和我带着小趋去送给他们,说我们不能带走,求他们照应。解放军战士说:“放心,我们会养活它;我们很多人爱小牲口。”阿香和我告诉他,小狗名“小趋”,还特意叫了几声“小趋”,让解放军知道该怎么称呼。

我们搬家那天,乱哄哄的,谁也没看见小趋,大概它找伴儿游玩去了。我们搬到明港后,有人到“中心点”去料理些未了的事,回来转述那边人的话:“你们的小狗不肯吃食,来回来回的跑,又跑又叫,满处寻找。”小趋找我吗?找默存吗?找我们连里所有关心它的人吗?我们有些人懊悔没学别连的样,干脆违反纪律,带了狗到明港。可是带到明港的狗,终究都赶走了。

默存和我想起小趋,常说:“小趋不知怎样了?”

默存说:“也许已经给人吃掉,早变成一堆大粪了。”

我说:“给人吃了也罢。也许变成一只老母狗,拣些粪吃过日子,还要养活一窝又一窝的小狗……”

五　冒险记幸

在息县上过干校的，谁也忘不了息县的雨——灰蒙蒙的雨，笼罩人间；满地泥浆，连屋里的地也潮湿得想变浆，尽管泥路上经太阳晒干的车辙像刀刃一样坚硬，害得我们走得脚底起泡，一下雨就全化成烂泥，滑得站不住脚，走路拄着拐杖也难免滑倒。我们寄居各村老乡家，走到厨房吃饭，常有人滚成泥团子。厨房只是个席棚；旁边另有个席棚存放车辆和工具。我们端着饭碗尽量往两个席棚里挤。棚当中，地较干；站在边缘不仅泥泞，还有雨丝飕飕地往里扑。但不论站在席棚的中央或边缘，头顶上还点点滴滴漏下雨来。吃完饭，还得踩着烂泥，一滑一跌到井边去洗碗。回村路上如果打破了热水瓶，更是无法弥补的祸事，因为当地买不到，也不能由北京邮寄。唉！息县的雨天，实在叫人鼓不起劲来。

一次，连着几天下雨。我们上午就在村里开会学习，饭后只核心或骨干人员开会，其余的人就放任自流了。许多人回到寄寓的老乡家，或写信，或缝补，或赶做冬衣。我住在副队长家里，虽然也是六面泥的小房子，却比别家讲究些，朝南的泥墙上还有个一尺宽、半尺高的窗洞。我们糊上一层薄纸，又挡风，又透亮。我的床位在没风的暗角落里，伸手不见五指，除了晚上睡觉，白天待不住。屋里只有窗下那一点微弱的光，我也不愿占用。况且雨里的全副武装——雨衣、雨裤、长筒雨鞋,都沾满泥浆,脱换费事;还有一把水淋淋的雨伞也没处挂。我索性一手打着伞,一手拄着拐棍,走到雨里去。

我在苏州故居的时候最爱下雨天。后园的树木,雨里绿叶青翠欲滴,铺地的石子冲洗得光洁无尘;自己觉得身上清润,心上洁净。可是息县的雨,使人觉得自己确是黄土捏成的,好像连骨头都要化成一堆烂泥了。我踏着一片泥海,走出村子;看看表,才两点多,忽然动念何不去看看默存。我知道擅自外出是犯规,可是这时候不会吹号、列队、点名。我打算偷偷儿抄过厨房,直奔西去的大道。

连片的田里都有沟;平时是干的,积雨之后,成了大大小小的河渠。我走下一座小桥,桥下的路已淹在水里,和沟水汇成一股小河。但只差几步就跨上大道了。我不甘心后退,小心翼翼,试探着踩过靠岸的浅水;虽然有几脚陷得深些,居然平安上坡。我回头看看后无追兵,就直奔大道西去,只心上切记,回来不能再走这条路。

泥泞里无法快走,得步步着实。雨鞋愈走愈重;走一段路,得停下用拐杖把鞋上沾的烂泥拨掉。雨鞋虽是高筒,一路上的烂泥粘得变成"胶力士",争着为我脱靴;好几次我险些把雨鞋留在泥里。而且不知从哪里搓出来不少泥丸子,会落进高筒的雨鞋里去。我走在路南边,就觉得路北边多几茎草,可免滑跌;走到路北边,又觉得还是南边草多。这是一条坦直的大道,可是将近砖窑,有二三丈路基塌陷。当初我们菜园挖井,阿香和我推车往菜地送饭的时候,到这里就得由阿香推车下坡又上坡。连天下雨,这里一片汪洋,成了个清可见底的大水塘。中间有两条堤岸;我举足踹上堤岸,立即深深陷下去;原来那是大车拱起的轮辙,浸了水是一条“酥堤”。我跋涉到此,虽然走的是平坦大道,也大不容易,不愿废然而返。水并不没过靴筒,还差着一二寸。水底有些地方是沙,有些地方是草;沙地有软有硬,草地也有软有硬。我拄着拐杖一步一步试探着前行,想不到竟安然渡过了这个大水塘。

上坡走到砖窑,就该拐弯往北。有一条小河由北而南,流到砖窑坡下,稍一渟洄,就泛入窑西低洼的荒地里去。坡下那片地,平时河水蜿蜒而过,雨后水涨流急,给冲成一个小岛。我沿河北去,只见河面愈来愈广。默存的宿舍在河对岸,是几排灰色瓦房的最后一排,我到那里一看,河宽至少一丈。原来的一架四五尺宽的小桥,早已冲垮,歪歪斜斜浮在下游水面上。雨丝绵绵密密,把天和地都连成一片;可是面前这一道丈许的河,却隔断了道路。我在东岸望着西岸,默存住的房间便在这排十几间房间的最西头。我望着望着,不见一人;忽想到假如给人看见,我岂不成了笑话。没奈何,我只得踏着泥泞的路,再往回走;一面走,一面打算盘。河愈南去愈窄,水也愈急。可是如果到砖窑坡下跳上小岛,跳过河去,不就到了对岸吗?那边看去尽是乱石荒墩,并没有道路,可是地该是连着的,没有河流间隔。但河边泥滑,穿了雨靴不如穿布鞋灵便;小岛的泥土也不知是否坚固。我回到那里,伸过手杖去扎那个小岛,泥土很结实。我把手杖扎得深深地,攀着杖跳上小岛,又如法跳到对岸。一路坑坑坡坡,一脚泥、一脚水,历尽千难万阻,居然到了默存宿舍的门口。

我推门进去,默存吃了一惊。

“你怎么来了?”

我笑说："来看看你。"

默存急得直骂我，催促我回去。我也不敢逗留，因为我看过表，一路上费的时候比平时多一倍不止。我又怕小岛愈冲愈小，我就过不得河了。灰蒙蒙的天，再昏暗下来，过那片水塘就难免陷入泥里去。

恰巧有人要过砖窑往西到"中心点"去办事。我告诉他说，桥已冲垮。他说不要紧，南去另有出路。我就跟他同走。默存穿上雨鞋，打着雨伞，送了我们一段路。那位同志过砖窑往西，我就往东。好在那一路都是刚刚走过的，只需耐心、小心，不妨大着胆子。我走到我们厨房，天已经昏黑。晚饭已过，可是席棚里还有灯火，还有人声。我做贼也似的悄悄掠过厨房，泥泞中用最快的步子回屋。

我再也记不起我那天的晚饭是怎么吃的；记不起是否自己保留了半个馒头，还是默存给我吃了什么东西；也记不起是否饿了肚子。我只自幸没有掉在河里，没有陷入泥里，没有滑跌，也没有被领导抓住；便是同屋的伙伴，也没有觉察我干了什么反常的事。

入冬，我们全连搬进自己盖的新屋，军宣队要让我们好好过个年，吃一餐丰盛的年夜饭，免得我们苦苦思家。

外文所原是文学所分出来的。我们连里有几个女同志的"老头儿"（默存就是我的"老头儿"——不管老不老，丈夫就叫"老头儿"）在他们连里，我们连里同意把几位"老头儿"请来同吃年夜饭。厨房里的烹调能手各显奇能，做了许多菜：熏鱼、酱鸡、红烧猪肉、咖喱牛肉等等应有尽有；还有凉拌的素菜，都很可口。默存欣然加入我们菜园一伙，围着一张长方大桌子吃了一餐盛馔。小趋在桌子底下也吃了个撑肠拄腹;我料想它尾巴都摇酸了。记得默存六十周岁那天,我也附带庆祝自己的六十虚岁,我们只开了一罐头红烧鸡。那天我虽放假,他却不放假。放假吃两餐,不放假吃三餐。我吃了早饭到他那里,中午还吃不下饭,却又等不及吃晚饭就得回连,所以只勉强啃了几口馒头。这番吃年夜饭,又有好菜,又有好酒;虽然我们俩不喝酒,也和旁人一起陶然忘忧。晚饭后我送他一程,一路走一路闲谈,直到拖拉机翻倒河里的桥边,默存说:"你回去吧。"他过桥北去,还有一半路。

那天是大雪之后,大道上雪已融化,烂泥半干,踩在脚下软软的,也不滑,也不硬。可是桥以北的小路上雪还没化。天色已经昏黑,我怕默存近视眼看不清路——他向来不会认路——干脆直把他送回宿舍。

雪地里,路径和田地连成片,很难分辨。我一路留心记住一处处的标志,例如哪个转角处有一簇几棵大树、几棵小树,树的枝叶是什么姿致;什么地方,路是斜斜地拐;什么地方的雪特别厚,那是田边的沟,面上是雪,踹下去是半融化的泥浆,归途应当回避等等。

默存屋里已经灯光雪亮。我因为时间不早,不敢停留,立即辞归。一位年轻人在旁说:天黑了,他送我回去吧。我想这是大年夜,他在暖融融的屋里,说说笑笑正热闹,叫他冲黑冒寒送我,是不情之请。所以我说不必,我认识路。默存给他这么一提,倒不放心了。我就吹牛说:"这条路,我哪天不走两遍!况且我带着个很亮的手电呢,不怕的。"其实我每天来回走的路,只是北岸的堤和南岸的东西大道。默存也不知道不到半小时之间,室外的天地已经变了颜色,那一路上已不复是我们同归时的光景了。而且回来朝着有灯光的房子走,容易找路;从亮处到黑地里去另是一回事。我坚持不要人送,他也不再勉强。他送我到灯光所及的地方,我就叫他回去。

我自恃惯走黑路,站定了先辨辨方向。有人说,女同志多半不辨方向。我记得哪本书上说:女人和母鸡,出门就迷失方向。这也许是侮辱了女人。但我确是个不辨方向的动物,往往"欲往城南望城北"。默存虽然不会认路,我却靠他辨认方向。这时我留意辨明方向:往西南,斜斜地穿出树林,走上林边大道;往西,到那一簇三五棵树的地方,再往南拐;过桥就直奔我走熟的大道回宿舍。

可是我一走出灯光所及的范围,便落入了一团昏黑里。天上没一点星光,地下只一片雪白;看不见树,也看不见路。打开手电,只照见远远近近的树干。我让眼睛在黑暗里习惯一下,再睁眼细看,只见一团昏黑,一片雪白。树林里那条蜿蜒小路,靠宿舍里的灯光指引,暮色苍茫中依稀还能辨认,这时完全看不见了。我几乎想退回去请人送送。可是再一转念:遍地是雪,多两只眼睛亦未必能找出路来;况且人家送了我回去,还得独自回来呢,不如我一人闯去。

我自信四下观望的时候脚下并没有移动。我就硬着头皮,约莫朝西南方向,一纳头走进黑地里去。假如太往西,就出不了树林;我宁可偏向南走。地下看着雪白,踩下去却是泥浆。幸亏雪下有些秫秸秆儿、断草绳、落叶之类,倒也不很滑。我留心只往南走,有树挡住,就往西让。我回头望望默存宿舍的灯光,已经看不见了,也不知身在何处。走了一会儿,忽一脚踩个空,栽在沟里,吓了我一大跳;但我随即记起林边大道旁有个又宽又深的沟,这时撞入沟里,不胜忻喜,忙打开手电,找到个可以上坡的地方,爬上林边的大道。

大道上没雪,很好走,可以放开步子;可是得及时往南拐弯。如果一直走,便走到“中心点”以西的邻村去了。大道两旁植树,十几步一棵。我只见树干,看不见枝叶,更看不见树的什么姿致。来时所认的标志,一无所见。我只怕错失了拐弯处,就找不到拖拉机翻身的那座桥。迟拐弯不如早拐弯——拐迟了走入连片的大田,就够我在里面转个通宵了。所以我看见有几棵树聚近在一起,就忙拐弯往南。

一离开大道,我又失去方向;走了几步,发现自己在秫秸丛里。我且直往前走。只要是往南,总会走到河边;到了河边,总会找到那座桥。

我曾听说,有坏人黑夜躲在秫秸田里;我也怕野狗闻声蹿来,所以机伶着耳朵,听着四周的动静轻悄悄地走,不拂动两旁秫秸的枯叶。脚下很泥泞,却不滑。我五官并用,只不用手电。不知走了多久,忽见前面横着一条路,更前面是高高的堤岸。我终于到了河边!只是雪地又加黑夜,熟悉的路也全然陌生,无法分辨自己是在桥东还是在桥西——因为桥西也有高高的堤岸。假如我已在桥西,那条河愈西去愈宽,要走到“中心点”西头的另一个砖窑,才能转到河对岸,然后再折向东去找自己的宿舍。听说新近有个干校学员在那个砖窑里上吊死了。幸亏我已经不是原先的胆小鬼,否则桥下有人淹死,窑里有人吊死,我只好徘徊河边吓死。我估计自己性急,一定是拐弯过早,还在桥东,所以且往西走;一路找去,果然找到了那座桥。

过桥虽然还有一半路，我飞步疾行，一会儿就到家了。

“回来了？”同屋的伙伴儿笑脸相迎，好像我才出门走了几步路。在灯光明亮的屋里，想不到昏黑的野外另有一番天地。

一九七一年早春，学部干校大搬家，由息县迁往明港某团的营房。干校的任务，由劳动改为“学习”——学习阶级斗争吧？有人不解“学部”指什么，这时才恍然：“学部”就是“学习部”。

看电影大概也算是一项学习，好比上课，谁也不准逃学（默存因眼睛不好，看不见，得以豁免）。放映电影的晚上，我们晚饭后各提马扎儿，列队上广场。各连有指定的地盘，各人挨次放下马扎儿入座。有时雨后，指定的地方泥泞，马扎儿只好放在烂泥上；而且保不定天又下雨，得带着雨具。天热了，还有防不胜防的大群蚊子。不过上这种课不用考试。我睁眼就看看，闭眼就歇歇。电影只那么几部，这一回闭眼没看到的部分，尽有机会以后补看。回宿舍有三十人同屋，大家七嘴八舌议论，我只需旁听，不必泄漏自己的无知。

一次我看完一场电影，随着队伍回宿舍。我睁着眼睛继续做我自己的梦，低头只看着前人的脚跟走。忽见前面的队伍渐渐分散，我到了宿舍的走廊里，但不是自己的宿舍。我急忙退回队伍，队伍只剩个尾巴了；一会儿，这些人都纷纷走进宿舍去。我不知道自己的宿舍何在，连问几人，都说不知道。他们各自忙忙回屋，也无暇理会我。我忽然好比流落异乡，举目无亲。

抬头只见满天星斗。我认得几个星座；这些星座这时都乱了位置。我不会借星座的位置辨认方向，只凭颠倒的位置知道离自己的宿舍很远了。营地很大，远远近近不知有多少营房，里面都亮着灯。营地上纵横曲折的路，也不知有多少。营房都是一个式样，假如我在纵横曲折的路上乱跑，一会儿各宿舍熄了灯，更无从寻找自己的宿舍了。目前只有一法：找到营房南边铺石块的大道，就认识归路。放映电影的广场离大道不远，我撞到的陌生宿舍，估计离广场也不远；营房大多南向，北斗星在房后——这一点我还知道。我只要背着这个宿舍往南去，寻找大道；即使绕了远路，总能找到自己的宿舍。

我怕耽误时间，不及随着小道曲折而行，只顾抄近，直往南去；不防走进了营地的菜圃。营地的菜圃不比我们在息县的菜圃。这里地肥，满畦密密茂茂的菜，盖没了一畦畦的分界。我知道这里每一二畦有一眼沤肥的粪井；井很深。不久前，也是看电影回去，我们连里一位高个儿年轻人失足落井。他爬了出来，不顾寒冷，在“水房”——我们的盥洗室——冲洗了好半天才悄悄回屋，没闹得人人皆知。我如落井，谅必一沉到底，呼号也没有救应。冷水冲洗之厄，压根儿可不必考虑。

我当初因为跟着队伍走不需手电，并未注意换电池。我的手电昏暗无光，只照见满地菜叶，也不知是什么菜。我想学猪八戒走冰的办法，虽然没有扁担可以横架肩头，我可以横抱着马扎儿，扩大自己的身躯。可是如果我掉下半身，呼救无应，还得掉下粪井。我不敢再胡思乱想，一手提马扎儿，一手打着手电，每一步都得踢开菜叶，缓缓落脚，心上虽急，却战战兢兢，如临深渊，一步不敢草率。好容易走过这片菜地，过一道沟仍是菜地。简直像梦魇似的，走呀、走呀，总走不出这片菜地。

幸亏方向没错，我出得菜地，越过煤渣铺的小道，越过乱草、石堆，终于走上了石块铺的大路。我立即拔步飞跑，跑几步，走几步，然后转北，一口气跑回宿舍。屋里还没有熄灯，末一批上厕所的刚回房，可见我在菜地里走了不到二十分钟。好在没走冤枉路，我好像只是上了厕所回屋，谁也没有想到我会睁着眼睛跟错队伍。假如我掉在粪井里，几时才会被人发现呢?

我睡在硬邦邦、结结实实的小床上，感到享不尽的安稳。

有一位比我小两岁的同事，晚饭后乖乖地坐在马扎儿上看电影，散场时他因脑溢血已不能动弹，救治不及，就去世了。从此老年人可以免修晚上的电影课。我常想，假如我那晚在陌生的宿舍前叫喊求救，是否可让老年人早些免修这门课呢? 只怕我的叫喊求救还不够悲剧，只能成为反面教材。

所记三事，在我，就算是冒险，其实说不上什么险;除非很不幸，才会变成险。

六　误传记妄

我寄寓杨村的时候，房东家的猫儿给我来了个恶作剧。我们屋里晚上点一只油盏，挂在门口墙上。我的床离门最远，几乎全在黑影里。有一晚，我和同屋伙伴儿在井边洗漱完毕，回房睡觉，忽发现床上有两堆东西。我幸未冒冒失失用手去摸，先打开手电一照，只见血淋淋一只开膛破肚的死鼠，旁边是一堆粉红色的内脏。我们谁也不敢拿手去拈。我战战兢兢移开枕被，和同伴提着床单的四角，把死鼠抖在后院沤肥的垃圾堆上。第二天，我老大清早就起来洗单子，汲了一桶又一桶的井水，洗了又洗，晒干后又洗，那血迹好像永远洗不掉。

我遇见默存，就把这桩倒霉事告诉他，说猫儿"以腐鼠'饷'我"。默存安慰我说："这是吉兆，也许你要离开此处了。死鼠内脏和身躯分成两堆，离也；鼠者，处也。"我听了大笑，凭他运用多么巧妙的圆梦术或拆字法，也不能叫我相信他为我编造的好话。我大可仿效大字报上的语调，向他大喝一声："你的思想根源，昭然若揭！想离开此地吗？休想！"说真话，他虽然如此安慰我，我们都懂得"自由是规律的认识"；明知这扇门牢牢锁着呢，推它、撞它也是徒然。

这年年底，默存到菜园来相会时，告诉我一件意外的传闻。

默存在邮电所，帮助那里的工作同志辨认难字，寻出偏僻的地名，解决不少问题，所以很受器重，经常得到茶水款待。当地人称煮开的水为“茶”，款待他的却真是茶叶沏的茶。那位同志透露了一个消息给他。据说北京打电报给学部干校，叫干校遣送一批“老弱病残”回京，“老弱病残”的名单上有他。

我喜出望外。默存若能回京，和阿圆相依为命，我一人在干校就放心释虑；而且每年一度还可以回京探亲。当时双职工在息县干校的，尽管夫妻不在一处，也享不到这个权利。

过了几天，他从邮电所领了邮件回来，破例过河来看我，特来报告他传闻的话：回北京的“老弱病残”，批准的名单下来了，其中有他。

我已在打算怎样为他收拾行李，急煎煎只等告知动身的日期。过了几天，他来看我时脸上还是静静的。我问：

“还没有公布吗？”

公布了。没有他。

他告诉我回京的有谁、有谁。我的心直往下沉。没有误传，不会妄生希冀，就没有失望，也没有苦恼。

我陪他走到河边，回到窝棚，目送他的背影渐远渐小，心上反复思忖。

默存比别人“少壮”吗？我背诵着韩愈《八月十五夜赠张功曹》诗：“赦书一日行千里……州家申名使家抑”，感触万端。

我第一念就想到了他档案袋里的黑材料。这份材料若没有“伟大的文化大革命”，我们永远也不会知道。

“文化大革命”初期，有几人联名贴出大字报，声讨默存轻蔑领导的著作。略知默存的人看了就说：钱某要说这话，一定还说得俏皮些；这语气就不像。有人向我通风报信；我去看了大字报不禁大怒。我说捕风捉影也该有个风、有个影，不能这样无因无由地栽人。我们俩各从牛棚回家后，我立即把这事告知默存。我们同拟了一份小字报，提供一切线索请实地调查；两人忙忙吃完晚饭，就带了一瓶糨糊和手电到学部去，把这份小字报贴在大字报下面。第二天，我为此着实挨了一顿斗。可是事后知道，大字报所控确有根据：有人告发钱某说了如此这般的话。这项“告发”显然未经证实就入了档案。实地调查时，那“告发”的人否认有此告发。红卫兵的调查想必彻底，可是查无实据。默存下干校之前，军宣队认为“告发”的这件事情节严重，虽然查无实据，料必事出有因，命默存写一份自我检讨。默存只好婉转其辞、不着边际地检讨了一番。我想起这事还心上不服。过一天默存到菜园来，我就说：“必定是你的黑材料作祟。”默存说我无聊，事情已成定局，还管它什么作祟。我承认自己无聊：妄想已属可笑，还念念在心，洒脱不了。

回京的人动身那天，我们清早都跑到广场沿大道的那里去欢送。客里送人归，情怀另是一般。我怅然望着一辆辆大卡车载着人和行李开走，忽有女伴把我胳膊一扯说：“走！咱们回去！”我就跟她同回宿舍；她长叹一声，欲言又止。我们各自回房。

回京的是老弱病残。老弱病残已经送回，留下的就死心塌地，一辈子留在干校吧。我独往菜园去，忽然转念：我如送走了默存，我还能领会“咱们”的心情吗？只怕我身虽在干校，心情已自不同，多少已不是“咱们”中人了。我想到解放前夕，许多人惶惶然往国外跑，我们俩为什么有好几条路都不肯走呢？思想进步吗？觉悟高吗？默存常引柳永的词：“衣带渐宽终不悔，为伊消得人憔悴。”我们只是舍不得祖国，撇不下“伊”——也就是“咱们”或“我们”。尽管亿万“咱们”或“我们”中人素不相识，终归同属一体，痛痒相关，息息相连，都是甩不开的自己的一部分。我自惭误听传闻，心生妄念，只希望默存回京和阿圆相聚，且求独善我家，不问其它。解放以来，经过九蒸九焙的改造，我只怕自己反不如当初了。

默存过菜园，我指着窝棚说：“给咱们这样一个棚，咱们就住下，行吗？”

默存认真想了一下说：“没有书。”

真的，什么物质享受，全都罢得；没有书却不好过日子。他箱子里只有字典、笔记本、碑帖等等。

我问：“你悔不悔当初留下不走？”

他说：“时光倒流，我还是照老样。”

默存向来抉择很爽快，好像未经思考的；但事后从不游移反复。我不免思前想后，可是我们的抉择总相同。既然是自己的选择，而且不是盲目的选择，到此也就死心塌地，不再生妄想。

干校迁往明港，默存和我的宿舍之间，只隔着一排房子，来往只需五六分钟。我们住的是玻璃窗、洋灰地的大瓦房。伙食比我们学部食堂的好。厕所不复是苇墙浅坑，上厕也不需排队了。居处宽敞，箱子里带的工具书和笔记本可以拿出来阅读。阿圆在京，不仅源源邮寄食物，还寄来各种外文报刊。同伙暗中流通的书，都值得再读。宿舍四周景物清幽，可资流连的地方也不少。我们俩每天黄昏一同散步，更胜于菜园相会。我们既不劳体力，也不动脑筋，深惭无功食禄；看着大批有为的青年成天只是开会发言，心里也暗暗着急。

干校实在不干什么,却是不准离开。火车站只需一小时多的步行就能到达,但没有军宣队的证明,买不到火车票。一次默存牙痛,我病目。我们约定日子,各自请了假同到信阳看病。医院新发明一种"按摩拔牙",按一下,拔一牙。病人不敢尝试,都逃跑了。默存和我溜出去游了一个胜地——忘了名称。山是一个土墩,湖是一个半干的水塘,有一座破败的长桥,山坳里有几畦药苗。虽然没什么好玩的,我们逃了一天学,非常快活。后来我独到信阳看眼睛,泪道给楦裂了。我要回北京医治,军宣队怎么也不答应。我请事假回京,还须领到学部的证明,医院才准挂号。这大约都是为了防止干校人员借看病回京,不再返回干校。

在干校生了大病,只好碰运气。我回京治了眼睛,就带阿圆来干校探亲。我们母女到了明港,料想默存准会来接;下了火车在车站满处找他不见,又到站外找,一路到干校,只怕默存还在车站找我们。谁知我回京后他就大病,犯了气喘,还发烧。我和阿圆到他宿舍附近才有人告知。他们连里的医务员还算不上赤脚医生;据她自己告诉我,她生平第一次打静脉针,紧张得浑身冒汗,打针时结扎在默存臂上的皮带,打完针都忘了解松。可是打了两针居然见效,我和阿圆到干校时,他已退烧。那位医务员常指着自己的鼻子、晃着脑袋说:"钱先生,我是你的救命恩人!"真是难为她。假如她不敢或不肯打那两针,送往远地就医只怕更糟呢。

阿圆来探过亲,彼此稍稍放松了记挂。只是饱食终日,无所用心,人人都在焦急。报载林彪"嗝儿屁着凉"后,干校对"五一六"的斗争都泄了气。可是回北京的老弱病残呢,仍然也只是开会学习。

据说，希望的事，迟早会实现，但实现的希望，总是变了味的。一九七二年三月，又一批老弱病残送回北京，默存和我都在这一批的名单上。我还没有不希望回北京，只是希望同伙都回去。不过既有第二批的遣送，就该还有第三批第四批……看来干校人员都将分批遣归。我们能早些回去，还是私心窃喜。同伙为我们高兴，还为我们俩饯行。当时宿舍里炉火未撤，可以利用。我们吃了好几顿饯行的汤团，还吃了一顿荠菜肉馄饨——荠菜是野地里拣的。人家也是客中，比我一年前送人回京的心情慷慨多了。而看到不在这次名单上的老弱病残，又使我愧汗。但不论多么愧汗感激，都不能压减私心的忻喜。这就使我自己明白：改造十多年，再加干校两年，且别说人人企求的进步我没有取得，就连自己这份私心，也没有减少些。我还是依然故我。

回京已八年。琐事历历，犹如在目前。这一段生活是难得的经验，因作此六记。

一九八一年出版

丙午丁未年纪事

丙午丁未年纪事

（乌云与金边）

丙午丁未年的大事是“史无前例的文化大革命”。旧社会过来的老知识分子不是“革命”的主要对象，尤其像我这种没有名位也从不掌权的人，一般只不过陪着挨斗罢了。这里所记的是一个“陪斗者”的经历，仅仅是这场“大革命”里的小小一个侧面。

一九八六年

一　风狂雨骤

一九六六年八月九日——也就是阴历丙午年的六月，我下班回家对默存说："我今天'揪出来了'，你呢？"

他说："还没有，快了吧？"

果然三天后他也"揪出来了"。

我问默存："你是怎么'揪出来'的？"

他也莫名其妙。"大概是人家贴了我几张大字报。"

我倒记得很清楚。当时还没有一张控诉我的大字报，不过我已早知不妙。一次，大会前群众传看一份文件，传到我近旁就跳过了我，好像没有我这个人。再一次大会上，忽有人提出："杨季康，她是什么人？"并没有人为我下定义，因为正在检讨另一"老先生"。会后，我们西方文学组的组秘书尴尬着脸对我说："以后开会，你不用参加了。"我就这样给"揪出来了"。

"揪出来"的算什么东西呢，还"妾身未分明"。革命群众天天开大会。我们同组"揪出来"的一伙，坐在空落落的办公室里待罪。办公室的四壁贴满了红红绿绿的"语录"条，有一张上说：拿枪的敌人消灭后，不拿枪的敌人依然存在。一位同伙正坐在这条语录的对面。他好像阿Q照见了自己癞痢头上的疮疤，气呼呼地换了一个座位。好在屋里空位子多的是，我们足有自由随便就坐，不必面对不爱看的现实。

有一天，报上发表了"五·一六通知"。我们在冷冷清清的办公室里正把这个文件细细研究，窃窃私议，忽被召去开大会。我们满以为按这个指示的精神，革命群众该请我们重新加入他们的队伍。不料大会上群众愤怒地控诉我们种种罪行，并公布今后的待遇：一，不发工资，每月发生活费若干元；二，每天上班后，身上挂牌，牌上写明身份和自己招认并经群众审定的罪状；三，组成劳动队，行动听指挥，并由“监管小组”监管。

我回家问默存“你们怎么样？”当然，学部各所都是一致的，我们俩的遭遇也相仿佛。他的专职是扫院子，我的专职是扫女厕。我们草草吃过晚饭，就像小学生做手工那样，认真制作自己的牌子。外文所规定牌子圆形，白底黑字。文学所规定牌子长方形，黑底白字。我给默存找出一块长方的小木片，自己用大碗扣在硬纸上画了个圆圈剪下，两人各按规定，精工巧制；做好了牌子，工楷写上自己一款款罪名，然后穿上绳子，各自挂在胸前，互相鉴赏。我们都好像艾丽思梦游奇境，不禁引用艾丽思的名言：“curiouser and curiouser！”

事情真是愈出愈奇。学部没有大会堂供全体开会，只有一个大席棚。有一天大雨骤冷，忽有不知何处闯来造反的红卫兵，把各所“揪出来”的人都召到大席棚里，押上台去“示众”，还给我们都戴上报纸做成的尖顶高帽。在群众愤怒的呵骂声中，我方知我们这一大群“示众”的都是“牛鬼蛇神”。我偷眼看见同伙帽子上都标着名目，如“黑帮”、“国民党特务”、“苏修特务”、“反动学术权威”、“资产阶级学术权威”等等。我直在猜测自己是个什么东西。散会我给推推搡搡赶下台，可是我早已脱下自己的高帽子看了一眼。我原来是个“资产阶级学者”，自幸级别不高。尖顶高帽都需缴还。帽子上的名目经过规范化，我就升级成了“资产阶级学术权威”,和默存一样。

我和同伙冒雨出席棚,只愁淋成落汤鸡,不料从此成了“落水狗”,人人都可以欺凌戏侮,称为“揪斗”。有一天默存回家,头发给人剃掉纵横两道,现出一个“十”字;这就是所谓“怪头”。幸好我向来是他的理发师,赶紧把他的“学士头”改为“和尚头”,抹掉了那个“十”字,听说他的一个同伙因为剃了“怪头”,饱受折磨。理发店不但不为他理发,还给他扣上字纸篓子,命他戴着回家。

我的同伙没遭这个恶作剧,可是宿舍大院里立刻有人响应了。有一晚,同宿舍的“牛鬼蛇神”都在宿舍的大院里挨斗,有人用束腰的皮带向我们猛抽。默存背上给抹上唾沫、鼻涕和糨糊,渗透了薄薄的夏衣。我的头发给剪去一截。斗完又勒令我们脱去鞋袜,排成一队,大家伛着腰,后人扶住前人的背,绕着院子里的圆形花栏跑圈儿;谁停步不前或直起身子就挨鞭打。发号施令的是一个“极左大娘”——一个老革命职工的夫人;执行者是一群十几岁的男女孩子。我们在笑骂声中不知跑了多少圈,初次意识到自己的脚底多么柔嫩。等我们能直起身子,院子里的人已散去大半,很可能是并不欣赏这种表演。我们的鞋袜都已不知去向,只好赤脚上楼回家。

那位“极左大娘”还直在大院里大声恫吓:“你们这种人!当心!把你们一家家扫地出门!大楼我们来住!”她坐在院子中心的水泥花栏上侦察,不时发出警告:“×门×号!谁在撕纸?”“×门×号!谁在烧东西?”一会儿又叫人快到大楼后边去看看,“谁家烟筒冒烟呢!”夜渐深,她还不睡,却老在喝问:“×门×号!这会儿干吗还亮着灯?”

第二天清晨，我们一伙都给赶往楼前平房的各处院子里去扫地并清除垃圾。这是前夕不知谁下的命令。我去扫地的几处，一般都很体谅。有的说，院子已经扫过了，有的象征性地留着小撮垃圾给我们清除。有一家的大娘却狠，口口声声骂“你们这种人”，命我爬进铁丝网拦着的小臭旮旯，用手指抓取扫帚扫不到的臭蛋壳和烂果皮。押我的一个大姑娘拿一条杨柳枝作鞭子，抽得我肩背上辣辣地痛。我认识她。我回头说：“你爸爸也是我们一样的人，”因为我分明看见他和我们一起在席棚里登台示众的。那姑娘立起一对眼珠子说：“他和你们不一样！”随手就猛抽一鞭。原来她爸爸投靠了什么有权力的人，确实和我们不一样了。那位姑娘的积极也是理所当然。

宿舍大院的平房里忽出现一个十六七岁的红卫兵。他星期日召集大楼里的“牛鬼蛇神”去训话，下令每天清早上班之前，扫大院，清除垃圾，还附带一连串的禁令：不许喝牛奶，不许吃鱼、吃肉、吃鸡蛋，只许吃窝窝头、咸菜和土豆。当时已经有许多禁令，也不知是谁制定的，如不准戴草帽，不准撑阳伞，不准穿皮鞋等等。我们这群“牛鬼蛇神”是最驯良、最和顺的罪犯，不论谁的命令都一一奉行。因为一经“揪出”，就不在人民群众之中，而在人民群众之外，如果抗不受命，就是公然与人民为敌，“自绝于人民”。“牛鬼蛇神”互相勖勉、互相安慰的“官话”是“相信党，相信人民”，虽然在那个时候，不知有谁能看清党在哪里，人民又是谁。

“极左大娘”不许我家阿姨在我家干活，因为她不肯写大字报骂我。可是她又不准阿姨走，因为家有阿姨，随便什么人随时可打门进来搜查。默存的皮鞋领带都给闯来的红卫兵拿走了，又要拿打字机。阿姨撒谎说是公家的,没让拿。我教阿姨推说我们机关不准我家请阿姨,“极左大娘”只好放她走,我才关住了大门。阿姨临走对我说:“你现在可以看出人的好坏来了——不过,还是好人多。”这当然是她的经验之谈,她是吃过苦的人。我常想:好人多吗?多的是什么样的好人呢?——“究竟还是坏人少”,这样说倒是不错的。

“扫地出门”很多地方实行了;至少,造反派随时可闯来搜查。家家都有“罪证”得销毁。宿舍里有个“牛鬼蛇神”撕了好多信,不敢烧,扔在抽水马桶里。不料冲到底层,把马桶堵塞了。住楼下的那位老先生有幸未列为“权威”,他不敢麻痹大意,忙把马桶里的纸片捞出漂净,敬献革命群众。这就引起宿舍里又一次“揪斗”。我回家较晚,进院看见大楼前的台阶上站满了人,大院里也挤满了人,有坐的,有站的,王大嫂是花儿匠的爱人,她一见我就偷偷向我摆手。我心知不妙,却又无处可走,正迟疑,看见平房里的张大妈对我努嘴,示意叫我退出去。可是“极左大娘”已经看见我了,提着名字喝住,我只好走上台阶,站在默存旁边。

我们都是陪斗。那个用杨柳枝鞭我的姑娘拿着一把锋利的剃发推子,把两名陪斗的老太太和我都剃去半边头发,剃成“阴阳头”。有一位家庭妇女不知什么罪名,也在我们队里。她含泪合掌,向那姑娘拜佛似的拜着求告,总算幸免剃头。我不愿长他人志气,求那姑娘开恩,我由她剃光了半个头。那是八月二十七日晚上。

剃了“阴阳头”的,一个是退休干部,她可以躲在家里;另一个是中学校长,向来穿干部服、戴干部帽,她可以戴着帽子上班。

我没有帽子，大暑天也不能包头巾，却又不能躲在家里。默存急得直说“怎么办?”我持强说：“兵来将当，火来水挡；总有办法。”我从二楼走上三楼的时候，果然灵机一动，想出个办法来。我女儿几年前剪下两条大辫子，我用手帕包着藏在柜里，这会子可以用来做一顶假发。我找出一只掉了耳朵的小锅做楦子，用默存的压发帽做底，解开辫子，把头发一小股一小股缝上去。我想不出别的方法，也没有工具，连糨糊胶水都没有。我费了足足一夜功夫，做成一顶假发，害默存整夜没睡稳（因为他不会帮我，我不要他白陪着）。

我笑说，小时候老羡慕弟弟剃光头，洗脸可以连带洗头，这回我至少也剃了半个光头。果然，羡慕的事早晚会实现，只是变了样。我自恃有了假发，“阴阳头”也无妨。可是一戴上假发，方知天生毛发之妙，原来一根根都是通风的。一顶假发却像皮帽子一样，大暑天盖在头上闷热不堪，简直难以忍耐。而且光头戴上假发，显然有一道界线。剪下的辫子搁置多年，已由乌黑变成枯黄色，和我的黑发色泽不同——那时候我的头发还没有花白。

来京串连的革命小将乘车不买票，公共车辆拥挤不堪，上车不易。我和默存只好各自分头挤车。我戴着假发硬挤上一辆车，进不去，只能站在车门口的阶梯子，比车上的乘客低两个阶层。我有月票，不用买票。可是售票员一眼识破了我的假发，对我大喝一声：“哼！你这黑帮！你也上车?”我声明自己不是“黑帮”。“你不是黑帮是什么?”她看着我的头发。乘客都好奇地看我。我心想：“我是什么？牛鬼蛇神、权威、学者，哪个名称都不美，还是不说为妙。”我心里明白，等车一停，立即下车。直到一年以后,我全靠两条腿走路。

街上的孩子很尖利,看出我的假发就伸手来揪,幸有大人喝住,我才免了当街出彩。我托人买了一只蓝布帽子,可是戴上还是形迹可疑,出门不免提心吊胆,望见小孩子就忙从街这边躲到街那边,跑得一溜烟,活是一只过街的老鼠。默存愿意陪我同走,可是戴眼镜又剃光头的老先生,保护不了我。我还是独走灵便。

我们生活上许多事都得自己料理。革命群众已通知煤厂不得为"牛鬼蛇神"家送煤。我们日用的蜂窝煤饼,一个个都得自己到煤厂去买。咸菜、土豆当然也得上街买。卖菜的大娘也和小孩子一样尖利,眼睛总盯着我的假发。有个大娘满眼敌意,冷冷地责问我:"你是什么人?"我不知该怎么回答,以后就和默存交换任务:他买菜,我买煤。我每天下班路过煤厂,买三块大煤、两块小煤,用两只网袋装了一前一后搭在肩上,因为我扫地扫得两手无力,什么都拿不动了。煤厂工人是认识我的。他们明知我是"牛鬼蛇神",却十分照顾。我下班赶到煤厂,往往过了营业时间,他们总放我进厂,叫我把钱放在案上,任我自取煤饼。有一次煤厂工人问我:"你烧得了这么多煤吗?"我说:"六天买七天的,星期日休假。"他们听我还给自己"休假",都笑了。往常给我家送煤的老田说:"干脆我给你送一车吧。"他果然悄悄儿给我送了一车。我央求他给李健吾和唐棣华家也送些煤,他也送了。这事不幸给"极左大娘"知道,立即带着同伙赶到煤厂,制止了送煤。

不久以后,听说"极左大娘"在前院挨斗了。据说她先前是个私门子,嫁过敌伪小军官。传闻不知真假,反正我们院子里从此安静了。有个丑丫头见了我就盯着臭骂;有位大娘公然护着我把她训斥了一顿,我出入大院不再挨骂。

宿舍大院里的暴风雨暂时过境,风势和缓下来,不过保不定再来一阵。“一切牛鬼蛇神”正在遭受“横扫”,我们得战战栗栗地待罪。

可是我虽然每天胸前挂着罪犯的牌子,甚至在群众愤怒而严厉的呵骂声中,认真相信自己是亏负了人民、亏负了党,但我却觉得,即使那是事实,我还是问心无愧,因为——什么理由就不必细诉了,我也懒得表白,反正“我自巍然不动”。打我骂我欺侮我都不足以辱我,何况我所遭受的实在微不足道。至于天天吃窝窝头咸菜的生活,又何足以折磨我呢。我只反复自慰:假如我短寿,我的一辈子早完了,也不能再责望自己做这样那样的事;我不能像莎士比亚《暴风雨》里的米兰达,惊呼“人类多美呀。啊,美丽的新世界……!”我却见到了好个新奇的世界。

二　颠倒过来

派给我的劳动任务很轻,只需收拾小小两间女厕,这原是文学所小刘的工作。她是临时工,领最低的工资——每月十五元。我是妇女里工资最高的。革命群众叫我干小刘的活儿,小刘却负起监督文学所全体“牛鬼蛇神”的重任。这就叫“颠倒过来”。

我心上慨叹:这回我至少可以不“脱离实际”,而能“为人民服务”了。

我看过那两间污秽的厕所,也料想我这份工作是相当长期的,决不是三天两天或十天八天的事。我就置备了几件有用的工具，如小铲子、小刀子，又用竹筷和布条做了一个小拖把，还带些去污粉、肥皂、毛巾之类和大小两个盆儿，放在厕所里。不出十天，我把两个斑剥陆离的磁坑、一个垢污重重的洗手磁盆和厕所的门窗板壁都擦洗得焕然一新。磁坑和磁盆原是上好的白磁制成，铲刮掉多年积污，虽有破缺，仍然雪白锃亮。三年后，潘家洵太太告诉我："人家说你收拾的厕所真干净，连水箱的拉链上都没一点灰尘。"这当然是过奖了。不过我确还勤快，不是为了荣誉或"热爱劳动"，我只是怕脏怕臭，而且也没有别的事可做。

小刘告诉我，去污粉、盐酸、墩布等等都可向她领取。小刘是我的新领导，因为那两间女厕属于她的领域。我遇到了一个非常好的领导。她尊重自己的下属，好像觉得手下有我，大可自豪。她一眼看出我的工作远胜于她，却丝毫没有忌嫉之心，对我非常欣赏。我每次向她索取工作的用具，她一点没有架子，马上就拿给我。默存曾向我形容小刘的威风。文学所的"牛鬼蛇神"都聚在一间屋里，不像我们分散几个办公室，也没有专人监视。我很想看看默存一伙的处境。一次，我估计他们已经扫完院子，就借故去找小刘。我找到三楼一间闷热的大办公室，看见默存和他同伙的"牛鬼蛇神"都在那里。他们把大大小小的书桌拼成马蹄形，大伙儿挨挨挤挤地围坐成一圈。上首一张小桌是监管大员小刘的。她端坐桌前，满面严肃。我先在门外偷偷和室内熟人打过招呼，然后就进去问小刘要收拾厕所的东西。她立即离席陪我出来，找了东西给我。

几年以后，我从干校回来，偶在一个小胡同里看见小刘和一个女伴推着一辆泔水车迎面而来。我正想和她招呼，她却假装不见，和女伴交头接耳，目不斜视，只顾推车前去。那女伴频频回头，看了我几眼。小刘想必告诉她，我是曾在她管下的“牛鬼蛇神”。

收拾厕所有意想不到的好处。那时候常有红卫兵闯来“造反”。据何其芳同志讲，他一次被外地来的红卫兵抓住，问他是干什么的——他揪出较早，身上还不挂牌子。他自称是扫院子的。

“扫院子的怎么戴眼镜儿？”

他说从小近视。可是旁人指出他是何其芳。那位小将凑近前去，悄悄说了不少仰慕的话。其芳同志后来对默存偷偷儿讲了这番遭遇。我不能指望谁来仰慕我。我第一次给外来的红卫兵抓住，就老老实实按身上挂的牌子报了姓名，然后背了我的罪名：一、拒绝改造；二、走白专道路；三、写文章放毒。那个红卫兵觉得我这个小鬼不足道，不再和我多说。可是我怕人揪住问罪，下次看见外来的红卫兵之流，就躲入女厕。真没想到女厕也神圣不可侵犯，和某些大教堂、大寺院一样，可充罪犯的避难所。

我多年失眠，却不肯服安眠药，怕上瘾；学做气功，又像王安石“坐禅实不亏人”，坐定了就想出许多事来，要坐着不想是艰苦的奋斗。我这番改行扫厕所，头脑无需清醒，失眠就放心不眠。我躺着想到该做什么事，就起来做。好在我的卧室在书房西边，默存睡在书房东边的套间里，我行动轻，不打搅他。该做的事真不少。第一要紧的是销毁“罪证”，因为毫无问题的字纸都会成为严重的罪证。例如我和小妹妹杨必的家信，满纸胡说八道，引用的典故只我们姊妹了解，又常用家里惯用的切口。家信不足为外人道，可是外人看来，保不定成了不可告人的秘密或特别的密码。又如我还藏着一本《牙牌神数》，这不是迷信吗？

家信之类是舍不得撕毁,《神数》之类是没放在心上。我每晚想到什么该毁掉的,就打着手电,赤脚到各处去搜出来。可是“毁尸灭迹”大非易事。少量的纸灰可以浇湿了拌入炉灰,倾入垃圾;烧的时候也不致冒烟。大叠的纸却不便焚烧,怕冒烟。纸灰也不能倾入垃圾,因为准有人会检查,垃圾里有纸灰就露馅了。我女儿为爸爸买了他爱吃的糖,总把包糖的纸一一剥去,免得给人从垃圾里捡出来。我常把字纸撕碎,浸在水里揉烂,然后拌在炉灰里。这也只能少量。留着会生麻烦的字纸真不少。我发现我们上下班随身带的手提袋从不检查,就大包大包带入厕所,塞在脏纸篓里,然后倒入焚化脏纸的炉里烧掉。我只可惜销毁的全是平白无辜的东西,包括好些值得保留的文字。假如我是特务,收拾厕所就为我大开方便之门了。

我们“牛鬼蛇神”劳动完毕,无非写交代,做检讨,或学习。我借此可以扶头瞌睡,或胡思乱想,或背诵些喜爱的诗词。我夜来抄写了藏在衣袋里,背不出的时候就上厕所去翻开读读。所以我尽量把厕所收拾得没有臭味,不时的开窗流通空气,又把磁坑抹拭得干干净净,尤其是挡在坑前的那个磁片(我称为“照墙”)。这样呢,我随时可以进去坐坐,虽然只像猴子坐钉,也可以休息一会。

一次我们这伙“牛鬼蛇神”搬运了一大堆煤块,余下些煤末子,就对上水,做成小方煤块。一个小女孩在旁观看。我逗她说:“瞧,我们做巧克力糖呢,你吃不吃?”她乐得嘻嘻哈哈大笑,在我身边跟随不舍。可是不久她就被大人拉走了;她不大愿意,我也不大舍得。过两天,我在厕所里打扫,听见这个小女孩在问人:“她是干什么的?”有人回答说:“扫厕所的。”从此她正眼也不瞧我,怎么也不肯理我了。一次我看见她买了大捆的葱抱不动,只好拖着走。我要帮她,她却别转了脸不要我帮。我不知该慨叹小孩子家也势利,还是该赞叹小孩子家也会坚持不与坏人为伍,因为她懂得扫厕所是最低贱的事,那时候扫厕所是惩罚,受这种惩罚的当然不是好人;至于区别好人坏人,原不是什么简单的事。

我自从做了扫厕所的人,却享到些向所未识的自由。我们从旧社会过来的老人,有一套习惯的文明礼貌,虽然常常受到“多礼”的谴责,却屡戒不改。例如见了认识的人,总含笑招呼一下,尽管自己心上不高兴,或明知别人不喜欢我,也不能见了人不理睬。我自从做了“扫厕所的”,就乐得放肆,看见我不喜欢的人干脆呆着脸理都不理,甚至瞪着眼睛看人,好像他不是人而是物。决没有谁会责备我目中无人,因为我自己早已不是人了。这是“颠倒过来”了意想不到的妙处。

可是到厕所来的人,平时和我不熟的也相当礼貌。那里是背人的地方,平时相熟的都会悄悄慰问一声:“你还行吗?”或“顶得住吗?”或关切我身体如何,或问我生活有没有问题。我那顶假发已经几次加工改良。有知道我戴假发的,会凑近细看说:“不知道的就看不出来。”有人会使劲“咳!”一声表示愤慨。有一个平时也并不很熟的年轻人对我做了个富有同情的鬼脸,我不禁和她相视而笑了。事过境迁,群众有时还谈起我收拾厕所的故事。可是我忘不了的,是那许多人的关心和慰问,尤其那个可爱的鬼脸。

三 一位骑士和四个妖精

我变成“牛鬼蛇神”之后，革命群众俘虏了我翻译的《堂吉诃德》，并活捉了我笔下的“四个大妖精”。堂吉诃德是一位正派的好骑士，尽管做了俘虏，也决不肯损害我。四个大妖精却调皮捣蛋，造成了我的弥天大罪。不过仔细想来，妖精还是骑士招来的。“罪证”往往意想不到。我白白的终夜睁着两眼寻寻觅觅，竟没有发现偌大四个妖精，及早判处他们火刑。

我剃成阴阳头的前夕，出版社的一个造反派到学部来造反，召我们外文所的“牛鬼蛇神”晚饭后到大席棚挨斗。（默存他们一伙挨斗是另一天，他们许多人都罚跪了。）我回家吃完晚饭出门，正值暴雨。我撑着雨伞，穿上高筒胶鞋，好不容易挤上公共汽车；下车的时候，天上的雨水真是大盆大盆的泼下来，街上已积水成河。我赶到席棚，衣裤湿了大半，胶鞋里倾出半靴子雨水。我已经迟到，不知哪儿来的高帽子和硬纸大牌子都等着我了。我忙忙戴上帽子，然后举起双手，想把牌子挂上脖子，可是帽子太高，我两臂高不过帽子。旁边“革命群众”的一员静静地看着，指点说：“先戴牌子，再戴帽子呀。”我经他提醒，几乎失笑，忙摘下帽子，按他的话先挂牌子，然后戴上高帽。我不过是陪斗，主犯是谁我也不清楚，觉得挨骂的不是我，反正我低头站在台边上就是了。揪斗完毕，革命小将下了一道命令：“把你们的黑稿子都交出来！”

“黑稿子？”什么是“黑稿子”呢？据我同伙告诉我，我翻译的《吉尔·布拉斯》“诲淫诲盗”，想必是“黑”的了。《堂吉诃德》是不是“黑”呢？堂吉诃德是地主，桑丘是农民，书上没有美化地主，歪曲农民吗？巨人怪兽，不都是迷信吗？想起造反派咄咄逼人的威势，不敢不提高警惕。我免得这部稿子遭殃，还是请革命群众来判定黑白，料想他们总不至于把这部稿子也说成“黑稿子”。

《堂吉诃德》原著第一第二两部各四册，共八册，我刚译完第六册的一半。我每次誊清了译稿，就把草稿扔了。稿纸很厚，我准备在上面再修改加工的。这一大叠稿子重得很，我用牛皮纸包好，用麻绳捆上，再用红笔大字写上“《堂吉诃德》译稿”。我抱着这个沉重的大包挤上车，挤下车，还得走一段路。雨后泥泞，路不好走，我好不容易抱进办公室去交给组秘书。我看准他为人憨厚，从来不“左得可怕”。我说明译稿只此一份，没留底稿，并说，不知这部稿子是否“黑”。他很同情地说“就是嘛！”显然他不赞成没收。可是我背后另一个声音说：“交给小 C。”小 C 原是通信员，按“颠倒过来”的原则，他是很有地位的负责人。原来那时候革命群众已经分裂为两派了，小 C 那一派显然认为《堂吉诃德》是“黑稿子”，该没收。小 C 接过稿子抱着要走，组秘书郑重叮嘱说，“可这是人家的稿子啊，只有这一份，得好好儿保管。”小 C 不答，拿着稿子走了。我只好倒抽一口冷气，眼睁睁看着堂吉诃德做了俘虏。那一天真是我不幸的一天，早上交出《堂吉诃德》译稿，晚上给剃成“阴阳头”。

不久以后，一个星期日，不知哪个革命团体派人来我家没收尚未发表的创作稿。我早打定主意，什么稿子都不交出去了。我干脆说：“没有。”他又要笔记本。我随手打开抽屉，拿到两本旧笔记，就交给他。他说：“我记得你不止两本。”的确不止两本,可是当时我只拿到两本。我说:“没有了。”那位年轻人也许本性温和,也许有袒护之意,并不追问,也不搜查,就回去交差了。他刚走不久,我就找出一大叠整齐的笔记本,原来交出去的那两本是因为记得太乱,不打算保留的,所以另放一处。

我经常失眠,有时精神不振,听报告总专心做笔记,免得瞌睡。我交出去的两本是倦极乱记的。我不便补交,干脆把没交的一叠笔记销毁了事,这件事就置之脑后了。

一九六七年夏,我所的革命群众开始解放“牛鬼蛇神”。被解放的就“下楼”了。我是首批下楼的二人之一。从“牛棚”“下楼”,还得做一番检讨。我认真做完检讨,满以为群众提些意见就能通过,不料他们向我质问“四个大妖精”的罪行。我呆了半晌,丈二的金刚摸不着头脑。哪里跳出来四个大妖精呢?有人把我的笔记本打开,放在我眼前,叫我自己看。我看了半天,认出“四个大妖精”原来是“四个大跃进”,想不到怎么会把“大跃进”写成“大妖精”,我脑筋里一点影子都没有。笔记本上,前后共有四次“四个大跃进”,只第二次写成“四个大妖精”。我只自幸没把粮、棉、煤、铁画成实物,加上眉眼口鼻,添上手脚,画成跳舞的妖精。这也可见我确在悉心听讲,忙着记录,只一念淘气,把“大跃进”写成“大妖精”。可是严肃的革命群众对“淘气”是不能理解的,至少是不能容忍的。我便是长了一百张嘴,也不能为自己辩白。有人甚至把公认为反动的“潜意识论”也搬来应用,说我下意识里蔑视那位做报告的首长。假如他们“无限上纲”——也不必“无限”,只要稍为再往上提提,说我蔑视的是“大妖精”,也许就把我吓倒了。可是做报告的首长正是我敬佩而爱戴的,从我的上意识到下意识,绝没有蔑视的影踪。他们强加于我的“下意识”，我可以很诚实地一口否认。

我只好再作检讨。一个革命派的“头头”命我把检讨稿先让他过目。我自以为检讨得很好，他却认为“很不够”。他说：“你该知道，你笔记上写这种话，等于写反动标语。”我抗议说：“那是我的私人笔记。假如上面有反动标语，张贴有罪。”他不答理。我不服气，不肯重作检讨，自己解放了自己。不过我这件不可饶恕的罪行，并没有不了了之。后来我又为这事两次受到严厉的批评；假如要追究的话，至今还是个未了的案件。

我说四个妖精都由堂吉诃德招来，并不是胡赖，而是事实。我是个死心眼儿，每次订了工作计划就一定要求落实。我订计划的时候，精打细算，自以为很“留有余地”。我一星期只算五天，一月只算四星期，一年只算十个月。一年三百六十五天，只有二百个工作日，我觉得太少了，还不到一年三分之二。可是，一年要求二百个工作日，真是难之又难，简直办不到。因为面对书本，埋头工作，就导致不问政治，脱离实际。即使没有“运动”的时候，也有无数的学习会、讨论会、报告会等等，占去不少时日，或把可工作的日子割裂得零零碎碎。如有什么较大的运动，工作往往全部停顿。我们哪一年没有或大或小的“运动”呢？

政治学习是一项重要的工作。我也知道应该认真学习，积极发言。可是我认为学习和开会耗费时间太多，耽误了业务工作。学习会上我听到长篇精彩的“发言”，心里敬佩，却学不来，也不努力学。我只求“以勤补拙”；拙于言辞，就勤以工作吧。这就推我走上了“白专道路”。

“白专道路”是逆水行舟。凡是走过这条道路的都会知道，这条路不好走。而翻译工作又是没有弹性的，好比小工铺路，一小时铺多少平方米，欠一小时就欠多少平方米——除非胡乱塞责，那是另一回事。我如果精神好，我就超额多干；如果工作顺利，就是说，原文不太艰难，我也超额多干。超额的成果我留作“私蓄”，有亏欠可以弥补。攒些“私蓄”很吃力，四五天攒下的，开一个无聊的会就耗尽了。所以我老在早作晚息攒“私蓄”，要求工作能按计划完成。便在运动高潮，工作停顿的时候，我还偷工夫一点一滴的攒。《堂吉诃德》的译稿，大部分由涓涓滴滴积聚而成。我深悔一心为堂吉诃德攒“私蓄”，却没为自己积储些多余的精力，以致妖精乘虚而入。我做了“牛鬼蛇神”，每夜躺着想这想那，却懵懵懂懂，一点没想到有妖精钻入笔记。我把这点疏失归罪于堂吉诃德，我想他老先生也不会嗔怪的。

我曾想尽办法，要把堂吉诃德救出来。我向没收“黑稿子”的“头头”们要求暂时发还我的“黑稿子”，让我按着“黑稿子”，检查自己的“黑思想”。他们并不驳斥我，只说，没收的“黑稿子”太多，我那一份找不到了。我每天收拾女厕，费不了多少时间，同伙还没扫完院子，我早已完事。我觉得单独一人傻坐在办公室里不大安全，所以自愿在群众的办公室外面扫扫窗台，抹抹玻璃，借此消磨时光。从堂吉诃德被俘后，我就想借此寻找他的踪迹。可是我这位英雄和古代小说里的美人一样，“侯门一入深似海”，我每间屋子都张望过了，没见到他的影子。

过年以后，有一次我们“牛鬼蛇神”奉命打扫后楼一间储藏室。我忽从凌乱的废纸堆里发现了我那包《堂吉诃德》译稿。我好像找到了失散多年的儿女，忙抱起放在一只凳上，又惊又喜地告诉同伙：“我的稿子在这里呢！”我打算冒险把稿子偷走。出门就是楼梯，下楼就没人看守；抱着一个大纸包大模大样在楼梯上走也不像做贼，楼下的女厕虽然不是我打扫的，究竟是个女厕，我可以把稿子暂时寄放，然后抱回家去。当然会有重重险阻，我且走一步是一步。监视我们的是个老干部。我等他一转背，就把稿子抢在手里，可是刚举步，未及出门，我同伙一个“牛鬼蛇神”——他是怕我犯了错误牵累他吗？那可怪不到他呀；他该是出于对我的爱护吧？他指着我大喝一声：“杨季康，你要干什么？”监视的干部转过身来，诧异地看着我。我生气说：“这是我的稿子！”那位干部才明白我的用意。他倒并不责问，只软哄说：“是你的稿子。可是现在你不能拿走，将来到了时候，会还给你。”我说：“扔在废纸堆里就丢了。我没留底稿，丢了就没了！”我不记得当时还说了什么“大话”，因为我觉得这是吃了公家的饭干的工作，不是个人的事。他答应好好儿保藏，随我放在哪里都行。我先把稿子放在书柜里，又怕占了太好的位置，别人需要那块地方，会把稿子扔出来。所以我又把稿子取出，谨谨慎慎放在书柜顶上，叹口气，硬硬心，撇下不顾。

军工宣队进驻学部以后，“牛鬼蛇神”多半恢复人身，重又加入群众队伍，和他们一起学习。我请学习小组的组长向工人师傅要求发还我的译稿，因为我自知人微言轻，而他们也不懂得没收稿子的缘由。组长说：“那是你的事，你自己去问。”我得耐心等待机会。工人师傅们一下班就兴冲冲地打球，打完球又忙着监督我们学习，机会真不易得。几个月来，我先后三次钻得空子，三次向他们请求。他们嘴里答应，显然是置之不理。直到下放干校的前夕，原先的组秘书当了我们组的学习组长。我晚上学习的时候，递了一个条子给他。第二天早上，他问明我那包稿子所在，立即亲自去找来，交给我说：“快抱回家去吧！”

落难的堂吉诃德居然碰到这样一位扶危济困的骑士！我的感激，远远超过了我对许多人、许多事的恼怒和失望。

四　精彩的表演

我不爱表演，也不善表演，虽然有一次登上了吉祥大戏院的大舞台，我仍然没有表演。

那次是何其芳同志等“黑帮”挨斗，我们夫妇在陪斗之列。谁是导演，演出什么戏，我全忘了，只记得气氛很紧张，我却困倦异常。我和默存并坐在台下，我低着头只顾瞌睡。台上的检讨和台下的呵骂（只是呵骂，并未动武），我都置若罔闻。忽有人大喝：“杨季康，你再打瞌睡就揪你上台！”我忙睁目抬头，觉得嘴里发苦，知道是心上慌张。可是一会儿我又瞌睡了，反正揪上台是难免的。

我们夫妇先后都给点名叫上舞台。登台就有高帽子戴。我学得诀窍，注意把帽子和地平线的角度尽量缩小，形成自然低头式。如果垂直戴帽，就得把身子弯成九十度的直角才行，否则群众会高喊：“低头！低头！”陪斗的不低头，还会殃及主犯。当然这种诀窍，只有不受注意的小“牛鬼蛇神”才能应用。我把帽子往额上一按，紧紧扣住，不使掉落，眉眼都罩在帽子里。我就站在舞台边上，学马那样站着睡觉。谁也不知我这个跑龙套的正在学马睡觉。散场前我给人提名叫到麦克风前，自报姓名，自报身份，挨一顿混骂，就算了事。当初坐在台下，惟恐上台；上了台也就不过如此。我站在台上陪斗，不必表演；如果坐在台下，想要充当革命群众，除非我对“犯人”也像他们有同样的愤怒才行，不然我就难了。说老实话，我觉得与其骂人，宁可挨骂。因为骂人是自我表演，挨骂是看人家有意识或无意识地表演——表演他们对我的心意，而无意中流露的真情，往往是很耐人寻味的。

可是我意想不到，有一次竟不由自主，演了一出精彩的闹剧，充当了剧里的主角。

《干校六记》的末一章里，提到这场专为我开的斗争会。

群众审问我："给钱锺书通风报信的是谁？"

我说："是我。"

"打着手电贴小字报的是谁？"

我说："是我——为的是提供线索，让同志们据实调查。"

台下一片怒斥声。有人说："谁是你的'同志'！"

我就干脆不称"同志"，改称"你们"。

聪明的夫妇彼此间总留些空隙，以便划清界线，免得互相牵累。我却一口担保，钱锺书的事我都知道。当时群情激愤——包括我自己。有人递来一面铜锣和一个槌子，命我打锣。我正是火气冲天，没个发泄处；当下接过铜锣和槌子，下死劲大敲几下，聊以泄怒。这来可翻了天了。台下闹成一片，要驱我到学部大院去游街。一位中年老干部不知从哪里找来一块污水浸霉发黑的木板，络上绳子，叫我挂在颈上。木板是滑腻腻的，挂在脖子上很沉。我戴着高帽，举着铜锣，给群众押着先到稠人广众的食堂去绕一周，然后又在院内各条大道上"游街"。他们命我走几步就打两下锣，叫一声"我是资产阶级知识分子！"我想这有何难，就难倒了我？况且知识分子不都是"资产阶级知识分子"吗？叫又何妨。我暂时充当了《小癞子》里"叫喊消息的报子"；

不同的是,我既是罪人,又自报消息。当时虽然没人照相摄入镜头,我却能学孙悟空让“元神”跳在半空中,观看自己那副怪模样,背后还跟着七长八短一队戴高帽子的“牛鬼蛇神”。那场闹剧实在是精彩极了,至今回忆,想象中还能见到那个滑稽的队伍,而我是那个队伍的首领!

群众大概也忘不了我出的“洋相”,第二天见了我直想笑。有两人板起脸来训我:谁胆敢抗拒群众,叫他碰个头破血流。我很爽气大度,一口承认抗拒群众是我不好,可是我不能将无作有。他们倒还通情达理,并不再强逼我承认默存那桩“莫须有”的罪名。我心想,你们能逼我“游街”,却不能叫我屈服。我忍不住要模仿桑丘·潘沙的腔吻说:“我虽然‘游街’出丑,我仍然是个有体面的人!”

五　帘子和炉子

秋凉以后,革命群众把我同组的“牛鬼蛇神”和两位本所的“黑”领导安顿在楼上东侧一间大屋里。屋子有两个朝西的大窗,窗前挂着芦苇帘子。经过整个夏季的曝晒,窗帘已陈旧破败。我们收拾屋子的时候,打算撤下帘子,让屋子更轩亮些。

“牛鬼蛇神”的称呼已经不常用;有的称为“老家伙”。“老家伙”的名称也不常用,一般称“老先生”。我在这一伙里最小——无论年龄、资格、地位都最小,揪出也最晚。同伙的“牛鬼蛇神”瞧我揪出后没事人儿一般,满不在意,不免诧怪。其实,我挨整的遭数比他们多(因为我一写文章就“放毒”,也就是说,下笔就露馅儿,流露出“人道主义”、“人性论”等资产阶级观点)。他们自己就整过我。况且他们是红专家,至少也是粉红专家,或外红里白专家,我却“白”而不“专”,也称不上“家”。这回他们和我成了“一丘之貉”,当然委屈了他们,荣幸的是我。我们既然同是沦落人,有一位老先生慨然说:“咱们是难友了。”

陈翔鹤同志一次曾和他的难友发了一点小牢骚,立即受到他领导好一顿训斥,因此他警告默存:“当心啊,难友会卖友。”我为此也常有戒心。不过我既然和难友风雨同舟,出于“共济”的精神,我还是大胆献计说:“别撤帘子。”他们问:“为什么?”我说:“革命群众进我们屋来,得经过那两个朝西的大窗。隔着帘子,外面看不见里面,里面却看得见外面。我们可以早作准备。”他们观察实验了一番,证明我说的果然不错。那两个大破帘子就一直挂着,没有撤下。

一位难友曾说:“一天最关键的时刻是下午四时。传我们去训话或问话往往在四点以前,散会后群众就可以回家。如果到四点没事,那一天就平安过去了。”他的观察果然精确。不过自从我们搬入那间大屋,革命群众忙于打派仗,已不大理会我们。我们只要识趣,不招他们就没事。我们屋里有几只桌子的抽屉是锁着的,一次几个革命群众汹汹然闯进来,砸开锁,抄走了一些文件。我们都假装不见,等他们走了才抬头吐气。砸锁、抄东西的事也只偶然一见。我们有帘子隐蔽着,又没有专人监督,实在很自由。如果不需写交代或做检查,可以专心学习马列经典,也不妨传阅小报,我抽屉里还藏着自己爱读的书。革命群众如有事要找我们,等他们进屋,准发现我们一个个都规规矩矩地伏案学习呢。

那间屋子里没有暖气片,所以给我们装了一只大火炉。我们自己去拾木柴，拣树枝。我和文学所的木工老李较熟；我到他的木工房去借得一把锯子，大家轮着学锯木头。我们做过些小煤饼子，又搬运些煤块，轮流着生火和封火；封灭了明天重生，检查之类的草稿正可用来生火。学部的暖气并不全天供暖，我们的炉子却整日熊熊旺盛。两位外文所领导都回家吃饭，我们几个"老先生"各带一盒饭，先后在炉子上烤热了吃，比饭堂里排队买饭方便得多。我们饭后各据一隅，拼上几只椅子权当卧榻，叠几本书权当枕头，胡乱休息一会。起来了大家一起说说闲话，讲讲家常，虽然不深谈，也发点议论，谈些问题。有时大家懊悔，当初该学理科，不该学文学。有时我们分不清什么是"大是非"，什么是"小是非"，一起琢磨研究。有时某人出门买些糖食，大家分享。常言道："文人相轻"；又说是："同行必妒"。我们既是文人，又是同行，居然能融融洽洽，同享帘子的蔽护和炉子的温暖，实在是难而又难的难友啊！

六　披着狼皮的羊

我们刚做"牛鬼蛇神"，得把自我检讨交"监管小组"审阅。第一次的审阅最认真，每份发回的检讨都有批语。我得的批语是"你这头披着羊皮的狼！"同伙所得的批语都一样严厉。我们诧怪说："谁这么厉害呀？"不久我们发现了那位审阅者，都偷偷端详了他几眼。他面目十分和善，看来是个谨厚的人。我不知他的姓名，按提绰号的惯例，把他本人的话做了他的名字，称为"披着羊皮的狼"，可是我总颠倒说成"披着狼皮的羊"，也许我觉得他只是披着狼皮的羊。

探险不必像堂吉诃德那样走遍世界。在我们当时的处境，随时随地都有险可探。我对革命群众都很好奇，忍不住先向监管小组“探险”。

一次我们宿舍大院里要求家家户户的玻璃窗上都用朱红油漆写上语录。我们大楼的玻璃窗只能朝外开，我家又在三楼，不能站在窗外写；所以得在玻璃内面，按照又笨又复杂的方式，填画成反写的楷书，外面看来就成正文。我为这项任务向监管小组请一天假。那位监管员毫不为难，一口答应。我不按规格，用左手写反字，不到半天就完成了工作，“偷得‘劳’生‘半’日闲”，独在家里整理并休息。不久我找另一位监管员又轻易请得一天假。我家的煤炉坏了，得修理。这个理由比上次的理由更不充分。他很可以不准，叫我下班后修去。可是他也一口答应了。我只费了不到半天工夫，自己修好了；又“偷得劳生半日闲”。过些时候，我向那位“披着狼皮的羊”请假看病。他并不盘问我看什么病，很和善地点头答应。我不过小小不舒服，没上医院，只在家休息，又偷得一日清闲。我渐渐发现，监管小组里个个都是“披着狼皮的羊”。

秋凉以前，我们都在办公室里作息。楼上只有女厕有自来水。楼上办公室里写大字报的同志，如要洗笔，总带些歉意，很客气地请我代洗。饭后办公室人多嘈杂，我没个休息处。革命群众中有个女同志颇有胆量，请我到她屋里去歇午。她不和我交谈，也不表示任何态度，但每天让我在她屋里睡午觉。有一次我指上扎了个刺，就走进革命群众的办公室，伸出一个指头说“扎了个刺”。有一位女同志很尽心地为我找了一枚针，耐心在光亮处把刺挑出来。其实扎了个刺很可以耐到晚上回家再说，我这来仍是存心“探险”。我渐次发现，我们所里的革命群众，都是些披着狼皮的羊。

我们当了“牛鬼蛇神”最怕节日，因为每逢过节放假，革命群众必定派下许多“课外作业”。我们得报告假日做了什么事，见了什么人；又得写心得体会。放假前还得领受一顿训话，记着些禁令（如不准外出等）。可是有一次，一个新战斗团体的头头放假前对我们的训话不同一般。我们大家都承认过一项大罪：“拒绝改造”。他说，“你们该实事求是呀。你们难道有谁拒绝改造了吗？‘拒绝改造’和‘没改造好’难道是一回事吗？”我听了大为安慰，惊奇地望着他，满怀感激。我自从失去人身，难得听到“革命群众”说这等有人性的语言。

我“下楼”以后，自己解放了自己，也没人来管我。有一次，革命群众每人发一枚纪念章和一部毛选。我厚着脸去讨，居然得了一份。我是为了试探自己的身份。有个曾经狠狠挨整的革命派对我说，“我们受的罪比你们受的厉害多了，我还挨了打呢。”不错呀，砸抽屉、抄文件的事我还如在目前。不久后，得势的革命派也打下去了。他们一个个受审问，受逼供，流着眼泪委屈认罪。这使我想到上山下乡后的红卫兵，我在干校时见到两个。他们住一间破屋，每日拣些柴草，煮些白薯南瓜之类当饭吃，没有工作，也没人管，也没有一本书，不知长年累月是怎么过的。我做“过街老鼠”的日子，他们如饿狼一般，多可怕啊。曾几何时，他们不仅脱去了狼皮，连身上的羊毛也在严冬季节给剃光了。我已悟到“冤有头，债有主”；我们老家伙也罢，革命小将也罢，谁也不是谁的敌人。反正我对革命的“后生”不再怕惧。

在北京建筑地道的时期，摊派每户做砖，一人做一百块，得自己到城墙边去挖取泥土，然后借公家的模子制造，晒干了交公。那时默存已下干校，女儿在工厂劳动，我一人得做砖三百块。这可难倒了我，千思万想，没个办法。我只好向一位曾监管我的小将求救。我说："咱俩换工，你给我做三百块砖，我给你打一套毛衣。"他笑嘻嘻一口答应。他和同伴替我做了砖，却说我"这么大年纪了"，不肯要我打毛衣。我至今还欠着那套毛衣。

干校每次搬家，箱子都得用绳子缠捆，因为由卡车运送，行李多，车辆小，压挤得厉害。可是我不复像下干校的时候那样，事事得自己动手，总有当初"揪出"我们的革命群众为我缠捆。而且不用我求，"披着狼皮的羊"很多是大力士，他们会关心地问我："你的箱子呢？捆上了吗？"或预先对我说好："我们给你捆。"默存同样也有人代劳。我们由干校带回家的行李，缠捆得尤其周密，回家解开绳索，发现一只大木箱的盖已经脱落，全靠缠捆得好，箱里的东西就像是装在完好的箱子里一样。

我在干校属菜园班，有时也跟着大队到麦田或豆田去锄草。队长分配工作说："男同志一人管四行，女同志一人管两行——杨季康，管一行。"来自农村的年轻人干农活有一手。有两个能手对我说："你一行也别管，跟我们来，我们留几根'毛毛'给你锄。"他们一人至少管六行，一阵风似的扫往前去。我跟在后面，锄他们特意留给我的几根"毛毛"。不知道的人，也许还以为我是劳模呢。

默存同样有人照顾。我还没下干校的时候，他来信说，热水瓶砸了，借用别人的，不胜战战兢兢。不久有个素不相识的年轻人来找我，说他就要下干校，愿为"钱先生"带热水瓶和其他东西。他说:“不论什么东西,你交给我就行,我自有办法。”热水瓶,还有装满药水的瓶,还有许多不便邮寄的东西,他都要求我交给他带走。默存来信说,吃到了年轻人特为他做的葱烧鲫鱼和油爆虾,在北京没吃过这等美味。干校搬到明港后,他的床位恰在北窗下,窗很大。天气冷了,我一次去看他,发现整个大窗的每条缝缝都糊得风丝不透,而且干净整齐,玻璃也擦得雪亮,都是“有事弟子服其劳”。我每想到他们对默存的情谊,心上暖融融地感激。

我们从“牛棚”下楼后,房子分掉一半。干校回来,强邻难与相处,不得已只好逃亡。我不敢回屋取东西,怕吃了眼前亏还说不清楚。可是总有人为我保镖,帮我拿东西。我们在一间办公室里住了三年。那间房,用我们无锡土话,叫做“坑缸连井灶”;用北方俗语,就是兼供“吃喝拉撒”的,听来是十足的陋室。可是在那三年里的生活,给我们留下无穷回味。文学所和外文所的年轻人出于同情,为我们把那间堆满什物的办公室腾出来,打扫了屋子,擦洗了门窗,门上配好钥匙,窗上挂好窗帘,还给拉上一条挂毛巾的铁丝。默存病喘,暖气片供暖不足,他们给装上炉子,并从煤厂拉来一车、一车又一车的煤饼子,叠在廊下;还装上特制的风斗,免中煤气。默存的笔记本还锁在原先的家里,尘土堆积很厚。有人陪我回去,费了两天工夫,整理出五大麻袋,两天没好生吃饭,却饱餐尘土。默存写《管锥编》经常要核对原书。不论中文外文书籍,他要什么书,书就应声而来。如果是文学所和外文所都没有的书,有人会到北大图书馆或北京图书馆去借。如果没有这种种帮忙,《管锥编》不知还得延迟多少年月才能完成呢。

我们“流亡”期间，默存由感冒引起喘病，输氧四小时才抢救出险。他因大脑皮层缺氧，反应失常，手脚口舌都不灵便，状如中风，将近一年才回复正常。医生嘱咐我，千万别让他感冒。这却很难担保。我每开一次大会，必定传染很重的感冒。我们又同住一间小小的办公室，我怕传染他，只好拼命吃药；一次用药过重，晕得不能起床。大会总是不该缺席的会，我不能为了怕感冒而请假。我同所的年轻人常“替我带一只耳朵”去听着，就是说，为我详细做笔记，供我阅读，我就偷偷赖掉好些大会和小会，不但免了感冒，也省下不少时间。我如果没有他们帮忙，我翻译的《堂吉诃德》也不知得拖延多久才能译完。关注和照顾我们的，都是丙午丁未年间“披着狼皮的羊”。

七　乌云的金边

按西方成语：“每一朵乌云都有一道银边”。丙午丁未年同遭大劫的人，如果经过不同程度的摧残和折磨，彼此间加深了一点了解，孳生了一点同情和友情，就该算是那一片乌云的银边或竟是金边吧？——因为乌云愈是厚密，银色会变为金色。

常言“彩云易散”，乌云也何尝能永远占领天空。乌云蔽天的岁月是不堪回首的，可是停留在我记忆里不易磨灭的，倒是那一道含蕴着光和热的金边。

将饮茶

孟　婆　茶

（胡思乱想，代序）

我登上一列露天的火车，但不是车，因为不在地上走；像筏，却又不在水上行；像飞机，却没有机舱，而且是一长列；看来像一条自动化的传送带，很长很长，两侧设有栏杆，载满乘客，在云海里驰行。我随着队伍上去的时候，随手领到一个对号入座的牌子，可是牌上的字码几经擦改，看不清楚了。我按着模糊的号码前后找去：一处是教师座，都满了，没我的位子；一处是作家座，也满了，没我的位子；一处是翻译者的座，标着英、法、德、日、西等国名，我找了几处，都没有我的位子。传送带上有好多穿灰色制服的管事员。一个管事员就来问我是不是"尾巴"上的，"尾巴"上没有定座。可是我手里却拿着个座牌呢。他要去查对簿子。另一个管事员说，算了，一会儿就到了。他们在传送带的横侧放下一只凳子，请我坐下。

我找座的时候碰到些熟人，可是正忙着对号，传送带又不停的运转，行动不便，没来得及交谈。我坐定了才看到四周秩序井然，不敢再乱跑找人。往前看去，只见灰蒙蒙一片昏黑。后面云雾里隐隐半轮红日，好像刚从东方升起，又好像正向西方下沉，可是升又不升，落也不落，老是昏腾腾一团红晕。管事员对着手拿的扩音器只顾喊"往前看！往前看！"他们大多凭栏站在传送带两侧。

我悄悄向近旁一个穿灰制服的请教：我们是在什么地方。他笑说：“老太太翻了一个大跟斗，还没醒呢！这是西方路上。”他向后指点说：“那边是红尘世界，咱们正往西去。”说罢也喊“往前看！往前看！”因为好些乘客频频回头，频频拭泪。

我又问：“咱们是往哪儿去呀？”

他不理睬，只用扩音器向乘客广播：“乘客们做好准备，前一站是孟婆店；孟婆店快到了，请做好准备！”

前前后后传来纷纷议论。

“哦，上孟婆店喝茶去！”

“孟婆茶可喝不得呀！喝一杯，什么事都忘得一干二净了。”

“嗐！喝它一杯孟婆茶，一了百了！”

“我可不喝！多大的浪费啊！一杯茶冲掉了一辈子的经验，一辈子不都是白活了？”

“你还想抱住你那套宝贵的经验，再活一辈子吗？”

“反正我不喝！”

“反正也由不得你！”

管事员大概听惯这类议论。有一个就用扩音器耐心介绍孟婆店。

“‘孟婆店’是习惯的名称，现在叫‘孟大姐茶楼’。孟大姐是最民主的，喝茶决不勉强。孟大姐茶楼是一座现代化大楼。楼下茶座只供清茶；清茶也许苦些。不爱喝清茶，可以上楼。楼上有各种茶：牛奶红茶，柠檬红茶，薄荷凉茶，玫瑰茄凉茶，应有尽有；还备有各色茶食，可以随意取用。哪位对过去一生有什么意见、什么问题、什么要求、什么建议，上楼去，可分别向各负责部门提出，一一登记。那儿还有电视室，指头一按，就能看自己过去的一辈子——各位不必顾虑，电视室是隔离的，不是公演。”

这话激起哄然笑声。

“平生不作亏心事，我的一生，不妨公演。”这是豪言壮语。

“得有观众欣赏呀！除了你自己，还得有别人爱看啊！”这是个冷冷的声音。

扩音器里继续在讲解：

“茶楼不是娱乐场，看电视是请喝茶的意思。因为不等看完，就渴不及待，急着要喝茶了。”

我悄悄问近旁那个穿制服的：“为什么？”

他微微一笑说：“你自己瞧瞧去。”

我说，我喝清茶，不上楼。

他诧怪说：“谁都上楼，看看热闹也好啊。”

“看完了可以再下楼喝茶吗？”

“不用，楼上现成有茶，清茶也有，上去就不再下楼了——只上，不下。”

我忙问：“上楼往哪儿去？不上楼又哪儿去？”

他鼻子里哼了一声说：“我只随着这道带子转，不知到哪里去。你不上楼，得早作准备。楼下只停一忽儿，错过就上楼了。”

“准备什么？”

“得轻装，不准夹带私货。”

我前后扫了一眼说：“谁还带行李吗？”

他说："行李当然带不了，可是，身上、头里、心里、肚里都不准夹带私货。上楼去的呢，提意见啊，提问题啊，提要求啊，提完了，撩不开的也都撩下了。你是想不上楼去呀。"

我笑说："喝一杯清茶，不都化了吗？"

他说："这儿的茶，只管忘记，不管化。上楼的不用检查。楼下，喝完茶就离站了，夹带着私货过不了关。"

他话犹未了，传送带已开进孟婆店。楼下阴沉沉、冷清清；楼上却灯光明亮，热闹非常。那道传送带好像就要往上开去。我赶忙跨出栏杆，往下就跳。只觉头重脚轻，一跳，头落在枕上，睁眼一看，原来安然躺在床上，耳朵里还能听到"夹带着私货过不了关"。

好吧，我夹带着好些私货呢，得及早清理。

一九八三年十月底

回忆我的父亲

前　言

一九七九年冬，中国社会科学院近代史研究所为调查清末中国同盟会（包括其他革命团体）会员情况，给我一封信，原文如下："令尊补塘先生是江苏省最早从事反清革命活动的人物之一，参加过东京励志社，创办《国民报》《大陆杂志》，在无锡首创励志学社，著有影响……"因此要我介绍简历及传记资料等，并提出一个问题："在补塘先生一生中，有过一个重大的变化，即从主张革命转向主张立宪。这中间的原因和过程如何，是史学界所关心的，盼望予以介绍。"

我只写了一份父亲的简历，对于提出的问题，不敢乱说，没有解答。其实，我虽然不能算"知道"，却也不能说"不知道"；不仅对所提的这一转向，就连以后的转向，我即使不能说"知道"，也都有我的体会。近年来追忆思索，颇多感触，所以想尽我的理解，写一份可供参阅的资料。

日本中岛碧教授、美国李又安（Adele Rickett）教授曾分别为我查核日本和美国的资料。此文一九八三年发表后，一九九〇年上海复旦大学历史系邹振环同志提供了有关我父亲翻译工作的资料；一九九二年江苏教育学院翟国璋同志提供了有关我国现代史的资料。我已把原文相应修改。谨向他们致谢。

一九九三年二月二日

一

我父亲杨荫杭(1878—1945),字补塘,笔名老圃,又名虎头,江苏无锡人,一八九五年考入北洋大学堂(当时称"天津中西学堂"),一八九七年转入南洋公学,一八九九年由南洋公学派送日本留学,卒业早稻田大学。他回国后因鼓吹革命,清廷通缉,筹借了一笔款子,再度出国,先回日本早稻田读得学位,又赴美留学。我是父亲留美回国后出生的,已是第四个女儿。那时候,我父亲不复是鼓吹革命的"激烈派"。他在辛亥革命后做了民国的官,成了卫护"民主法治"的"疯骑士"——因为他不过做了一个省级的高等审判厅长,为了判处一名杀人的恶霸死刑,坚持司法独立,和庇护杀人犯的省长和督军顶牛,直到袁世凯把他调任。他在北京不过是京师高等检察厅长,却让一位有贪污巨款之嫌的总长(现称部长)受到高检厅传讯,同时有检察官到总长私邸搜查证据。许多高官干预无效;司法总长请得大总统训令,立将高检长及搜查证据的检察官给以"停职"处分。《民国演义》上提到这件事,说杨某其实没错,只是官官相护。据我理解,我父亲的"立宪梦",辞官之前早已破灭。

我说"理解",因为都未经证实。我在父母身边的时候,对听到的话不求甚解。有些事只是传闻;也有些是父亲对我讲的,当时似懂非懂,听完又忘了;有些事是旁听父母的谈话而领会的。

我母亲唐须荌也是无锡人。我父母好像老朋友，我们子女从小到大，没听到他们吵过一次架。旧式夫妇不吵架的也常有，不过女方会有委屈闷在心里，夫妇间的共同语言也不多。我父母却无话不谈。他们俩同年，一八九八年结婚。当时我父亲还是学生。从他们的谈话里可以听到父亲学生时代的旧事。他们往往不提名道姓而用诨名，还经常引用典故——典故大多是当时的趣事。不过我们孩子听了不准发问。"大人说话呢，'老小'（无锡土话，指小孩子）别插嘴。"他们谈的话真多：过去的，当前的，有关自己的，有关亲戚朋友的，可笑的，可恨的，可气的……他们有时嘲笑，有时感慨，有时自我检讨，有时总结经验。两人一生中长河一般的对话，听来好像阅读拉布吕耶尔（Jean de La Bruyère）《人性与世态》（*Les Caractères*）。他们的话时断时续，我当时听了也不甚经心。我的领会，是由多年不经心的一知半解积累而得。我父亲辞官后做了律师。他把每一件受理的案子都详细向我母亲叙述：为什么事，牵涉什么人等等。他们俩一起分析，一起议论。那些案件，都可补充《人性与世态》作为生动的例证。可是我的理解什么时候开始明确，自己也分辨不清。

例如我五六岁在北京的时候，家里有一张黎元洪的相片，大概是大总统发给每个下属的。那张照片先挂在客厅暗陬，不久贬入吃饭间。照片右上角有一行墨笔字："补塘检察长"。我常搬个凳子，跪在凳上仔细端详。照上的人明明不是我父亲，怎么又写着我父亲的名字？我始终没敢发问，怕问了惹笑或招骂，我不知什么时候开始明白：落款不是标签，也不知什么时候知道那人是黎元洪。可是我拿稳自己的理解没错。

我曾问父亲："爸爸，你小时候是怎么样的？"父亲说："就和普通孩子一样。"可是我叮着问，他就找出二寸来长一只陶制青底蓝花的小靴子给我，说小时候坐在他爷爷膝上，他爷爷常给他剥一靴子瓜子仁，教他背白居易诗"未能抛得杭州去，一半勾留是此湖"。那时候，他的祖父在杭州做一个很小的小官。我的祖父也在浙江做过一个小地方的小官。两代都是穷书生，都是小穷官。我祖父病重还乡，下船后不及到家便咽了气。家里有上代传下的住宅，但没有田产。我父亲上学全靠考试选拔而得的公费。

据我二姑母说，我父亲在北洋公学上学时，有部分学生闹风潮。学校掌权的洋人（二姑母称为"洋鬼子"）出来镇压，说闹风潮的一律开除。带头闹的一个广东人就被开除了。"洋鬼子"说，谁跟着一起闹风潮的一起开除。一伙人面面相觑，都默不作声。闹风潮不过是为了伙食，我父亲并没参与，可是他看到那伙人都缩着脑袋，就冒火了，挺身而出说："还有我！"好得很，他就陪着那个广东同学一起开除，风潮就此平息。那是一八九七年的事。

当时我父亲是个穷学生。寒素人家的子弟，考入公费学校，境遇该算不错，开除就失去公费。幸亏他从北洋开除后，立即考入南洋公学。我现在还存着一幅一九〇八年八月中国留美学生在美国马萨诸塞州开代表大会的合影。正中坐的是伍廷芳。前排学生展着一面龙旗。后排正中两个学生扯着一面旗子，大书"北洋"二字。我父亲就站在这一排。他曾指着扯旗的一人说"这是刘麻子"，又指点这人那人是谁，好像都很熟。我记得有一次他满面淘气的笑，双手叉腰说："我是老北洋。"看来他的开除，在他自己和同学眼里，只是一件滑稽的事。

我大姐从父母的谈话里，知道父亲确曾被学校开除，只是不知细节。我父亲不爱谈他自己，我们也不问。我只记得他偶尔谈起些笑话，都是他年轻时代无聊或不讲理的细事。他有个同房间是松江人，把“书”字读如“须”。父亲往往故意惹他，说要“撒一课‘须’去”（上海话“尿”“书”同音）。松江人怒不可遏。他同班有个胖子，大家笑他胖。胖子生气说：“你们老了都会发胖。”我父亲跟我讲的时候，摩挲着自己发胖的肚子，忍笑说：“我对他说，我发了胖，就自杀！”胖子气得咈哧咈哧。我不知道父亲那时候是在北洋或南洋，只觉得他还未脱顽童时期的幽默。二姑母曾告诉我：小哥哥（我父亲）捉了一只蛤蟆，对它喷水念咒，把它扣在空花盆底下叫它土遁；过了一星期，记起了那只蛤蟆，翻开花盆一看，蛤蟆还没死，饿成了皮包骨头。这事我也没有问过父亲。反正他早说过，他就和普通的孩子一样。

二

《中华民国史》上说：“一九〇〇年春，留日学生成立励志会；一九〇〇年下半年，会员杨廷栋、杨荫杭、雷奋等创办了《译书汇编》，这是留学生自办的第一个杂志，专门译载欧美政法名著，诸如卢梭的《民约论》、孟德斯鸠的《万法精义》、穆勒的《自由原论》等书，这些译著曾在留学生和国内学生中风行一时。”①冯自由《革命逸史》也说起《译书汇编》②：“江苏人杨廷栋、杨荫

---

① 《中华民国史》中华书局版（一九八一）第131—132页。

② 鲁迅《琐记》中写他留学日本之前，曾考入矿路学堂，开始“看新书”，如《天演论》、《译学汇编》等。据内容，《译学汇编》当即《译书汇编》。《鲁迅全集》中已改正。

杭、雷奋等主持之，以翻译法政名著为宗旨，译笔流丽典雅，于吾国青年思想之进步收效至巨。”[①]我曾听到我父亲说：“与其写空洞无物的文章，不如翻译些外国有价值的作品。”还说：“翻译大有可为。”我在父亲从国外带回的书里，看到过一本英译的孟德斯鸠《万法精义》和一本原文的达尔文《物种起源》。可是我父亲从没有讲过他自己的翻译，我也从未读过。他也从未鼓励我翻译，也从未看到我的翻译。

据《革命逸史》，[②]一八九九年上海南洋公学派留东学生六人（我父亲是其中一个，杨廷栋、雷奋和其他三人的名字都是我经常听到的）。他们和其他各省派送的留日学生初到日本，语言不通。日本文部省特设日华学校，专教中国学生语言及补习科学。“雷奋、杨荫杭、杨廷栋三人税居早稻田附近。即当日雷等为《译书汇编》及《国民报》[③]撰文之所。留学生恒假其地作聚会集中点。”那时有某日本舍监偷吃中国留学生的皮蛋，又有个日本下女偷留学生的牙粉搽脸。我听父亲讲过“偷皮蛋舍监尝异味，搽牙粉丑婢卖风流”的趣闻。但从不知道父亲参与译书并为《国民报》撰稿的事。我大姐只知道父亲会骑自行车，因为看见过父亲扶着自行车照的相片，母亲配上小框放在桌上。

冯自由的《革命逸史》[④]和《中华民国史》[⑤]都提到留日学生的励志会里有激烈派和稳健派之分；激烈派鄙视稳健派，两派

---

① 《革命逸史》民国廿八年（一九三九）二月版第一辑第 147 页。

② 同上书，第一辑第 191 页。

③ 《国民报》是最早提倡颠覆清王朝的刊物，它以鼓吹天赋人权、自由平等而具特色——《中华民国史》第 132 页。

④ 《革命逸史》民国廿八年（一九三九）二月版第一辑第 151 页。

⑤ 《中华民国史》中华书局版（一九八一）第 132 页。

“势如水火”。我父亲属于激烈派，他的一位同窗老友属于稳健派。他们俩的私交却并不“势如水火”。我记得父亲讲他们同班某某是留学生监督的女婿，一九〇〇年转送到美国留学。同班学生不服气。我父亲撺掇他那位稳健派朋友提出申请，要求调往美国，理由是同窗杨某（父亲自指）一味鼓吹革命，常和他一起不免受他“邪说”的影响。我不知道那位朋友是否真的提出了要求，反正他们的捣鬼没有成功。

《中华民国史》上说：“江苏地方革命小团体发生最早，一九〇一年夏留学生杨荫杭回到家乡无锡，聚集同志，创设了励志学会。他们借讲授新智识之机，宣传排满革命……”①据说这段历史没有错。我不明白他怎么卒业前一年回乡，不知有何确实的凭据。

我父亲一九〇二年在日本早稻田大学（当时称“东京专门学校”）本科卒业②，回国后和雷奋、杨廷栋同被派往译书院译书③。最近我有一位朋友在北京图书馆找到一本我父亲编译的《名学教科书》（一九〇三年再版）。想就是那个时期编译的。孙宝瑄光绪二十八年十二月二十九日（一九〇三年）日记里曾提到这部书：“观《名学》，无锡杨荫杭述。余初不解东文哲学书中‘内容’、‘外延’之理，今始知之。”④

---

① 《中华民国史》中华书局版（一九八一）第293页。

② 见房兆楹辑《史料丛刊》之一（台湾中央研究院近代研究所出版，一九六〇）内《日本留学生题名录·卒业留学生附录》。

③ 见西南交通大学出版社《交通大学校史资料选编》（一）第72页。据邹振环先生提供的资料，译书院属交通大学，主持者是张元济，派送雷奋等去译书院的是盛宣怀。

④ 见《忘山庐日记》上海古籍出版社一九八三年版上册第609页。

译书馆因经费支绌，一九〇三年停办。我父回到家乡，和留日学生蔡文森、顾树屏在无锡创办了“理化研究会”，提倡研究理化并学习英语。我母亲形容父亲开夜车学理化，用功得背上生了一个“搭手疽”，吃了多少“六神丸”。我记得父亲晚年，有一次从上海回到苏州，半开玩笑半认真地和我母亲讲“理化会的大成就”。有一个制造“红丸”（即“白面”）的无锡人，当年曾是“理化会”的成员，后来在上海法租界居住，在他家花园的假山洞里制造“红丸”（有法租界巡捕房保护）。他制成的毒品用铅皮密封在木箱里，运到法国海岸边，抛入海里，然后由贩毒商人私运入欧洲。那个人成了大富翁。我父亲慨叹说：“大约那是我们惟一的成绩吧？”

东京《国民报》以英国人“经塞尔”名义发行。“经塞尔”其实是冯自由的父亲冯镜如的外国名字，借此避免清公使馆的干涉。报中文字由某某等执笔，其中有我父亲。后来因资本告罄停版。

抗战胜利后，我在上海，陈衡哲先生请我喝茶，会见胡适。他用半上海话对我说：“我认识你的姑母，认识你的叔叔，你老娘家（苏沪土语‘尊大人’的意思）是我的先生。”①锺书对我说，胡适决不肯乱认老师，他也不会记错。我想，大概我父亲由译书院回南后在上海工作。曾在澄衷学校、务本女校、中国公学教课；不知在哪个学校教过胡适。听说我父亲暑假回无锡，在俟实中学公开鼓吹革命，又拒绝对祠堂里的祖先叩头，同族某某等曾

① 胡适到过我家苏州寓所，只是我没见过。他《四十自述》中提到他的老师杨志洵（景苏）先生是我父亲的族叔亦好友。

要驱逐他出族。我记得父亲笑着讲无锡乡绅——驻意大利钦差许珏曾愤然说:“此人(指我父亲)该枪毙。”反正他的“革命邪说”招致清廷通缉,于是他筹借了一笔款子(一半由我外祖父借助),一九〇六年初再度出国。

我大姐说,父亲一九〇六年到美国求学。但据日本早稻田大学的学籍簿,他一九〇六年九月入该校研究科,专研法律;一九〇七年七月毕业,寄寓何处等等都记载分明。料想我父亲在清廷通缉令下,潜逃日本是最便捷的途径。早稻田大学本科卒业不授学位;考入研究科,通过论文,便获得法学士学位。随后他就到美国去了。

父亲告诉我,他初到美国,住在校长(不知什么学校)家里学习英语,同住宿的还有几个美国青年。他要问字典上查不到的家常字(如大小便之类),同学不敢回答,特地问得校长准许,才敢教他。

父亲从未提及他的学位和论文。我只偶尔拣得一张父亲在宾夕法尼亚大学一九〇九——一九一〇年的注册证。倒是锺书告诉我:“爸爸的硕士论文收入宾夕法尼亚大学法学丛书第一辑,书名是《日本商法》(*Commercial Code of Japan*)。”我只记得大姐讲,父亲归国途中游历了欧洲其他国家,还带回好几份印好的论文。我问锺书:“你怎么会知道?”锺书说:“我看见的——爸爸书房里的书橱最高层,一本红皮书。我还问过爸爸,他说是他的硕士论文——现在当然找不到了。”我写信给美国友人宾夕法尼亚大学的李又安(Adele Rickett)教授,托她找找有没有这本书。据她回信,锺书一点也没记错。那本书一找就见,在法学院图书馆。承她还为我复制了封面几页和一篇卢易士(Draper Lewis)教授写的序文。据那张注册证,他是当时的法学院长。全书三百一十九页,我父亲离校后一九一一年出版。从序文看来,这本书大概是把日本商法和它所依据的德国商法以及它所采用的欧洲大陆系统的商法作比较,指出特殊的地方是为了适合日本的国情,由比较中阐明一般商法的精神。序文对这本书很称赏,不过我最感亲切的是卢易士先生形容我父亲写的英文:“虽然完全正确,却有好些别致的说法;而细读之下,可以看出作者能用最简洁的文字,把日本商法的原意,确切地表达出来。”我想这是用很客气的话,说我父亲写的英文有点中国味道吧?

我猜想,父亲再次出国四年多,脱离了革命,埋头书本,很可能对西方的“民主法治”产生了幻想。他原先的“激烈”,渐渐冷静下来。北伐胜利后,我经常听到父亲对母亲挖苦当时自称的“廉洁政府”。我在高中读书的时候,一九二七或一九二八年,我记得父亲曾和我谈过“革命派”和“立宪派”的得失。他讲得很仔细,可是我不大懂,听完都忘了,只觉得父亲倾向于改良。他的结论是“改朝换代,换汤不换药”。不过父亲和我讲这番话的时候,他的“立宪梦”早已破灭了。我当时在父母的庇荫之下,不像我父亲年轻时候,能看到革命的迫切。我是脱离实际的后知后觉或无知无觉,只凭抽象的了解,觉得救国救民是很复杂的事,推翻一个政权并不解决问题,还得争求一个好的制度,保障一个好的政府。

我不信父亲对清室抱有任何幻想。他称慈禧为祸国殃民的无识“老太婆”。我也从未听他提到光绪有任何可取。他回国后由张謇推荐,在北京一个法政学校教课。那时候,为宣统“辅政”的肃亲王善耆听到我父亲是东西方法律的行家,请他晚上到王府讲授法律课。我父亲的朋友包天笑在一部以清末民初为背景的小说里曾提起这事，锺书看到过，但是记不起书名，可能是《留芳记》。听说这个肃亲王是较为开明而毫无实权的人。我父亲为他讲法律只是为糊口计，因为法政学校的薪水不够维持生活。

辛亥革命前夕，我父亲辞职回南，肃亲王临别和他拉手说："祝你们成功。"拉手祝贺，只表示他有礼貌，而"你们"两字却很有意思，明白点出东家和西席之间的不同立场。"祝你们成功"这句话是我父亲着重和我讲的。

我父亲到了上海，在申报馆任编辑，同时也是上海律师公会创始人之一。当律师仍是为糊口计。我是第四个女儿，父母连我就是六人，上面还有祖母。父亲有个大哥在武备学校学习，一次试炮失事，轰然一声，我大伯父就轰得不知去向，遗下大伯母和堂兄堂姊各一。一家生活之外，还有大小孩子的学费。我的二姑母当时和我堂姊同在上海启明女校读书，三姑母在苏州景海女校读书，两位姑母的学费也由我父亲供给。我有个叔叔当时官费在美国留学，还没有学成。整个大家庭的负担全在我父亲一人身上。

三

据我大姐讲，我父亲当律师，一次和会审公堂的法官争辩。法官训斥他不规规矩矩坐着，却翘起了一条腿。我父亲故意把腿翘得高高地，侃侃而辩。第二天上海各报都把这事当作头条新闻报道，有的报上还画一个律师，翘着一条腿。从此我父亲成了“名”律师。不久，由张謇推荐，我父亲做了江苏省高等审判厅长兼司法筹备处处长，驻苏州。我父母亲带了我们姊妹，又添了一个弟弟，搬到苏州。

我不知道父亲和张謇是什么关系，只记得二姑母说，张謇说我父亲是“江南才子”。锺书曾给我看张謇给他父亲的信，称他父亲为“江南才子”。这使我不禁怀疑：“江南才子”是否敷衍送人的；或者我特别有缘，从一个“才子”家到又一个“才子”家！我记得我们苏州的住宅落成后，大厅上“安徐堂”的匾额还是张謇的大笔，父亲说那是张謇一生中末一次题的匾。

一九一三年秋，熊希龄出任国务总理，宣称要组成“第一流经验与第一流人才之内阁”。当时名记者黄远庸在《记新内阁》（民国二年九月十一日）一文里说：“有拟杨荫杭（即老圃者）〔长司〕法部者，此语亦大似商量饭菜单时语及园圃中绝异之新蔬，虽不必下箸而已津津有味矣。然梁任公即长法部，识者谓次长一席终须此圃。此圃方为江苏法官，不知其以老菜根佳耶，抑上此台盘佳也。”①显然我父亲是啃“老菜根”而不上“台盘”的。

我父亲当了江苏省高等审判厅长，不久国家规定，本省人回避本省的官职，父亲就调任浙江省高等审判厅长，驻杭州。恶霸杀人的案件，我从父母的谈话里只听到零星片断。我二姑母曾跟我讲，那恶霸杀人不当一回事，衙门里使些钱就完了。当时的省长屈映光（就是“本省长向不吃饭”的那一位），督军朱某（据说他和恶霸还有裙带亲）都回护凶犯。督军相当于前清的抚

① 全文见《远生遗著》——民国九年（一九二〇）版第三册第189—193页。这是锺书提供的资料。

台，省长相当于藩台，高等审判厅长算是相当于臬台，通称“三大宪”；臬台当然是最起码的“大宪”，其实是在督军省长的辖治之下。可是据当时的宪法，三权分立，督军省长不能干预司法。这就造成僵局，三权分立而分裂——至少分裂为二。我父亲坚持司法独立，死不让步。我不知双方僵持多久，约一九一五年袁世凯称帝前夕，屈映光到北京晋见袁世凯，我父亲就调任了。

我曾听到父母闲话的时候，惊诧那些走门路的人无孔不入，无缝不钻。我外祖父偶从无锡到杭州探望女儿，立刻就被包围了。我的外祖父是个忠厚的老好人，我不知道他听了谁的调唆，向我父亲说了什么话。我父亲不便得罪老丈人，只默不作声。外祖父后来悄悄问我母亲：“怎么回事？三拳打不出他一个闷屁？”这句话成了父母常引用的“典故”。

我父亲去世以后，浙江兴业银行行长叶景葵先生在上海，郑重其事地召了父亲的子女讲这件恶霸判处死刑的事。大致和我二姑母讲的相同，不过他着重说，那恶霸向来鱼肉乡民，依仗官方的势力横行乡里；判处了死刑大快人心。他说：“你们老人家大概不和你们讲吧？我的同乡父老至今感戴他。你们老人家的为人，做儿女的应该知道。”

屈映光有个秘书屈伯刚先生，上海孤岛时期在圣约翰大学当国文教授，也在振华女中（沪校）兼课，和我同事。屈先生是苏州人，一次他一口纯苏白对我说，“唔笃老太爷直头硬！嗒，直头硬个！”我回家学给父亲听。父亲笑了，可是没讲自己如何“硬”，只感叹说：“朝里无人莫做官。”屈映光晋见袁世凯，告了我父亲一状，说“此人顽固不灵，难与共事”。袁世凯的机要秘书长张一麐（仲仁）先生恰巧是我父亲在北洋大学的同窗老友，所以我父亲没吃大亏。我父亲告诉我说，袁世凯亲笔批了“此是好人”四字，他就调到北京。

我问父亲：“那坏人后来就放了吗？”父亲说：“地方厅长张××（我忘了名字）是我用的人。案子发回重审，他维持原判。”父亲想起这事，笑着把拳头一攥说：“这是我最得意的事！”

“坏人就杀了？”

父亲摇头说：“关了几时，总统大赦，减为徒刑，过几年就放了。”我暗想，这还有什么可得意的呢？证明自己判决得不错？证明自己用的人不错？这些笨话我都没问，慢慢地自己也领会了。

地方厅长张先生所受的威胁利诱，不会比我父亲所受的轻。当时实行的是“四级三审”制。每个案件经过三审就定案。到高等厅已是第二审，发回重审就是第三审，不能再向大理院上诉。凶犯家属肯定对地方厅长狠加压力。高等厅长已调任，地方厅长如果不屈从当地权势，当然得丢官。张先生维持原判，足见为正义、为公道不计较个人利害得失的，自有人在！我至今看到报上宣扬的好人好事，常想到默默无闻的好人好事还不知有多少，就记起父亲一攥拳头的得意劲儿；心上总感到振奋——虽然我常在疑虑，甚至悲观。

我想，父亲在北京历任京师高等审判厅长，京师高等检察长、司法部参事等职。他准看透了当时的政府。“宪法”不过是一纸空文。他早想辞官不干了。他的“顽固不灵”，不论在杭州，在北京，都会遭到官场的“难与共事”。我记得父母讲到传讯一位总长的那一夜，回忆说：“一夜的电话没有停。”都是上级打来的。第二天，父亲就被停职了。父亲对我讲过：“停职审查”虽然远不如“褫职查办”严重,也是相当重的处分;因为停职就停薪。我家是靠薪水过日子的。①

我当时年幼,只记得家里的马车忽然没有了,两匹马都没有了,大马夫、小马夫也走了。想必是停薪的结果。

我父亲在大暑天和一位爱作诗的植物学家同乡黄子年同上百花山去采集标本,去了大约一星期,回家来一张脸晒成了紫糖色,一个多星期后才慢慢退白。父亲对植物学深有兴趣,每次我们孩子到万牲园(现称“动物园”)去看狮子老虎,父亲总一人到植物园去,我不懂植物有什么好看。那次他从百花山回来,把采集的每一棵野花野草的枝枝叶叶,都用极小极整齐的白纸条加固在白而厚的大张橡皮纸上,下面注明什么科(如茄科、菊科、蔷薇科等)植物,什么名字。中文下面是拉丁文。多年后,我曾看到过那些标本。父亲做标本的时候,我自始至终一直站在旁边仔仔细细地看着,佩服父亲干活儿利索,剪下的小白纸条那么整齐,写的字那么好看,而且从不写错。每张橡皮纸上都蒙上一张透明的薄纸,积成厚厚的一大叠,就用一对木夹子上下夹住,使劲用脚踩扁,用绳子紧紧捆住。这几捆标本带到无锡,带到上海,又带到苏州,后来有一次家里出垃圾,给一个中学收买去做教材了。父亲有闲暇做植物标本,想必是在停职期间。

我家租居陈璧的房子。大院南边篱下有一排山桃树。一九一九年我拣桃核的时候,三姐对我说:“别拣了,咱们要回南了。”我不懂什么叫“回南”。姐姐跟我讲了,然后说,母亲的行李限得很严,桃核只能拣最圆整的带几颗。我着急说:“那么我

① 据民初司法惩戒处分,停职三个月以上,一年以下,并停止俸给。

的泥刻子呢?”姐姐说泥刻子南边没用,南边没有黄土。我在箱子间的外间屋里,看见几只整理了一半的网篮,便偷偷儿撒了两把桃核进去,后来那些桃核都不知去向了。从不出游的母亲游了颐和园、香山等名胜,还买了好些北京的名药如紫金锭、梅花点舌丹之类,绢制的宫花等等,准备带回南方送人的。

据我国近代史料:“×××受贿被捕,在一九一七年五月。国务会议认为×××没有犯罪的证据,反要追究检察长杨荫杭的责任;×××宣告无罪,他随即辞去交通部长的职务。”①我想,父亲专研法律,主张法治,坚持司法独立;他区区一个京师检察长——至多不过是一个“中不溜”的干部,竟胆敢传讯在职的交通部总长,并派检察官到他寓所搜查证据,一定是掌握了充分的罪证,也一定明确自己没有逾越职权。

据一九一七年五月二十五、二十六日《申报》要闻:“高检长杨荫杭因传讯×××交付惩戒,杨已向惩戒会提出《申辩书》,会中对于此事,已开过调查会一次,不日当有结果。兹觅得司法部请交惩戒之原呈及杨检长之《申辩书》并录于下。此案之是非曲直,亦可略见一斑矣。”②

《申辩书》共十二条。前十条说明自己完全合法。后二条指控司法总长不合法,且有袒护之嫌。

《申辩书》不仅说明问题,还活画出我父亲当时的气概。特附在本文之末,此案只是悬案,所以我把有嫌贪污巨贿的总长姓

---

① 陶菊隐《北京军阀统治时期史话》第三册第111页(一九五七年三联版);《中华民国史资料丛稿·人物传记》第二十辑第75页(一九八四年中华书局版)。

② 此系南京江苏教育学院翟国璋先生提供。

名改为×××。

据我推断，父亲停职期很短。他只有闲暇上百花山采集花草，制成标本；并未在家闲居。他上班不乘马车，改乘人力车，我家只卖了马车、马匹，仍照常生活，一九一九年秋才回南。可见父亲停职后并未罢官，还照领薪水。他辞职南归，没等辞职照准①。

一九一九年秋季，我上初小三年级。忽有一天清早，我跟着父母一家人回南了。路上碰见一个并不要好的同学，我恨不能叫她给我捎句话给同学，说我"回南"了，心上很怅然。

火车站上为我父亲送行的有一大堆人——不是一堆，是一大片人，谁也没有那么多人送行，我觉得自己的父亲与众不同，很有自豪感。火车快开了，父亲才上车。有个亲戚末了一分钟赶到，从车窗里送进一蒲包很甜的玫瑰香。可见我们离开北京已是秋天了。

在家里，我们只觉得母亲是万能的。可是到了火车上，母亲晕车呕吐，弱得可怜。父亲却镇定从容地照看着一家大小和许多行李。我自以为第一次坐火车，其实我在北京出生不久就回南到上海，然后我家迁居苏州，又迁居杭州又回到北京，这次又回南，父亲已经富有旅行的经验了。

几年前我家在上海的时候，大姐二姐都在上海启明女校上学。她们寄宿学校，只暑假回家。一九一七年张勋复辟，北京乱糟糟，两个姐姐没能够到北京，只好回到无锡老家去过了一个暑

① 一九二〇年五月间上海《申报》《杨荫杭律师启事》一则，说："阅报得知"辞职获准，现重操律师旧业。

假。姊妹俩想家得厉害。二姐回校不久得了副伤寒，住在医院里。当时天津大水，火车不通。母亲得知二姐生病，忙乘轮船赶到上海，二姐目光已经失散，看不清母亲的脸，只拉着母亲的手哭。她不久去世，还不到十五岁。二姐是我们姊妹里最聪明的一个，我父母失去了她是一生中的大伤心事。我母亲随即带了大姐同回北京。一九一九年我家离北京南归，我只有大姐和三姐了，下面却添了两个弟弟和我的七妹。我家由北京到天津，住了一二天客栈，搭"新铭"轮船到上海。我父亲亲自抱着七妹，护着一家人，押着大堆行李上船下船。我记得父母吩咐，"上海码头乱得很，'老小'要听话"。我们很有秩序地下了轮船又上"拖船"。"拖船"是由小火轮拖带的小船，一只火轮船可以拖带一大串小船。我们家预先包好一只"拖船"，行李堆在后舱，一家人都坐在前舱，晚上把左右两边座位中间的空处搭上木板，就合成一只大床。三姐着急说："我的脚往哪儿垂呀？"父亲说她"好讲究！脚还得往下垂吗？"大家都笑。我们孩子觉得全家睡一只大床很好玩。

我父母亲在无锡预先租下房子，不挤到老家去住。那宅房子的厨房外面有一座木桥，过了桥才是后门。我可以不出家门，而站在桥上看来往的船只，觉得新奇得很。我父母却对这宅房子不满意，只是一时也找不到合适的。

我还是小孩子，不懂得人生疾苦。我父亲正当壮年，也没估计到自己会病得几乎不起。据说租住那所房子的几个住户都得了很重的伤寒症，很可能河水有问题。我父亲不久就病倒了。他地道是那个时期的留学生，只信西医，不信中医。无锡只有一个西医，是外国人。他每次来就抽一点血，拿一点大便，送往上海化验，要一个星期才有结果。检查了两次查不出病因，病人几星期发高烧，神志都昏迷了。我母亲自作主张，请了一位有名的中医来，一把脉就说“伤寒”。西医又过了一星期才诊断是伤寒。父亲已经发烧得只说昏话了。他开始说的昏话还是笑话。他看我母亲提了玻璃溺壶出去，就说：“瞧瞧，她算做了女官了，提着一口印上任去了！”可是昏话渐渐变为鬼话，说满床都是鬼。家里用人私下说：“不好了，老爷当了城隍老爷了，成日成夜在判案子呢。”

我记得有一夜已经很晚了，家里好像将出大事，大家都不睡，各屋都亮着灯，许多亲友来来往往。我母亲流着泪求那位名医处方，他摇头断然拒绝。医生不肯处方就是病人全没指望了。我父亲的老友华实甫先生也是有名的中医，当晚也来看望。他答应我母亲的要求“死马当活马医”，开了一个药方。那是最危急的一夜，我父亲居然挣扎过来。我母亲始终把华实甫先生看作救命恩人。西医却认为我父亲自己体力好，在“转换期”（crisis）战胜了病魔。不过无论中医西医，都归功于我母亲的护理。那年大除夕，我父亲病骨支离，勉强能下床行走几步。他一手扶杖，一手按着我的头，慢慢儿走到家人团坐的饭桌边。椅里垫上一条厚被，父亲象征性地和我们同吃了年夜饭。

父亲病情最危急的那一晚，前来探望的人都摇头喟叹说：“唉，要紧人呀！”“要紧人”就是养家人，我们好大一家人全靠父亲抚养。我叔叔在美国学统计，学成回国，和订婚多年的婶婶结婚，在审计院工作。不久肺病去世，遗下妻女各一。我老家就添了我一位寡婶和一个堂妹。我们小家庭里，父母子女就有八口人。我常想，假如我父亲竟一病不起，我如有亲戚哀怜，照应我读几年书，也许可以做个小学教员。不然，我大概只好去做女工，无锡多得是工厂。

我父亲满以为回南可以另找工作，没想到生了那么一场重病。当时的社会，病人哪有公费治疗呢！连日常生活的薪水都没个着落呀。我父亲病中，经常得到好友陈光甫先生和杨廷栋（翼之）先生的资助。他们并不住在无锡，可是常来看望。父亲病中见了他们便高兴谈笑，他们去后往往病又加重。我虽是孩子，经常听到父母谈到他们，也觉得对他们感激。近代史所调查的问题之一是问到杨廷栋的后人是谁。惭愧得很，我虽然常常听到杨翼之的名字，却从未见过面，更不知他的后人——我实在很想见到他们，表达我们的感激。①

四

我父亲病后就到上海申报馆当“主笔”（这是我大姐的话，据日本人编的参考资料②，我父亲是“上海申报社副编辑长”）。那时候，我已经和三姐跟随大姐同在上海启明女校读书，寄宿在校。老家仍在无锡，我们那个小家一九二〇年秋搬到上海，租居两上两下一宅弄堂房子。暑假里，有一天，我父亲的老友接我们到他家去玩。那位朋友就是和我父亲同窗的“稳健派”，后来参与了和日本人订“二十一条”的章宗祥。我父母讲到“二十一条”的时候，总把这位同窗称为“嘴巴”。据我猜想，大约认为他

---

① 一九九二年，我得到杨翼之先生外孙女的信，欣知遥寄的感激已经寄到。

② 《亚洲问题讲座》第十二卷，尾崎秀实主编《亚洲人名辞典》，昭和十五年（一九四〇）创元社刊。

不是主脑，只起了“嘴巴”的作用（我从没问过，但想来猜得不错）。我记得父亲有一次和我讲到这件事，愤愤地说：“他们嘁嘁嘁嘁，只瞒我一个！打量我都不知道吗！”我想，“嘴巴”是不愿听我父亲的劝阻或责备吧？我们家最初到北京，和他们家好像来往较多，以后就很疏远了。我记得在上海只到他们家去过一次，以后只我二姑母带着七妹妹去了一次，父母亲没再去过。

他们是用汽车来接我们一家的，父亲母亲带了两三个女儿同去。我还是个小土包子，没坐过汽车。车穿过闹市，开进一个幽静的地区。街道两旁绿树成荫，只听得一声声悠长的“知了”、“知了”。进门就看见大片的绿草地，疏疏落落的大树，中间一座洋房显得矮而小；其实房子并不小，只因为四周的园地很大，衬得房子很小。我看见他们家的女儿在树荫下的草坪上玩，觉得她们真舒服。我父亲平时从不带孩子出去拜访人，只偶尔例外带我。我觉得有些人家尽管比我家讲究得多，都不如这一家的气派。那天回家后，大姐盛称他们家的地毯多厚，沙发多软。父亲意味深长地慨叹一声说：“生活程度（现在所谓‘生活水平’）不能太高的。”他只说了这么一句。可是这句话我父亲在不同的场合经常反复说，尽管语气不同，表情不同，我知道指的总是同一回事。父亲藏有这位朋友的一张照片，每次看了总点头喟叹说：“绝顶聪明人……”言下无限惋惜。到如今，我看到好些“聪明人”为了追求生活的享受，或个人的利益，不惜出卖自己，也不顾国家的体面，就常想到我父亲对这位老友的感慨和惋惜。

我父亲病后身体渐渐复元，在申报馆当副主编的同时，又重操律师旧业。他承认自己喜欢说偏激的话。他说，这个世界上(指当时社会)只有两种职业可做，一是医生，二是律师(其实是指“自由职业”)。他不能做医生，只好当律师。他嫌上海社会太复杂，决计定居苏州。我们家随即又迁到苏州。可是租赁的房子只能暂时安身，做律师也得有个事务所。我母亲说，我家历年付的房租，足以自己盖一所房子了。可是我父亲自从在北京买了一辆马车，常半开玩笑半认真地说，有了“财产”，“从此多事矣”。他反对置买家产。

可是有些事不由自主。我家急需房子，恰恰有一所破旧的大房子要出卖。那还是明朝房子，都快倒塌了。有一间很高大的厅也已经歪斜，当地人称为“一文厅”。据说魏忠贤党人到苏州搜捕东林党人，民情激奋，引起动乱。魏党奏称“苏州五城(一说五万人)造反”。“徐大老爷”将“五城”(一说五万人)改为“五人”。苏州人感其恩德，募款为他建一楠木大厅。一人一文钱，顷刻而就，故名“一文厅”。张謇为我父亲题的匾上，“安徐堂”三个大字之外，有几行小字，说明房子是“明末宰相徐季鸣先生故居”①。据王佩诤《平江府志》，魏党毛一鹭曾为魏忠贤造生祠于虎邱。魏失势后，苏州士绅在魏阉生祠原址立“五人墓碑”，张溥作《五人墓碑记》②。

我自从家里迁居苏州，就在当地的振华女中上学，寄宿在

---

① 我弟弟杨保俶记下的。据专攻文献的田奕女士提供资料：徐如珂，字季鸣，吴县人，万历二十三年进士，除刑部主事，历郎中、太仆少卿，转左通政(宰相之职)。

② 吴楚村、吴调候选《古文观止》卷下末一篇。文章里只说“中丞以吴民之乱请于朝，按诛五人”。五人是自愿代“五城”或“五万人”死的义士。

校，周末回家，见过那一大片住满了人的破房子。全宅二三十家，有平房，也有楼房。有的人家住得较宽敞，房子也较好。最糟的是“一文厅”，又漏雨，又黑暗，全厅分隔成三排，每排有一个小小的过道和三间房，每间还有楼上楼下。总共就是十八间小房，真是一个地道的贫民窟，挑担的小贩常说：“我们挑担子的进了这个宅子，可以转上好半天呢。”

我父亲不精明，买下了这宅没人要的破房子，修葺了一部分，拆掉许多小破房子，扩大了后园，添种了花树，一面直说：“从此多事矣！”据他告诉我，买房子花掉了他的一笔人寿保险费，修建是靠他做律师的收入。因为买房以后，祖母去世，大伯母一家基本上能自立，无锡老家的负担已逐渐减轻。房子费了两年左右才修建完毕。

我常挂念原先的二三十户人家到了哪里去。最近，有个亲戚偶来看我，说他去看了我们苏州的房子（我们已献给公家），现在里面住了五十来户。我大为惊诧，因为许多小破房子全都拆了，哪来那么多房间呢？不过小房子既能拆掉，也能一间间再搭上。一条宽走廊就能隔成几间房呢。许多小户合成一个大宅，一个大宅又分成许多小户，也是“分久必合，合久必分”的“天下大势”。

我父亲反对置买家产不仅是图省事，他还有一套原则。对本人来说，经营家产耗费精力，甚至把自己降为家产的奴隶；对子女来说，家产是个大害。他常说，某家少爷假如没有家产，可以有所作为，现成可“吃家当”，使他成了废物，也使他不图上进。所以我父亲明明白白地说过：“我的子女没有遗产，我只教育他们能够自立。”我现在常想：靠了家产不图上进的大少爷即使还有，也不多了，可是捧着铁饭碗吃大锅饭而不求上进的却又那么多；“吃家当”是不行了，可是吃国家的财产却有多种方式。我父亲知道了又将如何感慨。

我在中学的时候，听父亲讲到同乡一位姓陆的朋友有两个在交通大学读书的儿子，“那两个孩子倒是有志气的，逃出去做了共产党。”①我弟弟在上海同济读书的时候，带了一个同学到我家来。我听弟弟转述那人的议论，很像共产主义的进步思想。我父亲说那孩子是“有志气的”。但妙的是弟弟忽然私下对我说：“你觉得吗，咱们爸爸很腐朽。”我断定这是他那位朋友的话，因为他称我弟弟为“安徐堂”的“少爷”。在他眼里，我父亲是一个大律师，住一宅宽廊大院的大宅子，当然是“腐朽的资产阶级”。我没有搬嘴，只觉得很滑稽，因为“腐朽的爸爸”有一套言论，和共产主义的口号很相近，我常怀疑是否偶合。例如我父亲主张自食其力，不能不劳而食。这和“不劳动者不得食”不是很相近吗？

我们搬入新居——只是房主自己住的一套较好的房子略加修葺，前前后后的破房子还没拆尽，到处都是鼻涕虫②和蜘蛛；阴湿的院子里，只要扳起一块砖，砖下密密麻麻的爬满了鼻涕虫。父亲要孩子干活儿，悬下赏格，鼻涕虫一个铜板一个，小蜘蛛一个铜板三个，大蜘蛛三个铜板一个。这种“劳动教育”其实是美国式的鼓励孩子赚钱，不是教育“劳动光荣”。我周末回家，发现弟弟妹妹连因病休学在家的三姐都在“赚钱”。小弟弟

---

① 指陆定一同志兄弟。

② 软体动物，像没壳的蜗牛而较肥大。

捉得最多，一百条鼻涕虫硬要一块钱(那时的一元银币值270—290铜板)。我听见母亲对父亲说:“不好了，你把‘老小’教育得惟利是图了。”可是物质刺激很有效，不多久，弟弟妹妹把鼻涕虫和蜘蛛都捉尽。母亲对“惟利是图”的孩子也有办法。钱都存在她手里，十几元也罢，几十元也罢，过些时候，存户忘了讨账，“银行”也忘了付款，糊涂账渐渐化为乌有。就像我们历年的压岁钱一样。因为我们不必有私产，需钱的时候可以问母亲要。

假如我们对某一件东西非常艳羡，父亲常常也只说一句话:“世界上的好东西多着呢……”意思是:得你自己去争取。也许这又是一项“劳动教育”，可是我觉得更像鼓吹“个人奋斗”。我私下的反应是，“天下的好东西多着呢，你能样样都有吗?”

我父亲又喜欢自称“穷人”。他经常来往的几个朋友一是“老人”，一是“苦人”(因为他开口就有说不尽的苦事)，一是“忙人”(因为他社会活动较多)，一是父亲自称的“穷人”。我从父母的谈话里听来，总觉得“穷人”是对当时社会的一种反抗性的自诩，仿佛是说，“我是穷人，可是不羡慕你们富人。”所谓“穷”，无非指不置家产，“自食其力”。不过我父亲似乎没有计较到当时社会上，“自食其力”是没有保障的;不仅病不得，老不得，也没有自由支配自己的时间，干自己喜爱或专长的事。

我父亲不爱做律师。他当初学法律，并不是为了做律师。律师的“光荣任务”是保卫孤弱者的权益，可是父亲只说是“帮人吵架”。民事诉讼十之八九是为争夺财产;便是婚姻问题，底子里十之八九还是为了财产。我父亲有时忘了自己是律师而当起法官来，有时忘了自己是律师而成了当事人。

一次有老友介绍来一个三十来岁的人，要求我父亲设法对付他异母庶出的小妹妹，不让她承袭遗产。那妹妹还在中学读书。我记得父亲怒冲冲告诉母亲说，“那么个又高又大的大男人，有脸说出这种话来！”要帮着欺负那个小妹妹也容易，或者可以拒不受理这种案件。可是我父亲硬把那人训了一顿，指出他不能胜诉（其实不是“不能”而是“不该”），结果父亲主持了他们分家。

有时候我父亲为当事人气愤不平，自己成了当事人，躺在床上还撇不开。他每一张状子都自己动笔，悉心策划，受理的案件一般都能胜诉。如果自己这一方有弱点，就和对方律师劝双方和解。父亲常说，“女太太”最奇怪，打赢了官司或者和解得称心，就好像全是辩护律师的恩惠。父亲认为那不过是按理应得的解决罢了。有许多委任他做辩护律师的当事人，事后就像我家的亲戚朋友一样，经常来往。有两个年轻太太曾一片至诚对我母亲叩头表示感谢；多年后还对我们姊妹像姊妹一样。

有些事不论报酬多高，我父亲决不受理。我记得那时候有个驻某国领事高瑛私贩烟土出国的大案件，那领事的亲信再三上门，父亲推说不受理刑事案。其实那是诳话。我祖母的丫头嫁一农民，她儿子酒后自称某革命组织的“总指挥”，法院咬定他是共产党，父亲出尽力还是判了一年徒刑。我记得一次大热天父亲为这事出庭回家，长衫汗湿了半截，里面的夏布短褂子汗湿得滴出水来。父亲已经开始患高血压症，我接过那件沉甸甸的湿衣，心上也同样的沉重。他有时到上海出庭，一次回来说，又揽了一件刑事案。某银行保险库失窃。父亲说，明明是经理监守自盗，却冤枉两个管库的老师傅。那两人叹气说，我们哪有钱请大律师呢。父亲自告奋勇为他们义务辩护。我听侦探小说似的听他向我母亲分析案情,觉得真是一篇小说的材料。可惜我到清华上学了,不知事情是怎样了局的。①

那时苏州的法院贿赂公行。有的律师公然索取“运动费”(就是代当事人纳贿的钱)。“两支雪茄”就是二百元。“一记耳光”就是五百元。如果当事人没钱,可以等打赢了官司大家分肥,这叫做“树上开花”。有个“诗酒糊涂”的法官开庭带着一把小茶壶,壶里是酒。父亲的好友“忙人”也是律师,我记得他们经过仔细商量,合写了一个呈文给当时的司法总长(父亲从前的同学或朋友)。这些时,地方法院调来一个新院长。有人说,这人在美国坐过牢。父亲说:“坐牢的也许是政治犯——爱国志士。”可是经调查证实,那人是伪造支票而犯罪的。我记得父亲长叹一声,没话可说。在贪污腐败的势力面前,我父亲始终是个失败者。

他有时伏案不是为当事人写状子。我偶尔听到父亲告诉母亲说:“我今天放了一个‘屁’。”或“一个大臭屁”或“恶毒毒的大臭屁”。过一二天,母亲就用大剪子从《申报》或《时报》上剪下这个“屁”。我只看见一个“评”字,上面或许还有一个“时”字吧?父亲很明显地不喜欢我们看,所以我从没敢偷读过。母亲把剪下的纸粘连成长条,卷成一大卷,放在父亲案头的红木大

① 《当代》一九八三年五、六两期刊载了我回忆父亲的这篇文章,一九八四年八月六日,宁夏银川市一位财经部退休干部林壮志同志来信说,他对这件失窃案深知内情。他说我父亲“对案情的分析是正确的,那是一件监守自盗案”。他已写了《五十五年前无锡银行保险库失窃巨案真相》一文,“揭破半个世纪前这个疑案之谜”。据说那两个老师傅宣告无罪释放,案子“不了了之”。

笔筒里。日寇占领苏州以后，我们回家，案上的大笔筒都没有了。那些“评”或许有“老圃”的签名，可是我还无缘到旧报纸上去查看。①

五

我父亲凝重有威，我们孩子都怕他，尽管他从不打骂。如果我们不乖，父亲只会叫急，喊母亲把淘气的孩子提溜出去训斥。锺书初见我父亲也有点怕，后来他对我说，“爸爸是‘望之俨然，接之也温’。”我们怕虽怕，却和父亲很亲。他喜欢饭后孩子围绕着一起吃点甜食，常要母亲买点好吃的东西“放放焰口”。我十一岁的暑假，在上海，看见路上牵着草绳，绳上挂满了纸做的小衣小裤，听人家说“今天是盂兰盆会，放焰口”。我大惊小怪，回家告诉父母，惹得他们都笑了。可是“放焰口”还是我家常用的辞儿，不论吃的、用的、玩的，都可以要求“爸爸，放焰口！”

我家孩子多，母亲好像从没有空闲的时候。我们唱的儿歌都是母亲教的，可是她很少时间陪我们玩。我记得自己四五岁的时候，有一次在小木碗里剥了一堆瓜子仁，拉住母亲求她“真的吃”——因为往常她只做个姿势假吃。那一次她真吃了，我到今忘不了当时的惊喜和得意，料想她是看了我那一脸的快活

---

① 承华东师范大学阚绪良同志抄给我看徐铸成先生《报海旧闻》11 页上一段文字：“我那时比较欣赏老圃的短文章，谈的问题小，而言之有物，文字也比较隽永。”

一九九二年，我的朋友们发现了大量署名“老圃”的文章，一九九三年将出版《老圃遗文辑》。

而为我吃尽的。我六岁的冬天,有一次晚饭后,外面忽然刮起大风来。母亲说:“啊呀,阿季的新棉裤还没拿出来。”她叫人点上个洋灯,穿过后院到箱子间去开箱子。我在温暖的屋里,背灯站着,几乎要哭,却不懂自己为什么要哭。这也是我忘不了的“别是一般滋味”。

我父亲有个偏见,认为女孩子身体娇弱,不宜用功。据说和他同在美国留学的女学生个个短寿,都是用功过度,伤了身体。他常对我说,他班上某某每门功课一百分,“他是个低能!”反正我很少一百分,不怕父亲嘲笑。我在高中还不会辨平仄声。父亲说,不要紧,到时候自然会懂。有一天我果然四声都能分辨了,父亲晚上常踱过廊前,敲窗考我某字什么声。我考对了他高兴而笑,考倒了他也高兴而笑。父亲的教育理论是孔子的“大叩则大鸣,小叩则小鸣”。我对什么书表示兴趣,父亲就把那部书放在我书桌上,有时他得爬梯到书橱高处去拿;假如我长期不读,那部书就不见了——这就等于谴责。父亲为我买的书多半是诗词小说,都是我喜爱的。

对有些事父亲却严厉得很。我十六岁,正念高中。那时北伐已经胜利,学生运动很多,常要游行、开群众大会等。一次学生会要各校学生上街宣传——掇一条板凳,站上向街上行人演讲。我也被推选去宣传。可是我十六岁看来只像十四岁,一着急就涨红了脸。当时苏州风气闭塞,街上的轻薄人很会欺负女孩子。如果我站上板凳,他们准会看猴儿似的拢上来看,甚至还会耍猴儿。我料想不会有人好好儿听。学校里有些古板人家的“小姐”,只要说“家里不赞成”,就能豁免一切开会、游行、当代表等等。我周末回家就向父亲求救,问能不能也说“家里不赞成”。父亲一口拒绝。他说，“你不肯，就别去，不用借爸爸来挡。”我说，“不行啊，少数得服从多数呀。”父亲说：“该服从的就服从；你有理，也可以说。去不去在你。”可是我的理实在难说，我能说自己的脸皮比别人薄吗？

父亲特向我讲了一个他自己的笑话。他当江苏省高等审判厅长的时候，张勋不知打败了哪位军阀胜利入京。江苏士绅联名登报拥戴欢迎。父亲在欢迎者名单里忽然发现了自己的名字。那是他属下某某擅自干的，以为名字既已见报，我父亲不愿意也只好罢了。可是我父亲怎么也不肯欢迎那位“辫帅”，他说“名与器不可以假人”，立即在报上登了一条大字的启事，声明自己没有欢迎。他对我讲的时候自己失笑，因为深知这番声明太不通世故了。他学着一位朋友的话说：“唉，补塘，声明也可以不必了。”但是父亲说：“你知道林肯说的一句话吗？Dare to say no！你敢吗？”

我苦着脸说“敢”！敢，可惜不是为了什么伟大的目标，只是一个爱面子的女孩子不肯上街出丑罢了。所以我到校实在说不出一个充分的理由，只坚持“我不赞成，我不去”。这当然成了“岂有此理”。同学向校长告状，校长传我去狠狠训斥了一顿。我还是不肯，没去宣传。被推选的其他三人比我年长些，也老练些。她们才宣传了半天，就有个自称团长的国民党军官大加欣赏，接她们第二天到留园去宣传，实际上是请她们去游园吃饭。校长事后知道了大吃一惊，不许她们再出去宣传。我的“岂有此理”也就变为“很有道理”。

我父亲爱读诗，最爱杜甫诗。他过一时会对我说“我又从头到底读了一遍”。可是他不作诗。我记得他有一次悄悄对我说:“你知道吗?谁都作诗!连××(我们父女认为绝不能作诗的某亲戚)都在作诗呢!”父亲钻研的是音韵学,把各时代的韵书一字字推敲。我常取笑说:“爸爸读一个字儿、一个字儿的书。”抗战时期,我和锺书有时住在父亲那边。父亲忽发现锺书读字典,大乐,对我说:“哼哼,阿季,还有个人也在读一个字、一个字的书呢!”其实锺书读的不是一个个的字,而是一串串的字,但父亲得意,我就没有分辩。

有时候父亲教我什么“合口呼”“撮口呼”,我不感兴趣,父亲说我“喜欢词章之学”,从不强我学他的一套。每晚临睡,他朗声读诗,我常站在他身边,看着他的书旁听。

自从我家迁居苏州,我就在苏州上学,多半时候住校,中间也有一二年走读。我记忆里或心理上,好像经常在父母身边;一回家就像小狗跟主人似的跟着父亲或母亲。我母亲管着全家里里外外的杂事,用人经常从前院到后园找“太太”,她总有什么事在某处绊住了脚。她难得有闲,静静地坐在屋里,做一会儿针线,然后从搁针线活儿的藤匾里拿出一卷《缀白裘》边看边笑,消遣一会儿。她的卧房和父亲的卧房相连;两只大床中间隔着一个永远不关的小门。她床头有父亲特为她买的大字抄本八十回《石头记》,床角还放着一只台灯。她每晚临睡爱看看《石头记》或《聊斋》等小说,她也看过好些新小说。一次她看了几页绿漪女士的《绿天》,说:“这个人也学着苏梅的调儿。”我说:“她就是苏梅呀。”很佩服母亲怎能从许多女作家里辨别“苏梅的调儿”。

我跟着父亲的时候居多。他除非有客,或出庭辩护,一上午总伏案写稿子,书案上常放着一叠裁着整整齐齐的竹帘纸充稿纸用,我常拣他写秃的长锋羊毫去练字。每晨早饭后,我给父亲泡一碗酽酽的盖碗茶。父亲饭后吃水果,我专司削皮;吃风干栗子、山核桃等干果,我专司剥壳。中午饭后,“放焰口”完毕,我们“小鬼”往往一哄而散,让父亲歇午。一次父亲叫住我说:“其实我喜欢有人陪陪,只是别出声。”我常陪在旁边看书。冬天只我父亲屋里生个火炉,我们大家用煨炭结子的手炉和脚炉。火炉里过一时就需添煤,我到时轻轻夹上一块。姐姐和弟弟妹妹常佩服我能加煤不出声。

有一次寒假里,父亲歇午,我们在火炉里偷烤一大块年糕。不小心,火夹子掉在炉盘里,年糕掉在火炉里,乒乒乓乓闹得好响。我们闯了祸不顾后果,一溜烟都跑了。过些时偷偷回来张望,父亲没事人似的坐着工作。我们满处找那块年糕不见,却不敢问。因为刚刚饭后,远不到吃点心的时候呢。父亲在忍笑,却虎着脸。年糕原来给扔在字纸篓里了。母亲知道了准会怪我们闹了爸爸,可是父亲并没有戳穿我们干的坏事。他有时还帮我们淘气呢。记得有一次也是大冬天,金鱼缸里的水几乎连底冻了。一只只半埋在泥里的金鱼缸旁边都堆积着凿下的冰块。我们就想做冰淇淋,和父亲商量——因为母亲肯定不赞成大冬天做冰淇淋。父亲说,你们自己会做,就做去。我家有一只旧式的做冰淇淋的桶,我常插一手帮着做,所以也会,只是没有材料。我们胡乱偷些东西做了半桶,在“旱船”(后园的厅)南廊的太阳里摇了半天。木桶里的冰块总也不化,铁桶里的冰淇淋总也不凝,白赔了许多盐。我们只好向父亲求主意。父亲说有三个办法:一是冰上淋一勺开水;二是到厨房的灶仓里去做,那就瞒不过母亲了;三是到父亲房间里的火炉边摇去。我们采用了第三个办法，居然做成。只是用的材料太差，味道不好。父亲助兴尝了一点点，母亲事后知道也就没说什么。

一次，我们听父亲讲叫花子偷了鸡怎么做“叫花鸡”，我和弟弟妹妹就偷了一个鸡蛋，又在冻冰的咸菜缸里偷些菜叶裹上，涂了泥做成一个“叫花蛋”。这个泥蛋我们不敢在火炉子里烤，又不敢在厨房大灶的火灰里烤，只好在后园冒着冷风，拣些枯枝生个火，把蛋放在火里烧。我们给烟熏出来的眼泪险些冻冰。“叫花蛋”倒是大成功，有腌菜香。可惜一个蛋四人分吃，一口两口就吃光了，吃完才后悔没让父母亲分尝。

我父亲晚年常失眠。我们夏天为他把帐子里的蚊子捉尽。从前有一种捕蚊灯，只要一凑上，蚊子就吸进去烧死了。那时我最小的妹妹杨必①已有八九岁，她和我七妹两个是捉蚊子的先锋，我是末后把关的。珠罗纱的蚊帐看不清蚊子在里在外，尤其那种半透明的瘦蚊子。我得目光四扫，把帐子的五面和空中都巡看好几遍，保证帐子里没一只蚊子。

家里孩子逐渐长大，就不觉热闹而渐趋冷清。我大姐②在上海启明教书，她是校长嬷嬷（修女）宠爱的高足，一直留校教法文等课。我三姐最美而身体最弱，结婚较早，在上海居住。我和两个弟弟和七妹挨次只差一岁半，最小的八妹小我十一岁。他们好像都比我小得多。我已经不贪玩而贪看书了。父亲一次问我：“阿季，三天不让你看书，你怎么样？”我说：“不好过。”“一星期不让你看书呢？”我说：“一星期都白活了。”父亲笑说：“我

---

① 杨必，《剥削世家》和《名利场》（人民文学版）的译者。

② 杨寿康，曾翻译法国布厄端（P. Bourget）《死亡的意义》（商务版，一九四〇年）。

也这样。”我觉得自己升做父亲的朋友了。暑假里，乘凉的时候，门房每天给我送进几封信来。父亲一次说：“我年轻的时候也有很多朋友。”他长吟“故人笑比中庭树，一日秋风一日疏”。我忽然发现我的父亲老了，虽然常有朋友来往，我觉得他很疲劳，也很寂寞。父亲五十岁以后，一次对我说：“阿季，你说一个人有退休的时候吗？——我现在想通了，要退就退，不必等哪年哪月。”我知道父亲自觉体力渐渐不支，他的血压在升高，降压灵之类的药当时只是神话。父亲又不信中药，血压高了就无法叫它下降。他所谓“退休”，无非减少些工作，加添些娱乐，每日黄昏，和朋友出去买点旧书、古董或小玩意儿。他每次买了好版子的旧书，自己把蜷曲或破残的书角补好，叫我用顸的白丝线双线重订。他爱整齐，双线只许平行，不许交叉，结子也不准外露。父亲的小玩意儿玩腻了就收在一只红木笔筒里。我常去翻弄。我说：“爸爸，这又打入‘冷宫’了？给我吧。”我得的玩意儿最多。小弟弟有点羡慕，就建议“放焰口”，大家就各有所得。

父亲曾花一笔钱买一整套古钱，每一种都有配就的垫子和红木或楠木盒子。一次父亲病了，觉得天旋地转，不能起床，就叫我把古钱一盒盒搬到床上玩弄，一面教我名称。我却爱用自己的外行名字如“铲刀钱”“袴子钱”之类。我心不在焉，只想怎样能替掉些父亲的心力。

我考大学的时候，清华大学刚收女生，但是不到南方来招生。我就近考入东吴大学。上了一年，大学得分科，老师们认为我有条件读理科。因为我有点像我父亲嘲笑的“低能”，虽然不是每门功课一百分，却都平均发展，并无特长。我在融洽而优裕的环境里生长，全不知世事。可是我很严肃认真地考虑自己

“该”学什么。所谓“该”，指最有益于人，而我自己就不是白活了一辈子。我知道这个“该”是很夸大的，所以羞于解释。父亲说，没什么该不该，最喜欢什么，就学什么。我却不放心。只问自己的喜爱，对吗？我喜欢文学，就学文学？爱读小说，就学小说？父亲说，喜欢的就是性之所近，就是自己最相宜的。我半信不信，只怕父亲是纵容我。可是我终究不顾老师的惋惜和劝导，文理科之间选了文科。我上的那个大学没有文学系，较好的是法预科和政治系。我选读法预，打算做我父亲的帮手，借此接触到社会上各式各样的人，积累了经验，可以写小说。我父亲虽说随我自己选择，却竭力反对我学法律。他自己不爱律师这个职业，坚决不要我做帮手，况且我能帮他干什么呢？我想父亲准看透我不配——也不能当女律师（在当时的社会上，女律师还是一件稀罕物儿）。我就改入政治系。我对政治学毫无兴趣，功课敷衍过去，课余只在图书馆胡乱看书，渐渐了解：最喜爱的学科并不就是最容易的。我在中学背熟的古文“天下一致而百虑，同归而殊途”还深印在脑里。我既不能当医生治病救人，又不配当政治家治国安民，我只能就自己性情所近的途径，尽我的一份力。如今我看到自己幼而无知，老而无成，当年却也曾那么严肃认真地要求自己，不禁愧汗自笑。不过这也足以证明：一个人没有经验，没有学问，没有天才，也会有要好向上的心——尽管有志无成。

那时候的社会风尚，把留学看得很重，好比“宝塔结顶”，不出国留学就是功亏一篑——这种风尚好像现在又恢复了。父亲有时跟我讲，某某亲友自费送孩子出国，全力以赴，供不应求，好比孩子给强徒虏去做了人质，由人勒索，因为做父母的总舍不得孩子在国外穷困。父亲常说，只有咱们中国的文明，才有“清贫”之称。外国人不懂什么“清贫”，穷人就是下等人，就是坏人。要赚外国人的钱，得受尽他们的欺侮。我暗想这又是父亲的偏见，难道只许有钱人出国，父亲自己不就是穷学生吗？也许是他自己的经验或亲眼目睹的情况吧。孩子留学等于做人质的说法，只道出父母竭力供应的苦心罢了。我在大学三年的时候，我母校振华女中的校长为我请得美国韦尔斯利女子大学的奖学金。据章程，自备路费之外，每年还需二倍于学费的钱，作假期间的费用和日常的零用。但是那位校长告诉我，用不了那么多。我父母说，我如果愿意，可以去。可是我有两个原因不愿去。一是记起“做人质”的话，不忍添我父亲的负担。二是我对留学自有一套看法。我系里的老师个个都是留学生，而且都有学位。我不觉得一个洋学位有什么了不起。我想，如果到美国去读政治学（我得继续本大学的课程），宁可在本国较好的大学里攻读文学。我告诉父母亲我不想出国读政治，只想考清华研究院攻读文学。后来我考上了，父母亲都很高兴。母亲常取笑说：“阿季脚上拴着月下老人的红丝呢，所以心心念念只想考清华。”

可是我离家一学期，就想家得厉害，每个寒假暑假都回家。第一个暑假回去，高兴热闹之后，清静下来，父亲和我对坐的时候说：“阿季，爸爸新近闹个笑话。”我一听口气，不像笑话。原来父亲一次出庭忽然说不出话了。全院静静地等着等着，他只是开不出口，只好延期开庭。这不是小小的中风吗？我只觉口角抽搐，像小娃娃将哭未哭的模样，忙用两手捂住脸，也说不出话，只怕一出声会掉下泪来。我只自幸放弃了美国的奖学金，没有出国。

父亲回身搬了许多大字典给我看。印地文的,缅甸文的,印尼文的,父亲大约是要把邻近民族的文字和我国文字——尤其是少数民族的文字相比较。他说他都能识字了。我说学这些天书顶费脑筋。父亲说一点不费心。其实自己觉得不费心,费了心自己也不知道。母亲就那么说。

我父亲忙的时候,状子多,书记来不及抄,就叫我抄。我得工楷录写,而且不许抄错一个字。我的墨笔字非常恶劣,心上愈紧张,错字愈多,只好想出种种方法来弥补。我不能方方正正贴补一块,只好把纸摘去不整不齐的一星星,背后再贴上不整不齐的一小块,看来好像是状纸的毛病。这当然逃不过我父亲的眼睛,而我的错字往往逃过我自己的眼睛。父亲看了我抄的状子就要冒火发怒,我就急得流泪——这也是先发制人,父亲就不好再责怪我。有一次我索性撒赖不肯抄了。我说:"爸爸要'火冒'(无锡话'发怒')的。"父亲说:"谁叫你抄错?"我说没法儿不错。父亲教我交了卷就躲到后园去。我往往在后园躲了好一会回屋,看看父亲脸上还余怒未消。但是他见了我那副做贼心虚的样儿,忍不住就笑了。我才放了心又哭又笑。

父亲那次出庭不能开口之后,就结束了他的律师事务。他说还有一个案件未了,叫我代笔写个状子。他口述了大意,我就写成稿子。父亲的火气已经消尽。我准备他"火冒",他却一句话没说,只动笔改了几个字,就交给书记抄写。这是我惟一一次做了父亲的帮手。

我父亲当律师,连自己的权益也不会保障。据他告诉我,该得的公费,三分之一是赖掉了。父亲说,也好,那种人将来打官司的事还多着呢，一次赖了我的，下次就不敢上门了。我觉得这是“酸葡萄”论，而且父亲也太低估了“那种人”的老面皮。我有个小学同班，经我大姐介绍，委任我父亲帮她上诉争遗产。她赢了官司，得到一千多亩良田，立即从一个穷学生变为阔小姐，可是她没出一文钱的公费。二十年后，抗战期间，我又碰见她。她通过我又请教我父亲一个法律问题。我父亲以君子之心度人，以为她从前年纪小，不懂事，以后觉得惭愧，所以借端又来请教，也许这番该送些谢仪了。她果然送了。她把我拉到她家，请我吃一碗五个汤团。我不爱吃，她殷勤相劝，硬逼我吃下两个。那就是她送我父亲的酬劳。

我常奇怪，为什么有人得了我父亲的帮助，感激得向我母亲叩头，终身不忘。为什么有人由我父亲的帮助得了一千多亩好田，二十年后居然没忘记她所得的便宜；不顾我父亲老病穷困，还来剥削他的脑力，然后用两个汤团来表达她的谢意。为什么人与人之间的差异竟这么大？

我们无锡人称“马大哈”为“哈鼓鼓”，称“化整为零”式的花钱为“摘狗肝”。我父亲笑说自己“哈鼓鼓”（如修建那宅大而无当的住宅，又如让人赖掉公费等），又爱“摘狗肝”（如买古钱、古玩、善本书之类）；假如他精明些，贪狠些，至少能减少三分之二的消耗，增添三分之一的收入。但是他只作总结，并无悔改之意。他只管偷工夫钻研自己喜爱的学问。

我家的人口已大为减少。一九三〇年，我的大弟十七岁，肺病转脑膜炎去世。我家有两位脾气怪僻的姑太太——我的二姑母和三姑母，她们先后搬入自己的住宅。小弟弟在上海同济上学。我在清华大学研究院肄业。一九三五年锺书考取英庚款赴英留学，我不等毕业，打算结了婚一同出国①，那年我只有一门功课需大考，和老师商量后也用论文代替，我就提早一个月回家。

我不及写信通知家里，立即收拾行李动身。我带回的箱子铺盖都得结票，火车到苏州略过午时，但还要等货车卸下行李，领取后才雇车回去，到家已是三点左右。我把行李撇在门口，如飞地冲入父亲屋里。父亲像在等待。他“哦！”了一声，一掀帐子下床说“可不是来了！”他说，午睡刚合眼，忽觉得我回家了。听听却没有声息，以为在母亲房里呢，跑去一看，阒无一人，想是怕搅扰他午睡，躲到母亲做活儿的房间里去了，跑到那里，只见我母亲一人在做活。父亲说：“阿季呢？”母亲说：“哪来阿季？”父亲说：“她不是回来了吗？”母亲说：“这会子怎会回来。”父亲又回去午睡，左睡右睡睡不着。父亲得意说：“真有心血来潮这回事。”我笑说：“一下火车，心已经飞回家来了。”父亲说：“曾母啮指，曾子心痛，我现在相信了。”父亲说那是第六觉，有科学根据。

我出国前乘火车从无锡出发，经过苏州，火车停在月台旁，我忽然泪下不能抑制，父亲又该说是第六觉了吧？——感觉到父母正在想我，而我不能跳下火车，跑回家去再见他们一面。有个迷信的说法：那是预兆，因为我从此没能再见到母亲。

六

有一次，我旁观父母亲说笑着互相推让。他们的话不知是

---

① 清华研究院各系毕业生都送出国留学，只有外语系例外，毕业也不得出国。

怎么引起的，我只听见母亲说："我死在你头里。"父亲说："我死在你头里。"我母亲后来想了一想，当仁不让说："还是让你死在我头里吧，我先死了，你怎么办呢。"当时他们好像两人说定就可以算数的；我在一旁听着也漠然无动，好像那还是很遥远的事。

日寇第一次空袭苏州，一架日机只顾在我们的大厅上空盘旋，大概因为比一般民房高大，怀疑是什么机构的建筑。那时候法币不断跌价，父母亲就把银行存款结成外汇，应弟弟的要求，打发他出国学医。七妹在国专上学，也学国画，她刚在上海结婚。家里只有父母亲和大姐姐小妹妹。她们扶着母亲从前院躲到后园，从后园又躲回前院。小妹妹后来告诉我说，"真奇怪，害怕了会泻肚子。"她们都泻肚子，什么也吃不下。第二天，我父母亲带着大姐姐小妹妹和两个姑母，逃避到香山一个曾委任我父亲为辩护律师的当事人家里去。深秋天，我母亲得了"恶性疟疾"——不同一般疟疾，高烧不退。苏州失陷后，香山那一带准备抗战，我父母借住的房子前面挖了战壕，那宅房子正在炮火线里。邻近人家已逃避一空。母亲病危，奄奄一息，父亲和大姐打算守着病人同归于尽。小妹妹才十五岁，父亲叫她跟着两个姑母逃难。可是小妹妹怎么也不肯离开，所以她也留下了。香山失陷的前夕，我母亲去世。父亲事先用几担白米换得一具棺材，第二天，父女三个把母亲入殓，找人在濛濛阴雨中把棺材送到借来的坟地上。那边我国军队正在撤退，母亲的棺材在兵队中穿过。当天想尽办法，请人在棺材外边砌一座小屋，厝在坟地上。据大姐讲，我父亲在荒野里失声恸哭，又在棺木上、瓦上、砖上、周围的树木上、地下的砖头石块上——凡是可以写字的地方写满自己的名字。这就算连天兵火中留下的一线联系,免得抛下了母亲找不回来。然后,他不得不舍下四十年患难与共的老伴儿,带了两个女儿到别处逃生。

他们东逃西逃,有的地方是强盗土匪的世界,有的已被敌军占领,无处安身,只好冒险又逃回苏州。苏州已是一座死城,街上还有死尸。家里却灯火通明,很热闹。我大姐姐说,看房子的两人(我大弟的奶妈家人)正伙同他们的乡亲"各取所需"呢。主人回来,出于意外,想必不受欢迎。那时家里有存米,可吃白饭。看房子的两人有时白天出去,伺敌军抢劫后,拾些劫余。一次某酱园被劫,他们就提回一桶酱菜,一家人下饭吃。日本兵每日黄昏吹号归队以后,就挨户找"花姑娘"。姐姐和妹妹在乡下的时候已经剃了光头,改成男装。家里还有一个跟着逃难的女佣。每天往往是吃晚饭的时候,日本兵就接二连三的来打门。父亲会日语,单独到门口应付。姐姐和妹妹就躲入柴堆,连饭碗筷子一起藏起来。那女佣也一起躲藏。她愈害怕呼吸愈重,声如打鼾。大姐说,假如敌人进屋,准把她们从柴堆里拉出来。那时苏州成立了维持会,原为我父亲抄写状子的一个书记在里面谋得了小小的差使。父亲由他设法,传递了一个消息给上海的三姐。三姐和姐夫由一位企业界知名人士的帮助,把父亲和大姐姐小妹妹接到上海。三人由苏州逃出,只有随身的破衣服和一个小小的手巾包。

一九三八年十月,我回国到上海,父亲的长须已经剃去,大姐姐小妹妹也已经回复旧时的装束。我回国后父亲开始戒掉安眠药,神色渐渐清朗,不久便在震旦女子文理学院教一门《诗经》,聊当消遣。不过他挂心的是母亲的棺材还未安葬。他拿定厝棺的地方只他一人记得，别人谁也找不到。那时候乡间很不安宁，有一种盗匪专虏人勒赎，称为“接财神”。父亲买得灵岩山“绣谷公墓”的一块墓地，便到香山去找我母亲的棺材。有一位曾对我母亲磕头的当事人特到上海来接我父亲到苏州，然后由她家人陪我父亲挤上公共汽车下乡。父亲摘掉眼镜，穿上一件破棉袍，戴上一顶破毡帽。事后听陪去的人笑说，化装得一点不像，一望而知是知识分子，而且像个大知识分子。父亲完成了任务，平安回来。母亲的棺材已送到公墓的礼堂去上漆了。

一九四〇年秋，我弟弟回国。父亲带了我们姐妹和弟弟同回苏州。我二姑母买的住宅贴近我家后园，有小门可通。我们到苏州，因火车误点，天已经很晚。我们免得二姑母为我们备晚饭，路过一家饭馆，想进去吃点东西，可是已过营业时间。店家却认识我们，说我家以前请客办酒席都是他们店里承应的，殷勤招待我们上楼。我们虽然是老主顾，却从未亲身上过那家馆子。我们胡乱各吃一碗面条，不胜今昔之感。

我们在二姑母家过了一宵，天微亮，就由她家小门到我家后园。后园已经完全改了样。锺书那时在昆明。他在昆明曾寄我《昆明舍馆》七绝四首。第三首“苦爱君家好巷坊，无多岁月已沧桑，绿槐恰在朱栏外，想发浓荫覆旧房”。他当时还没见到我们劫后的家。

我家房子刚修建完毕，母亲应我的要求，在大杏树下竖起一个很高的秋千架，悬着两个秋千。旁边还有个荡木架。可是荡木用的木材太顸，下圆上平，铁箍铁链又太笨重，只可充小孩的荡船用。我常常坐在荡木上看书，或躺在荡木上，仰看“天澹云闲”。春天，闭上眼只听见四周蜜蜂嗡嗡，睁眼能看到花草间蝴蝶乱飞。杏子熟了,接下等着吃樱桃、枇杷、桃子、石榴等。橙子黄了,橘子正绿。锺书吃过我母亲做的橙皮果酱,我还叫他等着吃熟透的脱核杏儿,等着吃树上现摘的桃儿。可是想不到父亲添种的二十棵桃树全都没了。因为那片地曾选作邻近人家共用的防空洞,平了地却未及挖坑。秋千、荡木连架子已都不知去向。玉兰、紫薇、海棠等花树多年未经修剪,都变得不成模样。篱边的玫瑰、蔷薇都干死了。紫藤架也歪斜了,山石旁边的芭蕉也不见了。记得有一年,三棵大芭蕉各开一朵“甘露花”。据说吃了“甘露”可以长寿。我们几个孩子每天清早爬上“香梯”(有架子能独立的梯)去摘那一叶含有“甘露”的花瓣,“献”给母亲进补——因为母亲肯“应酬”我们,父亲却不屑吃那一滴甜汁。我家原有许多好品种的金鱼;幸亏已及早送人了。干涸的金鱼缸里都是落叶和尘土。我父亲得意的一丛方竹已经枯瘁,一部分已变成圆竹。反正绿树已失却绿意,朱栏也无复朱颜。“旱船”廊下的琴桌和细磁鼓凳一无遗留,里面的摆设也全都没有了。我们从荒芜的后园穿过月洞门,穿过梧桐树大院,转入内室。每间屋里,满地都是凌乱的衣物,深可没膝。所有的抽屉都抽出原位,颠横倒竖,半埋在什物下。我把母亲房里的抽屉一一归纳原处,地下还拣出许多零星东西:小银匙,小宝石,小象牙梳子之类。母亲整理的一小网篮古磁器,因为放在旧网篮里,居然平平安安躲在母亲床下。堆箱子的楼上,一大箱古钱居然也平平安安躲在箱子堆里,因为箱子是旧的,也没上锁,打开只看见一只只半旧的木盒。凡是上锁的箱子都由背后划开,里面全是空的。我们各处看了一遍,大件的家具还在,陈设一无留存。书房里的善本书丢了一部分,普通书多半还在。天黑之后,全宅漆黑,据说电线年久失修,供电局已切断电源。

父亲看了这个劫后的家,舒了一口气说,幸亏母亲不在了,她只怕还想不开,看到这个破败的家不免伤心呢。我们在公墓的礼堂上,看到的只是漆得乌光锃亮的棺材。我们姐妹只能隔着棺木抚摩,各用小手绢把棺上每一点灰尘都拂拭干净。想不到棺材放入水泥圹,倒下一筐筐的石灰,棺材全埋在石灰里,随后就用水泥封上。父亲对我说,水泥最好,因为打破了没有用处:别看石板结实,如逢乱世,会给人撬走。这句话,父亲大概没和别人讲。胜利前夕我父亲突然在苏州中风去世,我们夫妇、我弟弟和小妹妹事后才从上海赶回苏州,葬事都是我大妹夫经管的。父亲的棺材放入母亲墓旁同样的水泥圹里,而上面盖的却是两块大石板。临时决不能改用水泥。我没说什么,只深深内疚,没有及早把父亲的话告诉别人。我也一再想到父母的戏言:“我死在你头里”;父亲周密地安葬了我母亲,我们儿女却是漫不经心。多谢红卫兵已经把墓碑都砸了。但愿我的父母隐藏在灵岩山谷里早日化土,从此和山岩树木一起,安静地随着地球运转。

七

自从我回国,父亲就租下两间房,和大姐姐小妹妹同住。我有时住钱家,有时住父亲那边。锺书探亲回上海,也曾住在我父亲那边。三姐姐和七妹妹经常回娘家。父亲高兴说:“现在反倒挤在一处了!”不像在苏州一家人分散几处。我在钱家住的时候,也几乎每天到父亲那里去转一下。我们不论有多少劳瘁辛苦,一回家都会从说笑中消散。抗战末期,日子更艰苦了。锺书兼做补习老师,得了什么好吃的,总先往父亲那儿送,因为他的父母都不在上海了。父亲常得意说:“爱妻敬丈人。”(无锡土话是“爱妻敬丈姆”)有时我们姊妹回家,向父亲诉苦:“爸爸,肚子饿。”因为虽然塞满了仍觉得空虚。父亲就带了我们到邻近的锦江饭店去吃点心。其实我们可以请父亲吃,不用父亲再“放焰口”。不过他带了我们出去,自己心上高兴,我们心理上也能饱上好多天。抗战胜利前夕父亲特回苏州去卖掉了普通版的旧书,把书款向我们“放焰口”——那是末一遭的“放焰口”。

父亲在上海的朋友渐渐减少。他一次到公园散步回家说,谣传杨某(父亲自指)眼睛瞎掉了。我吃惊问怎会有这种谣言。原来父亲碰到一个新做了汉奸的熟人,没招呼他,那人生气,骂我父亲眼里无人。有一次我问父亲,某人为什么好久不来。父亲说他“没脸来了”,因为他也“下海”了。可是抗战的那几年,我父亲心情还是很愉快的,因为愈是在艰苦中,愈见到自己孩子对他的心意。他身边还有许多疼爱的孙儿女——父亲不许称“外孙”或“外孙女”,他说,没什么“内孙”“外孙”。他也不爱“外公”之称。我的女儿是父亲偏宠的孙女之一,父亲教她称自己为“公”而不许称“外公”。缺憾是母亲不在,而这又是惟一的安慰,母亲可以不用再操心或劳累。有时碰到些事,父亲不在意,母亲料想不会高兴,父亲就说,幸亏母亲不在了。

我们安葬了母亲之后,有同乡借住我家的房子。我们不收租,他们自己修葺房子,并接通电线。那位乡绅有好几房姨太太,上辈还有老姨太,恰好把我们的房子住满。我父亲曾带了大姐和我到苏州故居去办手续。晚上,房西招待我们在他卧房里闲谈。那间房子以前是我的卧房。他的床恰恰设在我原先的床位上。电灯也在原处。吃饭间里，我母亲设计制造的方桌、圆桌都在——桌子中间有个可开可合的圆孔，下面可以放煤油炉，汤锅炖在炉上，和桌上的碗碟一般高低，不突出碍手。我们的菜橱也还在原处。我们却从主人变成了客人，恍然如在梦中。

这家搬走后，家里进驻了军队，耗掉了不知多少度的电，我们家还不起，电源又切断了。胜利前夕，上海有遭到"地毯轰炸"的危险，小妹妹还在震旦女子文理学院上学，父亲把她托给我，他自己带着大姐和三姐的全家到苏州小住。自从锺书沦陷在上海，父亲把他在震旦教课的钟点让了给锺书，自己就专心著书。他曾高兴地对我说："我书题都想定了，就叫《诗骚体韵》。阿季，传给你！"他回苏州是带了所需的书走的。

父亲去世后，我末一次到苏州旧宅。大厅上全堂红木家具都已不知去向。空荡荡的大厅上，停着我父亲的棺材。前面搭着个白布幔，挂着父亲的遗容，幔前有一张小破桌子。我像往常那样到厨下去泡一碗酽酽的盖碗茶，放在桌上，自己坐在门槛上傻哭，我们姐妹弟弟一个个凄凄惶惶地跑来，都只有门槛可坐。

开吊前，搭丧棚的人来缠结白布。大厅的柱子很粗，远不止一抱。缠结白布的人得从高梯上爬下，把白布绕过柱子，再爬上梯去。这使我想起我结婚时缠结红绿彩绸也那么麻烦，联想起三姐结婚时的盛况，联想起新屋落成、装修完毕那天，全厅油漆一新，陈设得很漂亮。厅上悬着三盏百支光的扁圆大灯，父亲高兴，叫把全宅前前后后大大小小的灯都开亮。苏州供电有限，全宅亮了灯，所有的灯光立即减暗了。母亲说，快别害了人家；忙关掉一部分。我现在回想，盛衰的交替，也就是那么一刹那间，我算是亲眼看见了。

我父亲去世以后,我们姐妹曾在霞飞路(现淮海路)一家珠宝店的橱窗里看见父亲书案上的一个竹根雕成的陈抟老祖像。那是工艺品,面貌特殊,父亲常用"棕老虎"(棕制圆形硬刷)给陈抟刷头皮。我们都看熟了,绝不会看错。又一次,在这条路上另一家珠宝店里看到另一件父亲的玩物,隔着橱窗里陈设的珠钻看不真切,很有"是耶非耶"之感。我们忍不住在一家家珠宝店的橱窗里寻找那些玩物的伴侣,可是找到了又怎样呢?我们家许多大铜佛给大弟奶妈家当金佛偷走,结果奶妈给强盗拷打火烫,以致病死,偷去的东西大多给抢掉,应了俗语所谓"汤里来,水里去"。父亲留着一箱古钱,准备充小妹妹留学的费用。可是她并没有留学。日寇和家贼劫余的古磁、古钱和善本书籍,经过红卫兵的"抄",一概散失,不留痕迹。财物的聚散,我也亲眼见到了。

我父亲根本没有积累家产的观念,身外之物,人得人失,也不值得挂念。我只伤心父亲答应传给我的《诗骚体韵》遍寻无着,找到的只是些撕成小块的旧稿。我一遍比一遍找得仔细,咽下大量拌足尘土的眼泪,只找出旧日记一捆。我想从最新的日记本上找些线索,只见父亲还在上海的时候,记着"阿×来,馈××"。我以为他从不知道我们送了什么东西去,因为我们只悄悄地给父亲装在瓶儿罐儿里,从来不说。我惊诧地坐在乱书乱纸堆里,发了好一会呆。我常希望梦见父亲,可是我只梦见自己蹲在他的床头柜旁,拣看里面的瓶儿罐儿。我知道什么是他爱吃而不吃的,什么是不爱吃而不吃的。我又一次梦见的是我末一次送他回苏州,车站上跟在背后走,看着他长袍的一角在掀动。父亲的脸和那部《诗骚体韵》的稿子,同样消失无踪了。

我父亲在上海经常晤面的一位老友有挽词五首和附识一篇,我附在后面。因为读了他的“附识”,可约略知道《诗骚体韵》的内容。

读他的挽词,似乎惋惜我父亲的子女不肖,不能继承父学;他读了我的回信,更会叹恨我们子女无知,把父亲的遗稿都丢失了。“附识”中提到的《释面》《释笑》等类小文一定还有,可是我连题目都不知道。父亲不但自己不提,而且显然不要我看;我也从未违反他没有明说的意思。《诗骚体韵》一书,父亲准是自己不满意而毁了,因为我记得他曾说过,他还想读什么什么书而不可得。假如他的著作已经誊清,他一定会写信告诉我。毁掉稿子当是在去世前不久,他给我的信上一字未提起他的书,我两个姐姐都一无所知。父亲毁掉自己的著作,罪过还在我们子女。一个人精力有限,为子女的成长教育消耗了太多的精力,就没有足够的时间写出自己满意的作品来。

我读了《堂吉诃德》,总觉得最伤心的是他临终清醒以后的话:“我不是堂吉诃德,我只是善人吉哈诺。”我曾代替父亲说:“我不是堂吉诃德,我只是《诗骚体韵》的作者。”我如今只能替我父亲说:“我不是堂吉诃德,我只是你们的爸爸。”

我常和锺书讲究,我父亲如果解放后还在人间,他会像“忙人”一样,成为被“统”的“开明人士”呢,还是“腐朽的资产阶级”呢?父亲末一次离开上海的时候,曾对我卖弄他从商店的招牌上认识的俄文字母,并对我说:“阿季,你看吧,战后的中国是俄文世界。”我不知道他将怎样迎接战后的新中国,料想他准会骄傲得意。不过,像我父亲那样的人,大概是会给红卫兵打死的。

我有时梦想中对父亲说:“爸爸,假如你和我同样年龄,《诗骚体韵》准可以写成出版。”但是我能看到父亲虎着脸说:“我只求出版自己几部著作吗?”

像我父亲那样的知识分子虽然不很普遍,却也并不少。所以我试图尽我的理解,写下有关我父亲的这一份资料。

一九八三年发表

附录一

补塘兄挽词五首

同学小弟侯士绾皋生

华年卓荦笑拘虚,两渡沧瀛穷地舆。返国久亲三尺法,闭门更读五车书。养疴暂止悬河口,投老欣逢滨海居。四十年来各奔走,幸今略补旧交疏。

扰扰粗才窥管天,纷纷俗子耘心田。心期独洽刘原父,腹笥交推边孝先。大小钟鸣随杵叩,浅深水澈得犀燃。俞章绝业今谁继,俯仰乾坤一泫然。

谁省人间万窍号,权衡今古析秋毫。法言切韵寻源远,神瞽调音造诣高。早岁准绳循段孔,暮年金玉在诗骚(兄著《诗骚声势》待刊)。太玄传后差堪必,心力宁为覆瓿劳。

六书原委极钻磨,愧我青编轻读过。欲向楚金愧叔重,反同海岳哭东坡。茅亭质证成陈迹,水榭追随感逝波。自古儒林多大耋,于君独靳奈天何。

相期共待泰阶平,旧学商量娱此生。匝月偶逢生鄙吝,踵门一见说归程。方夸元亮幽居乐,遽听彦龙蒿里声。任昉不堪思惜别,悲怀未叙泪先倾。

补塘兄深于说文音韵之学,余与在大兴公园晤谈最多,四五年如一日。余尝为言我国语言文学音节之美,实在双声叠韵,而善于运用者，莫若司马相如《大人赋》，惜昭明寡识，《文选》失收。兄谓《诗经》一书，实为古时音韵谱，节奏尤美，殆均经瞽矇审定，所用双声叠韵，配列甚匀，多为对偶，如周南《卷耳》二章之崔嵬虺陨，三章之高冈玄黄，尤为显著。尝推本许氏《说文》声母通假，求得同声同韵之字，视前为多，再依据孔广森阴阳声对转之说，求得对转通韵之字，愈益加多，以此周颂《清庙》，历来音韵家称为无韵者，均能有韵。兹正将《诗经》逐字逐句加注音韵，颇多创获。予谓兄言诗之成韵不仅在句尾，有在句中者，如曹风《下泉》前三章之彼我两字，早经揭示，又各章往往仅有少数换韵之字不同，余皆同句同字，此相同之字虽不在一章，亦自然成韵，如周南《樛木》三章，仅有首章之藟绥、次章之荒将、三章之萦成换字换韵，其余字句皆同，皆应成韵。余藏丁以此著《毛诗正韵》，照此求韵，所得较前人大为增多。见亟索观，旋为余言丁书甚精辟，大堪参究，尤嘉其遇不得解处能虚怀阙疑，惟不知采用阴阳声对转之说，致所收成韵之字仍多遗漏。后为余言《诗经音韵》已注就，并草成凡例，又以屈子《离骚》音调差堪比美，亦为加注如前，盖历久而两书始成，合名之曰《诗骚声势》①，……据称系用铅笔缮写，仍时加校正……此书稿本似应在苏寓……望善为保存，将来设法刊行，以传绝学……又余曾见兄署名“老圃”在《新闻报》登载《释面》、《释笑》、《自称》三篇，文字征引既博，树义亦精，不知关于此类著述以及其它，府上存否稿本……如能搜集，亦希保存，俟他日刊印论丛等书，以广其传，实为余区区所深望也。三十四年（一九四五）八月十二日侯皋生附识。

---

① 我父亲后来改为《诗骚体韵》。

附录二

申辩中之高检长惩戒案

本文见一九一七年五月二十五、二十六日《申报》要闻。一九九三年三月由翟国璋先生发现。《杨荫杭申辩书》不及编入集中，特与司法部呈大总统文一并附录于此。

高检长杨荫杭因传讯×××交付惩戒，杨已向惩戒会提出《申辩书》，会中对于此事，已开过调查会一次，不日当有结果。兹觅得司法部请交惩戒之原呈及杨检长之《申辩书》并录于下。此案之是非曲直，亦可略见一斑矣。

司法部呈文

呈为检察官违背职务，请予停止职务，交司法官惩戒委员会议处事。窃查侦查犯罪，固属检察官之职权，惟对于犯罪人非有相当证据、较著事实、认为确有犯罪嫌疑，不得施行强制处分、率行传讯、拘押及搜索。此所以尊重宪法，保障人权也。本月四日，京师高等检察厅，将×××传讯拘禁于看守所，并搜索其家宅，既未奉令交办，亦无人告诉告发，而又乏相当之犯罪证据。仅以报纸之攻击、议会之质问、道路之传闻为理由，即行传讯拘禁及搜索，实属意气用事，违背职务。若不加以惩处，恐司法官流于专横，以国家保护秩序之法权，为个人挟嫌报复之利器，必至法厅失其信用，社会蒙其弊害，殊非国家明刑弼政之道。谨依据《司法官惩戒法》第一条第一项及第三十一条第二项之规定，拟请将京师高等检察厅检察长杨荫杭及检察官张汝霖均以明令停止职务，交司法官惩戒委员会议处。是否有当，理合恭呈，仰祈大总统训示施行。谨呈。

杨荫杭申辩书

查敝厅办理×××一案，自开始侦查后，凡传唤、讯问、搜查证据及交地方厅继续侦查，一切按照法律办理，本无丝毫不合。乃司法总长张耀曾忽以为违背职务，呈大总统交会惩戒。荫杭愚暗，实不解违背者系何项职务。查原呈请交惩戒之事实，谓"本月四日，京师高等检察厅，将×××传讯拘禁于看守所，并搜索其家宅，既未奉令交办，亦无人告诉告发，而又乏相当之犯罪证据。仅以报纸之攻击、议会之质问、道路之传闻为理由，即行传讯拘禁及搜索，实属意气用事，违背职务"云云。又查原呈司法总长张耀曾对于法律上所持之意见，则谓侦查犯罪，固属检察官之职权，惟对于犯罪人非有相当证据、较著事实、认为确有犯罪嫌疑，不得施行强制处分、率行传讯、拘押及搜索。此所以尊重宪法、保障人权云云。今试将原呈所言，细加分析，逐条研究，则有以下数问题，试论列如左：

一、对于犯罪人，非有相当证据，能否传讯？

查传讯并非强制处分，检察官对于告诉人、告发人及证人、鉴定人尚得传讯，何况犯罪嫌疑人？且传讯之目的，在得证据。既有相当证据，即可交地方厅起诉，检察官在传讯前，断无先行举证之义务。查总检察厅饬发《检察执务规则》第一百十七条："侦查中因不失取证机会，且不损被告利益，应先讯问被告人。"观此，则知传讯为取证之机会，非取证以后始能传讯。

二、对于犯罪人，非有相当证据，能否拘押？

查敝厅并未将×××拘押，则此项问题无答辩之必要。

三、对于犯罪人，非有相当证据，能否搜查？

所谓"搜查"者，本系搜查证据，若既有相当证据，尽可不必搜查。使既得证据，而搜查不已，将发生滥行搜查之问题，而被告人将不堪其扰矣。推司法总长之责，似谓先有证据，乃能再查。然则搜查者何物乎？查总检察厅饬发《检察执务规则》第五十二条及第五十三条，检察官本有搜查证据之权，非先有证据而后可以搜查。

四、对于犯罪人，非有较著事实，能否传讯拘押搜查？

查司法总长所言相当证据、较著事实等语纯系空论，在法令上本无根据。其所谓"较著事实"四字，在法律上有何价值，更难索解。若就其文义解之，似指显著之犯罪事实而言。果尔，则前所谓相当证据，已包括此义。

五、×××是否有嫌疑？

查嫌疑不嫌疑，至如何程度方可开始侦查，均应听检察官酌量。如检察官认为嫌疑，不特司法总长不能命令检察官使之解嫌疑，即被嫌疑人之律师，亦不能于侦查中出头辩护，谓检察官滥行嫌疑，应行停止侦查本案。司法总长如欲问×××是否确有嫌疑，荫杭亦须还问司法总长此次×××是否确无嫌疑？荫杭确曾亲诘司法总长，是否总长个人意见认×××为道德高尚，决无嫌疑之余地？司法总长答言：“交情甚浅，并不能保。”

六、并未奉令交办之案，检察官能否自行开始侦查？

查京外检察厅每年侦查之案不知几千几万，岂皆奉令交办之案？又查大总统交法庭办理之案，并非一经令交，即有特别性质。如检察官侦查以后，毫无证据，认为毋庸起诉，即经大总统令交，亦不拘束检察官。如认为应行侦查，即未经大总统令交，检察官亦照常行事。不能因其曾任总长，遂认为神圣不可侵犯。

七、无人告诉告发，检察官能否开始侦查？

查检察官系刑事原告，法律上早有明文。京外各检察厅，每年侦查之案，不知几千几万，岂皆有人告诉告发？司法总长岂并此而不知？

八、仅以报纸之攻击、议会之质问、道路之传闻，能否开始侦查？

查检察厅饬发《检察执务规则》第十六条，因现行犯告发自首，报纸风闻，及其他闻见之事物，认明或逆料有犯罪之嫌疑者，应即开始侦查。观此，则检察官受法令拘束，苟有所见闻，即不能处于消极之地位。逆料有嫌疑尚应开始侦查，况经检查后认明有嫌疑，安能不开始侦查？荫杭待罪法曹，尚有丝毫天良，诚不敢涂聪塞明，自甘聋聩。

九、保障人权之研究

查约法，人民之身体，非依法律不得逮捕、拘禁、审问、处罚之权。但本案尚非发生此项人权问题。敝厅对于×××既未逮捕，并未拘禁，亦未经审判厅审问处罪。不过由检察官认为嫌疑，依法传唤、依法讯问、依法搜查证据，并交地方检察厅依法办理。自始至终，何有丝毫违法授人口实之处？

十、意气用事之研究

查检察官职司搏击，以疾恶如仇为天职。昔哲有言：见不仁者诛之，如鹰鹯之逐鸟雀。此诚检察官应守之格言。因检察官本不以涵养容忍为能事也。故谓敝厅为"雷厉风行"则近之；言敝厅为"意气用事"则不能然。即以"雷厉风行"言，敝厅亦不敢冒此美名。敝厅办理此案，始终出以冷静，出以和平，故×××到厅听其乘自动车，到厅后听其入应接室，而未入候审处。故谓敝厅为过于宽待则近之。谓敝厅为"雷厉风行"，则尚觉受之有愧。

十一、违背职务之研究

综观前列各项，则惩戒法中所谓"违背职务"四字，万难牵合，已极明了。果如司法总长之言，可强指为"违背职务"而受惩戒，则以后检察官对于犯罪嫌疑人，将无开始侦查之权。检察官偶一认定嫌疑，司法总长即出而干涉，停止其职务，使之不能侦查。检察官偶一传讯，司法总长即出而干涉，要求检察官提出证据，若无证据，即停止其职务，使之不能传讯。又检察官偶一搜查证据，司法总长即出而干涉，要求检察官提出证据，若无证据，即停止其职务，使之不能搜查。果尔，则凡与司法总长同党者，皆可肆行无忌，受司法总长之保护，而不受检察官之检举。是《司法官惩戒法》将为司法总长排斥异己之武器，而《司法官惩戒法》第三十一条第二项，将为司法总长庇纵犯人之护身符。身为司法总长，且不恤将司法制度根本破坏，设以后各省行政监督长官，相率效尤，试问执法之官，尚能履行其职务乎？观此，则知此次“违背职务”者，确系司法总长，并非高等检察长。

十二、司法总长请付惩戒之用意应注意研究

今试设为假定之辞。此案检察官果系办理不合，应负责任，则司法总长亦应俟×××将犯罪嫌疑洗刷净尽，方能议及检察官之责任。何以司法总长迫不及待，若惟恐继续侦查，不利于×××，遂将着手侦查之检察官，先行停职。然则司法总长固明知检察官履行职务，万不能加以惩戒处分，特借此手段束缚检察官之手，使不能发见×××之犯罪证，许汝曹染指。此其意固显而易见。藉曰不然，试问今日×××，果已由法庭证明其毫无嫌疑乎？又试问今日司法以外之机关，已停止查办，而深信其毫无嫌疑乎？又司法总长欲惩戒检察官，果无私意，尽可径行呈请，何至在国务院主张请大总统径行免职停职，并约法而不顾。此可疑者一。又敝厅办理此案之检察官，除由检察长主任外，尚有检察官五人。何以当时亲传×××之检察官置之不问，而独注射于赴津搜查要据之张汝霖，使之停职不能进行？此可疑者二。由此观之，则司法总长之用意，固在停止侦查，而不在惩戒法官，彰彰明矣。查刑事侦查，贵于迅速进行，不失事机，一经停顿，则证据从而淹灭，犯罪人并可布置一切。今司法总长对于×××一案，既如此不避嫌疑，则以后此案如果因干涉停顿，办理上发生重大困难。试问司法总长是否负完全责任？至于敝厅开始侦查之时，固深信此案确有把握，初不料司法总长有非法之干涉。然即经此次干涉，亦不敢谓此案必无把握。但苟轶出常轨之外，则不敢知矣。

张汝霖申辩书

汝霖奉检察长适法命令，与其他检察官共同侦查案件，亦不自×××一案始。何以此次汝霖独得“违背职务”之咎？汝霖愚惑，窃所未解。谨此申辩，伏希公决。

《申报》一九一七年五月二十五、二十六日

回忆我的姑母

中国社会科学院近代史所给我的信里说:“令姑母荫榆先生也是人们熟知的人物,我们也想了解她的生平。荫榆先生在日寇陷苏州时骂敌遇害,但许多研究者只知道她在女师大事件中的作为,而不了解她晚节彪炳,这点是需要纠正的。如果您有意写补塘先生的传记,可一并写入其中。”

杨荫榆是我的三姑母,我称“三伯伯”。我不大愿意回忆她,因为她很不喜欢我,我也很不喜欢她。她在女师大的作为以及骂敌遇害的事,我都不大知道。可是我听说某一部电影里有个杨荫榆,穿着高跟鞋,戴一副长耳环。这使我不禁哑然失笑,很想看看电影里这位姑母是何模样。认识她的人愈来愈少了。也许正因为我和她感情冷漠,我对她的了解倒比较客观。我且尽力追忆,试图为她留下一点比较真实的形象。

我父亲兄弟姊妹共六人。大姑母最大,出嫁不久因肺疾去世。大伯父在武备学校因试炮失事去世。最小的三叔叔留美回国后肺疾去世。二姑母(荫枌)和三姑母都比我父亲小,出嫁后都和夫家断绝了关系,长年住在我家。

听说我的大姑母很美,祖父母十分疼爱。他们认为二姑母三姑母都丑。两位姑母显然从小没人疼爱,也没人理会;姊妹俩也不要好。

我的二姑夫名裘剑岑，是无锡小有名气的“才子”，翻译过麦考莱（T. B. Macaulay）的《约翰生传》（*Life of Johnson*）①，这个译本锺书曾读过，说文笔很好。据我父亲讲，二姑母无声无息地和丈夫分离了，错在二姑母。我听姐姐说，二姑母嫌丈夫肺病，夫妇不和。反正二姑母对丈夫毫无感情，也没有孩子，分离后也从无烦恼。她的相貌确也不美。三姑母相貌和二姑母完全不像。我堂姐杨保康曾和三姑母同在美国留学，合照过许多相片，我大姐也曾有几张三姑母的小照，可惜这些照片现在一张都没有了。三姑母皮肤黑黝黝的，双眼皮，眼睛炯炯有神，笑时两嘴角各有个细酒涡，牙也整齐。她脸型不错，比中等身材略高些，虽然不是天足，穿上合适的鞋，也不像小脚娘。我曾注意到她是穿过耳朵的，不过耳垂上的针眼早已结死，我从未见她戴过耳环。她不令人感到美，可是也不能算丑。我听父母闲话中讲起，祖母一次当着三姑母的面，拿着她的一张照片说：“瞧她，鼻子向着天。”（她鼻子有上仰的倾向，却不是“鼻灶向天”。）三姑母气呼呼地说：“就是你生出来的！就是你生出来的！！就是你生出来的！！！”当时家里人传为笑谈。我觉得三姑母实在有理由和祖母生气。即使她是个丑女儿，也不该把她嫁给一个低能的“大少爷”。当然，定婚的时候只求门当户对，并不知对方的底细。据我父亲的形容，那位姑爷老嘻着嘴，露出一颗颗紫红的牙肉，嘴角流着哈拉子。三姑母比我父亲小六岁，甲申（一八八四）年生，小名申官。她是我父亲留学日本的时期由祖母之命

① 中英对照，在商务印书馆出版的《英文杂志》（*English Student*）第一卷第一期起连载，后由商务出单行本。

定亲结婚的。我母亲在娘家听说过那位蒋家的少爷,曾向我祖母反对这门亲事,可是白挨了几句训斥,祖母看重蒋家的门户相当。

我不知道三姑母在蒋家的日子是怎么过的。听说她把那位傻爷的脸皮都抓破了,想必是为自卫。据我大姐转述我母亲的话,她回了娘家就不肯到夫家去。那位婆婆有名的厉害,先是抬轿子来接,然后派老妈子一同来接,三姑母只好硬给接走。可是有一次她死也不肯再回去,结果婆婆亲自上门来接。三姑母对婆婆有几分怕惧,就躲在我母亲的大床帐子后面。那位婆婆不客气,竟闯入我母亲的卧房,把三姑母揪出来。逼到这个地步,三姑母不再示弱,索性撕破了脸,声明她怎么也不再回蒋家。她从此就和夫家断绝了。那位傻爷是独子,有人骂三姑母为“灭门妇”;大概因为她不肯为蒋家生男育女吧?我推算她在蒋家的日子很短,因为她给婆婆揪出来的时候,我父亲还在日本。一九〇二年我父亲回国,在家乡同朋友一起创立理化会,我的二姑母三姑母都参加学习。据说那是最早有男女同学的补习学校;尤其两个姑母都不坐轿子,步行上学,开风气之先。三姑母想必已经离开蒋家了。那时候,她不过十八周岁。

三姑母由我父亲资助,在苏州景海女中上学。我亲戚家有一位小姐和她同学。那姑娘有点“着三不着两”,无锡土话称为“开盖”(略似上海人所谓“十三点”,北方人所谓“二百五”)。她和蒋家是隔巷的街坊,可是不知道我三姑母和蒋家的关系,只管对她议论蒋家的新娘子:“有什么好看呀!狠巴巴的,小脚鞋子拿来一剁两段。”末一句话全无事实根据。那时候的三姑母还很有幽默,只笑着听她讲,也不点破,也不申辩。过了些时候,那姑娘回家弄清底里，就对三姑母骂自己："开盖货！原来就是你们！"我记得三姑母讲的时候，细酒涡儿一隐一显，乐得不得了。

她在景海读了两年左右，就转学到上海务本女中，大概是务本毕业的。我母亲那时曾在务本随班听课。我偶尔听到她们谈起那时候的同学，有一位是章太炎夫人汤国梨。三姑母一九〇七年左右考得官费到日本留学，在日本东京女子高等师范学校（现"茶水女子大学"的前身）毕业，并获得奖章。我曾见过那枚奖章，是一只别针，不知是金的还是铜的。那是在一九一三年①。她当年就回国了，因为据苏州女师的校史，我三姑母一九一三至一九一四年曾任该校教务主任，然后就到北京工作。

我听父亲说，三姑母的日文是科班出身。日本是个多礼的国家，妇女在家庭生活和社交里的礼节更为繁重；三姑母都很内行。我记得一九二九年左右，苏州市为了青阳地日本租界的事请三姑母和日本人交涉，好像双方对她都很满意。那年春天三姑母和我们姐妹同到青阳地去看樱花，路过一个日本小学校，校内正开运动会。我们在短篱外略一逗留，观看小学生赛跑，不料贵宾台上有人认识三姑母，立即派人把我们一伙人都请上贵宾台。我看见三姑母和那些日本人彼此频频躬身行礼的样儿，觉得自己成了挺胸凸肚的野蛮人。

三姑母一九一四年到北京，大约就是在女高师工作。我五周岁（一九一六年）在女高师附小上一年级，开始能记忆三姑母。她那时是女高师的"学监"，我还是她所喜欢的孩子呢。我

---

① 日本友人中岛碧教授据该校保存的资料查明是1913年。

记得有一次我们小学生正在饭堂吃饭,她带了几位来宾进饭堂参观。顿时全饭堂肃然,大家都专心吃饭。我背门而坐,饭碗前面掉了好些米粒儿。三姑母走过,附耳说了我一句,我赶紧把米粒儿拣在嘴里吃了。后来我在家听见三姑母和我父亲形容我们那一群小女孩儿,背后看去都和我相像,一个白脖子,两撅小短辫儿;她们看见我拣吃了米粒儿,一个个都把桌上掉的米粒儿拣来吃了。她讲的时候笑出了细酒涡儿,好像对我们那一群小学生都很喜欢似的。那时候的三姑母还一点不怪僻。

女高师的学生有时带我到大学部去玩。我看见三姑母忙着写字,也没工夫理会我。她们带我打秋千,登得老高,我有点害怕,可是不敢说。有一次她们开恳亲会,演戏三天,一天试演,一天请男宾,一天请女宾,借我去做戏里的花神,把我的牛角小辫儿盘在头顶上,插了满头的花,衣上也贴满金花。又一次开运动会,一个大学生跳绳,叫我钻到她身边像卫星似的绕着她周围转着跳。老师还教我说一套话。运动场很大,我站在场上自觉渺小,细声儿把那套话背了一遍,心上只愁跳绳绊了脚。那天总算跳得不错。事后老师问我:“你说了什么话呀?谁都没听见。”

我现在回想,演戏借我做“花神”,运动会叫我和大学生一同表演等等,准是看三姑母的面子。那时候她在校内有威信,学生也喜欢她。我决不信小学生里只我一个配做“花神”,只我一个灵活,会钻在大学生身边围绕着她跳绳。

一九一八年,三姑母由教育部资送赴美留学。她特叫大姐姐带我上车站送行。大姐姐告诉我,三伯伯最喜欢我。可是我和她从来不亲。我记得张勋复辟时,我家没逃离北京,只在我父亲的一个英国朋友波尔登(Bolton)先生家避居几天。我母亲给我换上新衣,让三姑母带我先到波尔登家去,因为父亲还没下班呢。三姑母和波尔登对坐在他书房里没完没了的说外国话,我垂着短腿坐在旁边椅上,看看天色渐黑,不胜焦急,后来波尔登笑着用北京话对我说:“你今天不回家了,住在这里了。”我看看外国人的大菱角胡子,看看三姑母的笑脸,不知他们要怎么摆布我,愁得不可开交,幸亏父母亲不久带着全家都到了。我总觉得三姑母不是我家的人,她是学校里的人。

那天我跟着大姐到火车站,看见三姑母有好些学生送行。其中有我的老师。一位老师和几个我不认识的大学生哭得抽抽噎噎,使我很惊奇。三姑母站在火车尽头一个小阳台似的地方,也只顾拭泪。火车叫了两声(汽笛声),慢慢开走。三姑母频频挥手,频频拭泪。月台上除了大哭的几人,很多人也在擦眼泪。我虽然早已乘过多次火车,可是我还小,都不记得。那次是我记忆里第一次看到火车,听到“火车叫”。我永远把“火车叫”和哭泣连在一起,觉得那是离别的叫声,听了心上很难受。

我现在回头看,那天也许是我三姑母生平最得意、最可骄傲的一天。她是出国求深造,学成归来,可以大有作为。而且她还有许多喜欢她的人为她依依惜别。据我母亲说,很多学生都送礼留念;那些礼物是三姑母多年来珍藏的纪念品。

三姑母一九二三年回苏州看我父亲的时候,自恨未能读得博士,只得了美国哥伦比亚大学的硕士学位。我父亲笑说:“别‘博士’了,头发都白了,越读越不合时宜了。”我在旁看见她头上果然有几茎白发。

一九二四年,她做了北京女子师范大学的校长,从此打落下水,成了一条“落水狗”。

我记得她是一九二五年冬天到苏州长住我家的。我们的新屋刚落成,她住在最新的房子里。后园原有三间“旱船”,形似船,大小也相同。新建的“旱船”不在原址,面积也扩大了,是个方厅(苏州人称“花厅”),三面宽廊,靠里一间可充卧房,后面还带个厢房。那前后两间是父亲给三姑母住的。除了她自买的小绿铁床,家具都现成。三姑母喜欢绿色,可是她全不会布置。我记得阴历除夕前三四天,她买了很长一幅白“十字布”,要我用绿线为她绣上些竹子做帐围。“十字布”上绣花得有“十字”花的图样。我堂兄是绘画老师。他为三姑母画了一幅竹子,上面还有一弯月亮,几只归鸟。我不及把那幅画编成图案,只能把画纸钉在布下,照着画随手绣。“十字布”很厚,我得对着光照照,然后绣几针,很费事。她一定要在春节前绣好,怕我赶不及,扯着那幅长布帮我乱绣,歪歪斜斜,针脚都不刺在格子眼儿里,许多“十”字只是“一”字,我连日成天在她屋里做活儿,大除夕的晚饭前恰好赶完。三姑母很高兴,奖了我一支自来水笔。可惜那支笔写来笔画太粗。背过来写也不行。我倒并不图报,只是看了她那歪歪扭扭的手工不舒服。

她床头挂一把绿色的双剑——一个鞘里有两把剑。我和弟弟妹妹要求她舞剑,她就舞给我们看。那不过是两手各拿一把剑,摆几个姿势,并不像小说里写的一片剑光,不见人影。我看了很失望。那时候,她还算是喜欢我的,我也还没嫌她,只是并不喜欢她,反正和她不亲。

我和二姑母也不亲,但比较接近。二姑母上海启明女校毕业,曾在徐世昌家当过家庭教师,又曾在北京和吉林教书。我家房子还没有全部完工的时候,我曾有一二年和她同睡一屋。她如果高兴，或者我如果问得乖巧，她会告诉我好些有趣的经验。不过她性情孤僻，只顾自己，从不理会旁人。三姑母和她不一样。我记得小时候在北京，三姑母每到我们家总带着一帮朋友，或二三人，或三四人，大伙儿热闹说笑。她不是孤僻的。可是一九二五年冬天她到我们家的时候，她只和我父亲有说不完的话。我旁听不感兴趣，也不大懂，只觉得很烦。她对我母亲或二姑母却没几句话。大概因为我母亲是家庭妇女，不懂她的事，而二姑母和她从来说不到一块儿。她好像愿意和我们孩子亲近，却找不到途径。

有一次我母亲要招待一位年已半老的新娘子。三姑母建议我们孩子开个欢迎会，我做主席致辞，然后送上茶点，同时演个节目助兴。我在学校厌透了这一套，可是不敢违拗，勉强从命。新娘是苏州旧式小姐，觉得莫名其妙，只好勉强敷衍我们。我父亲常取笑三姑母是“大教育家”，我们却不爱受教育，对她敬而远之。

家庭里的细是细非确是“清官难断”，因为往往只是个立场问题。三姑母爱惜新房子和新漆的地板，叫我的弟弟妹妹脱了鞋进屋。她自己是“解放脚”，脱了鞋不好走路，况且她的鞋是干净的。孩子在后园玩，鞋底不免沾些泥土，而孩子穿鞋脱鞋很方便，可是两个弟弟不服，去问父亲：“爸爸，到旱船去要脱鞋吗？”我父亲不知底里，只说“不用”。弟弟便嘀咕：“爸爸没叫我们脱鞋。她自己不脱，倒叫我们脱！”他们穿着鞋进去，觉得三姑母不欢迎，便干脆不到她那边去了。

三姑母准觉得孩子不如小牲口容易亲近。我父亲爱猫，家里有好几只猫。猫也各有各的性格。我们最不喜欢一只金银眼的纯白猫,因为它见物不见人,最无情;好好儿给它吃东西,它必定作势用爪子一抢而去。我们称它为“强盗猫”。我最小的妹妹杨必是全家的宝贝。她最爱猫,一两岁的时候,如果自个儿一人乖乖地坐着,动都不动,一脸称心满意的样儿,准是身边偎着一只猫。一次她去抚弄“强盗猫”,挨了猫咪一巴掌,鼻子都抓破,气得伤心大哭。从此“强盗猫”成了我们的公敌。三姑母偏偏同情这只金银眼儿,常像抱女儿似的抱着它,代它申诉委屈似的说:“咱们顶标致的!”她出门回来,便抱着“强盗猫”说:“小可怜儿,给他们欺负得怎样了?”三姑母就和“强盗猫”同在一个阵营,成了我们的敌人。

三姑母非常敏感,感觉到我们这群孩子对她不友好。也许她以为我是头儿,其实我住宿在校,并未带头,只是站在弟弟妹妹一边。那时大姐在上海教书,三姐病休在家。三姑母不再喜欢我,她喜欢三姐姐了。

一九二七年冬,三姐订婚,三姑母是媒人。她一片高兴,要打扮“新娘”。可是三姑母和二姑母一样,从来不会打扮。我母亲是好皮肤,不用脂粉,也不许女儿搽脂抹粉。我们姐妹没有化妆品,只用甘油搽手搽脸。我和三姐刚刚先后剪掉辫子,姐妹俩互相理发,各剪个童化头,出门换上“出客衣服”,便是打扮了。但订婚也算个典礼,并在花园饭店备有酒席。订婚礼前夕,三姑母和二姑母都很兴头,要另式另样地打扮三姐。三姑母一手拿一支簪子,一手拿个梳子,把三姐的头发挑过来又梳过去,挑出种种几何形(三姑母是爱好数理的):正方形、长方形、扁方形、正圆形、椭圆形,还真来个三角形,末了又饶上一个桃儿形,好像要梳小辫儿似的。挑了半天也不知怎么办。二姑母拿着一把剪子把三姐的头发修了又修，越修越短。三姐乖乖地随她们摆布，毫不抗议。我母亲也不来干涉，只我站在旁边干着急。姐姐的头发实在给剪得太短了；梳一梳，一根根直往上翘。还亏二姑母花样多。当时流行用黑色闪光小珠子钉在衣裙的边上，或穿织成手提袋。二姑母教我们用细铜丝把小黑珠子穿成一个花箍，箍在发上。幸亏是三姐，怎么样儿打扮都行。她戴上珠箍，还顶漂亮。

三姐结婚，婚礼在我家举行，新房也暂设我家。因为姐夫在上海还没找妥房子。铺新床按老规矩得请“十全”的“吉利人”，像我两位姑母那样的“畸零人”得回避些。我家没有这种忌讳。她们俩大概由于自己的身世，对那新房看不顺眼，进去就大说倒霉话。二姑母说窗帘上的花纹像一滴滴眼泪。三姑母说新床那么讲究，将来出卖值钱。事后我母亲笑笑说：“她们算是怄我生气的。”

我母亲向来不尖锐，她对人事的反应总是慢悠悠的。如有谁当面损她，她好像不知不觉，事后才笑说：“她算是骂我的。”她不会及时反击，事后也不计较。

我母亲最怜悯三姑母早年嫁傻子的遭遇，也最佩服她“个人奋斗”的能力。我有时听到父母亲议论两个姑母。父亲说：“枌官（二姑母的小名）‘莫知莫觉’（指对人漠无感情），申官‘细腻恶心’（指多心眼儿）。”母亲只说二姑母“独幅心思”，却为三姑母辩护，说她其实是贤妻良母，只为一辈子不得意，变成了那样儿。我猜想三姑母从蒋家回娘家的时候，大约和我母亲比较亲密。她们在务本女中也算是同过学。我觉得母亲特别纵容三姑母。三姑母要做衬衣——她衬衣全破了，我母亲怕裁缝做得慢,为她买了料子,亲自裁好,在缝衣机上很快地给赶出来。三姑母好像那是应该的,还嫌好道坏。她想吃什么菜,只要开一声口,母亲特地为她下厨。菜端上桌,母亲说,这是三伯伯要吃的,我们孩子从不下筷。我母亲往往是末后一个坐下吃饭,也末后一个吃完;她吃得少而慢。有几次三姑母饭后故意回到饭间去看看,母亲忽然聪明说:"她来看我吃什么好菜呢。"说着不禁笑了,因为她吃的不过是剩菜。可是她也并不介意。

我们孩子总觉得两个姑母太自私也太自大了。家务事她们从不过问。三姑母更有一套道理。她说,如果自己动手抹两回桌子,她们(指女佣)就成了规矩,从此不给抹了。我家佣人总因为"姑太太难伺候"而辞去,所以我家经常换人。这又给我母亲添造麻烦。我们孩子就嘀嘀咕咕,母亲听见了就要训斥我们:"老小(小孩子)勿要刻薄。"有一次,我嘀咕说,三姑母欺负我母亲。母亲一本正经对我说:"你倒想想,她,怎么能欺负我?"当然这话很对。我母亲是一家之主(父亲全听她的),三姑母只是寄居我家。可是我和弟弟妹妹心上总不服气。

有一次,我们买了一大包烫手的糖炒热栗子。我母亲吃什么都不热心,好的要留给别人吃,不好的她也不贪吃,可是对这东西却还爱吃。我们剥到软而润的,就偷偷儿揣在衣袋里。大家不约而同的"打偏手",一会儿把大包栗子吃完。二姑母并没在意,三姑母却精细,她说:"这么大一包呢,怎么一会儿就吃光了?"我们都呆着脸。等两个姑母回房,我们各掏出一把最好的栗子献给母亲吃。母亲责备了我们几句,不过责备得很温和。她只略吃几颗,我们乐呵呵地把剩下的都吃了,绝没有为三姑母着想。她准觉得吃几颗栗子,我们都联着帮挤她。我母亲训我们的话实在没错，我们确是刻薄了，只觉得我们好好一个家，就多了这两个姑母。而在她们看来，哥哥的家就是她们自己的家，只觉得这群侄儿女太骄纵，远不像她们自己的童年时候了。

二姑母自己会消遣，很自得其乐。她独住一个小院，很清静。她或学字学画，或读诗看小说，或做活儿，或在后园拔草种花。她有方法把鸡冠花夹道种成齐齐两排，一棵棵都杆儿矮壮，花儿肥厚，颜色各各不同，有洋红、橘黄、苹果绿等等。她是我父亲所谓“最没有烦恼的人”。

三姑母正相反。她没有这种闲情逸致，也不会自己娱乐。有时她爱看个电影，不愿一人出去，就带着我们一群孩子，可是只给我们买半票。转眼我十七八岁，都在苏州东吴大学上学了，她还给买半票。大弟长得高，七妹小我五岁，却和我看似双生。这又是三姑母买半票的一个理由，她说我们只是一群孩子。我们宁可自己买票，但是不敢说。电影演到半中间，查票员命令我们补票，三姑母就和他争。我们都窘得很，不愿跟她出去，尤其是我。她又喜欢听说书。我家没人爱“听书”，父亲甚至笑她“低级趣味”。苏州有些人家请一个说书的天天到家里来说书，并招待亲友听书。有时一两家合请一个说书的，轮流做东。三姑母就常到相识的人家去听书。有些联合做东的人家并不欢迎她，她也不觉得，或是不理会。她喜欢赶热闹。

她好像有很多活动，可是我记不清她做什么工作。一九二七年左右她在苏州女师任教。一九二九年，苏州东吴大学聘请她教日语，她欣然应聘，还在女生宿舍要了一间房，每周在学校住几天。那时候她养着几只猫和一只小狗；狗和猫合不到一处，就把小狗放在宿舍里。这可激怒了全宿舍的女学生，因为她自己回家了,却把小狗锁在屋里。狗汪汪地叫个不停,闹得四邻学生课后不能在宿舍里温习功课,晚上也不得安静。寒假前大考的时候,有一晚大雪之后,她叫我带她的小狗出去,给它“把屎”。幸亏我不是个“抱佛脚”的,可是我实在不知道怎样“把屎”,只牵着狗在雪地里转了两圈,回去老实说小狗没拉屎。三姑母很不满意,忍住了没说我。管女生的舍监是个美国老姑娘,她到学期终了,请我转告三姑母:宿舍里不便养狗。也许我应该叫她自己和我姑母打交道,可是我觉得这话说不出口。我不记得自己是怎样传话的,反正三姑母很恼火,把怨毒都结在我身上,而把所传的话置之不理。春季开学不久,她那只狗就给人毒死了。

不久学校里出了一件事。大学附中一位美国老师带领一队学生到黑龙潭(一个风景区)春游,事先千叮万嘱不许下潭游泳,因为水深湍急,非常危险。有个学生偷偷跳下水去,给卷入急湍。老师得知,立即跳下水去营救。据潭边目击的学生说:老师揪住溺者,被溺者拖下水去;老师猛力挣脱溺者,再去捞他,水里出没几回,没有捞到,最后力竭不支,只好挣扎上岸。那孩子就淹死了。那位老师是个很老实的人,他流涕自责没尽责任,在生死关头一刹那间,他想到了自己的妻子儿女,没有舍生忘死。当时舆论认为老师已经尽了责任,即使赔掉性命,也没法救起溺者。校方为这事召开了校务会议,想必是商量怎样向溺者家长交代。参与会议的大多是洋人,校方器重三姑母,也请她参加了。三姑母在会上却责怪那位老师没舍命相救,会后又自觉失言。舍生忘死,只能要求自己,不能责求旁人;校方把她当自己人,才请她参与会议,商量办法,没要她去苛责那位惶恐自愧的老师。

她懊悔无及，就想请校委会的人吃一顿饭，大概是表示歉意。她在请客前一天告诉我母亲"明天要备一桌酒"，在我家请客；她已约下了客人。一桌酒是好办的，可是招待外宾，我家不够标准。我们的大厅高大，栋梁间的积尘平日打扫不到，后园也不够整洁。幸亏我母亲人缘好，她找到本巷"地头蛇"，立即雇来一群年富力强的小伙子，只半天工夫便把房子前前后后打扫干净。一群洋客人到了我家，对我父母大夸我；回校又对我大夸我家。我觉得他们和三姑母的关系好像由紧张又缓和下来。

三姑母请客是星期六，客散后我才回家，走过大厅后轩，看见她一人在厅上兜兜转，嘴里喃喃自骂："死开盖！""开盖货！"骂得咬牙切齿。我进去把所见告诉母亲。母亲叹气说："嗐！我叫她请最贵的，她不听。"原来三姑母又嫌菜不好，简慢了客人。其实酒席上偶有几个菜不如人意，也是小事。说错话、做错事更是人之常情，值不当那么懊恼。我现在回头看，才了解我当时看到的是一个伤残的心灵。她好像不知道人世间有同情，有原谅，只觉得人人都盯着责备她，人人都嫌弃她，而她又老是那么"开盖"。

学校里接着又出一件事。有个大学四年级的学生自称"怪物"，有意干些怪事招人注意。他穿上戏里纨绔少爷的花缎袍子，镶边马褂，戴着个红结子的瓜皮帽，跑到街上去挑粪；或叫洋车夫坐在洋车上，他拉着车在闹市跑。然后又招出一个"二怪物"。"大怪物"和大学的门房交了朋友，一同拉胡琴唱戏。他违犯校规，经常夜里溜出校门，半夜门房偷偷放他进校。学校就把"大怪物"连同门房一起开除。三姑母很可能吃了"怪物"灌她的“米汤”而对这“怪物”有好感，她认为年轻人胡闹不足怪，四年级开除学籍就影响这个青年的一辈子。她和学校意见不合，就此辞职了。

那时我大弟得了肺结核症。三姑母也许是怕传染，也许是事出偶然，她“典”①了一个大花园里的两座房屋，一座她已经出租，另一座楠木楼留着自己住。我母亲为大弟的病求医问药忙得失魂落魄，却还为三姑母置备了一切日常用具，而且细心周到，还为她备了煤油炉和一箱煤油。三姑母搬入新居那天，母亲命令我们姐妹和小弟弟大伙儿都换上漂亮的衣服送搬家。我认为送搬家也许得帮忙，不懂为什么要换漂亮衣裳。三姑母典的房子在娄门城墙边，地方很偏僻。听说原来的园主为建造那个花园惨淡经营，未及竣工，他已病危，勉强坐了轿子在园内游览一遍便归天去了。花园确还像个花园，有亭台楼阁，有假山，有荷池，还有个湖心亭，有一座九曲桥。园内苍松翠柏各有姿致，相形之下，才知道我们后园的树木多么平庸。我们回家后，母亲才向我们讲明道理。三姑母是个孤独的人，脾气又坏——她和管园产的经纪人已经吵过两架，所以我们得给她装装场面，让人家知道她亲人不少，而且也不是贫寒的。否则她在那种偏僻的地方会受欺，甚至受害。

三姑母搬出后，我们才知道她搬家也许还是“怪物”促成的。他介绍自己的一个亲戚叫“黄少奶”为三姑母管理家务。三姑母早已买下一辆包车，又雇了一个车夫，一个女佣，再加有人管家，就可以自立门户了。她竭力要拼凑一个像样的家，还问

① 即活买，期满卖主可用原价赎回。

我大伯母要了一个孙女儿。她很爱那个孩子,孩子也天真可爱,可是一经她精心教育,孩子变成了一个懂事的小养媳妇儿。不巧我婶母偶到三姑母家去住了一夜,便向大伯母诉说三姑母家的情况,还说孩子瘦了。大伯母舍不得,忙把孩子讨回去。

三姑母家的女佣总用不长,后来"黄少奶"也辞了她。我母亲为她置备的煤油炉成了她的要紧用具。她没有女佣,就坐了包车到我家来吃饭。那时候我大弟已经去世。她常在我们晚饭后乘凉的时候,忽然带着车夫来吃晚饭。天热,当时还没有冷藏设备,厨房里怕剩饭剩菜馊掉,尽量吃个精光。她来了,母亲得设法安排两个人的饭食。时常特地为她留着晚饭,她又不来,东西都馊掉。她从不肯事先来个电话,仿佛故意捣乱。所以她来了,我和弟弟妹妹在后园躲在花木深处,黑地里装作不知道。大姐姐最识体,总是她敷衍三姑母,陪她说话。

她不会照顾自己,生了病就打电话叫我母亲去看她。母亲带了大姐姐同去伺候,还得包半天的车,因为她那里偏僻,车夫不肯等待,附近也叫不到车。一次母亲劝她搬回来住,她病中也同意,可是等我母亲作好种种准备去接她,她又变卦了。她是好动的,喜欢坐着包车随意出去串门。我们家的大门虽然有六扇,日常只开中间两扇。她那辆包车特大,门里走不进——只差两分,可是门不能扩大,车也不能削小。她要是回我们家住,她那辆车就没处可放。

她有个相识的人善"灌米汤",常请她吃饭,她很高兴,不知道那人请饭不是白请的。他陆续问我三姑母借了好多钱,造了新房子,前面还有个小小的花园。三姑母要他还钱的时候,他就推委不还,有一次晚上三姑母到他家去讨债,那人灭了电灯,放狗出来咬她。三姑母吃了亏,先还不肯对我父母亲讲,大概是自愧喝了“米汤”上当,后来忍不住才讲出来的。

她在一个中学教英文和数学,同时好像在创办一个中学叫“二乐”,我不大清楚。我假期回家,她就抓我替她改大叠的考卷;瞧我改得快,就说,“到底年轻人做事快”,每学期的考卷都叫我改。她嫌理发店脏,又抓我给她理发。父亲常悄悄对我说:“你的好买卖来了。”三姑母知道父亲袒护我,就越发不喜欢我,我也越发不喜欢她。

一九三五年夏天我结婚,三姑母来吃喜酒,穿了一身白夏布的衣裙和白皮鞋。贺客诧怪,以为她披麻戴孝来了。我倒认为她不过是一般所谓“怪僻”。一九二九年她初到东吴教课,做了那一套细夏布的衣裙,穿了还是很“帅”的。可是多少年过去了,她大概没有添做过新衣。我母亲为我大弟的病、大弟的死、接下父亲又病,没心思顾她。她从来不会打扮自己,也瞧不起女人打扮。

我记得那时候她已经在盘门城河边买了一小块地,找匠人盖了几间屋。不久她退掉典来的花园房子,搬入新居。我在国外,她的情况都是大姐姐后来告诉我的。日寇侵占苏州,我父母带了两个姑母一同逃到香山暂住。香山沦陷前夕,我母亲病危,两个姑母往别处逃避,就和我父母分手了。我母亲去世后,父亲带着我的姐姐妹妹逃回苏州,两个姑母过些时也回到苏州,各回自己的家(二姑母已抱了一个不认识的孩子做孙女,自己买了房子)。三姑母住在盘门,四邻是小户人家,都深受敌军的蹂躏。据那里的传闻,三姑母不止一次跑去见日本军官,责备他纵容部下奸淫掳掠。军官就勒令他部下的兵退还他们从三姑母四邻抢到的财物。街坊上的妇女怕日本兵挨户找“花姑娘”，都躲到三姑母家里去。一九三八年一月一日，两个日本兵到三姑母家去，不知用什么话哄她出门，走到一座桥顶上，一个兵就向她开一枪，另一个就把她抛入河里。他们发现三姑母还在游泳，就连发几枪，看见河水泛红，才扬长而去。邻近为她造房子的一个木工把水里捞出来的遗体入殓。棺木太薄，不管用，家属领尸的时候，已不能更换棺材，也没有现成的特大棺材可以套在外面，只好赶紧在棺外加钉一层厚厚的木板。

一九三九年我母亲安葬灵岩山的绣谷公墓。二姑母也在那公墓为三姑母和她自己合买一块墓地。三姑母和我母亲是同日下葬的。我看见母亲的棺材后面跟着三姑母的奇模怪样的棺材，那些木板是仓卒间合上的，来不及刨光，也不能上漆。那具棺材，好像象征了三姑母坎坷别扭的一辈子。

我母亲曾说：“三伯伯其实是贤妻良母。”我父亲只说：“申官如果嫁了一个好丈夫，她是个贤妻良母。”我觉得父亲下面半句话没说出来。她脱离蒋家的时候还很年轻，尽可以再嫁人。可是据我所见，她挣脱了封建制度的桎梏，就不屑做什么贤妻良母。她好像忘了自己是女人，对恋爱和结婚全不在念。她跳出家庭，就一心投身社会，指望有所作为。她留美回国，做了女师大的校长，大约也自信能有所作为。可是她多年在国外埋头苦读，没看见国内的革命潮流；她不能理解当前的时势，她也没看清自己所处的地位。如今她已作古人；提及她而骂她的人还不少，记得她而知道她的人已不多了。

一九八三年发表

记钱锺书与《围城》

自从一九八〇年《围城》在国内重印以来，我经常看到锺书对来信和登门的读者表示歉意：或是诚诚恳恳地奉劝别研究什么《围城》；或客客气气地推说“无可奉告”；或者竟是既欠礼貌又不讲情理的拒绝。一次我听他在电话里对一位求见的英国女士说：“假如你吃了个鸡蛋觉得不错，何必认识那下蛋的母鸡呢？”我直担心他冲撞人。胡乔木同志偶曾建议我写一篇《钱锺书与〈围城〉》。我确也手痒，但以我的身份，容易写成锺书所谓“亡夫行述”之类的文章。不过我既不称赞，也不批评，只据事纪实；锺书读后也承认没有失真。这篇文章原是朱正同志所编《骆驼丛书》中的一册，也许能供《围城》的偏爱者参考之用。

一九八五年十二月

一　钱锺书写《围城》

钱锺书在《围城》的序里说，这本书是他“锱铢积累”写成的。我是“锱铢积累”读完的。每天晚上，他把写成的稿子给我看，急切地瞧我怎样反应。我笑，他也笑；我大笑，他也大笑。有时我放下稿子，和他相对大笑，因为笑的不仅是书上的事，还有书外的事。我不用说明笑什么，反正彼此心照不宣。然后他就告诉我下一段打算写什么，我就急切地等着看他怎么写。他平均每天写五百字左右。他给我看的是定稿，不再改动。后来他对这部小说以及其它“少作”都不满意，恨不得大改特改，不过这是后话了。

锺书选注宋诗，我曾自告奋勇，愿充白居易的“老妪”——也就是最低标准；如果我读不懂，他得补充注释。可是在《围城》的读者里，我却成了最高标准。好比学士通人熟悉古诗文里词句的来历，我熟悉故事里人物和情节的来历。除了作者本人，最有资格为《围城》做注释的，该是我了。

看小说何需注释呢？可是很多读者每对一本小说发生兴趣，就对作者也发生兴趣，并把小说里的人物和情节当做真人实事。有的干脆把小说的主角视为作者本人。高明的读者承认作者不能和书中人物等同，不过他们说，作者创造的人物和故事，离不开他个人的经验和思想感情。这话当然很对。可是我曾在一篇文章里指出：创作的一个重要成分是想象，经验好比黑暗里点上的火，想象是这个火所发的光；没有火就没有光，但光照所及，远远超过火点儿的大小。[1] 创造的故事往往从多方面超越作者本人的经验。要从创造的故事里返求作者的经验是颠倒的。作者的思想情感经过创造，就好比发过酵而酿成了酒；从酒里辨认酿酒的原料，大非易事。我有机缘知道作者的经历，也知道酿成的酒是什么原料，很愿意让读者看看真人实事和虚构的人物情节有多大的距离，而且是怎样的错乱。许多所谓写实的小说，其实是改头换面地叙写自己的经历，提升或满足自己的感情。这种自传体的小说或小说体的自传，实在是浪漫的纪实，不是写实的虚构。而《围城》却是一部虚构写实的小说，尽管读来好像真有其事，真有其人，其实全是创造。

《围城》里写方鸿渐本乡出名的行业是打铁、磨豆腐，名产是泥娃娃。有人读到这里，不禁得意地大哼一声说："这不是无锡吗？钱锺书不是无锡人吗？他不也留过洋吗？不也在上海住过吗？不也在内地教过书吗？"有一位专爱考据的先生，竟推断出钱锺书的学位也靠不住，方鸿渐就是钱锺书的结论更可以成立了。

钱锺书是无锡人，一九三三年毕业于清华大学，在上海光华大学教了两年英语，一九三五年考取英庚款到英国牛津留学，一九三七年得文学学士（B. Litt.）学位，然后到法国，入巴黎大学进修。他本想读学位，后来打消了原意。一九三八年，清华大学聘他为教授。据那时候清华的文学院长冯友兰先生来函说，这是破例的事，因为按清华旧例，初回国教书只当讲师，由讲师升

---

① 参看我的《事实—故事—真实》一文。

副教授,然后升为教授。锺书九、十月间回国,在香港上岸,转昆明到清华任教。那时清华已并入西南联大。他父亲原是国立浙江大学教授,应老友廖茂如先生恳请,到湖南蓝田帮他创建国立师范学院;他母亲弟妹等随叔父一家逃难住上海。一九三九年秋,锺书自昆明回上海探亲后,他父亲来信来电,说自己老病,要锺书也去湖南照料。师范学院院长廖先生来上海,反复劝说他去当英文系主任,以便伺候父亲,公私兼顾。这样,他就未回昆明而到湖南去了。一九四〇年暑假,他和一位同事结伴回上海探亲,道路不通,半途折回。一九四一年暑假,他由广西到海防搭海轮到上海,准备小住几月再回内地。西南联大外文系主任陈福田先生在秋季开学以后到上海相访,约他再回联大,钱锺书没有应聘。值珍珠港事变,他就沦陷在上海了。他写过一首七律《古意》,内有一联说:"槎通碧汉无多路,梦入红楼第几层",另一首《古意》又说:"心如红杏专春闹,眼似黄梅诈雨晴",都是寄托当时羁居沦陷区的怅惘情绪。《围城》是沦陷在上海的时期写的。

锺书和我一九三二年春在清华初识,一九三三年订婚,一九三五年结婚,同船到英国(我是自费留学),一九三七年秋同到法国,一九三八年秋同船回国。我母亲一年前去世,我苏州的家已被日寇抢劫一空,父亲避难上海,寄居我姐夫家。我急要省视老父,锺书在香港下船到昆明,我乘原船直接到上海。当时我中学母校的校长留我在"孤岛"的上海建立"分校"。二年后上海沦陷,"分校"停办,我暂当家庭教师,又在小学代课,业余创作话剧。锺书陷落上海没有工作,我父亲把自己在震旦女子文理学院授课的钟点让给他,我们就在上海艰苦度日。

有一次,我们同看我编写的话剧上演,回家后他说:“我想写一部长篇小说!”我大为高兴,催他快写。那时他正偷空写短篇小说,怕没有时间写长篇。我说不要紧,他可以减少授课的时间,我们的生活很省俭,还可以更省俭。恰好我们的女佣因家乡生活好转要回去。我不勉强她,也不另觅女佣,只把她的工作自己兼任了。劈柴生火烧饭洗衣等等我是外行,经常给煤烟染成花脸,或熏得满眼是泪,或给滚油烫出泡来,或切破手指。可是我急切要看锺书写《围城》(他已把题目和主要内容和我讲过),做灶下婢也心甘情愿。

《围城》是一九四四年动笔,一九四六年完成的。他就像原《序》所说:“两年里忧世伤生”,有一种惶急的情绪,又忙着写《谈艺录》;他三十五岁生日诗里有一联:“书癖钻窗蜂未出,诗情绕树鹊难安”,正是写这种兼顾不及的心境。那时候我们住在钱家上海避难的大家庭里,包括锺书父亲一家和叔父一家。两家同住分炊。锺书的父亲一直在外地,锺书的弟弟妹妹弟媳和侄儿女等已先后离开上海,只剩他母亲没走,还有一个弟弟单身留在上海;所谓大家庭也只像个小家庭了。

以上我略叙锺书的经历、家庭背景和他撰写《围城》时的处境,为作者写个简介。下面就要为《围城》做些注解,让读者明白:《围城》只是小说,是创作而不是传记。

锺书从他熟悉的时代、熟悉的地方、熟悉的社会阶层取材。但组成故事的人物和情节全属虚构。尽管某几个角色稍有真人的影子,事情都子虚乌有;某些情节略具真实,人物却全是捏造的。

方鸿渐取材于两个亲戚:一个志大才疏,常满腹牢骚;一个狂妄自大，爱自吹自唱。两人都读过《围城》，但是谁也没自认为方鸿渐，因为他们从未有方鸿渐的经历。锺书把方鸿渐作为故事的中心，常从他的眼里看事，从他的心里感受。不经意的读者会对他由了解而同情，由同情而关切，甚至把自己和他合而为一。许多读者以为他就是作者本人。法国十九世纪小说《包法利夫人》的作者福楼拜曾说："包法利夫人，就是我。"那么，钱锺书照样可说："方鸿渐，就是我。"不过还有许多男女角色都可说是钱锺书，不光是方鸿渐一个。方鸿渐和钱锺书不过都是无锡人罢了，他们的经历远不相同。

我们乘法国邮船阿多士Ⅱ（Athos Ⅱ）回国，甲板上的情景和《围城》里写的很像，包括法国警官和犹太女人调情，以及中国留学生打麻将等等。鲍小姐却纯是虚构。我们出国时同船有一个富有曲线的南洋姑娘，船上的外国人对她大有兴趣，把她看做东方美人。我们在牛津认识一个由未婚夫资助留学的女学生，听说很风流。牛津有个研究英国语文的埃及女学生，皮肤黑黑的，我们两人都觉得她很美。鲍小姐是综合了东方美人、风流未婚妻和埃及美人而抟捏出来的。锺书曾听到中国留学生在邮船上偷情的故事，小说里的方鸿渐就受了鲍小姐的引诱。鲍鱼之肆是臭的，所以那位小姐姓鲍。

苏小姐也是东鳞西爪凑成的：相貌是经过美化的一个同学，心眼和感情属于另一人，这人可一点不美；走单帮贩私货的又另是一人。苏小姐做的那首诗是锺书央我翻译的；他嘱我不要翻得好，一般就行。苏小姐的丈夫是另一个同学，小说里乱点了鸳鸯谱。结婚穿黑色礼服、白硬领圈给汗水浸得又黄又软的那位新郎，不是别人，正是锺书自己。因为我们结婚的黄道吉日是一年里最热的日子。我们的结婚照上，新人、伴娘、提花篮的女孩子、提纱的男孩子，一个个都像刚被警察拿获的扒手。

赵辛楣是由我们喜欢的一个五六岁的男孩子变大的，锺书为他加上了二十多岁年纪。这孩子至今没有长成赵辛楣，当然也不可能有赵辛楣的经历。如果作者说："方鸿渐，就是我，"他准也会说："赵辛楣，就是我。"

有两个不甚重要的人物有真人的影子，作者信手拈来，未加融化，因此那两位相识都"对号入座"了。一位满不在乎，另一位听说很生气。锺书夸张了董斜川的一个方面，未及其他。但董斜川的谈吐和诗句，并没有一言半语抄袭了现成，全都是捏造的。褚慎明和他的影子并不对号。那个影子的真身比褚慎明更夸张些呢。有一次我和他同乘火车从巴黎郊外进城，他忽从口袋里掏出一张纸，上面开列了少女选择丈夫的种种条件，如相貌、年龄、学问、品性、家世等等共十七八项，逼我一一批分数，并排列先后。我知道他的用意，也知道他的对象，所以小心翼翼地应付过去。他接着气呼呼地对我说："她们说他（指锺书）'年少翩翩'，你倒说说，他'翩翩'不'翩翩'。"我应该厚道些，老实告诉他，我初识锺书的时候，他穿一件青布大褂，一双毛布底鞋，戴一副老式大眼镜，一点也不"翩翩"。可是我瞧他认为我该和他站在同一立场，就忍不住淘气说："我当然最觉得他'翩翩'。"他听了怫然，半天不言语。后来我称赞他西装笔挺，他惊喜说："真的吗？我总觉得自己的衣服不挺，每星期洗熨一次也不如别人的挺。"我肯定他衣服确实笔挺，他才高兴。其实，褚慎明也是个复合体，小说里的那杯牛奶是另一人喝的。那人也是我们在巴黎时的同伴，他尚未结婚，曾对我们讲：他爱"天仙的美”,不爱“妖精的美”。他的一个朋友却欣赏“妖精的美”,对一个牵狗的妓女大有兴趣,想“叫一个局”,把那妓女请来同喝点什么谈谈话。有一晚,我们一群人同坐咖啡馆,看见那个牵狗的妓女进另一家咖啡馆去了。“天仙美”的爱慕者对“妖精美”的爱慕者自告奋勇说:“我给你去把她找来。”他去了好久不见回来,锺书说:“别给蜘蛛精网在盘丝洞里了,我去救他吧。”锺书跑进那家咖啡馆,只见“天仙美”的爱慕者独坐一桌,正在喝一杯很烫的牛奶,四围都是妓女,在窃窃笑他。锺书“救”了他回来。从此,大家常取笑那杯牛奶,说如果叫妓女,至少也该喝杯啤酒,不该喝牛奶。准是那杯牛奶作祟,使锺书把褚慎明拉到饭馆去喝奶;那大堆的药品准也是即景生情,由那杯牛奶生发出来的。

方遯翁也是个复合体。读者因为他是方鸿渐的父亲,就确定他是锺书的父亲,其实方遯翁和他父亲只有几分相像。我和锺书订婚前后,锺书的父亲擅自拆看了我给锺书的信,大为赞赏,直接给我写了一封信,郑重把锺书托付给我。这很像方遯翁的作风。我们沦陷在上海时,他来信说我“安贫乐道”,这也很像方遯翁的语气。可是,如说方遯翁有二三分像他父亲,那么,更有四五分是像他叔父,还有几分是捏造,因为亲友间常见到这类的旧式家长。锺书的父亲和叔父都读过《围城》。他父亲莞尔而笑;他叔父的表情我们没看见。我们夫妇常私下捉摸,他们俩是否觉得方遯翁和自己有相似之处。

唐晓芙显然是作者偏爱的人物,不愿意把她嫁给方鸿渐。其实,作者如果让他们成为眷属,由眷属再吵架闹翻,那么,结婚如身陷围城的意义就阐发得更透彻了。方鸿渐失恋后,说赵辛楣如果娶了苏小姐也不过尔尔，又说结婚后会发现娶的总不是意中人。这些话都很对。可是他究竟没有娶到意中人，他那些话也就可释为聊以自慰的话。

至于点金银行的行长，“我你他”小姐的父母等等，都是上海常见的无锡商人，我不再一一注释。

我爱读方鸿渐一行五人由上海到三闾大学旅途上的一段。我没和锺书同到湖南去，可是他同行五人我全认识，没一人和小说里的五人相似，连一丝影儿都没有。王美玉的卧房我倒见过：床上大红绸面的被子，叠在床里边；桌上大圆镜子，一个女人脱了鞋坐在床边上，旁边煎着大半脸盆的鸦片。那是我在上海寻找住房时看见的，向锺书形容过。我在清华做学生的时期，春假结伴旅游，夜宿荒村，睡在铺干草的泥地上，入夜梦魇，身下一个小娃娃直对我嚷：“压住了我的红棉袄”，一面用手推我，却推不动。那番梦魇，我曾和锺书讲过。蛆叫“肉芽”，我也曾当做新鲜事告诉锺书。锺书到湖南去，一路上都有诗寄我。他和旅伴游雪窦山，有纪游诗五古四首，我很喜欢第二第三首，我不妨抄下，作为真人实事和小说的对照。

天风吹海水，屹立作山势；
浪头飞碎白，积雪疑几世。
我常观乎山，起伏有水致；
蜿蜒若没骨，皱具波涛意。
乃知水与山，思各出其位，
譬如豪杰人，异量美能备。
固哉鲁中叟，祗解别仁智。

山容太古静，而中藏瀑布，
不舍昼夜流，得雨势更怒。
辛酸亦有泪，贮胸敢倾吐；
略似此山然，外勿改其度。
相契默无言，远役喜一晤。
微恨多游踪，藏焉未为固。
衷曲莫浪陈，悠悠彼行路。

小说里只提到游雪窦山，一字未及游山的情景。游山的自是游山的人，方鸿渐、李梅亭等正忙着和王美玉打交道呢。足见可捏造的事丰富得很，实事尽可抛开，而且实事也挤不进这个捏造的世界。

李梅亭途遇寡妇也有些影子。锺书有一位朋友是忠厚长者，旅途上碰到一个自称落难的寡妇；那位朋友资助了她，后来知道是上当。我有个同学绰号“风流寡妇”，我曾向锺书形容她临睡洗去脂粉，脸上眉眼口鼻都没有了。大约这两件不相干的事凑出来一个苏州寡妇，再碰上李梅亭，就生出“倷是好人”等等妙语奇文。

汪处厚的夫人使我记起我们在上海一个邮局里看见的女职员。她头发枯黄，脸色苍白，眼睛斜撇向上，穿一件浅紫色麻纱旗袍。我曾和锺书讲究，如果她皮肤白腻而头发细软乌黑，浅紫的麻纱旗袍换成线条柔软的深紫色绸旗袍，可以变成一个美人。汪太太正是这样一位美人，我见了似曾相识。

范小姐、刘小姐之流想必是大家熟悉的，不必再介绍。孙柔嘉虽然跟着方鸿渐同到湖南又同回上海，我却从未见过。相识的女人中间（包括我自己），没一个和她相貌相似。但和她稍多接触，就发现她原来是我们这个圈子里最寻常可见的。她受过高等教育，没什么特长，可也不笨；不是美人，可也不丑；没什么兴趣，却有自己的主张。方鸿渐"兴趣很广，毫无心得"；她是毫无兴趣而很有打算。她的天地极小，只局限在"围城"内外。她所享的自由也有限，能从城外挤入城里，又从城里挤出城外。她最大的成功是嫁了一个方鸿渐，最大的失败也是嫁了一个方鸿渐。她和方鸿渐是芸芸知识分子间很典型的夫妇。孙柔嘉聪明可喜的一点是能画出汪太太的"扼要"：十点红指甲，一张红嘴唇。一个年轻女子对自己又羡又妒又瞧不起的女人，会有这种尖刻。但这点聪明还是锺书赋予她的。锺书惯会抓住这类"扼要"，例如他能抓住每个人声音里的"扼要"，由声音辨别说话的人，尽管是从未识面的人。

也许我正像堂吉诃德那样，挥剑捣毁了木偶戏台，把《围城》里的人物斫得七零八落，满地都是硬纸做成的断肢残骸。可是，我逐段阅读这部小说的时候，使我放下稿子大笑的，并不是发现了真人实事，却是看到真人实事的一鳞半爪，经过拼凑点化，创出了从未相识的人，捏造了从未想到的事。我大笑，是惊喜之余，不自禁地表示"我能拆穿你的西洋镜"。锺书陪我大笑，是了解我的笑，承认我笑得不错，也带着几分得意。

可能我和堂吉诃德一样，做了非常扫兴的事。不过，我相信，这一来可以说明《围城》绝非真人实事。

二　写《围城》的钱锺书

要认识作者，还是得认识他本人，最好从小时候起。

锺书一出世就由他伯父抱去抚养，因为伯父没有儿子。据钱家的"坟上风水"，不旺长房旺小房；长房往往没有子息，便有，也没出息，伯父就是"没出息"的长子。他比锺书的父亲大十四岁，二伯父早亡，他父亲行三，叔父行四，两人是同胞双生，锺书是长孙，出嗣给长房。伯父为锺书连夜冒雨到乡间物色得一个壮健的农妇；她是寡妇，遗腹子下地就死了，是现成的好奶妈（锺书称为"姆妈"）。姆妈一辈子帮在钱家，中年以后，每年要呆呆的发一阵子呆，家里人背后称为"痴姆妈"。她在锺书结婚前特地买了一只翡翠镶金戒指，准备送我做见面礼。有人哄她那是假货，把戒指骗去，姆妈气得大发疯，不久就去世了，我始终没见到她。

锺书自小在大家庭长大，和堂兄弟的感情不输亲兄弟。亲的、堂的兄弟共十人，锺书居长。众兄弟间，他比较稚钝，孜孜读书的时候，对什么都没个计较，放下书本，又全没正经，好像有大量多余的兴致没处寄放，专爱胡说乱道。钱家人爱说他吃了痴姆妈的奶，有"痴气"。我们无锡人所谓"痴"，包括很多意义：疯、傻、憨、稚气、骙气、淘气等等。他父母有时说他"痴颠不拉"、"痴巫作法"、"呒着呒落"（"着三不着两"的意思——我不知正确的文字，只按乡音写）。他确也不像他母亲那样沉默寡言、严肃谨慎，也不像他父亲那样一本正经。他母亲常抱怨他父亲"憨"。也许锺书的"痴气"和他父亲的憨厚正是一脉相承的。我曾看过他们家的旧照片。他的弟弟都精精壮壮，惟他瘦弱，善眉善眼的一副忠厚可怜相。想来那时候的"痴气"只是稚气、骙气，还不会淘气呢。

锺书周岁"抓周"，抓了一本书，因此取名"锺书"。他出世那天，恰有人送来一部《常州先哲丛书》，伯父已为他取名“仰先”，字“哲良”。可是周岁有了“锺书”这个学名，“仰先”就成为小名，叫作“阿先”。但“先儿”、“先哥”好像“亡儿”、“亡兄”，“先”字又改为“宣”，他父亲仍叫他“阿先”。（他父亲把锺书写的家信一张张贴在本子上，有厚厚许多本，亲手贴上题签“先儿家书（一）、（二）、（三）……”；我还看到过那些本子和上面贴的信。）伯父去世后，他父亲因锺书爱胡说乱道，为他改字“默存”，叫他少说话的意思。锺书对我说：“其实我喜欢‘哲良’，又哲又良——我闭上眼睛，还能看到伯伯给我写在练习簿上的‘哲良’。”这也许因为他思念伯父的缘故。我觉得他确是又哲又良，不过他“痴气”盎然的胡说乱道，常使他不哲不良——假如淘气也可算不良。“默存”这个号显然没有起克制作用。

伯父“没出息”，不得父母欢心，原因一半也在伯母。伯母娘家是江阴富户，做颜料商发财的，有七八只运货的大船。锺书的祖母娘家是石塘湾孙家，官僚地主，一方之霸。婆媳彼此看不起，也影响了父子的感情。伯父中了秀才回家，进门就挨他父亲一顿打，说是“杀杀他的势气”；因为锺书的祖父虽然有两个中举的哥哥，他自己也不过是个秀才。锺书不到一岁，祖母就去世了。祖父始终不喜欢大儿子，锺书也是不得宠的孙子。

锺书四岁（我纪年都用虚岁，因为锺书只记得虚岁，而锺书是阳历十一月下旬生的，所以周岁当减一岁或二岁）由伯父教他识字。伯父是慈母一般，锺书成天跟着他。伯父上茶馆，听说书，锺书都跟去。他父亲不便干涉，又怕惯坏了孩子，只好建议及早把孩子送入小学。锺书六岁入秦氏小学。现在他看到人家大讲“比较文学”，就记起小学里造句：“狗比猫大，牛比羊大”；

有个同学比来比去，只是“狗比狗大，狗比狗小”，挨了老师一顿骂。他上学不到半年，生了一场病，伯父舍不得他上学，借此让他停学在家。他七岁，和比他小半岁的堂弟锺韩同在亲戚家的私塾附学，他念《毛诗》，锺韩念《尔雅》。但附学不便，一年后他和锺韩都在家由伯父教。伯父对锺书的父亲和叔父说：“你们两兄弟都是我启蒙的，我还教不了他们?”父亲和叔父当然不敢反对。

其实锺书的父亲是由一位族兄启蒙的。祖父认为锺书的父亲笨，叔父聪明，而伯父的文笔不顶好。叔父反正聪明，由伯父教也无妨，父亲笨，得请一位文理较好的族兄来教。那位族兄严厉得很，锺书的父亲挨了不知多少顿痛打。伯父心疼自己的弟弟，求了祖父，让两个弟弟都由他教。锺书的父亲挨了族兄的痛打一点不抱怨，却别有领会。他告诉锺书：“不知怎么的，有一天忽然给打得豁然开通了。”

锺书和锺韩跟伯父读书，只在下午上课。他父亲和叔父都有职业，家务由伯父经管。每天早上，伯父上茶馆喝茶，料理杂务，或和熟人聊天。锺书总跟着去。伯父花一个铜板给他买一个大酥饼吃(据锺书比给我看，那个酥饼有饭碗口大小，不知是真有那么大，还是小儿心目中的饼大)；又花两个铜板，向小书铺子或书摊租一本小说给他看。家里的小说只有《西游记》、《水浒》、《三国演义》等正经小说。锺书在家里已开始囫囵吞枣地阅读这类小说，把“獃子”读如“岂子”，也不知《西游记》里的“獃子”就是猪八戒。书摊上租来的《说唐》、《济公传》、《七侠五义》之类是不登大雅的，家里不藏。锺书吃了酥饼就孜孜看书，直到伯父叫他回家。回家后便手舞足蹈向两个弟弟演说他刚看的小说：李元霸或裴元庆或杨林（我记不清）一锤子把对手的枪打得弯弯曲曲等等。他纳闷儿的是，一条好汉只能在一本书里称雄。关公若进了《说唐》，他的青龙偃月刀只有八十斤重，怎敌得李元霸的那一对八百斤重的锤头子；李元霸若进了《西游记》，怎敌得过孙行者的一万三千斤的金箍棒（我们在牛津时，他和我讲哪条好汉使哪种兵器，重多少，历历如数家珍）。妙的是他能把各件兵器的斤两记得烂熟，却连阿拉伯数字的1、2、3都不认识。锺韩下学回家有自己的父亲教，伯父和锺书却是“老鼠哥哥同年伴儿”。伯父用绳子从高处挂下一团棉花，教锺书上、下、左、右打那团棉花，说是打“棉花拳”，可以练软功。伯父爱喝两口酒。他手里没多少钱，只能买些便宜的熟食如酱猪舌之类下酒，哄锺书那是“龙肝凤髓”，锺书觉得其味无穷。至今他喜欢用这类名称，譬如洋火腿在我家总称为“老虎肉”。他父亲不敢得罪哥哥，只好伺机把锺书抓去教他数学；教不会，发狠要打又怕哥哥听见，只好拧肉，不许锺书哭。锺书身上一块青、一块紫，晚上脱掉衣服，伯父发现了不免心疼气恼。锺书和我讲起旧事，对父亲的着急不胜同情，对伯父的气恼也不胜同情，对自己的忍痛不敢哭当然也同情，但回忆中只觉得滑稽又可怜。我笑说：痛打也许能打得“豁然开通”，拧，大约是把窍门拧塞了。锺书考大学，数学只考得十五分。

锺书小时候最乐的事是跟伯母回江阴的娘家去；伯父也同去（堂姊已出嫁）。他们往往一住一两个月。伯母家有个大庄园，锺书成天跟着庄客四处田野里闲逛。他常和我讲田野的景色。一次大雷雨后，河边树上挂下一条大绿蛇，据说是天雷打死的。伯母娘家全家老少都抽大烟，后来伯父也抽上了。锺书往往半夜醒来，跟着伯父伯母吃半夜餐。当时快乐得很，回无锡的时候，吃足玩够，还穿着外婆家给做的新衣。可是一回家他就担忧，知道父亲要盘问功课，少不了挨打。父亲不敢当着哥哥管教锺书，可是抓到机会，就着实管教，因为锺书不但荒了功课，还养成不少坏习气，如晚起晚睡、贪吃贪玩等。

一九一九年秋天，我家由北京回无锡。我父母不想住老家，要另找房子。亲友介绍了一处，我父母去看房子，带了我同去。锺书家当时正租居那所房子。那是我第一次上他们钱家的门，只是那时两家并不相识。我记得母亲说，住在那房子里的一位女眷告诉她，搬进以后，没离开过药罐儿。那所房子我家没看中；钱家虽然嫌房子阴暗，也没有搬出。他们五年后才搬入七尺场他们家自建的新屋。我记不起那次看见了什么样的房子或遇见了什么人，只记得门口下车的地方很空旷，有两棵大树；很高的白粉墙，粉墙高处有一个个砌着镂空花的方窗洞。锺书说我记忆不错，还补充说，门前有个大照墙，照墙后有一条河从门前流过。他说，和我母亲说话的大约是婶母，因为叔父婶母住在最外一进房子里，伯父伯母和他住中间一进，他父母亲伺奉祖父住最后一进。

我女儿取笑说："爸爸那时候不知在哪儿淘气呢。假如那时候爸爸看见妈妈那样的女孩子，准抠些鼻牛儿来弹她。"锺书因此记起旧事说，有个女裁缝常带着个女儿到他家去做活；女儿名宝宝，长得不错，比他大两三岁。他和锺韩一次抓住宝宝，把她按在大厅隔扇上，锺韩拿一把削铅笔的小脚刀作势刺她。宝宝大哭大叫，由大人救援得免。兄弟俩觉得这番胜利当立碑纪念，就在隔扇上刻了"刺宝宝处"四个字。锺韩手巧，能刻字，但那四个字未经简化,刻来煞是费事。这大概是顽童刚开始“知慕少艾”的典型表现。后来房子退租的时候,房主提出赔偿损失,其中一项就是隔扇上刻的那四个不成形的字。另一项是锺书一人干的坏事,他在后园“挖人参”,把一棵玉兰树的根刨伤,那棵树半枯了。

锺书十一岁,和锺韩同考取东林小学一年级,那是四年制的高等小学。就在那年秋天,伯父去世。锺书还未放学,经家人召回,一路哭着赶回家去,哭叫“伯伯”,伯父已不省人事。这是他生平第一次遭受的伤心事。

伯父去世后,伯母除掉长房应有的月钱以外,其它费用就全由锺书父亲负担了。伯母娘家败得很快,兄弟先后去世,家里的大货船逐渐卖光。锺书的学费、书费当然有他父亲负担,可是学期中间往往添买新课本,锺书没钱买,就没有书;再加他小时候贪看书摊上伯父为他租的小字书,看坏了眼睛,坐在教室后排,看不见老师黑板上写的字,所以课堂上老师讲什么,他茫无所知。练习簿买不起,他就用伯父生前亲手用毛边纸、纸捻子为他订成的本子,老师看了直皱眉。练习英文书法用钢笔。他在开学的时候有一支笔杆、一个钢笔尖,可是不久笔尖撅断了头。同学都有许多笔尖,他只有一个,断了头就没法写了。他居然急中生智,把毛竹筷削尖了头蘸着墨水写,当然写得一塌糊涂,老师简直不愿意收他的练习簿。

我问锺书为什么不问父亲要钱。他说,从来没想到过。有时伯母叫他向父亲要钱,他也不说。伯母抽大烟,早上起得晚,锺书由伯母的陪嫁大丫头热些馊粥吃了上学。他同学、他弟弟都穿洋袜,他还穿布袜,自己觉得脚背上有一条拼缝很刺眼,只希望穿上棉鞋可遮掩不见。雨天，同学和弟弟穿皮鞋，他穿钉鞋，而且是伯伯的钉鞋，太大，鞋头塞些纸团。一次雨天上学，路上看见许多小青蛙满地蹦跳，觉得好玩，就脱了鞋捉来放在鞋里，抱着鞋光脚上学；到了教室里，把盛着小青蛙的钉鞋放在台板桌下。上课的时候，小青蛙从鞋里出来，满地蹦跳。同学都忙着看青蛙，窃窃笑乐。老师问出因由，知道青蛙是从锺书鞋里出来的，就叫他出来罚立。有一次他上课玩弹弓，用小泥丸弹人。中弹的同学嚷出来，老师又叫他罚立。可是他混混沌沌，并不觉得羞惭。他和我讲起旧事常说，那时候幸亏糊涂，也不觉得什么苦恼。

锺书跟我讲，小时候大人哄他说，伯母抱来一个南瓜，成了精，就是他；他真有点儿怕自己是南瓜精。那时候他伯父已经去世，“南瓜精”是舅妈、姨妈等晚上坐在他伯母鸦片榻畔闲谈时逗他的，还正色嘱咐他切莫告诉他母亲。锺书也怀疑是哄他，可是真有点担心。他自说混沌，恐怕是事实。这也是家人所谓“痴气”的表现之一。

他有些混沌表现，至今依然如故。例如他总记不得自己的生年月日。小时候他不会分辨左右，好在那时候穿布鞋，不分左右鞋。后来他和锺韩同到苏州上美国教会中学的时候，穿了皮鞋，他仍然不分左右乱穿。在美国人办的学校里，上体育课也用英语喊口号。他因为英文好，当上了一名班长。可是嘴里能用英语喊口号，两脚却左右不分；因此只当了两个星期的班长就给老师罢了官，他也如释重负。他穿内衣或套脖的毛衣，往往前后颠倒，衣服套在脖子上只顾前后掉转。结果还是前后颠倒了。或许这也是钱家人说他“痴”的又一表现。

锺书小时最喜欢玩“石屋里的和尚”。我听他讲得津津有味，以为是什么有趣的游戏；原来只是一人盘腿坐在帐子里，放下帐门，披着一条被单，就是“石屋里的和尚”。我不懂那有什么好玩。他说好玩得很；晚上伯父伯母叫他早睡，他不肯，就玩“石屋里的和尚”，玩得很乐。所谓“玩”，不过是一个人盘腿坐着自言自语。小孩自言自语，其实是出声的想象。我问他是否编造故事自娱，他却记不得了。这大概也算是“痴气”吧。

锺书上了四年高小，居然也毕业了。锺韩成绩斐然，名列前茅；他只是个痴头傻脑、没正经的孩子。伯父在世时，自愧没出息，生怕“坟上风水”连累了嗣给长房的锺书。原来他家祖坟下首的一排排树高大茂盛，上首的细小萎弱。上首的树当然就代表长房了。伯父一次私下花钱向理发店买了好几斤头发，叫一个佃户陪着，悄悄带着锺书同上祖坟去，把头发埋在上首几排树的根旁。他对锺书说，要叫上首的树荣盛，“将来你做大总统”。那时候锺书才七八岁，还不懂事，不过多少也感觉到那是伯父背着人干的私心事，所以始终没向家里任何别人讲过。他讲给我听的时候，语气中还感念伯父对他的爱护，也惊奇自己居然有心眼为伯父保密。

锺书十四岁和锺韩同考上苏州桃坞中学（美国圣公会办的学校）。父母为他置备了行装，学费书费之外，还有零用钱。他就和锺韩同往苏州上学，他功课都还不错，只算术不行。

那年①他父亲到北京清华大学任教，寒假没回家。锺书寒

① “那年”指一九二五年，参看《清华周刊》第3577期（一九二五年九月十一日出版）。下文的“寒假”是一九二五至一九二六年冬，“暑假”是一九二六年夏。

假回家没有严父管束,更是快活。他借了大批的《小说世界》、《红玫瑰》、《紫萝兰》等刊物恣意阅读。暑假他父亲归途阻塞,到天津改乘轮船,辗转回家,假期已过了一半。他父亲回家第一事是命锺书锺韩各做一篇文章;锺韩的一篇颇受夸赞,锺书的一篇不文不白,用字庸俗,他父亲气得把他痛打一顿。锺书忍笑向我形容他当时的窘况:家人都在院子里乘凉,他一人还在大厅上,挨了打又痛又羞,呜呜地哭。这顿打虽然没有起“豁然开通”的作用,却也激起了发奋读书的志气。锺书从此用功读书,作文大有进步。他有时不按父亲教导的方法作古文,嵌些骈俪,倒也受到父亲赞许。他也开始学着作诗,只是并不请教父亲。一九二七年桃坞中学停办,他和锺韩同考入美国圣公会办的无锡辅仁中学,锺书就经常有父亲管教,常为父亲代笔写信,由口授而代写,由代写信而代作文章。锺书考入清华之前,已不复挨打而是父亲得意的儿子了。一次他代父亲为乡下某大户作了一篇墓志铭。那天午饭时,锺书的姆妈听见他父亲对他母亲称赞那篇文章,快活得按捺不住,立即去通风报信,当着他伯母对他说:“阿大啊,爹爹称赞你呢!说你文章做得好!”锺书是第一次听到父亲称赞,也和姆妈一样高兴,所以至今还记得清清楚楚。那时商务印书馆出版钱穆的一本书,上有锺书父亲的序文。据锺书告诉我,那是他代写的,一字没有改动。

我常见锺书写客套信从不起草,提笔就写,八行笺上,几次抬头,写来恰好八行,一行不多,一行不少。锺书说,那都是他父亲训练出来的,他额角上挨了不少“爆栗子”呢。

锺书二十岁伯母去世。那年他考上清华大学,秋季就到北京上学。他父亲收藏的“先儿家书”是那时候开始的。他父亲身后，锺书才知道父亲把他的每一封信都贴在本子上珍藏。信写得非常有趣，对老师、同学都有生动的描写。可惜锺书所有的家书（包括写给我的），都由“回禄君”收集去了。

锺书在清华的同班同学饶余威一九六八年在新加坡或台湾写了一篇《清华的回忆》①，有一节提到锺书：“同学中我们受钱锺书的影响最大。他的中英文造诣很深，又精于哲学及心理学，终日博览中西新旧书籍，最怪的是上课时从不记笔记，只带一本和课堂无关的闲书，一面听讲一面看自己的书，但是考试总是第一，他自己喜欢读书，也鼓励别人读书。……”据锺书告诉我，他上课也带笔记本，只是不作笔记，却在本子上乱画。现在美国的许振德君和锺书是同系同班。他最初因锺书夺去了班上的第一名，曾想揍他一顿出气，因为他和锺书同学之前，经常是名列第一的。一次偶有个不能解决的问题，锺书向他讲解了，他很感激，两人成了朋友，上课常同坐在最后一排。许君上课时注意一女同学，锺书就在笔记本上画了一系列的《许眼变化图》，在同班同学里颇为流传，锺书曾得意地画给我看。一年前许君由美国回来，听锺书说起《许眼变化图》还忍不住大笑。

锺书小时候，中药房卖的草药每一味都有两层纸包裹；外面一张白纸，里面一张印着药名和药性。每服一副药可攒下一叠包药的纸。这种纸干净、吸水，锺书大约八九岁左右常用包药纸来临摹他伯父藏的《芥子园画谱》，或印在《唐诗三百首》里的“诗中之画”。他为自己想出一个别号叫“项昂之”——因为他

① 《清华大学第五级毕业五十周年纪念册》（一九八四年出版）转载此文。饶君已故。

佩服项羽,“昂之”是他想象中项羽的气概。他在每幅画上挥笔署上“项昂之”的大名,得意非凡。他大约常有“项昂之”的兴趣,只恨不善画。他曾央求当时在中学读书的女儿为他临摹过几幅有名的西洋淘气画,其中一幅是《魔鬼临去遗臭图》(图名是我杜撰),魔鬼像吹喇叭似的后部撒着气逃跑,画很妙。上课画《许眼变化图》,央女儿代摹《魔鬼遗臭图》,想来也都是“痴气”的表现。

锺书在他父亲的教导下“发愤用功”,其实他读书还是出于喜好,只似馋嘴佬贪吃美食:食肠很大,不择精粗,甜咸杂进。极俗的书他也能看得哈哈大笑。戏曲里的插科打诨,他不仅且看且笑,还一再搬演,笑得打跌。精微深奥的哲学、美学、文艺理论等大部著作,他像小儿吃零食那样吃了又吃,厚厚的书一本本渐次吃完。诗歌更是他喜好的读物。重得拿不动的大字典、辞典、百科全书等,他不仅挨着字母逐条细读,见了新版本,还不嫌其烦地把新条目增补在旧书上。他看书常做些笔记。

我只有一次见到他苦学。那是在牛津,他提出论文题之前,须学习古文书学(Peleography),要能辨认英国十一世纪以来的各式古文字。他毫无兴趣,考试前只好硬记,因此每天读一本侦探小说“休养脑筋”,“休养”得睡梦中手舞脚踢,不知是捉拿凶手,还是自己做了凶手和警察打架。结果考试不及格,只好暑假后补考。这件补考的事,《围城》英译本《导言》里也提到(见14页)。锺书一九七九年访美,该译本出版家把译文的《导言》给他过目,他读到这一段又惊又笑,想不到调查这么精密。后来胡志德(Theodore Huters)君来见,才知道是他向锺书在牛津时的同窗好友 Donald Stuart 打听来的。胡志德一九八二年出版的

《钱锺书》里把这件事却删去了。①

锺书的“痴气”书本里灌注不下,还洋溢出来。我们在牛津时,他午睡,我临帖,可是一个人写写字困上来,便睡着了。他醒来见我睡了,就饱蘸浓墨,想给我画个花脸。可是他刚落笔我就醒了。他没想到我的脸皮比宣纸还吃墨,洗净墨痕,脸皮像纸一样快洗破了,以后他不再恶作剧,只给我画了一幅肖像,上面再添上眼镜和胡子,聊以过瘾。回国后他暑假回上海,大热天女儿熟睡(女儿还是娃娃呢),他在她肚子上画一个大脸,挨他母亲一顿训斥,他不敢再画。沦陷在上海的时候,他多余的“痴气”往往发泄在叔父的小儿小女、孙儿孙女和自己的女儿阿圆身上。这一串孩子挨肩儿都相差两岁,常在一起玩。有些语言在“不文明”或“臭”的边缘上,他们很懂事似的注意避忌。锺书变着法儿,或作手势,或用切口,诱他们说出来,就赖他们说“坏话”。于是一群孩子围着他吵呀,打呀,闹个没完。他虽然挨了围攻,还俨然以胜利者自居。他逗女儿玩,每天临睡在她被窝里埋置“地雷”,埋得一层深入一层,把大大小小的各种玩具、镜子、刷子,甚至砚台或大把的毛笔都埋进去,等女儿惊叫,他就得意大乐。女儿临睡必定小心搜查一遍,把被里的东西一一取出。锺书恨不得把扫帚、畚箕都塞入女儿被窝,博取一遭意外的胜利。这种玩意儿天天玩也没多大意思,可是锺书百玩不厌。

他又对女儿说,《围城》里有个丑孩子,就是她。阿圆信以为真,却也并不计较。他写了一个开头的《百合心》里,有个女孩子穿一件紫红毛衣,锺书告诉阿圆那是个最讨厌的孩子,也就

---

① 锺书记错了,我翻阅此书,这件事并未删去。

是她。阿圆大上心事,怕爸爸冤枉她,每天找他的稿子偷看,锺书就把稿子每天换个地方藏起来。一个藏,一个找,成了捉迷藏式的游戏。后来连我都不知道稿子藏到哪里去了。

锺书的“痴气”也怪别致的。他很认真地跟我说:“假如我们再生一个孩子,说不定比阿圆好,我们就要喜欢那个孩子了,那我们怎么对得起阿圆呢。”提倡一对父母生一个孩子的理论,还从未讲到父母为了用情专一而只生一个。

解放后,我们在清华养过一只很聪明的猫。小猫初次上树,不敢下来,锺书设法把它救下。小猫下来后,用爪子轻轻软软地在锺书腕上一搭,表示感谢。我们常爱引用西方谚语:“地狱里尽是不知感激的人。”小猫知感,锺书说它有灵性,特别宝贝。猫儿长大了,半夜和别的猫儿打架。锺书特备长竹竿一枝,倚在门口,不管多冷的天,听见猫儿叫闹,就急忙从热被窝里出来,拿了竹竿,赶出去帮自己的猫儿打架。和我们家那猫儿争风打架的情敌之一是紧邻林徽因女士的宝贝猫,她称为她一家人的“爱的焦点”。我常怕锺书为猫而伤了两家和气,引用他自己的话说:“打狗要看主人面,那么,打猫要看主妇面了!”(《猫》的第一句)他笑说:“理论总是不实践的人制定的。”

钱家人常说锺书“痴人有痴福”。他作为书痴,倒真是有点痴福。供他阅读的书,好比富人“命中的禄食”那样丰足,会从各方面源源供应。(除了下放期间,他只好“反刍”似的读读自己的笔记和携带的字典。)新书总会从意外的途径到他手里。他只要有书可读,别无营求。这又是家人所谓“痴气”的另一表现。

锺书和我父亲诗文上有同好,有许多共同的语言。锺书常和我父亲说些精致典雅的淘气话,相与笑乐。一次我父亲问我:“锺书常那么高兴吗?”“高兴”也正是钱家所谓“痴气”的表现。

我认为《管锥编》、《谈艺录》的作者是个好学深思的锺书,《槐聚诗存》的作者是个“忧世伤生”的锺书,《围城》的作者呢,就是个“痴气”旺盛的锺书。我们俩日常相处,他常爱说些痴话,说些傻话,然后再加上创造,加上联想,加上夸张,我常能从中体味到《围城》的笔法。我觉得《围城》里的人物和情节,都凭他那股子痴气,呵成了真人实事。可是他毕竟不是个不知世事的痴人,也毕竟不是对社会现象漠不关心,所以小说里各个细节虽然令人捧腹大笑,全书的气氛,正如小说结尾所说:“包涵对人生的讽刺和伤感,深于一切语言、一切啼笑”,令人回肠荡气。

锺书写完了《围城》,“痴气”依然旺盛,但是没有体现为第二部小说。一九五七年春,“大鸣大放”正值高潮,他的《宋诗选注》刚脱稿,因父病到湖北省亲,路上写了《赴鄂道中》五首绝句,现在引录三首:“晨书暝写细评论,诗律伤严敢市恩。碧海掣鲸闲此手,祇教疏凿别清浑。”“弈棋转烛事多端,饮水差知等暖寒。如膜妄心应褪净,夜来无梦过邯郸。”“驻车清旷小徘徊,隐隐遥空碾懑雷。脱叶犹飞风不定,啼鸠忽噤雨将来。”后两首寄寓他对当时情形的感受,前一首专指《宋诗选注》而说,点化杜甫和元好问的名句(“或看翡翠兰苕上,未掣鲸鱼碧海中”;“谁是诗中疏凿手,暂教泾渭各清浑”)。据我了解,他自信还有写作之才,却只能从事研究或评论工作,从此不但口“噤”,而且不兴此念了。《围城》重印后,我问他想不想再写小说。他说:“兴致也许还有,才气已与年俱减。要想写作而没有可能,那只会有遗恨;有条件写作而写出来的不成东西,那就只有后悔了。

遗恨里还有哄骗自己的余地,后悔是你所学的西班牙语里所谓'面对真理的时刻',使不得一点儿自我哄骗、开脱,或宽容的,味道不好受。我宁恨毋悔。”这几句话也许可作《围城》《重印前记》的笺注吧。

我自己觉得年纪老了;有些事,除了我们俩,没有别人知道。我要乘我们夫妇都健在,一一记下。如有错误,他可以指出,我可以改正。《围城》里写的全是捏造,我所记的却全是事实。

收藏了十五年的附识

我写完《记钱锺书与〈围城〉》,给钱锺书过目。他提笔蘸上他惯用的淡墨,在我稿子后面一页稿纸上写了几句话。我以为是称赞,单给我一人看的,就收下藏好。藏了十五年。

最近我又看到这一页"钱锺书识",恍然明白这句话是写给别人看的。我怎么一点没想到?真是"谦虚"得糊涂了。不过我也糊涂得正好。如果当时和本文一起刊出,读者岂不笑钱锺书捧老伴儿!读者如今看到,会明白这不是称赞我。他准想到了四十多年前,魔鬼夜访钱锺书时讥刺传记的那番高论。虽然《记钱锺书与〈围城〉》之作旨在说明《围城》绝非传记,不是为他立传;但我毕竟写了他的往事。所以他特地证明,我写的都是实情,不属魔鬼所指的那种传记。

一九九七年十月九日

以下是他的《附识》和附识的墨迹

这篇文章的内容，不但是实情，而且是“秘闻”。要不是作者一点一滴地向我询问，而且勤奋地写下来，有好些事迹我自己也快忘记了。文笔之佳，不待言也！

钱锺书识

一九八二年七月四日[①]

一九八六年发表

一九八七年收入《将饮茶》

① 这是写完文章的日期。此文一九八六年五月才出版，原因是锺书开始不愿发表，说“以妻写夫，有吹捧之嫌”。详见《我答乔木同志信》（信存档）。

这篇文字的内容，不仅是实情，而且是"秘闻"。要不是作者一点一滴地向我询问，而且勤恳地写下来，只要晚些年，连我自己也忘记了。文笔之佳，不待言也！

溥杰识

一九八二年七月四日

隐　身　衣

（废话，代后记）

我们夫妇有时候说废话玩儿。

“给你一件仙家法宝，你要什么？”

我们都要隐身衣；各披一件，同出遨游。我们只求摆脱羁束，到处阅历，并不想为非作歹。可是玩得高兴，不免放肆淘气，于是惊动了人，隐身不住，得赶紧逃跑。

“阿呀！还得有缩地法！”

“还要护身法！”

想得越周到，要求也越多，干脆连隐身衣也不要了。

其实，如果不想干人世间所不容许的事，无需仙家法宝，凡间也有隐身衣；只是世人非但不以为宝，还惟恐穿在身上，像湿布衫一样脱不下。因为这种隐身衣的料子是卑微。身处卑微，人家就视而不见，见而无睹。

我记得我国笔记小说里讲一人梦魂回家，见到了思念的家人，家里人却看不见他。他开口说话，也没人听见。家人团坐吃饭，他欣然也想入座，却没有他的位子。身居卑微的人也仿佛这个未具人身的幽灵，会有同样的感受。人家眼里没有你，当然视而不见；心上不理会你，就会瞠目无睹。你的“自我”觉得受了轻忽或怠慢或侮辱，人家却未知有你；你虽然生存在人世间，却好像还未具人形，还未曾出生。这样活一辈子，不是虽生犹如未生吗？谁假如说，披了这种隐身衣如何受用，如何逍遥自在，听的人只会觉得这是发扬阿Q精神，或阐述“酸葡萄论”吧？

且看咱们的常言俗语，要做个“人上人”呀，“出类拔萃”呀，“出人头地”呀，“脱颖而出”呀，“出锋头”或“拔尖”“冒尖”呀等等，可以想见一般人都不甘心受轻忽。他们或悒悒而怨，或愤愤而怒，只求有朝一日挣脱身上这件隐身衣，显身而露面。英美人把社会比作蛇阱（snake pit）。阱里压压挤挤的蛇，一条条都拼命钻出脑袋，探出身子，把别的蛇排挤开，压下去；一个个冒出又没入的蛇头，一条条拱起又压下的蛇身，扭结成团、难分难解的蛇尾，你上我下，你死我活，不断地挣扎斗争。钻不出头，一辈子埋没在下；钻出头，就好比大海里坐在浪尖儿上的跳珠飞沫，迎日月之光而生辉，可说是大丈夫得志了。人生短促，浪尖儿上的一刹那，也可作一生成就的标志，足以自豪。你是“窝囊废”吗？你就甘心郁郁久居人下？

但天生万物，有美有不美，有才有不才。万具枯骨，才造得一员名将；小兵小卒，岂能都成为有名的英雄。世上有坐轿的，有抬轿的；有坐席的主人和宾客，有端茶上菜的侍仆。席面上，有人坐首位，有人陪末座。厨房里，有掌勺的上灶，有烧火的灶下婢。天之生材也不齐，怎能一律均等。

人的志趣也各不相同。《儒林外史》二十六回里的王太太，津津乐道她在孙乡绅家“吃一、看二、眼观三”的席上，坐在首位，一边一个丫头为她掠开满脸黄豆大的珍珠拖挂，让她露出嘴来吃蜜饯茶。而《堂吉诃德》十一章里的桑丘，却不爱坐酒席，宁愿在自己的角落里，不装斯文，不讲礼数，吃些面包葱头。有人企求飞上高枝，有人宁愿“曳尾涂中”。人各有志，不能相强。

有人是别有怀抱，旁人强不过他。譬如他宁愿“曳尾涂中”，也只好由他。有人是有志不伸，自己强不过命运。譬如庸庸碌碌之辈，偏要做“人上人”，这可怎么办呢？常言道：“烦恼皆因强出头”。猴子爬得愈高，尾部又秃又红的丑相就愈加显露；自己不知道身上只穿着“皇帝的新衣”，却忙不迭地挣脱“隐身衣”，出乖露丑。好些略具才能的人，一辈子挣扎着求在人上，虚耗了毕生精力，一事无成，真是何苦来呢。

我国古人说：“彼人也，予亦人也。”西方人也有类似的话，这不过是勉人努力向上，勿自暴自弃。西班牙谚云：“干什么事，成什么人。”人的尊卑，不靠地位，不由出身，只看你自己的成就。我们不妨再加上一句：“是什么料，充什么用。”假如是一个萝卜，就力求做个水多肉脆的好萝卜；假如是棵白菜，就力求做一棵瓷瓷实实的包心好白菜。萝卜白菜是家常食用的菜蔬，不求做庙堂上供设的珍果。我乡童谣有“三月三，荠菜开花赛牡丹”的话。荠菜花怎赛得牡丹花呢！我曾见草丛里一种细小的青花，常猜测那是否西方称为“勿忘我”的草花，因为它太渺小，人家不容易看见。不过我想，野草野菜开一朵小花报答阳光雨露之恩，并不求人“勿忘我”，所谓“草木有本心，何求美人折”。

我爱读东坡“万人如海一身藏”之句，也企慕庄子所谓“陆沉”。社会可以比作“蛇阱”，但“蛇阱”之上，天空还有飞鸟；“蛇阱”之旁，池沼里也有游鱼。古往今来，自有人避开“蛇阱”而“藏身”或“陆沉”。消失于众人之中，如水珠包孕于海水之内，如细小的野花隐藏在草丛里，不求“勿忘我”，不求“赛牡丹”,安闲舒适,得其所哉。一个人不想攀高就不怕下跌,也不用倾轧排挤,可以保其天真,成其自然,潜心一志完成自己能做的事。

而且在隐身衣的掩盖下,还会别有所得,不怕旁人争夺。苏东坡说:“山间之明月,水上之清风”是“造物者之无尽藏”,可以随意享用。但造物所藏之外,还有世人所创的东西呢。世态人情,比明月清风更饶有滋味;可作书读,可当戏看。书上的描摹,戏里的扮演,即使栩栩如生,究竟只是文艺作品;人情世态,都是天真自然的流露,往往超出情理之外,新奇得令人震惊,令人骇怪,给人以更深刻的效益,更奇妙的娱乐。惟有身处卑微的人,最有机缘看到世态人情的真相,而不是面对观众的艺术表演。

不过这一派胡言纯是废话罢了。急要挣脱隐身衣的人,听了未必入耳;那些不知世间也有隐身衣的人,知道了也还是不会开眼的。平心而论,隐身衣不管是仙家的或凡间的,穿上都有不便——还不止小小的不便。

英国威尔斯(H. G. Wells)的科学幻想小说《隐形人》(*Invisible Man*)里,写一个人使用科学方法,得以隐形。可是隐形之后,大吃苦头,例如天冷了不能穿衣服,穿了衣服只好躲在家里,出门只好光着身子,因为穿戴着衣服鞋帽手套而没有脸的人,跑上街去,不是兴妖作怪吗?他得把必需外露的面部封闭得严严密密:上部用帽檐遮盖,下部用围巾包裹,中部架上黑眼镜,鼻子和两颊包上纱布,贴满橡皮膏。要掩饰自己的无形,还需这样煞费苦心!

当然,这是死心眼儿的科学制造,比不上仙家的隐身衣。仙家的隐身衣随时可脱,而且能把凡人的衣服一并隐掉。不过,隐身衣下的血肉之躯，终究是凡胎俗骨，耐不得严寒酷热，也经不起任何损伤。别说刀枪的袭击，或水烫火灼，就连砖头木块的磕碰，或笨重的踩上一脚，都受不了。如果没有及时逃避的法术，就需炼成金刚不坏之躯，才保得无事。

穿了凡间的隐身衣有同样不便。肉体包裹的心灵，也是经不起炎凉，受不得磕碰的。要炼成刀枪不入、水火不伤的功夫，谈何容易！如果没有这份功夫，偏偏有缘看到世态人情的真相，就难保不气破了肺，刺伤了心，哪还有闲情逸致把它当好戏看呢。况且，不是演来娱乐观众的戏，不看也罢。假如法国小说家勒萨日笔下的瘸腿魔鬼请我夜游，揭起一个个屋顶让我观看屋里的情景，我一定辞谢不去。获得人间智慧必须身经目击吗？身经目击必定获得智慧吗？人生几何！凭一己的经历，沾沾自以为独具冷眼，阅尽人间，安知不招人暗笑。因为凡间的隐身衣不比仙家法宝，到处都有，披着这种隐身衣的人多得很呢，他们都是瞎了眼的吗？

但无论如何，隐身衣总比皇帝的新衣好。

一九八六年发表

杂论与序文

描写敢想敢做故事的小说

——介绍《神秘岛》

《神秘岛》是法国作家儒勒·凡尔纳(1828—1905)所作,原书于1875年出版。这部小说描写一个敢想敢做的故事,书里人物的特色是敢想敢做而又有科学依据,所以读来很能鼓舞干劲。

小说里的人物往往敢想敢做;保唐僧上西天取经的孙行者智勇兼备,什么都敢,七十二重磨难不曾难倒他。童话里的英雄披上隐身袍,舞动魔杖,降妖服怪,没有干不了的事。可惜小说家的幻想不合自然界规律、毛主席在《矛盾论》里说:"最好的神话具有'永久的魅力',但神话并不是根据具体的矛盾之一定条件而构成的,所以它们并不是现实之科学的反映。"《神秘岛》不是神话,不过他们五六人同心协力,集体的智慧和能力就抵得三头六臂,抵得七十二般变化;他们的随身法宝只是普通的科学知识,比了现代的科学已落后多多。

他们是美国南北战争时主张解放黑人的美国北方人,从围城中乘气球逃走,漂落在荒岛上。他们并不丧气,只实事求是地设法应付困难:先根据科学的调查研究,了解岛上形势,然后很乐观地定下种种策划,要在荒岛上创立一番事业,开辟一个天地。他们赤手空拳,什么工具都没有;当时为生活所逼,也没有时间让他们慢慢地创造发明。可是他们不怕从头做起,没有条件就创造条件，处处打破常规，利用土法。他们也知道自己是落在一个火山岛上，只可以暂时栖身。可是他们并不“得过且过”，认为“应当像永远住在这里似的建立自己的家园”。他们有规模浩大的计划，凭大家的心思和劳动，克服了一切障碍，想到的事全都做到。他们炸开岩石，使湖水下降，从水平面下找出大洞窟，建成“花岗石”宫；从炸裂的缺口，湖水泻成瀑布，他们利用水力造了升降机。他们由一粒麦子种成大片麦田，利用风力把麦子磨成面粉。他们建造畜栏，养了大批的羊，利用瀑布的水力把羊毛制成毡。他们制造种种工业品如肥皂洋蜡，又制砖、制陶器，炼铁炼钢，造桥、造车、造船，还装上电线来通电报，建立炮台来防御海盗。三、四年间，荒岛成了一个安乐富庶的世界。他们不仅为自己的成就感到骄傲，他们在劳动中也锻炼得越发健康快乐，越发聪明勇敢。

作者不厌其烦地把以上那些工作一样样详细描写，活是《鲁滨孙漂流记》的笔法。这群落难者也确像鲁滨孙那样坚毅不怕困难，制造条件来改变环境，改善生活。但是他们和鲁滨孙有很大的不同。鲁滨孙孤单单在荒岛上过了二十五年才找到一个伴儿，他单靠自己一人，每做一件事就有许多困难，才知道小小一个面包也是多少人分工合作的成果，一个人不能兼有各种本领。而且他的工具简单，只靠一双手，费了好大精神气力只做成一只歪斜不正的泥罐儿，难怪他时常要失望苦恼。神秘岛上的落难者却是一伙。这五六个人各有专长，各有职责，中间还有个首脑，可算有领导有组织的集体。他们依靠群众的智慧和力量，领导处处带头，群众团结互助，所以他们信心坚强，工作愉快，不顾艰难也不怕艰难。而且他们利用科学知识，制造了机器，在实际工作中一个个都锻炼成极能干的工人，做事既省力，成绩又大。

《神秘岛》并不神秘。凡尔纳所写小说里的神秘都有科学根据。这个岛上的许多奇迹，说破了不过是有个尼摩船长在暗中相助。作者写到尼摩船长时，也表明了自己的政治立场。凡尔纳一贯憎恨殖民主义的侵略压迫，主张民族自由，尼摩船长就代表这种精神。他同情落难者为黑人争求自由，又佩服他们的勇气，所以暗中给他们许多援助。有些援助似乎太巧些，虽然作者有交代，总觉得有些牵强，这是故事的缺点。

这是一部"科学小说"，儒勒·凡尔纳被公认为西洋近代科学小说的创始人。据当代法国批评家布里丹纳在《有科学想象的法国文学》一书里所说，他的小说在法国青年里还有影响。他的科学小说分二类。一类写科学幻想，如《剪风号飞艇》写到乘直升飞机航行天空；又如《从地球到月球》写到乘火炮飞上月球。这种幻想处处把科学上的原理和实验作为根据，往往具有预见性，透露了后世的科学发明。另一类是把科学知识普及和大众化的小说，《神秘岛》就属此类，它借艺术上形象化的手法，使科学知识变得生动具体，富有趣味，譬如写落难者怎样由星座的高度测出纬度，由时差测出经度，用相似三角的定理测出山岗的高度，以及怎样造火药、肥皂、洋蜡、玻璃等等。此外，凡尔纳根据自己的航海经验，还写过许多航海和冒险的小说。

一九五八年

事实—故事—真实

美国散文家霍姆士在他《早餐桌上的独裁者》一书里，谈起他为什么不写小说。他说，写小说不比写诗。写诗可以借文字的韵律、想象的光彩、激情的闪耀等把自己赤裸裸的心加以掩饰；写小说就把自己的秘密泄漏无遗，而且把自己的朋友都暴露了。① 这话原带几分诙谐，但他这点顾虑，大概中外许多小说家也体会到，所以常设法给自己打掩护。或者说，这个故事千真万确，出自什么可靠的文献，表明这部小说不是按作者本人的经历写成。或者说，小说里的人物故事都是子虚乌有，纯属虚构，希望读者勿把小说里的人物故事往真人——尤其是作者自己身上套去。这类例子，西洋小说里多不胜举。我国小说作者为自己打掩护的例子，也随手拈来就有。

《红楼梦》开卷第一回说，作者"将真事隐去"，用假语村言敷衍出一段故事来；故事也"无朝代年纪可考"。但作者似乎觉得遮盖不够，还使用了一些隐身法，表示贾宝玉的经历，不是曹雪芹的经历，作者也不是曹雪芹；曹雪芹不过把现成的《红楼梦》"披阅十载，增删五次，纂成目录，分出章回"。《红楼梦》是

---

① 见霍姆士（Oliver Wendell Holmes，1809—1894）著《早餐桌上的独裁者》（*The Autocrat of the Breakfast Table*），伦敦沃尔特·司各特版第55页。

空空道人从“字迹分明、编述历历”的石上抄来。据《红楼梦》程乙本，石头就是神瑛侍者①——贾宝玉的前身。据脂本，石头是神瑛下凡时夹带的“蠢物”，是贾宝玉落胎衔下的通灵宝玉，换句话说，石头不是宝玉本人，只是附在他身上的旁观者。

《水浒传》写一百单八个好汉；即使真有其人，也是前朝的人物了，他们干的事，作者不怕沾边。可是作者在开卷第一回还打出官腔，说这伙强盗是妖魔下凡；第二回表示作者赞许的不是水泊聚义的强盗，是明哲保身的王教头。

小说作者在运用“隐身法”的同时，又爱强调他书里写的确是真情实事。《红楼梦》所记金陵十二钗，“闺阁中历历有人”，②是作者“这半世亲见亲闻的几个女子”。③《水浒传》里三十六员“天罡星”在《大宋宣和遗事》里既有名有姓，小说所记想必凿凿有据。《会真记》是元稹所撰传奇小说，但故事里说得人证物证俱全，张生把莺莺寄他的情书给朋友看了，“由是时人多闻之”。杨巨源、李绅、元稹还都为这事做了诗。可见张生真有其人，他和莺莺的一段私情也真有其事。

具有讽刺意味的是：故事如写得栩栩如真，唤起了读者的兴趣和共鸣，他们就不理会作者的遮遮掩掩，竭力从虚构的故事里去寻求作者真身，还要掏出他的心来看看。

当然，了解作者的思想感情和为人行事，有助于了解他的作品。我们研究一部小说，就要研究作者的社会和家庭背景，要读他的传记、书信、日记等等。但读者对作者本人的兴趣，往往侵

---

① 见作家出版社《红楼梦》第 4 页。下引均出此版。

② 同上书，第 1 页。

③ 同上书，第 3 页。

夺了对他作品的兴趣;以至研究作品,只成了研究作者生平的一部分或一小部分。例如海外学者说我国的“《红》学”其实是“曹学”,确也不错。研究文学作品往往如此。英国十九世纪小说家狄更斯和萨克雷的小说,在他们国内是流传颇广的读物。学者研究他们的作品,就把他们生前不愿人知的秘密一一揭发。他们曾用浓墨涂掉的字迹,在科学昌明的后世,涂上些化学液,就像我们大字报上指控的秘事一样“昭然若揭”,历历可见。于是我们知道狄更斯私心眷爱的是哪一位内姨、哪一位女明星;萨克雷对他好友的妻子怎样情思缠绵。他们的秘密都公开了。

诗人也并不例外。诗人的诗,并不像海蚌壳内夹进了沙子而孕育出来的珍珠那样,能把沙子掩藏得不见形迹。后世读了莎士比亚的十四行诗,就要追问诗人钟情的“黑女郎”(Dark Lady)究竟是谁,那位挚友和诗人又是什么关系;读了拜伦《我们俩分手的时候》,就要知道“我们俩”中的那一位是谁;读了朱彝尊的《桂殿秋》“共眠一舸听秋雨,小簟轻衾各自寒”,就要问那是和谁共“渡江干”,和他《风怀》五言排律所写的是否指同一个女人。越是人所共知的作品,因为流传久远,就使作者千秋万世之后,还被聚光灯圈罩住,供读者品评议论。

作者如果觉得自己这颗心值得当做典型来剖析,不妨学卢梭写《忏悔录》,既省得读者费功夫捉摸,也免得自己遭受误解。不然,干脆写真人真事。世上现成有人人爱戴的豪杰之士,有人人鄙恶的奸邪小人。我们读到有关革命英雄的报道,尽管朴质无文,也深受感动,心向神往。作者何不写传记、回忆录、报道之类,偏要创作小说呢?

看来小说家创作小说,也和诗人作诗一样情不自禁。作者在生活中有所感受，就好比我国历史上后稷之母姜嫄，践踏了巨人的足迹，有感而孕。西文“思想的形成”和“怀孕”是同一个字。① 作者头脑里结成的胎儿，一旦长成，就不得不诞生。

我们且不问作者怎样“有感而孕”。因为小说的范围至为广泛。作者挑选的体裁、写作的动机、题材的选择、创作的方法，以及内心的喜怒哀乐等等感情各有不同。但不管怎样，小说终究是创作，是作者头脑里孕育的产物。尽管小说依据真人实事，经过作者头脑的孕育，就改变了原样。便像历史小说《三国演义》，和历史《三国志》就不同；《三国演义》里披发仗剑的诸葛亮，不是历史上的诸葛亮。小说是创造，是虚构。但小说和其他艺术创造一样，总不脱离西方文艺理论所谓“模仿真实”。“真实”不指事实，而是所谓“贴合人生的真相”，②就是说，作者按照自己心目中的人生真相——或一点一滴、东鳞西爪的真相来创作。

试举一简短的例，说明虚构的事如何依据事实，而表达真实。

元稹悼亡诗有一首《梦井》，说他梦中登上高原，看见一口深井。一只落在井里的吊桶在水上沉浮，井架上却没有系住吊桶的绳索。他怕吊桶下沉，忙赶到村子里去求助。但村上不见一人，只有猛犬。他回来绕井大哭，哽咽而醒。醒来正夜半，觉得那只落入深井的吊桶，就是埋在深圹下的亡妻化身，便伤心痛哭，醒梦之间，仿佛见到了生和死的境界（“所伤觉梦间，便觉生

---

① 其英文为 conceive；法文为 concevoir；拉丁文为 concipere。

② 参看布切（S. H. Butcher）《亚里士多德有关诗与艺术的理论》（*Aristotle's Theory of Poetry and Fine Art*），麦克密仑版第 153 页。下引同出此版。

死境”)。元稹这个梦有事实根据。他的亡妻埋在三丈深的坟圹里。[1] 当然,深井不是深圹,吊桶不是亡妻。但这个梦是他悼念亡妻的真情结成,是这一腔感情的形象化;而所具的形象——梦中情景,体现了他对生和死的观念,是他意识里的生和死的境界。

梦是潜意识的创造。做梦的同时,创造就已完成。小说是有意识的创造,有一段构思的过程。但虚构的小说,也同样依据事实,同样体现作者的真情,表达作者对人生的观念。曹雪芹题《红楼梦》诗:“满纸荒唐言,一把辛酸泪……”小说尽管根据作者的半生经验,却是“将真事隐去”的“满纸荒唐言”。这“满纸荒唐言”是作者“一把辛酸泪”结成的,体现作者的真情。而作者描写“悲欢离合、兴衰际遇,俱按迹循踪,不敢稍加穿凿,致失其真”,[2]就是说,作者按照他所认识的世情常态,写出了他意识中的人生真相。

创造小说,离不开我们所处的真实世界。第一,作者要处在实际生活中,才会有所感受。我们要作者体验生活,就是此意。第二,真人真事是创造人物故事所必不可少的材料。若凭空臆造,便是琐事细节,也会使故事失实。例如写穷苦人吃棒子面,一根一根往嘴里送;写洋派时髦小姐喝咖啡,用茶匙一匙匙舀着喝;写旧日封建家庭佣仆对主人直呼其名,或夫妇间互称“老张”、“小李”,都使读者觉得不可能,因而不可信。第三,真人真事是衡量人事的尺度。尽管有些真人真事比虚拟的人物故事还

---

① 参看他的《江陵三梦》诗“古原三丈穴,深埋一枝琼”。

② 见《红楼梦》第 3 页。

古怪离奇，虚构的人物故事却不能不合人世常情，便是蓄意写怪人怪事，也须怪得合乎情理。

但真人真事的作用有限。第一，真人真事不一定触发感受，有了感受也不一定就有创作。经验丰富的人未必写小说。感受是内因和外因的结合；铁片儿打在火石上，才会爆发火花；西谚所谓“你必须携带本钱到美洲去，才能把美洲的财富赚回来”。第二，经验所供给的材料，如不能活用，只是废料。写小说不比按食谱做菜，用上多少主料、多少配料，就能做出一盘美味来。小说不能按创作理论拼凑配搭而成。第三，真人真事不成尺度。要见到世事的全貌，才能捉摸世情事势的常态。不然的话，只如佛经寓言瞎子摸象，摸不到象的真相。

真人真事的价值，全凭作者怎样取用。小说家没有经验，无从创造。但经验好比点上个火；想象是这个火所发的光。没有火就没有光，但光照所及，远远超过火点儿的大小。《水浒传》写一百单八个好汉，《儒林外史》写各式各样的知识分子，《西游记》里的行者、八戒，能上天、入地、下海，难道都是个人的经验！法国小说《吉尔·布拉斯》写的是西班牙故事，作者从未到过西班牙，可是有人还以为那部小说是从西班牙小说翻译的。这都说明作者的创造，能远远超出他个人的经验。

想象的光不仅四面放射，还有反照，还有折光。作者头脑里的经验，有如万花筒里的几片玻璃屑，能幻出无限图案。《红楼梦》里那么许多女孩子，何必个个都真有其人呢？可以一人而分为二人、三人；可以一身而兼具二美、三美。英小说《名利场》的作者自己说，这部小说里的某人，一身兼具他的母亲、他的妻子、他爱慕的女友三人的性格。又说作家创造人物，是把某甲的头皮、某乙的脚跟皮拼凑而成。这就是说，小说里的人物不是现成的真人，而是创造，或者可以说是严格意义上的“捏造”，把不同来源的成分“捏”成一团。法国小说《包法利夫人》的主角，曾有人考出是某某夫人，但作者给他女友的信上一再郑重声明：“包法利夫人是我自己——是我按照自己塑造的。”①我们总不能说作者原来是个女人呀。英小说《鲁滨孙漂流记》的确根据真人真事，但小说里的鲁滨孙和真人赛尔柯克（Selkirk）是截然两人，所经历的事也各自不同。这都说明小说里的人物故事尽管依据真人真事，也不是真人真事。作者由观察详尽，分析入微，设身处地，由小见大，能近取之自身，远取之他人，近取之自身的经历，远取之他人的经历，不受真人实事的局限。

但小说家的想象，并非漫无控制。小说家的构思，一方面靠想象力的繁衍变幻，以求丰富多彩，一方面还靠判断力的修改剪裁，以求贴合人生真相。前者是形象思维，后者是逻辑思维，两种思维同时并用。想象力任意飞翔的时候，判断力就加以导引，纳入合情合理的轨道——西方文艺理论所谓“或然”或“必然”的规律，②使人物、故事贴合我们所处的真实世界。因为故事必须合情合理，才是可能或必然会发生的事，我们才觉得是真事。人物必须像个真人，才能是活人。作者喜怒哀乐等感情，必须寄放在活人心上，才由抽象转为真实的感情，而活人离不开我们生存的世界。便是神怪小说如《西游记》里的孙行者和猪八戒，也都是人的典型；《聊斋志异》里的狐鬼，也过着我们人世的生活。

① 见蒂勃代（Albert Thibaudet）著《古斯塔夫 · 福楼拜》（*Gustave Flaubert*），1935 年加利玛（Gallimard）版第 92 页。

② 见布切《亚里士多德有关诗与艺术的理论》第 164 页。

读者关切的是活的人、真的事。读一部小说，觉得世上确有此等事，确有此等人，就恍如身入其境，仿佛《黄粱梦》里的书生，经历一番轮回，对人世加深了认识。作者写一部小说，也是要读者置身于他虚构的境地，亲自领略小说里含蕴的思想感情；作者就把自己的感受，传到读者心里，在他们心里存留下去。

小说有它自身的规律和内在的要求。真人真事进入小说的领域，就得顺从小说的规律，适应这部小说的要求。即使是所谓"自叙体"小说，大家公认为小说所根据的真人真事，也不能和小说里的人物故事混为一谈。人既不同原来，事也随着改变，感情也有所提炼。我们不妨借一个大家熟悉的小故事为例，加以说明。

元稹所撰《会真记》（或《莺莺传》）向来称为自叙之作。元稹的艳诗里又有《莺莺诗》、《赠双文》、《会真诗》等诗。考据者因此断定传奇所记是真情实事。但艳诗的作者元稹，和传奇里的张生并不一样；艳诗里的莺莺，和传奇里的莺莺也大不相同。

诗和小说同是虚构，不能用作考究事实的根据。但元稹寄给白居易的《梦游春》诗，有自题的序；白居易《和梦游春》诗，也有自序。两人的序显然是至友间的私房话。① 据此二序，可知元稹《梦游春》是叙述自己的"梦游"以及结婚、做官的经历，白居易认为"大抵悔既往而悟将来也"，但说元稹不够彻悟，所以"重为足下陈梦游之中所以甚感者，叙婚仕之际所以至感者"；诗里劝诫说："艳色即空花"，"合是离之始"，"魔须慧刀戮"等

---

① 元稹的序上说："斯言也，不可使不知吾者知，知吾者亦不可使不知。乐天知吾〔者〕也，吾不敢不使吾子知……"白居易序上说："微之微之，予斯言也，尤不可使不知吾者知，幸藏之云尔。"

语。这就可见元稹未能挥慧剑斩断情丝。元稹艳诗如《梦昔时》、《古决绝词》、《所思》、《莺莺诗》、《离思》、《赠双文》、《杂忆》等作，①尽管没指明情人是谁，显然都是写他本人的爱情。

大抵诗人所谓“游仙”“会真”，无非寻花问柳而有所遇。“灵境”的“仙”，“花丛”的“花”，就是美人，或者干脆说，就是妓女。②《梦游春》叙他遇见一个中意的美人，但和她不久分手，思念甚苦，觉得其他美人不复值得顾盼。所以“觉来八九年，不向花回顾……我到看花时，但作怀仙句……”《离思》“取次花丛懒回顾，半缘修道半缘君”，显然也是为这位美人所作。《莺莺诗》亦作《离思》第一首，所以这位美人就名莺莺——很可能是假名。《古决绝词》写一对别多会少的情人。第一首女方说，她宁愿彼此是天上牵牛织女星，“七月七日一相见，相见故心终不移”，但她只是朝开暮落、随风四飞的红槿花。她怨叹说：“君情既决绝，妾意亦参差，借如生死别，安得常苦悲。”第二首男方说自己心怀郁结，因为“有美一人，于焉旷绝”。这位美人年纪很小（“水得风兮，小而已波，笋在苞兮，高不见节”），她像桃李当春，众人竞相攀折（“矧桃李之当春，竞众人而攀折”）。所以男的说：我走后怎保得住你的清白（“安能保君皑皑之如雪”）；我虽是你第一个情人，但怎能叫你不给别人抢去（“幸他人之既不我先，又安能使他人之终不我夺”）；末了慨叹说：罢了，牛女一年一见，别后彼此什么事不干（“彼此隔河何事无”）。第三首合男女双方说：“夜夜相抱眠，幽怀尚沉结，那堪一年事，长遣一宵

---

① 见《全唐诗》卷15，元稹16。

② 见陈寅恪《元白诗笺证稿》第107页。

说……一去又一年，一年何可御。有此迢递期，不如生死别，天公隔是妒相怜，何不便教相决绝。”这首诗题目是《古决绝词》，写的是这一对情人决绝不下，只好怨老天爷忌妒他们相爱，给他们无限苦恼。《所思》“相逢相失还如梦，为雨为云今不知……”；《梦昔时》“……山川已永隔，云雨两无期，何事来相感，又成新别离。”都可见作者情思缠绵，睡梦里都撩拨不开。不论元稹迷恋的是一个莺莺，或者还有别人，他并不像秉性坚贞、不近女色的张生；他的用情和张生的忍情也不一样。

众人竞相攀折的桃李花，“一任东西南北飞”的红槿花，指什么女人，可想而知。《莺莺诗》有“频动横波嗔阿母，等闲教见小儿郎”句。阿母可“等闲教见小儿郎”的莺莺，若不是那个比做红槿和桃李的美人，也是一流人物。《赠双文》“有时还暂笑，闲坐爱无憀”的双文，《杂忆》中打秋千、捉迷藏的双文，都是娇憨美人。按名字，莺莺就是双文。即使不是一人，据诗里的形容，身份还是一样。元稹赠当代才妓薛涛和刘采春的诗，①都称赞她们的文采，但他为自己思念的美人所作的诗，没有只字说到她或她们的才艺，或对诗书的喜好。《会真记》里的莺莺，却是大家闺秀。张生若不是表兄又加恩人，老夫人决不会“等闲教见”。她又多才多艺，善属文，善鼓琴，而才华不露，喜怒亦罕形见。可见传奇里的莺莺，无论身份、品格、才华，都超出元稹所恋爱的美人。

张生和崔莺莺很可能是借用《游仙窟》里张文成、崔十娘的

---

① 见《全唐诗》卷15，元稹28。

姓。① 但是不仅借用姓氏，两个人物都是虚构；尽管取材于真人，传奇里的人已不是真人。但看崔莺莺写的情书，若没有元稹的才学，很难写得那么典雅；莺莺的才艺显然是作者赋予她的。这篇传奇写的是缠绵悱恻的男女私情。情虽深，未能有始有终；一霎欢爱只造成无限哀怨、不尽惆怅。传奇里着重写张生秉性坚贞，非礼勿乱，无非显得他对莺莺的迷恋不同于一般好色之徒的猎艳。莺莺能使张生颠倒，也衬出了莺莺不同于寻常美人。莺莺是个端重的才女。她爱张生的才，感张生的痴情。她把张生深夜哄到西厢私会却又训斥一番，也许是临时变卦，也许真是要和他见一面、谈几句。反正她"言则敏辩"，一席话振振有辞。而她这番举动，完全合乎"或然"、"必然"的规律。张生无言以对，绝望而去，想必加添了她的怜念，说不定还带几分歉意。她终于委身相就，是出于深情所感。假如莺莺是个妓女，张生是个寻花问柳的老手，他们的相爱就不像张生和莺莺之间的情意那么希罕而值得记载。但张生既是个孤介书生，凭他的封建道德观和男女不平等的贞操观，必然会对莺莺有鄙薄的看法：她能为自己失身，也能为别人失身；能颠倒他，也能颠倒别人。传奇里的莺莺虽是大家闺秀，在这点上就和"等闲教见小儿郎"的莺莺，或众人竞相攀折的"桃李花"身份相近，都是"尤物"罢了。张生无意娶她，却又恋恋于她，就和元稹不能与所欢偕老而决绝不下、感情略有相似。假如元稹的《会真记》正是要写他这种情怀，那么，张生的忍情，不仅适合人物的个性，也适合故事的要求。因为老夫人知道木已成舟，不会阻挠婚事，张生和莺莺尽可

---

① 见陈寅恪《元白诗笺证稿》第107页。

欢喜收场,不必两下里怨恨惆怅。婚事不成,只为张生忍情。张生忍情不是元稹的主张,只是由小说自身的规律、小说内在的要求造成。传奇里“坐者皆为深叹”云云,无非大家都深为惋惜,亦见作者本人并不赞许。作者只说,写这部传奇是要“使知之者不为,为之者不惑”,但张生并不能“不惑”。他后来求见莺莺不得,“怨念之诚,动于颜色”,可见张生很矛盾。莺莺婉转的言辞、凄恻的琴韵、怨而不怒的情书,都不能使张生始终其情;她虽然赋诗谢绝张生,还是余情未断,一腔幽怨郁结在心,赢得读者深切的同情。元稹这个始乱终弃的故事,分明不是旨在宣扬什么“忍情”的大道理,而是要写出这一段绵绵无尽的哀怨惆怅。这不仅是张生和莺莺两人的不如意事,也是人世间未能尽如人意的常事;并且也体现了人类理智和情感的矛盾。理智认识到是不可弥补的缺陷,情感却不肯驯服,不能甘休,却又无可奈何。此类情感是人生普遍的经验。这就证明了西方文论家所谓:“一件虚构的事能表达普遍的真理”(a particular fiction can lead towards a general truth),①所以这个小小的故事很动人,后世不仅歌咏它,②还改成了团圆收场的《西厢记》。

虚构的故事是要表达普遍的真理,真人真事不宜崭露头角,否则会破坏故事的完整,有损故事的真实性。例如《红楼梦》里人物的年龄是经不起考订的。作者造成的印象是流年在暗中偷换;当时某人几岁只偶尔点出。林黛玉第一天到贾府会见贾家姊妹时,迎春“肌肤微丰,身材合中”;探春“削肩细腰,长挑身

① 见勒纳(Laurence Lerner)著《最真的诗》(*The truest Poetry*),1960年版第4页。

② 例如赵令畤《侯鲭录》卷5,蝶恋花商调12首。

材”;惜春身量未足,形容尚小。其钗环裙袄,三人皆是一样的妆束。[①] 这三位小姐,好像描写得各如其分。但林黛玉那时才六岁,宝玉才七岁。(据说满人和汉人同样都用虚岁计算年龄)探春是宝玉的异母妹,至大也不过和宝玉同岁。六七岁的小女孩,只怕还在没有腰身只有肚子的阶段,还须过十年、八年,身量才会长足。惜春小于黛玉,当时还未留头,恐怕是才穿上满裆裤的小娃子呢,远未到及笄之年,叫她戴上钗环,穿上裙子,岂不令人失笑。但宝玉和黛玉若不是六七岁的小孩子,就不能一床上睡觉。宝玉日常在女孩儿队中厮混,年龄不能过大。我们只算宝玉、黛玉异常乖觉早熟就行;他们的年龄,不考也罢。但有时却叫人不能不想到他们的年龄。第三十回宝玉说:“你死了,我做和尚。”“黛玉两眼直瞪瞪的瞅了他半天,气的‘嗳’了一声,说不出话来。见宝玉憋的脸上紫涨,便咬着牙,用指头狠命在他额上戳了一下,哼了一声,说道:‘你这个——’刚说了三个字,便又叹了一口气,仍拿起绢子来擦眼泪。”[②]上文二十五回,王夫人屋里的丫头彩霞咬着牙把贾环戳了一指头,骂他没良心,[③]那是很传神的。林黛玉对贾宝玉也这般行径吗?好像不合黛玉的身份,也不合黛玉的年龄——按这是宝玉逢五鬼同年的事,宝玉十三周岁,[④]黛玉十二周岁。是否因为黛玉的行为不合身份,连带唤起了年龄的问题呢?令人不禁猜想,是否有什么事实,在小说里没有消融。

---

① 见《红楼梦》第 24 页。
② 同上书,第 312 页。
③ 同上书,第 250 页。
④ 同上书,第 258 页。

小说家笔下的人物，有作者赋予的光彩。假如真身出现，也许会使读者大失所望。《老残游记》第十三回，翠环议论作诗的老爷们老是夸自己的才情，或者"就无非说那个姐儿长的怎么好……那些说姐儿们长得好的，无非却是我们眼前的几个人，有的连鼻子眼睛还没有长的周全呢，他们不是比他西施，就是比他王嫱，不是说他沉鱼落雁，就是说他闭月羞花。王嫱俺不知道他老是谁，有人说就是昭君娘娘。我想，昭君娘娘跟那西施娘娘，难道都是这种乏样子吗？一定靠不住了。"①这段议论和近代意大利美学大师克罗齐的话几乎相同。克罗齐说，他忘了哪位作家说的，诗里形容的那些天仙化身的美人，事实上都是不怎么地；"她们真人的言谈举止，和小丫头子没多大分别。"②他又引大批评家德·桑克蒂斯（De Sanctis）的话说："那些虚构的人物不能近看。你如果问我雷欧帕狄笔下的内莉娜究竟是车夫的女儿，还是帽贩子的女儿，哎呀！你给我把内莉娜毁了。"③

莎士比亚的剧中人说，"最真的诗是最假的话。"④这话和《红楼梦》太虚幻境前的对联上所说："假作真时真亦假"，⑤涵义不知是否相同。明容与堂刻《水浒传》卷首《水浒一百回文字优劣》劈头说："世上先有《水浒传》一部，然后施耐庵、罗贯中借

---

① 见刘鹗著《老残游记》（人民文学出版社）第 123—124 页。

② 克罗齐（B. Croce）《论诗》（*La Poésie*），德莱夫斯（D. Dreyfus）法文译本，法国大学版第 81 页。

③ 见《论诗》第 213 页。雷欧帕狄（Giacomo Leopardi，1798—1837）是十九世纪意大利最大的抒情和哲理诗人。

④ 见《如愿》（*As You Like it*）第三景第三幕。

⑤ 见《红楼梦》第 5 页。

笔墨拈出，若夫姓某名某，不过凭空捏造，以实其事耳。"这段话把事实、故事、真实的关系，说得最醒豁。"凭空捏造，以实其事"就是说，虚构的故事能体现普遍的真实。

若是从虚构中推究事实，那就是以假为真了。堂吉诃德看木偶戏，到紧要关头拔剑相助。① 这类以假为真的事，中外文学史上都有。法国十八世纪有个主张重返自然也赞成革命的军事工程师拉克洛。② 他痛恨当时法国上流社会的荒淫腐朽，用书信体写了一部小说《危险的私情》（*Les Liaisons dangereuses*）。小说风行一时，后来列入法国文学的经典。拉克洛"是一个标准的君子和模范丈夫，却写了一部最为邪恶得可怕的书"。③ 读者把小说里专引诱女人的坏蛋和作者本人等同或混淆为一；拉克洛终身以至身后被人称为"邪恶的拉克洛"（I'infernal Laclos）。元稹写了《会真记》，也成了始乱终弃的薄幸人；有人搜求崔氏家谱来寻找崔莺莺的父亲，又有人伪造了《郑氏墓志》来证明崔莺莺的母亲是元稹的姨母。④《会真记》竟成了元稹的自供状。若说元稹此作是"直叙其始乱终弃之事迹"，为自己的"忍情"辩护，⑤又安知他不是正为多情，所以美化了情人的身份，提升了他们的恋爱，来舒泻他郁结难解的怅恨呢？

---

① 见塞万提斯《堂吉诃德》下册第 26 章。

② 拉克洛（Pierre Choderlos Laaclos，1741—1803）是卢梭的学生，唐东（Danton）的好友。《红与黑》作者斯汤达所崇拜的小说家。

③ 普鲁斯特（Marcel Proust，1871—1922）著《追忆逝水年华》（*A la Recherche du Temps perdu*），七星丛书版第 3 册第 381 页。

④ 见陈寅恪《元白诗笺证稿》第 110 页。

⑤ 同上书，第 112—113 页。

霍姆士只顾虑到写小说会暴露自己的秘密。但是,写小说的人还得为他虚构的故事蒙受不白之冤,这一点,霍姆士却没有想到。

一九八〇年二月

旧书新解

——读《薛蕾丝蒂娜》

小说这个文艺类型(genre)最富有弹性,能容纳别的类型(如戏剧、诗歌),体裁也多种多样(如书信体、日记体);它在发展过程中,不断开拓新领域,打破旧传统。① 例如我国旧小说里,往往用诗歌描写人物、景色,现代小说里就不用了。十八、十九世纪的西洋小说,也往往像我国章回体的旧小说那样,作者介入故事且叙且议,这个传统多少也打破了。近代某些欧美小说家,力求小说里的人物故事如实地在读者心目中展现,作者或钻入人物衷曲,或站在故事之外,不以作者身份露面或出声。他们要求故事里的人物和情节,像人世间客观存在的事物,不是作者的捏造。因为“小说家不是上帝”,小说家的创造不是人世间的客观现实。人物要写得客观,还需深入内心,把他们的心理活动——“意识流”也如实展现。②

这里不准备讨论近代小说理论,只是要讲一本重要的古代

---

① 参看贝公济(B. Bergonzi)著《小说的现状》(*The Situation of The Novel*)第2版(1979)第15—16页;威雷克与沃仑(R. Wellek and A Warren)合著《文学理论》(*Theory of Literature*),企鹅丛书(1976)第229页。

② 参看威雷克与沃仑《文学理论》第223—225页;步斯(W. C. Booth)《小说的修辞学》(*The Rhetoric of Fiction*, 1961)第19,24—25,26—27,50—53,54—55页。

经典。书的名称是“喜剧或悲喜剧”,可是读来却像打破小说传统而别具风格的小说。这是西班牙一四九九年初版的《薛蕾丝蒂娜》(*La Celestina*),亦称《葛立斯德与玫丽贝的悲喜剧》。这本书还未有中文译本,我为了便于叙说,下文简称《薛婆》,人物的名字也加以简化。据考证,剧里最长的第一出是无名氏之作,后由罗哈斯(Fernando de Rojas)续完,共十六出。以后有人增添五出,成为二十一出。有些学者指出,全书无论故事、人物、风格都一气呵成,不见焊接的痕迹。作者想是故弄玄虚,一人而化身为三,借以掩藏自己。也有人认为全书除第一出外,全出一人手笔。有人却认为除了增添的五出,都出自同一作者。这里不考证作者何人或几人,只把这个“喜剧或悲喜剧”看做完整的文艺作品,而从它近似小说的方面来探讨一些问题。

书里讲的是一个陈腐的恋爱故事。漂亮阔绰的葛立德少爷爱上美貌的裴府独生女玫丽小姐。葛少爷央薛婆作纤头,和裴小姐互通情愫,约定午夜在裴府花园幽会。花园墙高,葛少爷幽会后逾墙登梯失足,堕地身死。裴小姐因亦跳塔自杀。薛婆贪贿,不肯和葛家二小斯分肥,因被刺杀;二小斯遂亦被捕处死。这是故事的梗概。

这类俊男美女的恋爱故事,中外文学作品里并不少见。故事的中心人物,往往是那一对情人,撮合者充当他们的工具,促成姻缘。例如比这本书较晚一百年的莎士比亚名剧《罗密欧与朱丽叶》里,为情人撮合的神父和传递消息的乳母,都是要帮助有情人成为眷属。我国《西厢记》里的红娘,也一意促成张生和莺莺的好事。他们都不是为自身打算。但这个“剧”里的中心人物却不是一对情人,而是以操纵男女私情为职业的积世老虔婆薛蕾丝蒂娜。薛婆为情人“拉纤”,是为她自身的生存和利益。她和同伙的私门子阿莉、阿瑞,葛家小厮三普、八儿等人,都依靠富人或剥削穷人而得生存,和《小癞子》①里的癞子是一流人物。薛婆可算是流浪汉的祖婆婆。故事侧重的角度不同,陈旧的题材会出现新面貌。同时也说明为什么这个“剧”以《薛婆》著称,一对情人的名字只在副题里出现。

葛少爷和裴小姐的爱情,从薛婆等人眼里看来,当然和痴情人主观所见大不相同。历来写英雄美人或才子佳人的传奇,大多从情人的角度,写爱情的缠绵悱恻,爱情的追魂摄魄,爱情的顽强固执。《薛婆》这个故事却主观客观两面俱到。主观上是伟大的甜蜜的爱情,客观上是不由人自主的男女情欲。《罗密欧与朱丽叶》写的是生死不渝的恋爱,是灵与肉的结合。《薛婆》写的是偷情,肉重于灵,和我国旧小说《会真记》略近。葛少爷并不想和裴小姐结为婚姻,终身好合。他即使不摔死,裴小姐早晚必遭遗弃。她若决意不嫁别人,在那时候的西班牙社会里,到头来只好自杀,或入修道院忏悔余生。她甘为情死,也表现她在爱情的迷恋中失去理智,把年老的双亲弃置不顾。这个故事不是爱情的赞歌,而是魔鬼导演的“贪、嗔、痴”大合唱。曲终,死神把几个主要角色,不问男女老少,一股脑儿纳入他的口袋,狞笑下场。作者原把这本书称为“喜剧”。但他在序文里说,有人认为收场悲惨,该称悲剧;他采取折中办法,改名为“悲喜剧”。他在《引言》里阐明宗旨:“有人痴情颠倒,把情人称为自

① 西班牙十六世纪五十年代出版的“流浪汉小说”,一般认为是“流浪汉小说”之祖。我译为《小癞子》。

己的上帝；有人受虔婆佞仆之欺，迷惑不悟。”这个“喜剧或悲喜剧”是对这等人的呵斥（reprensión），也聊以供他们照鉴。序文和《引言》之前有作者《致友人书》，也说明同样的宗旨。假如《堂吉诃德》是反骑士小说的骑士小说，《薛婆》可算是反爱情故事的爱情故事。

作者在隐藏自己姓名的“离合诗”①里说，这个“喜剧或悲喜剧”承袭古罗马喜剧的传统。那种喜剧，在中世纪的欧洲，是为朗诵而不是为上演的。《薛婆》确也不便在舞台上演出，因为是史诗的结构，——也就是小说的结构，没有戏剧结构所要求的时间、地点的统一性。一出戏里有同时在两地发生的事，或从某一地点到另一地点一路上说的话，好像我国传统旧戏里，一个角色在舞台上说话的时候，背景就在不断地变换。背景变换，实际上是人物在远比舞台辽阔的空间行动。而且故事里又有许多穿插的情节，一桩桩陆续在舞台上表演，分不出主次，故事就显得散漫，失去统一性。

尽管是史诗性结构的戏剧，还是可供舞台上表演的。西洋的“史诗剧”利用幻灯投影等技巧，扩大舞台的地域；穿插的情节可用歌唱队的叙述来贯穿。我国传统的旧戏、布景和动作（开门、上马、坐轿等等）都用象征；过去和当前的情节由角色上场自己叙说。《薛婆》这个“剧”压根儿没有舞台。一般剧作者尽管不登台表演，却借舞台指导进行导演。这个“剧”没有一句舞台指导。事情好像是人世间发生的，不是舞台上的表演。

全书二十一出，好比二十一章。每出开头有一小段撮要。

---

① 每行诗的第一个字母，拼成作者的姓名。

据作者在序文里说，这是印刷者擅自加上的，作者认为大可不必。原作只有人名和对话（包括旁白和独白）。哪一段是旁白或独白也没有说明，不过读来自能区分。作者单凭对话来叙说故事，刻画人物，并描述人物的内心活动。试举例说明。

葛少爷追赶他那只逃逸的鹞鹰，闯入裴府花园，撞见裴小姐，一见倾倒，想和她攀话，却被小姐严词斥逐。他回家失魂落魄，说裴小姐是他的上帝。他的小厮三普劝诫少爷勿受女人迷惑，还阐发西洋中世纪对女人的看法，说女人脆弱，是不完美的。但是他看到劝诫无效，就说，要少爷遂心也不难，他情妇阿莉的鸨母薛婆准有办法。葛少爷另有个更忠实的小厮八儿认识这薛婆，私下警告少爷不要上当。但薛婆赢得了葛少爷的信任，为他当差，并收罗了八儿。故事是这么开头的。

假如这是舞台上的戏，剧中人物的面貌、身段、服饰等等，观众都能具体看到。一桩桩情节，也都具体出现。但舞台上的人物是演员扮饰的。比如梅兰芳演黛玉葬花，观众看见的是梅兰芳扮的林黛玉，不是黛玉本人。西洋戏剧里的人物虽然不像我国旧戏里的人物那样，由生、旦、净、丑粉墨登场，自报扮演什么角色，观众仍然不会把演员扮饰的人物和故事里的人物混淆为一，表演尽管栩栩如真，究竟只是演戏。虽说人生如戏，戏总归还不是人生——不是“人世间客观存在的事物”。

假如这段故事由作者叙出，读者意象中或看到作者出场，或听到他叙说的声音，又会觉得这只是小说家讲的故事。“小说家不是上帝”，他的创造不是“人世间客观存在的事物”。

那么，故事里的人物，自己怎样显形呢？故事里的情节，怎样像真事那样展现出来呢？人物的思想情感以至内心深处的活动，又怎样使读者亲切体会呢？

《薛婆》从头到底只有对话。对话有它特擅的长处。有些事，无论在戏剧或小说里通常由戏剧或小说作者叙述。例如一件事情发生的时间和地点，戏剧里用舞台指导，小说里由作者说明，一言两语就能点出。《薛婆》这个剧里既没有舞台指导，作者又不露面、不出声，只好借剧中人物口中叙出。剧中人物说话得适合身份，说什么话也得有适当的场合。所以这个剧里到第二出才补出葛少爷和裴小姐相见的时间和地点。葛家小厮八儿埋怨主人让薛婆敲了一百金元去，惋叹“祸不单行”。葛少爷不懂自己遭了什么“祸”。

八　儿　少爷，你昨天追赶你的鹞鹰，闯进了玫丽小姐的花园；进去就看见了她，去跟她说话；一说话就爱上了她。爱情生烦恼，烦恼支使得你把身体、灵魂、家产一股脑儿都断送了。我眼看你给那个吃过三次官司的老虔婆捏在手心里，更是气愤。

这段对话妥帖自然，比简单指出时间、地点的舞台指导说明的事情多，而且说得活泼。但作者显然煞费安排，到第二出才找到适当场合，补出这段话来。第一出若没有后人加上的一节撮要，读者单凭葛少爷和裴小姐的对话，就不知他们究竟在什么地方，怎么会碰到一处的。由此可见，要把一个故事安放在时间、地点的背景里，用对话不如戏剧或小说作者的说明来得灵便。

人物的对话，口气里可以听出身份，语言里可以揣想性格。但人物的状貌服饰，本人不便报道。有些剧作家在舞台指导里像写小说那样对人物的外貌详细描摹。小说家更可用各种方式加以形容。若用对话,就需从别人口中道出。这也得按各人的身份,找适当的场合。例如小厮三普劝葛少爷勿为了女人妄自菲薄。他说:“少爷,你是个男子汉,而且……”下文就说出少爷如何漂亮、文雅、讨人喜欢等等。再加薛婆对他的品评,小姐对他的钟情,就可见葛少爷是何等人物。葛少爷如痴如狂的呓语里,把裴小姐的面貌、体态、眉、眼、口、鼻、发、肤、指甲,烦烦絮絮地形容。加上薛婆和别人的客观品评,也就可见裴小姐的风貌。至于薛婆,从外貌到她过去的底里,从多方面反映出来。第一出,三普告诉少爷:“她是个嘴上长胡子的女人,①一个精细的巫婆,什么坏事都内行。本城由她一手修补成、一手毁坏掉的处女足有五千多。她若有意,会把坚硬的石头也撩拨得淫荡”(A las duras peñas promoverá y provocará alujuria)。同一出里,八儿看见薛婆上门,报告主人“一个搽胭脂、抹粉、描眉毛、画眼圈的老婊子在打门呢”;接着就把薛婆的老底儿都兜出来。第四出,裴府丫环鲁葵说:“甩着长裙子跑来的老婆子是谁呀?”她认识是薛婆,两人攀话,给裴太太看见。

裴太太　你跟谁说话呢?

鲁　葵　那个脸上有刀疤的老婆子——从前住在河边制革厂附近的。

裴太太　越说越没个影儿,我都摸不着头脑了。

鲁　葵　天哪,我的太太,谁个不知道她呀!你怎么忘了那个带枷示众的老巫婆呢?她不是专把女人赏给修

---

① 西班牙成语“碰见有胡子的女人,少和她打交道”(a la mujer barbuda de paso la saluda);因为这种女人不是好人。

士，还拆散许多家庭的吗？

裴太太　她是干什么的？你说了她的行业，我也许会记起来。

鲁　葵　太太，她制造薰头纱的香，搽脸的粉，另外还有二三十种行业呢：她会开草药的汤头，会给小孩子治病……

裴太太　说了半天，我还是记不起来。你如果认识她，就说她叫什么吧。

鲁　葵　太太，说什么"如果认识"！满城的老老少少，哪一个不认识她呀！我怎么会不认识呢！

裴太太　那你干吗不说呀？

鲁　葵　我害臊。

裴太太　这傻瓜，快说吧，尽这么不干不脆，我就火了。

鲁　葵　太太别见怪，她叫薛婆。

另外还有整段穿插，衬托出薛婆的为人。我们未见其人，先闻其声。她见三普上门，忙喊："阿莉，好叫你快活！三普来啦！三普来啦！"这和《水浒传》二十一回里，阎婆向婆惜说："我儿，你心爱的三郎在这里！"恰是同一个声调。下文她教阿莉藏匿她另一个情人，并帮她圆谎一节，活画出虔婆本色。

小说里往往由旁人眼里写出人物的外貌；目中所见，嘴里不一定说出来，但有时也说出来。如《儒林外史》第四回形容范进娘子"一双红镶边的眼睛，一窝子黄头发……夏天趿着双蒲窝子，歪脚烂腿的……"就是旁人嘴里的话。人物由同一故事里的人来形容，比作者自己讲更显得真实；烦絮的形容也会不嫌其烦。例如《堂吉诃德》里桑丘啰啰嗦嗦讲故事，听的人简直受罪，而我们读来却觉得愈啰嗦愈有趣。情人的呓语，局外人听来是不耐烦的；但葛少爷的呓语，配上三普心上的嘲笑和嘴里的嘀咕，读来就觉有趣。还有一层，人物由同一故事里各方面的形容合在一起，造成一个立体的形象，胜于平面的勾勒。

至于人物的思想感情，由本人自己表达，比旁人转达更为亲切。例如第一出薛婆告诫八儿。

薛　婆　……我像亲妈一样告诫你……眼前你吃主人家的饭，且顺着他、伺候他……可是别傻头傻脑地为他卖命，现在这个大少爷是靠不住的，得结交自己的朋友才牢靠……花儿当不得饭吃（No vivas en flores）。主人家把用人耗得干了，只空口许愿，你可别听他们的。他们吸了你的血，不感激你，只辱骂你；不念你的功，也不想报酬你。可怜哪，“在府邸白了头的用人”！① 这个年头儿，主人家顾念自己还来不及，有多少心力顾得家里用人？他们的算盘也不错。你们做用人的，得学他们的样……我的儿子，我说这话呀，因为看透你主人爱使出人的本儿来；只求人家伺候，不想给报酬。你仔细想想吧，我这话是不错的。你在他家且找同伙做朋友。最宝贵的是朋友。可是别和主人家攀什么交情；不是一个阶级、同样穷富的人，能交上朋友是罕事……

---

① 西班牙成语“在府邸白了头的用人，得死在贫儿院里”（Quien en palacio envejece，en el hospital muere）。薛婆只引了半句。

八　儿　可是“爬上了高枝，摔下容易上去难”；[1]不由正路的财，我不贪。

薛　婆　我可都要。“不管正道邪道，只求满仓满廒。”[2]

从全书看来，作者并不是站在薛婆一伙的立场上，但是他却钻入他们心里，替他们说话。

至于故事的情节，用对话叙述灵便而又生动。试看第十二出薛婆被杀一段。三普怕薛婆独吞葛少爷给的金链子。八儿说：“钱财是不认朋友的”。[3] 因此，两人午夜去找薛婆。

薛　婆　三普，你糊涂啦？我得的谢金和你的报酬有什么相干？……那天咱们同在街上走，我随口说了一句空话：“我的就是你的”，你就抓住这话当把柄啦？我力量有限，可是有你的从没有少了你的！假如老天爷照应我交上好运，你吃不了亏。你该知道，三普，我对你许愿，不过表示个意思罢了，作不了准。闪闪发光的，不都是金子；要都是，金子也不那么值钱了。三普，你说吧，这不是你的心思吗？我没料错吧？我老虽老，一眼就看透你！可是，儿子啊，我老实告诉你，我这会子正气得要死。阿莉没脑子，我从你们家回来，把挂在脖子上的链子给她玩一会儿，她不知搁哪儿去了。我和她两个气得夜来还没有合一合眼呢。倒不是为了链

---

① 西班牙成语：Quien tórpemente sube a lo alto，más aína cae que subió。

② 西班牙成语：A tuerto o derecho，nuestra casa hasta el techo。

③ 西班牙成语：Sobre dinero no hay amistad。

子——链子值不了什么，为的是她没头脑，我又没造化。当时有些熟人来串门儿，只怕谁顺手牵羊拿走了……我现在跟你们两个讲讲明白。你们主人给了我什么，就是我的东西。他给你的锦缎袄儿，我没问你分，也没问你要呀！咱们大伙儿为他当差，他瞧各人的功劳给报酬。他给我些东西，因为我两次为他卖了性命……

三　普　老年人最贪心。这话我说过不止一次了。穷的时候手头散漫，有了钱就抠门儿。越是钱多，越是抠门儿；越是抠门儿，越要哭穷。最叫穷人抠门儿的，就是得了钱财。天哪，手头越富裕，心上越不足。这老太婆当初说，她靠这买卖得了油水，由我要多少都行；她以为油水不会多。现在看到这里面大有好处，就啥也不给了。……这真是应了童谣说的“钱少的不能多给，钱多的一文不给”（de lo poco，poco；de lo mucho，nada）。

八　儿　答应了我们的快拿出来！不给，我们全都拿走！——我早告诉你这老太婆不是个东西，你就是不信。

薛　婆　……你们有气，别出在我身上……我知道你们底子里是什么作怪呢……你们不愿意一辈子给阿莉、阿瑞拴住……可是，我能给你们找到她们俩，也能给你们另找十个姑娘呀……

三　普　……别废话！我们不是三岁的娃娃……葛少爷给你的报酬，你提出我们的两份儿来！别叫我说出你是个什么东西……

薛　婆　三普，我是个什么东西？是你把我从窑子里弄出来的？……我天生就是这么个老太婆，没比别的女人坏。干什么行业吃什么饭；我吃我这一行的饭，一规二矩。人家不来找我，我不去找人。谁要请到我，得上我门来，在我家里相求。我是好人、坏人，上帝眼里雪亮，可以作证。你们心上有气，别来糟蹋我。人人都得守法，法律面前一概平等。我尽管是个女人，你们尽管穿得漂亮，人家照样会听我申诉。我是在自己家里，享用自己的家当，你们管不着！八儿，你呀，别以为你知道了我的老底儿，知道了我和你那个死去的妈妈一起干的事，就得由你摆布我……

八　儿　那些事臭得呛我鼻子，少说吧，要不，我就打发你找我妈去，让你嘀咕个够！

薛　婆　阿莉！阿莉！起来！快把我的斗篷给我！我要上公堂像疯婆子那样大叫大嚷去！像话吗！到我家来威胁我！我是一头驯良的母羊，一只拴着脚的母鸡，一个七十岁的老太太，你们想对我动粗吗……

三　普　这个老财迷！要钱没个餍足！咱们捞摸的油水三分之一归你，还不够吗？

薛　婆　什么三分之一？你给我滚！八儿，你也别嚷嚷，把街坊都招来。你们别惹得我发了疯，把葛少爷和你们的事儿当众抖搂出来。

三　普　随你叫，随你嚷，你答应了的就得照办！要不，这会儿就结果了你！

阿　莉　天哪！别拿着剑呀！八儿，你按住他！按住他！别让这疯子杀了她！

薛　婆　街坊呀！维持法纪呀！维持法纪呀！两个暴徒到我家来杀害我！

三　普　什么暴徒！巫婆老太！瞧我送你到阎王殿里传递消息去！

薛　婆　啊呀！他杀我！啊呀！啊呀！我还没忏悔呢！得忏悔呢！

八　儿　下手！结果了她！一不做、二不休！免得让人听见。杀了她拉倒！“冤家死一个就少一个！”①

薛　婆　我得忏悔！

阿　莉　凶狠的冤家！你们鬼迷心窍了？你们下手害了什么人啊！我的妈死了！我什么都没有了！

三　普　八儿，赶快逃走，来了许多人。小心啊，巡逻队长来了！

八　儿　哎，糟糕！大门都把住了，咱们往哪儿逃啊？

三　普　窗口跳下去！咱们可别落了法网送命。

八　儿　跳！我跟脚就来。

以上一段情节，作者用很自然的对话，写出三普和八儿见钱不认人，薛婆要钱不要命。

再试看第十四出葛少爷偷情一段。

---

① 西班牙成语：De los enemigos，los menos。

葛少爷　……你在我怀里，我还不能相信。我快活得神魂颠倒，竟感觉不到心上的快活了。

玫　丽　……我把自己交托给你，让你遂心，不过是因为爱你，不愿意显得冷酷无情，请你不要为了一霎时的欢乐，转眼就毁了我。做下了坏事，后悔无及。我只要见到你，近着你，就是快乐；你也学我这样。别向我索取你无法归还的东西；别毁了全世界的钱财赎不回来的宝贝。

葛少爷　我花了一辈子的心力，就追求这一点恩情。已经让我到手了，还能叫我罢手吗？你不能要求我，我也不能克制自己。我不能这么窝囊。是男子汉，就办不到。何况我又这么爱你！我为你直在爱情的火海里沉浮，现在到了恬静的港口，你还不让我进港喘息一下吗？

玫　丽　啊呀！随你说吧，可是别动手。你住手……

葛少爷　……请你原谅，我这双不识羞的手，不配碰一碰你的衣裳，可是它碰到了你的细皮嫩肉……

玫　丽　鲁葵，你走开。

这一段写偷情，没有淫秽的文字，着墨无多，却把两人各自的心情和行为都表达出来。

从以上所举的例子，还可以看出《薛婆》和其他西班牙小说如《小癞子》或《堂吉诃德》有一点相似：都大量引用成语。① 桑

① 英国近代小说家毛姆(S. Maugham)〔《一个作家的笔记》(*A Writer's Notebook*)，海内曼(Heinemann)版200页〕说："老爱引用成语是西班牙小说的灾难。"

丘说了一大串成语，只围着他自谓“当景”的意思打转，而薛婆一言半语便点出要领；一巧一拙，各极其妙。

作者也善于运用旁白和独白。旁白是演员向台下观众说的“悄悄话”，台上相对谈话的演员却好像听而不闻的。独白是演员孤独一人自己对自己说的话，是内心深处的活动。莎士比亚惯用旁白和独白来表达人物的内心；后世剧作家如易卜生就嫌这种方式不合现实。易卜生用舞台指导叫演员用何种动作和表情，来表现当时何种思想情感。更有剧作者试用新方法，叫演员用两种不同的声音，表达嘴里说的话和心里想的话。如用特殊的声音说心里想的话，旁的角色就呆若木鸡，表示他们好像不在场。① 这种种方法无非说明舞台上很难演出内心的活动。人物的内心由舞台指导来说明，读剧本的可以了然，但观众能领会多少就不得而知。舞台指导里对人物内心的描写，和外貌的描写一样，虽说是用来指导演员的，其实也是给读者看的，读来像小说里的描写。这也相当于小说作者出面描叙，不是人物自己在表演。《薛婆》好在不是舞台上表演的戏，里面的旁白和独白就显得自然。试举数例。

第一出三普听葛少爷满口称颂裴小姐的美。

三　普　我们这位着了迷的少爷，尽说些什么废话呀！

葛少爷　你说什么？

三　普　我说，你再讲下去！好听得很呢！

第六出，葛少爷要他的小厮护送薛婆回家。

---

① 参看当倪（J. E. Downey）著《创造性的想象》（*Creative Imagination*）第 56 页。

八　儿　对啊！这小姑娘怕被人强奸呢！三普，你送送她吧，她听见黑地里蛐蛐叫，要害怕的。

葛少爷　你说什么？

八　儿　我说，少爷，夜里漆黑的，还是让我和三普送她回家吧。

二小厮嘀嘀咕咕的旁白和大声的对话往往相映成趣。又如第四出薛婆代葛少爷向裴小姐求情，小姐大怒，命丫环鲁葵把婆子撵出去。薛婆说：年轻人就是火气旺；葛少爷只为牙痛，要个治牙痛的咒语，还知道小姐有一条接触过圣物的腰带，借来一摸，可以止痛；既然小姐动怒，葛少爷牙痛就让他痛吧。裴小姐该知道薛婆是撒谎，可是她只怪薛婆不早说，还为自己性急生气道歉，她把腰带借给薛婆，还答应得空写下咒语，叫薛婆偷偷儿去取。鲁葵在旁说："啊呀，我的小姐完了！她叫薛婆偷偷儿来？这里有鬼！她愿意给那人的，就不止嘴里说的那点东西了。"（Más le querrá dar que lo dicho）这类旁白，有画龙点睛之用。

再试看两段独白。

第四出——

薛　婆　三普为我这项买卖直不放心。这会儿四顾无人，我且把他担忧的事仔细想想。这种事，有时候想不周到也会成功，不过说不定会出意外。多想想总有好处。我在三普面前没露声色，可是，我对玫丽小姐的算计要是给人瞧破，只怕我这条老命都难保呢！就算不送命，也得让人兜在毯子里向天抛掷，或者用鞭子毒打一顿。为这一百金元就得大吃苦头了。哎，真倒霉，我钻进了什么圈套啊！逞能好强，就拿性命来押宝。可怜我怎么办呢？缩脚吧，捞不到好处；硬着头皮挺吧，又难逃危险。上她家去呢？还是回自己家呢？真叫人拿不稳，捉不定，不知该怎么好。大着胆子分明是冒险；胆小呢，坏了我的名头。老牛到哪儿都得耕地啊！①每条路都是坑坑洼洼的……

第十四出，葛少爷的两个小厮已伏法处死，他另携二仆到裴府花园幽会归来。

葛少爷　啊，我真烦恼啊！这会儿静悄悄一人在黑地里，正合我的心情。什么缘故呢？因为我没等天亮就撇下了我那位心爱的小姐吗？还是因为丢了面子，心里难受？对呀，对呀，正是为这个！现在我冷静下来，昨天煎熬着的热血凉了，看到自己家门衰落，用人不够使唤，祖产给我败掉，又身受侮辱，这是我的痛疮。都是两个小厮的死刑引起的。我为他们出了什么力吗？为什么束手束脚呢？法官的判决分明对我不公道；我是受了侮辱的人。我怎么能逆来顺受，不气昂昂赶紧出头为自己申理呢？哎，短促的一生只这么一点可怜的欢乐啊！贪图这点欢乐，马上送命也心甘情愿……

① 西班牙成语：Adónde irá el buey que no are?

他接着又想到自己处境的尴尬，怪法官不顾旧日曾受他家恩惠；一面又为法官开脱，然后又回味当晚的幽会。为了不多占篇幅，上一节薛婆的独白，这里只译出三分之一；这一节葛少爷的独白，这里只译出六分之一。从译出的部分，可以看到两人内心思维的过程，而对他们的性格有更深入的了解。

早有人把莎士比亚的独白看做“意识流”的祖宗。① 小说里相当于独白的内心思维，一般用“心上寻思道……”的方式来表达。例如《水浒传》第十一回王伦不愿收留林冲，蓦地寻思道：“我却是个不第的秀才……他是京师禁军教头……不若只是一怪，推却事故打发他下山去便了……只是柴进面上却不好看……”《西游记》第三十二回猪八戒巡山时的心思表达得更妙，可以不用“寻思道”的方式。八戒喃喃自语，习演撒谎；行者变作蟭蟟虫儿钉在他耳后。八戒心上想的话，嘴里喃喃道出，行者句句听见。近代小说家所谓“意识流”，就是要读者变作蟭蟟虫儿，钻入人物内心去听他寻思的话。上文所举王伦的“蓦地寻思”，不过是作者的转述。这类寻思，往往还只是作者撮述。但无论莎士比亚式的独白，或小说里转述或撮述的“心上寻思”，都经过作者选择整理，有条有理地报道出来，不是当时心上寻思的原来状况。

近代小说家所要写的“意识流”，是人物内心连串流动的感

---

① 参看威雷克与沃仑合著《文学理论》第225页。“意识流”的方法在二十世纪以前的小说里时常出现。弗里德门（M. Friedman）的《意识流：文学方法的一个研究》（*Stream of Consciousness: A Study in Literary Method*, 1955）第31—32页，从狄更斯（C. Dickens）的小说里举了些例子，说那些例子差不多预言式地把乔伊斯（J. Joyce）的意识流写作方法作了“残酷的模仿”。

受、联想、揣测、回忆等杂乱的情绪，未具固定的形式；联想多于逻辑，语言未有条理，字句未有标点，觉醒的自我未加批判审定，自己不愿正视的部分未经排除或抑制，还是心理活动的原始状态。[①]《薛婆》里的独白，像戏剧里的独白而不是舞台上的台词，像小说里的“寻思道……”而不是作者的转述。虽然是有句读、有逻辑的语言，多少还带些心理活动的“原始状态”，略和近代所谓“意识流”相似。

《薛婆》这个“喜剧或悲喜剧”读来既像小说，有人干脆就称为小说；[②]有个仅译十六出的英译本竟加上副题，称为“对话体的小说”（A novel in dialogue）。[③] 但作者究竟不是有意识地写小说；尽管称为小说，只是未合传统的小说。我们现在有意识地把它当小说读，就觉得像一部打破了传统的新小说，和近代某些小说家所要求的那种不见作者而故事如实展现的小说颇为相近。

当然，小说家以“无所不知”的作者身份，自有种种方法来描摹现实，不必用对话体。而且，作者出头露面就一定损坏小说的真实性吗？小说写得逼真，读者便忘了有个作者吗？小说写得像“客观存在的事物”，“客观存在的事物”未经作者心裁，怎样摄入小说？这等等问题都还待研究检验。不过《薛婆》这部“对话体的小说”，确像人世间发生的客观现实。我们把这部十

---

① 参看司本塞（J. Spencer）《略谈“持续的内心独白”》（*A Note on the“Steady Monologue of the Interiors”*），《英国文学评论》1965年第6卷第33—36页。

② 例如克登（J. A. Cuddon）《文学辞典》（*A Dictionary of Literary Terms*）（1977）第424页。

③ 辛普森（B. Simpson）译，1955年加利福尼亚大学出版社出版。

五世纪末年的“喜剧或悲喜剧”当做小说来读，会有新的收获。这也可算是古为今用吧。

一九八一年八月

有什么好?

——读奥斯丁的《傲慢与偏见》

议论一部作品“有什么好”,可以有不同的解释:或是认真探索这部作品有什么好,或相当干脆的否定,就是说,没什么好。两个说法都是要追问好在哪里。这里要讲的是英国十九世纪初期的一部小说《傲慢与偏见》。女作者简·奥斯丁是西洋小说史上不容忽视的大家,近年来越发受到重视。① 爱好她的读者,要研究她的作品有什么好;不能欣赏她的人,也常要追问她的作品有什么好。②《傲慢与偏见》在我国知道的人比较多;没读过原文的读过译本,没读过译本的看过由小说改编的电影,至少知道个故事。本文就是要借一部国内读者比较熟悉的西洋小说,探索些方法,试图品尝或鉴定一部小说有什么好。

小说里总要讲个故事,即使是没头没尾或无条无理的故事。

---

① 恰普曼(R. W. Chapman)著《简·奥斯丁:事迹与问题》(*Jane Austen: Facts and Problems*,1948)第211页;
沃特(I. Watt)辑《评论简·奥斯丁文选》(*Jane Austen: A Collection of Critical Essays*,1963)引言第13页;
埽丹(B. C. Southam)辑《评论简·奥斯丁文选》(*Critical Essays on Jane Austen*,1968)引言第Ⅺ—Ⅻ页。

② 小说家康拉德(J. Conrad)就曾诧怪简·奥斯丁“有什么好?”(What is there in her?)——参看埽丹《评论简·奥斯丁文选》引言第ⅩⅢ页。

故事总是作者编的。怎样编造——例如选什么题材，从什么角度写，着重写什么，表达什么思想感情，怎么处理题材，就是说，怎样布局，怎样塑造人物等等，都只能从整部小说里去领会，光从一个故事里捉摸不出。这个故事又是用文字表达的。表达的技巧也只看文字本身，不能从故事里寻求。要充分了解一部小说，得从上述各方面一一加以分析。

一

小说里往往有个故事。某人何时何地遭逢（或没遭逢）什么事，干了（或没干）什么事——人物、背景、情节组成故事。故事是一部小说的骨架或最起码的基本成分，也是一切小说所共有的“最大公约数”。[①] 如果故事的情节引人，角色动人，就能抓住读者的兴趣，捉搦着他们的心，使他们放不下，撇不开，急要知道事情如何发展，人物如何下场。很多人读小说不过是读一个故事——或者，只读到一个故事。

《傲慢与偏见》的故事，讲十八世纪末、十九世纪初英国某乡镇上某乡绅家几个女儿的恋爱和结婚。主要讲二女儿伊丽莎白因少年绅士达西的傲慢，对他抱有很深的偏见，后来怎样又消释了偏见，和达西相爱，成为眷属。

这个故事平淡无奇，没有令人回肠荡气、惊心摄魄的场面。情节无非家常琐碎，如邻居间的来往、茶叙、宴会、舞会，或驾车

---

① 福斯特（E. M. Forster）《小说的面面观》（*Aspects of the Novel*, 1927）47—48页，第130页。

游览名胜，或到伦敦小住，或探亲访友等等，都是乡镇上有闲阶级的日常生活。人物没有令人崇拜的英雄或模范，都是日常所见的人，有的高明些、文雅些，有的愚蠢些、鄙俗些，无非有闲阶级的先生、夫人、小姐之流。有个非洲小伙子读了这本书自己思忖：“这些英国的夫人小姐，和我有什么相干呢？”①我们也不禁要问，十九世纪外国资产阶级的爱情小说，在我们今天，能有什么价值呢？

可是我们不能单凭小说里的故事来评定这部小说。

二

故事不过是小说里可以撮述的主要情节，故事不讲作者的心思。但作者不可能纯客观地反映现实，也不可能在作品里完全隐蔽自己。② 他的心思会像弦外之音，随处在作品里透露出来。

写什么样的故事，选什么样的题材。《傲慢与偏见》是一部写实性的小说(novel)，而不是传奇性的小说(romance)。这两种是不同的类型。写实性的小说继承书信、日记、传记、历史等真实记载，重在写实。传奇性的小说继承史诗和中世纪的传奇故事，写的是令人惊奇的事。世事无奇不有，只要讲来合情合理，不必日常惯见。司各特(W. Scott)写的是传奇性的小说，奥

---

① 见沃生(G. Watson)《话说小说》(*The Story of the Novel*, 1979)第11页。

② 见步斯(W. C. Booth)《小说的修辞学》(*The Rhetoric of Fiction*, 1961)第19—20页。

斯丁写的是写实性的小说。[①] 奥斯丁自己说不能写传奇性的小说，除非性命交关，万不得已；只怕写不完一章就要失声而笑。[②] 为什么呢？她在另一部小说《诺桑觉寺》里故意摹仿恐怖性浪漫故事(gothic romance)的情调打趣取笑。我们由此可以看出，她笑那种令人惊奇的故事脱不了老一套，人物也不免夸张失实。她在家信里说，小说里那种十全十美的女主角看了恶心，使她忍不住要调皮捣蛋。[③] 她指导侄女写作的信上一再强调人物要写得自然，[④]要避免想象失真，造成假象。[⑤] 她喜欢把故事的背景放在有三四家大户的乡镇上。[⑥] 奥斯丁并不是一个闭塞的老姑娘。她读书看报，熟悉当代有名的作品，来往的亲戚很多，和见世面的人物也有交接，对世界大事和城市生活并非毫无所知。[⑦] 可是她一部又一部的小说，差不多都取材于有三四家大户的乡镇上。看来她和《傲慢与偏见》里伊丽莎白的见解相同。乡镇上的人和大城市的人一样可供观察研究；不论单纯的或深有城府的，都是有趣的题材，尤其是后者。尽管地方小，人不多，各人

---

① 见威雷克与沃仑合著《文学理论》(1976)第 216 页；克登(J. A. Cuddon)《文学辞典》(*A Dictionary of Literary Terms*, 1979)第 434 页引康格里夫(William Congreve)语。

② 见恰普曼(R. W. Chapman)搜辑《简·奥斯丁书信集》(下简称《奥斯丁书信集》)第二版(1952)第 452—453 页。

③ 同上书，第 486 页。

④ 同上书，第 388，394，402，403，422 页。

⑤ 同上书，第 395 页。

⑥ 同上书，第 401 页。

⑦ 《简·奥斯丁：事迹与问题》第 115—116 页；谭纳(Tony Tanner)《简·奥斯丁和“娴静的小姑娘”》(*Jane Austen and “The Quiet Thing”*)。——埽丹辑《简·奥斯丁评论文选》第 139 页。

的面貌却变化繁多，观察不到的方面会层出不穷。[1] 奥斯丁显然是故意选择平凡的题材，创造写实的小说。

三

通常把《傲慢与偏见》称为爱情小说。其实，小说里着重写的是青年男女选择配偶和结婚成家。从奥斯丁的小说里可以看出她从来不脱离结婚写恋爱。男人没有具备结婚的条件或没有结婚的诚意而和女人恋爱，那是不负责任，或玩弄女人。女人没看到男方有求婚的诚意就流露自己的爱情，那是有失检点、甚至有失身份；尽管私心爱上了人，也得深自敛抑。恋爱是为结婚，结婚是成家，得考虑双方的社会地位和经济基础。门户不相当还可以通融，经济基础却不容忽视。因为乡绅家的子女不能自食其力，可干的职业也很有限。长子继承家产，其他的儿子当教士，当军官，当律师，地位就比长子低；如果经商，就在本阶级内部又下落一个阶层。老姑娘自己没有财产，就得寄人篱下；如果当女教师，就跌落到本阶级的边缘上或边缘以外去了。[2] 一门好亲事，不但解决个人的终身问题，还可以携带一家子沾光靠福。为了亲事，家家都挣扎着向上攀附，惟恐下落。这是生存竞争的一个重要关头，男女本人和两家老少都全力以赴，虽然只有三四家大户的乡镇上，矛盾也够复杂，争夺也够激烈，表现的世态人情也煞是好看。《傲慢与偏见》就是从恋爱结婚的角度，描

---

① 见《傲慢与偏见》——《简·奥斯丁全集》（1933 纽约版）第 255 页。

② 《奥斯丁书信集》第 483 页谈到老姑娘的穷困；《艾玛》（*Emma*）——《简·奥斯丁全集》第 946 页谈到女教师的地位。

写这种世态人情。

奥斯丁认为没有爱情的婚姻是难以忍受的苦恼。① 她小说里的许多怨偶,都是结婚前不相知而造成的。结婚不能不考虑对方的人品,包括外表的相貌、举止、言谈,内在的才德品性。外表虽然显而易见,也需要对方有眼光,才能由外表鉴别人品高下。至于才德品性,就得看他为人行事。这又得从多方面来判定,偶然一件事不足为凭,还得从日常生活里看日常的行为。知人不易,自知也不易,在激烈的生存竞争中,人与人之间的误解和纠纷就更难免。《傲慢与偏见》写女主角的偏见怎样造成,怎样消释,是从人物的浮面逐步深入内心,捉摸他们的品性、修养和心理上的种种状态。可以说,奥斯丁所写的小说,都是从恋爱结婚的角度,写世态人情,写表现为世态人情的人物内心。

四

《傲慢与偏见》开章第一句:“家产富裕的单身汉,准想娶个妻子,这是大家公认的必然之理。”接下说:“这点道理深入人心。地方上一旦来了这么个人,邻近人家满不理会他本人的意愿,就把他看做自己某一个女儿应得的夫婿了。”②奥斯丁冷眼看世情,点出这么两句,接着就引出一大群可笑的人物,一连串可笑的情节。评论家往往把奥斯丁的小说比做描绘世态人情的喜剧(comedy of manners),因为都是喜剧性的小说。

---

① 见《奥斯丁书信集》第410,418页。

② 这是我自己的翻译,下面引文同。

喜剧虽然据亚里士多德看来只供娱乐，柏拉图却以为可供照鉴，有教育意义。[1] 这和西塞罗所谓“喜剧应该是人生的镜子……”见解相同，西班牙的塞万提斯、英国的莎士比亚都曾引用；菲尔丁在他自称“喜剧性的小说”里也用来阐说他这类小说的功用。这些话已经是论喜剧的常谈。所谓“镜子”，无非指反映人生。一般认为镜子照出丑人丑事，可充针砭，可当鞭挞，都有警戒的作用。

可是《傲慢与偏见》警戒什么呢？对愚蠢的柯林斯牧师、贝奈特太太、凯塞林夫人等人，挖苦几句，讽刺几下，甚至鞭挞几顿，能拔除愚蠢的钝根吗？奥斯丁好像并没有这个企图。她挖苦的不是牧师、或乡绅太太、或贵妇人，不是人为的制度或陋习恶俗造成的荒谬，而是这样的几个笨人。她也不是只抓出几个笨蛋来示众取笑，聪明人并没有逃过她的讥诮。伊丽莎白那么七窍玲珑的姑娘，到故事末尾才自愧没有自知之明。达西那么性气高傲的人，惟恐招人笑话，一言一动力求恰当如分，可是他也是在故事末尾才觉悟到自己行为不当。奥斯丁对她所挖苦取笑的人物没有恨，没有怒，也不是鄙夷不屑。她设身处地，对他们充分了解，完全体谅。她的笑不是针砭，不是鞭挞，也不是含泪同情，而是乖觉的领悟，有时竟是和读者相视目逆，会心微笑。试举例说明。

第十一章，伊丽莎白挖苦达西，说他是取笑不得的。达西辩解说：一个人如果一味追求笑话，那么，就连最明智、最好的

---

① 见布切(S. H. Butcher)著《亚里士多德有关诗与艺术的理论》(*Aristotle's Theory of Poetry and Fine Art*)，麦克密仑版第200,205页。

人——就连他们最明智、最好的行为，也可以说成笑话。

伊丽莎白说："当然有人那样，我希望自己不是那种人。我相信，明智的、好的，我从不取笑；愚蠢、荒谬、任性、不合理的，老实说，我觉得真逗乐，只要当时的场合容许我笑，我看到就笑了。不过，那类的事，大概正是你所没有的。"

"谁都难保吧。不过我生平刻意小心，不要犯那一类的毛病，贻笑大方。"

"譬如虚荣和骄傲。"

"对啊，虚荣确是个毛病；骄傲呢，一个真正高明的人自己会有分寸。"

伊丽莎白别过脸去暗笑。①

伊丽莎白当面挖苦了达西，当场捉出他的骄傲、虚荣，当场就笑了。可是细心的读者会看到，作者正也在暗笑。伊丽莎白对达西抱有偏见，不正是因为达西挫损了她的虚荣心吗？她挖苦了达西洋洋自得，不也正是表现了骄傲不自知吗？读者领会到作者的笑而笑，正是梅瑞狄斯（George Meredith）所谓"从头脑里出来的、理智的笑"。②

笑，包含严肃不笑的另一面。刘易斯（C. D. Lewis）在他《略谈简·奥斯丁》一文里指出，坚持原则而严肃认真，是奥斯丁艺术的精髓。③ 心里梗着一个美好、合理的标准，一看见丑陋、不合理的事，对比之下会忍不住失笑。心里没有那么个准则，就不能一眼看到美与丑、合理与不合理的对比。奥斯丁常常在笑的

---

① 见《简·奥斯丁全集》264—265 页。

② 见梅瑞狄斯《论喜剧》（*An Essay on Comedy*, 1919）第 88 页。

③ 见沃特辑《评论简·奥斯丁文选》第 33 页。

背面,写出不笑的另一面。例如《傲慢与偏见》里那位笨伯柯林斯向伊丽莎白求婚是个大笑话;他遭到拒绝,掉头又向伊丽莎白的好友夏洛特求婚而蒙允诺,又是个大笑话。贝奈特太太满以为阔少爷宾雷已经看中自己的长女吉英,得意忘形,到处吹牛;不料宾雷一去音信杳然。这又是个笑话。伊丽莎白想不到她的好友夏洛特竟愿嫁给柯林斯那么一个奴才气十足的笨蛋,对她大失所望。她听了达西一位表亲的一句话,断定宾雷是听信了达西的话,嫌她家穷,所以打消了向她姐姐吉英求婚的原意。为这两件事,她和吉英谈心的时候气愤地说:"我真心喜爱的人不多,看重的更少;经历愈多,对这个世界愈加不满了。人的性格是没准的,外表看来品性不错,颇有头脑,也不大可靠;我向来这么想,现在越发觉得不错了。"吉英劝她别那么牢骚,毁了自己愉快的心情:各人处境不同,性情也不同;夏洛特家姊妹多,她是个慎重的人,论财产,这门亲事是不错的,说不定她对柯林斯也多少有点儿器重。伊丽莎白认为不可能,除非夏洛特是个糊涂虫。她不信自私就是慎重,盲目走上危途就是幸福有了保障。她不能放弃了原则和正义来维护一个朋友。吉英怪妹妹说话偏激,又为宾雷辩护,说他不是负心,活力充沛的青年人免不了行为不检;女人出于虚荣,看到人家对自己倾倒就以为他有意了。伊丽莎白说,男人应当检点,不能随便对女人倾倒。尽管宾雷不是存心不良,尽管他不是蓄意干坏事或叫人难堪,也会做错事情,对不起人。没头脑,不理会别人的心情,又拿不定主意,就干下了坏事。①

---

① 见《简·奥斯丁全集》312—313页。

姊妹俩各有见地，据下文来看，妹妹的原则不错，姐姐的宽容也是对的。从这类严肃认真的文字里，可以看出奥斯丁那副明辨是非、通达人情的头脑（common sense）。她爱读约翰生（Samuel Johnson）博士的作品，对他钦佩之至，称为“我的可爱的约翰生博士”。[①] 她深受约翰生的影响，承袭了他面对实际的智慧（practical wisdom），[②]评论者把她称为约翰生博士精神上的女儿。[③] 奥斯丁对她所处的世界没有幻想，可是她宁愿面对实际，不喜欢小说里美化现实的假象。[④] 她生性开朗，富有幽默，看到世人的愚谬、世事的参差，不是感慨悲愤而哭，却是了解、容忍而笑。沃尔波尔（Horace Walpole）有一句常被称引的名言：“这个世界，凭理智来领会，是个喜剧；凭感情来领会，是个悲剧。”[⑤]奥斯丁是凭理智来领会，把这个世界看做喜剧。

这样来领会世界，并不是把不顺眼、不如意的事一笑置之。笑不是调和；笑是不调和。内心那个是非善恶的标准坚定不移，不肯权宜应变，受到外界现实的冲撞或磨擦，就会发出闪电般的笑。奥斯丁不正面教训人，只用她智慧的聚光灯照出世间可笑的人、可笑的事，让聪明的读者自己去探索怎样才不可笑，怎样才是好的和明智的。梅瑞狄斯认为喜剧的笑该启人深思。奥斯

---

① 见《奥斯丁书信集》第 181 页。

② 见赖赛尔斯（Mary Lascelles）著《简·奥斯丁和她的艺术》（*Jane Austen and her Art*，1939）第 7，43 页。关于约翰生的实际智慧，贝特（W. J. Bate）的巨著《撒缪尔·约翰生》（*Samuel Johnson*，1978）第 18 章 296—314 页有详明的阐述。

③ 见刘易斯《略谈简·奥斯丁》——沃特辑《评论简·奥斯丁文选》第 34 页。

④ 见赖赛尔斯《简·奥斯丁和她的艺术》第 70，143 页。

⑤ 见《论喜剧》第 88 页。

丁激发的笑就是启人深思的笑。

五

《傲慢与偏见》也像戏剧那样，有一个严密的布局。小说里没有不必要的人物（无关紧要的人物是不可少的陪衬，在这个意义上也是必要的），没有不必要的情节。事情一环紧扣一环，都因果相关。读者不仅急要知道后事如何，还不免追想前事，探究原因，从而猜测后事。小说有布局，就精练圆整，不致散漫芜杂。可是现实的人生并没有什么布局。① 小说有布局，就限制了人物的自由行动、事情的自然发展。作者在自己世界观的指导下，不免凭主观布置定局。② 把人物纳入一定的运途；即使看似合情合理，总不免显出人为的痕迹——作者在冒充创造世界的上帝。

可是《傲慢与偏见》的布局非常自然，读者不觉得那一连串因果相关的情节正在创造一个预定的结局，只看到人物的自然行动。作者当然插手安排了定局，不过安排得轻巧，不着痕迹。比如故事里那位笨伯牧师柯林斯不仅是个可笑的人物，还是布局里的关键。他的恩主是达西的姨母凯塞林夫人，他娶的是伊丽莎白的好友夏洛特。伊丽莎白访友重逢达西就很自然。布局里另一个关键人物是伊丽莎白的舅母，她未嫁时曾在达西家庄园邻近的镇上居住。她重游旧地，把伊丽莎白带进达西家的庄

---

① 见谭纳（Tony Tanner）著《奇迹的领域》（*The Reign of Wonder*，1965），第 209 页。

② 见威雷克与沃仑合著《文学理论》第 217 页。

园观光，也是很自然的事。这些人事关系，好像都不由作者安排而自然存在。一般布局的转折往往是发现了隐藏已久的秘密；这里只发现了一点误会，也使故事显得自然，不见人为的摆布安排。奥斯丁所有的几部小说——包括她生前未发表的早年作品《苏珊夫人》(*Lady Susan*)都有布局，布局都不露作者筹划的痕迹。是否因为小乡镇上的家常事容易安排呢？这很耐人寻味。

奥斯丁也像侦探小说的作者那样，把故事限于地区不大、人数不多的范围以内。每个人的一言一行和内心的任何波动，都筹划妥帖，细枝末节都不是偶然的。奥斯丁指导她侄女写作，要求每一事都有交代，①显然是她自己的创作方法。这就把整个故事提炼得精警生动，事事都有意义。小小的表情，偶然的言谈，都加深对人物的认识，对事情的了解。精研奥斯丁的恰普曼(R. W. Chapman)说，奥斯丁的《艾玛》(*Emma*)也可说是一部侦探小说。② 其实奥斯丁的小说里，侦探或推理的成分都很重。例如《傲慢与偏见》里达西碰见了他家账房的儿子韦翰，达西涨得满面通红，韦翰却面如死灰。为什么呢？宾雷为什么忽然一去不返呢？韦翰和莉蒂亚私奔，已经把女孩子骗上手，怎么倒又肯和她结婚呢？伊丽莎白和吉英经常像福尔摩斯和华生那样，一起捉摸这人那人的用心，这事那事的底里。因为社交活动里，谁也不肯“轻抛一片心”，都只说“三分话”；三分话保不定是吹牛或故弄玄虚，要知道真情和真心，就靠摸索推测——摸索推测的是人心，追寻的不是杀人的凶犯而是可以终身相爱的伴侣。

---

① 见《奥斯丁书信集》第402页。

② 见《简·奥斯丁：事迹与问题》第205页。

故事虽然平淡,每个细节都令人关切。

奥斯丁只说她喜欢把故事的背景放在有三四家大户的乡镇上,却没有说出理由。可是我们可以从作品里,看到背景放在乡镇上所收的效果。

六

奥斯丁的侄儿一次丢失了一份小说稿。奥斯丁开玩笑说:反正她没有偷;她工笔细描的象牙片只二寸宽,她侄儿大笔一挥的文字在小象牙片上不合用。① 有些评论家常爱称引这句话,说奥斯丁的人物刻画入微,但画面只二寸宽。其实奥斯丁写的人物和平常人一般大小,并不是小象牙片上的微型人物。《红楼梦》里的大观园并不比奥斯丁笔下的乡镇大,我们却从不因为大观园面积不大而嫌背景狭窄。奥斯丁那句话不过强调自己的工笔细描罢了,评论家很不必死在句下,把她的乡镇缩成二寸宽。

奥斯丁写人物确是精雕细琢,面面玲珑。创造人物大概是她最感兴趣而最拿手的本领。她全部作品(包括未完成的片段)写的都是平常人,而个个特殊,没一个重复;极不重要的人也别致得独一无二,显然都是她的创造而不是临摹真人;据说她小说里的地名无一不真,而人物却都是虚构的。② 一个人的经历究竟有限,真人真事只供一次临摹,二次就重复了。可是如果

① 见《奥斯丁书信集》第468—469页。

② 见赖赛尔斯《简·奥斯丁和她的艺术》第128页。

把真人真事充当素材，用某甲的头皮、某乙的脚跟皮来拼凑人物，就取之无尽、用之不竭，好比万花筒里的几颗玻璃屑，可以幻出无穷的新图案。小说读者喜欢把书中人物和作者混同。作者创造人物，当然会把自己的精神面貌赋予精神儿女。可是任何一个儿女都不能代表父母。《傲慢与偏见》里的伊丽莎白和作者有相似的地方，有相同的见解；吉英也和作者有相似的地方和相同的见解。作者其他几部小说里的角色，也代表她的其他方面。

她对自己创造的人物个个设身处地，亲切了解，比那些人物自己知道得还深、还透。例如《傲慢与偏见》第五十九章，吉英问伊丽莎白什么时候开始爱上达西。伊丽莎白自己也说不上来。可是细心的读者却看得很明白，因为作者把她的情绪怎样逐渐改变，一步步都写出来了。伊丽莎白嫌达西目中无人。她听信韦翰一面之辞，认为达西亏待了他父亲嘱他照顾的韦翰。她又断定达西破坏了她姐姐的婚姻。达西情不自禁向她求婚，一场求婚竟成了一场吵架。这是转折点。达西写信自白，伊丽莎白反复细读了那封信，误解消释，也看到自己家确也有叫人瞧不起的地方。这使她愧怍。想到达西情不自禁的求婚，对他又有点儿知己之感。这件不愉快的事她不愿再多想。后来她到达西家庄园观光，听到佣仆对达西的称赞，不免自愧没有知人之明，也抱歉错怪了达西。她痴看达西的画像，心上已有爱慕的意思。达西不记旧嫌，还对她殷勤接待，她由感激而惭愧而后悔。莉蒂亚私奔后，她觉得无望再得到达西的眷顾而暗暗伤心，这就证实了自己对达西的爱情。

奥斯丁经常为她想象的人物添补细节。例如吉英穿什么衣裳，爱什么颜色，她的三妹四妹嫁了什么人等等，小说里虽然没有写，奥斯丁却和家里人讲过，就是说，她都仔细想过。① 研究小说的人常说，奥斯丁的人物是圆的立体，不是扁的平面；即使初次只出现一个平面，以后也会发展为立体。② 为什么呢？大概因为人物在作者的头脑里已经是面面俱全的立体人物，读者虽然只见到一面，再有机缘相见，就会看到其他方面。这些立体的人物能表现很复杂的内心。有的评论家说，奥斯丁写道德比较深入，写心理只浮光掠影；③有的却说她写心理非常细腻，可充亨利·詹姆斯（Henry James）和普鲁斯特（Marcel Proust）的先驱。④ 这两个说法应该合起来看。奥斯丁写人物只写浮面，但浮面表达内心——很复杂的内心，而表达得非常细腻。她写出来的人，不是一般人，而是“那一个”。

按照西洋传统理论，喜剧不写个人；因为喜剧讽刺一般人所共有的弱点、缺点，不打击个别的人。英国十七世纪喜剧里的人物都是概念化的，如多疑的丈夫，吃醋的老婆，一钱如命的吝啬鬼，吹牛撒谎的懦夫等。十七世纪法国大戏剧家莫里哀剧本里的人物，如达尔杜弗（Tartuffe）和阿尔赛斯特（Alceste），都还带些概念化。⑤

戏剧里可以有概念化的角色，因为演员是有血有肉的人，概

---

① 见《奥斯丁书信集》第310页；恰普曼《简·奥斯丁：事迹与问题》第122—123页。

② 出自福斯特《小说的面面观》第113页。

③ 见步斯《小说的修辞学》第163页。

④ 见沃尔芙（Virginia Woolf）著《简·奥斯丁》——沃特辑《评论简·奥斯丁文选》第24页。

⑤ 见布切著《亚里士多德有关诗与艺术的理论》第385页。

念依凭演员而得到了人身。小说里却不行。公式概念不能变成具体的人。人所共有的弱点如懦怯、懒惰、愚昧、自私等等,只是抽象的名词,表现在具体人物身上就各有不同,在穷人身上是一个样儿,在富人身上又是一个样儿;同是在穷人身上,表现也各各不同。所以抽象的概念不能代表任何人,而概念却从具体人物身上概括出来。人物愈具体,愈特殊,愈有典型性,愈可以从他身上概括出他和别人共有的根性。上文说起一个非洲小伙子读了《傲慢与偏见》觉得书里的人物和他毫不相干。可是他接着就发现他住的小镇上,有个女人和书里的凯塞林夫人一模一样。① 我们中国也有那种女人,也有小说里描写的各种男女老少。奥斯丁不是临摹真人,而是创造典型性的平常人物。她取笑的不是个别的真人,而是很多人共有的弱点、缺点。她刻画世态人情,从一般人身上发掘他们共有的根性;虽然故事的背景放在小小的乡镇上,它所包含的天地却很广阔。

七

以上种种讲究,如果仅仅分析一个故事是捉摸不到的。而作者用文字表达的技巧,更在故事之外,只能从文字里追求。

小说家尽管自称故事真实,读者终归知道是作者编造的。②作者如要吸引读者,首先得叫读者暂时不计较故事只是虚构,而

---

① 见沃生著《话说小说》第 11 页。

② 同上书,第 7 页。

姑妄听之(That willing suspension of disbelief),[①]要使读者姑妄听之,得一下子摄住他们的兴趣。[②] 这当然和故事的布局分割不开,可是小说依靠文字的媒介,表达的技巧起重要作用。《红楼梦》里宝玉对黛玉讲耗子精的故事,开口正言厉色,郑重其事,就是要哄黛玉姑妄听之。《傲慢与偏见》开卷短短几段对话,一下子把读者带进虚构的世界;这就捉住读者,叫他们姑妄听之。有一位评选家认为《傲慢与偏见》的第一章可算是英国小说里最短、最俏皮、技巧也最圆熟的第一章。[③]

但姑妄听之只是暂时的;要读者继续读下去,一方面不能使读者厌倦,一方面还得循循善诱。奥斯丁虽然自称工笔细描,却从不烦絮惹厌。[④] 她不细写背景,不用抽象的形容词描摹外貌或内心,也不挖出人心摆在手术台上细细解剖。她只用对话和情节来描绘人物。生动的对话、有趣的情节是奥斯丁表达人物性格的一笔笔工致的描绘。

奥斯丁创造的人物在头脑里孕育已久,生出来就是成熟的活人。他们一开口就能使读者如闻其声,如见其人,并且看透他们的用心,因为他们的话是"心声",便是废话也表达出个性来。用对话写出人物,奥斯丁是大师。评论家把她和莎士比亚并称,[⑤]就因为她能用对话写出丰富而复杂的内心。奥斯丁不让

---

① 见柯尔律治(S. T. Coleridge)著《文学传记》(*Biographia Literaria*)(人人丛书版)十四章第161页。

② 见谭纳著《奇迹的领域》第195页。

③ 引自凯恩斯(Huntington Cairns)选《艺术的边际》(*The Limits of Art*, 1948)第1074页。

④ 她曾警戒侄女。见《奥斯丁书信集》第401页。

⑤ 见沃特《评论简·奥斯丁文选》引言第4—5页。

她的人物像戏台上或小说里的角色,[1]她避免滥套,力求人物的真实自然。他们口角毕肖,因而表演生动,摄住了读者的兴趣。

奥斯丁的小说,除了《苏珊夫人》用书信体,都由“无所不知的作者”(the omniscient author)叙述。她从不原原本本、平铺直叙,而是按照布局的次序讲。可以不叙的不叙,暂时不必叙述的,留待必要的时候交代——就是说,等读者急要了解的时候再告诉他。这就使读者不仅欲知后事如何,还要了解以前的事,瞻前顾后,思索因果。读者不仅是故事以外的旁听者或旁观者,还不由自主,介入故事里面去。

奥斯丁无论写对话或叙述事情都不加解释。例如上文伊丽莎白挖苦达西的一段对话,又如伊丽莎白对达西的感情怎么逐渐改变,都只由读者自己领会,而在故事里得到证实。奥斯丁自己说,她不爱解释;读者如果不用心思或不能理解,那就活该了。[2] 她偶尔也向读者评论几句,如第一章末尾对贝奈特夫妇的评语,但不是解释,只是评语,好比和读者交换心得。她让读者直接由人物的言谈行为来了解他们;听他们怎么说,看他们怎么为人行事,而认识他们的人品性格。她又让读者观察到事情的一点苗头,从而推测事情的底里。读者由关注而好奇,而侦察推测,而更关心、更有兴味。因为作者不加解释,读者仿佛亲自认识了世人,阅历了世事,有所了解,有所领悟,觉得增添了智慧。所以虽然只是普通的人和日常的事,也富有诱力;读罢回味,还富有意义。

---

① 见《奥斯丁书信集》第388,403页。

② 同上书,第298页。

奥斯丁文笔简练,用字恰当,为了把故事叙述得好,不惜把作品反复修改。《傲慢与偏见》就是曾经大斫大削的。① "文章千古事,得失寸心知",奥斯丁虽然把《傲慢与偏见》称为自己的宠儿,②却嫌这部小说太轻松明快,略欠黯淡,没有明暗互相衬托的效果。③ 它不如《曼斯斐尔德庄园》沉挚,不如《艾玛》挖苦得深刻,不如《劝导》缠绵,可是这部小说最得到普遍的喜爱。

小说"只不过是一部小说"吗?奥斯丁为小说张目,在《诺桑觉寺》里指出小说应有的地位。"小说家在作品里展现了最高的智慧;他用最恰当的语言,向世人表达他对人类最彻底的了解。把人性各式各样不同的方面,最巧妙地加以描绘,笔下闪耀着机智与幽默。"④用这段话来赞赏她自己的小说,最恰当不过。《傲慢与偏见》就是这样的一部小说。

一部小说如有价值,自会有读者欣赏,不依靠评论家的考语。可是我们如果不细细品尝原作,只抓住一个故事,照着框框来评断:写得有趣就是趣味主义,写恋爱就是恋爱至上,题材平凡就是琐碎无聊,那么,一手"拿来"一手又扔了。这使我记起童年听到的故事:洋鬼子吃铁蚕豆,吃了壳,吐了豆,摇头说:"肉薄、核大,有什么好?"洋鬼子煮茶吃,滗去茶汁吃茶叶,皱眉说:"涩而无味,有什么好?"

一九八二年

---

① 见《奥斯丁书信集》第 297 页。

② 同上书,第 297 页。

③ 同上书,第 299 页。

④ 见《奥斯丁全集》第 1078 页。

堂吉诃德与《堂吉诃德》

《堂吉诃德》是举世闻名的杰作，没读过这部小说的，往往也知道小说里的堂吉诃德。这位奇情异想的西班牙绅士自命为骑士，骑着一匹瘦马，带着一个侍从，自十七世纪以来几乎走遍了世界。据作者塞万提斯的戏语，他当初曾想把堂吉诃德送到中国来，因没有路费而作罢论①。可是中国虽然在作者心目中路途遥远，堂吉诃德这个名字在中国却并不陌生，许多人都知道；不但知道，还时常称道；不但称道堂吉诃德本人，还称道他那一类的人。因为堂吉诃德已经成为典型人物，他是西洋文学创作里和哈姆雷特、浮士德等并称的杰出典型②。

但堂吉诃德究竟是怎样的人，并不是大家都熟悉，更不是大家都了解。他有一个非常复杂的性格，各个时代、各个国家的读者对他的理解都不相同。堂吉诃德初出世，大家只把他当做一个可笑的疯子。但是历代读者对他认识渐深，对他的性格愈有新的发现，愈觉得过去的认识不充分，不完全。单就海涅一个人

---

① 《堂吉诃德》第二部献辞里的戏语。

② 例如法国十九世纪批评家艾米尔·蒙泰居（Émile Montégut）在他的《文学典型和美学幻想》（*Types littéraires et Fantaisies esthétiques*）（1833）里，把堂吉诃德、哈姆雷特、少年维特、维尔海姆·麦斯特四个角色称为合乎美学标准的四种典型；屠格涅夫在他的《哈姆雷特与堂吉诃德》（1860）里把哈姆雷特和堂吉诃德作为两个对立的典型。

而论,他就说,他每隔五年读一遍《堂吉诃德》,印象每次不同①。这些形形色色的见解,在不同的时代各有偏向。堂吉诃德累积了历代读者对他的见解,性格愈加复杂了。我们要认识他的全貌,得认识他的各种面貌。

读者最初看到的堂吉诃德,是一个疯癫可笑的骑士。《堂吉诃德》一出版风靡了西班牙,最欣赏这部小说的是少年和青年人。据记载,西班牙斐利普三世在王宫阳台上看见一个学生一面看书一面狂笑,就说这学生一定在看《堂吉诃德》,不然一定是个疯子。果然那学生是在读《堂吉诃德》②。但当时文坛上只把这部小说看做一个逗人发笑的滑稽故事,小贩叫卖的通俗读物③。十七世纪西班牙批评家瓦尔伽斯(Tomás Tomayo de Vargas)说:"塞万提斯不学无术,不过倒是个才子,他是西班牙最逗笑的作家。"虽然现代西班牙学者把塞万提斯奉为有学识的思想家和伟大的艺术家,"不学无术"这句考语在西班牙已被称引了将近三百年④。可见长期以来西班牙人对塞万提斯和《堂吉诃德》是怎样理解的。

《堂吉诃德》最早受到重视是在英国⑤,英国早期的读者也

---

① 《精印〈堂吉诃德〉引言》(1873)。——见《文学研究集刊》第二册第 165 页。

② 保尔·阿萨(Paul Hazard)《塞万提斯的〈堂吉诃德〉》(*Don Quichotte de Cervantes*),梅岳泰(Mellottée)版第 37 页。

③ 沃茨(H. E. Watts)《塞万提斯的生平和著作》(*Life and Writings of Miguel de Cervantes*),沃尔特·司各特(Walter Scott)版第 167 页。

④ 保尔·阿萨《塞万提斯的〈堂吉诃德〉》159—160 页。沃茨《塞万提斯的生平和著作》第 90 页。

⑤ 英国最早把《堂吉诃德》作为经典作品。1612 年,英国出版了谢尔登(Thomas Shelton)的英译本,这是《堂吉诃德》的第一部翻译本,1738 年出版家汤生(Jacob Tonson)印行了最早的原文精装本;1781 年,英国出版了博尔(John Bowle)的注译本,这是最早的《堂吉诃德》注译本。——见费茨莫利斯-凯利(James Fitzmaurice-Kelly)《塞万提斯在英国》(*Cervantes in England*)第 17 页。

把堂吉诃德看做可笑的疯子。艾狄生把《堂吉诃德》和勃特勒(Samuel Butler)的《胡迪布拉斯》(*Hudibras*)并称为夸张滑稽的作品[①],谭坡尔(William Temple)甚至责备塞万提斯的讽刺用力过猛,不仅消灭了西班牙的骑士小说,连西班牙崇尚武侠的精神都消灭了。[②] 散文家斯蒂尔(Richard Steele)、小说家笛福、诗人拜伦等对塞万提斯都有同样的指责。

英国小说家菲尔丁强调了堂吉诃德的正面品质。堂吉诃德是疯子么？菲尔丁在《咖啡店里的政治家》(*The Coffee-House Politician*)那个剧本里说,世人多半是疯子,他们和堂吉诃德不同之处只在疯的种类而已。菲尔丁在《堂吉诃德在英国》那个剧本里,表示世人比堂吉诃德还疯得厉害。戏里的堂吉诃德对桑丘说:"桑丘,让他们管我叫疯子吧,我还疯得不够,所以得不到他们的赞许。"[③]这里,堂吉诃德不是讽刺的对象,却成了一个讽刺者。菲尔丁接着在他的小说《约瑟·安德鲁斯》(*Joseph Andrews*)里创造了一个亚当斯牧师。亚当斯牧师是个心热肠软的书呆子,瞧不见目前的现实世界,于是干了不少傻事,受到种种欺负。菲尔丁自称他这部小说模仿塞万提斯,英国文坛上也一向把亚当斯牧师称为"堂吉诃德型"。英国文学作品里以后又出现许多亚当斯牧师一类的"堂吉诃德型"人物,如斯特恩创造

---

① 《旁观者》(*Spectator*)二四九期,《每人丛书》版第二册 299 页。夏夫茨伯利(Shaftesbury)也把《堂吉诃德》看做夸张的讽刺,见《论特性》(*Characteristics*),罗伯生(J. M. Robertson)编注本第二册第 313 页。

② 谭坡尔《论古今学术》(*On Ancient and Modern Learning*)。——斯宾冈(J. E. Spingarn)编《十七世纪批评论文集》(*Critical Essays of the Seventeenth Century*)第三册第 71 页。

③ 泰甫(Stuart Tave)《可笑可爱的人》(*The Amiable Humorist*)第 156,157 页。

的托贝叔叔，狄更斯创造的匹克威克先生，萨克雷创造的牛肯上校等。这类“堂吉诃德型”的人物虽然可笑，同时又叫人同情敬爱。他们体现了英国人对堂吉诃德的理解。约翰生说：“堂吉诃德的失望招得我们又笑他，又怜他。我们可怜他的时候，会想到自己的失望；我们笑他的时候，自己心上明白，他并不比我们更可笑。”①可笑而又可爱的傻子是堂吉诃德的另一种面貌。

法国作家没有像英国作家那样把堂吉诃德融化在自己的文学里，只是翻译者把这位西班牙骑士改装成法国绅士，引进了法国社会。《堂吉诃德》的法文译者圣马丁（Filleau de Saint-Martin）批评最早的《堂吉诃德》法文译本②一字字紧扣原文，太忠实，也太呆板；所以他自己的译文不求忠实，只求适合法国的文化和风尚③。弗洛利安（Jean-Pierre Claris de Florian）的译本更是只求迎合法国人的喜好，不惜牺牲原文。他嫌《堂吉诃德》的西班牙气味太重，因此把他认为生硬的地方化为软熟，不合法国人口味的都改掉，简略了重复的片段，删削了枝蔓的情节。他的译本很简短，叙事轻快，文笔干净利落。他以为《堂吉诃德》虽然逗笑，仍然有他的哲学；作者一方面取笑无益的偏见，对有益的道德却非常尊重；堂吉诃德的言论只要不牵涉到骑士道，都从理性出发，教人爱好道德，堂吉诃德的疯狂只是爱好道德而带上偏执。他说读者对这点向来没有充分理解，他翻译的宗旨就是

---

① 《漫步者》（*Rambler*）第二期，《每人丛书》版第 7 页。

② 最早的《堂吉诃德》法文本，第一部由乌丹（César Oudin）翻译，1614 年出版；第二部由洛赛（F. de Rosset）翻译，1618 年出版。

③ 保尔·阿萨《塞万提斯的〈堂吉诃德〉》第 337 页。

要阐明这一个道理①。可以设想,弗洛利安笔下的堂吉诃德是一位有理性、讲道德的法国绅士。以上两种漂亮而不忠实的译本早已被人遗忘,可是经译者改装的堂吉诃德在欧洲当时很受欢迎,1682 年的德文译本就是从圣马丁的法文译本转译的。

英国诗人蒲柏也注意到堂吉诃德有理性、讲道德的方面。他首先看到堂吉诃德那副严肃的神情②,并且说他是“最讲道德、最有理性的疯子,我们虽然笑他,也敬他爱他,因为我们可以笑自己敬爱的人,不带一点恶意或轻鄙之心”③。寇尔列支说,堂吉诃德象征没有判断、没有辨别力的理性和道德观念;桑丘恰相反,他象征没有理性、没有想象的常识;两人合在一起,就是完整的智慧④。他又说,堂吉诃德的感觉并没有错乱,不过他的想象力和纯粹的理性都太强了,感觉所证明的结论如果不符合他的想象和理性,他就把自己的感觉撇开不顾⑤。寇尔列支强调了堂吉诃德的道德观念、他的理性和想象力。我们又看到了堂吉诃德的另一个面貌:他是严肃的道德家,他有很强的理性和想象,他是一个深可敬佩的人⑥。

---

① 保尔·阿萨《塞万提斯的〈堂吉诃德〉》第 339—340 页。勒萨日(A. R. Lesage)翻译假名阿维利亚内达(Avellaneda)恶意歪曲《堂吉诃德》的《堂吉诃德续集》,也把原文任意增删修改。阿维利亚内达的续集受尽唾骂,勒萨日的译本却有人称赏,因为和原文面貌大不相同。

② 《笨伯咏》(*Dunciad*)卷一,第 21 行。

③ 舍本(George Sherburn)编《蒲柏书信集》(*Correspondence*)第四册第 208 页。

④ 《论文与演说选》,《每人丛书》版第 251 页。

⑤ 艾许(T. Ashe)编《谈话录》(*Table Talk*),1794 年版第 179 页。

⑥ 法国近代小说家法朗士(Anatole France)也把堂吉诃德看做一个值得敬佩的人。他说:“我们每人心里都有一个堂吉诃德,一个桑丘·潘沙;我们听从的是桑丘,但我们敬佩的却是堂吉诃德。”——见《西尔维斯特·博纳的罪行》(*Le Crime de Sylvestre Bonnard*),加尔曼-雷维(Calmann-Lévy)版第 150 页。

在十九世纪浪漫主义的影响下，堂吉诃德又变成一个悲剧性的角色。在十九世纪的浪漫主义者看来，堂吉诃德情愿牺牲自己，一心要求实现一个现实世界所不容实现的理想，所以他又可笑又可悲。这类的见解，各国都有例子。英国十九世纪批评家海兹利特(William Hazlitt)认为《堂吉诃德》这个可笑的故事掩盖着动人的、伟大的思想感情，叫人失笑，又叫人下泪[①]。按照兰姆(Charles Lamb)的意见，塞万提斯创造堂吉诃德的意图是眼泪，不是笑[②]。拜伦慨叹堂吉诃德成了笑柄。他在《唐璜》(*Don Juan*)里论到堂吉诃德，大致意思说：他也愿意去锄除强暴——或者阻止罪恶，可是塞万提斯这部真实的故事叫人知道这是徒劳无功的；堂吉诃德一心追求正义，他的美德使他成了疯子，落得狼狈不堪，这个故事之可笑正显示了世事之可悲可叹，所以《堂吉诃德》是一切故事里最伤心的故事；要去申雪冤屈，救助苦难的人，独力反抗强权的阵营，要从外国统治下解放无告的人民——唉，这些崇高的志愿不过是可笑的梦想罢了[③]。法国夏都布里昂说，他只能用伤感的情绪去解释塞万提斯的作品和他那种残忍的笑[④]。法国小说家福楼拜塑造的包法利夫人，一心追求恋爱的美梦，她和堂吉诃德一样，要教书本里的理想成

---

① 《论英国小说家》(*On the English Novelists*)，郝欧(P. P. Howe)编《海兹利特全集》第六册第108页。

② 《现代艺术创作的缺乏想象力》，鲁加斯(E. V. Lucas)编《兰姆全集》第二册第233页。

③ 第十三章，八、九、十节。——斯蒂芬(T. G. Steffan)普拉德(W. W. Pratt)集注本，第三册第363页。

④ 《身后回忆录》(*Mémoires d'Outre-Tombe*)第一部第五卷，比瑞(Biré)编注本，第一册第259—260页。

为现实,有些评论家就把她称为堂吉诃德式的人物①。德国批评家弗利德利许·希雷格尔(Friedrich Schlegel)把堂吉诃德所表现的精神称为"悲剧性的荒谬"(Tollheit)或"悲剧性的傻气"(Dummheit)②。海涅批评堂吉诃德说:"这位好汉骑士想教早成陈迹的过去死里回生,就和现在的事物冲撞,可怜他的手脚以至脊背都擦痛了,所以堂吉诃德主义是个笑话。这是我那时候的意见。后来我才知道还有桩不讨好的傻事,那便是要教未来赶早在当今出现,而且只凭一匹驽马,一副破盔甲,一个瘦弱残躯,却去攻打现时的紧要利害关头。聪明人见了这一种堂吉诃德主义,像见了那一种堂吉诃德主义一样,直把他那乖觉的头来摇……"但是堂吉诃德宁可舍掉性命,决不放弃理想。他使得海涅为他伤心流泪,对他震惊倾倒③。俄罗斯小说家屠格涅夫也有同样的看法。堂吉诃德有不可动摇的信仰,他坚决相信,超越了他自身的存在,还有永恒的、普遍的、不变的东西;这些东西须一片至诚地努力争取,方才能够获得。堂吉诃德为了他信仰的真理,不辞艰苦,不惜牺牲性命。在他,人生只是手段,不是目的。他所以珍重自己的性命,无非为了实现自己的理想。他活着是为别人,为自己的弟兄,为了锄除邪恶,为了反抗魔术家和巨人等压迫人类的势力。只为他坚信一个主义,一片热情地愿

---

① 雷文(H. Levin)《文学批评的联系》(*Contexts of Criticism*),1958 年哈佛大学版 96 页。雷内·吉哈(René Girard)《浪漫的谎言与小说的真实》(*Mensonge Romantique et Vérité Romanesque*),1961 年版第 13—14,17—18,25—26 页。

② 艾契纳(Hans Eichner)编希雷格尔手稿《文学笔记》二〇五〇条,第 202—203 页。

③ 《文学研究集刊》第二册第 166,163—165 页。

意为这个主义尽忠,人家就把他当做疯子,觉得他可笑①。十九世纪读者心目中那个可笑可悲的堂吉诃德,是他的又一种面貌。

以上只是从手边很有限的材料里,略举十七、十八、十九世纪以来对于堂吉诃德的一些代表性的见解。究竟哪一种面貌,哪一种解释是正确的呢?还是堂吉诃德一身兼有各种面貌,每种面貌不过表现他性格的一个方面呢?我们且撇开成见,直接从《堂吉诃德》里来认认堂吉诃德。

堂吉诃德是个没落的小贵族或绅士地主(hidalgo),因看骑士小说入迷,自命为游侠骑士,要遍游世界去除强扶弱,维护正义和公道,实行他所崇信的骑士道。他单枪匹马,带了侍从桑丘,出门冒险,但受尽挫折,一事无成,回乡郁郁而死。

据作者一再声明,他写这部小说,是为了讽刺当时盛行的骑士小说。其实,作品的客观效果超出作者主观意图,已是文学史上的常谈。而且小说作者的声明,像小说里的故事一样,未可全信。但作者笔下的堂吉诃德,开始确是亦步亦趋地模仿骑士小说里的英雄;作者确是用夸张滑稽的手法讽刺骑士小说。他处处把堂吉诃德和骑士小说里的英雄对比取笑。骑士小说里的英雄武力超人,战无不胜。堂吉诃德却是个哭丧着脸的瘦弱老儿,每战必败,除非对方措手不及。骑士小说里的英雄往往有仙丹灵药。堂吉诃德按方炮制了神油,喝下却呕吐得搜肠倒胃。骑士小说里的英雄都有神骏的坐骑、坚固的盔甲。堂吉诃德的驽骍难得却是一匹罕有的驽马,而他那套霉烂的盔甲,还是拼凑充

---

① 《哈姆莱特与堂吉诃德》。——《文艺理论译丛》1958年第三期第107,108,109页。

数的。游侠骑士的意中人都是娇贵无比的绝世美人。堂吉诃德的杜尔西内娅是一位像庄稼汉那么壮硕的农村姑娘;堂吉诃德却又说她尊贵无比、娇美无双。那位姑娘心目中压根儿没有堂吉诃德这么个人,堂吉诃德却模仿着小说里的多情骑士,为她忧伤憔悴,饿着肚子终夜叹气。小说里的骑士受了意中人的鄙夷,或因意中人干了丑事,气得发疯;堂吉诃德却无缘无故,硬要模仿着发疯。他尽管苦恼得作诗为杜尔西内娅"哭哭啼啼",他和他的情诗都只成了笑柄。

但堂吉诃德不仅是一个夸张滑稽的闹剧角色。《堂吉诃德》也不仅是一部夸张滑稽的闹剧作品。单纯的闹剧角色,不能充当一部长篇小说的主人公,读者对他的兴趣不能持久。塞万提斯当初只打算写一个短短的讽刺故事。他延长了故事,加添了一个侍从桑丘,人物的性格愈写愈充实,愈生动。塞万提斯创造堂吉诃德并不像宙斯孕育智慧的女神那样。智慧的女神出世就是个完全长成的女神;她浑身披挂,从宙斯裂开的脑袋里一跃而出。堂吉诃德出世时虽然也浑身披挂,他却像我国旧小说里久死还魂的人,沾得活人生气,骨骼上渐渐生出肉来,虚影渐渐成为实体。塞万提斯的故事是随写随编的,人物也随笔点染。譬如桑丘这个侍从是临时想出来的,而桑丘是何形象,作者当初还未有确切的观念。又如故事里有许多疏漏脱节的地方,最显著的是灰驴被窃一事。我大胆猜测,这是作者写到堂吉诃德在黑山苦修,临时想到的,借此可以解决驽骍难得没人照料的问题。所以1605年马德里第一版上,故事从这里起才一次次点出灰驴已丢失。这类疏失不足减损一部杰作的伟大,因为都是作者所谓"无关紧要的细节",他只求"讲来不失故事的真实就行”。我们从这类脱节处可以看出作者没有预定精密的计划，都是一面写，一面创造，情节随时发生，人物逐渐成长。

塞万提斯不是把堂吉诃德写成佛尔斯塔夫(Falstaff)式的懦夫，来和他主观上的英勇骑士相对比，却是把他写成夸张式的模范骑士。凡是堂吉诃德认为骑士应有的学识、修养以及大大小小的美德，他自己身上都有；不但有得充分，而且还过度一点。他学识非常广博，常使桑丘惊佩倾倒。他不但是武士，还是诗人；不但有诗才，还有口才，能辩论，能说教，议论滔滔不断，振振有辞。他的忠贞、纯洁、慷慨、斯文、勇敢、坚毅，都超过常人；并且坚持真理，性命都不顾惜。

堂吉诃德虽然惹人发笑，他自己却非常严肃。小丑可以装出严肃的面貌来博笑，所谓冷面滑稽。因为本人不知自己可笑，就越发可笑。堂吉诃德不止面貌严肃，他严肃入骨，严肃到灵魂深处。他要做游侠骑士不是做着玩儿，却是死心塌地、拚舍生命地做。他表面的夸张滑稽直贯彻他的思想感情。他哭丧着脸，披一身杂凑破旧的盔甲，待人接物总按照古礼，说话常学着骑士小说里的腔吻；这是他外表的滑稽。他的思想感情和他的外表很一致。他认为最幸福的黄金时代，人类只像森林里的素食动物，饿了吃橡实，渴了饮溪水，冷了还不如动物身上有毛羽，现成可以御寒。他所要保卫的童女，作者常说是“像她生身妈妈那样童贞”。他死抱住自己的一套理想，满腔热忱，尽管在现实里不断地栽筋斗，始终没有学到一点乖。堂吉诃德的严肃增加了他的可笑，同时也代他赢得了更深的同情和尊敬。

也许塞万提斯在赋予堂吉诃德血肉生命的时候，把自己品性、思想、情感分了些给他。这并不是说塞万提斯按着自己的形象创造堂吉诃德。他在创造这个人物的时候，是否有意识地从自己身上取材，还是只顺手把自己现有的给了创造的人物，我们也无从断言。我们只能说，堂吉诃德有些品质是塞万提斯本人的品质。

譬如塞万提斯曾在基督教国家联合舰队重创土耳其人的雷邦多战役里充当一名小兵。当时他已经病了好多天，但是他奋勇当先，第一个跳上敌舰，受了三处伤，残废了一只左手。《堂吉诃德》里写堂吉诃德看见三四十架风车，以为是巨人，独自一人冲杀上去拼命。尽管场合不同，两人却是同样的奋不顾身。又譬如塞万提斯被土耳其海盗俘虏，在阿尔及尔做了五年奴隶。他的主人是杀人不眨眼的魔君，常把奴隶割鼻子、割耳朵或活活地剥皮。塞万提斯曾四次带着俘虏一起逃亡，每次事败，他总把全部罪责独自承当，拼着抽筋剥皮，不肯供出同谋。他的主人慑于他的气魄，竟没有凌辱他。塞万提斯的胆量，和堂吉诃德向狮子挑战的胆量，正也相似。可以说，没有作者这种英雄胸怀，写不出堂吉诃德这种英雄气概。塞万提斯在这部小说里时时称颂兵士的美德，如勇敢、坚毅、吃苦、耐劳等等，这也都是骑士的美德，都是他所熟悉的道德和修养，也是他和堂吉诃德共有的品质。

塞万提斯有时把自己的识见分给了堂吉诃德。小说里再三说到堂吉诃德只要不涉及骑士道，他的头脑很清楚，识见很高明。塞万提斯偶尔喜欢在小说里发发议论，常借小说里的人物作自己的传声筒。例如神父对骑士小说的“裁判”，教长对骑士小说的批评，以及史诗可用散文写的这点见解，教长对于戏剧的一套理论，分明都是作者本人的意见。但神父和教长都不是小说里主要的角色,不常出场。堂吉诃德只要不议论骑士道,不模仿骑士小说,他就不是疯人,借他的嘴来发议论就更为方便。例如堂吉诃德论教育子女以及论诗和诗人,论翻译,论武职的可贵、当兵的艰苦,以及随口的谈论,如说打仗受伤只有体面并不丢脸,鄙夫不指地位卑微的人,王公贵人而没有知识都是凡夫俗子等等,都像塞万提斯本人的话。堂吉诃德拾了他的唾余,就表现为很有识见的人。

也许塞万提斯把自己的情感也分了一些给堂吉诃德。塞万提斯一生困顿。《堂吉诃德》第一部出版以后,他还只是个又老又穷的军士和小乡绅①。塞万提斯曾假借堂吉诃德的话说:“这个世界专压抑才子和杰作。”他在《巴拿索神山瞻礼记》里写诗神阿波罗为每个诗人备有座位,单单塞万提斯没有,只好站着。诗神叫他把大衣叠起,坐在上面。塞万提斯回答说:“您大概没注意,我没有大衣。”他不但没有座位,连大衣都没有一件。这正是海涅说的:“诗人在作品里吐露了隐衷。”②塞万提斯或许觉得自己一生追求理想,原来只是堂吉诃德式的幻想;他满腔热忱,原来只是堂吉诃德一般的疯狂。堂吉诃德从不丧气,可是到头来只得自认失败,他那时的失望和伤感,恐怕只有像堂吉诃德一般受尽挫折的塞万提斯才能为他描摹。

---

① 1615年西班牙大主教为皇室联姻的事拜会法国大使,大使的几位随员向大主教手下的教士探问塞万提斯的身世。听说他“老了,是一位兵士,一位小绅士,很穷”。法国随员很诧怪,感叹这样的人才,西班牙不用国库的钱去供养他。其中一人说:“假如他是迫于穷困才写作,那么,愿上帝一辈子别让他富裕,因为他自己穷困,却丰富了所有的人。”——沃茨《塞万提斯的生平和著作》第148—150页。

② 《文学研究集刊》第二册第168页。

堂吉诃德的侍从桑丘，也是逐渐充实的。我们最初只看到他傻，渐渐看出他痴中有黠。可是他受到主人的恩惠感激不忘，明知跟着个疯子不免吃亏倒霉，还是一片忠心，不肯背离主人。我们通常把桑丘说成堂吉诃德的陪衬，其实桑丘不仅陪，不仅衬，他是堂吉诃德的对照，好比两镜相对，彼此交映出无限深度。堂吉诃德抱着伟大的理想，一心想济世救人，一眼只望着遥远的过去和未来，竟看不见现实世界，也忘掉了自己是血肉之躯。桑丘念念只在一身一家的温饱，一切从经验出发，压根儿不懂什么理想。这样一个脚踏实地的人，只为贪图做官发财，会给眼望云天的幻想者所煽动，跟出去一同冒险。他们尽管日常相处而互相影响①，性格还是迥不相同。堂吉诃德从理想方面，桑丘从现实方面，两两相照，他们的言行，都增添了意义，平凡的事物就此变得新颖有趣。堂吉诃德的所作所为固然滑稽，却不如他和桑丘主仆俩的对话奇妙逗趣而耐人寻味。

《堂吉诃德》里历次的冒险，无非叫我们在意想不到的境地，看到堂吉诃德一些新的品质，从他的行为举动，尤其和桑丘的谈论里，表现出他的奇情异想，由此显出他性格上意想不到的方面。我们对堂吉诃德已经认识渐深，他的勇敢、坚忍等等美德使人敬重，他的学识使人钦佩，他受到挫折也博得同情。作者在故事的第一部里，有时把堂吉诃德作弄得很粗暴，但他的嘲笑，随着故事的进展，愈变愈温和。

堂吉诃德究竟是可笑的疯子，还是可悲的英雄呢？从他主

---

① 参看马达利亚加（Salvador de Madariaga）《〈堂吉诃德〉读法》（*Guía del lector del Quijote*），1978 年马德里版第 137—159 页。

观出发，可说他是个悲剧的主角。但主观上的悲剧主角，客观上仍然可以是滑稽的闹剧角色。塞万提斯能设身处地，写出他的可悲，同时又客观地批判他，写出他的可笑。堂吉诃德能逗人放怀大笑，但我们笑后回味，会尝到眼泪的酸辛。作者嘲笑堂吉诃德，也仿佛在嘲笑自己。

作者已把堂吉诃德写成有血有肉的活人。堂吉诃德确是个古怪的疯子，可是我们会看到许多人和他同样的疯，或自己觉得和他有相像之处；正如桑丘是个少见的傻子，而我们会看到许多人和他同样的傻，或自己承认和他有相像之处。堂吉诃德不是怪物，却是典型人物；他的古怪只增进了他性格的鲜明生动。

我们看一个具体的活人，不易看得全，也不能看得死，更不能用简单的公式来概括。对堂吉诃德正也如此。这也许说明为什么《堂吉诃德》出版近四百年了，还不断地有人在捉摸这部小说里人物的性格。

一九八五年十月

翻译的技巧

一九八六年，我写过一篇《失败的经验——试谈翻译》，记不起在什么刊物上发表过。文章未引起任何反应，我想是不值一看，打算削弃。锺书说：文章没有空论，却有实用，劝我保留。这篇文章就收入我的《作品集》了。如今重读旧文，觉得我没把意思表达清楚，所举例句，也未注明原文出处，所以我稍加修改，并换了题目。

我对自己的翻译，总觉未臻完善。所以我翻译的作品虽然不多，失败的经验却不少。由失败的经验试谈翻译，就是从经验中摸索怎样可以更臻完善。我就把原题改为《翻译的技巧》。

我暂且撇开理论——理论只在下文所谈的经验里逐渐体现。反正一切翻译理论的指导思想，无非把原作换一种文字，照模照样地表达。原文说什么，译文就说什么；原文怎么说，译文也怎么说。这是翻译家一致承认的。至于如何贯彻这个指导思想，却没有现成的规律；具体问题只能各别解决。因此谈翻译离不开实例。可是原作的语种不同，不免限止了对这个问题的共同认识；而实例又东鳞西爪，很难组织成为系统。我试图不引原文而用半成品为例，并尽量把问题组成系统。

谈失败的经验，不免强调翻译的困难。至少，这是一项苦差,因为一切得听从主人,不能自作主张。而且一仆二主,同时伺候着两个主人:一是原著,二是译文的读者。译者一方面得彻底了解原著;不仅了解字句的意义,还须领会字句之间的含蕴,字句之外的语气声调。另一方面,译文的读者要求从译文里领略原文。译者得用读者的语言,把原作的内容按原样表达;内容不可有所增删,语气声调也不可走样。原文的弦外之音,只从弦上传出;含蕴未吐的意思,也只附着在字句上。译者只能在译文的字句上用功夫表达,不能插入自己的解释或擅用自己的说法。译者须对原著彻底了解,方才能够贴合着原文,照模照样地向读者表达。可是尽管了解彻底,未必就能照样表达。彻底了解不易,贴合着原著照模照样地表达更难。

我的经验只限于把英文、法文、西班牙文的原著译成汉语。西方语法和汉语语法大不相同。如果把欧洲同一语系的语言从这一种译成那一种,就是堂吉诃德所谓“好比誊录或抄写”;①如要翻成汉语就不那么现成了。略有经验的译者都会感到西方语言和汉语行文顺逆不同,晋代释道安翻译佛经时所谓“胡语尽倒”。要把西方语文翻成通顺的汉语,就得翻个大跟斗才颠倒得过来。我仿照现在常用的“难度”、“甜度”等说法,试用个“翻译度”的辞儿来解释问题。同一语系之间的“翻译度”不大,移过点儿就到家了,恰是名副其实的“迻译”。汉语和西方语言之间的“翻译度”很大。如果“翻译度”不足,文句就仿佛翻跟斗没有翻成而栽倒在地,或是两脚朝天,或是蹩了脚、拐了腿,站不平稳。

---

① 见《堂吉诃德》下册第 448 页,人民文学出版社 1979 年版。

翻跟斗只是比喻。而且翻跟斗是个快动作——翻译也是快动作:读懂原文,想一想,就翻出来。要讲明怎么翻,得用实际的语言,从慢镜头下一一解释。

“胡语尽倒”的“倒”,并不指全文语言颠倒。汉语和西方语言同样是从第一句开始,一句接一句,一段接一段,直到结尾;不同主要在句子内部的结构。西方语言多复句,可以很长;汉文多单句,往往很短。即使原文是简短的单句,译文也不能死挨着原文一字字的次序来翻,这已是常识了。所以翻译得把原文的句子作为单位,一句挨一句翻。

翻译包括以下几道工序。

一　以句为单位,译妥每一句

我翻译总挨着原文的一句一句翻,但原文一句,不一定是译文的一句。原文冗长的复句,可以包含主句、分句、形容词组、副词组等等。按汉文语法,一个句子里容纳不下许多分句和词组。如果必定要按原著一句还它一句,就达不出原文的意义;所以断句是免不了的。可是如果断句不当,或断成的一句句排列次序不当,译文还是达不出原文的意义。怎样断句,怎么组合(即排列)断成的一句句,没有一定的规律,不过还是有个方法,也有个原则。

方法是分清这一句里的主句、分句以及各种词组;并认明以上各部分的从属关系。在这个基础上,把原句断成几句,重新组合。不论原句多么曲折繁复,读懂了,总分得清。好比九连环,一环扣一环,可是能套上就能解开。

原则是突出主句,并衬托出各部分之间的从属关系。主句没有固定的位置,可在前,可在后,可在中间,甚至也可切断。从属的各分句、各词组都要安放在合适的位置,使这一组重新组合的断句,读起来和原文的那一句是同一个意思,也是同样的说法。在组合这些断句的工序里,不能有所遗漏,也不能增添。好比拼七巧板,原是正方形,可改成长方形,但重拼时不能减少一块或增添一块板。

试举例说明。我采用冗长的复句为例,因为翻译这类句子,如果不断句,或断句后排列不当,造成的不信不达较为明显,便于说明问题。

这个例句,①包含 A、B 两分句。去掉了枝枝叶叶的形容词组和副词组,A 句的主句是"我大着胆子跑出来"。B 句带着一个有因果关系的分句:"可是我的命运注定,当时我的头脑特别清醒(主句);所以我不愿向冤家报复,而要在自己身上泄愤(分句)。"

我分别用三种表达方式:

(一)最接近原文的死译,标点都按照原文(但每个词组的内部不是死译,否则,全句读来会不知所云)。

(二)断成几句,并颠倒了次序。

(三)因意义欠醒豁,再度排列断句的次序。

我把三种译文并列,便于比较。第(三)种译文未必完善,只是比第(二)种对原文更信,也更能表达原意。

---

① 原句摘自《堂吉诃德》第 1 部第 27 章,马林(Francisco Rodriguez Marín)编注本第六版(下简称"马林本")第 3 册第 37—38 页。

A 句

(一)	(二)	(三)
我在看到全家人一片混乱时，我大胆跑出来，不顾被人看见与否，我带着决心如果被人看见，我就大干一场，叫全世界都了解我胸中理直义正的愤怒，在对奸诈的堂费南铎的惩罚中，甚至对那尚未苏醒的水性女人。	我瞧他们家一片混乱，就大着胆子跑了出来，不管人家看见不看见。我打定主意，如果给人看见，就大干一场，惩罚奸诈的堂费南铎、甚至那昏迷未醒的水性女人，让人人知道我怀着理直义正的愤怒。	我瞧他们家一片混乱，就大着胆子跑出来，不管人家看见不看见。我打定主意，如果给人看见，就大干一场，惩罚奸诈的堂费南铎，也不饶那昏迷未醒的水性女人，让人人知道我满怀气愤是合乎公道正义的。

B 句

（一）	（二）	（三）
可是我的命运，为了更大的坏运，假如可能还有更坏的，准保留着我，注定在那个时候我往后昏迷的头脑特别清醒；所以，我不愿对我的两大冤家报复（这，因为他们绝没有想到我，是容易办到的），我要用自己的手，把他们应受的惩罚加在自己身上，甚至比对待他们的还厉害，如果那时候杀了他们，因为突然一死痛苦马上就完了；可是延长的痛苦用折磨连续地杀，不能完结性命。	可是命运准是保留着我去承当更倒霉的事呢——假如还会有更倒霉的事。命里注定我往后昏迷不清的头脑，那时候格外清醒。我当时如果向自己的两大冤家报仇，很容易做到，因为他们心上绝没有想到我这个人。可是我不想这么办。我只想对自己泄愤，把他们该受的痛苦加在自己身上。我即使当场杀了他们，也不如我对待自己的那么严酷。因为突然的痛苦，一下子就完了，而长期的折磨，好比经常受杀戮之痛而不能绝命。	可是命运准保留着我去承当更倒霉的事呢——假如还会有更倒霉的事。命里注定我往后昏迷不清的头脑，那时候格外清醒。我不愿向我的两大冤家发泄怨愤，只想惩罚自己，把他们应得的痛苦亲手施加在自己身上，甚至比对待他们还要残酷。我当时如果向他们俩报复，很容易办到，因为他们心上绝没有想到我这个人。可是我即使当场杀了他们，突然一死的痛苦是一下子就完的，而我糟蹋自己，却是缓慢的长期自杀，比马上送命更加痛苦。

从以上三种译文里，可看出如下几点。

原文不断句，是瘫痪的句子，不对照原文就读不通。复句里的主句、分句和各个词组，正如单句里的单字一样，翻译时不能不重作安排，也不能照用原来的标点。

长句断成的短句，重作安排时如组合不当，原句的意思就不够醒豁。译文（二）的一组句子，读上来各句都还通顺，可是有几句散漫无着。全组的句子没有突出原文的主句，也没有显出各句之间的从属关系，因此原句的意思不醒豁。

译文（三）重作安排后，较译文（二）更忠实于原意，语气也更顺畅。短句内部没什么变动，变动只在各短句的部位。

可见最大的困难不在断句，而在重新组合这些切断后的短句。译者总对照着原文翻，不免受到原文顺序的影响；这是不由自主的。原句愈是冗长曲折，译者愈得把原句读了又读，把那句子融会于心。原句的顺序（外国句法的顺序）也就停滞在头脑里了。从慢镜头下来看，就是分解了主句、分句、各式词组之后，重新组合的时候，译者还受原句顺序的束缚。这就需要一个“冷却”的过程，摆脱这个顺序。孟德斯鸠论翻译拉丁文的困难时说：“先得精通拉丁文，然后把拉丁文忘掉。”①“把拉丁文忘掉”，就是我说的“冷却”。经过“冷却”，再读译文，就容易看出不妥的地方；再对照原文，就能发现问题，予以改正。

我曾见译者因为把握不稳，怕冒风险，以为离原文愈近愈安全——也就是说，“翻译度”愈小愈妥；即使译文不通畅，至少是“信”的。可是达不出原意的译文，说不上信。“死译”、“硬

---

① 原文见《管锥编》第3册第1101页注①。

译”、“直译”大约都是认为“翻译度”愈小愈妥的表现。从上面所举的例句，可以看出，“翻译度”愈小，就是说，在文字上贴得愈近，那么，在意思的表达上就离得愈远。原意不达，就是不信。畅达的译文未必信，辞不达意的译文必定不信。我相信这也是翻译的常识了。

这里不妨提一下翻译界所谓“意译”。我不大了解什么叫“意译”。如果译者把原著的意思用自己的话来说，那不是翻译，是解释，是译意。我认为翻译者没有这点自由。德国翻译理论家考厄(P. Cauer)所谓“尽可能的忠实，必不可少的自由”，[①]只适用于译者对自己的两个主人不能兼顾的时候。这点不忠实和自由，只好比走钢丝的时候，容许运用技巧不左右倾跌的自由。

上文曾以拼七巧板为喻，说不该加一块板或减一块板。这话需稍加说明。这不过是说：不可任意增删原文，但不是死死的一字还它一字。比如原句一个主词可以领一串分句，断句后就得增添主词。原句的介词、冠词、连接词等等，按汉文语法如果可省，就不必照用。不过译者不能回避自己不了解的字句，或苦于说不明白，就略过不译；也不能因为重组原句的时候，有些部分找不到合适的位置，就干脆简掉。一方面，也不能因为表达不清楚，插入自己的解释。上面例句里的“我”字译为“我这个人”，因为原意正是指“我这个人”，并没有外加新意而“加一块七巧板”。这种地方，译者得灵活掌握。

有时汉文句子言简意赅，也有时西方的文句简约而含意多。

---

① 原文见《管锥编》第 3 册第 1101 页注①。

试举一比较句为例。

原句是充满感情的一句对话。主句是“你为什么不去把那个忠实的朋友叫来呀?”分句是“〔他是〕太阳所照见的、黑夜所包藏的朋友中最忠实的朋友。”①(这句话是反话,“忠实”指不忠实。)我仍然并列三种译文。

(一)	(二)	(三)
“……你为什么不去召唤那个最忠实的朋友在朋友中太阳所看见的,或黑夜所遮盖的?……”	“……你为什么不去把白日所见、黑夜所藏的最忠实的朋友叫来呀?……”	“……你为什么不去把那位忠实的朋友叫来呀?比他更忠实的朋友,太阳没照见过,黑夜也没包藏过!……”

译文(一)不可解。译文(二)是一种没有人说的汉语,而且没有达出原文所含比较的意思。比较总有两层含意,一层比一层深。原句用比较的联系代词,汉文语法里没有。对话也不宜长。译文(三)把复句分断为单句,并达出比较的意思,并没有擅自“增添一块七巧板”。

再举一比较句为例。②

原句有两层意思。一,“杜尔西内娅受到您的称赞就更幸福、更有名。”二,“别人的称赞都不如您的称赞。”我仍并列三种译文。

---

① 原句摘自《堂吉诃德》第1部第34章,马林本第3册第242页。
② 原句摘自《堂吉诃德》第2部第44章,马林本第7册第131页。

(一)	(二)	(三)
杜尔西内娅在这个世界上会更幸福更有名因为曾受到您的称赞比了世界上最雄辩者所能给她的一切称赞。	您对杜尔西内娅的称赞、盖过了旁人对她的称赞,能为她造福扬名。	杜尔西内娅有您称赞,就增添了幸福和名望;别人怎么样儿极口赞誉,也抵不过您这几句话的分量。

译文(一)是"翻译度"最小的,不达意。译文(二)读来好像缺少些什么,译文"缺了一块七巧板"。(三)补足了那点短缺。

我免得啰嗦,举一可以反三,否则多举也没用。

二　把原文的一句句连缀成章

译文是按原文一句挨一句翻的,成章好像算不上一道工序。因为原句分断后,这组短句在翻译的过程里,已经力求上下连贯,前后呼应,并传出原句的语气声调。可是句内各部分的次序已有颠倒,译者连缀成章的不是原文的一句句,而是原文句子里或前或后或中间的部分。因此连缀成章不仅要注意重新组合的短句是否连贯,还需注意上一段和下一段是否连贯,每一主句的意义是否明显等等。尤需注意的是原文第一句里的短句,不能混入原文第二句;原文第二句内的短句,不能混入原文第一句。原文的每一句是一个单位,和上句下句严格圈断。因为邻近的短句如果相混,会走失原文的语气和语意。通读全部译文时,必需对照原文。如果文理不顺,只能在原文每一句的内部作文字上的调整和妥洽。

我曾见出版社因译文不通顺而请不懂原文的人修润译稿，结果译文通顺了，但和原文不拍合了。

三 洗练全文

把译成的句子连起来，即使句句通顺，有时也难免重叠呆滞的毛病。如果原文并不重叠呆滞，那就是连缀笨拙的缘故了。西文语法和汉文语法繁简各有不同。例如西文常用关系代词，汉文不用关系代词，但另有方法免去代词。西文语法，常用“因为”、“所以”来表达因果关系。汉文只需把句子一倒，因果关系就很分明。试举一短例。这句话的上文是“他们都到某处去了”。我并列两种译文。

(一)	(二)
他们都到伦敦去了；我没有和他们同到那里去，因为我头晕。	他们都到伦敦去了；我头晕，没去。

译文(一)和(二)是同样的话。从这个例子可说明两件事：

1. 颠倒一下次序，因果关系就很明显。

2. 上文已经说过的话，下文不必重复，除非原文着意重复。

至于怎样把每个短句都安放在合适的位置，避免重复啰嗦，那就全看译者的表达能力了。所以我只举一短句为例，不另举长篇。

简掉可简的字，就是唐代刘知几《史通》、《外篇》所谓“点烦”。芟芜去杂,可减掉大批“废字”,把译文洗练得明快流畅。这是一道很细致、也很艰巨的工序。一方面得设法把一句话提炼得简洁而贴切;一方面得留神不删掉不可省的字。在这道工序里得注意两件事。(一)“点烦”的过程里不免又颠倒些短句。属于原文上一句的部分,和属于原文下一句的部分,不能颠倒,也不能连结为一句,因为这样容易走失原文的语气。(二)不能因为追求译文的利索而忽略原文的风格。如果去掉的字过多,读来会觉得迫促,失去原文的从容和缓。如果可省的字保留过多,又会影响原文的明快。这都需译者掌握得宜。我自己就掌握不稳,往往一下子去掉了过多的字,到再版的时候又斟酌添补。

四　选择最适当的字

翻译同一语系的文字,常有危险误用字面相同而意义不同的字,所谓“靠不住的朋友”(Les faux amis)。英国某首相夫人告诉一位法国朋友:“我丈夫带了好多文件开内阁会议去了。”可是她的法文却说成:“我丈夫带了好多手纸上厕所去了。”英文和法文的“小房间”(cabinet)字面相同而所指不同,是不可靠的朋友;而“纸”由上下文的联系,产生了不同的解释。在西文文字和汉文之间没有这种危险。

可是同一语系的文字相近,找到对当的字比较容易。汉语和西方语系的文字相去很远,而汉文的词汇又非常丰富,如果译者不能掌握,那些文字只陌生生地躲在远处,不听使唤。译者虽然了解原文的意义,表达原意所需要的文字不能招之即来,就格格不吐,说不成话。英汉、法汉、西汉语等字典里的汉语诠译,当然可以帮忙，不过上下文不同，用字也就不同，有时字典上的字也并不适用。所以译者需储有大量词汇：通俗的、典雅的、说理的、叙述的、形容的等等，供他随意运用。译者如果词汇贫乏，即使精通西方语文，也不能把原文的意思，如原作那样表达出来。

选字有许多特殊的困难。

一个概念的名字概括许多意思，而一般人对这个概念并没有明确的认识。为一个概念定名就很困难，严复《天演论》译例所谓"一名之立，旬月踟蹰"。便是定下名目，附上原文，往往还需加注说明。

没有等同事物的字，三国时释支谦翻译佛经时所谓"名物不同"，压根儿无法翻译。有的译者采用音译，附上原文，加注说明。这就等于不翻译，只加注解释。有的采用相似的字而加注说明。

双关语很难音义兼顾。便是挖空心思，也只靠偶然巧合，还不免带几分勉强。一般只能顾全更重要的一头。

翻专门术语，需了解那门专业所指的意思，不能按字面敷衍，尽管翻译的不是讲那门专业的著作而只在小说里偶尔提到。

有特殊解释的字，只能参考各专家的注释。

以上所举的种种特殊困难，各有特殊的解决法；译者最不易调度的，却是普通文字。我词汇贫乏，恰当的字往往不能一想就来，需一再更换，才找到比较恰当的。

试举数例。我仍举三种译文。字下有点的，是需要斟酌的文字。①

① 例句摘自《堂吉诃德》第2部第30章第一句，马林本第6册第221页。

(一)	(二)	(三)
……触及他的本钱就触及他的灵魂……	……动用他的本钱就刺心彻骨似的痛……	……动了他的老本儿,就动了他的命根子……

译文(一)"触及"钱并不花钱,所以不达意。

译文(二)较达意,但和原文的说法不贴。

译文(三)比(一)、(二)较信也较达。

以下例句,接着上文堂吉诃德期待着侏儒在城上吹号角等事。①

(一)	(二)	(三)
可是看到〔事情〕被拖延着……	可是事情却拖延着未实现……	可是迟迟不见动静……

译文(一)是死译;译文(二)比较达意;译文(三)比(一)和(二)更信也更达。

以下例句说一人黑夜在荒野里。②

(一)	(二)	(三)
……四下里的沉寂,邀请我怨苦……	……四下里的沉寂,使我忍不住自悲自叹……	……四下里的沉寂,仿佛等待着听我诉苦……

① 例句摘自《堂吉诃德》第1部第2章,马林本第1册第77页。

② 例句摘自《堂吉诃德》第1部第27章,马林本第3册第38页。

译文（一）是死译，意思倒是很明显，只是用法生硬；译文（二）没把“邀请”的意思充分表达；译文（三）比较忠实也比较达意。

从以上的例句，可见很普通的字只要用得恰当，就更能贴合着原样来表达原意。这类的字，好像用这个也行，用那个也行，可是要用得恰当，往往很费推敲。

五 注 释

译者少不了为本国读者做注解，原版编者的注释对译者有用，对阅读译本的读者未必同样合用。不同时代、不同地域的风土习惯各有不同，译者需为本国读者着想，为他们做注。试举一例。

《小癞子》里的小癞子自称“托美思河上的小癞子”。他说只因为他是在托美思河上的磨房里出生的，所以他名正言顺地是托美思河上的小癞子。“河上”的“上”字，原文是“en”，只能译“河上”或“河中”、“河里”，不能译作“河边”。可是一个人怎能在河上或河里出生呢？除非在船上。这里就需要注解了。从前西班牙的磨房借用水力推磨，磨房浮系在水上的激流中（参看《堂吉诃德》第二部第二十九章），磨房浮在水上。

我翻译的《吉尔·布拉斯》里，有医家相争一节，我曾因为做这一个注，读了整整一小本古医书。我得明白他们相争的道理，才能用上适当的语言。

又如原文里兄弟、姊妹、叔、伯、舅、姨、婶、甥、侄等名称，不像我国各有分别，而译文里有时不便含糊，这倒不必用注解，可是也得费功夫查究分辨。读者往往看不到译者这些方面下的功夫。不过花了功夫，增添常识，也是译者的意外收获。

六 其他

现在我略谈几点肤浅的体会。

有些汉语常用的四字句如“风和日暖”、“理直气壮”等。这类词儿因为用熟了，多少带些固定性，应用的时候就得小心。因为翻译西方文字的时候，往往只有一半适用，另一半改掉又不合适，用上也不合适。例如我的译文曾用“和风朗日”，而原文只有空气，没有风，因此改为“天气晴和”。又例如我国常用语是“理直气壮”，而原文却是“理直义正”。我用了这四字又嫌生硬，改为“合乎正义公道”。

由此联想到成语的翻译。汉文和西方成语如果只有半句相似，当然不能移用；即使意义完全相同，表达的方式不同也不该移用。因为成语带有本土风味。保持不同的说法，可以保持异国情调。举例如下：

西班牙成语	汉文成语
事成事败，全看运道好坏。	谋事在人，成事在天。
吃饭需节制，晚饭尤宜少吃。	晚饭少吃口，活到九十九。
祸若单行，就算大幸。	〔福无双至〕祸不单行。
这一扇门关了，那一扇门又开了。	天无绝人之路。
不作超人之事，不成出众之人。	吃得苦中苦，方为人上人。

差异有大有小,可是两国成语不完全一样。

我只翻译过《堂吉诃德》里的诗。我所见的法译本都把原诗译成忠实的散文,英译本都译成自由的诗——原诗十二行往往译成十行,意思也不求忠实。法语和西班牙语更相近。我因此注意到语系相同的文字,往往只尾部拼法不同,这就押不成韵了。汉文和西方语文远不相同,同义字又十分丰富,押韵时可供选择的很多。如果用全诗最不能妥协的字作韵脚,要忠实于原意而又押韵,比翻译同语系的文字反而容易。不过译诗之难不在押韵。幸亏《堂吉诃德》里夹杂的诗,多半只是所谓"押韵而已"。我曾妄图翻译莎士比亚或雪莱的诗。一行里每个形容词、每个隐喻所包含、暗示、并引起的思想感情无穷繁富,要用相应的形容词或隐喻来表达而无所遗漏,实在难之又难。看来愈是好诗,经过翻译损失愈大。而空洞无物的诗,换一种文字再押上韵,却并不困难。

我曾听到前辈翻译家说:"多通几国外文,对翻译很有帮助。"这话确是不错的,不过帮助有个范围;越出范围,反成障碍。如果对原文理解不足,别种文字的译本可辅助理解。可是在翻译的过程里,要把原文融会于心,加以澄清的阶段,如介入另一种文字的翻译,就加添杂质而搅浑了。从慢镜头下解释,把原文分成短句又重新组合的阶段,加入另一种文字的译文,就打乱了条理,因为西方语言的文字尽管相近,文法究竟各有差异。宁愿把精力集中在原文上。不要用别种译文来打搅。等翻译完毕,可再用别种文字的译文来校订。如发现意义有差别,语气有轻重,就可重加推敲。

末了我要谈谈"信、达、雅"的"雅"字。我曾以为翻译只求亦信亦达,“雅”是外加的文饰。最近我为《堂吉诃德》第四版校订译文,发现毛病很多,有的文句欠妥,有的辞意欠醒。我每找到更恰当的文字或更恰当的表达方式,就觉得译文更信更达、也更好些。“好”是否就是所谓“雅”呢?(不用“雅”字也可,但“雅”字却也现成。)福楼拜追求“最恰当的字”(Le mot juste)。用上最恰当的字,文章就雅。翻译确也追求这么一个标准:不仅能信能达,还要“信”得贴切,“达”得恰当——称为“雅”也可。我远远不能达到这个目标,但是我相信,一切从事文学翻译的人都意识到这么一个目标。

这篇文章总结我翻译的经验。翻译欠妥的例句,都是我自己的。

二〇〇二年十二月

孝顺的厨子

——《堂吉诃德》台湾版译者前言

语文的区别，常成为文学作品和读者之间的隔阂。语言文字的隔阂可由翻译打通，例如西班牙语的文学名著《堂吉诃德》译成中文，就能供我们中国人欣赏领略。好比“江上之清风，山间之明月”是人我之“所共适”。这里的“人”指西班牙语言的人，“我”指同说汉语的咱们自己人。台湾和大陆相隔一个海峡，两岸都是一家，无分彼此，何妨“我的就是你的，你的就是我的”呢！

翻译是一项苦差使，我曾比之于“一仆二主”。译者同时得伺候两个主子。一个洋主子是原文作品。原文的一句句、一字字都要求依顺，不容违拗，也不得敷衍了事。另一个主子是译本的本国读者。他们要求看到原作的本来面貌，却又得依顺他们的语文习惯。我作为译者，对“洋主子”尽责，只是为了对本国读者尽忠。我对自己译本的读者，恰如俗语所称“孝顺的厨子”，主人越吃得多，或者吃的主人越多，我就越发称心惬意，觉得苦差没有白当，辛苦一场也是值得。现在台湾联经出版公司要出版拙译《堂吉诃德》的精印本，我有缘能为台湾读者当“孝顺厨子”，真是由衷喜悦。

《堂吉诃德》校订本三版前言

堂吉诃德已成世界性的角色，描叙他事迹的《堂吉诃德》已是公认的经典杰作。这位“奇情异想”的绅士名气大了，以他为主题的这部作品就成了“必读”或“不必读”的典籍。认真研究这部作品的人固然很多，不读这部作品而自称深知熟识的人却更多。谁不知道这位战风车的疯骑士呢！他为了伸张正义，维护公道，带着个傻侍从满处奔走，受到全世界的同情和爱戴。人家称道他有道德、有理想，尊重他为理想奋斗，不顾个人安危。他受欺凌、受折磨，激起有心人的愤慨，甚至为他伤心落泪。可是，现在谁还像《堂吉诃德》书里讲的那样，个个都急切要认识他呢？谁还像一六〇五年《堂吉诃德》初问世时，西班牙国王在阳台上看到的学生那样，一边读这部书，一边狂笑得像疯子一样呢？

三四百年过去了，《堂吉诃德》不复是当年众人传阅、爱不释手的热门书；堂吉诃德和桑丘也成了“知名度”高而“识面度”低的名流或伟人。但是闻名究竟不如识面。所以我冒昧为读者提出几点建议。

作者塞万提斯写《堂吉诃德》的时代，社会上正害“骑士小说热”。“骑士小说”，讲的无非勇猛超人的英雄，落难的美人，阻挠或帮助他们恋爱的巨人、怪兽、魔法师等等，以及种种离奇怪异的遭遇。塞万提斯曾说:有识之士不屑一读,但爱看的人却不少。他蓄意要写一部有意义的小说,把这类无聊的作品一扫而空。他写堂吉诃德一言一动、亦步亦趋地摹仿骑士小说的主角,只为挖苦取笑。可是这类小说如今早已过时,在咱们中国,压根儿没几人熟悉。堂吉诃德拉长了脸连连背书,一套套迂腐的言论,就不成为对症下药的讽刺,反令人觉得沉闷。我们读到这类章节,如觉乏味,不妨跳过去,先读下文。

当时小说的风尚,离不开浪漫的爱情故事。《堂吉诃德》第一部里,穿插了好些爱情诗歌和恋爱故事。读者如不感兴趣,不妨也略过不读。

《堂吉诃德》的故事发生在三四百年前,当时的风俗和生活都和现在不同了。编注者得考证说明。国外读者需要的注解当然更多。但注释不免也妨碍阅读的顺溜。读者如果一心关注着堂吉诃德和桑丘的言行,不妨暂且不求甚解,先往下读去。

塞万提斯是一位勇敢的军士,战争中受重伤,被俘多年赎回,下半生只是个穷愁潦倒的文人。他五十八岁写了《堂吉诃德》第一部,虽然风行一时,文坛上只目为逗笑取乐的闲书,塞万提斯并未受到重视。十年后竟有人目无作者,公然出了续集。塞万提斯急急忙忙出了《堂吉诃德》第二部。两部书的作者自序,也可留到末尾再读。因为这两篇序文对读者了解和欣赏作品的帮助不大,主要是表达了作者本人的牢骚和委屈情绪。至于“献辞”和卷尾的歪诗,都可以靠后。

总之,我们只顾牢牢跟定堂吉诃德和桑丘主仆俩:看堂吉诃德的行为,听桑丘的议论,其它枝节,一概可以略过。如读完全书,还有流连的回味,可以倒回来,挑喜欢的章节重复细看。因为值得我们深切认识的，无非堂吉诃德和桑丘这一对多层次、多方面的有趣人物。他们的一言一行，都表现各自的性格。如果我们阅读时分散了兴趣，丢下书不再和这两人接近，我们就错失了认识他们的机缘。

我写这篇短短的《前言》，只为希望《堂吉诃德》能经常在书桌几案上出现，而不致尊严地高踞书架上层，蒙上尘埃。

一九九三年九月

《名利场》小序

《名利场》是英国十九世纪小说家萨克雷的成名作品，也是他生平著作里最经得住时间考验的杰作。故事取材于很热闹的英国十九世纪中上层社会。当时国家强盛，工商业发达，由压榨殖民地或剥削劳工而发财的富商大贾正主宰着这个社会，英法两国争权的战争也在这时响起了炮声。中上层社会各式各等人物，都忙着争权夺位，争名求利，所谓“天下攘攘，皆为利往，天下熙熙，皆为利来”，名位、权势、利禄，原是相连相通的。

故事主角是一个机灵乖巧的漂亮姑娘。她尝过贫穷的滋味，一心要掌握自己的命运，摆脱困境。她不择手段，凭谄媚奉承、走小道儿、钻后门，飞上高枝。作为陪衬的人物是她同窗女友、一个富商的女儿。她懦弱温柔，驯顺地随命运拨弄。从贫贱进入富裕的道路很不平稳，富家女的运途亦多坎坷，两人此起彼落的遭遇，构成一个引人关怀又动人情感的故事。穿插的人物形形色色，都神情毕肖。萨克雷富机智，善讽刺，《名利场》是逗趣而又启人深思的小说。

萨克雷是东印度公司收税员的儿子，受过高等教育，自己却没什么财产。他学法律、学画都不成功，一连串失败的经历，只使他熟悉了中上层社会的各个阶层。《名利场》的背景和人物，都是他所熟悉的。

他不甘心写小说仅供消遣,刻意寓教诲于娱乐,要求自己的小说“描写真实,宣扬仁爱”。“描写真实”就是无情地揭出名利场中种种丑恶,使个中人自知愧惭;同时又如实写出追求名利未必得逞,费尽心机争夺倾轧,到头来还是落空,即使如愿以偿,也未必幸福快乐。“宣扬仁爱”是写出某些人物居心仁厚,乐于助人而忘掉自己,由此摆脱了个人的烦恼,领略到快乐的真谛。

萨克雷写小说力求客观,不以他本人的喜爱或愿望而对人物、对事实有所遮饰和歪曲。人情的好恶,他面面俱到,不遮掩善良人物的缺点,也不遗漏狡猾、鄙俗人的一节可取。全部故事里没有一个英雄人物,所以《名利场》的副题是《没有英雄的故事》,就是现代所谓“非英雄”的小说。这一点,也是《名利场》的创新。

一九九三年十月

《傅译传记五种》代序

我先要向读者道歉，我实在没有资格写这篇序。因为我对于这几部传记的作者以及传记里的人物，毫无研究；也缺乏分别精华和糟粕的能力，不会自信地指出该吸收什么、摈弃什么。但傅敏要我为他爸爸所译的传记作序。我出于对傅雷的友谊，没有推辞。这里，我只简约地介绍这五种传记，并介绍我所认识的这位译者。

传记五种，作者只三人。

《夏洛外传》里的夏洛，是虚构的人物——电影明星卓别林的艺术创造。夏洛是一个追寻理想的流浪者；他的手杖代表尊严，胡须表示骄傲，一对破靴象征人世间沉重的烦恼。有一位早期达达派作者以小说的体裁、童话的情趣，写了这部幻想人物的传。译者在他所处的那个“哭笑不得的时代”，介绍了这么一个令人笑、更令人哭的人物，同时也介绍了卓别林的艺术。①

《贝多芬传》、《弥开朗琪罗传》、《托尔斯泰传》同出罗曼·罗兰之手。传记里的三人，虽然一是音乐家，一是雕塑家兼画家，一是小说家，各有自己的园地，三部传记都着重记载伟大的天才，在人生忧患困顿的征途上，为寻求真理和正义，为创造能

---

① 参看《夏洛外传》卷头语及译者序。

表现真、善、美的不朽杰作，献出了毕生精力。他们或由病痛的折磨，或由遭遇的悲惨，或由内心的惶惑矛盾，或三者交叠加于一身，深重的苦恼，几乎窒息了呼吸，毁灭了理智。他们所以能坚持自己艰苦的历程，全靠他们对人类的爱、对人类的信心。贝多芬供大家享乐的音乐，是他“用痛苦换来的欢乐”。弥开朗琪罗留给后世的不朽杰作，是他一生血泪的凝聚。托尔斯泰在他的小说里，描述了万千生灵的渺小与伟大，描述了他们的痛苦和痛苦中得到的和谐，借以播送爱的种子，传达自己的信仰：“一切不是为了自己，而是为了上帝生存的人”；“当一切人都实现了幸福的时候，尘世才能有幸福存在。”罗曼·罗兰把这三位伟大的天才称为“英雄”。他所谓英雄，不是通常所称道的英雄人物。那种人凭借强力，在虚荣或个人野心的驱策下，能为人类酿造巨大的灾害。罗曼·罗兰所指的英雄，只不过是“人类的忠仆”，只因为具有伟大的品格；他们之所以伟大，是因为能倾心为公众服务。

罗曼·罗兰认为在这个腐朽的社会上、鄙俗的环境里，稍有理想而不甘于庸庸碌碌的人，日常都在和周围的压力抗争。但他们彼此间隔，不能互相呼应，互相安慰和支援。他要向一切为真理、为正义奋斗的志士发一声喊：“我们在斗争中不是孤军！”他要打破时代的间隔和国界的间隔——当然，他也泯灭了阶级的间隔，号召“英雄”们汲取前辈“英雄”的勇力，结成一支共同奋斗的队伍。①

《伏尔泰传》的情调，和以上三部传记不同。作者莫洛亚

---

① 以上两节的引文，都出于《傅译传记五种》的本文和原序。

说，伏尔泰“一生全是热烈轻快的节奏”。但伏尔泰观察过人类的生活；他自己也生活过、奋斗过、受过苦，并看到旁人受苦。他认为这个世界是疯狂而残酷的，人的智慧却很有限；可是他主张每个人应当有所作为，干他力所及的事。“一切都是不良的，但一切都可改善。”他为了卫护真理和正义，打击愚蠢和懦怯，常不顾个人利害，奋起斗争。他那些轰轰烈烈的作为，很能振奋人心。①

读了这五种传记，见到了传记里的人物，对他们的作品能加深理解和鉴赏的能力，同时对传记的作者也会有所认识，不必我喋喋多言。可是传记的译者呢，除了偶一流露他翻译这几部传记的意念，始终隐而不见。而这五部传记的译文里，渗透着译者的思想感情。他辅助传记作者“打开窗子”，让我们都来“呼吸英雄气息”。我想，读者或许也愿意见见我们的译者傅雷吧？

傅雷广交游。他的朋友如楼适夷、柯灵等同志，已经发表了纪念他的文章。我只凭自己的一点认识，在别人遗留的空白上添补几笔。

抗战末期、胜利前夕，钱锺书和我在宋淇先生家初次会见傅雷和朱梅馥夫妇。我们和傅雷家住得很近，晚饭后经常到他家去夜谈。那时候知识分子在沦陷的上海，日子不好过，真不知“长夜漫漫何时旦”。但我们还年轻，有的是希望和信心，只待熬过黎明前的黑暗，就想看到云开日出。我们和其他朋友聚在傅雷家朴素幽雅的客厅里各抒己见，也好比开开窗子，通通空气，破一破日常生活里的沉闷苦恼。到如今，每回顾那一段灰黯

① 参看伏尔泰《刚第特》和传记本文。

的岁月，就会记起傅雷家的夜谈。

说起傅雷，总不免说到他的严肃。其实他并不是一味板着脸的人。我闭上眼，最先浮现在眼前的，却是个含笑的傅雷。他两手捧着个烟斗，待要放到嘴里去抽，又拿出来，眼里是笑，嘴边是笑，满脸是笑。这也许因为我在他家客厅里、坐在他对面的时候，他听着锺书说话，经常是这副笑容。傅雷只是不轻易笑；可是他笑的时候，好像在品尝自己的笑，觉得津津有味。

也许锺书是惟一敢当众打趣他的人。他家另一位常客是陈西禾同志。一次锺书为某一件事打趣傅雷，西禾急得满面尴尬，直向锺书递眼色；事后他犹有余悸，怪锺书"胡闹"。可是傅雷并没有发火。他带几分不好意思，随着大家笑了；傅雷还是有幽默的。

傅雷的严肃确是严肃到十分，表现了一个地道的傅雷。他自己可以笑，他的笑脸只许朋友看。在他的孩子面前，他是个不折不扣的严父。阿聪、阿敏那时候还是一对小顽童，只想赖在客厅里听大人说话。大人说的话，也许孩子不宜听，因为他们的理解不同。傅雷严格禁止他们旁听。有一次，客厅里谈得热闹，阵阵笑声，傅雷自己也正笑得高兴。忽然他灵机一动，蹑足走到通往楼梯的门旁，把门一开，只见门后哥哥弟弟背着脸并坐在门槛后面的台阶上，正缩着脖子笑呢。傅雷一声呵斥，两个孩子在登登咚咚一阵凌乱的脚步声里逃跑上楼。梅馥忙也赶了上去。在傅雷前，她是抢先去责骂儿子；在儿子前，她却是挡了爸爸的盛怒，自己温言告诫。等他们俩回来，客厅里渐渐回复了当初的气氛。但过了一会，在笑声中，傅雷又突然过去开那扇门，阿聪、阿敏依然鬼头鬼脑并坐原处偷听。这回傅雷可冒火了，梅馥也起不了中和作用。只听得傅雷厉声呵喝,夹杂着梅馥的调解和责怪;一个孩子想是哭了,另一个还想为自己辩白。我们谁也不敢劝一声,只装作不闻不知,坐着扯淡。傅雷回客厅来,脸都气青了。梅馥抱歉地为客人换上热茶,大家又坐了一会儿辞出,不免叹口气:"唉,傅雷就是这样!"

阿聪前年回国探亲,锺书正在国外访问。阿聪对我说:"啊呀!我们真爱听钱伯伯说话呀!"去年他到我家来,不复是顽童偷听,而是做座上客"听钱伯伯说话",高兴得哈哈大笑。可是他立即记起他严厉的爸爸,凄然回忆往事,慨叹说:"唉——那时候——我们就爱听钱伯伯说话。"他当然知道爸爸打他狠,正因为爱他深。他告诉我:"爸爸打得我真痛啊!"梅馥曾为此对我落泪,又说阿聪的脾气和爸爸有相似之处。她也告诉我傅雷的妈妈怎样批评傅雷。性情急躁是不由自主的,感情冲动下的所作所为,沉静下来会自己责怪,又增添自己的苦痛。梅馥不怨傅雷的脾气,只为此怜他而为他担忧;更因为阿聪和爸爸脾气有点儿相似,她既不愿看到儿子拂逆爸爸,也为儿子的前途担忧。"文化大革命"开始时,阿聪从海外好不容易和家里挂通了长途电话。阿聪只叫得一声"姆妈",妈妈只叫得一声"阿聪",彼此失声痛哭,到哽咽着勉强能说话的时候,电话早断了。这是母子末一次通话——话,尽在不言中,因为梅馥深知傅雷的性格,已经看到他们夫妇难逃的命运。

有人说傅雷"孤傲如云间鹤";傅雷却不止一次在锺书和我面前自比为"墙洞里的小老鼠"——是否因为莫洛亚曾把伏尔泰比作"一头躲在窟中的野兔"呢?傅雷的自比,乍听未免滑稽。梅馥称傅雷为"老傅";我回家常和锺书讲究:那是"老傅"

还是“老虎”,因为据他们的乡音,“傅”和“虎”没有分别,而我觉得傅雷在家里有点儿老虎似的。他却自比为“小老鼠”!但傅雷这话不是矫情,也不是谦虚。我想他只是道出了自己的真实心情。他对所有的朋友都一片至诚。但众多的朋友里,难免夹杂些不够朋友的人。误会、偏见、忌刻、骄矜,会造成人事上无数矛盾和倾轧。傅雷曾告诉我们:某某“朋友”昨天还在他家吃饭,今天却在报纸上骂他。这种事不止一遭。傅雷讲起的时候,虽然眼睛里带些气愤,嘴角上挂着讥诮,总不免感叹人心叵测、世情险恶,觉得自己老实得可怜,孤弱得无以自卫。他满头棱角,动不动会触犯人;又加脾气急躁,制不住要冲撞人。他知道自己不善在世途上圆转周旋,他可以安身的“洞穴”,只是自己的书斋;他也像老鼠那样,只在洞口窥望外面的大世界。他并不像天上的鹤,翘首云外,不屑顾视地下的泥淖。傅雷对国计民生念念不忘,可是他也许遵循《刚第特》的教训吧?只潜身书斋,作他的翻译工作。

傅雷爱吃硬饭。他的性格也像硬米粒儿那样僵硬、干爽;软和懦不是他的美德,他全让给梅馥了。朋友们爱说傅雷固执,可是我也看到了他的固而不执,有时候竟是很随和的。他有事和锺书商量,尽管讨论得很热烈,他并不固执。他和周煦良同志合办《新语》,尽管这种事锺书毫无经验,他也不摈弃外行的意见。他有些朋友(包括我们俩)批评他不让阿聪进学校会使孩子脱离群众,不善适应社会。傅雷从谏如流,就把阿聪送入中学读书。锺书建议他临什么字帖,他就临什么字帖;锺书忽然发兴用草书抄笔记,他也高兴地学起十七帖来,并用草书抄稿子。

解放后,我们夫妇到清华大学任教。傅雷全家从昆明由海道回上海，道过天津。傅雷到北京来探望了陈叔通、马叙伦二老，就和梅馥同到我们家来盘桓三四天。当时我们另一位亡友吴晗同志想留傅雷在清华教授法语，央我们夫妇做说客。但傅雷不愿教法语，只愿教美术史。从前在上海的时候，我们曾经陪傅雷招待一个法国朋友，锺书注意到傅雷名片背面的一行法文：Critique d' Art（美术批评家）。他对美术批评始终很有兴趣。可是清华当时不开这门课，而傅雷对教学并不热心。尽管他们夫妇对清华园颇有留恋，我们也私心窃愿他们能留下，傅雷决计仍回上海，干他的翻译工作。

我只看到傅雷和锺书闹过一次别扭。一九五四年在北京召开翻译工作会议，傅雷未能到会，只提了一份书面意见，讨论翻译问题。讨论翻译，必须举出实例，才能说明问题。傅雷信手拈来，举出许多谬误的例句；他大概忘了例句都有主人。他显然也没料到这份意见书会大量印发给翻译者参考；他拈出例句，就好比挑出人家的错来示众了。这就触怒了许多人，都大骂傅雷狂傲；有一位老翻译家竟气得大哭。平心说，把西方文字译成中文，至少也是一项极繁琐的工作。译者尽管认真仔细，也不免挂一漏万；译文里的谬误，好比猫狗身上的跳蚤，很难捉拿净尽。假如傅雷打头先挑自己的错作引子，或者挑自己几个错作陪，人家也许会心悦诚服。假如傅雷事先和朋友商谈一下，准会想得周到些。当时他和我们两地间隔，读到锺书责备他的信，气呼呼地对我们沉默了一段时间，但不久就又回复书信来往。

傅雷的认真，也和他的严肃一样，常表现出一个十足地道的傅雷。有一次他称赞我的翻译。我不过偶尔翻译了一篇极短的散文，译得也并不好，所以我只当傅雷是照例敷衍，也照例谦逊一句，傅雷怫然忍耐了一分钟，然后沉着脸发作道："杨绛，你知道吗？我的称赞是不容易的。"我当时颇像顽童听到校长错误的称赞，既不敢笑，也不敢指出他的错误。可是我实在很感激他对一个刚试笔翻译的人如此认真看待。而且只有自己虚怀若谷，才会过高地估计别人。

傅雷对于翻译工作无限认真，不懈地虚心求进。只要看他翻译的这传记五种，一部胜似一部。《夏洛外传》是最早的一部。《贝多芬传》虽然动笔最早，却是十年后重译的，译笔和初译显然不同。他经常写信和我们讲究翻译上的问题，具体问题都用红笔清清楚楚录下原文。这许多信可惜都已毁了。傅雷从不自满——对工作认真，对自己就感到不满。他从没有自以为达到了他所悬的翻译标准。他曾自苦译笔呆滞，问我们怎样使译文生动活泼。他说熟读了老舍的小说，还是未能解决问题。我们以为熟读一家还不够，建议再多读几家。傅雷怅然，叹恨没许多时间看书。有人爱说他狂傲，他们实在是没见到他虚心的一面。

一九六三年我因妹妹杨必生病，到上海探望。朋友中我只拜访了傅雷夫妇。梅馥告诉我她两个孩子的近况；傅雷很有兴趣地和我谈论些翻译上的问题。有个问题常在我心上而没谈。我最厌恶翻译的名字佶屈聱牙，而且和原文的字音并不相近，曾想大胆创新，把洋名一概中国化，历史地理上的专门名字也加简缩，另作"引得"或加注。我和傅雷谈过，他说"不行"。我也知道这样有许多不便，可是还想听他谈谈如何"不行"。六四年我又到上海接妹妹到北京休养，来去匆匆，竟未及拜访傅雷和梅馥。"别时容易见时难"，我年轻时只看作李后主的伤心话，不料竟是人世的常情。

我很羡慕傅雷的书斋，因为书斋的布置，对他的工作具备一切方便。经常要用的工具书，伸手就够得到，不用站起身。转动的圆架上，摊着几种大字典。沿墙的书橱里，排列着满满的书可供参考。书架顶上一个镜框里是一张很美的梅馥的照片。另有一张傅雷年轻时的照片，是他当年赠给梅馥的。他称呼梅馥的名字是法文的玛格丽特；据傅雷说，那是歌德《浮士德》里的玛格丽特。几人有幸娶得自己的玛格丽特呢！梅馥不仅是温柔的妻子、慈爱的母亲、沙龙里的漂亮夫人，不仅是非常能干的主妇，一身承担了大大小小、里里外外的杂务，让傅雷专心工作，她还是傅雷的秘书，为他做卡片，抄稿子，接待不速之客。傅雷如果没有这样的好后勤、好助手，他的工作至少也得打三四成折扣吧？

傅雷翻译这几部传记的时候，是在“阴霾遮蔽整个天空的时期”。他要借伟人克服苦难的壮烈悲剧，帮我们担受残酷的命运。他要宣扬坚忍奋斗，敢于向神明挑战的大勇主义。[①] 可是，智慧和信念所点燃的一点光明，敌得过愚昧、褊狭所孕育的黑暗吗？对人类的爱，敌得过人间的仇恨吗？向往真理、正义的理想，敌得过争夺名位权力的现实吗？为善的心愿，敌得过作恶的力量吗？傅雷连同他忠实的伴侣，竟被残暴的浪潮冲倒、淹没。可是谁又能怪傅雷呢。他这番遭遇，对于这几部传记里所宣扬的人道主义和奋斗精神，该说是残酷的讽刺。但现在这五部传记的重版，又标志着一种新的胜利吧？读者也许会得到更

① 参看傅雷《贝多芬传》译者序。

新的启示与鼓励。傅雷已作古人，人死不能复生，可是被遗忘的、被埋没的，还会重新被人记忆起来，发掘出来。

一九八〇年十二月

读《柯灵选集》

柯灵同志要我为《现代作家选集》里的《柯灵选集》写序文。他不嫌“佛头著秽”，我却不敢冒狂妄之讥，所以擅改题目，写一篇读后心得，表达我的欣赏。

和柯灵同志略有交往的人，都会感到他和善诚挚。如果无缘和他深交熟识，读了他的文章，就能看出他的和善诚挚不同一般。他和善，因为处处把自己融合在人民群众之间。他诚挚，因为抱有坚定的信念，指引他为国为民，忠贞不渝。用他自己的话，“人民有不可违拗的意志”，所以他的和善会变成勇猛。而他对自己信念的诚挚，使他在艰苦中也不灰心丧志，能变方换法，为他信奉的理想奋斗。这样的人，聪明不外露而含蕴在内，他并不光芒射人，却能照见别人所看不到的地方。《选集》所收的散文、杂文、小说、理论，都显露出这样一位作者。

且看他的散文吧。有几篇写情写景，情景交融，很有诗意。可是作者并不像杜少陵那样“此身饮罢无归处，独立苍茫自咏诗”，或陆放翁那样“此身合是诗人未，细雨骑驴入剑门”，露出诗人自我欣赏的姿态。他着眼的是浔阳江上夜航讴歌的舟子，为全家老少饥寒温饱或忧或喜的打鱼人，傍岸的采菱妇女，或顶风逆浪向暴力拼斗的孤舟。水乡渡口，他看到的是沉默的摆渡老人和来往渡客。田间春天的田园里，他记起童年，想到乡民翻泥锄草时短暂的美梦。他怀念遗事，带些惆怅迷惘之感，可是并非留连过去，而是要冲破陈旧，另开新局。逗留在他记忆里的是那些碌碌终身、默默无闻的艺术家，或筵前卖笑的妓女，戏院里卖糖的孩子。《团圆》里为了救"光脚丫"而成为残废的"小先生"笑得多么甜蜜！《红泪》里受欺压的"小东西"流下的眼泪多么辛酸！跳楼自杀的工人为他发泄了义愤，而抗战结束，一名沉水自杀的日军又为他留下悲悯、悚惧等等复杂的情绪。这都是作者把自己融和在群众中的感受。

他悼念的革命志士，都谦和诚恳，拙于言辞而勇于牺牲性命。他钦佩的翻译家一生耿直勤奋。他心仪的"老水手"，经历了惊风险浪，依然扬帆前进，更教人油然起"虽不能至，心向往之"的企慕。这些文章里都充满了作者坚守不渝的信念。

杂文一组是忧时愤世之作，写出上海沦陷时期的人间地狱，以及在里面鬼混的奴才小丑等。但作者总不忘自己是一名战士，绝不面对残暴的镇压而回避斗争，他敢于打破窒息人的恐怖气氛，发一声喊："我要抗议，我要控诉！"

有人说，柯灵的小说似散文。这大概因为他写得亲切自然，好像随笔记下些身经目击的事，产生一种真实感，叫人忘了那是小说。他的评论文章不作随声附和的判断，而有独到的见地，并流露出他从不卖弄的丰富学识。他是下苦功夫自学成家的，有自发的兴趣，有自辟的道路，基础深厚而结合实际，所以自有胆识。

单从这个集子里选收的文章，就可见作者多才多艺。柯灵同志惯爱抹去自我，深藏若虚，可是他抹不掉自己的才华。随着斗争的需要或生活的逼迫，他的创作层出不穷，而他的文笔对任何形式都得心应手：描摹景物，点染得宜；抒写情感，熨帖入微；叙述故事，生动传神。《柯灵散文选》自序里说，希望炼就“灵动皎洁、清光照人”的文格。读他的文章而能见到他的为人，不就因为他笔下“灵动皎洁、清光照人”吗！

一九八四年七月

《老圃遗文辑》前言

我父亲杨荫杭(1878—1945)字补塘,“老圃”是他常用的笔名。所谓“遗文”的“遗”,不是“遗留”的“遗”,而是“遗失”的“遗”,捡拾到的只是一部分。

遗文几乎全是二十年代《申报》上的《时评》(偶亦称《社论》)和《常评》(亦称《常谈》,和《时报》的《上下千秋》同一性质)。《时评》评论当时的国家大事以及当时有权有势的大总统、内阁总理、督军、省长、巡阅使、部长等辈。《常评》涉及题材很广很杂:有一般性的常识,也有学术上的考订。那时候我父亲任《申报》社副总编辑。评论文章往往一天一篇,有时两篇(也有时一篇都没有,可能因为同时兼营律师事务)。看来《时评》针对当时的《专电》,立即下笔,立即发稿;《常评》也是触事生感,随写随刊,都未曾收集修润。

我父亲生前对自己出版的书,都不屑一提。若不是锺书告诉我,或友辈偶然发现,我全不知晓。《译书汇编》里他有什么翻译,《东方杂志》上他有什么文章,我都没听他说过。他精心钻研、计划而撰写的《诗骚体韵》一书,只为未能达到他要求的完善,去世前把稿子毁了。如今把他七十年前随笔写来、随手掷去的旧文,从断烂朝报中清理出来,他是否会赞许呢?我很惶惑。不过我相信,七十年前的《时评》,多少有助于我国史料;七十年前的《常评》,也仍能扩充我们的知识。

整理这些旧文,只能依凭旧报纸。旧报纸上字迹模糊,不是个别几个字,而是连着好多行、甚至连片模糊,誊清煞费工夫。我父亲熟读经史,谙习训诂小学,通晓多种外语,他下笔时不自觉地引经据典,这又易导致标点的疏误。所引用古书上的文字,尤其引用训诂小学的僻字、怪字,很难查稽。古籍大多没有索引,有的连目录都没有。查一个模糊的字,常得转弯抹角,从这本书找到那本书,有时竟寻不到线索。有一次,翻遍全书也找不到所引的原句。我说:“准是爸爸随笔写来,引用错了。”锺书说:“爸爸决不引错。”他思索一番,恍然说:这位作者还有逸文呢。找来一看,果然找得原句,填上了缺失的字。我遇到不能解决的疑难,总得向锺书求救。他看到稿子里有共同兴趣的篇章,常神往地说:“我若能和爸爸相对议论,该多有趣。”反正他帮我是应该的事,我不必道谢。我们一伙整理者,在工作中能多识几个字,多读两句书,也不无补益。苦的是模糊的芝麻点儿细字,太小看不清,放大了更难认;一面查书,一面对着模糊的芝麻点儿反复比拟,仔细琢磨,大非易事。耗损了大力帮助的青壮年朋友们宝贵的时间和心思,我十分疚感,特向他们致以深挚的谢意。

一九九二年十月一日

钱锺书对《钱锺书集》的态度

我谨以眷属的身份，向读者说说钱锺书对《钱锺书集》的态度。因为他在病中，不能自己写序。

他不愿意出《全集》，认为自己的作品不值得全部收集。他也不愿意出《选集》，压根儿不愿意出《集》，因为他的作品各式各样，糅合不到一起。作品一一出版就行了，何必再多事出什么《集》。

但从事出版的同志们从读者需求出发，提出了不同意见，大致可归纳为三点。（一）钱锺书的作品，由他点滴授权，在台湾已出了《钱锺书作品集》。咱们大陆上倒不让出？（二）《谈艺录》、《管锥编》出版后，他曾再三修改，大量增删。出版者为了印刷的方便，《谈艺录》再版时把《补遗》和《补订》附在卷末，《管锥编》的《增订》是另册出版的。读者阅读不便。出《集》重排，可把《补遗》、《补订》和《增订》的段落，一一纳入原文，读者就可以一口气读个完整。（三）尽管自己不出《集》，难保旁人不侵权擅自出《集》。

钱锺书觉得说来也有道理，终于同意出《钱锺书集》。随后他因病住医院，出《钱锺书集》的事就由三联书店和诸位友好协力担任。我是代他和书店并各友好联络的人。

钱锺书绝对不敢以大师自居。他从不厕身大师之列。他不开宗立派,不传授弟子。他绝不号召对他作品进行研究,也不喜旁人为他号召;严肃认真的研究是不用号召的。《钱锺书集》不是他的一家言。《谈艺录》和《管锥编》是他的读书心得,供会心的读者阅读欣赏。他偶尔听到入耳的称许,会惊喜又惊奇。《七缀集》文字比较明白易晓,也同样不是普及性读物。他酷爱诗。我国的旧体诗之外,西洋德、意、英、法原文诗他熟读的真不少,诗的意境是他深有领会的。所以他评价自己的《诗存》只是恰如其分。他对自己的长篇小说《围城》和短篇小说以及散文等创作,都不大满意。尽管电视剧《围城》给原作赢得广泛的读者,他对这部小说确实不大满意。他的早年作品唤不起他多大兴趣。“小时候干的营生”会使他“骇且笑”,不过也并不认为见不得人。谁都有个成长的过程,而且,清一色的性格不多见。钱锺书常说自己是“一束矛盾”。本《集》的作品不是洽调一致的,只不过同出钱锺书笔下而已。

钱锺书六十年前曾对我说:他志气不大,但愿竭毕生精力,做做学问。六十年来,他就写了几本书。本《集》收集了他的主要作品。凭他自己说的“志气不大”,《钱锺书集》只能是菲薄的奉献。我希望他毕生的虚心和努力,能得到尊重。

一九九七年十一月二十一日

《钱锺书手稿集》序

许多人说，钱锺书记忆力特强，过目不忘。他本人却并不以为自己有那么“神”。他只是好读书，肯下功夫，不仅读，还做笔记；不仅读一遍两遍，还会读三遍四遍，笔记上不断地添补。所以他读的书虽然很多，也不易遗忘。

他做笔记的习惯是在牛津大学图书馆（Bodleian——他译为饱蠹楼）读书时养成的。因为饱蠹楼的图书向例不外借。到那里去读书，只准携带笔记本和铅笔，书上不准留下任何痕迹，只能边读边记。锺书的《饱蠹楼读书记》第一册上写着如下几句：“廿五年（一九三六年）二月起，与绛约间日赴大学图书馆读书，各携笔札，露钞雪纂，聊补三箧之无，铁画银钩，虚说千毫之秃，是为引。”第二册有题辞如下：“心如椰子纳群书，金匮青箱总不如，提要勾玄留指爪，忘筌他日并无鱼。（默存题，季康以狼鸡杂毫笔书于灯下。）”这都是用毛笔写的，显然不是在饱蠹楼边读边记，而是经过反刍，然后写成的笔记。

做笔记很费时间。锺书做一遍笔记的时间，约莫是读这本书的一倍。他说，一本书，第二遍再读，总会发现读第一遍时会有很多疏忽。最精彩的句子，要读几遍之后才发现。

锺书读书做笔记成了习惯。但养成这习惯，也因为我们多年来没个安顿的居处，没地方藏书。他爱买书，新书的来源也很多，不过多数的书是从各图书馆借的。他读完并做完笔记，就把借来的书还掉，自己的书往往随手送人了。锺书深谙"书非借不能读也"的道理，有书就赶紧读，读完总做笔记。无数的书在我家流进流出，存留的只是笔记，所以我家没有大量藏书。

锺书的笔记从国外到国内，从上海到北京，从一个宿舍到另一个宿舍，从铁箱、木箱、纸箱，以至麻袋、枕套里出出进进，几经折磨，有部分笔记本已字迹模糊，纸张破损。锺书每天总爱翻阅一两册中文或外文笔记，常把精彩的片段读给我听。我曾想为他补缀破旧笔记，他却阻止了我。他说："有些都没用了。"哪些没用了呢？对谁都没用了吗？我当时没问，以后也没想到问。

锺书去世后，我找出大量笔记，经反复整理，分出三类。

第一类是外文笔记（外文包括英、法、德、意、西班牙、拉丁文）。除了极小部分是锺书用两个指头在打字机上打的，其余全是手抄。笔记上还记有书目和重要的版本以及原文的页数。他读书也不忽略学术刊物。凡是著名作家有关文学、哲学、政治的重要论文，他读后都做笔记，并记下刊物出版的年、月、日。锺书自从摆脱了读学位的羁束，就肆意读书。英国文学，在他已有些基础。他又循序攻读法国文学，从十五世纪到十九世纪而二十世纪；也同样攻读德国文学、意大利文学的历代重要作品，一部一部细读，并勤勤谨谨地做笔记。这样，他又为自己打下了法、德、意大利的文学基础。以后，他就随遇而读。他的笔记，常前后互相引证参考，所以这些笔记本很难编排。而且我又不懂德文、意大利文和拉丁文。恰逢翻译《围城》的德国汉学家莫芝宜佳博士（Professor Dr. Monika Motsch）来北京。我就请她帮我编排。她看到目录和片断内容，"馋"得下一年暑假借机会又到北京来，帮我编排了全部外文笔记。笔记本共一百七十八册，还有打字稿若干页，全部外文笔记共三万四千多页。

锺书在国内外大学攻读外国文学，在大学教书也教外国文学，“院系调整”后，他也是属于文学研究所外国文学组的。但他多年被派去做别的工作，以后又借调中国古典文学组，始终未能回外文组工作。他原先打算用英文写一部论外国文学的著作，也始终未能如愿。那些外文笔记，对他来说，该是“没用了”。但是对于学习外国文学的人，对于研究钱锺书著作的人，能是没用吗？

第二类是中文笔记。他开始把中文的读书笔记和日记混在一起。一九五二年知识分子第一次受“思想改造”时，他风闻学生可检查“老先生”的日记。日记属私人私事，不宜和学术性的笔记混在一起。他用小剪子把日记部分剪掉毁了。这部分笔记支离破碎，而且都散乱了，整理很费工夫。他这些笔记，都附带自己的议论，亦常常前后参考、互相引证。以后的笔记他都亲自记下书目，也偶有少许批语。中文笔记和外文笔记的数量，大致不相上下。

第三类是“日札”——锺书的读书心得。日札想是“思想改造”运动之后开始的。最初的本子上还有涂抹和剪残处。以后他就为日札题上各种名称，如“容安馆日札”、“容安室日札”、“容安斋日札”；署名也多种多样，如“容安馆主”、“容安斋居士”、“槐聚居士”等等；还郑重其事，盖上各式图章。我先还分门别类，后来才明白，这些“馆”、“斋”、“室”等，只是一九五三年“院系调整”后，我家居住的中关园小平房（引用陶渊明《归去来辞》“审容膝之易安”）。以后屡次迁居，在锺书都是“容膝易安”的住所，所以日札的名称一直没改。

日札共二十三册二千多页，分八百零二则。每一则只有数目，没有篇目。日札基本上是用中文写的，杂有大量外文，有时连着几则都是外文。不论古今中外，从博雅精深的历代经典名著，到通俗的小说院本，以至村谣俚语，他都互相参考引证，融会贯通，而心有所得，但这点“心得”还待写成文章，才能成为他的著作。《管锥编》里，在在都是日札里的心得，经发挥充实而写成的文章。例如：《管锥编·楚辞洪兴祖补注》十八则，共九十五页，而日札里读楚辞的笔记一则，只疏疏朗朗记了十六页；《管锥编·周易正义》二十七则，共一百零九页，而日札里读《周易》的笔记，只有一则，不足十二页；《管锥编·毛诗正义》六十则，共一百九十四页，而日札里读《毛诗》的笔记二则，不足十七页。

锺书在《管锥编》的序文中说：“……遂料简其较易理董者，锥指管窥，先成一辑”，“初计此辑尚有《全唐文》等书五种，而多病意倦，不能急就。”读《全唐文》等书的心得，日札里都有。他曾对我说：“我至少还想写一篇《韩愈》、一篇《杜甫》。”这两篇，想是“不易理董者”，再加“多病意倦”，都没有写出来。日札里的心得，没有写成文章的还不少呢。

这大量的中、外文笔记和读书心得，锺书都“没用了”。但是他一生孜孜矻矻积聚的知识，对于研究他学问和研究中外文化的人，总该是一份有用的遗产。我应当尽我所能，为有志读书求知者，把锺书留下的笔记和日札妥为保存。

感谢商务印书馆愿将钱锺书的全部手稿扫描印行，保留着手稿原貌，公之于众。我相信公之于众是最妥善的保存。但愿我这办法，“死者如生，生者无愧”。

二〇〇一年五月四日

《〈宋诗纪事〉补订》手稿影印本说明

我为《〈宋诗纪事〉补正》①写的序文里，指出这部“补正”的手抄稿共有三稿，第一、第二稿曾由钱锺书审阅。第三稿他审阅了部分，还有一部分没有审阅。按事实说，辽宁人民版的这部“补正”应该是锺书的未完稿。当时，觉得这份未完成的事，经“多方努力”居然完成，该是一件可喜的事。

这部书出版之后，有一个问题在我心上逐渐明朗起来。锺书这部未完稿，应该有个终止的界线。界线以外，是栾贵明君添补完成而未经锺书审阅认可的。锺书认可和未认可的部分，应该有个区分。

为了对事实负责，我希望在有生之年，能把这界线划分清楚。

据栾君说，第三稿把第二稿扩增了一倍不止。料想未经锺书审阅的“补正”，量还不小。我曾希望能够看到锺书在二、三稿上的亲笔批注和便条。试图划分这道界线，可是很遗憾，我未

① 这个书名是栾贵明君嘱我题写的，本书由辽宁人民出版社二〇〇三年一月出版。我最近翻阅锺书一九八三年我访欧期间“备忘而代笔避谈”的日记，看到他每日“阅读《宋诗纪事》补订一卷”，我不知“补正”有何依据，可惜我无从考证。今即据锺书的日记，定名为《〈宋诗纪事〉补订》，由三联书店出版。

能如愿。而据栾君说，那第一、第二、第三次的手抄稿，现已无从区分。那么，纯粹的锺书对《宋诗纪事》的“是正”，只有未经“整缀董理”的手迹了。于是，我就把锺书在万有文库本《宋诗纪事》十四册书上的补订，全书交给三联书店影印出版，是以说明。

杨　绛

二〇〇三年十月十五日

（原载钱锺书《〈宋诗纪事〉补订》手稿影印本卷首，
北京三联书店二〇〇五年九月出版。）

手札若干纸失窃启事*

《复堂师友手札菁华》是我公公钱子泉老先生整理编纂的一部手稿。手札前面“记”，相当于文。他口述，由儿子锺书代笔。手札一张一张贴在毛边纸的簿子上，每一面贴手札一纸，大纸折叠，小纸偶一面二张。毛边纸簿大本五册，每册二百面；小本三册，每册一百面，大小共八册。

这八册手稿由钱锺书收藏。第五册曾有人借阅并转借他人。最近我因这部手稿将捐赠，请人民文学出版社影印出版。发现第五册有好多空白面，上面贴的手札已剥掉，一处竟剥出四个窟窿，一处剪去十面，共缺失二十六面左右。这第五册归还时，钱锺书没有检点，所以没有觉察。我记得他曾说：“他们想复制，但信纸红色，印不出来。”“他们”不知是谁。钱锺书和借阅者皆已去世，事隔二三十年，已无从查究。缺失的手札如有人觅得交我，当有酬谢；如一旦在市场出现，那就是赃物出手了！请大家注意。

杨　绛敬启

二〇〇五年三月二十一日

---

* 本篇系为人民文学出版社即将出版的《复堂师友手札菁华》所作的序文。

《听杨绛谈往事》序

我不值得传记作者为我立传,但我也不能阻止别人写我的传记。不相识、不相知的人如有意写我的传,尽管对我的生平一无所知,只要凑足资料,能找到出版社,就能出书。不过,并没有几个人为我写传。这本用“听杨绛谈往事”命题的传记,是征得我同意而写的。

作者吴学昭是我的好友。她笃实忠厚,聪明正直,又待人真挚,常为了过于老实而吃亏。她富有阅历,干练有才,但她不自私,满肚子舍己为人的侠义精神,颇有堂吉诃德的傻气。不过她究竟不是疯子,非但不荒谬,还富有理智,凡事务求踏实而且确凿有据,所以她只是傻得可敬可爱而已。

她要求为我写传,我觉得十分荣幸。有她为我写传,胡说乱道之辈就有所避忌了,所以我一口答应。她因此要知道我的往事。我乐于和一个知心好友一起重温往事,体味旧情,所以有问必答。我的生平十分平常,如果她的传读来淡而无味,只怪我这人是芸芸众生之一,没有任何伟大的事迹可记。我感激她愿为一个平常人写一篇平常的传。

不过我还活着呢。我身后的事,她没法问我了,怎么办?我想不要紧,写到九十八岁还忠实,以后的事也不会走样。为我写的传并没有几篇,我去世后也许会增加几篇,但征得我同意而写的传记,只此一篇。是为序。

二〇〇八年六月八日

介绍薛鸿时君翻译的《董贝父子》

薛君鸿时，来我们外文所英美文学组最晚，年亦最少，他秉性严谨，工作认真，中英文功底都不弱。我当时正翻译狄更斯的《董贝父子》，因常年从事翻译工作伤了眼力，才译了七万多字，眼花了，翻不下去了，但领导不容许工作起了个头就停止，我就请薛鸿时君代劳，另起炉灶，从新翻译这部作品，把它翻完。那时薛君初来我所，还未订立工作计划，他欣然应我之请，立即勤勤劲劲着手翻译。当时政治运动频繁，工作常需停顿，他断断续续，翻译了五年左右，译完全书。据薛君说，他起先的译文，参考了我已译出的部分，他读过我那篇《翻译的技巧》①，觉得颇有道理，他是按我讲的"技巧"翻译的。我读他的译文，觉得很通顺，找出部分原文核对，也很忠实。但据薛君说，《董贝父子》的译本如今已不止一种了。我对其他版本没有看过，好在我只是推荐，去取之权不在我而在出版社。我不过平平实实介绍了这部译作，是否可用，听凭出版社决定吧。

杨　绛　谨序

二〇一一年十二月二十八日

---

① 二〇〇二年十月七日写《记我的翻译》，十月三十日，改写《失败的经验》，题目改为《翻译的技巧》（见《杨绛全集》第二卷274页）。

杨绛全集｜

吉尔·布拉斯

上

[法]勒萨日 著
杨绛 译

人民文学出版社

| 2002年，于三里河寓所

| 1952年，于中关园寓所

1953年，与好友周芬摄于中关园寓所门前

1953年，与钱锺书摄于北京大学中关园，时正翻译《吉尔·布拉斯》

| 1962年，与钱锺书和钱瑗摄于中关园

2003年春，于三里河寓所

| 2009年，于三里河寓所

2004年初，于三里河寓所

| 2011年4月，于三里河家中

目录

✤ 吉尔·布拉斯（上）

第 二 卷

第 三 卷

第 四 卷

第 五 卷

第 六 卷

第七卷

吉尔·布拉斯

（上）

前　言

《吉尔·布拉斯·德·山悌良那传》(*Histoire de Gil Blas de Santillane*)简称《吉尔·布拉斯》,是法国十八世纪作者阿阑·瑞内·勒萨日(Alain-René Lesage,1668—1747)的作品。全书分两次出版,前后相隔二十年。一七一五年第一、二部出版,正是法王路易十四去世,路易十五即位的一年。小说里反映的是那两个朝代的法国社会。

路易十四穷兵黩武,称霸欧洲;国内又大兴土木,建造宫室,弄得府库空虚,赋税繁重。收税的办法又弊端百出,经手人从中肥私,都变成财主。政府要开发国家资源,鼓励工商业。随着工商业的勃兴,一个新的阶级——资产阶级也兴起来了。许多新兴的工商业巨子,买得贵勋授予状,成了新贵族。路易十四倚重的大臣如柯尔伯(Jean-Baptiste Colbert)、勒·戴礼艾(Michel le Tellier)、李宏(Hugues de Lionne),都是这个新兴阶级的人物。路易十四初即位时,贵族领导的"投石党运动",使他对贵族有戒心。他许贵族享受特权,却不让他们掌握实权。连年战争,贵族地主的收入大为减削,而田租经管家的手,又大打折扣。可是他们有一定的排场,巴黎有房子,凡尔赛有寓所,乡下有田庄,起居服食、车马奴仆、宴会赌博等等,花费浩大,入不敷出。皇帝的恩赏年金不易得到,得来也为数有限,无济于事,除非娶得有钱的太太,否则只好出高利借债度日。封建贵族渐趋没落,权与势都到了新兴资产阶级手里。

路易十五即位才五六岁，由他叔父摄政。摄政王重用的是杜布瓦红衣大主教（Cardinal Dubois），是穷医生的儿子，由摄政王一手栽培提拔的。这位大臣招权纳贿，卖官鬻爵，当时人说他把小偷骗子的手段用到了政府里去。路易十五当政后耽于逸乐，朝柄操在权臣和外宠手里。弄权的傅乐里红衣大主教（Cardinal de Fleury）。两位权臣都属新兴的资产阶级。一七一六年巴黎设立了第一个银行，不久又设立了股票市场，那时候举国若狂，人人想买股票发财，巴黎已成金钱统治的世界。

十七十八世纪法国社会的这些真相反映在《吉尔·布拉斯》这部小说里。勒萨日揭露了社会上可笑可鄙的形形色色，怕触犯当局，假托为西班牙斐利普三世（1598—1621 年在位）和斐利普四世（1621—1665 年在位）两朝的事。可是他在作者声明里说“我写西班牙的人情风俗并非一丝不走原样的”，因为要写得“跟我们法国人的习俗合拍”。批评家都承认这部小说里描写的是当时的法国社会。而英国的批评家说，他写的不仅是法国社会，是一切社会。① 小

① 圣茨伯利（George Saintsbury）《法国小说史》（*History of the French Novel*）第一册第 331 页论勒萨日有世界性；又格林（F. C. Green）《法国小说家》（*French Novelists*）第 75 页论《吉尔·布拉斯》一书是一切社会的写照。这部小说里，很多地方和我国古代戏剧、小说里写的相类。例如本书第十二卷第一、二、三章写权臣要皇帝不问政事，就为他弄外宠，这使我们记起《红梨记》第三出里奸臣梁师成的话：“我教导你，大凡官家不要容他闲，常则是把些声色货利，打哄日子过去，他就不想到政事上边，左班那些秀才官儿，便有言也不相入了。”又如作者借强盗之口，把帝王、贵人、银行家等剥削者一概骂作强盗，使我们记起凌蒙初《拍案惊奇》里的话：“天下那一处没有强盗？假如有一等做官的，误国欺君，侵剥百姓，虽然官高禄厚，难道不是大盗？有一等做公子的，倚靠着父兄势力，张牙舞爪，诈害乡民，受投献，窝赃私，无所不为，百姓不敢声怨，官司不敢盘问，难道不是大盗？有一等做举人秀才的，呼朋引类，把持官府，起灭词讼，每有将良善人家拆得烟飞星散的，难道不是大盗？只论衣冠中尚是如此，何况做经纪客商，做公门人役，三百六十行中人尽有狼心狗行、狠似强盗之人，自不必说。”（见古典文学出版社 1957 年上海版 139 页）

说的主角吉尔·布拉斯，是当时社会上常见的人物。有的批评家说他仿佛是从人群里随便拉出来的，随时会混进人群里去①。历史上有名的杜布瓦红衣大主教和他同时的西班牙阿尔伯隆尼红衣大主教（Jules Alberoni）都是这一流人物。有人以为吉尔·布拉斯就是法国十七世纪后半叶的政客古维尔（Jean Hérault Gourville，1625—1703），因为身世相似，古维尔著有回忆录一册，勒萨日想必读过。② 我们无须考证吉尔·布拉斯是否真有其人。那时旧贵族渐渐没落，中下层阶级的人依附权势，都可以向上爬。成功的在历史上留下了名字，爬不高或爬不上的无名小子，不知要有多少呢。

《吉尔·布拉斯》通称为流浪汉小说，由主角吉尔·布拉斯叙述自己一生的经历。吉尔·布拉斯是个“通才”（L’outil universel）：他出身贫苦，却受过些教育；没甚大本事，却有点小聪明；为人懦怯，逼上绝路也会拼一拼。所以他无论在什么境地都能混混；做医生、做用人、做管家、做大主教或首相的秘书，件件都行，哪里都去得。而且他从不丧气，坏运气压他不倒，摔下立刻爬起，又向前迈步。他又观察精微，做了事总要反省，对自己很坦白。一部暴露社会黑暗的小说，正需要这样一位主角，带着读者到社会每一阶层每一角落去经历一番。

吉尔·布拉斯和一般流浪汉略有不同。他没在饥饿线上挣扎，还受过些教育。他由后门小道投靠权贵，为他们帮闲，晚年

---

① 圣·伯夫引巴丹（Patin）语，见莫利斯·阿阑编注的《圣·伯夫论法国大作家》第十册第 29 页。

② 见谢布列兹（Victor Cherbuliez）《法国十七至十九世纪小说里的典型》（*L’idéal romanesque en France de* 1610 à 1816）第 114 页以下。

做了大官，拥有财产。他算得流浪汉吗？流浪汉不是英雄，不是模范。可是《吉尔·布拉斯致读者》说："你若读了我一生的经历而忽略了劝人为善的涵义，就不能得益。你若留心研读，就会看到贺拉斯所谓趣味里掺和着教益。"他"劝人为善"，劝什么"善"？吉尔·布拉斯是模范人物吗？留心研读他一生的经历，能找到什么教益呢？

流浪汉是赤手空拳，随处觅食的"冒险者"。他们不务正业，在世途上"走着瞧"，随身法宝是眼明手快，善于照顾自己，也善于与世妥协。他们讲求实际，并不考虑是非善恶的准则，也不理会传统的道德观念，反正只顾自己方便，一切可以通融，但求不落入法网——那是他们害怕的。他们能屈能伸。运气有顺逆，人生的苦和乐经常是连带的。他们得乐且乐，吃苦也不怕，跌倒了爬起重新上路。可是这股压不倒的劲头为的是什么呢？无非占点儿别人的便宜，捞摸些现成的油水，混着过日子。流浪汉伺候一个又一个主人，吃主人的饭——无论是苦饭，或我们所谓"猪油拌的饭"。他们对主人可以欺骗，可以剥削，也可以尽忠，总归是靠着主人谋求自身的利益。吉尔·布拉斯始终就是这种人。

吉尔·布拉斯离家时虽有他舅舅给的一头骡子和几枚金币，那一点身外之财是朝不保夕的。他虽然是个"通才"，却没有正当职业，只在混饭吃。他的道德标准和处世哲学和一般流浪汉同样有弹性而无原则。他虽然后来爬上官位，仍然是吃他主子的饭，当他主子的奴才。一个流浪汉如果本质没变，只改换了境遇，窜入上层社会，他就不算流浪汉了吗？

吉尔·布拉斯劝人为善，想必自己觉得是好人。可是他有什么好，能借以劝善呢？

他确也不坏。一个曾和他同伙的流浪汉说："别当我们是坏人，我们不打人不杀人，只想占人家点儿便宜过活。虽说偷东西不应该，到无可奈何的时候，不该也就该了。"所谓无可奈何，其实并不是性命攸关，只是机缘凑巧，有利可图，就身不由己。吉尔·布拉斯初次受了欺骗，暗暗责怪自己的爹妈不该训他别欺骗人，该教他别受人欺骗才对。当然，他并没主张骗人讹人，只要求别受骗。可是他仍然经常受骗，自己也干下不少骗人的勾当，甚至下流无耻，为他的主子广开后门，招权纳贿，又为主子的主子物色女人，当拉皮条的。他干了这类事情也知道惭愧，悔过补救。尽管他每到名利关头总是情不自禁，他毕竟还是努力向上的。他像一般流浪汉讲"哥们儿义气"，肯互相帮忙。他秉性善良，经常也做点好事。他做了好事，就有好报，与人方便也往往自己方便。他对主人巴结尽忠，不惜干昧心事儿博取主人信赖。由这种种"好"，他升官发财，变成贵人，不仅自己衣食无忧，连子孙也可以靠福。吉尔·布拉斯是把自己作为模范来劝善吗？他的劝善未免太庸俗了。

《吉尔·布拉斯致读者》虽然算是他本人的话，文章究竟是作者写的。作者把故事的趣味比做一泓清泉，供旅客休息时"解解渴"。但故事的精髓，所谓"灵魂"，还待有心人去发掘。吉尔·布拉斯那点老生常谈的"为善"，何劳有心人去发掘呢。假如读者死心眼儿，辨不出作品里含带的讥讽，那么看一看作者的为人，就可以知道他对吉尔·布拉斯这种人抱什么态度。

勒萨日一身傲骨，不屑迎合风气，不肯依附贵人。他敢于攻击时下的弊端，不怕得罪当道。他不求名位，只靠写作谋生。他和吉尔·布拉斯的为人迥不相同,他们俩劝人为善的涵义当然也不会一样。

吉尔·布拉斯没什么崇高的理想,没任何令人景仰的行为,没一点可望不可即的品德,他充得什么模范呢!他不是“坏人”,他是“好人”吗?他虽有要好向上的心,他能有多么好呢?坏事他倒干了不少。当然,过失是谁都难免的。知过愿改,就算是知好歹的。知好歹的就不甘心做坏人,也往往以好人自居。吉尔·布拉斯就是这种有志向上而品格不高,有意为善而为善的程度有限,不愿作恶却难免过失,甚至再三做坏事。他是一个典型的平常人,尽管在不同的境地,具体表现可有千变万化,他仍然是个典型的平常人。

《作者声明》说,他不是刻画某某个人,而是描写人生的真相。的确,他写的那些“卑鄙龌龊的事,稀奇古怪的人”都是平日常见的。强盗当公差,伪善的骗子经管修院或慈善机构的财产等等,不是极普遍的事吗?从小康之家到堂堂首相府,为了争夺财产,一个个勾心斗角,骨肉如寇仇,不是到处一样吗?像吉尔·布拉斯那样为极尊贵的人干极不光彩的事,是“为国为君,屡著勤劳”,这也没什么稀罕吧?结党营私,开辟后门小道的权贵,何止一个赖玛公爵。大臣“清高”而夫人好利,身兼数职,假公肥己的,又何止一个奥利法瑞斯伯爵。至于像桑格拉都大夫那种不懂本行的专家,像法布利斯那样有写作瘾的文人,绝不是西班牙或法国的特产。贯穿这些事、这些人的吉尔·布拉斯,更是一个寻常角色,谁愿意,都可以“对号入座”。他的经历也可以是我们大家的亲身经历。例如他伺候格拉纳达大主教的故事。这位大主教谆谆嘱咐他说真话,可是听到真话,气得变了脸，把吉尔·布拉斯撵走。这种事，什么地方、什么时候没有呢！又例如吉尔·布拉斯向年老的主人捅出他的情妇另有所欢，老人情知是真，却宁愿听信情妇的花言巧语，把吉尔·布拉斯撵走。这又入情入理，不论何时何地都会见到。又如吉尔·布拉斯当了人家的总管，赤心为主，秉公无私，不让同事揩油作弊。主人家并未记他的功，同事间却结下深仇。他辛苦得大病一场，饭碗丢失，私蓄赔尽，弄得生活也没个着落。这类事不也普通得很吗！

吉尔·布拉斯一生的作为，有时是受衣食的驱使，迫不得已，有时是受名利的诱惑，身不由己。他没有沦为罪犯，当然还靠自己努力向上，不甘堕落，可是他得意不由品德才能，失意也不全是自己的过错，爬上高位靠他没有原则，吃亏却因为太老实。时运无定，好景不长，升沉得失，自己也做不得主。吉尔·布拉斯要不是靠山倒了，未必甘心“隐退”；如果有机会出山，准会官瘾复发。世上像他这种人随处都是。

作者描绘世态人情亲切有味，这是这部小说的特点。读书如阅世。读了《吉尔·布拉斯》可加添阅历，增广识见，变得更聪明也更成熟些，即使做不到宠辱不惊，也可学得失意勿灰心，得意勿忘形，因为失意未必可耻，得意未必可骄。但是作者没有正面的教训，“趣味里掺和的教益”可由“有心人”各自去领会。

勒萨日出自布列塔尼的旧家，十四岁成了孤儿，家产被保护人侵吞。他曾在家乡附近耶稣会办的学院读书，后到巴黎学法律，二十六岁娶了一个巴黎市民的女儿，在巴黎一住五十来年。他当过一时律师，也在包税局当过小职员，以后就专靠写作为生。当时文人大多投靠权贵；他性情倔强，不屑与贵人周旋①。他写的剧本，只在大众化的市场剧院（Théâtre de La Foire）上演。“让我在平民中老死”，圣·伯夫（Sainte Beuve）引用了这句话来称道他的一生②。

勒萨日较成功的作品，还有趣剧《主仆争风》（*Crispin rival de son maître*），讽刺包税员的喜剧《杜加莱先生》（*Turcaret*）③，小说《瘸腿魔鬼》（*Le Diable boiteux*）等。他最精心结撰的是《吉尔·布拉斯》。法国马利伏、英国菲尔丁、斯莫莱特等都受它影响；著名作家如斯特恩、兰德、拜伦、狄更斯、萨克雷等都熟读这部小说。④

---

① 见克拉瑞悌（Léo Claretie）的《小说家勒萨日》（*Lesage Romancier*）第17页；莫利斯·阿阑编注的《圣·伯夫论法国大作家》第十册第8页。

② 见莫利斯·阿阑编注的《圣·伯夫论法国大作家》第十册第19页。

③ 法国十八世纪参加法国大革命的文人商佛（Chamfort）在《人物与掌故》（*Caractères et anecdotes*）里说：“莫里哀什么都不放过，可是对包税员从没有一句讽刺，这是件可怪的事。据说柯尔伯曾有训令给莫里哀和其他喜剧作家，不得讽刺这等人。”——克瑞版170条。勒萨日却毫不留情地揭露了包税员。

④ 科梯斯（L. P. Curtis）编《斯特恩书信集》1935年牛津版第88页提到桑格拉都大夫。苏坡（W. H. Super）《兰德传》1954年纽约大学版第354—355页引兰德引用格拉纳达大主教的故事，还称赞勒萨日这部小说的题材有趣，文笔多姿，以为英国散文家没有他那样的好手。拜伦最喜欢称引格拉纳达大主教的故事，参看普罗赛罗（Rowland E. Prothero）编《拜伦书信和日记》第一册第121页，第320页，第四册第248页，第六册第337页。狄更斯《大卫·科波菲尔》第四章和第七章，以及萨克雷《耶鲁普乐许通讯》（*The Yellowplush Correspondence*）纽约柯列（Collier and Son）版第十四册第173页都提到这部小说里的人物。

作者声明

有些人读起书来,看到可恶可笑的角色,一定要附会一番。我特向这些存心不良的读者声明,他们若以为这部书里的人物有所影射,那就大错了。我当众承认,我只求描写人生,贴合真相,要是我蓄意刻画某某人,那就天理难容!读者千万别冒认。若说一个角色像他,也可以像好多旁的人呢。要不然,他就出了自己的丑,应着费德鲁斯的话,“显得他自知愚昧”①。

一味主张病人放血的医生,西班牙有,法国也有;卑鄙龌龊的事,稀奇古怪的人,到处都是一样。其实我写西班牙的人情风俗并非一丝不走原样的。马德里的女戏子何等放浪,知道底细的人准会怪我没有尽情描摹她们的荒唐。不过我以为这种事应该写得平淡些,才跟我们法国人的习俗合拍。

---

① 费德鲁斯(Phèdre,公元前30—44),古罗马寓言家。所引的句子见所作《寓言集》第三卷卷头语。

吉尔·布拉斯致读者

敬爱的读者,请你先听我讲个故事,再来读我的自传。

有两个学生一伙儿从贝涅斐尔到萨拉曼卡去,走得又累又渴,路过一泓泉水,就在水边停下来。他们喝水解了渴,休息一会儿,无意中看见近处有块石头平嵌在泥里,上面刻着字。这块石头年深月久,又禁不得牛羊来此喝水,成群践踏,字迹已经有点模糊。他们洒些水冲洗一下,看见刻的是一句西班牙文:"学士庇艾尔·加西雅斯埋魂于此。"

年纪小的一个学生轻浮没头脑,一看这句碑文,哈哈大笑道:"大笑话!'埋魂于此……'一个埋着的灵魂!不知什么怪人会作出这种可笑的墓铭来。"他说了这话就起身要上路。他同伴比较细心,暗想:"这里面总有什么道理,我倒要耽下瞧个究竟呢。"他由那学生走了,立刻用小刀子沿着石头周围挖掘。他掘得很地道,把一块石头都扳起来。只见下面一只皮制的钱袋,打开一看,里面装着一百杜加①,还有一张卡片,上写这样几句拉丁文:"你既是个有心人,要寻究碑文的意义,我的钱就传给你。愿你把我这笔钱花得比我恰当。"那学生发现了这个,喜

---

① 币名,有金有银,曾通用欧洲大陆各国,金币约值七法郎半,银币约值四法郎。

不自胜，把石头放归原处，带了那位学士的灵魂，重新上道向萨拉曼卡去。

敬爱的读者，不论你是谁，你跟那两个学生或此或彼，总会类似。你若读了我一生的经历而忽略了劝人为善的涵义，就不能得益。你若留心研读，就会看到贺拉斯①所谓趣味里掺和着教益。

① 贺拉斯（Horace，公元前65—前8），古罗马诗人。此句见《诗艺》（*Ars Poetica*）第343行（“勒勃〔Loeb〕古典丛书”本贺拉斯《代简与讽刺诗集》第478—479页）。

第一卷

第一章

吉尔·布拉斯的出身和教育。

我爹名叫布拉斯·德·山悌良那,多年在西班牙王国的军队里当兵。他退伍回乡,娶了小市民家一个青春已过的女人。十个月以后,我就出世了。他们随后搬到奥维多。两口子没法过活,都得出去帮佣:我妈当了女用人,我爹做了侍从。他们俩除了工钱之外,一无所有。亏得这城里还有我一位做大司铎的舅舅,不然我恐怕就受不到好教育了。舅舅名叫吉尔·贝瑞斯,是我妈的哥哥,也是我的干爹。请想象一个小矮个子,三尺半身材,出奇的胖,两座肩膀夹着个脑袋,那就是我的舅舅。这位教士一味贪舒服,换句话说,贪吃爱喝;他管辖的教区出息不错,尽够他吃喝。

我从小就由他领去负责教育。他觉得我很机灵,决意要培养我的才力。他给我买一本启蒙课本,亲自教我认字,这样他得到的益处不亚于我,因为他一向对书本很荒疏,一面教我,自己也就读起书来。他下了些功夫,从前不会念的日课居然也念诵如流了。他还恨不能亲自教我拉丁文呢,那就可以省掉好些钱。可是,唉!可怜的吉尔·贝瑞斯!他一辈子就没学过拉丁文入门,也许竟是神职班上最不学无术的大司铎,只是我这句话做不得准。我听说,他这个职位只是几个好修女给他的酬报,不是靠学问得来的;他曾经替她们办过机密的事,她们因此仗面子让他不经过考试就做了司铎。

他只好找个严厉的老师来教我,就把我送在郭狄内斯博士门下。这个人算是奥维多最有本领的学究先生。我有他教导,得益不浅,五六年之后,对希腊作家略知一二,对拉丁诗人颇能通晓。我还研究逻辑,学得能言善辩。我真好辩,甚至于抓住过路的人,不管相识陌生,总要跟他们辩论一番。有时候恰恰碰到个喜欢辩论的人,来得正好,我们的争辩可好看了:比着手势,脸上做出怪相,还把身子旋呀扭呀。我们眼中出火,嘴角飞沫,看上去哪里像什么哲学家,倒像是着了鬼迷的疯子。

我因此在那个城里得了博学的名气。我舅舅非常得意,因为他想我马上可以不用他负担了。有一天他对我说:"好咧!吉尔·布拉斯啊!你不是小孩子了!你已经十七岁,成了个机灵的小伙子,该给你个出头的机会。我想送你到萨拉曼卡大学去,凭你这份儿才情,准会找到个好事情。我给你几个杜加作路费,我的骡子值十个到十二个比斯多①,也送给你,你到萨拉曼卡把它卖掉,一面找事,就有钱过活了。"

他这话正合我的心,我正心痒痒地要见见世面呢。可是我还管得下自己,脸上没流露高兴。我跟他分别的时候,好像一味伤心,抛不下这么恩深义重的舅舅。这个好人很感动,给了我很多钱;要是他看透了我的心,就不会给这些钱了。我动身之前和我爹妈吻别。他们不吝金玉良言:劝我祈求上帝保佑我舅舅,做

① 西班牙金币名,约值两个金杜加。

人要规矩，别干坏事，尤其不可以偷东西。他们训诫了我好半天，就为我祝福。我也不指望他们此外还给我些什么，随后就跨上骡子出城了。

第二章

他上贝尼弗罗，路上的惊慌；在那城里干的事；跟谁同吃晚饭。

我出了奥维多城，走上贝尼弗罗大道，周围都是旷野，从此我自己做主了，而且有一头劣等骡子和四十枚响当当的杜加，我从那位有体面的舅舅那儿偷来的几个瑞阿尔①还没算在里面。我头一件事是让那骡子遂着性儿走，那就是让它慢慢踱去。我把缰绳搭在它脖子上，口袋里掏出杜加，摘下帽子来盛着，一遍两遍地数。我从没见过那么多钱，赏玩个不休。我大概数了二十来遍，忽然骡子昂头竖耳，路中心站住不走了。我想它吃了什么惊，仔细去看个究竟。只见地上一只帽子，口儿朝天，里面一串粗粒子的念珠。一壁听得凄声惨气地喊道："过路的大爷啊，发发慈悲，可怜我这个残废军人吧！请你往帽子里扔几个钱，生前行好事，死后自有好报哇！"我赶忙随着声音转眼去瞧，看见二三十步外一丛灌木底下，一个兵士模样的人把两根棍子交叉

① 西班牙银币名，约值四分之一法郎。

着支起一杆马枪,看来比长枪还长,枪口正瞄着我。我一看吓得发抖,生怕教堂里得来的财产要保不住了。我立刻止步,忙把杜加藏好,抓出几个瑞阿尔,走近那只向心惊胆战的信徒募化的帽子,一个一个往里扔,让这位军人看我多么大方。他见我这样慷慨很满意,就一声一声连连祝福我,我也一脚一脚连连踢那骡子的肚子,要赶快走开。偏生这头该死的骡子满不理会我慌忙,还是慢条斯理地走;它多年来只惯驮着我舅舅稳步徐行,早跑不快了。

我出门碰见这件事,觉得兆头不妙。我想萨拉曼卡还远着呢,难保不碰到更倒霉的事,心里怪舅舅疏忽,没把我交托给骡夫照顾。他应当那样办才对;不过他只想到给了我这头骡子可以省些旅费,算计了这方面,没估到我路上的风险。我要为他补过,打定主意,如果侥幸到达贝尼弗罗,就卖掉骡子,雇一头包程骡子到阿斯托加,从那里再雇包程骡子到萨拉曼卡。我虽然没离开过奥维多,动身前先打听过这些必经之路,所以都知道。

我安抵贝尼弗罗,在一家像样的旅店门口停下;脚没落地,这旅店主人早满面春风地出来迎接。他亲手解下皮包,扛在肩上,领我到一间客房里,他的手下人也把骡子牵到马房里去。这位店主人可算阿斯杜利亚境内嚼舌根儿多说话的第一名,动不动无谓扯淡,讲自己的事,又爱管闲账打听人家的事。他说,他名叫安德瑞·高居罗,在皇家军队里当过好多年军曹,十五个月以前为了要娶个卡斯托坡尔的姑娘,所以退伍的;又说那姑娘皮肤稍为黑些,却是店里一块活招牌。他还说了许多话,我都懒得理会。他讲了这些体己,觉得有权来盘问我了,问我哪里来,哪里去,又问我是谁。我只得一一回答,因为他每问一句,就对我深深鞠躬道歉，请我别怪他多问，弄得我不好意思不理他。这就招得彼此长谈起来。说话中间，我讲起打算卖掉骡子改雇包程骡子的事。他十分赞成，不是干脆说赞成，而是就题发挥，告诉我路上会碰到各种麻烦，还叙述了旅客身经的许多恐怖。我只怕他一辈子讲不完，他也有讲完的时候。末了他说，如果我要卖掉骡子，他认得一个可靠的马贩子也许要买。我烦他把那人找来，他立刻亲自找去了。

一会儿他带了那人来见我，满嘴称赞他诚实可靠。我们三人跑到院子里，骡子也牵来了，在马贩子前面走了几个来回。马贩子把骡子从头到脚细看，少不了指出许多毛病。老实说，这头骡子可赞之处不多，不过即使它是教皇的坐骑①，那马贩子也会挑剔出些坏处来。他一口咬定我那骡子百病俱全，怕我不信，抬出店主人来作证；店主人自有他的道理，句句附和。那马贩子冷冷地说道："好吧，你这头骡子很次想卖多少钱哪？"我听了他的品评，又以为高居罗先生为人诚恳，并且是鉴别骡马的大行家，既有他从旁坐实，那骡儿是不值一文钱的了。所以我对马贩子说，我相信他是个老实人，请他凭良心说个价钱，估定多少，我一无异议。他摆出正人君子的嘴脸，说我请出他的良心来，恰捉住他的短处了。良心果然不是他的长处；我舅舅估计这骡子值十二个比斯多，他却大胆老脸，只估了三个杜加。我收下钱，满心欣喜，好像这买卖是我占了便宜。

我出脱骡子，占了这般便宜。店主人就领我去找一个明天上阿斯托加的骡夫。据他说：天不亮就要动身，到时会来叫醒

---

① 教皇的坐骑是骡子，因此"教皇的骡子"是不同寻常的。

我。我们讲定了雇费和一路的伙食费，一切停当，我和高居罗同回旅店。一路上他对我讲那骡夫的身世，又讲这城里人对那骡夫的口碑。总而言之，他又要烦絮得我头涨了。幸喜这时来了个人，相貌还漂亮，跟他打招呼，礼数周到，把他话头截断。我走我的路，让他们俩说话去，没想到他们的话会跟我有什么关系。

我一到旅店，就叫晚饭。这天是不吃肉的斋日，只好将就吃鸡蛋。我这时候才见到女掌柜；我等着店家做菜，先跟她闲聊。我觉得她长得不错；尽管她丈夫没讲，我一见她那股子风骚劲儿，就断定这旅店一定生意兴隆。我等炒鸡子儿送了上来，一人坐下吃晚饭；第一口还没到嘴，只见店主人进来了，背后跟着那位在路上招呼他的人。这位绅士带着一把长剑，大概有三十来岁年纪。他急忙赶过来，说道："学士先生！我刚知道您就是吉尔·布拉斯·德·山悌良那先生！奥维多的光彩！哲学界的明灯！哪里想得到您就是那位大名鼎鼎、博而又博的大学者大才子！"又转向店主夫妇道："你们还不知道光临你家的是个什么样的人物！你们店里落下个宝贝了！这位年轻先生是世界上第八件稀罕物儿！"①他于是抱住我脖子道："别怪我乐得发狂，我看见了您高兴得忘形了。"

我一时答不出话，给他搂得太紧，气都回不过来。直等他松了手，我才说道："先生，我想不到贝尼弗罗的人会知道我的名字。"他依然那种腔吻，说道："何止听到您的名字呀！这里周围二十法里②以内的大人物，我们都有记录。您是我们这儿公认

---

① 古代几件伟大的建筑物称为世界七大奇迹：埃及金字塔，巴比伦架空园，宙斯像，罗德斯巨人铜像，阿耳忒弥斯庙，摩索尔陵，亚历山大灯塔。

② 法里（Lieue），合四公里。

的奇才。我相信西班牙出了一个您这样的人,大可引以自豪,就好比希腊有了七哲①那样。”他说完这话,又把我拥抱一番。我只得生受他,险的没像安泰②一般结局。我要是稍通人情世故,就不会给他那种奉承夸张哄倒,一听他恭维过火,就会知道这是个吃白食的篾片,各处城市里多的是,只要有外方人到了,赶快攀附上去,哄这冤桶花钱,乘机大吃一顿。可是我年轻爱吃马屁,看错了人。我以为这位仰慕我的是上等君子,就留他同吃晚饭。他嚷道:“啊!那就好极了!我多承福星高照,碰到大名鼎鼎的吉尔·布拉斯·德·山悌良那先生!我能多跟您盘桓一刻,还有不乐意的嘛!”接着又道:“我胃口不好,不过是坐下来陪陪您,吃几口应个景儿。”

这位恭维我的人说着就对面坐下。店家添上一份刀叉。他认定炒鸡蛋狠命地吃,好像饿了三天似的。我看他那副应个景儿的神气,知道立刻就要盘底朝天了。我又叫了一盘炒鸡蛋,厨房里菜做得快,我们——其实竟是他一人吃完了那第一盘,第二盘接着就来。他依然吃得飞快,一张嘴不停地咀嚼,却还能腾出空儿来把我奉承了又奉承,奉承得我志得意满。他又一杯杯喝酒,一会儿喝酒祝我健康,一会儿祝我父母健康,说他们能有我这么个儿子,真使他不胜赞叹。同时他又替我斟上酒,要我赏他面子也喝点儿。我干杯还祝他健康。这样一杯杯地喝,又有他的马屁下酒,我不知不觉兴致勃发,眼看第二盘炒鸡子儿又吃去一半,就问店主人能不能来一条鱼。这位高居罗先生看来是和

---

① 指索龙(Solon)、泰理斯(Thales)等七位贤哲。

② 希腊神话:安泰(Antée)是巨人,只需身子一着地就会生出新的力气来;后被大力士赫剌克勒斯抱离了地扼死。

这篾片通同一气的，说道："我有一条顶好的鲟鱼，不过谁想吃它，价钱可不小！这东西太精致，你们还不配。"我的拍马朋友提高了嗓子嚷道："什么话！太精致？朋友啊，你说话太不知进退了。我告诉你，你这儿没有吉尔·布拉斯·德·山悌良那先生不配享用的东西。你应该把他当王爷一般供奉！"

他把店主人驳倒，正中我意，我也要说那句话。我觉得店主人得罪了我，所以傲然吩咐说："你把那鲟鱼做上来就得了，别的事不用你管。"店主人巴不得我说这一句，连忙动手，一会儿送上菜来。这位篾片见了新上的菜，我看他乐得两眼放光，又要重新应个景儿，拿出方才吃炒鸡蛋的狠劲儿来对付这条鲟鱼。他吃得撑肠拄肚，怕要胀破肚皮，只得罢休。他酒醉饭饱，觉得这幕滑稽戏该收场了，就站起来说道："吉尔·布拉斯先生，承你请我吃好东西，我很快乐；看来得有人指点你一句要紧话，所以我告辞之前，特地向你说说。从今以后，小心别相信人家奉承，对陌生人防着些儿。你将来还会碰到些人，也像我这样，看你老实可欺，就捉弄你，也许恶作剧还要厉害呢！下回可别上当了！别听了人家一句话，就当真相信世界上第八件稀罕物儿就是你先生！"他说完当面打个哈哈，扬长而去。

我上了这个当，无地自容，往后我还有好多更丢脸的事，可是羞愧也不过如此。我气的是做了那么个大冤桶，说得好听点，我的自尊心受了磨折。我心想："嗨！怎么！这奸贼原来是捉弄我吗？他刚才招呼店主人，原来是要套问我的底细，也许他们俩竟是串通一气的！啊，可怜的吉尔·布拉斯！活活地羞死人啊！让这起混蛋抓住个好把柄来捉弄你！他们还要把这事编成笑话，说不定会传到奥维多，替你大扬名气呢！你爹妈那般苦口教导你这傻瓜,一定要后悔了。他们不该劝我别欺骗人,该教我别受人家欺骗才对。”我给这些扫兴的念头搅得心烦,又加愤火中烧,便关了门上床睡觉。可是我哪里睡得着,翻来覆去了半夜,刚合上眼,我的骡夫已经来叫我了。他说只等我去,就可以动身。我赶忙起来,正穿衣服,高居罗送上账来,那鲟鱼是不会漏掉的。我只得尽他敲竹杠,而且我付钱时看出那混蛋在回想昨宵的事,越发羞愤不堪。昨夜那顿食而难化的饭害我出了好一笔冤钱;于是我拿了皮包到骡夫家去,一面咒骂着那骗子、那旅店主人和他的旅店。

第　三　章

骡夫半路起邪心,下文如何;吉尔·布拉斯
躲过一枪,挨上一刀。

跟骡夫一起上路的不止我一人:还有两个贝尼弗罗的富家子弟;一个蒙都尼都的小矮个子,是个走江湖唱圣诗的;此外还有一个阿斯托加的年轻市民,带了在维尔果地方新娶的年轻老婆回家。一行人不久混熟了,各诉来踪去迹。那新娘子虽然年轻,却又黑又没风味,我懒得看她。可是她年纪轻,又是好一身肉,骡夫瞧着她很动情,就决心要求欢。他盘算了一天,打定主意,准备到了末一站下手。末一站是卡卡贝罗斯。一到那镇上,他领我们在第一家客店里投宿。这店算是在镇上,其实很偏僻,倒仿佛落了乡，而且那骡夫知道掌柜是个乖觉识窍肯行方便的人。他故意领我们到一间僻静的客房里，让我们自在吃晚饭。我们快要吃完，只见他怒冲冲闯进来嚷道："他妈的！谁偷了我的钱了！我皮包里明明藏着一百个比斯多呢！我非追回来不可！我要向镇上的法官告状去！他碰到这种事，决不轻轻放过，要把你们一个个上夹棍审问，直到做贼的招供吐赃，才饶你们呢。"他说完跑了，样子装得惟妙惟肖，我们都非常诧异。

我们做梦也没有想到这是假装的，因为我们相知不深，谁也担保不了谁。老实说吧，我就怀疑那唱圣诗的是贼，大概他也怀疑我是贼。而且我们都是不经世事的小伙子，不知道这种事报官法办是什么样子，认真以为一上来就动用夹棍。我们吓慌了，都急忙逃走：有的往街上逃，有的往花园里逃，人人只想脱身免祸。那阿斯托加的年轻市民跟我们一样的怕严刑拷打，他像个埃涅阿斯①，抛下老婆，自顾自逃走了。我们的骡夫比他的骡子还要放浪，据我后来知道，他一瞧诡计很灵，洋洋得意，向那新娘子去夸说自己的奇谋妙算，就想利用这个良机。可是这位阿斯杜利亚的璐凯思②看见诱惑她的人相貌丑陋，就长了抵拒的力气。她拼命撑持，直着嗓子叫喊。可巧一队警卫因为这地段该加意巡逻，这时候正走来，就进门查问为什么大呼小叫。掌柜的本来在橱下唱歌儿，装做什么都没听见；这会子他只得领了队长和警卫到那房间里去。他们来得正好，这阿斯杜利亚女人已经

① 特洛亚(Troie)的英雄，妻名克瑞乌斯(Créuse)。特洛亚城被希腊人攻破，他驮了父亲、搀了儿子逃出，没照顾他的妻子，因此克瑞乌斯在混乱中失散。

② 古罗马贵妇人，美貌贞节，遭罗马王子赛克斯特斯·达尔甘(Sextus Tarquin)强暴奸污，愤而自杀。

力气使完了。警卫队长为人粗暴，一瞧原来如此，就举起长戟的木柄把那风流骡夫打了五六下，还破口一顿臭骂，用的字眼儿和骡夫刚才的行为粗秽得不相上下。还有下文呢：那女人头发散乱，衣裳破碎，还要亲自去告状；他就把犯人和原告一同带到镇上去见法官。法官听了她的状，斟酌一番，觉得被告情无可原，判令当场剥去衣裤，监着抽了一顿皮鞭；然后下令说：如果那丈夫第二天还不露面，就派两名警卫伴送女人到阿斯托加，一切费用，全由犯人负担。

我大概比旁人更着慌，直逃到乡下，经过不知多远的田地荒野，跳过一道道的沟，末了跑进了一座树林子。我正要找林木深密的地方躲起来，忽然两骑壮士拦住去路，喝道："谁打这儿过？"我吃了一惊，一时答不出话来。他们走上来，一人一支手枪抵住我胸口，逼我老实说：我是谁，从哪里来，到这树林子里来干什么，不许一字隐瞒。这般咄咄逼人，我看跟骡夫恫吓我们的夹棍差不多了。我只得回说，我是个奥维多的小伙子，要到萨拉曼卡去。我还告诉他们刚才吃了什么惊恐，又老实承认怕吃夹棍，所以逃走。他们从这番话里听出我傻不懂事，不禁哈哈大笑。一个人对我说道："朋友，你放了心，跟我们来吧，别害怕，我们保你平安无事。"他叫我上马骑在他身后，就到树林深处去了。

我不知道这场遭遇是怎么一回事，预料不会有什么凶险。我心上想："这两人要是强盗，他们早抢了我的东西，或者害了我的命了。他们想必是地方上的善良绅士，看我害怕，动了恻隐之心，做个好事带我上他们家去。"我的疑团不一会儿就消释了。我们一路上鸦雀无声，绕了几个弯儿，到一座山脚下，大家下马。一位骑士对我说道："我们就住在这儿。"我东张西望，哪里有什么屋宇房舍，也不见半点人烟。那两个人向一堆荆棘下面掀起一扇大木板坠门，原来顺着斜坡下去是一条很长的地道，这扇门盖住了入口。两匹马是走熟了的，不必加鞭，就下去了。两位骑士叫我跟了他们一同进去。他们牵动坠门上的绳子，拽上那扇门儿。贝瑞斯舅舅的宝贝外甥就像耗子关在笼里了。

第　四　章

地窟里的情景，吉尔·布拉斯所见的形形色色。

我才明白和什么人在一起；不用说，我这一来把当初的怕惧忘了。这会子我怕得更厉害，更合情理，简直神魂失据。我相信我的性命钱财都要断送了。我这样夹在那两个向导中间向前走，当自己是一头牵上祭台的牺牲，吓得死了大半个。那两人觉得我索索发抖，只管劝我别害怕，也没有用。我们一路转弯抹角，愈走愈低，走了二百步左右，到一间马房里。那里点着两盏铁制的大灯，挂在梁间。屋里柴草丰富，还有很多大木桶，装满了大麦。这马房容二十匹马还宽裕，不过眼前只有刚回来的两匹。一个黑人忙着把它们拴在马槽旁的架子上。他年纪虽老，身体似乎还很结实。

我们走出马房，几盏昏灯照得景色愈见凄惨。我们凭那点光一路到了厨房里。一个老太婆正在炭火上烤肉，准备晚饭。这厨房里摆着各式的日用家伙,紧挨着是间伙食房,里面藏着种种食品。我该描写这位厨娘一番。她年纪有六十多岁,年轻时候,一头头发准是火也似的红,虽然上了岁数,两鬓没全白,还留着几抹原来的颜色;一张脸皮子黄里泛青,下巴颏儿又尖又翘,嘴唇深深瘪进去,大鼻子鹦哥嘴似的直勾到嘴上,一双眼睛红里带紫。

一个好汉就把我介绍给这位黑暗地狱里的美丽天仙,说道:“唁!雷欧娜德大娘,我们替你带了个小伙子来了。”他说罢回过脸来,看见我吓作一团,面无人色,对我说道:“朋友,别害怕,我们不叫你吃苦头的。我们厨房里要个下手,帮帮我们的厨娘,刚巧碰见了你,这就算是你运气来了。我们本来有个小伙子,半个月以前送了命,你现在正好补他的缺。那个小伙子长得太娇嫩。我看你比他结实,可以比他多活几时。老实告诉你吧,你要再见天日是休想了!不过在这里自有好处:好吃好喝,还有个好好的火。你陪着雷欧娜德过日子,她这人心肠很好,你需要什么零星东西,应有尽有。我还要叫你瞧瞧,我们这儿不是一窝子穷花子。”他一面点上个火把,叫我跟他走。

他先领我到一个地窖里,只见无数密封着口的瓶子坛子,据说都满装着醇醪美酒。他又带我穿过好几个房间:有的堆着布匹,有的藏着呢绒绸缎;有一间屋里堆满了金子银子,刻着各式徽章的金银器皿还不在内。随后我又跟他到一间大厅上,里面点着三盏铜灯,这一间通许多房间。他又盘问我姓甚名谁,为什么离开奥维多。我一一回答了。他说道:“好啊,吉尔·布拉斯,你离开家乡,只为了要谋个好职位,恰恰落在我们手里,真是天生好福气了。我刚才跟你说过,你在这里可以过富裕日子,在金子银子里打滚!而且我们这里万无一失。这个地窟真是好地方,公安大队到树林里来巡逻个一百回也找不出来。只有我跟我们伙伴儿知道这里的出入口。也许你要问，造这样个地窟，怎么附近居民会不知不觉呢？我告诉你，朋友，这个地窟不是我们造的，是多年以前造现成了的。从前摩尔人①侵占了格拉纳达、阿拉贡——几乎占领了西班牙全国。不愿受异教徒作践的基督教徒就逃亡出来，有的躲在这里附近，有的逃到比斯盖，还有像那勇敢的堂贝拉由②就避在阿斯杜利亚。那些逃亡的人一队队四散逃难，或住在山上，或住在树林里，或住在山洞里，或造了许多地窟；这就是一个。他们后来靠天照应，把敌人赶出西班牙国境，又回到城市里去了。他们避难的隐居从此成了我们这行人的巢穴。公安大队确也剿掉几处，不过还有好多个呢。靠天保佑，我在这里平安无事，已经十五个年头了！我是罗朗都队长，是我们这伙人的头领。方才跟我在一起的是我们队里一名好汉。”

第　五　章

许多强盗回地窟；他们的趣谈。

罗朗都大爷话刚说完，外面又来了六个陌生脸儿，是副头领带着队里五个大汉押了赃物回来：两个大篓子，装满了白糖、桂

① 非洲的一个种族，奉伊斯兰教，于八世纪初占领西班牙，历时几近五百年。

② 阿斯杜利亚开国之君。西班牙贵族，男人称“堂”，女人称“堂娜”。后来这种称谓变成了普通的尊称。

皮、胡椒、无花果、杏仁和葡萄干。副头领告诉大头领，刚才从贝那房特一个干货铺里抢了这两篓东西，连驮货的骡子一起牵了来。他交代完，大家把抢来的干货搬进伙食房，于是只等吃喝取乐儿了。他们厅上摆了一大桌，叫我到厨房去听雷欧娜德大娘派遣工作。我既已走上这步背运，没奈何只得隐忍着苦楚，去伺候这一群大老爷。

我先从碗柜子着手，摆上银杯，又把罗朗都大爷刚才对我卖弄的醇醪美酒摆上好几瓶。我随就送上两盘炖肉，这群人立刻坐下，狼吞虎咽地大吃起来。我站在他们背后伺候斟酒。我虽然没做过这种事，却非常殷勤小心，竟赢得他们赞赏。大头领把我的历史概括说了几句，大家听得很有趣。他又把我称赞了一番，可是我已经尝够了称赞的滋味，听了不会再上当。他们又一致夸奖我，说比那前任的小子好一百倍。自从我前任死后，每天原是雷欧娜德大娘斟了玉液琼浆来伺候这群地狱里的煞神，这项体面差使就归我接管。我承袭了老“赫柏”的职位，成了个新“该尼墨得斯”①。

才上了炖肉，又来一大盘烧烤，一群强盗都吃得饱乎乎。他们一边大吃，一边大喝，一会儿都兴高采烈，嚷成一片。大家七嘴八舌抢着说话：一个讲故事，一个说笑话，叫的叫，唱的唱，谁都听不见谁。后来罗朗都觉得大家吵嚷着没人理会他，不耐烦了，高声喝住众人，居然全场静下来。他俨然是个首领的腔吻，说道：“诸位请听，我有个意思：咱们这样抢着说话，嚷得大家头

---

① 希腊神话：赫柏（Hébé）是宙斯（Zeus）的女儿，是青春女神，诸神宴会时她管斟酒；该尼墨得斯（Ganymède）是个美少年，宙斯差神鹰把他抓上天去，代替赫柏，做个司酒童儿。

昏脑涨,何不斯斯文文地说话儿消遣,不是好得多吗?我想着咱们合伙以来,彼此都没有探问过家世,也没说起咱们干上这路买卖是什么前因后果。我觉得大可一讲。咱们何妨各谈身世,当个消遣呢?”副头领和众人好像都有一肚子趣事要说,一齐欢呼附和。于是大头领第一个讲。

“诸位,你们可知道,我是马德里富翁的独养儿子。我出世那天,合家欢喜,庆贺个不了。我爹已经上了年纪,居然盼得一个传宗接代的人,乐得无以复加。我妈亲自喂奶抚育。那时我外公还在,这老人家什么事都不管,成天念念经,又因为当兵多年,时常夸口上过火线,不免要讲讲他战场上的功劳。我渐渐成了他们三人的宝贝,你抱我抱,从不离手。我是个小娃子的时候,成天玩耍,因为他们怕我读了书要伤身体。我爹说,小孩子不宜用功,要等脑筋成熟些才行。我就一直地养脑筋,不认字,也不写字。不过我并没有光阴虚度,我爹教会了我种种玩意儿。斗牌呀,掷骰子呀,我都精通。我外公讲给我听他在军队里的许多故事,还哼诗给我听。他成天反反复复老哼那几句诗,哼了三个月之后,我也把那十一二句诗背得一字不错,我爹妈直赞我记性好。他们谈话的时候,随我畅所欲言,我插嘴乱说一通,他们只觉得我真聪明。我爹两眼着了魔似的望着我说:‘啊,看他多美啊!’我妈就来摩弄我,外公乐得眼泪都流出来。我在他们面前,无论干什么下流无耻的事都不会挨打挨骂,他们什么都原谅,他们对我真崇拜呢!一转眼我十二岁了,还没有从过老师。他们请了一位到家里来,预先切实叮嘱,不许动手责罚,只可以空言恫吓,给我几分怕惧。老师这点权力没多大用处,我不是当面嘲笑,就是含着两包眼泪找我妈或是外公去哭诉,说老师虐待我。这位可怜虫怎么辩白也没用,他们总是听我的话,把他当个凶狠家伙。有一天我故意自己抓破皮,放声叫喊,好像人家在剥我皮似的。我妈忙赶过来。我老师尽管对天发誓,说他碰都没碰我一下,我妈却把他当场撵走了。

“我照这办法把一切老师都送走,末了来了个中我意的。他是阿尔卡拉的学士,做公子哥儿的家庭教师真呱呱叫。他爱嫖、爱赌、爱喝酒;把我交托给这样一个人,真是再好没有了。他一上来竭力用软功笼络,哄得了我欢心。我爹妈因此很喜欢他,我就完全归他管教。他们不用后悔,这位老师不久就教得我精通世故。他爱去的地方都带了我同去,我受他这样熏陶,学成了个万事通,所不通的只有拉丁文。他看我无须他再教诲,就辞了我们,传授别的徒弟去了。

“我小时候在家任性胡为,成年以后一切自己做主,情形又不同了。我起初是在家里放肆,成天打趣我爹妈。他们听了不过笑笑,我说得越刻薄,他们越觉得有味儿。我又结交了一群气味相投的纨绔少年,花天酒地,无所不为。我们要天天那么乐,爹妈给的钱不够花,就拼命偷家里的钱;偷了还不够,就晚上出去做贼,倒可以大有贴补。不巧得很,当地司法官听到风声,要来逮捕我们。亏得有人报了信。我们就一溜了之,索性到官道上拦路打劫。诸位,我感谢上天保佑,虽然担惊受怕,却靠这行业过活,直到如今了。”

大头领讲完,轮到副头领。他道:“诸位,我的教养恰和罗朗都大爷的相反,但是结局相同。我爹是托雷都的屠户;他名不虚传,是那省里最凶狠的人。我妈的性子也并不比他慈善。我小时候,他们俩赌赛似的给我吃鞭子,我每天总要挨打一千下。

我往往犯了小过就挨顿毒打。我一把眼泪认错求饶，也没有用，他们丝毫不肯放松。我爹打我的时候，我妈不来劝劝，反倒好像怕他打得不够狠，还要来帮一手。家里这样待我，叫我恨透了，不到十五岁就逃出来，一路讨饭，取道阿拉贡，到萨拉戈萨。我在那儿跟叫花子混在一起，他们倒也够逍遥快乐的。他们教我种种秘诀，装瞎子，装作断手折腿的，假造腿上烂疮，等等。每天早上，我们好像在演习一幕喜剧，一个个派定了角色，各自扮演，每人都有一定的岗位。到晚上，我们聚在一起，把日间对我们发善心的人挖苦形容着取笑。可是我对这群花子渐渐厌烦了，想跟比较上流的人来往，因此交结了一群骗子。他们教会我好些讹人诈人的法门，可是和我们通气的一个警察翻了脸，我们在萨拉戈萨站不住脚，只好各寻生路。我觉得自己生性敢作敢为，所以跟一帮征收买路钱的好汉合伙。他们的生涯真合我脾胃，我从此就不想改行了。我很感谢我爹妈虐待了我，假如他们待得我好一点，我到现在左右不过是个倒霉的屠户，哪会荣任你们的副头领呢！”

坐在正副头领两人中间的一个年轻强盗抢着说道：“诸位，不是我夸口，方才两位讲的身世都不如我的那么错综离奇，你们听了就知道我这话不错。我是赛维尔附近一个乡下女人生的。我出世了三个礼拜，有人看她年纪轻、相貌好、奶水多，要雇她奶一个孩子。那孩子是赛维尔贵族人家的独养儿子。我妈很乐意，就上那人家去领那孩子。人家把孩子交托给她。她一领到乡下家里，发觉那孩子相貌很像我，就心生一计，要我顶替那位贵家公子，以为我将来自会报答她这番恩情。我爹是个农夫，不知轻重，也赞成掉包。于是他们把两个孩子的衣服交换一下，堂罗德利克·德·黑瑞拉的儿子顶了我的名儿寄养到另一个奶妈家去，我顶着他的名把亲娘当了奶妈。

“常言道，骨肉之间有天性感应，可是那小爷的爹娘虽然孩子换掉，却没事人儿一般。他们做梦也没想到上了当，直到我七岁还不离手地抱我。他们想要把我教成个无所不通的上等人，为我请了各种教师。可是最高明的先生也难免教出个把不肖弟子。我对他们教我做的练习毫无兴趣；他们传授我的各种学问更叫我厌倦。我倒是喜欢和底下人玩耍，不时跑到厨房或马房去找他们。可是不久我就不一味贪玩儿了，我不到十七岁就天天喝得醉醺醺的。我又把家里女用人个个都调戏到，尤其看中一个灶下丫头，觉得她最值得勾引。她是个肥头胖脸的女人，脾气好，身体结实，很中我意。我和她偷情毫无顾忌，连堂罗德利克都看见了。他疾言厉色教训了我一顿，骂我下流，又怕我见了心上人把他的劝诫当作耳边风，爽性把我的情人撵走。

“这一来我可火了，决计要出一口气。我偷了堂娜罗德利克的首饰，值好大一笔钱。我就去找我那美丽的海伦①。她住在跟她要好的一个洗衣女人家里；我大天白日把她带走，要叫人人知道。这还不算，我把她带到她家乡，跟她正式结婚，一来气气堂罗德利克，二来也替公子哥儿们做下个好榜样。我结了这门好亲事，过三个月，听说堂罗德利克死了。我听到这消息当然动心，忙赶回赛维尔去承继他的家业，可是一到那里，才知道出了变故了。原来我生身的妈也已经过世。她临死不谨慎，当着

---

① 希腊神话：海伦是个最美丽的女人，嫁给斯巴达王墨涅拉俄斯（Ménélas），为特洛亚王子帕里斯（Paris）引诱私奔，因此希腊联军围攻特洛亚。

本村神父和许多证人把掉包的勾当全盘招供。堂罗德利克的亲生儿子已经占了我的地位,其实就是他自己的地位;大家都承认他了,他们对我越不满意,就越加喜欢他。我知道这方面再没什么指望,对我那胖老婆也腻味了,就入伙干这行没本钱的买卖。"

这个年轻强盗讲完,另一个说,他是布果斯商人的儿子,年轻的时候忽然虔诚过分,进了个戒律严紧的修会,过几年便叛教出会。长话短说,八个强盗个个都叙述了身世。我听完恍然,怪道他们会聚到一处来。他们又拨转话头,谈论下一次出马的各种计策;议定以后,大家散席,预备睡觉去。他们点上蜡烛,各自回房。我跟罗朗都头领到他房里,帮他脱衣裳,他高高兴兴地说道:"好!吉尔·布拉斯,你现在看见我们是怎么样过的了。我们总是快快活活,彼此没有怨恨,没有忌妒,也从没有什么争执,那起修士还没我们那样打成一片呢。"又道:"孩子啊,你在这儿可以过得很称心,我想你不会糊涂到不屑与强盗为伍吧?哎,普天之下,谁不是强盗?朋友,谁都是!谁都爱抢夺旁人的东西,世情一概如此,只是抢夺的方法各个不同。譬如说吧,帝王南征北伐,抢夺别人的国家;贵人借了钱不还;银行家、司库员、股票经纪人、批发零售的各种商人,谁算得诚实呀!至于司法界,我也不用说了,他们干得出的事儿大家都知道。不过我承认他们比我们慈悲些;我们时常杀害无辜,他们竟会出脱该死的犯人。"

第　六　章

吉尔·布拉斯设法逃走，如何结局。

那强盗头儿为他本行辩护一番，上床睡了。我回大厅，撤去家伙，收拾整齐。然后我到厨房里，那老黑人多曼果和雷欧娜德大娘吃着晚饭在等我。我虽然全无胃口，还是奉陪坐下。我一口也不能下咽，满腔无可排遣的愁思都挂在脸上，那两个一搭一对的老丑家伙就来劝慰，说的一些话不但解不了我的郁闷，反而使我伤心欲绝。老太婆说："我的孩子，你苦什么呢？你到了这里来，应该快活才是。你年纪轻，看来又是个随和性儿，只怕走上世路，就把你毁了。你不免碰到些浮浪的人，勾引你种种荒唐，倒不如在这里可以稳稳做个天真孩子。"那老黑人一本正经接口道："雷欧娜德大娘的话很有道理。我还要说一句，世间只有苦恼。朋友，你应该感谢天恩，一下子把你从人生的险境、困境、苦境里超度出来了。"

我捺定性子听他们议论，因为气恼也没用。我知道要是动了火，白白地招他们笑话。多曼果酒醉饭饱，自回马房去睡觉。雷欧娜德就拿着灯，照我到一间地窖里，是那些善终的强盗埋骨之所。里面有张床铺，我看着不像个床，倒像个坟。老太婆伸手抚摸着我的下巴颏儿，说道："好小子，这是你的卧房。做你前任的那孩子活的时候在这里睡，死了也在这里安葬。他年纪轻轻就死了，你可别那么傻，去学他的榜样。"她说完把灯交给我，回厨房去了。我把灯放在地下,倒身床上,不是要睡觉,只是要从容想想心思。我想:“天啊,谁像我这样苦命啊!他们不许我重见天日了!我一个十八岁的人,活埋在地下,还得做强盗的用人,日里跟着强盗过活,晚上陪死人睡觉。”这些念头实在伤心,我不禁痛哭起来。我千百遍咒骂我舅舅出的好主意,要送我到萨拉曼卡去;又懊悔不该怕卡卡贝罗斯的法庭,宁可上夹棍的。可是再一寻思,哭也没用,白白地哭得精疲力竭。我就盘算怎样可以逃走,思量道:“难道我就出不了这个地窟吗?那伙强盗已经睡了,厨娘和黑人一会儿也就要睡的,等他们都睡着,我拿了这盏灯,怕寻不出我进这个地狱的原路吗?当然,我要抬起地道口的坠门,未必有那么大的劲儿,可是瞧着看吧,我要尽了人事才肯甘休。我到了绝境,也许会使出死劲儿来,说不定竟会如愿以偿的。”

我大计已定,等一会儿,料想雷欧娜德和多曼果都安置了,便起床拿着灯出来,一面默求天界一切神明保佑。这座新迷宫①里的路径不容易认,可是我居然摸索到马房门口,找到了那条路。我又喜又怕,迈开大步直奔坠门。可是,糟糕!前无去路,拦着一道他妈的铁栅栏,锁得牢牢的;栅栏很密,连手都伸不过去。我进来时栅栏正开着,所以没看见,这时给这道新难关挡住,我傻登登地失了主意。可是我还去试试那栅栏上的铁条儿,又看看那具锁,想把它硬撬开。忽然我肩背上辣辣的着了五六下皮鞭。我杀猪也似的叫将起来,把地窟都震动了;回头一看,原来是那老黑人,身上只披着件衬衫,一手提了盏昏灯,一手拿

① 希腊神话:克里特(Crète)王弥诺斯(Minos)造了迷宫,里面供养个牛头怪人,要吃童男女;忒修斯(Thésée)得弥诺斯女儿指示,用一条线引路,进去杀了牛头怪人,逃出迷宫。

着那件刑具。他说道:“啊!啊!你这小混蛋!你要逃走啊!别想瞒得过我!我早听见了。你以为这道栅栏是开着的,是不是?我告诉你,朋友,从此以后,这栅栏一直要锁上了。我们这儿要关住你不放,你得还调皮些才跳得出我们手心呢!”

我的叫声把两三个强盗惊醒了,他们以为也许是公安大队冲进地窟来,连忙起身,一面大声叫伙伴们。不一会儿这伙强盗都起来了。他们拿剑扛枪,身上几乎一丝不挂地赶到我和多曼果这边来。他们问明缘由,立刻放下了心,哈哈大笑。那叛教强盗对我说:“怎么的啊?吉尔·布拉斯!你来了还不到六个钟头,已经想走了吗?你准是熬不得清静的!哎,你要是做了苦修会的修士,可怎么办?去睡觉吧!这一遭便宜你,吃多曼果这几下鞭子就算了。可是下回再想逃走,圣巴多罗买①在上!我们不活剥了你!”他说完睡觉去了。别的强盗看我要想溜跑,都笑了个畅,也各回卧房。老黑人立了这番功劳,洋洋得意地回马房去。我也回到我的坟圹里,叹一回,哭一回,挨到天亮。

第　七　章

吉尔·布拉斯无法可施,如何自处。

头几天我差点儿没懊恼死。我一天天活着不过是挨日子,

① 耶稣十二门徒之一,给人剥了皮倒钉在十字架上而死。

可是后来灵心一动，想不如假装。我装出愁思渐减的样子，笑笑唱唱，尽管心上一点也笑不出唱不出。总而言之，我装来很像，把雷欧娜德和多曼果都哄过。他们以为这头鸟儿已经在笼子里养乖了。那伙强盗也这么想。我替他们斟酒，脸上欢欢喜喜；他们讲话，我也打趣插几句。他们不怪我无礼，倒觉得有趣。有一晚我正在说笑，大头领说道："吉尔·布拉斯，你该这样开怀才对。朋友，我喜欢你的性格、你的聪明。一个人初见面是看不准的，我就没想到你这样俏皮、这样有趣儿。"

别人也口口声声地称赞，劝我对他们一直要这样无猜无嫌。总之，我瞧他们很喜欢我，就乘这好机会对大家说道："诸位，让我对你们说几句衷肠话儿。我到了这里来，觉得跟从前变了个人似的。承你们替我去掉了从小教养成的偏见，我不知不觉和你们心同理同了。我羡慕你们这行业，一心想入伙做一名好汉，跟你们出马，有难同当。"大家听了这话齐声叫好。他们都夸我有志气，一致议决：还叫我伺候他们一程子，看看我是不是干这行的材料，再带我出去一试身手，然后可以抬举我准我入伙；像我这么个有心向上的小子，他们决不会不要的。

我只得强自抑制，仍旧做我的斟酒童儿。我非常懊丧，因为我所以想做强盗，无非是要像他们那样自由出洞，乘大伙儿抢劫的时候也许可以逃走。这一线希望维系了我的生命。可是我觉得等下去还遥遥无期，屡次想乘多曼果不备溜之大吉，但是他防守很严，总没机会，这条地狱门口的三头狗，一百个俄耳甫斯也稳不住。① 我

---

① 希腊神话：俄耳甫斯(Orphée)是诗人音乐家。他妻子死后，他进地狱去向冥王索回妻子的灵魂。地狱门口有一条三头龙尾狗(Cerbère)看守，他弹弄乐器，把它稳住，方进得地狱。

实在也不敢钻头觅缝，怕招他疑心。他监得我很紧，我要防他看破，得十分谨慎。强盗说要我等候多久，我只好遵命，心里却焦急得仿佛等着进包税局去发财一般。①

谢天照应，六个月后，居然盼到了这一日。那晚罗朗都大爷对他手下众好汉说道："诸位，咱们答应吉尔·布拉斯的话，不可以失信。我觉得这孩子不坏，他好像天生是学咱们样的，我看他是个可造之才。我主张咱们明天带他到大路上去发个利市。咱们得帮他一振威名。"大家都赞成，就不叫我伺候，见得已经把我当作同伙弟兄了。我的差使又交还雷欧娜德去干。他们新近打劫了一位绅士，剥下他全套衣裳，就给我替换了身上那件破旧的对襟褂子。于是我准备第一次出马了。

第八章

吉尔·布拉斯跟强盗合伙，在大路上立下什么功绩。

那是九月天傍亮儿时分，我跟那伙强盗出了地窟。我也一样的随身器械，带一支马枪、两支手枪、一把剑、一把刺刀；坐骑

① 包税局(Compagnie de traitants)由若干包税员组成，承办国家税收，每年缴国库多少钱，余下都饱私囊。勒萨日的喜剧《杜加莱先生》(*Turcaret*)中主角就是靠包税发财的。

也不坏,跟我身上那套衣服同是抢劫了那绅士得来的。我在黑地里过得久了,晨光熹微都耀得眼花,可是渐渐地眼睛也睁得开了。

我们经过彭弗拉达邻境,在雷翁大道边一个小林子里埋伏,那地方人家瞧不见我们,我们却瞧得见人家。我们在那儿等运气送买卖上门,只见来了个圣多明我会的修士,骑着一头劣等骡子,不像他们修会里照例的气派。大头领笑道:“谢天,这是考吉尔·布拉斯的好题目来了。就派他去抢这位修士,咱们且看看他怎样下手。”众强盗都觉得这个差使正合适,勉励我好好去干。我说道:“诸位,你们准不会失望。我要把这修士剥得赤条条,把他的骡子也牵来。”罗朗都道:“不用,他那骡子不值得抢。你只要把他的钱袋拿来就完事儿了。”我说:“那么我就在诸位师父面前一试身手,但愿能够不负期望。”我就钻出树林,赶向那修士,心上默祷上天饶我干这勾当,因为我还没跟强盗同化,干来良心不安。我恨不得这时候就逃走,可是他们的马多半比我的快,我若逃走,他们立刻会追上来把我捉回去,说不定还会开枪,我就倒霉了。所以我不敢冒这个险。我上前拦住那修士,手枪口朝着他,喝叫留下买路钱。他带住骡子,把我端详一番,好像并不害怕,说道:“孩子,你年纪还小呢,就走上这条邪路,太早些儿了。”我说:“师父啊,尽管是邪路,我只恨来得晚了。”那修士不想领会我言外之意,答道:“唉,我的孩子,你说的什么话?你好糊涂!你身处凶境,我说给你听听……”我急忙打断他的话道:“哎,师父,请你别讲大道理。我做这剪径的勾当不是来听你说教的。你这些话说得不在筋节上。拿响当当的现钱来!我要的是钱!”他满面惊奇道:“钱吗?我们出家人在西班牙还得带着钱跑路嘛！你把西班牙人乐善好施的心估计错了。你明白了吧，我们到哪儿都有人款待，管住管吃，只要替他们祷告祷告。总而言之，我们出门自有上天照应，不必身上带钱。”我答道：“得了，你们不是单靠天的，你们身上总带着比斯多；有了钱，天就更靠得住。不过，师父啊，咱们不用说废话，我的伙伴儿在树林子里等得不耐烦了。快把钱袋扔出来，不然的话，我就要你的命！”

我这话说得恶狠狠的，那修士好像怕性命不保，忙道：“且慢，你既然非钱不可，我只好依你。反正跟你们这种人能言善辩也都没用。”他说着从袍儿底下掏出一只麂皮大钱袋，扔在地下。我说声“走吧”，他不等第二声，两腿夹着骡子肚子，一阵风跑了。我以为那头骡子和我舅舅的彼此彼此，不料它走得很快。我等他走远，下马捡起钱袋，只觉沉甸甸的。我忙上马回到树林里，那些强盗都等得不耐烦，急急要来道贺，仿佛我这次成功煞费了力气似的。我不及下马，他们就赶上来拥抱。罗朗都说：“了不得！吉尔·布拉斯！你刚才真是立了奇功！你干事的时候，我眼睛直盯着你，留心你的脸色。我敢预言你将来准是大路上一名顶呱呱的好汉，要不然，我是个没眼睛的。”二头领和旁的强盗同声附和，说我将来准会应了这句话。我谢他们器重，说一定尽心竭力，不负厚望。

他们过奖了一顿，就要瞧我带回来的赃物，大家说道：“咱们且看看这个修士的钱袋里装着些什么。”一个说：“一定富足得很，这起修士出门，不像讨饭朝山的穷人。”大头领解开钱袋，抓出两三把小铜圣牌，夹着几块圣蜡、几片圣衣。他们看见这般新鲜赃物，都哈哈大笑。二头领嚷道：“老天爷啊！我们要多多

兄里身子最结实、坐骑最好的，驮带那个昏迷未醒的女人。我们把空车和那些剥光的尸首扔在路旁，抢了女人和骡子马匹回家。

第十章

强盗怎样对待那女人，吉尔·布拉斯的大计划及其结局。

天黑了一个多钟点，我们才回地窟。我们先把牲口牵进马房，拴在马槽旁边架子上，亲自照料，因为那老黑人已经病倒了三天。他大发痛风病，又加上风湿病，手脚都动弹不得，只剩一条舌头运转自如，就恶毒毒地咒骂，发泄心头的烦躁。我们随他去咒骂，且到厨房里，全神贯注地伺候那个死气沉沉的女人。我们用尽方法，居然大幸把她救醒。可是她醒来看见一伙陌生男人把自己扶抱着，知道落了难，吓得打寒战。她仰望着天，眼睛里露出痛深望绝、不胜凄惨的神情，仿佛对天诉说就要受糟蹋了。她想到种种可怕的景象，忽然眼睛一闭，又晕了过去，强盗都以为她死了。还是大头领觉得不如听其自然，救活她徒然叫她吃苦，就吩咐把她抬到雷欧娜德床上，让她一个儿躺着，好歹随她去。

大家回到大厅上。一个当过外科医生的强盗瞧了副头领和另一个好汉的伤口，敷上些药。医治完毕，大家都要看看箱子里是什么东西。有几箱是花边内衣，有几箱是衣裳，末了一箱里装着些口袋,一袋袋满满的都是比斯多。诸位好汉切身利益攸关,见了更乐得不可开交。接着厨娘在碗柜子上排列出各色的酒,摆席上菜。我们立刻谈论起这次的大胜。罗朗都就对我说:"吉尔·布拉斯,我的孩子,你得承认你今天很没有胆气。"我说:这事我老实承认,不过只要再出两三回马,就会像一员勇将了。别的强盗都替我说话,说这回得原谅我,因为打得实在激烈,一个没经过炮火的人能这样对付已经不错了。

大家商量把那群抢来的骡马作何处置,决定不等天亮全伙儿上曼西拉去出脱,因为这边打劫的事大概还不会传到那边。我们计议停当,吃完晚饭,又到厨房去瞧那女人,她依然昏迷不醒,看来挨不过这一夜了。她只比死人多口气,可是有几个强盗还不怀好意,对她色眼迷离。亏得罗朗都拦住,说她现在伤心得人事不知,至少也该等她醒过来再说,不然他们真要动粗了。他们素来尊敬大头领,总算收起淫心,否则那女人就完了,一死也未必能保全她的清白。

我们撇下那可怜的女人,随她昏迷地躺着。罗朗都只吩咐了雷欧娜德,叫她照看,然后各人回房睡觉。我上了床却睡不着,只想那女人苦命。我相信她一定是大人家妇女,越惋惜她这般下场。我想象她将遭横暴,替她不寒而栗,仿佛她是我亲戚朋友一般,十分关切。我为她伤感了一番,便想法子要保全她的清白,免她受糟蹋;同时自己也逃出这个地窟。我想那老黑人已经动弹不得,自从他病了,铁栅上的钥匙由雷欧娜德大娘掌管着,我想到这里,灵机一动,计上心来;我盘算周详,马上就按计行事。

我假装肚子疼,先是哼哼唧唧,然后直着嗓子叫号。一群强盗给我惊醒，忙赶来看我。他们问我为什么叫嚷。我说肚子疼得要命；我要他们信以为真，故意咬牙切齿，攒眉努嘴，又把身子蜷曲成可怕的姿态，还翻来滚去，做出种种怪相。我忽然平静，好像一阵疼痛过了，一会儿又交扭着胳臂在床上打滚。总之，我装得惟妙惟肖，强盗尽管乖巧也上当了，以为我当真害了绞肠痧。不过我虽然扮演得好，也吃了些意外之苦。这些好心肠的弟兄真以为我在受罪，七手八脚的替我止痛：一个拿了一瓶白兰地逼我喝掉半瓶；一个不由我做主，用甜杏仁油为我灌肠；一个把毛巾烤得火热，贴在我肚子上。我叫号着求他们饶我，也没用处，他们还以为我是肚子疼所以叫唤；他们要医好我的假痛楚，只管给我吃真苦头。结果我受不下了，只得说肚痛已过，求他们饶了我吧。他们这才罢休；我也不敢再哼一声，怕他们又要来救护。

这幕戏几乎闹了三个钟头。那些强盗看看天也快亮了，就准备出发到曼西拉去。我又装一套把戏，挣扎着要起床，让他们瞧我一心要跟着去；可是他们不许。罗朗都大爷说："快别起来，吉尔·布拉斯。你歇着吧，孩子，说不定回头又要肚子痛。等下回再跟我们出去，今儿个你身体不行，好好躺一天，你该休息休息。"我觉得一味说要去也不好，怕他们倒答应了我。我作出不能跟大伙同去很懊丧的样子。我做作得很像，他们出门时一点也没起疑心。我暗求上天叫他们快动身；他们一走，我勉励自己道："好哇！吉尔·布拉斯，现在要下个决心了！这个头开得很好，得鼓起勇气完工才对。看来事情不难，多曼果病倒了，不会阻挡你，雷欧娜德也拦不住你。乘这个当口逃走吧，不会有更好的机会了。"我这样一想，胆气大壮，拿了把剑和两支手枪，先到厨房里。我在门外听得雷欧娜德说着话，忙止步听她说些什么。原来她是跟那个不知姓名的女人说话，那女人已经苏醒，想着自己苦命，哭哭啼啼，痛不欲生。老太婆说："哭吧！我的孩子，哭个畅快，叹叹气，你就松快了。你这种急痛攻心凶险得很，现在哭出眼泪来就没事了。你慢慢地自会开怀，我们这起爷们都是上等人，你在这儿相处得惯。他们对你比对待公主娘娘还好呢，一定千方百计讨你喜欢，天天跟你恩爱。多少女人羡慕你还羡慕不到。"

我没让雷欧娜德再往下说，我进厨房把手枪抵住她胸脯，恶狠狠逼她交出铁栅上的钥匙来。她吓坏了，虽然活了一把年纪，还把性命看得很重，不敢拒绝。我钥匙到手，向那伤心的女人说道："太太，天派我来救你的命，快起来跟我走。随你要到哪里去，我护送你。"这话她听得入耳，深为感激，就挣扎起来，向我脚边跪倒，求我保全她的名节。我扶她起来，叫她放心，担保她一切在我身上。我在厨房里找出些绳子，由那女人帮着把雷欧娜德绑在一只大桌子的脚上，一壁说，她要是哼一声，立刻送她的命。那老婆子知道我不是空言恫吓，一切听我摆布。我点上蜡烛，带那女人到堆藏金银的屋里。我把比斯多和双比斯多尽量往衣袋里塞，又叫那女人也学样，说她只算捞回些失物，她也就放手拿了许多。我们带足了钱，就上马房，我一人擎着手枪进去。那老黑人虽然又有痛风又有风湿，我算定他不会乖乖地随我把我那匹马加上鞍辔，他若捣乱，我就把他一切病痛连根除掉。还算运气，他病得七死八活，我牵了马出来他都没知觉。那女人在门外等着。我们急急忙忙穿地道出去，开了铁栅，直跑到坠门口。我们要掀起那扇坠门真不容易！实在是要逃性命，凭空添了力气，才能办到。

我们俩出得那无底洞，天已经透亮。我们急要远走高飞。我跳上马，女人坐在我后面，慌不择路，拍马就跑，一会儿就出了林子。只见一片平原，有几条路，我们随便挑了一条。我慌得要死，只愁是奔曼西拉的路，恰会撞到罗朗都那伙人。幸喜这是虚惊。那天下午两点钟，我们到阿斯托加城。我觉得人家对我们非常注意，仿佛男人背后骑个女人是什么大开眼界的事。我们在第一家客寓落了店，我立刻叫店家烤一只野鸡、一只兔子。我一路上跑得太快，没能够跟那女人说话，这时候乘他们做我点的菜，领她到一间房里谈心。她非常感激，还说，看到我这样仗义相救，相信我绝非强盗同伙。我就把身世讲给她听，叫她知道她器重我并没有看错人。我请她推心置腹，把苦难讲给我听。下面一章就是她所讲的。

第十一章

堂娜曼茜亚·德·穆斯格拉的身世。

“我生在瓦拉多利，名字叫堂娜曼茜亚·德·穆斯格拉。我父亲堂马丹几乎把家产全报效在军队里，自己带领了一团兵在葡萄牙打仗阵亡。他没多少遗产，我虽然是独养女儿，算不得攀亲的好对头。不过我的钱尽管不多，看中我的人却不算少。许多西班牙名门望族的绅士都来求亲。我中意的是堂阿尔华·

德·梅罗。在求婚的人里面,的确推他相貌最好;不过我中意他倒不是专为外表。他聪明、沉着、勇敢、正直,而且交际场中算得头一等风流倜傥。若有宴会请客的事,谁也没他内行;比起武来,他的力气本领总叫人称羡。所以我选中他做丈夫。

“我们结婚不久,他在冷僻地方碰见从前一个情敌叫堂安德瑞·德·巴依萨。两人吵吵架,拔剑相刺,堂安德瑞一条命就此送了。这人是瓦拉多利司法官的侄儿,那司法官性情暴躁,又跟梅罗一族是死冤家,所以堂阿尔华觉得趁早逃走为妙。他急急赶回家,一面叫人备马,一面把情形告诉我听,接着说道:‘亲爱的曼茜亚,咱们得分离,这是无可奈何的。你知道那司法官的为人,他一定要紧追紧捉,咱们不能打如意算盘。你也知道他的权势,我在本地不能容身了。’他非常伤心,尤其看到我难受,他话都说不下去。我叫他带了些金子宝石,于是他抱着我,两人叹息哭泣成一团。一会儿家人来说马已鞴好。他挣脱了我,就此走了。我当时的心境非言可喻,如果我过于哀伤送了命,那倒是福气,免得后来受那些苦恼了!堂阿尔华走了几个钟头,司法官知道消息,就派瓦拉多利全部公差去捉他,千方百计要把他拿住。可是我丈夫躲过了他的毒手,藏身很稳。那法官没法儿要我丈夫的命,只好夺他的财产出气。总算逞了他的愿,堂阿尔华全部财产都没收充公了。

“我处境很苦,生活都勉强。我深居简出,身边只有一个女用人。我天天眼泪洗面,并非熬不得穷,只因为心爱的丈夫出走以后音讯全无。我们凄然分手的时候,他答应不论流落在天涯地角,总想法把所经所历让我知道,绝不忘怀。可是他一去七年,杳无消息。他下落不明,我非常忧闷。后来我才知道他投入葡萄牙军队,在费慈打仗阵亡。这是一个从非洲回来的人告诉我的,他说跟堂阿尔华很熟,同在葡萄牙军队里当兵,亲眼看见他阵亡的。他还讲了些情节,不由我不信丈夫已经身故。我听了这消息愈加伤心,立志绝不再嫁。这时节,加狄亚侯爵堂安布若修·梅修·加利罗到了瓦拉多利。有些老绅士举止风流文雅,女人见了会忘掉他们的年纪,依然垂青,他就是这种人。一天有人偶然向他讲起堂阿尔华的事。他听了人家形容我,就想见见。他要偿这个愿,说动了我一位亲戚,讲定由她邀我上她家,侯爵也到那里去。虽然我满面愁容,他看了很中意。也许他正为我憔悴可怜,就看重我坚贞不二,因而感动了。我悒郁不欢,大概使他生了爱怜之心。因为他屡次对我说:他觉得我这样贞节是个奇事;我丈夫尽管命苦,有这样的夫人真使他艳羡。总之,他一见生情,不待第二面,就要娶我。

“他请我那位亲戚做说客。她就上我家来。她说:既然消息传来,我丈夫已在费慈丧命,我不该埋没自己的容貌;又说我和丈夫结婚没几天,为他哭得也够了,别错过良机;又说我可以做天下最福气的女人呢。于是她就称赞老侯爵家世又贵,财产又多,品性又好。可是凭她说得天花乱坠,我没给说动。我这来并非疑心丈夫死耗不真,怕他忽然意外出现。我实在不耐烦再嫁人,而且我结婚一次已经尝尽烦恼,再要第二次,实在厌倦了。我那亲戚劝说不开的就是这一点。可是她毫不灰心,越发为堂安布若修出力,又叫我全家都替那老绅士做说客。我家里人逼我应允这门好亲事,跟我纠缠蘑菇,不让我一刻安静。我境况也愈来愈窘,这实在大大减少了我的挺劲儿,我当时穷得厉害,只好答应。

“所以我不能拒绝。他们劝得很迫切，我就回心转意，嫁给加狄亚侯爵。他有一座漂亮的田庄，在布果斯附近、格拉侠尔和罗地拉之间；结婚第二天，就带我去住。他一盆火似的爱我，我看出他一举一动都是要博我欢心，先意承旨，无微不至。从没有丈夫像他那样尊重老婆的，也从没有情人像他那样千依百顺的。我钦佩他品性温和，对堂阿尔华的死也心上宽慰了些，因为到头来我成全了侯爵这么一位绅士的幸福。假如我爱过堂阿尔华还能够再爱别人，我一定不管是老夫少妻，会对侯爵爱情深挚。可是有常心的人一辈子只爱一次，我忆念前夫，后夫种种殷勤迎合都没有见效。我没法酬报他的柔情，只能够拿感激来报答。

“我当时是这般心境。忽然有一天，我在房里临窗吸新鲜空气，看见花园里一个农夫模样的人眼睁睁瞅着我。我以为那是园丁的助手，没放在心上。可是第二天又临窗见他站在老地方，越发目不转睛地看我。我觉得奇怪，也对他看，看了一会儿，觉得他模样儿像那苦命的堂阿尔华。我一看面貌相像，说不出的惊疑，不禁大叫一声。亏得只有我的心腹女用人伊内斯在我房里。我告诉她为什么惊慌失措。她只笑了笑，以为我看见面貌相像便认错了人。她说：‘太太，您放心，别以为您看见了前夫。他怎么会装成农夫模样跑到这里来呢？况且他怎么会还活着呢？’她又道：‘我到花园里去找那乡下佬谈谈，让您安心。我打听得那人是谁，立刻回来告诉您。’伊内斯就到花园里去了，不一会儿，她神色异常地回到房里来，说道：‘太太，您怀疑的事一弄明白，反而糟了。您刚才看见的那个人正是堂阿尔华；他一开口就自报姓名，还要求私下见见您。’

“那时候，侯爵到布果斯去了，我正可以接见堂阿尔华，就叫女用人从复道的楼梯领他到内室来。你可想见我心烦意乱。他能够名正言顺地痛骂我一场,我没脸相见。我看他进房来,立刻晕倒。他和伊内斯忙把我救醒。堂阿尔华说:‘太太,请你放心,别见了我烦恼,我一点不想为难你。我这来并不是个怒气冲冲的丈夫,来跟你算那背信负义的账,向你问再嫁的罪。我知道那都是你家里逼出来的;你为这事受的磨折,我全知道。况且我的死信已经传遍瓦拉多利,我又始终没向你寄信辟谣,当然你越加信以为真了。总之,我知道咱们惨别以后你过的是什么日子;你嫁那侯爵并非出于爱情,只是迫于生计罢了。’我哭着打断他的话道:‘唉,大爷,你何必替老婆开脱呢?你既然还活着,她就是犯了罪的。我但愿没嫁堂安布若修,还过着从前的苦日子!倒霉的婚姻!唉!我要是还挨穷耐苦,至少不至于无颜相见,也聊可自慰。’

“我一看堂阿尔华的神情,知道他见我流泪非常感动。他道:‘亲爱的曼茜亚,我一点不怪你。我看你现在处境豪华,非但不埋怨你,只感谢上天慈悲。自从那天我离开瓦拉多利,一直走背运,接二连三只是倒运的事;顶倒霉的是没法儿和你通信。我知道你不会变心,所以念念不忘,只设想我这害人的爱情把你委屈到什么田地,心目中常有个泪人儿般的曼茜亚。你是我最大的烦恼。老实说吧,我有时候怪自己不该赢得你欢心,那简直是犯了罪;我宁愿你当初看中一个我的情敌,因为你对我的爱情害你自己不浅。可是我经过七年苦难,越发爱你,要再来看看你。我死不下这条心。正好我做了多年俘虏,还我自由,可以偿愿,就这样乔装打扮上瓦拉多利,免得被人识破。我到了地头,得知一切情形,随即到这庄上来,设法结识了园丁,承他留我在花园里干活。我用了这些手段，才能够和你私下相会。不过你别以为我这来存心破你好事。我爱你远胜于爱我自己，我要顾到你心境安泰，今天见了一面就告别远去，此后的凄凉岁月都是奉献给你的了。'

“我听了这话急道：'堂阿尔华，别这样。天不是叫你白来的，我和你绝不再分离了。我愿意跟着你走，从今以后，咱们只有死别，没有生离了。'他说道：'听我的话，你跟着堂安布若修一起过吧。我的苦难让我一人担当，不要拖累了你。'他还说了些这类的话；可是他越要舍弃自己来成全我的幸福，我越发不让他。后来他看我主意坚定，立刻改了口气，脸上也添了喜色，说道：'太太，难道你真的心口如一吗？你既然还对我这样深情，宁可抛弃了眼前富贵，同做患难夫妻，那么，咱们且到加利西亚边境的贝当索斯去住下。我在那儿有个安稳的隐居之所。我虽然倒运，财产搅个精光，却并未连朋友都没有，我还有几个交情不变的朋友，靠他们的力量，可以抢了你走。他们帮我在寨穆拉定做一辆车，我又买了几头骡子马匹，雇了三名加利西亚勇士沿路保镖。那三个人都有马枪手枪，他们正在罗地拉村里听候指挥。'他接着道：'咱们正好乘堂安布若修不在，我叫那辆车到庄上来，咱们立刻动身。'我一一依允。堂阿尔华飞奔到罗地拉，不一会儿带了那三名壮士进来，抢了我就走。我前后左右的女用人莫名其妙，都吓跑了。只有伊内斯知道底里，不过她爱上了堂安布若修的亲随，不愿意跟我同走。这也见得用人尽管忠心，对东家的情谊总抵不过自己的恋爱。

“我跟堂阿尔华上车，随身衣裳首饰都是我再嫁以前的东西；侯爵结了婚给我的一丝一毫都没有带。我们取道向加利西亚进发，还不知道能否侥幸到达地头。我们怕堂安布若修一回家会带着大队人马追赶。可是走了两天，后面并没人来。我们指望第三天也能平安无事，已经放了心在闲谈。堂阿尔华正讲给我听他遭的那桩灾难，以致人家谣传他身故；还讲他做了五年奴隶，如何又得自由。我们正在那个当口，在雷翁道上碰见了和你一伙的强盗。他们杀掉的就是堂阿尔华和他的手下人；我这会儿伤心流泪也就是为了他。”

第十二章

吉尔·布拉斯和那女人讲话，给人打断，大为扫兴。

堂娜曼茜亚讲完，哭成了个泪人儿。我并不学着塞内加的词令①去譬解劝慰，只让她尽情哭个畅，甚至也陪她淌眼泪，因为看见人家倒运，自然会有关切之心，何况看见美人命苦呢！我正要问她，身处这般境地，作何打算。要是没有打岔，她大概就要向我请教了。偏偏这时候我们听得客店里吵成一片，不由得分了心。原来当地法官带了两个公差、一队卫兵来了。他们直

① 塞内加（Sénèque，公元前4—65），古罗马哲学家。罗马人遭遇不幸事件，非常忧闷，就由哲学家来开导譬慰。塞内加最擅长写这种文章，他安慰他母亲（De Consolatione ad Helviam）、安慰一个丧子贵妇人（Ad Marciam）等等是极有名的。

闯到我们房里。同来有个年轻绅士,他先跑近来细细看我身上的衣服。他一眼就看得分明,嚷道:“圣约克在上!那就是我的袄儿呀!正是我那一件!跟我那匹马一样好认。你们凭我这句话尽管把这个强盗看起来,我不怕他来找我决斗的。我拿稳他是窝藏在本地的强盗。”

我一听知道他就是那个失主,从他身上抢来的东西偏偏都归了我,不禁惊惶失措。那司法官职责所在,见我慌张,当然以为我是畏罪,不会往好处想。他觉得那个绅士告的状有凭有据,又以为女人是我一伙的,就把我们俩分别监禁起来。这人不是那种望之凛然的法官,倒是一团和气,笑容可掬。可是天知道他也一样的厉害!我刚进监狱,他就跑来,带着两头走狗,就是那两个公差,三人都欢欢喜喜,仿佛预料好买卖到手了。他们没忘记他们那好规矩,一上来先把我通身搜遍。这几位老爷发了好一笔横财啊!他们大概从来没这样的手气。他们抓出一把一把的比斯多,喜得眼里放光,那位司法官尤其乐得不可开交。他软迷迷地对我说道:“我的孩子,我们是奉公尽职,你不要害怕;你要是没有犯罪,不会叫你吃苦。”这时候,他们从从容容把我衣袋掏摸一空;舅舅给我的四十杜加,强盗都没有碰,这次也落在他们手里。他们还不肯罢休,那几双贪手孜孜不倦,从我头上摸到脚下,把我四面旋转,又剥掉我的衣裳,看贴肉藏着钱没有。我相信他们恨不得剖开我肚子看看里面有没有钱呢。他们恪尽职守以后,司法官就来盘问。我老实陈说一遍。他叫人录下口供,带着手下人,拿了我的钱走了,扔下我一个儿赤条条坐在柴草上。

我冷冷清清地在这个境地里,不禁叹息道:“唉!人生尽是些离奇的事儿，倒霉的事儿。我自从离开奥维多，只是走背运，一波乍平，一波又起。我到这城里的时候，哪里想到就会跟司法官会面呢！”我一面无聊空想，一面把他妈的那套害人的衣服一件件穿上，于是又自己勉励道：“哎！吉尔·布拉斯啊！挺起脊梁来！设想往后也许还有好日子呢。你在地窟里都苦熬过来，倒在一个平常牢狱里心灰意懒，说得过去嘛！可是，唉！……”我又一阵愁：“我自哄自骗罢了！我哪里出得这个牢狱呢？人家把我的活路都断了，犯人没有钱，就好比鸟儿剪掉了翅膀。”

旅店里为我烤的野鸡和兔子，我是没福消受了；有人送进来一小块硬面包、一罐子水，任我一个儿在牢里烦躁。我整整坐了十五天牢，没见个人面，只有个禁子每天早晨送那份口粮进来。我看见他，老跟他攀谈，想解解闷，可是这位人物随我说一千句，总置之不理，一句话也逗他不出。他常常跑进跑出，正眼都不瞧我。到第十六天，司法官来了，对我说道：“朋友啊，你的苦算挨完了，你可以开怀一乐，我特来告诉你个好消息。那位跟你一起的太太，我已经叫人送到布果斯去；我在她动身前盘问了一下，她把你出脱了。据你说，你是雇了包程骡子从贝尼弗罗到卡卡贝罗斯去的，现在只要等那骡夫来作证，如果口供相符，你今天就可以出去。那骡夫在阿斯托加，我已经派人去找，正等他来。只要他说确有上夹棍那回事，我立刻放你。”

我听了满心欣喜。从此我自以为没事了。我向那司法官道谢，感激他判事又爽利又公正。我还没谢完，两名卫兵押了那骡夫进来。我立刻认得是他，可是这杀坯的骡夫准把我的皮包连装的东西都卖掉了，生怕认了我就得呕出来，所以厚着脸皮说不认得我，从来没见过。我嚷道：“啊！奸贼！你还是招出来你把我的行李卖掉了，说真话吧！你仔细认认，你在卡卡贝罗斯镇上拿夹棍来吓唬人，一群小伙子都给你吓得要命，我也在里面。”那骡夫冷冷地说，我讲的事他全不知道。他既然一口咬定不认识，我出狱又得延期。司法官对我说道：“孩子，你瞧，这骡夫没坐实你的口供，所以我尽管一心要放你，却放你不得。”我只好重新捺下性子，死心塌地，还半饥不饱地吃那干面包和白水，看那哑巴禁子的嘴脸。我一点没犯法，却跳不出法律的掌心，想到这里，我懊丧已极，倒宁可在地窟里了。我想：“其实我在监狱里比在地窟里还苦恼。我跟那群强盗大吃大喝，有说有讲，还可以做逃走的好梦；现在呢，虽然我无罪无辜，若能出牢罚充苦役，已经算大幸了。”

第十三章

吉尔·布拉斯凑巧出狱，到何处去。

我一天天在监狱里思前想后，聊以解闷。这时候，我口供里讲的事情已经在城里传开了。许多人好奇心动，要来看看我。我牢里有一扇小窗，可见天日，他们此来彼去，到这窗口来张望，看了一会儿，大家走开。这个新样事儿使我很诧异。我这窗外面是个静悄悄、阴惨惨的小院子，我坐牢以来，从没人在窗口露过脸。我想准是城里人知道我的事了，可是拿不定这来是吉是凶。

窗口出现的第一批人里有蒙都涅都唱圣诗的小矮个子，他也是怕吃夹棍吓跑的。我认得他，他也不装不相识。彼此招呼，两人长谈起来。我少不了又把经历说一遍，外边的人听了又笑又怜。那唱圣诗的也把我们吓跑以后、骡夫和那年轻女人在卡卡贝罗斯客店里的一段纠纷讲给我听。总之，我上文所述都是他说的。他临走答应我马上出力营救。那些好奇来看的人都同声为我惋惜，还说要帮那小矮个子为我尽力，叫我放心。

果然他们没有食言。他们打伙儿为我向法官求情。法官知道我无辜，又加那唱圣诗的把他知道的事讲了，所以在我监禁三星期之后，那法官到牢里来说道："吉尔·布拉斯，我要是执法苛刻，还可以把你关在这儿，可是我不愿意事情尽拖下去。走吧，还你自由，随你几时出去好了。"接着道："不过我问你，要是带你到那个树林子里，你找得出那地窟来吗？"我回答道："大爷，我找不到了。我是天黑了进去的，出来的时候天还没亮，所以认不出所在了。"法官说，他去吩咐禁子开门，就出狱去。果然过一会儿那禁子来了，带了个夹着一捆衣裳的狱卒。两人满脸正经，一言不发，剥下我身上新簇簇的细呢衣裤，换上一套旧粗布裤褂，然后推着我的肩膀，撵出门外。

犯人释放，总觉得高高兴兴，可是我一看身上衣服寒碜，未免羞惭。我直想马上溜出城去，免得众目睽睽，难以为情。可是我多承唱诗小矮个子出力帮忙，非常感激，便隐忍羞惭，找他道谢。他一见我面，忍不住大笑道："你成了这副模样儿啊！穿了这套衣裳，一上来我认不得是你了！照此看来，法律的各种滋味你都尝遍了。"我答道："我不怨法律，法律原是公正的。我但愿那些执法的官吏都为人公正。他们至少得留还我那套衣服，我觉得我为那套衣服出的价钱不小了。”他接着道：“我也以为然。可是他们说起来，这是向例规矩！哎，就说吧，你以为你骑的那匹马已经还给原主儿了吧？对不起，并没有！这会子在法院录事的马房里，押在那儿做盗赃的证物。可怜原主儿连一副鞍辔都未必领得回去。”接着又道：“可是咱们别谈这些事了。你有什么打算？目前想怎么办？”我说道：“我想到布果斯去找我救出来的那位太太。她会给我几个比斯多，我去买件新道袍，上萨拉曼卡，靠我肚里那点拉丁文混几个钱。我苦的是还得跑到布果斯去，一路上不能饿肚子，你知道出门人没钱要挨饿的。”他答道：“我懂得你的苦处，我的钱袋送给你吧。这钱袋实在有点儿干瘪了，不过你知道，唱圣诗的人不是主教。”他说着掏出钱袋，塞在我手里。他十分殷勤，我却之不恭，只得原封不动把钱袋收下。我十分感激，说了许多我将来补报的空话，好像他把全世界的金子都送给我了。我随就辞别出城，没去看其他帮我重获自由的人，只有千万遍为他们祝福罢了。

那唱诗的小矮个子实在不能替他那钱袋夸口，原来里面只有寥寥几文钱，而且是什么钱呢？都是不值价的小钱儿。幸喜两个月来我清苦惯了，所以我到布果斯附近彭特·德·米拉镇上的时候，还剩下几个瑞阿尔没花完。我要打听堂娜曼茜亚的消息，先在镇上歇下。我到一家客店里，那女掌柜的是个瘦小干瘪、尖利凶狠的女人。我一瞧她对我脸色难看，就知道我这件大褂不入她眼，这也怪她不得。我找个座儿，吃了些面包和奶饼，又喝了几口店里的劣酒。我吃的这餐饭和穿的衣服恰好合式。我一面吃，一面想跟女掌柜搭话。她满脸鄙夷，分明是不屑理睬。我请问她可认识加狄亚侯爵，他的田庄离这里远不远，尤其要紧问侯爵夫人近况怎样。她傲然答道："你打听的事情倒不少啊。"她满不情愿似的告诉我说，堂安布若修的田庄离彭特·德·米拉不过短短一哩路。

吃喝了一顿，已经天黑，我说要睡了，向女掌柜讨一间房。她瞅了我一眼，看得我十分轻贱，说道："房间轮得到你啊！吃一角奶饼当晚饭的人，我这里没他们住的房间！这儿的铺位都有主顾了，今天晚上我等着几位大客人呢。我只能招呼你在仓房里宿一宵，我想你在柴草上睡觉也不是第一遭。"她不知道恰好一语道着。我并不答话，乖乖地爬上柴草堆，困累多天，一躺下就呼呼睡熟了。

第十四章

堂娜曼茜亚在布果斯接待他。

第二天早上，我一骨碌就爬起来了。我去找女掌柜的算账。她已经起床，脸上不像昨晚那么倨傲，好像和气了些，大概因为三个公安大队的警卫正跟她随便说着话儿。他们在这里过夜，店里所有的床铺想必是留给这几位大客人了。

我在镇上打听到侯爵田庄上去的路。碰巧问到一个人，跟那贝尼弗罗的客店主人一样脾气。他不但回答我的问讯，还说：堂安布若修在三星期前去世，他夫人在布果斯某某修女院里潜修。我不想到田庄上去了，立刻赶到布果斯，直奔堂娜曼茜亚住的修道院。我请看门女人通报那位太太，说一个少年人，新从阿斯托加监狱里出来，要见见她。那女人立刻进去通报。她一会儿回来，领我到会客室里。我等了不多时候，就看见堂安布若修的寡妇穿了重孝走近铁栅来相会。

这位太太和颜相接，说道："欢迎得很，四天以前我写了封信给一个阿斯托加人，托他代我去看看你，请你一出监狱就来找我。我知道他们就会放你的。我对法官说的话够把你出脱了。后来那边回信来说，你已经出牢，但是不知下落。我只怕不会再碰见你，无从表白我感恩的心，那就懊恼死我了。"她看到我自惭衣衫褴褛，就说："你放宽心，别为眼下的景况烦恼。你为我出了那么大的力，我如果不帮你忙，就是天下最没良心的女人了。我准备叫你从困窘里脱身，这是我分所应为、也是我力所能及的。我的产业不少，要报你的恩绰绰有余。"

她接着说："我跟你同下牢以前的事，你都知道。我现在讲以后的事给你听。我把身世据实告诉了阿斯托加的法官，他叫人送我到布果斯，我就回到安布若修田庄。庄上人看见我回去，奇怪得不得了，可是说我回去得太晚了，侯爵听见我出走，好比雷轰了一般，就此一病恹恹，医生都认为没指望了。这又叫我自叹命苦。当时我派人先通知侯爵，然后到他房间里，三脚两步，跑向床头跪下，满面眼泪，心里痛不自胜。他一见我就说：'谁带你回来的？还要来看看你的成绩吗？你要了我的命还不够吗？要亲眼看我死了才称心吗？'我说：'大爷，伊内斯应该告诉过你了，我是跟了我前夫走的；要不是一场横祸断送了他，我永远也不会再来看你了。'我随就告诉他，堂阿尔华遇盗被杀，我也被掳入盗窟。此外的事，我也讲了。堂安布若修听完，伸出手来和我握着，柔情款款，说道：‘够了，我不再怨你了。哎！我其实怎么可以怪你？你跟心爱的丈夫会面，要跟他去，只好扔下我，我怎么能责备你这般行为？太太，我是不应该埋怨你的。所以我尽管失了你活不成，也没肯派人来追。带你逃走的人有他不可侵犯的权利，我尊重他这权利；你心向着他，我也尊重你这片心。总而言之，我还你公道：你既然回来，我依然一心爱你。真的，亲爱的曼茜亚，有你在旁，我快乐已极。只是，唉！这样的快乐我不能多享，我觉得大限临头了。你刚刚回来，我就得和你诀别。’我听了这些伤心话，越发泪如泉涌，无限悲痛，抑制不下，我为心爱的堂阿尔华也没有流这么些眼泪。堂安布若修自觉离死不远，并非过虑，他第二天就死了。偌大一份家产，按照婚约都归我承袭。我预备把这份遗产好好处置。我虽然年纪还轻，绝不嫁第三个丈夫了。我认为只有那些不要脸、什么都不在乎的女人才一次次嫁人；况且我已经看破世情，愿意在这个修道院里做个施主，过我的下半辈子。”

这是堂娜曼茜亚跟我讲的话。于是她在长衣底下掏出一只钱袋，放在我手里，说道：“这里是一百杜加，单给你做件衣服穿。以后再来看我。我感你的恩，不是送了这一点就算完事的。”我对她千恩万谢，发誓说离开布果斯的时候一定要来告别。这个誓我是要守的。我去找客店，路过第一家，就跑进去。我要了一间客房，又怕身上的大褂要招人白眼，就对掌柜说，别看我这副模样，我有的是钱，尽可以付客店的账。掌柜叫马日罗，天生一张贫嘴，他听了这话，把我从头看到脚，冷言冷语奚落说，不用我声明在先，他早知道我在他家要大大地花钱呢！又说他一眼看透了我身上的衣服，只见一团尊贵之气，知道我准是个有钱的阔佬。我明白这奸贼在挖苦我,就拿出钱袋,准备一下子堵住他的嘴。我甚至把杜加摊在桌子上,数给他看。他见钱眼开,对我添了几分敬意。我烦他找个裁缝来。他道:“还是找个卖旧衣服的好,各色衣服都有,你当场就可以穿上身。”我赞成这个主意,决计听他的话;可是天快黑了,买衣裳且挪到明天,目前只想好好吃顿晚饭,我自从地窟出来,饮食菲薄,需要补补了。

第 十 五 章

吉尔·布拉斯穿的衣服;那位太太又送他的礼物;他离布果斯时的行装。

店家替我煮上一大盘切碎的羊蹄子,我差不多吃了个精光。我喝的酒也分量相当,于是上床睡觉。床铺还舒服,我指望一上床就会呼呼睡熟。可是我眼都合不上,只顾盘算衣服该买什么式样。我想:“我应该怎么办呢?还是照原先打算,买件道袍,穿了到萨拉曼卡去谋个教师做做吗?为什么要学士打扮呢?我有意出家当教士吗?难道我喜欢这一行吗?不,我觉得生性和这一行格格不入。我要腰里挂口剑①,在俗世创一份家业。”这样才盘算定了。

我决计买一套绅士服,自信打扮成个绅士,不愁找不到又体

① 佩剑是地位家世的标识,教士固然不挂剑,学校教师也不佩挂剑。

面又有出息的职司。我打着如意算盘,急煎煎等天亮,一见透亮,连忙起床。我一阵吵闹,把客店里睡着的人都惊醒。我把那些用人从床上叫起来,他们一面答应,暗暗咒骂。可是他们只好起来,我逼着他们去找卖旧衣的,不然就没个清静。不久一个卖旧衣的来了,后面跟着两个孩子,一人抱着个大绿布包儿。他恭恭敬敬行个礼,说道:"大爷,您找到了我,没找上别人,真是您的运气。我不愿意在这儿说我同行的坏话,我要说他们一个坏字儿,上天不容!不过咱们私底下说说:那些人没一个有天良的,都比犹太人还心狠。做旧衣买卖的只我一个有信有义。我有个分寸,赚钱要在理上:原值一个小钱,我赚一块大洋就够了,我说错了,原值一块大洋,我只想赚一个小钱。靠天照应,我买卖很兴旺。"

这篇楔子,我死心眼儿信以为真。卖旧衣的叫两个孩子打开包裹,抖出五颜六色的衣服。他们先给我看几套一色的,我嫌太朴素,不放在眼里,撂过一边。他们就叫我试一套衣服,好像是配着我身子做的,虽然旧些,我一看就上眼。一件是袖子打褶裥的紧身袄儿,一条裤子,一领斗篷,整套都是蓝丝绒底子,上面绣金花。我选定了这一套,就讲价钱。卖旧衣的知道我看中了,赞我眼力高,嚷道:"天哪!一瞧您就知道是个识货的。您可知道这套衣裳是做给咱们本国一位大贵人穿的,没上过三回身呢!您瞧瞧这丝绒,还有更上好的吗?这绣花,您说吧,哪儿还找得到更精巧的手工?"我问道:"你要卖多少钱?"他答道:"六十杜加,我还没肯卖。撒谎的不是正人君子。"我相信他不是正人君子,就还他四十五杜加,其实还该打个对折。卖旧衣的冷冷道:"大爷,我言无二价,没多要您。"他指着我撂在旁边的那堆衣裳道："好吧，您买这几件吧，我价钱还便宜你些。"这么一说，激得我非买那还了价的一套不可。我以为他真是少一钱不卖的，就数了六十杜加给他。我想他虽然有信有义，一看我付钱这样爽利，准懊悔没再多要些。他一个小钱的货色赚了一块大洋，志得意满，两个孩子我也给了些钱，他们一起走了。

我有了很漂亮的一件袄儿、一条裤子、一领斗篷。我该筹划其他衣着，就此忙了一个上午。我买了些内衣、一顶帽子、丝袜、皮鞋，还买一把剑；然后一一穿戴起来。看自己装束得这么讲究，真是得意！我对自己的打扮观之不足，比孔雀看自己的羽毛还要喜欢！当天我又去拜访堂娜曼茜亚。她还是非常和气，又谢我救命之恩，彼此客套了一番。于是她祝我诸事顺利，和我告别。她只给了我一只价值三十比斯多的戒指，求我留作纪念，就进去了。

我拿了一只戒指，大失所望，满以为她送我的东西还要值钱些呢。我对这位太太的手笔不很称心，默默寻思，走回客店。我刚进门，后面来了个人，斗篷直蒙到鼻子上，跟脚也进门。他忽地把斗篷脱下，露出夹在胳肢窝里的一只大口袋。看来那袋里满满的都是钱，我一见眼珠子都瞪出来了，旁边几个人也直瞪着眼看。这人把口袋放在桌上，对我说道："吉尔·布拉斯先生，这是侯爵夫人送给你的。"我仿佛听见了天使说话！我对这送东西的人深深行礼，仪节周到。等他出门，我立刻老鹰抓小鸡似的抓着那口袋，搬进房里。我赶紧打开，原来里面装着一千杜加。我刚数完钱，掌柜就跑进房来。他听见了那个送东西的人说的话，要来看看袋里装些什么。他看见摊在桌上的钱，大为惊佩，嚷道："呀！怎么的？那么许多钱啊！"又调皮地一笑道："你一定很会算计女人！你到布果斯还不满二十四小时，已经有侯爵夫人送钱给你花了！”

我听了这话并不着恼，很想让马日罗去胡猜一阵；他那种误会实获我心。年轻人都爱充艳福不浅的风流人物，那也不足为怪。可是我品性毕竟纯洁，把这挣空面子的心压下去了。我叫掌柜别瞎猜，就把堂娜曼茜亚的事讲了一遍，他听得全神贯注。于是我又讲自己的情形，我看他好像十分关心，就请他帮我出个主意。他想了一会儿，一本正经说道：“吉尔·布拉斯先生，我很喜欢你。承你信任，对我推心置腹，我以为你干什么事最合适就直言相告了。我觉得天生你是在朝廷上干事的，我劝你入朝，跟上一位大佬。你要想法子在他办的公事里插上一手，或者使他取乐儿少不了你，否则你跟他也是枉费工夫。我知道贵人的脾气：你为人老实，赤胆忠心，他们满不在乎，只稀罕那种身边少不得的人。”又道：“你还有一条路可走。你年纪轻，相貌好，就算你不伶俐，已经够颠倒个把有钱的寡妇，或者婚姻不称心的漂亮太太。男人有钱的为恋爱会倾家荡产，可是没钱的倒往往可以靠恋爱过活。所以我劝你到马德里去；不过你要是去呢，得要带个把跟班。那儿跟别处一样，看人只看外表，你有几分排场，就看重你几分。我想荐个亲随给你，他是个忠心的用人、正经的小子，一句话，是我一力保荐的人。你买两头骡子，一头自己骑，一头给他骑，愈早动身愈妙。”

这主意很合我脾胃，当然采纳。第二天我买了两头好骡子，雇定了那个亲随。他是个三十岁的人，样子很朴实虔诚。他自己说是加利西亚人，名字叫安布华斯·德·拉莫拉。我觉得他有点特别，普通用人把钱看得很重，他却不想赚大工钱，而且对我说，他不计较工钱，随我给多少都成。我买了双皮靴，又买了一只皮包装我的内衣和杜加。于是我和掌柜算清账，天不亮就离了布果斯到马德里去。

第十六章

读后便知好景不长。

我们第一天在杜涅斯投宿；第二天下午四点钟到瓦拉多利。我们找到一家看来很上等的客店，就在那里歇下。我让亲随去照顾骡子，自己到客房里，叫店里用人把皮包搬进去。我觉得有点儿累，连着靴子往床上一躺，不知不觉睡着了。我睡到傍晚醒来，我叫安布华斯，他不在店里，过了一会儿才回来。我问他哪里去了，他一脸虔诚，回答说，刚从教堂里来，他去感谢天恩，保佑我们从布果斯到瓦拉多利，无灾无难。我很为赞许，就叫他去吩咐店家，晚饭烤一只小鸡。

我正在吩咐，只见店主人举着蜡烛进来。他照着一位太太，年纪不轻，相貌还好，服装很华丽。一个老侍从扶着她，背后一个黑种孩子替她提着拖地的长裙。她对我深深行个礼，问我是不是吉尔·布拉斯·德·山悌良那先生。我很奇怪，才回答一声是，她立刻撇下老侍从，赶上来拥抱我，欣喜若狂，弄得我更加惊怪。她道："真该感谢上天，会有这样巧遇！我正在找您先生！"我听了这段开场白，记起贝尼弗罗的篾片，疑心这位太太是个十足的女骗子;可是一听她的下文,觉得她不是坏人。她说:"受你深恩的堂娜曼茜亚·德·穆斯格拉是我的嫡亲表妹。今天早上我接到她一封信。她知道你要到马德里去,也许路过此地,要我好好儿款待你。我满城地找你,找了两个钟头了。我挨家到客店里去问,到了什么客人;刚才听了你那店主人描摹你的模样儿,我想大概就是我表妹的救命恩人了。"接着道:"啊!我既然找着了你,就要让你瞧瞧,承你为我家里人,尤其为我那位表妹出了力,我多么见情。我请你立刻搬到我家去住,比住客店舒服些。"我想推辞,就说怕打搅她家;可是她苦苦邀请,我无法谢却。客店门口早有马车等着。她说瓦拉多利坏人很多,所以亲自叫人把我的皮包放在车厢里。她那句话太对了！我跟着她和老侍从上了马车,就这样给他们从客店里带走。店主人满指望我会和那太太、那老侍从、那黑小子一起在他店里花钱,眼看这笔进账吹了,很不乐意。

马车走了一程停下。我们出来到个大宅子里,上了楼是一套讲究的房间,二三十支蜡烛照得雪亮。里面有许多用人。那位太太一进来就问堂拉斐尔回家没有,他们说还没有。她就对我说道:"吉尔·布拉斯先生,我正等着我兄弟,他在我们庄子上,离这儿有两哩路,今儿晚上要回来的。他看见合家的大恩人到了,不知多么喜出望外呢!"话犹未了,听得闹嚷嚷的,原来正是堂拉斐尔到家了。他一会儿便上楼来。我看他是一位年轻绅士,身材秀挺,态度高华。那太太说道:"弟弟,你回来了我真高兴！你可以帮我好好儿款待这位吉尔·布拉斯·德·山悌良那先生。他对咱们表妹堂娜曼茜亚的恩,咱们不知怎么样才能补报。"她一面把一封信交给他看,说道:"你看看,这是她刚来的信。”堂拉斐尔打开信,高声念道:“亲爱的加米尔:救我性命、全我名节的吉尔·布拉斯·德·山悌良那先生刚离此入朝,准要路过瓦拉多利。请你看亲戚分上,尤其看咱们这份交情,留他在你家住些时候,款待他一下。我想你一定答应,你和堂拉斐尔表哥准会多多厚待我的救命恩人。你的亲爱的表妹堂娜曼茜亚自布果斯寄。”

堂拉斐尔念完信,嚷道:“怎么的!我表妹的性命名节就是亏了这位先生保全的吗?啊,我感谢天,今儿个有缘相见!”一面说,一面上前来把我紧紧抱在怀里;又说道:“我多快活呀!能在这里见到吉尔·布拉斯·德·山悌良那先生!我们表妹——那位侯爵夫人不必嘱托我们款待你;她只要让我们知道你一定路过瓦拉多利,那就够了。我们最疼这个表妹,你对她有莫大之恩,我姊姊加米尔和我知道该怎样招待这位恩人的。”我极力应酬了一番,他们又说了许多这一类的话,几次三番地拥抱我。他们发现我还没脱掉皮靴,叫用人替我脱下。

于是我们到另一间房里,那边已经摆好桌子。那位大爷、那位夫人和我一同坐下吃晚饭。席上他们还满口恭维。我只要一开口,他们就赞叹我的妙语。他们俩向我一道道敬菜,那种殷勤真是少见。堂拉斐尔不时地喝酒祝堂娜曼茜亚健康,我也学他榜样。我觉得加米尔和我们碰杯的时候几次对我眉挑目语。而且我留心她仿佛怕弟弟知觉,要得空才对我送秋波。我不用别的证据,知道这位太太爱上我了。我看明这点,虽然没预备在瓦拉多利多耽搁,也满想得些便宜。我存了这个痴心,听他们留我多住几天,就一口答应。他们又谢我赏脸,加米尔快活非常,更见得我没猜错,她的确很中意我。

堂拉斐尔看我肯在他家耽搁几时，就请我到他们庄上去。他把那座庄子形容得富丽堂皇，还讲到了那里怎样消遣。他说："有时候，咱们可以打猎解闷；有时候可以钓鱼；要是喜欢散散步，那里有幽静的树林子和花园儿；咱们还有贵宾做伴，我想你不会无聊的。"我很赞成。当时大家议定明天动身到他们那座漂亮的庄上去。这个如心的计划商量停当，晚饭也吃完了。我觉得堂拉斐尔喜不自胜。他拥抱着我道："吉尔·布拉斯先生，让我姊姊陪你一会儿，我有几桩要事得去吩咐，还得派人请明天的客人。"他说完就撇下我们俩走了。我和那女人依然说着闲话，她讲的话恰好衬托她那含情的眼风。她握了我的手，看看我的戒指，说道："你这颗钻不错，可惜太小了。你能鉴别宝石吗?"我说不识货。她道："多可惜！不然可以替我估估我这块宝石值多少。"说着翘起指头，给我看戴的一块大红宝石。我看着她那宝石，听她说道："我有个叔叔是菲律宾群岛西班牙领地的总督，这块大红宝石是他给的。瓦拉多利的珠宝商人估过价，说值三百比斯多。"我说："一定很值，我觉得这块宝石美极了。"她道："既然你喜欢，我愿意跟你交换。"她立刻脱下我的戒指，把自己的戒指套在我小指头上。我觉得这种交换东西就等于调情求爱的送礼。加米尔又握住我的手，脉脉含情地看着我；忽然仿佛自惭衷心太露，便打断了话，说声晚安，羞答答跑开了。

我虽然初入情场，见她突然走开，也完全理会得这里面的甜头，料想到了乡间，一定过得快乐。我吩咐亲随明天清早叫醒我，就到我卧房里，关上门，一心想着这件快事和眼前富裕的光景。我并不想睡觉。桌上的皮包和我那块大红宝石拨动了我的如意算盘。我想："谢天，我从前倒霉，现在运气可好了。那一位送了我一千杜加，这一位又送我个值三百比斯多的戒指，我可以富裕好一阵子了。我现在知道马日罗并没哄我。我不费丝毫之力，就得了加米尔欢心；将来到马德里去，准有上千个女人看中我呢。”我想到这位慷慨的太太对我这一番情意，觉得动人寻思；又想到堂拉斐尔在庄上为我安排的消遣，先已津津有味。我想象着种种欢娱，渐渐瞌睡虫儿上身，自觉困倦，就上床睡觉。

早晨醒来，一看时候已经不早。我很诧异，昨晚吩咐过我那亲随，怎么不见他来。我想：“我那忠心的安布华斯又上教堂去了，要不然，就是今天很懒惰。”可是我立刻给了他一个更坏的考语，因为起床一看，不见桌上皮包，就疑心他夜里偷了。我要知道究竟，忙开了门，连声叫那假正经的家伙。一个老头儿听我叫唤，跑来问道：“先生，您要什么？您手下人今儿天不亮都离开我这所房子了。”我急道：“什么？你的房子啊？这儿不是堂拉斐尔家吗？”他答道：“我不知道那位绅士是谁。您住的是公寓，我是房东。昨儿傍晚，您来的前一个钟头，那位跟您吃晚饭的太太跑来租了这一套房间，说是为一位微服漫游的大贵人租的。她先把房钱都付了。”

我恍然大悟，才明白加米尔和堂拉斐尔是何等人物，原来我亲随知道了我所有的事，把我卖给这伙骗子了。其实我咎由自取，要不是我粗心大意，无故向马日罗和盘托出，就不会招来这场没兴。可是我不怪自己，倒埋怨命运弄人，千百遍咒骂我的流年。我把这事告诉房东，他也许跟我一样深知个中底细，听了装得很同情。他深为惋惜，又说这出把戏在他房子里串出来，他非常懊恼。随他做出这种样子，我相信骗局里有他的份，布果斯的客店掌柜也有一手。我始终相信，这条妙计是那掌柜想出来的。

第十七章

公寓里出事以后，吉尔·布拉斯的行止。

我尽情怨了一回命，也没用处，我想还是不要一味懊恼，该挺起脊梁，不怕坏运。我就鼓起勇气，一面穿衣裳，一面自慰道："还算大幸，那些坏蛋没把我的衣裳和衣袋里几个杜加一股脑儿拿走。"我多承他们这等体谅。而且他们还很大量，留下了我的皮靴；我就按原价三分之一卖给房东。感谢上帝，我跑出公寓，不用谁来扛我的行李了。我先跑到那客店里去瞧骡子在不在，料想安布华斯不会放过它们。我若一上来就看出他的为人，岂不好呢？店家说，安布华斯昨晚就把骡子牵走。我料定我的骡子跟那宝贝皮包都一去不返了。我在街上惘惘独行，想个计较。我很想回布果斯，再求堂娜曼茜亚帮忙，可是觉得不该诛求无厌，而且也不愿显得我是个糊涂虫，因此又死了这条心。我发誓从此要提防女人；那时就是对贞洁的苏珊娜①也不敢信任。我不时看看手上的戒指，想到这是加米尔的礼物，又伤心叹息。我想："唉！我对红宝石全不识货，可是我认得贩卖宝石的人，我相信这次准做了傻瓜，不必去请教珠宝商人了。"

---

① 《旧约全书》所载贞洁女人。两个法官诱奸她不遂，冤枉她不贞洁，判处死刑，她祈求上帝，得获昭雪。

我还想知道那戒指究竟值多少,就去给一个宝石匠看,他说值三个杜加。我虽然料到那东西不会值钱,不禁把那菲律宾总督的侄女狠狠咒骂,其实我已咒骂得她够了。我从宝石匠那里出来,一个年轻人打身边过,站住仔细看我。我觉得他很面熟,只是一时记不起是谁。那人道:"怎么的,吉尔·布拉斯,你假装不认识我吗?两年不见,尼聂斯理发师的儿子竟变得认不得了吗?你还记得你同乡同学法布利斯吗?咱们俩在郭狄内斯博士家里,把共相和物性层次①等等问题辩论过多少多少回啊!"

我不等他说完就记起来了。我们俩亲热拥抱一番。他说:"哎,朋友,我碰到了你真是快活!说不出心上多乐!"又诧异道:"你多神气啊!老天爷!你打扮得像一个王爷!好一把宝剑!丝袜子!丝绒的袄儿和斗篷!上面还绣着银花儿②!嗳呀呀!一望而知你有了什么艳遇了!我可以打赌,准有个花钱不心疼的老太太在倒贴你。"我道:"没那事儿。你想我那么阔气,其实并不然。"他道:"去你的吧!去你的吧!你装正经呢!请问你,吉尔·布拉斯先生,你手上戴的大红宝石哪儿来的呀?"我答道:"那是个地道的女拆白给我的。法布利斯,亲爱的法布利斯啊,别以为我风魔了瓦拉多利的女人。我告诉你吧,朋友啊,我是受她们捉弄的冤桶!"

我说这话时形容沮丧,法布利斯一看就知道我做了瘟生了。他追问我为什么对女人如此怨恨。我很愿意告诉他听,只是说

---

① "共相"原文是 Universaux,有译作"普遍概念"的。"物性层次"原文是 Degrés métaphysiques,中世纪经院哲学把事物性质分成层次(Gradation)由公有的共同性质一层层升到独有的特殊性质。

② 本卷第十五章里原说绣的是金花。

来话长，我们也舍不得马上分手，就上一家酒店，讲话方便些。我一面吃早点，一面把我离开奥维多以来的事一一讲给他听。他觉得我的遭遇很离奇，又十分关切我目前的窘况，说道："朋友，碰到人生一切不如意的事，应该自己会譬解，品性坚强的人跟懦夫就是这点不同。聪明人落了难，就捺下心等时来运转。西塞罗说得好：千万别丧气，忘掉自己是一个人①。我就是那种性格，尽管失意，绝不颓丧，永远不给坏运气压倒。譬如说吧，我爱上奥维多一个大家闺秀，她也爱我，我去向她爸爸求婚，碰了个钉子。换了别人就气坏了，可是我啊，你该佩服我的气魄，我拐了那小娘儿跑了！她那人热辣辣的，又没脑子，又风骚，只要可以寻欢作乐，就把本分事儿撇在脑后。我带她在加利西亚各处闲逛了六个月，她尝到了游历的滋味，想到葡萄牙去，不过她这回找到了别人做她的旅伴儿了。这又可以叫我垂头丧气。但是我吃了这个新的亏，并不认输。我比墨涅拉俄斯乖得多，帕里斯拐掉了我那海伦，我非但不向他宣战，反而感激他替我顶了缸。此后我怕吃官司，不愿意回阿斯杜利亚，就到雷翁去。当初我带那公主娘娘离开奥维多的时候，两人各卷了一大笔钱，行头也都不坏，所以我身边还有余钱，一路使用；可是一会儿就花光了。我到巴伦西亚，身上只有一个杜加，还得买一双鞋，剩下的钱更难维持我多少时候。我光景很窘，已经得收紧腰带，不得不赶快想办法。我决计去当用人。我先帮一家，主人是个卖呢绒

① 西塞罗（Cicéron，公元前106—前43），古罗马政治家、散文家。此句出《与友人书函集》第五卷第十七函（"勒勃古典丛书"本第398—399页），是写给西提厄斯（P. Sittius）的。勒萨日只引了个大意，原句说："我劝你要记住，你虽然不过是个人（hominem），究竟还是个大丈夫（Virum）。"

的胖子，有个儿子很荒唐。我在他家不愁挨饿，却有一件事为难。老子吩咐我去监视儿子，儿子又请求我帮他欺哄老子，我没法两面兼顾。我是吃人家软求不爱听人家命令的，因此把个饭碗砸了。接着我帮了一个老画家，承他好意，情愿教我画画。可是他只教我画，随我去饿死也不管。我因此讨厌绘画，也厌恶巴伦西亚那地方。我就到瓦拉多利，恰是天大的运气，在慈惠院院长家里找得个事。我现在还在他家，很喜欢这只饭碗儿。我主人马尼艾尔·奥东内斯先生走路时眼睛老看着地下，手里拿一大串念珠，可见他非常虔事上帝，很有道德。据说他自从少年时候，张开眼只看见穷人的福利，所以专为穷人造福，孜孜不倦。他得了好报，事事顺利。老天爷多么保佑他啊，他替穷人效劳，自己变成富翁了。”

法布利斯讲完，我就说道：“你对处境满意，我也很高兴。不过咱们私下说说，你还可以做个比用人有体面的事，像你这样人才，可以再向高枝儿上飞呢。”他答道：“你是说着玩儿吧，吉尔·布拉斯？我告诉你，像我的脾气，做这事再合适没有。当然，傻瓜做用人是很辛苦的；不过伶俐小伙子当用人就其乐无穷。高才上智当了用人，不像下愚那样死心眼儿做事。他上人家不是去伺候，倒是去指挥的。他第一先揣摩主人性格，顺着他的短处，哄得主人信任，以后主人就由他牵着鼻子走了。我在慈惠院院长家就是这个做法。我一上来就看透了那家伙，看出他要冒充圣贤人的；我只装给他蒙过了，这又不费什么事。不但如此，我还学他的样，他怎么装腔哄人，我就照样装腔哄他。这骗子受了我的骗，渐渐无论什么事都交给我了。我指望靠他提拔，有一天也能够办慈善事业。我觉得我跟他一样地爱为穷人造福，说不定我也会发财呢。”

我说道：“亲爱的法布利斯，你大有前途，恭喜恭喜。我呢，还想照我原先的计划办。我把这套绣花衣服换件道袍，到萨拉曼卡，借个大学的招牌去谋个教师的馆地。”法布利斯嚷道：“好计划！好打算！你真是个傻瓜！这点点年纪就去做教书匠！可怜东西，你打这个主意，可知道前途是什么光景？你一谋到馆地，那家的人就个个都来监视你，仔仔细细审查你一举一动。你对自己要刻刻严加约束，装出岸然道貌，仿佛是众德兼备的样子。你简直没时候寻快乐。你老得监督着你的学生，成天教他拉丁文，纠正他的胡说乱为，这就够你忙的了。费了这些心力，受了这般拘束，有什么收成呢？那位小爷要是个不成材的东西，人家怪你管教不好，东家不送谢仪，就请你滚蛋，说不定连束脩都会赖掉。所以你别跟我提教师的馆地，吃那一份薪俸，得掌管人家的灵魂。咱们还是谈谈做用人这门行业吧，这才是只领干薪、不担责任的。主人有什么短处，聪明用人就依顺着他，往往还可以从中取利。一个用人在有钱人家过的是无忧无虑的日子。他酒醉饭饱，就放倒头安心睡觉，跟阔人家公子哥儿一模一样，不用操心肉铺子面包店的账。”

他接着道：“朋友，我要是把当用人的好处一一说来，就一辈子也说不完。听我的话，吉尔·布拉斯，从此放下了做教师的心，还是学我的样。”我答道：“好是好，法布利斯，不过像慈惠院院长那类的东家不是随时找得到的；我要是决计做用人，至少得找个好饭碗儿。”他道：“哎，你说得对。这事在我身上！不说别的，单为了把你这个漂亮人从大学里挖出来，我也得包你个好事情。”

我倒不是为法布利斯这番道理，我实在是快要穷极无路，又看他得意洋洋，就决计当用人了。我们出了酒店，我那同乡说："我立刻带你去见个人，找事情的用人多半找他；他手下有人替他刺探各家消息。这人知道谁家要用人，一部账上登载得详详细细，不但哪几家要人，连某家有什么好处坏处都写得分明。他从前在不知什么个修道院里做过修士。一句话，我现在的事就是他找的。"

我们一面谈着这个奇妙的问讯处，尼聂斯理发师的儿子带我进了一条死胡同。我们到一所小房子里，看见一个五十来岁的人，伏在桌上写字。我们向他招呼，而且礼貌，很恭敬，他却站都不站起来，只略微点了点头，不知是天生傲兀，还是平日只看见用人和车夫之类，大落落的惯了。可是他对我很注目。我知道他在诧异，怎么穿绣花丝绒衣服的人要来当用人，也许想是来托他找用人的。可是他立刻知道了我的来意，因为法布利斯劈头就说："阿利阿斯·德·隆东那先生，你许我介绍我的好朋友吗？他是大家子弟，走了背运，没法儿只好出来当用人。劳驾你给找个好事情，他明儿一定重重谢你。"阿利阿斯冷冷地答道："先生，你们这起人都是一个样子的：事情没到手，许的愿天花乱坠；得了好事情，说的话忘个一干二净。"法布利斯道："怎么呀？你还嘀咕我吗？我对你还不够大方吗？"阿利阿斯道："你还可以大方些儿呢！你那个事抵得过书记的职位；可是你给的报酬，好像我只介绍了你到文人家去帮佣。"我就自己出场，对阿利阿斯先生说，我愿意先给报酬，好叫他知道我不是个没良心的。我一面说，就掏出两个杜加给他，又答应他如果有好饭碗，还要多多酬谢。

我这种举动仿佛很合他意。他说："我喜欢人家这样待我。"又道："有许多很好的位置还空着呢，我一一念给你听，随你挑好了。"他就戴上眼镜儿，打开桌上的登记簿，翻过几页，念道："多贝利诺大尉要一个跟班。大尉性情急躁暴戾，而且古怪；把用人责备不休，还要打骂，往往打成残废。"我一听他的描写，嚷道："念下去吧，这个大尉不合我的脾胃。"我这股子劲儿惹得阿利阿斯笑了，他往下念道："堂娜马尼艾拉·德·桑都华尔现在缺一个跟班。她是个老寡妇，又啰嗦，又怪僻；一向只用一个人，从来用不满一整天的。她家里十年来只有一套号衣，不论身材肥瘦高矮都穿这一套。其实用人不过去试试装，那套号衣虽然有两千人上过身，还是簇新的。阿尔华·法内斯博士要一名亲随。他是医生兼配药的，他家用人吃得好，管待得不错，工钱也高，只是他制了药要在用人身上试验。他家老在找用人。"

法布利斯笑着插嘴道："唷！那是当然的！天晓得，你尽介绍我们这些好主顾！"阿利阿斯·德·隆东那道："别急呀，咱们还没念到底呢，自有称你们心的事。"他又往下念道："堂娜阿尔方萨·德·索利斯已经三个星期没有跟班了。她是个老信女，每天大半在教堂里过，要个跟班时时刻刻在身边伺候。赛狄罗学士，本城神职班里一位年老的大司铎，昨晚把他的亲随撵走了……"法布利斯嚷道："甭念了，阿利阿斯·德·隆东那先生，这个事我们要了。赛狄罗学士是我主人的朋友，他的情形我都熟悉。我知道他的女管家叫侠生德大娘，是位虔诚的老婆婆，家里事全归她做主。这是瓦拉多利数一数二的好东家，在他家里过得舒服，吃得非常好。再加那大司铎已经老态龙钟，又害痛风症,不久就得立遗嘱,还可以图他一份遗物呢。当亲随的有这指望多美呀!”他转向我道:“吉尔·布拉斯,别耽搁了,朋友,咱们立刻到学士家去吧。我想亲自介绍你去,做你的保人。”我们生怕错失这个好机会,匆匆向阿利阿斯告辞。他得了我的钱,对我担保说,如果这事不成,一定还替我找个一样好的事情。

第二卷

第一章

法布利斯带吉尔·布拉斯到赛狄罗学士家
参见主人。这位大司铎的境况。
管家婆的一幅肖像。

我们怕去迟了,所以一口气跑出死胡同,赶到老学士家里。只见大门紧闭,就上去打门。一个十岁的女孩子来开门。外面对这女孩子的出身很有闲话,可是那管家婆满不理会,只说是她侄女儿。我们正问她能不能见见大司铎,侠生德大娘也出来了。这女人已经是不惑之年,还很漂亮;她脸色娇艳,尤使我惊佩不置。她穿一件很朴素的长呢袍儿,腰里束条阔皮带,一边挂串钥匙,一边是一串大颗的念珠。我们一见她就恭恭敬敬行个礼;她回礼也很客气,不过态度拘谨,眼皮儿也不抬。

我的伙伴儿说道:"听说赛狄罗学士要找个靠得住的用人,我带了一个来,但愿他会中意。"那管家婆听了这话,抬眼把我仔细端详;觉得我身上的绣花衣服和法布利斯的话不大合拍,就问可是我找事情。尼聂斯理发师的儿子答道:"是啊,就是这小子。他尽管这样打扮,却是运气不好,没办法只得当用人了。"又低声下气道:"他虽然走背运,要是有造化在贵府上跟着大贤大德的侠生德,也就可以自慰了。像您这样贤德的人,有资格做美洲大主教的女管家呢!”那贤德老太婆一听,觉得这人说话彬彬有礼,就不看我了,转过眼去看他,一看很脸熟,说道:“我好像见过你,可是你究竟是谁,得请你提醒我了。”法布利斯答道:“贞静的侠生德,承您留意到我,荣幸得很。我主人就是慈惠院院长马尼艾尔·奥东内斯先生,我跟他到贵府来过两回。”管家婆答道:“哎,对了,想起来了,我认得你。啊,你既然是奥东内斯先生的用人,一定是有道德有体面的。能够在他家当差就见得你这人不错。这小子有你作保,再好没有了。”接着道:“跟我来,我领你们去见赛狄罗大爷。我想他准要你荐的人。”

我们跟着侠生德大娘进去。大司铎住在底层,一套四间屋,都整整齐齐装着护壁板。她叫我们在进门第一间屋里等着,自己跑进里间去,学士就在那里。她先跟他密谈一会儿,把情形讲了,然后叫我们进去。只见这位有痛风病的老头儿嵌在一只安乐椅里:头底下一个枕头,两胳膊靠两个垫子,一双腿搁在鼓鼓的鸭绒垫子上。我们近前去,连连的行礼,还是由法布利斯开口,把方才对管家婆的话重说了一遍,还夸赞我一通,尤其把我在郭狄内斯博士家里辩论哲学出的风头大讲特讲,仿佛我不是大哲学家就不配充大司铎的亲随。这几句赞扬不免炫惑了学士的观听,而且他看侠生德大娘并不讨厌我,就对那保人说道:“朋友,你荐的人我就留用了,他还中我的意,而且他既然是奥东内斯先生家用人荐的,品行想必不错。”

法布利斯一看我的事定了,就对大司铎深深行礼,对管家婆深而又深的行礼,又低声对我说,以后再见,只要好好待下去就行;然后他高高兴兴地走了。他走之后,学士问我叫什么名字,为什么离开家乡。他这样问,我只得把身世讲给他听,侠生德大娘也在旁听着。他们俩觉得有趣,尤其是我最近的那桩事情。加米尔和堂拉斐尔惹得他们好笑死了,差点儿没送掉了那痛风老头儿的性命;他狠命地笑,笑得一阵咳呛,我以为他一口气回不过来了。他还没立遗嘱,那管家婆当时的着急可想而知。我看她急得发抖,慌忙去救护这老头儿,好像他是个小孩子在咳嗽一般,揉揉他脑门子,拍拍他背心。亏得是一场虚惊,老头儿咳止,管家婆也停了拍弄。我还想把我的事讲完,可是侠生德大娘怕引起第二阵咳呛,不让我再讲。她索性领我出来,到藏衣室去,那里挂着好些衣裳,有一套是我前任穿的。她叫我换上,把身上穿的一套挂起来。我乐得把那套衣裳藏好,打算将来还要穿呢。然后我们一同去做晚饭。

我对烹调不算外行。我在雷欧娜德大娘手下实在学了点儿本事;她算得一个好厨娘,只是比了侠生德大娘还差远着呢。只怕托雷都大主教的厨子都赛不过这一位的手段。她做什么菜都高人一等:她做虾羹,知道选什么肉汁,怎么配合,做出来鲜极了;做的肉饼子,味道调得也很可口。我们做得了饭,同到大司铎房里。我在安乐椅旁放张小几,摆上刀叉;她拿一方餐巾衬在老头儿下巴底下,两角别在他肩膀上。过一会儿我端上一碗汤和两只冷盘子:那汤可以宴请马德里最有名的大神父;那两个冷盘里,侠生德大娘没敢多加香料,怕对学士的痛风病不好,不然的话,那味道真可以引出总督大人的馋劲儿来。我以为老主人已经四肢瘫痪,谁知他一见好菜,居然还能运用两条胳膊。他推开了枕头靠垫,欣欣喜喜吃起来。他的手抖抖索索,却还管事,能够伸缩如意,不过只有一半儿送到嘴,还有一半儿全狼藉在桌布和餐巾上面。我等他喝完汤,撤下去又送上一盘,中间一只野鸡,两旁两只烤鹌鹑。侠生德大娘替他一片片切碎。她又留心时时给他大口地喝酒,酒里稍为兑上些水,盛在一只又大又深的银杯子里,仿佛是喂一个十五个月的娃娃。他不放过那冷盘子,把些烧烤的鸟儿也吃个尽兴。他吃得撑肠挂腹,那位虔诚的老婆子替他解下餐巾,重新放好枕头靠垫,让他舒舒服服地在安乐椅里睡他照例的午觉。我们撤下家伙也去吃饭。

我们这位大司铎大概是神职班里最能吃的人,他每天这样用饭。不过他晚饭没这样丰盛,只吃一只鸡,或者一只兔子,还吃些蜜饯。我在他家吃得好,过得很舒服;只有一件苦处,我得熬夜,像个病房看护,通宵守着我主人。他有小便失禁的毛病,一个钟头十来次地要我给他递尿壶;又有出虚汗的毛病,每出一身大汗,就得替他脱换衬衣。他在第二天晚上对我说道:"吉尔·布拉斯,你很能干,也很勤谨,我预料你一定能伺候得我满意。我只有一句叮嘱,你得听侠生德大娘的话,她有什么吩咐,就是我吩咐下来的一样,你得依头顺脑。这女人服侍了我十五年,忠心得少有;她在我身上那么周到,我不知如何补报。我老实告诉你,我看得她比家里人都亲。我为了爱护她,把亲姊姊生的亲外甥都赶走了,这事我没做错。他不把这可怜的女人放在眼睛里。现在这起年轻人以为道德就是诈伪,人家对我赤胆忠心,那狂妄的家伙不给她个公道,只说是假惺惺。谢天,我把那混蛋撵了。人家待我的情分,我看得比骨肉伦常还重,只有待我好才赢得我的欢心。"我说:"先生,您说得对,我们应该把恩义看得比天伦还重。"他答道:"那还用说!将来看我的遗嘱,就知道我全不把亲属放在心上。我那遗嘱上,管家婆有个大份;你要是一直这样服侍我,也少不了你的。我昨天撵走的那用人自取其咎，平白丢了好好一份遗产。那混蛋的行为弄得我非辞退他不可，不然的话，他可以有好一笔到手呢！他傲慢无礼，对侠生德大娘全没些规矩，又是个怕辛苦的懒骨头。他满不愿意陪夜，晚上照顾我，嫌累得慌。”我这时仿佛给法布利斯的天才感化了，嚷道：“啊！那混蛋！他不配伺候您这样一位上等人！一个小子有造化做您的用人，应该孜孜不倦，把职务当作一件乐事，就是为您流血流汗也不嫌忙碌。”

我瞧出那学士听了这几句话很入耳。我又一口应承，凡事遵照侠生德大娘的意思，他听了也很满意。我立志做个不辞劳苦的用人，极尽殷勤。我整夜脚不离地，也毫不抱怨。不过我觉得这是桩苦事，要不是贪图那份遗产，早厌恶我那差使，不肯忍受了。其实我白天可以歇几个钟头。说平心话，管家婆很照应我，这也因为我要博她欢心、凑趣恭敬的缘故。我跟她和她侄女伊内西尔一同吃饭的时候，替她们换盘子、斟酒，伺候得分外殷勤。她们渐渐地跟我很要好。一天侠生德大娘出门采办伙食，只剩我跟伊内西尔在一起，我就跟她谈起来。我问她还有爹妈没有。她答道：“唉！没有了，他们死了好久好久了。我的好姑姑对我这么说，我可从来没见过他们的面。”小姑娘这句话讲得很含糊，可是我志志诚诚信以为真。她给我引动了头，把我没想知道的事都讲出来了。她告诉我——其实是我从孩子家没心眼儿的话里悟出来，那位好姑姑有个亲热的男朋友，也服侍一个年老的大司铎，替他经手一切世俗的事；这一对好福气的用人准备把双方主人家刮来的财产并在一家；现在虽然还没结婚，早已在品尝夫妻的甜头。我曾经说过侠生德大娘年纪虽老，容颜娇嫩。她真的是费尽心思要常葆美丽，每天早晨灌肠一次，白天和临睡还要吃两回滋补的肉膏。而且每晚上我熬夜陪主人,她却安安稳稳地睡觉。伊内西尔告诉我,她每条腿上有个口子①,大概这尤其是驻颜妙法。

第二章

大司铎得病,延医服药;他的下场,
以及传给吉尔·布拉斯的东西。

我伺候赛狄罗学士三个月,为了他晚上不得好睡也不抱怨。三个月以后,他生起病来。先是发烧,一发烧,那痛风毛病也厉害起来。他活了这么多年,现在是头一次要请教大夫。他请了桑格拉都②大夫,瓦拉多利人当作希波克拉底③再世的。侠生德大娘希望大司铎先写遗嘱,甚至于向他提过这话;可是大司铎有他固执之处,而且自以为还不会死呢。我就去请桑格拉都大夫,领他上家里来。他是个干瘦苍白的高个子,替司命之神至少当了四十年的催命使。这位博学的名医道貌岸然,说起话来句

---

① 西洋古代医学认为女人腿上划开个口子(source, fontaine),让身体里的恶血秽液排泄出去,就可常葆青春。塞万提斯《堂吉诃德》里的公爵夫人美貌动人,就因为腿上有这种口子。见《堂吉诃德》第二部第四十八章。

② 西班牙文 Sangrador,意思是“抽血者”。抽血是法国十七、十八世纪极流行的治疗法。

③ 希腊名医,公元前四六〇年生,是西洋医学的开山祖师。

斟字酌，用的词儿高雅得很。他讲的理论有根有据，抱的见解又偏又僻。

他瞧了我主人的病，摆出一副医生架子，说道："这是滞积症，应当清导一下。换了别人呢，一定用泻盐、利尿剂、发汗药，都大半含硫磺和水银；可是清泻和发汗的药有伤身体，全是庸医捣鬼哄人的，化学方法配合的药都有弊无利。我用的方法又轻简又灵验。"接着问道："你平时吃些什么东西？"大司铎答道："我常吃虾羹和嫩肉。"医生大惊小怪地说道："虾羹和嫩肉！啊，原来如此，难怪你生病呢！可口的东西美中有毒，那是口腹之欲安排的圈套，可以稳稳地害人。你此后该戒绝一切鲜肥的东西；越是淡而无味，越对身体有益。身体里血液就没味道，补血也该用没味道的食料。"又问道："你喝酒吗？"学士道："喝，喝些兑了水的酒。"医生道："啊，随你兑上多少水也没用，你太没有节制了。这样的饮食真骇人听闻！早就该送命了！你今年几岁？"大司铎道："六十九岁了。"医生道："一点儿不错，贪吃贪喝就要未老先衰。你要是一辈子只喝白水，吃点素淡的东西，像煮苹果以及豌豆、绿豆之类，你不至于害痛风病，还手轻脚健呢。不过我并没绝望，只要你完全照我开的方子，我还治得好你。"学士虽然贪嘴，答应一切遵命。

于是桑格拉都说了个外科医生的名字，叫我去请来，把我主人的血抽掉满满六瓶子，算是导淤通塞的。他对那外科医生道："马丁·奥内斯先生，你过三个钟头再来照样抽一次，明天还要抽。别以为生命要血来维持，这是种谬论，病人抽血越多越好。他不必运动，只要留着性命不死，跟一个人睡着了一样，不用多少血就可以活；病人和睡着的人全靠脉搏和呼吸活命。"大司铎这个好人以为这么大名医的道理绝不会错,服服帖帖的尽人抽血。医生一面吩咐:血要抽得多,抽得勤;一面又说:应当时时刻刻给大司铎喝热水,医治百病的良方就是多多喝水,决没有错儿。他临走好像很有把握地对侠生德大娘和我说:只要照他的法子治疗,病人保管会好。女管家心里也许别有见解,满口答应一定完全遵命办事。我们真的立刻烧起水来,医生既然千叮万嘱喝水愈多愈妙,我们先大口灌主人喝了两三品脱①的热水,过一个钟头,又来一次;这样连连地灌,灌得我主人肚里翻江倒海。一壁厢还有外科医生帮着办事,抽了他好多血。不到两天,我们把个大司铎老头儿弄得奄奄待毙。

这可怜的教士看见我又拿了大杯能除百病的良药要灌他喝,实在受不住了,有声无气地说道:"罢了,吉尔·布拉斯啊,别再叫我喝了,我的朋友。白水尽管灵验,我知道自己是要死的人了;我身体里滴血不剩,可是并无起色。可是死期一到,天下最高明的医生也拖延不了时日。我得动身到另一个世界去,你找个公证人来,我要立遗嘱。"他末了几句话我很听得进,急急要去遵命办事,可是承继财产的人到这时节都不免做张做致,我也捺住心,装得十分悲戚,说道:"可是先生,您的病没这么厉害,天保佑您还会好呢。"他道:"不成了,孩子,我完了;我觉得已经病入膏肓,死期越逼越近了。你赶快照我吩咐的去办。"我看他果然神色大变,觉得事不宜迟,连忙遵命,让侠生德守着病人。她比我还要着急,只怕病人来不及立遗嘱就断了气。我请人指引,撞到个公证人家里,他正在家。我说:"先生,我主人赛

① 一品脱约合一升。

狄罗学士快没气了，他要立遗嘱，请您赶快就去。”这公证人是个小老头儿，很有兴致，爱说笑话，他问我替大司铎瞧病的是哪位大夫。我说是桑格拉都大夫。他一听这名字，急急披袍戴帽，嚷道：“天哪！咱们赶快走吧！这位大夫手段爽利，病人请个公证人都来不及。这家伙夺掉我好多份遗嘱了。”

他说着匆匆忙忙和我一同出来，两人大踏步往回里赶，生怕病人先咽了气。我一面对他说道：“先生，您知道一个人临死立遗嘱，记性往往差了。要是我主人没想起我来，劳驾您把我对他的忠心提醒他一声。”公证人答道：“孩子，你放心，我一定帮忙。一个用人好好服侍了主人一场，理该酬奖。只要他对你稍有酬谢之心，我一定撺掇他给你些值钱的东西。”我们赶到学士屋里，他神志还清楚。侠生德大娘在他旁边，逼出一副急泪，满面啼痕。她才演完一出戏，要哄那老头儿把许多财产都传给她。我和她退到外间，单让公证人跟我们主人在一起。外科医生又来了，奉医生之命，末次来抽血。我们挡住他，管家婆说：“马丁先生，你等一等吧，现在进去不得，赛狄罗大爷正叫公证人写遗嘱呢。等立好遗嘱，你爱抽多少血随你抽去。”

我和这位贤德老太婆都提心吊胆，只怕学士没写完遗嘱就死。侥天之幸，我们着急的那件事居然办妥。公证人从屋里出来，见我站在当道，拍拍我肩膀，笑嘻嘻地说：“他并没有忘掉吉尔·布拉斯。”我听了心花怒放，满腔感激我主人心上有我，发愿他死后一定为他好好祷告。他一会儿就去世，外科医生正替他抽血，这可怜的老头儿已经太虚弱，当场咽了气。他末一口气游丝未断，医生来了，虽然他替病人送终早已积久成习，却也不好意思。可是他满不承认大司铎的命送在抽血和喝水上面，他一面出去，一面仿佛没事人儿，说还是血抽得不多，热水喝得不够。那位高等医学的刽子手，我指外科医生，看见现在没他的事了，就跟着桑格拉都大夫同走，异口同声，说打头一天起就断定学士的病不会好。他们这种诊断的确从来不错。

我们看见主人没气儿了，侠生德大娘、伊内西尔和我齐声举起哀来，声闻四邻。那贤德婆娘称心已极，尤其哭得悲切，仿佛是天下第一伤心人。屋子里立刻挤满了人，都是出于好奇，并非跑来吊唁的。死者的亲族听见消息，一窝蜂地赶来，一处处上了封条。他们看见管家婆那么伤心，先还以为大司铎没立遗嘱；可是马上知道有一张遗嘱，手续完全合法，大为懊丧。遗嘱开读之后，他们听说主要承继人是侠生德和她的小姑娘，他们对死者的哀词就大不客气。他们把那贤德老太婆连带上我都骂了一顿。我承认我该挨骂，学士（愿他的灵魂得见上帝！）要我终身纪念，遗嘱上立了关乎我的一款——“一、吉尔·布拉斯此子颇有文学修养，故余所藏图书，举凡书籍手稿，巨细无遗，悉数传予，俾得增长学问。”

我不知道所谓图书究竟在什么地方，从来就没看见他家有什么图书。我只知道我主人书房里小小两层杉木板上有一堆字纸和五六本书，这就是我得的一份遗产。而且这些书我没什么用处：一本是《烹调大全》，一本是《胃病医疗法》，此外是一部四本日课经，给虫蛀了一半。至于手稿呢，最珍贵的是大司铎从前争薪俸的全套诉讼书。这些东西不值一顾，不过我还是检点了一遍，然后扔下，留给死者的亲属，他们正眼红呢。我把身上衣服也还给他们，重新换上自己那一套；辛苦一场，只领了几个工钱。我又得去另找人家了。至于侠生德大娘，不但得了遗嘱上的一笔钱，还乘学士害病的时候，串通她情人偷了些很好的衣服。

第 三 章

吉尔·布拉斯做桑格拉都大夫的用人，成了名医。

我决计再去找阿利阿斯·德·隆东那先生，从他那登记簿上再挑个事情。可是我刚走进他住的死胡同，桑格拉都大夫迎面而来，我从主人死后，还没见过他。我行了个礼。我已经改了装，他却一眼就认得，颇为高兴，说道："啊，孩子，原来是你！我正在想你呢。我要找个好用人，想起了你来。我见你像个好孩子，你要是会看书写字，就合适了。"我道："照您这条件，我正合适，我看书写字都来得。"他道："既然如此，你正是我要的人。跟我家去吧，你去了没有不称心的事，我另眼看待你呢。我不给工钱，可是什么都不短你。我好好照管你，还要把医治百病的妙法都传授给你。总而言之，你不是去当我的用人，却是做我的学生。"

我应了医生的请，指望跟着这么一位博学的主人能够做个名医。他马上带我回去，派定职务：他不在家的时候，我得把请他的病家姓名住址记下来。他有一本病人挂号的簿子；他家里只用一个老婆子，当初就叫她登记，可是她不懂拼法，字又写得恶劣不堪，往往写了认不出来。医生这回把挂号簿交我掌管。这簿子应该叫作“鬼录”，因为经我记下姓名的人差不多个个都活不了。驿站马车行里有职员替车上定座的旅客登记，我算得专替阴间去的旅客登记。我老是忙得笔不离手，因为当时瓦拉多利的其他的医生，名望都不如桑格拉都大夫。他会搬弄一套专门学名，加上岸然道貌，又碰运气医好过个把人，就算是他的功劳，因此就声名大起。

他病人不少，收入很可观。可是他家饭食并不讲究，吃得非常刻苦。我们日常只吃些豌豆、绿豆、煮苹果和奶饼。他说这种食品对脾胃最宜，因为最易“齿决”①，就是最容易嚼烂的意思。他虽然说这些东西容易消化，却不让我们吃个饱；他当然很有道理。他不许我和那女用人多吃东西，许我们尽量喝水，非但不限制，有时候还说：“喝水呀，朋友！身体健康全靠各部分柔润。你们要多多喝水，水能够溶解一切东西，化掉一切盐质。血流得慢，水能激得它快；血流得急，水能挡得它慢。”我们这位医生很相信这个道理，尽管上了年纪，还只喝白水。他下了个界说道：“衰老就是使人干枯消损的天然痨病。”因此慨叹有种人愚昧无知，会把酒当作老年人的牛奶。他认为酒对老年人耗损得厉害，竟会把命都断送；又滔滔一篇大道理，说这害人的饮料对老人、对一切人都仿佛是一个负心的朋友，一种骗人的乐趣。

他这套议论尽管高深，我却在他家待了八天就闹肚子；我胃里痛得很，竟大胆以为都是那溶解一切的白水和营养不足的饭食作祟。我向主人诉苦，想他也许会放松点儿，吃饭时给些酒

---

① 吉尔·布拉斯学了医生口气，用个古奥的字 Trituration。

喝。可是他跟酒是死冤家，不许我喝，说道："你养成了喝水的习惯，就会知道水的妙处。你要是不爱喝白水，还有个好办法，免得喝淡水倒了胃口。你可以泡些藿香、苦荬，味道就好了；还嫌不够味道的话，只要再加些瞿麦花、迷迭香或是罂粟花。"

随他称赞水的妙处，又传授配合各种美味汤头的秘诀，我还是喝得很少，所以给他看破了，就对我说："哎，吉尔·布拉斯，原来是这个道理！怪不得你身体不好，朋友，你喝水不够多呀。水喝得少只会叫胆汁更旺，越发蠢动，得多多喝水，把胆汁冲干净才行。好孩子，别怕多喝了水会胃弱胃寒，也许你不敢常喝水就是怕这点。你怕得无谓，快放了心，我保管喝不坏人的。你要是不相信我，赛尔斯①本人可以担保。这位罗马大哲人写过一篇颂赞水的好文章，他讲得明明白白，说有人借口胃弱，要想喝酒，显然不惜冤枉了脾胃，遮饰自己馋嘴。"

我刚学医，不好意思不遵教诲，就装得给他说动了，我也竟真心相信了。有赛尔斯担保，我就仍旧喝水，其实是开始多多喝水，好把胆汁冲个干净。我一天天越觉得不舒服，可是成见牢不可破，切身痛苦也不管。这就见得我是天造地设当医生的材料。然而肚子疼不能一辈子熬下去，我疼得厉害，吃不消了，打定主

---

① 古罗马大医学家，公元前一世纪人。桑格拉都的话是凭空捏造的。赛尔斯(Celse)的《医药论》(*De Medicina*)里虽然说消化不良等症应当喝水(第一卷第三节，"勒勃古典丛书"本第一册第 74—77 页)，可是他并没有说水是万应良药；他不但没有说酒喝不得，而且认为酒是营养品(alimenta)之一(第二卷第十八节又附录，"勒勃古典丛书"本第一册第 198—199 页，又第 497—498 页)。同时，他倒跟桑格拉都一样，颇主张放血，甚至认为要治吐血症最好还是放血(第四卷第十一节，"勒勃古典丛书"本第一册第 394—395 页)；而桑格拉都偏偏在这一点却没引他作为权威。

意要跟桑格拉都大夫分手。偏偏他给我一桩新差使，我又收起了这条心。一天他对我说："你听着，我不是那种严厉没良心的主人，把用人使唤到老也不想给他们些酬报。我对你很满意，也喜欢你，不必你再伺候得长，从今天起就要叫你发财。我现在把多年来济世救人的无上妙法指示给你。别的医生以为要精通医道，非研究千百门烦难的学问不可。我呢，可以给你一条捷径，免得你辛辛苦苦学什么物理学呀，药物学呀，植物学呀，解剖学呀，等等，朋友，你只要知道，医道只是抽血和灌热水，这就是医治百病的秘方。哎，自然界的奥妙，我的同行都看不明白，可是逃不过我的眼睛；那不外乎抽血、常喝水两件事，就是我传授的简易秘诀。我没有别的可教你了，你已经把医学懂得透彻，只要再参照我多年临诊经验，就马上和我一样高明了。"他接着道："你目下就可以为我分劳。你上午挂号，下午出去替我看一部分病人。贵族和教士归我，你替我到平民百姓家去看病。你工作了些时候，我再介绍你进我们的医生公会。吉尔·布拉斯，你现在虽然不是医生，已经是个医学家了，不像那些人做了多年医生——大半做了一辈子医生，还算不得医学家。"

我谢谢那位医生教导我马上能充他替身。我感他的恩，一口担承说，即使他的说法跟希波克拉底的说法不合，我也终身信奉。可是我这句话并不完全老实。我不赞成他对水的见解，准备以后每天出诊的时候弄些酒喝。我又第二次把我的绣花衣服挂起来，换上一套主人的衣裳，以便装得像个医生。从此由我瞧病的人活该倒霉，我准备去行医了。第一个病人是个害肋膜炎的公差，我吩咐病家硬着心肠替他抽血，还尽命给他喝水。我又去瞧一个糕饼师，他害痛风病，痛得直叫号。我也像对付那公差一样，没爱惜他的血；又吩咐时时刻刻叫他喝水。两家诊金共有十二个瑞阿尔，因此我尝到了这门行业的滋味，惟恐人家无病无痛。我从糕饼师家里出来，碰到法布利斯，这还是我主人死后第一次相见。他大为诧异，把我端详了好一会儿，于是两手捧着肚子，笑得喘不过气来。我确是可笑，披了件拖地的斗篷，袄儿和裤子又长又大，比我的身量大了四倍。我那模样可算得古怪离奇。我让他尽情笑个畅，自己都撑不住要笑；可是我绷着脸儿，因为在街上不可以失体统，而且医生不是个能笑的动物①，我做一行该像一行。我那模样滑稽，已经惹法布利斯好笑，我神色正经，越发招他笑个不了。他笑够了，说道："天啊，吉尔·布拉斯，你这般打扮怪有趣，谁把你装成这副模样的呀？"我答道："客气着点儿，朋友，客气着点儿，你得尊敬这一位新的希波克拉底！可知道我是瓦拉多利头等名医桑格拉都大夫的替身！我在他家已经耽了三个星期。他把医学的包袱底儿都传授给我了，他一人伺候不过来那么多请他看病的人，就叫我分劳，阔人家归他看，小户人家归我。"法布利斯道："好得很！换句话说，他把平民百姓的血让给你，自己单要阔人的血。我恭喜你分得了你那一份，百姓比阔人容易打发。祝乡下医生前途无量！他闯了祸没人注意，杀了人也不会闹出来。"又道："好！孩子，我羡慕你的好运气，也要仿着亚历山大的口气说：'如果我不是法

① 自从古希腊哲学家亚里士多德（公元前384—前322）以后，欧洲流传着三个关于人的定义："人是政治的动物""人是理性的动物""人是能笑的动物"。亚里士多德《动物器官论》（*De Partibus animalium*）（"勒勃古典丛书"本第280—281页）谈到呵痒，就说"人是惟一会笑的动物"；所以拉伯雷《巨人传》卷首致读者诗（Aux lecteurs）结句道："因为笑是人类的特征。"（Le propre）

布利斯,我愿意做个吉尔·布拉斯。'"①

我要尼聂斯理发师的儿子知道我现在干的事确可称羡,就把公差和糕饼师两家出的瑞阿尔拿出来给他瞧瞧,于是两人同到一家酒店去喝掉它几个瑞阿尔。店家送上的酒还不错,我馋了好久,觉得味道分外的美。我大口喝酒;不是我得罪那位罗马大哲人,我只觉得喝下肚去,那肠胃越受冤枉越发感激。我和法布利斯两人在酒店里待了很久,各把主人说笑了好一顿,用人在一起照例如此。后来看看天色不早,我们分手回家,约定明天午后还在老地方会面。

第 四 章

吉尔·布拉斯还是行医,又有本领,又成功。重获戒指的奇事。

我刚到寓所,桑格拉都大夫也回来了。我告诉他看了些什么病人,把十二个瑞阿尔诊金花剩的八个交出来。他数一数,说道:"出诊两处只有八个瑞阿尔,太少了;可是不论多少,都得收下。"所以他差不多照数全收。他拿去六个,给我两个,说道:

① 亚历山大(Alexandre,公元前356—前323),古希腊武功最显赫的君王,据狄奥吉尼斯·雷厄提斯(Diogenes Laertius)《哲学家列传》第六卷第三十二节记亚历山大钦佩犬儒派哲学家狄奥吉尼斯(Diogenes),曾说:"假如我不是亚历山大,我愿意是狄奥吉尼斯。"("勒勃古典丛书"本第二册第34—35页)

“拿去吧，吉尔·布拉斯，让你攒起家当来。我跟你还要订个约，很便宜你：你赚来的钱，四分之一归你。朋友，你就要发财了，因为靠天照应，今年害病的人也许很多。”

把诊金这样分法我该称心，因为我蓄意先打四分之一的偏手，再加上余款四分之一，那么，除非算术这门学问靠不大住，我就几乎一半到手了。因此我对医学越发热心。第二天，我吃完饭就换上替身医生的行头，出去看病。我看了好几家由我挂号的病人，虽然病情不同，我一概用同样的方子。到此为止，还没有闹出什么乱子来。谢天照应，没人反对过我的方子。不过医生的手段尽管高明，总不免挨骂招忌。我到一个杂货店主家去看他儿子的水肿病，碰见一位同道，他是个黑不溜秋的矮个子，人家管他叫居希罗大夫。他由店主人的亲戚介绍来的。我对每个人都深深行礼，我知道这位医生是东家请来会诊的，对他尤其恭敬。他正经严肃，还了个礼，把我仔细端详一番，说道：“医士大爷，请别怪我好奇，我相信瓦拉多利行医的同行我都认识，可是没见过你的脸。你准是新搬来的。”我说我还是个后生新进，掮了桑格拉都大夫的牌子替人家看看病。他很客气道：“我恭喜你传了这位大人物的妙法。你看来很年轻，可是我相信你一定很有手段了。”他说来态度自然，我不知道他是认真还是打趣。我正在想怎么回答，杂货店主乘这个当儿说道：“两位先生，我相信两位医道都很高明，请你们瞧瞧我儿子，诊断一下他的病该怎么治法。”

那小矮子医生就去瞧病人；把病征一一指给我看，然后请教我该怎么医治。我道：“我以为应当天天抽血，多多喝热水。”小矮子医生听了微笑，笑意很不善，说道：“你以为这样就救得他命吗?”我口气坚决,说道:“那还用说!你可以眼看病人有起色,这是必然之事,因为我这方法是医治百病的良方,不信你去问桑格拉都大夫。”他道:“如此说来,赛尔斯完全错了,他以为治水肿最简捷的办法是叫病人又饿又渴。”我道:“啊,我并不信奉赛尔斯,他跟旁人一样,也会有失着。我有时候直欣幸没听他的话,违背了他并不错。”居希罗道:“一听你的高论,就知道是桑格拉都大夫传授门徒的验方妙法。抽血和喝水是他的万应良方。怪不得那么许多好人在他手里送了命……”我疾言厉色打断他道:“别破口骂人啊!真是的,吃你们这行饭的人,好意思骂出这种话来吗?罢了,罢了,医士先生,人家不抽病人的血,不叫他喝热水,送掉的性命多着呢!说不定你手里断送的就比人家还多。你跟桑格拉都先生有仇,不妨写文章攻击他,他可以反驳你;咱们看看到头来究竟谁闹笑话。”他也怒冲冲打断我道:“圣雅各在上!圣德尼在上!你还没认得我居希罗大夫呢!可知道我自有随身本领,不怕什么桑格拉都。他尽管自以为了不得,我看来不过是个怪物罢了。”他那副嘴脸惹起我的火来。我尖嘴薄舌回驳了两句,他也如法还敬,两人马上扭打起来。杂货店主和他亲戚忙上来劝开,我们俩已经彼此互挨了几拳,各拉掉一把头发。他们觉得我那敌手高明得多,就把他留下,付了我诊金打发我走。

一波乍平,差点儿一波又起。一个唱圣诗的胖子发烧,请我去看。他一听说要喝热水,就狠命拒绝这种灵药,竟破口咒骂。他把我臭骂一顿,还恫吓说,如果不快快滚蛋,就把我从窗子里扔出去。我不用他说第二遍,赶快逃走。这一天我没兴致再看病,就到约会法布利斯的酒店里去。他已经在那儿。两人当时都有酒兴，尽情大喝了一顿，各回主人家的时候都有点醺醺然，换句话说，都已经半醉了。桑格拉都大夫一点没看出我醉，我指手画脚讲我跟小矮子医生吵架的事，他只以为我打架之后，余怒未消，所以那么激愤。而且我讲的事，牵涉他自己。他对居希罗很生气，说道："吉尔·布拉斯，你替咱们的方法争光，跟那三寸丁医生挺一挺是不错的。他以为害了水肿病不该喝水吗？真是个愚昧无知的小子！我呀，我说一定得给他水喝。"接着道："哎，这水啊，治得各种水肿，也治得骨节风痛以及脸色灰白，又是疟疾的对症良药；此外身体里津液太寒、太稀、太滞、痰太多，种种病症，都是喝水最灵。居希罗这种小伙子听了我的主张觉得稀奇，其实这在医学上有根有据；要是这起人别一味跟我抬杠，能够按照论理学推理一番，准会对我这方法钦佩，心悦诚服地归依我。"

我要把他对矮子医生的火气扇得旺些，不免在报告他的那篇话里加油加酱；他怒极了，一点也没怀疑我喝酒。可是他虽然一心只想着那篇话，也看出我这晚上喝的水比往常多。

我喝了酒实在口渴得很。换了别人，看我那样渴，大口地直喝水，一定会起疑心。可是他认真以为我喝水喝出滋味来了，笑笑说道："吉尔·布拉斯，照我看来，你不像从前那样厌恶白水了。天啊，你喝来仿佛琼浆玉液似的。朋友，我并不奇怪，我很知道喝喝会惯。"我答道："先生，一切东西都有个当景的时候。我这会子宁可把一大桶酒换两杯白水来喝。"医生听了很高兴，不肯坐失良机，又把水的妙处赞扬一番。他这次换了个调儿，简直似疯似狂，不是平心静气的口吻了。他说："古时候的热水站，品又高，又没害处，比起现在的酒店来，好得千万倍呢！那时候大家上热水站去，一起喝热水消遣，不失体面，又没害处；并非灌了一肚子酒，费钱伤身，丧尽廉耻。古代执政的人真有先见之明，叫人钦佩不已。他们造了这种公共场所，谁都可以来喝水；酒只许药房里卖，不凭医生的药方就买不到。这办法多聪明呀！"又道："上古风气俭朴，不愧称为黄金时代。幸而余风犹在，所以还有你我这种人，只喝白水，相信喝了没煮开的热水能身健病除，因为我留心到开水性子太重，喝到胃里不大合适。"

他滔滔议论，我好几次险的要笑。可是我装出一脸正经，还随声附和。我说喝酒是个恶习，那些人不幸喝上了这种毒汁，真是可怜。我觉得酒渴还没解尽，又满满斟上一大杯白水，一口气灌下肚去。我对主人道："好哇，先生，咱们且喝这健身汤！您既然对古代的热水站这样思慕，就在您府上复兴起来吧！"他大为赞成，还花了整一个钟头劝我一辈子只喝白水。我要喝惯这种饮料，就答应他每天晚上一定大喝；我这句话说到要做到，所以临睡下个决心，以后要天天去光顾酒店。

我在杂货店主家碰到了那场麻烦若无其事，依然行我的医，第二天又照常处方，吩咐病人抽血喝热水。我刚瞧了一个神志昏迷的诗人出来，碰到个老太婆，问我是不是医生。我说是的。她道："那么，医士大爷，恕我冒昧，奉请您到我家去，我侄女儿昨天病了，不知是什么征候。"我就跟她家去。她领我到一间精致的屋里，床上躺着个人。我近前去看，第一眼觉得脸熟，细细一认，分明就是扮演加米尔很出色的女骗子。她似乎不认得我，也许因为病里昏迷，也许因为我穿了医生服装，认不出来。我替她把脉，看见她手上正戴着我的戒指。我见了分内应得的东西，大为激动，恨不能一把抢到手；可是我提防这两个女人一叫喊，堂拉斐尔或其他替女人当保镖的听见了会赶来,就极力捺住性子。我想还是不露声色,先和法布利斯商量商量。我决计这么办。老太婆钉着问侄女儿害的什么病。我不是傻瓜,哪里肯说不知道,就假充内行,学着我主人的腔调,一本正经说:病人不出汗,这是病根,应当赶紧抽血,因为抽血替代出汗是自然之理;我又照规矩吩咐喝热水。

我赶紧瞧完病,跑去找尼聂斯理发师的儿子,正碰见他出门替主人办事。我讲了这件新闻,问他应该不应该报告警察,把加米尔抓起来。他说:"哎,不行!天爷爷,你千万别去报告,一报告,你的戒指就拿不回来了。那些人不喜欢物归原主。你该记得那阿斯托加的监狱,你的马、你的钱以及你的衣裳,可不是都落在他们手里吗?咱们还是自己费点儿心把你那钻戒捞回来。这条计策归我来想。我现在奉主人的命要到慈惠院去吩咐采办粮食的人几句话,一路上就替你打起算盘来。你先到咱们那酒店去等着,别性急,我一会儿就来。"

我在约会的地方等了三个多钟头他才到。一上来我不认得他了。他换了衣裳,编扎起头发,还带上一部大胡子,遮掉半个脸。他带一把长剑,剑柄的护手,圆周至少有三尺。背后一队五人,都像他一样,雄赳赳的,一脸大胡子,带着长剑。他走来说道:"吉尔·布拉斯先生,我替你当差。我是个新牌公差,跟我的这几位壮士都是和我一个模子里出来的卫士。你只要带我们到骗你钻戒的女人家里去,我管保叫她还你。"我听了把法布利斯拥抱一番。他告诉我设了怎么个计策,我十分赞成。我又招呼了这队假卫士,里面三个是当用人的,两个是理发店的伙计,都是法布利斯请来帮忙的朋友。我请这队人喝酒,等到傍晚,就一起上加米尔家去。她家大门已经关了,我们就上去打门。那老太婆开门,吃一大惊,以为我带来的这伙人真是法院的警犬,上门必有缘故。法布利斯对她说道:“我的老妈妈,你放心,我们只有一点小事情,立刻就了的。我们这起人办事爽利极了。”于是老太婆领路,拿一只点着蜡烛的银蜡台,照我们到病人屋里。我接过蜡烛,走向床前,让加米尔看看清我的嘴脸,一面说道:“骗子!认认死心眼儿上你当的吉尔·布拉斯!啊,混蛋!我找了你好久,也有给我找着的一天!司法官已经准我告状,派这几位公差来逮捕你。”又对法布利斯道:“来啊!公差先生,办你的公事吧。”他提高了嗓子说道:“不用你说,我自会办我的公事。我认得这位花姑娘,十年前就用红笔把她的名字记在我本子上了。”接着道:“起床呀,我的公主娘娘!快穿上衣服!你要是不嫌,我就充你的侍从,伺候你到本城牢里去。”

加米尔听了这话,又看见两个大胡子的卫士准备硬拉她下床,虽然病得有气无力,只得硬撑着坐起来,合掌哀求,满眼畏惧地望着我道:“吉尔·布拉斯先生,可怜可怜我,看你大贤大德的妈妈面上,可怜我吧。我不是坏人,实在是没法儿。你要是肯听我讲讲身世,就会相信。”我嚷道:“不用讲,加米尔姑娘,我不要听。我还不知道你惯会编故事吗?”她道:“唉,罢了!你既然不让我辩白,我且把钻戒还了你,别送我死路上去。”一面说,一面脱下戒指给我。可是我说,单还我一个钻戒算得什么,还有公寓里拐去的一千杜加呢。她道:“啊,先生,你的杜加可别问我要。堂拉斐尔那骗子当夜就拿走了,我到今天还没看见他的影儿。”法布利斯道:“唷!我的小乖乖,你只要说一声没有分肥,就撇清了吗?哼!没那么便宜的!你既是堂拉斐尔同党,我们就该查究你的旧账。你干下的昧心事一定不少，请到牢里去整个儿忏悔一通吧。”又道：“这位老太太我也带了走，我想她知道的奇怪事情一定不知多少，法官准爱听。”

两个女人听了这话，忙使出通身本领向我们求情。屋里一片诉苦乞怜之声。那老太婆一会儿向公差下跪，一会儿向那些卫士下跪，想叫他们大发慈悲；加米尔也做出宛转动人的样子求我援手，别让法院抓她去。这时候的情景煞是好看。我假装心软了，对尼聂斯理发师的儿子道：“公差先生，我得了钻戒，别的也就算了。我并不要这个可怜女人受罪，并不要这个犯人送命。”他道：“咄！你心肠好得很！你可不配做公差。”接着又道：“我得尽我的责任。上面明令叫我来逮这两位公主娘娘，法官正要借她们做个榜样给人看看。”我说：“哎，看我面子，请你们开恩吧；况且两位太太还有东西谢你，看这个分上，执法不要太严。”他道：“唷！这就又当别论了！你这话可算措辞得体！好，咱们瞧吧，她们有什么东西送我啊？”加米尔道：“我有一串珍珠项圈，还有一对很值钱的耳坠子。”法布利斯凶狠狠地插口道：“好哇！要是菲律宾群岛来的货①我可不要。”她道：“你放心拿去，我担保东西是真的。”她一面叫老太婆拿来一只小盒儿，取出一串项圈和一对耳坠子，交给公差。他和我一样不识宝石，可是他相信耳坠子上镶的宝石和那串珠子都是真的。他细细看了一回，说道：“这些珠宝看来货色不错。你再给饶上吉尔·布拉斯先生手里拿的银蜡台，我就顾不得奉公守法了。”我对加米尔说：“这番调停是便宜你的，我想你不至于为那一点小东西又弄

① 指本书第一卷第十六章女骗子加米尔换给吉尔·布拉斯的红宝石。

到翻脸。”一面说，就拔下蜡烛，交给老太婆，把银蜡台递给法布利斯。他大概看屋里再没什么可拿的东西，也就满意了，对那两个女人道：“再见吧，两位太太，一切放心，我回头见了司法官，一定替你们洗刷得比雪还清白。是非曲直由得我们说，我们对他不必撒谎的时候才肯据实报告呢。”

第　五　章

重获戒指的下文。吉尔·布拉斯
不当医生，离开瓦拉多利。

我们照法布利斯的计策干完事，从加米尔家出来，都欣欣得意，因为当初只打算捞回一只戒指，没想到这样成功。我们老实不客气把许多别的东西都拿走。我们抢劫了婊子不但于心无愧，反自以为干了件好事。到了街上，法布利斯对大家说道：“诸位，咱们这样马到成功，难道就此分手，不喝杯酒贺贺吗？我不赞成，我主张回那酒店去乐个通宵，明天把蜡台、项圈、耳坠子都卖了钱，大家平分，然后分头回家，想个好法子对主人圆谎。”大家都以为公差先生的主意很好。我们都回酒店，有的觉得编个通夜不归的借口并非难事，有的是砸了饭碗压根儿不在乎。

我们叫了一桌好菜，坐下大吃，胃口既好，兴致也高。大家谈得有趣，吃得越有滋味。尤其法布利斯说话逗乐儿，呕得人人发笑。他说了不知多少俏皮话，都有地道的西班牙风味，可以跟雅典式的诙谐[1]比美。我们正在欢笑，不料乐极悲生，出了倒霉事。一个相貌还漂亮的人跑到我们吃晚饭的屋里来，跟着两人，长得很凶恶。后面三个三个陆续进来，一数共有十二人。他们都扛着马枪，挂着剑，带着刺刀。我们一望而知这是巡逻的警卫，来意也不难推测。我们起初还想抗捕，不过他们人又多，又有兵器，立刻包围起来，把我们镇住。警卫队长含讥带讽地说道："诸位，我知道你们方才使个妙计，从女骗子手里要回了一只戒指。你们这事干得实在巧，公家应该奖赏，你们也辞不掉的。法律决不白让你们干这等聪明勾当，所以在宫里安排好了房间等你们去住呢！"挨骂的人都局促不安。方才我们叫加米尔吃的惊慌轮到自己身上，我们吓得变了颜色。法布利斯虽然脸白唇青，慌做一团，却还想替大家辩白，说道："先生，我们并没有为非作歹的心，玩个小小的把戏也情有可原。"警卫队长冒火道："什么话！你还说那是个小小的把戏吗？可知道那是犯绞刑的勾当？法律不由你们自己执行，而且你们还拿了人家一只蜡台、一串项圈、一对耳坠子；单就你们乔装警卫去打劫这件事来说，分明就是该上绞架的罪。你们这起匪徒乔装正人去干坏事！罚到海船上去做一辈子苦工还是太便宜了。"我们当初还不知道案情这样严重，这会儿听了都跪在他脚边，求他可怜我们年轻不懂事；可是我们恳求也没用处。而且还有绝顶怪事：我们愿把项圈、耳坠子、蜡台交出来，他不接受；连我的戒指都不要，大概因为在场的几个人有些身份，碍着不便。总而言之，他

---

① 希腊雅典人谈话以诙谐隽永著名。

绝不容情。他缴去了我伙伴的兵器，把我们一伙都带进城去坐牢。一个押送我们的警卫在路上告诉我，和加米尔同住的老太婆怀疑我们是冒牌的警察，一路跟到酒店；她疑团打破，就去报告巡逻的警卫，出了口恶气。

一到牢里，先有人把我们浑身搜查。项圈、耳坠子和蜡台都拿去了，我的钻戒还有菲律宾群岛来的红宝石不巧正在衣袋里，也搜去了；连我那天出诊赚的瑞阿尔也一个没留下。由此可见瓦拉多利的司法官吏办事老练，不亚于阿斯托加的官吏，这些老爷的行为都一模一样的。他们搜掉我金刚钻、红宝石和零钱的时候，警卫队长在旁，把案情讲给搜查的警卫听。他们认为这事闹得不小，好多人以为我们该处死刑。有几个比较宽大，说我们每人该打二百皮鞭，罚到海船上去做几年苦工。我们暂时关在一个牢里，等法官判罪，睡的是干草铺，像马房里的草荐。我们也许要在那里待上好久，等送到海船上去做苦工才能出来；亏得第二天马尼艾尔·奥东内斯大爷听人家说起这件事，他要救法布利斯，就不得不把我们一齐救出来。这人在本城很有声望，又不怕麻烦，四处请托；一半靠他情面，一半靠他朋友的情面，三天以后我们都放出监牢。不过我们出来的时候和进去的时候大不相同，蜡台、项圈、耳坠子、我的钻戒和红宝石都留在里面了。我因此想起维吉尔这样开头的几句诗："这般辛苦为他人……"①

我们放了出来，立刻各回主人家。桑格拉都大夫倒很和气，

---

① 维吉尔（Virgile，公元前70—前19），古罗马大诗人。他有首小诗，说鸟做巢、蜂酿蜜、牛拉车、羊长毛，都不是为了自己。

对我说道:“可怜的吉尔·布拉斯,我今天早上才知道你犯了事,正预备出力替你去求情。朋友,别把这事放在心上,从此应该越加专心学医。”我说正是这般打算,我果然把全副精神都花在这上面。这时候我们够忙的。我主人的话说准了,病人多得很。天花和恶性寒热病在城乡流行。瓦拉多利的一切医生都有生意,我们尤其生意好。我们每人一天总要有八个到十个病人,喝进去的热水和抽出来的血该有多少,可想而知。可是我也不知道怎么回事,病人没一个活的,也许我们的治法只会送命,也许他们害的都是不治之症。我们瞧一个病人难得满三次的;两次之后,或者病家通知,病人已经埋了,或者跑去看病的时候,病人正在咽气。我才是个初学,还没有杀惯人,病人死了我就担心,怕人家会怪我。有一晚,我对桑格拉都大夫说:“先生,我对天发誓,我完全照您的办法医病,可是我的病人全到阴间去了,仿佛是要推翻咱们的医道,故意死的。我今天就有两个病人抬出去埋了。”他答道:“孩子,我也跟你情形差不多,落在我手里的病人难得一个治好的。要不是我深信自己的道理,就要以为这治法跟我瞧的病症全不合适了。”我道:“您要是肯听我的话,先生,咱们换个办法吧。咱们试个新鲜法子,配些化学药品给病人吃,用点儿锑朱砂试试,大不了也不过像喝热水抽血一样的效果。”他答道:“要是这种试验无关紧要,我很愿意尝试,可是我刚出版了一本书,宣扬抽血和喝水的功效,你要我自打嘴巴吗?”我道:“啊,你说得对,咱们不能让冤家得意,他们回头说你痛悔前非,你就名誉扫地了。随那些平民呀,贵族呀,教士呀,一个个送命,咱们还是照老样子干。好在咱们同行虽然恨抽血,手段也并不高明,我相信他们配的药跟咱们的验方正是不相上下。”

我们加劲干去，不到六星期，造成的寡妇孤儿和特洛亚被围的时候一样多。① 处处都在办丧事，仿佛瓦拉多利遭了瘟疫了。每天总有个把做父亲的因为儿子给我们送掉，就上门来算账；或者叔父伯父跑来责问怎么侄儿死在我们手里了。至于那些做儿子侄儿的，父亲叔伯给我们医死，从没来追究过。做丈夫的也一样谨慎，绝不怪我们害掉老婆。我们的确不能逃罪，不过死者的家属有时悲痛得厉害，骂我们是庸医，是杀人犯，什么话都骂出来。我听了很难受，可是我主人挨惯了骂，声色不动。我也许会像他一样，听惯了满不在乎，可是天要替瓦拉多利的病人除掉一害，特意生出件事来。我行医本来没什么成绩，此后一发憎厌了。我不怕读者嗤笑，要把那事详细讲讲。

我们附近有个赌场，城里游手好闲的人每天聚在那儿。赌场上常有些打手称雄称霸，有什么争吵由他们裁断。这里有个打手是比斯盖人，自称堂罗德利克·德·蒙德拉贡。他约摸三十来岁，中等身材，瘦削有劲；脸上一双炯炯有光的小眼睛骨碌碌转动，眼光射到谁身上，谁就凛凛然；一个塌鼻子，底下两撇红胡子，胡子的尖角儿翘耸耸直勾到鬓边。他说话蛮横粗暴，开口就叫人害怕。这个骄横的家伙是赌场一霸，赌场上有什么争端，凭他一言断定，谁敢道个不字，就得准备他明天来下决斗的挑战书。堂罗德利克大爷是这样的人。而且他尽管冒了“堂”的尊称，盖不了他的下贱出身。可是赌场老板娘对他却钟情得很。

---

① 特洛亚战争伤亡惨重。

这女人四十岁，手里有钱，相貌过得去，丈夫刚死了十五个月。我不懂她怎么会看中那男人的，决非赏识他的相貌，准有什么妙处难言。这些都不去管它，她反正是爱这个人，打定主意要嫁他。她正忙着准备婚事，忽然病了；该是她晦气，请了我去瞧病。即使她害的不是恶性热病，经我着手就转成险症。四天之后我害得赌场里的人都戴了孝。我把老板娘送到了我打发一切病人的去处，她亲属得了她的财产。堂罗德利克失掉了情人，其实是这门大有好处的亲事落了空，失望极了，不但恨得我无名火直冒，还发誓要一剑把我戳个透明窟窿，几时瞧见我，立刻结果了我。有个邻居心肠慈悲，把这话告诉了我。我向来知道蒙德拉贡的为人，哪里敢置之不理，直吓作一团。我不敢出门，怕碰到这位魔头；又老想象他怒冲冲冲进寓所来，惶恐得坐立不安。我因此无心学医，只求别担惊受恐。我又穿上自己的绣花衣裳，向主人告辞，他也留不住我了。我清早出城，一路上只怕碰到了堂罗德利克。

第六章

他离开瓦拉多利，走哪一条路；

路上跟谁结伴。

我走得很快，常回头看看那个凶狠的比斯盖人是否跟在后面。我只想着他，简直草木皆兵，直在心惊胆战。我走了足足一哩路，心才放下。我想上马德里，就放慢脚步行去。我对瓦拉多利毫无顾恋，只恨跟我那位亲如皮拉得斯①的法布利斯分手，连告辞都来不及。我不做医生没什么不乐意；倒要求天饶恕我行了那一程子的医。我数着衣袋里的钱很得意，尽管是杀了人赚来的。我恰像妓女弃邪归正，还把卖笑攒下的钱一辈子好好儿藏着。我的钱都是瑞阿尔，约值五个杜加，这就是我的全份家当。我打算靠这几个钱到马德里，到了那儿准会找到好事情。并且我急想看看那座富丽的都会，人家常对我夸说那是天下一切珍奇荟萃之所。

我正在记起人家讲马德里的形形色色，想象到了那里怎样快乐，只听得背后有人拉着嗓子唱歌。这人背一只皮口袋，脖子上挂个吉他琴，带着一把长剑。他走得真快，不久就追上来了。他原来就是戒指案里陪我坐牢的两个理发店伙计之一。我们都改了装，可是彼此一见相识，都很诧异会在大道上晤面。他看得出我喜欢和他结个旅伴儿，我也看得出他碰见了我非常快活。我告诉他离开瓦拉多利的原因，他也把他的事讲给我听，说跟东家闹翻，天长地久再不相见了。他说："我要是愿意待在瓦拉多利，要找理发店的事多的是呢！不是我夸口，全西班牙的理发师，要讲鬈胡子刮脸、顺着毛剃、逆着毛剃，谁也比不上我的手段。可是我离开家乡已经整整十年，急想回去，等不得了。我要去呼吸故乡的空气，瞧瞧我家里人什么情形。他们住的地方叫奥尔梅都，是在塞哥维亚这一边的一个大村子，后天我就可以到

① 希腊神话：皮拉得斯（Pylade）和俄瑞斯忒斯（Oreste）是两个生死不渝的好友。

家了。”

我决计陪这理发师到家，然后上塞哥维亚找个什么车辆牲口到马德里。我们一路上闲话消遣。这个小伙子兴致很好，也有风趣。我们讲了一个钟头的话，他问我有没有胃口吃东西。我说：“回头下店打尖，你就知道我的胃口了。”他说：“咱们没到客店也可以歇歇，我口袋里带着早饭呢。我出门总记着带些干粮。我不带衣服衬衫和那些没用的衣着，一切不必需的东西我都不要。我口袋里只装些食品，还有几把剃刀和一块胰子头儿。我只用得着这几件。”我称赞他想得周到，很愿意照他的主张先歇一歇。我肚子饿了，想好好吃一顿；听了他刚才的话，指望着吃顿好饭。我们离开大道，觅一片草地坐下。这位理发店伙计把他带的干粮一一搬出来：五六个葱头、几片面包、几片奶饼，还有一件无上妙品——一只皮袋，据他说，里面装着醇醪美酒。那些干粮虽然不怎么可口，我们饿肚子吃来觉得味道不错；我们把皮袋里两品脱左右的酒也分着喝光。那种酒他大可不必卖弄。我们吃喝完毕，兴冲冲起身上路。这理发师听法布利斯说我身经许多奇事，请我亲口讲一遍。我觉得吃了他那么好的一顿饭不便拒绝，就依了他。我讲完了说，我既然随顺了他的意思，他该有来有往，也把身世讲给我听。他说道：“啊，我的身世不值一听，都是些平常经历。不过咱们反正闲着没事，我就据实讲给你听吧。”他所讲大略如下。

第七章

理发店伙计自述。

我从头讲起。我祖父范尔南·彼瑞斯·德·拉·夫安特在奥尔梅都村做了五十年理发师去世，遗下四个儿子。老大尼果拉斯接管了他的店，承继他那行手艺；老二贝特朗要做买卖，开了个丝绸铺；老三托马斯是个教书先生。那老四呢，名叫彼德柔，自以为生性跟文学相近，把遗产分来的一小块地卖掉，到马德里住下，指望凭自己那份才学有一天会享大名。他三个哥哥一直没分开，都在奥尔梅都成家立业，娶的都是农家女儿。她们陪嫁不多，子息却不少，恰好来个扯直。几个妯娌竞赛似的生孩子。我妈妈是理发师的老婆，结婚五年，生了六个孩子，我是其中一个。我爹老早教我剃胡子，到我十五岁，就把你看见的那只口袋搭在我肩膀上，替我挂上一把长剑，说道："走吧，狄艾果，你现在可以自己谋生了，各处跑跑去。你该出门走走，磨炼一番，把手艺学到家。去吧，不走遍西班牙，别回奥尔梅都；回家以前，别让我听到你的消息。"他说完，亲亲热热把我拥抱一下，就推我出门。

我爹是这样跟我分别的。我妈不那么粗率，好像不大舍得我走。她掉了几点眼泪，还偷偷儿塞给我一个杜加。我就此离开奥尔梅都，取道上塞哥维亚。我没走上两百步，就歇下查看那只口袋。我急要看里面是什么,我到底得了些什么家当。只见一个盒子装着两把千磨万磨的剃刀,好像剃过了十代人似的;一条磨剃刀的皮带和一块胰子;此外是一件簇新的粗布衬衫,一双爹的旧鞋,还有一件我最喜欢的东西,是破布里裹的二十个瑞阿尔。这是我的全份家当。你由此可见尼果拉斯理发师很相信我的本事,只给了这点东西就打发我出门了。可是一个从来没钱的小子,有一个杜加二十个瑞阿尔就足以让他晕头转向。我觉得这笔钱一辈子也花不完,喜滋滋仍旧赶路,一面频频看那剑柄上的护手。一路上,那把长剑不是打我的腿肚子,就是绊我的脚。

我当晚走到阿达基内斯村,肚里饿得不得了。我下了客店,摆出一副有钱人的气派,高声叫店家开晚饭。店主把我端详一番,看透我是什么主顾,就和颜悦色地说:"得!我的小爷,准叫你称心,我们这儿把你当王爷般款待呢!"他说着领我到个小房间里,一刻钟后,送上一锅炖的公猫肉。我吃得满口香甜,仿佛那是家兔或野兔的肉。他给我吃这种佳肴,还送上些美酒,说皇帝喝的也不过如此。我吃得出那酒已经变味,不过还喝了不少,就像吃猫肉一样的尽量。他要把我当王爷般款待到底,给我的一张床不是供人睡觉倒是叫人失眠的。试想一张又狭又短的床,我个子虽小,躺下去还伸不直腿。上面只有一床草垫,蒙着一条双叠儿的被单,就算是褥子和羽毛被;那条被单,大概洗过之后又盖过一百个人了。亏得我年纪轻、脾气好,虽然躺在这种床上,填了一肚子猫肉和店家的美酒,还睡得很甜,一夜过去,胃里没积食。

第二天,我吃过早饭,又为昨夜那顿酒席付了好一笔账,就一口气赶到塞哥维亚。我一到那里，可巧有个理发店要我，管饭供宿，不给工钱。我只待了六个月，因为我相识的一个理发店伙计要上马德里，把我勾引出来，我就跟着同去。我在马德里又顺顺利利找到了事，待遇跟在塞哥维亚的一样。那一家的生意非常兴旺。那店挨着圣十字教堂，附近又是“皇家剧院”，所以招徕好多主顾。我东家和两个大伙计还有我伺候剃胡子，简直忙不过来。各式各样的顾客都有，也有戏子，也有作家。有一天，两个作家碰在一起。他们谈起当代的诗人和诗，我听见提起我叔叔的名字，本来没留心，这时忙机灵起耳朵来。一个说：“我以为观众不必尊重堂如安·德·萨华雷塔这种作家，他没有气魄，不善于想象。人家对他最近的剧本批评得真厉害。”一个说：“还有路易·费雷斯·德·盖华拉呢，他不是刚出版了一本大作吗？比那本书更恶劣的东西还没见过呢。”他们又讲到不知多少别的诗人，我记不得名字，只记得都说是不行。他们对我叔叔口气还算不坏，说他有点才情。一个说：“是啊，堂彼德柔·德·拉·夫安特是个好作家，他写的书有风趣而很挖苦，又加上博学，所以很辛辣有味。怪不得他朝野闻名，许多阔人给他年俸。”那一个说：“这好多年来，他收入很可观。梅狄那·赛利公爵家供他吃供他住，他又没什么开销，手里一定好着呢！”

这两位诗人议论我叔叔的话，我一字没漏全听进去。我们家里曾经听说他在马德里有了文名，人家路过奥尔梅都讲的，可是他既然不屑通消息，和家里很疏远，我们也漠不关心了。不过骨肉之间总有天性；我一听说他光景很好，又知道他的地址，就心痒痒地想去找他。我只为一事踌躇，那两位作家称的是堂彼德柔，我为这个“堂”的称呼不大放心，恐怕说的不是我叔叔，是另外一个诗人。我却并不就此罢休，心想他既成才子，也会变贵人，决计去看看他。一天早晨，我向东家请了假，尽力修饰了一番出门。我有这么一位才大名大的叔叔，心里颇为得意。理发师也跟天下人一样爱面子。我自以为很了不起，一路上神气活现，问讯找到梅狄那·赛利公爵府。我向门上说，要找堂彼德柔·德·拉·夫安特大爷。门房指了院子尽头的小楼梯说："从那儿上去，右手第一个门，敲门就是。"我照话走去打门。一个年轻人来开门，我问他堂彼德柔·德·拉·夫安特大爷是否就住这里。他回答道："是的，不过他这会儿不见客。"我说："我很想跟他谈谈，我带了他老家的消息来了。"他回答说："你就是带了教皇的消息来，这会子也不能进去。他正在写文章，他动笔的时候切不可打搅他的文思。他要到中午才见客；你出去绕个弯儿，中午再来吧。"

我出来在城里溜达了整半天，一心盘算叔叔会怎样相待。我想："他见了我准高兴。"我以己之心，度他之心，满以为叔侄相认一定会衷肠感动。到了时候，我急急赶回他家。他那用人说："你来得正好，我主人一会儿就要出门了。你在这儿等一等，让我通报。"他叫我在外间等着，过了一会儿，就来领我到他主人房里。我一看他主人的脸，活脱儿是我们家里人的脸，我仿佛见了托马斯叔叔，他们俩长得一模一样。我恭恭敬敬行了个礼，说我就是奥尔梅都理发师尼果拉斯·德·拉·夫安特先生的儿子，到马德里已经三个星期。我承继爹的行业在一家理发店里当伙计，还准备走遍西班牙，把手艺学到家。我说着只觉得我叔叔在出神。他大概是打不定主意，还是不认我这个侄儿呢，还是慢慢想法子甩掉我。他用了第二个办法，装出一副笑容，说道:“哎！老侄！你爹跟你叔叔都好吗？他们光景怎样啊？”我就把家里人丁兴旺的情形讲给他听，替一个个男孩子女孩子报了名字，连他们教父教母的名字都报出来。他听我这样委曲详尽好像并不兴味无穷，只直截爽快道:“狄艾果，我很赞成你到各地游历，学成手艺。我劝你不要再待在马德里，青年人在这地方很有害处，孩子，你在马德里要堕落的。你还是上别的城市去，别处的风气不像这里荒唐。”接着说道:“你可以走了，你几时准备动身再来看我，到时我给你一个比斯多，贴补你周游全国的旅费。”他一面轻轻推我出门，把我撵走。

我太糊涂，没明白他无非要我离他远着些。我回到店里，把这次的拜访讲给我主人听。他也没看破堂彼德柔的心思，说道:“我跟你叔叔的意思不同。他不该劝你游历，该留你在这里。他认识那么些贵人，毫不费事就可以把你安插在阔人家，让你慢慢地撑起一份大家业。”这话正中我意，就此痴心妄想，过了两天又去找叔叔，请他仗面子荐我到朝里贵人家去当差。他不以为然。他是个爱摆架子的人，在阔人家出出进进，天天陪阔人吃饭，要是看见侄儿在底下人桌上吃，自己在主人桌上也不安心，堂彼德柔大爷的面子就给狄艾果小子扫尽了！他当然拒绝，而且很不客气。他怒冲冲道:“什么？你这小混虫！你要丢掉本行吗？滚你的蛋！谁替你出这种馊主意，你就跟着他们去吧。快出去，再别上我的门，不然的话，给你一顿好打才是你活该呢！”我听了叔叔这泡话，尤其他那口气，不禁目瞪口呆。我含着一包眼泪出来。他那样无情，我很伤感。可是我一向心高气傲，立刻擦干眼泪。我不悲而怒，打定主意，从此再不理会这门子混账亲戚；直到如今，我从没有依仗他。

我一心想学成本领，干活儿很勤。我整天剃胡子，到晚上学弹吉他琴散散心。教我弹琴的是一位年老的侍从先生，我常替他剃胡子。他也教我音律，他精通这一门，原来从前在大教堂里唱过诗的。这人叫马果斯·德·奥布瑞贡。他为人规矩，很聪明，阅历也多，把我当儿子一般喜欢。他就在离我们那儿三十来步的医生家里当太太的侍从。我每天傍晚一歇工就去找他，两人坐在门槛上奏乐，街坊听着也不讨厌。这倒并非我们嗓子好，不过我们一面拨弄琴弦，有板有眼地和声齐唱，听来也还悦耳。医生太太梅日丽娜尤其喜欢，她跑进过道来听，听到中意的调子就叫我们再奏唱一遍。她丈夫并不阻挡她这么消遣。那人虽然是西班牙人，年纪又老，却毫不拈酸吃醋，而且专心干他那一行，出诊了一天，晚上回来精疲力竭，老早就上床睡觉；他太太对我们奏乐有兴，他并不放在心上。大概他以为这种音乐不会坏人心术。我该声明一句，他对那位太太不必担心，梅日丽娜确是少年美貌，不过正经得厉害，男人瞧一眼都不许的。医生以为这种消遣纯洁正当，不是桩坏事，随我们唱个尽兴。

一天黄昏，我想照例娱乐一下，刚到医生门口，只见那老侍从正在等我。他拉住我手说，我们先出去遛个弯儿再来。他拉我转进一条背道，看看左右没人，面带愁容说道："狄艾果，我的孩子，我有要事相告。孩子，咱们天天在我东家门口奏乐消遣，只怕你我都得懊悔呢。我当然很喜欢你，满情愿教你弹吉他唱歌儿，不过我要是早看到会有祸事临头，天啊，我就另外找地方教你了。"这话吓我一跳。我请他说说明白，究竟怕的什么，因为我不是个胆大冒险的人，况且我还要去游历西班牙呢。他解释道："你要明白咱们处的险境，我非得先讲些事给你听。

“一年前我到医生家做事，他一天早上领我见他太太，说道：‘马果斯，见见你的女主人。你得陪侍的就是这位太太。’我仰慕堂娜梅日丽娜，觉得她漂亮得很，像画里的美人，尤其喜欢她举止温文。我回答说：‘先生，叫我伺候这么漂亮的一位太太，我福分真不小。’这句话触犯了梅日丽娜，她不耐烦道：‘瞧这人，真放肆！唉，我顶不喜欢人家对我甜言蜜语。’这样妩媚的嘴会说出这话来，我大吃一惊，觉得谈吐粗犷，跟她那温文的气派不称。她丈夫是见惯的，太太品性这样稀奇他还很得意，说道：‘马果斯，我太太的品德真是世上少见。’他看见太太披上斗篷要去望弥撒，就叫我陪她上教堂。我们一到街上，碰到几个男人，他们看见梅日丽娜光艳夺目，对她迎面而过的时候就恭维几句。这本来不足为奇。她接口应对，说的话愚蠢可笑，出人意料。那些人想不到世上会有这种不识抬举的女人，都愣住了。我起初还对她说：‘哎，太太，别理会人家对你说的话，宁可不开口，别恶声恶气。’她道：‘不是这么说。我要叫这些大胆冒昧的家伙知道，我不许人家对我失礼的。’她还说了许多不讲理的话，我忍不住了，不顾她生气，把我的心思全说出来。我措词很宛转，告诉她说，这种暴戾的脾气不近人情，把她许多好处都毁了；女人温文有礼，不必相貌好也讨人喜欢，要不然，尽管长得漂亮也是个厌物。我要矫正她的态度，还讲了不知多少一类的道理。我训了她一大顿，只怕直言劝谏惹得女主人动火，反唇相讥。可是她听了并不生气，只置之不理；我以后几天还痴心告诫，她都当耳边风。

“我劝谏无效，也就懒了，随她脾气厉害吧。可是你相信吗？这个性子烈、骨气傲的女人，两个月来完全变了，对谁都客客气气，非常温文。从前的梅日丽娜听了男人恭维就给钉子碰，现在不然了。她喜欢人家称赞、说她美、说男人一见她就颠倒；她爱听人家恭维，好像换了个人似的。她这一变简直不可思议，你要是知道那是你运的神通，还要吃惊呢。哎，亲爱的狄艾果，是你把堂娜梅日丽娜变成这样的，你把雌老虎驯伏得像个绵羊。总而言之，她心神贯注在你身上，我留心到不止一回了。要是我摸得准女人的性情，我敢说她对你痴心得厉害。孩子，这就是我要讲的糟心事儿，也就是咱们为难之处。"

我对老头儿道："我不明白咱们为什么要这样担忧，我承蒙漂亮太太相爱，也不算倒霉呀。"他答道："啊，狄艾果，这是年轻人的识见，只看香饵，毫不提防钓钩；你只图快乐，我却看到以后的一切麻烦。到头来事情要闹穿的。你要是照常到这门上来唱歌，撩得梅日丽娜火上加油，也许她把持不住，会给丈夫奥罗柔索大夫识破私情。这位丈夫现在无须吃醋，看来很随和，到那时候就要发狠报仇，可以叫咱们俩大吃苦头呢。"我说："好吧，马果斯先生，我服你的理，听你的话。你说我该怎么才可以免祸呢？"他道："咱们只要别再一起奏乐。你别再到我女主人面前来，她眼不见，心就冷了。你待在主人家，我会来找你。咱们在你那边弹吉他就没有危险。"我道："很好，我决不再上你们家来。"我果然打定主意，再不到医生门上去唱歌。既然我这人一露面就会惹祸，从此要躲在自己店里了。

马果斯这好侍从尽管乖觉，过了两天，方知他设法叫梅日丽娜心冷反撩得她越发情热了。这位太太第二晚听不见我唱歌，就问他为什么我们不合奏，为什么我不去。他说我忙不开，没工夫作乐。她听了这个推托，也就罢了。以后三天，她不见我去，还是咬牙忍耐。于是这位公主娘娘耐不住了，对她侍从道："马果斯，你哄我呢，狄艾果不来准有缘故。里面什么玄妙，我要问个明白。我命令你说出来，一字不许隐瞒。"他又编了一套话道："太太，你一定要追根究底，我就说吧。他奏乐回去，那边往往晚饭都吃完了；他不敢再自讨苦吃，弄得饿着肚子上床。"她发急道："什么？不吃晚饭啊？你怎么不早说呀？饿着肚子上床！啊！那可怜的孩子！你快去找他，叫他今夜就来，以后叫他吃了东西回去，这里总有他的一份晚饭。"

老侍从听了这话，假装诧异道："我没听错吗？天啊，你真是变了！太太，你怎么会说这种话呀？你几时起这样心软肠热的呀？"她不耐烦道："自从你来之后，竟可以说，自从你怪我傲慢、极力劝我要温文、不要暴戾，我就变成这样了。"她又款款地说："可是，唉！我矫枉过正，从前那么骄傲狠心，现在又太温柔多情了。我不由自主地爱上了你的小朋友狄艾果。他不来，我的情有增无减。"老头儿道："那小子相貌又不漂亮，身段又不俊俏，怎么会叫你这样痴心呢？假如你爱上个人才出众的绅士，还情有可原……"梅日丽娜打断了他道："啊，马果斯，这就见得我和别的女人不同了。还有一说，你要是以为女人爱男人是赏识他们人才，那么你阅历虽多，还没摸透女人的脾气呢。如果我以己度人，我以为女人对男人倾心是不假思考的。爱情是失心疯，支使得我们迷恋着一个人依依不舍，自己做不得主。这是我们害的病，好比畜生发的疯病。所以你不用对我说狄艾果不配我钟情。你看不出他的好，也许他压根儿并不好，可是只要我爱他，自会看得他说不尽的好。你尽管说他相貌身材一无足取，我瞧他模样动人，容光焕发；而且我心醉他的声音柔媚，觉得他弹琴也别具风致。”马果斯道:“可是太太,你也想想狄艾果是个什么样的人吗?他出身下贱……”她又接口道:“我并不比他高贵多少,即使我是个贵妇人,也不在乎这点。”

这一席谈话之后,老侍从知道女主人的心劝不转,就随她执迷不悟,不再苦谏;好比飓风把船只吹出了原定的航线,有本领的舵手就顺着风向开驶。他索性让女主人如愿。他跑来找我,把我拉过一边,把上面的话讲给我听,还说:“你瞧,狄艾果,咱们免不了还得在梅日丽娜门前一同奏乐。朋友啊,这位太太非再见你的面不可,要不然,她会干出傻事情来,弄得声名狼藉的。”我也狠不下心,就答应马果斯当天傍晚带了吉他到他家去,叫他把这喜信回报女主人。他当然回报,这位痴情人知道晚上能见我面、听我唱歌,大为高兴。

可是事不凑巧,险的叫她白等。我到天黑才有工夫出门,也是天罚我,外面已经一片昏黑。我一路摸索,大约走到半道,忽然一个窗口里劈头向我倒下一罐儿香汤,那味道实在刺鼻。我淋个正着,竟可说涓滴都归我受用了。我当场打不定主意。回去吧,伙伴瞧见像什么样,我就成了他们的笑柄了;这般淋漓尽致地上梅日丽娜家去吧,又自觉丢脸。可是我决计还是到医生家去。老侍从在门口等我,说奥罗柔索大夫刚睡下,我们可以自由自在地作乐。我说头一件事得把我衣服擦干净,我就告诉他我那倒霉事儿。他很关心,带我到客堂里见他女主人。这位太太听了这件事,看我那副模样,怜惜得仿佛我遭了什么天大的灾难,又把那个灌溉我的人百般诅咒。马果斯道:“哎,太太,请你平平火气,事出偶然,不必这样痛恨。”她发火道:“人家欺负了这头小羊、这只心无恶意的小鸽子,他受了欺负也没嘀咕一声儿，你为什么不让我痛恨呢？啊！但愿我这会子是个男人，可以替他报仇！”

她说的许多话跟她的举动都见得她情不自禁。马果斯拿一方布替我擦抹，她就跑到房里，拿出个装满各种香料的匣儿。她烧上些香来熏我的衣服，又洒上好些香露。熏香滴露以后，这位心慈肠软的女人亲到厨下拿了为我留的面包、酒和几块烤羊肉。她劝我吃，在旁伺候着，一会儿切肉，一会儿斟酒，乐此不疲，我和马果斯两人极力拦也拦不住。我吃完晚饭，两位合唱的先生就调准嗓子，要和着吉他琴声唱歌。我们奏的一套梅日丽娜很喜欢。其实我们故意唱些辞句助她情兴的歌儿，而且我觉得这玩意儿有趣起来了，唱歌的时候几次三番地瞟她，瞟得她火上加油。弹唱了好一会儿，我一点不厌倦。那位太太觉得一个个钟头快得像一分一秒钟，可是老侍从却觉得一分一秒都长得像一点钟那么久，要不是他只管说时候不早，她恨不能听我们唱个通宵呢。他催促了十遍，她还不理会。不过他绝不放松，直等我出了门才罢休。他持重谨慎，眼看女主人任情胡闹，担心要出乱子。他的确不是过虑。那医生也许怀疑我们捣鬼，也许一向没打开的醋罐子这番倒翻了，忽然讨厌起我们奏乐来，而且还拿出主人身份，禁止这事。他没讲缘故，只声明从此不准闲人上门。

这个声明是为我而发，马果斯赶来通知，我非常懊丧。我已经生了妄想，不愿甘休。不过我既然叙事要像信史，不妨告诉你，我遭了这件不如意的事很平心静气。梅日丽娜就不然，她越发情热了。她对那侍从说：“亲爱的马果斯，我只仰仗你了，求你想个法子让我私下见见狄艾果吧。”那老头儿生气道：“这是什么话？我已经太纵你了。我要是遂了你的痴情，就要装主人的幌子，你名誉扫地，我当用人一向清白无瑕，从此也声名狼藉，我不肯那样的。我宁可走，也不愿意当这种不要脸的差使。”那太太听了这两句话，发慌起来，打断他道：“唉，马果斯，你说要走，直刺我的心。你真是个忍心人！你把我害到这个田地，却想撇下我不顾了吗？你把我从前的傲气、狠性子都改掉了，现在还我吧！我要是依然有那些毛病，多福气呀！我到今天还能够心里太平。我都是听了你冒失的劝谏，就此不得安静。你要矫正我的品性，反教坏了我的品性。”又哭道：“我这可怜人胡说些什么呀，干吗平白埋怨你啊？我的老爹，你并没有害我，是我苦命，注定要有这许多烦恼。请别理会我信口胡说八道。唉！我给爱情搅得七颠八倒，请你可怜我不争气，我只靠你宽慰了。你要是以我性命为重，请帮帮忙吧。”

她说着越发热泪夺眶，话都说不下去。她掏出手绢儿掩住脸，倒在椅子里，悲不自胜。马果斯老头儿大概是从古以来做侍从的头等材料，看她这样可怜，不禁恻然心动，竟陪了几点同情之泪，和蔼可亲地说道：“唉，太太，你真叫人拿不定主意！我不忍看你苦恼，把道德也撇开了。我一定帮忙。这一点悯怜之心就害得我失职，无怪爱情摆布得你把本分全忘了。”这侍从虽然品行清白无瑕，这会子却一心要成全梅日丽娜的私情了。一天早上，他把这些事来告诉我，临走说，他胸有成算，可以让我和那太太幽会一次。我又起了痴念，可是两个钟头之后，听到一个坏消息。我们有个主顾是邻近药剂师的伙计，他来修胡子。我正要替他刮脸，他说道：“狄艾果先生，那个老侍从马果斯·德·奥布瑞贡是你朋友，你跟他相与得怎么样？可知道他在奥罗柔索大夫家快要待不住了？”我说不知道。他道：“已经无可挽回，今天就要叫他走了。他东家和我东家刚才谈论这事,我在旁边,他们这样谈的。那大夫说:‘阿本塔多先生,我求你一件事情,我家里那老侍从不行,我想找个诚实严厉而且善于防范的女监护来管我老婆。’我东家打断他道:‘我懂你的意思,你用得着美朗霞大娘。她从前管着我的老婆,我老婆死了六星期,她还在我那儿。我家里少不了她,但是我以你的名誉为重,愿意把她让给你。你有了她,保管头上不添幌子①。她是女监护里的尖儿顶儿,像条恶龙般看住女人,不许她失节。你知道我老婆算得少年美貌,她在我老婆身边整整十二年之间,家里没见过一个情人的影子。哎,老天,这事可不是玩儿的!我还可以告诉你,我那去世的老婆起初很轻佻,可是美朗霞大娘不久就管得她冷若冰霜,好修女德。总而言之,这女监护是件宝贝,我把她让给你,你将来对我感激不尽呢。’那医生很高兴,两人约定,叫那女监护今天就过去填那老侍从的缺。”

这个消息千真万确,我听了也知道不假,本来满腔寻欢取乐的心,这会子觉得靠不住了。饭后马果斯告诉我药剂师伙计的话不虚,把我那些心念一扫而空。那位好侍从说:“亲爱的狄艾果,奥罗柔索大夫把我撵走,我很快活,这来省了我不少烦恼。我本来不愿意干那种丑事,而且要让你跟梅日丽娜私会,还得使种种诡计,说种种谎话,多麻烦呀!谢天,这些烦恼操心,还有潜伏的祸害,我都免了。至于你呢,孩子,片刻欢娱会有无穷的后患,还是没有的好,你该这样自譬自慰。”我既然没什么指望,就

① 意思说:保证你头上不长出角来。中国俗说“做乌龟”,西洋说“做牡鹿”,也有类似“戴绿帽子”的说法,见本章下文。“阿本塔多”(Apuntador)这个名字,在西班牙文里,也就是“出尖角者”的意思。

领了马果斯的教，这玩意儿就此罢休了。老实说，就算我是个一往情深、百折不回的情人，美朗霞大娘也会逼得我放手，何况我不是呢。我听了这位女监护的名气，觉得她能叫一切情人死心。可是随人家说得她多么厉害，两三天以后，我知道医生太太把这千只眼的警卫稳住了，或者买通了。我出去替一个邻居剃胡子，路上一个老婆子叫住我，问我是不是狄艾果·德·拉·夫安特。我说是。她道："那么我正要找你。你今晚到堂娜梅日丽娜家的门口，你做个暗号，人家就会放你进去。"我说："好吧，咱们得约定个暗号，我学猫叫活脱儿的像，我做几声猫叫吧。"那拉纤的说："成，我就替你回报去。狄艾果先生，我听你差遣，愿天保佑你！哎，你多漂亮啊！圣阿妮斯在上，我但愿还是个十五岁的姑娘，我就不为别人来找你了。"那殷勤的老婆子说完走了。

你可以想象，这消息撩得我心烦意乱，马果斯的教训都撇在脑后了。我急焦焦等天黑，算定奥罗柔索大夫已经睡下，就上他家去。我在门外学猫叫，老远都听得见，真没亏负了传授的师父。不一会儿，梅日丽娜亲自悄悄地开门放我进去，忙又关上门。我们进了上次奏乐的客堂，壁炉架上点着一盏昏灯。我们并肩坐下，两人都心里怦怦然，不过她是一心想寻欢作乐的缘故，我却不免有点害怕，这是不同之处。这位太太叫我放心，不用怕她丈夫；可是没用，我只觉得战战栗栗，不能尽兴。我说："太太，你怎么会逃过那女监护的防范呢，我听得美朗霞大娘的名气，以为你没法再来通消息，更别说幽会了。"堂娜梅日丽娜微微一笑，答道："你听了我跟那女监护的一段交涉，就觉得咱们俩今晚私会不足为奇了。她一到这儿，我丈夫把她捧得不得了，对我说：'梅日丽娜，我把你交给这位持重的大娘指导，她简直是一本道德大全，你应该把她当作一面镜子，时刻放在眼前，学她的贤惠。这位可敬可佩的人监护我一个药剂师朋友的太太十二年，她那种监护真是从来没有的，把那太太管得成了个圣人。'

"美朗霞大娘相貌严厉，足见这篇颂赞的话并非虚言，害得我流了不少眼泪，灰心到底。我料想从此一天到晚得听她教训，每日得受她责备。总而言之，我等着做天下最倒霉的女人了。我准备着受苦，索性无所顾忌，等左右没人，就对那女监护很不客气地说道：'你当然准备好好来收拾我了，可是我得通知你一声，我是受不住气的，我也会千方百计地糟蹋你。我告诉你，我有一段私情，任你劝导也拔不掉我心里的情根，你去斟酌怎么对付吧。你尽管加倍防范，我对你说，我要想尽方法，叫你防不胜防。'我以为这位恶狠狠的女监护听了要来个下马威，把我大大训斥一顿；谁知她展开眉头，含笑说道：'你这性子真叫我喜欢，你直爽我也直爽。看来咱们俩性情正相投。啊，美丽的梅日丽娜，你要是单凭你丈夫的赞扬，或者凭我仪表严厉来断定我的为人，你就错了。我最不反对寻欢作乐，我所以替醋罐子丈夫当差，正是要替漂亮太太出力。戴假面具的大本领我学会了已经多年；我可算是占了双重便宜，既可以干坏事取乐，又坐享贤德的美名。咱们私下说说吧，世人所谓贤德不过是这么回事。要底子里也贤德实在所费不赀，这年头只要面子上贤德就够了。'

"那女监护又道：'让我来指点你，咱们在奥罗柔索大夫的脑袋上多装些幌子。你瞧着吧，准叫他的运道跟阿本塔多先生的一样。我觉得医生的脑袋并不比药剂师的脑袋尊贵呀！可怜的阿本塔多！他老婆和我把他作弄得好啊！那位太太真可爱！

那好性儿！愿上天赐她安息！我管保她没有辜负了青春。我替她牵引来的情人不知多少，没让她丈夫有半点儿知觉。太太，别对我存着偏见，你放心，你从前那侍从尽管有天大本事，换了我准不吃亏。只怕我比他更有用处哩！'”

梅日丽娜接着说道："狄艾果，你想，这女监护打开天窗说亮话，叫我多么感激。我还以为她严正呢。真是女人不可以貌相！我听她说了由衷之言，立刻心就向她了。我喜不自胜地拥抱她，这样先让她知道我很喜欢有她做监护。于是我把心事全告诉她，求她设法快让我们幽会一次，她果然做到。今天一早她就派了找你的那老婆儿出马，那是从前帮她替药剂师太太干事的。"她又笑道："最妙的是，美朗霞听说我丈夫向来睡得很死，这会子就顶替了我在他身边躺着。"我说："这可不好，太太，我不赞成弄花巧，你丈夫也许会醒过来，发现是冒牌。"她忙道："他不会发现的，你放了心。一个年轻太太对你一团好意，你跟她相会，该寻欢取乐，别让虚惊败了兴致。"

老医生的太太瞧我听了那话还心虚胆怯，就极力安慰，她千方百计，居然哄得我神思渐定。我只想及时行乐了。可是爱神带着一队欢笑戏耍的跟班正要助成好事，忽然大门打得一片响。爱神和他跟班一撒翅儿都飞掉了，好像胆怯的鸟儿，听得轰然大声，立刻吓得四散。梅日丽娜忙把我藏在客堂的桌子底下，吹灭了灯。她和女监护防有意外，早约定个办法，就按计而行，跑到丈夫卧房门外。这时大门上更打得急了，声震全宅。医生惊醒，就喊美朗霞。女监护忙跳下床，医生还道是老婆，直叫她别起来。她跑到女主人身边。女主人摸索着她，就也喊美朗霞，叫她出去看看谁在打门。女监护应道："太太，我来了，请上床吧，我去看看怎么回事。”这个当儿，梅日丽娜已经脱掉衣裳，就上床躺在医生旁边；医生一点也没知道受骗。当然，这出戏是在黑地里串的，里面两个女角儿，一个功夫已经登峰造极，那一个也很有资质，准赶得上她。

一会儿，女监护穿件便服，拿支蜡烛，跑来对东家说：“医士大爷，麻烦您起来吧，咱们街坊上那开书铺的斐南代斯·德·比安狄亚中风了，人家请您去瞧他，快去吧。”医生连忙穿上衣服出门。他老婆穿件便服，和女监护同到我那间客堂里。她们从桌子底下拉我出来，我已经吓得七死八活。梅日丽娜道：“没事儿，狄艾果，你放心。”她就把方才的事三言两语讲了。她还想和我断欢重续，可是女监护不赞成。她说：“太太，也许你丈夫跑去一看，书铺掌柜已经死了，立刻就会回来。”她瞧我吓呆了，又说道：“况且这可怜的孩子中什么用呀，他不能跟你欢叙了。还是叫他回去好。”堂娜梅日丽娜一心贪眼前欢乐，嘴里答应，满不情愿。她替医生新制了一顶帽子，没给他戴上，我想她一定很懊丧。

我倒不懊恼没成好事，只私幸免了祸害。我回到主人家，把这事想到天亮。来晚究竟去不去幽会很费踌躇。我只怕第二次去偷情还一般的不顺手。可是魔鬼老在诱惑我们，碰到这类事，竟把我们迷昏了头，所以我想我如果好事半途而废就是大傻瓜了。我着了鬼迷，心目中的梅日丽娜越变得妩媚；等我去领略的乐趣也越见得可贵。我决计到底不懈，发愿这回要有些毅力。我第二晚十一二点钟又到医生家门口。天色很黑，一颗星都不见。我做了两三声猫叫，向里面报信我到了。我因为没人来开门，不愿意老叫一个调儿，就把猫儿各种叫声都学了一遍,那是从前奥尔梅都一个牧童教我的。我叫得真像,有个街坊恰好回家,真以为是一只叫春猫儿,就捡起脚边一块石子,使足劲儿向我掷来,一面骂了声:“这死猫儿!”我头上打个正着,当时头昏眼花,险地仰面摔倒。我自觉受伤不轻。我这一来尝饱了风流的滋味,热情随着热血流掉了。我回到主人家,闹得全家人都起来。我主人瞧了我的伤口,认为很凶险,替我包扎好。可是总算没事,三星期后伤口就平复。这些时候梅日丽娜什么消息也没有。大概美朗霞大娘要她撇下我,另外替她找到了好相识。我满不在乎,因为我伤口一好,立刻离开马德里去周游全国了。

第　八　章

吉尔·布拉斯和他旅伴碰见一个人把
干面包头儿在泉水里泡;他们的谈话。

狄艾果·德·拉·夫安特先生还讲了些以后的经历,我以为不值得转述,所以不提了。我当时只好听他的长篇大章,一路听到彭特·德·居若。我们就在那镇上歇半天。两人在客店里要了一个白菜汤、一只烤野兔子,先留神看过烤的确是兔子。第二天清早,我们把皮袋盛满了酒,那酒还不坏,又把几块面包和晚饭吃剩的半只野兔子塞在口袋里,仍旧赶路。

我们走了二哩路左右,有点饿了,看见离大道二百步上下有几株大树、一片清阴，就去歇脚。有个二十七八岁的人，也在那里，拿了干面包头儿在泉水里蘸。旁边草地上横着一把长剑，还有一个卸下的背包。他衣衫褴褛，可是身材相貌都不错。我们客客气气和他招呼，他也照样还礼。于是他拿着干面包头儿，笑容可掬地请我们同吃。我们领情，只要求把我们带的早点凑上，可以好好吃一顿。他欣然答应，我们立刻把身边的口粮陈列出来，这位陌路相逢的人看了很快活，喜不自胜地嚷道："啊呀，两位先生，你们的口粮好丰富！我看你们真是有成算的人。我啊，出门从无准备，多半碰运气。可是你们别瞧我这样子，不是我夸口，我有时候也很出风头呢。你们可知道，人家常常把我当王爷看待，我背后还跟着卫队。"狄艾果道："我懂了，你无非说你是个戏子。"那人道："你一猜正着。我少说也演了十五年的戏。我从小就扮童角儿。"那理发的摇头道："不瞒你说，我不大相信。我知道戏子是怎么样的人，他们那起先生出门，不像你这样凭两条腿走路，也不像圣安东尼①一般吃斋，只怕你只是个戏班子里打杂儿的。"那戏子道："随你想吧，不过我扮的还是头等角色，我是扮情人的②。"我的同伴道："既然如此，我恭喜你。吉尔·布拉斯先生和我能奉陪这样一位大人物用早点，荣幸得很。"

我们就啃面包头儿，吃那剩下的几块宝贝也似的野兔子肉，又抱起皮袋来大口喝酒，一会儿把那袋酒喝个精光。我们三人

① 公元四世纪基督教圣人，曾在沙漠中禁欲苦修多年。

② 十六世纪起，西洋所谓"职业剧团"(Commedia dell arte)的每一个班子里总有八个到九个男演员，三个到四个女演员，每个只扮演一定的角色。男演员里有两个或三个是"小生"或少年情人(innamorati)。

吃得很认真,说话都没工夫。吃完之后,我们又闲聊起来。理发的对戏子说:“我奇怪,怎么你光景很艰难似的。一个戏院里的要角,像你这样子未免太寒窘了。我说话太直,你可别见怪。”那戏子嚷道:“太直啊,你真没知道我梅尔希华·萨巴塔呢!谢天,我脾气一点儿不别扭,我喜欢你直言,因为我心上有什么就说什么。老实讲,我穷得很。”他叫我们瞧他袄儿里衬的都是戏招子,一面说道:“瞧,我通常用这东西做衣里子。你们若要见识见识我的行头,我可以给你们看。”他说着,从背包里拉出一套衣裳,钉满了旧的假银花边儿;一只宽檐儿破帽子,上面插几支零落的羽毛;一双丝袜子,全是窟窿;一双红摩洛哥皮鞋,也破烂不堪。他道:“你们瞧,我穷虽穷,还勉强过得。”狄艾果道:“这倒没有想到。那么你是无妻无女的了?”萨巴塔道:“我有个少年美貌的老婆,可是无济于事。我的坏运气实在是少有的!我娶了个漂亮女戏子,指望靠她养活,可是活倒霉,她偏是个引诱不动的正经女人。谁保得住不上这个当呢?走码头的女戏子里只那么一个正经女人,偏偏落在我手里了。”理发的道:“那真是运气不好,不过你为什么不娶个马德里大戏班子里的女戏子呢?你就拿得稳了。”那戏子道:“这话很对,可是,他妈的,一个走码头的小戏子怎么敢高攀那些有名的女角儿呀!要皇家戏班里的戏子才轮得到呢。可是他们中间还有许多人只能娶市民家的女人。亏得马德里女人多的是,有好些真不输戏房里的公主。”

我的同伴说道:“哎,你倒不想进他们那戏班子?是不是非要有了不起的本事不行?”梅尔希华道:“好哇,说什么了不起的本事呢!你不是笑话人吗?那班子里有二十个戏子。你向人家打听打听去,口碑好着呢!大半还只配背上包裹走码头。不过话是这么说,要进他们那班子可不容易。你要是有钱,或者有权势显赫的朋友,本领不行也不要紧。我刚在马德里首次登台,还会不知道底细吗?观众应该喝我的彩,可是他们狠命地喝我倒彩。我叫啊,嚷啊,怪声怪调,矫揉造作,念台词的时候,把拳头直伸到女主角脖子底下,总而言之,我学的是国内第一流名伶的腔调。可是观众看了他们喜欢,看了我就受不了。你们瞧,这可不是横着个成见吗?我演戏不吃香,要是有门路可走,尽管看客喝倒彩,依然可以进那个戏班子,偏偏我又没有,只得回萨莫拉去。我要去找我的老婆和我们班子里那些伙伴儿,他们生意不大好,几回都东挪西借才动得了身上别处去,但愿这回不至于那样窘。"

这位戏里的王爷说完起身,背上背包,挂上宝剑,满脸正经地对我们说道:

"——告辞了,二公再见;

老天爷,保你们洪福无边!"

狄艾果学着他那腔调答道:"你也洪福无边,愿你回到萨莫拉,老婆已经变节,有阔佬包定了。"萨巴塔先生一转背,就且走且做手势背台词。理发师和我立刻喝起倒彩来,叫他不忘记首次登台的情景。他听得喝倒彩,还道是马德里人的倒彩呢,回头看见是我们开玩笑,一点不生气,随我们取笑,打着哈哈走了。我们也笑了个畅,才回到大道上,走我们的路。

第 九 章

狄艾果的家境，他家怎样庆贺，
以后吉尔·布拉斯就和他分手。

我们这天在马亚多斯和瓦尔布斯塔之间一个小村子里过夜，那村子的名字我记不起了。第二天上午十一点左右，我们到了奥尔梅都郊外。我的旅伴说："吉尔·布拉斯先生，这儿就是我的家乡。一个人自然爱故乡，我到这地方就欣喜若狂。"我道："狄艾果先生，你既然深爱故乡，该把它还说得好些。我觉得奥尔梅都是个城市，你却告诉我是村子，至少也该说是个大镇才对呀。"那理发的答道："我对它赔个礼吧。不过我告诉你，我见过马德里、托雷都、萨拉戈萨，还有周游全国到过的许多大都会，再看这些小城市，就当作村子了。"我们往前走，渐渐看见奥尔梅都城外挤着许多人；再近前看得清楚，有许多大可注目的东西。

一片空场上搭着三座篷帐，彼此分开，旁边一大群厨子和打杂儿的忙着准备筵席。有的在篷帐下面长桌子上摆刀叉，有的把瓦坛子装满了酒，有的在烧火，还有的在烤各种各类的肉。搭的一座大戏台我尤其看得仔细。布景是五颜六色的硬纸做成，台上还标着希腊拉丁的格言。那理发的一见这些格言，就说："这些希腊字里大有托马斯叔叔的味道，管保是他的手笔。我这话只跟你讲，他是个有本领的人，背熟的教科书不知多少呢。

我只嫌他谈起话来老爱掉书袋,有的人不喜欢。”他又道:“我叔叔还译过希腊罗马的诗文。他一肚子的经典,你只要听他谈吐渊博,就会知道。要不是他,我们哪里知道雅典的孩子挨了鞭子就哭呢?这全亏他博学考据出来的。”

我旅伴儿和我把以上所说的形形色色看了一番,好奇心动,要知道这些布置是为什么缘故。我们上前打听;狄艾果看见一个人仿佛是这宴会的提调,原来正是托马斯·德·拉·夫安特先生,他忙同我迎上去。那教书先生认不得这个年轻理发师了,觉得他跟十年前变了样子。可是他到底不会认不得,就快快活活地拥抱他,很亲热地说道:“呀!你来啦!狄艾果,我的好侄儿,你回家乡来了吗?你来参见家堂神道了①,天保佑你平安回家。今天真是三重四重的喜!‘当以白石志此佳日’②也。”又道:“朋友啊,这儿的新闻可不少,你叔叔彼德柔大才子给司命之神逮去了,他死了有三个月了。这守财奴生前只愁衣愁食,真是‘容颜苍白为贪财’③。他拿了好几位阔人的大注津贴,每年的开销花不到十个比斯多,连贴身用人都不吃他的饭。他比希腊的阿里斯提波斯④还傻。阿里斯提波斯以为他奴隶替他扛的

---

① 古罗马人供奉“家堂神道”,西班牙当然没有这种迷信。托马斯叔叔好古,所以借用这个名词。

② 拉丁成语。希腊风俗以白石志喜,黑石志忧,参看拉伯雷《巨人传》第一卷第十章。

③ 引贺拉斯《讽刺诗集》第二卷第三首第78行(见“勒勃古典丛书”本第78—79页)。

④ 阿里斯提波斯(Aristippe),古希腊哲学家。狄奥吉尼斯·雷厄提斯《哲学家列传》第二卷第七十七节记载:“他一个用人扛着他的钱包嫌重,阿里斯提波斯道:‘你拿得动多少拿多少,其余的一大半扔掉得了。’”(见“勒勃古典丛书”本第一册第204—205页)勒萨日所说稍有出入。

全部家当都是些重担子，不便行路，就吩咐他们一股脑儿扔在利比亚沙漠里去；这个傻瓜呢，把到手的金子银子都积起来，为了谁呢？为了他不屑见面的那几个承继人。他积了三万杜加，你爹、你贝特朗叔叔和我平分了。我们现在可以替子女成家。我哥哥尼果拉斯刚把你妹妹德瑞斯嫁掉，嫁给本地长官的儿子，‘配成夫妇长相守’①。我们这两天布置了这样排场，就是庆贺这门鸿运高照的亲事。我们在郊外搭了这几座篷帐，彼德柔的三个承继人各占一座，轮流着一天一家做东。可惜你没早些回来，不及看见头两天的热闹。前天是结婚的日子，归你爹开销。他备的酒席好极了，接着来了个跑马挑圈儿竞赛。昨天是你那开丝绸铺的叔叔做东，请客人看了个田园式的歌舞。他挑了十个漂亮男孩子、十个小姑娘，把他们扮成牧童和牧羊女，把店里所有的缎带流苏都拿出来化装。这一群姣童美女合跳了各种舞蹈，唱了许多热情快乐的歌；虽然风流雅致到了极顶，来宾却不大领略，准是田园式歌舞不像从前走红了。”

又道：“今天归我开销，我准备请奥尔梅都市民看我编的一个戏，‘完工要看收梢好’②呢。我叫人搭了一座戏台，靠天公作美，要叫我的学生演个我写的剧本，名叫《摩洛哥皇帝摩雷·布尚杜夫之娱乐》。这戏准演得极好，因为我那些学生念起台词来不输马德里的戏子。他们是贝涅斐尔和塞哥维亚的大家子弟，寄宿在我家的。他们真会串戏！其实也是我训练出来的，他

① 引维吉尔史诗《伊尼德》(*Enéide*)第一卷第73行(见“勒勃古典丛书”本第一册第246—247页)。

② 拉丁成语。

们念台词的调门，一听就知是名师传授，‘我亦云然’①。至于戏里的情节，我先不讲，免得你看来不新奇。我只说那戏准能叫满场感动，本事很凄惨，死的种种景象能叫看客惊心动魄。我赞成亚里士多德的意见，悲剧应当叫人恐怖。② 哎，要是我专门写戏，我只写流血不怕腥的君王、杀人不眨眼的英雄；要把笔浸在血里。我的悲剧里不但主角一个个死掉，卫兵都死光，连后台提词儿的我也要杀了才罢。总而言之，我只爱恐怖，那是我的癖性。而且这种戏很叫座，戏子靠它能够穷奢极欲，作者靠它可以安居乐业。”

他刚说完，只见一大群男男女女从村子里到这边空地上来。其中有新郎新娘、亲戚朋友围随左右，前面约有十个到十二个人拿着乐器，一齐吹弄，乐声聒耳。我们迎上去，狄艾果自己报了姓名，那群人立刻欢呼着拥上来。都要和他亲热一番，忙得他应接不暇。全家人和在场的都来拥抱他，于是他爹说道：“欢迎！狄艾果！你家里人现在阔了，朋友。我现在不多说，回头细细讲给你听。”这时候大家都往空场上跑，到篷帐底下，围着刚才摆好的桌子坐下。我跟着我的旅伴儿坐在新人一桌。我觉得那对新人没配错。酒席吃了很久，因为这教书先生爱体面，要赛过两个哥哥，请大家吃了三道大菜，比他俩的排场来得阔气。

---

① 托马斯叔叔说的是拉丁文。

② 亚里士多德《诗学》说：悲剧的作用是引起看众的“怜悯”和“畏惧”，又说“畏惧”并不指可骇可怕（见“勒勃古典丛书”本第 22—23 页，又第 253—256 页）。十七八世纪的法国剧作家往往把“畏惧”（crainte）解释为“恐怖”（terreur），勒萨日就是讽刺这种人。

吃过酒席,客人忙着要看托马斯先生的戏,都说这位大才子的作品准值得一看。我们拥向戏台,乐队已经在台前排好,准备在换幕时奏乐。大家屏息等候开场,演员一一登台,作者手拿剧本稿子,坐在后台便于提词的地方。这出戏果然悲惨。第一幕,那摩洛哥皇帝用箭射死了一百个摩尔奴隶作为消遣。第二幕,他把战俘的三十名葡萄牙军官一齐砍了头。末了第三幕,这皇帝对后宫厌腻了,把她们关在一座离宫里,亲手放把火,连人连房子都烧成了灰。那些摩尔奴隶和葡萄牙军官都是杨木削成的偶人,做得很工致;硬纸做的宫殿在放的烟火里仿佛真个熊熊燃烧。还有呻吟叫喊,好像真从火里出来。这场大火就算故事的收场,一出戏这样新鲜有趣地闭了幕。这个好悲剧博得场上一片掌声,可见作者的确高明,也可见他善于选题。

我以为演完《摩洛哥皇帝摩雷·布尚杜夫之娱乐》就没什么可看的了,谁知不然。一阵手鼓喇叭,又来了新节目,是发奖品。原来托马斯·德·拉·夫安特要这次庆祝分外隆重,叫他学生不论住校走读个个做篇文章,好的今天得奖,奖品是他掏腰包在塞哥维亚买来的书。立刻有人把两条课堂里的长凳子和一只书橱搬上戏台,橱里装满了装订很讲究的旧书。于是全体演员又上台去,排列在托马斯先生的四周。这先生神气十足,好像个学院的掌教。他拿着一张得奖人的名单,交给摩洛哥皇帝,扮皇帝的学生就高声唱名。叫到名字的学生先恭恭敬敬地从学究先生手里领一本书,然后戴上桂冠去坐在长凳子上,让台下大家仰慕一番。虽然这位教书先生一心要讨好来宾,却未能如愿,因为得奖的差不多全是寄宿生,照例如此。有些走读学生的妈妈就生了气，骂老师偏心。因此他这个很体面的宴会几乎像拉庇泰①的筵席，弄得不欢而散。

① 古希腊的一个部落，善驯马。相传拉庇泰(Lapìthae)王结婚设宴，半人半马的怪物(centaure)也赴席，喝醉了酒调戏新娘，拉庇泰人就把他们杀死大半。

第三卷

第　一　章

吉尔·布拉斯到马德里，他伺候的第一个主人。

我在这年轻理发师家里住了些时候。随后我跟一个路过奥尔梅都的塞哥维亚商人一同上路。这商人带了四头骡子运货物到瓦拉多利，现在空身回去。我们在路上相识，他跟我非常要好，到了塞哥维亚一定要我住在他家里。他留我住了两天，看我要乘包程骡子到马德里去，就交给我一封信，没说明是介绍信，只叫我按照姓名住址亲自送去。我一点不误事，把信送给马狄欧·梅朗代斯先生。他是开呢绒店的，住在太阳门箱子匠街拐弯儿。他拆信一看，满面春风，说道："吉尔·布拉斯先生，彼德柔·巴拉西欧来信说得你真好，我一定要留你住在我家里。他还托我替你找个好东家，我也愿意帮忙。为你觅个好位置，我想不难的。"

我眼看身边的钱越花越少，梅朗代斯请我住，来得正好。可是我并没有打扰他多久。八天以后，他说有位相识的绅士要找亲随，他刚保荐了我，看来这位置跑不掉是我的。果然，那绅士立刻来了。梅朗代斯指着我说道："大爷，这就是我刚才和您谈起的小伙子。这孩子又诚实又规矩，我要是担保不了他，就连自己都不能担保了。”这绅士目不转睛地看我，说我样子长得不错，就想雇用。又道：“他跟我回去得了；他做的事，我会教他。”他说完对那商人道声早安，就带我顺着圣斐利普教堂前面的大街走。我们到一宅很漂亮的房子里，他住的是侧面一溜屋；上了五六级台阶是两重很结实的门，第一重门上有一个安栅栏的窗洞，进去是一间房，从这间穿进去又是一间，铺着张床，还有些陈设，都说不上富丽，只是很干净。

我的新主人在梅朗代斯家里仔细端详过我，我也留心看了他一番。这人有五十多岁，神气沉静严肃。我看他是个好脾气，觉得他不错。他问了几句我家里的情形，对我的回答都很满意，说道：“吉尔·布拉斯，我瞧你这孩子很明白，你做我的亲随，我可以放心。在你呢，这个位置也不委屈你。我每天给你六个瑞阿尔，折你的饭食、衣着和工钱，外快不算。而且我这人不难伺候，我在外边吃饭，家里不开火。你每天早晨把我的衣服拾掇干净，此外整天都没事儿。我只吩咐你一句话，你记着天黑了要早早回来，在门口等我；我就责成你这一点。”他把我的职司吩咐完毕，就履行契约，从口袋里掏给我六个瑞阿尔。我们俩一同出来，他亲自锁上门，把钥匙带在身上，对我说道：“朋友，不要跟我；你爱上哪儿就上哪儿，满城溜达去得了。不过我晚上回来的时候，你得先在这儿楼梯边等着。”他说完走了，由我自在逍遥。

我对自己说：“吉尔·布拉斯，你实在没处再找更好的主人了！怎么的呀！这人只要你掸掸他衣裳上的灰，拾掇拾掇房间，一天给你六个瑞阿尔，还让你自由自在地溜达消遣，像放了假的学生！谢天，这事称心极了。怪不得我那么急煎煎地要到马德里来，一定是预先觉得有好运气在这儿等我呢。”我白天在街上逛，看看没见过的新鲜东西，也就够忙。傍晚，我在寓所邻近小饭店里吃过晚饭，就赶到主人指定的地方去等。过了三刻钟，他回来了，瞧我准时不误，好像很高兴，说道："很好，这就不错，我喜欢用人做事认真。"他说着开了那两重大门；我们一进去，他立刻把两重门都关好。我们是在暗地里，他用火石火绒儿打个火，点上一支蜡烛，于是我伺候他脱掉衣裳。我等他上了床，照他吩咐，点了壁炉架上的灯，把蜡烛拿到外间。那里有一张没帐子的小床，我就躺下睡觉。第二天早上九十点钟，主人起来，我替他掸干净衣裳。他数了六个瑞阿尔给我，打发我出门一天。他仔细把门锁好，也就出去，我们这一整天就各走各的了。

我们每天如此，我非常称心。最妙的是我不知道主人的姓名，梅朗代斯也茫然，只晓得是位主顾，常买他的呢绒。我打听街坊，都说不上来，我主人虽然在那里住过两年，他们全不认得。据说他和邻居一无来往。有人惯爱冒冒失失地下断语，就咬定他不是好东西。后来人家越发胡猜乱讲，疑心他是葡萄牙皇帝派来的奸细，还好意警告我防着点儿。我听了很着急，这话要是确凿，我就保不住要光顾马德里的监牢了，想来不会比别处监牢里舒服的。我遭过殃，对法院有戒心，尽管无罪无辜，也不敢托大。法院即使不要无辜良民的性命，至少招待不周，谁上他的门就是活倒霉，我尝过两次风味了。

我这事很尴尬，就去请教梅朗代斯。他也没了主意。他不信我主人是奸细，但又无从断定他不是。我决计对东家留心察看，假如真是我们国家的敌人，就撇了他走。不过我觉得做事应该仔细，而且这是个好饭碗儿，得打听着实再辞。我就留心他的行动。一天晚上我替他脱衣裳，想探他口气，就说："先生，我不知道为人在世应该怎样才免得人家闲话。天下人真恶毒！别人不说，咱们这些街坊实在不是东西。那起混账人！您再也想不到他们怎么说您来着。”他答道：“是嘛！吉尔·布拉斯。哎，朋友，他们能说我什么呢？”我答道：“啊，真是，要说坏话总有的说的，随你头等好品行，人家一样会造谣言。他们说咱们是坏人，法院应该注意。干脆说吧，他们以为您是葡萄牙皇帝的奸细。”我一面说，一面瞅着我主人的脸，仿佛亚历山大大帝瞅他医生那样①，我全神贯注，要看这番话有什么效验。我主人好像发了一阵抖，可见街坊的猜测不错；他又呆呆地出神，看来很可疑。不过他立刻神色如常，若无其事地说道：“吉尔·布拉斯，街坊爱怎么想，随他们想去，咱们别挂在心上。咱们没干坏事，不必怕人家议论。”

他说完就睡了，我也上床，不知道对这件事究竟应该怎么个看法。第二天早上，我们正要出门，听得临台阶的大门打得一片响。我主人开了里面一重门，从小窗口的栅栏往外张望。只见一个衣服整齐的人，说道：“大爷，我是个公差，特来通知你，本地法官老爷要找你说话。”我主人道：“他找我干吗？”公差道：“大爷，这个我可不知道，你见了他就会明白。”我主人道：“我向他致敬，我跟他毫无交涉。”他说完砰地把里面那重门关上，于是在房里踱了一会儿，仿佛听了公差的话很上心事。他给我六

---

① 据普路塔克(Plutarque)《希腊罗马伟人合传》里《亚历山大传》第十九节，亚历山大大帝征波斯时有病，他的好友斐利普处方调药。有人告密，诬蔑斐利普受了波斯王的贿赂，进的是毒药。斐利普进药上来，亚历山大表示对朋友信任，一壁把信给他看，一壁把药一口吞下(“勒勃古典丛书”本第七册第276—277页)。勒萨日所引用，跟原意稍有出入。

个瑞阿尔，说道："吉尔·布拉斯朋友，你可以出去随意逛一天了，我这会子还不出门，今儿早上也不用你伺候。"我听了这话，想他是怕给人抓去，只好躲在家里。我撇他在家，要瞧瞧我猜测得对不对，就找个地方躲着，他要是出门，那儿看得见。我真会耐心守他一上午，只是他省了我的事。一个钟头以后，我看见他打街上过去，神气很安闲，我一上来真看不透他了。可是我对他有成见，他那外貌哄不倒我，我决不相信。我想他那副神气准是假装的，甚至于想他在家无非要收拾金子宝石，大概这会子急急逃命去了。我满以为跟他没有再见之缘，想他大难临头，从此溜出马德里，也许我晚上都不必在门口等他了。可是我还回去等着，想不到主人竟照常回家。他上床睡觉，好像一点没什么心事；第二天早上起来，照样没事人儿一般。

我主人刚穿好衣裳，忽听得打门。他隔着栅栏一看，认得是昨天来的公差，就问有什么事。公差道："开门，法官老爷来了。"我一听见这个威风凛凛的头衔，吓得浑身冰冷。我受过这班老爷收拾，怕得要命，这时恨不得身子远在马德里一百哩之外。我主人不像我那样害怕，他开了门恭恭敬敬请法官进来。法官道："你瞧，我愿意把事情干得悄悄默默的，没带着大队人上你家来。尽管你名声不好听，我觉得还不该下辣手。你告诉我，你叫什么名字，在马德里干什么事。"我主人道："先生，我是从新加斯狄尔来的，我名叫堂贝尔那·德·加斯狄尔·布拉左。我干的事就是散散步，看看戏，每天跟几个意气相投的人一同玩玩。"法官道："你收入一定很多了？"我主人打断他道："不，先生，我没房没地，没有收入。"法官道："那么你靠什么过日子呢？"堂贝尔那道："我靠什么过，我来给你瞧。"他就掀起一幅壁衣，后面有扇门，我从没见过；他开了这门，又开了后面一重门，把法官让进这个小房间，里面有只大箱子，打开一看，满满的都是金元。

他对法官道："先生，你知道西班牙人都不爱做事；不过他们虽然懒，总懒不过我。我天生懒骨头，什么事都做不来。我要是把自己的短处说成长处，我的懒惰可说是哲人的物外逍遥，世人攘攘追逐的一切，我可说都看破了，我潜心修养，到了这个境地。不过我直认自己生性懒惰，而且懒得厉害，假如我非得做事才有饭吃，准要饿死的。我要过得随心如意，不必费神经营财产，尤其可以不用总管，就把承袭来的几份大家私全换了现钱。这一箱有五万杜加。我已经五十开外，一年花不到一千杜加，就是活到一百多岁也享用不尽。我不忧来日，谢天！破家荡产的那三种通病我都不犯。我不贪吃喝，赌钱不过是消遣，对女人也腻味了，我老来决不会做那种千金买笑的老色鬼。"

法官听了道："我瞧你实在好福气！人家怀疑你当奸细，真是大错。你这样性格绝不是那种人。好，堂贝尔那，你照常过你的日子得了。我非但不来打扰你的清静，还声明要加以保障呢。我愿意跟你做个朋友，希望你不弃。"我主人听他说得恳切，大为感动，说道："啊呀！先生，难得你这片好意，我欢欢喜喜、恭恭敬敬地领你的情。承你见爱，我就更加富足，我的福分就十全了。"这段谈话，我和公差在门外都听得清楚。于是法官告辞，堂贝尔那对他说不尽的感激。我要帮东家做主人，对公差非常多礼。一切好人对公差自然的又怕又恨，我心里也有同感，可是我还对他深深鞠躬了不知多少回。

第二章

吉尔·布拉斯在马德里碰见罗朗都大头领，
吃了一惊；这强盗告诉他的奇闻。

堂贝尔那·德·加斯狄尔·布拉左把法官送到街上，赶忙回来关上钱箱和那重重防卫的门户。我们俩高高兴兴地各自出门。他高兴的是结识了有权有势的朋友，我高兴的是一天六个瑞阿尔又拿稳了。我急要告诉梅朗代斯，就上他家去，可是我快要到他家的时候，忽然看见罗朗都大头领。我再也想不到会在这地方碰到他，劈面撞着，不禁浑身发抖。他也认得我，招呼的时候态度很庄重，吩咐我跟他走，还是那副做头领的架子。我抖索索地跟着，暗想："啊呀！他一定要跟我算账了。他要带我上哪儿去呀？大概他有个什么地窟在这城里吧。倒霉！要是情形不妙，我马上会叫他瞧瞧我这双脚没害痛风病。"我一面跟着走，留心他在什么地方停，如果有点儿靠不住，决计拔腿飞跑。

罗朗都一会儿把我的鬼胎打掉。他跑进一家大酒店，我也跟进去。他要了些好酒，叫店主人预备饭菜。店家做菜的当儿，我们到一间房里，大头领看见旁边没人，就说："吉尔·布拉斯，你准没想到会在这儿碰见你的旧头领。你回头听了我讲的事，还要奇怪呢。那天我撇你在地窟里，带了全伙儿好汉上曼西拉去卖掉前一天抢来的骡马，路上碰见雷翁司法官的儿子。他车后跟着四骑壮士，都器械齐全。我们杀了两个，还有两个逃走了。车夫怕主人性命难保，对我们哀求道：‘哎，诸位好汉，看老天爷面上，别杀雷翁法官老爷的独养儿子！’一伙好汉听了，并不发慈悲，反而火上来了。其中一人说：‘弟兄们，这是咱们这行人顶头死冤家的儿子，别饶过他！他老子把咱们同行兄弟害死了多少啊！他们的阴魂这会子仿佛来讨命了。宰了这头牛子，向他们上祭，替他们报个仇！’别的好汉都赞成，副头领就要做大祭司。我拉住他胳膊道：‘住手！何苦滥杀人？咱们拿了这年轻人的钱袋就算了。他毫不抗拒，杀他未免残暴。况且他老子干的事不能怪在他身上。咱们拦路打劫是尽咱们的本分；他老子把咱们处死也无非是尽他的本分。’

“我替法官的儿子求情居然有效。我们只把他的钱抢个精光，把两个死人的马匹也牵走，连我们带的一批骡马同在曼西拉卖掉，然后回到地窟。那是第二天傍亮儿时候了。我们看见坠门大开，吃了一惊，又见雷欧娜德捆在厨房里，越发奇怪。她三言两语讲了究竟。我们想起你的肚子痛，忍不住大笑。你竟有本事哄过我们，实在可佩。我们万想不到你会叫我们上这样个大当，你会出花样儿，我们也就不计较了。我们解下厨娘，我就吩咐她做饭。这个当儿，我们上马房去照料马匹，发现那老黑人一周时间没人看顾，快要死了。我们想医治他，可是他已经人事不知；我们尽管一番好心，瞧他奄奄一息，只得把这个半死不活的可怜虫撇下不管。我们依然有胃口，吃得饱饱，各自回房睡了一整天。我们醒来听得雷欧娜德说多曼果已经死了。你应该记得从前睡的那个地窖子，我们把他抬到那里，当个同伙弟兄那样埋了。

“过了五六天,我们早上出去巡游,忽然在树林外碰到三队公安大队的警卫,好像候着我们要来厮杀。我们起初只看见一队。他们人虽多,我们并不放在眼里,就冲上去。可是交手的时候,另有两队埋伏也一拥而上,我们尽管勇猛也无济于事。我们寡不敌众,只得败下来。副头领和两名好汉送了性命。我和另外两个好汉被他们围在垓心,都给警卫捉住。[①] 两队警卫押送我们到雷翁,另一队去捣我们的老窝。我且讲讲他们怎么发现这个窝的。那天你和那女人逃走,没把地道口的坠门关上。路赛诺一个农夫回家路过,无意间看见了。他怀疑那是我们的巢穴,不敢进去,只把四周仔细认明,又怕记不清楚,就用小刀子在附近树上刮掉些树皮,他出树林的时候,一路每隔几步就在树皮上做个记号。他随就赶到雷翁,报告法官。法官因为我们这伙人刚抢劫了他的儿子,听了尤其称心。他就召集三队警卫,叫农夫做向导,前来缉捕。

“我进雷翁城,城里人都当作一幕好戏看。大家争先恐后,就是葡萄牙的大将被俘也不过如此了。有人说:‘那就是他!那就是他!有名的强盗头子,这一带的凶神!他和他那两个伙伴儿都该用钳子把胳膊呀、腿呀扯个四分五裂。’我们被押到法官面前,法官破口骂道:‘好哇!混蛋!你无恶不作,老天再也容不过你,把你交给我来处分了!’我道:‘老爷,我犯了许多案,可是没杀你的独养儿子。他性命是我救的,你也该感我几分

---

① 这里勒萨日只交代了六个强盗。地窟里原有八个强盗(见第一卷第五章),死掉一个(见第一卷第九章),还该有七个强盗。

恩。’他道：‘啊，你这死不足惜的东西！跟你们这种人也配讲道义！就算我愿意救你，我的职责也不容我。’他说完就把我们下在监里。他没让我的伙伴儿受罪多久，三天之后，他们押上广场，演了一幕惨剧。我在牢里关了整整三星期。我想他们迟迟不判我死刑，无非要我死得更苦，我正等着什么新鲜死法，忽然法官召我去，说道：‘听我宣判，你现在自由了！我的独养儿子全亏了你没在官道上横死。我做父亲的该报你大恩，而身为法官又不能赦你无罪。我上呈文到朝里替你求情，请个特赦，现在赦书到了。你随便到哪里去都成，不过听我的话，你这次侥幸，该学个乖，仔细想想去，别再做强盗了。’

“我听了很感激，就取道上马德里，决计改过自新，安分度日。我一到知道爹妈已经去世，遗产在一个年老的亲戚手里。他像一切保管人那样开了篇细账给我。我只到手三千杜加，大概不到家产四分之一。可是有什么办法呢？跟他打官司也不会有好处。我免得游手好闲，花钱买了个公差的职位，我奉公尽责，仿佛一辈子没干过旁的行业。我同行要是知道我的往事，准觉得情理难容，不会让我吃这碗饭。幸亏他们不知道，或许装作不知道，反正是一样；在这个体面帮子里，各人的所作所为都得遮遮掩掩呢。谢天，我们彼此间谁也不嫌谁。要是谁比别人好啊，去他的！”罗朗都接着又道：“可是我的朋友，我要跟你说几句衷心话儿。这碗饭不合我的脾胃，干这个行业得非常手脚伶俐，非常鬼鬼祟祟，只可以暗里使计策。唉！我真撇不下从前的买卖！当然新行业少担些风险，可是旧行业称心得多，我爱的是自由！哪一天，我真会扔掉这位子，跑到塔古河发源的山里去。我知道有一大群好汉在那里落草，全是加泰罗尼亚人。我不必多言，这一句话就把他们称赞到底了。你要是愿意跟我，咱们就去找那群好汉入伙。我在他们队里可以做个二头领；我只要说你曾经和我十来次并肩厮杀，他们就会要你。我一定把你的勇敢称赞得天花乱坠，大将要提拔军官也不会像我那样褒奖。我决不说你骗过我们，那事我严守秘密，免得惹他们猜疑。好，你打算跟我吗？快说吧。”

我道：“人各有志，你生来是放胆干事的人，我只愿过过安闲日子。”他插口道：“我懂你的意思，你爱上了那个女人，所以带她逃走，现在还放她不下；你们俩准在马德里一同过你喜欢的安闲日子。吉尔·布拉斯先生，你说老实话吧，你一定弄了房子把她安顿下来，两人一起在花那些地窟里拿来的比斯多。”我告诉他并无其事。我说，等我一壁吃饭，一壁把那位太太的事讲给他听，让他明白真相。我就讲了，还把我逃出地窟以后所经所历都告诉了他。吃完饭，他又提起要到加泰罗尼亚去入伙的话来。他并且说主意已定，劝我学样。他看我劝不动，脸色和声音勃然一变，铁板着脸，傲然说道：“抬举你入伙做好汉，你倒不要，宁可当下贱的用人，你既然那么没志气，随你甘心下流吧。不过我有几句话，你好好听着，牢牢记在心上！你今天碰见我，只当没有这回事；无论在什么时候、对什么人，总不许讲起我。我要是知道你说话里刮拉上我，你领教过我的脾气，我不多说了。”于是他叫店主人来算清账，我们就起身出门。

第　三　章

他离开堂贝尔那·德·加斯狄尔·
布拉左家,去伺候一个花花公子。

我们出酒店分手的时候,我主人恰从街上过。他瞧见我了;我还看见他瞅了那大头领好几眼。我想他碰见我跟这样个人在一起大概很诧异。罗朗都的相貌决不像规矩人。他是大高个子,长脸蛋,鼻子像鹦哥嘴,虽然形状不算凶恶,却十足的一副流氓相。

我猜得不错。那天晚上,堂贝尔那念念不忘大头领的那副相貌。要是我胆敢讲大头领的许多妙事,他准听得进。他说:"吉尔·布拉斯,我刚才看见你跟一个高高大大的流氓在一起,那是谁啊?"我说是个公差。我以为他听了这话就满意了,不会再多问,可是他还细细盘问。我记着罗朗都的恫吓,所以很窘。他看我那样子,立刻剪断话,上床睡了。第二天早上,我照常伺候他完毕,他数给我的不是六个瑞阿尔,却是六个杜加,说道:"朋友,这个你拿去,你服侍我到今天,这是赏你的。你另外找事吧。有那样好相识的亲随我吃不消。"我想解释一下,就说那公差是我在瓦拉多利行医的时候治病认识的。我主人道:"好得很,推托得很巧。你应该昨儿晚上不慌不忙就这么回答。"我说:"先生,我实在是谨慎起见没敢说,所以为难。"他轻轻拍着我肩膀道："当然，你谨慎得很！我没想到你这样调皮。走吧，孩子，我不用你了，跟公差来往的用人不合我的脾胃。"

我立刻把坏消息告诉梅朗代斯。他安慰我说，要荐我个更好的人家。过了几天，他果然对我说道："吉尔·布拉斯朋友，我来报告一桩梦想不到的喜事！你可以弄到个天字第一号的好差使了。我想荐你去伺候堂马狄阿斯·德·西尔华。他是名门望族，人家称为花花公子的那种大少爷。承他赏脸，是我的主顾。其实他来买了料子总欠账，不过跟这起大爷交易不吃亏，他们常会娶到有家私的老婆替他们还债；即使不然，内行人跟他们做买卖，价钱总抬得很高，只要收二成半的账就不亏本了。堂马狄阿斯的总管是我的好朋友。咱们找他去吧。他要亲自带你见东家去，而且你可以拿稳，他看我面上一定很看顾你。"

我们一路到堂马狄阿斯的寓所去，那商人说："我想该把那总管的性格儿告诉你，让你心里有个谱儿。他名叫格瑞果利欧·罗德利盖斯。我私下跟你说说，这人是下贱出身，自己觉得善于经纪，就施展天才，做过两家的总管，人家败光，他就发了财。我告诉你，他很爱面子，喜欢别的用人拍他马屁。他们要向主人求点儿恩典，得先去求他；要是跳过他的头，他总有现成的借口，不是叫主人取消成命，就是叫用人得不到实惠。吉尔·布拉斯，你以后这样办法：宁可不趋奉主人，可是得趋奉罗德利盖斯大爷，尽心竭力讨他的好。他喜欢了你，好处大着呢。他就不会拖欠你的工钱；你要是有本领巴结得他信任，他还会给你些小骨头啃啃。他手里的骨头多的是！堂马狄阿斯是个大少爷，只想寻欢取乐，一点不耐烦过问家务。做总管的在这种人家多合适啊！"

我们到那寓所，找罗德利盖斯先生说话。门上人说他在自己房里。他果然在那儿，一起还有个农夫模样的人，拿着一只蓝帆布口袋，里面满满的都是钱。那总管的脸色看来比伤春女子的还要青黄。他向梅朗代斯张臂相迎，那商人也张臂赶上去，两人亲热地拥抱，这副表情多半是装出来的。于是他们就谈到我的事。罗德利盖斯先把我从头到脚细细看了一遍，很客气地说，堂马狄阿斯正用得着我这样个人，他愿意带我去见见。于是梅朗代斯说他对我怎么关切，请总管照拂，又恭维了一大泡，就撇下我走了。他走之后，罗德利盖斯说："等我打发了这个乡下佬，立刻带你上去见我主人。"他就到那农夫跟前，接过口袋，说道："达雷果①，咱们来点点这里是不是五百比斯多。"他亲手点钱，数目不错，就出个收条给农夫，打发他走。他又把钱装进口袋，说道："咱们现在可以去见我主人了。他常是中午起床，这会子快一点钟了，他该起来了。"

堂马狄阿斯果然刚起来。他便装靠在安乐椅里，一条腿跨在扶手上，身子一摇一晃的正在研那烟叶子②。一个跟班的暂充贴身用人，伺候在旁，正和他说着话儿。总管道："大爷，我大胆找了这小伙子来替您前天撵走的那个。卖呢绒给您的梅朗代斯是他保人。他说这小子能干，我想您一定觉得他很不错。"那位大少爷道："成，你荐来的人，我不管三七二十一总是要的。我就用他做个贴身用人，这事讲定了。"接着道："罗德利盖斯，咱们谈谈别的事情吧。你来得恰好，我正要叫人去找你。亲爱

① 西班牙文 Talego，意思是"钱袋"。

② 在勒萨日写这部书的时代，吸鼻烟的人都有一只磨烟叶的研子，自己把烟叶研成末子。

的罗德利盖斯，我要告诉你个坏消息。我昨夜赌运不好，手里一百比斯多输光不算，还用名誉担保欠下二百比斯多的债。你知道上等人把清偿这种债务看得多么重。我们讲信义，其实只是这项赌账一点不拆烂污，别的债目我们并不认真偿还。你务必立刻筹出二百比斯多，送到贝德罗萨伯爵夫人家去。"总管道："大爷，这话说来容易做来难。请问您，叫我到哪儿去弄这笔钱啊？您那些佃户一个子儿也不拿出来，随我怎么吓唬他们也没用。可是我得把您这份人家撑得像模像样，还得耗尽心血筹钱给您花。我实在是谢天照应，直到如今还支应得过；可是已经山穷水尽，再没有办法了。"堂马狄阿斯打断他道："这些话说也没用，你啰啰嗦嗦的只叫我心烦。罗德利盖斯啊，你要我改过自新，亲自料理家务来当消遣吗？我这么个寻欢作乐的人，这来倒是怪有趣味的！"总管道："别性急，照这样下去，我瞧您不久就可以把这类麻烦永远摆脱了。"那大少爷烦躁道："你烦得我要死。让我糊里糊涂地把家产败光好了。我跟你说，我要二百比斯多，非有不可。"罗德利盖斯道："那么我去找那个重利放债给你的小老头儿商量一下，怎么样？"堂马狄阿斯道："随你找他妈的谁商量去，只要替我弄到二百比斯多，别的我不管。"

他焦躁地说完这话，总管就出去了。这时来了个贵家公子，叫作堂安东尼欧·德·桑德雷斯。他对我主人道："朋友，你怎么了？我看你气色不佳，满面怒容。谁招你生气了？准是方才出去的那个混蛋。"堂马狄阿斯答道："是啊，那是我的总管。他每次跟我谈话总叫我受一顿罪。他跟我讲家务，说我快把家私吃尽花光了。那畜生！倒仿佛是他在赔钱呢。"堂安东尼欧道："朋友啊，我跟你同病相怜。我的管账跟你的总管一样混账。

那混蛋经我再三再四的吩咐,筹了些钱来,就好像是他自己掏腰包给我的。他老对我讲一大套道理,他说:‘先生,你这就完蛋了,你的进账扣押起来了。’我只可以打断他,免得他多说废话。”堂马狄阿斯道:“糟的是咱们少不了那种人,那是一种少不得的坏东西。①”桑德雷斯道:“我也是这个意思,不过……”他说着放声大笑道:“你听啊,我忽然想出一个怪有趣的主意,没有更妙的了。咱们跟总管交涉的时候那种严肃的情景可以变得滑稽,咱们懊恼的事可以变得有趣。你听我说:你要的钱归我去问你的总管要;你也替我去问我的管账要钱。随他们讲多少道理,咱们可以平心静气地听。你的总管就对我来报账,我的管账对你报账。我只听他数说你的荒唐,你只看到我的荒唐。咱们这就好玩儿了。”

这番妙论引起许多趣谈,两位少爷都乐了,说得兴高采烈。格瑞果利欧·罗德利盖斯进来,打断了他们的话。他背后跟着个秃脑瓜儿的小老头子,秃得几乎一毛不着。堂安东尼欧就要走,说道:“再见,堂马狄阿斯,咱们回头见。我走了,让你跟他们两位一起吧,你们准有什么正经事要商量。”我主人道:“哎,我没事儿,别走,你在这儿不要紧。这位老成持重的老头儿是上等人,他按二十分利借钱给我。”桑德雷斯大惊小怪地嚷道:“啊呀!二十分利!恭喜你碰到这样好人。人家对我可没这么宽,我是出了金子的价钱买银子。我借钱总是三十三分利。”那重利盘剥的老头儿就说:“多高的利息呀!那些混蛋!他们也想

① 希腊喜剧家米南德(Menander)说:“女人是个少不得的坏东西,”又说:“结婚是桩坏事,但是桩免不得的坏事。”(见“勒勃古典丛书”本《米南德集》第480—481,又第514—515页)这话就成为欧洲各国流行的成语。

到死后有天堂地狱的报应吗？怪不得人家要把放利钱的人那样痛骂呢。就因为里面有些人重利盘剥，坏了我们的名誉体面。我呀，放债不过是与人方便；要是同行都像我一样，我们不至于那么挨骂。啊，要是这年头儿还像从前那么好，我借钱给你不要利息；虽说现在钱少，我要二十分利简直还于心不安呢。可是银子好像回到地底下去了，都没有了，现钱太稀罕，所以我也没法儿一味讲究道德。”

他接着问我主人：“你要多少钱啊？”堂马狄阿斯道：“我要二百比斯多。”那重利盘剥的人说：“我口袋里有四百比斯多，只要给你一半就行。”他一面说，一面从他那长袍底下拉出一只蓝帆布口袋，好像就是刚才农夫达雷果装五百比斯多给罗德利盖斯的那一只。我立刻看透了怎么回事，恍然明白梅朗代斯称赞那总管有手段果然不错。老头儿把袋里的钱全倒在桌上，一一点数。我主人一见，贪心顿起，看中了整笔钱了，就对那放高利的说：“戴公米尔加多先生①，我仔细想了想，我真是个大傻瓜。我只想还债，没想到身上一个子儿都没有了，明天还得来找你。我想这四百比斯多我一股脑儿都要了吧，免得劳你再来。”老头儿道：“先生，我预备留一份给一个好人。他是位学士，承袭了大家私，发慈悲都花在年轻姑娘身上，要她们脱离繁华世界，还布置房子供她们退隐。不过你既然这一笔钱都要，不妨全拿去，只是别忘了抵押。”罗德利盖斯插嘴道：“抵押稳靠得住。”他从口袋里拿出一张字据道：“这期票上只要请堂马狄阿斯大爷签上个字，凭票可问他佃户达雷果要五百比斯多，那人是蒙德雅的

① 西班牙文 Descomulgado，意思是“驱逐出教会的人”。

富农。”放高利的说：“这就成了，我一点儿不作难人，只要这办法有道理，我就爽爽快快的一口答应。”总管把笔交给我主人，我主人并不看看字据上写的什么，他嘴里吹着口哨，签上了名字。

这事办完，老头儿告辞。我主人跑上去拥抱他道：“再见，放高利贷的先生，我全凭你做主。我不懂人家为什么说你们这种人是混蛋，我觉得国家少不了你们。你们是成千成百个公子哥儿的定心丸，入不敷出的大爷们的财源。”桑德雷斯嚷道：“你说得对！放高利的都是上等人，对他们百般敬礼都不算过分。我看二十分利这一点上，也要拥抱他一番。”他说着也上来拥抱。两位花花公子闹着玩儿，把他推来搡去，就像打网球的拍着个皮球。他们推搡了好一顿，才让他跟总管出去。其实他们倒该拥抱那总管，还另外赏他些东西。

罗德利盖斯和他的走狗出去了，我和那跟班都在屋里，堂马狄阿斯就叫他把一半比斯多去送还贝德罗萨伯爵夫人，自己把其余一半装在随身一只长长的绣金的钱袋里。他手里有钱，得意之至，高高兴兴地对堂安东尼欧道：“咱们今天干些什么事儿呀？商量商量吧。”桑德雷斯答道：“说这句话就不愧是个有见识的人了。好呀，咱们想想。”他们正在盘算怎么消遣这一天，外面又来了两位大爷。那是堂阿雷克索·西侠和堂范尔南·德·冈博阿，都跟我主人差不多年纪，在二十八至三十岁之间。这四位爷一见面就亲亲热热的我拥你抱，好像已经十年阔别似的。堂范尔南是个笑呵呵的胖子，他对堂马狄阿斯和堂安东尼欧道：“你们两位今天在哪儿吃饭？要是没有别的约，我带你们到一个酒店里去。那儿的酒简直是天上神仙喝的。我昨天在那店里吃晚饭,今儿早上五六点钟才出来。”我主人嚷道:“但愿我昨夜也像你那么乖乖地过,就不会输钱了。”

桑德雷斯道:“我啊,昨儿晚上有个新消遣,因为我喜欢新鲜玩意儿。人要活得有趣,全靠翻着花样玩儿。我朋友带我到个人家,主人是那种公不忘私的包税员。他家很富丽堂皇,也很雅致,酒菜办得在行,可是主人真可笑,逗得我直乐。他是包税局那班人里最鄙俗的一个,却要装贵人气派。他老婆是个丑八怪,也做出千娇百媚,说了多少傻话,又带着比斯盖乡音,越显得蠢。而且同席还有四五个孩子,由家庭教师陪着。你们想吧,这一席合家欢逗得我多乐呀!”

堂阿雷克索·西侠道:“诸位先生,我昨晚在女戏子阿珊妮家吃的晚饭。同席六个人:阿珊妮、茀萝利蒙德和她的一位风骚朋友、泽内德侯爵、堂如安·德·蒙加德,还有我。我们喝了一夜酒,说些风流放诞的话。多乐呀!当然阿珊妮和茀萝利蒙德没什么头脑,不过她们是风月场里的老手,也就充得聪明伶俐。她们是那种高兴活泼、爱闹爱笑的女人,不是比规规矩矩的女人好一百倍吗?”

第四章

吉尔·布拉斯认识了那些花花公子的亲随;
他们指点了俏皮的捷径,又叫他发了个奇誓。

我伺候堂马狄阿斯穿衣裳,几位大爷就这样谈论着,直到我主人打扮停当出门。他就叫我跟着，同到堂范尔南·德·冈博阿说的那个酒家去。每位爷有个亲随，我就和那三个亲随跟在后面。我留意这三个用人个个模仿自己的主人，神情毕肖，不禁暗暗称奇。我是他们的新伙伴，就向他们招呼。他们还了礼，有一个把我看了几眼，说道："老哥，瞧你这副神气，好像第一次伺候大家公子。"我答道："咳，是啊，我新近才到马德里。"他道："我看得出来，你有一股子土气，好像很羞缩不自在，行动有点儿呆板。可是不要紧，我担保我们马上会点拨得你灵活。"我说："只怕是哄我吧？"他说："没那事儿，无论什么傻瓜我们都能改造，这点你放心好了。"

我不必他多说，就知道这些同行兄弟都是好小子，我要做个机灵的用人，有他们指点再好没有了。我们到酒店里，饭菜都已经预备好，堂范尔南有先见，早上就定下的。大爷们入席，我们在旁伺候。他们谈得很乐，我听着非常有趣。他们的性格儿、他们的心思谈吐，都叫我好笑。他们真是兴高采烈，异想天开；我觉得他们是另外一种人。他们吃到末一道菜，我们就送上许多瓶头等西班牙酒，然后退到小厅上，那儿开了一桌我们吃的饭。

我立刻知道我当初小看了这几位二爷。他们不但学主人的举止，也学他们的谈吐。这些混蛋学得惟妙惟肖，只欠些华贵之气。我羡慕他们自在写意的气概，尤其钦佩他们的俏皮，觉得自己一辈子也休想那么倜傥。堂范尔南的亲随因为他主人做东，也就把我们当客人款待。他怕招待不周，叫了店主人来吩咐道："掌柜的，把你最好的酒拿十瓶来，照例记在我们大爷账上得了。"掌柜道："遵命，可是加斯巴先生，你可知道堂范尔南大爷已经欠了我好几顿饭钱了。要是你肯帮忙，照顾我收几个现钱……”那亲随打断他的话道：“该你的账你甭发愁，都在我身上。我主人的债跟金条一样硬呢。当然，有些债户无礼，叫法院把我们的进款扣押了，可是我们一有机会，立刻可以请求发还；那时你开上账来，我们看都不看就把钱还你。”店主人就送上酒，不问进款扣押的事；我们也姑且喝酒，等进款将来发还。我们连连喝酒祝福，彼此的称呼都借用主人家的姓氏，那情景煞是好看。堂安东尼欧的亲随叫堂范尔南的亲随冈博阿，堂范尔南的亲随叫堂安东尼欧的亲随桑德雷斯，他们也照样叫我西尔华。我们这班冒名顶姓的二爷正和那几位真名实姓的大爷一样，渐渐地喝醉了。

虽然我比不上同席诸君谈笑风生，他们倒也不嫌。里面最调皮的一个说道：“西尔华，我们要造就你呢，朋友。我看你天分不错，只是你不会因才善用。你怕说错话，就不敢随口说；可是现在许多自充俏皮的人无非逞嘴胡说罢了。你若要锋芒四射，只消乘兴信口，乱说一通；你胡说八道，人家只赞你豪放。你一百句混话里或许夹带一点儿俏皮，人家把你的胡言乱语全忘了，只记着你那点机锋，对你另眼相看。咱们那几位东家就用这法子，很有效验。谁要享风趣高妙的大名都应该这样。”

我本来就很想充才子，一听他们传授的秘诀，觉得并非难事，应该记住这个窍门。我当场试验，仗着酒力，果然有效。那无非是信口胡扯，一大串荒唐话里碰巧有几分风趣，赢得大家叫好。我这番尝试以后，胆子大了，就抖擞精神说俏皮话，可巧又很成功。

刚才在街上跟我说话的那位同行弟兄道：“好啊！你的土气不是磨掉些了吗？你跟我们才混了两个钟头，已经换了个人，以后一天天还眼看着你变样子呢。你瞧,这就是伺候贵家公子的好处,能增长智慧,在平头百姓家就不会这样。”我答道:“那还用说吗？所以今后我只愿意伺候贵人了。”堂范尔南的亲随醉醺醺地嚷道:“说得好,平头百姓哪里配使唤咱们这种大才。嗨,诸位,咱们来发个誓,一辈子不伺候那种小人。咱们凭斯堤克斯起个誓!①”大家齐声附和,手擎酒杯,笑闹着发了个誓。我们直喝到主人散席才罢。那时候才半夜,我的伙伴儿都以为他们太不贪杯了。这起爷们老早散席,其实无非要去找皇宫左近一个很有艳名的女人,她那儿不分昼夜都门户洞开,让人家去取乐。这女人大概有三十五到四十岁光景,依然十分美丽,也很有风趣,应酬功夫非常到家,因此她的余姿剩色据说卖得比开始梳栊的时候还贵。她家还常有两三个头等的风骚女人,所以越发门庭若市。那些客人下午赌钱,接着吃晚饭,通宵喝酒作乐。我们跟主人在那儿盘桓到天亮,并不厌倦,因为他们和女主人在一起,我们就跟女用人玩儿。到天亮我们才分手,各自回家睡觉。

我主人照常十二点起来,穿衣出门。我跟他到堂安东尼欧·桑德雷斯家,碰见一个人,叫作堂阿尔华·德·阿古尼亚。这位爷已经上了年纪,是风月场中的大师。年轻子弟想做风流公子,都跟他学。他指点他们寻欢作乐,教他们出风头、挥霍家产。反正他自己的家当早已败光,不用再担心了。三位爷见面拥抱一番,桑德雷斯就对我主人说:“真的,堂马狄阿斯,你来得再巧没有!堂阿尔华要带我上一个市民家里去,他今儿请泽内

---

① 希腊神话:斯堤克斯(Styx)是阴间的河。朱庇特(Jupiter,即宙斯)等一切神道往往凭斯堤克斯发誓,就不能背誓。

德侯爵和堂如安·德·蒙加德吃饭,我希望你也去。”堂马狄阿斯道:“那人叫什么名字?”堂阿尔华道:“他叫格瑞果留·德·诺瑞加,我用不了费几句话,你就知道那年轻人是什么样人。他父亲是个有钱的珠宝商,到外国做买卖去了,留下大宗进款给儿子花。格瑞果留是个傻瓜,生就败家子的脾气,自命为花花公子,不问自己是不是那个材料,硬要充俏皮。他向我请教。我正在教导他,我可以对两位担保,他经我指点,进境很快。他生利的本钱已经花掉不少了。”桑德雷斯嚷道:“还用说吗!这位市民将来准进卑田院。”又道:“哎,堂马狄阿斯,咱们跟这家伙交个朋友,帮他败完家产吧。”我主人道:“好哇!这起暴发小子想冒充咱们这种人呢,我看见他们倾家荡产真是高兴。譬如说吧,那个包税员的儿子又爱赌钱又爱高攀阔人,弄得连自己的住房都卖掉,我瞧他倒霉,觉得有趣极了。”堂安东尼欧道:“啊,这人可怜不足惜,他穷了还像阔的时候那样自以为了不得。”

桑德雷斯和我主人跟了堂阿尔华到格瑞果留·德·诺瑞加家。莫吉贡和我跟着去,两人有白食可吃,可以帮着把那市民家败光,都非常高兴。我们一进门看见许多人忙着备饭,我们闻到炖肉的香气,就知道味道一定好。泽内德侯爵和堂如安·德·蒙加德刚到。我觉得这家主人是个大傻瓜。他硬要装出花花公子的神气,那几位好比绝妙的原本,他就像拙手临摹的仿本;干脆说吧,就是个笨伯想装得潇洒自在。你设想这样一个人给五个刻薄鬼围住,一个个都存心作弄他,还要大大破费他。堂阿尔华见面应酬了几句,说道:“诸位,我替你们介绍这位十足地道的绅士格瑞果留·德·诺瑞加先生。他的长处真是说不尽。你们可知道他满肚子都是学问吗?随你们问他哪一门,从精微严密的论理学到拼法，他都一样的棒。”那商人笑得一副丑相，打断他道：“唷！太过奖了。阿尔华先生，我可以回敬你一句，你才是所谓学问渊深呢。”堂阿尔华答道：“我并没想讨你这种隽妙的赞语，可是说实话，诸位先生，格瑞果留先生将来一定是个名人。”堂安东尼欧道：“他结交人最有眼光，我就喜欢他这一点，我觉得这比拼法还重要。他跟平头百姓毫无来往，专好结交公子哥儿，破费多少满不在乎。可见他志趣高尚，我很倾倒。这才是所谓钱花得不俗，花得不冤。”

这类的冷嘲热讽只开了个头，后面还有一大堆呢。可怜格瑞果留成了众矢之的。那些花花公子你一言我一语奚落他，那傻子全听不出话中有刺，却死心眼儿只听懂字面上的意思，很喜欢这几位客人；他遭人戏弄，还好像受了恩宠似的。总而言之，客人一面喝酒，一面就拿他开玩笑。他们喝到天黑，又喝到天亮。我们也学主人的样放怀痛饮。从这个市民家出来的时候，主仆都喝醉了。

第五章

吉尔·布拉斯艳福不浅，
结识了一个漂亮女人。

我睡了几个钟头起来，精神舒畅，记起梅朗代斯的忠告，乘这会子主人没醒，先向那总管请个安。他见我殷勤趋奉，好像觉得面上增光。他客客气气接待我,又问我跟大爷们过这种日子惯不惯。我说还是头一遭呢,慢慢儿总会惯。

我果然过得惯,而且一来就惯。我脾气性格儿都变了,原来规矩沉着,这时一变而为活泼轻浮、嬉皮涎脸。堂安东尼欧的亲随见我摇身一变,大为恭维,说只要再来几个艳遇,就算得出风头的人物了。他说,要充漂亮人,这种事情决计少不了;个个伙伴都有女人垂青,他本人就和两位贵妇人相好。我心想这混蛋在撒谎。我说:“莫吉贡先生,你当然是个又漂亮又机灵的小子,你确有本事,不过你并不在那些贵妇人家里,她们又怎会看中你这样身份的人呢,我可不明白了。”他答道:“啊,说真话,她们不知道我是谁。我穿了主人的衣裳,还顶了他的姓名,这样去赢得她们青眼的。你听我讲来。我打扮成大少爷,装出那副气派,到公园里去,看见女人就挤眉弄眼,等到有女人回送秋波,我就盯她的梢,跟她搭话。我自称堂安东尼欧·德·桑德雷斯,求她定期幽会,她做张做致不答应,我逼着她,她就依了。如此这般,不必细说。朋友啊,我是这样勾搭女人的,劝你也学样。”

我急要做个出风头的人物,这话岂有不听的,何况我也很喜欢勾搭女人呢。我决计装成大少爷出去猎艳。我不敢在家里换装,怕人看见。我在主人衣橱里拿了一套漂亮衣裳,打成一包,带到我相识的一个矮个子理发师家里,在他那儿脱换方便。我尽力修饰了一番。理发师也帮我打扮,两人都以为打扮得尽善尽美,我就到圣吉隆公园去,料想那里准会有些艳遇。可是我不用走那么远,一桩大好的艳遇就开头了。

我穿过一条僻巷,看见一座小房子,前面停着一辆雇来的马车,有个身材苗条衣服华丽的女人正出门上车。我立刻止步瞅她，对她行礼，分明是对她很有意思。她也故意把面网一掀，露出绝代姿容，让我瞧瞧她着实值得我留情，远非我想象所及。我见了那一面有点儿眼花缭乱，那车走了，我还站在街上。我暗想："好漂亮的脸啊！咳！我得有这么个女人才称得风流人物。看中莫吉贡的两个女人要是都像她那么美，那家伙多好福气啊。我若有这么一个，就自庆好运气了。"一面想，无意间看了看美人儿出来的那座房子，瞧见楼下客堂窗口有个老太婆向我招手。

我立刻飞也似的进去，在一间讲究的客堂里和这位年高晓事的老婆婆相见。她以为我至少是位侯爵，恭恭敬敬地招呼，说道："大爷，我想你一定瞧不大起我这种女人，素昧平生，就招你进来。不过你要是知道我并不对人人这样，就不会见怪。看来你是朝里一位贵人吧？"我右腿一伸，把全身分量偏在左腿上，一面打断她的话道："老奶奶，你看得准！不是我摆架子，我家是西班牙数一数二的大人家。"她答道："看你的神气就知道。老实说，我有个癖性，爱替贵人当差。我刚在窗口看你，你好像很留意出门的那位太太。她中你意吗？把心事告诉我吧。"我道："我以朝里贵人的身份发个誓，她打动我的心了。我从没看过这等骚辣动人的娘儿。老奶奶，你成全了我们的姻缘吧，我一定重重谢你。替我们贵公子当这种差使决不吃亏，我们在这上面肯花钱。"

那老太婆道："我跟你说过，我是一心一意伺候贵人的，我喜欢替他们当差。譬如说吧，有些女人面子上很正经，不便在家里会情人，就上这儿来。我把房子出借，让她们遂了心愿，又不失体统。"我说："好，看来你刚替那女人行了这么个方便吧？"她道："没那事，她是贵人家的年轻寡妇，要找个情人。不过她挑剔得厉害，你尽管好，我不知道她可看得上呢。我介绍过三位漂亮公子，她都不入眼。”我做出千拿万稳的神气，嚷道：“啊，真是的，老奶奶！只要你牵上线儿，管保成功。我倒很想跟爱挑剔的美人儿会会，瞧是个什么样儿，我还没碰到过这种人。”老太婆道：“好，你只要明天这时候来，就能偿愿。”我道：“一定来，咱们瞧罢，像我这样的大少爷还会吊不上女人吗？”

我不想再找旁的遇合，就回到小个子理发师家，一心盼望着这桩事的下文。到第二天，我又刻意修饰一番，在约定时间前一个钟头就到老太婆家。她道：“大爷，你准时候来，我很感激。当然这事也值得你准时而来。我已经见过咱们那位年轻寡妇，两人谈论了你好一顿。她不让我讲，可是我很喜欢你，不由得要讲。你已经赢得她欢心，就要做有福儿郎了。咱们私下说说，那女人是好一块肥羊肉。她丈夫娶了她没多久就去世，只好比影儿一掠，她还有姑娘家一切好处呢。”有种花骚姑娘，没嫁丈夫却一点不孤寂，那老婆子想必指这种姑娘。

一会儿，这场幽会的女主角盛装艳服，依然雇了马车来了。她一进客堂，我立刻学着花花公子的腔，扭捏出风流体态，先行了五六个鞠躬礼。于是我仿佛已经混熟了，挨上去说道：“我的公主娘娘，你面前这位公子命都没有了。我从昨天起，一心一念只想着你的芳容。有一位公爵夫人刚在我心上站住脚，却给你挤出去了。”她摘下面网，答道：“我占了上风很有面光，可是还觉得美中不足。公子哥儿总喜新厌旧，据说他的心比流通的钱币还难保存。”我道：“哎，我的皇后，请你别想将来，且顾眼前。你美貌，我多情；若蒙不弃，别再三思考，咱们结个相好吧。咱们该学水手上船时那样，只看到漂洋的快乐，不去想那些风险。”

我说完情不自禁似的跪在我那美人儿脚边；又要学像个花花公子，就急急逼着她成其好事。看来她给我恳求得有点儿心动，可是觉得不该就让我如愿，她把我推开道："别这样，你太急了，像个浪荡子的行径。我怕你别是个小荒唐鬼吧。"我嚷道："得了，太太，那是高等女人都喜欢的，你会嫌吗？看不过放荡的只有那些平民百姓家的女人。"她道："我说不过你，算你有理吧。我知道跟你们这起大爷扭捏装腔不中用，女人得迎上半道来就你们。"又道："我告诉你吧，你打动了我的心了，我对你的情意真是对谁也没有的；我只要问明你的家世，就决定你中选不中选了。我相信你是一位公子，而且是个有身份的人，可是我拿不准。我尽管对你有偏好，总不能把爱情扔给一个不知姓名的人。"她说的时候忸怩含羞，仿佛有伤名节似的。

堂安东尼欧的亲随告诉过我，他碰到同样难题怎样对付的。我这时记起，也想学他样儿冒充自己的主人，就对那寡妇道："太太，我不向你隐姓瞒名，我的姓名说出来够体面的。你听见人家说起堂马狄阿斯·德·西尔华吗？"她道："听见过呀，我还告诉你吧，我在一个朋友家见过他。"我虽然脸皮练得很厚，听了有点着慌。可是我立刻定下神，靠机智转圆道："好啊，我的天使，你认识这位先生，我——我也认识他。你既然一定要我说，我跟他是一家人。他的祖父娶的是我父亲的舅舅的内姨。你瞧，我们还算是近亲呢。我叫堂西泽。十五年前鼎鼎大名的堂范南·德·李贝拉在葡萄牙边境打仗阵亡，我是他的独养儿子。那一仗打得轰轰烈烈，我可以仔细讲给你听。不过爱情支使我及时行乐呢，这么一讲，就把千金难买的时刻虚度了。"

我说完就很情急，可是没用。那位天仙美人给我尝的一点滋味,空教我对那到不得嘴的甜头垂涎。那个狠心人儿上了等在门口的马车走了。我虽然没有如愿,有这份艳福也很欣幸。我想:“我只挨得五分光,因为那位太太是大家命妇,觉得不应该初见面就让我这个痴情颠倒的人称心如愿。她身份高贵,耽误了我好事,不过这也迟早不了几天的。”其实我也想到她或许是个极狡猾的角色。不过我宁可往好处着想,还是相信那寡妇很不错。我们临别约定隔天再见。我满想到时可以如愿,先就自得其乐了。

我回到理发师家,心里全是空中楼阁。我知道主人在赌场里,就换了衣裳去找他。他正在赌钱,我看出他是赢家,因为他不像那种冷静的赌客,大输大赢都不挂在脸上。他若手气好,就把人刻薄取笑,一脸骄盈之色;手气不好,就肝经火旺。他这次一团高兴地出了赌场,到皇家戏院去。我跟他到戏院门口,他给了我一个杜加,说道:“这是给你的吉尔·布拉斯,我今天赢了钱,也让你尝尝这彩头儿,你找伙伴玩儿去吧。半夜到阿珊妮家来找我,我跟堂阿雷克索·西侠约定在她家吃晚饭的。”他说完就进戏院去。给这个杜加的人既然要我找个伙伴花掉它,我就盘算找谁。我没盘算多久,忽然碰到堂阿雷克索的亲随克拉林,就拉他到路上第一家酒店里,两人吃喝到半夜。克拉林也奉命要上阿珊妮家,我们从酒店出来,就往那儿去。这时阿珊妮和苇萝利蒙德在楼上陪着我们主人,她们各有个贴身女用人都在楼下一间房里大说大笑;小僮儿来开了门,领我们到那间房里。

通常女用人看见两个酒醉饭饱兴致蓬勃的小伙子跑来,都不会讨厌,伺候女戏子的女用人更不用说了。可是我吃惊不小,其中一个正是那位寡妇、我以为伯爵或侯爵夫人的漂亮寡妇!

她看见她那亲爱的堂西泽变成花花公子的亲随,惊异得和我不相上下。可是我们俩一点不窘,你看看我,我看看你,都觉得好笑,忍不住笑了个畅。那女人叫萝合,她乘克拉林和她女伴儿说话,就把我拉过一边,和颜悦色地伸出手来,低声说道:"拉拉手吧,堂西泽先生,咱们别彼此抱怨,还是互相称赞吧,朋友。你扮那角色真是惟妙惟肖,我串那角儿也不输于你。你说不是吗?你准把我当个偷汉子取乐儿的漂亮贵妇人了。"我道:"可不是嘛!不过我的皇后啊,不论你是谁,我样儿虽然变了,对你的心却丝毫没变。请让我伺候你。堂西泽开的头很好,你就让堂马狄阿斯的亲随替他完工吧。"她答道:"行呀,你的本来面目我更喜欢呢。咱们是同类人物,不过你是男来我是女;我这样称赞你,可算无以复加了。我就把你归在向我拜倒的那些人里面。咱们以后不必那老太婆拉纤,你可以随意到这里来看我。我们这起做戏的女人无拘无束,常和男人乱七八糟混在一起。我承认我们有时候要带出幌子来,可是人家把这种事只当笑话;你知道,我们生来也无非是逗人发笑的。"

我们因为耳目众多,没有再说下去。大家一起谈话,兴高采烈,讲了许多用意明显而措词暧昧的话。人人都说几句。阿珊妮的女用人、我那可爱的萝合口角尤其锋利,看来她的才远胜于德。我们的主人和那些女戏子也时时哄然大笑,声音直传到我们这边,可见他们跟我们一样,也在讲至理名言。谁要把阿珊妮家这一夜的趣谈都记下来,我相信这部书对少年后生一定教益不浅。回家的时候已到,换句话说,天已经亮了,大家只好分手。克拉林跟了堂阿雷克索、我跟了堂马狄阿斯各自回家。

第　六　章

几位公子议论"皇家戏班"里的戏子。

这天我主人起床就接到堂阿雷克索·西侠的便条,请到他家去。我们跑去,看见泽内德侯爵也在,还有个我没见过的漂亮公子。西侠把这位面生的绅士向我主人介绍道:"堂马狄阿斯,这是我亲戚堂庞贝攸·德·加斯特罗。他可算是波兰朝廷上长大的。他昨晚刚到马德里,明天就要回华沙,只有今儿一天跟我盘桓。难得这点儿时间,我想帮他好好消遣;我知道非得有你和泽内德侯爵来,他才觉得有趣呢。"我主人拥抱了堂阿雷克索的亲戚,彼此恭维一大顿。我很爱听堂庞贝攸讲的话,觉得他是个稳健精细的人。

他们在西侠家吃午饭,饭后这些大爷们赌钱玩儿,直赌到戏院开场。他们同到皇家戏院去看新上演的一个悲剧,叫作《迦太基女皇》。看完戏他们回到吃午饭那儿晚餐。席上大家先议论刚看的诗剧,接着就谈到里面的戏子,堂马狄阿斯嚷道:"我以为这个戏没什么好,写的埃涅阿斯比《伊尼德》史诗里的还乏味①。不过咱们得承认那些戏子演得真不错。堂庞贝攸大爷觉

① 埃涅阿斯是维吉尔史诗《伊尼德》的主角。他是特洛亚王子,亡国后漂流到迦太基。迦太基女皇蒂东爱上他,他觉得该以建国的大事业为重,不应当为私情流连,就撇下她走了。蒂东因此自杀。维吉尔那篇诗第四卷专写这件事。维吉尔老说"有道德的埃涅阿斯"(Pius Aeneas)(例如第一卷第305行,第四卷第293行等),写得他老成持重,不像荷马史诗里的人物那样英风豪气,所以批评家大都嫌他沉闷拘谨,气魄不大。

得怎么样？他好像别有见解似的。”这位爷微笑道：“诸位，我的见解跟你们完全不同，不过看你们方才对那些戏子，尤其对女戏子百般倾倒，我就不敢说了。”堂阿雷克索嘲笑道：“你真知趣，你的批评我们一定不入耳。你当着我们这起捧女角儿的人，说话得留情。我们天天跟她们一起喝酒，保得了她们十全十美，要我们出保单都可以。”他亲戚道：“那当然，你们跟她们那么要好，她们的人品你们都可以出保单呢！”

泽内德侯爵笑道：“你们波兰女戏子一定是好得多了？”堂庞贝攸道：“那是真的，她们的确强些呢，至少有几个一点毛病都没有。”侯爵道：“你准可以替那几位出保单了？”堂庞贝攸道：“我和她们没有交情。我不跟她们一起花天酒地，所以能够不着成见地断定谁好谁歹。你们老实说，你们真以为那戏班子很好吗？”侯爵道：“不，哪里！我并没有那意思，我不过要回护三两个戏子，其余我都不管账。你承认吧，演蒂东的女戏子真了不起。那女皇的庄严和蔼，她扮来不是一丝不苟、正合咱们的想象吗？她能叫看客全神贯注，体验到她表现的种种心情，这一点不叫你钦佩吗？她念台词的本领也可算登峰造极。”堂庞贝攸道：“我承认她能感动人。女戏子里要算她最悱恻缠绵了，戏也演得不错。可是不能说她没毛病。她的做功有两三处我看不入眼。她要装出惊异的样子就把眼睛骨碌碌大转特转，不合后妃的身份。再加她原来嗓子是软的，声音放大了就不软和，变成怪难听的低音。而且我觉得她念的词儿有几处还没有领会。我不愿意说她笨，只算她是心不在焉吧。”

堂马狄阿斯对这位批评家道：“照我看来，你大概不会作诗捧我们的女戏子吧？”堂庞贝攸答道：“请别见怪。她们虽然有毛病，我也看出她们很有才分。我还可以告诉你,我对插曲里扮女用人的那个女戏子倾倒得很。她真是美妙天然!她在台上真是婀娜多姿!她念到俏皮的词儿就配上个又顽皮又妩媚的微笑,那词儿就别有风味。要说她的毛病呢,她有时候劲儿太足,放诞得出了格,不过咱们也不能批评太严。我但愿她改掉一个坏习惯:她往往在正经场面上忽然忍不住一阵子痴笑,戏都忘了演。你也许要说,这种时候池子里也喝她的彩,那是便宜了她。"

侯爵插嘴道:"你觉得男角儿怎么样?你对女角儿毫不留情,对男角儿更该狠命开火了。"堂庞贝攸道:"我看见几个年轻戏子很可造就,尤其扮蒂东手下首相的那个胖子我觉得不错。他念台词很自然,波兰的戏子就是这样念台词的。"西侠道:"要是你以为这人不错,那个扮埃涅阿斯的你应该很喜欢了。他是个了不起的戏子,能独创一格,你瞧不是吗?"那批评家答道:"很能独创一格呢,他那声调就特别,非常的尖。他差不多总是矫揉做作,把可歌可泣的句子草草念过,倒去重读旁的句子,甚至把转接的虚字眼儿大声叫喊。他逗得我直笑,尤其是他对亲信讲自己撇下皇后多么伤心那一景,把悲痛演得那么滑稽,只有他会。"堂阿雷克索道:"罢了,老表哥,听你这样说来,我们就觉得波兰朝廷上贵人的眼力并不怎么高。咱们讲的这个戏子是不可多得的人物,你知道吗?你没听见人家鼓掌吗?这就是个证据,可见他并不那么糟呀。"堂庞贝攸答道:"这算不得什么证据。诸位,请你们别理会看客的鼓掌,他们捧戏子鼓掌往往很不得当。而且浪得虚名的戏子比真有本领的更叫座。费德鲁斯①

---

① 费德鲁斯,见本书《作者声明》注文。勒萨日所引寓言见费德鲁斯《寓言集》第四卷第33则。

有一篇寓言很妙，正是说这种事。让我讲给你们听听。

“满城的人都聚在广场上看哑剧。观众对一个戏子连连鼓掌。这是个丑角，他演完正戏，想串个新鲜把戏收场。他独自登台，弯着腰，把斗篷蒙在头上装小猪叫。他装出来的声音好像衣服底下真有只小猪在那儿叫。大家嚷着叫他把袍儿和斗篷抖抖，他就抖了一下。大家瞧明里面什么都没有，越发轰雷也似的鼓起掌来。有个农夫看大家这样钦佩，很不服气。他嚷道：‘诸位，你们对那小丑这样倾倒，好没道理。你们以为他演得好，其实不算什么。我装起小猪来比他装得像。你们要是不信，明天这个时候再到这里来看得了。’大家是偏袒那戏子的，第二天来的人比头天还多，他们预备来喝那农夫的倒彩，倒不是来看他显本领。两个比赛的人都上了戏台。小丑先表演，喝彩声比前一天更热烈。轮到那农夫，他弯下身子，把斗篷蒙着头。他夹肢窝里挟着一只活猪，一拉它耳朵，它就尖声狂叫。可是在场的人还是称赏那戏子，吹口哨嘘那农夫。农夫忽然把那只猪举给大家看，说道：‘诸位，你们嘘的不是我，是这只猪。瞧你们是什么评判家呀！’”

堂阿雷克索道：“老表哥，你这寓言刻毒一点。你尽管讲你的小猪，我们还是固执成见。”又道：“咱们别谈这话吧，我厌烦了。你明天一定走，我怎么留也留不住吗？”他亲戚道：“我希望能在这里多待些时候，可是办不到，我已经告诉你了。我是为了国家大事到西班牙朝上来的。我昨天一到就去见首相，明天早上还得去看他，然后马上动身回华沙。”西侠道：“你成了波兰人了。照你这情形看来，你将来不回马德里来住了。”堂庞贝攸答道：“我想不会了。我有幸蒙波兰皇上宠爱，在朝里很得意。可是我虽然蒙他这样宠幸，有一时几乎要逃亡出境，你们简直不会相信的。”侯爵道：“为了什么事呢？请你讲给我们听听吧。”堂庞贝攸道：“好，我讲吧，这也就是我的身世。”

第七章

堂庞贝攸·德·加斯特罗的生平。

他说道：“堂阿雷克索知道，我刚成年就立志要当兵，看见咱们本国太平无事，恰好土耳其向波兰宣战，就跑到波兰。我请人引进，见到波兰皇帝，他把我安插在军队里。我家算不得西班牙的豪门，我又是小儿子，所以我要出头只有打仗立功，赢得大将刮目。这一仗打了好多时候才讲和。我效忠尽力，承将军上奏，蒙皇上赏了一大笔年俸。我感激皇恩浩荡，每有机缘，总大献殷勤，聊为报答。我只要可以追随皇上的时候，总不离左右。他因此不知不觉地对我很宠信，常有赏赐。

“有一天，我先斗牛①，后来又跟人骑马挑圈竞赛，大显身手，满朝都称赞我的力气和本领。我受尽恭维，回到家里，看见一封信。信上说，有位太太愿意会会我，约我傍晚到某处

① 勒萨日在这部书的初版里把这故事的背景放在葡萄牙，所以有斗牛。后来改本的背景挪到波兰，内容仍旧。波兰并无斗牛之戏。

去；还说，我能蒙她青眼，比当天出风头更可得意。我接到这封信，比听到那些夸赞的话还要快活。我猜想写信的人准是一位头等贵妇人。你们料得到，我如飞地赶去幽会。一个老太婆在那地方等着，她做向导带我从花园小门进了一所大房子，到一个陈设富丽的小房间里，说道：'你在这儿等等，我去通报女主人你来了，'就把我关在那房里。灯烛辉煌，照见好些珍贵的陈设。我留心到陈设富丽，无非要坐实自己料事没错，那女人确是贵族。我看了排场，早断定她是头等的命妇；等到她出来相见，看她气度尊严华贵，越加拿得稳了。可是并不然。

"她说：'大爷，我已经先来就你，不必再把我对你的情意遮遮掩掩。我对你有情，倒并非因为你今天当着满朝贵人大显了本领，那不过催促我来把心事告诉你。我瞧见过你几回；我向人打听，听了人家说你的好话，决定不再矫情了。'又道：'别以为看中你的是什么贵妇人，我只是个御前侍卫的寡妇。不过有一点你可以自豪，你占了国内第一位贵人的上风。拉齐维尔王子爱我，费尽心机讨我的好，可是毫无用处，我只为爱面子才让他来献殷勤。'

"我听了这话，知道她原来是个风骚女人，可是我感谢运气作美，让我有这个艳遇。那女人自称堂娜荷当霞。她年恰青春，容光耀目。而且她对我这片情意是王爷赔了小心都求不到的，一个西班牙绅士这来真大可得意了！我跪在荷当霞脚边，谢她见爱。风流公子能说的情话，我都说了。她见我感激忘身，也很称意。我们俩当场就结为最亲昵的腻友，临别约定每晚只要王子不能到她家去，我就和她相会。她答应叫人来通知我，决不误事。她并不失信，我就做了这位新维纳斯的阿多尼斯。①

“不过人生行乐哪能天长地久。那位太太使尽计谋，想把我情敌蒙在鼓里；可是我们万不能让他知道的事他偏偏都知道了。一个女用人心怀怨望，就向他告发。这位王爷气量很大，却很骄傲爱吃醋，并且是个轰雷烈火的性子，知道我胆敢如此，勃然大怒。他又气又妒，人也糊涂了，逞一时之愤，决计用一个下流手段来报仇。一天晚上，我去会荷当霞，他就带了阖家男用人，各拿着棍儿棒儿候在花园小门口。他见我出门，立刻叫手下人拿住我，下令把我乱棒打死。他说：‘下手打！叫这个无法无天的家伙死在你们棍下！他胆敢无礼，我就这样罚他。’他话还没说完，手下人早已棍棒齐下，把我打得当场晕倒，他们才跟着主人回去。那主人看着他们下毒手，心里很舒畅。我一晚上没回醒过来。傍亮时分有人路过，看见我还有气儿，发善心把我抬到外科医生家里。幸亏我受的伤不至送命，又恰逢这医生手段高明，两个月把我完全医好。我重又上朝去，依然旧日生涯，只是不再去看荷当霞了。她也从没来找过我，因为王爷只要她不找我，对她的杨花水性也就宽宏大量。

“我心上打主意，嘴里并不说出来，装得坦然无事。我这事已经闹得无人不晓，大家知道我不是个好惹的，看我心平气和，仿佛没受侮辱一般，都觉得诧异。我假装满不在乎，弄得大家莫名其妙。有人以为我虽然勇敢，羞辱我的人爵位很高，我只好吞声忍气。还有些人识见较高，看我默不作声，就存着戒心，以为我外貌平静，胸怀叵测。皇上就是这样看法。他断定我不是个

① 希腊神话：阿多尼斯(Adonis)是爱神维纳斯(Venus)热恋的美少年。

吃亏不计较的人，猜我只要机缘凑巧，准会马上报仇。他想知道猜得对不对，有一天召我到书房里，说道：‘堂庞贝攸，我知道你遭遇的事情，老实说，你心平气和，我很诧异，你一定是假装的。’我答道：‘万岁爷，我不知道羞辱我的人是谁，不知什么人黑夜里把我打了一顿。这桩倒霉事儿只可以自己譬解开罢了。’皇上道：‘不见得吧，你话不由衷，哄不过我。早有人把那事原原本本报给我听了。拉齐维尔王子狠狠羞辱了你。你是贵族，又是西班牙人，我知道你有了这两种人的脾气，准会干出什么事儿来：你是决心要报仇的。把你的主意告诉我听，这是我的命令。你把秘密告诉我，决不会懊悔。’

“我答道：‘万岁爷既有吩咐，我不该掩饰。万岁爷说得不错，我受人侮辱，的确想报复的。像我这等出身的人，看家世分上也得报仇。您知道王爷对付我的手段卑鄙龌龊，我报仇的方法也得和他不相上下，所以我准备行刺。我要一刀子戳进他胸膛，或者一枪打破他脑袋；要是能脱身，就逃回西班牙。这是我的打算。’

“皇上道：‘这太凶狠了。不过拉齐维尔既然对你下毒手肆行强暴，我也不能怪你这样打算。他该受你这个惩戒。不过你且慢着动手，让我想个办法替你们俩和解。’我气愤愤地说道：‘啊，万岁爷，为什么逼我把秘密告诉您？哪会有什么和解的办法……’他打断我道：‘我要是想不出好办法，你可以照你的计划行事。我决不出卖你的秘密，决不亏损你的体面，你放心好了。’

“我实在想不出皇上想用什么方法来调解。原来他是这样办的。他私下和我的情敌谈了一谈，他说：‘王爷，你羞辱了堂庞贝攸·德·加斯特罗。你知道他是贵族出身,是我的宠信,并且为我出过力。你应当让他挽回面子。’王爷答道:‘我不会拒绝的;他要是怪我发了脾气,我准备决斗,让他挽回面子。’皇上道:‘你得另想办法向他赔礼。一个西班牙绅士对体面很有讲究,他决不肯跟卑鄙的凶手来个高尚的决斗。我只可以送你这么个名称。你行为卑劣,若要赎罪,除非亲手给你冤家一根棍子,受他一顿打。’我的情敌嚷道:‘天啊,这是怎么了!万岁爷,您要我这样爵位的人自卑自贱,向一个平常绅士低头,还挨他一顿棍子!’皇上答道:‘不,我回头叫堂庞贝攸答应我决不打你。我只要你给他一根棍子,向他赔个罪,请他原谅你蛮横,事情就完了。’拉齐维尔气呼呼地插嘴道:‘万岁爷责成我的事太难了。我宁可由他记恨在心,用暗箭来伤我的。’皇上道:‘我爱惜你的性命,不愿意这事再惹出祸来。你遵我命对那西班牙人赔礼的时候,只有我一人在旁,这样可以把事情了结,不叫你太难堪。’

“皇上要王爷做这样含羞忍辱的事,把至尊的威权都使出来了。他居然如愿,就召我晋见。他告诉我刚才和我情敌谈的话,问我对议定的赔礼方法满意不满意。我说满意了,并且担保不打那个羞辱过我的人,就连他给我的棍子也不接。这样讲妥,一天在约定的时候,我和王爷就进宫到皇上书房里。皇上关了门对拉齐维尔道:‘好,你赔个罪,求人家饶恕吧。’我冤家就向我请罪,一面把手里的棍子交给我。皇上这时候对我说道:‘堂庞贝攸,这棍子你接下来。别因为我在这里,碍着你不便报仇雪耻。你保证不打你冤家,这话我不作准了。’我答道:‘万岁爷,这可以不必,只要他准备挨我一顿棍子就行了。一个受辱的西班牙人有这样的赔礼,已经心满意足。’皇上道:‘好,你既然觉得这样赔礼行了，你们俩现在都可以按规矩办事。你们比剑吧，用高尚的手段来了结你们的吵架。'王爷气愤愤地嚷道：'这才称我的心愿。我这样忍辱迁就，非如此不能平心头之气。'

"他说完，满腔羞愤地走了。两个钟头以后，他叫人通知我，他在一个僻静的地方等着我。我到那里，看出这王爷正要狠命决斗一场。他年纪还不到四十五，勇气和武艺都不差，我们俩可算势均力敌。他说：'来啊，堂庞贝攸，咱们就在这儿算算清账。你受了我侮辱，我向你赔了罪，咱们俩都是一肚子气呢。'他说完忽地拔剑在手，我答话都来不及。他一上来就紧紧逼我，幸亏每一剑戳来我都能招架。接着我向他逼去，觉得对手能刺也能挡，要不是他退后去踩个空，摔了个脸朝天，我还不知道怎样结局呢。我立刻住手道：'起来。'他说：'你为什么饶我？你可怜我就是羞辱我。'我说：'我不愿意乘人之危，低了我的名头。我再说一遍，起来，咱们再打。'

"他爬起来道：'堂庞贝攸，你这般宽宏大量，我再跟你打就是没有义气了。假如我一剑刺中你的心，人家要说我什么话呢？我就成了个卑鄙小人，把饶我性命的人杀了。所以我不能再跟你拼命，我有了感恩之念，方才那股子火气都化为和气了。堂庞贝攸，咱们别再我恨你、你恨我了，索性更进一层，结个朋友吧。'我嚷道：'啊，王爷，这话真好，我高兴得很，就遵命了。我愿意诚诚心心跟你做个朋友。我先向你许个愿，聊表心迹：以后堂娜荷当霞即使再来找我，我也再不去了。'他道：'我该把那个女人让给你；她分明爱你，让给你才合情理。'我打断他道：'不，不，你爱她。她要是对我恩爱，就惹你烦恼，我愿意不顾她的恩爱，让你放心。'拉齐维尔抱住我道：'啊，你这西班牙人气量真大！我喜欢你这一片心。我因此心里懊悔极了！想起对你横施强暴，我真难过、真惭愧！这时想来，我在皇上书房里对你赔的礼还是太轻。我愿意好好地再对你赔个礼。我有个侄女儿婚姻由我做主，我把她嫁给你，这来你受的耻辱就洗干净了。她是个有家当的小姐，还不到十五岁，年纪既轻，相貌尤美。'

"我能和他家攀亲十分荣幸，当下自有一番答谢的话。不多几时，我就和他侄女结了婚。王爷提拔了他羞辱过的人，满朝都向他道贺。我的朋友也为我庆幸。当初他们以为这件事凶多吉少，不料居然快活收场。从此以后，诸位，我舒舒服服地在华沙过日子，我老婆爱我，我也至今爱她。拉齐维尔王爷对我的交情与日俱增，并且我敢自夸，我也深蒙波兰皇上眷爱。我这次奉命为重要的公事到马德里来，就见得他很器重我。"

第八章

变生不测，吉尔·布拉斯得另找东家。

这就是堂庞贝攸讲的生平。他讲之前，我们东家小心，把堂阿雷克索的亲随和我支使开，可是我们依然听见了。我们并没走开，就站在门口，把门半开半掩，里面的话一字不漏全听得见。那些大爷们听完，又喝一会儿酒。他们没喝到天亮，因为堂庞贝攸早上得去拜会首相，要休息一会儿。泽内德侯爵和我主人跟这位贵人拥抱告别，让他和亲戚在一起。

这一回我们天不亮就睡了。堂马狄阿斯一觉醒来，派我一个新差使。他说：“吉尔·布拉斯，拿纸和墨水来，我要口述两三封信，你替我执笔，我用你做个书记。”我暗想：“好哇！又添了差使了！我跟主人到处跑，是他的跟班；伺候他穿衣裳，是他的亲随；又替他执笔，是他的书记。谢天谢地！我有了三个化身，变成三头女神赫卡忒①了。”他接着说道：“你不知道我的用意吧？我说给你听，可是你口风得紧，你性命都在这上面。有些人往往对我卖弄艳福，我想胜他们一着，要假造几封女人的信放在衣袋里，可以掏出来念给他们听。我这样可以消遣一程子。我们这班人要把女人追到手，无非为着卖弄；我不用费事也能够卖弄，比他们便宜了。”又道：“你写的字体要有变化，别让人家看着好像几封信都是一人写的。”

我拿了纸笔墨水，听候堂马狄阿斯的吩咐。他先口述一封情书道：“你今晚约会没来，哎！堂马狄阿斯，你有什么借口呀？我是错透了！我该受你的折磨，因为我痴心妄想，以为你会无心消遣，不理正经，第一乐事就是来看你的堂娜克拉拉·德·曼多斯。”写完这信，他又叫我写一封，口气仿佛写信的女人为他撇下了一位王爷。末了又写一封，那写信的女人说，只要他不说出去，愿意跟他同做温柔乡之游。他口述了这些尺牍妙品，心还不足，一定要我署上些贵家夫人小姐的名字。我忍不住说，这事不好乱来；他说，他没问到我，不劳我指教。我只好不开口，遵命办理。信写完，他就起床，我伺候他穿上衣服。他把信搁在衣袋里然后出门。我跟着他到堂如安·德·蒙加德家，这天有五六个

① 希腊神话中的赫卡忒(Hécate)女神，经常以三头三身出现。

朋友在那儿吃饭。

酒菜非常丰盛，大家高高兴兴，更觉这筵席可口。客人有说有笑，有的讲笑话，有的讲故事，故事的主角总是他们自己。我主人不肯错过好机会，要卖弄我执笔的那几封信。他提高了嗓子把每封信念给大家听，装得很一本正经，所以除了我这个做书记的，大概人人都信以为真了。有一位绅士叫堂罗普·德·维拉斯果，也在场听他大胆老脸地念信。旁人听了我主人捏造的艳遇都觉得有趣；这人很庄重，只冷冷地问他，把堂娜克拉拉弄到手容易不容易。堂马狄阿斯答道："毫不费事，是她自己送上门来的。她在公园里看见我，就倾心了。她叫人来跟我，打听我是谁。她写信给我，说她家里人到半夜一点钟就都睡觉了，约我到时去相会。我到了她家，有人领我到她卧房里，……我这人口风很紧，下文不讲了。"

维拉斯果大爷听了这段言简意赅的叙事，陡地变了脸色。一望而知他对那个女人很关心。他怒冲冲瞧着我主人道："那些信全是假的，尤其你吹牛说是堂娜克拉拉·德·曼多斯写的那一封。西班牙全国没有比她再规矩的小姐了。有一位绅士，家世人品没一件不如你，两年来费尽心机要赢她欢心，她连那种毫不违礼非分的亲昵都没准许。不过这位绅士可以自豪，要是堂娜克拉拉肯让人亲近，除了他没有别人。"堂马狄阿斯打断他的话，嘲笑道："哎！谁说不是呀？你说她是个很规矩的小姐，我也以为然。我呢，也是个很规矩的少爷。所以你应该信得过，我跟她之间没有不很规矩的事儿。"堂罗普也打断他道："啊！岂有此理！你别轻嘴薄舌。你是个骗子。堂娜克拉拉从没有约你晚上去幽会。你胆敢坏她的名誉，我不能饶你。我这人口风也很紧，下文不讲了。"他说完跟同席的都翻了脸，就此走了。

我看他临走的神色,觉得这事不妙。我主人在他那一类的大爷里是一个颇有胆气的,满不理会堂罗普的恫吓。他哈哈大笑,嚷道:“那傻子!游侠的骑士一定要说他们的情人相貌美丽,他呢,硬说他的情人品行规矩,我觉得这更荒谬了。”

蒙加德留不住维拉斯果;可是他走了并没搅乱席面。那些大爷不怎么在意,依然取乐,直到天亮才散。我主人和我到早上五点钟才上床睡觉。我困极了,准备好好睡一大觉,可是我打的是如意算盘,也可以说,我打的算盘没得到门房同意。他一个钟头以后就来叫醒我,说门口有个小伙子找我。我打着哈欠道:“啊!该死的门房,你不想想,我这会子刚刚上床啊!对那小伙子说我歇着呢,叫他回头再来。”他道:“他这会子要找你说话,他说有要紧事。”我听了这话就起来,只穿上条裤子,披件袄儿,一路咒骂着出去见那个小伙子。我说:“朋友,请问你有什么紧急事儿,承你大清早的跑来看我。”他道:“我有封信要亲手交给堂马狄阿斯大爷,得请他当场就看,对他关系很重大。烦你领我到他屋里去。”我看来事关紧要,就冒昧去叫醒主人。我说:“对不起,吵您睡觉,可是这事非同小可……”他焦躁道:“你有什么事啊?”我旁边的小伙子就说:“我替堂罗普·德·维拉斯果送封信给您。”堂马狄阿斯接过信,拆开看了,对堂罗普的用人说:“孩子,我不管有什么玩儿的乐的,晌午以前从来不起床;你想我怎么清早六点钟起来跟人决斗呢!你可以告诉你主人,他要是十二点半还在约定的地方候我,我就跟他在那儿相见吧;你去把这话回报他。”他说完往床里一钻,立刻又睡着了。

他到十一点多钟起床,神色很镇静地穿好衣服,叫我不必跟随,自己就出门去了。可是我急要知道后事如何,没有听他的话。我跟在他背后,跟到圣吉隆公园,看见堂罗普·德·维拉斯果雄赳赳地等着他。我躲起来偷看他们两人,下面的事就是我远远望见的。他们碰了头,立刻就决斗。斗了好一会子。彼此都放出通身本领,使了大劲轮番向对手进逼。可是堂罗普得胜了,他把我主人刺翻在地,报了仇得意洋洋地逃走了。我赶到可怜的堂马狄阿斯身边,只见他人事不知,差不多已经死了。我看了这情景很难受,他这条命也是我无心中送掉的,我忍不住掉下泪来。我虽然伤心,却没忘记切身的小利。我立刻赶回寓所,一句话不告诉人,先把自己的衣服打成一包,有意无意地也把主人的衣服包了些进去。我充花花公子穿的那套衣服还在理发师家。我到他那边寄放了包裹,然后把目击的惨事向大家传布。谁爱听,我就讲,特别记着去通知了罗德利盖斯。他看来不怎么伤心,只打算这件事情怎么处置。他召集了用人,叫大家跟着他一伙儿到了圣吉隆公园。堂马狄阿斯还有气儿,不过抬回家三个钟头就断气了。堂马狄阿斯·德·西尔华要念捏造的情书,没看风色,就此断送一条性命。

第　九　章

堂马狄阿斯·德·西尔华死后,
吉尔·布拉斯伺候什么人。

堂马狄阿斯安葬几天之后,用人都给了工钱遣散。我搬到那矮个子理发师家，跟他住在一起，混得很亲密。我料想在他那儿比在梅朗代斯家快活。我有的是钱，不忙着找新事情，况且我这回找事不肯马虎了。我只愿意伺候贵人，还打定主意，人家要是给我事做，我得先仔细查究一下。我当时觉得做过花花公子的亲随就比其他用人不知要高出多少，随你多好的位置，我总是够格儿的。

我只等时运作美，把我送上一个我以为不辱没我的人家。我想眼前闲着无事，在那美丽的萝合身上用功夫正是再好没有。我们那次嘻嘻哈哈地各露本相以后，一直没碰见。我不敢打扮成堂西泽·德·李贝拉，那套衣裳穿上太荒唐，只能化妆用。我自己的衣服看来还不邋遢，并且鞋袜帽子都很整齐。理发师帮着我打扮，我的派头不上不下，恰在堂西泽和吉尔·布拉斯之间。这样打扮好，我就到阿珊妮家去。我看见萝合一个儿在我们上次谈话的那间客堂里。她一见我就嚷道："啊！原来是你啊！我以为你丢了呢！我准许你来见我已经有七八天了，看来你这个人呀，女人给你便宜你不占的。"

我推说我主人死了有许多杂务；又客套说，我百忙中心上也老惦着可爱的萝合。她道："这么说，我不再埋怨你了。老实告诉你，我也想到你的。我一听到堂马狄阿斯倒了霉，心上就有个打算，大概你也赞成。我好久以前听得我们太太说，她家里要用个管家那类的人，得要个会当家的小伙子，管一家的开销，把日用账目记得一笔不错。我早已有心，觉得你先生干得了这件事。"我答道："这事我自信干来准拿手。我念过亚里士多德的《家政学》①，至于记账，正是我的特长……不过，朋友啊，我有一

① 此书已佚，现存的是伪书。

件事为难,怕不能来伺候阿珊妮。”萝合道:“什么为难呀?”我答道:“我发过誓再不伺候平头百姓。我是凭斯堤克斯发的誓,那是朱庇特都不敢违背的,我们当用人的更不用说了。”那女用人傲然道:“你说谁平头百姓?你把女戏子看作什么人啊?你把她们当律师太太一流人吗?啊,朋友,我告诉你,女戏子凭她们和阔佬交往,不但是贵族,还是大贵族呢!”

我道:“既然如此,我的公主娘娘啊,你替我安排的事我可以接的,不至于失我身份。”她道:“当然不会。你伺候了花花公子又去伺候戏园子里的女主角,并没有出那个圈子。我们跟贵人是平等的。我们一样有车有马,吃的喝的也一样讲究,平常生活可说跟他们的难分难辨。其实一个侯爵和一个戏子的日程简直一模一样。如果说每天四分之三的时候侯爵地位比戏子高,那么其余四分之一的时候,戏子扮演大皇帝呀,国王呀,地位就比侯爵高。我觉得我们有这种荣华显贵,也就跟朝里的人物扯个直了。”我答道:“对呀,没什么说的,你们地位的确相等。哎!我一向还以为戏子是贱人呢。听你这么一说,我直想伺候这种上等人了。”她答道:“好啊!你只要过两天再来。我只消这两天的工夫来说动我们太太,劝她用你。我回头替你说好话,她还听我的话,我相信可以弄你到这儿来的。”

我谢谢萝合好意。我表示感恩入骨,她见我乐极忘形,也知道绝非假装。我们谈了好久,若不是一个小僮儿跑来对我的公主说阿珊妮叫她,话还要讲下去呢。我就跟她分手。我出了女戏子家,喜滋滋地期望在这里马上有个好饭碗儿。我过两天果然又跑去。那女用人说道:“我正在等你,要跟你说咱们是同事了。跟我来,我带你去见我们太太。”她说着领我进屋,那是一套五六个房间,都在一层楼上,一路进去,只见陈设得一间比一间华丽。

那种奢华！那种富丽！我恍如到了总督夫人的内室了;竟可以说,我以为世界上的金银珍宝都聚在这一处了。真的,她那儿有各国来的东西;这寓所可算是一位女神的庙宇,每个过客都上献了本国带来的稀罕物儿。我看见这位女神坐在大缎墩上,相貌姣媚,受了香烟供奉,长得肥肥胖胖。她穿的是漂亮的便装,一双纤手正在梳个新样的头,准备当天演戏。女用人说:"太太,这就是我讲的那个管家,我可以担保,这个人最合适没有了。"阿珊妮把我细细端详,幸喜倒不嫌我。她说:"啊呀,萝合,好个漂亮小子！我想一定合用。"于是她对我说道:"孩子,我觉得你不错,我只有一句话跟你说:只要你伺候得我称心,我准也叫你称心。"我回答说,一定尽力伺候得她如意。事情讲妥,我立刻出去搬了自己的东西上她家住下。

第　十　章

跟前一章一样长。

快要上戏的时候,女主人吩吩我和萝合一起跟她到戏院去。我们到她化妆室里,她脱掉便服,换上更加华丽的戏装。戏一开场,萝合带我找个地方同坐,台上演的戏那壁厢看得分明,听得清楚。我对那些戏子大都不满意,当然因为听了堂庞贝攸的批评横着偏见。可是有些戏子很叫座,其中几位使我想起那个猪叫的寓言。

男女戏子一一登场,萝合见一个就把名字告诉我。这贫嘴不但告诉我名字,还把他们刻画一番。她说:“这人没脑子,那人傲慢无理。这个娇滴滴的小娘儿叫萝莎达。她轻佻有余,风韵不足。戏班子里有了她才不上算。该把她放在美洲总督招募的戏班子里,马上送到美洲去。你留心看上台的这位红角儿,她叫加茜尔达,她是红不了多少时候的了。古时候有位埃及公主,她要每个相好出一块砂石,等她死了造金字塔用;要是加茜尔达自有情人以来就仿照这个办法,她的塔可以高高直达第三重天呢!”总而言之,萝合把每个人都攻击得体无完肤。啊!她那张嘴真毒!连自己女主人也没饶过。

我承认对她有点痴心,这女用人尽管不厚道,我却很倾倒。她贫嘴得有趣,我连她的刻薄也喜欢。到休息的时间,她跑去瞧阿珊妮有什么使唤。她并不赶紧回来,却在后台玩儿,跟那些趋附她的男人调情。有一次我跟在她背后侦察,看见她熟人多得很。先后拉住她说话的戏子我一数有三个,都好像跟她很熟。我看了大不高兴,破题儿第一遭尝到了醋的滋味。我回到座上,大上心事,闷闷不乐,萝合一回来就瞧出来了。她诧异道:“你怎么了,吉尔·布拉斯?我走开之后,你惹了什么气了?我瞧你一副忧闷烦恼的样儿。”我道:“我的公主娘娘,这是有缘故的。你举止有点儿轻佻。我刚刚看见你跟那些戏子……”她笑着打断我道:“啊!为这个烦闷可是笑话了!怎么!这就叫你烦恼了吗?哎,真是,这点点算得什么,你跟我们一起还要大开眼界呢。我们这样不拘形迹,你该看看惯。别吃醋,朋友!戏圈子里吃醋是笑话。所以我们这儿简直没这回事的。那些爸爸呀，丈夫呀，兄弟呀，叔伯呀，侄儿呀，最肯与人方便，往往还亲自替家里人拉买卖呢。”

她先劝我对谁都不要多心，凡事平心静气；然后说，我真好福气，做了她的心上人了。她又安我心说，一辈子只爱我。其实我尽管不算多疑，这句安心的话依然安不了心，可是我就此答应她不再自惊自扰；我果然没有食言。我当晚就看见她和几个男人窃窃私语，嘻嘻哈哈。下戏之后，我们跟女主人回家。一会儿茀萝利蒙德带了三个有年纪的大爷和一个戏子来吃晚饭。我们那儿当差的除了萝合和我，还有一个厨娘、一个车夫和一个小僮儿。五个人一同准备晚饭。厨娘的手段不输侠生德大娘，她和车夫在厨下做菜。女用人和小僮儿摆桌；我收拾碗柜子。柜子里有精致的银器、好几个金杯子，还有其他东西，都是贡献给庙宇里这位女神的。我把各色酒一瓶瓶排列在柜上，还替席上斟酒，要卖弄给女主人看，我什么都来得。我佩服这两个女戏子吃饭时候的那副神情。她们装出贵妇人气派，自以为是第一流的命妇。她们并不把两位大爷当“大人”看待，连“先生”都不称呼一声，直叫他们名字。这些大爷实在跟她们混得太没上没下，纵容得她们那么骄。那男戏子在戏里做惯主角，对两位爷一点不拘礼貌。他举杯祝他们健康，而且可以说处处僭他们的上风。我暗想：“哦！萝合跟我讲过，侯爵和戏子白天里平等，她应该再加上一句：他们晚上更平等，因为他们通宵就在一起喝酒。”

阿珊妮和茀萝利蒙德天生淘气。她们满嘴里说些放诞风流的话，一面尽占人家小便宜，佯羞假笑；两个老色鬼觉得津津有味。我的女主人逗着一个老头子打情骂俏；她的女朋友这时夹在另外两个男人中间,也不装什么苏珊娜。我这么个大小子,看着这幕戏觉得有趣极了。一时送上末一道菜,我就把酒瓶酒杯摆在桌上,出去和萝合同吃晚饭,她已经在等我了。她对我说:“哎,吉尔·布拉斯,你看那两位大爷怎么样?”我说:“他们准是阿珊妮和弗萝利蒙德的相好。”她道:“不,那两个老色鬼只上风流女人家去玩玩,不是结相好的。他们只想尝尝小甜头,肯花大钱买小便宜。谢天,弗萝利蒙德和我家太太目前没有相好;我意思说,没有那种自居丈夫的相好。那种人替你撑了个门头,就只许他们自己来寻欢作乐了。我呢,觉得她们这样很好,我以为有打算的风流女人应当躲掉这种背景。干吗替自己找个主人来呀?要车要马,宁可攒起一个个小钱来自己挣;出那样代价,一下子得了也不上算。”

萝合说溜了嘴,说话全不费劲儿。她一张嘴简直老在说话。那嚼不断的舌头呀!她把皇家戏班里女戏子的事论千累百地讲给我听。我听了方知我若要对坏事深知熟晓,真是适得其所。糟的是我那年纪的人对这种坏事毫不厌恨。而且那女用人把伤风败俗的勾当形容尽致,我只觉得此中大有乐趣。她只把女戏子的事迹讲了个十分之一,因为她才讲了三个钟头。客人起身告辞,那两位大爷和戏子陪着弗萝利蒙德一同回家。

他们走了,我女主人给我些钱,说道:“吉尔·布拉斯,这十个比斯多你拿去,明天早上采办酒菜用。要有五六位先生太太来吃饭,东西买得丰盛些。”我答道:“有这么一笔钱,买的东西一定可以款待全伙儿的戏子了。”阿珊妮道:“朋友,你用的字眼儿得修正一下。你可知道,不兴说一伙戏子,只说一个戏班子。人家常说一伙强盗、一伙花子、一伙作家;可是你记着:戏子只称班子，尤其是马德里这起戏子，非称班子不可。”我请女主人别怪我用字冒昧，诚惶诚恐地求她原谅我愚陋无知。我说以后如果统称马德里演戏的先生，就总说班子。

第十一章

戏子彼此相处的情形，他们对作家的态度。

我第二天一早就出马，上任当管家。那天是不吃肉的斋日。我奉女主人的命，买了几只肥鸡、兔子、山鸡，还有别的野味。演戏诸君不满意教会对他们的态度，所以并不严守教规。我买回家的许多荤腥，供十二位贵宾过三天狂欢节还绰绰有余。那厨娘忙了整上午。她做菜的当儿，阿珊妮也起来了，梳洗打扮，直到日中。于是来了两个戏子，是罗西米罗先生和李加都先生。接着又来了两个女戏子，是康斯丹斯和赛莉诺拉。一会儿，茀萝利蒙德也到了，陪她来的一个人活脱儿是个绝顶漂亮的公子哥儿。他的头发梳卷入时，帽上装一簇棕黄色羽毛；裤子紧得贴身，袄儿开口处露出的衬衫很讲究，上面钉着极精致的花边；他的手套和手绢都塞在剑柄的窟窿里；他的大氅也披得别有风度。

他相貌身材都很好，可是我一见就觉得有点别扭。我暗想，这位先生准是个怪物。我没看错，他果然特别。他一跑进阿珊妮的房间，就张着两臂迎上去把男女戏子一个个拥抱，做模做样，比花花公子还过火。我听他开口说话，越发相信所见不错。

他咬音嚼字都拿腔作调,还配上手势和眼色。我忍不住打听萝合这位爷是谁。她道:“怪不得你诧异。这位卡罗斯·阿朗索·德·拉·房多雷利亚大爷,人家头一次见了面,听了他讲话,都像你忍不住要打听的。我把他的本来面目讲给你听。我先告诉你,这人从前是戏子,一时任性,不干这行了,后来想想一直懊悔。你留心他的黑头发没有?那是染的;他的眉毛和胡子也都是染出来的。他比老天爷的爸爸年纪还大些儿呢。可是他爹妈生了他忘记在本区登记。这点疏忽给他占了便宜,瞒掉至少二十岁年纪。这是西班牙最沾沾自喜的家伙。他活到六十岁,简直胸无点墨;忽然又要充学者,请了个先生来教他拼希腊字拉丁字。他还记熟了许多趣事,算是他编出来的,一遍遍讲给人听,到后来认真以为是自出心裁的了。他谈话就拉扯出这些趣事;可以说,他要卖弄才情,全得靠记性帮忙。据说他还是个了不起的戏子呢。我愿意志志诚诚相信这句话,可是老实说,我看不入眼。我有时听见他在这里朗诵,别的毛病不说,我觉得他咬字太装腔,再加上个颤巍巍的声音,显得那种念法已经是老古董腔调,怪可笑的了。”

萝合把这位戏界老前辈这样形容了一番。说真话,我从没见过比他举止再骄矜的人。他又卖弄自己口才,照例从夹袋里抖出两三件趣事来,讲的时候神气活现,看得出训练有素。那些男女戏子不是跑来静听的,并不做哑巴。他们就议论那些不在场的同行,说得实在不大厚道。不过这是戏子和作家的通病,不能怪他们。大家都在咬自己的伙伴儿,谈得很热闹。罗西米罗道:“咱们亲爱的同行西泽利诺玩了个新花样儿,你们几位太太没知道吗?今儿早上他买了丝袜、缎带、花边,叫个小僮儿送到班子里，算是一位伯爵夫人送给他的。”房多雷利亚大爷一脸得意之色，微笑道：“真无赖！我们那时候的人老实得多，从来想不到弄这种玄虚。当然，那些贵妇人也不用我们费心，东西是她们买的，她们喜欢那样。”李加都也是这种口吻，说道：“可不是！她们现在还是那样脾气，我要是可以细说……可是这类事情，尤其里面牵涉到贵妇人的，不便多讲。”

弗萝利蒙德打断他们道：“各位先生，请别尽讲你们的艳遇了，那是世界上无人不知的。咱们来谈谈伊斯梅妮的事吧。据说那位在她身上撒漫使钱的大爷新近把她扔了。”康斯丹斯嚷道：“是啊，真有其事！我还告诉你们吧，有个小矮个儿商人本来准会把家私在她身上花光的，这回也跟她断了。我知道这事的底细。她的送信人来了个阴错阳差，把写给商人的情书送给大爷，写给大爷的情书送给商人。”弗萝利蒙德道：“我的娃娃，这可是吃了大亏了！”康斯丹斯道：“哎，那位大爷不算什么，他家产已经败得差不多了。只是那矮个子商人还刚出场呢，又没遭过风流女人的手儿，这主顾是可惜了的。”

他们饭前所谈全是这一类的话。吃饭的时候还在讲下去。我若要把那些骂别人夸自己的话一一转述，就写不完了，还是从略。阿珊妮家席终，来了个当作家的可怜虫，我且讲讲他们怎样接待。

我们那小僮儿跑来，大声对女主人说：“太太，有个人要见见您，他穿件怪肮脏的衬衫，浑身垢污，您别怪我多嘴，我看他活像个诗人。”阿珊妮道：“叫他上来。你们各位坐着别动，来的是个作家。”这人真是作家，戏院刚要了他一个悲剧，他是送我女主人的台词来的。他名叫作彼德罗·德·莫亚。他一进来对座上诸位深深鞠躬了五六次。他们身子没抬一抬,连招呼都懒得打。他对阿珊妮足恭尽礼,她只点了点头。他进屋来战兢兢局促不安,把手套帽子都掉在地下。他拣了起来,跑到我女主人跟前,献上一纸台词,那样子比向法官呈状子还要毕恭毕敬,说道:“太太,我冒昧送上您一份台词,请您赏脸收下吧。”她冷冰冰爱理不理地接了过来,人家向她恭维,她连回答都不屑。

我们这位作家并不丧气,乘机把别人的台词也分发了:一份给罗西米罗,一份给茀萝利蒙德。这两位对他也不比阿珊妮客气。戏子的生性多半是殷勤多礼的,罗西米罗也如此,可是他这时候反说些尖酸的话来侮弄那位作家。彼德罗·德·莫亚也觉知了,可是不敢回嘴,怕牵累自己的剧本。他一言不发就走了,不过我觉得他受了怠慢非常生气。我相信他气头上一定把这些该骂的戏子叫着名儿咒骂。戏子等他走了,也恭而且敬地议论那些作家。

茀萝利蒙德说:“我看这位彼德罗·德·莫亚先生走的时候很不开心。”罗西米罗嚷道:“哎!太太,你管他呢!作家也值得咱们放在心上吗?要是跟他们没上没下地混在一起,就把他们惯坏了。我满知道这些轻浮家伙,他们一来就要忘其所以的。只可以把他们一辈子当奴才看待,不用怕他们受不了。他们也许生了气跟咱们疏远,可是他们写戏的瘾一发,还会找上门来;只要咱们肯演他们的戏,他们又喜出望外了。”阿珊妮道:“你说得很对,只有靠咱们成了名的作家才撇得开咱们。他们全亏咱们挣得了好地位,立刻就懒得一字不写。好在戏班子里也不在乎,看客并没有少不了他们。”

这些高论大家纷纷附和。看来作家虽然受尽戏子的怠慢,到头来还是沾了戏子的光。这些戏子以为作家比自己这类人还要低微，那实在是把作家看得贱透了。

第 十 二 章

吉尔·布拉斯成了戏迷，跟着一班戏子放怀行乐，但不久又心生厌倦。

客人散席，就该上戏园子了。他们一伙儿同去，我也跟着，又看了一遍戏。我看得津津有味，打定主意要天天来看。我真个如此；渐渐地看那些戏子都顺眼了。习惯移人，真是了不得！在台上最会嚷、最会做手势的几个戏子，我特别喜欢。和我有同好的正也不少。

我对剧本的妙处和搬演的手法都能领会。有几本戏我喜欢极了，尤其是全体红衣大主教或法国十二大贵族①都出场的那几个剧本。这些戏文都是绝妙好词儿，有几段我都背得出。我记得我两天之内把个名叫《百花魁》的喜剧全都记熟了。玫瑰花是皇后，紫罗兰是她亲信，茉莉花是她侍从。我觉得这种作品真正绝顶巧妙，替咱们西班牙文坛增光不少。

我记熟戏剧杰作里的妙句，肚子里好添些货色；不但如此，

① 查理曼大帝手下有十二位勇将，十三世纪法国皇室仿此分封十二家大贵族。

我还一心想养成鉴别的眼光,因此戏子的一言一语我都全神贯注地听。他们称赞的剧本我就看重,他们以为不行的我也就瞧不起。我以为他们对于剧本,好比珠宝商人对于钻石,准是内行。他们断定彼德罗·德·莫亚的悲剧决不能叫座,可是那戏偏偏吃香得很。我倒并不因此就怀疑他们眼光不准;与其说戏班子的鉴定靠不住,我宁可相信看客没识见。可是大家纷纷告诉我,戏子瞧不起的新剧本往往叫座,他们赞赏的差不多总挨倒彩。据说戏子对剧本不辨好坏,已经成了规矩了,人家向我举出了上千个叫座的戏,事先戏子都认为要不得的。我听了这许多证据才恍然大悟。

我一辈子也忘不了有一天上演新戏的事。戏子都觉得这剧本沉闷乏味,而且断定这出戏不会完场。他们横着这个念头上台演第一幕,不料看客一片的喝彩声。他们诧异起来。演第二幕的时候,喝彩声越发热烈。我们这些戏子都莫名其妙了。罗西米罗道:“见鬼! 这出戏倒吃香呢!”末了演第三幕,比前两幕更叫座。李加都道:“我真不懂了,咱们以为这个戏观众不吃的,你们瞧,大家那么喜欢!”有一个戏子很老实,说道:“诸位先生,剧本里有许多聪明俏皮的地方,原来咱们都没看出来。”

所以我知道戏子下的考语并不千真万确,对他们的本领也就能够平心衡量了。人家把他们百般嘲笑,实在是一点不错的。我看见有些男女戏子给大家捧坏了,恃宠而骄,上台做戏竟仿佛是对看客赏脸。他们的丑态我真看不入眼。可是我又很喜欢他们那种生涯,因此就沉湎在花天酒地里。我怎么能洁身自好呢?跟他们一起,所见所闻都足以教坏年轻人,引诱我堕落。我虽然无从知道加茜尔达、康斯丹斯和其他女戏子家里的情形,单在阿珊妮家也尽够把我毁了。她的客人除了上文讲的两位上了年纪的大爷,还有花花公子以及出重利钱借了债来挥霍的大家子弟,有时候包税员也来光顾。这种人因公会商要有钱到手才肯出席,可是到戏子家玩儿,他们得花了钱才许陪席呢。

苐萝利蒙德住在阿珊妮的隔壁,天天过来吃午饭和晚饭。许多人看她们那么要好都觉得奇怪。他们想不到风流女人会一起和和睦睦,以为她们早晚要为了个男人吵起架来。可是这就看错这两个好朋友了,她们好得如胶如漆。她们合伙儿过活,不像别的女人彼此忌妒。她们不肯犯傻劲争风吃醋,宁可敲诈了男人利益均沾。

萝合学这一对红角儿的榜样,也不虚度青春。她说得好,我要大开眼界呢。可是我一点没吃醋;我答应过碰到这类事要学班子里人的那种心胸。我几天来装得若无其事;看见她和男人窃窃私语,只问问那人姓名。她总说是个叔叔伯伯,或是表兄表弟。她的亲戚才多呢!她家准比普里阿摩斯王①家里的人口还多!这女用人有了那么些叔叔伯伯表兄表弟,心还不足,有时还去勾引些陌生人,又到上文所说的老太婆家去客串大人家的寡妇。总而言之,萝合跟她女主人一样年少,一样美貌,也一样风骚,只差一点:不能登台替众人解闷取乐儿。这么一说,读者就完全明白她是什么样个人了。

我随波逐流地过了三个星期;放怀行乐,无所不为。不过我也要说,我寻欢作乐的时候,从前受过的教育总作怪,使我良心内愧,觉得甜中有苦。荒唐压不下悔心,反而越荒唐越愧汗。亏

① 普里阿摩斯是特洛亚国王,有五十个儿子和许多女儿。

得我天性没有泯灭，对戏子的放荡生涯渐渐厌恨。我对自己说：“啊，你这死没志气！你这样算不亏负你家里人的期望吗？你哄了他们不去当教师，还不够吗？做了底下人就不能做个规规矩矩的人吗？你跟这种坏人在一起合适吗？有的心怀妒忌、脾气暴躁、生性贪鄙，有的廉耻丧尽，有的纵欲偷懒，有的骄傲得至于放肆。罢了，我不愿意再跟七种罪孽①混在一起了。”

① 基督教所谓七种罪孽指傲、嗔、妒、淫、馋、吝、懒。

第四卷

第　一　章

吉尔·布拉斯看不惯女戏子的行为，
丢掉阿珊妮家饭碗，找了个正派人家。

我虽然在荒淫的风气里厮混，还有几分顾全名誉和敬畏上帝的心不曾泯灭，因此打定主意，不但要离开阿珊妮，也要跟萝合一刀两断。我明知萝合外遇多得成千累百，可是对她还未免有情。一味贪欢的人也会有片刻省悟，若能这样当机立断，他真是运气！一天早起，我卷上包裹，走出这乌烟瘴气的人家。阿珊妮实在也不欠我什么，我没有跟她结账，也没有向亲爱的萝合告别。我做了这桩美事，老天爷立刻就补报我。我碰到了故主堂马狄阿斯的总管，我向他招呼，他倒记得我，止步问我帮在什么人家。我说在阿珊妮家做了将近一个月，看不惯她们的行为，怕学坏，所以扔下饭碗儿走了，目前还没有事情。那总管倒好像是个生性不肯苟且的人，对我这样洁身自好很加许可，又说他看我是个很有廉耻的小子，愿意荐我个好事情。他果然没有食言，当天就荐我到堂文森·德·古斯曼家，他认识那管家的。

我能找到这样人家，再好没有了，我也从没后悔过。堂文森是个很有钱的大爷，年纪已经老了，多少年来与世无争，家里也没有太太，过得很快活。他太太是送在医生手里的，医生要治她的咳嗽，连她的人也治死了；她要是没吃他们的药，还能把她的咳嗽保留好多年呢。堂文森不想再娶，只是一心一意教养他的独养女儿奥若尔。她那年二十六岁，说得上多才多艺。她美貌出众，人又聪明，学问也很好。她爸爸才分有限，可是理财当家却很能干。他有老年人的通病，最爱说话，尤其爱谈打仗。谁倒霉在他面前提动了头，他立刻就耀武扬威，大吹大唱；如果讲了两番围攻、三场厮杀就算了事，听话的人就算大运气了。他一生三分之二的光阴消磨在军队里，所以一肚子都是掌故，讲来很起劲，只是旁人听来总不免乏味。再加他又口吃，又啰嗦，所以讲得很没趣。除了这点毛病，他在我所看见的许多大爷里要算是性格儿最好的了。他脾气和平，不固执，也不任性。富贵人家的大爷能这样，我很佩服。他虽然持家精明，却过得很体面。他家用许多男用人，还有三个服侍奥若尔的女用人。我一上来就明白堂马狄阿斯的总管替我弄到了个好位子，一心只想捧住这只饭碗儿。我尽心摸索路数，留意这人那人的脾气性格，于是按着胸中的谱儿行事，不多几时，我主人和全家用人都很喜欢我。

我在堂文森家做了一个多月，忽然觉得他女儿在家里许多用人里对我另眼相看。她每看到我，似乎有一种和悦的神情，对别的用人不那样。我要是从没跟花花公子和戏子混过，决不敢妄想奥若尔会对我有意。可是在这起先生嘴里，最高贵的女人也常受糟蹋，我跟着他们有点儿学坏了。我想："假如有些戏子的话可靠，大人家女人会一时着迷，给他们占了便宜的。安知我的女主人不也像她们那样着了迷呢？"可是我过了一会儿又想："不对，那不至于。她绝不是梅莎丽娜①一流人物。那种女人枉

① 梅莎丽娜是古罗马皇后，以淫荡著称。她喜欢晚上改了装，和下等妓女混在一起接客。

是好出身，却下流无耻，连最卑贱的人也看得上眼，玷污了自己不害臊。她是那种端庄而又温柔的小姐，不肯逾分越礼，可是对男女之间那种幽洁深微的情意一点儿不顾忌，只觉得有趣味，不怕出乱子。”

这是我的看法，究竟女主人是怎样的人我却拿不稳。她每看见我总笑眯眯面露喜色。这事看来大有意思，不必是个妄人也会生心，我也不免存了些妄想。我以为奥若尔十分赏识我的人才，从此觉得自己是那种有造化的用人，他们为了爱情，充奴仆也甘心。我既有艳福，就比从前越发修饰，免得好事临头，自惭形秽。一切能添我几分漂亮的东西，我不惜工本去弄来。我把钱全都花在衬衣、油膏、香水上。我早起先打扮好，洒上香水，女主人若有使唤，我就不至于落落拓拓到她跟前去。我妄想靠这样修饰打扮，再加小意儿殷勤，不久就会称心如愿。

服侍奥若尔的女用人里有一个叫奥蒂斯，是个老婆婆，在堂文森家已经二十多年。小姐是她带大的，她还算是小姐的监护，不过这桩苦差使她早已不当了。她不复揭发奥若尔的所作所为，反而只替她包瞒。总之，她是小姐的心腹。一天黄昏，奥蒂斯大娘乘没人，低低对我说：只要我乖觉小心，今晚半夜可到花园里去，有好消息呢。我握住女监护的手，回说准去。我们怕人撞见，赶快分开。我从此一块石头落地，知道堂文森的小姐果然看上我了，快活得按捺不住。那天晚饭很早，可是我从奥蒂斯传消息那时候盼到吃晚饭，又盼到主人睡觉，只觉得时间真长。这晚上他们家所有的事仿佛都异乎寻常的慢。偏偏堂文森还要添我的烦恼，他进了卧房，却不想睡觉，又反复讲他的葡萄牙战役，都是我早已听腻了的。不过有些话他却没讲过，特意留到这晚上来说;他把当时有名的军官一个个举出名字来,还把各人的战绩都叙述了一遍。我听他讲到完,真是够受的!他居然讲完,上床睡了。我忙回卧室,那小房间里有一道秘密楼梯直通花园。我先浑身擦上香膏,换了一件洒遍香水的白衬衣,一切我以为能叫女主人倾心的样样做到,于是就去赴约。

奥蒂斯不在花园里。我以为错过了良时,她等得不耐烦回屋里去了。我全怪在堂文森身上,正在咒骂他的战役,忽听得钟上打十点。我以为那钟不准,这会子至早也得是一点钟了。幸喜我料得不对。过了足足一刻钟,另外一只钟又打十点。我心想:好得很,我再痴等整整两个钟头就行了。人家至少不会怪我不守时刻。可是还要等到半夜,怎么消遣呢?在这花园里散散步、想想我这角色该怎样扮演吧,这还是个新鲜事儿呢。我不熟悉大家闺秀的脾气。我知道对女用人女戏子该怎么办。跟她们搭话别拘礼,老实不客气一上来就调情得了。可是对有身份的小姐得用另一种手法。我以为一个情人应当礼貌周全、态度殷勤,又爱又敬却并不羞缩。他不可以情急强迫人家,应该耐心等人家把持不住,成其好事。

我计较了一番,打定主意就这样对付奥若尔。我设想一会儿就能跪在这位可爱的小姐脚边,滔滔诉说衷情了。我还搜索枯肠,把幽会时可用的戏文都记出来撑自己面子。我准备好好引用一下,指望效法我认识的几位戏子,把记性冒充才情。这些心思比我主人讲的打仗有趣得多,想想就不焦躁,我听得钟上打十一点了。我道:“好!只消再等六十分钟了,耐着心等吧。”我鼓起劲来,又一味胡思乱想,一会儿踱来踱去,一会儿又到花园尽头的花房里去坐坐。我等了这许久,好容易钟打十二点。奥蒂斯来了,她和我一样准时,只是没我性子急。她招呼我道:“吉尔·布拉斯先生,你等了多久了?”我说:“两个钟头了。”她打着哈哈道:“啊!你真是守信得很!跟你晚上约会倒是件乐事。”又正色道:“我要报你个喜信,你为那桩喜事实在也应该极力巴结。小姐要私下会会你,叫我带你上她屋去,她等着呢。此外是秘密,只可以让她亲口告诉你,我不多说了。跟我走吧,我带你去。”这女监护说完搀着我的手领路。她用钥匙开进一扇小门,鬼鬼祟祟地把我带到小姐房里。

第　二　章

奥若尔接见吉尔·布拉斯,他们谈的话。

我看见奥若尔已经卸装,心中大喜。我极力装出斯文样子,毕恭毕敬行了个礼。她笑面相迎,硬叫我坐在她旁边;又叫那接引使者出去,撇我们俩在一起,这简直乐得我疯了。于是她说道:“吉尔·布拉斯,我觉得你不错,我在爸爸的许多用人里对你另眼相看,这点你应该觉得。就算你看不出眼色,不知道我的一番好意,你看了我今晚的举动也就完全明白了。”

我不等她再说下去。我想我既是个礼貌周全的人,应该免了她害羞,不必她再把话说明白。我如醉如狂地站起来,像戏里主角向公主屈膝那样跪在奥若尔脚边,拉着念台词的调儿道:“啊,小姐,我没有听错吗?这话是对我说的吗?吉尔·布拉斯一辈子受造化作弄，是天地间的弃物，他哪里来的福气，竟打动了您的芳心……”我女主人笑着打断我道：“说话别那么响。我的女用人睡在隔壁，你回头把她们都吵醒了。起来坐着，先听我讲完了，不要打岔。”她又一本正经接着上文说道：“吉尔·布拉斯，我的确喜欢你，我要告诉你一个关系我终身大事的秘密，可见我多么器重你。我爱一个年轻漂亮的贵公子，叫作堂路易·巴洽果。我在公园和戏院里看见过他几回，可是从没跟他谈过话。他品性如何，为人有没有什么毛病，我都茫然。这些事正是我想知道的。我要个人仔细打听打听他的品行，据实回报。家里这些用人里，我看你最合适。我相信这事托你去办万无一失。希望你干事伶俐谨慎，我推心置腹不至于后悔。”

我女主人说到这里，就顿住口等我回答。我方才误会得真冒昧，当时窘得不知所措。可是我立刻定下神。莽撞得不巧总要讨没脸，我只得老着面皮，表示十分关切，愿意出死力效忠。我这来即使不能叫她忘掉我活见鬼自居她意中人，至少也让她知道我善于补过。我只求两天工夫把堂路易的为人打听确实了回报。于是我女主人叫奥蒂斯大娘领我回花园。奥蒂斯临别打趣我道：“再见啊，吉尔·布拉斯。下次约会，我不劝你早到。我很知道你守时刻，不用我着急。”

我回到自己屋里，一天欢喜都落了空，不免有些懊丧。可是我心地还不算糊涂，自己譬解得开。我想做小姐的心腹比做她的情人合适。我又想，这事也许对我有好处，替爱情当差，报酬不会菲薄。我上床睡觉，决计要把奥若尔托我的事办好。第二天我就出去打听。堂路易那种绅士的住址一问就知道。我在他街坊上打听了一番。可是我问的几个人都说得不详尽，我只好过天再去打听。第二天顺利多了。我在街上偶然碰见相识的一个小伙子,就站定了谈话。正巧他一个朋友走过,跑上来招呼。他说东家怪他喝掉了一桶酒,刚把他歇了。他东家堂约瑟夫·巴洽果就是堂路易的父亲。我乘这个好机会,忙向他一一探听,套出许多话,回家来非常得意,总算没对小姐失信。我这晚又该去会她,还照上次那个时候、那个办法。这晚上我不那么心焦了,非但耐着心听我老主人谈话,还提着头儿叫他讲打仗。我舒舒坦坦等到半夜,听钟上打了好几下,才下楼到花园里去。我没擦油膏,也没洒香水,这些统统改掉了。

那忠心的女监护已经在等我,打趣说我远不如前番起劲了。我置之不理,跟她到了奥若尔房里。奥若尔一见就问堂路易的事打听清楚没有,探得的事多不多。我说:"哎,小姐,您要知道的事我打听了许许多多。第一,他就要动身回萨拉曼卡去毕业。据说这位大爷品性高尚,为人正直。他的勇敢更不用说,因为他是一位绅士,又是西班牙人。而且他很有风趣,待人接物也非常和悦。只是有一点恐怕不合您脾胃,我又不能瞒您;他那公子哥儿的习气太深,是个荒唐鬼。您可知道,他那点年纪,已经包过两个女戏子了。"奥若尔道:"真有这事吗?好胡闹啊!可是,吉尔·布拉斯,你打听确实,他真这样放浪吗?"我答道:"唷,小姐,我想不会错。这话是他们家今儿早上歇出来的一个用人告诉我的。用人讲起主人坏话来总诚实不欺。况且他时常跟堂阿雷克索·西侠、堂安东尼欧·桑德雷斯、堂范尔南·德·冈博阿来往,单凭这点就见得他一定荒唐。"我女主人叹道:"这就不用多说了。吉尔·布拉斯,听你这话,我是枉抛了一片心,以后得下些克己功夫。尽管这点爱情在我心里根深蒂固,我想还可以连根儿拔掉。”她拿出一只饱满的小钱袋，放在我手里，说道：“你去吧，这是送你的酬劳。小心别把我的秘密讲出去，别忘了我相信你口风严密的。”

我对小姐说，我是心腹用人里的阿博克拉脱①，她尽可放心。我退出来忙不迭地要知道袋里装些什么。原来是二十个比斯多。我立刻就想，我探了这个恼人的消息回来，她还给我这样好的报酬，要是消息称心，报酬一定还要厚呢。我后悔没学那些司法老爷的榜样，他们写的罪行调查书上有时把真情实况渲染文饰一下的。我很懊丧，好事刚有些苗头就给我摧残了；如果我没那么傻头傻脑，要卖弄诚实不欺，这事往后去准对我大有好处呢。话又要说回来，我花在油膏香水上的冤枉钱总算捞回来了，也差堪自慰。

第　三　章

堂文森家有大变；美丽的奥若尔情不自禁，
决计要干件异常的事。

不久以后，堂文森病了。病势很凶，即使他没上年纪，只怕也不会好。他一有病，家里就把马德里最有名的两位大夫请来。一个叫作安德罗斯大夫，一个叫作奥克托斯大夫。他们聚精会

---

① 阿博克拉脱是古希腊缄默之神。

神地瞧了病，又把征候仔细研究一番，同声说病由是身体里津液激荡，可是此外他们就各说各的。一位大夫要当天就用泻药，那一位主张缓一缓。安德罗斯说："虽然津液还生，①应该乘它动荡回旋很厉害的时候就打清它，免得留滞在心肺胃脑那些要害器官里。"奥克托斯的主张适得其反，他说应该等津液熟透再打。第一个大夫道："可是你这个方法跟医学祖师的遗教恰好相反了。希波克拉底说，病人发高烧，一开头就该用泻药。并且说得明明白白，应该乘津液亢旺，赶紧清泻。'亢旺'就是指津液激荡。"奥克托斯辩道："唷！你这可是弄错了。希波克拉底所谓'亢旺'，不是说津液激荡，是说津液融洽。"

我们这两位大夫争吵得热闹起来。一个引证希腊原本，还举出许多书都像他这样解释的。那一个根据拉丁译本，说来更振振有词。谁是谁非呢？堂文森无从判断。可是他一看非得挑定一位不可，就相信了那位杀人较多，也就是年纪较老的一位大夫。安德罗斯是年轻的一个，立刻起身告辞，可是不免还借"亢旺"两字对那年老的挖苦几句。这回奥克托斯得意了。他的手法跟桑格拉都大夫一样，所以一上来就狠狠地抽血，要等他身体里的津液熟透再用泻药。他慎重得很，泻药还要缓着用呢。准

---

① 西洋古代医学把人身津液（Humeur）分为黏液、血、黄色胆汁、黑色胆汁四种。如果这四种津液的配比失去平衡，生理上就有骚动，人就害病。但是身体里自然起一种作用，会使津液回复平衡，叫作"融洽"（Coction）作用。融洽作用能使津液由"生"（Crue）变"熟"（Cuite），过剩的部分排泄出来，病就痊愈。要是排泄不出，就得吃药清泻发散。医药的目的只是推动和帮助这个融洽作用。这是希波克拉底在《古医学》第十八节里讲的（"勒勃古典丛书"本《希波克拉底集》第一册第46—53页）；勒萨日笔下这两位名医争论之点，恐怕是根据他最有名的《格言》第一部第二十二句，第二十四句，又第四节第十句（第四册第108—109页，第136—137页）。

是死神怕那剂清泻药救了病人的性命，所以不等津液熟透，就把我主人抢去了。堂文森大爷只为医生不懂希腊文，送了一条性命，他是这样下场的。

奥若尔按照她父亲的身份体面办了丧葬，从此自己掌管家私。她这回一切自主，就辞退几个用人，按功劳给了些酬谢。她家有个田庄，在塔古河边、萨瑟东和比安狄亚之间，她不久就到那田庄上去住。留下的几个用人都跟到那乡下去，我也在内，而且我有幸是她少不掉的人了。她虽然听我据实讲过堂路易的为人，还是爱着这位大爷。她实在是抑制不下爱情，只好随爱情摆布。她现在私下见我不必顾忌。她对我叹息道："吉尔·布拉斯，我忘不了堂路易。我极力不想他，可是老想着他。我心目中，他是个温柔多情、有始有终的如意郎君，并不像你形容的那么任性胡闹。"她说着伤心，不禁掉下泪来。我看她下泪也很难过，险的陪眼泪。我对她的烦恼这样同情，真是讨她喜欢的无上妙法。她擦干了美目，说道："朋友，我看你天性很厚，我也喜欢你这样忠心，一定要好好儿谢你。亲爱的吉尔·布拉斯，我现在更非你帮助不可了。我心上有个打算，该说给你听听，你一定觉得很奇怪。我告诉你，我不久就要到萨拉曼卡去。我准备到那里改扮男装，自称堂斐利克斯，于是去和巴洽果结交，设法跟他结为心腹朋友。我只算奥若尔·德·古斯曼的表哥，常常谈起这位表妹。他也许会想见见她，这就堕我计中了。咱们到萨拉曼卡弄两所房子。我在这一处是堂斐利克斯·曼多斯，在那一处是奥若尔。我有时候装了男人和堂路易见面，有时候穿我原来的服装见他。照这样一步步拉拢，我想就能如愿以偿。"她又道："我承认这是个很荒唐的计划，不过爱情驱使着我，而且我心地清白，所以敢不顾一切地冒这个险。”

我和奥若尔所见相同，认为这计划是胡闹。不过我尽管觉得这事荒唐，绝不去训诫她。我反而渲染一番，把这个疯疯癫癫的计划说成个有趣的玩意儿，没什么大不了。我记不起还举了些什么凭据，反正她全相信；痴情人想入非非，喜欢人家附和。我们把这件轻举妄动的事当作一出喜剧，以为只消想法好好儿排演就完了。我们挑了几个用人来串这戏，分派好角色。我们不是吃戏子饭的，并没有你争我抢。当时选定奥蒂斯扮奥若尔的伯母，取名齐梅娜·德·古斯曼，她手下用一个男用人、一个女用人。奥若尔扮了大爷，我就做亲随，另外叫个女用人扮作小僮儿贴身服侍。我们把登场人物照这样分配停当，就回马德里。我们打听得堂路易还在那里，不日要动身到萨拉曼卡去。我们就把有用的行头赶紧置办。小姐等一切齐备，吩咐立刻打上包裹，因为还不到穿着的当儿呢。于是她把家事交托给管家，带了这出戏里要上场的用人，乘一辆四骡车向雷翁境进发。

我们已经过了旧加斯狄尔境，忽然车轴断了。那地方正在阿维拉和维拉富罗之间，遥遥望见三四百步之外山脚下有一个田庄。暮色渐深，我们非常狼狈。恰巧有个农夫经过，随口一句话救了我们出难。他说，我们望见的是堂娜艾尔维拉的田庄，她是堂彼德罗·德·比那瑞斯的寡妇。那农夫把这位太太极口称扬，因此小姐就派我去借宿。那农夫的确没有过赞，当然也亏我措辞得体，艾尔维拉即使不是个顶有礼貌的人，听了也会接待我们。她见了我很客气，我代主人致意，她的回答正合我的希望。于是骡子慢慢地拉着车，我们大伙儿都到那田庄上去。堂彼德罗的寡妇在门口迎接小姐。她们相见的客套我这里不提了。且说这位艾尔维拉老太太比交际场中的夫人还招待周到。她请奥若尔到一个极华丽的房间里去歇一会儿,又来招呼我们,无微不至。晚饭做得,她吩咐摆在奥若尔房里,两人同吃。堂彼德罗的寡妇很能尽东道之谊,不像有种主人,吃饭心不在焉,或者脸色不快。她高高兴兴,有说有讲。她谈吐很高雅,我佩服她聪明、心思细致。奥若尔好像也一样喜欢她。她们俩做了朋友,还约定要通信呢。我们的车要过一天才修理得好,恐怕动身的时候天太晚了,所以决定在她家多住一宵走。我们底下人的饭菜也很丰盛,而且不但吃得好,睡得也舒服。

第二天,我们小姐跟艾尔维拉谈得更相投了。她们俩在一间大厅上吃饭,壁上挂着好几幅画。有一幅特别惹眼,画得栩栩欲活,而画的景物很凄惨。画着一个绅士朝天倒在血泊里,看来已经死了,脸上还是一副恶狠狠的神气。他旁边横着个年轻女人,她另是一种神情。她胸口戳着一把剑,还没有咽气,眼光欲敛,还恋恋不舍地望着个少年人。那少年要和她永诀了,仿佛痛不欲生的样子。我留心画上还有个人。这是个慈祥的老者,他触目伤心,脸上的悲痛跟那少年人不相上下。看来他们两人对着这血淋淋的景象都有切肤之痛,只是感触不同。那老人悲深痛切,已经不能自支;那少年人伤心之中带着愤怒。画里把那些形形色色都传出神来,我们看得目不转睛。小姐便问这是画的什么惨事。艾尔维拉道:“小姐,这是一幅写真,写着我家的一桩痛史。”奥若尔听了心痒,很想更知一二。堂彼德罗的寡妇见她那么好奇,只得依她。当时奥蒂斯和她两个伙伴还有我都在旁边,听见她这样答应的,所以等她们吃完饭,我们四个都赖在那厅上不走。我女主人要把我们遣开,可是艾尔维拉看透我们心痒痒地要听她讲那画上的情节，就很体谅，说那事不是秘密，我们不必走开。一会儿，她就讲了下面的事。

第　四　章

婚变记。

“西西里国王罗杰有弟妹各一。弟弟孟富华造反，在国内掀起了恶狠狠的血战。可是他造化低，打了两个败仗，身为俘虏。皇帝处他造反的罪，只把他看管起来。罗杰这样宽宏大度，反叫有些百姓当作个残暴的人。他们说他留着弟弟性命无非要用毒手慢慢儿折磨他报仇。其余的人只怪他妹妹马悌尔德，说孟富华在监狱里受罪全是她害的，这倒不是无稽之谈。这公主一向恨这个王子，王子活一天就一天不饶他。王子死了不久，她自己也死了，人家以为是她灭绝天伦的报应。

“孟富华遗下两个儿子，年纪都还小。罗杰很想干掉他们，免得日后长大了要替父亲报仇，鼓动那些心里不服的人重新作乱。他把这个主意告诉枢密大臣雷翁悌欧·西富瑞狄。这大臣不赞成。他要国王回心转意，就自愿把大王子安利克领回教养，劝国王把小王子堂彼德交托给西西里大将军管教。罗杰相信这两人一定能教导两个侄儿恪尽臣道，就把孩子交托给他们，自己照管着外甥女儿康斯丹斯。她是马悌尔德公主的独生女儿，和安利克同年。国王为她请了许多保姆和师傅，教管得无微不至。

“雷翁悌欧·西富瑞狄在贝尔蒙特那地方有个田庄，离巴赖姆只短短二哩路。大臣就在那里尽心教导安利克，准备他做西西里一国之主。他一上来就觉得这位王子品性很好，疼得他好像自己没有亲生儿女似的。其实他有两个女儿。大女儿勃朗许比王子小一岁，是个十全的美人儿。小女儿珀茜还在襁褓之中，她妈妈是生她的时候死的。勃朗许和王子情窦初开，就两心相印，只是他们不能随意会面。王子有时候还能找到机会，就乘此说动西富瑞狄的女儿许他实行一个计划。这时候钦命雷翁悌欧去巡阅本岛一个僻远的省份。安利克和勃朗许卧房相连，他乘雷翁悌欧出门，叫人在两间卧房中间的墙上开个洞，洞口掩上一扇木头的滑门，可开可阖，不露痕迹，因为活门和板壁严丝合缝，肉眼决计看不出这个花巧。王子贿赂了一个巧匠，为他偷偷儿赶造的。

“痴情的安利克屡次从这个门到他情人房里去，不过绝不占她便宜。勃朗许虽然冒失，让王子偷到她房里来，却有言在先，不准他有一点非分之求。有一晚，他看见勃朗许很忧愁。原来她听说罗杰病重，西富瑞狄身为掌玺大臣，已经召入朝去听受遗命。她设想亲爱的安利克接了帝位，高高在上，就和自己隔绝了，因此非常焦虑。王子进来的时候，她正含着两包眼泪。王子道：‘小姐，你哭咧？为什么伤心啊？’勃朗许答道：‘殿下，我的心事瞒不过您。您伯父咱们王上快要归天，您就要接位。我设想您一旦做了至尊，我就攀附不上了，老实说，我是很发愁的。国王的眼光跟情人的不同；做臣子满心想望的事，到身登宝座就看得淡了。也许我是心血来潮，也许我有先见之明，我只觉得心烦意乱。我应该信得过您一片情意，可是我放不下心。我并非怀疑您会薄幸，我只愁自己没福。'王子答道：'可爱的勃朗许，你担忧也出于好意，不亏负了我对你的心。可是你担忧太过，就对不起我这片痴情，并且不是也小看了我吗？你千万别以为咱们的命运分得开，你应该相信，只有你能叫我称心满意。撇开了这种无谓的忧虑吧，别辜负了这个好时辰。'雷翁悌欧的女儿道：'哎，殿下，您一戴上皇冠，百姓就要您娶一位世代帝王家出身的公主做王后，这门显赫的姻缘还会替您版图上多添些州郡。咳！只怕您顾不得密誓柔情，只好听从他们。'安利克使性子道：'哎，你干吗尽自寻烦恼，想象得将来这样黯淡。假如天不要我伯父在位，叫我做了西西里一国之主，我发誓要当了满朝臣民和你在巴赖姆结婚。一切神明，听我发这个誓。'

"西富瑞狄的女儿听了安利克的表白，心定了些。他们掉转话头，谈到国王的病情。安利克惋惜伯父寿命不长，足见他天性忠厚，其实他真犯不着伤心。国王归天，他就可以接位。可是他骨肉情重，总觉得这是恨事。勃朗许还不知道多少苦厄已经临到头上了。有一天大将军有要事到贝尔蒙特田庄上，恰碰见勃朗许从她父亲房里出来，他一见大为倾倒。第二天他就向西富瑞狄求婚，得到了允可。但是正逢罗杰有病，这桩婚事就搁下了，勃朗许还一点不知道。

"一天早上，安利克刚穿好衣裳，只见雷翁悌欧带着勃朗许进来，觉得很奇怪。这位大臣道：'殿下，我来禀告您一个痛心的消息。不过祸福相倚，您也可以不必过于哀恸。令伯父咱们王上已经归天，传位给您了。西西里全国都对您臣服；满朝公卿正在巴赖姆待命，他们派我来听候您的旨意。万岁爷，我带了女儿特来朝贺，抢先来至诚极敬地向您行新朝子民应尽之礼。'王子知道罗杰两月来病势日渐不支，这消息原在意中。不过他突然间换了身份，心上感慨万端。他默默寻思一番，对雷翁悌欧道：'贤明的西富瑞狄，我向来把你当我父亲的。我有你辅佐，就可以自豪了。西西里一国之主，是你不是我。'他一面说，就到摆着文具的桌上，拿一张白纸，在纸尾上签了名。西富瑞狄问道：'万岁爷，您这是干吗呀？'安利克答道：'表示我感激你、器重你。'于是王子把这张纸交给勃朗许，说道：'小姐，我对你的心永远不变，你的意旨，我一切顺从，这张纸是个担保，你收了吧。'勃朗许脸颊红晕，接了那张纸道：'万岁爷，我拜受王上的恩典。可是我在家从父，我把这张纸交在他手里，由他斟酌情形，审慎使用，您不见怪吧。'

"她真把安利克签名的纸交给父亲。西富瑞狄一向还在梦中，这才恍然大悟。他看明王子的心了，就说：'万岁爷，我决不做对不起您的事，决不辜负您的信任……'安利克打断他道：'亲爱的雷翁悌欧，你不会辜负我，随你把我这张纸怎么用法，我总赞成。'接着又道：'你们走吧，回巴赖姆去叫那边筹备加冕典礼；对我的臣民说：我随后就要来听他们宣誓效忠，还要向他们传旨施恩。'这大臣奉了新主子的命令，带着女儿往巴赖姆去。

"过了几个钟头，王子也离开贝尔蒙特。他情思缠绵，虽然就要身为至尊，也不在心上。他一到城里，只听得欢声四起，他在百姓欢呼声里进了皇宫。典礼已经筹备停当，在宫里举行。他看见康斯丹斯公主穿了长的孝服，好像很哀悼罗杰。他们少不了要互相吊唁一番，两人说话都很得体，只是安利克比康斯丹斯冷淡。康斯丹斯并不为家庭的纠纷恨这王子。王子登宝座，公主坐在旁边，比皇位略低些。大臣都归了班次。大典开礼，雷翁悌欧身为掌玺大臣，又受先王顾命，就展开遗旨，高声朗读。大致说：罗杰无后，指定孟富华长子继承，但以娶康斯丹斯公主为后作条件，否则宝位由堂彼德王子继承，条件相同。

“安利克听了大吃一惊。他非常着急。雷翁悌欧读完遗嘱，当众宣布道：‘诸位大人，先王对嗣君的遗命已经宣读了。我们大德大度的王子愿意娶表妹康斯丹斯公主为王后。’安利克越加着急，忙截住大臣的话道：‘雷翁悌欧，别忘了勃朗许交给你的那张签名的纸……’西富瑞狄不让王子说完，忙插口道：‘万岁爷，在这里呢。’他把那张纸当众扬了扬，说道：‘朝上各位大臣看了这上面万岁爷的御名，就知道您敬爱公主，悫遵先帝遗命。’

“他说完就宣读自己写在那纸上的话，俨然是新国王的口吻，说他向臣民允诺要依从罗杰遗旨，娶康斯丹斯为后。殿上欢声雷动，在场的人都高呼：‘大德大度的安利克万岁！’这王子向来嫌恶公主，大家并非不知，因此怕他对先帝遗旨抗不受命，弄得国内骚动。那一纸宣谕使朝野安心，一片欢呼。国王听了五内如裂。

“康斯丹斯一方面是添了尊荣，一方面也未免有情，所以比谁都高兴，就乘这时候向王子谢恩。王子要强自抑制也没用，他听了公主谢恩，不安得很，心里烦乱，连礼貌上该说的话也说不上来。西富瑞狄职司所在挨近着宝座，王子后来按捺不住，向他低声道：‘雷翁悌欧，你干的什么事啊？我交给你女儿那签名的纸，不是预备做今天这番用场的。你违反了我……’

“西富瑞狄语气坚决，打断了他的话道：‘万岁爷，别忘了您的尊荣。您要是不肯听令伯父先王的遗命,就做不成西西里的国王。'他说完就跑开,不让国王再说什么。安利克为难极了,心乱如麻。他很怨恨西富瑞狄;他横不下心把勃朗许扔掉。要勃朗许呢还是要宝位,他一时取决不下。他后来想定主意,自以为得了个两全的办法。他和表妹结婚之前,得先派人到罗马去求准。他假装愿意服从罗杰遗命,却预备乘这个当儿行些德政,使国内权贵归心;只要政权稳固,就没人能够勉强他履行遗嘱上的条件了。

"他打了这个主意,心定了些,便转向康斯丹斯,把掌玺大臣当众宣读的话再申说一遍。他正违着心向公主发誓,偏偏勃朗许跑上殿来。她奉父命向公主朝贺,一进来听见安利克这番话,很觉刺耳。雷翁悌欧惟恐她不知命薄、抱着什么梦想,他一面引她去见康斯丹斯,故意说道:'孩子,来朝见王后,恭祝国泰民安、大婚吉祥如意。'这一棒打得好厉害,可怜勃朗许吃不住了。她极力要遮掩心头之痛也遮掩不了,脸上红一阵,白一阵,浑身发抖。公主倒一点没看出来,只道这女孩子乡间长大,上朝未免害生,所以祝贺得语无伦次。那年轻国王心下明白,他一见勃朗许,就不知道把脸搁在哪儿,又看她那副伤心绝望的眼色,更不知所措。他知道勃朗许骤然看来,准以为他背信了。他要是可以跟她讲话,就不至于这样着急。但是西西里全国正眈眈注视着他,哪有这个机会呢?而且狠心的西富瑞狄不容他存这指望。这位大臣看透一对情人的心,他要防他们儿女情痴,坏了国家大事,就乖乖觉觉带女儿下殿,同回贝尔蒙特。他有种种道理要尽早把女儿嫁出去。

"他们到了家,勃朗许才知道自己多么苦命。西富瑞狄说已经把她许配大将军了。她悲痛得很，当着父亲也不能自制，嚷道：‘无私的天道呀！你还要把可怜的勃朗许怎样折磨啊！’她悲伤太过，魂飞魄散，身冷面白地晕倒在父亲怀里。他看见女儿这样也很难受。他深深体会到女儿的苦痛，可是他主意很牢。后来勃朗许清醒过来了。那刺心的苦痛不容她昏迷不醒，西富瑞狄在她脸上洒水的功效还在其次。她睁开昏昏两眼，看见自己父亲忙着救护，就有气无力地说道：‘大人，我很惭愧，把我的心病落在您眼里了。可是我去死不远，种种烦恼都可以了结，您也可以早早去掉个私订终身的倒霉女儿。’雷翁悌欧答道：‘不，勃朗许，我的宝贝，你得活着呢。你是有品节的，慢慢儿会振作起来。大将军向你求婚也是你的体面，这门亲是全国最了不起的……’勃朗许打断他道：‘他人物才能我都看重，可是大人，王上答应我……’西富瑞狄也打断她道：‘孩子，你的道理我全知道。你对这位王子的痴情我并非不晓，换了个境地，我也并不反对。但是他为了自己的尊荣和国家的福利，非娶康斯丹斯不可。不然的话，我还要巴巴地把你嫁给他呢。先王务必要他娶这位公主才肯传位给他。你愿意他为你抛掉西西里的王位吗？我告诉你吧，你遭到这种伤心事我也一样难受，不过命运是强不过来的，还是努力放宽心胸吧。你能够把这点非分的妄想瞒过全国的人，就是你的体面。你对王上有情，人家会造你谣言；你要保全声名，最好嫁给大将军。总而言之，勃朗许，你没有斟酌的余地。王上为王位撇下了你要娶康斯丹斯了。我已经把你许给大将军，请你别叫我失信。假如你非要我拿出做父亲的款来才肯答应，那么我现在命令你嫁给大将军。’

“他说完就走了，让女儿把这话仔细咀嚼去。他说的一泡道理是要动女儿以大义，克制她的私情，希望她经过一番思索，会愿意嫁给大将军。他果然没有料错。可是那伤心的勃朗许费了好多挣扎才打定这个主意。她的处境真是可怜极了。她早愁到安利克要背弃她，眼看事已如此，很觉痛心；而且她割舍了王子，还得委委屈屈嫁个不喜欢的人，越加悲切不堪，觉得活一刻是多挨一刻苦楚。她叹恨道：‘假如我注定是个苦命，除非一死，倔强有什么办法。残酷的命运啊，既然一定要我受没底的苦楚，为什么又拿最甜蜜的希望来哄我？你这负心人啊，你答应我天长地久此心不变，却又和别人好了。你对我赌神发咒，难道一会儿就会忘记吗？你既然这样忍心欺我，愿天罚你！你诳骗神明，亵渎合欢床，叫你那床上没有欢乐，只有悔恨！但愿你那反复无常的心把康斯丹斯的柔情昵态恨得像毒药一样！但愿你的婚姻和我的一样受不了！哎！负心人啊，我要报仇，也要罚自己情痴不识人，所以我尽管一点不爱那大将军，也就嫁他了。我信奉的宗教不容我自杀，我只愿今后过的无非是一片又苦又闷的凄凉岁月。你要是余情未断，叫你看我另嫁别人，也是对你报了仇；你要是早已把我放在脑后，至少西西里出了一个能惩罚自己用情轻率的女人，也足以夸傲。’

“可怜她私情大义左右为难，嫁大将军的前一夜就这样过了。第二天西富瑞狄看她依头顺脑，乘机就上劲干事。他当天请大将军到贝尔蒙特，在田庄上教堂里悄悄地和他女儿行了婚礼。勃朗许这一天真是苦透了。她不但断了做王后的想头，失了心爱的人，嫁了个厌物；而且这丈夫早就爱得她火也似的热，又天生是个醋罐子，在他面前不能流露私情。这位新郎娶到了勃朗许，快活得时时刻刻趋奉在旁，她要背人弹泪、稍解伤心，也没机会。天黑下来，雷翁悌欧的女儿越加忧急。女用人替她卸完装都退出去，让她和大将军两人在一起，那时候她更急坏了。大将军恭恭敬敬问她为什么神色不豫。勃朗许不知怎么回答，推说身子不舒服。她丈夫开头倒相信，可是一会儿就看破了。他当初看勃朗许那样子，真的很关切，就催她上床。勃朗许误会了意思，想到他要肆行强暴，不由得失声长叹，眼泪直流。一个人满以为好事可成，忽然见此景象，哪里受得了呢！他知道太太烦恼定有隐衷，对他的爱情不利。他看明这点，就和勃朗许一样的烦恼起来，不过他还算有克己功夫，没露在脸上。他加倍殷勤，还是催太太安置，答应让她睡个够，决不打扰。他还说，她如果不舒服，要人服侍，他就去叫女用人进来。勃朗许这才放了心，说她只是没力气，睡一觉就会好。他假装信以为真。两人都上床，这一宵跟男欢女爱的洞房之夕大不相同。

“西富瑞狄的女儿一心自怨自悲，大将军这时也在寻思他的婚事怎会这样生趣全无。他拿准有个情敌，可是想不出是谁。他只知道自己是倒霉透顶的人。他这样思前想后，一夜已经过了三分之二，忽然隐隐听得一点声音。他听得房里有人慢步徐行，吃了一惊。他以为听错了，因为他记得勃朗许的仆妇出去之后，亲手关的门。他掀开帐子，要看看到底什么东西响，可是放在壁炉架上的灯已经灭了。一会儿他听得有人悄声息气叫了几声勃朗许。他醋劲发足，勃然大怒，只怕有人要坏他的家声体面，忙起来拔剑在手，朝那声音赶去，要是已经算不得事先防范，也可以报仇雪耻。他觉得一把出鞘的剑正抵住自己的剑。他逼向前，那人就往后退；他追上去，那人就躲开了。他黑地里尽力追逐，那人好像在屋里满处躲闪，躲到不知哪里去了。他停下听听，声息全无。见鬼！他摸到门口，以为那个暗中坏他家声体面的冤家从门里跑了，可是门依然键着。他莫名其妙，就去叫醒那几个睡在近旁、唤得应的用人。他一面开门，一面把身子堵住出口，留心提防着，怕他找的那人溜掉。

“几个用人听得他一迭连声的叫唤，忙拿着蜡烛赶来。他要了一支蜡烛，拿着剑又满屋里寻了一遍。可是他并没找出人来，一点踪迹也没有。那扇暗门和出入的道儿他全没看出来，可是种种不如意的事瞒不过自己。他心上非常烦乱。假如他去问勃朗许，她遮饰还来不及，决不会告诉他什么。他决计把心事告诉雷翁悌欧，一面先打发了那些用人，只说听得屋里声响，原来听错了。恰巧他丈人听见嚷嚷，出来看看究竟；他就一五一十地告诉，讲的时候神情很愤激，也很愁苦。

“西富瑞狄听了很诧异。他觉得断无此理，可是相信确有其事。他知道国王痴情，什么事都干得出来，因此很愁虑。不过他并不助长女婿的醋劲，一口断定那听到的声音和那把抵敌的剑都是疑心生暗鬼，决不会有人到他女儿屋里去。他又说新娘子郁郁不乐，也许因为身子不舒服；女人闹脾气，无损丈夫的体面；女孩子过惯幽静日子，突然嫁了个男人，既不认识，又没感情，难免落泪叹气、心里悲伤，惹男人见怪，其实并无别的缘故。他还说，要挑动大家闺秀的情，得费工夫赔小意儿；又劝他千万别烦恼，只要加倍温柔亲昵，自会赢得勃朗许回心转意。他然后请女婿回女儿房里去，认为这般多疑纳闷侮辱了她的品节。

“大将军也许真以为自己神思恍惚，疑心生鬼，也许觉得少露声色为妙，这情节太离奇，不必对老头儿空费唇舌、硬说确有其事，反正他听了丈人一番道理，一声儿也没言语。他回到太太房里，躲在她旁边，想睡一忽儿定定神。那多愁的勃朗许心里也不安顿，她丈夫听到的声息她听得清清楚楚，知道是怎么回事、什么用意，所以不会当作幻觉。她很诧异，安利克既然和康斯丹斯隆重订婚，怎么还要到她房里来。她并不得意快活，只以为这种举动又是一重侮辱，所以满怀愤怒。

“西富瑞狄的女儿成见在心，觉得那年轻国王是最混账的人；这可怜的王子却对勃朗许迷恋愈深，知道自己形迹可恶，想见面宽慰她一下。他因此早要到贝尔蒙特来，可是给紧要公事绊住身子，直到半夜才混出宫廷。他在西富瑞狄的庄上长大，熟悉那一带的路径，要溜进去很容易；而且他还有个钥匙可以开花园的暗门。他从花园到了旧日的住处，再进勃朗许的房。他忽然发觉房里有个男人，一把剑抵着自己的剑，那时候的骇异可想而知。他差点儿发作起来，把那胆敢动手冒犯王上的狂徒当场惩罚，可是顾惜西富瑞狄的女儿，暂且捺下怒气。他还照原样出去，取道回巴赖姆，心上越添了烦恼。他到巴赖姆，天已经快亮了，就一人关在房里，意乱如麻，也睡不着觉，一心只想再到贝尔蒙特去。他为自己的安全和体面，尤其为了爱情，急要把这番凶险的遭遇弄个水落石出。

“天一亮，他下令牵狗鞴马出去打猎。他借消遣的名目，带着指挥猎狗的人和几位朝臣直入贝尔蒙特树林深处。他防人看破，先跟猎队跑了一会儿，看大家跟着猎狗跑得起劲，就撇下众人，独自往雷翁悌欧的田庄去。他熟悉树林里的小道儿，不会迷路。他心里焦急，不惜马力，一会儿就赶到他心上人的住处。他想找个动听的借口，求西富瑞狄的女儿私下一会。这时他穿过一条通田庄园门的小道，看见离他不远有两个女人坐在树下说话。他想准是田庄上的人，心里就一跳；等到她们听得蹄声，转过脸来，他正和心爱的勃朗许打了个照面，越发心跳不已。原来勃朗许带了她最亲信的女用人妮斯溜出田庄到这儿，想至少可以来尽情一哭的。

“他如飞地赶过去，竟是投身在她脚下。他看见勃朗许眼睛里那副沉痛的神情，非常难受，说道：‘美丽的勃朗许，你且不要悲伤。我承认我看上来确是可恶，不过你要是知道我为你的打算，就明白我是于心无愧，爱得你无以复加，你现在以为我犯的罪倒正可以证明我的心迹。’安利克以为这话可以稍为替勃朗许解解忧，谁知道她听了一发伤心。她要回答，可是哽咽得说不出话来。王子看她气咽喉堵，诧异道：‘啊，小姐，我不能消你的烦恼了吗？我倒了什么霉，弄得你不相信我了？我倒只求与你相守，连王位和性命都没顾惜。’于是雷翁悌欧的女儿强自抑制，向他解释道：‘万岁爷，您许愿已经迟了，从今以后，我和您只可以各自东西了。’安利克忙打断她道：‘啊，勃朗许，你这话多狠心呀！谁敢不让我爱你？谁敢触怒国王？他宁可放火把西西里烧光，也不肯对你死心的。’西富瑞狄的女儿有气无力地说道：‘万岁爷，尽管您掌大权，也消不掉咱们彼此间的扞格。我已经是大将军的夫人了。’

“王子倒退了几步，失惊道：‘大将军的夫人！’他伤心得说不下去。他没料到这当头一棒，打得他劲儿全没有了。他倒在背后一棵树下，面无人色，抖索索浑身无力，只有两眼还瞪着勃朗许，一望而知那恶消息直刺了他的心。勃朗许也瞧着他，那神情分明是同病相怜。这一对没缘分的情人相视无言，静寂得真叫人毛骨悚然。后来王子鼓起劲来，定了定神，对勃朗许叹息

道：‘小姐，您干的好事！你那死心眼儿把你我都断送了。’

“勃朗许觉得自己理长，王子理屈，一听王子倒好像在埋怨，就生气了。答道：‘啊！万岁爷！您非但薄幸，而且想欺哄人了。您要我不相信自己的眼睛耳朵吗？要我不顾目见耳闻的种种，相信您无愧于心吗？不成的呀，万岁爷，我老实说我没法儿这样想。’国王道：‘可是小姐，你以为证据确凿，其实是假的。那些证据就哄你上了当。我问心无愧，对你也没变心，这跟你嫁了大将军一样都是千真万确的事。’她道：‘唷！万岁爷，我不是听见您答应跟康斯丹斯结婚，还要永结同心吗？您不是答应朝上大臣要服从先王遗命吗？那公主不俨然以安利克王后的身份受了新朝子民的朝贺吗？难道我真迷花了眼睛吗？您这负心人啊，还不如说，您觉得犯不着为勃朗许抛了国王的宝座。您对我已经情断，也许压根儿没有什么情，又何必赔小心、假意殷勤呢？还不如老实说吧，要坐稳西西里的王位，娶西富瑞狄的女儿不如娶康斯丹斯。万岁爷，您没有错，王后的尊荣，也正像您这样一位王子的心，都不是我分内的东西。我敢妄生希冀，是我自负太高了，可是您不该哄我抱这种非分之想呀。我当初觉得难免跟您分离，心上发愁，您是知道的。您为什么还安我的心呢？又何必解我的愁呢？我就不会怨到您，只怪自己命苦了；虽然不能嫁您，也决不嫁别人，至少我的心永远是您的。您现在解释也来不及了。我已经嫁了大将军，再跟您会面就坏我名誉，请您原谅吧。万岁爷，我不敢对您失礼，不过我不能再听王上诉说衷情，我这就叩辞了。’

“她说完挣出余劲，急匆匆走了。安利克叫道：‘小姐，你等一等，别逼得一位王子伤心绝望。你怪他为王位抛弃你，但是他宁可推翻王位，也不肯依顺新朝子民的期望。'勃朗许答道：'您现在抛弃王位也没用了。您除非把我从大将军手里夺了过来，才可以说这种慷慨激昂的话。我已经身有所属，尽管西西里烧成灰，不论您娶了谁，我都不在乎了。若说我当初痴心没主见，我现在至少还会咬紧牙关，克制情感，让西西里新朝的王上明白，我做了大将军的夫人，就不是安利克王子的情人了。'她说着已经走到庄园门口，就和妮斯一同匆匆进去了。她们随手关上门，王子撇在门外，无限凄惶。他听了勃朗许结婚的消息惊愤难消，说道：'不讲理的勃朗许！你把咱们的婚约忘记了！咱们白白立下誓，还是拆开了。我只道有福消受你，原来只是一场梦幻！狠心的姑娘，我曾经承你不弃，为这一点甜蜜得赔上多少苦楚啊！'

"他又想象那位情敌的快活，说不尽的妒恨。他一时上醋得发狂，差点儿要把大将军连西富瑞狄都杀掉泄愤。不过他神志渐清，把那冲天怒气平了下去。可是他想到没法叫勃朗许知道自己并非薄幸，又懊恼非常。他还痴想，以为只要跟她私见一面，就可以撇清。要跟她私下见面，非把大将军调开不可。他就硬了心冤枉大将军乘机作乱，吩咐把他逮捕。御前卫队长奉命，傍晚到贝尔蒙特，逮捕了大将军，把他关在巴赖姆大牢里。

"这事闹得贝尔蒙特地方上大起恐慌。西富瑞狄马上要去见国王，保女婿无罪，并且进谏说，这种监禁会出乱子的。国王早料到他大臣会有这一着，想乘大将军还在牢里，设法至少和勃朗许会谈一次，所以特地传谕，当天谁也不准求见。可是雷翁悌欧不顾这道上谕，竟直入寝宫。他见国王道：'万岁爷，如果一个矢忠尽敬的良民可以埋怨主子，那么我就是要来当面埋怨您。

我女婿犯了什么罪？我家从此要遗臭万年，而且这样把人监禁，会使国内大臣离心，万岁爷您都没仔细想想吗？'国王答道：'有人向我告密，证据确凿，说大将军勾结堂彼德王子，图谋不轨。'雷翁悌欧很诧异，插口道：'图谋不轨！啊！万岁爷，您别相信，人家想哄您呢。西富瑞狄家里的人从来不会犯上作乱，大将军已经是我家女婿，就嫌疑不到他身上。大将军丝毫无罪，您别有用心，所以逮捕他。'

"国王道：'你既然把话说得那么透亮，我也不必隐讳。你怨我监禁大将军！哎，我不能怨你忍心害理吗？西富瑞狄啊，都是你这个蛮干的家伙多管闲事，害得我失魂落魄，只羡慕做个下贱的小百姓了。你别以为我会听你的话。我和康斯丹斯的婚事虽然说定了，还是没用的……'雷翁悌欧打断了他，颤巍巍说道：'啊，万岁爷，您当着满朝臣民给了公主一腔希望，还能不娶她吗？'国王答道：'如果我辜负他们的期望，都怪你自己。我办不到的事，为什么逼我答应？我署上名字的那张空白谕旨是给你女儿的，谁叫你去填上个康斯丹斯的名字呀？你并非不知道我的用意，却强迫勃朗许违了心去嫁个她看不中的人，这是应该的吗？况且你凭什么来勉强我呢？我恨那公主，你却硬要我喜欢她。她是马悌尔德的女儿，那狠毒的马悌尔德灭绝天伦，惨无人道，把我爸爸在监牢里折磨得送了命，你难道忘了吗？我还去娶她！不成的，西富瑞狄，你死了这条心吧。你要做成这头恶姻缘，瞧着吧，会弄得西西里烧成一片大火、血流遍野呢！'

"雷翁悌欧道：'这是什么话啊？哎，万岁爷，您叫我心目中有个什么景象呀？您说得多么可怕呀！'他又转过口气道：'可是我不用担惊受恐，您爱民心切，决不忍害他们遭殃。您也决不会随着爱情摆布，有玷品行，犯了常人的通病。我所以把女儿嫁给大将军，无非是替万岁爷笼络一员勇将；你仗着他的本领和他手下的士卒，就不怕堂彼德王子来争权夺位了。我以为借婚姻和他联为一家……’安利克王子道：‘哎，正是这婚姻——这倒霉的婚姻断送了我呀。朋友，你真狠心，为什么一下打得我这么痛？你为我谋利，不惜我心受委屈，我可没叫你这么来呀！我的权位，让我自己来维持不好吗？如果有叛臣贼子，我难道没有本领去戡服吗？大将军如果抗命，我自会惩罚他。我知道国王不比暴君，第一要百姓安居乐业，可是国王就该当百姓的奴才吗？人人天生有爱憎的自由，一旦承天应运，做了一国之主，就连这点自由都没有了吗？你要保我至尊无上，全不顾我心里苦恼，要是国王享不到这点儿自由，还不如个下贱的百姓，唉，西富瑞狄，这至尊无上之权你收回了吧。’

“这大臣答道：‘万岁爷，先王的遗命，要您跟公主结婚才肯传位，您当然知道的。’安利克回答道：‘就是他也有什么权下这道谕旨？难道这种荒谬的律例是他承哥哥夏尔王宝位的时候就传下来的吗？你就应该低首下心，履行这种不讲理的条款吗？你身为掌玺大臣，对我们的旧章前典太生疏了。总而言之，我当时答应娶康斯丹斯是不得已。我绝不想守信。要是堂彼德因为我不肯践约就想自己做国王，也不必兴师打仗，害生灵流血，我和他可以比一下剑，看究竟谁配做一国之主。’雷翁悌欧不敢再劝，只跪着苦求把女婿释放，居然得到了允可。国王道：‘去吧，回贝尔蒙特去，大将军一会儿就跟着来了。’这大臣出来，回到贝尔蒙特，以为他女婿随后就到。他可料错了。安利克这晚上要去看勃朗许，所以要迟到明天早上才放她丈夫呢。

“这时候，大将军正反复寻思，十分难过。他一进监牢，就明白自己倒霉是什么道理了。他一片身心全都浸在醋里。他一向以忠心著称，这时不然了，念念只想报仇。他料定国王当夜一定去找勃朗许，想把他们俩双双捉住，就求巴赖姆的典狱官放他出去，答应天亮以前一定回来。典狱官本来对他死心塌地，况且知道西富瑞狄已经求得王上开恩赦免，更没什么留难的了。典狱官还弄了一匹马来，让他骑回贝尔蒙特。大将军到了那里，把马拴在树上。他身上有钥匙，开了庄园小门，溜进庄子，幸喜没碰见人。他到了太太房里，躲在外间一扇屏风后面。他准备在那里守候，一听到声息，就冲进勃朗许的房间。他看见妮斯刚从她女主人那儿出来，回自己卧室去。

“西富瑞狄的女儿对丈夫坐牢的缘故一猜就透，尽管她爸爸说王上应允随后就让大将军回来，她看准当夜是回不来的。她知道安利克一定要乘机来看她，跟她自在谈话。她心上这般寻思，等着那王子来，想责备他，说这种举动要替她惹祸的。妮斯走了不一会儿，滑门果然开了，国王进来跪在勃朗许脚边，说道：‘小姐，你且听我讲完再怪我。要说我监禁大将军呢，你想想，除此之外，我没法儿可以向你表明心迹。我使这诡计，都是你不好。今儿早上你为什么不肯理我呢？哎，明天你丈夫就自由了，我从此不能再来找你说话。这是末了一次，听我说吧。我失了你抱恨终生，可是我并非薄幸，才招来这种恨事。你至少让我把这话说明，也给我些微安慰。我没办法，只好对康斯丹斯承认那婚约。我惟有哄过那公主，才能顾全你我，保你又做到王后，又嫁给意中人。我预料可以成功，已经想法要和她解约。可是你坏了我的事，你轻举妄动嫁了人。本来是美满姻缘，咱们俩

可以称心如意，却给你弄得两颗心里此恨绵绵了。'

"他心摧欲绝，一望可知，使勃朗许很感伤。她知道他没负心，先觉得有点儿喜欢，接着想到自己的身世却越发难受。她道：'唉，万岁爷，咱们既然是命该如此，您说并没有负心，我就越觉得苦痛了。我这个薄命人干得好事啊！我心上怨恨，打错了主意。我以为您已经把我扔掉，爸爸要我嫁大将军，我气头上就答应了。是我的罪孽造成了咱们这段伤心事。哎，我还直怪您骗我，其实咱们永结同心的誓约却是我这个死心眼儿的痴情人自己毁了。万岁爷，您也对我报仇吧。勃朗许没良心，您恨她吧，忘掉她吧……'安利克凄然打断她道：'小姐，我哪里能够呢，我受尽你冤屈，还是此心不改，我办不到的。'西富瑞狄的女儿叹息道：'可是，万岁爷，您得勉力去做。'国王道：'你自己做得到吗？'她道：'我未必做得到，不过我一定尽力做去。'国王道：'唉，你好狠心啊！你横得下这个心，就会轻轻地把安利克忘掉。'勃朗许口气越加斩截，说道：'您究竟打的什么主意啊？您以为我还能让您跟我要好吗？不成的，万岁爷，死了这条心吧。我没生得王后的命，可是天生我也不是个偷汉子的女人。万岁爷，我丈夫也跟您一样是安如的贵族。我一辈子不能再受您眷爱了，即使不怕对不住他，也得顾全我自己的体面。我求您出去吧，咱们不应该再会面了。'国王道：'你好蛮不讲理！唉，勃朗许，你怎么能对我这样严厉？你嫁了大将军，害得我心灰意懒，难道还不够，连慰情聊胜于无的会面都不许吗？'西富瑞狄的女儿洒了几点眼泪，说道：'还是跑远些吧，既然此生无望和心爱的人团圆，相见也没什么好处。万岁爷，咱们从此分别，您撇下我吧。您为自己的体面和我的声名，得横横心撇下我。我

这话也只是求个心地舒坦，因为我尽管不怕把持不住，可是想到您一片恩情就意乱如麻，难受得很。'

“她说得情切，无意把背后桌上的蜡台打翻，蜡烛掉下地就灭了。勃朗许捡起来，开了外间的门，到妮斯房里去点蜡，妮斯这时候还没睡呢。勃朗许点亮了蜡烛就回房。国王还等着，一见她回来，立刻又求她还跟他好。大将军听得国王的声音，立刻拔剑在手，直冲进房，差不多跟他太太同时进去的。他怒得气愤愤地抢向安利克，嚷道：'你这个昏君欺人太甚！别以为我是个好惹的，甘心受你侮辱。'国王一面拔剑招架，答道：'啊，你这个反贼！你也别以为我会便宜了你，让你计策得逞。'一面说，就交起手来。这一场打得真狠，所以不久就见分晓。大将军惟恐西富瑞狄和他家用人听得勃朗许叫喊赶来，碍他手脚，所以舍身忘命地打。他气糊涂了，剑法一乱，撞在冤家剑上，一把剑全戳进身子去，只剩个剑柄在外。他倒下地，国王也立刻住手。

“雷翁悌欧的女儿看丈夫这般情形，心中不忍，虽然对他自然有种嫌恶，这时却顾不得了，忙蹲下去救护。可是这倒霉的丈夫对她怨深恨切，尽管她一味哀怜，他看了也无动于衷。他自己觉得去死不远，可是还制不住心里妒恨。他一丝两气，想到冤家称心，气愤极了，使尽余力，举起剑向勃朗许胸口直刺进去。他一面说：'叫你死！你和我结了婚却违背誓约，你这个不守信的女人，你死了吧！'又道：'你啊，安利克，别得意，自以为运气好。我倒了霉可不便宜你！我死也称心了。'他说完就断气，脸色已经死灰，可是还一副傲岸狰狞的样子。勃朗许的脸另是一般。那一剑正中她要害，她倒在垂死的丈夫身上，冤枉送命的人和她的凶手两个身体里的血合流一处。这个凶手打定恶主意突然来这一下，所以国王措手不及。

“这可怜的国王瞧见勃朗许倒地，大叫了一声；他眼看她挨了那致命的一剑，比自己身受还痛。勃朗许要救护大将军，得了这般恶报。国王忙也去救护她。她奄奄一息对国王道：‘万岁爷，您不用费心，命运不饶人，注定我要死的了。但愿我这一死息了天怒，能赢得您国泰民安。’她这句话刚说完，雷翁悌欧听得女儿叫喊跑来，一看这景象，惊得呆了。勃朗许没看见他，还在跟国王说话。她说：‘万岁爷，我跟您永别了。您可怜我对您的痴心，可怜我苦命，好好记着我。别怨我爸爸。顾惜他年纪大了，顾惜他心里悲痛，况且也别辜负了他对您的一片赤忠。尤其要告诉他，我是清清白白的，这是我托付您的最要紧的话。亲爱的安利克，我跟您长别了，我要死了……我临终的一口气是给您的。’

“她说完就断气了。国王哀痛无言。他过了一会儿，看见西富瑞狄痛不欲生的样子，就说：‘你瞧瞧，雷翁悌欧，这是你一手造成的。这场惨事都是你多管闲事、为我操切，弄出来的。’老头儿伤心已极，回答不出来。可是言语不能形容的事，我也何必多讲。只说他们悲痛稍定，哭得出来了，两人都失声痛哭。

“国王终身忆恋他的心上人。他横不下心来和康斯丹斯结婚。堂彼德王子娶了公主，两人费尽心力要不让罗杰的遗命落空。到后来还是安利克国王把敌人平了，他们只得臣服。西富瑞狄悔恨自己弄出这等惨事，厌世绝俗，在本国住不下去。他离开西西里，带了二女儿珀茜到西班牙，买下这个宅子。从勃朗许死后，他在这儿过了近十五年，还看见珀茜结了婚，总算于心稍慰。珀茜嫁给堂吉隆·德·西尔华，我是他们的独生女儿。”彼德罗·德·比那瑞斯的寡妇又道:“这就是我家的旧闻、这幅惨景的本事。我外祖雷翁悌欧叫人把这桩痛史画了出来,留给子孙作个纪念。”

第五章

奥若尔·德·古斯曼到萨拉曼卡以后干的事。

奥蒂斯和她伙伴儿还有我听完这段故事就退出饭厅,让奥若尔和艾尔维拉两人在一起。她们直谈到天黑,娓娓不倦。第二天我们动身,她们俩依依不舍,仿佛是一对相安相习的朋友了。

一路平安无事,到了萨拉曼卡。我们先租下一宅带家具的公馆,照议定的办法,叫奥蒂斯大娘做了堂娜齐梅娜·德·古斯曼。她当了多年的女监护,串戏当然是拿手。我们打听得巴洽果常住什么公寓,于是一个早上,奥蒂斯和奥若尔带了一个女用人一个男用人同到那里,问有没有房间出租。人家说有,带她们去看了很讲究的一套,奥蒂斯就租下了。她还预先把房金付给房东太太,说她有个外甥要从托雷都到萨拉曼卡来读书,当天就到,这房间是为他租的。

女监护和小姐租定房间就回公馆。美丽的奥若尔立刻改扮男装。她黑头发上罩了黄色假发,眉毛也染黄,穿上男装,打扮得活像个年轻公子。她态度很自在，只是脸儿姣美得不像男人，此外没一点儿破绽。那个扮小僮儿的女用人也改了男装。她不是个美人儿，而且恰好有副涎皮赖脸的腔，不怕扮来不称。当天饭后，这两个角儿装束停当，准备登场，换句话说，要到公寓去了。我也跟着。三人坐一辆马车，带着有用的行李。

房东太太名叫贝娜达·拉米瑞斯。她殷勤迎接，带我们到了租定的房间里，就一起谈谈。我们先讲定供什么饭食，每月付多少饭钱，于是问她这儿房客多不多。她说："目下没什么房客。我要是来者不拒，人多着呢，可是我只肯招待年轻公子。今儿傍晚就有一位要来了，从马德里到这儿来念书的。他叫堂路易·巴洽果，不过二十岁左右的一位大爷。您也许没见过，可是大概早已闻名了。"奥若尔道："没有。我知道他家是名门大族，可是不知道他是怎么样个人。往后我得跟他同寓，请你把他的为人讲给我听听。"房东太太把这位假扮的公子端详了一番，说道："大爷，他相貌绝顶漂亮，长得就跟您差不多。啊！你们俩真可以做一对好朋友了！圣雅各在上！我可以夸口，西班牙最漂亮的两位公子都是我的房客。"我的女主人问道："这位堂路易在你们贵地准有不少艳遇吧？"那老太太答道："啊，当然有。哎呀，他真是个风流郎君，女人一见倾心的。看中他的女人很多，其中一个名叫伊莎贝尔，她年轻貌美，是一位法学老博士的女儿。她那样痴情，准要发疯的。"奥若尔忙打断她道："那男的也很爱她吗？好奶奶，你告诉我呀。"贝娜达·拉米瑞斯道："他回马德里以前对她很有情，不知道现在怎样，他这个人是拿不稳的。他喜新厌旧，这也是年轻公子的常态。"

这位老寡妇话还没完，院子里传来一片喧哗。我们到窗口去望，看见两个人刚下马，正是堂路易·巴洽果带着个亲随从马德里来。那老太太忙撇下我们去迎接。我们小姐要客串堂裴利克斯，未免有点慌张。一会儿，堂路易没换掉骑马靴就跑进我们房来，向奥若尔行礼道："我刚才听说到了一位托雷都的年轻公子，我有人做伴儿了，所以满心喜欢，特来致候，请恕我冒昧。"我女主人跟他应酬的当儿，我看出巴洽果很诧异，想不到会碰到这样一表人才的绅士。他忍不住说，从没见过这样漂亮的相貌和俊俏的身材。两人客套了一番，堂路易就回自己房里去。

堂路易在房里脱靴换衣的时候，一个小僮儿找他要送封信给他，恰巧楼梯上碰到奥若尔，以为是堂路易，就把那信给她道："大爷，您的信。我虽然没见过巴洽果大爷，想来您就是，不用问了。我相信准没错儿，您就跟人家形容的巴洽果大爷一模一样。"我女主人的机智真了不得，她答道："朋友，一点不错，你很会当差。你眼光实在准得很，会猜着我就是堂路易·巴洽果。去吧，我自会叫人送回信。"小僮儿一走，奥若尔跟她女用人和我关了门，拆信来看，只见上面写道："我刚听说你到萨拉曼卡了。真是个喜信！我差些儿疯了。可是你还爱伊莎贝尔吗？快告诉她你没变心。你要是依然爱她，她一定乐死了。"

奥若尔道："信写得很缠绵，可见痴情流露。这位小姐是个劲敌，我不能放松的，得费尽心机离间她和堂路易，甚至于不让他们再见面。当然这是个难题，可是我不怕办不到。"她默默寻思了一会儿，说道："你们瞧着，不出一昼夜，我准叫他们俩闹翻。"巴洽果在自己房里歇了一会儿，晚饭前又到我们房里来跟奥若尔闲聊。他打趣道："大爷，我想你到萨拉曼卡来，那些丈夫和情人不会欢迎，你要害他们担心事了。我就怕那些倾心于我的女人都要靠不住呢。”我们小姐也取笑道：“嗨，这倒不是虚惊。我警告你一声，堂斐利克斯·德·曼多斯的确有点儿可怕。我从前到这儿来过，知道这儿的女人很多情。”堂路易急忙插嘴道：“何以见得呢？”堂文森的女儿答道：“我有凭有据。一月以前，我路过这儿，住了八天，我告诉你个秘密吧，有位法学老博士的女儿爱上我了。”

我看出堂路易听了这话很不放心。他道：“恕我冒昧，我可以请教那位小姐的芳名吗？”那假扮的堂斐利克斯嚷道：“有什么冒昧啊？我何必瞒你呢？你以为我比那些同年纪的公子哥儿口风来得紧吗？别错看了我。况且咱们俩私下说说，那娘儿不值得顾惜，她不过是个市民家的丫头罢了。你知道贵人不过跟这种女人玩玩，丢她的脸还是赏她脸呢。我不妨老实告诉你，博士的女儿叫伊莎贝尔。”巴洽果忙道：“博士不就是莫西亚·德·拉·拉纳先生吗？”我的女主人说：“正是他呀。那女人刚送了这封信来，你看看，她对我多情着呢！”堂路易一看那信，认识笔迹，顿时目瞪口呆。奥若尔假装惊异道：“怎么了？你脸色都变了！我该死，我想你一定对这女人有意思。啊呀！我说话没遮拦，真该自打耳光！”

堂路易又气又怒道：“我倒很感激你。那无信无义的婆娘！那水性杨花儿！堂斐利克斯，我真不知道怎么谢你，要不是你点明，我大概还要糊涂好一阵子呢。我以为她爱我，何止爱呀，我以为伊莎贝尔对我拜倒呢！我对这女人也还瞧得起，原来她只是个一钱不值的风骚货。”奥若尔也愤愤道：“怨不得你生气。一个法学博士的女儿能有你这样可爱的年轻公子做情人，应该知足了。我不原谅她的三心二意。她为我撇下你，我非但不答应,还要罚罚她,从此不跟她好了。”巴洽果道:“我啊,一辈子不要再看见她了,这是我报仇的惟一办法。”那假扮的曼多斯道:“应该这样。不过我主张咱们各写一封信去骂她,叫她知道咱们俩多么瞧她不起。回头我把两封信包在一起送去,就算回信。不过咱们下这个绝手之前,你先仔细想想,对这个水性人儿是不是放得下,跟她断了会不会后悔?”堂路易打断他道:“不会,不会,我从来没这个毛病。我赞成你那办法,气气那个无情无义的女人。”

我立刻去拿了信纸和墨水,他们各写了一封情文并至的信给莫西亚·德·拉·拉纳博士的女儿。尤其巴洽果,不知要笔下多么恶毒才泄得心头之愤;他起了五六个头,总嫌不够狠,又撕掉重写。他总算写好了,也的确可以满意。信上说:“我的皇后,请你有点自知之明,别妄想我会爱你。我爱的不是你这种货。我拿你偶尔作个消遣,还不够味儿呢!你只配充大学里末等学生的玩意儿。”他写了这样一封温文尔雅的信;奥若尔的信也一样无礼。她把两封信包在一起,交给我说:“吉尔·布拉斯,这包信你今晚就送给伊莎贝尔去。你懂我的意思吗?”一面对我使个眼色。我完全会意,答道:“我明白,大爷。我照您意思做就是了。”

我马上出门,到了街上,对自己说道:“唷!吉尔·布拉斯先生,现在要瞧瞧你的本事了!你不是这出喜剧里的亲随吗?好吧,朋友,这角色应该很有应变之才,你得让人瞧瞧你是够格儿的。堂斐利克斯大爷只对你使个眼色就完了,可见他拿稳你有心眼儿。他看错了人吗?没有!他要我做的事我有数。他要我单把堂路易的信送去,使眼色是这意思,再明白没有了。”我相信没猜错,所以毫不犹豫就把那纸包拆开。我单拿了巴洽果写的一封,当下打听得莫西亚博士的住址,就把信送去。到公寓来送信的小僮儿正在门口。我说:“老弟,你大概就是伺候莫西亚博士家小姐的吧?”他说是的,那副神气活是个惯替人家送情书收情书的。我道:“你这样满面和气,我就烦你把这封情书交给你家小姐吧。”

那小僮儿问我替谁送的信。我说是堂路易·巴洽果差来的。他就道:“那么,你跟我来,伊莎贝尔小姐叫我带你进去,她有话跟你说。”他带我到书房里。一会儿小姐出来;我一见她相貌之美,大为吃惊,真没见过再端丽的脸儿。她一团娇憨的娃娃气,其实她至少三十年前才是个搀扶学步的小娃娃呢。她笑眯眯地说:“朋友,你是伺候堂路易·巴洽果的吗?”我说我伺候他三个星期了。我就把叫我送的那封绝交信交上。她看了两三遍,仿佛怀疑自己看错了。她实在料不到会有这样的回音。她眼睛看着天,咬着嘴唇,满脸气恼。过了一会儿,她突然对我道:“朋友,堂路易和我分别以后,犯了失心疯吗?我真不懂他这种行径算什么意思。他为什么信写得这样客气?你要是知道,你告诉我吧。他身上附了什么恶鬼了?他要跟我绝交,就不会用别的方法,一定要写这种混账信来糟蹋我吗?”

我装出一副诚恳的样子,说道:“小姐,我主人当然不对,不过说起来他也是不得已。您要是答应我不泄露出来,我可以把隐情统统告诉您。”她忙说:“我决不泄露,决不牵累你,放胆讲好了。”我说:“好吧,我干脆告诉您。您的信刚送来不久,有个女人戴着很厚的面纱到公寓来。她找巴洽果大爷,密谈了一会儿。我听见她末了一句话:‘你发誓不再见她还不成,得立刻照我口述写封信给她,我才称心。你非写不可。'堂路易就依她写了信,交给我说:'你去打听了莫西亚·德·拉·拉纳博士的住址,乖乖巧巧地把这封密简送给他女儿伊莎贝尔。'"

我又道:"小姐,您明白了,这封不客气的信是您情敌干出来的,我主人没那么坏。"她道:"咳,天哪!这就越发混账了。他三心二意,比下笔刻毒更叫我生气。啊,那薄幸人!竟会跟别人好了!"她又鄙夷不屑道:"可是他尽管放心跟他新欢要好去,我决不作梗。请你对他说,他要我让位给我情敌,不必糟蹋我,我瞧不上这种浮浪的情人,决不想拉他回来。"她说完打发我走,自己进里面去,恨透了堂路易。

我从莫西亚·德·拉·拉纳博士家出来,欣欣得意,我知道只要我肯走这一径,可以成个大骗子。我回公寓看见曼多斯和巴洽果两位大爷同在吃晚饭,谈谈说说,好像是老朋友了。奥若尔见我满面得意,知道事情已经办妥。她说:"吉尔·布拉斯,你回来了。有什么回音,说给我们听听。"我还得随机应变。我说我亲手把一包信交给伊莎贝尔,她读了那两封情书非但不觉得没趣,反发疯似的大笑起来,说道:"真是的,这些年轻公子写得好漂亮文章,别人实在写不到这么有趣。"我女主人嚷道:"她倒很会自打圆场,真是个风月场中老手。"堂路易道:"我倒觉得这全不像伊莎贝尔。她跟我分别以后,性情一定变了。"奥若尔道:"我也以为她全不是这样的呢。没什么说的,有种女人装什么像什么。我从前就爱上过这么一个,给她哄了好久。你问吉尔·布拉斯吧,她那副端重的神气谁都看不透。"我插嘴道:"她那脸蛋儿实在能叫老奸巨猾也着迷,我自己就难保不上当。"

那假扮的曼多斯和巴洽果听我这么说,都哈哈大笑。他们不怪我插嘴,还常常逗我说话,以为笑乐。我们把那种惯会虚情假意的女人议论了一顿,千句并一句,无非坐实判定伊莎贝尔是个真正的贱货。堂路易又声明一辈子不要再见她,堂斐利克斯学着样儿,发誓从此把她看得一钱不值。于是他们俩成了好朋友,约定彼此都要倾吐心腹,毫无隐瞒。吃过晚饭,他们酬酢一番,就各自安置。我跟着奥若尔到她房里,把我和博士的女儿见面的情形一五一十讲给她听,零星琐碎都没漏掉。我要讨女主人的好儿,倒是加了些油酱,她听了很高兴。她快活得差点儿要拥抱我,说道:"亲爱的吉尔·布拉斯,你这样机灵,我真喜欢。一个人可怜堕入情网,不得不使手段,这种时候,有你这么个聪明小伙子帮忙真是方便。好! 朋友,咱们除了个碍着道儿的冤家,事情可算很顺手。不过情人的心思捉摸不定,我想抢个快,明天就叫奥若尔·德·古斯曼出场。"我赞成这意思,于是我撇下斐利克斯大爷和他的小僮儿,自回卧房去。

第六章

奥若尔用什么手段叫堂路易·巴洽果倾心。

这一对新相知第二天醒来就急要相见,所以早上又聚在一起。他们先你拥我抱一番,奥若尔要串堂斐利克斯,只好这么办。两人同到外面去遛遛,堂路易的亲随希兰德隆和我跟着。我们在大学前面逗留下来,看看门口的新书招贴。好些人也在看着消遣,里面有个小矮个子正在议论广告上的著作。我看见人家全神贯注地听他讲,他也自以为他的高论值得人家恭听。他神气很浮夸,个子矮的人多半口气专断,他也如此。他说:“这部煌煌大字广告的《贺拉斯诗新译》是大学里一位老文人用散文译的。学生很看重这本书,单靠他们就销了四版。可是有识之士都不要买的。”他对别本书批评得一样凶,都毫不容情地挖苦一顿。这人分明是个什么作家。我倒很想听他讲下去,可是堂路易和堂斐利克斯既不爱听他议论,对他批评的那些书籍也无兴味,他们早走开了,我只好跟着。

我们吃饭的时候回到公寓。我女主人跟巴洽果同桌吃饭,她口角玲珑地把谈锋转到她家里的情形,她说:“曼多斯家有一支住在托雷都,我父亲就是这一支的小儿子。我妈妈跟堂娜齐梅娜·德·古斯曼是亲姊妹,这位姨妈有要事,前几天带着她侄女儿奥若尔到萨拉曼卡来了。奥若尔就是堂文森·德·古斯曼的独养女儿,你大概认识那父亲。”堂路易道:“我不认识,不过常听人家说起;令表妹奥若尔也闻名过。这位年轻小姐果然名不虚传吗?据说她是才貌无双的。”堂斐利克斯道:“她的确聪明,也很有学问,不过相貌平平,人家说我跟她长得很像。”巴洽果道:“那么她名下无虚了。你长得五官端正,脸色又皎洁,令表妹一定漂亮。我真想跟她见面谈谈。”那假扮的曼多斯道:“我可以叫你如愿,而且今天就成。我今儿下午带你到我姨妈家去。”

我女主人立刻拨转话头,谈些不相干的事。到下午,他们俩就要去拜访堂娜齐梅娜。我乘他们还没停当,先赶去通知那女监护,叫她有个准备。我随即回来,跟堂斐利克斯出门。他带了堂路易同去拜访他姨妈。他们一到公馆，就碰见齐梅娜夫人做手势叫他们别作声。她低声说："轻轻的！轻轻的！别吵醒了我侄女儿。她昨天头痛如劈，这时候刚好些。那可怜的孩子才睡着了一刻来钟。"曼多斯装出懊丧的神气道："可恨我们来得不巧了。这位是我朋友巴洽果。我希望我们能够见见表妹，我答应了他的。"奥蒂斯微笑道："何必那么忙，不妨明天再来呀。"两位大爷跟老太太略谈几句，就告辞了。

堂路易带我们到他一个朋友家，那年轻公子名叫堂加布利尔·德·彼德罗斯。我们在他家消磨半天，吃了晚饭，直到半夜后两点钟才辞别回寓。我们大概走到半路，地上横着两个人，把我们绊了一下。我们以为这两个倒霉家伙遭了暗算，也许还救得活，忙停下来救护。夜色昏黑，我们不知他们怎么情形，正在暗中摸索，巡逻的警卫来了。那队长先当我们是凶手，叫手下警卫围住我们。可是他听了我们说话，又举起昏灯照见曼多斯和巴洽果的相貌，知道不是歹人。队长叫警卫细看我们以为杀死两人，原来一个是学士装束的大胖子，一个是他的亲随；两人多喝了酒，简直烂醉如泥。一个警卫嚷道："诸位，我认识这个大胖子。哎，他就是咱们大学校长吉由马学士大爷。别瞧他这副模样，他是个了不起的人物、绝顶的天才。没个哲学家辩得过他，他嘴里滔滔不绝，真是独一无二的。可惜他贪杯好色，爱跟人打官司。他这会子刚从他那伊莎贝尔家吃了晚饭回去，偏偏领路的人也喝得烂醉，两人都滚到阳沟里去了。这位胖学士做校长以前常常这样。可见一个人尽管地位高，还是故态难除。"我们把两个醉鬼撇给巡逻队去抬送回家。我们回公寓，都只想睡觉了。

堂斐利克斯和堂路易睡到晌午起身，两人一见面就谈到奥若尔·德·古斯曼。女主人对我说道："吉尔·布拉斯，你到我姨妈堂娜齐梅娜家去问问，巴洽果先生和我今天可以不可以见我表妹。"我奉命出去，其实是去跟女监护商量个办法。两人商量好，我就回去见假扮的曼多斯，说道："大爷，您表妹奥若尔身体好了。她亲自叫我对您说，很盼望您两位去玩儿。堂娜齐梅娜还叫我告诉巴洽果先生，他既是您面上的人，她总是十分欢迎的。"

我看出堂路易听了很高兴。我女主人也留心到，觉得是个好兆。午饭前一刻，堂娜齐梅娜的男用人跑来对堂斐利克斯道："大爷，有个托雷都来的人到您姨妈家找您，留下了这封信。"那假扮的曼多斯拆信朗读道："见字后请即至'黑马客店'，当以尊翁近况奉告，尚有其他要事涉及台端，亟待面谈，望勿延误。"她道："我急要知道什么要事，巴不得立刻赶去。巴洽果，咱们回头见吧，我要是过两个钟头不回来，你一人先到我姨妈家去，我饭后到那儿找你。反正堂娜齐梅娜托吉尔·布拉斯对你说的话你听见了，你这番拜访是名正言顺的。"他说完叫我跟着出门。

我们当然不上黑马客店，却溜到奥蒂斯住的公馆里。我们一到家立刻准备上戏。奥若尔脱下黄色假发，把眉毛擦洗干净，换上女装，回复本来面目，变成个美丽的黑发女郎。她改了装真有点儿两样，所以奥若尔和堂斐利克斯看来不像一个人。而且女装比男装显得个儿高。女人穿木底套鞋，她那双鞋底又特别厚，当然也把她身量添高了些。她天生丽质，又应有尽有地加上人工，就专等堂路易来，心上又是害怕，又是巴望。她一会儿觉得仗自己的才貌，万无一失；一会儿又怕这番枉费心力。奥蒂斯也尽力准备串女主人的配角。我呢，要是在这里给巴洽果看见可不行，所以吃过饭马上走了。我好比戏里末一幕登场的角色，要到客人告辞的时候才能露面。

堂路易来的时候一切已经停当。齐梅娜满面春风的接待，奥若尔和他谈了两三个钟头。于是我跑进去，对那位公子道："大爷，我主人堂斐利克斯今儿不能来了，请您原谅。他正陪着三个托雷都人，没法儿脱身。"堂娜齐梅娜道："咳，那小荒唐鬼准又胡闹去了。"我答道："不是的，太太，他跟那些人谈正经事，他真恨不能到这儿来，叫我对您跟奥若尔小姐道歉。"我女主人取笑道："唷，我不稀罕他道歉，他明知道我身子不舒服呢，对自己亲戚不该这样冷淡呀。我要罚罚他，半个月不许他见我的面。"堂路易就说道："哎，小姐，别那么狠心。堂斐利克斯今天没见到您，已经够可怜了。"

他们说笑一会儿，巴洽果就告辞。漂亮的奥若尔立刻改装，扮成大爷，飞快地赶回公寓。她对堂路易道："好朋友，我很抱歉，没能够到姨妈家来找你，可是我给那几个人绊住了脱不得身。总算你从从容容把我表妹认了个畅，我也可以自慰。哎，老实告诉我，你觉得她怎么样？"巴洽果道："我倾倒得很。你说得不错，你们俩长得真像，我从没见过那么相像的，脸盘儿、眼睛、嘴、声音，都一样。不过也有不同，奥若尔比你高，她头发黑，你头发黄，你是嘻嘻哈哈的，她是一本正经的；你们就是这点不同。至于你表妹的聪明伶俐，只怕天上神仙也赛不过。总而言之，这位小姐说不尽的好。"

巴洽果大爷末后几句话说得一往情深，堂斐利克斯不禁微微笑道："朋友，我不该介绍你认识了堂娜齐梅娜，你要是听我话，以后别再去了。我这话不过是免得你自寻烦恼。奥若尔·德·古斯曼会弄得你神魂颠倒，叫你着迷的。”

他打断她道：“我不必再去，早已爱上她，无可挽回了。”那假扮的曼多斯道：“那可麻烦，因为你不是个用情专一的人，我表妹却又不比伊莎贝尔，这话我预先警告你。要充她的情人，就万不能作越礼非分之想。”堂路易道：“不作越礼非分之想！她那样出身的小姐，谁还能对她抱越礼非分的心吗？你要是以为我会对她有邪念，就冤枉我了。亲爱的曼多斯，我不是那样的人。咳！她要是容我追攀，肯和我订结终身，我就是天下最称心的人了。”

堂斐利克斯答道：“听你这样口气，我很愿意帮忙。真的，我完全同情。我一定对奥若尔说你好话，明天就去说动我姨妈，奥若尔很听她的话。”巴洽果听他许得这么好，千恩万谢。我们一看计策行来十分顺利，都很高兴。第二天我们又出个花样，越添了堂路易的痴情。我女主人只算替那位公子做说客，去看了堂娜齐梅娜，回来道：“我已经跟姨妈谈过。我煞费苦心，说得她肯帮忙了。她对你横着成见，不知她听了谁的话，把你当作浮薄子弟，准有人对她说你坏话来着。亏得我替你极力分辩，她才相信你并不是人家说的那么个没品行的人。”

奥若尔又道：“我还有句话，我想陪你去跟姨妈谈谈，叫她一定替你出力。”巴洽果热锅上蚂蚁似的要去见堂娜齐梅娜，他到第二天早上才得如愿。那假扮的曼多斯领他见了奥蒂斯大娘，三人谈了一会儿。堂路易话里露出对奥若尔一见倾心的意思。齐梅娜很调皮，只算怜他情痴，答应尽力劝侄女儿依允这头婚事。巴洽果向这位好伯母下跪，谢她厚意。堂斐利克斯问表妹起来没有。那女监护道："没有，还歇着呢，这会儿不能见你们了。你们饭后再来，可以从容长谈。"堂路易听了这话当然越发快活，只觉盼到饭时遥遥无期。曼多斯和他同回公寓，冷眼旁观，瞧出他分明是真情实意，心中暗暗喜欢。

他们谈的无非是奥若尔。饭后堂斐利克斯对巴洽果道："我有个主意。我想早一步到姨妈家去，私下和表妹谈谈，也许会探出她对你有没有意思。"堂路易赞成，让他朋友先走，自己过了一个钟头才出门。我女主人乘这个当儿连忙改装，她情人来的时候她已经换上女人衣服。这位爷向奥若尔和那女监护行了礼，说道："我想堂斐利克斯已经先来了。"堂娜齐梅娜道："他在书房里写信呢，一会儿就来。"巴洽果信以为真，就跟夫人小姐说着话。他虽然面对意中人，也觉得过了好半天了，可是不见曼多斯出来，不免露出诧异之色。奥若尔神情一变，笑着对堂路易道："人家作弄你，难道你一点儿不知道吗？我戴上黄色假发，染黄了眉毛，竟就变了个人似的，会把你哄到如今吗？"她又正色道："巴洽果，你睁开眼吧。可知道堂斐利克斯·德·曼多斯跟奥若尔·德·古斯曼原来是一个人。"

她不但把这事揭穿，还把自己一片痴情、哄他入彀的种种办法和盘托出。堂路易听了又爱又惊。他如痴如狂地跪在我女主人脚边，说道："啊，美丽的奥若尔！我真有福气承你这般眷爱吗？我何以为报呢？我天长地久、此情不变，也报答你不过来。"他又说了许多缠绵热切的话，于是一对情人就商量怎样完婚。他们决定立刻同回马德里，让这出喜剧团圆结局。他们马上按计行事，半个月以后，堂路易娶了我们小姐。他们大设筵席，说不尽的热闹。

第 七 章

吉尔·布拉斯换了个东家,去伺候堂贡萨勒·德·巴洽果。

我女主人结婚三星期以后,要酬谢我为她出力,送了我一百比斯多,说道:"吉尔·布拉斯朋友,我不是要撵你走,你在这儿待多久都行,不过我丈夫的伯父堂贡萨勒·德·巴洽果要你去当亲随。我向他说你多么多么好,他就要我把你让给他。他是先王朝上一位贵人,性子很好,你在他家一定称心。"

我谢了赏,欣然接了这个新差使。反正她用不着我了,我伺候的还是他们本家,所以越发情愿。一天早晨,新娘子就派我到堂贡萨勒家去。已经晌午时分,他还没起床。我到他房里,看见小僮儿刚端一碗汤给他喝。老头儿的胡子还用卷纸包着,两眼昏昏,脸儿苍白干瘦。有一种光身老头儿,年轻的时候花天酒地,老来也不归正,他就是那类人。他对我很和气,说我要是还能像伺候他侄儿媳妇那么忠心,将来准叫我有好日子。我听他这么说,就答应一定拿出对旧主人的忠心来。我从此留在他家做事。

我又换了个新东家。天知道他是什么样的人!他床上刚起,活像个死去还魂的拉撒路①。设想一个又干又瘦的高个子,

---

① 《新约全书·约翰福音》第十一章,载拉撒路死而复生。

要是身上一丝不挂,大可做骨骼构造学的标本。他的腿细极了,一重又一重穿了三四双袜子,我看着还不够粗。这个带气儿的人腊还有喘病,开一声口就要咳嗽一阵。他先喝了些巧克力,随后要信纸和墨水,写了一封信,封好叫端汤的那小僮儿投送。于是他对我说道:“朋友,我想以后就叫你当差,尤其是堂娜于芙拉霞那边的差使。她是我心爱的年轻姑娘,她对我也很有情。”

我立刻心上想:“哎,老天爷!这老混虫还妄想女人对他拜倒呢,怎么叫年轻人不自居为人家的意中人呀。”他又道:“吉尔·布拉斯,我今天就带你上她家去。我差不多天天在她那儿吃晚饭。你回头瞧吧,她是个绝顶可爱的人儿,那一副稳重端庄的神气你一定喜欢。她全不像那种没脑子的轻骨头,一味爱年纪轻,取仪表好。她老成练达,取人取他的心,只要情人会体贴,倒并不稀罕相貌怎么漂亮。”堂贡萨勒先生还有许多赞扬他情妇的话,说得她尽善尽美,不过要我这个听的人相信却不容易。我见过女戏子玩的种种花样,就不信上了年纪的大爷会在风月场中得手。可是我假装句句信以为真,好博他欢心。我还称赞于芙拉霞眼光好、识力高。我甚至于老着脸说,她哪里去找更如意的情人。这老头儿不觉得我是当面奉承,听了欣然得意。对贵人拍马屁真是可以放手乱拍的,尽管你恭维得荒谬绝伦,他们都听得进。

那老头儿写完信,用镊子拔掉几茎胡子,把眼睛里结满的厚厚一层眼屎洗净,又洗耳朵、洗手、洗脸、漱口,诸事完毕,还把胡子、眉毛、头发染黑。他花在梳洗打扮上的工夫要比隐瞒年纪的老太太花的还多。他刚打扮好,来了个朋友,也是位老者,名叫阿徐玛伯爵。他们俩真是大不相同。这人白发满头,毫不掩饰,拄着个拐儿，非但不想装年轻，却倚老卖老似的。他进来道："巴洽果大爷，我想在你这里吃饭。"我主人答道："好极了，伯爵大人。"他们拥抱一番，坐下说话等开饭。

他们先谈前几天那场斗牛，讲到斗牛场上几位最骁健的骑士。于是老伯爵像涅斯托耳①一般，看到眼前的形形色色，就要称赞往日的种种。他叹息道："唉！现在的人跟以前不能比了。现在的比武也不如我年轻时候那样轰轰烈烈了。"我心里暗笑这位阿徐玛老太爷的偏见。他对别的事也是这样。我记得吃饭的时候上了水果，他看着绝好的桃子，说道："我那时候的桃子比现在大得多。大自然也一天比一天衰退了。"我微笑着暗想："如此说来，开天辟地时的桃子一定大得出奇呢。"

阿徐玛伯爵差不多到天黑才告辞。我主人等他一走就出门，叫我也跟着。于芙拉霞住处离我们那儿不过一百步光景。她正在一间很讲究的房里。她衣服很时髦，一副小女孩儿样，我以为她还没成年呢，其实她至少足有三十岁了。她还算漂亮，我立刻也钦佩她的聪明。她不是那种口角伶俐、举止轻浮的风骚女人。她行动谈吐都幽娴贞静，说话并不卖弄俏皮，却非常风趣。我打量着她，暗暗惊奇，心想："啊呀，天啊，看来这样稳重的女人，怎么能卖俏度日？"我以为风流女人都是大胆老脸的，所以见了个文文静静的就诧异，没想到这种女人骗上了贵人阔佬，自会翻花样迎合他们。花钱的主儿喜欢风骚，她们就轻佻放诞；喜欢幽静，她们就装得端庄贞洁。她们见风使舵，会顺着男

---

① 希腊神话：涅斯托耳是皮罗斯王。希腊各邦联军打特洛亚，他是统帅里最年老、最有识见的人。

人的心性变化。

有些大爷喜欢浮浪的女人，堂贡萨勒不然，他讨厌那种女人。要打动他，女人得有守贞不嫁的仪态。于芙拉霞就装出这副样儿。可见会做戏的人未必都在班子里。我撇下我主人和他那美人儿，出来在楼下一间房里碰见个老女用人。我认得她是从前伺候女戏子的，她也记得我，我们别后重逢的景象大可在台上演出呢。她满腔欣喜道："哎！是你啊！吉尔·布拉斯先生，我不在康斯丹斯家了，你也不在阿珊妮家了吗？"我回答道："唉，说真话，我早已不在她那儿，我出来以后又伺候过一位大家闺秀了。戏子生涯不配我胃口，我自己扔掉了饭碗走的，一句话也没耐烦跟阿珊妮交代。"这女用人名叫贝雅德丽斯，她道："那办法很好，我对付康斯丹斯的也差不多。一天早上我冷冷地把账目交代清楚，她接了没哼一声儿，彼此毫无留恋地散了伙。"

我说："可喜咱们俩在比较上流的人家又碰头了。我觉得堂娜于芙拉霞也算得有身份的女人，并且我相信她性情很好。"那老女用人答道："是啊，她是好人家出身，看她样儿就知道。她脾气呢，我告诉你吧，谁也没她那么稳善和气的。有种使性子挑眼的女主人，处处找错儿，成天嚷嚷，折磨底下人，弄得咱们竟是在地狱里受罪。她可决然不同。她最不爱吵闹，我还从没听见她骂过人。我有时候做事不合她意，她就不动气色地指正我一下，那些火性子太太滥骂人的浑话她从来不用。"我道："我主人也很和气，对我不拿架子，不大当我用人，却看得我好像跟他平等似的。总而言之，他是天下最好性儿的人。照这样看来，咱们俩比在女戏子家好得多了。"贝雅德丽斯道："好一千倍呢，我从前过的是乌烟瘴气的日子，现在是清清静静的。这儿除了堂贡萨勒没别的男客。我独自一个儿，以后只有你常来，我很称心。我早就喜欢你，老羡慕萝合福气，有你做朋友；我居然也有指望跟她一样福气了。我虽然不如她年轻貌美，却也有赛得过她的地方。我不爱狐媚子哄人、狠命敲男人竹杠。我用情专一，简直是只小鸽子。”

贝雅德丽斯那老婆子是没人过问、只好上门卖盐的货。尽管她迎合上来，我绝不想沾光。不过我不肯让她看出我鄙夷不屑，还客客气气，说话婉转，不叫她死心。我以为颠倒了个老女用人，这回又错了。那老妈子如此这般，并非看中我。她对女主人一片忠心，不惜竭力效劳，打算哄得我爱上了她，就也甘心替她女主人出力。第二天早上，我替主人送一封情书给于芙拉霞，就把这事看清楚了。那位姑娘殷勤接待，客套了一大泡，那女用人也穿插两句。她们俩一个称羡我相貌好，一个夸我态度安详稳重。听她们说来，堂贡萨勒用到我竟是得了个宝了。总而言之，她们称赞太过，我反而难以相信。我看破了她们用意，不过我装得傻瓜般老实，把她们的米汤全吞下肚，将计就计，哄得两个骗子本相毕露。

于芙拉霞对我道：“你听我说，吉尔·布拉斯，你会不会发财全看你自己。朋友，咱们合个伙儿吧。堂贡萨勒上了年纪了，身子又那么弱，稍为发发烧，再有个把好大夫帮帮忙，一条命就断送了。乘他还有这口气儿，别耽误了工夫，想法子叫他把大份家产都传给我。我一定好好儿分你一份。我这句话就仿佛当着马德里全伙儿公证人说的，决不能赖掉。”我答道：“小姐，随您吩咐吧。您叫我怎么办，一定听命。”她道：“好，你得看住主人，他一举一动都来报我。你跟他谈话的时候，总把话转到女人身上，乘此说我好话，只是别着痕迹；尽力叫他心里老想着于芙拉霞。朋友，我还有件事托你。我要你留心看着巴洽果族里的情形。族里要是有谁对堂贡萨勒大献殷勤，想得他的遗产，你赶忙来通知我。别的不用你管，我自会拆那人的台，不消多少时候的。我知道你主人族里什么人什么性格儿、可以怎样挖苦形容，我已经挑拨得他对那些亲侄儿堂侄儿很不满意了。”

我听了于芙拉霞这番叮嘱和一些别的话，知道她是那种专结识阔绰老头子的娘儿。她前几时刚逼着堂贡萨勒卖掉一块地，钱是她到手的。她天天勒索穿的戴的种种好东西，尤其眼红他的遗产。我假装欣然听允。究竟我还是帮着蒙蔽我主人，还是想法叫主人丢掉这个情妇，老实说，我一路回去还没拿定主意。我觉得第二个是正当办法，我本分所在，不愿有亏职守。况且于芙拉霞并没有切实许我好处。大概我没被说动就是这个缘故。我决计赤胆忠心伺候堂贡萨勒。我以为若能把他的心上人去掉，这桩好事干来比那些坏事更上算。

我胸有成算，所以对于芙拉霞假装死心塌地。我编些谎话，只算常在主人前讲起她。她都信以为真。我趋奉得她非常喜欢，竟以为我是帮她的了。我索性哄她到底，假装爱上了贝雅德丽斯。她上了年纪还有年轻人追随不舍，就是虚情假意也不在乎，只要我殷勤就行了。我主人跟我各自陪着个相好，两方面情景不同，风味却相似。我上文形容过堂贡萨勒那副干枯灰白的容色，他要眉眼送情，就像临死翻白眼儿。我的公主娘娘呢，我越装得火热，她也越发做出娇憨之态，把老风骚女人的惯技都使出来，这是她至少费了四十年工夫学来的。有种风月场中的英雄,到老还是狐媚子,一生能叫两三代的男人为她们倾家荡产;贝雅德丽斯伺候过这种人,也就精通此道了。

我不但每晚跟主人到于芙拉霞家去,有时一人白天也去,希望在她家撞见个把窝藏着的少年情人。可是不论我多早晚去,从没碰到个男人,连形迹可疑的女人也没有。我一点儿看不出什么偷汉子的影踪,很觉诧异,因为贝雅德丽斯尽管咬定女主人家里没男客上门,我不信这样漂亮的女人肯为堂贡萨勒守贞不贰。我这断语下得并不鲁莽,你们回头瞧吧,那美丽的于芙拉霞早有个跟她年龄相当的情人,所以能够耐心静待我主人寿终。

一天早上,我照常去送情书给这位公主娘娘。我到她房里,看见壁衣后面露出一双男人的脚。我不露声色,交了信就出来,好像并没留心到什么。这事虽然早在意中,而且也与我无干,可是我非常愤慨。我愤愤地想:"啊!你这个口是心非的混账于芙拉霞!你假惺惺哄了老头子不够,还非要偷汉子叫他做十足的冤桶吗?"我后来想想,当时这般见识真傻透了。应该一笑置之;她和我主人应酬得厌倦了,要慰劳自己一下也是应有之事。我至少也该不作声儿,不该乘机卖弄自己是好用人。但是我热心太过,气愤愤地为堂贡萨勒抱不平,就把方才看见的一五一十告诉了他,还说于芙拉霞曾经买嘱我。我把她的话一字不隐全说出来,我主人如果有心要知道他情妇是什么东西,没有看不透的。他仿佛还不大相信,问了我几句话。可是我回答得切切实实,他疑无可疑。他万事镇静,可是这件事却伤了他的心,脸上微露怒色,看来那偷汉子的婆娘要倒霉了。他道:"不用多说了,吉尔·布拉斯。你做事认真,我很满意,我也喜欢你忠心。我现在就到于芙拉霞家去。我要好好儿骂她一顿,跟那忘恩负义的贱人一刀两断。”他说完真的赶去，叫我不用跟，免得质问她的时候我脸上难堪。

我急煎煎等着主人回来，我想他知道那美人儿这样对不起他，回来一定对她心冷了，至少也打定主意不再理她了。我这么一想，觉得这事干得不错。堂贡萨勒这样着迷，对那些合法的承继人很不利。我设想他们要是知道这位亲戚已经醒悟，不知要多么高兴。他们准会谢我吧？一般当用人的总喜欢主人荒唐，不会去劝他们归正，这就可见我不同寻常了。我是爱体面的，我能算得用人里出类拔萃的人物，心上很得意。但是不消几个钟头，这些快意的念头连影子也没有了。我东家回来说：“朋友，我跟于芙拉霞狠狠地吵了一架。我骂她没良心、捣鬼，把她数说了一顿。你可知道她回答我什么？她说我不应该听信底下人的话。她一口咬定你是造谣言。据她说，你是个骗子，是我侄儿侄媳妇的人，为了讨他们好，用尽心计要挑拨得我跟她不对。我看她两眼流泪，那泪珠儿是不会假的。她赌神发誓，说从没买嘱过你，也并没有什么男人去看她。贝雅德丽斯也那么说，我看她很靠得住，不会撒谎。所以我不由自主地火气全消了。”

我气得插嘴道：“哎，怎么的呀，老爷，您以为我不是真心吗？您不相信我……”他也打断我道：“不是的，孩子，我并不冤屈你。我知道你并没有勾结我侄儿侄媳妇。我相信你全是为了我好，我也很感激你。不过万事不可皮相，也许你以为瞧见，并没有真的瞧见，那么你想想，你怪于芙拉霞的话叫她多难堪呀！我无论如何舍不下这个女人，我命该如此，并且我只好割舍你了，因为她说，我要是爱她，非撵掉你不可。可怜的吉尔·布拉斯，这事我很不乐意，老实告诉你吧，我虽然答应她，心上满不情愿。可是我没别的办法，我这人太不争气，你原谅我吧。不过我一定要给了你酬报再打发你走，这点你可以放心。我并且要把你荐给一位太太，她是我朋友，你在她那里一定很称心。”

我赤胆忠心反害了自己，非常懊丧。我咒诅于芙拉霞，又叹恨堂贡萨勒没出息，随人摆布。那老头儿辞退了我去讨好情妇，也自知这种行为太没丈夫气。他既然脓包不济事，就想在别方面弥补，又要哄我委屈从命，所以送了我五十杜加，第二天又领我到夏芙侯爵夫人家，当着我对她说，我这个孩子什么毛病都没有，他很喜欢我，只为家务关系，不便留我，请她收用。她马上就叫我在她家当差，所以我忽然间又换了人家。

第八章

夏芙侯爵夫人的性格；她门上的客人。

夏芙侯爵夫人是个三十五岁的寡妇，人很漂亮，高高个儿，苗条多姿。她每年有一万杜加的收入，却无儿无女。我看见的女人里要推她最正经、最沉默寡言了。可是她还是马德里最有风趣的太太。她家里高朋雅客常常满座，她那风趣的名气多半是这上面来的，并不全靠真本领。是否如此，我也不敢断言。我只消说，提起她的名字，就叫人想到绝顶天才，城里人把她家唤作天字第一号的文章府。

这也名不虚传，每天有人在她家里朗诵戏曲或诗歌。不过念的都是正经之作，诙谐文字是瞧不起的。不论喜剧多么好，小说多么心思巧妙，趣味横生，他们都认为浅薄得不足挂齿；至于那正经作品，尽管是寥寥短篇，颂也好，牧歌也好，十四行诗也好，都当作天才结构。可是外面人的意见往往跟他们的品题不合，他们极口赞叹的剧本，大家竟会不留情面大喝倒彩。

我在这家专管接待宾客，职务是替女主人布置房间，以便招待。我先排好男客人的椅子，安好女客人的坐垫，然后站在客厅门口，传报来客姓名，一一请进去。第一天我正在前厅迎接客人，管小僮儿的家人可巧在旁，把来客向我形容得很有趣味。他叫安德瑞·莫利那，是个冷面滑稽，人并不傻。第一个来的是位主教。我传报了姓名，他刚进去，那管家就告诉我说："这位主教是个妙人。他在朝里有点面子，却要人家以为他揽着大权。他逢人就答应出力，可是替谁也没出过力。有一天他在皇宫里，一位绅士对他行礼，他就拉住了客套一顿，握着手道：'我很愿意为你先生当差，请你让我效劳，否则我也不会闭眼。'那绅士感谢万分。主教等他走了，对一个随员道：'那人有点面熟，好像在哪儿见过。'"

一会儿来了一位贵公子，我请进了客厅，莫利那道："这位大爷又是个奇人。你想吧，他常常为了要事出去拜客，到告辞出来，那桩要事提都忘记提。"他又看见两位女客，就说："来的是堂娜安洽拉·德·贝涅斐尔和堂娜马格丽德·德·蒙达尔望。这两位太太完全不同。堂娜马格丽德自命为哲学家，对萨拉曼卡最有学问的博士也不买账，辩论起来一句不让。堂娜安洽拉尽管有学问，却毫无女学究气。她讲话中肯，心思精细，谈吐文雅高华，而且不带矫揉做作。"我对莫利那道："这一种性格儿可爱，那一种我以为全不像女人家了。”他微笑道：“不大像，好些男人那个样儿都可笑呢！咱们东家侯爵夫人也着了点哲学的迷。今天咱们这儿的辩论可够瞧的，天保佑别再牵上宗教就好了！”

刚说完，只见来了个人，形容枯槁，一副严肃不自在的神气。这个家人也不饶他，说道：“这家伙是那种不苟言笑的冒牌大天才，他们轻易不开口，开口引几句塞内加，人家就莫测高深，看透了原是些笨蛋。”接着来个身材极俊俏的绅士，相貌像希腊人，换句话说，神气很骄盈。我问这人是谁。莫利那道：“这是一位写戏曲的。他一生写了十万行诗，没赚得四个小钱，可是靠他六行散文，倒大阔起来，也算扯了个直。”

我正要追问发的什么财，会这样不费力，忽听得楼梯上一片喧哗，那家人道：“好！冈巴那留学士来了。他人没到先自己通报了。他进了大门，话就滔滔不绝，直说到告辞出门才完。”果然，这位大嚷大讲的学士一到，哪儿都是他的声音。他带着个大学毕业的朋友同进前厅，直到告辞，话没停嘴。我对莫利那道：“这位冈巴那留先生看来是个大天才了？”那家人道：“是啊，他这人会打趣，说话别出心裁，很逗乐儿。可是他说来不但无休无歇，还翻来覆去。说句实在话，我相信他还是靠姿态诙谐有趣，说的话就添了味道。如果把他的趣语编成书，大半是没什么出色的。”

莫利那又把其他来客娓娓形容。他连侯爵夫人也没漏掉，照他的形容，她很合我脾胃。他说：“我告诉你，咱们太太虽然讲究哲学，性子却很和平。她一点儿不挑剔，对底下人没脾气。我认得的贵妇人里算她最讲理性了，她什么癖好都没有。她不喜欢赌钱,也无心恋爱,只喜欢清谈。她这种日子,多半太太要觉得无聊的。”我听了那管小僮儿的这番称赞,觉得女主人很不错。可是过了几天,我不禁怀疑她对爱情未必那样深恶痛绝。我怎么生疑,让我讲来。

一天早上,她正在梳洗,有个四十来岁的小矮子来找我。他相貌很讨厌,身上的泥垢比那作家彼德罗·德·莫亚还要厚,而且背很驼。他说要见侯爵夫人。我问他是谁差来的。他傲然道:“我不是替人家当差的。你对她说,我就是她昨天和堂娜安娜·德·芙拉斯果谈起的那位绅士。”我把他领到女主人的一溜屋里,就去通报。侯爵夫人立刻惊喜地叫起来,满腔快活,吩咐请里面去。她殷勤接待,而且把女用人都打发开。所以这个小驼子倒比体面人还有艳福,能单跟她两人相对。这场促膝谈心真是妙得很,女用人和我都暗暗好笑。过了近一个钟头,我们太太恭而且敬地送那小驼子出来,看她那种礼貌就知道很中意他。

她听了那人讲话津津有味,所以晚上对我密嘱道:“吉尔·布拉斯,以后那驼子再来,你最好别让人知道,就领他到我屋里来。”老实说,她这番叮嘱动了我疑心。可是我依照侯爵夫人的吩咐,那矮子第二天早上再来,我就领他走秘密楼梯直到女主人房里。我奉命惟谨,这样干了两三回。我心想侯爵夫人的嗜好真是特别,不然呢,那驼子准是个拉纤的。

我横着这个念头,暗想:“真是的!我女主人要是爱上个漂亮人,我不怪她。要是她醉心这个丑八怪,老实说,我不原谅这种逐臭之癖。”谁知道我冤枉了我女主人!这小驼子懂魔术。侯爵夫人很会上骗子的当,有人向她夸小驼子的本事,所以她私会了几次。这驼子能圆光，能筛卜，只要有钱到手，就肯把玄机妙法都泄露出来。老实不客气说，他是个骗子，专靠欺骗实心眼儿的人过日子。据说有好几位贵妇人是他的主顾呢。

第　九　章

事出意外，吉尔·布拉斯只好离开夏芙侯爵夫人家；他以后的行止。

我在夏芙侯爵夫人家里六个月，过得很称心。可是命里注定我在这位太太家做不长，在马德里也住不久。出了一件事，逼得我只好别处投身，待我讲来。

我主人家女用人里有一个叫保茜。她不但年轻貌美，我还觉得她品性很好，就爱上她了，没想到我还得从人家手里把她的心抢夺过来。侯爵夫人有位秘书，人很骄傲，爱拈酸吃醋，早看中了我那美人儿。他一瞧出我的心事，也不问保茜心上对我怎样，立刻就要跟我决斗。他约我清早在一个隐僻的地方交手。他是个矮个子，还不到我肩膀高，看来很瘦弱，所以我并不把他当个劲敌。我心里泰然到了那地方。我满以为马到成功，还准备回来向保茜去卖弄呢，谁知道大出意外。这个小矮个儿秘书学过两三年击剑，把我摆布得像个小孩子一般，缴了我的武器。他剑尖逼着我道："我这下子可以送你的命，你怎么样？若要我饶你，得答应我从今天起离了夏芙侯爵夫人家，把保茜丢开。"

我一诺无辞，服服帖帖照做。我打输了没脸再见府里的同事，更怕见我们争风抢夺的那位美人儿。我只回去取了衣服和钱。我那钱袋很饱满，衣服打个包儿背上，当天就动身往托雷都。我并没答应离开马德里，不过觉得还是别待在这里，至少避开几年再说。我决计要遍游西班牙，各处流连一下。我想手里的钱够好些时吃用，我不乱花的。等钱用完，可以再去帮人。我这种小伙子要找事的话，位置多的是，随我挑呢。

我尤其想上托雷都，三天后到了那里。我住在一个上等客店里，穿上我那套猎艳的衣服，看来就像一位有身份的绅士。我装出花花公子的气派，我若有心勾搭街坊上的漂亮女人，都可以上手。不过我听说跟她们来往先得下一大注钱，只好收了心。我有漫游之癖，看遍了托雷都的胜迹，就在一天清早动身往古安加，准备从那儿到阿拉贡去。第二天，我正在路旁客店里打尖，只见来了一队公安大队的警卫。这些老爷奉命去逮捕一个年轻人，他们要了些酒，一边喝，一边形容那人的相貌。我听得一个警卫说："这位大爷至多二十三岁，长长的黑头发，身材挺秀，鹰嘴鼻，骑一匹棕黄马。"

我只装没听见，实在也不大在意。我撇了他们又上路去，不到半公里，我碰到个很漂亮的绅士，骑一匹栗色的马。我想："啊呀，公安大队找的就是这人，准没错儿。他头发又黑又长，鼻子像鹰嘴，他们准是要拿他。我应该帮他个忙。"我就对他说："先生，我冒昧请问您是不是决斗出了事儿？"那年轻人很诧异，眼睛打量着我，并不答话。我说，我并非好管闲事，我就把客店里听来的话全讲出来。他相信我了，说道："你这陌生人真仗义。我不用瞒你，那些警卫是在找我，我肚里有数的。所以我想换条路走，躲开他们。”我道：“我想咱们得找个你可以藏身的地方；看这风色，快下大雨了，咱们也借此避了雨。”我们说着找了一条浓荫覆盖的小路跑去，直到山脚下，看见一个避世的隐居。

原来这是个又宽又深的山洞。年深月久，山边穿出了这个窟窿，又有人用石子贝壳在洞前砌了一片台阶，上面长满了茸茸细草。四围野花丛生，清香扑鼻。洞旁石缝里一道泉水，淙淙下泻，蜿蜒流入草地。这间四无邻舍的屋子门前站着个隐居修道之士，看来已经年迈身衰。他一手拄着拐，一手拿着串粗粒子念珠，十颗一节，至少有二十节①。他头戴栗色羊毛帽，上面有长耳朵，帽子压得很低，胡子比雪还白，下垂腰际。我们迎上去说道：“师父，我们怕有大雷雨来了，能不能借你这儿躲一躲？”那隐士把我细细端详一番，答道：“你们两个孩子请进来，我这里很欢迎，随你们待多久都成。”又指指前面那片台阶道：“你的马匹歇在这儿很好。”我同行的绅士把马牵上去，我们跟那老者进了石室。

不一会儿，大雨如注，又加电光闪闪，一阵阵雷声响得怕人。里面石壁上粘着一张圣巴公谟像②，那隐士跪在像前，我们也学他的样，等雷声住了，大家才起来。可是雨还不停，天快要黑了。那老者说道：“孩子，要是你们没有紧急事儿，我就劝你们这会子别再赶路了。”那年轻绅士和我回答说：我们并没有急事，很想借宿一宵，只怕打扰他。那隐士答道：“一点儿不打扰我，只苦了你们。这里睡得很不舒服，我只有修行人的苦饭请你们吃。”

那道高德劭的老者请我们在小桌子旁坐下，拿出几个葱头、

① 念珠有五节十五节不等，但没有二十节的。

② 四世纪修士，曾创设寺院多起。

一块面包、一壶水，说道："孩子，这是我的家常饭。可是我今天看你们面上，要开开斋了。"他说完又去拿了些奶饼和两把榛子，摆在桌上。那年轻绅士没胃口，简直没吃什么。修士对他道："我看出你平常吃的比这个好；其实你是纵情口腹，把天生的胃口弄坏了。我出家以前也跟你一样。最精致的荤腥，最讲究的烹调，我还嫌不够味儿。但是我隐居以来，胃口又归真返璞了。我现在只爱吃些萝卜山芋之类，还有果子呀，牛奶呀，总而言之，都是咱们第一代老祖宗吃的那些东西。"

他讲话时那年轻绅士只顾出神。隐士看出来了，说道："孩子，你心上有事。为什么烦恼，可以说给我听吗？你不妨开诚相告。我要问你究竟，并非好管闲事，我只有这上面还能济世救人。我这年纪，能替人家出出主意，也许你正用得着。"那年轻绅士叹道："是啊，师父，我正要人家替我出个主意。你肯指教，我愿意听从。我的事告诉你这样的人，想来不会出乱子。"老人答道："决不会，孩子，尽管放心，什么秘密都可以告诉我。"那绅士就讲了以下的事。

第 十 章

堂阿尔方斯和美人赛拉芬的故事。

"师父，我什么都不瞒你，也不瞒这一位先生。他对我那般仗义，我还信不过他就没道理了。我把恨事说给你们听。我是马德里人,我且讲讲我的出身吧。有个德国侍卫队[①]的军官石坦安巴赫男爵一晚上回家,看见楼梯脚下一个细白布的包裹。他拿到太太房里,打开一看,里面是个新生孩子,包扎得干干净净,身上还带着个字条,说这是贵人家的孩子,将来生身父母要来认领的;还说孩子已经受洗,命名阿尔方斯。我就是那个苦命的孩子。以外的事我都不知道了。我不知道我妈妈还是怕人看破私情,所以把我抛弃;还是上了薄幸男人的当,只好狠狠心扔掉儿子。爱面子也罢,男人变心也罢,总归我倒霉就是了。

"且不问究竟如何,男爵夫妇怜我苦命,自己没儿没女,就决意抚养我成人,称我为堂阿尔方斯。我渐渐长大,他们也越加疼我。我举动讨人喜欢,逗得他们常常来抚弄我,总而言之,我有幸得到了他们爱怜。他们为我请了各种先生,专心栽培我。我父母不来认领,他们非但不着急,倒好像但愿我的出身永远不要有分晓。男爵等我可以从军,就把我安插在军队里,替我弄了个旗手的职位,制备了些轻简的行装。他要激励我立功扬名,对我说:人人都可以挣个体面的前程,战场上的功名靠自己得来,所以特别荣耀。我出身的真相,他一向瞒着我,这时也说给我听了。马德里人只道我是他的儿子,我也自以为是他的儿子呢。老实说,我知道了隐情心里很难受。我直到现在,想起来就惭愧。我越自信出身高贵,就越觉得遭生身父母抛弃真难以为情。

"我到荷兰去打仗,可是不久就讲和了。有些国家尽管对西班牙心怀不忿,却没有破脸。我就回到马德里,男爵夫妇对我

---

① 西班牙皇帝查理五世(1500—1558)也是德国皇帝,有德国人当他的侍卫。从此以后,西班牙御林军里有一队是德国兵。

越加钟爱。我回家两个月,忽然一天早上,有个小僮儿跑到我房里,送给我一封信。信上大致这样说:‘我相貌不难看,体态也过得去,你常在窗口看见我,却从不来勾搭。你枉是态度风流,行事何其不称。我恨透了,偏要来撩撩你,一泄心头之气。’

“我看了这封信,知道准是寡妇蕾欧诺写的。她住在对门,是有名的风骚货。我就盘问那小僮儿。他先还遮掩,我给了他一个杜加,他才肯吐实。他还替我带了一封回信,信上说:我已经知罪,而且觉得她的心愿已经了却一半。

“我得了这类的彩头儿不是漠不挂怀的。我这一天门也不出,留心守在窗口看那女人;她也没忘记在那边窗口露脸。我对她做眉做眼,她也回眸送盼。第二天,她叫那小僮儿来说,我如果明晚十一二点之间出门,她在楼下客堂窗口等我说话。我虽然对这样骚辣辣的寡妇并不怎么喜欢,可是我回信却写得火热。我急煎煎等天黑,便是真正情痴也不过如此。天一黑,我就到普拉都公园散散步,专等赴约。我还没到那儿,只见一个人骑匹好马,忽然在我身边下马,莽莽撞撞地说道:‘先生,你不是石坦安巴赫男爵的儿子吗?’我说正是。他道:‘今儿晚上要跟蕾欧诺在她窗口幽会的就是你了?你们俩来往的信件,她那小僮儿都给我看过。我今晚上从你家直跟你到这里,特来告诉你一声,你有个情敌,自负很高,不屑跟你争风吃醋的。我相信不必多说了。这儿很僻静,咱们决斗吧;除非你怕我给你吃苦头,答应从此和蕾欧诺一刀两断。你得为我割爱,不然的话,我就要你的命。’我说:‘你只可以请求我割爱,不能勒令我。你好好儿求我,事情还有个商量;你恫吓我,那就休想。’

“他先把马匹拴在一棵树上,对我道:‘好啊,咱们交交手吧。以我的身份,屈尊对你这种人请求,成何话说。我辈中人在这个境地,多半还不肯赏你面子这样报仇呢!'我听了大怒,看他已经拔剑在手,也拔出剑来。我们打得真狠,顷刻就见分晓。也许他火气太盛,也许我本领高强,我几下子就刺中他要害,看他摇晃着倒下地去。我只想逃命,骑上他那匹马,直奔托雷都。我知道这事准害石坦安巴赫男爵着急,所以没敢回家。我那时候想到形势凶险,觉得快逃出马德里为妙。

"我在马上惦着这件事,忧闷无比。我直跑到天亮,又跑了一个早晨。到晌午时分,我得要歇歇马了,并且酷热难当,要等太阳过一过才可以上道。我在一个村子里勾留到薄暮时分上路,想一口气赶到托雷都。半夜十二点左右,我已经跑过了依雷斯加斯两哩路,四望旷野,忽然大雷大雨,就像今天这样。附近有一带花园的围墙,我跑去一看,只见尽头是一间小屋,门上面有个阳台,底下还可以躲躲雨。我就拨马闪在阳台下面,紧紧傍着门。我靠在门上,发觉这扇门并没有关,想必是用人粗心忘了。我虽然是好奇心动,实在也因为阳台挡不了雨,想找个合适的地方,所以跳下马,牵着进了那间小屋。

"我一面等这阵雷雨过去,就留心看看这是个什么所在。我只凭电光闪射瞥了几眼,却看准这儿不是寻常百姓之家。我正待雨过上路,只见远远灯光明亮,就变了主意。我把马撇在那间小屋里,小心关上门。我相信这家子还有人没睡,想借宿一宵,就朝那灯光走去。穿过几条过道是一间客堂,门也大开。里面高挂着一个很精致的水晶烛座,上面插着几支蜡烛,照见陈设富丽,我一看知道准是贵人家府第了。铺地是大理石,护壁板很整齐,板上描的金彩也极雅致。飞檐造得非常精巧,承尘上的画看来也是大名家的手笔。我特别留心到不知多少西班牙英雄的半身石像,都配着碧玉座子,排列在客堂四围。我时时侧耳倾听,却不闻声息,也不见有人来。所以我从容把这些东西都细看了一遍。

“客堂一边有一扇门虚掩着。我推开一看,里面是一排房间,只有末后一间透着光亮。我想:‘该怎么办呢? 回去呢? 还是冒冒失失直闯到那间房里去呢?’我明知原路出去最稳当,可是好奇心按捺不住,也实在是命中注定,勉强不来。我走过一间间屋,直到那间有光亮的房里。大理石桌上镀金的蜡台里点着一支蜡烛。我看见房里是夏天的陈设,很讲究华贵。天气炎热,床上帐子半开,我向帐子里一望,立刻全神贯注。里面是个年轻女人,沉沉熟睡,雷响也没吵醒。我轻轻近前细看,烛光底下,她那颜色相貌叫我目迷神眩,顿时一颗心把握不住,觉得魂魄都飞去了。我虽然心动,想到她出身尊贵,我的敬意胜过了爱慕,不敢作非分之想。我正如醉如痴地饱餐秀色,她醒过来了。

“她发现房里半夜来了个陌生男人,那惊惶可想而知。她一看见我,吓得发抖,大叫了一声。我极力劝她别害怕,屈一膝跪下说:‘太太,不要怕,我到这里来绝无害你的心。’我还要往下说,可是她吓得一句也不听。她一迭连声叫她的女用人,一看没人答应,就披上床脚边一件薄薄的便服,急忙起来,顺着我经过的那几个房间出去,一路叫唤她的女用人,还叫唤归她照管的一个妹妹。我满以为家里的男用人都要赶来,不由分说地收拾我一顿。可是还算我运气,她喊来喊去,只来了一个老用人,真有什么危急,这老头儿不会有多大用处。不过她有了人,略为胆壮些,就严词厉色问我是谁,打哪儿来,为什么冒冒失失闯进她

家。我没辩白得几句，她一听说花园小屋的门开着，立刻嚷道：'天啊！这事动了我的疑心了！'

"她说着拿起桌上的蜡烛，一个个房间照了一遍，她那些女用人和她妹妹都影踪不见，她还发现她们连衣服都拿走了。她觉得真相大白，气急败坏地回来对我道：'混蛋！你干了亏心事，别再撒谎骗人。你到这儿来绝非偶然。你是堂范尔南·德·李华手下的人，他干的坏事你也有份。你休想逃走，我这里还有的是人手，尽可以拿住你。'我答道：'太太，别把我和你冤家混在一起，我不认识什么堂范尔南·德·李华，压根儿连你是谁都不知道。我是个倒霉人，因为决斗出了事，只好逃出马德里。我向天发誓，要不是这场雷雨，决不会上你的门。请别当我是坏人，我非但没帮人家干坏事害你，还愿意为你报仇雪恨呢。'那女人听了这话，再听了我说话的口吻，气就平了，好像不把我再当作仇人看待。不过她火气一消，就伤心起来，忍不住痛哭。我给她哭得心软，虽然不知道她为什么伤心，却跟她一样难受。我不但陪着落泪，还一腔义愤，急要替她争一口气。我嚷道：'太太，你受了什么欺侮了？说吧，我把你的委屈揽在自己身上。你要我追上堂范尔南把他一剑刺死吗？你要谁的命，说出来，你只要吩咐一声。你以为我这个陌生人和你的冤家一路，可是我为了你，什么险都肯冒，什么苦都肯受。'

"那女人看我那么热切，诧异起来，收泪道：'哎，先生，我患难之中，未免多疑，请别见怪。我赛拉芬看你这般仗义，知道看错了人，就连家门之玷落在你这陌生人眼里，我也不在乎了。哎，你是个仁人君子，我认错了。你肯帮忙，我很领情。不过我并不要堂范尔南的命。'我答道：'好吧，太太，你要我干什么事呢?’赛拉芬道:‘先生,我气恼的是这么一件事。我跟如丽妹妹平常在托雷都住。堂范尔南·德·李华偶然看见我妹妹,就爱上她了。三个月以前,他向我父亲求婚。我父亲是玻朗伯爵,他因为我们家跟李华家有世仇,不肯应允。堂范尔南准买通了我那些女用人,我妹妹还不到十五岁,大概耳朵根软,听信她们的坏主意了。那位爷打听得我们孤零零住在乡下别墅里,就乘机哄得如丽私奔。我父亲和哥哥两个月以前到马德里去了,还没回来。我至少得知道堂范尔南把我妹妹藏在什么地方,他们才可以想办法。烦你看上帝面上,到托雷都附近去走走,把这件拐逃的事打听确切,我们家对你感激不尽。’

“这位太太没想到人家急急忙忙要逃出加斯狄尔,不便干这个差使。可是她怎么想得到呢?我自己都没在意。

“这么个绝世美人要依仗我,我受宠若惊,欢天喜地地把那差使承当下来,还答应一定办得又尽心又上劲。我果然不等天亮就要去干事。我请赛拉芬恕我害她吃惊,说一定马上会给她回音,然后立刻辞出。我从原路出去,心心念念只想着这位太太,自己也不难知晓,已是对她一往情深。我想到自己为她当差这样起劲,还在温柔乡里造起空中楼阁,我就越发明白自己所为何来了。我设想赛拉芬虽然满怀愁绪,她看出了我的情苗,心上总也喜欢。我还设想,若能探得她妹妹的确实消息,这桩事能够圆满收场,我就着实有面子了。”

堂阿尔方斯讲到这里,对那老隐士道:“师父,我一腔痴情,只顾讲些琐屑,你听着一定心烦,请你原谅。”那隐士答道:“没的事,孩子,我并不心烦。我还想知道你对那位年轻太太着迷到什么个田地,我可以对症下药。”

那年轻人讲下去道:“我打着如意算盘,兴兴头头费了两天工夫去找那拐带如丽的人。可是我白费心机,影子都没找出来。我一场空忙,非常懊丧,又去看赛拉芬,以为她一定焦急得不得了。想不到她倒还心定。据她说,她比我顺利,已经知道她妹妹的下落。堂范尔南有信给她,说已经和如丽偷偷儿结婚,把她送在托雷都一个修道院里。赛拉芬又说:‘我把他那封信送给我父亲了,但愿这事不要弄到不欢。我们两家结仇多年,希望借这番婚姻大礼,可以把宿账一笔勾销。’

“这位太太讲了她妹妹的下落,就说累我辛苦了,又说自己粗心,忘记我是决斗出奔,倒叫我去找那拐逃的人,害我担惊受怕。她请我原谅,说的话非常诚挚。我当时要歇歇,她领我到客堂里,陪我坐下。她穿一件黑白条儿的薄绸便服,帽子也是一样的料子,上面插着些黑色羽毛。我因此想她大概是寡妇,可是她又那么年轻,真叫我猜不准。

“我心痒痒地要知道究竟,她也急急要晓得我的来历。她请问我尊姓大名,说看我气度高贵,尤其看我为她仗义出力,知道我一定是大家出身。我给她问得很窘,涨红了脸,不知所对。我老实说吧,我觉得还是撒谎为妙,可以留些面子。我就说,我是德国侍卫队军官石坦安巴赫男爵的儿子。那太太又说:‘我还请问你,为什么逃出马德里。我可以答应在先,我父亲和我哥哥堂加斯巴一定出全力帮你。你为我当差,连性命都不顾,我对这样一位绅士,至少可以许这点儿愿。’我毫不踌躇,把那场决斗原原本本讲给她听。她认为错在那位给我刺死的绅士,还答应一定叫她全家帮我。

“她要问的都知道了,我就请问她些话。我问她有没有丈夫。她说:‘三年前,我父亲把我嫁给堂狄艾格·德·拉哈。我已经守寡十五个月了。’我说:‘太太,尊夫不幸早故,是什么原因呢?’那太太道:‘你都把秘密告诉我了,我这事也可以讲给你听听。’

“她说道:‘堂狄艾格·德·拉哈是位一表人才的绅士。不过他尽管一盆火似的爱我,天天温柔亲切地讨我的好,尽管他有许许多多长处,总打不动我的心。人品好、会献殷勤未必能赢得爱情。唉,咱们对一个素昧平生的人倒往往会一见倾心。我实在没法儿爱他。他的柔情蜜意并不讨我喜欢,倒叫我很窘,少不得勉强敷衍。所以我虽然暗怪自己没有情义,却又觉得受了委屈。他不但多情,尤其心细,这就害了他,也害了我。他从我举动言谈里看出我的隐衷,识透了我的心事,老怨我淡漠无情。我当时还不到十六岁,他求婚之前,贿赂了我的女用人,向她们打听,知道我的确从未有过意中人。他明白并没有情敌碍事,因此越发自恨无福,不能得我欢心。他常对我说:“咳,赛拉芬,我宁愿你心上有个人儿,因此对我冷淡,那么凭我这点殷勤,凭你自己的操守,自会使你回心转意。我现在至情相待,你一点无动于衷,我这辈子没指望得你欢心了。”这类的话我一遍遍听得腻了,所以对他说,别太多心眼儿,搅得彼此不安,还是慢慢来吧。说真话,这种微妙的情怀,里面许多细腻曲折,我那年龄还不大会体味。堂狄艾格应当听我的那句话。可是整整过了一年,他看我依然如故,就不耐烦了,竟可以说是疯了。他推说有要事入朝,就去当义勇军到荷兰打仗。他存心冲锋冒险、拼掉性命,从此抛却一切烦恼。他不久竟如愿以偿了。’

“那位太太讲完,我们接着谈论她丈夫的性格儿特殊。忽然有个人为玻朗伯爵捎信给赛拉芬,我们的谈话就此打断。她道声歉,拆信来读。我看她一面读,脸容失色,浑身发抖。她看完信,望着天长叹一声,泪流满面。我看她伤心,也不安起来。我很惶恐,仿佛预知大祸临头,吓得冷气攻心。我哑着声儿问道:'太太,我冒昧请问,信上是什么坏消息呀?'赛拉芬把信交给我,满面愁容道:'这是我父亲写的信,先生,你自己看去吧。咳!跟你大有关系呢。'

"我听了这句话心惊肉跳,战兢兢接过信来,只见写着:'汝兄堂加斯巴昨在普拉都与人决斗,中剑受伤,已于今日身故。渠临终时言,凶手为德国侍卫队军官石坦安巴赫男爵之子。我竟未能捕获,尤属恨事。此人已逸,但无论其潜踪何处,必设法寻获。现拟函托各地有司,如凶手路经所辖境内,即予逮捕。并拟函托他方,俾此人无路可逃。玻朗伯爵字。'

"你们试想,我看了这封信多么心慌意乱。我呆了一会儿,说不出话来。当时懊丧之至,看明白我的爱情就断送在堂加斯巴这条命上了。我立刻灰心绝望,跪在赛拉芬脚边,拔出剑来交给她道:'太太,玻朗伯爵也许拿不到我,你省得他费心吧。你下手呀!亲手把你哥哥的凶手杀掉,替他报了仇吧。他是死在这把剑下的,叫他那倒霉的冤家也在这把剑下送命得了。'赛拉芬看我这般举动,有点儿怜惜,答道:'先生,我和堂加斯巴是很亲爱的。你虽然杀得光明正大,并且他也咎由自取,可是你该相信,我跟我父亲一条心地恨你。咳!堂阿尔方斯,我是你的冤家。我为了骨肉之情、友爱之谊,会极力跟你作对。可是我绝不乘人之危,你尽管落在我手里,我不会乘此报仇。既然我为着一家的体面得把你当作仇人,我也不能做失体面的事,使卑鄙手段来报仇。主人对客人有保护之责,这是天经地义;况且你为我出过力,我决不愿恩将仇报,把你杀害。你快逃走,想法逃出我们手心,逃脱法网!大难临头,你快逃命。'

"我答道:'太太,这是怎么说呀!你尽可以亲手报仇,倒要等法律来处分,法律未必能替你雪恨。哎,我这个混蛋不值得你怜惜,还是刺死他完了。太太,你待我不必这般仁义。你知道我是什么出身吗?马德里人都以为我是石坦安巴赫男爵的儿子,其实我只是个拣来的孩子,他发慈悲收养了我。我连生身父母是谁都不知道。'赛拉芬听了这话,好像越加难受了,忙打断我道:'那没有关系,就算你是最下贱的人,我总依照身份体面行事。'我说道:'好吧,太太,我杀了你哥哥,你不肯要我的命,那么,我还新犯了一个罪,要惹你发狠呢;我大胆无耻,望你不要饶恕。我爱你,见了你的娇姿,不禁目眩神迷,虽然我出身不明,却指望能和你订结终身。我甚至一片痴情——其实也是一团妄想,以为也许天意垂怜,暂时叫我出身暧昧,将来总有一朝真相大白,我可以把自己的真姓名坦然告诉你。我向你招供了这番狂妄之念,你还不打定主意来惩罚我吗?'

"那太太回答道:'我别的时候听了这番冒失的话当然会生气,不过你这时候失魂落魄,我不怪你。况且我身当此境,也没什么心情来理会你吐露的那些话。'她洒了几点眼泪道:'堂阿尔方斯,我再说一遍,我们家给你搅得凄凉惨淡,你走开吧,走得远远的;你在这儿多待一刻,就多加我一分痛苦。'我起身道:'太太,我不再违拗你,只好和你分手了。不过我这辈子既然遭你嫌弃,你别以为我还爱惜性命,要找个之地。我决不,我这身子专诚留给你出气藏身。我就要到托雷都去,等你们快来摆布。

我随你们逮去,可以早早解脱烦恼。’

“我说完就走。她家用人把我那匹马牵来,我骑了到托雷都,一住八天。我满不在乎,并不躲藏。可是竟没人来逮我,真不懂是怎么回事。我想玻朗伯爵只想堵得我走投无路,当然料到我会经过托雷都。我在那里逍遥法外,后来觉得腻了,昨天下午就跑出城来。我像个没事人一般,随便走走,到了这里。师父,我方才讲的就是我的心事,求你帮我出个主意。”

第十一章

老隐士是谁,吉尔·布拉斯发现
原来都是熟人。

堂阿尔方斯把他的伤心史讲完,老隐士道:“我的孩子,你在托雷都待那么久,太大意了。我对你讲的那些事另有看法。我觉得你爱赛拉芬真是傻透了。听我的话,别糊涂,那年轻女人你不会到手的,只有把她忘个干净。你们两人中间障碍重重,还是乖乖地及早罢休,听天由命吧。看来你前途艳遇多着呢!你还会碰到个把年轻女人,既没有杀兄之仇,又同样能叫你醉心。”

他还要讲一大篇道理,劝堂阿尔方斯耐心。这时又进来一位隐士,背着一只饱鼓鼓的口袋。他刚在古安加城里募化了许多东西回来,样子比他那伙伴年轻,留着一部浓浓的红胡子。那老隐士对他道:“你来得正好,安德华纳修士,城里有什么消息吗?”红胡子修士把一张叠成信件似的纸条儿交给他道:“消息很坏,你看了这信就明白。”老头儿打开信,那封信值得细看,他看得聚精会神,看完说道:“谢天!既然事情闹破,咱们只好另行主意了。”又对那年轻绅士道:“堂阿尔方斯先生,咱们换个腔调说话吧,你当面这个人也跟你一样的受尽造化作弄。离这儿一哩路是古安加城,有人在那边法院里诬告我,法院要传我去,决定明天大队人马到这隐居来拿我。不过他们赶到窝里,兔儿早跑了!这种麻烦我也不是第一次碰到。谢天,仗我为人机灵,差不多每次都溜得过。我现在要变个新面目了。你们瞧我这般模样,其实我才不是什么隐士、什么老头儿呢。”

他一面说,就脱下身上的长袍。里面是一件袖子打褶裥的黑哔叽袄儿。他随又脱掉帽子,解下假胡子,立刻变成个三十来岁的年轻人。安德华纳修士学他榜样,脱去隐士装,也解下红胡子,又从一只半烂的旧木箱里拿了件破褂子穿上。我一看那老隐士正是堂拉斐尔大爷,安德华纳修士正是安布华斯·德·拉莫拉、我那有情有义的亲随。我的惊异可想而知。我立刻嚷道:“老天爷啊!原来都是熟人!”堂拉斐尔笑道:“是啊,吉尔·布拉斯先生。你再也想不到,又和两个朋友重逢了。我们的确有点儿对不起你,可是旧事不必重提,谢天咱们又碰到了一起。安布华斯和我愿意帮你的忙,你可别小看了我们的帮忙。别当我们是坏人,我们不打人不杀人,只想占人家点儿便宜过活。虽说偷东西不应该,到无可奈何的时候,不该也就该了。你入了我们的伙,过过流浪生涯吧。只要你乖觉,这种日子很有味儿。当然,尽管我们乖觉,往往会枝节横生,倒霉事儿还是有的。那也不要紧，吃了苦头，就觉得甜头的味道更好。人事的变化，时运的高低，我们是习惯的。”

那假隐士又对堂阿尔方斯道：“大爷，我们也请你入伙。照你目前的处境，我想你不会谢绝。且不提你犯了事露不得面，想来你身边也没多少钱了。”堂阿尔方斯道：“是啊。老实说，我因此又添了一重心事。”堂拉斐尔道：“好啊！那就和我们一起吧，你最好还是入我们的伙。你要的东西应有尽有，而且我们有法子叫你冤家怎么也拿不到你。我们曾经走遍西班牙，差不多处处都熟悉。哪儿是树林，哪儿是山，哪些地方躲得过司法的毒手，我们全都知道。”堂阿尔方斯谢了他们好意，想想自己真是又没钱，又没办法，就死心塌地跟他们一路了。我很喜欢这个年轻人，不愿意离开他，也决计同走。

我们讲定四人合伙，决不分离。安德华纳修士先一天从古安加带回来一皮袋美酒，我们就商量：还是立刻动身，还是先喝点酒再上路。拉斐尔究竟最老练，说我们第一要紧的是安全，主张连夜赶到维拉德萨和阿尔莫达巴之间一个很稠密的树林里，到那儿去休息，要是看来没事，可以歇一天。大家赞成。两个假隐士把衣服粮食打成两包，左右相称地装在堂阿尔方斯的马上。他们干事非常爽利，一切停当，我们就走了。那个隐居里，我们撇下隐士袍两件，白胡子、红胡子各一部，床两张，桌子一只，破箱一个，草垫旧椅两把，圣巴公谟像一幅，让法院去没收。

我们走了一夜，觉得很累，傍亮儿时分望见前面就是我们要到达的那座树林。我们仿佛长途劳顿的水手，望见了港口，气力陡长。我们鼓起劲来，在日出之前赶到了地头。我们钻到树林深处，找个很合适的地方歇下。那是一片草地，四围有许多大橡树，枝叶交错，浓荫如盖，暑气不侵。我们把马背上的东西卸下，解了鞍辔，随它去啃草。我们坐下，从安德华纳修士的口袋里拿出大块的面包和好些烤肉，大家比赛似的狠命大吃。我们虽然饿透了，还时时放下吃的，抱起皮袋来喝酒。一只皮袋传来递去，没个闲的时候。

吃罢，堂拉斐尔对堂阿尔方斯道："大爷，你向我推心置腹，我也该学你的样，老老实实把身世讲给你听。"那年轻人答道："我很想听呀。"我嚷道："我尤其要听。我心痒痒地要知道你的经历，我想准值得一听。"拉斐尔答道："保管值得一听，我很想将来把它写下来呢。现在我年纪还轻，等老来再写书消遣，还可以多添些篇幅。咱们这会子都累了，睡一会儿歇歇吧。咱们三人睡觉，让安布华斯守望，防有意外，回头再轮替着让他睡。虽然咱们在家儿好像千稳万妥，随时提防总不会错。"他说完就躺在草地上。堂阿尔方斯也躺下，我也学样；拉莫拉上哨。

堂阿尔方斯心事重重，并没睡着。我也合不上眼。堂拉斐尔却一会儿就睡熟了。他一个钟头以后醒来，看见我们都要听他的故事，就对拉莫拉道："安布华斯朋友，你现在可以尝尝黑甜乡滋味了。"拉莫拉答道："不用，我一点儿不困。你生平的事迹很可以供我们同道的人取法，我虽然都知道，却愿意再听一遍。"堂拉斐尔就详述身世如下。

第五卷

第　一　章

堂拉斐尔的生平。

“我妈妈是马德里的女戏子，名叫陆珊德，她念台词很有名，干的风流艳事尤其大家知道。我要是自认爸爸是谁，就未免大胆了。我可以说，我出世那时候有位阔人跟我妈相好，可是按时期推算并不能坐实他就是我的生身父亲。吃我妈那行饭的女人防不胜防，就在她好像跟某位爷最相好的时期，也往往有别人顶替着这位花钱的人受用她。

“旁人飞短流长，最好是一概置之不理。陆珊德并不遮遮瞒瞒把我藏在家里养大。她满不在乎，搀着我堂而皇之上戏院去。人家讲我闲话，见了我免不了当面嘲笑，她都不睬。总而言之，她很喜欢我，到她家去的那些男人也都来抚弄我，好像都跟我有父子天性似的。

“人家随我成天玩着各种玩意儿，直到十二岁，简直不教我念书写字，更不认真把宗教的大义来启导我。我只学跳舞唱歌弹吉他，这是我的全副本领。那时候雷加内斯侯爵要我去陪伴他的独养儿子，那孩子和我年岁相仿。陆珊德欣然应允，我从此有了正业。雷加内斯小子并不比我高明，这位小爷看来和学问无缘，家里一位老师请来了一年零三个月，几乎一个字母都没教会他。从前几位老师都无能为力,只给他呕得忍无可忍。他们实在没法严加管教。东家叮嘱得明明白白:教学不得动刑。有了这项吩咐,再加学生顽劣,上课都是枉费功夫。

“可是这位老师想出一个妙法,你们听下去就知道。他可以吓唬这位小爷,却又不犯那爸爸的禁令。他决计每逢雷加内斯小子该罚的时候,用我做替身,抽我一顿鞭子。他果然按计行事。我觉得这个办法不合我脾胃,就逃出来向妈妈哭诉,说先生太不公道。她虽然疼我,却横着心不理会我的眼泪。她算计儿子在雷加内斯侯爵家很占便宜,所以马上把我送回去。我这可落在那老师手里了。他一看他那办法很有效,就老叫我替那小爷吃鞭子。他愈要那小爷牢记在心,愈把我抽得凶。我每天准替雷加内斯小子受罪,可以说,他每认一个字母总要害我吃一百鞭子。你们想吧,他学完文法入门,我得挨多少打!

“我在那家受的委屈还不止挨几下鞭子。人人都知道我是什么样人,所以用人里下贱到厨下打杂儿的都拿我的出身来糟蹋我。我气极了,有一天我设法把那老师的现钱全偷掉,大概有一百五十杜加,我就逃走了。他打我太不公道,我就这样报复,我相信这是最狠毒的手段了。我玩这妙手空空的把戏虽然是头一遭,却玩得很巧。大家找了我两天,我手脚伶俐,没让他们找着。我从马德里到托雷都,没见一个追踪的人。

“那时候我刚十五岁。在那个年龄能够自由自主,多快乐呀!我不久结识了一群小伙子,他们教得我很调皮,又帮我花钱。我随又跟一伙骗子结了帮,他们把我天赋的才能大加培养,不多几时,我就是他们行里一个顶尖儿的人物了。五年之后,我动了游历的兴头,就和那些弟兄分手。我打算从艾斯德马杜尔出发,先到阿尔冈达拉。半路上,我碰到一个可以施展本领的机会;我没肯错过。我是步行,又背着个很沉的包,所以常到道旁树阴底下去歇腿。我碰见两个有钱人家的子弟在草地上说笑乘凉。我客客气气跟他们行礼,看他们好像不嫌,就攀谈起来。两人都很老实,年长的不过十五岁。小的一个对我说道:'先生,我们两家的老头子都是普拉桑西亚的财主。我们心痒痒地要到葡萄牙去观光,各从家里拿了一百比斯多,想趁趁心愿。可是我们虽然步行,还有好老远的路呢,身上只带这点钱,你看怎么办?'我回答道:'我要有这许多钱,哪儿去不得?我可以走遍天涯地角了。好家伙!二百比斯多呢!这么一大笔钱,一辈子也花不完。要是两位不嫌,我可以奉陪到阿尔梅仑。我有个叔叔在那城里住了二十来年,我正要去承袭他的遗产。'

"两个小哥儿有我做伴,都说很高兴。我们三人休息一会儿,就取道往阿尔冈达拉,下午一老早就到了。我们在一家上等客寓里歇下,要了个房间,里面有一只安锁的柜子。我们点了晚饭的菜,店家做着菜,我就邀那两个旅伴儿出去逛逛,他们都愿意。我们各把背包锁在柜子里,一位哥儿带了钥匙,大家一起出门。我们去看了几个教堂,到最大的教堂里,我假装想起一件要事,对他们道:'两位先生,我记起一件事来,托雷都有人托我带口信给一个商人,那人就住在这教堂附近。烦你们在这儿等一等,我一会儿就回来。'我说了就出教堂一口气赶回客店,直奔那柜子,扭开锁,在那两个小哥儿的背包里掏摸一番,找到了他们的比斯多。可怜的孩子!那笔钱我一股脑儿全拿了,只留一个比斯多给他们还店账。我也不管他们死活,急忙出城,取道往梅利达。

“我不过是开个玩笑，就此旅途上很宽裕。我虽然年轻，自觉做事缜密，可算少年老成。我决计买个骡子；到了前面镇上，就买了一头。我又把背包换成手提箱，稍为装出些身份来。第三天我在大路上碰见个人，拉着嗓子大唱晚祷圣诗。我看他神气像个唱圣诗的，就说：‘好哇！学士先生！唱得好极了！我瞧你干活儿很得劲啊！’他道：‘先生，我是个唱圣诗的，听候你使唤。我很喜欢练练嗓子。’

“我们就这样攀谈起来。我看出那人很逗乐儿，也很和气。他大约二十四五岁。他是步行，我也就骑着骡子慢慢走，可以闲聊消遣。我们谈起了托雷都，那唱圣诗的说道：‘那地方我很熟。我在那儿住过好久，还有些朋友在那儿。’我问道：‘你在托雷都住什么地方呀？’他答道：‘住在新街上。我和堂文森·德·勃那·加拉、堂马狄阿斯·德·果德尔，还有两三位有体面的大爷住在一起，起居饮食都在一块儿，过得顶乐的。’我听了很奇怪。我该交代一声，他说的那几位都是我在托雷都同伙的骗子。我说道：‘唱诗的先生，你说的都是我的熟人，我也跟他们一起在新街上住过。’他微笑道：‘我懂了，换句话说，三年前我一走你就入了他们的伙。’我道：‘我动了游兴，刚和那几位分手。我要走遍西班牙，添些阅历，长些本领。’他说道：‘这是没得说的，非出门走走不会学得千伶百俐。我在托雷都过得很好，也是为这个道理才出来。’他又道：‘谢天，再也想不到会碰到个同道。咱们合伙一路走吧，人家钱袋里的钱咱们捞来花；有机会就把咱们的本领施展一下。’

“他这么爽快殷勤，我当然赞成。他信得过我，我也马上就信得过他了。两人畅言无忌，我把身世告诉他，他也把自己的事全抖搂出来。他说在坡达雷格有个骗局，不凑巧失了风，只得换上这套装束急忙逃走。他把经历讲完，我们决定同到梅利达碰碰运气，弄两注钱，赶紧再上别处去。我们俩从此就有通财之谊了。我这伙伴儿名叫莫拉雷斯。他其实手里不大宽裕，只有五六个杜加，旅行袋里还有几件衣裳；我现钱比他多，不过骗人的手段没他强，两边正扯个直。我们俩轮替着骑那一头骡子，直到梅利达。

“我们在近郊客店歇下，我的伙伴从旅行袋里拿件衣裳换上，两人进城走走，摸索个道路，看有什么下手处。我们事事留心。若叫荷马来说，①我们就像两只老雕，目光四射，要寻些鸟儿当点心。总而言之，我们在等个机会一试身手。忽然看见街上一个头发灰白的人，挥着剑和三个人打架；那三个人使劲向他进逼。我一看众寡不均，动了义愤，而且我生性勇猛，就赶上去帮那老头儿。莫拉雷斯不肯示弱，也拔剑相助。我们向老头儿的三个敌人冲上去，他们只好逃走。

“老头儿看他们跑了，对我们满口道谢。我说：‘可喜我们恰恰跑来解了你的围。只是我们究竟帮了哪一位先生的忙，还没领教呢。我再请问，那三人为什么要你的命。’他答道：‘两位先生，我对你们感激得很，你们有问，我当然一一奉答。我名叫吉隆·德·莫亚达斯，就住这城里，有点家私可以过活。你们打退的三个凶手里有一个爱上了我女儿，前几天向我求亲，我没答应，所以刚才跟我斗剑，要出那口气。’我道：‘我冒昧请问，你为

① 意思是模仿荷马史诗来一个引申铺排的长比喻，就是查理·贝罗（Charles Perrault）所嘲笑的“长尾巴比喻”（Comparaison à longue queue）；这种比喻是十七八世纪英法两国批评家对荷马诗笔的一个争点。

什么不肯把女儿给他呢？’他道：‘你听我说。我有个兄弟在这城里做生意，他叫奥古斯丹。两月以前，他到加拉特拉华去，住在他生意上有来往的一个人家里，那人叫如安·费雷斯·德·拉·曼布利拉。他们俩是好朋友，我兄弟要跟那人友上加亲，就把我的独养女儿茀萝朗蒂娜许给那人的儿子。他拿定我听他的话，代我做得下主。他回到梅利达跟我谈这头亲事，我果然手足情重，一诺无辞。他就把茀萝朗蒂娜的肖像送到加拉特拉华。可是，唉，他心愿未了，这事没办妥，三星期前他去世了。他临终恳求我务必把女儿许给他生意上有来往的那人的儿子。我答应他了；方才跟我打架的那人虽然是很好的一位配偶，我只得拒绝。我有言在先，不由自主。我眼下正等着如安·费雷斯·德·拉·曼布利拉的儿子来做女婿。其实他们父子两个我面都没见过。’吉隆·德·莫亚达斯又道：‘承你们下问，所以讲给你们听，请别嫌烦絮。’

“我聚精会神听他讲完，心生一计。我假装大吃一惊，举头望天，然后用悱恻动人的声调道：‘啊，莫亚达斯先生，想不到我跑到梅利达就救了我丈人的性命！真是哪里来的好运气。’老头儿听了大吃一惊。莫拉雷斯也诧异得不相上下，他脸上那副神情分明说我是个大骗子。老头儿道：‘你说什么？啊？难道你就是我兄弟生意上有来往的那人的儿子吗？’我索性面皮厚到底，抱住他脖子道：‘是啊，吉隆·德·莫亚达斯先生，我正是要跟可爱的茀萝朗蒂娜结婚的那个福气人啊。我跟府上攀亲真是快活，不过这话且慢提，我到了这里，不免想起令弟奥古斯丹，让我先向你洒一把泪吧。我这辈子的快乐全亏了他，现在他已成古人，我不是个忘恩负义的，哪得不伤心呢。’我说完把吉隆老头儿再拥抱一番，又拿手去擦眼睛，好像抹眼泪似的。莫拉雷斯立刻看出这骗局有利可图，忙来打边鼓。他只算是我的亲随，对奥古斯丹先生哀悼得比我还深，说道：‘吉隆先生，令弟去世，真是您莫大的损失。这么个规矩人，生意场里独一无二，又公道，又靠得住，真是从来没有的。’

“对方是个死心眼儿的老实人，不但没怀疑我们捣鬼，还自钻圈套，对我道：‘哎，你怎么不一直到我家去呀？你不应该住客店，咱们这样情分还用客气嘛！’莫拉雷斯替我说道：‘先生，我东家太拘礼，他是有这毛病，想来他不会怪我说他的。’接着又道：‘不过照他目前的境况，不肯到府上来也情有可原。我们路上碰到强盗，行李都抢光了。’我接口道：‘莫亚达斯先生，这小子说的是真话。我就为了这件倒霉事儿没到府上来。我还没见过小姐，不敢随身衣服上门，所以我派了个用人回加拉特拉华，正等着他呢。’老头儿道：‘何必为了这点小事为难，你务必立刻就到我家去住。’

“他说着就带我回家。我们一路上讲着那桩凭空捏造的抢劫。我说，行李里一张弗萝朗蒂娜的肖像也丢了，叫我真痛心。那老头子笑说，这点损失不必介意，一张画像哪有本人好。我们一到他家，他就叫女儿出来相见。她才十六岁，十分的人才。他说道：‘你瞧瞧这就是亡弟许给你的小姐。’我做出爱慕的神气道：‘啊！先生，这位就是可爱的弗萝朗蒂娜，还用你说嘛！这美丽的姿容早已深深地印在我心上，而且还深藏在我的心窝儿里呢。她这样仪态万方，我那张丢掉的肖像不过得个大概；我见了肖像已经千般爱惜，我这时候的神魂颠倒就可以想象了！’弗萝朗蒂娜道：‘你夸奖太过，我还不至于那么狂妄，会以为你说的都是实话。'那爸爸插嘴道:'你们客套去吧。'他就撇下我跟他女儿,把莫拉雷斯拉过一边,说道:'朋友,强盗把你们行李抢光,你们的钱一定也光了?他们动手总是先抢现钱。'我的伙伴答道:'是啊,先生。在加斯底尔·布拉倣附近,大伙强盗向我们一拥齐上。我们只剩了随身衣裳。不过回头款子汇来,我们马上就恢复元气了。'

"老头儿掏出钱袋,说道:'现在汇款没来,这一百比斯多先拿去使吧。'莫拉雷斯嚷道:'啊呀,先生,我东家决不肯受的。您不知道他的脾气。咳!他这人银钱上不肯苟且,不像那种纨绔子弟,谁的钱都拿得进。他虽然年纪轻,不喜欢借债,宁可讨饭,也不愿意借人家一个小钱。'那位市民道:'再好没有,我就越发看重他了。我看不惯人家借债。那起贵族呢,我不怪他们,债就是他们的家产。'又道:'我决不勉强你东家,如果送钱给他要叫他难堪,这话就不用再提了。'说着就要把钱袋收回去。可是我的伙伴儿拉住他胳膊道:'且慢,莫亚达斯先生,我东家虽然不喜欢借钱,您这一百比斯多他也许肯受。这全看对他怎么个说法。其实他只是不肯问等闲人借钱,对自家人并不那么狷介。他向父亲要钱满不在乎的。您看得出来,这位大爷对各人各个样儿,他把您老先生当然是看作第二个爸爸了。'

"莫拉雷斯这套话把老头儿的钱袋弄到手。老头儿回来,我跟他女儿正在互相恭维。他打断我们,告诉弗萝朗蒂娜我解了他的围,又对我感恩道谢。我就顺水推船说,他若要报恩,赶早把女儿嫁我,我就感激不尽了。他看我着急,欣然应允。他说,不出三天我就可以和弗萝朗蒂娜完婚;他还说,本来讲定六千杜加陪嫁,可是他愿意陪一万杜加,表示他对我感恩入骨。

“莫拉雷斯和我就住在吉隆·德·莫亚达斯老头儿家,受他款待,喜滋滋地等着那一万杜加。我们准备钱一到手就逃出梅利达。我们虽然快活,却有点担心,只怕不到三天,如安·费雷斯·德·拉·曼布利拉的儿子本人会忽然跑来,碍了我们的道儿,甚至一下子破了好事。这并不是瞎担心。就在第二天,一个农夫模样的人拿着一只手提包到苇萝朗蒂娜父亲家。我那时出门了,我伙伴儿在场。农夫对老头儿道:‘我东家是加拉特拉华的彼德罗·德·拉·曼布利拉,就是您的未婚女婿。我们俩刚到这城里,我先来通知您一声,他随后就到。’话刚说完,他主人就来了。那老头儿诧怪得不得了,莫拉雷斯也有点儿着慌。

“年轻的彼德罗是个很漂亮的小伙子。他跟苇萝朗蒂娜的父亲攀话,可是老头子不等他说完,就转身问我伙伴儿这是怎么回事。莫拉雷斯的大胆厚脸原是谁都赶不上的,他神色泰然道:‘先生,刚来的这两个人是跟路上抢劫我们的那批强盗一伙的,我认得他们,尤其是大胆冒认如安·费雷斯·德·拉·曼布利拉做爹的那一个。’那老头儿毫不犹豫地信以为真,当那两人是骗子,对他们说道:‘两位先生,你们来迟一步,让人家抢先了。彼德罗·德·拉·曼布利拉昨天已经在我家住下。’加拉特拉华来的那年轻人答道:‘这话还请想想,你上当了,住在你家的是骗子。我告诉你,如安·费雷斯·德·拉·曼布利拉只有我一个儿子。’老头儿答道:‘去你的吧!我知道你的来历。你认得这小伙子吗?你记得你在加拉特拉华路上打劫的人吗?那就是他东家。’彼德罗道:‘什么?我打劫他!啊,这混蛋胆敢冤枉我做强盗!要不是在你府上,我准割掉他的耳朵。他亏得你在这儿,我不好当了你的面发脾气。’又道:‘先生,我再说一遍,你上当了。令弟奥古斯丹替你小姐相中的人是我。他跟我父亲议婚的许多信件你要看吗？他去世前不久，还寄给我一幅弗萝朗蒂娜的肖像，那不是个凭据吗？’

“那老头儿打断他道：‘不成，肖像信件都不足为凭。那张肖像怎样会落在你手里，我全知道。我忠厚存心，劝你赶快离开梅利达。你们这种人活该挨刑受罚，不早走就难免了。’那位大爷也打断他道：‘这太岂有此理了。我不能白让人家冒了我的名，又冤我是强盗。我还有几个熟人在这城里呢。你既然受了骗当我坏人，我现在就找他们同来，见个水落石出。’他说完带着用人走了，莫拉雷斯就算占了上风。吉隆·德·莫亚达斯因此决计叫我和他女儿当天成婚。他立刻去料理一切，要把这事办妥。

“弗萝朗蒂娜的父亲那么安排，对我们便宜极了，不过我那伙伴儿虽然高兴，却不免心里七上八下。他看准彼德罗决不甘休，后事难料，不免害怕，急要把方才的事告诉我。我回来见他心事重重，就说：‘朋友，怎么了？你好像心里有事似的。’他答道：‘有缘故啊！’就一五一十讲给我听，接着道：‘你瞧，我不该上心事吗？都是你胆大包天，惹下这场麻烦。我承认这是个好买卖，要是得手，真可算绝世奇功，但是看来要不妙了。我想咱们已经在老头儿身上得了些油水，快逃走吧，免得当场对证。’

“我答道：‘莫拉雷斯先生，这话还得从长计议。你太经不起挫折了。咱们托雷都同伙的堂马狄阿斯·德·果德尔一流人的牌子岂不坏在你手里。一个人跟过那些大师，怎么可以这样胆小。我要追步这几位大人物，显得不辱师门。你遇事把头缩，我可要硬着头皮挺，鼓起勇气，挺过这道难关。’我伙伴儿道：

‘你要是挺得过，我就把你看得比普路塔克记载的那些伟人都了不起了。’

“莫拉雷斯刚说完，吉隆·德·莫亚达斯跑来道：‘我刚把你的婚事料理妥当，你今儿晚上就是我的女婿了。’又道：‘你用人准把方才那事告诉你了？那骗子硬说他父亲就是我兄弟生意上来往的人，有这样无赖的吗？’莫拉雷斯真不知道我怎么自圆其说，一听我的回答，着实吃惊。我凄然看着莫亚达斯，装出一副老实的样子，说道：‘先生，我尽可以把你瞒在鼓里，从中取利。可是我觉得我这人不会撒谎到底，我得向你老实招供了。我并不是如安·费雷斯·德·拉·曼布利拉的儿子。’那老头儿又奇怪，又着忙，打断我道：‘啊？怎么的？你不是我兄弟相中的人吗？’我也打断他道：‘先生，我有一篇衷心话儿要讲，请你听到底。我爱上你女儿整整八天了，就为恋着她，所以在梅利达流连不走。我昨天救了你，本来想向你求亲。可是你说已经把她许了别人，就把我的嘴封住了。你说，令弟临终求你务必把女儿配给彼德罗·德·拉·曼布利拉，你已经答应了他，总之，你有言在先，不由自主。老实告诉你吧，我一听这话，懊丧万分。我心灰绝望，痴情忽生急智，使了现在这条计策。其实我直在良心内愧。不过我要是道破真情，而且让你知道我是个微服游历的意大利王子，我相信你就不会怪我了。瑞士、米兰、萨伏伊交界的洼地是我父王的领土。我还设想，几时我把来历说明，你准会惊喜交集，我和弗萝朗蒂娜结婚以后把这话告诉她，也是做丈夫的一桩乐事，见得我又体贴又喜欢她。’我又换了声调说道：‘天不许我这般快乐。彼德罗·德·拉·曼布利拉来了，我吃尽亏也只好把他的名字还他本人。你应允了他，非挑他做女婿不可；我惟有叹口气，无从怨恨。我爵位高，你顾不得；我给你害得苦，你也可怜不得，只好挑选他呀。其实令弟不过是你女儿的叔叔，你是她的爸爸；而且论理你应当报我的恩，你说了一句不足为凭的话，又何苦死要体面讲信用呢。不过这些话我也不必跟你说了。’

“吉隆·德·莫亚达斯嚷道：‘对啊，一点不错，这样才合情理，你跟彼德罗·德·拉·曼布利拉两人里究竟该挑谁，我不再犹豫了。我选中了一个救命恩人，况且又是一位王子屈尊肯和我攀亲，就是我兄弟奥古斯丹还活着，也不会怪我。我要是不把女儿给你，不赶快为她办这头好亲事，那就是把好运气撵出门，犯了失心疯了。’我回答道：‘先生，不要感情用事，一切三思而行，你只要问你自己是否上算，我虽然出身皇家……’他插嘴道：‘你开我玩笑了，难道我还打不定主意吗？我已经决定了，殿下，我求您赏脸，今晚就跟那有福气的茀萝朗蒂娜结婚吧。’我说：‘好！照这么办得了。你女儿那边你去传个信，把她那锦绣前程说给她听听。’

“那位市民忙去告诉女儿，说一位王子向她拜倒了。我们的话，莫拉雷斯全听见，他乘这当儿向我跪下道：‘意大利的千岁爷，管辖瑞士、米兰、萨伏伊交界处那片洼地的大皇帝的东宫殿下，让小的跪叩，聊表欣喜。凭我们骗子的良心说，你真是个奇才！我向来自以为天下第一人，可是你尽管资格没我老，我真对你投降了。’我道：‘你现在不着急了吧？’他道：‘嗬！还着急吗？我现在不怕彼德罗先生了，随他这会儿就来得了。’莫拉雷斯和我已经立于不败之地。那笔陪嫁，我们拿得稳稳，仿佛已经到手了。我们就商量拿了钱由那条路动身。可是那笔陪嫁究竟还没到手,后来的事也不像我们算得那么准。

“一会儿,那加拉特拉华的小伙子又来了,带着两个商人、一个公差。那公差身居要职,再加他那部胡子、那张黄里转黑的脸都令人肃然起敬。苇萝朗蒂娜的父亲正和我们在一起。彼德罗对他道:‘莫亚达斯先生,我请来三位有身份的人,他们都认识我,说得出我的来历。’那公差嚷道:‘是啊!没错儿的!我说得出来,我可以对一切当事人证明:我认识你,你名字叫彼德罗,你是如安·德·拉·曼布利拉的独养儿子。谁敢道个不字就是骗子。’那老头儿吉隆·德·莫亚达斯说道:‘公差先生,我信你的话。你跟同来的这两位大老板说的都是铁证。你们领来的这位年轻绅士是我兄弟生意上有来往的那人的独养儿子,我完全相信。可是这又怎么呢?我不愿意把女儿嫁给他了,我变了心了。’

“公差道:‘唷,那又当别论了。我上你门来,不过向你证明我认识这个年轻人。你的女儿当然由你做主;要是不问你肯不肯,强逼你把女儿嫁人,这做不到的。’彼德罗插嘴道:‘我也并不想勉强莫亚达斯先生,他的女儿随他去处置。可是我冒昧请问他为什么变心,他对我什么地方不满意吗?啊,我既然好事成空,没指望做他家女婿,只要知道并非咎由自取,也就罢了。’那老头儿答道:‘我并非对你不满,而且我不得已失信,心上很抱歉,请你原谅。你的情敌救过我性命,所以我不选中你而选中他,我相信你宽宏大量,不会怪我。’又指着我道:‘就是这位先生救我脱了一个大难。还有句话,你听了就对我更加谅解了。这是一位意大利王子,他爱上了苇萝朗蒂娜,虽然门户不相当,定要跟她结婚。’

“彼德罗听了这话目瞪口呆。两个商人也睁大眼睛，满面诧异。可是那公差惯把事情往坏处看，怀疑这桩奇遇是个骗局，他就有好买卖到手了。他仔细把我端详，一看是个生脸，有负他那番盛意，他就盯着看我那伙伴儿。合是我这千岁殿下倒霉，他认识莫拉雷斯，记得曾在修达·雷阿监狱里见过。他嚷道：‘嗨！嗨！这是个老主顾！我认得这位先生！我告诉你们，西班牙各州各郡的骗子里，这人的本领是数一数二的。’吉隆·德·莫亚达斯道：‘罢呀，公差先生，把稳着些儿。你把这小伙子说得这样不堪，他可是王子的亲随啊。’公差答道：‘好得很，我单凭这点儿就知道这是怎么回事儿了。有其仆必有其主，我拿稳这两个流氓是一对骗子，串通一气来骗你的。碰到这种混蛋，我是识货的。我立刻把他们带进监狱，好叫你知道他们实在是骗子。我想请他们跟法官老爷促膝谈心，他们就知道账上还记着好几顿鞭子呢。’老头儿道：‘算了，公差先生，别这样不留余地。你们这起先生也不怕得罪好人。难道用人是骗子，主人准也是骗子吗？王子用骗子做用人，是什么新鲜事儿吗？’公差打断他道：‘什么王子不王子，你开玩笑吗？我管保这小伙子是骗子，我行使职权，把他跟他伙伴逮捕了。我有二十个警卫在门口，他们要是不乖乖地跟着走，就横拖直拽拉进监牢去。’于是对我道：‘来吧，千岁爷，开步走！’

“我跟莫拉雷斯两个听了这话都惊惶失措。吉隆·德·莫亚达斯见我们神色慌张，也动了疑心，竟也看破我们了。他明白我们是存心骗他。不过他这时不失君子之风，对公差道：‘公差先生，你也许猜疑错了，也许猜疑得正对。不过错也罢，对也罢，咱们不必追根究底。放这两位年轻绅士出门，随他们走吧。我求你别拦他们,我求这个情,报答他们俩对我的恩。'公差答道:'我要是公事公办,就顾不得你求情,得把这两位先生监禁起来。可是我看你面上,网开一面,不过他们非得立刻出城不可,我要是明天再碰见,嘿!他们瞧着吧!'

"莫拉雷斯和我听说放我们走,心定了些。我们想一口咬定自己是有体面的人,可是给那公差恶狠狠瞪着就没敢出声。我不懂是怎么回事,他们这种人镇得住我们这种人。弗萝朗蒂娜和她的陪嫁只好让给彼德罗·德·拉·曼布利拉,吉隆·德·莫亚达斯的女婿当然是他做了。我跟我的伙伴出门,取道往特于西洛。这番总算赚了一百比斯多,差堪自慰。我们在天黑前一个钟头走过个小村子,当时决定再赶一程。我们看见一家客店,在这种小地方也算很像样的了。店主夫妇在门口石条上坐着。店主人是个瘦长的老头儿,弹着一只破吉他替老婆解闷儿,他老婆好像听着很乐。店主人看我们不住步,就嚷道:'两位先生,我劝你们在这儿歇吧。还得走好长的三哩路才是村庄呢。我告诉你们,那边不如这儿好。我这话是不错的,到我们店里来吧。我们做得好饭菜,价钱也公道。'我们就听了他的话,上去跟店主夫妇行礼,一同坐下闲聊。店主人说他做过公安大队的警官,店主妇是个一团和气的胖女人,看来很会做买卖。

"这时候忽然来了大队人马,把我们的闲话打断。大约有十二个到十五个人,有的骑骡,有的骑马;后面还有驮行李的三十来只骡驮子。店主人看见那么多人,嚷道:'啊呀!好些贵客啊!我哪来地方安置这么许多人呢?'村子里顿时满处都是人和牲口了。幸亏客店旁边有一间大仓房,可以屯骡驮子和行李;客人骑的骡子马匹另有地方安顿。那些客人急着叫店家弄顿好饭来吃,睡觉倒在其次。店主夫妇和一个年轻女用人就悉心备饭。他们把后院的鸡鸭全宰了,又做上些锅烧的兔子和公猫,还有一大锅羊肉煮的白菜汤,全伙儿客人都有得吃。

“莫拉雷斯和我只顾去看那伙人,他们也时时看我们。后来大家攀起话来。我们说,假如他们不嫌,晚饭不妨同吃。他们说很好。大家就同桌坐下。他们伙里有一个人是发号施令的,同伙虽然跟他不拘形迹,却也不敢失礼。这人当然坐首位,说话高声大气,有时候还满不客气地驳别人的话。大家并不回驳,好像对他的主见很看重。大家偶然讲到安达路西,莫拉雷斯就把赛维尔大加称赞。那人道:‘先生,你称赞的那个城是我的家乡,至少我的家乡就在那儿附近,我是生在梅瑞那镇上的。’我的伙伴儿答道:‘我跟你一样,也是梅瑞那生长的。当地上自官长、下至无名小子,我都认识。我一定知道你的爹妈。你是谁的儿子啊?’那人道:‘我爸爸是个有地位的公证人,名叫马丁·莫拉雷斯。’我的同伙又喜又惊,大叫道:‘你是马丁·莫拉雷斯的儿子啊!哎呀!这事真怪!那你就是我哥哥马尼艾尔·莫拉雷斯了?’那人道:‘我就是啊!我离家的时候有个弟弟叫路易斯,还在摇篮里,想必就是你了?’我伙伴儿道:‘那就是我的名字呀。’说着,两人站起来拥抱了好几回。马尼艾尔先生随后对席上道:‘诸位,这真是奇事了。我跟这兄弟至少二十多年没见面了,现在天缘凑合,竟会相逢相识。我来介绍一下吧。’那些人彬彬有礼,都站起来跟莫拉雷斯的弟弟招呼,又争着拥抱他。于是大家重新入席,喝了一夜酒,都没睡觉。两兄弟坐在一起,低声谈家事,别人只管喝酒取乐。

“路易斯和马尼艾尔长谈了一番,就把我拉过一边,说道:

‘皇上新近任命蒙达诺斯伯爵做梅尧克总督。这伙人全是伯爵家的伴当，要把总督的行李押送到阿利冈，预定在那儿上船。我哥哥现是那位爵爷的总管，他邀我同走。我说舍不得你，他就说，你要是愿意，他可以替你找个好位置。’又道：‘好朋友，我劝你别瞧不起这条路。咱们一起到梅尧克岛，合适，就住下，不合适，再回西班牙好了。’

“我欣然应允。小莫拉雷斯和我就跟伯爵家的伴当合了伙，傍亮时分一起从旅店出发。我们兼程趱路，到了阿利冈城。我买一只吉他，又做一套很漂亮的新衣服，然后上船。我一片心全在梅尧克岛上，路易斯·莫拉雷斯也跟我一样。我们都好像从此洗手不干那讹人骗人的营生了。其实呢，我们和这些伴当在一起，想充正经人，所以没敢露出本相来。长话短说，我们高高兴兴上了船，指望不多时就到梅尧克。可是我们才出得阿利冈海峡，就碰到暴风。我写到这里，可以乘便来一节形容暴风雨的好文章，什么漫天电光闪闪，雷响隆隆，风声如啸，海波欲立，如此这般的描摹一番。可是这套华词丽藻我都不用了，只说暴风很厉害，我们只好在加勃拉岛岬口停泊。那是个荒岛，上面有座小堡垒，有一个军官带着五六个兵驻守。那军官接待我们很客气。

“我们要修理船上的帆篷绳索之类，得在岛上停留好多天。大家闲着无聊，就想出种种花样来消遣。各人随心所好，有的玩纸牌，有的另找玩意儿。我喜欢散步，就和伴当里有同好的几位在岛上随便走走。那里地势崎岖，极少土壤，到处是石头。我们走路只能从一块石头跳到又一块。有一天，我们看着那荒瘠不毛之地，觉得天意难明，这里膏腴一片，那里又寸草不生；正在赞叹，忽闻得一阵清香。那香气是东面来的，我们按着方向找去，没想到乱石中间长着碧油油一大簇忍冬，比安达路西出产的还要美还要香。这簇灌木芳香四溢，着实可爱。我们欣然走近去，看见一个很深的山洞。这簇忍冬正遮在洞口。那山洞很大，也不怎么黑，有石级盘旋而下，天然成螺旋形，两旁点缀着各种野花。我们拾级到洞底，只见石罅里滴水涓涓，汇成许多小河，蜿蜒而流，渐渐没入地下；水底细沙黄澄澄的赛过金子。我们看泉水那么清，就想喝；喝来冷激齿牙，就想若在这里喝酒一定很乐，决计明天带几瓶酒再来。

“这么个可爱的地方，我们走的时候很依依不舍。我们回去少不得把这个好发现向同伴卖弄。可是驻守堡垒的军官说，他有句忠告：别再到我们心醉的那个山洞里去。我说：‘为什么呀？有什么可怕的吗？’他道：‘当然啊。阿尔及尔和的黎波里的海盗有时候上岸到那个泉源去取水。一次我营里两个兵在那儿出其不意给他们掳去当奴才了。’那军官尽管正言厉色，我们满不在意。我们以为他是开玩笑。第二天，我和三个伴当又到那山洞里去，我们要表示天不怕地不怕，连枪都不带。小莫拉雷斯跟他哥哥一样，宁愿在堡垒里赌钱，不肯同去。

“我们像前一天那样到了洞底，就把带来的几瓶酒激在泉水里。我们正喝得其乐陶陶，一面弹吉他，一面说笑，忽见洞上面来了好些人，都是一脸大胡子，裹着头巾，穿着土耳其装。我们以为是同伙的人和那军官化了装吓我们来的。我们横着这个念头，都哈哈大笑，让他们一个个下来了十个，也没想到防备。可是我们立刻醒悟，大为丧气，知道这是海盗头子带人掳掠我们来了。他口说西班牙话，对我们嚷道：‘畜生，快投降！要不然，叫你们一个都活不成。’他同来的人都带马枪，把枪口瞄着我们。我们若道个不字，马上会吃一顿枪弹。可是我们够乖，动都不动。我们宁可当奴才，还比送掉性命好，都把身上带的剑交给海盗。海盗船离那儿不远，他把我们套上锁链，一起牵上船，就扬帆直驰阿尔及尔。

“我们不听驻堡垒军官的警告，活该吃这个苦头。那海盗先来搜我们，把钱都拿去。他发了好一注财啊！普拉桑西亚两个富家哥儿的二百比斯多，还有吉隆·德·莫亚达斯交给莫拉雷斯的一百比斯多偏偏都在我身边，给他毫不留情地搜刮一空。我伙伴的钱袋也很富足，总而言之，这一网捞了一大笔。海盗头儿喜得满脸放光。这杀人不眨眼的魔君抢了我们的钱心还不足，又冷嘲热讽侮辱我们。他笑骂也罢了，我们还得服服帖帖挨他的，尤其受不了。他说笑了一顿，又想出个奚落我们的办法。他手下人早把激在泉水里的酒搬上船，他们就一起喝酒祝我们健康，开我们的玩笑。

“我的伙伴儿这时候把心事全挂在脸上。他们原想到梅尧克岛上去过舒服日子，满肚子如意算盘，不料而今身为俘虏，格外垂头丧气。我呢，横着心听天由命，所以不像他们那般心灰胆落。那海盗挖苦我们，我就跟他搭话，还高高兴兴地说笑附和。这来他很喜欢，说道：‘小伙子，我喜欢你这种性格儿，其实还是捺定性子，到那里是那里，总比唉声叹气好。’他见我带着吉他，就说：‘弹一曲来听听，瞧瞧你的手段。’我等他松了腕上的链子，立刻遵命弹了一曲，蒙他大加赞许。我的确弹得不错，还唱了个歌儿，他们觉得我弹唱都好。船上那些土耳其人都听得喜欢，做出赞叹的样子；这也可见他们对音乐识得好歹。那海盗头子向我耳边说，我绝不是个没造化的奴才，有这本领，准可以分派个好差使，做俘虏也不吃苦。

“我听了这话有点儿高兴；不过，尽管他说得好听，我想到海盗头儿许我的那份事情，还不免担忧，只怕不合脾胃。我们进了阿尔及尔港，看见一大堆人在那儿迎接，我们还没下船，那些人就乱嚷嚷的欢呼。又加众乐齐奏，喇叭呀，摩尔笛呀，还有其他土乐器，嘈嘈杂杂，响成一片，并不悦耳，只是很热闹。这一番庆祝事出有因，原来城里谣传我们那海盗头儿叛教徒梅黑梅攻打一只热那亚大船丧了命，他亲戚朋友一听得他回家，都抢着来贺喜。

“我们一下船，我和我伙伴儿都给押送到索利曼总督府。一个信奉基督教的书记官把我们分别审问，问明各人的姓名、年龄、籍贯、宗教和擅长。于是梅黑梅把我指给总督看，称赞我嗓子好，说我还弹得一手好吉他。索利曼听了，决计把我留在手下。我派在内室当差，有人带我进去，拨定职务。其他俘虏都押上市场，按例发卖。梅黑梅在船上预料得不错，我果然交了好运。我既没坐监牢，也没做苦工。承索利曼总督特别看顾，叫我跟五六个有身份的俘虏另住一处，他们就要赎身，当着轻松差使。我派在花园里浇浇橘子树，浇浇花，这是最舒服没有的，所以我很觉侥幸。我无端心血来潮，觉得我在索利曼府里准有造化。

“我应该把这总督描写一番。他有四十来年纪，一表人才，在土耳其人里，要算举止斯文、人物风流的了。他有个宠姬是克什米尔人，她凭聪明美丽，摆布得总督千依百顺。他爱得她简直当天神供奉，每天想出些新鲜玩意儿来替她消遣，有时候是吹弹歌唱的音乐会，有时候演一出土耳其戏。那种剧本粗鄙下流，结构也全不合亚里士多德的法则①。宠姬名叫法如娜，是个戏迷，有时候还叫女用人扮演阿拉伯戏给总督看。她也在戏里串个角儿，串来身段轻盈，做工活泼，看的人个个倾倒。有一次串戏，我和乐工在一起，索利曼叫我在两幕戏之间弹一套吉他，还来个独唱。可喜我居然合了索利曼的心，他不但鼓掌，还满口喝彩，看来那宠姬也对我青眼。

“第二天，我正在花园里浇橘子树，一个净了身的奴才挨着我走过，他不止步也不说话，只把一封信撂在我脚边。我拣了信心里七上八下，又喜又怕。我防内室窗里有人看见，就向种橘子树的木槽后面一躲，伏在地下，把信打开。只见里面封着一颗金刚钻，价值可不小，信上写得一篇好西班牙文，说：‘基督教少年鉴：你这番被俘，应该感谢上天。你若见了一位美人的姿容动心，那么你有的是艳福；你若有胆量，不怕艰险，那么你还要交财运。人财两得，你做俘虏也可以甘心了。’

“我知道是那位宠姬的手笔，凭信上语气和那颗金刚钻就可以断定。我生来胆子不小，而且能和大贵人的姬妾要好，可以自豪，从她那里也弄得到钱，赎身之外，也许还能多四倍的银子。为此种种，我决不放过这番遇合，把凶险也置之度外了。我仍旧做活，心上盘算怎样进法如娜的房，其实是等她开方便之门，因为我拿定她决不罢休，准会设法就我。我果然没料错。过了一

① 文艺复兴时期，意大利批评家从亚里士多德《诗学》里推衍出许多关于戏剧写作的条件，像悲剧主角应当是贵族，剧本里只搬演一件事情，在一个场面上一天里的发展等等。这种主要条件（Conditions maîtresses），法国人唤作“法则”（Règles）。

个钟头，方才那个净了身的奴才又走过来，对我说：‘基督徒，你盘算过没有？敢跟我走吗？’我说敢。他道：‘好！天保佑你！明儿早上你又会碰见我，你准备好，到时跟着就走。’他说完去了。第二天早上八点钟，他果然又出现了。他招手叫我，我跑过去，跟他到一间房里。他和另一个净了身的奴才刚搬了一大卷布在那里。那姨太太准备演一出阿拉伯戏给总督看，这卷布得搬到她房里作布景用。

“这两个净身的奴才看我依头顺脑，立刻展开那卷布，叫我横躺在布上，不顾闷死我，重新卷起布来，把我裹在里面。随就一人抬一头，顺顺当当地直抬到克什米尔美人的卧房里。她身边只有个惟命是听的老婢，她们俩抖开布卷儿，法如娜一看见我，乐得不可开交，那国女人的本性毕露。我虽然胆大，忽然进了深闺，不免有点畏缩。那女人看出来了，就宽慰我说：‘小伙子，没有什么害怕的。索利曼刚到乡下别墅去了，要在那儿耽搁一整天呢。咱们可以随意说话儿。’

“我听了这话就安心了，换上另一副颜面，哄得那宠姬越发高兴。她说：‘我喜欢你，想叫你少吃些奴才的苦。我相信我对你这片心没有冤枉。你虽然奴才装束，自有华贵风流的气概，看得出不是等闲人物。老实跟我讲，你是什么样人。我很知道出身高贵的俘虏不大肯露真相，指望赎身便宜些。我答应一定还你自由，你对我不用隐瞒，惹得我生气。快说老实话，招认你是个大家公子吧。’我答道：‘太太，承您一番好意，我还要撒谎搪塞就不应该了。您既然一定要知道我的家世，我只好直说。我是西班牙一位贵人的儿子。’我说的也许是实话，反正那姨太太信以为真，以为选中了一个贵公子，得意非凡。她对我说，她身不由己，也许不能常跟我幽会。我们谈得很久。我从没见过比她还有趣的女人。她懂好几国语言,西班牙语尤其流利。后来她觉得该分手了,就吩咐底下人把我装在一只大柳条筐儿里,上面盖一幅她亲手绣的丝帕,算宠姬送总督的一份礼,监守内室的执事们要碰一碰就是亵渎;然后她叫那抬我进去的两个奴才又把我抬出去。

"法如娜和我又设法会过几次。我对这可爱的俘虏渐生眷恋,不亚于她爱我了。虽然内室耳目众多,私情事儿隐瞒不了多久,我们的交往在头两个月里却并没人知道。可是事不凑巧,出了乱子,我的好运转了背运。那天演的戏里要用到一条假龙,我藏在龙肚子里混进姨太太卧房。我以为索利曼有事出城了,正和那姨太太说着话,不意他忽然撞进来。他突如其来,那老婢不及通知,我更没躲藏的工夫,因此总督第一眼就看见了我。

"他见了我满面惊诧,顿时怒得眼里出火。我自揣难逃一死,仿佛已经在挨刑受苦了。我看法如娜骨子里很惶恐,可是她并不认罪求饶,却对索利曼道:'大人,请您先听我一言,再定我罪名。我嫌疑很重,仿佛对您不忠心,应该严刑拷打。这年轻奴才是我弄进来的,而且使的心机手段竟好像爱得他如痴如狂了。可是我向咱们伟大的教主起誓,我虽然如此作为,对您一点没有负心失节。我要跟这个信奉基督教的奴才谈谈,叫他脱离本教,改信咱们的教。我料定他要倔强的,果然不出所料。可是他那一偏之见总算给我说开了。他刚答应我要皈依伊斯兰教。'

"我承认当时应该不怕事势凶险,一口否认那宠姬的谎话。可是我吓坏了,又看不过心爱的女人遭难,尤其替自己担忧,所以目瞪口呆,一语不发。总督看我不作声,以为姨太太说的全是真话,气色就缓和了,说道:'太太,我相信你没有对不起我,只为你一心要在教主面前讨个好儿，就干下这等尴尬事儿。只要这奴才马上改教换装，你行为不检我也不怪你了。’他马上派人去请一位伊斯兰教长老来。人家就替我换上土耳其装束。我全听他们摆弄，一点不敢违拗；其实我当时失魂落魄，自己不知道干了什么事。到此境地，基督徒像我这样没胆气的不知多少呢！

“经过那番典礼，我改名西狄·阿利。索利曼另派我一个差使，不在内室了。我没有再见那个姨太太。不过她手下一个净身的奴才有一天来找我，替她送来价值二千苏丹尼[①]的宝石，还附了一封信，上面说，我为了救她性命，慨然信奉伊斯兰教，她一辈子也不忘记。说真话，我不但得了法如娜许多礼物，还靠她做内线弄到一个好差使，比先前的事阔得多。不到六七年，我算得阿尔及尔城基督教叛徒里一个首富了。

“我虽然到伊斯兰教堂做礼拜，也遵奉其他教规，那完全是装面子，你们可想而知的。我决心要回向基督教，因此想攒些钱，将来或回西班牙，或上意大利。我当时过得很舒服，住一宅漂亮房子，园林优雅，奴婢成群，还有几房极美丽的姬妾。那地方伊斯兰教徒不准喝酒，可是多半私底下还是喝。我喝得肆无忌惮，叛教徒都那样。我记得有两个酒友，常和他们作长夜之饮，一个是犹太人，一个是阿拉伯人。我以为他们靠得住，所以跟他们一起毫不检点。有一晚我请他们来家吃晚饭。那天我心爱的一条狗死了，我们把尸首洗干净，完全按伊斯兰教葬礼入土。这来并不是诽笑伊斯兰教，不过闹着玩儿，喝了酒一时来了傻兴，要对那只狗尽个送死之礼。

“可是这事险的断送了我，你们回头看吧。第二天，有个人到

① 古埃及、土耳其等国金币。

我家来说：‘西狄·阿利先生，我有要事来找你。法官老爷有话要跟你说，请你立刻就去。’我说：‘请问你，他找我干吗？’他说：‘他自会跟你说。我只能告诉你，昨晚跟你同吃饭的阿拉伯商人向法官告发，说你亵渎神明，如此这般葬了一条狗。你明白这是怎么回事。我因此今天传你去见法官，我警告你，你要是不去，就要对你刑事起诉。’他说完走了。我着他这一传，心上很慌。那阿拉伯人和我无冤无仇，不懂他为什么栽我这么个跟斗。这事还需费点心思。我知道那法官虽然道貌岸然，骨子里却无耻贪赃。我钱袋里装上二百苏丹尼，就去见他。他把我叫进办公室，疾言厉色道：‘你这个亵天渎圣、罪大恶极的家伙，你用伊斯兰教葬仪埋了一条狗！真是大不敬！难道你这样算是遵奉我们庄严圣洁的典礼吗？难道你做了伊斯兰教徒只想把我们的宗教来开玩笑吗？’我回答道：‘法官老爷，我那条狗是个忠仆，说不尽的好。对这样一条狗送终尽礼，若算是犯罪的话，对你搬是弄非的那个阿拉伯人、那两面三刀的朋友还是我的同犯呢。我那条狗顶爱慕有才干有声望的人，临死还留了表记。它立下遗嘱，把家当都分给那些人，叫我来执行，有的二十元，有的三十元，它也没漏了您大人。’我一面掏出钱袋说道：‘这里二百苏丹尼是它嘱我献给您的。’法官听了不由得回嗔作喜。这时左右无人，他老实不客气地收下钱袋，打发我出去，说道：‘你回去吧，西狄·阿利先生，你的狗对有声望的人这样尊敬，葬礼隆重确也应该。’①

---

① 这段情节，其实是讽刺基督教主教的老故事，勒萨日稍为改头换面，来讽刺法官。十五世纪意大利学者坡玖（Poggio）所辑《笑林》（*Facetiae*）里的《狗的遗嘱》（*Testamentum canis*）就是欧洲最早的传说。后来这故事传入法国，极为流行；像《新小说百篇》（*Les cent nouvelles nouvelles*）的第 96 篇《狗的遗嘱》，鲁德伯夫（Rutebeuf）的《驴的遗嘱》，葛莱德（Gueulette）的《萨黑德的狗》，以及勒萨日这一节都根据一个蓝本来的。

“我这样算对付过去。从此以后，我虽然没变得言规行矩，却不敢大意了。我再不跟那阿拉伯人和那犹太人一起喝酒。我挑个奴才对酌，他是利伏纳的少年，名叫阿萨利尼。一般基督教叛徒待基督教俘虏比土耳其人还要苛刻，我却不是那样，所以我的家奴并不急着赎身。我实在待他们很好，他们有时候对我说，虽然当俘虏的都渴望自由，他们惟恐换主人，倒不怎么想释放。

“有一天，总督的几只海船回来了，满载着抢劫来的人和货。那些船在西班牙沿海抢得一百多男女俘虏。索利曼只留用了寥寥几个，其余都发卖。我到买卖俘虏的地方买了一个十一二岁的西班牙小姑娘。她哭得热泪纵横，伤心欲绝。我奇怪她小小年纪，做了俘虏会这样悲痛。我用西班牙话宽慰她，还说，她主人虽然土耳其装束，却很厚道。那小姑娘一心想着自己的苦楚，并不理会。她只顾叹气怨命，不时凄然喊道：‘我的妈妈呀！为什么把咱们分开呀？咱们俩要能在一块儿，我也就捺定心了。’一面说，一面转脸望着几步以外一个年纪在四十五到五十岁的女人。那女人眼皮低垂，默不作声，等人家去买。我问那小姑娘，她看着的那女人是不是她妈妈。她答道：‘唉，是啊，大爷，看上帝面上，别叫我们分离！’我说：‘好吧，孩子，你如果只要两人在一起就安心，我依你就是了。’我说着到她妈妈那边去讲价钱。我一看那脸，正是陆珊德。我当时的心情可想而知。我暗道：‘天啊，这分明是我的妈妈呀。’她却一点不认得我，也许因为她深恨自己没造化，举目四望，觉得都是仇人；也许因为我改了装束认不得；也许十二年不见，我已经变了样儿。我把她也买了下来，和她女儿一同带回家。

“到了家，我要告诉她们我是谁，让她们快活。我对陆珊德道:‘太太,你怎么会不认得我呀?你看了我的胡子和缠头布就不认得是你儿子拉斐尔了吗?’我妈听见这话吓了一跳,她把我细细一看,认出来了,我们亲亲热热拥抱了一番。我随又拥抱了她女儿。这小姑娘大概没知道有个哥哥,正像我也没知道有个妹妹。我对妈妈说:‘你演的戏里,要比今天这幕重圆再十全十美的恐怕没有了,你得承认吧?’她叹气道:‘我的儿子啊,我刚见你面很喜欢,现在又喜尽悲来了。唉!想不到我看见你这个样子!我瞧了你这副可恨的装束,比当俘虏还要痛心千倍。’我笑着插嘴道:‘哎,得了,太太,我佩服你的一丝不苟,女戏子能这样真了不得。哎,老天爷!我改了装会叫你看着那么痛心,我的妈妈呀,你真今非昔比了!你何必厌恶我土耳其装束呢,还是把我当个上场串土耳其人的戏子吧。我虽然背叛了基督教,却并不是伊斯兰教徒,还像在西班牙的时候一样。我此心耿耿,一直皈依自己的宗教。你要知道了我在此地的种种经历,就不会怪我。爱情害我犯了罪,我做了爱情的牺牲。我告诉你吧,我这点儿正像你。’我接着又道:‘还有一层缘故,你也不该厌恶我现在的境地。你准备在阿尔及尔当奴才吃苦,可是碰到个主人恰是爱你敬你的儿子,又很有钱,可以丰衣足食的供养你,等有机会,就安安稳稳回西班牙。俗语说得好,凶中有吉,你说不是吗?’

“陆珊德道:‘我的儿子,你既然准备回国,脱离伊斯兰教,我心上就松了。谢天,我可以把你妹妹贝雅德丽斯平平安安带回西班牙了。’我道:‘是啊,太太,可以啊。咱们三人一有机会,立刻回去,和其他的骨肉团聚。我想来西班牙还有你繁殖的种子呢。’我妈妈道:‘没有了,我只有你们两个孩子。你知道贝雅德丽斯是我正式结了婚生的。’我说:‘你为什么这来让妹妹比我占便宜呀?

你怎么会肯嫁人的呢？我小时候老听得你说，你不原谅漂亮女人嫁人。'她答道：'我的儿子啊，时世变了，心思也会变。主意最老的男人也会变卦，你要一个女人打定了主意一成不变吗？'又道：'我讲讲我从你离开马德里以后的经历吧。'她讲述如下。我一辈子不会忘记，这种奇闻也该让你们听听。

"我妈妈说：'你记得吧，你离开雷加内斯小子快十三年了。那年梅狄那·赛利公爵对我说，要跟我吃一顿体己晚饭，约定了一个日子。我就恭候这位大爷。他来了，很喜欢我。他要我把其他的情人全都刷掉。我想他出的报酬不会菲薄，一口答应。他果然没叫我失望。第二天我就收到他的礼物，后来又得了他许多东西。我生怕这么一位贵人不能笼络多久，而且我知道多少有名的美人儿都没抓住他，他刚落圈套，马上又突围而出，所以我越加担心。可是我曲意奉承，他非但不见惯生厌，倒好像一天天越加爱我了。总而言之，我有手段哄得他高兴，不让他随着那浮浪的性儿跑。

"'我们做了三个月相好，我满以为他对我爱情胶固了。有一天，我跟女朋友到一个会场上，公爵和他夫人也在。那是个有弹有唱的音乐会，我们恰恰跟那位公爵夫人坐得很近。她觉得我胆敢在她到的地方露脸，老大不高兴，叫手下一个女用人过来说，她请我立刻出去。我的回答很硬。公爵夫人火了，就对她丈夫告状。公爵就亲自过来说："陆珊德，你出去。你们这起贱人，别因为有阔佬跟你们相好就忘其所以。我们虽然爱的是你们这种人，敬重的还是自己太太。你要是无礼，想跟她们比，就自讨没脸了。"

"'公爵这番令人难堪的话幸亏说得很低，旁人没听见。我羞惭无地，只好出去。我挨了这顿侮辱，气得哭了一场。没兴一齐来，这事当天晚上就在男女戏子里传遍了。这伙人里仿佛有个恶鬼，专爱东家长西家短的搬嘴弄舌。譬如说，某戏子喝酒胡闹，干了件荒唐事，某女戏子给阔佬包了去，戏班子里马上有消息。所以音乐会上的事，我的伙伴儿全知道。天晓得他们多么幸灾乐祸。他们那种慈心厚道的风气，碰到这种事就看出来了。反正他们嚼舌根我不理会；丢了个梅狄那·赛利公爵，我也宽解得开。他从此没再到我家来，过了不多天，我听说他给一个歌女迷上了。

“‘一个女戏子走红运的时候不愁没有情人，而且一经贵人垂青，哪怕三天两天丢开手，也能长她身价。公爵和我绝交的消息一传遍马德里，那些对我倾倒的人立刻就来缠我了。我为公爵而疏远了的那些相好越比从前着迷，成群结队地来讨好。此外对我爱慕的人不知多少。我从来没那么吃香的。那些讨好的男人里有个大胖子德国人，是奥雄公爵的家人，他缠得我很紧。他模样儿长得不大讨人喜欢，可是他把当差攒下的一千比斯多在我身上撒漫着花，想充一名相好，我就见钱眼开了。这个冤桶名叫布鲁当道夫。他有钱，我殷勤接待；他钱花完，我就闭门不纳。他对我这种举动很不乐意，就在上戏的时候到戏院里来找我。我正在后台。他想埋怨我一顿，我就当面嘲笑。他勃然大怒，露出德国人的粗鲁本色，打了我一个耳光。我大叫一声，把台上演的戏也打断了。那天奥雄公爵和他夫人正在场看戏，我跑到台上，向公爵数说他家人蛮横，求他替我做主。公爵吩咐照旧演戏，等散了场再判我们两方的是非。一下戏，我做出满腔愤郁的样子去见公爵，气呼呼地向他诉苦。那德国人分辩的话干脆只有两句:他说打了我非但不懊悔,还要再打一次呢。公爵听两造诉毕,对那德国人道:“布鲁当道夫,你打女戏子的耳光无所谓,可是你胆敢当着家里老爷太太吵得戏演不下去,实在目无长上,我家里不用你了,从此不许再来见我。”

“‘这个判决直梗在我心里。那德国人并不因为得罪了我砸掉饭碗,真叫我气愤不过。我以为对女戏子这般侮辱就像犯了欺君罔上的罪,应该严刑处罚,满以为那个家人要挨一顿打的。这桩不痛快的事开了我的眼,我才明白人家并不把戏子和他们演的角色混为一谈。我因此对演戏厌倦了,决计不干这行,要远离马德里,到别处去过活。我看定瓦朗斯城里可以退隐,就改姓换名到那里。我身边带着二万杜加,是我攒下的私房,半是现银,半是宝石;我准备静悄悄地过日子,这些钱尽够我下半世吃用。我在瓦朗斯租下一宅小房子,雇了一个女用人,一个小僮儿。他们和本地人都一点不知道我的底里。我自称是宫廷里一位官员的寡妇,听说瓦朗斯是西班牙住家极舒服的地方,所以搬来。我不大跟人来往,行动非常规矩,人家绝想不到我当过戏子。我虽然深居简出,却惹动了一位绅士,他有个庄子在巴丹那附近。这位爷相貌很过得去,年纪在三十五、四十之间,是个背着一身债的乡绅。这种人各处都有,瓦朗斯也不少。

“‘这位乡绅很中意我的模样儿,不知道别的方面是否也合适。他派人四面打听,据说我不但相貌不惹厌,还是个很有钱的寡妇,他听了很高兴。他想我匹配得上,就托媒婆到我家来说:他对我的品貌很倾倒,要向我求亲,如果我愿意,准备和我结婚。我要求三天工夫考虑一下。我向人打听这位绅士,人家并没有把他的景况瞒我,不过都说他好。我就毫不犹豫,不多时跟他结了婚。

"'我丈夫堂马尼艾尔·德·泽利加把我带到他田庄上。那房子古气盎然,他非常得意。据说还是他上代祖先手里盖的,因此他说泽利加是西班牙最老的世家。不过世家说来虽然好听,却已经破落了。那房子好几处支支撑撑,只怕就要塌下来。马尼艾尔娶了我真是好大造化!我手里的钱一半修理了房子,一半花来撑起一个很光鲜的场面。我这番可算是换了一个天地,变成深院大宅的娇娘、区镇上的命妇了。好个摇身一变!我是个演戏老手,爬上高枝,自会搭足架子。我装出戏台上演的那副高贵气派,人家看着都以为我出身名门望族,他们要是知道我的底细,不知要怎么笑我呢!本地绅士一定要冷嘲热讽,老乡们对我的尊敬也准要大打折扣。

"'我跟堂马尼艾尔过了快有六年的好日子,他去世了。他撇下乱糟糟一团家务,待我清理;还有你妹妹贝雅德丽斯,那时候才四岁多。我们只剩了那一座田庄,可怜已经押给好几个债主。最大的债主叫贝尔那·阿私刁徒①,他真是名副其实。这人在瓦朗斯当律师,精通打官司的窍门。他研究法律,就是要把舞文枉法的手段学得高明。他真是个可怕的债主!田庄落在这么个律师手里,就仿佛鸽子到了老雕爪下。阿私刁徒先生一听得我丈夫的死信,马上就要夺那田庄。他已经定下计策,我那座田庄看看要完蛋了。亏得我吉星高照,转败为胜。他要起诉,我就和他会谈一番,把他迷上了。老实说,我使尽了通身解数,要他倾心。我一脸狐媚子没有迷不倒的人,我为了保全地产,全对

---

① 西班牙文 Astuto,即刁钻之意。

他放出来。我虽有那样本领,还担心那律师不上钩,只怕他一向埋头干他本行,不会知情识趣。可是想不到那调皮促狭、舞文弄墨的刀笔讼师竟对我大有意思。他道:“太太,我不会谈情说爱。我一向专心干我的本行,所以没学得伺候女人太太的那套规矩。可是这里面的主脑,我也有点儿晓得。我单刀直入地说吧:你要是肯嫁我,咱们就把那些上诉的状子一把火全烧光;和我结帮谋你地产的那些债户全归我去打发。将来产业的利息归你,所有权归你女儿。”我为了贝雅德丽斯和我的切身利害,不敢犹豫,一口应允。那律师说到做到,把他的手段反过来对付其他的债主,替我保全了田庄。他为寡妇孤儿出力,大概这是生平第一遭。

“‘我虽然做了律师太太,依然是区镇上的命妇。不过这次结婚弄得瓦朗斯的乡绅把我看低了。那些贵妇人觉得我有失身份,不愿意再理我。我只好跟寻常百姓来往。我六年来惯和有身份的太太应酬,所以最初不免有点儿难堪。可是不久我也就不在乎了。我认识了一个法院录事的太太和两个律师太太,都是很有趣的人物。她们的举止行动有种可笑之处,我觉得很好玩。这些娘们自以为与众不同呢。有时候我看她们忘其所以,心想:哎呀!天下人就是这样,个个都自命不凡!我还以为只有女戏子没有自知之明,现在看来,市民家的女人也一般糊涂。我恨不能罚她们把祖宗的肖像挂出来。哼!她们准不会找轩亮的地方去挂。

“‘我们结婚了四年,贝尔那·阿私刁徒先生一病身亡,没遗下儿女。我承袭了他结婚时分给我的财产,再加上我原有的家当,成了个很有钱的寡妇。我也颇有富孀之名,风声传到一个西西里绅士的耳朵里。他名叫郭利斐奇尼,他决计要来勾搭我;或是弄得我声名狼藉,或是和我做正式夫妻,随我自己抉择。他是从巴勒莫到西班牙来游历的,据说已经饱览名胜,正在瓦朗斯等着回西西里。这位大爷年纪还不到二十五岁,个儿虽小,却很俊俏,一句话,我爱上了他那脸儿。他设法私下来看我。我老实说,见了他一面,就给他疯魔了。那小坏蛋呢,好像对我也很着迷。上帝饶恕我吧,要是在那律师的热丧里就容许我重缔良缘,我大概马上会跟这人结婚。可是我自从尝了明媒正娶的滋味,一向就遵守世俗的规矩。

"'我们不敢失礼,决计展期结婚。那时候郭利斐奇尼小意殷勤,对我的情分一天天有增无减。我看出那可怜的孩子没多少现钱,就源源供给他。我年纪差不多大他一倍,而且记得年轻时候也受过男人供给,现在给他钱,就仿佛还债赎罪,借此博个心安。寡妇要再醮,先得守些时候;我们怕人家议论,只好捺着性子。我们守满了期,在教堂里订结终身,然后回到我那个田庄上住了两年。我可以说这两年来我们虽然是夫妇,却像一对款款的情侣。可是,唉!好景不长,一场肋膜炎把我亲爱的郭利斐奇尼断送了。'

"我听到这里,打断我妈妈道:'嗨,怎么的,太太,你第三个丈夫又死了?你准是个克夫的坯子。'她道:'我的儿子,你叫我怎么办呀?死生有命,我怎么能替他们延年益寿呢?若说我死掉三个丈夫,这由不得我呀。两个丈夫我很舍不得。我为那个律师流的眼泪最少。我当初贪利嫁他,他死了我也不大在意。'又道:'可是我再谈郭利斐奇尼的事吧。他有一座别墅在巴勒莫附近,婚约上指定传给我的。他死了几个月,我要亲自去看看那座别墅。我带了女儿搭船上西西里。可是路上碰到阿尔及尔总督的船，把我们掳来，送到这里。亏得你那天到了俘虏市场，要不然，我们落在一个凶横的主人手里，准要受虐待了；也许我们要在他家当一辈子的奴才，你也无从知道呢。'

"以上是我妈妈讲的。于是我请她住最好的房间，让她遂心过日子，这很合她的脾胃。她一次次恋爱，养成习惯，非有个情人或丈夫不过瘾。她先在奴才里物色，可是不久看中了一个背叛基督教的希腊人。这人叫阿利·贝日阑，有时到我家来。她对这个人比对郭利斐奇尼还要痴心。她惯会讨好男人，自有诀窍又把这人迷上。我只做没看出他们的私情。那时候，我一心只想回西班牙。总督许我装备一只海船，可以出海游弋抢劫。我正忙着装备这条船，再过八天就可以停当。我对陆珊德说：'太太，咱们就要离开阿尔及尔，从此可以不看见这个讨你厌的地方了。'

"我妈妈一听这话，脸都青了，冷冰冰一言不发。我很诧异，问道：'这是怎么回事儿？干吗给我瞧一张惊惶失措的脸啊？我要讨你欢喜，倒好像惹你气恼了。我来告诉你一切安排妥当，就可以动身，我以为这是个喜信呢。难道你不想回西班牙了吗？'我妈妈答道：'我的儿子啊，我不想了。我在那里受足气恼，再也不愿意回去了。'我心上很难受，说道：'这是什么话呀？唉！你索性说，你是给情丝绊住了。天啊！真是今非昔比！你刚到这里，一眼瞧出去，什么都惹厌。可是阿利·贝日阑替你换了副心肠了。'陆珊德道：'我承认的。我爱这个基督教的叛徒，我要他做我第四个丈夫了。'我心里好生嫌恶，打断她道：'什么打算呀！嫁个伊斯兰教徒！你忘了自己是基督徒了吗？还是你

一向不过挂着个基督徒的幌子呢？哎，妈妈，你的前途不堪设想！你真是自寻死路。我出于无奈，你却是甘心背教了。’

“我还说了许多旁的话劝她回心转意。可是我白费唇舌，她主意已定。她下流任性，抛了我去和那个基督教的叛徒住在一起还不心足，竟要把贝雅德丽斯也带去。这来我不答应了，就说：‘唉，该死的陆珊德，我这儿既然没法留住你，你自个儿发疯去罢了，别把个天真未凿的女孩子也拖下水。’陆珊德并不答话，只顾走了。我想她还有几分明白，所以不坚执要带女儿同走。我真是没知道我这个妈妈！过了两天，一个奴才来说：‘大爷，您当心着。贝日阑的奴才刚告诉我一件秘密，我赶紧通报，您好做准备。您妈妈已经改教了。她因为您扣住贝雅德丽斯，要给您吃点儿苦头，决计要向总督告发，说您想逃走呢。’我知道陆珊德这种女人真会干出那种事来。我闲常把这位夫人细细研究，看出她在悲剧里演惯了杀人不怕血腥的角色，所以犯个把罪只当家常便饭。她很可以害我活活烧死，我相信她把我的死也不过当作一幕悲剧的收场，不会怎么伤心的。

“所以我听了那奴才的警告不敢怠慢，加紧把那条海船装备起来。阿尔及尔那些出海抢劫的船上向来用土耳其人。我也不敢违例。不过我尽量少用，只求不惹人猜疑就是了。我带了所有的奴才和我妹妹贝雅德丽斯，赶紧离港出海。我的现钱和宝石大概值六千杜加，当然也带着走。我们一到海上，先把那些土耳其人拿住。我手下的奴才居多数，把他们锁起来毫不费力。我们恰遇顺风，不日到了意大利沿岸，顺顺当当地进了利伏纳港口。满城的人大概都赶了来看我们下船。我奴才阿萨利尼的父亲不知是碰巧还是好奇，也杂在人堆里看热闹。我的奴才挨次下船，他一个个细认。他虽然是找他儿子去的，却没指望居然找着。父子重逢，欣喜欲狂，拥抱个不了。

“阿萨利尼告诉他父亲我是什么人，怎么会到利伏纳来，那老头儿立刻请我和贝雅德丽斯到他家去住。我重新回向基督教的那些细节这里不说了，只说我这番背叛伊斯兰教是出于真心，跟当初皈依伊斯兰教不同。我洗净了在阿尔及尔沾染的垢污，于是卖掉海船，释放了奴才。那几个土耳其人都关在利伏纳监狱里，准备和俘掳的基督徒对换。阿萨利尼父子待我殷勤周至，那儿子竟娶了我妹妹贝雅德丽斯。她是乡绅的女儿，在泽利加还有一座田庄，我妈妈到西西里之前租给巴丹那一个有钱的农夫了，所以阿萨利尼结这门亲实在不错。

“我在利伏纳住了一阵子，想到佛罗伦萨去看看，就动身到那里。我带了些介绍信去。老阿萨利尼有几位朋友在佛罗伦萨大公朝里做官，他把我介绍给他们，说是个西班牙的绅士，又是他亲家。好些西班牙的平头百姓一出本国就老实不客气自称‘堂’。我也学样，在自己姓氏上加了个‘堂’字。我老着脸自称堂拉斐尔了。我从阿尔及尔带来的钱也撑得起这个场面，所以在朝里很出风头。那些贵人看了老阿萨利尼称赞我的信，就传扬出去，说我是个贵公子。有他们那么说，再加我装出来的气派，人家自然就把我当作有地位的人了。我不久拍上当朝大臣，他们引我晋见了大公。我很荣幸，承他不弃。我对这位国君尽力巴结，并且仔细看他的为人。我留心听朝上那些老资格臣子的应对，从他们话里揣摩国君的性情。旁的不说，我看出他喜欢开玩笑，爱听趣闻谐语。我就按着这个谱儿行事。每天早上，我把当天要讲给他听的轶事写在本子上。我知道的轶事很多，可说一肚子都是。但是我也得省着用,因为越讲越少。要不是我异想天开,无中生有,源源不绝的供给,我只好把讲过的话重来复去,或者让人家知道我的名言警句都说尽了。我编了些风流滑稽的轶事,大公听得津津有味。我又每天早上在本子上写几句趣话,下午应用的时候仿佛当场脱口而出,靠俏皮混饭的人有这种惯伎。

“我还冒充诗人,专做诗称颂大公。老实说,我的诗是不行的,可是也没人说它糟。不过就算我诗做得再好,大公也不能更加欣赏;他已经很惬意了。大概他一看那题目,不由自主地就觉得不错。总而言之,大公渐渐对我非常喜欢,惹得朝中臣子动了猜忌。他们想追究我的底细,可是找不出什么来,只探听得我叛过基督教。他们要坏我的前程,就把这事告诉大公。可是他们没有如愿,倒惹得大公有一天叫我把阿尔及尔之游详细讲讲。我奉命把经历讲了一遍,什么都没隐瞒,他听得趣味无穷。

“他等我讲完,说道:‘堂拉斐尔,我喜欢你,我想给你个凭据,你可以放心不疑。我要引你做个心腹,先有桩秘密告诉你。我爱上了一位大臣的太太。朝里的命妇算她最可爱,而且最贞洁。她杜门管家,丈夫把她天神般供奉,她对丈夫也用情专注。佛罗伦萨城里盛传她的艳名,她好像并不知道。你想吧,要得她青眼,谈何容易!可是这位美人虽然不许男人近身,我向她诉说衷情,她偶尔还肯垂听。我设法背着人和她谈过,她知道我的心。要说她已经对我有意呢,我不敢作此妄想。她从没有露什么形迹,我不能平白打这如意算盘。不过照我这样用情胶固、作事机密,也许终于能够得她欢心。’

“他又说:‘我对这位太太的痴心只有她本人知道。我并不放肆任性，也没仗着自己是一邦之主，作威作福。我的衷情瞒得谁也不知道。我觉得非这样谨慎对不起我意中人的丈夫马斯卡利尼。他对我赤胆忠心，立过功劳，而且为人正直，我干事只可以很机密小心。我不愿意公然说我爱他太太，这就好比对这个倒霉的丈夫兜心一刀。要是办得到，我只指望他一辈子也不知道我这腔热情。他要是知道了我这时告诉你的秘密，我想他准会气死。所以我只好暗中下手，决计派你去向璐凯思说，我勉强抑制自己，苦恼得很。你替我转达心事，这差使你一定胜任。你去结交马斯卡利尼，极力哄得他跟你要好。你上他家去，慢慢就可以随便见他太太。这是我责成你的。这种精细事要办得机警缜密，我知道你干得了。'

"我对大公说，承他信托，我一定尽力答报，助成好事。我不惜工本地奉承马斯卡利尼，居然很顺手。他瞧大公宠爱的人和他结交，心里高兴，也就迎合上来。我成了他家的座上客，可以跟他太太随意见面。我敢说，我做作得很到家，一点没给他瞧出我是牵线说合来的。在意大利人里，他实在要算不爱吃醋的了。他信得过璐凯思的贞节，往往自己关在书房里，单撇下我和他太太在一起。我直截爽快，一上来就把大公的痴情告诉这位太太，又说我是专替大公做说客来的。她好像对大公无心，不过我瞧出来，她觉得面上有光彩，所以也不坚拒。她很爱听我代诉衷情，只是并不酬答。虽然她很规矩，毕竟是个女人看到一国之主俯首受他束缚的景象，操守就不知不觉地松懈起来；这点我留心到的。也许到头来大公竟可以不必像达尔甘那样动蛮，璐凯思也会偿他的愿。可是横风吹断了好事。我来讲给你们听。

"我对女人自有一副钝皮老脸的腔；且别管它是好是坏，我跟土耳其人混在一起,养成了这种习气。璐凯思很美。我忘了只该替人游说,却诉起自己的衷情来了。我极尽风流能事,向她献媚。她看我这样大胆,好像并不厌恶,也不动怒,笑盈盈地说道:‘堂拉斐尔,你得承认大公委任的人真赤胆忠心呀!你替他这样诚实当差,叫人赞不胜赞。’我也学她的口气道:‘太太,别太精明。咱们别去多想,多想了我没有好处,我只是一味任情。反正王公的心腹为私情勾当出卖主人的,我也不是第一个。替大人物拉纤的人往往会变成他们的情场劲敌。’璐凯思答道:‘也许有这种事。我呢,心高气傲,除非是一位君王,别人可休想碰我。’又正色道:‘你自己斟酌吧。这不用多谈了。你要是从今以后再不提这类的话,我也不把你方才说的记在心上,不然呢,你要后悔的。’

“这是当头棒喝,我应当学个乖,可是我还只顾去对马斯卡利尼的太太谈情说爱。我还越发一盆火地求她别让我单相思,甚至大胆要行非礼。我那种伊斯兰教徒的言谈举止惹恼了这位太太,她当场拉下脸来。她吓唬我说,要把我的肆无忌惮告诉大公,一定请他按罪处罚。我听了这种恫吓也火了,由爱转恨,璐凯思瞧不起我,我决计要对她报复。我去找她丈夫,先叫他发誓决不牵累我,于是把他太太和大公的私情讲出来,我要描摹尽致不免说得她很爱大公。这位大臣提防万一,就不问情由,把太太关起来,派心腹紧紧看守。看守耳目众多,那位太太没法跟大公通风报信。我就愁容满面地去见大公,告诉他从此只好对璐凯思死心了;我说马斯卡利尼忽然把太太关起来,准是事情败露了;还说我自信一向干事很机警,不知怎么会露马脚,也许是那位太太向丈夫招供的,她怕给人家纠缠得坏了操守,所以夫妇商量通了，关她起来避避风头。大公听了很伤心。我看他苦恼，心肠就软了，几次三番懊悔不该那样，可是已经来不及。而且我老实说，我向那骄傲的婆娘吐露衷情，她夷然不屑，现在我把她害到这步田地，很幸灾乐祸。

"人人都觉得报仇是件快事，尤其是西班牙人；我干了这件快事，一点没吃苦头。忽然一天大公当着五六个大臣和我说：'一个人奉了主上的密命，有负委任，而且竟想剪边，他该受什么处分，你们说说吧。'一位大臣说：应该四马分尸。另一个主张毒打一顿，叫他杖下送命。有一个意大利人心最慈悲，想了个最便宜这犯人的刑罚，他说只要把他从塔顶上推下去就算。于是大公道：'堂拉斐尔有什么主张呢？我相信西班牙人碰到这类事情，手段至少也跟意大利人一样严厉。'

"你们想得出，我当时明白，不是马斯卡利尼背誓，就是他太太设法向大公告发了。我神色张皇，人家都看得出。不过我虽然慌张，却口气镇定，回答道：'殿下，西班牙人气量大。他们碰到这种事，就饶了那个亲信，这样倒可以激发他的天良，叫他一辈子悔恨自己欺心卖主。'大公道：'好吧，我这点气量是有的。我就饶了那个欺心卖主的家伙。其实他那么一个来历不明的人，我听了人家说他的话，原该提防的，我倒引他为心腹，只怪我自己不好。'又道：'堂拉斐尔，我准备这样对付你，你立刻出我的国境，再不许来见我。'我立刻退出，虽然丢尽了脸，却也自幸能这样便宜脱身。第二天，有一条巴塞罗那的船从利伏纳开回去，我就搭了那条船。"

我听到这里，插口道："你这么个机灵人，既然把大公对璐凯思的私情告诉了马斯卡利尼，怎么不立刻离开佛罗伦萨，我觉得你这来大错了。大公不多时就会知道你欺心，你应该料到的。”陆珊德的儿子道：“是啊，虽然那位大臣答应我决不惹大公对我生气，我确也准备及早逃走的。”

他接着道：“我在佛罗伦萨充西班牙阔佬，把阿尔及尔带回的钱花了一大半。我带着剩下的钱到巴塞罗那。我没在加泰罗尼亚①待多久。我归心如箭，要到可爱的故乡马德里去，就尽快地偿了这个急愿。我到了马德里，随便挑一家公寓住下。同寓有个女人叫加米尔。她虽然不是个年轻姑娘，却风骚动人。吉尔·布拉斯先生约莫也是这时候在瓦拉多利见过她的面，问他就知道。这女人不但相貌好，更妙的是聪明伶俐，什么女骗子都没有她那哄人上钩的手段。靠色相为生的女人对相好也惟利是图，她可不同。她要是刚从什么生意人身上刮了一笔，又碰到个流氓赌棍，只要她喜欢那人，就肯跟他平分油水。

“我们俩一见倾心，又加志同道合，越发好得难拆难分，不多时，钱财也合在一起了。我们家当其实有限，花不了几时就光。偏偏我们俩只图快活，虽然都会沾人家便宜过日子，却一点没把本领施展出来。我们安乐得呆钝了，后来穷极无聊，心思又灵活起来。加米尔对我说：‘亲爱的拉斐尔，咱们得换个花样儿，朋友。咱们要是不各找相好，就要完蛋了，别再两口儿厮守着吧。你可以哄上个有钱的寡妇，我可以勾引个把年老的阔人。咱们要是依然我贞你洁，两份财都白丢了！’我答道：‘加米尔美人儿，这话正合我心。我也是这个意思，正要跟你说。我的皇后娘娘呀，这办法我赞成。哎，咱们找几个有出息的主顾，你我的

① 巴塞罗那是加泰罗尼亚的省城。

恩爱就越加保得住了。你我彼此负心,可以共同得利。'

"我们计议停当,分头出马。我们一上来就大施本领,却找来找去碰不到好主顾。加米尔只碰到几个小白脸儿,换句话说,都是一个子儿没有、想来充恩相好的。我寻来的女人哪里肯出账,倒只想捞摸几个。我们出卖风情救不得急,只好走骗局这条路。我们犯案累累,名气传到当地法官耳朵里,那法官严厉得不得了,派了个公差来拿我们。可是这公差的慈悲恰抵得那法官的凶狠,他得了一点贿赂,就让我们溜出马德里。我们取道往瓦拉多利,预备到那里去安身。我租下一宅房子和加米尔同住;两人只算兄妹,免得人家闲话。我们一上来且不放手干事,等摸熟道路,再作理会。

"一天我在街上,有个人赶来招呼,非常客气。他说:'堂拉斐尔先生,你认得我吗?'我说不认得。他说道:'我一见你就认得。我在托斯加纳①朝廷上见过你,我那时候是大公的禁卫。我不当禁卫已经好几个月,跟一个千伶百俐的意大利人到西班牙来,在瓦拉多利待了三星期了。我们一起还有个加斯狄尔人,一个加利斯人,不用说都是有体面的小伙子。我们住在一起,靠双手过活,吃得很好,寻欢作乐,就像王孙公子一样。你要是愿意来合伙儿,我们弟兄很欢迎,因为我一向觉得你是个敢作敢为的大丈夫,生性泼得开,在我们这一行里也是个老手。'

"这混蛋很直率,我也不说假话,答道:'你既然开诚相告,我也该学你的样。我在你们这一行里的确不是初出道儿。假如我脸皮厚,肯把我干的事卖弄一番,你就知道一点没把我过奖。

① 佛罗伦萨是托斯加纳的京城。

不过这种夸奖的话撇开不谈吧。我应请入了伙,一定使出通身本领来,显得我不辱没你们。'这妙手空空儿听我说愿意入伙,立刻带我到他们下处,和那些人识面。我就在那儿初会大名鼎鼎的安布华斯·德·拉莫拉。那几位先生请教我把人家钱财变为己有的手艺。他们想看看我懂不懂那些法门。我大显神通,他们见所未见,佩服得不得了。我说这种专凭手指灵巧的勾当不足为奇,我瞧不起,我擅长的是凭心思灵巧来讹人骗人。他们听了越发惊佩。我就把吉隆·德·莫亚达斯的事讲来作例。我讲来不加渲染,他们听了就承认我是个超群绝伦的大才,异口同声推我做头儿。我们干了无数骗局,都归我提调指挥,也算不亏了他们的一番拥戴。有时我们要个女人帮着串戏法儿,就用加米尔,她扮什么角色都惟妙惟肖。

"这时候我们的弟兄安布华斯想回故乡。他动身到加利斯去,答应一定回来。他重见故乡的心愿已了,一路回来,到了布果斯,想发个利市。他相识的一个客店掌柜荐他给吉尔·布拉斯·德·山悌良那先生当用人,还把东家的光景都讲给他听。"于是堂拉斐尔对我说道:"吉尔·布拉斯先生,我们怎样在瓦拉多利公寓里把你的东西卷光,你是知道的。你准疑心安布华斯是这桩窃案的主脑,你料得不错。他一到瓦拉多利就来找我们,说你如此这般,几位干没本钱生意的先生就相机行事。可是你还没知道这件事情的下文,我来讲给你听。安布华斯和我拿了你的手提箱就撇下加米尔和伙伴儿,分骑了你那两头骡子取道上马德里。他们第二天不见了我们,准和你一样吃惊呢。

"我们第二天变了计划。我原是出了事离开马德里的,所以不到那里,却打才勃罗斯一路趱行,直奔托雷都。我们到了那城里，先穿上漂亮衣服，只算是两兄弟，加利斯人，出来游历开眼界的。我们不多时就认识了几个绅士，我装惯上流人物，很充得过。人家看见用钱阔绰，往往就眼花缭乱，所以一瞧我们常常盛筵款待女宾，就给蒙住了。我碰到的那些女人里有一位我很中意。我觉得她比加米尔美，并且年轻得多。我打听她是谁，才知道她叫薇娥朗德，是一位绅士的夫人，那绅士爱上了一个妓女，对她厌腻了。我不再问下去，马上打定主意要把薇娥朗德做我的心上人儿。

“她一来就看出我为她颠倒。我跟来跟去，做出种种痴情的行径，要让她明白，她要是心伤丈夫薄幸，不妨由我来温存安慰。那美人儿斟酌一番，嘉许我的意思；我知道了很快活。西班牙和意大利有一种老太婆用处大得很。我托这种人送了好几封信给她，就拿到一封回信。信上只说，她丈夫每晚在情妇家里晚饭，老晚才回来。我很明白那言外之意，当晚就跑到薇娥朗德的窗根底下，和她情话缠绵。我们临别约定，每晚那时候还照老样儿密谈，可是白天若有机缘，不妨还去干其他的风流事儿。

“我一直还便宜了薇娥朗德的丈夫堂巴尔塔萨。可是我谈恋爱要贴皮着肉，所以一晚上我到这位太太的窗底下去，打算说我活不下去了，请求在合适的地方幽会一次，解解我的情急。她一向总没肯答应这件事。我到了那儿，只见街上来了个人，好像在留心把我打量。这人正是那位丈夫，他从婊子家回来，比平日早了些。他见门外有个绅士打扮的男人，就不进去，只在街上徘徊。我等了一会儿，不知道怎么好。后来我打定主意，就去和堂巴尔塔萨搭话。我们彼此都不相识。我说：‘先生，我请你今晚别在街上碍着我，下回我也照样与你方便。’他答道：‘先生，我正好也要这样求你。我看中个姑娘,她家离这儿才二十来步,她哥哥把她监得很紧。我希望街上一个人都没有。'我道:'咱们尽可以大家称心,各不相妨。'我指着他自己的房子说:'我伺候的那位太太就住这儿。咱们俩谁要是挨了打,还应该互相照顾呢。'他答道:'这办法很好。我就上我约会的地方去。要是出了事儿,咱们彼此帮忙。'他说完走开,以便窥看,他躲在黑地里可以安然瞧个究竟。

"我却信以为真,就跑到薇娥朗德的阳台底下。她一会儿出来,我们谈起话来。我不免逼着我的皇后娘娘,要她在什么个秘密地方跟我幽会一次。她稍为推拒一下,无非是把我请求的那点甜头抬高价钱,然后从衣袋里掏出一封信,摔给我道:'拿去,你向我纠缠不休的那件事儿,这信上我答应了。'她随就退回屋里,因为她丈夫往常这时候就要回来的。我把信藏好,就到堂巴尔塔萨自说有约会的地方。这位丈夫看明我跟他太太有私情,迎上来道:'哎,先生,你的艳遇还称心吗?'我答道:'我该说称心了。你呢?干了些什么?私情事儿得手吗?'他答道:'唉,棘手得很。我那美人儿的死哥哥到了乡下别墅去,我们以为他要明天才回来呢,偏生他今晚就回家了。这个变故断送了我梦想的一场好事。'

"堂巴尔塔萨跟我彼此很要好,约定第二天早上在广场上相会。我们分手之后,这绅士回家,见了薇娥朗德,只做没事人儿。第二天,他到广场上,我一会儿也到了。我们见了面很亲热:一边是真心,一边是假意。那调皮的堂巴尔塔萨假装推心置腹,讲他跟昨夜谈起的那女人怎么私情勾搭。他撒一大篇谎话,无非要逗我也把勾搭薇娥朗德的经过说出来。我果然落了圈套,和盘托出,连女人的信都拿出来念给他听。信上说:'我明天到堂娜依内斯家去吃饭。你知道她的住址。我准备就在这位可靠的朋友家里跟你幽会。我觉得可以让你吃这点甜头,不能再拒绝你了。'

"堂巴尔塔萨道:'这封信许你如愿了,我预贺你快乐。'他嘴里这般说,不免有点儿着急,可是要不给我瞧出他心慌意乱也很容易。我做着好梦,没工夫去观察我这位体己朋友,倒是他怕自己仓皇不安的样子落在我眼里,只好走了。他忙去告诉他连襟。我不知道他们的账,只晓得堂巴尔塔萨乘我跟薇娥朗德在堂娜依内斯家相会,就来打门。我们知道是那位丈夫,我没等他进来,先从后门溜走了。两个女人看见那丈夫撞来,有点儿慌张,不过我一走,她们就心定了,不动声色地招待他。他看那神情,知道我不是藏了,就是溜了。他对堂娜依内斯和自己太太说什么话,我无从讲起,因为我始终没知道。

"可是我还不知道上了堂巴尔塔萨的当,一面出门,一面咒骂那个丈夫。我跟拉莫拉约在广场上相会,就到那里去。可是他没来。这混蛋也有私情事儿,运气比我好。我正在等他,只见我那位冒牌的心腹之交欣然而来。他和我会面,笑着打听我在堂娜依内斯家跟那美人儿幽会的消息。我说:'不知是什么恶鬼见不得我快活,从中作梗。我跟那位太太两个儿背了人,我正在求她成全我的好事,偏偏那天杀的丈夫跑来打门了。我只好赶忙逃走,从后门溜出来,一面把那碍着我道儿的讨厌东西咒到十八层地狱里去。'堂巴尔塔萨看我气恨,暗暗喜欢,说道:'我真替你懊恼,好个讨人厌的丈夫,我劝你切不要饶他。'我答道:'哎,我一定听你的话。我可以告诉你,今儿晚上管保叫他做王八。他太太跟我分手的时候说，别受了一点儿挫折就灰心，叫我务必比往常早一点到她窗底下去，她已经打定主意要放我进门。不过她吩咐我无论如何要把细，得带两三个朋友保镖，以防万一。'他道：'这位太太好仔细呀！我自告奋勇，愿意陪你去。'我喜不自胜，抱着堂巴尔塔萨的脖子道：'啊，亲爱的朋友！我真感激你！'他道：'我还要替你出力呢。我认识个小伙子是位勇士，我叫他同去。你有这么个人保镖就可以不怕了。'

"我这位新交有这样慈悲，我喜欢得不知怎么道谢才好。他既然愿意帮忙，我就领情了。我们约定了傍晚在薇娥朗德阳台底下相会，两人就分手。他去找他连襟，就是他说的勇士；我跟拉莫拉散步到天黑。拉莫拉见堂巴尔塔萨对我的事那么热心关切，有点诧异，却也没起疑心。我们使着猛劲，一头撞进罗网。我承认我们这种人实在不该这样糊涂。我看看是时候了，就跟安布华斯各佩利剑，到薇娥朗德窗下，看见那位太太的丈夫和另外一个人雄赳赳地等着我们。堂巴尔塔萨招呼了我，指着他连襟道：'这位就是我极口夸赞的大勇士。你上情人家去吧，可以放胆尽欢了。'

"我应酬了几句，就去打薇娥朗德的门。一个女监护模样的人来开门。我进了门没管背后，直往客厅上去，那位太太在那里等着。两个奸贼已经跟进来，急忙关上门，把拉莫拉关在外面。我正和那位太太招呼，他们忽然露脸。你们可以设想，我们非动武不可了。他们俩一齐向我杀来，可是我叫他们大吃劲儿，两人忙得招架不及，大概都懊悔没找个更稳当的报仇方法。我一剑把那个丈夫戳了个透明窟窿。那女监护和薇娥朗德在我们交手的时候早已开门逃走；那个连襟瞧堂巴尔塔萨已经不济事，就夺门而出。拉莫拉在街上看见两个女人逃出来,问她们话都不理睬,又听得里面吵闹,也不知是何道理。这时候我追赶那个连襟出来,碰见了他,就同回客店。我们拿了些贵重的行李,跨上骡子,连夜出城。

"我们料定这事还有下文,托雷都城里就要搜查一番了,得及早防备。我们在维拉如比亚过夜,住在一家客店里。一会儿有个托雷都商人到赛果布去,也在这店里住宿。我们同桌吃晚饭。他就讲薇娥朗德丈夫惨死的新闻,一点没想到我们就是局中人,所以我们也大着胆子向他仔细追问。他说:'两位先生,我今儿早上动身的时候听到了这件惨事。他们满处找薇娥朗德;听说当地法官是堂巴尔塔萨的亲戚,要想尽方法把凶手找到呢。我听到的就是这些。'

"我并不怕托雷都法官搜捕。可是我打定主意,赶紧逃出新加斯狄尔。我想薇娥朗德给他们找着,就会全供出来,法院照她形容我的样子,就会追踪到我。所以我们很把细,下一天起就不走大道。好在拉莫拉对西班牙全国的地理十知八九,他知道怎样绕道到了阿拉贡就可以平安无事。我们不一直到古安加,却穿到城前的山岭里。我的向导认识山里的小路。我们走到一个山洞,活像个避世的隐居,就是你们昨晚借宿的地方。

"我举目四望,风光明媚,我的同伴就说:'这个地方我六年前来过,那时候有一位老修士在洞里隐居,待我很仁慈,把饭食分给我吃。我还记得他是个超凡入圣的人,听了他一席话几乎想出家。他也许还活着呢,我瞧瞧去。'安布瓦斯急要知道究竟,说着就下骡跑进那隐居。一会儿他出来叫我道:'快来,堂拉斐尔,来瞧瞧这凄凉景象。'我立刻下骡。我们把骡子拴在树上，拉莫拉带路同到山洞里。只见一位老修士直挺挺躺在破床上，脸色灰白，奄奄一息。他胸口盖着浓浓一部白胡子，合了双手，手上纠结着一串长念珠。他听见我们走近去，两眼将闭，却又睁开，打量我们一回，说道：‘弟兄们，不论你们是谁，看了我这番光景，得个教训吧。我四十岁出家，在这里隐居了六十年。唉，我此刻只觉得作乐的日子太多，忏悔的日子太少了。唉，只怕我如安修士的苦行，不够赎当年堂如安·德·索利斯学士的罪过。’

“他说完就咽了气。我们看着他死，触目惊心。最荒唐的人见了这类景象，心上也会留个影子的，不过我们一会儿又若无其事了。我们转眼把老修士方才讲的话丢在脑后，就去清点这洞里的家当。这不费多少时候，家具就是你们在山洞里看见的那几件。如安修士不但陈设简陋，厨房更糟不可言。我们找着的粮食只是几颗榛子，还有几块铁硬的大麦面包，想来那圣人的牙床未必啃得动。我说牙床，因为我们看见他一口牙齿都掉光了。这里一切形形色色都见得这位隐士已经超凡入圣。只有一件事很叫我们诧异。他桌上有张纸，折成一封信的样子。我们打开一看，上面说，他请读这封信的人把他的念珠和皮屐送给古安加主教。我们不懂这位沙漠里的新修士①存着什么心，要送这种礼物给主教似乎有损谦德，俨然以圣人自居了②。也许他只是不懂事，究竟如何，我说不上来。

“我们正在议论，拉莫拉忽然想出一个很有趣的念头。他

---

① 即在沙漠中禁欲苦修的圣安东尼。

② 天主教所册封为“圣人”的遗物都被重视珍藏。

说:‘咱们就在这隐居安身吧。你我都扮成隐士。咱们把如安神父埋了,你顶替他;我假称是安德华纳修士,到附近城乡去募化。咱们一来可以躲过法官的追捕,因为我想人家不会上这儿来找咱们;二来我在古安加还有些好相识可以来往。’这种异想天开我很赞成。我是一时高兴,又仿佛串戏,至于安布华斯讲的那些道理倒在其次。我们剥下老隐士的衣服,那是一件朴素的袍儿,腰里有一条皮带;我们又把他的胡子割下,做我的假胡子用;于是在离山洞三四十步外刨个坑,把他草草埋了。葬事完毕,我们就做了那隐居的主人。

“我们头一天吃得很苦,只能靠死者剩下的粮食充饥。可是第二天一大早,拉莫拉就出场把两头骡子带到托拉尔瓦去卖掉,买了许多吃的用的,晚上满载而归。我们化装少不了的东西他都买全了。他自己做了件粗呢袍儿,又用马鬃毛编一部小红胡子,挂在两耳上,他手工精巧,谁也不信是假的。世界上要算这个小伙子的手最巧了。他把如安修士的胡子也编成一部假胡子,替我挂上,我再戴上那栗色羊毛的帽子,就看不出胡子装上去的痕迹。我们的化装可算尽善尽美。我们打扮得那么滑稽,彼此相看,不禁失笑,那装束和我们太不称了。如安修士的袍儿既然归了我,他的念珠皮屐,我也毫不踌躇占为己有,不给古安加主教了。

“我们在隐居过了三天,没看见个人来。第四天就有两个农夫到山洞里。他们以为老隐士还活着呢,带了些面包奶饼和洋葱给他。我一见他们,忙去躺在那破床上。要哄过他们并非难事。他们认不清我的嘴脸;而且我听见过如安神父的遗言,这时就极力仿他的声调。他们一点也没怀疑我是个替身,只奇怪这里怎么又添了一位修士。拉莫拉看出他们诧异，就假仁假义地说道：‘老哥们，我到这个人迹不到的地方来，你们别奇怪。我在阿拉贡隐居，只为这位道高德重的如安修士岁数大了，要个人时常在旁边伺候，所以我特地离了那边，来跟他做伴儿。’农夫不住地称赞安布华斯好心肠，还说他们很得意，可以夸口说本乡来了两位圣人了。

“拉莫拉上回还买了一只大口袋，他背着到古安加开始募化，那城离我们的隐居只一哩路。他生就一张志诚虔敬的脸儿，又有卖弄那张脸的绝技，招得仁人君子都乐善好施。施舍的东西满满装了一口袋。我见他回来，就说：‘安布华斯先生，恭喜你有这样得用的本事，打动了基督徒的心肠。谢天，你简直好像当过圣芳济会的募化修士。’他答道：‘我不但募化了这一口袋东西，还干了好些别的事呢！你知道，我找到一位女仙子，是我的旧相好，名叫芭孛。她已经改了样儿，也虔诚信教了。她和两三个信女住在一起，面子上的行为可算得女中模范，背后却过着放浪生涯。她一上来不认识我。我说：‘怎么的！芭孛夫人，你的老相好、伺候过你的安布华斯，你怎么不认得了？’她嚷道：‘啊呀！拉莫拉先生！我再也想不到跟你重逢的时候你会这样打扮。你为什么事儿变成了修士呀？’我回答道：‘这个现在不便讲，说来话长，等明天晚上告诉你吧。我还要带了我的伙伴儿如安修士同来看你呢。’她打断我道：‘如安修士？就是隐居在城外附近的那位好修士吗？你开什么玩笑，人家说他有一百多岁了。’我说道：‘他果然有这么大岁数，不过这几天来年轻了不少，并不比我老了。’芭孛道：‘好！请他跟你一起来吧。我看这里面准有花样儿。’

“第二天一到天黑，我们就去拜访那几位信女。她们要好好款待我们，特意备了丰盛的筵席。我们先脱掉假胡子和道袍，老实不客气把自己姓甚名谁告诉那些公主娘娘。她们只怕比不上我们坦白，也就换去庄容道貌，让我们瞧瞧假充虔诚的女人是什么真相。我们差不多喝了个通宵，直到傍亮儿时分才回我们的山洞。我们不多时又去相聚，其实三个月来夜夜如此。我们跟这起娘儿们吃喝，把手里的钱花掉了三分之一都不止。有个嫉妒我们的人把事情都看在眼里，就到法院告发。法院准备今天到那隐居去拿我们。昨天安布华斯在古安加募化，我们一位信女给了他一封信，说道：‘我的女朋友写给我这么一封信，我正要专差送给你们。你给如安修士看了，两人斟酌个办法吧。’拉莫拉当着你们两位交给我的就是那封信；我们也正是看了那封信，所以忙忙地撇了我们的那个隐居。”

第　二　章

堂拉斐尔和他的听众商定计策；
他们出树林时碰到的事。

堂拉斐尔的经历我觉得太长些，他讲完了，堂阿尔方斯出于客气，只说听得津津有味。于是安布华斯对他的同道说：“堂拉斐尔，你算计算计，太阳要下山了，我想咱们得商定个办法。”他那伙伴儿答道：“你说得对，咱们得决定上哪儿去。”拉莫拉道：

“我主张咱们别耽搁，立刻上路，今晚赶到瑞格那，明天进瓦朗斯，到那儿去施展本领。我有个预兆，觉得咱们到那边准会得手。”他的伙伴儿相信他的预兆决没错儿，一口赞成。堂阿尔方斯和我是跟着这两位正人君子走的，毫无主张，专等他们抉择。

我们决定取道往瑞格那，准备出发。我们像早上那样饱餐一顿，然后把一皮袋酒和剩下的粮食装在马上。直等到夜色朦胧，可以放心走路，我们就动身出树林去。可是我们没走得一百步，看见林子里一点光亮，都疑惑起来。堂拉斐尔道：“那是什么道理？难道古安加法院派来追踪咱们的走狗探得咱们在这林子里，所以搜寻来了？”安布华斯道：“我想不会，多半是过往旅客，错过宿头，到树林子里来过夜。可是我也许料得不对，我去看看到底是怎么回事。你们三人在这儿等着，我一会儿就回来。”那点光离我们不远，他说完就蹑手蹑脚走去。他轻轻拨开碍路的枝叶，那边的情况真值得他仔细窥看。四个人围坐在草地上，中间一墩泥里插着亮煌煌一支蜡烛。他们刚吃完一个肉馅儿烤饼，正在轮番喝那大皮袋里的酒；几步路外，一个女人、一位绅士各绑在树上，再过去停着一辆车，套着两头披盖华丽的骡子。拉莫拉一上来就认定那坐着的几个人是强盗，再听了他们讲的话，知道果然没料错。看来那四名强盗个个都想独占落在他们手里的女人，商量着要拈阄呢。拉莫拉看明究竟，回来把所见所闻一五一十告诉我们。

堂阿尔方斯就说：“诸位，强盗绑在树上的太太和绅士也许是极有身份的人，难道咱们尽强盗去虐待糟蹋吗？我主张杀上去，叫那些强盗一个个死在咱们手里。”堂拉斐尔道：“我赞成。我不论干好事、干坏事一样起劲。”安布华斯也说这是桩美事，很愿意帮一手；还说他预料报酬不会菲薄。这一回，我也敢说我没有临阵害怕，从来游侠骑士为女人出力，没有像我那么豪爽的了。不过说老实话，危险并不大。据拉莫拉告诉我们，强盗的兵器做一堆儿扔在离他们十一二步以外呢，我们要按计行事，没什么困难。我们把马匹拴在树上，悄悄地到强盗那里。他们谈得正热闹，我们乘一片嚷嚷，来个出其不意。他们还没知觉，兵器早落在我们手里。于是我们瞄近了一阵开枪，四人都尸横地上。

这个当儿，蜡烛灭了，树林里漆黑。可是我们居然还把那男女两人解下来。他们都吓软了，没有余力谢我们解救。其实他们还不晓得我们究竟是救星还是另一批强盗，也许抢了他们去一样给他们苦头吃。据安布华斯说，离那儿半哩路有个客店。我们劝他们放心，说送他们上那客店，到了那里，他们可想出种种稳妥的办法，安抵他们要去的地头。他们听了这话好像很满意。我们扶他们上车，牵着骡子的缰绳走出树林。我们那两位修士又在死强盗衣袋里掏摸一番。我们去牵堂阿尔方斯的马，看见强盗的马匹在他们附近的树上拴着，就一起牵走。安德华纳神父骑着驾在车前的一匹骡子，带头领路向客店去；我们带了马匹在后跟随。他虽说客店离树林不远，我们却走了两个钟头才到。

我们把大门擂得山响。店里已经都睡静了。店主夫妇赶紧起来，见了车仗人马，知道要在他们店里花不知多少钱呢，虽然打破了好梦也毫无怨恨。客店里顿时灯烛辉煌。堂阿尔方斯和陆珊德那位鼎鼎大名的儿子把绅士和太太搀扶下车，由店主人领到一间客房里，他两人竟好像两个侍从，一路随侍。我们进屋去应酬一番，才知道援救的正是玻朗伯爵和他的女儿赛拉芬，都吃惊不小。这位太太和堂阿尔方斯相见,彼此的惊奇非言可喻。公爵有别的事,并没留意。他告诉我们遇盗经过,说强盗杀了他的一个车夫、一个小僮儿、一个亲随,又把他女儿和他捉住。他讲到末了说,深感救命之恩,他一月后要回托雷都,如果我们上那儿去,就可以瞧瞧他是不是知恩报恩的人。

这位大爷的女儿也谢我们说,幸喜逢到救星。拉斐尔和我知道堂阿尔方斯满指望得个空儿跟那位年轻寡妇密谈几句,所以我们绊住玻朗伯爵谈话,逗他喜欢,让堂阿尔方斯遂了心愿。他低声对那太太说:"美丽的赛拉芬,我居然能为你效一臂之力,真是有幸,虽然做了亡命之徒也甘心了。"她叹气道:"啊呀!救我性命、全我名节的就是你!我爸爸和我真是受恩深重!唉!堂阿尔方斯,为什么你杀了我的哥哥呀?"她没有再说别的,不过他从这几句话和那口气里,知道不仅自己热爱赛拉芬,赛拉芬对他也一往情深。

第六卷

第　一　章

吉尔·布拉斯和他伙伴跟玻朗伯爵
分手以后干些什么;安布华斯
策划了一件大事,他们怎样按计行事。

玻朗伯爵向我们道谢了半个晚上,又说一定要报恩。然后他唤店主人去商量:他要到杜利斯去,怎样可以安抵地头。我们让这位大爷自去斟酌办法。我们出了客店,随拉莫拉带领上路。

走了两个钟头,到康比罗附近,天色发亮了。我们赶忙躲到康比罗和瑞格那中间的山里去休息一天,一面把我们的财产核算一下。我们从强盗衣袋里搜来各式各样的钱值三百比斯多以上,所以我们富裕得多了。我们天一黑又上路,第二天早上进了瓦朗斯境。我们看见一个树林,就躲进去,愈走愈深,找到个地方,只见一道小溪,水明如镜,悠悠然流入戈达拉维亚河:溪边密树成荫,我们可以休息,丰草如茵,又可以放马,就算我们没想歇腿,到此也不由得要逗留了,所以我们没再往前去。

我们下了马,准备舒服一天,可是要吃早饭的时候,看见口粮所余无几。面包不够吃了,酒袋也仿佛失了魂的躯壳。安布华斯说:"没酒没饭,任你风光明媚也没趣味。我主张今天进点儿货，我想到才尔瓦采办去。那个城很不错，离这儿不过短短二哩路，我跑一趟只要一会儿工夫。”他一面说，一面把酒袋粮袋都装在马上，上鞍出林而去。照他走得这般快，回来一定不会晚。

我们满以为拉莫拉速去速回，刻刻等着他，可是他还不来。大半天过去，树林里已经夜色朦胧，我们等他迟迟不归，都在着急，这时候才看见我们的买办来了。他带回许许多多东西，出于我们意料之外。不但皮袋里满满的是美酒，口袋里满满的是面包和各种烤野味，马上还驮着一大包东西，引起大家注目。他瞧出来了，笑盈盈地说道：“诸位，难怪你们看了这包东西诧异，你们还不知道我在才尔瓦买了干什么的。保管堂拉斐尔猜不出来，谁也猜不出来。”一面说，就把众人打量着的包儿打开，把里面的东西一件件拿给我们瞧：一领斗篷，一件很长的黑袍，两身衣裤，一套文具，是墨水和笔分两盒儿装了系在一起的，一刀好白纸，一具锁，还有一个大印章和一些绿色的火漆。他把买来的东西全搬给我们看了，堂拉斐尔打趣道：“嗨，安布华斯先生，你买的东西当然很不错，不过请问你，干什么用呀？”拉莫拉答道：“我自有妙用。这许多东西只花了十个双比斯多，我相信咱们可以生发出五百个双比斯多还不止，保管有那么些可赚。我不是个收烂东西的，我有个打算实在是绝顶聪明，等我讲出来，你们就知道我买这些东西不是傻头傻脑。你们回头瞧吧，我相信你们听了一定高兴。待我说来。

“我买了面包，到一个烧烤铺定烤山鸡、小鸡子、兔子各样六只。我等待东西烤熟，只见跑来一个人，怒气冲冲，直着嗓子骂本城一个开铺子的对他无礼。他对烧烤铺掌柜说：‘圣雅各在上！在才尔瓦做买卖的要数萨缪尔·西蒙最岂有此理了。他方才当着满店的人给我下不去。那小气鬼明知我是个干手艺的，付得起钱，跟我做买卖一点不吃亏，可是我要赊他六奥纳[①]布的账，他怎么也不肯。你瞧那畜生妙不妙？他跟大爷们交易，情情愿愿地赊账。他宁可为他们担风冒险，对诚实可靠的市民倒不肯方便。真是怪脾气！他妈的犹太人！但愿他几时上了人家的当！准有一天称了我的心愿，好些做买卖的也这么说呢。'

"那干手艺的还说了许多话，我听着忽发奇想，要替他出气，作弄萨缪尔·西蒙一下。我问那抱怨的人说：'朋友，你说的那家伙是怎么样的人？'他立刻道：'是个坏透顶的家伙。我告诉你，尽管他假装正人君子，实在是个穷凶极恶的放印子钱的。他是犹太人，改信了基督教，不过骨子里还跟彼拉多[②]一样的是个犹太人，因为人家说他改教完全是想牟利。'

"我留心听了这人的话，一出烧烤铺就去打听萨缪尔·西蒙的住址。问讯到那里，人家把那铺子指给我看了。我打量一番，都看在眼里；我那随机应变的智囊里立刻有了一条妙计，我细细盘算过，并且觉得真不愧是吉尔·布拉斯先生的亲随想出来的计策。我到估衣铺买了这些衣裳回来：一套是扮宗教法庭[③]检察官的；一套扮书记，一套扮公差。诸位先生，我就是干了这些事，所以回来得晚了些。"

堂拉斐尔听到这里，喜不自胜，插嘴道："啊呀！亲爱的安

---

① 古尺名，每奥纳合 1.188 米。

② 彼拉多是审判耶稣的罗马驻犹太总督，这里把他误认为犹太人。

③ 十三到十九世纪各天主教国家审问异教和叛教徒的法庭，在西班牙的权力尤大，手段最为严酷。

布华斯,你这个主意妙极了！你的算盘真好！这样足智多谋,我真眼红,我甘心把生平几桩最了不得的勾当换这么一条妙计。哎,拉莫拉,我的朋友,你这条计策的妙处我全看到,干起来也不用你担忧。你得要两个会串戏的做帮手,咱们现在都有。你一脸志诚虔敬,扮宗教法庭的检察官很配;我呢,可以扮书记,吉尔·布拉斯先生请他扮公差。这就把角色都分配了。咱们明天上戏,只要别来个不凑巧,把最周密的安排都弄左,我管保可以得手。”

堂拉斐尔对那计策这样赏识,我却还不甚了了,吃晚饭的时候听说了详细,觉得这把戏很巧。我们狼吞虎咽吃了点野味,又喝掉皮袋里好些酒,就躺在草地上,一会儿都睡着了。我们没睡多久,过了一个钟头,天还没亮,那不饶人的安布华斯就叫道:“起来！起来！要干大事的人,贪懒可不行啊。”堂拉斐尔惊醒了,说道:“嗐！宗教法庭的检察官老爷,你好勤快啊,萨缪尔·西蒙先生该倒霉了！”拉莫拉答道:“我也那么想。”又笑道:“我还告诉你,我刚才梦里正在拔他的胡子。书记先生,这梦对他不吉利吧?”大家说笑了一顿,都很高兴。我们嘻嘻哈哈地吃过早饭,就动手化装。安布华斯穿上长袍、斗篷,活脱儿是个宗教法庭的官员。堂拉斐尔和我也装成书记和差人,都惟妙惟肖。我们化装了好半晌,过了下午两点才出树林到才尔瓦。我们实在也不忙,这出戏要到傍晚才登场呢。所以我们放慢着脚步,还在城门口歇了一会儿,等太阳下去。

天一黑,我们叫堂阿尔方斯看管马匹,守在那地方。他不用串什么角色,非常称心。堂拉斐尔、安布华斯和我先不到萨缪尔·西蒙家,却到离他家才两三步的一个酒店里。宗教法庭的检察官老爷打头进去，正言厉色对店主人说："掌柜的，我要跟你密谈几句，事关宗教法庭，非常紧要。"店主人把我们领到客堂里。拉莫拉看见没有旁人，说道："我是宗教法庭的官员。"酒店主人一听这话，脸都青了，抖声说，他自信没有冒犯宗教法庭的地方。安布华斯和颜悦色道："所以宗教法庭并不想难为你。要是冒冒失失判罪，不分皂白，上帝也不容的！宗教法庭严是严，却从不冤屈好人。反正总要该罚的人才会受罚。我到才尔瓦不是为你，是为一个开铺子的萨缪尔·西蒙。有人告发他为人行事都很不堪。据说他始终信奉犹太教，他皈依基督教别有用心。我以宗教法庭的名义命令你，你知道他什么事情，全告诉我。当心，别因为是他街坊，或朋友，就想包庇他。我告诉你，要是我听出你口供里稍有回护，你自己就完了。"他回头对拉斐尔道："来吧，书记，执行你的职务。"

书记先生早把纸和文具拿在手里，他坐在桌子前面，一脸正经，准备把店主人的口供写下来。店主人声明决不撒一个字儿的谎。宗教法庭的检察官说道："既然如此，咱们就可以开始了。我问什么，你只要回答就成，不用多说。你常看见萨缪尔·西蒙上教堂吗？"店主人答道："这个我倒没留心，记不起几时在教堂里见过他。"宗教法庭的检察官喝道："好！写下来，人家从没看见他上过教堂。"店主人道："老爷，我没那么说，我只说没在教堂里见过他。也许他跟我同在一个教堂，我恰恰没看见。"拉莫拉道："朋友，审问你的时候，不准回护萨缪尔·西蒙，你难道忘了？你回护了他会怎样下场，我已经说过。你只可以控告他，不准有一字儿偏袒。"店主人道："学士大爷，要是这样说，我的口供您没多大用处。您问的这个商人我一点儿不认得，他是好是歹，都无从说起。不过您若要打听他怎么过家，我去把他的伙计加斯巴叫来，您可以问他。这小伙子有时候跟朋友到这儿来喝酒。我可以告诉您，他爱嚼舌头，随您要他说多少话他都说。他会把主人一生的事都讲出来，准叫您书记写得不得闲儿。"

安布华斯道："我喜欢你这样老实。你推荐个熟悉西蒙家常的人，足见你对宗教法庭的一片热心，我要回去呈报的。"又道："你快去把那个加斯巴找来。可是不要声张，别让他主人知道。"这差使酒店主人干得非常机密爽利。他把店伙计领来。这小子果然是个话匣子，我们正合用。拉莫拉对他说："孩子，你来得好。我是宗教法庭的检察官，有人告萨缪尔·西蒙信奉犹太教，宗教法庭派我来调查的。你住在他家，他的举动多半落在你眼里。你知道他什么事，说出来。我代表宗教法庭向你下这命令。我想这句话就够，不必再警告你非说不可了。"那店伙计道："学士大爷，您向我打听，正是找到最愿意讲的人了。您就是没代表宗教法庭下令，我也巴不得告诉您呢。要是人家向我主人去打听我，我相信他决不留情，所以我也不用回复他。我第一要告诉你，他是个不露真相的调皮东西，外面装得活像个圣人，骨子里是个混蛋。他每天晚上到一个小娘儿家里去……"安布华斯打断他道："你讲出这件事来很好，可见他这人品行不端。不过你且针对着我问的话回答。我职责所在，尤其要知道他信教是否诚心。我问你，他们家吃不吃猪肉？"①加斯巴答道："我在他家一年，好像没吃过两回。"宗教法庭的检察官老爷道：

① 犹太教不吃猪肉。

“好得很,书记,写下来,萨缪尔·西蒙家从不吃猪肉。”接着又道:“他们家猪肉不吃,有时候准是吃羊肉吧?”那伙计答道:“是啊,有时候吃羊肉,譬如上次复活节我们就吃了一只小羊。”这位官员道:“这个日子很巧,书记,写,西蒙守逾越节①。这事很顺手,我看咱们收集了一些好情报了。”

拉莫拉接着又问道:“我还问你,朋友,你看见过你主人把人家男小孩儿摸摸弄弄吗?”加斯巴答道:“常有的事,他看见人家男小孩儿打我们店前走过,只要长得好看,就拉住了逗他们玩儿。”宗教法庭的检察官道:“书记,写下来,萨缪尔·西蒙嫌疑很重,想引诱基督教儿童到家,图谋杀害。② 这改邪归正的信徒太和蔼可亲了!啊!啊!西蒙先生,我管保宗教法庭要跟你算账的。别以为人家会饶你,随你干这种杀了人当祭品的野蛮勾当。”又向那店伙计道:“加斯巴,你很热心,大着胆子把他的事都说出来,让大家知道这个冒牌基督徒还虔守犹太教的规矩仪节。他是不是每礼拜有一天什么事都不干的?”加斯巴道:“不,这点我倒没有留意。我只看到他有些日子关在自己账房里,好一会儿不出来。”那位官员道:“嗨!这就是了!他准是守犹太教的安息日③,不然的话,我不是宗教法庭的检察官。书记,写明白,他安息日虔诚守斋。啊!这下流东西!我现在只要打听一桩事情了。他跟你们谈起耶路撒冷吗?”那店伙计道:“常谈

① 犹太教的大节,和基督教的复活节差不多同时。这天犹太教徒每家吃小羊一只。

② 中世纪以来传说,犹太人每年在耶稣受难日把一个基督教儿童钉死在十字架上。

③ 犹太教以星期六为安息日,相当于基督教的星期日。

起。他跟我们讲犹太人的历史，又讲耶路撒冷的教堂是怎样毁掉的。”安布华斯道：“对啊，别漏了这点。书记，用大字写：萨缪尔·西蒙渴望重建耶路撒冷教堂，日夜想光复祖国。我调查得够了，不用再问别的。加斯巴诚实不欺，这篇口供可以叫一区上的犹太人都烧死呢。”

宗教法庭的官老爷把店伙计盘问了这么一番，就放他走，不过以宗教法庭名义下令，不准他把方才的事告诉主人。加斯巴说一定遵命，就出去了。我们并不耽搁，也跟着走，我们出酒店的时候还是道貌岸然，和进来的时候一样。我们去打萨缪尔·西蒙的门。他亲自来开，看见我们那副模样的三人上门，吃了一惊，后来听明来由，越发骇然。我们由拉莫拉说话，他作威作福地说道：“萨缪尔先生，我是宗教法庭的官员，我以宗教法庭的名义，命令你马上把你账房的钥匙交出来。有人控告你，我要瞧瞧有没有凭据。”

那商人给这一席话吓慌，仿佛当胸挨了一拳头，竟倒退了两步。他一点没怀疑我们捣鬼，当真以为有人暗里和他作对，害他做了宗教法庭的嫌疑犯。也许他怀着鬼胎，自己知道不是个很好的基督徒，怕人告发。不管究竟是怎么回事，我只见他慌张得不得了。他没有道个“不”字，而且毕恭毕敬，活是个经不起宗教法庭审问的人。他替我们开了账房的门。安布华斯一面进去，对他说：“你至少得服从宗教法庭的命令，不得违抗。你到别的屋里去，让我从容执行职务。”萨缪尔对这道命令也不敢违拗，他守在店里，我们三人就进他账房，立刻动手搜寻他的现钱。我们一找就找出来了，都在一只开着盖儿的钱箱里，多得拿不了，装钱的口袋大堆儿叠着，只可惜全都是银元。我们但愿是金的就更好了，不过天下事哪能尽如人意，这是强求不来的。我们衣袋里、裤子里、凡是可以装钱的地方都塞满杜加。总而言之，我们身上沉甸甸地带足了钱，外面却看不出来。这全靠安布华斯和堂拉斐尔的手段，我才知道精通本行是最要紧的事。

我们大为得手，于是出了账房。宗教法庭的检察官老爷就拿出自己带的锁，亲手锁了门，封上火漆，盖上印章。这是什么道理，读者一猜便得。他随即对西蒙道："萨缪尔先生，我以宗教法庭的名义，禁止你碰这具锁，封上的火漆也碰不得，因为上面有法庭盖的印，你该尊重。明天这时候我再来去封开锁，传宗教法庭的命令。"他说完吩咐开门，我们喜滋滋地鱼贯而出。我们才走了五十来步，就轻轻快快地放步走，虽然身负重担，却好像脚不沾地似的。我们一会儿出了城，跨上马，就往赛果布趱行，一面感谢水德星君①给我们发了这么个利市。

第二章

这件事后，堂阿尔方斯和吉尔·布拉斯决定了行止。

我们照向来的好办法连夜赶路，傍亮儿到了离赛果布八公里路的一个小村子附近。我们都累了，又觉得不便到村上去歇

① 水德星君（Mercure），古罗马神道，是雄辩家、商人和流氓盗贼的保护神。

腿，望见离村一千或一千二百步光景的山脚下有一簇杨柳，就欣然离了大道赶去。柳荫里很清凉，旁边一道小溪，柳树根都淹在水里。我们觉得那地方很好，决计盘桓一天。我们下了马，卸去鞍辔，放它们啃青；自己躺在草地上歇了一会儿，于是把口袋里的粮食和皮袋里的酒吃喝个精光。我们饱餐了一顿早饭，就把萨缪尔·西蒙那儿拿来的钱数着消遣。总共有三千杜加之多，加上原有的钱，我们可算很富裕了。

我们得去买口粮。安布华斯和堂拉斐尔脱掉了宗教法庭检察官和书记的服装，说愿意两人同去采办，又说才尔瓦那勾当引起了他们的胃口，很想到赛果布去看看有没有机缘再来一手。陆珊德的儿子说："你们在柳树底下等一会儿，我们就回来。"我哈哈笑道："得了！堂拉斐尔先生，干脆叫我们等太阳西边出吧。你们这一走，看来要好久见不到你们呢。"安布华斯先生答道："这样猜疑简直是冒犯我们了，不过你说这话也是我们活该。你看了我们在瓦拉多利的作为，难怪要动疑，以为我们又要像上次把伙伴儿撇在瓦拉多利那样，满不在乎地撇下你们。可是你料错了，我们扔下的那几个伙伴都很刁恶，我们跟他们混不下去。对吃我们这一行饭的人有一点不该抹杀，不论什么行业合伙经营，往往争利吵架，还数我们这行里这类事最少。不过彼此性情不投，就不能相处得和洽，这也是人之常情。所以吉尔·布拉斯先生，我请你和堂阿尔方斯不妨对我们再信任点儿，别因为堂拉斐尔和我要到赛果布去就放心不下。"

陆珊德的儿子道："叫他们不起疑心有个很现成的办法：只要把钱箱交给他们，就是个好押头，管保我们回来。你瞧，吉尔·布拉斯先生，我们直截爽快。你们俩这来就有恃无恐，我也可以说,安布华斯和我走了决不怀疑你们会卷了这贵重的押头逃走。这是个明明白白的凭据,可见我们真心真意,你们还不十二分相信我们吗?”我说:“我相信了,现在随你们去干事吧。”他们带了粮袋酒袋,立刻动身,撇下我和堂阿尔方斯在柳树底下。堂阿尔方斯等他们走了,说道:“吉尔·布拉斯先生,我得把心事告诉你。我怪自己当初太随和,跟着那两个混蛋到这里。你不知道我懊悔了多少回。昨天晚上我看守着马匹,只觉得万念钻心。我想一个有品的青年不应该跟拉斐尔和拉莫拉这种坏蛋一起混。也许哪天不凑巧,一场骗局害咱们落了法网,我就得含羞忍耻地跟他们一起受侮辱挨刑罚,仿佛也是个贼骨头。我常在设想这种情景。老实告诉你,我不愿意再帮他们干坏事,决计从此跟他们分手了。我这打算想来你不会反对。”我回答道:“我决不反对。你别看我在萨缪尔·西蒙那出戏里扮了个公差,就以为这种把戏合我的口胃。我指天为证,我串那好角色的时候心上就在想:‘说真话,吉尔·布拉斯先生,你要是这会子给法院一把颈皮抓去,受罚正是活该!’堂阿尔方斯先生,我实在也不甘心跟这种坏人在一起。你要是有意,我可以陪你。等他们俩回来,请他们把钱分了;明天一早或者今儿晚上就和他们分手。”

赛拉芬美人的情郎赞成我那主意。他说:“咱们先到瓦朗斯,由那儿上船到意大利,可以到威尼斯共和国去当兵。与其过这种卑鄙龌龊的生涯,当兵不好得多吗?咱们有了钱还很可以出头呢。我用这不义之财并非于心无愧。不过一来是迫不得已,况且我要是有一天打仗弄到些钱,我发誓一定要偿还萨缪尔·西蒙。”我说我也是一样的心思。总之,我们决定明天一黑早和我们同伴散伙。我们并不想乘他们不在占便宜，就是说，马上拿了钱逃走。按说我那番在公寓里受过他们骗，这次就是卷逃也情有可原。不过他们既然把钱交托给我们，表示信任，我们就连这种心都不能起了。

安布华斯和堂拉斐尔傍晚从赛果布回来，头一句话就告诉我们，这趟跑得很顺利，已经布置好一个骗局，看来比前番更用得着我们。陆珊德的儿子就要细讲，可是堂阿尔方斯客客气气地声明他生性不惯过这种日子，决计要分手。我说也是这般打算。他们极力劝我们跟着走码头，可是没用。我们把钱四份均分，第二天清早，我们俩就跟他们分手上瓦朗斯去。

第　三　章

堂阿尔方斯稍有困厄，随又欢天喜地；
吉尔·布拉斯交运，忽然到手个好差使。

我们高高兴兴到了布诺尔，偏偏时运不凑，只好逗留下来。堂阿尔方斯病了。他大发烧，又抽筋，我怕他要送命。幸亏那地方没有医生，我不过担了一场虚惊。三天之后他已经没事，有我小心服侍，就渐渐复元。他非常感激我为他尽心。我们真是情投意合，就结成生死之交。

我们又上路，还是决定先到瓦朗斯，一有机缘就上意大利去。可是老天另有安排，替我们留着一步好运呢。我们看见一座很好的庄子门口围着一大簇村民,男男女女成圈儿跳舞玩耍。我们近前去看热闹,堂阿尔方斯大吃一惊,他真是意想不到,看见了石坦安巴赫男爵。男爵也看见他了,张着两臂迎上来,欣喜欲狂地说道:“啊! 堂阿尔方斯! 原来是你! 真是巧遇! 满处地找你呢,可可的你撞来了。”

我的伙伴立刻跳下马,赶上去拥抱男爵。我看那男爵乐得不可开交。那老头儿对堂阿尔方斯说:“来,我的孩子,你就要知道自己的出身,交上大好运了。”说完就领他到庄上。我早已下地,把两匹马拴在树上,这时就跟着进去。我们顶头碰见庄主,他五十来年纪,一表好相貌。石坦安巴赫男爵指着堂阿尔方斯道:“大爷,这就是令郎。”庄主堂西泽·德·李华一听这话,就抱住堂阿尔方斯的脖子,悲喜交集,说道:“好儿子,认认你的生身父亲。我迟迟没让你知道出身,实在是万不得已。我常为这事叹恨,可是别无办法。我爱上你妈妈,就娶了她,她门第远不及我。我上有严父管束,这门亲事没经他准许,声张不得。我这秘密只有石坦安巴赫男爵一人知道。他帮我的忙,把你抚养成人。长话短说,我爸爸去世了,我可以声明你是我惟一的继承人了。”又道:“还有呢,我替你定了一位门当户对的年轻太太……”堂阿尔方斯打断他道:“爸爸,别叫我赔了苦恼来换你刚才的喜信。我知道是你的儿子,正觉得荣幸,难道你非要立刻给我一个恶消息吗? 啊,爸爸,别比你的爸爸更狠心,他虽然不赞成你用情,至少没逼你娶亲。”堂西泽答道:“孩子,我并不想硬逼你。不过你且依我见一见我替你挑的人,你只要听我这一句话。她相貌漂亮,又是个很好的对头,不过我答应你,我决不强迫你去娶她。她就在这田庄上。跟我来,你回头自会承认她是个绝顶可爱的人儿。”他一面说，就领堂阿尔方斯到一溜屋里，我和石坦安巴赫男爵也跟了去。

玻朗伯爵和他的两个女儿：赛拉芬和如丽，还有他的女婿堂范尔南·德·李华，也就是堂西泽的侄儿，都在那里，另外还有几位太太和绅士。堂范尔南带如丽私奔，上文已经说过。这天正因为这一对情人结了婚，附近村民聚来庆祝。堂阿尔方斯一进去，他父亲把他对客人介绍之后，玻朗伯爵立刻站起来，赶上去拥抱他，一面说：“欢迎我的救命恩人！”又对他道：“堂阿尔方斯，你瞧瞧宽宏大度的人多么讲道义。你虽然杀了我的儿子，却救过我的性命。我对你的怨毒一笔勾销。赛拉芬的名节是你保全的，我就把她嫁给你，这样来报你的恩。”堂西泽的儿子忙对玻朗伯爵说他怎么感恩入骨。他既知道了自己的出身，又要做赛拉芬的夫婿，我真不知道他两件事究竟哪件更得意。婚礼果然几天内就举行了，几位当局者都非常称心。

我也是玻朗伯爵的救命恩人。这位爷认得我，他说要尽力看顾我。我感谢他的厚意，却不愿意离开堂阿尔方斯。堂阿尔方斯叫我做了他的管账，十分宠信。他念念不忘诈骗萨缪尔·西蒙的事，一结婚就派我把偷的钱全数还给那商人。我就去偿还欠款。这原是管账们办交代的时候干的事，我却一上任就干了。

第七卷

第　一　章

吉尔·布拉斯和萝朗莎·
赛馥拉大娘的私情。

我到才尔瓦把我们偷的三千杜加送还那位萨缪尔·西蒙。老实说,我在路上有点心动,想吞灭这笔钱,只算做了管账发个利市。我尽可以来这么一手,逍遥无事,只要逛五六天回去,就算把差事办完了。堂阿尔方斯和他父亲偏袒我,不会动疑。万事都很凑手。可是我没有干出来,而且竟可以说,我自居君子,克制了贪心。一个跟大骗子混过的小子居然能这样就很难为他了。好些人只跟上等人交往的也未必那么廉洁。受委托代管钱财的人,中饱了不怕拆穿,他们对这类事情知道得最清楚。

那商人想不到这笔钱会偿还。我交代清楚,就回到李华的庄上。玻朗伯爵已经带着如丽和堂范尔南上路往托雷都去了。我觉得新主人对赛拉芬越发痴情,赛拉芬也很喜欢他,堂西泽有这一对儿子媳妇非常欣慰。我极力讨好那位慈父,居然如愿。我做了合府的总管,一手经理大小家事:田租由我收,日用由我开销,用人统统受我约束。总管照例作威作福,我却不然。我不把我嫌的用人撵走,也不责备用人对我一人尽忠。他们要是向堂西泽父子当面求恩,我非但不从中作梗,还帮着说好话。两位东家喜欢我，常常形于辞色，我感激得一心愿为他们效力。我只为他们打算，在我任内从没弄过一分玄虚。我这种总管，人家哪里去找呢。

我正欣幸交了好运，那爱情之神看见命运这般待我，好像动了醋意，要我也对他感恩。他叫赛拉芬手下为头的仆妇萝朗莎·赛馥拉大娘对总管先生大为倾倒。要是用史家直笔写来，为我颠倒的人儿已经靠五十岁了。可是她神气清爽，脸儿也不讨厌，一双美目惯会流盼送睐，因此还算得是男人家的艳遇。我只嫌她脸色不红润，因为她苍白得厉害。我以为这都是没嫁男人清淡出来的。

这大娘一双含情的眼睛只顾来撩我。可是我并不和她眉来眼去，起初只装不知不觉。她看我外行，倒不讨厌。她以为这小子不解事，单靠眉目传情不行，所以第一次跟我谈话就把衷情讲得明明白白，不由我再糊涂。她完全是此中老手的行径；她装出怪不好意思的样子，一口气讲完，就遮着脸儿，仿佛道破了心病害羞得紧。我只好承她的情了。我这来并非完全真心，大半出于虚荣，但是我装得很感激她这番情意。我还做出热切的样子，好像情不自禁，竟招她怪了几句。萝朗莎说得很和婉，虽然嘴里叫我尊重，我看出她并不恼我放肆。我还要闹下去，可是我心爱的人儿恐怕我上手太容易，会把她看得轻贱。我们就此分手，等下回再聚。赛馥拉以为假意推拒了一番我准把她当个守贞的处女了；我却做着好梦，想不日就成其好事。

我这件私情事儿正得手，堂西泽的跟班告诉我一个扫兴的消息。有种好管闲事的用人，家里什么事情都钻头觅缝地打听，这小子就是那种人物。他对我趋奉得很，每天总来讲些新闻凑趣。一天早上，他说探得一件趣事要告诉我，只是不可以说出去，因为干系到萝朗莎·赛馥拉大娘，怕招她的恨。我急要知道，当然答应决不泄漏。我只作漠不关心，极力做得镇静，问他探得了什么来给我解闷的。他说："萝朗莎每晚上偷偷儿把村上的外科医生弄到她屋里去，那家伙是个结结实实的年轻小伙子，在她房里总有好一会耽搁。"又很调皮地说："也许这里面毫无暧昧，我但愿如此；不过你承认吧，一个小伙子鬼鬼祟祟溜到个女人屋里，不会当她好货的。"

我听了大气，仿佛真爱上了那个女人似的，只是我不露在脸上，尽管这消息刺心，我勉强还打了个哈哈。不过我等到左右无人，立刻把这股逼住的气发泄个畅快。我骂啊，咒啊，又盘算怎样对付。我一会儿瞧不起萝朗莎，想不跟那骚货理论就把她丢开；一会儿想想，自己体面有关，不能放过那个外科医生，就要找他决斗。我决计这样办。我傍晚等在暗地里，果然看见那人鬼鬼祟祟地进女监护的屋里去。我一腔愤火本来也许会退，这来就难消了。我跑出田庄，候在那个情人回家必经的路上。我气昂昂地等着，急要动手，一时一刻都难耐。好一会儿我的情敌来了。我气势汹汹地抢上几步，可是不知怎么回事，我就像荷马史诗里的一位英雄那样，忽然一阵害怕，不敢向前。我跟帕里斯上场和墨涅拉俄斯①交手的时候一般慌张。我把那人端详一下，觉得他身强力壮，他的剑也长得出奇。这对我都有影响，越见得事情凶险，又加我生就的脾气只想退缩，但是体面攸关，或者还有别的缘故，我居然大胆迎着那外科医生，挥剑杀上去。

---

① 荷马史诗《伊利亚特》第三卷开首写帕里斯出阵，墨涅拉俄斯见了仇人，直扑上去。帕里斯看来势凶猛，心惊胆怯，退入阵内。

他见我这般行径，吓了一跳，嚷道："怎么回事儿啊？吉尔·布拉斯先生，干吗做出这副游侠武士的腔儿来呀？你开玩笑吧？"我答道："呸！理发匠先生①，谁跟你开玩笑！我要瞧瞧你的胆量可赶得上你的风流劲儿。你要跟方才在田庄幽会的女人做相好，休想我会让你安顿！"那外科医生哈哈大笑道："圣贡玛②在上，这是笑话了！天啊，万事不能只看皮毛的。"我一听这话，料想他怕打架不亚于我，就越加盛气凌人，打断他道："去你的吧！朋友！去你的吧！别以为抵赖一句我就买账。"他道："我看只可以跟你讲讲明白，免得你我总有一人遭殃。吃我们这行饭，嘴要关得紧，可是我不得不向你泄漏一件阴私了。萝朗莎大娘偷偷儿把我弄到她屋里去，因为防别的用人知道她的病。她背上有个多年治不好的恶瘤，我每晚去替她包扎疮口。我去看她就是这个道理，倒害你疑神疑鬼。从此你放了心吧。不过，你要是以为我这几句辩白还不行，一定要跟我交手，你只消说一声，我不是个不肯动手的人。"他一壁拔出那把吓得我发抖的长剑，摆出阵势，神气很不好惹。我把剑插进鞘里，说道："这就成，我不是蛮不讲理的家伙，你一讲明白就不是我的冤家了。咱们拥抱吧。"他听了这话，方知我起初看来凶狠，其实不然，他笑着插上剑，张臂相迎。我们就和和气气分手。

从此我想到赛馥拉只觉得厌恶。她找我密谈，我总是躲避。我躲得太露痕迹，竟给她看出来了。她奇怪我前后大不相同，要知道什么缘故。她得空把我拉过一边，说道："总管先生，请问

---

① 从前理发师往往兼做外科医生。

② 古罗马时代殉教的基督徒，是医生的保护神。

你干吗见我就跑？从前你变着法儿来找我，现在一心只想避我。当然是我先来就你，不过你也有意思呀。请你追想咱们俩私下说的话吧。你那时候一盆火热，现在阴冰冷气，这是什么道理？"这一问，叫个坦率的男人很难应对。所以我很窘。我忘了怎样回答的，只记得她听了气得不得了。赛馥拉虽然看样儿和婉柔顺，像只小绵羊，一发火可像只母大虫。她眼睛里又恨又怒，瞅着我道："我十分抬举你这种小人，向你吐露衷情，大爷贵人得我如此也要受宠若惊呢。我自轻自贱，会看上个混蛋流氓，活该受这番报应。"

她不就此罢休。要不然，我太便宜了。她气头上一条舌头把我千般辱骂，越骂越凶。我明知应该平心静气挨她的，并且应该想想，我勾引得人家肯为我失身，倒又鄙夷不屑起来，这种罪过女人决不原谅。要是个晓事的人身当此境，一笑置之罢了。可是我火气太旺，不肯受她辱骂，我按捺不住，说道："大娘，咱们别瞧不起人。你说的那些大爷贵人要是见了你的背脊，一定索然扫兴。"话刚出口，那女监护气疯了，下死劲打了我一个大耳刮子，女人发狠从没这般下毒手的。我不等她来第二下，赶快逃走，躲过了雨点也似的一顿拳头。

我感谢上天保佑我逃出这重难关，以为那女人出掉一口恶气，事情就完了。我想她要面子，不会把这事说出来。果然，过了半月没听见提起这话。我自己也不去想它了，忽然听说赛馥拉在生病。我还是个好人，听了消息很难受。我可怜她，以为那倒霉的痴情人害了单相思，支撑不住。我想到病由我起，心里抱歉，虽然不能爱她，至少是怜她的。我真看错了她！她由爱转恨，一心只想害我。

一天早上,我跟堂阿尔方斯在一起,看见这位大爷忽忽若有所思。我恭恭敬敬问什么缘故。他说:“我气的是赛拉芬糊涂,没公道,没良心。”他见我诧异,就说:“你想不到,可是这是千真万确的。我不懂赛馥拉大娘为什么恨你,不过我可以告诉你她恨你到什么田地。她说,假如你不赶快离了这儿,她就活不成了。赛拉芬一向喜欢你,她看见人家恨你,当初很不以为然,否则她也就没公道没良心了。不过她毕竟是个女人。她是赛馥拉带大的,对她情分很深,把她当妈妈看待,如果不偏护着她,真的害了一条命,于心不安。但是我尽管爱赛拉芬,决不肯脓包也似的迎合她,惟命是听。你虽然是个用人,倒像我的兄弟,让西班牙的女监护都死尽,我也不放你走的!”

我等堂阿尔方斯讲完,说道:“大爷,我生来是造化的玩物。我在您府上,看一切情形,都好像从此可以过快活安闲的日子,满以为再不受命运播弄了。可是我尽管称心,只得咬定牙关往别处去。”堂西泽的儿子很厚道,回答说:“不,不,让我跟赛拉芬理论去。总不成纵着个女监护的脾气割舍了你;我们别的事上已经爱护得她无微不至了。”我答道:“大爷,您拂逆了赛拉芬,反叫她赌气。我再待在这儿,万一害得你们一对好夫妻不和不睦,倒不如走开好。如果出了这种不如意的事,我要抱恨终身的。”

堂阿尔方斯不准我打这个主意。我看他决计撑我的腰,我要是挺一挺,萝朗莎准是枉费心机。要是我意气用事,也许会来这么一下。我有时候气不过这个女监护,真想不饶她。可是这个可怜东西的病都是我害的,要是再把她瞒人的事闹出来,就好比拿刀子戳她,何况她害了两重不治之症,眼看着要送命的。我这样一想,就只可怜她了。我想自己既然是个害人精,应该老老实实抽身引退，让田庄上重过太平日子。第二天清早，我就这样做了。我没有向我两位主人告辞，怕他们情谊深重，不让我走。我只把做总管任内的账目详细开了一篇，留在自己房里。

第　二　章

吉尔·布拉斯离了李华的田庄，如何下落；
他恋爱不成，却交了好运。

我骑的是自己的好马；手提箱里有二百比斯多，大半从杀掉的强盗身上和萨缪尔·西蒙那儿抢的三千杜加上来的。堂阿尔方斯掏腰包还了整笔的钱，没叫我把分的赃吐出来。我因为款子已经还清，觉得手里的钱名正言顺是我的了，拿着于心无愧。我有了这点本钱可以不忧来日，而且在我那年纪，总自信很有本领。再加托雷都还有我安身的好地方。我拿定玻朗伯爵准欢迎救命恩人，愿意收留。不过我把这位爷只当作一个退步，不想马上就去投靠。我决计先到缪西和格拉纳达游历一番，花掉些钱；尤其想到格拉纳达去。我打定了主意，先上阿尔曼萨，于是沿路一处处逛，直到格拉纳达，没碰到什么不如意的事。命运之神好像作弄得我够了，不再捣乱。可是这促狭鬼还安排下好些圈套给我钻呢，看下文就知道。

我在格拉纳达街上头一个碰见的就是堂范尔南·德·李华——堂阿尔方斯的连襟，玻朗伯爵的女婿。我们会在那儿碰头都觉得诧异。他喊道:“怎么的? 吉尔·布拉斯,你在这儿啊! 跟谁来的呀?”我答道:“大爷,您想不到会在这个地方碰见我吧,您听见了我离开堂西泽大爷父子的缘由,还要诧异呢!”于是我把赛馥拉和我的事原原本本地讲了,一无隐瞒。他哈哈大笑,又正色道:“朋友,让我来替你打个圆场吧。我写一封信给我内姨……”我急忙打断他道:“不,不! 大爷,请不要写信给她。我出了李华的田庄,不想再回去。承您一番好意,请在别处帮忙吧。您的朋友若要用个书记或管账,求您帮衬几句。我敢说,决不会弄到人家怪你保荐非人。”他道:“很好,我依你就是了。我这回到格拉纳达来看望一位年老多病的姑母。我有个田庄在罗基,如丽就住在那庄上,我在这儿再耽搁三个礼拜就要回去的。”他又指指一百步以外一家客店道:“我就在那里住。你过两天来看我吧,说不定我会替你找着个合适的事。”

下一回我们见面,他果然说道:“格拉纳达大主教跟我是亲戚而兼朋友,他要用个人,这人得读过点书,写一笔好字,能替他誊清稿子,因为他是个大作家。他写过不知多少宣教劝善的文章,现在还天天写,朗诵出来,人家听了都很赞叹。我觉得他正用得着你,我向他保荐,他已经应允。你去见见他,就说我叫你去的。你看他接待的态度就知道我有没有替你说好话了。”

这事正合我心。所以我一个早上想去见见那位教会里的大佬,打扮整齐,就上大主教府去。我若要模仿小说家的笔法,得把格拉纳达大主教府邸铺张描摹一番:形容房子如何构造,夸说陈设如何富丽,叙述里面有什么雕像、什么图画,连画的故事也要一一交代。可是我干脆只说一句话:这位大主教的府邸辉煌富丽,赛得上皇宫。

府里成群的教士和带剑的人,大半是大主教大人手下的执事:主持本府弥撒的教士呀,家人呀,和侍从亲随之类,那些在俗没出家的,一个个衣服华丽,看来哪里像什么仆从,倒像是贵人大爷。他们神气活现,装得身份十足。我看着他们,忍不住心中暗笑。我想:“好哇!这起人真有福气,不知道自己是奴才。我想他们要是知道,就不会这样骄矜。”这时候大主教书房门外站着个道貌岸然的胖子,专管开门关门,我上去招呼,恭恭敬敬地求见大主教。他冷冷地说:“你等着吧,大主教大人就要出去听弥撒,你可以拦上去见他一面。”我听了一声儿没言语。我捺定性子,想跟府里执事攀谈几句。可是他们哼一声都不屑,只把我从脚下看到头上,彼此使个眼色,傲然微笑,笑我不识进退,居然敢和他们交谈。

老实说,我受了这起用人的怠慢觉得很窘。我心神还没十分镇定,忽然书房门一开,大主教出来了。那些执事立刻鸦雀无声;他们一见主人,马上收敛起傲态,装得毕恭毕敬。这位教会大佬已经六十九岁,长得有点像我舅舅吉尔·贝瑞斯大司铎,换句话说,是个矮胖子。再加他两腿往里弯,头上光秃秃,只剩后脑一撮儿头发,所以只好戴上一顶长耳朵的细羊毛帽子。虽然如此,我觉得他自有一种高贵的气度,这当然是因为我知道他地位高贵的缘故。我们平头百姓对贵人阔佬有成见,尽管他们生相庸俗,也觉得气宇不凡。

大主教先走到我旁边,声气和悦地问我有什么事。我说我就是堂范尔南·德·李华荐来的人。他不等我说下去就道:“啊!是你!他夸赞的就是你!我留你在这儿做事了,要借重你呢。你就搬来住得了。”他说完又跟几位教士谈了几句,就扶着两个侍从出去。他一走,方才那些不屑理我的执事立刻赶来攀话。他们围着我献殷勤，欢迎我做了同僚。他们听见主人对我说的话，急要探问我的职位。可是我使乖不说，他们瞧我不起，我要出口气呢。

大主教大人一会儿就回来。他叫我到书房去密谈。我瞧透他要考我，所以小心翼翼，准备字斟句酌的回答。他先问我经典，听我对答得不错，知道我对希腊、拉丁著作还算熟悉。不出我之所料，他接着又考我雄辩学。他觉得我这一门很内行。他有点诧异，说道："你受的教育不错啊。现在瞧瞧你的书法吧。"我忙把特意带去的一页字掏出来，这位教会大佬看了也还惬意，说道："我喜欢你这笔字，更喜欢你的才学。多谢我的外甥堂范尔南荐给我这么个好孩子，我受惠不浅。"

这时候到了几位当地的绅士，大主教请来吃饭的，我们谈话就此打断。我撇下他们，退到执事班里。那些执事对我殷勤得不得了。开饭的时候我跟他们同吃；他们很留心我，我也仔细看他们。那些教会中人看来都是些有道之士！我到了这府里不由得肃然起敬，觉得他们都是圣贤一般。我一点没想到他们是仿造的假货，满以为教会首脑左右绝没有这种人。

我座旁是个老亲随，名叫梅尔希华·德·拉·洪达。他只顾挑好菜敬我。我也殷勤还敬，他很喜欢我彬彬有礼。饭后他低声说："先生，我很想跟你密谈几句。"他带我到府里一个僻静去处，说道："孩子，我一看见你就很喜欢。不信你瞧，我有几句机密话相告，你可以得益不浅。咱们府里鱼龙混杂，要摸清路数不知得何年何月。我免得你费时候费心思，想把各人的脾气性格儿跟你讲讲。你以后做人就容易了。"

他又道："我先从大主教大人说起吧。这位教会大佬很虔诚,孜孜不倦地讲道说教、劝人为善,讲稿都亲自动笔,里面全是金玉良言。他离开朝廷已经二十年,全心全力做教民的司牧。他是个博学之士、雄辩之才,专爱讲道,讲来非常动听。也许他这里面有几分是好名,不过肉眼瞧不透人心,况且我吃他的饭,不该找他的错儿。要是许我挑眼的话,那我就要说他太苛刻。他对有过错的教士非但绝不宽容,还惩罚得太凶。有些教士自信无罪,对他倔强,仗法律来撑腰,他就越发狠心害他们。他还有一种短处,也是贵人的通病。他虽然对底下人厚道,却不把他们的功劳放在心上,随他们做到老也不想帮他们成家立业。他偶尔也给些赏赐,不过要是旁人没说好话,他就从来想不到给用人一丝一毫的恩惠。”

这是老亲随讲他主人的话。他随又讲到他对同席那些教士的意见。他刻画的真相和这几位的外表大不相同。其实他也没说他们是坏人,只说是很糟的教士。但是也不可一概而论,有几个据说人品很好。我见了那起先生从此不觉得局促了。当夜晚餐的时候,我就学他们装出一脸道学,这又不费什么的。所以假道学先生那么多,实在难怪。

第　三　章

吉尔·布拉斯做了格拉纳达大主教的红人,
向大主教求情只消走他的门路。

那天午后,我到客店里搬了行李马匹,回大主教府去吃晚饭。府里已经替我收拾好一间很讲究的屋子，床上铺着鸭绒被褥。第二天清早，大主教召我去，叫我誊写一篇宣教的文章。他叮嘱我务必小心，不许脱误。我果然抄得一字不错，音标句读一个都没漏掉。他看了满脸欢喜，带几分惊奇。他把我的誊清一页页看了一遍，快活得不得了，说道："老天爷！要这样一字不错，哪里还有啊？你抄写得这样地道，一定文理精通。朋友，你老实告诉我，你抄来有哪儿不顺眼吗？有什么造句欠斟酌，或者措词不妥当的地方吗？我一口气放笔写来，难免疏忽的。"我谦逊道："啊，大人，我哪有眼光来批评呢；就算有那眼光，我相信对您大人的文章也没得说的了。"那教会大佬听了微微一笑。他没说什么，不过我看得出，他尽管满脸虔敬，可是做了个文人，还是难免流露出文人的通病来。

我这番奉承赢得他欢心，从此日见宠幸。堂范尔南常来省视，据他说，我那样得宠准有前程。不多几时，我主人也当面跟我那么说，我且讲讲当时的情形。他要上大教堂讲道，前一夕先在书房里向我演习，把讲稿念得兴会淋漓。他不但问我大体如何，还逼我把特别惊心动魄的地方指出来。可巧我举的几段正是他得意之笔，因此他以为我这人对文章妙处颇能领悟。他说道："这才叫有文心！有文情！好！我的朋友，老实跟你讲，你不是个没耳朵的俗物。"他对我喜欢极了，高高兴兴地说："吉尔·布拉斯啊，你从此不要担心前途了，都在我身上，准叫你得意。我喜欢你，不信只要看，我叫你做我的心腹呢。"

我听了这话感恩入骨，立刻跪在他大人脚边，一片诚心地抱住他那对弯腿，自以为青云得路了。大主教给我这来打断了话头，他稍停又道："真的，孩子，我要嘱咐你几句心窝里的话，你留神听着。我喜欢讲道,我上邀天佑,我的宣教文章能够感动罪人,使他们反躬自省,悔过向善。我居然能使守财奴听了我形容贪吝的报应吓得大破悭囊,慷慨施舍;我能使贪欢纵欲之徒收心敛迹;热衷进取之辈纷纷出家修道;给野男人引动心的妻子守贞不贰。这类改过自新的事很多,我应该单为这点去苦干。可是老实说,我有个毛病:人家对琢磨精致的文章总很钦佩,这点文名我还贪图,我虽然律己很严,常常责备自己不该如此,也是枉然。我羡慕的荣誉就是做个尽善尽美的修辞家。人家觉得我的文章兼有阳刚阴柔之美。可是才高的文人往往一辈子写个不休,我要不犯这种通病,在享盛名的时候就搁笔不写。"

那位教会大佬接着道:"所以,亲爱的吉尔·布拉斯,你既然赤心为我,我责成你一件事。几时你看出我老手颓唐、才思减退,务必告诉我。我自己看不准,自矜自负的心会叫我糊涂的。要有超然事外的眼光才断得明白。你眼光不错,我选中了你,将来凭你裁定。"我答道:"谢天保佑,您大人离那时候还远着呢。况且像您大人这种天才,自会比人家保持得长久,实在是永远不会衰退的。齐莫内斯①红衣大主教才力过人,不但老而不衰,而且老当益壮,我看您也是这样。"他打断我道:"朋友,别奉承!我知道我会突然间一落千丈的。到我这年纪,身体渐衰,心思才力也就差了。我再跟你说一遍,吉尔·布拉斯,几时你认为我老朽昏庸,立刻警戒我。尽管直说,尽管说真话。我听了你的警戒,就相信你是真心爱我。而且这也跟你切身利害有关。要是

---

① 齐莫内斯(Francisco Ximenès de Cisneros,1436—1517)红衣大主教是西班牙皇帝斐狄南(Ferdinand)朝里的权臣。

外面议论我文章没有先前那样神完气足，应该搁笔，这话要是吹在我耳朵里，你要倒霉的：我干脆对你说吧，到那时候，我对你的情分、我许你的前程，一股脑儿都完了。假如你死心眼儿以为不向我直说为妙，就落得这样下场。”

我东家说到这里，就顿住看我怎么说。我答应他一定遵命。他从此什么都不瞒我，把我当亲信。除了梅尔希华·德·拉·洪达之外，府里那些执事见我得宠，个个心怀妒忌。那些家人侍从对待大主教大人的心腹，态度煞是好看。他们要讨我好，不惜卑躬屈节，我简直以为他们不是西班牙人。我虽然看透他们对我恭而且敬是别有用心，我还是与人方便。我说了情，大主教大人就为他们出力。他替一个家人弄到个军官的职位，又帮他置备行装，让他在军队里有体面。他替另一个家人在墨西哥弄到个要职，送他上任去了。我又替我的朋友梅尔希华求得一大笔恩赏。我因此知道那位教会大老虽然自己想不到给下人好处，却不大拒绝人家的请求。

我帮过一个教士的忙，这事值得一叙。有一天，我们的管家带了一位路易·加西亚斯学士来见我。这人年纪还轻，相貌很漂亮。那管家说：“吉尔·布拉斯先生，这位教士是上等人，跟我很要好。他在修女院里做过驻堂神父。外面造谣言糟蹋他。有人在大主教大人面前说他坏话，他大人就把他停职，而且真糟糕，他大人对他横着成见，谁去求情都不理会。我们找了几位格拉纳达最有地位的人代他请求复职，咱们东家一点松动的意思都没有。”

我说道：“两位先生，这事已经弄得很糟了。他们没替学士大爷求情倒还罢了；这一帮忙反而帮坏了事。我知道他大人的脾气。求情啊,说好话啊,反叫他把这教士的过错看得大了。我新近还听他自言自语说:'一个不守清规的教士越是请托得人多,他的丑事就越闹得大,我越要对他罚得凶。'"那管家道:"这可惨了,我这位朋友要不靠一笔好字,就难过日子了。亏得他书法精妙,靠这本事还可以混。"人家这般夸赞他的书法,我很想瞧瞧比我的如何。那位学士随身带着字样儿,拿出一页来给我看。我一瞧佩服得很,真像大书家的手笔。我展玩着这页好字,忽然心生一计。我请加西亚斯把这页字留下,我说也许用得着,对他的事不无小补,目前且不说明,过一天再细讲。管家大概在学士面前夸过我聪明,那学士告别的时候非常高兴,竟好像已经复职了似的。

我真愿意他复职,当天就按下面说的办法去行事。我跟大主教两人在一起,我就拿出加西亚斯的字样子请他看。我东家好像很喜欢。我乘机道:"大人,您既然不愿意把您讲道的稿子付印,我想至少得用这样的字来个抄本。"

那位教会大佬答道:"你的书法很好。不过我老实说,我的文章要是用这样的字抄一份,倒实在不错。"我答道:"您大人只要说一声呀。写这笔好字的人是我相识的一位学士。他可怜得很,现在光景艰难,要是能借此打动您的慈悲提拔一下,他替您效劳越发高兴了。"

那位教会大佬不免问起那学士的姓名。我说:"他名叫路易·加西亚斯。他失了您的欢心非常苦恼。"他打断我道:"我要是没记错,这个加西亚斯做过修女院的驻堂神父,曾经受到教会的惩罚。我还记得人家向我控诉他的报告书呢。他品行不大好。"我也打断他道:"大人,我不想替他辩护,可是我知道他有冤家。据他说，对您来控告他的人一心想陷害他，讲的都是谎话。"大主教道："也许有这种事，世上确有极阴险的人。况且，就说他过去品行有亏，现在也许已经悔改了。总而言之，一切罪过都是可以宽恕的。你带这位学士来见我，我把他的停职处分解除了。"

苛酷透顶的人看见切身利益受到干碍，就会这样宽大。当初权贵说情，大主教都不理；现在他要自己的文章誊写得漂亮，贪这点好看，就毫不为难地卖了个情面。我赶紧把这消息告诉管家，他就去通知他的朋友加西亚斯。这学士第二天跑来，得了这般恩典，对我自有适当的道谢。我带他进见，我主人只轻描淡写地责备几句，就把自己的讲稿给他誊清。加西亚斯抄写得非常好，所以恢复了原职。他还得了加比的俸收，那是格拉纳达附近的一个大镇。可见吃教会的俸禄不在乎道德。

第　四　章

大主教中风。吉尔·布拉斯的为难；
他如何对付。

我这样东帮人忙、西帮人忙的当儿，堂范尔南·德·李华要离开格拉纳达了。我在这位爷动身之前去看他，因为承他荐了我这个好事情，再去道谢一声。他看我非常得意，就说："亲爱的吉尔·布拉斯，你在我大主教舅舅那儿称心，我也很高兴。"

我答道："我喜欢这位教会大佬，我也应该喜欢他呀！他这位爷不但为人和气，而且给我种种恩典，我真感激不尽。亏得这样，我离了堂西泽父子还差可自慰。"他道："我相信他们俩少了你也很懊恼。不过你们未必永远不聚头，也许命中派定，将来又会碰在一起。"我听了这话有点儿伤心。我叹了口气，当时觉得对堂阿尔方斯情分很深，要是李华府里那重魔障已经消除，可以安身，我情愿撇了大主教以及他许下的美满前程，再回那边去。堂范尔南看出我心烦意乱，也很感激，他拥抱了我说，他们全家人对我的运道一辈子关心的。

这位绅士动身两个月以后，正在我最得宠的时候，大主教府里突然起了个大惊慌，大主教中风了。幸亏救治迅速，医疗得法，几天后他就霍然而愈。不过他的心思才力大受损伤，我瞧他病后第一篇讲道的稿子就觉知了。可是我看这一篇跟他以前的文章虽然有差别，还不显著，不好贸贸然就说这位修辞家已经才退。我等他下一篇来看看清楚，再行定夺。啊！这一篇可是毫无疑义了。这位教会大老说话重来复去，格调忽然高不可攀，忽然又俗不可耐。这篇讲稿噜噜苏苏，一派老学究的套语，是很滥俗的宣教文章。

这事不单我看出来，听讲的人大半也像奉命留心他文章的，都窃窃私语道："这篇演讲有点痰气。"于是我想道："哙！鉴别说教文章的先生啊，该执行职务了。你看出他大人一落千丈，你不但做了心腹应该告诫，还得防他或有心直口快的朋友抢在你头里呢。那么以后的事就可想而知。他传给你的一份遗产准比赛狄罗学士的图书值钱，这样一来，遗嘱上就把你一笔勾销了。"

我这样盘算了一会儿，又反过来想想，觉得这个忠告很难出口。我想那种沾沾自喜的文人听了不会入耳。可是我撇开这个念头，想他曾经那么叮叮嘱嘱，决不会动气。况且我自信措词委婉，能把这丸苦口良药顺顺当当送下他的咽喉。总而言之，我认为讳而不说更不妥当，所以决计告诉他。

我不知从何说起，这也是个难题。可巧这位修辞家替我解了难题，问我外面有什么议论，对他最近的讲道是否满意。我说："您的讲道向来人人佩服；不过最近一篇好像没有从前那样动人。"他诧异道："怎么的？我的文章碰到什么法眼了？"我答道："不是的，大人，不是这话。您这样的文章谁还敢批评，那是人人倾倒的。不过呢，我因为您吩咐过，您叫我直说，叫我说真话，所以我大胆告诉您，我觉得您最近讲的一篇仿佛没有从前那样气力充沛，您也觉得吗？"

我主人一听这话，脸都青了，勉强笑了一笑，说道："吉尔·布拉斯先生，原来我这篇文章不合你的脾胃？"我慌忙打断他道："不是这话，大人，我觉得非常之好，只是比了您别的文章，稍为差劲点儿。"他答道："我懂你的意思，你觉得我才退了，是不是？干脆说吧，你以为我该作退计了？"我道："您大人要没有吩咐在先，我决不敢这样大胆胡说。我只是敬遵台命，我诚惶诚恐求您别怪我放肆。"他忙打断我道："我哪里怪你！上帝也不容的，那就全不讲公道了。我一点儿不怪你把意见说出来，我只怪你那点意见。你一知半解，我从前真是上了你的大当。"

我虽然狼狈，还要想法圆转几句，把话说回来。可是惹恼了一个文人，而且又是个吃惯马屁的文人，有什么法子来平他的气呀？他说道："不用多说了，孩子。你还是个毛头小伙子，看不出真正好歹。我告诉你吧,我这篇讲道文章不入你眼是个憾事,不过这却是我生平最得意之笔。谢天保佑,我的才力还一点儿没有衰减呢。从今以后,我挑选亲信得仔细点,要找个比你高明的人才行。”他推着我肩膀,把我直撵出书房,一面说:“走吧,去找我账房付一百个杜加,你拿了这笔钱让天照应你吧!再见了,吉尔·布拉斯先生,愿你万事如意,看文章的眼力也再长进些。”

第 五 章

吉尔·布拉斯给大主教辞退后的行止;
凑巧碰到受过他大恩的那位学士,
那人如何报答。

我从书房出来,一路咒骂大主教反复无常,说得干脆些,我竟是骂他昏聩无理。我失了宠懊丧,还在其次,实在是对他气愤不过。我甚至于踌躇了一下,要不要拿他那一百杜加。可是细细一想,为什么不拿,我才不那么傻。我以为这笔钱并不能封住我的嘴,我还是可以把这位教会大老挖苦的。我发愿只要有人提起他的讲道文章,决不饶他。

我就去问账房讨了一百杜加,一字儿没提起主人和我方才的事。于是我去找梅尔希华·德·拉·洪达,跟他告别。他和我交情很深,看我倒霉,不免惋惜。我讲给他听的时候,就看他脸露愁容。按理他应该很尊重大主教,可是也忍不住派大主教不是。我火头上发咒不饶过那位教会大老,要叫他做满城的笑柄,但是梅尔希华懂事,劝我道:“听我的话,亲爱的吉尔·布拉斯,你还是吞下这口气吧。平头百姓不论受了贵人多大的委屈,也得恭而且敬。当然有些大人物是庸才俗子,不值得佩服,可是他们害人的本领是有的,应该对他们存着个畏惧之心。”

我谢谢老亲随的良言,说一定领教。于是他说道:“你要是到马德里去,可以找我的外甥若瑟夫·那华罗。他在堂巴尔塔扎·德·苏尼加家里做管家,我敢说那孩子做得你的朋友。他直心眼儿、热心肠,肯帮人忙,很讨人喜欢。我愿意你们俩结个相识。”我说我少不得要回马德里的,准去看若瑟夫·那华罗。于是我出了大主教府,从此不进去了。我得宠的时候以为我那匹马用不着了,已经卖掉,要不然,我也许立刻动身上托雷都。我这时候去租了一间公寓,打算在格拉纳达耽搁一个月,然后去找玻朗伯爵。

快吃中饭的时候,我问店主妇附近有没有饭店。她说离那儿几步路有一家很好,招待极周到,许多上等人都去光顾。我叫她指明地方,马上就去。里面是一大间,像修道院里的食堂。一张长桌上铺了块肮肮脏脏的桌布,约莫十个到十二个人围坐着且谈且吃那菲薄的客饭。店家送上我的一客,要是在别的时候,我对着这种饭就要可惜刚砸掉的饭碗儿了。可是我当时恨透了大主教,宁可店里吃得清苦,也不稀罕他家的好酒好肉。我嫌他家饭食太丰盛,就和瓦拉多利的医生一鼻孔出气,想道:“吃他家那种害人的饭真倒霉,得刻刻留心,防贪嘴吃坏肚子。一个人尽管吃得少,也总足够。”我向来把这种金玉良言搁在脑后,这时候没好气,就大加赞赏。

我吃那种客饭不必提防贪嘴;正吃着,路易·加西亚斯学士跑来了。他怎么做到加比教区神父,上文已经讲过。他一看见我就亲亲热热赶来招呼,举止竟是喜不自胜似的。我给他紧紧抱在怀里,还得听他长篇大套的道谢。他要表示感恩,谢得我心也烦了。他挨着我坐下,说道:“啊! 谢天! 亲爱的恩人,我既然有缘和你相逢,咱们总得喝两杯再分手。这里没好酒,咱们吃完这顿便饭,你能不能跟我上一个地方去,我要请你喝一瓶最纯粹的吕赛那酒,然后再来个封加拉尔的葡萄美酒。咱们非痛饮一顿不可,求你务必赏光。但愿你能到我的加比教区去,就是小住几天我也多么快活啊! 我在那儿过的舒服安闲日子全亏了你,我一定把你当慷慨的梅塞纳斯①一般款待。”

他说着话,客饭已经开上来。他一面吃,还只顾偷空恭维我。我乘这时候插进几句话。他问起那位做管家的朋友,我也把自己离开大主教府的事直言不讳,并且把我失宠的详细情形都讲了。他聚精会神地听着。照他方才的口气,谁都以为他准要义愤填胸地咒骂大主教了。可是他绝无此意,却冷冷地若有所思,一顿饭罢,没再对我说话;于是他匆匆起身,阴冰冷气地招呼一下,一溜烟地走了。这个没良心的家伙料我再也帮不了他的忙,就本相毕露,连敷衍都不耐烦了。我看他忘恩负义,只置之一笑。我夷然不屑地瞧着那个鄙夫,又提高了嗓子叫他听见,嚷道:“哙! 修女院里恪守清规的驻堂神父啊,把你许我的那瓶

① 梅塞纳斯(Mécène,公元前70—前8),古罗马的政治家,以照顾提拔文人著名。维吉尔、贺拉斯等都歌颂他的慷慨。

吕赛那美酒激冷了请我喝啊!”

第六章

吉尔·布拉斯去看格拉纳达的戏班子演戏;
看见一个女戏子,吃了一惊;后事如何。

加西亚斯刚走,两个衣服很讲究的绅士进来坐在我旁边。他们谈起格拉纳达的戏班子和正在扮演的一个戏。听他们的口气,这出戏正轰动全城。我听了心痒,想当天就去看看。我到了格拉纳达还没上过戏园子。我差不多一直在大主教府里,那儿对看戏一事痛绝严禁①,所以我总没敢寻这个快乐。我只把那些劝善说教的文章作为消遣品。

到开戏的时候,我就上戏院去,里面已经挤了许多人。戏还没开场,我听得四面早在议论这个剧本了。我留心到人人都插嘴批评。有的说好,有的说不好。右面有人说:“再要出色的剧本是没有的了。”左边有人说:“这个戏里的词儿真陋!”其实,说句公道话,糟的作家固然不少,糟的批评家更多。戏曲家免不了

① 基督教传统里,有一种反对文艺的理论,说文艺是“撒谎”,是“魔鬼的工具”,尤其对戏剧深恶痛绝。基督教大理论家特杜林(Tertullien,约160—约240)的权威著作《论公众娱乐》(*De Spectaculis*)第十节,把戏剧说成世道人心的大害,甚至说:“戏院就是酒魔色鬼的巢穴。”(见“勒勃古典丛书”本《特杜林著作二种》第258页)

挨骂受气,看客既一窍不通,淆乱视听的假内行又恶毒毒地责备求全;我每想到此,总奇怪还有人胆子够大,居然满不在意。

一会儿小丑出台,戏就开演了。他一上场满座鼓掌,我就知道他是那种惯坏了的戏子,什么毛病都能蒙看客大度包容。果然,这戏子一言一动都赢得喝彩声。他吃香得很,就恃宠而骄。我看出他在台上有时忘其所以,亏得人家十分偏护着他,否则就看不入眼了,人家对他的鼓掌往往应该是喝倒彩才对。

另有几个戏子也一上场就博得满座彩声,尤其是一个扮丫头的女角儿。我仔细一看,原来就是萝合、我那亲爱的萝合。我当时的惊诧简直非言可喻,我以为她还在马德里伺候阿珊妮呢。看来分明是她。那身段、那相貌、那声音,都确确凿凿是她,我一点没认错。可是我仿佛信不过自己的眼睛和耳朵,就向旁边一位绅士请教这个女戏子的芳名。他道:"哎! 你是打哪儿来的呀? 你连艾斯戴尔美人都不知道,准是外路新来的。"

她和萝合一模一样,决不会是别人。我料得到萝合改了行也会把名字改掉。我心痒痒地要打听她的近况。反正戏子的事大家都晓得,所以我就问方才那人,这位艾斯戴尔有没有什么阔相好。他说两个月以前格拉纳达到了一位葡萄牙贵人,叫马利阿尔华侯爵,在她身上花了好些钱。他大概还知道些别的事呢,可是我没敢多问,怕他不耐烦。我一心只想着这桩新闻,看戏倒在其次了。要是散戏之后有人问我演的情节,我一定不知所对。我心上颠来倒去的只想着萝合和艾斯戴尔,决计过一天要去拜访这位女戏子。我不免心虚,不知她如何接待。照她这样得意,料想未必怎么喜欢见我。我还想到我从前的确对她不起,她那种做戏的惯家,见了我这种男人大可装作不认识,出口怨气。可是我还不死心。我吃了一顿清淡的晚饭,那饭店里也没有不清淡的饭可吃,于是回客店,急煎煎的只等明天。

我通宵睡不稳,清早就起来了。不过我想阔佬的外室不会一早见客,所以先打扮啊,剃面啊,搽粉啊,熏香啊,消磨了三四个钟头,才上她家去。我希望见她的时候我的模样儿不会丢她的脸。我十点左右出门,先在戏子的寓所打听得她的住址,就去找她。她住一所大房子的第一层楼。一个女用人来开门,我说,有个年轻人要见艾斯戴尔夫人。女用人进去传报,接着我就听见她女主人提高了嗓子说:"那年轻人是谁啊? 找我干吗? 请他进来吧。"

我一听知道来得不巧了,那葡萄牙相好准在看她梳妆,她高声说话,准是要表明自己不是那种跟人暗里勾搭的娘们。我猜得一点不错,马利阿尔华侯爵差不多天天早上都跟她在一起。我准备碰个钉子了,可是这位与众不同的女戏子一看见我就张臂迎上来,亲亲热热地嚷道:"啊呀! 哥哥! 原来是你啊!"说完连连地拥抱我;于是回脸对那葡萄牙人道:"大爷,我碰到了亲骨肉,在你面前放肆了,请别见怪。我跟哥哥很要好,一别三年,不由得一见面就至情流露了。"她又对我说道:"哎! 亲爱的吉尔·布拉斯,说点儿家里的消息我听听;你出门的时候家里怎么个样儿?"

我一上来莫名其妙,可是我立刻明白萝合这番话的用意,就帮着扯谎,我装出来的一副神气在我们合串的这出戏里恰合身份。我回答说:"妹妹,靠天照应,爹妈身体都好。"她道:"我想你看见我在格拉纳达做女戏子,一定很奇怪。可是你别不问情由就派我不是。你记得三年前,爹满以为替我攀了一门好亲事,把我嫁给堂安东尼欧·西罗上尉。我丈夫把我从阿斯杜利亚带回他家乡马德里。到那儿六个月,他的暴躁脾气挑得他跟人家决斗起来。一位绅士对我献了点儿殷勤,给他杀了。那人是豪门大族,家里有权有势。我丈夫没权没势,只好带了家里的现款首饰逃到加泰罗尼亚,他在巴塞罗那上船,到意大利,投入威尼斯军队去当兵,后来在摩瑞跟土耳其人打仗送了命。我们的家产只有一块地,那时候充公了。我守寡穷得不得了。到这山穷水尽的地步,叫我打什么主意呢?一个规规矩矩的年轻寡妇实在窘得很。我又没法子回阿斯杜利亚,回去了又怎么办?家里人无非吊唁几句就算对我抚慰过了。我自小儿受了好教养,又决不甘心堕落风尘。有哪条路好走呢?我要保全名节,就做了女戏子。"

我听萝合编完这套鬼话,直想笑出来。我居然忍住,一脸正经道:"妹妹,我赞成你这种行为。我这回看见你在格拉纳达体体面面地安身立业,非常高兴。"

马利阿尔华侯爵把这些话一字不漏地全听进去,堂安东尼欧的寡妇信口胡扯,他却死心眼儿信以为真。他还插嘴问我在格拉纳达做什么事,还是在别处做事。我踌躇一下要不要撒谎,觉得不必,就说了实话。我把怎么进大主教府、怎么出来,一五一十、仔仔细细讲了一遍。这位葡萄牙贵人听得乐极了。我尽管答应梅尔希华,其实还是把大主教挖苦取笑了几句。妙在萝合以为我也在学她的样儿扯谎,忍不住哈哈大笑,她要是知道真有其事,不会那样。

我讲到搬入客店为止,把事讲完,他们已经开饭了。我忙要告辞了到我那个饭店去吃饭。可是萝合拉住我道:"哥哥,你这算什么意思呀？当然在我这儿吃饭。我也不让你再去住客店。我想你可以在这儿吃，在这儿住。今晚就把你的行李搬来，这里有你的床铺。”

那葡萄牙贵人大概不乐意她这样好客，就对萝合说：“不成，艾斯戴尔，你这房子不便留客。我瞧你这位哥哥很讨人喜欢，又沾你的光是你至亲，所以我也对他关切。我要留他在手下做个最亲信的书记，把体己事儿托他。叫他今晚务必住到我那边去，我回头吩咐替他安排住处。我给他四百杜加的薪水，他要是不负我的期望，事情的确做得好，我还要提拔他，叫他知道对大主教说了老实话，到头来并不失算。”

我谢了侯爵，萝合接着谢得比我更恳切。侯爵打断了我们的话道：“不用多说，这事已经讲定了。”他说完就辞了他那位戏台上的公主出门。萝合立刻把我拉进个小房间，那里没有旁人。她嚷道：“我直想笑，再忍着就要闷死了！”于是她倒在一只安乐椅里，捧着肚子尽命大笑，像个疯婆子。看了她那样儿，不由得我不学她。我们笑了个畅。她说道：“吉尔·布拉斯，咱们串了一场滑稽好戏！你说不是吗？可是这个结局我却没想到。我只打算照顾你个膳宿；认你做哥哥就名正言顺。你碰运气得到这么个好差使，我真高兴。马利阿尔华侯爵是位慷慨的大爷，他明儿给你的实惠准比他嘴里许你的好处还多。”接着又道：“要是别人碰见你这种对朋友不告而别的家伙，未必客气招待。不过我是那种好性儿女人，跟相好的混蛋重逢总是开心的。”

我老实承认自己欠礼，求她饶恕。于是她领我到一个很干净的饭间里。我们一同吃饭，还是兄妹相称，因为有一个女用人和一个跟班的在旁看着。饭后我们回到方才谈话的小房间里。

我那位绝世无双的萝合天生是兴高采烈的脾气，这时乘兴，要我把别后的事全讲给她听。我详详细细讲了一遍。她好奇之心已了，就也来偿我的心愿，把自己的事叙述如下。

第　七　章

萝合的故事。

“我怎样碰巧吃上了演戏这行饭的呢，我来讲给你听，能简的地方尽量从简。

“承你那么礼貌周全地把我撇下以后，我们那儿大起变故。我的女主人阿珊妮不演戏了，因为她对热闹场里的生涯虽然不算厌恶，却有点儿厌倦。她把各国相好送她的钱在萨莫拉附近买了一座很好的田庄，带了我一同去住。我们不久在萨莫拉交了些朋友，常进城去住个一天两天；回来就在庄上关了门过日子。

“有一次进城，本城法官的独养儿子堂斐利克斯·马尔多那多碰巧看见我，觉得很中意。他想法找我幽会；不瞒你说，我也给他些方便。这位爷还不到二十岁，相貌美得世间没有，简直可以入画，而且举止风流豪爽，比那模样儿更惹人喜欢。他把手上戴的一只大钻戒送给我，那态度又慷慨又恳切，我只好受了。我有了这么个漂亮相好，快活得忘其所以。可是做丫头的跟有权有势的大家子弟勾搭，真是太不知进退！这个法官比别的法官利害，他知道了我们的交情，赶紧防备。他派一伙公差把我捉进悔省院，我哭喊也没用。

“悔省院的女院长老实不客气地叫人把我的戒指和衣服脱掉，替我换上一件灰呢的长袍儿，腰里束一条黑皮带，带上挂一串大粒子念珠，直拖到脚跟上。人家又带我到一间屋里，有个不知什么会的老神父来对我讲道，劝我悔罪，就仿佛雷欧娜德大娘在地窟里劝你忍耐一样。他说，我应当感谢关我进去的人，我不幸掉在魔鬼的罗网里，承他们行功德救了出来。我老实说吧，我毫无感激之心，非但不承他们的情，还满嘴把他们咒骂。

“我灰心绝望，数着日子过，连一分钟都数上，这样过了八天。到第九天，我的运气看来要转了。我正穿过一个小院子，碰见悔省院的总管。这个人权势最高，连院长也听他指挥。他只属本城法官管辖，只向本城法官交代，本城法官又对他完全信任。他名叫彼德罗·森多诺，家乡在比斯盖省萨尔司东镇。他是个苍白干瘦的高个子，若要画耶稣十字架旁的好强盗①，只要照他的模样儿临摹就行。他对那些悔省的姊妹好像一眼都不看的。你尽管在大主教府里待过，想来也没见过那么假道学的嘴脸。

“我碰见了森多诺先生，他叫住我说道：‘姑娘，你别难受，你走了背运我很可怜你。’他没再说下去就走了，这句简括的文章由我去自下注解。我把他当作个规矩人，满以为他特意查过我进院的缘故，觉得我罪不至此，不该受这般侮辱，所以要在法

① 耶稣钉在十字架时，两边十字架上各钉一个强盗。右面的强盗临死忏悔，因此称为“好强盗”。

官面前替我说好话呢。我真没看透这个比斯盖人,他原来别有用心。他在打算逃走,过了几天就把这心事来告诉我。他说:'亲爱的萝合,我真舍不得你受苦,决计要救你。我知道这来是自寻死路,可是我现在身不自主,只愿为你活了。我看了你目前情形,心如刀割,准备明天把你救出这座牢狱,亲自送你到马德里去。我甘心舍弃一切,只求能做你的救星。'

"森多诺这番话叫我快活得差点儿晕倒。他听我道谢的口气,知道我只想脱身,所以第二天竟大胆当着大家把我带走,你听我讲来。他对女院长说,奉命带我去见法官。法官在离城二哩路的别墅里。他特地买下一辆旅行马车和两头拉车的好骡子,这时候就大模大样地带我上车。我们只带一个用人赶车,这个人是对总管赤胆忠心的。我上了路以为是往马德里去,可是我们并不走那个方向,却朝葡萄牙边境进发。等到萨莫拉的法官知道我们逃走,派人来追,我们已经进葡萄牙边境了。

"那比斯盖人备了一套男装,将要进布拉冈斯就叫我换上。他拿定我是和他一条心的,到了客店里对我说:'萝合美人儿,别怪我把你带到葡萄牙来。萨莫拉法官准把咱们当一对犯人通缉,咱们在西班牙安身不住了。可是这里是外国,虽然现属西班牙管辖①,他也奈何我们不得。这里至少总比本国安全。我的天仙,听我的话,我爱你,你跟了我吧。咱们到果安伯去住下,我可以做宗教法庭的密探,这个法庭威风凛凛,咱们托它庇荫,可以安乐度日。'

"我听了他这么热情的请求,知道我对手这位侠客带公主

① 一五八〇至一六四〇年,葡萄牙是西班牙属国。

出奔并不是图仗义尚侠的名气。我看出他拿稳我会感激他，尤其拿稳我身边没钱。他尽管占这两点便宜，我还是夷然不屑。我这样慎重，实在有两个极大的缘故：一来他不合我脾胃，二来我也不信他有钱。可是他还来缠我，答应我先结婚，又给我瞧他做总管攒的油水确实够好多时的吃用。不瞒你说，我就心活了。他摊在我面前的金子钻石耀花了我的眼睛。我领会到钱跟爱情一般，都会叫人物变相。我渐渐觉得这比斯盖人变了个人了：那瘦长的骨架子变了秀挺的身材，灰白脸儿变了白净面皮，连那副假道学气我也有好听的名目。于是他对天起誓，和我结为夫妇，我情情愿愿地嫁了他。以后我就都随着他了。我们继续上路，不久就在果安伯城里做起人家来。

"我丈夫替我买了很漂亮的衣服，又送我许多钻石，有一颗我认得就是堂斐利克斯·马尔多那多的。即此可知这些钻石都是哪里来的，也可知我丈夫不是严守摩西第七诫①的人。不过我想到他要这套花手心第一是为了我，就原谅他了。女人只要是自己美貌惹出来的事，就是犯罪也不计较。要不然，我准觉得他混账极了。

"头两三个月他待我不错，总是态度温存，柔情款款。可是这些面子上的情爱全是假装的。这混蛋存心欺诈，正设法摆布我。女人给坏人勾引了，都该提防这一着。一天早上，我听弥撒回来，只是家里四壁萧然，家具、陈设连我的衣服，都运走了。森多诺和他那位忠仆办事真有成算，不到一个钟头，把家里东西搬得空空如也。所以我只剩了随身衣服和碰巧戴在手上的一只堂

① 摩西第七诫是："勿盗窃。"

斐利克斯的戒指;我像个阿里阿涅①,给负心汉遗弃了。不过我告诉你,我没有自悲自叹来消磨时日;倒感谢上天,保佑我撇掉了一个混蛋,他早晚难逃法网的。我们同居的日子我只算是光阴虚度,连忙设法追补。当时我要是愿意留在葡萄牙,跟上个什么贵妇人,饭碗多的是。可是我一心只想回西班牙,也许是我故国情深,也许是命里要在那边交好运,冥冥之中要我回乡。我找了个宝石商人,把钻戒兑了金元,于是跟一位要回赛维尔的西班牙老太太一同乘马车回国。

“这位太太名叫多若泰,家住赛维尔,这回到果安伯来看了亲戚回去。我们俩情投意合,第一天就做了朋友;一路上交情越深,到了地头,那太太不放我别处去,要留我住在她家。我结了这么个相识真不冤枉。我见过的女人里要数她性格儿最好了。看她那相貌和那双灵动的眼睛,当年想必颠倒过好些人。所以她的先夫有好几位,都是名门大族,她靠他们划给寡妇的遗产,日子过得很体面。

“我单提她一个好处,她对倒霉女人很同情。我把糟心事儿告诉了她,她大动义愤,把森多诺千般咒骂,听她那口气,仿佛也跟什么总管打过交道似的。她说:‘那些狗男人!混账东西!天下是有这种坏蛋,把哄骗女人当玩意儿的。’又道:‘亲爱的孩子,有一桩我还称心:照你讲来,你跟那个背誓负信的比斯盖人算不得正式夫妻。如果作为你和他同居的借口,那番结婚尽算得数;可是话又说回来,你要是有机会另结良缘,那又尽可以不

---

① 希腊神话:阿里阿涅(Ariane)是克里特王弥诺斯的女儿,嫁给杀牛头怪人的忒修斯,后被遗弃,投海而死。一说她转嫁酒神狄俄尼索斯(Dionysos)。

算数,你并不受牵制。'

"我每天跟着多若泰或上教堂,或访朋友;这样马上就会有遇合。好多贵公子对我垂青,有几个就想探我意思。他们托人向我东家老太太去讲,但是有的没钱养家,有的还未成年,我也就懒得理会了。跟这起小爷来往,我知道什么下场的。有一天多若泰和我忽然有兴去看赛维尔戏班子演戏。他们的招贴上说要演洛佩·德·维加·加比欧的名剧《自命钦差》。①

"我在登场的女戏子里认出一个老朋友来。我记得那个斐妮丝,一个嘻嘻哈哈的胖子,从前当弗萝利蒙德的贴身女用人,你也见过,也许还跟她在阿珊妮家同吃过晚饭。我知道斐妮丝离开马德里有两年多了,可是没知道她下了海。我急要去拥抱她,只觉得这出戏长得不耐烦。也许因为那些戏子做功平常,说不上好,也说不上坏,乏味得很。我是个爱笑的,说老实话,我觉得演来一场糊涂的戏子跟好戏子一样逗乐儿。

"我好容易等到头,那'名剧'演完,我就和那寡妇跑到后台。斐妮丝正装出一团和气、百般张致,听个年轻小伙子喃喃密语,那人大概是听了她念台词迷上的。她一瞧见我,就含笑撇下那人,张臂迎上来拥抱,亲热得无以复加;我也一片真情地拥抱她。我们互道重逢之乐,可是那时那地都不便长谈,所以约定第二天到她下处细诉衷情。

"谈天的滋味最合女人脾胃,我尤其喜欢。我一夜眼睛都

---

① 洛佩·德·维加·加比欧(Lope de Vega Carpio,1562—1635),西班牙大戏曲家,所著各体剧本,约一千八百种。此处原题是"La famosa comedia, el embaxador de sí mismo",查洛佩·德·维加作品里无此名称,只有《假冒的钦差》(*El embajador fingido*)一个剧本,恐怕是勒萨日笔误。

合不上,心痒痒地要和斐妮丝较量一下辩才,一句句叮着问她许多事情。我要到她说的那住址去,天知道我起得多早。她跟戏班子同人住在一个大公寓里。我一进去碰见个女用人,就请她领到斐妮丝屋里去。她带我到楼上一个过道里,那儿一溜有十个到十二个小房间,只用板壁隔开,都是那伙嘻嘻哈哈的人物住的。领我的女人在一扇门上敲敲,斐妮丝来开了门。她一条舌头跟我的一样发痒呢。我们等坐下再讲都来不及,就叽叽呱呱地放怀畅谈。彼此要问的事真多,一句句滔滔不绝,真令人吃惊。

"我们各叙了一番经历,又讲了目前的景况,斐妮丝就问我打算干什么事。她说:'无论如何,你得做点儿事情,你这点年纪不能做世上的废物呀。'我说目前要是没有好事情,想去伺候个大家闺秀。我这位朋友嚷道:'呸!你胡说呢!我的乖乖,你难道做用人还没做腻吗?你得听人家使唤,顺着她们的脾气,挨她们的骂,千句并一句,就是当奴才,你还没厌倦吗?你还是学我样儿做个戏子吧!一个人天赋了才能偏偏出身贫贱,干这一行最好:地位不高不下,正在贵族和平头百姓之间,自由自在,不受日常礼法的束缚。我们的本钱在看客口袋里,利息由他们现钱交付。我们总是过着快活日子,钱怎么挣进来,就怎么花出去。'

"她又说:'女人做戏尤其占便宜。我想起来真难为情,从前伺候弗萝利蒙德的时候只配结交皇家戏班子里的末等角色,有体面的人谁也没正眼瞧到我的脸儿。什么道理呢?因为我没出头呀。一幅头等好画,不挂在轩亮的地方就埋没了。可是我自从安上了座子,换句话说,我登了台,就大不相同了。我们随便到什么城市，那里最时髦的年轻大爷都追逐着我。所以女戏子这个行业干来很有趣味。她要是规规矩矩，我意思说，她要是一时只有一个相好，那就声名好极了，人家称赞她端庄；她换个相好只算是寡妇再嫁。寡妇家要是嫁了三次，人家就瞧不起，男人要了她好像有伤体面。女戏子却不然，相好越多，身价越高，有过上百个相好就其味无穷，成了大爷们开胃醒脾的什锦鲜汤了。'

"她讲到这里，我打断她道：'你这话跟谁说呀！打量我不知道这些便宜吗？我常常想到的，不瞒你说，像我这种女人正就贪图那些好处。我生性也喜欢演戏，不过那还不成呀。演戏得有天才，我又没有。我有时候念几段台词给阿珊妮听，她老觉得不行，我对这一行就心冷了。'斐妮丝道：'你真是碰不起钉子！你不知道那些名角儿总是心怀妒忌的吗？虽然自以为了不得，却只怕别人本领盖过她们。总而言之，我可不把阿珊妮的意见作准，她未必说老实话。我呀，跟你说吧，不是奉承你，你是做戏子的料儿。你很自然，姿态活泼，丰韵很足，声音柔软，嗓门儿又大，再加你那标致模样儿，啊呀！你这个小家伙，明儿做了女戏子不知要怎样的颠倒人呢！'

"她还说好些动听的话，又叫我朗诵几行诗，她原意无非要我知道自己确有演戏之才。可是她一听我朗诵，就另是一回事了。她极口赞赏，把我抬到马德里一切女戏子之上。这么一来，我要再不自信也说不过去。阿珊妮妒忌欺诳的罪名是审明判定的了。我只得自认是个了不起的人才。这时候进来两个戏子。斐妮丝逼我把方才朗诵的几行诗当着他们再念一遍。他们惊喜欲狂，定下神来，把我大捧特捧。老实说，他们三人若要比赛谁把我捧得最高,也想不出更过火的词儿来。我虽然谦逊,经不起这般称赞,渐渐觉得未可妄自菲薄,一颗心就此转到做戏这方面了。

“我对斐妮丝说:‘好,我的宝贝,就照你这么说吧。如果你们戏班子要我,我就听你话,进你们的班子。’我那朋友一听这话,高兴得疯了,就来拥抱。她两个伙伴瞧我有这意思,好像也一样起劲。我们决定明天早上我到戏院去,把刚才显的本事当着全班戏子再表演一番。我只念了二十来行,大蒙赞赏。我在斐妮丝房里虽然博得好评,全班戏子的公评还要来得好。他们欢迎我进了他们的班子,以后我就一心只忙着初次登台了。我把卖钻戒的余钱全花在这上面,我虽然做不起讲究的行头,至少能巧出心裁,豪华不足却花骚有余。

“我居然第一次登台了。那掌声和赞声好不热闹!朋友,要是光说我风魔了看客还是句谦词。你要亲眼看见我轰动赛维尔才会相信呢。满城里只在讲我;整整三个礼拜,大家成群结队拥来看戏。那个戏班子已经不大吃香,靠这个新鲜玩意儿又走红了。我初次登场就这样倾倒了一切人。我这一出场就仿佛标了价等顾客了。有二十位绅士、老老少少、各色各等,都愿意来庇护我。要是称我的心呢,就挑个最年轻最漂亮的。可是我们那一行的人安身立业是正经,只该为自己的好处和前程打算;这是做戏子的金科玉律。所以我挑选了堂安布如修·德·尼萨那。这人年纪老了,相貌又丑;可是他有钱,人也慷慨,并且是安达路西亚的权贵。我要的价钱实在也不轻。他为我租下一座漂亮的房子,陈设非常富丽;替我雇了一个好厨子、两个跟班、一个贴身女用人,每月还贴我一千杜加的开销;外加华贵的衣服和好些钻石首饰。阿珊妮从没有那么阔气的。我真是运气大转特转了！我简直忘其所以，仿佛忽然换了个人。怪不得有些女人靠大爷们一时喜欢，爬上高枝，立刻就把当年的挨穷受困忘个干净。我老实告诉你，戏院里看客的彩声、各界的赞扬以及堂安布如修的痴情兴得我癫狂了。我觉得天才高就是地位高。我摆出一副贵妇人气派；从前滥送秋波，这时恰好倒个个儿，谁都正眼不瞧，打定主意，只有公爵伯爵侯爵才值得我顾盼。

“尼萨那大爷每晚带几个朋友上我家吃晚饭。我也特为把班子里最逗的女戏子请来陪酒；我们喝酒取乐，直到夜深。这种快乐日子我很过得惯。可是先后只不过六个月。大爷们总不免喜新厌旧，不然的话，他们就太好了。那时候赛维尔新到了个年轻姑娘，是格拉纳达地方的人，长得还俏，又很会卖她那几分俏。堂安布如修为了她就把我扔了。不过我只伤心了二十四小时，立刻挑选了堂路易·德·阿尔加赛来填缺。这位大爷才二十二岁，相貌之美是西班牙人里很少有的。

“你准要问了，我明知跟年轻公子打交道凶多吉少，干吗又找这么个相好呢？这话不错呀。可是堂路易父母双亡，家产在自己手里了。而且我告诉你吧，这种交易，只有下贱的女用人、混账的女拆白之流干不得。我们这行业的女人干来是名正言顺的。人家见色着迷，不干我们的事。谁家子弟为我们倾家荡产就是那家活该！

“阿尔加赛和我恩爱无比，像我们那样打得火热，我相信是从来没有的。我们要好得如痴如狂，仿佛着什么符咒魇住了。凡是知道我们交情的都以为我们是天下最快乐的一对，其实我们大概是最苦恼的了。堂路易虽然满面春风，却非常猜忌，一天到晚无缘无故的怀疑我，害我气恼不堪。我顾怜他那毛病，拘谨得对男人瞧一眼都不敢，这样还不行。他心眼儿真多，会深文周纳地派我罪名，我拘谨也没用。我在台上的时候，他总觉得我一面做戏，一面向几个年轻公子飞眼风，就要埋怨一顿。总而言之，我们的腻谈软语总是带吵带闹的。这也实在没法儿含忍，我们俩都受不了，就客客气气地分了手。你真想不到，我们相好的末一天倒是最快活。我们俩都苦恼得够了，临别欣喜得抑制不下。我们正像两个怪可怜的囚徒，受尽牢狱之苦，忽又重获自由。

"我从此对恋爱大有戒心，不愿意再坠情网，闹得失魂落魄。别人可以害相思病，我们这种人是不宜的。我们在戏里把爱情形容取笑，自己就不应当多情。

"我那时候刻意求名，远近盛传我是个超群绝伦的女戏子。格拉纳达的戏班子震于我的大名，写信请我去，还把他们日常开销和卖座的账目附来，让我瞧瞧这事大可贪图。我看了那账单，觉得此去有利，就答应了。可是我实在舍不得跟斐妮丝和多若泰分手。女人和同伙的交情像我对她们那样，可算仁至义尽了。我就把斐妮丝撇在赛维尔；当时有个打造金器的小个子商人痴心要包女戏子做外室，斐妮丝正忙着销熔他的金器。我忘了告诉你，我下海的时候忽然想着把萝合这名字改为艾斯戴尔。我是顶着这个新名字到格拉纳达的。

"我在格拉纳达初次登台和在赛维尔一样顺利。不多几时，追逐我的人就把我包围起来。可是我非要人家拿出真凭实据来才肯垂青，所以装得非常端重，把那些人都蒙过了。我这种行为并非出于本性，只是怕落了一场空、自己白吃亏。那时候有个年轻的财政审计员看中我，这人市民出身，做了官儿就充大爷，家里弄得好菜，出门坐得漂亮马车。我正打算和他勾搭，恰好碰到了马利阿尔华侯爵。这位葡萄牙贵人到西班牙来游历，路过格拉纳达，就逗留下来。他去看戏，我那天没上台，他把露脸的几位女戏子一一端详，看中了一个。第二天他去攀相好，差点儿就要包她下来；恰好我在戏台上出现了。我的模样儿、腔调儿立刻叫这个见异思迁的人变了心，我那葡萄牙人只对我来用情了。老实说，我知道这位大爷已经看中了我的伙伴儿，所以煞费苦心挖他过来的。我很运气，居然如愿以偿。我明知她恨我，可是我非如此不可。她应当想想，这种事在女人队里是势所必然的，就是最要好的朋友之间也绝不可以犹豫顾忌。"

第　八　章

格拉纳达的戏子欢迎吉尔·布拉斯；
他在后台又碰到个旧相识。

萝合刚讲完她的故事，邻居一个老女戏子跑来找她同上戏院去。这位年高望重的女角儿要是扮做科堤斯①女神就恰配身份。我妹妹不免把她哥哥介绍给这个古董，彼此就客套了一大顿。

---

① 科堤斯(Cotys)是希腊女神，象征淫欲。

我对那位总管的寡妇说，等我把行李送到马利阿尔华侯爵的寓所，立刻上戏院去找她。侯爵的住址她已经告诉我。我撇下她们俩回客店跟女掌柜算了账，叫个人拿着手提箱，同到我新主人住的一个大公寓里。我进门碰见总管，问我是不是艾斯戴尔夫人的哥哥，我说正是。他说："欢迎得很，大爷。我是马利阿尔华侯爵的总管，他吩咐我好好儿接待你。你的房间已经收拾好，我领你去吧。"他带我上楼到顶层一间小屋里，那儿放一张狭床、一个柜子、两张椅子，就没有余地了。那就是我的房间。领我去的人说："你这里不宽畅，不过话又说回来，将来到了里斯本准给你住高堂大屋。"我把手提箱锁在柜子里，钥匙带在身上，就问几时吃晚饭。他说那葡萄牙贵人不在家吃饭，每个用人每月干折饭钱。我又问了些话，知道侯爵手下的人很闲散。我跟总管略谈几句，就辞了他去找萝合；一面预先想想我的新差使，觉得很称心。

我到了戏院门口，一说是艾斯戴尔的哥哥，就到处通行。几个看门的连忙让路，仿佛我是格拉纳达的大贵人。一路碰到班子里的小角色、收入场券和临时出场券的职员，都对我毕恭毕敬地行礼。全班戏子闹着玩儿在后台来了个隆重的欢迎典礼。我但愿能够好好儿把那情景向读者形容一番。他们都化装停当，准备上戏了。萝合把我介绍之后，男女戏子一拥齐上：男的争着来拥抱我，女的把涂得五光十色的脸蛋儿贴到我颊上，红红白白抹了我一脸。大家抢着客套，七张八嘴地嚷嚷。我简直敷衍不过来。可是我妹妹忙来帮忙，有她一张利嘴帮忙就四面圆到了。

我受了男女戏子的拥抱不算数，还有管布景的、奏乐的、提词儿的、剪蜡烛的、剪蜡烛的助手，一句话，所有执事人等我都得应酬。他们听见我到了,大伙儿赶来看,他们仿佛全是街上拣的野孩子长大的,从没见过什么哥哥弟弟。

这时候戏已经开场,后台有几位先生忙去找座儿看戏。我算是自家人了,还在跟没上场的戏子闲谈。有一个戏子人家叫他梅尔希华。这名字很熟,我把那人仔细端详,好像在哪儿见过。后来我记起来了,认出他就是这部书第一册里讲的那个走码头的穷戏子,那个在泉水里蘸干面包吃的梅尔希华·萨巴塔。

我立刻把他拉过一边,说道:“我记得一次在瓦拉多利到赛果维的路上,有幸跟一位梅尔希华先生临清流而同进早餐,你仿佛就是那位先生,我没认错吧?我一起还有个理发店的伙计,我们带着些干粮,就跟你带的合在一起,三人同吃了一顿便饭,有说有笑,吃得很香。”萨巴塔想了想,答道:“这事我一想就想起来了。那时候我刚在马德里初次登过台,要回萨莫拉去。我还记得那时候穷得很。”我回答道:“我也分明记得,你穷得那劲儿啊,一件紧身袄的里子全是戏院的招贴。我也没忘记你那回还抱怨你娶的老婆太正经。”萨巴塔忙道:“啊,我现在不抱怨了。谢天,那婆娘已经改过,所以我的袄儿里子比从前的好了!”

那位老婆居然变得通情达理,我正想向他道贺,他恰该上台,只好把我撇下。我很好奇,想认认他那老婆,就找了个戏子,请他指给我看。那人指点着说:“就是那一位,她叫娜茜莎,除了你妹妹,我们班子里数她最美了。”我想马利阿尔华侯爵在看见艾斯戴尔之前选中的女戏子一定是她。果然我猜得不错。戏散了场,我陪萝合到家里,看见好几个厨子在安排盛馔。萝合说:“你不妨在这儿吃晚饭。”我说:“我不来。侯爵也许喜欢跟你两人对吃。”她道:“哎,才不呢!他回头带两个朋友和我们班子里一个戏子同来，加你就是六个，你尽管来。你明知道在女戏子家里，书记可以跟东家同桌吃饭的。”我说道：“确有其事，不过我现在还不能以心腹书记自居呢，得替他当过体己差使才够得上这样的大面子。”我说完从萝合家出来，上我那个饭店；主人家既然不开伙食，我准备天天去光顾。

第 九 章

那天他跟个奇人同吃晚饭，席上谈的话。

我留意到饭堂里一个老修士模样的人，穿件灰色粗呢袍子，坐在一壁厢独吃晚饭。我好奇心动，就在对面坐下，向他很客气地招呼，他答礼也一般客气。店家送上我的一小份饭，我满口香甜地吃起来。我不说话只顾吃饭，一面时时偷眼去瞧那人，只见他目不转睛地看我。我给他老盯着看，不耐烦了，就说：“老师父，咱们在别处碰见过吧？你这样看我，仿佛有点认识我似的。”

他一本正经地说：“我在相你的面。照你这相貌，一定饱历风波，我很钦佩，所以只顾看你。”我冷嘲热讽道：“原来你老师父善于风鉴？”那修士答道：“那是我可以夸口的。我的预言到头来句句都准。我相手的本领也不差。要是让我把面貌手纹对照着看，我敢说我是个铁嘴。”

这老头儿虽然看来满腹智慧，我却觉得他疯疯癫癫，忍不住当面笑他。他并不怪我无礼，只付之微笑。他两眼向满饭堂溜了一转，看见没人在听我们说话，就照旧谈他那一套，说道："现在人家把那两种学问看得很无聊，怪不得你也有成见。研究这类东西很费工夫，又很烦难，弄得向学之士都灰心了。他们学不成，就丢下不干，一股怨气，说这劳什子没道理。我呢，尽管那些学问艰深奥晦，尽管那烧炼的秘法、点金的妙术学来困难重重，我总是百折不回的。"

他又说道："不过我想你这位年轻先生不会真把我讲的道理当作梦话。我只要显一点本事出来，你自会另眼相看，不必我空费唇舌。"他就从衣袋里掏出一小玻璃瓶子的红水，说道："这是我今天早上把几种草木的汁用蒸滤法提炼的仙水。我和德莫克利特①一样，几乎花了一生的精力去研究药石。你回头就会知道这东西的妙处。咱们晚饭喝的酒很坏，我能教它变成好酒。"他说着把那仙水在我的酒瓶里滴下两滴，我那酒就立刻比西班牙的醇醪美酒还要美。

怪事可以打动人的幻想，一着了那道儿就执迷不悟了。我看他有这种妙诀，不胜欣喜，想他准比魔鬼还来得。我满心钦佩，说道："啊，老师父，我一上来当你是老疯子呢，请不要见怪。我现在不敢轻看你了。你不用再显本领，我已经相信你随意会把铁块儿马上变成金条。我要是有这种了不起的学问多快活啊！"老头儿长叹一声，打断我道："天保佑你一辈子别有那本事！孩子啊，你还没懂得你企图的是什么呢。我这叫枉费心血，

① 德莫克利特（Démocrite，约公元前460—约前370），古希腊大哲学家。后人依托他名字，伪作《自然与神秘》一书，专讲点金炼丹等秘法，是西洋巫术魔术的主要渊源。

自寻烦恼;别羡慕我了,倒是可怜我吧。我老在担惊受怕,惟恐给人家瞧破,叫我一辈子坐监牢,毕生辛苦只落得这样下场。我防这一着,所以行踪无定,乔装打扮,或者扮成出家的宣教师修士之流,或者扮成在俗的绅士农夫之类。懂了点金术要赔上这许多烦恼,你想还犯得着吗?有了钱不能安心享用,可不是活受罪吗?"①

我对那哲人道:"我觉得你这话颇有道理。人生在世,第一要心地太平。我听了你这话,点金石②也不稀罕了。我只请你说说我未来的事吧。"他答道:"我很愿意啊,孩子。我已经相过你的面了,现在拿手来瞧瞧吧。"我把手伸给他的时候,那种一心信服的样子大概有些读者会瞧不起的。不过他们设身处地,只怕也跟我一样。他细细看了一会儿,很起劲地说道:"啊呀!忧变喜,喜变忧,多少反复啊!失意得意,否泰相承,突兀极了!不过你那一高一低的运气大半已经应验,以后简直没什么坏运;你就要有贵人扶持,一帆风顺,再没有变故了。"

他担保这番预言句句可靠,于是辞别走了。我还只顾把他的话细细咀嚼。我相信马利阿尔华侯爵一定就是他说的贵人,所以觉得那预言当然有准儿。虽然事情没见一点影子,我还把那假修士的话深信不疑;我实在给他那瓶仙水哄得心悦诚服了。我自己呢,决计要破天荒地向侯爵尽忠,指望早交好运。我想定主意,就回公寓,心上说不出的快活。娘儿们算了命也从没有我那样称心满意的。

---

① 基督教因为巫术是邪魔外道,惩罚极严。

② 魔术家相信可以化炼出一种物质,能把铅铜铁锡之类变成黄金。这种物质叫作点金石。

第　十　章

马利阿尔华侯爵派吉尔·布拉斯一个差使，
这位忠心耿耿的书记怎样交差。

侯爵还在他那位女戏子家里，几个贴身用人等着他回来，就在他房里玩纸牌消遣。我跟他们攀谈，笑笑闹闹，直到半夜两点主人才回家。他看见了我有点儿出于意外，说道："怎么的？吉尔·布拉斯，你还没睡吗？"他那神情很和气，我想他一下午准过得很乐意。我回说，先要知道了他有什么吩咐再睡。他说："也许明儿早上有事叫你干。等明天再吩咐尽来得及呢，睡觉去吧。记着，以后你不必等我，我只要有几个贴身用人使唤就行了。"

我听了这话心中暗喜，因为这种苦差有时候很讨厌，他这就免了我了。我撇下侯爵，回到我那楼顶上的小屋里，上床睡觉。可是我睡不着，我就想照毕达哥拉斯①的遗训，晚上把白天的行为反省一下，干了好事可以自赞，干了坏事应当自责。

我有点儿内愧，不能心安。我也责备自己不该帮萝合圆谎。

---

① 毕达哥拉斯（Pythagoras，约公元前580—约前500），古希腊哲学家兼数学家。关于他的遗教，传说纷纭。相传他教门徒洗心澄念，以求灵魂的纯洁，因此该静默无言，每天做严密的反省功夫。

我可以替自己开脱，说女人一团好意地为我撒谎，我不能无礼揭破她，而且相情度势也只好通同捣鬼。但是这话说不响，所以我想这事不该再闹下去，那位大爷信任我，我却给他上这样个当，再要留在他左右，真是老脸无耻了。总而言之，我这样严密反省之后，承认自己就算不是个流氓，也相去无几。

我又想到这事的下场，觉得这样欺骗一个有地位的人，干系不小，也许天理昭彰，不久就会败露。我深思熟虑，不禁有点怕惧；但一想到有舒服日子过，有利可图，又把那点戒惧之心忘个干净。再加那个有仙水的人断过我终身，那是一颗定心丸子。所以我一味地打起如意算盘来。我做着加减乘除，计算当了十年差薪水会有多少。我又把主人的额外赏赐也加上去，我的如意算盘可说是打得太如意了。按照主人那样慷慨，或者竟说，按照我这样贪心，我算起来，发的财大得无穷无尽。我这样称心如意，就渐渐困上来，睡去的时候还忙着造空中楼阁呢。

第二天我八点起身，想去向主人请示。可是我开门吃了一惊，原来他就在门外，身披便衣，头戴睡帽。这时左右无人，他说道："吉尔·布拉斯，我昨儿晚上跟你妹妹分手的时候，答应今天上午去看她。可是我有一桩要事，只好失信了。你替我去告诉她说，不凑巧得很，我非常懊恼，还对她说，我今儿晚上一定还在她那儿吃晚饭。"他又把一只钱袋和一只镶嵌钻石的驴皮小匣子交在我手里，说道："还有一件事，把我这小像送给她，钱袋你留着，里面有五十比斯多，是我给你的，可见我已经很喜欢你了。"我一手接了他的画像，一手接了那只受之有愧的钱袋。我立刻赶去看萝合，欢天喜地，心里想："好！眼看着那预言有准了。做了漂亮风流女人的哥哥多福气啊！又赚钱，又享福，只可惜不大体面。”

萝合跟一般女戏子不同,她起身很早。我撞去她正在梳妆,乘那葡萄牙人还没来,使出风流女人的全副手段,把天生丽质加以人工的辅助。我进门就说:“可爱的艾斯戴尔啊!外国人的香饽饽啊!我现在可以跟主人同桌子吃饭了,因为他赏我一个差事,我就有那面子了。我就是替他来当差的。他今天上午不能践约,不过晚上来吃晚饭,聊以补过。他还送你一张小像,我觉得这倒更可以补过。”

我随就把匣儿交给她。她见了匣上闪亮的钻石,乐得观之不足。她打开把小像瞥了一眼应个景儿,又合上盖去玩赏那些钻石。她称赞钻石非常好,笑眯眯地对我说:“做戏的女人最爱这种小像,对本人倒在其次。”

于是我告诉她,那慷慨的葡萄牙人给我小像的时候还赏了我一个钱袋,里面有五十比斯多。她说道:“恭喜恭喜。这位大爷一上来手笔就这样阔,别的大爷到分手的时候还未必能够呢。”我答道:“这是靠你的福呀,可爱的人儿!侯爵无非看我妹妹面上赏的。”她道:“我但愿他天天这样待你。我说不出多么爱你。我从第一次见了你就恋恋不舍,虽然光阴几变,我还是旧情未断。我在马德里失掉了你,总觉得还会相见,一直没死心。昨天和你重逢,我觉得命里注定你要到我身边来的,所以我那样接待。干脆一句话,朋友,天派定咱们俩是一对儿。我想嫁给你,只是咱们先得发了财再说。咱们务必从这步做起,事情才妥当。我还要有三四个相好,就可以替你挣个舒服日子了。”

我彬彬有礼地谢她肯为我这样操心。两人谈谈说说,不知不觉已经晌午时分。我就告辞,要去回报一声,礼物是怎样收下的。虽然萝合并没有教我怎么说,我却在路上编了一套绝妙的谢辞,预备代她说。不过这个心思是白费了,因为我回到寓所,旁人告诉我侯爵刚刚出门。命里派定我从此跟他没再见面。欲知究竟,请看下章。

第十一章

吉尔·布拉斯听到个消息,仿佛晴天霹雷。

我跑到我那个饭店去,碰到两个谈吐有趣的人,就一起吃了饭,坐到上戏的时候大家才分手。他们去干他们的事,我就上戏院去。我顺带要说,那时候我刚和两位绅士谈得高高兴兴,又正当鸿运高照,应该很快活;可是我不由自主地愁上心来。据此而论,谁还说坏运临头没有预兆呢!

我到了戏院后台,梅尔希华·萨巴塔跑来低声叫我跟他走。他带我到戏院里一个僻静去处,说道:“先生,有个紧要消息,我觉得应该特来告诉你。你知道马利阿尔华侯爵一上来先看中我老婆娜茜莎,他要来吃我那条里脊,日子都定好了。艾斯戴尔那刁货这时候就设法破了好事,把那葡萄牙贵人勾引到自己家去。你想一个女戏子失掉了这般好主顾,哪有不怀恨的。我老婆念念在心,只要能出得这口气,什么都会干出来。合是你倒霉,她抓住了一个好把柄。你记得么,昨天班子里所有的小角色都赶来瞧你了。剪蜡烛的助手告诉几个伙伴儿说他认得你，说你绝不是艾斯戴尔的哥哥。”

梅尔希华又道：“这话今天吹到娜西莎耳朵里，她就去追问说这句话的人，那小角色一口坐实。他说他认识你的时候，你跟艾斯戴尔都在马德里伺候阿珊妮，那时候艾斯戴尔名叫萝合。我老婆发觉了这个底细高兴极了，专等马利阿尔华侯爵今晚来看戏就向他告密。你自己斟酌吧。你要实在不是艾斯戴尔的哥哥，我为你的好，也看咱们旧交情分上，劝你想个万全之计。娜西莎只要害一个人，她许我先来报个消息，让你乘早逃走，免遭祸害。”

他不用多说了。我承那戏子报信，向他道谢。他看我神色慌张，知道我决不敢反驳剪蜡烛助手的话；我实在也没心情干那么无赖的事。我甚至于不想去向萝合告辞，怕她要叫我老着面皮挺到底。我料想她那么个做戏的惯家自会替自己开脱，我却难免吃苦头；我还不够痴情，不甘心冒这个险。我只想带了家堂神①就是我那些家当溜之大吉。我眨眼早出了戏院，一会儿工夫就把手提箱搬到一个驴夫家里，他半夜三点钟就要上托雷都去。我恨不得已经到了玻朗伯爵家里，觉得只有那儿可以托足。可是一时上还到不得他那儿，得在这城里耽搁些时候，我不免心上焦急，生怕当夜就有人来找我。

我急急慌慌，像个躲债的人知道背后跟了一群公差似的，可是我还上我那饭店去吃晚饭。我相信这顿晚饭吃了不会消化的。可怜我心魂不定，饭堂里什么人进来，我都仔细端详一下。

---

① 罗马人家都有家堂神，用银子、象牙或蜡做成神像供奉，搬家就带着走。

那地方常有相貌凶恶的顾客,不巧来了一个,我就害怕得发抖。我提心吊胆吃完晚饭,就赶回驴夫家,在一堆新铺的干草上直躺到动身。

这时候,我的耐性可说是大受锻炼,我只觉万虑攒心。有时我蒙眬睡去,就梦见侯爵怒冲冲把萝合那娇嫩的脸儿打得青一道红一道,把她的家具也捣个稀烂;或者睡梦中听得他吩咐用人一顿棍子把我打死。于是我就吓醒了。做了噩梦醒来总觉得舒服,可是我醒来比梦里还要苦。

我正在大受罪,幸亏驴夫救了我,他来说驴子要上路了。我立刻起来。谢天,我临走对萝合再不眷恋,对相面也再不相信了。我们一步步离开格拉纳达,我的心也一点点定下来。我跟驴夫闲聊,他讲些有趣的故事,我听得直笑,不知不觉地恐惧全忘。我们头一天停在于贝达,我放心大睡。第四天到托雷都。我忙着先打听了玻朗伯爵的住址,找到他家去,满以为他准会留我住下,可是我太托大了。我到他家只看见门房,据说他主人得到赛拉芬病危的消息,前一天动身到李华庄上去了。

我到了托雷都正有兴头,却没料到伯爵会出门,不免倒抽一口冷气,只好另打主意。我想此地离马德里不远,决计上那儿去吧。我想可以到朝里钻营一番,据说在朝廷上出头,不必才具过人。我过一天雇了一匹往回里走的马到西班牙京城。命里注定我要在那里大有作为,不像以前庸庸碌碌,所以冥冥之中把我掇弄了去。

第十二章

吉尔·布拉斯住在客店里，认识了
沈琦勒陆军大尉。这军官是何等人物，
到马德里作何营干。

我一到马德里就下了客店。同寓的客人里有个年老的陆军大尉，他觉得份里很该有恩俸，就从新加斯底尔的边远地方入朝请求。这人名叫堂安尼巴尔·德·沈琦勒。我第一次看见他，不免有点诧异。他年纪有六十岁，身材高得出奇，又非常瘦；唇上一大撮菱角胡子，两角直翘到鬓边。他不但断了一只胳膊缺了一条腿，还瞎了一只眼睛，上面贴着块绿绸子；脸上又有好多疤痕。此外他也就跟别人长得没什么差异。而且他心思也还灵敏，神气更为庄严。他道学得近乎拘谨，尤其自负对体面讲究得一丝不苟。

他跟我聊过两三回，承他看得起，就对我讲心腹话。不多几时，他的事我全知道了。他告诉我怎么把一只眼睛撇在那普尔斯，一只胳膊撇在朗巴狄，一条腿撇在荷兰。他讲起那些交战、围城的经历，有一点我很佩服，他从不吹牛，从没一句话夸赞自己。其实他已经半身残废，就算把那剩下的半身大吹大擂，聊以自慰，我也决不怪他。有许多军官前敌归来，身无片伤，口气还未必像他那么谦逊呢。

他说,有一件事最烦心:他把一份很大的家产都报效在军队里了,现在一年的收入不过一百杜加,他要修饰那部胡子,付房租,请人抄写呈文,那几个钱简直不够花的。他耸耸肩膀说道:“先生,我承上帝保佑,天天上一个呈文,上头总是不理睬。我跟首相仿佛打了个赌,要看看究竟是我这个上呈文的还是他那个收呈文的先不耐烦。我也有幸,常上呈文给王上。可是一君一臣恰好不相上下。我在这边老等,我那沈琦勒的庄子没钱修理,都塌败了。”

我对大尉说道:“凡事不可灰心。你有所不知,朝廷的恩典总要你痴等一番才会到手呢。说不定朝廷马上就要额外加恩,补报你的劳苦功高。”堂安尼巴尔答道:“我不该作此妄想。三天以前,我刚见过那大臣的一位秘书,他的话要是可信,我大可称心乐意呢。”我道:“大尉先生,他怎么说的?像你这般光景,难道他觉得还不该酬劳吗?”沈琦勒道:“你听吧。那秘书对我说得很干脆,他说:‘乡绅先生,别卖弄你怎么赤胆,怎么忠心。你为国家出生入死,不过是尽你的本分。立了大功,博个美名就可以自慰了,一个西班牙人不应该再有别的希冀。你要是把请求的赏赐看作朝廷欠你的债,你就打错了主意。除非皇恩浩荡,觉得对功臣应该有些酬劳,才会准你那请求呢。’”那大尉又道:“可见我还多多亏负了国家。看来我是徒劳往返了。”

看见一个好人落难,不免为他关切。我劝他不要灰心,又自告奋勇,愿替他抄写呈文,不要润笔。我甚至打开钱袋,请他要多少拿多少。有人闻得一声请,就老实不客气了,他却不然。他在这上面非常狷介,只傲然谢了我的美意。他又说,他不肯依赖旁人,所以渐渐儿熬练得饮食非常廉薄,吃一点儿就够了。这倒是真话。他只吃几个葱头当饭，所以瘦得皮包骨头。他不愿意人家看见他吃的苦饭，因此老躲在房里吃。我央求他中饭晚饭跟我同吃，他居然答应。我很可怜他，却设法不让他瞧透我的用心，免得他脸上难堪。我故意要了许多酒食，自己吃不了，就劝他吃喝。他刚一上来还要客气；禁不得我苦请，也就吃了。渐渐地他面皮老了些，自己就来帮我把盘里的肉和瓶里的酒吃喝个罄尽。

他喝下四五口酒，肠胃里又装了些滋补的东西，欣然说道："吉尔·布拉斯先生，你实在讨人喜欢，弄得我什么都依你。我本来还想，别因为你厚道我就得步进步；现在看你待人殷勤，我连这点顾忌都不讲了。"我觉得大尉这时候不拘谨了，要是乘机再把钱袋揣给他，他也不会推拒。不过我没有给他这番考验，我只邀他一同吃饭，替他抄写呈文，而且还帮他起稿子。我因为誊录过讲道文章，懂得修辞，也算得个作家。那老军官呢，也自负笔下很来得。我们俩协力逞奇，炼出来的辞令妙品充得过萨拉曼卡头等名师的手笔。可是我们俩虽然呕尽心血把呈文做得花团锦簇，却无济于事，真是俗语所谓在沙砾里播种。我们尽管措词巧妙的表扬堂安尼巴尔的功勋，朝廷上总是不瞅不睬。因此那残废的老军人不再赞扬军官倾家助饷了。他没好气就怨恨命运不济，把那普尔斯、朗巴狄和荷兰各国狠狠地咒骂。

有一天，他眼看阿尔伯公爵引进的一个诗人在御前背诵了一首恭祝公主诞生的十四行诗就得到五百杜加的年俸，越发气上加恼。亏得我极力安慰，不然的话，那残废的大尉准会发疯。我看他愤愤不平，就说："你怎么了？何苦为这事生气呀！从古以来，诗人不是照例受帝王供养的吗？每朝皇帝总有个把诗人吃他的俸。我说句不足为外人道的话，把俸禄赏给诗人，这事少不了传闻后世，于是皇恩帝德、万代流芳；要是赏给旁人，往往对帝王的名声没有好处，白赔了本。奥古斯都[①]给人的酬劳、赏人的恩俸不知该有多少呢，可是我们直到我们的末代子孙，都只记得这位皇帝赏给维吉尔的二十万块钱。[②]”

随我向堂安尼巴尔怎么譬解，他看了人家一首十四行诗的报酬，心上好像压了个铅饼子，排遣不了。他准备就此罢休。不过他还要孤注一掷，再上个呈文给赖玛公爵[③]才肯死心。我们特地一同上首相府。我们在府里碰见个年轻人，他对大尉行个礼，亲亲热热地说道：“亲爱的老主人，想不到是你！有什么事找我们大人啊？你如果用得着一个有点儿路数的人，找我得了。我愿意替你出力。”那军官答道：“怎么的？贝德利尔，听你这口气，仿佛在这府里当着什么重要差使似的。”那年轻人答道：“我至少有本领替你这样一位上等君子人效劳。”大尉微笑道：“既然如此，我就请你照应了。”贝德利尔道：“我无不尽力。你只要讲明来意，我一定叫你从首相身上沾些油水。”

这小伙子既然一番好意，我们就把事情讲了。他随即问明堂安尼巴尔的住址，答应过一天给回音。他没说如何着手，也没说他是否赖玛公爵的家人，就一溜烟走了。我觉得这贝德利尔

---

① 奥古斯都（公元前63—14），古罗马帝国开国皇帝。

② 勒萨日这话不知有何出典。据古罗马大历史学家史威东（Suétone，约66—约141）的《维吉尔传》第十三节，只说他有近一千万小银币（Sesterce）的财产，都是阔朋友送给他的。奥古斯都要把充公的地产赏给他，他踌躇不肯受（见“勒勃古典丛书”本史威东《十二大帝传及名人传》第二册第12—14页）。

③ 赖玛公爵（Duc de Lerme，1552—1623）在西班牙斐利普三世（1598—1621年在位）朝上专权二十年。

非常机灵，很想知道他是怎么个人。大尉说道："这孩子几年前伺候过我，瞧我穷，就撇了我另找好事情去了。我这倒不怪他，爬高枝儿原是人之常情。这家伙很机灵，一肚子鬼主意。不过他尽管本事大，刚才又向我一股子热劲儿，我看来不会有多大效验。"我说道："也许他有点儿用处。譬如说吧，也许他伺候的是位公爵手下的要员，他就能帮你忙了。你知道，在权贵左右不论干什么，都靠使诡计、结死党；那些大老爷随着亲信的二爷们摆布，二爷又由三爷来摆布。"

第二天早上，只见贝德利尔到我们客店来了。他说道："两位先生，我昨天没讲怎样帮沈琦勒大尉的忙，因为那地方不便深谈，并且我要先看看风色，再告诉两位。我主人就是赖玛公爵的头等秘书堂罗德利克·德·加尔德隆。我是他亲信的跟班。我那主人很风流，他在王宫左右为一个阿拉贡歌女经营了一个香巢，差不多每晚去吃饭。那姑娘是阿尔巴拉森山里的人，长得非常漂亮。她很聪明，唱起歌来能叫人魂迷心醉，所以叫作仙籁娜①夫人。我天天早上送情书去，这会子刚见过她。我对她出了个主意，叫她认堂安尼巴尔做舅舅，认了个假亲就可以叫她的相好照应。她很愿意干一下。因为她不但有点儿小利可图，而且也很喜欢人家以为她是个有身份的正经人的外甥女儿。"

沈琦勒大尉听了这话皱眉头。他说不愿意合伙行骗，尤其不能让女拆白冒认亲戚，丢他的脸。他觉得这不但有损本人体面，而且可说是辱及祖先。贝德利尔大不以为然，觉得这种讲究

① 仙籁娜(Sirena)这个名字从 Sirène 来，是希腊神话中半人半鸟的妖妇。航海的人为她歌声所迷，往往失慎触礁。

太不合时宜，说道："你这样看法，不是开玩笑吗？活是你们这起土乡绅行径！死爱面子，简直可笑。"又对我说道："大爷，你听听他慎重得有道理吗？老天爷，朝廷上的事都要这么仔细推敲，那还了得。什么下流无耻的事，只要此中有利，人家就决不错过。"

我很赞成贝德利尔的议论。禁不得我们极力撺掇，那大尉只好充仙籁娜的舅舅了。我们煞费唇舌，才说得他降心相从。于是我们三人同做了一篇新呈文给那大臣，又笔削一番，由我誊个清本，贝德利尔就拿去交给那阿拉贡姑娘。她当晚托了堂罗德利克大爷。那秘书听她讲得热闹，真以为她是大尉的外甥女儿呢，就答应出力。不多几时，这计策灵验了。贝德利尔得意洋洋，又到我们客店来，对沈琦勒道："好消息！王上要赏赐武官和教士的俸邑，另有些人的恩俸，旨意就要颁布了，不会漏掉你。我奉命来安你的心，还叫我问问，你打算向仙籁娜送个什么礼？我告诉你，我自己什么报酬都不要；我只要能助我旧主人一臂之力，让他光景宽裕些，就比得了全世界的金子还高兴。我们那位阿尔巴拉森的美人儿可不同。若要她与人方便，她就有点儿犹太人脾气。她有这点小毛病，就是为她亲爸爸也非钱不行，何况你这个冒牌舅舅呢。"

堂安尼巴尔道："她要多少，随她自己说吧。假如她每年要我三分之一的俸，我也答应。即使崇奉正教的国王陛下把举国之富都赏了我，这样谢她也不少她的了。"堂罗德利克的跑腿道："我呢，满相信你的话，知道你说一是一，说二是二。可是跟你打交道的那小娘儿心眼很细，而且她喜欢你能先把头两年的回扣一次现款付清。"那军官听了焦躁起来，打断他道："唉，叫我哪儿来钱啊？她当我是财政大臣吗？你一定没把我的光景告诉她。”贝德利尔道：“请不要怪我，她明知你比约伯①还穷呢。她听了我的话不会不知道。可是你别着急，我这人很足智多谋。我认得一个做财政审计员的老家伙，他按十分利放债。你去找个公证人立一张移让笔据，上开你曾收过他一注款子，合有一年俸钱之数，出保愿将第一年的俸移让给他。他按那数目扣掉利息，就把款子付你。至于抵押品呢，现有你那沈琦勒的庄子，就像现在那破破烂烂的样子，债主也不会挑眼，这方面不会有什么争执的。”

大尉说，假如侥幸过一天颁布的恩赏有他的份，他就答应这些条件。他果然没落空，得了个俸邑，年俸三百比斯多。他一听得这个消息，就把答应人家的事办妥，料理了些杂务，带着几个剩下的比斯多回新加斯底尔去了。

第十三章

吉尔·布拉斯在朝里碰到好友法布利斯，
两人都很欣喜；他们同往何处，谈些什么奇事。

我每天早上常到宫廷去消磨两三个钟头，瞻仰那些出出进

① 《旧约全书·约伯记》，叙约伯屡遭灾厄，穷困不堪，所以俗语“穷得像约伯”。

进的贵人。我觉得他们一到那里，平时的气焰都黯然消失了。

有一天我在待见室里昂头阔步，踱来踱去；许多人都在那里做出这副傻相。忽然我一眼看见了法布利斯；我跟他分手的时候，他还在瓦拉多利伺候慈惠院院长呢。他正跟梅狄那·西董尼亚公爵、圣克华侯爵说话，看来和他们很熟。我大为诧异。那两位大爷仿佛听着他说话津津有味，而且他衣服讲究，跟贵人不相上下。

我心上想："我没看错吗？这人真是尼聂斯理发师的儿子吗？也许是个年轻的朝臣，模样儿长得像他。"我的疑团一会儿就打消了。我等那两位大爷出去，跑到法布利斯跟前，他一看就认得我，拉住我的手挤透了人堆，走出待见室，拥抱我道："亲爱的吉尔·布拉斯，我见了你真快活，你在马德里干什么？还当用人吗？在朝廷上有什么差使吗？光景怎么样？你突然离了瓦拉多利，后来怎么了，都告诉我听呀。"我答道："你一口气问的事儿真不少。我的经历也不便在这儿讲。"他道："你说得不错，还是到我家去。来吧，我领路。我家离这儿不远。我现在无拘无束，住得很舒服，自己置备了家具，写意得很。我过得称心，非常快乐，因为只要我自得其乐就够了。"

我赞成法布利斯的主张，跟他到一座漂亮的房子前面，据他说就住在这里。我们穿过一个院子。那院子一头是个大台阶，上去是高堂大厦；另一头有座小楼梯，又狭又黑，上面就是法布利斯向我夸口的寓处。统共是一间，我这朋友会想花样，用木板隔成四间：一间是卧室的前房，后间就是他睡觉的地方，一间书房，一间厨房。卧房和前房的板壁上糊些地图和学院里的试题纸。屋里的家具跟墙上的裱糊恰是彼此相称。一张大床，床褥倒是锦缎，已经破烂不堪；几只旧椅子，是黄哔叽的面儿，镶着格拉纳达丝的流苏，和面儿一色；一张桌子，脚是金漆的，桌面上铺了个皮单子，新的时候大概是红的，边上金色流苏，年深月久，变得乌黑了；还有一个雕花的乌木柜子，雕工很粗劣。书房里有一张小桌子，算是写字台；沿墙几层木板架子上有几本书、好几捆纸，那就是他的图书了。厨房设备也不相上下，有些碗碟和几件必不可少的家伙。

法布利斯让我把他的几间屋子从容打量一遍，说道："我这家具、我这寓处，你觉得怎么样？喜欢不喜欢？"我微笑道："哎，好极了。你穿得那么漂亮，在马德里一定很得意。你准在当什么差使吧？"他道："天保佑我别当什么差使！我做的事比什么差使都高。有个阔人，就是这房子的主人，给了我一间房，我分做四间，布置成这样子。我爱干什么就干什么，而且衣食无忧。"我打断他道："你说得明白点儿吧。我急要知道你干什么呢，别撩得我心痒痒的。"他道："好吧，我来告诉你听。我是作者，我专心极力要做才子，诗也来，文也来，是个多面手。"

我笑嚷道："你居然文星高照了！这可是我一辈子也想不到的！随你做什么，都没有这个事来得奇怪。吟诗作文有什么好处呢？我觉得大家都瞧不起这种人，一日三餐都吃不周全的。"他也嚷道："哎，得了！你说的是倒霉文人，他们写出来的东西，书店和戏班子都打回票。那种家伙理该遭人白眼，这也值得大惊小怪吗？可是朋友啊，得意的文人地位可就高了。不是我夸口，我也算个得意的。"我说道："那当然！你一肚子才情，写出来的东西准好。我只奇怪你怎么得了写作的瘾？我觉得这倒值得打听一下。"

尼聂斯答道:“怪不得你奇怪。我在马尼艾尔·奥东内斯大爷家心满意足,再不想换别的事了。可是我像普劳图斯[①]一样,虽然身操贱役,灵性却渐渐地超然自拔。我编了一个喜剧,给戏班子在瓦拉多利上演了。虽然那个戏一钱不值,却很叫座。因此我知道戏院的看客是一头好奶牛,要挤它的奶水很容易。我打了这个算盘,又加手痒难熬,想再写新戏,所以对慈惠院也不贪恋了。我诗文兴浓,爱钱的心就淡下来。我因为马德里是人文荟萃之处,决计到这里来长些见识学问。我向院长辞职,他非常喜欢我,虽然照准,不无惋惜。他说:‘法布利斯,你为什么要走?是我无意中委屈了你吗?’我说:‘不是的,大爷,你是主人里最好的了。你的恩德,我刻骨铭心。可是你知道,一个人拗不过自己的命。我觉得天派我要从词章这一路名垂不朽的。’那位好市民答道:‘真傻呀!你在慈惠院里已经生了根,你是个做总管的料,有时候连院长也做得。你偏不肯脚踏实地走正路,倒去寻那旁门左道。孩子啊,活该你了。’

“那院长瞧我主意已定,就付清工钱,又送了五十杜加,算是额外的酬劳。有了这笔钱,再加平时奉命办差打下的偏手,我到马德里之后可以打扮得像样了。西班牙作者一点不讲究整洁,可是我在这上面没肯马虎。我不多时认识了洛佩·德·维加·加比欧、米格尔·德·塞万提斯·萨维德拉[②],还有些别的

---

① 普劳图斯(Plautus,约公元前254—前184),古罗马大喜剧家。奥勒斯·格留斯(Aulus Gellius)《雅典夜读录》(*Noctes Atticae*)第三卷第三章第十四节说他做买卖折尽了本,做面包师家奴隶,为他推磨(见“勒勃古典丛书”本第一册第250—251页)。

② 塞万提斯(Miguel de Cervantes Saavedra,1547—1616),西班牙大小说家,《堂吉诃德》作者。

名士。可是我在这些名家以外别有师承,那就是果都瓦的青年学士、绝世无双的堂路易·德·贡戈拉①,西班牙从古以来天字第一号的大才子。他不愿意生前把文章付印,只要读给朋友们听听就算了。他天赋奇才,各种体裁都来得,这一点是他与众不同之处。他尤其擅长讽刺诗,那是他的拿手。卢齐利乌斯②的诗像浊浪滔滔,泥沙俱下;他的诗却不然,像塔古河一派清流,水底下金沙灿烂。”

我道:“你把这位学士描摹得好极了。这样有本事的人物,我想准有好些人妒忌他呢。”他答道:“一切文人,好好坏坏,都攻击他。有人说他老爱用夸张的词儿、双关的字眼,还爱用譬喻和倒装句。又有人说,他的诗意义晦涩,像古罗马战神的祭司在赛会时唱的颂歌,没人懂得。还有人怪他一会儿做十四行诗,一会儿写叙事诗,一会儿又是剧本,又是十行诗、情歌,等等,仿佛妄想一手把各种作者都盖下去似的。可是这个才子真是贵贱共赏,那些忌刻之词碰不了他一根毛。

“我是跟这样大本领的师傅学的。不是我夸口,我的作品,看得出是他嫡派亲传。我学得了他的神髓,有几篇晦涩之作简直可以署他的名字。我亦步亦趋,也把作品到阔人家去推销。那些人并不难对付,待我颇加优礼。我这张嘴实在也很会说,这对我的作品有益无损。总而言之,好些大爷喜欢我,我跟梅狄

---

① 路易·德·贡戈拉(Luis de Góngora,1561—1627),西班牙作家,早期文笔质朴明白,中年以后,雕琢字句,求巧求奥,矫揉扭捏,因此作品大为风行,创了所谓“贡戈拉文派”,又叫“雅人深致派”(cultismo 或 culteranismo)。

② 卢齐利乌斯(Lucilius,公元前 180—前 102),古罗马讽刺诗人,风格以粗豪著称。

那·西董尼亚公爵尤其亲密,就像贺拉斯和梅赛那斯一样。我就这么摇身一变,成了作者。我没什么别的可讲了。你来吧,吉尔·布拉斯,把你的事迹赋咏一番吧。”

我就讲给他听,把无关紧要的事省掉,照他问的话详细回答。接着就该吃饭了。他从乌木柜子里拿出两方擦嘴布、一块面包、一个吃剩的烤羊肩、一瓶好酒,两人对吃起来,欣欣喜喜,不愧是一对久别重逢的故知。他说:“你瞧,我过的是自由自主的日子。假如我要学同行诸君的榜样,可以天天上阔人家去做食客。不过我爱躲在家里写作,而且我算得个小小的阿里斯提波斯①,不论市朝山野、酒池肉林或者饭蔬饮水,都能随遇而安。”

我们觉得那酒真好,不免又从柜子里拿出一瓶来。吃过水果,要吃奶饼的时候,我请他拿一篇作品出来看看。他立刻从稿子堆里拣出一首十四行诗,抑扬顿挫地念了一遍。他朗诵得虽然动听,我觉得那首诗意义晦涩,莫名其妙。他瞧透我的心思,说道:“你听着这首诗不甚了了,是不是?”我就老实说,希望这首诗还能够显豁一些。他打着哈哈笑我道:“朋友,假如你听了这首诗不懂,那是再好没有了。十四行诗、颂诗和一切力求风格高超的诗,万万不可简易流利,妙处就在晦涩。只要诗人肚里明白就行了。”我打断他道:“别跟我开玩笑,不论哪种体裁的诗,总得命意好,并且要词能达意。假如你那位绝世无双的贡戈拉写得也像你这般晦涩,老实说,我就以为他很不足道。这种诗人

① 据狄奥吉尼斯·雷厄提斯《哲学家列传》第二卷第六十六节说,阿里斯提波斯能随机应物,不论何时何地,都安之若素(见“勒勃古典丛书”本第一册第195页)。

顶多只哄得过他那一代。现在请你拿点散文出来瞧瞧吧。”

尼聂斯的戏剧集正在排印，他把卷头语的稿子给我看，问我以为如何。我说：“你的散文跟你的诗一样不入我的眼。你的十四行诗不过是拿腔作势的胡说八道。你这篇序文里有些词藻过于搜奇爱僻，有些字眼儿全是不经见的，有些句法可以说是矫揉造作。总而言之，你的文笔怪得很。古代好作家笔下不是这样的。”法布利斯嚷道：“你这个可怜的瘟生！你不知道现在散文家若要博文笔高雅的名气，就得古怪扭捏，却不入你的眼了。我们有五六个胆敢标新立异的人，要把西班牙文搅它个黑白颠倒。只要天照应，我们准会如愿，洛佩·德·维加、塞万提斯，还有好些大才子尽管把我们新创的文体挖苦取笑也没关系。许多有地位的人都附和我们，甚至有几位神学家也入了我们的伙了。”

他又道：“反正我们志气可嘉。平心说来，有种不事雕琢的作家，词句像平头百姓的说话一样，我们的格调比他们高得多了。我不懂为什么许多上流人物都看重他们。像他们那样，在雅典和罗马那种不分贵贱的世界里确是很相宜。所以苏格拉底对阿耳喀比阿得斯说，人民是最好的语言教师。① 可是在马德里，文字有雅有俗，朝廷贵人讲起话来和市井小民不同。我这点不是信口开河。千句并一句，我们的新体比那跟我们竞争的旧

---

① 见柏拉图所作《阿耳喀比阿得斯》(*Alcibiades*)对话上篇，与勒萨日所引稍有出入。阿耳喀比阿得斯说，群众是他的先生。苏格拉底就追问这些先生教他些什么。阿耳喀比阿得斯说：“我跟他们学怎样说希腊文。”苏格拉底道：“群众充希腊文教师是胜任的，而且可以教得很好。”（见“勒勃古典丛书”本《柏拉图对话集》第八册第 125 页）

体好多了。我只要举一个例,就见得我们用字雅致,他们用字滥俗。譬如他们说:‘戏里有了插曲就更好看了。’这句话一点文采都没有。我们说来就漂亮,我们说:‘戏里有了插曲就添娇增媚了。’留心‘添娇增媚’这个词儿,多聪明!多文雅!多可爱!你觉得吗?”

我哈哈大笑,打断这位标新立异的作家道:“得了!法布利斯,你这个舞文弄墨的怪东西!”他答道:“你呀,你是个平铺直叙的蠢家伙!”接着就引格拉纳达大主教的话道:“走吧,去找我账房付一百个杜加,你拿了这笔钱让天照应你吧!再见了,吉尔·布拉斯先生,愿你万事如意,看文章的眼力也再长进些。”我听了他打趣,越发大笑起来。我把法布利斯的文章不当一回事,他并不见怪,依然高高兴兴。我们喝完第二瓶酒才散,两人都酒醉饭饱。我们出门要到普拉都公园去散散步,路过个酒店,一时高兴,就进去了。

那地方常有上等人光顾。里面分两间,这一间和那一间里顾客取乐的方法大不相同。一间里有玩纸牌的,有下棋的;另一间里,两个靠天才吃饭的名士在那儿辩论,旁边十个到十二个人悉心静听。我们老远就听出他们在争论一句玄学上的话。他们讲得面红耳赤,激烈非常,仿佛着了鬼迷似的。我想假如把艾雷萨①的神环放在他们鼻子底下,鼻孔里准有邪鬼钻出来。我对我的朋友说:“哎,老天爷,好大的火气,好大的嗓门儿啊!这两

① 艾雷萨(Eléazar),古犹太魔术师,据弗拉维欧斯·周塞浮斯(Flavius Josephus)《犹太旧闻录》第八卷第四十六至四十七节,此人传得所罗门王的法术,有个神环能驱邪鬼,周塞浮斯曾亲眼见他施法(见“勒勃古典丛书”本第五册第595—597页),勒萨日所讲就从那一节来。

个辩论的人，天生是叫喊消息的报子。世上一大半人都跟他们的地位不相称。”他答道：“是啊，一点儿不错。从前罗马理财家诺维欧斯①的嗓子，大伙儿赶车人也嚷他不过。这两位分明是他一类人物。他们嚷得人耳朵都聋了，却全说些废话，我最受不了。”我当时已经头昏脑涨，我们就避开这些大呼小喊的哲学家，才免了我一场头痛。我们到那一间屋里，坐在一边，喝点儿酒清清神，看着那些出出进进的客人。尼聂斯差不多个个都认识。他嚷道：“天啊！咱们那些哲学家一时上还辩论不完呢，又来了生力军了。那进来的三个人就是去上场比赛的。刚出去的两个怪人你瞧见没有？那黑瘦的小个子、直长头发一半披在前面一半披在后面的，叫堂如连·德·维拉奴诺。这人是个年轻的财政审计员，拼命充花花公子。有一天我跟朋友上他家吃饭，看见他正在干一件怪事。他在书房里跟一只大猎狗玩儿，把自己稽查的一宗案卷一封封扔开去，叫那只狗衔回来。那猎狗把这些卷宗咬得粉碎。跟他一起的那个红脸的学士叫堂颜如盘·钝头②，他是托雷都教堂里的大司铎，天下第一笨蛋。可是你看他满面笑容、精神焕发，还以为他很聪明呢。他目光炯炯有神，练成一副狡猾顽皮的笑容，仿佛很精明似的。要是念一篇极细腻的文章给他听，他聚精会神，仿佛很能领会，其实他什么也不懂。那天他也在财政审计员家里吃饭。大家讲了不知多少的趣事妙语。堂颜如盘一句话也没说，只凭他嬉嘴扬眉、手舞足蹈来

---

① 见贺拉斯《代简与讽刺诗集》第一卷第四篇第42至44行，略谓若同时有二百辆大车和三起大出丧拥挤喧哗，诺维欧斯高声大嚷，能够把一切吹号打鼓的声音都盖下去（见“勒勃古典丛书”本第80—81页）。

② 钝头，西班牙文为Tonto，是傻瓜的意思。

助兴。他这副姿态好像比我们说的俏皮话还高明。”

我问尼聂斯：“这边两个落拓不修边幅的人，胳膊撑在桌上，咬着耳朵窃窃私语的，你认得吗？”他说：“不认识，那两个是生脸。不过看那样子，准是咖啡馆里的政客①，在讥弹朝政。瞧那位温文尔雅的大爷，吹着口哨踱来踱去，有时丁字步站住，或是歇着左腿，或是歇着右腿：那是年轻诗人堂奥古斯丹·莫瑞多。他有点才分，只是给那起一味恭维、一窍不通的人捧得简直癫狂了。他招呼的那人是同行，擅写押韵的散文，也是个风魔了的家伙。”

外面又来两个带剑的人，他指给我看，说道：“又是两个作者！他们好像都约齐了到这儿来受你检阅的。那是堂贝尔那·喋嘶谰言怪多②和堂赛巴斯田·德·维拉·维修萨。堂贝尔那满肚子怨毒，是个生性阴沉的作家；他只想害人，无人不恨，也没人喜欢他。堂赛巴斯田却是个老实孩子，是个心地光明的作家。他新近编了个戏，演来非常叫座；他就把那剧本印出来，让大家瞧瞧个透，免得自己浪得虚名。③”

贡戈拉的存心忠厚的徒弟还要把眼前人物一一指示，这时梅狄那·西董尼亚公爵的家人来打断他道：“堂法布利斯大爷，

---

① 这是作者失检，那时候西班牙还没有咖啡馆。

② 西班牙文 Deslenguado 是肆口谰言恶语的意思。

③ 亚里士多德《诗学》里说，悲剧不在乎舞台上的演出，舞台上的景象是作品以外的东西（见“勒勃古典丛书”本第 29 页及 49 页）。法国古典主义理论的主要源泉意大利批评家路都维果·卡斯德维特罗（Lodovico Castelvetro，1505—1571）的《亚里士多德诗学诠释》就进一步说，戏院的看客都是些粗俗无知的人，所以需要布景等等把剧本在台上演出（见赛巴多尼斯版第 23 页）。因此西洋文评里常说，剧本印了出来，作为读物，就难哄过识者。

我找你来了。公爵大人想跟你谈谈,在家等着呢。”贵人有什么呼唤,一刻也迟延不得;尼聂斯懂得这个道理,马上撇了我去见他的梅赛那斯。我听人家称呼他“堂”,吃了一惊,他爸爸只是克利索斯东理发师,儿子却成了贵人了。

第 十 四 章

法布利斯把吉尔·布拉斯荐给西西里
贵人加连诺伯爵。

我急要再见法布利斯的面,忍不住第二天大清早就到他家。我进门就说:“堂法布利斯大爷,阿斯杜利亚的呱呱叫、簇簇新的贵人啊,我向您请安。”他听了大笑道:“人家称我‘堂’,给你听在耳朵里了?”我道:“是啊,绅士大爷,你不见怪,我可要说了:你昨天讲你怎么摇身一变,却把最妙的节目漏了。”他道:“你说得对。不过我借用这个头衔,虽然是自己爱面子,实在也因为人家讲面子,不得不然。你知道西班牙人的脾气,好好一个人,不幸出身贫贱,就受尽白眼。我还跟你说吧,我看见过好多人自称什么堂方思华、堂加布利尔、堂贝德、堂这个那个,天知道他们是什么东西。可见贵人不是件稀罕物儿,有才有能的平头百姓愿意跟他们为伍还是抬举他们呢。”

他接着道:“咱们讲别的话吧。昨儿晚上梅狄那·西董尼亚公爵请去吃饭的客人里有个西西里贵人加连诺伯爵。席上偶然谈起爱面子的笑话。我很得意,恰恰有个现成例子可以讲出来让大家笑笑,就把你那个说教文章的故事讲了一遍。你可以想象,在座诸君都听了大笑,把你那位大主教挖苦得淋漓尽致。你可没有吃亏,因为大家都为你惋惜。加连诺伯爵向我详细打听你,不消说,我回答得都很得体。他托我带你去见见。我正想来找了你同上他寓所去呢。他大概要用你做个书记。我劝你答应。在这位大爷手下做事好极了。他很有钱,在马德里阔绰得像个钦差大臣。听说有些王家的产业赖玛公爵想让给西西里,这人就是上朝来谈判的。总而言之,这加连诺伯爵虽然是西西里人,看来很慷慨,很正直光明。你跟上这位大爷再好也没有。照应你在格拉纳达断的终身,照应你发财的大概就是他了。"

我对尼聂斯说:"我本来还想闲一程子寻寻快乐,然后找事情。可是听你这么说来,我心活了,巴不得已经追随着他。"他答道:"你马上就会如愿的,决没有错儿。"我们就一同到伯爵寓所,他住的是他朋友堂桑式·德·阿维拉的房子,主人那时候正在乡下。

我们在院子里看见不知多少小僮儿和跟班,都穿了又华丽又漂亮的号衣,接待室里又有许多侍从、家人和其他执事。他们一个个鲜衣美服,只是相貌丑怪,好像一群穿了西班牙装束的猴子。老实说,有些男人女人的相貌,随他们怎么刻意修饰也是枉然的。

门上传报了堂法布利斯的名字,一会儿就请他进去,我也跟着。伯爵穿着便装正坐在沙发上喝巧克力。我们毕恭毕敬行了个礼。他略微点点头,脸色很和气,我立刻一片心都向他了。贵人们对咱们稍假辞色,往往有这种奇效。除非他们十二分傲慢无礼,我们是不会生气的。

那位爷喝完巧克力,就逗着身边一只大猴子玩儿。那猴子叫“爱神”。我不懂为什么给那畜生取了这个名字,大概它和爱神一般都顽皮促狭,此外实在毫无似处了。那猴子只是畜生,可是主人把它当作开心丸子,觉得它可爱,成天抱着。尼聂斯和我看那猴子跳踉作耍,并不有趣,可是也装出十分喜欢的样子。这来哄得那西西里人很高兴。他放下那玩意儿,对我说道:“朋友,你只要有意,不妨在我这里做一员书记。你要是以为相宜,我一年给你二百比斯多。只消堂法布利斯做你的荐头和保人就行了。”尼聂斯道:“好啊,大爷,我比柏拉图胆大,他向暴君德尼斯①推荐了一个朋友,却不敢做保。我是不怕你埋怨的。”

我对这位阿斯杜利亚的诗人行了个礼,谢他为我这般大胆。于是我对东家说,一定要赤胆忠心地伺候他。这大爷一瞧我答应,马上叫他的总管进来,低声吩咐了几句,然后对我说道:“吉尔·布拉斯,你的职务,回头再跟你讲。你现在跟我的总管去吧,我刚吩咐了他怎么样安置你。”我就听命,撇下法布利斯陪着伯爵和“爱神”。

那总管是个调皮透顶的梅西那人。他领我到他屋里,客气得不得了。他把为他们全宅人做活的裁缝叫来,吩咐他为我赶

---

① 德尼斯(Denys,公元前405—前367年在位),西拉古斯(Syracuse)暴君。柏拉图的第十三封信是写给他的,第一节说:“我荐个人给你,名字叫海利根(Hélicon)……这人颇有风趣,脾气也好。我话虽这么说,心里却有点担忧,因为我说的是一个人,人固然不是个卑贱的动物,却是个变化不测的动物……你自己小心察看他吧。”(见《柏拉图的十三封信》,柏斯特〔L. A. Post〕译注本第18—19页)勒萨日所说,想指这件事,但希腊学者对这封信的真伪还有疑问。

做一套衣服，要跟头等执事穿的一样讲究。裁缝量了我的身材就走了。那梅西那人道："我为你挑了一间很舒服的卧房。"又问我："哎，你吃过早点没有？"我说还没有。他道："啊，你这个可怜的孩子，怎么不说呀？你在这里，要什么，只消说一声。来，我带你到一个地方去，靠天之福，那儿要什么都有。"

他说完带我到伙食房，见了伙食头儿。那是个那普尔斯人，跟这个梅西那人本领不相上下，可说是我不输你，你不输我。那位有体面的伙食头儿正陪着五六个朋友，把火腿呀，牛舌头呀，还有些腌货尽量往肚里塞，吃得嘴燥，就一口口地喝酒解渴。我们也坐上去，一起痛饮伯爵大人的好酒。我们在伙食房大吃大喝的当儿，厨房里也有宴会。厨子款待三四个朋友，他们正和我们一样的狠命喝酒，一面把兔肉馅饼、野鸡馅饼填肚子。便是厨下小打杂儿也可以放量偷吃。这个人家仿佛没主人的，尽人偷盗。可是这还不算什么，还有许多我没见到的呢，相形之下，这不过是鸡毛蒜皮罢了。

第十五章

加连诺伯爵派给吉尔·布拉斯的职务。

我出去把行李搬入新居。回来的时候伯爵和许多客人正吃饭，其中有尼聂斯诗人。他左右有人伺候，谈谈说说，态度很自在。我还留心到他每讲句话，总使满座生春。天才真了不起！

一个人有了才，就由得他做什么等人物了。

我和府里的执事同桌，吃得简直和东家差不多。我饭后回到自己房里，把处境思量一番。我想："哎，吉尔·布拉斯，你现在跟上了个西西里的伯爵，还没摸着他的脾气。看情形，你在他家正是如鱼得水。不过事情是拿不稳的，你已经几次三番遭厄运播弄，流年还未必吉利呢。况且你又不知道东家派你什么差事。他现有几个书记、一个总管，要你效什么劳呢？大概是要你替他送信拉纤。好得很！在贵人家做事，若要马上得意，这是条捷径；如果靠你规规矩矩当差，只好一步步挨，还未必能挨到头呢。"

我正打着这个好算盘，一个跟班的来对我说，客人散了，伯爵叫我去。我立刻赶到他房里，看见他挨着那只猴子躺在沙发上，准备同睡午觉。

他说："吉尔·布拉斯，过来，坐下听我说。"我都遵命。他说道："堂法布利斯说你许多好处，尤其夸你赤心为主、是个诚实不欺的孩子。我就为这两点，决计要用你。我要个有情有义的用人，处处为我打算，心心念念不肯让我吃亏。说真话，我很有钱，可是我每年入不敷出，亏空很大。怎么回事儿呢？因为有走失呀。我这家里仿佛一座树林，简直是个贼窝。我疑心伙食头儿跟总管串通一气。要是我怀疑没错，他们这样尽可以叫我倾家荡产。你也许要说，既然怀疑他们是坏蛋，叫他们滚就完了。可是天下老鸹子一般黑，好一点的货哪里去找呢？我只可以另用个人，授他权监视那两个家伙。吉尔·布拉斯，我就挑你来干这差使。你要是干得好，我决不会亏负你，你可以放心。我一定照应你在西西里好好的成家立业。"

他说完叫我出去。这天晚上，他当着全家用人派我做了大总管。那梅西那人和那普尔斯人一上来还不怎么丧气，他们以为我是个好性儿的小伙子，只要让我利益均沾，他们依然可以干他们的营生。过了一天，我向他们声明，我这人对一切揩油作弊深恶痛绝。这来他们可呆住了。我叫伙食头儿把家里存的伙食向我报账。我又去查看酒窖。我把伙食房里银器、桌布之类的什物一一清点。于是我警戒他们俩：主人家的东西要爱惜，不许浪费。末了还说，若有什么弊端落在我眼里，我都要禀告主人的。

我一不做二不休。我要找个内线，探探他们两人是否一条藤儿。我挑了个小打杂儿，许他点好处，把他买通了。他说，我若要打听宅里的事，他知道得最清楚。他说：伙食头儿和总管勾结，百端浪费，仿佛把一支蜡烛两头点；每天买的荤腥，他们要吞灭一半；那普尔斯人养个外室，在圣托马斯学院对面，梅西那人的外室在太阳门附近，这两位先生每天早上把买的各种伙食送给他们的姘头；那厨子也把佳肴美味送给街坊上相识的一个寡妇；他对那两人死心塌地，极力伺候，他们见他的情，就把窖里的酒也让他一起享用；总而言之，伯爵大人家开销浩大，就费在这三个用人身上。那小打杂儿还说："你要是不信，劳驾明天早上七点左右到圣托马斯学院附近去等着。你亲眼看见我背着一筐伙食，就证据确凿了。"我道："原来你替那两个风流买办当差。"他答道："我替伙食头儿当差，我有个伙伴儿替总管当差。"

我觉得这个消息值得我费功夫查明一下。我有那好奇心，第二天早上就在指定的时间跑到圣托马斯学院左近。我没等多少时候，看见我那耳报神背着一只大筐来了，筐里满满地装着各种肉啊，家禽啊，野味啊，等等。我逐件点看一遍，在记事本上做了一篇调查报告，回头去给主人看。我叫那个小打杂儿照常干他的事去。

那位西西里大爷火性很大，气头上要把那普尔斯人和梅西那人都撵走。可是他深思熟虑之后，只辞掉个梅西那人，把他的位子给了我。我那大总管之职派下来没多久就此取消了。老实说，这倒正中下怀。干那个事其实不过当个体面的奸细，只有个虚架子。做了总管先生，钱箱就由我掌管，这是实权所在。大人家的用人向来是总管地位最高。做到这个位子就有许多生财之道，尽管你毫不苟且也总会发财。

那个那普尔斯人鬼花样还多得很。他看我铁面无私，天天一早起来查点他买回来的伙食，登记上账，他就不再打偏手。可是那混蛋每天买的东西还跟从前一样多。这样一来，吃剩的菜也就多了。按规矩，那是他的好处。他不能把荤腥趁新鲜送给相好，至少可以烧熟了送去。那家伙依然一点不吃亏；伯爵得了总管里的尖儿顶儿，还是没便宜。我一看每餐的菜多得吃不尽，就想出个新办法，马上把每道菜酌量减克，堵住这个漏卮。不过我极有分寸，一点不露寒俭，看上来还照常的饮食若流。我这番经纪省下不少开销。主人也就是要我如此，他要省钱而豪华不减。他虽然爱钱，场面却要撑足的。

我还不罢休，另又除了一个弊端。我觉得酒消耗得太快了，怀疑里面还有花样。真的，譬如一桌十二位大爷要喝掉五十瓶酒，有时喝到六十瓶。我很吃惊，就去问那鬼灵精的小打杂儿。我和他暗里约会。厨房里大家不防他，他就把所见所闻一五一十都告诉我。他说那是伙食头儿和厨子以及斟酒的跟班串通了作的弊。跟班把一瓶酒斟掉半瓶，就收进去，以后他们同伙儿的大家分。我就对跟班发话，警告他们说，要是再干这种事准叫他们滚蛋。他们这来就害怕了，只好循规蹈矩。我留心把我替东家打的小算盘都一一禀告主人。他满口称赞，对我的宠爱与日俱增。我也要谢谢那小打杂儿帮了我好大的忙，就升他做厨子的下手。阔人家忠心的用人是这样一步步高升的。

那个那普尔斯人处处逃不出我手心，简直气疯了。他每次报账，总吃我细细盘驳，他为这事恨得咬肉。我防他揩油肆无忌惮，所以亲自到菜市去打听行情。这么一来，我就知道他捣什么鬼了。他不免欺骗主人，我就狠狠地盘问。我相信他一天准要咒我一百回。不过他居心不正，我想他咒骂也不会应验。我不懂他怎么不怕我种种作难，还要待在这西西里贵人家当差。他一定还有便宜可图，我作难也是徒然。

我偶尔碰到法布利斯，就把我做了总管种种破天荒的奇功伟绩告诉他听。他却不以为然。有一天他对我说："你赤心为主这样出力，但愿天保佑你会有好报。不过咱们私底下说说，我想你跟那伙食头儿要是不那么认真，你还要顺利呢。"我答道："什么话呀！那贼丧尽廉耻，账上把四个比斯多的鱼开十个比斯多，你要我这也马虎过去吗？"他冷冷地说："干吗不马虎呀？他只要把油水分一半给你，就是按规矩了。"他又摇头道："说老实话，朋友啊，你是个聪明人，这来可太笨了。你真是东家的走狗。你凑口馒头不肯吃，看来当用人的日子长着呢！我告诉你吧，运气好比轻狂的风骚女人，风流子弟要是不赶紧下手，她就跑了。"

我听了尼聂斯的话只一笑置之，他自己也笑了，只算是说着玩儿的。他出了坏主意没见采纳,自己觉得不好意思。我还是矢忠矢勤,贞固不移。我果然始终如一。我敢说,靠我的经纪,四个月里至少替主人省下三千杜加。

第十六章

加连诺伯爵的猴子遭了意外之灾,
这位大爷的着急。吉尔·
布拉斯得病,如何下场。

于是伯爵寓所出了件意外,闹得家翻宅乱。这事读者看来虽然琐屑不足道,对我们用人却紧要非凡,尤其是对我。我东家看作命根子的猴儿,就是上文讲的"爱神",一天从这窗口跳向那窗口,失脚跌在院子里,把条腿跌脱了臼。伯爵一知道,顿时失声大叫,像个女人一般。他急得不可开交,把手下人个个埋怨遍,险的叫全伙儿用人都滚蛋。他居然沉住火气,只怪我们粗心,咒诅谩骂了一顿就罢了。他立刻把马德里接骨合臼的头等外科医生都请来。他们看了那条摔坏的腿,拍上臼,包扎停当,都一口担保没事。可是我主人定要留一个医生看着那猴子,直等它复元了才放走。

我应该讲讲那西西里贵人当时焦愁的情形。他成天守着那宝贝猴子,寸步不离;说起来大家不会相信的。他亲眼看人家替猴子包扎,晚上三遍两遍起来瞧它。用人都整夜不得休息,尤其是我,我们随时要听使唤去伺候那只猴子,真是讨厌透了。总而言之,全家忙得马仰人翻,直到他妈的那畜生复元,照常又跳啊蹦啊翻跟斗,这才安顿下来。史威东记载加利古拉①爱极了他的马,甚至给它一所陈设富丽的住宅,用了许多人伺候,还要封它做执政官。我们看了那猴子的遭际,对史威东的话还会不相信吗?我主人对他那猴子着迷得正也不相上下,也巴不得叫它做个法官呢。

我要讨主人的好,比别的用人分外卖力。我为他那“爱神”操劳太过,一头病倒。这是我倒霉了。我寒热大作,人事不省,半个月来病得七死八活,也不知道人家是怎么处置我的。我只知道亏我年纪轻,寒热打不倒我,医药大概也治不死我,居然神志又清楚了。我一醒过来,发觉不睡在自己屋里。我要知道是怎么回事,就问那个守着我的老婆子。她叫我别说话,医生讲明不许的。一个人身体好着,总把医生不当一回事;到生了病,就乖乖地听他们吩咐了。

我虽然心痒痒地想跟伺候的老婆子说话,也就忍住不说了。我正在反复思量,只见进来两个花花公子似的人,打扮得非常俏皮:丝绒衣裳,极讲究的衬衣,上面还绲着花边。我以为那是主人的朋友,看他面子来瞧我的。所以我挣扎着想要坐起来。我不敢怠慢,把睡帽也扯下。可是伺候的老婆子按我躺下,说那两

---

① 加利古拉(Caligula,12—41),古罗马暴君,史威东《十二大帝传及名人传》第四卷第五十五节说他宠爱一匹马,叫作“飞马”(Incitatus),为它造了大理石马厩,象牙马槽,还有讲究的住宅,陈设仆役,一应俱全,四周有卫兵站岗,叫人民肃静回避,免得吵扰了它(见“勒勃古典丛书”本第一册第488—489页)。

位是我的医生和药剂师。

那医生上来给我把了脉，又看了我的脸色，看见种种征候都是快要痊好之象，就满面得意，仿佛多亏了他。他说只消再吃一帖药就功德圆满，他可以自夸妙手回春了。他说完就随口说了个方子，叫药剂师笔录下来；一壁厢照着镜子整理头发，做出种种怪相。我虽然病得那样，看着也忍不住好笑。于是他似招呼非招呼地对我一点头就走了。他一味想着自己的模样儿，开的药方倒并不在心上。

那药剂师来了不是没事的。医生走后，他就准备动手。他要干什么， ·猜就知道。他也许怕那老婆子手脚笨，也许是卖弄本事，定要亲自动手。他手段尽管高，不知怎么一来，他还没完事，我就把他灌注给我的东西一股脑儿奉璧，溅得他丝绒衣裳上一塌糊涂。他认为吃了药剂师那行饭难免这种倒霉事儿，一言不发，拿块布擦拭一番就走。那套衣服他准得送出去干洗，干洗费决计要出在我账上的。

第二天早上，他把医生开的药送来。这回他不怕脏了衣服，可是他穿得朴素些了。我一来因为身体渐觉健旺，又加我前一天就把医生和药剂师厌恶透顶，甚至还咒骂他们出身的大学堂；他们杀了人逍遥法外的权力都是大学堂授予的。所以我发誓说，再不要吃药了，希波克拉底和他的徒子徒孙都滚他妈的蛋。那药剂师配了药只要我付钱就罢，我吃不吃，他满不在乎。他把药放在桌上，一声不响地走了。

我马上吩咐把这一文不值的药扔到窗外头去；我成见很深，相信吃下去准会毒死。我一不做二不休，还有桩事也不听医生吩咐了。我不再闷声不响，我口气很硬，命令那伺候的老婆子务必把我主人的消息告诉我。那老婆子要说，又怕我气坏了，性命难保；要不说，又怕惹出我的病来，她只是吞吞吐吐。可是经不起我急催紧逼，到头来她只好告诉我说："大爷，你现在自己做主，没别的主人了。加连诺伯爵已经回西西里去了。"

我听了不相信；不过这事千真万确。我生病的第二天，那位大爷怕我死在他家里，承他情把我连人带东西搬到个客店里，满不在乎地撇下不管，随老天爷和一个老婆子照应去。那时候他接到本国命令，召他回去。他急急动身，把我忘得一干二净。也许他以为我已经死了，也许贵人都是忘事的。

伺候的老婆子把这些事讲完，又说医生和药剂师是她找来的，惟恐我病死没人催命。我听到这些好消息，呆得半晌说不出话来。西西里的好家业啊，休想了！一场好梦都完了！有一位教皇曾经说："你要是遭遇大不如意的事，反躬省察，就会明白总是咎由自取。"我并不敢冒犯这位圣人，可是这一回怎么咎由自取，我却不懂。

我一肚子如意算盘落了一场空，心上只惦着我那只手提箱。我吩咐拿到床上来让我瞧瞧。我一看箱子已经打开，叹口气道："哎！我宝贝的手提箱、我惟一的安心丸呀，看来你已经遭过劫了。"那老婆子道："没那事，吉尔·布拉斯大爷，你放了心，什么也没偷掉你的。我看守你这只箱子，就仿佛看守自己的名节一样。"

我上伯爵家当差的时候穿的那套衣服还在箱子里，可是梅西那人叫裁缝给我做的一套却找不着了。也许我主人以为不应该留给我，也许是给什么人捞摸了去。别的衣着都没动，连我装钱的一个皮子做的大钱袋都在。我生病之前，钱袋里有二百六十比斯多,这回只剩了五十比斯多。我数了一遍不信,又数第二遍。我就问伺候的老婆子说:“老妈妈,这是怎么回事儿?我的钱剩了这一点点了!”老婆子答道:“你这钱全是我经手的,我花得再省俭没有了。可是生了病花费很大,动不动都要钱。”我这位好当家从口袋里掏出一叠纸,说道:“这是开支的账目。我这笔账是真金不怕火烧的。你瞧了就知道我一个子儿也没乱花。”

那账单总共有十五页到二十页,我从头到底看了一遍。天啊,我人事不知的时候买了那么多的鸡鸭呀!单是那一项菜肉合煮的汤至少就花了十二比斯多。别的东西也跟这项相称,木柴啊,洋蜡啊,水啊,笤帚啊,等等,真不懂她怎么用得了那许多。可是她尽管开虚账,总数不过三十比斯多,还亏一百八十个比斯多呢。我跟那老婆子说了,她一副天真老实的样儿,赌神发咒,说伯爵的伙食头儿把我那手提箱交给她的时候,钱袋里只有八十比斯多。我忙打断她道:“老妈妈,你说什么?我的东西是那伙食头儿交给你的吗?”她答道:“没错儿是他。我分明记得,他一面把东西交给我,还对我说:这个你拿去,老妈妈,等吉尔·布拉斯大爷两腿挺直,务必好好儿发送他,这箱子里有的是钱。”

我恨道:“啊!该死的那普尔斯人!我少的钱是哪里去的,不问可知了!我碍着你的道儿,害你少揩了东家的油,你就在我身上出账,把我偷个精光。”我骂了一番,又感谢上天,那混蛋没把我偷得一个子儿不剩。我虽然觉得那个伙食头儿大有做贼的嫌疑,却也不信伺候的老婆子手脚干净。我一会儿怀疑伙食头儿,一会儿怀疑老婆子,不过我反正总是一样的遭殃。我没对老婆子说什么话,连她那篇妙账也没跟她计较。计较也徒然,况且她也是靠山吃山、靠水吃水,理所当然。我沉住气,三天后跟她算清账,把她打发走就算了。

她大概出门就去通知药剂师,说她不在我那儿了,还说我已经很健朗,难保不付药账、溜之大吉。所以不一会儿那药剂师就气喘吁吁地赶来。他把账单给我,上面开的药名目繁多,都是我神志昏迷的时候吃的;我虽然也做过医生,从没见过那些药名。这笔账可算是名副其实的药账①了。付账的时候我们就吵起来。我要打它个对折,他发誓一个子儿也不能少。可是他一算计,跟自己打交道的这小子可以马上离开马德里,那就一个子儿都捞不到手,倒不如依着对方随意出多少吧。照我答应的数目,他已经利市三倍。我满不情愿地把钱数出来;他钱到手就走,灌肠那天吃的一点亏这回完全出本了。

医生跟脚也来了;医生和药剂师原是狼狈一气的。他出诊的次数很多,我付清诊金,打发得他很称心。他临走还仔细讲,我那个病会转成种种险症,多亏他防止有方,可见没白赚我的钱。他用的字眼儿非常好听,神气也很和悦,不过我听来莫名其妙。我把他送走,以为一个个催命使者都打发干净了。谁知不然,又来了一个从没见过的外科医生。他对我恭恭敬敬行了个礼,恭喜我得了重病居然化险为夷,又说:这全亏他两番为我放掉许多血,又使抽血器抽过几回。这又该我破钞了,我还得受外科医生的克剥。这样几次三番的出账,我那钱袋里的膏血挤得所余无几,又干又瘪,成了个空躯壳。

---

① 药剂师的药账往往随意乱开,所以法文里药剂师的账单(Parties d'apothicaire)就指虚账。

我一瞧光景又很窘，就发起愁来。我在最后几个主人家过得太舒服，养坏了骨头，不能再像从前那样做鄙夷一切的哲学家来熬穷受苦。不过老实说，我这样忧闷是不对的；时运升沉，我饱经惯历，应该知道否极就要泰来。